ग्रेगरी डेविड रॉबर्ट्स का जन्म 1952 में मेलबर्न में हुआ। *शांताराम* में वर्णित घटनाओं से उबरने के बाद, उन्हें 1990 में जर्मनी में पकड़ लिया गया और अंततः ऑस्ट्रेलिया को प्रत्यर्पित कर दिया गया। जेल की सज़ा पूरी करने के बाद उन्होंने एक छोटी मल्टीमीडिया कंपनी की स्थापना की और अब वे पूर्णकालिक लेखक हैं। उन्होंने 2014 में सार्वजनिक जीवन से संन्यास ले लिया और अपने परिवार और नई लेखन परियोजनाओं को समय दे रहे हैं।

शांताराम

ग्रेगरी डेविड रॉबर्ट्स

अनुवाद : किरण मोघे

मंजुल पब्लिशिंग हाउस

मंजुल कथाकार

मंजुल पब्लिशिंग हाउस का इम्प्रिंट

कॉरपोरेट एवं संपादकीय कार्यालय

• द्वितीय तल, उषा प्रीत कॉम्प्लेक्स, 42 मालवीय नगर, भोपाल-462 003

विक्रय एवं विपणन कार्यालय

• सी-16, सेक्टर 3, नोएडा, उत्तर प्रदेश, 201301

वेबसाइट : www.manjulindia.com

वितरण केन्द्र

अहमदाबाद, बेंगलुरू, कोच्चि, कोलकाता, चेन्नई,
हैदराबाद, मुम्बई, नई दिल्ली, पुणे

शांताराम

यह संस्करण मंजुल कथाकार में
मंजुल पब्लिशिंग हाउस प्राइवेट लिमिटेड द्वारा 2024 में प्रकाशित
द्वितीय संस्करण 2026

ISBN 978-93-90924-13-4

हिन्दी अनुवाद : किरण मोघे

मुद्रण व जिल्दसाज़ी : एक्मे प्रिंट ओ पैक प्राइवेट लिमिटेड

मां को समर्पित

अनुक्रम

भाग एक

अध्याय 1

नफ़रत और मोहब्बत और हमारे द्वारा चुने जाने वाले विकल्पों को समझने में मुझे लंबा अरसा लगा और तक़रीबन पूरी दुनिया की सैर की ज़रूरत पड़ी, लेकिन जब बात इसके निचोड़ की आई तो सबकुछ एक पल में साफ़ हो गया। उस वक़्त जब मुझे एक दीवार से बांधकर यातनाएं दी जा रही थीं। दिमाग़ के भीतर चीख़ों के साथ मुझे इस बात का अहसास हुआ कि उस बंधी हुई और ख़ून से लथपथ असहाय सी स्थिति में भी मैं आज़ाद था : मुझे यातनाएं दे रहे लोगों के प्रति नफ़रत या उन्हें माफ़ कर देने के लिए आज़ाद। मैं जानता हूं कि यह बहुत बड़ी बात नहीं लगती, लेकिन जब आपके नसीब में केवल बेड़ियों का दर्दनाक कष्ट और उनकी तीखी चुभन ही हो तो आज़ादी की कल्पना संभावनाओं की एक दुनिया को साकार कर देती है। और फिर नफ़रत या माफ़ी में से आप जिसे भी चुनते हैं, वही आपकी ज़िंदगी की कहानी बन जाती है।

मेरे मामले में, यह एक बहुत लंबी कहानी है और काफ़ी भीड़ भरी भी। मैं एक ऐसा क्रांतिकारी था जिसके आदर्श हेरोइन के नशे में गुम हो गए, एक ऐसा दार्शनिक जिसने अपनी ईमानदारी अपराध में गंवा दी और एक ऐसा कवि जिसकी आत्मा सर्वाधिक सुरक्षा वाली जेल में क़ैद होकर रह गई। जब मैं दो बंदूकों से लैस टॉवरों के बीच से सामने की दीवार को लांघकर जेल से फ़रार हुआ तो मैं अपने देश के क़ानून की नज़रों में सबसे बड़ा फ़रार अपराधी बन चुका था। क़िस्मत ने मेरे साथ दौड़ लगाते हुए पूरी दुनिया का चक्कर लगाकर मुझे भारत में पहुंचा दिया, जहां मैं बॉम्बे माफ़िया से जुड़ गया। मैंने बंदूकों के कारोबारी, तस्कर और जालसाज़ के तौर पर काम किया। मुझे तीन महाद्वीपों में क़ैद करके पीटा गया, चाकू घोंपे गए और भूखा मारा गया। मैंने भी जंग की ठान ली थी और मैंने दुश्मनों की बंदूकों का सीधा सामना किया। और मैं बच निकला, जबकि मेरे इर्द-गिर्द के लोग मौत के मुंह में चले गए। वह मुझसे बेहतर लोग थे, उनमें से अधिकांशतः बेहतर लोग जिनकी ज़िंदगियां कुछ ग़लतियों के चलते किसी और की नफ़रत, या मोहब्बत या बेरुख़ी के ग़लत लम्हों की भेंट चढ़ गई। और मैंने उनमें से कई लोगों को दफ़न कर दिया, उनकी कहानियों, उनकी ज़िंदगियों को अपना बना लिया।

लेकिन मेरी कहानी की शुरुआत उनके साथ नहीं होती और ना ही माफ़िया के साथ : यह तो बहुत पीछे बॉम्बे में मेरे पहले दिन तक जाती है। क़िस्मत ने मुझे

वहां एक नए खेल में उतार दिया था। क़िस्मत के पत्ते मुझे कार्ला सारानेन तक ले गए। और मैंने ताश की बाजी खेलना शुरू कर दी, ठीक उस पहले लम्हे से, जब मैंने कार्ला की हरी आंखों में झांका था। तो यह हर अन्य बात की तरह इस कहानी की शुरुआत है-एक महिला के साथ, एक शहर और कुछ हद तक क़िस्मत का साथ।

बॉम्बे के बारे में जिस बात ने पहले ही दिन मेरा ध्यान सबसे ज़्यादा खींचा, वो थी यहां की आबोहवा। भारत में कुछ भी देखने या सुनने से पहले ही मैंने इसे महसूस कर लिया था। हवाई जहाज को एयरपोर्ट से जोड़ने वाले कॉरिडोर में ही। मैं बॉम्बे में उस पल, जेल से भागकर और एक नई विशाल दुनिया में पहुंचकर उत्साहित और प्रसन्न था। लेकिन मैं इसे नहीं पहचान सका। अब मैं जानता हूं कि यह उम्मीद की भीनी-भीनी सी पसीने की गंध थी, नफ़रत के विपरीत और यह लालच की खट्टी और दबाई हुई गंध, जो मोहब्बत के विपरीत थी। यह भगवान, राक्षसों, साम्राज्यों और सभ्यताओं की गंध थी, फलती-फूलती हुई और नष्ट होती हुई। यह नीले समंदर की गंध थी, फिर आप द्वीपों पर बसे इस महानगर के किसी भी कोने में हों। और मशीनों की ख़ून जैसी धातुई गंध। यह गंध थी हलचल और नींद और 60 लाख पशुओं के मलमूत्र की। इनमें से आधे इंसान और चूहे थे। यह गंध थी दिलों के टूटने की, ज़िंदा रहने के संघर्ष की और महत्त्वपूर्ण नाकामियों की और उस मोहब्बत की जो हमारे भीतर हौसले को जगाती है। यहां गंध है 10 हज़ार रेस्तरांओं की, मंदिरों, मस्जिदों, धर्मस्थलों, चर्चों और इत्र, मसालों, अगरबत्तियों और ताज़ा फूलों को समर्पित बाज़ारों की। कार्ला ने इसे एक मर्तबा दुनिया की सबसे बुरी अच्छी गंध करार दिया था। अन्य बातों की ही तरह वह ज़ाहिर तौर पर इस मामले में भी सही थी। लेकिन अब जब कभी भी बॉम्बे लौटता हूं तो शहर को लेकर यह मेरी *पहली* अनुभूति होती है-वह गंध, सबसे ऊपर-जो मेरा स्वागत करती है और मुझे बताती है कि मैं यहां आ चुका हूं।

जिस अगली बात ने मेरा ध्यान खींचा वह थी गर्मी। मैं एयरकंडिशंड प्लेन से निकलकर एयरपोर्ट पर कतार में बमुश्किल पांच मिनट खड़ा रहा और मेरे कपड़े पसीने से चिपकने लगे। मेरा दिल नए शहर में ज़ोरों से धड़कने लगा। हर नई सांस गुस्से से भरी किसी छोटी जीत की तरह थी। मुझे पता चल गया कि यह कभी नहीं थमता, जंगल की तरह की चिपचिपाहट, क्योंकि दिन-रात इस गर्मी को जन्म देने वाली एक आर्द्र गर्मी है। दम घोंट देने वाली यह उमस बॉम्बे में हम सभी को जल-थलचर की तरह बना देती है। हवा में मौजूद पानी से लैस सांस लेना। आप इसके साथ रहना और इसे पसंद करना सीख जाते हैं। या फिर आप शहर छोड़ देते हैं।

इसके बाद बारी आती है लोगों की। असमी, जाट, पंजाबी; राजस्थान, बंगाल, तमिलनाडु के लोग; पुष्कर, कोचिन और कोणार्क; लड़ाकू जातियां, ब्राह्मण और अस्पृश्य; हिंदू, मुस्लिम, ईसाई, बौद्ध, पारसी, जैन, जीववादी; उजली त्वचा के

और अश्वेत, हरी आंखें और सुनहरे भूरे या काले बाल; उस असाधारण विविधता का हर चेहरा और आकार, जो अतुलनीय ख़ूबसूरत भारत का प्रतिनिधित्व करता है।

लाखों बॉम्बे वासी और उसमें एक और व्यक्ति का इज़ाफा। किसी भी तस्कर के दो ही अच्छे दोस्त होते हैं, एक *खच्चर* और एक ऊंट। खच्चर किसी भी तस्कर के लिए नियंत्रण सीमा के पार माल ले जाने का काम करते हैं। ऊंट यानी संदेह से परे पर्यटक, जो तस्करों को सीमा पार कराने में मदद करते हैं। ख़ुद को छिपाने के लिए तस्कर फ़र्जी पासपोर्ट और पहचान के नक़ली दस्तावेज़ों के साथ साथी पर्यटकों का हिस्सा बन जाते हैं–ऊंट, जो उन्हें एयरपोर्ट या सीमा के नियंत्रणों से बिना किसी अहसास के उस पार पहुंचा देंगे।

मुझे तब यह सब पता नहीं था। मैंने तस्करी की कला बहुत बाद में सीखी, कई वर्षों बाद। भारत के उस पहले दौरे पर मैं केवल सूझबूझ का ही इस्तेमाल कर रहा था और जिस इकलौते सामान की तस्करी मैं कर रहा था, वह था ख़ुद *मैं*, मेरी कमज़ोर और दांव पर लगी आज़ादी। मैं न्यूज़ीलैंड के फ़र्जी पासपोर्ट का इस्तेमाल कर रहा था, जिसमें मूल फ़ोटो की जगह मेरा फ़ोटो लगा हुआ था। यह कलाकारी ख़ुद मैंने की थी और इसमें पर्याप्त मात्रा में सफ़ाई नहीं थी। मुझे यक़ीन था कि यह सामान्य जांच प्रक्रिया को पार कर लेगा, लेकिन मुझे यह भी पता था कि अगर किसी के भी दिमाग़ में शक का कीड़ा कुलबुलाया और उसने न्यूज़ीलैंड उच्चायोग से संपर्क साध लिया तो मेरा फ़र्जीवाड़ा बेहद आसानी से धरा रह जाएगा। ऑकलैंड से भारत के प्रवास के दौरान हवाई जहाज में चक्कर लगाते हुए मैंने अपने लिहाज़ से न्यूज़ीलैंड के लोगों के एक सही समूह की खोज की। मैंने देखा कि विद्यार्थियों का एक छोटा सा समूह दूसरी बार भारत के दौरे पर जा रहा है। उनके अनुभव और भारत यात्रा को लेकर टिप्स साझा करने के बहाने मैंने उनके साथ थोड़ी बहुत दोस्ती कर ली, कुछ ऐसी कि हम सब एयरपोर्ट कंट्रोल पर एक साथ ही पहुंचे। वहां मौज़ूद विभिन्न भारतीय अधिकारियों ने मुझे भी इसी सुकून में दिख रहे निर्दोष समूह का ही हिस्सा मान लिया और मेरी जांच को ज़्यादा गंभीरता से नहीं लिया।

मैं एयरपोर्ट से बाहर अकेला ही आया, धूप की चुभन को महसूस करते हुए, पलायन की ख़ुशी में मदहोश : एक और दीवार पार कर ली, एक और सीमा पार, भागने और छिपने के लिए एक और दिन व रात। मुझे जेल से भागे हुए दो साल हो चुके थे, लेकिन ऐसी पलायन की ज़िंदगी की वास्तविकता यही है कि आपको हर दिन और हर रात छिपना होता है। और जबकि आप पूरी तरह से मुक्त नहीं हैं। कभी भी पूरी तरह से मुक्त नहीं होकर भी नएपन में एक उम्मीद और एक भययुक्त उत्तेजना थी : एक नया पासपोर्ट, एक नया देश और धूसर आंखों के नीचे मेरे जवान चेहरे पर उत्तेजना भरा ख़ौफ। मैं वहां बॉम्बे के तपे हुए नीले आसमान के नीचे एक फुटपाथ पर खड़ा रहा। मेरा दिल वादों के लिहाज़ से उतना ही साफ़ और भूखा था जितना कि मानसून की सुबह का मलाबार गार्डन।

''सर! सर!'' मुझे पीछे से किसी ने आवाज़ दी।

एक हाथ ने मेरी बांह पकड़ी। मैं रुक गया। मैंने संभावित संघर्ष के लिए सारी मांसपेशियों को तैयार कर लिया था और मेरे चेहरे पर डर की एक शिकन भी थी। *भागो मत। घबराओ मत।* मैं घूमा।

एक छोटा सा व्यक्ति मेरे सामने खड़ा था। एक मैले भूरे यूनिफ़ॉर्म में। उसके हाथ में मेरा गिटार था। छोटा क्या, वह एक ठिगना व्यक्ति था, बौना, जिसका सिर बहुत बड़ा था। उसके चेहरे पर डाउन्स सिंड्रोम जैसी मासूमियत थी। उसने गिटार तेज़ी से मेरी ओर बढ़ाया।

'आपका संगीत सर। आप अपना संगीत गंवा रहे हैं, है ना सर?'

मुझे एक पल में अहसास हो गया कि यह मेरा ही गिटार था, जिसे मैं शायद एयरपोर्ट पर बैग़ेज की जगह भूल आया था। मैं यह अनुमान नहीं लगा पाया कि इस व्यक्ति को यह कैसे पता चला कि यह गिटार मेरा है। जब मैंने राहत और हैरत भरी मुस्कान उसकी ओर फेंकी तो उसने भी बत्तीसी दिखा दी। उसके चेहरे पर निरा भोलापन था, जिससे हम घबराते हैं और जिन्हें हम भोला इंसान कहते हैं। उसने गिटार मुझे थमा दिया और मैंने देखा कि उसके हाथ पानी के पंछियों की तरह जुड़े हुए थे, मैंने जेब से कुछ नोट निकाले और उसे देना चाहे, लेकिन वह पीठे हट गया।

'पैसा नहीं चाहिए। सर हम यहां आपकी मदद करने के लिए हैं। भारत में आपका स्वागत है।' यह कहकर वह रास्ते पर शरीरों के जंगल में गुम हो गया।

मैंने शहर की सैर के लिए वेटरंस बस सर्विस का टिकट ख़रीदा। इसे भारतीय फ़ौज का एक पूर्व सैनिक चला रहा था। मैं देख ही रहा था कि मेरा बैकपैक उठाकर बस के ऊपर संदूकों के ढेर में बड़ी ही सफ़ाई के साथ पहुंचा दिया गया। मैंने गिटार अपने हाथ में ही रखने का फ़ैसला किया। मैंने पीछे की बेंच सीट पकड़ी और दो लंबे बालों वाले पर्यटक मेरे पास आकर बैठ गए। बस जल्द ही भारतीय और विदेशी यात्रियों से भर गई। उनमें से अधिकांश युवा थे, जो क़िफायती दरों में सैर का आनंद लेना चाहते थे।

जब बस लगभग भर गई तो ड्राइवर ने अपनी सीट संभाली। हमारी ओर देखकर चिल्लाने के बाद उसने खिड़की से मुंह बाहर निकालकर पान की लंबी सी पीक मारी और बस चलने का ऐलान कर दिया।

'ठीक है चलो!'

इंजिन गुर्राया, गियरों ने भी खड़खड़ाहट की और अचानक बस ने गति पकड़ ली। रास्ते में मौज़ूद कुलियों, पदयात्रियों ने जान बचाने के लिए छलांग लगाई और वह कुछ मिलीमीटर के अंतर से बच गए। दरवाज़े की सबसे नीचे की सीढ़ी पर खड़ा कंडक्टर सड़क पर चलने वालों को कोसने लगा।

एयरपोर्ट से शहर के सफ़र की शुरुआत एक चौड़े और आधुनिक रास्ते पर हुई, जिसके दोनों ओर पेड़ों व झाड़ियों की कतारें थीं। यह काफ़ी-कुछ मेरे गृहनगर

मेलबोर्न के एयरपोर्ट के आस-पास के रास्ते की ही तरह साफ़-सुथरा था। इस समानता के चलते मैं कुछ सुस्ता सा गया था कि सड़क के अचानक संकरे होने से मैं वर्तमान में लौट आया। झुग्गियों की पहली झलक और रास्ते की कई लेन मानो एक हो गए। पेड़ ग़ायब हो गए। अचानक मेरे दिल में शर्म का अहसास जाग गया।

भूरे-काले टीलों की तरह सड़क के दोनों ओर झुग्गियां कई एकड़ में फैली हुई थीं। क्षितिज पर अंत में थी गंदी गर्मी-कोहरे से सनी मृगमरीचिकाएं। घिनौने आवास गुत्थमगुत्था थे, टीन-टप्पर, प्लास्टिक, काग़ज़, चटाइयों और बांस के डंडों के चक्रव्यूह में। वह एक-दूसरे से चिपके हुए थे और बीच में थीं संकरी गलियां। इस अथाह सागर में एक व्यक्ति के क़द से ज़्यादा ऊंचा कोई घर नहीं था।

यह अंसभव सा ही था कि समृद्ध और उद्देश्यपूर्ण यात्रियों से लदकद एक अत्याधुनिक एयरपोर्ट इन दबे-कुचले सपनों की दुनिया से चंद किलोमीटर ही दूर था। मुझे पहले लगा कि शायद यह किसी आपदा का शिकार हुए हैं और ये जो झुग्गियां हैं ये ज़िंदा बच गए लोगों के लिए राहत शिविर हैं। कई माह बाद मुझे पता चला कि वह निश्चित तौर पर बच गए लोग थे। उन झोपड़पट्टी वालों को आपदा ही गांव से यहां तक ले आई थी। जिस आपदा से वह बचकर भाग निकले थे, वह थी ग़रीबी, अकाल और रक्तपात। और हर सप्ताह शहर में पांच हज़ार ऐसे ही नए लोग आ जाते हैं। हर सप्ताह, सप्ताह-दर-सप्ताह, साल-दर-साल।

वक़्त गुजरने के साथ सैकड़ों झोपड़पट्टी वासी हज़ारों में बदले और फिर लाखों में, मेरी आत्मा जार-जार हो चुकी थी। ऐसा लगा मानो मेरी सेहत और मेरे पैसे ने ही मुझे नापाक कर दिया हो। अगर आपको यह महसूस होता है तो यह आपको पंगु बना देने वाली शर्मिंदगी है, जो धरती के पहले घिनौने सच से साक्षात्कार से होती है। मैंने बैंक लूटे हैं, ड्रग्स का कारोबार किया है, मुझे जेल के वार्डनों ने हड्डियां चटखने तक पीटा है। मुझे चाकू घोंपे गए हैं और मैंने बदले में लोगों को चाकू मारे हैं। मैं कठोर लोगों से लैस एक कड़ी जेल से मुश्किल तरीक़े से भागा हूं-सामने की दीवार फांदकर। फिर भी झोपड़पट्टी की त्रासदी से पहली मुलाक़ात, क्षितिज तक दिल तोड़ देने वाली हक़ीक़त ने मेरी नज़र को चीर डाला। कुछ वक़्त ऐसे गुजरा मानो मैं चाकू की धार पर दौड़ रहा हूं।

फिर शर्म और अपराध बोध का दमघोंटू धुआं, ज़ाहिर से अन्याय को देखकर मुट्ठियां भींचने पर मजबूर कर देने वाली नफ़रत में बदल गया : *किस तरह की सरकार है यह? मैंने सोचा। यह किस तरह की व्यवस्था है जिसमें ऐसे कष्ट झेलना पड़ते हैं?*

लेकिन झुग्गियां थीं कि ख़त्म होने का नाम ही नहीं ले रही थीं। किलोमीटर-दर-किलोमीटर के बीच कुछ राहत मिलती थी, बिलकुल फलते-फूलते कारोबारों और तुलनात्मक रूप से प्रभावशाली लोगों की काई से ढंकी इमारतों के एकदम विपरीत दृश्य देखकर। झुग्गियां जारी ही रहीं और उनकी सर्वव्यापकता ने मेरी एक विदेशी के तौर पर धर्मनिष्ठा को डगमगा दिया। मुझे एक क़िस्म की हैरानी ने घेर

लिया। मैंने झुग्गियों में बसे समाज की विशालता से परे देखना शुरू कर दिया और उसमें रहने वाले लोगों को देखने लगा। एक महिला आगे झुककर अपने काले मखमली बाल धोने जा रही थी। एक अन्य कांसे के बर्तन से पानी लेकर बच्चों को नहला रही थी। एक व्यक्ति ने तीन बकरियों के गले में लाल रस्सी बांध रखी थी। एक अन्य व्यक्ति एक टूटे हुए शीशे में देखकर दाढ़ी कर रहा था। हर तरफ़ बच्चे खेल रहे थे। पुरुष बाल्टियों में पानी भरकर ले जा रहे थे। कुछ लोग झुग्गियों की मरम्मत कर रहे थे। और जिस भी तरफ़ देखो लोग मुस्करा रहे थे, खिलखिला रहे थे।

बस ट्रैफ़िक की भागमभाग में रुक गई और मेरी खिड़की की पास की झोपड़पट्टी से एक व्यक्ति प्रकट हुआ। वह एक विदेशी था, जिसकी त्वचा बस में सवार किसी भी विदेशी व्यक्ति जितनी ही पीली थी। उसने फूलों से सजी एक लुंगी पहन रखी थी। उसने अंगड़ाई ली, जम्हाई ली और अपनी नाभि के पास खुजाया। उसके चेहरे और उसके हावभाव में एक विशेष तरह की संतुष्टि और मूढ़ता का भाव था। वहां से गुजरते कुछ लोग जब उसे देखकर मुस्कराए तो मुझे ईर्ष्या होने लगी थी।

बस एक बार फिर झटका खाकर रुक गई और वह व्यक्ति मेरी नज़र से ओझल हो गया। लेकिन उसकी छवि ने झुग्गियों को लेकर मेरा पूरा नज़रिया ही बदल डाला। उसे उस जगह पर देखकर, आस-पास की दुनिया से अनजान ठीक मेरी ही तरह का एक ऐसा व्यक्ति, जिसने मुझे उसी दुनिया में मौज़ूदगी का अहसास सा दिला दिया। मेरे अनुभव के चलते जो बात अजीब और कहीं दूर की लग रही थी, अब अचानक संभव, समझ लायक़ और मोहक लगने लगी थी।

मैंने लोगों की तरफ़ देखा और लगा कि वह लोग कितने *व्यस्त* हैं-उनकी ज़िंदगी में कामकाज और ऊर्जा का कितना महत्त्व था। यदाकदा झुग्गियों के भीतर ताक-झांक ने उनकी ग़रीबी में भी सफ़ाई के महत्त्व को उजागर कर दिया। बेदाग़ फ़र्श, करीने से सजाए हुए साफ़ बर्तन, किसी मीनार की तरह। और अंत में, जो कि सबसे पहले होना चाहिए था, मैंने देखा कि वे कितने ख़ूबसूरत थे : महिलाएं लाल, नीले और सुनहरे परिधानों में लिपटी हुईं, झुग्गियों की गंदगी के बीच से उनकी बिना चप्पल की धैर्य भरी गरिमा वाली चाल, सफ़ेद झक्क दांतों और बादामी आंखों वाले पुरुषों का आकर्षक अंदाज़, स्वस्थ बच्चों की प्यार भरी हंसी-ठिठोली, बुज़ुर्ग बच्चों के साथ खेलते हुए, जिनमें से कई ने तो अपने छोटे भाई-बहनों को कमर पर लाद रखा था। और बस यात्रा शुरू होने के तक़रीबन आधे घंटे बाद मैं पहली बार मुस्कराया।

मेरे पास बैठे व्यक्ति ने खिड़की से बाहर देखते हुए पूछा, 'यह बहुत प्यारा है ना?' उसके जैकेट पर मौज़ूद चिनार के पत्ते का निशान बता रहा था कि वह कनाडाई मूल का था। लंबा क़द, पीली आंखें और कंधे तक के बाल। उसका साथी मानो उसका ही छोटा संस्करण लग रहा था। स्टोनवॉश्ड जीन्स, सैंडल, नर्म कैलिको जैकेट्स के मामले में दोनों बिलकुल एक समान थे।

'फिर से कहना?'

उसने पूछा, 'तुम पहली बार यहां आए हो?' मैंने गर्दन हिलाकर हामी भरी। 'मुझे ऐसा लगा। चिंता मत करो। इसके बाद सबकुछ बेहतर होता चला जाएगा। इतनी झोपड़पट्टियां नहीं। लेकिन पूरे बॉम्बे में हालात कुछ ठीक नहीं हैं। मेरी बात गांठ बांध लो, यह भारत का सबसे गंदा शहर है।'

ठिगने व्यक्ति ने कहा, 'तुमने बिलकुल सही कहा।'

'लेकिन इसके बाद तुम्हें कुछ अच्छे मंदिर मिलेंगे और कुछ बड़ी ब्रिटिशकालीन इमारतें जो ठीकठाक हैं–कुछ पत्थर के सिंह, पीतल की स्ट्रीट लाइट्स और इसी तरह की बातें। लेकिन यह असली भारत नहीं है। असली भारत तो बसता है हिमालय में स्थित मनाली में या फिर पावन नगरी वाराणसी में या केरल के तटों पर; तुम्हें असली भारत को खोजने के लिए शहर से बाहर निकलना होगा।'

'तुम लोग जा कहां रहे हो?'

ठिगने दोस्त ने कहा, 'हम एक आश्रम में ठहरने जा रहे हैं। यह रजनीश के भक्तों द्वारा पूना में चलाया जाता है। यह देश का सर्वश्रेष्ठ आश्रम है।'

साफ़ और हल्की नीली आंखें मेरी तरह देख रही थीं, बिलकुल उन लोगों के प्रतिबिंब सी, जिन्होंने इन लोगों को यह अहसास करा दिया था कि वे सही रास्ते पर हैं।

'क्या तुम किसी होटल में ठहरे हो?'

'माफ़ कीजिए?'

'तुमने कोई कमरा बुक किया है या बस आज ही बॉम्बे से चले जाने वाले हो?'

खिड़की से बाहर की ओर देखते हुए मैंने जवाब दिया, 'मुझे नहीं पता।' यह सच था : मुझे नहीं पता था कि मैं कुछ वक़्त बॉम्बे में रहना चाहता हूं या सफ़र जारी रखना चाहता हूं किसी और जगह के लिए। मैं नहीं जानता था और इसका मेरे लिए कोई मायने भी नहीं था। उस वक़्त तो मैं वही था, जो कार्ला ने मुझे एक बार कहा था दुनिया का सबसे ख़तरनाक और मोहक जानवर। एक ऐसा बहादुर, मज़बूत इंसान जिसके पास कोई योजना नहीं थी। 'मेरी वाक़ई कोई योजना नहीं है। लेकिन मुझे लगता है कि मैं कुछ वक़्त बॉम्बे में रहूंगा।'

'चलो हम भी एक रात के लिए ठहरने वाले हैं और कल ट्रेन पकड़ लेंगे। अगर तुम चाहो तो हमारे साथ कमरा साझा कर सकते हो। तीन लोग साथ हों तो यह और सस्ता हो जाता है।'

मैंने उन नीली निष्कपट आंखों में झांका सोचा, *पहले कमरा साझा करना ही बेहतर विकल्प होगा।* उनके असली दस्तावेज़ और निश्छल मुस्कान मेरे फ़र्जी पासपोर्ट को छिपा लेंगे। शायद यह ज़्यादा सुरक्षित होगा।

'और यह ज़्यादा सुरक्षित भी है।' उसने आगे कहा।

उसके दोस्त ने सहमति जताई, 'हां, सही है।'

'ज़्यादा सुरक्षित?' मेरी आवाज़ में वह रूखापन था, जो मैं वास्तविकता में महसूस नहीं कर रहा था।

तीन-चार मंज़िला इमारतों के बीच की गली से रास्ता बनाते हुए बस और धीमी हो चुकी थी। समूचा ट्रैफ़िक तंग गलियों के बीच से बड़े ही सलीके से लयबद्ध तरीक़े से चल रहा था-मानो बसों, ट्रकों, साइकिलों, बैलगाड़ियों, स्कूटरों और लोगों का कोई सामूहिक बैले नृत्य चल रहा हो। हमारी जर्जर बस की खुली खिड़कियां हमें मसालों, इत्रों, डीजल के धुएं, बैलों के गोबर की गंध का उत्तेजक मिश्रण दे रही थीं, जो बहुत ज़्यादा अप्रिय नहीं था। अनजान संगीत के बीच लोगों की आवाज़ें साफ़ सुनाई दे रही थीं। हर कोने पर भारतीय फ़िल्मों के भीमकाय पोस्टर लगे हुए थे। ऊंचे कनाडाई नागरिक के धूप से झुलसे चेहरे के पीछे पोस्टर के तिलस्मी रंगों की झड़ी लगी हुई थी।

'निश्चित तौर पर यह ज़्यादा सुरक्षित होगा। यह तबेलों का शहर है मित्र। यहां के बच्चे नर्क के कैसिनो से भी ज़्यादा सफ़ाई से आपके पैसों पर हाथ साफ़ करने के अनेक तरीक़े जानते हैं।'

ठिगने व्यक्ति ने बात को बढ़ाते हुए कहा, 'शहरों में यही होता है। सारे शहरों में, केवल यहीं नहीं। न्यू यॉर्क, रियो या पेरिस में भी यही हाल है। वह सभी गंदे हैं और सभी बावले हैं। बाक़ी का भारत देखो और तुम्हें यह पसंद आएगा। यह एक महान देश है, लेकिन मुझे कहना ही पड़ेगा कि शहर तो कबाड़ हो चुके हैं।'

'और होटल तो और भी बुरे हैं। आप बस थोड़ा सा गांजा पी लीजिए और होटल वाले पुलिस से हाथ मिलाकर आपको कंगाल कर देंगे। आपका पूरा पैसा छीन लेंगे। मेरी बात को गांठ बांध लो, इसलिए साथ रहना और समूह में ही यात्रा करना ज़्यादा सुरक्षित है।'

लंबे क़द के व्यक्ति के यह कहते ही ठिगने ने कहा, 'और शहर से जितनी जल्दी हो सके भाग निकलो। कितना गंदा है यह, देख रहे हो ना?'

बस अब एक चौड़ी सड़क के मोड़ पर आ चुकी थी, जिसका चट्टानों से पटा कोना फ़िरोजी रंग के समंदर को चूम रहा था। काली झोपड़ियों वाली एक छोटी सी बस्ती इन चट्टानों पर किसी जहाज के मलबे की तरह बनी हुई थी। झोपड़ियां जल रही थीं।

लंबे कैनेडाई ने चीख़ते हुए कहा, 'हे भगवान! वह देखो, वह आदमी जल रहा है।' सबने देखा कपड़ों और बालों में आग लगने से झुलसता एक व्यक्ति समंदर की ओर भाग रहा था। वह व्यक्ति फिसला और चट्टानों के बीच बुरी तरह से टकरा गया। एक महिला और बच्चे ने आगे बढ़कर उसे लगी आग को हाथों और कपड़े से बुझाया। अन्य लोग अपनी झोपड़ियों में लगी आग को बुझाने की कोशिश कर रहे

थे। कुछ लोग तमाशबीन बनकर बस झोपड़ियों को आग की भेंट चढ़ते हुए देख रहे थे। 'देख रहे हो, उस व्यक्ति का बच पाना मुश्किल है।'

ठिगने ने जवाब दिया, 'सही है।'

बस ड्राइवर ने भी अन्य ट्रैफ़िक की तरह आग देखने के लिए बस को धीमा कर दिया, लेकिन फिर गति बढ़ाकर आगे निकल आया। व्यस्त रास्ते पर आ-जा रही कोई भी कार नहीं रुकी। मैं पीछे मुड़कर तब तक जलती हुई झोपड़ियों को देखता रहा, जब तक कि वह ओझल नहीं हो गईं।

समंदर के किनारे का लंबा रास्ता ख़त्म हुआ तो हमारी बस ने बायां मोड़ लिया। इस चौड़ी सड़क पर आधुनिक इमारतें थीं। शानदार होटल्स जिनके दरवाज़ों पर सजे-धजे दरबान सेवा में तत्पर खड़े थे। महंगे रेस्तरां जिनके अहातों में बगीचे थे। एयरलाइंस और अन्य कारोबारी दफ़्तरों के चमकते शीशों पर सूरज की रोशनी पड़ रही थी। चौड़ी छतरियों के बीच सड़कों पर स्टॉल्स लगे हुए थे। वहां से गुजर रहे भारतीय पुरुषों ने अच्छे जूते और बिज़नेस सूट्स पहन रखे थे, महिलाएं महंगे सिल्क में सजी हुई थीं। बड़ी ऑफ़िस इमारत में आते-जाते हुए वे सभी व्यस्त और शालीन लग रहे थे और चेहरे पर गंभीरता थी।

जाने-पहचाने और असाधारण के बीच का अंतर मेरे चारों ओर बिखरा पड़ा था। ट्रैफ़िक सिग्नल पर एक आधुनिक स्पोर्ट्स कार के बग़ल में एक बैलगाड़ी खड़ी थी। एक व्यक्ति सैटेलाइट डिश की आड़ में हल्का हो रहा था। लकड़ी के पहिये वाली एक पुरानी बैलगाड़ी से एक इलेक्ट्रिक फ़ॉर्कलिफ़्ट ट्रक सामान उतार रहा था। भूतकाल का पहिया मानो ठहरकर अपने ही भविष्य में आ चुका था, मुझे यह पसंद आया।

मेरे साथी ने कहा, 'बस हम पहुंचने वाले हैं। सिटी सेंटर बस कुछ दूरी पर है। इसे शहर का केंद्र तो नहीं कहा जा सकता। यह तो केवल पर्यटकों की पसंदीदा जगह है, जहां पर ढेर सारे सस्ते होटल्स हैं। अंतिम स्टॉप, कोलाबा।'

दोनों युवाओं ने जेब से पासपोर्ट और ट्रेवलर्स चेक्स निकाले और उन्हें अपनी पेंट की अगली जेबों में रख लिया। नाटे व्यक्ति ने तो अपनी घड़ी तक निकाल ली और वह भी पैसे, पासपोर्ट और अन्य क़ीमती सामान की तरह अंतर्वस्त्र में स्थित भीतरी जेब में चले गए। उसने मेरी तरफ़ देखा और मुस्कराकर कहा, 'सावधानी भी नहीं बरत सकते क्या?'

मैं खड़ा होकर सबसे आगे निकल गया। जब बस रुकी तो सबसे पहले मैं ही उतरने के लिए आगे बढ़ा, लेकिन फुटपाथ पर मौज़ूद लोगों ने मुझे सड़क पर उतरने से रोक दिया। वह विभिन्न होटलों, ड्रग्स कारोबारियों और शहर के अन्य कारोबारों के दलाल थे। वह हमारे सामने टूटी-फूटी अंग्रेज़ी में सस्ते होटल और भावताव के लिहाज से चिल्लाने लगे। उनमें सबसे आगे दरवाज़े पर था एक बड़े और बिलकुल गोल सिर वाला ठिगना सा व्यक्ति। उसने डेनिम शर्ट और नीले ही रंग की कॉटन की

पेंट पहन रखी थी। वह अपने साथियों पर चुप रहने के लिए चिल्लाया। उसके बाद उसने मेरी ओर रुख़ करके ऐसी चमकीली मुस्कान फेंकी, जो मैंने कभी देखी नहीं थी।

'गुड मॉर्निंग, सर। बॉम्बे में आपका स्वागत है। आप सस्ते और बेहतरीन होटल चाहते हैं, है ना?'

उसने सीधे मेरी आंखों में आंखें डाल दीं, चेहरे पर मुस्कान बरक़रार थी। उसकी मुस्कान में कुछ बात थी-शरारत भरा उत्साह, ज़्यादा ईमानदार, ज़्यादा उत्साहपूर्ण-जिसने मेरे दिल को छू लिया। यह बस एक पल का खेल था, हमारी आंखें मिलने तक का। उस पर यक़ीन करने के लिए मेरे लिहाज़ से इतना पर्याप्त था-बड़ी मुस्कान वाला छोटा व्यक्ति। हालांकि मुझे तब तो पता नहीं था, लेकिन यह मेरी ज़िंदगी के सबसे अच्छे फ़ैसलों में से एक था।

बस से निकल रहे कई यात्री दलालों के झुंड से धक्का-मुक्की के बीच जूझने लगे। दोनों कनाडाई युवक सफ़ाई से बाहर निकल आए। वह दलालों का उत्साह और पर्यटकों की परेशानी को देखकर मुस्कान नहीं रोक सके। उन्हें भीड़ से बचकर निकलते देखने के दौरान मैंने जाना कि वे दोनों कितने चुस्त-दुरुस्त थे। मैंने तभी उनके साथ कमरा साझा करने का फ़ैसला कर लिया। उनके साथ रहने से मेरा जेल से पलायन और दुनिया में मेरी मौज़ूदगी का अपराध अदृश्य और कल्पनातीत था।

नन्हा गाइड मेरी बांह पकड़कर मुझे झगड़ालू लोगों के समूह से दूर बस के पीछे की ओर ले आया। बस कंडक्टर ने भी उसी फुर्ती के साथ छत पर चढ़कर मेरा बैकपैक और ट्रेवल बैग मेरी तरफ़ फेंका। इसके बाद तो छत से बैगों की बौछार सी हो गई। यात्रीगण जबकि अपने सामान को बिखरने से रोकने में व्यस्त हो चुके थे, मेरा गाइड मुझे बस से कुछ दूर एक शांत जगह पर ले आया।

अपनी सुरीली अंग्रेज़ी में उसने अपना परिचय दिया, 'मेरा नाम प्रभाकर है। आपका शुभ नाम।'

मैंने झूठ बोला, 'मेरा नाम लिंडसे है।' दरअसल मेरे फ़र्ज़ी पासपोर्ट पर यही नाम था।

'मैं बॉम्बे का गाइड हूं। बहुत बेहतरीन नंबर एक बॉम्बे गाइड। पूरा बॉम्बे इस बात को अच्छी तरह से जानता है। आप सबकुछ देखना चाहते हैं। मैं सब जानता हूं और आपको सबकुछ बताऊंगा। मैं तो आपको दूसरों से कुछ ज़्यादा भी दिखा सकता हूं।'

इस दौरान दोनों युवा यात्री भी हमारे पास आ चुके थे। दलालों और गाइड्स ने उनका पीछा नहीं छोड़ा था। प्रभाकर अचानक उन पर चिल्लाया और वह हमें अपने बैग समेटकर जाते हुए बस देखते रह गए।

मैंने कहा, 'फ़िलहाल तो मैं होटल का एक सस्ता और साफ़-सुथरा कमरा चाहता हूं।'

दमकते हुए प्रभाकर ने कहा, 'बिलकुल सर। मैं आपको एक सस्ते होटल में ले जा सकता हूं, बहुत सस्ता होटल और एक *बहुत ही सस्ता* होटल। और एक इतना सस्ता होटल भी जहां ठीकठाक दिमाग़ वाला *व्यक्ति* कभी नहीं रुकेगा।'

'चलो बताओ प्रभाकर। देखते हैं।'

दोनों युवा साथियों में से लंबे क़द वाले ने कहा, 'एक मिनट ठहरो। क्या तुम इस व्यक्ति को भुगतान करने वाले हो? मेरा मतलब है कि मुझे होटल का रास्ता पता है। देखो भाई आपका अपमान नहीं करना चाहता-निश्चित ही आप एक अच्छे गाइड हो-लेकिन हमें आपकी ज़रूरत नहीं है।'

मैंने प्रभाकर की ओर देखा। उसकी बड़ी, भूरी आंखें मेरी ओर देख रही थीं। मैंने आज तक इतना विनम्र इंसान नहीं देखा था : वह तो गुस्से में आवाज़ या हाथ तक उठाने के योग्य नहीं था। मैंने यह बात पहले ही पल में समझ ली थी।

मैंने गंभीरता के साथ उससे पूछा, 'क्या मुझे तुम्हारी *ज़रूरत* है प्रभाकर?'

उसने लगभग चिल्लाते हुए कहा, 'हां, बिलकुल है। आपको मेरी बहुत ज़रूरत है, मुझे तो आपकी स्थिति को देखकर रोना आ रहा है। केवल भगवान ही जानता है कि बॉम्बे में आपको मेरे जैसे गाइड के बग़ैर किन बुरे हालात से गुजरना पड़ेगा।'

'मैं इसका भुगतान करूंगा,' मैंने अपने साथियों से कहा। उन्होंने कंधे झटके और अपना सामान उठा लिया। मैंने कहा, 'ठीक है। चलो प्रभाकर।'

मैं अपना सामान उठाने ही वाला था कि प्रभाकर ने तुरंत उसे उठा लिया।

मैंने विनम्रता से कहा, 'मैं अपना सामान ख़ुद ही उठा रहा हूं।'

'कोई बात नहीं। यह ठीक है।'

उसकी बड़ी सी मुस्कान गुज़ारिश में बदल गई।

'कृपया मुझे करने दीजिए, यह मेरा काम है। यह मेरा कर्तव्य है। मैं मज़बूत हूं। कोई समस्या नहीं, आप देखोगे ही।'

इस सोच से ही मेरा सारा सहज ज्ञान धरा का धरा रह गया।

'नहीं, रियली...'

'श्रीमान लिंडसे, यह मेरे लिए सम्मान की बात होगी।'

प्रभाकर ने दूसरे दलालों और गाइड्स की ओर इशारा किया, जो पर्यटकों का सामान उठाकर जा रहे थे। उनमें से हरेक ने बैग, सूटकेस आदि उठा रखे थे और उनके मालिकों को भारी रेलमपेल से मामूली अंतर से बचाते हुए आगे बढ़ते जा रहे थे।

'ठीक है।' मैंने कहा और उसके साथ आगे बढ़ गया। यह मेरे और उसके बीच के संबंधों को परिभाषित करने वाले अनगिनत आगामी आत्मसमर्पणों में से पहला था। उसका गोल चेहरा फिर मुस्कान से खिल उठा। उसने बैग उठाया और वह भारी था, सो उसे आगे की ओर झुककर चलना पड़ रहा था। कुछ लंबे डग भरते हुए मैं

उसके साथ हो गया। उसके चेहरे पर बोझ के तनाव को देखकर मुझे शर्मिंदगी महसूस होने लगी।

लेकिन वह छोटा सा भारतीय इंसान हंसने लगा। वह बॉम्बे और वहां के दर्शनीय स्थलों के बारे में लगातार बोलने लगा। रास्ते में मिलने वाली प्रमुख जगहों को इशारे से बता भी रहा था। वह कैनेडाई साथियों से अलग ही मिलनसारिता के साथ बात कर रहा था। पास से गुजरने वालों को देखकर मुस्कराते हुए वह नमस्कारों का आदान-प्रदान भी कर रहा था। और वह मज़बूत था, जितना दिखता था उससे कहीं ज़्यादा। होटल तक के 15 मिनट के सफ़र में वह एक बार भी ना तो लड़खड़ाया और ना ही रुका।

समंदर के सामने स्थित एक बड़ी इमारत के पीछे की सीढ़ियों पर अंधेरे के बीच चार मंज़िलें चढ़ने के बाद वह हमें इंडिया गेस्ट हाउस के रिसेप्शन में ले आया। हर मंज़िल पर अलग होटल का नाम था-अप्सरा होटल, स्टार ऑफ़ एशिया गेस्ट हाउस, सीशोर होटल-जो यह बता रहा था कि इस चार मंज़िला इमारत की हर मंज़िल पर एक अलग होटल था। हर किसी के पास था एक फ़्लोर, अपना स्टाफ़ और अपना अंदाज़।

दो युवा यात्री, प्रभाकर और मैं अपने सामान के साथ रिसेप्शन पर पहुंचे। वहां एक लंबा, मज़बूत व्यक्ति सफ़ेद शर्ट पर काली टाई लगाकर अतिथियों के कमरे की तरफ़ जाने वाले रास्ते के बगल में स्टील की डेस्क के पीछे बैठा था।

'स्वागत है,' उसने कहा।

लंबे क़द के साथी ने कहा, 'क्या कचरा जगह है।' दरअसल उखड़ता पेंट और लकड़ी के पार्टिशंस उसे परेशान कर रहे थे।

प्रभाकर ने अचानक हस्तक्षेप करते हुए कहा, 'यह श्रीमान आनंद हैं। कोलाबा के सबसे अच्छे होटल के सबसे अच्छे मैनेजर।'

आनंद चिल्लाया, 'बकवास बंद करो प्रभाकर।'

प्रभाकर की मुस्कान और चौड़ी हो गई।

'देखिए, कितने अच्छे मैनेजर हैं आनंदजी।' उसने मेरी तरफ़ देखते हुए कहा, 'श्रीमान आनंद, मैं आपके लिए तीन बेहतरीन पर्यटक लाया हूं। सबसे अच्छे होटल के लिए सबसे अच्छे ग्राहक, है ना?'

आनंद फिर चिल्लाया, 'मैंने तुमसे चुप रहने को कहा ना!'

ठिगने कनाडाई ने पूछा, 'कितने पैसे?'

प्रभाकर की ओर घूरते हुए मैनेजर ने पूछा, 'जी?'

'तीन लोग, एक कमरा, एक रात, कितना?'

'एक सौ बीस रुपये।'

'क्या?' ठिगना साथी चिल्लाया, 'मज़ाक़ कर रहे हो क्या?'

उसके दोस्त ने कहा, 'यह बहुत ज़्यादा है। चलो हमें बाहर निकलना चाहिए।'

आनंद ने तुरंत जवाब दिया, 'कोई बात नहीं। आप कहीं और जा सकते हैं।'

वह अपना सामान उठाने लगे थे, लेकिन तभी प्रभाकर ने चिल्लाकर उन्हें रोक दिया।

'नहीं, नहीं। यह सबसे ख़ूबसूरत और अच्छा होटल है। कृपया कमरे तो देख लीजिए। श्रीमान लिंडसे, सुंदर कमरे देख लीजिए। सुंदर कमरे देख लीजिए!'

दोनों युवा कुछ पल के लिए रास्ते में ठिठक से गए। आनंद ने होटल का रजिस्टर देखा और हाथ से लिखी जानकारी में गुम सा गया। प्रभाकर ने मेरी बांह पकड़ी और मुझे सड़क के उस गाइड के लिए सहानुभूति सी होने लगी। मुझे आनंद का अंदाज़ पसंद आया। वह हमसे कमरा लेने के लिए गिड़गिड़ाने वाला नहीं था और ना ही मनाने वाला था। अगर हमें कमरा चाहिए था तो वह उसकी शर्तों पर ही। जब उसने आंखें रजिस्टर से उठाई तो उसकी आंखें मुझसे भिड़ गईं। आत्मविश्वास से भरे दो लोगों की नज़रें मिलीं। मुझे वह पसंद आने लगा।

मैंने कहा, 'मैं देखने चाहता हूं, सुंदर कमरा।'

प्रभाकर खिलखिला उठा, 'ज़रूर।'

कनाडाईयों ने भी आह भरकर मुस्कराते हुए कहा, 'चलो देखते हैं।'

आनंद ने मुस्कराते हुए कहा, 'गलियारे के अंत में,' और उसने पीछे मुड़कर कमरे की चाबी निकालकर होटल के नाम वाले पीतल के छल्ले सहित मेरी ओर उछाल दी। 'दाईं ओर का अंतिम कमरा, मित्र।'

यह एक बड़ा कमरा था, जिसमें तीन बिस्तर चादरों से सजे हुए थे और समंदर की ओर एक खिड़की थी और नीचे सड़क का नज़ारा दिखाने वाली खिड़कियों की कतार। हर दीवार सिर भारी कर देने वाले हरे रंग के विभिन्न शेडों से पुती हुई थी। छत पर थी ढेर सारी दरारें और कोनों से रंगों की पपड़ियां लटक रही थीं। सीमेंट का फ़र्श ढलान लिए हुए था और सड़क का नज़ारा दिखाने वाली खिड़कियों तक का रास्ता असमतल था। फ़र्नीचर के नाम पर थे प्लायवुड के तीन छोटे साइड टेबल और एक जर्जर ड्रेसिंग टेबल जिसका कांच भी तड़क चुका था। कमरे में रहने वाले पिछले लोगों ने मानो अपनी यादें ही छोड़ रखी थीं। बैले की आइरिश क्रीम की बोतल, एक दीवार पर नेपोलियन स्ट्रीट का टेप लगाया हुआ कैलेंडर प्रिंट, दो पिचके हुए गुब्बारे पंखे से चिपके हुए थे। यह उस तरह का कमरा था, जहां पर लोग दीवारों पर अपने नाम और संदेश छोड़कर जा सकते थे। जेल में बंद किसी क़ैदी की तरह।

मैंने फ़ैसले के स्वर में कहा, 'मैं यह कमरा लूंगा।'

प्रभाकर रिसेप्शन की ओर दौड़ते हुए चिल्लाया, 'बहुत बढ़िया।'

मेरे बस के साथी एक-दूसरे की तरफ़ देखकर खिलखिलाने लगे।

'इसके साथ बहस में मज़ा आता है। यह दीवाना है।'

ठिगने ने कहा, 'सुन लिया।' उसने झुककर चादरों को सूंघा और फिर डरते-डरते एक बेड पर बैठ गया।

होटल के भारी रजिस्टर और आनंद के साथ, प्रभाकर की वापसी हुई। हमने रजिस्टर में एक-एक करके अपनी जानकारी दर्ज़ की। इस दौरान आनंद ने हमारे पासपोर्ट जांचे। मैंने पूरे एक सप्ताह का अग्रिम भुगतान कर दिया। आनंद ने दोनों को तो उनके पासपोर्ट लौटा दिए, लेकिन मेरे पासपोर्ट का निरीक्षण करता रहा।

'न्यूज़ीलैंड से?' वह फुसफुसाया।

'तो,' मैंने लगभग खिसियाते हुए पूछा। मुझे लग रहा था कि उसने उसमें कुछ देख या जान तो नहीं लिया। मैं ऑस्ट्रेलिया का मोस्ट वांटेड अपराधी था, जो हथियारबंद डकैती के कारण सज़ा पाने के बाद जेल से भागा हुआ था। इंटरपोल की भगोड़ों की सूची में नया-नया आया था। *वह क्या चाहता है? वह क्या जानता है?*

'अं... ठीक है। न्यूज़ीलैंड, न्यूज़ीलैंड आपको धूम्रपान के लिए कुछ चाहिए होगा, थोड़ी बियर, व्हिस्की की कुछ बोतलें, लड़कियां, अच्छी पार्टियां। आप कुछ ख़रीदना चाहते हों, तो मुझे बताइएगा?'

उसने मेरा पासपोर्ट मुझे लौटाया और प्रभाकर की तरफ़ नफ़रत भरी निगाह डालकर चला गया। गाइड ने दरवाज़े पर उसे रास्ता दिया और मुस्कराहट भी बिखेरी।

'गज़ब का व्यक्ति, गज़ब का मैनेजर।' आनंद जाने के बाद प्रभाकर ने प्रशंसा में कहा।

'प्रभाकर, क्या यहां न्यूज़ीलैंड के बहुत ज़्यादा लोग आते हैं?'

'श्रीमान लिंडसे, ज़्यादा नहीं। ओह, लेकिन वह बहुत अच्छे लोग होते हैं। हंसते हैं, धूम्रपान करते हैं, ड्रिंक करते हैं, महिलाओं के साथ शारीरिक संबंध बनाते हैं, पूरी रात और फिर से हंसते हैं, धूम्रपान करते हैं, ड्रिंक करते हैं।'

'ओह, मुझे नहीं लगता प्रभाकर कि तुम्हें पता होगा कि हशीश कहां मिलती है?'

'कोई समस्या नहीं। मैं आपके लिए एक तोला, एक किलो, दस किलो क्या पूरा गोदाम ही ला सकता हूं।'

'मुझे हशीश का पूरा गोदाम नहीं चाहिए। मुझे बस पीने के लिए कुछ चाहिए।'

'बात कुछ ऐसी है कि इस वक़्त मेरे पास मेरी जेब में ही एक तोला, 10 ग्राम है, अफ़गानिस्तान की सर्वश्रेष्ठ चरस। क्या आप ख़रीदना चाहेंगे?'

'कितना?'

'दो सौ रुपये,' उसने उम्मीद भरे स्वर में कहा।

मैंने अनुमान लगाया कि वह दोगुने दाम लगा रहा था, लेकिन 200 रुपये उन दिनों में लगभग 12 अमेरिकी डॉलर्स-ऑस्ट्रेलिया में उसकी क़ीमत के 10वें भाग के बराबर थे। मैंने तंबाखू और सिगरेट पेपर का एक बंडल उसकी ओर उछाला और

कहा, 'ठीक है एक तैयार करो और हम इसे आजमाएंगे। अगर मुझे पसंद आई तो मैं ख़रीद लूंगा।'

इस दौरान कमरे के मेरे दोनों साथी बिस्तरों पर लेट चुके थे। वे एक-दूसरे की ओर देख रहे थे और दोनों के ही माथे पर एक समान चिंता की लकीरें दिख रही थीं। प्रभाकर जब जेब से हशीश निकाल रहा था तो मानो दोनों के हलक सूखने लगे थे। जब वह नन्हा सा गाइड झुककर धूल भरी ड्रेसिंग टेबल पर नशा तैयार कर रहा था तो उनकी आंखों में हैरत और भय दोनों ही झलक रहे थे।

'तुम्हें लगता है कि यह एक अच्छा विचार है?'

'हां, हो सकता है वे हमारे लिए जाल बिछा रहे हों, ड्रग्स बरामद करने या किसी और बात के लिए।'

'मुझे लगता है कि प्रभाकर अच्छा व्यक्ति है। मुझे नहीं लगता कि हम धरे जाएंगे।' मैंने अपने यात्रा के ब्लैंकेट को खोलकर लंबी खिड़कियों के नीचे बिछाते हुए कहा। खिड़की की चौखट में जगह थी और मैंने अपना छोटा-मोटा सामान और अपनी क़िस्मत के कुछ टोटके रखना शुरू कर दिए-न्यूज़ीलैंड में एक बच्चे का दिया हुआ काला पत्थर, मेरे दोस्त को मिला एक सूखा शंख, किसी और दोस्त द्वारा दिए गए चील के नाख़ूनों का ताबीज़, मैं भागता ही चला जा रहा था। ना मेरा कोई घर था ना देश। मेरे बैग्स दोस्तों द्वारा दी गई वस्तुओं से भरे हुए थे : एक बहुत बड़ा फ़र्स्ट एड किट जो उन्होंने पैसे जमाकर ख़रीदा था, ड्राइंग्स, कविताएं, शंख, पंख। यहां तक कि जो कपड़े और जूते मैंने पहन रखे थे, वह भी दोस्तों द्वारा ही दिए गए थे। हर एक वस्तु महत्त्वपूर्ण थी, मेरे निर्वासन के दौरान और खिड़की की चौखट मेरा घर बन गई और चमत्कारी वस्तुएं मेरा देश।

'साथियों अगर तुमको लगता है कि यह सुरक्षित नहीं है तो कुछ देर के लिए कमरे से बाहर घूम आओ। मैं हशीश पीने के बाद तुम्हारे पास आ जाऊंगा। दरअसल बात यह है कि मैंने अपने दोस्तों को वादा किया था कि अगर मैं कभी भारत गया तो सबसे पहले हशीश पीते हुए उनके बारे में सोचूंगा। मैं वह वादा निभाना चाहता हूं। इसके अलावा मुझे इस बाबत मैनेजर भी काफ़ी सहमत लगा। प्रभाकर, क्या यहां ड्रग्स पीना समस्या वाला है?'

'धूम्रपान, ड्रिंकिंग, नाचना, संगीत, शारीरिक संबंध यहां कुछ भी समस्या नहीं है।' प्रभाकर ने ख़ुशी से मुस्कराते हुए कहा। अपना काम छोड़कर कुछ देर ऊपर देखते हुए उसने कहा, 'यहां हर चीज़ की अनुमति है, बस झगड़ा छोड़कर। इंडिया गेस्ट हाउस में झगड़ा अच्छा नहीं माना जाता।'

'देखा तुमने? कोई समस्या नहीं।'

'और मरना,' प्रभाकर ने जोड़ा, 'आनंदजी को यह पसंद नहीं है, लोगों का यहां पर मरना।'

'क्या कहा? वह मरने के बारे में क्या कह रहा है?'

'क्या वह वाकई गंभीर है? कौन बेवकूफ़ यहां *मरा* जा रहा है? हे जीसस!'

'मरना कोई समस्या नहीं है, बाबा।' प्रभाकर ने परेशान कनाडाइयों को तैयार नशा दिया। लंबे क़द वाले ने उसे लेकर कश लगाया। 'यहां इंडिया गेस्ट हाउस में ज़्यादा लोग नहीं मर रहे हैं और अधिकांशत: नशेड़ी, आप जानते ही हो कंकाल जैसे चेहरे वाले। आपके लिए कोई समस्या नहीं है, आप तो बिलकुल सुंदर और स्वस्थ शरीर वाले हो।'

जब उसने नशे को मेरी ओर बढ़ाया तो उसकी मुस्कान और अधिक गहरी हो चुकी थी। जब मैंने उसे इसे लौटाया तो उसने ख़ुशी-ख़ुशी स्वीकारते हुए एक कश लगाया और फिर कनाडाइयों की ओर बढ़ा दिया।

'यह अच्छी चरस है, है ना?'

'यह वाक़ई अच्छी है,' लंबे क़द वाला बोला। उसकी मुस्कान गर्मज़ोशी भरी थी, दिल खोलकर दी जाने वाली मुस्कान, कई बरस पहले मुझे बताया गया था कि इसका मतलब था कि कैनेडा और कैनेडाई लोग आपसे जुड़ गए हैं।

मैंने कहा, 'मैं इसे लूंगा,' और प्रभाकर ने पुड़िया मेरी ओर बढ़ा दी। मैंने 10 ग्राम के टुकड़े के दो हिस्से किए और आधा कमरे के साथियों को दे दिया, 'यह लो, कल पूना की ट्रेन की सवारी के लिए कुछ।'

उसने अपने साथी को टुकड़ा दिखाते हुए कहा, 'धन्यवाद भाई। तुम ठीक हो, कुछ दीवाने लेकिन ठीक।'

मैंने अपने बैग से व्हिस्की की एक बोतल निकाली और सील तोड़ डाली। यह एक और वादे की पूर्ति थी। न्यूज़ीलैंड में एक और दोस्त, एक लड़की जिसने मुझसे कहा था कि अगर मैं अपने फर्ज़ी पासपोर्ट के सहारे सफलता के साथ भारत में घुस गया तो ड्रिंक करते हुए उसे याद करना है। यह छोटे-छोटे से रिवाज़ मेरे लिए महत्त्वपूर्ण थे-हशीश पीना, व्हिस्की पीना। मुझे यक़ीन था कि जेल से भागने के दौरान अपने परिवार की ही तरह मैंने वह दोस्त भी गंवा दिए हैं और हर दोस्त को गंवा दिया है। पता नहीं क्यों पर मुझे यक़ीन था कि अब मैं उन लोगों को कभी नहीं देख पाऊंगा। मैं दुनिया में अकेला था, लौटने की कोई उम्मीद नहीं और मेरी पूरी ज़िंदगी ही यादों, टोटकों और मोहब्ब़त की कसमों पर टिकी हुई थी।

मैं बोतल से पहला घूंट लेने ही वाला था कि एक उमंग सी उठी और मैंने बोतल को प्रभाकर की ओर बढ़ा दिया।

उसने सकुचाते हुए कहा, 'धन्यवाद श्रीमान लिंडसे,' उसकी आंखें ख़ुशी से चमक उठीं। उसने सिर पीछे किया और बिना बोतल को मुंह लगाए व्हिस्की के कुछ घूंट पी लिए। 'बहुत अच्छी है, एक नंबर, जॉनी वॉकर। ओह हां।'

'पसंद आई हो तो थोड़ी और ले लो।'

'बस जरा सी और, धन्यवाद।' उसने फिर कुछ घूंट हलक से नीचे उतार लिए। वह रुका और होंठ पर जीभ फेरने के बाद फिर बोतल मुंह से लगा ली। 'माफ़ कीजिएगा, यह व्हिस्की इतनी अच्छी है कि मैं बदतमीज़ी पर उतर आया हूं।'

'सुनो, तुम्हें इतनी ही पसंद आई है तो बोतल रख लो। मेरे पास और है। मैंने हवाई जहाज में ड्यूटी फ्री ख़रीदी थी।'

'ओह, धन्यवाद' लेकिन अचानक उसकी मुस्कान चिंता में बदल गई।

'क्या हो गया? तुम्हें यह नहीं चाहिए?'

'हां, हां चाहिए श्रीमान लिंडसे। लेकिन अगर मुझे पता होता कि यह मेरी व्हिस्की है और आपकी नहीं, तो मैं इसे इतना खुलकर नहीं पीता।'

युवा कनाडाई हंसने लगे।

'ठीक है, सुनो प्रभाकर। एक काम करते हैं मैं तुम्हें रखने के लिए पूरी बोतल देता हूं और हम इस खुली बोतल से मिलकर शराब पी लेंगे। कैसा रहेगा? और यह हशीश के दो सौ रुपये।'

उसका चेहरा खिल उठा और उसने तत्काल भरी हुई बोतल हौले से हाथों में ले ली और ख़ाली बोतल लौटा दी।

'लेकिन श्रीमान लिंडसे, आप ग़लती कर रहे हैं। मैंने कहा था कि यह सबसे अच्छी चरस सौ रुपये की है, दो सौ की नहीं।'

'अच्छा!'

'जी हां, केवल 100 रुपये' उसने एक नोट मुझे लौटाते हुए कहा।

'ठीक है सुनो प्रभाकर, मैंने प्लेन पर कुछ भी नहीं खाया था। क्या तुम मुझे एक साफ़-सुथरा और अच्छा रेस्तरां बता सकते हो?'

'ज़रूर श्रीमान लिंडसे सर! मैं कुछ बेहतरीन रेस्तरां जानता हूं, जहां का खाना बेहद स्वादिष्ट है। आपका पेट तो ख़ुशी के मारे ही फूलने लग जाएगा।

मैंने पासपोर्ट और पैसा उठाते हुए कहा, 'चलो, तुम दोनों भी आ रहे हो?'

'क्या *वहां* बाहर? मज़ाक़ कर रहे हो क्या।'

'हां, लेकिन बाद में। काफ़ी बाद में। लेकिन हम तुम्हारे सामान का ख़याल रखेंगे और वापसी का इंतज़ार करेंगे।'

'जैसी तुम्हारी इच्छा। मैं कुछ घंटों में वापस लौट आऊंगा।'

प्रभाकर ने सिर झुकाकर बाहर का रास्ता पकड़ा, मैं उसके साथ हो लिया, लेकिन दरवाज़ा बंद ही करने वाला था कि लंबा व्यक्ति बोला।

'सुनो... सड़क पर ध्यान रखना। मतलब तुम्हें नहीं पता कि यहां का माहौल कैसा है। तुम किसी पर भरोसा नहीं कर सकते। यह कोई गांव नहीं है। इस शहर में भारतीय... बस अपना ख़याल रखना। ठीक है?'

रिसेप्शन पर आनंद ने मेरा पासपोर्ट, ट्रेवल चेक्स और नक़दी का बड़ा हिस्सा अपनी तिजोरी में सुरक्षित रख दिया और मुझे विस्तृत रसीद दी। मैंने युवा कनाडाई की चेतावनी के बारे में सोचते हुए सड़क पर वैसे ही क़दम रखा जैसे समंदर के पंछी ज्वार के वक़्त सावधानी बरतते हैं।

प्रभाकर हमें होटल के बगल में छायादार चौड़े तुलनात्मक तौर पर ख़ाली रास्ते से होते हुए काले पत्थरों से सजे कद्दावर गेटवे ऑफ़ इंडिया के पास ले गया। इमारत के सामने की सड़क लोगों और वाहनों से पटी पड़ी थी। हालांकि आवाज़ों, कार हॉर्न्स और चल रहे कारोबार की मिली-जुली आवाज लकड़ी और धातु की छत पर पड़ती बारिश की बूंदों की तरह सुनाई दे रही थी।

वहां सैकड़ों लोग चल रहे थे या फिर समूह बनाकर बातचीत करते हुए खड़े थे। दुकानें, रेस्तरां और होटल से पूरा रास्ता पटा पड़ा था। हर दुकान या रेस्तरां के सामने एक छोटी दुकान थी। इसमें दो से तीन सेवक फ़ोल्डिंग स्टूल लेकर फुटपाथ पर अतिक्रमण किए हुए थे। वहां अफ़्रीकी, अरब, यूरोपियन और भारतीय थे। हर क़दम पर संगीत और भाषा बदल रही थी और उस उबलती गर्मी में हर रेस्तरां से अलग तरह की ख़ूशबू आ रही थी।

तरबूज़, चावल के बोरे, सॉफ़्ट ड्रिंक्स, कपड़े, सिगरेट और बर्फ़ की सिल्लियों का वितरण करने के लिए लोग भारी भीड़ के बीच से बैलगाड़ी और हाथगाड़ी चला रहे थे। हर तरफ़ पैसा था : प्रभाकर ने मुझे बताया कि यह मुद्राओं की कालाबाज़ारी का केंद्र था। बैंक नोटों की गड्डियां गिनी और बदली जा रही थीं। वहां भिखारी, बाज़ीगर, कलाबाज़, संपेरे, संगीतकार, भविष्यवेत्ता, हस्तरेखा विशेषज्ञ, दलाल और नशीली दवा बेचने वाले सब मौज़ूद थे। और वह सड़क बेहद गंदी थी। ऊपर की खिड़कियों से बिना किसी चेतावनी के कचरा फेंका जा रहा था। फुटपाथ और सड़क पर कचरे के ढेर लगे हुए थे, जिन पर मोटे चूहे बेख़ौफ़ हाथ साफ़ कर रहे थे।

इस सड़क में मेरी नज़र में सबसे प्रमुख तौर पर दिख रहे थे बीमार भिखारी। हर क़िस्म की बीमारी, विकलांगता और मुश्किलातों को वहां देखा जा सकता था। रेस्तरां और दुकानों के दरवाज़े पर खड़े होकर वे सड़क में आने वाले हर व्यक्ति के आगे पेशेवराना अंदाज़ में रिरियाने लगते थे। बस की खिड़की से झोपड़पट्टी के पहले नज़ारे की ही तरह पीड़ितों को इस सड़क में देखकर मेरे स्वस्थ चेहरे पर शर्मिंदगी का भाव आ गया। लेकिन जैसे ही प्रभाकर मुझे उस कोलाहल भरी सड़क में आगे लेता चला गया, उसने मुझे भिखारियों का दूसरा दृश्य भी बताया, जिसने मेरी शर्मिंदगी को कुछ कम किया। भिखारियों का एक समूह रास्ते में बैठकर पत्ते खेल रहा था, कुछ नेत्रहीन पुरुष और उनके दोस्त मछली-चावल की दावत उड़ा रहे थे। हंसते हुए बच्चे एक विकलांग व्यक्ति की छोटी सी ट्रॉली की सवारी का बारी-बारी से आनंद ले रहे थे।

जैसे हम आगे बढ़ रहे थे प्रभाकर चोर निगाहों से मेरी ओर देख रहा था।

'आपको हमारा बॉम्बे कैसा लग रहा है?'

'मुझे पसंद आ रहा है,' और यह सच भी था। मेरी नज़र में यह शहर ख़ूबसूरत था। यह काफ़ी जोशभरा और उत्साह जगाने वाला था। ब्रिटिश राज की रूमानी इमारतें कांचों से सजी आधुनिक इमारतों के साथ कंधे से कंधा मिलाकर खड़ी थीं। उपेक्षित इमारतों के बाहर बेतरतीब तरीक़े से सब्ज़ियों और सिल्क का बाज़ार सजा हुआ था। हर दुकान या बग़ल से गुज़रने वाली टैक्सी से मुझे संगीत सुनाई दे रहा था। रंग बहुत ही चमकीले थे। फ़िजाओं में तैरती ख़ूशबुओं की बात ही कुछ और थी। और उन भीड़ भरी सड़कों में लोगों के चेहरों पर मुझे दुनिया के किसी भी अन्य जगह की तुलना में ज़्यादा मुस्कराहटें देखने को मिल रही थीं।

और सबसे अहम बात, बॉम्बे आज़ाद था-ख़ुशगवार आज़ादी। मैं जहां भी देखता था एक आज़ाद और स्वच्छंद उल्लास देखने को मिलता था और मैंने पाया कि मैं पूरे दिल से इसका प्रत्युत्तर भी दे रहा था। झुग्गियों और भिखारियों को देखकर दिल में जो शर्मिंदगी का भाव आया था, इस अहसास से ही कम होता चला गया कि ये महिला-पुरुष आज़ाद हैं। कोई भिखारियों को गलियों से भगा नहीं रहा था। कोई झोपड़पट्टी में रहने वालों को निकाल बाहर नहीं कर रहा था। उनकी ज़िंदगियां भले ही दर्द से भरी थीं, लेकिन उन्हें रईसों और शक्तिशाली लोगों के लिए बने बग़ीचों और रास्तों पर खुले आम घूमने की अनुमति थी। वे आज़ाद थे। शहर आज़ाद था। मुझे यह बेहद रास आया।

फिर भी मैं गलियों, रास्तों पर मौज़ूद मक़सद की सघनता, ज़रूरतों और लालच के उत्सव, गिड़गिड़ाने की शिद्दत और रास्तों पर चल रहे षड्यंत्रों से कुछ निराश था। मैंने जितनी भाषाएं सुनीं उनमें से मैं कोई भी नहीं बोलता था। मुझे यहां की संस्कृति के बारे में कुछ भी नहीं पता, जो विभिन्न परिधानों, साड़ियों और पगड़ियों में सजी हुई थी। मुझे ऐसा लग रहा था जैसे मैं किसी तड़क-भड़क जटिल नाटक की प्रस्तुति का वह हिस्सा हूं, जिसके पास उसकी पटकथा नहीं है। लेकिन मैं मुस्करा रहा था और मुस्कराना आसान था। भले ही वह गली या रास्ता कितना भी अनजान या निरुत्साही लग रहा हो। मैं एक भगोड़ा था। मैं एक वांटेड अपराधी था, एक ऐसा व्यक्ति जिसे लोग तलाश रहे थे और जिसके सिर पर इनाम था। और फिर भी मैं उनसे एक क़दम आगे था। मैं आज़ाद था। हर दिन, जब आप भागते फिर रहे हों, पूरी ज़िंदगी की तरह होता है। हर आज़ाद पल सुखद अंत वाली छोटी सी कहानी होती है।

और मुझे प्रभाकर का साथ मिलने की ख़ुशी थी। मैंने पाया कि उसे रास्तों-गलियों की अच्छी जानकारी है और कई तरह के लोग रास्ते में उसका अभिवादन भी करते थे।

प्रभाकर ने कहा, 'आपको भूख लगी होगी श्रीमान लिंडसे। आप एक ख़ुशदिल इंसान हो और हमेशा ख़ुश रहने वालों को भूख भी ज़्यादा लगती है।'

'हां, मुझे बहुत ज़ोर की भूख लगी है। वैसे वह जगह कहां है, जहां हम जा रहे हैं? अगर मुझे पता होता कि रेस्तरां तक पहुंचने में इतना ज़्यादा वक़्त लगेगा, तो मैंने कुछ खाने के लिए साथ रख लिया होता।'

उसने उत्साह के साथ कहा, 'बस ज़्यादा दूर नहीं, हम पहुंचने ही वाले हैं।'

'ठीक है...'

'जी हां! मैं आपको सर्वश्रेष्ठ रेस्तरां में ले चल रहा हूं, जहां आपको सबसे बेहतरीन महाराष्ट्रियन खाना मिलेगा। चिंता मत कीजिए, आपको मज़ा आएगा। मेरे जैसे बॉम्बे के सारे गाइड्स यहीं पर खाना खाते हैं। यह जगह अच्छी है, उन्हें केवल पुलिस को बख़्शीश का आधा पैसा देना पड़ता है।'

'ठीक है...'

'लेकिन एक मिनट पहले मैं आपके और मेरे लिए एक भारतीय सिगरेट ले लेता हूं। यहां हम रुकेंगे।'

वह मुझे सड़क के एक स्टॉल पर ले गया, जो महज एक फ़ोल्डिंग टेबल जितना था, जिस पर गत्ते के एक बक्से में कई क़िस्म की सिगरेट के डिब्बे सजे हुए थे। टेबल पर पीतल की एक बड़ा ट्रे थी, जिस पर चांदी की कुछ छोटी तश्तरियां थीं। इन तश्तरियों में टुकड़े किया हुआ नारियल, मसाले और पहचाने नहीं जा सकने वाले पेस्ट थे। टेबल की बग़ल की बाल्टी में पानी पर भाले के आकार की पत्तियां तैर रही थीं। सिगरेट विक्रेता उन पत्तियों को सूखा रहा था और फिर उन पर विभिन्न क़िस्म के पेस्ट लगा रहा था। उनमें खजूर, नारियल, पान और मसाले भरकर फिर उन्हें छोटे-छोटे आकार में रोल बनाकर रख रहा था। उसके स्टाल के इर्द-गिर्द जमा लोग उसके काम करने की ही गति से उन पत्तियों को ख़रीद रहे थे।

प्रभाकर उस व्यक्ति के पास चला गया ताकि अपना ऑर्डर दे सके। ग्राहकों की भीड़ के बीच से मैंने गर्दन ऊंची करके उसे देखने के फेर में मैं फुटपाथ के किनारे पर आ गया। जैसे ही मैंने सड़क पर एक पैर रखा कोई चेतावनी भरी आवाज़ में चिल्लाया।

'जरा देखकर!'

एक डबल डेकर बस तेज़ी से पास से गुजरने के दौरान ही दो हाथों से किसी ने कोहनी पर मेरी बांह पकड़ी और मुझे खींच लिया। अगर इन हाथों ने मुझे नहीं रोका होता तो बस ने निश्चित ही मुझे कुचल दिया होता। मैंने अपने रक्षक को देखने के लिए सिर घुमाया तो सामने वह थी, मेरे द्वारा अब तक देखी गई सबसे हसीन औरत। वह दुबली-पतली थी, उसके काले बाल कंधों तक झूल रहे थे और त्वचा कुछ पीली थी। उसका क़द बहुत ज़्यादा तो नहीं था, लेकिन चौड़े कंधों और दोनों पैरों को जमाकर सीधे खड़े होने के कारण उसकी शारीरिक मौज़ूदगी का अहसास ज़ाहिर सा था। उसने सिल्क पेंट पहन रखी थी जो टखने पर बंधी हुई थी। कम हील के काले जूते पहन रखे और ढीली-ढाली सफ़ेद कॉटन का शर्ट और एक बड़ी और लंबी सी शॉल। उसने शॉल को उल्टा पहन रखा था। उसके सारे कपड़े हरे रंग के विभिन्न शेड लिए हुए थे।

किसी महिला से मोहब्बत या डर के लिए जितने भी संकेतों की दरकार होती है, वे सब उसमें थे। बिलकुल शुरुआती मुस्कान से जो उसके पूरे होंठों को कोनों

तक फैली हुई थी। उसकी मुस्कान में एक क़िस्म का अभिमान था और नाक में आत्मविश्वास। वज़ह जाने बग़ैर मैं यह जान गया कि अधिकांश लोग उसके अभिमान को उसका अहंकार और उसके आत्मविश्वास को उसकी भावहीनता समझते होंगे। मैंने यह ग़लती नहीं की। मेरी आंखें तो बस उसकी निगाहों में गुम होकर रह गई थीं। उसकी आंखें बड़ी और दर्शनीय तौर पर हरी थीं। बिलकुल पेड़ों जैसा हरा रंग जो सपनों में गुम। यह वैसा हरा था, जैसा कि समंदर का हो सकता है।

उसका हाथ अब भी मेरी बांह में कोहनी के क़रीब थमा हुआ था। यह स्पर्श ठीक किसी प्रेमिका के स्पर्श की तरह था : जाना-पहचाना, फिर भी दबी ज़बान से किए गए वादे की तरह उल्लासित कर देने वाला। मेरे भीतर उसके हाथ को अपने हाथ में लेकर दिल के क़रीब लगाने का नहीं रोका जा सकने वाला अरमान जाग उठा। शायद मुझे ऐसा कर ही लेना था। मैं अब जानता हूं कि अगर मैंने ऐसा किया होता तो वह शायद हंसती। मुझे मेरी वह बात पसंद आती। लेकिन तब हम चूंकि अजनबी थे, हम पांच सेकेंड तक यूं ही खड़े रहे और एक-दूसरे को देखते रहे, जबकि सारी कायनात और वहां मौज़ूद तमाम लोग का मानो कोई अस्तित्व ही नहीं था। फिर वह बोली।

'बाल-बाल बचे। तुम ख़ुशक़िस्मत हो।'

मैंने मुस्कराकर कहा, 'हां, मैं हूं।'

उसका हाथ धीरे से मेरी बांह से हट गया। एक बेहद सहजता से की गई हरकत, लेकिन उससे अलग होने का अहसास मुझे ऐसे छू गया, मानो मैं एक बहुत ही गहरे और ख़ुशगवार सपने से जाग उठा हूं। मैं उसकी तरफ़ झुका और मैंने उसके पीछे दाएं-बाएं देखा।

उसने पूछा, 'क्या हुआ?'

'मैं खोज रहा हूं कि तुम्हारे पंख किधर हैं। तुम तो मुझे बचाने वाली परी हो, है ना?'

चेहरे पर खिली मुस्कान के साथ उसने कहा, 'कतई नहीं। उस लिहाज़ से मेरे भीतर बहुत ज़्यादा शैतानी प्रवृत्ति है।'

'कितनी शैतानी प्रवृत्ति,' मैंने मुस्कराकर कहा, 'क्या हम यहां की बात कर रहे हैं?'

स्टाल की दूसरी ओर लोगों का एक समूह खड़ा था। उनमें से एक लगभग 20 वर्ष के आकर्षक, मज़बूत युवक ने सड़क पर आकर आवाज़ लगाई, 'कार्ला। चलो *यार!*'

उसने मुड़कर उसे हाथ दिखाया और फिर मेरा हाथ कुछ ऐसी पकड़ के साथ हिलाया जिसका भावनात्मक अर्थ समझ पाना मुश्किल था। उसकी मुस्कान भी उतनी ही अस्पष्ट थी। शायद उसे मैं पसंद आ सकता था, या फिर उसे मुझसे विदा लेते वक़्त अच्छा लगा होगा।

उसका हाथ जबकि मेरे हाथ से छूट रहा था, मैंने कहा, 'तुमने अब भी मेरे सवाल का जवाब नहीं दिया।'

होंठों पर हल्की मुस्कान के साथ उसने पूछा, 'कि मेरे भीतर कितनी शैतानी प्रवृत्ति है? यह एक बहुत ही निजी सवाल है। अगर सोचा जाए तो मुझसे किसी के भी द्वारा पूछा गया यह अब तक का सबसे निजी सवाल है। लेकिन अगर तुम लियोपोल्ड में कभी आओ तो शायद तुम्हें जवाब मिल जाएगा।'

उसके दोस्त अब हमारी ओर आ गए थे और वह उनके साथ चली गई। वह सभी भारतीय थे, साफ़-सुथरे मगर पश्चिमी परिधानों में लिपटे मध्यमवर्गीय युवा। वह सब हंसते-खिलखिलाते हुए एक-दूसरे को छू रहे थे, लेकिन कार्ला को किसी ने भी नहीं छुआ। ऐसा लगता था कि उसका आभामंडल ही कुछ ऐसा था कि आकर्षक होने के साथ ही वह पवित्र सी लगती थी। मैं सिगरेट विक्रेता के पत्तों और पेस्ट के साथ काम को देखने का बहाना बनाकर उनके क़रीब गया, लेकिन वह जिस भाषा में उन लोगों से बात कर रही थी, वह मुझे समझ ही नहीं आई। उस भाषा में उसकी आवाज़ बहुत गहरी और मधुर थी। उस आवाज़ से ही मेरा रोम-रोम खिल उठा था। और मुझे लगता है कि वह भी एक क़िस्म की चेतावनी ही थी। शादियां तय कराने वाले अफ़गान अक्सर कहा करते हैं, *मोहब्बत का आधा से ज़्यादा हिस्सा तो आवाज़ है।* लेकिन उस वक़्त मुझे यह बात पता नहीं थी। मेरा दिल ऐसे मुक़ाम पर पहुंच चुका था, जहां शादियां तय कराने वालों की भी जाने की हिम्मत नहीं होती।

इस बीच दोबारा मेरे साथ आ चुके प्रभाकर ने कहा, 'देखिए, श्रीमान लिंडसे। मैं अपने लिए केवल दो सिगरेट ही लाया हूं।' फिर उसमें से एक सिगरेट मेरी ओर बढ़ा दी। 'यह हिंदुस्तान है, ग़रीब लोगों का देश। सिगरेट का पूरा पैकेट ख़रीदने की कोई ज़रूरत नहीं है। आप केवल एक सिगरेट भी ख़रीद सकते हैं। और माचिस ख़रीदने की भी कोई ज़रूरत नहीं है।'

उसने आगे झुककर टेलीफोन के खंबे से लटकती जलती हुई सुतली का एक सिरा पकड़ा और कुछ राख़ झाड़ने के बाद उसके नारंगी रंग के दहकते छोटे सिरे से अपनी सिगरेट जला ली।

'वह क्या बना रहा है? वह उन पत्तों में क्या चबा रहे हैं?'

'इसे *पान* कहते हैं। बहुत ही स्वादिष्ट जिसे चबाया जाता है। बॉम्बे में हर कोई चबा रहा है, थूक रहा है, चबा रहा है, थूक रहा है, कोई समस्या नहीं, दिन में भी, रात में भी। यह स्वास्थ्य के लिए बहुत अच्छा होता है। ढेर सारा चबाओ और थूको। आप आजमाना चाहेंगे? मैं आपके लिए थोड़ा ला सकता हूं।'

मैंने सिर हिलाया और उसे ऑर्डर देने दिया। वज़ह पान खाने का नया अनुभव पाना नहीं, बल्कि वहां कुछ देर और खड़े रहकर कार्ला को निहारने का बहाना था। वह इतनी सुकून में थी बिलकुल घर की तरह, उसी सड़क का हिस्सा और उसकी

गूढ़ परंपरा का हिस्सा। जो बात मुझे हैरान कर रही थी, वह यह कि मेरे इर्द-गिर्द खड़े सारे लोग उसकी ओर आकर्षित थे। मुझे झोपड़पट्टी में दिखे विदेशी की याद आ गई-जिसे मैंने बस की खिड़की से देखा था। उसी की तरह वह भी शांत और बॉम्बे में संतुष्ट दिखाई दे रही थी। ऐसा लग रहा था मानो वह यहीं की हो, उसे आस-पास के लोगों से मिल रहे अपनेपन से मुझे ईर्ष्या होने लगी।

मगर उससे भी ज़्यादा मेरा ध्यान उसकी समग्र सुंदरता की ओर था। मैं उसे देख रहा था, एक अज़नबी, लेकिन मेरी हर सांस मानो उसकी हो चुकी थी। मेरे दिल को मानो किसी ने चिमटे से जकड़ लिया था। मेरी रग-रग से आवाज़ आ रही थी, *हां, हां, हां...* प्राचीन संस्कृत किंवदंती जो एक तय मोहब्बत की बात करती है। आत्माओं के बीच कर्म का नाता जिनका मिलना तय होता है और वह एक-दूसरे के सामने आकर एक-दूसरे के हो जाते हैं। किंवदंती के मुताबिक़ आपकी मोहब्बत एक पल में पहचान ली जाती है, क्योंकि उसकी हर अदा, बोलना, चलना, आवाज़, उसकी आंखों का मिज़ाज़ आपको दीवाना बना देता है। किंवदंती के मुताबिक़ हम उसे उसके परों से पहचान लेते हैं-पर जो केवल हमें ही दिखाई देते हैं-क्योंकि उसे पाने की ख़्वाहिश मोहब्बत की बाक़ी की सारी ख़्वाहिशों को ख़त्म कर देती है।

यही किंवदंती यह चेतावनी भी देती हैं कि हो सकता है कि यह मोहब्बत नियति के कारण दो आत्माओं के मिलन के बाद भी पूरी तरह से एकतरफ़ा हो। लेकिन बुद्धिमानी तो एक तरह से मोहब्बत की ठीक विपरीत होती है। हमारे भीतर मोहब्बत ज़िंदा रहती है, क्योंकि यह समझदारी नहीं होती।

पान लेकर लौटे प्रभाकर ने कहा, 'आह, उस लड़की को देखो। तुम्हें लगता है कि वह ख़ूबसूरत है, है ना? उसका नाम कार्ला है।'

'तुम उसे *जानते* हो?'

'हां, बिलकुल। कार्ला को हर कोई जानता है।' उसने यह बात इतनी ज़ोर से कही कि मुझे डर लगने लगा कि कहीं कार्ला यह नहीं सुन ले, 'तुम उससे मिलना चाहते हो?'

'उससे मिलना?'

'यदि तुम ऐसा चाहो, तो मैं उससे बात करूंगा। क्या तुम उससे दोस्ती करना चाहोगे?'

'क्या?'

'अरे हां। कार्ला मेरी दोस्त है और वह तुम्हारी भी दोस्त बन सकती है, ऐसा मुझे लगता है। शायद तुम कार्ला के साथ मिलकर अपने कारोबार में अच्छी-ख़ासी कमाई कर लोगे। शायद तुम इतने अच्छे और निकट के मित्र बन जाओ कि तुम कार्ला के साथ शारीरिक संबंध भी स्थापित कर लो। और अपने शरीरों का पूरा आनंद उठा सको। मुझे विश्वास है कि तुम्हें दोस्ती का सुख मिलेगा।'

वह वास्तविकता में अपने हाथ मल रहा था। पान के लाल रस ने उसके दांतों और मुस्कराते हुए होंठों को लाल कर दिया था। मुझे उसे दोस्तों के साथ खड़ी कार्ला तक पहुंचने से रोकने के लिए उसकी बांह पकड़नी पड़ी।

'नहीं, रुको। भगवान के लिए, अपनी आवाज़ नीचे रखो, प्रभाकर। अगर मुझे उससे बात करनी होगी तो मैं ख़ुद कर लूंगा।'

'ओह, मैं समझ गया,' प्रभाकर ने शर्मिंदगी के साथ कहा, 'यह शायद वही है जिसे विदेशी *फ़ोरप्ले* कहते हैं, है ना?'

'नहीं! फ़ोरप्ले का मतलब होता है... ख़ैर जाने दो!'

'अच्छी बात है। मैं फ़ोरप्ले की चिंता नहीं करता श्रीमान लिंडसे, मैं भारतीय हूं। हम भारतीय फ़ोरप्ले की चिंता नहीं करते। हम तो सीधे उछल-कूद पर आ जाते हैं। जी हां!'

वह एक काल्पनिक महिला के साथ खेल रहा था जबकि पान की लाल लार से उसकी मुस्कान लथपथ हो चुकी थी।

मैं चिल्लाया, 'बस अब बहुत हो चुका।' साथ ही मैं यह भी देख रहा था कि कार्ला या उसका कोई दोस्त तो उसे नहीं देख रहा था।

'ठीक है, श्रीमान लिंडसे।' उसने आह भरी और धीरे-धीरे थम गया। 'लेकिन मैं अब भी आपको कार्ला के साथ दोस्ती का एक अच्छा प्रस्ताव दे सकता हूं, अगर आप चाहें तो?'

'नहीं! मेरा मतलब है-धन्यवाद। मैं उसे कोई प्रस्ताव नहीं देना चाहता। मैं... हे भगवान। क्या फ़ायदा। मुझे बस इतना बताओ जो व्यक्ति फ़िलहाल उससे बात कर रहा है-वह कौनसी भाषा है?'

'श्रीमान लिंडसे, वह हिंदी में बोल रहा है। आप एक मिनट रुकिए, मैं बताता हूं कि वह क्या बोल रहा है।'

वह स्टॉल की दूसरी ओर बेहद आसानी से उनके पास चला गया और उनकी बात सुनने लगा। किसी ने भी उस पर ध्यान नहीं दिया। वह दूसरों के साथ सिर हिला रहा था और हंस रहा था और फिर कुछ मिनटों के बाद लौट आया।

'वह बॉम्बे पुलिस के एक इंस्पेक्टर के बारे में बहुत ही मज़ेदार वाक़या बता रहा है। इलाक़े में जिसका बहुत दबदबा है। इंस्पेक्टर ने एक बहुत ही चतुर व्यक्ति को जेल में बंद कर दिया था। लेकिन वह बहुत ही चतुर था, उसने इंस्पेक्टर को ख़ुद को बाहर करने के लिए मना लिया, क्योंकि उसने इंस्पेक्टर से कहा कि उसके पास कुछ सोना और जेवर हैं। केवल इतना ही नहीं, लेकिन जब वह छूट गया तो उसने उसमें से कुछ सोना और जेवर इंस्पेक्टर को बेच दिए। लेकिन वे ना तो असली सोना था ना असली जेवर। वे तो नक़ली थे और बहुत ही सस्ते थे। और सबसे चतुराई भरी बात तो यह कि वह चतुर व्यक्ति नक़ली सोना-जेवर इंस्पेक्टर को बेचने से पहले एक

सप्ताह तक इंस्पेक्टर के ही घर पर रहा। अफ़वाह तो यहां तक है कि उस चतुर व्यक्ति के इंस्पेक्टर की पत्नी के साथ अवैध संबंध थे। अब वह इंस्पेक्टर बौरा गया है और इतना नाराज़ है कि उसके सामने आते ही हर कोई भागने लगता है।'

'तुम उसे कैसे जानते हो? क्या वह यहां रहती है?'

'किसकी बात कर रहे हैं आप श्रीमान लिंडसे? इंस्पेक्टर की पत्नी?'

'नहीं कतई नहीं। मेरा मतलब तो इस लड़की से था-कार्ला।'

पहली बार चौड़ी मुस्कान के साथ उसने कहा, 'जानते हैं आप, बॉम्बे में बहुत सारी लड़कियां हैं। हम अपने होटल से केवल पांच मिनट की दूरी पर हैं। इस दौरान हमने सैकड़ों लड़कियां देखीं। पांच और मिनट बाद और सैकड़ों लड़कियां दिखाई देंगी। हर पांच मिनट में सैकड़ों लड़कियां। और थोड़ा कुछ और चलने के बाद कुछ और सैकड़ों, और सैकड़ों और सैकड़ों–'

'वाह, सैकड़ों लड़कियां,' मैंने उपहास के अंदाज़ में कहते हुए उसे टोका, मेरी आवाज़ ना चाहकर भी काफ़ी ऊंची हो गई थी। मैंने इधर-उधर देखा। कुछ लोग मेरी आवाज़ सुनकर ठिठक गए थे। मैंने आवाज़ को मंदा करके बोलना जारी रखा, 'प्रभाकर, मुझे सैकड़ों लड़कियों के बारे में नहीं जानना है। मैं तो बस उत्सुक हूं... *उस* लड़की बारे में जानने के लिए। ठीक है।'

'ठीक है श्रीमान लिंडसे। मैं आपको सबकुछ बताऊंगा। कार्ला-वह बॉम्बे की एक मशहूर कारोबारी है। वह काफ़ी अरसे से यहां रहती है। शायद पांच साल। उसका पास में ही एक छोटा सा घर है। हर कोई कार्ला को जानता है।'

'वह कहां की है?'

'शायद जर्मनी की या वैसा ही कुछ।'

'लेकिन उसका लहजा अमेरिकियों जैसा है।'

'हां, जहां तक लहजे की बात है, लेकिन वह जर्मन है या जर्मन जैसी। और अब तो लगभग हर तरह से भारतीय। तो अब आप कुछ खाना चाहेंगे?'

'हां, बस एक मिनट।'

पान की दुकान के पास खड़ी युवा मंडली के लोग अब एक-दूसरे से विदा लेकर भीड़ में गुम होते जा रहे थे। कार्ला भी उनके साथ हो ली, सिर ऊंचा करके पूरी तरह से बागी मुद्रा में। लोगों की भीड़ में गुम होने तक मैं उसे निहारता रहा, लेकिन उसने एक बार भी मुड़कर नहीं देखा।

मैंने प्रभाकर से पूछा, 'तुम्हें लियोपोल्ड पता है?' हम अब चलने लगे थे।

'हां, लियोपोल्ड बहुत ही शानदार दिलकश बियर बार है। शानदार, प्यारे लोगों से हमेशा लबालब भरा हुआ। वहां आपको अच्छा कारोबार करते हुए हर क़िस्म के विदेशी मिल जाएंगे। यौन संबंधों का कारोबार, ड्रग्स का कारोबार, धन का कारोबार

और काला बाज़ार का कारोबार। अश्लील चित्रों और स्मगलरों का कारोबार, पासपोर्ट का कारोबार और–'

'ठीक है, प्रभाकर मैं समझ गया।'

'क्या आप वहां जाना चाहते हैं?'

'नहीं शायद बाद में,' मैं चलते-चलते रुक गया तो प्रभाकर भी रुक गया। मैंने पूछा 'सुनो, तुम्हारे दोस्त तुम्हें किस नाम से पुकारते हैं? मतलब प्रभाकर की जगह तुम्हारा छोटा नाम क्या है?'

'अरे हां, मेरा छोटा नाम है। मेरे दोस्त मुझे प्रभु बुलाते हैं।'

'प्रभु... मुझे पसंद आया।'

'इसका मतलब होता है *रोशनी का बेटा* या ऐसा ही कुछ। आपको पसंद आया?'

'हां, यह अच्छा नाम है।'

'और आपका शुभ नाम श्रीमान लिंडसे, यह वाक़ई अच्छा नहीं है, अगर आप बुरा नहीं मानें तो आपके सामने ही कहना चाहूंगा। मुझे इतने लंबे और जटिल नाम अच्छे नहीं लगते, जिन्हें भारतीय ठीक से बोल नहीं सकें।'

'तुम्हें पसंद नहीं आया?'

'माफ़ी चाहूंगा, लेकिन मुझे पसंद नहीं आया। बिलकुल भी नहीं, ज़रा सा भी नहीं। रत्तीभर भी नहीं–'

मैंने मुस्कराते हुए कहा, 'ठीक है, मुझे डर है कि मैं इस बारे में कुछ नहीं कर सकता।'

उसने सुझाव देते हुए कहा, 'मेरी राय में छोटा नाम लिन बेहतर है। अगर आपको आपत्ति नहीं हो तो मैं आपको लिन के नाम से पुकारूंगा।'

यह उतना ही अच्छा नाम था और जेल से भागने के बाद मेरे द्वारा अपनाए गए दर्जनों झूठे नामों से बेहतर या कमतर नहीं था। वास्तविकता में तो हालिया महीनों में मैं अब ख़ुद को नए नामों से पुकारे जाने पर भी प्रतिक्रिया देने लगा था और *लिन।* यह तो छोटा सा था, जो शायद मैं कभी नहीं बना पाता। लेकिन यह अच्छा लग रहा था, किसी टोटके की तरह मानो नियति द्वारा तय : एक नाम जो तुरंत मेरा अपना हो गया, ठीक उस गुप्त नाम की तरह जिसके साथ मेरा जन्म हुआ था, जिसके तहत मुझे 20 साल क़ैद की सज़ा सुनाई गई थी।

मैंने प्रभाकर के गोल चेहरे और बड़ी, काली शरारती आंखों में झांककर देखा और मुस्कराते हुए सिर हिलाकर वह नाम स्वीकार लिया। मैं नहीं जान सकता था कि बॉम्बे की गलियों के एक छोटे से गाइड द्वारा दिए गए नाम से ही मुझे हज़ारों लोग कोलाबा से कंधहार, किन्शासा से बर्लिन तक जानेंगे। क़िस्मत को भी साथियों की दरकार होती है और नियति की दीवार ऐसी छोटी और बेमानी बातों के गारे से तैयार

होती है। अब जब मैं पीछे मुड़कर देखता हूं तो पाता हूं कि नामकरण का वह पल, जो उस वक़्त बेमानी लग रहा था, जिसमें केवल एक अदद सहमति की दरकार थी और अंधविश्वास भरे हां या ना की, वास्तविकता में मेरी ज़िंदगी का एक बुनियादी लम्हा था। इस नाम के तहत मैंने जो भूमिका निभाई और जो किरदार मैं बना–*लिन बाबा*–वह उससे पहले मिले किसी भी नाम की तुलना में ज़्यादा वास्तविक और मेरे स्वभाव से मेल खाने वाला था।

'हां, ठीक है, लिन चलेगा।'

'बहुत बढ़िया। मैं भी ख़ुश हूं कि आपको यह नाम पसंद आया। मेरे नाम के हिंदी भाषा के अर्थ *रोशनी का बेटा* की ही तरह आपके नाम लिन का भी बहुत अच्छा और भाग्य भरा अर्थ है।'

'अच्छा? लिन का हिंदी में मतलब क्या होता है?'

'इसका मतलब होता है, *लिंग!'* यह बताते हुए उसका चेहरा ऐसी ख़ुशी से दमक रहा था जिसकी उसे मुझसे भी अपेक्षा थी।

'ओह, बहुत बढ़िया। अच्छी बात है।'

'हां बहुत अच्छा, बहुत भाग्य वाला। यह ठीक वैसे अर्थ वाला तो नहीं है, लेकिन उसके काफ़ी निकट है, *लिंग, लिंगम।'*

मैंने विरोध करते हुए कहा, 'अरे क्या बेहूदगी है।' मैं चलने लगा, 'कैसा लगेगा कि लोग मुझे श्रीमान लिंग कहकर पुकारेंगे? तुम मज़ाक़ तो नहीं कर रहे? अब मुझे यह हक़ीक़त लग रही है–*ओह नमस्कार, आपसे मिलकर ख़ुशी हुई, मेरा नाम लिंग है।* बिलकुल नहीं। भूल जाओ। मुझे लगता है कि मैं लिंडसे से ही काम चला लूंगा।'

'नहीं, नहीं श्रीमान लिन। मैं सचमुच बता रहा हूं कि यह बहुत ही अच्छा नाम है, बहुत शक्तिशाली, बहुत भाग्यशाली, बहुत ज़्यादा भाग्यशाली। लोगों को यह नाम पसंद आएगा, जब वह उसे सुनेंगे। आइए मैं आपको दिखाता हूं। मैं आपके द्वारा दी गई व्हिस्की की बोतल अपने दोस्त संजय के पास छोड़ना चाहता हूं। यहां इसी दुकान में। बस देखते रहो, उसे आपका नाम कितना पसंद आता है।'

कुछ और क़दम चलने के बाद भीड़ भरी सड़क हमें एक छोटी सी दुकान पर ले आई, जिसके खुले दरवाज़े पर हाथ से लिखा हुआ था :

रेडियो सिक
इलेक्ट्रिक रिपेयर इंटरप्राइजेस
इलेक्ट्रिकल सेल्स ऐंड रिपेयर्स, संजय देशपांडे प्रोप्रायटर

संजय देशपांडे लगभग 50 वर्ष का एक मोटा व्यक्ति था जिसके सिर के बाल काले-सफ़ेद और भौंहें पूरी तरह से सफ़ेद हो चुकी थी। वह लकड़ी के एक मज़बूत काउंटर

के पीछे बैठा था। उसके चारों ओर टूटे-फूटे रेडियो, खुले पड़े कैसेट प्लेयर्स, कल-पुर्जों के बक्से फैले हुए थे। प्रभाकर ने उसका अभिवादन किया। तेज़ी से हिंदी में बोलते हुए उसने काउंटर के ऊपर से व्हिस्की की बोतल उसे थमा दी। देशपांडे ने मोटा सा हाथ निकालकर उसे थामा और बिना उसे देखे नीचे काउंटर में छिपा दिया। उसने शर्ट की जेब से नोटों का एक बंडल निकाला, एक नंबर निकालकर हथेली को नीचे की ओर रखते हुए प्रभाकर को थमा दिया। प्रभाकर ने भी बड़ी ही सफ़ाई से नोट जेब में डाल लिया। उसने बातचीत बंद की और मुझे इशारे से आगे किया।

उसने देशपांडे को बताया, 'यह मेरे मित्र हैं। न्यूज़ीलैंड से आए हैं।'

देशपांडे ने असंतोष सा जताया।

'यह आज ही बॉम्बे आए हैं और इंडिया गेस्ट हाउस में ठहरे हुए हैं।'

देशपांडे अभी भी संतुष्ट नहीं था, उसने मुझे ऊपर से नीचे तक देखा।

देशपांडे ने पूछा, 'इनका नाम क्या है?'

प्रभाकर ने मुस्कराते हुए कहा,'लिन। इनका नाम लिन बाबा है।'

देशपांडे ने हैरत के साथ मुस्कराते हुए भौंहें ऊपर कर लीं।

'लिन बाबा?'

प्रभाकर उत्साहित हो चुका था, 'हां, सही! लिन, लिन। एक बहुत ही अच्छे इंसान।'

देशपांडे ने हाथ आगे बढ़ाया और मैंने मिला लिया। हमने एक-दूसरे का अभिवादन किया और तब प्रभाकर मेरी आस्तीन खींचकर दरवाज़े की ओर ले जाने लगा।

हम बाहर सड़क पर निकलने ही वाले थे कि देशपांडे चिल्लाया, 'लिन बाबा। बॉम्बे में आपका स्वागत है। वॉकमैन, कैमरा या कोई भी मशीन ख़राब हो जाए तो मेरे पास ही आइएगा, संजय देशपांडे, रेडियो सिक, मैं आपको सबसे सस्ती सेवा दूंगा।'

मैंने सिर हिलाया और हम दुकान से बाहर आ गए। प्रभाकर मुझे कुछ और दूर तक खींचने के बाद रुक गया।

'देखा आपने लिन। आपने देखा उसे आपका नाम कितना पसंद आया?'

मैं बड़बड़ाया, 'शायद।' मैं उसके उत्साह और देशपांडे के साथ छोटी सी मुलाक़ात से हतप्रभ था। जब मैं उसे अच्छी तरह से जानने लगा तो मुझे उसके साथ दोस्ती में सचमुच मज़ा आने लगा था। मैंने पाया कि प्रभाकर दिल से यह मानता था कि उसकी खिली हुई मुस्कान से फ़र्क़ पड़ता है, लोगों के दिलों पर और दुनिया पर। वह सही था, निश्चित तौर पर, लेकिन मुझे यह सच्चाई समझने में और फिर उसे स्वीकारने में लंबा वक़्त लग गया।

'यह नाम के साथ *बाबा* क्या है? लिन तो मेरी समझ में आता है, लेकिन यह लिन *बाबा* क्या है?'

'बाबा नाम के साथ जुड़ा सम्मान है,' प्रभाकर ने मुस्कराते हुए कहा, 'अगर हम आपके या किसी भी ख़ास व्यक्ति के नाम के आगे बाबा जोड़ देते हैं तो इसका मतलब होता है कि हम उसे शिक्षक या किसी पवित्र व्यक्ति या किसी बुज़ुर्ग के तौर पर सम्मान दे रहे हैं–'

'समझ आ गया। समझ आ गया, लेकिन प्रभु मैं तुम्हें बताना चाहूंगा कि इससे मुझे बहुत ज़्यादा राहत महसूस नहीं हो रही है। यह लिंग वाला मामला... पता नहीं।'

'लेकिन आपने संजय देशपांडे को देखा! आपने देखा कि उसे आपका नाम कितना पसंद आया! देखिएगा लोगों को यह नाम कितना पसंद आएगा। देखिएगा अब मैं सबको बताऊंगा, लिन बाबा! लिन बाबा! लिन बाबा!'

वह चिल्लाने लगा था, हर आने-जाने वाले का रुख़ करके।

'ठीक है प्रभु, ठीक है। मैं तुम्हारी बात मान लेता हूं। शांत हो जाओ।' अब *उसकी* आस्तीन खींचने की बारी मेरी थी। 'मुझे लगा था कि तुम व्हिस्की *पीना* चाहते थे?'

उसने आह भरी, 'हां, पीना चाहता था और मैं अपने दिमाग़ में तो उसे पी भी रहा था। लेकिन लिन बाबा आपके अच्छे तोहफ़े को संजय को बेचकर अब मैं बुरी लेकिन बहुत सस्ती भारतीय व्हिस्की की दो बोतलें ख़रीद सकता हूं। और मौज करते हुए बचे हुए पैसों से एक अच्छी नई शर्ट ख़रीद सकता हूं, लाल रंग का, अच्छी चरस का एक तोला, एयरकंडीशन हॉल में हिंदी फ़िल्म का मज़ा ले सकता हूं। और हां दो दिन का खाना भी हो जाएगा इसमें। लेकिन एक मिनट, लिन बाबा आप आपका पान नहीं खा रहे हैं। बासी होकर इसका स्वाद बिगड़ने से पहले आपको इसे मुंह में दबाकर चबाना चाहिए।'

'ठीक है, इसे कैसे करना है? ऐसे?'

मैंने माचिस के आकार के भरे हुए पान को मुंह में दबा लिया। गाल और दांतों के बीच, जैसा कि मैंने दूसरों को करते हुए देखा था। कुछ ही सेकेंड्स में पान में मौज़ूद सुगंधित वस्तुओं का रस मेरे मुंह में घुलने लगा। वह कुछ तीखा और स्वादिष्ट था। पान मुंह में पिघलने लगा था और पान, खजूर, नारियल के टुकड़े रस का हिस्सा बन चुके थे।

प्रभाकर ने मुझे पूरी एकाग्रता से जबड़े चलाते हुए देखकर कहा, 'अब आपको कुछ पान थूक देना चाहिए। देखिए, इस तरह से। ऐसे थूकिए।'

उसने लाल पीक को सफ़ाई के साथ कुछ मीटर दूर सड़क पर फेंक दिया और वह एकमुश्त ज़मीन पर गिरा। उसके होंठों या चेहरे पर पीक के कोई निशान नहीं थे। उसके उत्साहपूर्ण प्रोत्साहन के बाद मैंने भी उसकी नक़ल करने की कोशिश की। लेकिन पीक मेरे मुंह से पूरी तरह से बाहर नहीं निकली और मेरी शर्ट, गालों और जूतों पर गिर गई।

प्रभाकर ने जेब से रूमाल निकालते हुए कहा, 'कोई समस्या नहीं।' मेरी शर्ट से पीक के दाग़ों को निकालने का वह नाकाम प्रयास करने लगा। 'कोई समस्या नहीं। मैं आपके जूते भी इसी तरह से साफ़ कर दूंगा। ठीक है? मुझे अब आपसे पूछना ही चाहिए आपको तैरना अच्छा लगता है?'

'तैराकी?' मुंह पर फैली पीक को समेटते हुए मैंने पूछा।

'जी हां तैराकी। मैं आपको चौपाटी तट पर ले जाऊंगा। एक सुंदर समुद्र तट। वहां पर आप पान खाने, चबाने और थूकने का अभ्यास कर सकते हैं और वह भी बहुत कम कपड़ों में, ताकि आपका धोबी का ख़र्च बच जाएगा।'

'ध्यान से सुनो, शहर में घूमने वाले तुम एक गाइड की तरह काम करते हो। है ना?'

'जी हां बिलकुल दुरुस्त। बॉम्बे का सबसे बेहतरीन गाइड और पूरे भारत का भी।'

'तुम एक दिन का कितना पैसा लेते हो?'

उसने मेरी ओर देखा, उसके चेहरे पर वह मुस्कान खिल उठी थी, जिसके बारे में मैं जानता था कि यह असली वाली नहीं बल्कि चतुराई वाली मुस्कान है। उसने कहा, 'मैं दिन का 100 रुपये लेता हूं।'

'ठीक है... '

'और खाना पर्यटक खिलाते हैं।'

'अच्छा।'

'और टैक्सी का भाड़ा भी पर्यटक देते हैं।'

'निश्चित तौर पर।'

और बॉम्बे के बस टिकट का भुगतान भी वही करते हैं।

'हां।'

'और चाय, अगर हमने भरी दोपहरी में ख़ुद को तरोताज़ा करने के लिए चाय पी तो उसका पैसा भी पर्यटक ही देते हैं।'

'उ–उह–'

'और दिलकश लड़कियां, अगर हम सर्द रात में वहां जाते हैं और हमारे भीतर उमंग जाग रही हो तो–'

'ठीक है, ठीक है। सुनो मैं तुम्हें पूरे एक सप्ताह का पैसा दूंगा। मैं चाहता हूं कि तुम मुझे बॉम्बे दिखाओ, शहर के बारे में कुछ सिखाओ। अगर सब ठीक रहा तो सप्ताह के अंत में तुम्हें बोनस भी मिलेगा। कैसा लगता है?'

उसका चेहरा मुस्कान से दमकने लगा, लेकिन जवाब देते हुए उसकी आवाज़ चौंकाने वाले अंदाज़ में निराशाजनक लग रही थी।

'यह आपका एक अच्छा फ़ैसला है लिन बाबा। आपका एक बहुत अच्छा फ़ैसला।'

'ठीक है, हम देखेंगे,' मैंने ठहाका लगाते हुए कहा, 'और मैं चाहता हूं कि तुम मुझे हिंदी के कुछ शब्द भी सिखाओ। ठीक है?'

'बिलकुल। मैं आपको सबकुछ सिखा दूंगा। हां का मतलब होता है *यस, नहीं मतलब नो, पानी* मतलब *वॉटर, खाना* मतलब फूड, और– '

'ठीक है, ठीक है। हमें सबकुछ एक ही बार में सीख लेने की कोई ज़रूरत नहीं है। और क्या यही वह रेस्तरां है? मुझे ज़ोरों की भूख लगी है।'

मैं उस अंधियारे भरे अनाकर्षक रेस्तरां में घुसने ही वाला था कि उसने मुझे रोक दिया। उसके चेहरे पर अचानक गंभीरता आ चुकी थी। उसका चेहरा मुरझा गया और वह थूक गटकने लगा, शायद उसे पता नहीं था कि वह अपनी बात को कैसे कहे।

उसने अंततः कहा, 'इससे पहले कि हम यहां अच्छा खाना खाएं। इससे पहले कि मैं आपके साथ कोई भी कारोबारी बातचीत करूं, एक बात है जो मैं आपको बताना चाहता हूं।'

'ठीक है कहो... '

वह इतना हताश दिख रहा था कि मुझे आशंका सी होने लगी।

'देखिए, मैं अब आपको बता रहा हूं जो एक तोला चरस मैंने आपको होटल में बेची थी... '

'हां?'

'उसकी क़ीमत *कारोबार* के लिहाज से थी...*वास्तविक* क़ीमत–दोस्ताना क़ीमत–अफ़गानी चरस के एक तोले की तो केवल 50 रुपये है।' उसने अपना हाथ उठाकर जांघ पर जोर से मारा। 'मैंने आपसे 50 रुपये ज़्यादा वसूल लिए।'

मैंने शांतिपूर्वक कहा, 'अच्छा।' मेरे लिहाज़ से तो यह मसला इतना नगण्य सा था कि मैं ज़ोर से हंसना चाहता था। लेकिन यह उसके लिए निश्चित ही बेहद महत्त्वपूर्ण था और मुझे ऐसा भी लगा कि वह अक्सर इस तरह की स्वीकारोक्ति नहीं देता। वास्तविकता में तो प्रभाकर ने मुझे काफ़ी अरसे बाद बताया कि उसी पल मैं उसे पसंद आने लगा था और इसका ज़ाहिर सा मतलब था कि हर बात पूरी ईमानदारी और साफ़गोई से भरी। यह उसकी सबसे प्रिय और सबसे परेशान करने वाला गुण था कि वह हमेशा मुझे पूरी सच्चाई बता दिया करता था।

'तो... तुम मुझसे क्या चाहते हो?'

उसने गंभीरता से कहा,'मेरा सुझाव है कि हम उस *कारोबारी* क़ीमत वाली चरस को तेज़ी से पीकर ख़त्म कर दें। उसके बाद मैं आपके लिए एक नई पुड़िया ख़रीदूंगा। इसके बाद सबकुछ दोस्ताना क़ीमत वाला ही होगा, मेरी ओर से भी और आपकी ओर से भी। यह बिना समस्या वाली नीति है, है ना?'

मैंने जवाब दिया, 'शायद है, शायद है।'

कुछ घंटे बाद मैं आरामदेह अंधियारे में अनवरत आवाज़ करने वाले घूमते पंखे के नीचे लेटा हुआ था। मैं बहुत थक चुका था, लेकिन नींद थी कि आने का ही नाम नहीं ले रही थी। दिन में शोर-शराबे से गूंजने वाली मेरी खिड़कियों के नीचे की सड़क शांत हो चुकी थी। रात के सन्नाटे और तारों से सजी। दुनियाभर में अपने पीछे छोड़ चुके लोगों में से किसी को भी पता नहीं था कि मैं कहां हूं। बॉम्बे की नई दुनिया में कोई नहीं जानता था कि मैं कौन हूं। उन लम्हों में, उस अंधकार में मैं लगभग सुरक्षित था।

मैंने प्रभाकर और उसके शहर का दौरा शुरू करने के लिए सुबह जल्दी आने के वादे के बारे में सोचा। *क्या वह आएगा?* मैं सोच रहा था। या *फिर दिन में मुझे वह कहीं और दिखाई देगा, किसी और नए आए हुए पर्यटक के साथ?* मैंने उस अकेलेपन के दौरान तय किया कि अगर वह अपने शब्दों पर खरा उतरा और सुबह आ गया तो मैं उसे पसंद करने लगूंगा।

मैंने उस महिला, कार्ला के बारे में बार-बार सोचा, इस बात से हैरान कि उसका शांत, बिना मुस्कराहट वाला चेहरा बार-बार मेरे ज़ेहन में आ-जा रहा था। *अगर तुम कभी लियोपोल्ड जाओगे तो शायद मुझे मिल सकोगे।* मुझसे उसने यही अंतिम बात कही थी। मैं नहीं जानता था कि यह एक आमंत्रण था, चुनौती या फिर एक चेतावनी। जो भी था, मैं उसका सामना करना चाहता था। मैं वहां जाकर उसको खोजना चाहता था। लेकिन फ़िलहाल नहीं। तब तक नहीं, जब तक कि मैं उस शहर को अच्छी तरह से नहीं जान लेता, जिसे वह अच्छी तरह से जानती थी। मैंने सोचा, *मैं एकाध सप्ताह का वक़्त लूंगा। शहर में एक सप्ताह...*

और उन ख़यालों के दौरान ही हमेशा की तरह मेरे अकेलेपन के सर्द दायरे में मेरे परिवार मेरे मित्रों के विचार भी आ-जा रहे थे। अंतहीन। पहुंच से दूर। हर रात बस इसी सोच में गुज़र जाती थी कि अपनी आज़ादी की मुझे क्या क़ीमत चुकानी पड़ी है और मैंने क्या गंवाया है। हर रात मैं यह सोचकर शर्म में डूब जाता था कि मेरी आज़ादी की उन्हें क्या क़ीमत चुकानी पड़ी है, मेरे प्यारे लोग, जिन्हें मैं जानता था कि मैं कभी दोबारा नहीं देख सकूंगा।

'हम उसे हरा सकते थे,' कमरे के दूर के कोने के अंधेरे से ज़्यादा क़द वाले कनाडाई की आवाज़ आई। सन्नाटे की बीच उसकी आवाज़ ठीक किसी पतरे पर पत्थर फेंकने पर होने वाली चौंकाने वाली आवाज़ की तरह थी। 'हम कमरे के किराये के लिए उस मैनेजर से और अधिक मोलभाव कर सकते थे। यहां हमें हर रोज़ छह डॉलर देना पड़ रहे हैं। हम भाव चार डॉलर तक ला सकते थे। यह भाव बहुत ज़्यादा नहीं है, लेकिन वह लोग ऐसा ही करते हैं। आपको ऐसे लोगों से मोलभाव करके कुछ लाभ लेना चाहिए। हम तो कल दिल्ली जा रहे हैं, लेकिन तुम्हें यहीं रहना है। हमने इस बारे में पहले भी बात की, जब तुम बाहर गए हुए थे, और हमें तुम्हारी चिंता हो

रही है। तुम्हें उनसे मोलभाव करना चाहिए। अगर तुम यह नहीं सीखते, ऐसा सोचना शुरू नहीं करते तो ये लोग तुम्हें कंगाल कर देंगे। शहरों में रहने वाले भारतीय ख़ुदग़र्ज़ होते हैं। मुझे ग़लत मत समझना, यह एक महान देश है। यही वजह है कि हम यहां लौटकर आए हैं। लेकिन वे हमसे अलग हैं वे... वे बस हमसे कमाने की सोचते हैं। तुम्हें उन्हें मात देनी ही होगी।'

वह निश्चित तौर पर कमरे के किराये के बारे में सही कह रहा था। हम प्रतिदिन एक या दो डॉलर बचा सकते थे। और मोलभाव फ़ायदे का सौदा होता है। भारत में कारोबार करने का अधिकांशतः यही चालाकी भरा और मान्य तरीक़ा है।

लेकिन वह ग़लत भी था। आने वाले वर्षों में मैनेजर आनंद और मैं अच्छे दोस्त बन गए। दरअसल उस पर पहली ही नज़र में विश्वास, पहले ही दिन मोलभाव नहीं करने, उसे नीचा नहीं दिखाने, उसके साथ सम्मान का रिश्ता रखने और उसे पसंद करने के फ़ैसले ने मुझे उसका लाड़ला बना दिया था। उसने बाद में कई मर्तबा यह बात स्वीकार भी की। हमारी ही तरह वह भी यह जानता था कि तीन डॉलर का भुगतान हम तीन विदेशियों के लिए मिलकर कोई बड़ी बात नहीं थी। होटल के मालिकों को प्रतिदिन प्रति कमरा चार डॉलर मिलते थे। यह आधार रेखा थी। उस न्यूनतम से ऊपर के दो डॉलर या जो भी रक़म हो, आनंद और उसके तीन रूम बॉय के स्टाफ़ में दैनिक वेतन के तौर पर साझा कर ली जाती थी। विदेशी पर्यटकों द्वारा मोलभाव में हासिल जीत आनंद की दैनिक रोटी छीन लेती थी और साथ ही उसके साथ दोस्ती करने का एक मौक़ा भी।

भारत और भारतीयों के बारे में यह साधारण और अद्भुत बात है कि जब आप वहां जाकर उनसे व्यवहार करते हैं तो आपके दिमाग़ की तुलना में आपका दिल आपका बेहतर मार्गदर्शन करता है। दुनिया में किसी अन्य जगह के लिए यह बात खरी नहीं उतरती।

बॉम्बे की पहली रात में अंधकार भरे और केवल सांसों की आवाज़ से सने सन्नाटे में तब मुझे यह बात पता नहीं थी। मैं तो केवल सहज बोध के आधार पर भाग रहा था और अपनी क़िस्मत पर ही टिका हुआ था। मैं नहीं जानता था कि मैंने अपना दिल पहले ही एक महिला और इस शहर को दे डाला है। और इसमें से कुछ भी नहीं जानते हुए मैं एक मुस्कान के साथ नींद की गर्त में डूब गया। एक बिना सपनों की शांत नींद।

अध्याय 2

वह लियोपोल्ड में अपने रोज़ के निर्धारित वक़्त पर पहुंची और जब वह अपने दोस्तों से बात करते हुए मेरे टेबल के पास रुकी तो मैंने फिर एक बार उसकी दमकती हरी आंखों के लिए शब्द तलाशने शुरू कर दिए। मैंने पत्तियों के बारे में सोचा, दूधिया पत्थर और समुद्री द्वीपों के गर्म छिछले पानी के बारे में भी। लेकिन कार्ला की आंखों में जो जीवंत पन्ना था, जो उसकी आंखों के इर्द-गिर्द मौज़ूद सूरजमुखी जैसे सुनहरे रंग से और दमक उठता था, बहुत ज़्यादा मुलायम था। मैंने अंततः वह रंग खोज निकाला था, उसकी आंखों के हरे रंग से बिलकुल मेल खाने वाला, लेकिन यह बात लियोपोल्ड की उस रात के काफ़ी दिनों बाद की है। और हैरानी की बात है कि पता नहीं क्यों मैंने उसे यह बात नहीं बताई। अब मैं दिल से चाहता हूं कि मुझे उसे बता देना चाहिए था। आपका भूतकाल दो आईनों के बीच प्रतिबिंबित होता रहता है-चमकीला आईना, जो आपके शब्दों और कार्यों से बना होता है और एक काला आईना, उन बातों से भरा हुआ, जो हम नहीं करते या कहते। मुझे अब लगता है कि शुरुआत से, मुलाक़ात के पहले ही सप्ताह से मैं उसे जानता था, उस रात भी, शब्द मेरी ज़बान पर आ चुके थे उसे बताने के लिए कि ... मैं उसे चाहता हूं।

और वाक़ई मैं उसे चाहता था – मुझे उसकी हर बात अच्छी लगती थी। मुझे उसकी स्विस-अमेरिकी अंग्रेज़ी में संगीत का आभास होता था, जिस तरह से कुछ चिढ़ जाने पर वह लटों को अंगूठे और अंगुलियों के बीच उलझाकर पीछे धकेलती थी, मुझे उसकी बातचीत में मौज़ूद चतुराई का पुट भाता था और अपने पसंद के लोगों के पास से गुजरते हुए या उनके पास बैठते हुए उन्हें हौले से छूने का उसका अंदाज़। मुझे बहुत पसंद आता था, जब वह मेरी आंखों में आंखें डालकर मेरे सहज होते ही मुस्करा उठती थी, आक्रामकता को कम करते हुए, लेकिन फिर नज़र नहीं हटाती थी।

वह दुनिया की आंखों में आंखें डालकर घूरने लगती थी, जो मुझे पसंद आता था, क्योंकि तब मुझे भी दुनिया अच्छी नहीं लगती थी। दुनिया मुझे मारना या दबोचना चाहती थी। दुनिया मुझे उसी पिंजरे में डाल देना चाहती थी, जिससे मैं भागकर आया था। जहां बुरे लोग, जेल के गार्ड के यूनिफ़ॉर्म में, जिन्हें सही काम करने के लिए पैसा मिलता था, मुझे बेड़ियों की मदद से दीवार पर बांधकर तब तक

पीटा करते थे, जब तक कि मेरी हड्डियां टूट नहीं जाएं। और दुनिया का ऐसा चाहना शायद सही भी था। शायद मुझसे ऐसा ही बदतर व्यवहार किया जाना अपेक्षित था। लेकिन वह कहते हैं ना कि दमन कुछ लोगों में प्रतिकार को जन्म दे देता है और मैं अब अपनी ज़िंदगी के हर लम्हे में दुनिया का प्रतिकार कर रहा था।

उन शुरुआती महीनों में कार्ला ने एक बार मुझसे कहा था, *दुनिया और मेरे बीच बोलचाल बंद है। दुनिया मुझे दोबारा जीतना चाहती है,* उसने कहा, *लेकिन यह काम नहीं करता। मुझे लगता है कि मैं माफ़ कर देने वालों में से नहीं हूं।* और मैंने उसके भीतर यह बात बिलकुल शुरुआत से देखी भी। पहले ही मिनट में मुझे इस बात का अहसास हो चुका था कि वह कितनी मेरी तरह है। मैं उसके भीतर के संकल्प को जानता था जो हद दर्ज़े का निर्मम था और साहस जो क्रूर था और एकाकीपन के बीच प्यार पाने के लिए क्रोध। मैं वह सब जानता था, लेकिन मैंने कहा नहीं। मैंने उसे नहीं बताया कि मैं उसे कितना चाहता हूं। मैं पलायन के बाद के शुरुआती वर्षों में एक क़िस्म से सुन्न सा था : अपनी ज़िंदगी को तबाह कर देने वाली त्रासदियों से हतप्रभ। मेरा दिल मौन और भावनाशून्य हो चुका था। कोई भी व्यक्ति या कोई भी बात मुझे कष्ट नहीं दे सकती थी। कोई भी व्यक्ति या कोई भी बात मुझे बहुत ख़ुश नहीं कर सकती थी। मैं काफ़ी सख़्त हो चुका था। शायद किसी व्यक्ति के बारे में यही सबसे दुखद बात कही जा सकती है।

उसने मुझे छेड़ते हुए कहा, 'तुम यहां नियमित तौर पर आने लगे हो।' एक हाथ से मेरे बालों को सहलाते हुए वह मेरे टेबल पर बैठ गई।

वह जब ऐसा करती थी, मुझे बहुत अच्छा लगता था : इसका मतलब था कि उसने मुझे सही तरीक़े से पढ़ लिया है, और वह निश्चिंत थी कि मैं बुरा नहीं मानूंगा। उस वक़्त मेरी उम्र 30 वर्ष के आस-पास थी-बदसूरत, औसत से ज़्यादा लंबा, चौड़े कंधे वाला, मज़बूत सीना और दमदार बांहें। लोग आमतौर पर मेरे बालों से नहीं खेलते थे।

'हां, मुझे लगता है शायद।'

'तो तुम फिर प्रभाकर के साथ घूमने गए थे? आज का दिन कैसा रहा?'

'वह मुझे द्वीप पर ले गया था, एलिफ़ेंटा, गुफाएं देखने के लिए।'

उसने मेरी ओर देखते हुए कहा, 'बहुत ही ख़ूबसूरत जगह,' लेकिन वह सपना किसी और बात का देख रही थी। 'अगर तुम्हें मौक़ा मिले तो अजंता और एलोरा भी देखकर आना। मैंने एक बार अजंता की एक गुफा में पूरी रात गुजारी थी। मेरा बॉस मुझे वहां ले गया था।'

'तुम्हारा बॉस?'

'हां, मेरा बॉस।'

'वह यूरोपियन है, तुम्हारा बॉस, या भारतीय?'

'वास्तविकता में दोनों ही नहीं।'

'मुझे उसके बारे में बताओ।'

अचानक घूरते हुए उसने पूछा, 'क्यों?'

मैं तो बस बातचीत को आगे बढ़ाना चाहता था, ताकि वह मेरे नज़दीक रहे, मुझसे बात करते हुए। लेकिन उसके एक शब्द के सवाल में मौज़ूद चिंता ने मुझे चौंका दिया।

'कुछ ख़ास नहीं।' मैंने मुस्कराते हुए कहा, 'मैं तो बस यह जानने के लिए उत्सुक था कि यहां लोगों को काम कैसे मिलता है, वे कैसे जीवनयापन करते हैं, बस इतना ही।'

'ठीक है, मैं उससे पांच साल पहले एक लंबी दूरी की उड़ान पर मिली थी।' अपने हाथों को देखते हुए कुछ सामान्य होते हुए उसने कहा, 'हम दोनों ज्यूरिख के विमान पर थे। मैं सिंगापुर जा रही थी, लेकिन जब तक हम बॉम्बे पहुंचे, उसने मुझे विमान से उतरकर उसके लिए काम करने को मना लिया था। गुफाओं की सैर कुछ ख़ास थी। उसने किसी तरह से अधिकारियों से मेल बिठाकर इसे तय किया था। मैं उसके साथ वहां गई थी। मैंने पूरी रात हज़ारों चमगादड़ों के शोर के बीच बुद्ध के पत्थर के शिल्पों से सजी एक बड़ी गुफा में गुजारी। मैं सुरक्षित थी। उसने बाहर एक रक्षक तैनात कर रखा था। लेकिन यह अद्भुत था। एक गज़ब का अनुभव। और इसने वाक़ई मेरी मदद की... चीज़ों को व्यवस्थित करने में। कुछ मर्तबा आप अपना दिल सही तरीक़े से तोड़ते हो, अगर तुम जानते हो कि मेरा क्या मतलब है।'

मैं निश्चित नहीं था कि उसका क्या मतलब था; लेकिन जब वह मेरे जवाब की प्रतीक्षा में कुछ पल के लिए चुप हुई तो मैंने ऐसे सिर हिलाया जैसे सबकुछ मेरी समझ में आ गया हो।

'आप कुछ बिलकुल ही नया सीखते हैं या महसूस करते हैं, जब आप अपना दिल उस तरीक़े से तोड़ते हैं,' उसने कहा। 'कुछ ऐसी बात जो केवल आप ही उस तरह से जान या समझ सकते हैं। और मैं जानती थी, उस रात के बाद, मुझे वह अहसास भारत के अलावा और कहीं नहीं होगा। मैं जानती थी–मैं बता नहीं सकती, मैं किसी तरह से बस जानती थी–कि मैं घर आ चुकी हूं और जोश से भरी व सुरक्षित हूं। और हां, मैं यहीं हूं... '

'वह किस तरह का कारोबार करता है?'

'क्या?'

'तुम्हारा बॉस, वह क्या करता है?'

'आयात और निर्यात।' यह कहते हुए उसकी आंखें अन्य टेबलों का निरीक्षण करने लगीं।

'क्या तुम्हें घर की याद आती है?'

'मेरा घर?'

'हां, मेरा मतलब है तुम्हारा *दूसरा* घर। क्या तुम्हें कभी स्विट्ज़रलैंड की याद नहीं सताती?'

'कुछ हद तक हां। मैं बासेल की रहने वाली हूं–क्या तुम कभी वहां गए हो?'

'नहीं मैं कभी यूरोप नहीं गया हूं।'

'तुम्हें जाना चाहिए और जब तुम वहां जाओ तो बासेल ज़रूर जाना। वह वाक़ई एक यूरोपियन शहर है, पता है? राइन नदी इसे ग्रेट बासेल और स्मॉल बासेल में विभाजित करती है। शहर के दोनों हिस्सों का अंदाज़ अलग है, स्वभाव अलग है, मतलब मानो एक ही वक़्त में दो शहरों में रहने जैसा। किसी जमाने में मुझे वह रास आता था। और तीन देशों के संगम पर स्थित है। तो आप बस सीमा पार करके पैदल ही जर्मनी या फ्रांस में प्रवेश कर सकते हैं। आप फ्रांस में ब्रेकफ़ास्ट कर सकते हैं, कॉफ़ी और बेगुत्तेस और दोपहर का भोजन स्विट्ज़रलैंड में करने के बाद रात का भोज जर्मनी में कर सकते हैं, अपने शहर से बस चंद किलोमीटर की दूर तय करके। मुझे स्विट्ज़रलैंड से ज़्यादा बासेल की कमी महसूस होती है।'

सांस लेते हुए वह कुछ रुक गई और उसने अपनी नाज़ुक बेरंग पलकों से मेरी तरफ़ देखा।

'माफ़ करना, मैं तुम्हें भूगोल का पाठ पढ़ा रही हूं।'

'नहीं चलने दीजिए। मज़ा आ रहा है।'

'तुम जानते हो,' उसने हौले से कहा, 'मैं तुम्हें पसंद करती हूं लिन।'

उसने दमकती हरी आंखों से मेरी तरफ़ देखा। मुझे लगा मानो मेरे गाल लाल हो गए, घबराहट से नहीं बल्कि शर्म से, कि उसने वह शब्द इतनी आसानी के साथ कह दिए थे, *मैं तुम्हें पसंद करती हूं।* जो कि मैं उससे कहने का हौसला नहीं जुटा पाया था।

'तुम करती हो?' मैंने पूछा, इस प्रयास में कि सवाल सामान्य सा लगे। मैंने उसके होठों पर एक हल्की मुस्कान देखी।

'हां, तुम अच्छे सुनने वाले हो। यह ख़तरनाक है, क्योंकि इसका प्रतिकार करना मुश्किल है। कोई आपकी बात सुने–आपकी बात सुने, यह दुनिया में दूसरी सबसे अच्छी बात है।'

'और सबसे अच्छी बात क्या है?'

'हर कोई उसे जानता है कि दुनिया में सर्वश्रेष्ठ बात है सत्ता, ताक़त।'

'सच में,' मैंने हंसते हुए पूछा, 'और सहवास?'

'नहीं, अगर जीव विज्ञान को परे रख दिया जाए तो सहवास भी सत्ता या ताक़त आधारित ही है। इसलिए यह इतना उतावला होता है।'

मैं फिर से हंसा।

'और प्यार? दुनिया में कई लोग कहते हैं कि सत्ता या ताक़त नहीं प्यार दुनिया में सबसे अच्छी चीज़ है।'

एक स्पष्ट निश्चितता के साथ उसने कहा, 'वे ग़लत हैं। प्यार तो सत्ता का ठीक विपरीत है। यही वजह है कि हम इससे इतना घबराते हैं।'

'प्यारी कार्ला, तुम जो बातें करती हो, मुझे यही निष्कर्ष निकालना होगा कि हमारे लिन के लिए तुम्हारे मन में बुरे इरादे हैं।' कार्ला के पास की सीट पर बैठते हुए डिडियर लेवी ने कहा।

उसने झिड़कते हुए कहा, 'तुमने हमारी बात का एक शब्द भी नहीं सुना।'

'मुझे तुम्हें *सुनने* की ज़रूरत नहीं है। मैं तुम्हारे चेहरे पर मौज़ूद भावों से ही समझ सकता हूं। तुम इसके साथ पहेलियों में बात करके उसका चेहरा अपनी ओर करना चाहती हो। तुम यह भूल जाती हो कार्ला कि मैं तुम्हें बहुत अच्छी तरह से जानता हूं। देखो, लिन हम तुम्हें एक बार में ही ठीक कर देंगे!'

उसने लाल जैकेट वाले वेटरों में से एक को उसकी जेब पर लगे नंबर '4' से आवाज़ लगाई । 'सुनो चार नंबर। *दो बाटली बियर।* तुम क्या लोगी कार्ला? कॉफ़ी? और, चार नंबर *एक कॉफ़ी और जल्दी करो।*'

डिडियर लेवी केवल 35 बरस का था, लेकिन इस दौरान वह इतना थुलथुल हो चुका था कि उम्र से ज़्यादा का लगता था। उमस भरे माहौल के बाद भी वह हमेशा बैगी कैनवास पेंट, डेनिम शर्ट और धूसर रंग का एक वूलन स्पोर्ट्स कोट पहने रहता था। उसके घने, घुंघराले काले बाल कभी भी उसकी कॉलर की लाइन से छोटे या बड़े नहीं होते थे। चेहरे पर खिचड़ी जैसी दाढ़ी कभी तीन दिन से ज़्यादा पुरानी नहीं लगती थी। वह अंग्रेज़ी के बेहतरीन उच्चारण का इस्तेमाल दोस्तों और अजनबियों को दुर्भावनापूर्वक उकसाने या उनकी आलोचना के लिए करता था। लोग उसके रूखे व्यवहार और चिकोटियों से चिढ़ते थे, लेकिन वह उसे झेल लेते थे, क्योंकि वह वक़्त पर काम आने वाला था और कभी-कभी अपरिहार्य सा था। वह हर बात जानता था-एक पिस्टल से लेकर, बेशक़ीमती हीरे, एक किलो सबसे अच्छी थाई-सफ़ेद हेरोइन-शहर में कहां ख़रीदी या बेची जा सकती है। और जैसे कि वह ख़ुद ही कई बार डींग हांकता था कि सही क़ीमत मिले तो शायद ही कोई काम होगा, जो वह नहीं करे, बशर्ते उसमें उसके आराम और निजी सुरक्षा को कोई ख़तरा नहीं हो।

'हम दुनिया की सबसे बेहतरीन वस्तु को लेकर विभिन्न लोगों के विचारों के बारे में बात कर रहे हैं,' कार्ला ने कहा, 'लेकिन तुम क्या सोचते हो यह मुझे पूछने की ज़रूरत ही नहीं है।'

'तुम कहोगी कि मैं सोचता हूं पैसा ही दुनिया में सबसे अच्छी बात है।' उसने कहा,'और हम दोनों ही सही होंगे। हर समझदार और तार्किक इंसान एक दिन जान ही जाता है कि पैसा ही लगभग सबकुछ है। महान सिद्धांत और अच्छे गुण सभी अच्छे हैं, इतिहास के एक लंबे अरसे के लिए, लेकिन एक दिन से दूसरे दिन की बात की

जाए तो पैसा ही सबकुछ चलायमान रखता है–और इसकी कमी हमें जीवन के बड़े पहिये के नीचे कुचल देती है। और तुम्हारा क्या कहना रहा लिन? तुमने क्या कहा?'

'उसने कुछ भी नहीं कहा और अब जबकि तुम यहां आ ही चुके हो, उसके पास कुछ कहने का मौक़ा भी नहीं होगा।'

'सबको मौक़ा दो कार्ला। लिन हमें बताओ, मैं जानना चाहता हूं।'

'अगर तुम मुझ पर दबाव ही डालना चाहते हो तो मेरा जवाब होगा आज़ादी।'

'क्या करने की आज़ादी?' यह सवाल पूछते हुए वह खिल्ली उड़ाने के अंदाज़ में हंसने लगा था।

'मैं नहीं जानता। शायद केवल नहीं कहने की आज़ादी। अगर किसी को उतनी सी आज़ादी भी मिल जाए तो फिर उसे किसी और बात की ज़रूरत ही नहीं बचती।'

बियर और कॉफ़ी आ चुकी थी। वेटर ने बेहद बदतमीज़ अंदाज़ में ड्रिंक्स को हमारे टेबल पर पटका। उन दिनों के बॉम्बे में दुकान हो, होटल या रेस्तरां सेवा में विनम्रता का स्पष्ट अभाव था। और लियोपोल्ड के वेटर तो इस मामले में रूखेपन की मिसाल बन चुके थे। कार्ला ने एक बार कहा था कि *बुरे व्यवहार के लिहाज़ से यह पूरी दुनिया में मेरी सबसे पसंदीदा जगह है।*

डिडियर ने गिलास को मेरे गिलास से छूते हुए कहा, 'सबको शुभकामना, आज़ादी के लिए ड्रिंक के लिए। *सलाम!*'

उसने लंबे गिलास को आधा ख़ाली किया और संतुष्टि भरी आह भरी और बाक़ी का गिलास भी ख़ाली कर दिया। वह एक और बार अपना गिलास भर ही रहा था कि एक पुरुष और महिला भी हमारे साथ आ मिले। वह मेरे और कार्ला के बीच में बैठ गए। अश्वेत और मरियल से युवक का नाम मोडेना था, जो स्पेनिश मूल का था और फ्रेंच, इतालवी और अफ़्रीकी पर्यटकों के साथ कालाबाज़ारी के कारोबार में लिप्त था। उसके साथ एक सुंदर जर्मन वेश्या उला थी, जिसने कुछ वक़्त के लिए उसे ख़ुद को अपना प्रेमी बनाने की इज़ाजत दे रखी थी।

'ओह, मोडेना, तुम अगले दौर की ख़रीद के लिए बिलकुल ठीक समय पर पहुंचे हो,' डिडियर ने यह कहते हुए कार्ला के पास से जाकर उसकी पीठ पर धौल जमा दी। 'मैं एक व्हिस्की और सोडा लूंगा, अगर आपको कोई आपत्ति नहीं हो तो।'

इस धौल से हकबकाए नाटे मोडेना के चेहरे पर अप्रसन्नता का भाव आ गया, लेकिन उसने वेटर को बुलाकर अपना ऑर्डर दे डाला। उला मिश्रित जर्मन-अंग्रेज़ी में कार्ला से बात कर रही थी, जिसके कारण बेवजह या शायद जानबूझकर की गई उस बातचीत के प्रमुख अंश समझ से परे ही रहे।

'मैं कैसे जान सकती थी *ना?* मेरे लिए यह जान पाना कैसे संभव था कि वह *एक झक्की* क़िस्म का इंसान है? मैं बता रही हूं ना, *पूरा पागल।* शुरुआत में तो वह मुझे बिलकुल सामान्य सा ही लगा। उसने बस 10 मिनट कमरे में गुज़ारे और वह मेरे कपड़े

उतारने पर आमादा हो गया। मेरी सबसे अच्छी ड्रेस। मुझे अपने कपड़े बचाने के लिए संघर्ष करना पड़ा। वह अविश्वसनीय रूप से मनोविकृत कामुकता का शिकार था।'

कार्ला ने बड़े ही शांत अंदाज़ में कहा, 'शांत हो जाओ, पागल क़िस्म के लोग जानते हैं, तुम्हें कैसे खोजा जा सकता है।'

'मेरी बदक़िस्मती और क्या? पगले लोग मुझे खोज ही लेते हैं।'

डिडियर ने सांत्वना देते हुए कहा, 'उसकी बात मत सुनो, मेरी प्यारी उला। पागलपन कई रिश्तों का आधार होता है। वास्तविकता में तो पागलपन ही हर अच्छे रिश्ते का आधार होता है।'

उला ने चेहरे पर मीठी मुस्कान के साथ आह भरते हुए कहा, 'डिडियर, क्या मैंने आज तक तुम्हें कभी यौन संबंध बनाने के लिए कहा है?'

'नहीं,' उसने हंसते हुए कहा, 'लेकिन मैं तुम्हें इस ग़लती के लिए माफ़ करता हूं। हम दोनों के बीच ऐसी बातें हमेशा मान ही ली जाती हैं।'

चार छोटे फ़्लास्क्स में व्हिस्की आ चुकी थी। वेटर ने अपनी कमर पर लटके ओपनर से दोनों सोडा बोतलें खोल दीं और फिर टेबल पर गिरे सोड़ा को साफ़ करने के लिए पोंछा ऐसा घुमाया कि हम सबको छींटों से बचने के लिए झुकना पड़ा।

इस बीच, दो लोग रेस्तरां में अलग-अलग तरफ़ से आए। एक डिडियर से तो दूसरा मोडेना से बात करने आया था। इस पल का लाभ उठाकर उला मेरे पास खिसक आई। उसने टेबल के नीचे से मेरे हाथ में कुछ दिया-यह नोट के बंडल की तरह लग रहा था-उसकी आंखों से ज़ाहिर था कि वह इस लेन-देन को गुप्त रखना चाहती थी। जब वह मुझसे बात कर रही थी मैंने वह बंडल धीरे से बिना देखे जेब में रख लिया।

'तो तुमने क्या तय किया है कि तुम कितनी देर यहां रहोगे?' उसने सवाल पूछा।

'मैं वाक़ई नहीं जानता। मैं किसी जल्दबाजी में नहीं हूं।'

'क्या कोई कहीं पर तुम्हारा इंतज़ार नहीं कर रहा या कोई ऐसा नहीं है जिसके पास तुम जाओ?' उसने बेहद मंजे हुए अंदाज़ में बिना कोई अंतरंगता दिखाते हुए पूछा। लोगों को रिझाना उसकी आदत में शुमार हो चुका था। अपने ग्राहकों, दोस्तों, वेटरों और यहां तक कि डिडियर-जिसे वह ज़ाहिर तौर पर नापसंद करती थी-और उसके प्रेमी मोडेना के लिए उसके चेहरे पर यही मुस्कान होती थी। आने वाले महीनों और वर्षों में मैंने अनेक लोगों को उला की आलोचना करते हुए सुना, कुछ तो उसकी इश्कबाज़ी की आदत के कड़े आलोचक थे। मैं जब उसे जानने लगा तो मैंने पाया कि वह इश्कबाज़ी करती थी, क्योंकि उसे लोगों के साथ दयालु बर्ताव का यही एक तरीक़ा पता था : यह उसका अच्छा व्यवहार था, यह सुनिश्चित करने के लिए लोग-पुरुष-भी उससे अच्छा व्यवहार करें। उसका मानना था कि दुनिया में अच्छाई बहुत कम बची है। और उसने यह बात कई बार शब्दों के ज़रिये भी ज़ाहिर की है।

यह कोई बहुत गहरी भावना या गहरी सोच नहीं थी, लेकिन यह सही थी। जहां तक ऐसा करने की बात थी तो इसमें कोई नुक़सान भी नहीं था। और विशेष बात यह कि वह एक ख़ूबसूरत लड़की थी और उसकी मुस्कान भी बहुत अच्छी थी।

'नहीं,' मैंने झूठ बोला, 'कोई भी मेरा इंतज़ार नहीं कर रहा और मेरे पास जाने के लिए भी कोई नहीं है।'

'और क्या तुम्हारा, कैसे कहूं, कोई तय कार्यक्रम या योजना तो नहीं है?'

'सच में नहीं, मैं एक किताब पर काम कर रहा हूं।'

पलायन के बाद से मैंने पाया कि लोगों को वास्तविकता का एक छोटा सा हिस्सा-कि मैं एक लेखक हूं-बताने से मुझे एक बहुत ही उपयोगी और लचीला आवरण मिल गया था। ऐसे में कहीं ज़्यादा देर बैठना या अचानक उठकर निकल जाना मेरे लिए आसान हो गया था। रिसर्च शब्द से कुछ विषयों, जैसे परिवहन, यात्रा, फर्ज़ी दस्तावेज़ों की जानकारी की पूछताछ आसान हो गई थी, जिसकी मुझे गाहेबगाहे ज़रूरत पड़ती रहती थी। साथ ही इससे गुझे कुछ निजता भी मिल जाती थी : लोगों को अपने काम के बारे में विस्तार से बताने की धमकी ही चंद उत्सुक लोगों को छोड़कर अधिकांश को पलायन पर मज़बूर कर देती थी।

और मैं एक लेखक था। ऑस्ट्रेलिया में मैं 20 वर्ष की उम्र से लेखन कर रहा था। मैं अपने पहले प्रकाशित काम के साथ ख़ुद को स्थापित करने की कोशिश ही कर रहा था कि मेरी शादी टूट गई और मैंने अपनी बेटी की कस्टडी गंवा दी। मेरी ज़िंदगी ड्रग्स, अपराध, जेल और पलायन की दुनिया में गुम हो गई। लेकिन एक भगौड़ा होने के बाद भी लेखन मेरी दैनिक और सहज दिनचर्या का हिस्सा था। वहां लियोपोल्ड में भी मेरी जेब नोटों, कुछ लिखे हुए नैपकिन्स, रसीदों और काग़ज़ के टुकड़ों से भरी हुई थी। हालात चाहे जो भी हों मैं यह जारी रखता था। बॉम्बे के शुरुआती महीनों के बारे में इतनी अच्छी तरह से याद रहने का कारण ही यह था कि जब मुझे फ़ुर्सत मिलती थी मैं अपने नए दोस्तों और उनके साथ हुई बातचीत को लिख लिया करता था। और लेखन ही वह बात थी जिसने मुझे बचा लिया : अपनी ज़िंदगी को शब्दों में पिरोने का अनुशासन और ख़याल, हर दिन, मुझे शर्मिंदगी और उसके निकटवर्ती रिश्तेदार हताशा से बचाने में क़ामयाब रहा।

'मैं नहीं जानती कि बॉम्बे के बारे में लिखने को क्या है। यह अच्छी जगह नहीं है मित्र। मेरी दोस्त लिसा कहती है कि यह वह जगह है जिसके बारे में तब सोचा गया जब शब्द बदबूदार गड्ढे की खोज हुई। और मेरी राय में बदबूदार गड्ढा कहने के लिहाज़ से यह एक अच्छी जगह है। तुम्हें तो लिखने के लिए किसी और जगह जाना चाहिए, जैसे शायद राजस्थान। मैंने सुना है कि राजस्थान में बदबूदार गड्ढे नहीं हैं।'

कार्ला ने कहा, 'वह सच कह रही है लिन। यह भारत नहीं है। यहां भारत के हर हिस्से से लोग आए हुए हैं, लेकिन बॉम्बे भारत नहीं है। बॉम्बे की अपनी एक अलग दुनिया है, अपने आप में एक दुनिया। असली भारत तो वहां बाहर ही है।'

'वहां बाहर?'

'वहां बाहर, जहां रोशनी थम जाती है।'

मैंने मुस्कराते हुए कहा, 'मुझे विश्वास है कि तुम सही कह रही हो, लेकिन मुझे अभी तक तो यहीं पर अच्छा लग रहा है। मुझे बड़े शहर पसंद आते हैं और यह दुनिया का तीसरा सबसे बड़ा शहर है।'

कार्ला ने मज़ाक़ में कहा, 'तुम तो अपने टूर गाइड की तरह बोलने लगे हो। मेरे ख़याल में प्रभाकर तुम्हें काफ़ी अच्छे से सिखा रहा है।'

'मुझे भी लगता है। वह पिछले दो सप्ताह से हर दिन मेरे दिमाग़ में नई जानकारी और आंकड़े भरता रहता है–वाक़ई अद्भुत है, एक ऐसे व्यक्ति के लिए केवल सात वर्ष की उम्र में ही स्कूल छोड़ दिया हो। जिसने गलियों पर ही ख़ुद को पढ़ना–लिखना सिखाया हो।'

उला ने पूछा, 'क्या जानकारी और आंकड़े?'

'उदाहरण के लिए, बॉम्बे की आधिकारिक आबादी एक करोड़ 10 लाख है, लेकिन प्रभु कहता है कि अवैध आंकड़ों का खेल चलाने वालों के पास असली आबादी का बेहतर अनुमान है, उनके मुताबिक़ आबादी 1.30 करोड़ से लेकर डेढ़ करोड़ तक है। और यहां शहर में हर दिन 200 बोलियां और भाषाएं बोली जाती हैं। हे भगवान,*दो सौ*, यह दुनिया के केंद्र की तरह है!'

मानो भाषाओं के ज़िक्र से ही प्रेरित होकर उला फिर कार्ला से जल्दबाजी में जर्मन भाषा में बतियाने लगी। मोडेना के एक इशारे पर वह पर्स और सिगरेट उठाकर उठ खड़ी हुई। गुमसुम स्पेनिश व्यक्ति तो बिना कुछ बोले ही उठकर सड़क पर निकल गया।

उला ने कहा, 'मेरे पास काम है। कार्ला तुमसे कल मुलाक़ात होगी। लगभग 11 बजे, ठीक है? और लिन अगर तुम यहां हो तो हो सकता है कि कल रात का डिनर हम साथ ही करें? मुझे पसंद आएगा। बाय।'

वह मोडेना के पीछे–पीछे जब बाहर जा रही थी तो कई मर्दों की निगाहें उसका पीछा कर रही थीं। डिडियर उस मौक़े का लाभ उठाकर दूसरे टेबल पर बैठे अपने कुछ साथियों से मिलने चला गया। कार्ला और मैं अकेले थे।

'वह ऐसा नहीं करेगी, तुम जानते हो।'

'क्या नहीं?'

'वह कल तुम्हारे साथ डिनर नहीं करेगी। यह तो उसका कहने का अंदाज़ है।'

मैंने मुस्कराकर कहा, 'मैं जानता हूं।'

'तुम्हें वह अच्छी लगी है, है ना?'

'हां, मगर इसमें तुम्हें मज़ाक़िया क्या लगा?'

वह कुछ देर चुप रही और मुझे लगा कि वह अपना वाक्य बदल देगी, लेकिन जब उसने बोलना शुरू किया तो यह विषय बदलने के लिए था।

'उसने तुम्हें पैसे दिए। अमेरिकी डॉलर्स। उसने मुझे यह बात जर्मन में बताई ताकि मोडेना नहीं समझ सके। तुम्हें वह मुझे देना है और वह कल 11 बजे मुझसे यह ले लेगी।'

'ठीक है, तुम्हें अभी तो नहीं चाहिए।'

'नहीं, मुझे यहां मत दो। मुझे जाना होगा, मैंने किसी को वक़्त दिया हुआ है। मैं एकाध घंटे में लौट आऊंगी। क्या तुम मेरा इंतज़ार करोगे? या वापस आकर मुझे मिलोगे? तुम चाहो तो फिर मुझे घर तक छोड़ सकते हो।'

'निश्चित तौर पर, मैं यहां आ जाऊंगा।'

वह जाने के लिए खड़ी हुई और मैं भी खड़ा हो गया, उसकी कुर्सी को पीछे खींचते हुए। उसने मुझे हल्की सी मुस्कान दी। उसकी एक भौंह उठी हुई थी जिस पर विडंबना या उपहास या दोनों ही भाव थे।

'मैं मज़ाक़ नहीं कर रही थी। तुम्हें वाक़ई बॉम्बे छोड़ देना चाहिए।'

मैंने उसे सड़क पर जाते हुए देखा और एक निजी टैक्सी में पीछे बैठते देखा, जो निश्चित ही उसका इंतज़ार कर रही थी। दूधिया रंग की कार रात के ट्रैफ़िक में जहां गुम हो रही थी, खिड़की से किसी पुरुष का हाथ निकला, जिसके हाथ में हरे रंग के मनकों की प्रार्थना की माला थी, जिससे वह पदयात्रियों को दूर हटने की चेतावनी भी दे रहा था।

मैं फिर अकेला था और दीवार से टिकी कुर्सी पर बैठा रहा। मैंने ख़ुद को लियोपोल्ड में चल रही गतिविधियों में गुम हो जाने दिया। लियोपोल्ड कोलाबा का सबसे बड़ा बार और रेस्तरां था और बॉम्बे के सबसे बड़े बार-रेस्तरां में से एक। चौकोर आकार के कमरे में दो धातुई दरवाज़े थे, जिनसे कोलाबा की बेहद व्यस्त ख़ूबसूरत सड़क का नज़ारा देखा जा सकता था। पहले फ़्लोर पर ज़्यादा निजता वाले एयरकंडिशंड कमरे थे। खंभों के इर्द-गिर्द टेबल सजे हुए थे और खंभों पर कांच कुछ इस तरह से लगाए गए थे कि आप किसी और को उसे बिना आभास के निहार सकते थे। कुछ लोग ख़ुद को ही अलग-अलग कोणों से निहार लिया करते थे। लियोपोल्ड वह जगह थी, जहां लोग देख सकते थे, दिखा सकते थे और ख़ुद को किसी और के द्वारा *निहारते* हुए देख सकते थे।

वहां भारतीय संगमरमर से सजे तक़रीबन 30 टेबल हैं। वहां हर टेबल पर चार कुर्सियां थीं, जिन्हें कार्ला 60 मिनट चेयर्स कहा करती थी। कार्ला के मुताबिक़ वे इतनी असुविधाजनक थीं कि कोई भी 60 मिनट यानी कि एक घंटे से ज़्यादा उस पर बैठ ही नहीं सकता था। लंबे लटकते पंखे फ़ानूसों से सजे हुए थे। डेज़र्ट और जूस में पेश किए जाने वाले फलों जैसे पपीता, शरीफ़ा, अंगूर, तरबूज़, केला, संतरा, आम की चार क़िस्में एक दीवार पर सजे हुए रहते हैं। व्यस्त रेस्तरां में मैनेजर की विशाल लकड़ी की बनी डेस्क जहाज के ब्रिज की तरह दिखती थी। उसके पीछे किचन का कुछ हिस्सा वेटरों की भीड़ और भाप के बीच दिखता रहता था।

लियोपोल्ड की रोशनी, रंगों और समृद्ध लकड़ी के पैनलों की दुनिया में आते ही लोगों की नज़रें ठहर जाती थीं। रात को जब बार बंद हो जाता था और सफ़ाई करने वाले सारा फ़र्नीचर हटाते थे तो वहां काम करने वाले लोग ही किसी राजमहल सी टाइल्स का आनंद उठा पाते थे। इसके जटिल टाइल के काम में उत्तर भारतीय महल में इस्तेमाल किए गए पैटर्न को दोहराया गया था जिसमें काले रंग के षड्भुज के साथ क्रीम और भूरे रंग की किरणें केंद्र में बने सूरज से निकलती दिखती हैं। इस प्रकार फ़र्श राजकुमारों के लिए डिज़ाइन किया गया था, लेकिन चमकदार आईनों में खुद को ताकने वाले पर्यटक इस ओर कभी भी ध्यान दे ही नहीं पाते थे। और यह ग़रीब और नम्र कामकाजी कर्मियों के नग्न पैर पड़ने पर अपनी पूर्ण विलासिता के साथ उभर के सामने आती थी।

हर सुबह खुलने के एक घंटे तक लियोपोल्ड जूझते शहर के मरुस्थल में शांति के सागर जैसा होता था। तब से लेकर आधी रात को बंद होने तक सैकड़ों देश के लोग यहां आते-जाते रहते थे। विदेशी और शहर के कोने-कोने से भारतीय यहां कारोबार की बात करने आते थे। कारोबार ड्रग्स का, मुद्राओं का, पासपोर्ट का, सोने का और यौन संबंध बनाने का। साथ ही होता था रिश्वत का कारोबार जो कि भारत में अधिकांश नियुक्तियों, पदोन्नतियों और अनुबंधों में काम आता था।

लियोपोल्ड एक तरह से गैरआधिकारिक तौर पर मुक्त क्षेत्र था, जिसकी ओर सड़क की दूसरी तरफ स्थित कोलाबा पुलिस स्टेशन के अन्यथा सक्षम रहने वाले अधिकारी भी नज़रें फेर लिया करते थे। फिर भी वहां किए जाने वाले कारोबार, संबंधों, मुलाक़ातों की एक अपनी अलग ही भाषा थी। भारी-भरकम साड़ियों और फूलों की ख़ुशबुओं से महकती वेश्याओं को नीचे नहीं, केवल ऊपर के फ़्लोर पर ही प्रवेश की अनुमति थी। यूरोपियन वेश्याओं को नीचे बैठने की अनुमति थी। टेबलों पर ड्रग्स और तस्करी के माल की चर्चा खुलेआम की जाती थी। लेकिन सामान का लेन-देन रेस्तरां से बाहर ही किया जाना होता था। मोलभाव के बाद दामों पर आमतौर पर सहमति हो ही जाती थी, फिर बाहर जाकर वस्तु और पैसे का आदान-प्रदान हो जाता था। उसके बाद वह दोबारा आकर अपनी टेबलों पर जम जाते थे। यहां तक कि नौकरशाह और नशीली दवाएं बेचने वाले प्रभावशाली लोग भी इन अलिखित नियमों से बंधे थे : ऊपरी तल के अंधेरे में डूबे कक्षों में सौदे होते थे, लेकिन हाथों का मिलना और नक़दी का लेन-देन नीचे सड़क पर ही होता था। ताकि कोई भी व्यक्ति यह नहीं कह सके कि उसने लियोपोल्ड की दीवारों के भीतर कोई भुगतान किया है या रिश्वत ली है।

हालांकि वैध और अवैध के बीच इतनी महीन रेखाएं कहीं और इतनी अच्छी तरह से नहीं खींची गई थीं, लेकिन लियोपोल्ड के विविधतापूर्ण समाज के लिहाज़ से वह भिन्न नहीं थी। सड़कों के स्टॉल्स पर लेकोस्ते, कार्डिन और कार्टियर की नक़ल धड़ल्ले से बेची जाती थी और वह भी पूरे रुतबे के साथ। टैक्सी ड्राइवर्स गैरक़ानूनी

गतिविधियों को छिपाने के लिए रिश्वत लेकर अपने शीशे मोड़ दिया करते थे तो सड़क के उस पार स्थित थाने में कर्मठता से काम करने वाले कई पुलिसवालों ने शहर के इस केंद्र बिंदु में कमाई वाली जगह पर पोस्टिंग के लिए रिश्वत दी होती है।

लियोपोल्ड में बैठकर कई रातें गुजारने के दौरान मैंने अपने आस-पास के टेबलों पर होने वाली कई चर्चाएं सुनीं। मैंने कई विदेशियों और कुछ भारतीयों को भ्रष्टाचार के बॉम्बे के सार्वजनिक और कारोबारी जीवन का अभिशाप बनने की शिकायत करते देखा था। शहर में कुछ ही हफ़्तों ने मुझे बता दिया था कि यह शिकायतें अधिकतर सही होती थीं और अक्सर सही। लेकिन कोई ऐसा देश नहीं है जो भ्रष्ट नहीं हो। कोई ऐसी प्रणाली नहीं है जो धन के दुरुपयोग से अछूती हो। विशिष्ट और शक्तिशाली ऊंचे लोग अपनी तरक्की के पहियों को रिश्वत और अभियानों को चंदा देकर ही गति देते हैं। और पूरी दुनिया में अमीर व्यक्ति ग़रीब की तुलना में ज़्यादा लंबा और स्वस्थ जीवन जीता है। डिडियर लेवी ने एक बार मुझसे कहा था कि *बेईमान रिश्वत और ईमानदार रिश्वत में अंतर है। बेईमान रिश्वत तो पूरी दुनिया में मौज़ूद है, लेकिन ईमानदार रिश्वत केवल भारत में है।* जब उसने मुझसे यह कहा था तो मैं मुस्करा उठा था, क्योंकि मैं जानता था कि उसके कहने का क्या मतलब है। भारत खुला देश है। भारत ईमानदार है। और मुझे यह बात पहले ही दिन से पसंद आ चुकी थी। मेरी सहज प्रवृत्ति आलोचना की नहीं थी। मेरी प्रवृत्ति तो धीरे-धीरे मुझे पसंद आ रहे शहर के निरीक्षण करने की थी, उसका हिस्सा बनने की और आनंद उठाने की थी। मैं उस वक़्त नहीं जान सकता था कि आने वाले महीनों और वर्षों में, मेरी आज़ादी और मेरी ज़िंदगी ही आईने का रुख़ मोड़ देने की भारतीय तत्परता पर निर्भर करेगी।

'अकेले?' डिडियर ने मेरे टेबल पर लौटते हुए कहा, 'बहुत हो गया। मेरे प्यारे मित्र, क्या तुम नहीं जानते कि यहां अकेला रहना बेहद घिनौना है? और तुम्हारी जानकारी के लिए घिनौना होना मेरा विशेषाधिकार है, केवल मेरा। आओ हम कुछ पीते हैं।'

वह मेरे पास की कुर्सी में धंस गया और वेटर को कुछ और ड्रिंक्स का ऑर्डर देने के लिए बुलाया। मैंने उससे लियोपोल्ड में कई सप्ताह तक रात में बात की है, लेकिन हम कभी अकेले नहीं रहे। मुझे यह देखकर हैरानी हुई कि वह उला, कार्ला या किसी भी अन्य दोस्त के आने से पहले ही आकर मेरे पास बैठ गया था। एक तरह से यह उसके द्वारा मुझे स्वीकारने जैसा ही था और मैं कृतज्ञ महसूस कर रहा था।

व्हिस्की आने तक वह टेबल पर थपकी देता रहा, आधा गिलास पीने के बाद वह कुछ राहत महसूस करने लगा और फिर उसने मेरा रुख़ करते हुए एक हल्की सी मुस्कान दी।

'तुम ख़यालों में डूबे हुए लगते हो।'

'मैं लियोपोल्ड के बारे में सोच रहा था-इधर-उधर देखते हुए और हर एक बात को स्वीकारते हुए।'

उसने आह भरकर कहा, 'एक भयानक जगह। मुझे यहां इतनी मौज करने पर ख़ुद से नफ़रत होती है।'

ढीली पेंट पहने, गहरे हरे रंग वाला ऊपरी परिधान पहने दो लोग हमारी ओर आ रहे थे और डिडियर का ध्यान उनकी ओर गया। उन्होंने गर्दन हिलाई और डिडियर के चेहरे पर चौड़ी सी मुस्कान आ गई और वह हमारे टेबल से कुछ दूर दोस्तों के साथ बैठ गए।

डिडियर बुदबुदाया, 'ख़तरनाक लोग, अफ़गान। छोटा वाला रफ़ीक जो किताबों का कालाबाजार चलाता था।'

'किताबें?'

'पासपोर्ट। वह बॉस था। पहले बहुत बड़ा व्यक्ति। अब पाकिस्तान के ज़रिये ड्रग्स का धंधा करता है। वह ब्राउन शुगर से अच्छी कमाई कर लेता है, लेकिन उसे पासपोर्ट का धंधा हाथ से चले जाने का अफ़सोस है। उस संघर्ष में कई लोग मारे गए थे, अधिकांश *उसके* ही लोग थे।'

उनके द्वारा हमारी बात सुने जाने की संभावना कम ही थी, लेकिन अचानक दोनों अफ़गानों ने सीट को घुमाकर गंभीर हाव-भाव के साथ हमें घूरना शुरू कर दिया, मानो वह उसकी बात पर प्रतिक्रिया दे रहे हों। उनकी टेबल पर मौज़ूद एक व्यक्ति आगे झुका और उनसे धीरे-धीरे कुछ बात करने लगा। उसने पहले डिडियर की ओर इशारा किया और फिर मेरी तरफ़। उनकी नज़रें अब सीधे मुझसे आ भिड़ी थीं।

'मार दिए गए थे...' हौले से मुस्कराते हुए डिडियर बोला, मुस्कान तब तक रही जब तक दोनों ने गर्दन दोबारा घुमा नहीं ली, 'मैं उनके साथ कारोबार करने से इंकार कर देता, अगर वह इतना अच्छा कारोबार नहीं करते तो।'

अब वह वार्डन के सामने मौज़ूद किसी कैदी की तरह होंठों के किनारे से बोल रहा था। मुझे यह बहुत मज़ेदार लग रहा था। ऑस्ट्रेलिया की जेलों में इस तकनीक को *बग़ल के छेदों* से बोलना कहते थे। यह अभिव्यक्ति और डिडियर के तरीक़े ने मुझे दोबारा जेल की कोठरी में पहुंचा दिया। मैं सस्ते दुर्गंधनाशक की बास, धातुओं की चाबियों की आवाज़ और मेरी अंगुलियों के सिरों के नीचे दबे पत्थरों को महसूस कर सकता था। पूर्व क़ैदियों, सैनिकों, पुलिसकर्मियों, एम्बुलेंस ड्राइवरों, फ़ायर ब्रिगेड कर्मियों और उन अन्य लोगों के लिए पुरानी बुरी स्मृतियों का कौंध जाना सामान्य बात थी, जो किसी त्रासदी या आपदा को देख या महसूस कर चुके हों। कई मर्तबा तो यह पुरानी स्मृति इतनी अचानक आती है और इर्द-गिर्द के माहौल से इतनी बेमेल होती है कि इकलौती समझदारी भरी प्रतिक्रिया बेवकूफ़ों की तरह अनियंत्रित हंसी ही हो सकती है।

डिडियर ने गुस्से में लाल होते हुए पूछा, 'तुम्हें क्या लग रहा है, मैं मज़ाक़ कर रहा हूं?'

'नहीं, नहीं, बिलकुल नहीं।'

'मैं तुम्हें विश्वास दिलाता हूं कि यह सही है। इस कारोबार को लेकर यहां पर छोटी लड़ाई हुई थी। देखो हम जबकि बात ही कर रहे हैं, विजेता भी आ चुका है। वह है बायराम और उसके आदमी। ईरानी लोग। वह हर बात मनवा लेने वाला है जो अब्दुल ग़नी के लिए काम करता है। और ग़नी शहर के सबसे बड़े अपराधी अब्दुल कादर ख़ान के लिए। उन्होंने यह छोटी सी लड़ाई जीत ली और पासपोर्ट के धंधे पर अब उनका कब्ज़ा है।'

उसने सिर के हल्के इशारे से स्टाइलिश जीन्स और जैकेट्स में रेस्तरां में प्रवेश करने वाले युवकों के एक समूह की ओर इशारा किया। उन्होंने मैनेजर की डेस्क पर जाकर मालिकों में से एक का अभिवादन किया और अपनी टेबल पर जाकर बैठ गए। इस समूह का नेता तक़रीबन 30 वर्ष की उम्र का एक ऊंचा भारी-भरकम व्यक्ति था। उसने साथियों के सिर के ऊपर से पूरे रेस्तरां का मुस्कराते हुए और पहचान वालों के लिए सिर हिलाते हुए निरीक्षण कर डाला। जैसे ही उसकी निगाहें हमारी ओर हुईं, डिडियर ने मुस्कराकर हाथ हिलाया।

उसने अपनी चमकीली मुस्कान के बीच धीरे से कहा, 'ख़ून। फिलहाल ये पासपोर्ट ख़ून में ही सने होंगे। मेरे लिए यह कुछ भी नहीं है। खाने के मामले में मैं फ्रेंच, मोहब्बत के मामले में इटालियन और कारोबार के मामले में स्विस हूं। बहुत ज़्यादा स्विस। बिलकुल निष्पक्ष। लेकिन मुझे विश्वास है कि पासपोर्ट के धंधे में अभी और ख़ून बहाया जाना बाक़ी है।'

उसने मेरी ओर देखकर एक-दो बार ऐसे पलकें झपकाईं मानो दिन के किसी सपने को भगा रहा हो।

उसने हैरत भरी मुस्कराहट के साथ कहा, 'लगता है मुझे चढ़ गई। चलो एक और हो जाए।'

'तुम ले लो और, मेरा तो इसी से काम चल जाएगा। इन पासपोर्ट्स का ख़र्च कितना आता है?'

'100 से लेकर 1000 तक कुछ भी, डॉलर्स में बात कर रहा हूं। क्या तुम्हें एक ख़रीदना है?'

'नहीं...'

'ओह। यह तो बॉम्बे के सोने के सौदागरों जैसा ना है। यह एक ऐसा *नो* है जिसका मतलब है *शायद* और *नहीं* पर जितना ज़्यादा जोर दिया गया हो, उसका मतलब उतना ही *शायद* होता है। जब तुम्हें ज़रूरत हो मेरे पास आना। मैं तुम्हारे लिए इसकी व्यवस्था कर दूंगा-निश्चित तौर पर एक छोटे से कमीशन के साथ।'

'तुम यहां पर काफ़ी... *कमीशन* कमा लेते हो?'

'ऐसा होता रहता है, मैं शिकायत नहीं कर सकता।' उसने मुस्कराते हुए। उसकी नीली आंखें शराब से चढ़े गुलाबी सुरूर के बीच दमक रही थीं। 'जैसा कि कहा जाता है, मैं सिरों को मिला देता हूं। और जब वे मिलते हैं तो मुझे दोनों सिरों से भुगतान मिलता है। आज रात ही मैंने एक बिक्री की व्यवस्था की है–दो किलो मनाली की हशीश। तुम्हें वे इटालियन पर्यटक दिख रहे हैं, वहां फलों के पास, लंबे सुनहरे बालों वाला वह व्यक्ति और लाल कपड़ों में वह लड़की? वे ख़रीदना चाहते थे। कोई–तुम्हें दिख रहा है वहां सड़क पर गंदी शर्ट और बिना जूते वाला आदमी, अपने कमीशन के लिए रुका हुआ – उसने उन्हें मुझसे मिलाया और मैंने उन्हें अजय से। वह हशीश का कारोबार करता है और वह एक बेहतरीन अपराधी है। देखो वह उनके साथ बैठा हुआ है और सभी मुस्करा रहे हैं। सौदा हो चुका है। आज रात के लिए मेरा काम पूरा हो चुका है। मैं अब एक आज़ाद इंसान हूं!'

उसने एक और ड्रिंक के लिए टेबल ठोका, लेकिन जब छोटी बोतल आई तो वह उसे कुछ देर तक दोनों हाथों में पकड़े हुए कुछ चिंता भरे गहरे ख़यालों में डूब गया।

उसने मेरी ओर देखे बिना पूछा, 'तुम कितने दिन बॉम्बे में रहोगे?'

'मैं नहीं जानता। लेकिन यह बड़ी ही विचित्र बात है कि पिछले कुछ दिनों में हर कोई मुझसे यही सवाल पूछता रहा है।'

'तुम पहले ही सामान्य से ज़्यादा वक़्त तक रुक चुके हो। अधिकांश लोग शहर को जल्दी नहीं छोड़ पाते।'

'एक गाइड है, प्रभाकर उसका नाम है, क्या तुम उसे जानते हो?'

'प्रभाकर खरे? वह चौड़ी सी मुस्कान वाला?'

'हां वही। वह कई सप्ताह से मुझे सबकुछ दिखा रहा है। मैंने सारे मंदिर, म्यूज़ियम, कला दीर्घाएं और कई बाज़ार देख लिए हैं। कल सुबह से उसने मुझे शहर का दूसरा हिस्सा दिखाने का वादा किया है – *असली शहर।* उसने इसे रोचक बना दिया है और मैं उसके लिए बना रहूंगा। उसके बाद फ़ैसला करूंगा कि इसके बाद मैं कहां जाना चाहता हूं। मुझे कोई जल्दी नहीं है।'

'किसी जल्दबाजी में नहीं होना बहुत ही दुखद बात है। और अगर मैं तुम्हारी जगह होता तो इस बात को स्वीकार लेता।' बोतल की ओर ही देखते हुए उसने कहा। जब उसके चेहरे पर मुस्कान नहीं हो तो वह उसका चेहरा पिलपिला और धूसर रंग का दिखने लगता था। वह अच्छा महसूस नहीं कर रहा था, लेकिन यह इस क़िस्म की परेशानी थी, जिस पर आपको ही काम करना होता है। 'मार्सेल में हमारे यहां एक कहावत है : जो व्यक्ति जल्दबाजी में नहीं होता वह कहीं भी तेज़ी से नहीं पहुंचता। मैं पिछले आठ साल से किसी जल्दबाजी में नहीं हूं।'

अचानक उसका मूड बदल गया। उसने बोतल से एक छींटा उड़ाया, उसने मुस्कराते हुए मेरी देखा और अपना गिलास उठाया।

'तो चलो एक जाम और हो जाए। बॉम्बे शहर के लिए, जल्दबाजी नहीं हो तो एक बेहतरीन शहर। और सभ्य पुलिसवालों के लिए, जो क़ानून ना सही व्यवस्था के नाम पर रिश्वत ले लेंगे। बख़्शीश।'

मैंने कहा, 'इसके लिए तो मैं भी जाम लेने को तैयार हूं।' अपना गिलास उसके गिलास से टकराते हुए मैंने कहा, 'तो मुझे बताओ डिडियर क्या बात है, जो तुम्हें बॉम्बे में ही रखे हुए है?'

उसने जवाब दिया, 'मैं फ्रेंच हूं। मैं समलैंगिक हूं, मैं यहूदी हूं और मैं एक अपराधी हूं। कुछ ऐसे ही क्रम में। बॉम्बे ही वह इकलौता शहर है जो मुझे एक ही वक़्त में चारों होने की अनुमति देता है।'

हम ख़ूब हंसे और पीते रहे। उसकी आंखें कमरे में घूमते हुए एक प्रवेश द्वार पर बैठे भारतीयों के एक समूह की ओर मुड़ गईं। उसने धीरे-धीरे घूंट लेते हुए उनका निरीक्षण किया।

'अगर तुमने ठहरने का फ़ैसला कर ही लिया है, तो तुमने एक अच्छे वक़्त का चयन किया है। यह परिवर्तन का वक़्त है, बड़े बदलाव। तुम उन लोगों को देख रहे हो जो अच्छी भूख के साथ खा रहे हैं? वे सैनिक हैं, शिवसेना के कार्यकर्ता। तुम्हारे गाइड ने तुम्हें सेना के बारे में नहीं बताया? '

'मुझे लगता है नहीं।'

'मुझे लगता है कि शायद जानबूझकर ही नहीं बताया होगा। शिवसेना बॉम्बे का भविष्य का चेहरा है। शायद उनके काम की तरक़ीब और राजनीति भविष्य में हर कहीं दिखाई देगी।'

'किस तरह की राजनीति?'

'क्षेत्र, भाषा, नस्लीय, हम बनाम वे।' उसने अपनी अंगुलियों से हर शब्द को उकेरते बेहद द्वेषपूर्ण प्रतिक्रिया दी। उसके हाथ श्वेत और साफ़ थे, लेकिन अंगुलियों के बड़े नाख़ूनों में बहुत ज़्यादा मैल जमा था। 'भय की राजनीति। मुझे राजनीति से नफ़रत है और राजनीतिज्ञों से तो और ज़्यादा। वे लोलुपता को ही अपना धर्म बना लेते हैं। यह अक्षम्य है। किसी व्यक्ति का लालच से नाता बेहद निजी बात है, तुम्हें नहीं लगता? शिवसेना का पुलिस पर नियंत्रण है क्योंकि मूलतः वे महाराष्ट्रियन हैं और पुलिस में निचले तबके के अधिकांश पुलिसकर्मी महाराष्ट्रियन हैं। उनका कई झोपड़पट्टियों, यूनियनों और प्रेस पर नियंत्रण है। उनके पास धन के अलावा सबकुछ है। उन्हें कुछ शक्कर सम्राटों और कारोबारियों का समर्थन हासिल है, लेकिन असली धन-औद्योगिक धन और काला धन-पारसियों और देश के अन्य हिस्सों से आए हिंदुओं के हाथों में है। और कुछ मुस्लिमों के हाथ में। और संघर्ष की यही जड़ है,

आर्थिक युद्ध, उनके नस्ल, भाषा और क्षेत्र की बातों के पीछे की असलियत। वे हर दिन शहर को कुछ कम कुछ ज़्यादा बदल रहे हैं। यहां तक कि बॉम्बे अब मुंबई हो चुका है। वे नक़्शों को तो नहीं बदल पाए हैं, लेकिन वह ऐसा करेंगे। और अपने लक्ष्य को हासिल करने के प्रयासों में वह कुछ भी करेंगे, किसी से भी हाथ मिला लेंगे। अवसर उपलब्ध हैं। विपुल संपत्ति है। कुछ महीने पहले ही कुछ सैनिकों ने-सार्वजनिक तौर पर नहीं दिखाई देने वाले और ना ही ऊंचे पदों पर आसीन-रफ़ीक, उसके अफ़गान साथियों और पुलिस के साथ समझौता किया है। कुछ नक़दी और रियायतों के आदान-प्रदान के बीच पुलिस ने शहर के अफ़ीम के कुछ ठिकानों को बंद करवा दिया है। एक सप्ताह में ही कई पीढ़ियों की सेवा कर चुके स्मोकिंग पार्लर्स बंद कर दिए गए। हमेशा के लिए। आमतौर पर मैं गंदगी भरी राजनीति में कोई रुचि नहीं लेता या बड़े कारोबारों के कसाईखानों में। बड़ी राजनीति के कारोबार से ज़्यादा निर्मम और द्वेषपूर्ण है बड़े कारोबार की राजनीति। लेकिन अफ़ीम के ख़िलाफ़ तो बड़ी राजनीति और बड़े कारोबार दोनों ने ही हाथ मिला लिए। और मैं कुढ़ रहा हूं। मैं तुमसे ही पूछता हूं। बॉम्बे बिना चंडू -इसकी अफ़ीम-और इसके अफ़ीम के ठिकानों के बग़ैर क्या है? दुनिया कहां जा रही है? यह बेहद शर्मनाक है।'

मेरा पूरा ध्यान उसके द्वारा बताए गए लोगों पर था जिनका पूरा ध्यान उनके खाने पर था। टेबल पर चावल, चिकन और सब्ज़ियों के व्यंजनों का ढेर लगा हुआ था। पांचों लोगों में से ना तो कोई किसी से बात कर रहा था ना एक-दूसरे की तरफ़ देख ही रहा था। वे सब अपनी-अपनी प्लेटों पर झुककर तेज़ी से खाना साफ़ करने में लगे थे।

मैंने मुस्कराते हुए टिप्पणी की, 'यह एक अच्छी पंक्ति है। बड़ी राजनीति का कारोबार और बड़े कारोबार की राजनीति वाला। मुझे यह पसंद आया।'

'मेरे प्यारे मित्र, मैं इसे अपना नहीं कह सकता। यह मुझसे पहली बार कार्ला ने कहा था और तब से मैं इसका इस्तेमाल करता आ रहा हूं। मैं कई अपराधों का दोषी हूं - *अधिकांश* अपराधों का सचमुच-लेकिन मैंने कभी भी किसी दूसरे की चतुराई को अपना नहीं बताया है।'

मैंने हंसते हुए कहा, 'प्रशंसनीय।'

उसने कहा, 'खैर, हर व्यक्ति को कहीं न कहीं तो सीमा निर्धारित करनी ही पड़ती है। हम किन बातों को अनुमति देने से ज़्यादा किन बातों को प्रतिबंधित करते हैं, सभ्यता आख़िर इसी बात से तो परिभाषित होती है ।'

संगमरमर के टेबल टॉप पर अंगुलियों से थाप देते हुए वह कुछ देर रुका, उसने मेरी तरफ़ देखा।

ज़ाहिर तौर पर उसकी टिप्पणी पर मेरी किसी भी तरह की प्रतिक्रिया नहीं देने से असहज होकर उसने कहा, 'यह मेरा है। सभ्यता के बारे में... यह मेरा है।'

मैंने तुरंत जवाब दिया, 'बहुत चतुराई भरा।'

उसने बेहद विनम्रता से कहा, 'बिलकुल भी नहीं।' इसके बाद हम दोनों ने एक-दूसरे की ओर देखकर जमकर ठहाका लगाया।

'अगर तुम्हें आपत्ति नहीं हो तो बताना कि रफ़ीक के लिए इसमें क्या था। अफ़ीम के वह सारे ठिकाने बंद कराने में। उसने ऐसा क्यों होने दिया?'

'क्यों होने दिया?' डिडियर ने त्यौरियां चढ़ाकर कहा, 'यह उसका ही विचार था। अफ़ीम की तुलना में *गर्द*-ब्राउन शुगर-से ज़्यादा पैसा बनाया जा सकता है। और अब हर कोई जो पहले चंडू स्मोकर था, गर्द पीने वाले हो चुके हैं। रफ़ीक का गर्द पर नियंत्रण है। निश्चित ही पूरी तरह से नहीं। कोई भी अफ़गानिस्तान से पाकिस्तान के रास्ते भारत आने वाली हज़ारों किलो गर्द पर अकेले नियंत्रण नहीं कर सकता। लेकिन इसमें से एक बड़ा हिस्सा उसका है, बॉम्बे की ब्राउन हेरोइन। इसमें बहुत पैसा है मेरे प्यारे मित्र बहुत ज़्यादा पैसा।'

'राजनीतिज्ञ क्यों इसमें साथ देते हैं?'

अपनी आवाज़ को धीमा करते हुए उसने कहा, 'केवल ब्राउन शुगर और हशीश ही अफ़गानिस्तान से भारत नहीं आती है। बंदूकें, भारी हथियार, विस्फोटक भी तो हैं। पंजाब और कश्मीर में अलगाववादी इनका इस्तेमाल कर रहे हैं। यहां मामला हथियारों का है। और मामला सत्ता और शक्ति का है, ग़रीब अल्पसंख्यकों की आवाज़ उठाने का, जिनसे शिवसेना की बनती नहीं। अगर आपका एक कारोबार ड्रग्स पर नियंत्रण है तो आप दूसरे कारोबार बंदूकों को भी प्रभावित करते हो। वह राज्य महाराष्ट्र में बंदूकों के प्रवाह पर नियंत्रण साधना चाहती है। धन और सत्ता। रफ़ीक और उसके लोगों की अगली टेबल की तरफ़ देखो। वहां तीन अफ़्रीकी दिख रहे होंगे, दो पुरुष और एक महिला।'

'हां मेरा ध्यान पहले ही उधर गया था। महिला बहुत सुंदर है।'

उसका युवा चेहरा, उभरते हुए गालों, कुछ तीखी नाक और सुंदर होंठों के चलते किसी नदी के किसी तराशे गए पत्थर की तरह ख़ूबसूरत था। उसके बाल लंबी लटों में सुलझे हुए थे। अपने दोस्तों के साथ किसी चुटकुले पर हंसने के दौरान उसके बिलकुल सफ़ेद दांत चमक उठे।

'ख़ूबसूरत? मुझे नहीं लगता। मेरे विचार से अफ़्रीकियों में मर्द ज़्यादा ख़ूबसूरत होते हैं। महिलाएं तो केवल आकर्षक होती हैं। यूरोपियन लोगों के लिए इसका ठीक विपरीत सच है। कार्ला ख़ूबसूरत है और मैं किसी यूरोपियन मर्द को नहीं जानता जो उतना ख़ूबसूरत हो। लेकिन वह एक अलग बात है। मेरे कहने का मतलब केवल इतना था कि वह रफ़ीक के ग्राहक हैं, नाइजीरियाई, और उनका बॉम्बे से लागोस के बीच का कारोबार इन सैनिकों के साथ रियायतों से भरपूर है-मेरे ख़याल से उसे अतिरिक्त लाभ कहते हैं। सेना का एक व्यक्ति बॉम्बे कस्टम्स में काम करता है। एक हाथ से दूसरे हाथ में धन का इतना ज़्यादा लेनदेन होता है। रफ़ीक की छोटी सी योजना कुछ देशों अफ़गानिस्तान और भारत, पाकिस्तान और नाइजीरिया और सत्ता-पुलिस, कस्टम्स

और राजनीतिज्ञों तक सीमित है। यह सब शापित और पसंदीदा बॉम्बे पर कब्ज़े के संघर्ष का ही एक हिस्सा है। और यह सब, यह समूचा कुचक्र मेरे प्यारे पुराने अफ़ीम के अड्डों को बंद करने से विकसित होता है। क्या त्रासदी है?'

इरादे से कुछ ज़्यादा ही गंभीर स्वर में मैंने पूछा, 'यह रफ़ीक एक शांत व्यक्ति है।'

'वह अफ़गानी है। मित्र, उसके देश में इस वक़्त जंग छिड़ी हुई है। अमेरिकियों की भाषा में इससे उसे बेहतर स्थिति हासिल हो गई है। वह वालिद लाला माफ़िया परिषद –सबसे शक्तिशाली में से एक–के लिए काम करता है। चूहा उसका सबसे क़रीबी सहयोगी है, जो बॉम्बे के सबसे ख़तरनाक लोगों में से एक है। लेकिन शहर के इस इलाक़े में असली ताक़त तो है महान डॉन, आक़ा अब्दुल क़ादर ख़ान के पास। वह एक कवि, दार्शनिक और अपराधों की दुनिया का बादशाह है। वह उसे क़ादरभाई–बड़ा भाई–कहते हैं। यहां क़ादरभाई से ज़्यादा दौलत और बंदूकों वाले और लोग भी हैं – वह सख़्त उसूलों वाला आदमी है, तुम देखोगे ही, कई ऐसी दौलत देने वाली बातें हैं जो वह नहीं करता। लेकिन यही सिद्धांत–अंग्रेज़ी में नहीं पता कैसे कहूं–उसे नैतिक तौर पर बेहतर स्थिति दे देते हैं और शायद बॉम्बे के इस इलाक़े में किसी के पास, किसी के भी पास उसके जितनी ताक़त नहीं है। कई लोग मानते हैं कि वह संत है जिसके पास दैविक क्षमताएं हैं। मैं उसे जानता हूं और बता सकता हूं कि क़ादरभाई आज तक मुझे मिले लोगों में सबसे ज़्यादा दिलचस्प हैं। अगर तुम मुझे कुछ बेशर्म होने की इज़ाजत दो तो कहना चाहूंगा कि यह उसे एक उल्लेखनीय व्यक्ति बना देती है, क्योंकि मैं इससे पहले भी ज़िंदगी में कई दिलचस्प लोगों से मिल चुका हूं।'

उसने इन शब्दों को कुछ देर हमारी आंखों के संपर्क के बीच ही तैरने दिया।

'अरे यार, तुम पी नहीं रहे हो। मुझे कोफ़्त महसूस होने लगती है, जब लोग एक गिलास पीने के लिए इतना वक़्त लगा देते हैं।'

मैंने हंसते हुए कहा, 'नहीं, मैं तो कार्ला के लौटने का इंतज़ार कर रहा हूं। वह किसी भी मिनट यहां आ सकती है।'

नाम कुछ लंबा ही खींचते हुए उसने कहा, 'आह कार्ला, और तुम्हारा हमारी रहस्यमयी कार्ला के साथ क्या करने का इरादा है?'

'क्या, फिर से कहना?'

'शायद यह जानना ज़्यादा दिलचस्प होगा कि उसका तुम्हारे लिए क्या इरादा है, है ना?'

उसने एक लीटर की बोतल का अंतिम कतरा भी गिलास में डालने के बाद उसमें सोडा मिला दिया। वह एक घंटे से निरंतर पी रहा था और उसकी आंखें किसी मुक्केबाज का घूंसा लगने जैसी लाल हो चुकी थीं, लेकिन इसके बावज़ूद वह भटक नहीं रही थीं और हाथों पर अब भी उसका पूरा नियंत्रण था।

मैं कहने लगा, 'मुझे बॉम्बे में आने के कुछ ही घंटों बाद वह रास्ते में मिली थी। उसमें कुछ बात थी जो मुझे लगता है कि मेरे यहां इतना वक़्त टिके रहने की एक वज़ह वह भी है। वह और प्रभाकर। मुझे वे अच्छे लगते हैं–मुझे दोनों ही देखते ही पसंद आ गए थे। मैं लोगों के बीच रहने वाला इंसान हूं। शायद तुम समझ गए होगे कि मैं क्या कहना चाहता हूं। अगर लोग मुझे दिलचस्प लगे तो मैं ताजमहल की बज़ाय टिन के शेड को भी स्वीकार कर लूंगा। हालांकि मैंने अभी ताजमहल देखा नहीं है।'

दो शब्दों से वास्तुकला के उस अनूठे नमूने को ख़ारिज करते हुए डिडियर ने कहा, 'कुछ ख़ास नहीं। लेकिन तुमने कहा *दिलचस्प?* कार्ला *दिलचस्प* है?'

उसने ज़ोरों से ठहाका लगाया। यह बहुत ज़ोरों की कर्कश और पागलों जैसी हंसी थी। उसने मेरी पीठ पर इतनी ज़ोर से धौल जमाई कि उसके हाथों से कुछ ड्रिंक्स छलक गया।

'हा हा, लिन तुम जानते हो मैं तुम्हारी बात से *सहमत* हूं। फिर भले ही मेरी ओर से की गई तारीफ़ बहुत ही कमज़ोर लग रही हो।'

उसने अपना गिलास ख़ाली करके टेबल पर ज़ोर से रखा। हाथ से मूंछों को पोंछा। जब उसने मेरे चेहरे पर हैरानी के भाव देखे तो वह अपना चेहरा मेरे बिलकुल नज़दीक ले आया।

'मुझे तुम्हें कुछ बताने दो। यहां हर ओर देखो। कितने लोग दिखाई दे रहे हैं?'

'शायद साठ या अस्सी।'

'अस्सी लोग। ग्रीक, जर्मन्स, इटालियन्स, फ्रेंच, अमेरिकी। हर जगह से पर्यटक। खा रहे हैं, पी रहे हैं, बात कर रहे हैं, हंस रहे हैं। और बॉम्बे से–भारतीय और ईरानी, अफ़गान और अरब और अफ़्रीकी। लेकिन इनमें से कितने लोगों के पास अपनी जगह और वक़्त और हज़ारों लोगों की ज़िंदगी के लिहाज़ से वास्तविक ताक़त है, वास्तविक नियति है, वास्तविक *गति विद्या* है? मैं तुम्हें बताता हूं–चार। इस कमरे में केवल चार लोगों के पास ताकत है और हर जगह बाक़ी के लोगः शक्तिहीन, सपनों में गुम, अज्ञात। जब कार्ला यहां आ जाएगी तो कमरे में ताक़त वालों की संख्या पांच हो जाएगी। ऐसी है कार्ला, जिसे तुम *दिलचस्प* कह रहे हो। मेरे प्यारे युवा मित्र, तुम्हारे चेहरे के भाव से मैं समझ सकता हूं कि तुम नहीं समझ पा रहे हो कि मैं क्या कह रहा हूं। चलो इस तरह से बताता हूं : कार्ला एक दोस्त के तौर पर काफ़ी अच्छी है, लेकिन एक दुश्मन के तौर पर तो वह आश्चर्यजनक रूप से अच्छी है। जब तुम किसी व्यक्ति की ताक़त का अनुमान लगाते हो तो तुम्हें दोस्त और दुश्मन के तौर पर उसकी क्षमताओं का भी आकलन कर लेना चाहिए। और इस शहर में कार्ला से ज़्यादा ख़तरनाक दुश्मन और कोई भी नहीं है।'

उसने मेरी आंखों में घूरते हुए कुछ तलाशने का प्रयास किया, एक आंख से दूसरी आंख में देखते हुए।

'तुम जानते हो मैं किस तरह की ताक़त की बात कर रहा हूं, है ना? वास्तविक ताक़त। लोगों को तारों की तरह दमकाने की या ख़ाक में मिलाने की। रहस्यों की ताक़त। भयावह, भयावह रहस्य। बिना किसी आत्मग्लानि या अफ़सोस के जीने की ताक़त। क्या तुम्हारी ज़िंदगी में कुछ ऐसा है लिन जिसका तुम्हें अफ़सोस है? क्या तुमने कोई ऐसा काम किया है जिसका तुम्हें अफ़सोस है?'

'हां, मुझे लगता है कि मुझे है–'

'*निश्चित* तौर पर तुम्हें है और मुझे भी बातें जो मैंने की हैं और जो नहीं की हैं। लेकिन कार्ला नहीं। और इसी वजह से वह दूसरों से अलग है, इस कमरे में मौज़ूद कुछ अन्य लोगों से जिनके पास असली ताक़त है। उसके पास उनके जैसा दिल है और मेरे और तुम्हारे पास नहीं। ओह, मुझे माफ़ करना मैंने कुछ ज़्यादा ही पी ली है और देख रहा हूं कि मेरे इटालियन ग्राहक जा रहे हैं। अजय ज़्यादा देर रुकेगा नहीं। मुझे लगता है कि मुझे अब जाना ही चाहिए और अपना छोटा सा कमीशन ले लेना चाहिए। इससे पहले कि मैं नशे में पूरी तरह से धुत्त हो जाऊं।'

वह सीट पर पीछे खिसका और फिर टेबल पर पूरा ज़ोर डालते हुए उठा। बिना कुछ कहे या मेरी ओर देखे वह निकल गया। मैंने उसे एक मंजे हुए शराबी की चाल में टेबलों को पार करते हुए किचन की तरफ़ जाते हुए देखा। बहुत देर तक कुर्सी पर टिके रहने के कारण उसका स्पोर्ट्स कोट पीछे से मुड़ चुका था। उसे अच्छी तरह से जानने से पहले, यह जानने के बाद कि अपराध और जुनून के बीच बॉम्बे में 8 वर्ष का उसका निवास, बिना कोई दुश्मन बनाए या किसी से एक डॉलर भी उधार लिए बगैर, कितना मायने रखता है, मैं तो उसे एक मज़ाक़िया नाउम्मीद पियक्कड़ से ज़्यादा कुछ भी नहीं समझता था। यह एक आसान ग़लती थी और डिडियर आमतौर पर इसे प्रोत्साहन देता था।

हर जगह काले कारोबार का पहला नियम होता हैः *किसी को भी यह मत जानने दो कि आप क्या सोच रहे हैं।* इस पर डिडियर का उप-सिद्धांत था : *हमेशा इस बात की जानकारी रखो कि दूसरे तुम्हारे बारे में क्या सोचते हैं।* मैले-कुचेले कपड़े, घुंघराले बाल, मानो रात की नींद से एक ओर चिपके हुए, अल्कोहल के प्रति उसका लगाव, कुछ इस तरह का कि सामने वाले को लत जैसा लगे-यह सब उसके द्वारा ही तैयार की गई एक छवि थी, जिसे वह किसी बेहद पेशेवर अभिनेता की तरह बख़ूबी निभाता था। वह लोगों को यह सोचने पर आमादा कर देता था कि वह सीधा-सादा और लाचार व्यक्ति है, क्योंकि यह उसकी वास्तविकता का ठीक उल्टा था।

मेरे पास डिडियर के बारे में और उसके द्वारा की गई उलझाने वाली टिप्पणी के बारे में सोचने का ज़्यादा वक़्त नहीं था, क्योंकि उतने में ही कार्ला आ चुकी थी और हम तत्काल वहां से बाहर निकल गए। हमने उसके घर का लंबा रास्ता लिया। समंदर की दीवार के किनारे से गेटवे ऑफ़ इंडिया होते हुए रेडियो क्लब होटल तक। लंबा और चौड़ा रास्ता ख़ाली था। हमारे दाईं ओर पेड़ों की कतार के पीछे होटल

और रिहाइशी इमारतें थीं। यहां-वहां कुछ बत्तियां टिमटिमा रही थीं, जो बता रही थीं कि उन कमरों में कोई रहता है : एक दीवार पर मूर्ति बनी हुई थी, दूसरी पर किताबों की शेल्फ़ थी, किसी भारतीय भगवान का पोस्टर लकड़ी की फ्रेम में सजा हुआ था, जो फूलों और अगरबत्तियों की महक से दमक रहा था। रास्ते के कोने में सड़क के कोने में एक खिड़की में और पूजा के लिए जोड़े हुए दो हाथ।

हमारी बाईं ओर दुनिया के सबसे बड़े बंदरगाह का विशाल हिस्सा था। गहरा काला पानी, लंगर डाले सैकड़ों जहाजों की रोशनी से चमकता। उसके पार क्षितिज पर रिफ़ाइनरी की चिमनी से निकलने वाली चिंगारियां दिखाई दे रही थीं। चांद का कोई पता नहीं था। आधी रात हो चुकी थी। अरब सागर का ज्वार गाहे-बगाहे पत्थर की कमर जितनी ऊंची दीवार से टकराकर हम पर पानी की बौछार कर रहा था। धुंध अफ्रीका के तट से लेकर सिमूम तक चक्कर काटती रहती थी।

हम धीरे-धीरे चले। मैं अक्सर आकाश की ओर देखता था, वह तारों से इतना भारी था कि रात का काला जाल उसकी चमक से छलक रहा था। कारावास का मतलब होता है बिना सूर्योदय, सूर्यास्त या रात्रि का आकाश देखे बगैर वर्षों तक रहना। प्रत्येक दिन दोपहर से देर सुबह तक, सोलह घंटों के लिए एक कोठरी में बंद करना। कारावास का मतलब था कि उन्होंने सूर्य और चांद तथा तारों को छीन लिया था। जेल नर्क तो नहीं थी, लेकिन उसमें कोई स्वर्ग भी नहीं था। इस वजह से उस लिहाज़ से वह ख़राब थी।

'तुम अच्छा सुनने वाला होने का यह कारोबार और बढ़ा सकते हो, समझे।'

'क्या? माफ़ी चाहूंगा मैं कुछ सोच रहा था।' मैंने माफ़ी मांगते हुए ख़ुद को मानो जगा दिया। 'इससे पहले कि मैं भूल जाऊं, उला द्वारा दिए गए ये पैसे रखो।'

उसने नोटों का बंडल मुझसे लिया और बिना देखे अपने हैंडबैग में रख दिया।

'बड़ा अजीब लगता है ना। उला ने मोडेना के साथ जाने का फ़ैसला किया, क्योंकि किसी और से दूर जाना चाहती थी जो उसे गुलाम की तरह नियंत्रित करता था। अब वह मोडेना की गुलाम है। लेकिन वह उससे प्यार करती है और इस वजह से उसे उससे झूठ बोलना पड़ता है ताकि वह ख़ुद के लिए कुछ पैसे बचा सके।'

'कुछ लोगों को गुलामी ही रास आती है।'

'बस चंद लोग नहीं।' उसने अचानक कड़वाहट भरी आवाज़ में जवाब दिया, 'जब तुम डिडियर से आज़ादी के बारे में बात कर रहे थे, जब उसने तुमसे पूछा, *क्या करने की आज़ादी?*-तुमने कहा, नहीं कहने की आज़ादी। यह बड़ा मज़ेदार लगा, लेकिन मैं सोच रही थी कि हां कहने की आज़ादी ज़्यादा महत्त्वपूर्ण है।'

विषय बदलने और उसमें कुछ उत्साह जगाने के लिए मैंने कहा, 'डिडियर की बात की जाए तो तुम्हारा इंतज़ार करते हुए मेरी आज रात उससे काफ़ी लंबी बातचीत हुई।'

उसने कहा, 'मेरे ख़याल से तो डिडियर ही ज़्यादा बोला होगा।'

'हां, वही बोला। लेकिन वह दिलचस्प था। मुझे मज़ा आया। हमारी बातचीत का यह पहला ही मौक़ा था।'

'उसने तुम्हें क्या बताया?'

'*बताना* जरा?' उसके इस सवाल में मुझे इस बात का संकेत मिला कि कुछ ऐसी बातें हैं जो उसे मुझे नहीं बताना चाहिए। 'वह हमेशा मुझे लियोपोल्ड में आने वाले लोगों की पृष्ठभूमि बताता रहता है। अफ़गान, ईरानी और शिवसैनिक-या जो भी उन्हें कहा जाता है-और स्थानीय माफ़िया डॉन्स।'

उसने हल्की सी मुस्कान दी।

'मैं डिडियर की बातों को ज़्यादा गंभीरता से नहीं लेती। वह बहुत सतही हो सकता है, ख़ास तौर पर जब वह गंभीर हो। वह इस तरह का व्यक्ति है जो बात की जड़ तक जाता है, शायद तुम समझ रहे हो मैं क्या कह रही हूं। मैंने एक बार उसे कहा था कि तुम इतने छिछले हो कि *एक से ज़्यादा कटाक्ष* नहीं सहन कर सकते। मजे की बात यह है कि उसे यह पसंद आया। मैं डिडियर के लिए कहूंगी कि तुम उसका अपमान नहीं कर सकते।'

डिडियर ने उसके बारे में जो कहा था, उसे सफ़ाई से टालते हुए मैंने कहा, 'मैं सोचता था कि तुम दोनों दोस्त हो।'

'दोस्त... हां कभी-कभार। मुझे पक्का पता नहीं कि दोस्ती क्या होती है। हम एक-दूसरे को कई वर्षों से जानते हैं। कभी हम साथ रहते थे - उसने तुम्हें बताया नहीं?'

'नहीं बताया।'

'हां, एक साल तक, जब मैं पहली बार बॉम्बे आई थी। हम फ़ोर्ट इलाक़े में एक टूटे-फूटे छोटे से घर में रहते थे। इमारत चारों ओर से जीर्ण-शीर्ण हो चुकी थी। हर सुबह छत से प्लास्टर का कोई न कोई टुकड़ा हमारे मुंह पर गिरकर हमें जगा देता था। हॉल में हर रोज़ प्लास्टर या लकड़ी का कोई न कोई टुकड़ा गिरा हुआ मिलता था। कुछ वर्ष पहले बारिश के दिनों में वह पूरी इमारत धराशायी हो गई। कुछ लोगों की मौत भी हुई। मैं कभी-कभी वहां जाकर आसमान में उस छेद को ताकती हूं, जहां कभी मेरा बेडरूम था। तुम कह सकते हो कि हम काफ़ी नज़दीक हो चुके थे। डिडियर और मैं, लेकिन दोस्त? दोस्ती कुछ ऐसी बात है जो मेरी ज़िंदगी के हर गुजरते साल के साथ मेरे लिए समझना मुश्किल होती जा रही है। दोस्ती बीजगणित के टेस्ट की तरह है जिसमें कोई पास नहीं होता। मेरी राय में कहा जा सकता है कि दोस्त वह व्यक्ति है जिससे आप नफ़रत नहीं करते।'

उसकी आवाज़ गंभीर थी, लेकिन मैं हंस दिया।

'मेरी राय में यह बहुत ही ज़्यादा कठोर टिप्पणी है।'

उसने पहले मुझे घूरकर देखा फिर ठहाका लगा दिया।

'शायद। मैं थक चुकी हूं। पिछली कई रातों से मेरी नींद पूरी नहीं हुई है। मैं डिडियर की इतनी आलोचना नहीं करना चाहती थी। बात केवल इतनी है कि वह कई बार आपको गुस्सा दिला देता है। क्या उसने मेरे बारे में कुछ कहा?'

'वह... उसने कहा कि वह सोचता है कि तुम ख़ूबसूरत हो।'

'उसने ऐसा कहा?'

'हां। वह श्वेत और अश्वेत लोगों की ख़ूबसूरती की बात कर रहा था और उसने कहा, *कार्ला सुंदर है।*'

उसने चेहरे पर ख़ुशी और हैरानी के भाव के साथ भौहें उचका दीं।

'चलो मैं इसे उल्लेखनीय तारीफ़ के तौर पर स्वीकार कर लेती हूं, फिर भले ही वह एक बहुत ही बड़ा झूठा हो।'

'मुझे डिडियर पसंद है।'

उसने तुरंत पूछा, 'क्यों?'

'ओह, पता नहीं। शायद उसका पेशेवर अंदाज़। मुझे ऐसे लोग पसंद आते हैं, जो अपने काम में मंजे हुए हों। और उसके भीतर एक उदासी छिपी हुई है जो मुझे आकर्षित करती है। वह मुझे कुछ लोगों की याद दिलाता है। दोस्तों की।'

उसने कहा, 'कम से कम वह अपने पतन को नहीं छिपाता।' और मुझे अचानक डिडियर द्वारा कार्ला के बारे में कही गई बात याद आ गई, रहस्यों की ताक़त। 'शायद हमारे बीच यही एक बात समान है–मैं और डिडियर। हम दोनों को पाखंडियों से नफ़रत है। पाखंड एक तरह की क्रूरता ही है। और डिडियर क्रूर नहीं है। वह जंगली है लेकिन क्रूर नहीं है। वह पिछले कुछ अरसे से शांत है, लेकिन एक वक़्त था जब उसकी दीवानगी भरी करतूतों के चर्चे शहर में या कम से कम यहां रहने वाले विदेशियों के बीच चर्चा का विषय होते थे। एक ईर्ष्यालु प्रेमी, मोरक्को का एक युवा बच्चा, एक रात कॉजवे पर उसके पीछे तलवार लेकर दौड़ा था। वो दोनों बिलकुल नंगे थे–बॉम्बे के लिहाज से एक चौंकाने वाली बात थी। डिडियर के मामले में दर्शनीय जो मैं बता सकती हूं। वह दौड़ते हुए कोलाबा पुलिस थाने में घुस गया और उन्होंने उसे बचा लिया। भारत में लोग ऐसे मामलों में बहुत रूढ़िवादी विचारों के हैं, लेकिन डिडियर का एक नियम है–वह किसी भारतीय के साथ शारीरिक संबंध नहीं बनाता–और मैं सोचती हूं कि इस बात के लिए मैं उसका सम्मान करती हूं। यहां बहुत सारे विदेशी केवल भारतीय बच्चों के साथ यौन संबंध बनाने के लिए आते हैं। डिडियर को उनसे नफ़रत है और उसने ख़ुद को विदेशियों के साथ संबंधों तक ही सीमित रखा है। मुझे हैरानी नहीं होगी अगर शायद इसी वजह से उसने तुम्हें आज रात दूसरे लोगों के कारोबारों के बारे में इतनी ज़्यादा जानकारी दी। वह तुम्हें रिझाने की कोशिश कर रहा था, शायद, काले कारोबार और उस दुनिया के लोगों के बारे में जानकारी के साथ। ओह हैलो, *तुम* मुझे यह कहां ले आए?'

समंदर से सटी दीवार पर बैठकर कुछ खा रहे बिल्ले से हम टकराते-टकराते बचे। वह बिल्ला गुर्राया, लेकिन उसने कार्ला को अपनी पीठ सहलाने दी और फिर खाने में जुट गया। उसका एक कान किसी ने चबा लिया था और पूरे बदन पर जगह-जगह खुले घाव थे। मुझे हैरानी हुई कि इस तरह का जानवर भी किसी अजनबी को अपनी पीठ सहलाने दे सकता है और इस बात की भी कार्ला को ऐसा करने की इच्छा हुई। इससे भी ज़्यादा मुझे इस बात ने चौंकाया कि बिल्ले को चावल और सब्ज़ी खाने में भी बहुत मज़ा आ रहा था, जिसे सॉस और तीखी मिर्चियों से बनाया गया था।

उसने कहा, 'इसे देखो, वह कितना ख़ूबसूरत है।'

'अच्छा...'

'क्या तुम इसके हौसले की दाद नहीं दोगे? इसकी ज़िंदा रहने की इच्छाशक्ति?'

'सच तो यह है कि मुझे बिल्लियां बहुत पसंद नहीं हैं। कुत्तों से मुझे दिक़्कत नहीं, लेकिन बिल्लियां...'

'लेकिन तुम्हें बिल्लियों से *ज़रूर* प्यार करना चाहिए। एक पूरी तरह से सही दुनिया में दोपहर की दो बजे सभी लोग बिल्लियों की तरह होंगे।'

मैं हंसने लगा।

'क्या कभी किसी ने तुमसे कहा है कि बातों को कहने का तुम्हारा एक अलहदा अंदाज़ है?'

मेरी ओर मुड़कर उसने कहा, 'तुम्हारे कहने का क्या मतलब है?'

स्ट्रीटलाइट की कम रोशनी में भी मैं देख सकता था कि उसका चेहरा गुस्से से तमतमा रहा था। मुझे तब तक नहीं पता था कि उसकी अंग्रेज़ी कामचलाऊ हैः यह कि वह अध्ययन करती थी, लिखती थी और बातचीत में चतुराई भरे वाक्य बनाने के लिए मेहनत करती थी।

'यही कि तुम्हारा अपनी बात रखने का मौलिक अंदाज़ है। मुझे ग़लत मत समझो, मुझे यह पसंद है। मुझे यह बहुत पसंद है। उदाहरण के लिए कल की ही बात लो... तुम सच्चाई (ट्रुथ) के बारे में बात कर रही थी। केपिटल टी वाला ट्रूथ, एब्सॉल्यूट ट्रुथ, अल्टीमेट ट्रुथ। और यह कि क्या कोई सच्चाई है, क्या कुछ सच है? हर किसी के पास कहने के लिए कुछ न कुछ था-डिडियर, उला, मॉरिजियो, यहां तक कि मोडेना। फिर तुमने कहा, *सच्चाई एक गुंडे की तरह है जिसे हम सब पसंद करते हैं।* मैं तो हक्का-बक्का रह गया था। क्या तुमने यह बात किसी किताब में पढ़ी थी या किसी नाटक में सुनी थी या किसी फ़िल्म में?'

'नहीं यह तो मैंने ख़ुद बनाई थी।'

'यही तो मैं कह रहा हूं। मुझे नहीं लगता कि मैं किसी की पंक्तियों को हूबहू दोहरा सकता हूं, लेकिन तुम्हारी वह पंक्तियां मैं कभी नहीं भूलूंगा।'

'क्या तुम मुझसे सहमत हो?'

'क्या, कि सच्चाई एक गुंडे की तरह है जिसे हम पसंद करते हैं?'

'हां।'

'नहीं, बिलकुल भी नहीं। लेकिन मुझे यह विचार पसंद आया और जिस अंदाज़ में तुमने उसे रखा।'

मैं उसकी हल्की सी मुस्कान को निहारता रहा। हम कुछ पल के लिए मौन रहे और जैसे ही उसने दूसरी तरफ़ देखा उसका ध्यान खींचने के लिए मैं फिर बोला।

'तुम्हें बियारिट्ज क्यों पसंद है?'

'क्या?'

'परसों की ही तो बात है, तुमने कहा था कि बियारिट्ज तुम्हारी पसंदीदा जगहों में से एक है। मैं वहां कभी नहीं गया, इसलिए नहीं जानता। लेकिन मैं जानना चाहूंगा कि वह तुम्हें इतना पसंद क्यों है।'

उसने मुस्कराकर नाक ऐसी सिकोड़ी कि वह भाव अपमान या प्रसन्नता किसी का भी हो सकता था।

'तुम्हें वह याद है? तो फिर बेहतर यही होगा कि मैं तुम्हें बता ही दूं। बियारिट्ज कैसे बताऊं...मेरे ख़याल से इसकी वजह महासागर है। अटलांटिक। मुझे बियारिट्ज सर्दियों में पसंद आता है, जब पर्यटक नदारद हो चुके होते हैं और समंदर इतना भयावह होता है कि लोग पत्थर की तरह जम जाते हैं। आप उन्हें सुनसान तट पर समंदर को देखते हुए देख सकते हैं-बुतों की तरह, खड़ी चट्टानों के बीच में मौज़ूद तट पर, डर के मारे जमे हुए जब वह समंदर की ओर देखते हैं। यह अन्य महासागरों -गर्म प्रशांत महासागर या हिंद महासागर की तरह नहीं है। सर्दियों में अटलांटिक निर्मम और बेरहम तरीक़े से क्रूर होता है। आप इसे ख़ुद को पुकारते हुए सुन सकते हैं। आप जानते हैं वह आपको अपने भीतर खींच लेना चाहता है। यह इतना ख़ूबसूरत है, जब मैंने पहली बार देखा था तो मेरी आंखों में आंसू आ गए थे। और मैं उसमें समा जाना चाहती थी। यह सबसे भयावह बात है। लेकिन बियारिट्ज के लोग यूरोप में सबसे सहनशील और सहज लोग हैं। यह वाक़ई अज़ीब लगता है क्योंकि अधिकांश पर्यटन स्थलों पर लोग नाराज़ होते हैं और समंदर शांत। बियारिट्ज में इसका ठीक उल्टा है।'

'क्या तुम्हें लगता है कि किसी दिन तुम वहां वापस जाओगी-रहने के लिए?'

'नहीं,' उसने तुरंत जवाब दिया, 'अगर मैंने किसी वजह से इस जगह को छोड़ा तो मैं अमेरिका जाऊंगी। मेरे अभिभावकों की मौत के बाद मैं वहीं बड़ी हुई। और मैं किसी दिन वहां वापस जाना चाहूंगी। मुझे लगता है कि मुझे वह सबसे ज़्यादा पसंद है। वहां की हवा में आत्मविश्वास और खुलापन है-और अमेरिका और अमेरिकी लोग बहादुर भी हैं। मैं अमेरिकी की तरह महसूस नहीं करती-कम से कम मैं वैसा सोचती नहीं-लेकिन मैं उन लोगों के साथ *सहज* होती हूं। कहीं भी किसी भी अन्य लोगों के साथ। उम्मीद है तुम समझ सकोगे।'

मैंने पूछा, 'मुझे दूसरों के बारे में बताओ? ' मैं उसे बोलता रखना चाहता था।

उसने चौंककर पूछा, 'दूसरे?'

'लियोपोल्ड में मौज़ूद टीम। डिडियर और अन्य। शुरुआत के तौर पर मुझे लेतितिया के बारे में बताओ। तुम उसे कैसे जानती हो?'

वह अब कुछ सहज हो चुकी थी और उसकी निगाहें सड़क के दूसरे सिरे पर नाचती परछाइयों पर थी। सोचते हुए उसने रात के आसमान की तरफ़ निगाहें कर लीं। स्ट्रीटलाइट की नीली रोशनी उसके होंठों और आंखों के बीच तैर रही थी।

उसने मधुर आवाज़ में बोलना शुरू किया, 'लेति कुछ वक़्त गोवा में रही। वह भारत सामान्य मिला-जुला अहसास लेने आई थी-पार्टियां और आध्यात्मिक ऊंचाइयां। उसे पार्टियां मिलीं और मेरे विचार में उसे उसमें ख़ूब मज़ा आया। लेति को पार्टियां पसंद हैं। लेकिन आध्यात्मिक पहलू को लेकर वह कभी भी उतनी भाग्यशाली नहीं रही है। वह वापस लंदन चली गई-एक ही साल में दो बार-लेकिन आत्मा की खोज के प्रयास में एक बार फिर भारत लौट आई। वह फ़िलहाल आत्मा की खोज के अभियान पर है। वह काफ़ी कठोर बोलती है, लेकिन वह बहुत ही आध्यात्मिक लड़की है। मेरे ख़याल से तो मुझे मिली वह सबसे आध्यात्मिक व्यक्ति है।'

'वह जीवनयापन कैसे करती है? मैं ताकझांक नहीं करना चाहता - मैं यह पहले भी कह रहा था, मैं तो बस यह सीखना चाहता हूं कि यहां जीवनयापन कैसे किया जाता है। मेरा मतलब है कि विदेशी यह कैसे करते हैं।'

'वह रत्नों और जेवरों की पारखी है। वह कुछ विदेशी ख़रीददारों के लिए कमीशन के आधार पर काम करती है। यह काम उसे डिडियर ने दिलाया था। उसके बॉम्बे में हर कहीं पर संपर्क हैं।'

मैंने हैरत भरी मुस्कान के साथ कहा, 'डिडियर? मैं सोचता था कि वह दोनों एक-दूसरे से नफ़रत करते हैं-नफ़रत तो नहीं लेकिन एक-दूसरे को नहीं झेल सकते।'

'निश्चित ही वह एक-दूसरे को गुस्सा दिला देते हैं, लेकिन इसमें एक सच्ची दोस्ती है। अगर किसी एक के साथ कुछ बुरा हो जाए तो दूसरा भी परेशान हो जाएगा।'

'और मॉरिजियो?' मैंने अपनी आवाज़ को नियंत्रित रखते हुए पूछा। वह ऊंचे क़द का आत्मविश्वास से लदकद सुंदर इटालियन जिसकी कार्ला के बारे में ज़्यादा जानकारी और उससे दोस्ती से मुझे ईर्ष्या थी। 'उसकी कहानी क्या है?'

उसने फिर त्यौरियां चढ़ाते हुए कहा, 'उसकी कहानी? मैं नहीं जानती उसकी कहानी क्या है। उसके अभिभावक मरने से पहले उसके लिए बहुत सारा धन छोड़ गए। उसने वह ख़र्च कर दिया और मुझे लगता है कि उसने धन ख़र्च करने की प्रतिभा विकसित कर ली है।'

'दूसरे लोगों का धन?' मैंने पूछा। मेरे सवाल में शायद कुछ ज़्यादा ही उत्सुकता दिखी, क्योंकि उसने मुझसे ही पूछ लिया।

'क्या तुम केकड़े और मेंढक की कहानी जानते हो? दरअसल मेंढक ने नदी पार कराने के लिए केकड़े को पीठ पर बैठाना स्वीकार लिया था, क्योंकि केकड़े ने वादा किया कि वह उसे डंक नहीं मारेगा।'

'हां और फिर केकड़े ने आधे रास्ते में ही डंक मार दिया। डूबते हुए मेंढक ने पूछा कि उसने ऐसा क्यों किया, जबकि इसकी वजह से दोनों ही डूबने वाले हैं और केकड़े ने कहा, क्योंकि डंक मारना मेरा स्वभाव है।'

उसने आह भरते हुए कहा, 'हां, वही मॉरिजियो है। और अगर तुम यह बात जानते हो तो वह समस्या नहीं है, क्योंकि तुम उसे पीठ पर बैठाकर नदी पार करने का प्रस्ताव ही नहीं देते हो। समझ गए मेरे कहने का क्या मतलब है?'

मैं जेल में रह चुका था और उसके कहने का वास्तविक मतलब समझ चुका था, मैंने सिर हिला दिया और उला और मोडेना के बारे में पूछा।

उसने दोबारा हल्की सी मुस्कान बिखेरते हुए कहा, 'मुझे उला पसंद है। वह पगली है और भरोसे लायक़ नहीं है, लेकिन उसके लिए मेरे मन में भावनाएं हैं। जब तक उसे हेरोइन की लत नहीं लगी थी, वह जर्मनी की एक अमीर घर की लड़की थी। उसके परिवार ने उससे संबंध तोड़ लिए, इसलिए वह भारत चली आई–वह एक बुरे इंसान के साथ थी, एक जर्मन पुरुष। उसकी ही तरह नशेड़ी जिसने उसे एक बेहद कठोर जगह पर काम के लिए भेज दिया। एक भयावह जगह। वह उस व्यक्ति से प्यार करती थी। उसने उसकी ही ख़ातिर यह भी किया। उसके लिए वह कुछ भी कर सकती थी। कुछ महिलाएं ऐसी ही होती हैं। कुछ प्यार ऐसे ही होते हैं। *अधिकांश प्यार* ऐसे ही होते हैं, कम से कम जो मैंने देखा है, उसके हिसाब से तो। आप उस प्यार को ज़िंदा रखने के लिए अपना स्वाभिमान, मान–सम्मान और अपनी आज़ादी त्याग देते हैं। कुछ वक़्त गुजरने के बाद आप लोगों को त्यागने लगते हैं – अपने दोस्त, हर वह व्यक्ति जिसे आप जानते थे। और यह भी पर्याप्त नहीं होता। ज़िंदगी की नैया अब भी डूब ही रही होती है और आप यह जानते हैं कि यह अपने साथ आपको भी ले डूबेगी। मैंने यहां ऐसा अनेक लड़कियों के साथ होते हुए देखा है। मेरे ख़याल से शायद यही वजह है कि मुझे मोहब्बत से चिढ़ है।'

मैं नहीं बता सकता था कि वह अपने बारे में बात कर रही थी या उसके शब्द मेरे लिए थे। वह बहुत तीखे थे और मैं उससे वह सुनना नहीं चाहता था।

'और कविता? वह कहां से आ गई?'

'कविता महान है! वह एक फ्रीलांसर है – तुम यह बात जानते हो – फ्रीलांस लेखिका। वह पत्रकार बनना चाहती है और मुझे लगता है कि वह बन भी जाएगी। मैं उम्मीद करती हूं कि वह एक दिन उस मुक़ाम पर पहुंच जाए। वह तेज़तर्रार और ईमानदार और साहसी है। वह ख़ूबसूरत भी है। तुम्हें नहीं लगता कि वह बेहद आकर्षक है?'

उसके ख़ूबसूरत चेहरे, शहद जैसे रंग की आंखों, ख़ूबसूरत होंठ और लंबी अंगुलियों को याद करते हुए मैंने सहमति के स्वर में कहा, 'मैं सहमत हूं, वह बहुत प्यारी है। लेकिन वे सभी तो अच्छे दिखने वाले लोग थे। यहां तक कि डिडियर भी अपने अंदाज़ लॉर्ड बायरन से कम थोड़े ही लगता था। लेति भी अच्छी लड़की है। उसकी आंखों में हमेशा हंसी रहती थी। बिलकुल नीली आंखें। उला तो किसी गुड़िया जैसी लगती थी। बड़ी आंखें, बड़े होंठ और गोल चेहरा। मॉरिजियो किसी मैगजीन की मॉडल की तरह ख़ूबसूरत थी और मोडेना अलग क़िस्म का दिलकश। किसी बुलफ़ाइटर की तरह। और तुम... तुम तो मेरे द्वारा देखी गई सबसे ख़ूबसूरत महिला हो।'

अंततः मैंने कह ही डाला। और ज़ोर से यह बात कहने के धक्के से उबरने के दौरान मैं सोच रहा था कि क्या उसने मेरी बात समझी भी कि नहीं। अगर उसने मेरे शब्दों और उसकी ख़ूबसूरती को समझकर मेरे दुख को समझा होगा : मोहब्बत के हर ज्ञात पल में एक बदसूरत इंसान द्वारा महसूस किया जाने वाला दुख।

वह हंसने लगी–अच्छी, गहरी और खुलकर हंसी–और अचानक मेरी बांह पकड़ ली, फुटपाथ पर मुझे खींचते हुए। और फिर अचानक मानो उसकी हंसी की छाया से लकड़ी की छोटे से धातु के पहियों वाली गाड़ी पर सड़क की दूसरे सिरे पर जाते भिखारी ने कुछ खड़काया। उसने अपने हाथों से गाड़ी को ख़ाली सड़क के बीच में लाया और नाटकीय अंदाज़ में अचानक रुक गया। उससे बेहद पतले पैर उसके नीचे मुड़े हुए थे, उसकी गाड़ी का आकार किसी अख़बार से ज़्यादा बड़ा नहीं था। उसने एक लड़के की स्कूली यूनिफ़ॉर्म पहन रखी थी। खाकी शॉर्ट्स और नीला शर्ट। वह हालांकि 20 साल के क़रीब का था, लेकिन उसके कपड़े बहुत ढीले–ढाले थे।

कार्ला ने उसे नाम से आवाज़ लगाई और हम उसके सामने रुक गए। उन्होंने कुछ देर हिंदी में बात की, मैं हमारे बीच की तक़रीबन 10 मीटर की दूरी से उसे देखता रहा। उसके हाथ बहुत बड़े थे। उसके चेहरे की ही तरह। मैंने देखा कि भालू की तरह उसने हाथों पर छोटे गद्दे से लगा रखे थे।

एक मिनट के बाद उसने अंग्रेज़ी में कहा, 'गुडनाइट!' उसने पहले एक हाथ उठाकर माथे पर लगाया और फिर दिल पर। एक और फिरकी लेकर वह गेटवे ऑफ़ इंडिया की ओर अपनी गाड़ी को धकेलने लगा।

हमने उसे नज़रों से दूर होते हुए देखा और फिर कार्ला ने मेरी बांह खींची और फिर हम चल पड़े। मैंने उसे हाथ थामे आगे चलने दिया। मैं उसकी आवाज़ और उसके साथ के अहसास से हवा में तैर रहा था। उसके काले बालों की लटें, सोए हुए रास्ते पर समंदर–पेड़ों–चट्टानों की ख़ूशबू को जज़्ब करते हुए उसकी गर्म त्वचा पर इत्र की ख़ूशबू लेते हुए। मैंने ख़ुद को उसकी ज़िंदगी में और इस शहर की ज़िंदगी में प्रवेश करने दिया। मैंने उसे घर तक छोड़ा। गुडनाइट कहा। और जब मैं सुनसान रास्ते पर होते हुए अपने होटल लौट रहा था, हौले–हौले गुनगुनाने लगा।

अध्याय 3

'तुम यह कहना चाह रहे हो कि हम अंततः वास्तविक सौदे तक पहुंच चुके हैं।'

प्रभाकर ने मुझे यक़ीन दिलाया, 'वास्तविकता पूरी होगी बाबा और सौदा भी भरपूर होगा। अब आप असली शहर को देखोगे। मैं कभी पर्यटकों को इन जगहों पर नहीं ले जाता। उन्हें यह पसंद नहीं हैं और मुझे उनका इसे नापसंद करना पसंद नहीं है। या कई बार उनको इन जगहों पर बहुत ज़्यादा अच्छा लगता है और मैं भी इसे उनसे कम चाहता हूं, है ना? ऐसी बातों को पसंद करने के लिए आपके पास एक अच्छा दिमाग़ होना चाहिए, एक अच्छे दिल के बग़ैर आपको यह जगह बहुत ज़्यादा पसंद आ ही नहीं सकती। आपकी तरह लिन बाबा। आप मेरे अच्छे दोस्त हैं। मैं इस बात को पहले ही दिन जान गया था, जब हम व्हिस्की पी रहे थे, आपके कमरे में। अब मेरा बॉम्बे आपके अच्छे दिमाग़ और अच्छे दिल के साथ आप पूरा का पूरा देखेंगे।'

हम एक टैक्सी में सवार होकर महात्मा गांधी मार्ग पर फ़्लोरा फाउंटेन से आगे विक्टोरिया स्टेशन की ओर बढ़ रहे थे। दोपहर का एक पहर गुजर चुका था और पत्थरों की इमारतों से सजे उस रास्ते पर टिफ़िन वालों के ठेलों की भीड़ उमड़ चुकी थी। घरों और इमारतों से टिफ़िन एकत्रित करके उन्हें टिन के बने सिलेंडरों में रख दिया जाता था, जिन्हें *जलपान* या टिफ़िन कहा जाता था। टिफ़िन की बड़ी ट्रे के साथ एक गाड़ी को पांच से छह लोग ठेल रहे होते थे। बसों, ट्रकों, स्कूटर और कारों के बीच से होते हुए वे पूरे शहर में दफ़्तरों और दुकानों में टिफ़िन पहुंचा देते थे। इस सेवा का संचालन करने वालों के अलावा कोई भी नहीं जानता था कि यह सब कैसे होता था : कैसे बमुश्किल साक्षर लोगों संकेतों, रंगों और कुछ प्रमुख अंकों के साथ टिफ़िन वितरण की यह जटिल प्रणाली विकसित की। कैसे दिन-प्रतिदिन, हज़ारों समान दिखने वाले टिफ़िन बिना किसी ग़लती के शहर के कोने-कोने में लाखों लोगों के बीच बिलकुल सही व्यक्ति तक पहुंच जाते थे। और यह सब डॉलर नहीं, चंद सेंट्स की क़ीमत पर होता था। बॉम्बे में उन वर्षों के दौरान एक जादुई क़रिश्मा सा हवा में तैरता था जो सर्वसाधारण व्यक्ति को असंभव से जोड़ देता था। यह अदृश्य प्रवाह हर सड़क-गली, दिल में दौड़ता रहता था। पोस्टल सेवा से लेकर भीख के लिए गिड़गिड़ाते भिखारियों तक बिना किसी दिखावे के।

'उस बस का नंबर क्या है, लिन बाबा? मुझे जल्दी बताइए।'

'एक सेकेंड,' मैं हिचकिचाया, टैक्सी की आधी खुली खिड़की से मैंने हमारे सामने कुछ देर के लिए रुकी लाल डबल डेकर बस के सामने लिखे नंबर को पढ़ने की कोशिश की। 'ओह, यह तो 104 है, है ना?'

'बहुत ख़ूब। आपने हिंदी के अंक इतनी अच्छी तरह से सीख लिए हैं। अब आपके लिए बस या ट्रेन के नंबर पढ़ना कोई समस्या नहीं होगी। मेन्यू कार्ड और दवा की पर्ची भी। और अन्य अच्छी बातें। अब मुझे बताइए कि *आलू पालक* क्या होता है?'

'*आलू पालक* मतलब पोटेटो और स्पिनेच।'

'सही। और बहुत स्वादिष्ट भी आपने यह नहीं बताया। मुझे आलू पालक बहुत पसंद है। फूल गोभी और भिंडी क्या है?'

'वह, ओह हां कॉलिफ़्लॉवर... और ओकरा।'

'सही। और फिर स्वादिष्ट होने की बात आपने नहीं बताई। *बैंगन मसाला* क्या है?'

'ओह स्पाइस से भरपूर एगप्लांट।'

'फिर सही, बात क्या है, आपको बैंगन पसंद नहीं हैं?'

'अच्छा-अच्छा, ठीक है, मुझे बैंगन बहुत स्वादिष्ट होते हैं।'

उसने नाक-भौं सिकोड़ते हुए कहा, 'मुझे बैंगन पसंद नहीं हैं। मुझे बताओ कि मैं चेहरा, *मुंह और दिल* किसे कहता हूं?'

'ठीक है... बताना मत... इसका मतलब फ़ेस, माउथ और हार्ट। सही है ना?'

'बिलकुल सही, कोई समस्या नहीं। मैं आपको देखता रहा हूं आप कितनी अच्छी तरह से भारतीयों के अंदाज़ में हाथ से खाना खाने लग गए हैं। और आप कैसे बातें मांगना सीख चुके हैं-कितना यह, कितना वह, मुझे दो कप चाय दीजिए, मुझे और हशीश चाहिए-लोगों से केवल हिंदी में बातचीत करते हुए। मैंने यह सबकुछ देखा है। आप मेरे सबसे अच्छे शिष्य हैं, लिन बाबा। और मैं आपका सबसे अच्छा शिक्षक हूं, है ना?'

मैंने हंसते हुए कहा, 'सही है प्रभु। अरे! जरा देखकर!'

मेरे चिल्लाने से सजग होते हुए टैक्सी ड्राइवर ने एक बैलगाड़ी के साथ टैक्सी की टक्कर को टाल दिया। भारी-भरकम टैक्सी ड्राइवर हमारी जान बचाने की कोशिश में मेरी गुस्ताख़ी से नाराज़ दिखाई दे रहा था। जब हमने टैक्सी ली थी तो उसने पीछे देखने के कांच को ठीक करते हुए केवल मेरा चेहरा देखा था। टक्कर टलने के बाद उसने फिर मुझे कांच में देखते हुए हिंदी में अपशब्द कहे। वह टैक्सी को ऊटपटांग तरीक़े से चला रहा था, धीमे वाहनों को ओवरटेक करने के फेर में कभी दाएं, कभी बाएं। सड़क पर टैक्सी के नज़दीक आने वाले लोगों के लिए उसके मन में एक क़िस्म

की झगड़ालूपन की प्रवृत्ति दिखाई दे रही थी। वह तेज़ी से हर धीमी कार के पास जाता था और हॉर्न बजा-बजाकर उसे जगह छोड़ने के लिए मजबूर कर देता था। अगर धीमी कार कुछ बाजू में हुई तो यह उसके बग़ल में कार चलाते हुए उसे खूब गालियां सुनाता था। जब उसे आगे फिर कोई धीमा वाहन दिखता तो वह दोबारा यही करता। साथ ही बीच-बीच में वह अपनी ओर का दरवाज़ा खोलकर सड़कर पर पान की पीक भी थूक देता था। इस दौरान उसकी आंखें सामने के ट्रैफ़िक से हट जाती थी और हमारी जान हथेली पर आ जाती थी।

'यह व्यक्ति तो पगला लग रहा है!' मैंने प्रभाकर से कहा।

प्रभाकर ने जवाब दिया, 'इसकी ड्राइविंग अच्छी नहीं है। लेकिन इतना ज़रूर कहूंगा कि थूकने और गाली-गलौच में यह उस्ताद है।'

'हे भगवान। उसे रुकने के लिए कहो!' ट्रैफ़िक के बीच टैक्सी की बाएं-दाएं झूमते हुए गति बढ़ते ही मैंने चिल्लाकर कहा। 'वह हमें मार देगा!'

प्रभाकर भी चिल्लाया, *'बंद करो। ठहरो।'*

उसने बात का असर बढ़ाने के लिए एक बद्दुआ भी दी, लेकिन इससे ड्राइवर और भड़क गया। पूरी गति में जा रही टैक्सी में उसने हमारी ओर त्यौरियां चढ़ाकर देखा। उसका मुंह पूरी तरह से खुला था और उसके दांत दिखाई दे रहे थे। उसकी आंखें बड़ी थीं और उसका काला रंग गुस्से से और गहरा गया था।

ड्राइवर से आगे सड़क पर देखते हुए प्रभाकर चिल्लाया, 'अरे,' लेकिन तब तक बहुत देर हो चुकी थी। ड्राइवर अचानक पलटा और उसने पूरी ताक़त से ब्रेक लगा दिए। दो-तीन सेकेंड की फिसलन के बाद मैंने उसे मुंह से ऐसी आह सुनी मानो किसी नदी की तलहटी से कोई पत्थर उठाया गया हो। उसके बाद हमारी टैक्सी मुड़ने के लिए हमारे आगे खड़ी एक कार से ज़ोरदार धमाके के साथ जा भिड़ी। हम आगे की ओर फिंकाए और उसके बाद हमने दो और धमाके सुने, पीछे से दो कारें हमसे आ भिड़ी थीं।

रास्ते पर टूटे हुए कांच और क्रोम के टुकड़े ज़ोर की आवाज़ करते हुए बिखर गए। मेरा सिर ज़ोर से दरवाज़े से टकराया। मुझे ऐसा लगा कि मेरी बाईं आंख के ऊपर से ख़ून टपकने लगा है, इसके अलावा मुझे कहीं भी चोट नहीं लगी थी। मैं जबकि उठने की कोशिश कर रहा था, मैंने प्रभाकर का हाथ अपने हाथ पर महसूस किया।

'आपको ज़्यादा चोट तो नहीं आई ना लिन? आप ठीक हैं ना?'

'मैं ठीक हूं। मैं ठीक हूं।'

'आपको यक़ीन है ना कि कोई चोट नहीं पहुंची है?'

'हे प्रभु, मुझे इस बात की कोई चिंता नहीं है कि यह व्यक्ति कितना अच्छा थूकता है,' कुछ घबराहट के बीच हंसते हुए मैंने कहा और फिर राहत महसूस करते हुए कहा, 'इसे कोई टिप नहीं मिलेगी। तुम ठीक हो ना?'

उसकी आवाज़ में अचानक उत्तेजना बढ़ गई और उसने कहा, 'हमें हर हाल में बाहर निकलना चाहिए, लिन। बाहर। यहां से बाहर। अभी!'

उसकी ओर का दरवाज़ा जाम हो चुका था और वह उसे कंधे से धकेलने की कोशिश कर रहा था। वह उसे खोल नहीं सका। वह अब मेरी ओर के दरवाज़े की ओर आया, लेकिन उसने देखा कि एक दूसरी कार उससे चिपकी हुई थी। हमारी आंखें मिलीं और उसकी आंखों में बहुत ज़्यादा डर था। इतना ज़्यादा डर कि मेरी छाती भी धड़क गई। वह मुड़ा और फिर अपनी ओर के दरवाज़े से भिड़ गया।

मेरे दिमाग में सबकुछ गड्डमड्ड हो रहा था, लेकिन एक विचार तेज़ी से उभरकर साफ़ तौर पर सामने आयाः आग। *क्या उसको इसी बात का डर है?* एक बार जब मैंने ख़ुद से यह सवाल पूछा तो फिर इसी के बारे में सोचने से ख़ुद को रोक नहीं सका। मैंने प्रभाकर के खुले मुंह पर आतंक की वह छाया देखी, जिससे ज़ाहिर था कि उसे लग रहा था कि टैक्सी अब आग पकड़ने वाली है। मैं जानता था कि हम यहां पर फंसे गए थे। मैंने देखा था कि बॉम्बे की टैक्सियों की पीछे की खिड़कियां चंद सेंटीमीटर से ज़्यादा नहीं खुलती थीं। दरवाज़े जाम हो चुके थे और खिड़कियां खुल नहीं रही थीं। और टैक्सी में आग का शोला भड़कने वाला था और हम फंस गए थे। *ज़िंदा जलने के लिए ...क्या इसीलिए वह इतना डरा हुआ है?*

मैंने ड्राइवर की तरफ़ देखा। वह स्टियरिंग व्हील और दरवाज़े के बीच में बेढब अंदाज़ में फंसा हुआ था। उसका शरीर बिलकुल स्थिर था, लेकिन मैंने उसे कराहते हुए सुना। पतले से शर्ट के नीचे से उसकी रीढ़ की हड्डी हर सांस के साथ ऊपर-नीचे हो रही थी।

टैक्सी की खिड़कियों पर चेहरे दिखाई दे रहे थे और उनकी उत्तेजित आवाज़ें सुनाई दे रही थीं। प्रभाकर उनकी ओर देख रहा था, कभी इधर कभी उधर, उसके चेहरे पर भयावह कष्ट दिखाई दे रही थी। अचानक उसने कार की अगली सीट पर छलांग लगाकर आगे का दरवाज़ा खोल दिया। उसके बाद बड़ी ही सफ़ाई से मुड़कर चौंकाने वाली मज़बूती के साथ मेरा हाथ पकड़कर उसने मुझे सीटों के बीच से खींचा।

'इस तरफ़, लिन! बाहर निकलो अभी! जल्दी करो, जल्दी करो!'

मैं सीट के ऊपर चढ़ गया। प्रभाकर कार से बाहर निकला और भीड़ को धकेलने लगा। मैंने ड्राइवर को स्टियरिंग व्हील के दबाव से मुक्त कराने की कोशिश की, लेकिन प्रभाकर ने बड़ी ही निर्दयता भरे अंदाज़ में मुझे पकड़ रखा था। उसके एक हाथ के नाख़ून मेरी पीठ की त्वचा को छील रहे थे और दूसरे से उसने मेरी कॉलर पकड़ रखी थी।

वह लगभग चिल्लाया, 'उसे मत छुओ लिन। मत छुओ। उसे छोड़ दो और बाहर आ जाओ। अभी बाहर निकलो!'

उसने मुझे कार से निकालकर दुर्घटना स्थल की ओर उमड़ रही भीड़ से बाहर निकाला। हम बाहर फुटपाथ पर बैठ गए और एक-दूसरे की चोटों को देखने लगे।

मेरे माथे पर आंख के ऊपर का घाव उतना गंभीर नहीं था, जितना कि मैंने सोचा था। ख़ून बहना रुक चुका था और अब इसमें से बस कुछ तरल पदार्थ निकल रहा था। प्रभाकर ने अपनी बांह को थाम रखा था–वही बांह जिससे उसने इतनी ज़बर्दस्त ताक़त के साथ मुझे खींचा था–और उसे साफ़ तौर पर बहुत दर्द हो रहा था। उसकी कोहनी पहले ही भारी सूजन आ चुकी थी। मैं जानता था कि इसका निशान काफ़ी दिनों तक रहेगा, लेकिन कुछ टूटा नहीं था।

मैंने उसके लिए एक सिगरेट सुलगाकर मुस्कराते हुए कहा, 'लगता है तुम ग़लत थे, प्रभु।'

'ग़लत, बाबा?'

'इतनी हड़बड़ी में कार से बाहर निकलना। तुमने मुझे भी हिला डाला। मुझे लगा कि वह टैक्सी आग पकड़ने वाली है, लेकिन लगता है सब ठीकठाक है।'

उसने सामने देखते हुए कहा, 'ओह। तुम्हें लगता है कि मैं आग से डर गया था? कार को आग से नहीं, लेकिन लोगों में सुलगती आग को देखकर। देखो, लोगों को देखो वह कैसे हैं।'

हमने कंधों, गर्दनों के दर्द को सहन करते हुए तक़रीबन 10 मीटर दूर कार के मलबे को देखा। लगभग तीस लोग चार दुर्घटनाग्रस्त कारों के पास मौज़ूद थे। उनमें से कुछ क्षतिग्रस्त कारों से घायलों को बाहर निकालने में मदद कर रहे थे। बाक़ी के समूह बनाकर चीख़–चिल्ला रहे थे। हर तरफ़ से और लोग आते ही जा रहे थे। जिन लोगों की कारें जाम में फंस चुकी थी, उनके भी ड्राइवर भीड़ का हिस्सा बन चुके थे। तीस लोग, पचास हो गए, फिर अस्सी और हमारे देखते–देखते आंकड़ा 100 के पार चला गया।

सबके ध्यान का केंद्र एक व्यक्ति था। जिसकी कार दाईं ओर मुड़ने की कोशिश में थी, उसकी कार पूरी तरह से तहस–नहस हो चुकी थी। वह टैक्सी के पास में खड़ा होकर गुस्से में उबल रहा था। वह लगभग 40–45 वर्ष की उम्र का गोल कंधों वाला व्यक्ति था जिसने सलेटी रंग का कॉटन का सफ़ारी सूट पहन रखा था, जो उसकी बड़ी सी तोंद के हिसाब से बनाया गया था। उसके बाल बिखरे हुए थे। उसके सूट की जेब फट चुकी थी और पेंट की सिलाई उधड़ी हुई थी और उसका एक सैंडल भी गुम हो चुका था। उसके नाटकीय हावभाव, लगातार चीख़ने के कारण लोगों को दुर्घटनाग्रस्त कारों से ज़्यादा उसे देखने में मज़ा आ रहा था। उसका हाथ कलाई से कट चुका था। भीड़ के कुछ शांत होने के बाद उसने अपने चेहरे का ख़ून पोंछा, जिससे उसका सलेटी सूट लाल हो गया। इस बीच वह पूरे वक़्त तक चिल्लाता ही रहा था।

तभी कुछ लोग एक महिला को उस व्यक्ति के आस–पास की कुछ साफ़ कर दी गई जगह पर ले आए और उसे ज़मीन पर कपड़े के एक टुकड़े पर लिटा दिया। उन्होंने भीड़ को चिल्लाकर कुछ निर्देश दिए, तभी एक लकड़ी का ठेला वहां पहुंचा, जिसे केवल लुंगी पहना व्यक्ति खींच रहा था। महिला को उठाकर ठेले पर रखा गया,

उसकी लाल साड़ी उसके पैरों के पास अस्त-व्यस्त थी। शायद वह उस व्यक्ति की पत्नी थी-मुझे निश्चित तौर पर नहीं पता था-लेकिन अचानक उसका गुस्सा दीवानगी की स्तर पर पहुंच गया। उसने उसे बांह से पकड़कर ज़ोरों से हिलाया। उसने उसके बाल खींचे, वहां जमा भीड़ से बेहद उत्तेजनापूर्ण तरीक़े से इशारे किए और फिर अपने ख़ून से चेहरे पर मारने लगा। यह मूक फ़िल्मों के किसी सीन की तरह दिख रहा था और मैं इसकी बेहूदगी और मज़ाक़िया पहलू के बारे में सोचने से ख़ुद को रोक नहीं सका। लेकिन लोगों को लगी चोटें बेहद वास्तविक थीं और लगातार बढ़ती भीड़ की थर्रा देने वाली धमकियां भी।

उस अर्धमूर्छित महिला को जबकि ठेले पर ले जाया जा रहा था, उस व्यक्ति ने अचानक टैक्सी के दरवाज़े का रुख़ करके उसे खोल दिया। भीड़ ने अचानक प्रतिक्रिया दी। उन्होंने बेहोशी जैसी हालत में पड़े घायल टैक्सी ड्राइवर को टैक्सी से खींचकर निकाला और बोनट पर फेंक दिया। उसने रहम मांगने के लिए बड़ी मुश्किल से बांह उठाई, लेकिन एक दर्जन, 20-25 हाथ उस पर टूट पड़े और उसे मानो चीर डाला। उसके चेहरे, सीने, पेट और पेट के नीचे घूंसों की बौछार हो गई। नाख़ून उखाड़ लिए गए और उसका मुंह एक ओर कान तक चीर दिया गया और उसके शर्ट की तो धज्जियां उड़ा दी गई थीं।

यह चंद सेकेंडों में ही हो गया। मैंने पाया कि यह सबकुछ इतनी तेज़ी से हुआ कि मैं कोई प्रतिक्रिया तक नहीं दे पाया। दरअसल जिसे हम बुज़दिली कहते हैं, वह हैरान होने के नाम से भी पहचानी जाती है। और साहस अक्सर बेहतर रूप से तैयार होना होता है। और अगर मैं ऑस्ट्रेलिया में होता तो शायद मैंने कुछ ज़्यादा किया होता, मैंने शायद कुछ किया होता, कुछ तो भी। मैंने पिटाई को देखते हुए ख़ुद को याद दिलाया, *यह तुम्हारा देश नहीं है, यह तुम्हारी संस्कृति नहीं है...*

लेकिन इसी दौरान एक और विचार आया, तब अंधकारमय और गुप्त, और अब मेरे लिए बहुत स्पष्ट : वह व्यक्ति मूर्ख था, अपमान करने वाला और झगड़ालू मूर्ख, जिसकी लापरवाही भरी बेवक़ूफ़ी ने प्रभाकर और मेरी ज़िंदगी को ख़तरे में डाल दिया था। जब भीड़ ने उसका रुख़ किया था तो मेरे सीने में बैर की एक छोटी सी लहर उठी थी और कम से कम इस बदले का छोटा हिस्सा-एक घूंसा या एक चिल्लाहट या एक धक्का-मेरा अपना था। लाचार, कायर, शर्मिंदा, मैंने कुछ भी नहीं किया।

मैंने बड़े ही कमज़ोर तरीक़े से कहा, 'हमें कुछ करना चाहिए...'

प्रभाकर ने जवाब दिया, 'बाबा, बहुत से लोग कर रहे हैं।'

'नहीं मेरा मतलब है कि हमें क्या... हम किसी तरह से उसकी मदद नहीं कर सकते?'

उसने आह भरते हुए कहा, 'इस व्यक्ति के लिए कुछ भी नहीं। अब आपने देखा, लिन। बॉम्बे में दुर्घटना बहुत बुरी बात है। बेहतर यही होता है कि आप टैक्सी,

कार जिसमें भी हों तुरंत बाहर निकल जाएं, बहुत जल्दी। लोगों के पास ऐसी घटनाओं को लेकर धैर्य नहीं है। देखिए, अब उस व्यक्ति के लिए बहुत देर हो चुकी है।'

पिटाई तेज़, लेकिन वहशियत भरी थी। टैक्सी वाले के चेहरे और नंगे बदन पर कई कट लग चुके थे। अचानक मानो किसी इशारे के साथ भीड़ की चीख़-चिल्लाहट के बीच उस व्यक्ति को उठाकर ले जाया जाने लगा। उसके पैर दबाकर लंबे रखे गए थे, तक़रीबन दर्जन भर हाथों द्वारा उन्हें थामा गया था। उसके हाथ भी दोनों और कसकर पकड़े गए थे। उसका सिर झूल रहा था और उसकी खुली आंखों में इधर-उधर देखने के दौरान भय और नाउम्मीदी साफ़ दिखाई दे रही थी। सड़क के दूसरी ओर के लोगों ने टैक्सी वाले को उठाकर जा रहे लोगों को जाने का रास्ता दे डाला। धीरे-धीरे लोग कम होने लगे।

'चलो, लिन। निकल लो। आप ठीक हैं?'

मैंने ख़ुद को उससे क़दमताल करते हुए कहा 'हां, मैं ठीक हूं।' मेरा ख़ुद को दिलाया गया भरोसा अब मांसपेशियों और हड्डियों से होते हुए मेरे घुटनों तक आ चुका था। हर क़दम भारी और बमुश्किल उठाया जा रहा था। मुझे हिंसा ने परेशान नहीं किया था। मैंने जेल में इससे भी कम बात पर बड़ी हिंसा देखी थी। मैं दरअसल शहर को लेकर शालीनता के भाव के अचानक धराशायी होने से हिल गया था। कई सप्ताह गुजारने के बाद मुझे लगने लगा था कि मैं शहर को जानने लगा हूं-मंदिरों, बाज़ारों, रेस्तरांओं और नए दोस्तों वाला बॉम्बे-अचानक भीड़ के गुस्से में ख़ाक हो चुका था।

'क्या... वे लोग उसका क्या करेंगे?'

'मुझे लगता है कि वह लोग उसे पुलिस के पास ले जाएंगे। इस इलाक़े में क्राफ़ोर्ड मार्केट के पीछे एक पुलिस थाना है। शायद उसकी क़िस्मत अच्छी हो-शायद वह वहां तक ज़िंदा पहुंच जाएगा। शायद नहीं। उसके कर्म ही शायद उसके आड़े आ जाएंगे।'

'तुम यह पहले देख चुके हो?'

'ओह, लिन बाबा कई बार। कुछ मर्तबा मैं इसे चलाता हूं मेरे भाई शंटू की टैक्सी। मैंने गुस्से से भरी जनता बहुत बार देखी है। इसीलिए मुझे आपके लिए डर लग रहा था और अपने लिए भी।'

'यह ऐसा क्यों हुआ? वह लोग पागल से क्यों हो गए थे?'

प्रभाकर ने गति बढ़ाते हुए कंधे झटके और कहा, 'लिन, यह बात कोई नहीं जानता।'

'एक मिनट,' मैंने उसकी बांह की ओर हाथ दिखाते हुए कहा, 'हम कहां जा रहे हैं?'

'अभी भी अपने टूर पर, है ना?'

'मैंने सोचा... शायद... तुम आज के लिए इसे टाल दोगे।'

'टाल दूंगा *क्यों?* लिन बाबा, हमारे पास सबकुछ देखने के लिए वास्तविक पूरा सौदा हुआ है। तो चलिए, है *ना?'*

'लेकिन तुम्हारी बांह का क्या? क्या तुम इसे किसी को दिखाना नहीं चाहोगे?'

'यह बांह कोई समस्या नहीं है, लिन। घूमने के दौरान हम एक भयावह जगह पर कुछ व्हिस्की पी लेंगे। वह एक अच्छी दवा साबित होगी। तो चलो, अब चलो बाबा।'

'चलो ठीक है, अगर तुम कहते हो तो। लेकिन हम तो दूसरी ही दिशा में जाने वाले थे, है ना?'

उसने कुछ जल्दबाजी में कहा, 'दूसरी ओर ज़रूर जाएंगे, लेकिन पहले इसी ओर। वहां स्टेशन पर एक टेलीफ़ोन है। मुझे अपने सनशाइन रेस्तरां में बर्तन धोने का काम कर रहे भाई को फ़ोन लगाना है। उसे अपने भाई सुरेश के लिए टैक्सी ड्राइवर की नौकरी चाहिए। और मुझे अब उसे कहीं और चले गए ड्राइवर के बॉस का टेलीफ़ोन नंबर देना है। उस बॉस को नए ड्राइवर की ज़रूरत होगी और हमें इतने अच्छे अवसर के लिए जल्दी करना चाहिए, है ना?'

प्रभाकर ने फ़ोन लगाया और कुछ सेकेंड बाद हम बिना किसी देरी के लिए शहर के अंधेरे पहलू को जानने के लिए एक अन्य टैक्सी से रवाना हो गए, मानो कुछ हुआ ही नहीं हो। उसने उसके बाद वह बात ही मेरे सामने नहीं की। जब मैंने कभी-कभार उसका जिक्र किया तो उसने कंधे उचका दिए या फिर *अच्छी क़िस्मत* को लेकर कुछ टिप्पणी कर डाली। उसके लिए तो वह घटना नाइटक्लब की झड़प या फुटबॉल मैच के दौरान प्रतिद्वंद्वी टीमों के समर्थकों की भिड़ंत जैसी थी-सामान्य और मामूली, बशर्ते आप उसके केंद्र में नहीं हों।

लेकिन मेरे लिए वह अचानक वहशीपन के साथ हुआ चौंका देने वाला दंगा, उस टैक्सी ड्राइवर के लोगों के हाथों पर ऊपर उठकर किसी लहर में बहने एक महत्त्वपूर्ण मुद्दा था। इससे मेरे भीतर एक नई समझ विकसित हुई। मुझे अचानक इस बात का अहसास हुआ कि अगर मुझे इस शहर बॉम्बे, जो मुझे पसंद आ चुका था, में रहना है तो मुझे अपने आपको बदलना होगा। मुझे इसका हिस्सा बनना होगा। शहर मुझे महज एक दर्शक, निर्लिप्त, कटा हुआ नहीं रहने देगा। अगर मैं यहां ठहरना चाहता हूं तो मुझे यह उम्मीद करनी होगी कि वह अपने उल्लास, अपने क्रोध के दरिया में मुझे भी खींच लेगा। मैं जानता था कि आज नहीं तो कल मुझे फुटपाथ से नीचे उतरकर ख़ुद को उस ख़ूनी भीड़ का ही हिस्सा बन जाना होगा।

उस अकड़न और लक्षणों के बीच उस संकल्प के बीजारोपण के साथ मैंने प्रभाकर के साथ शहर की अंधेरे रास्तों का सफ़र शुरू किया। जब हमने अपना टूर शुरू किया तो वह मुझे डोंगरी के नज़दीक गुलामों के बाज़ार में ले गया। मुग़लाई व्यंजनों में महारत रखने वाले रेस्तराओं, मस्जिदों, बाज़ारों से सजा एक अंदरूनी

उपनगर। मुख्य रास्ता पहले छोटे रास्ते में बदला और रास्ता गलियों में। जब टैक्सी के और भीतर जाने की गुंजाइश नहीं बची तो हमने उसे छोड़कर भीतर का रास्ता पकड़ा, हम जितना आगे बढ़ते जा रहे थे, दिन, वर्ष और यहां तक कि हमारा युग तक गुम हो गया लगने लगा। कार, स्कूटर के पीछे ही छूट जाने के साथ डीजल, पेट्रोल की जगह मसालों और इत्रों की ख़ूशबू ने ली थी। ट्रैफ़िक की आवाज़ की जगह अब गलियों की आवाज़ ने ले ली थी-एक छोटे से अहाते में कुरान पढ़ते हुए कुछ बच्चे, महिलाओं द्वारा मसाला पीसे जाने के कारण पत्थरों के घिसने की आवाज़, चाकू की धार तेज़ करने वालों, चटाई बेचने वालों, स्टोव सुधारने वालों और अन्य विक्रेताओं की आवाज़ का मिश्रण। वहां हर तरफ़ आवाज़ थी, इंसानों की और हाथों से किए जा रहे काम की।

किसी पहेली की तरह अनबूझ गलियों से होते हुए, जिसमें से एक के मुहाने पर साइकिलें पार्क की हुई थीं। उसके बाद तो वह भी ग़ायब हो गईं। सामान सिर पर ढोकर लाया-ले जाया जा रहा था। सबके सिर पर एक समान रहने वाला बॉम्बे की तीखी धूप का बोझ अब ग़ायब हो चुका था। गलियों में अंधेरा था और ठंडक भी। तीन-चार मंज़िला इमारतें गलियों पर झुकी हुई थीं और ऊपर आसमान का बस एक छोटा सा नीला टुकड़ा भर दिखाई दे रहा था।

सारी इमारतें भी जर्जर और पुरानी हो चुकी थीं। किसी जमाने में आलीशान और आकर्षक रहे पत्थरों के दरवाज़े भी चरमरा रहे थे और बमुश्किल मरम्मत करके उन्हें बरक़रार रखा गया था। कहीं-कहीं छोटी-छोटी बालकनियां कुछ ऐसी बनी थीं कि आमने-सामने की इमारतों पर एक-दूसरे को छू रही थीं। ऐसी कि लोग हाथ फैलाकर वस्तुओं का आसानी के साथ आदान-प्रदान कर सकते थे। मकानों के अंदर झांकने पर बेरंग दीवारें और चरमराती सीढ़ियां देखी जा सकती थीं। कई घरों में निचली मंज़िल की खिड़कियों को खोलकर कामचलाऊ दुकानें बना दी गई थीं। यहां मिठाई, सिगरेट, किराना, सब्ज़ी और बर्तन ख़रीदे जा सकते थे। पानी की व्यवस्था, जहां भी थी, बस अस्थायी तरह की थी। हमें कई जगह पर इकलौते नल से पानी लेने के लिए बर्तनों के साथ महिलाओं के जमावड़े देखने को मिले। पानी की पाइपलाइन और बिजली के तार बेहद जटिल तौर पर गुत्थमगुत्था होकर किसी मकड़े के जाले की तरह उलझे हुए थे, लेकिन वह आधुनिकता और ताक़त के संकेत भी थे। यह बात और है कि यह अस्थायी जाल जरा से झटके से धराशायी हो सकता था।

इस मकड़जाल में और अंदर जाने के बाद गलियों के मोड़ और घुमाव की ही तरह लोग भी मानो किसी और युग के लगने लगे। पश्चिमी अंदाज़ के सूती शर्टों और पैंट्स वाले लोग ग़ायब होते चले गए, जो कि शहर में आम है। अंततः छोटे बच्चों को छोड़कर तो आधुनिक फ़ैशन पूरी तरह से गुम ही हो गया। इसकी बजाय लोग रंगीन विविधता से भरपूर परंपरागत परिधानों में दिखने लगे। गले से कमर तक मोतीनुमा बटन वाले घुटनों तक के लंबे सिल्क शर्ट, साधारण रंगों वाले और पट्टेदार कफ़्तान,

सफ़ेद या मोतिया रंग में महंतों की तरह के सिर ढंकने वाले लबादे, पीले-लाल-नीले साफे। महिलाएं स्पष्ट तौर पर ज़्यादा जेवरों से लदी हुई थीं, भले ही वह सस्ते हों, लेकिन उनकी कारीगरी बेहद आकर्षक थी। माथे, गालों, हाथों और कलाइयों पर जातिगत टैटू भी साफ़ तौर पर देखे जा सकते थे। हर महिला के पैरों में पायल और पैरों की अंगुलियों में बिछुए देखे जा सकते थे।

ऐसा लग रहा था कि वह सैकड़ों लोग किसी दिखावे के लिए नहीं बल्कि अपने ख़ुद के लिए सजे-संवरे हुए थे। ऐसा लग रहा था कि अपनी परंपरा के प्रदर्शन के लिहाज से वह वहां ख़ुद को सुरक्षित समझते थे। रास्ते साफ़-सुथरे थे। इमारतों पर दरारें आ चुकी थीं और तंग गलियां बकरियों, चिकन, कुत्तों और लोगों से पटी पड़ी थी। हर एक का दुबला-पतला चेहरा दरिद्रता के खोखलेपन से सना था, लेकिन सड़कें और लोग बेदाग़ और साफ़-सुथरे थे।

हम और पुरानी गलियों की ओर मुड़ गए, ये इतनी तंग थी कि दो लोग एक वक़्त में बमुश्किल आमने-सामने से निकल सकते थे। हमारे आगे निकलने से पहले लोगों को कुछ पल के लिए दरवाज़ों के भीतर होना पड़ रहा था। गलियारे को दिखावटी छत और शामियाने से ढंका गया था। उस अंधेरे में बस चंद मीटर से ज़्यादा आगे-पीछे नहीं देखा जा सकता था। मैंने इस भय से अपनी आंखें प्रभाकर पर गड़ाकर रखी थी कि मैं अकेले यहां से बाहर नहीं निकल पाऊंगा। मेरा नन्हा गाइड आगे चलते हुए मुझे हर कमज़ोर पत्थर, हर बाधा से आगाह कर रहा था। शहर को लेकर मेरे दिमाग़ में तैयार नक़्शा धुंधला हो चुका था और मुझे तो यही समझ नहीं आ रहा था कि समंदर किस ओर होगा या फ़्लोरा फाउंटेन, वी.टी. स्टेशन, क्राफ़ोर्ड मार्केट जैसी पहचान की बड़ी जगहें किस तरफ़ होंगी। हम तंग गलियों से होते हुए इतने दरवाज़ों, गलियों, मकानों के सामने से गुज़रे थे कि अब तो ऐसा लगने लगा था कि हम किसी गली में नहीं किसी इमारत के भीतर से चल रहे हैं।

हम एक स्टॉल पर पहुंचे जहां पसीने से तरबतर एक व्यक्ति खौलते तेल की कड़ाही में खाने की वस्तुएं तल रहा था। उसके केरोसिन स्टोव की नीली ज्योति ही बस उजाला दे रही थी। उसका चेहरा मलाल से भरा था, एक ख़ास क़िस्म का मलाल जब आपको एक जैसा काम वह भी कम पगार पर करना पड़ता हो। प्रभाकर उसके आगे के अंधकार की ओर बढ़ गया। जैसे ही मैं उस व्यक्ति के पास पहुंचा, उसकी आंखें मेरी आंखों से मिलीं। कुछ पल के लिए उसका पूरा गुस्सा ही मानो पर मुझ पर केंद्रित हो गया।

उस दिन के कई वर्षों बाद, मेरे अफ़गान गुरिल्ला दोस्तों को मैंने कंधहार के घेरे के दौरान एक पहाड़ पर भारतीय फ़िल्मों और उनके पसंदीदा अभिनेताओं के बारे में घंटों बातें करते हुए सुना था। उनमें से एक ने एक बार कहा था, *भारतीय अभिनेता दुनिया में सबसे बेहतरीन होते हैं। क्योंकि भारतीय लोग जानते हैं कि आंखों से कैसे चिल्लाया जाता है।* अंदरूनी गलियों का वह कुक उन्हीं चिल्लाती आंखों ने मेरे क़दम

ऐसे जकड़ दिए मानो उसने मुझे सीने पर हाथ रखकर रोक लिया हो। मैं हिल भी नहीं सका। मेरी आंखों में उसके लिए उस वक़्त शब्द थे–*मैं माफ़ी मांगता हूं, माफ़ी चाहता हूं कि आपको यह काम करना पड़ रहा है। मैं शर्मिंदा हूं कि आपकी दुनिया, आपकी ज़िंदगी इतनी गर्म, इतनी अंधकारमय और उपेक्षित है। मैं माफ़ी चाहता हूं कि मैं आपको बाधा...*

उसने मुझे घूरते हुए कढ़ाई के हैंडल पकड़ लिए। मेरा दिल ज़ोरों से धड़कने लगा, मेरे मन में यह डरा देने वाला विचार आया कि वह खौलता तेल मेरे चेहरे पर फेंकने वाला है। डर ने मुझे अचानक गति दे दी और मैं दीवार को हाथों से थामते हुए उससे आगे निकल गया। उससे दो क़दम आगे निकलते ही मेरा पैर रास्ते की एक दरार में अटका और मैं एक और व्यक्ति को अपने साथ लेते हुए गिर गया। वह एक दुबला-पतला बुज़ुर्ग था। मैं उसकी कमज़ोर पसलियों को उसके पतले कुर्ते में से महसूस कर सकता था। हम दोनों एक मकान के खुले दरवाज़े पर ज़ोरों से गिरे और उस बुज़ुर्ग के सिर पर चोट लगी। मैंने पत्थरों के ढेर फिसलते हुए जैसे-तैसे ख़ुद को संभाला। मैंने उस व्यक्ति को खड़े होने में मदद करने की कोशिश की, लेकिन वहां एक बुज़ुर्ग महिला बैठी हुई थी, उसने मेरे हाथों पर ज़ोर से तमाचा जड़ा और मुझे चेतावनी देकर दूर कर दिया। मैंने अंग्रेज़ी में माफ़ी मांगी, इस दौरान मैं आई एम सॉरी की हिंदी तलाश रहा था–*वे क्या शब्द थे? प्रभाकर ने मुझे वह शब्द सिखाए थे मुझको अफ़सोस है–हां यही*–मैंने इसे तीन-चार मर्तबा कहा। इमारतों के बीच उस शांत और अंधेरे गलियारे में वह शब्द खाली चर्च में किसी शराबी की प्रार्थना की तरह गूंजने लगे।

वह बुज़ुर्ग कराहते हुए दरवाज़े पर पड़ा रहा। महिला ने माथे पर बंधे कपड़े से उसका चेहरा पोंछा और कपड़ा दिखाने के लिए मेरी ओर कर दिया। उस पर ख़ून के धब्बे दिखाई दे रहे थे। महिला ने कुछ भी नहीं कहा, लेकिन उसके झुर्रीदार चेहरे पर नाराज़गी की भावना साफ़ देखी जा सकती थी। ख़ून में सने कपड़े को हाथ में लेने के साधारण से व्यवहार के साथ वह शायद यह कहना चाह रही थी... *बेवकूफ़, बर्बर इंसान, देखो तुमने यहां क्या कर दिया है...*

गर्मी, अंधेरे और जगह अनजान होने के कारण मेरा दम घुटने लगा था। ऐसा लग रहा था मानो दीवारें मुझे पीस रही थीं और शायद केवल मेरी बांहें ही उन्हें मुझसे दूर रख पा रही थीं। मैं उस बुज़ुर्ग से दूर होने के प्रयास में पहले लड़खड़ाया और उसके बाद सुरंगनुमा गली में सरपट निकल गया। अचानक एक हाथ ने मेरा कंधा पकड़ा। यह पकड़ कुछ मुलायम थी, लेकिन मैं लगभग चीख़ उठा।

'इस तरफ़ बाबा,' धीरे से हंसते हुए प्रभाकर बोला, 'आप किधर जा रहे हो? इस तरफ़ चलिए। इस गलियारे में और आपको पैर दोनों ओर दो फ़ीट के अंतर पर रखना है क्योंकि बीच में बहुत गंदगी है, ठीक है?'

वह दो इमारतों के बीच की ख़ाली जगह से बने संकरी दरार में खड़ा था। बहुत कम रोशनी में मैं केवल उसके दांत और आंखें ही देख पा रहा था। उसके उस पार

तो घना अंधेरा था। उसने मेरी ओर पीठ की और दीवारों को छूने की स्थिति तक पैरों को चौड़ा किया और अपने हाथ एकत्रित किए और बस दीवार पर दोनों सिरों पर पैर रखते हुए चल पड़ा। वह चाह रहा था कि मैं उसके साथ ही रहूं। मैं हिचकिचाया, लेकिन जब अंधेरे में वह ग़ायब हो गया और, मैंने अपने दोनों पैर दीवारों के सिरों तक फैलाकर उसके पीछे चलना शुरू किया।

मैं अपने आगे प्रभाकर की आवाज़ सुन सकता था, लेकिन आगे इतना घुप्प अंधेरा था कि मैं उसे देख नहीं पा रहा था। दीवार के सिरे से पैर हटते ही मेरा जूता गली के बीचोंबीच स्थित नाली की गंदगी में तरबतर हो गया। उस जगह बहुत ही गंदी बदबू आ रही थी और फिर से मैंने अपने पैर चौड़े करके दीवारों के सिरों पर सटाकर चलना शुरू कर दिया। कुछ भद्दा और भारी सा मेरे जूतों से घिसटता हुआ गुजरा। कुछ सेकेंड बाद एक और फिर तीसरा, मेरे जूतों से घिसते हुए।

'प्रभु!' मैं चिल्लाया, मुझे नहीं पता था कि वह कितना आगे है, 'हमारे साथ यहां कुछ है! '

'कुछ वस्तुएं, बाबा?'

'ज़मीन पर। कुछ भारी मेरे पैरों पर रेंग रहा है।'

'यहां केवल चूहे रेंग रहे हैं। और कुछ नहीं है लिन।'

'चूहे! तुम मज़ाक़ तो नहीं कर रहे हो? यह तो किसी बुल टेरियर जैसे बड़े हैं, हे भगवान, मेरे दोस्त यह क्या दौरा है!'

'लिन, बड़े चूहे, कोई समस्या नहीं है,' प्रभाकर ने शांत भाव से अंधेरे में से जवाब दिया, 'बड़े चूहे दोस्ताना होते हैं। वह लोगों को परेशान नहीं करते। अगर तुम उन पर हमला नहीं बोलो तो। केवल एक ही बात उन्हें काटने, कुतरने पर मजबूर करती है।'

'हे भगवान, वह क्या है?'

उसने बड़ी ही शांत आवाज़ में कहा, 'चिल्लाना, उन्हें ऊंची आवाज़ें पसंद नहीं हैं।'

'वाह क्या बात है! अब तुम मुझे बताओ, अभी और आगे जाना है? अब मेरा संयम टूटता जा रहा है–'

उसने नलों और कुछ थमने की जटिल श्रृंखला के बाद एक दरवाज़े पर दस्तक देते हुए कहा, 'हम पहुंच गए हैं।' भारी बोल्ट वाला दरवाज़ा चरमराने की आवाज़ के साथ खुल गया और अचानक तेज़ रोशनी हमारी आंखों पर पड़ी। प्रभाकर ने मेरी आस्तीन पकड़ी और अपने साथ खींच लिया। 'जल्दी करो, लिन। यहां बड़े चूहों को प्रवेश की अनुमति नहीं है!'

हम एक छोटे से कमरे में पहुंचे, जिसकी दीवारें काली थीं और ऊपर खुला नीला आसमान। मुझे बंद गली के भीतर से आवाज़ें सुनाई दे रही थीं। एक भीमकाय व्यक्ति ने दरवाज़ा फिर से बंद कर दिया। वह दरवाज़े की तरफ़ पीठ करके तीखे तेवरों

से हमारी ओर देखने लगा। प्रभाकर ने तुरंत बोलना शुरू कर दिया और वह उसे नर्म शब्दों और हावभाव से शांत करने का प्रयास करने लगा। वह व्यक्ति लगातार सिर हिलाते हुए कह रहा था, *नहीं, नहीं, नहीं।*

हम उसके सामने बौने लग रहे थे। मैं तो उसके इतने पास खड़ा था कि उसकी भारी सांसें मुझे किसी चट्टान भरे तट पर समंदर की लहरों जैसी लग रही थीं। उसका चौकोनी चेहरा आम आदमी की तुलना में ज़्यादा दमदार मांसपेशियों से बना हुआ दिख रहा था। उसका सीना ही मुझसे दोगुना होगा और हर सांस से ऊपर-नीचे हो रहा था। उसकी कमर भी बहुत बड़ी थी। उसकी चाकू जैसी मूंछें उसकी त्यौरियों से मेल खा रही थीं। वह मेरी ओर इस तरह से देख रहा था कि मेरी ज़बान पर प्रार्थना आ गई, *हे भगवान मुझे इस व्यक्ति से मत लड़वा देना।*

उसने अचानक हथेली उठाकर प्रभाकर की बड़बड़ाहट को रोक दिया। उसके हाथ बहुत बड़े थे।

प्रभाकर ने कहा, 'वह कह रहा है कि हमें अंदर जाने की अनुमति नहीं है।'

मैंने उस व्यक्ति के परे जाकर दरवाज़ा खोलने का प्रयास करते हुए कहा, 'ठीक है, तुम यह नहीं कह सकते कि हमने कोशिश नहीं की।'

प्रभाकर ने मुझे रोक दिया, 'नहीं, नहीं। हमें इस मामले में उससे और बहस करनी चाहिए।'

वह भीमकाय व्यक्ति बांहें बांधकर खड़ा हो गया, इससे उसके खाकी शर्ट के कोने की सीवन चरमरा उठी।

मैंने बमुश्किल मुस्कराते हुए कहा, 'मुझे नहीं लगता कि यह एक अच्छा विचार है।'

प्रभाकर ने ज़ोर देकर कहा, 'निश्चित तौर पर यह है। पर्यटकों को यहां आने की इजाज़त नहीं दी जाती या बाहरी बाज़ार के किसी भी व्यक्ति को। लेकिन मैंने उसे बताया है कि तुम पर्यटक नहीं हो। वह मेरा यक़ीन ही नहीं कर रहा। हमारी बस इतनी सी समस्या है। उसे यक़ीन ही नहीं कि कोई विदेशी मराठी बोलेगा। यही वजह है कि तुम उससे मराठी में कुछ बात करो। वह हमें अंदर जाने देगा।'

'प्रभु, मुझे तो मराठी के बमुश्किल 20 शब्द याद हैं।'

'20 शब्द कोई समस्या नहीं, बाबा। बस शुरुआत तो करो। फिर देखना। तुम उसे अपना नाम बताओ।'

'मेरा नाम?'

'जैसा कि मैंने तुम्हें सिखाया था। हिंदी में नहीं लेकिन मराठी में। ठीक है, शुरुआत करो।'

मैंने लड़खड़ाते शब्दों में कहा, *'आह, माझं नाव लिन आहे।'* (मेरा नाम लिन है।)

'बाप रे। 'उस भीमकाय व्यक्ति की आंखें हैरानी में खुली की खुली रह गईं।

उसकी प्रतिक्रिया से उत्साहित होकर मैंने प्रभाकर द्वारा पिछले कुछ सप्ताह में सिखाए गए कुछ और वाक्य मराठी में बोल दिए।

'माझा देश न्यूज़ीलैंड आहे। आता मी कोलाबाला रहायला आहे।' (मेरा देश न्यूज़ीलैंड है। मैं अभी कोलाबा में रहता हूं।)

पहली बार मुस्कराकर गाली देते हुए उसने कहा, *'काय गरम, माद...!'* यह गाली यहां की बोलचाल में बहुत आम है।

उस भीमकाय व्यक्ति ने मेरा कंधा पकड़कर बड़ी ही निर्दयता से दबा दिया।

मेरे दिमाग़ में मराठी के वाक्य दौड़ने लगे, वह पहला वाक्य जो मैंने प्रभाकर को सिखाने के लिए कहा था–*मैं आपके देश को बहुत प्यार करता हूं*– और फिर अंत में एक गुज़ारिश जो मुझे अक्सर किसी रेस्तरां में करना पड़ती थी और जो यहां ताज़ा परिस्थिति में बिलकुल अनुचित थी : *जब तक मैं सूप पी रहा हूं, कृपया पंखा बंद कर दीजिए...*

प्रभाकर ने मुस्कराते हुए कहा, 'बस इतना काफ़ी है बाबा।' जैसे ही मैं चुप हुआ उस भीमकाय व्यक्ति ने धाराप्रवाह बोलना शुरू कर दिया। प्रभाकर हाथ हिलाते हुए मुझे तेज़ी से उसकी बात समझा रहा था। 'वह कह रहा है कि वह बॉम्बे का पुलिसवाला है। उसका नाम विनोद है।'

'वह पुलिसवाला है?'

'हां लिन। वह एक पुलिसवाला है।'

'तो क्या यह जगह पुलिसवाले चलाते हैं?'

'नहीं, नहीं। यह तो उनका पार्टटाइम काम है। वह कह रहा है कि वह तुमसे मिलकर बहुत-बहुत ज़्यादा ख़ुश है!'

'वह कह रहा है कि उसे मिले मराठी बोलने वाले तुम पहले गोरे व्यक्ति हो...'

'वह कह रहा है कि कुछ विदेशी हिंदी बोल लेते हैं, लेकिन कोई विदेशी मराठी नहीं बोल पाता।'

'वह कह रहा है कि मराठी उसकी भाषा है। वह पुणे का रहने वाला है...'

'वह बता रहा है कि पुणे में बहुत शुद्ध मराठी बोली जाती है और तुम्हें वह सुनने के लिए वहां ज़रूर जाना चाहिए...'

'वह कह रहा है कि वह बहुत ख़ुश है, तुम उसके बेटे की तरह हो...'

'वह कह रहा है कि तुम्हें उसके घर ज़रूर जाना चाहिए और खाना खाना चाहिए, उसके परिवार से मिलना चाहिए...'

'वह कह रहा है कि सौ रुपये में काम हो जाएगा।'

'यह क्या था?'

'बख़्शीश, लिन। भीतर जाने के लिए। 100 रुपये उसे अभी दे दो।'

'ठीक है।' मैंने जेब से कुछ नोट निकालते हुए एक सौ का नोट उसे पकड़ा दिया। पुलिसवालों के हाथों में एक सफ़ाई होती है : बैंक के नोटों को इतनी सफ़ाई से हथेलियों में छिपा लेना कि कोई ठग भी उनसे ईर्ष्या करने लगे। भीमकाय व्यक्ति ने दोनों हाथों से हाथ मिलाते हुए नोट ले लिया, अपने हाथ सीने से ऐसे पोंछे मानो सैंडविच खाने के बाद हाथ पोंछ रहा हो। और फिर बड़ी ही मासूमियत के साथ नाक खुजाई। नोट ग़ायब हो चुका था। उसने एक तंग गलियारे की ओर इशारा किया। हमें अंदर जाने के लिए आज़ाद थे।

दरवाज़े से दो तीखे मोड़ और दर्जन भर क़दमों के बाद एक चमकीली रोशनी को पार करके हम एक अहाते में पहुंच गए। लकड़ी की बेढब बेंचों पर कुछ लोग बैठे थे और कुछ लोग दो-तीन के समूहों में खड़े होकर बतिया रहे थे। कुछ ढीले कपड़े, सूती लबादे और साफे पहने हुए अरब थे। एक भारतीय बच्चा उनके बीच काली चाय देते हुए घूम रहा था। उनमें से कुछ ने मेरी और प्रभाकर की तरह त्यौरियां चढ़ाकर उत्सुकता के साथ देखा। जब प्रभाकर ने मुस्कराकर उनका अभिवादन किया तो उन्होंने मुंह मोड़ लिया और दोबारा अपनी बातचीत में डूब गए। बीच-बीच में उनमें से एक-दो गर्दन उठाकर कटे-फटे कपड़े की तिरपाल के नीचे लकड़ी की लंबी बेंच पर बैठे बच्चों की ओर देख लिया करते थे।

प्रवेश के कमरे की चमक के बाद यहां घोर अंधेरा था। तिरपाल पर किया गया रफू का काम अधिकांश आसमान दिखा रहा था। हमारे चारों ओर भूरी और बैंगनी दीवारें थीं। तिरपाल के फटे हुए हिस्से से मुझे कुछ खिड़कियां दिखाई दे रही थीं। ऐसा लग रहा था कि अहाता बनाया नहीं गया था बल्कि वास्तुविदों की ग़लतियों और लगातार मरम्मत के कारण अनजाने में तैयार हिस्सा सा था। फ़र्श पर टाइल्स का ढेर था जो कभी किचन और बाथरूमों की फ़र्श का हिस्सा रही होंगी। खुले तारों के जर्जर जमघट पर मौज़ूद दो बल्ब थोड़ी-बहुत रोशनी उपलब्ध करा रहे थे।

हम एक शांत कोने में चले गए और जो चाय मिली कुछ देर तक चुपचाप उसकी चुस्कियां लेते रहे। फिर धीरे और हौले से बोलते हुए प्रभाकर ने इस जगह के बारे में मुझे बताया जिसे मानव-बाज़ार कहा जाता था। जर्जर तिरपाल के नीचे बैठे बच्चे गुलाम थे। वह पश्चिम बंगाल में चक्रवात, ओडिशा में अकाल, हरियाणा में हैजे की महामारी और पंजाब में अलगाववादियों की जंग के कारण वहां पहुंचे थे। आपदा के बीच उन्हें ख़रीदकर दलालों द्वारा बॉम्बे भेज दिया गया था, अधिकांशतः अकेले ही सैकड़ों किलोमीटर की यात्रा ट्रेन से करते हुए।

अहाते में जमा लोग या तो ख़रीददार थे या फिर एजेंट्स। भले ही उनके हावभाव और आपसी बातचीत में लकड़ी की बेंच पर बैठे बच्चों को लेकर कुछ ज़्यादा रुचि नहीं दिखाई दे रही थी, प्रभाकर ने मुझे बताया कि संयमित सौदेबाजी पूरे ज़ोर पर थी। और हमारे देखते-देखते ही दाम भी तय हो रहे थे।

ये बच्चे दुबले-पतले, असुरक्षित और छोटे थे। उनमें से दो तो एक-दूसरे के दोनों हाथों को थामे पूरी तरह से चिपककर बैठे हुए थे। एक बच्चे ने दूसरे को अपनी बांहों में सुरक्षित तौर पर समेट रखा था। उनमें से सभी अच्छे कपड़ों में मौज़ूद हट्टे-कट्टे ख़रीददारों और एजेंट्स को देख रहे थे। उनकी नज़र उनके हाथों, चेहरे के हर एक हावभाव पर थी। और उन बच्चों की आंखें मीठे पानी के किसी कुएं की तलहटी की तरह काली दमक से भरी थीं।

किसी इंसान के दिल को कठोर बनाने के लिए किस बात की ज़रूरत होती है? मैं कैसे उस जगह, उन बच्चों की ओर देखकर भी उसे नहीं रोक सकता? मैंने क्यों अधिकारियों से संपर्क नहीं किया? मैंने क्यों नहीं एक बंदूक का इस्तेमाल करके ख़ुद इस काम को बंद करवा दिया? सभी बड़े सवालों की तरह मेरे दिमाग़ में उन सवालों के भी जवाब आए। मैं ख़ुद एक वांटेड इंसान था, अपराधी जिसकी तलाश की जा रही थी, एक भगोड़ा। पुलिस या सरकारी अधिकारियों से संपर्क का विकल्प मेरे पास नहीं था। मैं इस अनजान जगह पर एक अज़नबी था : यह मेरा देश नहीं था और यह मेरी संस्कृति भी नहीं थी। मुझे और अधिक जानना होगा। किसी भी तरह के हस्तक्षेप की सोच से पहले मुझे कम से कम उनकी बातचीत की भाषा सीखनी होगी। और मैंने यह सीखा था कि कई मर्तबा हमारी मंशा कितनी ही भली क्यों नहीं हों, जब हम बेहतरी के लिए हस्तक्षेप करते हैं तो बातों को और अधिक बिगाड़ देते हैं। अगर मैंने बंदूक लाकर इस कांक्रीट के जर्जर ढांचे में गुलामों के बाज़ार को बंद भी करवा दिया तो वह कहीं और शुरू हो जाएगा। अज़नबी होने के बावज़ूद मुझे यह बात पता थी। और फिर शायद यह गुलाम बाज़ार, किसी और जगह पर और अधिक बुराई भरा होगा। मैं जानता था कि इसे रोक पाना मेरे बूते की बात नहीं है।

मुझे उस वक़्त नहीं पता था और जिस बात ने गुलामों को देखने के उस दिन के बाद मुझे काफ़ी दिनों तक परेशान किया था, वह यह कि मैं वहां कैसे पहुंच सकता हूं और कैसे बच्चों को देख सकता हूं और फिर भी कैसे अविचलित रह सकता हूं। मुझे काफ़ी बाद में अहसास हुआ कि दरअसल इस सवाल के जवाब का कुछ हिस्सा ऑस्ट्रेलिया की जेलों में मौज़ूद है और उन लोगों में जिनसे मैं वहां मिला था। उनमें से कुछ लोग, बहुत सारे लोग, चौथी या पांचवीं बार जेल की सज़ा भुगत रहे थे। उनमें से कई ने जेल की सज़ा की शुरुआत सुधार वाली स्कूलों-बालक सुधार केंद्र, जैसा कि उन्हें कहा जाता था और युवा प्रशिक्षण केंद्र-में की थी, जब उनकी उम्र लगभग इन गुलाम भारतीय बच्चों जितनी ही थी। उनमें से कुछ को पीटा गया था, भूखा रखा गया था और एकांत कारावास में बंद रखा गया था। उनमें से कुछ, बहुत सारे, यौन उत्पीड़न का भी शिकार हुए थे। जेल में लंबे अरसे तक रह चुके किसी भी व्यक्ति से पूछिए और वह आपको बताएगा कि किसी भी व्यक्ति के दिल को कठोर बनाने के लिए न्याय प्रणाली ही पर्याप्त है।

और यह स्वीकारने में अज़ीब और शर्मनाक लगता है, लेकिन मुझे ख़ुशी है कि किसी बात, किसी व्यक्ति, किसी अनुभव ने मेरे दिल को कुछ सख़्त कर दिया था। मेरे सीने में मौज़ूद उस कड़े पत्थर ने ही मुझे प्रभाकर द्वारा शहर के अंधेरे इलाक़ों के दौरे की पहली ध्वनियों और दृश्यों से मेरा संरक्षण किया था।

तालियां बजने लगीं और एक छोटी लड़की नाचने-गाने के लिए बेंच से उठ खड़ी हुई। यह एक लोकप्रिय हिंदी फ़िल्म का प्रेमगीत था। आने वाले सालों में मैंने इसे कई बार, सैकड़ों बार सुना और मुझे हर बार इसने उस 10 साल की बच्ची और उसकी चौंकाने वाली मज़बूत, ऊंची, बारीक़ आवाज़ की याद दिला दी। उसने कमर और सीने को हिलाना शुरू कर दिया और ख़रीददारों और एजेंट्स की आंखों में नई रुचि जागने लगी।

जो कुछ भी हमें दिख रहा था और जो कुछ भी वह जानता था, प्रभाकर अपनी धीमी आवाज़ में मुझे बताता जा रहा था। उसने मुझे बताया कि अगर यह बच्चे इस मानव-बाज़ार तक नहीं पहुंचते तो मर चुके होते। पेशेवर भर्तीकर्ता जिन्हें प्रतिभा खोजने वाले के तौर पर जाना जाता है, एक आपदा से दूसरी तक यात्रा करते रहते हैं, अकाल से लेकर भूकंप से लेकर बाढ़ तक। भुखमरी का शिकार अभिभावक, जो अपने एक से ज़्यादा बच्चों को बीमार पड़ता हुआ देख चुके हैं, इन भर्तीकर्ताओं के पैर पकड़कर मदद मांगते हैं। वे उनसे याचना करते हैं कि एक बच्चे या एक बेटी को ले लें, ताकि कम से कम उनका एक बच्चा तो ज़िंदा रह सकेगा।

इन बच्चों के सऊदी अरब, कुवैत और अन्य खाड़ी देशों में ऊंट सवारों की तरह इस्तेमाल की नियति तय थी। प्रभाकर ने बताया कि रईस शेखों का मनोरंजन करने वाली दोपहर की ऊंट दौड़ों में कुछ घायल या विकलांग भी हो जाएंगे। कुछ की मौत हो जाएगी। ऊंट दौड़ के लिहाज़ से जिन बच्चों का क़द ज़्यादा हो जाता है, उन्हें फिर जीने के लिए उनके ही हाल पर छोड़ दिया जाता है। उनमें से कुछ का इस्तेमाल यौन संबंधों के लिए किया जाएगा।

भूखे, मृत और गुलाम। इन सबके बीच प्रभाकर की आवाज़। एक सच्चाई थी जो अनुभव से भी ज़्यादा गहरी थी। यह हमारी नज़र और हमारे अहसासों के भी परे होती है। यह सत्य का वह क्रम है जो भीषण काइयां व्यक्ति को महज़ चतुर से अलग करता है और वास्तविकता को कल्पना से। हम आमतौर पर असहाय होते हैं और इसे जानने की लागत, प्यार को जानने की लागत की तरह, कई मर्तबा किसी भी दिल द्वारा किए जा सकने वाले भुगतान से भी ज़्यादा होती है। दुनिया को प्यार करना हमेशा मददगार नहीं होता, लेकिन यह कम से कम दुनिया से नफ़रत करने से बचा लेता है। और उस सत्य को जानने का एक ही तरीक़ा है, उसे साझा करना, दिल से दिल तक, जैसा कि प्रभाकर मुझे बता रहा था, जैसा कि मैं अब आपको बता रहा हूं।

अध्याय 4

'क्या तुम बोर्सालिनो हैट टेस्ट जानते हो?'

'क्या?'

'बोर्सालिनो हैट टेस्ट। यह परीक्षण बताता है कि कोई हैट वाक़ई बोर्सालिनो है या कि उसकी कमज़ोर नक़ल। तुम बोर्सालिनो के बारे में जानते हो, है ना?'

'नहीं, मैं नहीं कह सकता कि मैं जानता हूं।'

डिडियर ने मुस्कराते हुए कहा, 'आह।' उसके चेहरे पर एक ऐसी मुस्कान थी जिसमें हैरत, शरारत और अपमान तीनों ही समाए हुए थे। पता नहीं क्यों, लेकिन तीनों मिलकर कुछ ऐसा प्रभाव कायम कर रहे थे जो आकर्षक था। उसने आगे झुकते हुए अपने सिर को एक तरफ़ झुकाया, उसके काले घुंघराले बाल यूं हिल रहे थे मानो कुछ समझाने का प्रयास कर रहे हों। 'बोर्सालिनो एक बेहतरीन गुणवत्ता का परिधान है। मेरे सहित कई लोगों का यह मानना है कि यह इंसान के सिर को ढंकने का आज तक का सबसे बेहतरीन तरीक़ा है।'

उसके हाथों से उसने ऐसी आकृति बनाई मानो सिर पर टोपी दिखा रहा हो।

'यह चौड़े किनारे वाला, काला या सफ़ेद और ख़रगोश की रोएंदार खाल से बना होता है।'

मैंने अपने लिहाज़ से सहमति के स्वर में कहा, 'ओह तो यह एक टोपी है। हम ख़रगोश की रोएंदार खाल से बनी टोपी की बात कर रहे हैं।'

डिडियर के गुस्से का कोई ठिकाना नहीं रहा।

'केवल एक टोपी? नहीं मेरे दोस्त। बोर्सालिनो केवल एक टोपी से भी बहुत कुछ ज़्यादा है। बोर्सालिनो एक कलाकृति है। इसे बेचने से पहले 10 हज़ार बार ब्रश किया जाता है। यह कई दशकों तक मिलान और मार्सेल में फ्रांसीसी और इतालवी गैंगस्टरों की अपने अंदाज़ को अभिव्यक्त करने के लिए पहली पसंद थी। *बोर्सालिनो* नाम ही गैंगस्टर का पर्यायवाची है। मिलानो और मार्सेल्स के अंडरवर्ल्ड के बेख़ौफ़ युवा गैंगस्टर्स को *बोर्सालिनोस* ही कहा जाता था। यह उन दिनों की बात है, जब गैंगस्टर्स का अपना एक अलग अंदाज़ होता था। वह इस बात को समझते थे कि अगर आपको एक अपराधी के तौर पर रहते हुए जीवनयापन के लिए लोगों को लूटना या गोली मारनी है तो लालित्यपूर्ण तरीक़े से तैयार होना आपकी ज़िम्मेदारी है। ऐसा ही है ना?'

'यह मेरे बूते की बात नहीं,' मैंने मुस्कराते हुए सहमति जताई।

'निश्चित तौर पर! लेकिन दुखद है कि अब कोई स्टाइल नहीं बची, बचा है तो केवल टशन। यह हमारे युग की पहचान है कि स्टाइल अब टशन में बदल चुकी है, टशन की बजाय स्टाइल की बनिस्बत।'

उसने कुछ देर ठहरकर मेरे इस वाक्य के पेंच को समझने का इंतज़ार किया।

उसने कहा, 'और इसलिए, असली बोर्सालिनो हैट का परीक्षण करने के लिए उसे एक सिलेंडर, एक बहुत ही संकरी ट्यूब और यहां तक कि अंगूठी तक से निकाला जा सकता है। अगर यह स्थायी सिलवटों के बग़ैर इस परीक्षण को पार कर दोबारा मूल आकृति में लौट आता है और इस दौरान इसे किसी भी तरह की क्षति नहीं पहुंचती है तो यह असली बोर्सालिनो है।'

'और तुम कह रहे हो कि...'

'बिलकुल यही!' डिडियर मेज़ पर ज़ोरों से मुक्का मारते हुए चिल्लाया।

रात के 8 बज चुके थे और हम लियोपोल्ड में फुटपाथ के दरवाज़े पर चौकोर स्तंभ के पास बैठे थे। अचानक चिल्लाहट ने कुछ दूर अगले टेबल पर बैठे विदेशियों का ध्यान खींचा। लेकिन स्टाफ़ और नियमित तौर पर यहां आने वाले लोगों ने मेरे फ्रांसीसी साथी की ओर कोई भी ध्यान नहीं दिया। डिडियर पिछले नौ साल से लियोपोल्ड में खाता-पीता और बहस करता रहा है। वह सभी जानते थे कि उसके धैर्य की एक सीमा थी और अगर आपने वह सीमा पार की तो वह एक बहुत ही ख़तरनाक इंसान था। वे यह भी जानते थे कि यह रेखा डिडियर की ज़िंदगी, धारणाओं या भावनाओं को लेकर नहीं थी। डिडियर की रेखा तो उसे चाहने वाले लोगों के दिलों में खींची हुई थी। अगर आप उसे किसी भी तरह से नाराज़ करते हैं तो उसका गुस्सा सातवें आसमान पर पहुंच सकता था। लेकिन किसी ने भी वाक़ई में उसका अपमान या उसे नाराज़ नहीं किया।

'वही तो! मैं यही कहना चाहता हूं कि तुम्हारे छोटे से मित्र, प्रभाकर ने तुम्हें हैट टेस्ट से गुजारा है। उसने तुम्हें एक ट्यूब में डाला, शादी की एक अंगूठी से खींचकर निकाला, यह परख़ने के लिए कि तुम वास्तविक बोर्सालिनो हो या नहीं। शहर के बुरे दृश्यों और ध्वनियों वाले हिस्से में ले जाने का उसका यही उद्देश्य था। यह एक बोर्सालिनो परीक्षण था।'

वह सही कह रहा है यह जानते हुए मैं चुपचाप कॉफ़ी पीता रहा-प्रभाकर का अंधेरी गलियों का दौरा एक तरह का परीक्षण *था*-लेकिन मैं हार स्वीकारने का आनंद डिडियर को नहीं देना चाहता था।

जर्मनी, स्विट्ज़रलैंड, फ्रांस, इंग्लैंड, नॉर्वे, अमेरिका, जापान और दर्जन भर अन्य देशों के पर्यटकों की शाम की भीड़ कम होने लगी और अब बारी भारतीय और उन विदेशियों की थी, जो बॉम्बे को अपना घर बताते थे। स्थानीय लोग विदेशियों

के होटल की सुरक्षा में चले जाने के बाद दोबारा लियोपोल्ड, द मोकाम्बो, कैफ़े मोनडेगार और लाइट ऑफ़ एशिया में हर रात जम जाते थे।

अंततः मैंने मान ही लिया, 'अगर यह परीक्षण था तो निश्चित ही उसने मुझे उत्तीर्ण कर दिया होगा। उसने मुझे राज्य के उत्तरी हिस्से में अपने गांव में अपने परिजनों से मिलने जाने का न्यौता दिया है।'

डिडियर ने बड़े ही नाटकीय अंदाज में त्यौरियां चढ़ाईं।

'कितने दिनों के लिए?'

'पता नहीं, मेरे विचार से शायद कुछ महीनों के लिए। या शायद कुछ और ज़्यादा।'

उसने निष्कर्ष निकालते हुए कहा, 'अच्छा तो यह बात है। तुम्हारा नन्हा साथी तुम्हें चाहने लगा है।'

मैंने आपत्ति उठाते हुए कहा, 'यह कुछ ज़्यादा ही हो गया।'

'नहीं, नहीं, नहीं तुम समझे नहीं। तुम्हें यहां मिलने वाले लोगों के वास्तविक स्नेह में पड़ने के मामले में सावधान रहना चाहिए। यह किसी और जगह की तरह नहीं है। यह भारत है। यहां जो भी आता है प्रेम में पड़ जाता है-हममें से कई तो अनेक बार प्रेम में पड़ते हैं। और भारतीय, वह हममें से अधिकांश को प्रेम करते हैं। तुम्हारा नन्हा दोस्त भी शायद तुम्हें पसंद करने लगा है। इसमें हैरत की कोई बात नहीं है। मैं इस देश और इस शहर के अपने लंबे अनुभव के आधार पर कह रहा हूं। यह अक्सर होता है, भारतीयों के लिए तो बहुत ही आसानी के साथ। यही वजह है कि वह सब साथ रह लेते हैं, एक अरब, पर्याप्त शांति के साथ। निश्चित ही वह पूरी तरह से सही नहीं हैं। वह जानते हैं कि कैसे लड़ा जाता है और एक-दूसरे से कैसे झूठ बोला जाता है, कैसे ठगा जाता और वह सभी बातें जो हम लोग भी करते हैं। लेकिन दुनिया में किसी भी अन्य देश की तुलना में भारतीय ज़्यादा जानते हैं कि एक-दूसरे से कैसे प्यार किया जाता है।'

वह सिगरेट जलाने के लिए कुछ देर रुका और फिर उसे किसी झंडी की तरह हिलाया, जब तक कि वेटर का ध्यान उसकी ओर नहीं चला गया। फिर सिर हिलाकर एक और वोदका लाने के लिए कहा।

हमारी टेबल पर ड्रिंक और स्नेक्स का एक बाउल आने के दौरान उसने बोलना जारी रखा, 'भारत फ्रांस से लगभग छह गुना बड़ा है। लेकिन इसकी आबादी बीस गुना ज़्यादा है। विश्वास करो, अगर हम एक अरब फ्रांसीसियों को इतनी भीड़ भरी जगह में रहना पड़ता तो अब तक तो ख़ून की नदियां बह चुकी होतीं। ख़ून की नदियां। और जैसा कि हम सभी जानते हैं हम फ्रांसीसी यूरोप में सबसे ज़्यादा सभ्य लोग हैं। वाक़ई पूरी दुनिया में। नहीं, नहीं, प्यार के बग़ैर भारत संभव नहीं है।'

लेतितिया हमारी टेबल पर आई और मेरी बाईं ओर बैठ गई।

उसने बड़े ही दोस्ताना अंदाज़ में पूछा, 'डिडियर अब क्या हो गया? बास्टर्ड।' उसके दक्षिणी लंदन के उच्चारण के कारण अंतिम शब्द को एक अलग ही महत्त्व हासिल हो गया।

'वह मुझे बता रहा था कि फ्रांसीसी दुनिया में सबसे ज़्यादा सभ्य लोग हैं।'

'जैसा कि पूरी दुनिया जानती है।' उसने पुछल्ला जोड़ा।

'जब तुम अपने घरों और अंगूर के बगीचों से एक शेक्सपियर पैदा कर दोगे, मैं शायद तुम्हारे साथ सहमत हो सकूंगी।' लेति ने मुस्कराते हुए कहा जिसमें गर्मजोशी भी थी और खिल्ली उड़ाने की झलक भी।

डिडियर ने खुलकर हंसते हुए कहा, 'प्रिये, ऐसा मत सोचना कि मैं शेक्सपियर का सम्मान नहीं करता। मैं अंग्रेज़ी भाषा से प्यार करता हूं, क्योंकि इसका कितना बड़ा हिस्सा फ्रेंच है।'

'*टूशा* (बहुत ख़ूब),' मैं मुस्कराकर बोला, 'जैसा कि हम अंग्रेज़ी में कहते हैं।'

उसी वक़्त उला और मोडेना भी आकर हमारे साथ बैठ गए। जालीदार स्टॉकिंग्स, नुकीली हील वाले जूतों और तंग, छोटे काले कपड़ों में उला पूरी तरह से तैयार थी। उसने गले और कान में चौंधिया देने वाले नक़ली हीरे लगा रखे थे। उसके और लेति के परिधानों में बहुत ज़्यादा अंतर था। लेति ने जूतों के ऊपर ढीला परिधान पहन रखा था। दोनों के चेहरे के हाव-भाव भी अलग ही अभिव्यक्ति दे रहे थे। लेति की नज़र मादक, सीधी और विश्वास से भरी थी जिसमें कई विडंबनाएं और रहस्य छिपे हुए थे, बनिस्बत उला की चौड़ी नीली आंखों के, जिसमें यौवन के प्रदर्शन के लिहाज से परिधान पहनने के बावजूद एक अलग ही क़िस्म की मासूमियत थी, ईमानदार, भावशून्य मासूमियत।

उला ने अचानक कहा, 'डिडियर, तुम पर मुझसे बातचीत के लिए प्रतिबंध लगा हुआ है। फ्रेडरिको के साथ मेरे तीन घंटे बेहद असहमति भरे रहे और इसके लिए तुम ज़िम्मेदार हो।'

डिडियर ने थूकते हुए कहा, '*उफ़्फ़!* फ्रेडरिको!'

लेति ने भी सुर में सुर मिलाते हुए कहा, 'ओह, शानदार जवान फ्रेडरिको को कुछ हुआ क्या, वाक़ई? चलो उला, कुछ गॉसिप करते हैं।'

'*नहीं*, फ्रेडरिको का एक धर्म है और उसने मुझे इसे लेकर पागल कर रखा है और यह सब डिडियर की ग़लती है।'

'हां,' काफ़ी नाराज़ डिडियर ने कहा, 'फ्रेडरिको को धर्म मिल गया है। यह एक त्रासदी है। वह अब ना तो शराब पीता है, ना धूम्रपान करता है और ना ही ड्रग्स लेता है। और निश्चित ही अब वह किसी के साथ यौन संबंध भी नहीं रखेगा-ख़ुद के साथ भी नहीं। यह वाक़ई प्रतिभा का अफ़सोसनाक हनन है। वह भ्रष्टाचार का उस्ताद था, मेरा सबसे अच्छा छात्र, मेरी *सर्वश्रेष्ठ कलाकृति।* यह पगला देने वाला है। वह अब एक अच्छा व्यक्ति बन चुका है, दुनिया में सबसे बुरे लिहाज़ से।'

लेति ने झूठी सहानुभूति जताते हुए कहा, 'खैर, आप कुछ जीतते हैं और कुछ हारते हैं। डिडियर तुम्हें इससे हताश नहीं होना चाहिए। तुम्हें तलकर खाने के लिए और भी मछलियां मिल जाएंगी।'

उला ने चिढ़ते हुए कहा, 'तुम्हारी सांत्वना मेरे लिए होनी चाहिए। फ्रेडरिको कल डिडियर के यहां इतने ख़राब मूड में था कि मेरे दरवाज़े पर आज रोते हुए आया। कोरी बकवास। वह तीन घंटे तक रोता रहा और पुनर्जन्म की बात दोहराता रहा। अंत में मुझे उसके लिए इतना ज़्यादा अफ़सोस हो रहा था। दिल पर पत्थर रखकर मैंने मोडेना को उसे उसकी धार्मिक किताबों के साथ निकाल बाहर करने के लिए कहा। यह सब तुम्हारी ग़लती है डिडियर और मैं तुम्हें माफ़ करने के लिए सबसे ज़्यादा वक़्त लूंगी।'

डिडियर ने नाराज़गी को नज़रअंदाज़ करते हुए कहा, 'पागल। हमेशा वैसे ही खोए-खोए रहते हैं। वह ऐसे लोग हैं जिन्हें बुरी लत तो नहीं है, लेकिन जो पूरा वक़्त उसी बुरी लत के बारे में सोचते रहते हैं।'

लेति ने हंसते हुए कहा, 'मैं तुम्हें वाक़ई प्यार करती हूं, डिडियर तुम इस बात को जानते हो। भले ही तुम निंदनीय व्यक्ति हो।'

उला ने ऐलान किया, 'नहीं तुम उसे पसंद करती हो, *क्योंकि* वह एक व्यक्ति के पंजे की सबसे छोटी अंगुली है।'

लेति ने सुधार करते हुए कहा, '*निंदनीय* व्यक्ति, *नन्ही अंगुली* नहीं। एक निंदनीय अंगुली का कोई मतलब ही नहीं निकलेगा, निकलेगा क्या? ऐसी स्थिति में हम ना उससे नफ़रत कर सकेंगे और ना ही मोहब्बत, है ना?'

उला ने कहा, 'तुम्हें पता है लेति मुझे अंग्रेज़ी के जोक्स बहुत अच्छी तरह से समझ नहीं आते। लेकिन मैं मानती हूं कि वह एक व्यक्ति की बड़ी, बदसूरत और रोएंदार अंगुली की तरह है।'

डिडियर ने कहा, 'मैं आपको यक़ीन दिलाना चाहूंगा कि मेरा पंजा, अंगुलियां और पैर बेहद सुंदर हैं।'

रात की व्यस्त सड़क से अचानक कार्ला, मॉरिजियो और एक भारतीय व्यक्ति, जो 30 की उम्र के आसपास था, हमसे आ मिले। मॉरिजियो और मोडेना ने हमारे लिए एक और टेबल को जोड़ लिया और हम 8 लोगों ने ड्रिंक्स और खाने का ऑर्डर दे डाला।

कुछ देर के सन्नाटे के बाद कार्ला ने ऐलान किया, 'लिन, लेति यह मेरा दोस्त है विक्रम पटेल। वह डेनमार्क में लंबी छुट्टियां बिताकर कुछ हफ़्ते पहले ही भारत लौटा है। मुझे लगता है कि तुम दोनों इससे पहले मिले तक नहीं हो।'

लेति और मैंने नए व्यक्ति को अपना-अपना परिचय दिया, लेकिन मेरा वास्तविक ध्यान मॉरिजियो और कार्ला पर था। वह मेरे सामने उसके बग़ल में बैठा

था। उसका हाथ कार्ला की सीट पर पीछे टिका हुआ था। बात करते हुए वह उसकी ओर झुक रहा था और दोनों के सिर लगभग एक-दूसरे को छू रहे थे।

एक कालिख भरी अंदरूनी अनुभूति होती है-भारी नफ़रत से कम, लेकिन कम नफ़रत से कुछ ज़्यादा-एक दिलकश आकर्षक पुरुष के लिए दूसरे पुरुष की बुरी भावना। निश्चित ही यह तर्कहीन और असंगत होती है, लेकिन यह हमेशा वहां मौज़ूद होती है, ईर्ष्या द्वारा तैयार लंबी छाया के बीच छिपी हुई। यह आपकी आंखों से छलक उठती है, जब आप किसी ख़ूबसूरत महिला के प्यार की गिरफ़्त में आ चुके हों। मैंने मॉरिजियो की तरफ देखा और वह कालिख भरी भावना मेरे दिल में घर करने लगी। उसके सीधे, सफ़ेद दांतों, साफ़ रंग, घने, काले बालों के कारण जल्द ही मेरे मन में मैं बनाम वह की भावना तैयार हो गई, उसके किरदार में मौज़ूद ख़ामियों से भी ज़्यादा।

और कार्ला ख़ूबसूरत थी : उसके फ्रेंच रोल में बाल तो मानो काले पत्थरों पर बह रही नदी की तरह चमक रहे थे। उसकी हरी आंखें किसी मक़सद और ख़ुशी से दमक रही थीं। उसने लंबी बांहों वाला भारतीय सलवार टॉप पहन रखा था, जो उसके घुटनों तक जा रहा था। जहां वह उसकी ओलिव सिल्क की पेंट से मिल रहा था।

नए व्यक्ति, विक्रम ने जब कहा, 'मेरा समय बहुत अच्छी बीता, *यार*' तो मैं हक़ीकत की दुनिया में लौट आया। 'डेनमार्क बहुत आधुनिक और बहुत शांत है। वहां के लोग बेहद प्रगतिशील हैं। उनका ख़ुद पर इतना अधिक नियंत्रण है कि मुझे यक़ीन ही नहीं होता। मैं कोपेनहेगन के एक सॉना में गया। यार, वह बहुत बड़ी जगह थी, वहां मिश्रित माहौल था, पुरुष और महिलाएं, साथ में पूरी तरह से नग्न लेकिन एक-दूसरे से आराम के साथ बतियाते हुए। बिलकुल नग्न। और किसी को भी कोई फ़र्क़ नहीं पड़ रहा था। *यार* कोई इधर-उधर देख तक नहीं रहा था। एक भारतीय व्यक्ति के लिए यह सबकुछ सहन करना मुश्किल है। वे *उबल* रहे होंगे।'

लेति ने मीठी आवाज़ में पूछा, 'तुम उबल रहे थे क्या प्रिय विक्रम?'

'तुम मज़ाक़ तो नहीं कर रही? मैं उस जगह पर टॉवेल लपेटे हुए इकलौता इंसान था। इकलौता इंसान जो उत्तेजित था।'

उला ने हंसी को रोकते हुए कहा, 'मुझे समझ नहीं आया।' यह एक सपाट टिप्पणी थी जिसमें ना शिकायत थी और ना ही ज़्यादा ख़ुलासे की गुज़ारिश।

'*यार,* मैं वहां तीन सप्ताह तक प्रतिदिन गया। मुझे लगता है कि मैंने वहां पर्याप्त समय गुजारा तो मैं इसका आदी हो जाऊंगा। अन्य सुपर-कुल डेनिश लोगों की तरह।'

'किस बात के आदी?' उला ने पूछा।

विक्रम ने त्यौरियां चढ़ाकर उसकी तरफ़ देखा फिर लेति का रुख़ किया।

'कोई फ़ायदा नहीं हुआ। यह बेकार साबित हुआ। तीन सप्ताह बाद भी मुझे टॉवेल लपेटना पड़ रहा था। मैं कितनी भी बार वहां गया, लेकिन जब कभी भी किसी

महिला को देखता था तो मेरी भावनाएं जाग उठती थीं। मैं क्या कह सकता हूं? मैं ऐसी जगह के लिहाज़ से बहुत ज़्यादा भारतीय हूं।'

मॉरिजियो ने कहा, 'भारतीय महिलाओं के लिए भी यह बात सही है। यहां तक कि यौन संबंधों के दौरान भी वह निर्वस्त्र नहीं होना चाहतीं।'

विक्रम ने बोलना जारी रखा, 'यह हरदम सही नहीं है। ख़ैर यहां समस्या पुरुषों के साथ है। भारतीय महिलाएं परिवर्तन के लिए तैयार हैं। मध्यम वर्ग की युवा भारतीय लड़कियां परिवर्तन को लेकर बेहद उत्सुक हैं। वे शिक्षित हैं और वे छोटे बालों, छोटे कपड़ों और प्यार-मोहब्बत के लिए तैयार हैं। वे इसके लिए तैयार हैं, लेकिन मर्द ही उन्हें रोक रहे हैं। औसत भारतीय पुरुष 14 वर्ष की उम्र में ही संबंधों के लिहाज़ से परिपक्व हो जाता है।'

लेति ने कहा, 'मुझे इस बारे में बताओ।'

कविता सिंह कुछ लम्हों पहले ही हमारी टेबल तक पहुंची थी और वह विक्रम के पीछे खड़ी होकर उसकी भारतीय महिलाओं के बारे में बातों को सुन रही थी। छोटे संवरे बालों और जीन्स व सफ़ेद शर्ट, जिस पर न्यू यॉर्क यूनिवर्सिटी लिखा था, वह एक कामकाजी महिला थी, विक्रम जिसका वर्णन कर रहा था, उसका जीवंत उदाहरण। वह वास्तविक थी।

विक्रम के सामने और मेरी दाईं ओर बैठते हुए उसने कहा, 'तुम इतने बड़े बड़बोले हो, विक्की। तुम यह सब कह रहे हो, लेकिन तुम दूसरों की तरह ही बुरे हो। *यार* देखो, तुम अपनी बहन के साथ ही कैसा बर्ताव करते हो, बस वह जीन्स और तंग स्वेटर पहन भर ले।'

विक्रम ने कहा, 'सुनो, मैंने ही लंदन से उसे यह तंग स्वेटर पिछले साल लाकर दिया था!'

'लेकिन जब उसने जाझ यात्रा के दौरान उसे पहना था, तो तुम्हीं ने उसे ख़ूब सुनाया था। है ना?'

'भला मैं कैसे जान सकता था कि वह इस स्वेटर को हमारी इमारत के *बाहर* भी पहनना चाहती थी।' उसने बहुत ही कमज़ोर अंदाज़ में कहा, जिस पर सब लोग हंस पड़े। ख़ुद विक्रम ने सबसे ज़्यादा ज़ोर से ठहाका लगाया।

विक्रम पटेल औसत क़द और शरीर का था, लेकिन औसत बस वहीं थम जाता था। उसके दिलकश और बुद्धिमान चेहरे को घने, घुंघराले काले बालों ने घेर रखा था। बाज जैसी तीखी नाक के ऊपर चमकदार हल्की भूरी आंखें थीं और उसने नुकीली मूंछें रखी हुई थीं। उसके कपड़े काले थे-काउबॉय की तरह जूते, जीन्स, शर्ट और चमड़े का बेल्ट-और उसने पीठ पर स्पेनिश फ़्लेमेंको हैट लटका रखा था, जिसका चमड़े का पट्टा उसके गले पर लटक रहा था। उसकी बोलो टाई, डॉलर-कॉइन बेल्ट और हैटबैंड सभी चांदी के थे। वह किसी वेस्टर्न फ़िल्म के हीरो की तरह लग रहा था। और यही उसके अंदाज़ का प्रेरणास्रोत था। विक्रम सर्जियो

लियोन की फिल्मों *वन्स अपऑन ए टाइम इन द वेस्ट* और *द गुड, द बेड ऐंड द अगली* का दीवाना था। बाद में जब मैं उसे अच्छी तरह से जानने लगा तो मैंने उसने अपनी पसंदीदा महिलाओं के दिलों को जीतते हुए देखा और जब बात मुझे मारने पर आमादा दुश्मनों से भिड़ंत हुई तो वह साथ खड़ा होता था। मैंने जाना कि वह नायक ही है और वह अपने पसंदीदा फ़िल्मी बंदूकधारियों से कुछ कम नहीं था।

उस पहली मुलाक़ात में उसके ठीक सामने बैठे हुए मेरा ध्यान सबसे ज़्यादा इस बात ने खींचा कि उसने अपने ब्लैक काउबॉय सपने को कितनी अच्छी तरह से अपना लिया था और उसके साथ उनके दिलकश अंदाज़ को भी। कार्ला ने एक बार कहा था कि *विक्रम इस तरह का इंसान है जो अपना दिल हथेली पर लिए चलता है।* यह एक स्नेह भरा मज़ाक़ था और ऐसा जिसे हम सभी समझते थे, लेकिन इसमें नफ़रत का एक क़तरा भी था। जब उसने यह बात कही तो दूसरों के साथ हंसने में मैं शामिल नहीं था। अपने जुनून को रुतबे के साथ स्वीकारने वाले विक्रम जैसे लोग मुझे पसंद आते थे, क्योंकि उनकी ईमानदारी सीधे मेरे दिल को छू जाती थी।

उसने ज़ोर देकर कहा, 'नहीं यह सही नहीं है। कोपेनहेगन में एक क्लब था। यह किसी टेलीफ़ोन क्लब की तरह था। हर तरफ़ ऐसी टेबलें, *यार* और हर टेबल का एक नंबर था जो लाल रोशनी से दमकता था। अगर आपको मान लीजिए टेबल क्रमांक 12 पर बैठा कोई पसंद आ जाता है तो आप उस टेबल के नंबर को डायल करके उसके साथ बात कर सकते थे। क्या *बेवक़ूफ़ी* भरा तरीक़ा है। आधा वक़्त तक तो आपको पता ही नहीं चलता कि आपको कौन कॉल कर रहा है या वह भी नहीं जानते कि आप कौन हैं। कई मर्तबा तो कौन आपसे बात कर रहा है, इसका अनुमान लगाने के लिए ही आप एक घंटे बात कर लेते हैं, क्योंकि हर कोई किसी न किसी से बतिया रहा होता है। और फिर आप एक-दूसरे को बताते हैं कि आप किस नंबर के टेबल पर बैठे हैं। मैं बता सकता हूं कि मैंने वहां एक अच्छी पार्टी की। लेकिन अगर वह यही बात यहां करना चाहेंगे तो यह पांच मिनट से ज़्यादा नहीं चलेगी, क्योंकि यहां के लोग उसका सामना नहीं कर पाएंगे। बहुत सारे भारतीय मर्द *निरे बेवक़ूफ़* हैं। वे बस हरदम बचकानी फ़ालतू बातें करते रहेंगे। मैं बता रहा हूं कोपेनहेगन में सब लोग बेहद शांत हैं और जहां तक इस पैमाने की बात है तो भारत को वहां तक पहुंचने में काफ़ी वक़्त लगेगा।'

उला ने कहा, 'मुझे लगता है कि माहौल बेहतर हो रहा है। मुझे लगता है कि भारत का भविष्य अच्छा है। मुझे विश्वास है कि सबकुछ अच्छा होगा, पता है आज से बेहतर और कई लोगों के लिए ज़िंदगी बेहतर होगी।'

हम सबने घूरने के लिए उसका रुख़ किया। टेबल पर सन्नाटा था। हम सब एक युवती द्वारा यह भावना व्यक्त किए जाने से हतप्रभ थे, एक ऐसी युवती जो उन भारतीयों के हाथों का खिलौना थी जिनके पास उसका शोषण करने के लिए धन था। उसका इस्तेमाल और अपमान होता था और मुझे तो लगा था कि वह बेहद द्वेष

से भरी होगी। आशावाद, प्रेम का निकटवर्ती रिश्तेदार होता है और तीन मामलों में ठीक प्रेम की तरह होता है : पहला यह अति महत्त्वाकांक्षी होता है, इसमें हास्य का कोई पुट नहीं होता और यह उस जगह पर मिलता है, जहां सबसे कम उम्मीद हो।

डिडियर ने चिढ़कर होंठ चबाते हुए कहा, 'ओ मेरी प्यारी बेवक़ूफ़ उला, कुछ भी नहीं बदलेगा। अगर तुम अपनी मानवीयता या अपनी संवेदना को अपमान में बदलना चाहती हो तो एक वेट्रेस या सफ़ाईकर्मी का काम ले लो। इंसानी नस्ल से नफ़रत करने के दो सबसे तेज़ तरीक़े और इसकी नियति खाना परोसना या उसके बाद की सफ़ाई है। वह भी न्यूनतम वेतन पर। मैं दोनों काम कर चुका हूं। यह उन भयावह दिनों की बात है, जब मुझे जीवनयापन के लिए काम करना पड़ता था, बहुत ही भीषण। मैं तो उन दिनों को याद करके तक कांप जाता हूं। वहीं पर मैंने जाना कि कभी भी कुछ भी नहीं बदलता है। और सच यह है कि मुझे इसकी ख़ुशी है। एक बेहतर या बुरी दुनिया में, मैं धन नहीं कमा सकूंगा।'

लेति ने कहा, 'बकवास। बातें बेहतर हो सकती हैं और बातें बहुत ज़्यादा बिगड़ भी सकती हैं। झोपड़पट्टी में रहने वाले लोगों से पूछो। बातें कितनी बुरी हो सकती हैं, इसमें वे माहिर हैं। सही कहा ना कार्ला?'

हम सबका ध्यान कार्ला की ओर हो गया। कुछ देर तक अपने कप से खेलने के बाद उसे प्लेट में अंगुलियों से घुमाया।

उसने धीरे-धीरे बोलना शुरू किया, 'मुझे लगता है कि हममें से हर एक को अपना भविष्य *कमाना* होगा। मेरे विचार में किसी भी अन्य बात की ही तरह भविष्य भी महत्त्वपूर्ण है। इसे कमाना पड़ता है। अगर हम इसे नहीं कमाते तो हमारा कोई भविष्य नहीं होता। और अगर हम इसे नहीं कमाते तो हम इसके लायक़ ही नहीं होते, हमें वर्तमान में ही जीना पड़ता है, ज़्यादा या कुछ कम, हमेशा के लिए। या और बुरी बात, हमें भूतकाल में ही जीना पड़ता है। मेरे ख़याल से संभवतया यही प्यार है-भविष्य संवारने का एक तरीक़ा।'

मॉरिजियो ने अपना खाना बर्फ़ीले पानी से गटकते हुए कहा, 'मैं डिडियर से सहमत हूं। मुझे यथास्थिति पसंद है और अगर वह नहीं बदलती तो भी मैं संतुष्ट हूं।'

कार्ला ने मेरा रुख़ करते हुए पूछा, 'और तुम्हारा क्या कहना है?'

मैंने मुस्कराते हुए कहा, 'मेरा क्या?'

'अगर तुम ख़ुश हो सकते हो, वाक़ई ख़ुश, कुछ देर के लिए लेकिन शुरुआत से ही यह जानते हुए कि इसका अंत दुख में होगा और यह बाद में दर्द देगा तो क्या तुम उस ख़ुशी को चुनोगे या फिर उसे टालोगे?'

सवाल और सबका ध्यान मेरी ओर जाने से मैं कुछ हकबका गया। मेरे जवाब को लेकर सन्नाटा मुझे खाने लगा। मुझे लगा कि वह पहले भी यह सवाल पूछ चुकी है और यह एक तरह की परीक्षा थी। शायद वह टेबल पर मौजूद अन्य लोगों से भी पहले यह सवाल पूछ चुकी है। शायद वह लोग उसका जवाब दे चुके हैं और अब उन्हें

मेरे जवाब का इंतज़ार था। मुझे पक्का विश्वास नहीं था कि वह मुझसे किस जवाब की अपेक्षा कर रही थी, लेकिन हक़ीक़त यही थी कि मेरी ज़िंदगी पहले ही इस सवाल का जवाब दे चुकी थी। जब मैं जेल से भागा था तो मैंने अपना विकल्प चुन लिया था।

मैंने कहा, 'मैं ख़ुशी को चुनूंगा।' और कार्ला ने मेरी ओर मुस्कान फेंकी जो स्वीकृति या केवल मज़ाक़िया कुछ भी हो सकती थी।

उला गुस्से में बोली, 'मैं ऐसा नहीं करूंगी। मुझे उदासी से नफ़रत है। मैं इसे सहन नहीं कर सकती। थोड़ी सी भी उदासी मिलने की आशंका हो तो फिर मुझे कुछ भी नहीं चाहिए। शायद यही वजह है कि मुझे सोना इतना ज़्यादा पसंद है, है ना? जब आप सो रहे होते हैं तो उदास होना मुश्किल ही है। आप अपने सपनों में ख़ुश, भयभीत या क्रोधित हो सकते हैं, लेकिन उदास होने के लिए आपको पूरी तरह से जागा हुआ होना होता है। नहीं लगता क्या ऐसा?'

'मैं तुम्हारे साथ हूं, उला,' विक्रम ने सहमति जताते हुए कहा, 'दुनिया में पहले ही बहुत उदासी है *यार।* यही वजह है कि हर कोई हरदम इतना धुत्त रहता है। मैं जानता हूं कि यही वजह है कि *मैं* हरदम धुत्त रहता हूं।'

'अं–नहीं, मैं तुमसे सहमत हूं लिन,' कविता ने कहा, हालांकि मैं तय नहीं कर पा रहा था कि इसमें कितनी मुझसे सहमति और कितना विक्रम का विरोध था, 'अगर आपको वास्तविक ख़ुशी हासिल करने का मौक़ा मिलता है तो क़ीमत चाहे जो हो, आपको इसे लेना ही चाहिए।'

डिडियर चर्चा के इस मोड़ तक पहुंच जाने से बैचेन हो चला था।

'तुम लोग, तुम सभी बहुत ज़्यादा गंभीर हो गए हो।'

विक्रम ने तीखी आपत्ति उठाई, *'मैं नहीं।'*

डिडियर ने एक भौंह उठाकर उसे शांत कर दिया।

'मेरे कहने का मतलब है कि तुम बातों को पहले से भी ज़्यादा मुश्किल बना रहे हो। ज़िंदगी की हक़ीक़त बहुत सामान्य है। शुरुआत में हम हर बात से डरते थे–पशु, मौसम, पेड़, रात का आसमान–हर बात से ख़ुद को छोड़कर। अब हम एक–दूसरे से डरते हैं और लगभग किसी भी अन्य बात से नहीं। कोई भी नहीं जानता कि दूसरा व्यक्ति ऐसा क्यों कर रहा है। सच्चाई कोई नहीं बताता। कोई ख़ुश नहीं है। कोई सुरक्षित नहीं है। दुनिया की हालत इतनी ख़राब है कि सबसे बुरी बात अगर आप कर सकते हैं तो ख़ुद का संरक्षण। और फिर भी आपको बचना ही होगा। यही वह कशमकश है जो हमें इस झूठ पर विश्वास करना और उससे चिपकना सिखाती है कि हमारी एक आत्मा है और वहां एक परमपिता परमेश्वर है जो इसकी नियति की चिंता करता है। और अब तुम समझ चुके होगे।'

वह कुर्सी पर आराम से बैठकर अपनी मूंछों के नुकीली सिरों पर ताव देने लगा।

विक्रम धीरे से बोला, 'पता नहीं वह अभी क्या बोला। लेकिन मैं कुछ हद तक उससे सहमत हूं और साथ ही कुछ अपमानित भी महसूस कर रहा हूं।'

मॉरिजियो जाने के लिए अपनी सीट से उठा। उसने कार्ला के कंधे पर हाथ रखकर हम सबकी ओर स्नेह भरी मुस्कान फेंकी। मुझे उसकी मुस्कान पसंद आने लगी थी और मैं इसके लिए उससे ईर्ष्या भी करने लगा था।

उसने मुस्कराते हुए कहा, 'असमंजस में मत रहो विक्रम। डिडियर के पास केवल एक ही विषय है–वह ख़ुद।'

कार्ला ने तत्काल जोड़ा, 'और उसका श्राप ही वह आकर्षक विषय है।'

डिडियर सिर झुकाते हुए बड़बड़ाया, '*रहम* कार्ला डार्लिंग।'

'चलो मेडोना चलते हैं। हम सब बाद में मिलते हैं प्रेसिडेंट में, है ना?'

उसने कार्ला को गालों पर चूमा, अपना रे-बेन का गॉगल पहना और मोडेना के साथ भीड़ भरी रात में निकल गया। स्पेनिश व्यक्ति ने पूरी शाम एक भी शब्द नहीं बोला था या मुस्कराया भी नहीं था। सड़क पर उनके भीड़ में गुम होने के दौरान मैंने देखा कि उसने भींची हुई मुट्ठी बनाते हुए मॉरिजियो के साथ पूरे उत्साह से बातचीत की। मैं उन्हें नज़र के आड़ होने तक देखता रहा। मुझे कुछ शर्मिंदगी महसूस हुई, जब लेति ने मेरे विचारों के सबसे छोटे और सबसे घटिया विचारों को ऊंची आवाज़ में सार्वजनिक कर दिया।

उसने ज़ोर से कहा, 'वह उतना शांत नहीं है जितना दिखता है।'

कार्ला ने मुस्कराते हुए लेति के हाथों पर हाथ रखते हुए कहा, 'कोई भी मर्द जितना दिखता है, उतना शांत नहीं होता।'

उला ने पूछा, 'तुम्हें अब मॉरिजियो पसंद नहीं आता ना?'

'मैं उससे नफ़रत करती हूं। नहीं, मैं उससे नफ़रत नहीं करती। लेकिन मैं उसका तिरस्कार करती हूं। मुझे तो उसकी तरफ़ देखकर ही कैसा-कैसा होने लगता है।'

डिडियर ने बोलना शुरू ही किया था, 'मेरी प्यारी लेतितिया-' कि कार्ला ने उसकी बात काट दी।

'अभी नहीं डिडियर, मुझे कुछ राहत दो।'

लेति अपने दांतों को भींचते हुए बोली, 'मैं नहीं जानती कि मैं इतनी मूर्ख कैसे हो सकती हूं।'

उला ने धीमे से कहा, 'जाने दो, मैं नहीं कहना चाहती कि *मैंने तुम्हें बताया था, लेकिन...*'

कविता ने कहा, 'क्यों नहीं? मुझे तो यह कहना पसंद आता कि मैंने तुमसे कहा था। मैं विक्रम को सप्ताह में एक दिन तो बताती ही रहती हूं कि मैंने तुम्हें बताया था। मैं तो कहूंगी कि मैंने ऐसा कहा था इसलिए चॉकलेट खाओ।'

विक्रम ने बीच में आते हुए कहा, 'मुझे वह व्यक्ति पसंद है। तुम लोग जानते हो वह एक अच्छा घुड़सवार है? वह क्लिंट ईस्टवुड की तरह घुड़सवारी कर सकता है *यार।* मैंने पिछले सप्ताह उसे चौपाटी पर देखा था। वह आकर्षक स्वीडिश जवान

वहां पर घुड़सवारी कर रहा था। बिलकुल *हाई प्लेन्स ड्रिफ़्टर* के क्लिंट की तरह। मैं तुम्हें पक्की बात बता रहा हूं।'

'ओह वह *घुड़सवारी* करता है?' लेति ने कहा, 'मैं उसके बारे में इतना *ग़लत* कैसे हो सकती हूं? मैं सारी बातें वापस लेती हूं।'

लेति के मिज़ाज से बेख़बर विक्रम बोलता रहा, 'उसका एक शानदार हाई-फ़ाई मकान भी है। और कुछ इटालियन फ़िल्मों के गानों की मूल प्रतियां भी।'

लेति ने अपना हैंडबैग और अपने साथ लाई किताब उठाते हुए कहा, 'बहुत हो चुका। मैं चलती हूं।' उसके लाल बाल उसके कोफ़्त से भरे चेहरे पर लहरा रहे थे। उसके दिल के आकार के चेहरे पर त्वचा इतनी निखरी हुई थी कि तेज़ सफ़ेद रोशनी में गुस्से में वह संगमरमर की मैडोना जैसी दिख रही थी। मुझे याद आया कि कार्ला ने उसके बारे में क्या कहा था : *मेरे विचार से लेति हम सबमें सबसे अधिक आध्यात्मिक है...*

विक्रम उसका साथ देने के लिए कूदकर खड़ा हो गया।

'मैं होटल तक तुम्हारे साथ चलता हूं। फिर मैं अपने रास्ते निकल जाऊंगा।'

लेति ने इतनी जल्दी उल्टा सवाल पूछा कि वह हकबक्का गया, 'क्या यह सही है? तो फिर वह किस ओर होगा?'

'मैं..., मैं..., मैं तो जा रहा हूं, कहीं भी *यार।* मैं पैदल एक लंबा चक्कर लगाने जा रहा हूं, तो...तो...तुम जहां भी जा रही हो। मैं *तुम्हारी* ही ओर जाऊंगा।'

उसने दमकती आंखों के साथ कहा, 'तो फिर ठीक है, तुम्हें ऐसा करना ही चाहिए। प्रिय कार्ला कल ताज पर मिलते हैं कॉफ़ी के लिए। मैं वादा करती हूं कि मुझे इस बार देर नहीं होगी।'

कार्ला ने कहा, 'मैं वहां पहुंच जाऊंगी।'

लेति ने सबकी ओर हाथ हिलाते हुए कहा, 'अच्छा, सभी को अलविदा!'

'मैं भी!' उसके साथ तेज़ी से जाते हुए विक्रम ने भी कहा।

डिडियर ने कहा, 'पता है मुझे लेतितिया के बारे में क्या बात सबसे अच्छी लगती है। उस पर फ़्रांसीसी होने का कोई भी असर नहीं है। हमारी संस्कृति, फ़्रांसीसी संस्कृति, इतनी व्यापक और प्रभावी है कि पूरी दुनिया पर फ़्रांस का थोड़ा बहुत असर है। यह बात ख़ास तौर पर महिलाओं के लिए है। दुनिया की लगभग हर महिला कुछ हद तक फ़्रांसीसी है। लेकिन लेतितिया मेरी जानकारी में सबसे ज़्यादा ग़ैर-फ़्रांसीसी है।'

कविता ने कहा, 'डिडियर, तुम तो इससे भरे पड़े हो। अन्य रातों की तुलना में तो आज कुछ ज़्यादा ही। क्या बात है-तुम प्रेम में पड़ गए हो या प्रेम से बाहर निकल आए हो?'

उसने आह भरी और फिर एक-दूसरे पर रखे हुए अपने हाथों की ओर देखा।

'थोड़ा-थोड़ा दोनों ही। मुझे लग रहा है कि मैं कुछ उदास महसूस कर रहा हूं। फ्रेडरिको-तुम उसे जानती हो-उसे धर्म मिल गया है। यह एक भयावह कारोबार है और मैं स्वीकारता हूं, इस बात ने मुझे चोट पहुंचाई है। सच्चाई तो यह है कि उसकी पवित्रता ने मेरा दिल तोड़ दिया है। लेकिन अब वे बातें बहुत हो चुकीं। जहांगीर आर्ट गैलरी में इम्तियाज़ धारकर की नई प्रदर्शनी लगी है। उसका काम हमेशा संवेदनशील होता है और कुछ अनियंत्रित सा भी। और यह मुझे फिर ख़ुद के पास ले आता है। कविता क्या तुम मेरे साथ वहां चलना चाहोगी?'

कविता ने मुस्कराकर कहा, 'ज़रूर। मुझे ख़ुशी होगी।'

उला ने आह भरते हुए कहा, 'मैं तुम्हारे साथ रीगल जंक्शन तक चलूंगी। मुझे मोडेना से मिलना है।'

वह उठे और सबसे विदा ली और बाहर निकल गए। लेकिन फिर डिडियर लौटा और टेबल पर मेरे पास आकर खड़ा हो गया। मेरे कंधे पर एक हाथ रखकर बेहद प्यार भरे अंदाज़ में मेरी तरफ़ देखकर मुस्करा दिया।

उसने कहा, 'उसके साथ जाओ लिन। प्रभाकर के साथ गांव जाओ। हर शहर के दिल में एक गांव बसता है। तुम शहर को समझ नहीं सकोगे, जब तक कि तुम गांव को नहीं समझोगे। वहां जाओ। जब तुम लौटोगे तो मैं देखूंगा कि भारत ने तुम्हें क्या बना दिया है। तुम्हें *कामयाबी मिले!'*

वह मुझे कार्ला के साथ अकेला छोड़कर तेज़ी से निकल गया। जब डिडियर और अन्य लोग टेबल पर मौजूद थे तो रेस्तरां में बहुत शोर था। अचानक शांति हो गई या मुझे ऐसा लगा। मैं जानता था कि अब मैं जो कुछ भी कहूंगा, वह टेबलों और बड़े कमरे में गूंजता रहेगा।

कार्ला ने पूछा, 'क्या तुम हमें छोड़ रहे हो?'

'प्रभाकर ने मुझे उसके अभिभावकों से गांव में मिलने के लिए बुलाया है। उसे वह *अपना गांव* कहता है।'

'और तुम जा रहे हो?'

'हां, हां, मुझे लगता है कि मैं जाऊंगा। ऐसा पूछा जाना एक तरह का सम्मान ही है, जिसे मैं स्वीकारूंगा। उसने मुझे बताया कि वह लगभग हर छह महीने में अपने अभिभावकों से मिलने के लिए गांव जाता है। वह बॉम्बे में पर्यटकों का गाइड बनने के बाद पिछले नौ साल से ऐसा कर रहा है। लेकिन मैं ऐसा पहला विदेशी हूं, जिसे उसने अपने गांव आने का न्यौता दिया है।'

उसने आंख मारते हुए मुस्कराकर कहा, 'उसके द्वारा न्यौता दिए गए शायद तुम पहले विदेशी नहीं होगे, लेकिन *हां* उसके न्यौते को स्वीकारने वाले पहले सनकी विदेशी हो सकते हो।'

'तुम्हें लगता है कि उसका न्यौता स्वीकारने की वजह मेरा सनकी होना है।'

'बिलकुल नहीं! या कम से कम सही क़िस्म के सनकी, हम बाक़ी लोगों की तरह। उसका गांव कहां है?'

'मुझे ठीक से पता नहीं, लेकिन राज्य के उत्तर में कहीं स्थित है। उसने मुझे बताया कि वहां पहुंचने के लिए एक ट्रेन और दो बसों की मदद लेनी पड़ती है।'

'डिडियर सही कहता है, तुम्हें जाना चाहिए। अगर तुम यहां बॉम्बे में रहना चाहते हो तो तुम्हें कुछ वक़्त गांव में गुजारना चाहिए। गांव ही कुंजी है।'

पास से गुजरते एक वेटर ने हमारा अंतिम ऑर्डर लिया और कुछ ही देर बाद कार्ला के लिए केले की लस्सी और मेरे लिए चाय लेकर आया।

'कार्ला, तुम्हें यहां सहज होने में कितना वक़्त लगा? कहने का मतलब है कि तुम हमेशा सहज दिखती हो, मानो घर में ही हो। ऐसा लगता है मानो तुम हमेशा से यहीं रहती आई हो।'

'ओह, मैं नहीं जानती। यह मेरे लिए सही जगह है, अगर तुम मेरी बात का मतलब समझ लो तो। मैंने यह बात इस शहर में आने के पहले घंटे में, पहले ही दिन समझ ली थी। इसलिए एक तरह से कहा जाए तो मैं शुरुआत से ही यहां पर आराम महसूस कर रही थी।'

'तुम्हारा यह कहना बहुत मज़ेदार लग रहा है, क्योंकि मैंने ख़ुद भी ऐसा ही महसूस किया था। एयरपोर्ट पर उतरने के एक घंटे बाद मेरे भीतर यह तीव्र भावना जागी कि मेरे लिए यही सही जगह है।'

'और मेरे ख़याल से असली सफलता भाषा के साथ आई। जब मैंने हिंदी में सपने देखना शुरू कर दिया, तो मैं जान गई कि अब मैं घर आ गई हूं। उसके बाद से तो सारी बातें सही होती रही हैं।'

'तो अब यही स्थिति है क्या? क्या तुम यहां हमेशा के लिए रहने वाली हो?'

उसने अपने धीमे और विचारपूर्वक अंदाज़ में जवाब दिया, 'हमेशा जैसी कोई बात नहीं होती। पता नहीं हम लोग यह शब्द क्यों इस्तेमाल करते हैं।'

'तुम समझ रही हो मेरा क्या मतलब है।'

'हां। मैं यहां तब तक रहूंगी, जब तक मैं चाहूंगी। और उसके बाद शायद, मैं कहीं और चली जाऊंगी।'

'तुम चाहती क्या हो, कार्ला?'

उसने त्यौरियां चढ़ाईं और नज़र सीधे मेरी तरफ़ तान दी। यह एक ऐसा भाव था जिसे मैं अच्छी तरह से समझता था और जिसका अर्थ ऐसा लगता था कि *अगर तुम्हें सवाल पूछना ही है तो तुम्हारे पास जवाब पाने का कोई अधिकार नहीं है।*

उसने बहुत हल्की, फीकी मुस्कान के साथ कहा, 'मैं सबकुछ चाहती हूं। तुम्हें पता है, मैंने एक बार अपने दोस्त से यह बात कही थी और उसने मुझे बताया था

कि ज़िंदगी में असली करतब तो यह है कि आप किसी भी बात की चाहत मत रखो और फिर उसे हासिल करने में कामयाब हो जाओ।'

बाद में जब हमने रास्ते पर भीड़ के बीच से रास्ता निकाला और रात को शांत हो चुके कोलाबा मार्केट के पीछे की सुनसान गलियों में पहुंचे तो हम उसके घर के नीचे एक ऊंचे पेड़ के नीचे बनी एक बेंच के पास रुक गए।

चलने के दौरान अपने मुद्दे का ख़ुलासा करने के प्रयास में मैंने कहा, 'यह तो आमूलचूल परिवर्तन की तरह है। बातों की ओर देखने और उनके बारे में सोचने का एक बिलकुल ही अलग नज़रिया।'

'तुम सही कह रहे हो। यह ऐसा ही है।'

'प्रभाकर मुझे एक किस्म के आश्रम में ले गया था, सेंट जॉर्ज अस्पताल के पास स्थित एक पुरानी इमारत में। यह बीमार और मरने जा रहे लोगों से पटा पड़ा था जिन्हें ज़मीन पर लेटने या मरने के लिए जगह दी हुई थी। और उस जगह के मालिक, जिनकी किसी संत की तरह की छवि है, वहां घूम रहे थे। वह लोगों पर निशान लगाते फिर रहे थे कि किसके पास कितने उपयोगी अंग हैं। वह अंगों का एक बड़ा बैंक था। ऐसे ज़िंदा लोगों से पटी हुई जो किसी शांत और साफ़ जगह पर मरने के लिए भुगतान कर सकते थे। सड़क से परे। इस व्यक्ति को ज़रूरत के वक़्त अपने अंग देकर। और लोग भी इस व्यक्ति के प्रति दयनीय रूप से कृतज्ञ रहते हैं। वह उसकी ओर ऐसे देखते हैं, मानो वे उससे प्यार करते हैं।'

'उसने तुम्हें पिछले दो सप्ताह इन सब बातों से गुजारा है, है ना? तुम्हारा दोस्त प्रभाकर।'

'वैसे इससे भी बहुत ज़्यादा बुरा देखा। लेकिन असली समस्या यह है कि आप कुछ भी नहीं कर सकते। आप बच्चों को देखते हैं... जो बहुत ज़्यादा परेशानी में हैं और आप लोगों को झोपड़ियों में देखते हैं–वह मुझे झोपड़पट्टी में ले गया था, जहां वह रहता है। वहां हर तरफ़ खुले शौचालय की बदबू आती है और वह जगह निराशाजनक अव्यवस्थाओं से पटी पड़ी है। और लोग दरवाज़ों में से आपको घूरते हैं और आप किसी भी बात को बदल नहीं सकते। आप इस बारे में कुछ भी नहीं कर सकते। आपको यह स्वीकारना पड़ता है कि बातें और भी बुरी हो सकती हैं और वह कभी भी बेहतर नहीं होंगी। आप इसका सामना करने के लिहाज से बिलकुल ही असहाय हैं।'

कार्ला ने कुछ देर के बाद कहा, 'दुनिया के साथ क्या ग़लत है यह जानना अच्छी बात है, लेकिन यह जानना भी महत्त्वपूर्ण है कि कुछ मर्तबा, चाहे फिर वह कितना ही ग़लत क्यों ना हो, आप इसे बदल नहीं सकते। दुनिया में कई बुरी बातें उतनी भी बुरी नहीं थीं, जब तक किसी ने उन्हें बदलने की कोशिश नहीं की।'

'मुझे यक़ीन नहीं है कि मैं उस पर विश्वास करना चाहता हूं। मैं जानता हूं कि आप सही हैं। मैं जानता हूं कि हम कभी कभी चीज़ों को जितना बेहतर बनाने की

कोशिश करते हैं, चीज़ें उतनी ही बदतर हो जाती हैं, लेकिन मैं यह विश्वास करना चाहता हूं कि अगर हम इसे सही तरीक़े से करते हैं तो सबकुछ और हर कोई अच्छा बदलाव कर सकता है।'

'सच कहूं तो आज प्रभाकर अचानक मेरे सामने आ गया था। उसने मुझसे पूछा कि तुमसे पानी के बारे में पूछूं। उसका मतलब चाहे जो हो।'

मैंने हंसते हुए कहा, 'ओह ये बात है। कल की ही बात है मैं होटल से नीचे की सड़क पर प्रभाकर से मिलने गया था। लेकिन सीढ़ियों पर भारतीय लोग एक के बाद पानी के बर्तन सिर पर लिए सीढ़ियां चढ़े जा रहे थे। मुझे उन्हें जाने देने के लिए दीवार से चिपककर खड़ा होना पड़ा। जब मैं नीचे पहुंचा तो मैंने लकड़ी का एक बड़ा पीपा देखा जिसमें लोहे के किनारे वाले पहिये लगे हुए थे। यह एक तरह का पानी का वाहन था। एक अन्य व्यक्ति बाल्टी का इस्तेमाल कर रहा था। वह उसे पीपे में डुबाता था और पानी ले जाने वाले बड़े बर्तनों को भर रहा था।'

'मैंने लंबे अरसे तक इसे देखा, और लोग कई बार सीढ़ियों से ऊपर-नीचे चढ़े-उतरे जब प्रभाकर आया तो मैंने उससे पूछा कि वे क्या कर रहे हैं, उसने बताया कि वह मेरे नहाने का पानी था। वह शावर छत पर बने टैंक से आ रहा था और उन लोगों ने टैंक को अपने बर्तनों से भर दिया।'

'निश्चित तौर पर।'

'हां, *तुम* यह जानती हो, और मैं इसे अब जानता हूं। लेकिन कल मैंने पहली बार इसके बारे में सुना था। इस गर्मी में मुझे तीन बार नहाने की आदत है। मैंने कभी यह महसूस ही नहीं किया कि लोगों को पानी की टंकी भरने के लिए रोज़ छह मंज़िल सीढ़ियां चढ़नी पड़ती हैं, केवल इसलिए कि मैं नहा सकूं। मुझे बहुत ही शर्म महसूस हुई, तुम जानती हो ना? मैंने प्रभाकर से कहा कि अब इस होटल में मैं कभी नहीं नहाऊंगा। कभी नहीं।'

'उसने क्या कहा?'

'उसने कहा, *नहीं, नहीं आप बात को समझ नहीं रहे हैं।* उसने इसे लोगों का काम करार दिया। उसने कहा कि यह तो केवल मुझ जैसे पर्यटकों के कारण है कि इन लोगों को काम मिला हुआ है। और उसने मुझे बताया कि इस कमाई से पालने-पोसने के लिए हर एक व्यक्ति का एक परिवार है। उसने मुझसे कहा कि *आपको तो हर दिन तीन बार नहाना चाहिए, चार बार और यहां तक कि पांच बार नहाना चाहिए।*'

उसने सहमति में सिर हिलाया।

'फिर उसने मुझे उन लोगों को देखने के लिए कहा जबकि वह दोबारा शहर में काम करने के लिए तैयार दिख रहे थे। अपने पानी के वाहन को आगे धकेलते हुए। और मैं सोचता हूं कि मैं जानता हूं कि वह मुझे क्या देखने के लिए कह रहा था। वह मज़बूत लोग थे, अभिमानी और स्वस्थ। वह भीख नहीं मांग रहे थे और ना ही चोरी कर रहे थे। वह अपने मज़बूत शरीर के बूते कमाई करने के लिए कड़ी मेहनत कर

रहे थे। जब वह अपने मज़बूत शरीर के साथ भीड़ के बीच जगह बनाते दौड़ते हैं तो कुछ भारतीय लड़कियों की निगाहें उनकी ओर चली जाती हैं। मैंने उन्हें सिर उठाए सामने देखकर चलते हुए देखा है।'

'तो तुम क्या अब भी होटल में नहा रहे हो?'

मैंने हंसते हुए कहा, 'दिन में तीन बार। मुझे बताओ कि मॉरिजियो के साथ लेति इतनी ज़्यादा विचलित क्यों हो गई थी?'

उसने उस शाम दूसरी बार मेरी तरफ़ घूरकर देखा।

'लेति का विदेशी पंजीयन शाखा में एक बहुत अच्छा संपर्क है। वह एक वरिष्ठ पुलिस अफ़सर है जिसकी नीलम रत्न में कुछ ज़्यादा रुचि है और लेति उसे वह थोक भाव या उससे कुछ कम में बेचती थी। कई मर्तबा इसके बदले में वह उसकी मदद करता था, उसके वीज़ा का अनंत काल तक नवीनीकरण होता रहता है। मॉरिजियो अपना वीज़ा एक साल के लिए बढ़ाना चाहता था। उसने लेति को ऐसा अहसास कराया मानो वह उसके प्यार में है–कहा जा सकता है कि उसने उसे रिझाया–और जब उसका काम हो गया तो उसने उसे छोड़ दिया।'

'लेति तो तुम्हारी दोस्त...'

'मैंने उसे चेतावनी दी कि मॉरिजियो प्यार करने लायक़ व्यक्ति नहीं है। तुम उसके साथ बाक़ी जो भी चाहे कर सकती हो, लेकिन प्यार नहीं। उसने मेरी बात नहीं सुनी।'

'तुम अब भी मॉरिजियो को पसंद करती हो? उसने जो तुम्हारी मित्र के साथ किया उसके बाद भी।'

'मॉरिजियो ने वही किया जो मैं जानती थी कि वह करेगा। अपने दिमाग़ में उसने वीजा की ख़ातिर अपने स्नेह का सौदा किया और यह एक खरा सौदा था। वह मेरे साथ कभी भी इस तरह की बात नहीं आजमाएगा।'

मैंने मुस्कराते हुए पूछा, 'क्या वह तुमसे घबराता है?'

'हां, मुझे लगता है कि कुछ–कुछ। उसे चाहने की एक वजह यह भी है। मैं ऐसे किसी व्यक्ति का सम्मान नहीं कर सकती जिसमें मेरे लिए थोड़ा सा डर नहीं हो।'

वह उठ खड़ी हुई और उसके साथ मैं भी खड़ा हो गया। स्ट्रीट लाइट की रोशनी में उसकी हरी आंखें ख़्वाहिश के गहनों की तरह थी, रोशनी में तरबतर। उसके होंठों पर अधखिली मुस्कान आई और वह कुछ पल के लिए बस मेरे थे। और मेरा दिल किसी याचक की तरह था जो उम्मीद पर गिड़गिड़ाने लगा था।

उसने कहा, 'कल, जब तुम प्रभाकर के गांव जाओगे तो पूरी तरह से आराम करने की कोशिश करना और अनुभव के साथ जाना। बस ख़ुद को खुला छोड़ देना। भारत में कुछ मर्तबा आपको जीतने से पहले समर्पण करना पड़ता है।'

'तुम्हारे पास हमेशा एक अच्छी सलाह होती है। है ना?' मैंने भी हौले से हंसते हुए कहा।

'यह बुद्धिमानी की बात नहीं है, लिन। मुझे लगता है कि हमने बुद्धिमानी को बहुत ज़्यादा तवज्ज़ो दे डाली है। बुद्धिमानी तो बस चतुराई है, जिसमें हौसला पूरी तरह से छिन लिया गया हो। मैं किसी भी दिन बुद्धिमान होने से चतुर होना ज़्यादा पसंद करूंगी। मैं जितने भी बुद्धिमान लोगों को जानती हूं, वह मुझे बस सिरदर्द ही देते हैं, लेकिन मैं कभी भी ऐसे चतुर पुरुष या महिला से नहीं मिली हूं, जो मुझे पसंद नहीं आया हो। अगर मैं बुद्धिमानी भरी सलाह दे रही होती–जो मैं नहीं दे रही हूं–तो मैं कहती नशे में धुत्त मत होना, अपना सारा पैसा ख़र्च मत कर देना और गांव की किसी लड़की के प्यार में मत पड़ना। यह समझदारी भरा होगा। तो चतुराई और बुद्धिमानी में यह अंतर है। मैं चतुर होना पसंद करती हूं और इसीलिए मैंने तुम्हें गांव पहुंचने के बाद समर्पण कर देने के लिए कहा। फिर भले ही तुम्हें वहां चाहे जो मिले। ठीक है, मैं चलती हूं। जब तुम वापस आ जाओ तो मुझसे मिलना, मैं तुम्हारा इंतजार करूंगी। सच में।'

उसने मेरे गालों को चूमा और मुड़कर चली गई। मैं उसे बांहों में भरकर चूमने की उमंग को पूरा नहीं कर सका। मैंने उसे जाते हुए देखा, रात के अंधेरे में उसकी काली छाया। फिर वह अपने घर के दरवाज़े के पास पीली बत्ती के पास रुक गई और मानो मेरी आंखों से ही उसकी छाया भी जीवंत हो उठी थी। उसने एक बार मुड़कर देखा कि मैं उसे देख रहा हूं, उसके बाद उसने दरवाज़ा बंद कर लिया।

उसके साथ का वह अंतिम घंटा मेरा बोर्सालिनो परीक्षण था। मुझे पक्का पता था। और होटल लौटने तक मैं अपने से यही सवाल पूछता रहा था कि क्या मैं उसमें पास हो गया था या फ़ेल। इतने साल गुजर जाने के बाद भी मैं उस बारे में सोचता हूं। मैं अब भी नहीं जानता।

अध्याय 5

छत से ढंका हुआ विक्टोरिया टर्मिनस का अंतरराज्यीय प्लेटफ़ॉर्म लंबा और समतल था और धातु के किसी बड़े ढांचे की तरह था। उस वास्तुकला के देवदूत थे कबूतर। इतने ज़्यादा कि पंख फड़फड़ाते हुए इधर से उधर जाते हुए वह किसी सफ़ेद दिव्य ज्योति की तरह दिखाई दे रहे थे। इस विशालकाय स्टेशन का हर रोज़ इस्तेमाल करने वाले इसे वी.टी. कहते थे। यह बेहद सफ़ाई से तैयार दरवाज़ों, टॉवरों और बाहरी वास्तुकला की भव्यता के लिए सुविख्यात था।

लगभग एक घंटे तक मैं उत्तर की ओर जाने वाली ट्रेन के प्लेटफ़ॉर्म पर सामान के ढेर के बीच बैठा रहा। शाम के छह बज चुके थे और स्टेशन लोगों, सामान और सामान की गठरियों से भर चुका था और कुछ ज़िंदा और हाल ही में बीमार पड़े कुछ पशु भी वहां देखे जा सकते थे।

प्रभाकर दो खड़ी हुई ट्रेनों के बीच से भीड़ में दौड़ता हुआ निकल गया। मैं उसे पांचवीं बार उसे ऐसा करते हुए देख रहा था। और फिर कुछ मिनट बाद पांचवीं बार मैंने उसे दौड़कर वापस लौटते हुए देखा।

'हे भगवान, प्रभु बैठ भी जाओ।'

'लिन मैं बैठ नहीं सकता।'

'तो चलो फिर ट्रेन पर चढ़ते हैं।'

'लिन हम वह भी नहीं कर सकते। ट्रेन पर चढ़ने का वक़्त नहीं हुआ है।'

'तो फिर ट्रेन पर चढ़ने का वक़्त कब होगा?'

'मुझे लगता है... बस वक़्त आने ही वाला है, ज़्यादा देर नहीं। सुनो! सुनो!'

कुछ उद्घोषणा हो रही थी। शायद वह अंग्रेज़ी में थी। आवाज़ ऐसी लग रही थी जैसे कोई गुस्सैल शराबी बोल रहा हो। आवाज़ को कई पुराने, शंकु आकार के स्पीकर और अधिक विचित्र बना दे रहे थे। वह जब उसे ध्यान से सुन रहा था, प्रभाकर का चेहरा आशा से संताप के भाव में बदल गया।

'अब, अब लिन! जल्दी करो। हमें जल्दी करना ही होगी। तुम्हें जल्दी करना ही होगी!'

'ठहरो, ठहरो तुमने मुझे यहां एक जगह बैठाए रखा, एक घंटे तक। अब अचानक तुम्हें बड़ी जल्दी हो रही है। और जल्दी मुझे करनी है?'

'हां, बाबा। मुझे माफ़ कर दो। तुम्हें जल्दी करना ही होगी। वह आ रहा है। तुम्हें तैयार रहना ही होगा। वह आ रहा है।'

'कौन आ रहा है?'

प्रभाकर ने मुड़कर प्लेटफ़ॉर्म की ओर देखा। उद्घोषणा, चाहे वह जो भी हो, ने अचानक भीड़ को जाग्रत कर दिया था और वह खड़ी हुई दोनों ट्रेनों के बीच से तेज़ी से आगे बढ़ते हुए अपना सामान दरवाज़ों, खिड़कियों से अंदर की ओर फेंकते जा रहे थे। धक्का-मुक्की कर रहे लोगों की भीड़ में से एक व्यक्ति प्रकट हुआ और हमारी तरफ़ आने लगा। वह बहुत भीमकाय था, मेरे द्वारा देखे गए सबसे भीमकाय लोगों में से एक। वह दो मीटर ऊंचा था, उसकी मांसपेशियां सुगठित थी और उसके भारी-भरकम सीने पर दाढ़ी लटक रही थी। उसने कुली की वेषभूषा पहन रखी थी।

प्रभाकर उसकी ओर प्रशंसा और भय दोनों ही भावों से देखकर चिल्लाया, 'वह। लिन तुम अब इस व्यक्ति के साथ जाओ।'

विदेशियों के साथ लंबा अनुभव होने के कारण उस कुली ने परिस्थिति को अपने नियंत्रण में ले लिया। उसने दोनों हाथ बढ़ाए। मुझे लगा कि वह हाथ मिलाना चाह रहा है तो मैंने भी हाथ बढ़ा दिया। उसने मेरी तरफ़ ऐसे गुस्से से देखा कि मैंने हाथ खींच लिया। उसके बाद उसने अपना हाथ मेरी बगल में डालकर एक हाथ से मुझे उठा लिया और सामान के रास्ते से हटाकर एक ओर लगभग फेंक दिया।

जब आपका वज़न 90 किलो हो तो किसी का ऐसा व्यवहार परेशानी के साथ रोमांच की भी वजह बन सकता है। मैंने तभी फ़ैसला कर लिया कि इस कुली के साथ जितना संभव होगा अच्छा व्यवहार ही करूंगा।

उस भीमकाय व्यक्ति ने मेरा भारी बैकपैक अपने सिर पर रख लिया और बाक़ी का सामान अपने हाथों में समेट लिया। प्रभाकर ने मुझे उसके पीछे कर दिया और उस व्यक्ति के लाल शर्ट का एक हिस्सा थाम लिया।

उसने मुझे भी कहा, 'लिन इसकी शर्ट पकड़ लो। पकड़ो और किसी भी हालत में छोड़ना नहीं। मुझसे वादा करो। तुम उसकी शर्ट कभी नहीं छोड़ोगे।'

उसके हावभाव इतने असाधारण गंभीर थे कि मैंने सहमति में सिर हिला दिया और कुली की शर्ट पकड़ ली।

'नहीं यह शब्दों में भी कहो। मैं इसकी शर्ट कभी नहीं छोड़ूंगा। जल्दी।'

'हे भगवान। ठीक है-*मैं इसकी शर्ट कभी नहीं छोड़ूंगा। अब तो तुम संतुष्ट हो?*'

प्रभाकर भीड़ के महासागर में शामिल होते चिल्लाया, 'गुडबाय, लिन।'

'क्या? *क्या?* तुम कहां जा रहे हो प्रभाकर? प्रभु, *प्रभु!*'

'ठीक है। अब हम चलते हैं।' भीमकाय कुली ने ऐसी आवाज़ में कहा मानो जो उसे किसी भालू की गुफा से मिली हो और किसी जंग लगी तोप के भीतर से निकल रही हो।

वह भीड़ को चीरता हुआ बढ़ने लगा, मुझे घसीटते हुए और अपने हर क़दम पर सामने वाले को लातें जमाता हुआ। लोग उसके सामने बिखरने लगे। जब वह नहीं हटते थे तो वह उन्हें उखाड़ देता था।

धमकी, अपमान और गालियां देते हुए वह भीड़ को चीरते हुए बढ़ा ही चला जा रहा था। उसके हर क़दम के साथ लोग बाजू में किए जा रहे थे। भीड़ के बीच हो-हल्ला इतना ज़्यादा था कि मुझे वह अपनी त्वचा पर महसूस हो रहा था। लोग इस तरह से चीख़-पुकार मचा रहे थे मानो वह किसी आपदा का शिकार हो गए हों। इस दौरान ऊपर लगे लाउडस्पीकरों से अस्पष्ट घरघराहट के बीच उद्घोषणा जारी ही थी। सायरन, घंटियां और सीटियां निरंतर बज रही थीं।

हम एक डिब्बे तक पहुंचे जो अन्य डिब्बों की ही तरह ठसाठस भरा था और लोग दरवाज़े तक ठूंसे हुए थे। पैरों, पीठों और सिरों की यह एक अभेद्य सी दिख रही दीवार थी। हैरानगी के साथ मैंने बिना किसी शर्मिंदगी के कुली की शर्ट पकड़ रखी थी। उसने अपने दमदार पैरों से उस अभेद्य दीवार को तोड़ दिया।

उसका आगे की ओर अनवरत सफ़र डिब्बे के बीच में आकर थम गया। मैंने समझा कि उस व्यक्ति की तूफ़ानी चाल के आगे भीड़ भी थम सी गई थी। उसने दोबारा चलना शुरू कर दिया और मैंने पूरी दृढ़ता के साथ उसकी शर्ट को पकड़े रखा। शरीरों के दबने के बीच उठती आवाज़ों के बाद मुझे अचानक एक शब्द सुनाई देने लगा जो किसी मंत्र की तरह लगातार दोहराया जा रहा था : *सार...सार...सार... सार...सार...*

अंत में मुझे अचानक अहसास हुआ कि यह आवाज़ मेरे अपने कुली की है। वह जिस मुश्किल के साथ इस शब्द को दोहरा रहा था कि मेरे लिए पहचानना मुश्किल हो गया था। क्योंकि मुझे इस संबोधन की आदत नहीं थी : सर।

वह चिल्लाया, 'सर! सर! सर! सर!'

मैंने उसकी शर्ट छोड़ दी और देखा कि प्रभाकर एक पूरी बेंच पर पसरा हुआ था। वह हमसे आगे संघर्ष करते हुए सीट रोकने के लिए पहुंच चुका था और अपने शरीर से इसकी रक्षा कर रहा था। उसके पैर बेंच के एक सिरे पर थे तो उसके हाथों ने खिड़की को थाम रखा था। डिब्बे के उस हिस्से में आधा दर्जन लोग मौज़ूद थे। हर कोई पूरी शिद्दत के साथ उसे बेंच पर से हटाने की कोशिश में पूरा ज़ोर लगा रहा था। वह उसके बाल खींच रहे थे, उसे घूंसे जमा रहे थे, लात मार रहे थे और कुछ चांटे भी। वह इस हमले के आगे बेबस था, लेकिन जब उसकी आंखें मेरी आंखों से मिली तो उसके चेहरे पर उस दर्द की कष्ट के बीच विजयी मुस्कान खिल उठी।

गुस्से में आकर मैंने भी लोगों को हटाया, कॉलर पकड़कर और अपनी पूरी ताक़त लगाकर गुस्से में उन्हें धकेल दिया। प्रभाकर ने अचानक पैर हटाकर मुझे बैठने के लिए जगह दे दी और मैं उसके पास में बैठ गया। इसके तुरंत बाद बची हुई जगह के लिए लोगों के बीच कुश्ती शुरू हो गई। कुली ने हमारा सामान हमारे पैरों

के पास रखा। उसका चेहरा, बाल और शर्ट पसीने से तरबतर थे। उसने प्रभाकर की तरफ़ देखकर सम्मान में सिर हिलाया। मेरे लिए उपहास का भाव उसकी आंखों से छलक रहा था। फिर वह लोगों को गालियां देते हुए धकेलते हुए दरवाज़े की ओर निकल गया।

'तुमने उस व्यक्ति को कितने पैसे दिए?'

'लिन, चालीस रुपये।'

चालीस रुपये। वह व्यक्ति हमारे सामान के साथ लोगों से जूझता हुआ आया, केवल दो अमेरिकी डॉलर्स के लिए।

'चालीस रुपये!'

प्रभाकर ने आह भरते हुए कहा, 'हां, लिन। यह बहुत महंगा है। लेकिन इतने मजबूत घुटने भी तो महंगे हैं। उसके घुटने बहुत विख्यात हैं। कई गाइड्स के बीच उसके दो घुटनों के लिए प्रतिस्पर्धा होती है। लेकिन मैंने उसे अपनी मदद के लिए तैयार कर लिया, मैंने उससे कहा–मुझे नहीं पता अंग्रेज़ी में कैसे कहूं–मैंने उसे बताया कि तुम दिमाग़ी तौर पर पूरी तरह से ठीक नहीं हो।'

'मानसिक रूप से मंद। तुमने उसे बताया कि मैं मानसिक रूप से मंद हूं?'

शब्दों के विकल्प की तलाश करता हुआ वह बोला, 'नहीं, नहीं। शायद बेवकूफ़ ज़्यादा सही शब्द है।'

'मुझे समझने दो–तुमने उसे बताया कि मैं बेवकूफ़ हूं और वह मदद के लिए तैयार हो गया।'

उसने मुस्कान बिखरते हुए कहा, 'हां, लेकिन जरा से बेवकूफ़ नहीं। मैंने उसे बताया बहुत, बहुत, बहुत, बहुत, बहुत–'

'ठीक है मुझे समझ आ गया।'

'इसलिए क़ीमत थी प्रति घुटने 20 रुपये। और अब हम इस अच्छी सीट पर बैठे हैं।'

मेरी ख़ातिर ख़ुद को चोटिल होने देने की उसकी तैयारी से नाराज़ मैंने पूछा, 'तुम ठीक हो?'

'हां बाबा। मेरे पूरे शरीर पर कुछ चोटें हैं, लेकिन कुछ टूटा नहीं है।'

'अच्छा, क्या तुमने सोचा कि तुम क्या कर रहे हो? मैंने तुम्हें टिकट के लिए पैसे दिए। हम सभ्य लोगों की तरह पहली या दूसरी कक्षा में बैठ सकते थे, हम यहां क्या कर रहे हैं?'

अपनी बड़ी भूरी आंखों में उसने मेरी ओर उलाहना और निराशा से देखा। उसने जेब से नोटों का एक छोटा सा बंडल निकाला और मुझे थमा दिया।

'ये टिकट के पैसे से बचे हुए पैसे हैं। लिन कोई भी फ़र्स्ट क्लास का टिकट ख़रीद सकता है। अगर तुम फ़र्स्ट क्लास का टिकट ख़रीदना चाहते हो तो यह तुम

ख़ुद ही कर सकते हो। तुम्हें आरामदेह, ख़ाली डिब्बे का टिकट ख़रीदने के लिए बॉम्बे गाइड की ज़रूरत नहीं है। लेकिन वीटी स्टेशन पर इस डिब्बे में घुसने और अच्छी सीट के लिए एक बेहतरीन बॉम्बे गाइड, मेरी तरह, प्रभाकर किशन खरे, की ज़रूरत पड़ेगी, है ना? यह मेरा काम है।'

मैंने कुछ नर्म पड़ते हुए कहा, 'निश्चित ही।' ग्लानि महसूस होने के कारण मैं अब भी उससे नाराज़ था। 'लेकिन, कृपया अब बाक़ी की टिप के लिए मार मत खाना ताकि मुझे अच्छी सीट मिल सके। ठीक है?'

उसने ध्यान से मेरी बात सुनी और फिर वह अंधेरा डिब्बा उसकी चिरपरिचित मुस्कान से फिर चमक उठा।

'अगर यह मार अनिवार्य तौर पर *ज़रूरी* हुई तो,' वह अब भी पूरा ज़ोर लगाकर अपनी नौकरी की शर्तों के लिए संघर्ष कर रहा था, 'मैं और ज़ोर से चिल्लाऊंगा और आप मुझे वक़्त रहते चोटों से बचा सकते हैं। तो सौदा पक्का?'

'हां, पक्का।' मैंने आह भरते हुए कहा और ट्रेन अचानक झटका खाकर चल दी और टर्मिनस से बाहर निकलने लगी।

ट्रेन के शुरू होते हुए जैसे ही सफ़र की शुरुआत हुई, सारी धक्कामुक्की, चीख़-पुकार अचानक पूरी तरह से शांत हो गई। उसकी जगह समझदारी भरी उदारता ने ले ली जो पूरी यात्रा के दौरान बनी रही।

मेरे सामने बैठे व्यक्ति ने अपने पैर की जगह बदली और उसका पैर मेरे पैर को लग गया। यह एक सामान्य हौले से किया हुआ स्पर्श था, लेकिन उस व्यक्ति ने तत्काल दाएं हाथ से मेरे घुटने को छुआ और अपने सीने पर हाथ लगाया, यह अनजाने में हुई किसी ग़लती के लिए माफ़ी मांगने का भारतीय तरीक़ा था। डिब्बे और उसके परे गलियारे में भी लोग इसी तरह से एक-दूसरे को सम्मान दे रहे थे और बातें साझा कर रहे थे।

शहर के बाहर भारत में पहले ही दौरे में मैंने ट्रेन पर चढ़ने की हिंसक हरकत के बाद अचानक इतनी विनम्रता देखी। बस पैर लग जाने पर ही चिंता दिखाना मुझे कुछ पाखंड सा लगा, जबकि कुछ मिनट पहले ही वह सब एक-दूसरे को खिड़की से बाहर धकेलने के लिए तैयार थे।

उस भीड़ भरी ग्रामीण इलाक़े को जा रही ट्रेन के पहले सफ़र के कई वर्ष और कई सफ़रों के बाद मैं जानता हूं कि वह धक्कामुक्की और वह विनम्रता का अंतर दोनों ही एक ही धारणा की अभिव्यक्ति थे-आवश्यकता का सिद्धांत। ट्रेन में चढ़ने के लिए ज़रूरी ताक़त और हिंसा की मात्रा और भीड़ भरी यात्रा में विनम्रता और एक-दूसरे को समझने की तैयारी, दोनों ही एक समान थे। *आवश्यक क्या है?* यह भारत में हर कहीं अनकहा लेकिन अंतर्निहित और अपरिहार्य सवाल है। जब मैं समझा कि सार्वजनिक जीवन के अनेक विशेषत: चौंकाने वाले पहलू समझने योग्य हो जाते हैं : शहर के अधिकारियों द्वारा फैलती झोपड़पट्टियों को स्वीकारना, यातायात के बीच

गायों को खुलेआम घूमने की स्वतंत्रता, सड़कों पर भिखारियों को सहन करने से लेकर नौकरशाही की जटिलताएं, बॉलीवुड फ़िल्मों के आकर्षक और बेशर्म पलायनवाद से लेकर तिब्बत, ईरान, अफ़गानिस्तान, अफ़्रीका और बांग्लादेश से हज़ारों हज़ार विस्थापितों के रहने का इंतजाम, एक ऐसे देश में जो कि पहले अपने दुखों और अपनी ही ज़रूरतों के बीच दबा हुआ है।

मुझे अहसास हुआ कि वास्तविक पाखंड तो उन लोगों की आंखों, दिमाग़ और आलोचना में हैं जिनका इलाक़ा संपन्न है और जहां किसी को भी ट्रेन में एक सीट के लिए झगड़ना नहीं पड़ता। ट्रेन की पहली ही सवारी में मैं दिल से समझ गया कि डिडियर जब भारत और इसकी अरब आत्माओं की फ़्रांस से तुलना करता है तो वह कितना सही है। मेरे दिमाग़ में सहज ही एक सवाल आया कि अगर इतनी छोटी जगह में एक अरब फ़्रांसीसी, एक अरब ऑस्ट्रेलियन या एक अरब अमेरिकी रह रहे होते, ट्रेन पर चढ़ने के लिए संघर्ष और अधिक ज़्यादा होता और बाद में शालीनता के लिए तो कोई गुंजाइश और कम होती।

वास्तविकता में किसानों, यात्रा कर रहे सेल्समैन, घूमते रहने वाले मज़दूरों और घरों को लौट रहे बेटों, पिताओं और पतियों ने जो विनम्रता और ध्यान रखने का जो जज़्बा दिखाया था, उसने दमघोंटू हालात और लगातार बढ़ती गर्मी के बावज़ूद यात्रा को स्वीकार्य बना दिया था। बैठने की सीट के हर एक सेंटीमीटर का इस्तेमाल किया जा रहा था। यहां तक कि सामान रखने के लिए ऊपर बने धातुई बेंचों का भी। गलियारे में खड़े लोग बारी-बारी से ज़मीन पर बैठ जाया करते थे, जिसके एक हिस्से को बैठने के लिहाज़ से कुछ साफ़ कर दिया गया था। हर व्यक्ति कम से कम दो अन्य शरीरों के बीच दबा हुआ था। लेकिन कहीं भी झुंझलाहट या गुस्से का नामोनिशान नहीं था।

हालांकि जब मैंने जब चार घंटे की यात्रा के दौरान अपनी सीट एक बुज़ुर्ग व्यक्ति को दी, जिसके बाल पूरी तरह सफ़ेद थे और चश्मे का लेंस बहुत मोटा था, प्रभाकर ने क्रोधित होकर आक्रोश प्रकट किया।

'लिन, तुम्हारी सीट के लिए मैंने अच्छे लोगों से इतनी लड़ाई की थी। अब तुम इसे पान की पीक की जितनी आसानी से किसी और को दे रहे हो और साथ ही गलियारे में अपने पैरों पर खड़े हो रहे हो।'

'कोई बात नहीं प्रभाकर। वह एक बुज़ुर्ग हैं और मैं बैठकर उन्हें खड़ा नहीं रख सकता।'

'यह बहुत आसान है-बस बात इतनी सी है कि लिन तुम उस बुज़ुर्ग की ओर मत देखो। अगर वह खड़ा है तो उसे खड़ा मत *देखो।* खड़े रहना तो उसकी आदत में शुमार है और यह तुम्हारी सीट के लिए नहीं है।'

पूरे डिब्बे में मौजूद उत्सुक लोगों की ओर हमारी बात को ले जाने की उसकी कोशिश पर मैंने हंसते हुए कहा, 'मैं ऐसा ही हूं।'

'लिन, कुछ घाव और खरोंच निशान मेरे शरीर पर भी हैं।' वह अपना दुखड़ा मेरी ओर देखकर रो रहा था, लेकिन उसका इशारा उत्सुक लोगों की ओर था। उसने अपनी शर्ट उठाकर दिखाई कि यह घाव और निशान क्या था। 'इस बुड्ढे को अपने कूल्हे का बायां सिरा इस सीट पर टिकाने देने के लिए मैंने ये निशान और घाव झेले हैं। उसके दाएं कूल्हे के लिए मेरे शरीर की दूसरी ओर भी खरोंच के निशान हैं। उसके कूल्हे के दोनों सिरे इस बेंच पर टिकाने के लिए मैंने पूरे शरीर पर खरोंच और घाव झेले हैं। यह बहुत शर्मनाक है, लिन। मैं तुम्हें यह बता रहा हूं। बहुत ही शर्मनाक।'

वह तब तक अंग्रेज़ी और हिंदी में बोलता रहा जब तक कि हम सब उसकी बात का मूल नहीं समझ गए। मेरे सहयात्रियों में से सबने मेरी ओर त्यौरियां चढ़ाकर और असहमति में सिर हिलाते हुए देखा। सबसे ख़तरनाक तरीक़े से तो वह बूढ़ा मुझे घूर रहा था जिसे मैंने बैठने के लिए जगह दी थी। पूरे चार घंटों के दौरान वह बस मुझे यूं ही बुरी नज़र से घूरता रहा। जब अंत में वह जाने के लिए उठा तो उसने कुछ ऐसी गाली दी कि अन्य यात्रियों ने ठहाके लगा दिए और उनमें से कुछ ने तो दया के तौर पर मेरी पीठ भी थपथपा दी।

उनींदी रात और गुलाबी सुबह के बीच ट्रेन बस चलती रही। मैं अंदरूनी कस्बों और गांवों के लोगों के साथ कंधे मिलाते हुए केवल देख और सुन रहा था। और मैंने भीड़ भरे सस्ते डिब्बे में 14 सिमटे हुए शांत घंटों के दौरान और अधिक सीखा। बिना भाषा के संवाद, जिसे फ़र्स्ट क्लास में सीखने में मुझे कम से कम एक महीना लग जाता।

शहर से पहली यात्रा के दौरान किसी भी खोज ने मुझे सिर हिलाने के मतलब से रूबरू कराने से ज़्यादा आनंद नहीं दिया। बॉम्बे में गुजारे कुछ सप्ताहों के दौरान प्रभाकर ने मुझे सिखाया था सिर की जरा सी दाएं या बाएं हरकत-भारतीयों के हावभाव में इस्तेमाल सबसे ज़्यादा तरीक़ा-सिर को आगे की ओर झुकाने के बराबर थी, जिसका सीधा-सपाट अर्थ था-*हां। साथ ही मैंने मैं तुमसे सहमत हूं और हां मुझे यह चलेगा* को अभिव्यक्त करने की बारीकियों को भी समझा था। मैंने ट्रेन पर सीखा कि इस इशारे के पीछे एक सार्वभौमिक संदेश था, जब इसे अभिवादन के तौर पर इस्तेमाल किया जाता था, जो इसे अलहदा अंदाज़ में महत्त्वपूर्ण बना देता था।

उस खुले डिब्बे में आने वाला हर व्यक्ति पहले से मौज़ूद व्यक्ति का हल्का सिर हिलाकर अभिवादन कर रहा था। उनका यह प्रयास कम से कम एक व्यक्ति से और कुछ मर्तबा अधिक लोगों से प्रतिक्रिया पाने में कामयाब रहता था। मैं इसे स्टेशन दर स्टेशन होते हुए देख रहा था, यह जानते हुए नया आने वाला सिर के एक झटके हां या मैं तुमसे सहमत हूं तो नहीं ही कह रहा था और उस एक इशारे के अलावा उनके बीच कोई संवाद नहीं हुआ। मुझे समझ में आ गया कि सिर के हल्के झटके वाले इशारा अपने साथ एक सौम्य और शांत करने वाला संदेसा लिए हुए था : *मैं एक शांतिपूर्ण व्यक्ति हूं। मेरा किसी को नुक़सान पहुंचाने का कोई इरादा नहीं है।*

इस बेहतरीन इशारे की स्वीकार्यता और किसी भी तरह की दुश्मनी को टालने की क्षमता से प्रभावित होकर मैंने ख़ुद इसे आजमाने का निश्चय किया। ट्रेन एक छोटे से गांव में रुकी। एक अजनबी हमारे डिब्बे में चढ़ा। जब हमारी आंखें पहली बार मिलीं, तो मैंने अपने सिर को हल्का सा झटका देकर उसकी ओर मुस्कान फेंकी। परिणाम अद्भुत था। उसने इतनी बड़ी मुस्कान दी कि वह प्रभाकर की भारी-भरकम मुस्कान से कम से कम आधी तो थी ही। उसने सिर को इतने उत्साह से झटका दिया कि मैं सतर्क हो गया। सफ़र की समाप्ति तक मुझे डिब्बे में मौजूद अन्य लोगों की ही तरह इस इशारे के सौम्य संदेश को सामान्य अंदाज़ में पहुंचाने का पर्याप्त अभ्यास हो चुका था। यह पहला ऐसा विशुद्ध भारतीय हावभाव था जो मेरे शरीर ने सीखा था और यह मेरी ज़िंदगी पर नियंत्रण कर लेने वाले परिवर्तन की शुरुआत थी। भीड़ भरे दिलों के बीच शुरू किए गए सफ़र के इतने बाद के वर्षों तक।

हम जलगांव पर ट्रेन से उतर गए, जो कि व्यापार का एक क्षेत्रीय केंद्र है। सुबह के नौ बज चुके थे और सुबह की भीड़ पूरी गति में थी। ट्रेन से कच्चा माल-लोहा, कांच, लकड़ी, कपड़े और प्लास्टिक-उतारा जा रहा था। स्टेशन से निकलते हुए हमने देखा कि शहर से रवानगी के लिए परिधानों से लेकर हाथों से तैयार चटाइयां आ चुकी थीं।

मसालेदार खाने की ख़ुशबू ने मेरी भूख जगा दी, लेकिन प्रभाकर ने मुझसे बस अड्डे चलने का आग्रह किया। बस अड्डा दरअसल ज़मीन का एक बड़ा सा खुला हिस्सा था, जो लंबी दूरी की बसों के लिए एक ठिकाने की तरह काम कर रहा था। अपना भारी-भरकम सामान सिर पर उठाए, हम तक़रीबन आधे घंटे तक एक बस से दूसरी बस तक भटकते रहे। मैं बस के आगे-पीछे लिखे हिंदी और मराठी के शब्दों को पढ़ नहीं पा रहा था। प्रभाकर पढ़ तो ले रहा था लेकिन फिर भी ड्राइवर से उसकी मंज़िल पूछकर निश्चित कर ले रहा था।

इस देरी से कुछ कुढ़कर मैंने पूछा, 'क्या बस के आगे लिखा हुआ आपको नहीं बताता क्या कि बस कहां जा रही है?'

'हां, लिन। देखो यह बस बता रही है औरंगाबाद और एक कह रही है अजंता और वह कह रही है चालीसगांव और वह कह रही है–'

'हां, हां ठीक है... तो हमें हर ड्राइवर से क्यों पूछना पड़ रहा है कि वह कहां जा रहा है?'

'ओह,' उसने सवाल से वाक़ई हैरान होते हुए पूछा, 'क्योंकि हर सूचना सही सूचना नहीं है।'

'*सही सूचना नहीं* है से तुम्हारा क्या मतलब है?'

वह रुक गया और उसने अपना कुछ सामान ज़मीन पर रखते हुए मेरी ओर प्यार भरे संयम से मुस्कराकर देखा।

'देखो लिन, ये ड्राइवर कई ऐसी जगहों पर भी जाएंगे, जहां ज़्यादा लोग नहीं जाना चाहेंगे। वह छोटी-छोटी जगहों के रहने वाले हैं और बहुत कम हैं। ऐसे में ड्राइवर ज़्यादा लोकप्रिय जगह का नाम बोर्ड पर लगा देते हैं।'

'तुम मुझे बता रहे हो कि वह बोर्ड लगा रहे हैं कि वह एक बड़े शहर को जा रहे हैं, जहां बहुत सारे लोग जाना चाहते हैं, लेकिन वास्तविकता में वे कहीं और जा रहे हैं, जहां कोई नहीं जाना चाहता?'

उसने मुस्कराते हुए कहा, 'तुम ठीक कह रहे हो लिन।'

'क्यों?'

'देखो, क्योंकि जो लोग लोकप्रिय जगहों पर जाना चाहते हैं, उन्हें ड्राइवर रास्ते में कम लोकप्रिय जगहों से होते हुए जाने के लिए भी मना सकता था। लिन, ये कारोबार की बातें हैं।'

मैंने उत्तेजित होकर कहा, 'यह तो पागलपन है।'

'लिन तुम्हें इन लोगों के लिए दया होनी चाहिए। अगर वह बस पर सही बोर्ड लगा दें, तो कोई उनसे बात तक नहीं करेगा और पूरे दिन वे अकेले ही रह जाएंगे।'

मैंने व्यंग्यात्मक लहजे में कहा, 'ओह, *अब* मैं समझा। हम नहीं चाहेंगे कि वह अकेला महसूस करें। '

प्रभाकर ने मुस्कराते हुए कहा, 'मैं जानता हूं लिन। तुम्हारे शरीर के भीतर एक बहुत ही अच्छा दिल है।'

जब अंततः हम बस में चढ़ गए तो ऐसा लगा कि हमारी बस लोकप्रिय जगहों पर जाने वाली बसों में से एक थी। ड्राइवर और उसका सहायक हर यात्री से उसके जाने की सही जगह पूछने के बाद ही बस में घुसने दे रहा था। जो सबसे दूर जाने वाले थे, उन्हें पीछे की सीटों पर भेज दिया गया। तेज़ी से जमा होते सामान, बच्चों और पशुओं के कारण गलियारा कंधे की ऊंचाई तक भर गया और अंत में दो लोगों के लिए बनी हर सीट पर तीन लोग बैठ गए।

चूंकि मेरी सीट कोने की थी, गठरियों से लेकर बच्चों का आदान-प्रदान मेरे माध्यम से ही होने लगा। मुझे पहला सामान देने वाला किसान मेरी भूरी आंखों में देखते हुए कुछ हिचकिचाया। जब मैंने अपना सिर सहमति में हिलाया और मुस्कराया तो उसने भी मुस्कराते हुए मुझे सामान थमा दिया। बस जब तक अड्डे से बाहर निकली, मैं मुस्कराहट और जवाबी मुस्कराहटों से हर व्यक्ति के साथ इशारे का नाता जोड़ चुका था।

ड्राइवर की सीट के ठीक पीछे लाल अक्षरों में लगे बोर्ड पर हिंदी और अंग्रेज़ी में लिखा था कि बस को केवल 48 यात्री बैठाने का ही लाइसेंस हासिल था। इस बात को लेकर कोई भी चिंतित नहीं दिखाई दे रहा था कि हम 70 लोग बस में बैठे थे और इसके अलावा दो-तीन टन सामान भी उसमें ठूंसा हुआ था। बस में ऊपर,

बगल, नीचे हर कोने से चरमराने की आवाज़ें आ रही थीं और हर बार ब्रेक भी लगाते ही चीख़ पड़ता था। फिर भी जैसे ही बस शहर के बाहर निकली ड्राइवर 80 से 90 किमी. प्रति घंटे की रफ़्तार हासिल करने में सफल हो गया। संकरी सड़क के कारण, उतार-चढ़ाव, लोगों और पशुओं की आवाजाही, भीमकाय बस का हिलना-डुलना और उसकी गति ने मेरी नींद उड़ा सी रखी थी।

अगले तीन घंटे के ख़तरनाक गति के सफ़र के दौरान हम पहाड़ों के ऊपर चढ़कर बड़े से पठार, जिसे दक्खन (डेक्कन) कहा जाता है, पर पहुंचे और फिर एक बार के किनारे से नीचे उतरकर फिर ऊपजाऊ ज़मीन वाले इलाक़े में पहुंच गए। दिल में प्रार्थना और ज़िंदगी की क्षणभंगुरता के अहसास के साथ हमने एक छोटे, धूल भरे, सुनसान बस स्टॉप पर बस छोड़ दी। वहां एक पतले से पेड़ पर निशान के तौर पर एक कटा-फटा झंडा लगा हुआ था। एकाध घंटे के भीतर दूसरी बस आ गई।

हम जब दूसरी बस में चढ़ ही रहे थे तो कंडक्टर ने पूछा, *'गोरा कौन है?'*

'*माझा मित्र आहे।* (मेरा मित्र है)' प्रभाकर ने अवास्तविक लापरवाही के साथ कहा। अपने घमंड को छिपाने का असफल प्रयास करते हुए।

उनका संवाद मराठी में हुआ था जो महाराष्ट्र राज्य की भाषा है, जिसकी राजधानी बॉम्बे है। मैं तब बात को ज़्यादा समझ नहीं पाया, लेकिन गांव में गुजारे महीनों के दौरान यही सवाल और जवाब इतनी बार, विविधता के साथ दोहराए गए कि मैं अधिकांश वाक्यों को समझ चुका था।

'वह यहां क्या कर रहा है?'

'मेरे परिवार से मिलने जा रहा है।'

'वह कहां का रहने वाला है?'

'न्यूज़ीलैंड,' प्रभाकर ने जवाब दिया।

'न्यूज़ीलैंड?'

'हां, न्यूज़ीलैंड। यूरोप में है।'

'न्यूज़ीलैंड में बहुत पैसा है?'

'हां, हां, बहुत है। वहां रहने वाले सभी गोरे लोग अमीर हैं।'

'क्या वह मराठी बोलता है?'

'नहीं।'

'हिंदी?'

'नहीं। केवल अंग्रेज़ी।'

'केवल अंग्रेज़ी?'

'हां।'

'क्यों?'

'उनके देश में हिंदी नहीं बोली जाती।'

'वे वहां हिंदी नहीं बोलते?'

'नहीं।'

'कोई मराठी नहीं? कोई हिंदी नहीं?'

'नहीं। केवल अंग्रेज़ी।'

'हे भगवान। बेचारा ग़रीब मूर्ख।'

'हां।'

'इसकी उम्र क्या है?'

'तीस।'

'वह ज़्यादा उम्र का लगता है।'

'वह सभी लगते हैं। सभी यूरोपियन वास्तविकता से ज़्यादा उम्रदराज़ और क्रोधित लगते हैं। यह गोरों का अंदाज़ है।'

'क्या इसकी शादी हो चुकी है?'

'नहीं।'

'शादी नहीं हुई? तीस का हो गया और शादी नहीं हुई? उसमें क्या कमी है?'

'वह यूरोपियन है। उनमें से अधिकांश बूढ़े हो जाने पर ही शादी करते हैं।'

'पागलपन है यह तो।'

'हां।'

'यह क्या काम करता है?'

'शिक्षक है।'

'शिक्षक तो अच्छा होता है।'

'हां।'

'क्या उसके माता-पिता हैं?'

'हां।'

'वह कहां हैं?'

'उसके गांव में न्यूज़ीलैंड में।'

'वह उनके सांथ क्यों नहीं है?'

'वह घूमने निकला है। वह पूरी दुनिया देखना चाहता है।'

'क्यों?'

'यूरोपियन ऐसा ही करते हैं। वह कुछ वक़्त काम करते हैं और फिर कुछ वक़्त अकेले ही घूमने निकल जाते हैं, बिना परिवार के, जब तक कि वह बूढ़े नहीं हो जाते और फिर वे शादी कर लेते हैं और बहुत गंभीर हो जाते हैं।'

'यह तो पागलपन है।'

'हां।'

'अपने मां-बाप के बग़ैर तो वह अकेला महसूस कर रहा होगा, ना पत्नी ना बच्चे।'

'हां, लेकिन यूरोपियन लोगों को इससे कोई फ़र्क़ नहीं पड़ता। उन्हें अकेले रहने की बहुत आदत सी हो जाती है।'

'उसका शरीर काफ़ी मज़बूत है।'

'हां।'

'ध्यान रखना तुम उसके खान-पान का अच्छा ख़याल रखना और उसे ढेर सारा दूध देना।'

'हां।'

'भैंस का दूध।'

'हां, हां।'

'और यह बात सुनिश्चित करना कि वह गंदे शब्द नहीं सीखे। उसे झूठ बोलना मत सिखाना। बदचलन और हरामी क़िस्म के लोगों की कोई कमी नहीं है। वे उसे गालीगलौच सिखा देंगे। उन्हें ऐसे लोगों से दूर ही रखना।'

'मैं ऐसा ही करूंगा।'

'और किसी को भी उसका फ़ायदा उठाने मत देना। वह बहुत चतुर नहीं लगता। उस पर नज़र रखना।'

'वह जितना दिखता है उससे ज़्यादा चतुर है, फिर भी मैं उसका ध्यान रखूंगा।'

चंद मिनटों का यह संवाद हमारे बस में चढ़ने और बस के चलने के बीच हुआ, लेकिन बस के किसी भी यात्री को इससे कोई परेशानी नहीं हुई। ड्राइवर और प्रभाकर ने आवाज़ को इतना चढ़ाकर रखा था कि बस में मौज़ूद हर यात्री इस संवाद को सुन सके। बस चलने के बाद तो उसने मानो हर आते-जाते राहगीर को ही इस क़वायद में शामिल कर लिया। जैसे ही रास्ते में कोई महिला या पुरुष दिखता वह हॉर्न बजाता और फिर बस में बैठे विदेशी की ओर इशारा कर देता था। वह बस को धीमा भी कर देता था ताकि पैदल चलने वाला हर कोई मुझे संतोषजनक तरीक़े से अच्छे से निहार ले।

नए आकर्षण के ऐसे लोकतांत्रिक प्रदर्शन के चलते एक घंटे का सफ़र दो घंटे में तय हुआ। दोपहर जब ढल रही थी तो हम सुंदर गांव के धूल भरे रास्ते पर पहुंच गए। बस फिर गुर्राते हुए हमें इतने गहन सन्नाटे में छोड़ गई कि वहां चल रही मंद हवा की आवाज़ भी मुझे किसी उनींदे बच्चे की फुसफुसाहट की तरह सुनाई दे रही थी। बस के पिछले एक घंटे के सफ़र में मक्का और केले के अनगिनत खेतों को पार करने के बाद हम अब बाजरे के खेतों के बीच से बनी गंदी पगडंडी पर चलने लगे।

फ़सल इतनी ऊंची हो चुकी थी कि कुछ देर में तो हम चारों ही ओर से उससे घिर गए। चौड़ा आसमान बस एक छोटे से वृत्त में सिमटकर रह गया था। दुनिया के जीवंत मंच पर परदों की तरह हमारे आगे और पीछे का रास्ता हरे और सुनहरे रंग में डूब चुका था।

रास्ते में एक सवाल मेरे दिलोदिमाग़ पर छाया हुआ था, मुझे लगा कि मुझे इसे समझना या महसूस कर लेना चाहिए था। पिछले एक घंटे से यही सवाल मुझे परेशान किए हुए था। मैं देख रहा था कि रास्ते में ना कोई टेलीफ़ोन का खंभा था ना बिजली का। पूरे एक घंटे तक चलने के दौरान मुझे बिजली का कहीं कोई नामोनिशान तक नहीं दिखा। यहां तक कि कहीं दूर क्षितिज पर भी कोई बिजली का तार नहीं दिख रहा था।

'क्या तुम्हारे गांव में बिजली है?'

प्रभाकर ने खिसियाहट भरी मुस्कान के साथ कहा, 'ओह नहीं।'

'कोई बिजली नहीं?'

'नहीं। बिलकुल नहीं।'

उसके बाद कुछ देर के लिए सन्नाटा सा छा गया और मैं धीरे-धीरे अपने उन तमाम उपकरणों से दूर होता चला गया, जिन्हें मैं अनिवार्य मानता था। कोई बत्ती नहीं। कोई बिजली की सिगड़ी नहीं। कोई टेलीविज़न नहीं। कोई हाई-फ़ाई नहीं। कोई रेडियो नहीं। कोई संगीत नहीं। यहां तक कि मेरे साथ तो मेरा वॉकमैन तक नहीं था। मैं बिना संगीत के कैसे ज़िंदा रहूंगा?

आवाज़ में निराशा के अहसास के बावज़ूद मैंने पूछ ही लिया, 'बिना संगीत के मैं क्या करूंगा?' लाख कोशिशों के बाद भी मैं अपनी आवाज़ में हताशा को छिपा नहीं सका।

उसने पूरे उत्साह के साथ जवाब दिया, 'बाबा ढेर सारा संगीत होगा। मैं गाऊंगा। हर कोई गाएगा। हम सब गाएंगे, गाएंगे और गाएंगे।'

'ओह, ठीक है। अब मुझे अच्छा लग रहा है।'

'और लिन आप भी गाओगे।'

'मुझे इसमें मत गिनो प्रभु।'

उसने अचानक गंभीर होते हुए कहा, 'गांव में हर कोई गाता है।'

'ओफ़।'

'हां। हर कोई।'

'चलो वह पुलिया पार करते हैं और फिर मिलकर गाएंगे। तुम्हारा गांव अभी और कितनी दूर है?'

'बस आने को है, बहुत ज़्यादा दूर नहीं। और आप जानते हैं, अब हमारे गांव में पानी भी है।'

'अब पानी भी है का क्या मतलब?'

'मेरे कहने का मतलब है कि अब हमारे गांव में एक नल है।'

'एक नल, पूरे गांव के लिए?'

'हां। और पानी पूरे एक घंटे आता है, हर दिन दोपहर दो बजे।'

'हर दिन एक घंटे...'

'हां। अधिकांश दिन। कुछ दिन यह केवल आधे घंटे के लिए ही आता है। कुछ दिन तो बिलकुल नहीं आता। फिर हम जाकर कुएं के पानी के ऊपर की काई को हटाते हैं और हमारी पानी की समस्या ख़त्म हो जाती है। देखो, देखो! वह रहे मेरे पिताजी!'

हमारे सामने एक बैलगाड़ी जा रही थी। बैल एक भीमकाय और दमदार जानवर होता है, जिसकी पीठ पर एक बड़ा सा गूमड़ सा होता है। बैलगाड़ी के पहिये बड़े थे जो मेरे बराबरी पर आ रहे थे। बैलगाड़ी पर बीड़ी पीते हुए पैर लटकाकर प्रभाकर के पिताजी बैठे हुए थे।

किशन मांगो खरे क़द में प्रभाकर से भी छोटे थे। बहुत छोटे बाल, सफ़ेद मूंछें और बाक़ी के शरीर की तुलना में कुछ ज़्यादा बड़ी तोंद। उन्होंने किसानों का परिधान सफ़ेद टोपी, सफ़ेद कुर्ता और धोती पहन रखी थी। धोती को तकनीकी तौर पर कटिवस्त्र कहा जाता है, लेकिन यह शब्द उसे उसकी लालित्यपूर्ण सुंदरता से वंचित कर देता है। इसे खेतों में काम करते वक़्त समेटकर घुटनों के ऊपर तक छोटा भी किया जा सकता है या फिर ढीला करके पेंट की तरह पहना जा सकता है। किसी भी इंसान के ठहरने या दौड़ने के साथ-साथ धोती भी हिलती-डुलती है। यह दोपहर की हल्की बयार को भी समेट लेती है और सुबह की ठंड से भी बचाती है। यह सादगी और व्यावहारिकता का मिश्रण होने के साथ-साथ आकर्षक भी है। भारत की अंग्रेज़ों से आज़ादी के आंदोलन के दौरान गांधीजी ने यूरोप के दौरों के दौरान धोती को पहचान दिलाई। हालांकि जब तक आप भारतीय किसानों के साथ रहते या खेतों में काम नहीं करते, आप इस परिधान की सादगीपूर्ण ख़ूबसूरती को पूरी तरह से समझ नहीं सकते।

प्रभाकर अपने बैग छोड़कर दौड़ने लगा। उसके पिताजी भी बैलगाड़ी से कूदकर नीचे आ गए और उन्होंने एक-दूसरे को गले लगा लिया। मैंने देखा कि उस बुज़ुर्ग की मुस्कान ही वह इकलौती मुस्कान थी जो प्रभाकर की मुस्कान को चुनौती दे सकती थी। यह बहुत खिली हुई मुस्कान थी, चेहरे के एक सिरे से दूसरे सिरे तक फैली हुई। पिताजी के बगल में ही खड़े होकर बड़ी मुस्कान देकर प्रभाकर ने उसके असर को दोगुना कर दिया था। यह इतना प्रभावित कर देने वाला मंजर था कि मैं ख़ुद खुलकर मुस्करा उठा।

'लिन यह मेरे पिताजी हैं, किशन मांगो खरे। और पिताजी यह श्रीमान लिन हैं। मैं ख़ुश हूं, बहुत ज़्यादा ख़ुश कि आज आप दोनों के बीच मुलाक़ात हो रही है।'

हमने एक–दूसरे से हाथ मिलाया और नज़रों से नज़रें मिलाईं। प्रभाकर और उसके पिताजी का लगभग एक जैसा ही गोल चेहरा और ऊपर ओर उठी हुई बटन जैसी नाक थी। हालांकि प्रभाकर का चेहरा पूरी तरह से खुला, निष्कपट और झुर्रियों से मुक्त था उसके पिताजी के चेहरे पर झुर्रियां थीं और जब वह मुस्कराते थे तो उनकी आंखें बंद हो जाती थीं। ऐसा लगता था मानो उन्होंने कोई दरवाज़ा बंद करके उस पर केवल आंखों से ही पहरा बैठा दिया हो। उनके चेहरे पर स्वाभिमान तो था, लेकिन उदासी थी, थकान थी और चिंता भी। मुझे यह जानने में काफ़ी अरसा लग गया कि सभी किसान, हर जगह, बस थके, चिंतित, स्वाभिमानी और दुखी थे : जिस जमीन को आप जोतते हैं और जो बीज आप बोते हैं, बस वही आपका है, उस वक़्त जब आप ज़मीन पर रहते और काम करते हैं। और कई मर्तबा तो अक्सर उससे ज़्यादा कुछ भी नहीं–भगवान द्वारा फलने–फूलने और विकसित होने वाली वस्तुओं में रखा जाने वाला मौन, गुप्त और जीतोड़ आनंद–ताकि आपको भूख और बुरा होने के डर का सामना करने में मदद मिल सके।

उम्रदराज पिता के कंधे पर हाथ रखते हुए प्रभाकर ने अभिमान से दमकते हुए कहा, 'मेरे पिता एक कामयाब इंसान हैं।' मैं बहुत थोड़ी मराठी बोलता था और किशन जरा भी अंग्रेज़ी नहीं। ऐसे में प्रभाकर हर बात को दोनों भाषाओं में दोहराता था। वाक्य को अपनी ही भाषा में सुनकर किशन ने अपनी शर्ट उठाई और अपने बालों से ढंकी तोंद पर हाथ से थपकी दी। मुझसे बातें करते हुए उनकी आंखें चमक रही थीं। इस दौरान वह पूरे वक़्त सिर हिला रहे थे, जो कि अनावश्यक रूप से मोहक निमंत्रण लग रहा था।

'वह क्या कह रहे हैं?'

'वह चाहते हैं कि तुम उनकी तोंद पर थपकी दो।' प्रभाकर ने मुस्कराते हुए बताया।

किशन के चेहरे पर भी उतनी ही चौड़ी मुस्कान थी।

'मुझे ऐसा नहीं लगता।'

'अरे हां, लिन। वह चाहते हैं कि तुम उनकी तोंद पर थपकी दो।'

'नहीं।'

उसने ज़ोर देकर कहा, 'वह *वाक़ई* चाहते हैं कि तुम उनकी तोंद थपथपाओ।'

'उन्हें बताओ कि मैं इससे प्रभावित हूं और मेरा सोचना है कि उनकी अच्छी तोंद है। लेकिन उन्हें बताओ प्रभु कि मैं ऐसा नहीं कर सकूंगा।'

'एक हल्की सी थपकी दे दो, लिन।'

मैंने और अधिक दृढ़ता के साथ कहा, 'नहीं।'

किशन के चेहरे की मुस्कान और अधिक चौड़ी हो गई और उन्होंने प्रोत्साहन देने के लिए अपनी भौहें कई मर्तबा उचकाई। उन्होंने अब भी शर्ट सीने पर उठा रखा था और उनकी बालों से भरी तोंद दिखाई दे रही थी।

'चलो लिन। बस कुछ थपकियां। मेरे पिताजी की तोंद तुम्हें काटेगी नहीं।'

मुझे कार्ला की वह बात याद आ गई, *जीत हासिल करने से पहले कभीकभार तुम्हें समर्पण करना पड़ता है।* और वह सही कह रही थी। समर्पण भारतीय अनुभव के मूल में है। मैंने हार मान ली। सुनसान सड़क पर इधर-उधर देखते हुए मैंने हाथ बढ़ाया और गर्म और बालों से सजी तोंद पर थपकी जमा दी।

ठीक उसी वक़्त बाजरे के हरे-भरे खेतों में से अचानक चार गहरे भूरे चेहरे प्रकट हुए। वह सभी युवा थे। वह हमें घूरने लगे। उनकी आंखें विस्मय से ऐसी खुली हुई थी जिनमें एक ही वक़्त में भय, हैरत और ख़ुशी थी।

धीरे से और जितनी संभव थी गरिमा से मैंने अपना हाथ किशन के पेट पर से हटा लिया। उसने मेरी तरफ़ देखा फिर अन्य लोगों की ओर। फिर एक भौंह उठाकर उस सरकारी वकील जैसी तिरछी मुस्कान दी जिसने मुकदमा जीत लिया हो।

'मैं तुम्हारे पिताजी के ख़ुशी के इस पल में बाधा नहीं डालना चाहता, प्रभु, लेकिन तुम्हें नहीं लगता कि अब हमें चलना चाहिए?'

'चलो।' किशन ने घोषणा की, मेरे अंग्रेज़ी में कहे *लेट्स गो* का उन्होंने सही अर्थ लगा लिया था।

हम जब अपना सामान बैलगाड़ी पर रखकर पीछे की ओर चढ़ रहे थे, किशन ने बैल से जुड़े जुए पर बैठक जमा ली। उसने एक बड़ा सा बांस उठाया, जिसके एक सिरे पर कील लगी हुई थी और बैल पर एक वार जमाया।

इस हिंसक वार पर प्रतिक्रिया देते हुए बैल अचानक आगे बढ़ा और धीमे-धीमे आगे बढ़ने लगा। हमारे स्थिर लेकिन बहुत ही धीमे सफ़र पर मुझे अन्य की तुलना में इस पशु के चयन पर हैरानी हो रही थी। मुझे लगा कि *बैल* दुनिया का सबसे धीमा जानवर है। अगर मैं बैलगाड़ी से उतरकर उसके साथ चलने लगता तो शायद उससे दोगुनी गति हासिल कर लेता। वास्तविकता में बाजरे के खेत से प्रकट हुए लोग हमारी बैलगाड़ी के आगे दौड़ लगाते हुए लोगों को हमारे आ जाने की सूचना दे रहे थे।

हर बीस-पच्चीस मीटर पर मक्का और बाजरा के खेतों में से नए चेहरे प्रकट होते थे। उनके चेहरे के भाव हमेशा एक समान ही थे-स्पष्टता, गंवारपन और हैरत से भरी खुली की खुली आंखें। जैसे प्रभाकर और उसके पिताजी ने किसी जंगली भालू को क़ैद कर लिया हो और उसे बोलने का प्रशिक्षण दे दिया हो। लोग इससे ज़्यादा खुले मुंह से शायद प्रतिक्रिया नहीं दे पाते।

प्रभाकर ने हंसते हुए कहा, 'लोग बहुत ज़्यादा ख़ुश हैं। तुम 21 वर्ष में हमारे गांव में आने वाले पहले विदेशी हो। पिछला विदेशी यहां पर 21 वर्ष पहले बेल्जियम से आया था। 21 वर्ष से कम के लोगों ने तो अपनी आंखों से कभी किसी विदेशी को देखा ही नहीं है। वह पिछला व्यक्ति, बेल्जियम से आया हुआ, एक अच्छा इंसान

था। लेकिन आप तो बहुत, बहुत अच्छे इंसान हो, लिन। लोगों को तुम बहुत पसंद आओगे। तुम यहां ख़ुश रहोगे और तुम ख़ुद को भूल जाओगे। तुम देखना।'

सड़क के दोनों ओर से झुरमुट और झाड़ियों से मुझे घूर रहे लोग ख़ुश होने से ज़्यादा पीड़ित और डरे हुए लग रहे थे। उस घबराहट को दूर करने के लिए मैंने सिर के इशारे के भारतीय फ़ॉर्मूले को आजमाना शुरू किया। प्रतिक्रिया तत्काल मिली। लोग मुस्कराने लगे, हंसने लगे और जवाब में सिर हिलाने लगे और आगे भागते हुए अपने पड़ोसियों को उनकी ओर आ रहे इस मनोरंजक तमाशे की जानकारी देने लगे।

बैल की चाल को अबाधित रखने के लिए किशन अक्सर उसे बुरी तरह से पीट रहा था। नियमित अंतराल पर बैल की पीठ पर मार की आवाज़ आ रही थी। उसके साथ ही छड़ी के सिरे पर लगी कील उसे चुभाई भी जा रही थी। हर प्रयास बैल की खाल में घुस रहा था और उसके सफ़ेद-भूरे रोएं खड़े कर दे रहा था।

बैल ने रास्ते पर निश्चित गति से चलते रहने के बीच उस मार पर कुछ ख़ास ध्यान नहीं दिया। हालांकि मुझे उसकी दया आ रही थी। हर पिटाई और चुभन मेरी सहानुभूति को बढ़ा रही थी और अंत में मेरे सब्र का बांध टूट ही गया।

'प्रभु एक कृपा करो, कृपया अपने पिताजी से कहो कि वह उस जानवर को नहीं पीटें।'

'मारना, *मारना* रोक दें?'

'हां, उनसे कहो कि कृपया बैल को मारना बंद करें।'

उसने हंसते हुए जवाब दिया, 'नहीं, यह संभव नहीं है।'

छड़ी एक बार फिर बैल की पीठ पर मारी गई और कील भी खोंची गई।

'मैं वाक़ई ऐसा चाहता हूं, प्रभु। कृपया उन्हें रुकने के लिए कहो।'

'लेकिन लिन...'

छड़ी फिर नीचे आई तो मेरे चेहरे पर उससे हस्तक्षेप करने के लिए गुज़ारिश के भाव आ गए।

हिचक के साथ प्रभाकर ने यह गुज़ारिश उसके पिताजी तक पहुंचा दी। किशन ने बात को ध्यान से सुना और फिर ठहाके मारकर हंसने लगा। कुछ देर बाद उसे अपने बेटे की परेशानी समझ में आई और हंसी कम हो गई और अंत में सवालों की झड़ी के बीच बंद हो गई। प्रभाकर ने उन सवालों के जवाब देने का सर्वश्रेष्ठ प्रयास किया, लेकिन अंत में उसने अपने चेहरे के असहाय भाव के साथ मेरी तरफ़ देखा।

'लिन, मेरे पिताजी जानना चाहते हैं कि तुम छड़ी का इस्तेमाल क्यों रुकवाना चाहते हो।'

'मैं नहीं चाहता कि बैल को कोई चोट पहुंचे।'

इस मर्तबा हंसने की बारी प्रभाकर की थी और जब उसने मेरी बात को पिताजी

को अनुवाद करके सुनाया तो दोनों हंसने लगे। उन्होंने कुछ देर हंसते हुए ही बात की और फिर प्रभाकर ने मेरा रुख़ किया।

'मेरे पिताजी पूछ रहे हैं कि क्या यह सच है कि आपके देश में लोग गाय खाते हैं?'

'हां, यह सच है, लेकिन...'

'आप वहां कितनी गायें खा जाते हैं?'

'हम हमारे देश से उनका निर्यात ज़्यादा करते हैं। हम ख़ुद उन्हें नहीं खाते।'

'कितनी?'

'सैकड़ों, हज़ारों। शायद लाखों अगर तुम भेड़ों को भी गिन लो तो। लेकिन हम मानवीय तरीक़े अपनाते हैं और हम उन्हें बेवजह चोट पहुंचाने में यक़ीन नहीं रखते।'

'मेरे पिताजी कह रहे हैं कि उन्हें लगता है कि इन बड़े जानवरों में से किसी को भी *खाना* उन्हें *चोट* पहुंचाए बग़ैर संभव नहीं है।'

उसने फिर पिताजी को मेरा स्वभाव समझाने का प्रयास किया कि कैसे मैंने एक बुज़ुर्ग के लिए ट्रेन की अपनी सीट छोड़ दी थी। कैसे मैंने अपने फल और पानी सहयात्रियों के साथ साझा किए थे और कैसे मैं बॉम्बे में अक्सर सड़क के भिखारियों को पैसे देता था।

किशन ने बैलगाड़ी को अचानक रोक दिया और नीचे छलांग लगा दी। उसने प्रभाकर को निरंतर कुछ आदेश दिए, जिनका उसने अंत में मेरे लिए अनुवाद किया।

'मेरे पिताजी जानना चाहते हैं कि क्या हम उनके और परिवार के लिए बॉम्बे से कोई तोहफ़े लाए हैं। मैंने कहा कि हां लाए हैं। अब वह चाहते हैं कि हम उन्हें वह तोहफ़े यहीं पर दे दें। इसी जगह पर, इससे पहले कि हम इस सड़क पर और आगे बढ़ें।'

'वह यहां इस सड़क पर हमारे बैग की तलाशी लेना चाहते हैं?'

'हां। उन्हें डर है कि एक बार सुंदर गांव पहुंचने के बाद तुम्हारा अच्छा दिल अन्य लोगों में तोहफ़े बांट देगा और उन्हें उनका तोहफ़ा नहीं मिलेगा। इसीलिए वह उनके सारे तोहफ़े चाहते हैं, यहीं के यहीं।'

सो हमने यही किया। शाम के बैंगनी होते आकाश के नीचे, मक्के और बाजरे के खेतों के बीच से गुजरते रास्ते पर हमने भारत के सारे रंग बिखेर दिए। पीले, लाल, मोरपंखी रंग के शर्ट, लुंगियां और साड़ियां। फिर हमने उन्हें दोबारा समेटा, ख़ूशबूदार साबुन और सिलाई की सुइयां, अगरबत्तियां, सेफ़्टी पिन्स, इत्र, शैम्पू, मसाज का तेल और एक बैग तो पूरा उन्हीं सामानों से भरा था जो हम प्रभाकर के परिवार के लिए ही लाए थे। बैग दोबारा सुरक्षित तरीक़े से बैलगाड़ी पर रखने के बाद किशन मांगो खरे ने सफ़र का अंतिम हिस्सा शुरू किया। धैर्यवान बैलों को और अधिक छड़ियां जमाते हुए और पहले की तुलना में और अधिक उत्साह के साथ।

और अंत में महिलाओं और बच्चों की ख़ुशियों भरी चीख़-चिल्लाहट ने हमारा स्वागत किया। सुंदर गांव में प्रवेश से पहले का अंतिम मोड़ आने तक यह आवाज़ हम तक पहुंच चुकी थी। सड़क के दोनों ओर घर इस तरह से बने हुए थे कि किसी का भी मुंह किसी के सामने नहीं था। गोल आकार के मकान हल्की भूरी मिट्टी से बने हुए थे, जिनकी खिड़कियां भी गोल थी और दरवाज़े घुमावदार। छतें घासफूस की बनी हुई थीं।

यह बात पहले ही आग की तरह फैल चुकी थी कि विदेशी आया है। सुंदर गांव के 200 लोगों के साथ पड़ोस के गांवों के 100 से ज़्यादा लोग वहां जमा हो चुके थे। किशन ने बैलगाड़ी को ठीक अपने घर के सामने रोक दिया। वह इतना ज़्यादा मुस्करा रहा था कि उसकी ओर देखने वाला हर व्यक्ति प्रतिक्रिया में हंस ही रहा था।

हम बैलगाड़ी से नीचे उतरे और 600 जोड़ी आंखों और फुसफुसाहटों के बीच पैरों के पास सामान रखकर खड़े हो गए। भीड़ में अचानक सन्नाटा सा छा गया। हर कोई एक-दूसरे से चिपककर खड़ा था। वह मेरे इतने पास खड़े थे कि मुझे चेहरे पर उनकी सांसें महसूस हो रही थीं। 600 आंखें मुझे मोहित होकर देख रही थीं। कोई भी बोला नहीं। प्रभाकर मेरे पास था और हालांकि वह अपने साथ एक प्रतिष्ठित व्यक्ति के होने के गौरव का मुस्कराकर पूरा आनंद ले रहा था। वह ख़ुद इतना अधिक उम्मीदों से भरा ध्यान आकर्षित हो जाने के कारण हतप्रभ सा था।

मैंने गंभीर आवाज़ में कहा, 'मुझे लगता है कि तुम्हें आश्चर्य हो रहा होगा कि मैं तुम्हें यहां क्यों लाया,' अगर भीड़ का एक व्यक्ति भी इसका अर्थ समझ जाता तो यह वाक्य मज़ाक़िया लगता। ज़ाहिर तौर पर वहां मौज़ूद कोई भी व्यक्ति उस मज़ाक़ को नहीं समझ पाया। और सन्नाटा और अधिक गहरा गया, फुसफुसाहट भी अब बंद हो चुकी थी।

आप अज़नबियों की भीड़ को क्या कहेंगे जो कि आपके कुछ कहने की उम्मीद लगाए बैठी हो और जो आपकी भाषा नहीं बोलती हो?

मेरा बैकपैक मेरे क़दमों में था। उसकी शीर्ष जेब में मेरे मित्र द्वारा दी गई एक यादगार थी। यह काली-सफ़ेद जेस्टर कैप थी, जिसमें कपड़े के तीन पुछल्लों से घंटियां लगी हुई थीं। न्यूज़ीलैंड में मेरे अभिनेता दोस्त ने जेस्टर कैप को अपनी वेशभूषा का हिस्सा ही बना लिया था। एयरपोर्ट पर मेरी फ़्लाइट से चंद मिनट पहले उसने मुझे अच्छी क़िस्मत के शुभंकर की तरह अपनी वह याद मुझे दे दी थी। मैंने भी उसे अपने बैकपैक में सबसे ऊपर ही रखा था।

एक क़िस्म की क़िस्मत होती है जो और कुछ नहीं, सही वक़्त पर सही जगह पर होना होती है, एक तरह की प्रेरणा जो बहुत ज़्यादा नहीं, बस सही बात को सही तरीक़े से करना होती है और दोनों आपके साथ तभी होते हैं जब आप अपने दिल से आकांक्षा, उद्देश्य और योजना को निकाल देते हैं, जब आप समर्पण कर देते हैं, पूरी तरह से, उस भाग्यशाली लम्हे के आगे।

मैंने जेस्टर कैप निकालकर सिर पर पहन ली। भीड़ में मौज़ूद सभी लोग अचानक सावधान होते हुए पीछे हट गए। फिर मैं मुस्कराया और गर्दन हिलाकर कैप पर की घंटियों को बजाया।

'हैलो, मित्रों! अब वक़्त है कुछ दिखाने का!' मैंने कहा।

असर चमत्कारी था। हर कोई हंसने लगा। महिलाओं, बच्चों और पुरुषों का समूह अचानक हंसी-मज़ाक़ में डूब गया और जोश में चिल्लाने लगा। एक व्यक्ति मेरे कंधे को छूने के लिए आगे आया। आगे खड़े बच्चे मेरा हाथ थामना चाहते थे। फिर हर किसी ने कुछ हिचक के साथ मुझे थपथपाया, सहलाया और पकड़ लिया। मैंने प्रभाकर की तरफ़ देखा। उसके चेहरे पर जो ख़ुशी और अभिमान था, वह किसी प्रार्थना जैसा था।

'तुम्हें नहा लेना चाहिए लिन। इतनी लंबी यात्रा के बाद दुर्गंध आ रही होगी। इस तरफ़ आओ। मेरी बहनों ने तुम्हारे लिए पहले ही पानी को गर्म कर दिया है। तुम्हारे नहाने के लिए बर्तन तैयार हैं। आओ।'

हम एक नीची कमान के नीचे से गुज़रे और वह मुझे घर के उस हिस्से में ले आया जो तीन तरफ़ से चटाइयों से घिरा हुआ था। नदी की चट्टानों से बैठने के लिए जगह बनाई गई थी और मिट्टी के तीन बड़े बर्तन गर्म पानी से भरकर मेरे लिए रखे हुए थे। घर के पीछे पानी निकलने के लिए एक नाली भी बनाई हुई थी। प्रभाकर ने मुझे बताया कि नहाने के लिए पीतल के छोटे बर्तन से पानी लेना है। उसने मुझे साबुनदानी भी दी।

जब वह बोल रहा था तो मैं अपने जूते के फीते खोल रहा था। मैंने उन्हें बाजू में रखा, शर्ट उतार फेंकी और जीन्स भी निकाल दी।

'लिन!' प्रभाकर अचानक बौखलाहट में चिल्लाया। उसने अचानक मेरे शरीर को ढंकने की कोशिश की फिर इधर-उधर देखने के बाद यह देखकर खिसिया गया कि तौलिया तो मेरे बैकपैक में थी, जो कि दो मीटर दूर था। उसने छलांग लगाकर तौलिया उठाई और वापस आकर वह टॉवेल मुझे लपेट दी और फिर घबराया हुआ इधर-उधर देखने लगा।

'लिन तुम पगला तो नहीं गए? तुम क्या कर रहे हो?'

'मैं नहाने जा रहा हूं...'

'लेकिन इस तरह? इस *तरह?*'

'तुम्हें हुआ क्या है प्रभु? तुमने ही तो मुझे नहाने के लिए कहा। तुम मुझे यहां नहाने के लिए लेकर आए। इसलिए मैं अब नहाने की कोशिश कर रहा हूं, लेकिन तुम खरगोश की तरह इधर-उधर कुलांचे भर रहे हो। तुम्हारी समस्या क्या है?'

'तुम नंगे थे, लिन। नंगे, बिना किसी कपड़े के!'

उसकी आंखों में अनजान तरह का ख़ौफ़ देखकर मैंने कहा, 'लेकिन मैं तो ऐसे ही नहाता हूं।' वह इधर-उधर दौड़कर चटाई की दीवारों में से झांककर देख रहा था। 'हर कोई ऐसे ही नहाता है। है ना?'

'नहीं। नहीं। नहीं लिन।' उसने मेरे सामने आकर मुझे ठीक किया। आमतौर पर ख़ुश रहने वाले उसके चेहरे पर हताशा के भाव आ चुके थे।

'तुम अपने कपड़े नहीं उतारते?'

'नहीं, लिन! यह भारत है। कोई अपने पूरे कपड़े नहीं उतारता, यहां तक कि अपने शरीर को साफ़ करने के लिए भी। यह भारत है। भारत में कभी कोई नंगा नहीं होता। और ख़ासतौर पर कोई पूरे कपड़े उतारकर नग्न नहीं होता।'

'तो... तुम फिर कैसे नहाते हो?'

'हम भारत में नहाने के लिए जांघिया पहनते हैं।'

मैंने टॉवेल डालकर अपनी ब्लैक जॉकी शॉर्ट्स दिखाते हुए कहा, 'ठीक बात है। मैंने जांघिया पहन रखा है।'

चीख़ते हुए प्रभाकर ने कहा, 'हां,' और फिर से टॉवेल उठाकर मुझे ढंक दिया।

'वे छोटे से कपड़े के टुकड़े, लिन, वे जांघिया नहीं हैं। वे तो जांघिया के भीतर के कपड़े हैं। तुम्हें ऊपर का जांघिया पहनकर नहाना चाहिए।'

'ऊपर की जांघिया...?'

'हां, निश्चित तौर पर। ठीक ऐसी, मेरी तरह की।'

उसने मुझे पेंट के बटन खोलकर दिखाया कि उसने अंदर एक हरी चड्डी पहन रखी थी।

'भारत में लोग यह चड्डी पहनते हैं, कपड़ों के भीतर, हर वक़्त, हर परिस्थिति में। फिर भले ही उन्होंने जांघिया ही क्यों ना पहन रखा हो, वे चड्डी जरूर पहनते हैं। देखा तुमने?'

'नहीं।'

'एक काम करो तुम कुछ ठहरो। मैं तुम्हारे नहाने के लिए कोई चड्डी लेकर आता हूं। लेकिन टॉवेल मत हटाना। कृपया। वादा करो। अगर लोग तुम्हें बिना टॉवेल के देख लेंगे तो बहुत फ़ज़ीहत होगी। वे पगला जाएंगे। यहीं रुको!'

वह दौड़कर गया और कुछ मिनटों बाद ही फुटबॉल वाली दो लाल चड्डियां ले आया।

हांफते हुए उसने कहा, 'यह लो लिन। तुम इतने बड़े हो कि उम्मीद है कि ये तुम्हें सही रहेंगी। ये मोटे सतीश की हैं। वह इतना मोटा है कि मैंने सोचा यह तुम्हें हो जाएगी। मैंने उसे एक कहानी सुनाई और उसने तुम्हारे लिए यह दो जोड़ी भेज दी। मैंने उसे बताया कि रास्ते में तुम्हें दस्त लग गए थे और तुमने अपनी चड्डी इतनी ख़राब कर दी थी कि अंत में हमें उसे फेंकना ही पड़ा।'

मैंने पूछा, 'तुमने उसे यह बताया? कि मैंने पेंट में शौच कर दिया?'

'ओह हां, लिन। मैं निश्चित ही उसे यह नहीं बता सकता था कि तुम्हारे पास चड्डी नहीं है।'

'निश्चित तौर पर नहीं।'

'मेरे कहने का मतलब था कि वह तुम्हारे बारे में क्या सोचेगा?'

मैं बड़बड़ाया, 'धन्यवाद, प्रभु।' मैंने दांत भींच रखे थे और अगर मेरी आवाज़ और अधिक शुष्क होती तो मुझे टॉवेल की ज़रूरत ही नहीं पड़ती।

'स्वागत है, लिन। मैं तुम्हारा बहुत अच्छा दोस्त हूं। इसलिए मुझसे वादा करो कि भारत में तुम कभी नंगे नहीं रहोगे। बिना कपड़ों के कतई नहीं।'

'मैं वादा करता हूं।'

'मुझे बहुत ख़ुशी है कि तुमने यह वादा किया, लिन। तुम मेरे सबसे अच्छे दोस्त भी हो, है ना? मैं भी नहाऊंगा, जैसे कि हम दोनों भाई हों और मैं तुम्हें भारतीय तरीक़ा बताऊंगा।'

तो हम दोनों ने उसके पिताजी के घर में स्नान किया। उसे देख-देखकर मैंने पहले बड़े बर्तन से दो मग्गे पानी लेकर ख़ुद को गीला किया, फिर साबुन को बिना चड्डी उतारे अंदर तक मला। अंत में फिर एक बार पानी डालकर तौलिये से ख़ुद को सुखाने के बाद उसने मुझे बताया कि लुंगी कैसे पहनी जाती है। लुंगी एक चौकोर सूती परिधान होता है जिसे कमर से पैरों तक पहना जाता है। उसने लुंगी के दो सिरों को पकड़ा और मेरी कमर के पास लपेटा, फिर बताया कि कैसे उसके भीतर से गीली चड्डी निकालकर सूखी चड्डी पहननी है। प्रभाकर ने मुझे विश्वास दिलाया कि इस तकनीक के साथ तो मैं खुले में भी नहा सकता हूं और किसी भी पड़ोसी को कोई परेशानी भी नहीं होगी।

नहाने के बाद दाल, चावल और घर की रोटियों के स्वादिष्ट भोजन के बाद मैंने और प्रभाकर ने उसके अभिभावकों और बहनों को तोहफ़े खोलते हुए देखा। उसके बाद हमने चाय पी और तक़रीबन दो घंटे मेरे बारे में, मेरे घर और परिवार के बारे में सवालों के जवाब दिए। मैंने काफ़ी सच्चाई के साथ जवाब देने का प्रयास किया-बस मेरे पलायन के महत्त्वपूर्ण सत्य को छिपाते हुए। मुझे नहीं लगता था कि मैं कभी अपने घर या परिवार को देख सकूंगा। अंत में प्रभाकर ने घोषणा की कि अब वह थक गया है और अधिक अनुवाद कर पाने की स्थिति में नहीं है। और मुझे भी आराम करने दिया जाए।

नारियल की लकड़ी से बने पलंग पर एक चटाई बिछाई गई जो नारियल की ही रस्सी से तैयार की गई थी। मेरा बिस्तर किशन के घर के बाहर खुले में लगाया गया था। यह ख़ुद किशन का पलंग था। प्रभाकर ने मुझे बताया कि उसके पिता की संतुष्टि के लिहाज से नया पलंग बनाने में दो दिन लग सकते हैं। तब तक किशन अपने बेटे के

साथ घर की फ़र्श पर ही सोएगा, जबकि मैं पलंग पर। मैंने विरोध करने की कोशिश की, लेकिन मेरा विरोध उनके मृदु और अनवरत दबाव के आगे बेकार साबित हुआ। इसलिए मैं उस ग़रीब किसान के पलंग पर सोया और उस पहले भारतीय गांव में मेरी पहली रात गुजरी, ठीक वैसी ही जैसे दिन की शुरुआत हुई थी, समर्पण करके।

प्रभाकर ने मुझे बताया कि उसके परिवार और पड़ोसियों को इस बात की चिंता थी कि मैं एकाकी रहूंगा, मुझे एक अनजान जगह पर अपने परिवार के बिना एकाकी ही रहना होगा। उन्होंने उस पहली रात मेरे पास ही बैठे रहने का फ़ैसला किया, अंधेरे में निगरानी करते हुए जब तक कि उन्हें विश्वास नहीं हो गया कि मैं शांति से गहरी नींद में चला गया हूं। आख़िरकार मेरे छोटे गाइड ने टिप्पणी की कि मेरे देश, मेरे गांव के लोगों का व्यवहार उसके लिए भी वही होगा, अगर उसे वहां परिवार की याद आई तो, है कि नहीं?

वे मेरे कम ऊंचे पलंग के चारों ओर बैठ गए। प्रभाकर, उसके अभिभावक और पड़ोसी उस गर्म अंधियारी रात में, मेरे चारों सुरक्षा का घेरा बनाते हुए। मुझे लगा कि दर्शकों के घेरे के बीच सोना मुश्किल होगा, लेकिन कुछ ही मिनट में उनकी आवाज़ें धीरे-धीरे लुप्त होती चली गई और चमकदार सितारों के बीच मैं नींद में जाने लगा।

एक वक़्त प्रभाकर के पिताजी ने मुझे राहत देने के लिए अपना एक हाथ मेरे कंधे पर रखा, मैं चूंकि बस नींद में डूब ही रहा था, अचानक चौंक गया। मैं अचानक अपनी बेटी, अपने अभिभावकों, अपने भाई, अपने द्वारा किए गए अपराधों, प्यार की दगाबाजियों और जिन्हें मैंने गंवा दिया, उनकी यादों में डूब गया।

आश्चर्यजनक लग सकता है और किसी और को यह समझना नामुमकिन भी होगा, कि उस लम्हे तक मुझे अपने द्वारा की गई ग़लतियों या मैंने जो गंवाया है, उसकी कोई वास्तविक समझ नहीं थी। जब मैंने सशस्त्र डकैतियां की थीं तो मैं हेरोइन सेवन का आदी हो चुका था। मैं जो सोचता था और करता था उस पर मानो एक नशीला धुआं सा छाया हुआ था। मुझे वह वक़्त भी याद था। बाद में मुकदमे के दौरान, तीन वर्ष जेल में गुजारने के दौरान, मैं शांत और सजग था और मुझे उस वक़्त समझ लेना था कि अपराध और दंड का क्या मतलब होता है, मेरे लिए, मेरे परिवार के लिए और उन लोगों के लिए जिन्हें मैंने बंदूक की नोक पर लूटा था। लेकिन उस वक़्त मुझे ना कुछ पता था और ना ही महसूस हुआ। मैं दंडित होने और दंडित महसूस करने में बहुत व्यस्त था। यहां तक कि जेल से पलायन, एक वांटेड अपराधी के तौर पर, जिसके सिर पर इनाम हो-तब भी मुझे अपने द्वारा किए गए अपराधों या उसके परिणामों को लेकर कुछ स्पष्ट समझ नहीं थी, जो मेरी ज़िंदगी की कड़वाहट भरी कहानी बन चुकी थी।

यह तो भारत के उस गांव की पहली ही रात में दूर जाती आवाज़ों और तारों भरी मेरी आंखों में, तभी, जब किसी और व्यक्ति के पिता ने मेरी मदद करने का प्रयास किया, जब एक ग़रीब किसान का खुरदुरा हाथ मुझे आराम देने के लिए मेरे

कंधे तक पहुंचा, तब और उसी वक़्त मुझे इस बात की पीड़ा महसूस हुई कि मैंने क्या किया और मैं क्या बन गया हूं–दर्द, भय, बरबादी, बेवक़ूफ़ाना हरक़त, सारी बातों की अक्षम्य बर्बादी। मेरा दिल इस पर शर्म और दुख से टूट गया। अचानक मुझे समझ आया कि मेरे भीतर कितना रोना छिपा हुआ है और कितना कम प्यार। मुझे अंततः पता चल गया कि मैं कितना एकाकी हूं।

लेकिन मैं प्रतिक्रिया नहीं दे सकता था। मेरी संस्कृति ने मुझे सब बातें ग़लत तरीक़े से ही सिखाई थीं। इसलिए मैं चुपचाप बिना हिले–डुले पड़ा रहा और मैंने कोई प्रतिक्रिया नहीं दी। लेकिन आत्मा की कोई संस्कृति नहीं होती। आत्मा का कोई देश नहीं होता। आत्मा का कोई रंग या लहज़ा या जीवन पद्धति नहीं होती। आत्मा अजर–अमर है। आत्मा एक है। और जब दिल का वास्ता सच्चाई और ग़म से पड़ता है तो आत्मा को स्थिर नहीं रखा जा सकता।

मैंने अपने दांत भींच लिए। मैंने अपनी आंखें बंद कर लीं। मैंने ख़ुद को नींद के हवाले कर दिया। हमारी प्यार के प्रति अभिलाषा और उसकी शिद्दत से तलाश की एक वजह यह है कि प्यार ही एकाकीपन, शर्म और दुख का इकलौता इलाज है। लेकिन कुछ भावनाएं दिल की इतनी भीतरी तह में छिपी होती हैं कि केवल एकाकीपन ही आपको उसे दोबारा खोजने में मदद कर सकता है। और कुछ बातें इतनी दर्दनाक होती हैं कि केवल आपकी आत्मा ही आपके लिए रो सकती है।

अध्याय 6

प्रभाकर के पिताजी ने मेरा सुंदर गांव से परिचय कराया, लेकिन उसकी मां ने मुझे घर का अहसास दिलाया। उनकी ज़िंदगी ने मेरी विजय, मेरे दुख को अपने आंचल में उतनी ही आसानी से समेट लिया जितनी, आसानी से वह घर के बाहर से गुजरते किसी रोते हुए बच्चे को दुलारने के लिए करती थी। उनकी कहानी, मुझे कई आवाज़ों में माह-दर-माह सुनाई गई और वे कई कहानियां बन गईं, कुछ मेरी भी। और उनके प्यार-मेरे दिल की सच्चाई और मुझे प्यार करने की उनकी तैयारी-ने मेरी ज़िंदगी की दिशा बदल दी।

जब मैं पहली बार रुखमाबाई खरे से मिला था तो वह चालीस वर्ष की थीं। उस वक़्त वह अपनी निजी शक्ति और सार्वजनिक लोकप्रियता के चरम पर थी। वह अपने पति से ऊंची थी। इसके साथ ही उनका कमनीय शरीर ऐसा आभास देता था कि वह वीरांगना है, ख़ासतौर पर तब जब वह अपने पति के साथ खड़ी होती थी। उनके नारियल तेल से दमकते बाल कभी काटे नहीं गए थे और यह किसी रस्सी की तरह उनके घुटनों तक पहुंचते थे। उनकी त्वचा धूप में झुलसकर भूरी हो चुकी थी। उनकी आंखें सुनहरी थीं। उनकी आंखों का सफ़ेद हिस्सा भी हमेशा गुलाबी रहता था, जिसे देखकर ऐसा लगता था मानो वह अभी रोई हों या रोने वाली हों। आगे के दांतों के बीच भारी अंतर उनकी मुस्कान को कुछ शरारती रंग दे देता था। उनकी नाक नुकीली थी, जो उनके गंभीर हावभाव के साथ काफ़ी प्रभावशाली लगती थी। उनका माथा ठीक प्रभाकर की तरह ऊंचा और चौड़ा था। गालों की हड्डियां उठी हुई थीं, जिनके पीछे से उनकी आंखें दुनिया का निरीक्षण किया करती थीं। वह बहुत तेज़ बुद्धि की थीं और दूसरों की परेशानी के लिए उनके मन में करुणा थी। पड़ोसियों के झगड़ों से वह तब तक दूर रहती थीं, जब तक कि उनसे हस्तक्षेप करने की गुज़ारिश नहीं की जाए और फिर उनका शब्द ही फ़ैसला होता था। वह वाक़ई एक चाहने योग्य, पाने योग्य महिला थीं, लेकिन उनकी आंखों में स्पष्ट संदेश होता था : अपमान या निरादर की कोशिश अपनी जोख़िम पर करें।

उनके व्यक्तित्व का गांव में एक रुतबा था, जिसे किशन के ज़मीन पर मालिकाना हक़ और उस पर रुखमा की निगरानी से और ताक़त मिलती थी। उसकी किशन से शादी तय करके हुई थी। तब वह 16 वर्ष की थी और अपने होने वाले पति को पर्दे की आड़ से देखा था और शादी के पहले बस पति को देखने का यही

एक मौक़ा था। जब मैं उनकी भाषा पर्याप्त रूप से सीख गया तो उन्होंने मुझे बेहद खुलेपन से बताया था कि जब उन्होंने पहली बार किशन को देखा था तो वह कितनी निराश हुई थीं। वह ठिगने थे। उनकी त्वचा धूप में खेतों में काम करके लगभग ज़मीन के ही रंग की भूरी हो चुकी थी। उनका रंग उससे भी ज़्यादा काला था और उन्हें इसकी चिंता थी। उनके हाथ भी बहुत खुरदुरे थे और बोलने का अंदाज़ असभ्य। उनके कपड़े साफ़ लेकिन बेढब थे। और वह अशिक्षित थे। रुखमाबाई के पिताजी गांव की *पंचायत* के सरपंच थे और रुखमाबाई हिंदी और मराठी में लिख और पढ़ सकती थी। जब उन्होंने पहली बार किशन को देखा था तो उनका दिल इतनी ज़ोर से विरोध कर रहा था कि उन्हें डर लगने लगा था कि कहीं बात सार्वजनिक नहीं हो जाए। उन्हें यक़ीन हो गया था कि वह इस व्यक्ति से प्यार तो नहीं कर सकती और इसके साथ शादी रूतबे को कम कर देगी।

उस तकलीफ़देह अहसास के ही पलों में किशन ने सिर घुमाकर ठीक उसी जगह देखा, जहां वह छिपी हुई थी। पर्दे के पीछे। उन्हें विश्वास था कि वह उसे देख नहीं पाएंगे, लेकिन फिर भी वह ऐसे घूर रहे थे मानो उनकी आंखों में ही देख रहे हों। उसके बाद वह मुस्कराए। उन्होंने इतनी बड़ी मुस्कान इससे पहले नहीं देखी थी। यह दमक रही थी और इसमें बदला नहीं जा सकने वाला हास्य का पुट था। उन्होंने उस असाधारण मुस्कान को देखा और अचानक एक अनजान अहसास ने उसे घेर लिया। वह भी मुस्करा उठीं और उन्हें अचानक ऐसा लगा मानो वह बहुत ही अच्छा महसूस कर रही हो। *बातें सही ही होंगी* उनके दिल ने उनसे कहा। *सबकुछ ठीक होगा।* वह जान गई थी, जो मैंने प्रभाकर के साथ पहली ही मुलाक़ात में जान लिया था, कि इतनी अच्छी मुस्कान वाले व्यक्ति का दिल कभी किसी को जानबूझकर ठेस या नुक़सान नहीं पहुंचा सकता।

जब उन्होंने नज़रें हटाईं तो ऐसा लगा मानो कमरे में अंधेरा हो गया और वह समझ गई कि वह केवल उनकी भरोसा देने वाली दमकती मुस्कान से ही प्यार करने लगी थी। जब पिताजी ने शादी की स्वीकृति का ऐलान किया तो उन्होंने कोई विरोध नहीं किया। किशन की जादुई मुस्कान के पहले दर्शन के दो महीने के भीतर उनकी शादी हो गई और प्रभाकर उनके गर्भ में पलने लगा था।

किशन के पिता ने शादी के वक़्त अपने बेटे के नाम दो ऊपजाऊ खेत कर दिए थे और उसमें रुखमा के पिताजी ने युवा दंपत्ति के दहेज के तौर पर एक और खेत जोड़ दिया था। शादी की शुरुआत से ही रुखमा ने उनकी छोटी सी दौलत की कमान संभाल ली थी। अपने लेखन-पठन का लाभ उठाते हुए उन्होंने स्कूल की सामान्य कॉपियों में नफ़े-नुक़सान का हिसाब लिखना शुरू कर दिया। इनके बंडल बनाकर वह जस्ते की एक पेटी में रखा करती थीं।

अपने पड़ोसियों के काम में सोच-समझकर निवेश और संसाधनों की सावधानीपूर्वक निगरानी के साथ वह यह सुनिश्चित कर लेती थी कि नुक़सान कम

से कम हो। अपने तीसरे बेटे के जन्म के वक़्त, जब वह 25 वर्ष की थीं, रुखमाबाई का मामूली सा भाग्य अब गांव में सबसे बेहतर था। उनके पास पांच खेत थे। वह नक़दी फसल लगाते थे। उनके पास दूध देने वाली तीन भैसें और तीन बैल थे। इसके अलावा दूध देने वाली दो बकरियां और दर्जनभर मुर्गियां भी थीं। उनके बैंक खाते में इतना धन था कि दोनों बेटियों की शादियों के दहेज का इंतज़ाम हो सके। उन्होंने फ़ैसला कर लिया था कि बेटियों की शादी अच्छी जगह करेंगी, ताकि नातियों को बेहतर रुतबा मिले।

प्रभाकर को नौ वर्ष की उम्र में ही बॉम्बे भेज दिया गया था। जहां उसने अपने अंकल की देखरेख में टैक्सी चलाने का प्रशिक्षण लिया। वह शहर के भीतर एक बड़ी झोपड़पट्टी में रहते थे। अपने परिवार के लिए बेहतर उम्मीदों और योजनाओं को लेकर रुखमाबाई की सुबह की प्रार्थनाएं बढ़ने लगी थीं। फिर गर्भपात हो गया। एक वर्ष के भीतर उनके दो गर्भपात हो गए। डॉक्टरों ने निष्कर्ष निकाला कि तीसरे बेटे के जन्म के बाद उसका गर्भाशय ख़राब हो गया था। उन्होंने गर्भाशय को निकालने की सलाह दे डाली। उस वक़्त उसकी उम्र 26 वर्ष थी।

रुखमाबाई का दिल अपनी ज़िंदगी के वीरान कमरों में भटकता रहता था : वे कमरे जो गर्भपात में गंवा दिए गए बच्चों के लिए सुरक्षित रखे गए थे और वे तमाम ज़िंदगियां जो वहां जन्म लेतीं। दो वर्ष तक तो वह ग़म में ही डूबी रहीं। किशन की शानदार मुस्कान, जो आंखों से टपकते हुए आंसुओं के बीच आती थी, उनमें उत्साह जगा पाने में असफल रही। असहाय हालत में वह टूटे दिल के साथ बस अपनी कष्ट और बेटियों की देखभाल की दिनचर्या में ही व्यस्त रहने लगी। उनकी हंसी छीन चुकी थी और उपेक्षित फ़ील्डस पर उदासी छा गई थी।

रुखमाबाई की आत्मा तिल-तिल मर रही थी और शायद वह भी हमेशा के लिए उस उदासी का शिकार हो जाती, लेकिन पूरे गांव को ही ख़तरे में डाल देने वाली एक प्रलयंकारी घटना ने उन्हें ग़म से उबार लिया। हथियारबंद डकैतों की एक टोली इलाक़े में आई और उसने लोगों से धन की मांग करना शुरू कर दिया। पड़ोस के गांव के एक व्यक्ति को तो चाकू से काट दिया गया। उसी गांव की एक महिला के साथ डकैतों ने बलात्कार किया। फिर उन्होंने किशन के गांव में ही विरोध कर रहे एक व्यक्ति की गोली मारकर हत्या कर दी।

रुखमाबाई उस मृत व्यक्ति को बहुत अच्छी तरह से जानती थी। वह किशन का रिश्ते में भाई था और उसने रुखमाबाई के गांव की ही एक लड़की से शादी की थी। सुंदर गांव के हर पुरुष, महिला और बच्चे ने अंतिम संस्कार में भाग लिया। उसके बाद रुखमाबाई ने पूरे गांव को संबोधित किया। उसके बाल बिखरे हुए थे और सुनहरी आंखों से आग सी निकल रही थी, जिनमें गुस्सा और संकल्प था। उसने उन लोगों को जमकर फटकार लगाई जो डकैतों की चापलूसी करना चाहते थे, उन्हें अपनी जान और ज़मीन बचाने के लिए विरोध करने, लड़ने और मारने के लिए प्रोत्साहित किया।

दो वर्ष की ग़मी के बाद अचानक उसमें आए बदलाव और उसके युद्ध के लिए तैयार करने वाले भाषण से गांव वालों में उत्साह का संचार हो गया। वहां और उसी वक़्त, उन्होंने कार्रवाई और विरोध करने की योजना तैयार कर ली।

डकैतों तक यह बात पहुंच गई थी कि सुंदर गांव के लोगों ने विरोध करने का फ़ैसला कर लिया है। धमकियां, झड़पें और आक्रामक हमलों के चलते अंत में ऐसे हालात बन ही गए जिसमें सीधी टक्कर अपरिहार्य सी हो गई थी। डकैतों ने एक भयभीत कर देने वाली चेतावनी देते हुए कहा कि एक निश्चित तारीख़ तक गांव वालों को ढेर सारे उपहारों के साथ आत्मसमर्पण कर देना चाहिए या फिर भयावह परिणामों के लिए तैयार रहना चाहिए।

लोगों ने ख़ुद को हंसियों, कुल्हाड़ियों, लाठियों और चाकुओं से लैस कर लिया। महिलाओं और बच्चों को पास के गांवों में सुरक्षित पहुंचा दिया गया था। बचे हुए लोगों में अफ़सोस और भय फैल चुका था। कुछ लोगों ने तर्क देना चाहा कि यह लड़ाई निरी बेवकूफ़ी साबित होगी और धन देना मौत से कम दर्दनाक होगा। मारे गए व्यक्ति के भाई उनके बीच घूम-घूमकर उनकी हौसला अफ़ज़ाई कर रहे थे। साथ ही वे डरपोक लोगों को फटकार भी लगा रहे थे।

अचानक चेतावनी आई कि कुछ लोग गांव की ओर आ रहे हैं। गांव वालों ने ख़ुद को मिट्टी के घरों के बीच बनी बाधाओं के बीच ख़ुद को छिपा लिया था। मतवाले होकर वह भय के मारे बस हमला करने ही वाले थे कि उन्हें अहसास हुआ कि ये लोग तो दोस्त हैं। एक सप्ताह पहले डकैतों के साथ टकराव की बात सुनकर प्रभाकर ने शहर की झोपड़पट्टी से छह दोस्तों और रिश्तेदारों को लेकर परिवार के साथ जुड़ने का फ़ैसला किया था। उसकी उम्र उस वक़्त महज 15 वर्ष की थी,जबकि उसके सबसे बड़े दोस्त की उम्र 18 वर्ष, लेकिन वह सब बॉम्बे की गलियों में आए दिन लड़-भिड़ जाने वाले लड़ाके थे। उनमें से ऊंचे क़द के आकर्षक युवक का नाम राजू था और बॉम्बे के फ़िल्मी सितारे की तरह दिखता था। उसके हाथ में पिस्टल थी। उसने वह पिस्टल पूरे गांव वालों को दिखाई और सबको हौसला दिया।

डकैत अहंकार और अति-आत्मविश्वास के साथ गांव में सूर्यास्त से लगभग आधे घंटे पहले आए। उनका सरगना धमकी देने के लिए मुंह खोलता, उससे पहले राजू आड़ से बाहर आया और डाकुओं की ओर बढ़ते हुए उसने हर तीसरे क़दम पर गोलियां दागना शुरू कर दीं। आज़िज आ चुके किसानों ने बाधाओं के पीछे से कुल्हाड़ियां, हंसिये, चाकू, लाठियां, पत्थरों की बरसात कर दी। राजू ने चलना नहीं रोका और अंतिम गोली सीधे डकैतों के सरगना के सीने में उतार दी। गांव वालों के मुताबिक़ ज़मीन पर गिरने से पहले ही उसकी मौत हो चुकी थी।

बचे हुए घायल डकैत भाग निकले और फिर कभी नहीं देखे गए। डकैतों के सरगना का शव जाम. जिला पुलिस थाने ले जाया गया। सभी गांव वालों ने एक ही

कहानी बताई : उन्होंने डकैतों का सामना किया और इस उठापटक में डकैतों में से एक ने ही अपने साथी को गोली से उड़ा दिया। राजू के नाम का कहीं भी उल्लेख नहीं किया गया। दो दिन तक दावत उड़ाने के बाद वह युवक राजू के साथ शहर लौट गया। एक साल बाद एक बार में लड़ाई के दौरान राजू की मौत हो गई। दो अन्य लड़के भी इसी तरह की हिंसक परिस्थितियों में मारे गए। एक अन्य एक अभिनेत्री की मोहब्बत और एक अदावत के जुनून में किए गए अपराध में जेल की लंबी सज़ा काट रहा था। ।

मैंने जब मराठी सीख ली तो गांव के लोगों ने इस जंग की कहानी मुझे कई बार सुनाई। वह मुझे उस ऐतिहासिक जगह पर भी ले गए, जहां पर आड़ बनाई गई थी और जंग हुई थी। वह मुझे उस घटना को दोबारा जीवंत करके दिखाते थे और युवाओं के बीच राजू की भूमिका अदा करने के लिए होड़ सी रहती थी। इस कहानी में साथ में लड़ने वाले युवकों की कहानियों को भी कम तवज़्जो नहीं दी जाती थी। हर एक का अंत-प्रभाकर से उसके गांव के दौरे से वापसी पर पता चलने पर- याद किया गया। रुखमाबाई खरे के लिए एक विशेष स्नेह और अभिमान की भावना थी। अंतिम संस्कार के भाषण से लोगों को जाग्रत करने के कारण उनके प्रति प्यार और प्रशंसा की कोई कमी नहीं है-वह पहला और अंतिम मौक़ा था, जब उन्होंने पूरे गांव का ध्यान आकर्षित किया था। वह उनके हौसले को मानते हैं और मज़बूत इच्छाशक्ति का सम्मान करते थे। सबसे ज़्यादा ख़ुशी उन्हें इस बात की थी कि डकैतों के साथ जंग ने उनकी मज़बूत, चतुर और हमेशा हंसने वाली महिला को ग़म और उदासी से उबार लिया था। गांव के ग़रीब और साधारण लोगों में इस बात को लेकर कोई संदेह नहीं था और ना ही वह इसे भूल सकते थे कि गांव के लोग ही उनकी असली संपत्ति हैं।

और यह सब उसके ख़ूबसूरत चेहरे में देखा जा सकता था। उनके गालों पर पड़ी लकीरें बांध की तरह थीं जो उनके आंसुओं को रोक देती थीं। जब कभी भी वह अकेली या अपने काम में व्यस्त हो तो अनकहे, बिना जवाब वाले सवाल उसके लाल होंठों पर आ जाते थे। संकल्प ने उनकी ठोड़ी को कुछ और उठा दिया था। उनके माथे पर सिलवटें थीं और यह समझ भी कि कोई ख़ुशी बिना ग़म की नहीं होती, कोई दौलत बिना लागत की नहीं होती और कोई ज़िंदगी बिना परेशानियों के नहीं होती, आज नहीं तो कल, शोक और मौत अटल हैं।

रुखमाबाई के साथ मेरा रिश्ता पहली सुबह ही बन चुका था। मैं किशन के घर के बाहर नारियल की रस्सी से बने पलंग पर अच्छी तरह से सोया था-इतनी अच्छी तरह से कि जब रुखमाबाई दूध देने वाली गाय को अलसुबह ले जा रही थी तो तब भी मैं खर्राटे ही ले रहा था। इस आवाज़ से आकर्षित एक गाय ने निरीक्षण करने की ठानी। एक गीले और दमघोंटू अहसास ने मेरी आंखें खोल दीं। मैंने देखा कि एक गाय अपनी गुलाबी ज़बान से दोबारा मेरा मुंह चाटने की तैयारी कर रही थी।

घबराहट और हैरानी से चिल्लाते हुए मैं पलंग से गिर गया और हाथों-पैरों के सहारे पीछे की ओर हो गया।

रुखमाबाई की हंसी थी कि रुकने का नाम ही नहीं ले रही थी, लेकिन यह हंसी अच्छी थी-ईमानदार और दयापूर्ण और इसमें खिल्ली जैसी कोई बात नहीं थी। जब उसने मुझे उठाने के लिए हाथ बढ़ाया तो मैं उसका हाथ थामकर उठा और हंसने लगा।

'गाय!' उसने इशारा करते हुए एक आधारभूत नियम तय कर दिया कि अगर हमें शब्दों से संवाद साधना है तो विदेशी भाषा सीखने वाला व्यक्ति मैं रहूंगा। *वॉटर बफ़ेलो!*

उसने एक गिलास लिया और नीचे बैठकर थन से दूध निकाला। मैं उसे गिलास में दूध निकालते हुए देख रहा था। उसने सफ़ाई के साथ गिलास भर दिया और फिर अपनी लाल साड़ी से उसके किनारों को पोंछते हुए मेरे लिए लाई।

मैं एक शहर में रहना वाला बच्चा था। तीस लाख लोगों के शहर में पला-बढ़ा। मेरे कई वर्षों तक भागते रहने की एक वजह यही थी कि मुझे बड़े शहरों से प्यार था और वहां मैं पूरे आत्मविश्वास और आराम के साथ रह सकता था। जब मैंने उस ताजे निकाले गए दूध का गिलास पकड़ा तो किसी भी शहरी बच्चे की तरह संदेह ने मुझे घेर लिया। यह गर्म था। इसमें से गाय की गंध आ रही थी। गिलास में ऊपर कुछ तैर भी रहा था। मैं हिचकिचाया। मुझे ऐसा लगा मानो लुई पाश्चर मेरे पीछे ही खड़ा है। मेरे गिलास की ओर देखकर उसे यह कहते हुए मैं सुन सकता था, *अरे, महोदय अगर आपकी जगह मैं होता तो पहले दूध को उबाल लेता...*

मैंने पूर्वाग्रह, भय और दूध तीनों को ही एक सांस में ही गटक लिया। जितनी जल्दी संभव था गले से नीचे उतार लिया। स्वाद उतना बुरा नहीं था, जितनी कि मुझे आशंका थी-मलाईदार और गाढ़ा, और उस पशु के भीतर की सूखी घास जैसा स्वाद। रुखमाबाई ने मुझसे गिलास छीना और वह फिर उसमें दूध निकालने के लिए नीचे बैठ गई, लेकिन मेरे तत्काल, गुज़ारिश भरे प्रतिकार ने उसे विश्वास दिला दिया कि मैं एक गिलास से ही संतुष्ट हूं।

जब हम सुबह के नित्यकर्मों से निपट लिए तो प्रभाकर और मैं जब चाय-रोटी का नाश्ता कर रहे थे, रुखमाबाई वहां खड़ी रहीं। नाश्ते के लिए रोटियां ताजी बनाई जाती थीं और उन्हें लकड़ी के खुले चूल्हे पर बनाया जाता था। गर्म रोटी पर घी या मक्खन और बड़ा चम्मच भर के शक्कर होती थी। उसके बाद इसे किसी नली की तरह मोड़ दिया जाता था। इसका आकार इतना बड़ा होता था कि बस हाथ बमुश्किल इसे थाम पाता और फिर इसे गर्म, मीठी और दूध वाली चाय के साथ पिया जाता था।

रुखमाबाई हमें खाते और चबाते हुए देख रही थी और अगर हममें से किसी ने भी थोड़ी हिचकिचाहट या देरी की तो अंगुली या सिर या कंधे पर हाथ की थपकी से प्रोत्साहित करती थी। वहां हम फंस गए थे और हम अपने जबड़ों में रोटियों को

चबाते हुए रोटी बनाने वाली महिला की ओर देख रहे थे, इस उम्मीद के साथ हर रोटी, तीसरी या चौथी खा चुकने के बाद, हमारी आख़िरी रोटी होगी।

तो कई सप्ताहों तक हर रोज़ गांव की हर सुबह गाय के गिलास भर दूध, फिर स्नान और फिर अंत में चाय-रोटी के लंबे चलने वाले नाश्ते के साथ होती थी। अधिकांश सुबह मैं मक्के, गेहूं, दालों, कपास के खेतों में काम करने वाले लोगों के साथ खेत चला जाता था। कामकाजी दिन तीन-तीन घंटों के दो हिस्सों में बंटा होता था। बीच में विश्राम के वक़्त भोजन होता था, जो छोटे बच्चे या महिलाएं स्टेनलेस स्टील के बर्तनों में लाती थीं। भोजन आमतौर पर रोटियों, मसालेदार मसूर की दाल, आम की चटनी और कच्चे प्याज का होता था, जिसे नींबू के रस के साथ परोसा जाता था। समूह में भोजन करने के बाद लोग छांव तलाशते थे, जहां एकाध घंटे की नींद निकाली जा सके। जब काम दोबारा शुरू होता था तो खाने और उसके बाद नींद से तरोताजा किसान और अधिक उत्साह के साथ काम करने लगते थे। जब तक कि वरिष्ठ लोग काम रोकने के लिए नहीं कहें। उसके बाद मुख्य सड़कों में से एक पर कतारबद्ध होकर गांव वाले अपने खेतों के बीच से गुजरते हुए अधिकांशतः हंसी-मज़ाक़ करते हुए गांव को लौट जाते थे।

गांव में पुरुषों के करने के लिए बहुत कम काम था। खाना बनाना, सफ़ाई, धुलाई और यहां तक कि घर की नियमित देखभाल का जिम्मा महिलाओं का होता था-अधिकांशतः बुज़ुर्ग महिलाओं के मार्गदर्शन में युवा महिलाएं यह किया करती थीं। गांव की एक औसत महिला चार घंटे काम करती है। वह अपना अधिकांश खाली वक़्त बच्चों से खेलने में बिताती हैं। गांव के पुरुष औसतन चार दिन के सप्ताह में प्रतिदिन छह घंटे काम करते हैं। रोपाई और कटाई के वक़्त अतिरिक्त काम करने की ज़रूरत होती है, लेकिन आमतौर पर महाराष्ट्र के गांव वाले शहरों के कामकाजी पुरुषों और महिलाओं की तुलना में कम घंटे काम करते हैं।

यह स्वर्ग नहीं था। कुछ लोगों ने सामूहिक खेतों में कड़ी मेहनत करके मुनाफ़ा कमाने के लिए एक पथरीली निजी ज़मीन पर कपास की नक़दी फ़सल लगाई थी। बारिश जल्दी या देरी से आई। खेत पानी में डूब गए या कीड़ों और फ़सल की बीमारियों की भेंट चढ़ गए। विशेष रचनात्मकता की अभिव्यक्ति के लिए कोई विशेष इंतज़ाम नहीं होने के कारण महिलाओं की प्रतिभाएं यूं ही समाप्त हो जाती थीं। अन्य अपने प्रतिभावान बच्चों की धीमी बर्बादी देखते हैं, जो शायद किसी और जगह होते तो उन्होंने कुछ और हासिल किया होता, किसी ज़्यादा व्यस्त जगह पर, लेकिन यहां तो वह गांव, खेतों और नदी से ज़्यादा कुछ भी नहीं जान पाते। कई बार, बहुत कम बार, कोई पुरुष या महिला इतना परेशान हो जाता था कि रात को गांव के सन्नाटे के बीच उसकी सिसकियां सुनी जा सकती थीं।

लेकिन जैसा कि प्रभाकर ने कहा था, लोग हर दिन गाना गाते थे। अगर अच्छे खाने, हंसने, गाने और मिलनसार स्वभाव को ही ख़ुशहाली और ख़ुशी के

पैमाने मान लें तो इस लिहाज से ज़िंदगी के इन गुणों में गांव वाले अपने सभी पश्चिमी देशों के लोगों की तुलना में बेहतर थे। वहां छह महीने रहने के दौरान मैंने किसी की क्रूर आवाज़ नहीं सुनी और ना ही किसी को किसी पर गुस्से में हाथ उठाते ही देखा। साथ ही प्रभाकर के गांव के पुरुष और महिला पर्याप्त रूप से स्वस्थ थे। बुज़ुर्ग थुलथुल थे, लेकिन मोटे नहीं थे और अभिभावक दमकती आंखों के साथ पूरी तरह से चुस्त-दुरुस्त थे और बच्चों में कोई शारीरिक विकृति नहीं थी और वह चतुर और उमंग से भरे हुए थे।

इस गांव में एक तरह का विश्वास था, जो मैंने कभी किसी शहर में नहीं देखा : यह विश्वास तब क़ायम होता है जब मिट्टी और उस पर काम करने वाली पीढ़ी समतुल्य हो जाती है, जब इंसान होने की पहचान और प्रकृति का स्वभाव एकरूप हो जाता है। शहर स्थायी और अपरिवर्तनीय परिवर्तन के केंद्र होते हैं। शहररूपी नाग की एक सुनिश्चित आवाज़ होती है, हथौड़े की आवाज़-एक चेतावनी भरी आवाज़ जब कारोबार रूपी सर्प दंश करता है। लेकिन गांव में परिवर्तन नित्य होता है। प्रकृति में जो परिवर्तन होता है, वह मौसम के एक चक्र से दोबारा स्थापित हो जाता है। जो धरती से आता है वहीं लौट जाता है। जो फलता-फूलता है वह मृत होकर दोबारा खिलता है।

और जब मुझे गांव में तीन महीने हो गए, रुखमाबाई और सुंदर गांव के लोगों ने उस विश्वास का एक हिस्सा मुझे भी दे दिया : उनके एक हिस्से और उनकी ज़िंदगियों ने मेरी ज़िंदगी को हमेशा के लिए बदल डाला। जिस दिन मानसून की शुरुआत हुई, मैं दर्जन भर युवकों और लगभग 20 बच्चों के साथ नदी में तैरने का मज़े ले रहा था। कई सप्ताह से आसमान में मंडराने वाले घने काले बादलों ने क्षितिज से क्षितिज तक डेरा डाल लिया था और ऐसा लग रहा था कि वह पेड़ों के सिरों को चूम रहे हैं। 8 महीने के सूखे के बाद हवा में बारिश की इतनी उम्दा ख़ुशबू थी कि हम उत्साह से भर गए थे।

बच्चों ने मेरा हाथ पकड़कर चिल्लाना शुरू किया, *'पाउस आला। पाउस आला।'* उन्होंने बादलों की तरफ़ इशारा किया और मुझे गांव की ओर खींचकर ले जाने लगे। *बारिश आ रही है, चलो घर चलें!*

हम भाग ही रहे थे कि बारिश की पहली बूंदें गिरने लगीं। कुछ ही देर में यह तेज़ बारिश में बदल गई। कुछ ही देर में झरना जलप्रपात में बदल चुका था। एक घंटे में तो मानसून इतनी अनवरत बौछारों में बदल चुका था कि मुंह को ढंके बग़ैर सांस लेना तक मुश्किल हो गया था।

पहले गांव वालों ने कुछ देर बारिश में नाच किया और एक-दूसरे से हंसी-ठिठोली करने लगे। कुछ ने साबुन लेकर आसमानी बारिश में स्नान का आनंद लिया। कुछ लोग स्थानीय मंदिर में जाकर बारिश के लिए शुक्रिया अदा करने लगे। अन्य लोगों ने ख़ुद को घर की छतों की मरम्मत और मिट्टी की ईंटों की दीवारों वाले घरों की नालियों को दुरुस्त करने में व्यस्त कर लिया।

अंत में हर कोई रुककर बारिश के प्रवाह का आनंद लेने लगा। हर घर के दरवाज़े पर भीड़ सी जमा हो चुकी थी जो हर कड़कती बिजली को हैरानी के साथ देख रही थी।

कुछ घंटों की भारी बारिश के बाद फिर तक़रीबन उतनी ही देर की शांति फैल गई। सूरज बीच-बीच में से झांकने लगा, बारिश का पानी गर्म धरती पर बहने लगा। मौसम के पहले दस दिन इसी तरह से चले। भीषण तूफ़ान और फिर सन्नाटा। मानो मानसून अंतिम हमले से पहले गांव वालों की तैयारियों का जायज़ा लेना चाहता हो।

और फिर जब ज़ोरदार बारिश लौटी तो फिर लगातार सात दिन-रात तक यह बिना रुके होती ही रही। सातवें दिन मैं गांव की नदी के किनारे पर पहुंचा, अपने कुछ कपड़ों को धोने के लिए। एक बार मैं अपना साबुन उठाने के लिए आगे बढ़ा और मैंने पाया कि जिस पत्थर पर मैंने उसे रखा था, वह डूब चुका है। कुछ देर पहले मेरे नंगे पैरों को चूमता पानी कुछ ही सेकेंड्स में मेरे घुटनों तक आ चुका था। मैं जबकि तेज़ होते प्रवाह की ओर देख रहा था, पानी मेरी जांघों तक आ गया और वह बढ़ता ही जा रहा था।

हैरानी में कुछ असहज होकर मैं अपने गीले कपड़ों के साथ पानी से बाहर निकला और गांव की ओर जाने लगा। रास्ते में मैंने दो बार नदी के बढ़ते पानी को देखा। गहरे किनारे अचानक डूब चुके थे और फिर तो ढलान वाला मैदान भी पानी के भीतर जाने लगा। बाढ़ सबको अपनी चपेट में ले रही थी। यह इतना तेज़ था कि बेरोकटोक नदी अब तेज़ी से गांव की ओर बढ़ने लगी थी। चिंतित होकर मैं गांव वालों को चेतावनी देने के लिए दौड़ पड़ा।

'नदी! नदी आ रही है!' मैं टूटी-फूटी मराठी में चिल्लाया।

मेरी परेशानी को समझने के बीच मेरी भाषा को नहीं समझ सके गांव वाले मेरे चारों ओर इकट्ठा हो गए और फिर उन्होंने प्रभाकर को बुलाकर सवालों की झड़ी लगा दी।

'क्या हो गया लिन? लोग तुमसे बहुत नाराज़ हैं।'

'नदी! नदी तेज़ी से आ रही है। वह पूरे गांव को बहा ले जाएगी!'

प्रभाकर मुस्कराया।

'ओह नहीं लिन। ऐसा नहीं होगा।'

'मैं तुम्हें बता रहा हूं! मैंने देखा है। प्रभाकर मैं मज़ाक़ नहीं कर रहा हूं। नदी में बाढ़ आ गई है।'

प्रभाकर ने मेरे शब्द दूसरों को अनुवाद करके सुनाए। सभी हंसने लगे।

मैंने हताशा में चिल्लाते हुए कहा, 'तुम सब पागल हो गए हो क्या? यह मज़ाक़ की बात नहीं है।'

वह और ज़ोरों से हंसने लगे और उन्होंने मुझे घेर लिया। वह थपकियां देकर सहलाकर मेरे डर को कम करने का प्रयास करने लगे। उनके हंसने की आवाज़ों में

राहत देने वाले शब्द भी थे। फिर प्रभाकर को सबसे आगे करके भीड़ मुझे लगभग धकेलते हुए नदी की ओर लेकर चलने लगी।

बस कुछ सौ मीटर दूर स्थित नदी प्रलयंकारी रूप में थी और उफनती नहरों के साथ पूरी ताक़त से घाटी को चीरते हुए आगे बढ़ रही थी। हम वहां खड़े ही थे कि बारिश ने भी दोगुनी गति पकड़ ली। हमारे कपड़े ज़मीन की ही तरह पूरी तरह से तरबतर हो गए। और फिर भी नदी थी कि विकराल होती ही जा रही थी, हर बार और ज़मीन को अपनी ज़द में लेते हुए।

प्रभाकर ने मुझे शांत करने के लिए अपने बेहद चिढ़ाने वाले प्रयास के तहत कहा, 'वे लकड़ियां देख रहे हो लिन। वे लकड़ियां बाढ़ के खेल की लकड़ियां हैं। तुम्हें याद है जब लोग उन्हें मैदान में गाड़ रहे थे? सतीश और पांडे, नारायण और भरत... तुम्हें याद है?'

मुझे याद था। एक ही दिन पहले यहां किसी तरह की लॉटरी का खेल हुआ था। 112 नंबर, गांव के हर व्यक्ति के लिए एक नंबर-काग़ज़ की छोटी सी पर्चियों पर लिखकर मिट्टी के एक ख़ाली बर्तन में मिश्रित कर दिए गए थे। उसके बाद लोग उसमें से पर्चियां निकालने के लिए पंक्तिबद्ध हो गए थे। उसके बाद उन्हीं नंबरों का एक और सेट बर्तन में मिला दिया गया। एक छोटी सी लड़की को उस बर्तन से छह नंबर निकालने का सम्मान मिला था। पूरा गांव इस समारोह को देख रहा था और विजेताओं के लिए तालियां बजा रहा था।

जो छह लोग नंबर निकलने से जीते थे, उन्हें तकरीबन एक मीटर लंबा लकड़ी का खूंटा ज़मीन में गाड़ने का अवसर मिला था। इसी तरह से गांव के तीन सबसे बुज़ुर्ग लोगों को नंबर वाली लॉटरी के बग़ैर ही ऐसे खूंटे गाड़ने का अवसर मिला हुआ था। उन्होंने खूंटे गाड़ने के लिए जगह का चयन किया और युवाओं ने पहले खूंटे ज़मीन में गाड़े। जब सारे खूंटों को अपनी-अपनी जगह गाड़ दिया गया तो लोगों के नाम की झंडियां उन पर बांध दी गई। उसके बाद लोग अपने-अपने घरों को लौट गए थे।

मैंने एक पेड़ की शाखाओं पर बैठकर यह समारोह देखा था। उस वक़्त मैं मराठी भाषा के अपने छोटे से शब्दकोष पर काम कर रहा था। इनकी वर्तनी हर दिन गांव में सुने जाने वाले शब्दों की ध्वनियों के आधार पर लिखी हुई थी। मैंने समारोह पर बहुत कम ध्यान दिया था और मैंने इसका उद्देश्य तक जानने की कोशिश नहीं की।

हम जबकि धुंआधार बारिश में खड़े थे और तेज़ी से उफनती नदी को देख रहे थे, प्रभाकर ने खुलासा किया कि वह लकड़ी के खूंटे बाढ़ के खेल का हिस्सा थे, जो हर साल खेला जाता था। गांव के सबसे बुज़ुर्ग व्यक्तियों और उन छह लोगों को यह अनुमान लगाने का अवसर मिलता था कि इस साल बाढ़ का पानी कहां तक आएगा। लकड़ी का हर खूंटा, रेशमी कपड़े के साथ, उस व्यक्ति के सर्वश्रेष्ठ अनुमान को बताता था।

प्रभाकर ने हमसे सबसे दूर गड़े खूंटे की ओर इशारा करते हुए कहा, 'तुम उसे देख रहे हो वह छोटा सा झंडा? वह बिलकुल जा चुका है। आज या कल रात तक नदी उसे डुबो देगी।'

उसने मुझे जो कुछ बताया उसका भीड़ के लिए भी अनुवाद किया। उन्होंने गाय चराने वाले सतीश को आगे की ओर धकेल दिया। वह डूबा हुआ खूंटा उसका था और उसने यह बात स्वीकार ली। शर्मीली हंसी और नज़रें नीचे करते हुए। इस दौरान उसके दोस्त और बूढ़े लोग उसकी खिल्ली उड़ाने लगे।

प्रभाकर ने हमारे सबसे पास स्थित खूंटे की ओर इशारा करते हुए कहा, 'और यह यहां पर। यहां नदी कभी नहीं छुएगी। नदी इस जगह से ज़्यादा आगे कभी भी नहीं आती। बुज़ुर्ग दीपकभाई ने इस जगह का चुनाव किया है। उनका मानना है कि इस वर्ष का मानसून काफ़ी ज़ोरदार होगा।'

लोगों की रुचि ख़त्म होने लगी थी और वह वापस गांव की ओर चल पड़े। मैं और प्रभाकर अकेले खड़े रहे।

'लेकिन... तुम कैसे जानते हो कि नदी इस बिंदु से आगे नहीं बढ़ेगी?'

'हम यहां काफ़ी अरसे से बसे हुए हैं। सुंदर गांव को यहां बसे दो हज़ार वर्ष हो चुके हैं। अगला गांव नातिनखेड़ा तो और भी पुराना है। तक़रीबन तीन हज़ार वर्ष पुराना। कुछ अन्य जगहों पर–यहां नहीं–लोगों का मानसून के दौरान बाढ़ का अनुभव बहुत बुरा रहा है। लेकिन यहां नहीं। सुंदर में नहीं। हमारी नदी कभी भी इतनी दूर तक नहीं आई है। इस वर्ष भी मुझे लगता नहीं कि वह इतनी दूर तक आएगी, यहां तक कि बुज़ुर्ग दीपकभाई का भी यही मानना है। हर कोई जानता है कि नदी कहां पर रुक जाएगी, लिन।'

उसने आंखें उठाकर रीते होते जा रहे बादलों की ओर देखा।

'लेकिन आमतौर पर हम बारिश के रुकने तक इंतज़ार करते हैं और फिर घरों से बाहर आकर बाढ़ के खेल के खूंटों का निरीक्षण करते हैं। लिन, अगर तुम्हें कोई आपत्ति नहीं हो तो मैं कपड़ों के साथ तैरने जा रहा हूं। और घर लौटने से पहले मैं अपनी हड्डियों में घुसे पानी को निचोड़कर बाहर निकालना चाहता हूं।'

मैंने सीधे आगे की तरफ़ देखा। उसने घने काले बादलों के एक और समूह की ओर देखकर एक और सवाल पूछा।

'लिन, तुम्हारे देश में क्या, तुम्हें नहीं पता होता कि नदी कहां पर रुक जाएगी?'

मैंने उसका जवाब नहीं दिया। अंततः वह मेरे पास आया और उसने मेरी पीठ थपथपाई और फिर अकेले ही चला गया। अकेले खड़े होकर मैं कुछ देर तक भीगती दुनिया को देखता रहा और अंत में अपना मुंह बादलों से घिरे आसमान की ओर कर दिया।

मैं एक अन्य तरह की नदी के बारे में सोच रहा था। वह नदी जो हम सबके भीतर बहती रहती है। फिर हम दुनिया के किसी भी कोने से आए हों। यह नदी है दिल की नदी और उसकी ख़्वाहिशों की नदी। यह हम सबके अस्तित्व का शुद्ध और अनिवार्य सत्य है, और जिसे हासिल किया जा सकता है। मैं ताउम्र एक लड़ाका रहा। मैं हमेशा तत्पर रहता था, बहुत ज़्यादा तत्पर, हर उस बात के लिए जिससे मैं प्यार करता था या हर उस बात के ख़िलाफ़ जिसे मैं नापसंद करता था। अंत में तो मैं उस लड़ाई की अभिव्यक्ति बनकर रह गया। मेरा असली स्वभाव उत्पात और शत्रुता के आवरण के पीछे छिपकर रह गया। मेरे चेहरे और मेरे शरीर से यही संदेश, अन्य कठोर लोगों की ही तरह, मिलता था कि मुझसे पंगा मत लेना। अंत में मैं इस भावना के प्रदर्शन में इस हद तक सफल हो गया कि मेरी पूरी ज़िंदगी ही एक संदेश बन गई।

यह गांव में असफल रहा। यहां कोई भी मेरे शरीर की भाषा को नहीं पढ़ सकता था। वह किसी अन्य विदेशी को जानते नहीं थे और उनके पास संदर्भ के लिए कुछ भी नहीं था। मुस्कान भयावह हो या कठोर वह हंस देते थे और मेरी पीठ पर उत्साह बढ़ाने के लिए धौल जमा देते थे। मेरे चेहरे पर चाहे जो भी भाव हों, वह मुझे शांतिप्रिय व्यक्ति ही मानते थे। मैं एक क़िस्म का मसखरा था, जिसने काफ़ी कड़ी मेहनत की हो, बच्चों के लिए जो बेवकूफ़ की भूमिका अदा करता हो, उनके साथ गाता हो, उनके साथ नाचता हो और उनके साथ खुले दिल से हंसता हो।

और मुझे लगता है कि मैं उस वक़्त वैसा ही हंसता था। मुझे ख़ुद को दोबारा खोजने का एक अवसर मिला था, अंदर की नदी के साथ चलने का और एक ऐसा इंसान बनने का जो मैं हमेशा बनना चाहता था। उस दिन जब बारिश में तीन घंटे खड़े रहने के बाद मुझे लकड़ियों के खूंटों के बाढ़ वाले खेल का पता चला था, प्रभाकर की मां ने मुझे बताया कि उन्होंने गांव की महिलाओं की एक बैठक बुलाई है : उन्होंने मुझे एक नया नाम देने का फ़ैसला किया है। एक महाराष्ट्रियन नाम ठीक उनकी तरह। चूंकि मैं प्रभाकर के घर में था, इसलिए फ़ैसला लिया गया कि मुझे खरे परिवार का नाम ही मिलना चाहिए। चूंकि किशन प्रभाकर के पिताजी थे और मुझे दत्तक लेने वाले पिता, इसलिए परंपरा के मुताबिक़ मुझे उनका नाम अपने नाम के बीच में रखना चाहिए। और चूंकि मेरा स्वभाव शांतिपूर्ण ख़ुशी से समृद्ध था, इसलिए रुखमाबाई ने फ़ैसला लिया और महिलाएं भी उनके नाम के विकल्प से सहमत हो गईं। यह था *शांताराम।* जिसका मतलब था *शांतिपुरुष या ईश्वरीय शांति वाला पुरुष।*

उन किसानों ने मेरी ज़िंदगी की ज़मीन में अपने खूंटे गाड़ दिए थे। वह मेरे भीतर की उस जगह को जान चुके थे, जहां नदी रुक जाती थी और उन्होंने उस जगह को नया नाम दे डाला। शांताराम किशन खरे। मुझे नहीं पता कि क्या उन्हें यह नाम उस व्यक्ति के दिल में मिला जिसे वह मैं समझते थे या फिर उन्होंने उसे वहां लगाया, दुआ मांगने वाले पेड़ की तरह, फलने-फूलने के लिए। बात चाहे जो हो ,चाहे उन्होंने

शांति देखी हो या फिर उसका निर्माण किया हो, सच्चाई तो यही है कि वह व्यक्ति जो मैं हूं, उन लम्हों में ही जन्मा था, जब मैं बाढ़ के खूंटों के बीच पवित्र बारिश में आसमान की ओर मुंह करके खड़ा था। शांताराम। एक बेहतर इंसान, जो धीरे-धीरे हालांकि बहुत देर से, मैं बनने लगा था।

अध्याय 7

'वह एक सुंदर वेश्या है,' प्रभाकर गिड़गिड़ाया, 'वह बेहद संवेदनशील और महत्त्वपूर्ण जगहों पर मोटी है। आप चाहे जहां उसे थाम सकते हैं। आप इतने उत्तेजित होंगे कि ख़ुद को व्याकुल कर लेंगे।'

मैंने बमुश्किल हंसी को रोकते हुए कहा, 'यह बहुत आकर्षक प्रस्ताव है प्रभु, लेकिन मेरी वाक़ई कोई रुचि नहीं है। हमने कल ही गांव छोड़ा है और मुझे लगता है कि मेरा दिमाग़ अब भी वहीं पर है। मैं बस... मूड में नहीं हूं।'

'बाबा, मूड कोई समस्या नहीं है। आप बस कुछ उछलकूद कीजिए आपका मूड अपने-आप तेज़ी से ठीक हो जाएगा। *फटाफट।*'

'शायद तुम ठीक कह रहे हो, लेकिन फिर भी मैं इसे टालना चाहूंगा।'

उसने रिरियाते हुए कहा, 'लेकिन वह इतनी ज़्यादा अनुभवी है! वे लोग मुझे बता रहे थे कि उसे इस काम में महारत है और इस होटल में ही उसने सैकड़ों ग्राहकों के साथ संबंध बनाए हैं। मैंने उसे देखा है। मैंने उसकी आंखों में देखा है और मैं जानता हूं कि वह इस काम में बहुत बड़ी विशेषज्ञ है।'

'प्रभु, मुझे वेश्या नहीं चाहिए। फिर भले ही वह कितनी भी विशेषज्ञ क्यों नहीं हो।'

'लेकिन अगर आप उसे केवल एक बार देख लेंगे। आप उसके दीवाने हो जाएंगे।'

'माफ़ करना प्रभु।'

'लेकिन मैंने उन्हें बताया कि... आप आकर उसे देखोगे। केवल देखेंगे। देखने में कोई नुक़सान नहीं है लिन बाबा।'

'नहीं।'

'लेकिन... लेकिन अगर आप नहीं आए और आपने उसे नहीं देखा तो मेरे द्वारा जमा नक़दी मुझे वापस नहीं मिलेगी।'

'तुमने नक़द राशि जमा की है?'

'हां, लिन।'

'तुमने नक़द राशि जमा की है ताकि मैं इस होटल में एक महिला से शारीरिक संबंध बनाऊं?'

उसने हाथ उठाकर हताशा में गिराते हुए कहा, 'हां, लिन। तुम गांव में छह महीने थे। छह महीने में तुमने कोई शारीरिक संबंध नहीं बनाए। मुझे लगा कि तुम्हें इसकी बहुत ज़्यादा ज़रूरत महसूस हो रही होगी। अगर तुम उसे बस एक नज़र नहीं देखोगे तो मेरी जमा नक़दी डूब जाएगी।'

मैंने उसके असहाय भाव को दोहराते हुए कहा, 'ठीक है। चलो एक बार देख लेते हैं, ताकि तुम्हें छुटकारा मिले।'

मैंने अपने होटल का दरवाज़ा खींचकर उस पर ताला जड़ दिया। हम साथ में चौड़े गलियारे में आगे बढ़ने लगे। बॉम्बे के उत्तर में औरंगाबाद का अप्सरा होटल 100 साल से ज़्यादा पुराना था और एक अधिक बेहतर युग की सेवा के लिए बनाया गया था। ऊंचे, चौड़े कमरों में व्यस्त रास्ते की ओर बड़े छज्जे थे और उनमें और छतों पर काफ़ी नक़्क़ाशी की गई थी। फ़र्नीचर पुराना और अस्त-व्यस्त था। गलियारे में बिछे गालीचे में जगह-जगह छेद हो चुके थे। दीवारों से रंग उखड़ रहा था और वह गंदी भी थी। कमरे बहुत सस्ते थे। प्रभाकर ने बॉम्बे वापसी के सफ़र में मुझे एक ख़ुशियों भरी रात बिताने का विश्वास दिलाया था।

हम इमारत की हमारी मंज़िल के अंतिम कमरे के बाहर आकर रुक गए। प्रभाकर उत्तेजना से कांप रहा था। उसकी आंखें चौड़ी हो चुकी थीं।

मैंने दरवाज़ा खटखटाया। तत्काल एक महिला ने दरवाज़ा खोला, जिसकी उम्र तक़रीबन 50 वर्ष थी, वह दरवाज़े में खड़ी थी। उसने लाल-पीली साड़ी पहन रखी थी और उसने हमारी ओर दुर्भावना भरी नज़र से देखा। उसके पीछे कमरे में कुछ लोग मौजूद थे। वह सब प्रभाकर के गांव के किसानों की तरह धोती और सफ़ेद टोपियों में थे। वह ज़मीन पर बैठकर दाल, चावल और रोटी पर जमकर हाथ साफ़ कर रहे थे।

उस महिला ने गलियारे में आकर दरवाज़े को अपने पीछे बंद कर दिया। उसने अपनी नज़र प्रभाकर पर जमा दी। वह उससे काफ़ी ठिगना था और उसने उसकी भयावह नज़र का जवाब स्कूल के दबंग के छोटे गुर्गे की तरह दिया।

उससे नज़र बिलकुल भी नहीं हटाते हुए कहा, 'देखा लिन? देखा तुमने जो मैं कह रहा था?'

जो मैं देख रहा था, वह था एक चौड़ा चेहरा जिस पर एक बड़ी सी चपटी नाक थी और होंठ इतने पतले थे कि उसका मुंह किसी सीपी सा दिख रहा था, जिसमें किसी ने डंडी घुसा दी हो। उसके चेहरे और गले का मेकअप किसी गिशा की तरह गाढ़ा था जो उसकी अभिव्यक्ति को खलनायक जैसा तीखापन दे रहा था।

प्रभाकर ने उस महिला से मराठी में बात की।

'उसे दिखाओ!'

उसने साड़ी पर लपेटी शॉल उठाकर पेट की मोटी सलवटें दिखाईं और उसके बाद मांसल हिस्से को अंगुलियों से दबाकर मेरी ओर देखकर एक भौंह उचकाकर तारीफ़ की अपेक्षा व्यक्त की।

प्रभाकर ने हल्की आह भरी और उसकी आंखें और अधिक चौड़ी हो गईं।

उस महिला ने फिर नाटकीय तरीक़े से गलियारे में चलकर दिखाया और अंत में ब्लाउज़ को कुछ इंच उठाकर अपना वक्ष दिखाया और मेरी तरफ़ बड़े ही अज़ीब तरह के भाव चेहरे पर लाए। अंधेरे में तीर चलाते हुए मेरा सबसे बेहतर अनुमान यही था कि यह ख़तरनाक उपहासपूर्ण कटाक्ष था।

प्रभाकर का मुंह और अधिक खुल गया और वह खुले मुंह से ही आवाज़ करके सांस लेने लगा।

महिला ने वक्ष को ढंकते हुए अपनी लंबी चोटी को झटका दिया। उसने चोटी को दोनों हाथों में लेकर ऐसे दबाना शुरू किया जैसे मानो किसी आधी ख़ाली टूथपेस्ट को रीता कर रही हो। उसकी अंगुलियों पर जमा नारियल तेल नीचे गलीचे पर टपकने लगा।

टपकते तेल की तरफ़ किसी भूखे की तरह देखते हुए डरते-डरते प्रभाकर ने कहा, 'तुम्हें पता है लिन, अगर तुम इस महिला के साथ शारीरिक संबंध नहीं बनाना चाहते... अगर तुम वाक़ई नहीं चाहते... तो ठीक है... मैं अपने लिए अपने द्वारा जमा नक़दी का उपयोग कर सकता हूं।'

मैंने महिला की ओर विनम्र मुस्कान फेंकी और जवाब दिया, 'प्रभाकर मैं तुम्हें अपने कमरे में मिलता हूं।'

मैंने सोचा कि उस वक़्त का इस्तेमाल मैं अपने मराठी शब्दकोष को बेहतर बनाने के लिए कर लूंगा। सूची में पहले ही प्रतिदिन इस्तेमाल होने वाले 600 शब्द जमा हो चुके थे। गांव के लोग जब मुझे शब्द और वाक्य बताते थे तो मैं उन्हें काग़ज़ की चिटों पर लिख लिया करता था और फिर उन्हें अपनी अध्ययन पुस्तिका में भविष्य के इस्तेमाल के लिए दर्ज़ कर लेता था। उन चिटों में से अंतिम और सबसे ताज़ातरीन मेरे लेखन टेबल पर फैले हुए थे और मैं बस अपनी पुस्तिका में लिखना शुरू करने ही वाला था कि दरवाज़ा खुला और प्रभाकर मटकते हुए कमरे में घुसा। वह मुझसे बात किए बग़ैर आगे निकल गया और बिस्तर पर पीठ के बल जा गिरा। उसे वेश्या के दरवाज़े पर छोड़ने के बाद से नौ मिनट गुज़र चुके थे।

उसने ख़ुशी से आह भरते हुए कहा, 'ओह लिन!' छत की ओर देखकर मुस्कराते हुए बोला, 'मुझे यह पता था। मैं जानता था कि वह बहुत अनुभवी महिला है।'

मैं हैरान होकर उसकी ओर देखता रहा।

उसने अपने पैरों को बिस्तर पर झुलाते हुए कहा, 'हां! उसने मेरे पूरे पैसे वसूल करवा दिए। मैंने भी उसे बहुत संतुष्टि दी। और अब चलो बाहर। हम कुछ खा लेते हैं और कुछ ड्रिंक्स भी। पार्टी!'

मैंने कहा, 'निश्चित तौर पर, अगर तुम्हें लगता है कि तुममें अब भी ताक़त बची है।'

'ताक़त की इस जगह पर कोई ज़रुरत नहीं है बाबा। मैं जिस जगह पर तुम्हें ले जा रहा हूं, वह इतनी अच्छी है कि अक्सर आप वहां पर पीते हुए बैठ भी सकते हैं।'

अपने शब्दों जितना ही खरा प्रभाकर मुझे एक झोपड़ी की ओर ले गया, जो शहर के बाहरी इलाक़े के अंतिम बस स्टॉप से भी एक घंटे की दूरी पर थी। कुछ ही देर में हम धूल के बीच बार की पत्थर की संकरी बेंचों पर पक्के शराबियों का हिस्सा बन चुके थे। ऐसी जगह को ऑस्ट्रेलिया में *स्लाय ग्रॉग शॉप* कहा जाता था : बिना लाइसेंस का बार, जहां लोग तय मानकों को ताक पर रखकर तैयार शराब मनमानी रूप से तय क़ीमतों पर ख़रीदते हैं।

बार में जिन लोगों के साथ हम बैठे थे वह मज़दूर, किसान और नियमित तौर पर क़ानून तोड़ने वाले लोग थे। उन सबके चेहरे पर उदासी और उत्पीड़न के भाव थे। वह बहुत कम बोल रहे थे या फिर बिलकुल भी नहीं। दुर्गंधयुक्त देसी शराब पीते हुए उनके चेहरे विकृत हो जाते थे और हर गिलास के बाद आह, कराह सुनने को मिलती थी। जब मैं और प्रभाकर उनके साथ जुड़े तो हमने एक ही घूंट में शराब को हलक़ से नीचे उतार दिया। एक हाथ से नाक बंद करके हमने उस हानिकारक रासायनिक पेय को पी डाला। बेहद उग्र दृढ़ निश्चय दिखाते हुए हमने उस ज़हर को पेट में उतारने की इच्छाशक्ति हासिल कर ली थी। और जब हम पूरी तरह से उबरे तो बिना किसी हिचकिचाहट के अगले ज़हरीले दौर को न्यौता दे डाला।

यह एक गंभीर और बिलकुल भी मज़ा नहीं देने वाला काम था। तनाव हर एक चेहरे पर दिखाई दे रहा था। कुछ के लिए और पी पाना मुश्किल हो गया तो उन्होंने लज्जित होकर हार स्वीकार ली। कुछ लड़खड़ाने लगे, लेकिन कष्ट को सहन कर रहे साथियों की हौसला अफ़ज़ाई ने उन्हें फिर तैयार कर लिया। प्रभाकर उस ख़तरनाक पेय का पांचवां गिलास हाथ में थामे बड़ी देर तक सोचता रहा। मुझे लगा कि वह हार मानने ही वाला है लेकिन अंततः उसने लंबी सांस ली और गिलास ख़ाली कर दिया। उसके बाद एक व्यक्ति ने अपना गिलास एक तरफ़ फेंक दिया और वह खड़ा होकर उस छोटे से कमरे के बीचोंबीच आ गया। उसने बेसुरी आवाज़ में अचानक गाना शुरू कर दिया और चूंकि उसे वहां मौज़ूद हम सभी लोगों का पूरी ताक़त से समर्थन मिला, हम सब समझ गए कि हमें चढ़ चुकी है।

एक के बाद एक हम सबने गाने गाए। रोते हुए राष्ट्रगान के गायन के बाद भक्तिगीतों की बारी आई। हिंदी के प्रेमगीतों के साथ दिल तोड़ देने वाली ग़ज़लें भी आईं। वहां मौज़ूद दो भीमकाय वेटरों ने समझ लिया कि नशा अगले स्तर पर पहुंच चुका है और उन्होंने शराब के ट्रे और गिलास कुछ देर के लिए बड़ी ही सफ़ाई के साथ हटा लिए। उन्होंने प्रवेश द्वार के दोनों ओर स्टूल पर बैठक जमा ली। वह मुस्करा रहे थे और सिर हिलाते हुए अपने हाथों में मौज़ूद लंबे, मोटे लकड़ी के डंडों को मज़बूत हाथों में थामकर बैठे थे। हम हर गाने के साथ तालियां बजा रहे थे और

उत्साहवर्धन भी कर रहे थे। जब मेरी बारी आई तो मैंने गाया, पता नहीं क्यों–पुराना किंक का गाना, 'यू रियली गॉट मी':

गर्ल यू रियली गॉट मी गोइंग
यू गॉट मी सो आई कांट स्लीप एट नाइट...

मैं इतना नशे में था कि प्रभाकर को सिखा सकता था और वह भी इतना पिया हुआ था कि कोरस में साथ देना सीख गया।

ओह, यस, बाय गॉड, यू आर ए गर्ल!
ऐंड यू रियली, रियली गॉट मी, इंजन्ट इट गोइंग?

शहर को लौटते हुए हम सब सुनसान अंधियारी सड़क पर गाते जा रहे थे। हम उस वक़्त भी गा रहे थे, जब एक सफ़ेद एम्बेसडर हमारे पास से गुजरी और मुड़कर आई। और हम तब भी गा रहे थे जब एम्बेसडर दोबारा हमारे पास से गुजरी और फिर एक बार और मुड़कर उसने सड़क के किनारे हमारा रास्ता रोक दिया। सबसे ऊंचे व्यक्ति ने मेरी कॉलर पकड़ी और मराठी में मुझ पर चिल्लाया।

मैंने भी मराठी में जवाब दिया, 'यह क्या है?'

बग़ल से एक व्यक्ति आगे आया और उसने मुझे छोटे दाएं हाथ से थप्पड़ मारा, जिससे मेरा सिर पीछे की ओर घूम गया। मेरे चेहरे और नाक पर दो और घूंसे लगे। मैं पीछे की ओर लड़खड़ाया और मुझे लगा कि मेरा एक पैर मेरे नीचे से उखड़ गया। गिरते हुए मैंने देखा कि प्रभाकर ने ख़ुद को उन चारों लोगों की ओर झोंक दिया था और उन्हें मुझ पर हमला करने से रोक रहा था। मैंने उठकर हमले का प्रयास किया। मेरा लेफ़्ट हुक और दाईं कोहनी सड़क की किसी भी लड़ाई में कारगर साबित होते थे। दोनों ज़ोरों से लगे। मेरे पास गिरा हुआ प्रभाकर फिर उठ खड़ा हुआ और उसने एक जंगली घास काटने वाला उपकरण उठा लिया। वह गिर गया और उसके पास खड़ा होकर पैरों से उसे बचाने के फेर में मैं भी चारों खाने चित्त हो गया। उसके बाद तो लातों और घूंसों की बारिश सी हो गई। मैंने ख़ुद को बचाने की कोशिश की और मेरे दिमाग़ में एक आवाज़ आई, *मैं यह जानता हूं... मैं यह जानता हूं।*

उन लोगों में मुझे दबोचकर रखा जबकि उनमें से एक ने बड़ी ही सफ़ाई के साथ मेरी जेबों की तलाशी ली। नशे में धुत्त होने और बुरी तरह से चोटग्रस्त होने के कारण मुझे अपने ऊपर कुछ काली आकृतियां ही दिखाई दे रही थीं। फिर मैंने एक और आवाज़ सुनी, प्रभाकर की आवाज़ और मैं उसकी गिड़गिड़ाहट में कुछ शब्द समझ गया और उन्हें उसके द्वारा दी जा रही गालियों को भी। उसने उन लोगों को एक विदेशी को पीटकर अपने देश और अपने ही लोगों को बदनाम करने के लिए

जमकर लताड़ लगाई, जिसने उन्हें कोई नुक़सान नहीं पहुंचाया था। यह काफ़ी तीखा भाषण जैसा था जिसमें उसने कायर कहा और महात्मा गांधी, बुद्ध, भगवान कृष्ण, मदर टेरेसा और बॉलीवुड के फ़िल्म अभिनेता अमिताभ बच्चन तक का वास्ता एक ही वाक्य में दे डाला। इसका असर पड़ा। समूह का सरगना मेरे पास आकर बैठ गया। मैंने अपनी नशे में धुत्त आंखों से खड़े होने और दोबारा लड़ने का प्रयास किया, लेकिन अन्य लोगों ने मुझे जमीन पर दबाकर रखा था। *मैं यह जानता हूं...मैं यह जानता हूं।*

वह आदमी मेरी आंखों में झांकने के लिए आगे की ओर झुका। उसका चेहरा काफ़ी कठोर और भावशून्य था, काफ़ी हद तक मेरी ही तरह। उसने अपनी फटी शर्ट को खोला और उसमें से कुछ निकाला। वह मेरा पासपोर्ट और घड़ी थी।

उन्होंने खड़े होकर नफ़रत भरी आवाज़ में प्रभाकर को कुछ खरी-खोटी सुनाई और फिर कार में बैठ गए। कार का दरवाज़ा ज़ोर से बंद हुआ और वह चली गई, हमें धूल और छोटे पत्थरों के बीच बिखरा हुआ छोड़कर।

एक बार यह सुनिश्चित हो जाने के बाद कि मुझे ज़्यादा चोटें नहीं आई हैं, प्रभाकर की दयनीयता अचानक उभरकर सामने आ गई। उसे रोने-कराहने का समय मिल गया और वह शोकाकुल हो चुका था। वह ख़ुद को ज़ोर-ज़ोर से कोस रहा था कि क्यों मुझे इस सुदूर बार में लाया और क्यों ख़ुद को और मुझे इतनी अधिक शराब पीने दी। उसने पूरी ईमानदारी के साथ कहा कि अगर संभव होता तो वह मेरे बदन पर पड़ी मार अपने ऊपर ले लेता। बॉम्बे के सर्वश्रेष्ठ स्ट्रीट गाइड की उसकी छवि बिखर चुकी थी। और उसके अपने देश, *भारत माताजी, मदर इंडिया,* के लिए बिना शर्त प्यार और जुनून को, शरीर पर लग सकने वाले गंभीरतम चोट से भी ज़्यादा चोट लगी थी।

जब मैं होटल के बड़े से सफ़ेद टाइल्स वाले बाथरूम के बेसिन में अपना मुंह धो रहा था तो उसने कहा, 'लिन, अब करने के लिए एक ही अच्छी बात बची है। जब हम वापस बॉम्बे लौटेंगे तो आपको अपने परिवार और अपने दोस्तों को टेलीग्राम भेजकर और अधिक पैसे मंगा लेने चाहिए। उसके बाद आपको न्यूज़ीलैंड उच्चायोग में जाकर आपातकालीन शिकायत करनी चाहिए।'

मैंने चेहरा सुखाकर बेसिन पर टिकते हुए अपना चेहरा आईने में देखा। चोट बहुत ज़्यादा बुरी नहीं थीं। एक आंख काली हो रही थी। मेरी नाक सूज चुकी थी, लेकिन टूटी नहीं थी। दोनों होंठ कटकर मोटे हो चुके थे और मेरे गालों और जबड़े पर कुछ खरोंच के निशान थे, जहां लातें त्वचा को चूमती हुई निकल गई थीं। मैं जानता था कि हालात इससे भी बुरे हो सकते थे। मैं एक हिंसक इलाक़े में पला-बढ़ा था, जहां कामकाजी वर्ग के गिरोह एक-दूसरे को शिकार बनाने की तैयारी में रहते थे और ख़ासतौर पर किसी अकेले व्यक्ति को, मेरी तरह के, जो उनके साथ जुड़ने से इंकार कर दे। और फिर वहां जेल थी। मैंने कभी भी न्यूज़ीलैंड की जेलों में यूनिफ़ॉर्म में मौज़ूद लोगों द्वारा लगाई जाने वाली मार से भीषण मार नहीं खाई है। वे जेल रक्षक

होते थे जिन्हें शांति बनाए रखने के लिए वेतन मिलता था। मेरी अपनी आवाज़ ने उसे ही याद किया था...*मैं यह जानता हूं...मैं यह जानता हूं।* वह याद थी सज़ा देने वाली इकाई के चार लोगों द्वारा दबोचकर रखे जाने की जबकि दो-तीन अन्य घूंसों, डंडे और जूतों से मुझ पर बरस पड़ते थे। निश्चित तौर पर उनसे मार खाना हमेशा ही बहुत बुरा होता था, क्योंकि उनसे तो अच्छे व्यक्ति होने की उम्मीद की जाती है। जब कोई बुरा आदमी आपकी पिटाई करे तो आप उस बात को समझ और स्वीकार सकते हो, लेकिन जब अच्छा व्यक्ति आपको हथकड़ियों की मदद से दीवार से बेड़ियों से बांध दे और फिर आपकी पिटाई आपको लात जमाने के लिए बारी-बारी आए, यह समूची प्रणाली है, यह समूची दुनिया है, जो कि आपकी हड्डियां तोड़ रही होती है। और फिर वह चीख़-चिल्लाहट थी। अन्य लोगों की, अन्य क़ैदियों की, चीख़ हर रात।

मैंने आईने में अपनी ही आंखों में झांककर देखा और प्रभाकर के सुझाव के बारे में सोचा। न्यूज़ीलैंड के उच्चायोग से संपर्क साधना असंभव था-या किसी भी अन्य दूतावास से। मैं अपने परिवार या दोस्तों से संपर्क नहीं साध सकता था, क्योंकि पुलिस की उन पर नज़र होगी और पुलिसवाले केवल मेरे संपर्क करने की ही राह देख रहे होंगे। कोई भी नहीं था। कोई मदद नहीं। कोई पैसा नहीं। चोरों ने मेरे पास की सारी की सारी धनराशि चुरा ली थी। मैं इस घटना की विडंबना को देख रहा था-भगोड़े हथियारबंद लुटेरे से किसी और ने उसकी ही वस्तुएं लूट ली थीं। कार्ला ने मेरे गांव रवाना होने से पहले क्या कहा था? *इस यात्रा पर शराब बिलकुल भी मत पीना...*

'प्रभु, न्यूज़ीलैंड में कोई पैसा नहीं है।' होटल के कमरे की ओर लौटते हुए मैंने कहा, 'मेरी मदद करने के लिए कोई परिवार नहीं है, कोई दोस्त नहीं है और उच्चायोग से कोई मदद नहीं है।'

'कोई पैसा नहीं है?'

'नहीं, कुछ भी नहीं।'

'और आपको और मिल भी नहीं सकता? किसी भी जगह से?'

'नहीं।' अपना सामान बैकपैक में रखते हुए मैंने कहा।

'यह तो बहुत ही गंभीर मुसीबत है। लिन अगर तुम्हें बुरा नहीं लगे तो मैं यह तुम्हें चोट और चेहरे पर खरोंच लगने के बाद भी बता रहा हूं।'

'मैं जानता हूं। क्या तुम्हें लगता है कि हम होटल के मैनेजर को मेरी घड़ी बेच सकते हैं?'

'हां, लिन मुझे लगता है निश्चित तौर पर। यह एक बहुत अच्छी घड़ी है। लेकिन मुझे नहीं लगता कि वह हमें इसका उचित दाम देगा। ऐसे मामलों में भारतीय कारोबारी अपने धर्म को पिछली जेब में रख देता है और वह केवल जमकर मोलभाव में ही यक़ीन रखता है।'

बैकपैक को बंद करते हुए मैंने जवाब दिया, 'कोई बात नहीं। जब तक कि इससे होटल बिल का भुगतान हो जाता है, यह पर्याप्त है। और आज ही रात हम वह ट्रेन पकड़ लेंगे जो तुम बताते हो कि बॉम्बे जाएगी। चलो अपना सामान समेटो और चलो।'

होटल के कमरे का दरवाज़ा बंद करते हुए उसने कहा, 'यह बहुत, बहुत ही बड़ी मुसीबत है। भारत में पैसा नहीं तो मौज नहीं। लिन, मैं तुम्हें बता रहा हूं।'

उसके होंठों और चेहरे पर वह चिंता के भाव बॉम्बे वापसी के पूरे रास्ते पर बने रहे। मेरी घड़ी की बिक्री ने औरंगाबाद के होटल का बिल चुका दिया था और बॉम्बे के इंडिया गेस्ट हाउस में और दो-तीन दिन रहने की भी व्यवस्था कर दी थी। अपना सामान अपने पसंदीदा कमरे में रखने के बाद मैं रिसेप्शन पर प्रभाकर से मिलकर उसकी खोई हुई बेहतरीन मुस्कान को लौटाने की कोशिश में लग गया।

उसने कहा, 'तुम वह सब बुरी बातों को मुझ पर छोड़ दो। तुम देखोगे लिन मैं तुम्हें ख़ुश कर देने वाले परिणाम दूंगा।'

मैंने उसे सीढ़ियों से उतरते हुए देखा और फिर मैनेजर आनंद को मुझसे दोस्ताना मराठी में बात करते हुए।

मैं पलटकर मुस्कराया और मराठी में बात करने लगा। गांव में छह महीने बिताने से मुझे प्रतिदिन इस्तेमाल किए जाने वाले बोलचाल के वाक्य अच्छी तरह से याद हो चुके थे। यह एक मामूली सी उपलब्धि थी, लेकिन आनंद ज़ाहिर तौर पर ख़ुश और हैरान हो गया था। कुछ मिनट की बातचीत के बाद उसने सभी साथी मैनेजरों और रूम बॉयज़ को मुझे उनकी भाषा में बोलते हुए देखने के लिए बुला लिया। उन सबके चेहरों पर ठीक वैसे ही ख़ुशी भरे हैरत के भाव थे। वे ऐसे विदेशियों को जानते थे जो थोड़ी-बहुत हिंदी बोल लेते थे या बहुत अच्छी, लेकिन उनमें से कोई भी ऐसे किसी विदेशी से नहीं मिला था, जो उनकी अपनी प्यारी मराठी भाषा में बोल लेता हो।

उन्होंने मुझसे सुंदर गांव के बारे में पूछा-उन्होंने कभी इसका नाम भी नहीं सुना था-और हमने गांव की दिनचर्या की बात की जो उनके गांवों की ही तरह थी। सभी को गांव के दिन याद आ गए। जब बातचीत ख़त्म हुई तो मैं अपने कमरे में लौट गया और बस दरवाज़ा बंद ही किया था कि अचानक किसी ने उस पर दस्तक दी।

'माफ़ कीजिएगा मैंने आपको परेशान किया।' यह आवाज़ एक ऊंचे क़द के विदेशी की थी जो जर्मनी या स्विट्ज़रलैंड का था। उसकी महीन दाढ़ी लंबे चेहरे पर सिरों तक फैली हुई थी और उसके सफ़ेद बाल पीछे की ओर चोटी में गूंथे हुए थे। 'मैंने आपको मैनेजर और रूम बॉयज़ के साथ बात करते हुए सुना... और मुझे यक़ीन है कि आपको यहां भारत में काफ़ी वक़्त हो चुका है... और... हम आज ही यहां पहुंचे। मैं और मेरी गर्लफ्रेंड और हम कुछ हशीश ख़रीदना चाहते हैं। क्या आप... जानते हैं जहां से हमें कुछ हशीश मिल जाएगी। बिना किसी के द्वारा धोखा दिए और बिना पुलिस की किसी परेशानी के?'

मैं निश्चित तौर पर जानता था। रात होने से पहले मैंने उन्हें बिना धोखा खाए मुद्रा विनिमय में भी मदद की। दाढ़ी वाला जर्मन और उसकी गर्लफ्रेंड सौदे से ख़ुश थे और उन्होंने मुझे कमीशन का भुगतान किया। कालाबाज़ारी, जो प्रभाकर के दोस्त और सड़क के पहचान वाले थे, इस बात से ख़ुश थे कि मैं उनके लिए नए ग्राहक लाया और उन्होंने भी मुझे कमीशन का भुगतान किया। मैं जानता था कि कुछ अन्य विदेशी भी होंगे, कोलाबा की हर सड़क पर, जिन्हें नशे की ज़रूरत होगी। होटल पर आनंद और उसके रूम बॉयज़ के साथ मेरी मराठी की बातचीत, जिसे जर्मन युगल ने सुन लिया था, ने मुझे शहर में अस्तित्व क़ायम रखने का एक ज़रिया दे दिया था।

एक ज़्यादा परेशान करने वाली समस्या थी मेरा पर्यटक वीज़ा। जब आनंद ने मुझे होटल में कमरा दिया था तो साथ ही में यह चेतावनी भी दे डाली थी कि मेरे वीज़ा की तारीख़ ख़त्म हो चुकी है। बॉम्बे में हर होटल को विदेशियों का एक रजिस्टर बनाना पड़ता था, जिसमें हर विदेशी नाम के आगे वीज़ा और पासपोर्ट की वैध प्रविष्टि करनी पड़ती थी। इस रजिस्टर को सी–फ़ॉर्म के नाम से जाना जाता था और पुलिस इसकी निगरानी को लेकर बेहद सतर्क थी। वीज़ा की अवधि ख़त्म हो जाने के बाद भी भारत में बने रहना अपराध था। कई मर्तबा तो इसके लिए दो वर्ष तक जेल में बिताने पड़ते थे और साथ ही सी–फ़ॉर्म में अनियमतिता के लिए पुलिस द्वारा दोषी होटल पर भारी जुर्माना भी ठोका जाता था।

आनंद ने रजिस्टर में आंकड़ों में हेरफेर करके मुझे प्रवेश देने से पहले ही मुझे ये सब बातें बता दी थीं। वह मुझे पसंद करता था। वह एक महाराष्ट्रियन था और मैं उससे मिला पहला ऐसा विदेशी जो उससे मराठी में बात कर सकता था। वह मेरे लिए एक बार नियम तोड़कर ख़ुश था, लेकिन उसने मुझे चेतावनी दी थी कि पुलिस मुख्यालय में स्थित विदेशी पंजीयन शाखा में तत्काल जाकर मुझे अपने वीज़ा की अवधि बढ़ा लेना चाहिए।

मैं अपने कमरे में बैठकर विकल्पों को तौल रहा था। बहुत ज़्यादा विकल्प उपलब्ध नहीं थे। मेरे पास बहुत कम पैसा था। यह सच है कि अनजाने में मैंने दलाल के तौर पर पैसे कमाने का एक तरीक़ा सीख लिया था, जो सचेत विदेशियों को काला बाज़ारियों के साथ व्यवहार में मदद करता था। हालांकि इस बात की कोई भरोसा नहीं था कि क्या यह होटल में रहने और रेस्तरां में खाने के लिए पर्याप्त होगा। और भारत से बाहर जाने के लिए विमान के टिकट का किराया तो यह निश्चित ही नहीं दे सकेगा। साथ ही मैं वीज़ा की अवधि के बाद भी भारत में टिका हुआ था और तकनीकी तौर पर आपराधिक गतिविधि का दोषी था। आनंद ने मुझे विश्वास दिलाया था कि पुलिसवाले वीज़ा की अवधि समाप्त हो जाने को महज़ एक अनदेखी मान लेंगे और बिना किसी पूछताछ के इसकी अवधि बढ़ा देंगे। लेकिन मैं अपनी आज़ादी को लेकर कोई भी अवसर नहीं लेना चाहता था। मैं विदेशी पंजीयन शाखा नहीं जा सकता था। इसलिए मैं अपने वीज़ा की स्थिति में बदलाव नहीं कर सकता था और

वैध वीज़ा के बग़ैर मैं बॉम्बे के किसी होटल में नहीं ठहर सकता था। मैं नियमों की चट्टानों और भगोड़े की ज़िंदगी के बीच पिस गया था।

मैं अंधेरे में बिस्तर में लेटा हुआ, सड़क से मेरी खुली खिड़की से आ रही आवाज़ों को सुन रहा था : पानवाला, अपनी सुगंधित पुड़ियाओं के साथ ग्राहकों को पुकारता हुआ, तरबूज़ वाला गर्म, नम रात को अपनी लंबी पुकार से चीरता हुआ, सड़क पर एक बाज़ीगर पर्यटकों की भीड़ को अपने करतब देखने के लिए बुलाता हुआ और संगीत, हमेशा संगीत। मैं हैरान होकर सोच रहा था कि क्या कोई और भारतीयों जितना संगीत से प्यार करता होगा?

गांव के वह विचार जो अब तक मैं टाल रहा था और जिनका प्रतिकार कर रहा था, संगीत के साथ लौट आए। जिस दिन प्रभाकर और मैंने गांव छोड़ा था, लोगों ने मुझे उनके साथ रहने का न्यौता दिया था। उन्होंने मुझे एक घर और काम का भी न्यौता दिया था। वहां रहने के अंतिम तीन महीनों में वहां की स्कूल के शिक्षक को मदद कर रहा था। बोलचाल की अंग्रेज़ी के विशेष पाठ। मैंने उसे अंग्रेज़ी शब्दों के सही उच्चारण बताए और वह बच्चों को जो भारी लहजा सिखा रहा था, उसमें भी सुधार कराया। उस शिक्षक और गांव की पंचायत ने मुझसे रुक जाने की गुज़ारिश की थी। वहां मेरे लिए जगह थी–जगह और उद्देश्य।

लेकिन अब मेरे लिए सुंदर गांव लौटना संभव नहीं था। तब नहीं। एक व्यक्ति अपने दिल और आत्मा पर पत्थर रखकर मुट्ठियां भींचकर शहर में रह सकता है, लेकिन गांव में रहने के लिए उसे अपनी आंखों में ही अपनी आत्मा और दिल खोलकर रख देना होगा। ज़िंदगी के हर लम्हे में मेरे साथ मेरा अपराध और सज़ा थे। जिस भाग्य ने जेल से भागने में मेरा साथ दिया था उसी ने मेरे भविष्य पर ताले जड़ दिए थे। आज़ नहीं तो कल, जब वह कड़ी नज़र से पर्याप्त वक़्त तक देखेंगे तो लोग अपने पंजों से मुझे नोच लेंगे। आज नहीं तो कल हिसाब-किताब करना ही पड़ेगा। मैंने ख़ुद को एक आज़ाद, शांतिप्रिय व्यक्ति के तौर पर पेश किया था और गांव में रहने के दौरान मुझे वास्तविक ख़ुशी का अहसास भी हुआ था, लेकिन मेरी आत्मा शुद्ध नहीं थी। दोबारा पकड़े जाने से बचने के लिए मुझे क्या करना होगा? क्या जेल से बचने के लिए मुझे हत्या करनी होगी।

मुझे इन सवालों के जवाब पता थे और मैं यह भी जानता था कि सुंदर में मेरी मौज़ूदगी ने गांव को अपवित्र कर दिया था। मैं जानता था कि उनसे मेरे द्वारा हासिल हर मुस्कान एक झांसा थी। एक भगोड़े की ज़िंदगी में हर हंसी की गूंज के पीछे एक झूठ छिपा होता है और प्यार भरी हर हरकत में थोड़ी-बहुत लूट।

मेरे दरवाज़े पर किसी ने दस्तक दी। मैंने चिल्लाकर कहा कि दरवाज़ा खुला है। आनंद मेरे कमरे में आया और बड़े ही बेमन से कहा कि प्रभाकर मुझसे मिलने आया है, दो अन्य दोस्तों के साथ। अपने लिए उसके मन में चिंता को देखते हुए मैंने आनंद की पीठ थपथपाई और हम होटल के रिसेप्शन में पहुंच गए।

जैसे ही हमारी आंखें मिलीं, प्रभाकर ने दमकते चेहरे के साथ कहा, 'ओह लिन। मेरे पास तुम्हारे लिए एक बहुत ही अच्छी ख़बर है। यह मेरा दोस्त जॉनी सिगार है। वह *झोपड़पट्टी* में एक बहुत ही ज़रूरी दोस्त है। और यह है राजू। वह क़ासिम अली हुसैन की मदद करता है जो उस झोपड़पट्टी का प्रमुख है।'

मैंने दोनों लोगों के साथ हाथ मिलाया। जॉनी सिगार ठीक मेरे क़द और डीलडौल का था, जिसकी वजह से वह औसत भारतीय की तुलना में ज़्यादा ऊंचा और गठीला था। मैंने अनुमान लगाया कि उसकी उम्र लगभग तीस वर्ष होगी। उसका लंबा चेहरा खरा और सतर्क था। उसने रेत के रंग की अपनी आंखों के साथ मेरी ओर विश्वास भरी नज़र से देखा। उसकी पतली मूंछों को चेहरे पर बड़ी ही सफ़ाई के साथ छांटा गया था। दूसरा व्यक्ति राजू, प्रभाकर से कुछ ज़्यादा क़द का था और वह उससे भी दुबला था। उसके सादगी भरे चेहरे पर एक क़िस्म की उदासी थी, जो सहानुभूति पैदा करती थी। यह एक ऐसी उदासी थी जो पूरी ईमानदारी के साथ पूरे वक़्त चिपकी ही रहती हो। उसकी बुद्धिमानी भरी काली आंखें मोटी भौंहों से ढंकी हुई थीं। वह मुझे घूर रहे थे। उनकी आंखें मेरे द्वारा अनुमानित 35 वर्ष की उम्र से कुछ ज़्यादा ही लग रही थीं। मुझे दोनों पहली ही नज़र में पसंद आ गए थे।

हमने कुछ देर बात की। नए व्यक्ति ने मुझसे प्रभाकर के गांव और वहां की ज़िंदगी को लेकर मेरे अनुभव को लेकर सवाल पूछे। उन्होंने मुझसे शहर के बारे में पूछा और यह भी कि बॉम्बे में मेरी पसंदीदा जगहें कौन सी हैं और मुझे क्या करना सबसे अच्छा लगता है। जब बातचीत के और जारी रहने के संकेत मिले तो मैंने उन्हें पास के रेस्तरां में चाय का न्यौता दे डाला।

प्रभाकर ने सिर हिलाते हुए इंकार कर दिया, 'नहीं, नहीं लिन। हमें अब चलना चाहिए। मैं बस जॉनी और राजू को तुमसे और तुम्हें उनसे मिलाना चाहता था। मुझे लगता है कि जॉनी सिगार के पास तुम्हें बताने के लिए कुछ है, है ना?'

उसने जॉनी सिगार की तरफ़ खुली आंखों और खुले मुंह के साथ देखा और उसके हाथ उम्मीद में उठ गए। जॉनी ने उनकी तरफ़ देखा और जल्द ही उसके चेहरे पर मुस्कान खिल उठी और उसने अपना ध्यान मेरी ओर कर दिया।

जॉनी सिगार ने कहा, 'हमने तुम्हारे लिए एक फ़ैसला किया है। तुम हमारे साथ रहोगे। तुम प्रभाकर के अच्छे दोस्त हो। तुम्हारे लिए एक जगह है।'

प्रभाकर ने तुरंत कहा, 'हां, लिन। एक परिवार कल जा रहा है और परसों से वह घर तुम्हारा हो जाएगा।'

उनकी उदारता से हैरत में आकर मैंने हकलाते हुए कहा, 'लेकिन..., लेकिन...,' साथ ही झोपड़पट्टी की ज़िंदगी की भयावहता ने भी मुझे डरा दिया था। मुझे प्रभाकर की झोपड़ी में एक बार का जाना अच्छी तरह से याद था। खुले शौचालयों की बदबू, दिल तोड़ देने वाली मुफ़लिसी, लोगों की भारी भीड़, हज़ारों

हज़ार लोग–मेरी याद में तो यह एक तरह का नर्क था, एक नई उपमा तो सबसे बुरी बातों के लिए होती है या लगभग बुरी बातों के लिए, जो हो सकती हैं।

प्रभाकर ने हंसते हुए कहा, 'कोई बात नहीं लिन। देखना तुम हमारे साथ ख़ुश रहोगे। और तुम जानते हो, अब तुम बिलकुल अलग व्यक्ति लगने लगे हो, यह सच है, हमारे साथ कुछ महीने बिताने के बाद तुम यहां मौज़ूद हर किसी की तरह दिखने लगोगे। लोग समझेंगे कि तुम कई बरसों से झोपड़पट्टी में ही रहे हो। तुम देखना।'

मेरी बांह को छूने के लिए हाथ आगे बढ़ाते हुए राजू ने कहा, 'यह जगह तुम्हारे लिए है। एक सुरक्षित जगह, जब तक कि तुम पैसे बचा नहीं लेते। हमारा होटल *मुफ़्त* है।'

अन्य लोग इस पर हंसने लगे और उनकी आशावादिता और उत्साह को देखकर मैं भी हंसने लगा। झोपड़पट्टी कल्पना से परे गंदी और भीड़ भरी थी, लेकिन वह मुफ़्त थी और वहां रहने वालों के लिए कोई सी–फ़ॉर्म नहीं था। साथ ही यह मुझे सोचने के लिए कुछ वक़्त दे देगा, मैं जानता था, योजना बनाने के लिए वक़्त।

'ठीक है... मैं...धन्यवाद, प्रभु। धन्यवाद, जॉनी। धन्यवाद, राजू। मैं तुम्हारा प्रस्ताव स्वीकार करता हूं और बहुत आभारी हूं। धन्यवाद।'

मेरा हाथ मिलाते हुए और मेरी आंखों में देखते हुए जॉनी सिगार ने कहा, 'कोई समस्या नहीं।'

मैं तब नहीं जानता था कि जॉनी और राजू को झोपड़पट्टी के प्रमुख क़ासिम अली हसन ने मुझे परख़ने के लिए भेजा था। अपनी अनदेखी और स्वार्थ के तहत मैं झोपड़पट्टियों की भयावह हालत के कारण पीछे हट रहा था और मैंने यह प्रस्ताव बड़ी ही हिचकिचाहट के साथ स्वीकार किया था। मैं नहीं जानता था कि झोपड़ियों की भारी मांग थी और उसे पाने के लिए परिवारों की कतार लगी हुई थी। मैं नहीं जान सकता था कि मुझे झोपड़ी दे दिए जाने से एक परिवार इससे वंचित हो गया था। वह फ़ैसला करने के लिए अंतिम क़दम के तहत क़ासिम अली हुसैन ने राजू और जॉनी को मेरे होटल भेजा था। राजू का काम यह तय करना था कि क्या मैं उनके साथ रह पाऊंगा या नहीं। जॉनी का काम था *वे* लोग *मेरे* साथ रह सकें। पहली रात की मुलाक़ात में मुझे तो एक बात समझ आई कि जॉनी के हाथ मिलाने में ईमानदारी थी और राजू की मुस्कान मेरी योग्यता के लिहाज़ से ज़्यादा स्वीकार्य और विश्वास योग्य थी।

प्रभाकर ने मुस्कराते हुए कहा, 'ठीक है लिन। परसों दोपहर में हम तुम्हारा सामान और तुम्हें लेने के लिए आएंगे।'

'धन्यवाद प्रभु। लेकिन ठहरो! कल के बाद का दिन– क्या वह... तुम्हारी पहले से तय मुलाक़ात में बाधा नहीं बनेगा?'

'मुलाक़ात? लिन बाबा यह मुलाक़ात वाली बात क्या है?'

'वह... हमेशा खड़े रहने वाले बाबा,' मैंने धीमे से कहा।

हमेशा खड़े रहने वाले बाबा, दीवानगी भरे अपनी धुन में मगन रहने वाले बाबा थे। उनका भायखला उपनगर में हशीश का एक अड्डा चलता था। शहर के आपराधिक गतिविधियों की कालिख भरी दुनिया की सैर के तहत प्रभाकर पिछले ही महीने मुझे वहां ले गया था। गांव से वापसी के दौरान मैंने वहीं उससे कार्ला के साथ दोबारा वहां ले जाने का वादा ले लिया था। मैं जानता था कि वह कभी इस अड्डे पर नहीं गई थी और मुझे पता था कि वह इसके बारे में कहानियां सुनकर उत्सुक थी। उनके मेहमाननवाज़ी के प्रस्ताव के बीच ही मामले को उठाना कृतघ्नता होती। लेकिन मैं उसे वहां ले जाकर प्रभावित करने के अवसर को गंवाना नहीं चाहता था।

'ओह हां लिन, कोई समस्या नहीं। हम अब भी कार्ला के साथ उन खड़े रहने वाले बाबाओं के पास जा सकते हैं, आपका पूरा सामान हम उसके बाद उठा लेंगे। मैं तुमसे यहीं मिलता हूं परसों दोपहर तीन बजे। मुझे इस बात की इतनी ज़्यादा ख़ुशी हो रही है कि तुम भी हमारे साथ झोपड़पट्टीवासी बनने जा रहे हो, लिन! बहुत ख़ुशी।'

वह रिसेप्शन से बाहर निकलकर सीढ़ियों से नीचे उतर गया। मैंने उसे तीन मंज़िल नीचे रोशनी और ट्रैफ़िक की हलचल के बीच गुम होते हुए देखा। चिंताएं कम होकर ख़त्म हो चुकी थीं। और मानो उस सुरक्षा भाव ने मुझे कुछ वक़्त दे डाला कि मेरी सोच फिर एक बार सड़कों, गलियों से होते हुए कार्ला तक पहुंच गई। मैं उसके घर, उसके घर की तलमंज़िल की खिड़कियों, सड़क की ओर खुलने वाले ऊंचे फ़्रांसीसी अंदाज़ के दरवाज़े के बारे में सोचने लगा। दरवाज़ा जो मेरे दिमाग़ में बंद ही दिखाई देता था। और जबकि मैं उसके चेहरे और आंखों की छवि को याद करने में असफल रहा, मुझे अचानक अहसास हुआ कि अगर मैं झोपड़पट्टी में रहने वाला बन गया तो, अगर मैं कई एकड़ों तक फैली उस बजबजाती गंदगी में रहा था तो शायद मैं कार्ला को खो दूंगा, संभावना है कि मैं कार्ला को खो दूंगा। मैं जानता था कि अगर मैं इतना गिर गया, जैसा कि मुझे उस वक़्त लग रहा था, तो मेरी शर्मिंदगी ही मुझे उससे ठीक वैसे ही दूर रखेगी जैसे जेल की दीवार रखती है।

मैं अपने कमरे में लेटकर नींद लाने की कोशिश कर रहा था। झोपड़पट्टी में जाने से मुझे वक़्त मिल जाएगा : वीज़ा की समस्या का यह एक कठोर समाधान था और व्यावहारिक भी। मैं इसे लेकर राहत और सकारात्मक महसूस कर रहा था और मैं थक चुका था। मुझे अच्छी तरह से नींद लेनी चाहिए थी। लेकिन उस रात के मेरे सपने हिंसक और परेशानियों से लबरेज़ थे। डिडियर ने एक बार मध्यरात्रि की गपशप के दौरान मुझे बताया था कि सपना वह जगह है जहां पर आकांक्षा और भय का मिलन होता है। *जब आकांक्षा और भय बिलकुल एक समान हों,* उसने कहा था, *तो हम सपने को दुस्वप्न कहते हैं।*

अध्याय 8

पैरों पर खड़े रहने वाले बाबा वे लोग थे, जिन्होंने ज़िंदगी में कभी भी नहीं बैठने या नहीं लेटने की प्रतिज्ञा की थी। वे दिन-रात खड़े रहते थे, अनवरत, हमेशा के लिए। वे खड़े-खड़े ही खाना खा लिया करते थे और मल-मूत्र विसर्जन भी खड़े-खड़े ही कर लिया करते थे। उनकी प्रार्थना, काम और भजनगान सबकुछ खड़े-खड़े ही हो जाया करते थे। वे खड़े-खड़े सो जाया करते थे, हवा में झूलती जीन के सहारे, जो उनके शरीर के वज़न को पैरों पर रहने में मदद करती थी और साथ ही झपकी या निद्रा की स्थिति में गिरने से बचाती थी।

अनवरत खड़े ही रहने के शुरुआती पांच-दस वर्षों में उनके पैरों में सूजन आने लगती है। थकान से निढाल नसों में ख़ून बहुत मंद गति से बहता है और मांसपेशियां एकत्रित हो जाती हैं। उनके पैर बड़े बेडौल हो जाते हैं और पैरों की नसें फूलकर बैंगनी हो जाती हैं। पैर के पंजे चौड़े हो जाते हैं, ठीक हाथी की तरह। अंत में तो केवल हड्डियों का ढांचा सा रह जाता है, जिसमें त्वचा के नाम पर एक पतली सी परत और बेकार हो चुकी नसों का जाल सा दिखाई देता है।

दर्द अंतहीन और भयावह था। दर्द भरी चुभन नीचे की ओर बढ़ने के हर दबाव के साथ हर पल बढ़ती ही चली जाती है। इस यातना से गुजरने के बाद खड़े रहने वाले बाबा कभी भी स्थिर नहीं रहते। वह एक पैर से दूसरे पैर पर शरीर का बोझ डालते रहते हैं और हर देखने वाले को यह किसी मंत्रमुग्ध कर देने वाले नृत्य सा दिखता है। ठीक वैसे ही मानो सपेरे की बीन के आगे उसका कोबरा नाच रहा हो।

कुछ बाबाओं ने यह प्रतिज्ञा 16-17 बरस की उम्र में ही कर ली थी। उन्हें यह काम कुछ अन्य लोगों की तरह ही आकर्षक लगा, जो पुजारी, रबी या इमाम बन जाते हैं। ज़्यादा उम्र के अनेक बुज़ुर्गों ने तो दुनियादारी से मुक्ति पा ली है और अब वे मौत की तैयारी कर रहे हैं, मुक्ति की ओर अगला क़दम। खड़े रहने वाले बाबाओं में से अनेक लोग व्यापारी थे, जिन्होंने अपनी कामकाजी ज़िंदगी में मौज, शक्ति और लाभ के पीछे भागने की लालची प्रवृत्ति का त्याग कर दिया था। ये कुछ पवित्र लोग थे, जिन्होंने भक्ति के अनेक रास्तों के बाद अपने दंड देने वाले त्याग पर महारत हासिल करते हुए खड़े रहने वाला बाबा बनने की अंतिम प्रतिज्ञा ली थी। और इनमें कुछ अपराधी भी थे-चोर, हत्यारे, माफ़िया जगत के कुछ बड़े नाम और

कुछ पूर्व जमींदार तक–जो प्रतिज्ञा के अंतहीन कष्टों के बीच प्रायश्चित या परम शांति की तलाश में थे।

गुफा दरअसल उनके मंदिर के पीछे ईंटों की दो दीवारों के बीच का एक गलियारा था। मंदिर के परिसर में सबकी निगाहों से छिपे हुए थे, गुप्त बगीचे, मठ और शयनगृह। जिन्हें केवल वही लोग देख सके जिन्होंने प्रतिज्ञा ली और उस पर टिके रहे। लोहे की छत ने गुफा को ढंककर रखा था। फ़र्श सपाट पत्थरों से तैयार किया हुआ था। खड़े रहने वाले बाबा गलियारे के पीछे बने एक दरवाज़े से प्रवेश करते थे। बाक़ी के सभी लोग गली के अंत में बने लोहे के एक दरवाज़े से आते–जाते थे।

ग्राहक, जो कि देश के हर कोने और समाज के हर स्तर से आते थे, गलियारे की दीवार के साथ कतार लगाकर खड़े हो जाते थे। वे खड़े ही रहते थे, कोई भी खड़े रहने वाले बाबा के सामने बैठता नहीं था। प्रवेश द्वार के पास एक खुली नाली के ऊपर एक नल था,जहां लोग पानी पीते थे या थूकने के लिए झुकते थे। बाबा व्यक्ति–दर–व्यक्ति और समूह–दर–समूह जाते हुए ग्राहकों के लिए हाथोंहाथ कुप्पीनुमा मिट्टी की चिलम में हशीश तैयार करते जाते थे और फिर उनके साथ ही उसके सुट्टे का आनंद भी लेते थे।

बाबाओं के चेहरे कष्ट की चमक से दमकते थे। जल्द ही या बाद में, अंतहीन बढ़ते दर्द के बीच उनमें से हर एक व्यक्ति के चेहरे पर चमकदार परलौकिक दमक आ जाती थी। उन्होंने जो कष्ट झेले हैं, उसका नूर उनकी आंखों से टपकता है और मैंने ज़िंदगी में कभी किसी इंसान के चेहरे पर कष्ट से उपजी ऐसी शानदार मुस्कान नहीं देखी है।

सभी बाबा नशे में बेसुध होने के साथ ही व्यापक रूप से एक दूसरी ही दुनिया में होते थे। वह कुछ और नहीं केवल कश्मीरी पीते थे–दुनिया की सबसे बेहतरीन हशीश–कश्मीर में हिमालय की तलहटी में तैयार। और वह पूरे दिन, पूरी रात, पूरी ज़िंदगी बस इसे पीते रहते हैं।

मैं कार्ला और प्रभाकर के साथ संकरी गुफा की पीछे की दीवार के पास खड़ा था। हमारे पीछे वह सीलबंद दरवाज़ा था, जिससे कुछ देर पहले बाबाओं ने प्रवेश किया था। हमारे सामने गली के अंत के गलियारे से लेकर लोहे के दरवाज़े तक लोग दो कतारों में खड़े थे। उनमें से कुछ लोगों ने सूट पहन रखे थे। कुछ ने डिज़ाइनर जीन्स पहनी हुई थी। भारत के विभिन्न इलाक़ों के परंपरागत परिधानों से सजे लोगों के बगल में खड़े कामकाजी लोगों ने मैली लुंगियां पहन रखी थीं। वहां सब मौज़ूद थे युवा और बुज़ुर्ग, अमीर और ग़रीब। उनकी नज़रें बार–बार कार्ला और मेरी ओर चली जाती थी, पीली त्वचा वाले विदेशी, हमारी पीठ दीवार की ओर थी। ज़ाहिर था कि उनमें से कुछ एक महिला को गुफा में देखकर भौंचक्के रह गए थे। चेहरे से साफ़ झलक रही उनकी उत्सुकता के बावजूद उनमें से कोई ना तो हम तक पहुंचा और ना ही उन्होंने हमारी मौजूदगी को प्रत्यक्ष तौर पर स्वीकारा। अधिकांश वक़्त उनका ध्यान

खड़े बाबाओं और हशीश की ओर ही था। दबी ज़बान में बातचीत और संगीत के साथ धार्मिक मंत्रों का उच्चारण परिसर के भीतर से कहीं से आ रहा था।

'तो तुम्हें क्या लगता है?'

'यह अद्भुत है!' उसने जवाब दिया, दीये की रोशनी में उसकी आंखें जगमगा रही थीं। वह प्रफुल्लित थी और साथ ही कुछ अशक्त सी। चरस पीने से उसके चेहरे और कंधे की मांसपेशियां तनावमुक्त हो गई थीं, लेकिन उसकी मीठी सी मुस्कान में मानो बाघ विचरण कर रहे थे। यह अद्भुत है। यह एक ही वक़्त में डरावना और पवित्र है। मैं तय नहीं कर पा रही हूं कि इसमें से पवित्र हिस्सा कौनसा है और डरावना कौनसा। डरावना-यह सही शब्द नहीं है, लेकिन यह कुछ-कुछ वैसा ही है।

मैंने सहमति जताई, 'मैं जानता हूं तुम्हारा क्या मतलब है।' मैं इस बात से रोमांचित था कि मैं उसे प्रभावित करने में कामयाब हो गया था। वह शहर में पिछले पांच साल से थी और उसने बाबाओं के बारे में कई बार सुन भी रखा था, लेकिन मेरे साथ का यह दौरा उसका पहला दौरा था। मेरा अंदाज़ ही बता रहा था कि मैं इस जगह को अच्छी तरह से जानता हूं, लेकिन मैं इस अनुभव का समूचा श्रेय नहीं ले पा रहा था। प्रभाकर के बग़ैर, जिसने हमारे लिए दरवाज़े पर दस्तक दी थी और अपनी सुनहरी मुस्कान के साथ प्रवेश सुनिश्चित किया था, हमें भीतर आने की अनुमति नहीं मिल पाती।

खड़े बाबाओं में से एक धीरे-धीरे हम तक पहुंचा। उसके साथ एक अनुचर था जिसने चिलमों, चरस और धुम्रपान के सारे साजो-सामान से सजी एक चांदी की ट्रे थाम रखी थी। अन्य साधुगण गलियारे में झूमते-गाते धूम्रपान कर रहे थे और भजन भी गा रहे थे। हमारे सामने खड़ा बाबा ऊंचा और दुबला-पतला था, उसके पैर इतने ज़्यादा सूजे हुए थे कि उसकी नसें बाहर आने को आतुर दिख रही थीं। उसका चेहरा पतला था। उसकी खोपड़ी पर कनपटी के पास हड्डियां बहुत तीखी थीं। उसके गालों की हड्डियां से लेकर उसके सख़्त और भूखे से जबड़ों तक का हिस्सा धंसा हुआ था। उसकी आंखें बहुत बड़ी थीं। भौहों के बाद गहरी धंसी आंखों में इतनी ज़्यादा दीवानगी, हसरतें और मोहब्बत जज़्ब थी कि एकदम डरावने और बेहद दयनीय लगती थी।

उसने झूमते हुए किसी और दुनिया में गुम होने जैसी मुस्कान देते हुए चिलम तैयार की। उसने हमारी तरफ़ नहीं देखा, लेकिन फिर भी यह किसी बेहद अज़ीज दोस्त की ही मुस्कान जैसी थी : आसक्ति से परिपूर्ण, जानकार और क्षमाशील। वह मेरे पास इतने पास खड़े होकर झूम रहा था कि मैं उनकी भौहों के भूरे जंगल में हर भौंह को देख पा रहा था। वह किश्तों में सांस ले रहा था। तेज़ी से बाहर निकलती सांसें ऐसी आवाज़ कर रही थी मानो तट से टकराती समंदर की कोई लहर। उसने चिलम तैयार की और मेरी तरफ़ देखा। कुछ पल के लिए तो मैं उसकी आंखों में ही गुम हो गया। उसकी कष्ट की अनंतता को मैंने एक पल में महसूस कर लिया।

मुझे ऐसा लगा कि इच्छाशक्ति से इंसान किस हद तक की सहनशक्ति हासिल कर सकता है। मैं लगभग उसे समझ चुका था, उसकी मुस्कान, उसे मठ तक पहुंचाने वाली दीवानगी भरी इच्छाशक्ति। मुझे विश्वास हो चला था कि वह मुझसे संवाद साध रहा है–कि वह मुझे जानना चाहता था। और मैंने उसे बताने की कोशिश की, केवल अपनी आंखों की मदद से, कि मैं इस बात को समझ रहा हूं, लगभग महसूस कर पा रहा हूं। उसके बाद उसने चिलम को हाथों में थामकर मुंह से लगाया, कुछ हल्के कश लगाकर उसे मेरी तरफ़ बढ़ा दिया। उसके अंतहीन दर्द के साथ वह भीषण आत्मीयता, दृष्टि धुंधली पड़ने लगी और वह पल धुएं के सफ़ेद साये में कहीं गुम हो गया। वह मुड़ा और धीमी आवाज़ में प्रार्थना करते हुए धीरे-धीरे गली के दरवाज़े की ओर जाने लगा।

हवा को चीरती हुई एक चीख़ उठी। सबकी निगाहें गली के प्रवेश द्वार की ओर चली गई। उत्तरी भारत के क़बीलाई व्यक्तियों की तरह लाल साफा, अंगरखा और रेशमी पतलून पहना एक व्यक्ति वहां खड़ा था, लोहे के दरवाज़े के पास, दमदार आवाज़ से चीख़ता हुआ। इससे पहले कि हम उसका संदेश समझ पाते या कोई प्रतिक्रिया दे पाते, उस व्यक्ति ने म्यान से लंबी सी मोटी तलवार निकाली और उसे सिर के ऊपर उठा दिया। वह अभी भी चिल्ला रहा था। वह गलियारे की ओर बढ़ने लगा। वह घूरते हुए सीधे मेरी ओर आगे बढ़ रहा था, ज़ोर-ज़ोर से क़दम उठाते हुए। मैं उसके चीख़ भरे शब्दों को समझ नहीं पा रहा था, लेकिन मैं समझ गया कि उसके दिमाग़ में क्या है। वह मुझ पर हमला बोलना चाहता था। वह मुझे मारना चाहता था।

दोनों ओर खड़े लोग डर के मारे दीवारों से चिपक गए थे। खड़े बाबाओं ने उस पागल व्यक्ति के लिए रास्ता छोड़ दिया। हमारे पीछे का दरवाज़ा तालाबंद था। बचने का कोई रास्ता नहीं था। हमारे पास कोई हथियार भी नहीं था। वह व्यक्ति तलवार को दोनों हाथों से सिर पर घुमाते हुए हमारी ओर बढ़ा चला आ रहा था। उससे लड़ने के अलावा और कोई भी चारा नहीं था। मैंने दायां पैर एक क़दम पीछे किया और मुट्ठियों को बांध लिया। यह कराते की एक मुद्रा थी। मार्शल आर्ट्स का सात वर्ष तक लिया गया प्रशिक्षण मेरे हाथों, पैरों में दौड़ने लगा। मुझे थोड़ा अच्छा लगने लगा। किसी भी अन्य मज़बूत, गुस्सैल व्यक्ति की तरह मैं तब तक लड़ना टालता था, जब तक कि मेरी जान पर नहीं बन आए और मुझे इसमें मज़ा आता था।

अंतिम क्षणों में एक व्यक्ति दीवार से आगे आया और उसने टांग अड़ाकर क़बीलाई व्यक्ति को धड़ाम से फ़र्श पर गिरा दिया। उसके हाथों से तलवार छिटककर कार्ला के पैरों में आ गिरी। मैंने उसे उठाते हुए देखा कि हमलावर को गिराने वाले व्यक्ति ने उसे जमकर लेकिन रहमदिल पकड़ में जकड़ रखा था। उसने गिरे हुए व्यक्ति की बांह को हैमरलॉक मुद्रा में पीठ के पीछे से पकड़ रखा था। साथ ही उसने व्यक्ति की कॉलर को मरोड़कर उसका गला भी कुछ दबा रखा था। तलवारबाज़ का गुस्सा और पागलपन काफ़ूर हो गया और उसने समर्पण कर दिया। उसे जानने वाले लोग

आगे आए और उसे गली की ओर बाहर ले गए, लोहे के दरवाजे से परे। कुछ सेकेंड बाद उनमें से एक व्यक्ति लौटकर मेरे पास आया। मेरी आंखों में देखते हुए उसने अपने हाथ फैला दिए, हथेलियों को आसमान की ओर करते हुए वह मुझसे तलवार वापस मांग रहा था। मैंने कुछ हिचकिचाहट के बाद उसे तलवार लौटा दी। विनम्रता के साथ माफ़ी मांगने के अंदाज़ में झुकते हुए वह व्यक्ति गुफा से चला गया।

उसके जाने के बाद अचानक फुसफुसाहट के सिलसिले के बीच मैंने कार्ला की तरफ़ देखा। उसकी आंखें खुली की खुली थीं और उसने हैरानी भरी मुस्कान बिखेरी, लेकिन वह परेशान नहीं दिख रही थी। सबकुछ शांत हो जाने के बाद मैं उस व्यक्ति का शुक्रिया अदा करने पहुंचा जिसने आगे बढ़कर मेरी मदद की थी। वह मुझसे भी कुछ सेंटीमीटर ऊंचा था। उसका शरीर गठीला था। उसके काले घने बाल उन दिनों के बॉम्बे के लिहाज़ से काफ़ी लंबे थे और उसने एक छोटी चोटी भी बना रखी थी। उसका सिल्क का शर्ट और ढीला पतलून काला था और उसने काले ही रंग के चमड़े के सैंडल्स पहन रखे थे।

जब मैंने अपना नाम उसे बताया तो उसने अपना नाम बताते हुए कहा, 'अब्दुल्ला। अब्दुल्ला ताहेरी।'

मैंने उसे आभार और कुछ सावधानी से भरी मुस्कान देते हुए कहा, 'अब्दुल्ला मैं तुम्हारा क़र्ज़दार हूं। दरअसल उसके द्वारा तलवारबाज़ को निहत्था करने में इतनी घातक सफ़ाई थी कि लग रहा था मानो उसे कुछ करना ही नहीं पड़ा हो। लेकिन यह जितना दिखा उतना आसान नहीं था। मैं जानता हूं कि इसके लिए कितने कौशल और हौसले की दरकार होगी और उसके सही वक़्त पर क़दम उठाने में सहज बोध ने कितनी अहम भूमिका निभाई है। यह व्यक्ति कुदरती तौर पर एक पैदाइशी लड़ाका था। 'वह बहुत ही नज़दीकी मामला था।'

उसने मुस्कराते हुए कहा, 'कोई बड़ी बात नहीं। वह पिए हुआ था, या मेरे ख़याल से वह व्यक्ति होश में नहीं था।

मैंने ज़ोर देकर कहा, 'उसकी समस्या चाहे जो भी रही हो, मैं आपका क़र्ज़दार हूं।'

उसने हंसते हुए कहा, 'बिलकुल भी नहीं।'

यह एक सहज हंसी थी, जिसमें उसके मोती जैसे दांत चमक उठे। यह दिल की गहराइयों से निकली हंसी थी। उसकी आंखों का रंग ठीक वैसा ही था, जैसा कि सूरज के समंदर में डूबने से ठीक पहले हाथों से फिसलती रेत का होता है।

'फिर भी, मैं शुक्रिया कहना चाहता हूं।'

'ठीक है,' उसने मेरे कंधे को हाथ से थपथपाते हुए कहा।

मैं कार्ला और प्रभाकर के पास लौट आया। जब हम गुफा छोड़ने के लिए मुड़े तो अब्दुल्ला जा चुका था। बाहर की गली ख़ाली हो चुकी थी और चंद ही मिनटों

के बाद हमने कोलाबा लौटने के लिए टैक्सी पकड़ ली। वापसी के सफ़र में कार्ला चुपचाप थी और मैंने भी कुछ नहीं कहा। मैं इस बात से शर्मिंदगी महसूस कर रहा था कि उस पर अपना प्रभाव छोड़ने का मेरा प्रयास बहुत ज़्यादा भ्रमित कर देने वाली आपदा में ख़त्म हुआ था। केवल प्रभाकर ही बोलने की आज़ादी महसूस कर रहा था।

'क्या क़िस्मत से बचे!' उसने हमारी ओर मुस्कराते हुए आगे की सीट से कहा। हम पीछे की सीट पर साथ-साथ लेकिन अलग-अलग बैठे थे। 'मैंने सोचा कि निश्चित ही वह व्यक्ति हमें छोटे-छोटे टुकड़ों में काट देता। उनमें से कुछ लोगों को चरस नहीं पीनी चाहिए, है ना? कुछ लोग उस वक़्त बहुत गुस्से में आ जाते हैं ,जब उनका दिमाग़ आराम महसूस करता है।'

लियोपोल्ड आने पर मैं टैक्सी से बाहर निकला और कार्ला के पास खड़ा हो गया, जबकि प्रभाकर इंतज़ार करने लगा। सन्नाटे के बीच हमारी नज़रों के द्वीप के इर्द-गिर्द दोपहर की भीड़ की चहल-पहल जारी थी।

'तुम अंदर नहीं आ रहे हो?'

मैंने कहा, 'नहीं।' इस उम्मीद के साथ कि यह लम्हा दिन भर मेरे द्वारा कल्पित मज़बूती और आत्मविश्वास भरे लम्हे की ही तरह होगा। 'मैं इंडिया गेस्ट हाउस से अपना सामान एकत्रित करने जा रहा हूं और उसके बाद झोपड़पट्टी जाऊंगा। सच तो यह है कि मैं कुछ अरसा अब लियोपोल्ड में नहीं आऊंगा या वास्तव में कहीं भी नहीं। मैं जा रहा हूं...तुम जानती हो...अपने पैरों पर खड़ा होने के लिए...या... पता नहीं...अपने पैर खोजने के लिए...या...मैं जा रहा हूं...मैं क्या कह रहा था?'

'अपने पैरों के बारे में कुछ तो भी।'

मैंने हंसते हुए कहा, 'हां। खैर, कहीं न कहीं से तो शुरुआत करनी ही पड़ती है।'

'यह एक तरह का अलविदा है, है ना?'

मैंने कहा, 'वास्तविकता में नहीं। लेकिन हां। हां ऐसा ही है।'

'और तुम अभी गांव से लौटे हो।'

मैंने दोबारा हंसते हुए कहा, 'हां। गांव से झोपड़पट्टी में। यह एक बड़ी छलांग है।'

'बस इतना सुनिश्चित कर लेना कि छलांग के बाद तुम अपने–'

'–पैरों पर कूदूं। है ना। मुझे समझ आ गया।'

'देखो अगर समस्या पैसे की है तो मैं कुछ–'

मैंने तुरंत कहा, 'नहीं। मैं यह करना चाहता हूं। बात केवल पैसे की नहीं है। मैं...'

तीन सेकेंड तक मैं उसे अपनी वीज़ा की समस्या बताने की कगार पर पहुंच चुका था। उसकी दोस्त लेति, विदेशी पंजीयन शाखा में किसी को जानती थी। उसने

मॉरिजियो की मदद की थी, मैं जानता था और संभावना थी कि वह मेरी भी मदद करेगी। लेकिन फिर मैं उस कगार से लौट आया और सच्चाई को एक मुस्कान के पीछे छिपा लिया। कार्ला को वीज़ा के बारे में बताना कुछ और सवालों के सिलसिले को जन्म दे डालेगा, जिनके जवाब मैं दे नहीं सकता था। मैं उससे प्यार करता था, लेकिन मुझे यक़ीन नहीं था कि क्या मैं उस पर विश्वास कर सकता हूं। एक भगोड़े की ज़िंदगी की यह एक वास्तविकता है कि आप विश्वास की तुलना में ज़्यादा लोगों को प्यार करते हैं। एक सुरक्षित दुनिया के लोगों के लिए निश्चित ही इसका विपरीत सच होता है।

'मैं...सोचता हूं कि यह एक बहुत ही रोमांचक और साहसिक अनुभव रहेगा। मैं...वास्तविकता में इसका इंतज़ार कर रहा हूं।'

उसने स्वीकारोक्ति में सिर हिलाते हुए कहा, 'ठीक है। ठीक है, लेकिन तुम जानते हो कि मैं कहां रहती हूं। जब भी तुम्हें मौक़ा मिले आकर मुझसे मिल लेना।'

'बिलकुल,' मैंने जवाब दिया और हम दोनों मुस्करा दिए और हम दोनों इस बात को जान गए थे कि मैं उससे मिलने नहीं जाऊंगा। 'निश्चित तौर पर और तुम्हें पता ही है कि मैं कहां हूं, प्रभाकर के साथ। तुम भी ऐसा ही करना।'

उसने हाथ मेरा हाथ थामने के लिए बढ़ाया और फिर झुककर मेरे गालों पर चूम लिया। वह जाने के लिए मुड़ी, लेकिन मैंने उसका हाथ थाम लिया।

'क्या मेरे लिए तुम्हारे पास कोई सलाह नहीं है?' मैंने पूछा, उसकी एक और हंसी देखने के लिए।

'नहीं,' उसने भावनाहीन प्रतिक्रिया दी, 'मैंने तुम्हें केवल सलाह दी होती, अगर मुझे परवाह नहीं होती कि तुम्हारे साथ क्या होता।'

यह कुछ ख़ास था। यह बहुत ज़्यादा तो नहीं था, लेकिन यह कुछ ऐसा था जिसे संजोकर मेरे प्यार को बढ़ाया जा सकता था और मेरी उम्मीद ज़िंदा रखी जाती। वह चली गई। मैंने उसे लियोपोल्ड की चकाचौंध और चुहलबाज़ी के बीच जाते हुए देखा। और मैं जान गया था कि उसकी दुनिया के दरवाज़े कुछ वक़्त के लिए बंद हो चुके थे। झोपड़पट्टी में रहने तक मुझे उस रोशनी की दुनिया से बाहर कर दिया गया था। झोपड़पट्टी में रहना मुझे सफ़ाई से कुछ इस क़दर छिपा लेगा, मानो उस पागल तलवारबाज़ ने मुझे तलवार की धार से समाप्त कर दिया हो।

मैंने टैक्सी का दरवाज़ा ज़ोर से बंद करते हुए प्रभाकर की तरफ़ देखा, जिसकी अगली सीट से आ रही चौड़ी-चमकीली मुस्कान अब मेरी दुनिया थी।

'ठीक है चलो!' मैंने कहा।

40 मिनट बाद हम कफ़े परेड के सामने वर्ल्ड ट्रेड सेंटर के पास की झोपड़पट्टी के सामने रुक गए। सटे हुए समान आकार के दोनों प्लाटों के बीच का अंतर बेहद चौंकाने वाला था। दाईं ओर था वर्ल्ड ट्रेड सेंटर जो भीमकाय, अत्याधुनिक,

एयरकंडीशंड इमारत थी। यह तीन मंज़िल तक दुकानों, जवाहरात, रेशम, ालीचों और पेचीदा कारीगरी वाली सामग्री से सजी थी। बाईं ओर दस एकड़ इ ाक़े में झोपड़पट्टी फैली हुई थी। ग़रीबी से भरपूर सात हज़ार झोपड़ियां, जिसमें शहर के सबसे ग़रीब 25 हज़ार लोग रहते थे। दाईं ओर नियोन लाइट्स और चकाचौंध से भरा फ़व्वारा था। बाईं ओर बिजली, पानी, टॉयलेट का अता-पता नहीं था और इस बात का भी कोई भरोसा नहीं था कि किस दिन झोपड़ी उखाड़ फेंकी जाए। यह भी उन्हीं अधिकारियों के तहत था जो अनिच्छा के साथ इसे सहन कर रहे थे।

मैंने अपनी आंखें ट्रेड सेंटर के बाहर खड़ी आलीशान लिमोज़िन्स से हटाईं और झोपड़पट्टियों की ओर चल पड़ा। प्रवेश पर ही एक खुला शौचालय था, जिसे ऊंची झाड़ियों और लाल चटाइयों से ढंका हुआ था। बदबू बहुत ज़्यादा तेज़ थी, जो दिलोदिमाग़ पर हावी हो रही थी। ऐसा लग रहा था कि मानो यह वहां की हवा का ही एक हिस्सा था, जिसे मैं धीरे-धीरे मेरी त्वचा में समाते हुए महसूस कर रहा था। दम घुट रहा था और उल्टी करने की उत्तेजना को टालते हुए मैंने प्रभाकर की ओर देखा। उसकी मुस्कान कुछ फीकी पड़ चुकी थी और पहली बार मैंने उसमें निराशा की कुछ झलक देखी।

'देखो लिन,' उसने अपनी चिरपरिचित मुस्कान की बजाय कुछ हल्की मुस्कान के साथ कहा, 'देखो लोग कैसे जी रहे हैं।'

शौचालयों से आगे निकल जाने और झोपड़ियों की पहली पंक्ति तक पहुंचने के बाद अचानक झोपड़पट्टी के कोने पर मौज़ूद समुद्र तट से हवा का ख़ुशनुमा झोंका आया। हवा कुछ गर्म और उमस भरी थी, लेकिन हवा के कारण शौचालयों की बदबू को बिखेर दे रही थी। पास जाकर देखने पर पता चला कि यह झोपड़ियां दयनीय स्थिति में हैं। प्लास्टिक, कार्डबोर्ड के कूड़े और पतले बांस के डंडों से तैयार झोपड़ियों की दीवारें खपच्चियों से बनी हुई थीं। उन्हें ज़मीन पर खड़ा कर दिया गया था। पुराने फ़र्श और मूल इमारतों की नींव की जगह बीच-बीच में सीमेंट और पत्थर के हिस्से दिखाई दे जाते थे। कई वर्ष पहले गिरा दी गई इमारतों के ये भाग पूरी तरह से सुरक्षित थे।

कूड़े और प्लास्टिक से तैयार झोपड़ियों की कतार के साथ चल रहा था कि पूरी बस्ती में यह बात आग की तरह फैल गई कि विदेशी आ गया है। बच्चों के एक बड़े हुजूम ने मुझे और प्रभाकर को चारों ओर से घेर लिया। वे हमारे बिलकुल नज़दीक थे, लेकिन हमें छू नहीं रहे थे। उनकी आंखें हैरत और उत्साह से छलक रही थीं। वह हंस रहे थे और एक-दूसरे को आवाज़ें लगा रहे थे और हमारे पहुंचते ही अचानक नाचने लग गए।

हर झोपड़ी से निकलकर लोग दरवाज़ों पर खड़े हो गए थे। दर्जनों और अंत में गलियों और झोपड़ियों के बीच की जगह में सैकड़ों लोग आ खड़े हुए। वे सब मेरी तरफ़ इतनी ज़्यादा गंभीरता से घूर रहे थे कि मुझे विश्वास हो गया था कि उनके मन

में मेरे लिए नफ़रत होगी। निश्चित ही मैं ग़लत था। मैं तब जान नहीं सका, उस पहले दिन, कि लोग मेरे चेहरे पर दिख रहे भय को घूर रहे थे। वे यह समझने की कोशिश कर रहे थे कि मेरे दिमाग़ में ऐसा कौनसा शैतान था जो मुझे उस जगह से डरा रहा था जो उनके लिए झोपड़पट्टी की ज़िंदगी से भी बुरी ज़िंदगी वाली नियति की तुलना में एक सुरक्षित ठिकाना था।

वास्तविकता में भीड़ और गंदगी को लेकर मेरे डर के बावज़ूद मुझे उस नियति का पता था जो झोपड़पट्टी की ज़िंदगी से भी बदतर थी। यह नियति इतनी बुरी थी कि मुझे जेल की दीवार फांदकर भागना पड़ा और अपनी जान-पहचान की हर बात छोड़नी पड़ी। केवल उस नियति से पलायन करने के लिए मुझे अपना अस्तित्व, अपनी हर प्यारी वस्तु को छोड़ना पड़ा।

बच्चों की किलकारियों के बीच एक झोपड़ी के आगे रुककर प्रभाकर ने कहा,'लिन, अब यह तुम्हारा घर है। अंदर जाकर ख़ुद देख लो।'

झोपड़ी अपने आस-पास की झोपड़ियों की ही तरह थी। छत काली प्लास्टिक की थी। ढांचा बांस से बना हुआ था, जिसे नारियल की रस्सी से बांधकर रखा गया था। दीवारें हाथ से तैयार खपच्चियों की चटाइयों से बनी हुई थी। फ़र्श सीधा ज़मीन पर ही था, जो पिछले किरायेदार के रहने के दौरान जगह-जगह से धंस चुका था। रस्सियों के सहारे प्लायवुड को लटकाकर दरवाज़ा बनाया गया था। छत इतनी नीची थी कि मुझे झुककर ही रहना पड़ा। लंबाई में कमरा चार क़दम और चौड़ाई में दो क़दम के आकार का था। यह बिलकुल जेल की कोठरी के ही आकार का था।

मैंने एक कोने में अपना गिटार रखा और फिर बैकपैक से फ़र्स्ट एड किट निकालकर उसे दूसरे किनारे में रख दिया। प्रभाकर ने जब मुझे बाहर से आवाज़ लगाई तो मैं अपने कोट के हैंगरों पर कपड़ों को छत से लटका रहा था।

मैं बाहर आया तो मैंने गली में जॉनी सिगार, राजू, प्रभाकर और कुछ अन्य लोगों को खड़ा पाया। जिन्हें मैं जानता था उनसे मिलने के बाद बाक़ी लोगों से भी मेरा परिचय कराया गया।

'यह आनंद है, तुम्हारा बाईं तरफ़ का पड़ोसी,' प्रभाकर ने परिचय देते हुए लंबे क़द के युवा सिख से मेरा हाथ मिलवाया। उसने पीले रंग का साफा पहन रखा था।

उसके गर्मजोशी और मज़बूती से हाथ मिलाने का जवाब देते हुए मैंने कहा, 'हैलो। मैं एक और आनंद को जानता हूं-इंडिया गेस्ट हाउस का मैनेजर।'

आनंद ने चेहरे पर सवालिया मुस्कान के साथ पूछा, 'क्या वह एक अच्छा व्यक्ति है।'

'अच्छा व्यक्ति है। मैं उसे पसंद करता हूं।'

बच्चों जैसी मुस्कान देते हुए आनंद ने कहा, 'अच्छी बात है। तो फिर हमारे दोस्त बनने का आधा रास्ता तो तय हो ही गया। है ना?'

प्रभाकर ने बोलना जारी रखा, 'आनंद, वह अपना घर एक और कुंआरे रफ़ीक के साथ साझा करता है।'

रफ़ीक की उम्र लगभग तीस वर्ष थी। उसकी नुकीली ठोड़ी पर हल्की सी दाढ़ी थी। उसकी मुस्कान के दौरान सामने के दांतों के बीच का ख़ाली स्थान उभरकर दिखने लगता था। उसकी आंखें अचानक छोटी हो गई जिससे उसके चेहरे पर कुटिलता के भाव उभरकर आ गए।

'दूसरी ओर एक बहुत ही अच्छा पड़ोसी रहता है, जितेंद्र। उसकी पत्नी का नाम राधा है।'

जितेंद्र छोटा और गोलमटोल था। उसने मुस्कान के साथ मुझसे हाथ मिलाया। इस दौरान उसका एक हाथ उसकी तोंद पर ही था। उसकी पत्नी राधा ने अपनी लाल शॉल को सिर पर ठीक करते हुए मुस्कराकर मुझे नमस्कार किया।

'क्या तुम जानते हो?' आनंद ने बहुत ही सौम्य अंदाज़ में पूछा, जिससे मैं चौंक गया, 'मुझे लगता है कि वहां *आग* लगी है।'

वह एड़ियां ऊंची करके खड़ा था और अपनी आंखों को धूप से बचाने के लिए हाथों से ढंककर उस ओर देख रहा था, जिधर की झोपड़ियों से धुएं का गुबार उठ रहा था। हर किसी ने उसी तरफ़ देखना शुरू कर दिया। इस दौरान एकदम सन्नाटे जैसी स्थिति थी। फिर लगभग सौ मीटर की दूरी पर आसमान की ओर लाल लपटों से निकला धुआं उठने लगा। उसके बाद धमाके की आवाज़ आई, मानो किसी ने धातु के शेड पर गोली दागी हो। हर व्यक्ति ने दूर से उठ रहे धुएं की ओर दौड़ लगा दी।

मैं लपटों और धुएं की ओर देखता हुआ, घटनाक्रम से हतप्रभ होकर खड़ा का खड़ा था। मेरे देखने के दौरान ही आग ने विशाल रूप ले लिया था। समंदर की हवा ने लपटों को और तेज़ कर दिया था और वह हर पल नए इलाक़े को अपनी चपेट में ले रही थी। अब वह मेरी तरफ़ ही आ रही थी, धीमी गति से। रास्ते में आ रही हर वस्तु को जलाकर ख़ाक करते हुए।

धमाकों की झड़ी सी लग गई–एक, दो, एक और। मुझे समझ आ गया कि यह केरोसिन के स्टोव में हो रहे धमाके हैं। वहां की सात हज़ार झोपड़ियों में से हर एक में एक स्टोव था। वह जो हवा भरकर चलाए जाते थे और आग के संपर्क में आने पर जिनमें धमाका हो जाता था। मानसून की अंतिम बारिश कुछ सप्ताह पहले ही हो चुकी थी। अब पूरी झोपड़पट्टी सूखकर चारे के भंडार जैसी हो गई थी, जिसे समंदर की हवा और तेज़ कर रही थी। आग ने अब एक एकड़ इलाक़े में ईंधन और इंसानों को अपनी चपेट में लेना शुरू कर दिया था।

भौंचक्का और घबराया, मगर हड़बड़ाहट की स्थिति से परे मैं आग को अपनी ओर बढ़ते हुए देख रहा था और समझ गया कि अब बात बूते के बाहर हो चुकी है। मैंने झोपड़ी के भीतर दौड़ लगाकर अपना सामान बटोरकर दरवाज़े की ओर दौड़ लगाई। वहां पर सामान गिराकर अपने कपड़े उठाने के लिए फिर भीतर की ओर

दौड़ा। इस दौरान मैंने देखा कि तक़रीबन 20 महिला-पुरुष एक समूह में खड़े होकर मुझे देख रहे थे। बिलकुल सही शब्दहीन संवाद के एक लम्हे में मैं समझ गया कि वे क्या सोच रहे थे। हमने खुले मैदान की तरफ देखा और मैंने उनके दिमाग़ की आवाज़ को सुन लिया।

इस बड़े, मज़बूत विदेशी की ओर देखो, ख़ुद को बचा रहा है और आग से दूर भाग रहा है, जबकि हमारे लोग आग की तरफ़ भाग रहे हैं...

शर्मसार होकर मैंने अपना सामान राधा के क़दमों के पास रख दिया, जिससे कुछ देर पहले ही मेरी पहचान कराई गई थी। फिर मैं मुड़कर आग की ओर दौड़ने लगा।

झोपड़पट्टी एक योजनाविहीन इंसानी बस्ती होती है। संकरी और बलखाती गलियों का एक उद्देश्य तो होता है, लेकिन कोई क्रम नहीं होता। तीन या चार मोड़ के बाद मैं रास्ता खो बैठा। मैं उन लोगों की पंक्ति में दौड़ने लगा जो आग और धुएं की ओर दौड़ लगा रहे थे। हमारे बगल से ही दूसरे लोग भाग रहे थे, जो आग की विपरीत दिशा में जा रहे थे। वह असहाय बुज़ुर्ग थे, जो अपने साथ बच्चों को एकत्रित करके भाग रहे थे। कुछ के हाथों में कपड़े, रसोईघर के बर्तन, स्टोव, दस्तावेज़ थे। उनमें से कई घायल थे। कई के ज़ख़्म लगे हुए थे जिनसे ख़ून टपक रहा था तो कुछ गंभीर रूप से झुलसे हुए थे। जलते हुए प्लास्टिक, ईंधन, कपड़ों, बालों और मांस की बदबू तीखी और बैचेन कर देने वाली थी।

मैं एक अंधे मोड़ से आगे बढ़ा, फिर एक और, फिर एक और जब तक कि मैं चीख़-पुकार के बीच आसमान को चूमती लपटों के पास नहीं पहुंच गया। उसके बाद दो झोपड़ियों के बीच से एक आग का गोला निकला। वह चीख़ रहा था, दरअसल में वह एक महिला थी जो पूरी तरह से लपटों में घिर गई थी। वह सीधे मेरी ओर भागी और मुझसे टकरा गई।

उसके संपर्क में आते ही अपने बालों, भौंह और पलकों को जलता महसूस करते ही मैं पहली प्रतिक्रिया के तहत पीछे हट गया। वह लड़खड़ाई और चीख़ते-पुकारते पीछे की ओर गिर गई। मैंने शर्ट को पीठ पर से निकाला और अपने हाथों और चेहरे को बचाते हुए उस महिला पर छलांग लगा दी। अपनी त्वचा और कपड़ों से मैं उसकी आग बुझाने की कोशिश करने लगा। दूसरे लोग भी आगे आए और उसे मदद करने लगे। मैंने फिर आग की ओर दौड़ लगा दी। उस वक़्त तक वह महिला ज़िंदा थी, लेकिन मेरे दिमाग़ में एक आवाज़ बार-बार बता रही थी कि *वह मर चुकी है। वह मर चुकी है वह जा चुकी है वह बच नहीं पाएगी।*

जब तक मैं वहां पहुंचा आग का रूप भयावह था। लपटें सबसे ऊंची झोपड़ी से भी दो-तीन गुना ऊंचाई तक पहुंच चुकी थीं। वह हमारे सामने अर्धवृत्त में फैल चुकी थी। पचास से ज़्यादा झोपड़ियां उसकी चपेट में आ चुकी थीं। तेज़ हवाएं कहीं आग की लपटों को अचानक तेज़ कर देती थी तो फिर किसी अन्य दिशा से उन्हें

हमारी ओर ले आती थीं। इसके पीछे तो आग चरम पर थी, कई झोपड़ियां धधक रही थीं, धमाके और ज़हरीला धुआं भी साथ था।

लपटों की दीवार के आगे एक बड़ी खुली जगह के बीचोंबीच एक व्यक्ति खड़ा था, जो आग से जूझ रहे लोगों का कुछ इस तरह से मार्गदर्शन कर रहा था, मानो युद्ध के मैदान पर सैनिकों को आदेश देता कोई सेनापति। वह लंबा और दुबला-पतला था और उसके बाल चांदी की तरह चमकीले सफ़ेद थे। उसकी छोटी सी नुकीली दाढ़ी थी। उसने सफ़ेद शर्ट, सफ़ेद पतलून और सैंडल पहन रखे थे। उसके गले पर हरा रूमाल लपेट रखा था। उसके हाथ में छोटी सी पीतल के हत्थे वाली लकड़ी की काठी थी। उसका नाम था क़ासिम अली हुसैन। झोपड़पट्टी के उस मुखिया की मेरी यह पहली झलक थी।

क़ासिम अली की दोहरी रणनीति के तहत लोगों का एक झुंड आग को बुझाने की कोशिश कर रहा था, जबकि दूसरा झुंड आग को और फैलने से बचाने के लिए रास्ते की झोपड़ियों को ही तोड़ दे रहा था। वह उनके भीतर का सामान भी निकाल ले रहे थे ताकि आग को आगे बढ़ने का मौक़ा ही नहीं मिले। साथ ही जैसे ही आग कुछ मद्धम पड़ती थी उसे बुझाने के प्रयासों में अचानक तेज़ी आ जाती थी। इधर-उधर देखते हुए क़ासिम अपनी छड़ी के इशारे से सबको आदेश दे रहा था।

मुखिया की नज़र अचानक मेरी ओर हो गई। उसकी आंखों में अचानक हैरत की झलक दिखी। उसने मेरे हाथ में काले पड़ चुके शर्ट को देखा। बिना कुछ बोले उसने आग की दिशा में अपनी छड़ी कर दी। उसके आदेश का पालन एक राहत और सम्मान की बात थी। मैं दौड़ लगाकर आग बुझाने में जुटे लोगों के साथ मिल गया। उस टीम में जॉनी सिगार को पाकर मैंने राहत महसूस की।

उसने चिल्लाकर पूछा, 'ठीक है?' यह पूछताछ के साथ प्रोत्साहन भी था।

मैंने चिल्लाकर जवाब दिया, 'ठीक है। हमें और पानी चाहिए!'

उसने हमारे चारों ओर फैल रहे धुएं के बीच कहा, 'और पानी नहीं है! टंकी ख़ाली हो चुकी है। ट्रक उसे कल भरेंगे। लोग यहां जो पानी इस्तेमाल कर रहे हैं, वह उनका हिस्सा है।'

मुझे बाद में पता चला कि हर घर को, मेरे घर समेत, खाना बनाने, पीने और कपड़े धोने के लिए प्रतिदिन केवल दो या तीन बाल्टी पानी मिलता था। झोपड़पट्टी के लोग आग बुझाने के लिए अपने पीने के पानी का इस्तेमाल कर रहे थे। आग बुझाने के लिए ख़ाली की जा रही हर एक बाल्टी का मतलब था कि किसी परिवार को रात प्यासे ही गुजारनी होगी, अगली सुबह नगर परिषद का टैंकर आने तक।

जॉनी ने कोसते हुए गीली बोरी पटकी और कहा, 'मुझको साली यह आग पसंद नहीं है! आओ, *साली!* तुम मुझे *मारना* चाहती हो। आओ। हम तुम्हें *हरा* देंगे। हम तुम्हें *हरा* देंगे!'

आग का एक शोला अचानक हमारी ओर आया। मेरे पास खड़ा आदमी गिर गया और अपने झुलसे हुए चेहरे को पकड़कर चिल्लाने लगा। क़ासिम अली ने एक मददगार को उसे बचाने के लिए भेजा। मैंने उसकी बोरी को उठाया और जॉनी के साथ एक हाथ से आग बुझाते हुए, दूसरे हाथ से अपना चेहरा बचाने लगा।

हम बीच-बीच में पीछे देखकर क़ासिम अली हुसैन से मिल रहे निर्देशों को जान लेते थे। हम अपनी गीली बोरियों से आग पर क़ाबू पाने की उम्मीद नहीं कर रहे थे। हम तो केवल ख़तरे में पड़ी झोपड़ियों को हटाने के लिए आने वाले तोड़ू दस्ते का इंतज़ार कर रहे थे। यह बेहद दिल तोड़ देने वाला काम था। वह झोपड़पट्टी को बचाने के लिए अपने ही घरों को नष्ट कर रहे थे। और तोड़ू दस्तों के इंतज़ार में क़ासिम हमें शतरंज की चाल की तरह कभी दाएं कभी बाएं भेज रहा था। आग को रोकते हुए और धीरे-धीरे जीत की ओर बढ़ते हुए।

जब एक बार धुएं के एक बड़े गुबार ने हमें घेर लिया तो हमें क़ासिम अली हुसैन दिखना बंद हो गया। पीछे हटने की सोचने वाला उस वक़्त मैं अकेला व्यक्ति नहीं था। फिर, धुएं और धूल के बीच हमने क़ासिम को हरा रूमाल उठाए देखा। वह अपनी जगह से हिला तक नहीं था और मैंने उसके शांत चेहरे पर देखा कि वह हमारे संघर्ष की स्थिति और संभावित अगले क़दम के बारे में सोच रहा था। हरा रूमाल उसके सिर के ऊपर किसी परचम की तरह लहरा रहा था। हवा ने फिर दिशा बदली और हम फिर एक बार आगे बढ़कर नए हौसले के साथ काम में जुट गए। हरे रूमाल वाले व्यक्ति का हौसला मुझमें और हममें से हर एक के दिल में था।

अंत में हमने ख़ाक हो चुकी गली और जले हुए मकानों वाले हिस्से में प्रवेश किया और बचे हुए लोगों को तलाशते हुए लाशों को भी गिनने लगे। हम मौत के कुल आंकड़े को सुनने के लिए सिर झुकाए शोक में खड़े हो गए। पता चला कि 12 लोगों की मौत हो चुकी है, जिनमें छह बुज़ुर्ग पुरुष और महिलाएं थीं और चार बच्चे थे। 100 से ज़्यादा लोग आग से झुलस गए थे या घायल हो गए थे। उनमें से कई की चोटें बेहद गंभीर थी। तक़रीबन 600 झोपड़ियां ख़ाक हो चुकी थीं, यानी कि झोपड़पट्टी का 10 फ़ीसदी।

जॉनी सिगार आंकड़ों का मेरे लिए अनुवाद कर रहा था। मैं उसके पास सिर झुकाकर उसकी बात को सुन रहा था, लेकिन मेरा ध्यान कासिम अली के चेहरे पर था जो कि जल्दबाजी में तैयार मृतकों और घायलों की सूची पढ़ रहा था। जब मैंने जॉनी की ओर मुड़कर देखा तो पाया कि वह रो रहा था। जॉनी जब यह बता ही रहा था कि हमारा साथी राजू आग की भेंट चढ़ चुका है, प्रभाकर भीड़ को चीरते हुए हमारे पास आया। राजू वह उदास, ईमानदार, दोस्ताना चेहरा, जिसने मुझे झोपड़पट्टी में रहने का न्यौता दिया था, मर चुका था।

क़ासिम अली ने जब सूची पढ़कर सुनाई तो प्रभाकर बहुत ख़ुश होकर चिल्लाया, 'ख़ुशक़िस्मत।' उसका चेहरा इतना कालिख भरा हो चुका था कि उसकी आंखें और

दांत कुछ ज़्यादा ही चमक रहे थे। 'इससे पहले की पिछले साल की बड़ी आग में झोपड़पट्टी का एक तिहाई हिस्सा जल गया था। हर तीन में से एक घर। दो हज़ार से ज़्यादा घर ख़ाक हो गए थे। *खल्लास।* चालीस से ज़्यादा लोगों की मौत हुई थी। *चालीस।* लिन मैं तुम्हें बताना चाहूंगा कि यह बहुत ज़्यादा है। इस साल की आगजनी बेहतर क़िस्मत वाली थी। और हमारा घर भी सुरक्षित है! भगवान हमारे मित्र राजू की आत्मा को शांति दे।'

उदास भीड़ के दूसरे सिरे से अचानक चिल्लाने की आवाज़ें आने लगीं और हम सबने उस ओर मुड़कर देखा कि बचाव दल रास्ता बनाते हुए क़ासिम अली की ओर बढ़ रहा था। उस दल की महिलाएं एक बच्चे को लेकर आ रही थीं, जिन्हें उन्होंने बचा लिया था। प्रभाकर ने उस उत्साह भरी चीख़ और बातचीत का मेरे लिए अनुवाद किया। एक-दूसरे से सटे तीन घर आग की भेंट चढ़ गए थे जिसमें एक दंपत्ति की मौत हो गई, लेकिन उनकी नन्ही सी बच्ची बच गई। उसका चेहरा और शरीर पूरी तरह से सुरक्षित था, लेकिन उसके पैर बुरी तरह से जल चुके थे। कोई चीज़ उसकी जांघों पर गिरी थी, जिससे वह जलकर काली और चोटिल हो गई थी। बच्ची दर्द और घबराहट में बस रोए जा रही थी।

मैंने प्रभाकर को चिल्लाकर कहा, 'उनसे कहो कि हमारे साथ आएं। मुझे मेरी झोपड़ी में वापस ले चलो, उन्हें पीछे आने को कहो। मेरे पास दवा और पट्टी है!'

प्रभाकर ने मेरी बड़ी और उपयोगी फ़र्स्ट एड किट अनेक बार देखी थी। उसे पता था कि इसमें पट्टियां, लेप और कीटाणुनाशक घोल, कपास, सर्जरी के कई उपकरण हैं। मेरी बात को एक बार में ही समझते हुए उसने क़ासिम अली और अन्य लोगों को चिल्लाकर बात बताई। मैंने उसकी बात में घाव की *दवा* और *डॉक्टर* कई बार सुना। फिर वह मेरी आस्तीन पकड़कर मुझे मेरी झोपड़ी की ओर खींचकर ले जाने लगा।

मेरी झोपड़ी में किट को खोलकर मैंने सबसे पहले बच्ची के पैर में सुन्न करने वाला क्रीम लगाया। इसने अचानक काम करना शुरू कर दिया। बच्ची शांत हो गई और अपनी रक्षा करने वाले की बांहों में सिमट गई।

मेरे चारों ओर मौज़ूद लोग फुसफुसाने लगे, 'डॉक्टर... डॉक्टर...डॉक्टर...'

सूरज अरब सागर में डूब चुका था, इसलिए क़ासिम अली ने रोशनी का इंतज़ाम करने के लिए कहा। बॉम्बे की वह लंबी शाम अंततः गर्म, तारों भरी रात में बदल गई। लालटेन की फड़फड़ाती रोशनी में घायल निवासियों को मेरे किट से किसी खुले क्लीनिक की तरह मदद की जाने लगी। जॉनी सिगार और प्रभाकर मेरे लिए अनुवादक और सहायक की भूमिका में आ चुके थे। अधिकांश लोगों को जलने, कटने और गहरे ज़ख़्म ही थे, लेकिन कई सारे लोग धुएं के फेफड़ों में चले जाने से भी परेशान थे।

क़ासिम अली हुसैन ने हमको कुछ देर देखा, फिर वह आपातकालीन रिहाइश, बचे हुए पानी, भोजन और दर्जनों अन्य कई कामों की व्यवस्था करने के लिए चला

गया। मेरे सामने अचानक चाय की एक प्याली आ गई। मेरी पड़ोसन राधा वह बनाकर मेरे लिए लाई थी। झोपड़पट्टी में मेरे द्वारा खाई या पी गई यह पहली वस्तु थी। मेरी पूरी ज़िंदगी में मैंने इससे ज़्यादा बेहतरीन चाय नहीं पी थी। एक घंटे बाद उसने अपने पति और दो अन्य युवाओं को मुझे घायलों से दूर खींचकर रोटी, चावल और सब्ज़ी खाने के लिए मज़बूर किया। रस्सेदार सब्ज़ियां स्वादिष्ट और मसालेदार थीं और मैंने रोटी के अंतिम कौर तक थाली को पूरी तरह से साफ़ कर दिया।

और फिर कई घंटों के बाद, मध्यरात्रि के बाद, राधा का पति जितेंद्र मेरी बांह खींचकर मुझे अपनी झोपड़ी तक लाया, जहां पर हाथ से बना एक कंबल ज़मीन पर बिछाया हुआ था। बिना किसी प्रतिकार के मैं ब्लैंकेट पर गिर सा गया और झोपड़ी में सोने की वह मेरी पहली रात थी।

सात घंटे बाद–वक़्त ऐसे गुजरा मानो चंद मिनट ही हुए हों–मैंने उठते ही देखा कि प्रभाकर का चेहरा मेरे ऊपर मंडरा रहा है। मैंने आंखें झपकाई और मलीं तब अहसास हुआ कि वह कोहनियां घुटनों पर रखकर मुझे देख रहा था। उसका चेहरा कलाइयों के बीच था। जॉनी सिगार उसके पास ही बाईं ओर बैठा हुआ था और दाईं ओर था जितेंद्र।

उत्साह के साथ उसने कहा, 'शुभप्रभात, लिन बाबा! आपके खर्राटे तो ला-जवाब हैं। इतने कर्कश! मानो कोई सांड झोपड़ी में घुस गया हो। यह जॉनी बता रहा था।'

जॉनी ने सहमति में सिर हिलाया, जबकि जितेंद्र ने उसकी हां में हां भरी।

प्रभाकर ने मुझे बताया, 'बूढ़ी साराबाई के पास खर्राटे का रामबाण इलाज है। वह बांस का अंगुली बराबर का तेज़ टुकड़ा लेती है और उसे नाक के भीतर घुसा देती है। उसके बाद खर्राटे बंद। *बस! खल्लास!'*

मैंने ब्लैंकेट पर बैठकर अंगड़ाई के साथ सारा आलस्य और थकान झटकने की कोशिश की। मेरे चेहरे और आंखों में अब भी कल शाम की तपिश के निशान थे। मैंने पाया कि आग ने मेरे बालों को भी सख़्त कर दिया था। झोपड़ी की दीवारों के छेदों से सूरज की रोशनी आ रही थी।

मैंने चिढ़कर कहा, 'तुम क्या कर रहे हो, प्रभु? तुम कितनी देर से मुझे यूं ही सोते हुए देख रहे हो?'

'लिन, ज़्यादा वक़्त नहीं हुआ है। बस आधे घंटे या कुछ और देर से।'

मैंने नाराज़गी जताते हुए कहा, 'यह शालीन व्यवहार नहीं है, तुम जानते हो। किसी व्यक्ति को सोते हुए देखना अच्छी बात नहीं है।'

उसने शांत स्वर में कहा, 'माफ़ करना लिन। भारत में हम सब किसी न किसी वक़्त किसी को भी सोते हुए देख सकते हैं। और हम कहते हैं कि जब व्यक्ति सो रहा हो तो उसका चेहरा पूरी दुनिया के मित्र जैसा लगता है।'

जॉनी सिगार ने कहा, 'लिन, जब तुम सो रहे थे तो तुम्हारा चेहरा बहुत दयालु लग रहा था। मुझे बहुत हैरानी हुई।'

'दोस्तों मैं बता नहीं सकता कि इसका मेरे लिए क्या मतलब है। तो क्या अब हर सुबह जब मैं जागूंगा तो क्या तुम्हारे चेहरे दिखाई देंगे?'

प्रभाकर ने पैरों पर कूदते हुए कहा,'हां, अगर तुम वाक़ई चाहो तो। लेकिन इस सुबह तो हम तुम्हें केवल यह बताने के लिए आए हैं कि तुम्हारे मरीज तैयार हैं।'

'मेरे... *मरीज?*'

'हां। आकर देख लो।'

उन्होंने खड़े होकर झोपड़ी का दरवाज़ा खोल दिया। मेरी जलती हुई आंखों पर अचानक सूरज की रोशनी आई और मुझे आंखें झपकनी पड़ीं। बाहर खाड़ी के बगल में तेज़ धूप में बाहर आते ही मैंने देखा कि मेरी झोपड़ी के पास लोग बैठकर मेरा इंतज़ार कर रहे थे। वह तक़रीबन तीस लोग थे, जिन्होंने गली के पहले मोड़ तक कतार लगा रखी थी।

मेरे झोपड़ी से बाहर निकलते ही लोग फुसफुसाने लगे, 'डॉक्टर...डॉक्टर...'

प्रभाकर ने मेरी बांह खींचते हुए कहो, 'आओ चलो।'

'कहां चलो?'

उसने मुस्कराते हुए कहा, 'पहले शौचालय। तुम्हें शौच कर लेना चाहिए, है ना? मैं बताता हूं कि यह कैसे करना है, खुले समंदर में, सीमेंट की लंबी दीवार पर बैठकर। लोग और बच्चे वहीं जाते हैं। समंदर में हर सुबह, है ना? यह हो जाए तो फिर नहा लेना और फिर अच्छा नाश्ता कर लेना। फिर तुम्हें अपने सारे मरीजों का इलाज करना है। कोई समस्या नहीं।'

हम कतार के पास से गुज़रे, जिसमें बुढ़े से लेकर युवा पुरुष और महिलाएं थे। उनके चेहरे सूजे हुए थे और घाव के निशानों से पटे हुए थे। उनके हाथ-पैर सब पर कल की आगजनी के निशान थे। पहला मोड़ लेते ही मैं दहल गया, क्योंकि कतार उसके आगे भी जारी थी और आगे तक।

मैंने कहा, 'हमें कुछ...कुछ... करना होगा। वे सब... इंतज़ार कर रहे हैं।'

प्रभाकर ने जवाब दिया, 'इंतज़ार करने में कोई समस्या नहीं है, लिन। लोग पहले ही एक घंटे से यहां खड़े हैं। अगर तुम हमारे साथ नहीं होते, तब भी वह इंतज़ार करते रहते, बिना किसी बात के। बिना किसी बात का इंतज़ार जानलेवा होता है। है ना? अब लोग किसी बात का इंतज़ार कर रहे हैं। वे *तुम्हारे* लिए इंतज़ार कर रहे हैं। और तुममें *वाक़ई* कुछ बात है। लिन शांताराम, अगर तुम्हें कोई आपत्ति नहीं हो तो यह बात मैं तुम्हारे आग से तपे चेहरे और सिर के खड़े बालों को कह रहा हूं। लेकिन सबसे पहले शौच, फिर नहाना और फिर नाश्ता। और हमें जल्दी करना होगी, कुछ युवा तुम्हें शौच करते हुए देखने के लिए इंतज़ार कर रहे हैं।'

'किस बात का इंतज़ार?'

'अरे हां। वे तुम्हें बहुत दिलचस्प मानते हैं। उनके लिए तो तुम किसी फ़िल्मी हीरो की तरह हो। वह तुम्हें शौच करता देखने के लिए बेसब्र हैं। और फिर इस सबके बाद तुम वापस आओगे और अपने मरीजों का इलाज करोगे। किसी हीरो की तरह, है ना?'

और इस तरह से उस झोपड़पट्टी में मेरी भूमिका तय कर दी गई थी। कार्ला ने हमारी बातचीत के दौरान एक बार कहा था, *अगर नियति तुम्हें नहीं हंसाती, तो इसका मतलब यह है कि तुम्हें मज़ाक़ समझ ही नहीं आया।* किशोरवय में मैंने प्राथमिक उपचार का प्रशिक्षण लिया था। औपचारिक शिक्षा के दौरान मुझे घाव, जलने, मांसपेशी में खिंचाव के अलावा रोग पहचानने और आपातकालीन प्रक्रिया की भी जानकारी दी गई थी। बाद में कई नशेड़ियों को सीपीआर देकर मौत के मुंह से खींच लाने के कारण मुझे डॉक के नाम से पुकारा जाने लगा था। ऐसे सैकड़ों लोग थे, जो मुझे *डॉक* के ही नाम से जानते थे। झोपड़ी की इस सुबह से कई महीने पहले मेरे न्यूज़ीलैंड के दोस्तों ने मेरे विदाई के तोहफ़े के तौर पर मुझे फ़र्स्ट एड किट ही दिया था। मुझे यक़ीन था कि-वह प्रशिक्षण, वह उपनाम, फ़र्स्ट एड किट, झोपड़ी में गैर-आधिकारिक डॉक्टर के तौर पर काम-सब महज संयोग नहीं थे बल्कि एक ही धागे के ताने-बाने थे।

और यह मेरी ही नियति थी। फ़र्स्ट एड का प्रशिक्षण या बेहतर प्रशिक्षण लेने वाले किसी अन्य व्यक्ति को मेरी तरह अपराध और जेल से फरारी के कारण झोपड़पट्टी में रहने की ज़रूरत ही नहीं पड़ती। किसी अन्य अपराधी के पास शायद मेरी तरह का प्रशिक्षण नहीं होता। मैं पहली सुबह इस नाते का अर्थ नहीं समझ सका था। मैं मज़ाक़ को समझ ही नहीं पाया था और नियति ने मुझे हंसने का मौक़ा ही नहीं दिया। लेकिन मैं जानता था कि कुछ बात तो है-कुछ अर्थ, कुछ उद्देश्य, जो मुझे इस जगह लाया, इस काम के लिए ठीक इसी वक़्त पर। और इसकी तीव्रता इतनी ज़्यादा थी कि मुझे काम में जुट जाना पड़ा, जबकि अनुभव मुझे इससे दूर रहने की चेतावनी दे रहा था।

इसलिए मैंने दिन के काम की शुरुआत की। एक के बाद, लोग मुझे अपना नाम मुस्कान के साथ बता रहे थे और एक-एक करके मैं अपनी ओर से उनके घावों का इलाज करने का सर्वोत्कृष्ट प्रयास कर रहा था। सुबह के ही वक़्त में किसी लम्हे पर किसी ने मेरी झोपड़ी में एक केरोसिन से चलने वाला स्टोव रख दिया। किसी और ने खाने को चूहों से बचाने के लिए धातु का एक बक्सा रख दिया। एक स्टूल भी मेरी झोपड़ी तक पहुंच चुका था और पानी का एक बर्तन-सर्वव्यापी मटका-और कुछ कड़ाहियां और कुछ बर्तन।

लाल आसमान के साथ जबकि शाम ढल रही थी, मेरी झोपड़ी के पास बैठकर हम लोग खा रहे थे और बात कर रहे थे। व्यस्त गलियों में उदासी छाई हुई थी और

दिलों में कल की आग में गुजरने वालों की यादें हिलोरे मार रही थी। उस उदासी के लम्हों में भी संघर्ष से उबरने वालों का दृढ़ संकल्प भी मौजूद था। झुलसी हुई धरती को साफ़ करके धो दिया गया था और कई झोपड़ियां तो फिर उठ खड़ी हुई थीं। हर घर के बनने के साथ ही उम्मीदें फिर जाग रही थीं।

मैंने प्रभाकर की तरफ़ देखा, वह खाते हुए हंस रहा था, मज़ाक़ कर रहा था और मुझे कार्ला के साथ खड़े बाबा की जगह की यात्रा याद आ रही थी। उस शाम का एक लम्हा मेरे दिल में जगह बना चुका था, जब उस पागल व्यक्ति ने तलवार लेकर मेरी ओर दौड़ लगाई थी। उस एक लम्हे में जब मैंने पीछे हटते हुए मुक्केबाज़ी की मुद्रा में हाथ उठाए थे, प्रभाकर बग़ल में जाकर कार्ला के सामने खड़ा हो गया था। वह ना तो उससे प्रेम करता था और ना ही वह कोई लड़ाका था। फिर भी उसकी पहली प्रतिक्रिया बाजू में जाकर कार्ला के संरक्षण की थी। जबकि मेरे मन में पीछे हटकर लड़ने का विचार था।

अगर वह पागल तलवारबाज़ गिराया नहीं जाता और अगर वह हम तक पहुंच जाता तो उससे लड़ने वाला मैं ही होता। और शायद, मैंने हम सबको बचा लिया होता : इससे पहले भी मैं लोगों के साथ मुक्कों, चाकुओं, डंडों से लड़ाई करके जीत हासिल कर चुका था। लेकिन अगर बात इतनी दूर तक जाती तो भी बहादुरी का तमगा तो बाजू में जाकर कार्ला का संरक्षण करने के कारण प्रभाकर के ही खाते में जाता।

प्रभाकर मुझे दिनोंदिन ज़्यादा पसंद आने लगा था। मैं उसके अविचलित आशावाद का प्रशंसक था। मैं उसकी मुस्कान से मिलने वाली राहत पर निर्भर हो चुका था। दिन-रात, गांव में और शहर में मुझे उसका साथ पसंद आया था। लेकिन उस लम्हे में, झोपड़पट्टी में मेरी दूसरी रात, जब वह जितेंद्र, जॉनी सिगार और अपने अन्य दोस्तों के साथ खिलखिला रहा था, मुझे उससे प्यार हो गया।

खाना अच्छा था और सबके लिए पर्याप्त। कहीं रेडियो पर संगीत बज रहा था। यह ज़ाहिर तौर पर किसी हिंदी फ़िल्म का मधुर युगल गीत था। लोग एक-दूसरे से मुस्कराते हुए बातचीत करके एक-दूसरे से स्नेह जता रहे थे। और उस प्रेमगीत, उनकी बातचीत, झोपड़पट्टीवासियों के एक-दूसरे की हौसला अफ़जाई के बीच उनकी दुनिया ने मेरी ज़िंदगी को ठीक उसी तरह से अपने आगोश में ले लिया, जैसे समंदर की ऊंची उठती लहर किनारे के किसी चट्टान पर हावी हो जाती है।

भाग दो

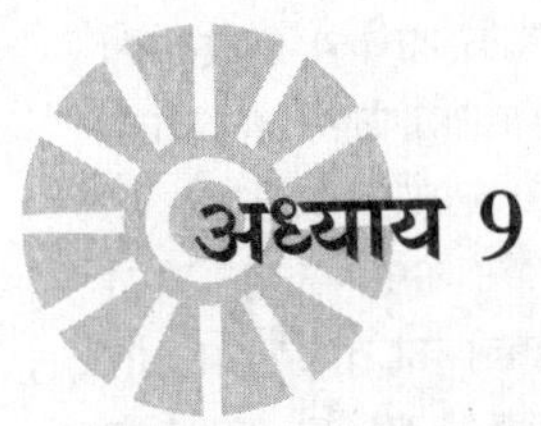

अध्याय 9

मैं जेल से भरी दोपहरी में, दोपहर एक बजे, भागा था। सामने की दीवार के ऊपर से दो बुर्जों के बीच से, जिन पर बंदूकधारी तैनात थे। योजना एक बिंदु तक पेचीदा और सतर्कता के साथ क्रियान्वित की गई थी, लेकिन पलायन इसलिए कामयाब रहा, क्योंकि यह हौसले से भरा था और प्रयास बेहिचक था। जब हमने शुरुआत की थी तो हमारा एक ही लक्ष्य था, योजना की कामयाबी। अगर यह नाकामयाब होता तो सज़ा देने वाली इकाई के जवान इतने सक्षम थे कि हमें लातें मार-मारकर मौत के घाट उतार देते।

हम दो लोग थे। मेरा दोस्त बड़े दिलवाला 25 वर्ष का युवक था, जो हत्या के लिए उम्रकैद की सज़ा काट रहा था। हमने अन्य लोगों को भी पलायन के लिए तैयार करने का प्रयास किया। हमने अपनी पहचान के सबसे दमदार आठ लोगों से संपर्क साधा। वह सभी हिंसा के लिए लगातार 10 या ज़्यादा वर्ष से जेल में थे। एक-एक करके उन्होंने हमारा साथ नहीं देने के बहाने बनाए। मैं उन्हें दोष नहीं देता। मैं और मेरा दोस्त ऐसे युवा थे जिन्होंने पहली बार अपराध किया था और जिनका कोई आपराधिक रिकॉर्ड नहीं था। हमें लंबी सज़ा काटनी थी, लेकिन जेल प्रणाली में हमारा कोई वज़ूद नहीं था। हमने पलायन की जो योजना बनाई थी, वह ऐसी थी जिसे लोग सफल होने पर वीरतापूर्ण करार देते हैं और असफल होने पर पागलपन। अंत में बस हम दोनों ही बचे थे।

हमने आंतरिक सुरक्षा बल भवन में किए जा रहे नवीनीकरण के काम का फ़ायदा उठाने का फ़ैसला किया। यह एक दोमंज़िला दफ़्तर और पूछताछ ब्लॉक था, जो सामने की दीवार के पास मौज़ूद मुख्य प्रवेश द्वार के निकट था। हम रखरखाव करने वाले मालियों की तरह काम कर रहे थे। पालियों में काम करने वाले सुरक्षाकर्मी हमें हर दिन देखते थे। पलायन के दिन भी जब हम काम पर पहुंचे तो उन्होंने एक बार हमारी तरफ़ देखा और फिर नज़रें हटा लीं। सुरक्षा बल भवन ख़ाली था। नवीनीकरण के काम में जुटे मज़दूरों का भोजन अवकाश हुआ था। सुरक्षाकर्मियों की बोरियत और हमारे साथ पहचान से तैयार चंद सेकेंडों के बीच हम अदृश्य हो गए और हमने अपनी चाल चल दी।

तार की दीवार से घिरे नवीनीकरण के इलाक़े में हमने तार काटकर प्रवेश किया और सुनसान इमारत का दरवाज़ा खोलकर ऊपर की मंज़िल पर पहुंच गए। अंदर का

भाग नवीनीकरण काम के कारण खोखला था। बिना प्लास्टर के ढांचे में इमारत की आकृति और वज़न उठाने वाले खंभे दिखाई दे रहे थे। लकड़ियों की ऊपर जाने वाली सीढ़ियों पर सफ़ेद धूल जमी हुई थी और हर तरफ़ ईंटों और प्लास्टर के टुकड़े पड़े हुए थे। सबसे ऊपर की मंज़िल की छत में एक मेनहोल था। मैंने अपने मज़बूत दोस्त के कंधों पर खड़े होकर मुक्के से मेनहोल पर लगे लकड़ी के ढक्कन को तोड़ दिया और ऊपर निकल गया। मैं अपने साथ एक एक्सटेंशन कॉर्ड लाया था, जिसे मैंने कपड़ों के भीतर पूरे शरीर पर लपेट रखा था। मैंने उसे खोलकर एक सिरा छत की बीम से बांध दिया और दूसरा नीचे खड़े अपने दोस्त की ओर फेंक दिया। उसने इसका इस्तेमाल चढ़कर मेरे पास छत पर ढंकी हुई जगह पर आ जाने के लिए किया।

छत उबड़खाबड़ सी थी। हम जैसे-तैसे उस जगह पर पहुंचे, जहां छत जेल की सामने की दीवार से मिलती थी। मैंने पानी की निकासी के लिए बनी नालियों में से एक को इस उम्मीद के साथ चुना कि वह हमें दोनों ओर बने बंदूकधारियों के बुर्जों की नज़र से बचा लेगी। छत के नीचे हम जहां खड़े थे, वहां हर तरफ़ अंधेरा था। दीवार के पास बने छत के कोने पर गार्ड की बैटन से भी ज़्यादा घुप्प अंधेरा था।

उजाले के लिए सिगरेट लाइटर का इस्तेमाल करते हुए हमने टिन और छत के बाहरी हिस्से के बीच की दोहरी मोटी लकड़ी को काटने का काम शुरू किया। एक लंबा स्क्रू ड्राइवर, एक छेनी और टिन का एक टुकड़ा ही हमारे औज़ार थे। 15 मिनट की मेहनत के बाद हमने इंसान की आंख जितना छेद तैयार कर लिया था। सिगरेट लाइटर की रोशनी में हमने देखा उस छेद के पार धातु की छत थी। लेकिन लकड़ी बहुत सख़्त और बहुत मोटी थी। हमें उसमें इंसान के आकार का छेद बनाने के लिए कई घंटे लग जाएंगे।

हमारे पास इतना वक़्त नहीं था। हमारे आकलन के मुताबिक़ हमारे पास आधे घंटे का वक़्त था या शायद उससे कुछ ज़्यादा। सुरक्षाकर्मियों के वहां निरीक्षण के लिए आने तक। उस बीच हमें लकड़ी काटकर टिन में एक छेद करना था और पॉवर एक्सटेंशन को रस्सी की तरह इस्तेमाल करके छत पर पहुंचना था और फिर आज़ादी की दुनिया में उतर जाना था। घड़ी तेज़ी से चल रही थी। हम सुरक्षा भवन की छत में फंस चुके थे। और हम जानते थे कि किसी भी पल सुरक्षाकर्मियों का ध्यान कटी हुई तारों और फिर तोड़े गए मेनहोल की तरफ़ जा सकता है। किसी भी पल वह मेनहोल के ज़रिये उस काली, उमस भरी गुफा में आकर हमें खोज सकते थे।

मेरा दोस्त धीरे से बोला, 'हमें लौट जाना चाहिए। हम इस लकड़ी से कभी पार नहीं पा सकेंगे। हमें वापस जाना चाहिए और ऐसा दिखाना चाहिए कि जैसे कुछ हुआ ही नहीं।'

मैंने सपाट स्वर में कहा, 'हम वापस नहीं जा सकते।' यह बात और है कि यह विचार पहले मेरे दिमाग़ में आकर गया था। 'वो तोड़फोड़, कटे हुए तार देखेंगे और जान जाएंगे कि यह हम दोनों का ही किया हुआ है, क्योंकि इस इलाक़े में हम दोनों

के अलावा किसी अन्य क़ैदी को आने की अनुमति ही नहीं है। अगर हम वापस जाते हैं तो सालभर स्लॉट में ही गुजारना पड़ेगा।'

जेल की बोलचाल की भाषा में सज़ा देने वाली इकाई को स्लॉट कहा जाता था। उन दिनों, उस जेल में, स्लॉट देश की सबसे अमानवीय जगह थी। इस जगह पर कभी भी बिना किसी बात के क़ैदियों की क्रूरता से पिटाई कर दी जाती थी। सुरक्षा बल के भवन–*उनके* भवन, सज़ा देने वाले वाले सुरक्षाकर्मियों की इमारत–का इस्तेमाल भागने के लिए करना इतना तय करने के लिए पर्याप्त था कि पिटाई और अधिक बेवक़्त और बेरहम होगी।

मेरे दोस्त ने पूछा, 'ठीक है तो हम क्या करने वाले हैं?' उसके चेहरे से पसीना टपक रहा था और उसके हाथ डर के कारण इतने भीग गए थे कि वह सिगरेट लाइटर तक को ठीक से पकड़ नहीं पा रहा था।

'मेरे विचार में दो संभावनाएं हैं।' मैंने कहा।

'वे क्या हैं?'

'पहली तो यह कि हम उस सीढ़ी का इस्तेमाल करें–वह जो नीचे दीवार से बांधी हुई है। हम दोबारा नीचे जाकर उस सीढ़ी की जंज़ीर तोड़कर सीढ़ी को ऊपर ला सकते हैं। उस पर हम एक्सटेंशन कॉर्ड लगाएंगे और फिर उसे दीवार पर लगाकर ऊपर चढ़ेंगे, कॉर्ड को दूसरी तरफ़ फेंककर नीचे उतर जाएंगे।'

'बस इतना ही?'

'यह पहली योजना है।'

मेरे दोस्त गिड़गिड़ाया, 'लेकिन...वे हमें देख लेंगे।'

'हां।'

'वे हमें गोली मार देंगे।'

'ऐसा तुम्हारा कहना है।'

वह गुर्राया, '*मुझे* ही कोसो। मुझे लगता है कि यह दोहराव *हो रहा है।* यह एक बहुत महत्त्वपूर्ण बिंदु है, तुम्हें नहीं लगता ऐसा?'

'मुझे लगता है कि हममें से एक बाहर निकलने में सफल होगा और दूसरे को गोली मार दी जाएगी। मामला 50–50 का है।'

हमने कुछ देर तक चुप्पी के बीच संभावनाओं को टटोला।

मेरे दोस्त ने कांपती हुई आवाज़ में कहा, 'मुझे यह योजना पसंद नहीं।'

'मुझे भी।'

'तो दूसरी योजना क्या है?'

'क्या तुमने सबसे निचली मंज़िल पर वह बिजली की आरी देखी थी, जब हम यहां ऊपर आ रहे थे?'

'हां...'

'हम उसे ऊपर लाकर लकड़ी काटने में उसकी मदद ले सकते हैं। उसके बाद हम टिन के टुकड़ों से टिन की छत को काट सकते हैं। उसके बाद हम मूल योजना पर लौट आएंगे।'

'लेकिन वे इसकी आवाज़ को सुन लेंगे।' मेरे दोस्त ने उत्तेजित होते हुए धीमी आवाज़ में कहा, 'मैं उनको टेलीफ़ोन पर बातचीत करते हुए सुन सकता हूं। हम उनके इतने नज़दीक हैं। अगर हम आरी को यहां खींचकर लाए और उसे चलाया तो वह किसी हेलीकॉप्टर की तरह आवाज़ करेगी।'

'मैं जानता हूं, लेकिन मुझे लगता है कि वे यही सोचेंगे कि मज़दूर हैं जो और अधिक काम कर रहे हैं।'

'लेकिन यहां कोई मज़दूर नहीं है।'

'नहीं हैं, लेकिन दरवाज़े पर पाली बदल रही है। नए सुरक्षाकर्मी आ रहे हैं। यह भुनाने लायक़ बड़ा मौक़ा है, लेकिन मुझे लगता है कि हमें इसे लेना चाहिए, वह केवल सामान्य तौर पर यही सोचेंगे कि मज़दूर काम कर रहे हैं। वे पिछले कई सप्ताह से ठोकने-पीटने की और आरी की आवाज़ सुनते आ रहे हैं। और ऐसा कुछ भी नहीं है कि जिसके कारण वह यह सोचें कि यह हम कर रहे हैं। वह कभी पता ही नहीं कर पाएंगे कि अपराधी इतने दीवाने होंगे कि मुख्य द्वार के पास ही बिजली की आरी का इस्तेमाल करेंगे। मेरे ख़याल से हमारे पास यही सबसे बेहतरीन अवसर है।'

उसने आपत्ति जताते हुए कहा, 'मैं नकारात्मक सोच वाला नहीं बनना चाहता, लेकिन इमारत में बिजली ही नहीं है। उन्होंने नवीनीकरण के लिए बिजली काट दी। बिजली आपूर्ति का इकलौता पॉइंट बाहर है। मेरे ख़याल से एक्सटेंशन कॉर्ड वहां तक पहुंच जाएगी, लेकिन बिजली का पॉइंट इमारत के *बाहर* है।'

'मैं जानता हूं, जानता हूं। हममें से एक को नीचे जाकर जिस दरवाज़े को हमने खोला था, उससे बाहर जाकर एक्सटेंशन कॉर्ड को बिजली के पॉइंट में लगाना होगा। यही इकलौता तरीक़ा है।'

'नीचे कौन जाएगा?'

मैंने कहा, 'मैं जाऊंगा।' मैंने आवाज़ में आत्मविश्वास और मज़बूती लानी चाही, लेकिन शरीर ने दगा दे दिया और मेरी आवाज़ मिमियाने जैसी निकली।

मैं मेनहोल तक पहुंचा। मेरे पैर डर और तनाव से सख़्त हो चुके थे। मैंने एक्सटेंशन कॉर्ड को नीचे की मंज़िल तक छोड़ा और धीरे-धीरे नीचे उतरने लगा। यह दरवाज़े तक पहुंचने के बाद भी कुछ बच गई थी। बिजली की आरी दरवाज़े के पास पड़ी थी। मैंने आरी के हत्थे पर एक्सटेंशन कॉर्ड को लपेटा और दौड़कर सीढ़ियों तक पहुंचा। मेरे दोस्त ने आरी ऊपर खींच ली और एक्सटेंशन कॉर्ड फिर नीचे छोड़ दिया। मैं फिर एक बार दरवाज़े तक पहुंचा। शरीर को दीवार से सटाने के बाद मैंने एक लंबी सांस खींची और दरवाज़ा खोलने की हिम्मत जुटाने लगा। अंत में उत्तेजना

से तेज़ गति से धड़कते दिल के साथ मैंने दरवाज़ा खोल दिया और कॉर्ड को प्लग में लगाने के लिए बाहर निकला।

कुछ ही दूरी पर पिस्तौल से लैस दो सुरक्षाकर्मी बात कर रहे थे। अगर उनमें से एक का भी चेहरा मेरी तरफ़ होता तो मेरा तो काम ही तमाम हो जाता। मैंने देखा कि वह मेरी तरफ़ छोड़कर हर तरफ़ देख रहे थे। वह दरवाज़े के इलाक़े में बातचीत करते हुए चहलक़दमी कर रहे थे। किसी बात पर हंस भी रहे थे। किसी ने भी मुझे नहीं देखा। मैं दोबारा इमारत के भीतर घुस गया। सीढ़ियों तक किसी भेड़िए की तरह रेंगता हुआ गया और कॉर्ड के सहारे मेनहोल तक पहुंच गया।

छत के नीचे उबड़-खाबड़ जगह के अंधेरे कोने में मेरे दोस्त ने लाइटर जलाया। मैंने देखा कि उसने बिजली की आरी को कॉर्ड से जोड़ दिया था। वह काटने के लिए तैयार था। मैंने लाइटर पकड़ लिया। बिना एक पल की देरी के उसने भारी आरी को उठाकर चालू कर दिया। आवाज़ इतनी तेज़ थी मानो कोई जेट उड़ान भरने के लिए तैयार हो। मेरे दोस्त ने मेरी तरफ़ देखा और उसके चेहरे पर एक बड़ी सी मुस्कान आ गई। उसके दांत भींचे हुए थे और उसकी आंखों में आग दिख रही थी। उसने आरी मोटी लकड़ी को लगा दी। केवल चार बार में ही एक बड़ा सा चौकोर छेद हो गया, जिससे टिन की छत दिखने लगी।

उसके बाद कानों में गूंजती आरी की आवाज़ के बीच हम कुछ पल के लिए ख़ामोश रहे। हमारे दिल ज़ोरों से धड़क रहे थे। कुछ देर बाद मैंने मुख्य दरवाज़े के पास टेलीफ़ोन की घंटी सुनी और हमें लगा कि हमारा काम तमाम हो गया। फिर किसी ने फ़ोन उठाया। यह दरवाज़े पर तैनात एक सुरक्षाकर्मी था। कुछ देर बाद हमने उसे हंसते हुए और आराम से गप्पें लड़ाते हुए सुना तो हमारी जान में जान आई। हम सुरक्षित थे। उन्होंने बिजली की आरी की आवाज़ तो सुनी थी, लेकिन जैसी कि मुझे उम्मीद थी, उन्होंने इसे मज़दूरों के काम की आवाज़ जानकर नज़रअंदाज़ कर दिया।

इससे उत्साहित होकर मैंने टिन में स्क्रूड्राइवर की मदद से एक छेद कर दिया। अचानक सूरज की रोशनी हमारी आंखों में कौंध गई। मैंने छेद को चौड़ा किया, फिर टिन के टुकड़ों की मदद से टिन को तीन तरफ़ से काट दिया। दोनों हाथों की मदद से मैंने फिर टिन को ऊपर की ओर धकेला और छेद से सिर बाहर निकाल लिया। मैंने देखा कि हम वाक़ई छत की एक नाली में छेद करने में कामयाब रहे थे। उस वी के आकार का सबसे गहरा हिस्सा किसी की भी नज़रों से दूर था। अगर हम उसमें सो जाते हैं तो टॉवर पर तैनात सुरक्षाकर्मी हमें नहीं दिखेंगे और ना ही वे हमें देख सकेंगे।

हमें अभी भी एक काम करना था। बिजली के एक्सटेंशन कॉर्ड का एक सिरा अभी भी इमारत के बाहर स्थित पॉइंट में लगा हुआ था। हमें उस तार की ज़रूरत थी। वही तो हमारी रस्सी थी। हमें जेल की दीवार से बाहर सड़क पर उतरने के लिए उसकी मदद की ज़रूरत पड़ने वाली थी। हममें से किसी एक को सीढ़ियों से नीचे जाकर, पड़ोस के प्रवेश द्वार पर मौज़ूद सुरक्षाकर्मियों की नज़रों के सामने से प्लग से

वह तार निकालना था और दोबारा चढ़कर छत पर आना था। मैंने हाल ही में किए गए छेद से आ रही साफ़ रोशनी में पसीने से लथपथ दोस्त के चेहरे को देखा और मैं समझ गया कि नीचे मुझे ही जाना होगा।

नीचे दरवाज़े के पास दीवार से सटकर मैं कुछ पल के लिए रुक गया और खुले में जाने के लिए अपने हाथ-पैरों में ताक़त लाने की कोशिश करने लगा। मैं इतनी तेज़ी से सांस ले रहा था कि मेरा दम फूल गया था। मेरा दिल मेरे सीने के पिंजरे में पंछी की तरह छटपटा रहा था। लंबा अरसा गुज़र गया और मैं जानता था कि अब यह मुझसे नहीं होगा। विवेकपूर्ण होशियारी से लेकर अंधविश्वास से उपजा आतंक, हर कोई मुझसे दोबारा बाहर नहीं जाने के लिए ही कह रहा था। और मैं नहीं जा सका।

अब मुझे तार को काटना था। कोई अन्य रास्ता ही नहीं था। मैंने जेब से छेनी निकाली। वह लकड़ी की मोटी दीवार पर काम करने के बाद भी बहुत पैनी थी। मैंने उसे दरवाज़े के नीचे से भीतर आ रहे बिजली के तार पर रखा। मैंने उसे काटने के लिए हाथ उठाया ही था कि मुझे अचानक लगा कि अगर इसे इस तरह काटने से अचानक बिजली गुल हो गई तो चेतावनी तंत्र सक्रिय हो जाएगा और सुरक्षाकर्मी सतर्क होकर जांच के लिए इमारत में आ जाएंगे। लेकिन इसका कोई मायने ही नहीं था, क्योंकि मेरे पास कोई और विकल्प नहीं था। मैं जानता था कि अब मैं दोबारा खुले में जाने का जोख़िम मोल नहीं ले सकता था। मैंने तेज़ी से छेनी तार पर मारी। उसने तार को काट दिया और ज़मीन की सतह पर टकराई। मैंने कुछ देर किसी चेतावनी वाले अलार्म या दरवाज़े के इलाक़े से किसी के आने की आहट का इंतज़ार किया। ऐसा कुछ भी नहीं हुआ। कुछ भी नहीं। मैं सुरक्षित था।

मैंने बिजली के तार का अपनी ओर का सिरा पकड़ा और तेज़ी से सीढ़ियां चढ़ते हुए छत के नीचे के ढंके हुए हिस्से तक पहुंच गया। हमारे द्वारा छत में काटे गए बड़े छेद में हमने भारी लकड़ी की शहतीर पर रस्सी को अच्छी तरह से बांधा। मेरे दोस्त ने छेद से बाहर निकलने का प्रयास आरंभ किया। जब उसने आधा फ़ासला तय कर लिया था तो वह फंस गया। कुछ पल के लिए वह ऊपर नहीं जा पा रहा था और ना ही नीचे आ पा रहा था। वह बड़ी तेज़ी से हिलने-डुलने की कोशिश कर रहा था, लेकिन पूरी ताक़त लगा लेने के बाद भी निराशा ही हाथ लगी। वह वहां फंस गया था।

उसके शरीर द्वारा छेद को ढंक लिए जाने के कारण छत के भीतरी हिस्से में फिर घुप्प अंधेरा छा गया था। मैंने धूल और छत के बीच के हिस्से में टटोलते हुए सिगरेट लाइटर को खोजने का प्रयास किया। जब मैंने उसे जलाया तो एक बार में ही समझ में आ गया कि वह ऊपर क्यों फंस गया था। वजह उसका तंबाखू का पाउच था-एक मोटा चमड़े का बटुआ, जो उसने एक शौकिया समूह के काम के दौरान अपने लिए तैयार किया था। उसे स्थिर रहने के लिए कहते हुए मैंने छेनी से उसके पीछे की जेब को ही काट दिया। तंबाखू का पाउच मेरे हाथ में आया और मेरा दोस्त अचानक छेद से ऊपर बाहर निकल गया।

मैं भी उसके पीछे-पीछे टिन की छत पर पहुंच गया। छत पर से पानी निकालने की नाली में कीड़ों की तरह रेंगते हुए हम जेल की दांतेदार अगली दीवार तक पहुंच गए। दीवार के पार देखने के लिए हम घुटनों पर बैठ गए। उस दौरान हम कुछ पल के लिए देखे जा सकते थे, लेकिन टॉवर पर मौज़ूद सुरक्षाकर्मी हमारी ओर नहीं देख रहे थे। जेल का यह हिस्सा था जिस पर किसी का ध्यान नहीं जाता था। टॉवर के सुरक्षाकर्मियों का ध्यान इस तरफ़ नहीं जाता था, क्योंकि वह सपने में भी नहीं सोच सकते थे कि कोई इतना पागल होगा कि दिन में सामने की दीवार से भागने की कोशिश करेगा।

नीचे के रास्ते की तेज़ी से झलक देखने के बाद हमने देखा कि जेल के बाहर वाहनों की कतार लगी हुई थी। चूंकि हर एक वाहन की अच्छी तरह से जांच की जा रही थी और नीचे के हिस्से को शीशे से जांचा जा रहा था, कतार बहुत धीमी गति से आगे बढ़ रही थी। मैं और मेरे दोस्त ने वापस नाली में झुकते हुए विकल्पों पर विचार किया।

'नीचे तो अराजकता का माहौल है।'

उसने कहा, 'मेरी राय में तो अब चलना चाहिए।'

मैंने जवाब दिया, 'हमें थोड़ा इंतज़ार करना चाहिए।'

'छोड़ो, बस तार को नीचे फेंको और चले चलो।'

'नहीं,' मैं फुसफुसाया, 'वहां नीचे बहुत सारे लोग हैं।'

'तो क्या?'

'उनमें से कोई ना कोई तो निश्चित ही हीरो बनने का प्रयास करेगा।'

'सबको भाड़ में जाने दो। हम उनके बीच से ही निकलकर जाएंगे। उन्हें पता भी नहीं चलेगा कि हुआ क्या है। दोस्त या वो नहीं या हम नहीं।'

मैंने अंत में कहा, 'नहीं। हमें इंतज़ार करना होगा। हम तभी दीवार के पार जाएंगे, जब वहां कोई भी नहीं होगा। हमें इंतज़ार करना ही होगा।'

और हमने 20 मिनट तक ऐसे इंतज़ार किया मानो अनंत काल से वहां बैठे हों। मैं बार-बार कुछ वक़्त का जोख़िम मोल लेकर नीचे झांककर देख लेता था। फिर मैंने अंततः देखा कि नीचे की सड़क दोनों ही दिशा में पूरी तरह से ख़ाली हो चुकी है। मैंने अपने दोस्त को इशारा किया। वह दीवार के ऊपर आगे बढ़ा और नज़र से दूर हो गया। मैंने आगे बढ़कर यह सोचते हुए देखा कि वह दीवार पर उतर रहा होगा, लेकिन तब तक तो वह सड़क पर उतर चुका था। मैंने उसे जेल के ठीक सामने एक संकरी गली में ग़ायब होते हुए देखा। और मैं अब भी जेल के भीतर छत पर था।

मैंने बाहर निकलकर रस्सी पकड़ी। अपने पैर दीवार और पीठ सड़क की ओर रखते हुए मैंने दोनों हाथों से तार को पकड़ा और एक नज़र बाईं ओर के टॉवर पर मौज़ूद सुरक्षाकर्मी की ओर डाली। सुरक्षाकर्मी हाथ हिलाते हुए फ़ोन पर किसी के

साथ बतिया रहा था। उसके कंधे पर ऑटोमेटिक राइफ़ल लटक रही थी। मैंने दूसरे टॉवर की ओर देखा। वहां पर तैनात गार्ड भी हथियारबंद था और जेल के दरवाज़े के इलाक़े में नीचे किसी के साथ हंसते हुए बात कर रहा था। मैं देश की सबसे ज़्यादा सुरक्षा वाली जेल की सामने की दीवार पर लटका हुआ था और मैं किसी को दिखाई नहीं दे रहा था।

मैंने पैर से दीवार को धक्का देकर नीचे उतरना शुरू किया, लेकिन डर और पसीने से मेरे हाथ फिसल गए। मेरा हाथ तार से फिसल गया और मैं इतनी तेज़ी से गिरने लगा कि मुझे समझ आ गया कि इतनी ऊंची दीवार से गिरकर मेरा मरना तय है। घबराहट और हताशा के बीच मैंने दोबारा तार को थाम लिया। मेरे हाथ ही वह ब्रेक थे, जो मेरी गति को कम कर सकते थे। मैंने अपनी हथेलियों और अंगुलियों की चमड़ी को उधड़ते हुए देखा। मुझे इसकी झुलसन और तपिश महसूस हो रही थी। और धीरे-धीरे, फिर भी दर्द देने वाली गति से मैं नीचे ज़मीन पर खड़ा हो गया और सड़क की दूसरी ओर भागा। मैं आज़ाद था।

मैंने एक बार मुड़कर जेल की ओर देखा। तार अब भी दीवार पर लटक रहा था। टॉवर पर मौज़ूद सुरक्षाकर्मी अभी भी बातचीत में मशगूल थे। एक कार सड़क से गुजरी, उसका ड्राइवर गुनगुनाते हुए स्टियरिंग पर अंगुलियों से ड्रम बजा रहा था। मैं मुड़ा और मेरे कदम अब उस बदनसीब ज़िंदगी की ओर बढ़ चले, जिसकी क़ीमत मुझे अपनी हर प्यारी चीज़ को छोड़कर चुकानी थी।

जब मैंने हथियारबंद लूट की तो मैं लोगों में भय जगा देता था। उसी समय से लेकर-जबकि मैं अपराधों में लिप्त था-और जेल और फिर पलायन की ज़िंदगी के दौरान, तक़दीर ने मेरे भीतर ही भय को जगा दिया था। रातें इसमें सनी हुई होती थीं और कई मर्तबा तो मुझे लगता था कि मानो मेरे शरीर में मौज़ूद ख़ून और मेरी हर सांस में भय मौज़ूद है। लोगों में जो डर मैंने जगाया था, अब वह हर रात के दसियों, पचासों, हज़ारों एकाकी घंटों के दौरान मेरा डर बन चुका था।

बॉम्बे के उन शुरुआती महीनों के दौरान सुबह होते ही मैं खुद्र को दुनिया के कामों और अपने आस-पास की चिंताओं के बीच कर्तव्य, ज़रूरत और छोटे-छोटे आनंदों के साथ बेहद व्यस्त रखता था। लेकिन रात को जब सारी झोपड़पट्टी सुनहरे सपनों में डूब जाती थी, आतंक मेरी रग-रग में समा जाता था। मेरा दिल याददाश्त की कालिख भरी कंदराओं में चला जाता था। और जब सारा शहर सो जाता था, मैं पूरी रात अधिकांश रातों में चलता चला जाता था। चलते हुए मैं पूरी कोशिश करता था कि पीछे मुड़कर नहीं देखूं कि कहीं पीछे वह बंदूकधारी सुरक्षाकर्मियों से सजे टॉवर्स या दीवार पर लटकती तार तो नहीं दिख रही, जो अब नहीं है।

रातें, कम से कम शांत हुआ करती थीं। उन वर्षों के दौरान हर रात को आधी रात के बाद पुलिस द्वारा बॉम्बे में कर्फ़्यू लगा दिया जाता था। 12 बजे से आधा घंटे पहले ही मध्य शहर में पुलिस की गाड़ियों की गश्त शुरू हो जाती थी और वे रेस्तरां,

बार्स, दुकानें और यहां तक की फुटपाथ पर बीड़ी-सिगरेट-पान बेचने वाली गुमटियों तक को बंद कराने लगते थे। भिखारी, नशेड़ी और गंजेड़ी जो घर नहीं पहुंचें हों या छिप गए हों, उन्हें फुटपाथ पर दौड़ाया जाता था। दुकानों की खिड़कियों पर स्टील के शटर्स डाल दिए जाते थे। सभी बाजारों में सफ़ेद केलिको कपड़े टेबलों पर डाल दिए जाते थे। धीरे-धीरे सन्नाटा और ख़ालीपन छाने लगता था। दिन में बॉम्बे के लोगों और कामकाज के शोर-शराबे के बीच इस तरह के सन्नाटे की कल्पना कर पाना भी नामुमकिन था। लेकिन हर एक रात ठीक ऐसी ही होती थी : नीरव, सुंदर और डराने वाली भी। बॉम्बे एक भूतिया मकान बन जाता था।

हर रात मध्यरात्रि के दो-तीन घंटे बाद एक प्रक्रिया, जिसे *राउंडअप* कहा जाता है, के तहत सादे वेश में पुलिस अपराधियों, नशेड़ियों, संदिग्ध लोगों, बेघर लोगों, बेरोज़गार लोगों की तलाश में गश्त लगाती थी। शहर के आधे से ज़्यादा लोग बेघर थे और ज़ाहिर तौर पर उनमें से कई सड़कों पर ही रहते और सोते थे। यह सोने वाले हर कहीं देखे जा सकते थे, फुटपाथ पर केवल एक कंबल और एक चादर के सहारे पूरी रात बिताते हुए। अकेले व्यक्ति, परिवार और सूखे, बाढ़ या अकाल की चपेट में आकर पलायन करने वाले पूरे समुदाय तक को पत्थर के फुटपाथों, दरवाज़ों पर चिपककर सोते हुए देखा जा सकता था।

बॉम्बे में सड़कों पर सोना तकनीकी तौर पर ग़ैरकानूनी था। पुलिसकर्मी उसी नियम को लागू करते थे, लेकिन वे इसे लेकर उतने ही बेशर्म थे जितने कि दस हज़ार वेश्याओं वाली गली में वेश्यावृत्ति निरोधक क़ानून को लागू करने को लेकर थे। एक विशेष क़िस्म का भेदभाव किया जाता था और उन लोगों की सूची बहुत लंबी थी, जिन्हें वह बेघर होने के अपराध में गिरफ़्तार *नहीं* करेंगे। उदाहरण के लिए साधु और सभी धार्मिक भक्तों को रियायत हासिल थी। बुज़ुर्गों, विकलांगों, बीमार और घायलों के लिए कोई दयाभाव नहीं था और कई बार उन्हें ज़बर्दस्ती दूसरी सड़क पर जाने के लिए मज़बूर किया जाता था, लेकिन उन्हें गिरफ़्तार नहीं किया जाता था। पागल, सनकी और संगीतकारों, कलाबाजों, जगलर्स, अभिनेताओं और संपेरों जैसे घुमंतू कलाकारों से कभी-कभी दुर्व्यवहार किया जाता था, लेकिन उन्होंने भी गिरफ़्तारी से रियायत हासिल थी। परिवारों, ख़ासतौर पर छोटे बच्चों के साथ आने वालों को ख़ास इलाक़े में कुछ रातों को छोड़कर ज़्यादा नहीं टहलने की सलाह के साथ कड़ी चेतावनी देकर छोड़ दिया जाता था। हर वह व्यक्ति जो यह साबित कर सके कि वह नौकरीशुदा है, फिर चाहे काम कितना भी छोटा हो, बिज़नेस कार्ड दिखाने या अपने नियोक्ता का लिखित पता बताने पर छोड़ दिया जाता था। अकेले व्यक्ति जो साफ़-सुथरे और सम्मानजनक हों, अपनी बातचीत से कुछ हद तक शिक्षित होने का प्रमाण देने पर बेरोज़गार होने के बावज़ूद छोड़ दिए जाते थे। और निश्चित तौर पर बख़्शीश दे सकने वाले भी सुरक्षित थे।

ऐसे में बेहद ग़रीब, बेघर, बेरोज़गार, अशिक्षित, अकेले युवा मध्यरात्रि की गश्त में हिरासत में लिए जाने के सबसे बड़े ख़तरे वाले समूह में थे। पुलिस के जाल से बाहर निकलने के लिए जेब में फूटी कौड़ी भी नहीं होने और बातचीत के ज़रिये बच निकलने जितनी पर्याप्त शिक्षा नहीं होने के कारण ऐसे कई युवकों को हर रात पूरे शहर में दबोच लिया जाता था। कुछ को इसलिए गिरफ़्तार कर लिया जाता था, क्योंकि वह वांटेड व्यक्ति के ख़ाके में बैठते थे। कुछ लोगों के पास ड्रग्स या चोरी का सामान बरामद होता था। कुछ जाने-पहचाने शातिर होते थे और पुलिस केवल संदेह के आधार पर उन्हें नियमित तौर पर गिरफ़्तार करती रहती है। हालांकि कई केवल गंदे, ग़रीब और असहायता की स्थिति के मारे होते हैं।

शहर के पास इतना पैसा नहीं था कि हज़ारों हाथों को हथकड़ियां पहनाई जा सकें, होता भी तो शायद पुलिसकर्मी ही इस बोझ को लादना पसंद नहीं करते। इसकी बज़ाय वे लंबी-लंबी रस्सियां लेकर चलते थे और इसका इस्तेमाल लोगों को एक-दूसरे के दाएं हाथ से बांधने के लिए करते थे। यह पतली रस्सी उन्हें पकड़े रहने के लिए पर्याप्त होती थी, क्योंकि अधिकांश कमज़ोर, कुपोषित और भागने की हिम्मत गंवा चुके लोग होते थे। वह चुपचाप आसानी से समर्पण कर देते थे। जब दर्जन भर या बीसेक लोग रस्सी से इंसानी श्रृंखला की तरह बांध लिए जाते थे तो छह से आठ सिपाहियों का एक दल उन्हें किसी मोर्चे की तरह पैदल चलाते हुए अस्थायी कारावास में ले जाता था।

अपने स्तर पर पुलिसकर्मी मेरी सोच से ज़्यादा निष्पक्ष थे और निश्चित तौर पर बहादुर। उनके पास केवल पतली सी लाठियां होती थीं। उनके पास कोई मोटा डंडा, गैस या बंदूकें नहीं होती थीं। उनके पास ना कोई वॉकी-टॉकी थे, जिनसे गश्त में किसी समस्या के वक़्त कोई मदद मंगाई जा सके। राउंड अप के लिए उनके पास कोई वाहन नहीं थे, इसलिए इन दस्तों को अपने इलाक़े में कई किलोमीटर पैदल ही चलना पड़ता था। और हालांकि वह लाठियों से लोगों को पीट दिया करते थे, लेकिन यह नृशंस या ज़्यादा नुक़सान पहुंचाने वाली नहीं होता था। आज के आधुनिक शहरों, जहां मैं बड़ा हुआ हूं, कि पुलिस जितनी यह पिटाई नियमित भी नहीं होती थी।

फिर भी राउंडअप का मतलब होता था एशिया के अन्य बुरे जेलों की तरह के हालात में दिन, सप्ताह या कई महीने तक बंद रहना पड़ता था। रस्सियों से बांधकर पूरे शहर से आधी रात को बटोरकर लाए जाने वाले लोगों के चेहरे पर मरघट जैसी मायूसी होती थी।

अपने देर रात के भ्रमण के दौरान जब राउंडअप किया जाता था तो प्रतिदिन मैं अकेला ही होता था। मेरे अमीर दोस्त ग़रीबों से डरते थे। मेरे ग़रीब दोस्त पुलिसवालों से डरते थे। अधिकांश विदेशी हर किसी से डरते थे और अपने होटलों तक ही सीमित रहा करते थे। शांति की तलाश में सारी सड़कें मेरी हो जाती थीं।

ऐसी ही एक रात, आगजनी के तक़रीबन तीन महीने बाद, मैं मरीन ड्राइव पर समंदर से सटी दीवार पर बैठा था। समंदर के पास स्थित फुटपाथ पूरी तरह से सुनसान था। समंदर से सटी दीवार और प्रभावशाली लोगों के मकानों, महंगी इमारतों, कार्यालयों, आला दर्जे के रेस्तरां और होटलों से सजी दूसरी ओर की कतार के बीच छह लेन की सड़क का अंतर था।

उस रात मरीन ड्राइव पर बहुत कम कारें थीं। हर दस-पंद्रह मिनट में एकाध कार धीमी गति से वहां से गुज़र रही थी। सड़क के उस पार मेरे पीछे स्थित इमारतों में से कहीं-कहीं से रोशनी की झलक मिल रही थी। ठंडी नम बयार बह रही थी। हर तरफ़ शांति थी। समंदर की आवाज़ शहर से ज़्यादा थी।

झोपड़पट्टी के मेरे दोस्त मेरे रात को अकेले ही सैर पर चले जाने के लेकर चिंतित रहा करते थे। वे कहते थे, *रात को घूमने मत जाओ। बॉम्बे में रात को घूमना सुरक्षित नहीं है।* लेकिन मेरा डर शहर को लेकर नहीं था। मुझे सड़कों पर सुरक्षित महसूस होता था। जिस तरह की अज़ीब और परेशानियों भरी ज़िंदगी मैंने जी थी, शहर उसे लाखों लोगों के बीच इस तरह से जज़्ब कर लेता था मानो... यह उसी का हिस्सा हो, किसी से भी अन्य से कम नहीं।

और जो काम मैं कर रहा था उसके कारण अपनापन बढ़ रहा था। मैंने ख़ुद को झोपड़पट्टी के डॉक्टर की भूमिका के लिए समर्पित कर दिया था। मैंने रोगों की पहचान और इलाज की किताबें खोजकर झोपड़ी की रोशनी में पढ़ीं। मैंने दवा, मल्हम, पट्टियों का पर्याप्त भंडार जमा कर लिया। पर्यटकों के लिए काला बाज़ार में काम करके होने वाली कमाई से मैं ये चीज़ें ख़रीदता था। और पर्याप्त धन कमा लेने के बाद भी मैं वहीं बदबूदार बड़े इलाक़े में ही जमा रहा। मैंने अपनी ज़िंदगी को 25 हज़ार संघर्षरत ज़िंदगियों के बीच झोंक सा दिया। मैंने ख़ुद को प्रभाकर और जॉनी सिगार और क़ासिम अली हुसैन से जोड़ लिया। और हालांकि मैंने कार्ला को भूल जाने की लाख कोशिशें कीं, मेरा प्यार पूरे आसमान पर छाया हुआ था। मैं हवाओं को चूमता था। जब अकेला होता था तो उसका नाम लेता था।

समंदर से सटी दीवार पर बैठकर ठंडी हवा के झोंके चेहरे और सीने पर ऐसे लगते थे मानो कोई मिट्टी के घड़े का ठंडा पानी मुझ पर छींट रहा हो। वहां मेरी सांस और दीवार के नीचे चट्टानों से टकराती समंदर की लहरों के अलावा और कोई भी आवाज़ नहीं थी। लहरें चीख़-चीख़कर मुझे खींचने लगीं। *ज़्यादा मत सोचो। मत सोचो। बस कूदो और मर जाओ। इतना आसान है।* यह मेरे दिमाग़ में मौज़ूद सबसे तेज़ आवाज़ तो नहीं थी, लेकिन कहीं बहुत गहराई से आती थी-यह उस शर्मिंदगी की आवाज़ थी जिसने मेरे ज़मीर को मार दिया था। शर्मसार लोग उस आवाज़ को जानते हैं : *तुमने सभी को निराश किया। तुम्हें जीने का हक़ नहीं है। यह दुनिया तुम्हारी ग़ैरमौज़ूदगी में बेहतर होगी...* और फिर भले ही मैं क्लीनिक में कितना ही काम करता था, ख़ुद को इस बेवकूफ़ी भरी सोच से बचाने की कोशिश करता कि

मुझे कार्ला से प्यार है, हक़ीक़त यही थी कि शर्म और खो जाने वाले उन पलों में मैं नितांत अकेला था।

समंदर मेरे नीचे स्थित चट्टानों पर हिलोरे मार रहा था। एक धक्का और सबकुछ ख़त्म हो जाएगा। मैं ख़ुद को गिरता हुआ और नीचे चट्टानों से टकराकर चूर-चूर होता महसूस करता था। डूबते हुए मौत की ठंडी फिसलन। *इतना आसान।*

एक हाथ ने मेरे कंधे को छुआ। पकड़ मृदु और कोमल थी, लेकिन मुझे पकड़ने के लिहाज़ से मज़बूत थी। मैंने हैरान होकर पीछे मुड़कर देखा तो एक लंबा युवक ठीक मेरे पीछे खड़ा था। उसका हाथ मेरे कंधे पर जमा रहा, कुछ इस तरह जैसे उसने कुछ समय पहले मेरे दिमाग़ में उठ रहे विचारों को पहचान लिया हो।

उसने शांत भाव से कहा, 'मेरे हिसाब से तुम्हारा नाम लिन है। मैं नहीं जानता कि मैं तुम्हें याद हूं या नहीं-मेरा नाम अब्दुल्ला है। हम खड़े रहने वाले बाबाओं के अड्डे पर मिले थे।'

मैंने हकलाते हुए कहा, 'हां, हां। तुमने मेरी मदद की थी, मेरी मदद। मुझे तुम अच्छी तरह से याद हो। इससे पहले कि मैं तुम्हें धन्यवाद दे पाता, तुम चले गए-ग़ायब हो गए।'

उसने हाथ मेरे कंधे से हटाकर मुस्कराते हुए अपने बालों में घुमाया।

'शुक्रिया कहने की कोई ज़रूरत नहीं है। तुम अपने देश में मेरे लिए यही करते, है ना? चलो कोई है जो तुमसे मिलना चाहता है।'

उसने तक़रीबन दस मीटर दूर खड़ी एक कार की ओर इशारा किया। वह मेरे पीछे खड़ी थी और उसका इंजिन चालू था, लेकिन पता नहीं मुझे क्यों पहले सुनाई नहीं दिया। यह एक एम्बेसडर थी-भारत में विलासिता का शालीन प्रतीक। अंदर दो ही लोग थे, एक ड्राइवर और पीछे एक व्यक्ति था।

अब्दुल्ला ने पिछला दरवाज़ा मेरे लिए खोला और मैंने अंदर झांककर देखा। तक़रीबन 60 वर्ष की उम्र का एक व्यक्ति अंदर बैठा था, उसका आधा चेहरा स्ट्रीटलाइट में चमक रहा था। उसका चेहरा पतला, मज़बूत और बुद्धिमानी से भरपूर दिख रहा था। उसकी नाक लंबी थी और गाल उठे हुए। उसकी आंखों में देखते ही मुझे वहां मनोरंजन और करुणा के बीच एक और भाव दिखा-निर्ममता का या शायद प्यार का। उसके बाल और दाढ़ी छोटे थे और काफ़ी हद तक सफ़ेद।

उसने कहा, 'तुम लिन हो?' उसकी आवाज़ ग़हरी, दमदार और आत्मविश्वास से भरी थी। 'मुझे तुमसे मिलकर ख़ुशी हो रही है। हां बहुत ख़ुशी। मैंने तुम्हारे बारे में कुछ अच्छी बातें सुन रखी है। बॉम्बे में अच्छी बातें सुनना प्रसन्नता देता है-ख़ासतौर पर तब जबकि बात किसी विदेशी की हो रही हो। शायद तुमने कभी मेरा नाम सुना होगा। अब्दुल क़ादर ख़ान।'

निश्चित तौर पर मैंने सुना था। बॉम्बे में हर किसी ने उसका नाम सुना हुआ था। उसका नाम अख़बारों में लगभग हर सप्ताह आता था। बाज़ारों, नाइटक्लब्स,

झोपड़पट्टियों में उसके नाम का ज़िक्र होता था। अमीर लोग भी उसके प्रशंसक थे और उससे घबराते भी थे। ग़रीबों द्वारा उसे किसी पौराणिक महानायक सा सम्मान हासिल था। धर्मशास्त्र और नैतिकता पर डोंगरी की नबीला मस्जिद पर होने वाली उनकी तक़रीरें पूरे शहर में मशहूर थीं। इसमें हर धर्म के विद्वान और विद्यार्थी भाग लेते थे। कलाकारों, कारोबारियों और राजनीतिज्ञों के साथ उनका दोस्ताना भी मशहूर था। वह बॉम्बे माफ़िया के एक सरगना भी थे–परिषद व्यवस्था के संस्थापकों में से एक। जिसके तहत बॉम्बे को माफ़िया डॉन्स को अलग–अलग हिस्सों में बांट दिया गया था। लोग कहते हैं कि यह प्रणाली अच्छी थी और लोकप्रिय भी, क्योंकि इसने दशक भर की ख़ूनी ज़ंग के बाद शहर के अपराध जगत में व्यवस्था और तुलनात्मक तौर पर शांति को स्थापित किया था।

'हां सर।' मैंने जवाब तो दे दिया, लेकिन अनजाने में सर के इस्तेमाल से ख़ुद ही चौंक गया। मुझे इस शब्द से नफ़रत थी। दरअसल जेल की सज़ा देने वाली इकाई में जब कभी भी हम किसी सुरक्षाकर्मी को सर कहना भूल जाते थे, हमें बेतहाशा पीटा जाता था। 'मैं आपका नाम जानता हूं। लोग आपको क़ादरभाई कहते हैं।'

नाम के अंत में *भाई* का मतलब होता था *बड़ा भाई।* यह किसी को सम्मान देने के लिए इस्तेमाल शब्द था। जब मैंने क़ादरभाई कहा तो उन्होंने मुस्कराकर सिर हिलाया।

ड्राइवर ने पीछे देखने के शीशे को ठीक करते हुए बिना किसी हावभाव के मुझे देखना शुरू कर दिया। शीशे पर चमेली के ताज़ा फूलों का हार लटक रहा था और इत्र की ख़ुशबू समंदर से हवा चलने पर बेसुध कर देने वाली थी। जैसे ही मैं दरवाज़े पर टिका मुझे अचानक अपना और अपनी परिस्थिति का अहसास हो गया : दरवाज़े पर झुकी हुई मुद्रा में मैं, उसकी आंखों में देखते हुए मेरे चेहरे पर आई शिकन, छत से सटी मेरी अंगुलियां और वहां लगा स्टिकर जिस पर लिखा था : *ख़ुदा ख़ैर करे, मैं यह कार चला रहा हूं।* सड़क पर और कोई भी नहीं था। कोई कार आ–जा नहीं रही थी। कार के इंजिन की आवाज़ और लहरों के तट से टकराने की आवाज़ को छोड़कर चारों ओर सन्नाटा था।

'तुम कोलाबा की झोपड़पट्टी के डॉक्टर हो ना, लिन। मैंने तुम्हारा नाम एक बार सुना था, जब तुम यहां रहने के लिए आए थे। यह असामान्य है, एक विदेशी का, झोपड़पट्टी में रहना। यह मेरी है, तुम समझे। ज़मीन जिस पर झोपड़पट्टी बनी हुई है, मेरी है। तुमने वहां काम करके मुझे ख़ुश कर दिया है।'

मैं हैरानी के साथ सकते की स्थिति में था। लगभग आधा वर्ग किलोमीटर में फैली जिस बस्ती में मैं रहता था, जिसे *झोपड़पट्टी* कहा जाता था, 25 हज़ार लोगों के साथ, इनकी है? मैं वहां कुछ महीनों से रह रहा था और मैंने क़ादरभाई का नाम कई बार सुना था, लेकिन किसी ने कभी यह ज़िक्र नहीं किया था कि इस जगह का मालिक वह है। *ऐसा नहीं हो सकता,* मैंने अपने भीतर यह आवाज़ सुनी। *कैसे एक*

ही व्यक्ति इस तरह की जगह और उसमें रहने वाली तमाम ज़िंदगियों का मालिक हो सकता है?

मैंने उसे बता ही दिया, 'अ...मैं डॉक्टर नहीं हूं, क़ादरभाई।'

'लिन, शायद तभी तुम्हें इतने सारे बीमारों के इलाज में सफलता मिल रही है। डॉक्टर लोग अपनी इच्छा से झोपड़पट्टी में नहीं जाएंगे। हम लोगों को बुरा बनने के लिए मज़बूर कर सकते हैं, लेकिन हम लोगों को अच्छा बनने के लिए मज़बूर नहीं कर सकते, क्या तुम्हें यह नहीं समझा? मेरे युवा मित्र अब्दुल्ला ने तुम्हें अभी पहचाना, जब हम यहां से गुजर रहे थे और तुम दीवार पर बैठे थे। मैं कार को मोड़कर तुमसे मिलने के लिए यहां आया। आओ-कार में भीतर मेरे पास बैठो। मैं तुम्हें कहीं पर ले जाना चाहता हूं।'

मैं हिचकिचाया।

'कृपया आप बेवजह परेशान मत होइए। मैं...'

'लिन, कोई परेशानी नहीं। आओ और बैठो। हमारा ड्राइवर मेरा बहुत अच्छा दोस्त नज़ीर है।'

मैं कार के भीतर घुसा और अब्दुल्ला ने दरवाज़ा बंद कर दिया और फिर ख़ुद ड्राइवर के पास अगली सीट पर बैठ गया। जिसने शीशे को फिर से ठीक करके मेरी तरफ़ मोड़ दिया। कार हिली तक नहीं।

क़ादरभाई ने अब्दुल्ला से कहा, *'चिलम बनाओ।'*

जैकेट की ज़ेब से अब्दुल्ला ने चिमनी जैसा पाइप निकाला और अपने बग़ल की सीट पर रख दिया। फिर वह हशीश और तंबाखू को मिलाने लगा। उसने एक *गोली* तैयार की और उसे माचिस की एक तीली के पिछले सिरे पर चिपकाकर एक और तीली से उसे सुलगा दिया। चरस की गंध में चमेली की ख़ूशबू दब गई। कार का इंजिन अब भी धीरे-धीरे चल रहा था। कोई भी कुछ बोला नहीं।

तीन मिनट में चिलम तैयार करके क़ादरभाई को पहला दम लगाने के लिए दी गई। उन्होंने एक *दम* लगाने के बाद चिलम मेरी ओर बढ़ा दी। उसके बाद अब्दुल्ला और ड्राइवर ने चिलम पी और फिर सबकी ओर उसे एक-एक बार बढ़ा दिया गया। उसके बाद अब्दुल्ला ने चिलम को बड़ी ही सफ़ाई के साथ अच्छी तरह से साफ़ करके दोबारा जेब में रख लिया।

क़ादर बोला, *'चलो।'*

कार धीरे-धीरे आगे बढ़ने लगी। स्ट्रीटलाइट्स पीछे जाने लगी। ड्राइवर ने कैसेट निकालकर डेशबोर्ड पर स्थित प्लेयर में लगा दी। आत्मा को झकझोर देने वाली किसी ग़ज़ल की आवाज़ ज़ोरों से हमारे पीछे स्थित स्पीकरों से गूंजने लगी। मैं भौंचक्का सा था, ऐसा लग रहा था मानो मेरा दिमाग़ मेरी खोपड़ी में कांप रहा था। लेकिन जब मैंने बाक़ी के तीनों लोगों की ओर देखा तो वे पूरी तरह से शांत और नियंत्रित लग रहे थे।

यह सफ़र ठीक वैसा ही था, जैसा कि ऑस्ट्रेलिया और न्यूज़ीलैंड में सैकड़ों बार नशे में धुत्त साथियों के साथ किया था। जब हम हशीश या गांजा पीते थे और फिर डेशबोर्ड पर मौज़ूद म्यूज़िक प्लेयर की आवाज़ को पूरा खोलकर संगीत बजाते थे। और हमारी कार बस चलती चली जाती थी। हमारी संस्कृति में आमतौर पर युवा ही नशा करके संगीत को पूरी आवाज़ पर बजाते हुए कार चलाते थे। यहां मैं एक बहुत शक्तिशाली और प्रभावशाली बुज़ुर्ग व्यक्ति के साथ था, जो अब्दुल्ला, ड्राइवर और मुझसे ज़्यादा उम्र का था। और जबकि गाने नियमित लय में थे, वह ऐसी भाषा में थे, जो मैं समझ नहीं सकता था। अनुभव एक ही वक़्त में जाना-पहचाना और अजनबी सा था। कुछ ऐसा मानो एक किशोर की तरह बचपन के स्कूली माहौल में लौट रहे हैं और नशे के असर के कारण मैं पूरी तरह से राहत भी महसूस नहीं कर पा रहा था।

मुझे इस बात का कोई भी अंदाज़ नहीं था कि हम कहां जा रहे हैं। मुझे नहीं पता था कि हम कैसे या कब वापस लौटेंगे। हम ताड़देव की तरफ़ जा रहे थे, जो कोलाबा की झोपड़पट्टी में स्थित मेरे घर से ठीक विपरीत दिशा में था। कुछ मिनट गुजरने के बाद मैं भारत में होने वाले अपहरणों के बारे में सोचने लगा। झोपड़पट्टी में कई महीनों तक मैंने दोस्तों के न्यौते पर अनजानी जगहों की अनजाने उद्देश्यों के लिए सैर की है। *तुम भी चलो* इन शब्दों के साथ लोग आपको साथ ले लेते हैं, बिना यह बताए कि जा कहां रहे हैं या क्यों जा रहे हैं। *तुम भी चलो!* धीरे-धीरे मैंने इन बातों को आसानी से लेना और विश्वास के दम पर ऐसे न्यौतों को स्वीकारना भी शुरू कर दिया। ठीक वैसे ही जैसा कि मैं फ़िलहाल क़ादरभाई के साथ कर रहा था। मुझे कभी इस बात का अफ़सोस नहीं हुआ और एक बार भी ऐसा नहीं हुआ कि मुझे ज़बर्दस्ती साथ ले जाने वाले मेरे दोस्तों ने कभी मुझे नुक़सान पहुंचाया हो या मुझे निराश किया हो।

कार जबकि पहाड़ी की ढलान से हाजी अली दरगाह की ओर बढ़ रही थी, अब्दुल्ला ने कैसेट की आवाज़ कम करके क़ादरभाई से पूछा कि क्या वह वहां के होटल पर हमेशा की तरह रुकेंगे। क़ादर ने कुछ देर मेरी तरफ़ देखा फिर मुस्कराकर ड्राइवर को देखते हुए सिर हिलाया। उन्होंने मेरे हाथ को बाएं हाथ से दो बार थपथपाया और होंठों पर अंगुली रखकर चुप रहने का इशारा किया। इस इशारे का मतलब था *चुप हो जाओ, देखो मगर कुछ बोलना मत।*

हमारी कार हाजी अली रेस्तरां के बाहर पार्किंग में खड़ी लगभग 20 कारों के साथ खड़ी हो गई। हालांकि अधिकांश बॉम्बे मध्यरात्रि को सो जाता था या ऐसा नाटक करता था, शहर में शोर-शराबे, रंग भरे और गतिविधियों वाले कई इलाक़े थे। कलाकारी तो उन जगहों को जानने की थी। हाजी अली की दरगाह के पास स्थित रेस्तरां उन्हीं जगहों में से एक था। लोग वहां हर रात खाने, मिलने, शराब ख़रीदने या सिगरेट पीने या मिठाई खाने के लिए आते थे। वह टैक्सियों, निजी कारों और

मोटरसाइकल पर घंटे-दर-घंटे आते चले जाते थे, सुबह होने तक। रेस्तरां छोटा सा था और हमेशा भरा रहता था। अधिकांश लोग फुटपाथ पर खड़े रहकर या अपनी कारों में बैठकर ही खाना पसंद करते थे। कई कारों से संगीत का शोर फूट रहा था। लोग उर्दू, हिंदी, मराठी और अंग्रेज़ी में बातें करते थे। वेटर काउंटर से कारों और वापसी के बीच ही दौड़ते-भागते रहते थे। एक अलग ही अंदाज़ में भोजन, ड्रिंक्स, पार्सल, ट्रे लेकर।

रेस्तरां कारोबार के लिए तय समय सीमा को तोड़ चुका था और हाजी अली पुलिस चौकी के अधिकारियों को उसे बंद कर देना चाहिए था, जहां से रेस्तरां की दूरी महज बीस मीटर की थी। लेकिन भारतीय व्यावहारिकता इस बात को समझती थी कि बड़े आधुनिक शहरों में सभ्य समाज को एकत्रित होने और शिकार करने के लिए किसी जगह की ज़रूरत होती है। शोर-शराबे और मौज-मस्ती के कुछ ठिकानों के मालिकों को पूरी रात कारोबार खुला रखने के लिए विभिन्न अधिकारियों और पुलिसवालों को रिश्वत देने की अनुमति थी। हालांकि यह लाइसेंस पा लेने जैसा नहीं था। ऐसे रेस्तरां और बार ग़ैरकानूनी तौर पर चलते थे और कुछ मर्तबा नियमों के पालन का नाटक भी करना पड़ता था। जब कोई पुलिस आयुक्त, या मंत्री या कोई वीआईपी वहां से गुजरने वाला हो तो वहां तैनात पुलिस को पूर्व सूचना मिल जाती थी और एक-दूसरे को मदद करने के खेल में रेस्तरां की बत्तियां कुछ देर के लिए बंद कर दी जाती थी और कारें इधर-उधर बिखर जाती थी। लोगों को हतोत्साहित करने की बज़ाय मुश्किल के ये लम्हे लोगों को खान-पान की बातें ख़रीदने की सामान्य प्रक्रिया को रोमांच भरा बना देते थे। हर कोई हाजी अली स्थित रेस्तरां के बारे में जानता था, हर उस रात्रिकालीन अवैध ठिकाने की तरह जो बंद होने का नाटक करता था। सबको पता रहता था कि बमुश्किल आधे घंटे में वह दोबारा खुल जाएगा। हर कोई उस रिश्वत के बारे में जानता था जो दी जाती थी और ली जाती थी। हर कोई पूर्व चेतावनी देने वाले फ़ोन कॉल्स के बारे में जानता था। हर किसी को इससे लाभ मिल रहा था और हर कोई ख़ुश था। डिडियर ने एक बार कहा था, *भ्रष्टाचार के ही शासन की प्रणाली बन जाने की सबसे बुरी बात यही है कि यह बहुत अच्छी तरह से काम करता है।*

मुख्य वेटर, जो कि एक महाराष्ट्रियन था, तेज़ी से कार की ओर आया और उसने उत्साह के साथ हमारे ड्राइवर द्वारा दिया जा रहा ऑर्डर लिया। अब्दुल्ला कार से निकलकर खाना बाहर ले जाने वालों के लिए बने लंबे और भीड़ भरे काउंटर की ओर बढ़ा। मैं उसे देख रहा था। उसकी चाल में किसी खिलाड़ी की चाल जैसा आकर्षण था। वह वहां मौज़ूद अधिकांश युवकों से ज़्यादा क़द वाला था, जो उसके बाल कंधों तक लग रहे थे। उसने साधारण, सस्ते कपड़े पहन रखे थे-मुलायम काले जूते, काली पतलून और सिल्क का सफ़ेद शर्ट। लेकिन वह उस पर फब रहे थे। किसी लड़ाके जैसे सलीक़े से उसने वह परिधान पहन रखा था। उसका शरीर हृष्ट-पुष्ट

था और उसकी उम्र तक़रीबन 28 वर्ष लगती थी। वह कार की तरफ़ मुड़ा और मैंने उसका चेहरा देखा। वह बहुत ही ख़ूबसूरत और शांत था। मैं उसकी चाल-ढाल के स्रोत को जानता था। मैंने खड़े रहने वाले बाबाओं के अड्डे में तलवारबाज़ को निहत्था करने में उसकी सफ़ाई और फुर्ती को देखा था।

कुछ ग्राहक और रेस्तरां का पूरा काउंटर स्टाफ़ अब्दुल्ला को पहचानता था और सबसे बातें करते हुए, मुस्कराते हुए, मज़ाक़ करते हुए उसने सिगरेट और पान का ऑर्डर दिया। उनके हावभाव अतिरेक भरे थे। कुछ लम्हे पहले की तुलना में अब वे ज़्यादा ज़ोर से हंस रहे थे। वह भीड़ बनाकर अक्सर उसे छूने की कोशिश कर रहे थे। ऐसा लग रहा था मानो वह सब उसका ध्यान खींचने के लिए बेक़रार थे। उनकी बातचीत और मुस्कानों के बावज़ूद हिचकिचाहट भी थी। एक क़िस्म की अरुचि, जैसे तमाम बातों और मुस्कानों के बावज़ूद वह उसे वाक़ई पसंद नहीं करते थे या उस पर भरोसा नहीं करते थे। यह भी साफ़ था कि वे सभी उससे डरते थे।

वेटर वापस आया और उसने हमारा खाना और ड्रिंक्स ड्राइवर को सौंप दिए। वह क़ादरभाई के पास की खिड़की पर मंडराता रहा मानो कुछ याचना करना चाहता हो।

क़ादर ने पूछा, 'रमेश तुम्हारे पिताजी अब ठीक हैं?'

'हां भाई, वह ठीक है। लेकिन...लेकिन...एक समस्या है।' वेटर ने हिंदी में जवाब दिया। वह बैचेन होकर अपनी दाढ़ी को खुजा रहा था।

'रमेश, तुम्हें किस तरह की समस्या है?'

'मेरा, मेरा मकान मालिक भाई। हमें...हमें घर ख़ाली करना पड़ेगा। मैं, हम, मेरा परिवार पहले ही दोगुना भाड़ा दे रहे हैं। लेकिन मकान मालिक...मकान मालिक लालची है और वह हमें वहां से निकालना चाहता है।'

क़ादर ने कुछ सोचते हुए सिर हिलाया। उसकी चुप्पी से उत्साहित रमेश ने तेज़ गति से हिंदी में बोलना शुरू कर दिया।

'भाई बात केवल मेरे परिवार की नहीं है। उस इमारत के सभी परिवारों को उसे ख़ाली करना पड़ेगा। हमने हर कोशिश कर ली, बहुत अच्छे प्रस्ताव दिए, लेकिन मकान मालिक है कि हमारी सुनने को ही तैयार नहीं। उसके पास गुंडे हैं और वे गुंडे धमकियां देते हैं और उन्होंने मारपीट भी की है। मेरे पिताजी को भी पीटा गया है। मुझे शर्म आती है कि मैंने उस मकान मालिक का क़त्ल नहीं किया, भाई, लेकिन मुझको पता है कि ऐसा किया तो यह मेरे परिवार और इमारत के अन्य परिवारों के लिए परेशानी की वज़ह बनेगा। मैंने अपने सम्माननीय पिताजी को बताया कि हमें यह बात आपको बताना चाहिए और यह भी कि आप हमारी रक्षा करेंगे। लेकिन मेरे पिताजी बहुत ज़्यादा स्वाभिमानी हैं। आप उन्हें जानते हैं। और वह आपको चाहते हैं भाई। वह मदद मांगकर आपकी शांति को भंग नहीं करेंगे। अगर उन्हें पता चला कि मैंने

आपको इस तरह से अपनी समस्या बताई है तो वह बहुत नाराज़ होंगे। लेकिन जब मैंने आपको आज रात देखा, मेरे मालिक क़ादरभाई, मैंने सोचा कि...कि भगवान ही आपको आज यहां लाया है...आपको परेशान करने के लिए मैं माफ़ी चाहता हूं...'

वह बिलकुल चुप हो गया। वह थूक गटक रहा था और ट्रे पकड़े हुए उसकी अंगुलियां सफ़ेद पड़ चुकी थीं।

क़ादरभाई ने धीरे-धीरे कहा, 'हम देखते हैं कि तुम्हारी समस्या के बारे में क्या किया जा सकता है, रामू भाई।' रमेश नाम के इतने प्यार भरे उच्चारण *रामू* ने उसके युवा चेहरे पर बच्चे सी मुस्कान ला दी। 'कल दोपहर ठीक दो बजे तुम मुझसे मिलने आओगे। हम आगे बात करेंगे। *इंशाअल्ला* हम तुम्हारी मदद करेंगे। और हां, रामू तुम्हारे पिताजी से तब तक बात करने की ज़रूरत नहीं है जब तक कि *इंशाअल्ला* समस्या हल नहीं हो जाती।'

रमेश ने ऐसे देखा मानो वह क़ादरभाई का हाथ थामकर चूमना चाहता हो, लेकिन वह सम्मान देते हुए झुका और पीछे हट गया। शुक्रिया अदा करते हुए। अब्दुल्ला और ड्राइवर ने फ्रूट सलाद और दही का ऑर्डर दिया था और जब हम चारों ही कार में बचे तो वह चटखारे लेते हुए उसे खाने लगे। क़ादरभाई और मैंने केवल आम के स्वाद वाली लस्सी ऑर्डर की थी। जब हम बर्फ़ीले रस का आनंद ले ही रहे थे कि एक और व्यक्ति कार की खिड़की के पास आया। वह हाजी अली पुलिस चौकी का मुख्य अधिकारी था।

उसने बेहद नक़ली मुस्कान के साथ कहा, 'क़ादर*जी* आपसे दोबारा मुलाक़ात एक सम्मान की बात है।' वह किसी बोली के भरपूर पुट वाली हिंदी बोल रहा था और मुझे समझने में मुश्किल हो रही थी। उसने क़ादरभाई के परिवार के बारे में पूछताछ की और फिर कारोबारी हितों को लेकर कुछ कहा।

अब्दुल्ला ने अपनी ख़ाली प्लेट आगे की सीट पर रख दी और सीट के नीचे अख़बार में लपेटा हुआ एक पैकेट बाहर निकाला। उसने वह क़ादरभाई की ओर बढ़ाया। क़ादरभाई ने पैकेट का कोना खोलकर दिखाया तो उसमें सौ रुपये के नोटों का एक बड़ा बंडल था और फिर उसे खिड़की से उस अधिकारी की ओर बढ़ा दिया। यह इतने खुले तरीक़े से जानबूझकर किया गया था कि मुझे लगा कि निश्चित ही यह क़ादरभाई के लिए ज़रूरी था कि 100 मीटर के दायरे में खड़े सभी लोग रिश्वत को देते और लेते हुए देख लें।

पुलिस अधिकारी ने वह पार्सल अपने शर्ट के आगे खोंच दिया और किसी टोटके के तहत दो बार ज़ोर से थूका। वह फिर खिड़की के पास आया और जल्दबाजी में तेज़ी से बोलने लगा। मैंने कुछ बातें *ज़िस्म* और *सौदा* और कुछ *चोर बाज़ार* जैसे शब्द सुने, जिनका अर्थ मैं नहीं निकाल पाया। क़ादर ने हाथ उठाकर उसे चुप कराया। अब्दुल्ला ने पहले क़ादर और फिर मुझे देखा और फिर बच्चे की तरह मुस्कराया।

उसने कहा, 'चलो मेरे साथ आओ लिन। हम मस्जिद देखेंगे, है कि नहीं?'

जैसे ही हम कार से बाहर निकले मैंने पुलिस अधिकारी को ज़ोर से बोलते हुए सुना, *गोरा हिंदी बोलता है? भगवान हमें विदेशियों से बचाओ!*

हम समंदर से सटी दीवार के एक सुनसान हिस्से में पहुंचे। हाजी अली दरगाह एक छोटे से समतल द्वीप पर बनी हुई है, जो कि पत्थर के एक तीन सौ-साढ़े तीन सौ क़दम लंबे रास्ते के सहारे ज़मीन से जुड़ा है। ज्वार शांत हो तो सुबह से शाम तक यह रास्ता श्रद्धालुओं से पटा रहता है। ज्वार जब पूरे उफान पर हो तो यह रास्ता डूब जाता है और द्वीप पूरी तरह से कट जाता है। समंदर के किनारे सड़क से सटी दीवार पर बैठकर रात के साये में यह दरगाह लंगर डाले किसी जहाज सी दिखाई देती थी। पीतल के कंदीलों की पीली-हरी रोशनी उसकी संगमरमर की दीवारों पर बने रोशनदानों से चमकती देखी जा सकती थी। चांदनी रात में उसकी कमान और गोल सफ़ेद गुंबद जहाज की पाल और मीनारें मस्तूल की तरह दिखाई देती थीं।

उस रात चांद कुछ बड़ा और पीला दिख रहा था- जिसे झोपड़पट्टी में *ग़म में डूबा चांद* कहा जाता था-और दरगाह के ठीक ऊपर था। समंदर से बयार बह रही थी, लेकिन हवा गर्म और नम थी। सिर पर हज़ारों चमगादड़ बिजली के तारों पर चक्कर लगा रहे थे। कतारबद्ध लटकते चमगादड़ किसी काग़ज़ पर उकेरी सुरलहरियों की तरह दिखाई दे रहे थे। एक बहुत छोटी सी बच्ची जो देर रात को भी चमेली के गजरे बेच रही थी, हमारे पास आई और उसने एक हार अब्दुल्ला को थमा दिया। उसने जेब में हाथ डालकर उसे कुछ पैसे देने चाहे, लेकिन इंकार करते हुए वह खिलखिला उठी और एक लोकप्रिय हिंदी फ़िल्म का गाना गुनगुनाते हुए चली गई।

अब्दुल्ला ने अपनी शांत आवाज़ में कहा, 'धर्म में ग़रीबों की उदारता से ज़्यादा सुंदर कुछ भी नहीं है।' मुझे लगा कि उसकी आवाज़ कभी भी इससे ज़्यादा ऊंची नहीं जाती होगी।

उसके सुलझे विचारों और अभिव्यक्ति की कला से प्रभावित होकर मैंने कहा, 'तुम कितनी अच्छी अंग्रेज़ी बोलते हो।'

उसने जवाब दिया, 'नहीं, मैं अच्छी तरह से नहीं बोलता। मैं एक महिला को जानता हूं और उसने मुझे ये शब्द सिखाए हैं।' मैं कुछ और जानकारी के लिए चुप हो गया और वह हिचकिचाया। समंदर के पार देखते हुए जब वह दोबारा बोला तो वह विषय को बदलने के लिए था। 'लिन, मुझे बताओ कि खड़े रहने वाले बाबाओं के अड्डे में, जब वह व्यक्ति तलवार लेकर तुम पर हमला बोलने के लिए आया था-अगर मैं वहां नहीं होता तो तुम क्या करते?'

'मैं उससे लड़ता।'

'मेरा मानना है...' उसने सीधे मेरी आंखों में आंखें डालते हुए देखा और मेरी खोपड़ी में डर की एक लहर दौड़ गई। 'मैं सोचता हूं कि तुम मारे जाते। तुम्हारी हत्या हो गई होती और अब तक तुम मर चुके होते।'

'नहीं, उसके पास तलवार थी, लेकिन वह उम्रदराज़ था और वह पागल था। मैं उसे हरा देता।'

'हां,' उसने बिना मुस्कराते हुए कहा, 'हां, मैं सोचता हूं कि तुम सही कह रहे हो–तुम उसे हरा देते। लेकिन अगर तुम बच भी जाते तो अन्य लोग, वह लड़की और तुम्हारे दोस्त में से कोई एक घायल हो जाता या मारा भी जा सकता था। जब तलवार नीचे आई तो वह तुम्हें नहीं लगती, लेकिन उन दोनों में से किसी को लग जाती। मुझे ऐसा ही लगता है। तुममें से कोई एक मर जाता। तुम या तुम्हारे दोस्त–तुममें से एक मर जाता।'

अब चुप रहने की बारी मेरी थी। एक पल पहले जो भय मुझे सता रहा था, अब वह अचानक चेतावनी से लबरेज़ हो चुका था। मेरा दिल ज़ोरों से धड़क रहा था। वह मेरी जान बचाने के बारे में बात कर रहा था, लेकिन साथ ही मुझे उसके शब्दों में एक तरह का ख़तरा दिखाई दे रहा था। मुझे वह पसंद नहीं आया। मेरे भीतर गुस्सा बढ़ने लगा, तनाव बढ़ने लगा, उससे लड़ने के लिए तैयार होते हुए मैंने उसे घूरकर देखा।व

वह मुस्कराया और उसने मेरे कंधे पर हाथ रखा, ठीक उसी अंदाज़ में जैसा कि उसने एक घंटे पहले एक अन्य समुद्री दीवार पर किया था, मरीन ड्राइव पर। ख़तरे का आभास जिस तेज़ी से उठा था, उतनी ही जल्दी शांत भी हो गया। यह जितना शक्तिशाली था उतना ही शांत हो गया। इस बात पर दोबारा सोचने में फिर कई महीने लग गए।

मैंने मुड़कर देखा पुलिसकर्मी सलाम करते हुए क़ादरभाई की कार से दूर जा रहे थे।

'क़ादरभाई का उस पुलिसवाले को रिश्वत देने का अंदाज़ बड़ा ख़ास था।'

अब्दुल्ला ज़ोर से हंसा और मुझे याद आ गया कि मैंने उसे खड़े रहने वाले बाबाओं के अड्डे पर ऐसे ही हंसते हुए देखा था। यह एक अच्छी हंसी थी, निष्कपट और उन्मुक्त। मुझे अब्दुल्ला अचानक इसी बात के कारण पसंद आने लगा।

'पर्शियाई भाषा में हमारी एक कहावत है – *शेर को कुछ मर्तबा दहाड़ मारनी ही चाहिए, घोड़े को उसके डर की याद दिलाने के लिए।* यह पुलिसवाला यहां हाजी अली में समस्याएं खड़ी कर रहा था। लोग उसका सम्मान नहीं करते। इस बात को लेकर वह नाराज़ है। उसकी नाराज़गी के कारण ही वह समस्याएं खड़ी कर रहा है। वह जितनी समस्या खड़ी करता लोगों के मन में उसके प्रति सम्मान उतना ही कम होता जाता है। अब जबकि उन्होंने देख लिया है कि एक सामान्य पुलिसवाले से ज़्यादा बख़्शीश उसे मिल गई है तो लोग उसका सम्मान करने लगेंगे। महान क़ादरभाई से उसे मिली इतनी अच्छी बख़्शीश से लोग प्रभावित होंगे। इस सम्मान के मिलने से वह हम सबके लिए अब कम समस्याएं पैदा करेगा। लेकिन संदेश बिलकुल साफ़ है। वह एक घोड़ा है और क़ादरभाई एक शेर। और शेर दहाड़ चुका है।'

'क्या तुम क़ादरभाई के अंगरक्षक हो?'

'नहीं, नहीं।' उसने हंसते हुए कहा, 'हमारे आक़ा अब्दुल क़ादर ख़ान को किसी संरक्षण की ज़रूरत नहीं है। लेकिन... ' वह कुछ पल के लिए रुका और हम दोनों कार में पीछे बैठे काले-सफ़ेद बालों वाले शख़्स को देखने लगे, 'लेकिन मैं उनके लिए जान दे सकता हूं, अगर तुम्हारा यह मतलब है तो। और बहुत सारी बातें हैं जो मैं उनके लिए कर सकता हूं।'

मैंने उसके विचार में मौज़ूद ईमानदारी पर प्रतिक्रिया देते हुए कहा, 'किसी के लिए जान देने से ज़्यादा कोई भी कुछ भी नहीं कर सकता।'

मेरे कंधे पर अपना हाथ रखकर कार की ओर बढ़ते हुए उसने कहा, 'हां। और ज़्यादा भी कुछ है।'

हम कार में बैठ रहे थे तो क़ादरभाई ने कहा, 'लिन, तुम हमारे अब्दुल्ला से दोस्ती कर रहे हो। यह एक अच्छी बात है। तुम्हें क़रीबी दोस्त होना चाहिए। तुम भाइयों की तरह दिखते हो।'

अब्दुल्ला और मैंने एक-दूसरे की तरफ़ देखा और मुस्करा दिए। मेरे बाल भूरे थे और उसके बिलकुल काले। मेरी आंखें काली थीं और उसकी भूरी। वह पर्शियाई मूल का था और मैं ऑस्ट्रेलियन। पहली नज़र में तो हमारे बीच कोई भी साम्य नहीं दिखता था। लेकिन क़ादरभाई चेहरे पर हैरत के भाव के साथ एक-एक करके हम दोनों को ऐसे देख रहे थे और उनके चेहरे पर कुछ ऐसे भाव थे कि हमने अपनी हंसी को क़ाबू कर लिया। कार जब बांद्रा की ओर बढ़ने लगी तो मैंने क़ादरभाई द्वारा कही गई बात पर ग़ौर करना शुरू किया। मैंने सोचा कि हमारे बीच इतने अंतर के बाद भी कोई न कोई समानता तो होगी जिसे बुज़ुर्ग व्यक्ति ने देखा होगा।

कार तक़रीबन एक घंटे चलने के बाद धीमी हुई और अंत में बांद्रा के बाहर दुकानों, गोदामों वाली एक सड़क पर एक संकरी गली में मुड़ गई। सड़क सुनसान थी और वहां अंधेरा था और गली का भी यही हाल था। जब कार का दरवाज़ा खुला तो मैं संगीत और गाने की आवाज़ सुन सकता था।

क़ादरभाई ने मुझसे कहा, 'आओ लिन। चलो,' यह बताने की ज़हमत उठाए बग़ैर कि हम कहां जा रहे हैं।

ड्राइवर नज़ीर बोनट पर टिककर कार के पास ही बना रहा। उसने अब्दुल्ला द्वारा हाजी अली से लाया गया पान पुड़िया से निकालकर खा लिया। जब मैं गली में जाने से पहले उसके लिए रुका तो मैंने पाया कि नज़ीर ने एक भी शब्द नहीं कहा था और मुझे हैरानी हो रही थी कि इस भीड़ भरे शोर-शराबे वाले शहर में भारतीय लोग भला लंबी अवधि तक चुप रहने का अभ्यास कैसे कर लेते हैं।

हम पत्थर की एक कमान के नीचे से होते हुए एक गलियारे में पहुंचे और दोमंज़िला सीढ़ियां चढ़ने के बाद हमने एक बड़े कमरे में प्रवेश किया, जो लोगों,

धुएं और कोलाहल भरे संगीत से भरा था। यह एक चौकोर कमरा था जिसमें हरे रेशमी पर्दे और गलीचा था। कमरे के दूसरे सिरे पर एक छोटा सा मंच था, जिस पर मख़मली जाजम पर चार साजिंदे बैठे हुए थे। दीवारों के पास भी गालीचों के बीच मख़मली तकिये लगे हुए थे। लकड़ी की छत से हल्के-हरे रंग की लालटेनें लटक रही थीं। लंबे गिलासों में काली चाय परोसते हुए वेटर टेबलों के बीच घूम रहे थे। कुछ टेबलों पर हुक्का भी था, जिससे कमरे में नीला धुआं निकल रहा था और वहां चरस की गंध भी आ रही थी।

क़ादरभाई को देखते हुए कुछ लोग उनका स्वागत करने के लिए खड़े हो गए। अब्दुल्ला को भी वहां काफ़ी लोग पहचानते थे। कई लोगों ने उसके साथ दुआ-सलाम की। मैंने पाया कि हाजी अली से ठीक विपरीत यहां लोग उसे बड़े स्नेह के साथ गले लगा रहे थे और उसके हाथ को हाथों में थाम ले रहे थे। मैंने भीड़ में एक व्यक्ति को पहचान लिया। वह था शफ़ीक गुस्सा या शफ़ीक गुस्से वाला, जिस झोपड़पट्टी में मैं रहता था, उसके पास नौसेना बैरक्स के इलाक़े में वेश्यावृत्ति व्यवसाय का नियंत्रक। मैं कुछ अन्य चेहरों को भी अख़बारों में फ़ोटो देखने के कारण पहचानता था-एक मशहूर कवि, एक मशहूर सूफ़ी संत और एक छोटा फ़िल्म स्टार।

क़ादरभाई के पास खड़े लोगों में से एक उस निजी क्लब का मैनेजर था। वह एक ठिगना व्यक्ति था जिसने लंबा कश्मीरी अंगरखा पहने हुए था। उसके गंजे सिर पर हज यात्रा कर चुकने वाले *हाजी* की तरह की टोपी थी। उसके माथे पर एक निशान था जो नियमित तौर पर नमाज़ पढ़ने वाले मुस्लिम लोगों के माथे पर पाया जाता है। उसने चिल्लाकर कुछ निर्देश दिए और एक वेटर एक नया टेबल और कुछ तकिये लेकर आया और उसने उन्हें कमरे के एक कोने में ऐसा सज़ा दिया, जहां से मंच साफ़ दिखाई दे।

हम पालथी मारकर बैठे थे और हमारे बीच क़ादरभाई बैठे हुए थे। अब्दुल्ला उनके दाएं और मैं बाईं ओर। हाजी टोपी और अफ़गान परिधान धारण किया एक बच्चा पॉपकॉर्न और सूखे मेवे की प्लेट लेकर आ गया। चाय वाले वेटर ने गर्मागर्म काली चाय हमारी प्यालियों में बिना एक भी बूंद गिराए भर दी। हमारे सामने चाय रखने के बाद उसने शक्कर हमारी तरफ़ बढ़ाई। मैं बिना शक्कर के ही चाय पीने वाला था कि अब्दुल्ला ने मुझे रोक दिया।

उसने मुस्कराकर कहा, 'देखो लिन भाई। हम पर्शिया की चाय वास्तविक ईरानी अंदाज़ में पी रहे हैं, हैं ना?'

उसने शक्कर का एक चौकोर टुकड़ा लेकर मुंह में रखा। उसे सामने के दांतों में कसकर दबाए रखने के बाद उसने प्याली उठाकर चाय का एक घूंट लिया। मैंने उसकी नक़ल करते हुए ऐसा ही किया। शक्कर का टुकड़ा धीरे से पिघल गया। स्वाद मेरी पसंद से कुछ ज़्यादा मीठा था, लेकिन एक नई परंपरा को जानकर मुझे बेहद ख़ुशी हुई।

क़ादरभाई ने भी शक्कर का एक टुकड़ा मुंह में रखकर चाय पी। उन्होंने उस छोटी सी परंपरा को एक नया रंग दिया। वाक़ई अब तक मुझे मिले लोगों में वह सबसे शाही थे। जब उन्होंने अब्दुल्ला की बात सुनने के लिए सिर झुकाया तो मुझे लगा कि यह इंसान किसी भी ज़िंदगी, किसी भी दुनिया में राज करने के लिए ही आएगा और लोगों को अपनी आज्ञा मानने के लिए तैयार करेगा।

तीन गायक आकर साजिंदों के आगे बैठ गए। कमरे में धीरे-धीरे शांति फैल गई। फिर अचानक तीनों ने बेहद दमदार और रोमांच जगा देने वाली आवाज़ में गाना शुरू कर दिया। यह जुनून जैसी उत्तेजना वाला मधुर संगीत था। वे ना केवल गा रहे थे, बल्कि गाने के दौरान रो रहे थे, विलाप कर रहे थे। उनकी बंद आंखों से सचमुच के आंसू ढलकते हुए उनके सीने पर गिर रहे थे। इसे सुनते हुए मुझे मज़ा तो आया, लेकिन साथ ही मैंने कुछ शर्मिंदगी महसूस की। ऐसा लग रहा था मानो वह गायक मुझे अपने सबसे गहरे और अंतरंग प्यार और ग़म तक ले गए हों।

उन्होंने तीन गाने गाए और फिर चुपचाप मंच छोड़कर दूसरे कमरे में पर्दे के पीछे से ग़ायब हो गए। प्रदर्शन के दौरान किसी ने भी बात नहीं की और न ही कोई हरकत की, लेकिन जब हमने खुद को उस जादू को तोड़ने के लिए मजबूर किया जो हम पर छाया हुआ था तो सभी एक साथ बोलने लगे। अब्दुल्ला उठ खड़ा हुआ और दूसरी मेज़ पर बैठे अफ़गानों के एक समूह से बात करने के लिए कमरे को पार करके पहुंच गया।

क़ादरभाई ने मुझसे पूछा, 'लिन, तुमको यह संगीत कैसा लगा?'

'मुझे यह बहुत मज़ा आया। अभूतपूर्व। शानदार। मैंने ऐसा संगीत पहले कभी भी नहीं सुना था। इसमें इतनी ज़्यादा उदासी थी, लेकिन साथ ही ताक़त भी थी। यह किस भाषा में था? उर्दू?'

'हां। क्या तुम उर्दू समझते हो?'

'नहीं, मुझे अफ़सोस है नहीं। मैं केवल थोड़ी मराठी और हिंदी बोल सकता हूं। मैं इसका उर्दू होना पहचान सका, क्योंकि जहां मैं रहता हूं, वहां कुछ लोग यह भाषा बोलते हैं।'

'उर्दू ग़ज़ल की भाषा और ये तीनों बॉम्बे के सर्वश्रेष्ठ ग़ज़ल गायक हैं।'

'क्या वे प्रेमगीत गा रहे हैं?'

वह मुस्कराए और उन्होंने अपना सिर मेरी बांहों पर रख दिया। पूरे शहर में अधिकांशत: लोग बातचीत के दौरान एक-दूसरे को छूते थे, यह उनका हल्के से दबाव के साथ अपनी बात मनवाने का एक तरीक़ा था। झोपड़पट्टी के दोस्तों के साथ रहते हुए मैं इसका अर्थ अच्छी तरह से समझ गया था। मुझे यह पसंद भी आने लगा था।

'यह प्रेमगीत हैं, हां। लेकिन सभी प्रेमगीतों में सबसे बेहतरीन और सच्चे। वे उस ऊपर वाले के प्यार के गाने हैं। ये लोग ईश्वर के प्रति प्यार के गाने गा रहे हैं।'

मैंने बिना कुछ कहे सिर हिला दिया, लेकिन मेरी चुप्पी ने उन्हें दोबारा बोलने के लिए मज़बूर कर दिया।

उन्होंने पूछा, 'तुम एक ईसाई हो?'

'नहीं, मैं भगवान में विश्वास नहीं रखता।'

उन्होंने फिर मुस्कराते हुए कहा, 'भगवान में विश्वास की तो बात ही नहीं है। या तो हम भगवान को *जानते* हैं या नहीं जानते।'

मैंने हंसते हुए कहा, 'देखिए, मैं निश्चित तौर पर भगवान को नहीं *जानता* और सच कहूं तो मैं यह सोचने पर मज़बूर हूं कि भगवान पर विश्वास करना असंभव है, कम से कम मैंने जो बातें भगवान के बारे में सुनी हैं, उसके आधार पर तो।'

'ओह, निश्चित ही स्वाभाविक तौर पर भगवान असंभव है। यही उसके होने का पहला प्रमाण है।'

वह मेरी ओर ध्यान से देख रहे थे, उनका हाथ अब भी मेरी बांह पर था। मैंने सोचा, *सतर्कता बरतो। तुम एक धार्मिक बहस में उलझ रहे हो, वह भी एक ऐसे व्यक्ति के साथ जो इन्हीं बातों के लिए विख्यात है। वह तुम्हारी परीक्षा ले रहा है। यह एक परीक्षा है और पानी बहुत गहरा है।*

मैंने एक अनजान परिदृश्य में विचारों की तोप दागते हुए पूछा, 'सीधे ही बात करते हैं, आपके कहने का मतलब है कि अगर कोई बात असंभव है तो उसका अस्तित्व है?'

'बिलकुल सही।'

'तो क्या इसका मतलब यह नहीं होगा कि सभी *संभव* बातों का *अस्तित्व* नहीं है?

'बिलकुल सटीक!' और अधिक चौड़ी मुस्कान के साथ उन्होंने कहा, 'मुझे इस बात की ख़ुशी है कि तुम *समझ* गए।'

उनकी मुस्कान से मुस्कान मिलाते हुए मैंने कहा, 'मैं वे शब्द *कह* सकता हूं, लेकिन इसका यह मतलब नहीं कि मैं उन्हें *समझ* गया।'

'मैं ख़ुलासा करता हूं। हम जिसे देखते हैं उसका अस्तित्व नहीं होता। कुछ भी नहीं जिसे हम सोचते हैं कि हम देख रहे हैं। हमारी आंखें झूठ बोलती हैं। वह हर बात जो वास्तविक लगती है, दरअसल एक मिथ्या है। किसी बात का वैसा अस्तित्व नहीं है, जैसा कि हम सोचते हैं। ना तुम। ना मैं। ना यह कमरा। कुछ भी नहीं।'

'मुझे अभी भी समझ में नहीं आया। मैं नहीं देखता कि कैसे *संभव* है कि चीज़ों का *अस्तित्व* नहीं होता।'

'इसे मैं दूसरी तरह से बताता हूं। सृजन का कारक, वह ऊर्जा वास्तव में उस पदार्थ और जीवन को सजीव बनाता है जिसके बारे में हम सोचते हैं कि हम अपने चारों ओर देख रहे हैं, जैसा कि हम जानते हैं कि उसे मापा या तौला नहीं जा सकता या समय में भी नहीं रखा जा सकता। एक रूप में वह ऊर्जा प्रकाश के फ़ोटोन हैं।

उनके लिए खुली जगह वाला ब्रह्मांड एक सबसे छोटी वस्तु है और पूरा ब्रह्मांड धूल का एक कण मात्र है। क्या हम कहते हैं कि संसार केवल एक विचार है –और अभी भी अच्छा नहीं है। प्रकाश के दृष्टिकोण से प्रकाश का फ़ोटोन जो इसे सजीव बनाता है, जिस ब्रह्मांड को हम जानते हैं वह वास्तविक नहीं है। अब तुम समझ गए?'

'सच कहूं तो नहीं। मुझे लगता है कि अगर हर बात जो हम सोचते हैं ग़लत या मिथ्या है तो हममें से कोई नहीं जान सकता कि करना क्या है या कैसे जिया जाए या कैसे समझदारी क़ायम रखी जाए।'

अपनी सुनहरी आंखों में चमक के साथ व्यंग्य का पुट चढ़ाते हुए उन्होंने कहा, 'हम झूठ बोलते हैं। समझदार व्यक्ति बस बेवकूफ़ व्यक्ति से बेहतर झूठा बोलने वाला होता है। तुम और अब्दुल्ला भाई हो। मैं यह जानता हूं। तुम्हारी आंखें झूठ बोलती हैं और तुम्हें बताती हैं कि ऐसा नहीं है। और तुम झूठ में यक़ीन कर लेते हो, क्योंकि यह ज़्यादा आसान है।'

'और इस तरह हम समझदार बने रहते हैं?'

'हां। चलो मैं तुम्हें बताता हूं मैं तुम्हें बेटे की तरह देखता हूं। मेरी शादी नहीं हुई है और मेरा कोई बेटा भी नहीं है, लेकिन एक वक़्त ऐसा था, हां, जब मेरे लिए शादी करना और एक बेटा पाना संभव था। और वह वक़्त था–तुम्हारी क्या उम्र है?'

'मैं तीस साल का हूं।'

'ठीक वही। मैं जानता था। वह लम्हा जब मैं पिता बन सकता था ठीक तीस बरस पहले आया था। लेकिन अगर मैं तुम्हें बताऊं कि मैं इस बात को साफ़ तौर पर देख सकता हूं कि तुम मेरे बेटे हो और मैं तुम्हारा पिता, तो तुम सोचोगे की यह असंभव है। तुम इसका प्रतिकार करोगे। तुम सच्चाई को नहीं देख सकोगे, जैसा कि मैं देख पा रहा हूं और जैसा कि मैंने कुछ घंटे पहले तुमसे मुलाक़ात होते ही देखा था। तुम एक सुविधाजनक झूठ को स्वीकारना पसंद करोगे और इस बात पर विश्वास करोगे–यह झूठ कि हम अजनबी हैं और हमारे बीच कोई रिश्ता नहीं है। लेकिन क़िस्मत–तुम क़िस्मत को जानते हो? उर्दू भाषा में एक शब्द होता है क़िस्मत, क़िस्मत का दो बातों को छोड़कर हम पर नियंत्रण है। पहला क़िस्मत हमारी मुक्त इच्छा पर नियंत्रण नहीं साध सकती और क़िस्मत झूठ नहीं बोल सकती। लोग दूसरों से ज़्यादा ख़ुद से झूठ बोलते हैं और दूसरों को वह अक़्सर सच से ज़्यादा झूठ ही बताते हैं। देखा तुमने?'

मैंने देखा। मेरा दिल जानता था कि वह क्या कह रहे हैं, लेकिन मेरा बाग़ी दिमाग़ उन शब्दों और उन्हें बोलने वाले व्यक्ति को ख़ारिज कर रहा था। किसी तरह से उन्होंने मेरे भीतर छिपे ग़म को पहचान लिया था। मेरी ज़िंदगी का वह अधूरापन जिसे मेरे पिता द्वारा भरा गया होता, दरअसल एक दबी हुई इच्छा थी। इन चैन छीन लेने वाले वर्षों के सबसे एकाकी पलों में मैं वहां भटकता रहा, पिता के प्यार के लिए, नए वर्ष की पूर्व संध्या के अंतिम घंटों में जेल में बंद सजायाफ़्ता लोगों की तरह।

मैंने झूठ बोला, 'नहीं। मुझे माफ़ कीजिएगा, लेकिन मैं आपकी बात से सहमत नहीं हूं। मुझे नहीं लगता कि आप बातों को केवल उनमें विश्वास करके सच साबित कर सकते हैं।'

उन्होंने बड़े धैर्य के साथ जवाब दिया, 'मैंने यह नहीं कहा। मैं यह कह रहा हूं कि वास्तविकता–जैसा कि तुम देख रहे हो और अधिकांश लोग देखते हैं–एक मिथ्या से ज़्यादा कुछ भी नहीं है। हमारी आंखों से परे भी एक वास्तविकता है। तुम्हें अपने दिल के साथ उस वास्तविकता को *महसूस* करना होगा। इसके अलावा कोई रास्ता नहीं है।'

'यह.. आपका बातों की ओर देखने का नज़रिया बहुत ही भ्रामक है। वास्तविकता में अराजकता भरा। क्या आपको ख़ुद को यह अराजकता भरा नहीं लगता?'

वह दोबारा मुस्कराए।

'वाक़ई पहली बार में सही तरीक़े से सोचना अज़ीब होता है। लेकिन कुछ बातें हैं जिन्हें हम जान सकते हैं, कुछ बातें जिनके बारे में हम निश्चित हो सकते हैं और यह तुलनात्मक तौर पर आसान है। चलो मैं तुम्हें दिखाता हूं। सच्चाई जानने के लिए तुम्हें बस इतना करना है कि अपनी आंखें बंद करना है।'

मैंने हंसते हुए कहा,'यह इतना आसान है।'

'हां। तुम्हें बस इतना करना है कि आंखें बंद करना है। उदाहरण के लिए हम भगवान को जानते हैं और हम उदासी को जानते हैं। हम सपनों को जान सकते हैं और हम प्यार को जान सकते हैं। लेकिन वास्तविक दिखाई देने वाली हमारी समझ की दुनिया में कोई भी बात वास्तविक नहीं है। हम उनका वज़न नहीं नाप सकते या उनकी लंबाई नहीं नाप सकते या अणुओं को ध्वस्त करने वाले उपकरण में उनके मौलिक हिस्से नहीं पा सकते। यही वजह है कि वह संभव है।'

मेरा दिमाग़ विचारों में डूबने जा रहा था और मैं उससे बाहर निकलने के लिए छटपटाने लगा।

'मैंने पहले कभी भी इस जगह के बारे में नहीं सुना। क्या इस तरह के कई ठिकाने हैं?'

विषय परिवर्तन को सहनशक्ति के साथ स्वीकारते हुए उन्होंने कहा, 'शायद पांच। तुम्हें लगता है यह बहुत ज़्यादा है?'

'मेरे विचार में इतना पर्याप्त है। यहां कोई महिलाएं नहीं हैं। क्या महिलाओं को यहां आने की अनुमति नहीं है?'

सही शब्दों से जूझते हुए उन्होंने कहा, 'प्रतिबंधित नहीं हैं। महिलाओं को यहां आने की इज़ाजत है, लेकिन वे यहां आना नहीं चाहतीं। अन्य जगहें हैं, जहां महिलाएं एकत्रित होकर अपनी पसंद के काम करती हैं और संगीत और गायन सुनती हैं और कोई पुरुष भी वहां उन्हें परेशान नहीं करना चाहेगा।'

एक बेहद बुज़ुर्ग व्यक्ति हमारे पास आया और क़ादरभाई के पैरों के पास बैठ गया। उसने कुर्ता-पायजामा पहन रखा था। उसके चेहरे पर ढेर सारी झुर्रियां थीं और उसके सफ़ेद बाल बहुत छोटे थे। वह दुबला-पतला, झुका हुआ और ज़ाहिर तौर पर ग़रीब था। क़ादरभाई को सिर के झटके से सलाम करते हुए उसने हाथों में तंबाखू और हशीश को मलना शुरू किया। कुछ ही मिनट में उसने चिलम क़ादरभाई की ओर बढ़ाई और फिर माचिस लेकर उसे सुलगाने का इंतज़ार करने लगा।

चिलम को अपने होठों को पास रोकते हुए क़ादरभाई ने कहा, 'यह उमर है। यह पूरे बॉम्बे में सबसे अच्छा चिलम बनाने वाला है।'

उमर ने तारीफ़ पर दंतहीन मुस्कान के साथ क़ादरभाई के लिए चिलम सुलगा दी। उन्होंने इसे मेरी ओर बढ़ाया और फिर बारीक़ी के साथ मेरे चिलम पीने के तरीक़े और फेफड़ों की ताक़त का अंदाज़ लगाने लगे। फिर उन्होंने सहमति में सिर हिलाया। मेरे और क़ादरभाई द्वारा चिलम दो बार पी लिए जाने के बाद उमर ने चिलम ली और एक बड़े से कश के साथ पूरा सीना फुलाकर उसे ख़त्म कर दिया। जब उसकी चिलम ख़त्म हो गई तो उसने राख़ को झाड़ दिया। उसने सूखी चिलम खींचकर क़ादरभाई की प्रशंसा हासिल की थी। उसकी ज़्यादा उम्र के बावज़ूद वह बिना ज़मीन पर हाथ टिकाए उठ खड़ा हुआ। गायकों की मंच पर वापसी के बीच वह चला गया।

इतने में आम, पपीते और तरबूज़ के टुकड़ों भरा एक कटोरा लेकर अब्दुल्ला हमारे पास दोबारा लौट आया। उन फलों का स्वाद हमारी जीभ पर पिघलने के दौरान उनकी ख़ुशबू ने हमें घेर लिया। गायकों ने अपनी प्रस्तुति को केवल एक गाने के साथ आगे बढ़ाया जो आधे घंटे तक चला। यह चढ़ते सुरों वाली एक धुन थी जिसका अंत एक बेहद ऊंची तान के साथ हुआ। इस दौरान संगत दे रहे तबलावादक और हार्मोनियम वादक जहां उत्तेजित दिख रहे थे, गायकों के चेहरे पर कोई शिकन नहीं थी। वे शांत बैठे थे, आंखें बंद और हाथ बंधे हुए।

कुछ देर की शांति के बाद पहले की तरह क्लब में उस वक़्त तालियां गूंज उठी, जब गायक उठकर बाहर जाने लगे। अब्दुल्ला मुझसे बात करने के लिए कुछ झुक गया।

'जब हम यहां कार में आ रहे थे तो लिन, मैं अपने भाई होने के बारे में सोच रहा था। क़ादरभाई ने जो कहा था, मैं उसके बारे में सोच रहा था।'

'यह बहुत ही मज़ाक़िया था, मैं भी सोच रहा था।'

'मेरे दो भाई-हम ईरान में परिवार में तीन भाई थे और अब मेरे दो भाई मर चुके हैं। वह इराक के ख़िलाफ़ लड़ाई में मारे गए थे। ईरान में मेरी एक बहन भी है, लेकिन मेरा कोई भाई नहीं है। मैं अकेला रह गया हूं। अकेलापन बहुत उदासी भरा होता है। है ना?'

मैं उसे सीधे जवाब नहीं दे पाया। मैं ख़ुद अपना भाई गंवा चुका था। मेरा पूरा परिवार मैंने गंवा दिया था और मुझे अच्छी तरह से पता था कि अब मैं उन्हें कभी नहीं मिल सकूंगा।

'मैं सोच रहा था कि शायद क़ादरभाई ने सचमुच कुछ सच्चाई देख ली है। शायद वास्तविकता में हम भाइयों की तरह दिखते हैं।'

'शायद हां।'

वह मुस्कराया।

'मैंने तुम्हें पसंद करने का फ़ैसला कर लिया है, लिन।'

चेहरे पर मुस्कान के बावज़ूद उसने यह बात इतने दृढ़ निश्चय के साथ कही कि मुझे हंसी आ गई।

'ठीक है, लेकिन फिर ऐसी बात है तो तुम्हें मुझे श्रीमान लिन कहना छोड़ देना चाहिए। यह वैसे भी मुझे बैचेन और असहज कर देता है। *हिबिस-जिबिस।*'

'जिबिस?' उसने उत्सुकता के साथ पूछा, 'क्या यह अरबी शब्द है?'

'इसकी चिंता छोड़ दो मुझे बस लिन पुकारो।'

'ठीक है मैं तुम्हें बस लिन कहकर पुकारा करूंगा। मैं तुम्हें लिन भाई कहूंगा। और तुम मुझे अब्दुल्ला कहोगे, है कि नहीं?'

'मेरे ख़याल में यह ठीक होगा।'

'तो हम इस बात को याद रखेंगे आज रात यहां, नेत्रहीन गायकों की महफ़िल में, इसी रात से हम एक-दूसरे के भाई होंगे।'

'तुमने क्या कहा, *नेत्रहीन गायक?*'

'हां। तुम उन्हें नहीं जानते? वह नागपुर के नेत्रहीन गायक हैं। वे बॉम्बे में मशहूर हैं।'

'क्या वह किसी संस्थान के हैं?'

'संस्थान?'

'हां, मतलब किसी अंध विद्यालय या उस तरह के।'

'नहीं, लिन भाई। एक वक़्त था जब वह हमारी तरह देख सकते थे, लेकिन नागपुर के पास एक छोटे से गांव में कुछ लोगों को अंधा कर दिया गया था और ये लोग नेत्रहीन हो गए।'

मेरे इर्द-गिर्द की आवाज़ अब शोर में तब्दील हो रही थी और फलों की ख़ुशबू भी अब असहनीय और दमघोंटू लगने लगी थी।

'क्या मतलब, *अंधा* कर दिया गया था?'

उसने धीरे-धीरे विस्तार से पूरी बात बताई,'उस गांव के पास पहाड़ी में कुछ बाग़ी और डकैत छिपे थे। गांव वालों को उन्हें खाना और अन्य मदद देनी पड़ती थी। उनके पास और कोई चारा नहीं था। लेकिन जब पुलिस और सैनिक उस गांव में आए तो उन्होंने गांव के लोगों को सबक़ सिखाने के लिए बीस लोगों को अंधा कर दिया। यह अन्य गांव के लोगों के लिए भी एक तरह की चेतावनी थी। यह कभी-कभार होता है। ये गायक उस गांव के नहीं थे। वे तो वहां एक उत्सव के दौरान गाने के लिए

पहुंचे थे। उनकी बदक़िस्मती ही कही जाएगी। उन्हें बाक़ी लोगों के साथ अंधा कर दिया गया। उन सबको, पुरुष और महिलाएं, बीस लोगों को ज़मीन पर बांधा गया और बांस के नुकीले टुकड़ों से उनकी आंखें निकाल ली गईं। अब वे यहां गाते हैं, हर कहीं गाते हैं और वे विख्यात हो चुके हैं। और अमीर भी...'

वह बातें किए जा रहा था और मैं सुन रहा था, लेकिन मैं प्रतिक्रिया नहीं दे सका। क़ादरभाई मेरे बग़ल में बैठकर पगड़ी पहने एक अफ़गान युवक से बात कर रहे थे। उस युवक ने झुककर क़ादरभाई का हाथ चूमा और उसके लबादे में से बंदूक का एक सिरा झांकने लगा। इस बीच, उमर लौटकर एक और चिलम तैयार करने लगा। अपने दाग़दार दांतों के साथ वह मेरी तरफ़ देखकर मुस्कराया और उसने सिर हिला दिया।

मेरी आंखों में झांकते हुए उसने कहा, 'हां, हां, हां, हां, हां।'

गायक दोबारा गाने के लिए लौट आए। और घूमते हुए पंखों के बीच धुआं भी ऊपर की ओर उठकर घूमने लगा। वह संगीत का हरा रेशमी कमरा और षड्यंत्र मेरे लिए एक नई शुरुआत बन गए। मैं अब जानता हूं कि हर किसी की ज़िंदगी में एक शुरुआती बिंदु, मोड़ देने वाले लम्हे, कई सारे होते हैं/ क़िस्मत, इच्छा और नियति के सवाल। नामकरण का दिन, प्रभाकर के गांव में बाढ़ का दिन, वह दिन जब महिला ने मेरा नाम शांताराम रखा एक शुरुआत थी। मैं अब यह बात जानता हूं। और मैं जानता हूं कि और जो कुछ भी मैं हूं या भारत में उस रात नेत्रहीन गायकों की महफ़िल तक जो कुछ भी मैंने किया, शायद पूरी ज़िंदगी में, वह अब्दुल क़ादर ख़ान के साथ उस शुरुआत की एक तैयारी थी। अब्दुल्ला मेरा भाई बन गया। क़ादरभाई मेरे पिता बन गए। उस वक़्त तक मुझे इस बात का अहसास हो गया था और उसकी वज़ह भी पता चल गई थी, भाई और बेटे के तौर पर मेरी नई ज़िंदगी मुझे ज़ंग तक ले गई थी और मैं हत्या में शामिल हो गया था और सबकुछ हमेशा के लिए बदल गया था।

गाना थमने के बाद क़ादरभाई आगे की ओर झुके। उनके होंठ हिल रहे थे और मैं समझ गया कि वह मुझसे कुछ कह रहे हैं, लेकिन कुछ पल तक मुझे कुछ सुनाई नहीं दिया।

'माफ़ कीजिएगा, मुझे कुछ सुनाई नहीं दिया।'

उन्होंने दोहराया, 'मैंने कहा कि दार्शनिक किताबों से कहीं अधिक बार सच्चाई को संगीत में हासिल किया जा सकता है।'

मैंने उनसे पूछा, 'सच्चाई क्या है?' वास्तविकता में मैं जानना नहीं चाहता था, लेकिन अपनी तरफ़ से बातचीत को जारी रखना चाहता था। मैं चतुर बनने की कोशिश कर रहा था।

उन्होंने कहा, 'सच्चाई यह है कि कोई भला आदमी या बुरा आदमी नहीं है। ये उसके काम हैं जो उसमें भलाई या बुराई की वजह बनते हैं। यहां अच्छे काम होते हैं और बुरे काम होते हैं। लोग केवल लोग होते हैं–यह तो वे क्या करते हैं या किस

बात के लिए इंकार करते हैं, उनका अच्छे या बुरे से नाता बना देता है। सच्चाई यह है कि वास्तविक प्यार के लम्हे में, किसी के भी दिल में-सबसे शरीफ़ या सबसे कुटिल व्यक्ति-ही पूरा मक़सद और प्रक्रिया और ज़िंदगी का मक़सद होता है। जुनून की कमल जैसी पंखुड़ियों में परत-दर-परत। सच्चाई यह है कि हम सब, हममें से हर एक, हर परमाणु, हर आकाशगंगा, ब्रह्मांड का हर एक कण, भगवान की ओर ही बढ़ रहा है।'

उनके वह शब्द अब हमेशा के लिए मेरे हो चुके थे। मैं उन्हें सुन सकता हूं। वह नेत्रहीन गायक हमेशा के लिए हैं। मैं उन्हें देख सकता हूं। वह रात और वे लोग एक शुरुआत थी, पिता और भाई हमेशा के लिए हैं। मैं उन्हें याद कर सकता हूं। यह आसान है। बस मुझे इतना करना है कि अपनी आंखें बंद करना हैं।

अध्याय 10

अब्दुल्ला ने भाई के नाते को बेहद गंभीरता से लिया था। नेत्रहीन गायकों वाली रात के एक सप्ताह बाद वह कफ़े परेड की झोपड़पट्टी में मेरे घर आया तो उसके साथ दवाओं, मरहम, पट्टियों की एक पूरी थैली थी। वह अपने साथ कुछ सर्जिकल उपकरणों से भरा धातु का एक बक्सा भी लाया था। हमने साथ में बक्से का सामान देखा। उसने मुझसे दवाओं के बारे में पूछा कि ये कितनी उपयोगी हैं और भविष्य में मुझे उनकी कितनी मात्रा की ज़रूरत पड़ेगी। जब वह संतुष्ट हो गया तो उसने लकड़ी के स्टूल को पोंछा और बैठ गया। वह कुछ मिनट तक चुपचाप मुझे उसके द्वारा लाई गई दवाओं को लकड़ी के एक तख़्ते पर रखते हुए देखता रहा। इस बीच झोपड़पट्टी की भीड़ हमारे आस-पास बातचीत, हंसी-मज़ाक़, गाने में मशगूल रही।

'ठीक है, लिन वह लोग कहां हैं?' उसने अंततः मुझसे पूछ ही लिया।

'कौन लोग कहां हैं?'

'मरीज। वह कहां हैं? मैं अपने भाई को उनका इलाज करते देखना चाहता हूँ। बीमार लोगों के बग़ैर इलाज नहीं हो सकता। है ना?'

'मेरे पास फ़िलहाल कोई मरीज नहीं है।'

उसने आह भरते हुए कहा, 'ओह।' फिर वह घुटने पर अंगुलियों से थाप देने लगा। 'खैर, क्या तुम्हें लगता है कि मुझे जाकर कुछ लोग लाने चाहिए?'

वह सीट से आधा ही उठा था कि मुझे कल्पना में दिखने लगा कि वह कुछ बीमार और घायल लोगों को ज़बर्दस्ती मेरी झोपड़ी की ओर घसीटते हुए ला रहा है।

'नहीं, नहीं। आराम से बैठ जाओ। मैं लोगों को हर दिन नहीं देखता। लेकिन मैं लोगों को ज़रूर देखता हूं अगर मैं यहां पर हूं तो। वह तक़रीबन दो बजे यहां आना शुरू करते हैं। वह इतनी सुबह नहीं आते। हर कोई कम से कम दोपहर तक तो काम करता ही है ना। मैं ख़ुद अपना काम भी कर लेता हूं। तुम जानते हो ना कि मुझे भी तो कुछ पैसा कमाने की ज़रूरत है।'

'लेकिन आज सुबह नहीं?'

'नहीं, आज सुबह नहीं। मैंने पिछले सप्ताह ही कुछ कमाई की थी। कुछ दिन मेरा उससे काम चल जाएगा।'

'तुम पैसे कैसे कमाते हो?'

वह बड़ी ही मासूमियत से मेरी ओर देख रहा था और उसे इस बात की जरा भी कल्पना नहीं थी कि यह सवाल मुझे परेशान कर सकता है या अक्खड़ सा लग सकता है।

'अब्दुल्ला, विदेशियों से यह पूछना शालीनता नहीं है कि वे पैसे कैसे कमाते हैं।'

उसने मुस्कराते हुए कहा, 'ओह, अच्छा। तुमने यह ग़ैरकानूनी तरीक़े से कमाया है।'

'देखो, यह असल मुद्दा नहीं है। लेकिन हां, अब जबकि तुमने इसका ज़िक्र कर ही दिया है। एक फ्रांसीसी लड़की थी जिसे आधा किलो चरस की ज़रूरत थी। मैंने उसके लिए इसका इंतज़ाम कर दिया। और एक जर्मन व्यक्ति था जिसे कैनन कैमरा उचित दामों में दिलवा दिया। ये दोनों ही कमीशन वाले काम थे।'

उसने मुझ पर से आंख हटाए बग़ैर पूछा, 'इस कारोबार से तुम कितना कमा लेते हो?' उसकी आंखें थार के रेगिस्तान के धोरों की तरह सुनहरी थीं, जब बारिश अगले दिन शुरू ही होने ही वाली हो।

'मैंने एक हज़ार रुपये कमाए।'

'हर काम के एक हज़ार?'

'नहीं दोनों काम मिलाकर एक हज़ार रुपये।'

'लिन भाई यह तो बहुत कम पैसा है।' उसने कहा, उसके चेहरे पर अवमानना के भाव थे। 'यह तो बहुत, बहुत, बहुत ही कम पैसा है।'

मैंने बचाव की मुद्रा में कहा, 'तुम्हारे लिए ये कम हो सकते हैं, लेकिन मेरे लिए कुछ सप्ताह के लिहाज़ से ये पर्याप्त होते हैं।'

'और अभी तुम ख़ाली हो, है ना?'

'ख़ाली?'

'तुम्हारे पास कोई मरीज नहीं है।'

'नहीं है।'

'बहुत बढ़िया। तो अब हम दोनों साथ जाएंगे।'

'अच्छा, हम कहां जा रहे हैं?'

'आओ, जब हम वहां पहुंच जाएंगे तो मैं तुम्हें बताऊंगा।'

हम झोपड़ी से बाहर निकले और बाहर हमें जॉनी सिगार मिल गया, जो ज़ाहिर तौर पर छिपकर हमारी बातें सुन रहा था। वह मुझे देखकर मुस्कराया और अब्दुल्ला की तरफ़ देखकर उसने त्यौरियां चढ़ाईं। फिर दोबारा मेरी ओर देखकर मुस्कराया।

'हाय, जॉनी। मैं कुछ देर के लिए बाहर जा रहा हूं। यह सुनिश्चित करना कि बच्चे दवाओं से नहीं खेलें, ठीक है? मैंने आज ही नई दवाएं तख़्ते पर रखी हैं और उनमें से कुछ ख़तरनाक हैं।'

जॉनी ने अपने पर लगे सवाल से आहत होकर मुंह खोला।

'लिन बाबा, तुम्हारी झोपड़ी में कोई किसी चीज़ को हाथ नहीं लगाएगा। तुम क्या कह रहे हो? तुम वहां लाखों रुपये रख दो, कोई हाथ नहीं लगाएगा। तुम वहां सोना भी रख सकते हो। भारत का कोई बैंक लिन बाबा की कुटिया से ज़्यादा सुरक्षित नहीं है।'

'मैं तो बस यह कह रहा था कि...'

'और हीरे भी, यहां छोड़ सकते हो। और पन्ना और मोती।'

'जॉनी मैं तुम्हारी बात को समझ गया।'

अब्दुल्ला ने टोकते हुए कहा, 'इसकी कोई ज़रूरत नहीं है। वह इतना कम कमाता है कि किसी में भी उसे लेने की कोई रुचि नहीं होगी। क्या तुम्हें पता है पिछले हफ़्ते उसने कितने कमाए?'

जॉन सिगार को अब्दुल्ला की बाद संदिग्ध लगी। उसकी त्यौरियां और चढ़ गईं और वह इस सवाल से विचलित हो गया था और उसकी उत्सुकता उस पर हावी हो गई।

'कितने?'

बात को वज़न देने के लिए थूकते हुए अब्दुल्ला ने कहा, 'एक हज़ार रुपये।'

मैंने उसकी बांह पकड़कर झोपड़ियों के बीच से उसे आगे ले जाना चाहा।

'चलो अब्दुल्ला, हम कहीं जा रहे थे। है कि नहीं? चलो भाई चलते हैं।'

हम कुछ क़दम आगे बढ़े ही थे कि जॉन सिगार हमारे पीछे आ गया और मेरी आस्तीन खींचने लगा, मुझे अब्दुल्ला के एक-दो क़दम पीछे रखने के लिए।

'भगवान के लिए जॉनी! मैं अभी इस बारे में कोई भी बात नहीं करना चाहता कि मैंने कितने पैसे कमाए। मैं वादा करता हूं कि तुम इसके बारे में बाद में मुझसे पूछ सकते हो...'

उसने फुसफुसाकर कहा, 'लिन बाबा बात यह नहीं है। वह व्यक्ति, अब्दुल्ला- तुम्हें उस पर विश्वास नहीं करना चाहिए! उसके साथ कोई काम मत करना!'

'ये क्या है? क्या बात हो गई जॉनी?'

उसने कहा, 'बिलकुल मत करना!' वह कुछ और कहने वाला था, इतने में अब्दुल्ला ने मुड़कर मुझे आवाज़ दी और जॉनी पीछे हटकर गलियों में गुम हो गया।

मेरे पास आते ही अब्दुल्ला ने पूछा, 'क्या समस्या है?' हम गलियों में आगे बढ़ने लगे।

मैंने कहा, 'कोई समस्या नहीं।' हालांकि मैं जानता था कि समस्या है। 'कोई समस्या नहीं।'

अब्दुल्ला की मोटरसाइकल झोपड़पट्टी के बाहर सड़क पर खड़ी थी, जहां कुछ बच्चे उसे देख रहे थे। उनमें से सबसे लंबे बच्चे ने अब्दुल्ला द्वारा दिया गया दस का

नोट खींचा और बच्चों की टोली के साथ दौड़ लगा दी। अब्दुल्ला ने मोटरसाइकल को किक लगाई और मैं पीछे बैठ गया। बिना हेलमेट पतली सी शर्ट पहनकर हम ट्रैफ़िक के दोस्ताना कोलाहल में शामिल होकर समंदर के किनारे-किनारे नरीमन पॉइंट की ओर बढ़ने लगे।

अगर आप बाइक्स के बारे में जानते हैं तो आप उसे चलाने वाले व्यक्ति के बारे में काफ़ी-कुछ बता सकते हैं। अब्दुल्ला किसी एकाग्रता की बजाय केवल जो सामने आता जा रहा था, उसके हिसाब से बाइक चला रहा था। बाइक चलाने में उसका नियंत्रण ठीक वैसा ही था, जैसा कि पैदल चलने में होता है। वह कौशल और पूर्वाभास के आधार पर ट्रैफ़िक को समझ रहा था। कई बार वह ज़रूरत से पहले ही बाइक को धीमा कर देता था और तेज़ी से ब्रेक लगाने को टाल देता था। कई बार तो वह सामने ट्रैफ़िक में नहीं दिखने वाली जगह से बाइक निकालता था तो लगता था कि अब टक्कर होकर रहेगी। शुरुआत में घबराहट के बाद उसकी तकनीक ने मेरे भीतर आत्मविश्वास को बढ़ा दिया। फिर मैं सुकून से बैठ गया।

चौपाटी से हम समंदर से विपरीत दिशा में घूमे और शीतल बयार अचानक बंद हो गई। ऊंची इमारतों के बीच मानो हवा अचानक थम सी गई। हम नाना चौक की ओर बढ़ने लगे, जहां पर बॉम्बे के बंदरगाह के तौर पर विकास के कालखंड की वास्तुकला देखने को मिल रही थी। ब्रिटिश राज के दिनों की याद ताज़ा करने वाली कुछ इमारतें तो दो सौ वर्ष तक पुरानी थीं। कला से भरपूर छज्जे, खिड़कियां का काम विलासिता का कुछ ऐसा प्रदर्शन कर रहा था जो आधुनिक बॉम्बे में लगभग गुम सी हो गई थी।

नाना चौक से ताड़देव तक के इलाक़े को पारसियों का इलाक़ा कहा जाता था। मुझे पहली बार हैरानी हुई थी, जब मैंने देखा कि भाषा, लोगों, कामकाज की इतनी विविधता से परिपूर्ण बॉम्बे में एक वर्ग विशेष के लोगों के ऐसे संकुचित छोटे से जमावड़े भी हो सकते हैं। जौहरियों के अपने बाज़ार थे, मैकेनिक्स, प्लम्बरों, कारपेंटरों व अन्य की तरह। मुस्लिमों के अपने इलाक़े थे और ईसाइयों, बौद्ध, सिखों, पारसियों और जैनों के भी। अगर आपको सोना ख़रीदना या बेचना हो तो आप झावेरी बाजार जाएंगे, जहां पर सैकड़ों सुनार आपकी सेवा के लिए प्रतिस्पर्धा में जुटे होते हैं। अगर आपको मस्जिद जाना हो तो आपको एक-दूसरे के क़रीब ही काफ़ी मस्जिदें मिल जाएंगी।

लेकिन कुछ अरसे बाद मुझे इस बात का अहसास हुआ कि जटिल और सांस्कृतिक तौर पर विविध शहर में सरहदबंदी इतनी सख़्त भी नहीं थी। मुस्लिम इलाक़ों में हिंदू मंदिर थे। झावेरी बाज़ार में दमकते गहनों के बीच सब्ज़ियां बेचने वाले थे। लगभग हर आलीशान इमारत के सटकर झोपड़पट्टियां भी थीं।

अब्दुल्ला ने भाटिया अस्पताल के बाहर बाइक को खड़ा कर दिया, जो कि परोपकारी पारसियों द्वारा तैयार कुछ आधुनिक अस्पतालों में से एक था। इस बड़ी सी

इमारत में अमीर लोगों के लिए महंगे वार्ड और ग़रीब लोगों के मुफ़्त उपचार केंद्र भी थे। सीढ़ियां चढ़कर जब हम बेदाग़ संगमरमर से सजे स्वागत कक्ष में पहुंचे तो वहां बड़े से पंखे से सुकून देने वाली ठंडक का अहसास हुआ। अब्दुल्ला ने रिसेप्शनिस्ट से कुछ बात की और फिर मुझे व्यस्त आपातकालीन और भर्ती वाले कक्ष की ओर लेकर बढ़ने लगा। एक कुली और नर्स से कुछ और सवालों के बाद उसे वह व्यक्ति दिख गया जिसे वह तलाश रहा था-एक छोटा सा और बेहद पतला डॉक्टर था जो अस्त-व्यस्त डेस्क के सामने बैठा था।

अब्दुला ने पूछा, 'डॉक्टर हमीद?'

डॉक्टर कुछ लिख रहा था और उसने सिर ऊपर उठाकर भी नहीं देखा।

उसने टालने के अंदाज़ में कहा, 'हां, हां।'

'मैं शेख़ अब्दुल क़ादर के यहां से आया हूं। मेरा नाम अब्दुल्ला है।'

कलम अचानक थम गई और डॉक्टर हमीद ने धीरे-धीरे अपना सिर उठाया। वह हमारी तरफ़ उत्सुकता से देखने लगा। ऐसे भाव आपको दो लोगों के बीच लड़ाई देख रहे तमाशबीनों के चेहरे पर दिखते हैं।

अब्दुल्ला ने बड़े ही आराम से कहा, 'उन्होंने आपको कल फ़ोन किया था और आपसे मेरा इंतज़ार करने को कहा था?'

हमीद ने संभलते हुए मुस्कान के साथ कहा, 'हां, हां। निश्चित तौर पर।' उसने खड़े होकर हाथ मिलाया।

अब्दुल्ला ने मेरा परिचय देते हुए कहा, 'यह श्रीमान लिन हैं।' डॉक्टर ने मुझसे हाथ मिलाया। उसके हाथ सूखे और कोमल थे। 'ये कोलाबा की झोपड़पट्टी में एक डॉक्टर हैं।'

मैंने विरोध करते हुए कहा, 'नहीं, नहीं मैं डॉक्टर नहीं हूं। मैंने बस दूसरे लोगों की मदद करने का फ़ैसला किया है। और मुझे...मुझे इसका प्रशिक्षण नहीं मिला हुआ है...और मैं इस काम में बहुत अच्छा नहीं हूं।'

उसने मेरी बातों को नज़रअंदाज करते हुए कहा, 'क़ादरभाई ने मुझे बताया कि जब तुमने उनसे बात की तो सेंट जॉर्ज और अन्य अस्पतालों को भेजे जा रहे मरीजों को लेकर शिकायत की थी।' एक ऐसे व्यक्ति की तरह जो इतना व्यस्त था कि उसे मेरी विनम्रता से कुछ लेना-देना नहीं था। उसकी आंखें गहरी भूरी थीं, लगभग काली और वे उसके चश्मे के सुनहरे फ्रेम के पीछे से चमक रही थीं।

मैंने जवाब दिया, 'ओह हां।' मैं इस बात से हैरान था कि क़ादरभाई को मेरे द्वारा बातचीत में उनसे कही गई बातें याद थीं और उन्होंने उन्हें डॉक्टर को बताने लायक़ महत्त्वपूर्ण समझा। 'समस्या यह है कि मैं आंखों पर पट्टी बांधकर विमान उड़ा रहा हूं। आप समझ ही गए होंगे कि मेरे कहने का क्या मतलब है। जो लोग मेरे पास आ रहे हैं उनकी समस्याओं से निपटने जितनी क़ाबिलियत मुझमें नहीं है। जब मेरे

सामने ऐसी बीमारी आती है जिसे मैं पहचान नहीं पाता या मुझे लगता है कि वह कोई बीमारी है, मैं उन्हें सेंट जॉर्ज अस्पताल के निदान केंद्र पर भेज देता हूं। मैं नहीं जानता कि उनके साथ और क्या करूं। लेकिन कई बार वह यह कहते हुए मेरे पास आते हैं कि वहां पर किसी ने उन्हें देखा ही नहीं–कोई डॉक्टर नहीं, कोई नर्स नहीं, किसी ने भी नहीं।'

'तुम्हें क्या लगता है यह लोग बीमार होने का नाटक तो नहीं कर रहे?'

'मुझे यक़ीन है कि नहीं।' मैंने अचानक आहत सा महसूस किया और झोपड़पट्टियों वासियों के लिए तो और अधिक, 'उन्हें बीमारी का बहाना करके कुछ भी हासिल नहीं होने वाला। वे बड़े ही अभिमानी लोग हैं। वे बेवजह मदद नहीं मांगते।'

'निश्चित तौर पर,' अपने चश्मे को निकालकर नाक पर बने गड्ढों को सहलाते हुए उसने कहा, 'क्या तुम ख़ुद कभी सेंट जॉर्ज अस्पताल गए हो? क्या तुमने वहां किसी से इस बारे में पूछताछ की है?'

'हां, मैं दो बार वहां गया था। उन्होंने मुझे बताया कि उनके यहां मरीजों की बहुत ज़्यादा भीड़ है और वे अपनी तरफ़ से अच्छे से अच्छा प्रयास करते हैं। वे सुझाव देते हैं कि अगर मैं किसी पंजीकृत डॉक्टर से सिफ़ारिशें करवा सकूं, तो झोपड़पट्टी के लोगों को लंबी कतारों से निज़ात मिल सकती है। मैं सेंट जॉर्ज के लोगों के बारे में शिकायत नहीं कर रहा हूं। उनकी अपनी समस्याएं हैं। वहां स्टाफ़ बहुत कम है और मरीजों की भीड़ बहुत ज़्यादा। अपने छोटे से क्लीनिक में ही मैं हर रोज पचास लोगों को देखता हूं। उनके यहां तो हर रोज 600 मरीज आते हैं और कई बार तो यह आंकड़ा हज़ार के पार चला जाता है। मुझे यक़ीन है आपको पता होगा इसके बारे में। मेरे ख़याल में वह अपनी तरफ़ से सर्वश्रेष्ठ प्रयास कर रहे हैं और आपातकालीन मामलों के कारण तो उनका बोझ और अधिक बढ़ जाता है। असली समस्या यह है कि मेरे लोग असली डॉक्टर को दिखाने का सामर्थ्य नहीं रखते। वे सिफ़ारिश हासिल नहीं कर पाते जो उन्हें अस्पताल में कतार से बचा सके। वे बहुत ज़्यादा ग़रीब हैं। यही वजह है कि वे *मेरे* पास आते हैं।'

डॉक्टर हमीद ने भौहें उठाते हुए मेरी तरफ़ मुस्कराकर देखा।

'तुमने कहा, *मेरे लोग।* लिन क्या तुम इतने भारतीय बनते जा रहे हो?'

मैंने हंसते हुए पहली बार उसे हिंदी में जवाब दिया। इस दौरान मैंने हिंदी फ़िल्मी गाने की एक पंक्ति बोली जो उन दिनों बेहद लोकप्रिय थी।

'इस ज़िंदगी में, हम खुद को बेहतर बनाने के लिए वह सबकुछ करते हैं जो हम कर सकते हैं।'

हमीद हंसने लगा और हैरान होकर ख़ुशी में तालियां बजाने लगा।

'देखो लिन, मुझे लगता है कि मैं तुम्हें मदद कर पाऊंगा। मैं यहां सप्ताह में दो दिन ड्यूटी पर रहता हूं, लेकिन बाक़ी के वक़्त मुझसे अपने सर्जरी क्लीनिक में मिला जा सकता है, चौथी पास्ता लेन।'

'मैं चौथी पास्ता लेन को जानता हूं, वह बहुत ही पास है।'

'बिलकुल दुरुस्त। क़ादरभाई से बातचीत के बाद मैं इस बात पर सहमत हूं कि मैं तुम्हारे द्वारा भेजे गए मरीजों को सिफ़ारिशी ख़त दूंगा और जब ज़रूरत होगी तो मुझे लगता है कि मैं सेंट जॉर्ज अस्पताल में उनके इलाज का भी इंतज़ाम करा दूंगा। अगर तुम्हारी इच्छा हो तो हम कल से ही शुरुआत कर सकते हैं।'

मैंने तुरंत जवाब दिया, 'हां, मैं तैयार हूं। मेरा मतलब है कि यह बहुत अच्छी बात होगी, धन्यवाद, बहुत-बहुत धन्यवाद। मैं नहीं जानता कि हम इसके लिए आपको किस तरह से भुगतान कर सकेंगे, लेकिन...'

'धन्यवाद की कोई भी ज़रूरत नहीं है और ना ही भुगतान की।' उसने अब्दुल्ला की ओर देखते हुए जवाब दिया। 'मेरी सेवाएं *तुम्हारे लोगों* के लिए मुफ़्त रहेंगी। क्या तुम मेरे साथ चाय पीना पसंद करोगे? मुझे जल्द ही यहां से कुछ वक़्त का अवकाश मिलेगा। अस्पताल से सड़क के पार एक रेस्तरां है। अगर तुम वहां मेरा इंतज़ार कर सको तो मैं कुछ देर मैं वहां तुमसे मिलता हूं। मेरे ख़याल में हमें कई विषयों पर बातचीत करनी है।'

अब्दुल्ला और मैं वहां से बाहर निकलकर सामने के रेस्तरां में जाकर बैठ गए। तक़रीबन 20 मिनट तक हम एक बड़ी खिड़की से देखते रहे कि अस्पताल में ग़रीब मरीज लंगड़ाते हुए प्रवेश कर रहे थे, जबकि अमीर मरीज टैक्सियों और अपनी कारों से आ-जा रहे थे। डॉक्टर हमीद कुछ देर में आ गए और मुझे समझाने लगे कि उसके चौथी पास्ता लेन स्थित क्लीनिक तक मुझे झोपड़पट्टी के मरीजों को भेजने के लिए क्या प्रक्रिया अपनाना होगी।

अच्छे डॉक्टरों में तीन बातें समान होती हैं : वे जानते हैं कि जांच कैसे की जाए, वह जानते हैं कि बातों को कैसे सुना जाए और वह बहुत थके होते हैं। हमीद एक अच्छा डॉक्टर था और जब एक घंटे की बातचीत के बाद मैंने उसके चेहरे को देखा तो ज़ाहिर था कि नींद की कमी के कारण उसकी आंखें लाल सुर्ख हो चुकी थी। मुझे उसकी ईमानदारी भरी थकान के कारण शर्मिंदगी महसूस हुई। मैं जानता था कि वह चाहता तो संपत्ति जमा कर सकता था और जर्मनी या कैनेडा या अमेरिका जाकर निजी प्रैक्टिस के ज़रिये विलासितापूर्ण ज़िंदगी जी सकता था, फिर भी उसने यहीं रहने का फ़ैसला किया, अपने लोगों के लिए, बस जरा सी कमाई के लिए। वह शहर में काम कर रहे उन हज़ारों स्वास्थ्यकर्मियों की तरह था, जिनके करियर ना केवल उनके द्वारा ठुकराई गई ज़िंदगी बल्कि उनके द्वारा अपनाई गई ज़िंदगी की हर दिन की उपलब्धियों को भी बयां करते थे। और उन्होंने जो हासिल किया था, वह शहर के अस्तित्व से कम नहीं था।

जब अब्दुल्ला दोबारा गुत्थमगुत्था ट्रैफ़िक में हमें फिर एक बार ले गया, उसकी बाइक बसों, कारों, ट्रकों, साइकिलों, बैलगाड़ियों और पदयात्रियों के बीच से मंथर गति से आगे बढ़ रही थी। उसने पीछे मुड़कर मुझे बताया कि एक वक़्त था, जब

डॉक्टर हमीद भी झोपड़पट्टी में ही रहता था। उसने बताया कि क़ादरभाई ने कुछ झोपड़पट्टियों के प्रतिभाशाली बच्चों का चयन करके निजी कॉलेज में उनकी पढ़ाई का पूरा ख़र्चा उठाया था। पढ़ाई के दौरान बच्चों को सारी ज़रूरत की चीज़ें मुहैया कराई गईं और प्रोत्साहित किया गया। उनमें से कई स्नातक बनकर डॉक्टर, सर्जन, नर्स, शिक्षक, वकील और इंजीनियर बने। हमीद उन प्रतिभाशाली बच्चों में से एक था जिनका चयन तक़रीबन 20 वर्ष पहले किया गया था। मेरे छोटे से क्लीनिक की ज़रूरतों के लिए अब क़ादरभाई उससे वह क़र्ज़ा चुकाने के लिए कह रहे थे।

जब एक हम ट्रैफ़िक सिग्नल पर रुके तो अब्दुल्ला ने कहा, 'क़ादरभाई वह इंसान है जो भविष्य *बनाते* हैं। हममें से अधिकांश–मैं और तुम, मेरे भाई–हम भविष्य के हम तक आने का इंतज़ार करते हैं। लेकिन अब्दुल क़ादर ख़ान भविष्य का सपना देखते हैं और फिर उसकी योजना तैयार करते हैं और फिर उसे साकार करते हैं। उनमें और हम सबके बीच यही अंतर है।'

उसके फिर ट्रैफ़िक के शोर–शराबे में चल पड़ने पर मैंने चिल्लाते हुए पूछा, 'और तुम्हारा क्या अब्दुल्ला? क्या क़ादरभाई ने तुम्हारे लिए योजना बनाई?'

वह जोर से हंसा और उसका सीना ख़ुशी और हंसी के कारण उछलने लगा।

उसने कहा, 'मुझे लगता है, उन्होंने बनाई थी!'

'अरे! यह तो झोपड़पट्टी जाने वाला रास्ता नहीं है। अब हम कहां जा रहे हैं?'

'हम उस जगह जा रहे हैं, जहां तुम्हें तुम्हारी दवाएं मिल जाएंगी।'

'मेरी क्या?'

'क़ादरभाई ने तुम्हारे लिए हर सप्ताह का दवाओं का इंतज़ाम किया है। आज जो दवाएं मैं तुम्हारे लिए लेकर लाया था, वह पहली खेप थी। हम दवाओं के काले बाज़ार में जा रहे हैं।'

'दवाओं का काला बाज़ार? यह कहां है?'

'कोढ़ियों की झोपड़पट्टी में।' अब्दुल्ला ने शांति से जवाब दिया। उसके बाद उसने ज़ोरों से हंसते हुए बाइक को सामने ट्रैफ़िक के बीच बनी संकरी जगह में तेज़ी से घुसा दिया। उसने कहा, 'लिन भाई, तुम सब मेरे पर छोड़ दो। अब तुम योजना का हिस्सा हो, है ना?'

उन शब्दों–*तुम अब योजना का हिस्सा हो* – को मेरे भीतर डर को जगाना था। मुझे किसी बात का अहसास हो जाना चाहिए था... कुछ बात... ठीक शुरुआत में। लेकिन मैं भयभीत नहीं था। मैं लगभग ख़ुश था। ये शब्द मुझे उत्साहित कर रहे थे। इससे मेरी रगों में ख़ून तेज़ी से दौड़ने लगा। जब बतौर भगोड़ा मेरी ज़िंदगी शुरू हुई थी तो मुझे मेरे परिवार, मेरी मातृभूमि और संस्कृति से निकाल बाहर कर दिया गया था। मैं सोचा करता था कि वही सबकुछ था। कई वर्ष निर्वासन में गुजारने के बाद मुझे अहसास हुआ कि मुझे कुछ और भी मिला है। मैं एकाकीपन, निर्वासितों की

बेक़ाबू आज़ादी से बच गया। हर जगह के निर्वासितों की तरह मैंने ख़तरे का सामना किया, क्योंकि ख़तरा उन चंद मज़बूत बातों में से एक है जो भुला देता है कि मैंने क्या खोया है। और दोपहर की गर्म हवा में गलियों के जाल में अब्दुल्ला के साथ बाइक की सवारी के बीच उस दोपहर अपनी नियति को लेकर मैं कुछ इस कदर बेख़ौफ़ हो गया, जैसे कोई व्यक्ति किसी महिला की सबसे शर्मीली मुस्कान के प्यार में पड़ जाता है।

कोढ़ियों के शिविर तक का रास्ता हमें शहर के बाहरी इलाक़े में ले आया। बॉम्बे के कुष्ठरोगियों के उपचार के लिए कुछ बस्तियां बनाई गई थीं, लेकिन पुरुष और महिला वहां रहने से इंकार कर देते थे। राज्य व निजी क्षेत्र के आर्थिक योगदान से बस्तियों में चिकित्सा जांच, देखभाल और साफ़-सफ़ाई की व्यवस्था की गई थी। हालांकि सरकार के क़ायदे-क़ानून बहुत सख़्त थे और कुष्ठरोगियों में सभी उससे सहमत नहीं हो पाते थे। परिणामस्वरूप, कुछ ने बस्तियों को छोड़ने का फ़ैसला किया और कुछ को ज़बर्दस्ती बाहर कर दिया गया। किसी भी वक़्त कुछ दर्जन पुरुष, महिलाएं और बच्चे बस्ती से बाहर ही होते थे, शहर में फैले हुए।

झोपड़पट्टी के रहने वालों की लचीली सहनशक्ति-जिसमें हर जाति, नस्ल और परिस्थिति के व्यक्ति को झोपड़ियों के विस्तार में स्वीकार कर लिया जाता था-कुष्ठरोगियों में बहुत दुर्लभ थी। स्थानीय परिषदें और सड़क समितियां उनकी उपस्थिति को ज़्यादा वक़्त सहन नहीं कर पाती थीं। उनके प्रति डर और भगा दिए जाने के बीच कुष्ठरोगियों ने अपनी चलित बस्तियां बनाना शुरू कर दीं, जो केवल एक घंटे में कहीं भी तैयार हो जाती थी और कुछ देर में बिना कोई निशान छोड़े ग़ायब भी हो जाती थी। कभीकभार वे कूड़े के ढेरों के पास अपना डेरा जमा लेते थे और विरोध करने वाले कचरा बीनने वालों को भगा दिया करते थे। कई बार वे किसी ख़ाली दलदली इलाक़े में बस्ती बनाते तो कभी किसी औद्योगिक कचरे से तैयार जगह पर। जब उस दिन मैं पहली बार अब्दुल्ला के साथ उनके यहां गया तो मैंने पाया कि उन्होंने उपनगर खार में रेलवे स्लाइडिंग के टूटे-फूटे पत्थरों पर अपना आशियाना बना रखा था।

अब्दुल्ला की बाइक को पार्क करके हमें भी कुष्ठरोगियों की ही तरह तारों के बीच की जगह से गड्ढों से बचते हुए जाना पड़ा। वह इलाक़ा अधिकांश शहरी ट्रेनों के रखने और कई मालगाड़ियों में तैयार माल को बाहर ले जाने के लिए इस्तेमाल होता था। उसके उस पार दफ़्तरों की इमारतें, मालगोदाम और रखरखाव का शेड था। उसके आगे ट्रेनों की शंटिंग वाला इलाक़ा था, जिसमें दर्जनों रेल पटरियां थीं और उनका मिलाप था। बाहरी इलाक़े में तार की ऊंची बाड़ से इलाक़े की घेराबंदी की गई थी।

उससे बाहर था कारोबार और आराम के लिए मशहूर खार उपनगर : ट्रैफ़िक और बगीचे, बाल्कनियां, बाज़ार। इसके बीच बसी थी कामकाज और व्यवस्था की शुष्कता। वहां कोई पेड़, जानवर या इंसान नहीं थे। जिन ट्रेनों की शंटिंग हो रही थी, वे भी भूतिया क़िस्म की थीं। वे बिना सामान या यात्रियों के एक शंटिंग स्टॉप से दूसरे शंटिंग स्टॉप तक आ-जा रही थीं। उसके बाद कुष्ठरोगियों की बस्ती थी।

उन्होंने पटरियों के बीच एक बेशक़ीमती टुकड़े पर क़ब्ज़ा जमाकर झोपड़ियां तान रखी थीं। कोई भी झोपड़ी मेरे सीने से ज़्यादा ऊंची नहीं थी। दूर से खाना पकाने के धुएं के बीच वे सेना की टुकड़ी के तंबुओं की तरह दिखाई देती थीं। जैसे ही हम पास पहुंचे तो मुझे अपनी झोपड़ी उनकी तुलना में ज़्यादा मज़बूत और आरामदेह लगी। यह बचे-खुचे कार्डबोर्ड और प्लास्टिक से बनाई गई थी जिसे टेढ़ी टहनियों से खड़ा रखकर तारों से बांध दिया गया था। मैं अपने हाथ से पूरे शिविर को ध्वस्त कर सकता था और इसमें मुझे एक मिनट का भी वक़्त नहीं लगता। फिर भी तीस पुरुष, महिला और बच्चे वहां रहते थे।

हम बिना किसी चुनौती के झोपड़पट्टी में घुसे और बीच में मौज़ूद एक झोपड़ी के बाहर पहुंच गए। लोग रुककर हमें घूरने लगे, लेकिन कोई भी कुछ नहीं बोला। उनको नज़रअंदाज़ कर पाना मुश्किल था और नज़र हटा पाना भी। उनमें से कुछ लोगों की नाक नहीं थी और अधिकांश के हाथों में अंगुलियां नहीं थी, कई के पैर ख़ूनी पट्टियों में लिपटे हुए थे और कुछ में तो कुष्ठरोग इतनी गहरी जड़ें जमा चुका था कि उनके होंठ और कान भी ग़ायब हो चुके थे।

मुझे पता नहीं क्यों-महिलाएं अपनी ख़ूबसूरती के लिए जो क़ीमत अदा करती हैं-लेकिन पुरुषों की तुलना महिलाओं में अंगों का नुक़सान ज़्यादा दिखाई दे रहा था। अनेक पुरुषों में तो एक अड़ियल क़िस्म का रुख़ देखने को मिला-लड़ाका क़िस्म की बदसूरती जो अपने-आप में ध्यान खींचने वाली थी। लेकिन महिलाएं शर्मिंदगी महसूस कर रही थीं और भूख जानलेवा दिख रही थी। कई बच्चों में रोग कम दिख रहा था। वह पूरी तरह से दुरुस्त लग रहे थे और एक समान दुबले और काफ़ी अच्छे। वे कड़ी मेहनत कर रहे थे, सभी बच्चे। पूरे कबीले के लिए इन बच्चों की अंगुलियां ही पकड़ने का काम कर रही थी।

उन्होंने हमें आते हुए देखकर बात आगे बढ़ा दी होगी, क्योंकि जैसे ही हम झोपड़ी के पास पहुंचे, एक व्यक्ति रेंगता हुआ बाहर निकला और खड़ा होकर हमारा अभिवादन करने लगा। दो और बच्चों ने आकर ऐसा ही किया। वह ठिगना था जो केवल मेरी कमर तक पहुंच पा रहा था और बुरी तरह से बीमारी की चपेट में आ चुका था। उसके होंठ और चेहरे का निचला हिस्सा पूरी तरह से गल चुका था। उसका जबड़ा दिखाई दे रहा था और साथ ही दांत और मसूढ़े भी। उसकी नाक की जगह बस छिद्र थे।

उसने हिंदी में कहा, 'अब्दुल्ला मेरे बेटे। तुम कैसे हो? क्या तुमने खाना खाया?'

अब्दुल्ला ने सम्मान देते हुए कहा, 'मैं ठीक हूं रंजीतभाई। मैं इस गोरे को आपसे मिलवाने के लिए लाया हूं। धन्यवाद, हमने अभी कुछ खाया है और लेकिन हम चाय ज़रूर पीएंगे।'

बच्चे हमारे लिए स्टूल ले आए और रंजीत की झोपड़ी के सामने खुले में बैठ गए। छोटी सी भीड़ जमा होकर हमारे इर्द-गिर्द बैठ गई।

अब्दुल्ला ने ज़ोर से हिंदी में कहा, 'ये रंजीतभाई हैं। वह यहां के मुखिया हैं। कुष्ठरोगियों की बस्ती में वरिष्ठ व्यक्ति। *काला टोपीस* के इस क्लब में वह राजा हैं।'

काला टोपी का इस्तेमाल कभी-कभार एक चोर के वर्णन के लिए इस्तेमाल किया जाता है। दरअसल बॉम्बे के आर्थर रोड़ जेल में चोरों को काली पट्टी वाली टोपियां पहनाई जाती थीं। हालांकि मुझे स्पष्ट नहीं था कि अब्दुल्ला का ऐसा कहने का क्या मतलब है, लेकिन रंजीत और अन्य कुष्ठरोगियों ने मुस्कराते हुए इसे स्वीकारा और कई बार दोहराया भी।

मैंने हिंदी में कहा, 'नमस्कार, रंजीतभाई। मेरा नाम लिन है।'

उसने पूछा, *'आप डॉक्टर हैं?'*

'नहीं!' मैं अचानक हड़बड़ाकर चिल्लाया, दरअसल उनकी बीमारी के बारे में अपने अज्ञान को याद करके। मुझे डर था कि कहीं वह मेरी मदद नहीं मांग बैठें। मैंने अब्दुल्ला का रुख़ करके अंग्रेज़ी में बोलना शुरू कर दिया, 'अब्दुल्ला, उसे बताओ कि मैं डॉक्टर नहीं हूं। उसे बताओ कि मैं बस कुछ प्राथमिक उपचार कर लेता हूं और चूहे के काटे, तारों की बाड़ से लगी खरोंच जैसी बातों का इलाज करता हूं। उसे बताओ कि मैंने कोई वास्तविक प्रशिक्षण हासिल नहीं किया है और मुझे कुष्ठ रोग के बारे में कुछ भी पता नहीं है।'

अब्दुल्ला ने सिर हिलाया और फिर रंजीतभाई का रुख़ करके बोला, 'हां, वह डॉक्टर है।'

मैंने दांत पीसते हुए कहा, 'बहुत-बहुत शुक्रिया,अब्दुल्ला।'

बच्चे हमारे लिए पूरा गिलास भरकर पानी और छोटे कप में चाय ले आए। अब्दुल्ला ने पानी एक झटके में पी लिया। रंजीत ने अपना सिर पीछे झुकाया और एक छोटे से बच्चे ने उसके मुंह में पानी डाला जिसे वह गटक गया। मैं अपने चारों ओर मौज़ूद भीषण बीमारी के कारण कुछ हिचकिचा रहा था। झोपड़पट्टी में कुष्ठरोगियों के लिए एक शब्द इस्तेमाल किया जाता है, *चलते-फिरते मुर्दे* और मुझे लगा मानो मैंने चलते-फिरते मुर्दे का दिया गिलास हाथों में थाम रखा है। मुझे लगा मानो दुनिया के सारे रोग उस एक गिलास में सिमट गए थे।

लेकिन अब्दुल्ला ने पानी पी लिया था। मुझे यक़ीन था कि उसने जोख़िम का अंदाज़ लगा लिया होगा और तय कर लिया होगा कि ऐसा करना सुरक्षित है। और मेरी ज़िंदगी का तो हर दिन ही जोख़िम से भरा था। जेल से भागने के बड़े जुए के बाद तो हर घंटे संकट। एक निर्वासित के दुस्साहस ने मेरे हाथ में पकड़े गिलास को मेरे मुंह तक पहुंचा दिया और मैंने पानी पी लिया। 40 जोड़ी आंखें मुझे पानी पीते हुए देख रही थीं।

रंजीत की अपनी आंखें शहद जैसी थीं, जिनमें मौज़ूद सफ़ेदी मुझे शुरुआती मोतियाबिंद के संकेत दे रही थी। उसने मुझे नज़दीक से देखा। आंखें मेरे पैर से मेरे बालों तक और फिर नीचे की ओर कई बार लौट गई।

उसने धीरे से अंग्रेज़ी में कहा, 'क़ादरभाई ने मुझे बताया कि तुम्हें दवाओं की ज़रूरत है।'

बोलते वक़्त उसके दांत टकरा रहे थे और होंठ नहीं होने के कारण उसे शब्दों के उच्चारण में दिक़्क़त आ रही थी और हमें समझने में। ख़ासतौर पर बी,एफ़,पी और वी को। उदाहरण के लिए उसके मुंह से एम और डब्ल्यू के उच्चारण बिलकुल एक जैसे सुनाई दे रहे थे। हमारा मुंह केवल शब्द नहीं गढ़ता : बल्कि उसके साथ होते हैं रवैया, मूड और बारीकियां। और उच्चारण से भावना की अभिव्यक्ति का भी पता नहीं चल रहा था। और उसकी अंगुलियां नहीं थीं सो वह संवाद के लिए उनका भी इस्तेमाल नहीं कर सकता था। इसके बज़ाय उसके पास एक बच्चा था, शायद उसका बेटा, जो उसके पास खड़ा था और बड़ी ही शांत आवाज़ में उसके कहे गए शब्दों को दोहरा रहा था। उसके बोलने से एक क़दम पीछे, लेकिन किसी अनुवादक की तरह।

उन दो आवाज़ों ने कहा, 'मालिक अब्दुल क़ादर की मदद करने में हमें हमेशा ख़ुशी ही महसूस होती है। उनकी सेवा करना हमारे लिए गर्व की बात है। हम आपको बहुत सारी दवाएं दे सकते हैं, हर सप्ताह, कोई समस्या नहीं। आप देखोगे ही बिलकुल आला दर्ज़े की।'

उसने किसी का नाम पुकारा और किशोरवय के एक लंबे से बच्चे ने भीड़ से निकलते हुए एक बोरी उसके पैरों के पास रख दी। उसने झुककर उसे खोला और उसमें इंजेक्शन और प्लास्टिक की बोतलें दिखाई दे रही थीं। मॉर्फ़िन हाइड्रोक्लोराइड, पेनिसिलिन, गले और खुले घावों के संक्रमण के लिए एंटीबायोटिक्स। बक्सों पर लेबल लगे हुए थे और वे बिलकुल नए थे।

दवाओं को परख़ते हुए मैंने अब्दुल्ला से पूछा, 'इन्हें ये दवाएं कहां से मिलती हैं?'

उसने हिंदी में जवाब दिया, 'वे इसे चुराते हैं।'

'चुराते हैं? वे इसे कैसे चुराते हैं?'

उसने कहा, 'बहुत होशियारी से।'

'हां, हां।'

अचानक आवाज़ें तेज़ हो गईं। उन्होंने अब्दुल्ला द्वारा की गई तारीफ़ को स्वीकार लिया था, मानो उनके द्वारा तैयार किसी सामूहिक कला की तारीफ़ की जा रही हो। *अच्छे चोर, होशियार चोर।* मैंने अपने आस-पास मौज़ूद लोगों को बड़बड़ाते सुना।

'वे इसका करते क्या हैं?'

वहां उपस्थित सब लोग समझ सकें, इसलिए उसने हिंदी में ही मुझे बताया, 'वे इसे काले बाज़ार में बेच देते हैं। उनका जीवन इस और कुछ अन्य चोरियों की मदद से काफ़ी सुखद हो जाता है।'

'मुझे समझ नहीं आया। आख़िरकर क्यों कोई इनसे दवाएं ख़रीदेगा? ये दवाइयां तो किसी भी केमिस्ट से ख़रीदी जा सकती हैं।'

'भाई लिन, तुम सबकुछ जानना चाहते हो, है ना? तो फिर हमें एक और प्याला चाय पीनी चाहिए, क्योंकि यह कहानी दो कप चाय के बग़ैर पूरी नहीं की जा सकती।'

पूरी भीड़ उसके इस वाक्य पर हंस पड़ी और हमारे कुछ और पास आ गई। वे उस कहानी को सुनने के लिए हमारे इर्द-गिर्द जगह तलाशने लगे। मालगाड़ी की एक बड़ी, खाली, उपेक्षित वैगन हमारे पास से आवाज़ करते ख़तरनाक तरीक़े से झोपड़ियों के बेहद नज़दीक से गुजरी। बस एक नज़र डालने के अलावा किसी ने उस पर कुछ ख़ास ध्यान नहीं दिया। खाकी शर्ट और शॉर्ट्स पहने रेलवे का एक कर्मचारी पटरियों के बीच घूमते हुए उनका निरीक्षण कर रहा था। बीच-बीच में वह कुष्ठरोगियों की झोपड़ियों की ओर देख लेता था। लेकिन हमारे पास से गुजरते ही उसकी उत्सुकता भी ख़त्म हो गई और उसने फिर मुड़कर नहीं देखा। हमारी चाय आ चुकी थी और अब्दुल्ला के कहानी शुरू करने के बीच हमने चाय की चुस्कियां लेना शुरू कर दिया था। कुछ बच्चे हमारे पैरों के पास एक-दूसरे का हाथ थामे बैठे थे। एक छोटी सी बच्ची ने तो अपनी बांह से मेरे पैरों को बड़े प्यार से घेर लिया था।

अब्दुल्ला ने बहुत ही आसान हिंदी में बोलना शुरू किया, जब कभी भी उसे लगता था कि बात मेरी समझ में नहीं आई है तो कुछ वाक्य वह अंग्रेज़ी में दोहराता था। उसने शुरुआत ब्रिटिश राज के युग से की, जब ख़ैबर दर्रे से लेकर बंगाल की खाड़ी तक यूरोपियन लोगों का आधिपत्य था। उसने कहा, *फिरंगी* यानी कि विदेशियों ने कुष्ठरोगियों को सबसे कम अधिकार और लाभ दिए थे। पंक्ति में सबसे अंतिम होने के कारण वे सीमित आपूर्ति के बीच दवाओं, पट्टियों और चिकित्सा सुविधाओं से वंचित ही रह जाते थे। जब अकाल या बाढ़ आती थी तो परंपरागत दवाओं और जड़ी-बूटियों का भी टोटा पड़ जाता था। इस वजह से जो नहीं मिलता था, उसे चुराने में कुष्ठरोगी पारंगत हो गए-इतने पारंगत कि उनके पास वस्तुओं का भंडार हो गया और वह अपने काले बाज़ार में दवाओं की बिक्री करने लगे।

अब्दुल्ला ने बोलना जारी रखा कि भारत की विशालता के कारण लूटमार, बग़ावत, लड़ाइयां चलती ही रहती थीं। लोग लड़ते थे और ख़ून बहता था। लेकिन लड़ाई से भी ज़्यादा लोग जख़्म बिगड़ जाने या बीमारियों की मार के चलते मारे गए। ऐसे में दवाओं, पट्टियों और विशेषज्ञता पर नियंत्रण में ही पुलिस बल और सरकार का इस बारे में जानकारी का सबसे अच्छा गोपनीय तंत्र छिपा हुआ था। दवाओं, अस्पताल के दवा भंडार और दवाओं के थोक विक्रेताओं का पंजीयन किया गया। तय मापदंडों से किसी भी ख़रीद और लगातार ख़रीद के कारण कई बार गिफ़्तारियां हो जाती थीं और कई बार हत्याएं। दवाओं की कड़ी निगरानी, ख़ासतौर पर एंटीबायोटिक्स की, कई डकैतों और क्रांतिकारियों का काल साबित हुई। अपने काले बाज़ार में लेकिन कुष्ठरोगी कोई भी सवाल नहीं पूछते थे और जो भी भुगतान कर सकता था, उसे दवा बेच देते थे। उनका नेटवर्क और गुप्त बाज़ार भारत के सभी

बड़े शहरों में थे। उनके ग्राहकों में आतंकवादी, घुसपैठिए, अलगाववादी या सामान्य से कुछ ज़्यादा महत्त्वाकांक्षी अपराधी होते थे।

अब्दुल्ला ने बात को समाप्त करते हुए एक बहुत ही नाटकीय वाक्य कहा जिसकी मुझे उम्मीद थी,'ये लोग मर रहे थे और उन्होंने अपने लिए ज़िंदगी चुरा ली और फिर वह मर रहे लोगों को ज़िंदगी बेचने लगे।'

अब्दुल्ला के बात समाप्त करने के बाद अचानक गहन चुप्पी छा गई। हर कोई मेरी ओर देख रहा था। वे शायद उनकी उदासी, उनके कौशल, उनके क्रूर एकांतवास, हिंसक अपरिहार्यता पर मुझसे कुछ प्रतिक्रिया की उम्मीद कर रहे थे। होंठविहीन चेहरों से भिंचे हुए दांतों के बीच से सीटियों जैसी आवाज़ आ रही थी। धीरज भरी, गंभीर आंखें उत्सुकता के साथ मुझ पर टिक गई थीं।

मैंने हिंदी में पूछा, 'क्या मैं...क्या मुझे एक और गिलास पानी मिलेगा?' मेरे ख़याल से यह कहना एक उचित बात थी, क्योंकि पूरी भीड़ अचानक खिलखिला उठी। कुछ बच्चे पानी लाने के लिए दौड़ पड़े और कई हाथों ने मेरी पीठ और कंधे पर थपकी दी।

रजनीभाई ने फिर ख़ुलासा किया कि, सुनील, वह बच्चा जिसने मुझे दवाओं का बंडल दिखाया था, जब मुझे ज़रूरत होगी, दवाओं की डिलिवरी मेरी झोपड़ी पर कर दिया करेगा। हमारे रवाना होने से पहले उसने हमसे कुछ और देर बैठे रहने के लिए कहा। फिर उसने उसके समूह के सभी पुरुषों, महिलाओं और बच्चों को आगे बढ़कर मेरे पैर छूने के लिए कहा। यह बेहद लज्जाजनक और यंत्रणा भरा था और मैंने उन्हें ऐसा नहीं करने की विनती की। वह ज़ोर देने लगा। उसके चेहरे पर एक सख़्त और गंभीर भाव आ गया, जबकि कुष्ठरोगी एक-एक करके आगे बढ़ने लगे और अपने आधे-अधूरे हाथों, पंजों से मेरे पैर छूने लगे।

एक घंटे बाद अब्दुल्ला ने अपनी बाइक वर्ल्ड ट्रेड सेंटर के पास खड़ी की। हम कुछ पल के लिए खड़े रहे और फिर अचानक उसने आगे बढ़कर गर्मजोशी के साथ मुझे भालू की तरह गले लगा लिया। हम अलग हुए तो मैं हंसने लगा और उसके चेहरे पर हैरत के भाव थे।

उसने पूछा, 'क्या यह मज़ाक़िया था?'

मैंने उसे यक़ीन दिलाते हुए कहा, 'नहीं। मुझे तुम्हारे ऐसे भालू की तरह गले मिलने की क़तई उम्मीद नहीं थी।'

उसने बियर (भालू) को बेयर (नग्न) समझ लिया।

'बेयर, तुम्हारा क्या मतलब है नग्न?'

'नहीं, नहीं। किसी *भालू* की तरह।' मैंने हाथों से इशारा करते हुए उसे समझाने की कोशिश की। 'भालू, तुम जानते हो ना वे बालों भरे जीव जो शहद खाते हैं और गुफाओं में रहते हैं। जब तुम किसी को उनके अंदाज़ में गले लगाते हो तो उसे बियर हग कहा जाता है।'

'गुफाएं? गुफाओं में सोते हैं?'

'चलो, ठीक है, ज़्यादा चिंता मत करो। मुझे यह पसंद आया। यह अच्छी दोस्ती की निशानी है। मेरे देश में दोस्त ऐसा ही करते हैं, इसी तरह का बियर हग देते हैं।'

उसने मुस्कराते हुए कहा, 'मेरे भाई, मैं कल सुनील के साथ तुमसे मिलता हूं। कुष्ठरोगियों की ओर से नई दवाओं के साथ।'

वह बाइक पर चला गया और मैं अकेला झोपड़पट्टी की ओर बढ़ने लगा। मैंने इर्द-गिर्द देखा और वह जगह जिसे मैं बुरी तरह से उपेक्षित समझता था, पुख़्ता और महत्त्वपूर्ण लगी। अपार उम्मीदों और संभावनाओं से भरपूर एक छोटा सा शहर। जिन लोगों के पास से मैं गुज़रता जा रहा था वे दमदार और ऊर्जापूर्ण थे। अपनी झोपड़ी में पहुंचने के बाद मैंने पतला सा प्लायवुड का दरवाज़ा बंद किया और मैं फूट-फूटकर रोने लगा।

कष्ट, क़ादरभाई ने मुझसे एक बार कहा था, *वह तरीक़ा है जिससे हम अपने प्यार को परख़ते हैं, ख़ासतौर पर भगवान के प्रति प्यार को।* उनके द्वारा बताए गए भगवान को मैं नहीं जानता था, लेकिन एक नास्तिक के नाते भी मैं उस दिन परीक्षा में अनुत्तीर्ण हो गया था। मैं भगवान से प्यार नहीं कर सका-किसी के भी भगवान-और मैं भगवान को क्षमा भी नहीं कर सका। कुछ मिनटों के बाद मेरे आंसू थम गए, लेकिन यह पहला अवसर था, जब मैं इतनी देर तक रोया था। मैं इससे पूरी तरह से उबरा भी नहीं था कि अचानक प्रभाकर मेरी झोपड़ी में आकर मेरे सामने बैठ गया।

'लिन, वह ख़तरनाक है।' उसने बिना किसी भूमिका के कहा।

'क्या?'

'वह अब्दुल्ला, जो आज यहां आया था। वह बहुत ख़तरनाक व्यक्ति है। बेहतर होगा कि तुम उससे दूर ही रहो। उसके साथ कुछ भी करना और भी ख़तरनाक है।'

'तुम ये क्या कह रहे हो?'

'वह'प्रभाकर कुछ देर के लिए रुका, उसके चेहरे पर संघर्ष के भाव थे, 'वह एक क़ातिल है, लिन। क़त्ल करने वाला। वह पैसे के लिए लोगों का क़त्ल करता है। वह एक गुंडा है-एक अपराधी-क़ादरभाई के लिए। यह बात हर कोई जानता है। हर कोई, तुम्हारे सिवाय।'

बिना कुछ और पूछे भी मैं जानता था कि यह बात सच है, प्रभाकर के शब्दों के कारण बिना किसी सबूत के। *यह सच है*, मैंने अपने दिमाग़ में कहा। मुझे महसूस हुआ कि यह बात मुझे हमेशा से पता थी या इसका संदेह था। जिस तरह से लोग उसके साथ पेश आते थे, उसके आने पर जैसे दबी ज़बान से बातें शुरू हो जाती थीं और उसके सामने कई लोगों की आंखों में जो डर मैंने देखा था। इस लिहाज़ से तो अब्दुल्ला जेल में मुझे मालूम सबसे अच्छे और सबसे ख़तरनाक व्यक्ति की तरह था। वह या उस जैसा ही कुछ सही था।

मैंने साफ़ तौर पर सोचना शुरू किया कि वह क्या है या उसने क्या किया, और मेरा उसके साथ रिश्ता क्या होना चाहिए या नहीं होना चाहिए। जब हिंसा की ज़रूरत हो तो हम हिंसक लोग थे और हम क़ानून तोड़ने से घबराते नहीं थे। हम दोनों ही अपराधी थे। हम दोनों दुनिया में अकेले थे। और अब्दुल्ला ठीक मेरी ही तरह किसी भी दिन किसी भी अच्छे दिखने वाले कारण के लिए मरने को तैयार था। लेकिन मैंने कभी किसी का क़त्ल नहीं किया था। उस लिहाज़ से हम अलग-अलग व्यक्ति थे।

फिर भी वह मुझे अच्छा लगता था। मैंने कुष्ठरोगियों की झोपड़पट्टी वाली उस दोपहर को याद किया और मुझे याद आया कि उस जगह पर अब्दुल्ला के साथ रहने के दौरान मैं कितना सहज महसूस कर रहा था। मैं जानता था कि जिस समभाव का मैंने प्रदर्शन किया था, या उसमें से अधिकांश में उसका ही योगदान था। उसके साथ मैं मज़बूत और परिस्थिति से जूझने लायक़ था। जेल से पलायन के बाद मुझे मिला वह पहला ऐसा व्यक्ति था, जिसका मुझ पर ऐसा प्रभाव रहा हो। वह इस तरह का व्यक्ति था, जिसे अपराधी 100 *प्रतिशत* खरा कहते थे। ऐसा व्यक्ति जो अगर आपको अपना दोस्त कहता है तो आपके लिए जान कुर्बान करने से भी नहीं हिचकिचाएगा। ऐसा व्यक्ति जो आपके कंधे से कंधा मिलाकर चलेगा, बिना किसी सवाल या शिकायत के। किसी भी परिस्थिति में वह आपके साथ खड़ा होगा।

चूंकि इस तरह के लोग अधिकांशत: हमें फ़िल्मी या किताबी नायकों में दिखाई देते हैं इसलिए हम भूल जाते हैं कि वास्तविक दुनिया में ऐसे लोग कितने दुर्लभ हैं। लेकिन मैं जानता था। जेल द्वारा सिखाई गई बातों में से यह एक थी। जेल इंसान के चेहरे पर चढ़े नक़ाबों को उतार देती है। जेल में आप क्या हैं, इस वास्तविकता को नहीं छिपा सकते। आप सख़्त होने का नाटक नहीं कर सकते। या तो आप सख़्त हैं या नहीं हैं, हर कोई यह जानता है। और जब मेरे ख़िलाफ़ खंजर निकाले गए, जैसा कि उन्होंने एक से ज़्यादा बार किया, तो या तो मरना था या मारना था। मैं जानता था कि सैकड़ों लोगों में केवल एक व्यक्ति दोस्ती के नाम पर आपके साथ अंत तक खड़ा रहेगा।

जेल ने मुझे यह भी सिखाया कि इस तरह के लोगों को कैसे पहचाना जाए। मैं जानता था कि अब्दुल्ला इसी तरह का व्यक्ति है। अपने चिंताजनक निर्वासन के दौरान डर से लड़ने, लड़ने की तैयारी और हर भुतहा दिन मरने के बीच जो ताक़त, इच्छाशक्ति मुझे उसमें मिली, वह पूरी दुनिया की सच्चाई और अच्छाई से बेहतर थी। और अपनी झोपड़ी में गर्म सफ़ेद रोशनी और ठंडी छांव के बीच मैंने उसे अपना भाई और दोस्त मानने की शपथ ली। फिर चाहे उसने कुछ भी किया हो या वह चाहे जो भी रहा हो।

मैंने प्रभाकर के चिंतित चेहरे की ओर देखा और मुस्कराया। वह प्रतिक्रिया में मेरी तरह मुस्कराकर कुछ सहज हो गया। उस लम्हे में मैंने पाया कि आत्मविश्वास

जगाने के मामले में मेरे लिए जो अब्दुल्ला है, वह प्रभाकर के लिए मैं हूं। दोस्ती भी एक तरह की दवा है और इसके लिए भी बाज़ार कई बार काले बाज़ार होते हैं।

मैंने उसके कंधे पर हाथ रखते हुए कहा, 'चिंता मत करो। सब ठीक होगा। मैं ठीक रहूंगा। मुझे कुछ नहीं होने वाला।'

अध्याय 11

झोपड़पट्टी में काम करने और भाव-ताव करने वाले पर्यटकों से बमुश्किल हासिल कमीशन से भरे लंबे दिन, गर्मियों की अलसुबह खिलने वाले कमल की पंखुड़ियों की तरह खुलते चले गए। कई बार पैसा बहुत कम होता था और कई बार बहुत सारा। कुष्ठरोगियों से मुलाक़ात के कुछ सप्ताह बाद एक दोपहर मैं इटालियन पर्यटकों की एक टोली के साथ था, जो कि गोवा की किसी बड़ी डांस पार्टी में विदेशियों को ड्रग्स बेचने की योजना बना रहे थे। मेरी मदद से उन्होंने चार किलो चरस और दो हज़ार मेंड्रेक्स टेबलेट्स ख़रीदी। मुझे इटालियन लोगों के साथ अवैध धंधा करना अच्छा लगता था। मौज़-मस्ती हासिल करने का उनका माद्दा बहुत ज़्यादा केंद्रित और व्यवस्थित होता था। कारोबार करने का उनका एक अलहदा अंदाज़ था। वे बहुत उदार भी थे, अच्छे काम के लिए अच्छे दाम देने में उन्हें कोई परेशानी नहीं होती थी। उस सौदे के कमीशन में मुझे इतनी अच्छी रक़म मिली कि मैं कुछ सप्ताह छुट्टी ले सकता था। मेरे दिन और रात का अधिकांश हिस्सा तो झोपड़पट्टी की ही भेंट चढ़ जाता था।

यह बात अप्रैल की है, जबकि मानसून आने में एक महीने से कुछ ज़्यादा वक़्त बचा था। झोपड़पट्टी के निवासी बारिश से बचने की तैयारियों में जुट गए थे। उनके काम में एक अलग ही क़िस्म की तेज़ी दिखाई दे रही थी। हम सभी जानते थे कि काला होता आसमान क्या क़यामत बरपाएगा। फिर भी गली में ख़ुशी का माहौल था और बच्चों के चेहरे पर भी मुस्कान थी, क्योंकि गर्म, नम, सूखे महीनों के बाद अब हर किसी को बादलों का इंतज़ार था।

कासिम अली हुसैन ने विधवाओं, अनाथों, विकलांगों और परित्यक्ता पत्नियों की झोपड़ियों की मरम्मत की निगरानी का जिम्मा दो टीमों को दिया था, जिनकी कमान प्रभाकर और जॉनी सिगार के हाथों में थी। प्रभाकर ने कुछ उत्साहित युवकों की मदद से बांस के डंडे और झोपड़पट्टी के पास ही चल रहे निर्माण कार्य की जगह से कुछ छोटी-छोटी लकड़ियां एकत्रित कर ली थीं। जॉनी सिगार ने गली के बच्चों को इकट्ठा करके आस-पड़ोस के इलाक़ों से टिन, कपड़े और प्लास्टिक के टुकड़े बटोरने के लिए धावा बोल दिया। बारिश के पानी से बचाव में उपयोगी हर सामान झोपड़पट्टी के इर्द-गिर्द के इलाक़ों से ग़ायब होने लगा। नन्हे छापामारों के एक ऐसे अभियान में उनके हाथ एक बड़ा सा तिरपाल लग गया। देखकर ही लग रहा था कि

वह किसी युद्धक टैंक को छिपाने के लिए इस्तेमाल किया जाना वाला तिरपाल था। सेना के उस तिरपाल के नौ टुकड़े किए गए और उतनी ही झोपड़ियों की बारिश से सुरक्षा का इंतज़ाम हो गया।

मैं युवाओं की उस टोली से जुड़ गया, जिसे नालियों और गली को किसी भी क़िस्म के रोड़े को हटाने का काम सौंपा गया था। महीनों की उपेक्षा के चलते जगह-जगह डिब्बों और प्लास्टिक बोतलों, बर्तनों का ढेर जमा हो गया था। हर वह चीज़ जो चूहे नहीं खा सकते थे और जो कूड़ा बटोरने वालों को नहीं मिले थे। यह काम काफ़ी गंदा था, लेकिन मुझे यह करने में मज़ा आ रहा था। यह मुझे झोपड़पट्टी के हर कोने में ले गया और सैकड़ों लोगों से मेरी पहचान होती चली गई, जिन्हें मैं शायद कभी नहीं जान पाता। और इस काम में प्रशंसा भी मिलनी तय थीः किसी भी समुदाय की तरह विनम्रता और महत्त्वपूर्ण कामों को इज़्ज़त हासिल थी। झोपड़पट्टी को बारिश की मार से बचाने के काम में जुटी सभी टीमों को ढेर सारा प्यार मिल रहा था। हमें बस गंदी नालियों से सिर उठाने भर की ज़रूरत थी और हर ओर मुस्कान हमारा स्वागत करती थी।

झोपड़पट्टी का मुखिया होने के नाते क़ासिम अली हुसैन इन तैयारियों की हर योजना और फ़ैसले में शामिल था। उसका सब पर नियंत्रण स्पष्ट और सवालों से परे था, लेकिन यह कठिन लेकिन बाधक नहीं बनने वाला नेतृत्व था। बारिश के पहले के उन दिनों की एक घटना ने मुझे उसकी समझ का अंदाज़ा दिया और मुझे पता लगा कि क्यों लोग उसे इतना मानते हैं।

एक दोपहर की बात है, हम लोगों का एक समूह क़ासिम अली की झोपड़ी के बाहर जमा था। दरअसल हर कोई उसके बेटे के कुवैत दौरे के रोमांच की कहानियां सुनना चाहता था। 24 बरस का कद्दावर इकबाल की नज़र बेहद ईमानदार और मुस्कान बेहद शर्मीली सी थी। वह हाल ही में कुवैत में छह माह तक अनुबंधित श्रमिक के तौर पर काम करके लौटा था। कई युवक उसके अनुभव का लाभ उठाना चाहते थे। सबसे अच्छे काम कौनसे थे? सबसे अच्छे मालिक कौन थे? सबसे बुरे कौन थे? तेज़ी से फलते-फूलते खाड़ी देशों और बॉम्बे के काले बाज़ारों के बीच आप किस तरह से अतिरिक्त कमाई कर सकते हैं? इकबाल ने अपने पिता की झोपड़ी के मुख्य कमरे में तक़रीबन एक सप्ताह तक हर दोपहर एक तरह से लोगों की क्लास ही ली थी। भीड़ उसकी बेशक़ीमती जानकारी को हासिल करने के लिए झोपड़ी के बाहर तक फैला रहती थी। उस दिन उसका संबोधन चीख़-पुकार के कारण अचानक रोक देना पड़ा।

हम झोपड़ी से बाहर निकलकर शोर की ओर दौड़े। कुछ ही दूर पर हमको शोर मचाते पुरुष, महिलाओं और बच्चों का एक झुंड मिल गया। हम सबको धकेलते हुए बीच में पहुंचे, जहां दो युवकों के बीच लात-घूंसे चल रहे थे। उनके नाम फारुख़ और रघुराम थे। वह लकड़ियां और बांस एकत्रित करने वाली प्रभाकर की टीम के

सदस्य थे। इकबाल और जॉनी सिगार ने दोनों को अलग किया और क़ासिम अली उन दोनों के बीच खड़ा हो गया। उसकी उपस्थिति ने शोर मचा रही भीड़ को अचानक चुप कर दिया।

उसने कड़ी आवाज़ में पूछा, 'क्या चल रहा है यहां? तुम क्यों झगड़ रहे हो?'

'पैगंबर,' फारुख़ ने चिल्लाते हुए कहा, 'इसने पैगंबर का अपमान किया है!'

रघुराम ने जवाब दिया, 'और इसने भगवान राम का अपमान किया है।'

भीड़ भी समर्थन में बंट चुकी थी। क़ासिम अली ने कुछ देर के शोर के बाद हाथ उठाकर सबको चुप कराया।

उसने कहा, 'फारुख़ और रघुराम तुम दोनों अच्छे दोस्त हो। तुम जानते हो कि भेदभाव मिटाने के लिए लड़ाई कोई तरीक़ा नहीं है। और तुम दोनों ही जानते हो कि दोस्तों और पड़ोसियों के बीच की लड़ाई सबसे बुरी होती है।'

फारुख़ ने कहा, 'लेकिन उसने, उसने *पैगंबर* का अपमान किया है। मुझे उससे लड़ना ही पड़ेगा।' वह अब भी गुस्से में था, लेकिन क़ासिम अली की तेज़ नज़र के कारण वह ठंडा पड़ रहा था और वह बुज़ुर्ग क़ासिम से आंखें नहीं मिला सका।

रघुराम ने विरोध करते हुए कहा, 'और भगवान राम के अपमान का क्या? क्या वह भी पर्याप्त नहीं है...के लिए।'

क़ासिम अली ने गरजते हुए सबकी आवाज़ बंद करते हुए कहा, 'कोई भी बहाना नहीं चलेगा! ऐसी कोई भी वजह नहीं है जिसके लिए हम एक-दूसरे से लड़ें। यहां हम सब ग़रीब लोग हैं। इस जगह से बाहर हमारे पर्याप्त दुश्मन हैं। हम साथ जिएंगे, साथ मरेंगे। तुम दो बेवकूफ़ जवानों ने हमारे अपने लोगों को दुख पहुंचाया है। तुमने हम सबको दुख पहुंचाया है, हर धर्म के लोगों को, तुमने मुझे बुरी तरह से शर्मिंदा कर दिया है।'

अब तक वहां पर सौ से ज़्यादा लोगों की भीड़ जमा हो चुकी थी। क़ासिम के शब्द उसके पास खड़े लोगों से होते हुए पूरी भीड़ में आग की तरह फैल गए। फारुख़ और रघुराम बीच में शर्म से सिर झुकाए खड़े थे। क़ासिम अली का यह आरोप उनके दिल पर लगा था कि उन्होंने ख़ुद की बज़ाय *उसे* शर्मिंदा किया है। यह घाव निर्णायक साबित हुआ।

भीड़ के शांत होने पर क़ासिम ने कहा, 'तुम दोनों को इसके लिए सज़ा दी जानी चाहिए। आज रात तुम्हारे अभिभावक और मैं मिलकर तुम्हारे लिए सज़ा तय करेंगे। तब तक तुम बाक़ी के वक़्त काम करोगे और शौचालय वाले इलाक़े को साफ़ करोगे।'

भीड़ ने नई चर्चाओं ने जोर पकड़ लिया। धर्म को लेकर होने वाले संघर्ष बहुत ख़तरनाक होते हैं और लोगों में इस बात को लेकर ख़ुशी थी कि क़ासिम ने मामले को गंभीरता से लिया था। मेरे इर्द-गिर्द कई लोग फारुख़ और रघुराम की दोस्ती की

बातें कर रहे थे। मुझे अहसास हुआ कि क़ासिम जो कह रहा था सच था कि दो अलग-अलग धर्मों के क़रीबी दोस्तों के बीच झगड़े ने समुदाय को आहत किया है। फिर क़ासिम अली ने वह हरा रूमाल निकाला जो वह अपने गले पर बांधता था और फिर उसे हवा में लहराकर सभी को बताया।

'अब तुम शौचालय में काम करोगे। लेकिन फारुख़ और रघुराम मैं पहले तुम्हें इससे बांधूंगा, मेरा रूमाल। यह तुम्हें याद दिलाता रहेगा कि तुम दोस्त हो और भाई हो। शौचालय साफ़ करते वक़्त तुम्हारी दोनों की नाकों में जब एक साथ बदबू जाएगी तो तुम्हें समझ में आएगा कि तुमने आज एक-दूसरे के साथ क्या किया।'

क़ासिम झुका और उसने फारुख का दायां पैर टखने के पास रघुराम के बाएं पैर से बांध दिया। जब उसका काम हो गया तो उसने दोनों को हाथ के इशारे से शौचालय की ओर जाने के लिए कहा। भीड़ ने उनके लिए जगह बनाई, लेकिन साथ चलने के प्रयास में वह पहले ही क़दम पर लड़खड़ा गए। जल्द ही उन्हें समझ आ गया कि अगर आगे बढ़ना है तो उन्हें एक-दूसरे को थामकर क़दम से क़दम मिलाकर चलना होगा। उन्होंने एक-दूसरे की बांह थामी और तीन पैरों पर लंगड़ाते हुए चल दिए।

भीड़ उन्हें जाते हुए देख रही थी और क़ासिम की समझदारी का भी चर्चा था। जहां कुछ देर पहले तनाव और डर था, वहीं अब अचानक हंसी छा गई। लोग पलटकर उससे बोलने ही वाले थे कि सबने देखा कि क़ासिम वापस अपनी झोपड़ी की ओर जा रहा था। मैं उसके काफ़ी नज़दीक था और देख सकता था कि वह मुस्करा रहा था।

मैं ख़ुशक़िस्मत था कि वह हंसी उन महीनों में कई बार मेरे साथ रही। क़ासिम सप्ताह में दो या कई बार तो तीन बार मेरी झोपड़ी में आया और मरीजों की बढ़ती संख्या के साथ मेरे काम की प्रगति का जायजा लेता था जिसमें डॉ. हमीद द्वारा सिफ़ारिश किए जाने के बाद काफ़ी बढ़ोत्तरी देखने को मिली थी। कई बार मुखिया अपने साथ किसी को लेकर आता था-एक बच्चा जिसे चूहों ने काट लिया हो या फिर युवक जो झोपड़पट्टी के पास चल रहे निर्माण कार्य के दौरान घायल हो गया हो। कुछ वक़्त बाद मुझे अहसास हुआ कि यह वे लोग थे जिन्हें उसने मेरे पास लाने के लिए चुना था, जो किसी न किसी वजह से मेरे पास आने में हिचकिचा रहे थे। कुछ के मन में विदेशियों के लिए दुर्भावना थी और वह मुझ पर विश्वास करने से इंकार करते थे। अन्य लोग परंपरागत ग्रामीण इलाज के अलावा और किसी भी तरह का उपचार नहीं कराना चाहते थे।

मुझे ग्रामीण इलाज से थोड़ी परेशानी हुई। मुख्यतया तो मैं उनसे सहमत था और जहां संभव था मैंने उसे अपनाया भी। पश्चिमी दवाओं की तुलना में समकक्ष आयुर्वेदिक दवाओं को प्राथमिकता देते हुए। कुछ इलाज हालांकि स्पष्टतया किसी उपचार की बनिस्बत अंधविश्वास पर ही आधारित थे। चिकित्सा विज्ञान के तहत सहज ज्ञान

के लिहाज से वे बिलकुल ही विपरीत थे। उदाहरण के लिए, सिफ़लिस के लिए बांह के ऊपरी हिस्से में जड़ी-बूटियों का रंगीन लेप लगाना। मुझे तो लगा कि यह स्थिति को और बिगाड़ देता था। गठिया और वात का उपचार करने के लिए कुछ मर्तबा धातु की चिमटी से आग से निकाले गए लाल सुर्ख कोयले को घुटनों या परेशान व्यक्ति की कोहनियों पर छुआ दिया जाता था। क़ासिम अली ने मुझे अकेले में बताया कि वह इस अतिरेक भरे इलाज को पसंद नहीं करता, लेकिन उसने उन पर प्रतिबंध भी नहीं लगाया है। उसकी बजाय वह नियमित तौर पर मेरे पास आता था। चूंकि लोग उससे प्यार करते थे, इसलिए वह भी उसकी ही तरह ज़्यादा संख्या में मेरे पास आते थे।

क़ासिम अली की छरहरी मजबूत शरीरयष्टि किसी बॉक्सर के दस्तानों की तरह चिकनी और कसी हुई थी। उसके सफ़ेद-काले बाल छोटे थे और वह अपने बालों के रंग से एक स्तर कम रंग की गोटी दाढ़ी रखता था। वह अधिकांशतः सफ़ेद कॉटन का शर्ट और पश्चिमी शैली की पतलून पहनता था। उसके कपड़े भले ही साधारण और ज़्यादा महंगे नहीं हों, लेकिन वे हमेशा साफ़-सुथरे और प्रेस किए होते थे। वह दिन में दो बार कपड़े बदलता था। परिधान को लेकर ऐसी ही आदतों वाला कम सम्मानित व्यक्ति बांका जवान मान लिया जाता। लेकिन क़ासिम अली झोपड़पट्टी में जहां भी जाता लोगों में प्यार और आदर जगाता था। उसके सलीकेदार साफ़ और सफ़ेद कपड़े हम सबको आध्यात्मिकता और नैतिक ईमानदारी के प्रतीक लगते थे- जिन पर हम संघर्ष और उम्मीद की उस छोटी सी दुनिया में निर्भर रहते थे। हम उस पर उतने ही निर्भर थे, जितने कि सामुदायिक कुएं से मिलने वाले पानी पर।

उसके औसत से कुछ ज़्यादा क़द पर उसकी 55 वर्ष की उम्र कम ही लगती थी। मैंने कई बार उसे और उसके छोटे बेटे को कंधों पर पानी से लदे भारी बरतन लिए पानी की टंकी से झोपड़ी की ओर दौड़ लगाते देखा है। दोनों के बीच कोई अंतर नहीं दिखता था। जब वह अपनी झोपड़ी के प्रमुख कमरे में नीचे चटाई पर बैठता था, तो बिना किसी सहारे के। वह अपने पैरों को कैंची के अंदाज़ में मोड़ता था और फिर नीचे बैठ जाता था। वह एक आकर्षक व्यक्ति था जिसकी ख़ूबसूरती का एक बड़ा हिस्सा उसके स्वास्थ्य, कुदरती ख़ूबसूरती की देन था जो कि उसके प्रेरणादायक और अधिकारपूर्ण बुद्धि का साथ देता था।

अपने छोटे, काले-सफ़ेद बालों, छरहरे शरीर और गहरी गूंजने वाली आवाज़ के साथ क़ासिम अक्सर मुझे क़ादरभाई की याद दिला देता था। मुझे बाद में पता चला कि यह दोनों शक्तिशाली व्यक्ति एक-दूसरे को जानते हैं और वास्तविकता में क़रीबी दोस्त थे। लेकिन उन दोनों के बीच उल्लेखनीय अंतर था और शायद नेतृत्व क्षमता और उस तक उनकी पहुंच के तरीक़े से ज़्यादा कुछ नहीं। क़ासिम को उसकी ताक़त और सत्ता उसे प्यार करने वाले लोगों ने दी थी। क़ादरभाई ने सत्ता हथिया ली थी और इच्छा और हथियारों के बूते उसे क़ायम रखा था। और ताक़त के इस बड़े अंतर में वर्चस्व माफ़िया प्रमुख का था। झोपड़पट्टी के लोगों ने क़ासिम अली

को अपना मुखिया चुना, लेकिन इस पर मुहर क़ादरभाई की थी और उन्होंने ही यह होने दिया था।

क़ासिम को कई बार अपने अधिकारों का इस्तेमाल करने के लिए बुलाया जाता था, क्योंकि झोपड़पट्टी में दैनंदिन के मसलों में फ़ैसले के लिहाज़ से वही सर्वेसर्वा था। वह झगड़े में तब्दील हो जाने वाले विवादों को सुलझाता था। ज़ायदाद या पहुंच के अधिकार से संबंधित दावों-प्रतिदावों पर फ़ैसला करता था। और कई लोग शादी-ब्याह से लेकर रोज़गार तक के मामले में उसकी सलाह लेते थे।

क़ासिम की तीन बीवियां थीं। उसकी पहली बीवी फ़ातिमा उससे दो साल छोटी थी। दूसरी शैला दस साल छोटी थी और उसकी तीसरी बीवी नज़िमा तो केवल 28 वर्ष की थी। उसका पहला निक़ाह प्यार के चलते हुए था। बाद के दो निक़ाह बेवाओं के साथ हुए थे, जिन्हें कोई नया शौहर नहीं मिलता। इन बीवियों से उसे दस बच्चे थे-चार बेटे और छह बेटियां-इसके अलावा पांच बच्चे और थे जो बेवा बीवियों को पहली शादियों से हुए थे। महिलाओं को वित्तीय आज़ादी देने के लिए वह पैर से चलने वाली चार सिलाई मशीनें लेकर आया था। उसकी पहली बीवी फ़ातिमा ने मशीनों को झोपड़ी के बाहर कनात में लगाया और फिर पहले एक, फिर दो, फिर तीन और अंत में चौथा पुरुष दर्ज़ी भी रख लिया, जो शर्ट, पतलून बनाते थे।

इस छोटे से उद्यम से दर्ज़ियों और उनके परिवारों का गुजारा चल जाता था। इससे होने वाला मुनाफ़ा क़ासिम की तीनों बीवियों में बराबरी से बांट दिया जाता था। क़ासिम इस कारोबार को चलाने में कोई हिस्सा नहीं लेता था और घर का पूरा ख़र्चा वही उठाता था। ऐसे में सिलाई से हुई कमाई उसकी बीवियों की ही होती थी, वे जैसा चाहें उसे ख़र्च कर सकती थीं। कुछ अरसा बाद दर्ज़ियों ने क़ासिम के पास ही झोपड़ी तान दी, जिसमें उनके परिवार भी रहने लगे। इस तरह से क़ासिम और उनके परिवारों का कुनबा कुल मिलाकर 34 लोगों का हो गया था, जिसमें क़ासिम पिता और मुखिया दोनों ही भूमिकाओं में सलाह-मशविरा दिया करता था। यह एक सुकूनभरा संतुष्ट घर था। कोई तू-तू मैं-मैं नहीं या गुस्सा नहीं। बच्चे खेलते हुए अपने रोज़मर्रा के काम करते रहते थे। वह सप्ताह में कुछ बार अपने बड़े कमरे को लोगों के लिए खोल दिया करता था, जहां *मज़लिस* बैठा करती थी। यहीं पर झोपड़पट्टी वाले अपनी परेशानियां या गुज़ारिशें उसे बताया करते थे।

वक़्त पर निपटारे के लिए सभी झगड़े या समस्याएं क़ासिम तक नहीं पहुंचती थीं और ऐसे में निश्चित ही क़ासिम को ही उस ग़ैर-आधिकारिक अदालत में पुलिसवाले और न्यायाधीश की भूमिकाएं निभाकर व्यवस्था बनाए रखनी पड़ती थी। एक सुबह मैं उसकी झोपड़ी के सामने चाय पी रहा था। यह बात अब्दुल्ला के साथ कुष्ठरोगियों के पास जाने के कुछ दिन बाद की है। इतने में जितेंद्र दौड़ते हुए आया और उसने बताया कि एक व्यक्ति अपनी पत्नी को पीट रहा है और उसे डर है कि वह कहीं उसे मार नहीं डाले। क़ासिम अली, जितेंद्र, आनंद, प्रभाकर और मैं गलियों से दौड़ते हुए

झोपड़पट्टी के बाहरी हिस्से में पहुंचे। एक झोपड़ी के बाहर भारी भीड़ जमा थी और जैसे-जैसे हम पास जा रहे थे किसी की करुण पुकार और किसी द्वारा उसे मारे जाने की आवाज़ अंदर से आ रही थी।

क़ासिम अली ने झोपड़ी के पास जॉनी सिगार को देखा और वह उसे धकेलते हुए भीड़ में से उसके पास पहुंचा।

उसने पूछा, 'क्या हो रहा है?'

झोपड़ी की ओर थूकते हुए जॉनी ने कहा, 'जोसेफ़ पिया हुआ है। वह साला सुबह से पत्नी को पीट रहा है।'

'सुबह से? यह सब कितनी देर से चल रहा है?'

'तीन घंटे, शायद और भी ज़्यादा वक़्त से। मैं यहां आया तो लोगों ने मुझको बताया। यही वजह रही कि मैंने आपको बुलाया क़ासिमभाई।'

क़ासिम ने बेहद डरावने अंदाज़ में जॉनी की ओर गुस्से में देखा।

'यह पहला मौक़ा नहीं है जब जोसेफ़ ने अपनी पत्नी को पीटा हो। तुमने उसे रोका क्यों नहीं?'

'मैं...' जॉनी ने शुरुआत तो की लेकिन वह क़ासिम से नज़रें नहीं मिला सका और नज़र झुकाकर ज़मीन की ओर देखने लगा। वह बेहद विचलित लग रहा था और वह रोने को था। 'मैं उससे *डरता* नहीं! मैं यहां मौज़ूद किसी भी व्यक्ति से नहीं डरता। आप इस बात को जानते हो! लेकिन वह... वह... वह उसकी पत्नी है...'

झोपड़पट्टी के लोग एक बेहद सघन और भीड़ भरी बस्ती में रहते हैं। उनकी आवाज़ और उनकी हर हलचल एक-दूसरे से जुड़ी हुई थी। और अन्य जगह के लोगों की ही तरह वह घरेलू झगड़ों में हस्तक्षेप करने में हिचकिचाते थे। भले ही झगड़ा हिंसक क्यों नहीं हो चुका हो। क़ासिम अली ने आगे बढ़कर जॉनी के कंधे पर हाथ रखकर उसे शांत करने का प्रयास किया और उससे कहा कि वह जोसेफ़ की हिंसा को रोके। उसी दौरान झोपड़ी के अंदर से चिल्लाने और मारपीट का एक और शोर उठा और फिर ज़ोर की चीख़ सुनी गई।

हममें से कुछ मारपीट रोकने के लिए आगे बढ़े कि इतने में झोपड़ी का दरवाज़ा खुला और उसमें से जोसेफ़ की पत्नी हमारे क़दमों में आ गिरी। वह पूरी तरह से नग्न थी और उसके पूरे बाल ख़ून से लथपथ थे। उसे लाठी जैसी किसी वस्तु से बहुत क्रूरता से पीटा गया था। उसकी पीठ, कूल्हे और पैरों पर लाल-नीले निशान थे।

भीड़ सहमकर पीछे हट गई। मैं जानता था कि वह उसकी नग्नता से उतने ही आहत थे, जितने कि उसके शरीर पर किए गए भयानक घावों से। मैं ख़ुद उससे प्रभावित हुआ। उन दिनों में नग्नता भारत में एक गुप्त धर्म की तरह थी। उन दिनों केवल या तो किसी पागल या किसी पवित्र व्यक्ति को ही नग्न रहने का अधिकार था। झोपड़पट्टी के मेरे साथियों ने बताया कि उनकी शादियों को कई वर्ष हो गए, लेकिन

उन्होंने कभी अपनी पत्नी को नग्नावस्था में नहीं देखा था। हम जोसेफ़ की पत्नी की दयनीय स्थिति से स्तब्ध रह गए थे और हम सब शर्म में डूब गए थे और हमारी आंखें गुस्से से जल रही थीं।

अचानक झोपड़ी के भीतर से चिल्लाकर जोसेफ़ लड़खड़ाते हुए बाहर आया। उसकी पतलून पेशाब से सनी थी और टी-शर्ट फटा और गंदा था। बहुत ज़्यादा शराब पी लेने के कारण उसके चेहरे पर बेवकूफ़ों जैसे हाव-भाव थे। उसके बाल अस्त-व्यस्त थे और चेहरा ख़ून से सना था। उसने पत्नी की पिटाई जिस बांस की बेंत से की थी, वह अब भी उसके हाथ में थी। अचानक चेहरे पर धूप आने से उसने आंखें मिचमिचाई और फिर अपने और भीड़ के बीच ज़मीन की ओर मुंह करके पड़ी अपनी पत्नी के शरीर को देखा। उसने उसे गाली दी और फिर एक लाठी जमाने के लिए आगे बढ़ा।

हम मानो अचानक धक्के से उबरते हुए उसे रोकने के लिए उसकी ओर लपके। हैरानी की बात यह थी कि ठिगना प्रभाकर सबसे पहले जोसेफ़ के पास पहुंचा और उसे उसके ज़्यादा क़द के बावज़ूद पीछे धकेलते हुए उससे हाथापाई करने लगा। बेंत जोसेफ़ के हाथ से छीन ली गई थी और सबने उसे ज़मीन पर दबोच दिया था। वह चिल्लाते हुए उछल-कूद मचाने लगा और गालियां देने लगा। कुछ महिलाएं ऐसे रुदन करते हुए आगे आईं मानो किसी की मौत हो गई हो। उन्होंने जोसेफ़ की पत्नी की पीली साड़ी से ढंक दिया और उसे उठाकर चली गईं।

भीड़ को हत्यारी भीड़ में बदलने में ज़्यादा वक़्त नहीं लगना था कि अचानक क़ासिम ने परिस्थिति को अपने नियंत्रण में ले लिया। उसने लोगों को दूर होने या पीछे हटने के लिए कहा। उसने जोसेफ़ को ज़मीन पर दबोचकर रखने वाले लोगों से कहा कि उसे ऐसा ही रखें। उसके अगले आदेश ने मुझे भौंचक्का कर दिया। मुझे लगा था कि वह शायद पुलिस को बुलाएगा या जोसेफ़ को ले जाने के लिए कहेगा। इसकी बज़ाय उसने पूछा कि जोसेफ़ कौनसी शराब पी रहा था और उसके लिए दो और बोतल लाने का आदेश दिया। साथ ही उसने चरस और चिलम मंगाकर जॉनी सिगार से एक सुट्टा तैयार करने के लिए कहा। जब घर की बनी देसी शराब, दारू, आ गई तो उसने प्रभाकर और जितेंद्र को निर्देश दिया कि ज़बर्दस्ती जोसेफ़ को दारू पिलाई जाए।

शक्तिशाली लोगों ने जोसेफ़ के चारों ओर घेरा बना लिया और उसे बोतल दी। उसने कुछ देर तक उनकी तरफ़ संदेह भरी निगाहों से देखा, लेकिन फिर बोतल छीनकर एक लंबा घूंट लगाया। युवकों ने उसकी पीठ थपथपाकर उसे और पीने के लिए प्रोत्साहित किया। उसने बेहद तेज़ दारू के कुछ और घूंट लगाए और फिर बोतल को दूर करने लगा। यह कहते हुए कि बहुत पी ली। युवक उस पर हावी हो गए। वह उससे हंसी-मज़ाक़ करने लगे और उन्होंने बोतल ही जोसेफ़ के मुंह पर लगा दी और उसे ज़बर्दस्ती पिलाने लगे। जॉनी सिगार ने चिलम सुलगाई और उसे जोसेफ़ की ओर बढ़ा दिया। उसने कश लगाया, दारू पी और फिर कश लगाया। फिर तक़रीबन 20

मिनट बाद जब वह पहली बार ख़ून से सनी बेंत लेकर झोपड़ी से निकला था, जोसेफ़ ने सिर झुकाया और वह बेहोश होकर सड़क पर ही लुढ़क गया।

भीड़ ने उसे कुछ देर तक खर्राटे लेते हुए देखा और फिर वह धीरे-धीरे अपनी झोपड़ियों और अपने काम की ओर लौट गए। क़ासिम ने युवकों को जोसेफ़ के इर्द-गिर्द ही रहकर उस पर नज़र रखने को कहा। वह नमाज़ अदा करने के लिए आधे घंटे के लिए चला गया। जब वह वापस लौटा तो उसने चाय और पानी लाने का आदेश दिया। जॉनी सिगार, आनंद, रफ़ीक, प्रभाकर और जितेंद्र जोसेफ़ को घेरकर बैठे थे। एक युवा मछेरा विजय भी वहां था और काले रंग के कारण *अंधकारा* कहा जाने वाला ठेला चलाने वाला मज़बूत युवक भी मौज़ूद था। सूरज जबकि ऊपर चढ़ रहा था वे चर्चाओं में डूब गए और दिन की उमस ने उन्हें अपनी ज़द में ले लिया।

मैं भी उस वक़्त उठकर जाने वाला था, लेकिन क़ासिम ने मुझे बैठने को कहा। मैं तिरपाल वाले बरामदे में बैठ गया। विजय की चार साल की बेटी सुनीता बिना मांगे मेरे लिए पानी का गिलास लाई। मैंने कुछ घूंट लेकर उसे मराठी में धन्यवाद दिया, *चांगली मुलगी, चांगली मुलगी(अच्छी लड़की, अच्छी लड़की)।* सुनीता इस बात से ख़ुश थी कि मैं प्रसन्न था और वह मुस्करा दी। उसने बैंगनी रंग की ड्रेस पहन रखी थी जिस पर अंग्रेज़ी में लिखा था, *माय चीकी फ़ेसेस।* मैंने देखा कि उसकी ड्रेस फटी हुई थी और उसके लिए बहुत तंग लग रही थी। मैंने दिमाग़ में उसके और कुछ अन्य बच्चों के लिए सस्ते परिधानों के बाज़ार फ़ैशन स्ट्रीट से कपड़े लाने का निश्चय दर्ज़ कर लिया। ये दिमाग़ में दर्ज़ किए जाने वाले वे नोट्स थे, जो मैं झोपड़पट्टी के होशियार और उत्साहित बच्चों के लिए तैयार करता था। वह ख़ाली गिलास लेकर अंदर भाग गई और उसकी पायल की आवाज़ बहुत मीठी थी।

जब सभी लोगों ने चाय पी ली तो क़ासिम ने जोसेफ़ को जगाने का आदेश दिया। वे उसे हिला-डुलाकर और चिल्लाकर उठाने लगे। वह कुछ हिला और चिढ़कर बड़बड़ाने लगा, बहुत धीरे-धीरे जागते हुए। उसने आंखें खोलकर सिर को झटका दिया और पानी मांगा।

क़ासिम ने कहा, *'पानी नहीं।'*

उन्होंने उसे दारू की दूसरी बोतल ज़बर्दस्ती पिलाना शुरू कर दी। हंसी-मज़ाक़ और पीठ पर थपकी का सिलसिला बदस्तूर जारी रहा। एक और चिलम तैयार की गई जो युवकों ने उसे पिला दी। वह बार-बार पानी के लिए गिड़गिड़ा रहा था। हर बार उसने अपने गले में दारू को ही पाया। तीसरी बोतल ख़त्म होने से पहले ही वह फिर से बेहोश हो गया। एक ओर लुढ़क गया और सिर तिरछा का तिरछा था। उसका चेहरा कड़ी धूप में था, लेकिन किसी ने भी उसे छांव देने की कोशिश तक नहीं की।

क़ासिम अली ने उसे सोने के लिए केवल पांच मिनट का वक़्त दिया और उसे फिर जगा दिया गया। नींद से जगाने पर जोसेफ़ गुस्से में बड़बड़ाने और गालियां देने लगा। उसने घुटनों के बल उठने और रेंगते हुए झोपड़ी में लौटने की कोशिश की।

क़ासिम अली ने ख़ून से सनी बेंत उठाई और उसे जॉनी सिगार को देते हुए आदेश का केवल दो शब्द कहे, *शुरू करो!*

जॉनी सिगार ने बेंत उठाकर पूरे ज़ोर के साथ जोसेफ़ की पीठ पर जमा दी। जोसेफ़ चीख़ा और उसने खिसककर बचने की कोशिश की। चारों ओर से उसे घेरकर खड़े युवकों ने उसे फिर अंदर की ओर धकेल दिया। जॉनी ने उसे एक और बेंत जमाई और जोसेफ़ गुस्से में चिल्लाया तो चुप रहने को कहकर एक और बेंत जमा दी। जॉनी ने फिर बेंत उठाई तो जोसेफ़ ने आंखें सिकोड़ करके देखने की कोशिश की।

जॉनी ने गुस्से में पूछा, 'तुम्हें पता है तुमने क्या किया है?' उसने जोसेफ़ के कंधे पर ज़ोर से बेंत मारते हुए कहा, 'बोलो, शराबी कुत्ते। तुझे पता है कि तूने कितनी भयानक बात की है?'

जोसेफ़ चिल्लाया, 'मुझे मारना बंद करो! तुम ऐसा क्यों कर रहे हो?'

जॉनी ने बात को दोहराते हुए कहा, 'तुझे पता है कि तूने कितनी भयानक बात की है?' और एक और बेंत जमा दी।

'आह,' जोसेफ़ चीख़ा, 'क्या? मैंने क्या किया है? मैंने कुछ भी नहीं किया!'

विजय ने बेंत लेकर जोसेफ़ की बांह के ऊपरी हिस्से पर जमकर प्रहार किया।

'तूने अपनी पत्नी को पीटा है, शराबी सुअर! तूने उसे पीटा है और शायद वह मर जाएगी।'

उसने बेंत जितेंद्र की ओर बढ़ाई जिसने जोसेफ़ की जांघ पर जमकर मार लगाई।

'वह मर रही है! तू एक हत्यारा है। तूने अपनी पत्नी को मार डाला।'

जोसेफ़ मार से बचने के लिए हाथ की मदद ले रहा था, उसकी आंखें बचने का रास्ता खोज रही थीं। इस बीच जितेंद्र ने उसे एक और बेंत जमा दी।

'तू सुबह से अपनी पत्नी को पीट रहा था। तूने उसे नंगा करके झोपड़ी के बाहर फेंक दिया। ये और ले शराबी। और एक और। जैसे तूने उसे पीटा। अब कैसा लग रहा है, हत्यारे?'

होश के हल्के से पल में जोसेफ़ के चेहरे पर भयानक कष्ट उभर आया। जितेंद्र ने बेंत प्रभाकर की ओर बढ़ा दी और अगली मार ने जोसेफ़ की आंखों में आंसू ला दिए।

वह सुबकने लगा, 'नहीं, नहीं! यह सच नहीं है। मैंने कुछ भी नहीं किया। ओह, मेरा क्या होगा? मैं उसे मारना नहीं चाहता था। हे भगवान मेरा क्या होगा? मुझे पानी चाहिए। मुझे पानी दो!'

क़ासिम अली ने कहा, 'कोई पानी नहीं।'

बेंत बार-बार उसके शरीर पर पड़ती रही। अब वह अंधकारा के हाथ में थी।

'कुत्ते अभी भी तुझे अपनी ही चिंता है? तेरी बेचारी पत्नी का क्या? तूने उसकी पिटाई करते वक़्त यह चिंता नहीं की थी। यह पहला मौक़ा नहीं है, जब तूने उसकी

ऐसी पिटाई की है, है ना? अब यह ख़त्म हो चुका है। तूने उसे मार डाला। अब तू उसे कभी पीट नहीं सकेगा, उसे नहीं या किसी को भी नहीं। तू जेल में मरेगा।'

जॉनी सिगार ने फिर बेंत उठा ली।

'तू तो इतना मज़बूत बंदा है। इतना बहादुर कि पत्नी की पिटाई करता है, जो तुझसे आधी भी नहीं है। चल हीरो अब मुझे मारकर दिखा। ले ये बेंत और किसी पुरुष को इससे पीटकर बता, टुच्चे गुंडे।'

जोसेफ़ फिर बड़बड़ाया, 'पानी' और आंसुओं में डूबकर ज़मीन पर गिर गया।

क़ासिम अली ने कहा, 'कोई पानी नहीं,' और जोसेफ़ फिर एक बार बेहोशी के गर्त में चला गया।

जब उन्होंने उसे अगली बार उठाया तो उसे कड़ी धूप में दो घंटे हो चुके थे और वह बेहद तनाव में आ चुका था। वह पानी के लिए चिल्लाया, लेकिन उन्होंने उसे केवल दारू की बोतल ही दी। मैं देख रहा था कि वह इससे इंकार कर रहा था, लेकिन उसकी प्यास बढ़ती ही जा रही थी। उसने कांपते हाथों से बोतल स्वीकार ली। जैसे ही उसने दारू का पहला घूंट पिया, बेंत फिर से उसके शरीर पर पड़ी। दारू उसके चेहरे पर ढुल गई और उसके मुंह से दूर हो गई। उसने बोतल छोड़ दी। जॉनी ने बोतल उठाकर बाक़ी की दारू उसके सिर पर डाल दी। जोसेफ़ चीख़ा और उसने हाथों और घुटनों के सहारे उठने की कोशिश की, लेकिन उसे घेरे खड़े युवकों ने उसे फिर बिठा दिया। इसके बाद जितेंद्र ने उसके कूल्हों और पैरों पर जमकर बेतें बरसाईं। जोसेफ़ दर्द से छटपटाने लगा।

क़ासिम अली अपनी झोपड़ी के दरवाज़े पर साये के नीचे एक ओर बैठा था। उसने प्रभाकर को आवाज़ देकर बुलाया और उसे जोसेफ़ के कुछ दोस्तों और रिश्तेदारों के साथ-साथ जोसेफ़ की पत्नी मारिया के रिश्तेदारों को भी बुलाने का आदेश दिया। जब ये लोग आ गए तो वह जोसेफ़ को घेरकर बैठे युवकों की जगहों पर बैठ गए। जोसेफ़ की धुनाई जारी रही। कुछ घंटों तक उसके दोस्त, रिश्तेदार और पड़ोसी उस पर आरोपों की बौछार करते रहे और जिस बेंत से उसने अपनी पत्नी को पीटा था, उससे उसकी पिटाई करते रहे। मार बहुत तेज़ थी और उसका दर्द असहनीय होता जा रहा था, लेकिन वह इतनी घातक भी नहीं थी कि उसकी चमड़ी उधड़ जाती। यह एक नापी-तौली हुई सज़ा थी जो दर्दनाक तो थी, लेकिन दोषपूर्ण नहीं थी।

मैं वहां से चला गया और दोपहर में कुछ मर्तबा लौटा। उस रास्ते से गुजरने वाले झोपड़पट्टी के अनेक लोग कुछ देर ठहर जाते थे। लोग जोसेफ़ के इर्द-गिर्द बने घेरे का हिस्सा बनते थे और चले जाते थे। क़ासिम अली अपनी झोपड़ी के दरवाज़े पर सीधा होकर बैठा था। उसके चेहरे पर गंभीर भाव थे और उसने घेरे पर से आंख एक बार भी नहीं हटाई। वह शांति से कुछ कहकर या केवल इशारे से सज़ा को निर्देशित कर रहा था, जोसेफ़ पर अनवरत दबाव बनाते हुए, लेकिन इस बात की ऐहतियात के साथ कि अति नहीं हो जाए।

दो बार और बेहोश होने के बाद जोसेफ़ आख़िरकार फूट-फूटकर रोने लगा। अंत में वह पूरी तरह से टूट चुका था। उसमें मौज़ूद सारा प्रतिकार और अकड़ हार चुके थे। वह अपनी पत्नी का नाम बार-बार लेकर रोने लगा, *मारिया, मारिया, मारिया...*

क़ासिम अली खड़े होकर घेरे के पास पहुंचा। उसे इसी पल का इंतज़ार था। उसने विजय की ओर देखकर सिर हिलाया, जो पास की झोपड़ी से गर्म पानी, साबुन और दो टॉवेल लाकर तैयार खड़ा था। वही लोग जिन्होंने जोसेफ़ की पिटाई की थी, अब उसे बांहों में थामकर उसके चेहरे, गर्दन, हाथों और पैरों को साफ़ कर रहे थे। उन्होंने उसे पीने के लिए पानी दिया। उन्होंने उसके बाल संवारे। उन्होंने उसे गले लगाकर और शब्दों से उसके घावों पर मरहम लगाया। जमकर धुलाई के बाद उसके द्वारा सुने गए ये पहले कोमल शब्द थे। उसे बताया गया कि अगर वाकई उसे अपने किए का अफ़सोस है तो उसे माफ़ी भी मिलेगी। मेरे सहित कई लोगों को आगे बुलाया गया और जोसेफ़ ने हम सबके पैर छुए। उन्होंने उसे साफ़-सुथरी शर्ट पहनाकर खड़ा कर दिया। उसे अब लोगों की बांहों, हाथों का सहारा हासिल था। क़ासिम अली उसके पास बैठ गया और उसकी लाल सुर्ख आंखों में घूरने लगा।

क़ासिम अली ने हौले से कहा, 'तुम्हारी पत्नी मारिया मरी नहीं है।'

वह बड़बड़ाया, 'नहीं... मरी नहीं है?'

'नहीं जोसेफ़, वह मरी नहीं है। वह बुरी तरह से घायल है, लेकिन वह ज़िंदा है।'

'शुक्रिया भगवान। शुक्रिया भगवान।'

'तुम्हारे और मारिया के परिवार की महिलाओं ने क्या करना है, इसका फ़ैसला कर लिया है।' क़ासिम ने धीरे-धीरे लेकिन दृढ़ तरीक़े से कहा, 'क्या तुम्हें अफ़सोस है-क्या तुम जानते हो तुमने अपनी पत्नी के साथ क्या किया है और क्या तुम्हें इसका अफ़सोस है?'

जोसेफ़ ने रोते हुए कहा, 'हां, कासिमभाई। मुझे अफ़सोस है, मुझे अफ़सोस है।'

'महिलाओं ने फ़ैसला किया है कि तुम दो महीने तक मारिया से नहीं मिल सकोगे। वह बहुत बीमार है। तुमने उसे लगभग मार ही डाला था और उसे दुरुस्त होने में दो महीने लग जाएंगे। इस दौरान तुम हर दिन काम करोगे। तुम कई घंटे तक कड़ी मेहनत करोगे। तुम अपना पैसा बचाओगे। तुम इस दौरान दारू या बियर की एक बूंद भी नहीं पिओगे, केवल पानी पिओगे। तुम समझ रहे हो? कोई चाय या दूध भी नहीं या कुछ और नहीं, केवल पानी। तुम्हें सज़ा के तौर पर यह उपवास करना ही होगा।'

जोसेफ़ ने धीरे-धीरे सिर हिलाया।

'हां। हां। मैं करूंगा।'

'हो सकता है मारिया तुम्हारे साथ दोबारा रहने से इंकार कर दे। तुम्हें यह बात भी पता होनी चाहिए। हो सकता है कि दो महीने बाद भी वह तुम्हें तलाक़ देना चाहे–और अगर वह ऐसा करती है, मैं उसे इस काम में मदद करूंगा। लेकिन अगर दो माह के बाद वह तुम्हें स्वीकारना चाहती हो तो तुम कड़ी मेहनत से जमा किए गए अपने पैसों से उसे छुट्टियों में कहीं घुमाने ले जाओगे, ठंडे पहाड़ों की सैर पर। उस जगह पर अपनी पत्नी के साथ तुम्हें अहसास होगा कि तुम्हारे भीतर कितनी बदसूरती छिपी हुई है और तुम उससे उबरने का प्रयास करोगे। इंशाअल्ला। तुम अपनी पत्नी और अपने लिए एक अच्छा ख़ुशहाल और नेक भविष्य निर्माण करोगे। यह फ़ैसला है। अब जाओ। अब और कोई बात नहीं। खाना खाओ और सो जाओ।'

क़ासिम खड़ा हुआ और पलटकर चला गया। जोसेफ़ के दोस्तों ने उसे पैरों पर खड़ा किया और उसे उठाकर उसकी झोपड़ी में ले गए। झोपड़ी साफ़ कर दी गई थी और उसमें से मारिया के कपड़े और उसका निजी सामान हटा दिया गया था। जोसेफ़ को चावल–दाल दिए गए। उसने थोड़ा–बहुत खाया और फिर चटाई पर लेट गया। दो दोस्त उसके क़रीब बैठकर उसके बेहोश शरीर को काग़ज़ के पंखों से हवा करने लगे। ख़ून से सनी बेंत के एक सिरे को धागा बांधकर जॉनी सिगार ने उसे जोसेफ़ के घर के बाहर लटका दिया था, ताकि वह सबको दिखाई देती रहे। यह वहां जोसेफ़ की दो माह की सज़ा पूरी होने तक लटकी रहेगी।

किसी ने थोड़ी दूर स्थित झोपड़ी में रेडियो लगाया और उस पर आ रहा हिंदी प्रेमगीत व्यस्त झोपड़पट्टी की गलियों में धीरे–धीरे फैलता चला गया। कहीं एक बच्चा रो रहा था। जोसेफ़ को जिस जगह पर दंडित किया गया था, वहां अब मुर्गियां इधर–उधर भाग रही थीं। कहीं से एक महिला की हंसने की आवाज़ आ रही थी। बच्चे खेल रहे थे, चूड़ियां बेचने वाला मराठी में आवाज़ लगा रहा था।

झोपड़पट्टी में ज़िंदगी दोबारा पटरी पर लौटने के बीच घुमावदार गलियों से होता हुआ मैं अपनी झोपड़ी में लौट आया। मछुआरे ससून बंदरगाह से घर लौट रहे थे। उनकी टोकरियां समंदर के जीवों की गंध से भरी हुई थी। झोपड़पट्टी की ज़िंदगी में संतुलन साधने वाले विरोधाभासों के बीच अगरबत्तियों वालों ने भी गलियों में अपना सामान बेचने के लिए यही वक़्त चुना था। वे लोगों को आकर्षित करने के लिए चंदन, चमेली, गुलाब की ख़ुशबुओं वाली अगरबत्तियां जला रहे थे।

मैंने आज जो देखा, उसके बारे में सोच रहा था। जो 25 हज़ार लोगों की उस छोटी बस्ती ने हासिल किया, बिना किसी पुलिस, न्यायाधीश, अदालत या जेल के। मैं क़ासिम अली द्वारा कुछ सप्ताह पहले कही गई बात को याद कर रहा था, जब उसने दो लड़कों फारुख़ और रघुराम को पूरा दिन पैर बांधकर शौचालय साफ़ करने की सज़ा दी थी। सफ़ाई के बाद दो बाल्टी गर्म पानी से ख़ुद को साफ़ करने और नई लुंगी और साफ़ सफ़ेद कमीज़ पहनने के बाद वे एक समूह के सामने खड़े हुए थे, जिसमें उनके परिजन, दोस्त और पड़ोसी थे। हवा में बत्तियां झिलमिला रही थीं और

हर एक की आंखों में उनकी चमक झलक रही थी। झोपड़ियों की दीवारों पर साये लहरा रहे थे। क़ासिम अली ने हिंदू और मुस्लिम दोस्तों व पड़ोसियों की परिषद द्वारा तय सज़ा का ऐलान किया। धर्म के नाम पर झगड़ने के लिए उन्हें यह सज़ा दी गई थी कि वे दोनों एक-दूसरे की धार्मिक रीतियों से एक पूरी प्रार्थना याद करेंगे।

दोनों युवाओं के प्रति आंखों में नरमी के साथ क़ासिम अली ने कहा, 'न्याय इस तरह से किया जाता है। क्योंकि न्याय वह फ़ैसला है जो दोनों के लिए निष्पक्ष और दयालु होना चाहिए। न्याय तब तक नहीं होता जब तक कि हर कोई संतुष्ट नहीं हो जाता, यहां तक कि जिन्होंने हमें कष्ट पहुंचाया है, उन्हें हमारे द्वारा ही सज़ा दी जानी चाहिए। आप देख सकते हैं कि हमने इन दो बच्चों के साथ जो किया, बताता है कि न्याय का मतलब ग़लती करने वालों को केवल सज़ा देना ही नहीं है, बल्कि यह उन्हें संरक्षण देने का एक तरीक़ा भी है।'

मैं इन शब्दों को दिल से जानता था। मैंने उन्हें अपनी डायरी में लिख लिया था, क़ासिम अली द्वारा बोले जाने से काफ़ी पहले। और जब उस दिन में मारिया की यातना और जोसेफ़ के शर्मसार कर देने वाले कृत्य की यादों के साथ अपनी झोपड़ी में लौटा तो मैंने एक दीया जलाया और अपनी काली डायरी को खोला और उसमें लिखे गए शब्दों को ध्यान से देखा। मेरे पास ही कहीं बहनें और दोस्त मारिया को सांत्वना दे रहे होंगे और उसके चोटिल, पीटे गए शरीर को हवा कर रहे होंगे। जोसेफ़ की झोपड़ी में प्रभाकर और जॉनी सिगार ने उस पर सोने के दौरान निगरानी रखने के लिए पहली पाली की ज़िम्मेदारी स्वीकारी थी। शाम के लंबे साये रात में बदलने के दौरान वहां काफ़ी गर्मी थी। हवा की शांति, धूल और खाना पकने की ख़ुशबू ने मुझे घेर लिया था। और सोच के उन पलों में गहन सन्नाटा था : इतना सन्नाटा कि मैं दुख भरे चेहरे से डायरी के पन्नों पर आंसुओं के एक-एक करके टपकने की आवाज़ को सुन पा रहा था, जो इन शब्दों के साथ हवा में घुल रहे थे...*निष्पक्ष*...*दयालु*...और *संरक्षण*...

अध्याय 12

एक सप्ताह तीन सप्ताह में तब्दील हो गया और एक महीना पांच महीने। समय-समय पर जब मैं अपने पर्यटक ग्राहकों के साथ कोलाबा की सड़कों पर काम में जुटा था, मुझे डिडियर या विक्रम या लियोपोल्ड के कुछ लोग मिलते रहे। कई मर्तबा मैंने कार्ला को देखा, लेकिन उससे बात नहीं की। जब तक मैं ग़रीब था और झोपड़पट्टी में रहता था, उसकी आंखों से आंखें नहीं मिला सकता था। ग़रीबी और स्वाभिमान समर्पित सगे भाइयों की तरह होते हैं, जब तक कि उनमें से कोई एक, हमेशा और अनिवार्य तौर पर, दूसरे का क़त्ल नहीं कर देता।

उस पांचवें महीने में मैंने अब्दुल्ला को तो नहीं देखा, लेकिन कई अज़नबी और कुछ मर्तबा विचित्र क़िस्म के संदेशवाहक झोपड़पट्टी में उसके बारे में जानकारी लेकर आते थे। एक सुबह जब मैं उठकर अपनी झोपड़ी के टेबल पर अकेला बैठकर कुछ लिख रहा था कि अचानक गली के कुत्तों ने अलग तरह से, जो मैंने पहले कभी नहीं सुनी थी, भौंकना शुरू कर दिया। उनकी आवाज़ में गुस्सा भी था और आतंक भी। मैंने अपनी क़लम नीचे रखी, लेकिन ना तो दरवाज़ा खोला और ना ही अपनी टेबल से उठा। कुत्ते रात को कई मर्तबा हिंसक हो जाते थे, लेकिन यह पहला मौक़ा था जब मैंने दिन में उन्हें इतनी तेज़ी के साथ भौंकते हुए सुना था। यह आवाज़ आकर्षक और चेतावनी भरी थी। जैसा कि मुझे अहसास हुआ उनकी आवाज़ धीरे-धीरे मेरी झोपड़ी के नज़दीक आ रही थी और मेरा दिल ज़ोरों से धड़कने लगा।

मेरी झोपड़ी की जर्जर दीवार से धूप की किरणें अंदर आ रही थीं। लोगों के बाहर की गली में जमा होने, दौड़ने के बीच उन छिद्रों से धूप-छांव का खेल चल रहा था। कुत्तों के भौंकने के साथ अब चीख़ने-चिल्लाने की आवाज़ें भी आने लगीं। मैंने झोपड़ी में इधर-उधर देखा और झोपड़ी में मौजूद बांस के एक डंडे को हथियार की तरह उठा लिया। कुत्तों का भौंकना और शोर-शराबा मेरी झोपड़ी के दरवाज़े के आसपास होने लगा। लग रहा था मानो पूरी आवाज़ ही मेरी झोपड़ी के दरवाज़े से आ रही हो।

मैंने प्लायवुड का दरवाज़ा खोला और अचानक हाथ से डंडे को छोड़ दिया। कुछ ही मीटर की दूरी पर एक बड़ा भूरा भालू खड़ा था। मैं उसके आगे बौना लग रहा था और उसने अपने मज़बूत बालों भरे शरीर के साथ पूरा दरवाज़ा घेर रखा

था। वह अपने पिछले पैरों पर बड़े आराम से खड़ा खा और उसके पंजे मेरे कंधे की ऊंचाई पर आ रहे थे।

उस कद्दावर जीव की मौज़ूदगी ने गली के कुत्तों को पागलपन की सीमा तक पहुंचा दिया था। उस तक पहुंचने की किसी की भी हिम्मत नहीं थी और ऐसे में वे एक-दूसरे से ही भिड़ गए। उन्हें और उत्तेजित भीड़ को अनदेखा करते हुए वह भालू पूरे ध्यान से मुझे देख रहा था। उसकी आंखें बड़ी, संवेदनशील और पुखराज जैसे रंग की थी। वह गुर्राया, लेकिन उसकी गुर्राहट डराने वाली नहीं बल्कि राहत देने वाली थी। यह मेरे दिमाग़ में चल रही प्रार्थना से भी ज़्यादा भावपूर्ण थी। उसकी आवाज़ सुनते ही मेरा डर ख़त्म हो गया। उसकी नाक की गर्म हवाएं मैं अपने सीने पर महसूस कर पा रहा था। मैं उसके पास पहुंचा और इतने क़रीब कि हमारे चेहरे के बीच कुछ सेंटीमीटर का ही अंतर रह गया। काले जबड़ों से उसकी लार को मैं महसूस कर रहा था। भालू का नुक़सान पहुंचाने का कोई इरादा नहीं था और मैं इस बात को लेकर निश्चित था। भालू की आंखें कुछ और ही बयां कर रही थीं। हमारी आंखों के मिलने से जो संवाद हुआ वह इतना सघन और पवित्र था कि मैं उसे जारी रखना चाहता था।

कुत्ते एक-दूसरे से भिड़ रहे थे और वह दरअसल भालू को फाड़ खाना चाहते थे। उनके गुस्से से ज़्यादा उनके भीतर भय था। बच्चे चिल्ला रहे थे और लोग कुत्तों की झड़प से बचने की कोशिश में थे। भालू घूमा और उसने कुत्तों की ओर अपना बड़ा सा पंजा घुमाया। कुत्ते पीछे हटकर बिखर गए और कई युवक इस अवसर का लाभ उठाकर और आगे खिसक आए। वे उसे लाठियों और पत्थरों से मारकर भगाना चाहते थे।

भालू एक ओर से दूसरी ओर झूमते हुए अपनी बड़ी-बड़ी आंखों से वहां जमा लोगों का निरीक्षण कर रहा था। भालू को क़रीब से देखने पर मुझे दिखा कि उसके गले में छोटे-छोटे कीलों वाला चमड़े का एक पट्टा पड़ा हुआ है। पट्टे से दो जंज़ीरें बंधी थीं, जो दो लोगों के हाथों में थी। तब तक मेरी नज़र उन लोगों पर नहीं पड़ी थी। वे मदारी थे, जो चमकीले नीले रंग की शर्ट, पगड़ी और पतलून पहने हुए थे। यहां तक कि उनके सीने और चेहरे के अलावा जंज़ीरों और भालू के गले के पट्टे पर भी नीला रंग पुता हुआ था। भालू दोबारा मेरी ओर मुंह करके खड़ा हो चुका था। एक असंभव सी बात हुई और दो मदारियों में से एक ने मेरा नाम लिया।

उसने पूछा, 'श्रीमान लिन? आप श्रीमान लिन हैं, मुझे ऐसा लग रहा है?'

भालू ने भी कुछ इस अंदाज़ में सिर झुकाया, मानो वह भी यही सवाल पूछ रहा हो।

भीड़ में कुछ लोगों की आवाज़ें आईं, 'हां! हां! यही श्रीमान लिन हैं! यही लिन बाबा हैं!'

मैं अब भी झोपड़ी के दरवाजे पर इतना भौंचक्का सा खड़ा था कि ना कुछ बोला ना हिला-डुला। लोग हंस रहे थे और आनंदित थे। कुछ और

बहादुर बच्चे भालू के और क़रीब आकर उसकी बड़ी सी अंगुलियों को छूने की कोशिश करने लगे। उनकी माताएं भी चीख़कर हंसते हुए उन्हें पीछे खींच रही थीं।

नीले चेहरे वाले एक व्यक्ति ने हिंदी में कहा, 'हम तुम्हारे दोस्त हैं। हम आपके लिए एक संदेश लेकर आए हैं।'

दूसरे व्यक्ति ने जेब से पीला लिफ़ाफ़ा निकाला और मुझे दिखाया।

मैंने बमुश्किल पूछा, 'संदेश?'

पहला व्यक्ति बोला, 'हां, महोदय आपके लिए एक महत्त्वपूर्ण संदेश, लेकिन उससे पहले आपको कुछ करना होगा। यह संदेश देने के लिए एक बड़ा वचन दिया गया है। एक बड़ा वचन। आपको यह बहुत ज़्यादा पसंद आएगा।'

वे शुद्ध हिंदी बोल रहे थे और मेरे लिए शब्द वचन समझ पाना मुश्किल हो रहा था। मैं झोपड़ी से निकलकर भालू के पास खड़ा हो गया और मैंने देखा कि वहां मेरी कल्पना से भी ज़्यादा लोग जमा हो चुके थे। वह भीड़ भालू के पंजे की पहुंच से बाहर थी। उसके बाद अचानक कई भाषाओं में बकबक चालू हो गई। इस दौरान चिल्लाना, भौंक रहे कुत्तों और पत्थर फेंकने के कारण वहां छोटे-मोटे दंगे जैसा दृश्य तैयार हो गया था।

पत्थर के रास्ते पर धूल उड़ रही थी और ऐसा लग रहा था कि हम किसी आधुनिक शहर नहीं, किसी भुला दी गई घाटी के किसी गांव में हैं। भालू के साथ आए मदारी आकर्षक थे। सीने और कपड़ों पर रंगों के बीच उनका गठीला शरीर साफ़ दिखाई दे रहा था। उनकी पतलूनों पर चांदी की घंटियां, लाल-पीले रेशम लटकनें झूल रही थीं। दोनों के बाल लंबे थे और उनकी जटाएं दो अंगुलियों के बराबर मोटी थीं और उनमें चांदी के तार बिंधे हुए थे।

मुझे कंधों पर किसी के हाथ का अहसास हुआ और मैं अचानक चौंक गया। वह प्रभाकर था। चेहरे पर जानी-पहचानी मुस्कान थी और आंखें दमक रही थीं।

'लिन, हम कितने ख़ुशक़िस्मत हो कि तुम हमारे साथ रहते हो। हमारी इस बोरियत भरी ज़िंदगी में तुम हमेशा कुछ न कुछ रोमांच लाते ही रहते हो!'

'इसे मैं नहीं लाया, प्रभु। वह कह क्या रहे हैं? वे क्या चाहते हैं?'

'लिन, वे तुम्हारे लिए एक संदेश लाए हैं। लेकिन इसमें एक वचन है, वादा, वे देने पर ही वे संदेश बताएंगे। इसमें... तुम जानते हो... ना कि एक जाल है।'

'जाल?'

'हां, निश्चित तौर पर। *जाल।* बहुत अच्छा होने के लिए एक तरह का बदला।' अपनी एक अंग्रेज़ी परिभाषा मुझसे साझा करने का अवसर मिलने से प्रभाकर ख़ुश होते हुए मुस्कराया। सबसे चिढ़ भरे लम्हों में इस तरह की कोई टिप्पणी कहना उसकी आदत में ही शुमार था।

'हां, प्रभु मैं जानता हूं कि *जाल* क्या होता है? जो बात मैं नहीं जानता हूं, वह यह कि ये लोग कौन हैं? और यह संदेश किसकी ओर से आया है?'

प्रभाकर ने पूरा ध्यान अपने पर केंद्रित होने की ख़ुशी के बीच तेज़ी से हिंदी में बोलना शुरू किया। मदारी भी उसी गति से उसकी बातों का जवाब दे रहे थे। मैं उनकी बातें समझ नहीं पा रहा था, लेकिन वहां जमा भीड़ उन बातों पर खुलकर ठहाके लगाने लगी। भालू अपने चारों पैरों पर खड़ा होकर मुझे सूंघने लगा।

'उन्होंने क्या कहा?'

प्रभाकर ने अपनी हंसी को बमुश्किल दबाते हुए कहा,'लिन वे नहीं बता रहे कि यह संदेश किसने भेजा है। यह एक बहुत बड़ा राज़ है और वे इसे नहीं बता रहे। उन्हें यह संदेश तुम्हें देने को लेकर कुछ निर्देश मिले हुए हैं। कोई खुलासा नहीं और तुम्हारे लिए वचन के तौर पर एक जाल।'

'क्या जाल?'

'तुम्हें इस भालू को गले लगाना होगा।'

'मुझे क्या करना होगा?'

'इस भालू को गले लगाना होगा। इस भालू को इस तरह से आगोश में लेना होगा।'

उसने आगे बढ़कर मुझे ज़ोर से गले लगा लिया और अपना सिर मेरे सीने पर रख दिया। भीड़ ने जमकर तालियां बजाई और मदारी भी ज़ोर से चिल्लाए और यहां तक कि भालू भी खड़ा होकर नाचने लगा। मेरे चेहरे पर हैरानी और इंकार के मिले-जुले भाव देखकर भीड़ ने और ज़ोर से ठहाके लगाने शुरू कर दिए।

मैंने सिर हिलाते हुए कहा, 'किसी भी हालत में नहीं।'

प्रभाकर ने हंसते हुए कहा, 'ओह हां।'

'क्या तुम मज़ाक़ कर रहे हो। किसी भी हालत में नहीं।'

मदारियों से एक बोला, *'तकलीफ़ नहीं!'* यानी *कोई समस्या नहीं!* 'यह सुरक्षित है। कानो बहुत दोस्ताना है। कानो भारत का सबसे दोस्ताना भालू है। कानो लोगों को पसंद करता है।'

वह भालू के पास गया और उसने हिंदी में कुछ निर्देश दिया। जब कानो पिछले दो पैरों पर पूरी तरह से खड़ा हो गया तो मदारी ने आगे बढ़कर उसे गले लगा लिया। भालू ने भी अपने पंजे उसके चारों ओर घेर दिए और आगे-पीछे झूमने लगा। कुछ सेकेंड बाद उसने मदारी को छोड़ दिया। लोगों की तालियों के बीच मदारी पीछे हटा और मुस्कराते हुए झुककर सबका अभिवादन किया।

मैंने फिर कहा, 'किसी भी हालत में नहीं।'

प्रभाकर और ज़ोरों से खिलखिलाते हुए गुज़ारिश करने लगा, 'चलो लिन। भालू को गले लगा लो।'

'प्रभु, मैं किसी भी भालू को गले नहीं लगाने वाला।'

'चलो लिन। क्या तुम नहीं जानना चाहते कि संदेश क्या है?'

'नहीं।'

'यह महत्त्वपूर्ण हो सकता है।'

'मुझे कोई परवाह नहीं।'

'हो सकता है तुम्हें भालू को गले लगाना अच्छा लगे। है ना लिन?'

'नहीं।'

'शायद।'

'नहीं लगाऊंगा।'

'चलो कोई बात नहीं। क्या मैं तुम्हें अभ्यास करने के लिए एक और बार गले लगाऊं?'

'नहीं। मैं अपनी बात पर कायम हूं।'

'तो फिर सीधे भालू को ही गले लगा लो, लिन।'

'माफ़ करना।'

प्रभाकर ने कहा, 'प्लीज़ज़ज़ज़...'

'नहीं।'

प्रभाकर ने भीड़ से समर्थन मांगते हुए मेरी हौसला अफ़जाई की, 'हां, लिन। कृपया भालू को गले लगा लो।' तब तक मेरे घर के सामने सैकड़ों लोगों की भीड़ उमड़ चुकी थी। बच्चे तो सबकुछ अच्छी तरह से देखने के लिए झोपड़ियों की छतों पर चढ़ चुके थे।

लोगों ने चिल्लाना शुरू किया, *'हां, हां, हां, हां गले लगा लो।'*

अपने इर्द-गिर्द तक़रीबन सभी चेहरों पर हंसी देखते हुए मुझे लगा कि मेरे पास कोई विकल्प नहीं है। मैं दो क़दम आगे बढ़ा और मैंने ख़ुद को कानो के मुलायम बालों से सटा दिया। वह आश्चर्यजनक रूप से काफ़ी मुलायम था। उसके आगे के मोटे पैर मांसपेशियों से भरपूर थे। उसने मुझे कंधे के पास से ज़ोर से गले लगा लिया। मैं समझ गया कि असहाय होने का क्या मतलब होता है।

एक डर मेरे दिमाग़ से गुज़रा कि कानो चाहे तो एक झटके से मेरी रीढ़ की हड्डी को किसी पेंसिल की तरह चटका सकता है। भालू की आवाज़ उसके सीने से सटे मेरे कानों में गूंजी। किसी गीली काई जैसी गंध मेरी नाक में भर गई। इसके साथ नए चमड़े और बच्चे के ऊनी कंबल जैसी गंध भी आ रही थी। उसके पार अमोनिया जैसी गंधी थी मानो आरी से कोई हड्डी काटी जा रही हो। भीड़ का शोर मंद पड़ गया। कानो गर्म था। कानो दोनों ओर झूलने लगा। मेरी अंगुलियों में मौज़ूद उसकी रोएंदार खाल बेहद मुलायम थी और त्वचा कुत्ते की गर्दन के पीछे के हिस्से की तरह थी।

मैं रोएंदार खाल को पकड़कर उसके साथ झूमता रहा। उसकी मज़बूत बांहों में मुझे लगा, किसी व्यक्त ना की जा सकने वाली शांति और भरोसा दिलाने वाली जगह की तरह, मानो मैं तैर रहा हूं या गिर रहा हूं।

कई हाथों ने मेरे कंधे को झकझोरा और मैंने आंख खोलकर देखा कि मैं घुटने के बल गिरा हुआ था। कानो ने मुझे अपनी पकड़ से छोड़ दिया था और वह अपने मदारियों के साथ झूमता हुआ गली के नुक्कड़ तक पहुंच चुका था। लोगों और कुत्तों का कोलाहल जारी था।

'लिन बाबा, क्या तुम ठीक हो?'

'मैं ठीक हूं, ठीक हूं... मुझे कुछ चक्कर से आ गए थे।'

'कानो तुम्हें बहुत अच्छी तरह से गले लगा रहा था, है ना? यह लो तुम्हारा संदेश।'

मैं अपनी झोपड़ी में लौटकर पैकिंग सामग्री से बनाए छोटे से टेबल के पास बैठ गया। मुड़े-तुड़े लिफ़ाफ़े के भीतर उसी रंग के पीले काग़ज़ पर संदेश टाइप किया हुआ था। यह अंग्रेज़ी में टाइप था और मुझे शक था कि यह लेखकों की गली के किसी ख़त लेखक ने टाइप किया होगा। यह ख़त अब्दुल्ला की ओर से था।

मेरे प्यारे भाई,

सलाम वालेकुम। तुमने मुझे बताया कि तुम लोगों को किसी भालू तरह की झप्पी (बियर हग) देते हो। मुझे लगता है कि यह तुम्हारे देश की परंपरा है और हालांकि मैं सोचता हूं कि यह कुछ अज़ीब परंपरा है और मैं इसे समझता भी नहीं, मुझे लगता है कि तुम अकेला महसूस करते होगे, क्योंकि बॉम्बे में भालुओं की कमी है। इसलिए मैं गले लगाना के लिए एक भालू भेज रहा हूं। इसका मज़ा लो। मुझे उम्मीद है कि यह तुम्हारे देश के बियर हग की तरह ही होगा। मैं कारोबार में व्यस्त हूं और पूरी तरह से स्वस्थ हूं। इंशाअल्ला। कारोबार के बाद इंशाअल्ला मैं जल्द ही बॉम्बे लौटूंगा। ऊपरवाला तुम्हें सलामत रखे।

तुम्हारा भाई

अब्दुल्ला ताहेरी

प्रभाकर मेरे पीछे खड़े होकर ख़त को ज़ोरों से पढ़ रहा था।

'अरे यह तो अब्दुल्ला है, जिसके बारे में मुझे तुम्हें नहीं बताना था कि वह बुरा काम करता है, लेकिन वह वाक़ई है। और साथ ही मैं तुम्हें यह भी नहीं बता रहा हूं...कि वह।'

'दूसरों के ख़त पढ़ना असभ्यता है, प्रभु।'

'असभ्यता है, हां। असभ्यता मतलब हमें यह करना पसंद आता है, फिर भले ही लोग हां ना कहें। है ना?'

मैंने पूछा, 'वे मदारी कौन थे? वे कहां रुके हुए हैं?'

'वे भालू को नचाकर पैसे कमाते हैं। वे मूलतः उत्तरप्रदेश के हैं, भारत में उत्तर की ओर। लेकिन वे सब जगह घूमते रहते हैं। अब नेवी नगर इलाक़े की झोपड़पट्टियों में रह रहे हैं। क्या तुम चाहते हो कि मैं तुम्हें वहां ले चलूं?'

'नहीं,' मैंने दोबारा ख़त को पढ़ते हुए कहा, 'नहीं, अभी नहीं। शायद बाद में।'

प्रभाकर ने झोपड़ी का दरवाज़ा खोला और वहां से टेढ़ी गर्दन करके मुझे देखता रहा। मैंने ख़त जेब में रखकर उसकी ओर देखा। मुझे लगा कि वह कुछ कहना चाहता है-उसकी भौहें सोच में सिकुड़ गई थीं-लेकिन फिर लगा उसका विचार बदल गया। उसने कंधे हिलाए और मुस्करा दिया।

'आज कुछ बीमार आ रहे हैं?'

'कुछ। मेरे विचार से बाद में।'

'तो फिर ठीक है, मैं तुम्हें दोपहर के भोजन के वक़्त मिलता हूं। ठीक है?'

'पक्का।'

'क्या तुम्हें...तुम्हें किसी काम के लिए मेरी ज़रूरत है?'

'नहीं। धन्यवाद।'

'क्या तुम चाहते हो कि मेरे पड़ोसी की पत्नी तुम्हारी शर्ट धो दे?'

'मेरी शर्ट धो दे?'

'हां। उसमें से भालू जैसी गंध आ रही है। लिन बाबा तुमसे भालू की गंध आ रही है।'

मैंने हंसते हुए कहा, 'ठीक है। मुझे यह पसंद आ रही है।'

'चलो, अब मैं जा रहा हूं। आज मैं अपने भाई शांतू की टैक्सी चलाऊंगा।'

'तो फिर ठीक है।'

'ठीक है, मैं जा रहा हूं।'

वह बाहर चला गया और जब मुझे झोपड़पट्टी की आवाज़ों ने घेर लिया-कुछ बेच रहा फेरीवाला, खेलते हुए बच्चे, महिलाओं के हंसने की आवाज़ और प्रेम गीतों की रेडियो से निकलती खरखराहट भरी आवाज़। कुछ जानवरों की आवाज़ें, सैकड़ों आवाज़ें। भारी बारिश को कुछ ही दिन बाक़ी बचे थे और भालू के उन दो मदारियों की तरह पूरे शहर में यायावरों और मनोरंजन करने वालों ने झोपड़पट्टियों की शरण ली थी। हमारी झोपड़पट्टी में ही संपेरों के तीन समूह, बंदरों के मदारियों का एक दल और तोते और गाने वाले पंछियों का कारोबार करने वाले अनेक लोग। लोग जो आम तौर पर नेवी बैरक्स के पास खुले मैदान में अपने घोड़ों को रस्सी से बांधकर रखते थे, अब हमारे यहां के अस्थायी तबेलों में आ चुके हैं। बकरियां, भेड़ें, सुअर,

मुर्गियां और बैल, भैंस, यहां तक कि एक ऊंट और एक हाथी की मौज़ूदगी में हमारी एकड़ों तक फैली झोपड़पट्टी आगामी बाढ़ की आशंका के बीच किसी संरक्षित वन की तरह हो गई थी।

जानवरों का यहां स्वागत था और कोई भी उनके आसरे के अधिकार पर सवाल नहीं उठाता था, लेकिन उनकी उपस्थिति नई समस्याओं को जन्म देती थी। उनके ठहरने की पहली ही रात जब सब सोए हुए थे, बंदर वालों ने एक बंदर को छोड़ दिया। शरारती बंदर छतों पर घूमने लगा और उसने एक झोपड़ी में छत से झांका तो वह संपेरों की झोपड़ी थी। संपेरों ने ज़हरीले कोबरा सांपों को टोकरियों में रखकर उनके ऊपर पत्थर रख दिए थे। बंदर ने उनमें से एक का पत्थर हटा दिया और तीन कोबरा वाली टोकरी खोल दी। छत पर सुरक्षित जगह से फिर बंदर ने जगाकर सबको सावधान कर दिया।

लोग मराठी में चिल्लाने लगे, *'साप आला! साप आला!'*

वहां हंगामे की स्थिति बन गई थी और उनींदे से झोपड़पट्टीवासी हाथों में लालटेन, मशालें और लाठियां लेकर बाहर निकल आए। उसके बाद तो हर साये को सांप का साया समझकर लाठियां ज़मीन पर पटकी जाने लगीं। इस भगदड़ में एक-दो कमज़ोर झोपड़ियां धराशायी हो गईं। क़ासिम अली ने अंततः स्थिति को नियंत्रण में लिया और संपेरों की दो टोलियां बनाई, जिन्होंने व्यवस्थित तरीक़े से झोपड़ी-दर-झोपड़ी सांपों की खोज करके अंततः उन्हें उनकी टोकरियों में पहुंचा दिया।

बंदरों को कई कौशलों के अलावा चोरी का हुनर भी सिखाया हुआ था। शहर की अन्य झोपड़ियों की ही तरह हमारा इलाक़ा भी चोरी से मुक्त था। किसी भी दरवाज़े पर कोई ताला नहीं था और कुछ भी छिपाए नहीं जाने से बंदरों की तो चांदी हो गई। बंदरों के मदारियों को हर दिन शर्मिंदगी का सामना करते हुए एक टेबल पर वह सब सामान जमा देना पड़ता था, जो बंदर चुराकर ले आते थे। फिर वह सही मालिक को लौटा दिया जाता था। बंदरों की ख़ास रुचि बच्चियों के चूड़ियों और कंगनों में देखने को मिली। बंदरों को मदारियों द्वारा दिखावटी गहने ला दिए जाने के बाद भी चूड़ियों को लेकर उनका आकर्षण ख़त्म होने का नाम ही नहीं ले रहा था।

क़ासिम अली ने फिर फ़ैसला किया कि इलाक़े में जितने भी बंदर थे, उन पर शोर मचाने वाली घंटियां बांध दी जाए। इन समझदार जानवरों ने घंटियों से पीछा छुड़ाने या उन्हें पीट-पीटकर ख़राब करने का अद्भुत कौशल दिखाया। एक शाम मैंने झोपड़ी के बाहर की सूनी गली में देखा कि दो बंदर चेहरे पर बदमाशी के भाव लिए जा रहे थे। उनमें से एक ने गले से घंटी निकालने में सफलता हासिल कर ली थी। वे अपने दो पैरों पर चलते हुए हाथों से दूसरे बंदर की घंटी पकड़े हुए था ,ताकि उसमें से कोई आवाज़ नहीं आए। उनकी इस प्रतिभा के बावज़ूद इन घंटियों ने उनके बिना शोर लगाए जाने वाले धावों पर अंकुश लगा दिया और इसके साथ ही उनकी छोटी-मोटी चोरियां और मदारियों की शर्मिंदगी भी कम होती चली गई।

इन यायावरों के अलावा झोपड़ियों के पास सड़कों पर रहने वाले लोग भी तुलनात्मक तौर पर सुरक्षित हमारी झोपड़पट्टी की ओर आकर्षित हो गए। फुटपाथ पर रहने वाले ये लोग वे थे, जिन्होंने किसी भी ग़ैर-इस्तेमाल जगह या फुटपाथ पर ही क़ब्ज़ा करके पदयात्रियों को आने-जाने में सहूलियत देते हुए छोटा-मोटा आशियाना तान दिया था। उनके मकान आदिमकालीन थे और जिन परिस्थितियों में वे रहते थे, वह बॉम्बे के बेघर लोगों में सबसे दुष्कर और क्रूर क़िस्म की थी। जब मानसून आता था तो उनकी हालत सबसे ख़तरनाक होती थी, कई मर्तबा तो असहायता जैसी और उनमें से अधिकांश झोपड़पट्टियों की शरण में आ जाते थे।

वे भारत के हर कोने से थे : असम, तमिलनाडु, कर्नाटक, गुजरात, त्रिवेंद्रम, बीकानेर और कोणार्क तक। मानसून के दौरान पहले ही लोगों की भीड़ से लकदक झोपड़पट्टी में वे पांच हज़ार लोग और शामिल हो जाते थे। पशुओं के बाड़ों, दुकानों, भंडारण, सड़कों, गलियों और शौचालयों को छोड़ दिया जाए तो हममें से प्रत्येक पुरुष, महिला और बच्चे के लिए दो स्क्वेयर मीटर की जगह बचती थी।

आमतौर पर रहने वालों की तुलना में भीड़ बढ़ने के साथ अतिरिक्त तनाव और अतिरिक्त परेशानियों में भी इज़ाफ़ा होता था। लेकिन नए आने वालों के साथ संयमपूर्वक बर्ताव किया जाता था। मैंने कभी किसी को यह कहते हुए नहीं सुना कि इन लोगों की मदद नहीं की जानी चाहिए या उनका स्वागत नहीं किया जाना चाहिए। जो इकलौती समस्या थी वह झोपड़पट्टी के बाहर से आती थी। वे पांच हज़ार अतिरिक्त लोग और मानसून आने पर झोपड़पट्टियों का रुख़ करने वाले अन्य हज़ारों लोग दरअसल सड़कों पर रहने वाले होते हैं। वे सब इलाक़े की सभी दुकानों में अपनी ख़रीददारी कर चुके होते हैं। निजी तौर पर उनकी ख़रीद छोटी होती है, जैसे अंडे, दूध, चाय, ब्रेड, सिगरेट, सब्ज़ियां, केरोसिन, बच्चों के कपड़े और ऐसा ही अन्य सामान। उनकी सामूहिक ख़रीद का आंकड़ा काफ़ी बड़ा होकर स्थानीय दुकानों की बिक्री का एक बड़ा हिस्सा होता है। जब वे झोपड़पट्टियों में आते हैं तो नवांगतुक झोपड़पट्टी की दर्जनों छोटी-छोटी दुकानों पर अपना पैसा ख़र्च करते हैं। स्थापित कारोबारी इलाक़ों में मिलने वाली लगभग हर वस्तु की छोटे और अवैध कारोबारों में भी आपूर्ति हो जाती है। ऐसी दुकानों में खाने-पीने का सामान, कपड़े, तेल, दालें, केरोसिन, शराब, हशीश और यहां तक कि बिजली के उपकरण भी मिल जाते हैं। झोपड़पट्टी मुख्य तौर पर स्व-केंद्रित थी और जॉनी सिगार-झोपड़पट्टी में कारोबार के लिए पैसे और कर सलाहकार-के आकलन के मुताबिक़ झोपड़पट्टी के रहने वाले लोग झोपड़पट्टी में हर 20 रुपये पर एक रुपया बाहर ख़र्च करते हैं।

हर जगह के दुकानदार और छोटे-मोटे कारोबारियों को हमेशा झोपड़पट्टी की दुकानों के कारोबार के अपने धंधे पर प्रभाव से नाराज़गी सी होती थी। जब बारिश के ख़तरे के कारण फुटपाथों पर रहने वाले तक झोपड़पट्टी की ओर आकर्षित हो जाते थे तो बाहरी दुकानदारों की नाराज़गी हद से ज़्यादा बढ़ जाती थी। वे स्थानीय जमींदारों,

भूमि विकास से जुड़े लोगों और अन्य लोगों के साथ मिलकर झोपड़ियों के विस्तार का विरोध करते थे। अपने संसाधनों के बूते उन्होंने कोलाबा के बाहर के गुंडों की दो टोलियों को झोपड़पट्टी की दुकानों की आपूर्ति रोकने के लिए पैसा दिया। बड़े बाज़ार से बड़ी मात्रा में सब्ज़ियां, मछली या अन्य सामान झोपड़पट्टी में लाने वाले लोगों को परेशान किया जाता था। कई बार उनका सामान फेंक दिया जाता था और कई बार तो उन पर हमला भी हो जाता था।

मैंने गुंडों की इन टोलियों के हमले में घायल युवकों और बच्चों का इलाज भी किया। तेज़ाब फेंकने तक की धमकियां दी जाने लगीं। पुलिस से मदद पाने में नाकामी–उन्हें पहले ही मामले को नज़रअंदाज़ करने के लिए घूस दी जा चुकी थी–के बाद झोपड़पट्टी के लोगों ने ही एकजुट होकर अपनी रक्षा का फ़ैसला किया। क़ासिम अली ने बच्चों की टोलियां बना दीं जो झोपड़पट्टी के इर्द-गिर्द के हालात पर नज़र रखती थी और बाज़ार जाने वालों के साथ झोपड़पट्टी के तगड़े युवकों के दल जाने लगे।

हमारे युवकों और गुंडों की टोली के बीच झड़पें पहले भी हो चुकी थीं। हम सभी जानते थे कि मानसून आने के बाद तो यह टकराव और अधिक बढ़ जाएगा। तनाव चरम पर था। फिर भी दुकानदारों के साथ इस जंग से झोपड़पट्टी वालों का हौसला नहीं गिरा था। इसके विपरीत झोपड़पट्टी में स्थित दुकानों की लोकप्रियता में भारी इज़ाफ़ा देखने को मिला। वे नायक की तरह हो गए और बदले में उन्होंने भी विशेष बिक्री, कम क़ीमतों जैसे लुभावने प्रस्ताव देने शुरू कर दिए। झोपड़पट्टी में अचानक मेले जैसा वातावरण हो गया। यह झोपड़पट्टी एक जीवंत वस्तु थी : बाहरी ख़तरों का सामना करने के लिए इसने हौसले, एकता और उस चरम प्यार का प्रदर्शन का प्रदर्शन किया जिसे हम अस्तित्व बचाने की प्रवृत्ति कहते हैं। अगर झोपड़पट्टी असफल होती है तो कहीं भी कुछ भी नहीं था।

हमारी आपूर्ति पर हुए हमले में घायल युवकों में से एक झोपड़पट्टी के निकट एक निर्माण स्थल पर मज़दूर था। उसका नाम नरेश था। वह केवल 19 वर्ष का था। उसकी आवाज़ और मेरी झोपड़ी के दरवाज़े पर पूरे आत्मविश्वास के साथ मारी गई थाप, कानो और उसके मदारियों के साथ मेरे दोस्तों के झोपड़पट्टी से जाने के बाद मुझे फिर हक़ीक़त की दुनिया में ले आई। मेरे उत्तर की प्रतीक्षा किए बग़ैर नरेश ने मेरी झोपड़ी के भीतर आकर मेरा अभिवादन किया।

'हैलो लिन बाबा,' उसने अंग्रेज़ी में कहा, 'आप भालुओं को गले लगाते रहे हो। हर कोई यही बता रहा है।'

'हैलो, नरेश। तुम्हारी बांह अब कैसी है? क्या तुम मुझे वह दिखाना चाहोगे?'

उसने अचानक मराठी में लौटते हुए कहा, 'अगर आपके पास वक़्त है तो हां। मैं काम से कुछ अवकाश लेकर आया हूं। मुझे 15-20 मिनट में लौटना है। अगर आप व्यस्त हो तो मैं बाद में आ जाऊंगा।'

'नहीं, नहीं। अभी ठीक है। आओ और बैठ जाओ और हम इसे देखेंगे।'

नरेश की बांह के ऊपरी हिस्से पर उस्तरे से घाव मारा गया था। घाव बहुत गहरा नहीं था और केवल पट्टियों से ही ठीक हो चुका होता। लेकिन जिन उमस भरी परिस्थितियों में नरेश काम करता था, उससे संक्रमण का ख़तरा बढ़ गया था। जो पट्टी मैंने उसके हाथ पर केवल दो दिन पहले बांधी थी, वह अब गंदी और पसीने से गीली हो चुकी थी। मैंने उसे हटाया और पट्टी को बाद में फेंकने के लिए एक डिब्बे में डाला।

उसका घाव ठीक होने की ओर था, लेकिन वह लाल हो चुका था और बीच-बीच में पीला-सफ़ेद था। क़ादरभाई के कुष्ठरोगियों ने मुझे सर्जिकल कीटाणुनाशक का एक दस लीटर का कंटेनर दिया हुआ था। मैंने उससे हाथ साफ़ किए और फिर घाव को घिसकर साफ़ किया, ताकि संक्रमण के सफ़ेद निशान मिट जाएं। जब वह सूख गया तो मैंने घाव को भरने के लिए एंटीबायोटिक पाउडर उसमें भरा और नए सिरे से पहले कपास और फिर पट्टी उस पर बांध दी।

मैंने अपनी टूटी-फूटी मराठी में कहा, 'प्रभाकर बता रहा था कि नरेश तुम हाल ही में रात को पुलिस के चक्कर में फंसने से बच गए।'

नरेश ने कहा, 'प्रभाकर को हर किसी को सच्चाई बताने की बुरी आदत है।'

मैंने जैसे ही कहा, 'यह तुम मुझे बता रहे हो,' हम दोनों ही ज़ोर से ठहाका लगाने लगे।

अधिकांश महाराष्ट्रियन लोगों की ही तरह नरेश भी इस बात से ख़ुश था कि मैं उसकी भाषा सीखने की कोशिश कर रहा हूं और उन सभी लोगों की तरह वह मुझसे धीरे-धीरे बिलकुल स्पष्ट बोलता था ताकि मुझे उसे समझने में प्रोत्साहन मिले। मुझे लगता है कि अंग्रेज़ी और मराठी में कोई समानता नहीं है : उस तरह से शब्द साझा नहीं किए जाते थे जैसे कि अंग्रेज़ी और जर्मन के बीच या अंग्रेज़ी और इटालियन के बीच। फिर भी मराठी सीखने के लिहाज़ से एक आसान भाषा थी, क्योंकि महाराष्ट्र के लोग मेरे द्वारा उनकी भाषा सीखने से रोमांचित थे और वे सभी मुझे वह सिखाने के लिए उत्सुक थे।

मैंने कुछ गंभीर होते हुए कहा, 'अगर तुम आसिफ़ और उसके गैंग के साथ चोरी करते रहे तो तुम पकड़े जाओगे।'

'मैं जानता हूं, लेकिन उम्मीद करता हूं कि ऐसा नहीं होगा। मैं उम्मीद करता हूं कि जागरूक लोग मेरी ओर हैं। यह मेरी बहन के लिए है। मैं प्रार्थना करता हूं कि मुझे कोई नुक़सान नहीं होगा, आप देखना, क्योंकि मैं अपने लिए नहीं अपनी बहन के लिए चोरी करता हूं। उसकी जल्द ही शादी होगी और हमारे पास दहेज के लिए पर्याप्त पैसा नहीं है। यह मेरी ज़िम्मेदारी है। मैं सबसे बड़ा बेटा हूं।'

नरेश बहादुर, बुद्धिमान और मेहनती था और बच्चों के लिए उसके मन में प्रेम था। उसकी झोपड़ी मेरी झोपड़ी से बड़ी नहीं थी, लेकिन वह इसे अपने माता-पिता,

छह भाई-बहनों के साथ साझा करता था। वह छोटे भाई-बहनों को भीतर जगह देने के लिए ख़ुद बाहर पथरीली ज़मीन पर सोता था। मैं कई बार उसकी झोपड़ी में गया था और मैं जानता था कि उसका पूरा सामान प्लास्टिक के शॉपिंग बैग में था : कुछ सामान्य से कपड़े, एक जोड़ी अच्छी पतलून और किसी आयोजन या मंदिर में जाने के लिए एक शर्ट, बौद्ध ज्ञान पर किताब, कुछ फ़ोटोग्राफ़्स और प्रसाधन का कुछ सामान। वह अपने काम या चोरी से हासिल एक-एक रुपया अपनी मां को सौंप देता था और बदले में ज़रूरत के लिए कुछ चिल्लर मांग लिया करता था। वह ना शराब पीता था, ना सिगरेट और ना ही उसे जुएं का शौक था। एक ग़रीब होने और भविष्य कुछ ख़ास नहीं होने के कारण उसकी कोई गर्लफ़्रेंड भी नहीं थी और ऐसा होने की बहुत ही क्षीण संभावना थी। अपने कामकाजियों के साथ सप्ताह में एक बार फ़िल्म देखना ही उसका इकलौता मनोरंजन था। कई बार जब मैं देर रात झोपड़पट्टी में लौटता था तो उसे उसकी झोपड़ी के पास सिमटकर सोते हुए देखता था, जहां उसके चेहरे पर हल्की सी मुस्कान होती थी।

पट्टी को सेफ़्टी पिन से पक्का बांधते हुए मैंने पूछा, 'और तुम नरेश? तुम्हारी शादी कब होगी?'

वह खड़ा हुआ और उसने कसकर बांधी हुई पट्टी को कुछ ढीला करने के लिए हाथ झटके।

'पूनम की शादी के बाद, मेरी दो और बहनें हैं, जिनकी शादी करना है।' उसने मुस्कराकर सिर को झटके देते हुए कहा, 'पहले उनकी शादी। हमारे इस बॉम्बे में ग़रीब को दुल्हन से पहले दूल्हा तलाशना पड़ता है। मूर्खतापूर्ण है, है ना? *आमची मुंबई, मुंबई आमची!*'

मेरी झोपड़ी में मुझसे इलाज पाने वाले अन्य लोगों की तरह ही वह भी मुझे बिना धन्यवाद दिए ही बाहर चला गया। मुझे पता था कि जल्द ही किसी दिन वह रात के भोजन के लिए मुझे उसकी झोपड़ी में बुलाएगा या फिर मेरे लिए फलों या किसी ख़ूशबू का तोहफ़ा लाएगा। यहां लोग कहने की बज़ाय कुछ करके या कुछ भेंट करके धन्यवाद देते थे और मैं भी उन्हें स्वीकारने लगा था।

जब नरेश मेरी झोपड़ी से साफ़-सुथरी पट्टी लगाकर बाहर निकला तो उसे मुझसे उपचार लेते देख और भी लोग मेरे पास आ गए। मैं उन्हें एक-एक करके देखता रहा-चूहे के काटे हुए, बुख़ार, संक्रमित घाव, दाद-हर किसी से बात करते हुए और कई विषयों पर चर्चा गलियों, सड़कों से सर्वव्यापी धूल की तरह चलती रही।

उन मरीजों में से अंतिम एक बुज़ुर्ग महिला थी, जो अपनी भतीजी के साथ आई थी। उसने सीने में बाईं ओर दर्द की शिकायत की, लेकिन भारतीय संकोच के चरम के कारण उसे जांचने की प्रक्रिया और अधिक जटिल हो गई। मैंने लड़की से अन्य लोगों के मदद के लिए बुलाने को कहा। लड़की के दो नन्हे दोस्त झोपड़ी में

आ गए। दोस्तों ने उस महिला और मेरे बीच, उसे मेरी नज़रों से पूरी तरह से ओझल करते हुए, पतले से कपड़े की दीवार सी बना दी। लड़की अपनी चाची के पास कुछ ऐसे खड़ी थी, जहां से वह कंबल के ऊपर से मुझे स्टूल पर बैठा हुआ देख सकती थी। और इधर मैं जैसे-जैसे अपने सीने को छूकर जांच करने के लिए कहता, भतीजी अपनी चाची के स्तन को छूकर वैसा ही करती थी।

मैंने स्तन के अगले हिस्से को छूकर कहा, 'क्या यहां दुखता है?'

पर्दे के पीछे लड़की ने अपनी चाची के स्तन के अगले हिस्से को दबाकर मेरा सवाल दोहराया।

'नहीं।'

'और यहां?'

'नहीं, यहां भी नहीं।'

'यहां क्या स्थिति है?'

'हां। यहां दुख रहा है।' उसने जवाब दिया।

'और यहां? या यहां?'

'नहीं, नहीं। वहां, कुछ इधर।'

उस सांकेतिक अभिनय के बाद उसकी भतीजी के अनदेखे हाथों के आधार पर मैंने पाया कि उस बुज़ुर्ग महिला के स्तन पर दो जगह दर्द देने वाली गांठ हैं। मुझे यह भी पता चला कि लंबी सांस लेते वक़्त या कुछ वज़न उठाते वक़्त भी उसे दर्द होता है। मैंने डॉक्टर हमीद के नाम एक पर्ची लिखी, जिसमें अपने निरीक्षण को विस्तार से दर्ज़ किया और अपना निष्कर्ष भी लिखा। मैंने बस पर्ची लिखी ही थी और बच्ची को पर्ची देकर अपनी चाची को डॉक्टर हमीद के पास ले जाने के लिए कहने ही वाला था मेरे पीछे से कोई बोला।

'तुम्हें पता है, ग़रीबी तुम पर जंचती है। अगर तुम वाक़ई ग़रीब और बेसहारा हो गए तो शायद तुम्हारी उपेक्षा करना मुश्किल हो जाएगा।'

मैंने हैरान होकर पीछे की तरफ़ देखा तो कार्ला दरवाज़े में झुककर अपनी बांहों को बांधकर खड़ी थी। उसके होंठों पर एक व्यंग्यात्मक मुस्कान तैर रही थी। उसने हरे कपड़े पहन रखे थे। हरी पतलून, लंबी बांह वाला टॉप और उस पर हरी शॉल। उसके काले बाल खुले हुए थे और सूरज की रोशनी में कुछ भूरे हो चले थे। उसकी आंखें गर्म, उथले पानी में स्थित किसी झील की तरह गहरी हरी थी। वह कुछ ज़्यादा ही ख़ूबसूरत थी : बादलों के बीच गर्मियों के दिनों में होने वाले सूर्यास्त की तरह ख़ूबसूरत।

मैंने हंसते हुए पूछा, 'तुम्हें यहां कितना वक़्त हो गया?'

'तुम्हारे इस अजीबोग़रीब इलाज के तरीक़े को पूरा देखने जितना वक़्त हो गया। क्या तुम लोगों को अब केवल टेलीपैथी से ही ठीक कर रहे हो?'

जब मरीज और उसके रिश्तेदार कार्ला के पास से होकर बाहर निकल गए, तो मैंने कहा,'अनजान लोगों द्वारा स्तन को हाथ लगाए जाने के मामले में भारतीय महिलाएं बहुत ज़्यादा अड़ियल होती हैं।'

उसने हल्की सी मुस्कान के साथ कहा, 'जैसा कि डिडियर कहता, कोई भी पूर्ण नहीं है। वैसे उसे तुम्हारी कमी खलती है। उसने मुझे तुम्हें हैलो कहने के लिए कहा है। सच तो यह है कि वह सब तुम्हारी कमी महसूस करते हैं। हमने काफ़ी अरसे से तुम्हें लियोपोल्ड पर नहीं देखा है, ख़ासतौर पर तबसे जबसे तुमने यह रेडक्रॉस जैसा काम शुरू किया है।'

मुझे इस बात की ख़ुशी थी कि डिडियर और अन्य लोग मुझे भूले नहीं थे, लेकिन मैंने उसकी आंखों में नहीं देखा। जब मैं अकेला था तो मैं झोपड़पट्टी में संतोषजनक तौर पर व्यस्त रहते हुए सुरक्षित महसूस करता था। जब कभी भी मैं उस विस्तृत इलाक़े के बाहर के किसी दोस्त को देखता था तो मुझे एक शर्मिंदगी सी महसूस होती थी। क़ादर ने एक बार मुझसे कहा था, डर *और अपराध बोध काली दुनिया की परियां हैं जो अमीर लोगों को परेशान करती हैं।* मुझे पक्का पता नहीं था कि क्या वह बात सही है या वह चाहते थे कि यह बात सच हो, लेकिन मैं अनुभव के आधार पर जानता था कि निराशा और अपमान ग़रीबों को सताते हैं।

'आओ, अंदर आ जाओ। यह वाक़ई चौंकाने वाला है। बैठो... वहां बैठो, जबकि... मैं कुछ सफ़ाई कर लेता हूं।'

मैं जबकि एक प्लास्टिक बैग में पट्टियां, मलहम बटोर रहा था, वह आकर स्टूल पर बैठ गई। सफ़ाई कर लेने के बाद मैंने फिर एक बार स्पिरिट से अपने हाथ धोए और दवाओं को एक तरफ़ छोटी अलमारी में रख दिया।

उसने बड़ी ही बारीक़ी के साथ पूरी झोपड़ी का निरीक्षण किया। उसकी निग़ाहों के साथ-साथ अपनी झोपड़ी को देखते हुए मुझे लगा कि मैं एक बहुत ही क्षुद्र सी झोपड़ी में रहता हूं। चूंकि मैं झोपड़ी में अकेला ही रहता था, अपने इर्द-गिर्द की भीड़ को देखते हुए, मैं उसे बहुत ज़्यादा आरामदेह जगह मानने लगा था। उसकी नज़दीकी में मुझे लगा कि यह बहुत तुच्छ और संकरी है।

फ़र्श खुली ज़मीन पर था और जगह-जगह से टूटा-फूटा और ऊंचा-नीचा था। हर दीवार पर मेरी मुट्ठी जितने छेद थे, जो कि बाहर की व्यस्त दुनिया के बीच मेरी ज़िंदगी का भांडा फोड़ रहे थे। बच्चे उन छेदों में से झांककर कार्ला और मुझे देख रहे थे। इससे साफ़ तौर पर ज़ाहिर था कि मेरी ज़िंदगी में गोपनीयता नाम की कोई बात नहीं बची थी। छत पर लगी चटाई भी जगह-जगह से जवाब दे रही थी। मेरे किचन में केवल एक बर्नर वाला केरोसिन स्टोव, दो कप, दो प्लेटें, एक चाकू, एक कांटा, एक चम्मच और मसाले रखने के लिए चंद बर्तन थे। यह सब एक कार्डबोर्ड के बक्से में समाया हुआ था, जिसे एक कोने में रखा हुआ था। मुझे एक वक़्त की खाने-पीने की वस्तुएं रखने की ही आदत लग चुकी थी, इसलिए उस वक़्त वहां खाने के लिए

कुछ भी नहीं था। पानी मिट्टी के मटके में रखा हुआ था। यह झोपड़पट्टी का पानी था। मैं जानता था कि मैं कार्ला को पानी के लिए भी नहीं पूछ सकता, क्योंकि कार्ला इसे पी नहीं सकेगी। फ़र्नीचर के नाम पर मेरे पास दवाओं के लिए एक अलमारी, एक छोटी टेबल, एक कुर्सी और एक स्टूल था। मुझे याद है कि जब मुझे बांस से बना यह सामान दिया गया था तो मैं कितना ख़ुश था। किसी झोपड़ी के लिहाज़ से वे कितने दुर्लभ थे। मैंने उसकी आंखों से लकड़ियों की दरारें, फफूंद के दाग़ और तारों व रस्सियों के साथ की गई मरम्मत देखी।

मैंने वापस उसकी ओर देखा तो वह स्टूल पर बैठकर सिगरेट जलाकर उसका धुआं छोड़ रही थी। एक बेहद चिढ़ाने वाली नाराज़गी मेरे भीतर दौड़ सी गई। मैं इस बात से नाराज़ था कि उसने मुझे मेरे घर की वास्तविकता दिखा दी।

'यह... यह बहुत ज़्यादा... मैं...'

उसने मेरे दिल की बात को समझते हुए कहा, 'यह अच्छा है। मैं गोवा में इसी तरह की झोपड़ी में एक वर्ष रही हूं। और मैं ख़ुश थी। एक दिन भी ऐसा नहीं जाता, जब मेरी वहां लौटने की इच्छा नहीं होती हो। मुझे कई बार लगता है कि हमारी ख़ुशियों का आकार हमारे घर के आकार के ठीक उल्टा होता है।'

उसने बाईं भौंह ऊपर उठाकर यह कहा, मानो वह मुझे उसके स्तर पर आकर जवाब देने की चुनौती दे रही हो। उसकी इस मुद्रा ने हमारे बीच बातों को ठीक कर दिया। अब मुझे कोई नाराज़गी या अफ़सोस नहीं था। मैं किसी कारण से निश्चित तौर पर जानता था कि अपने छोटे घर को और बड़ा, बेहतरीन या शानदार बनाने का विचार मेरे दिमाग़ में था, उसके नहीं। वह आकलन नहीं कर रही थी। वह तो केवल देख रही थी, हर बात को, यहां तक कि इस बात को भी कि मैं क्या महसूस कर रहा हूं।

मेरा 12 वर्ष का पड़ोसी सतीश अपने दो साल के भाई को कमर पर लादकर मेरे कमरे में आया और कार्ला के पास खड़ा हो गया। वह उसे घूरने लगा और कार्ला भी उसे बड़े ध्यान से देखने लगी। उस पल मुझे लगा कि उस भारतीय बच्चे और उस यूरोपियन महिला में कितना साम्य है। दोनों के होंठ बड़े थे, दोनों के चेहरे भावपूर्ण थे, बाल बेहद काले थे और हालांकि कार्ला की आंखें समंदर की तरह हरी और उसकी कांसे के रंग की, दोनों की ही आंखों में उत्सुकता और मज़ाक़ का पुट था।

मैंने उससे कहा, 'सतीश *चाय बनाओ।*'

वह मुस्कराया और तेज़ी से बाहर चला गया। जहां तक मुझे पता है, कार्ला झोपड़पट्टी में उसके द्वारा देखी गई पहली विदेशी महिला थी। वह उसकी सेवा करने के काम से बहुत उत्साहित था। मैं जानता था कि वह कई सप्ताह तक इस बारे में अन्य बच्चों को बताता रहेगा।

झोपड़ी में जब हम दोनों ही बचे तो मैंने पूछा, 'चलो बताओ, तुमने मुझे कैसे खोजा? तुम यहां भीतर तक आ कैसे सकीं?'

'भीतर तक?' उसने त्यौरियां चढ़ाते हुए कहा, 'तुमसे मिलना क्या ग़ैरक़ानूनी है, ऐसा है क्या?'

मैंने हंसते हुए कहा, 'नहीं, लेकिन यह सामान्य बात भी नहीं है। मुझे यहां मिलने के लिए ज़्यादा लोग नहीं आते।'

'वास्तविकता में यह बहुत आसान था। मैं सड़क पर उतरी और मैंने लोगों से तुम्हारे पास ले जाने के लिए कहा।'

'और वे तुम्हें यहां ले आए?'

'नहीं ठीक ऐसा तो नहीं। तुम जानते हो वे तुम्हें लेकर बहुत सावधान हैं। वे पहले मुझे तुम्हारे दोस्त प्रभाकर के पास लेकर गए और वह मुझे तुम्हारे पास लेकर आया।'

'प्रभाकर?'

बाहर खड़े होकर हमारी बातचीत सुन रहा प्रभाकर अचानक भीतर आकर बोला, 'हां, लिन। तुम्हें मेरी ज़रूरत है?'

'मैं समझा तुम अपनी टैक्सी चलाने जा रहे हो।' मेरे चेहरे पर वह सख़्त भाव थे, जो मुझे पता था उसे बहुत पसंद आते थे।

उसने मुस्कराते हुए कहा, 'मेरे भाई शंटू की टैक्सी। मैं चला रहा था, हां, लेकिन अब मेरा दूसरा भाई प्रकाश उसे चला रहा है जबकि मैंने दो घंटे का भोजन का ब्रेक लिया है। मैं जॉनी सिगार के घर पर था, जब कुछ लोग मेरे पास कार्ला को लेकर आए। वह तुमसे मिलना चाहती है और मैं यहां आ गया। यह बहुत अच्छा है, है ना?'

मैंने आह भरते हुए कहा, 'यह बहुत अच्छा है प्रभु।'

सतीश तीन कप गर्म और मीठी चाय लेकर लौटा। उसने हमें चाय दी और जेब से चार पार्ले बिस्कुट वाला एक पैकेट फाड़कर किसी समारोह के अंदाज़ में हमें थमा दिया। मुझे लगा कि चौथा बिस्कुट वह ख़ुद खाएगा, लेकिन उसने इसकी बज़ाय उसे अपनी हथेली पर रखा और अंगूठे के नाख़ून से उसके बराबर टुकड़े कर उसे दो टुकड़ों में बांट दिया। दोनों टुकड़ों के आकार का जायजा लेने के बाद उसने बड़ा टुकड़ा कार्ला को थमा दिया। दूसरा उसके छोटे भाई को दिया जो झोपड़ी के दरवाज़े पर बैठा था और वह ख़ुश हो गया।

मैं सीधे बैठने वाली कुर्सी में बैठा था और सतीश आकर मेरे पैरों के पास बैठ गया। उसने अपना कंधा मेरे घुटनों पर टिका दिया। मैं इतना समझदार तो था ही कि जान गया कि यह सतीश और मेरे बीच स्नेहपूर्ण रिश्ते का विशेष पल था। साथ ही मैं इतना छोटा भी था कि यह उम्मीद लगा रहा था कि कार्ला का इस ओर ध्यान जाए और वह प्रभावित हो।

हमने चाय ख़त्म की और सतीश ने कप बटोर लिए और बिना कुछ कहे झोपड़ी से चला गया। अपने छोटे भाई का हाथ पकड़कर जाने से पहले सतीश ने दरवाज़े से मुड़कर कार्ला की ओर बड़ी सी मुस्कान फेंकी।

उसने कहा, 'वह एक अच्छा बच्चा था।'

'वह मेरे पड़ोसी का बेटा है। तुमने आज उसके भीतर एक नई चमक जगा दी। वरना आमतौर पर तो वह बेहद शर्मीला है। तो, क्या बात है जो तुम्हें मेरे सादे से मकान की ओर खींच लाई?'

उसने मेरी झोपड़ी की दीवारों के बीच के अंतर को देखते हुए सामान्य तरीक़े से कहा, 'अरे मैं संयोगवश इस इलाक़े में आई हुई थी।' उन छेदों से दर्जनों बच्चे भीतर झांक रहे थे। सतीश से उसके बारे में सवाल पूछते हुए अन्य बच्चों की आवाज़ों को सुना जा सकता था। *वह कौन है? क्या वह लिन बाबा की पत्नी है?*

'यहां से गुज़र रही थी, ओह। ऐसा नहीं हो सकता है। शायद तुम्हें मेरी याद सता रही थी, कुछ-कुछ?'

उसने कहा, 'अपनी क़िस्मत को दांव पर मत लगाओ।'

'मैं कुछ नहीं कर सकता। यह तो एक आनुवांशिक बात है। मैं क़िस्मत के सहारे आगे बढ़ाने वाले लोगों की लंबी सूची का हिस्सा हूं। इसे व्यक्तिगत रूप से मत लो।'

'मैं हर बात को ख़ुद पर ही लेती हूं। यही तो इंसान होने का मायने हैं। और अगर तुम्हारे मरीज ख़त्म हो चुके हों तो मैं तुम्हें दोपहर के भोजन पर बाहर साथ ले जाना चाहती हूं।'

'अच्छा तो हम दोपहर के भोजन पर डेटिंग करेंगे-'

'ओह। तो ठीक है फिर-'

'नहीं, नहीं। अगर तुम चाहो तो तुम्हारा यहां स्वागत है। यह एक खुला न्यौता है। आज हम यहीं पर दोपहर का उत्सवी भोजन लेने वाले हैं। मुझे बहुत ख़ुशी होगी अगर तुम... हमारी अतिथि बन जाओ तो। मेरी राय में तुम्हें यह पसंद आएगा। उसे बताओ प्रभु कि उसे अच्छा लगेगा।'

प्रभाकर ने कहा, 'हमारा दोपहर का भोजन बहुत अच्छा रहेगा! मैंने ख़ुद इसके चक्कर में सुबह से कुछ भी नहीं खाया है। यह इतना अच्छा है। आपको बहुत मज़ा आएगा। आप इतना खा लेंगी कि लोगों को आपका पेट देखकर लगेगा कि आप मां बनने वाली हैं।'

उसने धीरे से कहा, 'ठीक है' और फिर मेरी तरफ़ देखकर बोली, 'इसे अपनी बात मनवाना बहुत अच्छी तरह से आता है।'

मैंने कहा, 'तुम्हें इसके पिताजी से मिलना चाहिए।'

प्रभाकर का सीना गर्व से चौड़ा हो गया और वह ख़ुशी में गर्दन हिलाने लगा।

'तो हम कहां जा रहे हैं?'

मैंने उसे बताया, 'आसमान में स्थित हमारे गांव में।'

उसने कहा, 'मुझे नहीं लगता कि मैंने कभी इसका नाम सुना है।'

प्रभाकर और मैंने ठहाका लगाया और उसके चेहरे पर संदेह और बढ़ गया।

'नहीं, तुमने इसके बारे में नहीं सुना होगा, लेकिन मुझे लगता है कि तुम्हें यह पसंद आएगा। सुनो तुम प्रभाकर के साथ आगे जाओ। मैं हाथ-मुंह धोकर और शर्ट बदलकर आता हूं। मैं बस चंद मिनट में आ जाऊंगा, ठीक है?'

'ठीक है,' उसने कहा।

हमारी आंखें मिलीं और एक-दूसरे पर थम गई। किसी कारणवश वह वहीं मंडराती रही और मुझे उम्मीद के साथ देखने लगी। मैं उसके चेहरे के हावभाव को नहीं समझ सका और मैं उसका चेहरा पढ़ने की कोशिश ही कर रहा था कि वह मेरे पास आई और उसने अचानक मेरे होंठों को चूम लिया। यह एक दोस्ताना चुंबन था, आवेगपूर्ण, उदार और सामान्य सा। लेकिन मैंने तो इसे कुछ और ही मान लिया। वह प्रभाकर के साथ बाहर चली गई और मैं एक पैर पर फिरकी मारते हुए, ज़ोर से चिल्लाया, उत्साह में मैंने एक डांस भी किया। झोपड़ी के छेदों से झांक रहे बच्चों में हंसी की लहर दौड़ गई। मैंने उनकी ओर देखकर डरावना चेहरा बनाया और वे हंसने और मेरी तरह नाचने लगे। दो मिनट बाद मैं झोपड़पट्टी की गलियों से होते हुए प्रभाकर और कार्ला के पीछे दौड़ पड़ा। साथ ही रास्ते में मैं अपने शर्ट को पतलून में खोंसने लगा, बालों से पानी को झटकते हुए।

मुंबई की अन्य झोपडपट्टियों की ही तरह हमारी झोपड़पट्टी भी एक निर्माण स्थल को मदद करने के लिए तैयार की गई थी। दो 35 मंज़िला इमारतें। कोलाबा बैकबे में बनने जा रहे वर्ल्ड ट्रेड सेंटर के दो टॉवर। इन टॉवर्स को बनाने वाले कारीगर और श्रमिक निर्माण स्थल से सटी झोपड़पट्टी में रहते थे। उस ज़माने में ऐसे भवन की योजना और निर्माण करने वाली कंपनियां निर्माण स्थल पर ही ऐसी आवास सुविधाएं दिया करती थीं। कई कारीगर तो यायावर क़िस्म के थे और जहां काम होता था, वहीं पर पहुंच जाते थे। उनके मूल घर दूसरे राज्यों में सैकड़ों किलोमीटर दूर हुआ करते थे। बॉम्बे मूल के मज़दूरों के पास कोई घर नहीं होते थे, सिवाय रोज़गार के लिए मिले इन आवासों के बिना। हक़ीक़त में तो यह लोग मेहनत के ख़तरनाक काम केवल सिर पर छत का सहारा पाने के लिए किया करते थे।

कंपनियां ज़मीन और झोपड़ियों के लिए बने नियमों के पालन में ख़ुशी महसूस करती थीं, क्योंकि यह व्यवस्था उनके लिए फ़ायदे का सौदा थीं। झोपड़पट्टी में रहने वाले मज़दूरों में एकता, पारिवारिक मज़बूती और कंपनी के प्रति वफ़ादारी की भावना मज़बूत होती थी और भाईचारा भी बढ़ता था। यह कंपनी के लिए फ़ायदे की बात साबित होती थी। लोगों के निर्माण स्थल पर ही रहने से आने-जाने का वक़्त भी बच जाया करता था। कर्मचारियों की पत्नियां, बच्चे और अन्य उन पर निर्भर लोग भी अतिरिक्त श्रम संसाधन मुहैया कराते थे। उन्हें कुछ ही देर की सूचना पर काम दे दिया जाता था। और हज़ारों लोगों का वह श्रम बल बड़ी ही आसानी के साथ प्रभावित और कुछ हद तक नियंत्रित किया जा सकता था। ख़ासतौर पर तब जब वे एक समुदाय के तौर पर रहते थे।

जब पहली बार वर्ल्ड ट्रेड सेंटर की योजना तैयार की गई थी तो एक बड़ा इलाक़ा 300 से ज़्यादा झोपड़ियों के लिए सुरक्षित रख दिया गया था। मज़दूरों द्वारा अनुबंध कर लिए जाने के बाद उन्हें एक प्लॉट मिलता था और कुछ पैसा, जिससे वह बांस के डंडे, चटाई, जूट की रस्सी और कुछ लकड़ियों के टुकड़े ख़रीद सकते थे। परिवार और दोस्तों की मदद से हर मज़दूर अपनी झोपड़ी तैयार करता था। कमज़ोर झोपड़ियों का यह जाल भीमकाय टॉवर्स के नीचे कुछ इस तरह से फैला था, मानो किसी बड़े पेड़ की जड़ें हों। समुदाय को जलापूर्ति के लिए बड़े कुएं खोदे गए। मूलभूत रास्ते और गलियां समतल की गईं। अंत में अतिक्रमणकारियों को दूर रखने के लिए चारों ओर से कंटीले तारों की दीवार बना दी जाती थी। इस तरह से वैध झोपड़पट्टी तैयार हो जाती थी।

यहां के मज़दूरों द्वारा नियमित ख़र्च और ताज़ा पानी की भरपूर आपूर्ति से आकर्षित होकर अतिक्रमणकारी तारों की बाड़ के बाहर डेरा जमा लेते थे। वहां वह शुरुआत चाय की टपरी, किराने की छोटी-मोटी दुकानों के साथ करते थे और अपनी दुकानों को तारों की बाड़ से बिलकुल सटाकर बनाते थे। वैध इलाक़े में रहने वाले झोपड़पट्टी वाले तारों के बीच से झुककर निकलने के बाद पैसा ख़र्च करते। देखते ही देखते नाइयों की दुकान, टेलर की दुकान और उसके समीप एक छोटा-मोटा रेस्तरां बन जाता था। जुए के अड्डे और दारू या चरस की बिक्री इसके बाद शुरू होती थी। हर नया कारोबार बिलकुल तारों की बाड़ से सटकर स्थापित होता था, जब तक कि तार के किनारों पर कोई जगह ही नहीं बचती थी। उसके बाद समंदर तक की ज़मीन पर अवैध झोपड़पट्टी साकार होने लगती थी। बेघर लोग यहां बड़ी संख्या में आने लगते और अपनी झोपड़ी के लिए ज़मीन पर क़ब्ज़ा जमाने लगते। तारों के बीच नए छेद कर दिए जाते थे। बाहरी लोग उसका इस्तेमाल भीतर आकर पानी लेने और मज़दूर लोग उसका इस्तेमाल सामान ख़रीदकर लाने या दोस्तों से मिलने के लिए करने लगते।

अवैध लोगों की झोपड़पट्टी तेजी से विकसित होती, लेकिन यह अस्त-व्यस्त और ज़रूरत के आधार पर विकसित होने के कारण पड़ोस की व्यवस्थित झोपड़पट्टी से बहुत अलग होती थी। एक वक़्त ऐसा आ गया कि तार की बाड़ के भीतर बसी बस्ती से बाहर की बस्ती का आकार आठ गुना हो गया। कुल मिलाकर 25,000 लोग। ऐसे में वैध और अवैध झोपड़पट्टी के बीच का अंतर भीड़ के कारण मिट या छिप गया।

बॉम्बे नगर पालिका हालांकि अवैध बस्तियों की आलोचना करती थी, लेकिन निर्माण कंपनी के अफ़सर मज़दूरों और अवैध बस्ती के लोगों के बीच संबंधों को हतोत्साहित करते थे, लोग ख़ुद को एक समूह मानते थे; उनके दिन, सपने और उल्लास झोपड़पट्टी के जीवन में उलझकर रह जाते थे। मज़दूरों और अवैध बस्ती वालों के लिए कंपनी की बाड़ हर बाड़ की तरह ही थी : मनमानी और निरर्थक। कुछ

मज़दूर जिन्हें अपने नज़दीकी रिश्तेदारों को वैध झोपड़पट्टी में बुलाने की अनुमति नहीं मिलती, उनके साथ तारों की बाड़ के किनारे बैठकर चाय साझा कर लिया करते थे। दोनों ओर के बच्चों में दोस्ताना पनपता और प्रेम विवाह या सामान्य विवाह भी होने लगे थे। बाड़ के एक ओर होने वाले आयोजनों में दूसरी ओर के लोग भी उत्साह के साथ भाग लेते थे। और चूंकि आग, बाढ़ और महामारी बाड़ की सीमाओं को नहीं जानती तो झोपड़पट्टी के किसी एक हिस्से में आपातकालीन स्थिति में सभी के निकट सहयोग की ज़रूरत होती थी।

कार्ला, प्रभाकर और मैं बाड़ के एक हिस्से से झुककर वैध झोपड़पट्टी में घुस गए। धुले हुए कपड़े और टी-शर्ट्स पहने बच्चों का एक झुंड हमारे साथ चल रहा था। वह सब प्रभाकर और मुझे अच्छी तरह से जानते थे। मैं उनमें से कई बच्चों का इलाज कर चुका था। और ऐसे कुछ मज़दूरों का भी जिन्हें डर सताता था कि कहीं छोटी-मोटी चोट के कारण उनकी निर्माण स्थल की नौकरी पर नहीं बन आए। इस कारण वह कंपनी के प्राथमिक उपचार अधिकारी के पास जाने की बज़ाय मेरे पास इलाज के लिए आ जाते थे।

पड़ोसियों के एक समूह द्वारा पांचवीं बार रोके जाने के बाद कार्ला ने कहा, 'लगता है तुम्हें यहां सब जानते हैं। क्या तुम इस इलाक़े के मेयर के पद का चुनाव तो नहीं लड़ रहे?'

'बिलकुल भी नहीं। मुझे राजनीतिज्ञ कतई पसंद नहीं आते। राजनीतिज्ञ एक ऐसा व्यक्ति है जो आपसे पुल का वादा करता है, भले ही फिर वहां कोई नदी नहीं हो।'

उसने कहा, 'यह कोई बुरी बात नहीं।' उसकी आंखों से हंसी छलक रही थी।

मैंने मुस्कराते हुए कहा, 'मेरी इच्छा थी कि काश! यह मेरा होता, लेकिन यह अभिनेता अमिताभ ने कहा है।'

उसने कहा, 'अमिताभ बच्चन? ख़ुद द बिग बी?'

'हां, क्या तुम्हें बॉलीवुड फ़िल्में पसंद हैं।'

'बिलकुल, क्यों नहीं?'

'मुझे नहीं पता,' मैंने सिर हिलाते हुए कहा, 'मुझे नहीं लगा था...कि तुम्हें पसंद आती होंगी।'

उसके बाद कुछ देर तक शांति रही और फिर वह बेहद तक़लीफ़देह हो गई तो वह पहले बोली।

'लेकिन तुम यहां बहुत सारे लोगों को जानते हो और वे तुम्हें बहुत पसंद भी करते हैं।'

मैं उसके इस कथन पर सचमुच हैरान होकर मुस्करा दिया। मुझे कभी लगा ही नहीं था कि झोपड़पट्टी के लोगों को मैं पसंद आऊंगा। मैं जानता था कि कुछ

लोग-प्रभाकर, जॉनी सिगार, यहां तक कि क़ासिम अली हुसैन-मुझे दोस्त मानते थे। मैं जानता था कि कुछ और लोग मुझे सम्मान देते हैं जो पूरी तरह से ईमानदार और खरा था। लेकिन मैं दोस्ती या सम्मान को पसंद करने का हिस्सा नहीं मानता था।

मैंने मुस्कराते हुए बात बदलने की कोशिश में कहा, 'आज एक विशेष दिन है। लोग बरसों से अपनी प्राथमिक शाला पाने की कोशिश कर रहे थे। उनके पास स्कूल जाने की उम्र के लगभग 800 बच्चे हैं, लेकिन स्कूल मीलों दूर हैं और वे पूरी तरह से भरे हुए हैं, इन्हें लेते ही नहीं। लोगों ने ख़ुद अपने शिक्षकों का इंतज़ाम किया और स्कूल के लिए एक अच्छी जगह ढूंढ़ निकाली, लेकिन अधिकारियों ने भी जमकर अड़ंगे लगाए।'

'क्योंकि यह झोपड़पट्टी है...'

'हां। उन्हें डर है कि यहां स्कूल की स्थापना इस जगह को एक तरह की वैधता प्रदान कर देगी। सैद्धांतिक तौर पर झोपड़पट्टी का कोई अस्तित्व नहीं है, क्योंकि यह वैध नहीं है और मान्यता प्राप्त भी नहीं।'

प्रभाकर ने ख़ुश होते हुए कहा, 'हम बिना अस्तित्व वाले इंसान हैं। और यह बिना अस्तित्व के मकान हैं और हम ज़िंदा नहीं हैं।'

मैंने उसे कुछ सांत्वना देते हुए कहा, 'और अब हमारे पास बिना अस्तित्व वाला स्कूल भी है। मनपा आख़िरकार किसी तरह से सुलह पर पहुंच ही गई है। उन्होंने उन्हें यहां पर एक अस्थायी स्कूल बनाने की मंज़ूरी दे दी है और जल्द ही एक और स्कूल बनाया जाएगा। लेकिन जब निर्माण कार्य पूरा हो जाएगा तो उन्हें यह स्कूल गिरा देना होगा।'

'वह कब होगा?'

'वे इन टॉवर्स को पिछले पांच साल से बना रहे हैं और शायद इस काम को पूरा होने में तीन साल और लगेंगे, शायद कुछ और। किसी को भी पक्का पता नहीं कि जब इमारतें बनकर तैयार हो जाएंगी तो क्या होगा। सैद्धांतिक तौर पर तो भी झोपड़पट्टी का सफ़ाया कर दिया जाएगा।'

'तो क्या सबकुछ चला जाएगा?' कार्ला ने मुड़कर झोपड़पट्टी को एक नज़र देखा।

प्रभाकर ने आह भरते हुए कहा, 'सबकुछ चला जाएगा।'

'लेकिन आज का दिन बहुत बड़ा दिन है। स्कूल के लिए चला अभियान काफ़ी लंबा रहा है और कई बार तो यह हिंसक भी हो गया था। अब लोगों की जीत हुई है और उनके पास अपना स्कूल होगा और इसलिए आज रात बहुत बड़ा जश्न होगा। इस बीच यहां काम करने वाले एक व्यक्ति को लगातार पांच बेटियों के बाद बेटा हुआ है, सो उसकी ओर से आज दिन के भोज का आयोजन किया जा रहा है और हर किसी को बुलाया गया है।'

प्रभाकर ने हंसते हुए कहा, 'आसमान में गांव!'

'यह जगह है कहां? तुम मुझे कहां ले जा रहे हो?'

'वहां,' मैंने ऊपर की ओर इशारा करते हुए कहा, 'ठीक वहां पर।'

हम वैध झोपड़ी की सीमा तक पहुंच चुके थे और हमारे सामने खड़े थे दो आसमान को चूमते भीमकाय टॉवर्स। उनकी तीन चौथाई हिस्से तक कंक्रीटिंग का काम हो चुका था, लेकिन उस अधूरी इमारत में फ़िलहाल कोई खिड़की, दरवाज़ा या अन्य सामान नहीं लगा था। रोशनी का कोई इंतज़ाम नहीं होने के कारण वे बड़े से साये की तरह लग रहे थे। खिड़कियों के लिए बनाए गए सैकड़ों छेदों से हमें पुरुष, महिलाओं और बच्चों के चीटियों की तरह के साये दीवारों पर दिख रहे थे, जो ऊपर-नीचे आ रहे थे। ज़मीनी स्तर पर आवाज़ बहुत गूंजने वाली और कद्दावर आकांक्षाओं से भरी थी : जनरेटरों की आवाज़, धातुओं पर बरस रहे धातुओं से बने हथौड़े और ड्रिल्स, ग्राइंडर्स की कान भेद देने वाली आवाज़।

पूरी जगह पर सिर पर टोकरी रखी साड़ी में लिपटी महिलाओं की सर्पीली कतारें हर जगह दिखाई दे रही थी। रेत के ढेर के पास से लेकर मुंह फाड़े अनवरत चल रही सीमेंट मिलाने वाली मशीनों तक। मेरी पश्चिमी देशों की निगाहों में उस निर्माण स्थल के परिश्रम से भरे माहौल में महिलाओं की मुलायम लाल, नीली, हरी, पीली साड़ियां बेतुकी लग रही थीं। फिर भी उन्हें कई महीनों से देखते हुए मैं यह जान गया था कि उनके बग़ैर काम संभव नहीं है। वे पत्थर, इस्पात और सीमेंट से भरी टोकरियां उठाती थीं। सबसे ऊपर की मंज़िल का कंक्रीटिकरण होना बाक़ी था, लेकिन वहां भी गर्डर और लोहे का जाल बिछाया जा रहा था, 35वीं मंज़िल तक महिलाएं भी पुरुषों के कंधे से कंधा मिलाकर काम में जुटी हुई थीं। इनमें से अधिकांश लोग सामान्य से गांवों के सामान्य से लोग थे, लेकिन उनका इस महान शहर को लेकर नज़रिया अतुलनीय था, क्योंकि वे बॉम्बे की सबसे ऊंची इमारत को साकार कर रहे थे।

प्रभाकर ने बात को बढ़ा-चढ़ाकर बताने के अपने अंदाज़ में कहा, 'भारत की सबसे ऊंची इमारत।' वह अवैध झुग्गी में रहता था और उसका निर्माण कार्य से कुछ भी लेना-देना नहीं था, पर वह इमारत के बारे में ऐसे बता रहा था मानो उसकी डिज़ाइन उसने बनाई हो।

मैंने सुधारते हुए कहा, यह बॉम्बे की सबसे ऊंची इमारत है। वहां से आपको अच्छा नजारा दिखाई देगा। हम 23वीं मंज़िल पर भोजन करने जा रहे हैं।'

कार्ला ने डर के भाव के साथ कहा, 'वहां, *ऊपर?*'

'चिंता की कोई बात नहीं है कार्ला। हम इस इमारत में चलकर नहीं जा रहे। हम फ़र्स्ट क्लास में यात्रा करेंगे, बहुत ही बेहतरीन लिफ़्ट्स में।'

प्रभाकर ने इमारत के बाहर लगी सामान ले जा रहे पीले एलिवेटर की ओर इशारा किया। उसने देखा कि लिफ़्ट काफ़ी सामान और लोगों को धीरे-धीरे ऊपर ले जा रही थी।

कार्ला ने कहा, 'ठीक है। अब बेहतर लग रहा है।'

प्रभाकर ने सहमति जताते हुए कहा, 'मुझे भी बहुत अच्छा लग रहा है।' फिर उसने कार्ला की बांह पकड़कर उसे एलिवेटर की ओर खींचा, 'आओ, हम अगली बारी में एलिवेटर पकड़ेंगे। यह इमारतें ख़ूबसूरत हैं, हैं ना?'

उसने धीरे से कहा,'पता नहीं। मुझे तो यह किसी बड़े स्मारक की तरह लगती हैं, जो बेजान हो गई हैं। कुछ बेहद अलोकप्रिय... जैसे... उदाहरण के लिए, इंसान की आत्मा।'

सामान ले जाने वाला एलिवेटर चलाने वाले लोगों ने हमें चिल्लाकर सुरक्षा संबंधी कुछ सावधानियां बताईं। हम कुछ और पुरुषों और महिलाओं के साथ उस हिलते-डुलते एलिवेटर पर सवार हो गए। ड्राइवर ने दो बार कर्कश सीटियां बजाईं और शक्तिशाली जनरेटर को जगा देने वाले लीवर को खींचा, जिससे ऊपर जाने के दौरान नियंत्रण साधा जाता था। मोटर चीख़ी और अचानक झटका लगा और हम सबने सुरक्षा के लिए दिए गए हैंडलों को पकड़ लिया। एलिवेटर धीरे-धीरे ऊपर जाने लगा। एलिवेटर में चारों ओर कोई पिंजरा नहीं था। था तो केवल एक पीला पाइप जो तीन ओर कमर की ऊंचाई पर स्थित था। कुछ ही सेकेंडों में हम पचास, अस्सी, सौ मीटर की ऊंचाई पर पहुंच गए।

मैंने चिल्लाकर पूछा, 'तुम्हें कैसा लग रहा है?'

उसने चमकती हुई आंखों के साथ चिल्लाते हुए कहा, 'मुझे तो कुछ भी सूझ नहीं रहा है, लेकिन यह अच्छा है!'

'क्या तुम्हें ऊंचाई से डर लगता है?'

'तभी जब मैं वहां पर हूं। मुझे उम्मीद है कि तुम्हारा स्थान इस भीषण रेस्तरां में सुरक्षित है। वैसे हम दोपहर के भोजन में क्या खाने जा रहे हैं? तुम्हें नहीं लगता कि पहले इमारत को पूरा कर लिया जाता?'

'वे अब सबसे ऊपर की मंज़िल पर काम कर रहे हैं। एलिवेटर निरंतर चलता रहता है। आमतौर पर तो यह मज़दूरों को भी नहीं मिल पाता। यह इमारत निर्माण की सामग्री और उपकरणों के लिए आरक्षित होता है। यह बहुत ऊंची चढ़ाई है। हर रोज़ तीस सीढ़ियां और कई जगह यह बहुत ही जटिल हो जाता है। ऊपरी मंज़िल पर काम करने वाले लोग फिर वहीं रहते हैं। वहीं खाते, काम करते और सो जाते हैं। वहां उनके पास सबकुछ है, पालतु पशु, किचन और सबकुछ। दूध के लिए बकरियां, अंडों के लिए मुर्गियां, उन्हें जो भी चाहिए हो, ऊपर भेज दिया जाता है। यह एक तरह से एवरेस्ट की चढ़ाई करने वाले पर्वतारोहियों के आधार शिविर की तरह है।'

उसने चिल्लाकर कहा, 'आसमान में गांव!'

'तुम्हें समझ आ गया।'

एलिवेटर 23वीं मंज़िल पर रुका और हम इस्पात की रॉड्स और तारों के बीच बनी कंक्रीट की सतह पर उतरे। यह एक बड़ी गुफ़ानुमा जगह थी, जो समान अंतर पर बने खंभों से विभाजित थी। हर जगह बस सीमेंट जैसा ही रंग था और एक कोने में लोगों और जानवरों का जमावड़ा लगा हुआ था। एक खंभे के आस-पास के इलाक़े को बांस और टहनियों से पशुओं के लिए सुरक्षित कर दिया गया था। खाने-पीने की फेंकी गई सामग्री के बीच बकरियों, मुर्गियों, बिल्लियों और कुत्तों के लिए पुआल और टाट बिछाया गया था। वहां सोने वाले लोगों के लिए एक तरफ़ कंबलों और चटाइयों का ढेर सा लगा हुआ था। एक और खंभे के पास का इलाक़ा बच्चों के खेलने के लिए चिह्नित किया गया था। वहां उनके लिए कुछ खेल सामग्री, खिलौने और छोटी चटाइयां बिखरी पड़ी थीं।

जब हम लोगों की भीड़ के नज़दीक पहुंचे तो हमने देखा कि साफ़ चटाइयों पर भोजन सामग्री परोसी जा रही थी। केले के बड़े पत्ते प्लेट का काम कर रहे थे। महिलाओं की एक टीम केसर भात, आलू पालक, क़ीमा, भाजी, और अन्य खाद्य सामग्री परोस रही थी। पास ही रखे कई केरोसिन स्टोव्स पर और खाना पकाया जा रहा था। हमने एक ड्रम में रखे पानी से हाथ धोए और जॉनी सिगार और प्रभाकर के दोस्त किशोर के बीच ज़मीन पर नीचे बैठ गए। खाना शहर के किसी भी रेस्तरां में उपलब्ध खाने से ज़्यादा तीखा और मसालेदार था। परंपरा के मुताबिक़ महिलाओं के खाने के लिए अलग से इंतज़ाम किया गया था। 20 लोगों के हमारे समूह में कार्ला अकेली महिला थी।

परोसने का दूसरा दौर शुरू होते ही जॉनी ने कार्ला से पूछा, 'आपको यह पार्टी कैसी लग रही है?'

उसने कहा, 'बहुत बढ़िया। बहुत अच्छा खाना। और खाना खाने के लिए बहुत अच्छी जगह।'

'आह, और यह हाल ही में पिताजी बनने वाला!' जॉनी ने आवाज़ लगाई, 'अरे दिलीप यहां आओ। कार्ला से मिलो यह लिन की दोस्त हैं जो यहां हमारे साथ खाना खाने आई हैं।'

दिलीप ने सिर झुकाकर कार्ला का अभिवादन किया और शर्माकर मुस्कराते हुए दो बड़े स्टोव्स पर चाय का इंतजाम करने के लिए चला गया। वह निर्माण स्थल पर मशीनों के साथ खुदाई का काम करता था। परिवार और दोस्तों को दावत देने के लिए उसके मैनेजर ने उसे एक दिन की छुट्टी दे दी थी। उसकी झोपड़ी वैध झोपड़पट्टी में थी, लेकिन बाड़ के उस पार स्थित मेरी झोपड़ी के क़ाफ़ी क़रीब।

महिलाओं के खाने की जगह और दिलीप के चाय के स्टोव के उस पार दो लोग दीवार से कुछ साफ़ करने की कोशिश कर रहे थे। किसी के द्वारा दीवार पर पेंट किया गया एक शब्द इतनी सफ़ाई के बाद भी पढ़ने में आ रहा था। वहां किसी ने अंग्रेज़ी में बड़े अक्षरों में लिख रखा था, सपना।

मैंने जॉनी सिगार से पूछा, 'वह क्या है? मैंने हाल ही में इसे सब तरफ़ देखा है।'

'यह बुरी बात है लिन बाबा,' उसने थूकते हुए कहा और अंधविश्वास के तौर पर सीने पर क्रॉस बनाया, 'यह एक चोर, एक गुंडे का नाम है। वह एक बुरा व्यक्ति है। वह पूरे शहर में बुरे काम करता घूम रहा है। वह घरों में सेंध लगा रहा है, चोरी कर रहा है और अब तो हत्या भी।'

कार्ला ने पूछा, 'तुमने क्या कहा *हत्या?*'

'हां,' जॉनी ने ज़ोर देकर कहा, 'पहले यह सब केवल शब्दों तक, पोस्टरों और दीवारों पर लिखने तक ही सीमित था। अब बात हत्या तक पहुंच चुकी है। बेहद ठंडे दिमाग़ से हत्या। कल रात ही दो लोगों की उनके घर में हत्या कर दी गई थी।'

जितेंद्र ने कहा, 'वह सनकी है, यह सपना, वह एक *लड़की* का नाम इस्तेमाल करता है।'

यह एक अच्छा बिंदु था। शब्द *सपना* एक स्त्रीलिंग शब्द है और लड़कियों में यह नाम बहुत आम है।

प्रभाकर ने चेहरे पर गंभीर भाव के साथ कहा, 'सनकी नहीं। वह बताता है कि वह चोरों का राजा है। वह इसे जंग में तब्दील करना चाहता है, ग़रीब लोगों की ख़ातिर रईस लोगों की हत्या। यह सनक भरा है, ठीक है, लेकिन यह कुछ उस तरह का पागलपन है, जिससे कई लोग भीतर ही भीतर सहमत होंगे।'

मैंने पूछा, 'कौन है वह?'

'लिन, उसे कोई भी नहीं जानता।' अमेरिकी लहजे वाली अंग्रेज़ी में किशोर ने कहा। यह लहजा उसने पर्यटकों के साथ रहते हुए सीखा था। 'कई लोग उसके बारे में बातें कर रहे हैं, लेकिन मैंने जिस किसी से भी बात की उसने उसे कभी नहीं देखा। लोग कहते हैं कि वह किसी रईस का बेटा है। वे कहते हैं कि वह दिल्ली का है और यह भी कि उसे विरासत का हिस्सा नहीं मिला। लेकिन कुछ लोग यह भी कहते हैं कि वह राक्षस है। कुछ लोगों की राय में तो वह इंसान है ही नहीं, बल्कि एक तरह के संगठन जैसा है। जगह-जगह उसके पोस्टर लगे हैं जिनमें चोरों और झोपड़पट्टी में रहने वाले ग़रीब लोगों को ऊटपटांग काम करने के लिए कहा जाता है। और जैसा कि जॉनी ने कहा, अब दो लोगों की हत्या हो गई है। बॉम्बे में दीवारों पर गलियों में सपना का नाम पोता जा रहा है। पुलिसवाले ढेर सारे सवाल पूछ रहे हैं, लगता है वे घबरा चुके हैं।'

प्रभाकर ने कहा, 'रईस लोग भी डरे हुए हैं। घरों में जिनकी हत्या हुई है, वे अभागे लोग भी रईस थे। यह सपना अपना नाम अंग्रेज़ी में ही लिखता है, हिंदी में नहीं। यह पढ़ा-लिखा व्यक्ति है। और यहां इस जगह किसने उसका नाम पोत डाला? यहां तो हर वक़्त लोग मौज़ूद रहते हैं और हमेशा काम करते हैं या सोते रहते हैं, लेकिन फिर भी किसी ने उसका नाम पोतते हुए किसी को नहीं देखा। एक पढ़ा-लिखा भूत! रईस लोग भी डरे हुए हैं। यह सपना नाम का व्यक्ति इतना भी पागल नहीं है।'

जॉनी ने गाली देते हुए थूका और कहा, 'साला, पागल! यह सपना एक परेशानी है और यह परेशानी हमारी होगी, समझे क्योंकि परेशानी वह इकलौती बात है जो हम ग़रीब लोगों के पास होती है।'

कार्ला के चेहरे की ओर देखने के बाद मैंने हस्तक्षेप करते हुए कहा, 'मुझे लगता है कि हमें विषय बदलना चाहिए।' उसका चेहरा पीला पड़ चुका था और आंखें डर से खुली की खुली रह गई थीं। 'तुम ठीक तो हो ना?'

'मैं ठीक हूं।' उसने तत्काल कहा, 'शायद एलिवेटर की चढ़ाई मेरी सोच से भी ज़्यादा डरावनी थी।'

'परेशानी के लिए माफ़ी चाहूंगा कार्ला मैडम,' प्रभाकर ने माफ़ी मांगते हुए कहा, 'अब केवल हंसी-ख़ुशी की ही बातें होंगी। अब हत्या और घरों में ख़ून जैसी बातें नहीं होंगी।'

'शायद यही ठीक होगा, प्रभु।' मैंने दांत भींचते हुए कहा।

कुछ युवतियां आईं और हमारे सामने से केले के पत्ते हटाने लगीं। उसके बाद वे छोटी कटोरियों में हमारे लिए मीठी रबड़ी लाईं। वे मंत्रमुग्ध होकर कार्ला की ओर देख रही थीं।

उनमें से एक ने कहा, 'उसके पैर बहुत ही पतले हैं। तुम पतलून में से देख सकती हो।'

'लेकिन उसके पैर हैं बहुत बड़े।' एक अन्य ने कहा।

तीसरी ने कहा, 'उसके बाल बहुत मुलायम और अच्छे हैं। भारतीयों की तरह काले।'

पहली वाली ने अवमानना के अंदाज़ में कहा, 'लेकिन उसकी आंखें बदबूदार खरपतवार की तरह हैं।'

मैंने हंसते हुए हिंदी में कहा, 'बहनों जरा संभलकर। मेरी दोस्त अच्छी हिंदी बोलती है और तुम जो कुछ भी कह रहे हो, वह समझ रही है।'

वे युवतियां हैरान होकर देखते हुए आपस में बातचीत करने लगीं। उनमें से एक कार्ला के चेहरे के पास आकर खड़ी हो गई और उससे ज़ोरों से पूछा कि क्या वह हिंदी बोलती है।

कार्ला ने धाराप्रवाह हिंदी में कहा, 'मेरे पैर बहुत पतले हैं, लेकिन मेरे पैर हैं बहुत बड़े। वैसे मुझे सबकुछ अच्छी तरह से सुनाई देता है।'

युवतियां ख़ुशी के मारे चीख़ पड़ीं और फिर सब ठहाके लगाने लगीं। वे उससे अपने साथ आने की गुज़ारिश करने लगी और उसे महिलाओं के खाने की जगह की ओर खींच ले गईं। मैं उसे कुछ देर तक देखता रहा और उसके चेहरे पर मुस्कान और महिलाओं और युवतियों के साथ उसे हंसता देखकर मैं हैरान था। वह मुझसे अब तक मिली सबसे ख़ूबसूरत महिला थी। यह अलसुबह के रेगिस्तान जैसी ख़ूबसूरती

थी : एक दिलकश अदा जो मेरी आंखों में बस गई थी और जिसने मुझे मौन, अनजाने विस्मय में डुबो दिया।

उसे वहां देखकर, आसमान के गांव में, उसे इस तरह से हंसता हुआ देखकर मुझे धक्का लगा कि मैं बेवजह इतने महीनों से उसे जानबूझकर टाल रहा था। मुझे इस बात से भी हैरानी हुई कि लड़कियां उसके साथ कितनी अनौपचारिक थीं, वे बड़े ही आराम से उसके बालों से खेल रही थीं या उसका हाथ अपने हाथ में ले रही थीं। मैं तो उसे अब तक एकांतप्रेमी और बिलकुल नीरस ही समझता था। एक मिनट में वे महिलाएं उसके साथ कुछ इस तरह से घुल-मिल गई थीं, जो मैं एक साल की दोस्ती के बाद भी नहीं कर पाया था। मुझे मेरी झोपड़ी में उसके द्वारा अचानक दिया गया चुंबन याद आया। मुझे उसके बालों से आने वाली चमेली की ख़ूशबू याद आ गई। उसके होंठों का वह स्पर्श, मानो दोपहरी के ताप में मीठे पके हुए अंगूर ही हों।

चाय आई और मैं अपनी प्याली लेकर एक खिड़की के पास खड़ा हो गया, जहां से झोपड़पट्टी दिखाई दे रही थी। नीचे निर्माण स्थल से लेकर ठीक समंदर तक झोपड़पट्टी फैली हुई थी। झोपड़ियों के ऊपरी हिस्सों के कारण गलियों का थोड़ा हिस्सा ही दिखाई दे रहा था और वह रास्ते की बज़ाय किसी सुरंग की तरह दिखाई दे रही थीं। खाना पकाने के कारण झोपड़ियों से धुआं उठ रहा था और वह किनारे पर बिखरी नावों के ऊपर समंदर की हवा से फैल रहा था।

झोपड़ियों से ज़मीन की ओर आने पर बड़ी संख्या में ऊंची इमारतें दिखाई दे रही थीं। ये मध्यम श्रेणी के अमीरों के महंगे मकान थे। अपनी जगह से ही मुझे कई इमारतों में ताड़ के पेड़ों के बगीचे और लताएं दिखाई दे रही थीं। रईसों के यहां काम करने वालों द्वारा अपने लिए तैयार झोपड़ियां भी दिखाई दे रही थीं। फफूंद और काई ने हर इमारत पर अपना बसेरा बना रखा था, नई इमारतों तक पर। मैं इसे सबसे बेहतरीन डिज़ाइन के पतन की तरह देखता था : अंत का संकेत, जो बॉम्बे की हर नई शुरुआत पर अपना आधिपत्य जमा लेता था।

कार्ला ने चुपचाप पीछे से आते हुए कहा, 'तुम सही कह रहे थे, यहां से बहुत अच्छा नज़ारा दिख रहा है।'

'जब हर कोई सो जाता है तो मैं कई बार रात को यहां आता हूं,' मैंने कहा, 'अकेले रहने के लिए यह मेरी सबसे पसंदीदा जगहों में से एक है।'

हम कुछ देर मौन रहे। झोपड़पट्टी के ऊपर मंडराते हुए कौओं को देखते हुए।

'और अकेले रहने के लिए *तुम्हारी* पसंदीदा जगह कौनसी है?'

उसने सपाट सा जवाब दिया,'मुझे अकेले रहना पसंद नहीं है,' फिर मुड़कर मेरे चेहरे के भाव देखे, 'बात क्या है?'

'मुझे लगता है कि मैं हैरान हूं। मैं तो तुम्हें एक ऐसा व्यक्ति समझता था, जो अकेले रहने में उस्ताद हो। मेरा ग़लत मतलब नहीं है। मैं तो तुम्हें सबसे ज़्यादा ...एकांतप्रेमी समझता था।'

उसने मुस्कराकर कहा, 'तुम्हारा निशाना चूक गया।'

'वाह, दिन में दूसरी बार।'

'क्या?'

'एक ही दिन में मैंने तुम्हें दो बार खुलकर मुस्कराते हुए देखा है। तुम उन लड़कियों के साथ इससे पहले मुस्करा रही थीं और मुझे लगा कि यह पहला मौक़ा है जब मैंने तुम्हें सचमुच मुस्कराते हुए देखा है।'

'देखो, मैं *निश्चित* तौर पर मुस्कराती हूं।'

'मुझे ग़लत मत समझो। मुझे यह पसंद है। ना मुस्कराना भी बेहद आकर्षक हो सकता है। किसी भी दिन झूठी मुस्कराहट पर ईमानदार तेवर मैं पसंद करूंगा। यह तुम पर ख़ूब फबती है। तुम, मैं नहीं जानता कुछ ना मुस्कराकर *संतुष्ट* महसूस करती हो या शायद *ईमानदार* ज़्यादा बेहतर शब्द है। पता नहीं क्यों पर यह तुम पर सही लगता है। या मुझे लगता है कि ऐसा है, जब तक कि मैंने तुम्हें आज मुस्कराते हुए नहीं देखा था।'

उसने त्यौरियां चढ़ाते हुए कहा, 'निश्चित तौर पर मैं मुस्कराती हूं।' वह दबे होंठों से मुस्करा रही थी।

हम बाहर का नज़ारा देखना छोड़कर फिर एक-दूसरे की ओर देखते हुए कुछ पल के लिए चुप हो गए। उसकी आंखें बेहद हरी सुनहरी थीं और वे कुछ इस कदर चमक रही थीं, जो चमक कष्ट या बुद्धिमानी या दोनों की ही पहचान थी। तेज़ हवा ने उसके बेहद काली जुल्फ़ों को उड़ा दिया। उसकी भौहें और पलकें भी वैसी ही काली थीं। उसके होंठ क़ुदरती तौर पर ही गुलाबी थे और अलग होते ही शुभ्र दांत दिखाते थे। उसने बिना खिड़की के फ्रेम पर हाथ टिकाए और तेज़ हवा के झोंके ने उसका आंचल ढलका दिया।

'तुम और वे दूसरी लड़कियां किस बात पर हंस रही थीं?'

उसने चिरपरिचित उपहासपूर्ण आधी मुस्कान देते हुए एक भौंह उठाई।

'तुम मुझसे गपशप तो नहीं कर रहे?'

'शायद हां,' मैंने हंसते हुए कहा, 'मुझे लगता है कि तुम मुझे डरा रही हो। माफ़ करना।'

'इस बारे में चिंता मत करो। मैं तो इसे प्रशंसा के तौर पर लेती हूं-हम दोनों के लिए। अगर तुम वाक़ई जानना चाहते हो तो ज़्यादातर बातें तुम्हारे बारे में ही हो रही थीं।'

'मेरे बारे में?'

'हां, वह तुम्हारे द्वारा भालू को गले लगाए जाने की बातें कर रही थीं।'

'ओर हां। वह तो शायद बेहद मज़ेदार *था।*'

'उनमें एक महिला भालू को लगाने से पहले के तुम्हारे चेहरे की नक़ल कर रही थी और फिर वे सब ज़ोर से हंसने लगी। लेकिन उनके लिए ज़्यादा मज़ेदार बात तो

यह पता लगाना थी कि आख़िर तुमने यह क्योंकर किया। हर किसी ने अपना-अपना अनुमान बताया। राधा-उसने कहा कि वह तुम्हारी पड़ोसी है, है ना?'

'हां, वह सतीश की मां है।'

'राधा ने कहा कि तुमने भालू को गले लगाया, क्योंकि तुम्हें उस पर दया आ गई। उस पर सब ज़ोरों से हंस दिए।'

'मैं शर्त लगाना चाहूंगा,' मैंने थूक गटकते हुए कहा, '*तुमने* क्या कहा?'

'मैंने कहा कि शायद तुमने उसे गले लगाया, क्योंकि तुम एक ऐसे व्यक्ति हो जो हर बात में रुचि रखता है और जो हर बात को जानना चाहता है।'

'यह कहना बड़ा ही मज़ाक़िया है। मेरी एक गर्लफ्रेंड ने बहुत पहले एक बार मुझे बताया था कि वह मेरी ओर आकर्षित हुई थी, क्योंकि मुझे हर बात में रुचि थी। उसने बताया कि उसने मुझे छोड़ा भी इसी वजह से।'

मैंने कार्ला को यह नहीं बताया कि उस गर्लफ्रेंड ने कहा था कि मेरी हर बात में रुचि है, लेकिन किसी के प्रति समर्पण का भाव नहीं। यह अब भी मेरे भीतर धधकता है। यह अब भी तकलीफ़ देता है। यह अभी भी सच था।

'क्या तुम...क्या तुम किसी काम में मदद करने में रुचि रखते हो?' कार्ला ने पूछा। उसका स्वर अचानक गंभीर और अलग तरह का हो गया था।

तो यह बात है, मैंने सोचा। इसलिए वह मुझसे मिलने के लिए आई। वह कुछ चाहती है। स्वाभिमान को चोट लगने का अहसास मेरी आंखों में तैर गया। उसने उसे देख लिया। वह मुझसे कुछ चाहती थी। लेकिन वह आई है, वह मुझसे पूछ रही है, किसी और से नहीं और इसी में राहत है। उन हरी गंभीर आंखों में देखते हुए मैं समझ गया कि लोगों की मदद मांगना उसके लिए बहुत ही दुर्लभ बात है। मुझे यह भी महसूस हुआ कि शायद इस मामले में बहुत कुछ ज़्यादा दांव पर लगा हुआ था।

'निश्चित तौर पर,' मैंने ज़्यादा विलंब नहीं करते हुए कहा, 'तुम मुझसे क्या चाहती हो?'

उसने थूक गटका और हिचकिचाहट से उबरने की कोशिश करते हुए वह बोलती चली गई।

'एक लड़की है मेरी दोस्त। उसका नाम लिसा है। वह एक बहुत ही बुरी परिस्थिति में फंस गई है। उसने एक जगह काम करना शुरू किया था-विदेशी कॉल गर्ल्स का एक ठिकाना। लिसा ने वहां सबकुछ गड़बड़ कर दिया। अब उस पर कई लोगों की उधारी है, बहुत ज़्यादा और जिस जगह वह काम करती है वहां कि मालकिन उसे जाने नहीं दे रही। मैं उसे वहां से बाहर निकालना चाहती हूं।'

'मैं ज़्यादा कुछ नहीं कर पाऊंगा, लेकिन मुझे लगता है...'

'बात पैसे की नहीं है। मेरे पास पैसे हैं। लेकिन उस जगह को चलाने वाली लिसा को पसंद करने लगी है। अब अगर मैं भुगतान भी कर दूं तो भी वह लिसा को

नहीं छोड़ेगी। मैं जानती हूं कि वह कैसी है। अब मामला निजी स्तर का हो चुका है। पैसा तो केवल एक बहाना है। वह चाहती है लिसा का हौसला धीरे-धीरे तोड़ना ताकि अंत में कुछ भी बाक़ी नहीं रहे। वह उससे नफ़रत करती है, क्योंकि लिसा बेहद ख़ूबसूरत है और वह साहसी भी है। वह उसे नहीं छोड़ेगी।'

'तुम चाहती हो हम उसे वहां से छुड़ाएं?'

'ठीक ऐसा नहीं।'

अब्दुल्ला ताहेरी और उसके माफ़िया के दोस्तों के बारे में सोचते हुए मैंने कहा, 'मैं कुछ लोगों को जानता हूं। वे लड़ाई-झगड़े से नहीं डरते। हम उनसे मदद मांग सकते हैं।'

'नहीं, यहां मेरे भी दोस्त हैं। वे उसे बेहद आसानी से बाहर निकाल सकते हैं, लेकिन यह उसे उन लोगों द्वारा फिर खोजकर नुक़सान पहुंचाए जाने से नहीं रोक पाएंगे। वे फ़ालतू वक़्त नहीं गंवाते। वे एसिड का इस्तेमाल करते हैं। मैडम झू का विरोध करने के कारण चेहरे पर एसिड का हमला झेलने वाली लिसा पहली लड़की नहीं होगी। हम यह जोख़िम मोल नहीं ले सकते। हम जो भी करेंगे, वह ऐसा होना चाहिए कि वे लिसा को हमेशा के लिए छोड़ने को राज़ी हो जाएं।'

मुझे इस बाबत बहुत असहज लग रहा था। मुझे महसूस हुआ कि कार्ला जो बता रही है, मामला उससे भी ज़्यादा उलझा हुआ है।

'तुमने क्या कहा, मैडम झू?'

'हां, क्या तुमने उसका नाम सुना है?'

मैंने सिर हिलाकर कहा, 'थोड़ा-बहुत। मैं नहीं जानता कि इसमें से कितनी बात पर यक़ीन किया जाए। लोग उसके बारे में बहुत ऊटपटांग और गंदी बातें करते हैं।'

'ऊटपटांग बातें तो नहीं जानती...लेकिन मैं जानती हूं...गंदी बातें सबकी सब सच हैं। मेरी बात गांठ बांध लो।'

मुझे इस बारे में कुछ बेहतर महसूस नहीं हो रहा था।

'वह भाग क्यों नहीं जाती, तुम्हारी वह दोस्त? वह प्लेन पकड़कर वापस क्यों नहीं चली जाती-जहां से वह आई थी?'

'वह एक अमेरिकी है। देखो, अगर मैं उसे वापस अमेरिका भेज पाती तो कोई समस्या ही नहीं थी। लेकिन वह वापस नहीं जाएगी। वह बॉम्बे नहीं छोड़ेगी। वह कभी बॉम्बे नहीं छोड़ेगी। वह एक नशेड़ी है। यह एक बड़ी वजह है। लेकिन उससे भी ज़्यादा है, उसका भूतकाल कुछ ऐसा कि वह दोबारा उसका सामना नहीं कर सकती। इसलिए वह वापस नहीं जाएगी। मैंने इस बारे में उससे बात की, लेकिन कोई फ़ायदा नहीं हुआ। वह...वह वापस नहीं जाएगी। और इसके लिए मैं उसे दोष भी नहीं देना चाहती। मेरी अपनी समस्याएं हैं-मेरे भूतकाल की कुछ ऐसी बातें जिनमें मैं कभी लौटना नहीं चाहूंगी। बातें जिन तक मैं *नहीं* लौटना चाहूंगी।'

'और मेरा मतलब है कि तुम्हारे पास इस लड़की को बाहर निकालने की कोई योजना है?'

'हां, मैं चाहती हूं कि तुम ऐसा दर्शाओ कि तुम अमेरिकी दूतावास से हो, वाणिज्य दूतावास के कोई अधिकारी। मैंने पहले से ही इसका इंतज़ाम कर रखा है। तुम्हें ज़्यादा कुछ नहीं करना होगा। अधिकतर बातचीत मैं ही करूंगी। हम उन्हें बताएंगे कि लिसा के पिताजी अमेरिका में बड़ी तोप हैं, जिनके सरकार के साथ संबंध हैं और तुम्हें उसे बाहर निकालकर उसकी निगरानी का आदेश दिया गया है। तुम्हारे उसके दरवाज़े पर पहुंचने से पहले ही मैं सारी बातें ठीक कर दूंगी।'

'कार्ला मामला मुझे बहुत पेचीदा लग रहा है। क्या तुम सोचती हो कि इतना पर्याप्त होगा?'

उसने जेब से बीड़ी का एक बंडल निकाला और सिगरेट लाइटर से दो बीड़ियां जलाते हुए फिर दोनों को एक-दूसरे से सटाकर सुलगाया। फिर उसने एक बीड़ी मेरी ओर बढ़ाकर दूसरी से कश लगाने शुरू कर दिए।

'मुझे तो ऐसा ही लगता है। मेरे ख़याल से यह हमारा सबसे बेहतरीन विचार है। मैंने लिसा से भी इस बारे में बात की है और वह कहती है कि यह काम कर जाएगा। अगर मैडम झू को उसका पैसा मिल जाता है और अगर वह यह मान लेती है कि तुम दूतावास से आए हो और अगर उसे निश्चित तौर पर यह लगता है कि अगर उसने लिसा को और तकलीफ़ दी तो वह परेशानी में पड़ जाएगी तो मुझे लगता है कि वह लिसा को छोड़ देगी। मैं जानती हूं कि इसमें ढेर सारे अगर-मगर हैं। इसमें से बहुत कुछ तुम पर निर्भर करता है।'

'यह उस पर भी निर्भर है, वह मैडम...क्या तुम्हें लगता है कि वह विश्वास कर लेगी-मुझ पर विश्वास कर लेगी?'

'हमें सबकुछ अच्छी तरह से करना होगा। वह होशियार से ज़्यादा धूर्त है, लेकिन वह बेवक़ूफ़ कतई नहीं है।'

'तुम्हें लगता है कि मैं यह कर पाऊंगा?'

उसने कुछ खिसियानी हंसी के साथ पूछा, 'तुम्हारा अमेरिकी उच्चारण कैसा है?'

मैंने कहा, 'मैं पहले अभिनेता था, किसी और ज़िंदगी में।'

मेरी बांह को छूते हुए उसने कहा, 'बहुत बढ़िया!' मेरी गर्म त्वचा पर उसकी अंगुलियां बेहद ठंडी लगीं।

मैंने कहा, 'मैं नहीं जानता। यह बहुत ज़िम्मेदारी का काम है, अगर सब बातें ठीकठाक नहीं रहीं तो। अगर उस लड़की या तुम्हें कुछ हो जाता है तो भी...'

'वह मेरी दोस्त है। यह विचार मेरा है। ज़िम्मेदारी भी मेरी ही है।'

'मुझे बेहतर लगता अगर वहां भीतर जाने और बाहर आने का संघर्ष मुझ पर ही निर्भर होता तो। दूतावास वाली बात-कई वजहों से यह ग़लत हो सकता है।'

'मैंने पूछा ही नहीं होता, अगर मैंने नहीं सोचा होता कि यह सही तरीक़ा है और अगर मुझे यक़ीन नहीं होता कि लिन तुम यह कर पाओगे।'

वह चुप होकर इंतज़ार करने लगी, मैंने उसे इंतज़ार करने दिया, लेकिन जवाब मुझे पहले ही पता चल चुका था। हो सकता है कि वह सोच रही हो कि मैं मामले को तौल रहा हूं, मानसिक तैयारी कर रहा हूं। वास्तविकता में मैं केवल यही सोच रहा था कि मैं यह क्यों करूंगा। क्या यह उसके लिए है? *मैंने ख़ुद से सवाल पूछा। मैं उसके प्रति समर्पित हूं या केवल उसमें मेरी दिलचस्पी है? मैंने भालू को क्यों गले लगाया था?*

मैं मुस्कराया।

'हम यह कब करने जा रहे हैं?'

उसके चेहरे पर भी मुस्कान तैर गई।

'कुछ ही दिनों में। मुझे पहले कुछ तैयारियां करनी होंगी और सारा माहौल तैयार करना होगा।'

उसने ख़त्म हो चुकी बीड़ी एक ओर फेंकी और मेरी तरफ़ एक क़दम बढ़ाया। मुझे लगा कि शायद वह मुझे चूमेगी, लेकिन तभी अचानक लोगों के चीख़ने-चिल्लाने की आवाज़ें आने लगीं और वह सब दौड़कर हमारे पास खिड़की पर आ गए। लोगों की उस भीड़ में प्रभाकर ने सिर निकाला मेरी बांह के नीचे और कार्ला के पास।

वह चिल्लाया, 'मनपा, बी.एम.सी. आ रही है! बॉम्बे म्युनिसिपल कार्पोरेशन। उधर देखो।'

कार्ला ने पूछा, 'यह क्या है? क्या हो रहा है?' उसकी आवाज़ शोरशराबे के बीच दब गई।

मैंने उसके कानों के पास मुंह लगाकर कहा, 'यह मनपा है। वे कुछ झोपड़ियों को गिराने वाले हैं। वे तक़रीबन हर महीने ऐसा करते हैं। वे झोपड़पट्टी को नियंत्रण में रखना चाहते हैं। उसे सीमा से बाहर जाने से रोकना चाहते हैं, जहां यह सड़क से मिलती है।'

हमने नीचे मुख्य सड़क पर देखा तो पुलिस की चार,पांच, छह बड़ी नीली गाड़ियां उस खुले इलाक़े में आ चुकी थी, जहां कोई झोपड़ी नहीं थी। भारी-भरकम ट्रकों की छतें कपड़े से ढंकी हुई थी। हम भीतर तो नहीं देख सकते थे, लेकिन पता था कि हर एक में लगभग 20 या ज़्यादा पुलिसवाले होंगे। एक खुले ट्रक में मनपा के कर्मचारी और उनका सामान रखा हुआ था। वह पुलिस वाहनों और झोपड़पट्टी के बीच में जाकर खड़ा हो गया। पुलिस ट्रकों से कुछ अधिकारी उतरे और उन्होंने अपने लोगों को दो पंक्तियों में तैनात कर दिया।

मनपा के कर्मचारी, जिनमें से कई ख़ुद झोपड़पट्टियों के निवासी थे, ट्रक से कूदे और उन्होंने अतिक्रमण को ध्वस्त करने का काम शुरू कर दिया। वे एक हुक लगी रस्सी को पहले झोपड़ी के ऊपरी सिरे पर फेंकते थे और हुक के वहां अटकते

ही रस्सी को खींचकर झोपड़ी को धराशायी कर देते थे। लोगों के पास बच्चों, पैसा, काग़ज़ात उठाने जितना ही वक़्त था। बाक़ी सबकुछ भग्नावशेषों के बीच दब चुका था। केरोसिन स्टोव, खाना पकाने की सामग्री, बैग्स, बिस्तर, कपड़े और बच्चों के खिलौने। लोग घबराहट में बिखर चुके थे। पुलिस ने उनमें से कुछ लोगों को रोका और कुछ युवकों को अपने ट्रकों में बैठा दिया।

हमारी खिड़की में मौज़ूद लोग यह सब देखते हुए शांत हो गए। अपनी बेहतर स्थिति से हम नीचे की जा रही तबाही देख सकते थे, लेकिन हम उसमें से सबसे तीव्र शोर भी नहीं सुन पा रहे थे। दरअसल सन्नाटे जैसी स्थिति में उस तबाही को देखने के कारण हम सब स्तब्ध थे। तब तक तो मुझे चलती हवा का भी अहसास नहीं था। यह किसी रुदन की भांति धीरे-धीरे चल रही थी। मैं जानता था कि इमारत की सभी 35 मंज़िलों पर, ऊपर और नीचे, हमारी तरह ही अन्य लोग भी मूक दर्शक बनकर यह सब देख रहे होंगे।

हालांकि निर्माण स्थल पर कार्यरत मज़दूरों की वैध झोपड़पट्टी के घर सुरक्षित थे, सारा काम सहानुभूति के चलते थम गया था। मज़दूर इस बात को समझ चुके थे कि जब यह इमारत पूरी हो जाएगी तो उनके अपने घर भी ऐसे ही खंडहरों में तब्दील हो जाएंगे। वे यह तमाशा कई बार देख चुके थे और जानते थे कि अंत में क्या होगा : पूरी झोपड़पट्टी को तबाह करके आग लगा दी जाएगी। उसकी जगह लिमोजिन कारों की पार्किंग बन जाएगी।

मैंने अपने इर्द-गिर्द के चेहरों की ओर देखा : करुणा और भय से ग्रसित। कुछ लोगों की आंखों में मैंने मनपा द्वारा हममें से कई लोगों को जो कुछ सोचने पर मज़बूर किया, उसके लिए शर्म का अहसास भी देखा : *धन्यवाद भगवान...धन्यवाद भगवान मेरे साथ ऐसा नहीं हुआ...*

पुलिसकर्मियों और मनपा के कर्मचारियों को दोबारा ट्रक में चढ़ते देखकर प्रभाकर बोला, 'बहुत अच्छी क़िस्मत है लिन बाबा, आपका घर सुरक्षित है और मेरा भी!' वह जाने से पहले 100 मीटर लंबी और 10 मीटर चौड़ी एक पूरी पट्टी को तबाह करके गए थे। अवैध झोपड़पट्टी का यह उत्तरी-पूर्वी सिरा था। लगभग 60 झोपड़ियां तोड़ दी गई थीं, जिसमें लगभग 200 लोग रहते थे। पूरी प्रक्रिया बमुश्किल 20 मिनट में पूरी हो गई।

कार्ला ने शांत भाव से पूछा, 'यह बेघर लोग अब कहां जाएंगे?'

'अधिकांश तो कल इस वक़्त तक यहीं लौट आएंगे। अगले माह वह आकर दोबारा उनकी झोपड़ियां तोड़ देंगे या किसी अन्य हिस्से में तबाही करेंगे। फिर वे दोबारा खड़ी हो जाएंगी। लेकिन फिर भी यह एक बड़ा नुक़सान है। उनका सारा सामान तहस-नहस कर दिया गया है। उन्हें नया घर बनाने के लिए दोबारा बांस, चटाइयां व अन्य निर्माण सामग्री जुटाना पड़ेगी। और जो लोग गिरफ़्तार कर लिए गए हैं, शायद वह कुछ महीने तक हमें दिखाई नहीं देंगे।'

वह बोली, 'मुझे समझ नहीं आ रहा है कि किस बात ने मुझे ज़्यादा डराया है, वह पागलपन जिसने लोगों के घर तोड़ दिए या उन्हें दोबारा खड़ा करने की क्षमता।'

अधिकांश लोग खिड़की से परे जा चुके थे, लेकिन मैं और कार्ला उतने ही नज़दीक बने रहे, जितने कि भीड़ की धक्का-मुक्की के दौरान थे। मेरी बांह उसके कंधे पर लिपटी थी। नीचे ज़मीन पर, 20 मंज़िल नीचे, लोग अपने घरों के मलबे से सामान तलाशने में जुट चुके थे। बुज़ुर्गों और बच्चों के लिए कपड़े और प्लास्टिक के आश्रयस्थल तैयार भी हो चुके थे। वह मेरी ओर मुड़ी और मुझे चूम लिया।

उसके होंठों की गर्माहट के साथ हमारे जिस्म एक हो गए। चंद पलों की उदासी भरी कोमलता के बीच मैं कुछ सेकेंड हवा में रहने के बाद और किसी अवर्णनीय दयालुता में तैरता रहा। मैं कार्ला को समझदार, बहुत सख़्त लगभग नीरस व्यक्ति समझता था, लेकिन उसका चुंबन शुद्ध था, बिना किसी लागलपेट के। सौम्य सुंदर अहसास ने मुझे हिलाकर रख दिया और पहले मैं पीछे हटा।

मैंने लड़खड़ाते स्वर में कहा, 'माफ़ करना। मैंने...'

उसने मुस्कराते हुए अपने हाथों से मुझे कुछ पीछे धकेलते हुए कहा, 'कोई बात नहीं। लेकिन हम निश्चित तौर पर भोज में मौज़ूद कुछ ख़ूबसूरत लड़कियों को निराश ज़रूर करेंगे।'

'कौन?'

'तुम यह कहना चाह रहे हो कि तुम्हारी यहां कोई गर्लफ्रेंड नहीं है?'

'नहीं। बिलकुल नहीं।' मैंने खिसियाते हुए कहा।

उसने आह भरते हुए कहा, 'मुझे डिडियर की बातें सुनना बंद करना होंगी। यह उसका ही विचार था। उसे लगता है कि यहां तुम्हारी एकाध गर्लफ्रेंड तो होगी ही। उसका कहना है कि तुम्हारे यहां रहने की यही इकलौती वजह है। उसने कहा कि यह इकलौता कारण है कि कोई विदेशी झोपड़पट्टी में रहेगा।'

'कार्ला, मेरी कोई गर्लफ्रेंड नहीं है, ना यहां ना कहीं ओर। मैं तो तुमसे प्यार करता हूं।'

वह अचानक चीख़ी, 'नहीं, तुम नहीं करते।' यह किसी थप्पड़ सा लगा।

'मैं कुछ भी नहीं कर सकता। अब काफ़ी अरसा हो गया मैं-'

उसने फिर मुझे टोकते हुए कहा, 'बस बहुत हो चुका! तुम मुझे *नहीं* चाहते! तुम नहीं चाहते। हे भगवान मुझे प्यार से कितनी *नफ़रत* है।'

मैंने उसका मूड ठीक करने के लिए हंसते हुए कहा, 'तुम प्यार से नफ़रत नहीं कर सकती कार्ला।'

'शायद नहीं, लेकिन तुम निश्चित ही इसके चक्कर में पड़ चुके हो। किसी को प्यार करना बहुत अहंकार भरा होता है, यहां चारों ओर यह देखने को मिल रहा है। दुनिया में बहुत ज़्यादा प्यार है। कभीकभार मुझे लगता है कि शायद स्वर्ग ऐसा ही

होता है–एक ऐसी जगह जहां हर कोई ख़ुश है, क्योंकि वहां कोई भी व्यक्ति कभी किसी दूसरे से प्यार नहीं करता।'

अचानक हवा ने उसकी ज़ुल्फ़ें उसके चेहरे पर बिखेर दी और उसने एक हाथ से उन्हें पीछे किया। बालों को अंगुलियों से थामे हुए वह अपने पैरों की ओर देख रही थी।

उसने होंठों को दांतों से कसकर दबाते हुए कहा, 'उस अच्छे, पुराने अर्थहीन सेक्स का क्या हुआ, जो बिना किसी बंधन के किया जाता था?'

यह कोई सवाल नहीं था, लेकिन फिर भी मैंने जवाब दे ही डाला।

'मैंने इस संभावना को ख़ारिज नहीं किया है।'

'देखो मैं किसी के प्यार में नहीं पड़ना चाहती।' उसने आवाज़ को मुलायम करते हुए कहा और भौंहें उठाकर मुझे घूरने लगी। 'मैं नहीं चाहती कि कोई भी मेरे प्यार में पड़े। यह मेरे लिए अच्छा नहीं रहा है, यह रोमांस का चक्कर।'

'कार्ला, मुझे नहीं लगता कि यह सबके लिए अच्छा रहा है।'

'बिलकुल ठीक, यही मैं कह रही हूं।'

'लेकिन, यह हो जाता है। तुम्हारे पास कोई विकल्प नहीं होता। मुझे नहीं लगता कि यह कोई ऐसी बात है जो हम ख़ुद चुनकर करते हैं। और...मैं तुम पर कोई दबाव नहीं डालना चाहता। मैं बस तुम्हारे प्यार में हूं...बस इतनी सी बात। मैं कुछ अरसे से तुम्हारे प्यार में हूं और मुझे अंततः कहना ही पड़ा। इसका यह मतलब कतई नहीं है कि तुम्हें या मुझे इस बारे में कुछ करना है।'

'मैं अभी भी...मैं नहीं जानती। मैं केवल...हे *भगवान!* लेकिन मैं तुम्हें पसंद करके ख़ुश हूं। मैं तुम्हें काफ़ी *पसंद* करती हूं। मैं तुम्हारे लिए कुछ भी कर सकती हूं, लिन, अगर यह पर्याप्त हो तो।'

उसकी आंखों से ईमानदारी झलक रही थी और फिर भी मुझे पता था कि वह मुझसे काफ़ी कुछ छिपा रही है। उसकी आंखों में बहादुरी दिख रही थी, लेकिन फिर भी वह डरी हुई थी। जब मैं उसकी तरफ़ देखकर मुस्कराया तो उसने भी ठहाका लगा दिया।

'फ़िलहाल इतना पर्याप्त है ना?'

मैंने झूठ बोला, 'निश्चित। निश्चित तौर पर।'

लेकिन झोपड़पट्टी के लोगों की ही तरह मुझसे सैकड़ों फ़ीट नीचे, मैं अपने दिल के टूटे मकान के मलबे को बटोरकर खंडहरों पर दोबारा घर बना रहा था।

अध्याय 13

इस हक़ीक़त के बावज़ूद कि बहुत कम लोग ही अपनी आंखों से मैडम झू को देखने का दावा कर सकते थे, कार्ला ने मुझे विश्वास दिलाया कि इसके बावज़ूद पैलेस पर जाने वाले अधिकांश लोगों के लिए वही मुख्य आकर्षण थी। उसके ग्राहक अमीर थे : बड़े कारोबारी, राजनीतिज्ञ और गैंगस्टर। उसके पैलेस पर ग्राहकों को विदेशी लड़कियां उपलब्ध कराई जाती थीं–विशेष तौर पर, क्योंकि कभी किसी भारतीय लड़की ने वहां काम नहीं किया–और वहां उनकी अजीबोग़रीब यौन कामेच्छाओं की भी पूर्ति के तमाम इंतज़ाम थे। मैडम झू द्वारा निजी तौर पर तैयार अय्याशी के अजीबोगरीब तरीक़े पूरे शहर में दबी जुबान चर्चा के विषय थे, लेकिन प्रभावशाली लोगों के साथ संपर्क और पर्याप्त रिश्वत के चलते पैलेस किसी भी तरह के छापे या जांच से परे था। और हालांकि बॉम्बे में कई अन्य जगहें भी ऐसी थीं, जहां पर विलासिता और सुरक्षा उपलब्ध थी, लेकिन वहां मैडम झू नहीं होने के कारण, पैलेस से ज़्यादा लोकप्रिय नहीं था। अंत में लोगों में पैलेस की दीवानगी की वज़ह, वहां की लड़कियों की ख़ूबसूरती और कौशल नहीं थी बल्कि उस महिला का रहस्यमयी किरदार था, वह अदृश्य ख़ूबसूरती मैडम झू।

लोग कहते थे कि वह रूसी मूल की है, लेकिन उसकी निजी ज़िंदगी के अन्य रहस्यों के मुताबिक़ यह भी एक रहस्य ही था। कार्ला ने बताया कि लोगों ने इसे ही स्वीकार लिया, क्योंकि यही सबसे ज़्यादा स्थायी अफ़वाह थी। एक तथ्य स्पष्ट था कि वह 1960 के दशक में नई दिल्ली में आई थी। वह दशक जो अन्य विदेशी राजधानियों की तरह बहुत ही दीवानगी की स्थिति में था। नया शहर स्थापना के 30 साल और पुराना शहर 300वें साल का जश्न मना रहा था। अधिकांश स्रोतों की इस बात पर सहमति है कि मैडम झू उस वक़्त 29 वर्ष की थी। कहा तो यहां तक जाता है कि वह केजीबी के एक अफ़सर की रखैल थी, जिसने देश की तत्कालीन प्रमुख पार्टी कांग्रेस के अधिकारियों में सेंध लगाने का काम सौंपा था। इस पार्टी का उन वर्षों में भारत में दबदबा था और वह हर राष्ट्रीय चुनाव में अपराजेय बढ़त हासिल करती थी। पार्टी के कई समर्पित लोग–और यहां तक कि उनके राजनीतिक दुश्मन भी मानते थे कि भारत पर इस दल का राज 100 वर्षों तक चलेगा। इसलिए इस पार्टी के लोगों पर क़ाबू का मतलब था पूरे देश पर क़ाबू।

दिल्ली में मौज़ूदगी के उसके वर्षों में बदनामी से लेकर आत्महत्या और राजनीतिक हत्याएं तक देखने को मिलीं। कार्ला ने कहा कि वह इन कहानियों के, विभिन्न लोगों से, इतने भिन्न-भिन्न संस्करण सुन चुकी है कि वह सोचने लगी कि इन लोगों के लिए सच्चाई, फिर चाहे वह जो भी हो कोई मायने नहीं रखती। मैडम झू इस तरह की हस्ती बन चुकी थी : लोग अपनी कोरी कल्पनाओं को भी उसकी ज़िंदगी का हिस्सा बना देते थे। एक के मुताबिक़ उसके पास बेशक़ीमती हीरे हैं जो वह टाट की थैली में रखती है। एक अन्य दावे के साथ उसके नशे का आदी होने की बात बताता है। तीसरे का तो कहना है कि वह शैतानी संस्कार जानती है और नरभक्षी है।

कार्ला ने कहा, 'लोग उसके बारे में ढेर सारी ऊटपटांग बातें करते हैं और मुझे लगता है कि इसमें से कुछ तो बेहूदा और ग़लत हैं। लेकिन सबका निचोड़ यही है कि वह ख़तरनाक महिला है। चालाक़ और ख़तरनाक।'

'ओह।'

'मैं मज़ाक़ नहीं कर रही हूं। उसे कमज़ोर मत आंको। जब वह छह वर्ष पहले दिल्ली से मुंबई आई थी तो एक हत्या का मुकदमा चल रहा था, जिसके केंद्र में वही थी। उसके दिल्ली के पैलेस में दो महत्त्वपूर्ण लोगों की लाशें मिली थीं और दोनों के ही गले काटे गए थे। उनमें से एक पुलिस इंस्पेक्टर था। मुकदमा ढेर हो गया जब उसके ख़िलाफ़ गवाही देने वाला एक व्यक्ति ग़ायब हो गया और दूसरा अपने ही घर के दरवाज़े पर फांसी पर झूलता हुआ मिला था। उसने दिल्ली छोड़कर बॉम्बे में डेरा जमाने का फ़ैसला किया। पहले छह महीने में ही एक और हत्या हो गई। उसके पैलेस से केवल एक गली दूर और अनेक लोगों ने इसका संबंध उससे बताया। लेकिन उसके पास इतने सारे लोगों के बारे में इतनी सारी जानकारी है कि-उसमें बहुत ऊपर तक के लोग भी शामिल हैं। वे उसे छू तक नहीं सकते। वह जो चाहे वह कर सकती है क्योंकि वह जानती है कि वह किसी भी तरह से बच निकलेगी। अगर अब तुम इससे बाहर निकलना चाहते हो तो यह तुम्हारा अवसर है।'

हम एक काली-पीली फ़िएट टैक्सी में स्टील बाज़ार से दक्षिण बॉम्बे की ओर जा रहे थे। यातायात बहुत ज़्यादा था। कार से भी ज़्यादा चौड़े, लंबे सैकड़ों हाथठेले, बसों और ट्रकों के बीच से चल रहे थे, जिनमें से हर एक को छह लोग नंगे पांव खींच रहे थे। स्टील बाज़ार की मुख्य सड़क छोटी और मझोले आकार की दुकानों से पटी पड़ी थी। वे यहां घर में इस्तेमाल होने वाला धातु का हर सामान बेचते थे। केरोसिन स्टोव से लेकर स्टेनलेस स्टील के हौद तक। बिल्डरों, शॉप फ़िटर्स और सजावट वालों को लगने वाले कास्ट आयरन और शीट मैटल के उत्पाद भी यहां पर मिल जाते थे। दुकानें चमकीले स्टील के लटकते हुए सामान से सजी थीं। यहां इतनी अधिक विविधता होती थी कि विदेशी पर्यटकों के कैमरे इनकी ओर मुड़ जाते थे। कारोबार की चमक-दमक के पीछे गलियों में लोग थे, जो रुपये की बज़ाय पैसे में भुगतान पाने के लिए इन चमकीले सामान को बनाने वाली काली भट्टियों में तपते रहते थे।

टैक्सी की खिड़की खुली थी, लेकिन कोई हवा नहीं चल रही थी। यातायात के कारण माहौल गर्म था। रास्ते में हम कार्ला के घर पर रुके थे, जहां पर मैंने टी-शर्ट, जीन्स और जूतों की जगह बेहतर बूट, बेहतर पतलून और सफ़ेद शर्ट और टाई पहन ली थी।

मैंने कहा, 'मेरी तो एक ही इच्छा है कि इन कपड़ों से बाहर निकल आऊं।'

उसने शरारत भरी निगाह के साथ कहा, 'क्यों इनमें क्या बुराई है?'

'इनसे खुजली हो रही है और ये भयानक हैं।'

'वे अच्छे साबित होंगे।'

'उम्मीद है कि हमारे साथ कोई दुर्घटना नहीं होगी-इन कपड़ों में मरना मुझे कतई रास नहीं आएगा।'

'सच तो यह है कि ये कपड़े तुम पर अच्छी तरह से फब रहे हैं।'

'चलो मेरा दिन अच्छा हो गया।'

उसने कुछ स्नेह के साथ कहा, 'चलो छोड़ो भी!' उसका यह लहजा मुझे बहुत प्यारा लगता था और इसमें रोमांस की वह झलक मिलती थी जो मुझे रोमांचित कर देती थी। उस लहजे का संगीत इटालियन था, आकार जर्मन और उसमें छिपा मज़ाक़ और भाव अमेरिकी था और रंग भारतीय था। 'तुम्हें पता है कपड़ों को लेकर तुम्हारे नखरे एक तरह का अहंकार हैं। यह बहुत अकड़ भरा भी है।'

'मुझे सजना पसंद नहीं है। मुझे कपड़ों से नफ़रत है।'

'नहीं, कतई नहीं। तुम्हें कपड़ों से *प्यार* है।'

'ये क्या कह रही हो? मेरे पास जूतों की एक जोड़ी, जीन्स की एक जोड़ी, एक शर्ट, दो टी-शर्ट और कुछ लुंगियां हैं। यही मेरा वार्डरोब है। अगर मैं उन्हें नहीं पहन रहा हूं तो वे मेरी झोपड़ी की कील से लटकते रहते हैं।'

'मेरा ठीक यही कहना है। तुम्हें कपड़ों से इतना ज़्यादा प्यार है कि तुम उन्हें पहनने का बोझ नहीं सहन कर सकते, केवल उन कपड़ों के अलावा जिनमें तुम्हें ठीक लगता है।'

मैंने खुजली पैदा कर रही कॉलर को हिलाया।

'कार्ला, ये कपड़े सही होने से काफ़ी परे हैं। वैसे, तुम्हारे घर में पुरुषों के इतने ढेर सारे कपड़े कहां से आ गए? तुम्हारे पास तो मेरे से ज़्यादा पुरुषों के कपड़े हैं।'

'मेरे साथ रहने वाले पिछले दो व्यक्ति कुछ जल्दबाजी में रवाना हो गए।'

'इतनी जल्दबाजी में कि अपने कपड़े तक पीछे छोड़ गए?

'हां।'

'क्यों?'

उसने धीरे से कहा, 'उनमें से एक... बहुत व्यस्त हो गया।'

'क्या करने में व्यस्त?'

'वह ढेर सारे क़ानूनों को तोड़ रहा था और शायद वह नहीं चाहता था कि मैं इस बारे में बात करूं।'

'क्या तुमने उसे निकाल बाहर किया?'

'नहीं।'

उसने सपाट स्वर में कहा, लेकिन उसमें पश्चाताप की झलक दिख रही थी कि उसे क्यों जाने दिया।

'और... वह दूसरा व्यक्ति?'

'तुम जानना नहीं चाहते।'

मैं जानना चाहता था, लेकिन उसने अचानक अपना चेहरा खिड़की से बाहर देखने के लिए मोड़ लिया और निश्चित तौर पर यह चेतावनी और प्रतिबंध वाला रुख़ था। मैंने सुना था कि कार्ला पहले किसी अहमद नाम के व्यक्ति के साथ रहती थी, एक अफ़गानी व्यक्ति। लोगों ने इस बारे में ज़्यादा बात नहीं की और मैंने मान लिया कि दोनों के बीच काफ़ी पहले संबंध टूट गए थे। पिछले एक साल से जबसे मैं उसे जानता था कार्ला उस घर में अकेली रहती थी। मुझे उस पल तक इस बात का अहसास ही नहीं हुआ था कि उसकी यह छवि मेरे दिमाग़ में कितनी गहरी पैठ बना चुकी थी कि वह कौन है और वह कैसी रहती है। उसके इस ऐलान कि वह अकेले रहना पसंद नहीं करती, मैं सोचता था कि वह उन लोगों में से एक है जो कभी किसी के साथ नहीं रह सकती : जो लोगों को बमुश्किल मिलने या एक रात ठहरने की अनुमति देती है, उससे ज़्यादा कभी नहीं।

मैंने उसकी ओर देखा और उसके हुलिये से मैं कल्पना ही नहीं कर पा रहा था कि वह किसी के साथ रह रही है। नाश्ता, खुली पीठ, बाथरूम का शोर-शराबा और ख़राब मूड, घरेलू और विवाहित जैसी स्थिति : उसकी इसमें से किसी भी रूप में कल्पना असंभव थी। उसके अकेले रहने और संपूर्ण होने की तुलना में इसके ठीक विपरीत मुझे अहमद की कल्पना करने में जरा भी परेशानी नहीं हुई। उसका कमरे का वह अफ़गानी साथी, जिससे मैं कभी नहीं मिला था।

हम लगभग पांच मिनट तक चुप बैठे रहे, सन्नाटा जिसमें टैक्सी के मीटर के चलने की आवाज़ आ रही थी। कार के डेशबोर्ड पर लटकी एक भगवा रंग की पट्टी बता रही थी कि टैक्सी ड्राइवर, बॉम्बे में मौज़ूद कई अन्य लोगों की ही तरह, उत्तर प्रदेश से था, भारत के पूर्वोत्तर में स्थित सबसे ज़्यादा आबादी वाला राज्य। ट्रैफ़िक जाम के बीच धीरे-धीरे आगे बढ़ने के कारण उसे हमें शीशे में देखने का मौका कई बार मिला। वह कौतूहल का शिकार था। कार्ला ने उससे धाराप्रवाह हिंदी में बातचीत करते हुए उसे गली-दर-गली पैलेस तक का सही रास्ता बताया था। हम ऐसे विदेशी थे जिनका व्यवहार स्थानीय लोगों की तरह था। उसने हमारी परीक्षा लेने का फ़ैसला किया।

उसने सड़क छाप हिंदी में गाली देते हुए कहा, 'साला ट्रैफ़िक!' मानो वह ख़ुद से बोल रहा हो, लेकिन उसकी आंखें शीशे से हम पर टिकी थीं। 'लगता है साला आज पूरे शहर का ही पेट जाम हो गया है।'

कार्ला ने हिंदी में तीखा जवाब दिया, 'शायद 20 रुपये की टिप एक अच्छा जुलाब साबित होगी। तुम कर क्या रहे हो, टैक्सी प्रति घंटे के हिसाब से चलाते हो क्या? भाई चलो, बढ़ो!'

ड्राइवर ने ठहाका लगाते हुए अंग्रेज़ी में जवाब दिया, 'हां, मिस।' वह ट्रैफ़िक में से रास्ता निकालने के लिए प्रयासों में तेज़ी लाने लगा।

मैंने उससे पूछा, 'तो उसे *हुआ* क्या था?'

'किसे?'

'वह तुम्हारे साथ रहने वाला दूसरा व्यक्ति–जिसने ढेर सारे क़ानून *नहीं* तोड़े थे।'

उसने दांतों को भींचते हुए कहा, 'तुम जानना ही चाहते हो तो वह मर गया।'

'तो...वह कैसे मरा?'

'वे कहते हैं कि उसने ज़हर खा लिया था।'

'वे *कहते* हैं?'

'हां,' उसने लंबी सांस लेते हुए कहा और उसकी आंखें लोगों की भीड़ में गुम हो गईं।

'उनमें से...यह ड्रेस किस व्यक्ति की थी, जो मैंने पहन रखा है। क़ानून तोड़ने वाले की या जो मर गया?'

'जो मर गया।'

'अच्छा...'

'मैंने ये कपड़े उसे दफ़नाते वक़्त पहनाने के लिए ख़रीदे थे।'

'शिट!'

उसने फिर मेरी ओर मुंह करके कहा, 'शिट... *क्या?*'

'शिट... कुछ नहीं... लेकिन मुझे तुम्हारे ड्रायक्लीनर का नंबर देने का याद दिलाना।'

'हमें इसकी ज़रूरत ही नहीं पड़ी। उन लोगों ने उसे...दूसरे ही कपड़ों में दफ़ना दिया। मैंने यह सूट ख़रीदा था, लेकिन अंत में हमने इसका इस्तेमाल ही नहीं किया।'

'अच्छा... ये बात है।'

'मैंने तुमसे कहा था कि तुम जानना नहीं चाहोगे।'

उसके पूर्व प्रेमी के मर जाने और कोई प्रतिस्पर्धा नहीं बचने की एक अलग ही क़िस्म की क्रूरता भरी राहत महसूस करते हुए मैंने कहा, 'नहीं, नहीं। ठीक है।' मैं उस वक़्त यह जानने के लिहाज़ से काफ़ी युवा था कि मृत प्रेमी सबसे कड़े प्रतिद्वंद्वी होते

हैं। 'फिर भी कार्ला, मैं बहुत ज़्यादा नखरे नहीं दिखाना चाहता, लेकिन तुम्हें मानना ही होगा कि यह कुछ कष्टप्रद और अप्रिय है-हम एक बहुत ही ख़तरनाक अभियान पर जा रहे हैं और मैं यहां एक मृत व्यक्ति के दफ़न सूट में बैठा हूं।'

'तुम बस अंधविश्वासी हो रहे हो।'

'नहीं, ऐसा नहीं है।'

'हां, ऐसा ही है।'

'मैं अंधविश्वासी नहीं हूं।'

'हां तुम हो।'

'नहीं, मैं नहीं हूं।'

टैक्सी में बैठने के बाद उसने पहली बार खरी मुस्कान देते हुए कहा, 'हां, तुम निश्चित तौर पर हो। पूरी दुनिया में हर कोई अंधविश्वासी है।'

'मैं इस बारे में झगड़ा नहीं करना चाहता। यह शायद दुर्भाग्य है।'

उसने हंसते हुए कहा, 'चिंता मत करो। हम ठीक रहेंगे। देखो, ये हैं तुम्हारे बिज़नेस कार्ड्स, मैडम झू को उन्हें जमा करने का शौक है। वह तुमसे एक मांगेगी। और वह उसे संभालकर रखेगी ताकि कभी ज़रूरत हो तो उसका इस्तेमाल कर सके। लेकिन अगर ऐसी नौबत आई भी तो उसे पता चलेगा कि तुम काफ़ी पहले दूतावास से जा चुके हो।'

कार्ड मोतियों की तरह सफ़ेद लिनन से बने थे और उस पर शब्द ब्लैक लिक्विड इटेलिक में थे। वे बताते थे कि गिलबर्ट पार्कर, अमेरिकी दूतावास में काउंसलर अवर सचिव हैं।

मैंने खीजकर कहा, 'गिलबर्ट?'

'तो क्या?'

'तो अगर यह टैक्सी दुर्घटनाग्रस्त हो जाती है तो वे मलबे से मेरा शरीर निकालेंगे इन कपड़ों के साथ और मेरी पहचान गिलबर्ट के तौर पर करेंगे। कार्ला मुझे कहना ही पड़ेगा कि मुझे यह सबकुछ अच्छा नहीं लग रहा।'

'देखो, तुम्हें फ़िलहाल गिलबर्ट से ही काम चलाना पड़ेगा। दूतावास में सचमुच का गिलबर्ट है। उसका मुंबई दौरा आज समाप्त हो रहा है। इसलिए हमने उसका चयन किया-वह आज रात अमेरिका लौट जाएगा। इसलिए सारी बातें आज ही पूरी हो जाएंगी। वैसे भी मुझे नहीं लगता कि वह तुम्हारे बारे में इस संबंध में कुछ ज़्यादा जांच करेगी। शायद एक फ़ोन कॉल, लेकिन शायद वह यह भी ना करे। अगर वह तुमसे संपर्क साधना ही चाहेगी तो वह यह काम मेरे ज़रिये करेगी। पिछले साल ब्रिटिश दूतावास के साथ उसका कुछ विवाद हो गया था। उसे इसकी भारी क़ीमत चुकानी पड़ी थी। और कुछ महीने पहले ही एक जर्मन राजनयिक, पैलेस में बड़ी मुश्किल में फंस गया था। उसे उस मामले पर पर्दा डालने के लिए भी काफ़ी ख़र्चा करना पड़ा

था। दूतावास के लोग वे लोग हैं जो उसे वाक़ई नुक़सान पहुंचा सकते हैं, इसलिए वह ज़्यादा मुश्किल खड़ी नहीं करेगी। बस उससे बात करते वक्त नम्र और दृढ़ बने रहो। और कुछ हिंदी भी बोलना। उसे इसकी उम्मीद होगी। और जहां तक तुम्हारे लहजे की बात है तो मैं संभाल लूंगी। यही एक वजह है कि मैंने इस मामले में तुमसे मदद मांगी, समझे? तुमने काफ़ी हिंदी सीख ली है और वह भी केवल एक ही वर्ष में।'

मैंने उसके आकलन को दुरुस्त करते हुए कहा, '14 माह। पहले दो महीने जब मैं बॉम्बे आया, फिर छह महीने प्रभाकर के गांव में और अब छह महीने से झोपड़पट्टी में। 14 माह।'

'चलो...ठीक है... 14 महीने।'

मैंने कहा, 'मुझे लगा कि कोई भी मैडम झू से नहीं मिल पाता होगा। तुमने कहा था कि वह ख़ुद को छिपाकर रखती है और कभी किसी से बात नहीं करती।'

कार्ला ने धीमे से जवाब दिया, 'यह सच है, लेकिन यह बात उससे कहीं ज़्यादा जटिल है।' उसकी आंखों में कुछ पल के लिए पिछले दिनों की यादें तैरने लगी, लेकिन उसने फिर एकाग्रता बढ़ाते हुए कहा, 'वह सबसे ऊपर की मंज़िल पर रहती है। उसकी ज़रूरत का हर सामान वहां पर मौज़ूद है। वह कभी बाहर नहीं जाती। उसके पास दो सेवक हैं जो खाना, कपड़े और अन्य सामान उस तक पहुंचाते हैं। इमारत में कई छिपे हुए गलियारे और सीढ़ियां होने के कारण वह बिना किसी को दिखे पूरी इमारत में घूम-फिर सकती है। वह शीशों के पार या हवा आने-जाने के धातुई रास्तों के जरिये अधिकांश कमरों में ताक-झांक कर सकती है। उसे देखना अच्छा लगता है। कई मर्तबा वह लोगों के साथ एक आड़ के जरिये बातचीत भी करती है। वह आपको देख सकती है, लेकिन *आप उसे* नहीं देख सकते।'

'तो फिर कोई कैसे जानता है कि वह दिखती कैसी है?'

'उसका फ़ोटोग्राफ़र।'

'उसका क्या?'

'उसने अपने कई फ़ोटो खिंचवाएं हैं। हर महीने में एक नया। वह ये फ़ोटो अपने पसंदीदा ग्राहकों को देती है।'

मैडम झू में तो मेरी कोई दिलचस्पी नहीं थी, लेकिन कार्ला को बोलता रखने के लिए मैंने कहा, 'बहुत ही अजीबोग़रीब।' मैं उसके लाल होंठों को हर शब्द बनाते देखता रहता था-होंठ जिन्हें मैंने कुछ दिन पहले ही चूमा था-और उसका चेहरा भी बोलता था। मुझे तो लगता है कि अगर वह एक माह पुराना अख़बार भी पढ़ रही हो तो मैं पूरे उत्साह के साथ उसका चेहरा, उसकी आंखें, उसके होंठ देखता रहूंगा। 'वह ऐसा क्यों करती है?'

'क्या करती है?' उसने कहा, उसकी आंखें सवालिया मुद्रा में सिकुड़ गई थीं।

'वह ख़ुद को इस तरह से छिपाती क्यों है?'

'मुझे नहीं लगता कि किसी को पता होगा,' उसने दो बीड़ियां निकालकर सुलगाईं और एक मुझे थमा दी। 'जैसा कि मैं पहले ही कह रही थी कि उसके बारे में बहुत सी ऊलजलूल बातें होती रहती हैं। मैंने लोगों से सुना है कि एक हादसे में उसका चेहरा बुरी तरह से बिगड़ गया था और वह इसी वजह से अपना चेहरा छिपाती है। वे कहते हैं कि उसके फ़ोटोग्राफ़्स तैयार करते वक़्त उसके घावों को हटा दिया जाता है। मैंने लोगों को कहते सुना है कि उसे कुष्ठरोग या कोई अन्य रोग है। मेरे एक दोस्त का तो कहना है कि वह अस्तित्व में ही नहीं है। उसका कहना है कि यह महज एक झूठ है, एक तरह का षड्यंत्र, यह छिपाने के लिए कि वास्तविकता में कौन इस जगह को चलाता है और वहां क्या चलता है।'

'तुम्हें क्या लगता है?'

'मैं...मैंने पर्दे की आड़ से उससे बात की है। मुझे लगता है कि वह असाधारण रूप से मनोरोगी हो चुकी है कि उसे उम्र बढ़ने से नफ़रत है। मुझे लगता है कि वह पूर्णता से कम कुछ नहीं चाहती। कई लोग कहते हैं कि वह ख़ूबसूरत थी। वाक़ई तुम्हें हैरानी होगी, लेकिन कई लोग ऐसा कहते हैं। उसके फ़ोटोग्राफ़्स में उसकी उम्र 27 या 30 के पार नहीं जाती। उसके चेहरे पर कोई निशान या झुर्रियां नहीं हैं। मुझे लगता है कि वह अपनी ख़ूबसूरती पर ख़ुद ही फ़िदा है। वह कभी भी किसी को अपना वास्तविक चेहरा नहीं देखने देगी। मुझे लगता है कि वह...वह अपने ही प्यार में पागल है। मुझे लगता है कि अगर वह 90 वर्ष की उम्र तक भी जीवित रही तो हर महीने आने वाले उन फ़ोटोग्राफ़्स में उसे 30 वर्ष का ही दिखाया जाता रहेगा।'

मैंने पूछा, 'तुम उसके बारे में इतना कुछ कैसे जानती हो? तुम उससे कैसे मिली?'

'मैं समन्वयक और काम को सरल बनाने वाली हूं। यह मेरे काम का ही हिस्सा है।'

'यह मुझे ज़्यादा जानकारी नहीं देता।'

'तुम कितना जानना चाहते हो?'

यह एक सामान्य सा सवाल था और जवाब भी आसान था–*मैं तुमसे प्यार करता हूं और मैं तुम्हारे बारे में सबकुछ जानना चाहता हूं*–लेकिन उसकी आवाज़ में तल्खी और सर्द आंखों को देखकर मैं रुक गया।

'कार्ला, मैं ताक-झांक करने की कोशिश नहीं कर रहा हूं। मुझे नहीं पता था कि यह इतना संवेदनशील मामला है। मैं तुम्हें एक वर्ष से ज़्यादा वक़्त से जानता हूं, ठीक है, मैं तुमसे हर दिन या हर महीने भी नहीं मिला, लेकिन मैंने तुमसे कभी नहीं पूछा कि तुम क्या करती हो या तुम्हारा जीवनयापन कैसे होता है। मुझे नहीं लगता कि ऐसे में मैं ताक-झांक करने वालों की श्रेणी में आता हूं।'

उसने कुछ सहज होते हुए कहा, 'मैं लोगों को मिलाती हूं और यह सुनिश्चित करती हूं कि समझौते के लिहाज़ से उन्हें आनंद आ रहा है। मुझे लोगों को सौदा करने के लिए अच्छे मूड में रखने और उन्हें जो चाहिए, वह उपलब्ध कराने का पैसा

मिलता है। उनमें से कुछ–काफ़ी लोग, जैसा कि होता है–मैडम झू के पैलेस पर वक़्त बिताना चाहते हैं। असली सवाल तो यह है कि लोग उसके पीछे इतने *दीवाने* क्यों हैं। वह ख़तरनाक है। मुझे लगता है कि वह पूरी तरह से पागल है। लेकिन लोग उससे मिलने के लिए कुछ भी करने को तैयार होते हैं।'

'*तुम्हें* क्या लगता है?'

उसने आह भरते हुए कहा, 'मैं तुम्हें बता नहीं सकती। मामला केवल सेक्स तक ही सीमित नहीं है। निश्चित तौर पर सबसे प्यारी विदेशी लड़कियां बॉम्बे में उसके लिए काम करती हैं और वह उन्हें कुछ अजीबोग़रीब विशेषताओं में पारंगत बना देती है। लेकिन फिर भी लोग उसके पास ऐसे आते हैं, मानो यहां कोई आकर्षक लड़की मौज़ूद ही नहीं है। यह बात मुझे समझ नहीं आती। मैंने वही किया जो लोग चाहते थे और मैं उन्हें पैलेस ले गई। उनमें से कुछ को उससे व्यक्तिगत तौर पर मिलने का अवसर भी मिला, जैसा कि मैंने किया, पर्दे की आड़ से, लेकिन मैं अब तक समझ नहीं सकी हूं। वे पैलेस से बाहर निकलते हुए ऐसे ख़ुश दिखते हैं मानो वह जोन ऑफ़ आर्क से मिलकर आ रहे हों। वे इसी में पूरी तरह से डूबे होते हैं। लेकिन मैं नहीं। वह मुझे असहज अहसास देती है और यह हमेशा उसके साथ रहता है।'

'तुम उसे बहुत ज़्यादा पसंद नहीं करती, है ना?'

'स्थिति उससे भी बुरी है। लिन मैं उससे नफ़रत करती हूं। नफ़रत करती हूं और चाहती हूं कि वह मर जाए।'

अब मेरी पीछे हटने की बारी थी। मैंने मौन को गले के रूमाल की तरह लपेट लिया और खिड़की से बाहर झांकने लगा। सच तो यही था कि मैडम झू के रहस्य में मेरी कोई भी दिलचस्पी नहीं थी। सिवाय उस अभियान के जो कार्ला ने मुझे दिया था। मैं टैक्सी में मेरे पास बैठी इस ख़ूबसूरत स्विस महिला के प्यार में था और वह भी पर्याप्त रूप से रहस्यमयी थी। मैं उसके बारे में जानना चाहता था। मैं जानना चाहता था कि वह कैसे बॉम्बे में रहने लगी, उसका मैडम झू की विचित्रता से क्या ताल्लुक था और क्यों वह कभी खुद के बारे में बात नहीं करना चाहती थी। लेकिन भले ही मैं कितनी ही शिद्दत से उसके बारे में जानने का प्रयास करता...सबकुछ...सबकुछ, मैं उस पर दबाव नहीं डाल सकता था। मुझे उससे और अधिक पूछने का कोई अधिकार नहीं था, क्योंकि मैंने भी अपने तमाम रहस्य उससे छिपाकर रखे थे। मैंने उससे झूठ बोला था कि मैं न्यूज़ीलैंड से आया हूं और यह कि मेरा कोई परिवार नहीं है। मैंने तो उसे अपना असली नाम तक नहीं बताया था। और चूंकि मैं उसके प्यार में था, इसलिए अब मैं उसी काल्पनिक कहानी में उलझ चुका था। उसने मुझे चूमा था और यह अच्छा था : ईमानदार और अच्छा। लेकिन मैं नहीं जानता था कि वह चुंबन एक शुरुआत थी या एक अंत। मेरी सबसे तगड़ी उम्मीद यही थी कि ताज़ा अभियान हम दोनों को क़रीब ले आएगा। मुझे उम्मीद थी कि यह हम दोनों की रहस्य और झूठ की दीवारों को तोड़ देगा।

उसके द्वारा मुझे दिए गए काम को मैं कमतर नहीं मान रहा था। मैं जानता था कि ग़लत हो सकता है और मुझे लिसा को पैलेस से बाहर निकालने के लिए लड़ना तक पड़ सकता है। मैं तैयार था। मेरी शर्ट के नीचे मेरी पतलून में कमर में एक चमड़े की म्यान में एक चाकू रखा हुआ था। इसका ब्लेड बहुत लंबा और बहुत तेज़ था। मैं जानता था कि एक अच्छे चाकू के साथ मैं दो लोगों से निपट सकता हूं। मैंने जेल में पहले भी चाकू के साथ लोगों से लड़ाई की है। एक चाकू, किसी ऐसे व्यक्ति के हाथ में जो उसका इस्तेमाल जानता हो और जो इसे दूसरे इंसान के शरीर में घुसाने से नहीं घबराता हो, बहुत पुराना होकर भी आज भी बंदूक के बाद नज़दीकी लड़ाई में सबसे प्रभावी हथियार है। टैक्सी में चुपचाप और स्थिर बैठे रहने के दौरान मैं ख़ुद को लड़ाई के लिए तैयार कर रहा था। एक छोटी सी फ़िल्म, जो कि जल्द ही साकार होने की संभावना थी, के ख़ूनख़राबे का ख़ाका मेरे दिमाग़ में तैयार हो चुका था। लिसा और कार्ला को पैलेस से बाहर निकालते वक़्त मुझे अपना बायां हाथ ख़ाली रखना होगा। मैं डरा हुआ नहीं था। मैं जानता था कि अगर लड़ाई शुरू हुई, जब लड़ाई शुरू होगी, मैं बिना सोचे लोगों पर चाकू चलाता जाऊंगा।

यातायात के चंगुल से निकलकर सड़क पर आते ही टैक्सी ने अचानक गति पकड़ ली। अचानक ठंडी हवा का झोंका आया और पसीने से चिपचिपा रहे बालों ने राहत की सांस ली। बैचेनी के साथ बीड़ी को खिड़की से बाहर फेंककर कार्ला अपने कंधे पर लटके चमड़े के बैग का सामान खंगालने लगी। उसने सिगरेट का एक पैकेट निकाला। उसमें एक सिरे पर मोड़ी हुईं नशे भरी सिगरेटें थीं। उसने एक को सुलगाया।

धुएं को भीतर खींचते हुए उसने कहा, 'मुझे कुछ हौसले की ज़रूरत है।' हशीश की गंध पूरी टैक्सी में फैल गई। उसने कुछ कश लेने के बाद सिगरेट मेरी ओर बढ़ा दी।

'तुम्हें लगता है कि इससे मदद *मिलेगी?'*

'शायद नहीं।'

यह बहुत तेज़ थी। कश्मीरी हशीश। मुझे कुछ पल को लगा मानो मेरा पेट, गर्दन, कंधे की मांसपेशियां सबकुछ ग़ायब हो गया है। ड्राइवर ने ज़ोर से सांस लेकर पीछे के कांच में देखा। मैंने सिगरेट फिर कार्ला की ओर बढ़ा दी। उसने कुछ कश लगाने के बाद उसे ड्राइवर की ओर बढ़ाया।

'चरस पीता?' उसने पूछा।

उसने ख़ुशी-ख़ुशी उसे स्वीकारते हुए कहा, *'मंगता।'* उसने आधी सिगरेट खींचकर मुझे लौटा दी। 'अच्छा चरस। एक नंबर। मेरे पास अमेरिकी संगीत है, डिस्को, लोकप्रिय अमेरिकी संगीत। क्या आप सुनना चाहोगे?'

उसने एक कैसेट निकालकर डैशबोर्ड के प्लेयर में लगा दी और आवाज़ को पूरा तेज़ कर दिया। कुछ ही पल में सिस्टर स्लेज का गाना *वी आर फ़ैमिली* हमारे पीछे के स्पीकर से ज़ोरों से आकर हमें सुन्न कर गया। कार्ला ख़ुशी के मारे उछल

पड़ी। ड्राइवर ने अचानक आवाज़ बंद कर दी और पूछा कि क्या हमें पसंद आया। कार्ला ने फिर उछलकर उसे सिगरेट पकड़ा दी। उसने फिर आवाज़ पूरी खोल दी। हम हशीश पीते-पीते गाने गाने लगे और लगा मानो सड़क पर हमने हज़ारों वर्ष बिता दिए हों। बैलगाड़ियों पर बिना चप्पल बैठे किसानों के बेटों से लेकर कम्प्यूटर ख़रीद रहे कारोबारी थे।

पैलेस जैसे ही दिखने लगा, ड्राइवर ने चाय की खुली दुकान के पास टैक्सी रोक दी और पैलेस की ओर इशारा किया। फिर उसने अंगूठा उठाकर कार्ला को इशारा किया कि वह यहीं पर हमारा इंतज़ार करेगा। मैं टैक्सी ड्राइवरों को जानता था और यह भी ड्राइवर का वहां रुकने का प्रस्ताव काम या टिप की भूख नहीं थी,बल्कि उसे लेकर चिंता भरा एक प्रस्ताव था। वह उसे पसंद करता था। वह विचित्र और सहज मोह मैं पहले भी देख चुका था। निश्चित तौर पर कार्ला जवान और ख़ूबसूरत थी, लेकिन अधिकांश ड्राइवरों की ऐसी प्रतिक्रिया उसकी धाराप्रवाह हिंदी और उसके व्यवहार के कारण होती थी। एक जर्मन टैक्सी ड्राइवर शायद किसी विदेशी के जर्मन सीखने से ख़ुश होगा। संभव है कि वह कहे भी कि वह ख़ुश है। या कुछ भी नहीं कहे। फ्रेंच, अमेरिकी या ऑस्ट्रेलियन टैक्सी ड्राइवरों के लिए भी यही बात सही होगी। लेकिन एक भारतीय को अगर आपमें कोई बात पसंद आ गई हो तो-आपकी आंखें या आपकी मुस्कान या आपका टैक्सी के बाहर खड़े भिखारी के साथ व्यवहार-तो वह तत्काल उसी पल आपके साथ जुड़ाव महसूस करेगा। वह आपके लिए कुछ भी करने के लिए तैयार हो जाएगा। ख़ुद को जोख़िम में डालते हुए, यहां तक कि कोई ख़तरनाक या अवैध काम। अगर आपने उसे पैलेस जैसी नापसंद जगह का पता दिया तो वह आपका इंतज़ार करेगा, केवल यह सुनिश्चित करने के लिए कि आप किसी परेशानी में तो नहीं हैं। आप एक घंटे बाद बाहर आकर उसकी ओर देखे बग़ैर चले भी गए तो वह मुस्कराता यह सोचता हुआ काम पर लौट जाएगा कि आप सुरक्षित हैं। मेरे साथ बॉम्बे में यह कई बार हो चुका है, लेकिन किसी अन्य शहर में नहीं। यह भारतीयों के बारे में मुझे पसंद 500 बातों में से एक है : अगर आप उन्हें अच्छे लगते हैं, तो वे जल्द यह काम करते हैं बिना किसी देरी के। कार्ला ने उसे किराया और पहले से तय टिप दी और उसे इंतज़ार नहीं करने के लिए कहा। हम दोनों ही जानते थे कि वह इंतज़ार करेगा।

पैलेस एक बहुत ही बड़ी इमारत थी, जिसके तीन दरवाज़े थे और वह तीन मंज़िला थी। सड़क की ओर खुलने वाली खिड़कियां लोहे के पत्तियों की तरह जालीदार आवरण से ढंकी हुई थी। यह उस रास्ते पर मौज़ूद अन्य इमारतों से ना केवल पुरानी थी, बल्कि उसमें ना कोई मरम्मत की गई थी और ना ही कोई नवीनीकरण। इमारत के आधारभूत लालित्य को बड़ी ही सावधानी से बचाकर रखा गया था। दरवाज़े के ऊपर की पत्थर की नक्काशी की हुई कमान को पंचकोणी तारों में उकेरा गया था। धातु से की गई वह कारीगरी एक जमाने में शहर में आम थी, लेकिन अब

एक ग़ायब कला हो चुकी थी। इमारत के बग़ल में एक गलियारा था जहां ज़मीन से लेकर छज्जे तक के कोनों को किसी बेशक़ीमती पत्थर की तरह बड़ी ही ख़ूबसूरती के साथ तराशा था। तीसरी मंज़िल की बालकनी कांच से ढंकी हुई थी और भीतर के कमरों को बांस के पर्दों से छिपाया गया था। इमारत की दीवारें धूसर रंग की थीं और दरवाज़ा काला। मुझे हैरानी हुई जब कार्ला के बस छूते ही दरवाज़ा खुल गया और हमने भीतर प्रवेश किया।

हम एक लंबे और ठंडे गलियारे में पहुंचे, जहां बाहर की सड़क की तुलना में अंधकार था, लेकिन नरग़िस के फूलों के आकार की कांच के दीयों से हल्की रोशनी छनकर आ रही थी। वहां एक वॉलपेपर लगा था–जो बेहद आर्द्रता के लिए कुख्यात बॉम्बे में असाधारण बात थी–जैतूनी हरे और गुलाबी रंग के विलियम मॉरिस के बहुचर्चित कॉम्पटन पैटर्न से सजा हुआ। अगरबत्ती और फूलों की ख़ूशबू तैर रही थी और हमारे चारों ओर मौज़ूद बंद दरवाज़ों से कोई आवाज़ नहीं आ रही थी।

हॉल में हमारा रुख़ करके एक व्यक्ति खड़ा था और उसके हाथ आगे की ओर बंधे हुए थे। वह लंबा और दुबला-पतला था। उसके उम्दा गहरे भूरे बाल पीछे की ओर एक चोटी के तौर पर उसकी कमर तक आ रहे थे। उसकी भौंह नहीं थीं, लेकिन पलकें बहुत मोटी थीं। इतनी मोटी कि मुझे लगा कि वे नक़ली हैं। होंठों से उसकी नुकीली ठोड़ी तक कुछ डिज़ाइन बना हुआ था। वह काले सिल्क के कुर्ते-पायजामे में था और उसने प्लास्टिक की पारदर्शी सैंडल पहन रखी थी।

कार्ला ने उसका अभिवादन करते हुए कहा, 'हैलो राजन।'

'*राम, राम* मिस कार्ला।' उसने हिंदुओं की तरह अभिवादन का जवाब दिया। उसकी आवाज़ फुसफुसाहट की तरह थी। 'मैडम आपसे तत्काल मिलना चाहेंगी। आपको सीधे ऊपर की ओर जाना है। मैं कोल्ड ड्रिंक लेकर आता हूं। आपको रास्ता पता ही है।'

उसने एक ओर खड़े होकर हमें सीढ़ियों से ऊपर की ओर जाने वाला रास्ता दिखाया। उसकी अंगुलियों पर मेहंदी रची हुई थी। मैंने इतनी लंबी अंगुलियां कभी नहीं देखी थीं। जब हम उसके पास से निकले तो मैंने देखा कि उसके निचले होंठ और ठोड़ी पर टेटू गुदे हुए थे।

सीढ़ियां चढ़ते हुए मैंने कार्ला से कहा, 'राजन बेहद अप्रिय है।'

'वह मैडम झू के दो निजी सेवकों में से एक है। वह एक नपुंसक, जो जितना दिखता है उससे भी ज़्यादा अप्रिय है।' कार्ला ने बेहद रहस्यमय अंदाज़ में कहा।

हम सीढ़ियां चढ़कर दूसरी मंज़िल पर पहुंचे। हमारे क़दमों की आवाज़ मोटे कालीन के चलते दब गई। दीवार पर दोनों ओर फ्रेम किए हुए फ़ोटोग्राफ़्स और पेंटिंग्स थीं, जो सभी की सभी चित्रों से सजी थीं। उन तसवीरों के पास से गुजरते हुए मुझे महसूस हो रहा था कि उन बंद कमरों में ज़िंदा लोग हैं। लेकिन वहां कोई आवाज़ नहीं थी। बिलकुल नहीं।

एक दरवाज़े के सामने हमारे रुकते ही मैंने कहा, 'यहां घोर सन्नाटा है।'

'यह दोपहर का सोने का समय है। हर दोपहर दो से पांच बजे तक। लेकिन यहां सामान्य से अधिक सन्नाटा है, क्योंकि वह तुम्हारा इंतज़ार कर रही है। तुम तैयार हो?'

'मुझे लगता है, हां।'

'चलो तो तैयार हो जाओ।'

उसने दो बार दरवाजे को खटखटाने के बाद घुंडी को घुमाया और दरवाज़ा खोलकर हम अंदर पहुंच गए। उस छोटे से चौकोर कमरे में ज़मीन पर एक गलीचे, खिड़कियों पर परदों और दो बड़े सपाट तकियों के अलावा कुछ भी नहीं था। कार्ला ने मेरी बांह पकड़ी और मुझे तकियों तक ले गई। खिड़कियों के पर्दों से दोपहर की कुछ धूप छनकर कमरे में आ रही थी। दीवारों पर कुछ भी नहीं था, सिवाय गहरे भूरे रंग के अलावा। उनमें से एक पर तक़रीबन एक स्क्वेयर मीटर की ग्रिल लगी हुई थी। हम ग्रिल के सामने रखे तकियों पर कुछ इस तरह से घुटने टेककर बैठ गए मानो अपना अपराध स्वीकारने के लिए आए हों।

ग्रिल के पीछे से आवाज़ आई, 'मैं तुमसे ख़ुश नहीं हूं कार्ला।' मैंने ताक-झांक की कोशिश की, लेकिन भीतर की ओर गहन अंधेरा था और मैं कुछ भी नहीं देख सका। मैडम झू अंधेरे में बैठी हुई अदृश्य सी थी। 'मुझे नाख़ुश होना पसंद नहीं है, यह बात तुम्हें अच्छी तरह से पता है।'

कार्ला ने गुस्से में जवाब दिया, 'ख़ुशी एक मिथक है। इसे बनाया गया था ताकि हम वस्तुएं ख़रीदें।'

मैडम झू ने ठहाका लगाया। ठहाका कुछ ऐसा था, मानो हंसने वाले को सांस संबंधी कोई रोग हो। कुछ ऐसी हंसी जो मज़ेदार बातों का पीछा करके उन्हें ख़त्म कर देती हो।

'आह, कार्ला, कार्ला, मुझे तुम्हारी कमी महसूस होती है, लेकिन तुम मेरी अनदेखी करती हो। मुझसे मिले तुम्हें वाक़ई काफ़ी लंबा अरसा हो गया। मुझे लगता है कि अहमद और क्रिस्टिना के साथ जो कुछ हुआ, उसके लिए तुम अब भी मुझे ही दोष देती हो। मैं क़सम खाती हूं कि ऐसा कुछ भी नहीं है। मैं कैसे यक़ीन कर लूं कि तुम्हारे मन में मेरे लिए अब भी कोई दुर्भावना नहीं है, जब तुम मेरी इतनी बुरी तरह से उपेक्षा करती हो? और अब तुम मेरे पसंदीदा व्यक्ति को मुझसे दूर ले जाना चाहती हो।'

कार्ला ने कुछ नर्म पड़ते हुए कहा, 'मैडम, उसके पिताजी ही उसको वापस ले जाना चाहते हैं।'

'ओह हां। उसके *पिताजी...*'

उसने इन शब्दों को कुछ इस अंदाज़ में कहा मानो यह कोई निंदनीय अपमान हो। उसकी आवाज़ हमारी त्वचा को भेदती हुई चली गई। ऐसी आवाज़ ढेर सारी सिगरेटें एक विशेष अंदाज़ में पीने का नतीज़ा था।

राजन ने बिना आवाज़ अचानक पीछे से आकर कहा, 'आपकी ड्रिंक्स' और मैं चौंककर जगह से उछल पड़ा। वह हमारे सामने ट्रे रखने के लिए झुका और एक पल के लिए मैंने उसकी चमकदार काली आंखें देखीं। उसका चेहरा भावहीन था, लेकिन उसकी आंखों में मौज़ूद भावनाओं को पढ़ना मुश्किल नहीं था। यह बेहद शांत, खुली, अनबूझ नफ़रत से भरी थीं। मैं उनसे सम्मोहित, भ्रमित और अज़ीब तरह शर्मिंदा महसूस करने लगा।

मैडम झू ने सन्नाटे को तोड़ते हुए पूछा, 'तो यह है तुम्हारा अमेरिकी।'

'हां, मैडम। इसका नाम है पार्कर, गिलबर्ट पार्कर। वह दूतावास के साथ जुड़ा हुआ है, लेकिन निश्चित तौर पर यह उसका आधिकारिक दौरा नहीं है।'

'निश्चित तौर पर। श्रीमान पार्कर अपना कार्ड राजन को दीजिए।'

यह एक आदेश था। मैंने जेब से एक कार्ड निकालकर राजन को थमा दिया। उसने उसे इस तरह से कोने से पकड़ा मानो उससे संक्रमण का खतरा हो और दरवाज़ा बंद करते हुए कमरे से बाहर निकल गया।

'श्रीमान पार्कर, कार्ला ने जब मुझे फ़ोन किया तो बताया नहीं–क्या आपको बॉम्बे में काफ़ी वक़्त हो गया?' मैडम झू ने अचानक हिंदी में आते हुए मुझसे पूछा।

'बहुत ज़्यादा वक़्त नहीं, मैडम।'

'आप हिंदी काफ़ी अच्छी बोल लेते हो। बधाई।'

प्रभाकर द्वारा मुझे सिखाए गए वाक्यों में से एक बोलते हुए मैंने कहा, 'हिंदी बहुत प्यारी भाषा है। यह संगीत और कविता की भाषा है।'

उसने कहा, 'और प्यार और पैसे की भाषा भी। क्या आप किसी के प्यार में हैं श्रीमान पार्कर?'

मैंने उसके द्वारा पूछे जाने वाले संभावित सवालों की सूची तैयार की थी, लेकिन मुझे इस सवाल की कतई अपेक्षा नहीं थी। और उस पल में उस विषय के अलावा शायद ही कोई विषय था, जो मुझे असहज कर पाता। मैंने कार्ला की ओर देखा और वह अपने हाथों को निहार रही थी। उसने कोई भी संकेत नहीं दिया। मैं नहीं जानता था कि मैडम झू का इस सवाल को पूछने का क्या मक़सद था। उसने मुझसे यह नहीं पूछा था कि मैं शादीशुदा हूं या अविवाहित, मेरी सगाई हो चुकी है या मैं किसी के साथ संबंध में हूं।

'प्यार में?' मैंने कुछ लड़खड़ाते शब्दों के साथ पूछा। यह शब्द हिंदी में किसी जादुई मंत्र की तरह लग रहा था।

'हां, हां। प्यार मोहब्बत। तुम्हारा दिल उसके चेहरों के सपने में गुम हो, तुम्हारी आत्मा उसके शरीर की सोच में खो चुकी हो। श्रीमान पार्कर, क्या आपकी *प्यार में* यह स्थिति है?'

'हां। हां। मैं प्यार में हूं।'

मुझे नहीं पता कि मैंने ऐसा क्यों कहा। धातु की ग्रिल के आगे घुटने टेककर मेरी यह स्वीकारोक्ति और अधिक ज़ाहिर सी हो चुकी थी।

'कितने अफ़सोस की बात है श्रीमान पार्कर। आप निश्चित तौर पर कार्ला से प्यार करते हैं। इसी वजह से उसने आपको उसके लिए यह छोटा सा काम करने के लिए राज़ी कर लिया।'

'मैं आपको यक़ीन दिलाता हूं-'

'नहीं, श्रीमान पार्कर, मैं आपको यक़ीन दिलाती हूं। ओह, यह सच हो सकता है कि मेरी लिसा के पिताजी अपनी बेटी को पाने की कोशिशों में जुटे हैं और उनके पास यह करने के लिए ताक़त भी है। लेकिन कार्ला ने तुम्हें इसके लिए तैयार किया है-मुझे पूरा विश्वास है। मैं अपनी प्रिय कार्ला को जानती हूं और मैं उसके तरीक़े भी जानती हूं। एक पल के लिए भी यह मत सोचना कि वह तुमसे प्यार करेगी या अपने दिए गए किसी भी वादे को पूरा करेगी या तुम्हें जो प्यार महसूस हो रहा है उसके बदले में दुख नहीं मिलेगा। वह तुम्हें कभी प्यार नहीं करेगी। श्रीमान पार्कर, यह बात मैं दोस्ती के कारण कह रही हूं। आपके लिए यह एक छोटा सा तोहफ़ा है।'

मैंने दांतों को भींचते हुए कहा, 'ससम्मान मैं यह कहना चाहूंगा कि हम यहां लिसा कार्टर के बारे में बात करने के लिए आए हैं।'

'निश्चित तौर पर। अगर मैंने अपनी लिसा को तुम्हारे साथ जाने दिया, तो वह कहां रहेगी?'

'मुझे...मुझे पक्का पता नहीं।'

'तुम्हें पक्का पता नहीं?'

'नहीं। मैं...'

कार्ला ने बोलना शुरू किया, 'वह रहेगी-'

मैडम झू ज़ोर से चिल्लाई, 'बकवास बंद करो कार्ला। मैंने पार्कर से पूछा है।'

मैंने हरसंभव दृढ़ता के साथ कहा, 'मुझे नहीं पता वह कहां रहेगी। मुझे लगता है कि यह उसे तय करना है।'

उसके बाद काफ़ी देर तक सन्नाटा रहा। यह पूरी एकाग्रता के साथ हिंदी सुनने और बोलने के प्रयासों में तब्दील होता जा रहा था। मेरा दिमाग़ सुन्न हो चुका था। मामला बिगड़ता ही चला जा रहा था। उसने मुझसे तीन सवाल पूछे थे और दो पर मैं बुरी तरह से लड़खड़ा चुका था। उस अजनबी दुनिया में कार्ला मेरी मार्गदर्शक थी, लेकिन वह भी मेरी ही तरह भ्रमित और ग़लत जवाबी में उलझी हुई थी। मैडम झू ने उसे चुप रहने को कहा था और उसने इस बात को इतने दब्बू तरीक़े से स्वीकार लिया था, जो मैंने ना उसमें कभी देखा था और ना कल्पना की थी। मैंने एक गिलास उठाकर नींबू पानी पिया। उस बर्फ़ीले नींबू पानी में कुछ ऐसा तीखा मिलाया था कि वह मिर्च के पाउडर की तरह लग रहा था। धातु के दरवाज़े के पीछे अंधकार में कुछ

हलचल हुई और फुसफुसाने की आवाज़ भी आई। मैं सोच रहा था कि कहीं राजन तो उसके साथ नहीं। आकार से मुझे कुछ पता नहीं चल रहा था।

वह बोली।

'प्यार में डूबे पार्कर महोदय आप लिसा को अपने साथ ले जा सकते हैं। लेकिन अगर वह वापस मेरे पास आने का फ़ैसला करती है तो मैं उसे आपको नहीं सौपूंगी। तुम मेरी बात समझ गए क्या? अगर वह वापस लौटी तो फिर वह यहीं रहेगी और मैं बेहद नाराज़ हो जाऊंगी, अगर आपने मुझे दोबारा तक़लीफ़ दी तो। वैसे आप मेरे मेहमान के तौर पर जब चाहें यहां आकर गुलछर्रे उड़ा सकते हैं। मैं आपको देखना चाहूंगी...*शांत हो जाइए।* शायद, जब कार्ला का तुम्हारे साथ काम ख़त्म हो जाएगा तब, तुम्हें मेरा न्यौता याद आएगा? इस बीच यह याद रखना कि लिसा मेरी होगी अगर वह लौटकर आई तो। हमारे बीच यह मामला आज, यहां और इसी वक़्त समाप्त हो गया।'

'बिलकुल, बिलकुल मैं समझ गया। धन्यवाद, मैडम झू।'

राहत बहुत बड़ी थी और मैं अचानक निढाल सा महसूस करने लगा। हम जीत चुके थे। यह काम हो चुका था और कार्ला की दोस्त हमारे साथ आने के लिए आज़ाद थी।

मैडम झू ने फिर तेज़ी से बोलना शुरू किया, लेकिन इस मर्तबा किसी अन्य भाषा में। मैंने अंदाज़ा लगाया कि वह जर्मन बोल रही है। यह बहुत कठोर और धमकी व नाराज़गी भरी लग रही थी। लेकिन उस वक़्त तक मुझे जर्मन भाषा नहीं आती थी और संभव है कि शब्द मेरी सोच की तुलना में ज़्यादा रहम भरे हों। कार्ला बीच-बीच में हां, *बिलकुल नहीं* के साथ जवाब दे रही थी। इसके अलावा वह कुछ भी नहीं बोल रही थी। वह घुटनों के बल बैठकर अगल-बगल में हिल-डुल रही थी। उसके हाथ उसकी गोद में थे। उसकी आंखें बंद थीं। और जब मैं उसे देख रहा था, वह अचानक रोने लगी। उसके आंसू मोती के दानों की तरह उसके गालों से ढलकने लगे। कुछ महिलाएं बेहद आसानी से रो देती हैं। आंसू धूप के बीच बारिश की बूंदों की तरह सरलता से गिरते जाते हैं और चेहरा बिलकुल साफ़ हो जाता है, दमकते हुए। कुछ महिलाएं और ज़ोर से रोती हैं और उनकी ख़ूबसूरती उनके दर्द की भेंट चढ़ जाती हैं। कार्ला इसी तरह की औरत थी। उसकी आंखों से बहते आंसुओं में बेहद दर्द था और वे उस कष्ट की निशानी थे जिसने उसके चेहरे पर सलवटें ला दी थीं।

दरवाज़े के पीछे से भारी आवाज़ में आग उगलने वाले शब्दों का हमला जारी रहा। कार्ला बस चुपचाप सुबकती जा रही थी। उसका मुंह खुला और बिना कुछ बोले बंद हो गया। उसके माथे पर पसीने की बूंदें आ गईं, जो ढलककर उसके आंसुओं में मिलती चली गईं। फिर दरवाज़े के पीछे सन्नाटा छा गया : ना कोई आवाज़, ना कोई हलचल, किसी इंसान की मौज़ूदगी का अहसास तक नहीं। और फिर इच्छाशक्ति दिखाते हुए भींचे जबड़ों के साथ कांपते शरीर के साथ कार्ला ने अपने हाथों से अपना चेहरा पोंछा और रुदन थम गया।

वह बहुत शांत थी। उसने मुझे छूने के लिए एक हाथ बढ़ाया। उसका हाथ मेरी जांघ पर था और फिर वह उसे नियमित तौर पर दबाती रही। शायद यह तरीक़ा वह किसी डरे हुए पशु को शांत करने के लिए अपनाती रही हो। वह मेरी आंखों में झांककर देख रही थी, लेकिन मैं समझ नहीं पा रहा था कि वह मुझसे कुछ चाह रही थी या मुझे कुछ बता रही थी। उसने तेज़ी से लंबी-लंबी सांसें लीं। उस अंधेरे कमरे में उसकी हरी आंखें बिलकुल काली दिख रही थीं।

मुझे इसमें से कुछ भी समझ नहीं आया। मैं जर्मन में हुई चर्चा नहीं समझ पाया और मुझे इस बात की कोई कल्पना तक नहीं थी कि कार्ला और दरवाज़े के पीछे की आवाज़ के बीच क्या संवाद हो रहा था। मैं उसकी मदद करना चाहता था, लेकिन मुझे समझ नहीं आया कि वह रोई क्यों और मैं जानता था कि शायद कोई हमें छिपकर देख रहा है। मैं खड़ा हुआ और फिर उसे खड़े होने में मदद की। कुछ पल के लिए उसने अपना सिर मेरे सीने पर रख दिया। मैंने उसके कंधे पर हाथ रखकर उसको शांत करने की कोशिश की और फिर उसे थोड़ा दूर हटा दिया। इसके बाद दरवाज़ा खुला और राजन कमरे में आया।

राजन ने फुफकारते हुए कहा, 'वह तैयार है।'

कार्ला ने अपनी ढीली पतलून को घुटनों के पास से ठीक किया और बैग उठाकर मेरे पास से निकलकर दरवाज़े की ओर बढ़ी।

उसने कहा, 'चलो, साक्षात्कार ख़त्म हो चुका है।'

कुछ पल के लिए मैंने ज़मीन पर रखे तकिये पर बने उसके घुटनों के निशानों को देखा। मैं थकान, गुस्सा और असमंजस महसूस करने लगा। मैंने मुड़कर देखा तो कार्ला और राजन बड़ी ही बेसब्री के साथ दरवाज़े पर मेरा इंतज़ार कर रहे थे। जैसे-जैसे मैं पैलेस के गलियारे में उनके पीछे जाने लगा, हर क़दम के साथ मेरे भीतर उदासी और क्रोध बढ़ने लगा।

राजन हमें गलियारे के अंत में बने दरवाज़े के पास ले गया। दरवाज़ा खुला था। कमरा बड़े फ़िल्मी पोस्टरों से सजा हुआ था-*टु हेव ऐंड हेव नॉट* के एक दृश्य में लॉरेन बेकाल, *समबडी अप देयर लाइक्स मी* में पियर एंजेली, *ब्लेड रनर* में सीन यंग। कमरे के बीच में एक बड़े बिस्तर पर एक जवान और बेहद ख़ूबसूरत लड़की बैठी हुई थी। उसके सुनहरे बाल लंबे और घने थे, जो अंत में जाकर घुंघराले हो गए थे। उसकी नीली आंखें बहुत बड़ी थीं। उसकी त्वचा बेदाग़ गुलाबी थी और उसके होंठ लाल सुर्ख़ थे। उसके सुनहरे स्लीपर से सजे पैरों के पास एक सूटकेस और प्रसाधन बक्सा रखा था।

'कितना वक़्त लगाया। तुमने देरी कर दी। मेरा दिमाग़ ख़राब हो रहा था।' उसकी आवाज़ बहुत गहरी थी और लहजा केलिफ़ोर्निया वाला था।

कार्ला ने अपने सहज अंदाज़ में कहा, 'गिलबर्ट को अपने कपड़े बदलने पड़े। और यहां आने के लिए लगने वाला ट्रैफ़िक तो तुम जानती ही हो।'

बदमिज़ाज में नाक चढ़ाकर उसने कहा, 'गिलबर्ट?'

मैंने बिना मुस्कराते हुए कहा, 'यह एक बहुत लंबी कहानी है। क्या तुम चलने के लिए तैयार हो?'

'मुझे पता नहीं,' उसने कार्ला की ओर देखते हुए कहा।

'तुम नहीं *जानती?*'

'*तुम* बकवास बंद करो!' उसने चीख़ते हुए कहा, जिसमें मुझे गुस्से से ज़्यादा डर दिखाई दे रहा था, 'वैसे, तुम्हारा इस मामले से क्या लेना-देना है?'

हम लोगों में उन लोगों के लिए भी एक विशेष क़िस्म का गुस्सा होता है, जो हमें उनकी भलाई तक नहीं करने देते। मैं अपने दांत इसी गुस्से में पीसने लगा था।

'देखो, तुम आ रही हो या नहीं?'

'क्या उसने अनुमति दे दी है?' लिसा ने कार्ला से पूछा। फिर दोनों ने राजन की ओर देखा और फिर उसके पीछे दीवार पर स्थित शीशे की ओर। उनके हावभाव से मुझे समझ आ गया कि मैडम झू हमें देख रही है और हमारी बातचीत भी सुन रही है।

'सब ठीक है। उसने कहा तुम जा सकती हो।' मैंने उसे इस उम्मीद के साथ यह कहा कि वह मेरे त्रुटिपूर्ण अमेरिकी लहजे पर कोई आपत्ति नहीं उठाएगी।

'क्या यह सच है? बकवास तो नहीं?'

कार्ला ने कहा, 'कोई बकवास नहीं।'

वह लड़की तत्काल उठ खड़ी हो गई और उसने अपना बैग उठा लिया।

'तो फिर हम किस बात के लिए रुके हुए हैं? चलो तत्काल यहां से बाहर निकलो, इससे पहले कि वह अपना विचार बदल ले।'

राजन ने मुझे सड़क के दरवाज़े पर रोककर एक बड़ा सीलबंद लिफ़ाफ़ा थमा दिया। उसने फिर एक बार दुर्भावनापूर्ण निगाहों से मेरी ओर देखा और फिर दरवाज़ा बंद कर दिया। मैंने कार्ला का हाथ पकड़कर अपनी ओर खींचा।

'*यह* सब क्या था?'

कार्ला ने हल्की मुस्कान के साथ पूछा, 'तुम्हारा क्या मतलब है? यह काम कर गया। हम उसे बाहर निकाल लाए।'

'मैं उस बारे में बात नहीं कर रहा हूं। मैं तुम्हारे और अपने बारे में बात कर रहा हूं और उस मैडम झू द्वारा अपने साथ खेले जा रहे पागलपन भरे खेल के बारे ,में पूछ रहा हूं। कार्ला तुम निरंतर रोए जा रही थी, वह सब क्या था?'

उसने लिसा की ओर देखा, जो पास ही खड़ी थी, जो बेहद अधीर हो रही थी और बाहर धूप हल्की हो जाने के बाद भी अपनी आंखों को हाथों से ढंक रही थी। उसने फिर एक बार मेरी तरफ़ देखा। उसकी आंखों में हैरत थी और थकान भी।

'क्या तुम इस बारे में अभी सबके सामने बात करना चाहते हो?'

लिसा ने मेरी ओर से जवाब दिया, 'नहीं, कतई नहीं!'

मैंने उसकी ओर गुस्से से देखते हुए कहा, 'मैं तुमसे बात नहीं कर रहा हूं।' मेरी आंखें कार्ला के चेहरे पर टिकी हुई थीं।

कार्ला ने दृढ़ता के साथ कहा, 'तुम मेरे साथ भी बात नहीं कर रहे हो। यहां नहीं। अभी नहीं। अब चलो।'

मैंने सवाल पूछा, 'यह क्या है?'

'लिन, तुम कुछ ज़्यादा ही प्रतिक्रिया दे रहे हो।'

मैंने लगभग चिल्लाते हुए कहा, '*मैं* कोई ज़्यादा प्रतिक्रिया नहीं दे रहा हूं!' एक तरह से मैं उसकी बात को ही साबित कर रहा था। मैं इस बात से नाराज़ था कि उसने मुझे इतनी कम बातें बताई थीं और साक्षात्कार के लिए मेरी इतनी कमज़ोर तैयारी कराई थी। मैं इस बात से आहत था कि उसे मुझ पर इतना विश्वास नहीं था कि वह सारी बातें मुझसे साझा करती। 'यह हास्यास्पद है, *बेहद हास्यास्पद।*'

लिसा अचानक चीख़ी, 'यह बेहूदा इंसान कौन है?'

कार्ला ने चीखकर कहा, 'चुप रहो लिसा,' ठीक वैसे ही जैसा मैडम झू ने उससे कहा था, चंद मिनट पहले। लिसा की प्रतिक्रिया ठीक वैसी ही थी, जैसी कि कार्ला की थी, दब्बू और उदासी भरी चुप्पी।

कड़े और निराशापूर्ण भावों के साथ मेरी ओर चेहरा करते हुए कार्ला ने कहा, 'लिन मैं इस बारे में अभी बात नहीं करना चाहती।' कुछ लोग ऐसे होते हैं जो आंखों से ज़्यादा आघात पहुंचाने वाली बातें कर सकते हैं और मुझे ऐसी आंखें देखने से नफ़रत है। पास से गुजरने वाले लोग रुककर हमें घूरने लगे थे और हमारी बातें सुनने की कोशिश कर रहे थे।

'देखो, मुझे पता है कि यहां पर लिसा को पैलेस से बाहर निकालने से भी कुछ ज़्यादा चल रहा है। वहां *ऊपर* क्या हुआ था? उसे कैसे...तुम जानती हो, उसे कैसे हमारे बारे में पता चला? मुझे तो दूतावास के एक व्यक्ति की भूमिका निभानी थी और वह हमारे बीच प्यार की बातों से शुरुआत करती है। मुझे समझ नहीं आया। और यह अहमद और क्रिस्टिना कौन हैं? उन्हें क्या हुआ? वह क्या बात कर रही थी? एक मिनट तो तुम दृढ़ हो और अगले ही पल रोने लगती हो, जबकि वह पागल मैडम जर्मन या ना जाने किस भाषा में बड़बड़ाती रहती है।'

भींचे हुए दांतों से कार्ला ने कहा, 'असलियत में वह स्विस-जर्मन का मिश्रण बोल रही थी।'

'भले ही स्विस, चीनी हो तो क्या? मैं केवल इतना जानना चाहता हूं कि वहां चल क्या रहा था। मैं तुम्हारी मदद करना चाहता हूं। मैं जानना चाहता हूं...कि मेरी स्थिति क्या है।'

फ़ुरसती लोगों के साथ इस बीच कुछ और लोग जुड़ चुके थे। तीन युवकों का एक समूह तो हमारे बेहद पास आकर खड़ा हो गया था और वे एक-दूसरे के कंधों पर झूलते हुए बेहद उत्सुकता से हमें घूर रहे थे। पांच मीटर दूर वह टैक्सी ड्राइवर खड़ा था, जो हमें लेकर आया था। उसने हमारी ओर देखकर मुस्कराते हुए रूमाल हिलाया। वह मेरी सोच से ज़्यादा लंबा था और दुबला भी। कार्ला ने उसे देखा। उसने अपने लाल रूमाल से अपनी मूंछें साफ़ कीं और फिर उसे गले में बांध लिया। वह उसे देखकर मुस्कराया। उसके मज़बूत, सफ़ेद दांत चमकने लगे।

कार्ला ने कहा, 'पैलेस के बाहर इस सड़क पर तुम *यहां* क्यों *खड़े* हो।' वह गुस्से में थी और मज़बूत भी, उस पल में मुझसे ज़्यादा मज़बूत। मैं इस बात के लिए उससे कुढ़ता था। 'कहां, मैं उस *टैक्सी* में नहीं *बैठने* वाला। मैं कहां *जाऊं* इससे तुम्हें कोई मतलब नहीं होना चाहिए।'

वह जाने लगी।

उनके टैक्सी के पास पहुंचने के बीच मैंने लिसा की आवाज़ सुनी, 'यह व्यक्ति तुम्हें कहां मिला?'

टैक्सी ड्राइवर ने उन दोनों का अभिवादन किया। जब उनकी टैक्सी मेरे पास से गुजरी तो उसमें गाना बज रहा था, *फ़्रीवे ऑफ़ लव* और वह दोनों ठहाके लगा रही थीं। गुस्से में उफनते हुए एक पल की कल्पना में उन सभी को, ड्राइवर, कार्ला और लिसा को पूरी तरह से नग्न देखा। यह असंभव और बेहूदा था, मैं भी जानता था, लेकिन मेरे दिमाग़ में कसमसाहट थी, गुस्से का एक ऐसा सैलाब जिसमें कार्ला और मुझे जोड़ने वाला वक़्त, नियति सबकुछ बह गया। फिर मुझे याद आया कि मैं अपने जूते और कपड़े उसके घर में छोड़ आया हूं।

टैक्सी के पीछे चिल्लाते हुए मैंने कहा, 'हे। मेरे कपड़े! कार्ला!'

'श्रीमान लिन?'

मेरे पास एक व्यक्ति खड़ा था। उसका चेहरा जाना-पहचाना सा लग रहा था, लेकिन मैं उसे पहचान नहीं कर पा रहा था।

'क्या?'

'श्रीमान लिन, अब्दुल क़ादर आपसे मिलना चाहते हैं।'

क़ादर की याद से मेरी याददाश्त को मानो झटका सा लगा। यह नज़ीर था, क़ादरभाई का ड्राइवर। सफ़ेद कार पास में ही खड़ी थी।

'तुम्हें... तुम्हें कैसे...तुम यहां क्या कर रहे हो?'

'वह कह रहे हैं कि आप अभी आओ। मैं ले चलता हूं आपको।' उसने कार की तरफ़ इशारा करते हुए कहा और मुझे चलने के लिए तैयार करने को दो क़दम चला।

'मुझे ऐसा नहीं लगता नज़ीर। आज का दिन बहुत लंबा था। तुम क़ादरभाई को बता सकते हो कि-'

नज़ीर ने कुछ रूखे अंदाज़ में कहा, 'वह कह रहे हैं कि आप अभी आओ।' उसके चेहरे पर मुस्कान नहीं थी और मुझे लगा कि अगर मैं कार में बैठना नहीं चाहूं तो मुझे उसके साथ लड़ाई करनी पड़ेगी। उस वक़्त मैं इतना उत्तेजित, भ्रमित और थका हुआ था कि मैंने कुछ पल इस पर विचार किया। *आख़िरकार दीर्घावधि में उसके साथ लड़ने में शायद कम ऊर्जा का इस्तेमाल होगा, बनिस्बत उसके साथ जाने के।* लेकिन नज़ीर लगातार मुझे घूरे जा रहा था और बहुत ज़्यादा असहज विनम्रता के साथ बात कर रहा था। 'क़ादरभाई ने बताया–*आप कृपया आइए–इस तरह से, क़ादरभाई ने कहा–श्रीमान लिन, कृपया मुझसे मिलने के लिए आइए।*'

कृपया शब्द उसके चेहरे पर कुछ जंच नहीं रहा था। यह साफ़ था कि उसका यही सोचना था कि एक बार उसके आका अब्दुल क़ादर खान ने आदेश दे दिया तो अन्य लोगों तत्परता से और राजी–ख़ुशी उसका पालन करते थे। लेकिन उसे तो मुझसे गुज़ारिश करने के लिए कहा गया था, आदेश की बनिस्बत, और उसने उस शब्द को जितने प्रयासों के साथ कहा, वह मेरे दिमाग़ में हमेशा के लिए दर्ज़ हो गया। मुझे दिखाई दे रहा था कि वह पूरे शहर में इस शब्द को बड़ी ही मुश्किल के साथ दुखी होकर ऐसे दोहराता घूम रहा था, मानो वह किसी अन्य व्यक्ति के धर्म की कोई प्रार्थना बोल रहा हो। शब्द उससे परिचित था या अपरिचित, लेकिन उसका मुझ पर असर हुआ और जब मैंने हार मान ली तो उसके चेहरे पर मुस्कान खिल उठी।

मैंने कहा, 'ठीक है, ठीक है, नज़ीर। हम क़ादरभाई से मिलने जाएंगे।'

वह कार का पिछला दरवाज़ा खोलने के लिए बढ़ा ही था कि मैंने आगे बैठने पर ज़ोर दिया। जैसे ही हमारी गाड़ी आगे बढ़ी, उसने रेडियो की आवाज़ को पूरा खोल दिया, शायद बातचीत को टालने के लिए। राजन ने जो लिफ़ाफ़ा मुझे थमाया था, वह अब भी मेरे हाथ में था। मैंने उसे पलटकर दोनों तरफ़ से देखा। यह हाथ से बनाया गुलाबी लिफ़ाफ़ा था जो किसी पत्रिका के आकार का था। उसके बाहर कुछ भी नहीं लिखा था। मैंने कोने को काटकर उसे खोला तो उसमें एक श्वेत–श्याम तसवीर थी। यह एक कम रोशनी वाले कमरे के भीतर का फ़ोटो था जिसमें विभिन्न उम्र और विविधता के जेवर थे। उसके बीचोंबीच एक महिला सिंहासन जैसी कुर्सी पर बैठी हुई थी। वह ज़मीन तक फैलकर उसके पैरों को छिपा लेने वाले बहुत लंबे शाम के गाउन में बैठी हुई थी। उसका एक हाथ कुर्सी की बांह पर टिका हुआ था। दूसरा हाथ उठा हुआ था मानो किसी शाही अंदाज़ में या किसी बात को ख़ारिज करते हुए। बाल काले और अच्छी तरह से छल्लों जैसे संवारे हुए थे। जो उसके गोल और फूले हुए चेहरे को घेरे हुए थे। उसकी बादामी आंखें सीधे कैमरे में देख रही थीं। उसमें नाराज़गी की एक झलक देखी जा सकती थी। उसके छोटे से मुंह पर होंठ आगे की ओर थे जो उसकी कमज़ोर ठोड़ी को मानो खींच रहे थे।

एक ख़ूबसूरत औरत? मुझे कतई ऐसा नहीं लगा। और उसके चेहरे के हावभाव भी अच्छे नहीं कहे जा सकते थे। फ़ोटोग्राफ़ में चेहरे के भाव ही बता रहे थे कि वह

घमंडी, द्वेषी, डरी हुई, बिगड़ैल और आत्ममुग्ध थी। बुरी बात यह थी कि फ़ोटोग्राफ़ में कुछ और भी बात थी। उसके बदसूरत चेहरे से भी ज़्यादा घृणित और सर्द कर देने वाली। यह एक संदेश था जो कि लाल शब्दों में नीचे की ओर लिखा था : *मैडम झू अब ख़ुश है।*

अध्याय 14

'आइए, आइए, श्रीमान लिन। नहीं, कृपया यहां बैठो। हम आप ही का इंतज़ार कर रहे थे।' अब्दुल क़ादर खान ने अपनी बाईं ओर हाथ का इशारा करते हुए कहा। मैंने दरवाज़े पर अपने जूते उतारे, जहां पहले से ही कुछ जोड़ी जूते, सैंडल रखे हुए थे और उस जरी के शानदार मसनद पर बैठ गया, जिसकी ओर उसने इशारा किया था। यह एक बड़ा कमरा था और हम नौ लोग संगमरमर के एक टेबल के पास घेरे में बैठे थे। उसके एक कोने में। फ़र्श मुलायम, दूधिया रंग की पंचकोनी टाइल्स से सजी थी। हम जहां बैठे थे, वहां पर टाइल्स के ऊपर एक इसफ़हान कालीन बिछाया हुआ था। दीवारें और छत हल्के नीले और सफ़ेद छोटी कलाकृतियों से सजी हुई थी। ऐसा लग रहा था मानो बादल छाए हुए हों। दो खुली मेहराबों से कमरा बाहरी गलियारे से जुड़ा हुआ था। बैठने की व्यवस्था वाली तीन खिड़कियों से अहाते को देखा जा सकता था। उसके मीनार के आकार के गुंबदों पर अरबी भाषा में लिखा हुआ था। खिड़कियों से नीचे बरामदे के फ़व्वारे की आवाज़ आ रही थी।

यह कमरा बड़ी मेहनत से तैयार वैभव का उदाहरण था। इस कमरे का इकलौता फ़र्नीचर संगमरमर का टेबल और हमारी नौ मसनदें थीं। इकलौती सजावट थी काले और सुनहरी पत्तियों में सजा मक्का का काबा। वहां बैठे आठ लोग बेहद सहज लग रहे थे। हालांकि उन्हें अपना अंदाज़ चुनने का मौक़ा था, क्योंकि वहां सभी के बीच एक छोटे से साम्राज्य की दौलत और ताक़त थी–अपराध का साम्राज्य।

क़ादरभाई ने पूछा, 'अब आप ठीक महसूस कर रहे हैं, श्रीमान लिन?'

जब मैं डोंगरी में नबीला मस्जिद के पास स्थित इमारत में आया था, तो नज़ीर ने एक बड़े बाथरूम की ओर इशारा किया था, जहां मैं हाथ–मुंह धोकर तरोताज़ा हो गया था। उन दिनों बॉम्बे का नाम दुनिया के सबसे गंदे शहरों में शुमार किया जाता था। यहां केवल गर्मी और उमस ही नहीं थी–साल के बिना बारिश वाले आठ महीनों के दौरान जब तब धूल के गुबार आपको हर चीज़ को गंदा कर दिया करते थे। अगर मैं किसी रास्ते पर चलते हुए आधे घंटे में भी चेहरे पर रूमाल घुमाऊं तो तय मानिए कि वह काला पड़ जाएगा।

'धन्यवाद। हां, जब मैं आया था तो कुछ थका महसूस कर रहा था, लेकिन आवभगत से पूरी तरह से तरोताज़ा हो चुका हूं।' मैं हिंदी में बोल रहा था और मेरे

लिए उसमें मज़ाक़िया लहजा, अर्थ और सद्भावना सभी को एक साथ शामिल करना थोड़ा मुश्किल साबित हो रहा था। हमें तब तक आनंद का अर्थ समझ नहीं आता, जब तक कि हमें दूसरे के आनंद में शामिल होने के लिए मज़बूर नहीं किया जाता। क़ादरभाई ने जब अंग्रेज़ी में बोलना शुरू किया तो वह बड़ी ही राहत की बात थी।

'कृपया अंग्रेज़ी में ही बोलें, श्रीमान लिन। मुझे इस बात की बहुत ख़ुशी है कि आप हमारी भाषा सीख रहे हैं, लेकिन आज मुझे आपकी भाषा का कुछ अभ्यास करने दीजिए। यहां मौज़ूद हम सभी लोग कुछ हद तक अंग्रेज़ी बोल, पढ़ और लिख सकते हैं। जहां तक मेरी बात है तो मैंने अंग्रेज़ी, हिंदी और उर्दू भी सीखी है। कई बार ऐसा होता है कि कई मर्तबा मैं किसी और भाषा की बज़ाय पहले अंग्रेज़ी में सोचता हूं। मुझे लगता है कि तुम्हारे पास बैठा मेरा प्यारा दोस्त अब्दुल अंग्रेज़ी को ही अपनी पहली भाषा बतलाएगा। बाकी सब भी, चाहे हमारा शिक्षा का स्तर चाहे जो रहा हो, अंग्रेज़ी सीखने के लेकर उत्साहित रहे हैं। यह हमारे लिए महत्त्वपूर्ण है। इस शाम आपको यहां बुलाने की एक वजह यह भी है, ताकि हम लोग आपके साथ, अंग्रेज़ी मूल के व्यक्ति के साथ, बातचीत का लुत्फ़ उठा सकें। यह हमारी हर महीने होने वाली चर्चा का हिस्सा है और हमारा छोटा सा समूह बातें करता है-लेकिन ठहरिए पहले मैं आपका सबसे परिचय करा देता हूं।'

उसने अपनी दाईं ओर बैठे भारी-भरकम व्यक्ति के कंधे पर बडे.ही स्नेह के साथ हाथ रखते हुए कहा, 'यह सुभान महमूद हैं-हमारा परिचय हो जाने के बाद कृपया एक-दूसरे को पहले नाम से ही संबोधित करें, लिन, क्योंकि यहां पर हम सब दोस्त हैं, हैं ना?' सुभान ने परंपरागत अफ़गानी परिधान पहना हुआ था। सुभान ने मेरी ओर देखकर सिर हिलाया, लेकिन उसकी आंखों में मुझे लेकर उत्सुकता थी। शायद यह निश्चित करने के लिए मैं सबसे पहले उसका नाम लेने के सम्मान का अर्थ समझ सकूं।

'उसके आगे बैठे बेहद हंसमुख महाशय हैं मेरे पेशावर के पुराने दोस्त अब्दुल ग़नी। उसके बाद ख़ालिद अंसारी हैं जो मूलतः फ़िलिस्तीन के हैं। उसके बाद राजूभाई हैं जो पवित्र शहर वाराणसी से हैं-क्या तुमने वह शहर देखा है? नहीं? तुम्हें इसके लिए जल्द ही वक़्त निकाल लेना चाहिए।'

क़ादरभाई द्वारा परिचय दिए जाने के बाद राजूभाई मेरी ओर देखकर मुस्कराए। वह सफ़ेद दाढ़ी वाले एक मोटे व्यक्ति थे। उन्होंने हाथ जोड़कर मुझे नमस्कार किया।

क़ादरभाई ने बोलना जारी रखा, 'राजू के बाद हैं केकी दोराबजी, जो 20 साल पहले एक अन्य भारतीय पारसी के साथ जंज़ीबार से बॉम्बे आए थे। उन्हें राष्ट्रवादी आंदोलन के चलते वह द्वीप छोड़ना पड़ा था।'

दोराबजी ऊंचे क़द के लगभग 50 वर्ष उम्र के व्यक्ति थे। उन्होंने मेरी तरफ़ देखा। उनके चेहरे पर इतनी ज़्यादा उदासी थी कि मैंने मुस्कराकर उन्हें सांत्वना सी दी।

'हमारे भाई केकी के बाद हैं फ़रीद। वह हमारे समूह में सबसे युवा है और इकलौता जो बॉम्बे में जन्म लेने के कारण मूलतः महाराष्ट्रियन है। उसका परिवार

गुजरात से यहां आया था। तुम्हारे पास जो बैठे हैं वो हैं माजिद। जो तेहरान में पैदा हुए, लेकिन पिछले बीस साल से यहां हमारे शहर में रहते हैं।'

इतनी देर में एक युवा नौकर ट्रे में गिलास और चांदी के बर्तन में काली चाय लेकर आया। उसने क़ादरभाई को पहली और मुझे अंतिम चाय दी। वह कमरे से जाकर कुछ देर बाद लौटा और उसने टेबल पर लड्डू और बर्फ़ी के बाउल रखे और दोबारा चला गया।

उसके तत्काल बाद तीन लोग कमरे में आए और एक अन्य गलीचे पर चुपचाप बैठ गए। उनका परिचय गोवा के एंड्रयू फरेरा, बॉम्बे के सलमान मस्तान और संजय कुमार के तौर पर दिया गया। लेकिन उसके बाद वह पूरी तरह से चुप ही रहे। ऐसा लग रहा था कि वे युवा गैंगस्टर थे जो अभी निचले स्तर पर थे। उन्हें बैठक में बोलने नहीं केवल सुनने के लिए ही बुलाया गया था। और वह हमें बारीक़ी से देखते हुए बहुत ही ध्यान से सुन रहे थे। मैंने कई बार उनकी आंखों में गंभीर मूल्यांकन देखा, जो मैं जेल में कई बार देख चुका था। वह शायद यह तय कर रहे थे कि मुझ पर भरोसा किया जाए या नहीं और एक पेशेवर आकलन के तहत बिना बंदूक के मेरी हत्या करना कितना मुश्किल होगा।

अब्दुल ग़नी ने बीबीसी जैसी अंग्रेज़ी में कहा, 'लिन, हम चर्चा की इन रातों में आमतौर पर किसी एक विषय पर चर्चा करते हैं। लेकिन पहले हम जानना चाहेंगे कि इससे तुम क्या अर्थ निकालते हो।'

उसने आगे बढ़कर एक मुड़ा हुआ पोस्टर मेरी ओर बढ़ाया। मैंने उसे खोला और उसमें बड़े अक्षरों में दर्ज़ चार पैराग्राफ़्स पढ़े।

सपना

बॉम्बे के लोगों अपने बादशाह की आवाज़ सुनो। तुम्हारा सपना तुम तक आ चुका है और वह मैं हूं, सपना, सपनों का बादशाह, ख़ून का बादशाह। तुम्हारा वक़्त आ चुका है, मेरे बच्चों और तुम पर से कष्टों की जंज़ीर हटा दी जाएगी। मैं आ चुका हूं। मैं ही क़ानून हूं। मेरा पहला आदेश है अपनी आंखें खोलो। मैं चाहता हूं तुम अपनी भूख देखो जबकि वह खाने की बर्बादी कर रहे हैं। मैं चाहता हूं तुम अपने फटे कपड़े देखो जबकि वे रेशम के कपड़े पहन रहे हैं। देखो तुम नालियों में रह रहे हो जबकि वे संगमरमर और सोने से बने महलों में रह रहे हैं। मेरा दूसरा आदेश है कि उन सबको मार डालो। क्रूर हिंसा से यह करो।

यह मेरी याद में करो, सपना। मैं ही क़ानून हूं।

उसमें कुछ और भी दर्ज़ था सबकुछ मानो एक ही सांस में। पहली दफ़ा मुझे यह बेहूदा लगा और मैं मुस्कराने लगा। कमरे के सन्नाटे और मुझे घूरती हुई आंखों ने उस हंसी

को दांत निपोरने में बदल डाला। मुझे महसूस हुआ कि उन्होंने इसे गंभीरता से लिया। मैं कुछ देर चुप रहा, क्योंकि मैं नहीं जानता था कि ग़नी मुझसे क्या चाहता था। मैंने दोबारा पूरे पत्र को पढ़ा। जब मैं यह शब्द पढ़ रहा था तो मुझे याद आया कि किसी ने आकाश के गांव में भी एक दीवार पर सपना लिखा था, जमीन से 23 मंज़िल ऊपर। मुझे याद था कि प्रभाकर और जॉनी सिगार ने नृशंस हत्याओं के बारे में क्या कहा था। लगातार चुप्पी और उत्सुकता भरी गंभीरता से मेरे शरीर में सनसनाहट दौड़ गई। मेरे रोंगटे खड़े हो गए और माथे से पसीने की बूंदें टपकने लगीं।

'तो लिन?'

'माफ़ कीजिएगा?'

'तुम्हें इसके बारे में क्या लगता है?'

सन्नाटा इतना सघन था कि मैं अपने थूक गटकने की आवाज़ तक सुन पा रहा था। वह चाहते थे कि मैं कुछ सुझाव दूं और वह सुझाव अच्छा हो।

'मैं नहीं जानता कि क्या कहूं। मेरा मतलब है कि यह इतना बेहूदा, मूर्खतापूर्ण है कि इसे गंभीरता से लेना मुश्किल है।'

माज़िद ने ज़ोरों से गला साफ़ किया और अपनी काली भौहों को सिकोड़ते हुए कहा, 'अगर तुम किसी व्यक्ति को कमर से गर्दन तक काटने और फिर उसके अंगों और ख़ून को पूरे घर में बिखेर देने को गंभीर मानते हो तो यह एक गंभीर मामला है।'

'सपना ने यह किया?'

'लिन, उसके समर्थकों ने यह किया,' अब्दुल ग़नी बोला, 'वह और इसी तरह की कम से कम छह हत्याएं पिछले एक महीने में हो चुकी हैं। कुछ तो और अधिक नृशंस थीं।'

'मैंने लोगों को सपना के बारे में बातें करते हुए सुना है, लेकिन मुझे लगा कि यह केवल एक कहानी होगी, काल्पनिक शहरी कहानी। मैंने इसके बारे में किसी भी अख़बार में नहीं पढ़ा, जिन्हें मैं रोज़ पढ़ता हूं।'

क़ादरभाई ने कहा, 'मामले को बड़ी ही सावधानी से संभाला जा रहा है। सरकार और पुलिस ने अख़बारों से सहयोग मांगा है। इन सबको असंबद्ध तरीक़े से प्रस्तुत किया जा रहा है, जैसे यह मौत सामान्य डकैतियों में हुई हों। लेकिन हम जानते हैं कि सपना के समर्थकों ने यह काम किया है, क्योंकि हत्या के शिकार लोगों के ख़ून से दीवारों, फ़र्शों पर सपना लिखा गया। और हमले की भयानक हिंसा के बावजूद मृतकों से कोई भी मूल्यवान वस्तु नहीं चुराई गई है। फ़िलहाल सपना का कोई आधिकारिक अस्तित्व नहीं है। लेकिन ज़्यादा वक़्त नहीं लगेगा जब हर कोई उसके बारे में जान जाएगा और यह भी कि उसके नाम पर क्या-क्या किया गया।'

'और आप...आप नहीं जानते कि वह कौन है?'

क़ादरभाई ने कहा, 'लिन, हमारी उसमें बहुत ज़्यादा दिलचस्पी है। तुम्हें इस पोस्टर के बारे में क्या लगता है? यह कई बाज़ारों और झोपड़पट्टियों में देखा गया है और तुम देख ही सकते हो कि यह अंग्रेज़ी में लिखा गया है। तुम्हारी भाषा।'

उन अंतिम दो शब्दों में मुझे आरोप की सुदूर झलक नज़र आई। हालांकि मेरा सपना से दूर-दूर तक कोई लेना-देना नहीं था और मैं उसके बारे में रत्ती भर भी नहीं जानता था, एक निर्दोष व्यक्ति की तरह दोषारोपण से मेरा चेहरा लाल हो गया।

'मैं नहीं जानता। मुझे नहीं लगता कि मैं इस मामले में आपकी कोई मदद कर पाऊंगा।'

अब्दुल ग़नी ने कहा, 'कुछ तो कहो, लिन। कुछ तो विचार या छवि होगी जो तुम्हारे दिमाग़ में बनती होगी। यहां किसी प्रतिबद्धता की बात नहीं हो रही। शर्माओ मत। तुम्हारे दिमाग़ में जो कुछ भी सबसे पहले आ रहा है कह डालो।'

मैंने हिचकिचाते हुए कहा, 'पहली बात। मुझे लगता है कि यह सपना-या जिसने भी यह पोस्टर लिखा है-एक ईसाई है।'

ख़ालिद ने खिल्ली उड़ाते हुए कहा, 'ईसाई!' वह लगभग 35 वर्ष की उम्र का युवा था। काले छोटे बाल और हरी आंखों वाले इस युवक के बाएं कान से लेकर मुंह के सिरे तक एक लंबा घाव का निशान था। यह एक बुद्धिमान, संवेदनशील चेहरा था, जो अपने क्रोध से अधिक आहत था और उसके गाल पर चाकू के घाव से अधिक नफ़रत थी। 'उनसे तो दुश्मनों से मोहब्बत की अपेक्षा की जाती है, अंतड़ियां निकालने की नहीं।'

क़ादरभाई ने मुस्कराते हुए कहा, 'उसे बात पूरी कर लेने दो। कहते रहो, लिन। तुम्हें क्यों लगता है कि सपना एक ईसाई है?'

'मैं यह नहीं कह रहा कि सपना एक ईसाई है-बस इतना कि जिस किसी ने भी यह लिखा है उसने इसमें ईसाई धर्म से जुड़े कई शब्द और वाक्य इस्तेमाल किए हैं। देखो यहां, पहले हिस्से में जहां वह कहता है... *मैं आ चुका हूं और मेरी याद में यह करो* - ये शब्द बाइबल में देखे जा सकते हैं। और यहां तीसरे पैराग्राफ़ में... *उनकी झूठ की दुनिया में मैं सच्चाई हूं, उनके लालच के अंधकार में मैं रोशनी हूं, मेरा ख़ून का रास्ता तुम्हारी आज़ादी है... मैं ही रास्ता हूं और सच्चाई और रोशनी...* और यह भी बाइबल में है। फिर अंतिम पंक्ति में हत्या और ज़िंदगियां छीनने की बात भी पहाड़ पर दिए गए धर्मोपदेश का हिस्सा है। यह सब बाइबल से लिया गया और शायद कुछ और भी होगा, जो मुझे पता नहीं। लेकिन यह सबकुछ बदल दिया गया है। ऐसा लगता है कि इस व्यक्ति ने बाइबल से कुछ पंक्तियां ली हैं और फिर उन्हें उलट-पुलट दिया।'

माजिद ने पूछा, 'उलट-पुलट, क्या मतलब?'

'मेरे कहने का मतलब है कि यह सब है तो बाइबल के *विचारों* के ठीक विपरीत, लेकिन इसके लिए *भाषा* बाइबल की ही इस्तेमाल की गई है। इसने इसे मूल प्रति से ठीक उल्टे अर्थ और इरादे के साथ लिखा है। उसने एक तरह से बाइबल को उल्टा कर दिया है।'

मैं शायद कुछ और कहता, लेकिन अब्दुल ग़नी ने अचानक बातचीत को रोक दिया।

'धन्यवाद, लिन। यह बेहद मददगार रहा। लेकिन चलिए विषय बदलते हैं। मुझे सपना जैसे पागलों के बारे में बात करना बिलकुल भी पसंद नहीं है। मैंने तो यह मसला केवल इसलिए उठाया, क्योंकि क़ादरभाई ऐसा चाहते थे–और क़ादरभाई की इच्छा हमारे लिए आदेश समान है। लेकिन हमें अब वाक़ई बात बदलनी चाहिए। अगर हमने आज के विषय पर बातचीत शुरू नहीं की तो हम उसे गंवा देंगे। तो पहले धूम्रपान करते हैं फिर कुछ और बात। हमारी परंपरा के मुताबिक़ मेहमान ही इसकी शुरुआत करते हैं तो कीजिए।'

फ़रीद ने उठकर एक बड़ा सा हुक्का रखा, जिसमें कश लगाने के लिए छह पाइप लगे हुए थे। वह पाइपों के पास बैठ गया और हुक्के को जलाने के लिए उसके पास कुछ तीलियां थीं। अन्य लोगों ने पाइप के एक हिस्से को अंगूठे से बंद कर दिया और फ़रीद ने ट्यूलिप के आकार के बाउल के बीच में आग रख दी। मैंने काफ़ी हल्के कश लगाए। यह हशीश और मैरिजुआना का मिश्रण था, जिसे *गंगा-जमुना* कहा जाता था। यह इतना घातक और पानी के पाइप के ज़रिये इतनी तेज़ी से आता था कि अचानक मेरी आंखें लाल सुर्ख़ हो गईं और मुझे कुछ पल के लिए लगा कि मैं हवा में तैर रहा हूं : लोगों के चेहरे के सिरे धुंधले पड़ गए और उनकी हलचल भी धीमी लगने लगी। कार्ला इसे *लुईस केरोल्स* कहती थी। मैं पथरा गई हूं, वह कहती थी, *आई एम गेटिंग लुईस केरोल्स।* पाइप से इतना ज़्यादा धुआं निकला कि मैंने इसे गटककर दोबारा छोड़ दिया। मैंने पाइप के अपने सिरे को बंद कर दिया और दूसरों को हुक्का गुड़गुड़ाते हुए देखता रहा। वह एक के बाद एक कश लगा रहे थे। मैंने बमुश्किल चेहरे पर प्लास्टिसिन मांसपेशी पर आई मुस्कराहट को दबाना ही चाहा था कि दोबारा मेरे कश लगाने की बारी आ गई।

यह बेहद गंभीर मामला था। ना कोई हंस रहा था, ना मुस्करा रहा था। कोई बातचीत नहीं कर रहा था, कोई नज़रें नहीं मिला रहा था। लोग दुनियादारी से अलग होकर कुछ ऐसे कश लगा रहे थे मानो किसी एलिवेटर पर आप अज़नबियों के साथ ऊपर की ओर जा रहे हों।

फ़रीद के हुक्का हटाकर राख़ झाड़ने के काम में लगते ही क़ादरभाई ने मुस्कराते हुए कहा, 'देखो, लिन। यह भी एक परंपरा है कि हमारा मेहमान ही चर्चा के लिए विषय दे। यह आमतौर पर एक धार्मिक विषय होता है, लेकिन ऐसा कोई ज़रूरी भी नहीं। तुम किस बारे में बात करना चाहोगे?'

'मैं... मैं... मैं नहीं जानता कि आपका क्या मतलब है?' मैंने हकलाते हुए कहा। मेरा दिमाग़ अब भी नीचे बिछे गलीचे के ताने-बाने को ही दोहराता हुए उलझा हुआ था।

'लिन हमें एक विषय दो। ज़िंदगी और मौत, मोहब्बत और नफ़रत, वफ़ादारी और दग़ाबाजी,' अब्दुल ग़नी ने ख़ुलासा किया, हर शब्द के साथ हाथ के इशारे से वह एक वलय बनाता था। 'देखो, हम लोग चर्चा करने वाले समाज की तरह हैं। हम हर महीने कम से कम एक बार मिलकर कारोबार और निजी बातें ख़त्म होते ही, किसी दार्शनिक या इसी तरह के विषय पर चर्चा करते हैं। यह आनंद के लिए किया जाता है। और अब तुम एक अंग्रेज़ हमारे साथ हो तो अपनी भाषा में हमें चर्चा के लिए कोई विषय दो।'

'वास्तविकता में एक अंग्रेज़ नहीं हूं।'

माज़िद ने सवाल दाग दिया, 'अंग्रेज़ नहीं हो तो फिर क्या हो?' उसके चेहरे पर संदेह देखा जा सकता था।

यह एक अच्छा सवाल था। मेरे बैकपैक में मौजूद फ़र्जी पासपोर्ट में दर्ज़ था कि मैं न्यूज़ीलैंड का नागरिक हूं। मेरी जेब में मौज़ूद बिज़नेस कार्ड के मुताबिक़ मैं गिलबर्ट पार्कर नाम का अमेरिकी हूं। सुंदर गांव के लोगों ने मेरा नाम शांताराम रखा था। झोपड़पट्टी में वे मुझे लिन बाबा के नाम से जानते थे। मेरे अपने देश के कई लोग मुझे वांटेड पोस्टर में मेरा चेहरा देखने के कारण मुझे पहचानते थे। *लेकिन यह मेरा अपना देश है,* मैंने ख़ुद से सवाल पूछा, *क्या मेरा कोई देश है?*

ख़ुद से यह सवाल करने के बाद ही मुझे अहसास हुआ कि इसका जवाब मेरे पास है। अगर मेरा कोई देश, दिल के क़रीब था तो वह भारत था। मैं जानता था कि मैं भी उन हज़ारों अफ़गान, ईरानी और अन्य लोगों की तरह ही शरणार्थी, विस्थापित और बिना किसी देश वाला था जो अपने भूतकाल को भुलाकर बॉम्बे आए थे। वे निर्वासित जिन्होंने उम्मीद के फावड़ों से अपनी ज़िंदगी के भूतकाल को क़ब्र में दफ़ना दिया था।

'मैं एक ऑस्ट्रेलियाई हूं,' भारत में क़दम रखने के बाद मैंने पहली बार यह बात स्वीकारी और क़ादरभाई को सच बताने की दिली ख़्वाहिश को पूरा किया। हैरानी की बात यह थी कि मेरे तमाम झूठों की बनिस्बत यह बड़ा झूठ लगने लगा।

अब्दुल ग़नी ने क़ादरभाई की तरफ देखकर कहा, 'कितनी दिलचस्प बात है। और लिन तुम हमें कौनसा विषय देने जा रहे हो?'

'कोई भी चलेगा?' मैंने कुछ देर ठहरकर कहा।

'हां, तुम्हारी पसंद का। पिछले सप्ताह हमने राष्ट्रभक्ति-इंसान की भगवान के प्रति दायित्व और इस बात पर चर्चा की थी कि देश का उस पर क्या बकाया है। एक बहुत ही आकर्षक विषय। तुम हमें इस सप्ताह चर्चा के लिए क्या विषय देना चाहते हो?'

'देखिए, सपना के पोस्टर में एक पंक्ति है... *हमारा कष्ट ही हमारा धर्म है*– उसी तरह का कुछ। इसने मुझे किसी और बात के बारे में सोचने पर मज़बूर कर दिया। पुलिसकर्मी कुछ दिन पहले फिर आए थे और उन्होंने झोपड़पट्टी में कई मकानों को ढहा दिया था और जब हम सब यह देख रहे थे, मेरे पास खड़ी महिला बोली... *हमारा कर्तव्य काम करना और पीड़ित होना है*– या ऐसा ही कुछ। उसने इतने शांत भाव से आसानी से यह बात कही, मानो वह इसे स्वीकार चुकी थी और उसने हार मान ली थी और वह इसे पूरी तरह से समझ चुकी थी। लेकिन मैं इसे नहीं समझ पाया और मुझे नहीं लगता कि समझ पाऊंगा। इसलिए शायद यह सवाल हो सकता है कि लोग क्यों पीड़ित होते हैं? क्यों बुरे लोग कम कष्ट झेलते हैं? और क्यों अच्छे लोगों को इतना कष्ट सहन करना पड़ता है? मेरा मतलब है कि मैं अपने बारे में बात नहीं कर रहा हूं–मैंने जितनी भी कष्ट झेले हैं, वह मेरे ही किए कामों का परिणाम थीं। भगवान जानता है कि मैंने कई अन्य लोगों को भी कष्ट दिए हैं। लेकिन मैं अब भी इसे नहीं समझ पाता–ख़ासतौर पर झोपड़पट्टी के लोगों के कष्ट। इसलिए... कष्ट के बारे में हम लोग चर्चा कर सकते हैं... आपको क्या लगता है?'

मैं अचानक चुप हो गया, लेकिन कुछ ही पलों बाद क़ादरभाई ने स्वीकृति की गर्मजोशी भरी मुस्कान दी।

'लिन, यह एक अच्छा विषय है। मैं जानता था कि तुम मुझे निराश नहीं करोगे। माज़िदभाई, आप बातचीत की शुरुआत करो।'

माज़िद गला साफ़ करके मेज़बान की तरफ़ देखकर मुस्कराया। अंगूठे और अंगुलियों से अपनी घनी भौहों को खुजाने के बाद उसने पूरे आत्मविश्वास के साथ अपनी बात रखनी शुरू की।

'कष्ट, मुझे सोचने दें। मुझे लगता है कि कष्ट अपनी पसंद का मामला है। मुझे लगता है कि अगर हम इसे टालने के लिहाज़ से पर्याप्त रूप से दमदार हैं तो हमें ज़िंदगी में कभी कष्ट झेलनी ही नहीं पड़ेंगे। मज़बूत इंसान इस भावना पर इतनी महारत हासिल कर सकता है कि उसे कष्ट महसूस कराना नामुमकिन हो जाएगा। जब हम कष्ट झेलते हैं, जैसे दर्द या इस तरह का कुछ, इसका मतलब होता है कि हमारा नियंत्रण छूट गया है। इसलिए मैं तो यही कहूंगा कि कष्ट इंसानी कमज़ोरी है।'

क़ादरभाई ने सहमति के स्वर में कहा, '*अच्छा!* तुम्हारे दिलचस्प विचार के कारण मुझे यह सवाल पूछना पड़ रहा है, ताक़त आती कहां से है?'

माज़िद ने कहा, 'ताक़त? हर कोई इस बात को जानता है...आपका क्या कहना है?'

'कुछ नहीं मेरे पुराने और प्यारे दोस्त। केवल इतना कि क्या यह सच नहीं है कि हमारी ताक़त का कुछ हिस्सा कष्ट की देन होता है? कष्ट को झेलना हमें मज़बूत बनाता है? और यह कि हममें से जिन लोगों ने मुश्किलातें और कष्टों का सामना नहीं किया है, उनमें उन लोगों जितनी ताक़त नहीं हो सकती, जो इस दौर से गुज़रे

हों? और अगर तुम्हारी दलील सही है तो क्या इसका मतलब यह कहना नहीं होगा कि कष्ट झेलने के लिए हमें कमज़ोर होना होगा और हमें मज़बूत होने के लिए कष्ट झेलना होगा, यानी कि मज़बूत होने के लिए हमें कमज़ोर होना होगा?'

'हां,' माज़िद ने स्वीकारते हुए मुस्कान दी, 'शायद कुछ हद तक सही है, शायद आप जो कह रहे हैं वैसा कुछ-कुछ। लेकिन मैं अब भी मानता हूं कि मामला मज़बूती और कमज़ोरी का ही है।'

अब्दुल ग़नी ने कहा, 'हमारे भाई माज़िद ने जो कुछ कहा, मैं उससे पूरी तरह से सहमत नहीं हूं। लेकिन मैं इस बात से सहमत हूं कि कष्टों के मामले में नियंत्रण का कुछ हिस्सा तो होता ही है, आप इस सच्चाई से इंकार नहीं कर सकते।'

क़ादरभाई ने पूछा, 'यह नियंत्रण हमें कहां मिलता है और कैसे?'

'मैं तो कहूंगा कि यह हम सबके लिए अलग-अलग होगा, लेकिन यह तभी होता है जब हम बड़े होते हैं। जब हम परिपक्व हो चुके हों और जवानी में आंसू बहाने के बचपने से उबर चुके हों। मेरे ख़याल से यह बड़े होने का एक हिस्सा है, अपनी कष्टों पर नियंत्रण साधना सीखते हुए। मेरी राय में जब हम बड़े होते हैं और यह जान जाते हैं कि ख़ुशी दुर्लभ है और जल्द चली जाती है तो हम दिग्भ्रमित हो जाते हैं और आहत महसूस करते हैं। और हमारे कष्ट का सीधा संबंध इस बात से है कि हम इस सच्चाई का सामना करने से कितना आहत महसूस करते हैं। देखिए, कष्ट एक तरह का गुस्सा है। हम अन्याय के ख़िलाफ़ गुस्सा होते हैं, अपनी दुखी पीढ़ी के साथ हुए अन्याय से। अन्याय के कारण जो अफ़सोस होता है और इसी *गुस्से* को हम पीड़ित होना कहते हैं। और यही हमें नायक के अभिशाप के लिए तैयार करता है।'

'*नायक का अभिशाप!* बहुत हो चुका, तुम हर विषय में इसे ले आते हो।' माज़िद ने कहा।

फ़िलिस्तीनी साथी ख़ालिद ने कहा, 'अब्दुल का एक पसंदीदा सिद्धांत है। उसका कहना है कि कुछ लोगों को गुणों का अभिशाप मिला हुआ होता है, जैसे बहुत बहादुरी, जो कि उन्हें कुछ भी करने के लिए तैयार कर देता है। वह इसे ही नायक का अभिशाप कहता है। वह बात जो दूसरे लोगों को रक्तपात और अराजकता के लिए प्रेरित करती है। हो सकता है वह सही हो, लेकिन वह इसे इतना उछालता है कि हम सबको पागल कर देता है।'

क़ादरभाई ने कहा, 'उसे कुछ देर के लिए छोड़ दो। तुमने अभी जो कहा, मैं उससे संबंधित एक सवाल तुमसे पूछना चाहता हूं। तुम्हें क्या लगता है कि जो कष्ट हम झेलते हैं और जो कष्ट हम दूसरों को देते हैं, उनमें कोई अंतर है?'

'निश्चित तौर पर हां। क़ादर तुम क्या समझ रहे हो?'

'केवल इतना कि कष्ट दो तरह के होते हैं। एक-दूसरे से काफ़ी अलग। एक जो हम महसूस करते हैं और एक जो हम दूसरों को देते हैं। वे दोनों वह नाराज़गी

नहीं हो सकते, जिनका ज़िक्र तुमने अभी किया था। है कि नहीं? तुम क्या कहोगे कौनसा कष्ट कौनसा है?'

'क्यों...' अब्दुल ग़नी ने हंसते हुए कहा, 'तुमने आख़िर मुझे फांस ही लिया। क़ादर तुम हमेशा से जानते हो कि मैं कोई तर्क केवल इसलिए दे रहा हूं कि देना है। और ख़ासतौर पर तब जब मुझे लग रहा हो कि मैं बहुत चतुराई की बात कर रहा हूं। लेकिन चिंता मत करो, मैं इसके बारे में सोचकर फिर तुमसे बात करूंगा।'

उसने टेबल पर रखी प्लेट से एक बर्फ़ी ली और उसे ख़ुशी-ख़ुशी चबाने लगा। उसने अपने दाईं ओर बैठे व्यक्ति की ओर इशारा किया।

'और ख़ालिद तुम्हारा क्या विचार है? तुम लिन के दिए गए विषय पर क्या कहना चाहोगे?'

ख़ालिद ने शांति के साथ कहा, 'मैं जानता हूं कष्ट सच है। मैं जानता हूं कि कष्ट किसी कोड़े के तीखे हिस्से की ओर है, *ना* कि उस कुंद हिस्से की ओर जो कोड़ा चलाने वाले के हाथ में होता है।'

अब्दुल ग़नी ने शिकायती लहज़े में कहा, 'मेरे प्यारे ख़ालिद। तुम मुझसे 10 साल से ज़्यादा छोटे हो और मैं तुम्हें अपने छोटे भाई की तरह मानता हूं। लेकिन मैं तुम्हें बताना चाहूंगा कि यह सबसे अधिक अवसाद देने वाला विचार है और तुम शानदार चरस से मिले ख़ुशनुमा माहौल को बेकार कर रहे हो।'

'अगर तुम्हारा जन्म और बचपन फ़िलिस्तीन में गुज़रा होता तो तुम जान जाते कि कुछ लोगों का जन्म ही कष्ट झेलने के लिए होता है। और उनके लिए यह सिलसिला कभी भी नहीं थमता। एक सेकेंड के लिए भी नहीं। तुम जान जाते कि असली कष्ट कहां से आता है। और यह वहीं जगह है जहां से प्यार, आज़ादी और अभिमान का जन्म होता है। और यह वही जगह है जहां भावनाएं और आदर्श दम तोड़ देते हैं। कष्ट का यह सिलसिला कभी नहीं थमता। हम केवल ऐसा होने की बात को मान लेते हैं। हम केवल ख़ुद को बताते हैं कि यह थम गया है, ताकि बच्चों को नींद में रोने से रोक सकें।'

उसने अपने मज़बूत हाथों की ओर देखा, मानो वह हाथ हार मान लेने वाले किसी व्यक्ति के हों, जो दयायाचना में उठे हों। कमरे में अचानक गहन उदासी छा गई और हम सभी ने तत्काल क़ादरभाई की तरफ़ देखा। वह पैर मोड़कर सिर हिलाते हुए विचारों पर गौर कर रहे थे। अंत में उन्होंने फ़रीद की ओर देखकर गर्दन हिलाकर उसे बोलने का इशारा किया।

फ़रीद ने कहा, 'मेरी राय में हमारा भाई ख़ालिद ठीक कह रहा है।' उसने अपनी बड़ी गहरी भूरी आंखें क़ादरभाई की तरफ़ की और उनके सिर हिलाकर स्वीकृति देने के बाद आगे कहा, 'मेरी राय में ख़ुशी एक हक़ीक़त है। एक सच्ची बात, लेकिन यही हमें दीवाना बना देती है। ख़ुशी इतनी अज़ीब और शक्तिशाली वस्तु है कि वह

हमें किसी कीड़े की तरह बीमार कर देती है। और कष्ट इससे हमारा इलाज़ करते हैं, बहुत ज़्यादा ख़ुशी का। कैसे कहूं... *भारी वज़न?'*

'बोझ,' क़ादरभाई ने अनुवाद करके उसका काम आसान कर दिया। फ़रीद ने हिंदी में तेज़ी से एक वाक्य कहा और क़ादरभाई ने इस तेज़ी के साथ उसका अंग्रेज़ी में अनुवाद किया कि मुझे अहसास हो गया कि पहली मुलाक़ात में जो उन्होंने मुझे संकेत दिया था उसकी तुलना में उनकी अंग्रेज़ी वाक़ई बहुत अच्छी है। *'ख़ुशी के बोझ से राहत केवल कष्ट के मरहम से ही संभव है।'*

'हां, हां वही। मैं यही कहना चाहता था। बिना कष्ट के ख़ुशी का बोझ हमें कुचलकर मार डालेगा।'

क़ादरभाई ने कहा, 'यह एक बहुत ही अच्छा विचार है, फ़रीद।' तारीफ़ से उस महाराष्ट्रियन युवक का चेहरा ख़ुशी से दमकने लगा।

मुझे अचानक उससे थोड़ी सी ईर्ष्या होने लगी। क़ादरभाई की सरल मुस्कान का जादू ठीक वैसे ही सिर चढ़कर बोलता था, जैसा कि कुछ देर पहले हम सबके द्वारा पिए गए हुक्के का। अब्दुल क़ादर खान का बेटा होने की इच्छा और उनकी तारीफ़ सुनना होश उड़ा देने वाला अनुभव था। मेरे दिल में मौज़ूद पिताजी के अभाव के रीतेपन में उनका व्यक्तित्व, उनका चेहरा घर कर गया। ऊंचे उठे हुए गाल, बहुत ही सफ़ाई से काटी गई सफ़ेद झक्क दाढ़ी, आकर्षक होंठ, गहरे रंग वाली आंखें एक आदर्श पिता का चेहरा बन गए।

अब मैं मुड़कर उस वक़्त की ओर देखता हूं-मेरी उनके लिए एक बेटे की तरह काम करने की तैयारी, उन्हें चाहने की मेरी तैयारी और यह हक़ीक़त कि यह सबकुछ मेरी ज़िंदगी में उनकी ताक़त के बूते, इस शहर में, उनके शहर में कितनी जल्दी हो गया। मैंने पूरी दुनिया में कहीं भी इतना सुरक्षित महसूस नहीं किया जितना कि उनके साथ। गुज़रे सालों के दौरान मैंने ख़ुद से हज़ारों बार यह सवाल किया है कि क्या मैंने उन्हें उतनी ही शिद्दत से प्यार किया होता, अगर वह शक्तिहीन और ग़रीब होते।

वहां बैठकर उस गुंबद वाले कमरे में, उनके फ़रीद की ओर देखकर मुस्कराने और उसकी तारीफ़ करने से ईर्ष्या का जो अहसास मुझमें जागा, मुझे अहसास हो गया कि हालांकि क़ादरभाई ने मुझे बेटे की तरह गोद लेने की बात कही है, लेकिन पहली ही मुलाक़ात में मैं ही था, जिन्होंने उन्हें गोद ले लिया था। और जबकि चर्चा मेरे इर्द-गिर्द जारी रही, मैंने यह शब्द प्रार्थना और मंत्र की गोपनीय आवाज़ में बुदबुदाए... *पिताजी, पिताजी, मेरे पिताजी...*

'अंग्रेज़ी बोलने के आनंद में आप शामिल नहीं हो रहे हैं, सुभान चचा,' क़ादरभाई ने उनके दाईं ओर बैठे बुज़ुर्ग व्यक्ति को देखकर कहा, 'इसलिए कृपया मुझे जवाब देने का अवसर दीजिए। मुझे पता है कि आप कहेंगे कि पाक कुरान हमें बताता है कि कैसे हमारे पाप और ग़लत काम हमारे कष्टों की वज़ह बनते हैं, हैं ना?'

सुभान महमूद ने स्वीकृति में सिर हिलाया। वह इस बात से बेहद विस्मित लग रहे थे कि क़ादरभाई ने इस विषय पर उनकी सोच का अंदाज़ लगा लिया था।

'आप कहोगे कि पाक कुरान की सीख के मुताबिक़ सही सिद्धांतों के साथ जीवन से एक अच्छे मुस्लिम की ज़िंदगी से कष्ट हमेशा के लिए नदारद हो जाएंगे और जब ज़िंदगी का अंत होगा तो वह सुकून के साथ ज़न्नत में जाएगा।'

अब्दुल ग़नी ने बैचेन होकर कहा, 'हम सभी जानते हैं कि सुभान चचा क्या सोचते हैं। हममें से कोई भी आपके तर्क से असहमत नहीं होगा, चचाजान, लेकिन मुझे इतना कहने की अनुमति तो दीजिए कि आपका इस सोच की ओर झुकाव बहुत ज़्यादा है, है *ना?* मुझे वह वक़्त याद है, जब आपने अपनी मां की मौत पर रोने के कारण छोटे से महमूद की बेंत से बुरी तरह से पिटाई की थी। यह निश्चित ही सच है कि हमें अल्लाह की मर्जी पर सवाल नहीं उठाना चाहिए, लेकिन ऐसे मामलों में सहानुभूति भरा एक स्पर्श, इंसानियत है, है ना? लेकिन जैसा है रहने दो, मैं तो आपके विचार जानने के लिए उत्सुक हूं क़ादरभाई। बताइए कष्ट के बारे में आपके क्या विचार हैं?'

अचानक सन्नाटा छा गया और कोई अपनी जगह से हिला तक नहीं। क़ादरभाई जब तक कि अपने विचार एकत्रित कर रहे थे, सभी एकाग्रता से उन्हें सुनने के लिए बेक़रार हो रहे थे। हर व्यक्ति का अपना एक नज़रिया और एक अंदाज़ था, लेकिन मुझे यह साफ़ तौर पर लग रहा था कि क़ादरभाई का कहा अंतिम शब्द होता था। मुझे अहसास हो गया था कि वह जो कहेंगे, वह शायद दिशा तय करेगा और शायद उन लोगों द्वारा दोबारा कष्ट पर सवाल पूछे जाने पर दिया जाने वाला जवाब भी। उनके चेहरा भावनाशून्य था और उनकी आंखें विनम्रता के साथ झुकी हुई थीं। लोगों के मन में उनके प्रति आदर के बीच वह बहुत ही ज़्यादा बुद्धिमान थे। मुझे लगता था कि वह बहुत ज्य़ादा मानवीय हैं, लेकिन उससे प्रभावित नहीं होते। जब मैं उन्हें अच्छे से जानने लगा तो मुझे समझ आया कि उनकी इस बात में दिलचस्पी थी कि दूसरे उनके बारे में क्या सोचते हैं। अपने क़रिश्मे और आस-पास के लोगों पर उसके असर का उन्हें हमेशा अहसास रहता था। यह कि उनके द्वारा ऊपर वाले को छोड़कर बाक़ी लोगों के साथ साधा गया संवाद एक क़िस्म की प्रस्तुति थी। वह पूरी दुनिया को बदल देने की महत्त्वाकांक्षा रखने वाले व्यक्ति थे। उनके द्वारा कहा गया एक-एक शब्द या उनके द्वारा किया गया काम-यहां तक कि हमसे संवाद के दौरान उनकी गहरी आवाज़ में मौज़ूद विनम्रता-ना तो कोई हादसा थी, ना अवसर या कुछ और, बस थी तो उनकी सधी हुई योजना का एक अंश।

'पहली बात तो यह कि मैं एक सामान्य टिप्पणी करना चाहूंगा और फिर उसका विस्तार से ख़ुलासा करूंगा। क्या आप सब मुझे इसकी अनुमति देते हैं? अच्छी बात है। तो पहले सामान्य टिप्पणी-मेरी राय में कष्ट वह तरीक़ा है जिससे हम अपने प्यार की परीक्षा लेते हैं। हर तरह का कष्ट, छोटा या बड़ा, किसी न किसी तरह से प्यार

की परीक्षा है। अधिकांश वक़्त कष्ट अल्लाह के प्रति हमारे प्यार की भी परीक्षा है। यह मेरा पहला वक्तव्य है। क्या मेरे आगे बढ़ने से पहले कोई इस विषय पर चर्चा करना चाहता है?'

मैंने एक-एक करके वहां बैठे लोगों के चेहरे देखना शुरू किए। कुछ इस बिंदु पर मुस्कराए, कुछ ने सहमति में सिर हिलाए और कुछ और की एकाग्रता में और अधिक इज़ाफ़ा हो गया। उनमें से सभी क़ादरभाई को सुनने के लिए उत्सुक थे।

'ठीक है, अब मैं विस्तृत जवाब की ओर बढ़ूंगा। पवित्र कुरान हमें बताता है कि इस कायनात में तमाम बातों का एक-दूसरे के साथ रिश्ता है और यहां तक कि एक-दूसरे के विलोम भी संबंधित होते हैं। मुझे लगता है कि कष्ट के संबंध में दो बिंदु हैं जिन्हें हमें याद रखना चाहिए और उनका संबंध आनंद और दर्द से है। पहला यह कि बिना कष्ट के भी दर्द हो सकता है और यह भी संभव है कि बिना दर्द के कष्ट हो सकता है। क्या आप लोग इस बात से सहमत हैं?'

अन्य लोगों ने एक-दूसरे के साथ सहमति में सिर हिला दिए।

'उनके बीच का अंतर मेरी राय में यह है : कि जो हम दर्द से सीखते हैं-उदाहरण के लिए आग जलाती है और ख़तरनाक होती है-वह हमेशा निजी राय होती है, केवल हम तक सीमित, लेकिन जो बात हम कष्ट से सीखते हैं, वह हमें इंसान के तौर पर एकजुट करती है। अगर हमें अपने दर्द से कष्ट नहीं होता तो इसका मतलब है कि हमने ख़ुद के अलावा किसी भी बात को नहीं समझा है। कष्ट के बग़ैर दर्द ठीक वैसा ही है जैसा कि बिना संघर्ष जीत। हम इससे नहीं सीख पाते कि क्या बात है जो हमें मज़बूत या बेहतर या अल्लाह के और क़रीब ले जाती है।'

उन्होंने बड़े ध्यान से अपनी बातें सुन रहे लोगों की ओर देखा। उत्सुकता से भरे चेहरों में उन्हें सहमति दिखाई दी।

'ओह दूसरा हिस्सा है आनंद वाला?' अब्दुल ग़नी ने पूछा। उनमें से कुछ लोग अपनी ओर देखते हुए ग़नी को देखकर हंसने लगे। वह भी जवाब में हंस दिया। *'क्या? क्या?* क्या किसी इंसान की आनंद में स्वस्थ और वैज्ञानिक दिलचस्पी नहीं हो सकती?'

क़ादर ने बोलना जारी रखा, 'आह, मुझे लगता है कि यह कुछ-कुछ वैसा है जैसा कि श्रीमान लिन हमें सपना के बारे में बता रहे हैं, जैसा उसने ईसाइयों की बाइबल के शब्दों के साथ किया है। यह ठीक उल्टा है। कष्ट ठीक ख़ुशी की तरह है, लेकिन उल्टी दिशा में। इनमें से एक, दूसरे की शीशे में दिखने वाली उल्टी छवि की तरह है और एक का दूसरे बग़ैर कोई अर्थ या अस्तित्व नहीं है।'

फ़रीद ने शर्म से कुछ लाल होते हुए कहा, 'माफ़ कीजिएगा, लेकिन बात मेरी कुछ समझ में नहीं आई। क्या आप इसका ख़ुलासा करेंगे?'

क़ादरभाई ने बड़ी ही विनम्रता से कहा, 'यह कुछ ऐसा है। उदाहरण के लिए मेरा हाथ ले लो। मैं अपना हाथ खोलकर अंगुलियां तानकर तुम्हें हथेली दिखाता हूं

या मैं हाथ खोलकर तुम्हारे कंधे पर हाथ रखता हूं, मेरी अंगुलियां इस तरह से फैली हुई हैं–यह ख़ुशी है, या कि इस लम्हे के लिए हम इसे इसी नाम से पुकारें। और अगर मैं अंगुलियों को इस तरह से मोड़ लूं और मुक्का बना लूं तो इसे कष्ट कह सकते हैं। दोनों ही हाव–भाव अर्थ और ताक़त के लिहाज़ से एक–दूसरे के विरोधी हैं। दोनों दिखने में भी बिलकुल अलग हैं और यह बताते हैं कि हम क्या कर सकते हैं, लेकिन यह भाव प्रदर्शित करने वाला हाथ वही है। कष्ट ही ख़ुशी है बस विपरीत दिशा में।'

उसके बाद हर एक को दोबारा बोलने का मौक़ा दिया गया और चर्चा आगे–पीछे होकर चलती रही। लगभग दो घंटे तक तर्कों पर सहमति–असहमति का यह दौर जारी रहा। हशीश पिया गया। दो बार चाय दी गई। अब्दुल ग़नी ने अपनी चाय में काली अफ़ीम की एक छोटी गोली डाली और मुंह बनाते हुए उसे पी गए।

माज़िद ने अपने रुख़ में सुधार करते हुए कहा कि कष्ट ज़रूरी नहीं कि कमज़ोरी का ही प्रतीक हो, लेकिन उसका इस बात पर ज़ोर क़ायम रहा कि हम दृढ़ इच्छाशक्ति से ख़ुद को इसके लिए तैयार कर सकते हैं, सख़्त आत्म–अनुशासन से आने वाली इच्छाशक्ति, एक तरह से ख़ुद पर थोपा गया कष्ट। फ़रीद ने अपने दोस्तों की ज़िंदगियों का हवाला देते हुए बताया कि कष्ट कैसे ख़ुशी के ज़हर के ख़िलाफ़ ज़हरनाशक का काम करती है। बुज़ुर्ग सुभान ने उर्दू में कुछ वाक्य बुदबुदाए और क़ादरभाई ने हमारी सुविधा के लिए उनका अनुवाद किया : कुछ ऐसी बातें हैं जो हम इंसान कभी नहीं समझ सकेंगे। बातें जो केवल ऊपरवाला ही समझ सकता है और संभव है कि कष्ट उनमें से एक हो। केकी दोराबजी ने कहा कि पारसी धर्म के मुताबिक़ ब्रह्मांड विरोधी बातों के बीच संघर्ष की एक प्रक्रिया है–रोशनी और अंधकार, गर्म और सर्द, कष्ट और आनंद–और किसी भी वस्तु बिना विलोम वस्तु अस्तित्व हो ही नहीं सकता। राजूभाई ने कहा कि कष्ट अज्ञान भरी आत्मा की एक स्थिति है जो कर्म के चक्र में फंसी हुई होती है। अब्दुल ग़नी के ज़ोर देने के बाद भी ख़ालेद फ़तह ने कुछ और नहीं कहा। उसे छेड़ने के बाद अंततः उसने प्रयास छोड़ दिए और उसके दृढ़तापूर्वक इंकार से वह कुछ नाराज़ दिखा।

समूह में अब्दुल ग़नी सबसे ज़्यादा बोलने वाले के तौर पर उभरकर सामने आया। ख़ालिद एक पहेलीनुमा व्यक्ति था, लेकिन उसके भीतर गुस्सा था–बहुत ही ज़्यादा गुस्सा, शायद–बहुत ज़्यादा विचार। माज़िद ईरानी सेना में एक पेशेवर सैनिक रह चुका था। वह बहादुर और सीधा मुक़ाबला करने वाला लगा, फिर भी दुनिया और लोगों को लेकर उसके विचार बेहद सरल थे। सुभान महमूद बिना किसी शक़ के बेहद पाक थे, लेकिन उनके भीतर लचीलेपन की एक झलक मौज़ूद थी। युवा फ़रीद खुले दिल वाला था। ख़ुद को कम आंकने वाला और मेरे विचार में बड़ी ही आसानी से प्रभावित किया जा सकने वाला। केकी नीरस और निरुत्साही था, जबकि राजूभाई में मेरे प्रति संदेह का भाव था, अक्खड़पन की हद तक। उन सभी में केवल अब्दुल ग़नी ने ही मज़ाक़िया स्वभाव की झलक दिखाई और केवल वही ख़ुद खुलकर हंसता

दिखा। उसका ना केवल युवकों बल्कि बुज़ुर्गों के साथ भी अच्छा मेल-जोल दिखा। अन्य लोग जहां अपनी जगह पर सिमटकर बैठे हुए थे वह अपनी जगह पर फैलकर बैठा था। उसकी जब इच्छा होती थी वह रोक-टोक करता था, उसने ज़्यादा खाया और पिया भी। उसने कमरे में मौज़ूद किसी भी व्यक्ति से ज़्यादा धूम्रपान किया। वह ख़ासतौर पर बिना मतलब क़ादरभाई से ज़्यादा ही प्रेम दिखा रहा था। यह साफ़ था कि वह नज़दीकी दोस्त थे।

क़ादरभाई सवाल पूछते रहे, पड़ताल करते रहे और जो कुछ भी कहा जाता था, उस पर टिप्पणी करते रहे। उन्होंने एक भी बेकार का शब्द नहीं बोला। मैं चुप रहा, हवा में तैरता हुआ, थका हुआ और इस बात के लिए शुक्रगुज़ार कि किसी ने मुझ पर बोलने के लिए दबाव नहीं डाला।

जब क़ादरभाई ने चर्चा का समापन किया तो वह नबीला मस्जिद के पास की सड़क पर खुलने वाले दरवाज़े तक मेरे साथ आए और मेरे हाथ पर हल्की थपकी देकर मुझे रोक दिया। उन्होंने कहा कि उन्हें ख़ुशी है कि मैं आया और कहा कि उन्हें उम्मीद है कि मुझे मज़ा आया होगा। फिर उन्होंने अगले दिन फिर मुझे वहां आने के लिए कहा, क्योंकि उनके मुताबिक़ अगर इच्छा हो तो मैं उनके एक काम आ सकता हूं। हैरान और ख़ुशामद से प्रसन्न मैंने एक बार में ही उनका न्यौता स्वीकार लिया। मैंने उनसे वादा किया कि कल सुबह मैं उन्हें इसी जगह पर मिलूंगा। उसके बाद मैंने रात में क़दम रखते हुए इस बात को दिमाग़ से निकाल दिया।

अपने घर पैदल लौटने के लंबे रास्ते पर मैं मंजे हुए अपराधियों के उस समूह के लोगों के विचारों को एक-एक करके याद कर रहा था। मुझे जेल में अन्य लोगों के साथ की गई ऐसी ही बातचीत याद आ गई। औपचारिक शिक्षा की कमी या शायद इसी की वजह से जेल में मेरी पहचान के अनेक लोगों की विचारों की दुनिया में भारी दिलचस्पी थी। वे इसे दर्शनशास्त्र नहीं कहते थे और उन्हें ऐसी कोई जानकारी भी नहीं थी, लेकिन उनकी बातचीत का विषय अधिकांशत: यही होता था-नैतिकता और नीतिशास्त्र, अर्थ और उद्देश्य।

यह दिन बहुत लंबा था और रात तो और भी लंबी। मेरी पतलून की पीछे की जेब में मैडम झू के फ़ोटो के साथ, पैरों के जूते काट रहे थे, जो कि कार्ला ने अपने प्रेमी को दफ़नाने के लिए ख़रीदे थे, मेरा दिमाग़ कष्ट की परिभाषाओं से भन्ना रहा था। ख़ाली सड़कों पर चलते हुए मुझे ऑस्ट्रेलियन जेल की एक कोठरी याद आ गई, जहां हत्यारे और चोर, जिन्हें मैं अपना दोस्त कहता था, बड़ी ही शिद्दत के साथ सच्चाई, प्यार और नैतिकता पर चर्चा करने के लिए एकत्रित हुआ करते थे। मैं सोच रहा था कि क्या उन्हें मेरी याद आती होगी। *क्या मैं अब उनके लिए दिवास्वप्न की तरह हूं,* मैंने ख़ुद से सवाल पूछा, *आज़ादी और पलायन का एक दिवास्वप्न? वे इस सवाल का जवाब कैसे देंगे कि कष्ट क्या है?*

मैं जानता था। क़ादरभाई ने हमें अपनी विशेष सूझबूझ और उसे व्यक्त करने की अपनी चतुराई भरी प्रतिभा से पूरी तरह से प्रभावित कर दिया था। उनकी परिभाषा तीखी थी और पर्याप्त तौर पर कंटीली – *कष्ट ही ख़ुशी है, बस उल्टी दिशा में*– जिसने पुरानी यादों की मछली को अटका लिया। लेकिन सूखी और भयभीत जीवन में इंसानी कष्ट की सच्चाई का वास्तविक अर्थ उस रात क़ादरभाई की चतुराई में नहीं था। यह ख़ालिद अंसारी के नाम था, फ़िलिस्तीनी। उसकी परिभाषा मेरे दिलोदिमाग़ में दर्ज़ होकर रह गई। उसके सामान्य बदसूरत शब्द ही दुनिया के तमाम उन लोगों की अभिव्यक्ति थी, जो जेल में हैं या रह चुके हैं और हर उस व्यक्ति कि जिसने बहुत लंबी ज़िंदगी गुजारी हो। कष्ट का संबंध हमेशा इस बात से रहता है कि हमने क्या गंवाया। जब हम युवा होते हैं तो सोचते हैं कि कष्ट का मतलब वह है जो हमारे साथ हुआ है। जब हम कुछ उम्रदराज़ हो जाते हैं–जब स्टील का दरवाज़ा हमारे मुंह पर बंद हो जाता है–हम जान जाते हैं कि असली कष्ट तो इस बात से मापा जा सकता है कि हमसे क्या छीन लिया गया।

बहुत छोटा, अकेला और एकाकी महसूस करते हुए मैं यादों से गुजरते हुए अंधकार के बीच झोपड़पट्टी की अंधकारमयी गलियों से गुजर रहा था। जब मैंने गली का अंतिम मोड़ लिया तो मेरी अपनी ख़ाली झोपड़ी में मुझे रोशनी दिखी। एक व्यक्ति दरवाज़े के पास हाथ में एक लालटेन लेकर खड़ा था। उसके पास एक छोटी सी बच्ची खड़ी थी जिसके बालों में चोटी बंधी हुई थी। मैं कुछ पास आया और मैंने देखा कि वह व्यक्ति जोसेफ़ था, वह शराबी जिसने अपनी पत्नी को बुरी तरह से पीटा था और उसके साथ छाया में खड़ा था प्रभाकर।

मैंने धीमे से पूछा, 'क्या चल रहा है? इतनी रात को?'

'हैलो लिन बाबा। बदलाव के तौर पर आपने अच्छे कपड़े पहन रखे हैं।' प्रभाकर ने कहा, उसका चेहरा लालटेन की पीली रोशनी में दमक रहा था, 'मुझे यह पसंद आ रहा है, आपके साफ़-सुथरे चमकते जूते। आप ठीक वक़्त पर आ गए। जोसेफ़ अच्छा काम कर रहा है। उसने पैसे का भुगतान करके वह निशान हटवा लिया है जो उसके घर पर लगाया गया था। अब वह शराब पीने वाला बुरा व्यक्ति नहीं रहा, वह पूरे वक़्त काम करता है। अतिरिक्त पैसे के साथ अब वह हम सबके घरों के दरवाज़ों पर यह सबके अच्छे नसीब के लिए निशानी लगवा रहा है।'

'अच्छे नसीब की निशानी?'

'हां, इधर देखिए इस बच्ची के हाथों को देखिए।' उसने छोटी सी लड़की की कलाई ऊपर उठाई और उसका हाथ मेरे सामने किया। उस कमज़ोर रोशनी में भी मुझे दिख गया जो वह दिखाना चाहता था। 'यहां देखो, उसकी केवल चार अंगुलियां हैं। देखो। केवल चार अंगुलियां। यह बहुत शुभ मानी जाती है।'

मैंने देखा। उस लड़की की दो अंगुलियां आपस में जुड़ी हुई थीं। इस वजह से उसकी मध्यमा और तर्जनी मिलकर केवल एक ही अंगुली बन चुके थे। उसकी

हथेलियां नीली थीं। जोसेफ़ ने एक प्लेट में नीला रंग रखा हुआ था। वह बच्ची अपना हाथ उस रंग में डुबोकर हर घर पर हथेली की छाप लगा रही थी, इस विश्वास के साथ कि बुरी नज़र वालों की हर कोशिश नाकाम हो जाएगी। झोपड़पट्टी के रहने वाले अंधविश्वासी लोगों को लगता था कि चूंकि वह एक हाथ में चार अंगुलियों की दुर्लभ विकलांगता के साथ पैदा हुई है, इसलिए उस पर ऊपरवाले की विशेष दया है। मैंने उस बच्ची को मेरे दरवाज़े पर हाथों की छाप लगाते हुए देखा। उसके बाद जोसेफ़ उसे लेकर अगली झोपड़ी की ओर निकल गया।

प्रभाकर ने बहुत ही धीमी आवाज़ में फुसफुसाकर कहा, 'मैं उस पत्नी को पीटने वाले शराबी जोसेफ़ की मदद कर रहा हूं। मेरे जाने से पहले तुम्हें कुछ चाहिए तो नहीं?'

'नहीं, धन्यवाद। शुभरात्रि प्रभु।'

उसने मुस्कराकर कहा, '*शुभरात्रि* लिन। शुभरात्रि। मेरे लिए अच्छे सपना देखना, ठीक है।'

वह जाने के लिए मुड़ा ही था कि मैंने उसे रोक दिया।

'सुनो प्रभु।'

'क्या हुआ, लिन?'

'मुझे बताओ कष्ट क्या है? तुम्हें क्या लगता है? इसका मतलब क्या है कि लोगों को कष्ट हो रहा है?'

प्रभाकर ने टूटी फूटी झोपडियों की अंधेरी गली में जोसेफ़ की लालटेन पर मंडराते जुगनुओं को देखा। फिर उसने मेरी ओर देखा। हम पास-पास खड़े थे, लेकिन फिर केवल उसके दांत और आंखें ही दिखाई दे रहे थे।

'लिन, तुम ठीक तो हो ना?'

मैंने हंसते हुए कहा, 'मैं ठीक हूं।'

'तुमने रात को दारू तो नहीं पी, उस बेवड़े जोसेफ़ की तरह?'

'नहीं, नहीं। मैं ठीक हूं। तुम हमेशा हर बात की परिभाषा बताते रहते हो। आज रात हम कष्ट की बात कर रहे हैं और मैं जानने के लिए उत्सुक हूं कि इस बारे में तुम्हारा क्या सोचना है?'

'बहुत आसान है-कष्ट यानी कि भूख, है ना? किसी भी बात के लिए भूख का मतलब है कष्ट। किसी बात के लिए भूख नहीं हो तो मतलब कोई कष्ट नहीं है। लेकिन हर कोई इस बात को जानता है।'

'हां, मेरे विचार से हर कोई जानता है। शुभरात्रि, प्रभु।'

'शुभरात्रि, लिन।'

वह गुनगुनाते हुए चला गया और उसे पता था कि झोपड़ियों में सो रहे किसी भी व्यक्ति को इस पर आपत्ति नहीं होगी। उसे पता था कि कोई जागा भी तो कुछ पल उसका गाना सुनकर दोबारा सो जाएगा, क्योंकि वह एक प्रेमगीत गा रहा था।

अध्याय 15

'उठो लिन। ओ लिन बाबा। आपको अब उठना ही होगा!'

मैंने एक आंख खोलकर देखा तो मेरे चेहरे पर जॉनी सिगार का गुब्बारेनुमा चेहरा था। आंखें फिर बंद हो गईं।

'चलो भागो, जॉनी।'

'हैलो, लिन। तुम्हें उठना ही होगा।' उसने ख़ुश होते हुए कहा।

'जॉनी तुम एक दुष्ट व्यक्ति हो। तुम क्रूर हो और एक दुष्ट इंसान। चलो भागो।'

'एक व्यक्ति बुरी तरह से चोटग्रस्त है। हमें तुम्हारे दवाओं के बक्से की ज़रूरत है और तुम्हारे चिकित्सा कौशल की भी।'

मैंने कराहते हुए कहा, 'यहां तो अभी भी अंधेरा है। रात के दो बज रहे हैं। उसे कहना कि दिन में आना, जब मैं जागता हुआ मिलूंगा।'

'ओह, निश्चित तौर पर मैं उसे बता दूंगा और वह चला भी जाएगा, लेकिन मुझे लगता है कि तुम्हें यह पता होना चाहिए कि उसका ख़ून बहुत तेज़ी से बह रहा है। फिर भी अगर तुम सोना चाहते हो तो इसी वक़्त में तीन-चार चप्पलें मारकर उसको तुम्हारे दरवाज़े से भगा देता हूं।'

मैं फिर गहरी नींद की ओर जा रहा था, लेकिन *ख़ून निकल रहा है,* शब्द ने मुझे जगा दिया। मैं उठ बैठा। मेरा बिस्तर झोपड़पट्टी के अन्य बिस्तरों की तरह महज एक कंबल था, जिसे सख़्त धरती पर दो तह देकर बिछा दिया जाता था। रुई के गद्दे उपलब्ध थे, लेकिन वह अव्यवहारिक थे। उसमें बहुत जल्द खटमल, पिस्सू घर बना लेते थे और चूहे ख़ुद को रोक नहीं पाते थे। कई महीने तक ज़मीन पर सोने के कारण मैं इसका आदी तो हो चुका था, लेकिन शरीर पतला होने के कारण सुबह उठने पर कूल्हों में बहुत दर्द होता था।

जॉनी ने मेरे चेहरे के काफ़ी पास लालटेन पकड़ रखी थी। मैंने आंखें झपकाकर उसे हटाया और देखा कि एक व्यक्ति बांह पकड़कर मेरी झोपड़ी के दरवाज़े पर बैठा हुआ है। उसकी बांह पर लंबा सा घाव था, जिसमें से ख़ून नीचे रखी एक बाल्टी में गिरता ही चला जा रहा था। आधी नींद में मैं बेवकूफ़ों की तरह उस पीली बाल्टी की ओर देखने लगा। वह व्यक्ति मेरी झोपड़ी को ख़ून के दाग़ों से बचाने के लिए

अपनी बाल्टी साथ लेकर आया था और मुझे यह बात उसके घाव से भी ज़्यादा विचलित कर गई।

उस युवक ने कहा, 'परेशान करने के लिए माफ़ कीजिएगा, श्रीमान लिन।'

जॉनी सिगार ने कहा, 'यह आमिर है।' घायल व्यक्ति के सिर पर हल्की सी चपत जमाते हुए आगे बोला, 'लिन यह इतना पागल इंसान है। अब वह बखेड़ा करने के लिए शर्मिंदा है। मुझे अपनी चप्पल निकालकर इसकी जमकर पिटाई करनी चाहिए।'

'हे भगवान, क्या स्थिति है। जॉनी यह बहुत बुरा घाव है।' घाव कंधे से लेकर लगभग कोहनी तक था और मांस का एक टुकड़ा वहां से लटक रहा था। मैंने कहा, 'इसे डॉक्टर की ज़रूरत है। इसे जल्द सीना पड़ेगा। तुम्हें उसे अस्पताल ले जाना चाहिए था।'

आमिर चिल्लाया, 'अस्पताल, नहीं। *नहीं* बाबा।'

जॉनी ने उसके कान पर एक तमाचा जड़ दिया।

'बेवकूफ़ चुप रहो। लिन वह अस्पताल या किसी डॉक्टर के पास नहीं जाएगा। वह एक गुंडा है। उसे पुलिस का डर है। है कि नहीं ओ बेवकूफ़? पुलिस से डरता है *ना?*'

'जॉनी उसे पीटना बंद करो। इससे कोई मदद नहीं मिल रही। यह हुआ कैसे?'

'लड़ाई। इसकी गैंग की दूसरी गैंग के साथ। यह सड़कछाप गुंडे तलवारों और चॉपर्स से लड़ते हैं और उसका यह नतीजा होता है।'

'उस दूसरे व्यक्ति ने यह सबकुछ शुरू किया था। वे छेड़छाड़ कर रहे थे।' आमिर ने शिकायत की। भारतीय क़ानून में यौन प्रताड़ना को छेड़छाड़ कहा जाता था और इसमें भाषाई अपमान से लेकर शारीरिक उत्पीड़न तक शामिल था। 'हमने उन्हें चेतावनी दी कि वे यह सब बंद करें। हमारी औरतें बाहर सुरक्षित नहीं हैं। इसी बात के लिए हमने उनके साथ लड़ाई की।'

जॉनी ने हाथ उठाकर आमिर को शांत किया। वह उसे फिर मारना चाहता था, लेकिन त्यौरियां चढ़ाने से ही वह शांत हो गया।

'तुम्हें लगता हैकि यह तलवारों और चॉपरों से लड़ाई जितनी गंभीर बात है, बेवकूफ़? तुम्हारी मां बहुत ख़ुश होगी कि तुमने महिलाओं की छेड़छाड़ बंद करवा दी और ख़ुद के छोटे-छोटे टुकड़े करवा लिए, है *ना?* बहुत ख़ुश होगी वह। और अब तुम चाहते हो कि लिन बाबा इस घाव को सिल दें और तुम्हारी बांह को फिर से दुरुस्त कर दें। कितने *शर्म* की बात है!'

'एक मिनट ठहरो जॉनी। मैं यह नहीं कर सकता। यह बहुत बड़ा है और बहुत ज़्यादा जटिल भी...यह मेरे बस की बात नहीं।'

'लिन तुम्हारे बक्से में सुई और कपास है तो सही।'

वह सही कह रहा था, मेरे बक्से में सुई और रेशमी धागे थे। लेकिन मैंने कभी उनका इस्तेमाल नहीं किया था।

'जॉनी मैंने कभी उनका इस्तेमाल नहीं किया है। मैं यह नहीं कर सकता। उसे एक पेशेवर की ज़रूरत है–एक डॉक्टर या एक नर्स।'

'मैं तुम्हें बता चुका हूं लिन कि वह डॉक्टर के पास नहीं जाएगा। मैंने उसे इसके लिए तैयार करना चाहा। दूसरे गैंग का एक व्यक्ति तो इस बेवक़ूफ़ से भी ज़्यादा बुरी तरह से चोटग्रस्त हुआ है। शायद वह दूसरा तो मर भी सकता है। अब मामला पुलिस का हो गया है और वे सवाल पूछ रहे हैं। आमिर किसी डॉक्टर के पास या अस्पताल नहीं जाएगा।'

थूक गटकते हुए आमिर ने कहा, 'अगर तुम मुझे वह दोगे तो मैं ख़ुद ही यह कर लूंगा।'

उसकी आंखों में भय और डर से उत्पन्न निश्चय था। मैंने पहली बार उसका चेहरा अच्छी तरह से देखा। मैंने देखा कि वह कितना छोटा था : सोलह या सत्रह वर्ष का। उसने प्यूमा के जूते, जीन्स और 23 नंबर की बास्केटबॉल जर्सी पहन रखी थी। उसके कपड़े पश्चिम के मशहूर ब्रांड्स की हिंदुस्तानी नक़ल थे, लेकिन झोपड़पट्टी के उसके साथियों के मुताबिक़ वह ताज़ातरीन फ़ैशन से मेल खाते थे। पतली कमर वाले नौजवान जिनके दिलोदिमाग़ में विदेश जाने के सपने घर कर चुके थे। वे लोग जो खाना छोड़कर उन कपड़ों के पीछे ख़र्च करते थे, जो उनके मुताबिक़ उन्हें पत्रिकाओं और फ़िल्मों के पश्चिमी हीरो की ही तरह आकर्षक बनाते हैं।

मैं उस बच्चे को नहीं जानता था। वह उन हज़ारों बच्चों में से था, जिन्हें मैंने वहां छह महीने से ज़्यादा अरसे से रहने के बाद भी कभी नहीं देखा था। जबकि सारे पड़ोसी मुझसे बमुश्किल 500 से 600 मीटर की दूरी पर ही रहते थे। जॉनी सिगार और प्रभाकर जैसे लोग तो मानो झोपड़पट्टी में हर किसी को जानते थे। मुझे यह असाधारण ही लगता था कि उन्हें इतने हज़ारों लोगों की ज़िंदगी के बारे में इतनी सारी जानकारी है। इससे भी ज़्यादा उल्लेखनीय बात यह थी कि वह सबका ख़याल रखते थे–वे सबके लिए चिंतित थे और सभी को कभी डांटते और कभी प्रोत्साहित करते थे। मैं सोच रहा था कि वह युवक का जॉनी सिगार के साथ क्या संबंध होगा। आमिर उस सर्द रात में सुई–धागे के दर्द को सहन करने के विचार के बीच कंपकंपा रहा था। मुझे हैरानी थी कि उसके सिर पर खड़ा जॉनी कैसे जानता था कि वह इस दर्द को सहन कर लेगा। उसने मुझे देखकर सिर हिलाया, *हां, अगर आप उसको सुई दोगे तो वह ख़ुद अपना घाव सिल लेगा।*

मैंने हार मानते हुए कहा, 'ठीक है, ठीक है। मैं यह करूंगा। यह काफ़ी दर्द देगा। मेरे पास कोई दर्दनाशक दवा भी नहीं है।'

जॉनी ख़ुशी से झूमता हुआ बोला, 'दर्द कोई समस्या नहीं है, लिन। अच्छा ही है कि तुम्हें यह दर्द झेलना पड़ेगा *बेवक़ूफ़* आमिर। तुम्हें दिमाग़ में दर्द होना चाहिए।'

मैंने आमिर को अपने बिस्तर पर बैठाया। उसके दूसरे कंधे को दूसरे कंबल से ढंक दिया। किचन बॉक्स से केरोसिन का स्टोव निकालते हुए मैंने उसमें हवा भरी। उसे जलाकर उस पर पानी गर्म होने के लिए रख दिया। जॉनी इतने में किसी को गर्म और मीठी चाय लाने के लिए कहने चला गया। मैंने अपनी झोपड़ी के पीछे स्थित बाथरूम में अंधेरे में जल्दी-जल्दी अपना चेहरा और हाथ धोए। पानी जब उबल गया तो उसमें से कुछ मैंने एक प्लेट में निकाला और बर्तन में बचे पानी में दो सीरिंज डालकर उसे दोबारा उबलने के लिए छोड़ दिया। एंटीसेप्टिक और साबुन के पानी से मैंने कपास की मदद से पहले हल्के से घाव को साफ़ किया। मैंने बांह को कुछ वक़्त के लिए पट्टी से बांध दिया और दस मिनट तक दबाकर घाव को बंद करने का प्रयास किया। इस उम्मीद के साथ कि इससे घाव को सिलना ज़्यादा आसान हो जाएगा।

आमिर ने मेरे कहने पर दो कप मीठी चाय पी ताकि वह आने वाले झटके का सामना कर सके। वह डरा हुआ था, लेकिन शांत था। उसे मुझ पर विश्वास था। वह जान नहीं सकता था कि ऐसा मैं पहले एक बार कर चुका हूं और कुछ इसी तरह की परिस्थितियों में। जेल में झगड़े के दौरान एक व्यक्ति को चाकू मार दिया गया था। दो धुर विरोधियों के बीच जब भी झड़प होती थी तो उसका अंत हिंसा के साथ ही होता था और जहां तक उन दोनों की बात होती थी मामला सुलझा हुआ मान लिया जाता था। लेकिन अगर चाकू खाने वाला व्यक्ति जेल के अस्पताल में इलाज के लिए गया तो अधिकारी उसे सुरक्षा के लिहाज से एकांतवास में रख देते। कुछ लोगों, बच्चों का उत्पीड़न करने वाले और ख़बरियों के लिए एकांतवास की सुरक्षा के अलावा कोई अन्य विकल्प नहीं था क्योंकि वरना तो वे बच ही नहीं पाते। अन्य लोगों के लिए, इच्छा के विरुद्ध रखे गए लोग, सुरक्षा इकाई एक श्राप थी : संदेह, बदनामी और नापसंद लोगों के साथ का श्राप। चाकू लगा हुआ व्यक्ति मेरे पास आया था। मैंने उसका घाव चमड़े को सिलने वाली सुई और एम्ब्रायडरी में इस्तेमाल धागे से सिल दिया था। घाव ठीक तो हो गया, लेकिन एक बदसूरत दाग़ छोड़ गया। उस याद ने कभी मेरा पीछा नहीं छोड़ा और मैं आमिर की बांह के घाव को सिलने के लिए आत्मविश्वास नहीं जुटा पा रहा था। उस युवक द्वारा मुझे दी जा रही भरोसे भरी मुस्कान भी मदद नहीं कर पा रही थी। कार्ला ने एक बार मुझसे कहा था, *लोग हमेशा हमें उनके विश्वास के ज़रिये नुक़सान पहुंचाते हैं। अपनी पसंद के किसी व्यक्ति को नुक़सान पहुंचाने का सबसे शर्तिया तरीक़ा है कि उस पर पूरा विश्वास करो।*

मैंने चाय पी, एक सिगरेट पी और फिर काम में जुट गया। जॉनी दरवाज़े पर खड़े होकर ताक-झांक करने वालों और उनके बच्चों को भगा रहा था। सिलाई की सुई थोड़ी मुड़ी और बहुत बारीक़ थी। मुझे लगा कि इसे इस्तेमाल करने के लिए साथ में प्लायर होना चाहिए, लेकिन मेरी किट में ऐसा कुछ भी नहीं था। एक बच्चा सिलाई मशीन ठीक करने के लिए वह मुझसे ले गया था। मुझे सुई हाथ से ही चमड़ी में घुसाकर फिर अंगुलियों से खींचनी थी। यह बहुत असहज और फिसलन वाला

काम था। पहली कुछ सीवन बहुत ही ऊटपटांग थी। आमिर कराह रहा था, लेकिन वह रोया नहीं। पांचवीं और छठी सिलाई तक मेरी तकनीक और काम के तरीक़े में सुधार आ चुका था और दर्द को छोड़कर बाक़ी सबकुछ ठीक हो चुका था।

इंसान की त्वचा जितनी दिखती है, उससे कहीं ज़्यादा सख़्त और लचीली होती है। साथ ही सिलाई करना भी तुलनात्मक रूप से आसान होता है। आप कोशिका को नुक़सान पहुंचाए बग़ैर धागे को वापस खींच भी सकते हो। लेकिन सुई कितनी भी बारीक़ या तेज़ हो, शरीर के लिए वह बाहरी वस्तु ही है और उन लोगों के लिए जिन्हें दोहराव के साथ यह काम करने की आदत नहीं हो, उनके दिमाग़ में बार-बार सुई घुसने और निकलना एक मनोवैज्ञानिक सज़ा की तरह घर कर जाता है। उस ठंडी रात में भी मेरा पसीना टपकने लगा था। दूसरी ओर काम आगे बढ़ने के साथ आमिर के चेहरे पर राहत दिखने लगी, लेकिन मैं और अधिक तनावग्रस्त और थक रहा था।

मैंने जॉनी सिगार को डांटते हुए कहा, 'तुम्हें उसे अस्पताल ले जाने पर ज़ोर देना चाहिए था! यह बेहूदा है!'

उसने जवाब दिया, 'लिन, तुम बहुत अच्छा काम कर रहे हो। तुम इस तरह की सिलाई करके एक बेहतरीन शर्ट तैयार कर सकते हो।'

'यह उतना अच्छा नहीं है जितना होना चाहिए! उसकी बांह पर हमेशा के लिए निशान रह जाएगा। मुझे नहीं पता कि मैं क्या बेवकूफ़ी कर रहा हूं।'

'लिन, तुम्हें शौच जाने में मुश्किल हो रही है क्या?'

'क्या?'

'तुम शौचालय नहीं जा रहे हो क्या? तुम्हें कब्ज़ की शिकायत है क्या?'

'हे भगवान, जॉनी! तुम यह क्या बड़बड़ा रहे हो?'

'तुम्हारा गुस्सा, लिन। यह तुम्हारा आम व्यवहार ऐसा नहीं है। शायद यह कब्ज़ की समस्या के कारण है, मुझे तो यही लगता है।'

मैंने गुस्से में कहा, 'नहीं।'

'तो क्या दस्त लग गए हैं। मेरी राय में।'

खुले दरवाज़े पर खड़ी एक पड़ोसन ने कहा, 'पिछले महीने वह तीन दिन दस्त से परेशान था। मेरे पति ने बताया कि उन दिनों लिन बाबा हर रोज तीन-चार बार शौचालय जाते थे। फिर रात में भी तीन-चार बार जाते थे। पूरी गली में यह चर्चा का विषय था।'

एक और पड़ोसी की याददाश्त जाग गई, 'अरे हां, मुझे याद है। उसे इतना दर्द हो रहा था। शौचालय में बैठकर वह क्या चेहरे बनाता था, यार। मानो वह किसी बच्चे को जन्म दे रहा हो। यह बहुत ही पतले दस्त थे। पानी की तरह और इतनी तेज़ी से आते थे कि लगता था मानो स्वतंत्रता दिवस पर तोपें चल रही हों। *दड़ुंग!* इस तरह।

मैंने तब उन्हें चंदू की चाय पीने की सलाह दी थी। इससे उसका शौच कड़ा हो गया और उसका अच्छा रंग भी लौट आया था।'

जॉनी ने उत्साह से कहा, 'अच्छा विचार है। जाओ और लिन बाबा की दस्त के लिए चंदू की चाय लेकर आओ।'

मैंने चिल्लाकर कहा, 'नहीं! मुझे दस्त *नहीं* हैं और ना ही *कब्ज़।* मुझे तो शौचालय जाने तक का वक़्त नहीं मिल पा रहा है। हे भगवान, मैं आधी नींद में हूं। ओह, लेकिन क्या फ़ायदा? चलो हो गया। मुझे लगता है कि आमिर तुम ठीक हो जाओगे। लेकिन तुम्हें टिटेनस का इंजेक्शन लगवा लेना चाहिए।'

'कोई ज़रूरत नहीं लिन बाबा। मैंने पिछले झगड़े के वक़्त तीन महीने पहले ही इंजेक्शन लगवाया था।'

मैंने घाव को फिर एक बार साफ़ किया और उस पर एंटीबायोटिक पाउडर लगा दिया। उसके हाथ में लगे 26 टांकों को एक पट्टी से ढंक दिया। मैंने उसे गीला होने से बचने की चेतावनी दी और कहा कि दो दिन बाद आकर घाव की जांच करा लेना। उसने मुझे पैसे देने चाहे, लेकिन मैंने इंकार कर दिया। मुझे इलाज के लिए कोई भी पैसे नहीं देता था। लेकिन मैं किसी सिद्धांत के कारण इंकार नहीं करता था। सच्चाई थी कि मैं बहुत नाराज़ था-आमिर पर, जॉनी पर और ख़ुद पर भी-और मैंने बड़े ही रूखेपन के साथ उसे जाने को कहा। उसने मेरे पैर छुए और झोपड़ी से बाहर चला गया, जॉनी सिगार के हाथ की एक थपकी खाते हुए।

मैं अपनी झोपड़ी की गंदगी की सफ़ाई करने ही वाला था कि प्रभाकर दौड़ता हुआ अंदर आया और उसने मेरी शर्ट पकड़कर मुझको झोपड़ी से बाहर ले जाने की कोशिश की।

फूली हुई सांस के साथ उसने कहा, 'अच्छा हुआ लिन बाबा आप सोए नहीं थे। आपको जगाने का वक़्त बच गया। आपको मेरे साथ अभी आना होगा! चलो जल्दी करो!'

मैंने गुस्से में कहा, 'हे भगवान! अब ये क्या है? मुझे छोड़ो, प्रभु। मुझे यह गंदगी साफ़ करनी है।'

'बाबा, गंदगी के लिए वक़्त नहीं है। आप कृपया मेरे साथ आओ। कोई समस्या नहीं।'

'हां, समस्या है!' मैंने उसकी बात को काटते हुए कहा, 'जब तक तुम मुझे नहीं बताओगे कि चल क्या रहा है, मैं कहीं भी नहीं जाने वाला। यह बात समझ लो प्रभु।'

उसने मेरी शर्ट खींचते हुए कहा, 'आपको *हर हाल में* आना ही होगा, लिन। तुम्हारा दोस्त जेल में है। तुम्हें मदद करनी चाहिए!'

हम झोपड़ी से निकलकर नींद में डूबी झोपड़पट्टियों की गलियों से दौड़ते हुए बाहर निकले। मुख्य रास्ते पर प्रेसिडेंट होटल के सामने से हमने एक टैक्सी पकड़ी।

टैक्सी साफ़ और शांत सड़कों पर पारसी कॉलोनी, ससून डॉक, कोलाबा मार्केट से होते हुए लियोपोल्ड के ठीक सामने कोलाबा पुलिस स्टेशन पर आकर रुक गई। बार बंद था, उसके शटर्स पूरी तरह से बंद थे। यह बहुत ही नक़ली सन्नाटा लग रहा था : एक लोकप्रिय बार का सन्नाटा।

प्रभाकर और मैं पुलिस थाने के मुख्य दरवाज़े से अंदर घुसे। मैं बाहर से भले ही शांत लग रहा था, लेकिन मेरा दिल बहुत तेज़ी से धड़क रहा था। थाने के सभी पुलिसकर्मी मराठी में बोल रहे थे–यह उनकी नौकरी की ज़रूरत थी। मैं जानता था कि अगर उन्हें कोई शक नहीं हुआ तो मराठी भाषा पर मेरी पकड़ निश्चित ही उन्हें प्रभावित कर देगी। यह मुझे उनके बीच लोकप्रिय बना देगी और उन्हें चौंका भी देगी और वह लोग मेरी रक्षा करेंगे। फिर भी यह दुश्मनों की सीमा में प्रवेश की तरह था और मैंने अपने दिमाग़ में मौज़ूद डर के बक्से को भीतर के आले में डाल दिया।

धातुई सीढ़ी के नीचे खड़े होकर प्रभाकर एक *हवालदार* से शांति से बातचीत कर रहा था। उस व्यक्ति ने गर्दन हिलाई और वह बाजू में हट गया। प्रभाकर ने सिर हिलाया और मैं उसके पीछे सीढ़ियां चढ़ने लगा। हम पहली मंज़िल पर पहुंचे, जहां एक भारी दरवाज़ा लगा हुआ था। दरवाज़े पर बनी खिड़की से एक चेहरा झांका। उसने हमें देखा और फिर दरवाज़ा खुल गया। हम एक कक्ष में पहुंचे जहां पर एक टेबल और धातु की एक कुर्सी रखी हुई थी और एक लकड़ी की चारपाई। दरवाज़ा खोलने वाला गार्ड उस रात ड्यूटी पर था। उसने प्रभाकर से संक्षेप में बात की और फिर मेरी तरफ़ देखा। वह बड़ी तोंद और बड़ी मूंछों वाला ऊंचा व्यक्ति था। उसके पीछे एक तालाबंद दरवाज़ा था, जिसमें से दर्जनों क़ैदी हमारी ओर बड़ी ही उत्सुकता के साथ देख रहे थे। गार्ड ने उनकी ओर पीठ करके हाथ आगे किया।

प्रभाकर ने कहा, 'वह चाहता है कि तुम–'

मैंने जेब में हाथ डालते हुए कहा, 'मैं जानता हूं। वह बख़्शीश चाहता है। कितनी?'

पुलिसवाले की ओर मुस्कराकर देखते हुए प्रभाकर ने कहा, 'पचास रुपये।'

मैंने पचास रुपये का नोट पहरेदार की हथेली में रख दिया। वह मुड़कर धातु के दरवाज़े तक पहुंचा। हम उसके पीछे गए। वहां और लोग जमा थे। सभी इतनी रात होने के बाद भी जागे हुए थे और चर्चा कर रहे थे। पहरेदार ने सबको एक-एक करके घूरा जब तक कि सब चुप नहीं हो गए। फिर उसने मुझे आगे बुलाया। जब मैंने दरवाज़े की सलाख़ों से झांका तो दो लोग भीड़ को चीरते हुए आगे आ गए। वे वही भालू वाले मदारी थे, जो अब्दुल्ला की गुज़ारिश पर मेरे घर भालू कानो को लेकर आए थे। वे दरवाज़े के भीतर से मुझे देखने लगे और इतनी तेज़ी से बोलने लगे कि मुझे आधा-अधूरा ही समझ आ रहा था।

मैंने पूछा, 'प्रभु यह क्या चल रहा है?' जब प्रभु ने मुझे बताया कि *मेरे दोस्त* जेल में हैं तो मैंने अनुमान लगाया था कि उसका आशय अब्दुल्ला से होगा। मैं तो

सलाख़ों के पीछे अब्दुल्ला को ही तलाश रहा था। मैंने उन मदारियों और अन्य लोगों के पीछे भी इसी उम्मीद में देखना चाहा।

प्रभाकर ने पूछा, 'यह तुम्हारे दोस्त हैं, हैं ना? तुम्हें याद नहीं क्या, लिन? वे कानो के साथ तुम्हारे पास उसे तुमसे गले मिलाने के लिए लाए थे।'

'हां, मुझे अच्छी तरह से याद है। तुम मुझे इन्हें *दिखाने* के लिए लाए हो?'

प्रभाकर ने पहले मेरी तरफ़ आंखें झपकाकर देखा और फिर उन दोनों मदारियों और पहरेदार की ओर।

'हां, लिन, इन लोगों ने तुमसे मिलने की इच्छा जताई थी।' उसने शांत स्वर में कहा, 'क्या तुम... क्या तुम जाना चाहते हो?'

'नहीं, नहीं...मैं तो केवल...चलो छोड़ो। ये क्या चाहते हैं? वे क्या कह रहे हैं, मैं समझ नहीं पा रहा हूं।'

प्रभाकर ने उनसे बताने को कहा और वे सलाख़ों को इस तरह से पकड़कर चिल्लाकर बताने लगे मानो वे सलाख़ें नहीं खुले समंदर में डोलती नाव की पतवार हों।

'वे कहते हैं कि वे नेवी नगर के पास रहते हैं और उन्हें कुछ और लोग मिले, वो भी मदारी ही थे और उनके पास एक बहुत ही उदास और दुबला-पतला भालू था।' उन लोगों को शांति से धीरे-धीरे अपनी बात कहने के लिए कहते हुए प्रभाकर ने आगे बताया, 'ये दूसरे लोग अपने भालू को पूरा सम्मान नहीं दे रहे थे। वे एक चाबुक से उस भालू की पिटाई करते थे और भालू रो रहा था। उसका पूरा शरीर दर्द से कराह रहा था।'

मदारी फिर तेज़ी से बोलने लगे और प्रभाकर उनकी बात सुनकर गर्दन हिलाते हुए कुछ देर के लिए चुप रहा। दूसरे क़ैदी भी कहानी सुनने के लिए दरवाज़े के पास आ गए। भीड़ भरी जेल के गलियारे के दूसरी ओर भी दरवाज़े थे और वहां बंद सैकड़ों लोग भी बड़े ध्यान से कहानी सुनने लगे।

प्रभाकर ने अनुवाद करते हुए बताया, 'वे गंदे लोग बहुत बुरी तरह से भालू की पिटाई करते थे। और जब वह रोने या चिल्लाने भी लगता था वे उसे पीटना बंद नहीं करते थे। और जानते हो वह एक *मादा* भालू थी।'

दरवाजों पर लोग गुस्से और सहानुभूति में चीख़ने-चिल्लाने लगे।

'हमारे यहां मौज़ूद लोग भालू की पिटाई देखकर बहुत नाराज़ हुए। इसलिए वे दूसरे लोगों के पास गए और उन्हें भालू को पीटने से मना किया। लेकिन वे ख़राब और गुस्सैल लोग थे। काफ़ी शोर-शराबा गालीगलौच हुई। उनमें से एक ने हमें गंदी गाली दी। हमारे इधर के लोगों ने भी जवाब में गाली दी। उधर के लोगों और हमारे लोगों के बीच गालीगलौच का सिलसिला जारी रहा-'

'काम की बात बताओ, प्रभु।'

'हां लिन,' उसने कहा। वह बड़े ध्यान से उनकी बातें सुन रहा था। काफ़ी देर तक चुप रहा।

'क्या हुआ?' मैंने पूछा।

'और गालियां, लेकिन कुछ बहुत अच्छी हैं, तुम सुनना पसंद करोगे?'

'बिलकुल भी नहीं!'

'ठीक है,' उसने कहा, 'इतने में किसी ने पुलिस को बुला लिया और जमकर झगड़ा हुआ।'

वह रुककर कहानी का अगला हिस्सा सुनने लगा। मैंने मुड़कर पहरेदार की तरफ़ देखा और देखा कि वह क़ैदियों की कहानी सुनने में पूरी तरह से डूब चुका है। वह पान चबाते हुए बड़े ध्यान से बातों को सुन रहा था। अचानक सहमति का शोर मचा और पहरेदार ने भी सुर में सुर मिला दिया।

'शुरुआत में सामने वाले लड़ाई जीत रहे थे। लिन, लड़ाई महाभारत की तरह थी। वे बुरे लोग गालियां, लात-घूंसे चला रहे थे। भालू कानो अचानक गुस्सा हो गया और पुलिस आने से पहले कानो भी मदारियों का साथ देते हुए लड़ाई में कूद गया। उसने लड़ाई को बहुत ही जल्द बंद करवा दिया। वह विरोधियों को एक के बाद एक ढेर किए जा रहा था। वह कानो एक बहुत अच्छा लड़ाका भालू है। उसने उन बुरे लोगों को पीटा और एक अच्छा सबक़ सिखा दिया!'

मैंने ख़ुद ही बात को समाप्त करते हुए कहा, 'और फिर इन मदारियों को गिरफ़्तार कर लिया गया।'

'कहने में अच्छा नहीं लग रहा, लेकिन हां। उन्हें शांति भंग करने के आरोप में गिरफ़्तार कर लिया गया।'

'ठीक है, चलो बात करते हैं।'

प्रभाकर, पहरेदार और मैं दरवाज़े से दो क़दम दूर खड़े रहे। अपने पीछे मैं देख सकता था कि अन्य लोग भी हमारी बातचीत को सुनने के लिए बेहद उत्सुक थे।

'प्रभु *बेल* के लिए हिंदी शब्द क्या है? हम इन लोगों को बेल पर छुड़वा सके तो?'

प्रभाकर ने पूछा तो पहरेदार ने सिर हिलाकर इसे असंभव करार दिया।

मैंने मराठी में पूछा, 'क्या संभव है कि मैं *जुर्माना* भर दूं?' यह पुलिस को दी जाने वाली रिश्वत का एक अन्य नाम था।

पहरेदार ने मुस्कराकर इंकार में सिर हिला दिया। दरअसल इस झड़प में एक पुलिसवाला भी घायल हो गया था और अब बात हाथ से निकल चुकी थी।

अपनी असहायता को दूर करते हुए मैं मुड़ा और मैंने उन मदारियों को बताया कि मैं उन्हें जमानत या रिश्वत से जेल से बाहर नहीं निकाल सकता। वे मेरे साथ इतनी तेज़ी से हिंदी में बात करने लगे कि मैं समझ ही नहीं पाया।

प्रभाकर ने मुस्कराते हुए कहा, 'नहीं लिन! उन्हें उनकी चिंता नहीं है। उन्हें कानो की चिंता है। उसे भी गिरफ़्तार कर लिया गया है और ये लोग उस भालू के लिए चिंतित हैं। *इसलिए* वे हमसे मदद मांग रहे थे!'

मैंने पहरेदार से मराठी में पूछा, '*भालू* को गिरफ़्तार कर लिया गया है?'

'*जी हां!*' उसने जवाब दिया। अपनी मूंछों पर ताव देते हुए उसने कहा, '*हां सर,* भालू नीचे हिरासत में है*!*'

मैंने प्रभाकर की तरफ़ देखा और उसने कंधे उचका दिए।

'शायद हमें उस भालू से मिल लेना चाहिए?' उसने सुझाव दिया।

मैंने कहा, 'मुझे लगता है कि हमें उस भालू से ज़रूर मिल लेना चाहिए!'

हम स्टील की सीढ़ियों से उतरकर फिर निचली मंज़िल पर आ गए और हमें ठीक ऊपर की तरह के कमरों की कतार की ओर ले जाया गया। इस मंज़िल के पहरेदार ने एक कमरा खोला और उस अंधेरे ख़ाली कमरे में कानो अकेला बैठा हुआ था। यह एक बड़ा कमरा था जिसके कोने में एक शौचालय था। भारी भरकम भालू को गले और हाथ में जंज़ीरों से बांधकर रखा गया था और जंज़ीर को दरवाज़े की सलाख़ों में से निकालकर बंद किया गया था। वह दीवार से टिककर बैठा था और उसके छोटे पैर आगे की ओर पसारे हुए थे। उसके हावभाव-मैं उसके चेहरे के हावभाव का ही वर्णन कर सकता हूं-निराशा और गहरे सदमे से भरे थे। हम उसे देख ही रहे थे कि उसने एक लंबी और दिल दहला देने वाली हुंकार भरी।

प्रभाकर मुझसे कुछ पीछे खड़ा था। मैं उससे सवाल पूछने के लिए मुड़ा और मैंने देखा कि वह रो रहा था। उसका चेहरा रो-रोकर बुरा हो चुका था। मेरे कुछ कहने से पहले ही वह मेरी बग़ल से निकलते हुए भालू की ओर गया। उसने कानो के सामने खड़े होकर बांहें फैला दीं और कानो को गले लगा लिया। मैंने पहरेदार की तरफ़ देखा जो इस घटनाक्रम से प्रभावित दिख रहा था।

मैंने मराठी में कहा, 'मैं पहले यह कर चुका हूं। कुछ सप्ताह पहले। पहली बार भालू को गले लगाया।'

पहरेदार ने मेरी खिल्ली उड़ाने के अंदाज़ में कहा, 'निश्चित तौर पर लगाया होगा। बिलकुल लगाया होगा।'

मैंने चिल्लाकर कहा, 'प्रभाकर! क्या हम इस मामले को निपटा सकते हैं?'

वह भालू को छोड़कर आंसू पोंछते हुए मेरी ओर आया। वह इतना ग़मगीन दिख रहा था कि मैंने सहानुभूति मैंने आगे बढ़कर उसे बांहों में घेर लिया।

'लिन, उम्मीद है कि तुम बुरा नहीं मानोगे। मुझसे भालू की तरह गंध आ रही है।'

मैंने धीमे से कहा, 'कोई बात नहीं। कोई बात नहीं। चलो देखें कि हम क्या कर सकते हैं।'

पहरेदार और अन्य सुरक्षाकर्मियों ने हमसे दस मिनट की और बातचीत के बाद साफ़ कर दिया कि इस भालू या उसके मदारियों को छुड़ाना मुश्किल है। कुछ भी नहीं किया जा सकता था। हम मदारियों के पास लौटे और उन्हें बताया कि हम कोई मदद नहीं कर सकेंगे। वे प्रभाकर से दोबारा बातचीत में उलझ गए।

प्रभाकर ने कुछ मिनट बाद स्थिति को साफ़ करते हुए कहा, 'वह जानते हैं कि हम उन्हें छुड़ाने में मदद नहीं कर सकते। दरअसल वे यह चाहते हैं कि उन्हें और कानो को एक ही कोठरी में रखा जाए। उन्हें कानो की चिंता है, क्योंकि वह अकेला है। बचपन से ही उसे अकेले सोने की आदत नहीं है, एक रात भी नहीं। इसलिए ये लोग इतने ज़्यादा चिंतित हैं। उनका कहना है कि कानो डर जाएगा। उसकी नींद ख़राब होगी और अगर वह सो भी गया तो उसे बहुत सारे बुरे सपने आएंगे। वह अकेलेपन को लेकर रोता रहेगा। और इन्हें उसके जेल में होने पर शर्मिंदगी का अहसास होगा, क्योंकि कानो एक बहुत ही अच्छा नागरिक है। वे नीचे कानो के लॉकअप में जाना चाहते हैं ताकि उसे अच्छा साथ मिल सके।'

प्रभाकर जब मुझे स्थिति समझा चुका तो एक मदारी ने सीधे मेरी आंखों में आंखें डाल दीं। वह बहुत ज़्यादा चिंतित लग रहा था। वह एक ही बात को बार-बार दोहराए जा रहा था, इस उम्मीद के इससे उसकी भावना हम तक बेहतर तरीक़े से पहुंच पाएगी। अचानक प्रभाकर फिर से रोने लगा, किसी बच्चे की तरह रोते हुए उसने दरवाज़े की सलाख़ों को पकड़ लिया।

'वह क्या कह रहा है प्रभु?'

'वह कह रहा है कि *इंसान को अपने भालू से प्यार करना ही चाहिए। वह यही कहता जा रहा है। एक इंसान को अपने भालू से प्यार करना ही चाहिए।*'

पहरेदार और सुरक्षाकर्मियों के साथ चर्चा ने एक नया मोड़ लिया, जब हमने ख़ुलासा किया कि इन लोगों को भालू के साथ रखने से किसी भी तरह के नियम का उल्लंघन नहीं होगा। प्रभाकर ने पूरे उत्साह के साथ नाटकीय अंदाज़ में बात को और प्रभावी बना दिया। अंत में एक तय राशि-दो सौ रुपये, लगभग 12 अमेरिकी डॉलर-में बात बन गई। मुच्छड़ पहरेदार ने रिश्वत थमाते ही मदारियों वाला दरवाज़ा खोल दिया। किसी जुलूस की तरह हम लोग सीढ़ियों से होते हुए नीचे पहुंचे, जहां वहां के पहरेदार ने दरवाज़ा खोल दिया और मदारियों को कानो के कमरे की ओर ले जाने लगा। उनकी आवाज़ सुनकर ही भालू अपने पैरों पर खड़ा हो गया और फिर चारों पैरों पर नीचे आ गया। भालू ख़ुशी में सिर को इधर-उधर हिलाकर नाच रहा था और जब मदारी दौड़कर उसके पास पहुंचे तो कानो उनकी गंध को पाने का प्रयास कर रहा था। कानो ने अपनी नाक मदारियों की बग़ल में घुसाकर उनकी गंध ली। मदारियों ने उसे सहलाते हुए जंज़ीर के कारण उसे हो रहे दर्द को कम करने की कोशिश की। हमने उन्हें उस लिपटी हुई मुद्रा में ही वहां छोड़ दिया। जब बाहर आने पर स्टील का दरवाज़ा कानो और उसके मदारियों के लिए बंद हो गया तो यह ख़ाली पुलिस परेड

मैदान में गूंजने लगा। मैं और प्रभाकर जब बाहर आ रहे थे तो इस आवाज़ ने मेरी रीढ़ की हड्डी में एक सिहरन सी दौड़ा दी।

प्रभाकर ने कहा, 'आज तुमने जो किया वह एक बहुत ही नेकदिल काम था। एक व्यक्ति को अपने भालू से प्यार करना ही चाहिए। यही उन्होंने कहा था, मदारियों ने और तुमने इसे खरा करके दिखा दिया। आज तुमने बहुत, बहुत, बहुत ही अच्छा काम किया है।'

हमने पुलिस स्टेशन के बाहर सो चुके टैक्सी ड्राइवर को जगाया। प्रभाकर मेरे साथ पीछे बैठकर किसी पर्यटक की तरह उस टैक्सी का आनंद ले रहा था, जिसे वह नियमित तौर पर एक ड्राइवर के तौर पर चलाता था। टैक्सी जैसे ही मुख्य सड़क पर आई मैंने देखा कि वह लगातार मुझे घूरे जा रहा था। मैं दूसरी ओर देखने लगा। कुछ पल बाद मैंने जब फिर उसकी तरफ़ देखा तो वह मुझे घूरे ही जा रहा था। मैंने उसकी ओर देखकर त्यौरियां चढ़ाईं और उसने गर्दन हिलाई। उसके चेहरे पर मुस्कान आ गई और उसने दिल पर हाथ रख दिया।

मैंने चिढ़कर पूछा, 'क्या?' उसकी मुस्कान हालांकि बेहद सम्मोहक थी और वह इस बात को जानता था। मैं भी दिल ही दिल में मुस्कराने लगा था।

'एक इंसान...' उसने बेहद पवित्र अंदाज़ में इन शब्दों का उच्चारण किया।

'प्रभु, दोबारा मत शुरू हो जाना।'

'...को अपने भालू से प्यार करना ही चाहिए।' अपने सीने को थपथपाते हुए और सिर को लगातार हिलाते हुए उसने कहा।

मैंने दोबारा जाग रही सड़क की तरफ़ देखकर कहा, 'हे भगवान, मेरी मदद करो।'

झोपड़पट्टी आते ही हम अलग हो गए। वह जल्दी नाश्ते के लिए कुमार की चाय की टपरी की ओर चला गया। वह बहुत उत्साहित था। भालू कानो के साथ हमारे नई रोमांचक मुलाक़ात ने उसे एक और शानदार कहानी दे दी थी-जिसमें वह मुख्य भूमिका में था-अब वह उसे कुमार की दो प्यारी बेटियों में से एक पार्वती के साथ साझा करने वाला था। मैंने उसे उसके साथ बातचीत करते हुए तो कभी नहीं देखा था, लेकिन मेरा अनुमान था कि वह पार्वती के प्यार में उलझता जा रहा था। प्रभाकर के किसी को रिझाने के तरीक़े में कोई युवक अपनी प्रेमिका के लिए फूल या चॉकलेट नहीं लाता बल्कि बाहर की बड़ी दुनिया से नई-नई कहानियां लेकर आता है। वह दुनिया जहां इंसान ख़्वाहिशों के दानवों और भीषण अन्याय से जूझता है। वह उसे चटखारे वाली गपशप, बदनामी और अंतरंग रहस्यों की जानकारी लाकर देता था। वह उसके साथ अपने बहादुर दिल और आसमान की तरह व्यापक मुस्कान साझा करता था। और जब मैंने उसे चाय की दुकान की ओर जाता देखा तो मुझे दिख रहा था कि उसने सिर और हाथ हिलाकर कहानी बताने का अभ्यास शुरू कर दिया था। पार्वती के लिए नए दिन का नया तोहफ़ा।

मैं झोपड़ी की ओर लौट रहा था तो लोग जागने लगे थे। हर गली की झोपड़ियों से धुआं निकलने लगा था। रंगीन शॉलों में लिपटे लोग निकल रहे थे और धुंध में गुम हो रहे थे। केरोसिन के स्टोव पर तैयार होती रोटियों की ख़ूशबू, चाय उबलने की ख़ूशबू, लोगों के बालों में लगते नारियल के तेल की ख़ूशबू, चंदन के साबुन और कपड़ों से उठती कपूर की महक। हर मोड़ पर उनींदे चेहरे मेरा अभिवादन कर रहे थे। छह अलग-अलग भाषाओं में उतने ही धर्मों के लिहाज़ से। मैं झोपड़ी में घुसा और उसकी विनम्र, आरामदेह जर्जरता का मैं नए सिरे से दीवाना हो गया। घर लौटना बहुत अच्छा था।

मैंने झोपड़ी में फैले कचरे को ठीक किया और लोगों के साथ शौचालय की ओर चल पड़ा। जब मैं लौटा तो मैंने पाया कि मेरे पड़ोसियों ने मेरे नहाने के लिए दो बाल्टी गर्म पानी तैयार रखा था। मैं पानी को गर्म करने के फेर में कभी-कभार ही पड़ता था और इसकी बज़ाय कम आरामदेह विकल्प को चुनते हुए ठंडे पानी से नहाकर ही काम चला लिया करता था। यह जानते हुए कि मेरे पड़ोसी कुछ मर्तबा मुझे गर्म पानी की यह सुविधा उपलब्ध करा देते थे। यह कोई छोटी सेवा नहीं थी। झोपड़पट्टी की सबसे बेशक़ीमती वस्तुओं में से एक पानी को लगभग 300 मीटर दूर कंटीली बाड़ को लांघकर वैध कॉलोनी के सामुदायिक कुएं से लाना पड़ता था। चूंकि यह कुआं दिन में केवल दो ही बार खुलता था, वहां हर एक बाल्टी पानी को लेकर जमकर संघर्ष होता था। कुएं से निकले हर बाल्टी पानी को फिर बाड़ के जरिये लाने के बाद तुलनात्मक तौर पर महंगे ईंधन का इस्तेमाल करने वाले केरोसिन के स्टोव पर गर्म किया जाता था। लेकिन फिर भी जब कभी किसी ने पड़ोसी ने मेरे लिए पानी गर्म किया तो कभी भी उसका श्रेय नहीं लिया। संभव है कि यह पानी लाकर उबालने का काम आमिर के परिवार ने शुक्रिया अदा करने के लिए किया हो। संभव है कि पानी में निकटतम पड़ोसी द्वारा लाया गया हो या उन लोगों के द्वारा जो मुझे नहाता हुआ देखने के लिए घेरकर खड़े हो जाते थे। मैं कभी नहीं जान पाऊंगा। यह एक छोटी सी विनम्र पहल थी जो लोग हर सप्ताह मेरे लिए करते थे।

एक तरह से वह झुग्गी बस्ती इसी अज्ञात, निस्वार्थ, सामान्य और उनके लिहाज़ से बहुत ही गौण, बातों की नींव पर ही खड़ी थी। सामूहिक तौर पर यह झोपड़पट्टी के अस्तित्व को बनाए रखने के लिए अनिवार्य सी थी। पड़ोस के बच्चे रोते थे तो हम उन्हें इस तरह से पुचकार कर चुप कराते थे मानो वे हमारे अपने बच्चे हों। किसी की झोपड़ी की रस्सी या छत में कोई कमी दिखते ही हम बिना कुछ कहे उसे दुरुस्त कर दिया करते थे। हम बिना मांगे ही एक-दूसरे की मदद करते थे, मानो हम सब एक ही बड़े कबीले के लोग हों या एक परिवार के। और झोपड़पट्टी के हज़ारों मकान मानो हमारे आलीशान महल के कमरे हों।

क़ासिम अली हुसैन के न्यौते पर मैंने उसके साथ नाश्ता किया। हमने लौंग डाली हुई मीठी चाय पी और घी व शक्कर से भरकर लपेटी हुई रोटियां खाईं। रंजीत

के कुष्ठरोगियों ने एक दिन पहले ही दवाओं और पट्टियों की एक नई खेप पहुंचाई थी। चूंकि मैं पूरी दोपहर बाहर ही था, इसलिए वह दवाएं क़ासिम अली के पास छोड़कर चले गए थे। क़ासिम अली पढ़-लिख नहीं सकता था और इसलिए उसने इस बात पर ज़ोर दिया कि मैं उसे हर दवा, गोली, मरहम के इस्तेमाल के बारे में उसे बताऊं। उसका एक बेटा, अयूब, काग़ज़ के छोटे टुकड़े पर दवाओं का नाम और उसका वर्णन लिखता जा रहा था। बाद में वह टेप से उसे दवा के डिब्बे या ट्यूब पर चिपका रहा था। मुझे तब नहीं पता था, लेकिन क़ासिम ने अयूब का चयन मेरे सहायक के तौर पर किया था। उसे मुझसे हर दवा और उसके इस्तेमाल के बारे में सीखना था, ताकि वह सही समय पर इस ज़िम्मेदारी को निभा सके-जैसा कि मुखिया को अनुमान था कि आएगा-मेरे झोपड़पट्टी छोड़ने का समय।

कोलाबा मार्केट के पास कार्ला के छोटे से घर के पास पहुंचने तक 11 बज चुके थे। दरवाज़े पर दस्तक का कोई जवाब नहीं मिला। उसके पड़ोसियों ने बताया कि वह एक घंटे पहले ही जा चुकी थी और उन्हें पता नहीं था कि वह कब तक लौटकर आएगी। मैं काफ़ी नाराज़ था। मैंने अपने जूते और जीन्स अंदर ही छोड़ दी थी और मैं उन्हें वापस चाहता था। जब मैंने उसे बताया था कि जूते, जीन्स और टी-शर्ट ही मेरे इकलौते कपड़े हैं तो मैंने कोई अतिशयोक्ति नहीं की थी। इसके अलावा झोपड़ी में दो लुंगियां थीं, जो मैं सोते या नहाते वक़्त या उस वक़्त पहनता था जब मैंने जीन्स धोई हुई हो। मैं नए कपड़े ला सकता था-फ़ैशन स्ट्रीट में टी-शर्ट, जीन्स और ट्रेक शूज़ लगभग चार या पांच अमेरिकी डॉलर में आ जाते-लेकिन मैं *अपने* कपड़े वापस चाहता था, वह कपड़े जिनमें मैं सामान्य महसूस करता था। मैंने एक चिट पर कुछ नाराज़गी भरे शब्द लिखे और क़ादरभाई के साथ पहले से तय मुलाक़ात के लिए निकल पड़ा।

जब मैं पहुंचा तो मोहम्मद अली रोड पर उनका आलीशान मकान ख़ाली दिख रहा था। गली की ओर खुलने वाले दरवाज़े के छह पट खुले हुए थे और प्रवेश का विशाल कमरा दिखाई दे रहा था। हज़ारों लोग उस गली से गुजरते थे, लेकिन जब मैंने हरे दरवाज़े पर दस्तक दी तो लगा कि किसी का भी ध्यान मेरी ओर नहीं था। कुछ पलों के बाद नज़ीर आया और मुझे अपने जूते उतारकर वहां रखीं चप्पलें पहनने को कहा। उसके बाद वह मुझे एक ऊंचे, लेकिन संकरे गलियारे से लेकर पिछली रात के कमरे के ठीक विपरीत कमरे की ओर ले गया। कई बंद कमरों को पार करते हुए अंततः हम भीतरी अहाते तक पहुंचे।

उस बहुत बड़ी अंडाकार जगह के बीच में छत पर बड़ा सा खुला हिस्सा था, मानो किसी ने छत में सुराख़ कर दिया हो। यह भारी चौकोर महाराष्ट्रियन पत्थरों से सजा था। अंदरूनी बग़ीचे में कई पौधे और फूल लगे हुए थे और पांच ताड़ के वृक्ष भी थे। चर्चा वाले कमरे से जिस फ़व्वारे की आवाज़ मैंने सुनी थी वह इस जगह का मुख्य आकर्षण थी। यह पूरी तरह से संगमरमर से बना हुआ था। फ़व्वारा ऊपर जाकर

कमल की पंखुड़ियों की तरह फैलकर फिर धीरे से नीचे आ रहा था। क़ादरभाई किसी शहंशाह की तरह बेंत की कुर्सी पर फ़व्वारे की एक ओर बैठे हुए थे। वह एक किताब पढ़ रहे थे जो उन्होंने मेरे आते ही बंद करके कांच के टेबल पर रख दी।

'*सलाम वालेकुम*, श्रीमान लिन।' उन्होंने मुस्कराते हुए कहा।

'*वालेकुम अस्सलाम, आप कैसे हैं?*'

'मैं ठीक हूं, धन्यवाद। पागल कुत्तों और अंग्रेज़ों को शायद धूप में मज़ा आता होगा, लेकिन मुझे तो अपने इस छोटे से बगीचे में छांव में ही आनंद आता है।'

'इतना भी छोटा नहीं है, क़ादरभाई।' मैंने जवाब दिया।

'क्या तुम्हें लगता है कि यह कुल मिलाकर भव्य है?'

'नहीं, नहीं। मेरा यह मतलब नहीं था।' मैंने तुरंत कहा, क्योंकि मैं यही सोच रहा था। मैं इस बात को भुला नहीं पाया था कि जिस झोपड़पट्टी में मैं रहता हूं उसके मालिक वही हैं। धूल भरी 25 हज़ार लोगों की बंजर ज़मीन पर बसी बस्ती। जहां बारिश के बाद 8 महीनों में हरियाली का नामोनिशान नहीं होता था और पानी राशन के आधार पर कुओं से ही मिलता है। 'यह बॉम्बे में मेरे द्वारा देखी गई सबसे ख़ूबसूरत जगहों में से एक है। बाहर की गली से तो मैं इसका अनुमान तक नहीं लगा सकता था।'

उन्होंने मुझे घूरा। शायद वह मेरे झूठ के दायरे का आकलन कर रहे थे और फिर उन्होंने एक छोटे से स्टूल की ओर इशारा किया जो शायद बैठने के लिए वहां मौज़ूद दूसरी कुर्सी थी।

'कृपया बैठ जाइए, श्रीमान लिन, क्या आपने कुछ खाया?'

'हां, धन्यवाद। मैंने देर से नाश्ता किया था।'

'मुझे कम से कम आपको चाय पिलाने का तो मौक़ा दीजिए। नज़ीर। *इधर आओ।* ' उनके चिल्लाने से वहां बैठे कुछ कबूतर उड़ गए। कबूतर पंख फड़फड़ाते हुए, भीतर आ रहे नज़ीर के इर्द-गिर्द मंडराने लगे। लगता था मानो वह उससे डरते नहीं थे, बल्कि उसे पहचानते थे। वे दोबारा मुंडेर पर बैठ गए।

'*चाय बनाओ* नज़ीर।' क़ादरभाई ने आदेश दिया। उनकी आवाज़ शाही क़िस्म की थी, लेकिन कठोर नहीं। ऐसा लगता था कि उनके ड्राइवर को इसी आवाज़ की आदत थी और जिसे वह सम्मान देता था। कद्दावर अफ़गान वापस लौट गया।

मैंने धीमे से शुरुआत की, 'क़ादरभाई आप कुछ कहें, उसके पहले मैं किसी और बात पर चर्चा करना चाहता हूं।' इन शब्दों पर उन्होंने सिर उठाया और मेरी बात को ध्यान से सुनने के लिए तैयार हो गए। 'यह सपना के बारे में है।'

उन्होंने कहा, 'कहते रहो।'

'आपसे जो बात हुई और बैठक में आपने मुझे जो करने को कहा, उसके बारे में मैंने रात को बहुत देर तक सोचा। आपको मदद करने की तरह का काम और मुझे इससे एक समस्या है।'

उन्होंने मुस्कराकर एक भौंह उठाई और सवालिया मुद्रा में बिना कुछ बोले मेरी तरफ़ देखने लगे। मुझे ख़ुलासा करना ही पड़ा।

'मैं जानता हूं कि मैं इस बात को अच्छी तरह से नहीं कह पा रहा हूं, लेकिन मुझे यह सही लग रही है। यह व्यक्ति जो कुछ भी कर रहा हो, लेकिन मैं ख़ुद को पुलिस के स्थान पर नहीं देखना चाहता...मुझे उनके साथ काम करना अच्छा नहीं लगेगा, अप्रत्यक्ष तरीक़े से भी। मेरे देश में तो *पुलिस को उसकी जांच में मदद करना,* दूसरे के बारे में जानकारी देने को लेकर एक तरह की विनम्रता है। माफ़ कीजिएगा, मैं जानता हूं कि यह व्यक्ति लोगों की हत्या कर रहा है। अगर आप उसके पीछे जाना चाहते हैं तो यह आपकी इच्छा है और मुझे आपको किसी भी तरह से मदद करके ख़ुशी ही होगी। लेकिन मैं पुलिसवालों के साथ काम करना नहीं चाहता या उन्हें मदद नहीं करना चाहता। अगर आप *क़ानून के दायरे से बाहर रहकर* अपने दम पर यह कहना चाहते हैं-अगर आप उसके पीछे जाना चाहते हैं और उसे निष्क्रिय करना चाहते हैं, फिर इसकी आपकी वजह चाहे जो हो-मुझे आपको मदद करने में ख़ुशी होगी। अगर आप उसके गैंग से लड़ना चाहते हैं तो मैं आपके साथ हूं, फिर भले ही वे कोई भी हों।'

'कुछ और कहना चाहते हो?'

'नहीं, नहीं। बस...इतना ही।'

मेरे चेहरे का अध्ययन करते हुए उन्होंने कहा, 'ठीक है, श्रीमान लिन। मैं तुम्हें यह कहकर थोड़ी राहत देना चाहूंगा कि भले ही मैं बड़ी संख्या में पुलिसवालों की आर्थिक तौर पर मदद करता हूं, लेकिन मैं कभी भी उनके साथ काम नहीं करता। हालांकि वैसे मैं तुम्हें बताना चाहूंगा कि सपना वाला मामला बहुत ही निजी मामला है और मैं चाहूंगा कि अगर तुम इस ख़तरनाक व्यक्ति के बारे में कोई भी बात करो तो केवल मुझसे ही करो। कल रात यहां मिले किसी भी व्यक्ति से या किसी भी अन्य व्यक्ति से तुम इस सपना के बारे में बात नहीं करोगे। तुम्हें मंज़ूर है?'

'हां, हां। मैं सहमत हूं।'

'और कुछ कहना चाहते थे?'

'नहीं।'

'बहुत ख़ूब। तो काम की बात करें : श्रीमान लिन आज मेरे पास बहुत कम वक़्त है, इसलिए मैं सीधे मुद्दे की बात करता हूं। कल जिस मदद की बात मैंने की थी-मैं चाहता हूं कि तुम एक छोटे बच्चे, तारिक़ को अंग्रेज़ी भाषा सिखाओ। सबकुछ नहीं, लेकिन इतनी कि उसकी अंग्रेज़ी में सुधार हो जाए और जब वह औपचारिक शिक्षा की शुरुआत करे तो लाभदायक स्थिति में हो।'

गुज़ारिश से हैरान होकर मैंने हकलाते हुए कहा, 'मुझे यह कोशिश करने में ख़ुशी होगी।' मुझे यक़ीन था कि ज़िंदगी के हर दिन को लिख लेने के कारण मैं

अंग्रेज़ी सिखाने के लिहाज से पर्याप्त रूप से सक्षम था। 'मुझे नहीं पता कि *कितनी अच्छी*, मैं जानता हूं कि कई लोग मुझसे बेहतर होते, लेकिन मुझे यह कोशिश करने में ख़ुशी होगी। आप मुझसे यह कहां करवाना चाहते हैं? क्या मैं उसे पढ़ाने के लिए यहां आऊंगा?'

उन्होंने बड़ी दयालुता लगभग अपनेपन से ही मेरी ओर देखा।

'क्यों, वह तुम्हारे साथ ही रहेगा। मैं चाहता हूं कि अगले 10-12 हफ़्ते तक वह हरदम तुम्हारे साथ रहे। वह तुम्हारे साथ रहेगा, खाएगा, सोएगा और तुम जहां जाओगे तुम्हारे साथ जाएगा। मैं बस इतना नहीं चाहता कि वह अंग्रेज़ी के चंद वाक्य सीख ले। मैं चाहता हूं कि वह इसे अंग्रेज़ों के अंदाज़ में सीखे। तुम्हारे तरीक़े से, मैं चाहता हूं कि वह सीखे, तुम्हारे निरंतर साथ के ज़रिये।'

मैंने बेवक़ूफी भरी दलील दी, 'लेकिन...मैं अंग्रेज नहीं हूं।'

'इससे कोई फ़र्क़ नहीं पड़ता। तुम पर्याप्त रूप से अंग्रेज़ हो, तुम्हें नहीं लगता? तुम एक विदेशी हो और तुम उसे एक विदेशी की तरह सिखाओगे। यह मेरी ख़्वाहिश है।'

मेरा दिमाग़ सुन्न हो चुका था और मेरे विचार उसकी आवाज़ से बिदके पंछियों की तरह बिखर चुके थे। मैं बचने का रास्ता तलाश रहा था, लेकिन यह नामुमकिन था।

'लेकिन मैं, मैं झोपड़पट्टी में रहता हूं। आप यह बात जानते हैं। वहां माहौल बहुत कष्टप्रद है। मेरी झोपड़ी बहुत छोटी है और उसमें कुछ भी नहीं है। वह वहां परेशान रहेगा। और यह गंदी और भीड़भरी है...वह कहां सोएगा?'

कुछ तीखी आवाज़ में उन्होंने जवाब दिया, 'श्रीमान लिन, मुझे तुम्हारे हालातों का पता है। यही वह बात है, तुम्हारी झोपड़पट्टी की ज़िंदगी, वह इसे जाने यही मैं चाहता हूं। ईमानदारी से बताओ, क्या तुम्हें लगता है कि झोपड़पट्टी में रहकर कुछ सबक़ सीखे जा सकते हैं? क्या तुम्हें लगता है कि शहर से सबसे ग़रीब लोगों के बीच रहकर कुछ सीखा जा सकता है?'

मैंने इस बारे में सोचा था। मुझे लगता है कि अमीरों के बेटे-बेटियों से शुरुआत करते हुए हर बच्चे को झोपड़पट्टी की ज़िंदगी के अनुभव से लाभ मिलेगा।

'हां, शायद सोचा है। मैं मानता हूं कि यह देखना महत्त्वपूर्ण है कि लोग वहां कैसे रह रहे हैं, लेकिन उसे समझना मेरी राय में एक बहुत बड़ी ज़िम्मेदारी है। मैं ख़ुद की अच्छी तरह से देखभाल नहीं कर पा रहा हूं। मुझे नहीं पता कि मैं उस बच्चे की देखभाल कैसे कर पाऊंगा।'

नज़ीर चाय लेकर आया और उसने चिलम भी तैयार कर दी।

'आह, लो यह हमारी चाय भी आ गई। हमें पहले चिलम पीनी चाहिए, है ना?'

पहले हमने चिलम पी और नज़ीर ने भी नीचे बैठकर हमारे साथ कुछ कश लगाए। क़ादरभाई जब मिट्टी की चिमनी पर धुआं उड़ा रहे थे, नज़ीर जटिल मुद्रा के साथ मुझे देख रहा था, मानो कह रहा हो, *देखो, देखो उस्ताद कैसे पीते हैं, देखो वह कितने बड़े आक़ा हैं, देखो कितने बड़े, जो तुम और मैं कभी नहीं देख सकेंगे, हम कितने ख़ुशकिस्मत हैं कि हम उनके साथ यहां हैं।*

नज़ीर का क़द मुझसे कम था, लेकिन मेरा अंदाज़ था कि वह मुझसे कुछ किलो ज़्यादा वज़नी था। उसकी गर्दन इतनी मोटी थी कि ऐसा लगता था मानो उसके कंधे ही कानों तक आ गए हों। उसकी ढीली शर्ट से बाहर निकलती उसकी भारी-भरकम बांहों का आकार उसकी जांघों से बस कुछ ही कम होगा। उसके चेहरे पर नीचे की ओर झुकाव वाले तीन मोड़ से थे। पहला आंखों के ऊपर भौंह पर, दूसरा नाक के क़रीब जबड़ों तक और तीसरा उसके चेहरे पर रहने वाले नाख़ुशी के भाव के कारण था।

उसके माथे पर एक घाव था। उसकी आंखें किसी शिकार की तरह थीं, जो हमेशा पनाह खोजती हों। उसकी नाक इतनी बड़ी और प्रभावशाली थी कि लगता था कि इसका उद्देश्य केवल सांस लेने और गंध लेने से भी कुछ ज़्यादा है। मैं तब उसे बदसूरत मानता था, क्योंकि मैंने कभी कोई ऐसा इंसानी चेहरा नहीं देखा था जिसकी मुस्कान में भी पराजय की झलक हो।

चिलम तीसरी बार मेरे पास आई लेकिन वह गर्म थी और वह कुछ ठीक नहीं लग रही थी। मैंने बताया कि यह ख़त्म हो चुकी है। नज़ीर ने उसे मुझसे से छीनकर किसी हमलावर के अंदाज़ में कश लगाए और कुछ गंदा भूरा धुआं निकाला। उसके बाद उसने चिलम को मेरे पैरों के पास झटककर ख़ाली किया और गला साफ़ करके चला गया।

'मुझे लगता है कि नज़ीर मुझे पसंद नहीं करता।'

क़ादरभाई ने ठहाका लगाया। यह अकस्मात और युवकों की तरह का ठहाका था। मुझे यह पसंद आया और मैं भी उनके साथ हंसने लगा, हालांकि मैं सच में यह समझ नहीं पाया था कि वह क्यों हंस रहे थे।

उन्होंने हंसते हुए ही पूछा, 'क्या तुम नज़ीर को पसंद करते हो?'

'मुझे लगता है, नहीं।' मैंने जवाब दिया और हम और ज़ोर से हंसने लगे।

हंसी कम होने के बाद उन्होंने कहा, 'तुम तारिक़ को अंग्रेज़ी सिखाना नहीं चाहते, क्योंकि तुम ज़िम्मेदारी से बचना चाहते हो।'

'नहीं बात वैसी नहीं है...खैर, हां बात यही है। यह...' मैंने उनकी सुनहरी आंखों में देखते हुए गुज़ारिश के अंदाज़ में कहा, 'ज़िम्मेदारी के मामले में मैं बहुत अच्छा व्यक्ति नहीं हूं। और यह...यह बड़ी ज़िम्मेदारी है। बहुत बड़ी। मैं यह नहीं कर सकता।'

उन्होंने मुस्कराते हुए मेरे कंधे पर हाथ रखा।

'मैं समझ सकता हूं। तुम चिंतित हो। यह स्वाभाविक भी है। तुम इस बात को लेकर चिंतित हो कि तारिक़ को कहीं कुछ हो ना जाए। तुम इस बात को लेकर चिंतित हो कि तुम अपनी मर्ज़ी से कहीं भी आने-जाने या कुछ भी करने की आज़ादी गंवा दोगे। यह स्वाभाविक ही है।'

'हां,' मैंने राहत महसूस करते हुए धीमे से कहा। वह समझ चुके थे। वह जानते थे कि वह जो चाहते हैं मैं वह नहीं कर सकता। वह मुझे स्वतंत्र करने वाले थे। वहां नीचे स्टूल पर बैठकर ऊपर उनकी ओर देखते हुए मुझे लग रहा था कि मैं नुक़सान की स्थिति में हूं। मुझे अचानक उनके प्रति स्नेह भाव का भी अहसास हुआ, एक स्नेह जो कि हमारे बीच की असमानताओं के कारण संभव लग रहा था। यह एक दासता की तरह का प्यार था, सबसे शक्तिशाली और सबसे रहस्यमयी भावना।

'ठीक है, तो मेरा यह फ़ैसला है कि लिन-तुम तारिक़ को अपने साथ ले जाओगे, वह दो दिन तुम्हारे साथ रहेगा। अगर 48 घंटे के बाद तुम्हें यह स्थिति बनाए रखना असंभव लगता है तो तुम उसे फिर मेरे पास ले आओगे। मैं तुमसे कुछ भी सवाल नहीं करूंगा। लेकिन मुझे विश्वास है कि वह तुम्हारे लिए कोई समस्या खड़ी नहीं करेगा। मेरा भांजा एक अच्छा बच्चा है।'

'आपका...*भांजा?*'

'हां, मेरी सबसे छोटी बहन फ़रिश्ता का चौथा बेटा। वह 11 वर्ष का है। उसने कुछ अंग्रेज़ी शब्द सीखे हैं और वह हिंदी, पश्तो, उर्दू और मराठी धाराप्रवाह बोलता है। वह उम्र के लिहाज़ से ऊंचा नहीं है, लेकिन उसकी सेहत बहुत अच्छी है।'

'आपका...भतीजा,' मैं दोबारा यही बोल रहा था कि उन्होंने मुझे टोक दिया।

'अगर मैंने पाया कि तुम मेरे लिए यह काम कर सकते हो तो झोपड़पट्टी का मेरा प्यारा दोस्त-क़ासिम अली हुसैन-तुम निश्चित तौर पर उसे मुखिया के तौर पर जानते हो-वह तुम्हारी हरसंभव मदद करेगा। वह अपने सहित कुछ परिवारों को तुम्हारी ज़िम्मेदारी साझा करने के लिए उपलब्ध करा देगा। साथ ही वह बच्चे और तुम्हारे सोने के लिए घर भी उपलब्ध करा देगा। तारिक़ की देखभाल के लिए तुम्हारे साथ कई दोस्त होंगे। मैं चाहता हूं कि वह ग़रीब लोगों की सबसे कठिन ज़िंदगी को जाने। लेकिन इससे भी ज़्यादा मैं उसे एक अंग्रेज़ी शिक्षक का अनुभव दिलाना चाहता हूं। यह अंतिम बात मेरे लिए बहुत मायने रखती है। जब मैं एक बच्चा था...'

वह कुछ देर चुप हुए और उनकी निगाहें फ़व्वारे की तरफ़ चली गई। उनकी आंखें दमकने लगीं। फिर भरी दोपहरी में किसी पहाड़ पर छांव की तरह उनके चेहरे पर उदासी का साया छा गया।

'तो 48 घंटे,' उन्होंने आह भरी और फिर वास्तविकता में लौट आए। 'उसके बाद अगर तुम उसे मेरे पास लाते हो तो मैं तुम्हारा बुरा नहीं चाहूंगा। अब उस बच्चे से तुम्हारे मिलने का वक़्त आ गया है।'

क़ादरभाई ने मेरे पीछे स्थित कमानों की ओर देखा और मैं मुड़ा तो देखा कि बच्चा पहले से ही वहां खड़ा था। वह उम्र के हिसाब से बहुत ही छोटा था। क़ादरभाई ने कहा था कि वह 11 वर्ष का है, लेकिन वह किसी 8 साल के बच्चे की तरह दिख रहा था। साफ़ कुर्ते-पायजामे और सैंडल पहने उस बच्चे ने एक हाथ में कपड़ों का बांधा हुआ एक बंडल पकड़ रखा था। उसने मेरी तरफ़ इतनी लाचार और अविश्वास भरी भाव के साथ देखा कि मुझे लगा कि वह बस रोने ही वाला है। क़ादरभाई ने उसे आगे बुलाया और बालक मेरा पूरा चक्कर लगाकर अपने मामू की कुर्सी के पास पहुंच गया। वह जितना पास आता गया, उतना ही दयनीय लगने लगा। क़ादरभाई ने उसके साथ उर्दू में कुछ बात की और इस दौरान कुछ मर्तबा मेरी तरफ़ इशारा किया। जब उनकी बात ख़त्म हो गई तो वह बच्चा मेरे स्टूल के पास आया और उसने हाथ बढ़ा दिया।

हिचकिचाहट और डर से भरी उसकी बड़ी आंखों के साथ उसने कहा, 'नमस्ते।'

मैंने उससे हाथ मिलाया। उसके नन्हे से हाथ मेरे हाथों में छिप गए। दुनिया में किसी बच्चे का हाथ थामने से ज़्यादा सच्चा, रक्षा का भाव जगाने वाला कोई हाथ नहीं होता।

मैंने मुस्कराते हुए कहा, 'तारिक़ तुमको भी नमस्ते।'

उसकी आंखों में उम्मीद भरी मुस्कान दिखी, लेकिन फिर संदेह के बादल घिर आए। उसने अपने मामू की तरफ़ देखा। उसके चेहरे पर हताशा, उदासी दिख रही थी।

क़ादरभाई ने उसकी तरफ़ देखकर उसमें विश्वास जगाने का प्रयास किया। फिर खड़े होकर दोबारा नज़ीर को आवाज़ लगाई।

'मुझे माफ़ कीजिएगा, श्रीमान लिन। कई काम हैं जिन्हें मेरी तत्काल ज़रूरत है। मैं आपसे दो दिन बाद मिलता हूं, अगर आप ख़ुश नहीं हुए तो, है *ना*? नज़ीर आपको बाहर तक छोड़ देगा।'

वह बच्चे की तरफ़ देखे बिना मुड़े और कमानों के पीछे चले गए। तारिक़ और मैं उन्हें जाते हुए देखते रहे। हम दोनों ही परित्यक्त और धोखा खाए हुए व्यक्तियों जैसे दिख रहे थे। नज़ीर ने घुटनों के बल टेककर बच्चे को बहुत ही प्यार के साथ गले लगाया। तारिक़ भी बालों को पकड़कर उससे चिपक गया। उसे छुड़ाने के लिए थोड़ा बल लगाना पड़ा। जब हम दोबारा खड़े हुए, नज़ीर ने मुझे बेहद ख़तरनाक नज़रों से देखा मानो कह रहा हो–*अगर इस बच्चे को कुछ भी हुआ ना तो याद रखना तुम्हारा सामना मुझसे है*–और फिर वह मुड़कर चला गया।

एक मिनट बाद हम बाहर नबीला मस्जिद के पास सड़क पर आ चुके थे। तारिक़ और मैंने हाथ कसकर पकड़ तो रखे थे, लेकिन यह हमारी इच्छा के कारण नहीं बल्कि उस कद्दावर शख़्सियत को लेकर भय के कारण। तारिक़ बहुत ही

आज्ञाकारी था, लेकिन क़ादरभाई के सामने मेरी असहायता में कायरता भी थी। मैंने बहुत आसानी से घुटने टेक दिए थे और मैं इस बात को जानता था। आत्मग्लानि जल्द ही न्याय परायणता में बदल गई। *वह कैसे बच्चे के साथ ऐसा कर सकता है? मैंने ख़ुद से सवाल पूछा, अपने ख़ुद के भांजे को, इतनी आसानी से एक अज़नबी के हवाले कर दिया? क्या उसने देखा नहीं कि बच्चा कितना हिचकिचा रहा था? केवल एक ऐसा इंसान जो दूसरों को अपने हाथ का खिलौना समझता हो, किसी बच्चे को इस तरह से किसी और जैसे... मुझे सौंप देगा।*

अपनी कमज़ोर लचीलेपन पर नाराज़ी–कैसे मैंने उसे अपने पर यह ज़बर्दस्ती करने दी?–और द्वेष और स्वार्थीपन से धधकते हुए मैं तारिक़ को भीड़ भरे रास्ते से लगभग खींचता हुआ चला जा रहा था। जैसे ही हम मस्जिद के सामने से गुज़रे मुअज्ज़िन ने हमारे ऊपर स्थित मीनार से अजान देनी शुरू कर दी।

अल्लाह हू अकबर अल्लाह हू अकबर
अल्लाह हू अकबर अल्लाह हू अकबर
अश–हदु अन–ला इला हा–इलल्ला
अश–हदु अन–ला इला हा–इलल्ला

तारिक़ ने दोनों हाथों से मेरा हाथ खींचकर रुकने के लिए कहा। उसने मस्जिद के दरवाज़े की ओर इशारा किया और फिर उसके ऊपर स्थित मीनार की ओर, जहां लाउडस्पीकर मुअज़्ज़िन की आवाज़ को तेज़ कर रहे थे। मैंने सिर हिलाकर उसे इशारा किया कि मेरे पास वक़्त नहीं है। लेकिन वह मेरी कलाई को खींचते हुए वहीं पर डट गया। मैंने उसे हिंदी और मराठी में समझाया कि मैं मुस्लिम नहीं हूं और मैं मस्जिद में जाना नहीं चाहता। वह अड़ गया और मुझे दरवाज़े की तरफ़ खींचने लगा, जब तक कि उसके माथे की नसें फूल नहीं गई। अंत में उसने मेरे हाथ से अपना हाथ छुड़ा लिया और मस्जिद की सीढ़ियों की ओर दौड़ लगा दी। उसे रोकने से पहले तो वह सैंडल फेंककर भीतर जा चुका था।

हताश होकर मैं मस्जिद की बड़ी और खुले मेहराब के नीचे खड़ा रहा। मैं जानता था कि न मानने वालों को भीतर प्रवेश की अनुमति थी। किसी भी धर्म का व्यक्ति किसी भी मस्जिद में जाकर प्रार्थना या ध्यान कर सकता था या उसे निहार सकता था। लेकिन मैं यह भी जानता था कि हिंदु बहुमत के बीच मुस्लिम ख़ुद को अल्पसंख्यक मानते थे। उनके बीच कई बार हिंसक झड़पें हो चुकी हैं। प्रभाकर ने मुझे एक बार चेतावनी दी थी कि इस मस्जिद में सांप्रदायिक तत्त्वों के बीच हिंसक झड़प हो चुकी है।

मुझे समझ नहीं आ रहा था कि क्या करूं। मुझे पक्का यक़ीन था कि मस्जिद से बाहर निकलने के और भी रास्ते हैं और अगर उस बच्चे ने भागने का फ़ैसला कर

लिया तो मैं उसे खोज नहीं सकूंगा। यह सोचकर ही मेरा दिल डर के मारे ज़ोरों से धड़कने लगा कि मुझे लौटकर क़ादरभाई को यह बताना पड़ेगा कि मैंने उनका भांजा गंवा दिया है, जिस जगह पर उन्होंने मुझे उसे सौंपा था, वहां से केवल 100 मीटर की दूरी पर।

मैं मस्जिद के भीतर जाकर उसे खोजने का मन बना ही रहा था कि तारिक़ मुझे दिखा। उसके हाथ, पांव और सिर गीले थे और ऐसा लग रहा था कि उसने जल्दी में ख़ुद को धोया था। प्रवेश पर जितना संभव हो सकता था, प्रवेश करते हुए मैंने देखा कि वह बड़े लोगों की कतार के पीछे नमाज की तैयारी कर रहा था।

मैं एक खाली ठेले पर बैठकर सिगरेट फूंकने लगा। मुझे बड़ी राहत देते हुए तारिक़ कुछ देर बाद प्रकट हुआ। उसने अपनी सैंडल उठाई और मेरे पास आकर खड़ा हो गया। मेरे बहुत पास खड़े होकर उसने मुस्कान बिखेरी। डर और ख़ुशी दोनों को समेटी हुई मुस्कान, जो केवल बच्चों के ही बस की बात होती है।

उसने कहा, 'जुहर, जुहर।' उसका मतलब दोपहर की नमाज से था। छोटा सा बच्चा होने के बावज़ूद उसकी आवाज़ काफ़ी बुलंद थी। 'मैं अल्लाह का शुक्रिया अदा कर रहा था। लिन बाबा क्या आप भी उसका शुक्रिया अदा करते हैं?'

मैंने एक घुटने पर झुकते हुए उसकी बांहें थाम ली। वह कसमसाया, लेकिन मैंने पकड़ ढीली नहीं की। मेरी आंखें गुस्से से लाल थीं। मैं जानता था कि मेरा चेहरा कुछ क्रूर भी दिख रहा होगा।

मैंने उससे हिंदी में कहा, 'दोबारा ऐसा मत करना! मेरे पास से दोबारा कभी मत भागना।'

वह मेरी तरफ़ डर से देखने लगा। फिर उसका चेहरा उस भाव में बदल गया, जिसमें हम अपने आंसुओं को रोकने की कोशिश करते हैं। मैंने देखा कि उसकी आंखें आंसुओं से भर गई थीं और एक आंसू उसके गालों पर लुढ़क गया। मैं खड़ा होकर उससे एक क़दम दूर हो गया। अपने आस-पास देखने पर मैंने पाया कि सड़क पर कुछ पुरुष और महिलाएं रुककर हमें देख रहे थे। उनके चेहरों पर गंभीर भाव थे, हालांकि अब तक चिंता जैसी कोई बात नहीं थी। मैंने अपने हथेली बच्चे की ओर बढ़ाई और उसने कुछ हिचकिचाते हुए अपना हाथ मेरे हाथ में दे दिया। मैं उसे लेकर सबसे नज़दीकी टैक्सी स्टैंड की ओर बढ़ चला।

मैंने मुड़कर देखा और पाया कि लोगों की नज़रें हमारा पीछा कर रही थीं। मेरा दिल ज़ोरों से धड़क रहा था। भावनाओं का एक मिश्रित सैलाब उमड़ रहा था, लेकिन मैं जानता था कि इसमें से अधिकांश तो केवल गुस्सा ही था और गुस्से का बड़ा हिस्सा ख़ुद के प्रति गुस्से का ही था। मैं रुका और बच्चा भी मेरे साथ रुक गया। मैंने ख़ुद पर पर्याप्त नियंत्रण के लिए कुछ लंबी सांसें लीं। जब मैंने नीचे देखा तो पाया कि तारिक़ सिर टेढ़ा करके मुझे ताके जा रहा था।

मैंने हौले से कहा, 'तारिक़ मुझे माफ़ करना, मैं गुस्सा हो गया था।' इन्हीं शब्दों को हिंदी में दोहराते हुए मैंने कहा, 'अब मैं दोबारा ऐसा नहीं करूंगा। लेकिन *कृपया*, कृपया वैसे भागकर मत जाया करो। यह मुझे डराता है और चिंतित भी कर देता है।'

बच्चे ने मुस्कान बिखेरी। यह उसके द्वारा मुझे दी गई पहली सच्ची मुस्कान थी। मैं यह देखकर भौंचक्का रह गया कि यह ठीक प्रभाकर की मुस्कान जैसी थी।

मैंने आह भरते हुए कहा, 'हे भगवान मुझे बचाओ। एक और नहीं।'

तारिक़ ने सहमति में सिर हिलाया और मेरे हाथ को उत्साह से हिलाते हुए बोला, 'हां, बिलकुल ठीक है! अल्लाह आपकी मदद करे और मेरी भी, हर दिन!'

अध्याय 16

'वह कब लौटेगी?'

'मैं कैसे क्या बता सकता हूं? शायद ज़्यादा देर बाद नहीं। उसने इंतज़ार करने के लिए कहा है।'

'मैं नहीं जानता। अब देर हो रही है और मुझे इस बच्चे को सुलाने के लिए घर लौटना है।'

मैंने तारिक़ की ओर देखा। वह थका हुआ नहीं लग रहा था, लेकिन मैं जानता था कि अब उसे नींद आने लगी थी। मैंने सोचा कि घर लौटने से पहले आराम एक अच्छा विचार होगा। हमने जूते उतारकर कार्ला के घर में प्रवेश किया और अपने पीछे दरवाज़ा बंद कर लिया। मुझे बड़े, पुराने तरीक़े के रेफ्रिजरेटर में कुछ ठंडा पानी मिला। तारिक़ ने एक गिलास पानी पिया और तकियों के ढेर पर बैठकर पत्रिका इंडिया टुडे के पन्ने पलटाने लगा।

लिसा, कार्ला के बेडरूम में बिस्तर पर घुटने मोड़कर बैठी हुई थी। उसने केवल एक लाल रंग का पायजामा जैकेट पहन रखा था। उसके सुनहरे सघन बालों की एक लट दिखा रही थी और मैंने गर्दन ऊंची कर यह निश्चित करने के लिए नज़र डाली कि लड़का कमरे में नहीं देख सके। उसके हाथ में जैक डेनियल्स की एक बोतल थी। वह मुझे एक आंख बंद करके कुछ ऐसे देख रही थी जैसे कोई निशानेबाज़ अपने निशाने को देखता है।

'तो तुम्हें यह बच्चा कहां से मिला?'

मैं एक सीधी कुर्सी पर कुछ इस तरह से बैठा था कि अपनी बांहों को फैला सकूं।

'एक तरह से कहा जाए तो यह मुझे विरासत में मिला। मैं किसी पर अहसान कर रहा हूं।'

'एक अहसान?' उसने बेहद शिष्ट अंदाज में यह बात कही।

'हां। मेरे एक दोस्त ने मुझसे इस बच्चे को अंग्रेज़ी सिखाने के लिए कहा है।'

'तो फिर वह यहां क्या कर रहा है? वह अपने घर पर क्यों नहीं है?'

'मुझे उसे अपने साथ ही रखना है। इसी तरह से वह सीख सकेगा।'

'तुम्हारे कहने का मतलब है कि पूरे वक़्त तुम्हारे साथ रखना? जहां कहीं भी तुम जाओ?'

'हां, इसी पर सहमति बनी है। लेकिन मुझे उम्मीद है कि मैं दो दिन के बाद उसे उन्हें लौटा दूंगा। सच्चाई तो यह है कि मुझे ख़ुद नहीं पता कि मैं कैसे उनकी बातों में आ गया।'

उसने ज़ोर से ठहाका लगाया। यह बहुत अच्छी आवाज़ नहीं थी। वह जिस स्थिति में थी वह जबरन और बहुत ही कुटिल ठहाका लग रहा था। हो सकता है कि किसी वक़्त यह हंसी अच्छी रही होगी। उसने बोतल से एक घूंट लगाया।

उसने बड़े ही गर्व के अंदाज़ में कहा, 'मुझे बच्चे पसंद नहीं हैं।' उसके चेहरे पर कुछ ऐसे भाव थे मानो उसने हाल ही में कोई बड़ा पुरस्कार जीता हो। उसने एक और लंबा घूंट लिया। उसकी बोतल आधी ख़ाली हो चुकी थी। मुझे उसकी आवाज़ लड़खड़ाने और बिस्तर पर ढेर होने से महसूस हुआ कि वह पहले से काफ़ी शराब पीकर बैठी थी।

मैंने कहा, 'देखो, मैं केवल अपने कपड़े ले जाने के लिए आया हूं। मैं उन्हें लेकर चला जाऊंगा और कार्ला से किसी और वक़्त मिल लूंगा।'

'चलो एक सौदा करते हैं, गिलबर्ट।'

मैंने ज़ोर देकर कहा, 'मेरा नाम लिन है,' हालांकि यह भी एक झूठा ही नाम था।

'मैं तुम्हारे साथ एक सौदा करती हूं, लिन। मैं तुम्हें बता दूंगी कि तुम्हारे कपड़े कहां हैं, अगर तुम उन्हें यहां मेरे सामने रखने की बात को मान लो तो।'

हम दोनों ही एक-दूसरे को पसंद नहीं करते थे। हम दोनों एक-दूसरे को आक्रामक तरीक़े से घूर रहे थे।

'इस उम्मीद के साथ कि तुम इससे निपट सकोगी। वैसे इस सौदे में मेरे लिए क्या है?'

उसने फिर ठहाका लगाया। इस बार वह ज़्यादा ईमानदारी भरा था।

'तुम ठीक तो हो लिन। मेरे लिए कुछ पानी लाना। मैं इसे जितना ज़्यादा पी रही हूं, मेरी प्यास उतनी ही बढ़ती जा रही है।'

छोटी सी किचन की ओर जाते हुए मैंने तारिक़ को देखा तो वह सो चुका था। उसका सिर तकिये पर टिका हुआ था और मुंह खुला हुआ। एक हाथ गाल के नीचे था, दूसरा पत्रिका पकड़े हुए। मैंने पत्रिका उसके हाथ से निकालकर वहां लटक रही एक ऊनी शॉल उसके इर्द-गिर्द लपेट डाली। वह गहरी नींद में दिख रहा था। किचन से मैंने ठंडे पानी की एक बोतल निकाली और बेडरूम में लौट आया।

मैंने उसे गिलास थमाते हुए कहा, 'बच्चा सो चुका है। मैं उसे कुछ वक़्त सोने देता हूं। अगर वह ख़ुद नहीं उठा तो फिर मैं उसे जगा दूंगा।'

उसने अपने क़रीब बिस्तर पर हाथ मारते हुए आदेश जैसे स्वर में कहा, 'यहां बैठो।' मैं बैठ गया। मैं जबकि पहला और दूसरा ठंडे पानी का गिलास पी रहा था, वह मुझे अपने गिलास के किनारे से देख रही थी।

कुछ देर बाद उसने कहा, 'पानी अच्छा है। तुम्हारा इस बात की ओर ध्यान गया कि यहां के पानी का स्वाद बहुत अच्छा है? मेरा मतलब है, सचमुच अच्छा। बॉम्बे, भारत और इन सब बातों को देखते हुए तुम्हें लग सकता है कि यह बहुत ही बेस्वाद होगा। लोग पानी से इतना डरते हैं, लेकिन यह घर में नल से आने वाले घोड़े के मूत्र जैसे रसायन वाले पानी से बेहतर है।'

'घर कहां है?'

'इससे भला क्या फ़र्क़ पड़ेगा?' उसने मुझे बेहद बेसब्री से देखते हुए कहा और फिर बोली, 'पागल मत बनो, अपनी शर्ट पहने रहो, मैं होशियार बनने की कोशिश नहीं कर रही हूं। मेरे कहने का मतलब है-इससे क्या फ़र्क़ पड़ता है? मैं वहां कभी वापस नहीं जाऊंगी और तुम भी वहां कभी वापस नहीं जाओगे।'

'मुझे लगता है कि शायद नहीं।'

'हे भगवान! कितनी गर्मी हो रही है। मुझे साल का यह वक़्त बहुत बेकार लगता है। यहां मानसून से पहले हालात ऐसे ही बदतर रहते हैं। यह मुझे पागल बना देता है। यह मौसम तुम्हें पागल नहीं बनाता? यह मेरा चौथा मानसून होगा। तुम यहां कुछ वक़्त रहने के बाद मानसून गिनने लगते हो। डिडियर नौ मानसून गुजार चुका है। क्या तुम यक़ीन कर सकते हो? बॉम्बे में नौ मानसून। तुम्हारी क्या स्थिति है?'

'यह मेरा दूसरा मानसून है। मैं इसका इंतज़ार कर रहा हूं। मुझे बारिश पसंद है, फिर भले ही यह हमारी झोपड़पट्टी को दलदली बना देती हो।'

'कार्ला ने मुझे बताया कि तुम एक झोपड़पट्टी में रहते हो। मुझे नहीं पता कि तुम यह सब कैसे झेल पाते हो-वह बदबू, वह सब लोग एक-दूसरे के ऊपर रहने वाले। तुम मुझे कभी भी उस जगह में नहीं ले जा सकते।'

'बहुत सारी बातों और लोगों की ही तरह, यह उतना बुरा नहीं है जितना कि बाहर से दिखता है।'

उसने अपना सिर कंधों पर झुका दिया और मुझे घूरने लगी। मैं उसके हावभाव समझ नहीं पाया। उसकी आंखें चमक रही थीं, मानो कोई निमंत्रण दे रही हों, लेकिन उसका मुंह तिरस्कारपूर्ण उपहास की मुद्रा में था।

'तुम एक मज़ेदार व्यक्ति हो लिन। तुम उस बच्चे के फेर में कैसे पड़ गए?'

'मैंने तुम्हें बताया था।'

'तो वह कैसा है?'

'मैंने सोचा कि तुम्हें बच्चे पसंद नहीं हैं।'

'नहीं हैं। वे... इतने मासूम होते हैं। जबकि वे नहीं होते। वे अच्छी तरह से जानते हैं कि उन्हें क्या चाहिए और वह वस्तु मिलने तक वे नहीं रुकते। यह बेहद घृणास्पद है। वे सब बुरे लोग जिन्हें मैं जानती हूं बस बड़े हो चुके बच्चे ही हैं। ये लोग इतने घिनौने हैं कि मुझे उल्टी आने लगती है।'

बच्चों ने भले ही उसका हाजमा बिगाड़ दिया हो, लेकिन ऐसा लगता था कि वह व्हिस्की के कसैले सुरमई असर से सुरक्षित थी। उसने बोतल को फिर झुकाया और एक लंबे, धीमे घूंट के साथ लगभग एक और क्वार्टर पी लिया। *अब है वह स्थिति*, मैंने सोचा। वह पहले नशे में चूर नहीं थी अब है। उसने हाथ से होंठ पोंछे और मेरी तरफ़ देखकर मुस्कराई, लेकिन उसके भाव असंतुलित थे और उसकी आंखें स्थिर नहीं रह पा रही थीं। नशे में डूबते-उतराते हुए उसने ओढ़े कई आवरण ढलक गए और अब वह अचानक युवा और असुरक्षित लगने लगी थी। उसका हमेशा गुस्से, भय और नापसंद जबड़ा अब शांत होकर सौम्य दिख रहा था। उसके गाल गुलाबी थे। वह 24 वर्ष की उम्र की एक महिला थी जिसका चेहरा किसी बच्ची की तरह था। कार्ला ने जो कुछ मुझे बताया था और जो कुछ मैंने मैडम झू के यहां देखा था, उसकी ज़िंदगी कई लोगों से ज़्यादा मुश्किलों से भरी थी, लेकिन उसके चेहरे से इस बात का आभास नहीं होता था।

उसने बोतल मेरी ओर बढ़ाई और मैंने उसे स्वीकार कर एक घूंट लगाया। मैंने इसे कुछ देर थामे रखा और जब उसका ध्यान नहीं था तो बोतल को धीरे से नीचे ज़मीन पर रख दिया। उसकी पहुंच से बाहर। उसने सिगरेट सुलगाई और बालों को खोलकर कंधों पर गिरा लिया।

कमरे में और किसी ड्रग्स का कोई निशान नहीं था, लेकिन उसकी आंखें बता रही थीं कि उसने हेरोइन या कोई और नशा भी किया है। नशे का मेल चाहे जो रहा हो, लेकिन यह उस पर हावी होता जा रहा था। वह बिस्तर पर ढेर होने जैसी स्थिति में थी और मुंह से ज़ोर-ज़ोर से सांसें ले रही थी। उसके निचले होंठ से व्हिस्की और थूक का कुछ हिस्सा नीचे गिरा।

फिर भी वह ख़ूबसूरत दिखाई दे रही थी। मुझे अचानक लगा कि वह बदसूरत होने पर भी ख़ूबसूरत ही दिखेगी। उसका चेहरा बड़ा, सुंदर था : फुटबॉल मैच की किसी पॉम-पॉम गर्ल की तरह, एक ऐसा चेहरा जिसे विज्ञापनदाता निरर्थक वस्तुओं को बेचने के लिए किया करते हैं।

'तो चलो मुझे बताओ। वह कैसा है, वह छोटा बच्चा कैसा है?'

मैंने सोते हुए बच्चे की ओर देखकर कहा, 'मुझे लगता है कि वह कोई धार्मिक कट्टर है। उसने मुझे आज दिन में और शाम को तीन बार रोका ताकि वह प्रार्थना कर सके। मुझे पता नहीं कि इससे उसकी आत्मा को कोई फ़ायदा हो रहा है या नहीं, लेकिन उसका पेट ठीकठाक लग रहा है। वह कुछ इस अंदाज़ में खाना खाता है, मानो इसके लिए कोई पुरस्कार रखा गया हो। उसने आज रात मुझे दो घंटे तक रेस्तरां

में बैठाए रखा। उसने नूडल्स, ग्रिल्ड फ़िश से लेकर आइसक्रीम, जैली सबकुछ खाया। यही वजह रही कि हमें देरी हो गई। मैं काफ़ी पहले पहुंच चुका होता, लेकिन मैं उसे रेस्तरां से बाहर ही नहीं निकाल सका। अगले कुछ दिन उसे रखना मेरे लिए मुसीबत की वजह बनने वाली है। वह तो मुझसे भी ज़्यादा खाता है।'

उसने पूछा, 'तुम्हें पता है हनीबल की मौत कैसे हुई थी?'

'दोबारा कहना?'

'हनीबल, वह हाथियों वाला व्यक्ति। क्या तुम इतिहास नहीं जानते? उसने रोमन लोगों पर हमले के लिए अपने हाथियों के साथ आल्प्स पर्वत श्रंखला पार की थी।'

'हां, मैं जानता हूं कि तुम किसकी बात कर रही हो।' बातचीत को अप्रासंगिक मोड़ दे देने के कारण चिढ़ते हुए मैंने कहा।

उसने फिर पूछा, 'तो फिर वह कैसे मरा?' उसके हावभाव अब उसके बस से बाहर हो रहे थे।

'मुझे नहीं पता।'

उसने मज़ाक़ उड़ाने के अंदाज़ में कहा, 'हां, तुम्हें सबकुछ नहीं पता।'

'नहीं। मुझे सबकुछ नहीं पता।'

काफ़ी देर तक सन्नाटा छाया रहा। वह बिना किसी भाव के मुझे घूरती रही। मैं देख सकता था कि वह धीरे-धीरे नशे में डूब रही थी।

'तो क्या तुम मुझे बताने वाली हो?' मैंने कुछ देर बाद उसे छेड़ा, 'उसकी मौत कैसे हुई थी?'

'किसकी मौत?' उसने मुझसे ही पूछ डाला।

'हनीबल। तुम मुझे बताने वाली थी कि उसकी मौत कैसे हुई।'

'ओह वह। उसने 30 हज़ार लोगों की सेना के साथ आल्प्स को पार करके 16 साल तक रोमन लोगों के साथ जंग की। 16 साल। और वह एक बार भी नहीं हारा। फिर सबकुछ निपट जाने के बाद एक बड़ा आदमी बनकर वह अपने देश लौटा। लेकिन रोमन कभी इस हार के दंश को पचा नहीं पाए और उन्होंने उसके ही लोगों को राजनीति के सहारे उसके ख़िलाफ़ खड़ा कर दिया। उसके बाद उसे देश निकाला दे दिया गया। क्या तुम्हें कुछ समझ आ रहा है?'

'निश्चित तौर पर।'

'सचमुच नहीं तो मैं बेकार ही यहां पर अपना वक़्त गंवा रही हूं? मुझे यह सब करने की ज़रूरत नहीं है, समझे। मैं अपना वक़्त तुमसे बेहतर लोगों के साथ गुजार सकती हूं। मैं किसी के भी साथ रह सकती हूं। कोई भी!'

वह यह भूल सी गई थी कि उसके हाथ में सिगरेट सुलग रही थी। मैंने उसके हाथ के नीचे एशट्रे रखकर उसके हाथ से सिगरेट को उसमें गिरा दिया। लगा मानो उसे इस बात का पता तक नहीं चला।

'तो, रोमन लोगों ने हनीबल के अपने लोगों को ही उसे लात मारकर बाहर निकालने के लिए दबाव डाला।' कार्थेजिनिया के उस लड़ाके का भविष्य जानने की उत्सुकता में मैंने ही बात को आगे बढ़ाया।

उसने मुझे दुरुस्त किया, 'उन्होंने उसे निर्वासित कर दिया।'

'निर्वासित कर दिया। फिर क्या हुआ? वह मरा कैसे?'

लिसा ने अचानक तकिये से सिर उठाया और वह मुझे विद्वेष भरे भाव के साथ घूरने लगी।

उसने गुस्से में पूछा, 'कार्ला में ऐसी क्या ख़ास बात है? मैं उससे ज़्यादा ख़ूबसूरत हूं। मुझे अच्छी तरह से देखो।' उसने अपने शरीर की ख़ूबसूरती दिखाने के लिए सिल्क जैकेट को हटा दिया। उसने अपनी छाती को अनाड़ीपन से छुआ। 'सुंदर? वे हैं ना?'

मैंने बुदबुदाया, 'हां, ...बहुत सुंदर।'

'अच्छा? वे हैं तो बहुत सुंदर। वे गोल हैं। आप उन्हें छूना चाहते हैं, है ना? यहां।'

उसने मेरा हाथ तेज़ी से खींचकर पहले अपनी जांघ और फिर कूल्हे से लगाया। उसका शरीर वाक़ई मख़मली था। दुनिया में कोई भी चीज़ छूने में इतनी मुलायम और सुखदायक नहीं है जितनी कि महिला की जांघ। कोई भी फूल, पंख या कपड़ा उस मखमली फुसफुसाहट से मेल नहीं खा सकता। भले ही वे कई तरह से असमान क्यों ना हों सभी महिलाएं बूढ़ी और जवान, मोटी और पतली, सुंदर और बदसूरत उनमें वह पूर्णता होती है। यह उस कारण का एक बड़ा हिस्सा है कि क्यों पुरुष महिलाओं को अपने पास रखने के लिए बेचैन रहते हैं और अक्सर स्वयं को आश्वस्त करते रहते हैं कि उनके पास ये हैं : जांघ, वह स्पर्श।

'क्या तुम्हें कार्ला ने बताया कि मैं पैलेस में क्या करती थी? मैं वहां क्या करती थी?' उसने आक्रामक रुख़ अख़्तियार करते हुए पूछा, 'मैडम झू हमें कई तरह के खेल खेलने पर मज़बूर किया करती थी। कार्ला ने तुम्हें उन गेम्स के बारे में बताया? ग्राहकों की आंखों पर पट्टी बांध दी जाती थी और अपने हमबिस्तर को पहचानने पर उनके लिए अतिरिक्त इनाम होता था। बिना हाथ लगाए। क्या उसने कुर्सी पर खेले जाने वाले गेम के बारे में बताया? यौन व्यभिचार के कई सारे तरीक़े। क्या तुम उत्तेजित महसूस कर रहे हो, लिन? ये कार्ला के ग्राहकों को तो उत्तेजित कर दिया करते थे, जब वह उन्हें लेकर पैलेस पर आती थी। कार्ला कारोबार की प्रमुख थी। क्या तुम जानते हो वह पैलेस पर काम करती थी? लेकिन यह केवल एक नौकरी मात्र थी और इससे मैंने केवल पैसा बनाया। उसने इसे गंदा खेल बनाया। उसने इसे... एक बीमारू खेल बनाया। कार्ला ऐसी है जो अपना काम कराने के लिए किसी भी हद तक जा सकती है। सही है कारोबार की प्रमुख और उसी के हिसाब से दिल भी... '

वह मुझे भी उसके शरीर की ओर आकर्षित करने की नाकाम कोशिश कर रही थी, लेकिन अचानक उसके चेहरे के भाव बदल गए। मैंने बाथरूम से पानी में भिगाई ठंडी टॉवेल लाकर उसके सिर पर रखा और उसके शरीर को कंबल से ढंक दिया।

बंद आंखों के साथ उसने धीरे से कहा, 'उसने आत्महत्या कर ली। वह हनीबल। वह उसे वापस रोम भेजने वाले थे, उसे मुकदमे का सामना करना पड़ता इसलिए उसने ख़ुद को ही मार लिया। तुम्हें यह कैसा लगा? इतनी बड़ी लड़ाई, उन हाथियों की मदद से, वे बड़ी लड़ाइयां और उसने अंत में आत्महत्या कर ली। यह सच है। कार्ला ने मुझे बताया था। कार्ला हमेशा सच बोलती है... तब भी जब वह झूठ बोल रही हो... उसने एक बार मुझसे यह कहा थो... मैं हमेशा सच कहती हूं, तब भी जब मैं झूठ बोल रही होती हूं... मुझे वह लड़की पसंद है। मुझे उस लड़की से प्यार है। तुम जानते हो कि उसने मुझे उस जगह से-और तुमने भी-बचाया और उसने मुझे इतना साफ़-सुथरा होने का अवसर दिया। लिन... गिलबर्ट... इससे बाहर निकलो... मैं उस लड़की से प्यार करती हूं... '

वह सो गई। मैं कुछ देर तक उसको देखता रहा, यह देखने के लिए वह बीमार तो नहीं, वह उठेगी तो नहीं, लेकिन वह गहरी नींद में सो चुकी थी। मैं तारिक़ को देखने के लिए गया और वह भी गहरी नींद में सो रहा था। मैंने उसे नहीं जगाने का फ़ैसला किया। उस शांति के बीच अकेला होना बहुत सुकून दे रहा था। इस शहर में जहां कई लाख लोग बेघर थे, दौलत और ताक़त का अनुमान इस बात से लगाया जाता था कि आपको कितनी निजता हासिल है जो केवल पैसे से ही ख़रीदी जा सकती थी और कितना एकांत हासिल है जो ताक़त के आधार पर हासिल किया जा सकता है। ग़रीब लोग बॉम्बे में कभी भी अकेले नहीं होते थे और मैं तो ग़रीब था।

उस कमरे में शांत सड़क से कोई आवाज़ मुझ तक नहीं पहुंच रही थी। मैं बिना किसी की नज़र में आए मकान में घूम रहा था। सन्नाटा बहुत मीठा लग रहा था और शांति दो लोगों के सोने के बीच और अधिक गहरी लग रही थी। एक कल्पना ने मुझे राहत दी। एक वक़्त ऐसा भी था, जब मैं ऐसी ज़िंदगी से वाक़िफ था : जब एक महिला और एक सोता हुआ बच्चा मेरे अपने थे और मैं उनका था।

मैं कार्ला की बिखरी हुई डेस्क तक पहुंचा और मैंने ख़ुद को दीवार पर लगे शीशे में देखा। किसी के अपनेपन, घर और परिवार का सपना मेरी आंखों में दिख रहा था। हक़ीक़त तो यह थी कि मेरी शादी टूट गई थी और मैंने अपना बच्चा गंवा दिया था, मेरी बेटी। सच्चाई यही थी कि लिसा और तारिक़ मेरे लिए कोई मायने नहीं रखते थे और मैं भी उनके लिए कोई मायने नहीं रखता था। सच्चाई यह थी कि मैं कहीं का नहीं था और किसी का नहीं था। लोगों से घिरा हुआ और एकांत के लिए तरसता मैं हमेशा, हर कहीं अकेला ही था। उससे भी बुरी बात यह थी कि पलायन ने मुझे पूरी तरह से खोखला कर दिया था। मैं अपना परिवार, अपने जवानी के दोस्त, अपना देश, अपनी संस्कृति-वह सारी बातें जो मुझे परिभाषित करती थीं, मुझे पहचान देती

थीं, गंवा चुका था। जैसा कि हर भगोड़े के साथ होता है, मैं जितना लंबा और दूर भागता था, उतना ही सफल होता था, लेकिन इसमें अपना मूल गंवाता जाता था।

लेकिन कुछ लोग थे, चंद लोग जो मुझ तक पहुंच सकते थे, मेरे नए दोस्त मेरे उस नए रूप के लिए, जो मैं बनना सीख रहा था। एक था प्रभाकर, वह छोटा सा प्यारा सा इंसान। जॉनी सिगार और क़ासिम अली, जितेंद्र और उसकी पत्नी राधा : अराजकता के नायक जिन्होंने धराशायी होते बॉम्बे शहर को बांस की लकड़ियों से सहारा दे रखा था और जो किसी भी हद के झगड़े के बाद भी पड़ोसी के साथ प्यार पर ज़ोर देते थे, चाहे वह कितने ही ग़रीब या अप्रिय नहीं हों। क़ादरभाई थे, अब्दुल्ला था, डिडियर था और थी कार्ला। मैं उस शीशे में अपनी आंखों में जितनी तीव्रता से झांकता था, मैं उन सबके बारे में सोच रहा था और ख़ुद से पूछ रहा था कि क्यों इन लोगों के कारण मुझे फ़र्क़ पड़ा। यही लोग क्यों? उनमें ऐसी क्या ख़ास बात है? एक इतना ख़तरनाक समूह-सबसे अमीर और सबसे निंदनीय, शिक्षित और अनपढ़, धर्मात्मा और अपराधी, बूढ़े और जवान-ऐसा लगता कि उनमें केवल एक ही बात समान थी और वह थी मुझे कुछ महसूस कराने की... कि मैं भी कुछ हूं।

मेरे सामने की डेस्क पर एक मोटी चमड़े के कवर वाली किताब थी। मैंने उसे खोला और देखा कि वह कार्ला का जर्नल था, जिसमें उसने अपनी बेहतरीन लिखावट में कई बातें लिखी हुई थीं। यह जानते हुए भी कि मुझे ऐसा नहीं करना चाहिए, मैंने उसके जर्नल के पन्ने पलटाकर उसके निजी विचारों को पढ़ना शुरू कर दिया। यह रोज़नामचे की तरह नहीं थी। किसी भी पेज पर कोई तारीख़ नहीं थी और दैनंदिन काम व लोगों से मुलाक़ात का भी दैनिक ज़िक्र नहीं था। इसकी बज़ाय बिखरी हुई बातें थीं। इसमें से कुछ किसी उपन्यास या कहीं ओर से लिया हुआ था, हर एक पर संबंधित लेखक के साथ-साथ अपने विचार और आलोचना भी दर्ज़ थी। उसमें कई कविताएं भी थीं। कुछ तो कविता संग्रह से और पद्य संग्रहों से और यहां तक कि अख़बारों से ली गई थीं। हर एक में स्रोत और कवि का नाम लिखा हुआ था। कुछ कविताएं उसकी अपनी थीं, जो कई बार शब्द या वाक्य रचना में बदलाव या कुछ जोड़कर लिखी गई थीं। कुछ शब्द और शब्दकोष के मुताबिक़ उनके अर्थ, तारे के निशान के साथ पूरे जर्नल में लिखे हुए थे। इससे इसने असाधारण और कम इस्तेमाल शब्दों का एक शब्द संग्रह सा तैयार कर दिया था। साथ ही गाहे-बगाहे कुछ लिखा था, जो किसी दिन उसकी सोच या भावनाओं का ख़ुलासा था। नियमित तौर पर कई लोगों का ज़िक्र तो था, लेकिन उनके नाम का उल्लेख करने की बजाय वह (पुरुष व महिला) के तौर पर ही उनका उल्लेख किया गया था।

एक पन्ने पर नाम सपना का गूढ़ और विचलित कर देने वाला उल्लेख था। लिखा था :

सवाल : सपना क्या करेगी?

जवाब : सपना हम सबको मार डालेगी।

इन शब्दों को जब मैंने कई मर्तबा पढ़ा तो मेरा दिल ज़ोरों से धड़कने लगा। मुझे इस बात में कोई संदेह नहीं था कि वह उसी व्यक्ति की बात कर रही है-सपना, जिसके समर्थकों ने वे दहला देने वाली हत्याएं की थीं, जिनका ज़िक्र अब्दुल ग़नी और माज़िद ने किया था। वह सपना जिसकी पुलिस और अपराध जगत को भी तलाश थी। और उस अज़ीब उल्लेख को देखकर ऐसा लगा कि वह उसके बारे में कुछ जानती है, शायद यह भी कि वह कौन है। मुझे समझ नहीं आ रहा था कि इसका मतलब क्या है और क्या उस पर कोई ख़तरा है।

मैंने उस प्रविष्टि के बाद के आगे-पीछे के कई पन्नों को सावधानीपूर्वक देखा, लेकिन मुझे उससे संबंधित या कार्ला के साथ उसके संबंध के बारे में कुछ भी पता नहीं चला। जर्नल के अंतिम से पहले के पन्ने पर हालांकि एक अंश था, जो स्पष्ट तौर पर मुझसे संबंधित था :

> वह मुझे बताना चाहता था कि वह मुझे प्यार करता है। मैंने उसे क्यों रोका? क्या यह बात सच होने को लेकर मैं इतनी शर्मिंदा हूं? उस जगह से दृश्य शानदार था, अद्भुत। हम इतने ऊपर थे कि नीचे खड़े बच्चों के सिर पर तैरती पतंगें भी नीचे ही दिखाई दे रही थीं। वह कहता है कि मैं मुस्कराती नहीं हूं। मुझे ख़ुशी है कि उसने यह बात कही और मुझे हैरानी है कि क्यों।

उस प्रविष्टि के ठीक नीचे उसने लिखा था :

> मैं नहीं जानती कि मुझे क्या बात ज़्यादा डराती है,
> वह शक्ति जो मेरा दमन करती है
> या उसे झेलने की हमारी अंतहीन क़ाबिलियत।

मुझे उसकी यह टिप्पणी बख़ूबी याद थी। मुझे याद है कि उसने यह बात झोपड़पट्टी की झोपड़ियों को कुचलकर हटा दिए जाने के बाद कही थी। उसके द्वारा कही गई अनेक बातों की तरह, इसमें एक विशेष चतुराई थी, जो मेरे दिमाग़ में पैठ कर गई। मुझे इस बात को लेकर हैरानी और या यूं कहें धक्का सा लगा कि उसे भी यह वाक्य याद था और उसने उसे लिखकर भी रखा था-यहां तक कि उसमें सुधार करते हुए, त्वरित टिप्पणी की तुलना में ज़्यादा व्यवस्थित तरीक़े से। *क्या उसकी इन शब्दों के दोबारा इस्तेमाल की योजना है, मैंने ख़ुद से यह सवाल पूछा, किसी और के साथ?*

अंतिम पन्ने पर उसकी लिखी एक कविता थी। लगभग पूरे हो चुके जर्नल में उसका सबसे ताज़ा योगदान। चूंकि यह मेरे उल्लेख के बाद वाले पन्ने पर थी और चूंकि मैं इसे पढ़ने के लिए बेताब था, मैंने कविता पढ़ी और ख़ुद को बताया कि यह मेरी है। मैंने ख़ुद को यह यक़ीन करने की आज़ादी दी कि यह कविता मुझ पर ही है या इसमें से कुछ शब्द मेरे प्रति भावना के चलते ही उपजे हैं। मैं जानता था कि यह सच

नहीं है, लेकिन प्यार का, जो हम जानते हैं या जो सच हो, उससे आमतौर पर कोई वास्ता नहीं होता।

यह सुनिश्चित करने के लिए कि तुम जहां ले जा रहे हो कोई पीछा नहीं करे
मैंने रास्ते को अपने बालों से ढंक लिया।
सूरज हमारे बिस्तर के ज़जीरे पर ढल गया
रात जाग गई
हर प्रतिध्वनि को लीलते हुए
और हम झिलमिलाहट की उस उलझन के बीच वहां लेटे रहे,
हमारी पीठ के पीछे बहाव के बीच मोमबत्तियां फुसफुसाती रहीं।
मेरे ऊपर थी तुम्हारी आंखें
उस वादे के भय से सराबोर जो शायद मैं निभा दूं
उस सत्य को लेकर अफ़सोस करते हुए जो हमने कहे
उन असत्य बातों से कम जो हमने नहीं कहीं,
मैं गहराई में डूब रही थी, और भी गहरा
ताकि तुम्हारे लिए लड़ सकूं अपने भूतकाल से।
अब हम दोनों ही जानते हैं
दुख ही मोहब्बत के बीज होते हैं।
अब हम दोनों जानते हैं कि मैं
इस प्यार के लिए जिऊंगी और
इस प्यार के लिए ही मरूंगी।

उस डेस्क पर खड़े रहते हुए मैंने एक पेन खींचकर उस कविता को काग़ज़ के एक टुकड़े पर लिख लिया। वह चुराए गए शब्द कुछ ही देर में मेरी जेब के बटुए का हिस्सा बन गए और मैंने जर्नल को बंद करके ठीक वैसा ही रख दिया जैसा कि मैंने उसे पाया था।

मैं किताबों की शेल्फ़ तक पहुंचा। मैं इन किताबों का चयन करने और उन्हें पढ़ने वाली महिला के बारे में जानने के लिए किताबों के नाम पढ़ना चाहता था। हैरत की बात थी कि चार खानों वाली छोटी सी लाइब्रेरी चुनिंदा किताबों से सजी थी। उसमें ग्रीस का इतिहास था, दर्शनशास्त्र, ब्रह्मांडशास्त्र, कविता और नाटक पर भी किताबें थीं। स्टेंढल की द *चार्टहाउस ऑफ़ पारमा* का इटालियन अनुवाद था। *मैडम बोवरी* मूल फ्रेंच भाषा में थी। थॉमस मैन और शिलर जर्मन भाषा में थे। जुना बार्न्स और वर्जीनिया वुल्फ़ अंग्रेज़ी में। मैंने इसिडोर डुकास की मेल्डोरोर की एक प्रति उठाई। इसके पन्ने मुड़ चुके थे और उसमें कार्ला ने अपने हाथों से काफ़ी कुछ लिखा हुआ था। मैंने एक और किताब निकाली, गोगोल की डेड *सोल्स* का जर्मन अनुवाद,

इसमें भी कई पन्नों पर कार्ला के हाथ की लिखी हुई टिप्पणियां थीं। मैंने देखा कि वह अपनी किताबों को चाट जाती थी। उसे किताबों को चाव से पढ़ना और उसमें टीका-टिप्पणी लिखना बहुत पसंद था। यहां तक कि किताब को अपनी टिप्पणियों और संदर्भों के साथ जर्जर बना डालना।

डेस्क की ही तरह के जर्नलों की एक कतार ने एक शेल्फ़ का आधा हिस्सा घेर रखा था। मैंने उनमें से एक उठाकर पन्ने पलटाए। मेरा ध्यान पहली बार इस बात की ओर गया कि अन्य की तरह इसमें भी अंग्रेज़ी में ही लिखा गया था। उसका जन्म स्विट्ज़रलैंड का था और मैं जानता था कि वह फ्रेंच और जर्मन भाषाएं धाराप्रवाह बोलती है, लेकिन जब वह अपने सबसे अंतरंग विचार या भावनाएं लिखती थी तो अंग्रेज़ी का इस्तेमाल करती थी। इस बात ने मुझे उत्साहित कर दिया कि यह शुभ संकेत हैं। मेरी भाषा भी अंग्रेज़ी ही थी। वह ख़ुद से, अपने दिल से अंग्रेज़ी में ही बात करती थी।

मैंने घर घूमकर उन बातों को देखा जिसके साथ वह अपनी निजता में घिरी हुई थी। वहां नदी से पानी ला रही एक महिला की पेंटिंग भी थी, जिसमें मटके सिर पर जमाए हुए थे और बच्चे भी छोटे मटके लेकर पीछे-पीछे आते दिख रहे थे। एक शेल्फ़ पर मां दुर्गा की शीशम की लकड़ी से बनी मूर्ति थी। यह अगरबत्ती के स्टैंड्स से घिरी हुई थी। मैंने सूखे फूलों की एक स्थायी सजावट भी देखी। यह मेरे अपने पसंदीदा फूल थे। उस शहर में जहां ताज़ा फूल पर्याप्त मात्रा में और सस्ते मिलते थे, ये फूल दुर्लभ थे। वहां कहीं-कहीं से मिली वस्तुएं भी थीं। एक दीवार पर ख़जूर का एक बड़ा पत्ता लगा था। सीप और नदियों से मिले पत्थर जो कि एक बिना पानी के फ़िश टैंक की तलहटी में पड़े हुए थे। एक बेकार पहिया जिस पर उसने घंटियां लटका दी थीं।

उस घर की सबसे रंगबिरंगी वस्तुएं, उसके कपड़े, किसी वार्डरोब की बज़ाय कमरे के एक कोने में एक रैक में लटक रहे थे। कपड़ों को दो स्पष्ट हिस्सों में बांट दिया गया था। बाईं ओर वह कपड़े जो लोगों से संपर्क के दौरान इस्तेमाल किए जाने हों-स्मार्ट सूट के साथ लंबी, छोटी स्कर्ट्स, बैकलेस इवनिंग ड्रेस। दाईं ओर थे निजी कपड़े-सिल्क की पतलून, दुपट्टे और लंबी बांह वाले ब्लाउज़।

कपड़ों के रैक के नीचे दो दर्ज़न जूतों की कतार थी। उस पंक्ति के अंत में मेरे जूते रखे हुए थे। नए सिरे से पॉलिश करके, नए फीतों के साथ। मैं उन्हें उठाने के लिए झुका। उसके जूते मेरे जूतों के पास इतने छोटे लग रहे थे, कि मैंने उन्हें ही उठाकर एक सेकेंड तक हाथों में थामे रखा। यह इटालियन थे, मिलानो के, गहरा हरा चमड़ा जिसमें एक बकल बग़ल से सिला हुआ था। एड़ी बहुत छोटी थी। यह बहुत ही अच्छी रुचि वाले महंगे जूते थे, लेकिन उसकी एड़ी एक तरफ़ से घिसी हुई थी। मैंने देखा उसने या किसी और ने उसे छिपाने के लिए पेन का इस्तेमाल किया है, लेकिन उसे हरे रंग का सही शेड नहीं मिला था।

जूतों के पीछे मुझे मेरे कपड़े एक प्लास्टिक की थैली में रखे हुए मिले। उन्हें भी लांड्री से साफ़ करवाकर व्यवस्थित तरीक़े से रखा गया था। मैंने वे लिए और बाथरूम में जाकर कपड़े बदले। एक मिनट तक अपना सिर नल के ठंडे पानी के नीचे रखा। अपनी पुरानी जीन्स, आरामदेह जूते पहनकर अपने छोटे बालों को परिचित बिखरे अंदाज़ में करते ही मुझे एकदम ताज़ादम महसूस हुआ और मेरा उत्साह दोबारा जाग उठा।

मैंने बेडरुम में लौटकर लिसा को देखा। वह गहरी नींद में थी। उसके होंठों पर एक हल्की सी मुस्कान थी। मैंने चादर को पलंग के सिरे से खोंचा ताकि वह नींद में गिर नहीं जाए और पंखे की गति को भी न्यूनतम कर दिया। खिड़कियों पर सलाखें लगी हुई थीं और दरवाज़ा भी बाहर से खींचने पर लॉक हो जाता था। मैं जानता था कि मैं उसे वहां छोड़ सकता हूं, वह सुरक्षित रहेगी। मैं बिस्तर के पास खड़ा होकर उसे सोते हुए देख रहा था और मेरे मन में विचार आया कि कार्ला के लिए कुछ संदेश छोड़कर जाना चाहिए। फिर मैंने इरादा छोड़ दिया, क्योंकि मैं चाहता था कि वह मेरे बारे में सोचे-ख़ुद से सवाल पूछे जो मैं सोच रहा था और यह भी कि मैंने इस घर में क्या किया। उसे मुझसे मिलने का एक बहाना देने के लिए मैंने उसके द्वारा अपने दोस्त के दफ़न के लिए तैयार जो कपड़े मुझे दिए थे, उन्हें तह करके एक प्लास्टिक की थैली में रख लिए। मेरा यह कपड़े धोकर, कुछ दिन बाद उसे लौटाने का इरादा था।

घर लौटने के लिए मैं तारिक़ को जगाने के लिए पलटा, लेकिन वह अपना कंधे पर लटकाने वाला छोटा सा बैग लेकर दरवाज़े में खड़ा था।

उसने पूछा, 'क्या आप मुझे छोड़ने के लिए तैयार हैं?'

'नहीं,' मैंने हंसते हुए कहा, 'अगर मैंने ऐसा किया तो ज़्यादा बेहतर होगा। यह जगह ज़्यादा आरामदेह है। मेरी जगह इतनी अच्छी नहीं है।'

अंग्रेज़ी शब्दों को लेकर असमंजस के कारण वह मुस्कराकर रह गया।

'तुम तैयार हो?'

उसने सहमति में सिर हिलाते हुए कहा, 'हां, तैयार हूं।'

झोपड़पट्टी का शौचालय और पानी की कमी को देखते हुए मैंने उससे चलने से पहले एक बार बाथरूम जाकर आने के लिए कहा। उसे चेहरा और हाथ भी अच्छी तरह से धोने के लिए कहा। उसके द्वारा टॉयलेट का इस्तेमाल कर लिए जाने के बाद मैंने उसे एक गिलास दूध और कार्ला के किचन में मिला मीठे केक का टुकड़ा थमा दिया। हम सुनसान सड़क पर बाहर आए और हमने दरवाज़ा खींच लिया। उसने पीछे मुड़कर उस घर और आस-पास की इमारतों को देखा। शायद वह किसी याद रखने जैसी जगह तलाश रहा था, ताकि यह जगह उसके दिमाग़ी नक़्शे में स्थायी हो जाए। फिर वह मुझसे कुछ दूर रहकर चलने लगा।

हम सड़क पर चल रहे थे, क्योंकि फुटपाथ पर लोग सो रहे थे। यातायात के नाम पर कभी-कभार कोई टैक्सी या पुलिस जीप ही गुजरती थी। हर दुकान और

कारोबार बंद था। केवल कुछ ही घरों और इमारतों की खिड़कियों में ही रोशनी दिखाई दे रही थी। चांद पूरा था, लेकिन बादलों के बीच लुकाछिपी खेल रहा था। ये मानसून आने के संकेत थे। हर रात बादल गहराते जा रहे थे और आने वाले दिनों में वह पूरे आसमान को अपने आगोश में ले लेंगे। उसके बाद हर कहीं, हमेशा के लिए बारिश होगी।

हम मजे में चले जा रहे थे। कार्ला के घर से निकलने के आधा घंटे बाद ही हम झोपड़पट्टी के पूर्वी मोड़ वाली सड़क तक आ चुके थे। तारिक़ ने इस दौरान चुप्पी साधे रखी और मैं, उसके साथ और उसके हित की ज़िम्मेदारी के बोझ तले दबा था। बच्चे का ही बोझ महसूस हो रहा था और मैंने चुप्पी ही साधे रखी। हमारी बाईं ओर फुटबॉल के मैदान के आकार का ख़ाली इलाक़ा था, जिसे शौचालय के तौर पर इस्तेमाल किया जाता था। जहां महिलाएं, छोटे बच्चे और बुज़ुर्ग शौच को जाते थे। वहां पर कुछ नहीं था और बारिश का मौसम गुज़र जाने के बाद वह स्थान बंजर ज़मीन की तरह धूल से पटा रहता था। हमारी दाईं ओर निर्माण स्थल की सीमा थी। यहां-वहां लकड़ी के ढेर, इस्पात की जालियों और अन्य सामान से चिह्नित। लंबे तारों से लटके बल्ब वहां रोशनी फैला रहे थे। वहां रास्ते पर कोई रोशनी नहीं थी और झोपड़पट्टी अभी भी 500 मीटर दूर थी। कुछ टिमटिमाती लालटेनों से ही उसका पता चल रहा था।

मैंने तारिक़ को मेरे साथ फूंक-फूंककर क़दम रखने के लिए कहा। दरअसल मुझे पता था कि लोग अंधेरा होने के बाद इस जगह का इस्तेमाल खुले शौचालय की तरह करते हैं, क्योंकि खुले में उन्हें चूहों और सांपों का डर लगता था। किसी रहस्यमयी सर्वसम्मति के चलते बीच में एक पतली सी पगडंडी जैसी छोड़ दी गई थी, ताकि रात को देर से आने वाले लोग गंदगी से बचते हुए अपनी झोपड़ी तक पहुंच सकें। मैं अक्सर रात को देर से आता था और इसलिए इस बात से अच्छी तरह से वाक़िफ़ था कि इस गंदगी और कभी मरम्मत नहीं किए जाने वाले गड्ढों से बचते हुए घर कैसे पहुंचना है।

तारिक़ मेरे पीछे मेरे क़दमों से क़दम मिलाने के लिए जूझ रहा था। मैं जानता था कि यह टुकड़ा अजनबी इंसान के लिए बेहद बदबूदार था। मुझे तो इसकी आदत सी पड़ गई थी और लगता था मानो यह कोई स्नेह है, जो झोपड़पट्टी के लोगों ने दिया है। यह बदबू इस बात का संकेत थी कि हम घर के पास आ चुके थे, हमारे सामूहिक घिनौनेपन में जो ग़रीब लोगों की साफ़ और भव्य शहरी सड़कों वाले शहर में सुरक्षा करता है। और मुझे याद आया कि मैं इस बदबू से कितना घबराता था कि यह मेरे फेफड़ों में ज़हर भर देगी।

मुझे याद था और मैं जानता था कि तारिक़ भी निश्चित तौर पर डरा हुआ होगा और इसे झेल रहा होगा। लेकिन मैंने उसे राहत देने के लिए कुछ नहीं कहा और यहां तक कि उसका हाथ थाम लेने की इच्छा को भी दबा दिया। मैं उस बच्चे को अपने

साथ ही नहीं चाहता था और क़ादरभाई को यह नहीं बता पाने के कारण मैं अपनी कमज़ोरी को लेकर भी बेहद नाराज़ था। मैं चाहता था कि वह बच्चा बीमार पड़ जाए। मैं चाहता था कि वह डरे। मैं चाहता था कि वह बीमार पड़े, डरे और इतना दुखी हो जाए कि वह मेरे चंगुल से छूटने के लिए अपने मामू से गुज़ारिश करे।

उस क्रूर सन्नाटे को कुत्ते की डरा देने वाली आवाज़ ने अचानक भंग कर दिया। उस एक कुत्ते की हुंकार के बाद तो मानो कई और भौंकने लगे और फिर कुछ और। मैं अचानक रुक गया और तारिक़ मुझसे पीछे से भिड़ गया। कुत्ते खुले मैदान में थे और बहुत ज़्यादा दूर नहीं थे। मैंने अंधेरे में जायजा लेना चाहा, लेकिन कुछ भी दिखाई नहीं दे रहा था। मुझे इस बात का आभास हो गया कि कुत्तों का एक बड़ा झुंड बड़े इलाक़े में फैला हुआ है। मैंने झोपड़पट्टी की तरफ़ देखा और वहां तक पहुंचने के रास्ते और उसकी इमारतों में सुरक्षा की स्थिति का आकलन किया। तभी कुत्तों का भौंकना हिंसक होता चला गया और रात के अंधेरे में वह हमारी तरफ़ दौड़ते हुए आने लगे।

बीस, तीस, चालीस कुत्ते अचानक हम पर लपके और उन्होंने ऐसा अर्धगोलाकार बना लिया था कि हमारा झोपड़ियों की ओर का रास्ता कट चुका था। ख़तरा चरम था। दिन के उजाले में मिमियाते रहने वाले वह कुत्ते रात के अंधेरे में दुष्ट बन चुके थे। उनकी आक्रामकता के चर्चे पूरे शहर में थे और हर कोई उनसे डरता था। इंसानों पर हमले आम हो चुके थे। मैं झोपड़ी के अपने छोटे से क्लीनिक में रोज़ ही चूहों और कुत्तों के काटे हुए लोगों का उपचार करता था। एक नशेड़ी को कुत्तों ने झोपड़पट्टी के मुहाने पर इतना ज़्यादा घायल कर दिया था कि उसकी तबीयत में अब तक सुधार नहीं हुआ था। एक महीने पहले उसी जगह पर कुत्तों ने एक बच्चे को मार डाला था। उसके शरीर के टुकड़े-टुकड़े कर दिए गए थे। उसके टुकड़े इतने बड़े क्षेत्र में पसरे पड़े थे कि उन्हें खोजकर लाने में पूरा दिन लग गया था।

हम अंधेरे रास्ते पर फंस चुके थे। कुत्ते अब हमसे कुछ ही मीटर की दूरी पर थे और वह हमें चारों ओर से घेरकर ख़तरनाक तरीक़े से भौंक रहे थे। शोर कान सुन्न कर देने वाला और डरा देने वाला था। सबसे बहादुर कुत्ते हमारे नज़दीक आ रहे थे। मैं जानता था कि अब उनके हमले में कुछ ही सेकेंड का वक़्त रह गया था। सुरक्षित तरीक़े से पहुंच पाने के लिहाज़ से झोपड़पट्टी काफ़ी दूर थी। मैं जानता था कि कुछ घाव सहन करते हुए मैं तो वहां तक पहुंच ही सकता हूं, लेकिन यह भी जानता था कि कुत्ते तारिक़ की बोटियां नोच डालेंगे। पास ही में लकड़ी और निर्माण सामग्री का ढेर पड़ा था। वहां हमें लड़ने के लिए सामग्री और उजाले का साथ मिल सकता था। मैंने तारिक़ से कहा कि जैसे ही मैं कहूं उस तरफ़ दौड़ पड़ना। मैंने कार्ला से मिले कपड़ों वाला प्लास्टिक का बैग दूसरी तरफ़ फेंका। कुत्ते उस पर टूट पड़े और कुछ ही पलों में उन्होंने उसकी धज्जियां उड़ा डालीं।

मैं चिल्लाया, 'भागो, तारिक़ भागो!' बच्चे को आगे करते हुए ताकि वह सुरक्षित रहे। कुत्ते उस कपड़ों के बंडल में इतने उलझे हुए थे कि हम कुछ पलों के लिए

सुरक्षित थे। मैंने लकड़ी के ढेर की ओर दौड़ लगाई और कुत्तों के हमारी ओर मुड़ने के दौरान बांस का बड़ा डंडा उठा लिया।

उस हथियार को पहचानते ही कुत्ते कुछ पल के लिए पीछे हटे। वह बहुत सारे थे। *बहुत सारे*, मैं सोच रहा था। *वह बहुत सारे हैं, ढेर सारे।* मैंने अब तक देखा यह कुत्तों का सबसे बड़ा झुंड था। लगातार चीख़-चिल्लाहट के बीच उनमें से सबसे खूंखार कुत्तों ने विभिन्न दिशाओं से हमले की तैयारी कर ली। मैंने मज़बूत लकड़ी उठा ली और तारिक़ को मेरी पीठ पर चढ़ जाने के लिए कहा। उसने तत्काल ऐसा किया और बांहें डालकर मेरी पीठ पर लटक गया। कुत्तों का झुंड और पास आया। बाक़ी से बड़े एक कुत्ते ने मुंह खोलकर मेरी तरफ़ दौड़ लगाई, उसका निशाना मेरे पैरों की और था। मैंने पूरी ताक़त से लकड़ी चलाई जो उसके मुंह की बज़ाय रीढ़ की हड्डी में लगी। वह दर्द से चिल्लाकर दूर भाग गया। और जंग शुरू हो गई।

एक के बाद एक, दाईं ओर से, बाईं ओर से और सामने से वह एक-एक करके हमला बोलने लगे। हर बार मैं लाठी चलाकर उनको पीछे कर देता था। मुझे यह अहसास हुआ कि अगर मैंने एक भी कुत्ते को मार डाला या बुरी तरह से घायल कर दिया तो बाक़ी के डर जाएंगे, लेकिन मेरे द्वारा मारी गई लाठी से अब तक किसी को भी कोई गंभीर चोट नहीं पहुंची थी। ऐसा लगने लगा कि कुत्तों को समझ आ गया था कि लाठी उन्हें केवल चोट पहुंचा सकती है, जान से मार नहीं सकती और उनके हमले और अधिक बिंदास होते चले गए।

पूरा का पूरा झुंड ही हमारे बेहद पास आ गया। निजी हमले तो जारी थे ही। दस मिनट हो चुके थे और मैं पसीने से बुरी तरह से तरबतर हो चुका था। मैं थकने भी लगा था। मैं जानता था कि बहुत ज़्यादा वक़्त नहीं है जब मैं निढाल हो जाऊंगा और उन कुत्तों में से कोई एक आगे आकर मेरे पैर या बांह पर काट लेगा। और ख़ून की गंध आने के बाद तो वे पागल और बेख़ौफ़ हो जाएंगे। मैं उम्मीद कर रहा था कि झोपड़पट्टी में कोई यह कानों को चीर डालने वाली आवाज़ सुन लेगा और हमारे बचाव के लिए आएगा। लेकिन सैकड़ों बार ऐसा हुआ था कि कुत्तों के भौंकने से मेरी नींद खुली थी और कुछ देर बाद मैं इन सबके बारे में सोचे बिना दोबारा सो गया था।

झुंड का नायक लग रहा वह बड़ा काला कुत्ता मुझे चकमा देकर लपका। मैं उसकी गति से मुक़ाबले के लिए मुड़ा ही था कि मेरा पैर एक लकड़ी में उलझ गया और मैं गिर गया। मैंने कई बार लोगों को यह कहते हुए सुना है कि किसी दुर्घटना या अकस्मात ख़तरे के वक़्त ऐसा लगता है कि मानो समय की गति धीमी पड़ गई हो और हर बात स्लो मोशन में हो रही हो। एक ओर गिरने का वह मौक़ा इस तरह के अनुभव का मेरा पहला ही था। लड़खड़ाने और गिरने के बीच लंबा अरसा लगने लगा। मैंने देखा कि काला कुत्ता थोड़ा पीछे हटा और हमारा सामना करने के लिए दोबारा तैयार हो गया। मैंने उसे हमले के लिए पंजे ज़मीन पर रगड़ते हुए देखा। मैंने उसकी आंखों में ठीक इंसानों जैसी क्रूरता देखी जो सामने वाले असहाय देखकर आ

जाती है। मैंने एक कुत्ते की तरह अन्य कुत्तों को थोड़ा रुकते हुए देखा और फिर वे सधे क़दमों से आगे बढ़ने लगे। मेरे पास यह सोचने का समय था कि मुझ पर हमले के दौरान उनका छिपना कितना अजीब और अनुचित था। मेरे पास यह सोचने का समय था कि खुरदरे पत्थरों से त्वचा पर खरोंच पड़ रही है, क्योंकि मैं अपनी कोहनी के बल ज़मीन पर गिरा, और संक्रमण के ख़तरे के बारे में हास्यास्पद हद तक हैरान होने का समय आ चुका था, जो कि वर्तमान स्थिति में कुत्तों और कुत्तों के बड़े ख़तरे से परे हो गया था। ये हर जगह थे।

मैं हताश होकर बेचारे तारिक़ के बारे में सोचने लगा जो हिचकिचाहट के साथ मेरे साथ आने के लिए तैयार हुआ था। मैंने उसे गर्दन से फिसलते देखा, उसके पतले हाथ मेरे हाथों से छूटते हुए। मैंने देखा कि वह गिरते ही किसी फुर्तीले जीव की तरह तुरंत दोबारा उठ खड़ा हुआ। फिर उसका शरीर क्रोध और हौसले से सख़्त हो गया। उस बच्चे ने चीख़ते हुए एक लकड़ी उठाई और काले कुत्ते की नाक पर ज़ोर से दे मारी। कुत्ता बुरी तरह से घायल हो गया। उसकी दर्द भरी चीख़ बच्चे की चिल्लाहट और दूसरे कुत्तों के भौंकने से भी ज़्यादा तेज़ थी।

तारिक़ चिल्लाया, 'अल्ला हू अकबर! अल्ला हू अकबर!' वह झुका और उसने हवा में लकड़ी घुमाई और उसका चेहरा और तेवर किसी जंगली जानवर जैसे हो चुके थे। अपनी चरम अनुभूति के उन पलों में उस नन्हे से बच्चे को हमें बचाने के लिए लड़ते हुए देखकर मेरे आंसू निकल आए। मैं देख सकता था कि उसकी रीढ़ की हड्डी शरीर से चिपकी शर्ट में से साफ़ दिखाई दे रही थी। उसके छोटे घुटने की मांसपेशियों में भी पूरा खिंचाव आ चुका था। मेरी आंखों में वैसा ही पवित्र, प्यार उमड़ आया जैसा कि एक पिता के दिल में अपने बच्चे के लिए होता है। मैं उस पल पूरी तरह से उसके प्यार में पड़ गया। जैसे ही मैं पैरों पर खड़ा हुआ, कार्ला की कविता के शब्द मेरे दिमाग़ में गूंजने लगे। मैं इस प्यार के लिए जिऊंगा, मैं इस प्यार के लिए मरूंगा।

तारिक़ ने उस झुंड का नेतृत्व करने वाले कुत्ते को घायल कर दिया था और इस वजह से झुंड कुछ पल के लिए निरुत्साही हो गया था। लेकिन उनका भौंकना बढ़ता चला जा रहा था और उसमें हताशा का स्वर भी था। ऐसा लग रहा था कि वह निर्णायक हमले के लिए बेताब थे, लेकिन नाकामी उन्हें परेशान कर रही थी। मुझे उम्मीद थी हो सकता है उस नाकामी की हताशा में अगर उनका अगला हमला भी नाकाम रहा तो वह आपस में ही भिड़ जाएंगे। फिर बिना किसी चेतावनी के वे हम पर टूट पड़ें।

वे दो-तीन के झुंड में आने लगे। उन्होंने एक साथ तो तरफ़ से हमला बोला। वह बच्चा और मैं पीठ से पीठ सटाकर दोनों ओर के हमलों को नाकाम करने के लिए तैयार थे। हम उन्हें लकड़ी से मारकर हमले से बच रहे थे। कुत्तों के दिमाग़ पर अब ख़ून चढ़ चुका था। हमने उन्हें बहुत ज़ोर से मारा, लेकिन कुछ देर के लिए शांत रहने के बाद उन्होंने ज़ोरदार हमला बोला। मेरे पीछे से आकर एक कुत्ते ने मेरे पैर में

काटा। जूते पहने होने के कारण मैं बच गया, लेकिन मैं समझ चुका था कि हम अब यह जंग हारते जा रहे हैं। हम लकड़ियों के ढेर तक पहुंच चुके थे और पीछे जाने का कोई भी रास्ता नहीं बचा था। अब पूरा का पूरा झुंड हमसे दो मीटर की दूरी पर खड़ा होकर गुर्रा रहा था। अचानक पीछे से गुर्राने की आवाज़ आई और हमारे पीछे रखा लकड़ियों का ढेर गिरने लगा। मुझे लगा कि किसी कुत्ते ने पीछे से हमला किया है, लेकिन वह काले कपड़े पहने अब्दुल्ला था। वह हमारे ऊपर से छलांग लगाता हुआ झुंड के कुत्तों के जबड़ों पर वार करने लगा था।

वह बाएं-दाएं लकड़ी को घुमाए जा रहा था। वह कूदा और उसने किसी प्रशिक्षित योद्धा जैसे अंदाज़ में ज़मीन पर ख़ुद को स्थिर कर लिया। उसमें एक साथ सांप और केकड़े की चपलता थी। घातक। सटीक। बिलकुल सही। उसने तकरीबन तीन सेंटीमीटर के व्यास वाली धातु की रॉड उठाई और उसे दोनों हाथों से तलवार की तरह भांजना शुरू कर दिया। लेकिन उसके बेहतर हथियार या फुर्ती नहीं बल्कि इस बात ने कुत्तों के हौसले तोड़ दिए कि उनके दो साथियों की खोपड़ियां चटक चुकी थीं और उसने हमला किया था जबकि हम अब तक रक्षात्मक मुद्रा में थे। साथ ही उसके चेहरे पर जीत का निश्चय था, जबकि हम तो केवल अस्तित्व बचाने की लड़ाई लड़ रहे थे।

यह सब जल्द ही ख़त्म हो गया। जिस जगह पर कान फाड़ देने वाला शोर था, वहां अब बिलकुल सन्नाटा था। अब्दुला ने धातु का रॉड सिर पर पकड़कर मुड़ते हुए हमारी तरफ़ देखा तो वह बिलकुल किसी समुराई योद्धा की ही तरह लग रहा था। उसके बहादुर चेहरे पर चांदनी के बीच मुस्कान कुछ ऐसी लग रही थी मानो हाजी अली की सफ़ेद मस्जिद की कोई मीनार चमक रही हो।

बाद में हम जब मेरी झोपड़ी में गर्म और बहुत मीठी सुलेमानी चाय पी रहे थे, अब्दुला ने बताया कि वह झोपड़ी में मेरा इंतज़ार कर रहा था कि उसने कुत्तों की चीख़-पुकार सुनी। उसने बताया कि वह जांचने के लिए ही वहां आया था, क्योंकि उसे अहसास हो गया था कि कुछ तो गड़बड़ है। जब हम उस रोमांचक अनुभव पर कई मर्तबा चर्चा कर चुके तो मैंने ज़मीन पर हमारे लिए तीन जगहें बनाईं और हम लेट गए।

अब्दुल्ला और तारिक़ उस नींद के आगोश में जा चुके थे जो मुझसे दूर भाग चुकी थी। मैं अंधेरे में अगरबत्ती, बीड़ी और सस्ते केरोसिन की गंध लेते हुए पिछले कुछ दिनों के घटनाक्रम को ऊहापोह और संदेह के आधार पर तौल रहा था। इन दिनों के दौरान पहले के कुछ महीनों की तुलना में कितना कुछ हो चुका था। मैडम झू, कार्ला, क़ादरभाई की बैठक, सपना-मुझे लगा कि मैं मुझसे ज़्यादा मज़बूत लोगों की दया पर निर्भर हूं या ऐसे लोगों पर जो कम से कम मुझसे ज़्यादा रहस्यमयी थे। मैंने ख़ुद को ज्वार की एक लहर में बहता पाया जो मुझे किसी और की मंज़िल पर ले जा रही थी। किसी और के भाग्य की ओर। इसके पीछे कोई योजना और उद्देश्य था।

मुझे इस बात का अहसास हो गया था। कुछ संकेत थे, मुझे विश्वास था, लेकिन मैं उन्हें कई घंटों में मेरे सामने से गुज़रे लोगों और शब्दों के घालमेल में अलग नहीं कर पा रहा था। बादलों से घिरी रात संकेतों और चेतावनियों से भरी थी। और यह नियति ही थी जो मुझे चले जाने या फिर हौसला करके बने रहने की चेतावनी दे रही थी।

तारिक़ पहले उठा और बैठकर मेरी तरफ़ देखने लगा। मेरी आंखें अंधेरे में सामान्य हो चुकी थी। मैंने उसके पीले चेहरे पर डर के निशान देखे, एक ऐसा डर जो दुख और निश्चय का मिश्रण था। उसने आराम से सो रहे अब्दुल्ला की तरफ़ देखा और फिर मेरी तरफ़। बिना किसी आवाज़ के वह उठा और उसने अपनी चटाई को मेरी चटाई से सटा दिया। एक बार फिर अपने पतले से कंबल के नीचे संघर्ष करते हुए वह मेरे पास सिमटकर सो गया। मैंने बांह फैला दी और उसने उस पर अपना सिर रख दिया। उसके बालों से सूरज की गंध आ रही थी।

और अंत में थकान मुझ पर हावी हो गई, अपने संदेहों, असमंजस को परे रखते हुए हावी होती नींद की स्पष्ट आहट ने मुझे बता दिया कि उन नए दोस्तों–क़ादरभाई, कार्ला, अब्दुल्ला, प्रभाकर और अन्य सभी में–क्या बात समान थी। वे सभी, तमाम लोग इस शहर में अज़नबियों की तरह आए थे। हममें से किसी का भी जन्म बॉम्बे में नहीं हुआ था। हम सभी विस्थापित थे, अस्तित्व बचाने में सफल, सभी को इस ज़जीरों के शहर में समंदर के किनारे ही घर मिला था। अगर हमारे बीच कोई नाता था तो वह निर्वासन का था, खोए हुए लोगों की रिश्तेदारी, एकाकी और बेदख़ल लोग।

इस समझ के अहसास ने मुझे उस बच्चे तारिक़ के साथ किए गए अपने बुरे व्यवहार का अहसास दिलाया। वह बच्चा जो ख़ुद इस बेतरतीब शहर में अज़नबी था। मुझे अपने स्वार्थी विचारों पर शर्म आई जिन्होंने मुझसे मेरी दयालुता छीन ली थी। यह बात उस नन्हे से बच्चे के हौसले और एकाकीपन को दर्शाते हुए मेरे दिल को चीर गई। मैंने उसकी सोने के दौरान चल रही सांसों को सुना। फिर उसे मेरे सीने के दर्द से चिपटकर सोने दिया। कई बार हम केवल उम्मीद के सहारे ही प्यार कर लेते हैं। कई बार हम बिना आंसुओं के भी रोते हैं। अंत में यही तो सबकुछ तो हैः प्यार और उसके कर्तव्य, दुख और उसकी सच्चाई। अंत में यही सब हमारे पास होता है–सुबह तक बातों को कसकर थामे रहना।

भाग तीन

अध्याय 17

'यह दुनिया 10 लाख दुष्ट इंसानों, एक करोड़ मूढ़ इंसानों और 10 करोड़ कायरों द्वारा चलाई जाती है।' अपनी मोटी अंगुलियों के बीच मीठे हनी केक को चाटते हुए अब्दुल ग़नी ने अपनी ऑक्सफ़ोर्ड के लहजे वाली अंग्रेज़ी में यह घोषणा की। 'दुष्ट लोग यानी कि सत्ता और ताक़त-अमीर लोग और राजनीतिज्ञ और धर्मांध लोग-जिनके फ़ैसले दुनिया पर राज़ करते हैं और इसे लालच और तबाही के रास्ते पर ले जाते हैं।'

कुछ देर थमकर अब्दुल क़ादर ख़ान के बारिश से तरबतर अहाते में मौज़ूद फ़व्वारे को देखते हुए वह इस गीलेपन और टिमटिमाते पत्थरों से कुछ प्रेरणा लेना चाह रहे थे। उसने दायां हाथ बढ़ाकर एक और हनी केक उठाया और एक ही बार में मुंह में डाल लिया। केक को चबाने और उसे निगलने के दौरान जो मुस्कान उसने दी, ऐसा लग रहा था मानो कह रहा हो, *'मैं जानता हूं कि मुझे यह नहीं खाना चाहिए, लेकिन यह मेरे बस की बात नहीं है।'*

'पूरी दुनिया में वास्तविकता में दुष्ट इंसानों की संख्या केवल 10 लाख है। बहुत ज़्यादा अमीर और बहुत ज़्यादा ताक़तवर, जिनके फ़ैसले वास्तविकता में मायने रखते हैं-ये लोग केवल 10 लाख हैं। मूढ़ इंसान जिनकी संख्या एक करोड़ है, सैनिक और पुलिसकर्मी हैं, जो दुष्ट इंसानों के शासन को लागू करते हैं। इसमें 12 प्रमुख देशों की सेना और उनके अलावा 20 अन्य देशों के भी पुलिसकर्मी इसमें शामिल हैं। कुल मिलाकर वास्तविक ताकत या असर वाले इंसानों की संख्या केवल 1 करोड़ है। वे प्रायः बहादुर होते हैं, मुझे यक़ीन है कि वे मूढ़ भी होते हैं, क्योंकि वह अपनी ज़िंदगी और ख़ून सरकार और ऐसी बातों के लिए देते हैं, जो कि उनके शरीर और ख़ून का इस्तेमाल महज़ शतरंज के मोहरों की तरह करते हैं। लंबी अवधि में वही सरकारें उनके साथ दग़ाबाजी करती है या उन्हें निराश करती है या फिर उन्हें त्याग देती है। देशों द्वारा अन्य लोगों की तुलना में युद्धों के नायकों की ज़्यादा शर्मनाक तरीक़े से अनदेखी की जाती है।'

क़ादरभाई के घर के बीच में स्थित गोलाकार बगीचे के बीच के हिस्से में ऊपर खुला आसमान था। मानसून की बारिश फ़व्वारे और आस-पास की टाइल्स पर गिर रही थी : बारिश इतनी ज़्यादा तेज़ और अनवरत थी कि आसमान नदी बन चुका था और हमारा हिस्सा जलप्रपात। बारिश के बावज़ूद फ़व्वारा चल रहा था और ऊपर से

हो रही तेज़ बारिश के कारण काफ़ी मंद सा पड़ चुका था। मीठी चाय पीते हुए हम ढंके हुए बरामदे से बारिश का नज़ारा देख रहे थे।

'और 10 करोड़ कायर इंसान,' चाय की प्याली को अपनी मोटी अंगुलियों में थामकर अब्दुल ग़नी ने बोलना जारी रखा, 'काग़ज़ों से खेलने वाले, कलम से उन्हें आगे बढ़ाने वाले नौकरशाह होते हैं, जो दुष्ट इंसानों की सत्ता को अनुमति देकर दूसरी ओर देखने लगते हैं। वे विभागों के प्रमुख, समितियों के सचिव और अन्य संगठनों के अध्यक्ष होते हैं। वे हमेशा यह कहकर अपना बचाव कर लेते हैं कि वे केवल ऊपर से आए आदेशों का पालन कर रहे हैं या फिर अपने लिए तय काम कर रहे हैं और इसमें उनका कोई निजी हित नहीं है और अगर वे यह नहीं करेंगे तो कोई और करेगा। ये वे 10 करोड़ कायर हैं जो यह जानते तो हैं कि क्या चल रहा है, लेकिन ऐसे काग़ज़ पर भी हस्ताक्षर करने से पहले कुछ नहीं कहते जिसमें किसी व्यक्ति को गोली से उड़ाने का आदेश दिया जा रहा हो या फिर 10 लाख लोगों को अकाल के मुंह में झोंक दिया जा रहा हो।'

वह अचानक चुप हो गया और अपने हाथों की नसों की ओर देखने लगा। कुछ पलों बाद उसने ख़यालों से बाहर आते हुए मेरी तरफ़ देखा। उसकी आंखों में सौम्य चमक थी और चेहरे पर स्नेहभरी मुस्कान।

'तो यह बात है,' बात को समाप्त करते हुए उसने कहा, 'दुनिया 10 लाख दुष्ट इंसानों, 1 करोड़ मूढ़ इंसानों और 10 करोड़ कायर लोगों द्वारा चलाई जाती है। बाक़ी के हम सारे लोग, 6 अरब लोग, वही करते हैं जो हमसे कहा जाता है!'

उसने हंसते हुए अपनी जांघ पर चपत जमाई। यह हंसी एक अच्छी हंसी थी, जो तब तक नहीं रुकती जब तक कि मज़ाक़ समाप्त नहीं हो जाता और मुझ जैसा सुनने वाला हंसने नहीं लगता।

'क्या तुम जानते हो इसका क्या मतलब होता है?' उसने सवाल दागा, उसका चेहरा यह सवाल पूछते हुए गंभीर था।

'बताओ।'

'यह फ़ॉर्मूला–10 लाख, 1 करोड़ और 10 करोड़–यह हर तरह की राजनीति की असली सच्चाई है। मार्क्स ग़लत था। सवाल वर्ग का नहीं है, तुम देखना, कि सभी वर्ग चंद लोगों के नियंत्रण में हैं। आंकड़ों का यही समूह साम्राज्यों और बग़ावतों के लिए ज़िम्मेदार है। यही वह फ़ॉर्मूला है जिसने पिछले 10 हज़ार वर्षों में हमारी सभ्यताओं को विकसित किया है। इसी ने पिरामिड की रचना की। यही तुम्हारे धर्मयुद्ध की वज़ह बना। इसी ने दुनिया को युद्धों में झोंका और इसी फ़ॉर्मूले में शांति स्थापित करने की ताक़त है।'

'ये *मेरे* धर्मयुद्ध नहीं थे,' मैंने उसकी बात को सुधारते हुए कहा, 'लेकिन बात मुझे समझ में आ गई है।'

उसने विषय को इतनी सफ़ाई से बदलते हुए पूछा, 'क्या तुम उससे प्यार करते हो?' कि मैं अचकचा गया। वह अक्सर ऐसा किया करता था, विषय दर विषय अपनी बातचीत को नया मोड़ देते हुए। यह उसकी बातचीत की एक प्रमुख बात थी। इस मामले में उसका कौशल इस आला दर्ज़े का था कि जब मैं उसे अच्छी तरह से जान गया और मुझे इस बात का भी अहसास हो जाता था कि वह अब ऐसा करने जा रहा है, फिर भी वह मुझे चौंका ही देता था। 'क्या तुम क़ादरभाई को जानते हो?'

'मैं...यह किस तरह का सवाल है?' मैंने हंसते हुए पूछा।

'*उनके* मन में *तुम्हारे* लिए बहुत स्नेह है, लिन। वह अक्सर तुम्हारी बातें करते हैं।'

त्यौरियां चढ़ाकर मैंने उसकी तेज़ निगाहों से बचने के लिए नज़रें घुमा लीं। मेरे लिए यह बेहद ख़ुशी की बात थी कि क़ादरभाई को मैं पसंद था और वह मेरी बात करते थे। फिर भी मैं इस बात को मानना नहीं चाहता था, ख़ुद के स्तर पर भी, कि इस सहमति का मेरे लिए कितना मायने है। विरोधी विचारों के खेल-प्यार और संदेह, प्रशंसा और नाराज़गी-ने मुझे असमंजस में डाल दिया था, जैसा कि आमतौर पर होता था, जब मैं क़ादरभाई के बारे में सोचता था या फिर उनके साथ होता था। यह असमंजस मेरी आवाज़ और आंखों में चिढ़ बनकर उभरता था।

'तुम्हें क्या लगता है कि हमें और कितना इंतज़ार करना पड़ेगा?' क़ादरभाई के निजी कमरों में ले जाने वाले बंद दरवाज़ों की तरफ़ देखकर मैंने पूछा, 'मुझे दोपहर में कुछ जर्मन पर्यटकों से मिलना है।'

अब्दुल ने मेरे सवाल को अनसुना कर दिया और हमारी दो कुर्सियों के बीच की टेबल पर झुक गया।

मोहक अंदाज़ में फुसफुसाते हुए उसने कहा, 'तुम्हें उससे हर हाल में प्यार करना चाहिए। क्या तुम जानना चाहते हो कि मैं क्यों अब्दुल क़ादर को जान से भी ज़्यादा चाहता हूं?'

हमारे चेहरे इतने करीब थे कि मैं उसकी आंखों में लाल नसों को देख सकता था। आंखों के नीचे गालों में थैलियां सी थीं जो अक्सर उसके चेहरे को अंतर्मुख उदासी का रंग दे दिया करती थीं। कई चुटकुलों और हल्की-फुल्की ठिठोली के बावज़ूद उसके आंखों के नीचे हमेशा सूजन सी रहती थी मानो वहां आंसुओं का भंडार हो।

हम आधे घंटे से क़ादरभाई के लौटने का इंतज़ार कर रहे थे। जब वह तारिक़ के साथ लौटे तो गर्माहट भरी मुस्कान देकर बच्चे के साथ नमाज़ के लिए चले गए। मैं फिर अब्दुल ग़नी के साथ था। अहाते में गिरती बारिश की तेज़ बूंदों और फ़व्वारे की आवाज़ के अलावा मकान में सन्नाटा था। अहाते की दूसरी ओर कुछ कबूतर एक-दूसरे से चिपके हुए बैठे थे।

अब्दुल और मैंने इस चुप्पी के बीच एक-दूसरे की ओर देखा, लेकिन मैंने कुछ नहीं कहा। मैंने उसके सवाल का जवाब नहीं दिया था। *क्या तुम जानना चाहते हो कि मैं इस इंसान से क्यों प्यार करता हूं?* निश्चित तौर पर मैं जानना चाहता था। मैं एक लेखक था। मैं हर बात जानना चाहता था। लेकिन मैं ग़नी के सवाल-जवाबों के खेल से उकता चुका था। मैं उसे समझ नहीं पा रहा था और इस बात का भी अनुमान नहीं लगा पा रहा था कि यह खेल हमें कहां ले जाएगा।

'मैं उन्हें चाहता हूं मेरे बच्चे क्योंकि इस शहर में वही लंगर की तरह है। हज़ारों लोगों को उनसे जुड़कर ही सुरक्षा हासिल होती है। मैं उनसे प्यार करता हूं ,क्योंकि उनके हाथों में पूरी दुनिया को बदलने का काम है, जबकि अन्य लोगों के पास तो *सपना* तक नहीं है। मुझे चिंता इस बात की है कि वह इसके लिए बहुत ज़्यादा वक़्त, प्रयास और पैसा देते हैं। इस बात को लेकर मेरी उनके साथ कई बार असहमति हो चुकी है, लेकिन उनके इस काम के प्रति समर्पण के कारण मैं उनसे प्यार करता हूं। और उन्हें चाहने की सबसे बड़ी वज़ह है कि वह मुझे मिले इकलौते इंसान हैं-तुम्हें मिलने वाले वह इकलौते ऐसे इंसान होंगे-जो तीन बड़े सवालों के जवाब दे सकते हैं।'

अपनी आवाज़ में व्यंग्य के पुट को छिपाने में नाकामी के बीच मैंने पूछा, 'तो क्या केवल *तीन* बड़े सवाल हैं?'

'हां,' उसने वैसे ही अंदाज़ में जवाब दिया, *'हम कहां से आते हैं? हम यहां क्यों आए हैं?* हम कहां जा रहे हैं? ये तीन बड़े सवाल हैं। और मेरे प्यारे युवा मित्र लिन, अगर तुम उनसे प्यार करते हो तो वह *तुम्हें* भी इन राज़ों के बारे में बताएंगे। वह तुम्हें ज़िंदगी का अर्थ समझाएंगे। और जब तुम उन्हें बोलते हुए देखोगे, उन्हें सुनोगे, तुम जान जाओगे कि वह जो कहते हैं वह सच है। और मिलने वाला कोई भी अन्य व्यक्ति तुम्हारे लिए इन तीन सवालों के जवाब नहीं देगा। मैं जानता हूं। मैंने कई बार दुनिया की सैर की है। मैं सभी महान मार्गदर्शकों से यह सवाल पूछ चुका हूं। अब्दुल क़ादर ख़ान से मिलने से पहले, उनसे उनके भाई के तौर पर जुड़ने से पहले, मैंने भारी दौलत ख़र्च की है-बहुत भारी दौलत-महान संतों, तांत्रिकों और विख्यात वैज्ञानिकों से मुलाक़ात में। उनमें से कोई भी कभी इन तीन बड़े सवालों के जवाब नहीं दे पाया। फिर मैं क़ादरभाई से मिला। उन्होंने मेरे लिए सवालों के जवाब दिए। और उस दिन से मैं उनसे प्यार करता हूं, मेरे भाई की तरह, मेरी आत्मा के भाई की तरह। उस दिन से हमारे इस थोड़े से समय तक मैं उनकी सेवा कर रहा हूं। वह तुम्हें *बताएंगे। ज़िंदगी का अर्थ!* वह तुम्हारे लिए इस गुत्थी को सुलझाएंगे।'

ग़नी की आवाज़ एक मज़बूत चौड़े दरिया के बीच एक नई धारा की तरह थी : शहर और उसके 1.5 करोड़ लोगों का दरिया। उसके घने भूरे बाल कनपटी के पास पूरी तरह से सफ़ेद हो चुके थे। उसकी पूरी सफ़ेद मूंछ उसके महिलाओं जैसे होंठों पर बड़ी ही सफ़ाई से तराशी गई थी। दोपहर की धूप में उसके गले में सोने

की एक चेन दमक रही थी और उसकी आंखों की सुनहरी चमक से मेल खा रही थी। और जब हम दोनों एक-दूसरे को सन्नाटे के बीच देख रहे थे, उसकी आंखों से आंसू बहने लगे थे।

उसकी भावनाओं की गहराइयों को लेकर मुझे कोई शको-शुबहा नहीं था, लेकिन मैं उसे पूरी तरह से समझ नहीं पाया। फिर हमारे पीछे एक दरवाज़ा खुला और ग़नी का चेहरा फिर एक बार स्नेह से तरबतर हो गया। हम दोनों ने पीछे मुड़कर क़ादरभाई को तारिक़ के साथ आते हुए देखा।

'लिन,' उन्होंने कहा, उनके हाथ बच्चे के कंधों पर थे। 'तारिक़ मुझे बता रहा था कि तीन महीने में उसने तुमसे कितना कुछ सीखा।'

तीन महीने, पहले तो मुझे इस बच्चे के साथ तीन दिन गुजारना नामुमकिन लग रहा था। फिर भी तीन महीने इतनी तेज़ी के साथ गुजर चुके थे : और जब उसे घर वापस ले जाने का वक़्त आया तो मैंने अपने दिल की इच्छा के विरुद्ध जाकर उसे उसके मामूजान को लौटाया। मैं जानता था कि मुझे उसकी कमी खलेगी। वह एक बहुत ही अच्छा बच्चा था। वह एक नेक इंसान बनेगा-ऐसा इंसान जैसा मैंने कभी बनने का प्रयास किया था और उसमें नाकाम रहा था।

'अगर आपने बुलाया नहीं होता तो वह अब भी मेरे साथ होता,' मैंने जवाब दिया। मेरी आवाज़ में एक तरह की उलाहना थी। यह एक तरह की निरंकुशता ही तो थी, बिना किसी चेतावनी के कुछ महीने के लिए बच्चे को मेरे पास रख दिया और फिर अचानक वापस भी ले लिया।

'तारिक़ ने हमारे कुरान के मदरसे में पिछले दो साल प्रशिक्षण लिया और तुम्हारे साथ उसने अपनी अंग्रेज़ी भी सुधार ली है। अब उसके कॉलेज में जाने का वक़्त आ गया है। मुझे लगता है कि वह बहुत अच्छी तरह से तैयार है।'

क़ादरभाई की आवाज़ बेहद नर्म और धैर्य भरी थी। उनकी स्नेहभरी और मुस्कान लिए हुई आंखों ने मुझे उसी तरह से जकड़ रखा था, जैसा कि उनके हाथों ने उस बच्चे के कंधों को पकड़ रखा था।

उन्होंने धीरे से कहा, 'तुम जानते हो लिन, पश्तो भाषा में हमारे यहां एक कहावत है, जिसका मतलब है कि तुम एक मर्द नहीं हो जब तक कि तुम किसी बच्चे को सचमुच खुलकर सच्चा प्यार नहीं करो और तब तक एक अच्छे इंसान नहीं हो जब तक कि बदले में वह बच्चा भी सचमुच तुमसे खुलकर सच्चा प्यार नहीं करे।'

'तारिक़ अच्छा है,' मैंने खड़े होकर उससे हाथ मिलाकर चलने की तैयारी में कहा, 'वह एक बहुत अच्छा बच्चा है और मुझे उसकी कमी खलेगी।'

केवल मैं नहीं था जिसे उसकी कमी खलेगी। वह क़ासिम अली हुसैन का भी पसंदीदा था। झोपड़पट्टी का मुखिया अक्सर उससे मिलने आता था और उसे झोपड़पट्टी के दौरे पर ले जाया करता था। जितेंद्र और राधा ने तो लाड़ करके उसे बिगाड़ दिया था। जॉनी सिगार और प्रभाकर उसके साथ हंसी-ठिठोली किया करते थे

और उसे साप्ताहिक क्रिकेट मैचों में शामिल भी किया करते थे। अब्दुल्ला के मन में भी बच्चे से भावनात्मक रिश्ता क़ायम हो चुका था। आवारा कुत्तों के साथ के उस रात के संघर्ष के बाद वह सप्ताह में दो दिन आकर तारिक़ को लाठी, रूमाल और ख़ाली हाथों से लड़ने की तकनीक सिखाया करता था। उन महीनों के दौरान मैं अक्सर उन्हें देखा करता था। झोपड़पट्टी के पास स्थित समंदर के किनारे पर उन्हें अभ्यास करते हुए देखना किसी छाया नाट्य को देखने जैसा होता था।

मैंने तारिक़ से आख़िरी बार हाथ मिलाया और उसकी ईमानदार, सच्चाई भरी काली आंखों में झांका। इस नम लम्हे में पिछले तीन माह की स्मृतियां तैर गईं। मुझे झोपड़पट्टी के एक बच्चे के साथ उसकी पहली लड़ाई याद आ गई। एक बड़े बच्चे ने तारिक़ को गिरा दिया था, लेकिन उसने अपनी आंखों की ताक़त से उस बच्चे की आंखों में शर्मिंदगी का अहसास ला दिया था। वह दूसरा बच्चा टूट गया था और रोने लगा। तारिक़ ने उसे कसकर गले लगा लिया और उनके बीच हमेशा के लिए घनी दोस्ती तय हो गई। मुझे अंग्रेज़ी की कक्षाओं में तारिक़ का उत्साह याद आ गया। वह जल्द ही मेरा सहायक बनकर दूसरे बच्चों को अंग्रेज़ी सिखाने में मदद करने लगा। मुझे हमारे साथ पहले सावन में पानी के बहाव के लिए लकड़ी और नंगे हाथों की मदद से नाली तैयार करने में हो रही परेशानी याद आ गई। मुझे याद आया कि एक दोपहर जब मैं कुछ लिखने की कोशिश कर रहा था तो वह दरवाज़े के पीछे से झांक रहा था। *हां। क्या बात है तारिक़?* मैंने चिढ़कर उससे पूछा था। *ओह, मुझे माफ़ करना,* *उसने जवाब दिया था। क्या तुम एकांत चाहते हो?*

मैंने अब्दुल क़ादर ख़ान का घर छोड़ा और झोपड़पट्टी की ओर बच्चे के बगैर अकेला लंबा रास्ता तय करने लगा। उसकी अनुपस्थिति में अब मैं अचानक कम महत्त्वपूर्ण या एक अलग दुनिया में कम *मूल्यवान* हो चुका था। वह दुनिया जो उसकी अनुपस्थिति में मेरे लिए बंद हो चुकी थी। क़ादरभाई की मस्जिद के काफ़ी नज़दीक मैंने तय वक़्त पर अपने जर्मन पर्यटकों के साथ मुलाक़ात की। वह एक युवा दंपत्ति था, जो पहली बार भारत दौरे पर आया था। वह काले बाज़ार में अपने जर्मनी के मार्क बदलकर कुछ पैसे बचाना चाहते थे और फिर कुछ हशीश ख़रीदकर भारत की सैर करना चाहते थे। वे एक अच्छे खुश दंपत्ति थे–मासूम, खुले दिल के और भारत के आध्यात्मिक पहलू से उत्साहित। मैंने कमीशन के बदले उन्हें मुद्रा विनिमय में मदद की और फिर चरस की ख़रीद भी करा दी। वे कृतज्ञता के चलते मुझे तय से अधिक कमीशन देना चाहते थे। मैंने मना कर दिया–एक सौदा आख़िरकार एक सौदा ही होता है–और फिर उनके साथ चरस पीने के निमंत्रण को स्वीकार लिया। जो चिलम मैंने तैयार की थी, वह बॉम्बे की सड़कों पर काम करने और रहने वाले लोगों के लिहाज़ से औसत थी, लेकिन उनकी आदत से बहुत ज़्यादा दमदार थी। वे दोनों कुछ ही देर में निद्राधीन हो गए और मैंने उनके कमरे का दरवाज़ा बंद करते हुए दोपहर में उनींदी राह पकड़ ली।

मैं मोहम्मद अली रोड से महात्मा गांधी रोड होते हुए कोलाबा कॉजवे जा रहा था। मैं चाहता तो बस या तैयार टैक्सियों की मदद ले सकता था, लेकिन मुझे पैदल चलना बहुत पसंद आता था। मुझे चोर बाज़ार से होते हुए, क्राफ़ोर्ड मार्केट, वी.टी. स्टेशन, फ़्लोरा फाउंटेन, फ़ोर्ट, रीगल सर्कल और कोलाबा, ससून डॉक से होते हुए वर्ल्ड ट्रेड सेंटर से बैक बे तक का हिस्सा बहुत पसंद था। इन वर्षों के दौरान मैं हज़ारों बार इन रास्तों से गुजरा था और हर बार वह नए, उत्साहजनक और प्रेरक लगते थे। रीगल चौराहा पार करके मैं आगामी फ़िल्मों के पोस्टर देख ही रहा था कि मैंने किसी को अपना नाम पुकारते हुए सुना।

'लिन बाबा! अरे, ओ लिन!'

मैंने मुड़कर देखा तो प्रभाकर एक टैक्सी की यात्री वाली खिड़की से झांक रहा था। मैंने आगे बढ़कर उससे और टैक्सी ड्राइवर उसके भाई शंटू से हाथ मिलाया।

'हम वापस घर जा रहे हैं। चलो बैठ जाओ, मैं तुम्हें लिफ्ट देता हूं।'

मैंने मुस्कराते हुए कहा, 'धन्यवाद प्रभु। मैं पैदल चला जाऊंगा। मुझे रास्ते में कुछ और जगह ठहरना है।'

'ठीक है, लिन!' प्रभाकर ने मुस्कराते हुए कहा, 'लेकिन बहुत ज़्यादा वक़्त मत लगाना, जैसा कि तुम कई बार लगाते हो। बुरा मत मानना यह बात मैं तुम्हारे मुंह पर ही कह रहा हूं। आज एक ख़ास दिन है, है ना?'

मैंने उसकी मुस्कान ट्रैफ़िक के बीच गुम होने तक हाथ हिलाया और फिर मेरे पास एक कार के चीख़ते हुए थमने के बीच बचने के लिए डरकर छलांग लगाई। एक एम्बेसेडर एक छोटी कार से आगे निकलने के प्रयास में एक हाथगाड़ी से टकरा गई थी। हाथगाड़ी मेरे से केवल दो मीटर दूर एक टैक्सी से जा टकराई थी।

यह एक बुरी दुर्घटना थी। हाथगाड़ी चलाने वाला गंभीर रूप से घायल हो गया था। मैं देख रहा था कि उसकी गर्दन और कंधों में लगी रस्सी के चलते वह हाथगाड़ी के जुए में फंस गया था। रस्सियां बंधी होने के कारण उसका शरीर पूरा उलटा होकर, उसका सिर सड़क पर ज़ोर से टकराया था। एक बांह बहुत बुरी तरह से पीछे की ओर मुड़ चुकी थी और घुटने के नीचे पिंडली की एक हड्डी बाहर निकल गई थी। और वे रस्सियां जो वह प्रतिदिन इस्तेमाल करता था, फांसी की तरह उसकी जान लेने पर आमादा थीं।

अन्य लोगों के साथ मदद के लिए भागने के दौरान ही मैंने अपना चाकू निकाल लिया। काफ़ी सावधानी के साथ मैंने रस्सियों को काटकर उसका दम घुटने से बचा लिया। वह एक बुज़ुर्ग व्यक्ति था, शायद 60 वर्ष का, लेकिन उसका शरीर गठीला और स्वस्थ था। उसकी धड़कन तेज़ और नियमित थी : उसकी हालत में तेज़ी से सुधार के लिए जरूरी ऊर्जा का स्रोत। उससे फेफड़े भी सामान्य थे और वह आसानी के साथ सांस ले रहा था। जब मैंने धीरे से उसकी आंखें अपनी अंगुलियों से खोलीं

तो धूप के कारण उसकी आंखें अचानक चौंधिया गई। वह बेहोशी की बजाय सदमे की स्थिति में था।

तीन अन्य लोगों के साथ मैंने उसे सड़क से उठाकर फ़ुटपाथ पर रखा। उसकी बाईं बांह कंधे से लटक रही थी और मैंने उसे कोहनी पर हौले से मोड़ दिया। मेरे मांगते ही वहां खड़े लोगों ने अपने रूमाल मुझे थमा दिए। चार रूमालों को बांधकर मैंने उसकी बांह को सीने के पास लटका दिया। मैं उसके पैरों में लगी चोट का जायजा ले ही रहा था कि अचानक क्षतिग्रस्त कार की ओर से उठे शोर ने मुझे खड़ा होने पर मजबूर कर दिया।

10 से ज़्यादा लोग एम्बेसेडर के ड्राइवर को दबोचने का प्रयास कर रहे थे। वह छह फ़ीट लंबे क़द का था, मेरे ही वज़न का, चौड़े सीने वाला। उसने कार के भीतर एक पैर जमाकर एक हाथ से छत और दूसरे से स्टियरिंग को कसकर पकड़ रखा था। उग्र भीड़ ने एकाध मिनट के संघर्ष के बाद उसे छोड़ते हुए मोर्चा पीछे बैठे यात्री की ओर किया। वह भी एक गठीला व्यक्ति था, लेकिन ड्राइवर की तुलना में दुबला-पतला था। भीड़ ने उसे पीछे की सीट से खींचकर कार पर धकेल दिया। उसने अपना चेहरा हाथों में छिपा लिया, लेकिन भीड़ ने उस पर घूंसों की बरसात कर दी। अंगुलियों से उसने नोचना-खसोटना शुरू कर दिया।

हमले का शिकार लोग अफ़्रीकी मूल के थे। मेरे अनुमान के मुताबिक़ नाइजीरियाई। फ़ुटपाथ से देखते हुए मुझे उस सदमे और शर्मनाक वाकये की याद आ गई, जो मैंने 18 माह पहले प्रभाकर के साथ शहर की काली दुनिया की सैर के पहले ही दिन देखा था। मुझे याद था कि जब भीड़ उस व्यक्ति का मारपीट से बुरी तरह से घायल शरीर ले जा रही थी तो मैं कितना असहाय महसूस कर रहा था। मैंने ख़ुद से कहा था कि यह मेरी संस्कृति, मेरा शहर और मेरी लड़ाई नहीं है। 18 माह बाद भारतीय संस्कृति मेरी थी, शहर का वह हिस्सा मेरा था। यह काले बाज़ार वाला हिस्सा था। मेरा बाज़ार। मैं वहां प्रतिदिन काम करता था। मैं उस हत्या पर आमादा भीड़ में मौज़ूद कुछ लोगों को जानता भी था। मैं उस दिन के वाकये को दोबारा होने नहीं देना चाहता था, बिना कुछ मदद किए।

बाक़ी लोगों से ज़्यादा ज़ोर से चिल्लाते हुए, मैं चीख़ती-चिल्लाती भीड़ में घुसा और हमले का शिकार व्यक्ति को लोगों की भीड़ से दूर खींचने की कोशिश करने लगा।

मैं हिंदी में चिल्लाया, 'भाइयों, भाइयों! मत पीटो! मत मारो! मत पीटो!'

हालात काफ़ी बुरे थे। उन्होंने मुझे काफ़ी हद तक उसे खींचकर दूर ले जाने का मौक़ा दिया। मेरी बांहें काफ़ी मज़बूत थी। लोगों को उन्हें हटाने वाली ताक़त का अहसास हुआ। लेकिन उनका मरने-मारने पर आमादा गुस्सा फिर शोर में बदल गया और मैंने उनकी मुट्ठियां हर तरफ़ से अपनी ओर तनी हुई देखीं। अंततः मैं उस यात्री को हमलावर भीड़ से दूर लाने में कामयाब रहा। पीठ कार से चिपकी होने के

दौरान उस व्यक्ति ने हाथ ऊपर कर रखे थे, जैसे कि लड़ने के लिए तैयार हो। उसका चेहरा ख़ून से लथपथ था। उसकी शर्ट फटकर ख़ून से लाल हो चुकी थी। उसकी आंखें डर से बड़ी और सफ़ेद हो चुकी थी और वह दांत भींचकर ज़ोरों से सांसें ले रहा था। उसके हावभाव बता रहे थे कि वह लड़ाका था और मरते दम तक लड़ने के लिए तैयार था।

मैंने उसे दूसरी बार देखते ही यह समझ लिया और पलटकर उसके साथ भीड़ के सामने खड़ा हो गया। मैं लोगों से हाथ जोड़कर हिंसा को बंद करने की याचना करने लगा।

जब मैं उस व्यक्ति की मदद करने के लिए दौड़ा था तो मुझे लगा था कि लोग मेरी बात को सुनेंगे। नाराज़ लोगों के हाथों से पत्थर गिर जाएंगे। मेरे हौसले को देखकर भीड़ चेहरे पर शर्म के साथ निगाहें नीची करके चली जाएगी। आज भी उस पल को याद करते हुए यह ख़्वाहिश मुझ पर हावी हो जाती है कि उस दिन मेरी आवाज़ और मेरी निगाहों ने भीड़ का दिल बदल डाला। नफ़रत, अपमान की भावना विलीन हो जाती। इसके विपरीत भीड़ बस कुछ पल के लिए हिचकिचाई और फिर गुस्से से फुफकारते हुए हमारी ओर लपकी। हमारे पास जान बचाने के लिए लड़ने के अलावा और कोई चारा भी नहीं था।

विडंबना ही कही जाएगी कि भीड़ की संख्या ही हमारे लिए फ़ायदेमंद साबित हुई। वाहनों की भीड़ के बीच हम अंग्रेज़ी के शब्द 'एल' के आकार में फंसे हुए थे। भीड़ ने हमें घेर रखा था और बचने का कोई रास्ता नहीं था। लेकिन भीड़ के कारण उन्हें धक्का-मुक्की के बीच आगे बढ़ने में दिक़्क़त हो रही थी। लोगों की तुलना में हम तक कम घूंसे ही पहुंच पा रहे थे। गुस्से में कई बार तो भीड़ के घूंसे उनके बीच आपस में ही लग रहे थे।

और शायद उनका गुस्सा भी कुछ शांत हो चुका था और हमें चोट पहुंचाने के उनके तात्कालिक मक़सद के बीच उनके भीतर का *हत्या* पर आमादा गुस्सा कम हो चुका था। मैं उनकी हिचकिचाहट को पहचानता था। मैंने इसे कई हिंसक इलाक़ों में इसे देखा है। मैं इसे पूरी तरह से समझा नहीं सकता। यह कुछ ऐसा है मानो यह भीड़ के दिमाग़ में एक सामूहिक विवेक होता है जो सही पल पर सही रुख़ अख़्तियार कर लेता है। और तय शिकार के प्रति जानलेवा नफ़रत को परे रख देता है। यह कुछ ऐसा है कि भीड़ उस निर्णायक पल में, रुकना चाहती है, अपने हाथों की गई किसी बेहद उग्र हिंसा से बचना चाहती हो। और संदेह के उस पल में, जमा दुष्ट ताक़तों के ख़िलाफ़ एक आवाज़ या एक मुक्का भी उसे टालने के लिए पर्याप्त होता है। मैंने जेल में देखा है कि जब लोग किसी अन्य क़ैदी की सामूहिक ठुकाई पर आमादा हों तो बस एक ऐसी आवाज़ से उनको रोका जा सकता है, जो उन्हें शर्मिंदगी का अहसास करा सके। मैंने युद्ध में देखा है कि एक आवाज़ किसी युद्धबंदी के ख़िलाफ़ नफ़रत भरी क्रूरता को कमज़ोर या म्लान कर सकती है। और मैंने शायद उस दिन भी देखा

जब नाइजीरियाई और मैं भीड़ से जूझ रहे थे। शायद हालातों की विचित्रता-एक गोरा हिंदी में दो अश्वेतों की ज़िंदगी के लिए गिड़गिड़ा रहा है-ने उन्हें हत्या से रोक दिया।

हमारे पीछे खड़ी कार अचानक चालू हो गई। भारी-भरकम ड्राइवर उसे स्टार्ट करने में सफल रहा था। उसने इंजिन को गति दी और कार को मलबे से दूर पीछे की ओर ले जाने लगा। कार के भीड़ में से पीछे हटने के दौरान मैं और वे यात्री उसके साथ चलते रहे। हम लोगों को पीछे धकेल रहे थे और अपने कपड़ों पर से उनकी पकड़ को ढीली कर रहे थे। जब ड्राइवर ने पीछे हटकर पीछे का दरवाज़ा खोला तो हम दोनों कार के भीतर कूद पड़े। भीड़ के दबाव में दरवाज़े बंद हो गए। ड्राइवर ने कार को धीरे-धीरे कॉजवे रास्ते पर चलाना शुरू किया। इस दौरान कार पर कांच के गिलासों, खाने के डिब्बों, कई जूतों की मिसाइलों का हमला हो चुका था। फिर हम आज़ाद थे, व्यस्त रास्ते पर गति के साथ और साथ ही पीछे की कांच में देखकर यह सुनिश्चित करते हुए कि कोई हमारा पीछा नहीं कर रहा है।

'हसन ओबिक्का।' मेरे पास बैठे यात्री ने अपना हाथ आगे बढ़ाकर कहा।

'लिन फ़ोर्ड,' मैंने जवाब दिया। पहली बार मेरा ध्यान इस बात की ओर गया कि उसने कितना ढेर सारा सोना पहन रखा था। हर अंगुली पर एक अंगूठी थी। कुछ पर तो दमकते हुए नीले-हरे हीरे जड़े हुए थे। उसकी बांह से हीरों से सजी एक सोने की रोलेक्स घड़ी भी थी।

'यह रहीम है,' उसने ड्राइवर की ओर इशारा करके कहा। ड्राइवर की सीट पर बैठा भीमकाय व्यक्ति मुझे देखकर मुस्कराया। उसने बचा लिए जाने के कारण प्रार्थना की मुद्रा की और फिर सड़क की ओर देखने लगा।

'मेरी ज़िंदगी तुम्हारी वजह से है।' हसन ओबिक्का ने एक विकट मुस्कान के साथ कहा। 'हम दोनों की। वह वहां हमें मार डालना चाहते थे, यह तो ज़ाहिर सी बात है।'

'हम ख़ुशक़िस्मत हैं।' मैंने उसके गोल, स्वस्थ और आकर्षक चेहरे की ओर देखकर कहा। मुझे वह पसंद आने लगा था।

होंठ और आंखें उसके चेहरे के मुख्य आकर्षण थे। आंखें काफ़ी बड़ी और दूर थीं और होंठ इतने बड़े थे कि लगता था मानो वह किसी बड़े चेहरे के लिहाज से बने हों। उसके दांत सफ़ेद थे, लेकिन बगल के सारे दांत सोने से मढ़े हुए थे। नथुने कुछ ऐसे फूले हुए थे मानो वह हर दम सुखद मादक सुगंध ले रहे हों। बाएं कान में एक बड़ी सी सोने की बाली थी।

मैंने उसके फटे, ख़ून से सने शर्ट की ओर देखा और उसके चेहरे पर लगे घावों को देखा, जिनमें से कुछ जगहों से मांस भी दिख रहा था। जब मेरी आंखें दोबारा उससे मिलीं तो वह ख़ुशी से सराबोर दिख रही थीं। मेरी ही तरह वह भी भीड़ के हमले से कुछ ज़्यादा डरा हुआ नहीं था। हम दोनों ऐसे इंसान थे जिन्होंने इससे भी बुरी परिस्थिति देखी है, इससे भी बुरी परिस्थिति से गुज़रे हैं और हम दोनों ने एक-

दूसरे के बारे में तत्काल यह बात जान ली थी। हक़ीक़त में तो उस दिन के बाद हम दोनों में से किसी ने भी उस दिन की घटना का प्रत्यक्ष उल्लेख नहीं किया था। मैंने उसकी चमकती आंखों में देखा और मेरे चेहरे पर भी उतनी ही चौड़ी मुस्कान तैर गई।

'हम बहुत *ज़्यादा* ख़ुशक़िस्मत थे।'

उसने ठहाका लगाते हुए कहा, 'हां, हां! हम बहुत ज़्यादा ख़ुशक़िस्मत रहे!' उसके बाद उसने कलाई से रोलेक्स घड़ी निकाली और कान से लगाकर देखी कि वह चल रही है कि नहीं। संतुष्ट होते ही उसने घड़ी फिर कलाई पर बांध ली। उसका पूरा ध्यान अब मेरी तरफ़ था, 'लेकिन क़र्ज़ तो है ही, क़र्ज़ महत्त्वपूर्ण है, भले ही हमारी क़िस्मत अच्छी रही हो। इस तरह का क़र्ज़–यह सभी इंसानों के किसी भी तरह के दायित्व से ज़्यादा महत्त्वपूर्ण है। तुम्हें मुझे यह क़र्ज़ चुकाने का मौक़ा ज़रूर देना चाहिए।'

'मैं पैसे लूंगा।' मेरे यह कहते ही ड्राइवर ने पीछे मुड़कर देखा और हसन से आंखें मिलाईं।

हसन ने कहा, 'लेकिन... यह क़र्ज़ पैसे से नहीं चुकाया जा सकता।'

'मैं उस हाथगाड़ी वाले की बात कर रहा हूं–जिसे तुमने अपनी कार से उड़ाया था। और वह टैक्सी जिसे तुमने नुक़सान पहुंचाया था। मैं सुनिश्चित करूंगा कि यह उन लोगों तक पहुंचे और इससे रीगल चौराहे का वातावरण भी ठंडा करने में मदद मिलेगी। यह मेरे इलाक़े की बात है–वहां मुझे काम करना पड़ता है, हर दिन और लोगों के कुछ वक़्त तक नाराज़ रहने की आशंका है। तुम यह काम करो और अपना हिसाब बराबर हो जाएगा।'

हसन ने ठहाका लगाते हुए अपना हाथ मेरे घुटने पर दे मारा। यह एक अच्छा ठहाका था–ईमानदार लेकिन कुटिल, उदार लेकिन चालाकी भरा।

उसने मुस्कराते हुए कहा, 'चिंता मत करो। यह सच है कि यह मेरा इलाक़ा नहीं है, लेकिन ऐसा भी नहीं है कि मेरा यहां कुछ प्रभाव नहीं है। मैं सुनिश्चित करूंगा कि घायल व्यक्ति को ज़रूरत के मुताबिक़ पैसा मिल जाए।'

'और वह दूसरा व्यक्ति।' मैंने कहा।

'दूसरा व्यक्ति?'

'हां, दूसरा व्यक्ति।'

उसने हैरानी के साथ पूछा, '*कौन... दूसरा?*'

'वह *टैक्सी ड्राइवर।*'

'हां, हां। टैक्सी ड्राइवर भी।'

पहेलियों, सवालों के बीच कुछ पल सन्नाटा रहा। मैंने टैक्सी की खिड़की से बाहर देखा, लेकिन मैं अब भी उसकी सवालिया निगाह महसूस कर रहा था। मैंने मुड़कर फिर उसका रुख़ किया।

'मुझे...टैक्सी ड्राइवर...पसंद हैं।' मैंने कहा।

'हां...'

'मैं... मैं कई टैक्सी ड्राइवरों को जानता हूं।'

'हां...'

'और वह टैक्सी तो पूरी तरह से तहस-नहस हो चुकी है। इससे उस ड्राइवर और उसके परिवार को बहुत ज़्यादा समस्याओं का सामना करना पड़ेगा।'

'निश्चित तौर पर।'

'तो फिर तुम यह कब तक करोगे?' मैंने पूछा।

'क्या?'

'तुम कब उस हाथ गाड़ी वाले और टैक्सी ड्राइवर को पैसे दोगे?'

'ओह,' हसन ओबिक्रा मुस्कराया और उसने फिर रहीम के साथ शीशे में आंखें मिलाईं। भीमकाय व्यक्ति ने कंधे उचकाए और मुस्कराते हुए कहा, 'कल, कल तक ठीक है?'

'हां,' मैंने त्यौरियां चढ़ाते हुए कहा, क्योंकि मुझे समझ नहीं आ रहा था कि उनके बीच मुस्कान के आदान-प्रदान का वास्तविक अर्थ क्या था, 'मैं बस जानना चाहता हूं ताकि मैं उनसे बात कर सकूं। सवाल पैसे का नहीं है। मैं भी उनके लिए पैसे जुटा सकता हूं। वैसे भी मैंने यह करने की योजना बना ली थी। मुझे कुछ पुराने संबंधों को बेहतर करना होगा। उनमें से कुछ... मेरे साथी हैं। इसलिए... यह महत्त्वपूर्ण है। अगर तुम यह *नहीं* करने जा रहे तो मुझे पता होना चाहिए ताकि मैं ख़ुद इसका इंतज़ाम कर सकूं। बात इतनी सी है।'

मामला बहुत जटिल होता दिख रहा था। मुझे लगा कि मुझे उसके सामने यह मामला उठाना ही नहीं था। मुझे बिना बात ख़ुद पर गुस्सा आने लगा। फिर उसने हथेली खोलकर मुझे हाथ मिलाने का न्यौता दिया।

उसने दृढ़तापूर्वक यह कहते हुए मुझसे हाथ मिलाया कि 'मैं तुम्हें वचन देता हूं।'

हम फिर चुप हो गए और कुछ पल बाद मैंने आगे बढ़कर ड्राइवर के कंधे पर थपकी दी।

'बस यहीं पर ठीक है।' मैंने शायद कुछ ज़्यादा ही तल्खी से यह बात कह दी। 'मैं यहां पर उतर जाऊंगा।'

झोपड़पट्टी से कुछ घर दूर कार रुक गई। मैंने बाहर जाने के लिए दरवाज़ा खोला, लेकिन हसन ने मेरी कलाई पकड़ ली। यह एक बहुत मज़बूत पकड़ थी। कुछ पल में ही मैंने हिसाब लगा लिया कि रहीम की पकड़ तो इससे भी ज़्यादा मज़बूत होगी।

'कृपया मेरा नाम याद रखना-हसन ओबिक्रा। तुम मुझे अंधेरी में अफ़्रीकियों की बस्ती में खोज सकते हो। वहां मुझे हर कोई जानता है। मैं तुम्हारे लिए जो कुछ

भी कर सकता हूं, कृपया मुझे बताना। लिन फ़ोर्ड मैं अपना क़र्ज़ उतारना चाहता हूं। यह मेरा टेलीफ़ोन नंबर है। तुम मुझसे इस नंबर पर दिन या रात कभी भी संपर्क कर सकते हो।'

मैंने कार्ड लिया, जिस पर केवल उसका नाम और नंबर लिखा हुआ था। उसका हाथ मिलाने के बाद रहीम की ओर देखकर मैंने सिर हिलाया और मैं कार से उतर गया।

हसन ने खुली खिड़की से कहा, 'धन्यवाद लिन। *इंशाअल्ला* हम जल्द ही दोबारा मिलेंगे।'

कार चली गई और मैं सुनहरे अक्षरों से तैयार कार्ड को देखते हुए झोपड़पट्टी की ओर चल पड़ा। मैंने कार्ड अपनी जेब में रखा और कुछ ही मिनट बाद मैं वर्ल्ड ट्रेड सेंटर के पास से होते हुए झोपड़पट्टी में घुस गया। हर बार की तरह मैंने उस दिन को याद किया, जब मैं इस धन्य और पीड़ित इलाक़े में आया था।

कुमार की चाय की दुकान के पास से गुजर ही रहा था कि प्रभाकर सामने आ गया। उसने पीले रंग का रेशमी कुर्ता और काली पेंट पहन रखी थी। उसने लाल-काले रंग के चमड़े के ऊंची हिल वाले जूते पहन रखे थे। उसके गले में किरमिजी रंग का लाल स्कार्फ़ भी था।

जूतों में लड़खड़ाते हुए आकर उसने कहा, 'ओह लिन!' मुझसे दोस्ताना स्वागत की बनिस्बत संतुलन साधने के लिए गले लगते हुए उसने कहा, 'कोई आया है, एक व्यक्ति जिसे तुम जानते हो। वह तुम्हारे घर में तुम्हारा इंतज़ार कर रहा है। लेकिन एक मिनट, यह तुम्हारे चेहरे को क्या हुआ है? और तुम्हारी शर्ट? क्या तुम्हारा कुछ गंदे लोगों के साथ झगड़ा हुआ था? *अरे!* लगता है कुछ लोगों ने तुम्हें तबीयत से धोया है। अगर तुम चाहो तो मैं तुम्हारे साथ चलकर उन लोगों को गाली देना चाहूंगा।'

'कुछ ख़ास बात नहीं है, प्रभु। सब ठीक है।' अपनी झोपड़ी की ओर बढ़ते हुए मैंने कहा, 'क्या तुम जानते हो कि वह कौन है?'

'वह... कौन है? तुम्हारा मतलब है जिन लोगों ने तुम्हें मारा?'

'नहीं, नहीं। बिलकुल भी नहीं। मेरा मतलब है जो व्यक्ति झोपड़ी में मेरा इंतज़ार कर रहा है। क्या तुम उसे जानते हो?'

'हां, लिन।' एक बार फिर संतुलन गंवाने के बाद मेरी आस्तीन पकड़ते हुए उसने कहा।

हम कुछ देर तक चुपचाप चलते रहे। हर जगह लोगों ने हमारा अभिवादन किया और चाय, खाने और धूम्रपान का न्यौता दिया।

'तो?' कुछ देर बात मैंने पूछा।

'तो क्या तो?'

'वह कौन है? मेरी *झोपड़ी* में कौन है?'

'ओह!' उसने हंसते हुए कहा, 'माफ़ करना लिन। मुझे लगा कि मैं तुम्हें कुछ आश्चर्यचकित करना चाहता था, इसलिए मैंने तुम्हें नहीं बताया।'

'प्रभु, इसमें आश्चर्यचकित कर देने वाली कोई बात नहीं है, क्योंकि तुमने मुझे बताया कि मेरी झोपड़ी में मेरी पहचान वाला कोई व्यक्ति मेरा इंतज़ार कर रहा है।'

उसने ज़ोर देकर कहा, 'नहीं, नहीं! तुम अभी तक उसका नाम नहीं जानते, तो तुम्हारे लिए तो चौंकाने वाला ही रहेगा ना। और यह एक अच्छी बात है। अगर मैं तुम्हें नहीं बताऊं कि कोई झोपड़ी में है तो तुम्हें वहां जाकर धक्का लगता। और वह बुरी बात होती। एक धक्का आश्चर्यचकित कर देने जैसा ही है, जब आपको पता नहीं हो।'

'धन्यवाद प्रभु।' मेरा व्यंग्यभाव हवा हो चुका था।

मैं जितना झोपड़ी के पास आता जा रहा था, वह मुझे बताए चला जा रहा था कि कोई विदेशी मेरा इंतज़ार कर रहा है। *हैलो, लिन बाबा! तुम्हारे घर में कोई गोरा तुम्हारा इंतज़ार कर रहा है!*

हम झोपड़ी में पहुंचे और देखा कि एक स्टूल पर डिडियर बैठकर ख़ुद को एक पत्रिका से हवा कर रहा था।

प्रभाकर ने ख़ुशी से दमकते हुए कहा, 'यह डिडियर है।'

'हां, धन्यवाद प्रभु।' मैं डिडियर की ओर मुड़ा जो मुझसे हाथ मिलाने के लिए खड़ा हो गया, ''यह वाकई चौंकाने वाला है। तुमसे मिलकर अच्छा लगा।

भीषण गर्मी के बाद भी मुस्कराते हुए डिडियर ने कहा,'और प्यारे दोस्त तुमसे मिलना अच्छा है। लेकिन सच कहूं तो तुम्हारे कपड़े देखकर लगता है कि तुम्हारी हालत ठीक नहीं है, लेति होती तो ऐसा ही कहती।'

'कुछ नहीं, बस एक ग़लतफ़हमी है। मुझे सफ़ाई के लिए एक मिनट दो।'

मैंने अपनी फटी हुई ख़ून से सनी शर्ट उतारी और मटके से तीन-चौथाई पानी एक बाल्टी में लिया। फिर अपनी झोपड़ी के पास पत्थरों के समतल ढेर पर खड़े होकर मैंने चेहरा, हाथ और सीना साफ़ किया। पड़ोसी पास से गुजरते हुए देख रहे थे और नज़रें मिलने पर मुस्करा दिए। पानी की एक भी अतिरिक्त बूंद बर्बाद किए उसके इस्तेमाल में मुझे महारत हासिल हो चुकी थी। यह उन सैकड़ों छोटी-मोटी बातों में से एक था, जो मुझे उनकी प्यार भरी, संघर्षों से पटी ज़िंदगी का हिस्सा बना देता था।

अपनी झोपड़ी के दरवाज़े पर एक साफ़ सफ़ेद शर्ट पहनते हुए मैंने डिडियर से पूछा, 'चाय पीना चाहोगे? हम कुमार के यहां जा सकते हैं।'

डिडियर के जवाब देने से पहले ही प्रभाकर बोल उठा, 'मैंने अभी पूरा कप चाय पी है, लेकिन मुझे लगता है कि दोस्ती की ख़ातिर एक और चाय चलेगी।'

वह हमारे साथ चाय की जर्जर दुकान पर बैठ गया। पांच झोपड़ियों को हटाकर एक बड़े कमरे के लिए जगह निकाली गई थी। पुराने बेडरूम ड्रेसर से काउंटर बनाया

गया था और प्लास्टिक के टुकड़ों से छत और ईंटों पर लकड़ियां रखकर ग्राहकों के बैठने के लिए इंतज़ाम किया गया था। सभी सामान झोपड़पट्टी के पास स्थित निर्माण स्थल से चुराया गया था। चाय दुकान के मालिक कुमार का ग्राहकों के साथ गुरिल्ला युद्ध जारी रहता था जो उसकी ईंटें और लकड़ियां अपने घरों के लिए चुराना चाहते थे।

कुमार ख़ुद हमारा ऑर्डर लेने आया। झोपड़पट्टी की ज़िंदगी का नियम था कि जो जितना धनवान बनता जाता था उसे उतना ही ज़्यादा ग़रीब होने का नाटक करना पड़ता था। कुमार अपने सबसे ओछे ग्राहक से भी ज़्यादा दयनीय और ग़रीब दिखाई देता था। उसने लकड़ी का एक दाग़दार क्रेट हमारे सामने टेबल के तौर पर रख दिया। उस पर गंदा सा कपड़ा डालकर उसने उसे ढंक दिया।

कुमार जब चाय बनाने के लिए चला गया तो मैंने कहा, 'डिडियर तुम्हारी हालत तो और अधिक ख़राब दिख रही है। लगता है प्यार का मामला है।'

उसने सिर हिलाया और हथेलियां ऊपर उठा दीं।

उसने कहा, 'यह सच है कि मैं बहुत ज़्यादा थक चुका हूं। लोग नहीं जानते कि एक साधारण से इंसान को बिगाड़ने के लिए कितने बेहतरीन प्रयासों की दरकार होती है। इंसान जितना साधारण होगा प्रयास उतने ही ज़्यादा करने होंगे। वे महसूस नहीं कर पाते कि इस काम के लिए नहीं जन्मे इंसान में अवनति के बीज बोना मेरे लिए कितना मुश्किल का काम है।'

मैंने कहा, 'तुम शायद अपनी ही क़ब्र खोद रहे हो।'

'हर बात का अपना वक़्त होता है,' उसने मुस्कराते हुए कहा, 'लेकिन तुम, मेरे दोस्त, तुम बहुत अच्छे लग रहे हो। बस, कैसे कहूं, जानकारी के लिहाज से अकेले। और उसे समाप्त करने के लिए डिडियर यहां है। मेरे पास तुम्हारे लिए सभी ताज़ातरीन समाचार और बेकार की बातें हैं। तुम समाचार और अफ़वाह के बीच के अंतर को जानते हो, है ना? समाचार तुम्हें बताता है कि लोगों ने क्या किया। अफ़वाह बताती है कि उन्होंने इसका कितना *आनंद* लिया।'

हम दोनों ने ठहाका लगाया तो प्रभाकर भी हंसने लगा। वह इतनी ज़ोर से हंसा कि चाय की दुकान पर मौज़ूद हर व्यक्ति उसकी ओर देखने लगा।

'तो फिर,' डिडियर ने कहा, 'शुरुआत कहां से की जाए? हां, विक्रम की लेतितिया के प्रति चाहत एक अजीब अवश्यंभावी नतीजे की ओर बढ़ रही है। उसने शुरुआत उसे नफ़रत करने से की-'

मैंने तर्क दिया, '*नफ़रत* कुछ ज़्यादा ही कड़ा शब्द हो गया।'

'आह, हां। शायद तुम ठीक कह रहे हो। अगर वह मुझसे नफ़रत करती है-और यह बिलकुल ज़ाहिर सी बात है कि वह करती है-तो विक्रम के लिए उसकी भावना कम ही होगी। क्या हम *नापसंद* शब्द का इस्तेमाल कर सकते हैं?'

सहमति जताते हुए मैंने कहा, 'नापसंदगी से काम चल जाएगा।'

'उसने उसे नापसंद करने से शुरुआत की, लेकिन लगन के साथ रोमांटिक ध्यानाकर्षण के साथ उसने लेतितिया के भीतर मिलनसार बग़ावत को जन्म दे डाला।'

हमने फिर ठहाका लगाया और प्रभाकर ने जांघ पर हाथ मारकर ऐसा ठहाका लगाया कि फिर दुकान में उपस्थित सभी लोग उसकी ओर देखने लगे। डिडियर और मैंने हैरानी के साथ उसकी ओर देखा। उसने बचकाना मुस्कान दी, लेकिन मैंने देखा कि उसकी आंखें जल्द ही दूसरी ओर मुड़ गई। मैंने उधर देखा तो पाया कि उसकी नज़र कुमार के किचन में खाना तैयार करती अपने नए प्यार पार्वती पर थी। उसके काले घने बाल इतने मज़बूत थे कि कोई उनको पकड़कर स्वर्ग तक पहुंच सकता था। उसका लघु रूप–वह प्रभाकर से भी नाटी थी–उसकी आकांक्षा का सही आकार था। उसकी आंखें जब हमारी ओर मुड़ती थीं तो काली आग की तरह थीं।

पार्वती के पीछे हालांकि उसकी मां नंदिता खड़ी थी। वह एक भीमकाय महिला थी। चौड़ाई और वज़न में अपनी बेटियों पार्वती और सीता से तीन गुना। उसके चेहरे से पुरुषों के लिए नफ़रत टपकती थी। जब मैं उसकी ओर देखकर मुस्कराया तो उसकी जवाबी मुस्कान कुछ ऐसी थी जैसे माओरी योद्धा अपने दुश्मन को उकसाने के लिए देते हैं।

'इस अंतिम एपिसोड में,' डिडियर ने बोलना जारी रखा, 'विक्रम ने चौपाटी तट से एक घोड़ा किराये पर लिया और लेतितिया के मरीन ड्राइव के घर की खिड़की के नीचे जाकर एक प्रेमगीत सुनाया।'

'क्या यह तरीक़ा काम आया?'

'दुर्भाग्यवश, *नहीं।* उसके घोड़े ने–गाने के एक बेहद महत्त्वपूर्ण हिस्से पर–रास्ते पर ढेर सारी *लीद* कर दी। इमारत के अनेक निवासियों ने गुस्से में आकर विक्रम पर सड़े हुए खाने की बौछार कर दी। देखने को मिला कि लेतितिया ने सबसे ज़्यादा आक्रामक हमला बोला और ज़्यादा सही निशाने के साथ।'

मैंने आह भरते हुए कहा, *'यही तो सच्चा प्यार है।'*

'बिलकुल सही। *लीद* और सड़ा खाना, *यही तो प्यार है।* ' डिडियर ने तत्काल सहमति जताई, 'मुझे लगता है कि मुझे इस रोमांस में ख़ुद को शामिल कर लेना चाहिए, अगरचे यह सफल होने जा रहा हो। बेचारा विक्रम–वह प्यार के मामले में बेवक़ूफ़ है और लेति को बेवक़ूफ़ किसी भी अन्य बात से ज़्यादा पसंद हैं। लेकिन मॉरिजियो के लिए अंतिम प्रयास में स्थिति बेहतर रही। उसका मॉडेना के साथ कुछ कारोबारी काम था। उला का प्रेमी। और वह, लेति की *भाषा में* बहुत अमीर है। वह कोलाबा में अब एक उल्लेखनीय कारोबारी है।'

मैंने चेहरे पर निष्क्रियता के भाव बनाए रखे जबकि आकर्षक मॉरिजियो की कामयाबी की बातें मेरे दिमाग़ में घूम रही थीं। बारिश अचानक दोबारा शुरू हो गई

और मैं बाहर लोगों को पतलून और औरतों को साड़ियों को भीगने से बचाते हुए देखने लगा।

'कल की ही बात है,' डिडियर चाय को प्लेट में निकालकर झोपड़पट्टी के लोगों की तरह चुस्कियां लेते हुए बताने लगा, 'मॉडेना शोफ़र द्वारा चलाई जाने वाली कार में लियोपोल्ड आई और मॉरिजियो ने रोलेक्स की 10 हज़ार डॉलर की घड़ी पहन रखी थी, लेकिन...'

'लेकिन?' उसके रुकते ही मैंने पूछा।

'उनके कारोबार में भीषण ख़तरा है। मॉरिजियो हमेशा...अपने कारोबारी मामलों में...सम्माननीय नहीं रहा है। अगर उसने ग़लत लोगों को छेड़ा तो बहुत ज़्यादा हिंसा होगी।'

'और तुम्हारा क्या?' मैंने विषय बदलते हुए पूछा। दरअसल मैं नहीं चाहता था कि डिडियर मेरे भीतर जागते ईर्ष्या के सांप को देख सके, जो उस वक़्त फन निकालने लगा था, जब डिडियर ने कहा था कि मॉरिजियो परेशानी में पड़ सकता है। 'क्या तुम ख़ुद ख़तरों से नहीं खेल रहे? तुम्हारी नई...दिलचस्पी...मुझे बताया गया है कि कठपुतली बनने से केवल एक डोर दूर है। लेति कहती है कि वह बेहद ख़तरनाक है और जरा से दबाव में बिदक जाता है।'

'ओह वह?' उसने सवाल को ख़ारिज करते हुए कहा, 'बिलकुल भी नहीं। वह ख़तरनाक नहीं है। हालांकि वह कष्टप्रद है और कष्टप्रद तो ख़तरनाक से भी *बुरा* होता है। *है कि नहीं?* किसी कष्टप्रद इंसान की बनिस्बत ख़तरनाक इंसान के साथ रहना ज़्यादा आसान है।'

प्रभाकर तीन बीड़ियां लाने कुमार के काउंटर पर गया। उसने तीनों को एक हाथ में पकड़कर सुलगाया। उसने एक-एक बीड़ी मुझे और डिडियर को पकड़ाई और सुट्टा लगाने बैठ गया।

'अरे हां, एक और समाचार था। कविता ने नए अख़बार *द नून डे* में नौकरी कर ली है। वह एक फ़ीचर लेखक है। मेरी राय में यह ज़्यादा प्रतिष्ठा वाला काम है। और एक उपसंपादक से ज़्यादा तेज़। उसे कई प्रतिभावान उम्मीदवारों के बीच यह सफलता मिली। वह बहुत ख़ुश है।'

मुझे कहना ही पड़ा, 'मुझे कविता अच्छी लगती है।'

'तुम जानते हो,' डिडियर ने बीड़ी के सुलगते सिरे को देखकर फिर मेरी तरफ़ देखते हुए कहा, 'मुझे भी अच्छी लगती है।'

हमने ज़ोरों का ठहाका लगाया और मैंने जानबूझकर प्रभाकर को भी उसमें शामिल कर लिया। पार्वती आंखों के किनारों से हमें देख रही थी।

बातचीत में आए कुछ पल के ठहराव का इस्तेमाल करते हुए मैंने कहा, 'सुनो। क्या हसन ओबिक्का का नाम तुम्हारे लिए कोई मायने रखता है?'

डिडियर द्वारा 10 हज़ार डॉलर की रोलेक्स घड़ी का ज़िक्र कर दिए जाने से मुझे उस नाइजीरियाई की याद आ गई थी। मैंने अपनी जेब से सुनहरा कार्ड निकालकर डिडियर की ओर बढ़ा दिया।

'हां, बिलकुल!' डिडियर ने जवाब दिया, 'वह अफ़्रीकी बस्ती में उसे द *बॉडी स्नेचर* के नाम से पुकारते हैं।'

'यह एक अच्छी शुरुआत है।' मैंने हल्की सी मुस्कान के साथ कहा। इस बीच प्रभाकर ने अपनी जांघ पर हाथ मारकर ज़ोर का ठहाका लगाया। मैंने उसके कंधे पर हाथ रखकर उसे शांत किया।

'कहा जाता है कि जब हसन ओबिक्वा किसी के शरीर को छीन लेता है तो ख़ुद शैतान भी उसे खोज नहीं सकता। उन्हें फिर ज़िंदा इंसानों द्वारा कभी नहीं देखा जाता। कभी नहीं। तुम भला उसे कैसे जानते हो? तुम्हें यह कार्ड किसने दिया?'

'आज ही मेरी उससे अचानक मुलाक़ात हो गई।' मैंने कार्ड को दोबारा जेब में डालते हुए कहा।

'मेरे प्यारे दोस्त उससे बचकर ही रहना।' डिडियर ने पूरी जानकारी नहीं देने से साफ़ तौर पर आहत होकर कहा, 'यह ओबिक्वा किसी राजा की तरह है, एक अश्वेत राजा, अपने साम्राज्य का। और तुम वह पुरानी कहावत तो जानते ही होगे– *एक राजा एक बुरा दुश्मन होता है, उससे भी बुरा दोस्त और एक घातक पारिवारिक रिश्ता होता है।*'

इसी दौरान युवकों का एक समूह हमारे पास पहुंचा। वे निर्माण स्थल के श्रमिक दिख रहे थे और उनमें से अधिकांश झोपड़पट्टी के वैध हिस्से में रहते थे। वे सब पिछले साल मेरे छोटे से क्लीनिक की सेवाएं ले चुके थे। मैंने निर्माण कार्य के दौरान के हादसों में लगी उनकी चोटों का इलाज किया था। वह दिन वेतन का दिन था और सभी मेहनतकश जवां दिलों में जेब में पैसे होने की ख़ुशी झलक रही थी। उन्होंने एक-एक करके मुझसे हाथ मिलाया और हमारे लिए ख़रीदी गई चाय और केक हमारी टेबल पर पहुंचने तक रुके रहे। जब वे चले गए तो मेरे चेहरे पर भी उनके चेहरे जितनी ही चौड़ी मुस्कान थी।

डिडियर ने मुस्कराते हुए कहा, 'यह सामाजिक काम तुम्हें रास आ रहा है। तुम घावों और खरोचों के बीच इतने अच्छे और तंदुरुस्त लग रहे हो। लिन मुझे लगता है कि दिल के बहुत अंदरूनी सिरे पर तुम बहुत बुरे होगे। एक कुटिल व्यक्ति ही इतने अच्छे काम का ऐसा लाभ उठा सकता है। एक अच्छा इंसान तो दूसरी ओर थक जाएगा और चिड़चिड़ा हो जाएगा।'

मैंने मुस्कराते हुए कहा, 'मुझे यक़ीन है कि तुम सच कह रहे हो। कार्ला कहती है कि तुम आमतौर पर सही होते हो। ख़ासतौर पर लोगों में तुम्हारे द्वारा खोजी गई ख़ामियों के मामले में।'

'बस बहुत हो चुका दोस्त, तुम मुझे पागल कर दोगे!' उसने कहा।

अचानक मानो कई ड्रमों का शोर चाय की दुकान के सामने फट पड़ा। ड्रम्स के साथ बांसुरी और बिगुल भी बजने लगे। एक बेहद जंगली और कर्कश संगीत बजने लगा। मैं इस संगीत और संगीतकारों को बहुत अच्छी तरह से जानता था। यह एक बेहद लोकप्रिय धुन थी जो झोपड़पट्टी के संगीतवादक किसी त्यौहार या आयोजन के वक़्त बजाते थे। हम सब दुकान के खुले हिस्से पर आ गए। प्रभाकर भीड़ के उस पार देखने के लिए स्टूल पर खड़ा हो गया।

'यह क्या है? कोई परेड है क्या?' एक बड़े समूह को चाय की दुकान के आगे से जाते हुए देखकर डिडियर ने पूछा।

प्रभाकर ने इशारा करते हुए कहा, 'अरे यह तो जोसेफ़ है! जोसेफ़ और मारिया! वे दोनों आ रहे हैं!'

कुछ दूरी पर हम रिश्तेदारों और दोस्तों से घिरे जोसेफ़ और मारिया को देख पा रहे थे। वे समारोहपूर्वक हमारी ओर बढ़ रहे थे। उनके आगे बच्चे पागलों की तरह नाच रहे थे। कुछ ने पसंदीदा फ़िल्मी नृत्यों की अदाओं को अपना लिया था और अपने पसंदीदा अभिनेताओं की नक़ल में जुटे हुए थे। कई कलाबाज़ों की तरह या नए-नए अंदाज़ में नाच रहे थे।

बैंड को सुनते हुए, बच्चों को नाचते हुए देखकर और तारिक़ के बारे में सोचते हुए-मुझे उसकी कमी महसूस होने लगी थी-मुझे जेल का एक वाक़या याद आ गया। तब उस दुनिया के भीतर की दुनिया में मैं जब एक नई कोठरी में गया तो मुझे वहां एक छोटा सा चूहा मिला। वह चूहा हवा आने के स्थान के एक छोटे से छेद से हर रात कोठरी में घुस आता था। जेल के एकांत में हम धैर्य और बातों के प्रति लगाव की ओर बढ़ने लगते हैं। उसी बात और खाने की सामग्री की छोटी सी रिश्वत के साथ मैंने चूहे को अपने हाथ से खाने के लिए तैयार कर लिया। जब नियमित परिवर्तन के तहत जेल के सुरक्षाकर्मियों ने मेरी कोठरी बदल दी तो मैंने अपनी जगह आए क़ैदी-मेरे विचार में जिसे मैं अच्छी तरह से जानता था-से प्रशिक्षित चूहे की बात साझा की। अगली ही सुबह उसने मुझे उस चूहे को देखने के लिए बुलाया। उसने उस भरोसा रखने वाले जीव को पकड़कर एक टूटे हुए रूलर से बनाए गए क्रॉस पर उल्टा लटका दिया था। यह बताते हुए वह हंसने लगा कि जब उसने बताया कि किस तरह उसने चूहे को धागे के सहारे गर्दन से क्रॉस पर बांधा। चूहे की नन्ही हथेलियों में कीलें लगाने में महारत पर भी उसने चर्चा की।

क्या हम जो भी करते हैं उसमें न्यायसंगत होते हैं? प्रताड़ित छोटे चूहे को देखने के बाद कई हफ़्तों तक इस सवाल ने मेरी नींद उड़ा दी। जब हम कुछ करते हैं, बेहद अच्छी भावना के साथ भी, जब हम दुनिया में हस्तक्षेप करते हैं, हम हमेशा एक नई आपदा का जोख़िम मोल लेते हैं जो शायद हमारी वजह से नहीं हो, लेकिन जो हमारे क़दम के बग़ैर संभव नहीं हो। *सबसे बड़ी ग़लतियों में से कुछ* कार्ला कहती थी *उन लोगों द्वारा की गईं जो बदलाव लाना चाहते थे।*

मैं झोपड़पट्टी के बच्चों को फ़िल्म के कोरस की तरह नाचते और बंदरों की तरह उछलकूद करते हुए देख रहा था। मैं इनमें से कुछ बच्चों को अंग्रेज़ी बोलना, लिखना और पढ़ना सीखा रहा था। केवल तीन माह में ही कुछ बच्चे तो विदेशी पर्यटकों से काम पा रहे थे। क्या यह बच्चे भी उस चूहे की तरह थे, जिसे मैंने अपने हाथों से खिलाया था? क्या उनकी भरोसा करने वाली मासूमियत भी ऐसी नियति की भेंट चढ़ जाएगी जो मेरे उनके ज़िंदगी में हस्तक्षेप के बग़ैर संभव नहीं थी? पता नहीं मेरे साथ दोस्ती और सबक़ लेने के कारण कौनसे घाव और पीड़ाएं तारिक़ का इंतज़ार कर रही होंगी?

दंपत्ति के पास आने के दौरान प्रभाकर बताने लगा, 'जोसेफ़ अपनी पत्नी को पीटता था। अब लोग बड़ा जश्न मना रहे हैं।'

डिडियर ने हैरानी के साथ कहा, 'अगर पत्नी की पिटाई पर लोग ऐसा उत्साह है तो किसी के मरने पर क्या जश्न मनेगा।'

शोरशराबे के बीच चिल्लाते हुए मैंने कहा, 'वह पिए हुआ था और उसने अपनी पत्नी को बुरी तरह से पीटा था। पत्नी के परिवार और पूरे समुदाय ने उसके लिए सज़ा तय की थी।'

'मैंने भी लाठी से उसकी अच्छी ठुकाई की थी!' बेहद उत्साहित अंदाज़ में ख़ुश होते हुए प्रभाकर ने कहा।

'पिछले कुछ महीने में उसने अच्छे काम किए, विनम्र बना रहा और समुदाय के लिए बहुत सारे काम किए। यह उसकी सज़ा का ही एक हिस्सा था और पड़ोसियों का सम्मान जीतने का एक मौक़ा। उसकी पत्नी ने उसे कुछ माह पहले माफ़ कर दिया था। वे कुछ महीनों से काम करके पैसे जोड़ रहे थे। उनके पास पर्याप्त पैसा हो गया है और आज वे छुट्टियों पर जा रहे हैं।'

ड्रम और बांसुरियों की आवाज़ों के बीच कंधे उचकाते हुए डिडियर ने कहा, 'लोगों के पास जश्न मनाने के लिए इससे भी बुरी बातें हैं। ओह मैं भूल ही गया था। एक अंधविश्वास है, हसन ओबिक्का से जुड़ा हुआ एक अंधविश्वास। तुम्हें इसके बारे में जानना चाहिए।'

'मैं अंधविश्वासी नहीं हूं, डिडियर।' मैंने शोरशराबे के बीच चिल्लाकर कहा।

'बेहूदा मत बनो।' उसने कहा, 'पूरी दुनिया में सभी लोग अंधविश्वासी हैं।'

मैंने कहा, 'ये तो कार्ला की पंक्ति हैं।'

उसने त्यौरियां चढ़ाते हुए याद करने की कोशिश की।

'क्या वाकई?'

'बिलकुल डिडियर, ये कार्ला की ही पंक्तियां हैं।'

उसने कहा, 'अविश्वसनीय। मुझे लगा यह मेरी है। तुम्हें पक्का यक़ीन है?'

'मुझे यक़ीन है।'

'ख़ैर कोई बात नहीं। उसके बारे में अंधविश्वास यह है कि जो कोई भी हसन ओबिका से मिलता है और उसके साथ दुआ-सलाम में नाम का आदान-प्रदान करता है, एक दिन उसके ग्राहकों में से एक होता है। या तो ज़िंदा ग्राहक या मुर्दा ग्राहक। इस नियति से बचने के लिए जब तुम उससे पहली बार मिलो तो उसे अपना नाम मत बताना। कोई भी नहीं बताता। तुमने उसे अपना नाम तो नहीं बताया ना?'

इतने में हमें घेरकर खड़ी भीड़ में शोर मचा। जोसेफ़ और मारिया और नज़दीक आ चुके थे। जैसे वे पास आए मैंने मारिया के चेहरे पर दमकती, उम्मीद भरी बहादुर मुस्कान देखी जबकि जोसेफ़ के चेहरे पर शर्म और गर्व का मिला-जुला भाव था। वह बेहद ख़ूबसूरत थी और उसके सर्वश्रेष्ठ परिधान के लिहाज से उसके बालों का भी अंदाज़ आधुनिक था। जोसेफ़ का वज़न कम हो चुका था और वह पूरी तरह से तंदुरुस्त और आकर्षक लग रहा था। उसने नीली शर्ट और नई पतलून पहन रखी थी। वे हाथों में हाथ थामे थे और परिजन उनके पीछे लोगों द्वारा फेंके जा रहे पैसों को बटोरने के लिए एक शॉल फैलाकर चल रहे थे।

प्रभाकर नाचने का मोह संवरण नहीं कर सका। वह बेंच से आगे कूदा और उसने नाचना शुरू कर दिया। अपने ऊंची हील वाले जूतों में लड़खड़ाते-संभलते हुए वह बीचोंबीच पहुंच गया। उसके नाचने, लहराने के दौरान उसकी पीली शर्ट चमक रही थी। डिडियर को भी मैंने मौज मस्ती की उसी धारा में बहते देखा, जो लंबी गली से सड़क तक चारों ओर फैल गई थी और वह भी नाचने लगा। मैंने उसे पार्टी में शानदार ढंग से सरकते और ऐसा लयबद्ध नृत्य करते देखा कि उसके काले, घुंघराले बालों के ऊपर केवल उसके हाथ दिखाई दे रहे थे।

लड़कियां गुलदाउदी के फूलों की पंखुड़ियां फेंक रही थीं। हमारे पास से दंपत्ति के गुजरने के कुछ पहले जोसेफ़ ने मेरी तरफ़ देखा। उसके हावभाव मुस्कान और खिसियाहट के बीच के थे। उसने मेरी तरफ़ देखकर दो बार अभिवादन किया।

वह निश्चित ही नहीं जान सकता था, लेकिन उसके सिर की हल्की सी हलचल से जोसेफ़ ने मेरे संदेह को दूर कर दिया था, जो जेल के दिनों से मुझे परेशान कर रहा था। जोसेफ़ बचा लिया गया था। जब उसने सिर को झुकाया था तो उसकी आंखों में यही अभिव्यक्ति थी। यह मुक्ति का बुख़ार था।

वह नज़र, वह खिसियानी मुस्कान में शर्म और उमंग दोनों शामिल थे, क्योंकि दोनों ही महत्त्वपूर्ण हैं-शर्म, उमंग को उद्देश्य देती है, जबकि उमंग शर्म को पुरस्कृत करती है। हमने उसे उसकी उमंग में शामिल होने के साथ-साथ उसकी शर्म का गवाह बनकर उसे बचा लिया है। और यह सब निर्भर था, उसकी ज़िंदगी में हमारी पहल पर, हमारे हस्तक्षेप पर, क्योंकि कोई भी व्यक्ति बिना प्यार के बचाया नहीं जा सकता।

मानव जाति की ख़ासियत को और क्या बात ज़्यादा बताती है, कार्ला ने एक बार मुझसे कहा था, *क्रूरता या इस पर शर्मिंदगी महसूस करने की क्षमता?* जब मैंने पहली बार इसे सुना था तो इसे बहुत चतुर सवाल समझा था, लेकिन अब जबकि मैं

अकेला और ज़्यादा समझदार हो चुका हूं और मैं जानता हूं कि क्रूरता या शर्म मानव जाति को परिभाषित नहीं करती। दरअसल क्षमा ने ही हमें आज वह बनाया है जो हम हैं। क्षमा के बग़ैर तो हमारी प्रजाति अनवरत झगड़ों के बीच विलुप्त हो चुकी होती। बिना क्षमा के कोई इतिहास नहीं होता। बिना उम्मीद के कोई कला नहीं होती, कला की हर कृति एक तरह से क्षमा करने का ही प्रयास है। उस सपने के बग़ैर, कोई प्यार नहीं होता, प्यार का हर प्रयास एक तरह से क्षमा करने का वादा है। हम ज़िंदा हैं, क्योंकि हम प्यार कर सकते हैं और हम प्यार करते हैं, क्योंकि हम क्षमा कर सकते हैं।

ड्रम की आवाज़ हमसे दूर होती चली गई। नाच रहे लोगों के सिर ऐसे झूम रहे थे, मानो हवा के झोंकों में जंगली फूलों का बगीचा झूम रहा हो। जैसे ही संगीत की ध्वनि हमसे दूर होती चली गई, झोपड़पट्टी में ज़िंदगी वापस अपने पुराने अवतार में आ गई। हम अपने दैनंदिन काम, हमारी ज़रूरतों और हमारी निष्पाप उम्मीदों भरी योजनाओं में जुट गए। और कुछ देर के लिए, बहुत ही थोड़ी देर के लिए, हमारी दुनिया एक बेहतर दुनिया थी, क्योंकि इस पर राज करने वाले दिल और मुस्कानें हमारे सिर से चिपकती फूलों की पंखुड़ियों की तरह पवित्र और साफ़ थीं। वे हमारे चेहरे से सफ़ेद आंसुओं की तरह चिपकी हुई थीं।

अध्याय 18

झोपड़पट्टी से सटे चट्टानी समुद्र तट की शुरुआत बाईं ओर मैनग्रोव्स की दलदल से होकर यह ज़्यादा गहरे पानी में सफ़ेद लहरों पर सवार होकर चंद्राकार होते हुए नरीमन पॉइंट को छूता था। मानसून अपने पूरे उफान पर था, कड़कती बिजलियों के बीच उस एक पल आसमान से पानी नहीं गिर रहा था। पंछी उथली दलदल में झाड़ियों में अपने घोंसलों में दुबके हुए थे। मछुआरों की नावें खाड़ी की लहरों के बीच जालियां लगाने में व्यस्त थीं। बच्चे चट्टानों और पत्थरों से सजे किनारे पर तैर रहे थे, खेल रहे थे। अर्द्धचंद्राकार खाड़ी पर अमीरों की रिहाइशी इमारतें कंधे से कंधा लगाकर दूतावास वाले इलाक़े तक नरीमन पॉइंट के पास तक खड़ी थीं। कोलाबा बैकबे के इस इलाक़े के लोग सुदूर झोपड़पट्टी से किसी स्वप्नलोक के बाशिंदों के मानिंद दिखाई देते थे। झोपड़पट्टी के उस चट्टानी इलाक़े में हवा साफ़ और ठंडी थी। सन्नाटा काफ़ी गहरा था, जो छोटी-मोटी आवाज़ों को अपने भीतर समेट लेता था। जब हालात बुरे हों तो आध्यात्मिक और शारीरिक सुकून पाने के लिए इससे बेहतर जगह कोई हो ही नहीं सकती थी।

मैं अन्य चट्टानों की तुलना में ज़्यादा चौड़ी और सपाट चट्टान पर अकेला बैठकर सिगरेट पी रहा था। मैं उन दिनों सिगरेट पीता था क्योंकि दुनिया में धूम्रपान करने वाले हर व्यक्ति की तरह, मैं जितना जीना चाहता था, उतना ही मरना भी चाहता था।

मानसून के बादलों में से अचानक सूरज बाहर निकल आया। चंद लम्हों के लिए सामने स्थित इमारतों की खिड़कियां सुनहरी रोशनी से दमकने लगीं। फिर पूरे क्षितिज को अपने भीतर समेटते हुए बादल घिर आए और धीरे-धीरे उन्होंने सूरज को दोबारा ढंक लिया।

मैंने सिगरेट बुझने से पहले उसी से एक और सिगरेट जला ली और प्यार के बारे, सेक्स के बारे में सोचने लगा। डिडियर के दबाव में, जो अपने दोस्तों को सेक्स के राज़ गोपनीय नहीं रखने पर आमादा कर देता था, मैंने स्वीकारा था कि भारत में आने के बाद मैंने किसी से शारीरिक संबंध नहीं बनाए हैं। *मेरे प्यारे मित्र यह तो ड्रिंक्स के बीच बहुत ज़्यादा अंतर हो गया*, घबराहट के साथ उसने कहा, *मैं तो यही सुझाव दूंगा कि नशे में मदमस्त हो जाना बेहतर विकल्प है, अगर तुम मेरी बात का मतलब समझ रहे हो तो और बहुत जल्द।* और निश्चित तौर पर वह बिलकुल सही

फ़रमा रहा था : मैं जितना इसके बग़ैर वक़्त गुज़ार रहा था, यह उतना ही महत्त्वपूर्ण होता जा रहा था। झोपड़पट्टी में मैं कई ख़ूबसूरत भारतीय लड़कियों और महिलाओं से घिरा था, जो गाहे-बगाहे कुछ संकेत दिया करती थीं। मैंने कभी भी अपनी आंखों को भटकने की इज़ाज़त नहीं दी-यह झोपड़पट्टी के डॉक्टर के तौर पर जो कुछ भी मैंने हासिल किया था, उस पर पानी फेर देता। लेकिन विदेशी लड़कियों, पर्यटकों, के साथ ऐसा करना संभव था, हर दिन किए जाने वाले हर एक सौदे के दौरान। हशीश या गांजा ख़रीदने में मदद करने के बाद जर्मन, फ्रेंच और इटालियन लड़कियां मुझे नशे के लिए अपने होटलों के कमरों में बुलाती थीं। मैं जानता था कि उनका इरादा महज धूम्रपान से भी कहीं अधिक होता था। कई बार मैं ललचा भी जाता था। कई बार मुझे दर्द भी महसूस होता था, लेकिन मैं कार्ला की याद को भुला ही नहीं पाता था। और मेरे भीतर कहीं बहुत गहरे-मैं अब भी नहीं जानता कि यह प्यार था, डर या अच्छा फ़ैसला कि मैं ऐसी भावना को दबा देता था-मेरे समूचे सहज बोध से मुझे इस बात का अहसास हो चुका था कि अगर मैंने उसका इंतज़ार नहीं किया तो यह कभी नहीं होगा।

मैं कार्ला या किसी अन्य को यह प्यार नहीं समझा सका। ख़ुद को भी। मेरा पहली नज़र में प्यार पर तब तक कतई यक़ीन नहीं था, जब तक कि ऐसा हो नहीं गया। और फिर जब यह हुआ तो ऐसा लगा कि मेरे शरीर का प्रत्येक कण बदल गया है। मानो रोशनी और ऊर्जा ने मुझे सराबोर कर दिया हो। बस उसे देखते ही मैं हमेशा के लिए बदल गया। और मेरे दिल में जो प्यार का बीज पनपा था, वह उस पल से ताउम्र मेरे साथ ही चलता रहा। हवा की हर बयार में मुझे उसकी मीठी आवाज़ सुनाई देती थी। हर दिन मुझे उसका चेहरा हज़ारों उजली छवियों में दिखाई देता रहता था। कई मर्तबा जब मैं उसके बारे में सोचता था तो उसे छूने, चूमने, उसके ख़ुशबूदार बालों को सीने पर रखकर सूंघने की भूख और अधिक बढ़ जाती थी। पूरा आसमान काले बादलों से भरा हुआ था और मुझे लगता था कि यह समूची क़ायनात ही मेरी प्यार की सोच से पटी हुई है। मैनग्रोव्ज़ मेरी ख़्वाहिशों की तरह मचलते रहते थे। और रात में, कई सारी रातों में, मेरी बैचेनी भरी नींद ही समंदर की लहरों में उथल-पुथल मचा देती थी। जब तक कि सुबह का सूरज उसके प्यार के साथ दोबारा बाहर नहीं निकल आता था।

लेकिन वह कह चुकी थी कि वह मुझे प्यार नहीं करती और यह भी कि वह मुझे प्यार नहीं करना चाहती। डिडियर ने मेरी मदद करने या शायद मुझे बचाने के लिए एक बार चेतावनी दी थी कि एकतरफ़ा प्यार से ज़्यादा बड़ा मलाल ज़िंदगी में कुछ भी नहीं होता। और वह सच कह रहा था, कुछ हद तक। लेकिन मैं इस विचार को दिल से निकाल ही नहीं पा रहा था, उसे प्यार करने की उम्मीद और मैं उस स्वाभाविक अनुभूति को भी अनदेखा नहीं कर सकता था, जो मुझे इंतज़ार और इंतज़ार करने के लिए उकसा रहा था।

फिर एक अन्य तरह का प्यार था, एक पिता का प्यार, एक बेटे का प्यार जो कि मैं क़ादरभाई के बारे में महसूस करता था। सबके आक़ा अब्दुल क़ादर ख़ान। उनके मित्र अब्दुल ग़नी ने उन्हें सबको आधार देने वाले लंगर की तरह बताया था, जिससे हज़ारों लोगों की ज़िंदगी सुरक्षित थी। मेरी अपनी ज़िंदगी भी उनके ही द्वारा नियंत्रित लगती थी। फिर भी मुझे वह माध्यम साफ़ तौर पर दिखाई नहीं दे रहा था, जिसके कारण नियति ने मुझे उनके साथ जोड़ा था और ना ही मैं चले जाने के लिए पूरी तरह से आज़ाद था। जब अब्दुल ने समझदारी की अपनी तलाश और तीन बड़े सवालों के बारे में कहा था तो उसने अनजाने में मेरे ख़ुद के किसी बात की तलाश या किसी में विश्वास करने की निजी खोज का ही उल्लेख कर दिया था। मैंने धर्म की ओर वही धूल भरा, जर्जर रास्ता अपनाया था। लेकिन हर मर्तबा जब मैंने धारणा की कोई नई कहानी सुनी या हर बार जब किसी नए गुरु को देखा तो परिणाम वही था : कहानी यक़ीन से परे थी और गुरु ख़ामियों से भरा। हर धर्म मुझसे कुछ समझौते की अपेक्षा करता था। हर गुरु मुझसे किसी ख़ामी की अनदेखी की अपेक्षा करता था। और फिर थे अब्दुल क़ादर ख़ान, अपनी शहद जैसे रंगों वाली आंखों से मेरे संदेहों पर मुस्करा देने वाले। *क्या वह वास्तविक गुरु हैं, जिनकी मुझे तलाश थी?* मैं अपने आप से यह सवाल पूछने लगा था।

'यह बेहद ख़ूबसूरत है, है ना?' जॉनी सिगार ने मेरे पास बैठकर अधीरता के साथ उठती-बैठती लहरों को देखकर कहा।

'हां,' मैंने उसे सिगरेट थमाते हुए कहा।

'अपना जीवन शायद समंदर के भीतर ही शुरू हुआ होगा,' जॉनी सिगार ने कहा, 'आज से तकरीबन चार हज़ार मिलियन वर्ष पहले। शायद किसी गर्म जगह, ज्वालामुखी की तरह या फिर समंदर में।'

मैंने मुड़कर उसकी तरफ देखा।

'और लंबे अरसे तक सभी जीव जलचर ही थे, समंदर के भीतर रहने वाले। फिर कुछ सौ मिलियन साल पहले, शायद कुछ और ज़्यादा-इस धरती के बड़े इतिहास की तुलना में कुछ अरसा पहले-जीव ज़मीन पर भी रहने लगे।'

मैं मुस्कराते हुए हैरत के साथ उसे देख रहा था। मैंने सांस भी रोक ली थी, क्योंकि मैं नहीं चाहता था कि उसके विचार प्रवाह में कोई बाधा आए।

'लेकिन एक तरह से कहा जा सकता है कि समंदर को छोड़ने के बाद भी, समंदर में रहने के उतने लाखों सालों के बाद भी, हमने समंदर को अपने भीतर रखा। जब एक महिला किसी बच्चे को जन्म देती है तो वह शरीर के भीतर उसे पानी देती है, ताकि वह भीतर विकसित हो सके। उसके शरीर के भीतर का पानी ठीक समंदर की पानी की ही तरह होता है। यह ठीक उतना ही नमकीन होता है। वह अपने शरीर में छोटा सा समंदर बना देती है। और इतना ही नहीं। हमारा ख़ून और हमारा पसीना भी नमकीन ही होते हैं, बिलकुल समंदर के खारे पानी की ही तरह। हम अपने भीतर

समंदर लेकर चलते हैं, हमारे ख़ून में, हमारे पसीने में। और हम एक समंदर अपने आंसुओं में भी लेकर चलते हैं।'

वह चुप हो गया और मैंने हैरानी के साथ पूछा।

कुछ ज़्यादा ही कठोर होकर मैंने पूछा, 'तुम्हें यह सारा ज्ञान कहां से मिल गया?'

'मैंने एक किताब में पढ़ा था।' उसने कुछ सकुचाते हुए कहा, 'क्यों? क्या यह ग़लत है? क्या मैंने इसे ग़लत तरीक़े से कहा? मेरे घर में वह किताब रखी हुई है। क्या वह तुम्हें लाकर दूं?'

'नहीं, नहीं। यह सही है। यह... बिलकुल सही है।'

अब चुप रहने की बारी मेरी थी। मैं अपने-आप से नाराज़ था। झोपड़पट्टी में रहने वालों के बारे में मेरी अंतरंग जानकारी और मेरे उनके क़र्ज़दार होने के बाद भी-उन्होंने मुझे स्वीकार किया और मुझे दिल से तमाम समर्थन और दोस्ताना संबंध दिया-फिर भी मैं पूर्वाग्रह की भेंट चढ़ गया। जॉनी ने अपने ज्ञान से मुझे चौंका दिया, क्योंकि मेरे भीतर कहीं यह पूर्वाग्रह छिपा हुआ था कि झोपड़पट्टी में रहने वाले लोगों को ऐसा ज्ञान हासिल करने का कोई अधिकार नहीं था। अपने दिल के गोपनीय कोने में मैं उन्हें जाहिल समझता था, केवल इसलिए कि वे ग़रीब थे।

'लिन, लिन!' अचानक मेरे पड़ोसी जितेंद्र की घबराई हुई आवाज़ सुनाई दी। 'लिन, मेरी पत्नी! मेरी राधा! बहुत बीमार है!'

'क्या हो गया? बात क्या है?'

'उसे दस्त लग गए हैं। उसका बदन बहुत तप रहा है। वह उल्टियां भी किए जा रही है।' जितेंद्र ने एक ही सांस में कह डाला, 'उसकी हालत ख़राब है। उसकी हालत बहुत ज़्यादा ख़राब है।'

मैंने चट्टानों पर से छलांग लगाते हुए कहा, 'चलो।'

राधा अपनी झोपड़ी में एक पतले से कंबल पर लेटी हुई थी। उसका शरीर दर्द से अकड़ गया था। उसके बाल और गुलाबी साड़ी पसीने से तरबतर थी। झोपड़ी से बहुत बुरी बदबू आ रही थी। जितेंद्र की मां चंद्रिका उसकी सफ़ाई करने की कोशिश कर रही थी। लेकिन राधा का बुख़ार बूते के बाहर होता चला जा रहा था। हमारे सामने ही उसने एक और बार उल्टी की, जिसने दस्त के एक नए सिलसिले को शुरू कर दिया।

'यह सब कब शुरू हुआ?'

'दो दिन पहले,' हताशा में डूबे जितेंद्र ने कहा।

'दो *दिन* पहले?'

'तुम पर्यटकों के साथ कहीं बाहर गए थे बहुत देर तक। फिर तुम क़ासिम अली के घर पर थे, देर रात तक। फिर आज भी तुम अलसुबह ही चले गए थे। तुम यहां

नहीं थे। पहले मुझे लगा कि केवल दस्त लगे हैं, लेकिन लिन बाबा वह बहुत ज़्यादा बीमार है। मैंने तीन बार उसे अस्पताल में भर्ती कराने की कोशिश की, लेकिन उन्होंने लेने से इंकार कर दिया।'

'उसे अस्पताल जाना ही होगा। जीतू वह परेशानी में है।' मैंने कहा।

'क्या करें? क्या करें, लिन बाबा?' आंसू उसकी आंखों से निकलकर गालों पर ढलकने लगे थे। 'वे उसे नहीं लेंगे। अस्पताल में पहले ही बहुत सारे लोग भर्ती हैं। बहुत ज़्यादा लोग। आज मैंने पूरे छह घंटे इंतज़ार किया-छह घंटे। खुले में, सभी बीमार लोगों के साथ। अंत में वह मुझसे घर ले चलने के लिए गिड़गिड़ाने लगी। वह इतनी ज़्यादा शर्मिंदा थी। इसलिए मैं अभी वापस आ गया। इसीलिए मैं आपको खोजने के लिए निकला और केवल आपको ही बुलाया। मैं बहुत चिंतित हूं, लिन बाबा।'

मैंने उससे मटके का पानी फेंककर उसे अच्छी तरह से धोकर उसमें ताज़ा पानी लाने के लिए कहा। मैंने चंद्रिका को पानी गर्म करने के लिए कहा और उबलने पर भी दस मिनट गर्म ही होने देने के लिए कहा। और फिर उसे ठंडा करके राधा को यही पानी पिलाने के लिए कहा। जितेंद्र और जॉनी मेरे साथ मेरी झोपड़ी में आए, जहां से मैंने ग्लूकोज़ की कुछ गोलियां और पेरासिटामोल-कोडेन का मिश्रण साथ लिया। मैं इससे उसका दर्द और बुख़ार कम करना चाहता था। जितेंद्र दवा लेकर जाने ही वाला था कि प्रभाकर दौड़ते हुए आया। उसकी आंखों से दर्द छलक रहा था और उसने मेरा हाथ पकड़ लिया।

'लिन, लिन! पार्वती बीमार है! बहुत बीमार! चलिए तुरंत चलिए!'

वह लड़की पेट में मरोड़ उठने से हो रहे असहनीय दर्द से छटपटा रही थी। वह हर बार पेट पकड़कर गेंद की तरह गोल हो जाती थी और फिर अचानक हाथ-पैर फेंकने लगती थी। उसे बहुत ज़्यादा बुख़ार था। वह पसीने से तरबतर हो चुकी थी। उसके माता-पिता की चाय की दुकान में दस्त और उल्टी की इतनी अधिक बदबू थी कि वहां खड़े सभी लोग नाक पर कपड़ा लपेटे हुए थे। पार्वती के अभिभावक कुमार और नंदिता पाठक, बीमारी से लड़ने की कोशिश कर रहे थे, लेकिन उनके चेहरे पर हिम्मत हारने के भाव थे। हताशा और डर के चलते उन्होंने बिना किसी लोकलाज की फ़िक्र किए मुझे पार्वती का अंतर्वस्त्रों में निरीक्षण करने दिया।

पार्वती की बहन सीता की आंखों में आतंक था। वह एक कोने में डर के मारे सिमटकर बैठी हुई थी। वह जानती थी कि यह साधारण बीमारी नहीं थी।

जॉनी सिगार ने उसके साथ बहुत ही कटु स्वर में बातचीत की। उसने उसे चेतावनी देते हुए समझाया कि उसकी बहन की ज़िंदगी उसके हाथ में है और उसे उसकी कायरता के लिए डांटा। पल दर पल उसकी आवाज़ ने सीता को डर से बाहर निकाला। अंततः उसने उसकी ओर इस तरह से देखा मानो पहली बार देख रही हो। वह उठी और उसने गीले टॉवेल से अपनी बहन का मुंह पोंछा। जॉनी सिगार द्वारा तैयार रहने के आह्वान पर सीता की तैयारी के साथ एक युद्ध की शुरुआत हो चुकी थी।

रात तक दस लोग हैजे की चपेट में आ चुके थे और दर्ज़नभर और लोगों पर ख़तरा मंडरा रहा था। सुबह होने तक तो यह आंकड़ा 60 गंभीर मामलों तक जा चुका था। 100 से ज़्यादा लोगों में इसके लक्षण देखने को मिल रहे थे। उस दिन दोपहर को पहली मौत हुई। मेरी पड़ोसी राधा की।

बीएमसी से आया स्वास्थ्य अधिकारी लगभग 40 वर्ष की उम्र का एक थका हुआ, जानकार और शोक में डूबा हुआ व्यक्ति था, जिसका नाम था संदीप ज्योति। उसकी दयालु आंखों का रंग उसकी त्वचा की ही तरह गहरा भूरा था। उसके बाल बिखरे हुए थे, जिन्हें वह बार-बार अंगुलियां फेरकर जमाने की कोशिश करता था। उसके गले में एक मास्क लटका हुआ था जो वह किसी मरीज के सामने आने या किसी झोपड़ी में घुसने से पहले लगा लेता था। झोपड़पट्टी का पहला दौरा करने के बाद वह मेरी झोपड़ी के पास डॉक्टर हमीद, क़ासिम अली हुसैन, प्रभाकर और मेरे साथ खड़ा था।

'हम इन नमूनों को ले जाएंगे और उनका विश्लेषण करेंगे।' उसने अपने सहायक की तरफ़ देखकर गर्दन हिलाई, जिसके पास ख़ून, बलगम और शौच के नमूनों से भरा एक संदूक था। 'लेकिन मुझे विश्वास है कि आप सही कह रहे हैं हमीद। यहां से कांदिवली के बीच 12 और जगह हैजे का प्रकोप देखने को मिल रहा है। वे अधिकांशतः छोटे हैं। लेकिन ठाणे में हालात बहुत ख़राब हैं-वहां हर रोज 100 से ज़्यादा मरीज आ रहे हैं। सभी स्थानीय अस्पतालों में क्षमता से ज़्यादा मरीज आ चुके हैं। लेकिन मानसून को देखते हुए यह स्थिति बुरी नहीं है। हमें उम्मीद है कि हम इसे 15-20 संक्रमित इलाक़ों तक सीमित रखने में सफल रहेंगे।'

मैं चाहता था कि कोई कुछ बोले, लेकिन सबके सब सहमति में सिर हिला रहे थे।

अंततः मैंने कहा, 'हमें इन लोगों को अस्पताल में भर्ती करना होगा।'

'देखो,' उसने एक लंबी सांस लेकर चारों ओर देखते हुए कहा, 'हम कुछ गंभीर मामलों को ले सकते हैं। मैं इसका इंतज़ाम कर दूंगा। लेकिन हर किसी को भर्ती कर पाना संभव नहीं हो सकेगा। मैं तुमसे किसी भी क़िस्म का झूठ बोलना नहीं चाहता। 10 अन्य झोपड़पट्टियों में भी यही हालात हैं। मैं उन सभी जगहों पर जाकर आ चुका हूं और संदेश एक समान है। तुम्हें यहां अपने बूते ही इसका सामना करना होगा। तुम्हें इस पर जीत हासिल करनी होगी।'

'तुम्हारा दिमाग़ तो ख़राब नहीं हो गया है?' मैंने चीख़ते हुए कहा, डर के कारण मुझे पेट में मरोड़ महसूस हो रही थी। 'हम पहले ही आज सुबह अपनी पड़ोसी राधा को गंवा चुके हैं। यहां 30 हज़ार लोग रहते हैं। यह कहना बेहूदगी है कि हमें अपनी लड़ाई ख़ुद लड़नी होगी। भगवान के लिए भूलो मत कि आप *स्वास्थ्य विभाग* हो!'

संदीप ज्योति ने अपने सहयोगी को नमूने रखते हुए देखा और जब वह मुड़ा तो मेरी टिप्पणी के कारण उसकी आंखें गुस्से से लाल हो चुकी थीं। एक विदेशी द्वारा की गई टिप्पणी और अपने विभाग की असहायता के कारण उसका गुस्सा और बढ़ चुका था। अगर उसे यह बात समझ नहीं आई होती कि मैं इसी झोपड़पट्टी में रहता और काम करता हूं और लोग मुझे चाहते हैं, मुझ पर भरोसा करते हैं तो उसने मुझे भाड़ में जाने के लिए कह दिया होता। मैंने उसके चेहरे पर इस तरह के अनेक भाव आते-जाते देखे और फिर एक धीरज भरी, हताश, लगभग स्नेहभरी मुस्कान उसके चेहरे पर आ गई। उसके हाथ फिर बाल संवारने में जुट चुके थे।

'देखो, मुझे एक विदेशी से भाषण सुनने की कोई ज़रूरत नहीं है, एक अमीर देश के, कि हम अपने लोगों का कितनी बुरी तरह से ख़याल रखते हैं या फिर एक इंसान की ज़िंदगी का क्या मूल्य है। मैं जानता हूं कि तुम विचलित हो और हमीद ने बताया कि तुम अच्छा काम करते हो, लेकिन मैं पूरे राज्य में हर दिन ऐसी परिस्थितियों से निपटता हूं। महाराष्ट्र की आबादी 10 करोड़ से ज़्यादा है और हमारे लिए सभी मूल्यवान हैं। हम अपना सर्वश्रेष्ठ प्रयास करते हैं।'

मैंने शांत होते हुए उसकी बांह को छूने की कोशिश करते हुए कहा, 'निश्चित तौर पर करते हैं। मुझे माफ़ कीजिएगा, मेरा आप पर गुस्सा उतारने का कोई इरादा नहीं था। मैं तो बस मैं यहां गहराई से जुड़ चुका हूं... मुझे लगता है कि मैं डरा हुआ हूं।'

'जब तुम जा सकते हो तो यहां रहते ही क्यों हो?'

उन हालातों में वह सवाल बेमानी और बहुत ही कठोर था। मैं उसका जवाब नहीं दे सका।

'मुझे नहीं पता। मुझे नहीं पता। मैं प्यार... मैं इस शहर से प्यार करता हूं। तुम यहां क्यों रहते हो?'

उसने काफ़ी अरसे तक मुझे देखा और फिर उसके चेहरे पर मुस्कान खिल उठी।

'आप हमारी क्या मदद कर *सकते* हैं?' डॉक्टर हमीद ने पूछा।

'माफ़ कीजिएगा, लेकिन बहुत ज़्यादा नहीं।' उसने मेरी आंखों में डर देखा और थकान के बीच आह ली। 'मैं कुछ प्रशिक्षित स्वयंसेवकों को भेजूंगा जो आपको मदद करेंगे। काश! मैं आपकी ज़्यादा मदद कर सकता। लेकिन मुझे विश्वास है कि आप जानते हैं। मुझे विश्वास है कि आप हालात से निपट लेंगे-इस वक़्त की आपकी सोच से भी बेहतर तरीक़े से। आपको ओआरटी घोल कहां से मिला?'

'मैं लाया,' डॉ. हमीद ने तत्काल जवाब दिया, क्योंकि ओआरटी घोल की आपूर्ति क़ादरभाई के कोढ़ियों ने अवैध तरीक़े से की थी।

'जब मैंने उन्हें बताया कि मुझे लगता है कि यहां हैजा फैला है, तो वह ओआरटी घोल अपने साथ ही लेकर आ गए और उन्होंने मुझे उसके इस्तेमाल का तरीक़ा भी बताया।' मैंने कहा, 'लेकिन, यह इतना आसान भी नहीं। इनमें से कुछ लोग तो बहुत बीमार हैं और उसका इस्तेमाल तक नहीं कर पा रहे।'

ओआरटी या ओरल रिहाइड्रेशन थैरेपी (पेय के तौर पर लिया जाने वाला जीवनरक्षक घोल) को '60 व '70 के दशक में स्थानीय और यूनिसेफ़ के डॉक्टरों के साथ बांग्लादेश में काम करने वाले जोन रोडे ने तैयार किया था। इस घोल को डिस्टिल्ड वाटर, शक्कर, नमक और कुछ अन्य खनिज सावधानीपूर्वक मिलाकर तैयार किया जाता है। रोडे जानते थे कि हैजे के मरीजों की मौत की वजह निर्जलीकरण है। दस्त और उल्टी ही उनकी मौत की वजह बन जाते हैं। उन्होंने पाया कि इस घोल के कारण लोग इतने वक़्त ज़िंदा रहते हैं कि कॉलेरा बैक्टेरियम उनके शरीर की प्रणाली से बाहर निकल जाए। डॉक्टर हमीद की गुज़ारिश पर रंजीत के कोढ़ियों ने घोल के कई बक्से मुझे सौंप दिए थे। मुझे कोई अनुमान नहीं था कि अभी हमें कितनी मदद मिलेगी या हमें कितनी मदद की ज़रूरत पड़ेगी।

'हम आपको जीवनरक्षक घोल की आपूर्ति कर सकते हैं,' संदीप ज्योति ने कहा, 'हम उसे जल्द से जल्द आप तक पहुंचा देंगे। शहर पर भारी दबाव है, लेकिन मैं यह सुनिश्चित करूंगा कि स्वयंसेवकों की टीम यहां जल्द से जल्द पहुंच जाए। मैं इसे प्राथमिकता पर रखूंगा। शुभकामनाएं।'

हम मायूसी भरी चुप्पी के बीच उसे अपने सहायक के साथ जाते हुए देखते रहे। हम सब डरे हुए थे।

क़ासिम अली ने नियंत्रण थाम लिया। उसने अपने घर को नियंत्रण कक्ष घोषित कर दिया। हमने वहां बैठक बुलाई और लगभग 20 पुरुष-महिलाओं की एक टीम ने योजना तैयार की। हैजा मूल तौर पर पानी से होने वाली बीमारी है। *वाइब्रियो कोलेरा बैक्टेरियम* गंदे पानी के ज़रिये फैलता है और छोटी आंत में घर बना लेता है। इसके बाद बुख़ार, दस्त और उल्टी का सिलसिला चलता है, जो शरीर का निर्जलीकरण करके मौत की वजह बनता है। हमने झोपड़पट्टी के पानी को शुद्ध करने का फ़ैसला किया। शुरुआत सात हज़ार झोपड़ियों में पानी जमा करने की टंकियों से करके फिर मटकों, बाल्टियों की सफ़ाई की गई। क़ासिम अली ने इंसान के घुटने जितना मोटा नोटों का एक बंडल निकाला और उसे जॉनी सिगार को थमा दिया। उसे पानी शुद्ध करने वाली गोलियां और अन्य दवाइयां ख़रीदने का प्रभारी बना दिया गया।

पूरी झोपड़पट्टी में पोखरों और नालियों में जमा हो चुका बारिश का पानी भी हैजे के प्रकोप को बढ़ावा दे रहा था। फ़ैसला किया गया कि झोपड़पट्टियों की गलियों में महत्त्वपूर्ण जगहों पर उथली खाइयां खोदी जाएंगी। इनमें कीटाणुनाशक भरा जाएगा। उस गली से गुजरने वाले हर व्यक्ति को एड़ियों तक गहरी इन कीटाणुनाशक से भरी खाइयों से गुजरना ही होगा। तय जगहों पर कचरे के निस्तारण के लिए प्लास्टिक के डिब्बे रखे जाएंगे और हर घर को एंटीसेप्टिक साबुन दिया जाएगा। चाय की दुकानों और रेस्तरां में लोगों को सुरक्षित, उबला हुआ खाना और साफ़-सुथरे कप और बाउल उपलब्ध कराने के लिए सूप किचनों की स्थापना की जाएगी। एक टीम को मृतकों के शव हटाने और उन्हें अस्पताल ले जाने का काम सौंपा गया था। मेरा काम

जीवनरक्षक घोल के इस्तेमाल का प्रबंध देखना और ज़रूरत के मुताबिक़ घरेलू घोल की खेप को तैयार करना था।

ये सभी बड़ी ज़िम्मेदारियां थीं, लेकिन वहां पर मौज़ूद किसी भी महिला या पुरुष ने उसे स्वीकारने में कोई हिचकिचाहट नहीं दिखाई। ये इंसान के वह सर्वश्रेष्ठ गुण हैं, जो किसी आपदा के वक़्त बाहर निकलकर आते हैं और जिसका अक्सर रईस लोगों में अभाव होता है। हमारे तमाम अच्छे गुणों की रूपरेखा विपरीत हालातों में ही तैयार होती है। लेकिन एक अन्य कारण था, भलाई से इतर इस काम को स्वीकारने की मेरी उत्सुकता के लिए–एक वजह जो शर्मिंदगी भरी थी। मेरी पड़ोसी राधा मौत से दो दिन पहले से बुरी तरह से बीमार थी और मुझे उस वक़्त उसका कुछ भी पता नहीं था। मुझे इस भावना ने घेर लिया कि मेरा गौरव, मेरा अभिमान इस बीमारी के लिए कुछ हद तक ज़िम्मेदार है : मेरा क्लीनिक दंभ के आधार पर स्थापित किया गया था–मेरा दंभ–जिसने अहंकार के चलते बीमारी को पनपने दिया था। मैं जानता था कि मैंने कुछ नहीं किया या पूरी तरह से महामारी की आशंका को अनदेखा कर दिया। और मैं जानता था कि महामारी झोपड़पट्टी को अपनी चपेट में ले लेगी, आज नहीं तो कल, मेरी मौज़ूदगी या उसके बग़ैर। लेकिन मैं इस सोच को अपने मन से नहीं निकाल पा रहा था कि मेरे अहंकार ने मुझे इस ख़ामी का सहभागी बना दिया था।

एक सप्ताह पहले ही मैंने नाचकर और शराब पीकर जश्न मनाया था, क्योंकि जब मैंने अपना छोटा सा क्लीनिक खोला था तो कोई भी नहीं आया था। उन हज़ारों लोगों में से एक अदद पुरुष, महिला या बच्चे को मेरी मदद की दरकार नहीं थी। नौ माह पहले सैकड़ों लोगों की कतार तक पहुंच चुका उपचार अब ख़ाली कतार में तब्दील हो चुका था। और उस दिन मैंने प्रभाकर के साथ मिलकर ऐसे नृत्य किया और शराब पी मानो मैंने पूरी झोपड़पट्टी को बीमारियों से मुक्त कर दिया हो। गलियों के बीच से बीमारों की मदद करने के लिए तेज़ी से जाते हुए मुझे इस बात का अहसास हो गया कि वह जश्न बेकार और मूर्खतापूर्ण था। और उस शर्म में एक ग्लानि भाव भी था। उन दो दिनों में जब मेरी पड़ोसन राधा दम तोड़ रही थी, मैं एक पांच सितारा होटल में विदेशी ग्राहकों के साथ मौज कर रहा था। वह जब धरती पर दर्द में लोटपोट हो रही थी, मैं आइसक्रीम और खाने–पीने के व्यंजनों के लिए रूम सर्विस को फ़ोन कर रहा था।

मैं तेज़ी से क्लीनिक पर लौटा। वह ख़ाली पड़ा था। प्रभाकर तो पार्वती की देखभाल में लगा था। जॉनी सिगार ने मृतकों को खोजने और हटाने का ज़िम्मा संभाल लिया था। जितेंद्र हमारी झोपड़ियों के बाहर बैठकर मुंह छिपाकर रो रहा था। मैंने उसे मेरे लिए कुछ बड़ी ख़रीद का काम दिया और यह भी जांचने के लिए कहा कि इलाक़े की दवा दुकानों में ओआरटी की क्या स्थिति है। मैंने उसे धीरे–धीरे गली से बाहर जाते हुए देखा। मुझे उसके साथ–साथ उसके छोटे बेटे सतीश की भी चिंता थी,

जो बीमार था। इतने में मैंने दूर से किसी महिला को अपनी ओर आते हुए देखा। मैं दूर से उसे पहचान पाता इससे पहले ही मेरे दिल ने गवाही दे डाली कि यह कार्ला ही थी।

उसने सलवार कमीज़ पहन रखा था – साड़ी के बाद दुनिया का सबसे आकर्षक परिधान – समुद्री हरे रंग के दो शेडों वाला। लंबी कमीज़ गहरे रंग की थी और उसके नीचे टखने पर कसी हुई सलवार कुछ पीली सी थी। उसने भारतीय अंदाज़ में एक लंबा पीला दुपट्टा भी लपेट रखा था, जो कि उसके पीछे रंगों की अनूठी छटा बिखेर रहा था। उसने काले बाल कसकर पीछे की ओर गर्दन के पिछले हिस्से पर बांध रखे थे। हेयरस्टाइल उसकी बड़ी हरी आंखों– हरित द्वीपों जैसी जहां कि सुनहरी रेत के बीच उथला पानी भरा हो– उसकी काली भौंहों तथा गोल मुंह की तरफ़ ध्यान आकर्षित कर रही थी। उसके होंठ ऐसे थे जैसे सूर्यास्त के समय रेगिस्तान में टीलों के नरम उभार, उन लहरों के सिरों की तरह जो किनारे की ओर झागदार होकर मिल रहे हों, प्रेमालाप कर रहे पंछियों के मुड़े पंखों की तरह। जैसे ही वह टूटी फूटी गली में मेरी ओर आ रही थी उसके शरीर की हरकतें जवान विलो पेड़ के बीच में तूफ़ानी हवा की हलचल की तरह थीं।

'*तुम* यहां क्या कर रही हो?'

'देख रही हूं कि सामाजिक गौरव की पाठशाला के सबक़ काम आ रहे हैं।' उसने बेहद अमेरिकी अंदाज़ में कहा। उसकी एक भौंह तनी हुई थी और होंठों पर व्यंग्यपूर्ण मुस्कान थी।

'यहां रहना सुरक्षित नहीं है,' मैंने गुस्से में कहा।

'मैं जानती हूं। डिडियर की मुलाकात तुम्हारे यहां के एक दोस्त से हुई। उसने मुझे इस बारे में बताया।'

'तो तुम यहां क्या कर रही हो?'

'मैं तुम्हारी मदद करने के लिए आई हूं।'

उसके लिए चिंता के स्वर में मैंने कहा, 'मदद, *कैसी* मदद?'

'मदद करने...तुम जो *कर* रहे हो वह करने। *दूसरे लोगों की मदद करने।* क्या यही तुम नहीं करते हो?'

'तुम्हें जाना होगा। तुम यहां नहीं ठहर सकती। यह बेहद ख़तरनाक है। लोग यहां-वहां मर रहे हैं। मैं नहीं जानता कि हालात और कितने बदतर होंगे।'

'मैं कहीं नहीं जा रही।' उसने दृढ़ निश्चय के साथ कहा, उसकी हरी आंखें दमकने लगीं और वह और अधिक ख़ूबसूरत लगने लगी। 'मुझे तुम्हारी फ़िक्र है और मैं तुम्हारे साथ ठहरने वाली हूं। तुम मुझसे क्या काम कराना चाहते हो?'

'यह बेहूदगी है!' मैंने बालों पर अपना गुस्सा उतारते हुए कहा, 'यह बहुत बेवकूफ़ी भरा है।'

'सुनो,' उसने एक चौड़ी सी मुस्कान से मुझे चौंकाते हुए कहा, 'क्या तुम्हें लगता है कि तुम अकेले ऐसे व्यक्ति हो जो निर्वाण की इस यात्रा पर जाना चाहते हो? तो चलो अब शांत होकर मुझे बताओ कि तुम मुझसे क्या काम कराना चाहते हो?'

मुझे मदद की ज़रूरत थी, ना केवल लोगों की सेवा के शारीरिक काम के लिए बल्कि मेरे गले और सीने में मौज़ूद संदेह, भय और शर्मिंदगी को दूर करने के लिए भी। हौसले की सबसे बड़ी विडंबना यही है कि हम इसे इतना महत्त्व इसलिए देते हैं कि हमें ख़ुद की तुलना में दूसरों के लिए बहादुर बनना ज़्यादा आसान लगता है। और मैं उससे प्यार करता था। सच्चाई यही है कि मेरे शब्दों ने जहां उसे चले जाने के लिए कहा था, मेरे पागल दिल ने मेरी आंखों के ज़रिये उससे रुकने के लिए कहा था।

'करने के लिए तो बहुत सारा काम है। लेकिन संभलकर! और जैसे ही पहला संकेत मिले... पहला संकेत कि तुम ठीक नहीं हो, तत्काल टैक्सी पकड़कर मेरे दोस्त हमीद के पास पहुंच जाना। वह एक डॉक्टर है। तो यह तय हुआ?'

उसने अपना लंबा हाथ मेरे हाथ में रख दिया। यह दृढ़ और आत्मविश्वास से भरा हैंड-शेक था।

'पक्का। हम कहां से शुरुआत करें?' उसने पूछा।

हमने झोपड़पट्टी के दौरे से शुरुआत की। मरीजों से मिलते हुए और उनके बीच जीवनरक्षक घोल का वितरण करते हुए। तब तक वहां 100 से ज़्यादा लोगों में हैजे के लक्षण दिखने लगे थे और उनमें से आधे गंभीर थे। हर मरीज के लिए बमुश्किल कुछ मिनट देने के बाद भी हमें इस काम में 20 घंटे लग गए। लगातार काम में जुटे रहने के दौरान हम खाने की बज़ाय साफ़-सुथरे कप में सूप या बहुत मीठी चाय से ही काम चलाते रहे। अगले दिन शाम को हम पहली बार खाना खाने के लिए बैठे। हम थक चुके थे, लेकिन भूख ने हमें रोटियां और सब्ज़ी चबाने के लिए मजबूर कर दिया। फिर कुछ ताज़ादम होकर हम बेहद गंभीर मामलों के दूसरे निरीक्षण पर निकले।

यह काम बहुत गंदा था। शब्द *कॉलरा* की उत्पत्ति ग्रीक शब्द *खोलेरा* से हुई थी, जिसका मतलब था डायरिया। हैजे में लगने वाली दस्त की एक बेहद बदबूदार गंध होती है, जो असहनीय ही बनी रहती है। जब भी हम किसी झोपड़ी में मरीज से मिलने पहुंचे तो ख़ुद की उल्टी रोकने के लिए भरसक प्रयास करने पड़े। कुछ मर्तबा हमने उल्टी भी कर दी। और जब हमने एक बार उल्टी कर दी तो फिर उबकाई पहले से भी ज़्यादा आने लगती थी।

कार्ला का व्यवहार दयालु और नम्र था, ख़ासतौर पर बच्चों के साथ और उसने परिवारों में आत्मविश्वास जगाया। बदबू के बीच भी उसने अपना मज़ाक़िया स्वभाव नहीं छोड़ा और बीमारी, मौत के बीच इस डर के बावज़ूद काम करती रही कि महामारी और अधिक गंभीर हो जाने पर हम भी बीमार पड़कर मर सकते हैं। बिना नींद के 40 घंटे काम करने के दौरान हर बार मुझसे आंख मिलते ही वह मुस्करा देती थी। मैं उससे प्यार करता था। वह भले ही आलसी या डरपोक या ग़रीब या बुरे स्वभाव

वाली होती तो भी मैं उससे प्यार करता। लेकिन वह बहादुर, दयालु और उदार थी। उसने कड़ी मेहनत की और वह एक अच्छी मित्र थी। और डर, पीड़ा और मौत के बीच गुजारे इन घंटों के दौरान मुझे उस महिला को प्यार करने के और कारण और तरीक़े मिल गए, जिसे मैं पहले से ही प्यार करता था।

दूसरी रात लगभग तीन बजे मैंने ज़ोर दिया कि वह सो जाए, कि हम दोनों सो जाएं, इससे पहले कि थकान हमें ढेर कर दे। हम अंधेरे में सुनसान गलियों से वापस लौट रहे थे। चांद का पता नहीं था, दमकते तारों से पूरा आसमान पटा पड़ा था। एक सामान्य से अधिक चौड़ी जगह पर, जहां तीन गलियां मिलती थीं, मैं रुका और मैंने कार्ला को हाथ उठाकर चुप रहने का इशारा किया। कहीं से खरोंचने की आवाज़ आ रही थी मानो कोई मोबाइल को किसी गेंद में घुसा रहा हो। अंधेरे में मैं समझ नहीं पा रहा था कि आवाज़ कहां से आ रही है। मैं जानता था कि यह क़रीब है और और क़रीब आती जा रही थी। मैंने कार्ला को पकड़ा और अपनी पीठ के पीछे कर लिया। दाईं-बाईं ओर देखते हुए मैं आवाज़ के स्रोत को खोज रहा था। और फिर वे आ ही गए-चूहे।

'हिलना मत!' मैंने धीमी आवाज़ में कहा और उसे अपने पास खींच लिया, 'बिलकुल मत हिलना। अगर तुम नहीं हिलीं तो वे तुम्हें सामान का ही हिस्सा समझ लेंगे। अगर तुम हिलीं तो वह तुम्हें काट लेंगे।'

अचानक मानो सैकड़ों, हज़ारों चूहों का सैलाब सा आ गया। वे टकराते हुए आगे बढ़ते चले जा रहे थे। वे बड़े थे, कुछ तो बिल्ली के आकार के। वे इतने ज़्यादा थे कि पहले वह हमारी ऐड़ी, फिर घुटने की ऊंचाई तक चले जा रहे थे। एक-दूसरे को धकियाते हुए। हर रात की तरह वे नज़दीक के बाज़ारों और झोपड़पट्टी से अमीरों की इमारतों की नालियों की तरफ़ दौड़ लगा रहे थे। चूहों की यह काली लहर तक़रीबन दस मिनट चलती रही। अंत में वे चले गए। गलियों से कूड़ा साफ़ हो चुका था और हर तरफ़ सन्नाटा था।

'यह...यह... क्या फ़ालतूगीरी थी?' उसने पूछा, उसका मुंह खुला का खुला था।

'ये इस वक़्त हर रात आ जाते हैं। किसी को परेशानी नहीं होती क्योंकि वे सफ़ाई कर जाते हैं। अगर आप झोपड़ी के भीतर हैं या बाहर ज़मीन पर सोए हुए हैं तो भी वे आपको परेशान नहीं करते। लेकिन अगर आप उनके रास्ते में आए या हड़बड़ा गए तो वे आपके ऊपर से होते हुए जाएंगे और गलियों की तरह आपकी भी सफ़ाई कर जाएंगे।'

थकान से निढाल और इस राहत के साथ कि हम बुरी तरह से चोटिल नहीं हुए, हम एक-दूसरे को थामे मेरी झोपड़ी में स्थित क्लीनिक में लौट आए। मैंने ज़मीन पर एक ब्लैंकेट बिछाया। उस पर लेटकर हमने एक और कंबल ओढ़ लिया। मैंने उसे बांहों में समेट लिया। छत के एक छेद से बारिश का पानी टपक रहा था। कहीं पास ही

सोने वाला खर्राटे ले रहा था जो सन्नाटे को चीर रहा था। सपनों का सिलसिला चलता चला जा रहा था कि अचानक झोपड़पट्टी की बाहरी सीमा पर भौंकते कुत्तों ने जगा दिया। नींद के लिहाज बहुत थके हुए और एक-दूसरे के शरीर के संपर्क में आने से जागती भावनाओं के बीच कार्ला ने दर्द भरे टुकड़ों के साथ अपनी कहानी मुझे बताई।

उसका जन्म बासेल, स्विट्ज़रलैंड में हुआ था। वह अपने माता-पिता की इकलौती संतान थी। उसकी मां स्विस-इटालियन और पिताजी स्वीडन के थे। वे कलाकार थे। पिताजी एक पेंटर थे और मां गीत की सामूहिक प्रस्तुति में ऊंची आवाज़ देने वाली गायिका थी। कार्ला सारानेन की बचपन की यादें उसकी ज़िंदगी की सबसे ख़ुशहाल यादें थीं। उसके रचनात्मक युवा अभिभावक लोकप्रिय थे और उनका घर कवियों, संगीतकारों, अभिनेताओं और महानगर के अन्य कलाकारों के लिए मिलन स्थल की तरह था। कार्ला ने बड़े होने के दौरान चार भाषाओं में महारत हासिल कर ली। उसने कई घंटे गुजारकर मां से संगीत की अपनी पसंदीदा विधा एरियास सीखी। पिताजी के स्टूडियो में वह उन्हें कोरे कैनवास पर रंगों, आकारों को जूनून से भरते हुए देखती थी।

फिर एक दिन इशा सारानेन, जर्मनी में एक चित्रकला प्रदर्शनी से लौटकर नहीं आए। आधी रात के क़रीब स्थानीय पुलिस ने एना और कार्ला को बताया कि उनकी कार एक बर्फ़ीले तूफ़ान में दुर्घटनाग्रस्त हो गई। वह मर चुके थे। एक ही वर्ष में इस दर्द ने एना सारानेन की ख़ूबसूरती को भी छीन लिया और उनकी सुंदर आवाज़ ख़त्म हो गई। और अंत में यही उनकी मौत की वज़ह भी बनी। उन्होंने नींद की गोलियों का ज़्यादा ही डोज़ ले लिया। कार्ला अकेली रह गई।

उसके मामा अमेरिका के सैन फ्रांसिस्को में रहता थे। 10 वर्ष की अनाथ बच्ची उस अज़नबी के साथ मां की क़ब्र पर खड़ी रही और फिर उसके साथ चली गई। मारियो पेसेली एक दिलदार व्यक्ति थे। उन्होंने कार्ला को बहुत प्यार और सम्मान दिया। उन्होंने अपने परिवार में उसका अपने बच्चों की ही तरह स्वागत किया। वह अक्सर उससे कहता थे कि वह उससे प्यार करते हैं और उम्मीद है कि एक दिन वह भी उससे प्यार करेगी, जो उसके मृत अभिभावकों के प्रति प्यार का ही एक अंश होगा। वह जानते थे कि उसके दिल में अपने अभिभावकों के लिए प्यार दबा पड़ा है।

उस प्यार को फलने-फूलने का मौक़ा ही नहीं मिला। उसके अमेरिका में आने के तीन साल बाद ही उसके मामा मारियो की पहाड़ चढ़ने के दौरान हुए एक हादसे में मौत हो गई। अब उसकी ज़िंदगी पर मारियो की पत्नी पेनेलोप का नियंत्रण था। मामी पेनेलोप के मन में उसकी ख़ूबसूरती, जुझारूपन और बुद्धिमानी को लेकर जलन थी-यह गुण उसके अपने तीनों बच्चों में नहीं थे। अन्य बच्चों की तुलना में कार्ला जितना अच्छा प्रदर्शन करती थी, उसकी मामी के मन में नफ़रत उतनी ही गहराती जाती थी। *कोई भी नीचता और अधिक द्वेषपूर्ण या अधिक क्रूर नहीं हो सकती, जब आप किसी से तमाम ग़लत कारणों से नफ़रत करते हों।* डिडियर ने यह बात एक बार

मुझसे कही थी। मामी पेनी ने कार्ला को तमाम बातों से वंचित रखा। उसे जब-तब सज़ा देती थी, प्रताड़ित करती थी और नीचा दिखाती थी। वह उसे घर से निकाल देने के अलावा सबकुछ करती थी।

अपनी ज़रूरतों के लिए पैसे ख़ुद कमाकर देने की ज़बर्दस्ती के चलते कार्ला स्कूल के बाद रात को एक स्थानीय रेस्तरां में काम करती थी और सप्ताहांत पर बच्चों की देखभाल का। इनमें से ही एक बच्चे के पिता के यहां वह जब मौजूद थी तो एक दिन गर्मी की रात, वह व्यक्ति एक पार्टी से शराब पीकर आ गया। वह बेहद आकर्षक था, जिसे कार्ला पसंद करने लगी थी और उसके बारे में सोचती रहती थी। जब उस रात वह उसके पास रुका तो इस नज़दीकी ने कार्ला के होश उड़ा दिए। उसके मुंह से शराब की दुर्गंध आ रही थी, लेकिन जैसे ही उसने कार्ला के कंधे पर हाथ रखा, कार्ला मुस्करा दी। लंबे अरसे तक उसके चेहरे पर आई यह अंतिम मुस्कान थी।

किसी और तो नहीं, लेकिन कार्ला के मुताबिक़ यह बलात्कार था। जबकि उसका कहना था कि कार्ला ने उसे इसके लिए मजबूर किया और कार्ला की मामी ने उसका ही पक्ष लिया। 15 वर्ष की अनाथ कार्ला ने स्विट्जरलैंड का मामी का घर छोड़ा और फिर कभी उसके साथ संपर्क नहीं साधा। वह लॉस एंजिल्स चली गई और वहां उसने एक लड़की के साथ कमरा साझा किया और अपनी तरह से ज़िंदगी जीने लगी। बलात्कार के बाद कार्ला के भीतर का वह विश्वास ख़त्म हो चुका था जो प्यार की वजह बनता है। दूसरे तरह का लगाव उसमें बना रहा-दोस्ती, संवेदना, कामवासना-लेकिन वह प्यार जो दूसरे इंसान के दिल में यक़ीन रखता है, रोमांस भरा प्यार, वह ख़त्म हो चुका था।

वह काम करने लगी और पैसे बचाए और रात के स्कूल में प्रवेश ले लिया। किसी विश्वविद्यालय में स्थान पाना उसका सपना था-किसी भी विश्वविद्यालय में-और अंग्रेज़ी व जर्मन साहित्य का अध्ययन करना। लेकिन उसको छोटी सी उम्र में बहुत झटके लगे थे और उसके कई प्रिय लोगों की मौत हो गई। वह कोई भी अध्ययन पाठ्यक्रम पूरा नहीं कर सकी। वह किसी नौकरी में नहीं टिक सकी। वह भटकने लगी और फिर वह हर उस चीज़ को पढ़कर ख़ुद को सिखाने लगी जो उम्मीद या ताक़त देता था।

'और फिर?'

'और फिर,' उसने हौले से कहा, 'एक दिन मैंने ख़ुद को एक विमान पर पाया। मैं सिंगापुर जा रही थी। वहां मैं एक कारोबारी, भारतीय कारोबारी से मिली और मेरी ज़िंदगी...बस...हमेशा के लिए बदल गई।'

उसने लंबी आह भरी। मैं बता नहीं सकता कि वह हताशा भरी आह थी या केवल थकान से चूर होने की।

'मुझे ख़ुशी है कि तुमने मुझे यह बात बताई।'

'कौनसी बात बताई?'

उसकी त्यौरियां चढ़ चुकी थीं और आवाज़ बहुत तेज़ थी।

'तुम्हारी...तुम्हारी ज़िंदगी के बारे में।' मैंने जवाब दिया।

उसने राहत की सांस ली।

उसने मुस्कराते हुए कहा, 'कभी इसका ज़िक्र मत करना।'

'नहीं मेरा यही मतलब था। मैं ख़ुश हूं और तुम्हारा शुक्रगुज़ार हूं कि तुमने मुझ पर इतना विश्वास किया कि अपने बारे में बातें कीं।'

'और *मैं* भी जो चाहती थी *वही* कर रही थी। इसका कभी किसी के सामने उल्लेख मत करना-इसमें से कुछ भी-किसी के भी सामने नहीं। ठीक है?'

'ठीक है।'

हम कुछ देर चुप रहे। पास में कहीं बच्चा रो रहा था और उसकी मां लोरी गाकर उसे सुलाने की कोशिश कर रही थी।

'तुम लियोपोल्ड में ही क्यों डटी रहती हो?'

'तुम्हारे कहने का क्या मतलब है?' उसने उनींदी आवाज़ में पूछा।

'मैं नहीं जानता। मुझे बस हैरानी होती है।'

वह मुंह बंद करके ही हंसी। उसका सिर मेरी बांहों पर टिका हुआ था। अंधेरे में उसका चेहरा मुलायम दिख रहा था और आंखें काले मोतियों की तरह चमक रही थीं।

'मेरे कहने का मतलब है, डिडियर और मोडेना और उला, यहां तक कि लेति और विक्रम, वह सब वहां सही लगते हैं, लेकिन तुम नहीं। तुम उस जगह पर सही नहीं लगतीं।'

'मुझे लगता है कि...*वे* सब *मेरे* साथ सही लगते हैं और मैं उनके साथ सही नहीं लगती।' उसने आह भरते हुए कहा।

'मुझे अहमद के बारे में बताओ,' मैंने पूछा, 'अहमद और क्रिस्टिना।'

सवाल के जवाब में उसने इतनी लंबी चुप्पी साधी कि मुझे लगा कि वह सो गई। फिर वह बोली, धीरे-धीरे संयत अंदाज़ में, मानो वह किसी मुकदमे में गवाही दे रही हो।

'अहमद एक दोस्त था। कुछ वक़्त के लिए मेरा सबसे अच्छा दोस्त और एक तरह से उस भाई की तरह, जो मेरे पास कभी नहीं था। वह अफ़गानिस्तान से आया था और जंग में ज़ख़्मी हो गया था। वह बॉम्बे दोबारा तंदुरुस्त होने के लिए आया था-एक तरह से, हम दोनों ही। उसके घाव इतने बुरे थे कि वह कभी भी पूरी तरह से ठीक नहीं हो सका। खैर, हम एक-दूसरे का ख़याल रखते थे। और हम दोनों बेहद नज़दीकी दोस्त बन गए। वह काबुल यूनिवर्सिटी का विज्ञान का स्नातक था और बहुत अच्छी अंग्रेज़ी बोलता था। हम किताबों, दर्शनशास्त्र, संगीत, कला और खान-पान के बारे में बातें किया करते थे। वह एक बहुत ही अच्छा, भद्र पुरुष था।'

'और उसके साथ कुछ हुआ।' मैंने बात को आगे बढ़ाया।

'हां,' उसने हल्की सी हंसी के साथ जवाब दिया। 'उसकी क्रिस्टिना के साथ मुलाक़ात हुई। उसके साथ यह हुआ। वह मैडम झू के साथ काम कर रही थी। वह एक इटालियन लड़की थी–काली और ख़ूबसूरत। एक रात जब वह लियोपोल्ड में उला के साथ आई तो मैंने ही दोनों का परिचय कराया था। वह दोनों ही पैलेस में काम करते थे।'

'उला पैलेस पर काम करती थी?'

'उला तो मैडम झू के पास मौज़ूद सबसे लोकप्रिय लड़कियों में से एक थी। उसके बाद उसने पैलेस छोड़ दिया। मॉरिजियो का जर्मन दूतावास में एक संपर्क था। वह जर्मन लोगों के साथ किसी सौदे को अंज़ाम देना चाहता था और उसे पता चला कि जर्मन उला के पीछे पागल था। दूतावास के अधिकारी की मान–मनुहार और अपनी बचत की मदद से मॉरिजियो ने पैलेस से उला को ख़रीद लिया। मॉरिजियो ने उला का इस्तेमाल दूतावास के व्यक्ति से अपना हर काम निकलवाने के लिए किया। फिर उसने उसे छोड़ दिया। वह व्यक्ति पागल हो गया और उसने ख़ुद को गोली मार ली। तब तक मॉरिजियो ने उला को काम में झोंक दिया था, क्योंकि वह उससे अपनी उधारी वसूलना चाहता था।'

'तुम्हें पता है, मुझे मॉरिजियो से नफ़रत है।'

'सच है कि यह एक बहुत ही ख़राब सौदा था। लेकिन कम से कम वह मैडम झू और पैलेस से तो आज़ाद हो गई थी। मुझे इस बारे में मॉरिजियो को श्रेय देना ही होगा–उसने साबित किया कि ऐसा किया जा सकता है। उससे पहले कभी किसी को सफलता नहीं मिली थी–बिना अपने चेहरे पर तेज़ाब के दाग़ों के। जब उला ने मैडम झू का साथ छोड़ा तो क्रिस्टिना भी ऐसा ही करना चाहती थी। मैडम झू को दबाव के चलते उला को छोड़ना पड़ा था, लेकिन अगर वह क्रिस्टिना को भी छोड़ देती तो उसका धंधा चौपट हो जाता। अहमद उसके प्यार में पागल था और एक बार देर रात वह पैलेस पहुंचा ताकि मैडम झू के साथ भिड़ सके। मुझे भी उसके साथ जाना था। मैं मैडम झू के साथ कारोबार करती थी–मैं अपने बॉस के लिए कारोबारी वहां लाती थी और वह वहां बहुत सारा पैसा ख़र्च करते थे–यह तो तुम जानते ही हो। मुझे लगा वह मेरी बात मान लेगी। लेकिन मुझे कहीं से बुलावा आ गया। मेरे पास एक काम था...एक काम...यह बहुत ही महत्त्वपूर्ण संपर्क था...मैं मना नहीं कर सकती थी। अहमद अकेला पैलेस गया। अगले दिन पैलेस से कुछ दूरी पर अहमद और क्रिस्टिना के शव एक कार में मिले। पुलिस...का कहना था कि दोनों ने रोमियो–जूलियट की तरह ज़हर खाकर जान दे दी।'

'तुम्हें लगता है उसने उनके साथ यह किया, मैडम झू ने और तुम दोष ख़ुद को देती हो, क्या ऐसी बात है?'

'कुछ इसी तरह की समझ लो।'

'तो क्या उस दिन वह उसी के बारे में बात कर रही थी, धातु की जाली के भीतर से, जब हम लिसा कार्टर को वहां से बाहर निकाल लाए? क्या इसी वजह से तुम रो रही थी?'

'अगर तुम जानना ही चाहते हो,' उसकी आवाज़ अचानक रूखी हो गई, 'वह मुझे बता रही थी कि उसने उनको मारने से पहले उनके साथ क्या किया। उसने मुझे बताया कि उनकी मौत से पहले वह उनके साथ किस तरह से खेली।'

मैंने जबड़े भींच लिए और मैं दोनों की सांसों को एक होता महसूस करने लगा। तभी उसने उनींदी आंखों से पूछ ही लिया, 'और तुम्हारी क्या कहानी है? मेरी कहानी की बात तो हो गई। तुम मुझे अपनी कहानी कब बताओगे?'

मैं कुछ देर चुप रहा और उसकी आंखें नींद के चलते बंद हो गईं। मैं जानता था कि यह उसकी पूरी कहानी नहीं थी। उसने कहानी से जो कुछ अंश छिपा लिए हैं, वे भी मेरे लिए उतने ही महत्त्वपूर्ण थे। असलियत विस्तृत जानकारी में ही छिपी थी। फिर भी उसने मुझे काफ़ी बड़ा ख़ज़ाना थमा दिया था। थकान के उन लम्हों में मैंने पहले के कई महीनों की तुलना में काफ़ी ज़्यादा जान लिया था। प्रेमी इस तरह की अंतदृष्टि से अपना रास्ता ढूंढ़ते हैं : वे तारे हैं जिनका उपयोग हम इच्छा के सागर में नेविगेट करने के लिए करते हैं। और उन सितारों में सबसे चमकीले सितारे दिल का टूटना और दुख हैं। आपका सबसे क़ीमती तोहफ़ा आपकी पीड़ा है जिससे आप प्रेमी को अपने पास ला सकते हैं। इसलिए मैंने उसके द्वारा मेरे सामने क़बूला गया हर दुख सह लिया और इसे आकाश में टांक दिया।

रात में कहीं जितेंद्र अपनी प्यारी पत्नी के लिए रो रहा होगा। प्रभाकर लाल कपड़े से पार्वती का पसीने से सना चेहरा पोंछ रहा होगा। कंबल पर हमारे शरीर थकान और उसकी गाढ़ी नींद से आलिंगनबद्ध थे। बीमारी और उम्मीद, मौत और प्रतिकार से घिरे हुए। मैंने कार्ला की अंगुलियों को अपने होंठों से चूमा और हमेशा के लिए अपना दिल उसे देने की शपथ ली।

अध्याय 19

हैजे की महामारी में हमने नौ लोगों को गंवाया। उनमें से छह तो बच्चे थे। जितेंद्र का इकलौता बेटा सतीश बच गया, लेकिन उस बच्चे के दो सबसे ख़ास दोस्त मौत के मुंह में चले गए। वह दोनों ही मेरी अंग्रेज़ी की कक्षा के बेहद उत्साहित छात्र थे। उन छोटे बच्चों की शवयात्रा जब निकली तो हर राह चलते व्यक्ति का दिल पसीज गया और उनके लिए दुआओं में हाथ ऊपर उठने लगे। पार्वती बीमारी से उबर गई और प्रभाकर ने लगातार दो सप्ताह उसकी ख़ूब सेवा की। वह रात को उसकी झोपड़ी के बाहर ही प्लास्टिक बिछाकर सो जाता था। सीता ने पिताजी की चाय की दुकान पर पार्वती की जगह ले ली थी और वह दुकान के सामने से आते-जाते जॉनी सिगार का अपनी आंखों से हरदम पीछा करती रहती थी।

कार्ला सबसे बुरे छह दिन वहां रही और बाद के सप्ताहों में भी कुछ मर्तबा आती रही। जब संक्रमण की दर शून्य हो गई और आपदा सबसे गंभीर मामलों से भी चली गई, मैंने तीन बाल्टी पानी से स्नान किया। साफ़-सुथरे कपड़े पहनकर मैं पर्यटकों की खोज में निकल पड़ा। मैं कंगाली की स्थिति में था। बारिश बहुत भारी थी और शहर के अनेक इलाक़ों में बाढ़ की स्थिति ने सड़कों पर काम करने वाले दलालों, डीलरों, गाइडों, कलाबाजों, भिखारियों और काला बाज़ारियों की हालत पतली कर दी। दुकानें डूब जाने से अनेक कारोबारियों का भी यही हाल था।

पर्यटकों के डॉलरों के लिए कोलाबा में गलाकाट स्पर्धा की स्थिति थी। यमन के रास्ते के विक्रेता चाकू और हाथ से बुनी गई कुरान की आयतों के साथ मौज़ूद थे। ऊंचे क़द के आकर्षक सोमालियाई चांदी के सिक्कों से तैयार ब्रेसलेट लेकर मैदान में थे। ओड़िशा के कलाकार सुखाई गई पपीते की पत्तियों पर ताजमहल उकेरकर आ चुके थे। नाइजीरियाई हाथी दांत की छड़ियां बेच रहे थे, जिनमें चाकू छिपा रहता था। ईरानियों के पास फ़िरोजी रंग के पत्थर थे तो उत्तर प्रदेश के ढोल विक्रेता भी पांच-छह ढोल लेकर बाज़ार में उतर चुके थे। किसी पर्यटक के जरा सी भी दिलचस्पी दिखाते ही वे ढोल पीटने लगते थे। अफ़गानिस्तान के निर्वासित चांदी के बड़े छल्ले बेच रहे थे जिन पर पश्तो भाषा में लिखा गया था। साथ ही वे कबूतर के अंडे के आकार के जवाहर बेच रहे थे।

अगरबत्ती बेचने वाले, स्टोव साफ़ करने वाले, कान साफ़ करने वाले, पैरों की मसाज करने वाले, सोडा बोतलों वाले, चाय वाले, फूल वाले, लांड्री वाले,

पानी पहुंचाने वाले, नर्तक, कलाबाज, गायक, संगीतकार, भविष्यवेत्ता, आग का खेल दिखाने वाले, बंदरों के मदारी, संपेरे, भालुओं के मदारी, भिखारी जैसे भीड़ भरी सड़कों पर ही धंधा करने वाले अनेक लोगों ने इलाक़े को जीवंत कर दिया था।

तेज़ी से पैसे कमाने के फेर में उनमें से तक़रीबन हर कोई किसी न किसी तरह से क़ानून को तोड़ रहा था। लेकिन सबसे तेज़ी से पैसा कमाने वालों में कालाबाज़ारियों का नंबर सबसे अव्वल था। इस जटिलता भरे नेटवर्क के बीच कुछ कारणों से सड़क पर मैं भी स्वीकार्य था। पहली बात मैं केवल उन्हीं पर्यटकों के साथ काम करता था जो कि भारतीयों के साथ सौदेबाजी को लेकर बेहद सावधान या पूर्वाग्रह से ग्रस्त हों। अगर मैंने उनसे संपर्क नहीं साधा तो कोई भी नहीं साधता था। दूसरा, पर्यटक चाहे जो भी मांग करे मैं हमेशा उनको उचित भारतीय कारोबारियों के पास ही ले जाता था। मैं ख़ुद कभी सौदा नहीं करता था। तीसरा मैं लालची नहीं था : मेरा कमीशन शहर के बदमाशों द्वारा तय दर वाला ही था। साथ ही जब कभी ज़्यादा कमीशन मिल जाता तो मैं यह सुनिश्चित करता कि उसका कुछ हिस्सा इलाक़े के रेस्तरांओं, होटलों और भिखारियों तक भी पहुंचे।

और भी कुछ बात थी, बेहद कम दर्शनीय लेकिन बेहद महत्त्वपूर्ण। कमीशन और आपसी संघर्ष से भी ज़्यादा। एक श्वेत विदेशी–जो अधिकांश के लिए यूरोपियन था–इतनी आसानी से यहां के धंधे में स्थिर हो गया है, यह बात सड़क के भारतीयों के लिए बेहद संतोषजनक थी। गौरव और शर्म के मिश्रण के बीच मेरी मौज़ूदगी उनके अपराधों को वैधता का चोला पहना देती थी। वे जो हर रोज़ करते हैं, वह इतना भी बुरा नहीं हो सकता है अगर कोई गोरा उनके साथ कंधे से कंधा मिलाकर यह काम करता है तो। मेरी नाकामी उनका उत्साह और बढ़ा देती थी, क्योंकि वे इतने बुरे भी नहीं थे। एक पढ़ा–लिखा विदेशी लिन बाबा जो अपराध जगत के साथ था, उनकी ही तरह सड़कों पर काम करता था।

ना ही मैं ऐसा अकेला विदेशी था, जिसका जीवनयापन काले बाज़ार से हो रहा हो। वहां सब मौज़ूद थे, यूरोपियन, अमेरिकी ड्रग व्यापारी, दलाल, नक़ली नोटों का धंधा करने वाले, ठग, हीरा व्यापारी और तस्कर। उनमें दो लोग ऐसे भी थे जिनका दोनों का नाम जॉर्ज था। एक कैनेडा का था तो दूसरा इंग्लैंड का। वे बरसों से सड़कों पर रहने वाले लंगोटिया यारों की तरह थे। किसी को भी उनका उपनाम नहीं पता था। उनमें अंतर जानने के लिए उन्हें राशि नाम से पहचाना जाता था : स्कॉर्पियो जॉर्ज और जेमिनी जॉर्ज। दोनों जॉर्ज नशेड़ी थे जिन्होंने अपने पासपोर्ट बेच डाले थे, जो कि उनके पास मौज़ूद सबसे क़ीमती अंतिम वस्तु थी। फिर वह हेरोइन टूरिस्ट के लिए काम करने लगे–वे पर्यटक जो भारत आकर हेरोइन का भरपूर मज़ा लेते हैं, एक या दो सप्ताह तक, उसके बाद दोबारा अपने देशों के सुरक्षित माहौल में लौट जाते हैं। इस तरह के पर्यटकों की संख्या बहुत ज़्यादा थी और दोनों जॉर्ज का उनसे साथ सौदेबाजी से गुजारा चल रहा था।

पुलिसवाले मुझे और जॉर्ज द्वय और अन्य विदेशियों को सड़कों पर काम करते हुए देखते थे। वे अच्छी तरह से जानते थे कि हम क्या काम कर रहे हैं। उनका तर्क यह था कि हम किसी तरह का हिंसक नुक़सान नहीं पहुंचा रहे हैं और काले बाज़ार में कारोबार के लिहाज़ से हम अच्छे थे, जहां से उन्हें उनकी रिश्वत और अन्य फ़ायदे मिल जाया करते थे। वे ड्रग्स और मुद्रा से जुड़े डीलर्स से भी हफ़्ता लेते थे। उन्होंने हमें अकेला छोड़ दिया। उन्होंने मुझे अकेला छोड़ दिया।

हैजा महामारी के बाद के उस पहले ही दिन मैंने तीन घंटे में 200 अमेरिकी डॉलर की कमाई की। यह बहुत ज़्यादा नहीं था, लेकिन मैंने फ़ैसला किया कि यह पर्याप्त है। बारिश सुबह आ चुकी थी और दोपहर तक यह रिमझिम फुहारों में तब्दील हो चुकी थी। इस तरह की बारिश जो फिर कई हफ़्ते तक बनी रहती है। मैं प्रेसिडेंट होटल के पास एक बार स्टूल पर बैठकर गन्ने का ताज़ा रस पी रहा था। यह जगह हमारी झोपड़पट्टी से ज़्यादा दूर नहीं थी। अचानक बारिश में से विक्रम दौड़ता हुआ आया।

'हे लिन! क्या हाल हैं? क्या कर रहे हो तुम? इस बारिश ने तो सारा मज़ा किरकिरा कर दिया *यार।*'

हमने हाथ मिलाया और मैंने उसके लिए भी गन्ने का रस मंगाया। उसने अपनी काली फ़्लेमेंको टोपी पीछे की ओर कर दी, जहां वह गले से लगी रस्सी से लटकती रही। उसकी काली शर्ट पर बटनों की पट्टी के साथ सफ़ेद आकृतियों की कढ़ाई की हुई थी। उसका बेल्ट अमेरिकी चांदी के डॉलर के सिक्कों से बना था। काले फ़्लेमेंको पैंट पर बाहर की ओर नीचे की ओर जाती हुई बारीक सफ़ेद स्क्रॉल की कढ़ाई की गई थी जो कि तीन छोटे चांदी के बटनों एक पंक्ति के साथ ख़त्म हो रही थी। उसके क्यूबा के एड़ी वाले जूतों में चमड़े के क्रॉसओवर लूप थे, जो बाहर की तरफ़ बकल से एकसाथ बंधे हुए थे।

'घुड़सवारी के लायक़ मौसम नहीं है *ना?*'

'ओह नहीं!' वह थूका, 'तुमने लेति और घोड़े वाली बात सुनी? हे भगवान, यार उसे कुछ हफ़्ते हो गए। मैंने तुम्हें काफ़ी अरसे से नहीं देखा।'

'लेति के क्या हालचाल हैं?'

'बहुत अच्छे नहीं।' उसने आह भरते हुए कहा, हालांकि उसके चेहरे पर मुस्कान खिली हुई थी। 'लेकिन मुझे लगता है कि वह मुझसे पट रही है। वह एक बहुत ख़ास क़िस्म की लड़की है। मुझसे प्यार करने से पहले उसे मुझसे पूरी नफ़रत कर लेने दो। लेकिन मैं उसे हासिल करके रहूंगा, फिर भले ही पूरी दुनिया मुझे दीवाना कहे।'

'मुझे नहीं लगता कि तुम्हारा उसके पीछे जाना कोई दीवानापन है।'

'तुम्हें भी नहीं लगता है ना?'

'नहीं। वह एक अच्छी लड़की है। वह एक बहुत ही अच्छी लड़की है। तुम एक अच्छे इंसान हो। और तुम लोगों की सोच से कहीं बेहतर हो। तुम्हारा स्वभाव मज़ाकिया है और तुम्हें हंसना पसंद आता है। उसे पाखंडियों से नफ़रत है और तुम भी उनसे चिढ़ते हो। मेरे विचार में तुम्हारी भी ज़िंदगी में उसी की तरह की दिलचस्पी है। मुझे लगता है कि तुम्हारी जोड़ी बहुत अच्छी है या तुम एक अच्छी जोड़ी साबित होगे। और मुझे लगता है कि विक्रम अंततः तुम उसका दिल जीतने में कामयाब रहोगे। मैंने उसका तुम्हारी तरफ़ देखने का अंदाज़ देखा है, फिर भले ही वह तुम पर अपना सारा गुस्सा उतार रही हो। वह तुम्हें इतना ज़्यादा पसंद करती है कि उसे तुम्हें ज़मीन पर बनाए रखना पड़ता है। यह उसका तरीक़ा है। बस उससे चिपके रहो और अंत में तुम उसे जीत लोगे। '

'लिन...*सुनो* भाई। यही है। बस यही बात मुझे तुम्हारे बारे में पसंद आती है! मतलब यार तुम्हारा अंदाज़ बहुत ही शानदार है। अब से मैं तुम्हारा दोस्त हूं। मुझसे अब तुम्हारा ख़ून का रिश्ता है। अगर तुम्हें किसी भी बात की ज़रूरत हो तो बस मुझे फ़ोन करना। तो यह बात पक्की रही?'

'निश्चित तौर पर,' मैंने मुस्कराते हुए कहा, 'बात पक्की।'

वह चुप्पी साधकर बाहर की बारिश को निहारने लगा। उसके घुंघराले काले बाल उसके कंधों तक बढ़ चुके थे और वे आगे और बग़ल से छांट दिए गए थे। उसकी मूंछें किसी पेन की नोक की तरह बारीक़ तराश दी गई थी। बाज जैसी नाक, मज़बूत जबड़ा उसके चहरे की कुछ और ख़ासियतें थीं। उसकी आंखें युवा, उत्सुक और मज़ाक़ से भरपूर थीं।

'लिन, तुम जानते हो, मैं वाक़ई उसे *पसंद* करता हूं,' उसने बहुत नरम आवाज़ में कहा। उसकी आंखें फ़ुटपाथ की ओर झुकी और फिर उठ गई। 'मुझे वह अंग्रेज़ी लड़की वाक़ई बहुत पसंद है।'

'तुम जानते हो विक्रम मुझे यह वाक़ई पसंद है,' मैंने उसकी आवाज़ की नक़ल करते हुए कहा। उसके चेहरे पर हैरत के भाव दिखने के बाद मैंने कहा, 'मुझे तुम्हारा यह काउबॉय शर्ट बहुत पसंद है।'

'क्या *यह* पुरानी वस्तु?' वह मेरे साथ हंसते हुए चिल्लाया, 'तुम चाहो तो इसे ले सकते हो।'

वह स्टूल से कूदा और शर्ट खोलने लगा।

'नहीं, नहीं! मैं तो केवल मज़ाक़ कर रहा था।'

'क्या मतलब? तुम्हारा मतलब है कि तुम्हें मेरी शर्ट पसंद नहीं आई?'

'मैंने ऐसा तो नहीं कहा।'

'तो फिर मेरे इस शर्ट में क्या बुराई है?'

'तुम्हारे शर्ट में कोई भी बुराई नहीं है, बस मुझे यह नहीं चाहिए।'

'बहुत देर कर दी तुमने,' यह कहते हुए उसने अपनी शर्ट उतारकर मेरी तरफ़ फेंक दी। 'बहुत देर हो चुकी!'

शर्ट के नीचे उसने काली बनियान पहन रखी थी और काली टोपी अब भी उसकी पीठ पर लटक रही थी। गन्ने के रस की दुकान वाले के पास एक पोर्टेबल हाई-फ़ाई था, जिससे एक हिट हिंदी गाना बजने लगा।

'हे, मुझे यह गाना पसंद है, *यार!*' विक्रम चिल्लाया, 'बाबा आवाज़ बढ़ाओ! *अरे* आवाज़ फुल *करो!*'

गन्ने के रस वाले ने तुरंत उसकी बात मानते हुए आवाज़ को अधिकतम कर दिया और विक्रम वह गाना गाने के साथ-साथ नाचने लगा। अपना नृत्य कौशल दिखाते हुए वह अचानक भीड़ से बाहर निकला और बारिश में नाचने लगा। उसके झूमने-नाचने के कारण एक मिनट के ही भीतर कई युवक उसके साथ नाचने लगे। छह, सात, आठ लोग बारिश में हंसते हुए नाच रहे थे जबकि हम बाक़ी के लोग तालियां बजाकर उनका उत्साह बढ़ा रहे थे।

अपना रुख़ मेरी तरफ़ करके विक्रम ने मेरी कलाई को दोनों हाथों से पकड़ लिया और फिर मुझे नाचने के लिए खींचने लगा। मैंने विरोध किया और हाथ छुड़ाने की कोशिश भी की, लेकिन तब तक कई हाथ उसकी मदद के लिए आगे आ चुके थे। मुझे डांसरों के बीच धकेल दिया गया। मैंने भारत के सामने घुटने टेक दिए, जैसा कि मैं हर दिन करता था, तब और आज भी करता हूं ज़िंदगी के हर एक दिन, फिर मैं दुनिया के किसी भी कोने में रहा हूं। मैं विक्रम के क़दमों से क़दम मिलाते हुए नाचने लगा और गली के सारे लोग उत्साह बढ़ाने लगे।

गाना कुछ मिनटों के बाद ख़त्म हो गया और हमने मुड़कर देखा तो लेति हमें देखकर मज़े ले रही थी। विक्रम ने दौड़कर उसका स्वागत किया और मैं भी बारिश से बचकर उन तक पहुंचा।

'मुझे मत बताओ! मैं नहीं जानना चाहती!' लेति ने हाथ उठाकर मुस्कराते हुए विक्रम को बोलने से रोक दिया, 'तुम अपनी निजी ज़िंदगी में बारिश की फुहारों के बीच क्या करते हो यह तुम्हारा निजी मामला है। हैलो लिन। तुम कैसे हो प्यारे?'

'बहुत अच्छा। तुम्हारे लिहाज से बहुत गीला है ना?'

'तुम्हारा बारिश का नाच तो किसी जश्न की तरह लग रहा था। कार्ला के यहां मुझसे और विक्रम से मिलने की संभावना थी। हम माहिम में जाज कंसर्ट में जाने वाले हैं। लेकिन ताज के वहां पर बाढ़ आ गई है। उसने अभी मुझे फ़ोन करके बताया। पूरा गेटवे ऑफ़ इंडिया का इलाक़ा पानी में डूब गया है। लिमोसिन और टैक्सियां काग़ज़ की नावों की तरह तैर रही हैं और लोग बाहर नहीं निकल पा रहे हैं। वे होटल में फंस गए हैं और हमारी कार्ला भी सबके साथ वहां पर फंस गई है।'

अपने आस-पास देखने पर मैंने पाया कि प्रभाकर का भाई शंटू अब भी रेस्तरां के बाहर टैक्सी में बैठा हुआ था, जहां मैंने उसे कुछ देर पहले देखा था। मैंने अपनी

घड़ी देखी। साढ़े तीन बजा था और मैं जानता था कि मछुआरे अपने जालों के साथ समंदर के तट पर पहुंच चुके होंगे। मैं फिर एक बार विक्रम और लेति की ओर मुड़ा।

'माफ़ करना दोस्तों, मुझे जाना होगा!' मैं विक्रम के हाथ में शर्ट थमाई, 'शर्ट के लिए धन्यवाद। मैं इसे अगली बार ले लूंगा। इसे मेरे लिए संभालकर रखना।'

मैंने शंटू की टैक्सी में छलांग लगाते हुए मीटर चालू कर दिया। लेति और विक्रम ने हाथ हिलाकर मुझे विदा किया। मैंने कोलियों की बस्ती के रास्ते में शंटू को पूरी योजना समझा दी। उसके सांवले चेहरे पर मुस्कान खिल गई और उसने हैरानी में सिर हिलाया। बारिश से तरबतर रास्ते पर फिर उसने टैक्सी की गति को कुछ और बढ़ा दिया।

मछुमारों की बस्ती में मैंने विनोद की मदद लेने का फ़ैसला किया, जो कि क्लीनिक का मेरा मरीज और प्रभाकर का क़रीबी दोस्त था। उसने अपनी छोटी डोंगी का चयन किया और हमने उसे उठाकर टैक्सी की छत पर रखकर रेडियो क्लब होटल के नज़दीक ताज होटल के परिसर का रुख़ किया।

शंटू हर सप्ताह छह दिन प्रतिदिन 16 घंटे टैक्सी चलाता था। वह इस बात को लेकर दृढ़प्रतिज्ञ था कि उसके बेटे और दो बेटियों की ज़िंदगी उससे बेहतर हो। उसने उनकी पढ़ाई और संभावित दहेज के लिए बचत की थी। वह हमेशा थका हुआ, भयावह और मामूली सा ही दिखता था, हर ग़रीब की तरह। विनोद अपनी मज़बूत बांहों के बल पर समंदर से निकाली गई मछलियों के सहारे अपने अभिभावकों, पत्नी और पांच बच्चों का पालन-पोषण करता था। अपनी पहल पर उसने 20 अन्य ग़रीब मछुआरों के साथ मिलकर एक सहकारी संस्था बना ली थी। संसाधनों के उस एकत्रीकरण के कारण सुरक्षा का एक कवच तो प्रदान किया, लेकिन उसके लिए विलासिता का मतलब था नई सैंडल या स्कूल की नई किताबें या किसी दिन तीसरी बार भोजन का सुख। फिर भी जब उन्हें पता चला कि मैं जो करने जा रहा हूं वह क्यों कर रहा हूं, दोनों ने ही मुझसे पैसे लेने से साफ़ इंकार कर दिया। मैंने लाख कोशिश की। यहां तक कि नोट उनकी जेब में ठूंसने का प्रयास भी किया, लेकिन उन्होंने इसे अस्वीकार कर दिया। वे ग़रीब, थके हुए और चिंता में डूबे लोग थे, लेकिन वह भारतीय थे और कोई भी भारतीय आपको यह बता देगा कि भले ही प्यार की खोज भारत में नहीं हुई हो, लेकिन उसमें महारत यहीं पर हासिल की गई।

हमने लंबी सपाट नौका को आनंद के इंडिया गेस्ट हाउस के पास स्थित रेडियो क्लब के क़रीब उथले पानी में उतार दिया। शंटू ने मुझे टैक्सी ख़राब होने पर इस्तेमाल होने वाली ऑइलस्किन कैप और अच्छी क़िस्मत के लिए अपनी घिस चुकी टैक्सी ड्राइवर वाली टोपी भी थमा दी। विनोद और मैंने जब ताज होटल की राह पकड़ी तो उसने हाथ हिलाकर हमें विदा किया। आमतौर पर टैक्सियों, ट्रकों, मोटरसाइकलों और निजी कारों से पटे पड़े रहने वाले इलाक़े में हम चप्पू के सहारे डोंगी को आगे बढ़ाए जा रहे थे। बेस्ट स्ट्रीट कॉर्नर तक पानी का स्तर बढ़ता ही चला

गया। ताज महल होटल का परिसर शुरू हुआ तो पानी कमर तक की ऊंचाई तक आ चुका था।

ताज ने आस-पास की सड़कों पर इस तरह की बाढ़ का कई बार सामना किया है। होटल एक ऊंचे प्लेटफ़ॉर्म पर बना हुआ था और चौड़े दरवाज़ों तक पहुंचने के लिए दस ऊंची सीढ़ियां थीं। इस वर्ष बारिश इतनी तेज़ थी कि केवल दो ही सीढ़ियां डूबने से बची हुई थीं। कारें तैर रही थीं और गेटवे ऑफ़ इंडिया से टकरा रही थीं। हमने डोंगी को सीधे मुख्य द्वार पर ही लगा दिया। बरामदा और गलियारा लोगों से भरा हुआ था : रईस कारोबारी अपनी लिमोसिन को पानी में डूबते-उतराते हुए देख रहे थे, महंगे स्थानीय और विदेशी परिधानों में महिलाएं, अभिनेता, राजनीतिज्ञ, फ़ैशन में डूबे अमीरजादे।

कार्ला इस तरह से आगे आई मानो वह हमारा इंतज़ार ही कर रही थी। उसने मेरा हाथ पकड़ा और डोंगी में आ गई। उसके डोंगी के बीच में बैठते ही मैंने ऑइलस्किन कैप उसकी तरफ़ फेंकी। उसने उसे ओढ़ लिया। विनोद ने चक्कर मारकर गेटवे स्मारक का रुख़ किया। जैसे ही उसमें घुसे उसने अचानक गाना शुरू कर दिया। स्मारक में आवाज़ इतनी अच्छी तरह से गूंज रही थी कि उसका प्रेमगीत गूंजने लगा और जिसने भी सुना उसके दिल में घंटियां बजने लगीं।

विनोद हमें रेडियो क्लब होटल के टैक्सी स्टैंड ले आया। मैं कार्ला को डोंगी से बाहर आने के लिए मदद करने लगा तो उसने फुटपाथ पर छलांग लगा दी। हम कुछ देर तक एक-दूसरे को थामे रहे। उसकी आंखें और ज़्यादा गहरी हरी दिख रही थीं। उसके काले बाल बारिश की बूंदों से चमक रहे थे। उसकी सांसें ख़ूशबू बिखेर रही थीं।

हम अलग हुए और मैंने उसके लिए एक टैक्सी का दरवाज़ा खोल दिया। उसने मुझे टोपी और कपड़ा थमा दिया और पीछे बैठ गई। मेरे डोंगी से उसके पास पहुंचने से लेकर अब तक उसने एक भी शब्द नहीं कहा था। उसके बाद उसने ड्राइवर से बातचीत शुरू कर दी।

'माहिम चलो।' उसने कहा। *'चलो!'*

टैक्सी के गति पकड़ते ही उसने फिर एक बार मेरी तरफ़ देखा। उसकी आंखों में एक आदेश या एक गुज़ारिश थी। मैं तय नहीं कर पा रहा था कि वह क्या था। विनोद और शंटू ने भी इसे देखा और मेरे कंधे पर हल्की सी थपकी दी। हमने विनोद की डोंगी को फिर से टैक्सी की छत पर रखा। जब मैं शंटू के पास बैठकर छत पर रखी डोंगी को एक हाथ निकालकर थामने लगा तो मुझे भीड़ में एक चेहरा दिखा। वह राजन था, मैडम झ़ू का नपुंसक सेवक। वह मुझे घूर रहा था। उसके चेहरे से उदासी और नफ़रत टपक रही थी।

कोलियों की बस्ती में वापसी तक वह चेहरा मेरी आंखों के सामने घूमता रहा। लेकिन जब हमने डोंगी उतार दी तो शंटू ने विनोद और मेरे साथ रात के भोजन का

न्यौता स्वीकार लिया। मैंने राजन के चेहरे पर मौज़ूद दुर्भावना को पिघलने दिया। मैंने एक स्थानीय रेस्तरां को खाने का ऑर्डर दिया और वह हमें समंदर के तट पर गर्मागर्म पहुंचा दिया गया। हमने एक पुरानी पतवार के टुकड़े पर खाने के बर्तनों को रखा और प्लास्टिक के एक तिरपाल के नीचे बैठकर खाने लगे। विनोद के अभिभावकों, पत्नी और पांच बच्चे भी शंटू और मेरे पास बैठे थे। बारिश जारी थी, लेकिन मौसम गर्म हो चुका था और खाड़ी से आ रही हल्की सी बयार उस नम शाम को कुछ राहत भरा बना रही थी। हमने चिकन बिरयानी, मलाई कोफ़्ता, वेजिटेबल कोरमा, चावल, तरी वाली सब्ज़ियों,आलू, चावल, गोभी, बटर नान ब्रेड, दाल, पापड़, आम की हरी चटनी की भरपूर दावत उड़ाई। बच्चों की आंखों में ख़ुशी साफ़ झलक रही थी। उनके चेहरे की ख़ुशी देखकर हमें भी बहुत अच्छा लग रहा था।

जब रात हुई तो मैं टैक्सी से अपने कोलाबा के पर्यटकों वाले इलाक़े में आ गया। मैं इंडिया गेस्ट हाउस में कुछ घंटों के लिए कमरा लेना चाहता था। मुझे होटल के सी-फ़ॉर्म की चिंता नहीं थी। मैं जानता था कि मुझे होटल में रजिस्टर पर हस्ताक्षर नहीं करने होंगे और आनंद मेरा नाम उसके मेहमानों में शामिल कर लेगा। इस व्यवस्था पर हमारे बीच कई महीने पहले ही सहमति हो चुकी थी-शहर के अधिकांश सस्ते होटलों में यही व्यवस्था काम करती थी। इसके तहत मैं घंटे के हिसाब से सीधे उसे ही किराये का भुगतान कर देता था, ताकि मैं शॉवर इस्तेमाल कर सकूं या उसके किसी कमरे में निजी कारोबार कर सकूं। मैं दाढ़ी करना चाहता था। मैं शॉवर के नीचे आधा घंटा बिताना चाहता था, बहुत सारे शैम्पू और साबुन के साथ। मैं सफ़ेद टाइल्स वाले बाथरुम में बैठकर हैजे, त्वचा को लगी खरोंचों को भूल जाना चाहता था।

'ओह लिन, तुम्हें देखकर बहुत अच्छा लगा!' आनंद मुझे देखते ही चिल्लाया। उसकी आंखें तनाव से चमक रही थीं और उसका लंबा आकर्षक चेहरा मायूस लग रहा था। 'हम यहां एक समस्या में फंस गए हैं। जल्दी आओ!'

वह मुझे मुख्य गलियारे के एक कमरे में ले गया। एक लड़की ने दरवाज़ा खोला और इटालियन में कुछ बोली। वह बहुत ही हताश लग रही थी। उसके बाल बिखरे हुए थे। उसका नाइट ड्रेस भी एक तरफ़ से लटकी हुई थी। वह नशेड़ी थी और लगभग नींद में ही थी, लेकिन उसकी गिड़गिड़ाहट में दर्द था।

बिस्तर पर एक युवक लेटा हुआ था। उसका एक पैर बिस्तर के नीचे था। वह कमर तक अधनंगा था और उसकी पतलून खुली हुई थी। एक जूता निकला हुआ था, जबकि दूसरा अब भी बाएं पैर में था। वह लगभग 28 बरस का था और मर चुका था। नब्ज़ में कोई हलचल नहीं। कोई धड़कन नहीं। कोई सांस नहीं। ड्रग्स के ओवरडोज ने उसके शरीर को अंधकार भरे कुएं में धकेल दिया था और उसका चेहरा नीला पड़ चुका था। मैंने उसके शरीर को उठाकर बिस्तर पर ठीक से लिटाया और उसकी गर्दन के नीचे चादर का एक रोल रखा।

'बहुत बुरा हुआ, लिन।' आनंद ने परेशान होकर कहा। वह दरवाज़े से पीठ लगाकर खड़ा था ताकि कोई भीतर नहीं घुस सके।

उसकी अनदेखी करते हुए मैंने युवक के दिल को दोबारा ज़िंदा करने के लिए सीपीआर देना शुरू किया। मैं इसे अच्छी तरह से जानता था। मैं कई नशेड़ियों को ओवरडोज से बाहर निकाल चुका था, तब भी जब मैं ख़ुद एक नशेड़ी था। अपने देश में तो मैं 50 से 80 बार ऐसे मुर्दों को दोबारा ज़िंदा कर चुका था। मैंने युवक के दिल को ज़िंदा करने के प्रयास किए और उसके फेफड़ों में सांस भरी। 10 मिनट बाद अचानक उसने सीने में गहरे कहीं कुछ हलचल हुई और वह खांसा। मैं घुटने के बल बैठकर देख रहा था कि क्या वह ख़ुद सांस लेने लायक़ था। सांस बहुत धीरे चल रही थी, फिर और धीमी हो गई और एक आह के साथ रुक गई। यह आवाज़ चट्टानों के बीच से निकलने वाले गर्म पानी के फ़व्वारे की तरह थी। मैंने दोबारा सीपीआर शुरू किया। यह थका देने वाला काम था। उसके पूरे शरीर को मेरे हाथों और मेरे फेफड़ों से ज़िंदा करने की कोशिश।

इस दौरान लड़की दो बार ढेर हो गई। आनंद ने थप्पड़ मारकर उसे जगाए रखा। तीन घंटे की कड़ी मशक्क़त के बाद मैं और आनंद उस कमरे से बाहर निकले। हम दोनों की शर्टें इस तरह भीग गई थीं मानो हम बाहर बारिश से भीगकर आए हों। वह दंपत्ति अब जागा हुआ था और लड़की की पहले की गिड़गिड़ाहट के बावज़ूद हमसे इस बात को लेकर नाराज़ था कि हमने उनके नशे का पूरा मज़ा ही किरकिरा कर दिया। मैंने दरवाज़ा बंद कर दिया। मैं जानता था कि जल्द ही इस शहर में कोई और उनके लिए दरवाज़ा हमेशा के लिए बंद कर देगा। हर बार जब नशेड़ी नशे में ऐसी हालत से गुजरता है तो वह और गहरे चला जाता है। उसके बाद उन्हें उससे बाहर निकालना मुश्किल होता जाता है।

आनंद मेरा ऋणी था। मैंने शॉवर लिया, दाढ़ी की और धोए और प्रेस की हुई नई शर्ट का तोहफ़ा स्वीकार लिया। हम मुख्य काउंटर पर बैठकर चाय की चुस्कियां लेने लगे। कुछ लोग जब आपके अधिक ऋणी हो जाते हैं तो आपको कम चाहने लगते हैं। कुछ लोग होते हैं जो आपको तब चाहने लगते हैं जब वे आपके ऋणी होते हैं। आनंद इस बंधन को ख़ुशी से सहजता के साथ स्वीकारता था और हाथ मिलाने का उसका अंदाज़ दोस्तों की आपसी बातचीत जितना ही प्रभावी था।

जब मैं सड़क पर आया तो एक टैक्सी मेरे पास आकर रुकी। पिछली सीट पर उला बैठी थी।

'लिन! क्या तुम कुछ वक़्त के लिए मेरे साथ आ सकते हो?'

चिंता से ज़्यादा डर ने उसकी आवाज़ को मिमियाने की तरह कर दिया था। उसका ख़ूबसूरत चेहरा डर से सना था।

मैं उसके पास बैठा और टैक्सी चल पड़ी। टैक्सी में उसके परफ़्यूम और उसके द्वारा लगातार पी जाने वाली बीड़ियों की गंध आ रही थी।

'सीधा जाओ!' उसने ड्राइवर से कहा। 'लिन मैं एक समस्या में फंस गई हूं। मुझे कुछ मदद की ज़रूरत है।'

आज की रात बचाव करने वाला बनने की बारी मेरी थी। मैंने उसकी बड़ी नीली आंखों में देखा और चुटकुला सुनाने या रिझाने वाली बात करने के लालच को बड़ी मुश्किल से टाला। वह डरी हुई थी। जिस भी बात ने उसे डराया था, वह उसकी आंखों में अब भी मौज़ूद था। वह मेरी तरफ़ देख रही थी, लेकिन वह अब भी डर की तरफ़ ही देख रही थी।

'ओह माफ़ करना,' वह अचानक सुबकने लगी फिर उसने ख़ुद को संभाल लिया, 'मैंने तुमको हैलो तक नहीं कहा। तुम कैसे हो? मैंने तुम्हें काफ़ी वक़्त से नहीं देखा। क्या तुम्हारा काम ठीक चल रहा है? तुम बहुत अच्छे दिख रहे हो!'

मुझे उसका जर्मन लहजा किसी संगीत की तरह लग रहा था। मैं उसकी तरफ़ देखकर मुस्कराया।

'मैं ठीक हूं। समस्या क्या है?'

'मैं चाहती हूं कि कोई मेरे साथ चले, मेरे साथ रहे, रात को एक बजे मध्यरात्रि के बाद। लियोपोल्ड में। मैं वहां रहूंगी और मैं चाहती हूं कि तुम भी वहां रहो। क्या तुम यह करोगे? क्या तुम आ सकोगे?'

'लियोपोल्ड तो आधी रात को बंद हो जाता है।'

'हां,' उसकी आवाज़ फिर कांपने लगी। आंसुओं की कगार पर आते हुए उसने कहा, 'लेकिन मैं वहां रहूंगी, बाहर खड़ी एक टैक्सी में। मैं किसी से मिलने जा रही हूं और मैं अकेली नहीं रहना चाहती। क्या तुम वहां मेरे साथ रहोगे?'

'मैं ही क्यों? मोडेना या मॉरिजियो के साथ क्यों नहीं?'

'लिन, मेरा तुम पर विश्वास है। बहुत ज़्यादा वक़्त नहीं लगेगा–मुलाक़ात में। और मैं तुम्हें भुगतान करूंगी। मैं तुमसे बिना कुछ लिए मदद करने के लिए नहीं कह रही हूं। अगर तुम वहां बस मेरे साथ रहे तो मैं तुम्हें 500 डॉलर दूंगी। क्या तुम ऐसा करोगे?'

मुझे भीतर से एक चेतावनी मिली–जैसा कि आमतौर पर हमारे साथ कल्पना से परे कुछ होने से पहले होता है। नियति का हमें यह स्पष्ट संकेत देने का यह एक तरीक़ा होता है, जिसे हम सुन तो लेते हैं, लेकिन अधिकांशत: उसकी अनदेखी कर जाते हैं। निश्चित तौर पर मैं उसकी मदद करूंगा। उला दरअसल कार्ला की दोस्त थी और मैं कार्ला से प्यार करता था। मैं कार्ला की ख़ातिर उसे मदद करूंगा, फिर भले ही उसे यह बात पसंद नहीं आए। और मुझे कार्ला अच्छी लगती थी : वह सुंदर थी और इस हद तक निष्कपट कि सहानुभूति दया में नहीं बदल जाए। मैं दोबारा मुस्कराया और मैंने ड्राइवर से रुकने के लिए कहा।

'निश्चित तौर पर। चिंता मत करो मैं वहां पहुंच जाऊंगा।'

उसने आगे बढ़कर मेरे गालों को चूम लिया। मैं टैक्सी से बाहर निकला। उसने खिड़की पर हाथ रखा और बाहर झांकने लगी। बारिश की बूंदें उसके चेहरे पर गिरने लगीं, जिससे उसकी आंखें झपकने लगीं।

'तुम वहां पहुंच जाओगे? वादा?'

'रात को एक बजे,' मैंने दृढ़ता के साथ कहा, 'लियोपोल्ड पर, मैं वहां पहुंच जाऊंगा।'

'तुम्हारा वादा?'

मैंने हंसते हुए कहा, 'हां, मेरा वादा।'

टैक्सी चलने लगी तो उसने मामले की संज़ीदगी के चलते चिल्लाते हुए कहा।

'मुझे निराश मत करना, लिन!'

मैं पर्यटकों के अपने इलाक़े में लौट आया। मैं दिशाहीन भटकता रहा, उला और उसके कारोबार के बारे में सोचते हुए। वह जो कुछ भी था जिसमें उसका दोस्त मोडेना, मॉरिजियो के साथ उलझा हुआ था। डिडियर ने मुझे बताया था कि वह कामयाब हैं और पैसा भी बना रहे हैं, लेकिन उला डरी हुई और नाख़ुश लग रही थी। और डिडियर ने कुछ और भी कहा था-ख़तरे के बारे में। मैं उसके द्वारा इस्तेमाल शब्दों को याद करने की कोशिश करने लगा। क्या थे वे? *बहुत भयावह जोख़िम... बहुत ज़्यादा हिंसा...*

मेरा दिमाग़ अभी भी उन विचारों में ही उलझा था कि मुझे अहसास हुआ कि मैं कार्ला के घर की सड़क पर आ चुका हूं। सड़क की ओर के चौड़े फ़्रेंच दरवाज़े खुले थे और पर्दे हिल रहे थे। भीतर मैंने एक मोमबत्ती को जलते हुए देखा।

बारिश और तेज़ हो गई, लेकिन पता नहीं किस बैचेनी में मैं चलता ही रहा। विनोद का प्रेमगीत जो गेटवे ऑफ़ इंडिया के गुंबद में गूंजा था, मेरे कानों में गूंजने लगा। मेरे विचार सड़क पर पानी के बीच डोंगी की यादों में बहने लगे। कार्ला की आंखों के उस भाव-आदेश या गुज़ारिश ने मेरे दिल की बैचेनी को और अधिक बढ़ा दिया। मुझे लंबी सांसें लेने के लिए तेज़ बारिश के बीच कुछ मर्तबा रुकना पड़ा। प्यार और ख़्वाहिश से मेरा दम घुट रहा था। मेरे भीतर गुस्सा था और दर्द भी। मेरी मुट्ठियां भींची हुई थीं। मेरे हाथों, सीने और पीठ की मांसपेशियां कस चुकी थीं। मैंने आनंद के होटल के नशेड़ी इटालियन दंपत्ति के बारे में सोचा और फिर मैंने मौत और मरने के बारे में सोचा। काला आसमान अचानक फट पड़ा। अरब सागर में बिजली गिरी और तूफ़ान की गरज गूंजने लगी।

मैंने भागना शुरू कर दिया। पेड़ अंधेरे में थे और उनकी पत्तियां गीलीं। वे अपने-आप में काले बादलों की तरह दिखाई दे रहे थे। हर एक पेड़ की अपनी अलग बौछारें थीं। सड़कें ख़ाली थीं। मैं तेज़ी से बहते पानी के बीच से दौड़ लगाता रहा। सारा अकेलापन और सारा प्यार जो मैंने दिल में समेट लिया था, अब पानी से लदे

बादलों की तरह फट पड़ने को बेकरार था। मैं दौड़ता रहा। मैं दौड़ता रहा। और किसी तरह से मैं दोबारा उसी गली में आ गया, दोबारा उसके दरवाज़े पर। और फिर मैं वहां खड़ा रहा। अपने भीतर के ज़ज्बातों को दबाते हुए। मेरा सीना मेरे भीतर के जुनून के कारण ऊपर-नीचे हो रहा था जबकि मेरा शरीर शांत खड़ा था।

उसने आसमान देखने के लिए दरवाज़ा खोला। उसने पतला, सफ़ेद बिना बांह का गाउन पहन रखा था। उसने मुझे तूफ़ान के बीच खड़ा देखा। हमारी आंखें मिलीं। वह दरवाज़े से बाहर निकलकर सीढ़ियां उतरते हुए मेरी तरफ़ बढ़ी। तूफ़ान ने गली को अपनी चपेट में ले लिया था। बिजली की चमक उसकी आंखों में उतर चुकी थी। वह मेरी बांहों में आ गई।

हमने एक-दूसरे को चूमा। हमारे होंठों ने हर अनकही बात, विचार को अभिव्यक्त कर दिया। हर इंसान, प्रेमी की तरह मैंने उसे अपने प्यार में डुबो दिया और ख़ुद को उसके प्यार में समर्पित कर दिया।

मैंने उसे बांहों में उठाया और उसे उसके घर में कमरे तक ले गया, जो उसकी ख़ूशबू से सना हुआ था। हमने टाइल वाले फ़र्श पर अपने कपड़े उतार दिए और वह मुझे अपने बिस्तर तक ले गई। हम पास-पास बिना एक दूसरे को छुए हुए लेटे थे। तूफ़ान से प्रकाशित अंधेरे में उसकी बांह पर लगातार गिर रहीं बूंदें उसकी रात के आकाश जैसी त्वचा पर चमकते ढेर सारे सितारों की तरह थीं।

उसने मेरे जिस्म को अपने जिस्म में समा लिया। हमारी तेज़ सांसें ऐसी लग रही थीं मानो पूरी दुनिया प्रार्थना कर रही हो। मैं उसका था और वह मेरी हो चुकी थी। मेरा शरीर उसके लिए जैसे रथ था और वह मुझे धूप में ले जा रही थी। उसका शरीर मेरे लिए नदी था, और मैं समुद्र बन गया था। अंत में आशा और दुख की जिस दुनिया ने प्रेमियों से उत्साह छीन लिया था, इसने उनकी आत्माओं को आनंद से सराबोर कर दिया।

शांत और धीरे-धीरे सांस लेती शांति ने हमें अभिभूत और मग्न कर दिया था। बाद में प्रेम की शुद्ध, अवर्णनीय उत्कृष्टता को छोड़कर आवश्यकता, और इच्छा, और भूख, और दर्द और हर चीज़ से रहित हो गया।

'ओह नहीं!'

'क्या हुआ?'

'हे *भगवान!* देखो क्या समय हुआ है*!*'

'क्या? क्या हो गया?'

'मुझे जाना ही होगा,' मैंने बिस्तर से छलांग लगाई और अपने गीले कपड़े उठाने लगा, 'मुझे लियोपोल्ड जाना है किसी के पास। मेरे पास वहां पहुंचने के लिए केवल पांच मिनट हैं।'

'*अभी?* तुम अभी जा रहे हो?'

'जाना ही पड़ेगा।'

'लियोपोल्ड तो अब बंद होगा।' उसने बिस्तर पर बैठकर त्यौरियां चढ़ाते हुए कहा।

'मैं जानता हूं,' मैं बड़बड़ाया और अपने जूते खींचकर फीते बांधने लगा। मेरे कपड़े और जूते बारिश के पानी से तर थे, लेकिन रात अब भी नम और गर्म थी। तूफ़ान शांत हो रहा था और हवा भी धीमी पड़ रही थी। मैं बिस्तर के पास जाकर उसके क़रीब झुका और उसे चूमते हुए कहा, 'मुझे जाना ही होगा। मैंने वादा किया था।'

'क्या यह इतना महत्त्वपूर्ण है?'

मेरे चेहरे पर खिसियाहट दिखने लगी थी। मैं कुछ देर के लिए गुस्सा हो गया था कि उसके लिए मेरा इतना बताना ही काफ़ी होना चाहिए था कि मैंने किसी के साथ वादा किया है। लेकिन वह उस बिना चांद की रात अकेली थी और उसे गुस्सा होने का अधिकार था, मुझे नहीं।

'माफ़ करना।' मैंने उसके नर्म काले बालों में हाथ फेरते हुए कहा। जब हम साथ खड़े होते थे तो मैंने कितनी बार यह करने की कोशिश की, उसके क़रीब पहुंचने की, उसे छूने की?

'जाओ,' उसने मुझे किसी जादूगरनी की एकाग्रता से देखते हुए कहा, 'चलो जाओ।'

मैंने सुनसान बाज़ार से होते हुए आर्थर बंदर रोड की तरफ़ दौड़ लगाई। बाज़ार के स्टालों पर सफ़ेद कवर उसे किसी मुर्दाघर की शक्ल दे रहे थे। मेरे क़दमों की आवाज़ ऐसे गूंज रही थी मानो कई भूत मेरे साथ मेरे पीछे दौड़ रहे हों। आर्थर बंदर रोड को पार करके मैं मेयरवेदर रोड पर घुसा। रास्तों और इमारतों के बीच से दौड़ता हुआ मैं उस इलाक़े से गुजर रहा था जहां दिन के वक़्त लाखों लोगों की मौज़ूदगी रहा करती थी।

पहले ही चौराहे पर मैंने बाढ़ में डूबी हुई सड़कों को टालने के लिए बायां मोड़ लिया और मैंने आगे एक पुलिसवाले को साइकल पर जाते देखा। मैं सड़क के बीच में पहुंचा, इतने में एक और पुलिसवाला साइकल पर आ गया। सड़क के बीच में पहुंचा था कि पुलिस की एक जीप आ गई। मैंने अपने पीछे दूसरी जीप की आवाज़ सुनी और फिर सारे साइकलवाले पुलिसकर्मी एक जगह इकट्ठा हो गए। जीप मेरे पास आकर रुकी और मैं भी रुक गया। पांच लोगों ने उतरकर मुझे घेर लिया। कुछ मिनट तक चुप्पी रही। यह सन्नाटा इतना गहरा था कि लग रहा था मानो पुलिसवाले इसी के नशे में चूर थे और हल्की बारिश के बीच उनकी आंखों में आग सुलग रही थी।

'क्या हो रहा है?' मैंने मराठी में पूछा, 'आप क्या चाहते हैं?'

'चलो जीप में बैठो।' उनके प्रमुख ने अंग्रेज़ी में कहा।

'सुनिए मैं मराठी जानता हूं तो क्या हम–' मैंने शुरुआत की ही थी कि उनके प्रमुख ने हंसकर मेरी बात को काट दिया।

उसने मां की गाली देते हुए कहा, 'हम जानते हैं कि तुम्हें मराठी आती है।' दूसरे पुलिसवाले भी हंसने लगे।'हम सबकुछ जानते हैं। अब अंदर बैठो या *फिर* हम तुम्हें लाठियों से ठोककर भीतर बैठा देंगे।'

मैं ढंकी हुई जीप के पीछे बैठ गया और वह मेरे साथ ही फ़र्श पर बैठ गए। जीप के पीछे के हिस्से में छह लोग थे और सभी के हाथ मुझ पर थे।

थोड़ी ही देर में हम कोलाबा पुलिस थाने पहुंच गए, जो कि लियोपोल्ड के ठीक सामने था। जैसे ही पुलिस थाने के अहाते में घुसे, मैंने देखा कि लियोपोल्ड के सामने का इलाक़ा पूरी तरह से ख़ाली था। उला वहां नहीं थी, जबकि उसने कहा था कि वह वहां पर होगी। *क्या उसी ने तो मुझे नहीं फंसाया?* मैं सोच रहा था, मेरा दिल डर के मारे ज़ोरों से धड़क रहा था। इसका कोई अर्थ नहीं था, लेकिन इस विचार से मेरा दिमाग़ फटने लगा।

रात की ड्यूटी वाला अफ़सर एक नाटा-मोटा सा महाराष्ट्रियन था, जिसने उस थाने में मौज़ूद अपने अनेक सहयोगियों की ही तरह कम से कम दो नंबर कम का गणवेश पहन रखा था। मुझे लगा कि शायद इस गणवेश की फ़िटिंग से हो रही दिक़्क़त के कारण ही वह इतना दुष्ट लग रहा था। मुझे घेरने वाले दस पुलिसवालों और उसमें मज़ाक़ का कोई पुट नहीं था और उनकी भारी सांसों के बीच मेरी जोर से हंसने की इच्छा हो रही थी। फिर ड्यूटी अफ़सर ने साथियों से कुछ कहा और मेरे भीतर की हंसी हवा हो गई।

'इस साले को ले जाओ और जमकर कुटाई करो।' उसने ऐसा ही कहा। वह भले ही जानता हो कि मैं मराठी बोलता हूं, लेकिन उसने इसका कोई भी संकेत नहीं दिया। वह अपने लोगों से इस तरह से बात कर रहा था मानो मैं वहां मौज़ूद ही नहीं था। 'अच्छे से धुलाई करो। जमे तो उसकी हड्डी-पसली मत तोड़ना, लेकिन ठोकना जमकर। उसके बाद उसे अन्य लोगों के साथ जेल में सड़ने के लिए फेंक दो।'

मैंने दौड़ लगाई। पुलिसवालों के एक घेरे को तोड़ने के बाद मैं एक ही छलांग में ड्यूटी रूम से बाहर आ गया। दौड़ते हुए बजरी बिछे अहाते में पहुंच गया। यह एक बेवक़ूफ़ाना ग़लती थी। अगले कुछ महीनों में की जाने वाली ग़लतियों में निश्चित तौर पर आख़िरी नहीं। *ग़लतियां नाकाम प्यार की तरह होती हैं,* कार्ला ने एक बार कहा था, *तुम उनसे जितना ज़्यादा सीखते जाते हो, तुम्हें लगता है काश! यह कभी नहीं हुआ होता।* उस रात की ग़लती के कारण मैं अहाते में जाकर राउंड अप से लौट रहे पुलिसकर्मियों के दल से टकरा गया।

पुलिसकर्मी मुझे दोबारा खींचकर ड्यूटी रूम में ले आए। रास्ते भर उन्होंने मुझ पर लात-घूंसों की बरसात कर दी। उन्होंने मेरे हाथ कसकर पीछे की ओर बांधे और जूते उतारकर मेरे पैर भी बांध दिए। उस नाटे-मोटे ड्यूटी अफ़सर ने एक मोटी

रस्सी निकाली और अपने लोगों को मुझे एड़ी से लेकर कंधे तक बांधने का आदेश दिया। गुस्से में कांपते हुए वह मुझे इजिप्ट की किसी ममी की तरह रस्सी में लपेटते हुए देखता रहा। उसके बाद पुलिसवाले मुझे खींचते हुए बग़ल के कमरे में ले गए। उन्होंने मुझे पैर ऊपर करके उल्टा लटका दिया। जिस हुक पर मैं लटका था, उस पर बची-खुची रस्सी अच्छी तरह से लपेट दी गई।

'एयरोप्लेन...' ड्यूटी अफ़सर दांत भींचते हुए चिल्लाया।

पुलिसवालों ने मुझे गोल-गोल घुमाना शुरू कर दिया। मुझे तब तक घुमाया जाता रहा, जब तक कि मैं बेहोश नहीं हो गया। उसके बाद धुनाई की शुरुआत हुई।

पांच से छह लोग मेरे गोल-गोल घूमते शरीर को लाठियों से बस पीटे चले जा रहे थे। उनकी लाठियां रस्सी के पार भी मेरे चेहरे, हाथ, पैरों में दर्द की लहर दौड़ा रही थीं। मुझे अहसास होने लगा कि मेरा ख़ून बह रहा है। मेरे भीतर की चीख़ बाहर निकलने को बेक़रार थी, लेकिन मैंने जबड़ों को भींचते हुए मौन सा साध लिया था। मैं उन्हें मुझ पर हावी नहीं होने दूंगा। मैं उन्हें अपनी चीख़ नहीं सुनने दूंगा। मौन पीड़ित व्यक्ति का बदला होता है। कई हाथों ने मेरे घूमते शरीर को रोक दिया, लेकिन मेरे लिए तो कमरा घूम ही रहा था। फिर मुझे उन्होंने विपरीत दिशा में घुमाना शुरू किया और दोबारा मेरी धुनाई शुरू हो गई।

जब उनका खेल पूरा हो गया तो तो वे धातु की सीढ़ियों से ऊपर घसीटते हुए मुझे लॉकअप तक ले आए। ये वही सीढ़ियां थीं, जिन पर से मैंने और प्रभाकर ने चढ़कर कानो के मदारियों की मदद करना चाही थी। *क्या कोई मेरी मदद के लिए आएगा?* मैंने अपने-आपसे यह सवाल पूछा। सुनसान रास्ते पर किसी ने मेरी गिरफ्तारी नहीं देखी थी और कोई भी नहीं जानता था कि मैं कहां हूं। उला, अगर वह लियोपोल्ड पर आई ही होगी या मेरी गिरफ़्तारी में उसका हाथ नहीं हुआ तो, उसे भी नहीं पता चलेगा कि मैं गिरफ़्तार हो चुका हूं। और कार्ला-कार्ला क्या सोच रही होगी कि जब हम प्यार कर रहे थे, मैं उसे छोड़कर आ गया? इंसानों के लिए जेल प्रणाली एक तरह का ब्लैक होल है : वहां से कोई रोशनी बाहर नहीं निकलती और ना ही कोई ख़बर। उस रहस्यमय गिरफ़्तारी के साथ मैं शहर के सबसे गहरे ब्लैक होल में गुम हो चुका था। मैं शहर से कुछ इस तरह से ग़ायब हो चुका था मानो मैंने अफ़्रीका का प्लेन पकड़ लिया हो।

और मुझे *क्यों* गिरफ़्तार किया गया था? यह सवाल मेरे चकराते दिमाग़ में भिनभिनाने लगा। क्या वे जानते थे कि वाक़ई में मैं कौन हूं? अगर वे नहीं जानते थे-अगर यह कुछ और था, अगर इस मामले का मैं कौन था इससे कोई ताल्लुक ना हो तो-सवाल, पहचान की प्रक्रिया और यहां तक कि अंगुलियों के निशानों की पड़ताल तो फिर भी होगी। मेरी अंगुलियों के निशान इंटरपोल के ज़रिये दुनियाभर की फ़ाइलों में मौज़ूद थे। मेरी असली पहचान दुनिया के सामने आने में केवल वक़्त का ही सवाल था। मुझे बाहर संदेश भेजना होगा... किसी को। कौन मुझे मदद कर

सकता है? कौन इतना शक्तिशाली है कि मेरी मदद कर सके? क़ादरभाई। आका अब्दुल क़ादर ख़ान। पूरे शहर और ख़ासतौर पर कोलाबा में अपने संपर्कों के ज़रिये क़ादरभाई तक मेरी गिरफ़्तारी की ख़बर तो पहुंच ही जाएगी। कुछ अरसे में क़ादरभाई को पता चल ही जाएगा। तब तक मुझे मुंह पर ताला जड़कर बैठना होगा और किसी तरह से उन्हें संदेश भेजने का प्रयास करना होगा।

जब मुझे ममी की तरह से रस्सियों में लपेटकर धातुई सीढ़ियों से घसीटकर लाया जा रहा था तो हर सीढ़ी से टकराने पर मैं बस मन ही मन एक ही मंत्र दोहराए चला जा रहा था, *...कादरभाई को संदेश भेजो...कादरभाई को संदेश भेजो।*

सीढ़ी के अंतिम पायदान पर उन्होंने मुझे लंबी जेल के गलियारे में फेंक दिया। ड्यूटी अफ़सर ने अन्य क़ैदियों को मेरे शरीर पर से रस्सियां निकालने के लिए कहा। वह कूल्हे पर हाथ रखकर उन्हें काम करता देखता रहा। एक मर्तबा तो उन्हें प्रोत्साहित करने के लिए उसने मुझे दो-तीन लातें भी जमा दीं। जब आख़िरी रस्सी निकालकर सुरक्षाकर्मियों को थमा दी गई तो उसने मुझे उठाकर खुले दरवाज़े की ओर मुंह करके खड़ा करने का आदेश दिया। मैं उनके हाथों को अपनी सुन्न त्वचा पर महसूस कर सकता था और मैंने ख़ून से लथपथ आंखें खोलकर उसके चेहरे पर कुटिल मुस्कान देखी।

उसने मुझसे मराठी में बात की और फिर मेरे मुंह पर थूक दिया। मैंने उसे थप्पड़ मारने के लिए हाथ उठाना चाहा, लेकिन दूसरे क़ैदियों ने मुझे कसकर पकड़ रखा था। उनके हाथ कोमल लेकिन दृढ़ थे। वह कमानी से होते हुए पहली खुली कोठरी में ले गए और मुझे कंक्रीट के फ़र्श पर बैठा दिया। मैंने उसे दरवाज़ा बंद करते हुए देखा। उसके चेहरे के भाव साफ़ कह रहे थे, *तुम्हारा काम तमाम हो गया। तुम्हारी ज़िंदगी बस खल्लास।*

मैंने दरवाज़े की इस्पात की सलाख़ों को बंद होते देखा और अपने दिल को बैठता हुआ महसूस किया। मैंने अपने चारों ओर मौज़ूद लोगों की आंखों में देखा। मुर्दा और उन्मादी, पश्चाताप भरी और भयभीत आंखें। मेरे भीतर कहीं अंदर एक ड्रम सा बजने लगा। शायद यह मेरा दिल था। मुझे लगा मानो मेरे पूरा शरीर ऐंठकर एक मुट्ठी की तरह एक जगह एकत्रित हो चुका है। मेरे मुंह में एक कसैला स्वाद था। मैंने उसे गटकने की कोशिश की और मुझे याद आया कि यह नफ़रत का स्वाद था-मेरी नफ़रत, उनकी नफ़रत सुरक्षाकर्मियों की और दुनिया की। जेल वे मंदिर होते हैं, जहां शैतान को प्रार्थना सिखाई जाती है। हर बार जब दरवाज़े की चाबी घूमती है तो हम नियति के ख़ंजर को चलाते हैं, क्योंकि हर बार जब हम किसी व्यक्ति को जेल में डालते हैं तो हम उसे नफ़रत के साथ भीतर डालते हैं।

अध्याय 20

कोलाबा पुलिस थाने में लॉकअप की पहली मंज़िल पर इस्पात के दरवाज़े के बाद चार बड़ी कोठरियां थीं। चारों दरवाज़े एक गलियारे से जुड़े हुए थे। गलियारे की एक ओर कमरे में पहुंचने का रास्ता था तो दूसरी ओर से पुलिस अहाता दिखता था। नीचे और कोठरियां थीं। तलमंज़िल की एक कोठरी में ही कानो को बंद रखा गया था। एक या दो रात की हिरासत वाले अस्थायी क़ैदियों को तलमंज़िल पर रखा जाता था। हर वह क़ैदी जिसके एक सप्ताह या उससे ज़्यादा वक़्त हिरासत में गुजारने की संभावना हो उसे ऊपर की मंज़िल पर चलाकर या घसीटकर लाया जाता था। और मैं उस खिसकने वाले इस्पात के दरवाज़े से होते हुए नर्क की कोठरी में आ चुका था।

इस्पात के दरवाज़े के पार कोई दरवाज़ा नहीं था। चारों कमरों में से प्रत्येक में प्रवेश के लिए एक कमानीदार दरवाज़ा था जो कि आम घर के दरवाज़े के ही आकार का था। लंबाई-चौड़ाई में कमरे बमुश्किल तीन मीटर के थे। 16 मीटर लंबा गलियारा इतना चौड़ा था कि दो लोग निकल सकते थे। गलियारे के अंत में एक पेशाबघर और चाबी के छेद के आकार के छेद वाला पखाना था। पेशाबघर के ऊपर नहाने-धोने और पीने के पानी के लिए एक नल लगा हुआ था।

चार कमरों और गलियारे में तक़लीफ सहन करने लायक़ परिस्थिति में चालीस लोगों को रखा जा सकता था। जब मैं पहली सुबह जागा तो मैंने पाया कि वहां पर हम 240 क़ैदी थे। वह जगह मधुमक्खियों के छत्ते की तरह थी, इंसानों का एक बड़ा सा झुंड, जो एक-दूसरे से इतने चिपके हुए थे कि हाथ-पैर हिलाने की भी जगह नहीं थी। शौचालय मलमूत्र से पटा पड़ा था। पेशाबघर का पानी बाहर बह रहा था। गलियारे के कोने से एक बेहद असहनीय दुर्गंध आती रहती थी। मानसून की उमस के बीच हर कुछ घंटों में क़ैदियों की फुसफुसाहट, बातचीत, शिकायतें, चीख़-पुकार में तब्दील हो जाती थीं। लोग पागल से हो जाते थे। मैं वहां तीन सप्ताह तक रहा।

चार में से जिस पहले कमरे में मैं पहली रात सोया था उसमें केवल 15 लोग थे और वह शौचालय, पेशाबघर से सबसे दूर था। यह साफ़-सुथरा था। यहां पर लेटने के लिए जगह थी। इस कमरे में रहने वाले तमाम लोग अमीर थे-इतने अमीर कि किसी भी व्यक्ति की बेवजह की घुसपैठ को रोकने के लिए पुलिस को उसकी

पिटाई के लिए रिश्वत दे सकते थे। इस कमरे को *ताजमहल* कहा जाता था। यह *पंद्रह राजकुमारों* के कमरे के तौर पर जाना जाता था।

दूसरे कमरे में 25 लोग थे। मुझे पता चला कि वे सभी शातिर अपराधी थे : ये लोग पहले भी इस बुरे दौर से गुजर चुके थे और अपने लिए जगह बनाने के लिए लड़ाई से भी बाज नहीं आते थे। उनके कमरे को चोर महल कहा जाता था। यहां रहने वालों को *काला टोपी* कहा जाता था रंजीत के कुष्ठरोगियों की ही तरह, क्योंकि सज़ा पाने वाले चोरों को बदनाम आर्थर रोड जेल में जेल के गणवेश के तहत काली टोपी पहनना पड़ती थी।

तीसरे कमरे में चालीस लोग थे, जो कंधे से कंधा भिड़ाकर बैठते थे। कमरे के बीच के हिस्से में वे बारी-बारी से लेटते थे। वे दूसरे कमरे में क़ैद लोगों की तरह शातिर बदमाश नहीं थे, लेकिन वह किसी भी नए व्यक्ति को अपनी जगह नहीं दिया करते थे। वे हमेशा दबाव में ही रहते थे। हर रोज़ उनमें से कोई न कोई किसी ज़्यादा शक्तिशाली व्यक्ति के हाथों अपनी जगह गंवा देता था। फिर भी कमरे में चालीस लोगों की अधिकतम सीमा तय थी और इसलिए इसे *चालीस महल* कहा जाता था।

चौथे कमरे को लॉकअप की भाषा में *दुख महल* कहा जाता था। लेकिन लोग उसे उसी नाम से पुकारना पसंद करते थे, जो कोलाबा पुलिस ने उसे दिया था, *डिटेक्शन रूम।* जब भी कोई नया व्यक्ति इस्पात के दरवाज़े से होते हुए गलियारे में प्रवेश करता था तो वह सबसे पहले पहले कमरे में ही क़िस्मत आजमाने की कोशिश करता था, लेकिन वहां पर मौज़ूद सभी 15 लोग उसे भगा देते थे। *अगला कमरा, अगला कमरा, अगला कमरा।* उसके बाद लोग दूसरे कमरे में घुसने की कोशिश करते थे। अगर वहां उन्हें जानने वाला कोई भी नहीं हुआ तो पहला ही व्यक्ति मुंह पर तमाचा जड़ देता था। *साले, अगले कमरे में जा!* अगर इससे विचलित व्यक्ति ने तीसरे कमरे में घुसने की कोशिश की तो उसे दरवाज़े पर बैठे दो-तीन लोगों द्वारा गलियारे में और आगे धकेल दिया जाता था। इस बीच उसे लात-घूंसे भी खाने पड़ते थे। *अगला कमरा, अगला कमरा साले!* जब वह चौथे कमरे में पहुंचता, डिटेक्शन रूम, तो उसका पुराने जिगरी दोस्त की तरह स्वागत किया जाता था, *आओ दोस्त! आ जाओ भाई!*

जो बेवक़ूफ़ उनकी बातों में आ जाता था उसे कमरे में मौज़ूद 50-60 लोग बुरी तरह से पीटकर निर्वस्त्र कर देते थे। उसके कपड़े पहले से ही तय क्रम में बांट दिए जाते थे। जेवरों, ड्रग्स या पैसे के लिए उसके पूरे शरीर की जांच की जाती थी। हर क़ीमती वस्तु डिटेंशन रूम के राजा के पास जाती थी। मेरे अंतिम सप्ताहों में अंतिम कमरे का राजा एक गुरिल्ला की तरह का व्यक्ति था जिसकी गर्दन नहीं थी। उसके सिर के बाल उसकी इकलौती भौंह से अंगूठे जितनी मोटाई के साथ शुरू होते थे। नए व्यक्ति को गंदे कपड़े मिलते थे-वे कपड़े जो दूसरों द्वारा चोरी के कपड़े मिल जाने के कारण फेंक दिए गए हों। उनके पास दो ही विकल्प होते

थे : या तो कमरे को छोड़ दो और 100 लोगों से पटे पड़े गलियारे में किसी तरह से गुजर-बसर करने की कोशिश करो या फिर डिटेक्शन रूम के राजा के चेले बनकर कपड़े पाने के लिए नए मुर्गे का इंतज़ार करो। वहां तीन सप्ताह गुजारने के दौरान मैंने पाया कि अंतिम कमरे में हिंसा और लूट का शिकार हर पांच में से एक व्यक्ति दूसरे विकल्प को ही चुनता है।

गलियारे में भी अपना क्रम, जगह पाने के लिए अपनी लड़ाई और विरोधी की ताक़त और बहादुरी को चुनौती देने का चलन था। सामने के दरवाज़े की जगह क़ीमती होती थी जहां टॉयलेट से तुलनात्मक तौर पर दूर होती है। गलियारे की उस जगह तक के लिए गलाकाट स्पर्धा होती थी जहां कि पेशाब और पखाना बाहर तक आता रहता था।

जिन लोगों को मज़बूरी में गलियारे के कोने पर रहना पड़ता था, वह दिन-रात पेशाब-शौच में एड़ियों तक डूबे रहने के बाद कुछ समय बाद गिरकर दम तोड़ देते थे। मेरी मौज़ूदगी में मैंने एक व्यक्ति को मरते हुए देखा और कुछ अन्य तो मौत के इतने क़रीब तक पहुंच चुके थे कि मेरे लिए उन्हें ज़िंदा कर पाना नामुमकिन होता। दूसरे लोग वह हौसला जुटा लेते थे, जो कि मिनट-दर-मिनट, घंटे-दर-घंटे, मीटर-दर-मीटर, दिन-दर-दिन, व्यक्ति-दर-व्यक्ति उस कंक्रीट के एनाकोंडा की अंतड़ियों में उस वक़्त तक उनका साथ देता था, जब तक कि वह उस जाल से बाहर नहीं निकल जाते।

हमें एक बार का खाना दोपहर में चार बजे मिलता था। अधिकांशतः यह दाल-रोटी या पतली कढ़ी के साथ चावल वाला होता था। सुबह चाय के साथ ब्रेड की एक स्लाइस भी मिलती थी। क़ैदी खाना पाने की जगह से आने-जाने के लिए दो व्यवस्थित कतारों में खड़े रहते थे। लेकिन शरीरों की टकराहट और भीतर सुलगती भूख के साथ-साथ कुछ लोगों के लालच के कारण हर मर्तबा वहां पर अराजकता का माहौल हो जाया करता था। कई लोग खाने से वंचित रह जाया करते थे। कुछ को तो एक दिन या उससे भी ज़्यादा भूखा रहना पड़ता था।

जब हम लॉक-अप में पहुंचते थे, तो हर एक को एल्युमिनियम की एक सपाट प्लेट थमा दी जाती थी। यह प्लेट ही हमारी इकलौती वैध वस्तु होती थी। हमें अपने हाथों से ही खाना पड़ता था और वहां कोई कप नहीं होता था : चाय भी प्लेट में ही फैला दी जाती थी और हम उससे मुंह चिपकाकर उसे पीने का प्रयास करते थे। लेकिन प्लेट के कुछ अन्य इस्तेमाल भी थे। इनमें से एक था कामचलाऊ स्टोव। अगर एल्युमीनियम की दो प्लेटों को जोड़कर स्टैंड की तरह इस्तेमाल किया जा सकता था तो तीसरी प्लेट उनके ऊपर रखी जा सकती थी। दोनों के बीच आग जलाकर उसके ऊपर किसी भी चीज़ को गर्म किया जा सकता था। ईंधन का आदर्श स्रोत था रबर की चप्पल। जब रबर का जूता एक सिरे पर जलाया जाता था तो यह समान रूप से दूसरे सिरे तक जलता चला जाता था। इसका धुआं बहुत उग्र होता था और जिस

चीज़ से टकराता था उस पर जमता चला जाता था। हर रात कुछ देर के लिए ऐसे दो स्टोव जलने के कारण डिटेंक्शन रूम की दीवारें गंदे फ़र्श से लेकर ऊपर तक काली हो चुकी थीं। ठीक वहां रहने वाले लोगों के चेहरों की तरह।

यह स्टोव डिटेंशन रूम के आकाओं के लिए कमाई का एक साधन था : वे दाम लेकर पहले कमरे के अमीर लोगों को चाय और बचा हुआ खाना गरम करके देते थे। सुरक्षाकर्मी केवल उन्हीं लोगों को खान-पान की डिलिवरी करने दिया करते थे, जिनके पास इसके लिए देने के लिए पैसा हो। यह काम केवल दिन में होता था, रात में नहीं। अपनी विलासिता और आराम को बरकरार रखने के लिए 15 राजकुमारों ने पुलिसवालों को रिश्वत देकर अपने लिए एक देगची, कुछ प्लास्टिक की बोतलों और सामान रखने के चंद बर्तनों का जुगाड़ कर लिया था ताकि इसमें चाय और खाने की सामग्री सुरक्षित रखी जा सके। इसी वजह से जब रात को खाने-पीने के सामान की बाहर से डिलिवरी बंद हो जाती थी राजकुमारों के लिए गर्मागर्म चाय और खाना उपलब्ध रहता था।

चूंकि एल्युमिनियम की प्लेट्स को स्टोव के तौर पर तभी तक इस्तेमाल किया जा सकता था, जब तक कि वे टूट नहीं जाएं, इसलिए उनकी मांग हमेशा बनी रहती थी। चूंकि खाना, चाय और यहां तक कि रबर सैंडल का ईंधन के तौर पर इस्तेमाल किया जा सकता था, इन सब बातों की भी भारी मांग बनी रहती थी। जिन लोगों में उनकी मदद का जज़्बा होता था, वह अपनी प्लेट साझा करते थे, जिसमें मिलते ही खा लेना पड़ता था, ताकि प्लेट्स का दोबारा इस्तेमाल किया जा सके। अक्सर चार लोग इस तरह से एक प्लेट को साझा किया करते थे। केवल उन छह-सात मिनटों में जितनी देर पुलिसवाले इस्पात के दरवाज़े से खाना बांटने की अनुमति दिया करते थे।

हर दिन मैं भूखे लोगों की आंखों में झांका करता था। मैं उन्हें दूसरे व्यक्ति को अपना खाना तेज़ी से अपने मुंह में झोंकते हुए देखा करता था। जब पुलिसवाले आख़िरी बार खाना परोसते थे। मैंने उन्हें हर दिन देखा, कि वह यह सब देखा करते थे और इंतज़ार करते थे, इस भय के साथ कि वे भूखे ही नहीं रह जाएं। उनकी आंखों में जो सच्चाई थी वह हम केवल तभी जान सकते हैं, जब हमें क्रूर और कड़कड़ाकर भूख लगी हो। मैंने उस सच्चाई को अपने भीतर जज़्ब कर लिया और यह देखने के कारण मेरे दिल के एक हिस्से को जो घाव लगा, वह फिर कभी भर नहीं सका।

और हर रात पहले क्रमांक के कमरे में, ताजमहल में, 15 राजकुमार सोने से पहले खाने और शीतल पेय, डिटेक्शन रूम के कामचलाऊ स्टोव पर गर्म मीठी चाय का आनंद लेते थे।

निश्चित तौर पर राजकुमारों को भी टॉयलेट इस्तेमाल करना पड़ता था। उनके लिए भी यह प्रक्रिया लगभग उतनी ही घिनौनी और अमानवीय थी, जितनी कि सबसे ग़रीब क़ैदी के लिए। और कम से कम इस मामले में तो हम सब बराबरी पर थे। लंबे

कॉरिडोर से होते हुए शरीरों के ढेर को लांघते हुए उन्हें टॉयलेट तक पहुंचना पड़ता था। वहां हम सबकी ही तरह अमीर लोग भी नाक पर कपड़ा बांधकर और मुंह में बीड़ी या सिगरेट पकड़कर शौच किया करते थे। ऐसा नहीं था कि टॉयलेट की सफ़ाई नहीं होती थी या वह काम नहीं करता था, लेकिन 200 लोगों का बोझ उसके बूते के बाहर था। कुछ लोग बाहर ही शौच करके हालात को और अधिक बिगाड़ देते थे। पेशाब से यह फैल जाता था और हम सब लोगों को फिर उसी से होकर टॉयलेट जाना पड़ता था। उसके बाद अमीर लोग बिना साबुन के हाथ-पांव धो लिया करते थे और फिर गंदगी को फैलने से रोकने के लिए बिछाए गए बोरियों के ढेर पर से होते हुए लौट जाते थे। केवल बीड़ी या सिगरेट के एक टुकड़े के लिए वहां पर बैठे लोग उनके पैर दोबारा बोरियों से साफ़ कर दिया करते थे। उसके बाद वे संघर्ष करते हुए गलियारे से आगे बढ़ते थे।

चूंकि मैं एक गोरा विदेशी था, इसलिए यह मान लिया गया था कि मैं पैसे वाला हूं और जब मैं अपनी पहली सुबह जागा तो उनमें से एक ने मुझे उनके साथ आने का न्यौता दिया। यह विचार मुझे नाग़वार गुजरा। मैं सामाजिक सुधारों के जरिये परिवर्तन में यक़ीन रखने वाले समाजवादी विचारधारा वाले परिवार का था और मैंने उनसे सामाजिक असमानता के ख़िलाफ़ उनके तमाम ज़िद्दी, अव्यावहारिक विवेक को अपना लिया था। मैं उसी क्रांतिकारी युग का उत्पाद युवक था। मैं ख़ुद एक क्रांतिकारी बन चुका था। मेरी मां जिसे *वजह* कहा करती थी वह मेरे भीतर अभी भी कहीं जीवित थी। साथ ही मैं कई महीनों से शहर के ग़रीबों के साथ झोपड़पट्टी में रह रहा था। इसलिए मैंने प्रस्ताव को ठुकरा दिया-मानता हूं कि बड़ी हिचकिचाहट के साथ-अमीरों को मिलने वाले सारे ऐशोआराम को। इसकी बजाय मैंने जेल में समय गुज़ार चुके मंजे हुए क़ैदियों से पटे दूसरे कमरे को स्वीकारा। दरवाज़े पर कुछ संघर्ष हुआ, लेकिन जब उनको समझ आ गया कि मैं अपनी जगह बनाने के लिए संघर्ष के लिए तैयार हूं तो मेरे लिए जगह बना दी गई। फिर भी वहां कुछ आक्रोश था। काली टोपी वाले स्वाभिमानी लोग थे। बहुत ज़्यादा वक़्त नहीं लगा जब उन्होंने मेरी परीक्षा लेने का अवसर तलाश लिया।

मेरी गिरफ़्तारी के तीन दिन बाद टॉयलेट से वापसी के दौरान क़ैदियों की भीड़ में एक व्यक्ति ने मेरी प्लेट छीनने की कोशिश की। मैंने हिंदी और मराठी में उसे चेतावनी दी। मैंने ज्ञात शब्दों का इस्तेमाल करके विनम्रता दर्शाने की हरसंभव कोशिश की। लेकिन यह भी उसे रोक नहीं सका। वह व्यक्ति मुझसे क़द में लंबा था और वज़न में भी तक़रीबन 30 किलो ज़्यादा। उसने मेरे पास रखी प्लेट को अपनी ओर खींचा और कुछ देर हम दोनों के बीच उसे लेकर खींचतान चलती रही। लेकिन किसी के भी पास उसे छीनने की ताक़त नहीं थी। सभी लोग अचानक शांत हो गए। सबकी तेज़ सांसों की आवाज़ से हमारे आस-पास का माहौल गर्मा चुका था। अब तो यह करो या मरो जैसा मामला हो गया था : या तो उसी वक़्त उस जगह पर मैं अपना स्थान

मुकम्मल कर लूंगा या फिर हार जाऊंगा और ख़ुद को गलियारे के अंत में मौज़ूद बदबू के नर्क में फिकवा दूंगा।

उस व्यक्ति की प्लेट पर पकड़ की ही ताक़त को इस्तेमाल करते हुए मैंने मेरा सिर पांच-छह बार उसकी नाक पर दे मारा। उसके पीछे हटने की कोशिश के दौरान एक बार और उसकी ठुड्डी पर। भीड़ में अचानक सिरहन सी दौड़ गई। दर्जनों लोग हमारे शरीर और चेहरों पर दबाव बनाने लगे। डरे हुए लोगों की उस भीड़ में प्लेट नहीं छोड़ने पर आमादा मैंने उसके चेहरे पर ही काट लिया। मेरे दांतों ने तब तक उसका चेहरा चबाया, जब तक कि मेरे मुंह में उसके ख़ून का स्वाद नहीं आ गया। वह प्लेट छोड़कर चिल्लाने लगा। रास्ते में आने वाले लोगों को धुनता हुआ वह इस्पात के दरवाज़े की तरफ़ दौड़ा। मैंने उसका पीछा किया और उसे पीछे से पकड़ने की कोशिश की। सलाख़ें पकड़कर वह मदद के लिए गुहार करने लगा। पहरेदार दरवाज़े में चाबी घुमा ही रहा था कि मैंने उसे दबोच लिया। उसकी टी-शर्ट मेरी पकड़ में आ चुकी थी और कुछ पल के लिए वह वहां पर अटक गई। उसके पैर तो दौड़ रहे थे, लेकिन वह वहीं का वहीं था। फिर अचानक उसकी टी-शर्ट फट गई और मेरे हाथ में बस उसका एक टुकड़ा रह गया। वह आदमी दरवाज़ा खुलते ही उसमें से भाग गया। वह दीवार से सटकर पहरेदार के पीछे छिप गया। उसके गालों से लगातार ख़ून बह रहा था और नाक से भी ख़ून टपक रहा था। पुलिसवाला रहस्यमय ढंग से घूरता रहा और मैंने टी-शर्ट के बचे टुकड़े का इस्तेमाल अपने हाथों पर लगे ख़ून को पोंछने के लिए कर लिया। संतुष्ट होकर मैंने टी-शर्ट का टुकड़ा दरवाज़े की तरफ़ फेंका। मैं मुड़कर भीड़ को चीरता हुआ चोरों के कमरे में अपनी जगह लेने के लिए बढ़ा।

'भाई, बहुत अच्छा काम किया,' मेरे पास बैठे युवक ने अंग्रेज़ी में कहा।

'नहीं,' मैंने कहा, 'मेरा निशाना तो उसके कान पर था।'

'ऊहहह...!' उसने होंठों को चबाते हुए कहा, 'लेकिन उसके कान में शायद हमें दिए जा रहे खाने से ज़्यादा पोषण है। तुम्हारा मामला क्या है?'

'मैं नहीं जानता।'

'तुम नहीं *जानते?*'

'कल रात वह मुझे उठाकर यहां ले आए। उन्होंने मुझे यह तक नहीं बताया कि मुझ पर आरोप क्या हैं या मैं यहां क्यों हूं।'

मैंने उससे नहीं पूछा कि *वह* अंदर क्यों है। ऑस्ट्रेलिया की जेल और वैसे तो पुराने बदमाशों के बीच पूरी दुनिया में यह एक अलिखित उसूल है कि जब तक कोई क़ैदी तुम्हारा दोस्त या दुश्मन नहीं बन जाए, उससे उसका अपराध नहीं पूछा जाता।

'उन्होंने तो तुमको जमकर धोया, भाई।'

'वे उसे एयरोप्लेन कहते हैं।'

'ओह!' उसने फिर मुंह बिगाड़ते हुए कहा, 'भाई, मुझे उस एयरोप्लेन से नफ़रत है। उन्होंने मुझे एक बार रस्सियों से इतना कसकर बांधा था कि मेरी बांह में संवेदना लौटने में तीन दिन लग गए थे। और तुम जानते हो ना जब वे रस्सियों के ऊपर से तुम्हें मारते हैं तो भीतर तुम्हारा शरीर कैसे सूज जाता है? मेरा नाम महेश है, तुम्हारा नाम?'

'लोग मुझे लिन कहते हैं।'

'लिन?'

'हां।'

'काफ़ी दिलचस्प नाम है। तुमने मराठी बोलना कहां से सीखा। जैसे कि तुमने उसे उसका मुंह चबाने से पहले मराठी में गाली दी।'

'एक गांव में।'

'निश्चित ही वह एक कड़क गांव होगा।'

पुलिस द्वारा मुझे उठाए जाने के बाद मैं पहली बार मुस्कराया था। जेल में व्यक्ति कम ही मुस्कराते हैं, क्योंकि शिकारी मुस्कान को कमज़ोरी, कमज़ोर लोग न्यौते और जेल के प्रहरी किसी नए क़िस्म का अत्याचार करने के लिए उकसावे की तरह देखते हैं।

'मैंने गालियां देना तो यहां बॉम्बे आकर ही सीखा।' मैंने कहा, 'आमतौर पर लोग यहां कितने दिन तक रहते हैं?'

महेश ने आह भरी और उसके चेहरे पर मायूसी छा गई। उसकी चौड़ी-चौड़ी भूरी आंखें इतनी गहरी थीं मानो वे उसकी झुलसी हुई भैंह के नीचे आश्रय ढूंढ़ रही हों। उसकी एक से अधिक बार टूटी हुई चौड़ी नाक, उसके चेहरे पर हावी थी और उसे उसके छोटे मुंह और गोल ठुड्डी की तुलना में कठोर लुक दे रही थी।

'भाई, यह तो *कोई* भी नहीं जानता।' उसकी आंखों में रोशनी कम होती जा रही थी, ठीक वैसे ही जैसी कि प्रभाकर की प्रतिक्रिया होती। उस एक पल में मुझे अपने दोस्त की कमी खलने लगी। 'मैं यहां दो दिन पहले ही आया। अफ़वाह चल रही है कि दो-तीन सप्ताह में हम सड़क पर ट्रक में होंगे।'

'सड़क पर?'

'बोले तो, आर्थर रोड जेल।'

'मुझे बाहर किसी व्यक्ति को संदेश भिजवाना है।'

'लिन, तुम्हें उसके लिए इंतज़ार करना होगा। यहां मौज़ूद सुरक्षाकर्मी और पुलिसवाले हमें कह रहे हैं कि तुम्हारी कोई मदद नहीं की जाए। भाई लगता है कि किसी ने तुम्हें श्राप दिया है। तुमसे बात करने के कारण ही मुझे किसी परेशानी का सामना करना पड़ सकता है। क्या मुसीबत है *यार।*'

'मुझे बाहर संदेश भिजवाना है।' मैंने दोहराते हुए कहा।

'लिन, यहां रहने वाला कोई भी बंदा तुम्हारी मदद नहीं करेगा। वे कोबरा सांप के साथ बंद चूहों की तरह डरते हैं। लेकिन आर्थर रोड से तुम संदेश बाहर भेज सकोगे। वह एक बहुत बड़ी जेल है, वहां कोई समस्या नहीं होगी। 12 हज़ार क़ैदी रहते हैं भीतर। सरकार बहुत कम बताती है, लेकिन हम लोग जानते हैं वहां पर 12 हज़ार लोग क़ैद हैं। लेकिन फिर भी वह इससे काफ़ी ठीक है। अगर तुम आर्थर रोड गए तो तुम मेरे साथ कम से कम तीन सप्ताह रहोगे। मुझ पर चोरी का आरोप है। निर्माण स्थल से चोरी-तांबे के तार, प्लास्टिक के पाइप्स-इसी बात के लिए पहले ही तीन बार जेल जा चुका हूं। यह चौथी बारी है। क्या कहूं भाई? मैं वह हूं जिसे लोग आदतन चोर कहते हैं। अगर क़िस्मत अच्छी रही तो इस बार मुझे तीन साल की सज़ा मिलेगी और ख़राब रही तो पांच साल की। अगर तुम आर्थर रोड जाओगे तो मेरे साथ जाओगे। फिर हम संदेश जेल से बाहर भेजने की कोशिश करेंगे। *ठीक है?* तब तक हम धूम्रपान करेंगे और भगवान से दुआ करेंगे और हमारी प्लेट छीनने वाले को काटेंगे, *है ना?*'

और अगले तीन सप्ताह तक हमने ठीक यही किया। हमने बहुत ज़्यादा धूम्रपान किया और अपनी प्रार्थनाओं से बहरे स्वर्ग को परेशान किया। हमने कुछ लोगों से लड़ाई की और कुछ मर्तबा हिम्मत हार रहे लोगों की मदद की। और एक दिन वे एक काग़ज़ पर हमारी अंगुलियों के निशान लेने के लिए आ ही गए। वह काग़ज़ जो सच बताने का दावा करता था, घिनौना सच, सच और सच के सिवा कुछ भी नहीं। और फिर मुझे और महेश को तीस लोगों की क्षमता वाले एक पुराने नीले ट्रक में 80 लोगों के साथ ठूंस दिया गया। और फिर वह ट्रक हमारे प्यारे शहर की सड़कों पर तूफ़ानी गति से आर्थर रोड जेल की ओर चल पड़ा।

जेल के दरवाज़ों के पीछे पहुंचते ही पहरेदार हमें ट्रक के पीछे के दरवाज़े से घसीटते हुए लाए और हमें ज़मीन पर बैठा दिया। अन्य पहरेदार एक-एक करके हर क़ैदी के लिए प्रक्रियाओं को पूरा करने में जुट गए। ज़मीन पर बैठकर आगे घिसटते हुए प्रक्रिया को पूरा करने में चार घंटे लग गए। उन्होंने मुझे सबसे अंतिम क्रम पर रखा था। पहरेदारों को बता दिया गया था कि मैं मराठी समझता हूं। जब मैं अकेला बच गया तो उनके प्रमुख ने मराठी में मुझे उठने के लिए कहकर मेरी परीक्षा लेने का प्रयास किया। मैं दर्द दे रहे पैरों पर खड़ा हुआ ही था कि उसने मुझे बैठ जाने के लिए कहा। मैं नीचे बैठा ही था कि उसने मुझे खड़े होने के लिए कह दिया। मज़ाक़ का यह सिलसिला अनवरत चलता ही रहता, क्योंकि दूसरे पहरेदारों को भी इसमें मज़ा आ रहा था। लेकिन मैंने उसका आदेश मानने से इंकार कर दिया। वह लगातार आदेश दिए जा रहा था, लेकिन मैंने उसकी अनदेखी की। जब वह चुप हुआ तो हम एक-दूसरे की आंखों में घूर रहे थे। इस दौरान कुछ ऐसा ही सन्नाटा था जो हम जेलों या युद्ध के मैदानों पर ही देखा करते थे। इस सन्नाटे को आप अपनी त्वचा पर महसूस कर सकते हैं। दिमाग़ के भीतर की काली कंदराओं

में आप इसे सूंघ, सुन और चख भी सकते थे। धीरे से उनका मुखिया इस कुटिल मुस्कान के साथ पीछे हटा जिसमें नफ़रत भरी पड़ी हो। उसने मैदान पर मेरे पैरों के पास थूका।

उसने गुस्से में मुझसे कहा, 'अंग्रेज़ों ने यह जेल उनके राज के दिनों में बनाई थी। वह भारतीय लोगों को बेड़ियों में बांधते थे, पीटते थे और फांसी पर लटका देते थे। अब हम जेल चलाते हैं और तुम ब्रिटिश क़ैदी हो।'

मैंने मराठी में बेहद औपचारिक अंदाज़ में कहा, 'माफ़ कीजिएगा सर, मैं ब्रिटिश नहीं हूं। मैं न्यूज़ीलैंड का हूं।'

'तुम *ब्रिटिश* हो।' वह चीख़ा और मेरे मुंह पर थूक दिया।

'मुझे नहीं लगता।'

'हां। तुम ब्रिटिश हो। पूरी तरह से *ब्रिटिश!*' उसने गुर्राते हुए जवाब दिया। उसके चेहरे पर दुर्भावनापूर्ण मुस्कान लौट आई थी। 'तुम ब्रिटिश हो, हम जेल चलाते हैं। तुम *उस* तरफ़ से जाओ!'

उसने जेल के भीतर ले जाने वाले एक कमानीदार दरवाज़े की तरफ़ इशारा किया। उसके भीतर घुसते ही दाईं ओर तीखा मोड़ था और मैं जानता था, हर एक जानवर की तरह, कि वहां नुक़सान मेरा इंतज़ार कर रहा था। मुझे आगे बढ़ाने के लिए पहरेदारों ने अपनी संगीनें मेरी पीठ पर गड़ा दीं। मैं लड़खड़ाया और दायां मोड़ ले लिया। तक़रीबन 20 लोग वहां लंबे गलियारे में दोनों ओर कतारबद्ध होकर मेरा इंतज़ार कर रहे थे। उनके हाथों में लाठियां थीं।

मैं इस जाल को अच्छी तरह से जानता था-किसी भी अन्य व्यक्ति की तुलना में। यह दर्द की एक और सुरंग थी, किसी और देश में : जेल की वह प्रताड़ना इकाई जिससे बचकर मैं ऑस्ट्रेलिया से भागा था। यह पहरेदार हमें लंबे पतले गलियारे में दौड़ने के लिए मज़बूर करते जो कि एक छोटे से कवायद के अहाते में खुलता था। हमारे भागने के दौरान पहरेदार हमें बेंत समान पतली लाठियां, लातें जमाते थे, गलियारे के अंत में बने इस्पात के दरवाज़े तक।

मैं बॉम्बे की आर्थर रोड जेल की चौंधिया देने वाली रोशनी से लैस नई सुरंग में खड़ा था और मैं हंसना चाहता था। मैं कहना चाहता था, *अरे भाइयों क्या आप कोई नया तरीक़ा नहीं अपना सकते थे?* लेकिन मैं बोल नहीं सकता था। डर से इंसान का मुंह सूख जाता है और नफ़रत उसका दम घोंट देती है। यही वजह है कि नफ़रत पर कोई महान साहित्य नहीं है : वास्तविक भय और वास्तविक नफ़रत के पास शब्दों का अभाव होता है।

मैं धीरे-धीरे आगे बढ़ा। उन लोगों ने सफ़ेद शर्ट व शॉर्ट्स के अलावा सफ़ेद टोपी पहन रखी थी और उनकी कमर पर चमड़े के काले बेल्ट लगे हुए थे। उस पर लगे पीतल के बिल्लों पर नंबर और पद का नाम *दोषियों के निरीक्षक* लिखा हुआ था। मुझे जल्द ही पता चलने वाला था कि वे जेल के पहरेदार नहीं थे। ब्रिटिश राज

के दिनों से भारत को विरासत में मिली जेल प्रणाली में जेल के पहरेदारों की दैनंदिन प्रक्रियाओं में बेहद कम भूमिका होती थी। जेल के भीतर तय दैनंदिन गतिविधियों, व्यवस्था और अनुशासन बनाए रखना दोषियों के निरीक्षकों की ज़िम्मेदारी होती थी। ये हत्या या अन्य मामलों में 15 साल से ज़्यादा की सज़ा पाने वाले दोषी क़ैदी होते थे। इस सज़ा के पहले पांच वर्षों में वे सामान्य क़ैदी होते थे। सज़ा के दूसरे पांच वर्ष में उन्हें किचन, लांड्री, जेल के भीतर बने उद्योगों या फिर सफ़ाई की टोली में स्थान मिलता था। अंतिम पांच वर्ष में उन्हें निरीक्षक की वह टोपी, चमड़े का बेल्ट और लाठी मिलती थी। उसके बाद ज़िंदगी और मौत की डोर उनके हाथों में होती थी। दोषी हत्यारों की दो कतारें, जो अब पहरेदार बन चुकी थीं, उस गलियारे में मेरा इंतज़ार कर रही थीं। उन्होंने अपनी बेंत उठा ली थीं और उनकी आंखें अब मुझ पर थीं। वे एक ऐसी तूफ़ानी दौड़ का इंतज़ार कर रहे थे, जिसमें जरा सी देरी उन्हें बेंत जमाने के सुनहरे मौक़े से वंचित कर सकती थी।

मैं नहीं दौड़ा। मेरी इच्छा थी कि मैं यह कह सकूं कि अब जबकि वह रात गुज़र चुकी है और मैं किसी नेक काम की ख़ातिर और अपने भीतर की किसी बहादुरी के कारण नहीं दौड़ा, लेकिन मैं ऐसा नहीं कर सकता। मैं अक्सर इसके बारे में सोचता हूं। मैं उस चहलकदमी को हज़ारों बार याद कर चुका हूं, दोबारा जी चुका हूं। और हर बार जब मैं उसे याद करता हूं तो क्यों का सवाल अनुत्तरित ही रह जाता है। *हर पुण्य के काम में एक गहरा राज़ छिपा होता है,* क़ादरभाई कहा करते थे, *हर जोख़िम में एक रहस्य होता है जिसे सुलझाया नहीं जा सकता।*

मैं धीरे-धीरे उनकी ओर बढ़ा और कंक्रीट के उस लंबे रास्ते को याद करने लगा जो हमें तट से हाजी अली की दरगाह तक ले जाता है : जहां मस्जिद चांदनी से दमकते समंदर में लंगर डाले जहाज की तरह दिखाई देती थी। उस पूज्य फ़क़ीर की यादगार का नज़ारा और लहरों के बीच से वहां तक पहुंचने का रास्ता शहर की मेरी सबसे ख़ूबसूरत छवियों में से एक था। इसकी ख़ूबसूरती मेरे लिए किसी परी की तरह थी जो हर एक इंसान अपनी प्रेमिका के नींद भरे चेहरे में देखता है। और शायद यह ख़ूबसूरती ही इकलौती वज़ह थी, जिसने मुझे बचा लिया। मैं शहर के सबसे बुरे इलाक़े में, सबसे क्रूर और सबसे अधर्मी दोषियों के बीच से गुजर रहा था, लेकिन मुझे तो उसकी ख़ूबसूरती ने अपने आगोश में ले रखा था-वह रास्ता, समंदर से होते हुए, फ़क़ीर की दरगाह की सफ़ेद मीनारों तक।

बांस की बेतें मेरी बांहों, पैरों पर लग रही थीं, टूट रही थीं। कुछ आघात तो मेरे सिर, मेरी गर्दन, मेरे चेहरे पर भी लगे। पूरी ताक़त के साथ, दमदार हाथों से मेरी खुली त्वचा पर पड़ने वाली बेतों की मार की तुलना गर्म धातुओं से जलाने और बिजली के झटकों के मिश्रण से की जा सकती है। बेंत एक सिरे पर नुकीली थीं और जहां पर भी लगती थीं ब्लेड की तरह काट देती थीं। ख़ून मेरे चेहरे और खुली बांहों से टपकने लगा था।

मैं हौले-हौले स्थिर गति से चलता रहा। चेहरे या कान पर बेंत लगने पर मैं कुछ पल के लिए कसमसाता था, लेकिन उसके अलावा मैंने एक बार भी पीछे हटने, हाथ उठाकर बचने की कोशिश नहीं की। अपने हाथों को बगल में रखने के लिए मैंने जीन्स के पायतानों को पकड़ रखा था। और वह हमला जो पागलों की तरह हिंसक अंदाज़ में शुरू हुआ था, गलियारे के अंत तक मंदा पड़ता चला गया। जब मैं कतार के अंतिम व्यक्ति तक पहुंचा तो यह लगभग बंद ही हो गया। उन लोगों को अपनी बेंत और अपनी आंखें नीचे करते देखना मेरे लिए एक तरह की जीत ही थी। *जेल में कोई क़ीमत रखने वाली इकलौती जीत,* ऑस्ट्रेलियाई जेल में एक पुराने क़ैदी ने मुझे बताया था, *अस्तित्व को बनाए रखना है।* लेकिन अस्तित्व बनाए रखने का मतलब महज़ ज़िंदा रहने से कहीं ज़्यादा है। केवल शरीर को ही जेल की सज़ा के दौरान बने रहना होता है, बल्कि इससे गुज़रने वाले उत्साह, इच्छाशक्ति और दमदार दिल की भी दरकार होती है। अगर किसी भी व्यक्ति का हौसला पस्त हो चुका हो तो सज़ा पाकर जेल से बाहर निकलने पर नहीं माना जाता कि वह अपना अस्तित्व बचाने में कामयाब रहा। और दिल और उत्साह की छोटी जीत के लिए सबसे ज़्यादा जोखिम उन्हें समेटकर रखने वाले शरीर को ही झेलना पड़ता है।

निरीक्षक और कुछ पहरेदार मुझे जेल में शाम होते-होते क़ैदियों के ब्लॉक्स में से एक में लेकर आए। बड़ा और ऊंची छत वाला कमरा 25 क़दम लंबा और 10 क़दम चौड़ा था। उसमें खुली खिड़कियां थीं जो इमारत के इर्द-गिर्द के खुले इलाक़े की झलक दिखलाती थीं। कमरे के दोनों सिरों पर स्टील का एक-एक बड़ा दरवाज़ा था। एक प्रवेश द्वार के पास स्थित टॉयलेट में शौच करने के लिए तीन साफ़-सुथरे छेद थे। जब रात को पहरेदारों ने हमें उस कमरे में बंद किया तो वहां पर 180 क़ैदी और 20 दोषी निरीक्षक थे।

कमरे का एक चौथाई इलाक़ा निरीक्षकों के लिए सुरक्षित था। उनके पास साफ़ कंबलों का अपना ढेर था। उन्होंने उन्हें खुली जगह में बिछाकर नर्म बिस्तरों में बदल लिया था। हम बाक़ी के लोगों को बचे हुए तीन-चौथाई कमरे में दो कतारों में सोना पड़ता था। हमारे और उनके बीच चार क़दम का अंतर था।

हममें से प्रत्येक के पास एक कंबल था जिसे कि कमरे के अंत में करीने से रखे ढेर से लिया गया था। कंबलों को उनकी उनकी लंबाई की तरफ़ से नीचे की ओर मोड़ दिया गया था आर उन्हें लंबी दीवारों के सामने पत्थर के फ़र्श पर अगल-बगल रख दिया गया था। हम मोड़े हुए कंबलों में लेटते थे, हमारे कंधे एक दूसरे से टकराते रहते थे। हमारे सिर बगल की दीवारों को छूते रहते थे और हमारे पैर कमरे की बीच की तरफ़ होते थे। चमकदार रोशनी पूरी रात चलती रहती थी। निरीक्षक बारी-बारी से पैरों की कतारों के बीच से गश्त लगाते थे। उनके गले में सीटियां लटक रही होती थी, जो उनके बूते के बाहर की किसी परेशानी के वक़्त

बजाकर वह पहरेदारों को बुला सकते थे। मुझे जल्द ही पता चल गया कि वे सीटियों के इस्तेमाल में हिचकिचाते थे और ऐसी कोई परेशानी नहीं थी जिस पर नियंत्रण उनके बूते के बाहर हो।

निरीक्षकों ने मुझे चेहरे, गर्दन और बांहों के ख़ून को साफ़ करने और साफ़-सुथरे टॉयलेट को इस्तेमाल करने के लिए केवल पांच मिनट का वक़्त दिया। जब मैं मुख्य कमरे में लौटा तो उन्होंने मुझे अपने हिस्से में सोने की इजाज़त दे दी। निस्संदेह उन्होंने मान लिया था कि मेरी गोरी चमड़ी का सीधा संबंध पैसे से था। और शायद इसकी एक छोटी वजह यह भी थी कि इस बात ने उन्हें प्रभावित किया हो कि मैंने भागने की कोई भी कोशिश किए बग़ैर गलियारे में उनके बीच से रास्ता तय किया था। उनकी वजह चाहे जो रही हो, मैं इसे स्वीकार नहीं सकता था-ये वही लोग थे जो चंद मिनट पहले मेरी धुनाई कर रहे थे, वे लोग जिन्होंने ख़ुद को जेल का पहरेदार बना लिया था-और मैंने उनका प्रस्ताव ठुकरा दिया। यह एक बहुत बड़ी ग़लती थी। जब मैं कमरे के दूसरे सिरे पर अपना ब्लैंकेट लेकर महेश के पास सोने के लिए गया तो मेरा मज़ाक़ उड़ाने लगे। वे इस बात से नाराज़ थे कि मैंने उनका बेहद दुर्लभ प्रस्ताव ठुकरा दिया था। उन्होंने प्रण लिया, जैसा कि सत्ता मिलने पर हर कायर करता है, कि मेरा हौसला तोड़ देंगे।

रात को मैं भीषण सपने से उठा तो गर्दन में बहुत दर्द हो रहा था। मैं पीठ खुजाते हुए उठ बैठा और पाया कि मेरी त्वचा से छोटे से अंगूठे के नाख़ून के आकार का एक कीड़ा चिपका हुआ था। मैंने उसे हटाया और पत्थर के फ़र्श पर रखकर देखा। एक हाथ से जैसे ही मैंने उसे मारा तो उसने ढेर सारा ख़ून उगल दिया। यह मेरा ही ख़ून था जो उसने रात भर पीया था। अचानक बुरी दुर्गंध ने मुझे घेर लिया। यह आर्थर रोड जेल के क़ैदियों के लिए अभिशाप बनने वाले परजीवी *खटमल* से मेरी पहली मुलाक़ात थी। उन्हें कोई नहीं रोक पाता था। वे हर रात काटकर ख़ून चूसा करते थे। उनके काटने से बने छोटे घाव जल्द ही विषैले दानों में तब्दील हो जाते थे। एक रात में तीन से चार घाव बनते थे, एक हफ़्ते में 20 और एक महीने मैं सैकड़ों। और उन्हें कोई नहीं रोक पाता था।

मैं खटमल मारने से निकले ख़ून को देखता रहा कि इतने से जीव ने मेरा कितना ख़ून चूस लिया था। अचानक मुझे कान में भीषण दर्द हुआ, क्योंकि एक निरीक्षक ने एक बेंत मेरे सिर पर जमा दी। मैं अचानक गुस्से में उठा, लेकिन महेश ने मुझे रोक दिया। उसने मेरी बांहें पकड़कर मुझे नीचे खींच लिया।

मेरे नीचे सोने तक निरीक्षक मुझे घूरता रहा। उसके बाद उसने चमकती रोशनी वाले कमरे में गश्त दोबारा शुरू कर दी। महेश ने मुझे एक चेतावनी दी। हमारे चेहरों के बीच केवल एक हाथ की दूरी थी। वहां दो कतारों में क़ैदी गुत्थमगुत्था होकर सो रहे थे। उस रात महेश की आंखों में आतंक और उसकी फुसफुसाहट मेरे द्वारा देखी-सुनी गई अंतिम बात थी।

उसने फुसफुसाकर कहा, 'वे चाहे जो कुछ भी करें, अपनी ज़िंदगी की ख़ातिर तुम पलटकर कोई जवाब मत देना। लिन, यह ज़िंदा लोगों की जगह नहीं है। हम सब मुर्दे हैं। तुम यहां कुछ भी नहीं कर सकते।'

मैंने अपनी आंखें और अपना दिल बंद कर लिया और ख़ुद को नींद में धकेल दिया।

अध्याय 21

निरीक्षकों ने सुबह हमें उठाया और हर उस व्यक्ति को पीटा जो उनके पहुंचने के बाद भी नहीं जागा। मैं पहले ही जाग चुका था और फिर भी मुझे एक बेंत तो खानी ही पड़ी। मैं गुस्से में दोबारा उठा और फिर से महेश ने मुझे हाथ पकड़कर रोक दिया। हमने एक तय अंदाज़ में अपने कंबलों को लपेटा और कमरे के अंत में एक जगह पर ढेर बनाकर रख दिया। पहरेदारों ने बाहर से इस्पात का दरवाज़ा खोला और हम लोग बाहर के कमरे में नित्यक्रिया करने के लिए जमा हो गए। चौकोर स्नानघर में एक कोने पर बड़ा सा लोहे की टंकी रखी हुई थी। जैसे ही हम उसके नज़दीक पहुंचे, एक क़ैदी ने टंकी के नीचे की ओर लगा वॉल्व खोल दिया। इससे वहां लगे एक बाहर निकले हुए पाइप से हमारे घुटने के कुछ नीचे तक पानी ज़ोर से निकलने लगा। वह ख़ुद नज़र रखने के लिए टंकी के ऊपर बैठ गया। लोग अपनी-अपनी एल्युमिनियम की प्लेटें लेकर पाइप की ओर दौड़ पड़े। पाइप के पास पहुंचने के लिए एक वक़्त में कम से कम 10-20 लोगों के बीच धक्कामुक्की देखी जा सकती थी।

मैंने भीड़ कम होने का इंतज़ार किया और लोगों को थोड़े से पानी से ख़ुद को साफ़ करते हुए देखा। बहुत कम लोगों के पास नहाने का साबुन भी था और वे साबुन लगाने के बाद लौटकर पाइप से ज़्यादा पानी लेने का प्रयास कर रहे थे। जब तक मैं पाइप के पास पहुंचा टंकी लगभग ख़ाली हो चुकी थी। अपनी प्लेट में जो बारीक सी धार से पानी मैंने जमा किया था, उसमें सैकड़ों कीड़े कुलबुला रहे थे। मैंने हताशा में प्लेट को दूर फेंक दिया और कुछ लोग हंसने लगे।

'पानी के कीड़े, भाई!' महेश ने अपनी प्लेट भरते हुए कहा। उसने फिर उस पानी को अपनी छाती और पीठ पर उंडेलकर दोबारा प्लेट भरने के लिए हाथ आगे बढ़ा दिया। 'ये टंकी में रहते हैं और जब पानी कम हो जाता है तो बाहर आ जाते हैं, भाई! लेकिन कोई समस्या नहीं है। वे तुम्हें नुक़सान नहीं पहुंचा सकते। वे खटमल की तरह काटते नहीं हैं। वे गिरकर बस ठंडी हवा में मर जाते हैं, देखो? दूसरे लोग कम कीड़ों वाले पानी के लिए लड़ते हैं। लेकिन अगर हम इंतज़ार करते हैं तो हमें ढेर सारे कीड़े मिलते हैं। लेकिन बहुत सारा पानी भी। यह बेहतर है ना भाई? *चलो!* अगर तुम कल से पहले नहा लेना चाहते हो तो यही मौक़ा है। हम अपने कमरों वाले इलाक़े में नहीं नहा सकते। वहां केवल निरीक्षक ही नहा सकते हैं। उन्होंने कल तुम्हें वहां नहाने दिया, क्योंकि तुमने उन पर ख़ून के काफ़ी छींटे उड़ा दिए थे। लेकिन तुम्हें

नहाने के लिए वह इलाक़ा इस्तेमाल करने का मौक़ा दोबारा नहीं मिलेगा। हम भीतर के टॉयलेट का इस्तेमाल करते हैं, लेकिन वहां नहाते नहीं। भाई, तुम्हारे नहाने के लिए यही जगह है।'

मैंने पानी की कम होती धार के नीचे प्लेट लगाई और कीड़ों से भरा पानी ख़ुद पर उंडेल लिया। ठीक महेश की तरह। अन्य भारतीय लोगों की तरह मैंने पेंट के नीचे जांघिया पहन रखा था। मैंने जीन्स निकाल दी थी और मचलते हुए कीड़ों की अगली खेप सीधे मेरे जांघिये में चली गई। निरीक्षकों द्वारा वापस डॉर्मिटरी में लौटने के लिए हमारी धुनाई से पहले मैंने बिना साबुन ख़ुद को कीड़ों से भरपूर पानी से पर्याप्त रूप से साफ़ कर लिया था।

डॉर्मिटरी में क़ैदियों की गिनती के बीच हमें एक घंटे तक नीचे पालथी मारकर बैठे रहना पड़ा। पालथी मारकर कुछ देर बैठे रहने से हमारे पैरों में दर्द होने लगा। जब कोई पैर फैलाना चाहता था, वहां निगरानी कर रहे निरीक्षकों में से कोई उसे जमकर चपत लगा देता था। मैं जरा भी नहीं हिला-डुला। दरअसल मैं नहीं चाहता था कि वे मेरे दर्द का आनंद लें। लेकिन जैसे ही मैंने पसीने से तरबतर होते हुए आंखें बंद की, एक निरीक्षक ने मुझे बिना बात के बेंत जमा दी। मैं फिर खड़ा होने लगा तो महेश ने फिर हाथ खींचकर मुझे बैठा दिया। पंद्रह मिनट के भीतर जब दूसरा, तीसरा और फिर एक चौथा प्रहार मुझ पर हुआ तो मैंने आपा खो दिया।

'इधर आ साले कायर,' मैंने मुझे अंतिम बार मारने वाले व्यक्ति की ओर इशारा करते हुए खड़े होकर कहा। वह निरीक्षक भीमकाय और बहुत मोटा था। उसके दोस्त और दुश्मन सभी उसे बिग राहुल कहकर ही पुकारते थे और कमरे में मौज़ूद लोगों में उसका क़द सबसे ज़्यादा था। 'मैं उस बेंत को नीचे से तुम्हारे भीतर ऐसा घुसेड़ूंगा कि तुम्हारी आंखों में दिखाई देगी!'

कमरे में सन्नाटा छा गया। सब बस खड़े रह गए। राहुल ने मुझे घूरकर देखा। उसके चेहरे पर आई मुस्कान और अधिक गुस्सा दिलाने वाली थी। धीरे-धीरे दोषी निरीक्षक उसके समर्थन में एकत्रित होने लगे।

'इधर आ,' मैंने हिंदी में चिल्लाकर कहा, 'इधर आ हीरो, चल मैं तैयार हूं!'

अचानक महेश और पांच-छह क़ैदी खड़े होकर मुझे बैठाने के लिए संघर्ष करने लगे।

महेश चिल्लाया, 'बस लिन। बस भाई, बस। बैठ जाओ। कृपया। मैं जानता हूं कि मैं तुम्हें क्या कह रहा हूं। *कृपया!* हाथ जोड़ता हूं।'

जब वे लोग मुझे हाथ और कंधे से खींच रहे थे, एक पल के लिए मेरी और राहुल की आंखें मिलीं और दोनों ने एक-दूसरे के भीतर बसी हिंसा का जायज़ा ले लिया। उसकी मुस्कान से तिरस्कार चला गया और उसकी आंखों ने हार का संकेत दे डाला। वह इस बात को जानता था और मैं भी। वह मुझसे डर गया था। मैंने लोगों

को खींचकर मुझे बैठाने दिया। उसने पलटकर सबसे नज़दीक व्यक्ति पर बेंत चला दी। कमरे का तनाव ख़त्म हो गया और क़ैदियों की गिनती दोबारा शुरू हो गई।

नाश्ते में बस एक बड़ी चपाती दी गई। उपलब्ध पांच मिनट के भीतर हमने उसे अच्छी तरह से चबाया और पानी पी लिया। उसके बाद तत्काल निरीक्षक हमें कमरों में ले गए। हम कुछ अच्छी तरह से साफ़ बरामदों से होते हुए कंटीले तारों के बीच के एक चौड़े छायादार इलाक़े में आ गए। वहां हम सुबह की धूप में नाई के सामने अपनी बारी आने का इंतज़ार करने लगे। नाई के लकड़ी के स्टूल ऊंचे पेड़ों की छांव में थे। हर नए क़ैदी के बाल एक नाई द्वारा छांटे जाते थे और फिर दूसरा नाई उस्तरे से बालों की कुछ और छंटाई कर दिया करता था।

हम इंतज़ार कर ही रहे थे कि नाइयों के पास के एक तारों वाले इलाक़े से चिल्लाने की आवाज़ आई। महेश ने सिर हिलाकर मुझे ध्यान से देखने के लिए कहा। दस दोषी निरीक्षक एक व्यक्ति को घसीटकर तारों के पार के सुनसान अहाते में ले आए। उस आदमी की कलाइयां और कमर रस्सी से बांधी हुई थीं। उसकी गर्दन में लगी चमड़े की कॉलर में कुछ और रस्सियां बांधी गई थीं। निरीक्षकों की दो टीमें उसे रस्सी खींच के खेल की तरह खींच रही थीं। वह व्यक्ति लंबा और मज़बूत था। उसकी गर्दन तोप की नली की तरह मोटी थी और उसका दमदार सीना और पीठ दमदार मांसपेशियों से भरे पड़े थे। वह अफ़्रीकी था। मैं उसे पहचान गया। वह हसन ओबिक्वा का ड्राइवर, रहीम था, वह व्यक्ति जिसे मैंने रीगल सर्कल पर भीड़ से बचाया था।

हम सांसें रोककर देखते रहे। वे रहीम को खींचकर अहाते के बीच में ले आए, जहां पर लगभग एक मीटर ऊंचाई और एक मीटर चौड़ाई का पत्थर था। उसने संघर्ष किया, प्रतिकार किया, लेकिन सब निरर्थक रहा। कुछ और निरीक्षक कुछ और रस्सियों के साथ आ मिले। रहीम के पैर उखड़ चुके थे। तीन लोग उसकी कलाई से लगी रस्सियों को पूरी ताक़त लगाकर खींच रहे थे। उसकी बांहें दोनों ओर इतनी ज़्यादा खिंच गई थीं कि मुझे लग रहा था कि कहीं वे उखड़ नहीं जाएं। उसके पैर बेहद असुविधाजनक तरीक़े से खींचे हुए थे। अन्य लोग कॉलर पर लगी रस्सियों के साथ उसे पत्थर की ओर खींचे लिए जा रहे थे। रस्सियों की मदद से लोगों ने उसे हाथ-पैर फैलाकर पत्थर पर लिटा दिया। उसके बाद एक निरीक्षक ने ऊपर चढ़कर उसके एक हाथ पर छलांग लगा दी, जिससे हड्डियां चटखने की आवाज़ आई।

वह चिल्ला भी नहीं सकता था, क्योंकि उसकी गर्दन पर लगी कॉलर बहुत तंग थी, लेकिन उसका मुंह खुला और हम सबने दिमाग़ के भीतर उसकी ओर से चीख़ लगाई। उसके पैर जवाब देने लगे थे। उसका पूरा शरीर ज़ोर से कांपा और उसका सिर इस तरह से थर्राया कि अगर हालात ऐसे नहीं होते तो वह बेहद मज़ाक़िया लगता। निरीक्षक तब तक उसे खींचते रहे, जब तक कि उसकी बांह ब्लॉक पर शिथिल पड़ चुकी थी। उसके बाद वही व्यक्ति अपने साथियों से बात करता हुआ दोबारा पत्थर पर चढ़ा। उसने नाक साफ़ की और दूसरे हाथ पर कूदकर उसे भी पीछे की तरफ

मोड़ दिया। रहीम होश गंवा चुका था। दोषी निरीक्षक फिर उसे रस्सी से खींचते हुए अहाते से बाहर ले गए। उसकी बांहें लटकी हुई उसके पीछे-पीछे घिसटती जा रही थीं। उसकी लंबी काली जुराबों में रेत भरती चली जा रही थी।

महेश ने धीरे से कहा, 'देखा तुमने?'

'*यह सब क्या था?*'

'उसने एक निरीक्षक को मारा था।' महेश ने घबराई हुई आवाज़ में कहा। 'इसीलिए मैं तुम्हें रोक रहा था। वे लोग ये भी कर सकते हैं।'

एक और व्यक्ति मेरे क़रीब झुककर तेज़ी से बोलने लगा।

'और यहां डॉक्टर की कोई गारंटी नहीं है। शायद तुम्हें डॉक्टर मिल जाए या फिर नहीं। शायद वह अश्वेत व्यक्ति ज़िंदा रहे या नहीं। बाबा, निरीक्षकों को मारना अच्छी बात नहीं।'

बिग राहुल अपने कंधे पर लाठी रखकर हमारी तरफ़ आया। वह मेरे पास रुका और उसने लाठी जमकर मेरी पीठ पर जमा दी। इंतज़ार कर रहे लोगों की तरफ़ जाते हुए उसकी हंसी बहुत ज़ोर की थी, लेकिन यह कमज़ोर और झूठी थी और यह मुझे बेवक़ूफ़ नहीं बना पाई। मैंने पहले ऐसी हंसी दुनिया के दूसरे कोने में किसी और जेल में भी सुनी थी। मैं इसे अच्छी तरह से जानता था। क्रूरता एक क़िस्म की कायरता है। क्रूर हंसी एक तरह से कायरों का रोना है, जब वे अकेले नहीं हों। और दर्द देना उनका शोक मनाने का तरीक़ा है।

कतार में पालथी मारकर बैठे रहने के दौरान मैंने देखा कि एक जूं सामने बैठे व्यक्ति की पीठ पर चढ़ रहा है। मुझे उठने के बाद से ही खुजली हो रही थी। उस वक़्त तक मैं उस ख़ुजली की वज़ह खटमलों, गंदे कंबल और गलियारे से गुजरने के दौरान लगी कई चोटों को मान रहा था। मैंने सामने वाले के सिर की तरफ़ देखा वहां बालों में ढेरों जूं रेंग रहे थे। मैं जान गया था कि मेरे शरीर और मेरे बालों में हो रही खुजली की वज़ह क्या थी। मैंने महेश की तरफ़ मुड़कर देखा। उसके सिर में भी जूं का जमावड़ा था। मैंने सिर के बालों को हथेली के ऊपर झाड़ा और वहां भी केकड़े की तरह के सफ़ेद कीड़ों का ढेर लग गया।

शरीर के जूं। जो कंबल उन्होंने हमें बिछाने के लिए दिए थे, उसमें उनका जमघट था। अचानक खुजली ने मुझे भयभीत कर दिया और मैं पूरे शरीर पर वे गंदे जीव महसूस करने लगा। जब मेरा सिर घुटाने के बाद मैं डॉर्मिटरी में लौटा तो महेश ने शरीर के जूं के बारे में बताया जिन्हें *शेप्पेश* कहा जाता था।

'भाई, शेप्पेश बहुत भीषण होते हैं। ये हर कहीं होते हैं। यही वज़ह है कि यहां के निरीक्षकों के पास अपने अलग कंबल हैं और वे अपने कमरे में ही सोते हैं। वहां कोई शेप्पेश नहीं है। इधर आओ, मुझे देखो, लिन और मैं तुम्हें बताता हूं कि करना क्या है।'

उसने अपनी टी-शर्ट उतारी और उसे उल्टा कर दिया। उसने गर्दन के पास की सिलाई को दिखाया तो वहां पर शेप्पेश की कतार लगी हुई थी।

'उन्हें देख पाना बहुत मुश्किल है भाई। लेकिन तुम उन्हें अपने ऊपर रेंगते हुए *महसूस* कर सकते हो *यार?* चिंता मत करो। उन्हें मारना बहुत आसान है। उन्हें बस ऐसे अंगूठे के बीच मसल दो।'

मैंने उसे टी-शर्ट की गर्दन पर उसे उन्हें मारते हुए देखा। एक-एक करके, फिर उसने टी-शर्ट की बांह और फिर अंत में नीचे की सिलाई के वहां भी ऐसे ही करते देखा। ढेर सारे जूं थे और वह किसी विशेषज्ञ की तरह उन्हें एक-एक करके अंगूठे के नाख़ून से दबाकर मारता चला गया।

'अब यह टी-शर्ट साफ़ है।' उसने कहा। टी-शर्ट को शरीर से दूर रखकर जमीन पर रखते हुए उसने कहा, 'कोई शेप्पेश नहीं। अगली बार जब तुम अपनी कमर पर इस तरह से टॉवेल लपेटोगे तो पतलून को निकालकर इसी तरह से शेप्पेश को मारना। जब वह साफ़ हो जाए तो उसे अपने शर्ट के साथ रख देना। उसके बाद पूरे शरीर को इसी तरह से साफ़ कर लेने के बाद साफ़-सुथरे कपड़े पहन लेना। और तुम ठीक हो जाओगे, रात भर तक ज़्यादा शेप्पेश नहीं। और फिर तुम्हें कंबल से ढेर सारे नए शेप्पेश मिलेंगे। और बिना कंबल के सोने का कोई अवसर ही नहीं, क्योंकि कंबल नहीं लेने पर निरीक्षक जमकर धुलाई करते हैं। तुम इसे टाल नहीं सकते। और फिर दूसरे दिन तुम नए सिरे से इसी काम में जुट जाते हो। इसे ही हम शेप्पेश की खेती कहते हैं और आर्थर रोड जेल में हम हर रोज़ किसान बन जाते हैं।'

मैंने लंबी डॉर्मिटरी के बाहर बारिश से भीगे खुले अहाते को देखा, सैकड़ों लोग जूं की खेती में लगे हुए थे और व्यवस्थित तरीक़े से उन्हें मारे भी जा रहे थे। कुछ लोगों को मानो इसकी कोई भी फ़िक्र नहीं थी। वे खुजली करके या फिर कुत्तों की तरह शरीर को झटकते हुए जूं की खेती को बदस्तूर जारी रखते थे। मेरे लिए वह खुजली भरी चढ़ाई मेरे शरीर पर हमले की तरह था। मैंने अपनी शर्ट उतारी और कॉलर की सिलाई को देखा। शर्ट उनसे पटी पड़ी थी। कुछ घूम रहे थे, कुछ तैयारी कर रहे थे और कुछ पनप रहे थे। मैंने उन्हें मारना शुरू किया, एक-एक करके, सिलाई-दर-सिलाई। यह कुछ घंटे का काम था और मैंने आर्थर रोड जेल में बिताई हर सुबह पागलों की तरह इसे किया, लेकिन मैं कभी भी वहां इनसे पूरी तरह से मुक्त महसूस नहीं कर सका। जूं को खोजकर मार डालने के बाद भी मुझे शरीर में खुजली या उनके चलने का अहसास होता रहता था। और धीरे-धीरे महीने-दर-महीने इन रेंगने वाले कीड़ों के आतंक से मेरा सब्र टूटता जा रहा था।

हर दिन सुबह की गिनती और शाम के भोजन के बीच हम डॉर्मिटरी कमरों से जुड़े बड़े अहाते में घूमते रहते थे। कुछ लोग पत्ते खेला करते थे और कुछ और अन्य खेल। कुछ दोस्तों से बात करते थे तो कुछ पत्थर की सड़क पर सोने की कोशिश।

कुछ लोग पागलों की तरह बड़बड़ाते हुए दीवारों से जा टकराते थे और हम उन्हें दोबारा पकड़कर नई दिशा में मोड़ देते थे।

आर्थर रोड जेल में दोपहर के खाने में एक पतला सूप होता था जो हमारी समतल एल्युमिनियम की प्लेट पर फैला दिया जाता था। शाम का खाना साढ़े चार बजे परोसा जाता था। इसमें हमें एक रोटी और वही पनियल सूप थमाया जाता था। यह विभिन्न सब्ज़ियों के छिलकों और फेंक दिए जाने वाले डंठलों से बनाया जाता था। एक दिन चुकंदर के तो किसी और दिन गाजर, कभी कद्दू और इसी तरह से कुछ और। आलू के ख़ारिज कर दिए जा सकने वाले हिस्सों का भी इस्तेमाल किया जाता था। इसके अलावा खीरे, प्याज के छिलकों का भी बेहिचक इस्तेमाल किया जाता था। हमने कभी सब्ज़ियां नहीं देखीं। वे पहरेदारों और दोषी निरीक्षकों के खाते में जाते थे। छिलके और बचे हुए हिस्से हमारे बेरंग पतले सूप में तैरते दिखाई देते रहते थे। जिस बड़े बर्तन में निरीक्षक हमारे लिए खाना लेकर आते थे, उसमें 150 लोगों का खाना होता था, जबकि कमरे में खाने वालों की संख्या थी 180। इस कमी को पूरा करने के लिए निरीक्षक उसमें दो बाल्टी ठंडा पानी डाल देते थे। यह रोज़ की कवायद थी। वे पहले क़ैदियों को गिनते थे और फिर उसमें पानी मिलाकर ऐसा दर्शाते थे मानो उन्होंने बड़ी ही आसानी के साथ हमारे साथ इंसाफ़ कर दिया है। उसके बाद हर मर्तबा वह ख़ुद को ठहाका मारने से नहीं रोक पाते थे।

शाम के भोजन के बाद छह बजे, पहरेदार हमें गिनकर हमें कमरे में बंद कर देते थे। उसके बाद दो घंटे तक हमें बात करने और निरीक्षकों से ख़रीदी गई चरस पीने का मौक़ा मिलता था। आर्थर रोड जेल में क़ैदियों को प्रति माह राशन के लिए पांच टिकट, जिन्हें कूपन कहा जाता था, मिलते थे। जिन लोगों के पास पैसे होते थे वे कूपनों को ख़रीद लेते थे। कुछ लोगों के पास सैकड़ों कूपन होते थे। इससे वह चाय (दो कूपन की एक चाय आती थी), ब्रेड, शक्कर, जेम, गर्म खाना, साबुन, दाढ़ी का सामान, सिगरेट और लोगों की कपड़े धोने जैसी सेवाएं ख़रीद सकते थे। जेल में काले बाज़ार की मुद्रा भी चलती थी। छह कूपन के लिए एक व्यक्ति चरस की छोटी सी *गोली* ख़रीद सकता था। 50 कूपन से वह पेनिसिलिन का एक शॉट ख़रीद सकता था। कुछ हेरोइन का कारोबार भी करते थे। 60 कूपन के लिए, लेकिन इसे पाने की कोशिशों में निरीक्षक क्रूर हो जाते थे। यातना देने वाले अधिकारियों को लेकर आतंक को दूर करने में हेरोइन मददगार साबित होती थी। अधिकांश लोग, जो निरीक्षकों की असीमित शक्ति से डरते थे, चरस पर संतोष कर लिया करते थे और कमरों में अधिकांश वक़्त हशीश की गंध तैरती रहती थी।

हर रात लोग समूह बनाकर गाना गाते थे। 12 या ज़्यादा लोगों के समूह बनाकर और एल्युमिनियम की प्लेट्स को ड्रम्स की तरह बजाते हुए। क़ैदी अपनी पसंदीदा फ़िल्मों के प्रेमगीत गाया करते थे। दिल टूटने और किसी को गंवाने के ग़म के गाने। कोई प्रेमगीत किसी एक समूह से शुरू होकर दूसरे, तीसरे, चौथे और फिर

पहले समूह तक लौट आता था। 12 से 15 लोगों के हर समूह के लिए 20-30 लोग तालियां बजाने और उनकी आवाज़ में आवाज़ मिलाने का काम करते थे। गाते-गाते वे रोने लगते थे और कई बार हंसने भी लगते थे। और इस संगीत के ज़रिये वह हर किसी के दिल में उस प्यार को जगाए रखने का प्रयास करते थे, जिसे शहर ने निष्कासित करके भुला दिया है।

आर्थर रोड के दूसरे सप्ताह के अंत में मैं दो युवकों से मिला जो कुछ ही घंटों के बाद रिहा होने वाले थे। महेश ने मुझे विश्वास दिलाया कि वे मेरा संदेश ले जाएंगे। वे गांव के सीधे-साधे अनपढ़ लोग थे जो बॉम्बे घूमने आए थे और पुलिसवालों की बेरोज़गारों की धरपकड़ में धर लिए गए थे। बिना किसी आरोप के आर्थर रोड जेल में तीन सप्ताह बिताने के बाद वह रिहा किए जाने वाले थे। काग़ज़ के एक टुकड़े पर मैंने उन्हें अब्दुल क़ादर ख़ान का नाम और पता लिखकर दिया। साथ ही एक छोटा सा पत्र भी कि मैं जेल में हूं। मैंने वह काग़ज़ का टुकड़ा उन लोगों को दिया और रिहा होने पर इनाम देने का भरोसा भी दिलाया। उन्होंने हाथ जोड़े और विदा ली। उनके चेहरे दमक रहे थे और उम्मीद से भरे थे।

उस दिन निरीक्षकों ने हम सबको नियमित हिंसा की बज़ाय चिपककर बैठने के लिए मज़बूर किया। हम देख ही रहे थे कि मेरी मदद करने वाले दोनों युवकों को कमरे में घसीटकर लाया गया और एक दीवार के पास फेंक दिया गया। वे अर्धमूर्छित थे। उन्हें बुरी तरह से पीटा गया था। उनके चेहरे के घावों से ख़ून रिस रहा था। उनके मुंह सूजे हुए थे और आंखें काली पड़ चुकी थीं। उनकी बांहों और पैरों पर बेतों की मार से सांप की त्वचा की तरह पट्टे पड़े हुए थे।

बिग राहुल ने हिंदी में चीख़ते हुए कहा, 'ये कुत्ते जेल से बाहर गोरे के लिए संदेश लेकर जा रहे थे। जो कोई भी गोरे की मदद करने का प्रयास करेगा उसका यही हाल होगा। समझ गए? अब इन दोनों कुत्तों को मेरे कमरे में छह महीने और जेल में गुजारने होंगे। छह महीने। उसे मदद करोगे, तुममें से कोई भी और तुम्हारा यही हश्र होगा।'

निरीक्षक सिगरेट पीने के लिए कमरे से बाहर चले गए और हम उन दोनों की मदद के लिए दौड़े। मैंने उनके घाव धोए और कपड़े से उन्हें बांधा। महेश ने मेरी मदद की और जब हमारा काम हो गया तो मेरे साथ बीड़ी पीने के लिए बाहर आ गया।

'तुम्हारी ग़लती नहीं है, लिन।' उसने बाहर की ओर देखते हुए कहा, जहां पर लोग अपने कपड़ों में से जूं निकालने में व्यस्त थे।

'*निश्चित तौर पर* यह मेरी ग़लती है।'

'नहीं,' उसने दृढ़तापूर्वक कहा, 'ऐसी ही जगह है यह आर्थर रोड जेल। इस तरह की बातें यहां हर रोज़ होती हैं। इसमें तुम्हारी कोई ग़लती नहीं है, भाई और ना ही मेरी। लेकिन अब यह तुम्हारे लिए वास्तविक समस्या की वजह बनेगा। अब कोई भी तुम्हारी मदद नहीं करेगा-कोलाबा के लॉकअप की तरह। मैं नहीं जानता कि तुम्हें

यहां कितने वक़्त और रहना पड़ेगा। तुम्हें वह बूढ़ा पांडू दिख रहा है, वहां? वह तीन साल से इस कमरे में है और अभी तक मामला अदालत में नहीं पहुंचा है। अजय को एक साल से ज़्यादा हो गया। संतोष बिना किसी आरोप दो साल से इस जेल में बंद है और वह नहीं जानता कि उसे कब अदालत के सामने पेश किया जाएगा। मैं...मैं नहीं जानता कि तुम इस कमरे में कितने दिन बंद रहोगे। और माफ़ करना भाई, अब कोई तुम्हारी मदद नहीं करेगा।'

कई सप्ताह गुजर गए और महेश ठीक ही कह रहा था निरीक्षकों का गुस्सा मोल लेने के डर से किसी ने भी मेरी मदद नहीं की। कमरे से हर सप्ताह लोगों को रिहा किया जाता रहा और मैंने उनमें से जितनों से संभव हुआ, सावधानी के साथ संपर्क साधा, लेकिन किसी ने मदद नहीं की। मेरी हालत हताशाजनक होती जा रही थी। जेल में दो महीने गुजारने के बाद मेरे अनुमान के मुताबिक़ मैंने 12 किलो वज़न गंवा दिया था। मैं दुबला दिखने लगा था। मेरा पूरा शरीर खटमल के काटने के निशानों से भरा हुआ था। मेरी बांहों, पैरों, चेहरे और गंजे सिर पर निरीक्षकों की बेंतों के निशान थे। और हरदम, हर दिन हर रात हर मिनट मुझे एक ही चिंता खाई जा रही थी कि मेरी अंगुलियों के निशान पर आने वाली रिपोर्ट बता देगी कि मैं कौन हूं। लगभग हर रात मैं उसी दस साल की सज़ा के दुस्वप्न से पसीने में तरबतर होकर जागता था, जिसके कारण मैंने ऑस्ट्रेलिया की जेल से पलायन किया था। ग्लानि चाकू के दस्ताने की तरह होती है जो हमारी तरफ़ होता है और प्यार अधिकांशत: धार की तरह। लेकिन चिंता इस चाकू की धार को बनाए रखती है और चिंता ही अंत में हम सबका ख़ात्मा करती है।

हताशा, डर, चिंता और दर्द चरम पर पहुंच गए जब बिग राहुल, जिसने अपनी 12 साल की सज़ा की नफ़रत और दुर्दशा पूरी तरह से मुझ पर ही उतारने का फ़ैसला कर लिया था, ने मुझे एक और बार मारा। मैं ख़ाली डॉर्मिटरी के दरवाज़े के पास बैठा था और पिछले कुछ सप्ताह से दिमाग़ में चल रही एक संक्षिप्त कथा को काग़ज़ पर उतारने की कोशिश कर रहा था। मैं कहानी को वाक्य-दर-वाक्य, दिन-प्रतिदिन दिमाग़ में गढ़ता जा रहा था। यही वह ध्यान था जिसने मुझे पागल होने से बचा रखा था। जब उस सुबह में पेंसिल के कुछ टुकड़े और लिखने के लिए शक्कर के राशन के काग़ज़ हासिल करने में कामयाब रहा तो मुझे लगा कि मैं पहला पन्ना लिखने के लिए तैयार हूं। शेप्पेश से छुटकारा पाने के बाद एक शांत पल में मैंने लिखना शुरू ही किया था। राहुल बेहद चोर क़दमों से मेरे पीछे से आया और उसने हड्डियों तक को छू जाने वाली ताक़त के साथ बेंत मेरी बाईं बांह के ऊपरी हिस्से पर मारी। उसकी सज़ा देने वाली बेंत कोने से फटी हुई थी और उसने मेरी कंधे से लेकर कोहनी तक की चमड़ी उधेड़ दी। गहरे घाव से ख़ून निकलने लगा और मेरी अंगुलियां भी उसे रोक नहीं पा रही थीं।

गुस्से से तमतमाते हुए मैं खड़ा हुआ। मैंने भौंचक्के राहुल के हाथों से लपककर वह बेंत खींच ली। मैं उसकी ओर बढ़ने लगा तो वह कुछ क़दम पीछे हटा। मेरे पास एक खिड़की थी। मैंने बेंत उससे बाहर फेंककर उसे चौंका दिया। राहुल की आंखों में भय और हैरत आ चुकी थी। उसने सीने पर रखी सीटी को तलाशने की कोशिश की। इतने में मैंने उछलकर सीधे एक लात उस पर जमा दी। उसको इसकी भी आशंका नहीं थी। मेरे पैर का निचला हिस्सा सीधे उसकी नाक और मुंह के बीच लगा। वह लड़खड़ाते हुए कुछ क़दम पीछे गया। गली की लड़ाई का पहला नियम : अपने पैरों पर डटे रहो और पीछे मत हटो, कम से कम तब तक जब तक कि तुम वापसी का हमला नहीं करने जा रहे हो। मैंने उसका पीछा किया और उस पर दाएं-बाएं हाथों से घूंसों की बरसात कर दी। गली की लड़ाई का दूसरा नियम : कभी भी अपना सिर नीचा मत करो। उसे ज़्यादा से ज़्यादा नुक़सान पहुंचाने के इरादे से मैंने उसके कान, कनपटी और गले पर घूंसे बरसाए। वह मुझसे बड़ा व्यक्ति था और ताक़त में लगभग मेरे बराबर, लेकिन वह लड़ाका नहीं था। वह घुटनों के बल टेककर मुझसे माफ़ी मांगने लगा।

मैंने बाहर से और निरीक्षकों को उसकी मदद करने के लिए आते हुए देखा। कमरे के एक कोने में जाकर मैंने कराटे का स्टांस ले लिया और उनका इंतज़ार करने लगा। वे मेरी तरफ़ भागे। उनमें से एक बाक़ी से ज़्यादा तेज़ था। उसके मेरे हमले के दायरे में आते ही मैंने उसे जमकर लात जमाई। मेरा पैर पूरी ताक़त के साथ उसके दोनों पैरों के बीच लगा। उसके ज़मीन पर गिरने से पहले मैंने उसे तीन और घूंसे जमा दिए। उसका पूरा चेहरा ख़ून से सन गया। वह पीछे हटने लगा तो पूरे फ़र्श पर ख़ून ही ख़ून हो गया। बाक़ी के लोग पीछे हट गए। वे अर्धचंद्र के आकार में मुझे घेरकर खड़े हो गए। उनके हाथों में बेतें और चेहरे पर असमंजस था।

'आओ सालों,' मैं हिंदी में चिल्लाया, 'तुम मेरा क्या कर लोगे? क्या तुम *इससे* बुरा हाल कर सकते हो?'

मैंने अपने चेहरे पर ज़ोर से घूंसा जमाया। एक और घूंसा और मेरे होंठों से ख़ून बहने लगा। मैंने अपने घायल हाथ पर लगा ख़ून पोंछकर उसे माथे पर लगा लिया। गली की लड़ाई का तीसरा नियम : सामने वाले से ज़्यादा पागल दिखो।

'क्या तुम *इससे* बुरा हाल कर सकते हो?' मैं अचानक मराठी में चिल्लाने लगा, 'तुम्हें क्या लगता है कि मुझे इससे डर लगता है? आओ। तुम यही चाहते हो ना। मैं चाहता हूं कि तुम मुझे इस कोने से निकालो। तुम मुझे निकाल लोगे, निकाल भी लोगे, लेकिन तुममें से एक व्यक्ति, वहां खड़ा हुआ, एक आंख गंवा देगा। तुममें से एक। मैं अपनी अंगुलियों में से तुममें से किसी एक की आंखें निकालकर खा लूंगा। चलो आ जाओ। और ज़ल्दी करो क्योंकि ऊपरवाला जानता है कि मैं *कितना भूखा हूं!*'

वे हिचकिचाए और फिर पीछे होकर समूह में मंथन करने लगे। मैं किसी तेंदुए की तरह हमले के लिए पूरी तरह की तैयारी के साथ उन्हें देखता रहा। आधा मिनट

की फुसफुसाहट भरी बातचीत के बाद निरीक्षक एक नतीज़े पर पहुंचे। वे और पीछे हट गए और कमरे में उनकी संख्या और कम हो गई। मुझे लगा कि वह पहरेदारों की मदद लेने के लिए भागे होंगे, लेकिन वह कुछ सेकेंड बाद मेरे कमरे के दस क़ैदियों के साथ लौट आए। उन्होंने उन लोगों को ज़मीन पर मेरी ओर मुंह करके बैठने के लिए कहा और फिर उनकी बेंतों से जमकर पिटाई शुरू कर दी। वे लोग चीख़ते-चिल्लाते रहे। पिटाई रुक गई और एक मिनट के बाद उन्होंने उन दस लोगों को वापस भेज दिया और कुछ सेकेंड बाद नए दस लोग उनकी जगह आ गए।

'अब उस कोने से बाहर निकलो!' एक निरीक्षक ने आदेश दिया।

मैंने ज़मीन पर बैठे लोगों फिर निरीक्षक की तरफ़ देखा और इंकार में सिर हिला दिया। निरीक्षक ने आदेश दिया और लोगों के दूसरे समूह की पिटाई शुरू हो गई। उनकी चीख़ने की आवाज़ भयभीत पंछियों के एक समूह की तरह लग रही थी।

निरीक्षक फिर चिल्लाया, 'कोने से बाहर आओ!'

'नहीं।'

'और दस!' वह चीख़ा।

घबराए हुए दस लोगों के अगले समूह को मेरी तरफ़ मुंह करके बैठा दिया गया। निरीक्षकों ने अपनी बेंतें उठाईं। उस समूह में महेश भी शामिल था। मुझे मदद करके बेतहाशा मार खाने के बाद छह माह की और सज़ा पाने वाले दोनों लोग भी इसी समूह में थे। उन्होंने मेरी तरफ़ देखा। वे चुप थे, लेकिन उनकी आंखें गुहार लगा रही थीं।

मैंने अपने हाथ नीचे कर लिए और कोने से बाहर निकल आया। निरीक्षक मेरी तरफ़ दौड़े और छह जोड़ी हाथों ने मुझे पकड़ लिया। वे मुझे धकेलते हुए सलाख़ों वाले इस्पात के दरवाज़े तक ले गए। उन्होंने मुझे दरवाज़े से सटाकर खड़ा कर दिया और दो हथकड़ियों के सहारे मेरे हाथों को मेरे सिर के ऊपर सलाख़ों से बांध दिया। रस्सी का इस्तेमाल करके उन्होंने मेरे दोनों पैर भी बांध दिए।

बिग राहुल मेरे पास बैठा और वह अपना चेहरा मेरे चेहरे के पास लाया। उसे झुकने और घुटने के बल बैठने में बहुत परेशानी हुई। मुझे पता था कि मैंने जो घूंसे उसके कान और कनपटी पर मारे हैं, उसके घाव कई महीनों तक दर्द देंगे। वह मुस्कराया। आपको किसी व्यक्ति के भीतर छिपी बुराई का तब तक पता नहीं चलता जब तक कि वह मुस्कराता नहीं है। मुझे अचानक लेति द्वारा मॉरिजियो के लिए इस्तेमाल एक वाक्य याद आ गया, *अगर बच्चों के पर होते, उसने कहा था, वह उस तरह का होता जो उन्हें उखाड़ फेंकता।* मैं हंसने लगा। बांहें फैलाकर बांधे होने के बावज़ूद मैं हंसने लगा। बिग राहुल ने मेरी तरफ़ देखकर त्यौरियां चढ़ाईं। उसके चेहरे पर हैरत के भाव देखकर मेरी हंसी ठहाके में बदल गई।

पिटाई शुरू हुई। बिग राहुल ने अपना पूरा गुस्सा मेरे चेहरे और जननांगों पर निकाला।जब उसका दम फूल गया और वह बेंत उठाने तक की स्थिति में नहीं

रहा, दूसरे निरीक्षकों ने कमान थाम ली। वे लाठियां लेकर मुझ पर तक़रीबन बीस मिनट तक टूट पड़े। फिर वे सिगरेट पीने के लिए कुछ देर रुके। मैं उस वक़्त केवल शॉर्ट्स और बनियान में था। बेंतों ने सिर से लेकर पैर तक मेरी चमड़ी उधेड़कर रख दी थी।

सिगरेट पी लेने के बाद उन्होंने दोबारा पिटाई शुरू कर दी। कुछ देर बाद उनकी बातचीत से पता चला कि निरीक्षकों का एक नया दस्ता आ पहुंचा है। नए लोग, ताजादम बांहों की अब मुझ पर टूट पड़ने की बारी थी। उनका गुस्सा बेरहम था। जब उनका काम हो गया तो तीसरा ज़्यादा बेरहम दस्ता आ गया। फिर चौथा दस्ता। फिर मेरे अपने कमरे के पहले समूह ने मुझ पर बड़ी ही बेरहमी के साथ बेंतें बरसाईं। पिटाई का सुबह 10.30 बजे शुरू हुआ यह सिलसिला रात को 8 बजे तक चलता रहा।

'मुंह खोलो।'

'क्या?'

'अपना मुंह खोलो,' एक आवाज़ आई। मैं अपनी आंखें नहीं खोल पा रहा था, क्योंकि मेरी आंखें सूखे हुए ख़ून से चिपक गई थीं। आवाज़ आग्रह भरी और विनम्र थी। आवाज़ मेरे पीछे से यानी कि इस्पात के दरवाजे की तरफ़ से आ रही थी। 'सर आपको अपनी दवाएं लेना ही चाहिए। आपको अपनी दवाएं लेना ही चाहिए!'

मैंने किसी को कांच की बोतल मेरे मुंह और दांत पर लगाते हुए महसूस किया। पानी मेरे चेहरे पर से बहने लगा। मेरी बांहें अब भी मेरे पीछे की ओर खींची हुई और सलाख़ों से बांधी हुई ही थीं। मेरे होंठ खुले और पानी मुंह के भीतर जाने लगा। मैंने तेज़ी से पानी को गटका। किसी के हाथों ने मेरा मुंह पकड़ा और मैंने दो गोलियां अंदर जाते हुए महसूस कीं। किसी की अंगुलियों से धकेली हुई। पानी की बोतल की वापसी हुई और मैंने फिर पानी पीया।

'आपकी मैंड्रेक्स की गोलियां,' पहरेदार ने कहा, 'अब आप सोएंगे।'

पीठ के बल खड़े होकर, बांहें फैलाए मेरे शरीर पर इतने घाव थे कि दर्द से बच पाना नामुमकिन था। इसे मापा नहीं जा सकता था, क्योंकि बस दर्द ही दर्द था। मेरी आंखें बंद हो चुकी थीं। मेरे मुंह में ख़ून और पानी का स्वाद आ रहा था। मैं किसी चिपचिपे ठंडे पत्थर पर सो गया। दिमाग़ में जो आवाज़ें गूंज रही थीं, वे उस चीख़-पुकार की थीं जो मैंने अपने भीतर ही जज़्ब किए रखी थी। जो मैंने उन्हें नहीं सुनने दी और उन्हें नहीं सुनने दूंगा।

उन्होंने बाल्टी भर पानी फेंककर मुझे सुबह जगाया। हज़ारों तिलमिलाते घावों ने मुझे जगा दिया। उन्होंने महेश को गीले तौलिये से मेरी आंखें साफ़ करने दीं। जब मैं उन्हें खोलकर देखने लगा तो उन्होंने मेरी हथकड़ियां खोल दीं और अपनी कड़क बांहों में उठाकर कमरे से बाहर ले जाने लगे। हम ख़ाली अहातों, साफ़ फुटपाथों से होते हुए फूलों के बीच से गुजरते रहे। अंत में हम एक वरिष्ठ पुलिस अधिकारी के सामने जाकर रुके। वह तक़रीबन 50 वर्ष का व्यक्ति था, जिसके बाल सफ़ेद हो चुके

थे और मूंछें सलीके से काटी हुई थीं। वह एक सुनसान अहाते में पायजामा और गाउन पहनकर बैठा हुआ था। उसके आस-पास पहरेदार खड़े थे।

'मेरे प्यारे साथियों, मैं अपने रविवार की शुरुआत ऐसे तो नहीं करना चाहता।' उबासी को हाथ से रोकते हुए उसने मुझसे पूछा, 'हां, जनाब आप अपने आपको समझते क्या हैं?'

उसकी अंग्रेज़ी अच्छी भारतीय स्कूलों में पढ़ाई जाने वाली अंग्रेज़ी की तरह की थी। उसके कुछ वाक्यों से ही मुझे अहसास हो गया था कि उसकी शिक्षा भी मेरी ही तरह उपनिवेशवाद की समाप्ति के बाद हुई है। मेरी ग़रीब मां ने भी मुझे उसी की तरह स्कूल में भेजने के लिए काम करके पैसे कमाए थे। हालात कुछ और होते तो शायद हम शेक्सपियर या शिलर या बुलफ़िंच की *मायथालॉजी* पर चर्चा करते। कम से कम उसके वाक्यों से तो मैंने उसके बारे में इतना जान लिया था। वह मेरे बारे में क्या जानता था?

'बोल नहीं रहे हो? क्या बात है? क्या मेरे लोग तुम्हें पीट रहे थे? क्या निरीक्षकों ने तुम्हारे साथ कुछ किया?'

मैं उसे चुपचाप घूरता रहा। ऑस्ट्रेलियन जेल का एक पुराना उसूल था कि तुम किसी की भी जानकारी नहीं देते। बदमाशों तक की नहीं। दोषी निरीक्षकों तक की नहीं। तुम किसी भी कारण से किसी के भी बारे में कोई जानकारी नहीं देते।

'बता भी दो, क्या निरीक्षकों ने तुम्हारी पिटाई की?'

उसके बाद की मेरी चुप्पी को मैना पक्षी की आवाज़ ने तोड़ा। सूरज पूरी तरह से उग चुका था और धुंध से सुनहरी किरणें बाहर आ रही थीं। मुझे महसूस हो रहा था कि सुबह की ठंडी बयार मेरे हज़ारों घावों को एक तरह से जगा रही थी। मुंह को पूरी तरह से बंद रखकर मैंने उस शहर की सुबह की ठंडी हवा का आनंद लिया, जो मेरे दिल में बसा था।

उसने एक निरीक्षक से मराठी में पूछा, 'क्या तुम उसे पीट रहे हो?'

उस व्यक्ति ने हैरानी के स्वर में कहा, 'बिलकुल सर। आपने ही हमें उसे पीटने के लिए *कहा* था।'

'बेवकूफ़ मैंने तुम्हें उसे मार डालने के लिए नहीं कहा था। उसकी हालत देखो। उसे देखो, लगता है मानो उसके शरीर पर कोई त्वचा ही नहीं है।'

अधिकारी ने कुछ पलों के लिए अपनी सोने की घड़ी की तरफ़ देखा और फिर जोर से आह भरी।

'ठीक है। यह तुम्हारी सज़ा है। तुम अपने पैरों में बेड़ियां पहने रहोगे। तुम्हें निरीक्षकों से झगड़ा नहीं करना सीखना होगा। तुम्हें यह सबक़ सीखना ही होगा। और अब से अगली सूचना तक तुम्हें खाना भी आधा ही मिलेगा। ले जाओ इसे!'

मैंने चुप्पी साधी रखी और वे मुझे कमरे में वापस ले गए। मैं इस समूची कवायद को जानता था। मैंने एक मुश्किल तरीक़े से यह सीख लिया था कि जब जेल के अधिकारी अपने अधिकारों का दुरुपयोग करें तो चुप रहने में ही समझदारी है : तानाशाहों को अपने पीड़ितों में सच्चाई से ज़्यादा किसी बात से नफ़रत नहीं होती।

बेड़ियां लगाने वाला एक मध्यम उम्र का उत्साही व्यक्ति था, जो अपनी 17 साल की सज़ा का नौवां वर्ष जेल में काट रहा था। उसने दोहरी हत्या की थी। उसने अपनी पत्नी और उसके प्रेमी की उस वक़्त हत्या कर दी थी जब वे साथ में बिस्तर में थे। उसके बाद उसने स्थानीय पुलिस थाने में जाकर आत्मसमर्पण कर दिया था।

'यह बेहद शांतिपूर्ण था,' उसने मेरे पैर में स्टील बैंड लगाते हुए अंग्रेज़ी में कहा। 'वे दोनों नींद में ही चले गए। वैसे तुम कह सकते हो कि वह अकेला नींद में ही मर गया, क्योंकि जब मैंने कुल्हाड़ी उठाई थी तो वह जागी हुई थी, लेकिन ज़्यादा देर तक नहीं।'

पैरों में बेड़ियां लगाने के बाद उसने उसे उठाकर वह लंबाई तय की जिसके चलते मुझे लंगड़ाकर ही चलना पड़ेगा। उसने मुझे कपड़ा देकर बताया कि बेड़ियों को कैसे कमर से बांधना है ताकि चलते वक़्त वे ज़मीन पर रगड़े नहीं।

'तुम जानते हो, उन्होंने मुझे बताया कि दो और वर्ष में मैं भी निरीक्षक बन जाऊंगा।' उसने अपने औज़ार उठाते हुए मुस्कराते हुए कहा। 'तुम चिंता मत करो। जब दो साल में ऐसा होगा तो मैं तुम्हारा ख़याल रखूंगा। तुम मेरे बहुत अच्छे अंग्रेज़ दोस्त हो, हो ना? कोई समस्या नहीं होगी।'

जंज़ीर ने मेरे क़दमों को सीमित कर दिया। तेज़ चलने के लिए कूल्हे मटकाकर चलना पड़ता था। मेरे कमरे में दो और लोगों के पेरों में बेड़ियां लगी हुई थीं। उन दोनों को चलते हुए देखकर मैंने कुछ ही दिन में तकनीक को सीख लिया। कुछ ही दिन में मैं स्वाभाविक रूप से बेड़ियों के साथ घिसटकर चलने वाला वह नृत्य सीख चुका था। उन्हें देखकर और उनकी नक़ल करते हुए। मुझे धीरे-धीरे पता चला कि उस घिसटने वाले नृत्य में ज़रूरत के अलावा भी काफ़ी-कुछ था। वे दरअसल अपनी चाल को कुछ सम्मानजनक बनाना चाहते थे। घिसटने और क़दमों के ताने-बाने में बेड़ियों से मिले तिरस्कार को कम करने की कोशिश। मैंने पाया कि इंसान उसमें भी कला खोज ही लेता है।

लेकिन यह बेहद लज्जाजनक था। लोग हमारे साथ जो बहुत बुरी बातें करते हैं, वह हमें शर्मसार कर देती हैं। लोगों द्वारा की गई बुरी बातें हमारे उसी हिस्से पर आघात करती है जो कि दुनिया से प्यार करना चाहता है। और शर्मिंदगी का कुछ हिस्सा तब भी महसूस होता है, जब हमें इंसान होने पर ही शर्मिंदगी महसूस होती है।

मैंने बेड़ियों के साथ चलना सीख लिया था, लेकिन आधा राशन मुझ पर भारी पड़ा। मेरे वज़न में लगातार कमी होने लगी : मेरे आकलन के मुताबिक़ एक माह में पंद्रह किलो। मैं प्रतिदिन हथेली के आकार की एक रोटी और पनीला सूप की एक

प्लेट पर ज़िंदा था। मेरा शरीर पतला हो चुका था और हर घंटे कमज़ोर होता दिख रहा था। लोग मुझे छिपाकर लाए गए भोजन से मदद करने की कोशिश करते थे। उन्हें इसके लिए मार खानी पड़ती थी, लेकिन उन्होंने अपनी कोशिशें नहीं छोड़ीं। कुछ वक़्त बाद मैंने उनके इस प्रस्ताव को भी ठुकराना शुरू कर दिया, क्योंकि जब कभी भी मेरे लिए उन्हें मार खानी पड़ती थी, तो वह शर्मिंदगी मुझे भुखमरी की ही तरह मार रही थी।

दिन-रात की पिटाई से लगे सैकड़ों घाव के चलते दर्द सहनशक्ति से बाहर हो चुका था। उनमें से अधिकांश संक्रमित होकर सड़ने लगे थे। मैं उन्हें कीड़ों भरे पानी से साफ़ करने की कोशिश करता था, लेकिन उससे कुछ भी हासिल नहीं होता था। खटमलों के काटने के निशान हर रात बढ़ते ही जा रहे थे। उनमें से भी सैकड़ों घाव संक्रमित होकर फूट रहे थे। जूं मुझ पर हावी होने लगे थे। मैं हर रोज़ उन्हें मारने की प्रक्रिया पूरी करता था, लेकिन मेरे शरीर पर लगे घाव उन्हें आकर्षित कर लेते थे। जब मैं उठता था तो वे मेरे ख़ून की दावत उड़ा रहे होते थे।

हालांकि रविवार की सुबह जेल के अधिकारी से मुलाक़ात के बाद मेरी पिटाई बंद हो चुकी थी। बिग राहुल आते-जाते कभी-कभार मुझे मार दिया करता था और कुछ अन्य निरीक्षक भी वक़्त-वक़्त पर हाथ साफ़ कर लिया करते थे। लेकिन यह मार पूरी ताक़त वाली नहीं होती थी, बस आदत का हिस्सा थी।

फिर एक दिन जब मैं करवट लेकर लेटा हुआ था और हमारी डॉर्मिटरी के बाहर के अहाते की गतिविधियों को देख रहा था। एक शक्तिशाली व्यक्ति ने मुझ पर हमला किया। उसने कूदकर मेरा गला दबोच लिया।

'मुकुल, मुकुल! मेरा छोटा भाई।' वह हिंदी में बड़बड़ाने लगा।

'मुकुल मेरा छोटा भाई, तुमने उसके चेहरे पर काटा! मेरा भाई!'

वह शायद उसका जुड़वां भाई था। यह व्यक्ति ऊंचा और ज़्यादा वज़नदार था। मैं उसका चेहरा देखते ही पहचान गया कि वह उस व्यक्ति की बात कर रहा है जिसने कोलाबा लॉकअप में मेरी प्लेट छीनने की कोशिश की थी। मैं बहुत वज़न गंवा चुका था। मैं बुख़ार और भूख़ से कमज़ोर भी हो चुका था। उसके शरीर का वज़न मुझे पीस रहा था और उसके हाथ मेरा दम घोंट रहे थे। वह मुझे मारने जा रहा था।

गली की लड़ाई का चौथा नियम : बुरे वक़्त के लिए कुछ उपाय रखो। मेरी ऊर्जा का अंतिम हिस्सा अचानक एक हाथ से फूट पड़ा। मैंने बांह को हमारे शरीर के बीच में नीचे किया और उसके अंडकोष पकड़ लिए। और फिर अपनी बची-खुची ताक़त से उन्हें दबाकर मोड़ दिया। चीख़ के साथ उसकी आंखें और चेहरा खुले के खुले रह गए और उसने मुझे अपनी बाईं ओर गिराने की कोशिश की। मैं उसके साथ ही घूम गया। उसने पैरों को दबाकर घुटने ऊपर उठाए, लेकिन मेरे दाएं हाथ ने पकड़ नहीं छोड़ी। मैंने अपने दूसरे हाथ की अंगुलियां उसके कंधे की हड्डी के बीच की नर्म जगह पर घुसेड़ दीं। अपनी अंगुलियों और अंगूठे को पकड़ के लिए इस्तेमाल करके

मैंने अपना माथा उसके चेहरे पर दे मारा। मैंने उसे ऐसे छह से लेकर दस बार तक मारा। मैंने उसके दांतों से अपने माथे पर ख़ून निकलते देखा, लेकिन उसकी टूटी नाक से ख़ून बहने लगा था और उसके कंधे की हड्डी भी जगह से उखड़कर बाहर निकल चुकी थी। मैंने उसे सिर से मारना शुरू रखा। हम दोनों ख़ून में लथपथ हो चुके थे और निरंतर कमज़ोर पड़ते जा रहे थे, लेकिन वह अब भी हार नहीं मान रहा था। मैंने उसे मारना जारी रखा।

मैं शायद अपने सिर का इस्तेमाल करके उसे मार ही डालता, लेकिन निरीक्षक मुझे खींचकर दरवाज़े तक ले आए। उन्होंने दोबारा मेरी कलाइयों को जंज़ीरों से बांध दिया, लेकिन इस बार रणनीति में परिवर्तन के तहत अब मुझे मुंह नीचे करके बांधा गया था। मज़बूत हाथों ने मेरी शर्ट फाड़ दी। लाठियां और बेंत अब नई निर्दयता से बरसने लगीं। निरीक्षकों ने मेरी पिटाई के लिए लोगों का इंतज़ाम कर रखा था–दरअसल यह पूर्वनियोजित था और उन्होंने पिटाई में कुछ देर के विश्राम के दौरान ख़ुद यह बात स्वीकार की। वे चाहते थे कि वह व्यक्ति मुझे बेहोश कर दे या फिर मार डाले। आख़िर उसके पास इसके लिए उचित कारण भी तो था। उन्होंने उसे कमरे में भेजकर बदले के हमले को मंज़ूरी दी थी। लेकिन यह कारगर नहीं रहा। मैंने उनके भेजे गए व्यक्ति की धुनाई कर दी थी। इसलिए मेरी पिटाई घंटों तक चलती रही, जिसमें सिगरेट, चाय, नाश्ते के अलावा जेल के अन्य हिस्सों के चुनिंदा लोगों को मेरी हालत दिखाने के लिए कुछ देर की विश्रांति होती थी।

जब यह ख़त्म हुआ तो उन्होंने मुझे खोल दिया। अपने ख़ून से सने कानों से मैं सुनता रहा कि उनके बीच इस बात को लेकर बहस चल रही थी कि अब मेरा करना क्या है। दरअसल उस रात हमारी लड़ाई के बाद उन्होंने मेरी इस कदर क्रूरता के साथ ख़ून भरी पिटाई की थी कि निरीक्षकों को अब चिंता हो रही थी। वे जानते थे कि उन्होंने कुछ ज़्यादा ही कर दिया था। वे इस घटना की कोई भी जानकारी जेल के अधिकारियों को नहीं दे सकते थे। उन्होंने चुप रहने का फ़ैसला किया और उनके चेलों में से एक को मेरे बुरी तरह से घायल और कटे-फटे शरीर को साबुन से साफ़ करने को कहा। ज़ाहिर तौर पर उस व्यक्ति को इस काम से शिकायत थी। कुछ लात-घूंसे खाते ही वह पूरी लगन के साथ इस काम में जुट गया। मेरी ज़िंदगी अज़ीब तरह से उस पर उधार रही, उस व्यक्ति पर भी जिसने मुझे मारने की कोशिश की थी, क्योंकि बिना उस हमले और उसके बाद की क्रूर यातना के मुझे साबुन और गर्म पानी से सफ़ाई का सुख नहीं मिल पाता। जेल में ऐसी सुविधा पाने का यह मेरा पहला और अंतिम अवसर था। मुझे पक्का पता था क्योंकि मेरे शरीर के घाव और फफोले इतनी बुरी तरह से संक्रमित हो चुके थे कि मुझे लगातार बुख़ार रहने लगा था और शरीर में फैलता ज़हर मुझे मार रहा था। मैं इतना कमज़ोर हो चुका था कि चल तक नहीं पा रहा था। मेरी सफ़ाई करने वाले व्यक्ति-जिसका मैं नाम तक नहीं जानता-ने मेरे घावों, फफोलों को साबुन के पानी और नर्म कपड़े के साथ इतनी राहत

दी थी कि मेरी आंखों से आंसू मेरे शरीर के ख़ून के साथ मिलकर ज़मीन पर टपकने लगे थे।

बुख़ार अब कंपकंपी में बदल चुका था, लेकिन अब भी मुझे भूखा ही रखा जा रहा था और मैं हर दिन दुबला होता जा रहा था। और हर दिन कमरे के दूसरे सिरे पर निरीक्षक दिन में तीन बार दावतें उड़ा रहे थे। दर्जनभर लोग उनके चेलों की तरह काम कर रहे थे। वे उनके कपड़े और कंबल धोते थे, फ़र्श की सफ़ाई करते थे और खाना बनाते थे और खाना हो जाने के बाद बर्तनों सहित समूची सफ़ाई का काम करते थे। और कभी सनक आ गई तो कोई निरीक्षक उनके पैरों, पीठ या गर्दन पर मसाज भी दे दिया करता था। इनाम में उन्हें हमसे कम पिटाई मिलती थी कुछ बीड़ियों के अलावा बचे-खुचे खाने का कुछ हिस्सा भी मिल जाया करता था। पत्थर पर निरीक्षक अपने भोजन : चावल, दाल, चटनी, ताजा रोटी, मछली, मांस, चिकन और मिठाई को फैलाकर दावत उड़ाते थे। आवाज़ करके खाने के दौरान वह बीच-बीच में वहीं लार टपकाते बैठे चेलों की तरफ़ खाने के टुकड़े भी फेंक दिया करते थे।

भोजन की गंध एक दानवी पीड़ा होती थी। मेरे लिए इतनी अच्छी गंध किसी भी खाने की नहीं थी और मैं जबकि भूखा रखा जा रहा था उनके खाने की गंध मेरे लिए उस पूरी दुनिया की गंध थी जिसे मैंने खो दिया था। बिग राहुल को हर भोजन के वक़्त मुझे खाने का प्रस्ताव देने में गज़ब का मजा आता था। वह चिकन का एक टुकड़ा उठाता था और उसे मेरी तरफ़ फेंकने का नाटक करता था, अपनी आंखों और भौंहों से मुझे उकसाते हुए वह मुझे अपना कुत्ता बन जाने का न्यौता देता था। कभी-कभार वह चिकन या मीठे केक का कोई टुकड़ा मेरी तरफ़ फेंककर अपने चेलों को उसे मेरे लिए छोड़ देने की चेतावनी देता था। वह चाहता था कि मैं रेंगते हुए उसे खाने के लिए जाऊं। जब मैं कोई भी प्रतिक्रिया नहीं देता था तो फिर वह चेलों को उसे खा लेने का इशारा करके, उनके उस पर झपटने पर कुटिल ठहाका लगाता था।

मैं ख़ुद को रेंगकर उस खाने को स्वीकार नहीं दे सकता था, हालांकि मैं प्रतिदिन, प्रति घंटे कमज़ोर होता जा रहा था। अंततः मेरा बुख़ार इतना बढ़ गया कि दिन-रात मेरी आंखें जलने लगीं। मुझे टॉयलेट तक घुटने के बल जाना पड़ता था, लेकिन धीरे-धीरे यह सिलसिला भी कम होता चला गया। मेरी पेशाब का रंग गहरा नारंगी हो चुका था। भुखमरी ने मेरे पूरे शरीर की ऊर्जा सोख ली थी और अब तो करवट बदलने या उठकर बैठने में इतनी ज़्यादा मेहनत लगने लगी कि ऐसा करने से पहले मुझे सोचना पड़ता था। मैं दिन और रात में अधिकांश वक़्त बस अब पड़ा ही रहता था। मैं अब भी शरीर से जुंओं को हटाने का और नहाने का प्रयास करता रहता था। लेकिन इन छोटे से कामों के बाद भी मैं हांफते हुए निढाल हो जाता था। लेटी हुई स्थिति में भी मेरे दिल की धड़कन असामान्य तरीक़े से ज़्यादा होती थी। मेरी सांस अब कम चलती थी और मैं बीच-बीच में कराहता रहता था। मैं भूख से मर रहा था और मैं यह सीख रहा था कि किसी इंसान को मारने का यह सबसे क्रूर

तरीका है। मैं जानता था कि बिग राहुल द्वारा फेंके जा रहे टुकड़ों पर मैं ज़िंदा रह सकता था, लेकिन मैं उस कमरे में उसके फेंके गए टुकड़े तक रेंगकर जा नहीं सकता था। फिर भी मैं दूसरी ओर भी नहीं देख सकता था और मेरी भूखी आंखें उसकी हर दावत की गवाह थीं।

बुख़ार से छाई बेहोशी में मैं अक्सर अपने परिवार या दोस्तों को देखता था जिन्हें मैं ऑस्ट्रेलिया में हमेशा के लिए गंवा आया था। मैं क़ादरभाई, अब्दुल्ला, क़ासिम अली, जॉनी सिगार, राजू, विक्रम, लेत्ति, उला, कविता और डिडियर के बारे में भी सोचता था। मैं प्रभाकर के बारे में भी सोचता था और उसे बताना चाहता था कि उसकी ईमानदारी, आशावादिता, बहादुरी और दरियादिली को मैं कितना प्यार करता था। और हर दिन शुरुआत या बाद में, जलती हुई आंखों से गिने गए हर दिन, हर रात, हर घंटे मेरे विचार मुझको कार्ला तक ले जाते थे।

और मुझे लगता है कि कार्ला ने मुझे बचा लिया। जब मैं उसका सपना देख रहा था तो मज़बूत बांहों ने मुझे उठा लिया और मेरे घायल पैरों से बेड़ियां निकल गईं और पहरेदार मुझे जेल अधिकारी के कार्यालय ले जाने लगे। मैं उसी के बारे में सोच रहा था।

पहरेदारों ने दरवाज़ा खटखटाया और अंदर से स्वीकृति मिलते ही दरवाज़ा खोल दिया। मैं भीतर घुसा तो वह बाहर ही खड़े रहे। उस छोटे से कार्यालय में मैंने तीन लोगों को देखा–छोटे सफ़ेद बालों वाला जेल अधिकारी, सादे वेश में एक पुलिसवाला और विक्रम पटेल एक डेस्क के आस–पास बैठे हुए थे।

'ओह नहीं,' विक्रम चिल्लाया, 'हे भगवान, तुम...तुम बहुत भयावह दिख रहे हो। ओह नहीं, ओह नहीं। तुमने इसके साथ यह क्या *किया* है?'

अधिकारी और पुलिसवाले ने एक–दूसरे से आंखें मिलाईं, लेकिन उनके चेहरे पर कोई भी भाव नहीं थे।

'बैठ जाओ,' जेल अधिकारी ने आदेश दिया। मैं कमज़ोर पैरों पर खड़ा ही रहा। '*कृपया* बैठ जाओ।'

मैं बैठकर विक्रम की तरह मुंह फाड़े देखता ही रहा। गले पर लगी डोर से पीछे लटकी उसकी काली टोपी, उसकी काली पतलून, शर्ट और फ़्लेमिंको पेंट्स हद दर्ज़े की विदेशी लग रही थी, लेकिन मेरी नज़र में वह सबसे भरोसा दिलाने वाला परिधान था। मेरी आंखें उसके रंगबिरंगे जैकेट में गुम हो रही थीं कि मैंने फिर निगाहें उसके चेहरे पर केंद्रित कर दीं। वह मुझे चार महीने के बाद देख रहा था। विक्रम के चेहरे के भावों ने ज़ाहिर कर दिया कि उसकी नज़र में मैं मौत के कितने क़रीब था। उसने वह काली शर्ट पीठ के बैग से निकाली जो वह मुझे बारिश के बीच चार महीने पहले देने वाला था।

'मैं लाया...मैं तुम्हारी शर्ट लाया...' उसने लड़खड़ाते हुए कहा।

'क्या...तुम यहां क्या कर रहे हो?'

'एक दोस्त ने मुझे भेजा है।' उसने कहा, 'तुम्हारे एक बहुत अच्छे दोस्त ने। ओह नहीं लिन। तुम्हें देखकर ऐसा लग रहा है मानो कुत्तों ने तुम्हें चबा लिया हो। मैं तुम्हें ज़्यादा डराना नहीं चाहता, लेकिन तुम्हें देखकर ऐसा लग रहा है कि तुम्हें मारकर दफ़ना देने के बाद उन्होंने दोबारा तुम्हें क़ब्र से निकाल लिया हो। मैं आ गया हूं। मैं तुम्हें इस जगह से बाहर निकालकर ही रहूंगा।'

उसकी बातों को संकेत मानकर अधिकारी खांसा और उसने पुलिसवाले की तरफ़ देखा। पुलिसवाले ने सिर हिलाकर विक्रम का रु ख़ किया और मुस्करा दिया।

'दस *हज़ार?*' उसने कहा, 'निश्चित ही अमेरिकी डॉलर।'

'दस हज़ार डॉलर!' विक्रम गुस्से से फूट पड़ा, 'तुम पागल तो नहीं हो गए? मैं 10 हज़ार डॉलर में तो इस जेल से *50* लोगों को ख़रीद सकता हूं। तुम्हारा दिमाग़ तो *ठिकाने* पर है ना?'

'दस हज़ार,' अधिकारी ने दोहराया। उसकी आवाज़ में वैसा ही यक़ीन था जैसा कि चाकुओं की लड़ाई में केवल बंदूक लेकर आने वाले में होता है। उसने अपना हाथ डेस्क पर रखा और उसकी अंगुलियां उसे थपथपाने लगीं।

'बिलकुल भी नहीं। अरे, इस आदमी की तरफ़ देखो। तुम मुझे क्या दे रहे हो *यार?* तुमने इस आदमी को बर्बाद कर डाला। तुम्हें लगता है कि इस स्थिति में वह दस हजार डॉलर *क़ीमत* रखता है?'

पुलिसवाले ने एक पतले से ब्रीफ़केस से एक फ़ोल्डर निकाला और उसे विक्रम की ओर बढ़ा दिया। फ़ोल्डर में केवल एक काग़ज़ था। होंठ चबाते हुए उसे पढ़ते ही विक्रम की आंखें हैरानी भरे भाव के साथ चौड़ी हो गईं।

'क्या यह तुम हो?' उसने मुझसे पूछा, 'क्या तुम ऑस्ट्रेलिया से जेल तोड़कर भागे हो?'

मैं चुपचाप उसे देखता रहा और बुखार से तपती मेरी आंखें एक बार भी नहीं डिगीं। मैंने कोई जवाब नहीं दिया।

'इस बारे में कितने लोग जानते हैं?' उसने सादे वेश वाले पुलिसवाले से पूछा।

'बहुत ज़्यादा नहीं,' उसने अंग्रेज़ी में जवाब दिया। 'लेकिन इस जानकारी को गोपनीय ही रखने के लिए दस हज़ार पर्याप्त हैं।'

'ओह नहीं,' विक्रम ने आह भरी, 'मेरे मोलभाव की वाट लग गई। मैं आधे घंटे में पैसे का इंतज़ाम करता हूं। उसे साफ़ करके तैयार रखो।'

'एक और बात है,' मैंने बीच में टोकते हुए कहा और वे सब मुझे देखने लगे, 'दो लोग और भी हैं। मेरी डॉर्मिटरी में। उन्होंने मेरी मदद करने की कोशिश की और निरीक्षकों या पहरेदारों ने उनको और छह महीने रखने का फ़ैसला किया है। लेकिन उनकी सज़ा की अवधि समाप्त हो चुकी है। मैं चाहता हूं कि वे भी मेरे साथ जेल से बाहर जाएं।'

पुलिसवाले ने जेल के अधिकारी की तरफ़ सवालिया निगाह से देखा। उसने सिर और हाथ हिलाकर स्वीकार कर लिया। वह मामला बहुत ही मामूली था। उन लोगों को रिहा कर दिया जाएगा।

'और एक और व्यक्ति है,' मैंने आवाज़ को सपाट ही रखते हुए कहा, 'उसका नाम महेश मल्होत्रा है। वह जमानत नहीं दे सकता। यह बहुत ज़्यादा नहीं है, बस कुछ हज़ार रुपये। मैं चाहता हूं कि तुम महेश की जमानत दो। मैं चाहता हूं कि वह भी मेरे साथ बाहर निकले।'

दोनों लोगों ने हाथ खड़े कर दिए और दोनों के ही चेहरों पर हैरत के भाव थे। ऐसे ग़रीब और मामूली लोगों की क़िस्मत कभी भी उनकी भौतिक आकांक्षाओं या आध्यात्मिक विरक्ति की राह का रोड़ा नहीं बनती थी। उन्होंने विक्रम का रुख़ किया। जेल के अधिकारी ने मुंह बिचकाया मानो कहना चाह रहा हो, *यह पागल है, अगर वह यह चाहता है तो...*

विक्रम जाने के लिए खड़ा हुआ, लेकिन मैंने हाथ उठाया और वह दोबारा बैठ गया।

'और एक और,' मैंने कहा।

पुलिसवाला ठहाका मारकर हंसने लगा।

'और एक?'

'वह एक अफ़्रीकी है। वह अफ़्रीकी अहाते में है। उसका नाम है रहीम। उन्होंने उसके हाथ तोड़ दिए हैं। मैं नहीं जानता कि वह ज़िंदा है या मर गया। अगर वह ज़िंदा है तो मुझे वह भी चाहिए।'

पुलिसवाले ने जेल अधिकारी की तरफ़ मुंह करके सवालिया मुद्रा में कंधे और हाथ उचका दिए।

'मैं इस मामले को जानता हूं,' जेल अधिकारी ने सिर हिलाते हुए कहा, 'यह ...एक पुलिस का मामला है। इस व्यक्ति के एक पुलिस इंस्पेक्टर की पत्नी से अवैध संबंध थे। इंस्पेक्टर ने उसे यहां भेजकर सही काम किया है। और यहां आने के बाद उस दुष्ट ने हमारे एक निरीक्षक पर हमला किया। यह असंभव है।'

कुछ देर की चुप्पी के बाद, उसकी सस्ती से सिगार से निकलते धुएं पर शब्द *असंभव* तैरता रहा।

'चार हज़ार,' पुलिसवाले ने कहा।

'रुपये?' विक्रम ने पूछा।

'डॉलर्स,' पुलिसवाले ने हंसते हुए कहा, 'अमेरिकी डॉलर। चार हज़ार और। दो हमारे और हमारे साथियों के लिए और दो उस इंस्पेक्टर के लिए जिसने उस महिला से शादी की थी।'

'कुछ और भी हैं क्या लिन?' विक्रम ने बेहद विनम्रता से पूछा, 'मैं बस पूछ ही रहा हूं, क्योंकि अब हम धीरे-धीरे ग्रुप डिस्काउंट योजना की ओर बढ़ रहे हैं।'

मैंने उसे घूरकर देखा। बुखार से मेरी आंखों में चुभन हो रही थी और कुर्सी पर सीधे बैठे रहने के प्रयास में मैं पसीने से तरबतर होकर कांप रहा था। उसने आगे बढ़कर मेरे नंगे घुटनों पर हाथ रखा। मुझे लगा कि मेरे शरीर के जूं घुटने से उसके हाथ पर चढ़ जाएंगे, लेकिन मैं उस भरोसा दिलाने वाले स्पर्श को हटा नहीं सका।

'सबकुछ ठीक हो जाएगा, भाई। चिंता मत करो। मैं ज़ल्द ही लौटकर आऊंगा। हम एक घंटे के भीतर तुम्हें यहां से निकाल ले जाएंगे। मैं वादा करता हूं। मैं तुम्हारे और तुम्हारे लोगों के लिए दो टैक्सियां लेकर आऊंगा।'

'तीन टैक्सी लाना,' मैंने कहा। मेरी आवाज़ किसी नई अंधेरी, गहरी जगह से आ रही थी। मेरे भीतर आज़ाद होने का विश्वास जाग रहा था।

'एक टैक्सी तुम्हारे लिए और बाक़ी की दो मेरे और मेरे लोगों के लिए,' मैंने कहा, 'क्योंकि शरीर में जूं हैं।'

'ठीक है,' उसने कहा, 'तीन टैक्सी। ठीक है।'

आधे घंटे बाद मैं रहीम के साथ एक काली-पीली फ़िएट टैक्सी में शहर के शानदार नज़ारों और बदबू के बीच चला जा रहा था। रहीम को निश्चित तौर पर कुछ उपचार मिला था, क्योंकि उसकी बांहों पर प्लास्टर चढ़ा हुआ था, लेकिन वह कमज़ोर और बीमार लग रहा था। उसकी आंखों में आतंक अब भी देखा जा सकता था। उसकी उन आंखों में देखते हुए मैं घिन महसूस कर रहा था। उसने सिवाय इस बात के कि उसे कहां जाना है, एक भी शब्द नहीं कहा था। जब हमने उसे डोंगरी में हसन ओबिक्का के रेस्तरां के पास छोड़ा तो वह धीरे-धीरे चुपचाप रो रहा था।

जब टैक्सी आगे बढ़ी तो ड्राइवर मारपीट से बुरी तरह से चोटग्रस्त मेरे चेहरे की तरफ़ देख रहा था। आख़िरकार मैंने बहुत ही स्थानीय हिंदी में पूछा कि क्या उसकी टैक्सी में हिंदी फ़िल्मों के गाने हैं। भौंचक्का रहकर उसने कहा हां हैं। मैंने अपना पसंदीदा गाना बताया और उसने खोजकर उसे पूरे वॉल्यूम पर लगा दिया। यह जेल के लंबे कमरे का एक गाना था जो क़ैदी दर क़ैदी समूह से आगे बढ़ता जाता था। वे लगभग हर रात इसे गाते थे। टैक्सी जबकि मुझे अपने शहर की आवाज़, रंग और गंध की दुनिया में ले जा रही थी मैं वह गाना गाने लगा। ड्राइवर भी पीछे के कांच में मुझे देखते हुए साथ में गाने लगा। जब हम गा रहे होते हैं तो हम कोई राज या झूठ अपने दिल में नहीं रखते। भारत ऐसे गायकों का देश है जिनका पहला प्यार इस तरह का गाना होता है, जिसकी शरण में हम तब जाते हैं, जब केवल रोना ही पर्याप्त नहीं होता।

मैं विक्रम के शॉवर में कपड़े उतारकर फेंकने के लिए प्लास्टिक की थैली में रखकर जब खड़ा हुआ तो वह गाना तब भी मेरे भीतर गूंज रहा था। मैंने डेटॉल की एक पूरी बोतल अपने सिर पर उंडेल ली और एक सख़्त ब्रश से पूरे शरीर को घिसने

लगा। हज़ारों घाव और काटी हुई जगहों पर यह लगते ही आग सी निकलने लगी, लेकिन मैं तो बस कार्ला के बारे में सोचता रहा। विक्रम ने मुझे बताया था कि वह दो दिन पहले शहर से कहीं बाहर चली गई थी। *मैं उसे कैसे खोजूंगा? वहां कहां है? क्या वह अब मुझसे नफ़रत करने लगी है? क्या उसे लगता है कि उसके साथ प्यार करने के बाद मैंने उसे त्याग दिया है? क्या वह मेरे बारे में यह सोच सकती है? मुझे बॉम्बे में ही रहना होगा–वह यहां लौटकर आएगी, इस शहर में। मुझे यहां रहकर उसका इंतज़ार करना होगा।*

मैंने बाथरूम में सोचते हुए, शरीर को घिसते हुए और दांतों को दर्द से भींचते हुए दो घंटे गुजार दिए। जब मैं विक्रम के बेडरूम में कमर पर टॉवेल लपेटकर बाहर निकला तो मेरे जख़्म खुले थे।

'हे भगवान,' उसने कहा और वह सहानुभूति में सिर हिलाता रहा।

मैंने उसके वार्डरोब के सामने लगे आदमक़द शीशे में ख़ुद को निहारा। मैंने अपना वज़न नापने के लिए बाथरूम में रखी मशीन का इस्तेमाल किया था। मेरा वज़न केवल 45 किलो रह गया था, जो कि चार महीने पहले मेरी गिरफ़्तारी के वक़्त के 90 किलो के वज़न से ठीक आधा था। मेरा शरीर इतना दुबला हो चुका था कि लग रहा था दूसरे महायुद्ध के यातना शिविर से निकला कोई इंसान हो। मेरा पूरा हड्डियों का ढांचा दिखाई दे रहा था, यहां तक कि मेरे चेहरे के पीछे की खोपड़ी भी। मेरे पूरे शरीर पर घाव और फफोले थे और उनके नीचे हर कहीं गहरे जख़्म थे।

'क़ादर ने तुम्हारे बारे में डॉर्मिटरी से बाहर निकले दो अफ़गान लोगों से सुना। उन्होंने बताया कि उन्होंने तुम्हें क़ादर के यहां एक रात नेत्रहीन गायकों की महफ़िल में देखा था और उन्हें तुम याद हो।'

मैंने उन लोगों को याद करने की भरसक कोशिश की, लेकिन याद नहीं कर सका। *अफ़गान*, विक्रम ने कहा था। राज़ छिपाए रखने में वे दोनों ज़रूर उस्ताद रहे होंगे, क्योंकि बंद कमरे में इतने माह रहने के बाद भी उन्होंने मुझसे एक शब्द बात नहीं की थी। वे चाहे जो भी रहे हों, मैं उनका अहसानमंद था।

'जब वे बाहर आए तो उन्होंने क़ादर को बताया और क़ादर ने मुझे यहां भेजा।'

'तुम्हें ही क्यों?'

'वह नहीं चाहता थे कि किसी को भी यह पता चले कि उन्होंने तुम्हें बाहर निकलवाया है। अगर वे यह जान लेते कि बख़्शीश *उनके* द्वारा दी जा रही है तो दाम और अधिक बढ़ा देते।'

'लेकिन तुम उन्हें कैसे क्या जानते हो?' अपनी यातना और पीड़ा से अब भी नहीं उबर सकने के बीच मैंने पूछा।

'कौन?'

'क़ादरभाई को। तुम उन्हें कैसे जानते हो?'

'कोलाबा में हर कोई उन्हें जानता है।'

'निश्चित तौर पर, लेकिन तुम उन्हें कैसे जानते हो?'

'मैंने एक बार उनके लिए काम किया था।'

'किस तरह का काम?'

'यह एक बहुत लंबी कहानी है।'

'मेरे पास बहुत समय है, तुम बताओ तो सही।'

विक्रम ने मुस्कराकर सिर हिलाया। वह खड़ा हुआ और उसने बिस्तर के पार जाकर अपने निजी बार से दो ड्रिंक्स बनाए।

'क़ादरभाई के एक गुंडे ने एक नाइटक्लब में एक रईसजादे को पीट दिया था,' उसने मुझे ड्रिंक थमाते हुए शुरुआत की, 'उसने उसे बहुत बुरी तरह से पीटा था। जो मैंने सुना था उसके मुताबिक़ यह कि उसके साथ किसी न किसी दिन तो यह होना ही था, लेकिन उसके परिवारवालों ने पुलिस के सामने आरोप लगाए। क़ादरभाई मेरे पिताजी को जानते थे और उनसे ही उन्हें पता चला कि मैं उस लड़के को जानता हूं–*यार*, हम एक ही कॉलेज के पढ़े हुए थे। उन्होंने मुझसे संपर्क साधा और पता करने को कहा कि वह मामला शांत करने के लिए कितना पैसा चाहते हैं। पता चला कि उन्हें ढेर सारा मुआवज़ा चाहिए था। लेकिन क़ादर ने उन्हें उससे कुछ ज़्यादा ही दे दिया। क़ादर चाहते तो उनकी ज़िंदगी हराम कर सकते थे। *यार* वह उन्हें मार सकते थे। पूरे परिवार को, लेकिन उन्होंने नहीं मारा। ग़लती उनके बंदे की थी ना? इसलिए वे सही काम करना चाहते थे। उन्होंने पैसे का भुगतान किया और पूरे मामले में सबकुछ हंसी-ख़ुशी ख़त्म हो गया। वह ठीक है, वह क़ादरभाई। एक वाक़ई बहुत गंभीर इंसान, अगर तुम समझ रहे हो कि मेरा क्या मतलब है तो, लेकिन वह ठीक है। मेरे पिताजी उन्हें सम्मान देते हैं और वह उन्हें पसंद करते हैं और यही अपने-आप में काफ़ी है, क्योंकि मेरे पिताजी बहुत ही कम इंसानों को सम्मान देते हैं। तुम जानते हो, क़ादरभाई ने मुझसे कहा कि वह चाहते हैं कि तुम उनके लिए काम करो।'

'क्या काम?'

'मुझसे मत पूछो,' उसने कंधे झटक दिए। उसने अपने वार्डरोब से कुछ साफ़-सुथरे कपड़े मेरी ओर उछालने शुरू कर दिए। एक-एक करके मैंने शॉर्ट्स, पतलून, शर्ट और सैंडल लिए और पहनना शुरू कर दिया। 'उन्होंने मुझसे कहा कि जब भी तुम्हें ठीक लगे तो मिलाने के लिए ले आना। लिन, अगर मैं तुम्हारी जगह होता तो इसके बारे में सोचता। तुम्हें ख़ुद के खाने-पीने का जुगाड़ करना है। तुम्हें तेज़ी से पैसा बनाना है और *यार* तुम्हें उनके जैसे दोस्त की ज़रूरत है। और वह ऑस्ट्रेलिया का समूचा मामला-वह एक बहुत ही चिंताजनक बात है। मैं स्वीकारता हूं कि इस तरह से भागना बहुत ही साहसिक काम है। क़ादरभाई तुम्हारी तरफ़ रहे तो कम से कम तुम सुरक्षित रहोगे। तुम्हारे पीछे उनका हाथ हुआ तो दोबारा कोई तुम पर हाथ

डालने की हिमाक़त नहीं करेगा। लिन, तुम्हारे पास एक शक्तिशाली दोस्त है। बॉम्बे में कोई भी क़ादरभाई से पंगा नहीं लेता।'

'तो फिर *तुम* ही क्यों नहीं उनके लिए काम करते?' मैंने पूछा और मैं जानता था कि मेरा लहजा कठोर था। मेरी इच्छा के विरुद्ध, लेकिन उस वक़्त ऐसा ही लगा। क्योंकि मैं पिटाई और जूं की खुजली की यादों से अभी पूरी तरह से उबरा नहीं था।

'मुझे कभी मौक़ा ही नहीं दिया गया,' विक्रम ने शांत स्वर में कहा, 'लेकिन अगर मुझे बुलावा आ भी जाता ना तो *यार* मुझे नहीं लगता कि मैं उसे स्वीकारता।'

'क्यों नहीं?'

'लिन, मुझे उसकी तुम्हारी तरह से ज़रूरत नहीं है। माफ़िया के तमाम लोगों को एक-दूसरे की ज़रूरत होती है, समझ गए ना मेरा क्या मतलब है? उन्हें क़ादरभाई की उतनी ही ज़रूरत है जितनी कि क़ादरभाई को उनकी। और मुझे उनकी उस तरह से ज़रूरत नहीं है। लेकिन तुम्हें है।'

'इस बात को लेकर तुम बहुत निश्चित लग रहे हो,' मैंने उससे आंखें मिलाते हुए कहा।

'मुझे पूरा विश्वास है। क़ादरभाई ने मुझसे कहा कि पता लगाओ कि मुझे क्यों उठाकर जेल में डाला गया है। उन्होंने बताया कि किसी शक्तिशाली, प्रभावशाली व्यक्ति ने तुम्हारे साथ यह किया है।'

'वह था कौन?'

'उन्होंने नहीं बताया। उन्होंने कहा कि उन्हें नहीं पता। शायद वह मुझे बताना नहीं चाहते थे। बात जो भी हो, लिन मेरे भाई, तुम किसी गहरी गंदगी में फंसते जा रहे हो। बुरे लोग बॉम्बे में बेवजह नहीं घूमते-तुम भी अब इस बात को जान चुके हो-और अगर कोई तुम्हारा दुश्मन है तो तुम्हें हरसंभव सुरक्षा की ज़रूरत पड़ेगी। तुम्हारे पास दो विकल्प हैं-या तो यह शहर छोड़ दो या फिर अपनी तरफ़ भी किसी ताक़त को शामिल कर लो, किसी जंग के मैदान की तरह, समझ गए ना?'

'तुम क्या करोगे?'

उसने जमकर ठहाका लगाया, लेकिन मेरे चेहरे के भाव नहीं बदले। और उसकी हंसी ज़ल्द ही शांत हो गई। उसने दो सिगरेटें जलाकर एक मेरी तरफ़ बढ़ा दी।

'मैं? *यार* मैं बहुत नाराज़ हो जाऊंगा। मैं गाय को पसंद करने के कारण यह काउबॉय वाला परिधान नहीं पहनता-मैं यह पहनता हूं क्योंकि काउबॉय का हर परिस्थिति को निपटाने का उन दिनों का तरीक़ा मुझे बहुत पसंद आता है। मैं, यह जानना चाहूंगा कि वह कौन था जिसने तुम्हें निपटाने की कोशिश की और मैं उससे बदला लेना चाहूंगा। मैं, जब मैं तैयार था, मैं क़ादर का प्रस्ताव स्वीकार लेता और उसके लिए काम करने लगता और अपना बदला ले लेता। लेकिन मैं आख़िर मैं हूं, एक भारतीय हूं *यार* और एक भारतीय यही करता।'

मैंने दोबारा शीशे की तरफ़ देखा। हरे ज़ख़्मों पर नए कपड़े नमक की तरह चुभ रहे थे, लेकिन उन्होंने सबसे बुरे ज़ख़्मों को ढंक लिया था। और अब मैं कम ख़तरनाक, कम आक्रामक और कम डरावना लग रहा था। मैं शीशे को देखकर मुस्कराया। मैं अभ्यास कर रहा था, यह याद करने की कोशिश कर रहा था कि मेरे जैसा होने का क्या मायने है। यह लगभग काम कर गया। मैं लगभग यह कर ही चुका था कि एक नया भाव, जो कतई मेरा नहीं था, मेरी आंखों में उभर आया। *दोबारा कभी नहीं।* वह दर्द मुझे नहीं होगा। वह भूख मुझे नहीं डराएगी। वह डर मेरे निर्वासित दिल को कभी नहीं छेदेगा। *चाहे जो कुछ भी करना पड़े,* मेरी आंखों ने मुझसे कहा, *अब मुझे चाहे जो भी करना पड़े।*

'मैं उससे मिलने के लिए तैयार हूं,' मैंने कहा, 'मैं अभी तैयार हूं।'

अध्याय 22

अब्दुल क़ादर ख़ान के लिए काम करना संगठित अपराध की दुनिया में मेरा पहला वास्तविक क़दम था–तब तक मैं एक क्रोधित व्यक्ति से ज़्यादा नहीं था, जो कि अपनी हेरोइन की बेवकूफ़ी और कायरता भरी हरकत के लिए बेवकूफ़ी और कायरता भरे काम करता था। और फिर एक निराशाजनक निर्वासन के दौरान कमीशन के आधार पर छोटे-मोटे सौदे किया करता था। हालांकि मेरे द्वारा किए गए वे *अपराध* ही थे और उनमें से कुछ गंभीर भी थे, लेकिन क़ादरभाई को शिक्षक स्वीकारने से पहले मैं वाक़ई कभी अपराधी नहीं था। मैं तब तक अपराध करने वाला इंसान था, अपराधी नहीं और दोनों के बीच अंतर होता है। अंतर, ज़िंदगी की अन्य वस्तुओं की ही तरह, उद्देश्य और माध्यम का होता है। आर्थर रोड जेल में दी गई यातनाओं ने मुझे इस अंतर को मिटाने के लिए मजबूर कर दिया था। कोई और होता, मुझसे ज़्यादा समझदार तो जेल से छोड़े जाते ही बॉम्बे छोड़कर भाग जाता। मैं नहीं भागा। मैं भाग नहीं सकता था। मैं जानना चाहता था कि किसने मुझे उस जेल में डाला और क्यों। मैं बदला लेना चाहता था। उस प्रतिशोध का सबसे छोटा और तेज़ रास्ता क़ादरभाई की माफ़िया शाखा से होकर जाता था।

उन्होंने मुझे क़ानून तोड़ने की कला सिखाई। उन्होंने काले बाज़ार के मुद्रा कारोबार को जानने के लिए मुझे फ़िलिस्तीन और ख़ालिद अंसारी के पास भेजा। उन्होंने मुझे वह बनने के लिए माध्यम दिया, जिसकी मैंने ना कोशिश की थी और ना ही मैं बनना चाहता था, एक पेशेवर अपराधी। और यह अच्छा लगने लगा। भाई लोगों के उस नज़दीकी समूह के बीच यह इतना अच्छा लगने लगा। जब मैं हर रोज़ ट्रेन से ख़ालिद के घर जाता था तो ट्रेन के बाहर लटकने के दौरान अन्य युवा लोगों के साथ शुष्क गर्म हवा का मज़ा लेने के दौरान मेरा सीना आज़ादी की लापरवाह यात्रा पर गर्व से फूल जाता था।

मेरा पहला शिक्षक ख़ालिद इस तरह का इंसान था, जिसकी सुलगती आंखों में उसका इतिहास छिपा था और वह टूटे दिल के टुकड़ों के साथ उस रोशनी को जगाए रखता था। मैंने जेल, युद्धस्थलों और तस्करों, हत्यारों और निर्वासितों के अड्डों पर ख़ालिद जैसे लोगों को देखा है। उन सबके बीच कुछ लक्षण एक समान होते हैं। वे कठोर होते हैं, क्योंकि एक क़िस्म की कठोरता भीषणतम दुख में ही पाई जाती है। वे ईमानदार हैं, क्योंकि उनके साथ जो कुछ हुआ उसकी सच्चाई उन्हें झूठ बोलने नहीं

देगी। वे गुस्सा हैं, क्योंकि वह गुज़री हुई बातों को नहीं भुला सकते हैं और ना ही माफ़ कर सकते हैं। और वे एकाकी हैं। हममें से अधिकांश, ज़्यादा या कम कामयाबी के साथ, यह मान लेते हैं कि हम हर लम्हे को किसी के साथ साझा कर सकते हैं। लेकिन हममें से हर एक का अतीत एक सुनसान द्वीप है और ख़ालिद जैसे लोग, जो ख़ुद को वहां बर्बाद हुआ मानते हैं, हमेशा एकाकी ही होते हैं।

मेरे पहले पाठ से पहले क़ादरभाई ने मुझे ख़ालिद के इतिहास का कुछ हिस्सा बताया था। मुझे पता चला कि 34 वर्ष की उम्र में ख़ालिद दुनिया में अकेला हो गया। उसके माता-पिता विख्यात विद्वान थे और आज़ादी को लेकर फ़िलिस्तीनी संघर्ष में प्रमुख रूप से शामिल थे। उसके पिता का निधन इज़रायल की एक जेल में हुआ। उसकी मां, उसकी दो बहनें, उसके चाचा-चाचियां, उसके नाना-नानी सबके सब लेबनान के शातिला में नरसंहार में मारे गए थे। ट्यूनीशिया, लीबिया और सीरिया में फ़िलिस्तीनी छापामारों के साथ प्रशिक्षण पाने वाला ख़ालिद नौ वर्ष में संघर्ष भरे अनेक इलाक़ों में कई बार अभियानों में शामिल हो चुका था। मां और अन्य रिश्तेदारों की मौत के बाद उसका हौसला टूट गया था। उसके फ़तह समूह के कमांडर ने उसके हौसला हारने की बात को पहचानते हुए, उससे संभावित जोख़िम को देखते हुए उसे आज़ाद कर दिया था।

दिल में अब भी फ़िलिस्तीनी देश की अलख जगी होने के बावज़ूद अब वह हक़ीक़त में केवल झेली गई पीड़ाओं और दूसरों को दी जाने वाली पीड़ाओं के लिए ही ज़िंदा था। क़ादरभाई को जानने वाले एक वरिष्ठ छापामार की सिफ़ारिश पर वह बॉम्बे चला आया। माफ़िया डॉन ने उसे स्वीकार लिया। उसकी शिक्षा, भाषा पर पकड़ और जबर्दस्त समर्पण को देखते हुए क़ादरभाई की स्थायी परिषद के सदस्यों ने उस युवा फ़िलिस्तीनी को एक के बाद एक पदोन्नतियां दीं। शातिला के हादसे के तीन साल बाद, जब मैं उससे मिला, ख़ालिद अंसारी अब क़ादरभाई की मुद्रा के काले बाज़ार की गतिविधियों का मुखिया बन चुका था। इस वजह से वह परिषद का भी हिस्सा था। जब मैंने ख़ुद को पूरे दिन के अध्ययन के लायक़ पाया, आर्थर रोड जेल से रिहाई के कुछ दिनों बाद, कड़वाहट से भरे, एकाकी, युद्ध से डरने वाले फ़िलिस्तीनी ने मुझे सिखाना शुरू किया।

'लोग कहते हैं कि पैसा सारी बुराइयों की जड़ है,' जब उसके घर में हमारी मुलाकात हुई तो ख़ालिद ने कहा। उसकी अंग्रेज़ी पर न्यू यॉर्क और अरबी भाषा के लहजे का भारी प्रभाव था। इसी लहजे की उसकी हिंदी पर्याप्त हद तक ठीकठाक थी। 'लेकिन यह सच नहीं है। बात इससे ठीक उल्टी है। *पैसा* सारी *बुराइयों* की जड़ नहीं है बल्कि बुराइयां ही सारे पैसे की जड़ हैं। सफ़ेद धन जैसा कुछ भी नहीं है। दुनिया में मौजूद सारा पैसा गंदा है, किसी न किसी तरह से, क्योंकि इसे बनाने का कोई साफ़ रास्ता नहीं है। अगर तुम्हें पैसे में भुगतान किया जाता है तो कहीं न कहीं कोई इसे भुगत रहा होगा। मेरी राय में यह भी एक वज़ह है कि क्यों हर कोई-वह लोग

भी जिन्होंने कभी कोई क़ानून नहीं तोड़ा हो–काला बाज़ार में कुछ पैसे की कमाई में दिलचस्पी रखते हैं।'

'तुम इससे अपनी कमाई करते हो।' मैंने कहा, मैं यह जानने के लिए उत्सुक था कि उसका जवाब क्या होगा।

'तो?'

'तो, तुम्हें इस बारे में कैसा लगता है?'

'मुझे किसी भी तरह से कुछ भी नहीं लगता। दुखी होना सत्य है, नहीं दुखी होना झूठ। मैं पहले भी एक बार तुम्हें यह बात बता चुका हूं। दुनिया ऐसी ही है।'

'लेकिन कुछ तरह के पैसे के साथ ज़्यादा दुख जुड़ा होता है,' मैंने ज़ोर देकर कहा, 'और कुछ के साथ कम।'

'लिन, पैसा केवल दो तरह का होता है। *तुम्हारा* और *मेरा।*'

'या फिर इस मामले में *क़ादर* का पैसा।'

ख़ालिद हंसा। यह बहुत ही छोटी हंसी थी, जितनी कि उसके भीतर बची थी।

'यह सच है कि हम अब्दुल क़ादर के लिए पैसा बनाते हैं, लेकिन इसका कुछ हिस्सा हमारा होता है। और हर काम से मिलने वाली थोड़ी सी कमाई ही हमें इस खेल में बनाए हुए है, है ना? ठीक है, तो चलो शुरुआत करते हैं। पैसे का काला बाज़ार *क्यों* होता है?'

'मैं निश्चित तौर पर नहीं कह सकता कि तुम्हारा क्या मतलब है।'

'मैं दूसरी तरह से पूछता हूं,' ख़ालिद ने मुस्कराते हुए कहा, उसके बाएं कान के नीचे से शुरू हुआ घाव का गहरा निशान उसकी मुस्कान को असंतुलित बना रहा था। दरअसल उसके चेहरे के घाव वाले हिस्से पर मुस्कान नहीं आ पाती थी। फिर भले ही वह कितना ही दयालु बनने का भरसक प्रयास कर रहा हो। 'यह कैसे संभव है कि हम किसी पर्यटक के लिए एक डॉलर पंद्रह रुपये में ख़रीद पाते हैं, जबकि बैंक केवल 15-16 रुपये देने के लिए तैयार हैं? '

'क्योंकि हम उसे 18 रुपये से *ज़्यादा* में बेच सकते हैं?' मैंने जवाब दिया।

'बहुत ख़ूब। अब बताओ हम यह कैसे कर लेते हैं?'

'मेरे अनुमान के मुताबिक़... क्योंकि कोई वह ख़रीदने के लिए उतनी क़ीमत चुकाने के लिए तैयार है।'

'बिलकुल सही। हम उन्हें किसे बेच रहे हैं?'

'देखो, मैंने बस इतना किया है कि पर्यटकों की मुलाक़ात काला बाज़ार के लोगों से कराकर अपना कमीशन लिया है। मैं नहीं जानता कि डॉलर का उसके बाद क्या होता है। मैं इसमें इतने गहरे उतरा ही नहीं।'

'वस्तुओं के लिए काला बाज़ार मौजूद होता है,' उसने धीरे से कहा, मानो वह कोई व्यावसायिक नहीं निजी राज़ मेरे साथ साझा करने जा रहा हो। 'क्योंकि सफ़ेद

बाज़ार बहुत सख़्त है। इस मामले में, मुद्राओं के मामले में सफ़ेद बाज़ार सरकार और रिज़र्व बैंक ऑफ़ इंडिया के हाथों में होता है और वे बहुत सख़्त हैं। मामला सारा लालच और नियंत्रण का है। आर्थिक अपराध के मूल में दो बातें होती हैं। उनमें से केवल एक पर्याप्त नहीं होता। बिना नियंत्रण का लालच या बिना लालच के नियंत्रण आपको काला बाज़ार नहीं दे सकता। व्यक्ति लाभ के कारण लालची हो सकता है, उदाहरण के लिए पेस्ट्री को ही ले लो। अगर पेस्ट्रीज बनाने पर सख़्त नियंत्रण नहीं होगा तो सेव के मालपुए का कोई काला बाज़ार ही नहीं होगा। और सरकार का कचरे के निस्तारण पर सख़्त नियंत्रण है, लेकिन कचरे से लाभ के लालच के बग़ैर गंदगी के लिए काला बाज़ार नहीं होगा। जब लालच की नियंत्रण के साथ मुलाक़ात होती है तो काला बाज़ार तैयार होता है।'

'तुमने तो इस पर काफ़ी गहराई से विचार किया है।' मैंने यह बात कही तो मुस्कराते हुए, लेकिन मैं उसके द्वारा दी गई जानकारी से प्रभावित हुए बग़ैर नहीं रह सका। मुझे इस बात की ख़ुशी थी कि वह मेरे सामने मुद्रा अपराध का पूरा कच्चा-चिट्ठा रख दे रहा था, ना कि केवल यह अपराध करने के तरीक़े ही बता रहा था।

'नहीं, नहीं,' उसने विरोध करते हुए कहा।

'नहीं मैं पूरी गंभीरता से कह रहा हूं। जब क़ादरभाई ने मुझे यहां भेजा था तो मुझे लगा था कि तुम मुझे आंकड़ों की कुछ तालिकाएं पकड़ा दोगे-आज का मुद्रा विनिमय भाव और इस तरह की बातें-और तुमने मुझे नया रास्ता दिखा दिया।'

'ओह, हम ज़ल्द ही भाव और ऐसी बातों पर आएंगे,' उसने दोबारा मुस्कराते हुए कहा, वह लहज़े से बहुत ज़्यादा अमेरिकी लग रहा था। मैं जानता था कि जब वह छोटा था तो उसने न्यू यॉर्क में शिक्षा हासिल की थी। क़ादरभाई ने मुझे बताया कि वह वहां कुछ अरसे तक ख़ुश था। उसकी छोटी सी ख़ुशी और भाषा में अमेरिकी शब्दों और लहजे का इस्तेमाल बाक़ी रह गया था। 'लेकिन धंधे में लाभ कमाने से पहले पहले तुम्हें सैद्धांतिक बातें सीखना होंगी।'

भारतीय रुपया, ख़ालिद ने बताया, एक सीमित मुद्रा थी। इसे भारत से बाहर नहीं ले जाया जा सकता और भारत के अलावा इसे कहीं भी डॉलर के साथ क़ानूनी तरीक़े से बदला नहीं जा सकता। अपनी भारी आबादी के चलते भारत से हर रोज़ कारोबारी पुरुषों, महिलाओं और पर्यटक विदेश जाते थे। उन लोगों को अमेरिकी मुद्रा सीमित मात्रा में ही ले जाने की अनुमति दी जाती है। वे उस रुपये की तय राशि को अमेरिकी डॉलर में तब्दील करवा सकते हैं और बाक़ी की राशि को ट्रेवलर्स चेक में बदलना होता है।

इस नियम को कई तरह से लागू किया गया। जब कोई व्यक्ति देश से बाहर जाना चाहता हो और वह अपने रुपयों को वैध सीमा तक डॉलरों में बदलना चाहता हो तो उसे बैंक में पासपोर्ट और विमान का टिकट प्रस्तुत करना होता है। बैंक उसके टिकट के सहारे उसके विदेश जाने की तारीख़ की पुष्टि करता है और बाद में उसके

टिकट और पासपोर्ट दोनों पर चिह्न लगा देता है कि इस व्यक्ति ने रुपयों के बदले तय वैध सीमा तक अमेरिकी डॉलर हासिल कर लिए हैं। इस लेन-देन को दोहराया नहीं जा सकता। यात्रियों के पास यात्रा के लिए और डॉलर हासिल करने का कोई क़ानूनी तरीक़ा नहीं था।

भारत में हर एक व्यक्ति के पास बिस्तर के नीचे कुछ न कुछ काला धन होता ही है। कुछ सौ रुपये कमाने वाले व्यक्ति से लेकर, जो कि आयकर विभाग को कोई सूचना नहीं देता, अपराधों से जमा अरबों रुपये की राशि तक। कहा जाता है कि काले धन की अर्थव्यवस्था सफ़ेद धन की अर्थव्यवस्था का आधा है। हर वह व्यक्ति जिसके पास हज़ारों, लाखों अघोषित रुपये हैं-जैसा कि कई भारतीय कारोबारी पर्यटकों के पास होता है-अपने साथ वैध ट्रेवलर्स चेक नहीं ले जा सकते : बैंक और आयकर विभाग के अधिकारी हमेशा यह जानने के लिए उत्सुक रहते हैं कि यह धन कहां से आया। और प्रतिदिन बॉम्बे में लाखों रुपयों को अमेरिकी डॉलर, इंग्लिश पाउंड, डॉश्च मार्क, स्विस फ्रैंक्स और अन्य मुद्राओं के साथ ख़रीदा और बेचा जाता है। एक ऐसे कारोबार के तहत जो कि वैध विनिमय बाज़ार का काला साया है।

'मैं एक पर्यटक से एक हज़ार अमेरिकी डॉलर *18,000* रुपये में ख़रीद लेता हूं, जबकि बैंक उसे इसके लिए पंद्रह हज़ार रुपये ही देता।' ख़ालिद ने ख़ुलासा किया, 'वह ख़ुश है, क्योंकि बैंक में नहीं जाने के कारण उसे तीन हज़ार रुपये ज़्यादा मिले हैं। फिर मैं वे अमेरिकी डॉलर एक भारतीय कारोबारी को 21 हज़ार रुपये में बेच देता हूं। वह ख़ुश है क्योंकि वह अपने अघोषित काले धन से डॉलर ख़रीदने में सफल रहा। फिर मैं तीन हज़ार रुपये अपने पास रखकर किसी अन्य पर्यटक से एक हज़ार अमेरिकी डॉलर 18,000 रुपये में ख़रीदता हूं। मुद्रा बाज़ार के मूल में यह आसान सा समीकरण है।'

पर्यटकों को खोजकर उन्हें मुद्रा विनिमय के लिए उकसाने के लिए क़ादरभाई ने दलालों, गाइड्स, भिखारियों, होटल प्रबंधकों, अर्दलियों, रेस्तरां मालिकों, वेटरों, दुकानदारों, एयरलाइंस अधिकारियों, ट्रेवल एजेंट्स, नाइटक्लब के मालिकों वेश्याओं और टैक्सी ड्राइवरों की एक पूरी फौज खड़ी रखी थी। उन सब पर नज़र रखना ख़ालिद भाई के कामों में से एक था। सुबह वह सभी कारोबारियों को फ़ोन करके महत्त्वपूर्ण मुद्राओं की विनियम दर तय करता था। पूरे दिन हर दो घंटे बाद दर में उतार-चढ़ाव को जानने के लिए फ़ोन से संपर्क किया जाता था। पूरे वक़्त एक टैक्सी उसके पास होती थी। इसे दो ड्राइवर शिफ़्ट्स में चलाते थे। हर सुबह वह हर इलाक़े के संग्रहकर्ता के पास जाकर उसे रास्ते पर सौदा करने वालों के लिए राशि थमाता था। दलाल और गली स्तर के अन्य बदमाश इन लोगों से ही संपर्क साधकर इन्हें पर्यटकों और कारोबारियों तक पहुंचाते थे। मुद्रा विनिमय के बाद यह सौदागर संग्रह के लिए विदेशी मुद्रा के बंडल बनाकर रखते थे। एक व्यक्ति पूरे दिन इन सौदागरों को विनिमय के

लिए धन की आपूर्ति करता रहता था। उसके बाद बारी आती थी संग्रहकर्ताओं की जो हर दिन और रात विदेशी मुद्रा के यह बंडल एकत्रित किया करते थे।

ख़ालिद निजी कलेक्शन और होटलों, एयरलाइंस दफ़्तरों, ट्रेवल एजेंसियों और अन्य कारोबारों के संग्रह और विनिमय पर नज़र रखता था, क्योंकि यहां पर समझदारी की ज़रूरत होती थी। वह अपने संग्रहकर्ताओं से दिन में दो बार बड़ी धनराशि एकत्रित कर लिया करता था : एक दोपहर में और एक देर शाम। हर क्षेत्र के संबंधित पुलिसवालों को इन तमाम बातों की अनदेखी करने के लिए अलग से भुगतान किया जाता था। बदले में क़ादरभाई ने वादा किया था कि कोई भी अनिवार्य हिंसा, किसी को लूटने या ठिकाने लगाने की कोशिश में, होती है तो यह बहुत तेज़ी से होगी और इसमें पुलिस या उनके हितों को कोई ख़तरा नहीं होगा। क़ादर के लिए नियंत्रण और अनुशासन लागू करने का ज़िम्मा अब्दुल्ला ताहेरी का था। उसकी भारतीय गुंडों और इराक के साथ जंग में लड़ चुके पूर्व ईरानी सिपाहियों की फ़ौज सुनिश्चित करती थी कि उल्लंघन कम से कम हो और उसे कड़ाई के साथ दंड दिया जाए।

'तुम संग्रहण के काम में मेरे साथ काम करोगे,' ख़ालिद ने घोषणा की, 'तुम धीरे-धीरे सब सीख जाओगे, लेकिन मैं चाहता हूं कि तुम अपना ध्यान बेहद पेचीदा-फ़ाइव स्टार होटल्स और एयरलाइंस दफ़्तरों पर केंद्रित करो। यह शर्ट और टाई वाला काम है। शुरुआत में मैं तुम्हारे साथ जाऊंगा, लेकिन मुझे लगता है कि तुम अच्छा काम करोगे। अगर एक बना-ठना गोरा, विदेशी पर्यटक उन जगहों पर लेन-देन करता है तो यह अच्छा होगा। तुम अदृश्य रहोगे। वे तुम्हारी तरफ़ दूसरी बार नहीं देखेंगे। और हमारे संपर्क तुम्हारे साथ सौदे में कम चिड़चिड़े होंगे। उसके बाद मैं चाहूंगा कि तुम यात्रा के कारोबार में प्रवेश करो। मैं वहां भी एक गोरे को इस्तेमाल कर सकता हूं।'

'यात्रा का कारोबार?'

'ओह, तुम्हें यह बहुत पसंद आएगा,' उसने उसी उदासी भरी मुस्कान के साथ मेरी आंखों में झांकते हुए कहा, 'यह तुम्हारे आर्थर रोड जेल में बिताए समय को सार्थक साबित करेगा, क्योंकि यह हमेशा फ़र्स्ट क्लास ही रहेगा।'

उसने बताया कि यात्रा कारोबार, दरअसल मुद्रा विनिमय कारोबार का विशेष तौर पर लाभप्रद हिस्सा था। इसमें सऊदी अरब, दुबई, अबू धाबी, मस्कट, बहरीन, कुवैत और अरब खाड़ी के अन्य देशों में काम कर रहे लाखों भारतीयों में से बड़ी संख्या में लोग शामिल थे। तीन, छह या 12 माह के अनुबंध पर खाड़ी देशों में काम करने वाले घरेलू नौकर, सफ़ाईकर्मी, श्रमिकों को आमतौर पर विदेशी मुद्रा में भुगतान किया जाता था। अधिकांश कामगार भारत लौटते ही अपनी विदेशी मुद्रा को काले बाज़ार में जल्द से जल्द बदल लेना चाहते थे ताकि वे कुछ अतिरिक्त आमदनी कमा सकें। क़ादर की माफ़िया परिषद, नियोक्ताओं और कामगारों को एक छोटा रास्ता उपलब्ध करा देती थी। जब वे विदेशी मुद्रा थोक में क़ादरभाई को बेचते थे तो

अरब नियोक्ताओं को कुछ बेहतर दर दी जाती थी, जिससे वे अपने कर्मचारियों को भारत के काला बाज़ार की दर से रुपयों में भुगतान कर दिया करते थे। इसमें उनके पास अतिरिक्त रुपये जमा हो जाते थे और कर्मचारियों के *भुगतान* से शुद्ध लाभ मिल जाया करता था।

खाड़ी देशों के अनेक सरकारी कर्मचारियों के लिए मुद्रा के इस अपराध का लालच टाल पाना मुश्किल हो जाता था। उनके पास भी बिस्तरों के नीचे अघोषित, कर से बचाई गई ढेर सारी मुद्रा होती थी। भारत के कामगारों को देश में लौटने पर रुपयों में भुगतान के लिए काम करने वाले गुट बन गए थे। कामगार ख़ुश होते थे कि उन्हें काले बाज़ार की दर से भुगतान मिल रहा है और उन्हें निजी तौर पर काला बाज़ारियों के साथ मगजमारी नहीं करनी पड़ती थी। मालिक ख़ुश रहते थे कि उन्हें गुटों के ज़रिये भुगतान से लाभ मिला है। काला बाज़ारी ख़ुश थे, क्योंकि भारतीय कारोबारियों की ज़रूरत को पूरा करने वाली डॉलर्स, डॉश्च मार्क, रियाल और दिरहम की नदी अब उनके कब्ज़े में होती थी। नुक़सान केवल सरकार का ही होता था। और इस कारोबार में लिप्त हज़ारों-हज़ार लोगों में से किसी को भी इस बात को लेकर कोई शर्म महसूस नहीं होती थी।

लंबा पहला पाठ ख़त्म होने के बाद ख़ालिद ने कहा, 'यह...यह पूरा कारोबार ही एक जमाने में मेरी विशेषता थी।' उसकी आवाज़ मंदी पड़ गई। मैं समझ नहीं पा रहा था कि वह पुरानी यादों में डूब चुका था या कुछ और बताना नहीं चाहता था। मैंने इंतज़ार किया।

'जब मैं न्यू यॉर्क में पढ़ा करता था,' अंततः उसने फिर बोलना शुरू किया, 'मैं एक शोध प्रबंध पर काम कर रहा था... मैंने एक शोध प्रबंध *लिखा*, पुरानी दुनिया के असंगठित कारोबार पर। यह ऐसा विषय था जिस पर 1967 की लड़ाई से पहले मेरी मां अनुसंधान कर रही थी। जब मैं छोटा था तो उनकी असीरिया, अक्कड़ और सुमेर के काले बाज़ार और इस बात में दिलचस्पी हो गई कि उनका व्यापारिक रास्तों, करों और उसके इर्द-गिर्द पनपे साम्राज्य के साथ क्या नाता था। जब मैंने ख़ुद इसे लिखना शुरू किया तो इसे नाम दिया, *ब्लैक बेबिलोन।*'

'यह बहुत आकर्षक शीर्षक है।'

उसने मेरी तरफ़ देखकर सुनिश्चित किया कि मैं उसका मज़ाक़ नहीं उड़ा रहा था।

'मैं यही कहना चाहता था,' मैंने तत्काल कहा। मैं उसे शांत करना चाहता था, क्योंकि वह मुझे पसंद आने लगा था। 'मैं समझता हूं कि शोध प्रबंध के लिए यह एक अच्छा विषय है और यह शीर्षक भी बहुत आकर्षक है। मुझे लगता है कि तुम्हें काम जारी रखकर इसे पूरा करना चाहिए।'

वह दोबारा मुस्करा दिया।

'देखो लिन, जैसा कि न्यू यॉर्क में मेरे अंकल कहा करते थे, ज़िंदगी में बहुत सारी चौंकाने वाली बातें होती हैं और उनमें से अधिकांश उबाऊ काम करने वाले

सामान्य लोगों के लिए नहीं होतीं। अब मैं किसी काला बाज़ार पर काम करने की बज़ाय काला बाज़ार के लिए काम कर रहा हूं। *ब्लैक बॉम्बे।'*

उसकी आवाज़ में छिपी कड़वाहट समझी जा सकती थी। वह अपने जुड़े हुए हाथों को क्रोधित मुद्रा में देखने लगा। मैंने बात को भूतकाल से बाहर निकालने की कोशिश की।

'तुम जानते हो मैं भी एक ऐसे काले बाज़ार का हिस्सा रहा हूं, जो शायद तुम्हें आकर्षित करेगा। क्या तुमने कुष्ठरोगियों के दवा बाज़ार के बारे में सुना है?'

'निश्चित तौर पर,' उसने जवाब दिया। उसकी भूरी आंखों में उत्सुकता छलक रही थी। उसने अपने सैनिक की तरह के बालों पर से होते हुए चेहरे पर हाथ घुमाया और उसके चेहरे पर मुस्कान खिल उठी। उसके चेहरे पर उदासी की जगह एकाग्रता ने ले ली थी। 'मैंने सुना है कि तुम रंजीत से मिले थे-ग़ज़ब का इंसान है वह, है ना?'

हम रंजीतभाई के बारे में बात करते रहे। उसके कुष्ठरोगियों के छोटे से समूह का राजा और पूरे देश में उनके द्वारा तैयार काला बाज़ार। उनके रहस्यमयी कारोबार हम दोनों को ही आकर्षक लगता था। एक इतिहासकार-या फिर अपनी विद्वान मां की ही तरह इतिहासकार बनने का सपना संजोने वाला-ख़ालिद के मन में कुष्ठरोगियों के संगठन के गोपनीय और लंबी अवधि में पनपे कारोबार को लेकर कौतूहल था। एक लेखक के तौर पर मैं कुष्ठरोगियों की पीड़ा और उसे लेकर उनकी प्रतिक्रिया की कहानी से प्रेरित हुआ था। 20 मिनट की उत्साहजनक और प्रेरित करने वाली बातचीत के बाद हमने दवाओं के काले बाज़ार के बारे में ज़्यादा जानने के लिए साथ मिलकर रंजीत के पास जाने का फ़ैसला किया।

और निर्वासितों के बीच के उस संकल्प के साथ, एक विद्वान और एक लेखक, ख़ालिद और मेरे बीच एक सामान्य लेकिन दीर्घावधि का बौद्धिक नाता जुड़ गया। हम अपराधियों, सैनिकों और आपदा से बचे लोगों की तरह बिना किसी सवाल के तेज़ी से दोस्त बन गए। मैं उसके अंधेरी स्टेशन के पास बेहद कम फ़र्नीचर वाले आवास में हर रोज़ जाता था। हमारे बीच सत्र पांच या छह घंटे तक चलता था। चर्चा प्राचीन इतिहास से लेकर रिज़र्व बैंक की ब्याज दर नीतियों तक, मानव शास्त्र से लेकर स्थिर और तरल मुद्रा तक चलती रहती थी। मैंने ख़ालिद अंसारी के साथ रहते हुए एक महीने में ही बहुत आम, लेकिन जटिल अपराध को सीख लिया। जिसे सड़कों पर डॉलर और डॉश्च मार्क का कारोबार करने वालों को एक साल तक लग जाता था।

और जब सबक़ पूरा हुआ तो मैं सप्ताह के सातों दिन ख़ालिद के साथ हर सुबह और शाम काम पर जाने लगा। कमाई इतनी अच्छी थी। मेरा वेतन इतना ज़्यादा होता था कि मैं अक्सर बैंक के पिन लगे नोटों के बंडलों के साथ ही भुगतान कर दिया करता था। लगभग दो साल तक अपने पड़ोसी, दोस्त और मरीजों के तौर पर पहचान वाले झोपड़पट्टी के लोगों की तुलना मैं रईस व्यक्ति बन चुका था।

जेल के घावों और फफोलों को जल्द से जल्द ठीक करने के लिए मैंने क़ादरभाई के ख़र्च पर इंडिया गेस्ट हाउस में एक कमरा ले रखा था। साफ़, व्यवस्थित टॉवेल और मुलायम बिस्तर के कारण मुझे ठीक होने में मदद तो मिल रही थी, लेकिन शारीरिक स्वास्थ्य लाभ के अलावा भी कुछ और सुधारने की ज़रूरत थी। सच तो यही था कि आर्थर रोड जेल में कई महीने गुजारने के कारण मेरे हौसले को मेरे शरीर से ज़्यादा नुक़सान हुआ था। और हैजे की महामारी के दौरान मेरी पड़ोसन राधा और मेरे अंग्रेज़ी के दो छात्रों की मौत की शर्म भी मेरे दिलोदिमाग पर हावी थी। जेल में मिली यातना और हैजे की महामारी : मैं उन दोनों ही त्रासदियों से उबरकर मेरे प्यारे इलाक़े में जाकर दोबारा सामान्य ज़िंदगी जी सकता था, लेकिन मैं दोनों त्रासदियों की पीड़ा का एकसाथ सामना मेरे स्वाभिमान के बूते के बाहर की बात थी। मैं झोपड़पट्टी में नहीं रह सकता था या रात को वहां सो तक नहीं सकता था।

मैं अक्सर प्रभाकर, जॉनी, क़ासिम और जितेंद्र से मिलने जाया करता था और मैं क्लीनिक पर मदद भी करता था, सप्ताह में दो दोपहर। लेकिन झोपड़पट्टी का डॉक्टर होने के लिए ज़रूरी अभिमान और लापरवाही जा चुकी थी। मुझे नहीं लगता था कि मैं वहां दोबारा लौटूंगा। हर व्यक्ति के भीतर एक अभिमान होता है। मेरा वह अभिमान उसी दिन मर गया था, जिस दिन मैं अपनी पड़ोसी की मौत को नहीं रोक सका था–यह तक जान पाने में नाकाम रहा था कि वह बीमार थी। और हर दृढ़ निश्चय के लिए एक मासूमियत भी होती है, जो उसी दिन मर गई जब मैं भारतीय जेल में लड़खड़ाया : पैरों में बेड़ियों की लड़खड़ाहट मेरे क़दमों से भी ज़्यादा मेरी मुस्कान पर हावी हो चुकी थी। झोपड़पट्टी से बाहर रहने के कारण मेरे शरीर जितना ही नुक़सान मेरे हौसले मेरी आत्मा को पहुंचा था।

जहां तक झोपड़पट्टी के मेरे दोस्तों की बात थी तो उन्होंने मेरा यह फ़ैसला बिना किसी सवाल या टिप्पणी के स्वीकार लिया था। मैं जब भी वहां जाता तो मेरा खुले दिल से स्वागत किया जाता और हर वार-त्यौहार और दैनंदिन गतिविधियों में मुझे शामिल किया जाता रहा–शादियां, त्यौहार, सामुदायिक बैठक या क्रिकेट के मैच–मानो अब भी मैं उन्हीं के साथ रहता और काम करता था। मेरे जर्जर शरीर और निरीक्षकों द्वारा मेरी त्वचा को दिए गए ज़ख्मों को देखने के बाद उनके चेहरे पर अचंभे और दर्द के भाव आए, लेकिन उन्होंने कभी भी जेल का ज़िक्र नहीं किया। उसकी एक वज़ह शायद उन्हें हुआ यह अहसास था कि यह मेरे लिए कितनी शर्मिंदगी की बात रही होगी। वह शर्मिंदगी जो वे ख़ुद जेल में बंद होने पर महसूस करते। प्रभाकर, जॉनी सिगार और शायद क़ासिम अली के दिल के एक हिस्से में ग्लानि भी रही होगी–कि वे मेरी मदद नहीं कर सके, क्योंकि उन्होंने मुझे खोजने की बात ही नहीं सोची। उनमें से किसी को भी यह अहसास तक नहीं हुआ कि मैं गिरफ़्तार किया जा चुका हूं। उन्होंने बस मान लिया कि मैं झोपड़पट्टी की ज़िंदगी से उकता गया और

अपने आरामदेह देश की आरामदेह ज़िंदगी में लौट गया। उनकी जानकारी वाले सभी अन्य विदेशियों या पर्यटकों की तरह।

और मेरे झोपड़पट्टी में नहीं लौटने की एक वजह यह भी रही। मुझे यह जानकर हैरानी और अफ़सोस हुआ कि मेरे द्वारा वहां इतना काम किए जाने और उनकी ढेरी सारी ज़िंदगियों में मुझे शामिल कर लेने के बाद भी उन्हें अब भी लगता था कि मैं उन्हें छोड़कर जा सकता हूं। बस मेरी सनक के चलते उनको एक भी शब्द बताए बग़ैर।

इसलिए जब मेरे स्वास्थ्य में सुधार होने लगा और मैं वास्तविकता में धन कमाने लगा तो मैं लौटकर झोपड़पट्टी में नहीं गया। इसकी बज़ाय मैंने क़ादरभाई की मदद से लियोपोल्ड से कुछ दूरी पर बेस्ट स्ट्रीट के अंतिम सिरे पर किराये पर आवास ले लिया। यह मेरा भारत में पहला घर था और गर्म शॉवर और काम करने वाले किचन की विलासिता के साथ मेरा पहला अनुभव। मैं प्रतिदिन भरपूर खाना खाता था। ज़्यादा प्रोटीन, ज़्यादा कार्बोहाइड्रेट वाला भोजन और फिर ढेर सारी आईसक्रीम। मैंने अपना वज़न बढ़ा लिया था। हर रात मैं लगभग दस घंटे की नींद लेता था। मैं दरअसल जूं द्वारा खोखले कर दिए गए शरीर की मरम्मत कर रहा था। लेकिन अक्सर मैं गिरने, लड़ने या ख़ून की गंध वाले दुस्वप्न के साथ रात में उठ बैठता था।

मैंने ब्रीच कैंडी में अब्दुल्ला की पसंदीदा जिम में कराते और भारोत्तोलन का प्रशिक्षण लिया। वहां मुझे क़ादर की परिषद में पहली बार शामिल होने के वक़्त मिले दो युवा गैंगस्टर सलमान मस्तान और संजय अक्सर मिल जाया करते थे। वे 20 वर्षीय मज़बूत और स्वस्थ्य युवा थे। उनकी लड़ाई और सेक्स में समान दिलचस्पी थी। फ़िल्मी सितारे की तरह दिखने वाला संजय ज़्यादा हंसोड़ था। बचपन के लंगोटिया यार होने के बाद भी बॉक्सिंग रिंग में वह मेरे और अब्दुल्ला के ख़िलाफ़ ही नहीं, एक-दूसरे के ख़िलाफ़ भी काफ़ी जमकर लड़ते थे। हम हर सप्ताह पांच दिन कसरत करते थे और दो दिन मांसपेशियों को आराम का अवसर देते थे। और यह कारगर और मददगार साबित हुआ। वज़न उठाना व्यक्ति के लिए ध्यान लगाने की तरह होता है। धीरे-धीरे मेरे शरीर में ताक़त, मांसपेशियां और फ़िटनेस विकसित हो गए।

मैं जानता था कि शरीर कितना भी फ़िट हो जाए, लेकिन दिमाग़ का घाव तब तक नहीं भरेगा, जब तक कि मैं यह नहीं जान लूं कि किसने मुझे पुलिस के हाथों पकड़वाकर आर्थर रोड जेल भिजवाने की साजिश रची थी। मेरे लिए यह जानना ज़रूरी था। मैं इसकी वजह जानना चाहता था। उला शहर से ग़ायब हो चुकी थी- वह छिप रही थी, लेकिन किसी को भी पता नहीं था कि किससे और क्यों? कार्ला जा चुकी थी और कोई भी मुझे नहीं बताता था कि वह कहां है। डिडियर और कुछ अन्य दोस्त मेरे लिए जानकारी जुटाने की कोशिश कर रहे थे, सच्चाई को खोजने का प्रयास, लेकिन अब तक उन्हें ऐसा कुछ नहीं पता चला था जो यह बता सके कि किसने मेरे ख़िलाफ़ यह साजिश रची थी।

किसी ने वरिष्ठ पुलिसवालों के साथ मेरी गिरफ़्तारी कराकर बिना किसी आरोप

के मुझे आर्थर रोड जेल में बंद करवाया था। इसी व्यक्ति ने जेल में मेरी बुरी तरह से नियमित पिटाई का भी इंतज़ाम कराया था। यह सज़ा थी या फिर बदला। क़ादरभाई ने इतनी बात की तो पुष्टि कर दी थी, लेकिन वह इससे ज़्यादा ना कुछ कहते थे और कहना चाहते थे। उन्होंने केवल इतनी बात की पुष्टि की कि जिस किसी ने भी मेरे ख़िलाफ़ यह साजिश रची थी उसे पता नहीं था कि मैं भगोड़ा हूं। मेरे ऑस्ट्रेलिया के जेल से भागने की बात अंगुलियों के निशान की नियमित जांच के दौरान सामने आई थी। पुलिसवालों को अचानक अहसास हो गया कि इस बारे में पूछताछ फ़ायदे का सौदा हो सकता है। उन्होंने मेरी फ़ाइल को तब तक दबाए रखा, जब तक कि विक्रम ने क़ादरभाई की तरफ़ से उनसे संपर्क नहीं साधा।

'उन बेदर्द पुलिसवालों को तुम *पसंद* आ गए थे,' एक दोपहरी जब हम लियोपोल्ड में बैठे थे तो विक्रम ने मुझे बताया। यह ख़ालिद के साथ मुद्रा संग्रहकर्ता के तौर पर मेरे काम शुरू कर देने के कुछ महीने बाद की बात है।

'हं।'

'नहीं, सच में। यही वजह रही कि उन्होंने तुम्हें छोड़ दिया।'

'विक्रम, मैंने उस पुलिसवाले को पहले ज़िंदगी में कभी नहीं देखा था। वह मुझे बिलकुल भी नहीं जानता था।'

उसने बड़े ही धैर्य के साथ जवाब दिया, 'तुम मेरी बात को समझे ही नहीं।' उसने बोतल से कुछ और बियर गिलास में उंडेली और एक घूंट लेते हुए बोला, 'तुम्हें वहां से बाहर निकालने के दौरान मैंने उस पुलिसवाले से बात की थी। उसने मुझे पूरी कहानी बताई। देखो, जब फ़िंगरप्रिंट विभाग के पहले व्यक्ति को पता चला कि तुम कौन हो–जब पहली रिपोर्ट में इस बात का ज़िक्र आया कि तुम ऑस्ट्रेलिया से भागे वांटेड अपराधी हो–उसके दिमाग़ में योजना बनने लगी थी। वह सोच रहा था कि इस बात को दबाने के लिए तुम कितना *पैसा* देने के लिए तैयार हो सकते हो। इस तरह के मौक़े रोज़-रोज़ तो नहीं आते हैं *ना?* इसलिए किसी को भी कुछ भी बताए बग़ैर वह एक वरिष्ठ पुलिस अधिकारी के पास गया और उसे तुम्हारी रिपोर्ट बताई। उस अधिकारी के मन में भी लालच घर कर गया। वह दूसरे पुलिसवाले के पास गया–जो हमें जेल में मिला था–और उसे फ़ाइल बताई। उस पुलिसवाले ने सबको चुप्पी साधने के लिए कहा और कहा कि वह पता करेगा कि इस मामले में कितनी कमाई हो सकती है।'

एक वेटर मेरे पास कॉफ़ी लेकर आया और उसने कुछ देर तक मुझसे मराठी में बातचीत की। विक्रम उसके जाने तक चुप रहा।

'उन्हें यह बहुत पसंद आता है। इन सभी वेटर, टैक्सी ड्राइवर्स और पोस्ट ऑफ़िसवाले सबको तुम्हारा मराठी बोलना बहुत पसंद आता है। शर्म की बात है कि मेरा जन्म यहां का है और तुम मुझसे बेहतर मराठी बोलते हो। मैं कभी भी इसे अच्छी तरह से बोलना नहीं सीख सका। मुझे कभी ज़रूरत ही नहीं पड़ी। यही वजह

है कि अधिकांश मराठी लोग हमसे नाराज़ रहते हैं। हममें से अधिकांश और बाहर से बॉम्बे आने वाले मराठी पर ध्यान नहीं देते, *यार।* ख़ैर तो मैं कहां था? लेकिन वह इस ऑस्ट्रेलियन के बारे में ज़्यादा जानना चाहता था, जो कि जेल से भागा था, कुछ भी करने से पहले, *यार।*'

विक्रम मेरी तरफ़ मुस्कराते हुए देखने लगा और फिर हंसने लगा। उसने 35 डिग्री की गर्मी के बाद भी सफ़ेद सिल्क के शर्ट के ऊपर काला लैदर जैकेट पहन रखा था। भारी काली जींस और काले काउबॉय जूतों के कारण उसे गर्मी तो बहुत हो रही होगी, लेकिन वह एकदम शांत लग रहा था, उतना ही जितना कि वह दिखता था।

'यह तो गज़ब की बात है *यार,*' वह हंसते हुए बोला, 'तुमने अधिकतम सुरक्षा वाली जेल तोड़ दी। *बहुत ख़ूब!* लिन, मेरे द्वारा सुनी गई यह सबसे अचंभित कर देने वाली बात है। मेरा दिल इस बात से जार-जार हो रहा है कि मैं यह बात किसी के साथ साझा भी नहीं कर सकता।'

'जब यहां हम एक रात को बैठे हुए थे, तुम्हें याद है कार्ला ने रहस्य के बारे में क्या कहा था?'

'नहीं भाई। क्या कहा था?'

'वह रहस्य रहस्य ही नहीं है, जब तक कि उसे छिपाने पर सीने में दर्द महसूस नहीं हो।'

'यह तो बहुत ही अच्छी बात है,' विक्रम ने मुस्कराते हुए कहा, 'तो मैं कहां था? आज मैं बहुत भ्रमित हूं यार। यह लेति का मामला मुझे पागल किए जा रहा है। हां वह प्रभारी पुलिसवाला, जिसके पास तुम्हारी फ़ाइल थी, वह तुम्हारे बारे में कुछ बातें जान लेना चाहता था। सो उसने अपने दो लोगों को पूछताछ के लिए भेजा। तुमने जिन सड़क के लोगों के साथ काम किया था उन्होंने तुम्हें ज़ोरदार समर्थन दिया। उन्होंने कहा कि तुमने कभी किसी को नहीं ठगा और ना ही किसी को परेशान किया और तुमने अपने पास का बहुत सारा पैसा सड़क के ग़रीब लोगों की मदद के लिए दिया।'

'लेकिन पुलिसवालों ने किसी को नहीं बताया कि मैं आर्थर रोड जेल में बंद हूं?'

'नहीं। वह इस बात की पड़ताल कर रहे थे कि क्या तुम्हें वापस ऑस्ट्रेलियन पुलिस के पास भेजना है या फिर नहीं। सबकुछ तुम्हारे बारे में जानकारी पर निर्भर था। और इसमें एक और पेंच भी है। एक मुद्रा विनिमय वाले एक व्यक्ति ने पुलिसवालों से कहा, *अगर तुम लिन के बारे में जानना चाहते हो तो उस झोपड़पट्टी में जाओ, क्योंकि वह वहां पर रहता है।* अब पुलिसवालों का कौतूहल जाग चुका था-एक गोरा और झोपड़पट्टी में! इसलिए वह वहां गए और उन्होंने सबकुछ जांचा। उन्होंने झोपड़पट्टी में किसी को भी नहीं बताया कि तुम्हारे साथ क्या हुआ है, लेकिन उन्होंने तुम्हारे बारे में पूछताछ करना शुरू कर दिया और लोगों ने कुछ इस तरह की बातें बताईं, *तुम वह*

क्लीनिक देख रहे हो? लिन ने वह तैयार किया है और वह काफ़ी अरसे से लोगों की मदद कर रहा है... और उन्होंने बताया, *यहां के हर व्यक्ति का कभी न कभी लिन के क्लीनिक में मुफ़्त उपचार किया गया है।* और लोगों ने पुलिसवालों को बताया कि वह जो अंग्रेज़ी का छोटी सा स्कूल दिख रहा है ना, *वह भी लिन ने ही शुरू किया था...* पुलिसवालों को लिन के बारे में ढेर सारी जानकारी मिली, लिन बाबा के बारे में, एक विदेशी बंदा जो हर अच्छा काम करता था और उन्होंने लौटकर अपने बॉस को सारी बातें बताईं।'

'ओह विक्रम, बहुत हो चुका। तुम्हें *वास्तव में* लगता है कि उससे कोई फ़र्क़ पड़ा? मामला पैसे का था बस और मुझे ख़ुशी है कि तुमने वहां आकर उसका भुगतान कर दिया।'

विक्रम की आंखें हैरानी में चौड़ी हुई और फिर असहमति में सकुचा गई। उसने अपनी टोपी उठाई और उसे देखते हुए उसके सिरे से धूल झटक दी।

'देखो लिन, तुम्हें यहां कुछ समय हो चुका है और तुम यहां की भाषा भी सीख चुके हो। गांव जा चुके हो, झोपड़पट्टी में रह चुके हो और यहां तक कि जेल में भी, लेकिन तुम्हें बात अब भी समझ नहीं आई, है ना?'

'शायद नहीं' मैंने स्वीकारा, 'संभवतया नहीं।'

'सही है तुम नहीं समझे। यह इंग्लैंड, न्यूज़ीलैंड या ऑस्ट्रेलिया या कोई और देश नहीं है। यह भारत है भाई। यह *भारत* है। यहां दिल का राज चलता है। यहां का राजा दिल है। *दिल।* यही वजह है कि तुम आज़ाद हो। यही वजह है कि उन पुलिसवालों ने तुम्हें तुम्हारा फ़र्जी पासपोर्ट लौटा दिया। यही वजह है कि तुम आराम से घूम-फिर सकते हो और तुम्हें कोई गिरफ़्तार नहीं कर रहा है, यह जानते हुए भी कि तुम कौन हो। वह चाहते तो तुम्हारा काम तमाम कर सकते थे, लिन। वह तुम्हारा पैसा लेते, क़ादर का पैसा लेते और तुम्हें छोड़कर किसी और पुलिसवाले को तुम्हारे पीछे लगा देते और तुम्हें घर भिजवा देते। लेकिन उन्होंने ऐसा नहीं किया और वह ऐसा करेंगे भी नहीं, क्योंकि तुमने उनका दिल जीत लिया, उनका भारतीय दिल। उन्होंने यहां तुम्हारे द्वारा किए गए काम को देखा। झोपड़पट्टी के लोग तुम्हें कितना प्यार करते हैं और उन्होंने सोचा, *इस व्यक्ति ने ऑस्ट्रेलिया में भले ही कुछ भी किया हो, लेकिन यह यहां अच्छा काम कर रहा है। अगर यह मांगी गई रक़म का भुगतान कर देता है तो हम इसे छोड़ देंगे।* क्योंकि वे *भारतीय* हैं। हम इस दीवानगी भरी जगह को इसी तरह से क़ायम रखे हुए हैं-*दिल* के साथ। 200 भाषाएं और एक अरब लोग। भारत यानी दिल। हमारा *दिल* ही हमें एकसाथ रखता है। मेरे देश जैसे लोगों वाला देश और कहीं नहीं है लिन। दुनिया में भारतीय दिल जैसा कोई दिल नहीं है।'

वह रो रहा था। भौंचक्का होकर मैं उसे आंसू पोंछते हुए देख रहा था और मैंने उसके कंधे पर हाथ रख दिया। निश्चित तौर पर वह सही कह रहा था। हालांकि मुझे भारतीय जेलों में यातनाएं दी गई थीं और लगभग मार ही दिया गया था, लेकिन

मुझे आज़ाद कर दिया गया था और जब मैं जेल से छूटा तो उन्होंने मुझे मेरा पुराना पासपोर्ट लौटा दिया था। *दुनिया में कोई और देश ऐसा है,* मैंने अपने-आप से सवाल पूछा, *जो मुझे भारत की तरह जाने देगा?* और भारत में भी पुलिसवालों को जांच में पता चलता कि मैंने भारतीयों को ठगा है या वेश्यावृत्ति करवा रहा हूं या असहाय लोगों की पिटाई की है तो उन्होंने पैसे लेकर भी मुझे ऑस्ट्रेलिया ही लौटा दिया होता। यह वह देश था जहां दिल ही राजा था। मैंने यह बात प्रभाकर, उसकी मां, क़ासिम अली, जोसेफ़ के उद्धार से जान ली थी। मैंने यह जेल में भी देखी थी, जहां महेश मल्होत्रा जैसे लोगों ने मेरी भुखमरी के दौर में मुझ तक खाना पहुंचाने के लिए मार तक सहन की थी।

'यहां क्या चल रहा है? शायद दो प्रेमियों का झगड़ा?' डिडियर ने बैठते हुए कहा।

'भाड़ में जाओ डिडियर!' विक्रम ने संभलते हुए हंसकर कहा।

'ओह, यह वाकई बहुत भावुक बात थी विक्रम। लेकिन तभी जब आप बेहतर महसूस कर रहे हों। और लिन तुम्हारे क्या हाल हैं?'

'मैं ठीक हूं,' मैंने मुस्कराते हुए कहा। आर्थर रोड जेल से छूटने के बाद मेरे शरीर के जख़्म देखकर रोने वाले तीन लोगों में से डिडियर एक था। दूसरा व्यक्ति था प्रभाकर, उसका रोना तो इतना दर्दभरा था कि उसे चुप कराने में मुझे एक घंटा लग गया था। तीसरा व्यक्ति, अनपेक्षित रूप से, आका अब्दुल क़ादर थे, जिनकी आंखें तब भर आईं, जब मैंने उन्हें शुक्रिया कहा : जब उन्होंने मुझे गले लगाया तो वह आंसू मेरी गर्दन, मेरे कंधों पर ढलक रहे थे।

'तुम क्या लोगे?' मैंने उससे पूछा।

'बड़ी मेहरबानी' उसने ख़ुशी से दमकते हुए कहा, 'मुझे लगता है कि मैं व्हिस्की और ताज़ा लाइम और ठंडे सोड़ा के साथ शुरुआत करूंगा। हां। यह एक अच्छी *शुरुआत* होगी, है ना? यह बहुत ही विचित्र और दुखद ख़बर है ना, इंदिरा गांधी के बारे में?'

'कौनसी ख़बर?' विक्रम ने पूछा।

'वे ख़बरों में बता रहे हैं कि इंदिरा गांधी की मौत हो गई है।'

'क्या यह सच है?' मैंने पूछा।

'मुझे डर है कि यह सच है,' उसने अचानक उदास होते हुए कहा, 'रिपोर्ट्स की पुष्टि होना बाक़ी है, लेकिन मुझे लगता है कि इसमें संदेह की कोई गुंजाइश नहीं है।'

'क्या कोई सिख था? क्या यह ब्लूस्टार की वज़ह से हुआ है?'

'हां, लिन। तुम कैसे जानते हो?'

'जब उन्होंने भिंडरांवाले को पकड़ने के लिए ऑपरेशन ब्लू स्टार का आदेश दिया था, तो मुझे लगा था कि यह उन्हें भारी पड़ेगा।'

'क्या हुआ? क्या यह केएलफ़ ने किया?' विक्रम ने पूछा, 'क्या यह बम था?'

'नहीं,' डिडियर ने गंभीर स्वर में कहा, 'वे कह रहे हैं कि यह उनके अंगरक्षकों ने किया-सिख अंगरक्षक।'

'उनके अपने *अंगरक्षक*, क्या कह रहे हो?' विक्रम का मुंह खुला का खुला ही रह गया था और वह सोच में डूब गया। 'दोस्तों-मैं कुछ ही मिनटों में वापस आता हूं। क्या तुम सुन रहे हो? वह काउंटर पर रेडियो में अभी उसी बारे में बात कर रहे हैं। मैं जाकर सुनता हूं और वापस आता हूं।'

वह हिंदी में हत्या की ख़बर को सुनने के लिए लगी भीड़ में घुस गया। विक्रम चाहता तो हमारी टेबल से ही सारी ख़बर सुन सकता था, क्योंकि रेडियो पूरी आवाज़ में चल रहा था और हमें हर शब्द सुनाई दे रहा था। दरअसल उसे उस काउंटर तक ले जाने वाली बात कुछ और थी : एक क़िस्म की एकजुटता और भाईचारा, इस चौंका देने वाली ख़बर को मिलकर *महसूस* करने की ज़रूरत, ख़बर सुनते हुए अपने देशवालों के साथ संपर्क।

'एक ड्रिंक हो जाए,' मैंने कहा।

'हां लिन,' डिडियर ने निचला होंठ बाहर निकालकर हाथ से उस तनावपूर्ण ख़बर को ख़ारिज कर दिया। उसका सिर आगे की ओर झुक गया। उसने अपने सामने की ख़ाली टेबल की तरफ देखा, 'मुझे यक़ीन नहीं हो रहा है। यह यक़ीन करने लायक़ नहीं है। *इंदिरा गांधी की मौत हो चुकी है...* यह सोच से परे है। मेरे लिए यह सोच पाना तक मुश्किल हो रहा है, लिन... तुम जानते हो... असंभव।'

मैंने डिडियर के लिए ऑर्डर दिया और रेडियो उद्घोषक की चीख़ती हुई आवाज़ के बीच मेरे विचार भटक रहे थे। बेहद स्वार्थी होते हुए मैंने सबसे पहले यह सोचा कि इस हत्या का मेरी सुरक्षा पर क्या असर होगा और यह मुद्रा के काले बाज़ार पर क्या असर डालेगी। कुछ ही महीने पहले इंदिरा गांधी ने सिखों के सबसे पवित्र तीर्थस्थल स्वर्णमंदिर, अमृतसर पर कार्रवाई के आदेश दिए थे। उनका इरादा आकर्षक और क़रिश्माई अलगाववादी भिंडरांवाले के नेतृत्व में मंदिर के भीतर घुसकर किलाबंदी कर लेने वाले उग्रवादियों को बाहर निकालना था। मंदिर संकुल को आधार बनाकर उग्रवादियों ने हिंदुओं और उन लोगों पर कई सप्ताह तक हमले बोले थे, जिन्हें वे आज्ञा नहीं मानने वाले सिख कहा करते थे। आम चुनाव से ठीक पहले इंदिरा गांधी को लगा कि अगर उन्होंने कार्रवाई नहीं की तो वे कमज़ोर साबित होंगी। उनके पास उपलब्ध सीमित विकल्पों में से, कई की राय में सबसे बुरे, फ़ैसले के तहत इंदिरा ने सिख उग्रवादियों से लड़ने के लिए भारतीय सेना को भेज दिया।

स्वर्ण मंदिर से उग्रवादियों को निकाल बाहर करने के अभियान को ऑपरेशन ब्लूस्टार का नाम दिया गया था। भिंडरांवाले के उग्रवादी ख़ुद को सिखों के हितों की लड़ाई के स्वतंत्रता संग्राम सेनानी और शहीद मानते थे। उन्होंने भारतीय सेना का जमकर प्रतिरोध किया। छह सौ से ज़्यादा लोगों को जान गंवाना पड़ी और सैकड़ों

लोग घायल हुए। इसके बाद भी उनकी छवि फ़ैसला नहीं ले सकने वाली ही बनी रही। हिंदू इलाक़ों के मतदाताओं में जहां वह विश्वास जगाने में कामयाब रहीं, वहीं दूसरी ओर एक अलग देश *ख़ालिस्तान* के लिए नए शहीद मिल गए। और पूरी दुनिया में मौज़ूद सिखों के दिलों में अपने सबसे पवित्र धर्मस्थल पर किए गए नापाक और ख़ूनी हमले का बदला लेने की बात घर कर गई।

काउंटर पर मौज़ूद रेडियो से और अधिक जानकारी नहीं मिल रही थी, लेकिन स्पीकर से यही आवाज़ आ रही थी कि उनकी हत्या कर दी गई है। ब्लूस्टार के कुछ ही महीनों बाद उनके अपने सिख अंगरक्षकों ने उनकी हत्या कर दी थी। वह महिला जिन्हें कई लोग तानाशाह, कई अन्य राष्ट्रमाता कहते थे और जिनका राष्ट्र के इतिहास और नियति से इतना गहरा नाता था, वह जा चुकी थीं। वह मर चुकी थीं।

मुझे सोचना पड़ रहा था। मुझे ख़तरे का अनुमान लगाना पड़ रहा था। पूरे देश में सुरक्षाबल सतर्क हो जाएंगे। इसकी प्रतिक्रिया भी होगी–दंगे, हत्या, लूट और आगजनी। सिख समुदाय से बदला लेने की कोशिश होगी, मुझे पता था। भारत में हर कोई यह बात जानता था। रेडियो पर उद्घोषक दिल्ली और पंजाब में संभावित संघर्ष को टालने के लिए सेना की टुकड़ियों की तैनाती की बात कर रहा था। तनाव मेरे लिए नई परेशानियां लेकर आएगा, एक वांटेड अपराधी, माफ़िया के लिए काम करने वाला, समाप्त अवधि वाले वीज़ा के साथ देश में रह रहा था। कुछ पल वहां बैठकर, जबकि डिडियर घूंट ले रहा था, जबकि रेस्तरां में मौज़ूद लोग चुपचाप ख़बर सुन रहे थे, मेरा दिल डर के मारे ज़ोरों से धड़क रहा था। *भागो* मेरे विचारों ने फुसफुसाकर मुझसे कहा *अभी भागो, जब तक कि तुम भाग सकते हो। यह तुम्हारे लिए अंतिम अवसर है...*

लेकिन तब जब मैंने शहर से भागने का स्पष्ट विचार बना लिया, मुझे महसूस हुआ कि अचानक मैं बहुत ज़्यादा सुकूनभरी शांति महसूस कर रहा हूं। मैं बॉम्बे नहीं छोड़ूंगा, मैं बॉम्बे नहीं छोड़ सकता था। मैं यह बात ज़िंदगी की हर बात से ज़्यादा अच्छी तरह से जानता था। क़ादरभाई के साथ कुछ बातें थीं : मुझ पर उनका वित्तीय क़र्ज़ मैंने ख़ालिद के साथ काम करके मिले वेतन से चुका दिया था, लेकिन एक नैतिक क़र्ज़ था जो चुका पाना ज़्यादा मुश्किल था। मेरी ज़िंदगी का क़र्ज़ और हम दोनों इस बात को अच्छी तरह से जानते थे। जब मैं जेल से बाहर आया तो उन्होंने मुझे गले लगाया था और मेरी बुरी हालत देखकर रोए थे। उन्होंने मुझसे वादा किया था कि जब तक मैं बॉम्बे में रहूंगा, मैं उनके निजी संरक्षण में रहूंगा। आर्थर रोड जेल जैसी कोई बात दोबारा मेरे साथ नहीं होगी। उन्होंने मुझे एक सोने का मैडल दिया था जिस पर हिंदुओं के ॐ के साथ मुस्लिमों का चांद–तारा था, जिसे मैं गले की चांदी की चेन में पहने रहता था। उसके पीछे की ओर क़ादरभाई का नाम उर्दू, हिंदी और अंग्रेज़ी में लिखा हुआ था। किसी भी परेशानी की स्थिति में मुझे बस वह मैडल बताना था और कहना था कि उनसे तत्काल संपर्क साधा जाए। सुरक्षा अधूरी थी,

लेकिन मेरा निर्वासन शुरू होने के बाद मिली सबसे बेहतर सुरक्षा थी। उनकी सेवा में बने रहने की गुज़ारिश, मुझ पर उनका अलिखित क़र्ज़, क़ादर के लोगों द्वारा मुझे दी गई सुरक्षा–यही सब वज़हें मुझे शहर में रहने के लिए मज़बूर कर रही थीं।

और एक वज़ह थी कार्ला। जब मैं जेल में था, वह शहर से ग़ायब हो चुकी थी और कोई नहीं जानता था कि वह कहां चली गई थी। मुझे कुछ भी पता नहीं था कि पूरी दुनिया में मैं उसे कहां खोजूं। लेकिन उसे बॉम्बे से प्यार था। मैं यह बात जानता था। ऐसे में उसके लौट आने की उम्मीद करना तार्किक ही कहा जाएगा। और मैं उससे प्यार करता था। यह मुझे भीतर से खाए जा रहा था, ख़ासतौर पर उन महीनों में यह भावना उसके प्रति प्यार से भी ज़्यादा गहरी थी। यह भावना कि वह सोच रही होगी कि मैंने उसे छोड़ दिया। मैं उससे मिलकर ख़ुलासा किए बग़ैर कहीं नहीं जा सकता था। इसलिए मैं शहर में बना रहा, उस जगह से केवल एक मिनट दूर, जहां पर हम पहली बार मिले थे। मैं उसकी वापसी का इंतज़ार करता रहा।

मैंने शांति के साथ ख़बर सुन रहे रेस्तरां पर निगाहें फेरीं और अचानक विक्रम की तरफ़ देखा। उसने मुस्कराकर सिर हिला दिया। यह दिल टूटने वाली मुस्कान थी और उसकी आंखें नहीं बह सकने वाले आंसुओं से दहक रही थीं। फिर भी वह मुझे राहत देने, भरोसा दिलाने के लिए मुस्कराकर अपने मातम में मुझे शामिल कर रहा था। और उसकी मुस्कान ने मुझे अचानक इस बात का अहसास करा दिया कि कोई और बात भी मुझे यहां रोके हुए है। अंततः मुझे इस बात का अहसास हो गया कि यह दिल था, भारतीय दिल, जिसकी बात विक्रम कर रहा था–*यह वह देश है जहां दिल राजा है*–इसी ने मुझे रोक रखा था जबकि कई भीतरी संकेत मिल रहे थे कि मुझे यहां से निकल जाना चाहिए। और मेरे लिए यह दिल था, यह शहर, बॉम्बे। इस शहर ने मुझे अपने मोहपाश में बांध लिया था। मैं इसके प्यार में पड़ चुका था। मेरा एक हिस्सा था जो उसी की देन था और यह केवल इसलिए ही अस्तित्व में है क्योंकि मैं यहां पर रहा, उसके भीतर, मुंबईकर बनकर।

'यह तो बहुत ही बुरी बात है *यार*,' हमारे पास लौटते ही विक्रम ने कहा। 'बहुत ज़्यादा ख़ून बहने वाला है *यार।* रेडियो पर वह बता रहे हैं कि कांग्रेस पार्टी के लोगों के दल दिल्ली में घूम रहे हैं, घर–घर जाकर, सिखों के साथ लड़ाई कर रहे हैं।'

हम चुप थे, हम तीनों, अपने आकलनों और चिंताओं में डूबे हुए। फिर डिडियर बोला।

'मुझे लगता है कि मेरे पास तुम्हारे लिए एक सुराग़ है।' उसने अचानक हमें हक़ीक़त की दुनिया में वापस लाते हुए कहा।

'जेल के बारे में?'

'ओय।'

'बताओ।'

'बहुत ज़्यादा जानकारी नहीं है। यह तुम्हारे पास उपलब्ध जानकारी में कुछ ख़ास इज़ाफ़ा नहीं करेगा-कि यह एक शक्तिशाली व्यक्ति है, जैसा कि तुम्हें तुम्हारे आका अब्दुल क़ादर ने बताया।'

'यह चाहे जो हो डिडियर, यह मेरी जानकारी से ज़्यादा है।'

'जैसी तुम्हारी इच्छा। एक व्यक्ति है... मेरा एक परिचित... जिसे रोज़ कोलाबा पुलिस थाने जाना पड़ता है। हम आज कुछ देर पहले बात कर रहे थे और वह एक विदेशी का ज़िक्र कर रहा था, जिसे कुछ माह पहले लॉकअप में बंद किया गया था। जो नाम उसने इस्तेमाल किया था वह था *बाघ जैसा काटने वाला।* मैं तो सोच भी नहीं सकता कि लिन तुमने अपने लिए इस तरह का नाम कैसे कमा लिया। है ना? उसने मुझे बताया कि *बाघ* जैसे काटने वाले को यानी तुम्हें एक महिला ने धोखा दिया।'

'क्या उसने तुम्हें उसका नाम बताया?'

'नहीं। मैंने उससे पूछा और उसने कहा कि वह नहीं जानता कि वह महिला कौन है। इसने इतना ज़रूर कहा कि वह जवान है और बहुत ख़ूबसूरत, लेकिन संभव है कि उसने यह अपनी कल्पना से ही कह दिया हो।'

'तुम्हारी पहचान का यह आदमी कितना भरोसेमंद है?'

डिडियर ने होंठों पर जीभ फेरते हुए हवा निकाली।

'उस पर झूठ बोलने, धोखा देने और चोरी के लिए भरोसा किया जा सकता है। मुझे अफ़सोस है कि यह उसके भरोसे की हद है। लेकिन इन बातों में वह एक अच्छी संभावना दर्शाता है। लेकिन इस मामले में उसके पास झूठ बोलने की कोई वज़ह नहीं है। मुझे लगता है कि लिन तुम एक महिला के शिकार हो।'

'तो चलो अब इस तरह के दो लोग हो गए, *यार।* एक तुम और एक मैं, भाई,' विक्रम ने कहा। उसने अपनी बियर ख़त्म की और उसने लंबी पतली चिरूट निकाल ली जिसे वह अपने परिधान से मेल की बज़ाय आनंद के लिए इस्तेमाल किया करता था।

'तुम तीन माह से लेतितिया के साथ घूम रहे हो,' डिडियर ने कहा। उसके चेहरे के भावों में कोई सहानुभूति नहीं थी। 'तुम्हारी समस्या क्या है?'

'*मुझे* तुम ही बता दो! मैं उसके साथ सब जगह जा रहा हूं, लेकिन मैं *अब* भी उसके क़रीब नहीं जा पा रहा हूं। मैं तो उसके इलाक़े क्या उसके इलाक़े के जिप कोड तक के क़रीब नहीं हूं। यह मुझे मार डालेगी। यह प्यार मुझे मार रहा है। वह मेरे साथ बहुत रूखा व्यवहार कर रही है। और भाई मैं सख़्त हूं, लेकिन मेरे हाथ में कुछ भी नहीं आ रहा। क़सम खाकर कहता हूं अब मैं फटने वाला हूं!'

'तुम जानते हो विक्रम,' डिडियर ने आंखों में दोबारा धूर्तता भरी मुस्कान के साथ कहा, 'मेरे पास एक रणनीति है जो शायद तुम्हारे लिए काम कर जाए।'

'यार डिडियर मैं कुछ भी आजमाने के लिए तैयार हूं। अभी जो हालात हैं, इंदिरा गांधी और सारी बातें, मुझे हर उपलब्ध मौक़े को भुनाना ही होगा। पता नहीं कल हम सब कहां होंगे, है *ना?*'

'हां, तो चलो *ठीक है!* ध्यान दो इस योजना में बहुत ज़्यादा हिम्मत, सावधानीपूर्वक तैयारी और सही समय का चयन बहुत ज़रूरी है। अगर तुम जरा भी असावधान रहे तो तुम्हारी जान भी जा सकती है।'

'मेरी...मेरी *जान?*'

'हां। कोई ग़लती मत करना, लेकिन अगर तुम कामयांब रहे तो मुझे लगता है कि तुम उसका दिल जीतने में भी कामयाब हो जाओगे। क्या तुम, कैसे कहा जा सकता है, क्या तुम खेलने के लिए तैयार हो?'

'जहां तक *गेम* की बात है तो पूरे सलून में मेरी टक्कर का कोई नहीं है, *यार।* चलो बताओ।'

'मैं इसे अपने चलने के संकेत के तौर पर लेता हूं, इससे पहले कि तुम लोग इस बातचीत में और गहरे तक जाओ,' मैंने खड़े होकर दोनों के साथ हाथ मिलाते हुए कहा। 'डिडियर सुराग़ के लिए धन्यवाद। मैं इसका स्वागत करता हूं। और विक्रम तुम्हारे लिए एक सुझाव-लेति के साथ तुम जो भी करने की योजना रखते हो, तुम शुरुआत उसके लिए इस्तेमाल करने वाले *हॉट टिट्टी इंग्लिश चिक शब्द* को टालकर कर सकते हो। जब भी तुम उसे इस नाम से पुकारते हो तो वह वैसे ही चिढ़ती है, मानो तुमने खरगोश के किसी बच्चे को गला घोंटकर मार दिया हो।'

'क्या वाक़ई तुम्हें ऐसा लगता है?' विक्रम ने हैरानी से पूछा।

'हां।'

'लेकिन यार यह मेरी सबसे अच्छी पंक्तियों में से एक है। डेनमार्क में–'

'तुम अब डेनमार्क में नहीं हो टोटो।'

'ठीक है लिन,' उसने हंसते हुए कहा, 'सुनो जब तुम्हें पता चल जाए कि जेल वाले मामले में क्या हुआ था... मतलब किसने तुम्हें जेल में डाला था और बाक़ी की बातें... अगर तुम्हें मदद की ज़रूरत हो तो मैं तुम्हारे साथ हूं। ठीक है?'

'निश्चित तौर पर,' उससे आंखें मिलाते हुए मैंने कहा, 'आराम से...'

मैंने बिल का भुगतान किया और रीगल सिनेमा चौराहे जाने वाले रास्ते पर चल पड़ा। शाम की शुरुआत हो रही थी जो कि बॉम्बे के तीन सबसे अच्छे समय में से एक होता है। गर्मी से पहले की सुबह, गर्मी गुजर जाने के बाद की देर रात, कम लोगों और शांतिपूर्ण समय के साथ बहुत सारी ख़ुशियां लाते हैं। लेकिन शाम का वक़्त लोगों को अपनी खिड़कियों, बाल्कनियों और दरवाज़ों में निकाल लाता है। शाम शहर की सड़कों को भीड़ से भर देती है। शाम शहर की सर्कस के लिए बैंगनी तंबू की तरह होती है और उन परिवारों के भी। लोग हर गली, नुक्कड़ पर मौज़ूद मनोरंजन

के लिए बच्चों को लेकर बाहर निकलते हैं। और शाम युवा प्रेमियों की सहचर होती है: रात आने से पहले रोशनी का अंतिम प्रहर उनके घूमने की जगहों से मासूमियत को छीन लेता है। बॉम्बे में दिन और रात का कोई ऐसा लम्हा नहीं होता, जब शाम की तुलना में ज़्यादा भीड़ हो। और मेरे मुंबई में कोई रोशनी इंसान के चेहरे को उतना प्यार नहीं करती जितनी कि शाम की रोशनी।

मैं शाम की भीड़ के बीच से गुजरता रहा। दिलकश चेहरे, उनकी त्वचा, बालों की मादक गंध, उनके परिधानों के सुंदर रंग और शब्दों का मायाजाल मुझे घेर लेता है। फिर भी मैं एकाकी हूं बहुत ज़्यादा, शहर की शाम के लिए अपने प्यार के साथ। और अचानक मेरे विचारों में सभी काली–सफ़ेद शार्क घूमने लगीं : संदेह, गुस्से और शक की काली शार्क। *एक महिला ने मुझे धोखा दिया। एक महिला। एक युवा और बहुत ख़ूबसूरत महिला...*

लगातार बजते कार हॉर्न ने मेरा ध्यान खींचा और मैंने देखा कि प्रभाकर अपनी टैक्सी से मेरी तरफ़ देखकर हाथ हिला रहा था। मैं टैक्सी में बैठ गया और उसे मेरी शाम की मुलाक़ात के लिए चौपाटी के तट के पास ख़ालिद तक ले चलने के लिए कहा। क़ादरभाई के काम से मिले पैसों से जो पहला काम मैंने किया था, वह था प्रभाकर के टैक्सी लाइसेंस के लिए भुगतान। लाइसेंस का ख़र्च हमेशा प्रभाकर की पहुंच से बाहर ही था और यह उसके किफ़ायत की प्रतिभा की पहुंच से बाहर रहा। वह अपने भाई शंटू की टैक्सी पालियों में बिना लाइसेंस के चलाया करता था और ऐसा करने में बहुत बड़ा जोख़िम मोल लेता था। अब अपने लाइसेंस के साथ वह अब किसी भी टैक्सी संचालक से मिल सकता था और उसकी टैक्सियों के बेड़े में लाइसेंसधारी ड्राइवर के तौर पर सेवा दे सकता था।

प्रभाकर मेहनती और ईमानदार इंसान था, लेकिन उससे भी ज़्यादा वह मिलने वाले तमाम लोगों में सबसे ज़्यादा पसंदीदा था। यहां तक कि कठोर टैक्सी मालिक भी उसके आकर्षण का शिकार हो जाते थे। कुछ ही महीने में उसके पास एक टैक्सी की अस्थायी आधी लीज़ आ चुकी थी, जिसे वह अपनी ही मानता था। डेशबोर्ड पर उसने धन की देवी लक्ष्मी की तसवीर लगा रखी थी। जब भी वह ब्रेक मारता था तो देवी की सुनहरे, गुलाबी और हरे रंगों से सजी प्लास्टिक की तसवीर चमक उठती थी। वक़्त–वक़्त पर वह बड़ी ही अदा के साथ एक बटन को दबाता था, जिससे गाड़ी में बैठे यात्री के ऊपर किसी ख़ूशबूदार सेंट के छींटे पड़ते थे और प्रभाकर अपने नाम लिखे बिल्ले को चमका लिया करता था। काली–पीली फ़िएट टैक्सी के प्रति उसके प्रेम को पूरे शहर में बस एक ही जगह से चुनौती मिलती थी।

'पार्वती। पार्वती। पार्वती...' चर्चगेट से जबकि हम मरीन ड्राइव की ओर बढ़े ही थे कि वह कहने लगा। उस पर उसके नाम का नशा सवार था। 'लिन, मैं उससे बहुत प्यार करता हूं। प्यार, जब एक गज़ब की अनुभूति तुम्हें ख़ुश कर देती है? जब

तुम अपनी टैक्सी से भी ज़्यादा एक लड़की की चिंता करते हो? यही तो प्यार है, है ना? एक *महान* प्यार, हे भगवान! पार्वती। पार्वती। पार्वती...'

'यही प्यार है, प्रभु।'

'और जॉनी के दिल में सीता के लिए बहुत प्यार है, मेरी पार्वती की बहन। बहुत ज़्यादा प्यार।'

'मैं तुम्हारे और जॉनी के लिए ख़ुश हूं। वह एक अच्छा इंसान है। तुम दोनों अच्छे इंसान हो।'

'ओह हां,' प्रभु ने सहमति जताते हुए बात पर ज़ोर देने के लिए कुछ मर्तबा हॉर्न बजाया, 'हम अच्छे लोग हैं। आज रात हम ट्रिपल डेट पर जाएंगे। बहनों के साथ। *बहुत* ज़्यादा मज़ा आएगा।'

'उनकी *एक और* बहन है क्या?'

'एक और?'

'हां, तुमने कहा ट्रिपल डेट। क्या वे तीन बहनें हैं? मुझे लगा कि केवल दो हैं।'

'हां, लिन केवल दो बहनें।'

'तो तुम्हारा मतलब है *डबल* डेट?'

'नहीं लिन। पार्वती और सीता हमेशा अपने साथ अपनी मां, कुमार की पत्नी, श्रीमती पाठक को लेकर आती हैं। लड़कियां केवल एक तरफ़ बैठती हैं और उनकी मां बीच में। मैं और जॉनी सिगार दूसरी तरफ़। यह एक ट्रिपल डेट होती है।'

'लगता है बहुत ज़्यादा मज़ा आता होगा।'

'हां, मज़ा! बहुत मज़ा! बहुत सारा मज़ा! और जब हम श्रीमती पाठक को कुछ खाना और ड्रिंक्स का न्यौता देते हैं तो हम लड़कियों और लड़कियां हमारी तरफ़ देख सकते हैं। यही तरीक़ा है। इसी तरह से हम लड़कियों की तरफ़ देखकर मुस्कराते हैं और आंख भी मार देते हैं। हमारी क़िस्मत इतनी अच्छी है कि श्रीमती पाठक को बहुत भूख लगती है और वह फ़िल्म में भी तीन घंटे बिना कुछ बोले खाती रहती है। और इसलिए खाने की आपूर्ति और लड़कियों की तरफ़ देखने का सिलसिला जारी ही रहता है। और श्रीमती पाठक–भगवान का शुक्रिया, उस महिला का पेट एक फ़िल्म में भर पाना मुश्किल है।'

'हे जरा धीरे-धीरे...यह तो लग रहा है... मानो कोई दंगा हो रहा हो।'

हमसे लगभग तीन सौ मीटर आगे सैकड़ों-हज़ारों चीख़ते-चिल्लाते लोगों की भीड़ एक कोने से निकलकर मरीन ड्राइव पर आ रही थी। वे पूरी सड़क को घेरकर हमारी तरफ़ आ रहे थे।

'दंगा नहीं लिन बाबा,' प्रभाकर ने गति कम करके टैक्सी को रोकते हुए कहा, '*दंगा नहीं, मोर्चा है।*'

ज़ाहिर तौर पर लोग बहुत ज़्यादा गुस्से में थे। ज़ोरदार नारेबाजी के दौरान पुरुष

और महिलाएं अपने मुक्के आसमान में उठा रहे थे। गुस्से से उनके गर्दन और कंधे की नसें तन चुकी थीं। वे इंदिरा गांधी और बदले को लेकर नारेबाजी कर रहे थे। जैसे-जैसे वे क़रीब आ रहे थे, मेरा तनाव बढ़ रहा था, लेकिन वे टैक्सी के पास से गुजरते हुए निकल गए। उनकी आंखों में नफ़रत साफ़ देखी जा सकती थी और मैं जानता था कि अगर मैं सिख होता, यदि मैं सिखों की तरह पगड़ी पहने होता, तो दरवाज़ा तोड़कर खोल दिया गया होता।

भीड़ के गुजरने के बाद सामने की सड़क दोबारा ख़ाली हो चुकी थी। मैंने मुड़कर देखा तो प्रभाकर अपने आंसू पोंछ रहा था। उसने जेब में हाथ डालकर एक बड़ा सा रूमाल निकालकर आंखें पोंछीं।

'यह बहुत ही ज़्यादा दुखद स्थिति है, लिन बाबा,' उसने सुबकते हुए कहा। 'उनका अंत हो चुका है। उनके बग़ैर हमारे भारत का क्या होगा? मैं ख़ुद से यह सवाल पूछ रहा हूं, लेकिन कोई जवाब नहीं मिल रहा।' पत्रकार, किसान, राजनीतिज्ञ और काला बाज़ारी सभी इंदिरा का उल्लेख सम्मान के साथ ही करते थे।

'हां। हालात बहुत ख़राब हैं प्रभु।'

वह इतना टूटा हुआ लग रहा था कि हम कुछ देर चुपचाप टैक्सी में बैठे रहे। मैं खिड़की से काले होते हुए समंदर को देखता रहा। जब मैंने दोबारा उसकी तरफ़ मुड़कर देखा तो वह प्रार्थना कर रहा था। सिर झुकाकर और उसके दोनों हाथ स्टियरिंग के नीचे जुड़े हुए थे। मैंने उसके होंठों को कोई प्रार्थना बुदबुदाते हुए देखा और फिर उसने हाथ खोले और मेरी तरफ़ देखकर मुस्कराया। इस बड़ी सी मुस्कान के दौरान उसकी भौंह दो बार उठी और गिरी।

'तो लिन, अपने शरीर पर कुछ सेक्सी परफ़्यूम लगाने को लेकर तुम्हारा क्या विचार है?' उसने पूछा और लक्ष्मी की प्रतिमा के नीचे का बटन दबा दिया।

'*नहीं,*' मैंने चिल्लाकर उसे रोकने की कोशिश की।

देर हो चुकी थी। इत्र मेरी पतलून और मेरी शर्ट पर लग चुका था।

'अब' उसने मुस्कराकर इंजिन चालू करते हुए टैक्सी को दोबारा मरीन ड्राइव पर दौड़ाते हुए कहा, 'हम दोबारा ज़िंदगी के लिए तैयार हैं। हम ख़ुशक़िस्मत हैं, है ना?'

'निश्चित तौर पर,' मैंने कहा और खिड़की से आ रही साफ़ हवा लेने का प्रयास किया। कुछ मिनट बाद हम उस कार पार्क के पास पहुंचे, जहां मेरी ख़ालिद के साथ मुलाक़ात तय थी। 'प्रभु तुम मुझे यहां छोड़ सकते हो। उस बड़े पेड़ के पास ही मुझे ठहरना है।'

उसने ख़जूर के बड़े पेड़ के पास कार रोक दी और मैं बाहर निकल आया। हमारे बीच टैक्सी के किराये के भुगतान को लेकर कुछ देर बहस चली। प्रभाकर पैसे लेने से मना कर रहा था और मैं उसे यह लेने पर ज़ोर दे रहा था। मैंने समझौते का एक सुझाव दिया। पैसा लेकर वह मां लक्ष्मी की तसवीर के लिए नया इत्र ख़रीद ले।

'यह ठीक है, लिन बाबा,' उसने ख़ुशी से चिल्लाते हुए पैसे ले लिए, 'तुम्हारे पास कितना अच्छा विचार है। मैं सोच ही रहा था कि मेरी इत्र की बोतल ख़ाली हो रही है और यह इतनी महंगी है कि मैं इसे ख़रीदना नहीं चाहता था। अब मैं एक बड़ी बोतल ख़रीद सकता हूं जिससे मैं कुछ सप्ताह काम चला ही लूंगा। बहुत-बहुत, धन्यवाद!'

'चलो जाने भी दो,' मैंने हंसते हुए कहा, 'और हां तुम्हारी ट्रिपल डेट के लिए शुभकामनाएं।'

उसने कार को बाहर निकाला और ट्रैफ़िक के सैलाब में समा गया। उसके आंखों से ओझल होने से पहले मैंने उसे टैक्सी के हॉर्न से संगीत निकालकर अलविदा कहते हुए सुना।

50 मीटर दूर ख़ालिद अंसारी किराये की टैक्सी में मेरा इंतज़ार कर रहा था। वह पीछे बैठा हुआ था और हवा के लिए दोनों दरवाज़े खुले हुए थे। मुझे ज़्यादा देर नहीं हुई थी और उसे इंतज़ार करते हुए 15-20 मिनट से ज़्यादा वक़्त नहीं हुआ होगा। फिर भी टैक्सी के खुले दरवाज़े के बाहर सिगरेट के दस टुकड़े बिखरे पड़े थे। मुझे पता था कि उनमें से हर एक को उसने बुरी तरह से कुचला होगा, दुश्मनों की तरह, मन में बरसों से मौज़ूद तमन्ना को वास्तविकता में पूरा करने की ख़्वाहिश के साथ।

और ऐसे कई लोग थे, जिन्हें वह नफ़रत करता था। बहुत ज़्यादा। उसके दिमाग़ में मौज़ूद हिंसा की तसवीरें इतनी साफ़ थीं कि उसने मुझे बताया कि कई मर्तबा वह इनकी वज़ह से उसे उल्टी तक हो जाती है। गुस्सा उसकी रग-रग में ऐसा बसा था कि उसकी हड्डियां दर्द करती थीं। नफ़रत से उसके जबड़े भिंच जाते थे और गुस्से में वह दांत चबाने लगता था। इसका स्वाद बहुत ही कड़वा था। हमेशा, हर दिन हर रात, जागते हुए हर पल, फ़तह गुरिल्ला के तौर पर उसके द्वारा दांतों में दबाकर रखे गए ख़ंजर की तरह कसैला, जब वह रेंगकर दुश्मन के इलाक़े में पहले क़त्ल के लिए आगे बढ़ा था।

'यह तुम्हें मार डालेगी ख़ालिद। तुम यह बात जानते हो।'

'इसीलिए मैं इतनी सिगरेट पीता हूं। उससे क्या फ़र्क़ पड़ता है। कौन है जो हमेशा ज़िंदा रहना चाहता है?'

'मैं सिगरेट की बात नहीं कर रहा। मैं तो उस तुम्हारे भीतर की वस्तु की बात कर रहा हूं जिसकी वज़ह से तुम लगातार सिगरेट पीते रहते हो। मैं यह बात कर रहा हूं कि दुनिया से नफ़रत करके तुम ख़ुद के साथ क्या कर रहे हो। किसी ने मुझे एक मर्तबा बताया था कि अगर तुम अपने दिल को हथियार बना देते हो तो तुम्हारा अंत इसके ख़ुद पर ही इस्तेमाल से होता है।'

'भाषण झाड़ने के लिए भाई तुम एक अच्छे व्यक्ति हो,' उसने हंसते हुए कहा। छोटी सी हंसी, दुख भरी हंसी। 'लिन उम्मीद है कि तुम क्रिसमस वाले पादरी नहीं हो।'

'देखो, क़ादर ने मुझे बता रखा है... शातिला के बारे में।'

'उन्होंने तुम्हें क्या बताया?'

'कि ...तुमने वहां पर अपना परिवार गंवा दिया। यह तुम्हारे लिए बेहद मुश्किलों भरा रहा होगा।'

'तुम इसके बारे में क्या जानते हो?' उसने सवाल दागा।

यह तीखा सवाल नहीं था और ना ही आक्रामक तरीक़े से पूछा गया था, लेकिन इसमें बेहद दर्द छिपा हुआ दिख रहा था। इतना कि मैं अनदेखा नहीं कर सकता था।

'मैं सबरा और शातिला के बारे में जानता हूं ख़ालिद। मैंने पूरी ज़िंदगी राजनीति देखी है। जब यह हुआ तो मैं पलायन कर रहा था, लेकिन मैं हर रोज़ समाचारों पर ज़रूर नज़र रखता था। यह...यह बहुत ही दिल तोड़ देने वाली कहानी थी।'

'तुम जानते हो, एक मर्तबा मैं एक यहूदी लड़की के प्यार में था?' ख़ालिद ने पूछा, मैंने कोई जवाब नहीं दिया। 'वह...वह बहुत ख़ूबसूरत लड़की थी, बहुत होशियार और शायद, मैं नहीं जानता शायद मुझे मिली सबसे अच्छी इंसान। यह न्यू यॉर्क की बात है। हम साथ में पढ़ा करते थे। उसके अभिभावक सुधारवादी यहूदी थे-वह इज़रायल का समर्थन करते थे, लेकिन वह इलाक़ों पर उसके कब्ज़े के ख़िलाफ़ थे। मैं उस लड़की से प्यार करता था। जिस रात हम प्यार कर रहे थे, उधर इज़रायली जेल में मेरे पिता की मौत हो गई थी।'

'ख़ालिद तुम ख़ुद को प्यार में होने के लिए दोषी नहीं ठहरा सकते हो। लोगों ने तुम्हारे पिताजी के साथ जो किया तुम उसका दोष ख़ुद को नहीं दे सकते।'

'निश्चित तौर पर दे सकता हूं,' उदास मुस्कान के साथ ख़ालिद ने कहा, 'ख़ैर मैं घर लौटा और मैं अक्टूबर की लड़ाई के लिहाज़ से सही वक़्त पर पहुंचा-वह लड़ाई जिसे इज़रायली योम किप्पुर की लड़ाई कहते हैं। हम बुरी तरह से हारे। मैंने ट्यूनिस पहुंचकर प्रशिक्षण हासिल किया। मैंने लड़ना शुरू किया और बेरूत तक बस लड़ता ही चला गया। जब इज़रायलियों ने घुसपैठ की तो हम शातिला में डट गए। मेरा पूरा परिवार वहां था और पुराने दिनों के कई सारे पड़ोसी भी। वे सब, हम सब शरणार्थी थे और हमारे पास जाने के लिए कोई भी जगह नहीं थी।'

'क्या तुम्हें अन्य लड़ाकों के साथ निकाल लिया गया?'

'हां। वे हमें हरा नहीं सके, इसलिए उन्होंने संधि कर ली। हमने शिविर छोड़ दिए, अपने हथियारों के साथ, यह दिखाने के लिए कि हम हारे नहीं थे। हमने सैनिकों की तरह मार्च किया और हवा में काफ़ी गोलीबारी भी हुई। कुछ लोग तो हमें देखते हुए ही मर गए। यह बेहूदगी भरा था। परेड या विचित्र क़िस्म का जश्न, समझे? और फिर, फिर जब हम चले गए, उन्होंने सारे वादे तोड़ दिए। उन्होंने सारे समर्थकों को शिविरों में भेज दिया। उसके बाद बुज़ुर्गों, महिलाओं और बच्चों को मार डाला गया।

और वे सब मर गए। मेरा पूरा परिवार। वे सब जिन्हें मैं पीछे छोड़ आया था। मैं तो यह तक नहीं जानता कि उनके शरीर के अवशेष अब कहां हैं। उन्होंने उन्हें छिपा दिया, क्योंकि वह जानते थे कि यह युद्ध अपराध है। और तुम सोचते हो...लिन तुम सोचते हो मैं इसे भुला दूं?'

हम समंदर की तरफ़ देख रहे थे। मरीन ड्राइव की ऊंचाई से नीचे चौपाटी तट की ओर। नीचे की ओर परिवारों, युगलों और युवकों का सैलाब उमड़ रहा था जो किसी गुब्बारे या निशाने पर डार्ट मारने के खेल में व्यस्त थे। आइसक्रीम और अन्य पेयों को बेचने वाले प्रेमिका को खोज रहे पंछियों की तरह चहककर आवाज़ लगा रहे थे।

ख़ालिद के दिल में जमा नफ़रत इकलौती ऐसी बात थी जिस पर हमारे बीच बहस हुआ करती थी। मैं यहूदी दोस्तों के बीच ही बड़ा हुआ था। मेलबोर्न में मैं जिस इलाक़े में बड़ा हुआ था, वहां पर यहूदियों की बहुत आबादी थी। उनमें से कई तो दूसरे महायुद्ध के नरसंहार से बचे हुए लोग थे। मेरी मां सामाजिक समानता के अग्रदूतों में से एक थीं। वह ग्रीक, चीनी, जर्मन और यहूदी समुदाय के बौद्धिक वर्ग में काफी लोकप्रिय थीं। मेरे कई दोस्त यहूदी स्कूल माउंट स्कोपस कॉलेज में पढ़े हुए थे। मैं इन बच्चों के साथ बड़ा हुआ था। एक समान किताबों, फ़िल्मों, संगीत और एक ही अभियान में क़दमताल के साथ। इनमें से कुछ दोस्त तो उस वक़्त भी मेरे साथ खड़े रहे जब मेरी ज़िंदगी पीड़ा और शर्म की वज़ह बन गई थी। एक यहूदी दोस्त ने ही जेल से भागने के बाद मुझे ऑस्ट्रेलिया से पलायन में मदद की थी। मैं इन तमाम दोस्तों का सम्मान करता था, उनका प्रशंसक था और उन्हें प्यार करता था। और ख़ालिद दुनिया के हर एक इज़रायली, हर एक यहूदी से नफ़रत करता था।

'यह तो ऐसा ही हुआ कि कुछ भारतीयों द्वारा भारतीय जेल में मुझे यातना देने के कारण मैं *सभी* भारतीयों के साथ नफ़रत करने लगूं।' मैंने बहुत ही नर्म आवाज़ में कहा।

'यह एक समान बात नहीं है।'

'मैं यह नहीं कह रहा हूं कि यह एक समान बात है। मेरे कहने का मतलब है कि...देखो जब उन्होंने मुझे वहां आर्थर रोड जेल में दीवार से बांध रखा था तो वे मुझ पर अत्याचार करते थे, यह सिलसिला घंटों तक चलता रहता था। कुछ वक़्त बाद तो अगर मुझे कोई गंध या स्वाद पता था तो वह मेरे अपने ख़ून का था। मुझे हरदम बस लाठियों के मुझ पर बरसने की आवाज़ें ही सुनाई देती थीं।'

'मैं जानता हूं, लिन–'

'नहीं, मुझे बात पूरी करने दो। इस बीच एक पल था, बहुत ही अज़ीब सा, इस सबके बीच... यह कुछ ऐसा था मानो मैं हवा में तैर रहा हूं। ख़ुद से बाहर निकलकर ख़ुद अपने शरीर को देखते हुए और फिर हर वह बात देखते हुए जो वहां पर घट रही थी... और फिर मुझे एक अज़ीब सी अनुभूति हुई... यह एक अलग ही क़िस्म की

समझ... हर उस बात की जो वहां पर घट रही थी। मैं जान गया कि वे *कौन* थे, वह *क्या* थे और वह *क्या* कर रहे थे। मैं सबकुछ साफ़-साफ़ जान गया था और फिर मैंने जाना कि मेरे पास दो विकल्प हैं-उनसे नफ़रत करूं या फिर उन्हें माफ़ कर दूं। और... मैं नहीं जानता क्यों या कैसे, लेकिन मुझे यह पूरी तरह से साफ़ हो गया कि मुझे उन्हें माफ़ कर देना चाहिए। मुझे करना ही होगा, अगर मैं ज़िंदा रहना चाहता हूं तो। मैं जानता हूं कि यह पागलपन की तरह लगता है–'

'यह पागलपन की तरह नहीं लग रहा,' उसने दुख भरे अंदाज़ में कहा।

'यह मुझे अब भी पागलपन ही लगता है। मैं इसे समझ नहीं पाया हूं, लेकिन ठीक ऐसा ही हुआ था। और मैंने उन्हें माफ़ कर दिया। वाक़ई में। और मुझे पूरा यक़ीन है कि यही बात थी जिसके कारण मेरी नैया पार लग सकी। मेरा मतलब यह क़तई नहीं है कि मैंने गुस्सा करना छोड़ दिया-अगर मैं आज़ाद होता और मेरे हाथ में बंदूक होती तो मैं उन सबको मार डालता। या शायद नहीं भी। लेकिन असली बात यह है कि मैंने उन्हें उसी वक़्त, उस लम्हे के दौरान माफ़ कर दिया। और मुझे यक़ीन है कि अगर मैंने ऐसा नहीं किया होता तो क़ादर के मुझे खोज लेने तक मैं शायद ज़िंदा ही नहीं रहता। नफ़रत मुझे मार डालती।'

'बात अब भी एक समान नहीं है लिन। मैं समझता हूं कि तुम क्या कह रहे हो, लेकिन इज़रायलियों ने मेरे साथ इससे कुछ ज़्यादा किया था। खैर वैसे भी अगर मैं भारतीय जेल में होता और अगर वे मेरे साथ ऐसा करते तो मैं भारतीयों के साथ भी नफ़रत करता। मैं उन सबसे हमेशा के लिए नफ़रत करता।'

'लेकिन तुम उनसे नफ़रत नहीं करते। तुम उन्हें प्यार करते हो। मैं इस देश से प्यार करता हूं। मैं इस शहर से प्यार करता हूं।'

'लिन, तुम यह नहीं कह सकते कि तुम बदला नहीं चाहते।'

'मैं बदला चाहता हूं। तुम सही कह रहे हो। मैं चाहता था कि मैं नहीं लूं। मैं चाहता कि मैं उससे भी बेहतर होता, लेकिन मैं यह केवल एक व्यक्ति से चाहता हूं-वह व्यक्ति जिसने मुझे फंसाया-पूरे देश से नहीं, जहां का वह बाशिंदा है।'

'ख़ैर, हम अलग तरह के लोग हैं,' उसने दूर जल रही तेल रिफ़ाइनरी की लौ को देखते हुए कहा, 'तुम नहीं समझते हो। तुम *नहीं* समझ सकोगे।'

'ख़ालिद मैं समझता हूं कि नफ़रत तुम्हें मार डालेगी और तुम इसे छोड़ नहीं पा रहे हो।'

'नहीं लिन,' उसने टैक्सी की मद्धिम रोशनी में मेरी तरफ़ देखते हुए कहा। उसकी आंखें चमक रही थीं और उसके चेहरे पर मुस्कान आ गई थी। यह ठीक उसी तरह का भाव था जो लेति के बारे में बात करते हुए विक्रम के चेहरे पर आ जाया करता था या प्रभाकर की तरह जब वह पार्वती की बात करता था। यह इस तरह का भाव है जो लोगों के चेहरे पर उस वक़्त आता है, जब वे अपने भगवान के बारे में हुए अनुभव की बात कर रहे हों।

'मेरी नफ़रत ही है जिसने मुझे बचा रखा है,' उसने उत्तेजना भरे जोश के साथ कहा। उसकी भाषा में अमेरिकी और अरब लहजे के मिश्रण से ऐसे लग रहा था, मानो उमरशरीफ़ और निकोलस केज एक साथ बोल रहे हों। किसी और वक़्त, किसी और जगह, किसी और ज़िंदगी में ख़ालिद अगर इस आवाज़ में कविताएं पढ़ता तो लोग उसे सुनकर ख़ुश होते या आंसुओं में डूब जाते। 'नफ़रत बहुत लचीली होती है। नफ़रत बचने में उस्ताद है। मुझे काफ़ी अरसे तक अपनी नफ़रत छिपानी पड़ी थी। लोग इसे झेल नहीं पाते। वे इससे डर जाते हैं। इसलिए मैंने अपनी नफ़रत को बाहर भेज दिया। यह अज़ीब ही है कि मैं कई वर्षों तक शरणार्थी रहा–मैं अब भी हूं–और मेरी ही तरह मेरी नफ़रत भी शरणार्थी थी। मेरी नफ़रत मुझसे बाहर थी। मेरा परिवार... वे सारे मारे गए... क़त्ल कर दिए गए, बलात्कार किए गए...और मैंने लोगों को मारा...मैंने उन्हें गोली से उड़ाया...मैंने उनकी गर्दनें काटीं...और मेरी नफ़रत वहां पर अस्तित्व बचाने में सफल रही। मेरी नफ़रत मज़बूत और कठोर होती चली गई। और फिर मैं एक दिन उठा तो मैं क़ादर के लिए पैसे और ताक़त के साथ काम कर रहा था। और मैंने नफ़रत को दोबारा मेरे भीतर लौटते हुए महसूस किया। और अब यह दोबारा मेरे भीतर आ चुकी है। जहां इसकी सही जगह है। और मुझे ख़ुशी है। मैं इसका आनंद उठाता हूं। मुझे इसकी ज़रूरत है, लिन। यह मुझसे ज्यादा मज़बूत है। यह मुझसे ज़्यादा बहादुर है। मेरी नफ़रत ही मेरा नायक है।'

उसने चेहरे पर कुछ देर सिरफिरों वाला वह भाव रखा और फिर ऊंघते हुए ड्राइवर का रुख़ करते हुए कहा, *'चलो भाई!'*

एक मिनट बाद चुप्पी तोड़ते हुए उसने मुझसे पूछा।

'तुमने इंदिरा के बारे में सुना?'

'हां। लियोपोल्ड में रेडियो पर।'

'दिल्ली में मौज़ूद क़ादर के लोगों के पास विस्तृत जानकारी है। भीतर की कहानी। मेरे तुमसे मिलने आने से पहले ही फ़ोन करके उन्होंने पूरी बात बताई। यह बहुत ही अप्रिय था, उनके जाने का तरीक़ा।'

'हां,' मैंने जवाब दिया। मैं अब भी ख़ालिद के नफ़रत पर भाषण के बारे में ही सोच रहा था। मुझे इंदिरा गांधी की हत्या की विस्तृत जानकारी में कोई दिलचस्पी नहीं थी, लेकिन इस बात की ख़ुशी थी कि उसने विषय बदल डाला।

'आज सुबह नौ बजे, वह अपने प्रधानमंत्री आवास के सुरक्षा द्वार से पैदल बाहर निकलीं। उन्होंने दरवाज़े पर मौज़ूद दो सिख रक्षकों को देखकर हाथ जोड़े। वे इन लोगों को जानती थी। वे वहां ड्यूटी पर थे, क्योंकि उन्होंने ही इस बात पर ज़ोर दिया था। ब्लूस्टार के बाद उन्हें सुरक्षा में सिखों को नहीं रखने की सलाह दी गई थी, लेकिन उन्होंने इस पर ज़ोर दिया, क्योंकि वह इस बात पर विश्वास ही नहीं कर सकीं कि उनके वफ़ादार सिख रक्षक उन पर ही हमला बोल देंगे। वह समझ ही नहीं सकीं कि स्वर्ण मंदिर पर सेना के हमले के कारण उनके ख़िलाफ़ कितनी नफ़रत जन्म ले चुकी थी। उन्होंने हाथ जोड़े

और कहा *नमस्ते।* एक रक्षक ने .38 कैलिबर की रिवॉल्वर निकाली और उन पर तीन गोलियां दाग दीं। ये उनके पेट में लगीं। वह रास्ते में ही गिर गईं। दूसरे रक्षक ने अपनी स्टेनगन की पूरी मैगजीन उन पर ख़ाली कर दीं। तीस राउंड। यह एक पुरानी बंदूक है, लेकिन नज़दीकी रेंज से बहुत ज़्यादा घातक होती है। कम से कम सात गोलियां उनके पेट में लगीं। तीन सीने में और एक दिल से होते हुए निकल गई।'

हम कुछ देर चुप रहे। पहले मैंने चुप्पी तोड़ी।

'तो तुम्हें क्या लगता है कि मुद्रा बाज़ार की प्रतिक्रिया क्या होगी?'

उसने निर्लिप्त भाव से कहा, 'मुझे लगता है कि यह कारोबार के लिए अच्छा रहेगा। जब तक कि उत्तराधिकारी पूरी तरह से स्पष्ट हो–और यहां राजीव हैं–राजनीतिक हत्या कारोबार के लिए हमेशा अच्छी होती है।'

'लेकिन दंगे होंगे। अभी से सिखों के ख़िलाफ़ समूहों के उठ खड़े होने की ख़बरें आ रही हैं। मैंने ख़ुद आज यहां आते हुए रास्ते में एक मोर्चा देखा।'

'हां मैंने भी देखा,' मेरी तरफ़ मुंह करके उसने कहा। उसकी आंखें इच्छाशक्ति की प्रबलता से दमक रही थीं। 'लेकिन यह भी कारोबार के लिए अच्छा ही रहेगा। जितने ज़्यादा दंगे होंगे, उतने ज़्यादा लोग मारे जाएंगे और डॉलर की मांग भी उतनी ही बढ़ेगी। हम कल सुबह ही भाव बढ़ा देंगे।'

'रास्ते शायद बंद हो जाएंगे। अगर मोर्चे और दंगे हुए तो हमारे लिए इस तरह से घूमना मुश्किल होगा।'

'मैं कल सुबह तुम्हें तुम्हारी जगह पर लेने के लिए आ जाऊंगा और हम सीधे राजूभाई के पास जाएंगे।' वह फ़ोर्ट इलाक़े में काला धन गिनने के ठिकाने का ज़िक्र कर रहा था जिसका संचालन राजू करता था। 'वे मुझे नहीं रोकेंगे। मेरी कार निकल जाएगी। तुम अभी क्या कर रहे हो?'

'अभी पैसा जमा करने का काम ख़त्म होने के बाद?'

'हां, क्या तुम्हारे पास कुछ वक़्त है?'

'निश्चित है। तुम मुझसे क्या चाहते हो?'

'मुझे छोड़कर टैक्सी अपने पास ही रखो,' उसने थकान के साथ कहा। 'चक्कर लगाकर सबसे संपर्क साधो। उन्हें बताओ कि कल सुबह राजूभाई के पास पहुंचें। जितने भी मिल सकें, उन्हें बता दो। अगर हालात ख़राब रहे तो हमें सभी की ज़रूरत पड़ेगी।'

'ठीक है, मैं यह काम कर लूंगा। ख़ालिद तुम कुछ देर नींद निकाल लो। तुम थके हुए लग रहे हो।'

'मुझे लगता है ज़रूर,' उसने मुस्कराते हुए कहा, 'अगले कुछ दिनों में सोने का बहुत कम मौक़ा मिलेगा।'

उसने कुछ पल के लिए आंखें मूंदी और अपने सिर को कार की चाल से मिलाते हुए इधर-उधर घुमाया। फिर वह अचानक जाग उठा और सीधा बैठकर हवा को सूंघने लगा।

'सुनो, यह क्या *गंध* थी भाई? यह आफ़्टरशेव है या कुछ और? इससे बेहतर अश्रु गैस थी, जो मैं झेल चुका हूं।'

'मत पूछो,' हंसी छिपाने की कोशिश करते हुए मैंने जवाब दिया। शर्ट रगड़कर प्रभाकर द्वारा लगाए गए इत्र की गंध बिखेरते हुए मैं मुस्कराया। ख़ालिद ने हंसते हुए उस तरफ़ आंखें कर लीं, जहां समंदर आसमान से मिल रहा था।

आज नहीं तो कल नियति हमें हर एक व्यक्ति के साथ ले ही आती है, एक-एक करके, जो हमें बताता है कि हम ख़ुद को क्या बना सकते हैं और हमें क्या नहीं बनना है। आज नहीं तो कल हमारी मुलाक़ात बेवड़ों, विनाशकर्ता, दग़ाबाज, निर्दयी दिमाग़ और नफ़रत भरे दिलों के साथ होती है। लेकिन नियति ही हमारे लिए पांसा फेंकती है, क्योंकि आमतौर पर हम इन लोगों को प्यार करते हैं या फिर उनके लिए दिल में दया रखते हैं। और किसी के प्रति सच्ची दया और सच्चे प्रेम को ख़ारिज कर पाना नामुमकिन होता है। टैक्सी हमें जबकि अपराध के कारोबार की ओर ले जा रही थी, मैं ख़ालिद की बग़ल में बैठा हुआ था। मैं उसके बग़ल में झिलमिलाते रंगों के बीच बैठा था। मुझे उसकी ईमानदारी और दृढ़ता पसंद थी, और मुझे उस नफ़रत पर दया आती थी जिसने उसे कमज़ोर कर दिया था और जो उससे झूठ बोलती थी। और उसका चेहरा बीच-बीच में किसी संत की तरह दमक उठता था।

अध्याय 23

'दुनिया में आप कहीं पर भी चले जाएं, किसी भी समाज में, जब बात न्याय की आती है तो सब जगह हाल एक सा ही होता है,' मेरे माफ़िया आक़ा और मेरे माने हुए पिता अब्दुल क़ादर ख़ान ने मेरी सेवा के छह माह पूरे होने पर मुझको यह बात बताई। 'हम अपने क़ानूनों, जांच, मुकदमे और सज़ा में इस बात पर ज़्यादा ध्यान देते हैं कि पाप में कितना अपराध है, बनिस्बत इसके कि अपराध में कितना पाप है।'

हम ससून डॉक इलाक़े में बेहद व्यस्त और ख़ुशबुओं से सराबोर रेस्तरां सौरभ में बैठे हुए थे। कई लोगों की राय में पांच हज़ार से ज़्यादा रेस्तरांओं के बीच होड़ में बॉम्बे का सबसे बेहतरीन मसाला डोसा यहीं पर मिलता है। शायद इसी ख़ासियत या फिर इसी वजह से सौरभ बहुत छोटा और अज्ञात सा था। इसका नाम पर्यटकों की किसी भी गाइड बुक्स या फिर अख़बारों के चटोरी गलियों वाले स्तंभों में भी नहीं दिखता। यह मज़दूरों का रेस्तरां था और सुबह से लेकर शाम तक खचाखच भरा रहता था। कामकाजी पुरुष और महिला इसके दीवाने थे और इसे किसी राज़ की तरह अपने सीने में छिपाए रहते थे। इसी के चलते खाना सस्ता और सजावट न्यूनतम थी। फिर भी रेस्तरां अच्छी तरह से साफ़ और बेदाग़ था और दौड़ते-भागते वेटरों को टेबलों पर गर्मागर्म कुरकुरे दोसे परोसते हुए देखना बेहद लुभाता था। इसमें शहर में कहीं भी मिलने वाले किसी भी व्यंजन से ज़्यादा मसालों का स्वादिष्ट मिश्रण देखने को मिलता था।

'मेरे लिए,' उन्होंने खाते-खाते बोलना जारी रखा, 'इसका विपरीत सही है। मेरे लिए सबसे महत्त्वपूर्ण है अपराध में मौज़ूद पाप की मात्रा। तुमने मुझसे अभी पूछा था, हम अन्य परिषदों की तरह वेश्यावृत्ति और ड्रग्स से पैसे क्यों नहीं कमाते, और मैं तुम्हें बताता हूं कि इसकी वजह उनमें मौज़ूद पाप है। यही वजह है कि मैं बच्चों या महिलाओं या अश्लील साहित्य या ड्रग्स की बिक्री नहीं करूंगा। यही वजह है कि मैं अपने किसी भी इलाक़े में इन कारोबारों की अनुमति नहीं दूंगा। इन सभी बातों में किए जाने वाले अपराध में पाप इतना बड़ा है कि मुनाफ़ा कमाने के लिए इंसान को अपनी आत्मा को गिरवी रखना ही होगा। और अगर कोई व्यक्ति अपनी आत्मा को ही त्याग देता है तो फिर वह बिना आत्मा का इंसान हो जाता है। और फिर उसे दोबारा पाने के लिए किसी चमत्कार की ही दरकार होती है।'

'क्या आपका चमत्कारों में यक़ीन है?'

'निश्चित तौर पर है। हमारे दिल में भीतर हम सब चमत्कारों में यक़ीन रखते हैं।'

'माफ़ कीजिएगा, मुझे बिलकुल भी नहीं है,' मैंने मुस्कराते हुए कहा।

'मुझे यक़ीन है कि तुम्हें है,' उन्होंने ज़ोर देते हुए कहा, 'उदाहरण के लिए, क्या तुम नहीं कहोगे कि आर्थर रोड जेल से तुम्हारी रिहाई एक चमत्कार थी?'

'मुझे मानना पड़ेगा कि उस वक़्त तो मुझे यह चमत्कार की ही तरह लगा था।'

'और तुम्हारे देश ऑस्ट्रेलिया में जेल से पलायन, क्या वह चमत्कारिक बात नहीं थी?' उन्होंने शांतिपूर्ण तरीक़े से पूछा।

यह पहला मौक़ा था, जब उन्होंने जेल से मेरे पलायन का ज़िक्र किया था। मुझे यक़ीन था कि उन्हें यह बात पहले से ही पता थी और इस बात का भी कि उन्होंने इसके बारे में कई मर्तबा सोचा होगा। लेकिन मेरे साथ विषय की चर्चा को विस्तारित करते हुए वह मेरे आर्थर रोड जेल से रिहाई की हक़ीक़त पर से पर्दा उठाना चाहते थे। हक़ीक़त में उन्होंने मुझे दो जेलों से छुड़ाया था–एक भारत की और एक ऑस्ट्रेलिया की। और इस तरह से मैं उनके दोहरे क़र्ज़ में डूबा हुआ था।

'हां,' मैंने धीमी आवाज़ में जवाब दिया, 'मुझे लगता है कि यह कोई चमत्कार था।'

'अगर तुम्हें आपत्ति नहीं हो, यानी कि अगर तुम्हें इसमें कोई दर्द नहीं हो तो मैं तुम्हारे ऑस्ट्रेलिया की जेल से पलायन के बारे में जानना चाहूंगा। मैं शायद तुम्हें बताऊंगा कि अपने कुछ निजी कारणों से यह मुझे बेहद दिलचस्प लगता है। मैं इससे बेहद प्रभावित भी हूं।'

मैंने उनकी आंखों से आंखें मिलाते हुए कहा, 'मुझे इसके बारे में बात करने में कोई परेशानी नहीं है। आप क्या जानना चाहते हैं?'

तुमने पलायन क्यों किया?'

क़ादरभाई वह इकलौते इंसान थे जिन्होंने मुझसे यह सवाल किया था। ऑस्ट्रेलिया और न्यूज़ीलैंड में लोगों ने पलायन के बारे में पूछा था। दरअसल वे जेल से भागने के मेरे तौर-तरीक़ों को जानना चाहते थे और यह भी कि पलायन के बाद मैं कहां और कैसे रहा। लेकिन केवल क़ादरभाई ने मुझसे पूछा था कि मैं *क्यों* भागा।

'जेल में एक सज़ा देने वाली इकाई थी। इसे चलाने वाले पहरेदार–उनमें से सब नहीं, लेकिन पर्याप्त संख्या में–सनकी क़िस्म के लोग थे। वे हमसे नफ़रत करते थे। वे क़ैदियों से पागलों जैसी नफ़रत करते थे। मुझे नहीं पता क्यों। मैं इसका ख़ुलासा नहीं कर सकता। बस वहां पर ऐसे ही हालात थे। और वे हमें लगभग हर रात यातनाएं देते थे। और मैंने इसके ख़िलाफ़ लड़ाई लड़ी। मुझे उनसे लड़ना ही था। मुझे लगता है कि यह मेरा स्वभाव है। मैं उस तरह का इंसान नहीं हूं जो चुप रहकर सबकुछ सहन कर सकता है। इस वजह से हालात बदतर हो चले थे। उन्होंने मुझ पर कुछ ज़्यादा

ही कहर बरपाना शुरू कर दिया और हालात... बहुत बुरे होते जा रहे थे। मुझे उस सज़ा इकाई में कुछ ही वक़्त रखा गया था। मेरी सज़ा बहुत लंबी चलनी थी, ऐसे में मुझे अहसास हो गया था कि वह कोई न कोई कारण निकालकर आज नहीं तो कल दोबारा मुझे उस इकाई में पहुंचा देंगे। मैं पागल ही होता अगर उन्हें ऐसा कोई कारण दे देता। वैसे उनके लिए यह मुश्किल नहीं था। मैंने सोचा कि जब वह मुझे दोबारा वहां पहुंचा देंगे, जब मैं उनके कब्ज़े में रहूंगा, वे मुझे दोबारा यातनाएं देंगे और मैं फिर से उनका विरोध करूंगा और शायद वे मुझे मार डालेंगे। इसलिए...मैं भाग निकला।'

'तुमने यह कैसे किया?'

'जब मेरी आख़िरी बार पिटाई हुई तो मैंने उन्हें ऐसा दर्शाया मानो मैं हिम्मत हार चुका हूं। इसलिए उन्होंने मुझे इस तरह का काम दे डाला, जो केवल हिम्मत हार चुके लोगों को ही दिया जाता था। उन्होंने मुझे जेल की सामने की दीवार के ठीक पास एक काम दे दिया। मुझे एक पहिये का ठेला चलाना होता था और कुछ मरम्मत का काम करना पड़ता था। जब सही वक़्त आया तो मैं भाग निकला।'

जब मैं अपनी कहानी बता रहा था तो वह बड़े ध्यान से सुन रहे थे। बातचीत के दौरान भी हमने खाना-पीना जारी रखा। क़ादर ने एक बार भी मुझे नहीं टोका। वह मुझे देखते रहे और उनकी आंखों की मुस्कान में मेरे भीतर की आग झलक रही थी। उन्हें कहानी जितना ही मज़ा उसे बताने के तरीक़े में भी आ रहा था।

'जब तुम भागे थे तो तुम्हारे साथ का दूसरा व्यक्ति कौन था?'

'दूसरा व्यक्ति हत्या के आरोप में जेल में था। वह एक अच्छा और दिलदार व्यक्ति था।'

'लेकिन तुम साथ नहीं रहे?'

'नहीं,' मैंने कहा और पहली बार क़ादरभाई की नज़रों से नज़रें हटाकर दूसरी ओर देखने लगा। मैंने रेस्तरां के दरवाज़े की तरफ़ देखा और सड़क से लयबद्ध तरीक़े से आते-जाते लोगों को देखा। पलायन के बाद अपने दोस्त को छोड़कर अकेले दम चलने को मैं कैसे बयां कर सकता था? मैं ख़ुद ही इसे समझ नहीं पाया था। मैंने उन्हें वास्तविकता बताने का फ़ैसला किया और निष्कर्ष उन पर छोड़ दिया।

'सबसे पहले मैं एक गैरक़ानूनी बाइक क्लब से जुड़ा-यह मोटरसाइकल पर सवार अपराधियों की एक टोली थी। मोटरसाइकल गैंग के मुखिया का छोटा भाई जेल में बंद था। वह एक बहादुर युवक था और मेरे भागने से एक साल पहले उसने एक बेहद ख़तरनाक व्यक्ति को केवल बहादुरी से ही नाराज़ कर दिया था। मैं भी मामले में उलझ गया और मैंने इस बच्चे को मरने से बचाया। जब उसे यह पता चला तो उसने यह बात अपने बड़े भाई को बताई। मोटरसाइकल गैंग के मुखिया बड़े भाई ने मुझ तक संदेश भिजवाया कि वह इस मामले में मेरा क़र्ज़दार है। जब मैं जेल से भागा तो मैं उस बड़े भाई और उसके गैंग के साथ ही रहना चाहता था और मैं अपने साथी को भी साथ ले गया। उन्होंने हमें बंदूकें, ड्रग्स और धन दिया। पुलिसवाले

हमारी तलाश में जब पूरे शहर को छान रहे थे, उन्होंने पहले 13 दिन हमारी रक्षा की और हमें आसरा दिया।'

मैं रुका और मैंने चपाती के एक टुकड़े के साथ अपना खाना साफ़ किया। तब तक क़ादरभाई भी अपनी प्लेट साफ़ कर चुके थे। हम एक-दूसरे के बारे में सोचते हुए खाना चबाने लगे।

'पलायन के बाद तेरहवीं रात, जब मैं मोटरसाइकल गैंग के साथ ही छिपा था, मुझे अचानक एक व्यक्ति से मिलने की बेहद तीव्र इच्छा हुई जो कि मेरा शिक्षक रह चुका था।' मैंने बोलना जारी रखा, 'वह मेरे शहर में एक विश्वविद्यालय में दर्शनशास्त्र का लेक्चरर था। वह एक यहूदी बुद्धिजीवी था, एक बेहद मेधावी व्यक्ति और मेरे शहर में उसे बहुत ज़्यादा सम्मान हासिल था। मैं आज तक नहीं जानता था कि मैं उनसे मिलने के लिए क्यों गया, उनकी होशियारी की या कुछ और कारण था। मुझे तो बस उनसे बात करनी थी। मैं इसे समझा नहीं सकता-मैं आज भी इसे समझ नहीं पाया हूं। यह भावना इतनी तीव्र थी कि मैं उसे दबा नहीं पाया। तो अपनी ज़िंदगी को ख़तरे में डालकर मैं शहर के दूसरे सिरे पर उनसे मिलने गया। उन्होंने कहा कि उन्हें मेरे आने की *उम्मीद* थी और वह मेरा इंतज़ार कर रहे थे। उन्होंने मुझसे कहा कि सबसे पहले तो मुझे हथियार छोड़ने होंगे। उन्होंने मुझे समझाने का प्रयास किया कि मुझे उनकी ज़रूरत नहीं पड़ेगी और अगर मैंने उनसे पीछा नहीं छुड़ाया तो मेरे खाते में दुख ही दुख आएंगे। उन्होंने कहा कि मुझे अपने अपराधों की सज़ा मिल चुकी है, लेकिन अब अगर मैंने वही अपराध दोबारा किए तो या तो मैं मारा जाऊंगा या फिर पकड़ा जाऊंगा। *तुम्हें जहां भी रहना है आज़ाद रहो,* उन्होंने कहा, *यह अपराध दोबारा मत करना।* उन्होंने मुझे दोस्त का साथ छोड़ने को कहा, क्योंकि उसके पकड़े जाने की पूरी आशंका है और अगर मैं उसके साथ रहा तो मैं भी पकड़ा जाऊंगा। और उन्होंने मुझे पूरी दुनिया की सैर करने के लिए कहा। उन्होंने कहा था, *लोगों को उतना ही बताओ जितना उन्हें जानने की ज़रूरत है।* मुझे याद है कि यह कहते वक़्त उनके चेहरे पर मुस्कान थी, मानो इसमें कुछ बात नहीं हो। *और लोगों से मदद मांगो, उन्होंने कहा था। तुम ठीक हो जाओगे... चिंता मत करो... तुम्हारी ज़िंदगी एक साहसिक अभियान है और यह अभी तो बस शुरू हुई है...*'

मेरे चुप रहने के दौरान कुछ देर सन्नाटा छाया रहा। एक वेटर टेबल साफ़ करने के लिए आया, लेकिन क़ादरभाई ने हाथ के इशारे से उसे लौटा दिया। माफ़िया डॉन ने अपनी सुनहरी आंखों से मेरी तरफ़ देखा, लेकिन इनमें सहानुभूति के साथ प्रोत्साहन भी था।

'मैं विश्वविद्यालय में उस दार्शनिक के कार्यालय से बाहर निकला और मैं जान गया कि उस छोटी सी चर्चा से सभी बातें बदल चुकी हैं। मैं अपने मोटरसाइकल गैंग और दोस्त के पास लौटा और उसे अपनी बंदूक थमाई और बताया कि मुझे जाना होगा। मैं अकेला ही निकल पड़ा। छह माह बाद पुलिसवालों के साथ गोलीबारी के

बाद उसे गिरफ़्तार कर लिया गया। मैं अब भी आज़ाद हूं, अगर इन शब्दों का उस वक़्त कोई मायने हो जबकि आप एक भगोड़े हो जिसे मंज़िल पता नहीं। और बात इतनी सी है। अब आप पूरी कहानी जान चुके हैं।'

'मैं इस व्यक्ति से मिलना चाहूंगा,' क़ादरभाई ने धीमे से कहा, 'वह दर्शनशास्त्र का लेक्चरर। उसने तुम्हें नेक सलाह दी। मैं समझता हूं कि ऑस्ट्रेलिया भारत की तुलना में एक अलग ही तरह का देश है, लेकिन तुम वहां लौटकर अधिकारियों को जेल में मिली यातनाओं के बारे में क्यों नहीं बताते? क्या इससे तुम सुरक्षित नहीं हो जाओगे और अपनी ज़िंदगी अपने परिवार में वापस लौट सकोगे?'

'जहां से मैं आता हूं, वहां पर किसी को किसी के बारे में जानकारी नहीं दी जाती,' मैंने कहा, 'यातनाओं तक की नहीं। और अगर मैंने बता भी दिया, अगर मैं वहां लौटकर क़ैदियों को यातनाएं देने वालों के ख़िलाफ़ सरकारी गवाह बन भी गया तो इस बात की कोई गारंटी नहीं है कि यह सब बंद हो जाएगा। ख़ुद प्रणाली ही उसे संरक्षण देगी। कोई भी समझदार इंसान ब्रिटिश न्याय व्यवस्था पर विश्वास नहीं करता। आपने पिछली बार कब सुना था कि किसी अमीर व्यक्ति ने ख़ुद को अदालत की दया पर छोड़ दिया हो? ऐसा नहीं होता। प्रणाली ही यातना देने वालों की देखभाल करेगी और अंत में वह रिहा हो जाएंगे, फिर भले ही उन्होंने कुछ भी किया हो या फिर उनके ख़िलाफ़ कितने ही सबूत हों। और मुझे दोबारा जेल में जाना पड़ेगा। और मैं दोबारा उनके ही हाथों का खिलौना बन जाऊंगा। और फिर वे मेरी बहुत दुर्दशा करेंगे। मुझे लगता है...मुझे लगता है कि वहां सज़ा इकाई में वह मुझे मौत के घाट उतार देंगे। किसी भी हालत में यह कोई विकल्प नहीं है। लोगों का पीछा नहीं करते। किसी भी व्यक्ति के बारे में कोई जानकारी नहीं देते, किसी भी वजह से। यह एक सिद्धांत है। किसी पिंजरे में क़ैद होने के बाद बाक़ी इकलौता सिद्धांत।'

'लेकिन तुम्हारा मानना है कि जेल के ये पहरेदार अब भी जेल में अन्य लोगों को यातनाएं दे रहे होंगे, जैसे कि उन्होंने तुम्हें दी थी?' उन्होंने ज़ोर देकर कहा।

'हां, मुझे लगता है।'

'और तुम ऐसी स्थिति में हो कि इस बारे में कुछ कर सकते हो, उनकी यातनाओं को कम करने का प्रयास कर सकते हो?'

'हो सकता है। नहीं भी हो सकता है। लेकिन जैसा कि मैंने कहा कि न्याय प्रणाली को उन्हें न्याय दिलाने या उनके बचाव की कोई ज़ल्दबाजी नहीं है।'

'लेकिन संभावना तो है, बस एक संभावना, कि वे तुम्हारी बातों को सुनें और अन्य लोगों की यातनाओं पर विराम लगा दें?'

'संभावना तो है, लेकिन बहुत बड़ी नहीं।'

'लेकिन संभावना तो है?' उन्होंने ज़ोर देकर कहा।

'हां,' मैंने सपाट स्वर में कहा।

'तो एक तरह से कहा जा सकता है कि दूसरे लोगों की पीड़ाओं के लिए एक तरह से तुम ज़िम्मेदार हो?'

सवाल आक्रामक था, लेकिन उनका लहजा पूरी तरह से सौम्य और दयालु था। मैंने उनकी आंखों में देखा और आश्वस्त हो गया कि उसका इरादा कोई अपराध करना या नुक़सान पहुंचाना नहीं था यह क़ादर ख़ान ही थे जिन्होंने आख़िरकार मुझे भारतीय जेल से बचाया था, और परोक्ष रूप से आस्ट्रेलिया की जेल से जिसकी कि हम चर्चा कर रहे थे।

'आप ऐसा कह सकते हैं,' मैंने बेहद शांत रहकर जवाब दिया, 'लेकिन इससे सिद्धांत नहीं बदल जाता। तुम किसी भी व्यक्ति के बारे में कोई जानकारी नहीं देते, किसी भी वजह से।'

'लिन, मैं तुम्हें फंसाना नहीं चाहता या उलझाना भी नहीं चाहता। लेकिन मुझे लगता है कि तुम इस उदाहरण से एक बात को समझ जाओगे कि *अच्छे कारण के लिए बुरी बात* करना संभव है।' मेरे पलायन की कहानी शुरू होने के बाद वह पहली बार मुस्कराए। 'यह मुद्दा हमारे बीच फिर किसी और वक़्त फिर उठेगा। मैंने इसे इस तरह से उठाया, क्योंकि यह बेहद महत्त्वपूर्ण मुद्दा है कि हम *कैसे* ज़िंदगी जीते हैं और हमें कैसे ज़िंदगी जीना चाहिए। अभी इसके बारे में बात करने की कोई ज़रूरत नहीं है, लेकिन मुझे यक़ीन है कि यह सवाल किसी अन्य बातचीत में तुम्हारे सामने दोबारा आएगा। इसलिए मैं चाहूंगा कि तुम इसे याद रखो।'

'और मुद्राओं का क्या?' मैंने बातचीत के रुख़ को अपने पर से हटाने के मौक़े को लपककर नैतिक जगत के उनके नियमों की तरफ़ लौटाते हुए पूछा। 'क्या मुद्राएं आपके पाप भरे अपराधों की सूची में नहीं आतीं?'

'नहीं, मुद्राएं नहीं।' उन्होंने दृढ़ता के साथ कहा। आवाज़ गंभीर और गहरी थी।

'और सोने की तस्करी?'

'नहीं। सोना नहीं। पासपोर्ट नहीं। प्रभाव का इस्तेमाल नहीं।'

क़ादरभाई अपने माफ़िया समूह और समाज के बीच सतत आदान-प्रदान की विस्तृत श्रृंखला को प्रभाव का नाम देते थे। शुरुआत रिश्वत से होती थी, भेदिया कारोबार से लेकर लाभ देने वाले टेंडर हासिल करने तक। जब रिश्वतखोरी काम नहीं आती तो क़ादरभाई का प्रभाव ऋण एकत्रीकरण और अपने इलाक़े के कारोबारियों से संरक्षण के लिए वसूली तक फैला हुआ था। प्रभाव के मामले में, आज्ञा नहीं मानने वाले राजनीतिज्ञों व नौकरशाहों का ताक़त या ब्लैकमेल के ज़रिये धमकी देकर दोहन भी शामिल था।

'तो आप इस बात को कैसे तय करते हैं कि किसी अपराध विशेष में कितना पाप है? फ़ैसला कौन करता है?'

'पाप ही बुराई का मापक है,' उन्होंने वेटर को टेबल साफ़ करने के लिए जगह देते हुए कहा।

'ठीक है। आप यह कैसे निर्धारित करते हैं कि किसी अपराध में कितना *पाप* है? उसमें बुराई का फ़ैसला कौन करता है?'

'अगर तुम वाक़ई अच्छे और बुरे के बारे में जानना चाहते हो तो हम चलते हुए इस बारे मैं और बात करेंगे।'

वह उठे और हरदम उनके साथ रहने वाला नज़ीर उनके साये की तरह उठ खड़ा हुआ। उन्होंने हाथ-मुंह साफ़ किए। मेरे हाथ धोकर बाहर आने तक क़ादरभाई बाहर फुटपाथ पर खड़े होकर रेस्तरां सौरभ के मालिक से बात कर रहे थे। चलने से पहले उस व्यक्ति ने क़ादरभाई को गले लगाकर उनका आशीर्वाद मांगा। रेस्तरां का मालिक हिंदू था और उसके चेहरे पर कुछ ही देर पहले किसी मंदिर में लगा टीका था। फिर भी क़ादरभाई ने उसका हाथ पकड़कर उसे मुस्लिमों की तरह दुआ दी और उस कट्टर हिंदू ने भी उसे सहर्ष स्वीकार लिया।

क़ादर और मैं उनके बाद कोलाबा की तरह चहलक़दमी करने लगे। मज़बूत बंदरनुमा नज़ीर सड़क की निगरानी करते हुए पीछे-पीछे आ रहा था। ससून बंदरगाह पर हमने सड़क पार की और पुराने बंदरगाह के दरवाज़े की कमान के नीचे खड़े हो गए। धूप में सुखाए जा रहे केकड़ों की बदबू से मुझे मतली जैसा लगने लगा कि अचानक समंदर की हवा ने उस गंध को हवा कर दिया। बंदरगाह के निकट हमें ठेले खींचते लोगों और टोकरियों में बर्फ़ में दबाकर मछलियां ले जा रही महिलाओं की भीड़ मिली। नीलामीकर्ताओं और बिक्रीकर्ताओं की चीख़ती-चिल्लाती भीड़ के बीच बर्फ़ बनाने वाली और मछलियों की प्रोसेसिंग करने वाली फ़ैक्टरियों की मौज़ूदगी देखी जा सकती थी। बंदरगाह वाले सिरे पर लकड़ी की तकरीबन 20 बड़ी नावें खड़ी थीं। अरब सागर में महाराष्ट्र के तट पर लगभग 500 साल से इस्तेमाल इन नौकाओं के डिज़ाइन में कुछ ख़ास अंतर नहीं आया था। उनके बीच में कहीं-कहीं पर ज़्यादा बड़ी और ज़्यादा महंगी धातु से बनी नौकाएं थीं। जंग लगी नौकाओं के बीच इनकी मौज़ूदगी मानो मुनाफ़ा कमाने वालों की पुरातन से लेकर आधुनिक लालसा की कहानी को बयां कर रही थी।

हम बंदरगाह के एक कोने में लकड़ी की एक बेंच पर बैठे हुए थे, जिसका इस्तेमाल मछुआरे कभी-कभार खाने के लिए कर लिया करते थे। क़ादरभाई ज्वार के बीच लंगर डालने की कोशिश कर रहे जहाजों की ओर देख रहे थे।

उनके छोटे-छोटे बालों और दाढ़ी का रंग सफ़ेद था। उनके चेहरे का रंग धूप में तपकर गेहुंआ हो चुका था। मैंने उनके चेहरे की ओर देखा-लंबी, तीखी नाक, चौड़ी भौहें और ऊपर की ओर मुड़े हुए होंठ-और हैरत में था, ना पहली बार और ना ही अंतिम मर्तबा, कि क्या कभी उनके प्रति मेरे प्यार की क़ीमत मुझे अपनी जान देकर चुकाना पड़ेगी। नज़ीर बेहद सतर्क होकर हमारे पास खड़ा हुआ था और पूरे बंदरगाह का कुछ ऐसी नज़रों से निरीक्षण कर रहा था, जिसमें उसके पास बैठे व्यक्ति के अलावा किसी से भी सहमति का कोई चिह्न नहीं था।

'ब्रह्मांड का इतिहास दरअसल गति का इतिहास है,' एक-दूसरे से बंधी हुई नावों को देखते हुए क़ादर ने बोलना शुरू किया। 'हम जिस ब्रह्मांड को जानते हैं, जिसमें हम जैसी अनेक ज़िंदगियां हैं, उसकी शुरुआत एक इतने बड़े और तेज़ विस्तार के साथ हुई कि जिसके बारे में हम बात तो कर सकते हैं, लेकिन उसे *समझ* नहीं सकते। यहां तक कि *कल्पना* तक नहीं कर सकते। वैज्ञानिक इस बड़े विस्तार को बिग बैंग कहते हैं, हालांकि किसी बम या उस जैसा कोई बड़ा *विस्फोट* नहीं हुआ था। और उस महान विस्तार के पहले कुछ पलों में, सेकेंड के भी बेहद छोटे से अंश में, ब्रह्मांड किसी सूप की तरह था जिसमें ढेर सारी बातों का थोड़ा-थोड़ा सा हिस्सा मिलाया गया हो। वह हिस्से इतने सामान्य थे कि वह तब तक परमाणु या कण भी नहीं बने थे। ब्रह्मांड जैसे-जैसे विस्तारित और ठंडा होता चला गया, इन छोटे-छोटे हिस्सों ने मिलकर कणों की रचना की। फिर कणों ने साथ आकर परमाणु का निर्माण किया। फिर परमाणुओं ने मिलकर अणु का निर्माण किया। फिर अणुओं ने मिलकर पहले तारों का निर्माण किया। उन पहले तारों ने अपना पहला चक्र पूरा करने के बाद फूटकर नए परमाणुओं की बौछार कर डाली। नए परमाणुओं ने मिलकर और तारों और ग्रहों का निर्माण किया। तो हम आज जो कुछ भी हैं, वह उन मरने वाले सितारों से तैयार हुआ है। हम तारों से बने हैं, तुम और मैं। क्या तुम मुझसे अब तक सहमत हो?'

'निश्चित तौर पर,' मैंने मुस्कराते हुए कहा, 'मैं फ़िलहाल नहीं जानता कि आप किस दिशा में जा रहे हैं, लेकिन अब तक सब ठीक चल रहा है।'

'बिलकुल सही!' उन्होंने ठहाका लगाते हुए कहा, 'अब तक सब *ठीक* चल रहा है। तुम मेरी बातों को जांचने के लिए विज्ञान की मदद ले सकते हो-वास्तविकता में तो मैं *चाहता* हूं कि तुम मेरी हर बात की विज्ञान की मदद से पुष्टि करो और उन तमाम बातों की भी जो तुमने दूसरों से सीखी हों। लेकिन मुझे यक़ीन है कि कम से कम हमारे ज्ञान की हद तक तो विज्ञान सही कहता है। मैं एक युवा भौतिकविद की मदद से इन बातों का अध्ययन कर रहा हूं और मेरे द्वारा पेश तथ्य मूलतः सही हैं।'

'मुझे आपकी बातों पर विश्वास करके ख़ुशी ही होगी,' मैंने कहा और मैं सचमुच केवल उनके साथ और उनके अपने पर पूरे ध्यान से ही ख़ुश था।

'तो बात को आगे बढ़ाते हुए, इन बातों, प्रक्रियाओं या उनके मेल को किसी भी लिहाज़ से बेतरतीब घटना करार नहीं दिया जा सकता। ब्रह्मांड की एक प्रवृत्ति है, दूसरों के लिए और अपने लिए, *इंसानी प्रवृत्ति* से कुछ हद तक मिलती-जुलती, इसकी *प्रवृत्ति* है एकत्रित करना, निर्माण करना और अधिक जटिल बनना। यह हमेशा यही करता रहता है। अगर परिस्थितियां सही हों तो द्रव्य के टुकड़े हमेशा मिलकर और अधिक जटिल व्यवस्था का निर्माण करेंगे। और हमारे ब्रह्मांड के काम करने के तरीक़े, यह व्यवस्थित तरीक़े से आगे बढ़ना और इन व्यवस्थित बातों के मेल का एक नाम है। पश्चिमी विज्ञान में इसे *जटिलता* की ओर *झुकाव* कहा जाता है और ब्रह्मांड इसी तरह से काम करता है।'

लुंगियों और बनियान में तीन मछुआरे शर्माते हुए हमारे पास आए। इनमें से दो के हाथों में पानी के गिलास और गर्म चाय थी। एक अन्य के हाथ में मीठे लड्डुओं से भरी एक प्लेट थी। तीसरे व्यक्ति ने एक चिलम के साथ हथेलियों के बीच चरस की दो गोलियां दबा रखी थीं।

'महोदय, क्या आप चाय पिएंगे?' उनमें से एक व्यक्ति ने बेहद विनम्रता के साथ हिंदी में पूछा, 'क्या आप हमारे साथ चरस पीएंगे?'

क़ादर मुस्कराए और उन्होंने सिर हिला दिया। वे लोग तेज़ी से क़रीब आ गए और उन्होंने क़ादर, नज़ीर और मुझे चाय की प्यालियां थमा दीं और चिलम बनाने में जुट गए। क़ादर को चिलम को जलाने का सम्मान मिला और मुझे दूसरा दम लेने का। चिलम दो बार हमारे समूह के बीच घूमी और अंतिम व्यक्ति ने उसे पूरी तरह से साफ़ कर दिया। अंतिम कश लगाकर नीला धुआं निकालते हुए उसने कहा... *खल्लास।*

क़ादर मुझसे अंग्रेज़ी में बात करते रहे मुझे यक़ीन था कि लोग उन्हें समझ नहीं सके, लेकिन वे हमारे साथ बने रहे और उनका चेहरा ध्यान से देखते रहे।

इस बिंदु को जारी रखते हुए ब्रह्मांड, जैसा कि हम इसके बारे में जानते हैं, और हर किसी चीज़ से इसके बारे में हम सीख सकते हैं, वह उसकी शुरुआत से ही जटिल है। वह ऐसा इसलिए करता है, क्योंकि *यही उसका स्वभाव* है। जटिलता की ओर झुकाव की प्रवृत्ति ब्रह्मांड को पूर्ण सरलता से जटिलता के प्रकार की ओर ले जाती है जिसे कि हम अपने इर्द-गिर्द, चारों ओर देखते हैं। ब्रह्मांड सदैव यही कर रहा है। यह सदैव सरल से जटिल की ओर अग्रसर रहता है।

'मुझे लगता है कि मैं समझ रहा हूं कि आप बातों को कहां ले जा रहे हैं।'

क़ादर हंसे। मछुआरे भी उनके साथ हंसने लगे।

'ब्रह्मांड,' उन्होंने बोलना जारी रखा, 'जिस ब्रह्मांड को हम जानते हैं उसकी शुरुआत बेहद सादगी के साथ हुई और तक़रीबन 15 अरब वर्ष से यह जटिल होता जा रहा है। अगले एक अरब वर्षों में यह आज से ज़्यादा जटिल हो जाएगा और पांच अरब, दस अरब वर्षों में, यह हमेशा जटिल होता जाता है। यह आगे बढ़ रहा है... *किसी बात की ओर।* यह किसी परम जटिलता की ओर बढ़ रहा है। हम शायद वहां तक नहीं पहुंच पाएंगे। हाइड्रोजन का एक परमाणु शायद वहां तक नहीं पहुंच पाएगा, या एक पत्ता, या एक इंसान, या एक ग्रह उस परम जटिलता तक नहीं पहुंच पाएगा। लेकिन हम सब उसी ओर बढ़ रहे हैं-ब्रह्मांड में हर एक वस्तु उसी ओर बढ़ रही है। और अंतिम जटिलता, वह बात जिसकी ओर हम सब बढ़ रहे हैं, को ही मैं भगवान कहता हूं। अगर तुम्हें वह शब्द भगवान अच्छा नहीं लगता है तो तुम उसे परम जटिलता कह सकते हो। तुम इसे चाहे जिस भी नाम से पुकारो, पूरा ब्रह्मांड उसी की ओर बढ़ रहा है।'

'क्या ब्रह्मांड उससे कहीं ज़्यादा बेतरतीब नहीं है?' मैंने उनके तर्क की दिशा को भांपते हुए उससे सीधी टक्कर के लिए सवाल दागा, 'भीमकाय एस्टेरॉयड्स और

अन्य बातों का क्या? हम, मेरा मतलब है कि हमारा ग्रह, एक बड़े एस्टेरॉयड की टक्कर से टुकड़ों में बिखर सकता है। और वास्तविकता में आंकड़ों के लिहाज़ से बड़ी टक्करों की संभावना मौजूद है। और हमारा सूरज मर रहा है–और एक दिन यह मर जाएगा–क्या यह जटिलता के ठीक *विपरीत* नहीं है? जटिलता की ओर सफ़र में यह बात कहां पर बैठती है, अगर हमारा यह जटिल ग्रह परमाणुओं में टूट सकता है और हमारा सूरज मर सकता है?'

'एक अच्छा सवाल,' क़ादर ने जवाब दिया। उनकी मुस्कान बता रही थी कि उन्हें चर्चा में मज़ा आ रहा था। मैंने महसूस किया कि मैंने उन्हें कभी भी इतना प्रसन्न और उत्साहित नहीं देखा था। उनके हाथ कुछ मुद्दों को समझाने और कुछ का खुलासा करने में विभिन्न मुद्राएं बना रहे थे। 'यह सच है कि हमारा ग्रह चकनाचूर होगा और एक दिन हमारा यह ख़ूबसूरत सूरज भी मर जाएगा। और मेरी जानकारी के मुताबिक़ हम लोग ब्रह्मांड के हमारे हिस्से में सबसे ज़्यादा विकसित जटिलता हैं। अगर हमारा सफाया हो जाता है तो यह निश्चित तौर पर बहुत बड़ी हानि होगी। यह इस समूचे विकास की भयावह बर्बादी होगी। लेकिन *प्रक्रिया* जारी रहेगी। हम ख़ुद उसी प्रक्रिया की अभिव्यक्ति हैं। हमारे शरीर उन तमाम सूर्यों और अन्य तारों के ही बच्चे हैं, जो मर गए। उन परमाणुओं के लिए ज़िम्मेदार जिनसे हम बने हैं। और अगर हमारा विनाश किसी एस्टेरॉयड या अपने ही हाथों होता है तो ब्रह्मांड में कहीं और, हमारे स्तर की जटिलता, जटिलता के इस स्तर, प्रक्रिया को समझने की क़ाबिलियत के साथ दोहराई जाएगी। मेरा मतलब है कि ठीक हमारे जैसे *लोग,* इस स्तर की जटिलता। मेरे कहने का मतलब है कि हमारे जितने जटिल सोचने वाले लोग ब्रह्मांड में कहीं और विकसित होंगे। हमारा अस्तित्व मिट जाएगा, लेकिन प्रक्रिया जारी रहेगी। इस वक़्त जबकि हम बात कर रहे हैं, शायद यही बात लाखों दुनियाओं में हो रही है। वास्तविकता में इस बात की भरपूर संभावना है कि यह हो रहा होगा। पूरे ब्रह्मांड में, क्योंकि *यही* वह बात है जो ब्रह्मांड *करता है।*'

अब हंसने की बारी मेरी थी।

'ठीक है, ठीक है, आप यह कहना चाहते हैं–मुझे अंदाज़ा लगाने दीजिए–कि इस काम में जो भी मदद करता है वह अच्छा है, है ना? और वह हर बात जो दूसरी दिशा में जाती है–आपका मतलब है कि वह दुष्ट या बुराई है। है *ना?*'

क़ादरभाई ने पूरा ध्यान मुझ पर केंद्रित किया और एक भौंह उचका दी। इसका मतलब मुस्कान, असहमति या सहमति कुछ भी हो सकता था। यह भाव मैंने कार्ला के चेहरे पर एक से ज़्यादा बार देखा हुआ था। शायद उन्होंने सोचा होगा कि मेरा हल्का सा मज़ाक़िया लहजा कुछ ज़्यादा ही बदतमीज़ी भरा था। हालांकि मेरा ऐसा कोई इरादा नहीं था। वास्तविकता में तो मैं उनके तर्क में कोई भी ख़ामी नहीं खोज पाया था और मैं उनके तर्क से बेहद प्रभावित था। शायद वह ख़ुद हैरान थे। बाद में उन्होंने एक बार मुझे बताया कि जो बात उन्हें पहली बार मुझमें अच्छी लगी थी, वह

यह थी कि मैं उनसे डरता नहीं था। मेरी निडरता ही धृष्टता और मूर्खता के साथ उन्हें कई बार चौंका देती थी। उनकी हल्की सी मुस्कान और भौंह उचकाने का मतलब चाहे जो रहा हो, बात को आगे बढ़ाने के लिए उन्होंने कुछ वक़्त लिया।

'सार की बात की जाए तो तुम सही कह रहे हो। हर वह बात जो उस परम जटिलता की ओर प्रगति को प्रोत्साहित, गति देती है, अच्छी है,' उन्होंने बहुत धीरे-धीरे सधे हुए अंदाज़ में यह बात इस तरह से कही, कि मैं जान गया कि वह यह बात पहले भी कई बार कह चुके हैं। 'परम जटिलता की ओर इस प्रगति को रोकने या बाधित करने वाली हर बात *बुरी* है। अच्छे और बुरे की *इस* परिभाषा की सबसे अच्छी बात यही है कि यह वस्तुनिष्ठ है और पूरी दुनिया में स्वीकार्य भी।'

'क्या कोई बात वाक़ई वस्तुनिष्ठ होती है?' ख़ुद को किसी निश्चित धरातल पर पाकर मैंने सवाल पूछा।

'जब हम कहते हैं कि अच्छे और बुरे की यह परिभाषा वस्तुनिष्ठ है तो इसका मतलब होता है कि इस वक़्त और इस ब्रह्मांड के ज्ञान के मुताबिक़। यह परिभाषा, ब्रह्मांड के काम करने के तरीक़े को लेकर हमारे ज्ञान पर आधारित है। यह किसी भी धर्म के ज्ञात ज्ञान या राजनीतिक आंदोलन पर आधारित नहीं है। यह उन सभी के सर्वश्रेष्ठ सिद्धांतों में आम है, लेकिन यह इस बात पर आधारित है कि हम क्या *जानते* हैं, ना कि इस बात पर कि हम क्या *मानते* हैं। इस लिहाज से यह वस्तुनिष्ठ है। निश्चित ही ब्रह्मांड के बारे में हम जो *जानते* हैं, वह और अधिक जानकारी या नए दृष्टिकोण के कारण लगातार बदलता रहता है। यह सच है कि हम कभी भी किसी भी बात को लेकर *पूरी तरह से* वस्तुनिष्ठ नहीं होते हैं, लेकिन हम कम वस्तुनिष्ठ हो सकते हैं या ज़्यादा वस्तुनिष्ठ हो सकते हैं। और हम अच्छे या बुरे की परिभाषा हमारी *जानकारी* के आधार पर ही करते हैं-वर्तमान में हमारे पास उपलब्ध सर्वश्रेष्ठ जानकारी के आधार पर-हम अपनी समझ की अपूर्ण सीमाओं तक संभव तौर पर वस्तुनिष्ठ होते हैं। क्या तुम मेरे विचार से सहमत हो?'

'जब आप कहते हैं कि वस्तुनिष्ठ का मतलब पूरी तरह से वस्तुनिष्ठ नहीं तो मैं इसे स्वीकार करता हूं। लेकिन विभिन्न धर्म, नास्तिक, अनीश्वरवादी और वह जो पूरी तरह से भ्रमित हैं उनको तो छोड़ ही दीजिए, भला कैसे *पूरी दुनिया की सहमति वाली* परिभाषा खोजेंगे? मेरा इरादा किसी का अपमान करने का नहीं है, लेकिन मुझे लगता है कि अधिकांश भक्तों का अपने ईश्वर और स्वर्ग को लेकर बहुत ज़्यादा दृढ़ मत है, शायद आप समझ रहे होंगे मेरा क्या मतलब है, उनके बीच भला कैसे किसी बात पर सहमति बनेगी।'

'यह एक बिलकुल उचित बिंदु है और मैं किसी भी तरह से अपमानित महसूस नहीं कर रहा हूं,' क़ादर ने अपने कदमों में बैठे मछुआरों की ओर देखते हुए कहा। उन्होंने उनकी तरफ़ एक चौड़ी मुस्कान दी और बात को आगे बढ़ाया, 'जब हम कहते हैं कि अच्छे या बुरे की परिभाषा को लेकर पूरी दुनिया में सहमति है तो हमारा

मतलब कोई भी तर्कपूर्ण और समझदार व्यक्ति–कोई तर्कपूर्ण हिंदू या मुस्लिम या बौद्ध या ईसाई या यहूदी या कोई नास्तिक भी–इस बात को स्वीकार सकता है कि यह अच्छे और बुरे की *सर्वमान्य* परिभाषा है, क्योंकि यह ब्रह्मांड के काम करने के हमें ज्ञात तरीक़े पर आधारित है।'

'मुझे लगता है कि मैं समझ रहा हूं कि आप क्या कह रहे हैं,' जब वह चुप हो गए तो मैंने कहा, 'लेकिन जब बात ब्रह्मांड की... *भौतिकी* की आती है तो मैं आपकी बात को समझ नहीं पा रहा हूं। हम *उसे* अपनी नैतिकता के आधार के तौर पर क्यों स्वीकारें?'

'लिन, अगर मैं तुम्हें एक उदाहरण दूं तो शायद बात और साफ़ हो जाएगी। मैं लंबाई मापने के लिए इस्तेमाल उपमा का इस्तेमाल करूंगा, क्योंकि यह हमारे वक़्त के लिहाज़ से ज़्यादा प्रासंगिक है। मुझे लगता है कि तुम इस बात से सहमत होगे कि लंबाई के लिए एक आम माप की ज़रूरत है, है ना?'

'आपका मतलब है यार्ड और मीटर की तरह?'

'बिलकुल सही। अगर हम लंबाई को नापने के आधार पर सहमत नहीं हो सके तो इस बात का फ़ैसला कभी भी नहीं हो सकेगा कि कितनी ज़मीन तुम्हारी है और कितनी मेरी या मकान बनाने के लिए कितनी लंबी लकड़ी की ज़रूरत पड़ेगी। अराजकता की स्थिति बन जाएगी। हम ज़मीन पर लड़ेंगे और मकान ढह जाएंगे। इतिहास गवाह है कि हमने हमेशा लंबाई को नापने के समान तरीक़े पर सहमति का प्रयास किया है। तुम मेरे साथ हो ना हो, दिमाग़ के इस सफ़र में?'

'मैं अब भी आपके साथ हूं,' मैंने हंसते हुए जवाब दिया। मैं इस बात को लेकर हैरान था कि यह माफ़िया डॉन मुझे कहां ले जा रहा है।

'फ़्रांस की क्रांति के बाद, वैज्ञानिकों और सरकारों ने नापने और वज़न मापने की प्रणाली को व्यवस्थित करने का फ़ैसला किया। उन्होंने दशमलव प्रणाली विकसित की जो लंबाई की एक इकाई *मीटर* पर आधारित थी। यह शब्द ग्रीक भाषा के शब्द *मिट्रॉन* से लिया गया था, जिसका मतलब होता था *माप*।'

'ठीक है...'

'और मीटर की लंबाई के निर्धारण के लिए पहले तरीक़े के तौर पर उन्होंने भूमध्य रेखा और उत्तरी ध्रुव के बीच के अंतर के एक दशलक्ष अंश को आधार बनाया। लेकिन उनकी गणना इस विचार पर आधारित थी कि धरती पूरी तरह से गोल है और धरती, जैसा कि आज हम जानते हैं पूरी तरह से गोल नहीं है। उन्हें मीटर के निर्धारण का वह तरीक़ा त्यागना पड़ा और इसकी बज़ाय उन्होंने प्लेटिनम-इरिडियम मिश्र धातु के एक बार पर दो बेहद महीन रेखाओं के बीच के अंतर का इस्तेमाल किया।'

'प्लेटिनम...'

'इरिडियम। हां, लेकिन प्लेटिनम-इरिडियम मिश्र धातु का बार बहुत धीरे नष्ट होता है और सिकुड़ता है-भले ही वह कठोर होते हैं-माप की इकाई निरंतर बदल रही थी। हाल ही के वक़्त में वैज्ञानिकों को इस बात का अहसास हुआ है कि वह प्लेटिनम-इरिडियम मिश्र धातु का जो बार इस्तेमाल कर रहे हैं, उसका आकार एक हज़ार साल बाद बिलकुल ही अलग होगा।'

'और... यह एक समस्या थी?'

'मकान और पुल बनाने के लिए नहीं,' क़ादरभाई ने मेरे मुद्दे को कुछ ज़्यादा ही गंभीरता से लेते हुए कहा।

'लेकिन वैज्ञानिकों के लिहाज़ से लगभग सटीक नहीं,' मैंने दिमाग़ लगाया।

'नहीं। वे अन्य सभी बातों के लिए एक अपरिवर्तनीय मानदंड चाहते थे। और विभिन्न तकनीकों के इस्तेमाल के बाद पिछले साल ही मीटर का अंतर्राष्ट्रीय मानक तय किया गया। यह वह अंतर था जो प्रकाश का एक फ़ोटान निर्वात के बीच तय करता था, लगभग एक सेकेंड का तीनसौ हज़ारवां हिस्सा। निश्चित ही यह सवाल उठ खड़ा होता है कि समय के माप के तौर पर सेकेंड पर कैसे सहमति बनी थी। यह भी एक ग़ज़ब की कहानी है, अगर तुम चाहो तो मैं तुम्हें, मीटर पर बात आगे बढ़ाने से पहले इसे भी सुना सकता हूं।'

'मैं... फ़िलहाल मीटर के साथ ही रहना चाहूंगा।' मैंने ठहाका लगाते हुए कहा।

'चलो ठीक है। मुझे लगता है कि तुम मेरी बात को समझ रहे हो-हम लंबाई की एक इकाई पर सहमति के साथ मकान बनाने, ज़मीन के बंटवारे और अन्य बातों में अराजकता को टालते हैं। हम इसे मीटर कहते हैं और कई प्रयासों के बाद हमने लंबाई की एक मूल इकाई का निर्धारण कर ही लिया। इसी तरह से हम कह सकते हैं कि इंसान से संबंधित मामलों में अराजकता को टालने के लिए हम नैतिकता की एक इकाई पर सहमत होते हैं।'

'मैं आपसे सहमत हूं।'

'फ़िलहाल नैतिकता की इकाई के निर्धारण के हमारे तरीक़े इरादों के लिहाज़ से समान हैं, लेकिन विस्तार में वे अलग हैं। इसीलिए एक देश का पादरी अपने सैनिकों को युद्ध पर जाते वक़्त आशीर्वाद देता है और एक इमाम दूसरे देश के सैनिकों को उनके ख़िलाफ़ लड़ने के लिए। और इस हत्याओं में शामिल हर व्यक्ति कहता है कि भगवान उसकी ओर है। अच्छे और बुरे को लेकर दुनिया में कोई वस्तुनिष्ठ और सर्व स्वीकार्य कोई परिभाषा नहीं है। और जब तक कि ऐसा नहीं होता हम बस दूसरे के कामों की आलोचना करते हुए अपने किए गए कामों को सही ठहराने का प्रयास करते हैं।'

'और आप ब्रह्मांड की भौतिकी को प्लेटिनम-इरिडियम बार की तरह दिखा रहे हैं?'

'मुझे लगता है कि हमारी परिभाषा सटीकता के लिहाज़ से प्लेटिनम-इरिडियम बार की तुलना में फ़ोटोन-सेकेंड माप के ज़्यादा पास है, लेकिन बात मूलतः सही है। मुझे लगता है कि जब हम अच्छे-बुरे को मापने के लिए वस्तुनिष्ठ तरीक़ा अपनाते हैं, एक तरीक़ा जिसे सभी लोग न्यायसंगत मान सकते हैं, हम ब्रह्मांड के काम करने के तरीक़े और उसकी प्रवृत्ति का अध्ययन ही कर रहे होते हैं-वह गुण जो इसके पूरे इतिहास को परिभाषित करता है- यह वास्तविकता की यह निरंतर बड़ी जटिलता की ओर अग्रसर है। हम ब्रह्मांड की प्रवृत्ति के इस्तेमाल से ज़्यादा कुछ नहीं कर सकते। और सभी महान धर्मों के महान ग्रंथ हमें यही करने के लिए कहते हैं। उदाहरण के लिए, पाक कुरान अक्सर बताती है, हमें निर्देशित करती है कि हम सच्चाई और अर्थ समझने के लिए ग्रहों और सितारों का अध्ययन करें।'

'मैं अब भी पूछना चाहता हूं कि जटिलता की ओर ले जाने की प्रवृत्ति के तथ्य की बज़ाय किसी अन्य तथ्य का इस्तेमाल क्यों नहीं किया जाता? क्या यह अब भी अनियंत्रित नहीं है? हक़ीक़त में क्या यह भी वैकल्पिक नहीं है कि अपनी नैतिकता के लिए आप किस तथ्य को आधार मानते हैं? मैं यहां पर बाधा नहीं डाल रहा, लेकिन मुझको वाक़ई लगता है कि यह अब भी पर्याप्त रूप से स्वैच्छिक है।'

'मैं तुम्हारे मन में उठी शंका को समझता हूं,' क़ादर ने मुस्कराकर कुछ पल क्षितिज की ओर देखते हुए कहा, 'मैं भी जब इस राह पर चला था, तो मैं भी काफ़ी शंकाएं रखता था। लेकिन मुझे अब लगता है कि अच्छे और बुरे के बारे में सोचने के लिए इससे बेहतर तरीक़ा कोई और नहीं है। कहने का मतलब यह नहीं है कि यह परिभाषा हमेशा बनी रहेगी। मीटर के माप के लिए भी भविष्य में एक बेहतर व्यवस्था होगी। फ़िलहाल सर्वश्रेष्ठ परिभाषा में प्रकाश के फ़ोटान द्वारा *निर्वात* में तय दूरी का इस्तेमाल होता है, मानो निर्वात में कुछ होता ही नहीं हो। लेकिन अब हम जानते हैं कि निर्वात में भी बहुत कुछ हो रहा है। पूरे वक़्त निर्वात में बहुत, बहुत सारी प्रतिक्रियाएं हो रही हैं। मुझे विश्वास है कि भविष्य में मीटर से भी बेहतर माप खोज लिया जाएगा। लेकिन फ़िलहाल हमारे पास यही सर्वश्रेष्ठ है। और नैतिकता के साथ, जटिलता की ओर बढ़ने की प्रवृत्ति- यही कि पूरा ब्रह्मांड पूरा वक़्त यही कर रहा होता है और हमेशा से करता रहा है-यही अच्छे और बुरे के प्रति वस्तुनिष्ठ होने का सर्वश्रेष्ठ तरीक़ा है। हम किसी भी अन्य की बनिस्बत इस तथ्य का इस्तेमाल करते हैं, क्योंकि यह ब्रह्मांड में मौज़ूद सबसे बड़ा तथ्य है। यह एक ऐसा तथ्य है जिसमें पूरा ब्रह्मांड शामिल रहा है, हमारे समूचे इतिहास के दौरान। अगर तुम मुझे पूरे ब्रह्मांड के पूरे इतिहास सहित सभी धर्म के सभी लोगों और नास्तिकों को मिलाकर अच्छे और बुरे के प्रति वस्तुनिष्ठ होने का बेहतर तरीक़ा दो तो मुझे उसे सुनने में बहुत-बहुत ख़ुशी होगी।'

'ठीक है। तो पूरा ब्रह्मांड भगवान या किसी परम जटिलता की ओर बढ़ रहा है। इसमें जो मदद कर रहा है वह अच्छा है और जो इसे रोक रहा है वह बुरा। इसके बाद भी यह समस्या मुझे परेशान कर रही है कि बुरे का फ़ैसला *कौन* कर रहा है।

हम कैसे जानते हैं? हम कैसे कह सकते हैं कि कोई एक काम जो हम करेंगे, वह हमें आगे बढ़ने से रोक देगा?'

'एक अच्छा सवाल,' क़ादर ने कहा और अपनी पतलून और शर्ट की तहों को सीधा करते हुए वह उठ खड़े हुए। 'सचमुच यह बहुत *सही* सवाल है और सही *वक़्त* आने पर मैं तुम्हें इसका अच्छा जवाब दूंगा।'

मेरी तरफ़ पीठ करके वह तीनों मछुआरों की ओर मुड़ गए। जो खड़े होकर उनका इंतज़ार कर रहे थे। एक पल के लिए मुझे लगा कि मैंने अपने सवाल से उन्हें निरुत्तर कर दिया है। लेकिन यह घमंड कुछ ही देर में हवा हो गया जब मैंने उन्हें उन मछुआरों के साथ बात करते देखा। क़ादर के हर एक कथन में इतनी निश्चितता होती थी कि उनकी चुप्पी के दौरान भी इसका प्रभाव होता था। मैं जानता था कि मेरे सवाल का जवाब उनके पास है और वह उसी वक़्त यह जवाब देंगे, जब उन्हें लगेगा कि सही समय है।

उनके पास खड़ा होकर मैं उनकी बातें सुनने की कोशिश कर रहा था। उन्होंने उनसे पूछा कि क्या उनकी कोई शिकायत है। क्या बंदरगाह पर कोई ग़रीब लोगों को परेशान कर रहा था। जब उन्होंने बताया कि ऐसा कोई नहीं है तो उन्होंने तत्काल काम की उपलब्धता पर सवाल किया। यह भी पूछा कि क्या काम का सबसे ज़्यादा ज़रूरतमंद लोगों के लिहाज़ से बंटवारा किया जाता है। इस मुद्दे पर संतुष्ट हो जाने के बाद उन्होंने उनसे उनके परिवार और बच्चों के बारे में पूछा। उनकी बातचीत का अंत ससून बंदरगाह पर मछली पकड़ने वाली नौकाओं के विषय पर हुआ। उन्होंने उन्हें बताया कि कैसे भीमकाय समुद्री लहरों के बीच उनकी जर्जर नावों के चलते उनके कई दोस्तों को समंदर में जान गंवानी पड़ी। उन्होंने मछुआरों को बताया कि कैसे केवल एक बार ही उन्होंने गहरे पानी में नाव से जाने का दुस्साहस किया था और कैसे वे अपनी नाव से चिपककर यह दुआ कर रहे थे कि बस एक बार ज़मीन दिख जाए। वे सब ठहाका लगाकर फिर उनके पैर छूने की कोशिश करने लगे, लेकिन उन्होंने उन्हें उठाकर एक-एक करके सबसे हाथ मिलाया। जब वे जुदा हुए तो मछुआरों की पीठ सीधी थी और सिर गर्व से तने हुए थे।

'ख़ालिद के साथ तुम्हारा काम कैसा रहा?' जब हम बंदरगाह से लौट रहे थे तो क़ादर ने पूछा।

'बहुत अच्छा। मुझे वह पसंद आया। मुझे उसके साथ काम करने में मज़ा आया। अगर आपने मुझे माज़िद के साथ काम करने के लिए नहीं कहा होता तो मैं आज भी उसके साथ ही होता।'

'और वह कैसा है? माज़िद के साथ कैसा है?'

मैं हिचकिचाया। कार्ला ने एक बार कहा था कि जब मर्द दूसरी ओर देखते हैं तो वह क्या *सोचते* हैं और जब हिचकिचाते हैं तो क्या। उसने कहा था कि *महिलाओं के साथ इसका ठीक उल्टा होता है।*

'जो मुझे जानना है वह मैं सीख रहा हूं। वह एक अच्छा शिक्षक है।'

'लेकिन...तुम्हारा ख़ालिद अंसारी के साथ एक ज़्यादा निजी रिश्ता बन गया था। है ना?'

यह सच था। ख़ालिद बहुत गुस्सा था और उसके दिल का एक हिस्सा पूरी तरह से नफ़रत से भरा पड़ा था, लेकिन मुझे वह अच्छा लगता था। माज़िद दयालु और धैर्य भरा था और मेरे प्रति उदार भी, फिर भी उसे लेकर मेरे मन में एक अज़ीब सी असहजता थी। मुद्रा बाज़ार की कालाबाज़ारी के कारोबार में चार माह के बाद क़ादरभाई ने तय किया कि मुझे सोने की तस्करी का कारोबार सीखना चाहिए और उन्होंने मुझे माज़िद रुस्तम के पास भेज दिया था। जुहू में रईसों के समंदर के तट पर स्थित घरों के बीच उसके घर में मैंने सीखा कि भारत में सोना तस्करी करके कैसे लाया जाता है। सोने के आयात पर सरकार के कड़े प्रतिबंधों ने भारतीयों की सोने की नहीं मिटने वाली भूख पर असर डाला।

सफ़ेद बालों वाला माज़िद, क़ादर के सोने के आयात के कारोबार के बड़े हिस्से पर नियंत्रण रखता था और वह पिछले लगभग 10 साल से कारोबार कर रहा था। बहुत ज़्यादा धैर्य के साथ उसने मुझे सोने और तस्करी की कला के बारे में वह सबकुछ बताया जो मुझे जानना चाहिए था। पाठ के दौरान घनी भौंहों के बीच से उसकी काली-काली आंखें मुझे घूरती रहती थीं। भले ही उनके अधीन गुंडों की बड़ी फौज थी और वे जब चाहे निर्दयी हो सकते थे, लेकिन उनकी पनीली आंखों ने हर वक़्त मेरे लिए दया ही दिखाई। फिर भी मुझे उसके लिए कुछ भी नहीं लगता था, सिवाय एक अज़ीब सी असहजता के। जब कभी भी किसी सबक़ के बाद मैं उसके घर से निकलता था तो एक राहत सी महसूस होती थी। एक राहत जो उसकी आवाज़ और उसके चेहरे को मेरे दिमाग़ से मिटने से मिलती थी। ठीक हाथ से मैल को धो लेने जैसा अहसास।

'नहीं कोई रिश्ता नहीं, लेकिन मैं कहूंगा कि वह एक अच्छे शिक्षक हैं।'

'लिन बाबा,' क़ादर ने अपनी गहरी आवाज़ में वह नाम दोहराया जो झोपड़पट्टी वाले कहते थे, 'मुझे तुम पसंद हो।'

मेरा चेहरा भावनाओं से भर गया। ऐसा लग रहा था मानो अंतिम तीन शब्द ख़ुद मेरे पिताजी ने ही कहे हों। और मेरे पिताजी ने ऐसा कभी कुछ नहीं कहा था। इन सामान्य से शब्दों में जो ताक़त थी-वह ताक़त जो क़ादर की मेरे ऊपर थी-उसने मुझे इस बात का अहसास दिला दिया कि मेरी ज़िंदगी में मेरे पिताजी की भूमिका को उन्होंने कितनी ख़ूबसूरती के साथ संभाल लिया था। मेरे भीतर दिल के बेहद गोपनीय हिस्से में, मेरे भीतर छिपे उस छोटे से बच्चे ने ख़्वाहिश ज़ाहिर की कि क़ादर मेरे पिताजी होते-मेरे असली पिताजी।

'तारिक़ कैसा है?' मैंने पूछा।

'*अल्लाह का शुक्र है*, तारिक़ बहुत अच्छा है।'

'मुझे उसकी याद आती है। वह बहुत अच्छा बच्चा है। उसकी कमी के साथ मुझे अपनी बेटी की भी कमी महसूस होती है। मुझे अपने परिवार की कमी महसूस होती है। मुझे अपने दोस्तों की कमी महसूस होती है।'

'उसे भी तुम्हारी याद आती है,' क़ादर ने अफ़सोस व्यक्त करने के अंदाज़ में कहा, 'लिन मुझे बताओ, तुम क्या चाहते हो? तुम यहां क्यों आए हो? तुम यहां बॉम्बे में वास्तविकता में क्या चाहते हो?'

'मैं आज़ाद होना चाहता हूं,' मैंने कहा।

'लेकिन तुम *आज़ाद* हो,' उन्होंने जवाब दिया।

'सचमुच में नहीं।'

'क्या तुम ऑस्ट्रेलिया की बात कर रहे हो?'

'हां। पूरी तरह से वही नहीं, लेकिन काफ़ी हद तक।'

'चिंता मत करो,' उन्होंने कहा, 'बॉम्बे में तुम्हें कभी भी कोई भी नुक़सान नहीं पहुंचाएगा। मैं तुमसे यह वादा करता हूं। तुम्हें कोई नुक़सान नहीं पहुंचेगा, अब जबकि तुम मेरा नाम अपने गले में लगे बिल्ले पर रखे हुए हो, अब जबकि तुम मेरे लिए काम करते हो। *इंशाअल्ला*, तुम यहां पर सुरक्षित हो।'

उन्होंने मेरे दोनों हाथ अपने हाथों में लेकर दुआएं दीं, ठीक वैसे ही जैसा कि उन्होंने सौरभ के साथ किया था। मैं उन्हें कार तक छोड़ने गया और उन्हें कार में बैठने के लिए झुकता हुआ देख रहा था। किसी ने पास ही दीवार पर सपना का नाम लिख रखा था। रंग बहुत ही ताज़ा था, बमुश्किल एक सप्ताह पुराना। क़ादर ने उसे देख भी लिया हो तो उन्होंने कोई प्रतिक्रिया नहीं दी। नज़ीर ने दरवाज़ा ज़ोरों से बंद किया और दौड़कर दूसरी ओर से बैठने के लिए चला गया।

'अगले सप्ताह मैं चाहता हूं कि तुम मेरे दोस्त ग़नी के साथ पासपोर्ट पर काम करो,' क़ादर ने कहा। नज़ीर चलने के इंतज़ार में इंजिन को रेस दे रहा था। 'मुझे लगता है कि तुम्हें पासपोर्ट के कारोबार में मज़ा आएगा।'

उन्होंने जाते हुए मेरी तरफ़ मुस्कान फेंकी, लेकिन मेरे दिमाग़ में तो नज़ीर का घूरना बस चुका था। ज़ाहिर था कि यह व्यक्ति मुझसे नफ़रत करता था और आज नहीं तो कल मुझे उसके साथ हिसाब चुकता करना ही होगा। ज़िंदगी में मैं कितना भटका हुआ और एकाकी था, उससे लड़ने की इच्छा इसी बात का जीवंत प्रमाण थी। वह क़द में मुझसे छोटा था, लेकिन बहुत शक्तिशाली था, शायद मुझसे कुछ ज़्यादा वज़न वाला। मैं जानता था कि हमारे बीच की लड़ाई ज़ोरदार होगी।

मैंने भविष्य की हिंसा को लंबित और निकटवर्ती के तौर पर विभाजित करते हुए एक टैक्सी को आवाज़ लगाई और फ़ोर्ट इलाक़े की ओर रवाना हो गया। प्रिंटर्स, स्टेशनर्स, वेयरहाउस और हल्के उत्पादकों वाले इलाक़े को बस फोर्ट के नाम से पुकारा जाता था। यह अपने इर्द-गिर्द के कार्यालयों वाले इलाक़े के काम आता

था। कुछ वर्षों तक इस पते पर कार्यालय रखने वाली क़ानूनी फ़र्मों, प्रकाशन घरों और अन्य कंपनियों में किसी दूसरे ही युग की औपचारिकता और विनम्रता देखने को मिलती थी।

फ़ोर्ट इलाक़े के नए कारोबारों में ट्रेवल एजेंसी का कारोबार एक था, जिसे क़ादरभाई अन्य नाम से चलाते थे और उसका प्रबंधन माज़िद रुस्तम के हाथों में था। यह एजेंसी खाड़ी देशों में अनुबंध पर काम करने वाले हज़ारों पुरुषों-महिलाओं की यात्रा का बंदोबस्त संभालती थी। वैध कारोबार की बात की जाए तो यह एजेंसी विमान के टिकट, वीज़ा, वर्क परमिट, रहने आदि का बंदोबस्त देखती थी। अवैध कारोबार की बात की जाए तो माज़िद के एजेंट्स लौटने वाले प्रति व्यक्ति के ज़रिये एक से तीन सौ ग्राम सोने को लाने का काम संभालते थे। यह सोना चेन, ब्रेसलेट, रिंग और ब्रोच के तौर पर लाया जाता था। खाड़ी देशों के बंदरगाहों पर सोना कई स्रोतों से आता था। इसमें से कुछ थोक ख़रीद के ज़रिये हासिल कर लिया जाता था। इसमें से अधिकांश चोरी का माल होता था। यूरोप और अफ़्रीका में नशेड़ी, जेबकतरे, सेंधमार सोने के जेवर चुराकर उसे अपने ड्रग्स डीलर और अन्य लोगों को बेच देते थे। फ्रैंकफर्ट या जोहानिसबर्ग या लंदन से चुराए गए सोने का एक हिस्सा काला बाज़ारियों के मार्फ़त खाड़ी देशों के बंदरगाहों तक पहुंच जाता था। दुबई, अबू धाबी, बहरीन और खाड़ी देशों की अन्य राजधानियों में मौज़ूद क़ादर के लोग सोने को पिघलाकर ब्रेसलेट्स, चेन और ब्रोच में तब्दील कर देते थे। थोड़ी सी राशि के लिए अनुबंधित कामगार भारत वापसी के दौरान सोने के उन गहनों को पहन लिया करते थे और बॉम्बे के इंटरनेशनल एयरपोर्ट पर हमारे लोगों द्वारा वह सोना एकत्रित कर लिया जाता था।

हर वर्ष फ़ोर्ट इलाक़े में स्थित ट्रेवल एजेंसी द्वारा तक़रीबन पांच हज़ार अनुबंधित कामगारों की यात्रा की व्यवस्था देखी जाती थी। उनके द्वारा लाए गए सोने पर एजेंसी के पास स्थित छोटी सी वर्कशॉप में दोबारा काम किया जाता था और फिर उसे ज़वेरी बाज़ार या जेवरों के बाज़ार में बेच दिया जाता था। सोने के एक हिस्से के उस कारोबार से सालाना 40 लाख डॉलर से भी ज़्यादा करमुक्त कमाई हो जाया करती थी। क़ादर के सभी वरिष्ठ प्रबंधक रईस और सम्माननीय व्यक्ति थे।

मैंने पहुंचकर ट्रांसेक्ट ट्रेवल एजेंसी के स्टाफ़ से संपर्क किया। माज़िद कहीं गया हुआ था, लेकिन तीनों प्रबंधक व्यस्त थे। जब मैंने सोने की तस्करी के तरीक़े को जान लिया तो सुझाव दिया कि क़ादर की एजेंसी को सारी फ़ाइल्स को कम्प्यूटर में दर्ज़ करते हुए, हमारे लिए एक अभियान को सफलतापूर्वक अंज़ाम दे चुके अनुबंधित कामगारों की पूरी जानकारी भी अपने पास रखनी चाहिए। क़ादर ने सुझाव को मंज़ूरी दे दी और लोग हार्डकॉपी पेपर फ़ाइल्स को कम्प्यूटर में स्थानांतरित करने में व्यस्त हो गए। मैं उस काम की निगरानी कर रहा था और मैं उनके काम से संतुष्ट था। हमने कुछ देर बात की और जब माज़िद नहीं लौटा तो मैं उसे खोजते हुए पास ही स्थित सोने के वर्कशॉप चला गया।

जब मैं फ़ैक्टरी में पहुंचा तो माज़िद मेरी ओर देखकर मुस्कराया और दोबारा काम में जुट गया। सोने की चेन्स और ब्रेसलेट्स को विभिन्न ग्रेड्स में बांटकर हर एक का वज़न किया जा रहा था। रक़म को एक लेजर में दर्ज़ करने के बाद ज़वेरी बाज़ार में बिक्री के लिए तैयार रजिस्टर से दोबारा मिलान किया जा रहा था।

उस दिन, क़ादरभाई की अच्छे-बुरे पर लंबी बातचीत के दो ही घंटे बाद मैं सोने की चेन्स और भारी घर में तैयार ब्रेसलेट्स के ढेर को वज़न होते हुए और सूचीबद्ध होते हुए देख रहा था और मैं हताशा में डूबता चला गया, जिससे उबरना मुश्किल लग रहा था। मुझे इस बात की ख़ुशी थी की क़ादरभाई ने मुझे माज़िद को छोड़कर अब्दुल ग़नी के साथ काम करने का निर्देश दिया था। भारत में लाखों लोगों को उत्तेजित कर देने वाली पीली धातु देखकर मुझे बैचेनी सी महसूस होने लगती थी। मुझे ख़ालिद अंसारी और उनकी मुद्राओं के साथ काम करने में मज़ा आया था। मैं जानता था कि मुझे अब्दुल ग़नी के साथ पासपोर्ट के कारोबार पर काम करने में भी मजा आएगा। पासपोर्ट वास्तविकता में तो एक भगोड़े व्यक्ति के लिए सबसे महत्त्वपूर्ण आकर्षण था। लेकिन इतनी बड़ी मात्रा में सोने के साथ काम करना विचलित कर देने वाला था। सोने को देखकर आंखों में एक अज़ीब क़िस्म का लालच आ जाता है। पैसा आख़िरकार महज एक साधन होता है; लेकिन कई लोगों के लिए सोना ही सब बातों का अंत होता है। उनका इसके प्रति प्यार कुछ ऐसा होता है जो प्यार शब्द को ही बदनाम कर दे।

मैंने माज़िद से अंतिम बार विदा लेते हुए उसे बताया कि क़ादरभाई ने मुझे कुछ और काम सौंपा है। मैंने उसे यह नहीं बताया कि मैं अब अब्दुल ग़नी के साथ पासपोर्ट कारोबार से जुड़ने वाला था। माज़िद और ग़नी दोनों ही क़ादर की माफ़िया परिषद के सदस्य थे। मुझे विश्वास था कि उन्हें हर फ़ैसले के मुझ पर असर की जानकारी मुझसे पहले ही हो जाती होगी। हमने हाथ मिलाए और उसने मुझे गले लगाने का प्रयास किया। मुस्कराते हुए उसने मुझे शुभकामनाएं दीं। यह मुस्कान झूठी थी, लेकिन उसमें कोई दुर्भावना नहीं थी। माज़िद रुस्तम इस तरह का इंसान था जिसे लगता था कि मुस्कान इच्छानुसार किया जाने वाला काम था। मैंने धैर्य के लिए उसे धन्यवाद दिया, लेकिन बदले में मुस्कराया नहीं।

जब मैंने ज़वेरी बाज़ार के जौहरियों के पास अपना अंतिम दौरा किया तो मेरे भीतर बैचेनी सी थी। यह अनियमित तरह का गुस्सा था जो एक बर्बाद ज़िंदगी की खिसियाहट से उपजता है। मुझे ख़ुश या कुछ हद तक ख़ुश होना चाहिए था कि मुझे क़ादर की ओर से सुरक्षा का भरोसा मिल चुका है। मैं अच्छा धन कमा रहा था और हर दिन एक मीटर ऊंचे सोने के ढेर के साथ काम करता था। मैं पासपोर्ट कारोबार के बारे में सबकुछ जानने जा रहा था। मैं जो चाहता था ख़रीद सकता था। मैं चुस्त-दुरुस्त, तंदुरुस्त और आज़ाद था। मुझे ज़्यादा ख़ुश होना चाहिए था।

ख़ुशी एक मिथक है, कार्ला ने एक मर्तबा कहा था, *यह हमें वस्तुएं ख़रीदने को*

उकसाने के लिए रची गई थी। और उसके चेहरे और उसकी आवाज़ की अनुभूति और मेरी निराशाजनक भावनाओं के बीच यह बात बिलकुल खरी लग रही थी। फिर मैंने उस दिन के पहले के लम्हों को याद किया जब क़ादरभाई मुझसे इस तरह से बात कर रहे थे मानो अपने बेटे से बात कर रहे हों। और उसमें एक ख़ुशी थी, जिससे मैं इंकार नहीं कर सकता। लेकिन यह पर्याप्त नहीं थी : खरी और अगाध नहीं। यह भावना भले ही पवित्र थी, लेकिन यह मेरे हौसले को ऊंचा उठाने के लिहाज़ से अपर्याप्त थी।

उस दिन का अब्दुल्ला के साथ का मेरा प्रशिक्षण सत्र बहुत व्यस्तता भरा रहा। वह मेरे मौन रहने के भाव को भांप गया था और हमने तनाव भरा प्रशिक्षण कार्य मौन के बीच पूरा किया। नहाने के बाद उसने मुझे अपनी मोटरसाइकल पर मेरे फ़्लैट तक छोड़ने का न्यौता दिया। हम ब्रीच कैंडी के तट से अगस्त क्रांति मार्ग के ज़रिये आगे बढ़ने लगे। हमने हेलमेट्स नहीं पहने थे और सूखी गर्म हवा हमारे बालों और कपड़ों से हवा की नदी की तरह बह रही थी। अब्दुल्ला का ध्यान अचानक एक कैफ़े के बाहर जमा भीड़ की ओर गया। मेरे अनुमान के मुताबिक वह उसी की तरह ईरानी थे। उसने अपनी बाइक घुमाई और उनसे तक़रीबन तीस मीटर की दूरी पर खड़ी कर दी।

'तुम यहां बाइक के पास रुको,' उसने इंजिन बंद करके बाइक को स्टैंड पर खड़े करते हुए कहा। हम दोनों बाइक से उतरे। उसने अपनी आंखें समूह पर गड़ाई हुई थीं। 'अगर कुछ भी गड़बड़ हुई तो तुम बाइक लेकर निकल जाना।'

वह अपने बालों की चोटी बनाकर हाथ से घड़ी उतारते हुए उस समूह की ओर बढ़ा। मैंने भी बाइक से चाबी निकालकर उसके पीछे दौड़ लगा दी। उनमें से एक व्यक्ति ने अब्दुल्ला को आते हुए देखा तो एक चेतावनी दी। दूसरे लोग भी घूम गए। बिना कुछ बोले लड़ाई शुरू हो गई। वह उसे घूंसा जमाने के फेर में एक-दूसरे पर गिर रहे थे। अब्दुल्ला अपना सिर मुक्कों से बचाते हुए खड़ा रहा। उसकी कोहनियां शरीर की रक्षा कर रही थीं। जब शुरुआती हमला शांत हुआ तो उसने दाएं-बाएं मुक्के बरसाने शुरू कर दिए। उसका हर मुक्का किसी न किसी को लग रहा था। मैं भी दौड़कर वहां पहुंच गया और उसके पीछे मौज़ूद व्यक्ति को खींच लिया। मैंने पैर अड़ाकर उस व्यक्ति को गिरा दिया। उसने मेरी पकड़ छुड़ाने की कोशिश करते हुए मुझे भी गिरा लिया। मेरा घुटना उसके सीने पर था और मैंने उसे एक घूंसा जड़ दिया। उसने उठने की कोशिश की और मैंने उसे तीन-चार घूंसे जड़ दिए। वह दर्द से कराहता हुआ गिर गया।

मैंने देखा कि अब्दुल्ला के एक सधे हुए घूंसे ने सामने के व्यक्ति की नाक से ख़ून का फ़व्वारा निकाल दिया। मैं अब्दुल्ला की पीठ के पीछे छलांग लगाकर कराते की मुद्रा में खड़ा हो गया। बचे हुए तीन लोग असमंजस के चलते पीछे हट गए। जब अब्दुल्ला ने चिल्लाते हुए हमला बोला तो वे तीनों भाग खड़े हुए। मैंने अब्दुल्ला की तरफ़ देखा और उसने सिर हिलाया तो हमने उन लोगों को जाने दिया।

लड़ाई देखने के लिए वहां जमा भारतीय जनता हम दोनों को बाइक की तरफ़ लौटते हुए देख रही थी। हम जानते थे कि अगर हमारी लड़ाई भारतीयों से हुई होती-

देश के किसी भी कोने, नस्ल, धर्म या जाति के-तो पूरी भीड़ हमारे ख़िलाफ़ लड़ रही होती। चूंकि लड़ाई विदेशियों के बीच थी तो लोगों में उत्सुकता और उत्तेजना थी, लेकिन लड़ाई में कूदने की उनकी कोई भी इच्छा नहीं थी। जब हम कोलाबा के लिए रवाना हुए तो भीड़ भी छंट गई।

अब्दुल्ला ने मुझे नहीं बताया कि लड़ाई किस बात को लेकर थी और ना ही मैंने उससे कभी पूछा। कई बरसों बाद हमारे बीच जब इस विषय पर एक बार बातचीत हुई तो उसने मुझे बताया कि वह उसी दिन से मुझे पसंद करने लगा था। वह मुझे लड़ाई में शामिल होने के कारण नहीं बल्कि इसलिए पसंद करने लगा था कि मैंने उससे एक बार भी नहीं पूछा कि लड़ाई की वज़ह क्या थी। उसने कहा कि मेरे बारे में तमाम बातों में यह बात उसे सबसे ज़्यादा पसंद आई।

कोलाबा कॉज़वे में मेरे घर के पास आते ही मैंने अब्दुल्ला को बाइक धीमी करने के लिए कहा। मैंने एक लड़की को स्थानीय लोगों की तरह फुटपाथ पर की भीड़ टालने के लिए सड़क के किनारे चलते देखा। वह कुछ अलग और बदली हुई लग रही थी, लेकिन मैंने उसे उसके सुनहरे बालों, लंबे पैरों और चलने के अंदाज़ से पहचान लिया। यह लिसा कार्टर थी। मैंने अब्दुल्ला से उसके सामने बाइक रोकने को कहा।

'हाय, लिसा।'

'आह,' उसने अपने गॉगल्स को सिर पर लगाते हुए कहा, 'गिलबर्ट, दूतावास में काम कैसा चल रहा है?'

'ओह, तुम्हें पता है,' मैं हंसा। 'यहां संकट है, वहां बचाव है आप बहुत अच्छी लग रही हो, लिसा।'

उसके सुनहरे बाल पिछली बार की तुलना में ज़्यादा लंबे और घने हो चुके थे। उसका चेहरा भरा हुआ और स्वस्थ लग रहा था, लेकिन वह छरहरी लग रही थी। सफ़ेद हाल्टर-नेक टॉप, सफ़ेद मिनी स्कर्ट और रोमन सैंडलों में वह बेहद ख़ूबसूरत लग रही थी।

'मैंने ग़लतियों से सबक़ ले लिया है,' उसने झूठी सी मुस्कान बिखेरते हुए कहा, 'मैं तुम्हें क्या बता सकती हूं? या तो ऐसा या फिर वैसा, दोनों तो हो नहीं सकता। जब आप शरीफ़ और सही हो जाते हैं तो *दुनिया* बेहूदा लगती है।'

'यह हुई ना बात,' मैंने तब तक हंसते हुए कहा, जब तक वह भी नहीं हंस पड़ी।

'तुम्हारा दोस्त कौन है?'

'अब्दुल्ला ताहेरी, यह लिसा कार्टर है। लिसा, यह अब्दुल्ला है।'

'ख़ूबसूरत बाइक,' उसने कहा।

'क्या तुम इस पर...सवारी करना चाहोगी?' अब्दुल्ला ने दांत निपोरते हुए कहा।

लिसा ने मेरी तरफ़ देखा और मैंने इस अंदाज़ में अपने हाथ खड़े कर दिए कि *तुम ख़ुद ही देख लो,* मैं बाइक से उतरकर उसके पास खड़ा हो गया।

'मुझे यहीं उतरना था,' मैंने कहा। लिसा और अब्दुल्ला अब भी एक-दूसरे की तरफ़ देख रहे थे। 'एक मुफ्त की सीट है अगर आप चाहें तो।'

'ठीक है,' वह मुस्कराई, 'चलो इसे भी आजमा लेते हैं।'

वह स्कर्ट उठाकर बाइक के पीछे बैठ गई। सड़क पर मौज़ूद सैकड़ों लोगों में जो लोग अब तक उसे नहीं देख रहे थे, वह भी उसे घूरने वालों में शामिल हो गए। अब्दुल्ला ने किसी स्कूली बच्चे की तरह ख़ुश होते हुए मुझसे हाथ मिलाया। उसने बाइक को किक मारी और गियर बदलकर हवा से बातें करते हुए ट्रैफ़िक में गुम हो गया।

'अच्छी बाइक,' मेरे पीछे से एक आवाज़ आई। यह जेमिनी जॉर्ज की थी।

'बहुत सुरक्षित नहीं हैं, वह एनफ़ील्ड्स,' एक अन्य आवाज़ ने कड़क कैनेडाई लहजे के साथ प्रतिक्रिया दी। वह स्कॉर्पियो जॉर्ज था।

वे रास्तों पर रहते थे, दरवाज़ों में सोते थे और दमदार ड्रग्स ख़रीदने के लिए तड़पते पर्यटकों से मिलने वाले कमीशन से उनका जैसे-तैसे गुजारा होता था। उनके हुलिये को देखकर यह साफ़ ज़ाहिर भी हो जाता था। ना तो उन्होंने दाढ़ी की हुई थी, ना वे नहाए हुए थे और बड़े ही औघड़ क़िस्म के लग रहे थे। साथ ही वे बुद्धिमान, ईमानदार और बिना शर्त एक-दूसरे के प्रति वफ़ादार भी थे।

'हां, भाइयों, कैसी गुजर रही है?'

'बेटा, बहुत अच्छी,' जेमिनी जॉर्ज ने लीवरपुल के लहजे के साथ कहा। 'तुम जानते हो, हमें एक ग्राहक मिला है, शाम छह बजे के लिए।'

'नज़र नहीं लगे,' स्कॉर्पियो ने कहा। उसकी आवाज़ में इस बात को लेकर चिंता साफ़ झलक रही थी कि शाम को ना जाने क्या होगा।

'सबकुछ अच्छा ही होगा,' जेमिनी ने उत्साह बढ़ाते हुए कहा, 'अच्छे ग्राहक हैं। कुछ कमाई हो जाएगी।'

'अगर सबकुछ ठीक-ठाक रहा और कोई गड़बड़ नहीं हुई तो,' स्कॉर्पियो ने कुछ शिकायती लहजे में कहा।

'लगता है कुछ गड़बड़ है,' मैंने अब्दुल्ला की शर्ट या शायद लिसा की स्कर्ट को दूर कहीं गुम होते देखकर कहा।

'कैसे क्या?' जेमिनी ने पूछा।

'कुछ नहीं। लगता है कि हर कोई प्यार में पड़ रहा है।'

मैं प्रभाकर, विक्रम और जॉनी सिगार के बारे में सोच रहा था। और मैं अब्दुल्ला की आंखों के उस अंदाज़ को जानता था जो उसने मुझसे पीछा छुड़ाते हुए दिखाया था। मामला दिलचस्पी से कहीं ज़्यादा दिख रहा था।

'मजे की बात है कि तुम इसका ज़िक्र कर रहे हो–तुम यौन प्रेरणा के बारे में क्या सोचते हो, लिन?' स्कॉर्पियो ने मुझसे पूछा।

'फिर से कहना?'

'बोलने की बात कर रहे हो,' जेमिनी ने आंखें मिचकाते हुए पूछा।

'अरे यार कुछ पल के लिए तो गंभीर हो जाओ,' स्कॉर्पियो ने उसे सुनाई। 'यौन प्रेरणा, लिन, तुम इसके बारे में क्या सोचते हो?'

'तुम्हारा कहने का मतलब क्या है?'

'तुम्हें पता है हमारे बीच बहस होने जा रही है।'

'एक *चर्चा*,' जेमिनी ने टोकते हुए कहा, 'बहस नहीं। मैं तुम्हारे साथ *चर्चा* कर रहा हूं, *बहस* नहीं।'

'हम इस बात पर *चर्चा* कर रहे हैं कि लोगों को क्या बात *प्रेरित* करती है।'

'मैं तुम्हें पहले ही चेतावनी दे देना चाहूंगा, लिन,' जेमिनी ने कहा, 'हम दोनों के बीच इस विषय पर पिछले दो सप्ताह से चर्चा हो रही है और स्कॉर्पियो को समझ नहीं आ रही।'

'जैसा कि मैंने कहा, हम इस बात पर चर्चा कर रहे हैं कि वह क्या बात है जो लोगों को प्रेरित करती है।' उसके कैनेडाई लहजे में किसी उद्घोषक की तरह पेशेवर अंदाज़ में कहे गए इन शब्दों ने उसके अंग्रेज़ दोस्त को चिढ़ा दिया। 'फ्रायड कहते हैं कि *सेक्स* की ललक हमें प्रेरित करती है। एडलर ने असहमति जताई और कहा कि *सत्ता* की ललक हमें प्रेरित करती है। फिर विक्टर फ्रैंकल ने कहा कि सेक्स और सत्ता बहुत महत्त्वपूर्ण प्रेरक हैं, लेकिन जब आप दोनों में से ही कुछ नहीं पाते–ना सेक्स ना सत्ता–तो कुछ और भी है जो हमें आगे बढ़ते रहने के लिए प्रेरित करता है'

'हां, हां, किसी *प्रयोजन* की ललक,' जेमिनी ने जोड़ा, 'जो कि अलग शब्दों के साथ वही बात है। हम सत्ता के लिए प्रेरित होते हैं, क्योंकि उसके ज़रिये हमें सेक्स मिलता है और हम प्रयोजन की ललक रखते हैं, क्योंकि वह हमें सेक्स को समझने में मदद करता है। अंत में सारी बात सेक्स पर ही आकर ठहर जाती है, फिर भले ही आप उसे जो चाहे कहें। वह अन्य विचार वह तो केवल परिधानों की तरह हैं। और जब *परिधान* उतार देते हैं तो यह सब सेक्स के लिए होता है, है ना?'

'नहीं, नहीं तुम ग़लत हो,' स्कॉर्पियो ने विरोध किया, 'हम सब ज़िंदगी का मतलब तलाशने की ललक से आगे बढ़ते हैं। हमें जानना होता है कि यह सब क्या माजरा है। अगर बात केवल सेक्स और सत्ता की होती तो हम आज भी चिम्पांजी ही होते। दरअसल उद्देश्य और *अर्थ* ही है जो हमें इंसान बनाता है।'

'स्कॉर्पियो, सेक्स ही हमें इंसान बनाता है,' जेमिनी ने अपने कुटिल अंदाज़ में बात पर और अधिक ज़ोर दिया, 'लेकिन तुम इतने वक़्त से इससे दूर हो कि शायद तुम इसे भूल चुके हो।'

एक टैक्सी हमारे पास आकर रुक गई। पिछली सीट पर बैठा यात्री कुछ पल के लिए अंधेरे में था। फिर वह धीरे-धीरे खिड़की के क़रीब आया। वह उला थी।

'लिन,' उसने कहा, 'मुझे तुम्हारी मदद की ज़रूरत है।'

उसने गॉगल्स पहन रखे थे और सिर पर बालों को ढंकते हुए स्कार्फ़ बांध रखा था। उसका चेहरा पीला पड़ चुका था।

'उला, यह बात मैंने पहले भी कहीं सुन रखी है,' मैंने बिना टैक्सी की ओर बढ़े कहा।

'कृपया समझने की कोशिश करो, मेरा यही मतलब है। अंदर बैठ जाओ। मैं तुम्हें कुछ बताना चाहती हूं... कुछ ऐसी बात जो तुम जानना चाहते हो।'

मैं हिला तक नहीं।

'लिन, मैं जानती हूं कि कार्ला कहां है। अगर तुम मेरी मदद करोगे तो मैं तुम्हें बता दूंगी।'

मैं मुड़ा और मैंने जॉर्ज से हाथ मिलाया। जब मैंने स्कॉर्पियो से हाथ मिलाया तो उसके हाथ में 20 डॉलर का एक नोट दबा दिया। उनकी आवाज़ सुनते ही मैंने वह अपनी जेब से निकाल रखा था। मैंने विदा होने के वक़्त के लिए इसे संभाल रखा था। मैं जानता था कि अगर उनका *कथित* ग्राहक नहीं आया तो उनकी दुनिया में एक हसीन रात बिताने के लिए इतना पैसा पर्याप्त था।

मैंने दरवाज़ा खोला और टैक्सी में बैठ गया। ड्राइवर ने गाड़ी आगे बढ़ा दी और बीच-बीच में शीशे से मुझे देखता रहा।

'लिन, मैं नहीं जानती कि तुम मुझसे क्यों नाराज़ हो,' उला ने गॉगल हटाकर मेरी तरफ़ देखते हुए कहा, 'लिन, कृपया गुस्सा मत होना। गुस्सा मत होना।'

काफ़ी अरसे बाद मैं गुस्सा नहीं था। मैं गुस्सा नहीं था। *स्कॉर्पियो ठीक ही कह रहा था,* मैंने सोचा : *प्रयोजन या मतलब ही हमें इंसान बनाता है।* मैं वहां था, केवल एक नाम के उल्लेख के कारण, भावनाओं के समंदर में उतराता हुआ। मैं एक महिला की तलाश कर रहा था, कार्ला की। मैं ख़ुद को दुनिया का हिस्सा बना रहा था और जोख़िम ले रहा था। मेरे पास एक प्रयोजन था। एक खोज की ललक।

और फिर मैं उस उत्तेजित पल में समझ गया कि वह क्या बात थी जिसने मुझे माज़िद के यहां पर अवसादग्रस्त कर दिया था और उस दिन इतना नाराज़ कर दिया था। मुझे अच्छी तरह से समझ आ चुका था कि उस पल भर के सपने में-छोटे से बच्चे की कामना कि क़ादर वास्तविकता में मेरे पिताजी होते-की बैचेनी ही मुझे उस हताशा की ओर ले गई थी, जहां पिता-पुत्र अपने प्यार को जाने देते हैं। इसे देखकर और इसे याद करके मैंने अपने दिल के अंधकार को दूर करने की ताक़त हासिल कर ली थी। मैंने उला की तरफ़ देखा और उसकी नीली आंखों में झांकते हुए हैरानी

होकर सोचने लगा, बिना किसी गुस्से या दुख के, क्या मुझे दगा देकर जेल भिजवाने में उसकी कोई भागीदारी थी।

उसने हाथ बढ़ाकर मेरे घुटने पर रख दिया। उसकी पकड़ काफ़ी कड़ी थी, लेकिन उसका हाथ कांप रहा था। कुछ पल के लिए ख़ूशबू सी चारों ओर तैर रही थी। हम फंस चुके थे, हम दोनों, हम एक-दूसरे को थामे हुए थे, अलग-अलग तरीक़े से। और फिर एक बार हमारे संवाद का जाल बिखरने को था।

'शांत हो जाओ, मैं तुम्हारी मदद करूंगा, अगर यह मेरे बस में हुआ तो,' मैंने शांत होकर कहा, 'अब मुझे कार्ला के बारे में बताओ।'

अध्याय 24

आधी रात के क्षितिज पर सितारे और चांद डूबते-उतराते समंदर में हिलोरे मार रहे थे। यह एक गर्म, शांत और बिलकुल साफ़ रात थी। गोवा की फेरी पर काफ़ी भीड़ थी, लेकिन मैंने युवा पर्यटकों से कुछ दूरी पर एक जगह हासिल कर ही ली थी। उनमें से अधिकांश गांजे, हशीश और एसिड के नशे में धुत्त थे। एक पोर्टेबल हाई-फ़ाई से तेज़ आवाज़ में संगीत बज रहा था। अपने बैकपैक्स के बीच वे बीच-बीच में एक-दूसरे का नाम पुकारते, तालियां बजाते और झूम रहे थे। वे अपनी गोवा के रास्ते का पूरा आनंद उठा रहे थे। पहली बार गोवा जा रहे पर्यटक तो मानो किसी सपने की ओर बढ़ रहे थे। पुराने लोग एक ऐसी जगह लौट रहे थे, जहां वह वास्तविकता में आज़ाद महसूस कर सकते थे।

तारों को देखते हुए कार्ला की ओर बढ़ते हुए और डेक पर मौज़ूद बच्चों की बातों को सुनते हुए, मैं उनके उम्मीदों भरे उत्साह को समझ पा रहा था। एक तरह से मैं भी उसे साझा कर रहा था। लेकिन मेरा चेहरा सख़्त था। मेरी आंखें सख़्त थीं। और यही सख़्ती मुझे उनके महज एक मीटर के अंतर पर चल रहे उत्साह भरे जश्न से अलग कर रही थी। और जबकि मैं उस लहराती, झूमती, डोलती फेरी पर बैठा था, मैं उला के बारे में सोच रहा था : मैंने टैक्सी में बातचीत के दौरान उसकी नीली आंखों में छिपे डर को याद किया।

उला को उस रात पैसों की दरकार थी, एक हज़ार डॉलर की और मैंने उसे वे दे दिए। वह चाहती थी कि मैं उसके साथ उस होटल तक जाऊं, जहां पर उसने अपने कपड़े और निजी सामान छोड़ रखा था। हम वहां साथ-साथ गए और उसके डर से कांपते रहने के बाद भी हमने बिना किसी मुश्किल के उसका सामान उठाया, बिल अदा किया। वह दरअसल मोडेना और मॉरिजियो द्वारा किए गए किसी सौदे के कारण परेशानी में फंस गई थी। मॉरिजियो के अल्पकालिक घोटालों की तरह यह मामला भी गड़बड़ा गया था। अपना पैसा गंवाने वाले लोग पहले के लोगों की तरह शांत बैठने वाले नहीं थे। उन्हें अपना पैसा वापस चाहिए था और इसके लिए वह किसी का ख़ून बहाने के लिए भी तैयार थे। इसके लिए उन्हें किसी क्रम की भी आवश्यकता नहीं थी।

उसने मुझे नहीं बताया कि वे लोग कौन थे। उसने मुझे यह भी नहीं बताया कि वे लोग क्यों उसे भी अपना निशाना बनाना चाहते थे या फिर अगर वह उसे पकड़ लेते तो उसके साथ क्या करते। मैंने उससे पूछा ही नहीं। निश्चित तौर पर मुझे उससे

पूछना चाहिए था। यह मुझे बड़ी परेशानी से बचा सकता था। लंबी अवधि में शायद यह एक-दो लोगों की ज़िंदगी बचाने में सफल होता। लेकिन मेरी उला में कोई भी रुचि नहीं थी। मैं तो बस कार्ला के बारे में जानना चाहता था।

'वह गोवा में है,' उला ने होटल से बाहर निकलते हुए कहा।

'गोवा में कहां?'

'मुझे नहीं पता। किसी समुद्र तट पर।'

'उला, गोवा में तो ढेर सारे समुद्र तट हैं।'

'मैं जानती हूं, मैं जानती हूं,' उसने मेरी खिसियाई हुई आवाज़ पर प्रतिक्रिया दी।

'तुमने कहा था कि तुम जानती हो कि वह कहां है।'

'मैं जानती हूं। वह गोवा में है। मैं जानती हूं कि वह गोवा में है। उसने मुझे मापुसा से ख़त लिखा था। मुझे कल ही उसका पिछला पत्र मिला था। वह मापुसा के आस-पास कहीं है।'

मैं कुछ राहत महसूस करने लगा। हमने इंतज़ार कर रही टैक्सी में उसका सामान लादा और मैंने ड्राइवर को ब्रीच कैंडी स्थित अब्दुल्ला के फ़्लैट का पता समझाया। मैंने आस-पास देखकर यह सुनिश्चित कर लिया कि कोई हमारी निगरानी नहीं कर रहा। टैक्सी के चले जाने के बाद मैं कुछ देर तक चुपचाप बैठा रहा।

'वह क्यों चली गई?'

'मैं नहीं जानती।'

'उसने तुम्हें कुछ तो बताया होगा। वह बहुत बोलने वाली लड़की थी।'

उला हंस दी।

'उसने मुझे जाने के बारे में कुछ भी नहीं बताया। अगर तुम मेरा मत जानना चाहते हो तो मेरे मुताबिक़ वह तुम्हारे ही कारण चली गई।'

कार्ला के प्रति मेरा प्यार यह सुनकर ही शर्मिंदा हो गया। मेरा सारा घमंड चापलूसी की भेंट चढ़ गया। इसी खिसियाहट में मेरी आवाज़ कुछ कर्कश हो गई।

'इसके अलावा भी कुछ बात ज़रूर होगी। क्या उसे किसी बात का डर था?'

उला ने फिर ठहाका लगाया।

'कार्ला को किसी भी बात का डर नहीं था।'

'हर किसी को किसी न किसी बात से डर लगता है।'

'तुम्हें किस बात का डर लगता है लिन?'

मैंने मुड़कर उसे घूरा। मैं देखना चाहता था कि कहीं उसके यह कहने के पीछे कोई अर्थ तो नहीं छिपा था।

'उस रात क्या हुआ, जब तुम मुझसे लियोपोल्ड्स में मिलने वाली थी?' मैंने उससे पूछा।

'मैं उस रात वहां नहीं पहुंच सकी। मुझे वहां जाने से रोका गया था। मोडेना और मॉरिजियो ने अंतिम मिनट में अपनी योजना बदल दी और मुझे रोक दिया।'

'जहां तक मुझे याद है कि तुम मुझे वहां बुलाना चाहती थी, क्योंकि तुम्हें उन दोनों पर *विश्वास* नहीं था।'

'यह सही है। मैं मोडेना पर कुछ हद तक विश्वास करती हूं, लेकिन उसकी मॉरिजियो के आगे नहीं चलती। जब मॉरिजियो उसे कुछ कहता है तो फिर उसका दिमाग़ काम करना बंद कर देता है।'

'बात तो अभी भी स्पष्ट नहीं हुई है,' मैंने गुस्से में कहा।

'मैं जानती हूं,' बेहद विचलित दिख रही उला ने कहा, 'मैं तुम्हें बताने की कोशिश कर रही हूं। मॉरिजियो ने एक सौदा तय किया था–उसने लंबा हाथ मारने की योजना बनाई थी–और मैं इसमें बीच में थी। मॉरिजियो मेरा इस्तेमाल कर रहा था, क्योंकि वह जिन लोगों से पैसे चुराने की योजना बना रहा था, वह मुझे पसंद करते थे। और वे मुझ पर विश्वास भी करते थे, तुम जानते हो यह कैसे होता है।'

'हां, मैं जानता हूं यह कैसे होता है।'

'ओह, लिन समझने की कोशिश करो उस रात मैं वहां नहीं पहुंची तो इसमें मेरी कोई भी ग़लती नहीं थी। वे चाहते थे कि मैं अकेली ग्राहकों से मिलूं। मैं उन लोगों से डरती थी, क्योंकि मैं जानती थी मॉरिजियो की क्या योजना थी और इसीलिए एक दोस्त के नाते मैंने तुम्हें आने के लिए कहा था। फिर उन्होंने योजना बदल दी और हम सब किसी और जगह एक साथ मिले और मैं तुम्हें बता नहीं सकी। अगले दिन मैंने तुम्हें खोजने की कोशिश की ताकि सफ़ाई देकर माफ़ी मांग सकूं, लेकिन... तुम जा चुके थे। मैंने तुम्हें हर तरफ़ खोजा। क़सम खाती हूं मैंने तुम्हें खोजा। मुझे इस बात का बहुत ज़्यादा अफ़सोस था कि मैं उस रात के वादे के मुताबिक़ तुमसे मिलने के लिए लियोपोल्ड्स नहीं जा सकी।'

'तुम्हें कब पता चला कि मैं जेल में हूं?'

'तुम्हारे बाहर आने के बाद। मैंने डिडियर को देखा और उसने बताया कि तुम बहुत भयावह लग रहे थे। वह पहला अवसर था जब मैं...एक मिनट...क्या तुम...क्या तुम्हें लगता है कि तुम्हारे जेल जाने का मेरे साथ कोई संबंध है? क्या तुम *यह* सोचते हो?'

मैंने जवाब देने से पहले कुछ देर तक उसे घूरा।

'*क्या* तुम?'

'हे भगवान,' वह चीख़ने लगी और उसके चेहरे पर बेहद दारुण भाव आ गए। वह अपना सिर ज़ोर-ज़ोर से हिलाने लगी मानो किसी विचार को दिमाग़ से झटक रही हो। 'कार को रोको! ड्राइवर! *बंद करो! अभी, अभी! बंद करो! ठहरो!'*

टैक्सी ड्राइवर ने बंद शटर वाली दुकानों की कतार के आगे कार रोक दी।

सड़क सुनसान थी। उसने टैक्सी को बंद कर दिया और पीछे देखने वाले शीशे से हम दोनों को देखने लगा।

उला दरवाज़ा खोलने के लिए संघर्ष करने लगी। वह लगातार रोए जा रही थी। वह इतनी बैचेन थी कि उसने दरवाज़ा ही जाम कर दिया और वह खुला ही नहीं।

'आराम से,' मैंने उसका हाथ दरवाज़े के हैंडल से हौले से हटाते हुए कहा। मैंने उसका हाथ अपने हाथों में थामते हुए कहा, 'ठीक है। शांत हो जाओ।'

'कुछ भी ठीक नहीं है,' उसने सुबकते हुए कहा, 'मैं नहीं जानती कि हम इस गड़बड़झाले में कैसे उलझ गए। मोडेना कारोबार में अच्छा नहीं है। उन्होंने सब कुछ गड़बड़ कर दिया, वह और मॉरिजियो। तुम जानते हो वे कई लोगों को ठग रहे थे और हर बार बच निकल रहे थे। लेकिन इन लोगों से नहीं। यह अलग क़िस्म के लोग हैं। मुझे इतना डर लग रहा है। मैं नहीं जानती कि मैं क्या करूं। वे हमें मार डालेंगे। हम सभी को। और तुम्हें लगता है कि मैंने पुलिस को तुम्हारे पीछे लगाया? किसी वजह से, लिन? क्या तुम्हें लगता है कि मैं इस तरह की व्यक्ति हूं? क्या मैं इतनी बुरी हूं कि मेरे बारे में तुम इस तरह की बात सोच सकते हो? तुम्हें क्या लगता है कि मैं क्या हूं?'

मैंने हाथ बढ़ाकर दरवाज़ा खोला। वह बाहर निकली और कार पर टिक गई। मैं बाहर निकलकर उसके पास खड़ा हो गया। वह कांप रही थी और सुबक रही थी। मैंने उसे तब तक बांहों में थामे रखा, जब तक कि वह पूरी तरह से रो नहीं ली।

'कोई बात नहीं, उला। मुझे नहीं लगता कि तुम्हारा इससे कुछ वास्ता है। मैंने कभी भी नहीं सोचा कि तुमने यह किया होगा। वास्तविकता में नहीं, तब भी जबकि तुम उस रात वहां लियोपोल्ड्स में नहीं थी। तुमसे केवल इसलिए पूछा कि मैं इस विचार को हमेशा के लिए दिल से निकाल देना चाहता था। मुझे तुमसे यह बात पूछनी ही थी। क्या तुम समझ रही हो?'

उसने मेरे चेहरे की तरफ़ देखा। सड़क की रोशनी उसकी बड़ी नीली आंखों में दमक रही थी। उसका चेहरा थकान और डर से निढाल हो चुका था, लेकिन उसकी आंखें किसी सुदूर उम्मीद पर टिकी हुई थीं।

'तुम उससे सचमुच प्यार करते हो, है ना?'

'हां।'

'यह अच्छी बात है,' उसने सपनों में डूबते हुए कहा। 'प्यार एक अच्छी बात है। और कार्ला–उसे प्यार की ज़रूरत है, बहुत ज़्यादा। तुम्हें पता है, मोडेना भी मुझसे प्यार करता है। वह वाक़ई मुझसे बहुत प्यार करता है...'

वह कुछ पलों के लिए ख़यालों में गुम हो गई और फिर अचानक वर्तमान में लौटते हुए मुझे घूरने लगी। उसके हाथों ने मेरी बांहों को थाम रखा था।

'तुम उसे खोज लोगे। शुरुआत मापुसा से करना, तुम उसे खोज लोगे। वह अभी कुछ और वक़्त गोवा में रुकने वाली है। उसने अपने ख़त में मुझे ऐसा बताया था। वह

कहीं समुद्र तट पर ही है। अपने ख़त में उसने लिखा था कि वह अपने अगले दरवाज़े से समंदर को देख सकती है। लिन, वहां जाकर उसे खोज लो। उसकी तलाश करो और उसे खोज निकालो। पूरी दुनिया में पता है केवल प्यार ही है। केवल प्यार है...'

और उला के आंसू मेरे साथ रहे, जब तक कि वह फेरी से दिख रहे चांद से जगमगाते समंदर में घुल नहीं गए। और उसके शब्द, *बस प्यार ही है,* किसी दुआ की तरह उम्मीद के एक धागे के साथ मुझसे जुड़े रहे, जबकि मेरे चारों ओर संगीत और हंसी गूंज रही थी।

जब उस लंबी रात की रोशनी सुबह की रोशनी में तब्दील हो गई और फेरी गोवा की राजधानी पंजिम पहुंची, तो मापुसा की बस पकड़ने वाला पहला व्यक्ति मैं ही था। पंजिम से मापुसा (जिसे स्थानीय लोग मुपसा कहते थे) तक की पंद्रह किलोमीटर की यात्रा हरे-भरे इलाक़े से गुजरी जहां पर आलीशान घर ठीक 400 वर्ष पुराने पुर्तगीज उपनिवेश के दौर के अंदाज़ में बने हुए थे। मापुसा दरअसल गोवा के उत्तरी हिस्से के लिए परिवहन और संचार का केंद्र था। मैं वहां शुक्रवार को पहुंचा था जो कि वहां पर बाज़ार का दिन होता था। सुबह की भीड़ पहले ही भाव-ताव में भिड़ चुकी थी। मैं टैक्सी और मोटरसाइकल स्टैंड तक पहुंचा। लंबे चले भाव-ताव के दौरान कम से कम तीन धर्मों के देवी-देवताओं और अपने दोस्तों, साथियों की बहनों के हवाले के बाद जाकर कहीं डीलर मुझे एक एनफ़ील्ड बुलेट मोटरसाइकल किराये पर देने के लिए तैयार हुआ। मैंने एक बांड के अलावा एक सप्ताह के किराये का अग्रिम भुगतान कर दिया। बाइक को किक लगाई और बाज़ार के शोर-शराबे से समंदर के तट की ओर चल पड़ा।

भारत की एनफ़ील्ड 350 सीसी बुलेट, एक सिलेंडर और चार स्ट्रोक वाली बाइक है जो ब्रिटिश रॉयल एनफ़ील्ड की 1950 के दशक के मूल मॉडल की प्रतिलिपि थी। इसे दमखम, भरोसे और टिकाऊपन के लिए जाना जाता था। बुलेट एक ऐसी बाइक थी जो अपने चालक के साथ रिश्ते की मांग करती थी। चालक को इस रिश्ते में जहां सहनशीलता, धैर्य और समझ दिखानी पड़ती थी तो बदले में बुलेट उसे स्वर्ग की सैर जैसा आनंद देती थी, ठीक किसी पंछी की तरह। जिसमें कभी-कभार मौत का भी सामना हो जाया करता था।

मैंने वह दिन कलानगुट से चापोरा तक के समुद्र तट छानने में निकाल दिया। मैंने हर होटल और गेस्टहाउस में थोड़ी बहुत रिश्वत के साथ पूछताछ की। मुझे हर समुद्र तट पर मुद्रा बदल देने वाले, ड्रग डीलर्स, टूर गाइड्स, चोर और जिगोलो तक मिले। उनमें से अधिकांश ने विदेशी लड़कियों को देखा था, जो उसके हुलिये के क़रीब थी, लेकिन कोई भी उसके कार्ला होने की पुष्टि नहीं कर सका। मैं मुख्य समुद्र तट के रेस्तरां में रुका और मैंने कॉफ़ी, जूस पीने के दौरान भी वेटरों, मैनेजरों से पूछताछ की। वह सभी मददगार थे और मदद करने की कोशिश भी कर रहे थे, क्योंकि मैं मराठी और हिंदी में बातचीत कर रहा था। हालांकि उनमें से किसी ने

भी उसे नहीं देखा था। कुछ संकेत मिले, लेकिन मेरा पहला दिन कुल मिलाकर निराशाजनक ही रहा।

अंजुना में सीशोर रेस्तरां का मालिक दश्रांत नाम का एक युवा महाराष्ट्रियन था। सूरज डूबने को था और मुझसे बातचीत करने वाला वह अंतिम स्थानीय व्यक्ति था। उसने गोभी, आलू, बीन्स और अदरक को एक हरी चटनी के साथ मिलाकर कुरकुरे तले हुए ओकरा के साथ तैयार किया। वह मेरे साथ ही खाना खाने बैठ गया और उसने मुझे नारियल की फेनी भी पेश की। उसके बाद उसने मुझे काजू की फेनी से भरा एक और बड़ा गिलास पकड़ाया। उसने मुझसे किसी भी तरह का भुगतान लेने से इंकार कर दिया। दरअसल वह स्थानीय मराठी बोलने वाले गोरे से पैसे नहीं लेना चाहता था। दश्रांत ने रेस्तरां में ताला जड़ा और मेरे साथ मेरा गाइड बनकर मोटरसाइकल पर निकल पड़ा। उसे मेरा कार्ला की खोज का प्रयास बेहद रोमांटिक लगा–बहुत हद तक भारतीय–और वह चाहता था कि मैं उसके गेस्ट हाउस के पास ही रहूं।

'इस इलाक़े में कुछ ख़ूबसूरत विदेशी लड़कियां हैं,' उसने मुझे बताया, 'उनमें से एक, अगर भगवान ने चाहा, शायद तुम्हारा खोया हुआ प्यार हो सकती है। तुम पहले नींद निकाल लो और फिर कल खोजना–बिलकुल ताज़ा दिमाग़ के साथ, ठीक है?'

ताड़ के ऊंचे पेड़ों के बीच रेतीले तट से होते हुए मैं उसके छोटे घरों की बताई हुई दिशा में बाइक चलाता रहा। यह झोपड़ीनुमा चौकोर मकान बांस, नारियल के पेड़ के तनों और ताड़ के पत्तों से बनाए गए थे। यहां से उसका रेस्तरां और समंदर का एक बड़ा हिस्सा दिखाई देता था। मैंने इकलौते कमरे में प्रवेश किया और उसने मोमबत्तियां और दीये जला दिए। फ़र्श रेत का बना हुआ था। वहां एक टेबल, दो कुर्सियां और एक बिस्तर था जिस पर रबर की चटाई बिछी हुई थी। कमरे में कपड़े लटकाने के लिए एक धातुई रैक भी था। एक बड़ा मटका साफ़ पानी से भरा हुआ था। उसने बड़े ही गर्व के साथ बताया कि स्थानीय कुएं के पानी से यह आज ही भरा गया है। टेबल पर दो गिलास के साथ नारियल फेनी की एक बोतल रखी हुई थी। उसने मुझे भरोसा दिलाया कि बाइक और मैं यहां पर सुरक्षित रहेंगे, क्योंकि इलाक़े में सबको पता है कि यह उसका घर है। दश्रांत ने मुझे दरवाज़े की चेन और ताला थमाते हुए कहा कि जब तक मुझे मेरी लड़की नहीं मिल जाती, मैं यहां पर रह सकता हूं। मेरी तरफ़ मुस्कान फेंककर वह चला गया। मैंने उसे रेस्तरां लौटते हुए कुछ गुनगुनाते हुए सुना।

मैंने बाइक को झोपड़ी के भीतर खींचा और एक रस्सी से उसका एक सिरा अपने पलंग के एक पाये से बांधकर उसे रेत से ढंक दिया। मैं उम्मीद कर रहा था कि अगर कोई बाइक को खींचेगा तो इसके कारण मेरी नींद खुल जाएगी। थकान और निराशा से निढाल होकर मैं बिस्तर पर गिर गया और चंद सेकेंडों में ही मुझे नींद भी लग गई। यह एक फ़ायदेमंद बिना सपनों वाली नींद थी, लेकिन मैं चार घंटे बाद ही उठ बैठा। दरअसल मैं बहुत ज़्यादा सतर्क और बैचेन था, जिसके कारण मुझे दोबारा

नींद नहीं आई। मैंने अपने जूते पहने और पानी की एक बाल्टी लेकर शौचालय के लिए झोपड़ी के पीछे चला गया। गोवा के अनेक शौचालयों की तरह यहां भी एक ढलान और छेद के सिवाय कुछ नहीं था। पीछे की गलियों में सुअरों का जमावड़ा लगा रहता था। जब मैं हाथ धोने के बाद घर की ओर लौट रहा था मैंने कुछ सुअरों को देखा। गंदगी के निपटारे के लिए यह पर्यावरण के लिहाज से एक प्रभावशाली तरीक़ा था। लेकिन उन सुअरों को मल खाते देखना, शाकाहारी होने के पक्ष में एक उपयोगी तर्क था।

मैं दश्रांत की झोपड़ी से लगभग पचास क़दम चलकर समुद्र तट पर बैठ गया और मैंने एक सिगरेट सुलगा ली। आधी रात का वक़्त था और समुद्र तट पूरी तरह से ख़ाली था। पूनम का चांद आसमान पर किसी तमगे की तरह लटक रहा था। *किस बात के लिए तमगा? मैंने सोचा। शायद घायल होने के लिए। एक बैंगनी दिल।* चांद की रोशनी समंदर की हर लहर के साथ किनारे से टकरा रही थी। ऐसा लग रहा था कि चांद की रोशनी ने पूरे समंदर को अपने आगोश में ले लिया था और एक-एक करके लहरों को किनारे पर भेज रहा था।

सिर पर टोकरी लिए एक महिला मेरी ओर आई। वह क़दमों को चूमती लहरों से बचते हुए चल रही थी। उसने मेरी तरफ़ मुंह करके अपनी टोकरी मेरे पैरों के पास पटक दी। वह तरबूज बेचने वाली थी। 35 वर्ष की वह महिला पर्यटकों और उनके तौर-तरीक़ों को जानती थी। मुंह में पान था और उसने हाथ के इशारे से टोकरी में बचा आधा तरबूज बताया। समुद्र तट के समय के लिहाज़ से वह काफ़ी देरी से आई थी। शायद वह किसी बच्चे या किसी रिश्तेदार की सेवा कर रही थी और घर लौट रही थी। मुझे देखकर शायद उसने सोचा होगा कि हो सकता है कि चलते-चलते कुछ और कमाई हो जाए।

मैंने उसे मराठी में बताया कि तरबूज का टुकड़ा ख़रीदने में मुझे ख़ुशी होगी। वह ख़ुश और हैरान हो गई। मेरे मराठी सीखने को लेकर नियमित सवालों की समाप्ति के बाद उसने मुझे बड़ा सा हिस्सा दे दिया। मैंने वह स्वादिष्ट कलिंगा खाया और उसके बीज समंदर में डाल दिए। वह मुझे देखती रही और जब मैंने सिक्कों की बज़ाय एक नोट उसे देना चाहा तो उसने विरोध भी किया। जब वह टोकरी उठाने लगी तो मैंने एक पुरानी हिंदी फ़िल्म का बेहद उदासी भरा गाना शुरू कर दिया।

ये दुनिया, ये महफ़िल
मेरे काम, की नहीं...

वह प्रशंसा में चिल्लाई और फिर ठुमकती हुई चली गई।

'तुम्हें पता है, यही वज़ह है कि मैं तुम्हें पसंद करती हूं,' कार्ला ने मेरे पास बैठते हुए कहा। उसकी आवाज़ और उसके चेहरे ने मेरे फेफड़ों की सारी हवा निकाल

दी और मेरा दिल ज़ोरों से धड़कने लगा। उससे अंतिम मुलाक़ात, पहली बार संबंधों के बाद इतना वक़्त गुज़र चुका था कि मेरी आंखें भावनाओं से भर आईं। अगर मैं अलग तरह का इंसान होता, एक अच्छा इंसान, तो निश्चित तौर पर रो पड़ता। और किसे पता, शायद इससे कुछ फ़र्क़ पड़ जाता।

'मुझे लगा तुम्हारा प्यार में यक़ीन नहीं है,' मैंने अपनी भावनाओं को दबाते हुए कहा। मेरा पूरा प्रयास था कि उसे पता नहीं लगने दूं कि मेरे मन में उसके लिए क्या भावनाएं हैं। उसका मुझ पर कितना असर है।

'*प्यार* से तुम्हारा क्या मतलब है?'

'मैंने... मैंने सोचा तुम उसी बारे में बात कर रही थी।'

उसने ठहाका लगाते हुए कहा, 'नहीं, मैंने कहा कि यही वज़ह है कि मैं तुम्हें पसंद करती हूं।' चांद की ओर देखते हुए उसने कहा, 'लेकिन मेरा प्यार में यक़ीन है। हर किसी का प्यार में यक़ीन होता है।'

'मैं निश्चित तौर पर नहीं कह सकता, लेकिन कई लोगों ने प्यार में यक़ीन करना छोड़ दिया है।'

'लोगों ने प्यार में यक़ीन करना नहीं छोड़ा है। उन्होंने प्यार में पड़ने में यक़ीन नहीं छोड़ा है। फ़र्क़ है तो बस इतना कि अब उनका प्यार के सुखद अंत में यक़ीन नहीं है। उनका अब भी प्यार और उसमें पड़ने में यक़ीन है, लेकिन अब वह जानते हैं कि... वे जानते हैं कि प्यार का अंत ठीक वैसा ही नहीं होता जैसे कि शुरुआत होती है।'

'मुझे लगता था कि तुम्हें प्यार से नफ़रत है। क्या तुमने आसमान के गांव में यही बात नहीं कही थी?'

'मैं प्यार से ठीक वैसे ही नफ़रत करती हूं जैसे कि नफ़रत से *नफ़रत* करती हूं। लेकिन इसका मतलब यह कतई नहीं है कि मेरा उनमें यक़ीन नहीं है।'

'दुनिया में तुम्हारे जैसा कोई नहीं है कार्ला,' मैंने उसकी तरफ़ देखकर मुस्कराते हुए कहा। वह रात और समंदर की तरफ़ देख रही थी। 'तो फिर तुम क्यों करती हो?'

'मैं क्यों क्या करती हूं?'

'तुम मुझे क्यों पसंद करती हो, जैसा कि तुमने अभी कुछ देर पहले कहा।'

'ओह वह बात,' उसने मुस्कराते हुए मेरी आंखों से आंखें मिलाते हुए कहा, 'क्योंकि मैं जानती थी कि तुम मुझे खोज निकालोगे। मैं जानती थी कि मुझे तुम्हें कोई संदेश भेजने की ज़रूरत नहीं पड़ेगी या यह बताने की कि मैं कहां पर हूं। मैं जानती थी कि तुम मुझे खोज निकालोगे। मैं जानती थी कि तुम आओगे। मैं नहीं जानती कि मैं कैसे जानती थी, लेकिन बस मैं जानती थी। और फिर, जब मैंने तुम्हें उस महिला के आगे समुद्र पट पर गाना गाते हुए सुना–तुम एक दीवाने क़िस्म के इंसान हो, लिन। मुझे यह बात पसंद आती है। मुझे लगता है कि तुम्हारी अच्छी की वजह ही यह है, तुम्हारा दीवानापन।'

'मेरी *अच्छाई?'* मैंने वाक़ई हैरान होते हुए पूछा।

'हां। लिन, तुम्हारे भीतर बहुत सारी अच्छाई है। इसकी अनदेखी कर पाना बेहद मुश्किल है। एक कठोर व्यक्ति में वास्तविक अच्छाई। मैंने तुम्हें नहीं बताया, बताया था क्या, जब हम झोपड़पट्टी में साथ में मिलकर काम किया करते थे। मुझे तुम पर इतना गर्व था। मैं जानती थी कि तुम्हें डर और चिंता लग रही होगी, लेकिन मुझे देखकर तुम केवल मुस्कराते थे और तुम हरदम वहां होते थे, जब कभी भी मैं जागती थी या सोने जाती थी। तुमने वहां जो काम किया मैं उसकी अपनी ज़िंदगी में देखे गए हर काम के लिहाज़ से प्रशंसक हूं। और आमतौर पर मैं किसी की सराहना नहीं करती।'

'कार्ला, तुम यहां गोवा में क्या कर रही हो? तुम वहां से चली क्यों आई?'

'बेहतर होगा कि तुमसे पूछा जाए कि तुम वहां क्यों रहते हो।'

'मेरी अपनी वज़हें हैं।'

'बिलकुल इसी तरह मेरी अपनी वज़हें हैं।'

उसने सिर घुमाकर समुद्र तट पर दूर दिखाई दे रहे इकलौते व्यक्ति की तरफ़ देखा। लग रहा था कि यह कोई घुमंतू पुजारी था, जिसके हाथ में लंबी सी लाठी थी। मैं उसे उस व्यक्ति को देखते हुए देखता रहा और मैं फिर पूछना चाहता था कि किस बात के कारण उसे बॉम्बे छोड़ना पड़ा, लेकिन उसके चेहरे पर तनाव इतना ज़ाहिर सा था कि मैंने इंतज़ार करना ही बेहतर समझा।

'मेरे आर्थर रोड जेल में काटे गए समय के बारे में तुम कितना जानती हो?' मैंने पूछा।

वह सिहर उठी, शायद ऐसा समंदर की ठंडी हवा के कारण हुआ होगा। उसने एक शर्ट और लुंगी पहन रखी थी और उसके पैर रेत में दबे हुए थे। उसने घुटनों को हाथों में समेट लिया।

'तुम्हारा क्या मतलब है?'

'मेरा मतलब है कि जिस रात मुझे उला से मिलना था, पुलिसवालों ने मुझको उठा लिया था। तुम्हारे यहां से जाने के ठीक बाद उन्होंने मुझे दबोच लिया था। जब मैं वापस नहीं लौटा तो तुम्हें क्या लगा कि मेरे साथ क्या हुआ होगा?'

'उस रात मुझे पता नहीं चला। मैं अनुमान भी नहीं लगा सकी।'

'तुम्हें लगा... क्या तुम्हें लगा कि मैंने तुम्हें छोड़ दिया?'

वह ख़यालों में डूबकर कुछ देर के लिए रुक गई।

'पहले-पहल मैंने ऐसा ही सोचा। उसी तरह का और मुझे लगता है कि मैं तुमसे नफ़रत करने लगी। फिर मैंने लोगों से पूछताछ शुरू की। जब मुझे पता चला कि तुम झोपड़पट्टी के क्लीनिक तक में नहीं लौटे हो और किसी ने भी तुम्हें नहीं देखा है, तो मुझे लगा कि तुम कुछ... कर रहे होगे...कुछ महत्त्वपूर्ण।'

'महत्त्वपूर्ण,' मैंने हंसते हुए कहा। यह हंसी कड़वाहट और गुस्से से भरी

थी। मैंने उन भावनाओं को दबाने की कोशिश की। 'मुझे माफ़ करना कार्ला। मैं बाहर संदेश नहीं भेज सका। मैं तुम्हें बता नहीं सका। मेरा दिमाग़ तो इस सोच से पगला गया था कि तुम...तुम्हें... इस तरह से छोड़ देने के कारण मुझसे नफ़रत करती हो।'

'जब मैंने इसके बारे में सुना–कि तुम जेल में हो–इसने मेरा दिल तोड़ दिया। वह वक़्त मेरे लिए बहुत बुरा था। यह...कारोबार जो मैं कर रही थी...सब ग़लत-सलत हो रहा था। यह इतना ग़लत और बुरा था कि लिन मुझे लगता है कि मैं कभी इससे उबर नहीं पाऊंगी। और फिर मैंने तुम्हारे बारे में सुना। और मैं इतनी...खैर...बस सबकुछ बदल गया। सबकुछ।'

उसने क्या कहा मैं समझ ही नहीं पाया। मुझे इस बात का यक़ीन था कि यह महत्त्वपूर्ण था और मैं उससे कुछ और पूछना चाहता था, लेकिन दूर से आ रहा एकाकी शख़्स अब काफ़ी क़रीब आ चुका था। जैसे ही वह हमारी तरफ़ सधे हुए क़दमों के साथ बढ़ा, कुछ पूछने का वह लम्हा जा चुका था।

वह वाक़ई पुजारी था। लंबा, दुबला-पतला, उसने एक धोती पहन रखी और गले में दर्जनों मालाएं, हाथों में कड़े और दर्जनों सजावटी कंगन थे। उसके बालों की उलझी हुई लटें कमर तक झूल रही थीं। लाठी को कंधे पर रखते हुए उसने दोनों हाथ कुछ ऐसे जोड़े कि आशीर्वाद और नमस्कार दोनों ही एक साथ हो गए। हमने भी अभिवादन करके उसे अपने साथ बैठने का न्यौता दिया।

'क्या तुम्हारे पास कुछ चरस है?' उसने हिंदी में पूछा, 'इस ख़ूबसूरत रात में मैं कुछ पीना चाहूंगा।'

मैंने जेब से चरस का एक गोला निकाला और एक फ़िल्टर सिगरेट के साथ उसकी तरफ़ उछाल दिया।

'तुम्हारे दयालुपन के लिए भगवान तुम्हारा भला करे।'

कार्ला ने सटीक हिंदी में जवाब दिया, 'भगवान आपका भी भला करे। पूनम की रात शिवजी के भक्त को देखकर हम बेहद ख़ुश हैं।'

वह हंस दिया और उसके दांतों के बीच की जगह दिखने लगी। वह चिलम तैयार करने में जुट गया। जब उसकी चिलम तैयार हो गई तो उसने हमारा ध्यान खींचने के लिए हाथ उठाए।

'अब इसे पीने से पहले, मैं तुम्हें बदले में एक तोहफ़ा देना चाहता हूं,' उसने कहा, 'क्या तुम समझ रहे हो?'

'हां, हम समझ रहे हैं,' मैंने उसकी दमकती आंखों को देखते हुए मुस्कराकर कहा।

'अच्छी बात है। मैं तुम दोनों को दुआएं देना चाहता हूं। मेरी दुआएं हमेशा तुम्हारे साथ रहेंगी। मैं तुम्हें यह दुआ इस तरह से दे रहा हूं...'

उसने अपने दोनों हाथ सिर के ऊपर उठाए और फिर घुटनों पर रखते हुए माथा रेत पर टिका दिया और फिर बांहें फैला दीं। कुछ अनजान से शब्द बड़बड़ाते हुए उसने यही क्रम कई मर्तबा दोहराया।

अंततः वह अपने पैरों पर बैठ गया। टूटे हुए दांतों वाली मुस्कान बिखेरी और फिर मुझे चिलम जलाने का इशारा किया। हम चुपचाप चरस पीते रहे। जब चिलम ख़त्म हो गई तो मैंने चरस के गोले में से बची हुई चरस वापस लेने से इंकार कर दिया। उसने सिर झुकाकर इस तोहफ़े को क़बूल किया। उसके बाद वह चलने के लिए खड़ा हो गया। जैसे ही हमने उसकी तरफ़ देखा, उसने अपनी लाठी को उठाकर पूनम के चांद की ओर किया। अचानक हमें समझ आ गया कि वह क्या कहना चाह रहा है। चांद की सतह पर बनी आकृति, कुछ संस्कृतियों में इसे *खरगोश* कहा जाता है, अचानक हम दोनों को दुआ के लिए हाथ फैलाकर बैठे किसी व्यक्ति की तरह लगी। ख़ुशी से चहकते हुए वह साधु रेत के टीलों के बीच से चला गया।

'मैं तुम्हें प्यार करता हूं, कार्ला,' जैसे ही हम अकेले हुए मैंने कहा, 'मैं तो तुमसे उसी लम्हे से प्यार करने लगा था जब मैंने तुम्हें पहली बार देखा था। मुझे लगता है कि मैंने तुम्हें तबसे ही प्यार किया है जबसे इस धरती पर प्यार मौज़ूद है। मुझे तुम्हारी आवाज़ से प्यार है, मुझे तुम्हारे चेहरे से प्यार है, मुझे तुम्हारे हाथों से प्यार है, तुम जो कुछ भी करती हो मुझे उससे प्यार है और तुम हर काम जिस तरह से करती हो, मुझे उससे भी प्यार है। जब तुम मुझे छूती हो तो लगता है मानो कोई जादू सा हो गया हो। तुम्हारा सोचने का तरीक़ा और तुम जो कहती हो, वह सब मुझे प्यारा लगता है। और हालांकि यह सब सच है, यह सब, मैं वाक़ई इसे समझ नहीं पाया हूं और मैं इसे बयां भी नहीं कर सकता–ना तुमसे और ना ही ख़ुद से। मैं बस तुम्हें प्यार करता हूं। मैं तुम्हें बस तहेदिल से प्यार करता हूं। तुम वह करती हो जो भगवान को करना चाहिए : तुम मुझे जीने की वज़ह देती हो। तुम मुझे दुनिया को प्यार करने की वज़ह देती हो।'

उसने मुझे चूमा और हमारे शरीर रेत में धंसते चले गए। उसने मेरा हाथ थाम लिया और हमने चांदनी रात में समंदर के तट पर एक–दूसरे को भरपूर प्यार किया। इस दौरान लहरें उठकर किनारों से टकराती रहीं।

और फिर एक सप्ताह तक हमने गोवा में किसी पर्यटक की तरह वक़्त बिताया। हमने अरब सागर पर चापोरा से लेकर केप रामा तक सारे समुद्र तटों को छान मारा। हमने दो रातें कोलवा तट की सफ़ेद सुनहरी रेत पर बिताई। हमने पुराने गोवा की सारी चर्चों का दौरा किया। सेंट फ्रांसिस ज़ेवियर की बरसी पर आयोजित होने वाले सालाना महोत्सव ने हमें ख़ुश और दीवानगी से भरे श्रद्धालुओं की भीड़ का हिस्सा बना डाला। सड़कें लोगों के रविवार के सबसे बेहतरीन परिधानों से सजी हुई थीं। व्यापारी और सड़क पर कारोबार करने वाले लोग सारे इलाक़ों से वहां जमा हुए थे। किसी चमत्कार की उम्मीद में नेत्रहीनों, दिव्यांगों का सैलाब सा संत की क़ब्र की

ओर उमड़ रहा था। स्पेनिश मूल के संत ज़ेवियर, उनके दोस्त इग्नेशियस लायोला द्वारा स्थापित पंथ के सात मूल संतों में से एक थे। ज़ेवियर का निधन 46 वर्ष की उम्र में 1552 में हुआ था। लेकिन उनके भारत और सुदूर पूर्व के धर्मांतरण अभियानों ने उन्हें ख्याति दिलाई। कई बार दफ़नाने और निकाले जाने के बाद संत ज़ेवियर को अंततः 17वीं सदी की शुरुआत में बेसिलिका ऑफ बोम जीसस में दफ़नाया गया। आज भी–चमत्कारिक रूप से–अच्छी तरह से संरक्षित शरीर को हर 10 साल में एक बार श्रद्धालुओं के दर्शन के लिए रखा जाता है। किसी भी तरह के ह्रास से सुरक्षित संत के शरीर पर गुजरी सदियों के दौरान किए गए विच्छेदनों के कारण बने कई घाव देखे जा सकते हैं। एक पुर्तगाली महिला ने तो सोलहवीं सदी में संत की एक अंगुली ही काट खाई थी, इस उम्मीद के साथ कि उनकी यह स्मृति उनके पास रहेगी। उनके दाएं हाथ के हिस्से विभिन्न धार्मिक केंद्रों को भेजे गए हैं और इसी तरह से पवित्र आंतों के भी। कार्ला और मैंने बेसिलिका के संरक्षक को रिश्वत देने की भरसक कोशिश की, लेकिन उन्होंने हमें संत की देह के दर्शन नहीं करने दिए।

'तुम लूट–डकैतियां क्यों करते थे?' उन गर्म रातों में से एक में एक बार कार्ला ने मुझसे पूछ ही लिया।

'मैंने तुम्हें बताया था। मेरी शादी टूट चुकी थी और मुझे अपनी बेटी गंवाना पड़ी थी। मैं टूट चुका था और ड्रग्स का शिकार हो गया था। फिर अपनी हेरोइन की लत को पूरा करने के लिए मैंने डकैतियां डालना शुरू कर दिया।'

'नहीं, मेरे कहने का मतलब है कि *डकैतियां* ही क्यों? कुछ और क्यों नहीं?'

यह एक अच्छा सवाल था। और न्याय प्रणाली में–पुलिसकर्मी, वकील, न्यायाधीश, मनोवैज्ञानिक या जेल के गवर्नर–किसी ने कभी मुझसे यह सवाल नहीं पूछा था।

'मैंने इस बारे में सोचा है। मैंने इस बारे में बहुत सोचा है। मुझे पता है कि यह सुनने में अज़ीब लगता है, लेकिन मेरी राय में टीवी का इसमें बहुत बड़ा हिस्सा है। टीवी पर हर हीरो के हाथ में एक बंदूक होती थी। और हथियारबंद डकैती के बारे में एक बात और भी थी... *बहादुरी* की दरकार। मैं जानता हूं कि इसमें बहादुरी वाली कोई भी बात नहीं है, लेकिन तब पैसे छीनना बहुत ज़्यादा बहादुरी का काम लगता था। मैं बूढ़ी महिलाओं के सिर पर वार करके उनका हैंडबैग नहीं छीन सकता था और ना ही लोगों के घरों में सेंधमारी ही कर सकता था। डकैती *बराबरी का मौक़ा* देने वाला काम लगती थी, क्योंकि हर बार जब मैंने यह किया तो लूट का शिकार हो रहे लोगों या पुलिसवालों की गोली से मेरे भी मारे जाने की पूरी आशंका मौज़ूद थी।'

वह मुझे चुपचाप सुनती रही, मेरी सांस से सांस मिलाते हुए।

'और कुछ और भी। ऑस्ट्रेलिया में यह एक विशेष हीरो है'

'बोलते रहो।'

'उसका नाम था नेडी कैली। वह एक युवक था जिसने ख़ुद को क़ानून से जुड़े लोगों के ख़िलाफ़ पाया। वह दमदार था, लेकिन कठोर नहीं था। वह युवा और स्वच्छंद था। उससे ईर्ष्या रखने वाले पुलिसवालों ने उसे फंसा दिया। एक पियक्कड़ पुलिसवाले को उसकी बहन अच्छी लगती थी और उसने उसका शीलभंग करने की कोशिश की। नेड ने उसे रोका और उसके बाद से उसकी परेशानियां बढ़ती चली गईं। लेकिन इसके पीछे कुछ और भी कहानी थी। वह उससे कई वज़हों से नफ़रत करते थे–मुख्यत: उस बात के लिए जिसका वह प्रतिनिधित्व किया करता था, जो कि एक तरह की बग़ावत थी। और इस मामले में मुझे वह अपना सा लगता था, क्योंकि मैं एक क्रांतिकारी था।'

'ऑस्ट्रेलिया में भी क्रांतियां हुई हैं?' कार्ला ने मज़ाक़ सा उड़ाते हुए पूछा, 'मैंने तो इस बारे में कभी नहीं सुना।'

'क्रांतियां नहीं,' मैंने उसे सुधारते हुए कहा, 'केवल क्रांतिकारी। मैं उनमें से एक था। एक बाग़ी, एक अराजकतावादी था। मैंने सीखा कैसे गोली मारी जाती है और बम कैसे बनाए जाते हैं। जब कभी भी क्रांति होती हम लड़ने के लिए तैयार थे–जो कि निश्चित ही नहीं हुई। और हम सरकार को वियतनाम युद्ध में हिस्सा लेने से रोकने के लिए संघर्ष कर रहे थे।'

'वियतनाम युद्ध में ऑस्ट्रेलिया भी था?'

अब ठहाका लगाने की बारी मेरी थी।

'हां। ऑस्ट्रेलिया के बाहर के ज़्यादातर लोगों को इसकी जानकारी नहीं है, लेकिन हम उस लड़ाई में पूरे वक़्त अमेरिका के साथ थे। ऑस्ट्रेलियाई सैनिक अमेरिकी सैनिकों के साथ ही शहीद हुए। वियतनाम युद्ध के लिए ऑस्ट्रेलिया के युवाओं की भर्ती की गई। हममें से कुछ ने अमेरिका के कुछ युवाओं की ही तरह युद्ध में जाने से इंकार कर दिया। कई लोगों को युद्ध में भाग नहीं लेने के कारण जेल जाना पड़ा। मैं जेल नहीं गया। मैंने बम बनाए और रैलियों का आयोजन किया और बैरिकेड्स पर पुलिसकर्मियों से दो–दो हाथ किए। तब तक जब तक कि सरकार बदल नहीं गई और उसने देश को युद्ध से वापस नहीं ले लिया।'

'क्या तुम अब भी एक हो?'

'क्या एक हो?'

'क्या तुम अब भी बाग़ी हो?'

ज़वाब देने के लिहाज़ से यह एक मुश्किल सवाल था। क्योंकि इसके कारण मुझ पर एक वक़्त जो मैं था और जो मैंने ख़ुद को बनने दिया, के बीच तुलना का दबाव आ गया।

'बाग़ी...' मैंने बोलना शुरू किया और फिर लड़खड़ा गया, 'किसी भी राजनीतिक सोच को मैंने बग़ावत से ज़्यादा इंसानी नस्ल से प्यार करते हुए नहीं देखा

है। दुनिया को देखने का हर एक नज़रिया कहता है कि उन्हें नियंत्रित किए जाने की ज़रूरत है, आदेश दिए जाने की ज़रूरत है और उन पर शासन किए जाने की ज़रूरत है। केवल बाग़ी ही इंसानों पर इतना यक़ीन करते हैं कि उन्हें अपनी मर्ज़ी के मुताबिक़ जीने का हक़ देते हैं। और एक वक़्त था जब मैं आशावादी भी था। मैं इसी तरह से सोचता था और उसमें यक़ीन रखता था। लेकिन अब कतई नहीं। इसलिए नहीं–मुझे नहीं लगता है कि अब मैं बाग़ी या अराजकतावादी हूं।'

'और वह हीरो–जब तुम सशस्त्र डकैतियां डालते थे तो ख़ुद की उससे तुलना करते थे?'

'केली से। नेड केली, हां। मुझे लगता है कि मैं तुलना करता था। उसके पास युवा लोगों की एक गैंग थी–उसका छोटा भाई और दो ख़ास दोस्त–और वह लोगों से फिरौतियां वसूलते थे, लोगों को लूटते थे। पुलिसवालों ने उन्हें ख़त्म करने के लिए एक दस्ता भेजा, लेकिन उसने उन्हें धो दिया। कुछ पुलिसवाले भी मारे गए।'

'उसका क्या हुआ?'

'उन्होंने उसे दबोच लिया। एक शूटआउट हुआ था। सरकार ने उसके ख़िलाफ़ ज़ंग सी छेड़ दी थी। उन्होंने ढेर सारे पुलिसकर्मियों को उसके पीछे भेजा और दस्ते ने एक ग्रामीण इलाक़े के होटल में उन्हें चारों ओर से घेर लिया।'

'*एक ग्रामीण इलाक़े* के एक होटल में?'

'नेड और उसके साथियों को पुलिस ने चारों तरफ़ से घेर लिया था। उसके सबसे अच्छे दोस्त को गले में गोली लगी और वह वहीं ढेर हो गया। उसके छोटे भाई और स्टीव हार्ट नाम के एक अन्य साथी ने पुलिस के हाथों में पड़ने की बज़ाय अंतिम गोली एक-दूसरे के सीने में उतारकर मौत को गले लगा लिया। वे केवल 19 वर्ष के थे। नेड के पास इस्पात से बनी हेलमेट और सीने की रक्षा करने वाली एक प्लेट थी। वह बाहर निकलकर पुलिसवालों पर टूट पड़ा। दोनों ओर से गोलियों की बारिश हो रही थी और उसने पुलिसवालों को इतना डरा दिया कि वे पहले भाग गए, लेकिन उनके अफ़सरों ने उन्हें फिर हमले के लिए भेजा। उन्होंने नेड के पैरों में गोलियां मारकर उसे गिरा दिया। उसके ख़िलाफ़ एक दिखावटी मुकदमे के बाद गवाहों के झूठे बयानों के बाद नेड केली को मौत की सज़ा सुना दी गई।'

'क्या उन्होंने ऐसा किया?'

'हां। उसके अंतिम शब्द थे, *ज़िंदगी ऐसी ही होती है।* उसके द्वारा कही गई यह अंतिम बात थी। उन्होंने उसे पहले फांसी पर लटकाया और फिर उसकी गर्दन काट डाली और उसे पेपरवेट की तरह इस्तेमाल किया। मरने से पहले उसने सज़ा सुनाने वाले न्यायाधीश से कहा था कि ऊपर की बड़ी अदालत में हम ज़ल्द ही मिलेंगे। न्यायाधीश की भी कुछ दिनों के बाद मौत हो गई।'

जब मैं कहानी बता रहा था तो वह पूरी कहानी मेरे चेहरे पर देख रही थी। मैंने

कुछ रेत उठाकर मुट्ठी से नीचे गिराना शुरू किया। दो बड़े चमगादड़ हमारे सिर के ऊपर से गुजर गए। वे इतने क़रीब थे कि हमने उनके सूखे पंखों की आवाज़ को सुना।

'मैं जब बच्चा था तो मुझे नेड केली की कहानी बेहद पसंद आती थी। ऐसा मैं अकेला नहीं था। कलाकारों, लेखकों और संगीतकारों, अभिनेताओं सभी ने किसी न किसी तरह से इस कहानी पर काम किया। उसने हमारे भीतर, ऑस्ट्रेलियाई जनमानस में जगह बना ली थी। हमारे लिए वह किसी चे गुवारा या एमिलियानो झपाटा से कम नहीं। जब मेरा दिमाग़ हेरोइन के नशे में डूबा होता है तो मैं ख़ुद को कल्पनालोक में उसकी ज़िंदगी जीते हुए देखता हूं। यह बात और है कि यह कहानी कुछ ज़्यादा उलझी हुई होती थी। वह एक चोर था, जो क्रांतिकारी बन गया। मैं एक क्रांतिकारी था, जो चोर बन गया। जब कभी भी मैं डकैती डालता था-मैंने कई डकैतियां डालीं-मुझे यक़ीन रहता था कि पुलिसवाले वहां आकर मुझे गोली से उड़ा देंगे। मुझे *उम्मीद* होती थी कि ऐसा होगा। मैं इसे दिमाग़ में साकार होते हुए भी देखता था। मैं देखता था कि वे मुझे रुकने के लिए कह रहे हैं और जैसे ही मैं बंदूक की ओर हाथ बढ़ाता वे मुझे गोली मार देते थे। मैं उम्मीद करता था कि पुलिसवाले मुझे सड़क पर गोली मारें। मैं इसी तरह से मरना चाहता था...'

उसने मेरे कंधे पर हाथ रखकर दूसरे हाथ से मेरा चेहरा अपने मुस्कराते हुए चेहरे की ओर किया।

'ऑस्ट्रेलिया में महिलाएं किस तरह की होती हैं?' उसने मेरे बालों में से हाथ घुमाते हुए पूछा।

मैं हंसा तो उसने मेरी पसलियों में धीरे से घूंसा जड़ दिया।

'मैं जानना चाहती हूं, मुझे बताओ वे कैसी होती हैं।'

'वे ख़ूबसूरत होती हैं,' मैंने उसके ख़ूबसूरत चेहरे की ओर देखते हुए कहा, 'ऑस्ट्रेलिया में बहुत सारी ख़ूबसूरत महिलाएं हैं। वे बातें करना चाहती हैं, वे पार्टी करना चाहती हैं-वे बहुत ज़्यादा जंगली किस्म की होती हैं। और वे सीधे बात करती हैं। उन्हें बकवास बातों से नफ़रत होती है। किसी का भी दिमाग़ ठिकाने लगाने के लिए ऑस्ट्रेलियाई महिला से बेहतर कुछ भी नहीं।'

'तुम्हारा *ठीक* हुआ?'

'ठीक हुआ,' मैंने हंसते हुए कहा, 'वे तुम्हारी हवा निकाल देती हैं। तुम्हें हवा में उड़ने नहीं देती। वे इस काम में माहिर हैं। और अगर उन्होंने आपकी चुटकी ली है तो समझ लीजिए कि अब हमला होने वाला है।'

वह सिर के पीछे हाथ रखकर रेत में लेट गई।

'मुझे लगता है कि ऑस्ट्रेलियाई लोग दीवाने होते हैं,' उसने कहा, 'और मुझे वहां जाना बहुत अच्छा लगेगा।'

गोवा के प्यार भरे उन दिन-रातों में जो अच्छा, आसान था, वह हमेशा के

लिए होना चाहिए था। हमने सितारों, समंदर और रेत से एक पूरी ज़िंदगी बना ली होती। मुझे उसकी बात सुन लेनी चाहिए थी–उसने मुझे लगभग कुछ भी नहीं बताया, लेकिन वह संकेत देती रहती थी, उसने आसमान के सितारों की जमावट की तरह के स्पष्ट संकेत अपने शब्दों अपनी अभिव्यक्तियों से दिए थे। लेकिन मैंने सुना ही नहीं। प्यार में अक्सर ऐसा ही होता है कि हम अपने प्रेमी द्वारा कही जा रही महत्त्व की बातों को अनसुना कर देते हैं और उसके कहने के अंदाज़ के नशे में ही डूबते-उतराते रहते हैं। मुझे उसकी आंखों से प्यार था, लेकिन मैं उन्हें पढ़ नहीं पाया। मुझे उसकी आवाज़ पसंद थी, लेकिन मैं उसके पीछे छिपे भय और बैचेनी को जान नहीं पाया।

और जब आख़िरी रात आई और चली गई और जब सुबह उठकर मैं बॉम्बे वापसी की तैयारी कर रहा था, मैंने उसे अपने दरवाज़े पर खड़ा पाया। वह समंदर के पानी में धूप से चमकती मोतियों जैसी लहरों को निहार रही थी।

'वापस मत जाओ,' उसने मेरा हाथ अपने कंधे पर रखकर गर्दन को चूम लिया।

'क्या?' मैंने ठहाका लगाया।

'बॉम्बे वापस मत जाओ।'

'क्यों नहीं?'

'मैं तुम्हें जाने नहीं देना चाहती।'

'*इसका* क्या अर्थ है?'

'बस वही जो मैंने कहा–मैं तुम्हें जाने नहीं देना चाहती।'

मैंने फिर ठहाका लगाया, क्योंकि मुझे लगा कि वह मज़ाक़ कर रही है।

'ठीक है,' मैंने मुस्कराते हुए कहा और उसकी प्रतिक्रिया का इंतज़ार करने लगा। 'तो तुम मुझे क्यों नहीं जाने देना चाहती?'

'क्या इसके लिए मेरे पास कोई वज़ह होनी चाहिए?' उसने पूछा।

'सच कहूं तो... *हां।*'

'यह बस ऐसे ही होता है, मेरे *पास* वजह है, लेकिन मैं तुम्हें नहीं बताऊंगी।'

'तुम्हारे पास नहीं है?'

'नहीं। नहीं मुझे ख़ुलासे की ज़रूरत नहीं है। अगर मैं कहती हूं कि मेरे पास वज़हें हैं तो इतना ही पर्याप्त होना चाहिए–अगर तुम मुझसे प्यार करते हो, जैसा कि तुम कहते हो।'

उसका अंदाज़ इतना तीखा था और वह जिस तरह से अचानक झुकने को तैयार नहीं थी, मैं इतना अचंभित हो गया कि गुस्सा भी नहीं हो सका।

'ठीक है, ठीक है,' मैंने काफ़ी शांत अंदाज़ में कहा, 'चलो एक बार फिर कोशिश करते हैं। मुझे बॉम्बे वापस जाना ही होगा, तो तुम मेरे साथ क्यों नहीं चलती। और फिर हम हम दोनों हमेशा-हमेशा के लिए एक साथ रहेंगे।'

'मैं वापस नहीं जाऊंगी,' उसने बड़ी ही बेरुख़ी से ज़वाब दिया।

'क्या मुसीबत है, क्यों नहीं?'

'मैं नहीं जा सकती...मैं नहीं जाना चाहती और मैं चाहती हूं कि तुम भी मत जाओ।'

'मुझे समस्या समझ में नहीं आ रही है। मैं बॉम्बे में जो चाहता हूं, वह करता रहूंगा और तुम यहां इंतज़ार कर सकती हो। जब काम पूरा हो जाएगा तो मैं भी यहां चला आऊंगा।'

'मैं नहीं चाहती कि तुम वहां जाओ।' उसने अड़ियल अंदाज़ में बात को दोहराया।

'छोड़ो भी कार्ला, मुझे वापस जाना होगा।'

'नहीं, तुम नहीं जाओगे।'

मेरी मुस्कान खिसियाहट में बदल चुकी थी।

'हां मैं जाऊंगा। मैंने उला को वादा किया था कि दस दिन में लौट आऊंगा। वह अब भी परेशानी में है। तुम इस बात को जानती हो।'

उसने गुस्से में फुफकारते हुए कहा, 'उला ख़ुद अपना ख़याल रख सकती है।'

मैंने उसकी लट संवारने की कोशिश करते हुए पूछा, 'क्या तुम्हें उला से ईर्ष्या है?'

उसने गुस्से में मुड़कर मेरी तरफ़ देखते हुए कहा, 'बेवकूफ़ मत बनो! मुझे उला पसंद है। लेकिन मैं तुम्हें बता रही हूं कि उला ख़ुद अपना ख़याल रख सकती है।' उसकी आंखें गुस्से से धधक रही थीं।

'शांत हो जाओ। बात क्या है? तुम जानती थी कि मैं वापस जाने वाला हूं। हमारे बीच इस बारे में बात भी हो चुकी है। मैं पासपोर्ट के कारोबार से जुड़ने जा रहा हूं। तुम जानती हो कि यह मेरे लिए कितना महत्त्वपूर्ण है।'

'मैं तुम्हें पासपोर्ट दिला दूंगी। मैं तुम्हें पांच पासपोर्ट दिला दूंगी!'

मेरा अड़ियलपन उसके धैर्य की परीक्षा ले रहा था।

'मैं नहीं चाहता कि *तुम* मुझे पासपोर्ट दिलाओ। मैं ख़ुद यह सीखना चाहता हूं कि उसे कैसे तैयार किया जाता है और कैसे बदला जाता है। मैं सबकुछ सीखना चाहता हूं-हर वह बात जो मैं सीख सकता हूं। वे मुझे सिखाने वाले हैं कि कैसे पासपोर्ट को तैयार किया जाता है और नक़ली पासपोर्ट बनाया जा सकता है। अगर मैं यह सीख गया तो मैं आज़ाद हो जाऊंगा। और कार्ला मैं आज़ाद होना चाहता हूं। *आज़ाद।* बस मैं यही चाहता हूं।'

'*तुम्हें* सबसे अलग होने की ज़रूरत क्या है?' उसने पूछा।

'तुम्हारा क्या मतलब है?'

'हर किसी को वह नहीं मिलता जो वह चाहता है,' कार्ला ने कहा, 'किसी को नहीं, किसी को भी नहीं।'

उसका गुस्सा अब एक नया मोड़ ले चुका था। एक परास्त दुख में तब्दील हो चुका था। मैं जानता था कि एक ऐसी औरत में यह भावना पैदा करना एक पाप है, किसी भी महिला में। और मैं जानता था कि उसके चेहरे से ओझल होती और मरती मुस्कान की क़ीमत मुझे आज नहीं तो कल चुकानी पड़ेगी।

मैंने उसकी सहमति हासिल करने के लिए उसके साथ धीमी आवाज़ में बात करनी चाही।

'मैंने उला को अपने दोस्त अब्दुल्ला के पास भेज दिया है। वह उसकी देखभाल कर रहा है। मैं उसे बस वहां छोड़ नहीं सकता। मुझे वापस जाना ही होगा।'

'जब तुम अगली बार आकर मुझे यहां खोजोगे, तो मैं यहां नहीं रहूंगी,' फिर एक बार दरवाज़े का रुख़ करते हुए उसने कहा।

'इसका क्या अर्थ है?'

'जैसा कि मैंने कहा।'

'क्या यह किसी तरह की धमकी है? क्या यह एक चेतावनी है?'

'तुम इसे जो चाहे कह सकते हो,' उसने मानो किसी सपने से जागते हुए कहा, 'यह एक सच्चाई है। अगर तुम वापस बॉम्बे चले गए तो मैं तुम्हारा साथ छोड़ दूंगी। मैं तुम्हारे साथ नहीं जाऊंगी और मैं तुम्हारा इंतज़ार नहीं करूंगी। अभी मेरे साथ यहां रुको या फिर अकेले वापस जाओ। अब चुनना तुम्हें है। लेकिन अगर तुम वापस चले गए तो हमारे बीच सबकुछ ख़त्म हो जाएगा।'

मैं उसे खड़े होकर घूरता रहा, प्यार में हैरत और नाराज़गी के साथ।

'तुम्हें मुझे इससे ज़्यादा बताना होगा,' मैंने आवाज़ को और अधिक नर्म करते हुए कहा, 'तुम्हें मुझे बताना होगा क्यों। कार्ला तुम्हें मुझसे बात करनी होगी। तुम मुझे बिना किसी कारण के बस चेतावनी देकर यह उम्मीद नहीं कर सकती कि मैं तुम्हारी बात को मान लूं। विकल्प और चेतावनी के बीच अंतर होता है : विकल्प का मतलब होता है कि क्या चल रहा है और क्यों यह फ़ैसले से पहले आपको पता होता है। मैं इस तरह का इंसान नहीं हूं जिसे तुम चेतावनी दो। अगर मैं ऐसा व्यक्ति होता तो मैं जेल से बाहर ही नहीं निकल पाता। कार्ला तुम मुझे नहीं *बता* सकती कि क्या करना है। तुम बिना किसी स्पष्टीकरण के मुझे कुछ करने के लिए *आदेश* नहीं दे सकती। मैं उस तरह का इंसान नहीं हूं। तुम्हें मुझे बताना ही होगा कि क्या चल रहा है।'

'मैं नहीं बता सकती।'

मैंने आह भरी और आराम से बोलता रहा, लेकिन मेरे दांत भिंच चुके थे।

'मुझे नहीं लगता कि मैं... इस बारे में ख़ुलासे का काम अच्छी तरह से... कर रहा हूं। सच्चाई तो यही है कि मुझमें ऐसी बहुत ज़्यादा बातें नहीं हैं जिनका मैं सम्मान करता हूं, लेकिन फिर भी कुछ तो मुझमें अभी बाक़ी है–मेरे पास बस *यही* तो है। कार्ला, किसी और का सम्मान करने से पहले एक व्यक्ति को ख़ुद का सम्मान तो

करना ही चाहिए। अगर मैं पीछे हट जाता हूं और तुम जो कुछ भी कह रही हो उसे मान लेता हूं, बिना किसी कारण के, तो मैं ख़ुद अपनी नज़रों में गिर जाऊंगा। और अगर तुम सच्चाई बता दोगी तो तुम भी मेरा सम्मान नहीं करोगी। इसलिए मैं तुमसे फिर से पूछ रहा हूं, यह पूरा मामला क्या है?'

'मैं... नहीं बता सकती।'

'तुम्हारा मतलब है तुम *नहीं* बताओगी।'

'मेरा मतलब है कि मैं नहीं बता सकती,' उसने आवाज़ को नर्म करते हुए कहा और फिर उसने मेरी आंखों में सीधे देखते हुए कहा, 'और मैं नहीं बताऊंगी। यह बात कुछ ऐसी ही है। तुमने कुछ देर पहले ही मुझसे कहा था कि तुम मेरे लिए कुछ भी कर सकते हो। मैं चाहती हूं कि तुम यहां रहो। मैं नहीं चाहती कि तुम लौटकर बॉम्बे जाओ। और अगर तुम *जाते हो* तो हम दोनों के बीच सबकुछ ख़त्म हो जाएगा।'

'मैं किस तरह का इंसान बन जाऊंगा,' मैंने मुस्कराने की कोशिश करते हुए कहा, 'अगर मैंने यह बात मान ली तो?'

'मुझे लगता है कि यही तुम्हारा उत्तर है और तुमने अपना विकल्प चुन लिया है,' उसने आह भरते हुए कहा और मुझे धकेलते हुए झोपड़ी से बाहर निकल गई।

मैंने बैग समेटा और उसे बाइक पर बांध दिया। जब सारी तैयारी हो चुकी तो मैं समंदर के पास गया। वह लहरों के बीच से उठकर खिसकती रेत से होते हुए वह मेरी तरफ़ धीरे-धीरे आई। उसकी कुर्ती और लुंगी उसके शरीर से चिपकी हुई थी। उसके गीले काले बाल सूरज की रोशनी में दमक रहे थे। मेरे द्वारा देखी गई सबसे ख़ूबसूरत औरत।

'मैं तुम्हें प्यार करता हूं,' मैंने कहा, वह मेरी बांहों में आई और उसने मुझे चूम लिया। मैंने यही शब्द उसके होंठों, चेहरे और आंखों को चूमते हुए दोहराए। मैंने उसे कसकर पकड़ रखा था। 'मैं तुम्हें प्यार करता हूं। सब ठीक हो जाएगा। तुम देखना। मैं ज़ल्द ही वापस लौट आऊंगा।'

'नहीं,' उसने सख़्ती के साथ कहा। उसका शरीर कुछ इस तरह का हो चुका था, मानो उसमें से ज़िंदगी और प्यार दोनों ही निकल चुके हों। 'सबकुछ ठीक नहीं होगा। यह सब ठीक नहीं होगा। यह ख़त्म हो चुका है। और आज के बाद मैं यहां नहीं रहूंगी।'

मैंने उसकी आंखों में झांका और ख़ुद अपने शरीर को भी सख़्त होते हुए महसूस किया, मानो उसमें से सारा अहंकार निकल चुका हो। मेरे हाथ उसके कंधों से नीचे गिर गए। मैं मुड़ा और बाइक के पास पहुंच गया। बाइक पर चढ़कर मैंने अंतिम कगार से उस समुद्र तट को देखा जो हमारा समुद्र तट था। मैंने बाइक रोककर धूप से बचने के लिए आंखों पर हाथ रखकर उसे खोजना चाहा, लेकिन वह जा चुकी थी। वहां तट से अनवरत टकराती लहरों के और सूनी पड़ चुकी रेत के सिवाय कुछ भी नहीं था।

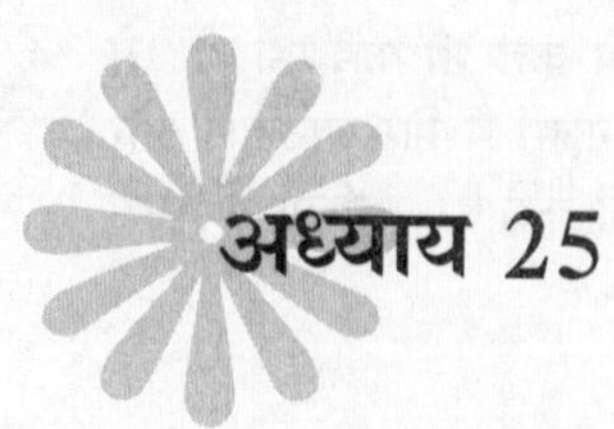

अध्याय 25

मुस्कराते हुए एक नौकर ने दरवाज़ा खोलकर मुझे कमरे में पहुंचाया और साथ ही मुझे मौन रहने का इशारा भी कर दिया। वैसे उसे चिंता करने की कोई ज़रूरत ही नहीं थी। वहां पर कमरे में संगीत इतनी ज़ोर से बज रहा था कि चिल्लाने पर भी मेरी आवाज़ सुनाई नहीं देती। हाथों से प्लेट की आकृति बनाकर उससे चुस्की लगाने की नक़ल करके उसने मुझे चाय का प्रस्ताव दिया। मैंने सिर हिलाया। वह चुपचाप दरवाज़ा बंद करके मुझे अब्दुल ग़नी के पास अकेला छोड़कर चला गया। खिड़की के पास खड़ा होकर एक स्थूल व्यक्ति छत पर बने बगीचों, हरे रंगों से सजी बालकनियों और छतों पर सूखने के लिए लटक रही हरी, पीली साड़ियों को देख रहा था।

कमरा बहुत बड़ा था। दूर की एक छत पर तीन फ़ानूस लटक रहे थे। मुख्य दरवाज़े के नज़दीक कमरे के अंत में एक लंबी डाइनिंग टेबल थी जिसके साथ 12 ऊंची कुर्सियां थीं। एक दीवार पर लकड़ी की एक लंबी अलमारी थी, जिसमें दीवार की लंबाई और ऊंचाई तक किताबें ही किताबें थीं। सामने की दीवार पर चार लंबी खिड़कियां थीं, जो छायादार पेड़ों की सबसे ऊपर की डाली पर थीं और वहां से नीचे सड़क का नज़ारा देखा जा सकता था। किताबों से सजी लंबी अलमारी और लंबी खिड़कियों की दीवारों के बीच एक कार्यालय बनाया गया था। जहां मुख्य द्वार की ओर मुंह करके लकड़ी और चमड़े से सजी कप्तान कुर्सी थी। उसके सामने एक चौड़ी सी डेस्क थी। कमरे के अंतिम सिरे को मनोरंजन के लिहाज़ से सजाया गया था और वहां पर आलीशान सोफ़े और आरामकुर्सियां थीं। सोफ़ों के पीछे दो बड़ी खिड़कियां थीं, जहां से कोलाबा में छतों पर बने बागीचे, कपड़ों की दुकानें और उपेक्षित प्रतिमाएं दिखाई देती थीं।

वहां अब्दुल ग़नी खड़ा था, जो किताबों की दीवार में बने एक साउंड सिस्टम पर संगीत सुनते हुए ख़ुद गा भी रहा था। आवाज़ और संगीत जाना-पहचाना था और कुछ देर की एकाग्रता से ही मुझे वह पता लग गया। ये आवाज़ उन नेत्रहीन गायकों की थी, जिन्हें क़ादरभाई के मेहमान के तौर पर एक महफ़िल में सुना था, हालांकि मैं उनके जुनून और दमदार आवाज़ से हैरान रह गया था। जब यह रोमांचक, दिल को झकझोर देने वाला संगीत थमा तो वहां पर कुछ देर के लिए चुप्पी सी छा गई,

जो इमारत के भीतर और नीचे की सड़क से आ रही आवाज़ों का मानो प्रतिरोध कर रही थी।

'क्या तुम उन्हें जानते हो?' मेरी ओर मुड़े बग़ैर ही उसने पूछा।

'हां। मुझे लगता है कि वे नेत्रहीन गायक हैं।'

'बिलकुल सही।' उसने भारतीय हिंदी और बीबीसी के समाचार वाचक के अंदाज़ में कहा, जिसका आनंद उठाने के लिए ही मैं आया था। 'लिन, मुझे उनका संगीत बहुत पसंद आता है। किसी भी संस्कृति में सुने गए किसी भी संगीत से ज़्यादा। लेकिन इसके लिए दिल में प्यार के बावज़ूद मुझे कहना पड़ेगा कि मुझे डर लगता है। हर बार जब मैं उन्हें सुनता हूं-और उन्हें मैं प्रतिदिन सुनता हूं, जब मैं यहां घर पर होता हूं-मुझे ऐसा लगता है कि यह मेरी मौत पर बज रहा संगीत है।'

उसने अब भी मेरी तरफ़ मुंह नहीं किया था। मैं लंबे कमरे के बीच में खड़ा रहा।

'यह... यह तो बहुत विचलित कर देने वाला होगा।'

'विचलित कर देने वाला...' उसने हौले से कहा, 'हां। हां विचलित कर देने वाला। मुझे बताओ लिन, क्या प्रतिभा का एक महान काम हमें उन सैकड़ों ग़लतियों और नाकामियों को भुलाने में मदद कर सकता है, जो इसकी वज़ह बनीं?'

'यह...कह पाना मुश्किल है। मुझे पक्का विश्वास नहीं है कि तुम कहना क्या चाहते हो, लेकिन मेरा अनुमान है कि यह इस बात पर निर्भर है कि इससे कितने लोगों को फ़ायदा होता है और कितने लोगों को नुक़सान।'

उसने अपना चेहरा मेरी तरफ़ घुमाया और मैंने देखा कि वह रो रहा है। आंसू उसकी बड़ी-बड़ी आंखों से तेज़ी से टपकते हुए उसके सिल्क शर्ट से होते हुए उसकी तोंद पर गिर रहे थे। उसकी आवाज़ हालांकि शांत और सधी हुई थी।

'क्या तुम जानते हो कि कल रात हमारा माज़िद मारा गया?'

'नहीं,' मैंने चौंकते हुए कहा, 'मारा गया?'

'हां। उसकी हत्या हुई। उसके ही घर में उसे किसी पशु की तरह काट डाला गया। उसके शरीर के टुकड़े-टुकड़े कर दिए गए थे और यह टुकड़े उसके घर के कमरों में फैले हुए मिले। दीवार पर उसके ख़ून से सपना का नाम लिखा हुआ था। पुलिस सपना के पागल प्रशंसकों को इसके लिए दोषी बता रही है। लिन मुझे माफ़ करना। मेरे आंसुओं के लिए मुझे कृपया माफ़ करना। मुझे लगता है कि इस घटना ने मुझे हिलाकर रख दिया है।'

'नहीं, कतई नहीं। मैं...मैं किसी और वक़्त आपके पास आऊंगा।'

'बिलकुल नहीं। तुम अब यहां आ चुके हो और क़ादर चाहते हैं कि तुम जल्द शुरुआत करो। हम चाय पीएंगे और मैं ख़ुद को संभालने की कोशिश करूंगा और फिर हम पासपोर्ट के कारोबार के बारे में बातें करेंगे, तुम और मैं।'

वह हाई-फ़ाई सेट तक गया और उसने नेत्रहीन गायकों की कैसेट उसमें से

निकाल ली। उसे सुनहरे प्लास्टिक के डिब्बे में रखकर मेरे पास आया और उसे मेरे हाथों में रख दिया।

'मैं चाहता हूं कि तुम इसे मेरे तोहफ़े की तरह रखो,' उसने कहा। उसकी आंखें और गाल अब भी आंसुओं से गीले थे। 'अब वक़्त आ गया है कि मैं इसे सुनना बंद कर दूं और मुझे यक़ीन है कि तुम्हें इसे सुनने में आनंद आएगा।'

'धन्यवाद,' मैं बोला, इस तोहफ़े से मैं उतना ही अचंभित था जितना कि माज़िद के क़त्ल की ख़बर से।

'इसकी कोई ज़रूरत नहीं है, लिन। आओ, मेरे साथ बैठो। मेरे ख़याल से तुम गोवा में थे? क्या तुम हमारे युवा लड़ाके एंड्र्यू फ़रेरा को जानते हो? हां? तो तुम्हें बता दूं कि वह गोवा से है। जब मेरे पास उसके लिए काम हो तो वह वहां अक्सर सलमान और संजय के साथ जाता है। तुम सबको किसी वक़्त एक साथ वहां जाना चाहिए-वे तुम्हें विशेष जगहें दिखाएंगे, अगर तुम इसका मतलब समझ रहे हो तो। तो मुझे बताओ कि तुम्हारी यात्रा कैसी रही?'

मैंने बातचीत पर पूरा ध्यान एकाग्र करने की कोशिश करते हुए उसे जवाब दिया, लेकिन मेरे दिमाग़ में तो माज़िद के ही विचार घूम रहे थे। मृत माज़िद। मैं यह नहीं कह सकता था कि मैं उसे पसंद करता था या यहां तक कि मैं उस पर विश्वास करता था। फिर भी उसकी मौत, उसकी हत्या ने मुझे दहला दिया था। मेरे भीतर एक अज़ीब तरह की उत्तेजना आ चुकी थी। उसकी नृशंस तरीक़े से हत्या कर दी गई। अब्दुल ने बताया कि जुहू में स्थित उसी घर में जहां हम साथ-साथ अध्ययन किया करते थे और उसने मुझे सोने और सोने के कारोबार से जुड़े अपराधों की जानकारी दी थी। मुझे वह घर याद आ रहा था। समंदर का नज़ारा, बैंगनी टाइल्स वाला स्वीमिंग पूल, हल्का हरा इबादत कक्ष,जहां पर माज़िद दिन में पांच बार घुटने टेककर नमाज़ अदा करते हुए अपनी घनी भौहों को ज़मीन पर टिकाता था। मुझे याद आ गया कि मैं बाहर स्वीमिंग पूल के पास बैठकर इस दौरान उसका इंतज़ार किया करता था। इबादत के शब्द मेरे कानों में पड़ते रहते थे और मैं स्वीमिंग पूल की ओर बस देखता रहता था।

और फिर एक बार मैं ख़ुद को फंसा हुआ महसूस कर रहा था। वह नसीब जिसका मेरे कर्मों और मेरी ख़्वाहिशों से कोई लेना-देना नहीं था। ऐसा लग रहा था मानो राशि चक्र ही एक घूमने वाले बड़े पिंजरे का बाहरी आवरण थे, जो ख़ुद अपने आप को ढाल रहा था। उस पल की ओर बढ़ते हुए जो नियति ने मेरे लिए तय किया है। बहुत कुछ ऐसा था जो मेरी समझ से बाहर था। बहुत कुछ ऐसा था जो मैं ख़ुद को पूछने नहीं देता। और मैं संबंधों और लुकाछिपी के मकड़जाल में उत्तेजित था। ख़तरे और डर की गंध मेरी इंद्रियों पर हावी हो चुकी थी। मेरे दिल में इतनी ज़्यादा उथल-पुथल मची हुई थी कि एक घंटे बाद जब हम ग़नी की पासपोर्ट वर्कशॉप में पहुंचे, तब जाकर मैं उस व्यक्ति और उस पल पर ख़ुद के दिमाग़ को एकाग्र कर सका।

'यह कृष्णा है और यह विल्लू,' ग़नी ने नाटे, दुबले-पतले और काली त्वचा वाले दो लोगों से मेरा परिचय कराते हुए कहा। उन दोनों के बीच इतना ज़्यादा साम्य था कि मुझे लगा कि शायद वह भाई होंगे। 'इस कारोबार में कई विशेषज्ञ हैं। कई महिलाएं और पुरुष जिनके पास किसी जासूस जैसी पैनी निगाहें हैं और हाथों में किसी सधे हुए सर्जन की तरह ठहराव। लेकिन जालसाजी का मेरा दस साल का अनुभव बताता है कि श्रीलंकाई, जैसे कि कृष्णा और विल्लू हैं, दुनिया में सबसे अच्छे जालसाज होते हैं।'

ग़नी की इस टिप्पणी पर दोनों मुस्करा उठे। वह दोनों काफ़ी आकर्षक व्यक्तित्व वाले थे और जैसे ही उस बड़े कमरे में हम आगे बढ़े वह दोबारा अपने काम में जुट गए।

'यह लाइट बॉक्स है,' एक लंबे टेबल की ओर इशारा करते हुए अब्दुल ग़नी ने बताया। उस पर एक सफ़ेद अपारदर्शी कांच लगा हुआ था। इसके भीतर से दमदार रोशनी आ रही थी। 'कृष्णा हमारा लाइट बॉक्स पर काम करने वाला सबसे विशेषज्ञ व्यक्ति है। वह असली पासपोर्ट के पन्नों की जांच करता है। उसकी निगाहें वाटरमार्क्स और छिपी हुई आकृतियों पर होती है। इस तरह से वह जहां ज़रूरत हो, उनकी नक़ल कर सकता है।'

मैं कृष्णा के कंधों पर झुक गया। उस दौरान वह बड़ी ही बारीक़ी के साथ एक ब्रिटिश पासपोर्ट को देख रहा था। लहरदार रेखाओं की एक जटिल संरचना जो पन्ने के ऊपर से लेकर फ़ोटोग्राफ़ से होते हुए पन्ने के नीचे तक होती है। लाइट बॉक्स का इस्तेमाल करते हुए उसने एक आकृति और दूसरी आकृतियों के बीच अनियमितताओं की जांच की।

'विल्लू हमारा सबसे क़ाबिल स्टैम्प मैन है,' एक और लंबे टेबल की ओर ले जाते हुए अब्दुल ग़नी ने कहा। टेबल के ऊपर कई रबर स्टैम्प कतारबद्ध रखे हुए थे।

'विल्लू कोई सा भी स्टैम्प तैयार कर सकता है, चाहे वह जितना भी बारीक़ या जटिल हो। वीज़ा स्टैम्प, आगमन, प्रस्थान, विशेष अनुमति के स्टैम्प-जिसकी भी हमें ज़रूरत होती है। उसके पास तीन नई प्रोफ़ाइल-कटिंग मशीन्स हैं, जो स्टैम्प तैयार करने में मददगार साबित होती हैं। ये मशीनें मुझे बहुत महंगी पड़ी-मुझे उन्हें जर्मनी से आयात करके लाना पड़ा-और उसके बाद मैंने क़रीब उतनी ही रकम बख़्शीश में ख़र्च की ताकि यह कस्टम से बिना किसी परेशानी के हमारी वर्कशॉप तक पहुंच सके। लेकिन, हमारा विल्लू एक कलाकार है और वह अक्सर मेरी इन ख़ूबसूरत मशीनों की अनदेखी करते हुए अपने हाथों से ही स्टैम्प काट लेता है।'

मैंने विल्लू को रबर पर एक नया स्टैम्प बनाते हुए देखा। उसने मूल प्रति-एथेंस एयरपोर्ट से प्रस्थान का स्टैम्प-के बड़े फ़ोटोग्राफ़ की तैयार की और फिर छुरी जौहरियों के औज़ारों से नया स्टैम्प काटा। नए स्टैम्प का जब स्याही के साथ परीक्षण किया गया तो उसमें कुछ छोटी-मोटी ख़ामियां उभरकर सामने आ गईं। जब

वे दूर कर ली गईं तो विल्लू ने सैंडपेपर का एक गीला-सूखा टुकड़ा इस्तेमाल करके स्टैम्प के एक कोने को घिस दिया। इस जानबूझकर तैयार ख़ामी ने स्टैम्प को पन्ने पर असली और क़ुदरती रंग-रूप दे डाला। तैयार स्टैम्प पहले से ही तैयार स्टैम्प्स की कतार में रख दिया गया, जिन्हें नये बदले हुए पासपोर्ट्स पर इस्तेमाल किया जाना था।

अब्दुल ग़नी ने फैक्टरी का दौरा पूरा किया। इस दौरान उसने मुझे कम्प्यूटर्स, फ़ोटोकॉपी मशीन, प्रिंटिंग प्रेस, प्रोफ़ाइल कटर्स के अलावा ख़ास क़िस्म के काग़ज़ों और स्याही का भंडार भी दिखाया। जब मैंने अपने पहले दौरे पर वहां मौज़ूद सबकुछ देख लिया तो ग़नी ने मुझे कोलाबा तक छोड़ देने का न्यौता दिया। मैंने मना कर दिया और पूछा कि क्या मैं श्रीलंकाई जालसाजों के साथ कुछ और वक़्त बिता सकता हूं। वह मेरे उत्साह से शायद ख़ुश लगा या फिर उसे यह उल्लासपूर्ण लगा। जैसे ही उसने मुझसे विदा ली, उसने एक आह छोड़ी और लगा मानो वह फिर अपनी उदासी के आवरण में लौट रहा था।

कृष्णा, विल्लू और मैंने चाय पी और बिना रुके तीन घंटे तक चर्चा की। वह दोनों भाई तो नहीं थे, लेकिन दोनों ही श्रीलंकाई तमिल थे और जाफ़ना प्रायद्वीप के एक ही गांव से थे। तमिल टाइगर्स और श्रीलंकाई सेना के बीच संघर्ष से उनका गांव तबाह हो गया था। दोनों ही परिवारों के अधिकांश सदस्य मारे जा चुके थे। दोनों युवकों ने विल्लू की बहन, चचेरे भाई, कृष्णा के दादा-दादी और दो छोटी भतीजियों, जिनमें से एक तो पांच साल से कम थी, के साथ वहां से पलायन कर दिया। मछुआरों की एक नाव, जाफ़ना और कोरोमंडल तट के बीच के लोगों की तस्करी करने वाले मार्ग से उन्हें भारत ले आई। वह किसी तरह से बॉम्बे पहुंचे और यहीं पर उन्होंने प्लास्टिक की छत के नीचे फुटपाथ को अपना घर बना लिया।

पहला साल तो उन्होंने दिहाड़ी में छोटे-मोटे काम और छोटे-मोटे अपराध करके निकाल लिया। फिर एक दिन, उनके फुटपाथ के पड़ोसी ने, जिसे यह पता था कि वे अंग्रेज़ी पढ़-लिख लेते हैं, उन्हें अपने लाइसेंस के दस्तावेज़ को बदलने के लिए उनसे संपर्क किया। उनका काम अच्छा था और इसके बाद तो उनके पास ग्राहकों की कतारें लग गईं। उनके कौशल के बारे में पता चलने के बाद अब्दुल ग़नी ने क़ादरभाई से सिफ़ारिश की कि इन दोनों को अपनी क़ाबिलियत साबित करने का मौक़ा दिया जाना चाहिए। दो वर्ष बाद जब मैं कृष्णा और विल्लू से मिला था तो दोनों अपने बाक़ी बचे परिजनों के साथ एक बड़े से आरामदेह घर में रहते थे। वे अपने भरपूर वेतन से कुछ पैसे भी बचाते थे और निश्चित तौर पर भारत की जालसाजी की राजधानी बॉम्बे के सबसे क़ामयाब जालसाज थे।

मैं सबकुछ सीखना चाहता था। मैं वह गतिशीलता और सुरक्षा चाहता था, जो उनके पासपोर्ट बनाने के कौशल से मुझे हासिल हो सकती थी। वे अंग्रेज़ी अच्छी बोलते थे। मेरे उत्साह ने उनकी क़ुदरती अनुकूलता को और प्रोत्साहित किया और

हमारे बीच पहले संवाद से ही हंसी-ख़ुशी का माहौल बन गया। एक नई दोस्ती की यह एक बेहद शुभ शुरुआत थी।

उनसे मिलने के बाद एक सप्ताह तक मैं कृष्णा और विल्लू से रोज़ाना मिला। वे दोनों युवक कई घंटों तक काम करते रहते थे और कई बार तो मैं उनके साथ लगातार दस घंटे तक रहा। मैं बस उनको काम करते हुए देखता रहता था और सैकड़ों सवाल पूछता रहता था। वे जिन पासपोर्ट्स पर काम करते थे, मुख्तत: वे दो श्रेणियों में होते थे-ऐसे असली और इस्तेमाल किए हुए पासपोर्ट, जो उन्होंने हासिल किए थे या वह जो कोरे और इस्तेमाल नहीं किए गए थे। इस्तेमाल किए गए पासपोर्ट जेबकतरों द्वारा चोरी किए गए थे या फिर पर्यटकों द्वारा गुमा दिए गए थे या फिर जो यूरोप, अफ्रीका और अमेरिका व ओसियानिया के नशेड़ियों द्वारा बेचे गए थे। कोरे पासपोर्ट बेहद दुर्लभ थे। वे फ्रांस से लेकर तुर्की और चीन तक के वाणिज्य दूतावासों, उच्चायोगों और आव्रजन कार्यालयों के भ्रष्ट अधिकारियों द्वारा उपलब्ध कराए जाते थे। क़ादरभाई के प्रभाव वाले क्षेत्र में आते ही उन्हें तत्काल किसी भी क़ीमत पर कृष्णा और विल्लू के पास लाया जाता था। उदाहरण के लिए उन्होंने कैनेडा का एक कोरा, मूल और इस्तेमाल नहीं किया गया पासपोर्ट दिखाया। इसे अग्निरोधी तिजोरी में यूनाइटेड किंग्डम, जर्मनी, पुर्तगाल और वेनेजुएला के ऐसे ही पासपोर्ट्स के साथ रखा गया था।

पर्याप्त धैर्य, विशेषज्ञता और संसाधनों के साथ यह दोनों जालसाज किसी भी पासपोर्ट को ज़रूरतमंद की ज़रूरत के मुताबिक़ बदल सकते थे। फ़ोटोग्राफ़्स बदल दिए जाते थे और भारी स्टैम्प के कोने के निशानों या अन्य छापों को क्रोशिया के काम में इस्तेमाल हुक जैसे सामान्य उपकरणों की मदद से हूबहू तैयार कर लिया जाता था। कुछ मर्तबा पासपोर्ट की सिलाई को सावधानी के साथ उधेड़ लिया जाता था और किसी दूसरे कोरे पासपोर्ट के पन्ने के पन्ने वहां लगा दिए जाते थे। रासायनिक घोलों की मदद से उस पर मौज़ूद तारीख़ें, विस्तृत जानकारी और स्टैम्प्स तक बदल दिए जाते थे या फिर मिटा दिए जाते थे। उचित रंगों का इस्तेमाल करके नई जानकारी प्रिंटरों द्वारा इस्तेमाल स्याही की मदद से बदल दी जाती थी। कुछ परिवर्तन विशेषज्ञों की भी पकड़ से बच निकलते थे और सामान्य जांच में तो कोई भी परिवर्तन पकड़ में नहीं आता था।

पासपोर्ट के अध्ययन के पहले सप्ताह में मैंने हाजी अली दरगाह के क़रीब उला के लिए ताड़देव स्थित आवास से नज़दीक एक सुरक्षित ठिकाना खोज लिया था। अब्दुल्ला के घर पर तक़रीबन हर रोज उला से मिलने वाली लिसा कार्टर, जिसकी अब्दुल्ला में ही ज़्यादा रुचि दिखती थी-ने नई जगह पर उला के साथ साझा करने को स्वीकृति दे दी। हमने टैक्सियों के एक छोटे से समूह के साथ उनका पूरा सामान नई जगह पर पहुंचा दिया। दोनों महिलाएं एक-दूसरे को पसंद करती थीं और उनकी आपस में जम गई। वे वोदका पीती थीं, स्क्रेबल और जिन रमी में धोख़ेबाजी करती थीं, एक ही तरह की फ़िल्में पसंद करती थीं और आपस में कपड़ों की भी अदला-

बदली कर लिया करती थीं। अब्दुल्ला के अच्छी तरह से भरे हुए किचन में सप्ताह गुजारने के बाद दोनों को इस बात का अहसास हुआ कि उन्हें एक-दूसरे का बनाया खाना भी पसंद आता था। नया घर दोनों के लिए ही एक नई शुरुआत थी। उला के मन में मॉरिजियो और उसके धोखाधड़ी वाले सौदों के भय के बावज़ूद वह और लिसा ख़ुश और आशावादी थीं।

मैंने अब्दुल्ला, सलमान और संजय के साथ वज़न उठाने का प्रशिक्षण और कराटे जारी रखा। हम सभी चुस्त-दुरुस्त, मज़बूत और तेज़तर्रार थे। और प्रशिक्षण के दिन जब सप्ताहों में बदलने लगे, मेरे और अब्दुला के बीच नज़दीकियां और अधिक बढ़ गईं। दोस्त और भाई की तरह नज़दीकियां, ठीक वैसी ही जैसी कि सलमान और संजय के बीच थीं। यह इस तरह की नज़दीकी थी जिसे क़ायम रखने के लिए संवाद की कोई ज़रूरत नहीं थी-अक्सर हम लोग मिलते थे, जिम जाते थे, वज़न उठाते थे, बॉक्सिंग करते थे, कराटे में आधा घंटा गुजारते थे और इस दौरान बमुश्किल एक-दूसरे से दस शब्द बोलते थे। कभी-कभी तो हम एक-दूसरे की आंखों या चेहरे के हाव-भाव को देखकर ही घंटों हंसते रहते थे। इतना हंसते थे कि हंसते-हंसते निढाल हो जाते थे। और इस तरह से, बिना शब्दों के, मैंने अब्दुल्ला के लिए अपने दिल के दरवाज़े खोल दिए और मैं उसे चाहने लगा।

गोवा से लौटने के बाद मैंने झोपड़पट्टी के मुखिया कासिम अली हुसैन और जॉनी सिगार सहित कुछ अन्य के साथ बात की थी। प्रभाकर तक़रीबन हर दूसरे दिन मुझे टैक्सी में दिखाई दे जाता था। लेकिन ग़नी की पासपोर्ट की वर्कशॉप में इतनी चुनौतियां और इनाम थे कि वह मुझे व्यस्त और उत्साहित रखा करते थे। यहां तक कि मैंने झोपड़पट्टी के उस क्लीनिक में कभी-कभार भी काम करना बंद कर दिया, जिसे मैंने अपनी झोपड़ी के पास शुरू किया था।

कुछ सप्ताह में झोपड़पट्टी में मेरी पहली भेंट के दौरान मुझे उस वक़्त हैरानी हुई जब मैंने प्रभाकर को झोपड़पट्टी के संगीतकारों द्वारा किसी गाने की रिहर्सल के दौरान झूमते-नाचते देखा। वह नन्हा गाइड टैक्सी ड्राइवर की खाकी शर्ट और सफ़ेद पतलून के गणवेश में था। उसने गले के पास बैंगनी स्कार्फ़ लपेट रखा था और पीले रंग की सैंडल्स पहन रखी थी। उसका ध्यान बंटाए बग़ैर मैं कुछ देर उसे चुपचाप देखता रहा। उसके नाच में जहां कुछ मादक अंदाज़ था तो चेहरे पर वही बालसुलभ हाव-भाव थे। जब नाचते हुए उसने अचानक मुझे देखा तो उसके चेहरे पर बड़ी सी मुस्कान खिल उठी। अपनी विशेष चौड़ी और दिल को ख़ुश कर देने वाली मुस्कान के साथ वह दौड़कर मेरी तरफ़ लपका।

'ओह, लिन!' वह ख़ुशी से चिल्लाया और उसने अपना सिर स्नेह भरे अंदाज़ में मेरे सीने पर टिका दिया। 'मेरे पास तुम्हारे लिए एक ख़बर है। मेरे पास एक बहुत ही अच्छी ख़बर है। मैं तुम्हें हर कहीं खोज रहा था। होटल जहां महिलाएं हों, बार जहां पर कालाबाज़ारी हों, हर गंदी झोपड़पट्टी में, हर-'

'मैं समझ गया प्रभु। तो तुम्हारे पास क्या ख़बर है?'

'मेरी शादी होने जा रही है। मैं पार्वती के साथ शादी करने जा रहा हूं। क्या तुम इस पर यक़ीन कर सकते हो?'

'निश्चित तौर पर यक़ीन कर सकता हूं। बधाई। मुझे लगता है कि तुम अभी शादी की पार्टी की ही तैयारी कर रहे थे।'

'हां,' उसने सहमति में सिर हिलाया। उसने कूल्हे हिलाते हुए कहा, 'मैं चाहता हूं कि पार्टी में सभी मादक अंदाज़ में नृत्य करें। यह देखो यह मादक है ना?'

'हां, ...मादक... निश्चित तौर पर। यहां कैसा क्या चल रहा है?'

'बहुत अच्छा। कोई समस्या नहीं। ओह, लिन। मैं बताना भूल ही गया कि जॉनी भी शादी करने जा रहा है। उसकी शादी सीता से होगी, मेरी अपनी ख़ूबसूरत पार्वती की बहन।'

'वह कहां है? मैं उसे हैलो कहना चाहता हूं।'

'वह समुद्र के किनारे गया हुआ है, तुम्हें पता है ना वह जगह, जहां पर वह चट्टानों के बीच अकेला बैठा रहता है। वही जगह जहां तुम्हें भी अकेले बैठने में मज़ा आता है। वह तुम्हें वहां मिल जाएगा।'

मैंने जाते-जाते मुड़कर देखा तो प्रभाकर कमर हिलाकर बैंड वालों को और अधिक गति के लिए उत्तेजित कर रहा था। झोपड़पट्टी के किनारे पर जहां बड़ी-बड़ी चट्टानें समंदर से मिलती थीं, मुझे जॉनी सिगार मिल गया। उसने सफ़ेद बनियान और चौखाने वाली हरी लुंगी पहन रखी थी। वह पीछे झुककर समंदर को दूर तक निहार रहा था। यह ठीक वही जगह थी जहां पर उसने मुझे हैजे का संक्रमण फैलने से पहले कई महीने पहले समंदर के पानी, मीठेपन और आंसुओं की कहानी बताई थी।

'बधाई हो,' मैंने उसके पास बैठकर उसकी ओर एक बीड़ी बढ़ाते हुए कहा।

'धन्यवाद लिन,' उसने मुस्कराकर सिर हिलाते हुए कहा। मैंने पैकेट को बाजू में रखा और कुछ देर तक हम दोनों ही समंदर की लहरों को चट्टानी तट से टकराते हुए देखते रहे।

'तुम जानते हो, मुझे इस ज़िंदगी में लाया गया है, मेरे कहने का मतलब है कि मेरा जन्म वहां नेवी नगर में हुआ था।' उसने भारतीय नौसेना के इलाक़े की ओर इशारा करते हुए कहा। समंदर का घुमावदार तट हमें नेवी नगर से अलग करता था, लेकिन छोटी सी खाड़ी के कारण हम घरों, झोपड़ियों और बैरक्स को साफ़ देख सकते थे।

'मेरी मां मूल तौर पर दिल्ली से थी। उसका परिवार ईसाई था। वह ब्रिटिश लोगों की सेवा करके अच्छी कमाई कर लिया करते थे, लेकिन फिर आज़ादी के बाद उन्होंने अपनी प्रतिष्ठा और तमाम विशेष अधिकार गंवा दिए। जब मेरी मां पंद्रह वर्ष की थी तो वह बॉम्बे आ गए। उसके पिताजी ने नौसेना में क्लर्क की नौकरी

कर ली। वे यहीं पास की एक झोपड़पट्टी में रहते थे। फिर मेरी मां एक नौसैनिक के प्यार में पड़ गई। वह अमृतसर का एक लंबे क़द का युवक था, जिसकी मूंछें नेवी नगर में सबसे अच्छी थीं। जब मैं उसके पेट में था तो उसके परिवार ने उसे घर से बाहर निकाल दिया। उसने मेरे पिता नौसैनिक से कुछ मदद चाही, लेकिन उसने नेवी नगर ही छोड़ दिया और फिर उसके बाद उसने कभी उसे ना देखा ना उसके बारे में सुना।'

वह रुका और उसने होंठ भींच लिए। उसकी आंखें दूर समंदर को निहारे जा रही थीं। पीछे हमें सामान बेचने वालों की आवाज़ें, चट्टान पर कपड़े धोने, बच्चों के खेलने और शिकायतों और प्रभाकर के यहां से संगीत की आवाज़ें सुनाई दे रही थीं।

'लिन, उसे बहुत मुश्किलों का सामना करना पड़ा। जब उन्होंने उसे घर से निकाला था तो मुझे गर्भ में आए काफ़ी महीने बीत चुके थे। वह क्रॉफ़ोर्ड बाज़ार इलाक़े में फुटपाथ पर रहने वाले लोगों के साथ रहने लगी। उसने विधवा की सफ़ेद साड़ी पहनकर इस तरह दिखाया कि उसका पति मर चुका है। उसे ऐसा करना पड़ा–उसे ज़िंदगी भर के लिए विधवा बनना पड़ा, शादी किए बग़ैर। यही वजह है कि मैंने कभी शादी नहीं की। मैं अब 38 वर्ष का हो चुका हूं। मैं अच्छी तरह से पढ़-लिख सकता हूं। मेरी मां ने यह बात सुनिश्चित की कि मैं अच्छी तरह से शिक्षा हासिल करूं। मैं झोपड़पट्टी की सभी दुकानों को हिसाब-किताब में मदद करता हूं। मैं हर करदाता को भी मदद करता हूं। मैं यहां अच्छी ज़िंदगी जी रहा हूं और मुझे सम्मान भी हासिल है। मेरी शादी तो पंद्रह-बीस वर्ष पहले ही हो जानी चाहिए थी। लेकिन वह पूरी ज़िंदगी मेरे लिए विधवा बनी रही। ऐसे में मैं शादी नहीं कर सकता था। मैं ख़ुद को शादी करते देख ही नहीं सकता था। मैं बस उम्मीद करता रहा कि कभी उसे देख पाऊं, वह नौसैनिक जिसकी सर्वश्रेष्ठ मूंछें थीं। मेरी मां के पास एक बहुत ही पुराना फ़ोटो है, जिसमें वह दोनों बहुत ही गंभीर दिख रहे हैं। यही वजह है कि मैं इस इलाक़े में रहता हूं। मुझे हमेशा से उम्मीद रही है कि मैं उसे देख सकूंगा। और मैंने कभी शादी नहीं की। और उसकी पिछले सप्ताह मौत हो गई। मेरी मां पिछले हफ़्ते मर गई।'

उसने चेहरा मेरी तरफ़ घुमाया और उसकी आंखों से आंसू झर रहे थे, जो वह शायद नहीं बहाना चाहता था।

'वह पिछले सप्ताह मर गई और अब मैं शादी करने जा रहा हूं।'

'तुम्हारी मां के बारे में जानकर बहुत दुख हुआ, जॉनी। लेकिन मुझे यक़ीन है कि वह चाहती थी कि तुम्हारी शादी हो। मुझे विश्वास है कि तुम एक अच्छे पिता साबित होगे। वास्तविकता में तो मैं जानता हूं कि तुम एक अच्छे पिता बनोगे। मुझे विश्वास है।'

उसने मेरी तरफ़ कुछ ऐसी निगाहों से देखा, जिसे मैं महसूस तो कर रहा था, लेकिन समझ नहीं पा रहा था। जब मैं उससे विदा लेकर लौटने लगा तो वह दोबारा समंदर के बेफ़िक्र अंदाज़ की तरफ़ देख रहा था।

मैं झोपड़पट्टी से होते हुए क्लीनिक तक पहुंचा। मेरे द्वारा प्रशिक्षित दोनों युवकों अय्यूब और सिद्धार्थ से बातचीत ने मुझे विश्वास दिला दिया कि सबकुछ ठीक है। मैंने उन्हें आपातकालीन परिस्थिति के लिए कुछ पैसे दिए और कुछ पैसे प्रभाकर को उसकी शादी की तैयारी के लिए दिए। मैंने क़ासिम अली हुसैन से भी मुलाक़ात की और उसके चाय के न्यौते को भी स्वीकारा। मेरे दोनों पुराने पड़ोसी जितेंद्र और आनंद राव भी वहां आ गए। कुछ अन्य लोग भी थे जिन्हें मैं जानता था। क़ासिम अली अपने बेटे सादिक के बारे में बात कर रहा था, जो अब खाड़ी देश में काम कर रहा था। हम शहर में धार्मिक और सांप्रदायिक संघर्ष, ट्विन टॉवर के निर्माण के बारे में बात कर रहे थे। टॉवर्स को पूरा होने में अभी भी कम से कम दो वर्ष का वक़्त था। प्रभाकर और जॉनी सिगार की शादी भी चर्चा के विषय थे।

यह मिलनसारिता भरी उत्साहपूर्ण बैठक थी और उठते वक़्त मुझे उस ताक़त और आत्मविश्वास का अहसास रहा था, जो इन सादगी भरे लोगों से मिलने के बाद मिल जाते थे। मैं कुछ क़दम ही चला था कि सिख युवक आनंद राव लपककर मेरे साथ हो लिया।

'लिन बाबा, यहां पर एक समस्या है,' उसने कहा। वह आमतौर पर बेहद शांत व्यक्ति था, लेकिन उस वक़्त उसके चेहरे पर परेशानी के भाव थे। 'वह रशीद, वह व्यक्ति जिसके साथ मैं झोपड़ी साझा करता था। आपको याद है?'

'हां, रशीद। मुझे याद है,' मैंने कहा। मुझे मेरा वह पड़ोसी याद था जिसकी पतली सी दाढ़ी थी और आंखों में हमेशा बैचेनी का भाव रहा करता था। वह तक़रीबन एक वर्ष तक मेरा पड़ोसी था।

'उसने एक बुरा काम किया है,' आनंद राव ने सीधे कहा, 'उसके गांव से उसकी पत्नी और बहन आ गए हैं। उनके आने पर मैंने झोपड़ी छोड़ दी थी, लेकिन वह उनके साथ डटा हुआ है।'

'और... *क्या?'* साथ-साथ चलते हुए मैंने पूछा। मुझे नहीं पता था कि आनंद राव क्या कहना चाह रहा है और मेरे पास इंतज़ार करने लायक़ धैर्य भी नहीं था। यह इस तरह की अस्पष्ट क़िस्म की शिकायत थी, जो मुझे झोपड़पट्टी में रहने के दिनों में रोज़ाना मिला करती थी। अधिकांशत: ऐसी शिकायतों का कोई निष्कर्ष नहीं निकलता था। अधिकांशत: उनमें कोई हस्तक्षेप नहीं करना ही मेरे हित में होता था।

'बात यह है कि,' मेरे धैर्य के जवाब देने को समझते हुए आनंद राव ने हिचकिचाते हुए कहा, 'यह तो...वह तो...कुछ बहुत बुरा है और मैं...निश्चित तौर पर इसका कोई...'

वह अचानक चुप होकर अपने पैरों की तरफ़ देखने लगा। मैंने उसके चौड़े कंधों पर हाथ रखा और उसने आंखें उठाकर मानो मुझसे कोई मूक याचना की।

'क्या पैसे की बात है?' मैंने अपनी जेब की ओर हाथ बढ़ाते हुए पूछा, 'क्या तुम्हें पैसों की ज़रूरत है?'

वह अचानक ऐसे पीछे हटा मानो मैंने उसे कोई श्राप दे डाला हो। उसने कुछ देर तक मुझे घूरा और फिर मुड़कर झोपड़पट्टी की ओर लौट गया।

मैं जानी-पहचानी गलियों से होता हुआ, ख़ुद से कह रहा था कि कोई बात नहीं। आनंद राव और रशीद दो साल से एक ही झोपड़ी साझा कर रहे थे। अगर उनके बीच रशीद की पत्नी और बहन आने के कारण कोई अनबन हुई है और आनंद को ज़बर्दस्ती झोपड़ी छोड़ने के लिए मजबूर किया गया है तो इसकी शायद आशंका थी ही। और इससे मेरा कोई लेना-देना नहीं था। मैंने हंसकर सिर को झटका और आगे बढ़ गया। मैं यह जानने का प्रयास कर रहा था कि मेरे पैसे के प्रस्ताव पर आनंद ने इतनी बुरी प्रतिक्रिया क्यों कर दी। मेरे द्वारा ऐसा अनुमान लगाना वाज़िब ही था। झोपड़पट्टी से लियोपोल्ड्स तक की 30 मिनट की पैदल यात्रा के दौरान मैंने जोडिएक जॉर्ज सहित पांच लोगों को पैसा दिया। मैंने ख़ुद से कहा *मामला चाहे जो हो वह जल्द ही संभल जाएगा। बात चाहे जो हो मेरा इससे कोई लेना-देना नहीं है।* लेकिन जो झूठ हम ख़ुद से बोलते हैं, वह आधी रात के सुनसान लम्हों में भूत बनकर हम पर सवार हो जाते हैं। गर्म दोपहरी में मैं जब लंबे रास्ते पर चला जा रहा था तो उस झूठ के भूत की सांस अपने चेहरे पर महसूस कर सकता था।

मैं लियोपोल्ड्स पहुंचा ही था कि डिडियर ने मेरे कुछ बोलने या बैठने से पहले मेरी बांह पकड़कर मुझे खींच लिया। वह मुझे एक टैक्सी तक ले गया जो पहले से वहां इंतज़ार कर रही थी।

'मैंने तुम्हें हर कहीं खोजा,' डिडियर ने टैक्सी चलते ही धुआं छोड़ते हुए कहा, 'तुम्हें खोजते हुए मैं बेहद गंदी जगहों तक गया।'

'लोग मुझे यह बताते रहते हैं।'

'देखो लिन, तुम्हें ज़्यादा वक़्त ऐसी जगहों पर गुजारने का प्रयास करना चाहिए, जहां पर अच्छे दर्ज़े की शराब परोसी जाती हो। यह हालांकि तुम्हें खोजने को आसान तो नहीं बनाएगा, लेकिन कम से कम यह ख़ुशनुमा तो रहेगा।'

'हम कहां जा रहे हैं, डिडियर?'

'विक्रम की महान रणनीति-या फिर यूं कहा जाए मेरी बेहतरीन रणनीति- इस वक़्त जबकि हम बात कर रहे हैं लेतितिया के सर्द और पत्थर जैसे नन्हे से अंग्रेज़ी दिल को जीतने के लिए।'

'चलो ठीक है। मेरी उसके लिए शुभकामनाएं।' मैंने कहा, 'लेकिन मुझे भूख लगी है। मैं लियोपोल्ड्स में पुलाव की प्लेट पर टूट पड़ने वाला था। तुम मुझे यहां उतार सकते हो।'

'नहीं! यह संभव नहीं है!' डिडियर ने आपत्ति लेते हुए कहा, 'लेतितिया एक बेहद सख़्तदिल महिला है। अगर कोई उसे सोने और हीरे तक लेने के लिए कहे तो वह मना कर देगी। वह उस वक़्त तक हमारी रणनीति का हिस्सा नहीं बनेगी, जब

तक कि कोई उसे इसके लिए तैयार नहीं कर लेता। मेरे दोस्त, तुम्हारे जैसा कोई। और हमें यह सब अगर आधे घंटे में हासिल करना है। तीन बजने से ठीक छह मिनट बाद।'

'तुम्हें क्यों लगता है कि लेतितिया मेरी बात मान लेगी?'

'हमारे बीच तुम इकलौते ऐसे इंसान हो जिससे वह नफ़रत नहीं करती या जिससे उसने गुज़रे वक़्त में कभी नफ़रत नहीं की हो। लेतितिया के लिए यह वक्तव्य *मैं तुमसे नफ़रत नहीं करती*, सच्चे प्यार की कविता है। वह तुम्हारी बात सुन लेगी। मुझे इसका पूरा यक़ीन है। तुम्हारे बग़ैर हमारी योजना नाक़ाम हो जाएगी। और भलामानस विक्रम–हमारी लेतितिया जैसी महिला से प्यार करना ही शायद उसके पागलपन का पर्याप्त सबूत नहीं था–उसने पहले ही अपनी ज़िंदगी दांव पर लगा रखी है, कई बार, योजना को साकार करने के लिए। तुम कल्पना भी नहीं कर सकते कि हमने कितनी तैयारी की है। विक्रम और मैंने, बस इस एक पल के लिए।'

'खैर, किसी ने *मुझे* इस बारे में कुछ भी नहीं बताया,' मैंने शिकायती लहजे में कहा। मेरे दिमाग़ में अब भी लियोपोल्ड्स का लज़ीज पुलाव ही घूम रहा था।

'लेकिन इसी वजह से मैं तुम्हें पूरे कोलाबा में खोजता फिर रहा था। तुम्हारे पास कोई विकल्प नहीं है, लिन। तुम्हें उसकी मदद करना ही चाहिए। मैं तुम्हें जानता हूं। तुम्हारे भीतर, मेरी ही तरह एक प्यार को लेकर एक नापसंदगी भरा यक़ीन है और अपने शिकार में प्यार जो पागलपन भर देता है उसे लेकर एक आकर्षण है।'

'डिडियर मैं इसे वह मोड़ नहीं दे पाऊंगा।'

'तुम इसे अपनी तरह से मोड़ दे सकते हो,' पहली बार हंसते हुए डिडियर ने कहा, 'लेकिन लिन तुम्हारे दिल में प्यार की बीमारी है और तुम जानते हो कि मेरे भी दिल में, तो तुम्हें विक्रम की ठीक वैसी ही मदद करना चाहिए जैसी कि मुझे करना चाहिए।'

'हे भगवान,' मैंने आह भरते हुए भूख को दबाने के लिए बीड़ी सुलगा ली, 'मदद करने के लिए जो संभव होगा मैं करूंगा। तुम्हारी योजना क्या है?'

'आह, यह बहुत ज़्यादा उलझी हुई है।'

'एक मिनट।' मैंने हाथ उठाकर उसे रोकते हुए पूछा, 'क्या तुम्हारी यह योजना ख़तरों से भरी है?'

'अच्छा...'

'और क्या इसमें क़ानून को तोड़ने की ज़रूरत होगी?'

'अच्छा...'

'मुझे लगा ही। तो मुझे वहां पहुंचने तक कुछ भी मत बताओ। मेरे पास पहले ही चिंता करने के लिए पर्याप्त बातें हैं।'

'ठीक है। मैं जानता था कि हम तुम पर भरोसा कर सकते हैं। इसलिए जहां

तक चिंता की बात है तो मेरे पास एक ऐसी ख़बर है जो शायद तुम्हारे लिए मददगार साबित हो।'

'चलो बता ही दो।'

'वह महिला जिसने तुम्हारे ख़िलाफ़ शिकायत की थी, वह महिला जिसने तुम्हें जेल में भिजवाया था, वह भारतीय नहीं है। मुझे पता चला है और इसमें शक की कोई गुंजाइश नहीं है। वह महिला एक विदेशी है जो यहां बॉम्बे में रहती है।'

'और कोई जानकारी?'

'माफ़ी चाहूंगा और जानकारी नहीं है। इस वक़्त तो नहीं। लेकिन सारी बातें पता चलने तक मैं चैन से नहीं बैठूंगा।'

'धन्यवाद, डिडियर।'

'कोई ख़ास बात नहीं। वैसे तुम अच्छे दिख रहे हो। शायद जेल में जाने के पहले से भी ज़्यादा बेहतर।'

'धन्यवाद। अब मेरा वज़न बढ़ चुका है और मैं ज़्यादा चुस्त-दुरुस्त हो चुका हूं।'

'और थोड़े और ज़्यादा ...दीवाने...शायद?'

मैंने उसकी तरफ़ देखे बग़ैर ठहाका लगाया, क्योंकि वह सच कह रहा था। टैक्सी मरीन लाइंस स्टेशन के बाहर रुकी। मरीन लाइंस मध्य शहर के अंतिम स्टेशन चर्चगेट के बाद ट्रेन का पहला स्टेशन था। हम पैदल यात्रियों के पुल पर चढ़े और हमें वहां विक्रम मिल गया। उसके साथ कुछ और दोस्त भी थे। वह प्लेटफ़ॉर्म पर हमारा इंतज़ार कर रहे थे।

'ओह, भगवान का शुक्रिया तुम *यहां* आ गए!' उसने कहा और दोनों हाथों से मेरा हाथ मिलाया। 'मुझे लगा तुम नहीं आ रहे हो।'

'लेतितिया कहां है?' डिडियर ने पूछा।

'वह प्लेटफ़ॉर्म पर है यार। वह कोल्ड ड्रिंक ख़रीद रही है। वह देखो उसे वहां, चाय की दुकान के आगे?'

'हां। और उसे योजना के बारे में कुछ भी पता नहीं?'

'कुछ भी नहीं। मैं इस बात को लेकर इतना घबराया हुआ हूं कि योजना नाक़ाम हो जाएगी, *यार।* और क्या होगा अगर वह मारी गई तो, डिडियर? हमारे लिए यह ठीक नहीं होगा अगर हमारा प्रस्ताव उसे मार डालता है तो!'

'उसे मारना निश्चित तौर पर एक बुरी शुरुआत होगी।' मैंने चिंतित स्वर में कहा।

'चिंता मत करो सबकुछ ठीक होगा,' डिडियर ने कहा। हालांकि वह ख़ुद एक ट्रेन के प्लेटफ़ॉर्म की ओर बढ़ते हुए देखकर रूमाल से माथे का पसीना पोंछ रहा था। 'यह काम करेगा। तुम्हें विश्वास रखना होगा।'

'जोन्सविले में भी उन्होंने यही कहा था, *यार।*'

'विक्रम, तुम मुझसे क्या कराना चाहते हो?' उसे शांत करने के लिए मैंने पूछा।

'बताता हूं,' उसने कहा, कुछ इस क़दर हांफते हुए मानो वह अभी सीढ़ियां चढ़कर आया हो, 'पहले लेति को यहां तुम्हारे ओर मुंह करके खड़ा होना होगा। जैसे कि मैं अभी खड़ा हूं।

'अच्छा।'

'इसे बिलकुल *यहां* होना चाहिए। ठीक *यहां।* हम इसे सैकड़ों बार जांच चुके हैं और यह ठीक यहां होना चाहिए। तुम्हें बात समझ आ गई?'

'मुझे... लगता है कि तुम कह रहे हो कि उसे ठीक यहां खड़ा होना है–'

'यहां!'

मैंने उसके मज़े लेते हुए कहा, 'यहां?'

'अरे यार बहुत गंभीर मामला है!'

'ठीक है। चिंता मत करो। तुम चाहते हो कि मैं लेति को यहां पर खड़ा करूं।'

'हां, यहां। और तुम्हारा काम है उसकी आंखों पर पट्टी बांधना।'

'आंख पर पट्टी'

'हां, उसे आंखों पर पट्टी बांधनी ही होगी, लिन। इसके बग़ैर बात नहीं बनेगी। और उसे ऐसा ही करना होगा, भले ही फिर उसे कितना भी डर लगे।'

'डर...'

'हां, यह तुम्हारा काम है। जब हम इशारा करें तो उसे बस आंखों पर पट्टी बांधने के लिए तैयार कर लो। फिर उसे उसे पहने रहने के लिए तैयार कर लो। भले ही वह कुछ चीख़े-चिल्लाए।'

'चीख़े...'

'हमने पहले उसके मुंह में कपड़ा ठूंसने की सोची थी, लेकिन यह कई बार उल्टा पड़ जाता है, क्योंकि वह इससे चिढ़ सकती है। और वह यहां पर भी उसके बग़ैर भी चिढ़ सकती है।'

'मुंह में कपड़ा...'

'हां, ख़ैर चलो वह आ रही है। इशारे के लिए तैयार रहना।'

'हैलो लिन, मोटे हरामज़ादे,' लेति ने मेरे गाल को चूमते हुए कहा, 'तुम सचमुच मोटे होते जा रहे हो, है ना बेटा?'

'तुम भी बहुत ख़ूबसूरत लग रही हो,' मैंने उससे मिलने की ख़ुशी में मुस्कराते हुए कहा।

'तो यहां माज़रा क्या है?' उसने पूछा, 'लगता है कि पूरा गैंग ही यहां आ गया है।'

'तुम नहीं जानती?' मैंने कंधे उचकाते हुए पूछा।

'नहीं निश्चित तौर पर नहीं। विक्रम ने मुझे बस इतना बताया कि हम तुमसे मिलने जा रहे हैं और डिडियर, हैलो डिडियर और हम सब यहां हैं। क्या चल रहा है?'

इतने में चर्चगेट से आ रही ट्रेन हमारी ओर स्थिर गति से आते हुए दिखने लगी। विक्रम ने आंखों को जितना संभव था, बड़ा करते हुए सिर हिलाकर मुझे इशारा किया। मैंने अपना हाथ लेति के कंधों पर रखा और पटरी की ओर उसकी पीठ को करते हुए उसे ठीक वैसे घुमा दिया जैसा कि विक्रम चाहता था।

'लेति, क्या तुम्हें मुझ पर विश्वास है?' मैंने पूछा।

वह मेरी तरफ़ देखकर मुस्कराई।

'थोड़ा, थोड़ा,' उसने कहा।

'ठीक है,' मैंने सिर हिलाया, 'मैं तुमसे कुछ कराना चाहता हूं। यह तुम्हें अज़ीब लग सकता है, लेकिन अगर तुम ऐसा नहीं करोगी तो तुम कभी भी नहीं जान सकोगी कि विक्रम तुमसे कितना प्यार करता है–हम सब तुमसे कितना प्यार करते हैं। यह एक ऐसा अचंभे में डाल देने वाला तोहफ़ा है, जिसे हमने ख़ास तुम्हारे लिए ही खोज निकाला है। यह प्यार से संबंधित है...'

इतने में स्टेशन में प्रवेश करते हुए ट्रेन धीमी हो गई। उसकी आंखें दमक रही थीं। उसके खुले होंठों पर एक मुस्कान आई और चली गई। उसके मन में कौतूहल भी था और वह उत्साहित भी थी। विक्रम और डिडियर उसकी पीठ के पीछे मुझे ज़ल्दी काम करने के लिए बड़े ज़ोरों से इशारे कर रहे थे। ट्रेन आवाज़ करके थम गई।

'तो बात ऐसी है कि–तुम्हें आंखों पर पट्टी बंधवाना होगी और तुम्हें यह वादा भी करना होगा कि जब तक हम ना कहें तुम कुछ भी देखने की कोशिश भी नहीं करोगी।'

'तो यही वह बात है।'

'हां,' मैंने कंधे उचकाते हुए कहा।

उसने मेरी तरफ़ देखा, मुझे घूरा और मेरी आंखों में देखते हुए मुस्करा दी। इस बारे में सोचते हुए उसने भौहें उचका दीं और होंठों को नीचे की ओर मोड़ दिया। फिर उसने मंज़ूरी में ग़र्दन हिला दी।

'ठीक है,' उसने हंसते हुए कहा, 'चलो इसे करते हैं।'

विक्रम ने आंख की पट्टी के साथ छलांग लगाई और उसे बांधते हुए पूछा कि यह कहीं ज़्यादा कसकर तो नहीं बंध गई। उसने उसे एक–दो क़दम आगे पीछे किया और ट्रेन के पास ले जाकर उसे अपनी बांहें हवा में उठाने के लिए कहा।

'अपनी बांहें ऊपर उठाऊं? क्या इस तरह से? अगर तुमने मुझे गुदगुदी कि ना तो विक्रम तुम्हें यह बहुत महंगा पड़ेगा।'

कुछ लोग ट्रेन के डिब्बे के ऊपरी सिरे पर दिखे। वे ट्रेन की छत पर लेटे हुए थे। वे नीचे झुके और उन्होंने हल्की–फुल्की लेति को बांहें पकड़कर ऊपर उठा लिया।

लेति चीख़ी, लेकिन उसकी आवाज़ गार्ड की तीख़ी सीटी की आवाज़ के पीछे दब गई। ट्रेन चलने लगी।

'आ जाओ!' विक्रम मेरी तरफ़ देखकर चिल्लाया और डिब्बे के ऊपर उसके पास चढ़ गया।

मैंने डिडियर की तरफ़ देखा।

'नहीं दोस्त, यह मेरे लिए नहीं है!' वह चिल्लाया, 'तुम जाओ। जल्दी करो!'

मैंने ट्रेन के साथ हल्की दौड़ लगाई और डिब्बे के बाहर से छत पर चढ़ गया। छत पर दर्जनभर से ज़्यादा लोग मौज़ूद थे। उनमें से कुछ संगीतकार थे। उनकी गोद में तबले, झांझ-मंजीरे, बांसुरियां और डफलियां थीं। धूल भरी छत पर आगे एक और समूह बैठा हुआ था। लेति उनके बीच में बैठी थी। उसने अब भी आंखों पर पट्टी बांध रखी थी। कुछ लोगों ने उसे कंधे से पकड़ रखा-दोनों बांहों पर एक-एक और दो ने पीछे से-ताकि वह सुरक्षित रहे। विक्रम ने उसके आगे घुटने टेके। मैं झुककर जब छत पर आगे खिसक रहा था तो मैंने उसे गुज़ारिश करते हुए सुना।

'मैं तुमसे वादा करता हूं, लेति। यह वाक़ई एक बहुत ही शानदार तोहफ़ा है।'

'ओह, यह तो एक डरा देने वाला तोहफ़ा है,' लेति चिल्लाई। 'और जब हम नीचे उतरेंगे तो विक्रम, दरिंदे पटेल, तुम्हें इससे भी बड़ा तोहफ़ा मिलेगा!'

'हाय, लेति!' मैंने उसका नाम पुकारा। 'बहुत सुंदर नज़ारा है, है ना? माफ़ करना मैं आंखों पर बंधी हुई पट्टियों को भूल गया था। जब तुम देखोगी तो तुम्हें पता चलेगा कि नज़ारा कितना शानदार है।'

'यह निरी बेवकूफ़ी और पागलपन है, लिन!' वह मुझ पर चिल्लाई। 'इन हरामज़ादों को मुझे छोड़ने के लिए कहो!'

'यह एक समझदारी भरा फ़ैसला नहीं होगा, लेति,' विक्रम ने जवाब दिया, 'उन्होंने तुम्हें पकड़ ही इसलिए रखा है ताकि तुम गिर नहीं जाओ। या खड़ी होकर सिर के ऊपर के तारों से नहीं टकरा जाओ या ऐसा ही कुछ। बस आधे ही मिनट की बात है। मैं तुमसे वादा करता हूं और तब तुम समझोगी कि क्या हो रहा है।'

'मैं समझ रही हूं। तुम चिंता मत करो। मैं समझ रही हूं विक्रम, जब मैं नीचे उतरूंगी तो तुम ज़िंदा नहीं बचोगे। तुम चाहो तो मुझे छत से नीचे फेंक सकते हो। मैं तुम्हें बता रही हूं। अगर तुम सोच रहे हो कि मैं–'

विक्रम ने अचानक उसके आंखों पर लगी पट्टियां खोल दीं और उसे हर तरफ़ देखते हुए देखता रहा। तेज़ गति से चलती ट्रेन की छत से दिख रहा नज़ारा। लेति का मुंह खुला का खुला रह गया और उसके चेहरे पर धीरे-धीरे मुस्कान छा गई।

'बहुत ख़ूब। यह तो...बहुत शानदार है। वाक़ई यह नज़ारा *शानदार* है!'

'देखो!' विक्रम ने आदेश भरे स्वर में कहा और ट्रेन के डिब्बों की छतों से बाजू की ओर इशारा किया। वहां पटरियों पर ट्रेन से भी ऊंची जगह पर कुछ लगाया हुआ

था। यह सिर के ऊपर की इलेक्ट्रिक वायर से बंधा हुआ था। यह एक बड़ा बैनर था, जो तेज़ हवा के बीच जहाज की पाल की तरह फड़फड़ा रहा था। उस पर कुछ शब्द छपे हुए थे। जैसे ही हम बैनर के पास आए तो उस पर लिखा एकदम साफ़ दिखने लगा। इस पर किसी इंसान की ऊंचाई जितने बड़े आकार के शब्द लिखे हुए थे। वे बैनर को पूरी तरह से घेरे हुए थे :

लेतितिया मैं तुमसे प्यार करता हूं

'मुझे डर था कि तुम खड़ी हो जाओगी और तुम्हें चोट पहुंचेगी,' विक्रम ने कहा। 'यही वजह है कि यह लोग तुम्हें अपने हाथों में पकड़े हुए थे।'

अचानक संगीतकारों ने एक लोकप्रिय रोमांटिक गाने की धुन बजाना शुरू कर दी। उनकी आवाज़ें तबलों और बांसुरियों की आवाज़ से भी ऊपर थी। ट्रेन जबकि एक स्टेशन तक पहुंचकर रुकी और फिर चल दी विक्रम और लेति बस आंखों में आंखें डालकर एक-दूसरे को देख रहे थे। अगले स्टेशन का आधा सफ़र तय हुआ था कि हमें एक और बैनर दिखाई दिया। विक्रम ने उससे आंखें हटाकर आगे की तरफ़ देखा। लेति ने भी उधर देखा। एक सफ़ेद कपड़े पर कुछ और शब्द लिखे हुए थे :

क्या तुम मुझसे शादी करोगी?

हम दोपहर की गुनगुनी धूप के बीच से होते हुए उस बैनर के नीचे से निकले। लेति अब रो रही थी। वे दोनों ही रो रहे थे। विक्रम ने आगे बढ़कर उसे अपनी बांहों में भर लिया। उन्होंने एक-दूसरे को चूमा। मैंने कुछ पल के लिए उनकी तरफ़ देखा और फिर अपना चेहरा संगीतकारों की ओर कर लिया। वे सिर हिलाकर हंसते हुए मेरी तरफ़ देखकर अचानक फिर गाने लगे। ट्रेन जबकि उपनगरों से गुजर रही थी, मैंने छत पर ही हल्का-फुल्का नृत्य कर लिया।

हमारे चारों ओर हर दिन लाखों सपने जन्म लेते थे। वहां लाखों सपने मरते थे और दोबारा जन्म लेते थे। मुंबई की नम हवा में हर तरफ़ बस सपने ही सपने थे। मेरा शहर सपनों का गर्मागर्म बगीचा था। और उस जंग खाती छत पर प्यार के एक नए सपने ने जन्म लिया था। और जब हम सपनों की उस नम हवा से गुज़र रहे थे तो मुझे अचानक अपना परिवार याद आ गया। और मैंने कार्ला के बारे में सोचा। और अंतहीन समंदर के पास से गुजरती सर्पीली ट्रेन की छत पर नाचता रहा।

और हालांकि उसका प्रस्ताव स्वीकारे जाने के बाद विक्रम और लेति एक सप्ताह के लिए ग़ायब हो गए, किसी ख़ुशी की तरह का हल्कापन और आशावाद लियोपोल्ड्स की फ़िज़ाओं में तैरता रहा। जब वह वापस आया, तो उस सकारात्मक अनुभूति ने विक्रम का पूरे स्नेह के साथ स्वागत किया। अब्दुल्ला और मैंने बस अपना प्रशिक्षण ख़त्म ही किया था और हमने उसे ख़ूब छेड़ा। उसके उन्मादी और थकान

भरे उल्लास का हमने ख़ूब मज़ा लिया। और फिर जबकि विक्रम अपने प्यार के बारे में बड़बड़ा रहा था, हम जानबूझकर चुप्पी साधकर भूखों की तरह खाने पर टूट पड़े। डिडियर बहुत ख़ुश था और उस रोमांटिक योजना का श्रेय लेने का कोई भी मौक़ा नहीं चूक रहा था। हमारी पहचान के हर शख़्स से वह प्रशंसा के तौर पर केवल ड्रिंक्स की ही मांग कर रहा था।

मैंने खाने की प्लेट से चेहरा उठाया तो एक व्यक्ति सामने दिखा। कालाबाज़ारियों के लिए काम करने वाला गली का एक लड़का बहुत चिंतित होकर मुझे इशारा कर रहा था। मैं टेबल से उठकर उसके पास गया।

'लिन! तुम पर एक बड़ा संकट आने वाला है,' उसने दाएं-बाएं देखते हुए घबराए हुए कहा। 'तीन लोग, अफ्रीकी। बहुत बड़े। बहुत मज़बूत। वे तुम्हें खोज रहे हैं। वे तुम्हें मार डालना चाहते हैं।'

'मुझे मार डालना चाहते हैं?'

'हां, निश्चित तौर पर। बेहतर यही होगा कि तुम चले जाओ। कुछ वक़्त के लिए तुरंत बॉम्बे से निकल लो!'

वह दौड़ते हुए चला गया और भीड़ में गुम हो गया। हैरत, लेकिन बिना किसी चिंता के मैं अपने टेबल पर लौट आया। मैंने दो और कौर खाए ही थे कि एक और व्यक्ति ने गली से मुझे आवाज़ लगाई। वह जेमिनी जॉर्ज था।

'मुझे लगता है कि भाई तुम परेशानी में आ गए हो,' उसने कहा। उसके चेहरे पर तनाव और भय साफ़ देखा जा सकता था।

'अच्छा।'

'लगता है कि तीन सांड जैसे अफ्रीकी-मुझे लगता है कि नाइजीरियाई-और वह तुम्हें शारीरिक नुक़सान पहुंचाना चाहते हैं। अगर तुम समझ रहे हो कि मेरा क्या मतलब है।'

'वे कहां हैं?'

'मित्र, मैं नहीं जानता। मैंने उन्हें गली के लड़कों के साथ बातचीत करते हुए देखा था, लेकिन फिर वह टैक्सी में बैठकर रवाना हो गए। वे बहुत भीमकाय हैं, मैं तुम्हें बता रहा हूं। उनके लिए टैक्सी छोटी पड़ रही थी। समझे?'

'लेकिन माज़रा क्या है?'

'कुछ भी पता नहीं मित्र। वे जब तुम्हें खोज रहे थे तो उन्होंने इस बारे में कुछ भी नहीं कहा। लिन, वे बस तुम्हें खोज रहे हैं और उनके दिमाग़ में कुछ साजिश चल रही है। मैं होता तो बहुत सावधानी बरतता।'

मैंने जेब की तरफ़ हाथ बढ़ाया, लेकिन उसने मेरी कलाई थाम ली।

'नहीं मित्र, इसकी कोई ज़रूरत नहीं है। मेरे ख़याल से यह ठीक नहीं है, भले ही उनका इरादा जो भी हो।'

वह अचानक वहां से गुजरने वाले तीन जर्मन पर्यटकों के पीछे चला गया और मैं दोबारा रेस्तरां में लौट आया। मैं चिंतित था। खाना ख़त्म करने में मुझे सामान्य से कुछ ज़्यादा वक़्त लग गया। ज़ल्द ही एक तीसरा व्यक्ति मेरे पास आया। वह प्रभाकर था।

'लिन!' उसने चेहरे पर घबराहट के भाव के साथ कहा, 'तुम्हारे लिए एक बुरी ख़बर है!'

'मैं जानता हूं, प्रभु।'

'तीन व्यक्ति। अफ़्रीकी। वे तुम्हें पीट-पीटकर मार डालना चाहते हैं। वे हर कहीं तुम्हारे बारे में पूछते फिर रहे हैं। वे बहुत कद्दावर लोग हैं! किसी भैंसे की तरह। तुम्हें बच निकलना चाहिए!'

उसे शांत करने में मुझे पांच मिनट लगे और उसके बाद मैंने उसके लिए एक अभियान तय किया-उसकी जान-पहचान वाले होटलों में उन अफ़्रीकियों की तलाश-मेरी मदद की ख़ातिर। अकेले होते ही मैंने डिडियर, विक्रम और अब्दुल्ला के साथ उपलब्ध विकल्पों पर गहन और लंबा विचार किया। विक्रम सबसे पहले बोला।

'ठीक है तो हमें उन नालायकों को खोजकर उनके सिर फोड़ना है *यार।*' वह समर्थन के लिए हमारे चेहरों की तरफ़ देखकर बोला।

'उन्हें मारने के बाद,' अब्दुल्ला ने उसमें जोड़ा।

विक्रम ने पूरी सहमति में सिर हिलाया।

'दो बातें तो निश्चित हैं,' डिडियर ने कहा, 'पहली यह कि जब तक यह मामला सुलझ नहीं जाता, तुम्हें कभी भी अब अकेले नहीं रहना चाहिए।'

विक्रम और अब्दुल्ला ने सहमति में सिर हिलाया।

'मैं सलमान और संजय को बुलाता हूं,' अब्दुल्ला ने कहा, 'लिन भाई, तुम इस मामले में अकेले नहीं हो।'

'और दूसरी बात, वह लोग, भले ही कोई भी हों, उनकी चाहे जो वजह हो, बॉम्बे में नहीं रहना चाहिए। उन्हें जाना ही होगा-इस तरह या किसी अन्य तरह से।'

हम बिल का भुगतान करने के लिए उठे और चलने लगे। जब अन्य कैशियर की ओर बढ़ रहे थे डिडियर ने मुझे रोक लिया। उसने मुझे अपनी कुर्सी के पास बुलाया और टेबल के नीचे से एक नैपकिन मेरी तरफ़ बढ़ा दिया। कुछ देर के लिए उसका हाथ गड़बड़ाया, लेकिन उसने एक बंडल मेरी तरफ़ बढ़ा दिया। यह नैपकिन में लिपटी हुई एक पिस्तौल थी। किसी को नहीं पता था कि डिडियर अपने पास पिस्तौल रखता था। मुझे विश्वास था कि मैं इस पिस्तौल का इस्तेमाल करने वाला या उसे देखने वाला पहला ही व्यक्ति था। नैपकिन में उसे कसकर पकड़ते हुए मैं खड़ा हुआ और सबके साथ रेस्तरां से बाहर निकलने को चल पड़ा। मैंने पीछे देखा तो वह सिर हिला रहा था और उसके घुंघराले काले बालों की लट उसके चेहरे पर झूल रही थी।

पूरा दिन और लगभग पूरी रात बिताने के बाद आख़िर हमने उन्हें खोज ही निकाला। अंत में एक अन्य नाईजीरियाई हसन ओबिक्का ने ही हमें अंतिम सुराग दिया। यह लोग पर्यटक थे और शहर से बिलकुल अनजान और ओबिक्का तक उन्हें नहीं जानता था। उसे भी उनके निश्चित इरादे की कोई जानकारी नहीं थी–मामला ड्रग्स के किसी सौदे से जुड़ा हुआ था–लेकिन उसके नेटवर्क से जुड़े लोगों ने इतना तो बता ही दिया कि वह मुझे बहुत ज़्यादा नुक़सान पहुंचाने का इरादा रखते थे।

जेल की चोटों से लगभग पूरी तरह से उबर चुके हसन के ड्राइवर रहीम ने खोज निकाला कि वह फ़ोर्ट इलाक़े की एक होटल में ठहरे हुए थे। उसने मुझे मामला निपटाने का प्रस्ताव दिया। आर्थर रोड जेल से निकालने को वह अपने ऊपर एक क़र्ज़ मानता था। उसने बहुत ही शर्मीले अंदाज़ में मुझसे विशेष पेशकश के तहत उन लोगों को धीमी मौत देने की अनुमति मांगी। उसे लगता था कि ताज़ा हालात में वह कम से कम इतना तो कर ही सकता था। मैंने इंकार कर दिया। मैं जानना चाहता था कि माज़रा क्या है और मुझे उसे रोकना था। बेहद निराश भाव से रहीम ने मेरी बात मान ली, लेकिन फिर वह हमें फ़ोर्ट इलाक़े के उस छोटे होटल तक तो ले ही गया। हम भीतर गए तो वह दो कारों के साथ बाहर हमारा इंतज़ार करने लगा। सलमान और संजय उसके साथ बाहर की सड़क की निगरानी कर रहे थे। उन्हें करना बस इतना था कि अगर पुलिसवाले वहां आते हैं तो उन्हें हमारे होटल से निकलने तक किसी भी तरह से वहां बाहर रोककर रखना था।

अब्दुल्ला के एक पहचान वाले ने फुसफुसाते हुए हमें उस कमरे के बाहर ला खड़ा किया, जहां पर वह तीन अफ़्रीकी ठहरे हुए थे। हमने दीवार से कान लगाकर भीतर की बातें सुनने का प्रयास किया। हमें उनकी आवाज़ें साफ़ सुनाई दे रही थीं। वे मज़ाक़ कर रहे थे और कुछ बेफ़ालतू की बातों पर चर्चा कर रहे थे। अंततः उनमें से एक ने एक ऐसी टिप्पणी कि मेरी खोपड़ी और चेहरे की त्वचा पर खौफ़ से तनाव आ गया।

'उसके पास वह तमगा है,' उनमें से एक ने कहा, 'उसके गले के पास। वह तमगा सोने का है। मुझे वह सोने का तमगा चाहिए।'

'मुझे उसके जूते पसंद हैं।' एक अन्य आवाज़ आई, 'मैं वे जूते चाहता हूं।'

वे अपनी योजना के बारे में बातें करते रहे। उनके बीच कुछ बहस भी हुई। उनमें से एक व्यक्ति ज़्यादा हावी था। अंततः अन्य लोग उसके इस विचार से सहमत हो गए कि वह मेरा पीछा लियोपोल्ड्स से लेकर मेरी इमारत के नीचे के शांत कार पार्किंग तक करेंगे। उसके बाद मुझे मरने तक पीटेंगे और मुझे पूरी तरह से निर्वस्त्र कर देंगे।

अपनी ही हत्या की योजना को अंधेरे में खड़े रहकर सुनना बेहद भयावह अनुभव था। मेरे पेट में मरोड़ उठने लगी और मुझे चक्कर आने के साथ गुस्सा भी आ रहा था। मुझे उनके उद्देश्य को लेकर कुछ सुराग सुनने की उम्मीद थी, लेकिन उन्होंने उसका एक बार भी ज़िक्र नहीं किया। अब्दुल्ला पतली सी दीवार से अपने बाएं कान से

और मैं दाएं कान से उनकी बातों को सुन रहा था। हमारी आंखों के बीच केवल हाथ भर का ही अंतर था। जब मैंने सिर हिलाया तो चलने का इशारा इतना हल्का और छिपा हुआ था कि ऐसा लगा मानो हमारे दिमाग़ों के बीच सीधी बातचीत हो गई हो।

विक्रम, अब्दुल्ला और मैं उनके कमरे के दरवाज़े के बाहर खड़े हो गए और हमने एक चाबी उनके दरवाज़े के ताले पर लगा रखी थी। हमने उल्टी गिनती की, *तीन... दो...एक...*फिर मैंने चाबी को घुमाकर दरवाज़ा खोलने का प्रयास किया। अंदर से ताला लगा ही नहीं था। मैं पीछे हटा और मैंने लात मारकर दरवाज़ा खोल दिया। बिलकुल सन्नाटे के बीच कुछ पल गुज़रे, जबकि वह हैरान और घबराए हुए लोग हमें देख रहे थे। उनके जबड़े खुले हुए थे और आंखें फटी हुई। हमारे सबसे नज़दीक सबसे ऊंचा और गंजा दमदार व्यक्ति था, जिसके गालों पर घावों के निशान थे। उसने बनियान और बॉक्सर शॉर्ट्‌र्स पहन रखी थी। उसके पीछे कुछ कम क़द का व्यक्ति था, जिसने केवल जॉकी शॉर्ट्‌र्स पहन रखी थी। वह कमर की ऊंचाई के टेबल पर झुककर बस नशे को सूंघने ही वाला था। तीसरा व्यक्ति भी नाटा था, लेकिन उसका सीना और बांहें मांसपेशियों से भरपूर थे। वह कमरे के दूसरे सिरे पर सबसे अंतिम बिस्तर पर लेटा हुआ था। उसके हाथों में *प्लेबॉय* पत्रिका थी। कमरे से एक तेज़ गंध आ रही थी। यह गंध पसीने और भय की थी। इसमें से कुछ मेरी थी।

अब्दुल्ला ने हमारे पीछे दरवाज़े को बंद कर दिया। फिर धीरे से उसे ताला भी लगा दिया। उसने हमेशा की तरह काली शर्ट और काली ही पतलून पहन रखी थी। विक्रम अपने काले काउबॉय वाले कपड़ों में था। संयोगवश मैंने भी काले ही कपड़े पहन रखे थे। उस कमरे में मौज़ूद लोगों को हम किसी एक ही गैंग के सदस्यों की तरह लगे होंगे।

'क्या *मुसीबत है*–' सबसे कद्दावर व्यक्ति चिल्लाया।

मैंने दौड़कर उसके चेहरे पर एक मुक्का जड़ दिया, लेकिन उसने हाथ उठाकर उसे रोक दिया। हम एक-दूसरे से भिड़ गए। घूंसे बरसने लगे और हम एक-दूसरे से गुत्थमगुत्था हो गए।

विक्रम ने बिस्तर पर लेटे व्यक्ति पर छलांग लगाई। अब्दुल्ला ने ड्रेसिंग टेबल के पास खड़े व्यक्ति को निशाना बनाया। यह छोटी लेकिन बेहद गंदी लड़ाई थी। एक छोटे से कमरे में छह कद्दावर लोग। वहां एक-दूसरे का सामना करने के अलावा और किसी भी काम के लिए कोई जगह नहीं थी।

अब्दुल्ला ने अपने सामने मौज़ूद व्यक्ति को जल्द ही ढेर कर दिया। अब्दुल्ला ने सीधे उसके गले पर ज़ोर से दायां हाथ मारा और वह गला पकड़कर चीख़ते हुए ढेर हो गया। अपनी आंखों के कोने से मैंने देखा कि वह गला पकड़कर तड़प रहा था। बिस्तर पर मौज़ूद व्यक्ति ने उठकर उछलते हुए लात जमाई। वह ऊपर होने का लाभ लेना चाहता था। अब्दुल्ला और विक्रम ने उसका बिस्तर ही उठाकर उसे गिरा दिया और उस पर लात-घूंसों की बरसात कर दी।

मैंने बाएं हाथ से कद्दावर व्यक्ति के बनियान को पकड़ रखा था और दाएं हाथ से घूंसे जमा रहा था। अपने सिर पर लग रहे घूंसों को अनदेखा करते हुए उसने किसी तरह से अपने हाथों में मेरी गर्दन को जकड़ लिया और ज़ोरों से दबाना शुरू कर दिया। मेरा गला बुरी तरह से फंस गया था। मैं जानता था कि अगर मैंने उसका काम तमाम नहीं किया तो यह मेरी अंतिम सांस होगी। मैंने पूरा ज़ोर लगाकर अपना दायां हाथ उसके चेहरे के पास लाया और मेरा अंगूठा उसकी आंख से छू गया। मैं उसकी आंख को भीतर की ओर धकेल देना चाहता था, लेकिन उसने अपना सिर हिलाया और अंगूठा उसकी आंख और गाल की हड्डी के बीच घुस गया। मैंने अंगूठे को तब तक दबाना जारी रखा, जब तक कि उसकी आंख ख़ून भरी नसों के साथ बाहर नहीं लटक गई। मैंने कोशिश की कि उसकी पूरी आंख ही निकाल लूं या फिर भीतर धंसा दूं, लेकिन वह पीछे हटकर मेरी पहुंच से बाहर हो गया। उसकी आंख उसके गालों पर लटक रही थी और मैंने उसके सिर को कुचलने के लिए घूंसा घुमाया।

वह बहुत दमदार इंसान था। उसने हिम्मत नहीं हारी। उसका हाथ और अधिक कस गया। मेरी गर्दन बहुत मज़बूत थी और मांसपेशियां भी अच्छी तरह से विकसित थीं, लेकिन मैं जानता था कि उसमें मुझे मार डालने की ताक़त है। मैंने अपनी ज़ेब में रखी पिस्तौल की ओर हाथ बढ़ाया। मैं उसे गोली मार देना चाहता था। मुझे उसे मारना था। इसमें कुछ भी ग़लत नहीं था। मुझे इसकी कोई फ़िक्र नहीं थी। मेरे फेफड़ों की हवा ख़त्म हो चुकी थी और मेरे दिमाग़ में रंग-बिरंगी रोशनी नाचने लगी थी और मैं मर रहा था और मैं उसे मारना *चाह* रहा था।

विक्रम ने उस गंजे व्यक्ति के सिर पर पीछे लकड़ी का स्टूल ज़ोर से दे मारा। फ़िल्मों में जितना आसान लगता है, उतना किसी व्यक्ति को ढेर करना आसान नहीं होता। यह भी सच है कि क़िस्मत अच्छी हो तो एक ही वार में सामने वाले का काम तमाम हो सकता है, लेकिन मैं ख़ुद लोहे के रॉड, लकड़ी, कई दमदार घूंसों का सामना कर चुका था और ज़िंदगी में केवल एक ही बार ढेर हुआ था। विक्रम ने वह भारी स्टूल उस व्यक्ति के सिर पर पांच बार मारा और उसके सिर का पीछे का हिस्सा लुगदी में तब्दील हो चुका था। मैं जानता था कि उसकी खोपड़ी में कई जगह पर हड्डियां टूट चुकी होंगी। फिर भी वह होश में था।

बातचीत करने में उनकी हिचकिचाहट के बीच हमने आधा घंटा बिताया। रहीम भी आ गया और उसने अंग्रेज़ी और नाइजीरियाई भाषा में उनके साथ संवाद साधने का प्रयास किया। उनके पासपोर्ट ने हमें बता दिया था कि वह पर्यटन वीज़ा पर आए हुए नाइजीरियाई नागरिक थे। उनके बटुए और सामान ने हमें बता दिया कि बॉम्बे आने से पहले वह लागोस में कहां रुके थे। धीरे-धीरे बात का ख़ुलासा होने लगा। उन्हें हेरोइन और मैंड्रेक्स टैबलेट का एक बड़ा सौदा फंस जाने के बाद लागोस के एक गैंगस्टर ने मुझे मारने के लिए भेजा था। सौदा तक़रीबन 60 हज़ार डॉलर का था। उनके लागोस स्थित बॉस ने यह रक़म बॉम्बे में धक्कामुक्की में गंवा दी थी। उससे पैसे

छीनने वाला, जो कोई भी था, उसने मुझे इस योजना का मास्टरमाइंड करार दिया था। यानी मैं उसका पैसा छीन लेने वाला व्यक्ति था।

किराये के हत्यारों ने बस इतनी ही जानकारी दी और फिर वह पीछे हट गए। वे मुझे उस व्यक्ति का नाम नहीं बताना चाहते थे। वे मुझे नहीं बताना चाहते थे कि इस सबकी वजह कौन है। वह अपने नाइजीरियाई बॉस की अनुमति के बग़ैर उसके साथ दग़ाबाजी नहीं करना चाहते थे। हमने ज़ोर डाला और वह मान गए। उस व्यक्ति का नाम था मॉरिजियो बेलकेन।

मैंने उस बड़े व्यक्ति की आंख दोबारा जगह पर लगा दी, लेकिन अब वह एक अज़ीबोगरीब कोण से देख रही थी। जिस तरह से उसने मुझे देखने के लिए सिर घुमाया, साफ़ हो गया था कि उसे उस आंख से दिखाई नहीं दे रहा। मुझे आशंका थी कि शायद अब वह उस आंख से कभी नहीं देख सकेगा। हमने उसकी आंख को एक टेप से बंद कर दिया और उसके सिर को पट्टी बांधने के बाद दूसरे व्यक्ति को बांध दिया। फिर मैंने उनसे बात की।

'ये लोग तुम्हें एयरपोर्ट ले जाएंगे। तुम्हें कार पार्क में इंतज़ार करना होगा। लागोस के लिए कल सुबह एक प्लेन रवाना होगा। तुम्हें उस पर सवार होना है। हम तुम्हारे पैसों से तुम्हारे लिए टिकट ख़रीदेंगे। और यह बात समझ लो–मेरा उस मामले से कोई लेना–देना नहीं है। यह तुम्हारी ग़लती नहीं है–मॉरिजियो की है–लेकिन इससे मुझे कुछ ख़ास ख़ुशी नहीं हो रही। मेरे बारे में झूठ बोलने के लिए मैं मॉरिजियो से हिसाब चुकता कर लूंगा। अब यह मेरी ज़िम्मेदारी है। तुम अपने बॉस के पास लौटकर बता सकते हो कि मॉरिजियो ने जो किया उसे उसका ख़ामियाजा भुगतना होगा। लेकिन अगर तुम फिर कभी लौटकर आए तो हम तुम्हें मार डालेंगे। समझे? बॉम्बे लौटे तो मारे जाओगे।'

'हां, समझे कुछ?' विक्रम ने लात जमाकर चिल्लाते हुए कहा। 'तुम यहां आए और *भारतीयों* से पंगा लिया, सालों *हरामज़ादों!* तुम्हारे लिए भारत के दरवाज़े बंद हो चुके हैं। अगर तुम यहां आए तो मैं *ख़ुद* तुम्हारा *कीमा* बना दूंगा। मेरा हैट देख रहे हो? मेरे हैट पर बना निशान दिख रहा है? कभी किसी भारतीय की हैट के साथ पंगा नहीं ले सकते। तुम किसी भी वजह से किसी भारतीय के साथ पंगा नहीं ले सकते। हैट *हो* या नहीं हो?'

मैं उन्हें छोड़कर एक टैक्सी लेकर उला के नए आवास में पहुंच गया। और किसी को पता हो ना हो, उसे पता होगा कि मॉरिजियो कहां होगा। मेरे गले में दर्द हो रहा था और मैं बमुश्किल बात कर पा रहा था। मेरे दिमाग़ में तो बस मेरी जेब में रखी पिस्तौल ही घूम रही थी। यह हर पल मेरे दिमाग़ में किसी सूजन की तरह बढ़ती ही जा रही थी और बहुत बड़ी हो चुकी थी : अंत में स्थिति यह हो गई कि उसकी मूठ किसी कॉर्क के पेड़ पर छाल जैसी दिखने लगी। यह एक वेल्दर पी38 पिस्तौल थी, जो अब तक बनी सर्वश्रेष्ठ सेमी–ऑटोमेटिक पिस्तौलों में से एक थी। इससे 9एमएम

की 8 गोलियां एक बार में आ सकती थीं। और मेरा दिमाग़ तो वे आठों गोलियां मॉरिजियो के शरीर में उतार चुका था। मैं बस बड़बड़ा रहा था, *मॉरिजियो, मॉरिजियो* और मेरे दिमाग़ के भीतर की एक आवाज़, जिससे मैं अच्छी तरह से रूबरू था, मुझे कहे जा रही थी, *उससे मिलने से पहले तुम इस पिस्तौल से निज़ात पा लो...*

मैंने दरवाज़े पर ज़ोरों से दस्तक दी और जब लिसा ने दरवाज़ा खोला तो मैं उससे आगे निकल गया, जहां उला एक सोफ़े पर बैठी हुई थी। वह रो रही थी। जब मैं भीतर आया तो उसने सिर उठाकर मुझे देखा और मैंने देखा कि उसकी बांईं आंख सूजी हुई थी, मानो किसी ने उसे मारा हो।

'*मॉरिजियो!*' मैंने पूछा, 'वह कहां है?'

'लिन, मैं नहीं बता सकती,' उसने सुबकते हुए कहा, 'मोडेना...'

'मेरी मोडेना में कोई रुचि नहीं है। मुझे मॉरिजियो चाहिए। बताओ वह कहां है!'

लिसा ने मेरे कंधे पर थपकी दी और जब मैं मुड़ा तो मैंने पहली बार देखा कि उसके हाथ में किचन में इस्तेमाल किया जाने वाला एक बड़ा चाकू था। उसने बेडरूम की तरफ़ सिर से इशारा किया। मैंने पहले उला और फिर लिसा की तरफ़ देखा। उसने धीरे से सिर हिलाया।

वह एक वार्डरोब में छिपा हुआ था। जब मैं उसे खींचकर कमरे में लाया तो वह मेरे सामने ख़ुद को नुक़सान नहीं पहुंचाने के लिए गिड़गिड़ाने लगा। उसकी पतलून के बेल्ट को पकड़कर उसे खींचते हुए मैं उसे घर के दरवाज़े तक ले आया। वह मदद के लिए चिल्लाया और मैंने पिस्तौल उसके मुंह पर ही दे मारी। वह फिर चीख़ा और मैंने उसे फिर एक बार मारा। इस बार कुछ ज़्यादा ही ज़ोर से। उसके होंठ खुल गए और वह फिर चिल्लाना चाहता था, लेकिन मैंने उसे बुरी तरह से पीट डाला। फिर पिस्तौल उठाकर उसके सिर पर लगा दी। वह शांत था।

लिसा भी उस पर चाकू तानते हुए चिल्लाने लगी।

'तुम ख़ुशक़िस्मत हो कि मैंने यह पिस्तौल तुम्हारे पेट में ख़ाली नहीं कर दी, हरामज़ादे! अगर तुमने दोबारा उसे पीटा तो मैं तुम्हें *मार* डालूंगा।'

'वह यहां क्या चाहता है?' मैंने उससे पूछा।

'सारा मामला पैसे का है। मोडेना के पास है वह। उला ने मॉरिजियो को बुलाया–'

जैसे ही उसने मुझे बेहद गुस्से में उला को घूरते हुए देखा, वह चुप हो गई।

'मैं जानता हूं, मैं जानता हूं। उसे किसी को फ़ोन नहीं करना था, लेकिन उसने किया और उसे इस जगह के बारे में बता दिया। उसे आज रात यहां दोनों से मिलना था, लेकिन मोडेना आया ही नहीं। लिन, यह उसकी ग़लती नहीं है। उसे पता ही नहीं था कि मॉरिजियो ने तुम्हें इसमें फंसाया है। उसने एक मिनट पहले ही हमें इस बारे में बताया है। उसने बताया कि उसने तुम्हारा नाम कुछ नाइजीरियाई गुंडों को बताया है।

उसने ख़ुद को बचाने के लिए तुम्हें इस मामले में उलझा दिया। उसने कहा कि उसे भाग जाने के लिए पैसा चाहिए, क्योंकि वह नाइजीरियाई तुम्हारा काम तमाम करने के बाद उसके ही पीछे आने वाले थे। और जब तुम यहां पहुंचे तो यह उला को पीटकर यह पता करने की कोशिश कर रहा था कि मोडेना कहां है।'

'पैसा कहां है?' मैंने उला से पूछा।

'मैं नहीं जानती लिन,' उसने रोते हुए कहा, 'भाड़ में जाए पैसा। मैं तो यह चाहती ही नहीं थी। मोडेना इस बात से शर्मिंदा था कि मुझे काम करना पड़ रहा था। वह नहीं समझता। मैं सड़क पर काम करके उसे सुरक्षित रखना चाहूंगी, बनिस्बत इस तरह के पागलपन के। वह मुझसे प्यार करता है। वह मुझसे प्यार करता है। उसका तुमसे या नाइजीरियाइयों से कुछ लेना-देना नहीं है। लिन, मैं इस बात की क़सम खा सकती हूं। यह तो मॉरिजियो की ही योजना थी। यह कई सप्ताह से चल रहा था। मुझे इसी बात का डर था। और फिर आज रात मोडेना को वह पैसा मिल गया जो मॉरिजियो ने चुराया था-जो पैसा उसने अफ़्रीकियों से चुराया था-और उसने उसे छिपा दिया। उसने यह मेरे लिए किया। वह मुझसे प्यार करता है, लिन। मोडेना मुझसे प्यार करता है।'

उसने सुबकते हुए कहा। मैंने लिसा का रुख़ किया।

'मैं इसे अपने साथ ले जा रहा हूं।'

'बहुत अच्छा!' उसने कहा।

'तुम ठीक तो हो ना?'

'हां, हम ठीक हैं।'

'क्या तुम्हारे पास कुछ पैसा है?'

'हां है। चिंता मत करो।'

'जितनी जल्दी संभव होगा मैं अब्दुल्ला को भेज दूंगा। दरवाज़े को ताला लगाकर रखो और हमारे सिवाय किसी को भी भीतर मत आने देना, ठीक है?'

'निश्चिंत रहो,' उसने मुस्कराकर कहा, 'धन्यवाद, गिलबर्ट। यह दूसरा मौक़ा है, जब तुमने मुझे बचाया है।'

'भूल जाओ।'

'नहीं, मैं नहीं भूलूंगी।' उसने दरवाज़ा बंद करते हुए कहा।

मेरी ख़्वाहिश थी कि मैं यह कह सकूं कि मैंने उसे नहीं मारा। वह ख़ुद की रक्षा करने के लिहाज़ से काफ़ी बड़ा और ताक़तवर था, लेकिन उसमें लड़ने के लिए आवश्यक ज़िगर नहीं था। उसकी पिटाई में जीत जैसी कोई बात भी नहीं थी। वह ना तो लड़ा और ना ही उसने कोई प्रतिरोध ही किया। उसने घुटने टेक दिए और वह बस रोता रहा, गिड़गिड़ाता रहा। मेरी ख़्वाहिश थी कि मैं यह कह सकूं कि न्याय और सही बदला लेने के लिए मेरे हाथ मुक्कों में तब्दील हो गए और मैंने उस पर घूंसों की

बरसात कर दी। लेकिन मैं निश्चित तौर पर नहीं कह सकता। अब भी, कई सालों के बाद भी, मैं निश्चित तौर पर नहीं कह सकता कि जो हिंसक बर्ताव मैंने किया, वह कुछ ज़्यादा कालिख भरा और गहरा था और क्रोध में हमले से कम न्यायसंगत था। वास्तविकता तो यही थी कि मैं काफ़ी अरसे से मॉरिजियो से ईर्ष्या करता था। और कुछ हद तक, एक बुरी बात, मुझे उसकी दग़ाबाजी से ज़्यादा उसकी ख़ूबसूरती से नफ़रत थी।

दूसरी ओर मैं निश्चित तौर पर उसको मार डालता। जब मैंने उसे घायल और टूटी-फूटी अवस्था में सेंट जॉर्ज अस्पताल तक पहुंचाया तो मेरे मन से एक चेतावनी सी आई कि यह मामले का अंत नहीं है। और हत्या के इरादे से उसके शरीर पर हावी होने के दौरान मैं हिचकिचाया और उसकी हत्या नहीं कर सका। मुझसे पिटाई रोकने के लिए गिड़गिड़ाने के दौरान उसने कुछ बात ही ऐसी कर दी थी। उसने कहा कि जब उसे चोरी का इल्ज़ाम किसी और पर थोपना था तो उसने मेरा नाम बताया था और मुझे शिकार होने के लिए नाइजीरियाइयों के सामने पेश कर दिया था, क्योंकि वह मुझसे ईर्ष्या करता था। उसे मेरे आत्मविश्वास, मेरी ताक़त, मेरी दोस्ती के दायरे से ईर्ष्या थी। वह मुझसे ईर्ष्या करता था। और उसी ईर्ष्या के चलते वह मुझसे नफ़रत करता था। और इस लिहाज़ से, मॉरिजियो और मैं, हम दोनों के बीच ज़्यादा अंतर नहीं था।

अगले दिन जब नाइजीरियाई जा चुके थे और मैं लियोपोल्ड्स पहुंचा तो यह बात मेरे दिमाग़ में घूम ही रही थी। मैं डिडियर को उसकी इस्तेमाल ना की जा सकी पिस्तौल लौटाना चाहता था। वह अब भी मेरे साथ थी और मेरा दिमाग़ जब गुस्से से भरा था और पश्चाताप से कुछ असमंजस में था, मुझे वहां जॉनी सिगार मिल गया। वह बाहर खड़ा होकर मेरा ही इंतज़ार कर रहा था। मैं जबकि उसके शब्दों को समझने की कोशिश कर रहा था, वही पुराने विचार मेरे दिमाग़ में मंडरा रहे थे।

'बहुत बुरी ख़बर है,' उसने कहा, 'आनंद राव ने आज सुबह रशीद की हत्या कर दी। उसने उसका गला रेत दिया। लिन, यह पहली बार हुआ है।'

उसके कहने का मतलब मैं समझ गया था। हमारी झोपड़पट्टी में यह पहली हत्या थी। यह पहला अवसर था, जबकि कफ़ परेड की झोपड़पट्टी में एक निवासी ने दूसरे की हत्या की थी। उस छोटे से इलाक़े में 25 हज़ार लोग रहते थे। वे आपस में पूरे वक़्त बहस करते थे, झगड़ते रहते थे, लेकिन उनमें से कभी किसी ने दूसरे की हत्या नहीं की थी। और सदमे के उस लम्हे में मुझे अचानक माज़िद की याद आ गई। उसकी भी तो हत्या कर दी गई थी। मैंने दिमाग़ से उसकी हत्या के विचार को किसी तरह से निकाल बाहर कर रखा था, लेकिन यह बार-बार कहीं से निकलकर सामने आ ही जाता था। रशीद की हत्या की ख़बर से फिर वह सामने आ गया था। और वह अन्य हत्या-ग़नी के शब्दों में नृशंस हत्या-एक पुराने सोने के तस्कर, एक माफ़िया डॉन की हत्या और आनंद के हाथों पर लगा ख़ून अचानक गड्डमड्ड हो गया। आनंद

जिसके नाम का ही मतलब *ख़ुशी* था। आनंद जिसने मुझसे बात करने की कोशिश की थी और मुझे इस बारे में बताना चाहा था, जो मेरे पास उस दिन झोपड़पट्टी में मदद मांगने आया था और जिसे मुझसे कोई मदद नहीं मिली थी।

मैंने चेहरे पर हाथ लगाया जो मेरे बालों तक चला गया। हमारे आस-पास की सड़क हमेशा की तरह व्यस्त और रंगबिरंगी थी। लियोपोल्ड्स में मौज़ूद भीड़ हंस रही थी, बात कर रही थी और शराब पी रही थी, जैसा कि वह हमेशा करती थी। लेकिन मेरी और जॉनी की दुनिया में कुछ बदल गया था। मासूमियत खो चुकी थी और अब कभी भी कुछ भी पहले जैसा नहीं होगा। मैंने उन शब्दों को दिमाग़ में भागमभाग करते हुए सुना। *अब कभी भी कुछ भी पहले जैसा नहीं होगा। अब कभी भी कुछ भी पहले जैसा नहीं होगा...*

और एक क़िस्म का दृश्य, जैसा ख़त कई बार नियति द्वारा भेजा जाता है, मेरी आंखों के सामने चमक उठा। उस दृश्य में मौत दिखाई दे रही थी। वहां पागलपन था। वहां डर था। लेकिन यह धुंधला था और मैं इसे साफ़ तौर पर नहीं देख सका। मैं दृश्य की बारीकियां नहीं देख पाया। मैं नहीं जान पाया कि यह हत्या और पागलपन का वाक़या मेरे साथ हो रहा था या मेरे इर्द-गिर्द हो रहा था। और एक तरह से तो मुझे इसकी फ़िक्र भी नहीं थी। शर्मिंदगी और क्रोध भरे पश्चाताप के बीच मुझे कोई चिंता नहीं थी। मैंने अपनी आंखें मिचकाईं और अपने सूजे हुए गले को साफ़ किया और सड़क पर संगीत, हंसी और रोशनी के बीच निकल पड़ा।

भाग चार

अध्याय 26

'भारतीय एशिया के इतालवी हैं, डिडियर ने किसी संत और शरारती की मिली-जुली मुस्कान बिखेरते हुए कहा। 'निश्चित तौर पर ऐसे ही न्यायपूर्ण अंदाज़ में कहा जा सकता है कि इतालवी लोग यूरोप के भारतीय हैं। मुझे लगता है कि तुम मुझे समझते हो। भारतीयों के भीतर इतना अधिक इतालवी छिपा है और इतालवियों में इतना अधिक भारतीय। ये दोनों मेडोना के लोग हैं-वे एक देवी चाहते हैं, भले ही धर्म एक उपलब्ध नहीं कराता हो। दोनों ही देशों में ख़ुशी के लम्हों में हर एक व्यक्ति एक गायक बन जाता है और कोने की दुकान पर जाने के बाद हर एक औरत नृत्यांगना बन जाती है। उनके लिए खान-पान शरीर के भीतर संगीत की तरह है और संगीत दिल के खान-पान की तरह। भारत की भाषा और इटली की भाषा हर एक व्यक्ति को कवि बना देती है और हर तुच्छ बात से भी कुछ अच्छा बना देती हैं। दोनों ही देशों में प्यार सड़क के किसी भी कोने में किसी को भी घुड़सवार बना देता है तो किसी किसान की बेटी को भी राजकुमारी, भले ही उस एक पल के लिए जब दोनों की आंखें मिलती हों। लिन, भारत के प्रति मेरे प्यार का यही राज है कि मेरा पहला प्यार इतालवी था।''

'डिडियर तुम्हारा जन्म कहां हुआ था?'

'लिन, मेरा शरीर मार्सेल्स में जन्मा था, लेकिन मेरा दिल और मेरी रूह 16 बरस पहले जेनेवा में जन्मे थे।'

एक वेटर का उसकी ओर ध्यान जाते ही उसने एक और ड्रिंक मंगा लिया। उसने अपने सामने टेबल पर रखे गिलास से बमुश्किल एक घूंट लिया होगा, इसलिए मेरा मानना था कि आज डिडियर अपनी चिर-परिचित लंबी बातचीत का इरादा रखता है। बादलों से घिरी बुधवार की दोपहर के दो बज चुके थे और हत्यारों के साथ मुक़ाबले को तीन माह। मानसून की पहली फुहारें अब कुछ सप्ताह दूर थीं, लेकिन शहर में हर एक का मन उसकी उम्मीद में बेक़रार हो रहा था। ऐसा लग रहा था मानो एक निश्चित हमले के लिए बड़ी सी सेना शहर के बाहर जमा हो रही हो। मुझे मानसून के पहले का एक सप्ताह बहुत पसंद आता था : दूसरों में दिखने वाला तनाव और उत्तेजना बहुत पेचीदा थी, एक भावनात्मक असहजता जो मुझे हर पल महसूस होती थी।

'मेरी मां एक नाज़ुक और ख़ूबसूरत महिला थी। उसके फ़ोटोग्राफ़्स यही बताते हैं,' डिडियर ने बोलना जारी रखा, 'जब वह केवल 18 वर्ष की थी, तो मेरा जन्म हुआ था और दो साल बाद ही उसकी मौत हो गई। भारी नज़ला उसकी मौत की वजह बना। लेकिन हर तरफ़ दबी जुबान में चर्चाएं होती थीं-क्रूर फुसफुसाहट और मैंने उसे कई बार सुना था-यही कि मेरे पिताजी ने उसकी उपेक्षा की और यह भी कि जब मां बीमार पड़ी तो उनके पास डॉक्टर को देने लायक़ पैसे भी नहीं थे। वजह चाहे जो रही हो, मेरे दो साल का होने से पहले ही उनकी मौत हो गई और मुझे वह बिलकुल भी याद नहीं।'

'मेरे पिताजी रसायनशास्त्र और गणित के शिक्षक थे। जब उनकी शादी हुई तो वह मेरी मां से उम्र में काफ़ी बड़े थे। जब मैंने स्कूल जाना शुरू किया तो पिताजी तब तक हैडमास्टर बन चुके थे। मुझे बताया कि वह बेहद होशियार थे, क्योंकि एक कोई यहूदी होशियार होने पर ही फ्रांसीसी स्कूल में हैडमास्टर के पद तक पहुंच सकता था। मार्सेल्स के इर्द-गिर्द उस वक़्त नस्लवाद, साम्यवाद विरोध छाया हुआ था और युद्ध के तत्काल बाद वह बीमार कर देने वाला था। मुझे लगता है कि यह एक ऐसा अपराध बोध था जो उन्हें कचोटता था। मेरे पिताजी एक ज़िद्दी व्यक्ति थे-एक क़िस्म की ज़िद ही व्यक्ति को गणितज्ञ बनाती है, है ना? शायद गणित ही *अपने आप में* सख़्त और ज़िद्दी होती है, तुम्हें क्या लगता है?'

'शायद,' मैंने मुस्कराते हुए जवाब दिया, 'मैंने इसके बारे में कभी इस तरह से नहीं सोचा, लेकिन शायद तुम सही हो।'

'इसलिए मेरे पिताजी युद्ध के बाद मार्सेल्स लौट आए और उसी घर में लौट आए जिसे यहूदियों के ख़िलाफ़ नफ़रत के चलते उन्हें ख़ाली करना पड़ा था। उन्होंने भी प्रतिरोध की लड़ाई लड़ी थी और जर्मन सैनिकों के ख़िलाफ़ छापामार लड़ाई में जख़्मी हो गए थे। क्योंकि उस दौर में कोई भी जर्मन लोगों को ख़ुली चुनौती देने की हिम्मत नहीं रखता था। लेकिन मुझे लगता है कि उनका यहूदी चेहरा, चेहरे पर मौजूद यहूदियों के लिए गर्व और उनकी ख़ूबसूरत युवा यहूदी पत्नी, सारे मार्सेल्सवासियों को उन हज़ारों फ्रांसीसी मूल के यहूदियों की याद दिलाते होंगे, जिनके साथ दग़ाबाजी की गई और जिन्हें मौत के घाट उतार दिया गया। और यह उनके लिए एक क़िस्म की सर्द जीत ही थी कि वह उसी घर में लौट आए, जहां से उन्हें निकाल दिया गया था और उसी समुदाय में जिसने उनके साथ दग़ाबाजी की थी। मुझे लगता है कि जब मेरी मां का निधन हुआ तो यही सर्द अहसास उनके दिल को तार-तार कर गया। जहां तक मुझे याद आता है कि उनका स्पर्श भी ठंडा ही महसूस होता था। उनके हाथ भी जब वह मुझे छूते थे।'

वह कुछ देर के लिए रुका और उसने एक घूंट लिया और फिर गिलास को टेबल पर रखने से बने निशान पर ही बड़ी सफ़ाई के साथ दोबारा रख दिया।

'तो वह एक होशियार इंसान थे,' उसने बमुश्किल मुस्कान देते हुए बोलना जारी

रखा, 'और एक अपवाद को छोड़कर वह एक अच्छे शिक्षक भी थे। वह अपवाद मैं था। मैं उनकी इकलौती नाक़ामी था। विज्ञान और गणित के लिए मेरे दिमाग़ में कोई जगह ही नहीं थी। वह इस क़िस्म की भाषा थी जिसका ना तो मैं अर्थ निकाल पाता था और ना ही समझ पाता था। मेरे पिताजी मेरी बेवकूफ़ी का बड़े ही क्रूर स्वभाव के साथ जवाब देते थे। जब मैं एक बच्चा था, तो मुझे लगता था कि उनके ठंडे हाथ इतने अधिक बड़े हैं कि जब वह मुझे थप्पड़ जमाते थे तो मेरा पूरा शरीर उनके बड़े पंजे और अंगुलियों की मार से थर्रा उठता था। मुझे उनसे डर लगता था और मैं स्कूल में अपनी नाक़ामी से शर्मिंदा रहता था। इसलिए मैंने भी फिर अक्सर बिगड़ैल बनने का बीड़ा सा उठा लिया और *बुरी संगत* में पड़ गया। मुझे तेरहवें जन्मदिन से पहले ही कई बार अदालत में पेश होना पड़ा और बाल कारावास में दो साल की क़ैद भी काटनी पड़ी। सोलह बरस की उम्र में मैंने हमेशा के लिए अपने पिताजी का घर, पिताजी का शहर और पिताजी का देश छोड़ दिया।'

'संयोगवश मैं जेनेवा पहुंच गया। क्या तुमने वह शहर देखा है? मैं बता सकता हूं कि लिगुरियान तट के गहने में वह किसी बेशक़ीमती नगीने की तरह है। और एक दिन जेनेवा के तट पर मुझे एक व्यक्ति मिला जिसने दुनिया की तमाम अच्छी और ख़ूबसूरत बातों के दरवाज़े मेरे लिए खोल दिए। उसका नाम रिनाल्डो था। जब मैं 16 वर्ष का था तो वह 48 वर्ष का था। उसके परिवार के साथ कोई पदनाम जुड़ा था जो कोलम्बस के जमाने से चला आ रहा था। लेकिन वह अपने दर्ज़े पर अभिमान किए बग़ैर एक खड़ी चट्टान के मुहाने पर एक आलीशान मकान में रहता था। वह विद्वान था। वह मुझे मिला इकलौता जागरूक इंसान था। उसने मुझे पुरातनता का इतिहास, कला का इतिहास, कविता का संगीत और संगीत की कविता सिखाई। वह एक ख़ूबसूरत इंसान भी था। उसके बाल सफ़ेद और चांदी जैसे थे, पूनम के चांद की तरह। उसकी धूसर आंखें उदास दिखती थीं। मेरे पिताजी के क्रूर और ठंडे हाथ के बिलकुल विपरीत, रिनाल्डो के हाथ लंबे, पतले, गर्माहट भरे और मुलायम थे। वह जिस चीज़ को हाथ लगाते थे उसमें कोमलता आ जाती थी। मैंने सीखा कि प्यार करने का मतलब क्या होता है, पूरे दिमाग़ और पूरे शरीर से और उसकी बांहों में मेरा पुनर्जन्म हुआ।'

उसने खांसते हुए गला साफ़ करने की कोशिश की, लेकिन खांसी के कारण उसका पूरा शरीर हिलने लगा।

'डिडियर, तुम्हें धूम्रपान और शराब पीना बंद कर देना चाहिए, डिडियर। और तुम्हें गाहे-बगाहे कुछ कसरत भी करना चाहिए।'

'ओह, जाने भी दो!' उसने कांपते हुए कहा और खांसी थमते ही एक सिगरेट बुझाकर पैकेट से दूसरी निकाल ली। 'एक अच्छी सलाह से ज़्यादा अवसाद में डालने वाला और कुछ नहीं होता। और मुझे ख़ुशी होगी अगर तुम मुझ पर अपनी सलाह नहीं थोपो। सच कहूं तो मैं तुम्हें देखकर अचंभित हूं। निश्चित तौर पर तुम्हें यह बात

पता होगी? कुछ वर्ष पहले मुझे एक आक्रामक अच्छी सलाह का कुछ ऐसा टुकड़ा मिला कि मैं छह माह तक अवसादग्रस्त था। यह बहुत नज़दीकी मामला था–मैं उससे कभी पूरी तरह से उबर ही नहीं पाया।'

'माफ़ करना,' मैंने मुस्कराकर कहा, 'मैं नहीं जानता कि मुझे अचानक क्या हो गया था।'

'तुम्हें माफ़ किया जाता है,' उसने वेटर द्वारा अगली ड्रिंक लाने से पहले पहली ड्रिंक को गटकते हुए कहा।

मैंने उसे चेतावनी देते हुए कहा, 'तुम जानते हो, कार्ला कहती है कि अवसाद केवल उन्हीं लोगों को अपनी चपेट में लेता है जो उदास होना नहीं जानते।'

'तो, वह ग़लत कह रही है!' उसने घोषणा की, 'मैं उदासी का उस्ताद हूं। यह एक पूर्ण और स्पष्ट मानवीय प्रदर्शन है। कई पशु ऐसे हैं जो अपनी ख़ुशी को ज़ाहिर कर सकते हैं, लेकिन केवल एक इंसान ही ऐसी प्रजाति है जो उदासी को बहुत अच्छी तरह से प्रदर्शित कर सकता है। और मेरे लिए तो यह कुछ ख़ास है–एक दैनिक चिंतन। उदासी मेरी एक और इकलौती कला है।'

उसने कुछ कहने के लिए होंठ खोले, लेकिन फिर मुझसे आंख मिलते ही ज़ोरदार ठहाका लगा दिया।

'तुम्हें उसकी कोई ख़बर मिली?' उसने पूछा।

'नहीं।'

'लेकिन तुम जानते हो कि वह कहां है?'

'नहीं।'

'उसने गोवा छोड़ दिया?'

'मैंने वहां मौज़ूद अपने एक पहचान वाले व्यक्ति दश्रांत से पूछा–उसका उस समुद्र तट पर एक रेस्तरां है, जहां वह रहती थी–मैंने उससे उस पर नज़र रखने के लिए कहा था और यह सुनिश्चित करने के लिए कहा था कि वह ठीक रहे। मैंने पिछले सप्ताह ही उसे फ़ोन किया था और उसने मुझे बताया कि वह चली गई है। उसने उसे रुकने के लिए मनाने की कोशिश की, लेकिन वह...तुम जानते ही हो।'

डिडियर ने विचार की मुद्रा में होंठ सिकोड़े। हम दोनों ने पास ही स्थित व्यस्त सड़क पर नज़र डाली, जो कि लियोपोल्ड्स के ठीक सामने थी।

'छोड़ो, तुम कार्ला को लेकर *चिंता में मत पड़ो,*' अंततः डिडियर बोला, 'कम से कम वह अच्छी तरह से सुरक्षित है।'

मैंने मान लिया कि डिडियर का मतलब यह है कि वह अपनी सुरक्षा ख़ुद कर सकती है और उसके ग्रह–नक्षत्र बहुत अच्छे हैं। मैं ग़लत था। उसकी उस टिप्पणी के पीछे और भी बात छिपी हुई थी। मुझे निश्चित तौर पर उससे पूछना चाहिए था कि उसका क्या मतलब है। उस बातचीत के बाद कई वर्ष गुज़र जाने के बाद मैंने

ख़ुद से यह सवाल हज़ारों बार पूछा कि मेरी ज़िंदगी कितनी अलग़ होती अगर मैंने उस वक़्त उससे उस टिप्पणी का मतलब पूछ लिया होता। इसकी बज़ाय मेरा दिमाग़ पूर्वानुमान और मान्यताओं से भरा था और दिल में बहुत ज़्यादा अभिमान था। मैंने विषय बदल दिया।

'तो... क्या हुआ?'

'किस बात का?' उसने चौंकते हुए पूछा।

'जेनेवा में तुम्हें और रिनाल्डो को क्या हुआ?

'ओह, हां। वह मुझसे प्यार करता था और मैं उससे प्यार करता था। यह बात सच है, लेकिन उसने मेरा आकलन करने में एक ग़लती कर दी। उसने मेरे प्यार की परीक्षा लेनी चाही। उसने मुझे वह गुप्त जगह खोजने की अनुमति दे दी, जहां पर उसने बहुत बड़ी मात्रा में धन छिपा रखा था। मैं उसके द्वारा दिए गए इस ललचाने वाले न्यौते को ठुकरा नहीं सका। मैंने वह धन खोजा और भाग निकला। मैं उससे प्यार करता था, लेकिन मैंने उसका धन ले लिया और भाग गया। इतना बुद्धिमान होने के बाद भी उसे इतनी सी बात समझ नहीं आई थी कि प्यार की परीक्षा नहीं ली जा सकती। ईमानदारी और वफ़ादारी की परीक्षा ली जा सकती है, लेकिन प्यार को परख़ने के लिए कोई भी परीक्षण उपलब्ध नहीं है। प्यार तो एकबारगी शुरू होने के बाद बस हमेशा के लिए चलता ही रहता है, फिर भले ही हम उस व्यक्ति से नफ़रत करने लगें, जिसे हम कभी प्यार करते थे। प्यार हमेशा चलता रहता है, क्योंकि यह हमारे उस हिस्से में जन्म लेता है जो कभी नहीं मरता।''

'क्या तुमने उसे फिर कभी देखा?'

'हां, देखा ना। लगभग पंद्रह वर्ष बाद क़िस्मत के एक और फेर ने मुझे जेनेवा पहुंचा दिया। मैं रेतीले रास्ते पर पहुंच गया जहां पर उसने मुझे रिम्बॉड और वर्लेन सिखाए थे। और फिर मैंने उसे देखा। वह अपनी ही उम्र के लोगों के एक समूह के साथ बैठा हुआ था-तब उसकी उम्र 60 वर्ष से ज़्यादा हो चुकी थी-और वह सब दो बुज़ुर्गों को शतरंज खेलते हुए देख रहे थे। दिन सर्द नहीं था फिर भी उसने धूसर रंग का कार्डिगन और काले रंग का मख़मली स्कार्फ़ पहन रखा था। उसके बाल लगभग ग़ायब हो चुके थे। बालों का वह चांदी सा ताज जा चुका था। उसका चेहरा पोपला हो चुका था और त्वचा पर रंग-बिरंगे धब्बे पड़ चुके थे, मानो वह किसी गंभीर बीमारी से उबर रहा था। शायद वह उस बीमारी के आगे हारता जा रहा था। मैं नहीं जानता। मैं उसके पास से गुजरा तो मैंने मुंह फेर लिया, ताकि वह मुझे पहचान नहीं सके। मैंने तो ख़ुद की पहचान छिपाने के लिए कुछ झुककर चलना शुरू कर दिया। अंतिम पल में मैंने मुड़कर देखा तो वह मुंह पर रूमाल लगाकर बहुत ज़ोरों से खांस रहा था। मेरे ख़याल से सफ़ेद रूमाल पर ख़ून का धब्बा लग चुका था। मैंने गति बढ़ा दी और तब तक और तेज़ चलता चला गया, जब तक कि एक घबराए हुए इंसान की तरह मैंने दौड़ नहीं लगा दी।'

एक बार फिर हम दोनों चुपचाप बैठे हुए आती-जाती भीड़ को देख रहे थे। किसी पल नीली पगड़ी में कोई इंसान तो अगले ही पल काला मास्क पहने एक महिला।

'तुम जानते हो लिन, मैंने कई-या अधिकांश-लोगों के शब्दों में पाप भरी ज़िंदगी जी है। मैंने ऐसे काम किए हैं जिनके कारण मुझे जेल जाना पड़ा है। शायद कुछ देशों में तो उस अपराध के लिए मृत्युदंड दे दिया जाता। मैंने ज़िंदगी में कई काम ऐसे किए हैं जिनके लिए मैं कह सकता हूं कि मुझे उन पर रत्ती भर भी गर्व नहीं है। लेकिन मेरी ज़िंदगी में बस एक ही बात है जिसके लिए मैं कह सकता हूं कि मैं वाकई शर्मिंदा हूं। मैं उस महान व्यक्ति के पास से तेजी से निकल गया और मेरे पास उसे मदद करने के लिहाज़ से पर्याप्त धन था, पर्याप्त वक़्त था और पर्याप्त रूप से अच्छा स्वास्थ्य था। मैं उसके पास से इसलिए तेज़ी से नहीं गुजरा कि मेरे मन में उसके पैसे चुराने को लेकर कोई शर्मिंदगी थी। और इसलिए भी नहीं कि मैं उसकी बीमारी से डर गया था या वहां रुकना मुझे महंगा पड़ता। मैं मुझे प्यार सिखाने वाले उस अच्छे और बुद्धिमान व्यक्ति के पास से इसलिए तेज़ी से भाग लिया,क्योंकि बूढ़ा हो चुका था और अब उतना ख़ूबसूरत नहीं रहा था।'

उसने गिलास ख़ाली किया और उसके रीतेपन को एक बार निहारा और फिर उसे इतनी सावधानी से टेबल पर रखा मानो उसमें कोई विस्फोट होने वाला हो।

'*भूल जाओ उसे।* चलो मित्र कुछ और ड्रिंक्स लेते हैं,' वह अंततः चीख़ा, लेकिन मेरे हाथ ने उसे वेटर को बुलाने से रोक दिया।

'मैं तुम्हारा साथ नहीं दे सकता डिडियर, मुझे सी रॉक पर लिसा से मिलना है। उसने मुझे वहां आकर मिलने के लिए कहा है। अगर वहां पहुंचने के लिए मुझे अब निकलना होगा।'

उसने अपने जबड़े कुछ ऐसे भींचे कि समझ पाना मुश्किल था कि वह गुहार थी या कोई और स्वीकारोक्ति। मेरा हाथ अब भी उसके हाथ पर था।

'देखो, तुम चाहो तो मेरे साथ आ सकते हो। यह कोई निजी मुलाक़ात नहीं है और शायद जुहू तक के सफ़र में तुम्हें भी मज़ा आएगा।'

वह धीमे से मुस्काया और उसने अपना हाथ मेरे हाथ के नीचे खिसका दिया। मेरी आंखों में झांकते हुए उसने हाथ उठाया और एक अंगुली के इशारे से वेटर को बुलाया। वेटर के आते ही उसने बिना उसकी तरफ़ देखे एक व्हिस्की का ऑर्डर दिया। जब मैं अपना बिल देकर जा रहा था तो मैंने देखा कि वह एक हाथ पर झुककर और दूसरे हाथ से गिलास को पकड़े हुए खांस रहा था।

मैंने एक महीने पहले ही एक एनफ़ील्ड बुलेट ख़रीद ली थी। गोवा में इस दोपहिये से चढ़े नशे के आगे मुझे अंततः झुकना ही पड़ा। एक दिन में अब्दुल्ला के साथ उस मैकेनिक के पास गया जो उसकी मोटरसाइकल की देखभाल किया करता था। हुसैन नाम का वह तमिल मैकेनिक बाइक्स का दीवाना था और वह अब्दुल्ला से

भी उतना ही प्यार करता था। उसने मुझे जो एनफ़ील्ड बेची वह बिलकुल चुस्त-दुरुस्त थी और उसने मुझे एक बार भी परेशानी में नहीं डाला। विक्रम तो इतना प्रभावित हुआ कि उसने भी एक सप्ताह के भीतर हुसैन से एक और एनफ़ील्ड ख़रीद ली। कई मर्तबा हम सब साथ-साथ अपनी-अपनी एनफ़ील्ड पर निकलते थे, मैं, अब्दुल्ला और विक्रम।

उस दोपहर जब मैं डिडियर को लियोपोल्ड्स पर छोड़कर निकला तो मैं बाइक को धीमी गति से चला रहा था और मैंने ख़ुद को सोचने के लिए समय दिया। कार्ला अंजुना तट के उस छोटे से घर से जा चुकी थी। मुझे इस बात की कोई भी कल्पना नहीं थी कि वह कहां होगी। उला ने मुझे बताया कि कार्ला ने उसे ख़त लिखना बंद कर दिया है और मेरे पास यह सोचने की कोई भी वजह नहीं थी कि वह झूठ बोल रही थी। तो कार्ला जा चुकी थी और उसे खोजने का कोई रास्ता नहीं था। और हर दिन में उसके सपने या उसके विचार के साथ ही जागता था। हर रात में अफ़सोस का ख़ंजर सीने में लिए सोता था।

बाइक पर सवार होते ही मेरे विचार क़ादरभाई की ओर चले गए। माफ़िया नेटवर्क में मेरे द्वारा निभाई जा रही महत्त्वपूर्ण भूमिका से वह ख़ुश थे। मैं तस्करी के सोने की कुछ आवाजाही को घरेलू और अंतर्राष्ट्रीय एयरपोर्ट्स पर सुचारू रूप से चलाता था और फ़ाइव स्टार होटलों और एयरलाइंस के दफ़्तरों में एजेंट्स के साथ पैसे का लेन-देन करता था और विदेशियों से पासपोर्ट का जुगाड़ करता था। वे सब ऐसे काम थे जो कि एक भारतीय की तुलना में एक गोरा, कम रुकावट के साथ, ज़्यादा अच्छी तरह से कर सकता था। मेरी ख़ासियत छिपने का एक अज़ीब और विडंबनापूर्ण तरीक़ा था। भारत में आमतौर पर विदेशियों को घूरकर देखा जाता है। इतिहास की पांचवीं सदी में संस्कृति ने सामान्य और लापरवाही के साथ देखने को त्याग दिया था। जब तक मैं बॉम्बे पहुंचा तो देखने का तरीक़ा घूरने, मूर्खों की तरह देखने और आंखें फाड़कर देखने में तब्दील हो चुका था। इसमें दुर्भावना का कोई पुट नहीं होता था। मेरा पीछा करने वाली आंखें भोली, उत्सुक और तक़रीबन दोस्ताना हुआ करती थीं। और बारीक़ी से इस निरीक्षण के अपने फ़ायदे थे : अधिकांश वक़्त लोग इस बात पर नज़र रखते थे कि मैं क्या हूं, बनिस्बत इसके कि मैं कर क्या रहा हूं। विदेशियों को नज़र से दूर होने तक घूरा जाता था। यही वजह रही कि मैं ट्रेवल एजेंसियों, फ़ाइव स्टार होटल्स, एयरलाइंस के दफ़्तरों या किसी कारोबार के कार्यालय से आता-जाता था मेरे हर क़दम को देखा जाता था, लेकिन किसी को इस बात से कोई वास्ता नहीं था कि महान ख़ान के लिए मैं कौनसे अपराध कर रहा हूं।

हाजी अली दरगाह से आगे निकलते ही मैंने दोपहर के ट्रैफ़िक में बाइक को गति दी और इस दौरान मैं यह सोच रहा था कि आख़िर अब्दुल क़ादर ख़ान ने कभी अपने दोस्त और साथी माज़िद की हत्या का ज़िक्र क्यों नहीं किया। यह सवाल अब भी मुझ पर हावी था और मैं उनसे पूछना चाहता था, लेकिन उसकी हत्या के बाद

जब मैंने एक बार ही यह सवाल जब पूछा था तो क़ादर के चेहरे पर ग़म का इतना अधिक साया आ गया था कि मैंने उस विषय को भुला सा दिया। और जबकि दिन सप्ताह में बदल गए और सप्ताह मौन महीनों में, मैंने इस विषय को बातचीत में उठाना लगभग असंभव पाया। बात कुछ ऐसी हो चुकी थी मानो मैंने ही कोई रहस्य छिपा रखा है और मेरा दिमाग़ हत्या के विचार से कितना भी भारी हो जाए, मैंने इसका उनके सामने कभी नहीं स्वीकारा। मुझे आज भी याद था कि जब मैंने यह साबित कर दिया था कि मैं उनकी सीख को समझ रहा हूं तो उनकी आंखों में कितनी गहरी चमक थी। डिडियर की स्वीकारोक्ति के दिन जब मैं बाइक पर सवार होकर लियोपोल्ड्स से लिसा से मिलने जा रहा था, मुझे महान ख़ान द्वारा हर मुस्कान के साथ समझाया गया एक-एक शब्द याद था।

'तो तुम इस दलील के सिद्धांत को इस बिंदु तक समझ चुके हो?'

'हां,' मैंने हामी भरी थी। एक सप्ताह पहले उस रात मैं उनके डोंगरी स्थित बंगले पर आया था और उन्हें अब्दुल ग़नी द्वारा चलाई जाने वाली पासपोर्ट की फ़ैक्टरी में दिए गए परिवर्तनों और उन्हें लागू करने को लेकर जानकारी दे रहा था। ग़नी की सहमति और साथ से हमने अपने कामकाज को कई अन्य दस्तावेज़ों के लिए भी अपनाना शुरू कर दिया था-ड्राइवर लाइसेंस, बैंक खाते, क्रेडिट कार्ड्स और यहां तक कि खेल क्लबों की सदस्यता तक। क़ादर मेरे नए विचारों पर आगे बढ़ते काम से बेहद ख़ुश थे, लेकिन उन्होंने अचानक विषय को दोबारा अपने पसंदीदा विषयों की ओर मोड़ दिया-अच्छाई और बुराई, ज़िंदगी का मक़सद।

फ़व्वारों के पानी की अठखेलियों को देखते हुए उन्होंने सिर हिलाकर पूछा, 'शायद तुम मुझे यह वापस बता सकते हो।' उनकी कोहनियां सफ़ेद आरामकुर्सी की बांहों पर और अंगुलियों के सिरे होंठों और साफ़ सफ़ेद दाढ़ी पर टिके हुए थे।

'ओह...निश्चित तौर पर। आप कह रहे थे कि समूचा ब्रह्मांड किसी परम जटिलता की ओर बढ़ रहा है। यह सिलसिला ब्रह्मांड की शुरुआत से ही चला आ रहा है और भौतिकविद इसे *जटिलता की ओर झुकाव या रुझान* कहते हैं। और... हर वह बात जो इसे चलाती है, वह अच्छाई होती है और जो इसकी राह में रोड़ा बनती है वह बुराई होती है।'

'बहुत अच्छे,' क़ादरभाई ने एक भौंह उठाकर मुस्कराते हुए कहा। और जैसा कि अक्सर हुआ करता था, मैं यह समझ नहीं पा रहा था कि वह सहमति में मुस्कराए थे या उसका मज़ाक़ उड़ा रहे थे या दोनों ही कर रहे थे। ऐसा लगता है कि क़ादरभाई किसी भी भावना को किसी मायने या ठीक विपरीत मायने के बग़ैर महसूस या अभिव्यक्त नहीं करते थे। यह बात वैसे हम सबके लिए भी कुछ हद तक सही हो सकती है, लेकिन हमारे आक़ा अब्दुल क़ादर ख़ान के मामले में यह समझ पाना नामुमकिन था कि वह आपके बारे में क्या सोचते हैं या उन्हें क्या महसूस हुआ। मैंने पूरा सच केवल एक बार ही उनकी आंखों में देखा था-यह सारोज़ रिवार्ड के नाम

से मशहूर बर्फ़ीले पहाड़ पर हुआ था–बहुत देर हो चुकी थी और मैंने दोबारा वह कभी नहीं देखा।

'और यह अंतिम जटिलता,' उन्होंने जोड़ा, 'इसे भगवान या सार्वभौमिक आत्मा या परम जटिलता कहा जा सकता है, जैसा आप चाहें। मेरे लिए इसे भगवान या ख़ुदा कहने में कोई परेशानी नहीं है। पूरा ब्रह्मांड उसी की ओर बढ़ रहा है, एक रुझान या झुकाव के साथ परम जटिलता की ओर जो कि भगवान है।'

'मेरा पिछली बार पूछा गया सवाल फिर भी अनुत्तरित ही है। आप यह फ़ैसला कैसे करते हैं कि क्या अच्छा है और क्या बुरा?'

'यह सच है। मैंने तब युवा श्रीमान लिन, इस बहुत अच्छे सवाल का जवाब देने का वादा किया था और तुम्हें यह मिलेगा। लेकिन पहले तुम्हें मेरे एक सवाल का जवाब देना होगा। हत्या क्यों ग़लत है?'

'खैर, मुझे नहीं लगता कि यह हमेशा ही ग़लत होती है।'

'आह,' और उनकी नीली आंखों में वही व्यंग्यपूर्ण मुस्कान तैर गई, 'चलो, मैं तुम्हें बता ही देता हूं कि यह हमेशा ही ग़लत होती है। हमारी बातचीत में बाद में यह बात तुम्हें समझ आ जाएगी। फिलहाल के लिए ध्यान उस तरह की हत्या पर केंद्रित करो जिसे तुम ग़लत मानते हो और मुझे बताओ कि यह ग़लत क्यों है।'

'दरअसल, किसी की ज़िंदगी लेना ग़ैरक़ानूनी है।'

'लेकिन किसके क़ानून के मुताबिक़?'

'समाज का क़ानून। देश का क़ानून।' मैंने यह कहते हुए महसूस किया कि मेरा दार्शनिक आधार हाथों से फिसल रहा है।

'ये क़ानून कौन बनाता है?' उन्होंने बेहद नर्मी के साथ पूछा।

'राजनीतिज्ञ क़ानून पारित करते हैं। आपराधिक क़ानून विरासत में मिलते हैं ...सभ्यता से। ग़ैरक़ानूनी हत्या के ख़िलाफ़ क़ानून काफ़ी पुराने हैं–शायद गुफा में इंसान के रहने के दिनों के।'

'और उनके लिए हत्या क्यों ग़लत थी?'

'आपका मतलब...देखिए मैं कहूंगा, क्योंकि ज़िंदगी हमें केवल एक ही बार मिलती है। आपको इसे आजमाने का एक ही मौक़ा मिलता है और इसे आपसे छीन लेना बहुत भयावह है।'

'बिजलियों से भरा तूफ़ान भी भयावह होता है तो क्या यह उसे ग़लत या बुरा कर देता है?'

'नहीं, बिलकुल नहीं,' मैं कुछ चिढ़ते हुए कहा, 'देखिए मैं नहीं जानता कि हमें यह क्यों समझना चाहिए कि हत्या के क़ानून के पीछे क्या है। हमें केवल एक ज़िंदगी मिली है और अगर आप किसी अच्छी वजह के बग़ैर उसे छीन लेते हैं तो आप कुछ ग़लत करते हैं।'

'हां,' उन्होंने धैर्य के साथ कहा, 'लेकिन ग़लत क्यों है?'

'बस है, इतना ही काफ़ी है।'

'बस हम सब इसी मुद्दे तक पहुंचकर रह जाते हैं,' क़ादर ने ज़्यादा गंभीर आवाज़ में कहा। उन्होंने कुर्सी पर रखे मेरे हाथ पर हाथ रखते हुए अपनी बात कहना शुरू किया, 'अगर तुम लोगों से पूछोगे कि हत्या या कोई अन्य अपराध क्यों ग़लत है तो वह तुम्हें बताएंगे कि यह क़ानून या बाइबल या उपनिषद या कुरान या बुद्ध के बताए रास्ते या उनके अभिभावकों या किसी अधिकारी द्वारा बताई गई बात के ख़िलाफ़ है। लेकिन वे नहीं जानते कि वह क्यों ग़लत है। हो सकता है जो वे कह रहे हों वह *सच* हो, लेकिन वे यह नहीं जानते कि यह सच क्यों है।'

'किसी भी पहल या इरादे या परिणाम को जानने के लिए हमें पहले दो सवाल पूछने चाहिए। पहला, क्या होगा अगर *हर कोई* यही करने लगे? दूसरा, यह जटिलता के सफ़र में बाधा बनेगा या उसे मदद करेगा?'

नज़ीर के एक सेवक के साथ आने पर वह कुछ देर के लिए रुक गए। सेवक लंबे गिलासों में मीठी काली सुलेमानी चाय और चांदी के ट्रे में ललचाने वाली मिठाइयां लेकर आया था। नज़ीर ने क़ादरभाई की तरफ़ सवाल की मुद्रा में और मेरी तरह अपमानजनक अंदाज़ में देखा। क़ादर ने उसे और सेवक को धन्यवाद दिया और वे दोनों हमें फिर अकेला छोड़कर चले गए।

'हत्या के मामले में,' सफ़ेद शक्कर का एक क्यूब चाय में घोलकर पहला घूंट लेने के बाद क़ादर ने बोलना जारी रखा, 'क्या होगा अगर हर कोई दूसरे की हत्या करने लगे तो? यह मदद करेगा या *बाधक* बनेगा? बताओ।'

'ज़ाहिर तौर पर अगर हर कोई लोगों की हत्या करने लगे तो हम अपनी नस्ल का ही सफाया कर देंगे। इसलिए...यह मददगार *नहीं* होगा।'

'हां। हमारी जानकारी में हम इंसान ही इस ब्रह्मांड की सबसे जटिल संरचना है, लेकिन हम इस ब्रह्मांड की अंतिम उपलब्धि नहीं हैं। हम भी बाक़ी के ब्रह्मांड के साथ विकसित होंगे और परिवर्तित होंगे। लेकिन अगर हम अंधाधुंध तरीक़े से एक-दूसरे को मारते चले गए तो हम वहां तक नहीं पहुंच पाएंगे। हम अपनी ही प्रजाति का सफाया कर देंगे और लाखों वर्षों में जो विकास हुआ है -अरबों वर्षों की मेहनत- ख़त्म हो जाएगा। चोरी के लिए भी यही बात कही जा सकती है। क्या होगा अगर *हर कोई* चोरी करने लगे? यह हमें मदद करेगा या हमारी राह का बाधक बनेगा?'

'हां, मुझे बात समझ में आ गई। अगर हर कोई हर दूसरे से चुरा रहा है तो हम इतने अधिक उन्मादी हो जाएंगे और हम इस पर इतना ज़्यादा वक़्त और पैसा बर्बाद करेंगे कि यह हमारी गति को धीमा कर देगा और हम कभी भी हासिल नहीं कर पाएंगे–'

'परम जटिलता को,' उन्होंने मेरे विचार को पूरा किया। 'यही वजह है कि हत्या और चोरी ग़लत है–इसलिए नहीं कि किताब हमें बताती है कि वह ग़लत है या

क़ानून कहता है कि वह ग़लत है या कोई आध्यात्मिक गुरु बताता है कि वह ग़लत है, लेकिन इसलिए क्योंकि अगर हर कोई यही करने लगा तो हम शेष ब्रह्मांड के साथ परम जटिलता, जो कि भगवान है, की ओर नहीं बढ़ सकेंगे। और इसका विपरीत भी सही है। प्यार क्यों *अच्छा* है? क्या होगा अगर हर कोई दूसरे व्यक्ति से प्यार करने लगे तो? क्या यह हमें मदद करेगा या हमारी प्रगति को रोकेगा?'

'यह हमें मदद करेगा,' मैंने उनके द्वारा बिछाए गए जाल में फंसने के बाद हंसते हुए कहा।

'हां। वास्तविकता ऐसा सार्वभौमिक प्यार भगवान की ओर यात्रा को और तेज़ कर देगा। प्यार अच्छा है। दोस्ती अच्छी है। वफ़ादारी अच्छी है। आज़ादी अच्छी है। ईमानदारी अच्छी है। हम जानते हैं कि यह बातें पहले भी जानते थे कि यह बातें अच्छी हैं–हम हमेशा अपने दिल के भीतर इस बात को जानते थे और सभी महान शिक्षकों ने हमेशा हमें यही बात बताई है–लेकिन अब अच्छाई और बुराई की इस परिभाषा के साथ, हम देख सकते हैं कि वह क्यों अच्छे हैं। ठीक उसी तरह से जैसे कि हम देख सकते हैं कि चोरी करना, झूठ बोलना और हत्या बुरे हैं।'

'लेकिन कुछ मर्तबा...' मैंने हस्तक्षेप करते हुए कहा, 'आप जानते हैं, तो आत्मरक्षा का क्या? ख़ुद को बचाने के लिए हत्या का क्या?'

'लिन, एक बहुत ही अच्छा सवाल उठाया। मैं चाहता हूं कि मेरी ख़ातिर तुम एक दृश्य की कल्पना करो। तुम एक कमरे में डेस्क के सामने खड़े हो। कमरे में दूसरी ओर तुम्हारी मां है। एक दुष्ट व्यक्ति ने तुम्हारी मां के गले पर चाकू रखा हुआ है। वह व्यक्ति तुम्हारी मां को मार डालेगा। तुम्हारे सामने के टेबल पर एक बटन है, जिसे दबाने पर वह व्यक्ति मर जाएगा। अगर तुम ऐसा नहीं करते तो वह तुम्हारी मां को मार डालेगा। यही दो संभावनाएं मौज़ूद हैं। अगर तुम कुछ नहीं करते तो तुम्हारी मां मारी जाती है। अगर तुम बटन दबाते हो तो वह व्यक्ति मारा जाता है और तुम्हारी मां बच जाती हैं। तुम क्या करोगे?'

'वह व्यक्ति इतिहास का हिस्सा हो जाएगा,' मैंने बिना किसी हिचक के कहा।

'बिलकुल सही,' उन्होंने आह भरी, शायद उन्हें लग रहा था कि मैं बटन दबाने के विकल्प पर कुछ ज़्यादा देर तक विचार करूंगा। 'और अगर तुमने ऐसा किया, तुमने अपनी मां को उस दुष्ट हत्यारे से बचा लिया तो तुम ग़लत काम करोगे या सही?'

'सही काम,' मैंने तत्काल जवाब दिया।

'नहीं, लिन मुझे लगता है, नहीं,' उन्होंने घुड़की लगाते हुए कहा, 'हमने हाल ही में अच्छे और बुरे की वस्तुनिष्ठ परिभाषा से देखा था कि हत्या हमेशा एक ग़लत बात है, क्योंकि अगर हर कोई यह करने लगा तो हम शेष ब्रह्मांड के साथ भगवान की तरफ़ नहीं जा सकेंगे, परम जटिलता की ओर। इसलिए हत्या करना ग़लत है, लेकिन तुम्हारी वजह अच्छी है। इसलिए फ़ैसले की सच्चाई यही है कि तुमने ग़लत काम किया, सही वजह से...'

क़ादर के भाषण के एक सप्ताह बाद जब मैं अपनी बाइक पर काले होते बादलों के साये और व्यस्त ट्रैफ़िक से गुजर रहा था, ये शब्द मेरे दिमाग़ में घूम रहे थे। *सही वजह के लिए ग़लत काम।* मैं चलता रहा और जब मैंने क़ादर के पाठ के बारे में सोचना बंद कर दिया तो भी वह शब्द मेरे दिमाग़ में घूम ही रहे थे। उस जगह जहां याददाश्त की प्रेरणा से मुलाक़ात होती है। मैं अब जानता हूं कि वह शब्द किसी मंत्र की तरह थे और मेरा सहज बोध-अंधेरे में नियति की फुसफुसाहट-उसे दोहराकर मुझे किसी बात के बारे में चेतावनी दे रहा था। *ग़लत काम... सही वजह के लिए।*

लेकिन उस दिन डिडियर की स्वीकारोक्ति के एक ही घंटे बाद मैंने उस चेतावनी को अनसुना कर दिया। सही या ग़लत मैं कारणों के चक्कर में पड़ना ही नहीं चाहता-मैंने जो किया उसके लिए मेरे, क़ादर के या किसी भी अन्य के कारण के लिए नहीं। मैं अच्छाई और बुराई की चर्चा का केवल एक खेल या मनोरंजन की तरह आनंद लेता था। मैं सच्चाई जानना नहीं चाहता था। मैं सच्चाई से बेज़ार आ चुका था, ख़ासतौर पर अपने बारे में सच्चाई से और मैं उसका सामना नहीं कर सकता था। इसलिए विचार और चेतावनियां गूंजती रही और फिर मेरे इर्द-गिर्द की नम हवा में गुम हो गई। और जब मैं सी रॉक होटल के पहले अंतिम मोड़ ले रहा था, मेरा दिमाग़ गहरे और शोर मचाते समंदर के क्षितिज की तरह शांत हो चुका था।

सी रॉक बॉम्बे का एक फ़ाइव स्टार होटल था और इसका सबसे बड़ा आकर्षण यही था कि यह जुहू तट पर समुद्री चट्टानों पर ही बना था। इसके सभी प्रमुख रेस्तरांओं, बार और सैकड़ों अन्य खिड़कियों से सी रॉक हरदम अरब सागर का निरीक्षण करता रहता था। इस होटल में शहर के सबसे लज़ीज व्यंजन भी मिलते थे। मुझे भूख लगी थी और लिसा को इंतज़ार करता हुआ देखकर मुझे ख़ुशी हुई। उसने कड़क उठी हुई कॉलर वाली शर्ट और आसमानी क्लोट्स पहन रखी थी। उसके सुनहरे बाल बंधे हुए थे। हेरोइन छोड़े उसे एक साल से ज़्यादा वक़्त हो चुका था। वह स्वस्थ और आत्मविश्वास से भरी दिख रही थी।

'हाय, लिन' उसने मुझे गालों पर चूमते हुए मुस्कराकर कहा, 'तुम बिलकुल सही वक़्त पर आए हो।'

'बहुत अच्छे। मुझे बहुत ज़ोरों की भूख लगी है।'

'नहीं, मेरा मतलब है कि तुम कल्पना से मिलने के लिहाज़ से बिलकुल सही समय पर आए हो। लो वह आ गई।'

पश्चिमी अंदाज़ में कटे बालों वाली जीन्स और काफ़ी चुस्त टी-शर्ट में एक युवती हमारी तरफ़ आई। उसने अपने गले पर एक स्टॉपवॉच पहन रखी थी और उसके हाथ में एक क्लिपबोर्ड था। वह लगभग 26 वर्ष की थी।

लिसा ने जब हमारा परिचय कराया तो मैंने कहा,'हैलो। बाहर वह सारा तामझाम आपका है? वह ब्रॉडकास्ट वैन, वह तारों का जाल? क्या आप किसी फ़िल्म की शूटिंग कर रही हैं?'

'हां, यार ऐसा ही कुछ है,' उसने बिलकुल बंबइया अंदाज़ में कहा, जो मुझे इतना अच्छा लगा कि उसकी नक़ल करने की इच्छा हुई। 'डायरेक्टर हमारी डांसर के साथ कहीं चला गया है। यार, यह एक रहस्य है, लेकिन सेट पर हर कोई इसी बारे में बात कर रहा है। हमारे पास 45 मिनट का वक़्त है। हालांकि हमारे डायरेक्टर के दमखम को देखते हुए उन्हें लगने वाले वक़्त से तो यह दस गुना है।'

'ठीक है,' मैंने हाथों को मसलते हुए कहा, 'यह हमें भोजन के लिए पर्याप्त वक़्त दे देता है।'

'भाड़ में जाए भोजन, पहले कुछ नशा करते हैं,' कल्पना ने कहा। 'क्या तुम्हारे पास कुछ हैश है?'

'हां,' मैंने कंधे उचकाते हुए कहा, 'बिलकुल है।'

'क्या तुम कार लेकर आए हो?'

'मैं बुलेट पर हूं।'

'चलो मेरी कार इस्तेमाल करते हैं। वह पार्किंग में खड़ी है।'

हम होटल से बाहर निकलकर चरस पीने के लिए उसकी फ़िएट में बैठ गए। मैं जब चिलम तैयार कर रहा था तो उसने मुझे बताया कि वह इस और कुछ अन्य फ़िल्मों के प्रोड्यूसर की सहायक है। उसके कामों में से एक छोटी-मोटी भूमिकाओं के लिए कलाकार तलाशना था। उसने यह काम एक कास्टिंग एजेंट को सौंप रखा था, लेकिन उसे छोटे से, बिना डायलॉग के महज दिखावटी भूमिका के लिए विदेशियों को तलाशने में मुश्किलों का सामना करना पड़ रहा है।

कल्पना ने जब कश लगाना शुरू किया तो लिसा ने कहा, 'कल्पना ने पिछले सप्ताह रात के भोजन के दौरान यह बात बताई थी। उसने मुझे बताया था कि उसका बंदा फ़िल्म में काम के लिए विदेशी नहीं खोज पा रहा है-तुम जानते ही हो, डिस्को या किसी पार्टी के दृश्य में अंग्रेज़ लोग, ब्रिटिश राज के दौरान या कुछ ऐसी ही परिस्थितियों में। तो इसलिए...मुझे तुम्हारी याद आ गई।'

'ओह।'

'हमारी ज़रूरत के वक़्त अगर तुम कुछ गोरे उपलब्ध करा सको तो हमें बहुत मदद होगी,' कल्पना का अंदाज़ बहुत आजमाया हुआ नुस्खा लग रहा था। आजमाया हुआ हो नहीं हो, मुझे बहुत पसंद आया। 'हम उन्हें शूटिंग पर लाने और वापस उनके घर तक पहुंचाने के लिए टैक्सी की सुविधा उपलब्ध कराते हैं। हम बीच के वक़्त में उन्हें भोजन देते हैं। उन्हें प्रतिदिन प्रति व्यक्ति दो हज़ार रुपये का भुगतान भी किया जाता है। वह हम तुम्हें देते हैं और साथ ही प्रति व्यक्ति कमीशन भी। तुम उन्हें क्या भुगतान करते हो, यह तुम पर निर्भर है। उनमें से अधिकांश तो बिना कुछ लिए ही यह करने के लिए तैयार हो जाते हैं और उस वक़्त हैरान हो जाते हैं, जब उन्हें पता चलता है कि हम फ़िल्मों में काम करने के लिए उन्हें पैसा भी देते हैं।'

'तो क्या कहते हो?' लिसा ने दमकती आंखों के साथ पूछा।

'मेरी इसमें रुचि है।'

मेरा दिमाग़ दरअसल इस व्यवस्था से होने वाले संभावित लाभ पर विचार कर रहा था। उनमें से कुछ तो स्वाभाविक थे। फ़िल्म बनाने वाले काफी प्रभावी लोग होते हैं और हमेशा ही उड़ानों का इस्तेमाल करते हैं, जिसके लिए उन्हें वक़्त-वक़्त पर काले बाज़ार से डॉलर्स और दस्तावेज़ों की ज़रूरत रहती है। मुझे यह बात भी साफ़ हो गई थी कि लोगों को भूमिकाएं दिलाने का काम लिसा के लिए बेहद महत्त्वपूर्ण था। वैसे तो यही एक कारण मेरे उसमें भागीदार बनने की तैयारी के लिए काफ़ी था। मुझे वह अच्छी लगती थी और मुझे यह जानकर ख़ुशी हुई कि वह मुझे चाहना चाहती थी।

'बहुत अच्छे,' कल्पना ने कार का दरवाज़ा खोलकर कार पार्क में क़दम रखते हुए कहा। हम होटल के स्वागत कक्ष तक पहुंचे और हम सबने गॉगल्स पहन रखे थे। हमने उसी जगह पर दोबारा हाथ मिलाए, जहां पर हम केवल आधे घंटे पहले ही मिले थे।

'आप अपना खाना खाओ,' उसने कहा, 'मैं सेट पर वापस जाती हूं। हम बॉलरूम में हैं। जब तुम्हारा काम हो जाए तो यहां बिछे तारों का पीछा करते हुए तुम मुझे खोज सकते हो। मैं तुम्हारा परिचय उन लोगों से करा दूंगी और तुम उसी वक़्त शुरुआत कर सकते हो। हमें कल की ही शूटिंग में कुछ विदेशियों की ज़रूरत है। दो लड़के और दो लड़कियां। अगर मिल जाएं तो स्वीडन के लोगों जैसे सुनहरे बालों वाले। क्यों वह कश्मीरी हैश थी, है ना? लिन हमारी जोड़ी ख़ूब जमेगी, मैं और तुम। *चलो* मिलते हैं।'

रेस्तरां में मैंने और लिसा ने प्लेटों का ढेर लगा लिया और समंदर की ओर मुंह करके खाने लगे।

'कल्पना ठीक है,' उसने खाते हुए कहा, 'वह कभी-कभी बहुत मज़ाक़िया हो जाती है और वह बहुत ज़्यादा महत्त्वाकांक्षी है-यह बात समझ लो-लेकिन वह सीधी बात करने वाली एक अच्छी दोस्त है। जब उसने मुझे भूमिकाओं के लिए कलाकार खोजने के काम के बारे में बात की तो मुझे सबसे पहले तुम्हारा ही ख़याल आया। मैंने सोचा कि तुम शायद...इससे कुछ काम निकाल लोगे...'

'धन्यवाद,' मैंने उसकी आंखों पढ़ने की कोशिश करते हुए कहा, 'मुझे तुम्हारा यह विचार पसंद आया। क्या तुम इस काम में मेरी साथी बनना चाहोगी?'

'हां,' उसने तुरंत जवाब दिया, 'मैं उम्मीद कर रही थी... कि तुम यह काम करना चाहोगे।'

'हम मिलकर इस काम को कर लेंगे,' मैंने सुझाव दिया, 'मुझे नहीं लगता कि विदेशियों को फ़िल्मों में काम करने के लिए तैयार करने में मुझे कोई परेशानी होगी,

लेकिन मैं बाक़ी का काम नहीं चाहता। तुम चाहो तो वह काम कर सकती हो। उन्हें उनकी जगह से लेने, सेट पर उनका ख़याल रखने और उनके भुगतान आदि के काम। मैं उन्हें इसके लिए तैयार कर लूंगा और उसके बाद बागडोर तुम संभाल लेना। अगर तुम्हारी इच्छा हो तो मुझे तुम्हारे साथ काम करने में ख़ुशी होगी।'

वह मुस्कराई और यह एक बहुत ही अच्छी मुस्कराहट थी। एक ऐसी मुस्कराहट जिसे आप हरदम अपने साथ रखना चाहें।

'मुझे काम करने में ख़ुशी होगी,' उसने कुछ शर्म से लाल होते हुए कहा, 'लिन मुझे वाक़ई कुछ काम करना चाहिए और मुझे लगता है कि मैं तैयार हूं। जब कल्पना ने पहली बार इस बारे में मुझसे बात की थी तो मैं इसे तुरंत स्वीकारना चाहती थी, लेकिन मैं अकेले यह काम लेने से घबरा रही थी। धन्यवाद।'

'इसकी कोई ज़रूरत नहीं है। तुम्हारा और अब्दुल्ला का कैसा क्या चल रहा है?'

'अं...' उसने मुंह का खाना ख़त्म करते हुए कहा, 'मैं काम नहीं कर *रही हूं।* शायद तुम समझ रहे हो तो यह कुछ बात है। मैं पैलेस पर काम नहीं कर रही हूं और मैं इस्तेमाल भी नहीं कर रही हूं। उसने मुझे पैसे दिए हैं, ढेर सारे पैसे। मुझे नहीं पता कि उसे यह कहां से मिले। मुझे इसकी कोई फ़िक्र भी नहीं। यह मेरे द्वारा पूरी ज़िंदगी में एक बंडल में देखे गए पैसे से भी कहीं ज़्यादा है। यह इस डिब्बे में है, इस धातु के डिब्बे में। उसने मुझे ये पैसे देते हुए कहा कि इससे मैं उसका ख़याल रखूं और जब भी मुझे ज़रूरत हो तो इसे ख़र्च करूं। यह बहुत ही डरावना था...जैसे कि...यह उसकी अंतिम वसीयत या इच्छापत्र हो या ऐसा ही कुछ।'

मैंने हैरानी जताते हुए भौंह उचका दी। उसने मेरे उस भाव को देखकर जवाब दिया।

'मुझे तुम पर विश्वास है, लिन। इस शहर में तुम इकलौते इंसान हो जिस पर मैं विश्वास करती हूं। मज़े की बात यह है कि वह शख़्स अब्दुल्ला, उसने मुझे पैसे और सबकुछ दिया और वह सोचता है कि मैं उसे पागलों की तरह प्यार करती हूं, लेकिन मेरा उस पर विश्वास नहीं है। जिस व्यक्ति के साथ आप रह रहे हों उसके बारे में ऐसा कहना क्या भीषण बात है?'

'नहीं।'

'क्या तुम्हें उस पर विश्वास है?'

'ज़िंदगी दांव पर लगाकर भी।'

'क्यों?'

मैं हिचकिचाया और फिर शब्द मेरे मुंह से झरने लगे। हमने अपना भोजन समाप्त किया और फिर हम कुर्सियों पर टेककर समंदर को निहारने लगे।

'हम दोनों कुछ बातों से गुज़रे हैं,' मैंने कुछ देर के बाद कहा, 'लेकिन बात केवल इतनी सी नहीं है। इनमें से कुछ भी करने से पहले से ही मैं उस पर विश्वास

करता था। मैं नहीं जानता कि यह क्या है। एक व्यक्ति दूसरे व्यक्ति में विश्वास करता है, जब उसे उसके भीतर अपने जैसा ही काफ़ी-कुछ नज़र आता है। शायद या फिर जब वह उन बातों को देखता है, जो वह चाहता है कि उसके भीतर भी होतीं।'

हम कुछ देर के लिए चुप रहे, हम दोनों ही परेशान थे और अपने-अपने तरीक़े से नियति के फेर में फंसे हुए थे।

'क्या तुम तैयार हो?' मैंने उससे पूछा। उसने सिर हिलाकर जवाब दिया, 'चलो फ़िल्मी दुनिया में चलते हैं।'

हम होटल बाहर रखे जनरेटरों से निकलकर बिछे तारों का पीछा करते हुए बग़ल के प्रवेश द्वार से होते हुए अनेक व्यस्त सहायकों से होते हुए बैंक्वेट रूम तक पहुंचे, जिसे सेट के लिए किराये पर लिया गया था। कमरे में लोगों की भीड़ थी, कई चौंधिया देने वाले लाइट्स-रिफ़्लेक्टर्स लगे हुए थे, कैमरा और अन्य उपकरण भी तैनात थे। हमारे भीतर घुसने के कुछ ही सेकेंड के बाद कोई चिल्लाया, *शांत हो जाइए!* और फिर एक हंगामेदार धुन बजने लगी।

हिंदी फ़िल्में हर किसी को पसंद नहीं आती। मुझे मिले कुछ विदेशी दरअसल गानों की भरमार, रोती हुई मांओं, आहें भरते क़िरदार और चीख़ने-चिल्लाने वाले खलनायकों से चिढ़ते थे। उनका क्या मतलब है, मैं यह समझ सकता था, लेकिन मैं उनसे सहमत नहीं थी। एक वर्ष पहले ही जॉनी सिगार ने मुझसे कहा था कि पिछली ज़िंदगियों में मेरे कम से कम छह विभिन्न भारतीय व्यक्तित्व रहे होंगे। मैंने इसे भरपूर तारीफ़ के तौर पर स्वीकारा था, लेकिन पहली बॉलीवुड की शूटिंग देखकर मुझे समझ आया कि उसके कहने का क्या सही मतलब था। पहले ही पल से मुझे गाना, नाचना और संगीत दिल से पसंद आ गया था।

फ़िल्म के निर्माताओं ने दो हज़ार वॉट के एम्प्लिफ़ायर किराये से लिए थे। संगीत कमरे को थर्राते हुए हमारे जिस्म के भीतर समा रहा था। रंग तो किसी उष्णकटिबंधीय समुद्र से लिए हुए थे। लाखों लाइट्स ऐसे दमक रही थीं, मानो किसी झील पर सूरज की भरपूर रोशनी पड़ी हुई हो। नाचने में पूरा उत्साह, अत्यधिक कामुकता और नृत्य का पुरातन कौशल शामिल था। और प्यार और ज़िंदगी, नाटकीयता और हास्य की तालमेल भरी अभिव्यक्ति महज हाथ के एक सुंदर इशारे या आंख मारने से साकार हो रही थी।

हमने एक घंटे तक गाने पर डांस की रिहर्सल देखी और उसे अंततः निखारकर फ़िल्म के लिए रिकॉर्ड होते हुए देखा। उसके बाद अवकाश के दौरान कल्पना ने मुझे क्लिफ़ डिसूजा और चंद्रा मेहता से मिलाया, जो कि इस फ़िल्म के चार निर्माताओं में से थे। डिसूजा एक लंबा, घुंघराले बालों वाला 30 वर्षीय गोवा निवासी था, जिसकी मुस्कान आकर्षक थी और चाल लंबे डग वाली थी। चंद्र मेहता चालीस वर्ष की उम्र के क़रीब था। उसका वज़न ज़्यादा था, लेकिन वह उसे लेकर सहज था : उन बड़े लोगों में से एक जो अपने बारे में बहुत अच्छा सोचते हैं। मुझे दोनों ही

व्यक्ति पसंद आए और हालांकि वे बातचीत के लिहाज़ से काफ़ी अरसे तक व्यस्त रहे, हमारी पहली मुलाक़ात काफ़ी अच्छे माहौल में और अच्छे संवाद वाली रही।

मैंने लिसा को वापस शहर तक सवारी का न्यौता दिया, लेकिन उसने पहले ही कल्पना के साथ लौटने का फ़ैसला कर लिया था और इसलिए वह इंतज़ार करने लगी। मैंने उसे अपने नए घर का फ़ोन नंबर दिया और कहा कि ज़रूरत होने पर वह मुझे फ़ोन लगा ले। स्वागत कक्ष से बाहर निकलते हुए मैंने देखा कि कविता सिंह भी होटल से निकल रही थी। हम दोनों ही हालिया महीनों में इतने ज़्यादा व्यस्त रहे–वह अपराधों के बारे में लिखने में और मैं अपराध करने में–कि हम दोनों ने कई सप्ताह से एक–दूसरे को देखा तक नहीं था।

'कविता!' मैंने आवाज़ लगाते हुए उसके पास पहुंचने के लिए दौड़ लगा दी, 'ठीक वही महिला जिसे मैं देखना चाहता था। बॉम्बे के नंबर वन अख़बार की नंबर वन रिपोर्टर। कैसी हो तुम? तुम...*बहुतअच्छी*... दिख रही हो!'

उसने सिल्क पेंटसूट पहन रखा था। उसके परिधान और लिनन हैंडबैग का रंग एक ही था। उसकी जैकेट की कॉलर काफ़ी नीची थी और ज़ाहिर तौर पर उसने भीतर कुछ भी नहीं पहन रखा था।

'ओह जाने भी दो!' उसने कुछ सकुचाते हुए तपाक से जवाब दिया, 'यह मेरा सामने वाले की बोलती बंद करा देने वाला परिधान है। मुझे वसंत लाल का साक्षात्कार लेना था। मैं अभी वहीं से आ रही हूं।'

'तुम्हारा आजकल काफ़ी प्रभावशाली लोगों के बीच उठना–बैठना है,' उस लोकप्रिय नेता के साथ उसके फ़ोटोग्राफ़्स को याद करते हुए मैंने कहा। उसके द्वारा सांप्रदायिक हिंसा के लिए भड़काने का अंज़ाम हमेशा दंगे, लूट और हत्या ही होता था। जब कभी भी मैं उसे टीवी पर देखता था या उसके भड़काऊ भाषण पढ़ता था तो मुझे उस क्रूर पागल हत्यारे सपना की याद आ जाती थी : मनोरोगी हत्यारे का एक वैध, राजनीतिक संस्करण।

'उसके सूट में तो सांप का ही बसेरा था रे बाबा। लेकिन मैंने उसका साक्षात्कार ले ही लिया। बड़े वक्ष उसकी बहुत बड़ी कमज़ोरी हैं।' उसने एक अंगुली मेरे मुंह पर मारते हुए कहा। 'कुछ भी *मत कहना!*'

'सुनो!' मैंने दोनों हाथ उठाकर और सिर हिलाकर उसे शांत करने की कोशिश की। '*यार* मैं कुछ भी नहीं कह रहा हूं। कुछ भी नहीं। मैं *देख ही* रहा हूं और मेरी ख़्वाहिश है कि काश मुझे तीन आंखें होतीं, लेकिन मैं कुछ भी नहीं कह रहा हूं!'

'हरामज़ादे!' उसने फनफनाते हुए कहा और ठहाका लगा दिया। 'दुनिया में हो क्या रहा है। शहर का एक सबसे महत्त्वपूर्ण शख़्स *तुमसे* बात नहीं करता, लेकिन दो घंटे तुम्हारे वक्ष को साक्षात्कार दे सकता है? मर्द इतने बीमार कमीने होते हैं, तुम्हें नहीं लगता?'

'कविता तुमने बिलकुल सही कहा,' मैंने आह भरते हुए कहा।

'*यार*, सब सुअर जैसे हैं।'

'इस मामले में बहस नहीं कर सकता। जब तुम सही हो तो तुम सही हो।'

उसने मेरी तरफ़ संदेह भरी नज़रों से देखा।

'लिन, तुम किस बात से इतने ज़्यादा सहमत हो?'

'सुनो, तुम कहां जा रही हो?'

'क्या?'

'तुम कहां जा रही हो? मेरा मतलब है कि अभी।'

'मैं शहर लौटने के लिए टैक्सी लेने जा रही थी। मैं अब फ़्लोरा फ़ाउंटेन के पास रहती हूं।'

'कैसा हो अगर मैं तुम्हें अपनी बाइक पर लिफ़्ट दे दूं? मैं तुमसे बात करना चाहता हूं। मैं एक समस्या में तुमसे मदद चाहता हूं।'

कविता मुझे अच्छी तरह से नहीं जानती थी। उसकी आंखें दालचीनी की शाख के रंग की थी। उसने उन आंखों से मुझे ऊपर से नीचे तक देखा और मेरी पूरी पड़ताल के बाद भी उसे मुझ पर विश्वास नहीं हो पा रहा था।

'किस तरह की समस्या?'

'यह एक हत्या का मामला है,' मैंने जवाब दिया, 'और मैं चाहता हूं कि तुम पहले पन्ने की ख़बर बनाओ। मैं यह सब तुम्हें तुम्हारे ठिकाने पर बताऊंगा। और रास्ते में तुम मुझे वसंत लाल के बारे में बता सकती हो–तुम्हें बाइक के पीछे बैठकर चिल्लाना होगा ताकि बात मुझ तक पहुंच सके, *है ना?*'

तक़रीबन चालीस मिनट बाद हम फ़ोर्ट इलाक़े में फ़्लोरा फ़ाउंटेन के पास उसके चौथी मंज़िल पर स्थित घर में बैठे हुए थे। यह एक छोटा सा फ़्लैट था, जिसमें एक फ़ोल्ड हो जाने वाला बिस्तर, एक कामचलाऊ किचन और शोर मचाने वाले सैकड़ों पड़ोसी थे। बाथरूम काफ़ी बड़ा था जिसमें वॉशिंग मशीन और ड्रायर रखने के बाद भी पर्याप्त जगह थी। जंग लगी लोहे की जाली वाली एक बाल्कनी भी थी ,जहां से फ़्लोरा फाउंटेन का व्यस्त चौराहा दिखाई देता था।

'उसका नाम आनंद राव है,' मैंने उसके द्वारा तैयार तेज़ एस्प्रेसो कॉफ़ी का घूंट लेते हुए कहा। 'वह झोपड़पट्टी में रशीद नाम के एक व्यक्ति के साथ झोपड़ी साझा करता था। जब मैं वहां रहता था तो वह मेरे पड़ोसी थे। फिर रशीद की पत्नी और बहन राजस्थान के गांव से वहां रहने के लिए आ गए। आनंद ने रशीद और उसके परिवार के लिए घर छोड़ दिया।'

'एक मिनट ठहरो,' कविता ने टोकते हुए कहा, 'मैं इसे लिख लेती हूं।'

वह खड़ी हुई और एक बिखरी हुई डेस्क से पैड, पैन और कैसेट रिकॉर्डर लेकर आ बैठी। उसने पेंटसूट की जगह अब पतली पतलून और बनियान सी पहन रखी थी।

उसे चलते हुए देखकर मुझे पहली बार अहसास हुआ कि वह कितनी ख़ूबसूरत है। जब उसने लौटकर रिकॉर्डर को चालू करके कुर्सी पर बैठकर लिखने की तैयारी कर ली, तो अचानक उसे अहसास हुआ कि मैं उसे घूर रहा हूं।

'*क्या?*' उसने पूछा।

'कुछ नहीं,' मैंने मुस्कराकर कहा, 'हां तो आनंद राव की रशीद की पत्नी और पत्नी की बहन से मुलाक़ात हुई और वह उन्हें पसंद करने लगा। वे शर्मीले थे, लेकिन दोस्ताना थे। ख़ुश और दयालु। मुझे लगता है कि शायद आनंद को रशीद की पत्नी की बहन से प्यार हो गया। ख़ैर एक दिन रशीद ने अपनी पत्नी से कहा कि अगर वह अपनी एक छोटी सी दुकान शुरू करना चाहते हैं तो उसका एक ही तरीक़ा है और वह है कि उसे अपनी एक किडनी उसकी पहचान वाले एक निजी अस्पताल में बेचनी पड़ेगी। इस बात को लेकर पत्नी ने काफ़ी बहस की, लेकिन उसने अंततः यह कहते हुए मना लिया कि उनके पास इकलौता यही विकल्प है।'

'तो वह अस्पताल से लौटा तो उसने उससे कहा कि उसके पास एक अच्छी ख़बर है और एक बुरी ख़बर। अच्छी ख़बर यह है कि उन्हें निश्चित तौर पर एक किडनी की ज़रूरत है। बुरी ख़बर यह कि उन्हें पुरुष की किडनी नहीं चाहिए-वह एक *महिला* की किडनी चाहते हैं।'

'ठीक है,' कविता ने सिर हिलाकर आह भरते हुए कहा।

'हां। वह एक राजकुमार था। ख़ैर, उसकी पत्नी इस बात पर पीछे हट गई, समझा भी जा सकता है, लेकिन रशीद ने उसे समझाया और वह ऑपरेशन कराने के लिए चली गई।'

'क्या तुम जानते हो कि यह कहां हुआ?' कविता ने पूछा।

'हां। आनंद राव ने इस सबकी जांच की और झोपड़पट्टी के मुखिया क़ासिम अली को यह जानकारी दी। उसके पास पूरी जानकारी है। तो आनंद राव को इस बात का पता चला, जब रशीद की पत्नी अस्पताल से लौटी तो वह गुस्से से फनफना रहा था। वह रशीद को अच्छी तरह से जानता था-वह दो साल तक एक ही झोपड़ी में साथ-साथ रहे थे-और वह यह भी जानता था कि रशीद एक बहुत बड़ा ठग है। उसने रशीद के साथ इस विषय पर बात भी की, लेकिन नतीज़ा कुछ भी नहीं निकला। रशीद गुस्सा हो गया। उसने ख़ुद पर केरोसिन छिड़क लिया और कहा कि अगर उसे लगता है कि वह इतना बुरा इंसान है और अगर उसकी बात पर भरोसा नहीं हो तो आनंद उसे आग लगा दे। आनंद ने उसे पत्नी का ख़याल रखने की चेतावनी दी और चला गया।'

'यह सब कब हुआ?'

'ऑपरेशन छह माह पहले हुआ था। ख़ैर, अगली बात यह है कि रशीद ने अपनी पत्नी को बताया कि वह अपनी किडनी बेचने के लिए बीस बार अस्पताल

जा चुका है, लेकिन वह उसे नहीं चाहते। उसने पत्नी को बताया कि उसकी किडनी बेचकर जो पैसा मिला था, वह दुकान खोलने के लिए ज़रूरी रक़म का केवल आधा ही था। उसने उसे बताया कि उन लोगों को अभी भी महिला की किडनी की ज़रूरत है और वह उसे उसकी *बहन की* किडनी बेचने के लिए मनाने में जुट गया। पत्नी ने इसका विरोध किया, लेकिन रशीद ने पत्नी की बहन को यह कहकर उकसाना शुरू कर दिया कि अगर उसने अपनी किडनी नहीं बेची तो उसकी बहन द्वारा पहले बेची गई किडनी बेकार चली जाएगी। अंततः महिलाओं ने हार मान ली। रशीद ने छोटी बहन को अस्पताल भेज दिया और वह एक किडनी देकर लौट आई।'

'क्या नालायक इंसान है,' कविता ने कहा।

'हां, मुझे वह कभी भी पसंद नहीं आया। वह उन लोगों में से है जो मुस्कराते भी किसी रणनीति के तहत हैं। केवल इसलिए नहीं कि उन्हें लगता है कि वह मुस्कराएं। ठीक किसी चिम्पांजी जैसी मुस्कराहट।'

'और फिर क्या हुआ? मुझे लगता है कि उसने वह पैसे उड़ा दिए होंगे?'

'रशीद ने पैसे लिए और वह भाग गया। दोनों बहनें बर्बाद हो गईं। उनकी सेहत तेज़ी से गिरने लगी। उनका पतन बहुत तेज़ था और अंत में उन्हें अस्पताल में भर्ती होना पड़ा। पहले एक और फिर दूसरी कोमा में चली गई। अस्पताल में बिस्तर पर पड़े-पड़े उन्हें एक के बाद एक मृत घोषित कर दिया गया। आनंद झोपड़पट्टी के कुछ लोगों के साथ वहां पर था। उसके सामने ही दोनों के शरीरों पर कफ़न ओढ़ाया गया। फिर वह अस्पताल से भाग गया। उसका दिमाग़ गुस्से से कुंद हो चुका था और शायद आत्मग्लानि से भी। उसने रशीद को खोजना शुरू कर दिया। वह रशीद की शराबखोरी की लत को जानता था। जब वह उसे मिला तो रशीद शराब के नशे में धुत्त होकर कूड़े के ढेर में पड़ा हुआ था। उसने कुछ बच्चों को उसके शरीर से चूहों को दूर रखने के लिए पैसे दिए थे। उसके बाद बच्चों को भगाकर आनंद वहां रशीद के पास बैठ गया और उसे खर्राटे लेते हुए सुनने लगा। उसके बाद आनंद ने उसका गला काट दिया और ख़ून बहना रुकने तक वहां बैठा रहा।'

'बहुत बुरी स्थिति,' लिखने के पैड पर से नज़र उठाए बग़ैर कविता ने कहा।

'हां ऐसा ही था। आनंद ने समर्पण करके अपना अपराध क़बूल कर लिया। उस पर हत्या का आरोप लगा है।'

'और तुम चाहते हो कि मैं...?'

'मैं चाहता हूं कि तुम इसे पहले पन्ने पर छापो। मैं चाहता हूं कि तुम इस बाबत कोई लोकप्रिय अभियान छेड़ो ताकि अगर वे उसे सज़ा भी देते हैं-जो निश्चित तौर पर उसे दी जाएगी-तो उन्हें कुछ रियायत देना पड़ेगी। मैं चाहता हूं कि उसके जेल में रहने के दौरान ही उसे समर्थन मिले और मैं चाहता हूं कि उसके क़ैद में रहने का समय भी जितना संभव हो कम हो जाए।'

'मैं यही सब *चाहता* हूं।'

'मैं जानता हूं।'

'देखो,' उसने तेवर दिखाते हुए कहा, 'यह एक रोचक कहानी है, लिन, लेकिन मुझे तुम्हें बताना ही होगा कि इस तरह की ढेर सारी घटनाएं रोज़ ही हमारे सामने आती हैं। पत्नी को जला देना, दहेज हत्याएं, बाल वेश्यावृत्ति, गुलामी, कन्या भ्रूण हत्या-लिन, यह भारत में महिलाओं के ख़िलाफ़ एक युद्ध है। यह मौत तक की लड़ाई है और इसमें अधिकांशत: महिलाओं को ही मरना पड़ रहा है। मैं तुम्हारे दोस्त की मदद करना चाहती हूं, लेकिन मुझे यह पहले पन्ने की ख़बर नहीं लग रही, *यार।* और वैसे भी मेरी पहले पन्ने को लेकर चलती नहीं है। भूलो मत मैं ख़ुद ही वहां पर नई हूं।'

'और भी कुछ है,' मैंने ज़ोर देकर कहा, 'चौंकाने वाली बात यह है कि उन बहनों की मौत नहीं हुई। मृत घोषित किए जाने के आधे घंटे बाद रशीद की पत्नी कफ़न के नीचे हिली। कुछ मिनट बाद उसकी बहन में भी हलचल देखने को मिली और उसने कराह ली। वह दोनों आज ज़िंदा और ठीक हैं। झोपड़पट्टी में उनकी झोपड़ी एक तरह का धार्मिक स्थल बन चुकी है। पूरे शहर से लोग उन चमत्कारी बहनों को देखने के लिए आते हैं जो मौत के मुंह से लौट आईं। झोपड़पट्टी में कारोबार के लिए यह अब तक की सबसे अच्छी घटना है। श्रद्धालुओं के चलते उनका कारोबार बहुत जमकर चल रहा है। और वे बहनें अपनी सोच से भी कहीं ज़्यादा अमीर हो चुकी हैं। लोग उन पर एक-दो रुपये की बौछार करते हैं और यह उनके लिए मददगार साबित हो रहा है। उन बहनों ने परित्यक्ता महिलाओं के लिए एक धर्मादाय संस्थान स्थापित कर दिया है। मुझे लगता है कि उनकी कहानी-मौत से वापस लौटने वाली-पहले पन्ने पर छपने के लिहाज़ से पर्याप्त है।'

'अरे *यार* बाबा,' कविता चीख़ी, 'ठीक है, पहले तुम्हें मुझे उन महिलाओं से मिलाना होगा। वही इस मामले में प्रमुख हैं। उसके बाद मुझे जेल में आनंद राव का साक्षात्कार लेना होगा।'

'मैं तुम्हें वहां ले चलूंगा।'

'नहीं,' उसने ज़ोर देकर कहा, 'मुझे उसके साथ अकेले में बात करनी होगी। मैं नहीं चाहती कि वह तुम्हारी कही बातों को दोहराए या तुम्हारी बात पर प्रतिक्रिया दे। मुझे देखना है कि वह अपने बूते कैसे बात करता है। अगर हम उसके इर्द-गिर्द अभियान छेड़ते हैं, तो *यार* उसे अकेले खड़े होना होगा। लेकिन तुम उससे पहले बात करके मेरे साक्षात्कार के लिए रास्ता तैयार कर देना। मैं उससे अगले दो-तीन सप्ताह में मिलने की कोशिश करूंगी। हमें काफ़ी-कुछ काम करना है।'

दो घंटे तक अभियान के बारे में बातचीत के दौरान मैं उसके ढेर सारे सवालों के जवाब दिए। जब मैं निकला तो वह ख़ुश, उद्देश्य के अहसास से उत्साहित थी। मैं सीधे नरीमन पॉइंट पहुंचा और मैंने समुद्र तट पर खड़ी फ़ास्ट फूड की वैन से गर्मागर्म

भोजन खाया। लेकिन मेरी भूख मेरी सोच के लिहाज़ से कम निकली और मैं आधा ही खा पाया। मैं चट्टानों पर जाकर हाथ धोने लगा, ठीक उसी जगह जहां पर तीन वर्ष पहले अब्दुल्ला ने मुझे अपना परिचय दिया था।

क़ादर के शब्द फिर एक बार मेरे विचारों की तेज़ और खोखली धारा में डूबने-उतराने लगे : ग़लत काम, सही वजह के लिए...मैं आर्थर रोड जेल में बंद आनंद राव के बारे में सोच रहा था, बड़े कमरे में पर्यवेक्षकों और शरीर से चिपककर ख़ून चूसने वाले जूं के बारे में। मैंने कांपते हुए उस विचार को हवा के बीच झटक दिया। कविता ने मुझसे पूछा था कि आनंद राव का मामला मेरे लिए क्यों महत्त्वपूर्ण है। मैंने उसे नहीं बताया कि हत्या करने से एक सप्ताह पहले वह मेरे पास आया था, रशीद का गला काटने से केवल एक सप्ताह पहले। मैंने उसे नहीं बताया कि मैंने उसकी बात को सिरे से ख़ारिज कर दिया था और पैसों की पेशकश करके उसका अपमान भी किया था। मैंने उसके सवाल के जवाब में कुछ ऐसी लीपापोती की कि वह सोचने लगे कि मैं बस अपने एक मित्र की मदद करना चाहता हूं, केवल एक सही बात करना चाहता हूं।

क़ादरभाई ने एक मर्तबा कहा था कि हर अनैतिक काम की प्रेरणा हमें किसी कालिख़ भरे रहस्य से मिलती है। यह शायद सबके लिए सही नहीं हो, लेकिन मेरे लिए तो सही थी। दुनिया में मैंने जो कुछ भी अच्छा किया है, उसके पीछे हमेशा से किसी कालिख़ के साये से मिली प्रेरणा ही रही है। जो बात अब मैं जानता हूं और उस वक़्त नहीं जानता था, वो यह है कि लंबी अवधि में बुरे कामों की तुलना में अच्छे काम में इरादे का ज़्यादा महत्त्व होता है। जब अपने बुरे कामों के लिए आत्मग्लानि और शर्म का दौर पूरा हो जाता है तो हमारे द्वारा किया गया अच्छा काम ही हमें बचा सकता है। लेकिन फिर, जब मोक्ष बोलता है तो हमारे रहस्य, हमारे छिपाए गए इरादे, अपने सायों से निकलकर बाहर आ जाते हैं। हमारे अच्छे कामों के पीछे के कालिख़ भरे इरादे हमसे चिपक जाते हैं। अगर हमारे द्वारा की गई अच्छाई के पीछे कुछ शर्मनाक रहस्य हैं तो मुक्ति की चढ़ाई सबसे ज़्यादा तीखी होती है।

लेकिन तब मैं यह बात नहीं जानता था। मैंने ठंडे समंदर में हाथ धोए और मेरा विवेक उतना ही मौन और सुदूर था जितने कि पहुंच से बाहर के सितारे।

अध्याय 27

इस्तेमाल किए गए पासपोर्ट, जिन्हें हम जालसाज और उनकी तस्करी करने वाले बुक्स कहकर पुकारते थे, को पहले कालाबाज़ारियों को बेचने या इस्तेमाल करने के लिए देने से पहले जांचा-परखा जाता था। संभव था कि हमारे एजेंट्स को पासपोर्ट बेचने वाले नशेड़ी, भगोड़े या ग़रीब विदेशियों की अपने या किसी अन्य देश में किसी गंभीर अपराध के लिए तलाश की जा रही हो। इस तरह के कई तस्कर पकड़ाए जा चुके थे। उन्होंने पासपोर्ट ख़रीदे फिर उनमें बदलाव किया और किसी अभियान पर निकल गए। आगे चलकर किसी विदेशी एयरपोर्ट पर उनको धरदबोचा गया, क्योंकि पासपोर्ट के मूल मालिकों की हत्या, डकैती या किसी अन्य तस्करी के आरोप में तलाश थी। हमारे ग्राहकों और हमारे कूरियरों की सुरक्षा सुनिश्चित करने के लिए अब्दुल ग़नी द्वारा ख़रीदे या चोरी किए गए हर नए पासपोर्ट की दो स्तरों पर जांच की जाती थी।

बॉम्बे अंतर्राष्ट्रीय एयरपोर्ट पर मौज़ूद एक कस्टम अधिकारी पहली छानबीन करता था। उसके द्वारा तय वक़्त और जगह पर उसे जांच में शामिल हर पासपोर्ट का मूल देश, पासपोर्ट नंबर और उस पर अंकित मूल नाम का ब्यौरा एक काग़ज़ पर दिया जाता था। एक या दो दिन बाद वह इस सूची अपने कम्प्यूटर में उपलब्ध जानकारी के आधार पर निशान लगाकर लौटा दिया करता था। कुछ पासपोर्ट पर निशान होते थे, क्योंकि उसके मूल मालिकों के ख़िलाफ़ अंतर्राष्ट्रीय स्तर पर गिरफ़्तारी का वारंट जारी होता है। कुछ पासपोर्ट पर इसलिए निशान लगाए जाते थे, क्योंकि मूल मालिक के खरेपन पर ही सवालिया निशान लगा होता था : किसी अवैध ड्रग्स या हथियारों के कारोबार में लिप्त होने के संकेत या कुछ ऐसे राजनीतिक संबंध जो सुरक्षा एजेंसियों को असहज कर देते थे। कारण चाहे जो हो, इस तरह से ख़ारिज पासपोर्ट को ना तो कालाबाज़ार में बेचा जा सकता था और ना ही ग़नी के कूरियर ही इसका इस्तेमाल कर सकते थे।

निशान लगी बुक्स फिर भी काम की होती थीं। उनके पन्नों की सिलाई उधेड़कर दूसरों के लिए ताज़ा पन्ने उपलब्ध कराए जा सकते थे। भारत में इसके अन्य इस्तेमाल भी थे। हालांकि विदेशियों को होटलों में बुकिंग के दौरान सी-फ़ॉर्म भरने के लिए पासपोर्ट दिखाने पड़ते थे, हर शहर में ऐसी जगहें थीं जो एक पासपोर्ट और उसके धारक के बीच की समानता या अंतर को पहचानने के मामले में उतनी माहिर नहीं

थीं। ऐसे होटलों के लिए तो कोई भी पासपोर्ट कारगर साबित हो जाता था। ऐसे चिह्नित पासपोर्ट से हालांकि विदेश यात्रा मुमकिन नहीं थी, लेकिन कोई भी पुरुष या महिला देश के भीतर घूमने के लिए सुरक्षित तरीक़े से इस्तेमाल कर उन न्यूनतम क़ानूनी ज़रूरतों को पूरा कर सकते थे, जिनकी निगरानी की ज़िम्मेदारी होटल मैनेजर की होती है।

आपत्ति वाले बिना किसी निशान के पासपोर्ट्स कस्टम की जांच से निकलने के बाद एयरलाइंस दफ़्तरों में दूसरी जांच के लिए पहुंचते थे। सभी बड़ी एयरलाइंस कंपनियां ख़ुद अपने आपत्तिजनक पासपोर्ट्स की सूचना रखती थीं। उनकी सूची में पासपोर्ट के नाम और नंबर के साथ ख़राब क्रेडिट रेटिंग या किसी एयरलाइंस के साथ धोखाधड़ी से लेकर प्लेन पर यात्री के तौर पर दुर्व्यवहार तक का हिसाब रखा जाता था। स्वाभाविक तौर पर जब तस्कर किसी अपराध को अंजाम देने के लिए जा रहे हों, तो वे किसी भी तरह से एयरलाइंस कर्मचारियों, कस्टम्स कर्मचारियों या पुलिस का ध्यान सतही या नियमित जांच के दौरान नहीं खींचना चाहते थे। एक पासपोर्ट जो किसी भी वजह से चिह्नित हो चुका हो, उनके लिए अनुपयोगी था। अब्दुल ग़नी के एजेंट्स हमारे द्वारा हासिल पासपोर्ट्स के नाम और नंबरों की अधिकांश बड़ी एयरलाइंस कंपनियों के दफ़्तरों में जांच किया करते थे। फिर जो पासपोर्ट किसी कारणवश चिह्नित होते थे, उनकी जानकारी हमें दे देते थे। इन दोनों ही पड़तालों से साफ़ निकलने वाले पासपोर्ट्स–हासिल पासपोर्ट्स में से आधे से भी कम–बेच दिए जाते थे या फिर क़ादर के वाहकों द्वारा इस्तेमाल किए जाते थे।

ग़नी के ग़ैरक़ानूनी पासपोर्ट हासिल करने वाले लोग तीन मुख्य वर्गों में आते थे। पहले वह आर्थिक शरणार्थी, ऐसे लोग जो अकाल के कारण नए देश में जबरन भेज दिए गए हों या फिर बेहतर ज़िंदगी की तलाश में मज़बूरन आए हों। तुर्की के लोग जो जर्मनी में काम करना चाहते थे, अलबानिया के लोग इटली में काम करने के इच्छुक, फ़्रांस जाने को आतुर अल्जीरियाई और कुछ एशियाई देश के लोग जो कैनेडा या अमेरिका जाना चाहते थे। एक परिवार, परिवारों का समूह या कई मर्तबा तो पूरा का पूरा गांव ही अपनी अल्प आय को एकत्रित करके अब्दुल का एक पासपोर्ट ख़रीदता था और अपने पसंदीदा बच्चे को सपनों के देश में भेजता था। एक बार वहां पहुंचने पर वह व्यक्ति अपने क़र्ज़ को चुकाने की कोशिश करता और अंततः अन्य युवक-युवतियों के लिए पासपोर्ट ख़रीदता था। पासपोर्ट पांच हज़ार से लेकर पच्चीस हज़ार डॉलर तक बेचा जाता था। क़ादर भाई का नेटवर्क इन ग़रीबों को सालाना तक़रीबन 100 पासपोर्ट बेचता था और उसका सालाना मुनाफ़ा, सभी कटौतियों के बाद, 10 लाख डॉलर से भी ज़्यादा था।

ग्राहकों का दूसरा वर्ग होता था राजनीतिक शरणार्थियों का। आमतौर पर इन लोगों को निर्वासित करने वाली उथल-पुथल अक्सर हिंसक होती थी। वे किसी युद्ध, समुदायों, धर्म या नस्लों में संघर्ष के पीड़ित होते थे। कई बार क्रांति के ख़िलाफ़

क़ानून बन जाता था : हांगकांग के वे हज़ारों लोग जिन्हें ब्रिटिश नागरिकता से वंचित होना पड़ा, संभावित ग्राहक थे। उन्हें बस एक कलम की मार झेलनी पड़ी। ब्रिटेन ने 1984 में 13 वर्षीय संप्रभता के संकल्प के साथ हांगकांग पर से चीन के लिए अपना औपनिवेशिक अधिकार छोड़ दिया था। दुनिया में एक वक़्त लगभग 2 करोड़ शरणार्थी शिविरों या सुरक्षित ठिकानों पर रह रहे होते हैं। अब्दुल ग़नी के पासपोर्ट एजेंट्स को कभी ख़ाली हाथ नहीं बैठना पड़ता था। इन लोगों के लिए एक नए पासपोर्ट की कीमत 10 से 50 हज़ार डॉलर तक होती थी। क़ीमतों में इज़ाफ़े का फ़ैसला युद्ध क्षेत्र *में* तस्करी की ज़्यादा मांग और युद्ध क्षेत्र *से* पलायन की ज़्यादा मांग के आधार पर किया जाता था।

अब्दुल के अवैध पासपोर्ट के ग्राहकों की तीसरी श्रेणी में अपराधी आते थे। आमतौर पर अपराधी मेरी तरह के लोग हुआ करते थे–चोर, तस्कर, भाड़े के हत्यारे–जिन्हें पुलिस की पकड़ से बाहर रहने के लिए एक नई पहचान की दरकार होती थी। हालांकि अधिकांशतः अब्दुल ग़नी के विशेष ग्राहक जेल में सज़ा काटने वालों की बज़ाय जेल बनाने और सज़ा देने वाले होते थे। ये तानाशाह, सैनिक विद्रोह के नेता, गुप्तचर पुलिसकर्मी या अपराध जाहिर होने या सत्ता गिर जाने के कारण पलायन करने वाले भ्रष्ट नौकरशाह। युगांडा के एक भगोड़े–एक व्यक्ति जिसके साथ मैंने निजी स्तर पर सौदा किया–ने आधारभूत सेवाओं, जिनमें बच्चों का एक अस्पताल भी शामिल था, के लिए अंतरराष्ट्रीय कोष एजेंसी द्वारा आवंटित दस लाख डॉलर से ज़्यादा चुरा लिए थे। यह अस्पताल कभी साकार हुआ ही नहीं। इसकी बज़ाय बीमार, घायल और मर रहे बच्चों को एक सुदूर शिविर में भेजकर रामभरोसे छोड़ दिया गया। किन्शासा, ज़ैरे में मेरे द्वारा बुलाई गई बैठक में उस व्यक्ति ने मुझे दो पासपोर्ट के लिए दो लाख डॉलर का भुगतान किया–एक बेदाग़ स्विस पासपोर्ट और एक बिलकुल इस्तेमाल नहीं किया गया, मूल कैनेडाई पासपोर्ट–और सुरक्षित तरीक़े से वेनेज़ुएला चला गया।

दक्षिण अमेरिका, एशिया और अफ़्रीका में अब्दुल के एजेंट्स ने ग़बन करने वालों, यातना देने वालों, मंत्रियों और कठोर अनुशासकों के साथ संपर्क स्थापित कर लिया था, जो गिर चुके निरंकुश शासन के समर्थक रहे हों। क़ादरभाई के लिए किए जाने वाले तमाम कामों में इन लोगों के साथ सौदेबाज़ी मुझे सबसे ज़्यादा शर्मसार कर दिया करती थी। एक आज़ाद व्यक्ति के तौर पर अपने छोटे से ज़ीवन में मैं अख़बारों के लेख और पर्चे लिखने वाला एक समर्पित लेखक था। मैंने कई वर्ष ऐसे लोगों द्वारा किए जाने वाली हिंसा और अपराधों के अध्ययन और उनके रहस्योद्घाटन में ही गुजारे थे। मैंने अपना शरीर दांव पर लगा दिया था और पुलिस के साथ सैकड़ों हिंसक प्रदर्शनों में मैं उनके पीड़ितों की ओर से शामिल था। और मुझे अब भी उन लोगों के साथ सौदेबाज़ी के दौरान वही नफ़रत और वही दम घुटने जैसी अनुभूति होती थी। लेकिन मैं जानता था कि वह जीवन अब इतिहास बन चुका है। क्रांतिकारी सामाजिक कार्यकर्ता ने हेरोइन और अपराध में अपने आदर्शों को गंवा दिया है। और

मैं ख़ुद कानून की नज़रों से भाग रहा एक व्यक्ति था। ख़ुद मेरे सिर पर इनाम रखा हुआ था। मैं एक गैंगस्टर था और हर दिन मेरे और जेल की यातनाओं के बीच केवल क़ादरभाई की माफ़िया परिषद ही मुझे बचाती थी।

इसलिए मैंने ग़नी के नेटवर्क में अपनी भूमिका निभाई। सामूहिक हत्या करने वालों को उस मौत की सजा से बचने में मदद की, जो उन्होंने ख़ुद कई लोगों को दी थी और जो ख़ुद अब देशवासियों के हाथों ऐसी ही मौत के हक़दार थे। लेकिन मुझे यह अच्छा नहीं लगता था और मुझे वह लोग भी अच्छे नहीं लगते थे और मैं उन्हें इस बात का अहसास करा देता था। हर एक सौदे में मैं उनको घुटने टेकने पर मज़बूर करता था और उनकी झुंझलाहट ही मेरे लिए सांत्वना की तरह होती थी। और फिर वह गुस्से में सौदेबाजी करते थे। वह लोग जिन्होंने मानवाधिकारों का हनन किया था, पाखंडी लोग धन खर्च करने से कतराते थे, जो उन्होंने लोगों के जबड़ों से खींचकर निकाला था। लेकिन अंत में वह सब हार मान लेते थे और हमारी शर्तों पर राजी हो जाते थे। अंत में वह सभी अच्छी क़ीमत अदा करते थे।

क़ादरभाई के नेटवर्क में मेरी तरह किसी को भी गुस्से या शर्म का अहसास नहीं होता था। शायद ही नागरिकों का कोई समूह होगा, जो राजनीति और राजनीतिज्ञों के प्रति अपराधियों की तुलना में ज़्यादा निंदक रहा हो। उनकी राय में राजनीतिज्ञ निर्मम और भ्रष्ट होते हैं और तमाम राजनीतिक व्यवस्थाएं शक्तिशाली अमीरों को ही असहाय ग़रीबों पर तरज़ीह देती हैं। और वक़्त गुज़रने के साथ एक तरह से मैं उनके विचारों से सहमति रखने लगा, क्योंकि मैं इसके पीछे छिपे अनुभव को जानता था। जेलों ने हमें मानवाधिकारों के उल्लंघन का अंतरंग परिचय दे दिया है। अदालतें हर दिन उसी बात की पुष्टि करती हैं जो हमने कानून के बारे में जाना हैः अमीर, किसी भी देश, किसी भी व्यवस्था में हमेशा वह अच्छा न्याय हासिल करते हैं, जो पैसे से ख़रीदा जा सकता है।

दूसरी ओर क़ादर के नेटवर्क में अपराधी इस किस्म का समतावाद दिखाते थे जो शायद साम्यवादियों और रहस्यवादी ईसाईयों को भी ईर्ष्यापूर्ण प्रशंसा से भर देगा। वह अपने ग्राहक के रंग, पंथ, नस्ल या राजनीतिक रूझान से उनका कोई लेना-देना नहीं होता और जब वह उनके भूतकाल के बारे में पूछताछ करते हैं तो उसे लेकर कोई मानस नहीं बनाते। हर ज़िंदगी, चाहे कितनी भी मासूम या दुष्ट हो, केवल एक सवाल पर आकर टिक जाती थी : *तुम्हें पासपोर्ट की कितनी ज़्यादा ज़रूरत है?* उत्तर ही चालू भाव तय करता था और फिर हर उस ग्राहक का जिसके पास भुगतान का पैसा हो, पुनर्जन्म होता था। सौदे के पल के बाद उसका ना कोई इतिहास बचता था ना पाप। कोई भी ग्राहक अन्य से बेहतर या बुरा नहीं था।

बाज़ारी ताक़तों की अनैतिक भावना से गतिशील अब्दुल ग़नी बिना किसी हिचक या अफ़सोस के जनरलों, हत्यारों, जनता के पैसों का ग़बन करने वालों, हत्यारे प्रश्नकर्ताओं की ज़रूरतों के लिए सेवा उपलब्ध कराता था। उनकी आज़ादी

हर साल बीस लाख डॉलर का शुद्ध मुनाफ़ा लाती थी। आय के स्रोत या उसे हासिल करने के मामले में भले ही अब्दुल ग़नी किसी भी क़िस्म का अपराध बोध महसूस नहीं करता हो, लेकिन जब उस पैसे को ख़र्च करने की बात आती थी, तो वह धार्मिक अंधविश्वास से भरा पड़ा था। घृणास्पद ग्राहकों से की गई हर एक डॉलर की बचत क़ादरभाई द्वारा ईरान और अफ़गानिस्तान के युद्ध शरणार्थियों के लिए स्थापित शरणार्थी बचाव कार्यक्रम के लिए जाती थी। सिपहसालारों या उनके वरिष्ठ सहयोगियों द्वारा ख़रीदा गया एक पासपोर्ट, पचास ईरानी या अफ़गानी शरणार्थियों के पासपोर्ट या यात्रा दस्तावेज़ों के लिए पर्याप्त होता था। इस तरह से उस मानसिक भूलभुलैया में, जो नियति लालच और भय के इर्द-गिर्द बनाना चाहती है, आततायियों द्वारा किया जाने वाला ज़्यादा भुगतान कई उन लोगों को ही बचा लेता है, जो इस अत्याचार के शिकार हों।

कृष्णा और विल्लू ने मुझे पासपोर्ट कारोबार के बारे में वह हर बात सिखाई, जो वे जानते थे। और वक़्त गुजरने के साथ मैं ख़ुद के लिए नई पहचान बनाने की ख़ातिर अमेरिकी, कैनेडाई, डच, जर्मन और ब्रिटिश पासपोर्ट्स पर हाथ आजमाने लगा। मेरा काम उनके काम जितना अच्छा नहीं था और शायद कभी होगा भी नहीं। अच्छे जालसाज कलाकार होते हैं। उनका कला का दृष्टिकोण ही उनके द्वारा तैयार हर नक़ली पन्ने को वह प्रामाणिकता देता था, जो ठीक मूल पासपोर्ट जैसा होता था। उनके द्वारा तैयार हर एक पन्ना किसी लघु चित्र की तरह होता है, उनकी कला का एक छोटा सा प्रदर्शन। हल्का सा तिरछा स्टैम्प या किसी अन्य को हल्के से घिस देना भी उतना ही महत्त्वपूर्ण था, जितना कि किसी महान कलाकार की कलाकृति में एक टूटे हुए गुलाब का आकार, स्थान और रंग। प्रभाव, चाहे जितने ही कौशल के साथ हासिल किया गया हो, कलाकार के अंतर्ज्ञान से ही जन्म लेता था और अंतर्ज्ञान सिखाया नहीं जा सकता।

इसकी बज़ाय मेरा कौशल हर नए तैयार पासपोर्ट के लिए किसी नई कहानी को तैयार करना था। विदेशियों से हासिल पासपोर्ट में कई मर्तबा यात्रा विवरण में महीनों या वर्षों का भी अंतर होता था। कई लोग वीज़ा की अवधि समाप्त होने के बाद भी डटे हुए थे, तो उनके लिए इस्तेमाल से पहले पासपोर्ट में से उस अंतर को मिटाना होता था। अंतिम वीज़ा की अवधि समाप्त होने की तारीख़ से पहले बॉम्बे एयरपोर्ट से निकासी की मुहर, मानो पासपोर्ट के मालिक ने वीज़ा की अवधि समाप्त होने से पहले ही देश छोड़ दिया था। फिर मैं हर पासपोर्ट के लिए विल्लू द्वारा तैयार प्रवेश और निर्गम के स्टैम्प्स के ज़रिये एक देश से दूसरे देश की यात्राओं का इतिहास तैयार करता था। मैं हर पासपोर्ट को ताज़ातरीन करता था और अंत में भारत के लिए एक नए वीज़ा और बॉम्बे एयरपोर्ट से प्रवेश का स्टैम्प उस पर चस्पां करता था।

गुज़रे हुए वक़्त के दौरान प्रवेश और निर्गम की तारीख़ों की योजना बहुत ही सावधानी के साथ तैयार की जाती थी। कृष्णा और विल्लू के पास बड़ी एयरलाइंस

कंपनियों की यात्रा का ब्यौरा होता था। इसमें यूरोप, एशिया, अफ़्रीका और अमेरिका से आने-जाने वाली उड़ानों के निकलने और पहुंचने के समय की जानकारी दर्ज़ होती थी। अगर हमने ब्रिटिश पासपोर्ट में यह बताने वाला स्टैम्प लगाया कि वह चार जुलाई को एथेंस पहुंचा था, तो हम इस बात को लेकर सुनिश्चित रहते थे कि ब्रिटिश एयरवेज़ की एक उड़ान उस दिन एथेंस एयरपोर्ट पर उतरी थी। इस तरह से, हर एक पासपोर्ट की यात्रा और अनुभव का एक निजी इतिहास होता था, जिसमें यात्रा दैनिकी, समय सारिणी और मौसम की विस्तार से जानकारी होती थी ताकि उसके नए धारक के निजी रिकॉर्ड को विश्वसनीयता हासिल हो सके।

मेरे द्वारा तैयार जाली पासपोर्ट की पहली परीक्षा एक घरेलू मार्ग पर थी, जिसे *डबल शफ़ल* यानी कि दोहरा फ़ेरबदल कहा जाता था। बॉम्बे में मौज़ूद हज़ारों ईरानी और अफ़गानी कैनेडा, ऑस्ट्रेलिया और अमेरिका और अन्य जगहों पर आश्रय पाना चाहते थे, लेकिन उन देशों की सरकारें उनके आवेदनों पर विचार से इंकार कर देती थीं। अगर वह किसी तरह से उन पश्चिमी देशों में पहुंच गए तो वह शरण की उस प्रक्रिया के लिए आवेदन कर सकते थे, जो उनके आवेदन की पात्रता का निर्धारण करती थी। चूंकि वह राजनीतिक शरणार्थी होते थे और वास्तविक आश्रय चाहने वाले होते थे, संबंधित देश में उनके द्वारा पेश आवेदन अधिकांशतः मंज़ूर हो जाता था। असली कलाकारी तो उन्हें पहले कैनेडा या स्वीडन या उनकी पसंद के किसी देश तक पहुंचाना थी।

इसके लिए हम *डबल शफ़ल* प्रणाली का इस्तेमाल करते थे। जब बॉम्बे में रहने वाले ईरानी या अफ़गानी आश्रय देने वाले देशों के टिकट ख़रीदना चाहते थे, तो उन्हें इन देशों के ताज़ातरीन वीज़ा पेश करने होते थे। लेकिन वह वीज़ा वैध तरीक़े से हासिल नहीं कर सकते थे और नक़ली वीज़ा अव्यवहारिक होते थे, क्योंकि उनका तत्काल दूतावास के रजिस्टर के साथ मिलान किया जाता था। इसलिए मैं कैनेडा या स्वीडन का टिकट नक़ली वीज़ा की मदद से ख़रीद लेता था। एक गोरा और एक यूरोपियन होने की व्यवस्थित वेशभूषा के चलते मुझे कभी भी औपचारिक जांच से ज़्यादा का सामना नहीं करना पड़ता था। कोई इस बात की परवाह नहीं करता कि क्या मेरा वीज़ा असली है। वह निर्वासित जिसकी मैं मदद कर रहा था फिर मेरी ही घरेलू उड़ान-बॉम्बे से दिल्ली-का टिकट ख़रीदता था। जब हम प्लेन पर चढ़ते थे तो हमें बोर्डिंग पासेस मिलते हैं : मेरा हरा अंतर्राष्ट्रीय बोर्डिंग पास और उसका लाल घरेलू बोर्डिंग पास। प्लेन के उड़ान भरने के बाद हम बोर्डिंग पासेस आपस में बदल लेते थे। दिल्ली एयरपोर्ट पर केवल हरे बोर्डिंग पास वालों को ही विमान में बैठे रहने की अनुमति होती थी। अपना घरेलू बोर्डिंग पास पकड़कर मैं दिल्ली एयरपोर्ट पर उतर जाता था और उस शरणार्थी को कैनेडा या स्वीडन या उसकी पसंद के ठिकाने के लिए यात्रा जारी रखने का अवसर मिल जाता था। वहां पहुंचते ही वह ख़ुद को आश्रय तलाशने वाला घोषित कर देता था और उसकी पहचान की प्रक्रिया शुरू हो जाती थी।

दिल्ली में मैं वह रात एक पांच सितारा होटल में गुजारने के बाद उसी प्रक्रिया-डबल शफ़ल-को दोहराने के लिए एक और टिकट ख़रीद लेता था। अब शरणार्थी को मेरे साथ दिल्ली से बॉम्बे की यात्रा करनी होती थी।

यह व्यवस्था कारगर रहती थी। उन वर्षों के दौरान हमने सैकड़ों ईरानी और अफ़गानी डॉक्टरों, इंजीनियरों, वास्तुविदों, शिक्षाविदों और कवियों को तय देशों में पहुंचाया।

एक डबल शफ़ल के लिए मुझे तीन हज़ार डॉलर मिलते थे। तीन माह तक बॉम्बे से दिल्ली, कलकत्ता, मद्रास और वापसी की उड़ानें भर लेने के बाद अब्दुल ग़नी ने मुझे बतौर कूरियर पहली अंतर्राष्ट्रीय उड़ान पर भेजा। मैं दस पासपोर्ट लेकर ज़ैरे पहुंचा। प्राप्तकर्ताओं के फ़ोटो का इस्तेमाल करके-जो राजधानी किन्शासा से भेजे गए थे-कृष्णा और विल्लू ने पासपोर्ट को बिलकुल सही जाली पासपोर्ट्स में बदल दिया था। उन्हें प्लास्टिक में सीलबंद करने के बाद मैंने उन्हें कपड़ों के तीन स्तर के नीचे शरीर से टेप लगाकर बांध लिया था। और फिर गर्मी से उफनते किन्शासा इंटरनेशनल एयरपोर्ट पर सशस्त्र अफरा-तफरी के बीच पहुंचा।

यह एक ख़तरनाक अभियान था। उस वक़्त ज़ैरे दरअसल अंगोला, मोजाम्बिक, नामीबिया, सूडान, युगांडा और कांगो में चल रही ख़ूनी लड़ाई में तटस्थ क्षेत्र की तरह था। यह ज़ाहिर तौर पर पागल तानाशाह मोबुतु की व्यक्तिगत ज़ागीर की तरह था। उसके राज में किए जाने वाले हर एक अपराध का कुछ हिस्सा उसकी जेब में जाता था। मोबुतु, पश्चिमी ताक़तों की आंख का तारा था, क्योंकि उसने उनके द्वारा पेश किया जाने वाला हर तबाही मचाने वाला हथियार ख़रीद लिया था। मोबुतु द्वारा इस हथियार का रुख़ मज़दूर यूनियनों और अन्य सामाजिक सुधारकों की ओर करने पर उन्हें फ़र्क़ पड़ता भी हो तो कभी उन्होंने इसका ज़िक्र सार्वजनिक तौर पर नहीं किया। इस तरह की सरकारें तानाशाह का शाही और किसी राष्ट्रपति के अंदाज़ में आलीशान तरह से स्वागत करते थे, जबकि दूसरी ओर उसकी जेलों में सैकड़ों पुरुष-महिलाओं को जेलों में यातनाएं दे-देकर मार डाला जा रहा था। यही सरकारें अंतर्राष्ट्रीय पुलिस एजेंसी, इंटरपोल, के ज़रिये मेरी तलाश कर रही थी। मुझे इस बात को लेकर कोई संदेह नहीं था कि अगर मेरा पासपोर्ट अभियान ग़लत हो जाता और अगर मुझे राजधानी में गिरफ़्तार कर लिया गया होता तो उनकी सहयोगी सरकारों को मुझे मार डालने में मज़ा ही आता। यह उनके लिए अतिरिक्त उपलब्धि की तरह होता।

फिर भी मुझे किन्शासा का उन्माद पसंद आया। एक ऐसा शहर जहां हर तरह के वर्जित कारोबार के लिए खुला बाज़ार उपलब्ध था। सोने से लेकर ड्रग्स और रॉकेट लांचर तक। शहर में भाड़े के हत्यारों, भगोड़ों, अपराधियों, काला बाज़ारी से मुनाफ़ा कमाने वालों और पूरे अफ्रीका से किसी भी लाभदायक सौदे को झपटने के लिए किसी भी स्तर तक गिरने को तैयार अवसरवादियों की भरमार थी। मुझे यहां घर जैसा ही लगता था और मैं यहां ज़्यादा रुक भी जाता, लेकिन 72 घंटे के भीतर

मैंने पासपोर्ट की डिलीवरी करके भुगतान के तौर पर एक लाख बीस हज़ार डॉलर भी ले लिए थे। यह क़ादरभाई का पैसा था। मैं उन्हें यह सौंपने के लिए बेताब था। मैंने बॉम्बे की पहली उड़ान पकड़ी और अब्दुल ग़नी से संपर्क साधा।

इस अभियान से मुझे दस हज़ार अमेरिकी डॉलर के अलावा मैदानी अनुभव और ग़नी के नेटवर्क की अफ़्रीकी शाखा का परिचय मिला। तब मुझे ऐसा लगा था कि नेटवर्क और अनुभव दोनों ही ख़तरा मोल लेने लायक़ थे। पैसा उतना महत्त्वपूर्ण नहीं था। मैंने तो आधे पैसे के लिए भी वह काम कर लिया होता। मैं जानता था कि बॉम्बे में अधिकांश इंसानों की क़ीमत इससे भी कम थी।

इससे भी ज़्यादा उसमें ख़तरा मौजूद था। कुछ लोगों के लिए ख़तरा किसी ड्रग या कामोत्तेजक की तरह होता है। मेरे जैसे एक भगोड़े के लिए, जो हर दिन और हर रात मारे जाने या पकड़े जाने के ही डर में जीता हो, ख़तरे का मायने कुछ और ही था। ख़तरा एक भाला था जिसका इस्तेमाल मैं तनाव के राक्षस को मारने के लिए करता था। यह मुझे सोने में मदद करता था। जब मैं ख़तरनाक जगहों पर जाता था, ख़तरनाक काम करता था तो एक नया और अलग क़िस्म का भय मुझ पर छा जाता था। वह भय उस आशंका की जगह ले लेता था, जो अक्सर मुझे जागे ही रहने पर मज़बूर कर देता था। जब काम हो जाता था और नया डर कम होकर गुज़र जाता था तो मैं थकान भरी शांति में डूब जाता था।

और ख़तरनाक काम की भूख के मामले में मैं अकेला नहीं था। कामकाज के सिलसिले में मैं अन्य एजेंट्स, तस्करों और भाड़े के हत्यारों से मिला, जिनकी आंखों में मौज़ूद उत्तेजना और जोश भरे तौर-तरीक़े, ठीक मुझसे मिलते-जुलते थे। मेरी ही तरह वह सब भी किसी बात से भाग रहे थे : वे सब किसी एक ऐसी बात से डरते थे, जिसे वह वाक़ई ना तो भुला सकते थे और ना ही उससे मुक़ाबला कर सकते थे। और केवल लापरवाही भरे जोख़िम के साथ ख़तरनाक तरीक़े से हासिल पैसा ही उन्हें कुछ घंटों के लिए उससे पलायन के साथ सोने का अवसर दे देता था।

अफ़्रीका की दूसरी, तीसरी और चौथी यात्रा भी बिना किसी अप्रिय घटना के गुज़र गई। मैंने विभिन्न भारतीय अंतर्राष्ट्रीय एयरपोर्ट्स से आने-जाने के लिए हर बार तीन अलग पासपोर्ट इस्तेमाल किए और फिर बॉम्बे की घरेलू उड़ान ली। दिल्ली और बॉम्बे के बीच डबल शफ़ल उड़ानें बदस्तूर जारी रहीं। क़ादर के मुद्रा कारोबारियों और कुछ सोने के कारोबारियों के साथ मेरी विशेषज्ञता आधारित काम मुझे व्यस्त रखते थे-अधिकांश समय पर्याप्त रूप से ताकि मैं कार्ला के बारे में ज़्यादा देर तक और ज़्यादा गहराई के साथ विचार नहीं कर सकूं।

मानसून की समाप्ति के क़रीब मैं झोपड़पट्टी गया और दैनिक निरीक्षण में क़ासिम अली के साथ हो लिया। जब वह नालियों की जांच करके जर्जर झोपड़ियों की मरम्मत के निर्देश दे रहा था तो मुझे याद आया कि जब मैं झोपड़पट्टी में रहता था तो उसका कितना सम्मान करता था और उस पर कितना निर्भर था। नए जूतों और काली जींस

में क़ासिम अली के साथ चलते हुए मैंने युवाओं को लुंगी पहनकर पुराने दिनों की तरह नंगे पैर अपने हाथों से जमीन खोदते हुए और कचरा बटोरते हुए देखा। मैंने उन्हें दीवारों को ऊंचा करते और बंद नालियों को खोलते देखा, ताकि मानसून में वहां पानी जमा नहीं हो सके। और मुझे उनसे ईर्ष्या होने लगी। मुझे इस काम के महत्त्व और उसके प्रति उनके समर्पण से ईर्ष्या होने लगी। मैं एक वक़्त यह अच्छी तरह से जानता था-वह जोशीला और निर्विवाद समर्पण। जब वह गंदा काम समाप्त होता था तो मैंने भी लोगों की गर्व और अहसान भरी मुस्कानें देखी थीं। लेकिन वह ज़िंदगी अब मेरे लिए समाप्त हो चुकी थी। उसके बेशक़ीमती सद्गुण और सांत्वनाएं अब मेरे द्वारा ऑस्ट्रेलिया में खो दी गई ज़िंदगी की तरह सुदूर और वापस नहीं मिल सकने वाले हो चुके थे।

शायद मेरी उदासी को भांपकर ही क़ासिम हमें उस खुले इलाक़े की ओर ले गया, जहां पर प्रभाकर और जॉनी अपनी शादी की शुरुआती तैयारियां कर रहे थे। जॉनी और उसके दर्जन भर पड़ोसी शामियाने को लगाने की तैयारी कर रहे थे, जहां पर शादी होने वाली थी। कुछ ही दूर पर अन्य लोग एक छोटा सा स्टेज बना रहे थे, जिस पर विवाह समारोह के बाद बैठकर नवदंपत्ति परिजनों और दोस्तों से तोहफ़े स्वीकार करेंगे। जॉनी ने मेरा गर्मजोशी के साथ स्वागत करते हुए बताया कि प्रभाकर किराये की टैक्सी लेकर गया है और सूर्यास्त के बाद लौट आएगा। हमने साथ चलते हुए शामियाने का अध्ययन किया और इस बात पर भी चर्चा की कि प्लास्टिक या कपड़े से ढंकने की क्या लागत आएगी।

चाय पीने का न्यौता देते हुए जॉनी मुझे स्टेज तैयार कर रहे लोगों तक ले गया। इस सारी तैयारी में मेरा पूर्व पड़ोसी जितेंद्र निरीक्षक की भूमिका में था। ऐसा लग रहा था कि पत्नी की हैजे से मौत के कई माह बीत जाने के चलते वह उस ग़म से उबर चुका था। अब वह उतना स्वस्थ नहीं रहा था और उसकी तोंद भी कम हो चुकी थी। उसकी आंखों में दोबारा उम्मीद झलक रही थी और उसकी मुस्कान ज़बर्दस्ती की नहीं थी। उसका बेटा सतीश मां की मौत के बाद तेज़ी से बड़ा हुआ था। जब मैंने उससे हाथ मिलाया तो उसके हाथ में एक सौ का नोट खिसका दिया। उसने उतनी ही गोपनीयता के साथ उसे स्वीकारकर अपनी जेब में डाल लिया। उसकी मुस्कान में गर्मजोशी थी, लेकिन मां की मौत का ग़म अब भी उसके चेहरे पर मौजूद था। उसकी आंखों में एक सूनापन था : एक ऐसा अंधियारा जिसमें तमाम सवाल गुम हो गए थे और जहां से कोई जवाब नहीं आता था। जब वह बांस पर बांधने के लिए नारियल की रस्सी काटने के काम पर लौटा तो उसके चेहरे पर कोई भी भाव नहीं थे। मैं इस हाव-भाव को जानता था। मैं कई बार अकस्मात आईने में इसे देख लेता थाः जैसे हम दिखते हैं जब हमारी भरोसेमंद ख़ुशी का कुछ हिस्सा और मासूमियत तार-तार हो जाती है और हम, सही या ग़लत, इस नुक़सान के लिए ख़ुद को ही दोषी ठहराते हैं।

'तुम जानते हो मुझे मेरा नाम कहां मिला?' हम जब झोपड़पट्टी की स्वादिष्ट चाय पी रहे थे जॉनी ने अचानक पूछा।

'नहीं,' मैंने उसकी आंखों की मुस्कान की बराबरी की मुस्कान देते हुए कहा, 'तुमने मुझे कभी नहीं बताया।'

'मेरा जन्म क्राफ़ोर्ड बाज़ार के पास फुटपाथ पर हुआ था। मेरी मां के पास वहां प्लास्टिक और दो डंडों पर टिकी एक छोटी सी झोपड़ी थी। प्लास्टिक को दीवार पर लगे एक निशान के पास बांधा हुआ था। निशान पूरी तरह से टूट चुका है और तुम्हें पता है, वहां दो अलग-अलग पोस्टरों के दो टुकड़े अब भी दीवार पर मौज़ूद थे। एक तरफ़ के फ़िल्मी पोस्टर के टुकड़े पर लिखा था *जॉनी।* उसके पास के पोस्टर पर सिगार के विज्ञापन वाला एक पोस्टर था। और हां तुमने ठीक अनुमान लगाया, उस पोस्टर से शब्द *सिगार* बाहर झांक रहा था।'

'और तुम्हारी मां को यह पसंद आया।' मैंने उसकी बात को आगे बढ़ाते हुए कहा, 'और उसने–'

'मुझे जॉनी सिगार कहकर पुकारा। तुम्हें पता ही है उसके अभिभावकों ने उसे घर से बाहर निकाल दिया था। वह व्यक्ति जो मेरा पिता था, उसने भी उसे बेसहारा छोड़ दिया था, इसलिए वह कतई नहीं चाहती थी कि मैं किसी भी तरह से उन दोनों परिवारों के किसी भी नाम या उपनाम का इस्तेमाल करूं। और मुझे जन्म देते वक़्त दर्द के बीच भी उसने पूरे वक़्त उन शब्दों जॉनी सिगार की तरफ़ ही देखती रही। और अगर मज़ाक़ नहीं किया जाए तो उसने इसे एक शुभ संकेत माना। वह एक बहुत-बहुत जांबाज महिला थी।'

उसने छोटे से स्टेज की तरफ़ देखा। जितेंद्र, सतीश और अन्य लकड़ी का एक बड़ा टुकड़ा लगाकर उसकी सतह तैयार कर रहे थे।

'यह एक अच्छा नाम है जॉनी,' मैंने कुछ देर बाद कहा, 'मुझे यह पसंद आया। और यह तुम्हारे लिए शुभ साबित हुआ।'

वह मेरी तरफ़ देखकर मुस्कराया और फिर हंसने लगा।

'मुझे ख़ुशी इस बात की है कि वहां किसी गर्भनिरोधक का विज्ञापन नहीं लगा था या वैसा ही कुछ।' उसे हंसता देखकर मेरी भी हंसी फूट पड़ी और मेरे मुंह में मौज़ूद चाय के छींटे उस पर जा गिरे।

जब हम दोबारा बोलने लायक़ हुए तो मैंने कहा, 'तुम लोगों को शादी रचाने के लिए काफ़ी वक़्त लग गया। देरी किस वजह से है?'

'तुम जानते ही हो कुमार ख़ुद को सफल कारोबारी दिखाना चाहता है और अपनी बेटियों की शादियों में दहेज देना चाहता है। मैंने और प्रभाकर ने उससे कहा कि हमें दहेज नहीं चाहिए। यह अब पुरानी प्रथा हो चुकी है। लेकिन प्रभाकर के पिताजी की सोच ऐसी नहीं है। उन्होंने गांव से दहेज की एक लंबी-चौड़ी सूची भेज दी है। उसे

सोने की घड़ी–सीको ऑटोमेटिक–चाहिए और अन्य सामान में से नई साइकिल भी। उन्होंने साइकिल का जो मॉडल चुना है, हमने उन्हें बताया है कि वह उनके लिहाज़ से बहुत बड़ा है। *यार*, हमने उसे बताया है कि ज़मीन पर पैर रखने की बात तो छोड़ो उनके पैर पैडल तक भी नहीं पहुंचेंगे। लेकिन वह साइकिल के पीछे दीवाने हो गए हैं। इसलिए हम कुमार के दहेज एकत्रित कर लेने का इंतज़ार कर रहे हैं। शादी की तारीख़ अक्टूबर के आख़िरी सप्ताह में तय है, दिवाली से पहले।'

'वह सप्ताह तो गज़ब का ही रहेगा। मेरा दोस्त विक्रम भी उसी सप्ताह शादी कर रहा है।'

'लिन, तुम शादी में आ रहे हो ना?' उसने त्यौरियां चढ़ाते हुए पूछा। जॉनी उन लोगों में था, जो पूरी उदारता के साथ लोगों की मदद करता था। जैसा कि अक्सर ऐसे लोगों के साथ होता है, उन्हें दूसरों से मदद मांगने एक अलग क़िस्म की अहसहजता महसूस होती है।

'दुनिया में चाहे जो हो जाए मैं यह मौक़ा नहीं गंवा सकता,' मैंने हंसते हुए कहा। 'मैं तो पूरे उत्साह के साथ वहां आऊंगा, तुम देखना घंटियां सुनाई देने लगें तो समझ लेना कि मैं रास्ते में हूं।'

जब मैंने उससे विदा ली तो वह सतीश के साथ बात कर रहा था। वह बालक उसकी ओर देखते हुए बड़े ही ध्यान से उसकी बातों को सुन रहा था। उसकी आंखें क़ब्र के पत्थर की तरह सर्द थीं। मुझे वह दिन अच्छी तरह से याद था, जब उसने मेरी झोपड़ी में कार्ला के पहली बार आने पर कसकर मेरे पैर पकड़ लिए थे। किस तरह से उसने शर्मीली ईमानदार मुस्कान के साथ उसका पक्ष लिया था। वह याद मेरे मृत दिल को चीरती हुई चली गई। कहा जाता है कि आप दोबारा घर नहीं लौट सकते और निश्चित तौर पर यह सही थी। लेकिन इसका विपरीत भी सही होता है। तुम्हें वापस जाना ही चाहिए और तुम हमेशा वापस जाते हो और तुम वापस जाना कभी नहीं छोड़ सकते, आप चाहे जितनी भी क़ोशिश कर लें।

अपना ध्यान बांटने के लिए मैंने अपनी बाइक का रुख़ आर.के.फ़िल्म्स स्टूडियो की ओर कर दिया। इंजिन को पूरी गति देकर कारों के बीच से लहराते हुए मैं चला जा रहा था। मैंने एक दिन पहले ही आठ विदेशियों को काम के लिए तैयार करके लिसा के हवाले किया था। मेरे लिए बॉलीवुड की फ़िल्मों में छोटी–मोटी भूमिकाओं के लिए विदेशियों को मनाना कोई मुश्किल काम नहीं था। भूमिकाओं के लिए संपर्क करने वाले भारतीय एजेंट्स पर शक ज़ाहिर करके उनके साथ बुरा बर्ताव करने वाले वही जर्मन, स्विस, स्वीडिश या अमेरिकी पर्यटक मेरे द्वारा संपर्क किए जाने पर पूरे उत्साह के साथ जवाब देते थे। झोपड़पट्टी में रहने और एक पर्यटक गाइड के तौर पर काम करने के वर्षों के दौरान मैं हर तरह के विदेशी पर्यटक से मिल चुका था। मैंने उनका विश्वास जीतने का एक कारगर तरीक़ा विकसित कर लिया था। उस अदा में दो हिस्से दिखावा, दो हिस्से चापलूसी और एक हिस्सा हाथ धोकर पीछे पड़ने वाले

का होता था। इसमें शरारत की एक झलक, सौजन्य का एक पुट और चुटकी भर अवमानना होती थी।

पर्यटक गाइड के तौर पर काम करने के कारण कोलाबा के कुछ प्रमुख रेस्तरां में मेरे दोस्त भी तैयार हो चुके थे। बरसों तक मैं अपने यात्री दलों को कैफ़े मोंडेगार, द पिकाडली, दिसी'ज़ जूस बार, एडवर्ड द एट्थ, मेज़बान रेस्तरां, अप्सरा कैफ़े, द स्ट्रैंड कॉफ़ी हाउस, द आइडियल और अन्य पर्यटकों से भरी रहने वाली जगहों पर ही ले जाता था। साथ ही उन्हें वहां पर पैसे ख़र्च करने के लिए उकसाता भी था। जब मुझे बॉलीवुड फ़िल्मों की छोटी-मोटी भूमिकाओं के लिए विदेशियों की ज़रूरत आन पड़ी तो मैंने उन होटलों और रेस्तरांओं को छान मारा। मालिकों, मैनेजरों, वेटरों ने हमेशा मेरा खुले दिल से स्वागत किया। जब भी उपयुक्त युवक-युवतियों के समूह को देखता था तो उनके पास भारतीय फ़िल्मों में काम करने के प्रस्ताव के साथ पहुंचता था। रेस्तरां का स्टाफ़ भी मेरे समर्थन में होता था और चंद मिनटों में ही मैं उनका विश्वास और सहमति हासिल कर लेता था। उसके बाद मैं लिसा कार्टर को अगले दिन के लिए परिवहन की व्यवस्था करने के लिए फ़ोन करता था।

यह व्यवस्था अच्छी तरह से काम कर रही थी। साथ में काम करने के चंद महीनों बाद लिसा को प्रमुख स्टूडियो और निर्माताओं से कलाकारों की भर्ती के लिए अच्छा काम मिलने लगा था। सबसे ताज़ा समूह-एक दिन पहले मेरे द्वारा तैयार किए गए विदेशी-मशहूर आर.के. स्टूडियो के लिए हमारा पहला काम था।

मैं उस बड़े और प्रतिष्ठापूर्ण स्टूडियो कॉम्प्लेक्स को देखना चाहता था और जैसे ही मैंने प्रवेश द्वार से अंदर प्रवेश किया, मेरा हौसला छत की ऊंचाई को छूने लगा था। लिसा कार्टर और उसके जैसे अन्य लोगों के लिए फ़िल्मों की दुनिया का सपना हमेशा ही प्रभावित कर देने वाला होता था। मैं फ़िल्मी दुनिया से विस्मित नहीं था, लेकिन मैं इससे अछूता भी नहीं था। जब कभी भी मैं किसी फ़िल्मी स्टूडियो की सपनों की दुनिया में क़दम रखता था, फ़िल्म का कुछ जादू तो मेरे दिल को छूकर मेरा उत्साह बढ़ा ही देता था। मेरी ज़िंदगी के उदासी भरे समंदर के लिहाज से एक चौंकाने वाला तोहफ़ा।

पहरेदारों ने मुझे उस साउंड स्टेज की तरफ़ भेज दिया जहां लिसा और जर्मन लोगों का उसका समूह इंतज़ार कर रहा था। मैं शूटिंग में अवकाश के दौरान वहां पहुंचा और मैंने पाया कि लिसा युवा विदेशियों को चाय-कॉफ़ी परोस रही थी। वह एक स्टेज के इर्द-गिर्द रखे गए कई टेबलों में से दो टेबलों पर बैठे हुए थे। सेट किसी नाइटक्लब की हूबहू प्रतिकृति था। मैंने पर्यटकों का अभिवादन किया और कुछ बात की ही थी कि लिसा मुझे अलग ले गई।

'वे कैसे हैं?' जैसे ही हम अकेले हुए मैंने लिसा से पूछा।

'वे बहुत ही अच्छे हैं,' लिसा ने ख़ुश होकर कहा, 'वे बहुत धीरज वाले हैं और मुझे लगता है कि आराम से अच्छा वक़्त बिता रहे हैं। यह एक बहुत अच्छी

शूटिंग रहेगी। लिन, तुमने पिछले कुछ हफ़्तों में कुछ बहुत ही अच्छे लोग भेजे हैं। स्टूडियो वाले भी बहुत ख़ुश हैं। हम...तुम जानते हो, मैं और तुम वाक़ई मिलकर कुछ काम कर सकते हैं।'

'तुम्हें यह पसंद आता है, है ना?'

'*निश्चित* तौर पर,' उसने मुस्कराते हुए कहा। उसके बाद उसके चेहरे के हावभाव कुछ उदास, कुछ निश्चय भरे हो गए–बिना उम्मीद बड़ी मेहनत से ऐसे मुक़ाम तक पहुंचने वाले लोगों के चेहरे पर इस तरह के भाव आप देख सकते हैं। वह ख़ूबसूरत थी : बॉम्बे के कामुक जंगल में कैलिफ़ोर्निया तट की एक ख़ूबसूरत लड़की, एक चमक–दमक भरी लड़की जिसने ख़ुद को हेरोइन के जानलेवा जाल और मैडम झू के पैलेस की घुटन से आज़ाद कर लिया था। उसकी त्वचा साफ़ और स्वस्थ थी। उसकी आसमानी आंखों में निश्चय देखा जा सकता था। उसके लंबे, घुंघराले सुनहरे बाल उसके चेहरे से हटाकर पीछे बांधे गए थे, जो उसके शालीन पेंटसूट से मेल खा रहे थे। *उसने हेरोइन को मात दी थी,* जब उससे मेरी आंखें मिलीं तो मैंने ख़ुद को यह सोचते पाया। *उसने इसे हरा दिया। उसने नशे को त्याग दिया।* मुझे अचानक अहसास हुआ कि वह कितनी बहादुर थी और यह भी कि उसके भीतर का हौसला–जब आपको यह अहसास होता है कि वह वहां पर है और जब आप जानते हैं कि उसे कैसे खोजा जा सकता है–उतना ही साफ़ देखा जा सकता था, जितना कि किसी बाघ की आंख में भीषण ख़तरा।

'मुझे यह काम पसंद आया,' उसने कहा, 'मुझे लोग पसंद आए और काम भी। मुझे यह ज़िंदगी पसंद है। मुझे लगता है कि तुम्हें भी पसंद होगी।'

'मुझे तुम पसंद हो,' मैंने मुस्कराते हुए कहा।

उसने ठहाका लगाया और एक हाथ को मेरे हाथ में देते हुए सेट का चक्कर लगाने निकल पड़ी।

'फ़िल्म का नाम है *पांच पापी,'* उसने मुझे बताया।

'पांच पप्पी?'

'पप्पी नहीं पापी। यह सब शब्दों का खेल है। *पापी* का मतलब होता है चोर और पप्पी का मतलब होता है *चुंबन।* तो मूलतः ये पांच चोर है, लेकिन इसके पांच पप्पी होने का मज़ाक़ भी चल रहा है, क्योंकि यह रोमांटिक कॉमेडी है। इसकी मुख्य अभिनेत्री किमी काटकर है। मुझे लगता है कि वह बेहद ख़ूबसूरत है। वह दुनिया में सर्वश्रेष्ठ नृत्यांगना तो नहीं है, लेकिन वह एक ख़ूबसूरत लड़की है। मुख्य हीरो है चंकी पांडे। अगर वह बचकानी हरकतें छोड़ देता तो वह भी अच्छा, सचमुच अच्छा हो सकता था।'

'अब जबकि हम इस विषय पर बात कर रहे हैं, तुम्हें मॉरिजियो ने और तकलीफ़ तो नहीं दी?'

'उसकी तो कोई ख़बर नहीं, लेकिन मुझे उला की चिंता हो रही है। वह एक पूरे दिन और रात से ग़ायब है। उसे परसों रात मोडेना का फ़ोन आया था और वह ज़ल्दबाजी में निकल गई थी। कई सप्ताह बाद वह पहली बार सामने आया था। उसके बाद से मैंने उला के बारे में कुछ नहीं सुना, जबकि उसने फ़ोन करने का वादा किया था।'

मैंने अपने माथे पर हाथ फेरते हुए त्यौरियां चढ़ाईं।

'उला जानती है कि वह क्या कर रही है,' मैंने भुनभुनाकर कहा, 'वह तुम्हारी समस्या नहीं है और वह मेरी नहीं है। मैंने उसकी मदद की थी, क्योंकि उसने मदद मांगी थी। क्योंकि वह मुझे अच्छी लगती है। लेकिन अब मैं उला–मॉरिजियो–मोडेना के इस झमेले से बाज आ चुका हूं। तुम समझ रही हो ना मेरा क्या मतलब है? क्या मोडेना ने उससे पैसे के बारे में कुछ कहा?'

'मैं नहीं जानती। शायद।'

'ठीक है, वह अब भी ग़ायब है और मोडेना भी। गली के लड़के मुझे बता रहे थे। मॉरिजियो मोडेना को हर जगह खोज रहा है। वह उसके मिलने तक पीछे नहीं हटेगा। और उला भी कुछ बेहतर नहीं। साठ हज़ार डॉलर–यह बहुत ज़्यादा नहीं है, लेकिन लोग तो इससे भी कम के लिए भी हत्या कर देते हैं। अगर वह पैसे मोडेना के पास हैं तो जब तक मॉरिजियो उसका पीछा कर रहा है, उसे उला से दूर रहना चाहिए।'

'मैं जानती हूं। जानती हूं।'

उसकी आंखों में अचानक चमक और आशंका दिखने लगी थी।

'मैं उला को लेकर चिंतित नहीं हूं,' मैंने काफ़ी धीमी आवाज़ में कहा, 'मुझे तुम्हारी चिंता है। अगर मोडेना वापस लौट आया है तो तुम्हें कुछ वक़्त के लिए अब्दुल्ला या मेरे क़रीब रहना चाहिए।'

उसने होंठ चबाते हुए मेरी तरफ़ देखा। वह शायद कुछ कहना चाहती थी या नहीं भी कहना चाहती थी।

मैंने उला की एक अंधकारमय भंवर बनती ज़िंदगी से विषय को बदलने के लिए कहा, 'मुझे सीन के बारे में बताओ। इस फ़िल्म में चल क्या रहा है?'

'यह एक नाइटक्लब है या यूं कहें कि उसका फ़िल्मी रूप। हीरो एक अमीर राजनीतिज्ञ से एक रत्न चुरा लेता है–मुझे लगता है कि उसी तरह का कुछ–और वह छिपने के लिए भागकर यहां आता है। उसे यहां हीरोइन किमी एक अच्छे गाने पर नृत्य करती दिखती है और वह उसके प्रेम में पड़ जाता है। जब पुलिसवाले यहां पहुंचते हैं तो वह उस रत्न को उसके जूड़े में छिपा देता है। बाक़ी की फ़िल्म इस बात को लेकर है कि रत्न को वापस पाने के लिए वह कैसे उसके क़रीब आने की कोशिश करता है।'

उसने कुछ देर रुककर मेरा चेहरा देखा, वह मेरी आंखों के भाव पढ़ना चाहती थी।

'यह... तुम्हें लगता है कि यह बेवकूफ़ी भरा है।'

'नहीं, मैं ऐसा नहीं सोचता,' मैंने ठहाका लगाते हुए कहा, 'मुझे यह पसंद आया। मुझे यह सब पसंद आया। वास्तविक ज़िंदगी में तो यह व्यक्ति उसे पीटकर रत्न वापस ले लेता। शायद वह उसे गोली भी मार देता। मुझे बॉलीवुड द्वारा प्रस्तुत रूप बेहतर लगा।'

'मुझे भी,' उसने भी हंसते हुए कहा, 'मुझे यह पसंद आया। वे रंगीन कैनवास और लकड़ी के टुकड़ों को इस तरह से साथ ला रहे हैं...मानो वे कोई सपना रच रहे हों। मैं जानती हूं कि यह सब सतही और ऊबाऊ लगता है, लेकिन मेरा यही मतलब है। लिन, मुझे यह दुनिया पसंद आती है और मैं दूसरी दुनिया में लौटना नहीं चाहती।'

'हे लिन,' इतने में पीछे से किसी ने आवाज़ लगाई। यह निर्माताओं में से एक चंद्रा मेहता की आवाज़ थी। 'तुम्हारे पास एक मिनट का वक़्त है?'

मैं लिसा को जर्मन पर्यटकों के पास छोड़कर चंद्रा मेहता के साथ हो लिया। हम चमकीली लाइट्स से सजे एक पेड़ को मज़बूती दे रहे धातु के एक ढांचे के पास जाकर खड़े हो गए। उसने बेसबॉल कैप उल्टी दिशा में घुमाकर पहनी हुई थी। इससे उसका फूला हुआ चेहरा गोलाकार लग रहा था। उसकी तोंद के नीचे रंग उड़ी हुई नीली लेविस जींस थी और एक लंबे कुर्ते ने उसे ढंक रखा था। बंद सेट के नम माहौल में उसे पसीना आ रहा था।

'हां भई। क्या हाल हैं? मैं तुमसे मिलना चाह रहा था, यार,' उसकी आवाज़ में षड्यंत्र की बू आ रही थी। 'चलो बाहर चलकर कुछ खुली हवा खाते हैं। यहां तो *यार* मेरी हड्डियां तक उबल रही हैं।'

जब हम इमारतों से बीच से चले जा रहे थे तो फ़िल्मी वेशभूषा में कलाकार, सामान, उपकरण लेकर जा रहे लोग हमारे पास से गुज़र रहे थे। एक जगह पर तो उत्तेजक वस्त्रों में सजी नौ लड़कियां साउंड स्टेज की ओर जाती हुई मिलीं। मैं उन्हें मुड़कर दूर तक जाते हुए देखता रहा, जबकि चंद्रा मेहता ने तो उनकी तरफ़ देखा तक नहीं।

'सुनो, लिन मैं तुमसे एक ख़ास विषय में बात करना चाहता हूं...' उसने मेरी कोहनी को छूते हुए कहा, 'मेरा एक कारोबारी दोस्त है और उसके अमेरिका में कई लेन-देन हैं। *अच्छा,* क्या कहूं...यार वह रुपये से डॉलर के नक़दी प्रवाह में समस्या का सामना कर रहा है। मैं उम्मीद कर रहा था कि तुम, मुझे किसी बंदे ने बताया कि जब नक़दी की समस्या हो तो तुम बड़े काम के आदमी हो।'

'मेरा अनुमान है कि यह नक़दी जब इस्तेमाल हो रही थी तो अमेरिकी डॉलर में थी?'

'हां,' वह मुस्कराया 'मुझे ख़ुशी है कि तुम समस्या को समझ रहे हो।'

'नक़दी प्रवाह कितनी बुरी तरह से थमा हुआ है?'

'ओह मुझे लगता है कि दस हज़ार डॉलर ही प्रवाह को दोबारा शुरू कर देगा।'

मैंने उसे ख़ालिद अंसारी की अमेरिकी डॉलर की ताज़ा विनिमय दर बताई और वह शर्तों पर सहमत हो गया। मैंने अगले दिन सेट पर उसकी मिलने की व्यवस्था करा दी। उसके पास रुपये होने थे–अमेरिकी मुद्रा की तुलना में उसके पास नोटों का बड़ा बंडल होना था–एक नर्म बैकपैक में, मेरी बाइक पर मेरे द्वारा लिए जाने के लिए तैयार। हमने सौदा पक्का किया। यह बात याद रखते हुए कि मैं किसका प्रतिनिधित्व कर रहा हूं, मेरे आक़ा अब्दुल क़ादर ख़ान, एक व्यक्ति जिसका ना तो मेहता और ना ही मैं ज़िक्र करेंगे, मैंने कुछ असहज होते हुए उसका हाथ दबाया। यह उसे दिया गया हल्का सा दर्द था, लेकिन इससे अचानक उसकी आंखों में कुछ कठोरता आ गई।

'अगर तुम मामले को उलझाने वाले हो चंद्रा तो इसकी शुरुआत ही मत करो,' मैंने हाथ दबाने का दर्द उसकी आंखों में उतरते हुए देखकर कहा, 'कोई भी बेवकूफ़ बनना नहीं चाहता, ख़ासतौर पर मेरे मित्र।'

'ओह, *बिलकुल भी नहीं* बाबा!' उसने मज़ाक़ किया, जबकि उसकी आंखों में चिंता के भाव दिखाई दे रहे थे। 'कोई समस्या नहीं। *कोई बात नहीं! चिंता मत करो!* मैं बहुत शुक्रगुजार हूं कि तुम मेरी मदद कर सकते हो, मेरा...क्या कहूं, मेरे दोस्त की उसकी समस्या में मदद *यार।*'

हम लौटकर साउंड स्टेज पर आ गए, जहां लिसा मेहता के साथी निर्माता क्लिफ़ डिसूजा के साथ थी।

'हां, भई! तुमसे काम हो जाएगा!' वह मुझे बांहों से खींचते हुए नाइटक्लब सेट के टेबल्स की ओर ले गया। मैंने लिसा की तरफ़ देखा, लेकिन उसने इस अंदाज़ में हाथ उठाया, मानो कह रही हो, *भई तुम अपना देख लो।*

'क्या चल रहा है क्लिफ़?'

'हमें एक और व्यक्ति की ज़रूरत है *यार।* हमें एक व्यक्ति चाहिए, एक गोरा, जो इन दो ख़ूबसूरत लड़कियों के बीच बैठा हो।'

'नहीं, नहीं बिलकुल नहीं,' मैंने विरोध किया और ख़ुद को उसकी पकड़ से छुड़ाते हुए उसे कुछ चोट भी पहुंचा दी। हम टेबल पर थे। दोनों जर्मन लड़कियां खड़ी हो गईं और अपने बीच की सीट की ओर मुझे खींचने लगीं। 'मैं यह नहीं कर सकता। मैं अभिनय नहीं करता। मुझे कैमरे के सामने शर्म आती है। मैं यह नहीं करता!'

'*चलो भी, रुको!*' एक लड़की ने कहा, 'तुम ही तो वह व्यक्ति थे जिसने कल हमें बताया था कि यह कितना आसान काम है, है *ना?*'

वे बेहद आकर्षक महिलाएं थीं। मैंने उनके समूह का चयन ही इसलिए किया था कि उसमें सभी पुरुष–महिलाएं स्वस्थ और आकर्षक थे। उनकी मुस्कानें मुझे

उनके साथ बैठने के लिए चुनौती दे रही थीं। मैं सोच रहा था कि इसका मतलब क्या होगा : एक फ़िल्म का हिस्सा बनना, जिसे दस से ज़्यादा देशों में तीस करोड़ से ज़्यादा लोग देखेंगे। वह भी तब जबकि मैं अपने ही देश में सबसे ज़्यादा वांछित अपराधी के तौर पर तलाशा जा रहा हूं। यह मूर्खता होगी। यह ख़तरनाक है।

'ओह, क्यों नहीं,' मैंने ख़ुद को झटका देते हुए कहा।

क्लिफ़ और स्टेज पर मदद करने वाले पीछे हट गए और भूमिका निभाने वाले लोग सेट पर आ गए। फ़िल्म का मुख्य अभिनेता चंकी पांडे बॉम्बे का एक दिलकश, तेज़तर्रार और युवक था। मैंने अपने भारतीय दोस्तों के साथ उसे कुछ फ़िल्मों में देखा था और मुझे यह जानकर हैरानी हो रही थी कि फ़िल्मों की तुलना में वह वास्तविकता में और ज़्यादा ख़ूबसूरत और आकर्षक था। एक मेकअप सहायक ने आईना पकड़ा और चंकी ने अपने बाल जमाए। जिन निगाहों से वह आईने को देख रहा था, वह किसी जटिल ऑपरेशन के दौरान किसी सर्जन की निगाहों से कम नहीं थीं।

'तुमने सबसे अच्छा हिस्सा तो गंवा ही दिया,' जर्मन लड़कियां मेरे पास होकर फुसफुसाई। 'इस व्यक्ति को इस सीन का डांस सीखने के लिए बहुत ज़्यादा वक़्त लग गया। उसने कुछ मर्तबा सब बेकार कर दिया। और जितनी भी बार उसने सीन का कचरा किया, यह व्यक्ति हर बार उसके पास... *आईना* लेकर आता था और वह फिर से बाल जमाने में व्यस्त हो जाता था। अगर वह उसके बेकार नृत्य और उसके बाद बाल जमाने के सीन को ही शूट कर दें तो तय है कि यह फ़िल्म का सबसे हंसाने वाला सीन साबित होगा।'

फ़िल्म का निदेशक अपने सिनेमेटोग्राफ़र के पीछे खड़ा था। उसने एक आंख लेंस में लगा रखी थी। उसके बाद वह लाइटिंग वाली टीम को अंतिम समय में कुछ निर्देश दे रहा था। इशारा होते ही निदेशक के सहायक ने सभी को चुप रहने को कहा। सिनेमेटोग्राफ़र ने बताया कि शटिंग चालू हो गई है।

'क्यू साउंड!' निदेशक चिल्लाया, *'ऐंड...एक्शन!'*

विशालकाय स्पीकरों से संगीत झरने लगा। भारतीय फ़िल्म संगीत को सबसे ऊंची आवाज़ में सुनने का यह मेरा पहला ही अनुभव था जो मुझे पसंद आया। हीरोइन किमी काटकर सहित सभी डांसर्स अचानक स्टेज पर थिरकने लगीं। सेट पर अतिरिक्त कलाकारों और टेबलों के बीच से होती हुई किमी नाचते हुए गाने पर होंठ हिलाती रही। हीरो भी उसके साथ नाचने लगा, लेकिन जैसे ही पुलिसवाले वहां पर आए, वह एक टेबल के नीचे दुबक गया। पूरी फ़िल्म में यह समूचा दृश्य पांच मिनट का ही था, लेकिन इसकी रिहर्सल में पूरी सुबह और शूटिंग में पूरी दोपहर चली गई। शो बिज़नेस में मेरे पहले क़दम के तहत कैमरा मेरी तरफ़ दो बार महज थोड़ी देर के लिए घूमा और मेरी कुर्सी के पीछे मादक अदा के साथ किमी के रुकने पर मेरी चौड़ी मुस्कान को क़ैद कर लिया।

हमने विदेशी पर्यटकों को दो टैक्सियों में वापस भेजा। लिसा मेरे साथ बुलेट पर लौटी। शाम कुछ गर्म थी और उसने अपना जैकेट निकालकर लंबे बालों को खोल दिया था। उसने बांहें मेरी कमर पर लपेटकर अपने गाल मेरी पीठ पर टिका दिए थे। वह एक अच्छी यात्री थी : एक ऐसी यात्री जो बिना किसी शर्त के भरोसा करते हुए ख़ुद को समर्पित करते हुए बाइक पर चलाने वाले के शरीर के साथ एकरूप हो जाती हो। अपने पतली सफ़ेद शर्ट से मुझे उसके वक्ष का पीठ पर अहसास हो रहा था। गर्म हवा में शर्ट खुली हुई थी और उसने मुझे कमर से कसकर पकड़ रखा था। मैं बाइक पर कभी भी हेलमेट नहीं पहनता था। पीछे के यात्री के लिए एक हेलमेट होता था, लेकिन वह उसने इसे नहीं पहनने का फ़ैसला किया। यदा-कदा जब कभी भी हम ट्रैफ़िक के कारण या कोई मोड़ लेते थे तो उस हिचकोले में उसके सुनहरे बाल उड़कर मेरे होंठों तक आ जाते थे। उसकी जांघें उतनी ही मुलायम थीं, जितनी कि कार्ला के घर में उस रात मेरी हथेलियों पर पड़ रही चांदनी। और फिर, जैसे वह मेरा दिमाग़ पढ़ ले रही हो, उसने एक ट्रैफ़िक सिग्नल पर बाइक रुकते ही सवाल दागा।

'वह बच्चा कैसा है?'

'कौनसा बच्चा?'

'वह छोटा बच्चा, जो तुम्हें याद होगा उस रात कार्ला के घर पर तुम्हारे साथ आया था।'

'वह अच्छा है। मैंने उसे पिछले ही सप्ताह उसके चाचा के यहां पर देखा था। अब वह उतना बच्चा भी नहीं रहा। वह तेज़ी से बड़ा हो रहा है। वह एक निजी स्कूल में पढ़ता है। उसे वह पसंद नहीं आ रही, लेकिन वह ठीक हो जाएगा।'

'क्या तुम्हें उसकी याद आती है?'

सिग्नल चालू हुआ और मैंने बाइक को अचानक गियर में डाला और इंजिन पर पूरी रेस देकर ज़ोर डाल दिया। मैंने उसके सवाल का जवाब नहीं दिया। निश्चित तौर पर मुझे उसकी कमी खलती थी। वह एक अच्छा बच्चा था। मुझे अपनी बेटी की याद आती थी। मुझे अपनी मां और पूरे परिवार, दोस्तों की निश्चित तौर पर कमी खलती थी। उन हताशा भरे वर्षों में और मुझे यक़ीन था कि मैं उन्हें दोबारा कभी नहीं देख पाऊंगा। अपने प्रियजनों को नहीं देख पाना मेरे लिए एक तरह से शोक मनाना था। यह वास्तविकता इसे और भी बुरा, बहुत बुरा बना देती थी-जहां तक मुझे पता था-वे सभी ज़िंदा थे। मेरा दिल कई बार काले पत्थरों की क़ब्रगाह बन जाता था। और जब मैं अपने घर में अकेला होता था, रात-दर-रात, वह शोक और वह कमी मेरा दम घोंट देती थी। ड्रेसिंग टेबल पर नोटों के बंडल पड़े हुए थे और ताज़ा तैयार जाली पासपोर्ट भी तैयार थे जो मुझे भेज सकते थे... कहीं भी। लेकिन जाने के लिए कोई जगह थी ही नहीं : ऐसी कोई भी जगह नहीं, जहां पर हमेशा के लिए खो चुके या गंवा दिए गए प्रियजनों की कमी के चलते मेरी पहचान, प्यार और जीवन का अर्थ ही खोखला नहीं हो।

मैं एक भगोड़ा था। मैं एक अदृश्य हो चुका व्यक्ति था। मैं वह व्यक्ति था जो गुमशुदा था : हर लिहाज़ से गुम। लेकिन मेरी उड़ान की उल्टी दिशा में वे लोग गुमशुदा थे। मेरे निर्वासन में तो मेरी जानकारी वाली एक पूरी दुनिया ही गुम थी। एक भगोड़े की तरह पलायन। दिल के ख़िलाफ़ चलते हुए गुज़रे वक़्त को मिटाने का प्रयास, उसके साथ ही इस बात का नामोनिशान भी मिटाते जाना, वे कौन लोग थे, वे कहां से आए थे और वे लोग जो कभी उन्हें प्यार करते थे। और अस्तित्व को बचाने के प्रयास में वे उस विलुप्ति की कगार पर होते थे, लेकिन हमेशा मात खा जाते थे। हम गुज़रे हुए वक़्त से इंकार कर सकते हैं, लेकिन हम उसकी पीड़ाओं से नहीं बच सकते, क्योंकि इतिहास तो एक बोलता साया है जो हमारी सच्चाई से क़दमताल करता है, जब तक कि हम मर नहीं जाते।

और गुलाबी, बैंगनी रंगों से सजी शाम की समाप्ति के बाद हमारे बाइक से सफ़र के दौरान नीली रात का उदय हुआ। हम समंदर की हवा को खाते हुए अचानक रोशनी की सुरंगों तक पहुंच गए। शहर से सूर्य अस्त होकर विदा ले चुका था। लिसा का हाथ मेरी त्वचा पर ठीक वैसे ही चल रहा था जैसा समंदर की हवा का दुलार भरा स्पर्श। और एक पल के लिए बाइक पर सवारी करते हुए हम एकरूप हो गए थे : एक ख़्वाहिश, एक वादा जो सहमति में घुल रहा था, ख़तरे और उल्लास का एक टुकड़ा। और फिर कुछ हुआ–शायद प्यार या डर–जिसने मुझे विकल्प चुनने के लिए प्रेरित किया, गर्म हवाओं की फुसफुसाहट के साथ : *यह तुम्हारे जवान और आज़ाद होने की सीमा है।*

'मुझे अब चलना चाहिए।'

'क्या तुम्हें कॉफ़ी या कुछ और नहीं चाहिए?' उसने अपने घर के दरवाज़े की चाबी पर हाथ रखते हुए पूछा।

'मुझे अब चलना चाहिए।'

'कविता तुम्हारे द्वारा दी गई झोपड़पट्टी की लड़कियों की ख़बर के पीछे लगी हुई है। वह लड़कियां जो मौत के दरवाज़े से लौट आई थीं। वह बस इसी बारे में बातें करती रहती है। ब्ल्यू सिस्टर्स, वह उन्हें इसी नाम से बुलाती है। मुझे नहीं पता कि वह उन्हें ऐसा क्यों बुलाती है, लेकिन यह एक बहुत ही अच्छा नाम है।'

वह मुझसे बात करते हुए मुझे रोककर रख रही थी। मैंने उसकी आंखों के आसमां में झांककर देखा।

'मुझे चलना चाहिए।'

दो घंटे बाद, पूरी तरह से जागे हुए मैं अब भी उसके अलविदा के चुंबन को अपने होंठों पर महसूस कर रहा था, इसलिए जब फ़ोन की घंटी बजी तो मुझे कुछ ख़ास हैरानी नहीं हुई।

'क्या तुम सीधे यहां आ सकते हो?' मेरे फ़ोन उठाते ही उसने कहा।

मैं *हां* जैसा लगने वाला *ना* कहने का तरीक़ा तलाशने लगा।

'मैं अब्दुल्ला को खोजने की कोशिश कर रही हूं, लेकिन वह जवाब ही नहीं दे रहा,' वह बोलती चली गई और फिर मैंने उसकी आवाज़ में बहुत ज़्यादा डर की झलक सुनी।

'क्या है? क्या हो गया? '

'यहां कुछ गड़बड़ हुआ है...यहां कुछ गड़बड़ हुई है...'

'क्या यह मॉरिज़ियो है? क्या तुम ठीक हो?'

'वह मर गया,' वह बड़बड़ाई, 'मैंने उसे मार डाला।'

'क्या कोई वहां है?'

'कोई और?' उसने मेरी बात को दोहराया।

'क्या तुम्हारे घर में कोई और भी है?'

'नहीं। मेरा मतलब है कि *हां*–उला यहां है और वह, ज़मीन पर। बस...'

'सुनो!' मैंने आदेशात्मक अंदाज़ में कहा, 'दरवाज़े को ताला लगा दो। किसी को भी अंदर मत आने देना।'

'दरवाज़े का ताला टूटा हुआ है,' वह फुसफुसाकर बोली। उसकी आवाज़ कमज़ोर पड़ती जा रही थी, 'जब वह आया तो उसने दरवाज़े के ताले को तोड़ डाला था।'

'ठीक है, कुछ दरवाज़े के पीछे अड़ाकर रख दो। कुर्सी या ऐसा ही कुछ। मेरे वहां पहुंचने तक उसे बंद ही रखना।'

'उला की हालत ख़राब है। वह...वह पगला गई है।'

'सब ठीक हो जाएगा। बस दरवाज़े पर कुछ अड़ाकर रखो। किसी और को फ़ोन मत करना। किसी से भी बात मत करना और किसी को भी अंदर मत आने देना। ढेर सारे दूध और शक्कर–चार चम्मच शक्कर–के साथ दो कप कॉफ़ी बनाओ और बैठकर उला को वह पिलाओ। अगर उसको ज़रूरत हो तो कोई कड़क ड्रिंक्स भी दे दो। मैं बस आ ही रहा हूं। मैं वहां दस मिनट में पहुंच जाऊंगा। वहीं पर बनी रहो और शांत रहो।'

उस रात भीड़ भरी सड़कों से बाइक को तेज़ी से नचाते हुए चलाने के दौरान मुझे कुछ भी महसूस नहीं हो रहा था–ना कोई डर, ना कोई आशंका, उत्तेजना की झुरझुरी भी नहीं। कार्ला, डिडियर, अब्दुल्ला और मैं, हम सब किसी बाइक की तरह हर गियर बदलने के बाद अपने एक्सीलरेटर को पूरी गति पर किए जा रहे थे : हम अपनी ज़िंदगी को ही दांव पर लगा रहे थे। और लिसा और मॉरिज़ियो। सभी ऐसा ही कुछ कर रहे थे।

किन्शासा में डच मूल के एक भाड़े के हत्यारे ने एक बार मुझे बताया था कि बस एक ही वक़्त ऐसा होता था, जब उसे ख़ुद से नफ़रत नहीं होती थी और वह

वक़्त था, जब उसके द्वारा उठाया जाने वाला जोख़िम इतना बड़ा होता था कि वह बिना कुछ सोचे या महसूस किए हुए काम पर लग जाता था। मुझे लगता था कि उसने शायद मुझे इसलिए तो नहीं बताया, क्योंकि मैं अच्छी तरह से जानता था कि इसका मतलब क्या होता है। और मैं उस रात को चीरता हुआ जब आगे बढ़ रहा था, तो मेरे दिल में मानो पूरी तरह से सुकून छाया हुआ था।

अध्याय 28

चाकू से अपनी पहली ही लड़ाई में मैंने सीख लिया था कि दो तरह के लोग ही जानलेवा भिड़ंत करते हैं : एक जो जीने के लिए हत्या करते हैं और दूसरे वे जो हत्या करने के लिए जीते हैं। हत्या करने में दिलचस्पी रखने वाले लोग शायद किसी लड़ाई में ज़्यादा उत्तेजना और रोष से आते हों, लेकिन जो पुरुष या महिला केवल जीने के लिए लड़ते हैं, जो केवल अपना अस्तित्व क़ायम रखने के लिए हत्या करते हैं, आमतौर पर ज़्यादा सफल होंगे। अगर हत्यारा क़िस्म का व्यक्ति लड़ाई में हारने लगे तो उसका लड़ने का मक़सद ही फीका पड़ जाता है। अगर अस्तित्व बचाने वाली क़िस्म का व्यक्ति हारने लगता है तो उसकी लड़ने की इच्छा और भी प्रबल और ख़तरनाक हो जाती है। घातक हथियारों से लड़े जाने वाले और हत्यारे मुक़ाबले, आम लड़ाई के विपरीत, ख़ून बहना शुरू होने के बाद भी लड़ने के लिए बचे कारण से हारे या जीते जाते हैं। सामान्य सी बात है कि किसी की हत्या करने की बनिस्बत ज़िंदगी बचाने के लिए लड़ाई बेहतर और टिकाऊ कारण है।

मेरी चाकू से पहली लड़ाई जेल में हुई थी। जेल के भीतर की अधिकांश लड़ाइयों की ही तरह इसकी शुरुआत बहुत ही छोटी सी बात से हुई थी और अंत बेहद नृशंस रहा था। मेरा दुश्मन एक तंदुरुस्त, मज़बूत व्यक्ति था जो कई लड़ाइयां लड़ चुका था। वह किसी भी कमज़ोर व्यक्ति की पैसे और तंबाखू के लिए पिटाई कर देता था। अधिकांश लोग उससे डरते थे, लेकिन वह उस भय को अपने प्रति सम्मान समझता था। मैं उसका सम्मान नहीं करता था। मैं बदमाशों से उनकी कायरता की वजह से नफ़रत करता था और उनकी क्रूरता के कारण उनके प्रति तिरस्कार की भावना रखता था। मैंने आज तक ऐसे दमदार व्यक्ति को नहीं देखा जो कमज़ोरों पर दादागीरी करता हो। दमदार लोग बदमाशों से वैसे ही चिढ़ते हैं, जैसे कि बदमाश दमदार लोगों से।

और मैं पर्याप्त रूप से दमदार था। मैं एक कठोर, कामकाजी इलाक़े में बड़ा हुआ था और ताउम्र लड़ता-झगड़ता ही रहा था। तब तक जेल की प्रणाली में तब तक कोई भी इस बात को नहीं जानता था, क्योंकि मैं पेशेवर अपराधी नहीं था और मेरा कोई रिकॉर्ड भी नहीं था। मैं तो जेल में पहली बार क़ानून का उल्लंघन करने वाले की तरह पहुंचा था। साथ ही मैं एक बुद्धिजीवी था और मैं ऐसा लगता भी था और व्यवहार भी उसी तरह का करता था। कुछ लोग इसे सम्मान देते थे और कुछ

मज़ाक़ उड़ाते थे, लेकिन उनमें से कोई भी मुझसे डरता नहीं था। फिर भी जो लंबी जेल की सज़ा मुझे मिली थी–सशस्त्र लूट और डकैतियों के लिए 20 साल का सश्रम कारावास–कई लोगों को कुछ करने से रोक देता था। मैं पूरी तरह से अप्रत्याशित क़िस्म का इंसान था। कोई भी नहीं जानता था कि जब असली परीक्षा की घड़ी आएगी तो मेरी प्रतिक्रिया किस तरह की होगी। कई लोगों को इसे लेकर उत्सुकता भी थी।

परीक्षा की घड़ी जब आई तो यह चमकदार स्टील, टूटे दांतों और किसी कुत्ते की तरह की आंखों के साथ आई। उसने मुझ पर जेल की लांड्री में हमला बोला, जो कि बंदूकधारी प्रहरियों के टॉवर से दिखाई नहीं देती थी। यह एक क़िस्म का बग़ैर किसी उकसावे के किया गया चौंकाने वाला हमला था। उसके हाथ में स्टील का टेबल चाकू था, जिसे जेल में बड़े ही धैर्य के साथ पत्थर पर घिसकर काफ़ी तेज कर लिया गया था। इसकी धार इतनी तेज़ थी कि किसी की दाढ़ी भी कर सकती थी और गर्दन भी काट सकती थी। मैंने जेल से पहले कभी ज़िंदगी में ना तो चाकू रखा था और ना ही इस्तेमाल किया था। लेकिन वहां, जहां पर हर दूसरे दिन किसी न किसी पर हमला होता था और उसे चाकू मारा जाता था, मैंने कुछ पुराने पापियों की सलाह मान ली थी, जो वहां कई बरसों से डटे हुए थे। *इस्तेमाल ना भी करना पड़े तो भी अपने पास हथियार रखना एक बेहतर होता है,* वे मुझे कई बार बता चुके थे, *बनिस्बत इसके कि ज़रूरत के वक़्त यह आपके पास नहीं हो।* मेरा चाकू एक धातु के पतले से टुकड़े को धार करके बनाया गया था जो कि अंगुली जितना मोटा और हाथ से कुछ लंबा था। उसकी मूठ पैकिंग टेप से तैयार की गई थी और यह बिना अंगुलियों को परेशान किए मेरे हाथ में अच्छी तरह से समा जाता था। जब लड़ाई की शुरुआत हुई तो उसे नहीं पता था कि मेरे पास भी हथियार है। लेकिन हम दोनों को ही अपनी–अपनी तरह से इस बात का अंदाज़ा हो गया था कि लड़ाई मौत तक खींच सकती है। वह *मुझे* मारना चाहता था और मैं जानता था कि अगर मुझे बचना है तो *उसे* मारना होगा।

उसने दो ग़लतियां कर दीं। पहली तो बचाव करते हुए लड़ने की। पहले हमले में वह मेरी तरफ़ तेज़ी से आया था और उसने चाकू से दो घाव मारे थे, जिनके निशान मेरे सीने और बांह पर आ गए थे। उसे उसी वक़्त मुझ पर ताबड़तोड़ हमले को जारी रखते हुए मेरा काम तमाम कर देना चाहिए था, लेकिन वह पीछे हट गया और चाकू को गोल–गोल घुमाने लगा। शायद उसे लगा होगा कि मैं हार मान लूंगा–उसके अधिकांश दुश्मनों ने बड़ी ही आसानी से हार मान ली थी। वे लोग अपना ख़ून देखकर हौसला हार गए थे। वह शायद अपनी जीत को लेकर इतना ज़्यादा निश्चिंत था कि अब वह मुझसे ठिठोली करके हत्या का रोमांच ही निकाल दे रहा था। कारण चाहे जो रहा हो, उसने लाभ की स्थिति को गंवा दिया था और पीछे लिए गए पहले ही क़दम पर उसने लड़ाई गंवा दी थी। उसने मुझे शर्ट के पीछे से चाकू निकालकर

उस पर निशाना साधने का वक़्त दे दिया था। मैंने उसकी आंखों में हैरानी देखी और यह मेरे लिए जवाबी हमला बोलने का संकेत था।

उसकी दूसरी ग़लती यह थी कि उसने चाकू को ऐसे पकड़ रखा था मानो तलवार हो और यहां तलवारबाज़ी का मुक़ाबला चल रहा हो। जब कोई चाकू से लड़ रहा हो तो वह चाकू को पिस्तौल की तरह नीचे से पकड़ता है। लेकिन चाकू निश्चित तौर पर पिस्तौल नहीं है और चाकू से लड़ाई में चाकू से ज़्यादा महत्त्व उससे लड़ रहे व्यक्ति का होता है। चाकू तो बस सामने वाले का काम तमाम करने में मदद करने के लिए होता है। जीत दिलाने वाली पकड़ ख़ंजर जैसी होती है, जिसमें नोंक नीचे की ओर होती है और उसे पकड़ने वाली मुट्ठी घूंसा जमाने के लिए आज़ाद होती है। यह पकड़ व्यक्ति को नीचे की ओर हमला बोलने में अधिकतम ताक़त देती है और एक अतिरिक्त घूंसा भी तैयार होता है।

उसने झुककर बचने की कोशिश करते हुए चाकू को बांहें चौड़ी करके घुमाना शुरू कर दिया। वह दाएं हाथ वाला था। मैंने बाएं हाथ के मुक्केबाज़ वाली मुद्रा ली और ख़ंजर को दाएं हाथ में रखा। दाएं पैर को आगे रखकर और पिछले पैर से संतुलन बनाते हुए मैंने ख़ुद को हमले के लिए तैयार किया। उसने दो बार चाकू मेरी तरफ़ घुमाया और फिर आगे बढ़ा। मैं बगल में हटा और मैंने उसे तीन घूंसे जमा दिए। उनमें से एक बहुत ज़ोरदार था और उसकी नाक टूट गई और आंखों से पानी निकलने लगा और उसे धुंधला दिखाई देने लगा। वह फिर आगे आया और उसने इस बार चाकू बगल से लाना चाहा। मैंने बाएं हाथ से उसकी कलाई पकड़ी और उसके पैरों के बीच में आते ही सीधे सीने में चाकू मार दिया। मेरा निशाना दिल या फेफड़े पर था। यह दोनों में से किसी पर भी नहीं लगा, लेकिन फिर भी उसकी कंधे की हड्डी के नीचे तो लग ही गया। मैंने कंधे के नीचे उसकी पीठ की चमड़ी उधेड़ दी।

वह अब वॉशिंग मशीन और कपड़े सुखाने की मशीन के बीच फंस चुका था। उसे उसी जगह पर दबाकर मैंने उसकी चाकू वाली कलाई को बाएं हाथ से पकड़ रखा था। मैं उसके चेहरे या गर्दन पर काटना चाहता था, लेकिन वह इतनी तेज़ी से उसे बाएं-दाएं घुमा रहा था कि मैंने सिर से ही वार करने का फ़ैसला कर लिया। हमारे सिर कई बार टकराए और अंत में उसके पैरों के ज़ोर ने हम दोनों को ज़मीन पर ढेर कर दिया। गिरते हुए उसका चाकू गिर गया, लेकिन वह मेरे कीलनुमा हथियार से भी आज़ाद हो चुका था। उसने ख़ुद को लांड्री के दरवाज़े की तरफ़ घसीटना शुरू कर दिया। मैं बता नहीं सकता था कि वह भागने की कोशिश कर रहा था या अपनी स्थिति को मज़बूत बनाना चाह रहा था। मैंने मौक़ा नहीं जाने दिया। मेरा सिर उसके पैरों के बराबर था। साथ में नीचे गिरते हुए मैंने उसका बेल्ट पकड़ लिया था। इसी का लाभ लेते हुए मैंने उसे जांघ में दो बार चाकू मारा। उसकी हड्डियों पर एक बार से ज़्यादा बार मारने का झटका मुझे अपनी बांह तक महसूस हुआ। उसका बेल्ट छोड़ते

हुए मैंने उसका चाकू उठाने के लिए बायां हाथ बढ़ाया, ताकि उसे उठाकर उससे भी उस पर हमला बोल सकूं।

वह बिलकुल भी नहीं चीख़ा। बस उसके लिए मैं इतना ही कह सकता हूं। मुझे रोकने के लिए वह ज़ोर से चिल्लाया और वह चिल्लाया कि वह हार गया है–मैं हार मानता हूं, *मैं हार मानता हूं, मैं हार मानता हूं!* लेकिन वह चीख़ा नहीं। मैं भी रुक गया और मैंने उसे ज़िंदगी दे दी। मैंने उसे गर्दन पर पैर अड़ाकर रोकते हुए सिर को दबाते हुए गिरा दिया। मुझे उसे रोकना ही था। मेरे वहां रहते हुए अगर वह लांड्री से बाहर चला जाता और जेल के पहरेदारों ने उसे देख लिया होता तो मुझे सज़ा वाली इकाई में छह महीने और गुजारने पड़ते।

वह जबकि फ़र्श पर कराहता हुआ पड़ा था, मैंने अपने ख़ून से सने कपड़े उतारकर साफ़ कपड़े पहन लिए थे। जेल को साफ़ करने वाला एक क़ैदी लांड्री के बाहर खड़ा होकर यह मज़ेदार झड़प देखकर मुस्करा रहा था। मैंने अपने गंदे कपड़ों की पोटली उसे थमा दी। उसने ख़ून से सने वे कपड़े अपनी कचरे की टोकरी में छिपा लिए। बाद में उन्हें किचन की भट्टी में फेंक दिया। लांड्री से बाहर निकलते हुए मैंने अपना हथियार एक अन्य क़ैदी के सुपुर्द कर दिया, उसने उसे जेल के बगीचे में गाड़ दिया। जब मैं उस जगह से सुरक्षित बाहर निकल गया तो जिस व्यक्ति ने मुझे मारने का प्रयास किया था, वह लंगड़ाते हुए जेल प्रमुख के कार्यालय में घुसा और गिर पड़ा। उसे अस्पताल ले जाया गया। मैंने उसे फिर कभी नहीं देखा। उसने भी कभी अपना मुंह नहीं खोला। मैं उसकी इस बात के लिए तो तारीफ़ कर ही सकता हूं। वह एक ठग और बेवजह के पंगे लेने वाला व्यक्ति था और उसने मुझे बिना किसी विशेष बात के मारने का प्रयास किया था, लेकिन वह एक भेदिया नहीं था।

उस लड़ाई के बाद अपनी कोठरी में अकेला होते ही मैंने अपने घावों को जांचा। मेरी बांह पर लगा वार मेरी नसों तक छू गया था। मैं जेल के चिकित्सा अधिकारी को इस बाबत नहीं बता सकता था, क्योंकि वह मुझे लड़ाई और उस घायल व्यक्ति से सीधा जोड़ देता। मुझे यही उम्मीद करनी थी कि मेरा घाव अपने-आप ही भर जाए। मेरे सीने पर बाएं कंधे के पास भी एक तिरछा वार लगा था। इससे भी ख़ून बह रहा था। मैंने धातु की एक कटोरी में सिगरेट पेपर के दो पैकेट राख़ होने तक जलाए और फिर वह राख़ अपने दोनों घावों में मल दी। यह दर्दनाक था, लेकिन इसने तत्काल घावों को बंद करके ख़ून का रिसाव रोक दिया।

मैंने इस लड़ाई के बारे में किसी से बात नहीं की, लेकिन अधिकांश लोग इसके बारे में पर्याप्त तौर पर जानते थे और वे सभी जानते थे कि मैं परीक्षा में बच निकला। मेरे सीने पर मौज़ूद वह सफ़ेद निशान सभी क़ैदी रोज़ नहाते वक़्त देखते थे। वह उन्हें मेरी लड़ने की तैयारी याद दिला देता था। यह एक क़िस्म की चेतावनी थी। किसी समुद्री सांप की त्वचा पर मौज़ूद चमकीले रंगीन पट्टों की तरह। यह अब भी वहां है, वह निशान, इतने बरस गुज़र जाने के बाद भी उतना ही लंबा और उतना ही

सफ़ेद। और अब भी यह एक क़िस्म की चेतावनी देता था। जब भी मैं उसे छूता था, मेरे सामने वह क़ातिल ज़िंदगी बख़्श देने की गुहार करता हुआ सामने आ जाता था; उसकी डर से भरी हुई आंखों में, नियति के आईने में, उस लड़ाई के दौरान मैं जो मुड़ने वाली नफ़रत की वस्तु बन चुका था, मुझे अब भी यह याद था।

चाकू से मेरी पहली लड़ाई मेरी अंतिम लड़ाई नहीं थी। और अब जबकि मैं मॉरिजियो बेलकेन के मुर्दा जिस्म पर खड़ा था, मुझे चाकू खाने और चाकू मारने के अपने अनुभवों का ठंडा कंपकंपा देने वाला अहसास हो गया। वह मुंह नीचे किए हुए झुका हुआ पड़ा था। उसके शरीर का ऊपरी हिस्सा सोफ़े पर था और बाक़ी का ज़मीन पर। उसके मुड़े हुए दाएं हाथ के पास एक तेज़ धारदार बड़ा ख़ंजर पड़ा था। एक काले हत्थे वाला काटने का चाकू उसकी पीठ में रीढ़ की हड्डी की बाईं ओर, कंधे के ठीक नीचे धंसा हुआ था। यह एक लंबा, चौड़ा और तेज़ चाकू था। मैं उस चाकू को पहले भी लिसा के हाथ में देख चुका था, जब पिछली बार मॉरिजियो ने बिना बुलावे के उसके घर पर आने की जुर्रत की थी। वह एक ऐसा सबक़ था जो उसे पहली ही बार में सीख लेना चाहिए था। निश्चित तौर पर हम ऐसा नहीं करते। इसमें कोई ख़ामी नहीं है, एक बार कार्ला ने कहा था *क्योंकि अगर हमने ज़रूरी सबक पहली बार में ही सीख लिया होता तो हमें प्यार की कोई ज़रूरत ही नहीं होती।* ख़ैर मॉरिजियो ने अंत में वह सबक़ एक बेहद मुश्किल तरीक़े से सीखा था–अपने ही ख़ून में नीचे की ओर चेहरा गड़ाए हुए। डिडियर के शब्दों में वह *पूरी तरह से परिपक्व व्यक्ति था।* जब मैंने एक बार डिडियर को अपरिपक्व होने पर चिढ़ाया था तो उसने मुझे कहा था कि अपरिपक्व होकर वह ज़्यादा गर्व और ख़ुशी महसूस करता है। *पूरी तरह से परिपक्व पुरुष या औरत, उसने कहा था, के पास जीने के लिए केवल दो सेकेंड होते हैं।*

वे विचार मेरे दिमाग़ में घंटियों की तरह बज रहे थे। निश्चित तौर पर यह काम एक चाकू ने किया था : चाकू मारने और चाकू खाने की यादें। मुझे वह हर पाल याद था, जब मैंने चाकू खाया था। मुझे वे चाकू याद थे जो मुझे काट रहे थे, मेरे शरीर में घुस रहे थे। मैं अब भी उन चाकुओं को अपने जिस्म के भीतर महसूस कर सकता था। यह एक क़िस्म का जलना था। यह नफ़रत की तरह था। यह दुनिया का सबसे दुष्ट विचार था। मैंने सिर झटककर लंबी सांस ली और दोबारा उसकी तरफ़ देखा।

चाकू ने शायद उसके एक फेफड़े में छेद कर दिया था या दिल में घुस गया था। उसने चाहे जो किया हो, लेकिन उसका काम तुरंत तमाम कर दिया था। उसका शरीर सोफ़े पर गिरा हुआ था और एक बार वहां गिरने के बाद वह हिला तक नहीं था। मैंने उसके घने काले बाल पकड़कर उसका सिर उठाया। उसकी आंखें आधी खुली थीं और उसके होंठ पीछे की ओर खिंचे हुए थे जैसे मुस्करा रहा हो। बहुत कम ख़ून दिखाई दे रहा था। शायद सोफ़ा अधिकांश ख़ून सोख गया होगा। मैंने ख़ुद को सोचते हुए सुना, हमें इस सोफ़े से छुटकारा पाना होगा। कालीन को ज़्यादा नुक़सान नहीं पहुंचा था और उसे साफ़ किया जा सकता था। कॉफ़ी टेबल का एक पाया टूट

गया था और सामने के दरवाज़े का ताला लटक रहा था। मैंने अपना ध्यान महिलाओं की ओर किया।

उला के चेहरे पर गाल से लेकर ठोड़ी तक घाव हो गया था। मैंने घाव को साफ़ किया और पूरी लंबाई पर टेप से चिपका दिया। घाव ज़्यादा गहरा नहीं था और मुझे उम्मीद थी कि यह जल्द ही भर जाएगा, लेकिन मुझे यक़ीन था कि यह अपना निशान हमेशा के लिए छोड़ जाएगा। संयोगवश चाकू की धार ने गाल से जबड़े तक का रास्ता लेकर उसके चेहरे के आकार पर और अधिक ज़ोर दे दिया था। उसकी ख़ूबसूरती घाव से घायल हुई थी, तबाह नहीं। उसकी आंखें हालांकि आतंक से भरी थी जो जाने का नाम ही नहीं ले रहा था। उसके पास सोफ़े पर एक लुंगी पड़ी थी। मैंने वह उसके कंधे पर डाली और लिसा ने उसे गर्मागर्म मीठी चाय का एक प्याला दिया। जब मैंने मॉरिजियो की लाश को कंबल से ढंका तो वह कांप उठी। उसका चेहरा दर्द से भर गया और फिर वह पहली बार रोने लगी।

लिसा शांत थी। वह पुलओवर और जीन्स पहने हुई थी जो कि इस नम और गर्म रात में केवल बॉम्बे का कोई मूल निवासी ही पहन सकता है। उसकी आंख और गाल पर भी चोट का निशान था। जब उला फिर से शांत हुई तो हम कमरे के बाहर दरवाज़े पर आ गए, जहां से वह हमारी बातें नहीं सुन सके। लिसा ने एक सिगरेट ली और सिर झुकाकर मेरे लाइटर से उसे जलाने लगी। उसके बाद उसने धुआं छोड़ते हुए मुझे वहां आने के बाद पहली बार देखा।

'मुझे ख़ुशी है कि तुम आए। मैं ख़ुश हूं कि तुम आ गए। मैं कुछ नहीं कर सकती थी। मुझे यह कहना ही पड़ा, उसने–'

'चुप हो जाओ लिसा!' मैंने उसे रोकते हुए कहा। मेरा अंदाज़ कठोर था, लेकिन मेरी आवाज़ शांत और नरम थी। 'तुमने उसे चाकू नहीं मारा। *उसने* मारा है। मैं उसकी आंखों में यह देख सकता हूं। मैं इस निगाह को जानता हूं। वह अब भी उसे चाकू मार रही है, यह बात अब भी उसके दिमाग़ में चल रही है। उसके चेहरे पर यह भाव कुछ वक़्त तक रहेगा। तुम उसे बचाने की कोशिश कर रही हो, लेकिन तुम मुझसे झूठ बोलकर उसकी मदद नहीं कर पाओगी।'

वह मुस्कराई। हालात को देखते हुए यह एक अच्छी मुस्कान थी। अगर हम सीने में चाकू खाकर पड़े एक मुर्दे के पास नहीं खड़े होते तो इस मुस्कान का विरोध मुश्किल था।

'क्या हुआ?'

'बस इतना कि मैं उसे कोई नुक़सान नहीं होने देना चाहती।' उसने जवाब दिया।

'ना ही मैं। हुआ क्या था?'

'वह अचानक घर में घुस आया और उसने उस पर चाकू चला दिया। वह पागल हो चुका था। होशोहवास खो चुका था। मुझको लगता है कि उसे किसी बात की तलाश थी। वह उस पर चिल्ला रहा था और वह उसे जवाब नहीं दे पा रही थी।

वह तो उससे भी ज़्यादा पागल हो गई थी। उसके यहां आने से पहले मैंने वहां पर एक घंटा बिताया था। उसने मुझे मोडेना के बारे में बताया। मुझे कोई हैरानी नहीं है कि वह दीवानी हो गई थी। क्या कहूं... लिन, यह एक बहुत बुरी कहानी है। इसकी वजह से वह अपने होशोहवास खो चुकी थी। ख़ैर वह दरवाज़े से किसी गोरिल्ला की तरह भीतर घुस आया और उस पर चाकू चला दिया। वह ख़ून से सना हुआ था-मेरे ख़याल में मोडेना का ख़ून। यह बहुत ज़्यादा डरा देने वाला था। मैंने किचन के चाकू से उसे डराना चाहा, लेकिन उसने मुझे घूरते हुए धक्का दे दिया। मैं सोफ़े पर जा गिरी। वह मेरे ऊपर बैठ गया और जब वह अपना चाकू मुझे घोंपने ही वाला था कि उला ने उसकी पीठ में चाकू मार दिया। वह कुछ ही पल में मर चुका था। मुझे यक़ीन है। एक या दो सेकेंड में। बस ऐसे ही। वह मेरी तरफ़ देख रहा था और फिर वह मर चुका था। उसने मेरी जान बचाई है, लिन।'

'मेरे ख़याल से ज़्यादा संभावना तो यह है कि लिसा तुमने उसकी ज़िंदगी बचाई है। अगर तुम यहां नहीं होती तो अभी वह पीठ में चाकू लिए सोफ़े पर मुर्दा पड़ी होती।'

वह अचानक कांपने लगी। मैंने उसे बांहों में लेकर कुछ देर थामे रखा। जब वह फिर से शांत हो गई तो मैंने किचन से एक कुर्सी लाकर उस पर बैठा दिया। वह कांप रही थी। मैंने फ़ोन लगाया और अब्दुल्ला से संपर्क हो गया। कम से कम शब्दों में उसे यहां हुई घटना के बारे में बताने के बाद मैंने उससे अफ़्रीकी बस्ती में हसन ओबिक्वा से संपर्क साधकर उसे एक कार के साथ यहां लाने के लिए कहा।

धीरे-धीरे करके जब हम अब्दुल्ला और हसन का इंतज़ार कर रहे थे, असल बात सामने आई। उला अचानक थक चुकी थी, लेकिन मैं उसे सोने नहीं देना चाहता था। फ़िलहाल नहीं। कुछ देर बाद उसने बोलना शुरू किया। लिसा की बताई बातों में बीच-बीच में कुछ जोड़ते हुए और फिर ख़ुद ही पूरी कहानी सुनाने लगी।

मॉरिजियो बेलकेन की सेबेस्टियन मोडेना से मुलाक़ात बॉम्बे में हुई थी। वे दोनों ही वहां पर विदेशी वेश्याओं की दलाली करके पैसा कमाते थे। मॉरिजियो फ़्लोरेंटाइन में रहने वाले अभिभावकों की इकलौती संतान था, जिनका जब एक विमान दुर्घटना में निधन हुआ तो वह बच्चा था। उसके द्वारा हर बार शराब पीने के बाद उला को बार-बार बताई गई कहानी के मुताबिक़ उसका लालन-पालन दूर के रिश्तेदारों ने अपने घर में बिना किसी प्यार-मोहब्बत के बेहद अनमने तरीक़े से किया। 18 वर्ष की उम्र में वह विरासत का पहला हिस्सा मिलते ही काहिरा भाग गया। 25 वर्ष का होने तक उसने अपने अभिभावकों द्वारा छोड़ी गई तमाम संपत्ति उड़ा डाली। परिवार के बाक़ी लोगों ने उसकी मध्य पूर्व और एशिया में उसकी लम्पट हरक़तों की बनिस्बत उसे उसकी कंगाली के कारण निकाल बाहर कर दिया। 27 वर्ष की उम्र में उसने ख़ुद को बॉम्बे में पाया और वह यूरोपियन वेश्याओं के लिए दलाल का काम करने लगा।

बॉम्बे में मॉरिजियो के कारोबार में प्रमुख व्यक्ति था संकोची और शंकालु स्पेनिश सेबेस्टियन मोडेना। 30 वर्षीय मोडेना अमीर अरब और भारतीय ग्राहकों से संपर्क साधता था। उसका लघु रूप और बुज़दिली ग्राहकों के मन से हर तरह के डर या आशंका को भगा देती थी। मॉरिजियो को विदेशी लड़कियों की दलाली से जो कुछ मिलता था उसका पांचवां भाग मोडेना को मिलता था। उला का मानना था कि मोडेना इस असमान रिश्ते में ख़ुश था, जहां अधिकांश गंदा काम उसे करना पड़ता था, जबकि गंदे काम की अधिकांश कमाई मॉरिजियो की झोली में जाती थी, क्योंकि वह ख़ुद को छोटी मांसाहारी मछली और आदमकद आकर्षक इटालियन मॉरिजियो को एक शार्क समझता था।

उसकी पृष्ठभूमि मॉरिजियो से बिलकुल अलग थी। अंदालुसियन जिप्सी परिवार के 13 बच्चों में से एक मोडेना, एक बड़े झुंड के जरा से हिस्से की सोच के साथ बड़ा हुआ। पढ़ाई से ज़्यादा उसे अपराध की शिक्षा मिली और बमुश्किल शिक्षित मोडेना ने तुर्की, ईरान, पाकिस्तान और भारत में ठगी, धोखाधड़ी से लेकर छोटी-मोटी चोरियां तक कीं। वह पर्यटकों पर नज़र रखता था। कभी ज़्यादा का लालच नहीं करता था और किसी भी एक जगह ज़्यादा वक़्त तक नहीं ठहरता था। फिर उसे मॉरिजियो मिला और दो वर्ष तक वह उस दलाल के लिए ग्राहक लाता था और फिर उन्हें मॉरिजियो के चकले की वेश्याओं से मिलाता था।

उनका यह कारोबार काफ़ी लंबा खिंचता, लेकिन एक दिन मॉरिजियो अपने साथ उला को लेकर लियोपोल्ड्स पहुंचा। उला ने हमें बताया कि पहली ही नज़र में वह समझ गई थी कि मोडेना उसके बेतहाशा प्यार में पड़ चुका है। उसने उसे प्रोत्साहित किया, क्योंकि उसका समर्पण भाव उसके फ़ायदे का था। उसे मैडम झू के पैलेस से ख़रीदा गया था और मॉरिजियो अपने निवेश की लागत को जल्द से जल्द वापस पाना चाहता था। उसने प्यार में पागल मोडेना से कहा था कि वह उला के लिए दो बार प्रतिदिन ग्राहक की व्यवस्था करे, जब तक कि क़र्ज़ उतर नहीं जाता। अपने ही प्यार से दग़ाबाजी की पीड़ा से त्रस्त मोडेना ने अपने साथी पर उला को अपने चंगुल से आज़ाद करने के लिए दबाव बनाया। मॉरिजियो ने इंकार कर दिया और एक वेश्या के प्रति स्पेनिश व्यक्ति के प्यार की खिल्ली भी उड़ाते हुए इस बात पर ज़ोर दिया कि वह उसके लिए दिन-रात बस काम जुटाता रहे।

उला ने अपनी कहानी में उस वक़्त कुछ देर का विराम दिया, जब दरवाज़े पर दस्तक से अब्दुल्ला के आने का पता चला। रात की तरह काले कपड़ों में वह ऊंचा ईरानी चुपचाप भीतर आ गया। उसने मुझे गले लगाया और लिसा की तरफ़ देखकर गर्दन हिला दी। उसने आगे आकर उसके गाल पर चूम लिया। उसने ब्लैंकेट उठाकर मॉरिजियो के शव को देखा। सिर हिलाकर उसने एक ही वार में उसका काम तमाम करने पर पेशेवराना अंदाज़ में स्वीकृति की मुहर लगा दी। उसने दुआ करते हुए ब्लैंकेट गिरा दिया।

'हसन व्यस्त है। वह यहां एकाध घंटे में पहुंच जाएगा।' उसने कहा।

'क्या तुमने उसे बताया कि मैं उससे क्या चाहता हूं?'

'वह जानता है,' उसने जवाब देते हुए मुस्कराकर एक भौंह उचका दी।

'क्या बाहर अब भी शांति है?'

'भीतर आने से पहले मैंने जांचा। इमारत और चारों ओर की सड़कों पर सन्नाटा है।'

'अब तक पड़ोसियों ने कोई प्रतिक्रिया नहीं दी है। लिसा का कहना है कि उसने एक लात से ही दरवाज़ा तोड़ दिया था। साथ ही कुछ ज़्यादा चीख़ना-चिल्लाना भी नहीं हुआ। जब मैं यहां पहुंचा तो बग़ल के घर में तेज़ आवाज़ में संगीत बज रहा था। शायद पार्टी या कुछ चल रहा था। मुझे नहीं लगता कि किसी को इसके बारे में पता होगा।'

'हमें... हमें किसी को *बुलाना* होगा!' उला ज़ोर से चीख़ी और अचानक खड़ी हो गई। लुंगी उसके कंधे से नीचे गिर गई। 'हमें...डॉक्टर को बुलाओ...पुलिस को बुलाओ...'

अब्दुल्ला ने उसकी ओर दौड़ लगाई और बहुत ही कोमल भाव से उसे बांहों में समेट लिया। उसने उसे दोबारा बैठा दिया और उसे हिलाते हुए उसे सांत्वना देने के लिए कुछ बोला। मैं उन्हें शर्म के अहसास के साथ देख रहा था, क्योंकि मुझे इससे काफ़ी पहले उसे इस तरह से सांत्वना देनी चाहिए थी। और ठीक इसी तरह से कोमल भाव के साथ। लेकिन वास्तविकता यह थी कि मॉरिजियो की मौत के कारण मैं असहाय था और मैं डरा हुआ भी था। मेरे पास उसे मृत देखने के ढेर सारे कारण थे और इसके लिए तो मैं उसे घूंसे बरसाकर ही ढेर कर सकता था। दूसरे शब्दों में मेरे पास उसकी हत्या की वजह थी। लोगों को यह बात पता थी। मैं उस कमरे में लिसा और उला के साथ था। ऐसा लग रहा था कि मैं उनकी मदद की गुहार पर वहां पहुंचा था, लेकिन इतना ही पर्याप्त नहीं था। मैं वहां इसलिए भी पहुंचा था, क्योंकि मैं ख़ुद अपनी मदद करना चाहता था। मैं इस बात को सुनिश्चित करना चाहता था कि इस हत्या का कोई भी धागा मेरी तरफ संकेत नहीं करे। और यही वज़ह थी कि मेरे भीतर वह कोमल भावना नहीं थी। सारी कोमलता बस उस ईरानी हत्यारे अब्दुल्ला ताहेरी की ओर से ही आई।

उला ने दोबारा बोलना शुरू किया। लिसा ने उसे वोदका और नींबू के रस से तैयार एक और ड्रिंक दी। उसने उसे गटका और उसकी कहानी जारी रही। इसमें कुछ वक़्त लगा, क्योंकि वह असहज थी और घबराई हुई भी। वह कई बार प्रमुख बातों को भुला देती थी और उसका घटनाक्रम भी गड़बड़ा रहा था। वह उन्हें घटना के क्रम की बज़ाय उस क्रम में बता रही थी, जिसमें उसे वह याद आ रहा था। हमें उससे सवाल पूछकर उसे घटना के विवरण को सिलसिलेवार बनाने में मदद करनी पड़ रही थी। लेकिन धीरे-धीरे हमें सब समझ आ गया।

मोडेना ने उस नाइजीरियाई कारोबारी के साथ पहली मुलाक़ात की थी, जो हेरोइन पर साठ हज़ार डॉलर ख़र्च करना चाहता था। उसने उसकी मॉरिजियो से पहचान कराई और नाइजीरियाई कारोबारी ने बहुत ही आसानी से साठ हज़ार डॉलर उनके हवाले कर दिए। मॉरिजियो का इरादा वह पैसे लेकर भाग जाने का था, लेकिन मोडेना का इरादा कुछ और ही था। उसने उला को आज़ाद करने और ख़ुद को मॉरिजियो के चंगुल से छुड़ाने का फ़ैसला किया। उला को गुलाम बनाने के कारण वह मॉरिजियो से नफ़रत करता था। उसने उससे पैसा छीना और फिर भूमिगत हो गया। इससे चिढ़कर नाइजीरियाई को हत्यारों का एक दल बॉम्बे भेजना पड़ा। ख़ुद मोडेना को तलाश रहे मॉरिजियो ने कुछ देर के लिए ख़ून के प्यासे अफ़्रीकियों का ध्यान बंटाने के लिए मेरा नाम देकर यह कहा कि पैसे मैंने चुराए हैं। अब्दुल्ला और मैं उस कहानी का अगला हिस्सा अच्छी तरह से जानते थे।

मेरे सामने कायरता के रोने और नाइजीरियाइयों के उसकी तलाश में लौटने के भय के चलते मॉरिजियो बेलकेन अपना नुक़सान कम नहीं कर सका और बॉम्बे छोड़कर नहीं जा सका। वह अपने दिल में मोडेना के क़त्ल और उन दोनों द्वारा चुराए गए धन के लालच को लेकर उठ रही तीव्र भावना को नहीं दबा पा रहा था। कई सप्ताह तक उसने उला पर नज़र रखी और उसका पीछा करता रहा। वह जानता था कि आज नहीं तो कल मोडेना उससे संपर्क साधेगा ही। जब स्पेनिश व्यक्ति ने संपर्क किया तो उला उसके पास गई। इस बात के अहसास के बग़ैर कि उसके इस क़दम के चलते वह सनकी इतालवी व्यक्ति भी दादर स्थित सस्ते होटल का पता जान गया, जहां पर उसका भागीदार छिपा हुआ था। मॉरिजियो गुस्से में कमरे में घुसा, लेकिन वहां पर मोडेना अकेला था। उला जा चुकी थी और पैसा भी। मोडेना बीमार था। किसी बीमारी ने उसकी हालत पतली कर रखी थी। उला को लगता था कि शायद यह मलेरिया था। मॉरिजियो ने उसे पलंग से बांध दिया और फिर अपने धारदार ख़ंजर से उस पर वार करना शुरू कर दिया। किसी भी अन्य की तुलना में मोडेना सख़्त साबित हुआ और उसने अंत तक मुंह नहीं खोला। उसने यह तक बताने से इंकार कर दिया कि उला बग़ल के ही कमरे में सारी धनराशि के साथ मौजूद है।

'जब मॉरिजियो का ख़ंजर शांत हो गया... वह काटाकाटी... और वह कमरे से चला गया, मैंने काफ़ी वक़्त तक इंतज़ार किया,' उला ने कालीन की तरफ़ देखते हुए कंबल के भीतर कांपते हुए कहा। लिसा ज़मीन पर उसके पैरों के पास बैठी हुई थी। उसने हल्के हाथों से उला के हाथ से गिलास लिया और उसे एक सिगरेट थमा दी। उला ने उसे स्वीकार लिया, लेकिन कश नहीं लगाया। उसने पहले लिसा की आंखों में देखा, फिर गर्दन ऊंची करके अब्दुल्ला और फिर मेरी आंखों में झांका।

'मैं इतनी डरी हुई थी,' उसने याचना के अंदाज़ में कहा, 'मैं बहुत ज़्यादा डरी हुई थी। कुछ वक़्त के बाद मैं कमरे में गई और मैंने उसे देखा। वह पलंग पर पड़ा हुआ था। उसके मुंह पर कपड़ा बंधा हुआ था। वह बिस्तर से बंधा हुआ था और

केवल अपना सिर हिला रहा था। उसके पूरे शरीर पर घाव के निशान थे। उसके चेहरे, उसके शरीर पर, हर कहीं। इतना ज़्यादा ख़ून था वहां। बहुत ज़्यादा ख़ून। वह अपनी काली आंखों से मुझे घूरता रहा, घूरता रहा। मैंने उसे वहीं छोड़ दिया...और मैं...मैं भाग निकली।'

'तुमने उसे उस हालत में छोड़ दिया?' लिसा ने चकित होकर कहा।

उसने हामी में सिर हिलाया।

'तुमने उसके हाथ-पैर तक नहीं खोले?'

उसने फिर सिर हिलाया।

'हे *भगवान!'* लिसा ने कड़वाहट के साथ थूकते हुए कहा। उसने अपनी दुखी आंखें पहले अब्दुल्ला और फिर मेरी तरफ़ घुमाई। 'उसने मुझे यह बात नहीं बताई थी।'

'उला सुनो, क्या तुम्हें लगता है कि वह अब भी वहीं होगा?' मैंने पूछा।

उसने तीसरी बार सिर हिलाया। मैंने अब्दुल्ला की तरफ़ देखा।

'मेरा दादर में एक अच्छा दोस्त है,' उसने कहा, 'होटल कहां है? उसका नाम क्या है?'

'मैं नहीं जानती,' वह बोली, 'यह बाज़ार के क़रीब है। पीछे की तरफ़, वहां जहां पर कचरा फेंका जाता है। बदबू बहुत ही बेकार है। नहीं ठहरो, मुझे याद आया, मैंने टैक्सी वाले को नाम बताया था-उसका नाम है कबीर। बस। यही उसका नाम है। हे भगवान! मैंने जब उसे छोड़ा, तो मैंने बस इतना सोचा...मुझे यक़ीन था कि वे लोग उसे खोज निकालेंगे...और...उसे आज़ाद कर देंगे। क्या तुम्हें लगता है कि वह अब भी उस बिस्तर पर पड़ा होगा? क्या तुम ऐसा सोचते हो?'

अब्दुल्ला ने दोस्त को फ़ोन लगाते हुए उसे किसी से होटल में देखने के लिए कहा।

'पैसा कहां है?' मैंने पूछा।

वह हिचकिचाई।

'*पैसा*, उला। वह मुझे दे दो।'

वह कांपती हुई लिसा के सहारे खड़ी हुई और बेडरूम में चली गई। कुछ देर बाद वह हवाई यात्रा के बैग के साथ लौटी। उसने मुझे वह थमा दिया, लेकिन उसके चेहरे के हावभाव कुछ और ही कह रहे थे-नखरे से भरे और विरोधी। मैंने बैग खोलकर कुछ सौ अमेरिकी डॉलर की गड्डियां निकालीं। मैंने गिना तो वे बीस हज़ार डॉलर थे।

'दस हज़ार डॉलर हसन के लिए हैं,' मैंने घोषणा की, 'पांच हज़ार तुम्हें एक नया जर्मन पासपोर्ट और हवाई जहाज का टिकट दिलाने के लिए हैं। पांच हज़ार यहां साफ़-सफ़ाई करके शहर के दूसरे इलाक़े में लिसा के लिए दूसरा फ़्लैट हासिल करने के लिए हैं। बाक़ी का तुम्हारा है। और मोडेना का, अगर वह ज़िंदा हुआ तो।'

वह कुछ बोलना चाहती थी, लेकिन दरवाज़े पर हल्की सी दस्तक ने हसन के आगमन की सूचना दी। बलिष्ठ और सुडौल नाइजीरियाई भीतर आया और उसने मेरा और अब्दुल्ला का उत्साह के साथ अभिवादन किया। हम सबकी तरह वह बॉम्बे की गर्मी से मेल बैठा चुका था। उसने बिना किसी परेशानी के एक जैकेट और हरे रंग की जीन्स पहन रखी थी। उसने मॉरिजियो के शरीर से ब्लैंकेट हटाया और त्वचा की चिकोटी काटी, उसकी बांह को हिलाया और शव को सूंघा।

'मेरे पास एक अच्छा प्लास्टिक है,' उसने एक प्लास्टिक शीट निकालकर ज़मीन पर बिछाते हुए कहा, 'हमें उसके सारे कपड़े उतारने होंगे। कोई अंगूठी या चेन हो तो वह भी। हमें बस उसका शव चाहिए। उसके दांत हम बाद में निकाल लेंगे।'

जब मैंने कोई प्रतिक्रिया नहीं दी तो उसने मेरी तरफ़ देखा। मैं वहां मौज़ूद दोनों महिलाओं के चेहरों को देख रहा था जो डर के मारे सफ़ेद पड़ चुके थे।

'क्या ही बेहतर होगा, अगर तुम उला को बाथरूम में नहाने के लिए ले जाओ,' मैंने हल्की सी मुस्कान के साथ लिसा से कहा, 'और तुम भी नहा लेना। मुझे लगता है कि यहां पर मेरा काम कुछ ही वक़्त में समाप्त हो जाएगा।'

लिसा उला को बाथरूम की ओर ले गई और उसके लिए शॉवर चालू कर दिया। हमने मॉरिजियो के शव को प्लास्टिक की शीट पर रखा और सारे कपड़े उतार दिए। उसकी त्वचा कुछ जगह पीली और कुछ जगह संगमरमर की तरह धूसर थी। वास्तविक ज़िंदगी में मॉरिजियो ऊंचे क़द, अच्छे डीलडौल का व्यक्ति था। मरने के बाद उसका नंगा शव बहुत दुबला-पतला, कमज़ोर लग रहा था। मुझे उसके प्रति दया रखनी चाहिए थी। भले ही हमारे मन में किसी के लिए कभी भी दया नहीं रही हो, लेकिन जब उनकी मौत हो चुकी हो हमें उन्हें देखते हुए, उन्हें छूते हुए दया-भाव रखना चाहिए। दया दरअसल प्यार का ही एक हिस्सा होता है जो बदले में कुछ भी नहीं मांगता। यही वजह है कि दया भरा हर क़दम एक तरह की दुआ होता है। और मृत लोगों के लिए दुआ की ज़रूरत होती है। शांत पड़ चुका दिल, सीने पर सांस से होने वाला उतार-चढ़ाव बंद होना, आंखों की ज्योति बुझ जाना-हमारी दुआओं को बुला ही लेते हैं। हर मृत व्यक्ति खंडहर हो चुका मंदिर होता है और जब हमारी आंखें वहां पहुंचती हैं तो हमें दया करनी चाहिए, हमें दुआ करनी चाहिए।

लेकिन मुझे उस पर कतई दया नहीं आ रही थी। *तुम्हें वही मिला जिसके तुम लायक़ थे,* मैंने उसके शरीर पर प्लास्टिक शीट लपेटते हुए सोचा। मुझे यह सोचने के कारण घृणित और आत्माहीन होने का अहसास हुआ, लेकिन शब्द किसी गुस्सैल भीड़ की तरह मेरे दिमाग़ में हत्या के इरादों वाले विचारों की तरह उमड़ रहे थे। *तुम्हें वही मिला जिसके तुम लायक़ हो।*

हसन अपने साथ लांड्री की ट्रॉली वाली बास्केट लाई थी। हम उसे गलियारे से कमरे में लाए। मॉरिजियो का शरीर ऐंठने लगा था और हमें बास्केट में उसे रखने के लिए उसके पैरों को मोड़ना पड़ा। हम बिना किसी का ध्यान खींचे उसे सीढ़ियों

से नीचे सड़क पर ले आए, जहां पर हसन की डिलिवरी वैन खड़ी थी। उसके लोग इस वैन का इस्तेमाल अफ़्रीकी बस्ती की दुकानों पर प्रतिदिन मछलियों, ब्रेड, फल, सब्ज़ियों और केरोसिन की डिलिवरी के लिए करते थे। हमने पहिये लगी बास्केट को उठाकर वैन के पीछे रखा। प्लास्टिक में लिपटे शरीर पर ब्रेड, सब्ज़ियों की टोकरियां और मछलियों के ट्रे रख दिए।

'धन्यवाद हसन,' मैंने उससे हाथ मिलाते हुए दस हज़ार डॉलर का बंडल उसके हाथ में थमा दिया, जिसे उसने सफ़ाई के साथ जेब में रख लिया।

'नहीं,' उसने भारी आवाज़ में कहा। वह आवाज़ जिसकी अफ़्रीकी बस्ती में *तूती* बोलती थी। 'मुझे यह काम करके बेहद ख़ुशी हुई। अब लिन, हमारा हिसाब बराबर हो गया। हिसाब बराबर।'

उसने अब्दुल्ला की तरफ़ देखकर सिर हिलाया और हमें छोड़कर थोड़ा आगे खड़ी अपनी कार की ओर चल दिया। इधर रहीम ने वैन से झांककर हमें मुस्कान दी और इंजिन चालू करके वह बिना पीछे देखे चला गया। हसन की कार उससे कुछ मीटर पीछे चल दी। उसके बाद हमने कभी मॉरिजियो के बारे में कोई फुसफुसाहट तक नहीं सुनी। चर्चाओं के मुताबिक़ हसन ओबिक्वा ने अपनी झोपड़पट्टी के बीच में एक गड्ढा खोद रखा है। कुछ कहते थे कि यह गड्ढा चूहों से भरा है। कुछ लोगों का कहना है कि इस गड्ढे में केकड़े हैं तो कुछ की राय में वह वहां बड़े सुअर पालता है। वहां रहने वाले भूखे जानवर चाहे जो हों, इस बात को लेकर सबके बीच सहमति थी कि उन्हें वक़्त-वक़्त पर मुर्दों के शव खाने का मौक़ा मिल ही जाता था।

'पैसे का अच्छा इस्तेमाल,' वैन को जाते हुए देखकर बिना किसी हावभाव के अब्दुल्ला बड़बड़ाया।

हम घर में लौटे और दरवाज़े के ताले की मरम्मत की ताकि हमारे जाने के बाद उसे बंद किया जा सके। अब्दुल्ला ने एक और व्यक्ति को फ़ोन करके दो भरोसेमंद लोगों के अगले दिन यहां आने का इंतज़ाम करा दिया। उन्हें निर्देश दिए गए थे कि वे अपने साथ आरी लाएं और सोफ़े को बिलकुल छोटे-छोटे टुकड़ों में करके कूड़े की बोरियों में भरकर ले जाएं। उन्हें कालीन को साफ़ करके फ़्लैट को व्यवस्थित कर देना था। वहां रहने वाले वर्तमान लोगों के सारे निशान मिटा देने थे।

उसने फ़ोन रखा ही था कि दोबारा घंटी बज उठी। उसके दादर के संपर्क के पास ख़बर थी। होटल के कमरे में स्टाफ़ ने जब मोडेना को देखा तो वह उसे उठाकर तत्काल अस्पताल ले गए। अब्दुल्ला के साथी ने बाद में अस्पताल जाकर छानबीन की तो पता चला कि वह कमज़ोर और घायल व्यक्ति वार्ड से जा चुका था। उसे अंतिम बार एक टैक्सी पकड़ते हुए देखा गया था। उसका इलाज करने वाले डॉक्टर को आशंका थी कि वह बमुश्किल रात भर ही ज़िंदा रहेगा।

'अज़ीब बात है,' अब्दुल्ला के ख़बर सुनाने के बाद मैंने कहा। 'देखो मैं मोडेना को जानता था... मैं उसे अच्छी तरह से जानता था। मैंने उसे लियोपोल्ड्स पर देखा

था...मुझे याद नहीं...शायद सैकड़ों बार। लेकिन मुझे उसकी आवाज़ याद नहीं। मैं याद नहीं कर पा रहा हूं कि उसकी आवाज़ कैसी थी। मैं अपने दिमाग़ में उसकी आवाज़ नहीं सुन पा रहा हूं। अगर तुम समझ रहे हो मैं क्या कह रहा हूं।'

'मुझे वह अच्छा लगता था,' अब्दुल्ला ने कहा।

'तुमसे यह बात सुनकर मुझे आश्चर्य हुआ।'

'क्यों?'

'मुझे पता नहीं,' मैंने जवाब दिया, 'वह इतना... इतना *कमज़ोर* था।'

'वह एक अच्छा सैनिक बन सकता था।'

मैंने हैरत में भौंहें उचकाईं। मुझे तब लगा था कि मोडेना दब्बू नहीं है, लेकिन कमज़ोर है। मैं समझ ही नहीं पाया कि अब्दुल्ला के कहने का क्या मतलब था। मैं तब नहीं जानता था कि अच्छे सैनिक को उनकी सहनशक्ति से परिभाषित किया जाता है ना कि उनके द्वारा किसी को मारे जाने से।

और जब कहानी के सारे ताने-बाने बुन लिए गए तो उला शहर छोड़कर जर्मनी के लिए रवाना हो गई और लिसा एक नए फ़्लैट में रहने चली गई। मोडेना और मॉरिजियो और उला के बारे में अंतिम सवाल भी धीरे-धीरे भुला दिए गए और सारी चर्चाएं भी अंततः बंद ही हो गईं। फिर भी मेरे विचारों में वह स्पेनिश व्यक्ति बार-बार चला आता था, जो रहस्यमयी तरीक़े से ग़ायब हो गया था। अगले दो सप्ताह में मैंने दिल्ली और वापसी की दो डबल-शफ़ल उड़ानें भरीं। उसके बाद मैंने किन्शासा की 72 घंटे की यात्रा करते हुए अब्दुल ग़नी के नेटवर्क को 10 नए पासपोर्ट पहुंचाए। मैंने काम पर पूरा ध्यान एकत्रित करते हुए ख़ुद को व्यस्त रखने की कोशिश की। लेकिन मेरे दिमाग़ का अधिकांश हिस्सा उसकी ही छवि से भरा हुआ था, मोडेना, बिस्तर से बंधा हुआ और उला को उसे छोड़कर जाते हुए घूरता हुआ। मुंह पर पट्टी बंधी हुई इसलिए चिल्लाने का कोई रास्ता ही नहीं। और जब वह कमरे में आई होगी तो उसने क्या सोचा होगा... *मैं बच गया...* और उसने क्या सोचा होगा, जब उसने उसके चेहरे पर आतंक देखा होगा। और क्या उसकी आंखों में कुछ और भी था : क्या यह नफ़रत थी या उससे भी भयावह कोई बात? क्या शायद वह ज़्यादा सहज महसूस कर रही थी? क्या वह उससे निज़ात पाकर ख़ुश दिख रही थी? और उसने क्या महसूस किया होगा जब वह उसे छोड़कर मुंह फेरकर वहां से निकल गई होगी और जाते हुए दरवाज़ा बंद किया होगा?

जब मैं जेल में था तो एक महिला के प्यार में पड़ गया था जो कि एक लोकप्रिय टीवी कार्यक्रम में अभिनेत्री थी। वह जेल ड्रामा ग्रुप को अभिनय और थिएटर के बारे में सिखाने के लिए आती थी। हमारी जम गई। वह एक शानदार अभिनेत्री थी और मैं एक लेखक था। वह आवाज़ और हावभाव का शारीरिक प्रमाण थी और मैंने अपने शब्दों को उसके भीतर घूमते, सांस लेते देखा। हम दुनियाभर में कलाकारों द्वारा अपनाए जाने वाले तरीक़े से संवाद करने लगे : लय और उल्लास। कुछ वक़्त गुज़र

जाने के बाद उसने मुझसे कहा कि वह मुझसे प्यार करने लगी थी। मैंने उस पर यक़ीन कर लिया और मैं आज भी मानता हूं कि वह सच कह रही थी। कई महीने तक हमने अभिनय की कक्षाओं से समय चुराकर अपने प्यार को पाला-पोसा। लंबे ख़त जो मैंने जेल के अवैध डाक व्यवस्था का लाभ उठाकर उस तक पहुंचाए।

फिर मेरी परेशानियां बढ़ गईं और मुझे उठाकर दंड इकाई में फेंक दिया गया। मुझे पता नहीं कि कैसे लोगों को हमारे प्यार के बारे में पता चल गया, लेकिन दंड इकाई में पहुंचते ही उन्होंने मुझसे इस बारे में सवाल करने शुरू कर दिए। वे बहुत गुस्से में थे। एक क़ैदी के उनकी नाक के नीचे एक महिला के साथ प्रेम प्रसंग ने उनकी सत्ता और शायद उनकी मर्दानगी को ही चुनौती दे डाली थी। उन्होंने जूतों, घूंसों और लाठियों से मेरी पिटाई की ताकि मैं मान लूं कि मैं और वे महिला प्रेमी थे। वे उसके ख़िलाफ़ आरोप लगाने के लिए मेरी अपराध की स्वीकृति चाह रहे थे। एक बार पिटाई करते हुए उन्होंने मेरे सामने उसका फ़ोटो रख दिया। यह प्रचार के लिए उसका मुस्कराता हुआ चेहरा था, जो उन्हें जेल के ड्रामा ग्रुप के पास मिला था। वे मुझे बता रहे थे कि पिटाई बंद कराने के लिए मुझे केवल हामी भरनी है। बस अपना सिर हिलाओ, मेरे ख़ून से सने चेहरे के सामने फ़ोटो पकड़कर उन्होंने कहा। *केवल सिर हिलाओ। तुम्हें बस इतना करना है और यह सब ख़त्म हो जाएगा।*

मैंने कभी कुछ नहीं स्वीकारा। मैंने उसके प्यार को दिल की तिजोरी में बंद कर दिया था, जबकि वह लोग मेरी चमड़ी और हड्डियों के रास्ते वहां पहुंचने का प्रयास कर रहे थे। फिर एक दिन जब मैं पिटाई के बाद अपनी कोठरी में बैठकर मेरे गाल की टूटी हड्डी के कारण मुंह और टूटी नाक से बहते ख़ून को रोकने की कोशिश कर रहा था, मेरी कोठरी का दरवाज़ा खुला। एक ख़त हवा में लहराता हुआ मेरी कोठरी के फ़र्श पर आ गिरा। मैं घिसटता हुआ ख़त तक पहुंचा और घिसटता हुआ ही उसे पढ़ने के लिए बिस्तर तक लौट आया। यह ख़त उसकी तरफ़ से आया था। यह एक डियर जॉन क़िस्म का यानी कि प्रेम संबंध ख़त्म करने का ख़त था। उसने लिखा था कि उसे एक व्यक्ति मिल गया है। वह एक संगीतकार है। उसके तमाम दोस्तों ने उसे एक स्वर में मेरे साथ संबंध तोड़ने के लिए कहा था, क्योंकि मैं जेल में 20 वर्ष की सज़ा काट रहा था और ऐसे में हम दोनों का साथ में कोई भी भविष्य नहीं था। उसे उस नए व्यक्ति से प्यार था और उसका संगीत दौरा ख़त्म होने के बाद वह उससे शादी करने का इरादा रखती थी। उसे उम्मीद थी कि मैं बात को समझूंगा। उसे अफ़सोस था, लेकिन यह अलविदा कहने के लिए लिखा गया ख़त था, अलविदा हमेशा के लिए और फिर वह मुझे कभी नहीं देख सकेगी।

मेरे टूटे-फूटे चेहरे से ख़ून टपक रहा था। जेलकर्मियों ने निश्चित ही ख़त मुझे देने से पहले पढ़ लिया था। वह मेरे दरवाज़े के बाहर हंसने लगे। वे ठहाके लगाते रहे। वह अपनी हंसी को जीत के तौर पर दर्शाने के लिए हंसते रहे और मैं यह सोचकर विस्मित था कि उसका वह नया व्यक्ति, उसका संगीतकार, क्या वह उसे यातनाओं

से बचाने के लिए डटकर खड़ा होगा। शायद वह हो भी जाए। किसी व्यक्ति के भीतर क्या है आप तब तक नहीं बता सकते, जब तक कि आप उनसे छीनने नहीं लगते। एक वक़्त में एक उम्मीद।

और पता नहीं कैसे लेकिन मॉरिजियो की मौत के कुछ सप्ताहों बाद, मोडेना का चेहरा या मेरे दिमाग़ में मौज़ूद उसका बंधा हुआ, ख़ून से सना, घूरता हुआ चेहरा धीरे-धीरे जेल में खोई हुई अपने प्यार की यादों से सराबोर हो गया। मुझे नहीं पता क्यों : ऐसी कोई ख़ास वजह नहीं थी कि मोडेना की नियति मेरी नियति के साथ ऐसे जुड़ जाएगी। लेकिन ऐसा हुआ और मैंने अपने भीतर अंधकार को पनपते देखा, जो दुख के लिहाज़ से बेहद स्तब्ध और गुस्से के लिहाज़ से काफ़ी शांत था।

मैंने इससे लड़ने की कोशिश की। मैंने ख़ुद को जितना संभव था व्यस्त रखा। मैंने दो और बॉलीवुड फ़िल्मों में छोटी भूमिकाएं स्वीकार लीं-एक पार्टी और सड़क के एक दृश्य में अतिरिक्त कलाकार के तौर पर। मैं कविता से मिला और उससे फिर एक बार जेल में आनंद से मिलने की गुज़ारिश की। अधिकांश दोपहर मैं अब्दुल्ला के साथ वज़न उठाने, बॉक्सिंग या कराटे का अभ्यास करता था। मैं बीच-बीच में झोपड़पट्टी के क्लीनिक में भी जाने लगा। मैंने प्रभाकर और जॉनी को शादी की तैयारियों में मदद की। मैं क़ादरभाई के प्रवचन सुनता था। मैंने ख़ुद को किताबों, पांडुलिपियों, चर्मपत्रों में डुबो लिया और अब्दुल ग़नी के विशाल निजी कलेक्शन में रखी चमकीले पत्थरों पर पुरानी कारीगरी को देखता रहता था। लेकिन कोई भी काम मेरे भीतर गहराते अंधकार को दूर नहीं कर पा रहा था। धीरे-धीरे प्रताड़ित स्पेनिश व्यक्ति का चेहरा, चुप्पी और चीख़ती हुई आंखें मेरे अपने याद रह चुके लम्हे बनते चले गए : पन्नों पर ख़ून टपकते हुए और मेरे मुंह से कोई भी आवाज़ नहीं निकलना। ऐसी बातें आपके दिल के एक छिपे हुए कोने पर कब्ज़ा जमा लेती हैं, वे तमाम लम्हे जो हमारे भीतर बिना चीख़ के समेटे हुए होते हैं। वहीं पर प्यार, हाथियों की तरह, ख़ुद को मौत के मुंह तक खींच ले जाता है। यह वह जगह है, जहां पर आप प्रतिष्ठा को भुलाकर खुलकर रो सकते हैं। उन नींदविहीन रातों और सोच से भरे दिनों में, मोडेना का चेहरा हमेशा वहां पर था, दरवाज़े को ताकता हुआ।

और जबकि मैं काम और चिंता में डूबा हुआ था, लियोपोल्ड्स हमेशा के लिए बदल गया। वह भीड़ जो वहां जमा होती थी, बिखर गई और ग़ायब हो गई। कार्ला जा चुकी थी। उला जा चुकी थी। मोडेना जा चुका था और शायद मर भी चुका था। मॉरिजियो मर चुका था। एक बार जब मैं इतना व्यस्त था कि एक ड्रिंक के लिए भी नहीं रुक सकता था, चलते-चलते मैंने भीतर झांककर देखा तो जान-पहचान वाला एक भी चेहरा वहां नहीं था। फिर भी हर शाम डिडियर अपने पसंदीदा टेबल पर मिल जाता था। अपना कारोबार करते हुए और पुराने दोस्तों से ड्रिंक्स का तोहफ़ा क़बूल करते हुए। धीरे-धीरे उसके इर्द-गिर्द एक नई भीड़ जमा हो गई,

बिलकुल नई और अलग अंदाज़ की। लिसा कार्टर अपने साथ वहां एक रात ड्रिंक्स के लिए कल्पना अय्यर को लेकर आई और वह युवा सहायक निर्माता लियोपोल्ड्स की नियमित ग्राहक बन गई। विक्रम और लेति अपनी शादी की तैयारियों के अंतिम चरण में थे। वह भी तक़रीबन हर दिन वहां पर कॉफ़ी, नाश्ते या बियर के लिए रुकते थे। कविता सिंह के साथ काम करने वाले दो युवा पत्रकार अनवर और दिलीप ने भी वहां आने का न्यौता स्वीकार लिया था। पहली बार में उनकी मुलाक़ात लिसा कार्टर, कल्पना, कविता और लेति के अलावा उन तीन जर्मन लड़कियों से हो गई थी, जिन्होंने फ़िल्मों में अतिरिक्त कलाकार की लिसा द्वारा दी गई भूमिका स्वीकार ली थी–सात ख़ूबसूरत, बुद्धिमान, ज़िंदादिल महिलाएं। उसके बाद वे हर दिन और रात लियोपोल्ड्स आने लगे।

नए समूह द्वारा वहां पर तैयार किया गया माहौल कार्ला सारानेन द्वारा तैयार माहौल से अलग था। अमिट चतुराई और कटीले व्यंग्य जैसे कार्ला के तोहफ़ों ने अपने दोस्तों के समूह को गंभीर चर्चा और हल्की–फुल्की हंसी के लिए प्रेरित किया था। नया समूह डिडियर की कर्कश आवाज़ के ज़्यादा नज़दीक था, जो व्यंग्यबाण चलाते–चलाते उसमें अशिष्ट, अश्लील और गंदी बातों तक पहुंच जाता था। उनकी हंसी ज़्यादा तेज़ थी, शायद ज़्यादा नियमित लेकिन उन चुटकुलों या मसख़रों की कोई भी बात याद रखने जैसी नहीं होती थी।

फिर एक रात, विक्रम की लेति के साथ शादी होने के एक दिन बाद, और मॉरिजियो के हसन ओबिक्वा के गड्ढे में विलीन हो जाने के कुछ सप्ताह बाद, मैं हंसी–मज़ाक़ में डूबे एक नए समूह के साथ बैठा हुआ था। मैंने प्रभाकर को खुले दरवाज़े से देखा। उसने मेरी तरफ़ देखकर हाथ हिलाया और मैं उठकर बाहर उसकी टैक्सी के पास पहुंच गया।

'ओह, प्रभु। क्या हाल हैं? हम विक्रम की शादी का जश्न मना रहे हैं। उसने कल लेति के साथ शादी कर ली।'

'हां, लिन बाबा। नए शादीशुदा जोड़े को परेशान करने के लिए माफ़ी चाहूंगा।'

'कोई बात नहीं। वह यहां पर नहीं हैं। वह तो लंदन गए हैं अपने अभिभावकों से मिलने के लिए। लेकिन क्या चल रहा है?'

'*क्या,* लिन बाबा?'

'अरे! मेरे कहने का मतलब है कि तुम यहां क्या कर रहे हो? कल तो तुम्हारा बड़ा दिन है। मुझे तो लगा कि तुम और जॉनी सिगार दूसरे लोगों के साथ झोपड़पट्टी में दारू पी रहे होगे।'

'बस इस बातचीत के बाद। फिर मैं चला जाऊंगा,' उसने स्टियरिंग व्हील पर हाथ फिराते हुए कुछ घबराकर कहा। कार के आगे के दोनों दरवाज़े हवा के लिए खुले थे। यह एक गर्म रात थी। सड़क पर ठंडी हवा या ध्यान भटकाने के लिए किसी

बात को तलाशते जोड़ों, परिवारों और एकाकी युवकों की भीड़ थी। सड़क पर खड़ी कारों के पास से गुज़रते लोगों का प्रभाकर की टैक्सी के खुले दरवाज़ों के पास जमावड़ा होने लगा और उसने उसे ज़ोर से बंद कर दिया।

'तुम ठीक तो हो?'

'ओह, हां, लिन। मैं बहुत, बहुत अच्छा हूं,' उसने कहा। फिर उसने मेरी तरफ़ देखकर कहा, 'नहीं, वास्तविकता में नहीं बाबा। सच कहूं तो मैं बहुत-बहुत बुरी स्थिति में हूं।'

'क्या हो गया?'

'लिन बाबा समझ नहीं आ रहा कि आपको कैसे बताऊं। आप जानते हैं ही कि कल मेरी पार्वती के साथ शादी होने जा रही है। क्या आप जानते हैं लिन बाबा, मैंने पहली बार पार्वती को आज से छह साल पहले देखा था। जब वह केवल सोलह बरस की थी। पहली बार, जब वह पहली बार झोपड़पट्टी में आई थी, उसके पिताजी कुमार की चाय की दुकान खुलने से पहले, वह अपने मां-बाप और छोटी बहन सीता, जिसकी जॉनी सिगार से शादी होने जा रही है, के साथ एक छोटी सी झोपड़ी में रहती थी। और पहले दिन वह कंपनी से पानी का भरा हुआ मटका लेकर लौट रही थी। उसने मटका सिर पर रखा हुआ था।'

वह रुका और टैक्सी के कांच से आते-जाते रंग-बिरंगे ट्रैफ़िक को देखने लगा। उसके नाख़ून स्टियरिंग व्हील पर लगे रबर में धंस गए थे। मैंने उसे कुछ वक़्त देने का फ़ैसला किया।

'ख़ैर,' उसने बात को आगे बढ़ाया, 'मैं उसे देख रहा था। वह भारी मटका उठाकर समतल रास्ते पर चलने की कोशिश कर रही थी। और वह मटका शायद बहुत पुराना था, जिसकी मिट्टी कमज़ोर हो चुकी थी। वह अचानक गिरकर टुकड़े-टुकड़े हो गया। पूरा पानी उसके शरीर पर गिर गया। वह रोने लगी और ज़ोर-ज़ोर से रोने लगी। मैंने उसकी तरफ़ देखा और मुझे महसूस हुआ...'

वह चुप होकर फिर से गतिशील सड़क को देखने लगा।

'उसके लिए बुरा महसूस हुआ?' मैंने पूछा।

'नहीं बाबा, मुझे लगा...'

'दुखी? तुम्हें उसके लिए दुख हुआ?'

'नहीं बाबा। अचानक मेरी यौन इच्छा जाग उठी। समझ गए ना?'

'हे भगवान प्रभु। मैं जानता हूं!' मैंने गुस्से में कहा, 'आगे बताते रहो। फिर क्या हुआ?'

'कुछ भी नहीं हुआ। ' उसने कहा, कुछ चिढ़कर और कुछ शर्म से, 'लेकिन केवल उस एक बार। मैं उसके लिए उस भावना को कभी नहीं भुला पाया और अब मेरी उससे शादी होने जा रही है तो वह भावना और भी प्रबल होती जा रही है।'

'मैं नहीं जानता प्रभु कि तुम बात को कहां ले जा रहे हो,' मैंने कुछ चिढ़कर कहा।

'मैं तुमसे पूछ रहा हूं, लिन,' उसने थूक गटकते हुए कहा। उसने मेरी तरफ़ चेहरा किया और उसकी आंखों से आंसू बहने लगे। वह सुबकते हुए बोलने लगा, 'वह बहुत ख़ूबसूरत है। मैं बहुत नाटा-छोटा सा व्यक्ति हूं। क्या आपको लगता है कि मैं एक अच्छा और सेक्सी पति साबित हो सकूंगा?'

मैंने प्रभाकर को उसकी ही टैक्सी में बैठकर उसे रोते हुए देखते हुए समझाया कि प्यार इंसान को बड़ा बना देता है और नफ़रत छोटा। मैंने उसको बताया कि मेरा नन्हा सा यह दोस्त मुझे आज तक मिले लोगों में सबसे बड़ा है, क्योंकि उसके भीतर नफ़रत नहीं है। मैंने कहा कि जितना मैं उसे जानता गया, मेरी नज़रों में वह उतना ही बड़ा होता गया। और मैंने उसे बताने की कोशिश की कि यह बात कितनी दुर्लभ है। और मैं उसके साथ तब तक मज़ाक़ करता रहा, हंसता रहा जब तक कि उसके गोल चेहरे पर किसी बच्चे की इच्छा पूरी होने पर आने वाली बड़ी सी मुस्कान नहीं आ गई। उसके बाद वह अपना इंतज़ार कर रही बेचलर्स पार्टी के लिए झोपड़पट्टी रवाना हो गया। नज़रों से दूर होने तक वह जीत के अंदाज़ में हॉर्न बजाता रहा।

उसके जाने के बाद की वह रात मेरी तमाम रातों से ज़्यादा एकाकी थी। मैं लियोपोल्ड्स नहीं गया। मैं कॉजवे के रास्ते अपने फ़्लैट से होते हुए कफ़ परेड स्थित प्रभाकर की झोपड़पट्टी की ओर चल पड़ा। मैंने वह जगह देखी जहां एक रात तारिक़ और मैंने हमारे ख़ून के प्यासे कुत्तों के झुंड का मुक़ाबला किया था। उस जगह पर अब भी लकड़ी के टुकड़ों और पत्थरों का ढेर लगा हुआ था। मैं वहां अंधेरे में बैठकर सिगरेट पीते हुए झोपड़पट्टी के लोगों को बड़ी ही सफ़ाई के साथ धूल भरे रास्तों से अपने घरों को लौटते हुए देखता रहा। मैं मुस्कराया। प्रभाकर की बड़ी सी मुस्कान के बारे में सोचते ही हर बार मेरे चेहरे पर भी मुस्कान आ जाती थी, मानो मैं किसी ख़ुश गोलमटोल बच्चे को देख रहा हूं। फिर लपलपाती रोशनी और धुएं के गुबारों के बीच मोडेना का चेहरा दिखने लगा। वह एकबारगी ग़ायब होने के बाद पूरा बनकर सामने आ गया। झोपड़पट्टी में संगीत शुरू हो चुका था। तेज़ आवाज़ के पास पहुंचने की जल्दबाजी में वहां से गुज़र रहे युवकों के झुंड ने क़दम तेज़ कर दिए थे। प्रभाकर की बैचलर पार्टी शुरू हो चुकी थी। उसने मुझे न्यौता दिया था, लेकिन मैं ख़ुद को इसके लिए तैयार नहीं कर सका। मैं उनके इतने क़रीब था कि उनकी ख़ुशी को सुन सकूं और इतनी दूर कि उनकी ख़ुशी को महसूस नहीं कर सकूं।

बरसों तक मैंने ख़ुद को यही समझाया कि जब जेल के प्रहरी अभिनेत्री के साथ दग़ाबाजी करके उसके साथ प्यार भरे संबंध स्वीकारने के लिए मुझ पर ताक़त आजमा रहे थे, प्यार ने ही मुझे मज़बूत बनाया। लेकिन किसी तरह से मोडेना ने वह सच मुझसे छीन लिया था। दरअसल उसके लिए प्यार ने मुझे चुप नहीं रखा था और ना ही यह काम मेरे दिलेरी से भरे दिल का था। यह एक अकड़ सी थी जिसने मुझे चुप रहने की ताक़त दी। अकड़ भरी गर्दन और सांड जैसे दिमाग़ वाली सख़्ती। इसमें

जरा सी भी नेक नीयत नहीं थी। और दादागीरी करने वाले तमाम कायरों के ख़िलाफ़ मन में दुर्भावना के बीच, क्या मैं ख़ुद छटपटाहट के वक़्त दादा नहीं बन गया था? जब हेरोइन की बीमारी ने मुझे अपने आगोश में ले लिया तो मैं एक छोटा सा इंसान बन गया था, एक अदना व्यक्ति। मैं इतना अदना हो गया था कि मुझे बंदूक इस्तेमाल करनी पड़ी। मुझे पैसे उगाहने के लिए लोगों पर बंदूकताननी पड़ी, उनमें से कई महिलाएं थीं। पैसे हासिल करने के लिए। उस वक़्त मैं महिलाओं से पैसे उगाहने के लिए दादागीरी करने वाले मॉरिज़ियो से भला कैसे अलग था? और अगर उन वाक़यों के दौरान उन्होंने मुझे गोली मार दी होती, अगर पुलिसवालों ने मुझे गोली मार दी होती, क्योंकि उन्हें मेरी तलाश थी, तो मेरी मौत से शायद उतनी ही कम दया की जाती जितनी कि उस पागल इतालवी व्यक्ति से थी।

मैंने खड़े होकर अंगड़ाई ली और मैं अपने इर्द-गिर्द देखते हुए कुत्तों के साथ लड़ाई और नन्हे से तारिक़ की बहादुरी के बारे में सोचने लगा। जब मैं शहर की ओर लौटने लगा तो मैंने अचानक प्रभाकर की पार्टी से उठी कई लोगों के हंसने की आवाज़ सुनी, जिसके बाद तालियों की बौछार हो गई। और संगीत धीरे-धीरे मंद पड़ता चला गया, जब तक कि वह सच्चाई के किसी पल की तरह गुम नहीं हो गया।

रात के वक़्त अंधेरे में भटकते हुए मैं उसे चाहने लगा था, ठीक वैसे ही जैसे कि मैं झोपड़पट्टी के प्यार में पड़ गया था। तड़के मैंने एक अख़बार ख़रीदा और एक कैफ़े खोजकर जमकर नाश्ता किया। उसके बाद दूसरी और तीसरी बार भी चाय पी ली। अख़बार के तीसरे पन्ने पर ख़बर में ब्लू सिस्टर्स के गुणगान गाए थे। रशीद की विधवा और बहन अब इसी नाम से जानी जाती थीं। यह कविता द्वारा लिखा गया एक सिंडिकेटेड लेख था जो पूरे देश में प्रकाशित हुआ था। इसमें उसने उनकी छोटी सी कहानी के साथ लाभार्थियों के साथ बातचीत के बाद उन तमाम चमत्कारिक उपचारों की जानकारी दी थी, जिसका श्रेय इन लड़कियों की रहस्यमयी ताक़त को दिया जा रहा था। एक महिला ने तो टीबी से ठीक होने का दावा किया, एक अन्य का दावा था कि उसकी श्रवण शक्ति पूरी तरह से लौट आई थी। एक बुज़ुर्ग ने तो यहां तक दावा कर दिया कि उनके नीले कपड़ों के दामन को छू लेने भर से उसके कमज़ोर पैर पूरी तरह से स्वस्थ हो चुके हैं। कविता ने ख़ुलासा किया कि ब्लू सिस्टर्स नाम उनकी अपनी पसंद नहीं थी : वे हमेशा नीले कपड़े पहनती थीं ,क्योंकि वे दोनों ही कोमा से यह सपना देखते हुए उठी थीं कि वे नीले आसमान में तैर रही थीं। उनके चाहने वालों ने फिर उन्हें यही नाम दे डाला। लेख की समाप्ति कविता द्वारा ख़ुद उन लड़कियों के साथ मुलाक़ात की जानकारी के साथ हुई। वे भी इसी नतीज़े पर पहुंचीं कि यह बात संदेह से परे हैं कि उन लड़कियों के पास कुछ ख़ास-यहां तक कि अलौकिक-शक्तियों वाली हैं।

मैंने बिल का भुगतान किया और कैशियर से एक पेन लेकर लेख पर गोला लगा दिया। सड़क पर शोर, रंगों और भीड़ का दैनंदिन चक्र शुरू हो चुका था। मैं

एक टैक्सी लेकर लापरवाह ट्रैफ़िक में से होता हुआ आर्थर रोड जेल पहुंचा। तीन घंटे इंतज़ार के बाद मुझे प्रतीक्षा कक्ष में प्रवेश मिल गया। यह इकलौता कमरा था, जिसे बीच में तारों से दो भाग में विभाजित किया गया था। एक तरफ़ मिलने वाले थे जो तारों को कसकर पकड़कर इंतज़ार करते थे। उस तरफ़ लगभग 20 क़ैदी थे और इधर हम 40 लोगों ने भीड़ लगा रखी थी। उस विभाजित कमरे में मौज़ूद हर पुरुष, महिला और बच्चा चिल्ला रहा था। वहां भाषाओं का सैलाब सा आया हुआ था–मैं उनमें से छह को पहचान गया था और क़ैदियों के हिस्से का दरवाज़ा खुलते ही गिनती भूल गया। आनंद लोगों को धकियाते हुए तार के पास आया।

'आनंद! आनंद! इधर!' मैं चिल्लाया।

मुझे देखते ही उसके चेहरे पर मुस्कान आ गई।

'लिन बाबा, आपको देखकर बहुत अच्छा लगा,' उसने चिल्लाकर कहा।

'तुम अच्छे लग रहे हो!' मैंने चिल्लाकर कहा। वह वाक़ई अच्छा लग रहा था। मैं जानता था कि उस जगह पर अच्छा दिखना कितना मुश्किल काम था। मैं जानता था कि इसके लिए उसने कितने पापड़ बेले होंगे। प्रतिदिन शरीर की जूं की कपड़ों पर से सफ़ाई और फिर कीड़ों से भरे गर्म पानी में स्नान। 'तुम वाक़ई बहुत अच्छे लग रहे हो!'

'*अरे*, तुम भी अच्छे लग रहे हो लिन।'

मैं अच्छा नहीं लग रहा था। मैं यह बात जानता था। मैं चिंतित, ग्लानि से पीड़ित और थका हुआ लग रहा था।

'मैं...मैं कुछ थका हुआ हूं। मेरा दोस्त विक्रम–तुम्हें वह याद है? उसकी कल शादी हो गई। हक़ीक़त में उससे भी एक दिन पहले। मैं पूरी रात चलता रहा।'

'क़ासिम अली कैसा है? क्या वह ठीक है?'

'वह अच्छा है,' मैंने जवाब तो दे दिया, लेकिन यह सोचकर शर्म से लाल हो गया कि मैं अब उस अच्छे और नेकदिल इंसान से उतने नियमित तौर पर नहीं मिलता जितना कि झोपड़पट्टी में रहने के दौरान मिलता था। 'देखो, देखो, यह अख़बार देखो। इसमें बहनों के बारे में एक लेख है। इसमें तुम्हारा ज़िक्र है। हम इसका इस्तेमाल तुम्हारी मदद के लिए कर सकते हैं। तुम्हारा मामला अदालत में पहुंचने से पहले, हम तुम्हारे लिए कुछ सहानुभूति बटोर सकते हैं।'

उसका लंबा, पतला और दिलकश चेहरा अचानक काला सा पड़ गया और उसने विरोध के अंदाज़ में होंठ चबा लिए।

'लिन, तुम्हें यह कतई नहीं करना चाहिए!' उसने चिल्लाकर मुझसे कहा। 'वह पत्रकार, वह कविता सिंह यहां आई थी। मैंने उसे वापस भेज दिया था। अगर वह दोबारा यहां आई तो मैं दोबारा उसे वापस भेज दूंगा। मुझे किसी की मदद नहीं चाहिए और मैं किसी की मदद नहीं लूंगा। मैंने रशीद के साथ जो किया मुझे उसकी सज़ा मिलनी चाहिए।'

'लेकिन तुम बात को समझ नहीं रहे हो,' मैंने ज़ोर देकर कहा, 'वे लड़कियां अब विख्यात हो चुकी हैं। लोगों को लगता है कि वह पवित्र हैं। लोगों को लगता है कि वह चमत्कार कर सकती हैं। झोपड़पट्टी में हर सप्ताह हज़ारों श्रद्धालु आ रहे हैं। जब लोगों को पता चलेगा कि तुम उनकी मदद करना चाह रहे थे, उन्हें तुम्हारे प्रति सहानुभूति होगी। तुम्हारी सज़ा *आधी* या उससे भी *कम* हो जाएगी।'

मैं शोरशराबे के बीच गला फाड़कर चिल्ला रहा था। कई शरीरों के बीच मैं कुछ इस तरह से फंसा हुआ था कि मेरी शर्ट पसीने से तरबतर हो चुकी थी और मेरी त्वचा से चिपक गई थी। क्या मैंने उसकी बात को सही सुना? यह असंभव ही लग रहा था कि वह किसी भी तरह की मदद लेने से इंकार कर देगा जो कि उसकी सज़ा को कम करा सकती हो। उस मदद के बिना तो निश्चित तौर पर उसे कम से कम पंद्रह साल की सज़ा होना तय था। *पंद्रह साल इस नर्क में,* मैंने तारों के पार उसके गमग़ीन चेहरे की तरफ़ देखकर सोचा। *वह हमारी मदद लेने से इंकार कैसे कर सकता है?*

'लिन नहीं!' वह पहले से भी ज़्यादा ज़ोर से चिल्लाया, 'मैंने रशीद के साथ ऐसा किया था। मैं जानता था कि मैं क्या कर रहा हूं। मैं जानता था कि इसका अंज़ाम क्या होगा। उसके साथ यह करने से पहले मैं काफ़ी देर तक उसके पास बैठा रहा। मैंने एक विकल्प चुना। मुझे सज़ा मिलनी ही चाहिए।'

'लेकिन मुझे तुम्हें मदद *करना* है, मुझे *कोशिश* करना है।'

'नहीं लिन, कृपया नहीं! अगर तुम यह सज़ा रद्द करा दोगे तो मैंने जो किया उसका कोई मायने ही नहीं रह जाएगा। सम्मान जैसी कोई बात नहीं बचेगी। ना मेरे लिए, ना उनके लिए। क्या तुम्हें यह दिखाई नहीं दे रहा? मैं इस सज़ा का *हक़दार* हूं। मैं ख़ुद अपनी नियति बन चुका हूं। एक दोस्त के तौर पर मैं तुमसे भीख मांगता हूं। कृपया उन्हें मेरे बारे में कुछ और मत लिखने दो। महिलाओं के बारे में लिखो। उन बहनों के बारे में, लेकिन मुझे शांति के साथ अपनी नियति का सामना करने दो। क्या तुम ऐसा वादा करते हो? क्या तुम क़सम खाते हो?'

मेरी अंगुलियां तारों में फंसी हुई थी। मुझे ऐसा लगा मानो जंग लगी वह धातु मेरी हड्डियों को भेद रही है। लकड़ी के उस कमरे में झोपड़पट्टियों की छत पर पड़ने वाली तूफ़ानी बारिश के शोर की तरह था। पिंजरे दर पिंजरे बस पागलों की तरह याचनाएं, अनुनय, विनतियां, वादे, रोना, चीख़ना और हंसना चल रहा था।

'लिन, मेरी क़सम खाओ,' उसने कहा। उसकी गिड़गिड़ाती आंखों की पीड़ा मुझ तक पहुंच रही थी।

'ठीक है, ठीक है,' गले से बमुश्किल आवाज़ निकालते हुए मैंने कहा।

'मेरी क़सम खाओ।'

'ठीक है। ठीक है। तुम्हारी कसम खाता हूं। भगवान के लिए क़सम खाता हूं...मैं तुम्हें मदद करने की कोशिश नहीं करूंगा।'

उसके चेहरे पर से तनाव हट गया और मुस्कान लौट आई। मेरी आंखें यह ख़ूबसूरती देखकर जलने लगीं।

'धन्यवाद, लिन बाबा!' उसने ख़ुशी से चिल्लाते हुए कहा। 'कृपया यह मत सोचना कि मैं अहसान फ़रामोश हूं, लेकिन मैं नहीं चाहता कि आप दोबारा यहां आएं। मैं नहीं चाहता कि आप यहां आकर मुझसे मिलें। आप मेरे लिए यदा-कदा कुछ धन रख सकते हैं, अगर आपको ऐसा लगता है तो। लेकिन दोबारा मत आइएगा। अब यही मेरी ज़िंदगी है। यही मेरी ज़िंदगी है। अगर आप दोबारा आए तो मेरे लिए यह ज़िंदगी जी पाना मुश्किल हो जाएगा। मैं बाहरी बातों के बारे में *सोचने* लगूंगा। लिन, मैं आपका शुक्रगुजार हूं और आपकी ख़ुशी के लिए ढेर सारी शुभकामनाएं।'

उसके हाथों ने तारों की पकड़ छोड़ दी। उसने हाथ जोड़े और फिर सिर झुकाकर अभिवादन किया, ताकि मैं उसकी आंखों में देख सकूं। तारों पर उस मज़बूत पकड़ के बग़ैर तो वह जेल के क़ैदियों की दया पर ही निर्भर था। कुछ ही देर में वह पीछे हटकर तार के पास जमा चेहरों और हाथों की भीड़ में गुम हो गया। क़ैदियों के पीछे जेल का एक दरवाज़ा खुला और मैंने आनंद को दिन की रोशनी में सिर ऊंचा किए हुए और कंधे चौड़े किए हुए भीतर घुसते देखा।

मैं जेल से बाहर सड़क पर निकल आया। मेरे बाल पसीने से गीले हो चुके थे और मेरे कपड़े तरबतर। मैंने सूरज की तेज़ रोशनी में बाहर निकलकर व्यस्त सड़क को देखा। मैं दरअसल सबकुछ भुला देना चाहता था। पर्यवेक्षकों के कमरे में आनंद, वह भीमकाय राहुल, भूख और पिटाई, गंदे कीड़ों की भरमार। उस रात मुझे प्रभाकर और जॉनी सिगार के साथ होना था। आनंद के दोस्त, एक साथ हो रही अपनी शादी का जश्न मनाते हुए। उसी रात आनंद को दर्द और जूं से भरी नींद में चट्टान की फ़र्श पर 200 लोगों के साथ नींद में धकेल दिया जाएगा। और यह सिलसिला चलता रहेगा, चलता रहेगा, पंद्रह वर्ष तक।

मैंने अपने फ़्लैट तक एक टैक्सी ली और फिर गर्म शॉवर के नीचे त्वचा में घुसी यादों की कालिख़ को धो डालने की कोशिश करने लगा। बाद में मैंने चंद्रा मेहता को फ़ोन करके उन नर्तकों को लेकर अंतिम बातचीत की जिन्हें मैंने प्रभाकर की शादी में नाचने के लिए किराये से लिया था। फिर मैंने कविता सिंह को फ़ोन करके कहा कि आनंद सिंह चाहता है कि हम उसके समर्थन में अभियान को बंद कर दें। मुझे लगा कि कविता ने राहत महसूस की होगी। उसका नर्म दिल उसके लिए चिंतित था। उसे शुरुआत से ही इस बात का डर था कि अगर अभियान नाकाम रहा तो उम्मीद पर पानी फिरने का बोझ आनंद को तबाह कर देगा। उसे इस बात की भी ख़ुशी थी कि उसने उसकी ब्लू सिस्टर्स की ख़बर को स्वीकृति दे दी थी। उन लड़कियों ने उसे आकर्षित किया था और उसने उन पर एक वृत्तचित्र बनाने के लिए एक फ़िल्मकार के झोपड़पट्टी में आने का इंतज़ाम भी कर लिया था। वह उस परियोजना के बारे में बात

करना चाहती थी और मैंने उसकी आवाज़ में उत्साह को भांप लिया था, लेकिन मैंने उसे बाद में बात करने का वादा करते हुए फ़ोन काट दिया।

मैं अपनी छोटी सी बाल्कनी में आया और मैंने शहर की आवाज़ और गंध को अपने खुले सीने में समा जाने दिया। नीचे अहाते में मैंने तीन युवकों को एक बॉलीवुड फ़िल्म के एक गाने पर नाचने का अभ्यास करते हुए देखा। जब वे ठीक से नाच नहीं सके तो ठहाके मारकर हंसने लगे। एक और प्रयास के बाद जब बिना किसी ग़लती के नाचे तो एक-दूसरे की हौसला अफ़जाई करने लगे। एक अन्य अहाते में महिलाएं साथ बैठकर बर्तन मांज रही थीं। एक-दूसरे से गप्पें लड़ाते हुए उनके केवल हंसने, खिलखिलाने की आवाज़ें मुझ तक आ रही थीं। उनकी चर्चा का विषय था पड़ोसी के पतियों की आदतें। फिर मैंने देखा कि एक बुज़ुर्ग ठीक मेरे सामने की खिड़की में बैठा हुआ है। मेरी आंखें उससे मिलते ही मैं मुस्करा दिया। जब मैं नीचे का नज़ारा देख रहा था तो वह मुझे देख रहा था। उसने सिर हिलाया और मेरी तरफ़ देखकर ख़ुशी से मुस्करा दिया।

और सब ठीक हो चुका था। मैंने कपड़े पहने और सड़क पर उतर आया। मैंने मुद्रा के काले बाज़ार के कलेक्शन सेंटरों का दौरा किया और अब्दुल ग़नी की पासपोर्ट फ़ैक्टरी का भी। क़ादर के नाम पर नए सिरे से तैयार किए जा रहे सोने के तस्करी के नेटवर्क का भी निरीक्षण किया। तीन घंटे के भीतर में तीस से ज़्यादा अपराध कर चुका था। और मैं मुस्कराता था, जब लोग मुझे देखकर मुस्कराते थे। जब ज़रूरत पड़ती तो मैं लोगों की हवा भी निकाल देता था, जैसा कि गैंगस्टर्स कहते हैं, और डर के मारे उनको आंखें झुकाने पर मज़बूर भी कर देता था। मेरी चाल गुंडों जैसी थी और मैं तीन भाषाओं में बात करता था। मैं अच्छा दिखता था। मैं अपना काम करता था। मैंने पैसा बनाया था और मैं अब भी आज़ाद था। लेकिन दिमाग़ के भीतर के अंधेरे कमरे में, गुप्त गैलरी में एक और छवि जुड़ चुकी थी-आनंद की छवि, हथेलियों को जोड़े हुए, उसकी दमकती मुस्कान आशीर्वाद बन गई, दुआ बन गई।

हर उस बात जिसे आप महसूस करते हैं, छूते हैं या चखते हैं या देखते हैं या यहां तक कि सोचते हैं, का प्रभाव शून्य से ज़्यादा होता है। कुछ बातें, जैसे शाम के वक़्त घर के सामने से गुज़रते हुए पंछियों की आवाज़ या आंखों के कोने से देखी गई किसी गुलाब की एक झलक, का आप पर इतना अल्प सा प्रभाव होता है कि आप उसे जान भी नहीं पाते। कुछ बातें, जैसे जीत या दिल का टूटना और कुछ छवियां, जैसे ख़ुद को उस व्यक्ति की आंखों में देखना जिसे आपने बस छुरा घोंपा ही हो, आपके दिमाग़ की गुप्त गैलरी में चली जाती हैं और वह हमेशा के लिए आपकी ज़िंदगी को बदल डालती हैं।

आनंद की वह अंतिम छवि, और उसे अंतिम बार देखने का मेरा अंतिम अवसर, कुछ ऐसे ही प्रभाव वाला था। मुझे इसके गहराई से अहसास होने की वजह मेरे दिल में उसके लिए सहानुभूति नहीं थी, हालांकि उसके प्रति वह दया थी जो पहले

ख़ुद बेड़ियों में रह चुके व्यक्ति के मन में होती है। यह शर्म भी नहीं थी, हालांकि मुझे इस बात पर शर्मिंदगी थी कि जब उसने पहली बार मुझे रशीद के बारे में बताना चाहा तो मैंने उसकी बात को गंभीरता से नहीं सुना। यह कुछ और ही था। कुछ इतना अज़ीब कि इसे समझने में मुझे कई बरस लग गए। दरअसल यह ईर्ष्या का भाव था जिसने यह छवि मेरे दिलोदिमाग़ में चस्पां कर दी थी। मेरी तरफ़ पीठ करके सिर ऊंचा करके और पीठ सीधी रखकर उसके लंबी, पीड़ादायक सज़ा के लिए चले जाने से मुझे ईर्ष्या थी। मुझे उसकी शांति और हौसले और ख़ुद की सही समझ से ईर्ष्या थी। क़ादरभाई ने एक मर्तबा कहा था कि अगर हम किसी व्यक्ति से सही बातों के लिए ईर्ष्या करते हैं तो हम बुद्धिमानी का आधा रास्ता तय कर चुके होते हैं। मैं उम्मीद कर रहा था कि वह सच नहीं हों। मुझे उम्मीद थी कि अच्छी बात से ईर्ष्या आपको और अधिक दूर ले जाती होगी, क्योंकि जेल के भीतर तार के पास के उस दिन को गुज़रे एक ज़िंदगी गुज़र चुकी थी और मैं अब भी आनंद के नियति के साथ शांतिपूर्वक सामने की तैयारी से ईर्ष्या करता था और अपने दोषपूर्ण और प्रयासरत दिल के साथ ख़ुद ऐसा ही होने का प्रयास कर रहा था।

अध्याय 29

आंखें मानो किसी तलवार की धार की तरह तराशी गई हों, उड़ान भरते किसी बाज के पंखों की तरह, सीपियों के तीखे किनारों की तरह, गर्मियों के दिनों में यूकेलिप्टस की पत्तियों की तरह–भारतीय आंखें, नर्तकियों की आंखें, दुनिया की सबसे ख़ूबसूरत आंखें उनके सेवक द्वारा सामने रखे गए आईने में ख़ुद को बड़ी ही ईमानदारी और एकाग्रता के निहार रही थीं। जॉनी और प्रभाकर की शादी के लिए मेरे द्वारा किराये पर लाई गई नर्तकियां अपने ऊपर ढंकी गई शॉल के नीचे पूरी तरह से तैयार थीं। झोपड़पट्टी के प्रवेश के नज़दीक एक चाय की दुकान के पास जहां से जानबूझकर ग्राहकों को हटा दिया गया था, वह अपने बालों, मेकअप को अंतिम रूप देते हुए और पेशेवराना तरीक़े से तैयारी करते हुए लगातार बोले जा रही थीं। दरवाज़े पर लटके पतले से कपड़े में से उनकी आकृतियां दिखाई दे रही थीं, जो बाहर जमा उत्सुक भीड़ की आकांक्षाओं को पर लगा रही थीं। मैं वहां खड़ा होकर ज़्यादा ही उत्साह दिखा रहे लोगों को नियंत्रित कर रहा था।

अंततः वे तैयार हो गईं और मैंने वहां लटका सूती कपड़ा हटा दिया। फ़िल्म सिटी में मुख्य कलाकारों के पीछे नाचने वाली दस नर्तकियां अचानक सामने आ गईं। उन्होंने परंपरागत चोली और साड़ियां पहन रखी थीं। उनके रंग-बिरंगे परिधान पीले, गहरे लाल रंग, मोरपंखी रंग, पन्ने के रंग, सूर्यास्त के गुलाबी, सुनहरे, बैंगनी, चांदी, दूधिया और नारंगी रंगों से सजे थे। उनके झुमके, नथनियां, चूड़ियां, हार, पायलें चकाचौंध रोशनी में दमक रही थीं। हर पायल में सैकड़ों छोटी-छोटी घंटियां थीं और जैसे ही नर्तकियां नाचने के लिए जाने लगीं तो पूरी झोपड़पट्टी में उत्सुकतावश सन्नाटा सा छा गया। उनके क़दमों की पायलों की आवाज़ ही बस सुनाई दे रही थी। फिर अचानक उन्होंने गाना शुरू कर दिया :

आजा साजन, आजा
आजा साजन, आजा

उनको चारों ओर से घेरकर खड़ी भीड़ ने शोर मचाकर अपनी सहमति जता दी। छोटे बच्चों का एक समूह नर्तकियों के रास्ते के पत्थरों, कंकड़ों को हटा रहा था। अन्य युवक नर्तकियों के साथ क़दमताल कर रहे थे और साथ में बांस की खपच्चियों से

बने पंखों से उन्हें हवा करते हुए चल रहे थे। कुछ ही आगे मेरे द्वारा नर्तकियों के साथ किराये पर लिए गए संगीत वादक लाल-सफ़ेद गणवेश में जमा हो चुके थे। प्रभाकर और पार्वती एक तरफ़ बैठे थे, जबकि जॉनी सिगार दूसरी ओर सीता के साथ बैठा हुआ था। प्रभाकर के अभिभावक किशन और रुक्माबाई अपने गांव सुंदर से इस आयोजन के लिए आए हुए थे। वे स्टेज के सामने कुमार और नंदिता पाठक के साथ बैठे थे। उनके पीछे कमल के फूल का एक बड़ा चित्र रखा हुआ था। वहां रंग-बिरंगी रोशनी से माहौल काफ़ी रंगीन हो गया था।

जब नर्तकियां धीरे-धीरे मंच पर प्यार का गाना गाते हुए आईं तो उन्होंने एक साथ रुककर मंच पर पैरों से एक थपकी दी। वे उस जगह बिलकुल एकरूपता के साथ खड़ी हो गईं। उनकी बांहें हंस की गर्दन की तरह सलीक़े के साथ घूमी। उनके हाथ और अंगुलियां हवा में उड़ते मखमली कपड़े की तरह गतिमान थीं। उसके बाद उन्होंने अचानक तीन बार पैरों को ज़मीन पर पटका और संगीतकारों ने एक तेज़ गाना छेड़ दिया जो उस माह का फ़िल्मी दुनिया का सबसे लोकप्रिय गाना था। और वहां मौज़ूद भीड़ के हर व्यक्ति द्वारा गाकर हौसला अफ़जाई के बीच लड़कियों ने वह नृत्य शुरू किया जिसने लाखों सपनों को जन्म दे डाला।

उनमें से कुछ सपने तो मेरे अपने थे। मैंने लड़कियों और संगीतकारों को जब किराये पर लिया था तो मुझे पता नहीं था कि वह प्रभाकर की शादी पर किस तरह की प्रस्तुति देंगे। मुझसे उनकी सिफ़ारिश चंद्रा मेहता ने की थी और मुझे यक़ीन दिलाया था कि वह हमेशा अपना ख़ुद का कार्यक्रम प्रस्तुत करते हैं। काले बाज़ार का चंद्रा मेहता द्वारा चाहा गया पहला लेन-देन-10 हज़ार अमेरिकी डॉलर जो उसे चाहिए थे-फ़ायदे का सौदा साबित हुआ। उसके ज़रिये मेरी फ़िल्मी दुनिया में अन्य ऐसे लोगों से मुलाक़ात हुई जिन्हें सोने, डॉलर्स और दस्तावेज़ों की ज़रूरत थी। पिछले कुछ महीनों में मेरे फ़िल्मी स्टूडियोज़ के दौरे बढ़ चुके थे और क़ादरभाई का मुनाफ़ा भी स्थिर गति से बढ़ रहा था। इस संबंध में एक क़िस्म का पारस्परिक नाता था : *फ़िल्मी* क़िस्म के लोग, जैसा कि उन्हें बॉलीवुड में कहा जाता था, कुख्यात माफ़िया डॉन के साथ सुरक्षित दूरी से रिश्ते रखने को लाभदायक मानते थे तो दूसरी ओर ख़ान ख़ुद फ़िल्मी दुनिया के आवरण को लेकर कुछ ऐसा ही विचार रखते थे। जब मैं प्रभाकर की शादी के दो सप्ताह पहले नर्तकियों के इंतज़ाम के सिलसिले में चंद्रा मेहता से मिला था तो उसने यह मान लिया था कि प्रभाकर शायद क़ादरभाई के लिए काम करने वाला कोई महत्त्वपूर्ण गुंडा है। उसने व्यवस्था के लिए समय निकाला और अतिरिक्त प्रयास करके हर एक लड़की को उसके कौशल के आधार पर चुना और फिर उनके साथ सर्वश्रेष्ठ स्टूडियो संगीतकारों का गठजोड़ भी तैयार कर दिया। उनका प्रदर्शन जब हमने देखा तो हमें यक़ीन हो गया कि यह शहर के सबसे अश्लील नाइटक्लब के मैनेजर को भी संतुष्ट कर सकता था। बैंड ने उस वक़्त के सबसे लोकप्रिय दस गानों की धुनें बजाईं। लड़कियों ने वह हर एक गाना गाया और उसके साथ नृत्य भी किया। वे हर शब्द

को अपनी अदाओं से एक नया ही अर्थ दे रही थीं। झोपड़पट्टी की शादी में मौज़ूद हज़ारों पड़ोसी और मेहमानों में से कुछ को यह आपत्तिजनक लगा, लेकिन अधिकांश को इसमें मज़ा आ रहा था। इनमें प्रभाकर और जॉनी भी शामिल थे। और मैं पहली बार यह देख रहा था कि उन गानों का बिना सेंसर वाला प्रतिरूप कितना लम्पट रूप था और हिंदी फ़िल्मों के गानों में किए जाने वाले हाव-भावों का एक नया ही अर्थ मुझे समझ आ गया।

मैंने शादी के तोहफ़े के तौर पर जॉनी सिगार को पांच हज़ार डॉलर दिए। यह उसके लिए नेवी नगर में नई झोपड़ी ख़रीदने के लिहाज़ से पर्याप्त राशि थी। उस जगह के क़रीब जहां उसका जन्म हुआ था। नेवी नगर एक वैध झोपड़पट्टी थी और वहां पर झोपड़ी ख़रीद लेने का मतलब था कि निष्कासन का ख़तरा हमेशा के लिए ख़त्म हो गया। उसे एक सुरक्षित घर मिल जाएगा, जहां से वह आस-पास की झोपड़पट्टियों के सैकड़ों मजदूरों और छोटे कारोबारों के लिए गैर-आधिकारिक लेखापाल और कर सलाहकार की भूमिका निभाता रहेगा।

प्रभाकर को मेरा तोहफ़ा उसकी टैक्सी का मालिकाना हक़ था। टैक्सियों के छोटे से समूह के मालिक ने यह सौदा काफ़ी जमकर भाव-ताव के बाद किया। मैंने टैक्सी और उसके लाइसेंस के लिए बहुत ज़्यादा भुगतान किया, लेकिन पैसे का मेरे लिए कोई मायने नहीं था। यह काला धन था और काला धन वैध और मेहनत की कमाई के धन से ज़्यादा गति से चलता है। अगर हम अपने कमाने के तरीक़े का सम्मान नहीं करते तो धन की का कोई मूल्य नहीं है। अगर हम इससे अपने परिवार, अपने प्रियजनों की ज़िंदगी बेहतर नहीं बना सकते तो ऐसे धन का कोई उद्देश्य नहीं है। फिर भी, परंपराओं के प्रति सम्मान के चलते मैंने टैक्सी समूह के मालिक को सौदे की समाप्ति पर भारतीय कारोबारी जगत के सबसे भीषण श्रापों में से एक दिया-*तुम्हें दस बेटियां हों और सबकी शादी पर बहुत ज़्यादा ख़र्च हो!*-दहेज की मांग की झड़ी निश्चित तौर पर किसी भी हद दर्ज़े की कमाई को ख़त्म कर सकती है।

प्रभाकर इस तोहफ़े से इतना ख़ुश और उत्साहित था कि एक शांत दूल्हे का उसने पहन रखा चोला ज़ोरदार चीख़ के साथ गिर गया। वह पैरों पर कूदा और कमर हिलाकर नाचने की कुछ हरकतें भी कीं, लेकिन फिर आयोजन की गंभीरता के चलते चुपचाप दुल्हन के पास बैठ गया। मंच के सामने कमर मटकाते लोगों के जंगल में मैं भी शामिल हो गया और तब तक नाचता रहा जब तक कि मेरी शर्ट किसी समंदर की लहर से टकराने जैसी भीग नहीं गई।

उस रात फ़्लैट पर लौटते हुए, मैं यह सोचकर मुस्करा रहा था कि विक्रम की शादी कितनी अलग थी। प्रभाकर और जॉनी के दो बहनों के साथ शादी करने से दो दिन पहले ही विक्रम ने लेति से शादी की थी। अपने परिवार के भावुक और कभी-कभी हिंसक होने वाले विरोध के बीच विक्रम ने रजिस्ट्रार कार्यालय में शादी करने का फ़ैसला किया था। उसने अपने रिश्तेदारों की गुहारों और आंसुओं का जवाब यह

कहकर दिया था, *यार यह आधुनिक भारत है।* उसके कुछ ही परिजन हिंदू विवाह के पुरातन, आलीशान रूप की अनदेखी की इस त्रासदी का सामना कर पाए। अंत में तो जब विक्रम और लेति ने एक-दूसरे को प्यार करने, सम्मान करने, साथ निभाने की शपथ ली तो लेति के दोस्तों की मौज़ूदगी में विक्रम की ओर से केवल उसकी बहन और मां ही शादी में शामिल हुए। वहां ना कोई संगीत था, ना रंग और ना ही कोई नाच-गाना। लेति ने सुनहरा सूट और मख़मल के गुलाबों से सजी एक टोपी पहन रखी थी। विक्रम ने तीन-चौथाई लंबाई का काला कोट, काला-सफ़ेद वेस्ट और चमकीली पाइपिंग वाली काली गॉचो पतलून और अपनी पसंदीदा हैट पहन रखी थी। समारोह कुछ ही मिनटों में समाप्त हो गया था और फिर विक्रम और मैंने उसकी सदमे में जा चुकी मां को गोद में उठाकर इंतज़ार करती उनकी कार में बैठाया।

शादी के अगले दिन मैं कार में विक्रम और लेति को एयरपोर्ट ले गया। उनकी योजना यही सबकुछ लेति के परिवार के साथ भी दोहराने का था। लेति जबकि अपनी मां से अपने पहुंचने के वक़्त को लेकर बात कर रही थी, विक्रम ने इस मौक़े का लाभ उठाकर मुझसे सीधी बातचीत की।

'मेरे पासपोर्ट पर काम के लिए धन्यवाद,' उसने मुस्कराते हुए कहा, 'डेनमार्क में ड्रग्स के कारण मिली सज़ा-बस वही एक दाग़ था, लेकिन *यार* वह मुझे बड़ा सिरदर्द दे सकता था।'

'कोई बात नहीं।'

'और वे डॉलर्स। तुमने तो वे हमें अच्छे भाव में दिला दिए। मैं जानता हूं यार कि तुमने उस पर ख़ास सौदा किया था। जब हम वापस आएंगे तो मैं तुम्हारा अहसान चुकाने की कोशिश करूंगा।'

'ठीक है।'

'लिन, तुम जानते हो, मुझे लगता है कि तुम्हें भी अब घर बसा लेना चाहिए। मेरा इरादा तुम्हारी ज़िंदगी में हस्तक्षेप करने का नहीं है, लेकिन यार मैं तुम्हें एक दोस्त के नाते यह कह रहा हूं। एक दोस्त जो तुम्हें भाई की तरह प्यार करता है। तुम बहुत बुरी तरह से गिरने की ओर जा रहे हो। मुझे ऐसी आशंका हो रही है। मुझे...मुझे लगता है कि तुम्हें अब *घर बसा लेना* चाहिए।'

'घर बसा लूं...'

'हां, भले आदमी। यह सारी बात का सार है, *यार*।'

'सारी बात का सार... *क्या मतलब*?'

'सारा खेल ही तो यही है। तुम एक मर्द हो। एक मर्द को ऐसा ही करना चाहिए। मैं तुम्हारी निजी ज़िंदगी में दख़ल नहीं देना चाहता, लेकिन बड़े दुख की बात है कि तुम्हें यह बात अब तक नहीं समझी।'

मैंने ठहाका लगाया, लेकिन उसके चेहरे पर गंभीर भाव बने रहे।

'लिन एक मर्द को एक अच्छी महिला की तलाश करनी चाहिए और जब वह उसे मिल जाए तो उसे उसका प्यार जीतना होता है। उसके बाद उसे उसका सम्मान हासिल करना होता है। उसके बाद उसे उसके विश्वास को संभालकर रखना होता है। और फिर उसको बाक़ी की तमाम उम्र यही करना होता है। जब तक कि दोनों की मौत नहीं हो जाती। बस यही सारा खेल है। यही दुनिया में सबसे महत्त्वपूर्ण बात है। यार, यही तो एक मर्द होता है। एक पुरुष तभी मर्द बनता है जब वह किसी अच्छी महिला का दिल जीत लेता है, उसका सम्मान हासिल कर लेता है और उसका विश्वास संभालकर रखता है। जब तक तुम ऐसा नहीं करते, तुम एक मर्द नहीं हो।'

'ये बातें डिडियर को बताओ।'

'नहीं, तुम बात को समझ ही नहीं रहे हो। यही बात डिडियर के लिए भी लागू होती है, लेकिन उसके मामले में उसे एक अच्छे पुरुष की तलाश करके उससे प्यार करना होगा। हम सबके लिए यह बात एक समान ही है। मैं तुम्हें यह बताने की कोशिश कर रहा हूं कि तुमने एक अच्छी महिला खोज ली है। तुम उसे खोज चुके *हो।* कार्ला। और तुमने उसका सम्मान भी हासिल कर लिया था। उसने मुझे हैजा और झोपड़पट्टी में जो कुछ हुआ वह कई बार बताया था। तुमने रेडक्रॉस की बकवास के साथ उसे नकार दिया। वह तुम्हारा सम्मान करती है, लेकिन तुम उसके विश्वास को संभालकर नहीं रख सके। लिन, तुम उस पर विश्वास नहीं करते हो ,क्योंकि तुम्हारा ख़ुद पर विश्वास नहीं है। और मुझे तुम्हारे लिए डर लगता है। एक अच्छी महिला के बगैर, तुम्हारे जैसा एक पुरुष-तुम्हारे और मेरे जैसा पुरुष-*यार* हम केवल परेशानी को ही न्यौता दे रहे हैं।'

इस बीच लेति हमारी ओर आने लगी। उसके चेहरे की उदासी उसकी आंखों में झांकते ही फिर से प्यार में तब्दील हो गई।

'लिन, प्यारे, हमारी उड़ान का वक़्त हो चुका है,' उसने कहा। उसकी मुस्कान मेरी सोच से ज़्यादा उदास थी और शायद इस वज़ह से कुछ चोटिल भी। 'हमें जाना ही होगा। यह लो, मैं चाहती हूं कि तुम यह हम दोनों की ओर से तोहफ़े के तौर पर रखो।'

उसने मुझे लगभग एक मीटर लंबी और बालिश्त भर चौड़ी काले कपड़े की मुड़ी हुई पट्टी थमा दी। जब मैंने उसे खोला तो उसके बीच में एक छोटा सा कार्ड रखा हुआ था।

'यह वह आंखों पर बांधी गई काली पट्टी है,' उसने कहा, 'तुम्हें याद होगा उस ट्रेन की छत पर, उस दिन जब विक्रम ने मुझे शादी का प्रस्ताव दिया था। हम चाहते हैं कि तुम इसे याद के तौर पर अपने पास रखो। और उस कार्ड पर कार्ला का पता है। उसने हमें ख़त लिखा था। वह अब भी गोवा में है, लेकिन अलग हिस्से में। तुम्हारी जानकारी के लिए अगर तुम्हारी दिलचस्पी हो तो। अच्छा अलविदा प्यारे। ध्यान रखना।'

मैंने उन्हें जाते हुए देखा। मैं उनके लिए ख़ुश था, लेकिन क़ादरभाई के काम और प्रभाकर की शादी में इतना ज़्यादा व्यस्त था कि मेरे पास विक्रम की सलाह पर गौर करने का वक़्त नहीं था। और फिर वह आनंद से मुलाक़ात, अंतिम मुलाक़ात ने तो दिमाग़ में उमड़ रहे भाषणों, चेतावनियों और विचारों के बीच विक्रम की सलाह को और गहरे धकेल दिया था। लेकिन अब जब प्रभाकर की शादी की रात मैं अकेला अपने फ़्लैट की खिड़की के पास बैठा था और मैंने जेब से वह पर्ची और आंखों की काली पट्टी निकाली, मुझे उसके द्वारा मुझसे कहा गया हर एक शब्द आ गया। मैंने इतने गहन सन्नाटे में ड्रिंक्स के घूंट लिए और सिगरेट सुलगाई कि मैं उस पर्ची और आंखों की काली पट्टी को अपनी अंगुलियों के बीच फड़फड़ाते हुए सुन सकता था। उन मादक और सजी-धजी नर्तकियों को उनकी बस तक पहुंचाकर सम्मानजनक राशि दी गई थी। प्रभाकर और जॉनी इंतज़ार करती टैक्सियों में अपनी दुल्हनों के साथ शहर के बाहरी इलाक़े में स्थित सस्ते होटलों की ओर रवाना हो चुके थे। झोपड़पट्टी में राज सार्वजनिक करने वाली रातों से पहले वे दो रात बिलकुल एकांत में साथ गुजारने वाले थे। विक्रम और लेति लंदन पहुंच चुके थे और उन वादों को दोहराने के लिए तैयार थे जो मेरे काउबॉय हैट पहनने वाले मित्र के लिए सबसे ज़्यादा मायने रखते थे। और मैं यहां आरामकुर्सी में, पूरे कपड़े पहने हुए बिलकुल एकाकी बैठा था। उस पर विश्वास नहीं करके, जैसा कि विक्रम ने कहा था, क्योंकि मैं ख़ुद पर विश्वास नहीं करता था। अंत में जब मुझे नींद लग गई तो वह पर्ची और आंखों की पट्टी मेरे हाथों से फिसलकर गिर गए।

और उस रात के बाद तीन सप्ताह तक, मैंने उनकी ख़ुशियों भरी शादियों से मन में जगे एकाकी होने के अहसास को दबाने के लिए जो काम मिला, वह स्वीकार लिया। हर वह सौदा किया जो मैं कर सकता था। मैंने निर्देशानुसार एक पासपोर्ट के साथ किन्शासा का दौरा भी किया, लेपियर होटल में ठहरते हुए। यह किन्शासा की मुख्य सड़क के समानांतर एक गली में मौज़ूद तीन मंज़िला इमारत में स्थित था। चटाई साफ़ थी, लेकिन दीवारें ऐसी लग रही थीं मानो ताबूत की लकड़ियों से बनाई गई हों। वहां पर क़ब्र जैसी गंध हावी थी और पसीना ला देने वाली नमी के कारण मेरे मुंह में एक अज़ीब सा स्वाद आ गया था। मैंने गिटेन्स लगातार पी और बेल्जियन व्हिस्की से गरारे किए ताकि वह स्वाद मुंह से चला जाए। गलियारे में चूहे पकड़ने वाले घूमा करते थे। उनके पास बड़े झोले थे जिनमें पकड़े गए चूहे धमाचौकड़ी मचाते थे। ड्रेसिंग टेबल के खाने में काक्रोचों की बस्तियां बसी हुई थीं। इसलिए मैंने अपने कपड़े और अन्य सामान जगह-जगह ठोकी गई कीलों पर लटका रखे थे।

पहली रात मेरी नींद मेरे दरवाज़े के पास गलियारे में गोली चलने की आवाज़ से खुली। मैंने किसी के गिरने की आवाज़ सुनी और फिर उसे लकड़ी के फ़र्श पर घसीटते हुए लोगों के क़दमों की आवाज़। मैंने चाकू को हथेली में पकड़ा और दरवाज़ा खोला। मेरी ही तरह आवाज़ सुनकर तीन और कमरों के दरवाज़े खुल चुके थे। वे

सभी यूरोपियन थे। उनमें से दो के हाथों में पिस्तौल थी, जबकि एक अन्य के हाथ में ठीक मेरी तरह का चाकू। हम सबने एक-दूसरे की तरफ़ देखा और फिर ख़ून की उस लकीर की ओर जो गलियारे से नीचे की ओर जा रही थी। और फिर मानो किसी गुप्त संकेत की तरह हम सबने बिना कुछ बोले एक साथ अपने दरवाज़े बंद कर लिए।

जब मैंने किन्शासा के बाद मॉरिशस का दौरा किया तो इस द्वीपीय देश में होटल बिलकुल विपरीत अंदाज़ में बहुत स्वागत योग्य और अच्छा था। इसका नाम मेंडेरिन था और वह क्यूरपाइप में था। मूल संरचना स्कॉटलैंड के किसी किले की तरह बनाई हुई थी। एक साफ़-सुथरे अंग्रेज़ी बगीचे से होते हुए जाने वाला कंगूरेदार रास्ता काफ़ी साफ़ था। इमारत के भीतर हालांकि मेहमान का सामना चीनी बैरक से होता था जिसे उसके नई मालिक चीनी मालिक द्वारा तैयार किया गया था। मैंने आग उगलते हुए एक ड्रेगन के नीचे बैठकर खाना खाया, जबकि खिड़की से किलेबंदी, कमानें और गुलाबों से सजा बगीचा दिख रहा था।

मेरे दो संपर्क, बॉम्बे मूल के दो भारतीय जो मॉरिशस में रहते थे, एक पीली बीएमडब्ल्यू में आए, जिसकी व्यवस्था मैंने की थी। मैं कार में पीछे की तरफ़ बैठा था और कुछ बोलने ही वाला था कि उन्होंने कार को इतनी ज़्यादा गति दे डाली कि मैं पीछे सीट पर कोने में फिंका गया। हम पंद्रह मिनट तक गति सीमा से चार गुना गति से कार में सफ़र करते रहे। उसके बाद कार को एक सुनसान झुरमुट के पास रोक दिया गया। गर्म हो चुकी कार आवाज़ करते हुए शांत हो रही थी। दोनों ही व्यक्तियों से रम की बहुत ज़्यादा बदबू आ रही थी।

'ठीक है, चलो हमें पासपोर्ट्स दे दो,' उनमें से एक व्यक्ति ने ड्राइवर की सीट से पीछे की ओर झुकते हुए कहा।

'वे तो मेरे पास नहीं हैं,' मैंने दांत भींचते हुए जवाब दिया।

उन दोनों ने एक-दूसरे की तरफ़ देखा फिर मेरी तरफ़। ड्राइवर ने चश्मे को उठाकर मुझे घूरा मानो। उसकी आंखों का रंग ऐसा था मानो पूरी रात उसने भूरे सिरके की बोतल सिरहाने पर रखी हो।

'तुम्हारे पास पासपोर्ट्स नहीं हैं?'

'नहीं। मैं तुम्हें यहां आने तक यही बात बताने की कोशिश कर रहा हूं-पता नहीं हम कहां हैं-लेकिन तुम बस बोले जा रहे थे। *शांति रखो! शांति रखो!* और मेरी बात सुन ही नहीं रहे थे। तो क्या अब हम शांत हो चुके हैं? बोलो?'

सहयात्री बोला, 'मैं शांत नहीं हूं।'

मैंने उसके चश्मे के कांच में ख़ुद को देखा। मैं ख़ुश नहीं लग रहा था।

'तुम बेवकूफ हो!' मैंने अचानक हिंदी में बोलते हुए कहा, 'तुमने हम सबको बिना किसी बात के मार डाला होता। तुम तो बॉम्बे के किसी ऐसे गति के पीछे पागल टैक्सी ड्राइवर की तरह गाड़ी चला रहे थे, जिसके पीछे पुलिस लग गई हो। पासपोर्ट्स

उस होटल में हैं। मैंने उन्हें छिपाकर रखा था, क्योंकि मैं पहले तुम बेवकूफ़ों की बात जान लेना चाहता था। अब मुझे केवल एक बात का यक़ीन है कि तुम लोगों के पास कुत्ते पर से मक्खी तक उड़ा सकने जितना दिमाग़ नहीं है।'

यात्री ने अपना चश्मा हटाया और दोनों शराब के नशे में जितना संभव था, मुस्करा दिए।

'तुमने इस तरह की हिंदी बोलना कहां से सीख ली?' ड्राइवर ने पूछा, 'यार यह तो बहुत ही अच्छी है। तुम तो किसी बम्बइया के अंदाज़ में बोल रहे हो। *यार*, यह बहुत बढ़िया है!'

'बहुत प्रभावशाली!' प्रशंसा में सिर हिलाते हुए उसका साथी बोला।

'पहले मैं पैसे देखना चाहता हूं,' मैंने पलटकर जवाब दिया।

वे हंसने लगे।

'पैसा,' मैंने ज़ोर देकर कहा, 'मैं पैसा देखना चाहता हूं।'

यात्री ने अपने पैरों के नीचे से एक बैग उठाया और उसे खोलकर उसमें रखे नोटों के बंडल दिखाए।

'*यह* क्या है?'

'पैसे हैं मेरे भाई,' ड्राइवर ने जवाब दिया।

'यह पैसा नहीं है,' मैंने कहा, 'पैसा हरा होता है। पैसा बोलता है, *हमारा भगवान में यक़ीन है।* पैसे पर एक मरे हुए अमेरिकी का फ़ोटो है क्योंकि यह पैसा अमेरिका से आता है। यह पैसा नहीं है।'

'यह मॉरिशस का रुपया है मेरे भाई,' अपनी मुद्रा की बेइज़्ज़ती से खिसियाए हुए यात्री ने कहा।

'तुम यह पैसा मॉरिशस के अलावा कहीं पर भी ख़र्च नहीं कर सकते,' मैंने ख़ालिद अंसारी के साथ सीमित और खुली मुद्रा के बारे में काम करते हुए सीखी बातों को याद किया। 'यह सीमित इलाक़े में इस्तेमाल होने वाला पैसा है।'

'मैं जानता हूं बाबा,' ड्राइवर ने मुस्कराते हुए कहा, 'हमने इसका प्रबंध अब्दुल से ही कराया है। हमारे पास अभी डॉलर नहीं हैं। सारा का सारा सौदे में फंसा हुआ है। इसलिए हम मॉरिशस के रुपये में भुगतान कर रहे हैं। तुम घर जाते वक़्त उन्हें डॉलर में बदल सकते हो *यार*।'

मैंने आह भरी और अपने मिज़ाज को बदलने से रोकने के लिए धीमी-धीमी सांसें लेना शुरू किया। मैंने खिड़की से बाहर देखा। हम शायद किसी हरे जंगल में थे। चारों ओर बड़े-बड़े वृक्ष ठीक कार्ला की हरी आंखों के रंग के थे। हमारे आस-पास दूर-दूर तक कोई नज़र नहीं आ रहा था।

'तो चलो देखते हैं कि हमारे पास क्या है। दस पासपोर्ट और प्रत्येक की क़ीमत सात हज़ार डॉलर। यानी सत्तर हज़ार डॉलर। अगर मुद्रा विनिमय दर प्रति डॉलर

मॉरिशस के तीस रुपये हो तो यह मुझे 21 लाख रुपये से कम नहीं देगा। इसलिए तुम्हारे पास इतना बड़ा बैग है। मुझे माफ़ करना लेकिन मैं ये 20 लाख रुपये डॉलर मैं बिना *मुद्रा प्रमाणपत्र* के कहां पर बदलवा सकूंगा?'

'कोई समस्या नहीं,' ड्राइवर ने तत्काल जवाब दिया, 'मुद्रा बदलने वाला हमारा एक दोस्त है ना *यार।* बहुत अच्छा बंदा। वह तुम्हारे लिए यह काम कर देगा। सबकुछ तय हो चुका है।'

'ठीक है,' मैंने मुस्कराकर कहा, 'चलो उससे मिल लेते हैं।'

'तुम्हें वहां अकेले ही जाना होगा, भाई,' यात्री ने ठहाका लगाते हुए कहा, 'वह सिंगापुर में है।'

'साला सिंगापुर,' मैंने चीख़ते हुए कहा।

'नाराज़ मत हो मेरे *यार,*' ड्राइवर ने कहा, 'सारा इंतज़ाम हो चुका है। अब्दुल ग़नी इसे लेकर आश्वस्त हैं। वह आज तुम्हें होटल में फ़ोन करेंगे। यह लो कार्ड। तुम घर लौटते हुए सिंगापुर जा सकते हो–ठीक है, ठीक है। सिंगापुर तुम्हारे घर बॉम्बे के रास्ते में तो नहीं है, लेकिन तुम अगर पहले वहां जाओ तो फिर रास्ते में ही होगा, है ना? तो जब तुम सिंगापुर में उतरोगे तो इस कार्ड पर जिस व्यक्ति का नाम है उससे मिल लेना। वह क़ादर का आदमी है। वह तुम्हारे सारे रुपयों को डॉलर में बदल देगा और तुम शांत हो जाओगे। कोई परेशानी नहीं। और इसमें तुम्हारा एक फ़ायदा भी है, तुम देख ही लोगे।'

'ठीक है,' मैंने कहा, 'चलो वापस होटल चलते हैं। अगर अब्दुल के मुताबिक़ सब ठीक रहा तो हम यह सौदा कर लेंगे।'

'होटल,' ड्राइवर ने कहा और चश्मा आंखों पर खिसकाया।

'होटल,' यात्री ने कहा और हमारी कार फिर पागलों की तरह होटल की तरफ़ दौड़ने लगी।

सिंगापुर की यात्रा बिना किसी दिक्क़त के पार हो गई और मॉरिशस की मुद्रा की नाकामी ने मुझे अनसोचे लाभ दिला दिए। मुझे सिंगापुर में मुद्रा विनिमय करने वाला एक नया संपर्क मिला–मद्रास का रहने वाला एक भारतीय, जिसका नाम था शेक्की रमन–और मैंने पहली बार ड्यूटी फ्री कैमरा और बिजली के सामान की सिंगापुर से बॉम्बे के बीच की मुनाफ़े की तस्करी को भी देख लिया।

अब्दुल ग़नी को डॉलर सौंपकर अपना कमीशन लेने के बाद जब मैं ओबेरॉय होटल से बाहर निकलकर लिसा कार्टर से मिला तो काफ़ी अरसे बाद मैं सकारात्मक और उम्मीद से भरा हुआ महसूस कर रहा था। मैंने यह सोचना शुरू कर दिया था कि प्रभाकर की शादी की रात के बाद मेरे मन में घुमड़े बादलों को शायद मैंने तिलांजलि दे दी है। मैं बिना किसी शक के नक़ली पासपोर्ट पर ज़ैरे, मॉरिशस और सिंगापुर हो आया। झोपड़पट्टी में मैं पर्यटकों से मिलने वाले दैनिक छोटे-मोटे कमीशन पर ज़िंदा

रह गया जबकि मेरे पास मेरा इस्तेमाल नहीं करने योग्य न्यूज़ीलैंड का पासपोर्ट था। ठीक एक साल बाद मेरे पास अपना फ़्लैट था, मेरी जेब अवैध रूप से हासिल धन से भरी पड़ी थी और मेरे पास पांच अलग-अलग नामों और राष्ट्रीयता के पासपोर्ट थे। उनमें से हर एक पर मेरा फ़ोटो चस्पां था। संभावनाओं की दुनिया के द्वार मेरे लिए खुल रहे थे।

मरीन ड्राइव पर ओबेरॉय होटल नरीमन पॉइंट के सिरे पर स्थित है। वहां से चर्चगेट स्टेशन और फ़्लोरा फ़ाउंटेन तक केवल पांच मिनट में पैदल ही पहुंचा जा सकता था। एक दिशा में दस मिनट और चलने पर विक्टोरिया टर्मिनस और क्राफ़ोर्ड बाज़ार आ जाते थे। फ़्लोरा फ़ाउंटेन से दूसरी दिशा में दस मिनट चलने पर कोलाबा और गेटवे ऑफ़ इंडिया स्मारक आ जाता था। ओबेरॉय की छवि लोगों के दिमाग़ में ताज होटल की तुलना में कम थी, लेकिन चरित्र और स्वभाव से वह उस ख़ामी को भर देता था। उदाहरण के लिए, इसका पियानो बार, रोशनी और निजी जगहों का एक अद्भुत मेल था। इसका शराबखाना बॉम्बे के सर्वश्रेष्ठ रेस्तरां की टक्कर का था। बाहर की तेज धूप से शराबखाने में पहुंचते ही मुझे कुछ देर वहां की रोशनी में आंखों को सहज करने में लगी। फिर मैंने लिसा और उसके समूह को खोज निकाला। वह और दो अन्य युवतियां वहां क्लिफ़ डिसूजा और चंद्रा मेहता के साथ बैठी हुई थीं।

'उम्मीद है कि मुझे ज़्यादा देर नहीं हुई होगी,' मैंने सबसे हाथ मिलाते हुए कहा।

'नहीं, मुझे लगता है कि हम ही जल्दी आ गए,' चंद्रा मेहता ने मज़ाक़ करते हुए कहा, उसकी आवाज़ पूरे कमरे में गूंज रही थी।

दोनों लड़कियां पागलों की तरह हंसने लगीं। उनके नाम रीता और गीता थे। वे नई-नवेली अभिनेत्रियां थीं-और यह दूसरी श्रेणी के लोगों के साथ एक महत्त्वपूर्ण भोज था-और उनकी आंखों में इतना ज़्यादा उत्साह झलक रहा था कि वह बदहवासी जैसा था।

मैं लिसा और गीता के बीच की एक ख़ाली कुर्सी पर बैठ गया। लिसा ने लाल सुर्ख पुलओवर और नीचे एक काली सिल्क जैकेट पहन रखी थी। गीता के चुस्त कपड़े उसके शरीर के उभार बता रहे थे। वह एक सुंदर लड़की थी, शायद बीस बरस की। उसने लंबे बाल पीछे चोटी की तरह बांध रखे थे। उसके हाथ टेबल पर मौज़ूद नैपकिन से खेल रहे थे। रीता के बाल छोटे थे, जो उसके छोटे चेहरे और नाक-नक्श से मेल खा रहे थे। क्लिफ़ और चंद्रा ने सूट्स पहन रखे थे और ऐसा लग रहा था कि वह किसी महत्त्वपूर्ण बैठक से आ रहे थे या वहां जाने वाले थे।

'मुझे बहुत भूख लगी है,' लिसा ने ख़ुशी के साथ कहा। उसकी आवाज़ विश्वास से भरी हुई थी, लेकिन उसने मेरा हाथ टेबल के नीचे इतनी ज़ोर से दबाया कि उसके नाख़ून मेरी त्वचा में गड़ गए। उसके लिए यह एक महत्त्वपूर्ण बैठक थी। वह जानती थी कि मेहता हमें कलाकार खोजने के कारोबार में औपचारिक साथी बनाना चाहता था, जिसे हम अभी तक अनौपचारिक रूप से चला रहे थे। लिसा वह सहमति

का अनुबंध चाहती थी। वह इस तरह की स्वीकृति चाहती थी जो केवल अनुबंध से ही मिल सकती थी। वह अपना भविष्य लिखित में चाहती थी। 'चलो खाते हैं!'

'आप लोगों की क्या राय है, अगर मैं आपके लिए खाने का ऑर्डर दूं तो?' चंद्रा ने सुझाव दिया।

'चूंकि भुगतान भी तुम ही कर रहे हो, इसलिए मुझे कोई भी आपत्ति नहीं,' क्लिफ़ ने लड़कियों की तरफ़ देखकर आंख मारी और मुस्करा दिया।

'निश्चित तौर पर,' मैंने सहमति जताई, 'दे दीजिए।'

उसने वेटर को एक इशारे से बुलाया और मेन्यू को परे रखकर अपनी पसंद की सूची ही सुनाना शुरू कर दी। वाइट सूप से हुई शुरुआत भेड़ के मांस से होते हुए ग्रिल्ड चिकन तक पहुंची। और इसके कई दोहराव के बाद समाप्ति फ्रूट सलाद, शहद की कचोरी बॉल्स और कुल्फ़ी आइसक्रीम के साथ हुई।

मेहता की लंबी और सटीक सूची को सुनकर हम सभी जान गए कि दोपहर का यह भोज लंबा खिंचेगा। मैंने ख़ुद को खाने और बातचीत के सैलाब में बह जाने दिया।

'तो तुमने मुझे अभी तक नहीं बताया कि तुम्हारा क्या सोचना है,' मेहता ने पूछा।

'तुम इसे ज़रूरत से ज़्यादा ही महत्त्व दे रहे हो,' क्लिफ़ डिसूज़ा ने एक हाथ झटकते हुए कहा।

'नहीं भाई,' मेहता ने ज़ोर देकर कहा, 'यह ठीक मेरे कार्यालय के बाहर हुआ है, *यार।* अगर दस हज़ार लोग आपको मारने की धमकी देते हुए चिल्ला रहे हों, आपके कार्यालय के ठीक बाहर, तो इसकी ओर ध्यान नहीं देना असंभव है।'

'चंद्राबाबू, वे *निजी तौर पर आपके* ख़िलाफ़ नारेबाजी नहीं कर रहे थे।'

'मेरे ख़िलाफ़ ना सही, लेकिन वे मुझे, मुझे हर कोई चाहता है, मुझे परेशान करना चाहते हैं। जाओ भी, यह तुम्हारे लिए ख़राब नहीं है, तुम इस बात को नहीं स्वीकारोगे। तुम्हारा परिवार गोवा से है। तुम कोंकणी बोलते हो। कोंकणी और मराठी काफ़ी मिलती-जुलती है। तुम अच्छी मराठी बोलते हो और अंग्रेज़ी भी। लेकिन मैं इसका एक शब्द तक नहीं बोलता। फिर भी *यार* मेरा जन्म यहीं का है और मेरे पिताजी भी मुझसे पहले यहीं पर जन्मे थे। उनका कारोबार यहां बॉम्बे में है। हम यहां पर कर चुकाते हैं। मेरे बच्चे यहीं की स्कूलों में जाते हैं। मेरी पूरी ज़िंदगी ही बॉम्बे में गुजरी है। लेकिन अब वह चिल्ला रहे हैं, *महाराष्ट्र केवल मराठी लोगों के लिए,* वे हमें अपने इकलौते घर से निकाल बाहर कर देना चाहते हैं।'

क्लिफ़ ने नर्म पड़ते हुए कहा, 'तुम्हें इस बात को उनके नज़रिये से भी देखना चाहिए।'

'अपने *निष्कासन* को *उनके* नज़रिये से,' मेहता ने चिढ़कर कहा। उसकी आवाज़ में इतना ज़्यादा गुस्सा था कि कई टेबलों के लोग हमारी तरफ़ देखने लगे।

उसने आवाज़ को धीमा तो कर लिया, लेकिन उसकी उत्तेजना कायम थी। 'मैं अपनी *हत्या* उनके नज़रिये से देखूं। तुम यही चाहते हो ना?'

'मैं तुमसे प्यार करता हूं मेरे दोस्त, जैसा कि मैं अपने तीसरे साले से करता हूं,' क्लिफ़ ने मुस्कराते हुए जवाब दिया। मेहता ने भी उसके साथ ठहाका लगाया और लड़कियां भी उनके साथ हंसने लगीं। निश्चित तौर पर वह टेबल पर बने तनाव के समाप्त हो जाने से राहत महसूस कर रही थीं। 'चंद्राभाई मैं किसी को भी घायल होता नहीं देखना चाहता, ख़ासतौर पर तुमको। मैं तो बस इतना कह रहा हूं कि उन्हें ऐसा क्यों लग रहा है यह जानने के लिए तुम्हें उनके नज़रिये से देखना होगा। वे यहां के स्थानीय मराठी लोग हैं। वे यहां महाराष्ट्र में पैदा हुए हैं। उनके दादा-परदादा... कौन जानता है, तीन हज़ार वर्षों से अधिक से, यहीं पर पैदा हुए हैं। और फिर वे बॉम्बे में चारों तरफ़ देखते हैं तो पाते हैं कि सारी अच्छी नौकरियां, सारा कारोबार, सारी कंपनियां भारत के दूसरे हिस्से से आए लोगों के कब्ज़े में हैं। इससे उनका दिमाग़ घूम जाता है। और मुझे लगता है कि उनकी बात में भी दम है।'

'आरक्षित नौकरियों का क्या?' मेहता ने विरोध के स्वर में कहा, 'पोस्ट ऑफ़िस, पुलिस, स्कूल, स्टेट बैंक और कई अन्य, जैसे यातायात प्राधिकरण, वे तो सभी मराठीभाषियों के लिए आरक्षित पद हैं। लेकिन उनके लिए इतना पर्याप्त नहीं है। वे हम सबको बॉम्बे और महाराष्ट्र से निकाल बाहर करना चाहते हैं। लेकिन मैं तुम्हें बता रहा हूं कि अगर उनकी चल गई, अगर वे हमें निकाल बाहर करते हैं तो उनका वह सारा धन, प्रतिभा और दिमाग़ चला जाएगा जो इस जगह को वह बनाता है जो वह है।'

क्लिफ़ डिसूजा ने कंधे उचकाए।

'शायद वह इस क़ीमत को अदा करने के लिए तैयार हैं-ऐसा नहीं है कि मैं उनसे सहमत हूं। मुझे लगता है कि तुम्हारे दादाजी की तरह के लोग, जो यूपी से यहां ख़ाली हाथ आए थे और जिन्होंने कामयाब कारोबार खड़ा कर लिया है, उन पर इस राज्य का क़र्ज़ है। जिन लोगों के पास सबकुछ है, उन्हें उसका कुछ हिस्सा उन लोगों के साथ साझा करना चाहिए, जिनके पास कुछ भी नहीं है। जिन लोगों को तुम उन्मादी करार दे रहे हो, उनकी बातें लोग इसीलिए सुन रहे हैं कि उनकी बातों में कुछ तो सच्चाई है। लोग गुस्से में हैं। जो लोग यहां बाहर से आए और यहां पर कामयाब हो गए, उन्हें आरोप झेलना पड़ रहे हैं। मामला आगे और बिगड़ने वाला है, मेरे प्यारे तीसरे साले साहब और मुझे यह सोचने में ही मुश्किल हो रही है कि इसका अंत कहां होगा।'

'लिन, तुम्हारा क्या सोचना है?' चंद्रा मेहता ने समर्थन जुटाने के लिहाज़ से मुझसे पूछा। 'तुम मराठी बोलते हो। तुम यहां रहते हो। लेकिन तुम एक बाहरी व्यक्ति हो। तुम क्या सोचते हो?'

'मैंने मराठी बोलना एक छोटे से गांव सुंदर में सीखा,' मैंने जवाब दिया। 'वहां के स्थानीय लोग मराठी ही बोलते हैं। वे हिंदी तक ठीक से नहीं बोल पाते, अंग्रेज़ी

तो बिलकुल भी नहीं। वह शुद्ध तौर पर मराठी बोलने वाले हैं और दो हज़ार वर्ष से महाराष्ट्र ही उनका घर है। उनकी पचास पीढ़ियां यहां पर खेतों को जोत चुकी हैं।'

मैंने अपनी बात पर किसी और को बोलने या सवाल पूछने का मौक़ा देने के लिए चुप्पी साधी। वे सब खाने और मुझे पूरे ध्यान से सुनने में व्यस्त थे। मैंने बोलना जारी रखा।

'जब मैं अपने गाइड प्रभाकर के साथ बॉम्बे लौटा तो मैं झोपड़पट्टी में रहने के लिए चला गया। जहां वह और 25 हज़ार लोग रहते हैं। उस झोपड़पट्टी में प्रभाकर जैसे बहुत सारे लोग थे। वे सभी महाराष्ट्रियन थे जो सुंदर जैसे गांवों से आए हुए थे। वे इतनी ज़्यादा ग़रीबी में रहते हैं कि हर एक भोजन के लिए चिंता के कांटों का ताज और गुलामों जैसा काम करना पड़ता है। मुझे लगता है कि उन्हें ज़रूर दर्द होता होगा जब वे देखते होंगे कि भारत के दूसरे हिस्सों में लोग अच्छे घरों में रहते हैं, जबकि वे अपनी ही राजधानी की नालियों में नहाते-धोते हैं।'

मैंने मेहता की प्रतिक्रिया आने से पहले मुंह में एक कौर ले लिया। कुछ मिनट बाद उसने जवाब दिया।

'लेकिन, लिन देखो यही सबकुछ नहीं है,' उसने कहा, 'इससे भी बहुत ज़्यादा कुछ है।'

'नहीं, तुम सही कह रहे हो। यही सबकुछ नहीं है,' मैंने सहमति जताई। 'उस झोपड़पट्टी में केवल महाराष्ट्रियन ही नहीं रहते। वहां पर पंजाबी, तमिल, कन्नड़, बंगाली, असमी और कश्मीरी भी हैं। और वहां केवल हिंदू नहीं हैं। वहां सिख, मुस्लिम, ईसाई और बौद्ध, पारसी और जैन भी हैं। यहां पर समस्या केवल महाराष्ट्रियन लोगों की नहीं है। अमीरों की तरह ग़रीब भी भारत के हर हिस्से से आए हुए हैं। लेकिन ग़रीबों की संख्या बहुत ज़्यादा है और अमीर बहुत कम हैं।'

'*अरे बाप!*' चंद्र मेहता ने कहा, 'तुम तो बिलकुल क्लिफ़ की तरह लग रहे हो। वह साम्यवादी है। यह *उसके* कुछ पागलपन में से एक है, *यार।*'

'ना मैं साम्यवादी हूं ना पूंजीवादी,' मैंने मुस्कराते हुए कहा, 'मैं तो उन लोगों में से हूं जो कहते हैं *मुझे अकेला छोड़ दो यार।*'

'उस पर यक़ीन मत करना,' लिसा ने टोकते हुए कहा, 'जब आप परेशानी में हों तो मदद के लिए वही सबसे सही व्यक्ति है।'

मैंने उसकी तरफ़ देखा। हमारी आंखें बस इतनी देर तक एक-दूसरे पर टिकी रहीं कि एक ही वक़्त में हमें अच्छा और ग्लानि भरा महसूस हुआ।

'कट्टरपन दरअसल प्यार का ठीक विलोम है,' मैंने क़ादरभाई के उपदेशों में से एक को याद करते हुए कहा, 'एक समझदार व्यक्ति ने एक बार मुझे बताया था-वैसे आपकी जानकारी के लिए वह एक मुस्लिम है-वह अपने धर्म के कट्टरपंथियों की तुलना में ख़ुद को एक तर्कसंगत, समझदार सोच वाले यहूदी के ज़्यादा क़रीब पाता

है। अपने धर्म के कट्टरपंथियों की तुलना में उसमें तर्कसंगत और समझदार सोच वाले ईसाई या बौद्ध या हिंदू से ज़्यादा समानता है। वास्तविकता में तो वह उसके अपने धर्म के कट्टरपंथियों की तुलना में वह तर्कसंगत और समझदार सोच वाले नास्तिकों के ज़्यादा क़रीब है। मैं उससे सहमत हूं और मुझे लगता है कि इसी तरह से मैं विंस्टन चर्चिल से भी सहमत हूं, जिसने एक मर्तबा कट्टरपंथियों को परिभाषित करते हुए उनकी तुलना ऐसे व्यक्ति से की थी जो अपनी सोच नहीं बदलेगा और अपना विषय *नहीं* बदल सकता।'

'और इस बात पर,' लिसा ने हंसते हुए कहा, 'विषय को बदल दें। चलो क्लिफ़ *क़ानून* के सेट पर चल रहे रोमांस को लेकर तमाम चटपटी गप्प सुनने के लिए मुझे तुम पर पूरा भरोसा है। वहां क्या चल रहा है?'

'हां! हां!' रीता उत्साह के साथ चिल्लाई। 'और उस नई लड़की के बारे में सबकुछ। उसके बारे में इतनी ज़्यादा चटपटी अफ़वाहें चल रही हैं कि मैं ज़ोर से उसका नाम तक नहीं ले सकती, *यार।* और अनिल कपूर के बारे में सबकुछ, कुछ भी। मैं तो उसके प्यार में पागल हूं!'

'और संजय दत्त!' गीता चिल्लाई। उसका नाम लेते हुए ही वह उत्तेजना से कांपने लगी थी। 'क्या यह सच है कि वह वर्सोवा की पार्टी में गया था? हे भगवान! मैं भी वहां मौजूद रहती तो कितना अच्छा होता। मुझे उसके बारे में बताओ!'

लोगों में ज़ोर मार रही उत्सुकता को देखते हुए क्लिफ़ डिसूज़ा ने बॉलीवुड सितारों के बारे में एक-एक करके ख़ुलासे करना शुरू कर दिए और चंद्रा मेहता बीच-बीच में उसमें कुछ और चटपटा जोड़ देता था। भोजन के दौरान ही यह बात साफ़ हो गई थी कि क्लिफ़ की नज़र रीता पर और चंद्रा मेहता का अधिकांश ध्यान गीता की तरफ़ था। शायद यह लंबा भोज उनके द्वारा तय लंबे दिन और लंबी रात की योजना का हिस्सा था। अपनी योजना की ओर बढ़ते हुए उनका आधा दिमाग़ तो रात की संभावित घटनाओं को लेकर चटखारे लेने लगा था और उनकी बातों का केंद्र धीरे-धीरे सेक्स और इससे जुड़ी विवादित चर्चा की ओर हो गया। उनकी बताई जा रही बातें कई बार बेहद मज़ेदार थीं, तो कई बार बहुत ही वाहियात। जब कविता सिंह रेस्तरां में आई तो हम सब ज़ोर-ज़ोर से हंस रहे थे। कविता का टेबल पर बैठे लोगों से परिचय कराने के दौरान भी हंसी थमी नहीं थी।

'माफ़ करना,' बहुत ज़्यादा परेशानी के पीछा नहीं छुड़ा पाने के कारण आने वाले भाव चेहरे पर लिए कविता ने कहा, 'मुझे लिन से बात करनी है।'

'तुम उस मामले के बारे में यहां बात कर सकती हो कविता,' मैंने कहा, मुझ पर से चंद मिनट पहले की हंसी का ख़ुमार उतरा नहीं था। 'उन्हें यह दिलचस्प लगेगा।'

'यह हमारे मामले के बारे में नहीं है,' उसने ज़ोर देकर कहा, 'यह अब्दुल्ला ताहेरी के बारे में है।'

मैं एक झटके में खड़ा होकर, लिसा को वहीं पर रुककर मेरा इंतज़ार करने का इशारा करके चल दिया। कविता और मैं रेस्तरां के स्वागत कक्ष में आ गए। जब हम दोनों अकेले थे तो वह बोली,

'तुम्हारा दोस्त ताहेरी बहुत बुरी तरह से फंस चुका है।'

'तुम कहना क्या चाहती हो?'

'मेरा मतलब है कि *टाइम्स* में मैंने अपराध के मामले देखने वाले साथी से कुछ बात सुनी। वह कह रहा था कि अब्दुल्ला पुलिस की हिट लिस्ट में है। उसके मुताबिक़, *उसे देखते ही गोली मारी जा सकती है।'*

'क्या?'

'पुलिसवालों को उसे ज़िंदा गिरफ़्तार करने के आदेश हैं, लेकिन साथ ही किसी भी तरह की राहत नहीं देनी है। उन्हें विश्वास है कि वह हथियारों से लैस है और उन्हें विश्वास है कि वह गिरफ़्तारी की कोशिश करने पर गोली चलाकर जवाब देगा। पुलिसवालों से कहा गया है कि अगर उसने ज़्यादा विरोध किया तो उसे कुत्ते की तरह गोलियों से भून डालना है।'

'क्यों? यह क्या हो रहा है?'

'उन्हें लगता है कि वही वह सपना लिखकर हत्या करने वाला व्यक्ति है। उन्हें ठोस सबूत के साथ ठोस जानकारी मिली है। उन्हें विश्वास है कि यह वही है और वह उसे पकड़कर रहेंगे। शायद आज यह हो भी चुका होगा। बॉम्बे में पुलिसवालों से पंगा लेकर कोई नहीं बच सकता-गंभीर मामले में तो कतई नहीं। मैं पिछले दो घंटे से तुम्हें तलाश रही थी।'

'सपना? यह सब बकवास लग रहा है,' मैंने कहा। लेकिन इसमें मतलब तो था। यह निश्चित तौर पर अर्थपूर्ण था, क्यों था यह मुझे समझ नहीं आ रहा था। मामले में कई गुत्थियां अनसुलझी थीं : बहुत सारे सवाल, जो मैंने पूछे नहीं थे और काफ़ी पहले मुझे पूछ लेने चाहिए थे।

'मतलब हो या नहीं, अब यह वास्तविकता है,' उसकी आवाज़ कांप रही थी। 'मैंने तुम्हें तुम्हारे हर ठिकाने पर खोजा। डिडियर ने मुझे बताया कि तुम यहां हो। मैं जानती हूं कि ताहेरी तुम्हारा अच्छा दोस्त है।'

'हां, वह एक दोस्त है,' मैंने कहा, लेकिन अचानक मुझे यह अहसास हो गया कि मैं एक पत्रकार से बात कर रहा हूं। मैंने गहरे रंग के कालीन की तरफ़ देखा और अपने विचारों के तूफ़ान का अर्थ या दिशा पाने की कोशिश करने लगा। फिर मैंने सिर उठाकर उसकी आंखों में देखा, 'धन्यवाद, कविता। मैं वाक़ई तुम्हारा शुक्रगुजार हूं। बहुत-बहुत धन्यवाद। मुझे जाना होगा।'

'सुनो,' उसने हौले से कहा, 'मैंने ख़बर दे दी है। मैंने इसे सुनते ही फ़ोन कर दिया था। अगर यह शाम की ख़बर बन जाती है तो ऐसे में पुलिसवाले और अधिक

सावधान हो जाएंगे। जहां तक मेरी बात है तो मुझे नहीं लगता कि उसने यह किया होगा। मैं इस यक़ीन नहीं कर पा रही। मुझे वह हमेशा पसंद आया। जब तुम उसे पहली बार लियोपोल्ड्स लाए थे तो कुछ वक़्त तक तो मैं भी उसकी दीवानी भी हो गई थी। शायद वह मुझे अब भी अच्छा लगता है, यार। ख़ैर किसी भी लिहाज़ से मुझे नहीं लगता कि वह सपना है और मुझे नहीं लगता कि उसने वे...भयावह बातें की होंगी।'

वह मेरे लिए मुस्कराकर और उसके लिए आंसू बहाते हुए चली गई। टेबल पर मैंने अचानक उठकर चले जाने के लिए माफ़ी मांगी और विदा लेने के लिए अनिश्चित सा बहाना बना दिया। बिना उससे पूछे कि वह चल रही है या नहीं, मैंने लिसा की बांह पकड़ी और कुर्सी से उसका पर्स उठा लिया।

'ओह लिन, क्या तुम्हें वाक़ई जाना होगा,' चंद्रा ने शिकायती स्वर में कहा। 'हमने तो अभी तुम्हारे साथ कलाकारों के चयन को लेकर कोई समझौता भी नहीं किया है।'

'क्या तुम अब्दुल्ला ताहेरी को जानते हो?' क्लिफ़ ने आवाज़ में संदेह के पुट के साथ पूछा।

मैंने उसे घूरते हुए देखा।

'हां।'

'और तुम ख़ूबसूरत लिसा को अपने साथ लिए जा रहे हो,' चंद्रा ने कहा, 'यह तो दोहरी निराशा है।'

'*यार*, मैंने उसके बारे में इतना कुछ सुना है,' क्लिफ़ ने अपनी बात जारी रखी। 'तुम उससे कैसे मिले?'

'उसने मेरी जान बचाई, क्लिफ़,' मैंने इरादे से ज़्यादा कठोर होकर कहा। 'जब मैं उससे पहली बार मिला तो उसने मेरी जान बचाई। खड़े रहने वाले बाबाओं के हशीश के अड्डे पर।'

मैंने लिसा के लिए शराबखाने का दरवाज़ा खुला रखा और मुड़कर टेबल की तरफ़ देखा। क्लिफ़ और चंद्रा एक-दूसरे के क़रीब आकर हैरान लड़कियों को अनदेखा करके धीमी आवाज़ में चर्चा में मशगूल थे।

होटल के बाहर बाइक पर लिसा को मैंने वे सब बातें बता दीं, जो मुझे पता थीं। उसके चेहरे का रंग उड़ गया और वह पीला पड़ गया, लेकिन वह जल्द ही संभल गई। वह मेरी इस बात से सहमत हो गई कि पहले क़दम के तहत इस वक़्त लियोपोल्ड्स जाना तार्किक होगा। हो सकता है कि अब्दुल्ला वहां हो या फिर उसने किसी के पास कोई संदेश छोड़ा हो। वह डरी हुई थी और बाइक पर जिस तरह से उसने मुझे पकड़ रखा था उससे उसका डर मुझे पता चल रहा था। हम धीमे ट्रैफ़िक को तेज़ी से चीरते हुए क़िस्मत को दांव पर लगाते हुए ठीक वैसे ही निकले जैसे कि अब्दुल्ला किया करता था। लियोपोल्ड्स पर हमने डिडियर को शराब के समंदर में डूबते हुए देखा।

'सब ख़त्म हो गया,' उसने एक बड़ी बोतल से गिलास में और व्हिस्की उड़ेलते हुए कहा, 'सब ख़त्म हो गया। उन्होंने लगभग एक घंटा पहले उसे गोली मार दी। हर कोई इसी के बारे में बात कर रहा है। डोंगरी की मस्जिद में तो उसके लिए प्रार्थना की जा रही है।'

'तुम्हें कैसे पता?' मैंने पूछा, 'तुम्हें किसने बताया?'

'मृतक के लिए दुआ,' वह बड़बड़ाया, उसका सिर आगे की ओर झुक रहा था। 'कैसा हास्यास्पद और निरर्थक वाक्य। किसी अन्य तरह की प्रार्थना होती ही नहीं है। *हर प्रार्थना* मृतक के लिए प्रार्थना ही होती है।'

मैंने उसे शर्ट पकड़कर हिलाया। मेरी तरह ही डिडियर को चाहने वाले तमाम वेटर मुझे घूरने लगे और वह सोच रहे थे कि मुझे किस हद तक ऐसा बर्ताव करने देना है।

'डिडियर! मेरी बात सुनो! तुम्हें कैसे पता चला? किसने तुम्हें इस बारे में बताया? यह कहां हुआ?'

'पुलिसवाले यहां आए थे,' उसने अचानक साफ़ शब्दों में कहा। उसकी नीली आंखें मुझे घूर रही थीं मानो किसी तालाब की गहराई में झांक रही हों। 'वह मालिकों में से एक मेहमत के पास अपनी शेख़ी बघार रहे थे। तुम मेहमत को जानते हो। वह भी ईरानी है, अब्दुल्ला की तरह। सड़क के उस पार स्थित कोलाबा थाने के कुछ पुलिसवाले भी इस मुठभेड़ में शामिल थे। वह कह रहे थे कि उन्होंने उसे क्राफ़ोर्ड बाज़ार के पास की एक गली में घेर लिया था। पुलिसवालों ने कहा कि उन्होंने उसे आत्मसमर्पण करने के लिए कहा। वह अचानक एक जगह स्थिर खड़ा हो गया। वे बता रहे थे कि हवा में उसके लंबे बाल लहरा रहे थे और उसने काली पोशाक पहन रखी थी। वे कुछ वक़्त तक उसी के बारे में बातें कर रहे थे। लिन, क्या तुम्हें अज़ीब नहीं लगता कि वह उसके कपड़ों के बारे में ही बातें कर रहे थे...और उसके बाल? इसका क्या मतलब है? फिर उन्होंने...उन्होंने कहा कि उसने जैकेट से दो पिस्तौलें निकालीं और उन पर गोलियां चलाना शुरू कर दीं। सभी ने गोलियों से उसका जवाब दिया। उन्होंने बताया कि उसका शरीर गोलियों से छलनी हो गया। उसके चिथड़े उड़ चुके थे।'

लिसा अचानक रोने लगी। वह डिडियर के पास बैठी थी और उसने शोक और सदमे पर सामान्य प्रतिक्रिया में उसे बांह में समेट लिया। उसने ना उसकी तरफ़ देखा और ना ही कुछ कहा। उसने उसे कंधे पर थपकी देते हुए, हिलाया, लेकिन उसके दुखद हाव-भाव ठीक वैसे ही होते अगर वह अकेला होता, ख़ुद को अपनी ही बांहों में समेटे हुए।

'वहां बहुत ज़्यादा भीड़ थी,' उसने बात को जारी रखा। 'वे लोग बेहद नाराज़ थे। पुलिस घबराई हुई थी। पुलिसवाले उसके शव को एक वैन में अस्पताल ले जाना चाहते थे, लेकिन भीड़ ने वैन पर हमला बोल दिया और उसे सड़क से नीचे उतार दिया। पुलिसवाले उसके शव को क्राफ़ोर्ड बाज़ार पुलिस थाने ले गई। भीड़ नारेबाजी

और गालीगलौच करते हुए उनके पीछे लग गई। मुझे लगता है कि वे सब अब भी वहीं होंगे।'

क्राफ़ोर्ड बाज़ार पुलिस थाना। मुझे वहां जाना होगा। मुझे उसका शव देखना होगा। मुझे उसे देखना होगा। शायद वह जिंदा हो...

'तुम यहीं रुको,' मैंने लिसा से कहा, 'डिडियर के साथ रुको या टैक्सी लेकर घर चली जाओ। मैं वापस आता हूं।'

ऐसा लग रहा था मानो एक भाला मेरी बग़ल से होता हुआ मेरे दिल में घुस गया था और सीने से बाहर निकल आया था। अब्दुल्ला की मौत का भाला, उसकी मृत, मृत देह के बारे में सोच का भाला। मैंने तत्काल क्राफ़ोर्ड बाज़ार का रास्ता पकड़ा और हर सांस के साथ वह भाला मेरे भीतर धंसता ही चला जा रहा था।

बाज़ार के पुलिस थाने के पास पहुंचने पर मुझे अपनी बाइक छोड़ देनी पड़ी,क्योंकि सड़क पर भारी भीड़ उमड़ी हुई थी। पैदल चलते हुए जल्द ही मैंने ख़ुद को पागलों की तरह दिशाहीन होती भीड़ में पाया। उनमें से अधिकांश मुस्लिम थे। उनकी प्रार्थनाओं और नारेबाजी से साफ़ हो रहा था कि वह केवल शोक मनाने वाले लोगों की भीड़ नहीं थी। अब्दुल्ला की मौत ने बाज़ार के कई एकड़ तक फैले ग़रीबों के इलाक़े की दुखती रग को छू दिया था। लोग अपनी शिकायतों और मांगों को लेकर भी चिल्ला रहे थे। मुझे कई जगह से दुआओं की आवाज़ें आ रही थीं।

चीख़ते-चिल्लाते लोगों के हुजूम के भीतर अराजकता का माहौल था और पुलिस थाने की ओर हर क़दम बढ़ाने के लिए कुश्ती लड़ना पड़ रही थी और पूरी की पूरी ताक़त झोंक देना पड़ रही थी। वे अपने पैरों से धकेल रहे थे और घूंसे भी जमा रहे थे। एक से अधिक बार तो मैं लगभग पैरों तले कुचलने लगा, लेकिन हर बार किसी की दाढ़ी, शॉल या शर्ट पकड़कर उबर गया। मुझे अंत में पुलिस थाना और पुलिसवाले दिखने लगे। हेलमेट पहनकर वह लाठियां भांज रहे थे। वे इमारत में तीन से चार कतारें बनाए खड़े थे।

भीड़ में मेरे पास खड़े एक व्यक्ति ने मेरी शर्ट पकड़ी और मेरे सिर और मुंह पर घूंसे जमाने शुरू कर दिए। मुझे समझ नहीं आ रहा था कि वह मुझ पर क्यों हमला कर रहा है-शायद वह ख़ुद भी नहीं समझ पाया था-लेकिन इससे कोई फ़र्क़ नहीं पड़ रहा था। मैंने हाथों की आड़ लेते हुए ख़ुद को आज़ाद कराने की कोशिश की। उसका हाथ मेरी शर्ट में फंस चुका था और मैं उसे हटा नहीं कर पा रहा था। मैं उसके और क़रीब आ गया और मैंने अंगुलियां उसकी आंखों में घुसेड़ दीं और अपना सिर उसके कान के पास दे मारा। उसका हाथ छूट गया और वह नीचे गिर गया। लेकिन दूसरे मुझ पर घूंसे बरसाने लगे। भीड़ मेरे चारों तरफ़ जमा हो गई और मैंने पास आने वाले हर एक को घूंसे-लात जमाना शुरू कर दिए।

हालात बहुत बुरे थे। मैं जानता था कि जल्द ही मेरी सारी ऊर्जा ख़त्म हो जाएगी और उन लोगों को पीछे रखने वाली हैरानी भी। लोग मेरी तरफ़ झपट रहे

थे, लेकिन एक वक़्त में एक ही, बिना किसी तकनीक के। उन्होंने जमकर मार खाई और पीछे हट गए। मैं गोल-गोल घूमकर नाचते हुए पास आने वाले हर किसी को घूंसे जमा रहा था। लेकिन मैं घिर चुका था और मैं जीत नहीं सकता था। भीड़ की इस लड़ाई को लेकर दिलचस्पी ही उन्हें गुत्थमगुत्था भीड़ के बीच आगे बढ़ने के लिए उकसा रही थी।

अचानक 8-10 लोगों का समूह पूरी ताक़त झोंककर घेरे को तोड़ता हुआ मेरे पास आया। और मेरे सामने ख़ालिद अंसारी खड़ा था। मैं अब भी पहले की ही तरह चल रहा था और मैंने लगभग उसे घूंसा जड़ ही दिया था। उसने दोनों हाथ उठाकर मुझसे रुकने के लिए कहा। उसके लोग भीड़ को छांटते हुए आगे बढ़ने लगे और ख़ालिद मुझे उनके पीछे धकेलने लगा। इतने में भीड़ में से किसी ने मेरे सिर पर पीछे से घूंसा जमाया और मैं मुड़कर फिर भीड़ की तरफ़ दौड़ा। मैं शहर के हर व्यक्ति से लड़ना चाहता था, तब तक लड़ना चाहता था जब तक कि वह मुझे घूंसे जमाकर सुन्न कर देते, तब तक जब तक कि अब्दुल्ला की मौत के भाले की चुभन मेरे सीने से नहीं चली जाए। ख़ालिद और उसके दो दोस्तों ने मुझे घेरे में ले लिया और उस पागल हो चुकी भीड़ के बीच से निकालने लगे।

'उसका शव वहां नहीं है,' जब मेरी बाइक मिल गई तो ख़ालिद ने बताया। उसने मेरे चेहरे का ख़ून रूमाल से पोंछा। मेरी आंख तेज़ी से सूज रही थी और नाक से ख़ून टपक रहा था। मेरे होंठों पर भी घाव हो चुका था। मुझे वह मार महसूस ही नहीं हुई। वहां कोई भी दर्द नहीं था। दर्द तो सारा मेरे सीने में सिमटा हुआ था, मेरे दिल के क़रीब। और मैं उसके साथ ही अंदर-बाहर सांसें ले रहा था।

'भीड़ उस जगह पर घुस गई थी। सैकड़ों लोग। यह सब हमारे यहां पहुंचने से पहले हुआ। सबको बाहर निकालने के बाद जब पुलिसवाले उस कोठरी में गए जहां उसका शव रखा था तो वह ख़ाली थी। भीड़ ने सभी क़ैदियों को आज़ाद कर दिया था और वह उसका शव ले जा चुकी थी।'

'हे भगवान,' मैंने कहा, 'ओह, नहीं। हे भगवान।'

'हम कुछ लोगों को इस काम पर लगाएंगे,' ख़ालिद ने शांत आवाज़ में आत्मविश्वास के साथ कहा, 'हम पता लगा लेंगे कि क्या हुआ। हम खोज लेंगे... उसे। हम उसका शव खोज लेंगे।'

मैं बाइक से लियोपोल्ड्स लौटा तो वहां पर डिडियर के टेबल पर जॉनी सिगार बैठा हुआ था। डिडियर और लिसा जा चुके थे। मैं जॉनी के पास की कुर्सी में गिरते हुए बैठ गया, जैसा कि कुछ घंटे पहले लिसा ने डिडियर की कुर्सी पर किया था। टेबल पर कोहनियां टेककर मैंने हथेलियों से आंखें मलना शुरू कर दिया।

'बहुत बुरा हुआ,' जॉनी बोला।

'हां।'

'ऐसा नहीं होना चाहिए था।'

'नहीं।'

'और इसे नहीं होना चाहिए था। इस तरह से नहीं।'

'हां।'

'उसे अंतिम सवारी नहीं लेनी चाहिए थी। उस रात की वह आख़िरी थी, लेकिन उसे इसकी ज़रूरत नहीं थी। उसने कल काफ़ी कमाई कर ली थी।'

'क्या?' मैंने उसकी तरफ़ गुस्से और हैरानी भरे भावों के साथ देखा।

'प्रभाकर की दुर्घटना,' उसने कहा।

'क्या?'

'दुर्घटना,' उसने बात को दोहराया।

'कौनसी... *दुर्घटना?*'

'हे भगवान, लिन मुझे लगा कि तुम्हें पता होगा,' ख़ून उसके चेहरे से अब मानो उसके गले में उतर आया था। उसकी आवाज़ थर्राने लगी और आंखों में आंसू आ गए। 'मैं समझा तुम्हें पता होगा। जब मैंने तुम्हारा चेहरा देखा, तुम्हारी नज़र को देखकर। मुझे लगा कि तुम जानते होगे। मैं यहां एक घंटे से तुम्हारा इंतज़ार कर रहा था। अस्पताल से निकलते ही मैं तुम्हें खोजने निकल पड़ा।'

'अस्पताल...' मैंने बेवकूफ़ की तरह दोहराते हुए कहा।

'सेंट जॉर्ज अस्पताल। वह वहां पर आईसीयू में भर्ती है। ऑपरेशन-'

'कौनसा ऑपरेशन?'

'उसे चोट लगी थी, बहुत बुरी चोट। ऑपरेशन...वह अब भी ज़िंदा है, लेकिन...'

'लेकिन क्या?'

जॉनी दोबारा फूट-फूटकर रोने लगा और जबड़ों को भींचकर लंबी सांसें लेते हुए उसने बड़ी ही मुश्किल से खुद्द को क़ाबू में किया।

'उसने बहुत देर रात दो सवारियां ली थीं। उस वक़्त तड़के के तीन बज चुके थे। एक व्यक्ति और उसकी बेटी जो एयरपोर्ट जाना चाहते थे। हाइवे के रास्ते पर एक हाथ ठेला था। तुम जानते ही हो कि यह लोग किस तरह से छोटा रास्ता लेने के फेर में होते हैं। इसकी इज़ाज़त नहीं है, *यार* फिर भी वह ऐसा करते हैं। बस भारी ठेले को लेकर ज़्यादा लंबा चक्कर बचाने के लिए। इस ठेले पर इमारत बनाने में काम आने वाले लंबे स्टील पाइप्स थे। एक चढ़ाव पर उनका ठेले पर से नियंत्रण छूट गया। उनके हाथ से फिसलकर यह पीछे की तरफ़ लुढ़कने लगा। प्रभाकर की टैक्सी उसी वक़्त बस वहां पहुंची थी और सारे स्टील पाइप्स टैक्सी में आगे से घुस गए। कुछ स्टील पाइप्स खिड़की से भी घुसे। पीछे की सीट पर बैठा व्यक्ति और उसकी बेटी तो वहीं मारे गए। उनके सिर अलग हो गए थे। पूरी तरह से। प्रभाकर को चेहरे पर चोट लगी है।'

वह दोबारा रोने लगा और मैंने आगे बढ़कर उसे सांत्वना दी। दूसरी टेबलों पर बैठे पर्यटक और अन्य लोग हमें देखने लगे, लेकिन अचानक उन्होंने अपनी नज़रें घुमा लीं। जब वह इससे उबरा तो मैंने उसके लिए एक व्हिस्की का ऑर्डर दिया। उसने गिलास एक घूंट में ख़ाली कर दिया, ठीक उसी तरह से जैसा कि प्रभाकर ने पहले दिन मेरे साथ मुलाक़ात के दौरान किया था।

'उसकी हालत कैसी है?'

'डॉक्टर का कहना है लिन कि उसका मरना तय है,' जॉनी ने सुबकते हुए कहा, 'उसका जबड़ा पूरी तरह से टूट चुका है। स्टील पाइप्स ने उसे पूरी तरह से उखाड़ दिया है। सबकुछ जा चुका है। उसके सभी दांत। जहां पर उसका चेहरा था वहां पर अब बस एक बड़ा सा ख़ाली छेद है। उसकी गर्दन खुली है। उन्होंने उसके चेहरे पर पट्टियां तक नहीं बांधी हैं, क्योंकि उस छेद में कई नलियां और पाइप जा रहे हैं। उसे ज़िंदा रखने के लिए। वह उस कार में उस स्थिति में ज़िंदा कैसे बच गया, कोई नहीं समझ पा रहा। वह वहां दो घंटे तक फंसा रहा था। डॉक्टरों की राय में वह आज रात मर जाएगा। इसीलिए मैं तुम्हें खोजने की कोशिश कर रहा था। उसे सीने, पेट और सिर में भी बुरी तरह से चोटें आई हैं। लिन, वह मरने जा रहा है। वह मरने जा रहा है। हमें वहां चलना चाहिए।'

हम क्रिटिकल केयर वार्ड में पहुंचे और वहां हमें उसके बिस्तर के पास एक-दूसरे को थामकर रोते हुए किशन और रुखमाबाई मिल गए। बिस्तर के नीचे की ओर पार्वती, सीता, जितेंद्र और क़ासिम अली शोकमग्न चुपचाप खड़े थे। प्रभाकर बेहोश था। उसकी हालत पर नज़र रखने के लिए ढेर सारी मशीनें लगी हुई थीं। ट्यूब और धातु के पाइप्स उसके चेहरे पर टेप से लगाए हुए थे-उसके बचे-खुचे चेहरे पर। वह शानदार मुस्कान, वह आकर्षक ऊर्जा से भरपूर मुस्कान, उसके चेहरे से उखाड़ दी गई थी। वह बस...हमेशा के लिए जा चुकी थी।

नीचे की मंज़िल पर ड्यूटी रूम में मुझे उसकी देखभाल कर रहा डॉक्टर मिल गया। मैंने अपनी बेल्ट से अमेरिकी डॉलरों का एक बंडल निकालकर उसे देना चाहा और कहा कि इसके बाद जो भी ख़र्च आया मुझे बता दे। उसने पैसे लेने से इंकार कर दिया। उसने बताया कि उम्मीद की कोई किरण बाक़ी नहीं है। प्रभाकर के पास ज़िंदा रहने के लिए चंद घंटे बचे थे, शायद कुछ मिनट। यही वजह है कि उसने उसके परिजनों और दोस्तों को उसके बिस्तर के पास ही बने रहने की इज़ाज़त दे दी थी। उसने कहा कि केवल इंतज़ार के करने के लिए कुछ भी नहीं बचा, इंतज़ार उसकी मौत का। मैं प्रभाकर के कमरे में लौटा और वह पैसे पार्वती को थमा दिए, मेरे ताज़ा दौरे से हासिल पूरी की पूरी रक़म।

मैंने अस्पताल में एक टॉयलेट खोजकर अपना चेहरे और गर्दन को धोया। मेरे चेहरे पर लगे घावों ने मेरे दिमाग़ को अब्दुल्ला के दर्द देने वाले विचारों से भर दिया। मैं उन विचारों को सहन नहीं कर पा रहा था। मैं अपने बिंदास ईरानी दोस्त को पुलिस

से घिरा हुआ और उनके द्वारा गोलियों से उसके चिथड़े उड़ा दिए जाने की छवि को सहन नहीं कर पा रहा था। मैंने आईने में देखा और मेरे आंसुओं से तेज़ाब जैसी जलन महसूस की। मैंने ख़ुद को चांटा लगाकर जगाने की कोशिश की और फिर प्रभाकर की मंज़िल पर लौट आया।

मैं तीन घंटे तक अन्य लोगों के साथ उसके बिस्तर में पैरों की ओर खड़ा रहा। थक जाने के कारण मुझे नींद के झोंके आने लगे और मुझे स्वीकारना पड़ा कि मुझे नींद आ रही है। एक तुलनात्मक रूप से शांत कोने में मैंने दो कुर्सियों को दीवार के सामने जोड़ा और सो गया। तत्काल ही एक सपने ने मुझे पूरी तरह से घेर लिया। यह मुझे सुंदर ले गया। गांव में उस पहली रात मैं आवाज़ों के समंदर में डूब-उतरा रहा था, जब प्रभाकर के पिताजी ने मेरे कंधे पर हाथ रखा था और मैंने अपने दांतों को भींच लिया था। जब मैं उस सपने से जागा तो किशन ने मेरे पास में बैठकर मेरे कंधे को अपना हाथ रखा हुआ था। जब हमारी आंखें मिलीं तो हम दोनों ही फूट-फूटकर रोने लगे।

अंत में जब यह साफ़ हो चुका था कि प्रभाकर की मौत हो जाएगी और हम सबको इस बात का पता चल गया और हम सबने इस वास्तविकता को स्वीकार लिया कि वह मर जाएगा, हम चार दिन और रात तक उसके नन्हे से शरीर को, बचा-खुचा शरीर, लगभग प्रभाकर बग़ैर मुस्कान के, तड़पते देखा। दिन-रात उसका दर्द और तड़प देखकर अंत में मैं उम्मीद करने लगा कि उसे मौत आ जाए। और यह मेरी दिल से दुआ थी। मैं उसे इतना ज़्यादा चाहता था कि अंत में मैंने क्लीनर के कमरे में एक ख़ाली कोना तलाशा, जहां पर एक नल हरदम टपकता रहता था, और अपने पैरों के निशान वाली जगह पर घुटनों के बल बैठकर भगवान से उसे मौत देने की दुआ मांगी। और फिर उसकी मौत हो गई।

पार्वती के साथ साझा की गई झोपड़ी में प्रभाकर की मां रुखमाबाई ने उसके घुटनों तक लंबे बाल खोल रखे थे। वह दुनिया की ओर पीठ करके दरवाज़े में बैठी हुई थी। उसके काले बाल रात के जलप्रपात की तरह दिख रहे थे। वह बालों पर तेज़ उस्तरा चला रही थी और उसके लंबे बाल किसी साये के ख़त्म होने की तरह गिर रहे थे।

जब हम किसी से सचमुच प्यार करने लगते हैं तो हमारा पहला डर यही होता है कि कहीं वह हमसे प्यार करना बंद तो नहीं कर देगा। निश्चित तौर पर हमें तो इस बात से डरना और बचना चाहिए कि उनकी मौत होने के बाद भी हम उनसे प्यार करना बंद नहीं कर दें। प्रभाकर, मैं आज भी तुम्हें पूरे दिल से प्यार करता हूं। मैं अब भी तुमसे प्यार करता हूं। और कुछ मर्तबा जब मैं अपने दिल में मौज़ूद प्यार तुम्हें नहीं दे पाता मेरे प्यारे दोस्त तो वह मेरे सीने में सांसों को उखाड़ देता है। आज भी कई मर्तबा मेरा दिल दर्द से बैठने लगता है, क्योंकि तुम्हारे बग़ैर कोई सितारे नहीं, कोई हंसी नहीं और कोई नींद भी नहीं।

अध्याय 30

हेरोइन आत्मा को एक संवेदनहीन झील में डुबो देता है। नशे के मृत सागर पर तैरते हुए ना तो दर्द का कोई अहसास होता है और ना ही अफ़सोस या शर्म का, ना ग्लानि का ना ग़म का, ना कोई अवसाद और ना कोई ख़्वाहिश। सुप्त ब्रह्मांड आपके अस्तित्व के हर एक परमाणु को अपने आगोश में ले लेता है। संवेदनाहीन नि:शब्दता और शांति मिलकर भय और पीड़ा को हवा कर देती हैं। विचार समंदर के शैवाल की तरह भटकते हुए सुदूर, धूसर नींद में चले जाते हैं, अगोचर और अनिश्चित। शरीर शीतल निद्रा के आगे घुटने टेक देता है : दिल बहुत हौले-हौले धड़कता है, सांस तो बस फुसफुसाहट जैसी हो जाती है। शरीर पर गहरा निर्वाण सा आवरण छा जाता है और नींद में जा चुका व्यक्ति धीरे-धीरे नीचे और गहरा जाते हुए शांत हो जाता है। बिलकुल किसी शाश्वत पत्थर की तरह।

ब्रह्मांड की अन्य बातों की तरह इस रासायनिक मुक्ति की भी क़ीमत चुकानी पड़ती है, रोशनी के साथ। जो पहली रोशनी नशेड़ी गंवाते हैं वह होती है, उनकी आंखों की चमक। एक नशेड़ी की आंखें किसी ग्रीक मूर्ति की तरह ज्योतिहीन, अंकित सीसे की तरह कुंद, किसी मुर्दे की पीठ में गोली की छेद की तरह अंधकारमय। गंवाई जाने वाली अगली रोशनी होती है आकांक्षा की। नशेड़ी आकांक्षाओं का गला उसी हथियार से घोंटते हैं जिसे कि वे उम्मीद, सपने और सम्मान पर इस्तेमाल करते हैं : उनकी लत से तैयार हथौड़ा। और जब ज़िंदगी की तमाम रोशनियां जा चुकी होती हैं, अंतिम रोशनी होती है प्यार की रोशनी। आज नहीं तो कल, जब बात अंतिम वार की होती है तो नशेड़ी नशे के बगैर रहने की बनिस्बत उस महिला को छोड़ देगा जिससे वह प्यार करता है। आज नहीं तो कल हर बुरी तरह से नशे का आदी हो चुका व्यक्ति निर्वासित शैतान बन चुका होता है।

मैं हवा में उड़ा। मैं चम्मच में मौज़ूद स्मैक पर सवार होकर तैरा और ऊपर उठ गया और चम्मच कमरे जितना बड़ा हो गया। अफ़ीम के पक्षाघात की नौका उस चम्मच की छोटी सी झील में भटकती रही। मेरे दिमाग़ में एक-दूसरे के पास से गुजर रही नौकाओं के बेड़े में उत्तर छिपा हुआ लग रहा था, यह जानते हुए कि वहां पर उत्तर मौज़ूद है और वह मुझे बचा लेगा। और फिर मैंने भारी हो चुकी आंखें बंद कीं और फिर से उसे गंवा दिया। और कुछ मर्तबा मैं जागता था। कुछ मर्तबा पूरी तरह से

जाग जाता था, दोबारा उस मुर्दा कर देने वाली ड्रग्स की चाहत के साथ। कुछ मर्तबा मैं इतना जागा हुआ होता था कि सबकुछ याद कर सकता था।

अब्दुल्ला का अंतिम संस्कार नहीं हो सका, क्योंकि उनके लिए, हमारे लिए दफ़नाने के लिए कोई शव ही नहीं था। उसका शरीर भीषण दंगों के दौरान वैसे ही ग़ायब हो गया था, जैसा कि मॉरिजियो का हुआ था-किसी चमकते ख़त्म हो चुके तारे की तरह। प्रभाकर के शरीर को घाट पर दहन के लिए ले जाते वक़्त मैं भी दूसरों के साथ था। मैं उनके साथ गलियों में दौड़ता रहा। मैं उनके साथ भगवान का नाम लेते हुए फूलों से ढंके शरीर के नीचे रहकर दौड़ा। और फिर मैंने उसके शरीर को जलते हुए देखा। उसके बाद झोपड़पट्टी की गलियों में सब तरफ़ शोक का माहौल था। उसे लेकर शोक व्यक्त करने के लिए दोस्तों और परिजनों की भीड़ के बीच मैं खड़ा ही नहीं रह सका। वह सब उसी जगह पर खड़े थे जहां पर कुछ सप्ताह पहले ही प्रभाकर की शादी हुई थी। कुछ झोपड़ियों की छत पर तो शादी की फटी हुई पताकाएं लटक रही थीं। मैंने क़ासिम अली, जॉनी, जितेंद्र और किशन मांगो से बात की, लेकिन उसके बाद मैं बाइक पर सवार होकर डोंगरी चला गया। मुझे आक़ा अब्दुल क़ादर ख़ान से कुछ सवाल पूछने थे : सवाल जो मेरे दिलोदिमाग़ में हसन ओबिक्वा के गड्ढे में मौज़ूद बातों की तरह मंडरा रहे थे।

नबीला मस्जिद के पास का घर बंद था। वह अच्छी तरह से तालाबंद था और वहां पर घोर सन्नाटा था। मस्जिद के अहाते या गली की दुकानों में से कोई भी मुझे नहीं बता सका कि वह कब चले गए या यह कि वह कब तक लौटेंगे। हताशा और गुस्से के साथ मैं अब्दुल ग़नी के घर के लिए रवाना हुआ। उसका घर तो खुला था, लेकिन वहां के नौकर ने मुझे बताया कि वह छुट्टियां मनाने के लिए शहर से बाहर गए हुए हैं और उनके कई सप्ताह तक घर लौटने की संभावना नहीं थी। मैं पासपोर्ट फ़ैक्टरी गया और मैंने वहां पर कृष्णा और विल्लू को कड़ी मेहनत करता हुआ पाया। उन्होंने इस बात की पुष्टि की कि ग़नी कुछ सप्ताह के काम के लिए उन्हें निर्देश और पर्याप्त मात्रा में धन देकर गया है। उसने उन्हें भी यही बताया था कि वह छुट्टियां बिताने जा रहा है। जब मैं ख़ालिद अंसारी के फ़्लैट पर पहुंचा तो ड्यूटी पर मौज़ूद प्रहरी ने बताया कि वह पाकिस्तान गया हुआ है। उसे इस बात का कोई अंदाज़ा नहीं था कि वह सख़्तदिल फ़िलीस्तीनी कब तक लौटकर आएगा।

क़ादर की माफ़िया परिषद के अन्य सदस्य भी अचानक सुविधाजनक तौर पर नदारद थे। फ़रीद दुबई में था। जनरल सोभन महमूद कश्मीर में थे। केकी दोराबजी के घर पर मेरी दस्तक का किसी ने भी जवाब नहीं दिया और हर खिड़की पर काले शीशे लगा दिए गए थे। फ़ोर्ट पर अपने नोट गिनने के स्थान पर एक दिन भी अनुपस्थित नहीं रहने वाले राजूभाई अपने एक बीमार परिजन से मिलने के लिए नई दिल्ली गए हुए थे। यहां तक कि दूसरे क्रम के सिपहसालार और काम करने वाले शहर के बाहर थे या उपलब्ध नहीं थे।

शहरभर में बाक़ी बचे सोने के एजेंट्स, मुद्रा के वाहक और पासपोर्ट संपर्क विनम्र और दोस्ताना थे। उनके लिए काम उसी गति से चल रहा था और उसी ढर्रे पर। मेरा अपना काम उतना ही सुरक्षित था। हर डिपो, एक्सचेंज सेंटर, ज्वैलरी स्टोर और क़ादर के साम्राज्य के हर संपर्क बिंदु पर मेरा पहुंचना अनुमानित था। सोने के डीलर्स, मुद्रा कारोबार से जुड़े लोगों और पासपोर्ट लाने-चुराने वाले दलालों को मेरे बारे में निर्देश देकर रखे गए थे। मैं इस बात को लेकर निश्चित नहीं था कि यह अच्छी बात है-कि मुझ पर परिषद की अनुपस्थिति में भी भरोसा किया जा सकता है-या उन्होंने उनकी योजना में मुझे इतना गैरज़रूरी समझा कि मुझे कुछ भी बताने की कोई ज़रूरत ही नहीं थी।

कारण चाहे जो हो, मैं शहर में निराशाजनक रूप से अकेला महसूस कर रहा था। मैंने एक ही सप्ताह में अपने दो निकटतम दोस्तों प्रभाकर और अब्दुल्ला को गंवा दिया था। इसके साथ ही मैंने दिलोदिमाग़ पर चस्पां यह निशान भी गंवा दिया, *तुम इस जगह के हो।* व्यक्तित्व और निजी पहचान एक तरह से आपके द्वारा बनाए गए रिश्तों के चौराहों या दोराहों के निर्देशांक होते हैं। हम जानते हैं कि हम कौन हैं और हम इसे अपने द्वारा पसंद किए जाने वाले लोगों और उन्हें पसंद करने की वजहों के आधार पर परिभाषित करते हैं। मैं दरअसल स्थान और समय के उस बिंदु पर था,जहां अब्दुल्ला की बेक़ाबू हिंसा और प्रभाकर की ख़ुशी भरी शालीनता मिलते थे। उस दिशाहीन वक़्त और उनकी मौत से अचंभित, मुझे इस बात का बेहद व्याकुलता और हैरानी के साथ अहसास हुआ कि मैं क़ादर की परिषद के प्रमुख लोगों पर कितना ज़्यादा निर्भर हो चुका था। मुझे लगा कि उनमें से अधिकांश के साथ मेरी बातचीत बेहद औपचारिक थी, लेकिन फिर भी मैं उनकी शहर में अनुपस्थिति को महसूस कर रहा था। उतनी ही जितनी कि अपने मृत दोस्तों की।

और मैं नाराज़ था। मुझे उस गुस्से का कारण समझने में कुछ वक़्त लगा। और यह समझने में भी कि इस गुस्से की वजह और निशाना क़ादरभाई थे। अब्दुल्ला की मौत के लिए मैं उन्हें दोषी मान रहा था : उसकी रक्षा नहीं करने के लिए, उसे नहीं बचाने के लिए। मैं इस बात को स्वीकार ही नहीं कर पा रहा था कि मेरा प्यारा दोस्त अब्दुल्ला ही पागल क्रूर हत्यारा सपना था। लेकिन मैं इस बात को मानने के लिए सहमत था कि अब्दुल क़ादर ख़ान का सपना और उन हत्याओं से कोई रिश्ता था। साथ ही उनका शहर छोड़ जाना मुझे दग़ाबाजी की तरह लग रहा था। यह कुछ ऐसा था मानो उन्होंने मुझे त्याग दिया हो...सबकुछ...एकाकी। यह निश्चित तौर पर ख़ुद को कुछ ज़्यादा का बेवजह महत्त्व देने वाली एक हास्यास्पद धारणा थी। सच्चाई यह थी कि क़ादर के सैकड़ों लोग इस वक़्त बॉम्बे में काम में जुटे हुए थे और मैं रोज़ उनमें से कई के साथ व्यवहार कर रहा था। लेकिन फिर भी मुझे धोखा खाने और त्याग देने का अहसास हो रहा था। मुझमें क़ादर के प्रति मेरी भावनाओं को लेकर शक और गुस्से में उपजने वाले भय से उपजा अलगाव का भाव जागने लगा। मैं अब भी उनसे

प्यार करता था। मैं अब भी उनसे एक पिता से जुड़े बेटे की तरह जुड़ाव महसूस करता था, लेकिन अब वह मेरे पूजनीय और निष्कलंक नायक नहीं थे।

एक मुजाहिदीन लड़ाके ने एक बार मुझे बताया था कि नियति हमें ज़िंदगी में तीन शिक्षाएं, तीन दोस्त, तीन दुश्मन और तीन महान प्रेमी देती है। लेकिन ये 12 हमेशा छिपे हुए रूप में आते हैं और हम उनमें से किसी को भी तब तक नहीं जान पाते जब तक कि हम उनसे प्यार कर चुके होते हैं, उन्हें छोड़ चुके होते हैं या फिर उनसे लड़ चुके होते हैं। क़ादर उन बारह में से एक थे, लेकिन उनका स्वांग हमेशा सर्वश्रेष्ठ था। उस परित्यक्त भाव वाले गुस्से से भरे दिनों में जबकि मेरा शोक मनाता दिल सुन्न कर देने वाली हताशा की ओर बढ़ रहा था, मैंने उनको एक दुश्मन की तरह देखना शुरू कर दिया, मेरा प्रिय दुश्मन।

और सौदा दर सौदा, अपराध दर अपराध, दिन प्रतिदिन मेरी इच्छाशक्ति और उद्देश्य और उम्मीद गड्ढे की तरफ बढ़ने लगी। लिसा कार्टर ने लगातार प्रयासों से चंद्रा मेहता और क्लिफ़ डिसूजा से अनुबंध हासिल कर लिया था। केवल उसकी ख़ातिर मैं अनुबंध की स्वीकृति के वक़्त वहां पर मौज़ूद था। मैंने उस पर उसके भागीदार के तौर पर हस्ताक्षर भी किए। निर्माताओं को मेरा उसमें शामिल होना महत्त्वपूर्ण लगा। क़ादर खान माफ़िया के काले पैसे में मैं उनका सुरक्षित साथी था–एक इस्तेमाल नहीं किया हुआ और कभी नहीं ख़त्म होने वाला संसाधन। उन्होंने उस वक़्त उस संबंध का ज़िक्र नहीं किया, लेकिन लिसा के साथ अनुबंध में यही प्रमुख वजह थी। अनुबंध में लिखा था कि लिसा और मैं तीन बड़े स्टूडियो के लिए उन्हें विदेशी *जूनियर कलाकारों* की आपूर्ति करेंगे। ऐसे छोटे-मोटे कलाकारों को इसी तरह से जाना जाता था। भुगतान और कमीशन के नियम दो वर्ष के लिए निर्धारित किए गए थे।

उस बैठक के बाद लिसा मरीन ड्राइव पर समंदर से सटी दीवार के पास खड़ी मेरी बाइक तक मेरे साथ आई। हम ठीक उसी जगह पर बैठे जहां पर कई बरस पहले अब्दुल्ला ने मेरे कंधे पर हाथ रखा था, उस वक़्त जबकि मेरा दिमाग़ समंदर में कूदकर डूब मरने के बारे में सोच रहा था। लिसा और मैं एकाकी थे और पहले हमने एक-दूसरे से एकाकी लोगों की तरह ही बातें कीं। कुछ शिकायतें और ख़ुद के साथ की गई बातचीत के अंशों का दोहराव। अकेले।

'वह जानता था कि ऐसा होकर रहेगा,' उसने एक लंबी चुप्पी के बाद कहा, 'यही वजह है कि उसने मुझे संदूक में भरकर वे पैसे दे दिए। हमने इस बारे में बात की। *उसने* इस बारे में बात की। उसने मारे जाने के बारे में बात की। तुम ईरान युद्ध के बारे में जानते ही हो? इराक के साथ युद्ध? वहां पर कई बार वह मरते-मरते बचा था। मुझे विश्वास है कि यह बात उसके दिलोदिमाग़ में घुस गई थी। मुझे लगता है कि युद्ध और अपने दोस्तों, परिजनों को पीछे छोड़कर भाग आने की शर्म के चलते वह मरना चाहता था। और जब कभी भी मौत आती, अगर वह कभी आई भी तो वह इसी तरह से मरना चाहता था।'

'शायद,' मैंने समंदर की ओर देखते हुए कहा, 'कार्ला ने एक बार कहा था कि हम सब ज़िंदगी में कभी न कभी आत्महत्या की कोशिश करते हैं और आज नहीं तो कल हम कामयाब भी हो जाते हैं।'

लिसा हंसी, क्योंकि मैंने यह हवाला देकर उसे चौंका दिया था, लेकिन उस हंसी का अंत एक लंबी आह के साथ हुआ। उसने सिर झुकाकर हवाओं को अपनी जुल्फ़ों के साथ खेलने दिया।

'उला के साथ का वह वाक़या,' उसने कहा, 'लिन, वह मुझे खाए जा रहा है। मैं मोडेना को अपने दिमाग़ से निकाल ही नहीं पा रही हूं। मैं उसके बारे में जानकारी हासिल करने के लिए प्रतिदिन सारे अख़बार छान मारती हूं–शायद उन्होंने उसे खोज निकाला हो या फिर कुछ और। यह बेहूदा है...मॉरिजियो के साथ की बात, मैं तो कई सप्ताह तक यह सोचकर बैचेन रही। मैं पूरे वक़्त बस रोती रहती थी। चाहे सड़क पर टहल रही हूं या फिर किताब पढ़ रही हूं या सोने की कोशिश कर रही हूं। मुझे तो खाना खाते वक़्त भी पेट में मरोड़ उठती थी। मैं उसके शव के बारे में सोचना रोक नहीं पा रही थी...और वह चाकू...यह कैसा लगा होगा, जब उला ने वह चाकू उसके शरीर में घुसेड़ा होगा...लेकिन अब वह सब एक तरह से धुंधला हो चुका है। यह अब भी है, तुम जानते हो कहीं भीतर, लेकिन अब यह मुझे परेशान नहीं करता। और यहां तक कि अब्दुल्ला–मैं नहीं जानती कि मैं सदमे में हूं या अस्वीकार करने के दौर में या कुछ और, लेकिन मैं नहीं...ख़ुद को इस बारे में सोचने नहीं देती। यह ऐसा है... ऐसा मानो मैंने *स्वीकार* लिया है या कुछ और। लेकिन मोडेना के बारे में विचार वह बदतर होता जा रहा है। मैं ख़ुद को उसके बारे में सोचने से रोक ही नहीं पा रही हूं।'

'वह तो मुझे भी दिखाई देता है,' मैंने कहा, 'मुझे उसका चेहरा दिखाई देता है और मैं तो वहां होटल में भी नहीं था। यह अच्छी बात नहीं है।'

'मुझे उसे मारना चाहिए था।'

'उला?'

'*हां*, उला।'

'क्यों?'

'वह... बेरहम... *कुतिया!* उसने उसे वहीं कमरे में बंधा हुआ छोड़ दिया था। वह मेरे लिए परेशानी लाई, तुम्हारे लिए परेशानी लाई और... मॉरिजियो... लेकिन जब मुझे मोडेना के बारे में बताया तो मैंने उसके कंधे पर सहानुभूति में हाथ रखा और उसे नहलाने के लिए ले गई और उसकी ऐसी देखभाल की मानो उसने मुझे बताया हो कि वह बेचारी अपनी पालतू गोल्डफ़िश को खाना देना भूल गई हो। इसकी बज़ाय तो मुझे उसे तमाचा जड़ना था या उसका एकाध जबड़ा उखाड़ देना था या उसे लात जमा देनी चाहिए थी। अब वह तो चली गई है और मैं मोडेना का विचार दिमाग़ से नहीं निकाल पा रही हूं।'

'कुछ लोग ऐसा करते हैं,' मैंने उसके गुस्से पर मुस्कराते हुए कहा, क्योंकि मैं भी ऐसा ही महसूस कर रहा था। 'कुछ लोग हमेशा ऐसा कुछ करते हैं कि हमें उन पर दया आ जाती है, फिर भले ही बाद में हमें कितना ही गुस्सा आए या बेवक़ूफ़ बन जाने का अहसास हो। वे हमारे दिल की कोयले की ख़दानों में कैनेरी पंछियों की तरह हैं। अगर हम उनके हमें निराश करने के बाद उनके बारे में अफ़सोस करना बंद कर दें, तो हम परेशानी में फंस जाते हैं। और वैसे भी *उसे* मदद करने में मैं शामिल नहीं था। मैंने तो यह तुम्हें मदद करने के लिए किया था।'

'हां, मैं जानती हूं। मैं जानती हूं,' उसने आह भरते हुए कहा, 'यह उला की ग़लती नहीं है। वाक़ई नहीं। पैलेस ने उसे बर्बाद कर दिया था। उसने उसका दिमाग़ पूरी तरह से बर्बाद कर दिया था। मैडम झू के लिए काम करने वाले हर एक व्यक्ति का यही हाल होता है। तुम्हें उला को उस वक़्त देखना था जब उसने काम शुरू किया था। मैं तुम्हें बताना चाहूंगी कि वह बेहद ख़ूबसूरत थी। और एक तरह से...मासूम... इस तरह से जैसे कि हम बाक़ी के लोग नहीं हैं। अगर तुम इसका मतलब समझ सको तो। जब मैंने काम शुरू किया था तो मैं तो वहां पहले ही *पागल होकर* पहुंची थी। लेकिन इसने मेरे दिमाग़ का भी दही कर दिया। हम सब...हम सबको करना पड़ता था...हमने वहां कुछ बेहद ऊलजुलूल हरक़तें कीं...'

'तुम मुझे इस बारे में बता चुकी हो,' मैंने शांत आवाज़ में कहा।

'मैं तुम्हें बता चुकी हूं?'

'हां।'

'मैंने तुम्हें क्या बताया?'

'तुमने मुझे...इस बारे में काफ़ी-कुछ बताया। उस रात जब मैं कार्ला के पास अपने कपड़े लेने के लिए आया था। मैं वहां उस बच्चे तारिक़ के साथ आया था। तुम बहुत ज़्यादा नशे में धुत्त थी, बेसुध सी।'

'और मैंने तुम्हें उस बारे में बताया?'

'हां।'

'हे *भगवान!* मुझे वह याद नहीं। मैं कुछ बेवक़ूफ़ी भरा काम करने जा रही थी। वह पहली रात थी जब मैं नशे को टालने की कोशिश कर रही थी और जब मैं इसमें सफल रही थी। मुझे वह बच्चा याद है... और मुझे याद है कि तुम मेरे साथ सेक्स नहीं करना चाहते थे।'

'ओह, मैं *चाहता* था।'

उसने अचानक गर्दन घुमाई और उसकी आंखें मुझसे मिलीं। उसके होंठ मुस्करा रहे थे, लेकिन उसके माथे पर शिकन भी उभर आई थी। उसने लाल सलवार कमीज़ पहन रखी थी। लंबा, ढीला सिल्क का शर्ट उसके शरीर से चिपककर, समंदर की तेज़ हवाओं में उसके सुडौल शरीर का गठन बता रहा था। उसकी नीली आंखें हौसले

और अन्य रहस्यमय भावों से दमक रही थीं। वह एक ही वक़्त में बहादुर, कमज़ोर और मज़बूत थी। उसने ख़ुद को उस ज़िंदगी से बाहर निकाला जिसमें वह मैडम झू के पैलेस में डूब रही थी और उसने हेरोइन की लत पर भी मात कर दी थी। अपने दोस्त की ज़िंदगी और ख़ुद की ज़िंदगी की ख़ातिर उसने एक व्यक्ति की हत्या में मदद की थी। उसने अपना प्रेमी, मेरा मित्र अब्दुल्ला गंवा दिया था, जिसका शरीर गोलियों से चिथड़ों में तब्दील हो गया था। और यह सब उसकी आंखों और उसके पतले चेहरे पर देखा जा सकता था। वहां सबकुछ मौज़ूद था और यह आप जानते हैं कि क्या खोजना है तो आप यह जानते हैं कि कहां खोजना है।

'तो तुम पैलेस तक पहुंची ही कैसे?' मैंने पूछा। और मेरे अचानक विषय बदलने से वह हिचक सी गई।

'मैं नहीं जानती,' उसने आह भरते हुए कहा। 'जब मैं बच्ची थी तो घर से भाग गई थी। मैं घर के माहौल को झेल नहीं पाई। मैं अवसर मिलते ही वहां से जल्दी से जल्दी निकल जाना चाहती थी। कुछ ही वर्षों में मैं एक किशोर वय की नशेड़ी बन गई। लॉस एंजिल्स के उस इलाक़े में काम करने लगी। और उस इलाक़े के बदमाश के हाथों बुरी तरह से पिट भी गई। फिर एक बंदा आया, अच्छा, शांत, एकाकी, शरीफ़ क़िस्म का। उसका नाम मैट था। मैं उस पर बुरी तरह से फ़िदा हो गई। वह मेरा पहला सच्चा प्यार था। वह एक संगीतकार था और कुछ मर्तबा भारत जा चुका था। उसे इस बात की विश्वास था कि अगर हम बॉम्बे से कुछ नशा घर वापस ले आते हैं तो शुरुआत के तौर पर हम अच्छी कमाई कर सकते हैं। उसने कहा कि अगर मैं नशे को साथ लाने के लिए तैयार हूं तो वह मेरे लिए टिकट का भी किराया दे देगा। जब हम वहां पहुंचे तो वह सबकुछ लेकर ग़ायब हो गया–हमारा सारा पैसा, मेरा पासपोर्ट और सबकुछ। मैं नहीं जानती कि क्या हुआ। मैं नहीं जानती थी कि क्या उसका हौसला टूट गया या उसे यह काम करने के लिए कोई और मिल गया या फिर उसने अकेले ही यह करने का फ़ैसला कर लिया। मैं नहीं जानती। इसका अंत ये हुआ कि मैं हेरोइन की बहुत बुरी लत के साथ बॉम्बे में फंस गई और मेरे पास ना कोई पैसा था ना पासपोर्ट। मैंने होटल के कमरे से ही काम शुरू कर दिया, टिके रहने के लिए कुछ छल। उसके कुछ महीने बाद एक दिन एक पुलिसवाला मेरे कमरे में आया और उसने कहा कि मेरी कलई खुल चुकी है। मैं अगर उसके एक दोस्त के लिए काम करने के लिए तैयार नहीं होती हूं तो मेरा भारतीय जेल में जाना तय है।'

'मैडम झू?'

'हां।'

'मुझे बताओ क्या तुमने उसे कभी देखा? क्या तुमने कभी उससे *अकेले* में सीधी बातचीत की?'

'नहीं। राजन और उसके भाई के अलावा कभी भी कोई भी ना उससे बात करता है या ना ही उसे देखता है। कार्ला उससे व्यक्तिगत तौर पर मिल चुकी है। कार्ला

को उससे नफ़रत है। कार्ला उससे किसी भी अन्य बात से...मैंने ज़िंदगी में ऐसी बात कभी नहीं देखी है। कार्ला उससे इतनी ज़्यादा नफ़रत करती है कि वह पागल सी हो जाती है, अगर तुम समझे हो कि मेरा क्या मतलब है। वह लगभग हर वक़्त मैडम झू के बारे में सोचती रहती है और वह आज नहीं तो कल उस तक पहुंचकर रहेगी।'

'उसके दोस्त अहमद और क्रिस्टिन वाली बात,' मैं बुदबुदाया, 'उसका मानना है कि मैडम झू ने उन्हें मरवाया और वह इसके लिए ख़ुद को दोषी मानती है। वह इस बात को भुला नहीं पाती।'

'बिलकुल सही,' उसने हैरान होते हुए कहा। उसके चेहरे पर हैरत के भाव थे, 'क्या उसने तुम्हें इस बारे में बताया था?'

'हां।'

'यह तो...' वह हंसने लगी, 'यह वाक़ई ग़ज़ब की बात है। कार्ला कभी उस बारे में किसी से बात नहीं करती। मेरा मतलब *किसी से भी।* लेकिन मुझे लगता है कि बात इतनी अद्भुत भी *नहीं* क्योंकि तुमने उसके अंतरंग तक पहुंच बना ली थी। तुम्हें याद है वह झोपड़पट्टी में हैजे का दौर और वे सारी बातें? वह बाद में कई सप्ताह तक उसी के बारे में बातें करती रहती थी। वह उस बारे में इस तरह से बात करती थी मानो वह कोई पवित्र अनुभव हो, एक तरह का अलौकिक अनुभव। और वह तुम्हारे बारे में भी ढेर सारी बातें करती थी। मुझे लगता है कि मैंने उसे कभी इतना... *प्रेरित,* नहीं देखा है।'

'जब कार्ला मुझे लेकर तुम्हें पैलेस से छुड़ाने के लिए आई थी,' मैंने उसकी तरफ़ देखे बग़ैर कहा, 'तो वह तुम्हारी ख़ातिर था या बस मैडम झू को नीचे दिखाने का एक और प्रयास?'

'तुम्हारा मतलब है कि कार्ला के खेल में मैं और तुम बस प्यादे थे? क्या तुम यही पूछ रहे हो?'

'उसी तरह का कुछ।'

'मुझे लगता है कि मुझे कहना पड़ेगा हम प्यादे थे,' उसने गले से लंबा स्कार्फ़ निकालकर हाथ में पकड़ा और उसे ध्यान से देखने लगी। 'ओह, तुम जानते हो कि कार्ला मुझे चाहती है और ऐसा ही कुछ, मुझे इस बारे में यक़ीन है। उसने मुझे ऐसी बातें बताईं जो कोई नहीं जानता–तुम तक नहीं। और मुझे वह पसंद आती है। तुम जानते हो वह अमेरिका में रही है। वह वहीं बड़ी हुई है और उसे उसके बारे में कुछ अलग लगता है। मुझे लगता है कि पैलेस में कभी भी काम करने वाली वह इकलौती अमेरिकी थी। लेकिन भीतर कहीं बहुत अंदर यह मैडम झू के साथ लड़ाई थी। मुझे लगता है हमारा इस्तेमाल किया गया, मेरा और तुम्हारा। लेकिन इसका कोई मतलब नहीं है? उसने मुझे वहां से बाहर निकाला–तुमने मुझे वहां से बाहर निकाला, उसके साथ और मैं तो बहुत ख़ुश हूं। उसकी वजह चाहे भी रही हो, लेकिन मैं इसे उसके ख़िलाफ़ मन में नहीं रखती और मुझे लगता है कि तुम्हें भी नहीं रखना चाहिए।'

'मैं नहीं रखता...' मैंने आह भरी।

'लेकिन?'

'लेकिन... कुछ भी नहीं। मेरे और कार्ला के बीच बात बन नहीं सकी, लेकिन मैं...'

'तुम अब भी उससे प्यार करते हो?'

मैंने सिर घुमाकर उसकी तरफ़ देखा, लेकिन जब उसकी नीली आंखें मुझसे मिलीं तो मैंने विषय बदल दिया।

'क्या तुम्हारे पास मैडम झू की कोई ख़बर है?'

'नहीं, कुछ भी नहीं।'

'क्या वह तुम्हारे बारे में पूछताछ कर रही है? कुछ भी?'

'भगवान का शुक्र है, कुछ भी नहीं। सुनने में अज़ीब लग सकता है- मैं मैडम झू से नफ़रत नहीं करती। मुझे उसके बारे में कुछ भी नहीं लगता, किसी भी तरह से, बस इस बात के कि मैं कभी दोबारा उसके पास तक नहीं जाना चाहती। लेकिन मुझे उसके सेवक राजन से नफ़रत है। अगर कोई पैलेस में काम करता है तो उसका सामना राजन से ही होता है और जवाब भी उसे ही देना पड़ता है। उसका भाई किचन संभालता है, लेकिन राजन लड़कियों पर नज़र रखता है। और वह साला बहुत ज़्यादा नालायक है। वह किसी भूत की तरह इर्द-गिर्द घूमता रहता है। ऐसा लगता है कि मानो उसके सिर के पीछे भी आंखें लगी हुई हैं। मैं तुम्हें बताना चाहूंगी कि पूरी दुनिया में वह सबसे डरावनी वस्तु है। मैडम झू को मैंने कभी नहीं देखा। वह जाली के एक दरवाज़े के पीछे से आपके साथ बात करती है। हर कमरे में कम से कम एक ऐसा दरवाज़ा है, ताकि वह देख सके कि वहां क्या चल रहा है और लड़की या ग्राहक से बात कर सके। लिन, यह बहुत बेहूदा पागलपन से भरी हुई घृणित जगह है। मैं वहां दोबारा लौटने से बेहतर तो मर जाना पसंद करूंगी।'

फिर अचानक चुप्पी छा गई। समंदर की लहरों के दीवार की तलहटी में लगे पत्थरों से टकराकर लौटने भर की आवाज़ें आ रही थीं। सीगल हमारे ऊपर हवाओं के सहारे उड़ रहे थे।

'उसने तुम्हारे लिए कितना धन छोड़ा है?'

'मुझे पक्का पता नहीं,' उसने कहा, 'मैंने उसे कभी नहीं गिना। यह बहुत सारा है। सत्तर, अस्सी हज़ार डॉलर-बहुत ज़्यादा। जिसके लिए मॉरिजियो ने मोडेना को मारा और फिर ख़ुद भी मर गया, उससे कहीं ज़्यादा। यह पागलपन की तरह है, है ना?'

'तुम्हें यह धन लेकर यहां से निकल जाना चाहिए।'

'बड़े मज़े की बात है-मुझे लगता है कि हमने अभी मेहता और उसकी निर्माता कंपनी के साथ दो वर्ष का अनुबंध किया है। तुम जानते हो, और अब चलो *अपनी ज़िंदगी के* अनुबंध पर आगे बढ़ें।'

'भाड़ में जाए अनुबंध।'

'लिन, जाने भी दो।'

'भाड़ में जाए अनुबंध। तुम्हें इससे बाहर निकलना होगा। हम नहीं जानते कि साला चल क्या रहा है। हम नहीं जानते कि अब्दुल्ला क्यों मारा गया। हम नहीं जानते कि उसने क्या किया या उसने क्या नहीं किया। अगर वह सपना नहीं था, तो यह बहुत बुरी बात है। अगर वह सपना था तो हालात और अधिक बुरे हैं। तुम तो धन लेकर बस...चली जाओ।'

'और कहां जाऊं?'

'कहीं भी।'

'क्या तुम जा रहे हो?'

'नहीं। यहां मेरा कुछ काम बाक़ी है। और मैंने...मैंने एक तरह से ख़ुद को ख़त्म कर लिया है। लेकिन तुम्हें जाना चाहिए।'

'तुम बात को समझ नहीं रहे हो, समझे क्या?' उसने पूछा। 'बात पैसे की नहीं है। अगर अब मैं वापस चली गई तो मैं दोबारा नशे की लत में डूब जाऊंगी। मुझे धन से भी ज़्यादा कुछ चाहिए। मैं यहां पर इस कारोबार से कुछ बनाना चाहती हूं। और मैं यहीं यह कर सकती हूं। मैं यहां कुछ हूं। मैं कोई व्यक्ति हूं। जब मैं सड़क पर चलती हूं तो लोग मेरी तरफ़ देखते हैं, क्योंकि मैं अलग हूं।'

'तुम तो जहां भी जाओगी, कुछ हो ही जाओगी,' मैंने उसकी तरफ़ देखकर मुस्कराते हुए कहा।

'मेरा मज़ाक़ मत उड़ाओ, लिन।'

'मैं मज़ाक़ नहीं कर रहा हूं, लिसा। तुम एक ख़ूबसूरत लड़की हो, तुम्हारे पास एक अच्छा दिल है-यही वजह है कि लोग तुम्हारी तरफ़ देखते हैं।'

'यह काम कर सकता है,' उसने ज़ोर देकर कहा। 'मैं इसे अपनी रग-रग में महसूस कर सकती हूं। मेरे पास कोई शिक्षा नहीं है, लिन और मैं तुम्हारी तरह होशियार भी नहीं हूं। मुझे किसी भी काम को करने का प्रशिक्षण नहीं मिला है। लेकिन यह...यह बड़ी बात हो सकती है। मैं कर सकती हूं, मैं नहीं जानती...शायद एक दिन मैं फ़िल्में बनाना शुरू कर सकती हूं। मैं...मैं कुछ अच्छा कर सकती हूं।'

'तुम अच्छी हो*।* तुम जहां भी जाओगी अच्छा ही करोगी।'

'नहीं। यही मुझे मिला अवसर है। मैं वापस नहीं जा रही-मैं कहीं नहीं जा रही-जब तक कि मैं कुछ हासिल कर नहीं लेती। अगर मैं ऐसा नहीं करती, अगर मैं कोशिश नहीं करती, तो फिर पूरा मामला ही बेमानी हो जाएगा। मॉरिजियो...और जो कुछ भी हुआ उसका कोई मतलब ही नहीं निकलेगा। अगर मैं यहां से जाऊंगी तो अपना दिमाग़ पूरी तरह से तंदुरुस्त करके और अपनी कमाई से अपनी जेबें भरकर।'

मैंने पाया कि हवा समंदर से आते-जाते कभी ठंड कभी गर्म महसूस हो रही थी। मछुआरों की नावों का एक छोटा सा समूह झोपड़पट्टी के क़रीब अपनी बस्ती की ओर लौट रहा था। मुझे अचानक बारिश का वह दिन याद आ गया जब एक डोंगी में बैठकर मैं बाढ़ से डूबे ताज महल होटल तक पहुंचा था और फिर गेटवे ऑफ़ इंडिया के भीमकाय स्मारक के गुंबद के नीचे। मुझे विनोद का प्रेमगीत याद था और उस रात की बारिश भी जब कार्ला मेरी बांहों में समा गई थी।

और फिर अंतहीन लहरों की तरफ़ देखकर मैं वह तमाम बातें याद करने लगा जो मैंने उस तूफ़ानी रात के बाद गंवा दी थी : जेल, यातना, कार्ला का जाना, उला का जाना, क़ादरभाई और उनकी परिषद का जाना, आनंद का जाना, मॉरिजियो की मौत, मोडेना की भी संभावित मौत, रशीद की मौत, अब्दुल्ला की मौत और प्रभाकर-यह असंभव था-*प्रभाकर* की भी *मौत।* और मैं उनमें से एक था : चल रहा था, बात कर रहा था और तूफ़ानी लहरों को घूर रहा था, लेकिन दिल में अन्य लोगों की तरह ही मर चुका था।

'और तुम्हारा क्या यार?' उसने पूछा। मैं उसकी आंखों को ख़ुद पर केंद्रित देख सकता था और उसकी आवाज़ में भावनाओं को सुन सकता था : सहानुभूति, कोमलता, शायद प्यार। 'अगर मैं रुकती हूं-तो मैं निश्चित तौर पर रुकने वाली हूं-*तुम* क्या करने वाले हो?'

मैंने एक बार उसकी तरफ़ देखकर उसकी नीली आंखों के भाव पढ़ने की कोशिश की। फिर मैं दीवार के पास खड़ा हो गया और उसको बांहों में थामकर चूम लिया। यह काफ़ी लंबा चुंबन था। हमने उस एक चुंबन में पूरी ज़िंदगी बिता दी : हम जिए, हमने प्यार किए और बूढ़े हो गए और हम मर भी गए। फिर हमारे होंठ अलग हुए और फिर वह ज़िंदगी हमारी आंखों में एक रोशनी बनकर हमेशा के लिए बस गई।

मैं उससे प्यार कर सकता था। शायद मैं उससे थोड़ा प्यार करने भी लगा था। लेकिन कुछ मर्तबा किसी महिला के साथ अगर आप कोई सबसे बुरी बात कर सकते हैं तो वह है प्यार। और मैं अब भी कार्ला से प्यार करता था। मैं कार्ला से प्यार करता था।

'मैं क्या करूंगा?' मैंने उसके सवाल को दोहराते हुए कहा। मैंने उसके कंधे पर हाथ रखकर उसको कुछ दूर किया और फिर मुस्कराकर कहा, '*मैं* नशे में धुत्त हो *जाऊंगा।*'

मैंने बाइक उठाई और कभी मुड़कर नहीं देखा। मैंने अपने फ़्लैट का तीन महीने का किराया दिया और कार पार्क के चौकीदार और इमारत के चौकीदार को भरपूर बख़्शीश दिया। मैंने एक अच्छी तरह से तैयार नक़ली पासपोर्ट जेब में रखा, अपने सभी अतिरिक्त पासपोर्ट और नक़दी का एक बंडल एक पैकेट में रखा और इसे अपनी एनफ़ील्ड बाइक के साथ डिडियर के पास रख दिया। फिर मैं टैक्सी करके दस हज़ार वेश्याओं की शुक्लाजी गली में गुप्ताजी के अफ़ीम के अड्डे की ओर चल दिया। मैं

लकड़ी की घुमावदार सीढ़ियों पर चढ़ते हुए तीसरे माले पर पहुंचा और उस पिंजरे में घुस गया जिसे नशेड़ियों ने ख़ुद तैयार किया था। एक बार में एक चमकदार, तेज़ स्टील बार।

गुप्ताजी ने अपने अफ़ीमची ग्राहकों के लिए एक बड़े कमरे में 20 बिस्तरों और लकड़ी के तकियों का इंतज़ाम कर रखा था। जिन लोगों की ज़रूरतें कुछ ज़्यादा ख़ास होती थीं, उनके लिए उन्होंने खुले अड्डे के पीछे अन्य कमरे बना रखे थे। एक बहुत ही छोटे से दरवाज़े से होते हुए मैं पीछे के कमरों की ओर ले जाने वाले छिपे हुए गलियारे में पहुंचा। यह इतनी कम ऊंचाई का था कि मुझे घुटनों के बल रेंगना पड़ रहा था। जो कमरा मैंने चुना था उसमें एक पलंग पर चटाई बिछी हुई थी और कालीन घिस चुका था, एक छोटे से आले में दरवाज़ों पर नक्काशी की हुई थी, सिल्क के शेड वाला एक दीया था और पानी से भरा एक बड़ा मटका। तीन ओर की दीवारें लकड़ी के फ्रेम पर चटाई को फैलाकर बनाई गई थी। चौथी दीवार सिरहाने के पास थी, जहां से नीचे की व्यस्त गली का नज़ारा दिखता था, जहां पर अरब और स्थानीय मुस्लिम कारोबार करते थे। लेकिन खिड़की कुछ इस तरह से बंद थी कि उसमें से केवल रोशनी के कुछ अंश तारों की तरह टिमटिमाते हुए दिखते थे। वहां कोई छत नहीं थी, बस थी तो कुछ बल्लियां, जिन पर मिट्टी की खपरैलें लगी हुई थीं। मुझे यह नज़ारा अच्छी तरह से याद था।

गुप्ताजी ने पैसा और निर्देश लिए और मुझे अकेला छोड़कर चले गए। छत से चिपका हुआ कमरा बहुत गर्म था। मैंने अपनी शर्ट उतारी और दीया बुझा दिया। वह छोटा अंधेरा कमरा किसी कोठरी की तरह था : रात के वक़्त की जेल की कोठरी। मैं बिस्तर पर बैठा और अचानक मेरी आंखों से आंसू बहने लगे। मैं बॉम्बे में पहले भी रो चुका था। मैंने रंजीत के कुष्ठरोगियों से मिलने के बाद आंसू बहाए थे और तब भी जब अज़नबियों ने आर्थर रोड जेल में मेरा प्रताड़ित शरीर धोया था और प्रभाकर के पिताजी के साथ अस्पताल में। लेकिन दुख और यातनाएं हमेशा ही दबा दी गई थीं : किसी तरह से मैंने इसे रोक दिया था, आंसुओं के सैलाब को बांध दिया था। फिर उस छोटी अफ़ीम की कोठरी में अपने मृत दोस्तों, अब्दुल्ला और प्रभाकर, के बर्बाद प्यार के चलते मैंने आंसुओं को बस बहने दिया।

कुछ लोगों को जब आंसू आते हैं तो वे पिटाई से भी बदतर होते हैं। इस क़िस्म के लोग जूतों और संगीनों से उतने घायल नहीं होते जितने कि सुबकते रहने से। आंसुओं की शुरुआत दिल में होती है, लेकिन हममें से कुछ तो उस दिल को ही इतनी बार ख़ारिज कर देते हैं कि जब हम इसकी सुनते हैं तो यह दिल टूटने के हज़ारों अफ़साने हमें सुनाने लगता है। हम जानते हैं कि रोना एक अच्छी और स्वाभाविक बात है। हम जानते हैं कि रोने का मतलब कमज़ोरी नहीं होती, बल्कि एक तरह की ताक़त होती है। फिर भी, रोना हमें जड़-दर-जड़ ज़मीन से उखाड़ने लगता है और फिर जब हम रोते हैं तो किसी कटे हुए पेड़ की तरह गिरते हैं।

गुप्ताजी ने मुझे समय दिया। जब अंततः मैंने उसकी चप्पलों के घिसटने की आवाज़ को दरवाज़े की ओर आते हुए सुना तो मैंने चेहरे की उदासी पर क़ाबू करते हुए दीये को जला दिया। वह वही लाया था जिसकी मैंने फ़र्माइश की थी : स्टील का एक चम्मच, डिस्टिल्ड वॉटर, इस्तेमाल के बाद फेंकने योग्य सिरिंज, हेरोइन और सिगरेट का एक कार्टन–और उसने वह सामान एक छोटे से टेबल पर जमा दिया। उसके साथ एक लड़की भी थी। उसने मुझे बताया कि उसका नाम शिल्पा है और उसने उसकी नियुक्ति मेरे सेवक के तौर पर की थी। वह जवान थी, बीस वर्ष से भी कम उम्र की, लेकिन उसके चेहरे पर पेशेवर वेश्याओं जैसे भाव आ चुके थे। उसकी आंखों में किसी पिटे हुए कुत्ते की तरह की उम्मीद दिखाई दे रही थी। मैंने उसे और गुप्ताजी को वापस भेज दिया और हेरोइन का आनंद उठाने के लिए तैयार हो गया।

एक डोज़ सिरिंज में लगभग एक घंटे तक रखा रहा और मैंने उसे उठाकर अपनी बांह की एक मोटी नस में पांच बार लगाया, लेकिन हर बार बिना इस्तेमाल ही रख दिया। और पसीने से तरबतर कर देने वाले उस पूरे एक घंटे में मैं सिरिंज में मौजूद तरल पदार्थ को देखता रहा। यह वही थी। नरक में धकेल देने वाली ड्रग। वह बड़ा नशा जिसने मुझे बेवक़ूफ़ी भरे हिंसक अपराध करने के लिए उकसाया था, जिसने मुझे जेल भेजा था, जिसने मुझसे मेरा परिवार छीना था और जिसके कारण मैंने अपने प्रियजनों को गंवाया था। सबकुछ और कुछ भी नहीं वाला नशा : यह सबकुछ ले लेता है और बदले में आपको कुछ भी *नहीं* मिलता। लेकिन जो ख़ालीपन यह आपको देता है, कई बार आप जो सबकुछ चाहते हैं, वह होता है।

मैंने सुई नस में घुसा दी, सिरिंज निकालते हुए निकला कुछ ख़ून इस बात का प्रमाण था कि नस में छेद हो चुका है और फिर ख़ून रोकने के लिए प्लंजर लगा दिया। सुई मेरी बांह से निकलने से पहले ही मेरा पूरा शरीर सहारा के रेगिस्तान जैसा हो गया। गर्म, सूखा, चमकदार और आकृतिहीन। ड्रग से बने टीलों ने सभी विचारों को ख़त्म कर दिया और मेरे दिमाग़ की विस्मृत सभ्यता को दफ़न कर दिया। मेरा शरीर गर्म भी हो गया, हज़ारों छोटे–मोटे दर्द, टीस और परेशानियां ख़त्म हो गईं, जिन्हें हम दैनंदिन ज़िंदगी में या तो सहन करते हैं या अनदेखा। दर्द का कोई अता–पता नहीं था। वहां कुछ भी नहीं था।

और फिर, मेरे दिमाग़ में जबकि रेगिस्तान मौज़ूद था, मुझे लगा कि मेरा शरीर डूब रहा है और मैंने दम घोंटने वाली एक झील की ऊपरी सतह को तोड़ दिया। उस पहले स्वाद के बाद क्या एक सप्ताह गुजर चुका था? क्या एक महीना गुजर चुका था? मैं तो चम्मच में मौज़ूद झील में नौका लेकर बस डूबता–उतराता रहा। ख़ून में सहारा का रेगिस्तान लिए। और सिर के ऊपर मौज़ूद वह मल्लाह : उनके पास एक तरह का संदेश था, एक संदेश कि हम क्यों एक–दूसरे से मिलते–जुलते हैं, क़ादर और कार्ला और अब्दुल्ला और मैं। हम सबकी ज़िंदगी, अब्दुल्ला की मौत तक की कड़ी में, एक गंभीर तरीक़े से मिलती थी। उन मल्लाहों के पास राज की कुंजी थी।

लेकिन मैंने आंखें बंद कर ली। मैंने प्रभाकर को याद किया। मैंने याद किया कि वह बहुत मेहनत कर रहा था और देर रात तक, वह मरा क्योंकि वह टैक्सी का मालिक था और अपने लिए काम कर रहा था। मैंने उसके लिए टैक्सी खरीदी थी। *यदि मैंने उसके लिए वह टैक्सी नहीं खरीदी होती तो वह जीवित होता।* वह एक छोटा सा चूहा था जिसे मैंने जेल की कोठरी में ब्रेड के टुकड़े देकर प्रशिक्षित किया था, वह चूहा सूली पर चढ़ चुका था। और कुछ मर्तबा एक साफ़ और नशे से उबरने वाले घंटे में मुझे अब्दुल्ला की मौत के पल की छवि दिखाई दी, हत्यारों के घेरे में अकेला। मुझे वहां होना चाहिए था। मैं हर रोज़ उसके साथ होता था। मुझे उस वक़्त उसके साथ होना चाहिए था। दोस्त अपने दोस्तों को ऐसे तो नहीं मरने देते–मौत और नियति के साथ एकाकी। और उसका शव कहां था? और क्या वही सपना था? क्या मेरा दोस्त, मेरा दोस्त जिसे मैं चाहता था, इतना निर्मम, पागल और किसी के टुकड़े–टुकड़े कर देने वाला हत्यारा था? ग़नी ने क्या कहा था? *माज़िद के शरीर के टुकड़े पूरे घर में बिखरे हुए थे...* क्या मैंने यह करने वाले व्यक्ति से प्यार किया था? इसका क्या मतलब था कि मेरे दिलोदिमाग़ के एक छोटे से हिस्से को यह आशंका थी कि वह सपना था और फिर भी उससे प्यार करता है?

और मैंने चांदी की गोली दोबारा बांहों में डाल दी और फिर से तैरती नौका पर सवार हो गया। और मैंने सिर के ऊपर बैठे मल्लाहों में जवाब देखा और मुझे यक़ीन था कि मैं कुछ और नशा लेकर इसे समझ सकूंगा और थोड़ा और और थोड़ा और।

जब मेरी आंखें खुलीं तो मैंने अपने सामने एक चेहरे को ख़ुद को घूरते हुए देखा और वह किसी ऐसी भाषा में काफ़ी तल्ख़ी के साथ बोल रहा था, जो मैं नहीं जानता था। यह एक बदसूरत, दुष्ट चेहरा था जिसमें आंखों, नाक और चेहरे से तीखी रेखाएं थीं। फिर उस चेहरे के हाथ निकल आए, मज़बूत हाथ और फिर मैंने पाया किसी ने मुझे उठाकर पैरों पर खड़ा कर दिया है।

'तुम *आओ!*' नज़ीर ने अंग्रेज़ी में कहा, 'तुम *अब* आओ!'

'सत्यानाश...' मैंने कुछ रुककर ज़ोर लगाते हुए कहा, 'भागो...'

'तुम आओ!' उसने दोहराया। वह इतने ज़्यादा गुस्से में था कि कांप रहा था और उसने काटने के अंदाज़ में अपने दांत दिखाए।

'नहीं,' मैंने कहा और दोबारा बिस्तर की ओर लौटते हुए कहा, 'तुम... *जाओ!*'

उसने मुझे फिर उठाकर अपने सामने खड़ा किया। उसकी बांहों में बहुत ज़्यादा ताक़त थी। उसने अपने हाथों के शिकंजे में मेरी बांहें पकड़ ली।

'अब, तुम आओ!'

मैं गुप्ताजी के कमरे में तीन माह से था। उन तीन महीनों में हर दिन हेरोइन और हर दूसरा दिन खाने को समर्पित था। इस दौरान की गई इकलौती वर्जिश थी टॉयलेट तक आना–जाना। उस वक़्त तो मैं नहीं जानता था, लेकिन मेरा वज़न 12 किलो

कम हो चुका था–मेरे शरीर के श्रेष्ठ तीस पाउंड। मैं पतला और कमज़ोर हो चुका था, लेकिन फिर भी बेवकूफ़ों की तरह ड्रग्स ले रहा था।

'ठीक है,' मैंने फीकी मुस्कान देते हुए कहा। 'ठीक, है मुझे छोड़ोगे क्या। मुझे अपना सामान लेना होगा।'

उसने पकड़ ढीली की और मैं उस छोटी से टेबल की ओर बढ़ा, जहां पर मेरी पर्स, घड़ी और पासपोर्ट रखा था। गुप्ताजी और शिल्पा बाहर गलियारे में इंतज़ार कर रहे थे। मैंने अपना सामान उठाकर जेब के हवाले किया, ऐसा दिखाते हुए कि मैं नज़ीर से सहयोग कर रहा हूं। जब मैंने मौक़ा सही पाया तो उस पर दायां घूंसा चला दिया। यह उसे लगना चाहिए था। यह उसे लगता, जब मैं स्वस्थ और होशोहवास में होता। मैं पूरी तरह से चूक गया और मेरा संतुलन बिगड़ गया। नज़ीर ने मेरे पेट में जमकर घूंसा जड़ा, दिल के ठीक नीचे, और मैं दर्द से दोहरा हो गया। असहाय, लेकिन मेरे घुटने अकड़ गए और पैरों ने मुड़ने से इंकार कर दिया। उसने मेरा सिर बाएं हाथ से बाल पकड़कर उठाया, दायां घूंसा पीछे की ओर ले गया, निशाना साधते हुए कुछ पल के लिए हिचकिचाया और फिर मेरे जबड़े में घूंसा जमा दिया। उस घूंसे में उसकी गर्दन, कंधों और पीठ की पूरी ताक़त थी। मैंने देखा गुप्ताजी के होंठ खुल गए और आंखें भेंगी हो गई और फिर उसका चेहरा चिंगारियों के बीच फूट गया, जिसने दुनिया को चमगादड़ों से भरी गुफा से भी ज़्यादा काला कर दिया।

यह मेरी ज़िंदगी में इकलौता मौक़ा था जब मैं इस तरह पूरी तरह से ढेर हो गया था। ऐसा लग रहा था कि मैं गिरता ही चला जा रहा हूं और ज़मीन बहुत ज़्यादा दूर है। कुछ वक़्त बाद तो मुझे बमुश्किल किसी हलचल का अहसास हो रहा था, मैं हवा में तैर रहा था और मैंने सोचा, *चलो ठीक है, यह सब एक सपना है, ड्रग के कारण आया सपना और अब मैं किसी भी पल जागने वाला हूं और फिर और ड्रग्स ले लूंगा।*

फिर मैं ज़ोर से नौका पर गिरा। लेकिन तीन माह मैं जिस बिस्तर पर तैर रहा था, यह उससे अलग था। यह किसी वजह से अलग था–मुलायम और चिकना। और वहां पर एक नई क़िस्म की ख़ूशबू थी, शानदार ख़ूशबू। यह *कोको* था। मैं इसे अच्छी तरह से जानता था। यह कार्ला थी। यह कार्ला की त्वचा पर रहने वाला इत्र था। नज़ीर मुझे कंधे पर उठाकर सीढ़ियों से होते हुए सड़क पर ले गया, जहां मुझे उसने एक टैक्सी की पिछली सीट पर पटक दिया। कार्ला वहां पर थी। मेरा सिर उसकी गोदी में था। और मैंने उसके सुंदर चेहरे को देखने के लिए आंखें खोलीं। और उसकी हरी आंखों ने मेरी तरफ़ देखा और उनमें करुणा, चिंता के अलावा भी कुछ और था। वह था नाराज़गी। वह मेरी कमज़ोरी, मेरी हेरोइन की लत, मेरी अनदेखी और आत्म संतुष्टि से नाराज़ थी। फिर मैंने उसका हाथ अपने चेहरे पर महसूस किया, यह रोने की तरह का अहसास था और मेरे गालों पर हाथ फेरती उसकी अंगुलियां आंसुओं में डूबी थीं।

जब टैक्सी अंततः रुकी तो नज़ीर ने मुझे उठाकर दो मंज़िल की सीढ़ियां ऐसे चढ़ीं मानो अनाज का बोरा उठाया हो। मैं दोबारा होश में आया तो उसके कंधे पर था

और हमारे पीछे सीढ़ियां चढ़ रही कार्ला को देख रहा था। मैंने उसकी तरफ़ देखकर मुस्कराने की कोशिश की। हम पीछे के दरवाज़े से एक बड़े घर में पहुंचे, जो हमें किचन तक ले गया। उस बड़े, आधुनिक किचन के बाद हम एक बहुत बड़े खुले कमरे में आ गए, जहां की एक कांच की दीवार से सुनहरा समुद्र तट और गहरे रंग का समंदर दिखाई दे रहा था। अपने कंधे से मुझे उतारते हुए नज़ीर ने मुझे उम्मीद से ज़्यादा हौले से बिस्तर पर रखा। उसके द्वारा मेरे अपहरण से पहले जो अंतिम डोज़ मैंने गुप्ताजी से लिया था, वह बहुत बड़ा डोज़ था। बहुत बड़ा। मैं मदहोश था और बार-बार ढेर हो रहा था। आंखों को बंद करके ख़ुद को नशे के हवाले कर देने की तमन्ना बार-बार ज़ोर मार रही थी, किसी प्रबल डुबो देने वाली लहर की तरह।

'उठने की कोशिश मत करो,' कार्ला ने मेरे पास झुकते हुए कहा और फिर गीले टॉवेल से मेरा चेहरा साफ़ किया।

मैं हंसा, क्योंकि उठकर खड़ा होना मेरे विकल्पों में सबसे अंत में था। इस हंसी के दौरान मैंने नशे की अधिकता के कारण गाल और जबड़े के बीच में दर्द महसूस किया।

'क्या चल रहा है कार्ला?' मैंने अपनी आवाज़ को दरकते हुए सुना। तीन माह के घनघोर सन्नाटे और आत्मा पर घुप अंधियारे ने मेरी आवाज़ को हकलाहट में बदल दिया था। 'तुम यहां क्या कर रही हो? मैं यहां क्या कर रहा हूं?'

'तुमने क्या सोचा कि मैं तुम्हें वहां छोड़ देती?'

'तुम्हें कैसे पता चला? तुमने मुझे कैसे खोज निकाला?'

'तुम्हारे दोस्त क़ादरभाई ने तुम्हें खोज निकाला। उन्होंने मुझे तुम्हें यहां लाने के लिए कहा।'

'उन्होंने तुमसे *पूछा*?'

'हां,' उसने मेरी आंखों में ऐसे झांकते हुए कहा कि वह ठीक उसी तरह से मेरे दिल को चीरता चला गया, जैसे सुबह की धुंध को सूरज की रोशनी चीर देती है।

'वह कहां हैं?'

वह मुस्कराई और मुस्कराहट उदास थी, क्योंकि यह एक ग़लत सवाल था। अब मैं यह जानता हूं। अब मैं नशे में धुत्त नहीं हूं। वह मेरा पूरी सच्चाई या उसे पता सच्चाई पता करने का मौक़ा था। अगर मैंने उससे सही सवाल पूछा होता तो शायद वह सच्चाई बता देती। यह उसकी गहरी नज़र की ताक़त थी। वह मुझे सबकुछ बताने के लिए तैयार थी। वह मुझसे शायद प्यार भी करती या प्यार करना शुरू कर देती। लेकिन मैंने सही सवाल नहीं पूछा था, मैंने उसके (कार्ला) बारे में नहीं पूछा था। मैंने उसके (क़ादर) के बारे में पूछा था।

'मुझे नहीं पता,' वह जवाब देते हुए हाथ टेककर मेरे बग़ल में खड़ी हो गई। 'उन्हें यहां होना था। मुझे लगता है कि वह जल्द ही यहां होंगे। हालांकि मैं इंतज़ार नहीं कर सकती। मुझे जाना होगा।'

'क्या?' मैं उठकर बैठ गया और उसे देखने, उससे बात करने और उसे अपने साथ रखने के लिए आंखों पर पड़े नशे के पर्दे को हटाने की कोशिश की।

'मुझे जाना होगा,' उसने दोहराया और तेज़ी से दरवाज़े की ओर बढ़ी। नज़ीर वहां उसका इंतज़ार कर रहा था। इसकी मोटी बांहें शरीर के बग़ल में लटक रही थीं। 'मैं कुछ नहीं कर सकती। मुझे जाने से पहले बहुत सारे काम निपटाने हैं।'

'जा रही हो? जा रही हो से तुम्हारा क्या मतलब है?'

'मैं फिर से बॉम्बे छोड़ रही हूं। मुझे कुछ काम है। यह महत्त्वपूर्ण है और मैं...मुझे यह करना है। मैं छह से आठ सप्ताह में वापस आ जाऊंगी। शायद तब मैं तुमसे मिलूंगी।'

'लेकिन यह तो पागलपन है। मुझे समझ नहीं आ रहा। अगर अब तुम मुझे छोड़ने जा रही हो तो बेहतर होता कि तुम मुझे वहीं पर पड़े रहने देती।'

'देखो,' काफ़ी धैर्य के साथ मुस्कराते हुए उसने कहा, 'मैं कल ही यहां आई और मेरा रुकने का कोई इरादा नहीं है। मैं तो लियोपोल्ड्स तक नहीं जा रही हूं। मैंने आज ही डिडियर को देखा–उसने तुम्हें हैलो कहा है–लेकिन बस इतना ही। मैं यहां नहीं रुक रही। गुप्ताजी के यहां तुम्हारे आत्महत्या की छोटी सी योजना से बाहर निकलने में तुम्हारी मदद के लिए मैं तैयार हो गई थी। अब तुम यहां हो, तुम सुरक्षित हो और मुझे जाना होगा।'

उसने मुड़कर नज़ीर से कुछ बात की। वे उर्दू में बात कर रहे थे और उनकी बातचीत का तीसरा–चौथा शब्द ही मुझे समझ आ रहा था। उसकी बात सुनते हुए वह हंसा और बेहद अपमानजनक अंदाज़ में मुड़कर मेरी तरफ़ देखा।

'उसने क्या कहा?' वह चुप हो गए तो मैंने पूछा।

'तुम जानना नहीं चाहोगे।'

'हां, मैं चाहता हूं।'

'उसे नहीं लगता कि तुम इससे उबर पाओगे,' उसने कहा। 'मैंने उससे कहा कि तुम यहां पर नशा छोड़ दोगे और जब कुछ माह बाद वापस लौटूंगी तो यहां मेरा इंतज़ार कर रहे होगे। उसे ऐसा नहीं लगता। उसका कहना है कि पहला मौक़ा मिलते ही तुम यहां से भाग जाओगे और नशा खोज लोगे। मैंने उससे शर्त लगाई है कि तुम हार नहीं मानोगे और इससे उबर जाओगे।'

'तुमने कितने का दांव लगाया है?'

'एक हज़ार डॉलर।'

'एक हज़ार डॉलर,' मैंने कहा। हालातों को देखते हुए यह बड़ा दांव था।

'हां। यह उसके पास मौज़ूद पूरी नक़दी है–घोंसले के इकलौते अंडे की तरह। वह पूरा पैसा इस बात पर लगा रहा है कि तुम घुटने टेक दोगे। वह कहता है कि तुम एक कमज़ोर व्यक्ति हो। यही वजह है कि तुम ड्रग्स लेते हो।'

'तुमने क्या कहा?'

वह हंसी। उसे हंसते हुए सुनना और देखना इतना दुर्लभ था कि यह मेरे लिए किसी खाने, किसी ड्रिंक, किसी ड्रग की तरह था। मदहोशी और बीमारी के बावज़ूद मैं इस बात को अच्छी तरह से समझ रहा था कि मेरा सबसे बड़ा ख़ज़ाना और ख़ुशी उसी हंसी में थी, उस महिला को हंसाना और उसके होंठों से हंसी को तैरते हुए अपने चेहरे अपनी त्वचा में उतरते हुए महसूस करना।

'मैंने उसे बताया,' उसने कहा, 'एक अच्छा व्यक्ति उतना ही मज़बूत होता है जितना कि एक सही महिला उसे देखना चाहती है।'

फिर वह चली गई और मैंने आंखें बंद कर लीं। एक घंटे या एक दिन के बाद जब मैंने आंखें खोली तो क़ादरभाई मेरे पास में बैठे हुए थे।

'उठना है,' मैंने नज़ीर की आवाज सुनी।

मैं उठा तो बीमार था, मैं जागा तो सतर्क था और बिलकुल ठंडा और मुझे और हेरोइन चाहिए थी। मेरा मुंह बदबू मार रहा था और एक साथ मेरे पूरे शरीर में दर्द होने लगा था।

'हम्म,' क़ादरभाई ने कहा, 'तुम्हारे शरीर में पहले से ही दर्द है।'

मैंने उठकर ख़ुद को तकिये पर टिकाया और कमरे का निरीक्षण किया। यह शाम की शुरुआत थी और खिड़की के उस पार समंदर के किनारे पर रात का लंबा साया फैल रहा था। नज़ीर किचन के दरवाज़े के पास एक चटाई पर बैठा हुआ था। क़ादर ने ढीली पतलून, शर्ट और पठानों वाला अंगरखा पहन रखा था। कपड़ों का रंग हरा था, पैग़ंबर का पसंदीदा रंग। उन कुछ ही महीनों में वह अचानक उम्रदराज़ लगने लगे थे। वह ज़्यादा चुस्त भी दिखाई दे रहे थे और मेरी याद में ज़्यादा शांत और दृढ़ संकल्प से भरे हुए।

'क्या तुम्हें खाना चाहिए?' जब मैंने बिना कुछ बोले उनकी तरफ़ देखा तो उन्होंने पूछा। 'क्या तुम नहाना चाहते हो? यहां सबकुछ उपलब्ध है। तुम जितनी बार चाहे नहा सकते हो। तुम खाना खा सकते हो–यहां बहुत सारा उपलब्ध है। तुम नए कपड़े पहन सकते हो। मैं तुम्हारे लिए लाया हूं।'

'अब्दुल्ला को क्या हुआ?' मैंने पूछा।

'तुम पूरी तरह से ठीक हो जाओ।'

'अब्दुल्ला को *आख़िर* हुआ क्या?' मैंने फटी आवाज़ में चीख़ते हुए पूछा।

नज़ीर मुझे देख रहा था। वह बाहर से शांत दिख रहा था, लेकिन मैं जानता था कि वह मुझ पर झपटने के लिए तैयार था।

'तुम क्या जानना चाहते हो?' मेरी नज़रों को टालते हुए क़ादर ने नर्मी के साथ पूछा। उन्होंने सिर हिलाया और वह कालीन पर अपने मुड़े हुए घुटनों की तरफ़ देख रहे थे।

'क्या वह सपना था?'

'नहीं,' उन्होंने जवाब देते हुए मेरी आंखों से आंखें मिला दीं, 'मैं जानता हूं कि लोग यह कह रहे हैं, लेकिन मैं तुम्हें विश्वास दिलाना चाहता हूं कि वह सपना नहीं था।'

मैंने राहत भरी लंबी सांस छोड़ी। मैंने अपनी आंखों से चुभते हुए आंसू बहते देखे और मैंने उन्हें रोकने के लिए गाल के भीतर काट खाया।

'वे ऐसा क्यों *कह* रहे हैं कि वही सपना था?'

'अब्दुल्ला के दुश्मनों ने पुलिस को इस बात पर यक़ीन कराया।'

'कौनसे दुश्मन? वे कौन लोग हैं?'

'ईरान के लोग। उसके देश से आए दुश्मन।'

मुझे वह लड़ाई याद थी; वह रहस्यमयी लड़ाई। अब्दुल्ला और मैंने-सड़क पर ईरानियों के एक समूह के साथ लड़ाई लड़ी थी। मैं उस दिन की बातों को विस्तार से याद करने की कोशिश करने लगा, लेकिन मैं इस शर्मिंदा कर देने वाली चुभन से उबर नहीं पाया, क्योंकि मैंने उस दिन अब्दुल्ला से पूछा ही नहीं कि वे लोग कौन थे और वे किस बात के लिए लड़ रहे थे।

'*असली* सपना कहां है?'

'वह मर चुका है। मुझे वह व्यक्ति मिल गया-असली सपना। अब वह मर चुका है। अब्दुल्ला के लिए इतना तो किया जा चुका है।'

मैं फिर एक बार राहत के साथ बिस्तर पर निढाल हो गया और कुछ पल के लिए आंखें बंद कर ली। मेरी नाक बहने लगी थी और मेरा गला रुंध गया था। मैंने इन तीन महीनों में लत को बहुत ज़्यादा बढ़ा लिया था-शुद्ध थाई-सफ़ेद हेरोइन तीन ग्राम प्रतिदिन। मैं जानता था कि इस तरह केवल दो सप्ताह में मैं नर्क में रहूंगा।

'क्यों?' मैं कुछ देर बाद उनसे पूछा।

'तुम्हारा क्या मतलब है?'

'तुमने मुझे क्यों खोजा? तुमने नज़ीर को मुझे यहां लाने के लिए क्यों भेजा?'

'तुम मेरे लिए काम करते हो,' उन्होंने मुस्कराते हुए कहा, 'और अब मेरे पास तुम्हारे लिए एक काम है।'

'मुझे लगता है कि मैं इसके लिए इस वक़्त तैयार नहीं हूं।'

मेरे पेट में मरोड़ उठने लगी थी। मैं कराहते हुए दूसरी ओर देखने लगा।

'ओह, हां,' उन्होंने सहमति जताते हुए कहा, 'तुम्हें पहले ठीक होना होगा। लेकिन फिर तीन या चार महीने में तुम मेरे लिए वह काम करने के लिए सबसे सही व्यक्ति होगे।'

'किस... किस तरह का काम?'

'यह एक अभियान है। तुम इसे एक क़िस्म का पवित्र अभियान कह सकते हो। क्या तुम्हें घुड़सवारी आती है?'

'*घुड़सवारी?* मुझे घोड़ों के बारे में तक कुछ भी नहीं पता। अगर मैं मोटरसाइकल पर यह काम कर सकता हूं–जब मैं ठीक हो जाऊंगा, *अगर* मैं ठीक हुआ तो–मैं ही वह काम करूंगा।'

'नज़ीर तुम्हें घुड़सवारी सिखा देगा। वह है या वह था, नांगरहार प्रांत में सर्वश्रेष्ठ घुड़सवारों के गांव में वह सर्वश्रेष्ठ घुड़सवार था। यहां पास ही में घोड़ों का अस्तबल है और तुम समंदर के किनारे घुड़सवारी सीख सकते हो।'

'घुड़सवारी...' मैं बड़बड़ाया। मैं हैरान होकर यह सोच रहा था कि मैं अगले घंटे और उसके अगले घंटे कैसे बचूंगा और उससे भी बुरा कुछ जो होने वाला है।

'ओह, हां, लिन बाबा,' उन्होंने मुस्कराते हुए कहा और मेरे कंधे को हौले से छुआ। उनका हाथ छूते ही मैं पीछे हटा और कांप गया, लेकिन उनके हाथ की गर्माहट मेरे भीतर घुस गई और मैं स्थिर हो गया। 'इस वक़्त तुम कंधार घोड़े के अलावा किसी भी अन्य साधन से नहीं पहुंच सकते। क्योंकि सारे रास्तों पर या तो बारूदी सुरंगें लगी हैं या उन्हें उड़ा दिया गया है। इसलिए देखो, जब तुम मेरे लोगों के साथ अफ़गानिस्तान में लड़ाई के लिए जाओगे, तो तुम्हें घुड़सवारी आनी ही चाहिए।'

'अफ़गानिस्तान?'

'हां।'

'क्या... आपको क्यों लगता है कि मैं अफ़गानिस्तान जा रहा हूं?'

'मैं नहीं जानता कि तुम करोगे या नहीं,' उन्होंने वास्तविक मायूसी के साथ कहा, 'मैं ख़ुद इस अभियान पर जा रहा हूं। अफ़गानिस्तान–मेरा घर, जिसे मैंने पचास से ज़्यादा वर्ष से नहीं देखा है। और मैं तुम्हें अपने साथ जाने के लिए न्यौता दे रहा हूं–तुम्हें पूछ रहा हूं। फ़ैसला निश्चित तौर पर तुम्हारा ही है। यह एक ख़तरनाक काम है। इतनी बात तो तय है। अगर तुम मेरे साथ नहीं जाने का फ़ैसला करते हो तो भी तुम्हें मैं कम नहीं आकूंगा।'

'मैं ही क्यों?'

'मुझे एक गोरा चाहिए, एक विदेशी, जो ढेर सारे अंतर्राष्ट्रीय क़ानून तोड़ने से ना डरता हो और जिसे हम अमेरिकी के तौर पर पेश कर सकें। जहां हम जाएंगे वहां ढेर सारे प्रतिद्वंद्वी कबीले हैं और वे सैकड़ों वर्षों से एक-दूसरे से लड़ रहे हैं। उनमें एक-दूसरे पर छापामार हमले करके जो हाथ लगे वह लूट ले जाने की पुरानी परंपरा है। इस वक़्त केवल दो ही बातें उन्हें एकजुट करती हैं–अल्ला के प्रति प्यार और रूसी घुसपैठियों के लिए नफ़रत। इस वक़्त रूसियों के ख़िलाफ़ जंग में उनके प्रमुख साथी अमेरिकी हैं। वे अमेरिकी धन और अमेरिकी हथियारों के बूते ही लड़ रहे हैं। अगर मेरे साथ अमेरिकी होगा तो वे हमें अकेला छोड़ देंगे और हमें जाने देंगे, बिना हमारे साथ छेड़छाड़ किए या बग़ैर हमसे पर्याप्त धन वसूले।'

'तुम एक अमेरिकी को ही क्यों नहीं ले लेते, मेरा मतलब है वास्तविक अमेरिका?'

'मैंने कोशिश की, लेकिन मैं यह जोख़िम मोल लेने लायक़ किसी सनकी को नहीं खोज पाया। इसीलिए मुझे तुम्हारी ज़रूरत है।'

'इस अभियान पर हम अफ़गानिस्तान में किस बात की तस्करी करने जा रहे हैं?'

'युद्ध में सामान्य तौर पर तस्करी की जाने वाली वस्तुएं-बंदूकें, विस्फोटक, पासपोर्ट्स, पैसा, सोना, मशीनों के पुर्जे और दवाएं। यह एक रोमांचक सफ़र होगा। अगर हमारे पास की वस्तुएं भारी हथियारों से लैस कबीलों के पार ले जा सके तो हम सारा सामान मुजाहिदीन लड़ाकों की एक इकाई को दे देंगे, जिसने कंधार शहर को घेर रखा है। वे इसी जगह पर रूसियों के साथ पिछले दो साल से लड़ रहे हैं और उन्हें आपूर्ति की ज़रूरत है।'

मेरे कांपते दिमाग़ में सवाल तैरने लगे, सैकड़ों सवाल, लेकिन नशे की ठंडी ललक मुझे असहाय किए जा रही थी। इससे लड़ने के दौरान मेरी त्वचा पर ठंडा, चिकना पसीना आ गया। शब्द जब अंततः मेरे मुंह से निकले तो वह तेज़ी से लड़खड़ाते हुए निकले।

'तुम यह क्यों कर रहे हो? *कंधार* ही क्यों? वहीं क्यों?'

'मुजाहिदीन-वह लोग जिन्होंने कंधार को घेर रखा है-वह मेरे लोग हैं, मेरे ही गांव के लोग। वह नज़ीर के गांव से भी हैं। वे रूसी घुसपैठियों को अपने वतन से बाहर निकालने के लिए एक ज़िहाद, एक पवित्र लड़ाई लड़ रहे हैं। अब तक हमने उन्हें कई तरीक़ों से मदद की है। अब वक़्त है उन्हें बंदूकों और ज़रूरी हुआ तो मेरे ख़ून से मदद करने का वक़्त है।'

मेरे चेहरे पर बीमारी की कंपकंपी को घिरते देखकर, वह दोबारा मुस्कराए और उन्होंने अपनी अंगुलियां मेरे कंधे पर गड़ा दीं, जब तक कि कुछ पल के लिए मैंने वह दर्द, वह स्पर्श, उनका स्पर्श ही महसूस किया।

'पहले तुम ठीक हो जाओ,' उन्होंने अंगुलियों के दबाव को छोड़ते हुए हथेली मेरे गाल पर लगा दी, 'अल्ला तुम्हारे साथ हो, मेरे बेटे। *अल्ला या फ़जक़।*'

जब वह चले गए तो मैं बाथरूम गया। पेट का दर्द ऐसा था मानो बाज पंजे मार रहा हो और मरोड़ ने दर्द की इंतिहा कर दी। डायरिया ने मुझे पूरी तरह से हिला डाला। मैंने ख़ुद को साफ़ किया और ऐसे कांपने लगा कि मेरे दांत किटकिटाने लगे। मैंने आईने में ख़ुद को देखा, अपनी आंखों को देखा, पुतलियां इतनी बड़ी हो गई थीं कि पुतली का भीतरी हिस्सा पूरी तरह से काला हो गया था। जब रोशनी वापस आती है, जब हेरोइन का नशा उतरता है और लत ज़ोर मारती है तो रोशनी लौटती है और आंखों के काले हिस्से से निकलने लगती है।

कमर पर टॉवेल लपेटे हुए मैं बड़े मुख्य कमरे में लौट आया। मैं पतला लग रहा था। मैं झुक गया था, कांप रहा था और बीच-बीच में कराह रहा था। नज़ीर ने तिरस्कार में होंठ सिकोड़ते हुए मुझे ऊपर से नीचे तक देखा। उसने मुझे साफ़-सुथरे कपड़ों का एक बंडल थमाया। वह क़ादर के हरे अफ़गानी परिधान की हूबहू नक़ल थे। मैंने कांपते, थरथराते हुए कुछ मर्तबा संतुलन गंवाते हुए वह कपड़े पहन लिए। नज़ीर कमर पर हाथ रखे मुझे देख रहा था। उसका हर हावभाव इतना मुखर था मानो वह कोई मूक अभिनय का अतिरेक कर रहा हो, लेकिन उसकी आंखें ख़तरे से लाल थी। मुझे अचानक याद आया कि वह मुझे जापानी अभिनेता तोशिरो मिफुने की याद दिलाता है। वह मिफुने का एक बदसूरत नक़ली संस्करण था।

'क्या तुम तोशिरो मिफुने को जानते हो?' मैंने दर्द के साथ हंसते हुए पूछा, 'तुम मिफुने को जानते हो? एं?'

जवाब में वह घर के सामने के दरवाज़े तक गया और उसने उसे खोल दिया। उसने पचास रुपये के चंद नोट जेब से निकाले और मेरी तरफ़ फेंक दिए।

'जा,...' उसने एक भद्दी सी गाली देते हुए दरवाज़ा खोल दिया।

मैं बिस्तर पर बड़ी खिड़की से सटे तकियों के ढेर के बीच लड़खड़ाया और ढेर हो गया। मैंने अपने ऊपर एक ब्लैंकेट खींच लिया और लत की चाहत में तड़पने लगा। नज़ीर ने घर का दरवाज़ा बंद कर दिया और कालीन पर अपनी पुरानी जगह पर आकर पालथी मारकर मुझे घूरते हुए बैठ गया।

हम सभी शरीर द्वारा उत्पन्न रसायनों के मिश्रण को दिमाग़ में छोड़े जाने के सहारे बैचेनी और तनाव का किसी न किसी हद तक सामना करते हैं। उनमें सबसे प्रमुख होता है एंडोर्फ़िन समूह। एंडोर्फ़िन्स में ऐसे पेप्टाइड न्यूरोट्रांसमीटर्स होते हैं, जो दर्द से राहत देने का गुण रखते हैं। बैचेनी, तनाव और दर्द स्वाभाविक प्रक्रिया के तहत एंडोर्फ़िन्स को सक्रिय कर देते हैं। जब हम कोई भी नशा लेते हैं-ख़ासतौर पर मॉर्फ़िन या अफ़ीम या हेरोइन-शरीर एंडोर्फ़िन्स का उत्पादन बंद कर देता है। इस दरमियान जब हम बिना हेरोइन के एक या दो सप्ताह बिताते हैं तो हमें एंडोर्फ़िन्स के अभाव में अहसास होता है कि बैचेनी, दर्द और तनाव वास्तविकता में हैं क्या।

यह कैसा लगता है, कार्ला ने एक बार मुझसे पूछा था, *हेरोइन के नशा अचानक रोक देना?* मैंने समझाने की कोशिश की। उस लम्हे को याद करो जब आप ज़िंदगी में घबराए हों, सचमुच में घबराए हों। कई मर्तबा जब आप अकेले होते हैं तो पीछे से कोई चुपके से आकर चिल्लाकर आपको डरा देता है। गुंडों का गैंग आपको घेर लेता है। आप सपने में बहुत ऊंचाई से गिर जाते हैं या फिर आप किसी खड़ी चट्टान के बिलकुल कोने पर खड़े हों। किसी ने आपको पानी के नीचे दबाकर रखा है और आपको लगता है कि आपकी सांस उखड़ चुकी है और फिर आप सतह पर आने के लिए छटपटाते हैं, संघर्ष करते हैं। आपका कार पर से नियंत्रण छूट जाता है और फिर आप सामने की दीवार को अपनी खो चुकी आवाज़ की ओर तेज़ी से आते हुए

देखते हैं। फिर उन सबको मिला दो, आपके दिल में मौज़ूद हर क़िस्म के डर को और उन सबको एक साथ एक पल में महसूस करो, घंटे दर घंटे, दिन प्रतिदिन। और हर पता दर्द के बारे में सोचो–गर्म तेल से जलना, गिलास की धार से कटना, टूटी हुई हड्डी, सर्दियों में ख़राब सड़क पर गिरने के बाद बज़री से होने वाला निशान, सिरदर्द, कान का दर्द और दांत का दर्द। फिर उन सबको एक समय में एक साथ मिला दो, उन सब पेट में मरोड़ उठाने वाले, दर्द की चीख़ों को, फिर उसे महसूस करो, घंटे दर घंटे, दिन प्रतिदिन। फिर उसके बाद आपको ज्ञात सारे दुखों के बारे में सोचो। किसी प्रियजन की मौत को याद करो। किसी प्रेमी को ठुकराए जाने के बारे में सोचो। अपनी नाकामियों और शर्मिंदगी देने वाली घटनाओं को याद करो और नहीं कहे जा सकने वाले कड़वे अफ़सोस को याद करो। और उन सबको एक साथ मिला दो। दिल को चीर देने वाले दर्द, घोर निराशा। और फिर उन सबको एक समय में एक साथ महसूस करो। इसे कहते हैं नशे की लत को छोड़ देना। हेरोइन की लत के बग़ैर दिन ऐसे होते हैं मानो किसी ने आपके शरीर से त्वचा छील दी हो।

असुरक्षित दिमाग़ पर बैचेनी का हमला, वह दिमाग़ जो बग़ैर प्राकृतिक एंडोर्फ़िन के हो, पुरुष और महिलाओं को पागल कर देता है। नशे से दूर रहने वाले हर नशेड़ी इसी तरह से पागल हो जाता है। यह पागलपन इतना उग्र और क्रूर होता है कि कुछ तो इसकी वजह से मर जाते हैं। उस त्वचा छील देने जैसी यातनाओं वाली दुनिया के कारण उपजे अस्थायी पागलपन में हम अपराध करते हैं। और अगर हम बच जाते हैं, बरसों बाद, और ठीक हो जाते हैं, तो उन अपराधों को स्वस्थ होने के दौरान याद करना हमें तबाह, हतप्रभ करके ख़ुद से घृणा के लिए मज़बूर कर देता है। हम ऐसे पुरुष या महिला बन जाते हैं जो यातना के चलते अपने साथियों, अपने देश के साथ तक दग़ाबाजी कर सकते हैं।

यातना भरे दो पूरे दिन और पूरी रातें गुजरने के दौरान मैं जान गया था कि मेरा बचना मुश्किल है। उल्टियों और दस्त का दौर तो गुजर चुका था, लेकिन दर्द और बैचेनी हद से ज़्यादा थी। हर पल वह बढ़ते ही जा रहे थे। मेरे ख़ून की चीख़ के नीचे एक शांति भरी आवाज़ थी : *तुम इसे रोक सकते हो... तुम इसका इंतज़ाम कर सकते हो... तुम इसे रोक सकते हो... पैसे ले लो... इसे ठीक कर दो... तुम इस दर्द को रोक सकते हो...*

नज़ीर की बांस और नारियल की निवार से बना पलंग कमरे के दूसरे कोने में दूर था। मैं उसकी तरफ़ खिसका, भारी-भरकम अफ़गान मुझे देख रहा था, वह बस दरवाज़े के पास चटाई पर बैठा हुआ था। कांपते हुए और दर्द से कराहते हुए, मैंने पलंग को उस खिड़की के पास खींचा, जहां से समंदर का ख़ूबसूरत नज़ारा दिखाई देता था। मैंने एक सूती चादर ली और उसे अपने दांतों से फाड़ना शुरू कर दिया। यह कुछ जगह से फट गई। मैंने इसे लंबाई में फाड़ते हुए कपड़े की कई पट्टियां निकाल लीं। दीवानों की तरह हलचल करते हुए मैं पगलाने के क़रीब आ चुका था।

मैंने निवार के पलंग पर चटाई के तौर पर दो रजाइयां फेंकी और उस पर लेट गया। दो पट्टियों को इस्तेमाल करते हुए मैंने अपने टखनों को पलंग से बांध दिया। तीसरी पट्टी की मदद से मैंने बाईं बांह बांध ली। फिर मैं लेटकर नज़ीर की ओर देखने लगा। मैंने बची हुई पट्टी उसे दिखाई और उससे आंखों से इशारे से दूसरा हाथ भी पलंग से बांधने के लिए कहा। यह पहला मौक़ा था जब हम दोनों की आंखों में पूरी तरह से ईमानदारी थी।

वह अपनी चौकोर चटाई से उठा और मुझे घूरते हुए मेरी तरफ़ आया। उसने कपड़े की पट्टी मेरे हाथ से ली और मेरी दाईं कलाई को भी पलंग से बांध दिया। फंस जाने की भावना के साथ उत्तेजना में मेरे मुंह से एक आह निकली और फिर एक और। मैंने जबान काट ली, तब तक उसे काटता रहा जब तक कि उससे ख़ून नहीं निकलने लगा। नज़ीर ने धीरे से सिर हिलाया। उसने कपड़े की एक और मोटी पट्टी फाड़ी और उसे पेंचकस में लपेटा। उसे मेरे दांतों के बीच फंसाते हुए उसने मेरे सिर के पीछे बांध दिया। और मैंने दिलोदिमाग़ में बसे शैतान की पूंछ काट डाली। और मैं चिल्लाया। और मैंने अपना सिर घुमाकर उसका रात के साथ बंधा प्रतिबिंब खिड़की में देखा। और कुछ वक़्त के लिए मैं मोडेना था, इंतज़ार करता हुआ, देखता हुआ और आंखों से चीख़ता हुआ।

दो दिन और रात मैं बिस्तर से बंधा रहा। नज़ीर ने कोमलता और नियमितता से मेरी देखभाल की। वह हमेशा वहां मौज़ूद रहता था। जब भी मैंने आंखें खोली तब। मैंने भौंहों पर के पसीने और मेरे बालों तक ढलकते हुए आंसुओं को उसे खुरदुरे हाथों से पोंछते हुए देखा। जब कभी भी ऐंठन की बिजली मेरे पैर या मेरी बांह या मेरे पेट को मरोड़ देती थी, वह वहां मौज़ूद रहता था, दर्द में सहलाकर आराम देते हुए। मैं मुंह पर बंधी पट्टी के बीच चीख़ता-चिल्लाता था और वह मेरी आंखों में आंखें डालकर मुझको डटे रहने और सफल होने के लिए प्रोत्साहित करता रहता था। जब मुझे उल्टी आती थी या नाक से सांस लेने में दिक़्क़त होती थी तो वह कुछ देर के लिए मेरे मुंह पर से पट्टी को हटा देता था, लेकिन वह एक मज़बूत इंसान था और वह जानता था कि मैं नहीं चाहता कि कोई मेरी चीख़ को सुने। जब मैं सिर हिलाता था तो वह दोबारा मज़बूती से मेरे मुंह पर पट्टी बांध देता था।

और फिर जब मुझे अहसास हो गया कि मैं बने रहने या जाने के लिए पर्याप्त रूप से मज़बूत हो चुका हूं, मैंने नज़ीर की तरफ़ देखकर आंखें मिचकाईं और उसने अंतिम बार मेरे मुंह से पट्टी हटा दी। एक-एक करके उसने मेरे हाथों और एड़ियों पर से पट्टियां हटा दीं। वह मेरे लिए चिकन, टमाटर और जौ का सूप ले आया, जिसमें नमक के अलावा कोई मसाला नहीं था। उसने मुझे चम्मच से इसे पिलाया। एक घंटे बाद जब छोटे से कटोरे में लाया सूप समाप्त हुआ तो वह पहली बार मेरी तरफ़ देखकर मुस्कराया और वह मुस्कान गर्मियों में बारिश के बाद समंदर की चट्टानों पर खिली धूप की तरह थी।

नशे की लत छोड़ने की कोशिश में होने वाली परेशानियां लगभग दो सप्ताह चलती हैं, लेकिन पहले पांच दिन क़यामत की तरह होते हैं। अगर आप उन पहले पांच दिनों पर जीत हासिल कर गए, अगर आप ख़ुद को खींचते हुए, रेंगते हुए बिना ड्रग्स के छठे दिन की सुबह तक पहुंच गए तो आप जानते हैं कि अब आप नशामुक्त हैं और आप नशे को छोड़ने में सफल हो जाएंगे। अगले आठ से दस दिन हर घंटे आपको पहले से बेहतर महसूस पहले से ज़्यादा मज़बूत होने का अहसास होगा। मरोड़ गायब हो जाएगा, मितली चली जाएगी और बुखार और कंपकंपी शांत हो जाएंगे। कुछ वक़्त के बाद सबसे बुरी स्थिति में केवल आपकी नींद गुम हो जाएगी। आप रात को बिस्तर पर पड़े रहेंगे, बैचेन होकर करवटें बदलते हुए और नींद नहीं आएगी। इन अंतिम दिनों में, नशे की लत से छुटकारा पाने की अंतिम रातों में मैं खड़े रहने वाले बाबाओं जैसा हो गया : मैं कभी ना बैठता था और ना लेटता था, पूरे दिन और पूरी रात, जब तक मेरे पैर ही जवाब नहीं दे जाएं और मैं नींद के आगोश में चला जाऊं।

और यह दौर भी निकल जाता है, नशे से छुटकारे का दुस्वप्न भरा दौर भी समाप्त हो जाता है। और आप कोबरा के दंश की तरह घातक हेरोइन की लत से किसी भी आपदा से बचे व्यक्ति की तरह बाहर निकल आते हैं : कुछ-कुछ घबराए हुए, हमेशा के लिए घायल और ज़िंदा बचने पर ख़ुश।

नशे की लत से छुटकारे के प्रयास शुरू होने के बाद बारहवें दिन मेरे व्यंग्यात्मक मज़ाक़ को नज़ीर ने प्रशिक्षण शुरू करने के संकेत के तौर पर लिया। छठे दिन से ही मैंने हल्की वर्जिश के तौर पर उसके साथ बाहर पैदल चलने जाना शुरू कर दिया था और ताज़ी हवा पाने के लिए भी। शुरुआती दौर में मैं धीमे और रुक-रुककर चलता था और केवल पंद्रह मिनट बाद ही घर लौट आया था। बारहवां दिन तक तो मैं उसके साथ पूरे तट की पदयात्रा कर लिया करता था। मैं इस उम्मीद के साथ ख़ुद को थकाता था कि शायद मुझे नींद आ जाएगी। अंततः वह मुझे अस्तबल में ले गया, जहां क़ादर के घोड़े रखे हुए थे। एक बोटहाउस को अस्तबल में बदल दिया गया था। समुद्र तट से केवल एक गली दूर। इन घोड़ों को शुरुआती घुड़सवारों के लिहाज़ से प्रशिक्षण दिया गया था। पर्यटन सीजन में यह पर्यटकों को समुद्र तट पर घुमाने-फिराने के काम आते थे। सफ़ेद घोड़े और धूसर घोड़ियां बड़ीं और पूरी तरह से पालतू थीं। हमने उन्हें क़ादर के अस्तबल प्रमुख से लिया और फिर उन्हें समुद्र तट की समतल, बालू पर ले आए।

किसी भी व्यक्ति के मज़े लेने में घोड़े से बेहतर कोई जानवर नहीं होता। बिल्ली आपको अनाड़ी साबित कर सकती है और कुत्ता बेवक़ूफ़, लेकिन एक घोड़ा आपको एक ही वक़्त में दोनों बना सकता है। और केवल पूंछ के एक झटके या आपके पैर पर खुर को पटककर, और यह आपको यह भी अहसास कराता है कि उसने यह जानबूझकर किया है। कुछ लोग इस जानवर के संपर्क में आते ही जान जाते हैं कि

वह एक अच्छे घुड़सवार बनेंगे और उनका इस जानवर से रिश्ता भी अच्छा होगा। मैं उन लोगों में से नहीं हूं। मेरी एक महिला मित्र का मशीनों से एक अज़ीब और नकारात्मक रिश्ता हैः घड़ी उसके हाथ पर लगते ही बंद हो जाती थी, रेडियो में घरघराहट होने लगती थी और फ़ोटोकॉपी मशीन उसके पास आते ही ख़राब हो जाती थी। मेरा घोड़े के साथ रिश्ता भी कुछ इसी क़िस्म का था।

मज़बूत काठी के अफ़गान ने अपने हाथ से उठाकर घोड़े पर चढ़ने के लिए सिर हिलाया। वह प्रोत्साहन भी दे रहा था। मैं उसके पैरों पर हाथ रखकर उछलकर सफ़ेद घोड़े पर सवार हो गया। लेकिन जिस पल मैं उस पर सवार हुआ घोड़े ने एक दुलत्ती झाड़कर मुझे गिरा दिया। मैं नज़ीर के कंधे पर से होते हुए रेत में जा गिरा। घोड़ा मुझे छोड़कर ही समुद्र तट पर दौड़ता चला गया। नज़ीर का मुंह उसे देखते हुए खुला का खुला रह गया। घोड़े को शांत करके जब दोबारा मेरे पास लाया गया तो उसने आंख पर बांधने की पट्टी लाई और घोड़े के सिर पर रख दी।

यह नज़ीर की इस बात की धीमी और हिचकिचाहट भरी स्वीकारोक्ति की शुरुआत थी कि मैं सबसे बुरे घुड़सवार से ज़्यादा कुछ नहीं बन पाऊंगा। इस निराशा की वजह से मुझे अपमान की गहरी ख़ाई में डूब जाना था, लेकिन इसने एकदम विपरीत प्रतिक्रिया को जन्म दे डाला। आने वाले सप्ताहों में वह मेरा ज़्यादा ध्यान रखने लगा और यहां तक कि उसका दिल भी नरम पड़ गया। नज़ीर के लिए किसी व्यक्ति की घोड़े के साथ वह लड़खड़ाहट भरी अकुशलता एक भयावह संताप की तरह थी, दर्दनाक बिगड़ती बीमारी जितना ही दया के लायक़। और मेरे सर्वश्रेष्ठ प्रदर्शन, जब मैं एक मिनट तक घोड़े पर बना रहा और घोड़े को बग़ल में पैर मारकर मैंने पूरा एक चक्कर लगाया, दोनों हाथों से बेहूदा तरीक़े से लगाम पकड़ने ने तो उसे लगभग रुला दिया।

फिर भी मैं सिखाई गई बातों के प्रति लगन से जुटा रहा और हर दिन अभ्यास करता था। मैं बीस बार तीस दंड लगाने लगा था, हर एक बार के बीच एक मिनट के विश्राम के साथ। दंड के बाद मैं 500 बैठक लगाता था। फिर पांच किलोमीटर दौड़ने के बाद 40 मिनट तक समुद्र में तैरता था। इस नियमित दिनचर्या के लगभग तीन महीने बाद मैं चुस्त और मज़बूत हो चुका था।

नज़ीर चाहता था कि मैं दुर्गम क्षेत्र में घुड़सवारी का अनुभव भी हासिल कर लूं और इसलिए उसने मेरे लिए चंद्रा मेहता से बात करके फ़िल्म सिटी मूवी स्टूडियो पर स्थित घुड़सवारी रेंज में व्यवस्था करा दी। कई फ़ीचर फ़िल्मों में घुड़सवारी के दृश्य होते हैं। घोड़ों की देखभाल विशाल पहाड़ी इलाक़े में रहने वाले लोग किया करते थे और ख़तरनाक करतबों और लड़ाई के दृश्यों के लिए उनकी सेवाएं ली जाती थीं। इन घोड़ों को बहुत अच्छी तरह से प्रशिक्षित किया गया था, लेकिन नज़ीर और मैं भूरी घोड़ियों पर चढ़कर बमुश्किल दो मिनट हुए होंगे कि मेरी घोड़ी ने मुझे मिट्टी में गिरा दिया। नज़ीर ने मेरे घोड़े की लगाम थामी और दया जताते हुए सिर हिला दिया।

'हे, बहुत ही बढ़िया स्टंट था *यार,*' करतब दिखाने वाले लोगों में से एक चिल्लाया। उनमें से पांच हमारे साथ घोड़ों पर सवार थे और सभी खिलखिलाकर हंस दिए। दो लोग घोड़ों से कूदकर मेरी मदद को आगे आए।

दो बार और गिरने के बाद जब मैं थका-हारा घोड़े पर चढ़ा तो मैंने एक जानी-पहचानी आवाज़ सुनी। मैंने चारों ओर देखा तो घुड़सवारों का एक समूह दिखा। उनके आगे एमिलियानो झपाटा जैसा दिखने वाला एक काउबॉय था, उसकी पीठ पर एक काली टोपी लटक रही थी।

'मैं साला *समझ* गया था कि यह तुम्हीं हो,' विक्रम चिल्लाया। उसने अपना घोड़ा मेरे पास लाकर मुझसे हाथ मिलाया। उसके साथी नज़ीर और हमारे स्टंट घुड़सवारों के साथ हो लिए और वह हमें छोड़कर घोड़े दौड़ाते हुए निकल लिए।

'तुम यहां क्या कर रहे हो?'

'यार, मैं इस जगह का *मालिक* हूं,' उसने हाथ फैलाते हुए कहा। 'बिलकुल ऐसा तो नहीं है, लेकिन लेति ने इसमें लिसा के साथ भागीदार के तौर पर हिस्सेदारी ख़रीदी है।'

'मेरी लिसा?'

उसने सवाल के अंदाज़ में भौहें उचका दीं।

'तुम्हारी लिसा?'

'तुम समझते हो मेरा क्या मतलब है।'

'निश्चित तौर पर,' उसने मुस्कराते हुए कहा। 'वह और लेति तुम जानते ही हो कि वे मिलकर कलाकारों की भर्ती की एजेंसी चला रहे हैं-वही जो तुम दोनों ने शुरू की थी। और वह बहुत अच्छा काम कर रही है। वे दोनों एक साथ मिलाकर अच्छी हैं। मैंने भी इसमें शामिल होने का फ़ैसला किया। तुम्हारे दोस्त, चंद्रा मेहता ने मुझे बताया था कि स्टंट वाले घोड़ों के अस्तबल में एक हिस्सा उपलब्ध है। क्या तुम नहीं कहोगे कि यह मेरे लिए स्वाभाविक सा है?'

'ओह, विक्रम इसमें कोई शक नहीं।'

'इसलिए, मैंने कुछ धन यहां पर निवेश किया और अब मैं हर सप्ताह यहां आता हूँ। कल एक फ़िल्म में मैं अतिरिक्त कलाकार की भूमिका में हूं। आकर मुझे फ़िल्माए जाते देखो भाई।'

'यह बहुत ही ललचाने वाला प्रस्ताव है,' मैंने हंसते हुए कहा। 'लेकिन कल मैं कुछ वक़्त के लिए शहर छोड़कर जा रहा हूं।'

'तुम जा रहे हो? कितने दिन के लिए?'

'मुझे ठीक से नहीं पता। एक महीना या उससे ज़्यादा।'

'फिर तुम लौट आओगे?'

'निश्चित तौर पर। मेरे लिए तुम्हारे स्टंट का वीडियो संभालकर रखना। जब मैं वापस आऊंगा तो हम नशा करेंगे और तुम्हें स्लो मोशन में मरते हुए देखेंगे।'

'हा, हा! पक्का रहा! चलो साथ में घुड़सवारी करते हैं!'

'नहीं, नहीं!' मैं चिल्लाया, 'मैं कभी इस घोड़े को तुम्हारे साथ घुड़सवारी के लिए नहीं मना पाऊंगा, विक्रम। मैं तुम्हारे द्वारा देखा गया सबसे ख़राब घुड़सवार हूं। इस पर मैं पहले ही तीन बार गिर चुका हूं। अगर मैं घोड़े को एक सीधी रेखा में भी *चला* लूं तो मैं ख़ुश हो जाऊंगा।'

'छोड़ो भी भाई लिन! चलो मैं तुम्हें बताता हूं, मैं तुम्हें अपनी हैट उधार देता हूं। यह कभी नहीं गिरती भाई। यह एक भाग्यशाली हैट है। तुम्हें परेशानी हो रही है, क्योंकि तुम्हारे पास हैट नहीं है।'

'मुझे... मुझे नहीं लगता कि हैट लगाने से कोई फ़ायदा होगा।'

'यह जादुई हैट है यार, मैं तुम्हें बता रहा हूं!'

'तुमने मुझे घुड़सवारी करते हुए नहीं देखा है।'

'और तुमने वह हैट नहीं पहनी है। वह हैट सबकुछ ठीक कर सकता है। साथ ही तुम एक अंग्रेज़ हो। तुम्हारे श्वेत होने का मज़ाक़ नहीं उड़ा रहा यार, लेकिन यह भारतीय घोड़े हैं, *यार।* उन्हें बस तुमसे कुछ भारतीय *अंदाज़* की दरकार है, बस इतनी सी बात। तुम उनसे हिंदी में बात करो और कुछ नाचो, फिर तुम देखना।'

'मुझे ऐसा नहीं लगता।'

'*अरे पक्का।* चलो उतरो और मेरे साथ नाचो।'

'क्या?'

'चलो मेरे साथ नाचो।'

'विक्रम, मैं घोड़ों के साथ नहीं नाचने वाला,' मैंने हरसंभव गरिमा और ईमानदारी के साथ कहा।

'निश्चित तौर पर तुम नाचोगे! तुम उतरो और मेरे साथ नाचो, एक छोटा सा भारतीय जादू। घोड़ों को देखने दो कि साला तुम्हारे भीतर भी एक भारतीय है, भले ही बाहर से तुम गोरे हो। मैं क़सम खाता हूं कि घोड़े तुमसे प्यार करने लगेंगे और तुम क्लिंट ईस्टवुड की तरह घुड़सवारी करोगे!'

'मैं क्लिंट ईस्टवुड की तरह घुड़सवारी नहीं करना चाहता।'

'हां तुम करना चाहते हो!' उसने ठहाका लगाते हुए कहा, 'हर कोई चाहता है।'

'नहीं, मैं यह नहीं करने जा रहा।'

'आ भी जाओ।'

'बिलकुल भी नहीं।'

वह घोड़े से नीचे उतरा और रक़ाब से मेरे पैर निकालने लगा। उत्तेजित होकर मैं घोड़े से नीचे उतरकर उसके सामने खड़ा हो गया, दोनों घोड़ों की तरफ़ मुंह करके।

'इस *तरह!'* विक्रम ने कूल्हे मटकाते हुए फ़िल्मी अंदाज़ में थिरकते हुए कहा। उसने तालियां बजाते हुए गाना शुरू कर दिया। 'चलो, *यार!* इसमें कुछ *भारत* डालो। मेरे साथ सब यूरोपियन बातें मत करो।'

तीन बातें ऐसी हैं जिनका विरोध कोई भी भारतीय नहीं कर सकता : एक ख़ूबसूरत चेहरा, एक ख़ूबसूरत गाना और नाचने का न्यौता। गोरा होकर भी मैं विक्रम के साथ नाचने के लिहाज़ से पर्याप्त रूप से भारतीय था। यह बात और है कि मैं उसे अकेले नाचते हुए नहीं झेल सकता था। सिर हिलाते हुए और हंसते हुए मैं भी नाचने में शामिल हो गया। उसने मुझे नाचना सिखाया, थिरकने के नए अंदाज़ बताए जब तक कि हम दोनों के क़दम और कमर एक लय में नहीं नाचने लगी।

घोड़े हमें नथुनों को फुलाते हुए घूर रहे थे। फिर भी हम घास से ढंके पहाड़ी ढलान पर, नीले आसमां के नीचे नाचते रहे।

और जब हमारा नाच ख़त्म हो गया तो विक्रम ने मेरे घोड़े के साथ हिंदी में बात की। साथ ही उसे अपनी काली टोपी सूंघने दी। उसने फिर वह हैट मुझे थमा दिया और मुझे उसे पहनने के लिए कहा। मैंने उसे सिर पर पहना और हम घोड़ों पर सवार हो गए।

अगर यह काम नहीं करता तो फिर मेरा भगवान ही मालिक था। घोड़ों ने दौड़ लगा दी और जल्द ही तेज़ गति पकड़ ली। यह मेरी ज़िंदगी में ऐसा पहला और इकलौता अवसर था। मैं बिलकुल किसी घुड़सवार की तरह ही लग रहा था। मैं उस उल्लास को जानता था, सम्मानजनक पौन घंटा, बड़े दिल वाले जानवर के दिल से बिना किसी भय के एक सीधा नाता। विक्रम की नक़ल करते हुए मैंने कुछ बेहद खड़ी चढ़ाई चढ़ी और उनसे पार करके शिखर तक पहुंच गया और फिर हवा और बिखरी हुई झाड़ियों के बीच से होते हुए नीचे भी आ गया। उसके बाद सपाट घास के मैदानों पर जब हमने फिर गति पकड़ी तो नज़ीर भी अपने साथी घुड़सवारों के साथ हमारी घुड़दौड़ में शामिल हो गया। हम उतने ही उन्मुक्त और आज़ाद थे जितना कि वह घोड़े हमें होना सिखा सकते थे।

दो घंटे बाद जब हम सीढ़ियां चढ़कर घर में प्रवेश कर रहे थे, तब भी मैं नज़ीर के साथ हंसने और बातचीत में व्यस्त था। मैं दरवाज़े से मुस्कराते हुए घुसा और मैंने देखा कि लंबी कांच वाली दीवार के पास कार्ला खड़ी होकर समंदर को निहार रही थी। नज़ीर ने उसका अभिवादन किया। नज़ीर के चेहरे पर भौंह से जबड़े तक हंसी खींच गई। उसने किचन से पानी की एक छोटी बोतल, माचिस और कुछ अख़बार बटोरे और घर के बाहर चला गया।

'वह हमें अकेला छोड़ रहा है,' उसने कहा।

'मैं जानता हूं। वह अब समुद्र तट पर अंगीठी जलाएगा। वह कुछ मर्तबा ऐसा करता है।'

मैं उसके क़रीब आया और मैंने उसे चूम लिया। यह एक बहुत छोटा सा, शर्माया सा, चुंबन था लेकिन इसमें मेरा उसके प्रति पूरा प्यार समाया हुआ था। जब हमारे होंठ अलग हुए तो हमने समंदर की तरफ़ देखा। कुछ देर बाद हमें नज़ीर दिखाई दिया, समुद्र तट पर, वह आग जलाने के लिए सूखी लकड़ियां और टहनियां बटोर रहा था। उसने उनके बीच अख़बार को रखकर आग लगा दी और समुद्र की ओर मुंह करके बैठ गया। उसे ठंड नहीं लग रही थी। उस गर्म रात में गर्म हवा चल रही थी। उसने सूरज के डूबने के साथ रात के चढ़ने के बीच आग यह बताने के लिए जलाई थी कि वह अब भी वहीं था, समुद्र तट पर, और यह कि हम अकेले हैं।

'मुझे नज़ीर अच्छा लगता है,' उसने कहा, उसका सिर मेरे गले और सीने के बीच था। 'वह बहुत दयालु और बड़े दिल वाला है।'

यह बात सच थी। मैं यह जानता था। मुझे इस बात का पता अंततः कठिन रास्ते से चला था। लेकिन उसे उसके साथ इतना कम वक़्त बिताने के बाद भी यह बात कैसे पता थी? निर्वासन के उन दिनों में मेरी सबसे बड़ी नाकामियों में से एक रही है, अच्छे लोगों को लेकर मेरा अंधापन : मैं किसी पुरुष या महिला की अच्छाई को तब तक नहीं जान पाता था जब तक कि उनका मुझ पर इतना अहसान हो चुका होता था कि मैं उनका क़र्ज़ नहीं उतार सकता था। कार्ला जैसे लोग तो एक नज़र भर में अच्छाई को पहचान लेते थे, जबकि मैं घूरता रहता था, घूरता रहता था और अधिकांश वक़्त त्यौरियों या नफ़रत भरी आंखों से ज़्यादा कुछ भी नहीं देख पाता था।

हमने अंधेरे होते समुद्र तट की ओर देखा और नज़ीर की ओर देखा, वह अपनी लगाई छोटी सी आग के पास हमारी ओर पीठ करके सीधा बैठा हुआ था। जब मैं कमज़ोर था और पूरी तरह से उसकी ही ताक़त पर निर्भर था, नज़ीर पर मेरे द्वारा हासिल छोटी जीतों में से एक थी भाषा में। उसके द्वारा मेरी भाषा के वाक्यों को सीखने की तुलना में मैंने उसकी भाषा के वाक्यों को ज़्यादा तेज़ी से सीख लिया था। मेरी वाकपटुता के कारण उसे अधिकांश वक़्त मुझसे उर्दू में ही बात करनी पड़ती थी। जब वह अंग्रेज़ी बोलने की कोशिश करता था, तो वह अज़ीब आधे-अधूरे वाक्यों की तरह सामने आती थी, जो अर्थ के वज़न और मतलब के लिहाज़ से गड़बड़ा जाती थी। मैं उस पर उसकी अंग्रेज़ी के कच्चेपन के लिए छींटाकशी किया करता था, अपने असमंजस को बेवजह ज़्यादा बतलाकर उससे बेवजह वाक्य दोहराने के लिए कहता था। इतनी बार कि अंत में वह मुझे उर्दू और पश्तो में नहीं कोसने लगे या फिर अचानक चुप्पी साध ले।

हां, सच्चाई यह थी कि उसकी सीमित अंग्रेज़ी भावपूर्ण होती थी, अक्सर तालयुक्त कविता की तरह। यह संक्षिप्त होती थी, क्योंकि उसमें से निरर्थक बातें हटा दी गई होती थीं और जो बचता था वह थी उसकी अपनी शुद्ध और सटीक भाषा-नारेबाजी से कुछ ज़्यादा और कहावतों से कुछ कम। मेरी इच्छा के विरुद्ध, उसकी जानकारी के बग़ैर, मैंने उसके कुछ वाक्यों को दोहराना शुरू कर दिया था। अपने

धूसर रंग की घोड़ी को संवारते हुए उसने एक बार कहा था, *सारे घोड़े अच्छे होते हैं, सारे इंसान अच्छे नहीं होते।* उसके बाद कई वर्षों तक, जब कभी भी मेरा सामना क्रूरता, दग़ाबाजी या अन्य तरह के स्वार्थों के साथ होता था, ख़ासतौर पर मेरे अपने, मैं ख़ुद को नज़ीर का वाक्य दोहराते हुए पाता था : *सारे घोड़े अच्छे होते हैं, सारे इंसान अच्छे नहीं होते।* और उस रात कार्ला के दिल से मेरे दिल को जोड़ते वक़्त मैंने रेत में जलती आग को देखा और मुझे उसके द्वारा कहा गया एक और अंग्रेज़ी वाक्य याद आ गया : *प्यार नहीं, तो ज़िंदगी नहीं।*

मैंने कार्ला को इस तरह से थाम रखा था मानो उसे यूं ही थामने रहना मेरे लिए मरहम का काम करेगा और हमने तक तक प्यार नहीं किया जब तक कि आसमान की खुली खिड़की पर रात ने अंतिम सितारे को नहीं चमका दिया। उसके हाथ मेरी त्वचा पर चुंबन की तरह थे। मेरे होंठ उसके दिल के मुड़े पन्ने पर घूम रहे थे। वह मंद-मंद सांसें ले रही थी, मेरा मार्गदर्शन करते हुए, मैंने अपनी ज़रूरतों के मुताबिक़ लय की भाषा में बात की। गर्मी हमारे साथ क़दमताल करने लगी और स्पर्श, स्वाद और ख़ूशबूदार आवाज़ों के साथ हमने एक-दूसरे को आगोश में समेट लिया। गिलास पर हम काली परछाइयों की तरह दिख रहे थे, पारदर्शी छवियां-मेरी समुद्र तट की आग से भरपूर और उसकी सितारों से भरपूर। और अंत में, अंत में, हमारी वे स्पष्ट परछाइयां पिघल गईं, एक जिस्म एक जान हो गईं।

यह अच्छा था, बहुत ही अच्छा, लेकिन उसने कभी भी नहीं कहा कि वह मुझसे प्यार करती है।

'मैं तुम्हें प्यार करता हूं,' अपने होंठ उसके होंठों की ओर बढ़ाते हुए मैंने फुसफुसाकर कहा।

'मैं जानती हूं,' उसने जवाब दिया। किसी तोहफ़े की तरह जवाब देते हुए उसे मुझ पर दया आ रही थी। 'मैं जानती हूं कि तुम करते हो।'

'मुझे इस यात्रा पर नहीं जाना है, तुम जानती हो।'

'तुम क्यों जा रहे हो?'

'मुझे पक्का पता नहीं। मुझे लगता है... एक तरह से उनके प्रति वफ़ादारी, क़ादरभाई के प्रति और मुझ पर एक तरह से अब भी उनका क़र्ज़ है। लेकिन यह उससे कहीं ज़्यादा है। यह...क्या तुम्हें कभी यह अहसास हुआ है-किसी भी वस्तु के बारे में-कि तुम्हारी पूरी ज़िंदगी ही एक तरह की प्रस्तावना है या ऐसा ही कुछ-जैसे कि तुमने अब तक जो कुछ भी किया वह इसी बिंदु तक ला रहा था और तुम जानती हो, किसी तरह, तुम एक दिन वहां पहुंच जाओगी? मैं शायद अच्छी तरह से समझा नहीं पा रहा हूं, लेकिन-'

'मैं समझ रही हूं तुम्हारा क्या मतलब है,' उसने तुरंत टोकते हुए कहा। 'और हां। मैं ऐसा महसूस कर चुकी हूं। मैंने एक मर्तबा ऐसा कुछ किया, वह मेरी पूरी

ज़िंदगी थी-यहां तक कि वह वर्ष भी जो मैंने अभी जिए ही नहीं हैं-केवल एक सेकेंड में।'

'वह क्या था?'

'हम तुम्हारे बारे में बात कर रहे हैं,' उसने मुझे दोबारा पटरी पर लाते हुए कहा। वह मेरी आंखों को टाल रही थी। 'तुम्हारे बारे में, कि तुम्हें अफ़गानिस्तान नहीं जाना पड़े।''

'चलो,' मैंने मुस्कराते हुए कहा, 'जैसा कि मैंने कहा मुझे नहीं जाना पड़े।'

'फिर मत जाओ,' उसने रात और समंदर की तरफ़ निगाहें फेरते हुए सपाट स्वर में कहा।

'क्या तुम चाहती हो कि मैं यहीं रहूं?'

'मैं चाहती हूं कि तुम सुरक्षित रहो। और...मैं तुम्हें आज़ाद देखना चाहती हूं।'

'मेरे कहने का यह मतलब नहीं था।'

'मैं जानती हूं,' उसने आह भरते हुए कहा।

मैंने उसके शरीर में बैचेनी की झलक देखी, जो कह रहा था कि वह जाना चाहती थी। मैं हिला तक नहीं।

'मैं बना रहूंगा,' मैंने दिल के साथ जूझते हुए कहा, यह जानते हुए कि यह एक ग़लती थी। 'अगर तुम कहो कि तुम मुझसे प्यार करती हो।'

उसने अपना मुंह बंद करके होंठ इतनी कसकर भींच लिए कि गाल पर निशान सा उभर आया। धीरे-धीरे, लगने लगा कि वह कोशिका-दर-कोशिका उस शरीर को दोबारा ख़ुद के भीतर समेटने लगी थी जो कुछ देर पहले उसने पूरा का पूरा मुझे सौंप दिया था।

'तुम यह क्यों कर रहे हो?' उसने पूछा।

मैं नहीं जानता था कि क्यों। शायद यह नशे को छोड़ने के दौरान की पीड़ा और यह अहसास था कि मैंने नई ज़िंदगी जीत ली है। शायद यह मौत थी-प्रभाकर की मौत, अब्दुल्ला की मौत और वह मौत जो मैं भीतर ही भीतर डरता था कि मेरा इंतज़ार कर रही है। कारण चाहे जो हो, यह बेवकूफ़ी भरा और अर्थहीन और यहां तक कि क्रूर था और मैं इसे चाहने से ख़ुद को रोक नहीं पा रहा था।

'अगर तुम कहो कि मुझसे प्यार करती हो,' मैंने दोहराया।

'मैं नहीं करती,' उसने हौले से कहा। मैंने उसके मुंह पर हाथ रखकर उसे रोकना चाहा, लेकिन उसने सिर घुमाकर मेरी तरफ़ कर लिया। अब उसकी आवाज़ और ज़्यादा साफ़ और दमदार थी, 'मैं नहीं करती। मैं नहीं कर सकती। मैं नहीं करूंगी।'

जब नज़ीर खांसते हुए और गला साफ़ करते हुए अपने आने की सूचना के साथ समुद्र तट से लौटा तो हम नहा-धोकर कपड़े बदलकर तैयार हो चुके थे। वह मुस्कराया-इतनी दुर्लभ बात, उसकी मुस्कराहट-जैसे ही उसने मुझे फिर, उसे और

फिर मुझे देखा। लेकिन हमारी आंखों में दिख रही ठंडी उदासी ने उसके उत्साह पर पानी फेर दिया और वह दूसरी तरफ़ देखने लगा।

क़ादर की लड़ाई पर जाने से पहले हमने उसे लंबी और एकाकी रात में टैक्सी में बैठकर जाते हुए देखा। जब अंततः नज़ीर की आंखें मुझसे मिली तो उसने धीरे से दृढ़तापूर्वक सिर हिलाया। मैंने कुछ देर उसकी आंखों में देखा और अब नज़रें फेरने की बारी मेरी थी। मैं उसकी आंखों में ग़म और उल्लास का वह अज़ीब भाव नहीं देखना चाहता था, क्योंकि मैं जानता था कि यह मुझे क्या बता रहा था। कार्ला जा चुकी थी, हां, लेकिन उस रात हमने प्यार और ख़ूबसूरती की पूरी दुनिया ही गंवा दी थी। क़ादर के उद्देश्य में एक सैनिक के तौर पर हमें यह सब पीछे ही छोड़ना था। और दूसरी दुनिया में, वह असीमित दुनिया जहां हम कुछ हो सकते थे, अब सिमटती जा रही थी। घंटे-दर-घंटे, एक गोली के ख़ून से सने विराम चिह्न तक।

अध्याय 31

नज़ीर ने मुझे अलसुबह उठाया और हम ढलती रात के बाद सूरज की पहली किरणों के साथ घर से बाहर निकल गए। जब हम एयरपोर्ट पर टैक्सी से उतरे तो हमने देखा कि क़ादरभाई और ख़ालिद अंसारी, डोमेस्टिक टर्मिनल के प्रवेश द्वार पर खड़े थे, लेकिन हमने उन्हें कोई पहचान नहीं बताई। क़ादर ने यात्रा का एक जटिल कार्यक्रम तैयार कर रखा था जो हमें, चार बार परिवहन के साधन बदलते हुए, बॉम्बे से अफ़गानिस्तान की सीमा के पास स्थित पाकिस्तान के क्वेटा ले जाने वाला था। उनके निर्देश थे कि यात्रा के दौरान पूरे समय हमें ऐसा ही जताना है कि हम अकेले यात्रा कर रहे हैं और यात्रियों को एक-दूसरे से पहचान बताना वैसे भी ज़रूरी नहीं होता। हम उनके साथ बैठकर तीन अंतर्राष्ट्रीय सीमाओं पर कई अपराध करने जा रहे थे और हम अफ़गानिस्तान के मुजाहिदीन के आज़ादी के लड़ाकों और महाशक्ति रूस के बीच हस्तक्षेप करने जा रहे थे। वह योजना में कामयाबी की योजना बना रहे थे, लेकिन साथ ही वह इसे नाकाम रहने की अनुमति भी दे रहे थे। वह इस बात को सुनिश्चित कर रहे थे कि अगर हममें से कोई भी मारा जाता है या पकड़ा जाता है तो उसके संबंधों का बॉम्बे तक का रास्ता खोजना उतना ही मुश्किल हो, जितना किसी पहाड़ी चढ़ाई पर हाथ से छूटी पर्वतारोही की कुल्हाड़ी को खोजना।

यह एक लंबी यात्रा थी और शुरुआत चुप्पी के साथ हुई। क़ादरभाई के निर्देशों के प्रति समर्पण भाव से हमेशा ही वफ़ादार रहने वाले नज़ीर ने बॉम्बे से कराची तक की यात्रा के पहले चरण में एक शब्द तक नहीं कहा। चांदनी होटल में हमारे पहुंचने के एक घंटे बाद, मैंने अपने दरवाज़े पर हल्की सी दस्तक सुनी। दरवाज़ा आधा खुला ही था कि वह भीतर घुस आया और अपने पीछे उसे बंद भी कर दिया। उसकी आंखें मानसिक उत्तेजना से चौड़ी हो गई थीं और उसका व्यवहार उत्तेजित था, लगभग पागलों की तरह। मैं उसके स्पष्ट भय से कुछ गड़बड़ा और हताश हो गया और मैंने आगे बढ़कर उसके कंधे पर हाथ रख दिया।

'कोई बात नहीं नज़ीर। भाई तुम इस गोपनीय अभियान से बेवजह बौखला रहे हो।'

उसे मेरे शब्दों का पूरा अर्थ तो नहीं समझा, लेकिन उसने मेरी मुस्कान के पीछे के दयालु भाव को देखा। उसके जबड़े किसी अबूझ संकल्प से भिंच गए थे और उसने मेरी तरफ़ देखकर त्यौरियां चढ़ा लीं। हम दोस्त बन चुके थे, नज़ीर और मैं।

उसने अपना दिल मेरे सामने खोलकर रख दिया था। लेकिन उसके लिए दोस्ती का मायने था वह जो लोग एक-दूसरे के लिए करते हैं और सहते हैं, ना कि वह क्या साझा करते हैं और किस बात का आनंद लेते हैं। यह बात उसे हमेशा हैरान और परेशान करती थी कि मैं लगभग हमेशा ही उसकी किसी भी गंभीर बात की या तो हंसी उड़ा देता हूं या फिर उसे गंभीरता से नहीं लेता। विडंबना यह थी कि हम दोनों, वास्तविकता में, बिलकुल नीरस और गंभीर क़िस्म के व्यक्ति थे,लेकिन उसकी गंभीर गंभीरता इतनी पुख़्ता थी कि वह मुझे अपनी गंभीरता से उबारकर, उसकी नक़ल करने की बचकाना इच्छा को जगा देती थी।

'रूसी... हर तरफ़,' उसने कहा। धीरे से लेकिन तेज़ सांस के साथ। 'रूसी... हर बात जानते हैं... हर व्यक्ति को जानते हैं... सबकुछ जानने के लिए पैसे देने को तैयार।'

'रूसी जासूस?' मैंने पूछा, 'कराची में...'

'पाकिस्तान में हर कहीं,' उसने सिर हिलाकर कहा और फ़र्श पर थूक दिया। मैं नहीं जानता था कि उसका यह भाव अपमान था या अच्छी क़िस्मत के लिए। 'बहुत ज़्यादा ख़तरा। किसी से भी बात मत करना। तुम जाओ...फालूदा हाउस...बोहरी बाज़ार आज...*साढ़े चार बजे।*'

'साढ़े चार बजे,' मैंने दोहराया। 'क्या तुम चाहते हो कि साढ़े चार बजे बोहरी बाज़ार के फालूदा हाउस में मैं किसी से मिलूं? तुम मुझे किससे मिलाना चाहते हो?'

उसने एक हल्की सी मुस्कान दी और दरवाज़ा खोल दिया। गलियारे में इधर-उधर देखने के बाद वह उतनी ही तेज़ी और शांति के साथ चला गया, जितनी से आया था। मैंने अपनी घड़ी की ओर देखा। दिन का एक बज चुका था। मेरे पास वक़्त तीन घंटे का समय था। मेरे पासपोर्ट तस्करी अभियान के लिए अब्दुल ग़नी ने मुझे पैसे रखने के लिए एक बेल्ट दिया था, जिसका डिज़ाइन अलग ही क़िस्म का था। यह बेल्ट मज़बूत और पानी में ख़राब नहीं होने वाले विनाइल से बना था और पैसे रखने के लिए तैयार आम बेल्ट से ज़्यादा चौड़ा था। पेट पर पहने जा सकने वाले इस बेल्ट में लगभग दस पासपोर्ट और अच्छी मात्रा में नक़दी रखी जा सकती थी। कराची में उस पहले दिन इसके भीतर चार पासपोर्ट थे। उनमें से पहला वह ब्रिटिश पासपोर्ट था जिससे मैंने प्लेन और ट्रेन के टिकट ख़रीदे थे और होटल में कमरा बुक किया था। दूसरा पासपोर्ट बिना इस्तेमाल किया हुआ अमेरिकी पासपोर्ट था। क़ादरभाई चाहते थे कि मैं उसे अफ़गानिस्तान में इस्तेमाल करूं। दो अन्य, एक स्विस और एक कैनेडा का, आपातकालीन स्थिति में इस्तेमाल के लिए थे। साथ ही आकस्मिक व्यय के लिए दस हज़ार डॉलर का अग्रिम भुगतान किया जा चुका था। यह इस ख़तरनाक अभियान को स्वीकारने के लिए मेरी फ़ीस थी। मैंने मोटे बेल्ट को शर्ट के नीचे कमर के पास लपेटा, अपने पीछे पतलून में बटनदार चाकू को खोंसा और शहर को जानने के लिए होटल से बाहर निकला।

दिन गर्म था, नवंबर के महीने की तुलना में बहुत गर्म और हल्की, बेमौसम बारिश ने सड़कों पर नम हवा से माहौल को हल्का धुंधला कर दिया था। कराची एक तनावपूर्ण और ख़तरनाक शहर था। पिछले कई साल से पाकिस्तान में सेना पर सत्ता का कब्ज़ा था और लोकतांत्रिक तरीक़े से चुने गए प्रधानमंत्री ज़ुल्फ़िकार अली भुट्टो को फांसी देकर वह देश को बांटकर शासन कर रही थी। उसने हिंसक घटनाओं को हवा देकर जातीय और सांप्रदायिक समूहों के बीच वास्तविक शिकायतों को बढ़ावा दिया था। ख़ास तौर पर सिंधियों, पश्तूनों और पंजाबियों को विभाजन के बाद नए देश बने पाकिस्तान में भारत से आए अप्रवासियों के ख़िलाफ भड़काकर जिन्हें मोहाज़िर कहा जाता था। सेना गोपनीय तरीक़े से विरोधी गुटों के उग्रवादियों को हथियारों, धन और भेदभाव के ज़रिये मदद करती थी। जब उनके द्वारा उकसाए और पोषित दंगे अंततः भड़क उठे तो सेना के जनरलों ने पुलिस को गोली चलाने का आदेश दे डाला। उसके बाद पुलिस हिंसा से उपजे रोष को दबाने के लिए सेना की तैनाती कर दी गई। इस तरह से सेना ने यह भ्रम पैदा कर डाला कि देश में क़ानून और व्यवस्था को लागू करना केवल उसी के बूते की बात है। यह बात भले ही और हो कि ये ख़ूनी संघर्ष वाले हालात उसने ही *पैदा* किया थे।

नरसंहार और बदले में किए जाने वाले हत्याकांडों का सिलसिला सा चल पड़ा। इसके साथ ही क्रूरता, अपहरणों और यातनाएं नियमित हो गईं। एक समूह के कट्टरपंथियों ने दूसरे समूह के समर्थकों पर कब्ज़ा जमा लिया और उन्हें क्रूरता के साथ यातनाएं दीं। अपहरण किए गए लोगों में से कई की मौत तो उस भयावह अपहरण के दौरान ही हो गई। कुछ ग़ायब हो गए और उनके शव कभी भी नहीं मिले। और जब कोई एक या दूसरा समूह इस ख़तरनाक खेल में ज़्यादा ताक़तवर हो जाता था तो फिर जनरल उसी समूह के भीतर ही झगड़े पैदा करके उसे कमज़ोर कर देते थे। कट्टरपंथी फिर अपने ही लोगों के ख़ून के प्यासे हो जाते थे और अपने ही जाति या नस्ल के लोगों की हत्या पर आमादा हो जाते थे।

हिंसा और प्रतिशोध का हर नया चक्र यह सुनिश्चित कर देता था कि देश में किस तरह की सत्ता बनती या बिगड़ती हो, केवल सेना ही मज़बूत होती जाएगी और केवल सेना ही असली ताक़त रखती थी।

इस नाटकीय तनाव के बावज़ूद–और इसी की वजह से–कराची कारोबार करने के लिए एक अच्छा शहर था। सेना के जनरल किसी माफ़िया घराने की तरह होते थे, केवल फ़र्क़ इतना था कि उनमें ख़ुद का सम्मान करने वाले गुंडों जैसा हौसला, अंदाज़ या एकता नहीं होता था। उन्होंने देश पर ताक़त से कब्ज़ा कर लिया था और पूरे देश को बंदूक की नोक पर रखते हुए ख़ज़ाने पर कब्ज़ा जमा लिया था। उन्होंने बड़े ताक़तवर देशों और अन्य हथियार उत्पादक देशों को यह भरोसा दिलाने में ज़रा भी देर नहीं की कि पाकिस्तानी सेना के दरवाज़े उनके कारोबार के लिए खुले हैं। सभ्य देश पूरे उत्साह के साथ इसका जवाब देते थे। कई वर्ष तक कराची अमेरिका,

ब्रिटेन, चीन, स्वीडन, इटली और अन्य देशों के हथियार के व्यापारियों की आलीशान दावतों का केंद्र हुआ करता था। जनरलों के साथ सौदेबाजी में अवैध कारोबारी भी पीछे नहीं थे–कालाबाज़ारी, बंदूक बेचने वाले, लुटेरे, भाड़े के हत्यारे। कैफ़े और होटलों में उनकी भीड़ लगी रहती थी; दिमाग़ में अपराध और दिलों में रोमांच लिए पचास देशों से आने वाले विदेशी।

एक तरह से मैं उन्हीं में से एक था, उनकी ही तरह एक विनाशक। बाक़ी के लोगों की तरह अफ़गानिस्तान की जंग से लाभ उठाने वाला, लेकिन मैं उनके साथ सहज महसूस नहीं कर रहा था। तीन घंटे तक मैं रेस्तरां, होटल से होते हुए चाय की दुकान तक भटकता रहा। विदेशियों के समूह के पास या उनके साथ बैठकर जल्द कमाई के रास्ते खोजता हुआ। उनकी चर्चा निराशाजनक रूप से बहुत ही सुनियोजित थी। अफ़गानिस्तान की जंग, उनकी राय में उनके बचे हुए वर्षों के लिए एक अच्छी बात है। यह स्वीकारना होगा कि जनरलों पर काफ़ी दबाव था। यह अफ़वाह गर्म थी कि भुट्टो की बेटी बेनज़ीर लंदन से निर्वासन से पाकिस्तान लौटने का मन बना रही थी। वह सेना की सरकार के ख़िलाफ़ लोकतांत्रिक गठजोड़ का प्रतिनिधित्व करना चाहती थी। लेकिन कुछ भाग्य और थोड़े हिचकिचाहट के साथ, मुनाफ़ा काटने वाले उम्मीद लगा रहे थे कि देश पर सेना का नियंत्रण बरक़रार रहेगा–और कुछ और वर्षों तक भ्रष्टाचार की अच्छी तरह से स्थापित श्रंखला भी क़ायम रहेगी।

बातचीत *नक़दी फ़सल* पर केंद्रित थी, प्रतिबंधित माल और कालाबाज़ार के सामान की, जिसकी पाकिस्तान और अफ़गानिस्तान की पूरी सीमा पर भरपूर मांग थी। सिगरेट्स, ख़ासतौर पर अमेरिकी, की ख़ैबर दर्रे में कराची की क़ीमतों की तुलना में सोलह गुना ज़्यादा दामों में बिक्री हो रही थी। हर तरह की दवा मुनाफ़ा दे रही थी, जो माह दर माह बढ़ता ही जा रहा था। सर्दियों में इस्तेमाल परिधान, ख़ासतौर पर बर्फ़ में, बहुत ज़्यादा बिकाऊ थे। जर्मनी का एक लुटेरा तो जर्मन सेना के आल्प्स की पहाड़ियों में इस्तेमाल गर्म अंतर्वस्त्रों के साथ वर्दियों से भरा एक पूरा ट्रक ही म्यूनिख़ से पेशावर ले आया था। उसने पूरा का पूरा ट्रक मूल क़ीमत से पांच गुना दामों में बेच डाला था। ख़रीदने वाला अफ़गानी लड़ाकों का एक मुखिया था, जिसे पश्चिमी ताक़तें समर्थन देती थीं, अमेरिकी सीआईए सहित। सर्दियों के गर्म कपड़ों की खेप जर्मनी, ऑस्ट्रिया, हंगरी, रोमानिया, बल्गारिया, तुर्की, ईरान और पाकिस्तान से होते हुए अफ़गानिस्तान के बर्फ़ से लदे पहाड़ों पर जमे मुजाहिदीनों तक कभी भी नहीं पहुंचती थी। इसकी बज़ाय सर्दियों की वर्दियां और अंतर्वस्त्र युद्ध की समाप्ति का इंतज़ार करते हुए लड़ाकों के एक मुखिया के पेशावर स्थित भंडार में रखे हुए थे। वह भगोड़ा और उसकी छोटी सी सेना युद्ध से दूर पाकिस्तान के किलाबंद ठिकानों पर बैठी हुई थी। उसकी योजना रूसियों के साथ जंग की समाप्ति और अफ़गानियों के जीत जाने के बाद अपनी सेना के साथ सत्ता पर कब्ज़े की थी।

उस नए बाज़ार की ख़बर-युद्ध लड़ने को बेताब एक सिपाहसालार, जिसके पास सीआईए का धन था और जो किसी भी क़ीमत पर सामान की आपूर्ति के लिए तैयार था-कराची में मौज़ूद विदेशी अवसरवादियों के बीच रोमांच और अटकलों भरी ख़ुशी फैलाने के लिए पर्याप्त थी। दोपहर के दौरान मैंने आल्प्स पर्वतों में इस्तेमाल वर्दियों से भरे ट्रक और उसके मालिक जर्मन की कहानी के तीन संस्करण सुन लिए थे। किसी दीवानगी के बुख़ार की तरह, सोने के लिए दीवानगी की तरह-इस कहानी को अपने बीच दोहराते हुए इन कारोबारियों ने सीलबंद खाने, ऊन की गठानों, इंजिन के पुर्जों से भरे जहाज, इस्तेमाल स्पिरिट स्टोव के भंडार, संगीन से लेकर ग्रेनेड लांचर जैसे तमाम हथियारों के सौदे कर लिए। और हर जगह, हर बातचीत में, मैंने यह अंधकारमय और बेसब्री भरी बात सुनी : *अगर युद्ध और एक वर्ष चला तो हम ख़ूब कमा चुके होंगे...*

तूफ़ानी भावनाओं से भरा हुआ मैं बोहरी बाज़ार के फ़ालूदा हाउस में घुसा और उस बहुरंगी ड्रिंक का ऑर्डर दिया। फ़ालूदा सफ़ेद नूडल्स, दूध, गुलाब की ख़ूशबू और कई अन्य मीठे शर्बतों से सजा बेहद मीठा ड्रिंक होता है। क़ादरभाई के घर के पास बॉम्बे के डोंगरी इलाक़े में स्थित फ़िरनी हाउस भी अपने फ़ालूदा के लिए इतना ही प्रसिद्ध था, लेकिन कराची के फ़ालूदा हाउस में जिस तरह की मिठाइयां उसके साथ परोसी जाती थीं, वह फीका ही कहा जाएगा। जब गुलाबी, लाल और सफ़ेद मीठे दूध से भरा बड़ा सा गिलास मेरे दाएं हाथ के पास आया तो मैंने वेटर को धन्यवाद दिया और देखा कि वह दो ड्रिंक्स साथ में लिए हुए ख़ालिद अंसारी था।

'तुम ऐसे लग रहे हो जैसे तुम्हें इससे कुछ ज़्यादा ज़ोरदार ड्रिंक की ज़रूरत है,' उसने मुस्कान के साथ कहा। यह मुस्कान हल्की और उदासी भरी थी। वह मेरे बग़ल में बैठ गया। 'क्या हुआ? या यूं कहें कि क्या नहीं हुआ?'

'कुछ भी नहीं,' मैंने मुस्कान देते हुए आह भरी।

'बता भी दो,' उसने ज़ोर देकर कहा। 'चलो बताओ।'

मैंने उसके ईमानदार, घाव लगे चेहरे की ओर देखा और मुझे अहसास हुआ कि मैं ख़ालिद को जितना जानता हूं, ख़ालिद उसकी तुलना में मुझे बेहतर जानता है। मैं हैरान था कि क्या मैं जान पाता या समझ पाता कि वह कितना परेशान है, अगर हम दोनों की भूमिकाओं की अदला-बदली हो जाती, जबकि वह फ़ालूदा हाउस में इतनी परेशानियों भरी व्यस्तताओं के साथ पहुंचा था? शायद नहीं। ख़ालिद हमेशा ही इतना उदास रहता था कि मैंने इस पर ज़्यादा ध्यान ही नहीं दिया होता।

'खैर, मुझे लगता है कि शायद ख़ुद के भीतर झांककर देखने की कोशिश। मैं तुम्हारे द्वारा बताए गए कुछ चायखानों और रेस्तरां में घूमकर रिसर्च कर रहा था-कुछ ऐसी जगहें जहां पर कालाबाज़ारी और भाड़े के हत्यारे हमेशा मौज़ूद रहते हैं। यह बहुत ही निराश करने वाला अनुभव था। यहां ऐसे बहुत सारे लोग हैं जो चाहते हैं कि युद्ध

हमेशा के लिए चलता रहे और उन्हें इस बात की रत्ती भर की भी चिंता नहीं है कि कौन मारा जा रहा है या कौन मार रहा है।'

'वह तो पैसे कमा रहे हैं,' उसने कंधे उचकाते हुए कहा, 'यह उनकी जंग नहीं है। मैं उनसे इस बाबत फ़िक्र करने की उम्मीद भी नहीं करता। यह सबकुछ ऐसा ही है।'

'मैं जानता हूं, मैं जानता हूं। बात पैसे की नहीं है।' मैंने त्यौरियां चढ़ाकर कहा और भावनाओं की बजाय अपनी बात रखने के लिए शब्द तलाशने लगा। 'यह...यह अगर तुम बीमार दिमाग़, वास्तव में बीमार दिमाग़ की परिभाषा चाहते हो, तो युद्ध चाहने वाले दिमाग़ से बेहतर कुछ नहीं हो सकता–कोई भी युद्ध–जो चाहता है कि युद्ध *लंबा* चलता ही रहे।'

'और... तुम्हें लगता है...*दाग़दार* होने जैसा...उन्हीं की तरह का कुछ?' ख़ालिद ने गिलास की तरफ़ देखते हुए कहा।

'शायद मैं करता। मैं नहीं जानता। मैं इसके बारे में सोचूंगा भी नहीं –आप जानते हैं, शायद मैंने कहीं और लोगों को इस तरह बात करते सुना। अगर मैं यहां नहीं होता तो मैं स्वयं बिलकुल वही काम नहीं कर रहा होता।'

'यह *बिलकुल* वैसा नहीं है।'

'शायद मैं महसूस करता हूं। क़ादर मुझे भुगतान कर रहे हैं–इसलिए मैं इसमें से धन कमा रहा हूं–और मैं पहले से ही बदतर लड़ाई में और बदतर बातें ला रहा हूं, ठीक उन लोगों की ही तरह।'

'और अब शायद तुम ख़ुद से यह सवाल पूछने लगे हो कि साला मैं यहां आया ही क्यों?'

'हां यह भी। क्या तुम्हें यक़ीन होगा अगर मैंने तुम्हें बताया कि मुझे कुछ भी समझ नहीं आ रहा? मैं वाक़ई, ईमानदारी से, नहीं जानता कि मैं यह कर क्यों रहा हूं। क़ादर ने मुझे उनका *अमेरिकी* बनने के लिए कहा और मैं यह कर रहा हूं। लेकिन मैं नहीं जानता कि क्यों।'

हम कुछ देर तक चुप रहकर अपनी ड्रिंक्स को पीते रहे और उस व्यस्त फ़ालूदा हाउस में लोगों के बीच चल रही गुफ्तगू को सुनते रहे। एक बड़े से रेडियो पर उर्दू की रूमानी ग़ज़लें बज रही थीं। मैं पास बैठे ग्राहकों की तीन से चार भाषाओं में बात को सुन रहा था। मैं शब्दों को समझ नहीं पा रहा था ना ही मैं भाषा तक को पहचान पा रहा था : बलूची, उज़्बेक, ताज़िक, फ़ारसी...

'यह बहुत ही अच्छा है!' ख़ालिद ने एक लंबे चम्मच से नूडल्स को मुंह की ओर ले जाते हुए कहा।

'मेरे स्वाद के हिसाब से यह बहुत ज़्यादा मीठा है,' मैंने यह कहा, लेकिन ड्रिंक्स पीना जारी रखा।

'कुछ बातें मीठी *ही* अच्छी लगती हैं,' उसने आंख मारकर स्ट्रॉ से ड्रिंक पीते हुए मुझसे कहा। 'अगर फ़ालूदा *ही* मीठा नहीं हुआ तो हम उसे पिएंगे ही नहीं।'

हमने अपनी ड्रिंक्स को ख़त्म किया और ढलती दोपहरी में सिगरेट सुलगाने के लिए बाहर निकले।

'हम अलग-अलग दिशा में जाएंगे,' मेरी सिगरेट सुलगाने के लिए हाथों की आड़ में माचिस की तीली पकड़कर ख़ालिद ने कहा। 'उस तरफ़, दक्षिण की ओर कुछ मिनट चलते रहना। मैं तुमसे मिलता हूं। अलविदा मत कहना।'

वह मुड़ा और सड़क पर कारों और फुटपाथ के बीच चलता हुआ निकल गया।

मैं मुड़कर विपरीत दिशा में चलने लगा। कुछ मिनट बाद बाज़ार की सीमा पर एक टैक्सी तेज़ी से आकर मेरे पास रुकी। पिछला दरवाज़ा खुला और मैं कूदकर ख़ालिद के पास बैठ गया। टैक्सी में ड्राइवर के अलावा आगे एक और व्यक्ति बैठा हुआ था। लगभग तीस वर्ष की उम्र का वह व्यक्ति नाटा था और उसके गहरे भूरे बाल उसके चौड़े माथे पर झूल रहे थे। उसकी गहरी आंखें इतनी ज़्यादा भूरी थी कि सूरज की तिरछी रोशनी पड़ने तक वे काली ही दिखाई देती थीं। उसकी काली भौंहों के नीचे से उसकी आंखें हमें ध्यान से घूर रही थीं। उसकी नाक सीधी थी, जो छोटे से ऊपरी होंठ तक थी और उसकी ठुड्डी गोल थी। साफ़ तौर पर उस व्यक्ति ने आज ही दाढ़ी बनाई थी, लेकिन उसके चेहरे का निचला भाग दाढ़ी के पास नीले-काले रंग की छाया से गहराया हुआ था। उसका चेहरा मज़बूत, चौकोर और आकर्षक और पूरी तरह से संतुलित था।

'यह अहमद ज़ादेह है,' टैक्सी दोबारा चलते ही ख़ालिद ने कहा। 'अहमद, ये लिन है।'

हमने एक-दूसरे से हाथ मिलाते हुए एक-दूसरे का आकलन किया। वह हल्का सा भेंगा था। जब कभी भी वह ध्यान केंद्रित करता था या फिर जब कभी भी वह पूरी तरह से आरामदायक स्थिति में नहीं होता था, अहमद ज़ादेह के चेहरे पर एक ऐसा भाव आता था, मानो वह अजनबियों की भीड़ में किसी दोस्त को तलाश रहा हो। यह एक शांत करने वाला भाव था और इसने मुझे एक ही पल में उसके साथ जोड़ दिया।

'मैंने तुम्हारे बारे में काफ़ी-कुछ सुन रखा है,' मेरा हाथ छोड़कर आगे की सीट पर रखते हुए उसने कहा। उसका उच्चारण, हिचकिचाहट भरी स्पष्ट अंग्रेज़ी का था, जो उत्तर अफ्रीका में रहने वाले फ्रांसीसियों और अरब भाषा का मिश्रण था।

'उम्मीद है कि यह सब अच्छा नहीं होगा,' मैंने हंसते हुए कहा।

'क्या तुम चाहोगे कि लोग तुम्हारे बारे में बुरी बातें करें?'

'मैं नहीं जानता। मेरा दोस्त डिडियर कहता है कि लोगों की पीठ पीछे तारीफ़ उनके साथ बहुत बड़ा अन्याय है, क्योंकि आप अपनी पीठ पीछे की जा रही तारीफ़ में अपना पक्ष नहीं रख सकते।'

'यह भी ठीक है,' अहमद ने हंसते हुए कहा, 'बिलकुल सही है!'

'उफ़्फ़, इससे मुझे कुछ याद आया,' ख़ालिद ने हस्तक्षेप करते हुए अपनी जेब टटोली और उसमें से एक लिफ़ाफ़ा निकाला। 'मैं तो लगभग भूल ही गया था। हमारे रवाना होने से पहले मैं डिडियर से मिला था। वह तुम्हें तलाश रहा था। मैं उसे नहीं बता पाया कि तुम कहां हों। उसने मुझे यह लिफ़ाफ़ा तुम्हें देने के लिए कहा।'

मैंने लिफ़ाफ़ा लिया और शर्ट की जेब के हवाले कर दिया, ताकि अकेले होने पर उसे पढ़ सकूं।

'धन्यवाद,' मैंने कहा। ''तो क्या चल रहा है? हम कहां जा रहे हैं?

'एक मस्जिद,' फीकी सी उदास मुस्कान के साथ ख़ालिद ने जवाब दिया। 'हम वहां एक दोस्त को लेने जा रहे हैं, फिर हम क़ादर और कुछ अन्य लोगों से मिलेंगे, जो कि हमारे साथ सीमा पार जाने वाले हैं।'

'कितने लोग?'

'मुझे लगता है कि हम सब साथ मिलकर शायद तीस के क़रीब। उनमें से अधिकांश तो सीमा के क़रीब क्वेटा या चमन पहुंच चुके हैं। हम कल रवाना होंगे–मैं, तुम,. कादरभाई, नज़ीर, अहमद और एक अन्य व्यक्ति महमूद। वह मेरा दोस्त है। मुझे नहीं लगता कि तुम उसे जानते हो। तुम्हारी उससे चंद मिनट में मुलाक़ात होगी।'

'तो हम छोटा सा संयुक्त राष्ट्र बन चुके हैं, है *ना*?' अहमद ने पूछा। 'अब्दुल क़ादर ख़ान अफ़गानिस्तान से, ख़ालिद फ़िलीस्तीन से, महमूद ईरान से, तुम न्यूज़ीलैंड से–मुझे माफ़ करना अब तुम हमारे अमेरिकी हो–और मैं ख़ुद अल्जीरिया से।'

'और भी लोग हैं,' ख़ालिद ने कहा। 'हमारे साथ एक व्यक्ति मोरक्को, एक खाड़ी से, एक ट्यूनीशिया से, दो पाकिस्तान से और एक इराक से है। बाक़ी के सारे लोग अफ़गान हैं, लेकिन वे लोग भी अफ़गानिस्तान के विभिन्न इलाक़ों से हैं और विभिन्न कबीलों से भी।'

'*ज़िहाद,*' अहमद ने डरा देने वाली मुस्कराहट के साथ कहा। 'पाक लड़ाई–यह हमारा पाक कर्तव्य है कि हम रूसी घुसपैठियों का विरोध करें और मुस्लिमों की ज़मीन को आज़ाद कराएं।'

'उस पर ध्यान मत दो लिन,' ख़ालिद ने आंख मारते हुए कहा। 'अहमद एक साम्यवादी है। अब वह तुम्हें माओ और लेनिन की बातों से पकाएगा।'

'क्या तुम्हें नहीं लगता कि तुम अपने हितों से समझौता कर रहे हो?' मैंने उसे उकसाते हुए पूछा, 'समाजवादी सेना के ख़िलाफ़?'

'*कैसे* समाजवादी?' उसने और अधिक गुस्सा होकर कहा। 'कैसे साम्यवादी? कृपया मुझे ग़लत मत समझो–रूसियों ने अफ़गानिस्तान में कुछ अच्छी बातें भी की हैं–'

'वह यह बात सही कह रहा है,' ख़ालिद ने उसे बीच में टोका। 'उन्होंने कई पुल बनाए और सभी प्रमुख राजमार्ग और कई स्कूल और कॉलेज भी।'

'और ताज़ा पानी और बिजलीघरों के लिए बांध भी–सभी अच्छी बातें। और मैंने उनका समर्थन किया जब वह तमाम अच्छी बातें करके मदद कर रहे थे। लेकिन जब उन्होंने अफ़गानिस्तान में परिवर्तन के लिए ताक़त के साथ घुसपैठ की, तो उन्होंने उन सिद्धांतों को कूड़ेदानी में डाल दिया जिनमें हमारा विश्वास था। वह सच्चे मार्क्सवादी नहीं हैं, सच्चे लेनिनवादी नहीं हैं। रूसी तो साम्राज्यवादी हैं और मैं उनके ख़िलाफ़ मार्क्स, लेनिन, माओ के नाम पर ही लड़ रहा हूं–'

'और अल्लाह,' ख़ालिद ने मुस्कराकर कहा।

'हां, और अल्लाह,' अहमद ने सीट के पीछे हाथों से धौल जमाते हुए मुस्कराकर कहा।

'उन्होंने ऐसा क्यों किया?' मैंने उससे पूछा।

'यह बात ख़ालिद ज़्यादा बेहतर तरीक़े से बता पाएगा,' उसने बातचीत के रुख़ को कई लड़ाइयों के अनुभवी फ़िलीस्तीनी की ओर कर दिया।

'अफ़गानिस्तान एक तरह का पुरस्कार है,' ख़ालिद ने बोलना शुरू किया। 'यहां तेल, सोने या किसी भी बात के बड़े भंडार नहीं हैं जो यह लोग चाहेंगे, लेकिन फिर भी अफ़गानिस्तान किसी पुरस्कार से कम नहीं है। रूसी इसे चाहते हैं, क्योंकि यह ठीक उनकी सीमा पर है। उन्होंने कूटनीतिक तरीक़े से इस पर कब्ज़ा जमाना चाहा, सहायता और राहत कार्यक्रमों और ऐसी ही अन्य बातों से। फिर उन्होंने सत्ता में मौज़ूद लोगों के साथ काम किया, एक ऐसी सरकार के साथ जो वाक़ई उनके हाथों की कठपुतली थी। अमेरिकियों को इससे नफ़रत थी, वज़ह थी शीतयुद्ध और वर्चस्व की बेतुकी लड़ाई, इसलिए उन्होंने रूसी कठपुतलियों द्वारा अपदस्थ धार्मिक मुल्ला क़िस्म के लोगों से हाथ मिलाकर यहां अशांति की स्थिति पैदा कर दी। वह लंबी दाढ़ी वाले रूसियों द्वारा देश में तेज़ी के साथ किए जा रहे परिवर्तनों से भौंचक्के थे, जैसे महिलाओं को काम करने और विश्वविद्यालय में शिक्षा लेने, बिना बुर्का सार्वजनिक स्थानों पर आने-जाने की आज़ादी। जब अमेरिकियों ने उन्हें रूसियों पर हमले के लिए बंदूकों, बम और धन की पेशकश की तो वह तुरंत तैयार हो गए। कुछ वक़्त बाद रूसियों ने दिखावटी राज को ख़त्म करते हुए सीधे अफ़गानिस्तान पर ही कब्ज़ा कर लिया। अब हमारे सामने जंग है।'

'और पाकिस्तान,' अहमद ज़ादेह ने बात को समाप्त करते हुए कहा, 'वे अफ़गानिस्तान चाहते हैं, क्योंकि वह बहुत तेज़ी से, बहुत तेज़ी से तरक्क़ी कर रहे हैं और उन्हें वह ज़मीन चाहिए। वे दोनों देशों को मिलाकर एक बड़ा अच्छा राष्ट्र बनाना चाहते हैं। और पाकिस्तान, उसके सैन्य जनरलों के कारण, अमेरिका का गुर्गा है। इसलिए अमेरिका उसे मदद कर रहा है। वे अब लोगों को पूरे पाकिस्तान के मदरसों में युद्ध के लिए प्रशिक्षण दे रहे हैं। इन योद्धाओं को तालेब कहा जाता है और जब

हम बाक़ी के लोग जंग जीत लेंगे तो वह अफ़गानिस्तान जाएंगे। और लिन हम लोग यह जंग जीत लेंगे। लेकिन अगली वाली, मैं नहीं जानता...'

मैंने चेहरा खिड़की की ओर किया और इसे संकेत मानते हुए दोनों अरबी भाषा में बात करने लगे। मैं उनकी बातचीत और शब्दों की मिठास का किसी संगीत की तरह मज़ा ले रहा था। खिड़की के बाहर सड़कें अब कम व्यवस्थित और इमारतें ज़्यादा जर्जर और बेतरतीब दिखने लगीं थीं। मिट्टी-ईंटों और बलुआ पत्थर से बने कई मकान एक मंज़िला थे, भले ही उनमें पूरे परिवार रहते हों, वे आधी-अधूरे ही दिख रहे थे। ऐसा लग रहा था कि उनके बनने से पहले ही लोग उनमें रहने के लिए आ गए हों।

हम ऐसे ख़तरनाक और बेतरतीब तरीक़े से तैयार बस्तियों से गुजर रहे थे, जहां पर लोग काम की तलाश में तेज़ी से फैलते शहरों की ओर पलायन कर रहे थे। मेन रोड के अगल-बगल में देखने पर यह साफ़ हो गया था कि जहां तक नज़र जा रही थी, बेतरतीब और कच्चे मकानों का यह सिलसिला फैला हुआ था।

कुछ मर्तबा लगभग यातायात रोक देने वाली सड़कों से गुज़रते हुए एक घंटे बाद हमने कुछ पल रुककर एक और व्यक्ति को पीछे की सीट पर बैठने दिया। ख़ालिद के निर्देश पर फिर टैक्सी ड्राइवर ने कार को मोड़ा और जिस रास्ते से आए थे, उसी पर फिर गाड़ी को दौड़ा दिया।

नए व्यक्ति का नाम महमूद मेलबाफ़ था और वह लगभग 30 वर्ष की उम्र का ईरानी था। उसके चेहरे पर पहली ही नज़र में उसकी सघन काली दाढ़ी, गाल की ऊंची हड्डियां और भरी दोपहरी में रेगिस्तानी टीलों जैसी दिखने वाली उसकी आंखों ने मुझे अपने मृत साथी अब्दुल्ला की याद इतनी शिद्दत से दिला दी कि मैं इसके दर्द से कसमसा गया। कुछ ही पल में वह समानता ख़त्म हो गई-महमूद की आंखें हल्की सी उभरी हुई थीं और होंठ छोटे थे और उसकी ठुड्डी नुकीली थी, मानो वह गोटी क़िस्म की दाढ़ी रखने के लिए ही बनाई गई हो। वास्तविकता में यह बहुत ही अलग तरह का चेहरा था।

लेकिन अब्दुल्ला ताहेरी की स्पष्ट याद और उसकी कमी को महसूस करने के दिल को चीर देने वाले दर्द, ने अचानक मेरी यहां पर मौज़ूदगी की एक वजह को साफ़ कर दिया। ख़ालिद और अन्य लोगों के साथ किसी और की जंग में शामिल होना। क़ादर के इस ख़तरनाक अभियान में भाग लेने का जोख़िम स्वीकारने की एक वजह मेरे मन इस बात की ग्लानि थी कि बंदूकों से घिरा हुआ अब्दुल्ला अकेला मारा गया। मैं ख़ुद को उसके जैसी स्थिति के क़रीब चाहता था, ख़ुद को दुश्मनों की बंदूकों से घिरा हुआ देखना चाहता था। और उस विचार के दिमाग़ में आने के पल में मेरे दिमाग़ की कालिख़ भरी दीवारों पर वह अनकहे शब्द उभर आए-*मौत की तमन्ना*-मैंने अपनी त्वचा पर कंपकंपी ला देने वाले इस विचार को झटक दिया। और इन ढेर सारे महीनों में अब्दुल क़ादर ख़ान के लिए काम करने की तैयारी के बाद मुझे डर महसूस

हुआ। मैं समझ गया कि मेरी ज़िंदगी, वहां और उसी पल, बस मेरी बंद मुट्ठी में रेत से ज़्यादा कुछ नहीं थी।

मस्जिद-ए-तुबा मस्जिद से कुछ पहले हम कार से बाहर निकले। कतार में एक-दूसरे के पीछे 20 मीटर का अंतर रखकर चलते हुए हम मस्जिद पहुंचे और हमने अपने जूते उतार दिए। एक बुज़ुर्ग हाजी ध्यानमग्न होकर *ज़िकिर* कहते हुए जूतों की देखभाल कर रहा था। ख़ालिद ने उसके गंदे और अकड़े हुए हाथ में एक नोट रख दिया। जैसे ही हमने मस्जिद में क़दम रखा, ऊपर देखकर हैरानी और ख़ुशी से मेरा मुंह खुला का खुला ही रह गया।

मस्जिद का भीतर का हिस्सा ठंडा और बहुत ही अच्छी तरह से साफ़ किया हुआ था। खंभों, कमानों और फ़र्श पर संगमरमर और चट्टानों की टाइल्स दमक रही थीं। लेकिन इन सबके बीच सबसे ज़्यादा ध्यान आकर्षित कर रहा था, संगमरमर से बना भीमकाय गुंबद। गुंबद कम से कम सौ क़दम चौड़ा था और उस पर तराशे हुए कांच सजे हुए थे। जब मैं वहां खड़ा होकर उसकी ख़ूबसूरती को निहार ही रहा था कि अचानक बत्तियां जला दी गईं और वह गुंबद सर्द हवाओं के बीच किसी झील पर पड़ती सूरज की रोशनी तरह चौंधियाने लगा।

ख़ालिद जल्द वापसी का वादा करके हमें छोड़कर चला गया। अहमद, महमूद और मैं गुंबद का नज़ारा दिखाने वाली एक गुफ़ानुमा जगह पर पहुंचकर चमकीले फ़र्श पर बैठ गए। शाम की नमाज़ के लिए कुछ वक़्त था-जब हम कार से आ रहे थे तो मैंने मुअज़्ज़िन की अजान सुनी थी-लेकिन वहां फिर भी कई लोग पूरी मस्जिद में निजी इबादत में व्यस्त थे। जब यह सुनिश्चित हो गया कि मैं आराम से बैठ चुका हूं, अहमद ने कहा कि वह इस मौक़े का लाभ लेकर इबादत करना चाहता है। वह हाथ-मुंह धोने की जगह पर चला गया। उसने रिवाज़ के मुताबिक़ मुंह, हाथ और पैर धोए और गुंबद के नीचे एक छोटी सी जगह पर लौटकर इबादत करने लगा।

मैं उसे बेहद आसानी के साथ ऊपर वाले के साथ आसानी के साथ सीधे संवाद पर ईर्ष्या भाव से देखने लगा। मेरे भीतर उससे जुड़ने की इच्छा तो नहीं जागी, लेकिन उसकी इबादत की गंभीरता ने मुझे अपने दिमाग़ के भीतर और अधिक एकाकी कर दिया।

उसने इबादत पूरी की और हमारे पास आ गया। ख़ालिद भी वापस आ चुका था। उसके चेहरे पर परेशानी के भाव थे। हम नज़दीक बैठ गए और हमारे सिर लगभग एक-दूसरे को छू रहे थे।

'हम परेशानी में फंस गए हैं,' उसने फुसफुसाकर कहा। 'पुलिस हमारे होटल में गई थी।'

'पुलिस?'

'राजनीतिक पुलिस,' ख़ालिद ने जवाब दिया। 'आईएसआई, इंटर सर्विसेज इंटेलिजेंस।'

'वे क्या चाहते हैं?' मैंने पूछा।

'तुम। हम सब। हम फंस चुके हैं। उन्होंने क़ादर के घर पर भी धावा बोला था। तुम दोनों ख़ुशक़िस्मत हो। वह घर के बाहर था और वह उसे नहीं पकड़ पाए। तुम्हारे पास होटल से क्या है? तुमने वहां क्या छोड़ा है?'

'मेरे साथ मेरे पासपोर्ट, मेरा पैसा और मेरा चाकू है,' मैंने जवाब दिया।

अहमद मेरी तरफ़ देखकर मुस्कराया।

'सच कहूं, तुम मुझे अच्छे लगने लगोगे,' उसने फुसफुसाकर कहा।

'बाक़ी की सब वस्तुएं वहीं पर हैं,' मैंने बोलना जारी रखा, 'वहां बहुत ज़्यादा कुछ नहीं है। कपड़े, कुछ प्रसाधन का सामान, कुछ पासपोर्ट्स। बस इतना ही। लेकिन वहां टिकट हैं–वह प्लेन और ट्रेन के टिकट जो मैंने ख़रीदे थे। मैंने उन्हें कैरी बैग में रखा था। मुझे विश्वास है कि मेरे नाम वाली बस वही एक वस्तु वहां पर है।'

'नज़ीर तुम्हारा कैरी बैग लेकर पुलिसवालों के आने से एक मिनट पहले ही बाहर निकल आया था,' ख़ालिद ने मेरी तरफ़ देखकर भरोसा दिलाने के लिए सिर हिलाया। 'लेकिन उसे सामान बटोरने के लिए बस उतना ही वक़्त मिला। होटल का मैनेजर अपना आदमी है और उसने पहले ही नज़ीर को पुलिस छापे की ख़बर दे दी थी। बड़ा सवाल यह है कि किसने पुलिस को बताया कि हम लोग यहां पर हैं? यह निश्चित तौर पर क़ादर का कोई आदमी होना चाहिए। कोई अंदर का आदमी, बहुत नज़दीकी। मुझे यह पसंद नहीं आया।'

'मुझे समझ नहीं आया,' मैंने फुसफुसाते हुए कहा। 'पुलिसवालों की हममें इतनी दिलचस्पी क्यों है? पाकिस्तान तो जंग में अफ़गानिस्तान की मदद कर रहा है। उनकी तो यह इच्छा होनी चाहिए कि हम मुजाहिदीन तक तस्करी करके सामान पहुंचाएं। उन्हें तो हमें यह काम करने में *मदद* करनी चाहिए।'

'वे *कुछ* अफ़गानियों की मदद कर रहे हैं, लेकिन *सारे* अफ़गानियों की नहीं। जिन लोगों के लिए हम सामान ले जा रहे हैं, कंधार के नज़दीक, वे मसूद के लोग हैं। पाकिस्तान उनसे नफ़रत करता है, क्योंकि वह हिकमतयार या किसी पाकिस्तान समर्थित नेता को अपने नेतृत्व के लिए नहीं स्वीकारेंगे। पाकिस्तान और अमेरिका ने हिकमतयार को जंग के बाद अफ़गानिस्तान के अगले शासक के तौर पर चुना है। लेकिन मसूद के लोग तो हर बार उसका नाम सुनते ही थूक देते हैं।'

'यह तो बहुत ही पागलों जैसी जंग है,' महमूद मेलबाफ़ ने कहा। 'अफ़गान एक–दूसरे से इतने लंबे वक़्त से लड़ रहे हैं, एक हज़ार वर्ष से। एक–दूसरे से लड़ने से बेहतर एक ही बात है...कैसे कहूं मैं...*घुसपैठ* के ख़िलाफ़ लड़ना। वे रूसियों को हरा देंगे, यह बात तो तय है, लेकिन वे आपस में लड़ना जारी रखेंगे।'

'पाकिस्तानी चाहते हैं कि अफ़गानिस्तानियों की जंग में जीत के बाद शांति बहाल हो।' अहमद ने बोलना जारी रखा। 'भले ही कोई भी उनके लिए जीत हासिल करे, वह शांतिपूर्ण नियंत्रण चाहते हैं। अगर वह ऐसा कर सके तो वह हमारे सारे

हथियार, सारी दवाइयां और हमारी सारी अन्य आपूर्तियां ले लेंगे और उन्हें अपने समर्थक लोगों को दे देंगे...'

'प्रतिनिधि,' ख़ालिद ने धीरे से कहा, उसके फुसफुसाहट भरे शब्दों से न्यू यॉर्क का लहज़ा फूटा जा रहा था। 'क्या तुमने यह सुना?'

हम सबने ध्यान से सुना और किसी मस्जिद के बाहर कहीं से गाने और संगीत की आवाज़ें आ रही थीं।

'उन्होंने शुरुआत कर दी है,' ख़ालिद यह कहते हुए बड़ी ही सफ़ाई के साथ अचानक खड़ा हो गया। 'यह चलने का वक़्त है।'

हम खड़े होकर उसके पीछे मस्जिद से बाहर निकले और अपने जूते पहन लिए। बढ़ते अंधेरे में चलते हुए हम संगीत की आवाज़ के पास पहुंचे।

'मैं... मैं यह गाना पहले सुन चुका हूं,' मैंने चलते-चलते ख़ालिद से कहा।

'तुम उन नेत्रहीन गायकों को जानते हो,' उसने पूछा। 'निश्चित तौर पर, तुम जानते हो। तुम अब्दुल क़ादर के साथ वहां बॉम्बे में थे, जब उन्होंने हमारे लिए गाया था। तभी मैंने तुम्हें पहली बार देखा था।'

'तुम उस रात वहां थे?'

'निश्चित तौर पर। हम सब वहां थे। अहमद, महमूद, सिद्दिकी-तुम अभी उससे नहीं मिले हो। कई अन्य लोग हमारे साथ इस अभियान पर जाने वाले हैं। वह सभी उस रात वहां पर थे। अफ़गानिस्तान के अभियान की तैयारी के तहत वह पहली बैठक थी। इसलिए हम सब साथ थे। बैठक ही इसी बात को लेकर थी। तुम्हें नहीं पता?'

यह सवाल पूछते हुए वह हंस दिया। उसके शब्दों में ईमानदारी थी, लेकिन उसके शब्दों ने मेरे दिमाग़ को आहत कर दिया। *तुम्हें नहीं पता? तुम्हें नहीं पता?*

क़ादर इतने पहले से इस अभियान की योजना बना रहे थे, मैंने सोचा, मुझसे मुलाक़ात की उस पहली रात को। मुझे वह बड़ा, धुएं से भरा कमरा अच्छी तरह से याद था, जहां नेत्रहीन गायकों ने हमारे लिए प्रस्तुति दी थी। मुझे उस वक़्त खाया खाना, उस वक़्त पी गई चरस याद है। मुझे उस रात देखे गए कुछ ख्यात चेहरे याद थे। क्या वह सब *इस अभियान में शामिल थे?* मुझे वह युवा अफ़गान याद है, जिसने बेहद सम्मान के साथ क़ादरभाई को आदाब किया था, इस दौरान वह इतना ज़्यादा झुक गया था कि शॉल से उसकी पिस्तौल दिखाई दे गई थी।

मैं अब भी उस पहली रात के बारे में सोच रहा था, और अब भी उस सवाल से चिंतित था जिसका जवाब मेरे पास नहीं था। जब ख़ालिद और मैं लोगों के एक बड़े समूह, सैकड़ों लोग, के साथ मस्जिद के बग़ल के अहाते में पालथी मारकर बैठे थे। नेत्रहीन गायकों ने एक गाना समाप्त किया और लोगों ने तालियां बजाईं। *अल्लाह! अल्लाह ! सुभानअल्लाह!* ख़ालिद हमें भीड़ को चीरता हुआ तुलनात्मक तौर पर ढंके हुए स्थान की ओर ले गया, जहां नज़ीर और कुछ अन्य लोगों के साथ क़ादर बैठे थे।

जब मेरी नज़रें क़ादरभाई से मिलीं तो उन्होंने हाथ उठाकर मुझे पास आने का इशारा किया। जैसे ही मैं उनके पास पहुंचा उन्होंने मेरा हाथ थामकर मुझे बैठा लिया। कई लोगों ने मुड़कर हमारी तरफ़ देखा। मेरे भुतहा दिल में विरोधी भावनाएं गुत्थमगुत्था हो गईं : डर, कि मैं क़ादर ख़ान के साथ इतनी साफ़ तौर पर जुड़ा हूं और गर्व की एक झलक कि उन्होंने मुझे इतने लोगों के होते हुए अपने पास बैठने के लिए बुलाया है।

'वक़्त के पहिये ने एक चक्कर पूरा कर लिया है,' उन्होंने फुसफुसाकर मुझसे कहा। मेरे हाथ पर अपना हाथ रखकर वह हौले से कानों में बोले। 'हम एक-दूसरे से मिले, तुम और मैं, नेत्रहीन गायकों के साथ और अब हम दोनों उन्हें फिर इस महत्त्वपूर्ण काम की शुरुआत से पहले साथ-साथ सुन रहे हैं।'

वह मेरे दिमाग़ को पढ़ने की कोशिश कर रहे थे और मुझे विश्वास था कि किसी तरह से यह जानबूझकर किया जा रहा था : उन्हें अपने शब्दों के बांध देने वाले प्रभाव का अंदाज़ था। मैं अचानक उनसे गुस्सा हो गया, अचानक क्रोधित, यहां तक कि उनके हाथ के मेरी बांहों के स्पर्श तक से।

'नेत्रहीन गायकों को क्या आपने यहां बुलाया है?' मैंने सीधे सामने देखते हुए आवाज़ की धार को तेज़ करते हुए पूछा। 'आप जानते हैं, ठीक वैसे ही जैसे कि आपने हमारी पहली मुलाक़ात के वक़्त बाक़ी अन्य बातों का भी इंतज़ाम किया था?'

वह तब तक चुप रहे, जब तक कि मैंने चेहरे का रुख़ उनकी ओर नहीं कर लिया। जब मेरी आंखें उनकी आंखों से मिलीं तो मेरी आंखों में आंसुओं की चुभन महसूस होने लगी। मैंने जबड़ों को भींचते हुए उन पर क़ाबू किया। यह काम कर गया और मेरी जलती हुई आंखें सूखी रहीं, लेकिन मेरे दिमाग़ में घमासान मचा था। दालचीनी जैसी भूरी त्वचा और छांटी हुई दाढ़ी वाले इस व्यक्ति ने मेरा इस्तेमाल किया है और मुझसे चालाकी से काम निकलवाया है और उसकी पहचान के हर एक व्यक्ति से, मानो हम सब उसके जंज़ीरों में बंधे हुए गुलाम हों। फिर भी उनकी आंखों में इतना प्यार था, मेरे लिए, कि जिसकी मुझे दिल की गहराइयों से हमेशा लालसा रही थी। उनकी सौम्य मुस्कराती चिंतित आंखों में प्यार एक पिता का प्यार था : मेरी जानकारी में मौज़ूद पिता का इकलौता प्यार।

'इस लम्हे से तुम हमारे साथ रहोगे,' उन्होंने मेरी तरफ़ देखते हुए फुसफुसाकर कहा। 'तुम अब होटल नहीं लौट सकते। पुलिस के पास तुम्हारा वर्णन है और वह तुम्हें तलाशते रहेंगे। यह ग़लती मेरी है और मुझे तुमसे माफ़ी मांगनी ही चाहिए। हमारे किसी क़रीबी ने हमारे साथ दग़ाबाजी की है। उसे सज़ा मिलेगी। उसकी ग़लती ने हमारे सामने उसका भांडा फोड़ दिया है। अब हम जानते हैं कि वह कौन है और हम यह भी जानते हैं कि उसके साथ अब क्या किया जाना है। लेकिन हम इसके लिए काम से लौटने तक इंतज़ार करेंगे। कल हम क्वेटा के लिए रवाना होंगे। हमें वहां कुछ वक़्त रहना ही होगा। जब वक़्त सही होगा तो हम अफ़गानिस्तान सीमा को पार

करेंगे। और उस दिन से, जब तक कि तुम अफ़गानिस्तान में रहोगे, तुम्हारे सिर पर एक इनाम रहेगा। रूसी लोग मुजाहिदीनों की मदद करने वाले विदेशियों की गिरफ़्तारी पर भरपूर इनाम देते हैं। और हमारे पाकिस्तान में बहुत कम दोस्त हैं। मुझे लगता है कि हमें तुम्हारे लिए कुछ स्थानीय कपड़े ख़रीदने पड़ेंगे। हम तुम्हें मेरे गांव के युवक की तरह कपड़े पहना देंगे-एक पश्तून, मेरी तरह। हां एक टोपी ताकि तुम्हारे सफ़ेद बाल ढंक जाएं और एक पट्टू, एक शॉल तुम्हारे चौड़े कंधों और सीने के लिए। हम तुम्हें शायद मेरे नीली आंखों वाले बेटे के तौर पर पेश करेंगे। तुम्हारी क्या राय है?'

मैं क्या सोचता था? नेत्रहीन गायकों ने ज़ोर की आवाज़ के साथ गले साफ़ किए और संगीतकारों की टोली ने हार्मोनियम और ख़ून उबाल देने वाले जुनून के साथ तबला बजाना शुरू कर दिया। मैंने तबला वादक की लंबी अंगुलियों पर तबले के चमड़े को कांपते हुए देखा और मैंने महसूस किया कि मेरे विचार संगीत के सम्मोहक प्रवाह में भटक रहे हैं। मेरी अपनी सरकार ने मेरे सिर पर इनाम रखा था, ऑस्ट्रेलिया में, मुझे पकड़ने में मदद करने वाली सूचना के लिए इनाम। और दुनिया के दूसरे कोने पर अब मैं फिर से अपने सिर पर इनाम रखवाने जा रहा था। नेत्रहीन गायकों उत्तेजना भरे दुख और जोश के बीच जब वहां मौज़ूद लोग भक्ति के रस में डूबे जा रहे थे, फिर एक बार मैंने नियति के उस पल के आगे घुटने टेक दिए और महसूस किया कि मैं, मेरी पूरी ज़िंदगी वक़्त के पहिये के साथ घूमने जा रही है।

फिर मुझे अपनी जेब में रखी चिट्ठी की याद आई : डिडियर द्वारा भेजा गया ख़त जो ख़ालिद ने दो घंटे पहले मुझे टैक्सी में दिया था। संयोग और इतिहास के अंधविश्वास भरे भंवर में फंसने के बीच मैं जानना चाहता था कि उस ख़त में क्या था। मैंने उसे जेब से निकाला और सिर के ऊपर मौज़ूद पीले दीये की रोशनी में उसे पढ़ना शुरू किया।

प्रिय लिन,

यह तुम्हें बताने के लिए है, मेरे प्यारे मित्र, कि मैंने उस महिला का पता लगा लिया है-वह महिला जिसने ग़द्दारी करके तुम्हें पुलिस के हवाले किया और जेल भिजवाया, जहां तुम्हारी बहुत बुरी तरह से पिटाई हुई थी। बहुत ही भयानक बात। मैं अभी तक उसे लेकर परेशान हूं। तो यह करने वाली महिला थी मैडम झू, पैलेस की मालकिन। अब तक मुझे इसके पीछे का उसका कारण पता नहीं चल सका है, लेकिन उसके इस भयानक काम को करने के इरादे को समझे बग़ैर भी मेरे सर्वश्रेष्ठ स्रोत इस बात की पुष्टि करते हैं कि यह काम उसी का था।

उम्मीद है कि तुम्हारी ओर से ख़बर जल्द मिलेगी।

तुम्हारा प्यारा मित्र

डिडियर।

मैडम झू। क्यों? मैं यह सवाल दिमाग़ में तैयार कर ही रहा था कि मुझे जवाब पता चल गया मुझे अचानक मेरी तरफ़ अबूझ नफ़रत से देखने वाला चेहरा याद आ गया। यह चेहरा था राजन का, मैडम झू का नपुंसक सेवक। मुझे याद आया कि बाढ़ के दिन मैंने उसे ख़ुद को घूरते हुए देखा था, जब हम विनोद की बोट में कार्ला को ताज होटल से बचाकर लाए थे। मैंने उसकी आंखों में मौज़ूद नफ़रत को देखा था, जब वह मुझे और कार्ला को देख रहा था। उसकी आंखें हमें शंटू की टैक्सी में जाते हुए भी घूर ही रही थीं। उसी रात पुलिस ने मुझे गिरफ़्तार कर लिया था और जेल की यातना शुरू हो गई थी। मैडम झू ने मुझे उसका अनादर करने की सज़ा दी थी, उसे चुनौती देने का साहस करने की, अमेरिकी दूतावास का अधिकारी बनकर, उससे लिसा कार्टर को ले जाने के लिए, हां, शायद कार्ला को प्यार करने के कारण।

मैंने ख़त को फाड़ दिया और टुकड़े जेब में रख लिए। मैं शांत था। डर निकल चुका था। कराची के उस लंबे दिन के अंत में मैं जान गया था कि मैं क़ादर की जंग में क्यों जा रहा था और मैं जान गया था कि मैं क्यों वापस आऊंगा। मैं जा रहा था,क्योंकि मेरा दिल क़ादरभाई के प्यार का भूखा था, एक पिता का प्यार जो उनकी आंखों से झरता था और जिसने मेरी ज़िंदगी में पिता की कमी को भर निकाला था। जब इतने सारे प्यार गंवा दिए थे–मेरा परिवार, मेरे मित्र, प्रभाकर, अब्दुल्ला और यहां तक कि कार्ला–क़ादर की आंखों में दिखने वाला वह प्यार मेरे लिए दुनिया में सबकुछ और सबसे ऊपर था।

यह बेवकूफी भरा था, यह बेवकूफ़ी थी, प्यार के लिए जंग में जाना। वह कोई संत नहीं थे और ना ही कोई नायक : मैं यह बात जानता था। वह तो मेरा पिता तक नहीं था। लेकिन प्यार भरी नज़र के उन चंद सेकेंड्स में यह साफ़ हो गया था कि मैं उस और किसी भी जंग में जाने के लिए तैयार था। और केवल नफ़रत और बदला लेने के लिए जिंदा रहना भी कम बेवकूफ़ी भरा नहीं था। तो अब बात यहां तक आ चुकी थी : मैं उनसे इतना प्यार करता था कि ज़िंदगी को दांव पर लगा सकता था और मैं उससे (मैडम झू) से इतनी नफ़रत करता था कि मेरे बच निकलने और बदला लेने के लिए पर्याप्त था। मैं जानता था कि अगर मैं क़ादर की इस जंग से ज़िंदा बच निकला तो मैं वह बदला लेकर रहूंगा : मैं मैडम झू को खोज निकालूंगा और मैं उसे मार डालूंगा।

मैंने अपना दिमाग़ उस सोच के लिए ठीक वैसे ही बंद किया, जैसे कोई व्यक्ति चाकू की मूठ को हाथ में छिपा लेता है। नेत्रहीन गायक भगवान के लिए अपने प्यार के उल्लास और दर्द में चीख़ने लगे थे। मेरे पास, मुझे घेरे हुए, दिल जवाब देने में हवा में तैरने लगे। क़ादरभाई ने चेहरा घुमाकर मेरी तरफ़ देखा और हौले से गर्दन हिलाई। मैं भी कई राज छिपाने वाली और गाने के कारण पवित्र आनंद की अनुभूति लिए सुनहरी आंखों में देखकर मुस्करा दिया। और भगवान मेरी मदद करें, मैं संतुष्ट था, भयमुक्त था और लगभग प्रसन्नचित्त भी।

अध्याय 32

हमने एक माह क्वेटा में बिताया। ग़लत शुरुआत की हताशा के साथ एक माह का लंबा इंतज़ार। इस देरी की वज़ह मुजाहिदीन का एक कमांडर असमतुल्ला अचाकज़ाई मुस्लिम था। वह उस कंधार इलाक़े के अचाकज़ाई लोगों का सरदार था, जो कि हमारा अंतिम लक्ष्य था। अचाकज़ाई कबीला मूलतः भेड़-बकरियां चराने वाला था जो मूलतः वर्चस्व वाले दुर्रानी कबीले के सदस्य थे। 1750 में आधुनिक अफ़गानिस्तान के संस्थापक अहमद शाह अब्दाली ने अचाकज़ाई को दुर्रानी कबीले से अलग करते हुए एक पृथक कबीले की मान्यता दे दी थी। यह अफ़गान परंपरा के अनुकूल ही था जिसमें यह व्यवस्था थी कि जब किसी उप-कबीले का आकार और ताक़त पर्याप्त हो जाती थी तो उसे पृथक कबीले के तौर पर मान्यता मिल जाती थी। साथ ही धूर्त लड़ाके और देश बनाने वाले अहमद शाह की एक तरह से यह स्वीकारोक्ति भी थी कि अचाकज़ाई अब इतनी बड़ी ताक़त बन चुके थे कि उनकी अनदेखी नहीं की जा सकती और जिन्हें ख़ुश रखने की दरकार थी। दो सदियों तक अचाकज़ाई अपना रसूख़ और ताक़त बढ़ाते रहे। उन्होंने तेज़तर्रार लड़ाकों के तौर पर ख्याति हासिल कर ली थी और कबीले का हर एक व्यक्ति बिना किसी सवाल के अपने सरदार के आदेश का पालन करता था। रूसियों के ख़िलाफ़ जंग के शुरुआती दिनों में असमतुल्ला अचकज़ाई मुस्लिम ने अपने लोगों की एक हथियारों से लैस, बेहद अनुशासित नागरिक सेना तैयार कर ली थी। अपने इलाक़े में वह आज़ादी की जंग के अगुआ बन गया था, रूसी घुसपैठियों को निकाल बाहर करने के लिए ज़िहाद के।

1985 की समाप्ति तक जब हम क्वेटा में अफ़गानिस्तान में घुसने की तैयारी कर रहे थे, असमतुल्ला अपनी लड़ाई की प्रतिबद्धता से हिचकिचाने लगा था। उसकी नागरिक सेना पर इतनी ज़्यादा निर्भरता थी कि जब उसने अपने लड़ाकों को सक्रिय सेवा से हटाया और रूसियों व काबुल स्थित अफ़गानिस्तान की कठपुतली सरकार से बातचीत शुरू की तो कंधार इलाके में प्रतिरोध पूरी तरह से धराशायी हो गया। हमारी मुजाहिदीन इकाइयां जो असमतुल्ला के नियंत्रण में थीं, जैसे शहर के उत्तर में पहाड़ियों में जमे क़ादर के लोग, अपने स्थानों पर डटे रहे, लेकिन वे एकाकी पड़ चुके थे और उन्हें आपूर्ति पहुंचाने वाला हर एक रास्ता रूसी हमले की जद में आ गया था। इस अनिश्चितता के चलते हमें उस वक़्त तक इंतज़ार करना पड़ा, जब तक कि असमतुल्ला यह तय नहीं कर लेता कि ज़िहाद को जारी रखना है या फिर दलबदल

करके रूसियों को समर्थन करना है। कोई भी इस बात का अनुमान नहीं लगा सकता था कि वह क्या क़दम उठाएगा।

इस इंतज़ार के कारण हालांकि हम सब बैचेन और उत्तेजित थे- दिन सप्ताह में बदल गए, यह अंतहीन लगने लगा-मैंने इस वक़्त का अच्छा इस्तेमाल किया। मैं फ़ारसी, उर्दू और पश्तो में वाक्यों का अभ्यास करना शुरू कर लिया और ताज़िक और उज़्बेक बोली के कुछ शब्द भी सीख लिए। मैं हर रोज़ घुड़सवारी करता था। घोड़े को रोकते हुए या इच्छित दिशा दिखाने के प्रयास में हालांकि मेरे अटपटा भाव ख़त्म नहीं हुआ था। घोड़े द्वारा फेंककर उतारे जाने की जगह मैं यदा-कदा सामान्य तरीक़े से भी उतरने लगा था।

मैं एक पाकिस्तानी अयूब ख़ान द्वारा प्रतिदिन उपलब्ध कराए जाने वाले विचित्र और उदार साहित्य में से किताबें भी पढ़ता था। वह हमारे समूह का एक ऐसा सदस्य था जिसका जन्म ही क्वेटा का था। चूंकि मेरे लिए शहर के बाहरी इलाक़े में स्थित एक तबेले के पास स्थित हमारे सुरक्षित मकान से मेरा बाहर जाना बहुत ज़्यादा ख़तरनाक माना जाता था, इसलिए अयूब मेरे लिए केंद्रीय पुस्तकालय से किताबें ला दिया करता था। इस पुस्तकालय में अंग्रेज़ी भाषा की बहुत ही आकर्षक और पुरानी पड़ चुकी किताबें उपलब्ध थीं, जो ब्रिटिश शासनकाल के दिनों से सहेजकर रखी गई थीं। शहर का नाम क्वेटा, पश्तो शब्द *क्वाता* से आया था, जिसका मतलब होता था *किला।* अफ़गानिस्तान जाने के लिए चमन दर्रे और भारत जाने के लिए बोलान दर्रे से क़रीबी सदियों से क्वेटा के सैन्य और आर्थिक महत्त्व को साबित करती रही थी। ब्रिटिश सेना ने 1840 में पहली बार इस किले पर कब्ज़ा किया था। लेकिन सैनिकों के बीच फैली बीमारी और अफ़गानों के भीषण प्रतिरोध के चलते उपनिवेशवादी सेना को इसे छोड़ देना पड़ा था। इस पर 1876 में दोबारा कब्ज़ा किया गया और भारत के उत्तर-पश्चिमी प्रांत में इलाक़े के प्रमुख अंग्रेज़ी गढ़ के तौर पर विकसित किया गया। ब्रिटिश भारत में सैन्य अफ़सरों के लिए इम्पीरियल स्टाफ़ कॉलेज यहीं पर स्थापित किया गया था। पहाड़ों के कुदरती घेरे में बसा यह शहर उसके बाद एक तेज़ी से संपन्न बाज़ार में विकसित हो गया। 1935 में मई माह के अंतिम दिन आए एक भीषण भूकंप ने अधिकांश शहर को तबाह कर दिया था और बीस हज़ार से ज़्यादा लोगों को जान गंवानी पड़ी थी। लेकिन क्वेटा को दोबारा बनाया गया। इसके साफ़-सुथरे, चौड़े रास्ते और ख़ुशनुमा मौसम के कारण यह उत्तरी पाकिस्तानियों के लिए सबसे लोकप्रिय पर्यटन स्थल बन गया।

अहाते में बंद रहने के दौरान मेरे लिए शहर का मुख्य आकर्षण था अयूब द्वारा बिना किसी क्रम के लाई जाने वाली किताबों का संग्रह। हर कुछ दिन बाद वह मेरे दरवाज़े पर प्रकट होता था, उम्मीद के साथ मुस्कराते हुए और मुझे किताबों का संग्रह कुछ इस तरह से पकड़ा जाता था, मानो वे कोई पुरातात्विक महत्त्व का ख़ज़ाना हों।

तो मेरी दिनचर्या कुछ ऐसी थी कि दिन के वक़्त में पांच हज़ार फ़ीट से ज़्यादा की ऊंचाई के साथ अनुकूलन के लिए घुड़सवारी किया करता था। रात को काफ़ी अरसा पहले मर चुके अन्वेषकों की डायरियां और जर्नल्स पढ़ा करता था। इसके अलावा ग्रीक साहित्य के विलुप्त हो चुके पुराने संस्करण, शेक्सपीयर की विलक्षण रूप से संकलित रचनाएं और दांते की द *डिवाइन कॉमेडी* का कवितानुमा लयबद्ध अनुवाद भी पढ़ा करता था।

'कुछ लोगों को लगता है कि तुम आध्यात्मिक साहित्य के विद्वान हो,' एक रात अब्दुल क़ादर ख़ान ने कमरे के दरवाज़े से यह बात कही। इस बीच हमें क्वेटा में एक माह हो चुका था। मैंने अपनी किताब बंद की और उनका अभिवादन करने के लिए खड़ा हो गया। उन्होंने मेरा हाथ अपने दोनों हाथों में थाम लिया और मेरे लिए कोई दुआ मांगी। जब मेरे द्वारा दी गई कुर्सी उन्होंने स्वीकार ली तो मैं उनसे एक हाथ की दूरी पर एक स्टूल पर बैठ गया। उनकी बग़ल में दूधिया रंग का चमड़े का कोई पार्सल था। उन्होंने उसे मेरे बिस्तर पर रखा और दोबारा आराम से बैठ गए।

'मेरे जन्म के देश में पढ़ना आज भी रहस्यमय ही माना जाता है और यह भय और कुछ हद तक अंधविश्वास की भी वजह होता है,' अपने थके हुए चेहरे पर हाथ मलते हुए क़ादर ने चिंतित स्वर में कहा। '10 में से केवल चार लोग बमुश्किल थोड़ा-बहुत पढ़ पाते हैं। महिलाओं में तो 10 में से आधी ही पढ़ पाती हैं।'

'आपने सबकुछ कहां सीखा...जो कुछ भी आपने सीखा है?' मैंने उनसे पूछा। 'उदाहरण के लिए, आपने इतनी अच्छी अंग्रेज़ी बोलना कहां से सीखी?'

'मुझे एक अंग्रेज़ शिक्षक ने बहुत अच्छी तरह से सीखाया था,' यह कहकर वह हंसने लगे। 'ठीक वैसे ही जैसे मेरे छोटे से तारिक़ को तुमने सिखाया था।'

मैंने बंडल से दो बीड़ियां निकालकर उन्हें जलाया और एक उन्हें थमा दी।

'मेरे पिताजी अपने कबीले के मुखिया थे,' क़ादर ने बताना जारी रखा, 'वह एक सख़्त व्यक्ति थे, लेकिन साथ ही वह एक तर्कसंगत और बुद्धिमान व्यक्ति थे। अफ़गानिस्तान में लोग नेता गुणों के आधार पर बनते हैं-वे अच्छे वक्ता होते हैं, धन के अच्छे प्रबंधक होते हैं और जब लड़ने की ज़रूरत हो तो बहादुर भी होते हैं। किसी भी नेता के पास नेतृत्व की कोई विरासत नहीं होती, मुखिया के बेटे के पास बुद्धिमानी या हौसला या लोगों के सामने बोलने का कौशल नहीं हो तो नेतृत्व किसी बेहतर कौशल वाले व्यक्ति को सौंप दिया जाएगा। मेरे पिताजी इस बात को लेकर बहुत बैचेन थे कि मैं ही उनकी जगह पर नेतृत्व थामकर उनके काम को आगे बढ़ाऊं। यानी अपने लोगों को जहालत से निकालकर उनका अच्छा भविष्य सुनिश्चित करना। एक घुमंतू सूफ़ी, एक पुराने संत जब मेरे जन्म के वक़्त हमारी इलाक़े में आए थे तो उन्होंने मेरे पिताजी को बताया था कि आपका बेटा अपने लोगों के इतिहास का एक चमकता सितारा बनेगा। मेरे पिताजी भी तहेदिल से यही कामना करते थे, लेकिन दुर्भाग्यवश, मैंने नेतृत्व गुण का एक भी संकेत नहीं दिया और उसे हासिल करने में भी कुछ ख़ास

दिलचस्पी नहीं दिखाई। कुल मिलाकर मैं उनके लिए एक बड़ी निराशा साबित हुआ। उन्होंने मुझे यहां क्वेटा में मेरे चाचाजी के पास भेजा। और मेरे चाचाजी, जो एक समृद्ध व्यापारी थे, ने मुझे एक अंग्रेज़ की देखरेख में रखा, जो मेरा शिक्षक था।'

'उस वक़्त आपकी उम्र क्या थी?'

'जब मैंने कंधार छोड़ा तो मेरी उम्र 10 वर्ष थी। मैंने पांच वर्ष श्रीमान इयान डोनाल्ड मैकेंजी एस्क्वायर के शिष्य के रूप में गुजारे।'

'आप बहुत अच्छे विद्यार्थी रहे होंगे,' मैंने कहा।

'शायद,' उन्होंने जवाब दिया। 'मुझे लगता है कि मैकेंजी एस्क्वायर एक बहुत अच्छे शिक्षक थे। मैंने उन्हें छोड़ने के बाद लोगों से सुना है कि स्कॉटलैंड के लोग कड़वे और सख़्त तरीक़ों के लिए जाने जाते हैं। कुछ लोगों ने तो मुझे यह भी बताया कि स्कॉटलैंड के लोग निराशावादी होते हैं, जो धूप से सने रास्ते पर भी अंधेरे हिस्से में चलना पसंद करते हैं। मुझे लगता है कि यह बात कुछ हद तक सही है, लेकिन यह इस बात को नहीं बताता कि स्कॉटलैंड के लोगों को बातों का यह अंधेरा सिरा बहुत, बहुत मज़ेदार लगता है। मेरे मैकेंजी एस्क्वायर ऐसे व्यक्ति थे जो आंखों में हंसते थे, तब भी जब वह मेरे साथ बहुत सख़्त व्यवहार कर रहे हों। जब कभी भी मैं उनके बारे में सोचता हूं तो उनकी आंखों में मौज़ूद हंसी नज़र आने लगती है। और उन्हें क्वेटा बहुत पसंद आता था। वह पहाड़ों और सर्दियों के मौसम को पसंद करते थे। उनके स्वस्थ, मज़बूत पैर पहाड़ी रास्ते चढ़ने के लिए ही बने थे और वह हर सप्ताह इन पहाड़ियों पर घूमने के लिए निकल जाते थे। अक्सर केवल मेरे साथ। वह एक ख़ुश व्यक्ति थे जो हंसना जानते थे और वह एक महान शिक्षक थे।'

'क्या हुआ जब उन्होंने आपको पढ़ाने का काम ख़त्म किया?' मैंने पूछा। 'क्या आप कंधार लौटे?'

'लौटा था, लेकिन यह वह ख़ुशहाल वापसी नहीं थी जो मेरे पिताजी चाहते थे। मेरे प्यारे मैकेंजी एस्क्वायर द्वारा क्वेटा छोड़े जाने के अगले दिन मैं अपने चाचा के गोदाम के बाहर एक व्यक्ति की हत्या कर दी।'

'तब जब आपकी उम्र पंद्रह वर्ष थी?'

'हां। जब मैं पंद्रह वर्ष का था तो मैंने पहली बार किसी व्यक्ति की हत्या की।'

वह अचानक चुप हो गए और मैं उनके इस वाक्य का अंदाज़ लेने में जुट गया कि... *पहली बार...*

'यह एक ऐसी बात के लिए था जो कोई बात नहीं थी, बस नियति का एक खेल, एक लड़ाई जिसकी शुरुआत बिना किसी ख़ास बात के हुई थी। वह व्यक्ति एक बच्चे की पिटाई कर रहा था। वह उसका अपना बच्चा था और मुझे उसमें हस्तक्षेप नहीं करना चाहिए था। लेकिन वह बेहद क्रूरता के साथ उसकी पिटाई कर रहा था और मैं इसे देखकर सहन नहीं कर पाया। गांव के मुखिया का बेटा होने के महत्त्व के चलते और क्वेटा के सबसे धनाढ्य कारोबारी का भतीजा होने के कारण, मैंने उसे

बच्चे को नहीं मारने का आदेश दे डाला। वह बुरा मान गया और निश्चित तौर पर हमारे बीच बहस छिड़ गई। बहस धीरे-धीरे लड़ाई में बदल गई। और फिर वह मारा गया, उसका अपना ख़ंजर उसके सीने में धंस गया था-वह ख़ंजर जो उसने मुझ पर इस्तेमाल करना चाहा था।'

'यह तो आत्मरक्षा थी।'

'हां। वहां कई गवाह मौज़ूद थे। यह बाज़ार की मुख्य सड़क पर हुआ था। उस वक़्त काफ़ी रसूख़ रखने वाले मेरे चाचाजी ने तमाम अधिकारियों से मेरे बारे में बात की और अंततः मेरी कंधार वापसी का इंतज़ाम किया। दुर्भाग्यवश जिस व्यक्ति की हत्या हुई थी, उसके परिवार ने चाचाजी द्वारा ख़ून के बदले दिए जा रहे धन के प्रस्ताव को ठुकरा दिया और उन्होंने मेरे पीछे कंधार में दो लोगों को भेज दिया। मुझे मेरे चाचा से चेतावनी मिली और पहला वार मैंने किया। मैंने उन दोनों ही लोगों को पिताजी की पुरानी बंदूक से गोलियों से उड़ा दिया।'

वह फिर कुछ वक़्त के लिए चुप हो गए। वह हमारे पैरों के बीच की फ़र्श को घूरे जा रहे थे। मैं अहाते की दूसरी ओर से संगीत की आवाज़ को सुन रहा था। एक अहाते के चारों ओर कई सारे कमरे थे। अहाता क़ादर के बॉम्बे के मकान के अहाते की तुलना में छोटा था। कुछ नज़दीकी कमरों से मुझे फुसफुसाकर बात करने और फिर ठहाकों की आवाज़ें आ रही थीं। कमरे के अगले दरवाज़े, ख़ालिद अंसारी के कमरे से, मैंने जानी-पहचानी *क्लिक्का-के चक* आवाज़ सुनी जो कि क्लाश्निकोव एके-47 से घोड़ा दबाकर खाली फ़ायर करने की आवाज़ थी।

'उन हत्याओं के साथ शुरू हुई ख़ूनी लड़ाई-और उन लोगों द्वारा मेरी हत्या करने की कोशिशों-ने मेरे और उनके परिवारों को तबाह कर दिया।' क़ादर ने कहानी की शुरुआत करते हुए बेहद शांत स्वर में कहा। उनकी आवाज़ बेहद उदास थी, मानो नीचे देख रही उनकी आंखों से उत्साह निकलता जा रहा है। 'एक मेरी तरफ़ और दो उनकी तरफ़। दो हमारी तरफ़ एक उनकी तरफ़। मेरे पिताजी ने इस लड़ाई को ख़त्म करने की कई कोशिशें कीं, लेकिन यह असंभव था। यह एक राक्षस था जो एक व्यक्ति से दूसरे व्यक्ति तक जाता था और हर व्यक्ति को हत्या के लिए उकसाता था। लड़ाई की जड़ होने के कारण मैंने घर छोड़ने की कोशिश की, लेकिन पिताजी ने मुझे जाने देने से इंकार कर दिया। मैं उनका विरोध नहीं कर सका। यह लड़ाई कई वर्षों तक चली और हत्याएं भी कई वर्षों तक चलीं। मैंने अपने दो भाई और अपने दो चाचाओं को गंवा दिया। जब मेरे पिताजी ख़ुद एक हमले में बुरी तरह से घायल हो गए और मुझे रोक पाने में नाकाम रहे तो मैंने घरवालों से यह अफ़वाह फैलाने के लिए कहा कि मेरी हत्या हो गई। मैंने अपना पारिवारिक मकान छोड़ दिया। उसके कुछ वक़्त बाद ख़ूनी लड़ाई ख़त्म हो गई और दोनों परिवारों के बीच शांति स्थापित हो गई। लेकिन अपने परिवार के लिए मैं मर चुका था, क्योंकि मैंने अपनी मां की कसम खाई थी कि मैं कभी भी लौटकर नहीं आऊंगा।'

धातुई खिड़की से आ रही हवा बेहद सर्द थी। मैं खिड़की के पास खड़ा हुआ और मैंने मटके से एक गिलास पानी निकाला। क़ादर ने गिलास स्वीकारते हुए मुझे दुआ दी और पानी पी लिया। पानी ख़त्म होते ही उन्होंने मुझे गिलास थमा दिया। मैंने उसी गिलास में पानी निकाला और स्टूल पर बैठकर पीने लगा। मैंने कुछ नहीं कहा। मुझे डर था कि अगर मैंने ग़लत सवाल पूछ लिया या ग़लत टिप्पणी कर दी तो कहीं वह मुझसे बात करना छोड़कर कमरे से ही नहीं चले जाएं। वह शांत थे और पूरी तरह से सहज लग रहे थे, लेकिन उनकी आंखों से हंसी की चमक ग़ायब थी। उन्होंने मुझसे कुरान या पैगंबर मोहम्मद के जीवन या अपने नैतिक दर्शन के वैज्ञानिक, तार्किक आधार पर तो कई-कई घंटों तक बातचीत की है, लेकिन अपने बारे में कभी कुछ बात नहीं की। लंबे खिंचते सन्नाटे के बीच मैंने उनके दुबले और तनावपूर्ण चेहरे की ओर देखा और यह सोचकर सांस की आवाज़ तक पर नियंत्रण साध लिया कि कहीं यह उन्हें परेशान नहीं कर दे।

हम दोनों ही परंपरागत अफ़गान परिधान में थे। लंबी ढीली शर्ट और चौड़े पायतानों वाली पतलून। उनके कपड़ों का रंग हल्का हरा था और मेरे नीला-सफ़ेद। हम दोनों ने घर की स्लीपर के तौर पर चमड़े के सैंडल पहन रखे थे। हालांकि मेरा सीना क़ादरभाई से ज़्यादा भारी और गहरा था, हमारा क़द समान था और कंधों की चौड़ाई भी। उनके छोटे बाल व दाढ़ी चांदी जैसी सफ़ेद थी और मेरे छोटे बाल सफ़ेद-सुनहरे थे। मेरी और उनकी त्वचा का रंग लगभग एक जैसा था। अगर मेरी आंखें नीली और उनकी सुनहरे रंग की नहीं होती तो कोई भी हमें पिता-पुत्र ही समझ लेता।

'आप कंधार से बॉम्बे के माफ़िया तक कैसे पहुंचे?' अंततः लंबे होते सन्नाटे से डरकर मैंने पूछ ही लिया। मुझे लगने लगा था कि मेरे सवालों की बज़ाय यह सन्नाटा ही उन्हें जाने के लिए मज़बूर नहीं कर दे।

उन्होंने चेहरा मेरी तरफ़ घुमाया। उनकी मुस्कान दमक रही थी : एक नई, सौम्य, बेदाग़ मुस्कान जो मेरे साथ बातचीत में कभी भी उनके चेहरे से नहीं हटती थी।

'जब मैं कंधार के अपने घर से भागा, तो मैं पाकिस्तान से भारत होते हुए बॉम्बे पहुंच गया। लाखों अन्य की तरह, लाखों अन्य लोगों की तरह, मैं भी हिंदी फ़िल्मों में हीरो के तौर पर क़िस्मत को आजमाना चाहता था। पहले मैं झोपड़पट्टी में रहता था-वर्ल्ड ट्रेड सेंटर के पास की झोपड़पट्टी की तरह जिसका अब मैं मालिक हूं। मैं हर रोज़ हिंदी बोलने का अभ्यास करता था और मैंने बहुत जल्दी सीख लिया। कुछ वक़्त बाद मैंने देखा कि लोग सिनेमा हॉल में लोकप्रिय फ़िल्मों के टिकट ख़रीदकर फिर हाउसफुल का बोर्ड लगने के बाद उन टिकटों को ज़्यादा दामों में बेचकर मुनाफ़ा कमा सकते हैं। मैंने अपनी बचत की रक़म में से कुछ रक़म से बॉम्बे की सबसे लोकप्रिय हिंदी फ़िल्म के टिकट ख़रीद लिए। फिर मैं सिनेमाघर के बाहर खड़ा हो गया। जब हाउसफुल का बोर्ड लगा तो मैंने टिकट बेचकर अच्छा मुनाफ़ा कमाया।'

'कालाबाज़ारी,' मैंने कहा। 'हम इसे टिकटों की कालाबाज़ारी कहते हैं। यह एक बहुत बड़ा धंधा है–काले बाज़ार का कारोबार–हमारे देश में अधिकांश फुटबॉल मैचों में होता है।'

'हां। और मैंने काम के पहले ही सप्ताह में अच्छी-ख़ासी कमाई कर ली। मैंने तो एक अच्छे से घर में जाने और बेहतरीन कपड़े पहनने के अलावा एक कार ख़रीदने का सपना भी देख लिया था। फिर एक रात मैं सिनेमा हॉल के बाहर अपने टिकटों के साथ खड़ा था और दो बहुत भीमकाय लोग मेरे पास आए। उन्होंने अपने हथियार मुझे दिखाए–उनके पास एक तलवार और मांस काटने का चॉपर था–और मुझे अपने साथ चलने के लिए कहा।'

'स्थानीय मवाली,' मैंने हंसते हुए कहा।

'मवाली,' उन्होंने हंसते हुए मेरे साथ दोहराया। हम लोगों को जो उन्हें बॉम्बे में अपराध की दुनिया का बेताज बादशाह और अपने आक़ा अब्दुल क़ादर ख़ान के तौर पर जानते थे, यह सोचना ही काफ़ी हास्यास्पद था कि 18 वर्ष की उम्र में उन्हें सड़क छाप दो मवालियों ने दबोच लिया था।

'वह मुझे *छोटा गुलाब* के पास ले गए। उसका यह नाम था, क्योंकि एक बार एक गोली उसके गालों से होते हुए अधिकांश दांतों को तोड़कर अपने पीछे गुलाब जैसा एक निशान छोड़ गई थी। उन दिनों में वह उस पूरे इलाक़े का दादा था और दूसरों को चेतावनी के तौर पर मुझको पीट-पीटकर मार डालने से पहले वह देखना चाहता था कि वह कौन गुस्ताख़ है जिसने उसके इलाक़े में घुसने की हिम्मत की।'

'वह बहुत गुस्से में था। तुम कर क्या रहे हो, मेरे इलाक़े में टिकट बेच रहे हो?' उसने मुझसे मिश्रित अंग्रेज़ी-हिंदी में पूछा। उसकी अंग्रेज़ी बहुत कमज़ोर थी, लेकिन वह मुझे धमकाना चाहता था, ठीक वैसे ही जैसे अदालत में कोई न्यायाधीश करता हो। 'तुम जानते हो इस इलाक़े के सिनेमाघरों में टिकट की कालाबाज़ारी के कारोबार पर नियंत्रण की कोशिश में कितने लोग *मारे* जा चुके हैं, कितने लोगों को मुझे *मार डालना* पड़ा है, कितने अच्छे लोग मारे गए हैं?'

'मुझे स्वीकारना ही पड़ेगा कि मैं डर गया था और मैंने सोचा कि अब मेरी ज़िंदगी बस चंद पलों की है। इसलिए मैंने भी चिंता का चोला उतारकर खुलकर बोलना शुरू कर दिया। अब आपको एक और मुसीबत से छुटकारा पाना होगा, गुलाबजी,' मैंने उसे उसकी अंग्रेज़ी से भी बेहतर अंग्रेज़ी में जवाब दे दिया। 'क्योंकि मेरे पास पैसा कमाने का और कोई तरीक़ा है ही नहीं। मेरा ना तो कोई परिवार है और हारने के लिए मेरे पास कुछ भी नहीं है। बशर्ते कि आपके पास कोई ऐसा अच्छा काम हो जो एक वफ़ादार और जुगाड़ू जवान आपके लिए कर सके।'

'वह ज़ोर से हंसा और उसने मुझसे पूछा कि मैंने इतनी अच्छी अंग्रेज़ी बोलना कहां से सीखा और जब मैंने उसे बताया, जब मैंने उसे अपनी कहानी बताई उसने उसी वक़्त मुझको काम दे दिया। उसके बाद उसने अपना टूटा हुआ पूरा मुंह खोलकर

बताया, जहां पर सोने के दांत लगे हुए थे। छोटा गुलाब के मुंह के भीतर झांकने का मौक़ा मिलना उसके लोगों के लिए एक वास्तविक सम्मान की बात थी और उसके बेहद क़रीबी कुछ मवालियों को इस बात से जलन होने लगी कि मुझे अपनी पहली ही मुलाकात में उसके मुंह के भीतर झांकने का न्यौता मिल गया। गुलाब को मैं पसंद आया और वह एक तरह से बॉम्बे में मेरा पिता बन गया, लेकिन उसके साथ हाथ मिलाने के पहले मौक़े से ही मेरे चारों ओर दुश्मन थे।'

'मैंने एक सैनिक की तरह मोर्चा संभाल लिया। मैंने घूंसों, तलवार, मांस काटने के बड़े चाकू और हथौड़े से इलाक़े में छोटा गुलाब के राज्य को मज़बूत करने का काम किया। परिषद प्रणाली की व्यवस्था से पहले के वे दिन बहुत बुरे थे और हर दिन और रात बस लड़ाई हुआ करती थी। कुछ वक़्त के बाद उसके लोगों में से एक को मेरे साथ बहुत ज़्यादा नफ़रत हो गई। गुलाबजी के साथ मेरे नज़दीकी रिश्तों से नाराज़ उस व्यक्ति को मेरे साथ झगड़ा करने की एक वजह मिल गई। इसलिए मैंने उसे मार डाला। और जब उसके सबसे अच्छे दोस्त ने मुझ पर हमला किया तो मैंने उसे भी मार डाला। और फिर मैंने छोटा गुलाब के लिए एक व्यक्ति की हत्या कर दी। और मैंने फिर से हत्या की। और फिर से। '

वह अचानक चुप हो गए। सामने के फ़र्श को घूरते हुए, कुछ देर बाद वह बोले।

'और फिर से,' उन्होंने कहा।

उन्होंने घोर सन्नाटे के बीच इस वाक्य को दोहराया।

'और फिर से।'

मैं उनकी आंखों में गुज़रे वक़्त की यादों की झलक देख सकता था और फिर अचानक सिर झटककर वह वर्तमान में लौट आए।

'बहुत देर हो चुकी है। मैं तुम्हें एक तोहफ़ा देना चाहता हूं।'

उन्होंने चमड़े का पार्सल खोला तो उसके भीतर बग़ल में लगने वाले पिस्तौलदान में लगी एक पिस्तौल, कुछ कारतूस, हथियारों का एक बक्सा, एक धातुई बक्सा दिखाई दिया। धातुई बक्से का ढक्कन खोलते हुए उन्होंने तेल से सफ़ाई करने वाला सामान, ग्रेफ़ाइट पाउडर, छोटा सा धार करने वाला रंदा, ब्रश और एक नई खींचने वाली रस्सी थी।

'यह स्टेशकिन एपीएस पिस्तौल है,' पिस्तौल को उठाकर उसका मैगज़ीन निकालते हुए उन्होंने कहा। उन्होंने अच्छे से परख़कर देखा कि कोई गोली भीतर तो नहीं है और फिर पिस्तौल मुझे थमा दी। 'यह रूसी है। अगर तुम्हें उनसे लड़ना है, तो तुम्हें मरे हुए रूसियों से बहुत सारा गोला-बारूद मिल जाएगा। यह नौ मिमी. कैलिबर का हथियार है, जिसके मैगज़ीन में 20 गोलियां आ जाती हैं। तुम चाहो तो एक-एक करके गोलियां दाग सकते हो या फिर इसे स्वचलित भी कर सकते हो। यह

दुनिया में सर्वश्रेष्ठ पिस्तौल तो नहीं, लेकिन भरोसेमंद है और जहां तुम जा रहे हो वहां पर इससे ज़्यादा गोलियों वाला दूसरा हल्का हथियार है क्लाश्निकोव। मैं चाहता हूं कि तुम इसे पहनो जो हरदम दिखता रहे। खाना खाते वक़्त, सोते वक़्त, नहाते वक़्त यह हमेशा तुम्हारी पहुंच में होना चाहिए। मैं चाहता हूं कि हमारे साथ रहने वाला हर व्यक्ति और हमें देखने वाले हर एक व्यक्ति को यह बात पता हो कि यह तुम्हारे पास है। तुम समझ गए ना?'

'हां,' अपने हाथ में मौज़ूद पिस्तौल को घूरते हुए मैंने कहा।

'मैं तुम्हें पहले ही बता चुका हूं कि मुजाहिदीन की मदद करने वाले हर एक विदेशी व्यक्ति के सिर पर इनाम रखा गया है। मैं चाहता हूं कि जो कोई भी इस इनाम के बारे में सोचे और तुम्हारा सिर कलम करना चाहे, वह साथ ही यह भी जान ले कि तुम्हारी बग़ल में स्टेशकिन है। क्या तुम जानते हो कि स्वचलित पिस्तौल को कैसे साफ़ किया जाता है?'

'नहीं।'

'कोई बात नहीं। मैं तुम्हें बताता हूं कि इसे कैसे साफ़ किया जाता है। उसके बाद तुम सोने की कोशिश करो। हम कल तड़के पांच बजे अफ़गानिस्तान के लिए रवाना होंगे। इंतज़ार ख़त्म हो चुका है। वक़्त आ चुका है।'

क़ादरभाई ने मुझे बताया कि स्टेशकिन पिस्तौल को कैसे साफ़ किया जाता है। यह मेरी सोच से ज़्यादा जटिल था। और इसकी सफ़ाई, मरम्मत और इस्तेमाल के तौर-तरीक़ों को समझने में ही मुझे एक घंटे से ज़्यादा का वक़्त लग गया। यह एक रोमांचक घंटा था। हिंसा से जुड़े पुरुष और महिलाएं ही बता सकते हैं कि मेरा क्या मतलब होगा अगर मैं यह कहूं कि एक घंटे तक नशे जैसी आनंददायी स्थिति में था। मैं बिना किसी शर्म के स्वीकारता हूं कि उस घंटे में मुझे बहुत मज़ा आया। क़ादर के साथ स्टेशकिन स्वचलित पिस्तौल के इस्तेमाल और सफ़ाई के पाठ के उस एक घंटे में उनके द्वारा दिए गए घंटों लंबे दार्शनिक व्याख्यानों से ज़्यादा मज़ा आया। और मुझे कभी भी उनके क़रीब होने का वैसा अहसास नहीं हुआ था, जैसा उस रात लगा।

जब वह चले गए तो मैंने बत्ती बंद कर दी और बिस्तर पर पड़ा रहा, लेकिन मुझे नींद नहीं आई। मेरा दिमाग़ अंधेरे में भी जागा हुआ था। पहले मैंने क़ादर द्वारा बताई गई बातों के बारे में सोचा। मैं उस शहर में उनके उस दौर में घूमता रहा, जिस शहर को मैं अब अच्छी तरह से जानता था। मैंने ख़ान की युवावस्था में कल्पना की, जब वह तंदुरुस्त थे और गालों पर गुलाब के निशान वाले छोटा गुलाब से भिड़ गए थे। मैं क़ादर की कहानी के अन्य भागों को जानता था-उनके लिए बॉम्बे में काम करने वाले गुंडों से मैंने यह बातें सुन रखी थीं। उन्होंने मुझे बताया कि कैसे क़ादरभाई ने छोटा गुलाब के छोटे से राज पर कब्ज़ा कर लिया था, जब उसकी एक सिनेमाघर के बाहर हत्या कर दी गई थी। उन्होंने उसके बाद शहर में छिड़े गैंगवॉर के बारे में बताया। और उन्होंने क़ादर के हौसले और दुश्मनों को ख़त्म करने में उनकी निर्ममता

की बातें की। मैं यह बात अच्छी तरह से जानता था कि क़ादरभाई माफ़िया परिषद के संस्थापकों में से एक थे, जिसने इलाक़ों के बंटवारे और कमाई के बाक़ी बचे गैंग्स में बंटवारे से शहर में शांति स्थापित कर दी थी।

बंदूक और उसे साफ़ करने के तेल की ख़ूशबू के बीच मैं यह सोचते हुए पड़ा रहा कि क़ादरभाई क्योंकर जंग पर जा रहे थे। उन्हें जाने की कोई ज़रूरत नहीं थी- उनके जैसे सैकड़ों अन्य लोग थे, जो उनकी जगह हासिल करने के लिए मरने-मारने पर आमादा थे। मुझे उनकी वह चमकीली मुस्कान याद आ गई, जब वह छोटा गुलाब के साथ अपनी पहली मुलाक़ात का ज़िक्र कर रहे थे। जब वह मुझे बंदूक साफ़ करना और चलाना सिखा रहे थे तो मैंने देखा कि उनके हाथ कितने तेज़ और जवान थे। और मुझे लगा कि अपनी ज़िंदगी को दांव पर लगाकर वह शायद इसलिए हमारे साथ आए होंगे कि वह अपनी जवानी के बेफ़िक्र दिनों को दोबारा जीना चाहते हों। इस सोच ने मुझे चिंतित कर दिया, क्योंकि इसका कुछ हिस्सा सही था। लेकिन दूसरा उद्देश्य-कि उन्होंने अपना निर्वासन करने के लिए सही समय का चयन किया है और घर-परिवार से मिलने का फ़ैसला किया है-मुझे ज़्यादा चिंतित कर रहा था। मैं भुला नहीं पा रहा था कि उन्होंने मुझे क्या बताया था। उनके घर में छिड़ी ख़ूनी जंग जिसमें कई लोग मारे गए और उन्हें देश छोड़ना पड़ा, केवल मां को किए गए इसी वादे के कारण ख़त्म हुई थी कि वह दोबारा कभी भी लौटकर नहीं आएंगे।

कुछ देर बाद मेरे विचार भटकने लगे और मैं जेल से अपने पलायन के पहले की रात के पल-पल को दोबारा याद करने लगा, जीने लगा। वह रात भी बिना नींद वाली ही थी। वह रात भी घबराहट और उल्लास और आतंक भरी थी। और कुछ बरस पहले की उस रात की ही तरह, मैं सुबह की पहली हलचल से ही उठ बैठा और अंधेरे में ही ख़ुद को तैयार कर लिया।

तड़के ही हमने चमन पास की ट्रेन पकड़ ली। ट्रेन पर हमारे समूह के बारह लोग मौज़ूद थे,लेकिन इस कुछ घंटे की यात्रा के दौरान हमने आपस में कोई भी बात नहीं की। नज़ीर मेरे साथ बैठा और यात्रा के दौरान हमारे पास कोई नहीं था, फिर भी हमने अपनी चुप्पी को कायम रखा। मेरी आंखें गहरे रंग के गॉगल के पीछे छिपी हुई थी और मैं खिड़की से बाहर देखकर ख़ुद को ख़ूबसूरत नज़ारों में डुबोने की कोशिश कर रहा था।

क्वेटा से चमन तक का ट्रेन का सफ़र उल्लेखनीय उपनगरीय रेल प्रणाली का एक गौरवशाली हिस्सा था। यह रेल मार्ग गहरी खाइयों और ख़ूबसूरत नदियों के दृश्यों के बीच से गुजरता था। मैंने पाया कि मैं रास्ते में मिलते गांवों के नाम कुछ ऐसे पढ़ रहा था मानो कोई कविता पाठ कर रहा हूं। कुचलाघ से बोस्तान और यारू कारिज़ में छोटी सी नदी को पार करने के बाद ट्रेन ने शादिज़ाई तक की चढ़ाई की। गुलिस्तान पर एक और चढ़ाई मिली, फिर एक तेज़ मोड़ जिसके बाद किला अब्दुल्ला की पुरातन सूखी झील। और उस इस्पात से बने रास्ते के सिर पर ताज की तरह थी, खोजाक

सुरंग। 19वीं सदी के अंत में अंग्रेज़ों ने इसे कुछ बरस की मेहनत के बाद तैयार किया था और यह चार किलोमीटर लंबी पहाड़ी को तोड़कर बनाई गई थी। उपमहाद्वीप में यह सबसे लंबी सुरंग थी।

ख़ान किली पर ट्रेन ने कई तेज़ मोड़ लिए और चमन से पहले के अंतिम क्षेत्रीय स्टेशन पर हम कुछ स्थानीय लोगों के साथ ट्रेन से उतर गए, जहां पर हमें ढंके हुए ट्रक मिले। जब इलाक़ा ख़ाली हो गया तो हम बेहद अच्छी तरह से सजाए गए ट्रकों पर सवार हो गए और मुख्य रास्ते से चमन की ओर बढ़ने लगे। कस्बे में पहुंचने से पहले ही हमने बग़ल का एक रास्ता लिया, जो एक सुनसान पगडंडी पर समाप्त हुआ। पेड़ों और झाड़ियों से घिरा यह इलाक़ा मुख्य राजमार्ग और चमन दर्रे से तीस किलोमीटर उत्तर में था।

हम ट्रक से उतरे और उसके जाने के बाद लोगों के मुख्य समूह के साथ जा मिले, जो पेड़ों की छांव में हमारा इंतज़ार कर रहे थे। यह पहला मौक़ा था जब हम सब एक जगह पर एकत्रित हुए थे। हम तीस लोग थे और मुझे अचानक जेल की याद आ गई, जहां भी हमारी संख्या इतनी ही थी। लड़ाके दमख़म वाले और मज़बूत इरादों के दिख रहे थे और हालांकि उनमें से कई तो काफ़ी छरहरे थे कि दुबले लग रहे थे, लेकिन सभी बिलकुल स्वस्थ और चुस्त थे।

मैंने अपना धूप का चश्मा उतार दिया। जब मैं लोगों के चेहरे देख रहा था तो मेरी आंखें एक ऐसे व्यक्ति के चेहरे पर टिक गई जिसकी आंखों में मेरे लिए नफ़रत दिखाई दे रही थी। वह चालीस या पचास वर्ष का लग रहा था और क़ादरभाई के बाद हमारे समूह में सबसे ज़्यादा उम्र का व्यक्ति था। उसके बाल छोटे थे और उसने ठीक मेरी तरह की भूरी गोल अफ़गानी टोपी पहन रखी थी। उसकी नाक गालों के बीच इतनी ज़्यादा धंसी हुई थी कि लगता था मानो किसी ने चाकू से उसे काट दिया हो। उसकी भौंहें चमगादड़ की तरह थीं, लेकिन उसकी आंखों ने ही मेरा ध्यान उसकी तरफ़ खींचा था।

जब मेरी आंखें उससे मिलीं तो वह मेरी तरफ़ बढ़ने लगा। कुछ क़दम लड़खड़ाने के बाद उसने अचानक गति पकड़ ली। हमारे बीच तक़रीबन तीस मीटर का फ़ासला था। यह भूलकर की पिस्तौल मेरी कमर में लटक रही है, मेरा हाथ अचानक चाकू की मूठ की ओर बढ़ा और मैंने दायां पैर कुछ पीछे कर लिया। मैं आंखों को जानता था। मैं इस नज़र को पहचानता था। वह व्यक्ति मुझसे लड़ना चाहता था और शायद मुझे मारना भी।

जैसे ही वह किसी अनजान स्थानीय बोली में कुछ चीख़ते हुए मेरे क़रीब आया, नज़ीर ने अचानक प्रकट होते हुए उसका रास्ता रोक दिया। उसने चिल्लाकर उस व्यक्ति से कुछ कहा, लेकिन उस व्यक्ति ने इसकी अनदेखी कर दी। वह उसके सिर के बग़ल से झांककर मुझ पर चिल्लाता रहा, अपने सवाल पूछता रहा, बार-बार लगातार। नज़ीर ने उसकी आवाज़ जितनी ही ऊंची आवाज़ में जवाब दोहराया। तुनकमिज़ाज लड़ाके ने हाथों से नज़ीर को बाजू में करने का प्रयास किया, लेकिन लगा मानो वह

किसी पेड़ को हिलाने की कोशिश कर रहा हो। दमदार नज़ीर डटकर खड़ा रहा और पहली बार उस व्यक्ति को नज़र मुझ पर से हटानी पड़ी।

लोग हमारे चारों ओर जमा हो गए थे। नज़ीर ने उस सनकी व्यक्ति की आंखों में आंखें डालकर कुछ सौम्य होते हुए बोलना जारी रखा। मैं तनाव के बीच लड़ने की तैयारी के साथ इंतज़ार करता रहा। *हमने तो अभी सीमा पार भी नहीं की थी,* मैंने *सोचा, और मैं अपने ही लोगों में से एक को चाकू घोंपने वाला हूं।*

'वह पूछ रहा था कि क्या तुम रूसी हो,' अहमद ज़ादेह ने मेरे पीछे से धीरे से कहा। रूसी शब्द के उच्चारण में उसका अल्जीरियाई लहजा हावी था। मैंने उसकी तरफ़ देखा और उसने मेरी कमर में लटकी पिस्तौल की ओर इशारा किया। 'यह पिस्तौल। और तुम्हारी पीली आंखें। उसे लगता है कि तुम एक रूसी हो।'

क़ादरभाई ने आगे आते हुए उस व्यक्ति के कंधे पर हाथ रखा। वह अचानक मुड़ा और उसकी आंखें जो रोने को तैयार थी, क़ादर के चेहरे पर घूमने लगीं। क़ादर ने बेहद सौम्य आवाज़ में वही बात दोहराई जो नज़ीर कह रहा था। मैं इसे पूरी तरह से समझ नहीं पाया, लेकिन इसका अर्थ बिलकुल साफ़ था। *नहीं वह अमेरिकी है। अमेरिकी यहां हमें मदद करने के लिए आए हैं। वह यहां हमारे साथ रूसियों से लड़ने के लिए आया है। वह हमें रूसियों को मारने में मदद करेगा। वह हमारी मदद करेगा। हम मिलकर कई रूसियों को मारेंगे।*

जब वह व्यक्ति दोबारा मेरी तरफ़ मुड़ा तो उसके हाव-भाव इतनी नाटकीयता के साथ बदले थे कि मुझे उस पर दया आने लगी, जबकि एक पल पहले मैं उसके सीने में चाकू उतारने के लिए तैयार था। उसकी आंखों में अब भी दीवानगी दिख रही थी, लेकिन उसका चेहरा इतना दयनीय हो चुका था कि मुझे रास्ते में मिले जर्जर घरों की याद आ गई। उसने एक बार फिर क़ादर के चेहरे की तरफ़ देखा और अचानक उसके चेहरे पर मुस्कान खिल उठी। वह मुड़कर फिर भीड़ में शामिल हो गया।

'मुझे माफ़ करना लिन,' अब्दुल क़ादर ने नर्म आवाज़ में कहा। 'उसका नाम हबीब है। हबीब अब्दुर रहमान। वह एक स्कूल शिक्षक है-वह कभी इन पहाड़ों के दूसरी ओर स्थित एक गांव में स्कूल शिक्षक था। वह छोटे बच्चों को पढ़ाता था। सात वर्ष पहले जब रूसियों ने हमला बोला, वह एक ख़ुश व्यक्ति था, जिसकी एक ख़ूबसूरत पत्नी और दो मज़बूत बेटे थे। इलाक़े के हर युवक की तरह उसने रूसियों के ख़िलाफ़ जंग में शामिल होने का फ़ैसला किया। दो वर्ष पहले एक अभियान से वापसी पर उसने पाया कि रूसियों ने उसके गांव पर हमला बोला था। उन्होंने किसी गैस का इस्तेमाल किया था, हमारी तंत्रिका और श्वसन प्रणाली पर हमला बोलने वाली एक क़िस्म की नर्व गैस।'

'वे इससे इंकार करते हैं,' अहमद जादेह ने कहा। 'लेकिन जब वे यह जंग लड़ रहे हैं तो वे नए हथियारों का परीक्षण भी कर ले रहे हैं। यहां पर ढेर सारे हथियार इस्तेमाल किए गए हैं, भूमिगत सुरंग, रॉकेट्स और बहुत कुछ, सभी नए परीक्षणात्मक

हथियार हैं जो पहले कभी युद्ध में इस्तेमाल नहीं किए गए। जैसे कि गैस जो उन्होंने हबीब के गांव पर इस्तेमाल की। इस जंग जैसी कोई जंग नहीं है।'

'हबीब अकेला गांव में भटकता रहा,' क़ादर ने बोलना जारी रखा। 'हर कोई मर चुका था। सभी पुरुष, सभी महिलाएं और सभी बच्चे। उसके परिवार की तमाम पीढ़ियां-उसके दादा-दादी, नाना-नानी, उसके माता-पिता, उसकी पत्नी के माता-पिता, उसके चाचा-चाचियां, उसके भाई-बहन, उसकी पत्नी, उसके बच्चे, सब दिन के केवल एक घंटे में ही ख़त्म हो चुके थे। यहां तक कि उसके पशु भेड़-बकरियां और मुर्गियां भी। कीड़े-मकोड़े, पक्षियों तक को मार डाला गया था। वहां कुछ भी ज़िंदा नहीं था। ना कुछ ज़िंदा था और ना कुछ बचा।'

'उसने सबको... एक गड्ढे में... सभी महिलाएं... सभी बच्चे...,' नज़ीर ने कहा।

'उसने सबको दफ़ना दिया,' क़ादर ने कहा। 'अपना पूरा परिवार, अपने सारे बचपन के दोस्त और सारे पड़ोसी। अकेले यह काम करने में उसे काफ़ी वक़्त लग गया। अंत में यह बहुत बुरा साबित हुआ। यह काम पूरा हो जाने के बाद उसने बंदूक उठा ली और दोबारा मुजाहिदीन इकाई से जुड़ गया। लेकिन उस नुक़सान ने उसे बहुत बुरी तरह से बदल डाला। इस मर्तबा वह अलग व्यक्ति बन चुका था। इस मर्तबा उसने अपनी पूरी ताक़त किसी भी रूसी को दबोचने के लिए या फिर रूसियों के ख़िलाफ़ लड़ रहे अफ़गान सैनिक की मदद में झोंक दी। और जब उसने एक को दबोच लिया-और उसने उन्हें *क़ाबू* किया, बहुत सारे रूसियों को, क्योंकि इसके बाद जो करना था उसमें उसे महारत हासिल थी-वह पकड़े गए रूसियों को एक धारदार इस्पात की नुकीली बरछी पर टांग दिया करता था। यह बरछी उसने उसी फावड़े के डंडे और धार से तैयार की थी, जिससे उसने अपने पूरे परिवार को दफ़नाया था। यह अब भी उसके पास है। वह उसके सामान में सबसे ऊपर बंधी है। वह बरछी को क़ैदियों के पीछे गर्दन के नीचे लगाता है और फिर उनके हाथ पीछे की तरफ़ बांध देता है। जब भी वे ताक़त गंवाते थे तो धातु की वह बरछी उनके शरीर में घुसने लगती थी। यह उनके पेट को फाड़कर दूसरी ओर निकल जाती थी। फिर हबीब उनके ऊपर झुककर उनकी आंखों में झांकता और चिल्लाते हुए उनके मुंह पर थूक देता।'

ख़ालिद अंसारी, नज़ीर, अहमद जादेह और मैं चुपचाप खड़े होकर क़ादर के दोबारा बोलने का इंतज़ार कर रहे थे।

'इन पहाड़ों और यहां से कंधार के बीच के इलाक़े को जानने वाला हबीब से बेहतर कोई भी व्यक्ति नहीं है।' क़ादर ने यह कहकर बात समाप्त की। 'वह सर्वश्रेष्ठ गाइड है। वह इस इलाक़े में सैकड़ों अभियानों का सामना कर चुका है और वह हमें कंधार में हमारे लोगों तक पहुंचा देगा। और उससे ज़्यादा वफ़ादार और भरोसेमंद व्यक्ति कोई भी नहीं है, क्योंकि पूरे अफ़गानिस्तान में रूसियों से नफ़रत करने वालों में से कोई भी हबीब अब्दुर रहमान से ज़्यादा उन्हें नफ़रत करने वाला कोई और नहीं है। लेकिन...'

'वह पूरी तरह से पागल है,' चुप्पी के बीच कंधे उचकाते हुए अहमद ज़ादेह ने कहा और वह मुझे अचानक पसंद आने लगा और मुझे उसी पल अपने दोस्त डिडियर की याद भी आ गई। यह ठीक डिडियर की तरह की व्यावहारिक और बेहद ईमानदार टिप्पणी थी।

'हां,' क़ादर ने सहमति जताई। 'वह पागल है। उसके दुख ने उसके दिमाग़ को तबाह कर दिया है। और हमें जहां उसकी ज़रूरत है, वहीं उस पर पूरे वक़्त नज़र रखे जाने की भी ज़रूरत है। यहां से लेकर हेरात तक तमाम मुजाहिदीन इकाइयों ने उसे निकाल बाहर किया है। हमारी लड़ाई अफ़गान सेना के साथ है जो रूसियों की सेवा में जुटी है, लेकिन हक़ीक़त यह है कि वह अफ़गानी हैं। हमें अधिकांश जानकारी अफ़गान सेना के जवानों से ही मिलती है, जो हमें रूसी आक़ाओं के ख़िलाफ़ जीत में मदद करना चाहते हैं। हबीब इस अंतर को समझ नहीं पाता। उसके लिए इस जंग का केवल एक ही मायने है : उन सभी को ज़ल्द से ज़ल्द ख़त्म करना या फिर उन्हें धीरे-धीरे ख़त्म करना। और वह उन्हें धीरे-धीरे तड़पाकर मारना ज़्यादा पसंद करता है। उसके भीतर इतनी क्रूर हिंसा भर चुकी है कि यह ना केवल उसके दुश्मनों बल्कि उसके दोस्तों को भी भयभीत कर देती है। इसलिए जब तक वह हमारे साथ है उस पर नज़र रखे जाने की ज़रूरत है।'

'मैं उस पर नज़र रखूंगा,' ख़ालिद अंसारी ने दृढ़ता के साथ कहा और हम सब अपने फ़िलीस्तीनी दोस्त की तरफ़ देखने लगे। उसके चेहरे पर पीड़ा, गुस्से और दृढ़ता के भाव थे। उसका चेहरा किसी दृढ़ संकल्प में सख़्त हो चुका था।

'ठीक है...' क़ादर ने कहा। वह कुछ और कहना चाहते थे, लेकिन वह दो शब्द ही ख़ालिद के लिए काफ़ी थे और वह हमसे विदा लेकर अपने ख़यालों में गुम उदास हबीब अब्दुर रहमान की ओर चल पड़ा।

उसे जाते देखते ही ना जाने क्यों मेरे भीतर उसे आवाज़ देकर रोकने की इच्छा जागी। यह एक बेवक़ूफ़ी भरी बात थी-मेरे भीतर एक बेवजह का यह भय कि मैं उसे गंवा रहा हूं, एक और दोस्त को गंवा रहा हूं। और यह बहुत ही बेहूदा था और ईर्ष्या के लिहाज़ से इतना ओछा कि मैंने अपने शब्द चबा लिए और कुछ भी नहीं कहा। फिर मैंने उसे हबीब के पास बैठते हुए देखा। उसने वह पागल हत्यारा चेहरा ऊपर उठाया और उनकी आंखें मिलीं और मिली ही रह गईं और मैं जान गया था कि हमारे लिए ख़ालिद ख़त्म हो चुका था।

मैंने अपनी आंखें उसी तरह से हटाईं जैसे कि कोई नाविक झील में नाव को खेता है। मेरा मुंह सूख चुका था। मेरा दिल मेरे दिमाग़ के भीतर ज़ोरों से धड़क रहा था। मेरे पैर शर्म और डर से जम चुके थे। और जैसे ही मैंने खड़े, चढ़े नहीं जा सकने वाले पहाड़ की ओर देखा, मैंने अपने भीतर किसी भूकंप सी थर्राहट महसूस की और मुझे आने वाले तूफ़ान के संकेत से मिल गए।

अध्याय 33

उन दिनों में चमन से कंधार को जाने वाला मुख्य रास्ता स्पिन बाल्दक, डबराई और मेरकारेज़ तक धारी नदी की एक सहायक नदी को पार करता था। पूरा सफ़र 200 किलोमीटर से भी कम का था। कार से इसमें कुछ ही घंटे लगते थे। हमने निश्चित तौर पर मुख्य रास्ता नहीं पकड़ा और हमारे पास कारें भी नहीं थीं। हम घोड़ों पर सवार होकर सैकड़ों पहाड़ी दर्रों से होकर गुज़रे और इसी सफ़र में हमको एक महीने का वक़्त लग गया।

हमने पहला दिन पेड़ों के नीचे रहकर गुजारा। सामान–जो हम अफ़गानिस्तान में तस्करी करके ले जा रहे थे और हमारा अपना निजी सामान–पास की हरियाली में फैलाकर रखा गया था। उसे भेड़ और बकरियों की खाल से ढंका गया था, ताकि हवा से वह घास चरते जानवरों सा ही लगे। इन बंडलों के बीच कुछ वास्तविक बकरियों को भी छोड़ा गया था। जब शाम ने सूरज को कुछ शांत किया तो शिविर में एक तरह का उत्साह दौड़ गया। हमने ज़ल्द ही हमारे घोड़ों के पहुंचने की आवाज़ें सुनीं। उसमें घुड़सवारी के लिए 20 और सामान लादने के लिए 15 घोड़े थे। ये घोड़े उन घोड़ों की तुलना में थोड़े छोटे थे, जिन पर मैंने घुड़सवारी सीखी थी। मेरा दिल यह सोचकर ही उछल गया कि इन घोड़ों पर नियंत्रण पाना मेरे लिए ज़्यादा आसान काम होगा। अधिकांश लोग अचानक सक्रिय हो गए और सामान लादने लगे। मैं उनके साथ जाने ही वाला था कि नज़ीर और अहमद ज़ादेह ने मुझे रोका और दो घोड़ों के क़रीब ले गए।

'यह मेरा घोड़ा है,' अहमद ने कहा। 'और वह तुम्हारा।'

नज़ीर ने लगाम मेरे हाथों में दे दी और पतले अफ़गान ज़ीन की पट्टियों को जांचा। सब ठीकठाक होने की संतुष्टि हो जाने के बाद उसने मेरी तरफ़ स्वीकृति में गर्दन हिला दी।

'घोड़ा अच्छा है,' मैंने मज़ाक़िया अंदाज़ में कहा।

'घोड़ा बहुत ही अच्छा है,' अहमद ने मेरी घोड़ी की तरफ़ देखकर कहा। मुझे जो दी गई थी वह बादामी रंग की घोड़ी थी जिसके पैर बहुत छोटे लेकिन बेहद मज़बूत थे। उसकी आंखें चौकन्नी थीं और उनमें डर का कोई निशान नहीं था। 'नज़ीर ने हमारे पास उपलब्ध तमाम घोड़ों में से उसे तुम्हारे लिए चुना है। वह सबसे पहले

उसी के पास पहुंचा और इससे कई लोग यहां पर निराश भी हो गए। वह घोड़ों का एक अच्छा पारखी है।'

'मेरी गिनती के मुताबिक़ यहां हम तीस लोग हैं, लेकिन घुड़सवारी के लिए उपलब्ध घोड़ों की संख्या तो उससे कम है,' मैंने घोड़ी की गर्दन थपथपाते हुए कहा और उससे पहला संपर्क साधने की कोशिश की।

'हां कुछ घोड़ों पर रहेंगे और कुछ पैदल,' अहमद ने जवाब दिया। उसने रक़ाब में पैर रखा और बेहद सफ़ाई से उछलकर घोड़े पर बैठ गया। 'हम बारी-बारी से सवारी करेंगे। हमारे साथ दस बकरियां हैं और लोग उनका ख़याल रखेंगे। और रास्ते में हम कुछ लोगों को गंवा भी देंगे। ये घोड़े क़ादर के कंधार के पास रहने वाले लोगों की ओर से तोहफ़ा हैं। इस यात्रा पर उपयुक्त होता अगर हमारे पास ऊंट होते। वैसे मेरे ख़याल में संकरे गलियारों में गधे सबसे बेहतर होते। फिर भी घोड़ों की एक अपनी अलग ही बात है। मुझे लगता है कि क़ादर ने शायद घोड़े इस्तेमाल करने पर ही ज़ोर दिया होगा, क्योंकि यहां यह भी ज़रूरी है कि जब आप किसी जंगली कबीले के संपर्क में आएं तो हम कैसे दिखते हैं-वे लोग जो हमें मारना चाहते हैं, हमारी बंदूकें और दवाएं छीन लेना चाहते हैं। घोड़ों के कारण उन्हें यह अहसास होगा कि हम कुछ ख़ास लोग हैं। और क़ादर के लोगों के लिए यह बहुत सम्मान की बात होगी। वापसी के दौरान क़ादर यह घोड़े वापस लौटाने का मन रखता है। हम कंधार के रास्ते पर कुछ दूरी घोड़ों से तय करेंगे, लेकिन वापसी में हमारा पूरा सफ़र पैदल ही होगा!'

'क्या तुमने कहा था कि हम कुछ लोगों को गंवाएंगे?' मैंने उसकी तरफ़ देखकर कहा।

'हां!' उसने ठहाका लगाया। 'रास्ते में कुछ लोग हमें छोड़कर उनके गांवों को चले जाएंगे। लेकिन हां, यह भी संभव है कि कुछ रास्ते में ही मारे जाएं। लेकिन हम ज़िंदा रहेंगे, *इंशाअल्ला*, तुम और मैं। हमारे पास अच्छे घोड़े हैं। यह एक अच्छी शुरुआत है।'

घोड़े को सफ़ाई के साथ आगे बढ़ाकर वह वहां पहुंच गया, जहां पर तक़रीबन पचास मीटर दूर घुड़सवारों का दस्ता क़ादरभाई को घेरे खड़ा था। मैंने नज़ीर की तरफ़ देखा। उसने मुझे घोड़ी पर सवार होने का इशारा किया और मुस्कान के साथ प्रोत्साहित करने के अलावा प्रार्थना भी की। हम दोनों को यह पूरा विश्वास था कि घोड़ा मुझे फेंक देगा और उसकी आंखें तो पहले ही आशंका के चलते मुंदने लगीं थीं। मैंने रक़ाब में पैर जमाया और दाएं पैर से घोड़ी के ऊपर छलांग लगा दी। मैं जीन पर उम्मीद से ज़्यादा ज़ोर से बैठा, लेकिन घोड़ी ने मुझे स्वीकारते हुए दो बार गर्दन हिलाई। वह चलने को बेताब थी। नज़ीर ने एक आंख खोलकर मेरी तरफ़ देखने पर पाया कि मैं घोड़ी पर बड़े आराम से बैठा हुआ था। गर्व से भरकर उसने मेरी तरफ़ दुर्लभ मुस्कान फेंकी। मैंने घोड़ी की लगाम से उसके मुंह को मोड़ा और एक लात

जमाई। घोड़ी बड़े ही सजीले अंदाज़ में आगे बढ़ने लगी। फिर अचानक गति पकड़ते हुए मुझे वह बिना किसी अतिरिक्त प्रयास के क़ादरभाई तक ले गई।

नज़ीर हमारे पीछे था और वह अपने घोड़े की बाईं ओर हमारे साथ-साथ दौड़ा। मैंने कंधे के पीछे देखकर उसके चेहरे पर हैरत के भाव देखे। घोड़ी मुझे अच्छा घुड़सवार साबित कर रहा थी। *सबकुछ ठीक होगा,* मैंने मन ही मन कहा। यह शब्द मेरे दिमाग़ पर छाई धुंध के बीच कुछ ऐसे घूमते रहे मानो मैंने कोई फ़ॉर्मूला दोहराया हो। कहावत है कि अभिमान चला जाता है... गिरने से पहले... दरअसल कहावतों की किताब के दूसरे संकलन से लिया गया है। 16:18 *अभिमान चला जाता है तबाही से पहले और घमंडी आत्मा गिरने से पहले।* माना जाता है कि यह सोलोमन ने कहा था। अगर उसने ऐसा कहा था तो सोलोमन ऐसा इंसान था जो घोड़ों को बहुत अच्छी तरह से जानता था : मुझसे कहीं बेहतर, जब मैं क़ादर के समूह के पास जा रहा था और मैंने घोड़ी की लगाम कुछ ऐसे पकड़ रखी थी मानो मैं जानता था-या शायद मैं कभी जान सकूंगा-कि मैं घोड़ी की जीन में क्या कर रहा था।

क़ादर उन लोगों को अंतिम पलों में निर्देश देते हुए पश्तो, उर्दू और फ़ारसी में बोल रहे थे। अहमद जादेह से कुछ धीरे से कहने के लिए मैं उसकी तरफ़ झुका।

'दर्रा कहां है? मुझे तो वह अंधेरे में दिखाई ही नहीं दे रहा।'

'कौनसा दर्रा?' उसने फुसफुसाते हुए मुझसे पूछा।

'पहाड़ों के बीच से गुजरने वाला दर्रा।'

'तुम्हारा मतलब है *चमन?*' उसने सवाल पर हैरानी जताते हुए पूछा। 'वह तो हमारे तीस किलोमीटर पीछे है।'

'नहीं। मेरा मतलब है कि हम इन पहाड़ों से होते हुए अफ़ग़ानिस्तान कैसे जाएंगे?' मैंने सामने लगभग एक किलोमीटर दूर दिख रही तीखी खड़ी चट्टानों को देखकर कहा।

'हम पहाड़ों से होकर नहीं जाएंगे,' अहमद ने जवाब दिया। घोड़े की लगाम को हल्का सा झटका देते हुए उसने कहा, 'हम उनके ऊपर से होकर जाएंगे।'

'उनके...ऊपर से...'

'हां।'

'आज रात।'

'हां।'

'अंधेरे में।'

'हां,' उसने फिर गंभीरता के साथ जवाब दिया। 'लेकिन कोई समस्या नहीं है। हबीब, वह सनकी, वह रास्ता जानता है। वह हमें वहां से ले जाएगा।'

'मुझे ख़ुशी है कि तुमने मुझे यह बता दिया। मैं मानता हूं कि मैं चिंतित था, लेकिन अब मुझे बेहतर लग रहा है।'

उसके सफ़ेद दांत मेरी तरफ़ देखते ही चमकने लगे। इस बीच ख़ालिद की ओर से इशारा होते ही हम सब एक कतार में लगभग 100 मीटर की लंबाई में चलने लगे। 10 लोग पैदल चल रहे थे, पंद्रह लोग घोड़े पर थे, 15 सामान से लदे घोड़े थे और साथ में थी दस बकरियां। मैंने हैरानी से देखा कि पैदल चलने वालों में नज़ीर भी शामिल था। यह वाक़ई बहुत ही अफ़सोसनाक और बेहूदा था कि सबसे अच्छा घुड़सवार पैदल चल रहा था, जबकि मैं घोड़ी पर सवार था। मैं अपने आगे के अंधेरे में उसे देख रहा था। साथ ही देख रहा था कि उसकी चाल कितनी लयबद्ध थी। मैंने उसी वक़्त कसम खाई कि पहले ही विश्राम स्थल पर मैं उसे मेरी जगह घोड़े पर सवार होने के लिए मना लूंगा। मैं अंततः उस इरादे में कामयाब भी हुआ, लेकिन नज़ीर इतनी मुश्किल के साथ तैयार हुआ कि घोड़ी पर बैठकर भी वह शर्मिंदगी सी महसूस कर रहा था। उसके चेहरे पर तभी मुस्कान आती थी, जब मैं दोबारा घोड़ी पर सवार होता था और वह चट्टानी रास्ते पर पैदल चलने लगता था।

निश्चित तौर पर पहाड़ की चढ़ाई में आप घोड़े पर *सवार* नहीं होते। आप घोड़े को पहाड़ पर चढ़ने के लिए धकेलते, खींचते और कुछ मर्तबा मदद करते हैं। हम जब अफ़गानिस्तान और पाकिस्तान को अलग करने वाली चमन पर्वतमाला की तीखी खड़ी चट्टानों के नीचे पहुंचे, तो हमने देखा कि वहां कई दरारें, रास्ते और पगडंडियां थीं। जो पहाड़ी चट्टानें बिलकुल खड़ी प्रतीत हो रही थीं, वो दरअसल कंदराओं की अंतहीन कतारों और संकरे गलियारों से पटी पड़ी थी। उन चट्टानी ढलानों पर धारीदार पत्थर और चूने की पपड़ी वाली बंजर धरती थी। कई जगह तो पत्थर इतने चौड़े थे मानो किसी इंसान ने वहां पर रास्ता बनाया हो। कई जगह रास्ता इतना टेढ़ा-मेढ़ा और संकरा था कि इंसान या घोड़े दोनों को ही अगला क़दम काफ़ी सोच-समझकर रखने पर मजबूर कर देता ता। और पहाड़ी बाधा की इस फिसलन, लड़खड़ाहट, खींचने के संघर्ष को अंधेरे में ही पूरा किया गया।

तुर्की और चीन और भारत के बीच के सिल्क रूट पर आने-जाने वाले दमदार कबीलाई काफ़िलों की तुलना में हमारा काफ़िला बहुत छोटा था। लेकिन युद्ध की स्थिति में हमारी संख्या उल्लेखनीय थी। आसमान से देख लिए जाने का ख़तरा हमेशा मंडराता रहता था। क़ादरभाई ने कड़ा ब्लैकआउट लगा रखा था : रात के सफ़र के दौरान सिगरेट, टॉर्च या दीया जलाने की बिलकुल भी अनुमति नहीं थी। पहली रात को चांद चौथाई आकार का था, लेकिन कई मर्तबा फिसलन भरा रास्ता इतनी संकरी जगह से जाता था कि ऊपर की चट्टान का साया बहुत ज़्यादा गहरा जाता था। ऐसे में हाथ को हाथ नहीं सूझता था। इन अंधेरी दरारों से होते हुए पूरा दस्ता आगे बढ़ रहा था। पुरुष, घोड़े और बकरियां चट्टानों से जूझते हुए, एक-दूसरे से टकराते हुए आगे बढ़ते रहे।

एक अंधकारमयी कंदरा में मैंने एक धीमी सी आवाज़ सुनी जिसकी कर्कशता बढ़ती ही चली गई। मैं दो घोड़ों के बीच चल रहा था या अपने पैरों पर फिसल रहा

था। मेरे घोड़ी की लगाम मैंने दाएं हाथ में कसकर पकड़ रखी थी और पूंछ बाएं हाथ में। मेरा चेहरा चट्टानों की दीवार से रगड़ रहा था और मेरे पैरों के बीच हाथ भर से ज़्यादा का अंतर नहीं था। जैसे-जैसे आवाज़ कर्कश होकर बढ़ती चली गई, दोनों घोड़े एक साथ पीछे हटे और उनके खुर डर के मारे आपस में टकरा गए। उसके बाद तो आवाज़ कर्णभेदी हो गई और उसने पूरे पहाड़ को हिलाकर रख दिया और हमारे सिर के ऊपर से धमाकेदार आवाज़ कानों को भेदती हुई निकल गई।

मेरी बांईं तरफ़ का घोड़ा बिदककर मेरे सामने आ गया और उसने अपनी पूंछ मेरे हाथ से छुड़ा ली। अंधेरे में मेरे पैर उखड़ गए और मैं घुटनों के बल गिर पड़ा और मेरा चेहरा चट्टानी दीवार से घिसट गया। मेरी घोड़ी मेरे जितनी ही घबरा गई थी और भागने के सहज बोध के साथ उसने संकरे रास्ते से आगे भागने की कोशिश की। उसकी लगाम अब भी मेरे हाथों में थी और मैंने उसका इस्तेमाल ख़ुद को पैरों पर खड़ा होने के लिए किया। लेकिन घोड़ी ने दोबारा सिर मुझ पर दे मारा और मैं पीछे की तरह गिरने लगा। गिरने, फिसलने और फिर एक अंधेरी खोह में गिरने के साथ ही मेरे सीने में डर पैदा कर दिया और मेरा दिल दहल गया। मैं चारों खाने चित्त होकर गिरा और केवल हाथ में लगाम होने के कारण ही टिका रहा।

मैं एक अंधकारमय कुंड के ऊपर अधर में लटका रहा। संकरी और बाहर निकली चट्टान से चमड़े के दरकने की आवाज़ के साथ मैं धीरे-धीरे नीचे फिसलता जा रहा था। मैं अपने ऊपर लोगों के शोर को सुन पा रहा था। वह जानवरों को शांत करने की कोशिश कर रहे थे और नाम लेकर दोस्तों के हाल-चाल भी पता कर रहे थे। मैं घोड़ों को डर के मारे हिनहिनाते हुए सुन सकता था। संकरी कंदरा घोड़ों की पेशाब व लीद और लोगों के पसीने की बू से भर चुकी थी। और मैं अपना संतुलन साधने की कोशिश में खुरों की आवाज़ सुन पा रहा था, जिनमें मेरी अपनी घोड़ी भी शामिल थी। मुझे अचानक अहसास हुआ कि हालांकि मेरा घोड़ी थी तो दमदार, लेकिन उसकी ज़मीन पर पकड़ उस संकरे और टेढ़े-मेढ़े रास्ते पर इतनी कमज़ोर थी कि मेरा वज़न ही उसे नीचे खींच सकता था।

घोर अंधेरे में मैंने टटोलकर लगाम को पकड़ा और ख़ुद को ऊपर उठाने का प्रयास करने लगा। मैंने एक हाथ की अंगुलियां चट्टान के सिरे पर जमा लीं और दोबारा गिरने के बीच अपनी चीख़ पर क़ाबू किया। दोबारा लगाम पकड़ी और मैंने फिर से दरार को खोजा, लेकिन मेरी हालत बदतर होती जा रही थी। ख़ुद खाई में गिरने के डर से घोड़ी कांप रही थी और तेज़ गति से अपना सिर नीचे कर रही थी। एक समझदार पशु होने के कारण वह अपने बोझ, यानी मुझसे छुटकारा पाने का प्रयास कर रहा थी। मैं जानता था कि वह कामयाब हो जाएगी। मैंने दांत भींचते हुए फिर एक बार चट्टान पर चढ़ने का प्रयास किया।

अपने घुटनों पर लड़खड़ाते हुए मैंने थकान और डर और जोश के मिश्रण के साथ ज़ोर लगाया और मैं ऊपर अपने साथी के घोड़े के बग़ल में उतरा। संयोगवश

मैंने सिर हटा लिया वरना उस घोड़े की दुलत्ती वहीं, उसी वक़्त मेरी जंग को समाप्त कर देती। इसकी बज़ाय जान बचाने वाले उस क़दम के कारण दुलत्ती मेरी कमर और कूल्हे पर लगी और मैं अपनी घोड़ी के सिर के पास जा गिरा। मैंने अपनी बांहें अपने घोड़ी की गर्दन पर फैला दीं और उसे राहत देने की कोशिश की। मैं उसका सिर सहला ही रहा था कि किसी का हाथ मेरी पीठ पर लगा।

'लिन, क्या यह तुम हो?' ख़ालिद अंसारी ने अंधेरे में से पूछा।

'ख़ालिद! हां! तुम ठीक हो?'

'निश्चित तौर पर। जेट फ़ाइटर्स! दो-दो। ज़्यादा ऊपर नहीं। हमारे सिर से केवल 100 फ़ीट ऊपर। वे ध्वनि की रफ़्तार की सीमा को तोड़ रहे थे। क्या शोर था!'

'क्या वे रूसी थे?'

'नहीं, मुझे ऐसा नहीं लगता। सीमा के इतने क़रीब नहीं। ज़्यादा संभावना यही है कि वे पाकिस्तानी युद्धक विमान होंगे, अमेरिकी विमान जिनमें पाकिस्तानी पायलट होंगे, रूसियों को धमकाने के लिए सीमा के कुछ भीतर प्रवेश करते हुए। रूस के मिग पायलट बहुत अच्छे हैं। लेकिन पाकिस्तानियों को बस यह जताने में ही मज़ा आता है कि वे यहां आ चुके हैं। तुम ठीक तो हो ना?'

'बिलकुल, निश्चित तौर पर,' मैंने झूठ बोला। 'जब हम इस घनघोर अंधेरे से बाहर निकलेंगे तो मुझे और अधिक अच्छा लगेगा। तुम मुझे कमज़ोर कह सकते हो, लेकिन जब मैं घोड़े को किसी दस मंज़िला इमारत के ऊपर किनारे पर चला रहा हूं, तो मुझे कम से कम यह तो दिखना चाहिए कि मैं जा कहां रहा हूं।'

'मैं भी,' ख़ालिद ने हंसते हुए कहा। यह हल्की, उदास हंसी थी, लेकिन मुझे इससे काफ़ी राहत मिली। 'तुम्हारे पीछे कौन था?'

'अहमद,' मैंने जवाब दिया। 'अहमद ज़ादेह। मैंने उसे पीछे फ्रेंच में गालियां देते हुए सुना। मुझे लगता है कि वह ठीक है। नज़ीर उसके भी पीछे था। और मुझे पता है कि वह ईरानी महमूद उसके ही कहीं आस-पास था। मेरे पीछे लगभग दस लोग थे। बकरियों के साथ के दो लोगों को मिलाकर।'

'मैं जाकर देखता हूं,' ख़ालिद ने मेरे कंधे पर हल्की सी थपकी देते हुए कहा। 'तुम बस चलते रहो। लगभग और सौ मीटर दीवार से सटकर चलते रहो। यह बहुत दूर नहीं है। जब तुम इस कंदरा से वहां बाहर निकलोगे तो थोड़ी चांदनी मिलेगी। शुभकामनाएं।'

और कुछ पल के लिए वहां पहुंचने पर मैंने चांदनी का आनंद लिया। उस दौरान मुझे सुरक्षित और आत्मविश्वास महसूस हुआ। उसके बाद हम फिर सर्द, अंधेरे पत्थरों के बीच गुम हो गए। कुछ मिनटों में फिर हर तरफ़ अंधेरा हो चुका था और हम बस विश्वास, डर और जीने की ज़िद के साथ आगे बढ़ते रहे।

हम इतने नियमित तौर पर रात को सफ़र करने लगे कि कंधार के रास्ते में किसी नेत्रहीन की तरह केवल हाथ ही हमारा सहारा थे। और नेत्रहीन व्यक्ति की तरह हम

हबीब पर पूरा विश्वास कर रहे थे, जो कि हमारा गाइड था। हमारे समूह का कोई भी अफ़गान सीमाई इलाक़े में नहीं रहा था और वह मेरी ही तरह उन गोपनीय गलियारों, ख़तरनाक चट्टानी रास्ते से अनजान थे।

काफ़िले के नेतृत्व की बात छोड़ दें तो अन्य वक़्त में हबीब ज़्यादा आत्मविश्वास नहीं जगा पाता था। विश्राम की जगह पर जब मैं पेशाब करने के लिए चट्टानों पर चढ़ रहा था तो मेरा उससे सामना हुआ। वह एक चौकोर पत्थर के आगे घुटने टेककर उस पर अपना सिर मार रहा था। मैंने उसे रोकने के लिए छलांग लगाई तो पाया कि वह रो रहा था, सुबक रहा था। उसके माथे से बहता ख़ून उसकी आंखों से बहते आंसुओं के साथ मिलकर उसकी दाढ़ी में जा रहा था। मैंने अपने पास मौज़ूद पानी में से कुछ एक कपड़े पर डालकर उसके माथे को पोंछा ताकि घाव को देख सकूं। वे ज़्यादातर सतही थे। उसने बिना किसी विरोध के मुझे उसे शिविर तक वापस लाने दिया। ख़ालिद ने दौड़कर मुझे उसके माथे पर मलहम लगाकर पट्टी बांधने में मदद की।

'मैंने उसे अकेला छोड़ दिया था,' काम ख़त्म होने पर ख़ालिद ने कहा। 'मैं समझा वह इबादत कर रहा है। उसने मुझसे कहा था कि वह इबादत करना चाहता है। लेकिन मुझे लगने लगा...'

'वह इबादत ही कर रहा था,' मैंने कहा।

'मैं चिंतित हूं,' ख़ालिद ने स्वीकारा। उसकी आंखों में दिल टूटने और डर के मिश्रित भाव थे। 'वह हर जगह लोगों को फंसाने के जाल फैलाता रहता है। उसके लबादे में 20 ग्रेनेड्स हैं। मैं उसको कई बार समझाने की कोशिश कर चुका हूं कि घातक जाल का कोई सगा नहीं होता। यह किसी स्थानीय गड़रिये को, हममें से किसी एक को, किसी रूसी को या किसी अफ़गान सैनिक को मार सकता है। उसे बात समझ ही नहीं आ रही। वह केवल मेरी तरफ़ देखकर मुस्कराता है और अगला जाल और अधिक छिपकर बिछाता है। उसने कल ही कुछ घोड़ों को विस्फोटक लगाए हैं। उसने कहा कि यह इस बात को सुनिश्चित करने के लिए है कि वह रूसियों के हाथ न आएं। मैंने उससे कहा, हमारा क्या? क्या होगा अगर रूसियों ने हमें ही दबोच लिया तो? क्या हमें भी विस्फोटक बांध लेना चाहिए? उसने कहा कि यही एक समस्या है जिसके बारे में वह हर वक़्त सोचता रहता है–कैसे इस बात को सुनिश्चित किया जाए कि रूसियों के हाथ पड़ने से पहले हमारी मौत हो जाए और हमारे मरने के बाद भी ज़्यादा रूसियों की मौत कैसे सुनिश्चित की जाए।'

'क्या क़ादर को पता है?'

'नहीं। मैं हबीब को अपने हिसाब से चला रहा हूं। लिन, मैं जानता हूं कि वह कहां से आया है। मैं वहां रह चुका हूं। मेरे परिवार के मारे जाने के बाद कुछ वर्षों तक मैं भी उसी की तरह पागल था। मैं जानता हूं कि उसके भीतर क्या चल रहा है। उसके भीतर इतने ज़्यादा मारे गए दोस्त और दुश्मन हैं कि अब उसका बस एक ही लक्ष्य

है–रूसियों को मारना–और जब तक उसके दिलोदिमाग़ से यह भूत उतर नहीं जाता, मुझे जितना संभव हो उसके साथ ही रहना होगा। और उस पर नज़र रखनी होगी।'

'मुझे लगता है कि तुम्हें क़ादर को बता देना चाहिए,' मैंने सिर हिलाते हुए कहा।

'बता दूंगा,' उसने आह भरते हुए कहा। 'मैं बता दूंगा। बहुत जल्द। मैं जल्द ही उसके साथ बात करूंगा। वह बेहतर हो जाएगा। हबीब बेहतर हो जाएगा। वह कुछ लिहाज़ से बेहतर हो रहा है और अब मैं उससे अच्छी तरह से बात कर सकता हूं। वह इससे उबर जाएगा।'

लेकिन जैसे–जैसे यात्रा के सप्ताह गुजरते गए, हम सबने हबीब को ज़्यादा क़रीब, ज़्यादा भयभीत होकर देखा और हमें अहसास हो गया कि क्यों कई अन्य मुजाहिदीन इकाइयों ने उसे निकाल बाहर किया होगा।

आशंकाओं से डूबते–उतराते हुए हम रातों को और कभी–कभार दिन में सफ़र करते हुए पहाड़ी सीमा पर उत्तर की ओर जा रहे थे। पठान खेल की तरफ़। *खेल* या गांव के क़रीब हमने दिशा को उत्तर–उत्तर–पश्चिम कर लिया और सर्द, ताज़े और मीठे पानी के झरनों से पटे सुनसान पहाड़ी इलाक़े का रुख़ किया। हबीब ने हमारे लिए जो रास्ता तय किया था वह कस्बों, बड़े गांवों से दूर होता था और उस रास्ते से भी जिसे स्थानीय लोग आमतौर पर इस्तेमाल करते थे। हम पठान खेल और खैरो थाना, हुमाई ख़ारेज और हाजी आगा महमूद के बीच से निकले। हमने नदियों को लो क़ारेज और यारू के बीच पार किया। हम मुल्ला मुस्तफ़ा और छोटे से गांव अब्दुल हमीद के बीच के टेढ़े–मेढ़े रास्तों से निकल गए।

हमसे किसी उपहार की उम्मीद लगाए स्थानीय लुटेरों ने हमें तीन जगह पर रोका। हर बार पहले ऊंची जगह से बंदूक तानकर वह सामने आए और फिर नीचे छिपे उनके लोगों ने अचानक प्रकट होकर हमारा पीछे का रास्ता भी बंद कर दिया। हर बार, क़ादर ने अपना हरा और सफ़ेद मुजाहिदीन ध्वज फहरा दिया जिस पर कुरान की आयत लिखी हुई थी :

इनालिल्लाही वा इना इल्लाई ही राजियून

हम अल्लाह से आए हैं और हमें अल्लाह के पास ही लौट जाना है

स्थानीय कबीले हालांकि क़ादर की ज़मात को नहीं जानते थे, लेकिन वे इसकी भाषा और इरादे का सम्मान करते थे। उनकी आक्रामकता तब तक बरकरार रहती थी जब तक कि क़ादर, नज़ीर और अन्य अफ़गान लड़ाके उन्हें यह नहीं समझा देते थे कि उनका समूह एक अमेरिकी के साथ और उसके संरक्षण में आगे जा रहा है। जब स्थानीय लोग मेरे पासपोर्ट को जांचकर मेरी नीली–धूसर आंखों में झांकते थे तो फिर वह हमारा स्वागत साथी के तौर पर करते थे और हमें चाय–दावत तक का निमंत्रण

दे डालते थे। यह हमसे लिए गए तोहफ़े के ऐवज की तरह था। हालांकि कोई भी लुटेरा इतने वर्षों तक जंग में मदद करने वाले महत्त्वपूर्ण अमेरिकियों के प्रतिनिधि के नेतृत्व में चल रहे काफ़िले को नहीं छेड़ना चाहता था, लेकिन उन्हें लूट का कुछ भी हिस्सा दिए बग़ैर आगे बढ़ना नामुमकिन ही था। क़ादर अपने साथ इसी उद्देश्य से ढेर सारा सामान लाए थे। मोरपंखी, हरा रेशम, सुनहरे धागे की कढ़ाई, चाकू-छुरियां, सिलाई का सामान। ज़ेस की दूरबीन-क़ादर ने एक मुझे भी दे रखी थी और मैं रोज़ ही उसे इस्तेमाल करता था-और कुरान पढ़ने के लिए आवर्धक लेंस, भारत में बनी स्वचलित घड़ियां। और कबीले के मुखिया के लिए एक-एक तोले सोने से बनी टेबलेट्स, जिन पर अफ़गान नक़्क़ाशी की हुई हो।

क़ादर ने ना केवल लुटेरों के हमलों का पूर्वानुमान लगा लिया था, बल्कि उन पर निर्भरता का भी गणित बैठा लिया था। जब एक बार औपचारिकताएं और तोहफ़ों का काम हो जाता था, तो क़ादर उनसे काफ़िले के लिए खाद्य सामग्री का इंतज़ाम करने के लिए कहते थे। साथ ही उस कबीले के तहत आने वाले रास्ते के गांवों में भी हमारे और पशुओं के लिए खाद्य सामग्री का प्रबंध कराने के लिए कह दिया करते थे।

यह दोबारा आपूर्ति ज़रूरी थी। गोला-बारूद, मशीनों के कलपुर्ज़े और दवाइयां हमारे लिए शीर्ष प्राथमिकता की थीं और इसलिए अतिरिक्त सामान के लिए कोई भी गुंजाइश नहीं थी। इस तरह हम घोड़ों के लिए काफ़ी कम चारा लेकर चलते थे-अधिकतम दो दिन का चारा-लेकिन अपने लिए तो हम कुछ भी खाना साथ नहीं रखते थे। हर एक व्यक्ति के पास तय मात्रा में पानी था, लेकिन यह ज़ाहिर सी बात थी कि कुछ आपातकालीन राशन भी उपलब्ध था, जो केवल बहुत ही मुश्किल परिस्थितियों में अपने या घोड़ों के लिए इस्तेमाल करना था। कई-कई दिन ऐसे गुजर जाते थे कि हम केवल एक गिलास पानी ही पीते थे और बमुश्किल नान का एक टुकड़ा खाते थे। जब मैंने सफ़र की शुरुआत की तो मैं एक शाकाहारी था, लेकिन पागलपन की हद तक नहीं। बरसों तक मैंने उपलब्धता की दशा में फल और सब्ज़ियां ही खाना पसंद किया था। इस सफ़र पर घोड़ों को पहाड़ों और जमी हुई नदियों से खींचते हुए और भूख से कांपते हुए, मैंने लुटेरों द्वारा दिए जाने वाले भेड़ और बकरी के मांस को भी स्वीकारना शुरू कर दिया था। साथ ही अधपके मांस को दांतों की मदद से हड्डियों से छुड़ाना भी सीख लिया था।

तीखे पहाड़ी ढलानों वाला इलाक़ा हाड़ कंपा देने वाली हवाओं के बीच बिलकुल ही बंजर था। लेकिन हर सपाट जगह, भले वह कितनी ही छोटी क्यों नहीं हो, दिलकश जीवंत हरे रंगों से सराबोर होती थी। वहां विभिन्न जंगली फूलों की बहार सी होती थी। छोटी, कंटीली झाड़ियां होती थीं, जिन पर बकरियां ताव मारती थीं। घोड़ों के लिए विभिन्न क़िस्म की जंगली घास भी होती थी। उस सुनसान बंजर इलाक़े में जब कभी भी छोटी-मोटी हरियाली मिलती थी तो यह एक तरह से हमें

नया उत्साह, नया जीवन सा दे जाती थी। कई सख़्त और कट्टर लड़ाके भी घोड़ों के बीच चलते हुए कुछ फूलों को हाथों में बटोरने का मोह संवरण नहीं कर पाते थे।

क़ादर के अमेरिकी साथी के तौर पर मेरी मौजूदगी से स्थानीय लुटेरों के साथ बातचीत में मदद मिलती थी, लेकिन जब हमें तीसरी और अंतिम बार रोका गया था, तो इसने हमारा एक सप्ताह खा लिया था। छोटे से गांव अब्दुल हमीद को टालने के फेर में हबीब हमें एक छोटे से दर्रे में ले गया जो तीन-चार घोड़ों के साथ-साथ अगल-बगल में चलने के लिहाज़ से पर्याप्त चौड़ा था। एक ज़्यादा लंबी और चौड़ी घाटी में खुलने से पहले तक़रीबन एक किलोमीटर तक दर्रे में हमारे दोनों ओर तीखी खड़ी चट्टानें थीं। यह किसी पर हमले के लिए बिलकुल सही जगह थी और पूर्वानुमान के ही तहत क़ादर अपने हरे-सफ़ेद परचम के साथ सबसे आगे चल रहा था।

दर्रे में 100 मीटर का रास्ता तय करने के बाद ही पहली चुनौती का सामना करना पड़ा। ऊपर से एक कबीलाई व्यक्ति कुछ इतनी तेज़ आवाज़ में चिल्लाया मानो कोई विधवा रुदन कर रही हो। उसके बाद अचानक हमारे सामने ऊपर से पत्थरों की बरसात सी हो गई। दूसरों की ही तरह मैंने भी अपने घोड़ी पर बैठकर ही देखा कि स्थानीय कबीलाई लोगों का एक दल विभिन्न क़िस्म के हथियार लेकर ठीक हमारी पीठ के पीछे खड़ा था। हम पहली आवाज़ पर ही रुक गए। क़ादर तक़रीबन 200 मीटर तक अकेले आगे गए। वह पीठ तानकर घोड़े पर बैठे थे और उनके हाथ में उनका ओहदा बताने वाला परचम फहरा रहा था।

हमारे पीछे बंदूकें तनी हुईं थीं और वह एक मिनट बेहद लंबा लगा और ऊपर से पत्थरों के गिरने का सिलसिला थम गया। फिर एक ऊंचे ऊंट पर सवार इकलौता व्यक्ति क़ादर की ओर बढ़ा। वैसे तो अफ़गानिस्तान में दो गूमड़ वाला ऊंट आम है, लेकिन यह ऊंट केवल एक गूमड़ वाला अरब मूल का था। आमतौर पर बेहद सर्द मौसम में उत्तरी ताज़िक इलाक़े के ऊंटवाले इसका इस्तेमाल करते थे। इसके सिर और गर्दन पर बालों का गुच्छा था और पैर बेहद मज़बूत थे। इस ऊंट पर सवार व्यक्ति लंबा और छरहरा था और पूरी तरह से चुस्त-तंदुरुस्त 60 वर्षीय क़ादर से उम्र में कम से कम दस वर्ष बड़ा लग रहा था। उसने अफ़गानी पतलून के ऊपर एक लंबी सफ़ेद शर्ट पहन रखी थी। उसके सिर पर बर्फ़ की तरह सफ़ेद रंग का वैभवशाली साफा बंधा था। उसकी काली-सफ़ेद दाढ़ी ऊपरी होंठ और मुंह से थोड़ी दूर से ठुड्डी से होते हुए उसके पतले सीने तक आ रही थी।

बॉम्बे में मेरे कुछ दोस्त इस क़िस्म की दाढ़ी को वहाबी दाढ़ी कहा करते थे। ये लोग सऊदी अरब के बेहद परंपरागत मुस्लिम होते हैं और वे इस तरह की दाढ़ी रखते हैं, क्योंकि पैगंबर मोहम्मद भी ऐसी ही दाढ़ी रखते थे। उस दर्रे में हमारे लिए यह एक संकेत था कि उस व्यक्ति के पास ना केवल नैतिक बल्कि लौकिक अधिकार भी हैं। एक पुरानी और लंबी नली वाली अफ़गानी बंदूक जेज़ेल को उसने बेहद उल्लेखनीय अंदाज़ से थाम रखा था। इस बंदूक का हत्था बेहद रंग-बिरंगा और आकर्षक था।

वह व्यक्ति क़ादरभाई के पास आया, अब वह हमारे सामने था और ख़ान से केवल एक हाथ दूर। उसका अंदाज़ ही नेतृत्व वाला था और ज़ाहिर था कि वह सम्मान के लायक़ है। सच कहूं तो वह ऐसा पहला व्यक्ति था जो आदर के लिहाज़ से क़ादर के क़रीब था–शायद यहां तक कि श्रद्धा के लायक़–वह भी अन्य लोगों से ना केवल अपने आचरण बल्कि अपने शानदार अंदाज़ से भी लोगों का नेतृत्व करता था।

काफ़ी लंबी बातचीत के बाद क़ादर ने घोड़े का रुख़ हमारी तरफ़ किया।

'मिस्टर जॉन!' उन्होंने मुझे आवाज़ लगाई। यह मेरे जाली अमेरिकी पासपोर्ट में मेरा पहला नाम था और अंग्रेज़ी में कहा, 'कृपया यहां आइएगा!'

मैंने घोड़े को ऐड़ लगाई और मुझे कुछ पल को लगा कि जबकि सभी लोगों की नज़रें मुझ पर हैं मेरा घोड़ा मुझे क़ादर के क़दमों में गिराने वाला है। लेकिन मेरी घोड़ी ने हल्की सी दौड़ लगाकर मुझे क़ादर के बग़ल में पहुंचा दिया।

'यह हाज़ी मोहम्मद हैं,' क़ादर ने कहा। उन्होंने अपनी हथेली को चारों ओर घुमाते हुए कहा, 'वह ख़ान हैं, सभी लोगों, सभी कबीलों और यहां के सभी परिवारों के मुखिया।'

'असल्लाम वालेकुम,' मैंने सम्मान स्वरूप दिल पर हाथ रखकर कहा।

मुझे एक क़ाफिर जानकर उसने मुझे कोई जवाब नहीं दिया। पैगंबर मोहम्मद ने पैगाम दिया था कि *असल्लाम वालेकुम* का जवाब कम से कम *वालेकुम अस्सलाम वा रहमतुल्ला* से दिया जाना चाहिए। मगर वह बुज़ुर्ग ऊंट से नीचे उतरा और उसने मुझसे एक तीखा सवाल पूछा।

'हमें लड़ने के लिए तुम लोग स्टिंगर्स कब दोगे?'

इस देश में घुसने के बाद यह सवाल मुझे अमेरिकी मानकर तक़रीबन हर अफ़गान पूछ चुका था। और हालांकि क़ादरभाई ने सवाल का मेरे लिए अनुवाद किया, मैं शब्दों को समझ चुका था और मैंने जवाब भी तैयार कर लिया था।

'अल्लाह ने चाहा तो यह बहुत जल्द होगा और आसमान पहाड़ों जितना ही आज़ाद होगा।'

यह एक अच्छा जवाब था और इससे हाज़ी मोहम्मद ख़ुश हो गया, लेकिन यह एक ज़्यादा बेहतर सवाल था और इसका मेरे उम्मीदों से भरे झूठ से बेहतर जवाब दिया जाना चाहिए था। मजार-ए-शरीफ़ से लेकर कंधार तक अफ़गान जानते थे कि अगर अमेरिका ने उन्हें युद्ध की शुरुआत में ही स्टिंगर मिसाइलें दे दी होतीं तो मुजाहिदीनों ने घुसपैठियों को कुछ ही महीने में हरा दिया होता। स्टिंगर्स हासिल होने का मतलब था कि नफ़रत के क़ाबिल और बेहद सक्षम रूसी हेलीकॉप्टरों का आसमान से सफाया। हाथों से लांच की जाने वाली स्टिंगर मिसाइल के कारण तो दमदार मिग युद्धक विमानों पर भी ख़तरा बढ़ जाता। आसमान में बेहतर स्थिति ना होने पर रूसियों और उनके अफ़गानी साथियों को मुजाहिदीनों के साथ ज़मीनी जंग लड़नी पड़ती जो वे किसी भी हालत में नहीं जीत सकते थे।

अफ़गानियों के बीच मौज़ूद कुछ आलोचकों की राय में तो अमेरिकियों ने जंग के पहले सात वर्ष में केवल इसलिए स्टिंगर मिसाइलों की आपूर्ति नहीं की, क्योंकि वे चाहते थे कि रूस एक बार इस झमेले में पूरी तरह से फंस जाए। और जब कभी भी स्टिंगर मिसाइलें आएंगी तो रूसी सेना को इतनी बड़ी जनहानि और संसाधनों की हानि झेलनी पड़ेगी कि समूचा सोवियत साम्राज्य ही धराशायी हो जाएगा।

आलोचकों का कहना सही था या ग़लत, लेकिन यह घातक खेल ठीक उसी तरह से ख़त्म हुआ। क़ादर के साथ हमारे अफ़गानिस्तान में घुसने के कुछ महीनों बाद जब स्टिंगर मिसाइलें भेजी गईं तो उन्होंने जंग की दिशा ही बदल डाली। अफ़गान ग्रामीणों और उनके जैसे लाखों लोगों द्वारा लड़ी गई जंग में रूसी इतने कमज़ोर हो गए कि उनका भीमकाय और आतंक का साम्राज्य उनकी आंखों के सामने बिखर गया। इस जंग में 10 लाख अफ़गानों को जान गंवानी पड़ी। एक तिहाई आबादी को बेघर होना पड़ा। यह मानव इतिहास में सबसे बड़े मानव पलायन की वजह बना। 35 लाख अफ़गानियों को खैबर दर्रे से होकर पेशावर जाना पड़ा और तक़रीबन दस लाख और को ईरान, भारत और सोवियत संघ के मुस्लिम गणतंत्रों का आसरा लेना पड़ा। 50 हज़ार से ज़्यादा पुरुष, महिलाएं और बच्चों को एक या दोनों ही हाथ या पांव गंवाने पड़ गए। इसने अफ़गानियों के दिलो-दिमाग़ को आहत कर दिया था।

और मैं, एक भगोड़ा अपराधी जो एक माफ़िया मुखिया के लिए काम कर रहा था, वह भी एक अमेरिकी बनकर। ऐसे व्यक्ति ने उनकी आंखों में आंखें डालकर उनसे उस हथियार के बारे में झूठ बोला, जो मैं उन्हें दे ही नहीं सकता था।

हाज़ी मोहम्मद को मेरा जवाब इतना अधिक पसंद आया कि उन्होंने हमारे समूह को उसके छोटे बेटे के विवाह समारोह में शामिल होने का न्यौता दे डाला। उनके उदार न्यौते और इस डर से कि इंकार उस बुज़ुर्ग का अपमान नहीं कर दे, क़ादर ने इसे स्वीकार लिया। जब सारी भेंट दी जा चुकी तो हाज़ी मोहम्मद ने निजी अतिरिक्त उपहार के तौर पर क़ादर का अपना घोड़ा मांगकर एक बहुत ही कठिन मांग कर डाली-क़ादरभाई, नज़ीर और मैंने उनके साथ खेल जाना स्वीकार लिया।

हमारे बाक़ी बचे लोगों ने ताज़ा पानी से भरपूर एक हरी-भरी घाटी में डेरा डाल लिया। हमारे सफ़र में विश्राम के यह पल लोगों को अपने घोड़ों को संवारने और आराम देने के काम आ गए। सारे जानवरों को हमेशा ध्यान रखने की ज़रूरत होती थी और हमारा सामान एक गुफा में छिपा दिए जाने के कारण वह खुले में घूमने के लिए आज़ाद थे। हमारे लोगों ने चार भुनी हुई भेड़ों, भारतीय चावल और ताज़ा हरी चाय पत्तियों की दावत की, जो हाज़ी के गांव वालों ने ज़िहाद में योगदान के तौर पर उपलब्ध कराई थीं। तोहफ़ों के लेनदेन का व्यावहारिक सौदा निपट जाने के बाद हाज़ी मोहम्मद के गांव के बुज़ुर्ग-रास्ते में मिले तमाम कबीलाई प्रमुखों की ही तरह-हमें एक ही उद्देश्य के लिए लड़ाके के तौर पर मान्यता देने लगे और हरसंभव मदद देने की तैयारी भी दिखाई। क़ादर, नज़ीर और मैं जब खेल की तरफ़ हमारे अस्थायी शिविर

की तरफ़ जाने लगे तो हमें गाने, हंसने की आवाज़ें सुनाई देने लगीं। हमारे सफ़र के 23 दिनों में हमारे लोगों को हमने पहली बार इतने हल्के-फुल्के अंदाज़ में देखा था।

जब हम वहां पहुंचे तो हाज़ी मोहम्मद के गांव में उत्सव सा माहौल था। हमारे हथियारबंद काफ़िले के साथ हुए लाभदायक और बिना किसी ख़ूनख़राबे वाले सौदे ने विवाह के माहौल को और भी उत्साह भरा बना दिया था। क़ादर ने बताया कि कैसे अफ़गानी शादी की रस्में हमारे पहुंचने से कई महीने पहले ही शुरू हो चुकी थीं। दूल्हा-दुल्हन के परिवारों में परिजनों का आना-जाना होता है। हर बार रूमाल या सुगंधित मिठाइयों जैसे तोहफ़ों का आदान-प्रदान होता है। साथ ही मान-सम्मान का भी ख़याल रखा जाता है। सभी की तारीफ़ हासिल करने के लिए दुल्हन के दहेज का प्रदर्शन किया जाता है। इसमें बेहद उम्दा कारीगरी किए हुए परिधान, आयातित सिल्क, इत्र और गहनें शामिल होते हैं। फिर उन्हें दूल्हे के परिवार के हवाले किया जाता है। इससे पहले दूल्हे की होने वाली दुल्हन से गुपचुप मुलाक़ात हो चुकी होती है और दूल्हे ने उससे बातचीत के दौरान उसे कुछ तोहफ़े भी दिए होते हैं। परंपरा के मुताबिक़ जब यह मुलाक़ात होती है तो यह इतनी गोपनीय होना चाहिए कि परिवार का कोई भी पुरुष इस मुलाक़ात को नहीं देख सके। लेकिन परंपरा के मुताबिक़ इस काम में दुल्हन की मां उसकी मदद करती है। क़ादर ने मुझे बताया कि दोनों के बीच पहली बातचीत के दौरान दुल्हन की मां भी वहां पर मौज़ूद होती है। वह उनके संरक्षक की तरह काम करती है। यह सब हो जाने के बाद विवाह समारोह का समापन तीन दिन बाद विवाह के साथ होता है।

क़ादर ने मुझे तमाम रस्मों की बारीकियां समझाईं और मुझे लगा कि उसके आमतौर पर सौम्य और शिक्षक की तरह के लहज़े में इस मर्तबा एक प्रकार की तत्परता दिखाई दे रही थी। जैसा कि मेरा अनुमान था, और वह सही ही था-पांच दशक निर्वासित की ज़िंदगी जीने के बाद वह अपने लोगों की परंपराओं से दोबारा मेल बैठा रहे थे। वह अपनी जवानी के दृश्यों और त्यौहारों को दोबारा जी रहे थे और वह ख़ुद को यह बता रहे थे कि वह अब भी पूरे दिल से अफ़गान हैं। और मेरे लिए सबक़ का यह सिलसिला अगले दिनों में भी जारी रहा और उनके उत्साह में रत्तीभर की कमी नहीं दिखी। मुझे अंततः इस बात का अहसास हुआ कि सारे ख़ुलासे और इतिहास दरअसल मेरे फ़ायदे के लिए ही बताया जा रहा है। वह मुझे उस देश की संस्कृति का तीव्र पाठ पढ़ा रहे थे, जहां पर शायद मैं मारा जाऊं और मेरा शरीर दफ़न किया जाए। वह उनके साथ मेरे जीवन और मेरी संभावित मौत को इस तरह से उद्देश्यपूर्ण बना रहे थे, जैसा कि उन्हें पता था। और उनसे कुछ कहे बग़ैर यह समझते हुए मैं भी बड़े ही ध्यान से सुन रहा था और वह हर बात मैंने सीखी जो सीख सकता था।

उन दिनों हाज़ी के गांव में उसके रिश्तेदारों, दोस्तों और अन्य अतिथियों का तांता सा लगा हुआ था। हाज़ी मोहम्मद के किले की तरह के चार घर, ऊंचे, चौकोर और ईंट-गारे से बने हुए थे। अहाता चारों ओर से ऊंची दीवारों से घिरा था और

चारों कोनों पर एक-एक घर था। महिलाओं का अहाता अलग इमारतों के समूह से बना था, जो और भी ऊंची दीवारों के पीछे था। पुरुषों के अहाते में हम ज़मीन पर सोते थे और ख़ुद ही अपना खाना पकाते थे। क़ादर, नज़ीर और मेरे पहुंचने से पहले ही घर में भारी भीड़ जमा हो चुकी थी, लेकिन जब सुदूर गांवों से कुछ और लोग आए तो हम सब सिमट गए। हम अपने ही कपड़ों में सो जाते थे और हर व्यक्ति का सिर दूसरे के पैरों के पास होता था। एक पुरातन सिद्धांत के मुताबिक़ खर्राटे दरअसल एक क़िस्म की अवचेतन रक्षा प्रतिक्रिया थी, जो एक क़िस्म की चेतावनी थी, जो संभावित हिंसक जानवरों को परे रखती थी। यह उन दिनों का सिद्धांत बताया जाता है जब हमारे पुरखे गुफाओं में रहा करते थे। अफ़गान ख़ानाबदोशों, ऊंट, भेड़-बकरियों वाले, किसान और गुरिल्ला लड़ाके इस सोच को समर्थन देते हुए जमकर खर्राटे ले रहे थे। उस लंबी सर्द रात में उनके खर्राटे इतने ज़ोरदार और भीषण आवाज़ कर रहे थे कि शायद सिंह को भी घबराया हुआ चूहा बना देते।

दिन में कुछ लोगों ने शुक्रवार की शादी के लिए जटिल खाद्य सामग्री बनाई। इन व्यंजनों में दही, बकरी या भेड़ के दूध से बना पनीर, ओवन में सिंकी हुई रोटियां, ख़जूर, सूखे मेवे, जंगल से लाया गया शहद, बकरी के दूध के मक्खन से बने कुरकुरे बिस्किट, हलाल मांस के कई प्रकार, वेजिटेबल पुलाव। जब खाना तैयार हो रहा था तो मैंने देखा कि एक व्यक्ति पैरों से चलने वाली चक्की को खुली जगह पर ला रहा था। इस बीच दूल्हा एक बड़े सजीले ख़ंजर को धार देने के लिए एक घंटे तक संघर्ष कर रहा था। दुल्हन के पिता उसे बड़े ही ध्यान से देख रहे थे। संतुष्ट हो जाने के बाद कि ख़ंजर पर्याप्त रूप से घातक हो चुका है, उसने दूल्हे से उसे बड़ी ही गंभीरता से स्वीकार किया।

'दूल्हे ने जिस चाकू को अभी धार लगाई है वह दरअसल दुल्हन का पिता, अपनी बेटी के साथ दुर्व्यवहार करने पर उसके ही ख़िलाफ़ इस्तेमाल करेगा।' क़ादर ने मुझे समझाया।

'यह तो एक बहुत ही अच्छी परंपरा है,' मैंने कहा।

'यह परंपरा नहीं है,' क़ादर ने हंसते हुए मुझे दुरुस्त किया। 'यह उनकी ही कल्पना है-दुल्हन के पिता की। मैंने इससे पहले इसके बारे में कभी नहीं सुना था। लेकिन अगर यह काम कर जाता है तो यह परंपरा *बन सकता है।*'

औपचारिक, सार्वजनिक आयोजन के लिए किराये से लिए गए संगीतकारों और गायकों की धुनों पर हर दिन पुरुष पारंपरिक सामूहिक नृत्य का अभ्यास किया करते थे। नृत्य ने मुझे नज़ीर का एक अलग ही रूप दिखाया। वह बेहद सधे हुए अंदाज़ में नाच रहे लोगों के बीच पहुंचकर नाचने लगा। साथ ही मेरा छोटा, मुड़े हुए पैरों वाला दोस्त जिसकी भारी-भरकम बांहें उसके पेड़ के तने जैसी गर्दन और सीने से बाहर निकलती थीं, सब पर भारी पड़ रहा था। उसने बहुत ही ज़ल्द सबकी तारीफ़ भी बटोर ली। उस नृत्य में उस व्यक्ति की पूरी गोपनीय अंतरंगता और उसकी पूरी

रचनात्मकता और आध्यात्मिक देन बाहर निकल आई। और उस चेहरे के बारे में मैं पहले भी एक बार कह चुका हूं, इतनी हारी हुई मुस्कान मैंने किसी के चेहरे पर नहीं देखी। वही ख़राब भौहों से भरा चेहरा उस नृत्य के दौरान उसके भीतर की ईमानदारी और निस्वार्थ सुंदरता को इतना बाहर निकाल लाया कि मेरी आंखों में आंसू आ गए।

'मुझे फिर एक बार बताओ,' क़ादर ने आंखों में मुस्कान के साथ कहा। हम एक ढंकी हुई दीवार से नर्तकों को देख रहे थे।

मैं हंसा। जब मैंने उनकी तरफ़ देखा तो वह भी मुस्कराने लगे।

'चलो,' उन्होंने गुज़ारिश की, 'कृपया मेरे लिए।'

'लेकिन आप इस बात को मुझसे बीसियों बार सुन चुके हैं। कैसा होगा अगर आप मेरे सवाल का जवाब दें?'

'तुम मुझे एक बार और बताओ और मैं तुम्हारे सवाल का जवाब दे दूंगा।'

'ठीक है, तो बात ऐसी है। ब्रह्मांड की रचना तक़रीबन 15 अरब वर्ष पहले शुरू हुई। बेहद साधारणता के साथ और तब से यह और अधिक जटिल और जटिल होता जा रहा है। साधारण से जटिल की ओर का यह सफ़र ब्रह्मांड के ताने-बाने से बना है और इसे जटिलता की ओर झुकाव कहा जाता है। हम इसी जटिलता के उत्पाद हैं और इसी तरह से पंछी, भंवरे, पेड़, सितारे और यहां तक कि आकाशगंगाएं भी। और अगर हम किसी एस्टेरॉयड की टक्कर या उसी की तरह किसी बात से विलुप्त हो जाते हैं, तो हमारी जटिलता के स्तर की कुछ और अभिव्यक्ति जन्म ले लेगी, क्योंकि ब्रह्मांड यही करता है। और पूरी संभावना है कि समूचे ब्रह्मांड में यही सबकुछ हो रहा होगा। अब तक मेरा प्रदर्शन कैसा रहा है?'

मैं इंतज़ार करता रहा, लेकिन उन्होंने कोई जवाब नहीं दिया और मैंने अपनी व्याख्या जारी रखी।

'ठीक है, तो अंतिम या परम जटिलता-जहां यह समूची जटिलता जा रही है-ही वह है जिसे हम भगवान कह सकते हैं। और जो भी भगवान की तरफ़ इस गति को प्रोत्साहित, बढ़ाता या गति देता है वह अच्छा है। और जो कुछ भी इसकी राह में बाधा बनता, रोकता है या फिर प्रतिरोध करता है, वह बुरा है। और अगर हम जानना चाहते हैं कि कोई बात अच्छी है या बुरी-जैसे कि उदाहरण के लिए युद्ध, हत्या और मुजाहिदिन गुरिल्लाओं के लिए हथियारों की तस्करी-तो हम यह सवाल पूछते हैं-*क्या हो अगर हर कोई ऐसा ही करने लगे? क्या यह ब्रह्मांड के इस हिस्से से हमें वहां पहुंचने में मदद करेगा या यह हमारी राह की बाधा बनेगा?* और फिर हमें स्पष्ट तौर पर पता होगा कि यह अच्छा है या बुरा। महत्त्वपूर्ण बात यह है कि हम जानते हैं कि यह क्यों अच्छा या बुरा है। कैसी रही?'

'बहुत अच्छे,' मेरी ओर देखे बग़ैर उन्होंने कहा। जब मैं ब्रह्मांड संबंधी प्रारूप को बयां कर रहा था तो उन्होंने आंखें बंद कर रही थीं और अधखिली मुस्कान के साथ वह सिर हिलाए जा रहे थे। जब मैंने बात समाप्त की तो उन्होंने मेरी तरफ़ देखा

और उनकी मुस्कान आनंद और शरारत से और भी खिल उठी। 'तुम्हें पता है, तुम यह करना चाहते थे, तुम इस विचार को ठीक उसी तरह से बता सकते हो जैसा कि मैं बता सकता हूं। और मैं इस पर काम करता रहा हूं और लगभग पूरी ज़िंदगी इसी के बारे में सोचता रहा हूं। मैं तुम्हें बता नहीं सकता कि तुम्हारे मुंह से यह बातें तुम्हारे शब्दों में सुनना मुझे कितना ख़ुश कर गया है।'

'क़ादरजी, मुझे लगता है कि शब्द आपके ही हैं। आपने मुझे पर्याप्त रूप से प्रशिक्षण दिया है। लेकिन मुझे कुछ समस्याएं हैं। तो अब मैं सवाल पूछ सकता हूं?'

'हां।'

'ठीक है। हमारी दुनिया में चट्टानों जैसी बातें हैं जो जीवंत नहीं हैं और पेड़ों, मछलियों, लोगों जैसी जीवंत वस्तुएं भी। आपका ब्रह्मांड का ज्ञान मुझे यह नहीं बताता कि ज़िंदगी और चेतना कहां से आती है। अगर चट्टानें भी उसी वस्तु से बनीं हैं, जिनसे हम तो चट्टानें जीवंत क्यों नहीं हैं और लोग हैं? मेरे कहने का मतलब है कि ज़िंदगी कहां से आती है?'

'मैं तुम्हें इतना तो जानता हूं कि तुम चाहते हो कि मैं तुम्हें इसका छोटा और सीधा उत्तर दूं।'

'मैं तो हर सवाल का जवाब छोटा और सीधा ही चाहूंगा,' मैंने ठहाका लगाते हुए कहा।

मेरी बेवकूफ़ी भरी प्रतिक्रिया पर उन्होंने एक भौंह उचकाई और फिर धीरे से अपना सिर हिला दिया।

'क्यों तुम अंग्रेज़ दार्शनिक बरट्रेंड रसल को जानते हो? क्या तुमने उसकी कोई भी किताब पढ़ी है?'

'हां मैंने उनकी कुछ किताबें पढ़ी हैं–विश्वविद्यालय में और जेल में।'

'वह मेरे गुरु श्रीमान मैकेंजी एस्क्वायर का पसंदीदा था,' क़ादर ने मुस्कराते हुए कहा। 'मैं बरट्रेंड रसेल के निष्कर्षों से हमेशा सहमत नहीं होता था, लेकिन मुझे उनका उन निष्कर्षों तक पहुंचने का तरीक़ा अच्छा लगता था। ख़ैर, एक बार उन्होंने कहा था, *जिस किसी भी बात को संक्षेप में बताया जा सकता है तो उसे फिर वैसा ही रहने देना चाहिए।* और इस मामले में मैं उनके साथ सहमत हूं। लेकिन अब तुम्हारे सवाल का जवाब यह है : जीवन तमाम बातों का एक रूप है। हम इसे विशेषता कह सकते हैं, जो कि मेरे पसंदीदा अंग्रेज़ी शब्दों में से एक है। अगर अंग्रेज़ी आपकी पहली भाषा नहीं है तो शब्द 'कैरेक्टरिस्टिक्स' की एक शानदार ध्वनि है–मानो ड्रम पर थाप या आग के लिए लकड़ियों को तोड़ने की आवाज़। ब्रह्मांड के हर एक परमाणु में ज़िंदगी का गुण है। ये परमाणु जितने ज़्यादा जटिल रूप में साथ आते हैं, ज़िंदगी के गुणों की अभिव्यक्ति उतनी ही मुश्किल होती जाती है। चट्टान दरअसल परमाणुओं की एक बेहद सामान्य सी व्यवस्था है, इसलिए चट्टानों में ज़िंदगी इतनी साधारण है

कि हम उसे देख ही नहीं पाते। एक बिल्ली परमाणुओं की बेहद जटिल व्यवस्थाओं का परिणाम है, यही वजह है कि उसमें ज़िंदगी स्वाभाविक बात है। लेकिन ज़िंदगी हर एक वस्तु में है, यहां तक कि चट्टान में भी और तब भी जब हम उसे देख नहीं पाते।'

'आपको यह विचार कहां से आया? क्या यह कुरान में है?'

'दरअसल यह एक ऐसा विचार है जो अलग-अलग तरह से हर एक धर्म में देखने को मिलता है। मैंने इसे पिछले सौ साल में हमारे द्वारा दुनिया के बारे में हासिल जानकारी के हिसाब से प्रस्तुत किया है। लेकिन इस तरह के अध्ययन के लिए प्रेरणा मुझे पाक कुरान से ही मिलती है, क्योंकि कुरान मुझे अल्लाह की सेवा के लिए हर एक बात का अध्ययन करने का आदेश देती है और हर बात को सीखने का आदेश देती है।'

'लेकिन यह *ज़िंदगी का गुण* आख़िर आता कहां से है?' उन्हें एक जाल में फंसा लेने के अहसास के साथ मैंने उनसे पूछा।

'ब्रह्मांड को ज़िंदगी और सभी बातों के तमाम अन्य गुण, जैसे चेतन, मुक्त इच्छाशक्ति और जटिलता की ओर रुझान और यहां तक कि प्यार, रोशनी द्वारा दिया गया था। उस वक़्त जो हमारी जानकारी में शुरुआत थी।'

'और बिग बैंग? क्या आप उसके ही बारे में बात कर रहे हैं?'

'हां। बिंग बैंग का फैलाव उस बिंदु से हुआ जिसे हम निरालापन कहते हैं-मेरे पांच पसंदीदा अंग्रेज़ी शब्दों में से एक और-यानी जो लगभग अनंत रूप से घना है और अनंत रूप से गर्म और फिर भी न कोई अंतरिक्ष घेरता है, ना कोई समय, जैसा कि हम बातों को जानते हैं। यह बिंदु है प्रकाश ऊर्जा का चरम उबाल का बिंदु। किसी बात ने इसे फैलने के लिए मज़बूर किया-हम अभी तक नहीं जानते कि वह क्या था-और प्रकाश से सभी कण और सभी परमाणु अस्तित्व में आए। साथ आए अंतरिक्ष, वक़्त और वह तमाम ताक़तें जिन्हें हम जानते हैं। तो प्रकाश ने ब्रह्मांड की शुरुआत में ही हर एक वस्तु को गुण और विशेषताएं दे दीं और ये कण जब ज़्यादा जटिल रूप में एकत्रित होते हैं तो उनकी विशेषताएं भी जटिल और ज़्यादा जटिल रूप में दिखाई देने लगती हैं।'

वह रुके और समझने की कोशिश करते हुए मेरे चेहरे को देखा। मैं अपने दिमाग़ में उथल-पुथल मचा रहे विचारों, सवालों और भावनाओं से घिरा हुआ था। *वह फिर मुझसे बच निकले,* मैंने खिसिया गया, क्योंकि उनके पास मेरे सवाल का जवाब था और साथ ही इसी वजह से मैं उनका प्रशंसा भरा आदर भी करने लगा। माफ़िया डॉन अब्दुल क़ादर ख़ान द्वारा दिए जाने वाले समझदारी भरे व्याख्यानों में हमेशा ही कुछ भीषण विसंगतिपूर्ण होता था। अफ़गानिस्तान के एक पाषाणकालीन गांव में पहाड़ी दीवार के पास तस्करी की हुई बंदूकों और दवाओं के बीच उनका अच्छे-बुरे, चेतन, प्रकाश पर उनके संभाषण कई बार तक़रीर का रूप ले लेते थे। ये मेरी ईर्ष्या की वजह बन जाते थे।

'मैंने तुम्हें अभी जो बताया है वह चेतन और पदार्थ के बीच का रिश्ता है,' क़ादर यह कहकर तब तक रुक गए, जब तक उनकी आंखें मेरी आंखों से नहीं मिल गईं। 'यह एक तरह का परीक्षण है। यह बात तो तुम अब जान ही गए हो। तुम्हें यह परीक्षण हर उस व्यक्ति पर आजमाना चाहिए जो यह कहता हो कि वह ज़िंदगी का मायने समझ गया है। मिलने वाले हर गुरु, हर शिक्षक, हर धर्मगुरु और हर दार्शनिक को तुम्हारे इन दो सवालों का जवाब देना ही चाहिए : अच्छे और बुरे का सार्वभौमिक तौर पर स्वीकार्य वस्तुनिष्ठ उत्तर क्या है? *और चेतन और पदार्थ के बीच क्या रिश्ता है?* अगर वह इन दोनों सवालों के जवाब नहीं दे पाता, जैसा कि मैंने किया है तो वह परीक्षण में उत्तीर्ण नहीं हो पाया है।'

'आप इतना अधिक भौतिक शास्त्र कैसे जानते हैं?' मैंने पूछा, 'कणों, निरालापन और बिंग बैंग?'

उन्होंने मुझे ग़ौर से देखा और उसमें अचेतन अपमान की मात्रा का भी अंदाज़ लगा लिया : *यह कैसे संभव है कि आपके जैसा एक अफ़गान गैंगस्टर विज्ञान और उच्च शिक्षा को इतना ज़्यादा जानता हो?* मैंने दोबारा उनकी तरफ़ देखा और मुझे वह दिन याद आ गया जब मैंने जॉनी सिगार को केवल यह सोचकर अनपढ़-गंवार समझ लेने की भूल कर दी थी, कि वह ग़रीब है।

'एक कहावत है – *जब छात्र तैयार हो तो शिक्षक प्रकट होता है* – क्या तुम यह जानते हो?' उन्होंने ठहाका लगाते हुए पूछा। ऐसा लग रहा था कि वह मेरे साथ नहीं, बल्कि मुझ पर हंस रहे थे।

'हां,' मैंने दांत भींचते हुए कहा।

'तो मेरे दर्शनशास्त्र और धर्म के अध्ययन के दौरान जब मुझे किसी वैज्ञानिक के विशेष ज्ञान की ज़रूरत महसूस हुई तो एक शिक्षक मेरे लिए प्रकट हो गया। मैं जानता था कि ज़िंदगी के विज्ञान, सितारों और रसायनशास्त्र में मेरे कई सवालों के जवाब मौज़ूद हैं। लेकिन दुर्भाग्यवश यह बातें मुझे प्यारे मैकेंजी एस्क्वायर ने नहीं सिखाई, केवल बेहद प्राथमिक फ़ैशन को छोड़कर। फिर मेरी मुलाक़ात एक भौतिकविद से हुई जो बॉम्बे के भाभा परमाणु अनुसंधान केंद्र में काम करता था। वह एक बहुत अच्छा व्यक्ति था, लेकिन उसमें कभी-कभार जुआ खेलने की बुरी आदत थी। वह एक मर्तबा बहुत बड़ी परेशानी में फंस गया। उसने किसी और का पैसा जुएं में हार दिया। वह मेरे ही व्यक्ति के एक क्लब में जुआ खेल रहा था-एक व्यक्ति जो मेरे लिए काम करता था, जब मुझे ज़रूरत होती थी। और परेशानी और भी बढ़ गई। वह वैज्ञानिक एक महिला के प्यार में पड़ गया और उसने प्यार की ख़ातिर बेवकूफ़ी भरी हरकतें कीं और ढेर सारे ख़तरों को न्यौता दे डाला। जब वह मेरे पास आया तो मैंने उस वैज्ञानिक की समस्याएं हल कर दीं और मामले को बस हम दोनों तक ही सीमित रखा। किसी भी अन्य व्यक्ति को उसके विवेकहीन बर्ताव या उस मामले से मेरे जुड़े होने की जानकारी नहीं मिली। और इसके बदले में वह व्यक्ति उसी दिन से मुझे पढ़ा

रहा है। उसका नाम वोल्फ़गैंग पर्सिस है और मैंने तुम्हारी उसके साथ मुलाक़ात की व्यवस्था की है। अगर तुम चाहो तो हमारे लौटने पर तुम उससे मिल सकते हो।'

'वह कितने समय से तुम्हें पढ़ा रहा है?'

'हम पिछले सात साल से हर सप्ताह एक दिन अध्ययन करते हैं।'

'हे भगवान!' मैं भौंचक्का रह गया और इस बात की ख़ुशी भी हुई कि समझदार और दमदार क़ादर अपनी इच्छा के मुताबिक़ वसूली कर लेता है। दूसरी ओर मुझे इस विचार से ही शर्मिंदगी महसूस हुई : मैं क़ादर ख़ान से इतना प्यार करता था कि उसकी ख़ातिर जंग में कूद गया था। क्या यह संभव नहीं है कि वह वैज्ञानिक भी उससे उतना ही प्यार करता हो? और यह सोचते ही मुझे उस व्यक्ति से ईर्ष्या होने लगी। उस वैज्ञानिक से जिसे मैं जानता तक नहीं था और शायद जिससे मैं कभी नहीं मिलूं। ईर्ष्या, दोषपूर्ण प्रेम की ही तरह समय और जगह या समझदारी भरे तर्क का सम्मान नहीं करती। ईर्ष्या तो किसी मरे हुए इंसान को भी एक कठोर टिप्पणी से उठकर खड़ा कर सकती है या किसी पूरी तरह से अंजान व्यक्ति के नाम के उच्चारण तक से नफ़रत की वजह बन सकती है।

'तुम ज़िंदगी के बारे में पूछ रहे हो,' क़ादर ने अचानक बात बदलते हुए कहा। 'क्योंकि तुम मौत के बारे में सोच रहे हो। और तुम किसी की ज़िंदगी लेने की बात सोच रहे हो, क्योंकि अगर ऐसी नौबत आती है कि तुम्हें सामने वाले को गोली मारना ही है। क्या मैं सही कह रहा हूं?'

'हां,' मैंने कहा। वह सही कह रहे थे, लेकिन मेरे दिमाग़ में हत्या का जो विचार आ रहा था वह अफ़गानिस्तान को लेकर नहीं था। जो ज़िंदगी मैं लेना चाहता था वह बॉम्बे के एक घृणित वेश्यालय, द पैलेस में एक सिंहासन पर बैठी थी, मैडम झू।

'याद रखो,' क़ादर ने अपने शब्दों को वज़न देने के लिए मेरी बांह पर हाथ रखकर कहा। 'कुछ मर्तबा सही वजह से ग़लत काम करना ज़रूरी हो जाता है। महत्त्वपूर्ण बात यह है कि हमें इस बारे में निश्चित होना चाहिए कि हमारे कारण सही हैं और हम ग़लती को स्वीकारते हैं–यह कि हम ख़ुद से झूठ नहीं बोलते और ख़ुद को यह बात समझा देते कि हम जो करते हैं, सही करते हैं।'

और विवाह समारोह उल्लास की अंतिम चीख़ तक चला और फिर हमारा काफ़िला दोबारा नए पहाड़ों पर लड़खड़ाते हुए आगे बढ़ने लगा। मैं कांटों की उस माला को अपने दिल से उतारने की कोशिश कर रहा था, जिसे क़ादर ने अपने शब्दों से गूंथा था। *ग़लत काम, सही वजह के लिए...* पहले भी एक बार मुझे वह इस शब्द के साथ सता चुके हैं। मैं उसे वैसे ही चबा गया जैसे कि पैरों में बंधे चमड़े के पट्टे को भालू चबाता है। मेरी ज़िंदगी में ग़लत बातें हमेशा ग़लत वजहों से ही की गई थीं। यहां तक कि जो *सही* बातें मैंने की थीं, वह भी अधिकांशत: ग़लत वजहों से ही की थीं।

एक उदासी की छाया मुझ पर हावी हो गई। यह एक ऐसा भाव था जिसे मैं झटक नहीं पाया और जबकि हम सर्द माहौल में आगे बढ़ रहे थे, मैं अक्सर

झोपड़पट्टी के अपने पड़ोसी आनंद राव के बारे में सोचने लगा। मुझे आर्थर रोड जेल में मुलाक़ातियों के कमरे के लोहे के दरवाज़े के पीछे से आनंद का मुस्कराता चेहरा याद था : बेहद सभ्य, आकर्षक, इतना पाक और शांति से सजा हुआ कि उसने उसके दिल को भर दिया था। उसके मुताबिक़ उसने ग़लत काम सही वजह से किया था। उसने जैसा कि मुझसे कहा उसने बेहद शांत तरीक़े से ख़ुद को *मिली* सज़ा को स्वीकार लिया था, मानो वह कोई विशेषाधिकार या हक़ था। और अंत में कई दिन और रात उसके ही बारे में सोचने के बाद मैंने आनंद को कोसना शुरू कर दिया। मैंने उसे कोसा ताकि वह मेरे दिमाग़ से चला जाए, क्योंकि मेरे दिलोदिमाग़ में एक आवाज़ गूंज रही थी–मेरी अपनी आवाज़ या शायद यह मेरे पिताजी की थी–कि मैं कभी भी वैसी शांति नहीं पा सकूंगा। मैं कभी भी आत्मा के उस स्वर्ग तक नहीं पहुंच सकूंगा, जहां सज़ा की स्वीकार्यता और सही–ग़लत की स्वीकृति उन परेशानियों को दूर कर देती हैं, जो एक निर्वासित दिल की बंजर ज़मीन पर पत्थरों की तरह जमे होते हैं।

रात को दोबारा उत्तर की ओर प्रवास करते हुए हमने हाडा पर्वतों में कुसा दर्रे को पार किया। जो सफ़र सीधे रास्ते से केवल तीस किलोमीटर का था, वह हमने चढ़ाव–उतार से 150 किमी. का कर लिया था। फिर खुला आसमान दिखने पर हमने तुलनात्मक रूप से सपाट मैदान पर पचास किलोमीटर के सफ़र में अर्ग़स्तान नदी और उसकी सहायक नदियों को तीन बार पार किया और हम शाहबाद दर्रे की पहाड़ियों की तलहटी में पहुंच गए। और जबकि मैं सही और ग़लत के विचारों में ही उलझा हुआ था, हम पर पहली बार सामने से गोलियां चलाई गईं।

उस सर्द शाम, क़ादर का बिना रुके शाहबाद दर्रे की चढ़ाई का फ़ैसला मेरे सहित कई लोगों की जान बचाने में सफल रहा। हम सभी खुले मैदान में यात्रा करके थकान से निढाल हो चुके थे। सभी को यही उम्मीद थी कि हम दर्रे की तलहटी में कुछ आराम करेंगे, लेकिन क़ादर ने हमसे बढ़ते रहने को कहा और काफ़िले की कतार के साथ चलकर वह हमें गति बनाए रखने के लिए चिल्लाते रहे। तो जब पहली गोली चली हम काफ़ी गति से आगे बढ़ रहे थे। मैंने आवाज़ सुनी : खोखली धातु की आवाज़ मानो कोई पेट्रोल की ख़ाली टंकी को तांबे की पाइप के टुकड़े से ठोक रहा हो। बेवकूफ़ी की बात यह थी कि मुझे पहले पहल लगा ही नहीं कि किसी ने गोली दागी है और मैं घोड़ी की लगाम पकड़कर आगे चलता रहा। उसके बाद गोलियां हम तक पहुंचने लगीं। वे हमारी कतार, सामने की मिट्टी, दीवारों से टकराने लगीं। बचने के लिए भगदड़ मच गई। मैं गिरा और ज़मीन के पत्थरों पर मेरा मुंह टकराया और मैं ख़ुद से कह रहा था कि यह सब नहीं हो रहा है, जबकि मेरे सामने के व्यक्ति की पीठ उधड़ चुकी थी। हमारे लोग मेरे दाएं–बाएं से गोलियां चलाने लगे और तेज़ सांस से नाक में जा रही धूल के बीच मुझे अहसास हो गया कि मैं जंग में कूद चुका हूं।

मैं शायद वहां मिट्टी में मुंह धंसाए ही बैठा रहता और मेरा दिल थर्रा रहा था, अगर मेरी घोड़ी ने कुछ नहीं किया होता। मेरे हाथ से लगाम निकल चुकी थी और

मेरी घोड़ी डर के मारे पिछले पांव पर खड़ी हो रहा थी। अपने कुचले जाने के डर से मैं पैरों पर खड़ा हुआ और लगाम थामकर दोबारा उसे क़ाबू में लाया। उस वक़्त तक बेहद अनुशासित लग रही मेरी घोड़ी अचानक पूरी कतार में सबसे बिगड़ैल हो गई। उसने दुलत्ती झाड़कर मुझे पीछे से हटाने की कोशिश की। वह गोल-गोल घूमकर वह कोण ढूंढ़ रही थी, जिससे वह मुझे दुलत्ती मार सके। उसने एक बार मेरी बांह पर काट भी खाया और मुझे कपड़ों की तीन परतों के बीच भी दर्द का अहसास हुआ।

मैंने कतार में बाएं-दाएं देखा। जो दर्रे के पास थे, वह अपने जानवरों को लेकर चट्टानों की आड़ लेने के लिए भाग रहे थे। मेरे आगे और मेरे पीछे के लोग अपने घोड़ों पर नियंत्रण साधने में सफल हो चुके थे और वह उनके बग़ल या पीछे छिप गए थे। केवल मेरी घोड़ी ही तमाशा खड़ा कर रही थी और यह साफ़ तौर पर दिखाई दे रहा था। एक अच्छे घुड़सवार के कौशल के बग़ैर युद्ध के मैदान में अपनी घोड़ी को शांत रहने के लिए तैयार करना लगभग नामुमकिन सा काम है। मैं उसे नीचे करके बचाना चाहता था ताकि वह हमले की जद में नहीं आए, लेकिन मुझे अब ख़ुद भी डर लगने लगा था। दुश्मन की गोलियां मेरे ऊपर और बग़ल की चट्टानों से टकरा रही थीं। और हर आवाज़ के साथ मैं कांटेदार बाड़ से बचने की कोशिश करते हिरण की तरह छटपटा रहा था।

गोली के ख़ुद को लगने का इंतज़ार करना एक बहुत ही भयावह अहसास है : इस अहसास की तुलना की जाए तो सबसे क़रीबी लगता है आसमान से नीचे गिरना और बस पैराशूट के खुल जाने का इंतज़ार करना। एक विशेष स्वाद होता है, एक अलग ही स्वाद। आपकी त्वचा पर एक अलग क़िस्म की गंध आ जाती है। और आपकी आंखें कुछ ऐसे पथरा जाती हैं, मानो वे किसी ठंडी धातु से बनी हों। जब मैंने कोशिश छोड़कर पशु को छोड़ने का फ़ैसला किया, उसने अचानक मेरे आदेश मानना शुरू कर दिया। उसने मेरे बांहों के इशारे को समझ लिया। मैंने उसे बीच के भाग की आड़ लेते हुए नीचे खींच लिया। मैंने उसे शांत करने के लिए उसके कंधे पर थपथपाया। मेरा हाथ एक घाव से बहते ख़ून में सन गया। हर भारी सांस के साथ घोड़ी रो रही थी-मेरे पास इस बात को व्यक्त करने के लिए और कोई शब्द नहीं हैं। मैंने अपना सिर उसके सिर से सटाया और अपनी बांह उसकी गर्दन पर लपेट दी।

मेरे समूह के लोगों ने अपनी गोलियों का रुख़ अब तक़रीबन 150 मीटर दूर स्थित चट्टान के ऊपरी हिस्से पर केंद्रित कर दिया था। ज़मीन पर शरीर सटा होने के कारण मैंने कुछ उठकर अपनी घोड़ी की आड़ से देखा कि हमारी ओर से लगातार गोलीबारी के कारण चट्टान के ऊपरी हिस्से पर धुएं के गुबार उठ रहे थे।

और फिर यह ख़त्म हो गया। मैंने क़ादर को तीन भाषाओं में अपने लोगों से गोलीबारी रोकने के लिए चिल्लाते हुए सुना। हम कुछ वक़्त शांत रहे। इस सन्नाटे में कराह थी, आह थी और थे आंसू। मैंने पास के पत्थरों की ओर से किसी के अपनी और कोहनी के बाल आने की आवाज़ सुनी। वह ख़ालिद अंसारी था।

'तुम ठीक हो लिन?'

'हां,' मैंने जवाब दिया और उस वक़्त मैं हैरान होकर सोच रहा था कि क्या मुझे भी गोली लगी है। मैंने अपने हाथ बांहों और पैरों पर घुमाए। 'हां मैं अब भी यहीं पर हूं। मुझे लगता है कि मैं पूरी तरह से सुरक्षित हूं। लेकिन उन्होंने मेरी घोड़ी को गोली मार दी। वह–'

'मैं गिनती कर रहा हूं!' उन्होंने मुझे दोनों हाथ उठाकर मुझे शांत करके बोलने से रोका। 'क़ादर ने मुझे यह देखने के लिए भेजा कि तुम सलामत हो और कितने लोग बचे हैं। मैं ज़ल्द ही वापस आऊंगा। बस यहीं पर बने रहो, हिलना मत।'

'लेकिन वह–'

'वह *ख़त्म* हो चुकी है,' उसने आवाज़ में कुछ नरमी लाते हुए कहा। 'लिन, घोड़ी अब ख़त्म है। वह अब नहीं बचेगी। वैसे वह इस मामले में अकेली नहीं है। हबीब उन सबको मारने जा रहा है। बस यहां बने रहो और अपना सिर नीचे ही रखना। मैं वापस आऊंगा।'

वह झुकते हुए दौड़ पड़ा और बीच-बीच में रुकता भी रहा। मेरी घोड़ी बमुश्किल सांसें ले पा रही थी, हर तीसरी-चौथी बार में उसकी सांस उखड़ रही थी। ख़ून का रिसना धीमा, लेकिन अनवरत था। उसके पेट के घाव से ख़ून से भी ज़्यादा गहरे रंग का द्रव्य निकल रहा था। मैंने गर्दन सहलाकर उसे शांत करना चाहा और फिर मुझे अहसास हुआ कि मैंने तो उसे नाम तक नहीं दिया था। यह बेहद क्रूरतापूर्ण लगा कि वह बिना किसी नाम के ही मर जाएगी। मैंने अपने दिमाग़ की गहराइयों में खंगाला और एक नाम उभरकर सामने आया।

'मैं तुम्हें क्लेयर कहकर पुकारूंगा,' मैंने घोड़ी के कान में कहा। 'वह एक ख़ूबसूरत लड़की थी। उसकी मौज़ूदगी से मैं भी निखर जाता था। जब मैं उसके साथ होता था तो ऐसा दिखता था मानो मैं जानता हूं कि मैं क्या कर रहा हूं। और मैंने तब तक उससे प्यार करना शुरू नहीं किया, जब तक कि वह अंतिम बार मुझे छोड़कर चली नहीं गई। उसने मुझसे मेरे बारे में कहा था, *मेरी हर बात में दिलचस्पी तो है, लेकिन किसी के प्रति लगाव या समर्पण नहीं।* उसने एक बार मुझसे कहा था और वह सही थी। वह सही थी।'

मैं सदमे की स्थिति में बड़बड़ाए जा रहा था। मैं अब उन लक्षणों को समझ सकता हूं। मैंने दूसरे लोगों पर गोलियां बरसते हुए पहली बार देखी थीं। बहुत कम लोगों को पता होता है कि करना क्या है : उनके शरीर जवाबी गोली चलाने से पहले सहज बोध से झुककर सिमट चुके होते हैं। अन्य हंसते रहते हैं और उनकी हंसी रुकती ही नहीं। कुछ रोते हैं और अपनी मां या पत्नी या अपने भगवान को याद करते हैं। कुछ लोग तो इतने शांत होकर भीतर ही भीतर रोने लगते हैं कि उनके दोस्त भी चिंतित हो जाते हैं। और कुछ बात करते हैं, जैसा कि मैं अपनी दम तोड़ती घोड़ी के साथ कर रहा था।

हबीब मेरी तरफ़ दौड़ते हुए आया और उसने देखा कि मैं अपनी घोड़ी के कान में कुछ कह रहा हूं। उसने उसकी अच्छी तरह से जांच की। उसके घावों को देखा और चमड़े के भीतर लगी गोली को भी हाथ लगाकर महसूस किया। उसने अपनी म्यान से एक चाकू निकाला। यह एक लंबा चाकू था, जो कुत्ते के दांतों की तरह नुकीला था। उसने उसे घोड़े के गले पर रखा और कुछ पल के लिए रुका। उसकी पागल आंखें मुझसे मिलीं। उसकी आंखों में एक अज़ब क़िस्म की चमक थी। उसकी आंखें बड़ी थीं, लेकिन उनमें मौज़ूद पागलपन तो और भी ज़्यादा बड़ा था। इतना ज़्यादा कि लग रहा था मानो उसके दिमाग़ से फटकर उसकी आंखें बाहर ही आ जाएंगी। और फिर भी वह इतना समझदार था कि उसने मेरे असहायता भरे दुख को समझकर चाकू मुझे थमा दिया था।

शायद मुझे चाकू लेकर अपनी घोड़ी को ख़ुद ही मार डालना चाहिए था। शायद एक अच्छा, लगाव रखने वाला व्यक्ति यही करता। मैं ऐसा नहीं कर सका। मैंने चाकू और फिर घोड़ी की थरथराती गर्दन की तरफ़ देखा और मैं यह नहीं कर सका। मैंने सिर को झटका दिया। हबीब ने घोड़े की गर्दन में चाकू घुसेड़कर कलाई से उसे बड़ी ही सफ़ाई के साथ मोड़ दिया। घोड़ी थरथराई, लेकिन फिर धीरे-धीरे शांत हो गई। जब चाकू ने उसके गले को छोड़ा तो ख़ून का फ़व्वारा उसके सीने और नीचे मैदान पर गिरा। धीरे-धीरे उसके तनावपूर्ण जबड़े शिथिल हो गए और आंखों की चमक चली गई। उसके बाद उसका दिल भी सदा के लिए सो गया।

मैंने मृत घोड़ी की शांत, निर्भीक आंखों को देखा और फिर हबीब की आंखों में मौज़ूद नफ़रत को और हमने जिस पल को साझा किया था वह इतना अधिक उत्तेजना भरा और मेरी जानकारी वाली दुनिया से इतना अलग था कि मेरा हाथ अचानक बिना कुछ किए ही अपनी कमर में लटकी पिस्तौल की ओर चला गया। हबीब मेरी तरफ़ देखकर किसी बंदर की तरह मुस्कराया। उसकी मुस्कान को समझ पाना मुश्किल था और फिर वह अगले बीमार घोड़े की ओर बढ़ गया।

'तुम ठीक हो?'

'तुम ठीक हो?'

'तुम ठीक हो?'

'क्या?'

'मैंने पूछा कि क्या तुम ठीक हो?' क़ादर ने तब तक पूछा जब तक कि मैंने उनकी तरफ़ नहीं देख लिया।

'हां, निश्चित तौर पर,' मैंने उसके चेहरे पर ध्यान से देखते हुए सोचा कि मैं कितनी देर से अपनी मृत घोड़ी को ही देख रहा था, जबकि मेरा हाथ उसके कटे हुए गले पर था। मैंने आस-पास आसमान की तरफ़ देखा। रात आने को थी, कुछ ही मिनट दूर।

'कितना बुरा...यह कितना बुरा था?'

'हमने एक व्यक्ति को गंवा दिया। माज़िद। एक स्थानीय व्यक्ति था।'

'मैंने देखा था। वह ठीक मेरे सामने था। गोलियों ने उसे पूरा उधेड़कर रख दिया था। उफ़, यह सब इतनी तेज़ी से हुआ। वह ज़िंदा था और फिर उसकी पूरी पीठ उधड़ गई और वह किसी कठपुतली की तरह गिर पड़ा। उसके घुटने ज़मीन पर लगने से पहले ही मुझे यक़ीन हो गया था कि वह मर चुका है। यह *इतनी* तेज़ी से हुआ।'

'तुम्हें पक्का यक़ीन है ना कि तुम ठीक हो?' जब मैं सांस लेने के लिए रुका तो क़ादर ने फिर पूछा।

'अरे, बिलकुल ठीक!' मैंने ठेठ ऑस्ट्रेलियाई अंदाज़ में कहा। उनकी आंखों में मुझे फिर एक बार नाराज़गी की झलक दिखी और मैं चिल्लाने वाला था, लेकिन फिर मैंने उनके चेहरे पर मेरे लिए गर्माहट और चिंता देखी। मैं हंस दिया। कुछ राहत के साथ वह मेरे पर हंस दिए। 'निश्चित तौर पर मैं ठीक हूं। मैं और भी अच्छा होता अगर आप मेरा हाल पूछना बंद कर देते तो। मैं कुछ ज़्यादा ही बोल... रहा था..., बस। भगवान के लिए मुझे कुछ समय दीजिए। एक व्यक्ति हाल ही में मेरी बग़ल में मारा गया है और दूसरी ओर मेरी घोड़ी मारी गई है। मैं नहीं जानता कि मैं ख़ुशक़िस्मत हूं या फिर मनहूस।'

'तुम ख़ुशक़िस्मत हो,' क़ादर ने तुरंत जवाब दिया। उसकी हंसती आंखों की तुलना में उसकी आवाज़ ज़्यादा गंभीर थी। 'मामला बहुत उलझा हुआ है, लेकिन हालात और भी बदतर हो सकते थे।'

'बदतर?'

'उन्होंने किसी भारी हथियार जैसे मोर्टार या भारी मशीनगन का इस्तेमाल नहीं किया। अगर उनके पास ये हथियार होते तो वे ज़रूर इस्तेमाल करते और फिर हालात और भी बदतर होते। इसका मतलब है कि यह बहुत ही छोटा सा गश्ती दल था, शायद अफ़गानी, रूसी नहीं जो केवल हमारी ताक़त को आंक रहे थे या फिर अपनी क़िस्मत को आजमा रहे थे। अभी की स्थिति में हमारे तीन लोग घायल हो चुके हैं और चार घोड़े मारे जा चुके हैं।'

'घायल लोग कहां हैं?'

'आगे, दर्रे में। क्या तुम मेरे साथ उन्हें देखना चाहोगे?'

'निश्चित तौर पर। मेरा सामान बटोरने में थोड़ी मदद करना।'

हमने मृत घोड़ी की जीन से अपना सामान निकाला और संकरे दर्रे की ओर लोगों और घोड़ों की कतार में आगे बढ़ चले। घायल लोग एक चट्टान की आड़ में आराम कर रहे थे। क़ादर पास में ही खड़े होकर पीछे जा चुके सपाट इलाक़े को देख रहे थे। अहमद ज़ादेह बहुत संभलकर, लेकिन जल्दबाजी में एक घायल व्यक्ति की पट्टियां हटा रहा था। मैंने देखा कि रात तेज़ी से घिर रही थी।

इस व्यक्ति का एक हाथ टूट चुका था। जब गोली लगी तो उसका घोड़ा उस पर गिर गया था। कलाई के पास बांह में हुआ यह फ्रेक्चर बहुत ख़राब था। एक हड्डी अज़ीब तरह से बाहर निकल आई थी, लेकिन वह थी मांस की परत के भीतर ही। उसने कहीं भी त्वचा को भेदा नहीं। उसे ठीक से लगाना होगा। जब अहमद जादेह ने दूसरे व्यक्ति की शर्ट हटाई तो हमने देखा कि उसे दो बार गोली लगी है। दोनों गोलियां अब भी उसके शरीर में ही थीं और बिना बड़ी सर्जरी के उन तक पहुंच पाना बहुत मुश्किल था। एक सीने में ऊपरी हिस्से में कंधे की हड्डी को तोड़ते हुए निकल गई थी। दूसरी पेट से होकर कूल्हे से निकल गई थी। सिद्दिकी नाम के तीसरे व्यक्ति के सिर में बुरी चोट लगी थी। उसके घोड़े ने उसे चट्टानों पर फेंक दिया था और उसका सिर एक चट्टान पर जा टकराया था। ख़ून निकल रहा था और यह ज़ाहिर तौर पर खोपड़ी का फ्रैक्चर था। मेरी अंगुलियां ख़ून से सनी टूटी हड्डियों तक पहुंची। लुंजपुंज हो चुकी खोपड़ी तीन हिस्सों में बंट चुकी थी। इनमें से एक हिस्सा तो इतना ढीला था कि मैं समझ गया कि अगर मैंने ताक़त लगाई तो यह बाहर ही आ जाएगा। उसके बालों ने ही खोपड़ी को अलग होने से रोके रखा था। खोपड़ी के नीचे गर्दन के पास सूजन भी थी। वह बेहोश था और मुझे संदेह ही था कि वह दोबारा कभी आंखें खोल सकेगा।

मैंने दोबारा आसमान की तरफ़ देखा। अब बहुत कम रोशनी बाक़ी थी और वक़्त भी। मुझे फ़ैसला लेना था, विकल्प चुनना था और शायद एक व्यक्ति को मरने के लिए छोड़ते हुए मुझे दूसरे को ज़िंदा रहने में मदद करनी थी। मैं डॉक्टर नहीं था और ना ही हमले के बीच काम का ही मुझे कोई अनुभव था। ऐसा लग रहा था कि यह काम तो ज़बरदस्ती मेरे खाते में आ गया है, क्योंकि मुझे अन्य लोगों की तुलना में ज़्यादा मालूम है और मैं यह करने के लिए तैयार था। सर्दी बहुत थी और मैं भी पथरा चुका था। मैं ख़ून से फैली गंदगी में घुटनों के बल बैठा था और मुझे घुटने के पास पैंट द्वारा ख़ून को सोखे जाने का अहसास हो रहा था। जब मैंने क़ादर की तरफ़ देखा तो उन्होंने सिर हिलाया, जैसे कि वह मेरे विचारों को पढ़ रहे हों। ग्लानि और डर से बीमार महसूस करते हुए मैंने सिद्दिकी पर कंबल डाल दिया, ताकि वह गर्म रहे और फिर उसे छोड़कर टूटे हाथ वाले व्यक्ति की सेवा में जुट गया।

ख़ालिद ने प्राथमिक उपचार का भरा-पूरा किट मेरे बग़ल में खोलकर रख दिया। मैंने अहमद जादेह के पैरों के पास उस व्यक्ति के बग़ल में एंटीबायोटिक पाउडर की एक बोतल, एक एंटिसेप्टिक वॉश, पट्टियां और कैंची फेंक दी, जिसे गोली लगी थी। मैंने घाव को साफ़ करने और पट्टी लगाने को लेकर कुछ निर्देश दिए और अहमद गोली के घाव को ढंकने के काम में जुट गया। मैंने अपना ध्यान टूटी हुई बांह की ओर किया। वह व्यक्ति मुझसे बहुत तेज़ी से बात कर रहा था और मैं उसके चेहरे को अच्छी तरह से जानता था। बिदकने वाली बकरियों पर क़ाबू में उसे महारत हासिल थी और मैंने तो कई बार उसके शिविर में घूमने के दौरान मनमौजी बकरियों तक को उसके पीछे-पीछे घूमते हुए देखा था।

'उसने क्या कहा? मेरी कुछ समझ नहीं आया?'

'वह पूछ रहा है कि क्या इसमें दर्द होगा,' यह कहते हुए ख़ालिद ने अपनी आवाज़ और चेहरे के हावभाव को बेहद सामान्य रखा।

'मेरे साथ ऐसा ही कुछ हो चुका है,' मैंने जवाब दिया। 'कुछ इसी की तरह का। मैं जानता हूं कि यह कितना दर्द करता है। भाई इतना ज़्यादा दुखता है कि मुझे लगता है कि तुम्हें उससे उसकी बंदूक ले लेना चाहिए।'

'ठीक है,' ख़ालिद ने जवाब दिया।

उसने एक चौड़ी सी मुस्कान दी और घायल व्यक्ति के पास बैठकर उसकी क्लाश्निकोव को बड़ी ही सफ़ाई के साथ उससे दूर कर दिया। फिर अचानक अंधेरा घिर आया और उस व्यक्ति के पांच दोस्तों ने उसे कसकर पकड़ लिया। मैंने उसकी बांह को तब तक मरोड़ा जब तक कि वह पहले पूरी तरह से स्वस्थ हाथ में सीधी नहीं दिखने लगी। अब वह ठीक पहले की तरह तो नहीं हो सकेगी।

'अल्लाह। अल्लाह,' वह कराहा और अपने दांतों को भींचता रहा।

टूटी हुई हड्डी का मिलान करके उस पर प्लास्टर लगा दिया गया और हमने गोली खाने वाले व्यक्ति के भी घाव को भर दिया, मैंने बेहोश सिद्दिकी के सिर पर तेज़ी से एक पट्टी लपेट दी। उसके बाद तुरंत हम संकरे दर्रे से आगे बढ़ने लगे। बाक़ी बचे हुए घोड़ों में सामान को बराबरी से बांट दिया गया। गोली खाने वाला व्यक्ति एक घोड़े पर सवार था और उसे दोनों ओर से उसके दोस्त सहारा दे रहे थे। हमले में मारे गए माज़िद की ही तरह घायल सिद्दिकी को भी सामान ले जा रहे एक घोड़े से बांध दिया गया था। बाक़ी हम सब पैदल चल रहे थे।

चढ़ाई तीखी, लेकिन छोटी थी। विरल हवा में हांफते और हाड़ कंपा देने वाली ठंड से कंपकंपाते हुए मैं प्रतिकार कर रहे घोड़े को खींचते हुए बाक़ी के दल के पास ले गया। अफ़गान लड़ाकों ने एक बार भी परेशानी भरी कोई आवाज़ तक नहीं निकाली। जब इस समूची यात्रा की सबसे तीखी चढ़ाई से सामना हुआ तो मैं तो रुककर दोबारा ताक़त हासिल करने के लिए हांफते हुए खड़ा हो गया। दो लोगों ने मुझे रुकते हुए देखा तो वह आगे से दोबारा फिसलकर मेरे पास आ गए। बड़ी सी मुस्कान देकर उन्होंने हौसला बढ़ाने के लिए मेरी पीठ थपथपाई और घोड़े को चढ़ाई पर ऊपर ले जाने में मेरी मदद की और फिर आगे जा रहे लोगों से जा मिले।

'ये अफ़गान लोग भले ही साथ रहने के लिहाज़ से दुनिया के सबसे अच्छे लोग नहीं हों,' मेरे पीछे चल रहे अहमद ज़ादेह ने हांफते हुए कहा। 'लेकिन साथ *मरने* के लिहाज़ से वे दुनिया के सबसे अच्छे लोग हैं।'

पांच घंटे की चढ़ाई के बाद हम अपने गंतव्य तक पहुंच गए, शर-ए-सफ़ा पहाड़ों में एक शिविर। यह शिविर एक बड़ी सी चट्टान की आड़ के चलते हवा से सुरक्षित था। नीचे ज़मीन को खोदकर एक बड़ी गुफा बनाई गई थी जो कई अन्य

गुफाओं के लिए रास्ता बनाती थीं। पहाड़ के समतल पठार के पास तक इसी तरह की गुफाएं और छोटे-छोटे बंकर बने हुए थे।

क़ादर ने पूनम के चांद की रोशनी में हमसे डेरा डालने के लिए कहा। उसके संतरी ने पहले ही शिविर को हमारे आने की सूचना दे दी थी। मुजाहिदीन बेहद उत्साह के साथ हमारा और हमारे द्वारा लाए गए सामान का इंतज़ार कर रहे थे। काफ़िले के बीच मुझे एक संदेश भेजा गया कि क़ादर मुझसे मिलना चाहते हैं। मैं आगे जाकर उनसे मिला।

'हम इस रास्ते से शिविर में जाएंगे। ख़ालिद, अहमद, नज़ीर, महमूद और कुछ अन्य। हमें ठीक से पता नहीं कि शिविर में कौन लोग हैं। शाहबाद दर्रे में हम पर हुआ हमला मुझे बता गया है कि असमतुल्ला अचाकज़ाई ने दोबारा खेमा बदल लिया है और अब वह रूसियों से मिल गया है। पिछले तीन साल से इस दर्रे पर उसका ही कब्ज़ा था। हमें वहां सुरक्षित रहना चाहिए था। हबीब मुझे बता रहा है कि यह शिविर दोस्ताना है और यह भी कि यह हमारे लोग हैं, जो हमारा इंतज़ार कर रहे हैं। लेकिन अभी वह सभी छिपे हुए हैं और वह बाहर आकर हमारा स्वागत नहीं करेंगे। ऐसे में बेहतर होगा अगर हमारा अमेरिकी दोस्त हमारे साथ ही चले, मोर्चे के पास, मेरे पीछे। मैं तुम्हें यह करने के लिए कह नहीं सकता, केवल पूछ ही सकता हूं। क्या तुम हमारे साथ आओगे?'

'हां,' मेरा प्रयास था कि मेरी स्वीकृति मेरे अपने मन में मौज़ूद दृढ़ता से ज़्यादा पुख़्ता लगे।

'बहुत अच्छे। नज़ीर और अन्य लोगों ने घोड़ों को तैयार कर लिया है। हम तत्काल रवाना होंगे।'

नज़ीर कुछ घोड़े लेकर तैयार था और हम सब उन सवार हो गए। क़ादर तो शायद मुझसे भी ज़्यादा थके हुए होंगे और उनका शरीर भी कई दर्दों, शिकायतों से गुजर रहा होगा, लेकिन वह घोड़े पर पीठ सीधी करके बैठे थे और उन्होंने दृढ़ता के साथ हाथों में अपनी निशानी हरा-सफ़ेद झंडा पकड़ रखा था। उनकी देखादेखी मैंने भी कमर सीधी कर ली और घोड़े को आगे बढ़ाने के लिए ऐड़ लगाई। हमारा छोटा सा काफ़िला बेहद चमकीले पूनम के चांद की रोशनी में आगे बढ़ रहा था। रोशनी इतनी तेज़ थी कि चट्टानों पर हमारी परछाइयां दिख रही थीं।

दक्षिणी चढ़ाई से शिविर तक का रास्ता एक संकरे पथरीले रास्ते से जाता था जो दाएं से बाएं बेहद आकर्षक अंदाज़ में घुमावदार था। हमारे बाईं ओर लगभग तीस मीटर गहरी खाई थी जिसके नीचे चट्टानों के टूटे हुए टुकड़े बिखरे हुए थे। हमारी दाईं तरफ़ खड़ी चट्टान की ऊंची दीवार थी। हमारे अपने लोगों और शिविर में मौज़ूद मुजाहिदीन की निगरानी में जब शायद हमने आधा ही रास्ता पार कर लिया था, मेरे दाएं कूल्हे में अचानक खिंचाव आ गया। मैं जितना इस दर्द की अनदेखी करने की कोशिश कर रहा था, वह उतना ही बढ़ता चला जा रहा था। दर्द इस हद तक पहुंच

गया कि अब मैं उसकी अनदेखी नहीं कर सकता था और मैंने दर्द से कुछ राहत पाने के लिए दायां पैर रक़ाब से निकाला और पैर को लंबा खींचना चाहा। मेरा पूरा वज़न अब मेरे बाएं पैर पर था और मैं जीन में लगभग खड़ा सा हो गया था। बिना किसी चेतावनी के मेरा बायां पांव भी रक़ाब से फिसलकर निकल गया और मैंने ख़ुद को गहरी खाई में गिरते हुए महसूस किया।

मेरे गिरने के दौरान बचाव की सहज प्रक्रिया सक्रिय हो गई और मैंने घोड़े की गर्दन को बांहों और खुले दाएं पैर से पकड़ लिया। मैं जीन से गिर चुका था और मैंने ख़ुद को घोड़े की गर्दन पर लपेट लिया था। मैंने उसे रुकने के लिए कहा, लेकिन वह मेरी साफ़ अनदेखी करते हुए आगे बढ़ता ही रहा। मैं उसकी गर्दन छोड़ ही नहीं सकता था। रास्ता इतना ज़्यादा संकरा और खाई इतनी गहरी थी कि मुझे पता था कि पकड़ छोड़ते ही मैं उसमें गिर जाऊंगा। इसलिए मैंने गर्दन को हाथों और पैर से पकड़े ही रखा। उसका सिर मेरे सिर के आस-पास ही था।

पहले मैंने ख़ुद अपने लोगों को हंसते हुए सुना। यह इस क़िस्म की हंसी थी जिसमें लंबी अवधि तक पीड़ा झेलने के बाद व्यक्ति पसलियों में दर्द के कारण खुलकर हंस भी नहीं सकता। यह इस क़िस्म की हंसी थी जो बता रही थी कि अगर आपने अगली सांस नहीं ली तो आपकी मौत हो जाएगी। और मैंने शिविर से मुजाहिदीन लड़ाकों के भी हंसने की आवाज़ सुनी। मैंने गर्दन को पीछे करके देखा तो क़ादर हंसने वालों में सबसे प्रमुख थे। और मैं भी हंसने लगा, जब हंसी से मेरी बांहें कमज़ोर होने लगीं तो मैं फिर हंसा। उसके बाद जैसे ही मैंने कहा *बंद करो* तो सब और ज़ोर से ठहाका लगाने लगे।

और इस तरह से मैं मुजाहिदीनों के शिविर में पहुंचा। लोगों ने तत्काल मुझे घेरकर घोड़े की गर्दन से छुड़ाकर सीधा खड़ा कर दिया। मेरे अपने काफ़िले के लोग भी संकरे रास्ते से वहां पहुंच गए। सभी ने मेरी पीठ और कंधे को थपथपाया। इतनी मिलनसारिता को देखकर मुजाहिदीन भी तालियां बजाने लगे और अंतिम व्यक्ति के मेरे पास से गुजरने तक पंद्रह मिनट चले गए और तब जाकर कहीं मुझे बैठकर अपने पैर को सीधा करने का मौक़ा मिला।

'तुम्हें अपने साथ घोड़े पर ले जाने का क़ादर का विचार अच्छा नहीं था,' ख़ालिद अंसारी ने मेरे पास की चट्टान पर बैठते हुए कहा। 'लेकिन यार तुम उस करतब के बाद बेहद लोकप्रिय हो गए हो। निश्चित तौर पर इन लोगों की ज़िंदगी में उनके द्वारा देखी गई यह सबसे मज़ेदार बात होगी।'

'जाने भी दो यार!' मैंने बची-खुची हंसी के साथ कहा। 'मैं सैकड़ों पहाड़ों पर चढ़ा और मैंने दसियों नदियां पार कर लीं। उनमें से अधिकांश तो अंधेरे में, पूरे एक माह तक और सबकुछ ठीक था। मैं यहां शिविर में पहुंचता हूं और किसी बंदर की तरह अपने घोड़े की गर्दन पर लिपटकर।'

'मुझे दोबारा हंसने पर मज़बूर मत करो!' ख़ालिद ने हंसी से दुख रहे पेट को पकड़कर कहा।

मैं भी उसके साथ हंसने लगा और हालांकि मैं थका हुआ था और उपहास के आगे घुटने टेक चुका था, मैं और अधिक हंसन नहीं चाहता था। मैंने उससे नज़र बचाने के लिए दाईं ओर देखा। हमारे घायल लोगों के लिए वहां पर काफ़ी अच्छी तरह से छिपाकर एक शामियाना लगाया हुआ था। इसके बग़ल की छांव में लोग घोड़ों पर से सामान उतारकर उसे गुफा में ले जा रहे थे। मैंने काम कर रहे लोगों के पीछे हबीब को एक लंबी और भारी वस्तु घसीटते हुए देखा। वह उसे और गहरे अंधेरे की ओर खींच रहा था।

'क्या...' मैंने कहा, 'ये हबीब वहां क्या कर रहा है?'

ख़ालिद अचानक सजग होकर उठ खड़ा हुआ। उसकी जल्दबाजी ने मुझे भी जगा सा दिया और मैं भी उसके पीछे दौड़ पड़ा। हम चट्टानों की पंक्तियों की तरफ़ दौड़े जो पठार का एक सिरा थे। जब हम वहां पहुंचे तो हमने देखा कि वह घुटनों के बल बैठा था और उसके पास एक व्यक्ति का शरीर पड़ा था। वह सिद्दिकी था। पूरा ध्यान जबकि सामान पर था, हबीब ने बेहोश सिद्दिकी को खींच निकाला था। हम वहां पहुंचे ही थे कि हबीब ने अपना लंबा चाकू निकाला और उस व्यक्ति की गर्दन पर रखकर हल्का सा झटका दिया। सिद्दिकी के पैर कुछ देर छटपटाए और फिर शांत हो गए। हबीब ने चाकू खींचा और मुड़ा तो हमें उसे घूरते हुए देखा। हमारे चेहरे पर मौज़ूद ख़ौफ और गुस्से ने तो उसकी आंखों में मौज़ूद पागलपन को और अधिक हवा दे दी। वह हमारी तरफ़ देखकर मुस्कराया।

'क़ादर!' ख़ालिद चिल्लाया। उसका चेहरा पीला पड़ चुका था। 'क़ादरभाई! इधर आओ!'

अचानक मुझे पीछे कहीं से जवाबी आवाज़ सुनाई दी, लेकिन मैं हिला तक नहीं। मेरी नज़रें हबीब पर टिकी हुई थीं। उसने मार डाल गए व्यक्ति पर से अपना पैर घुमाते हुए मेरी तरफ कुछ ऐसे रुख़ किया, मानो मुझ पर छलांग लगाने वाला हो। उसके चेहरे पर वह पागलों जैसी मुस्कान चिपक चुकी थी, लेकिन उसकी आंखें गहरा गई थीं–शायद डर से या फिर और ज़्यादा कुटिलता से। उसने अपना मुंह घुमाकर गर्दन कुछ ऐसी टेढ़ी की मानो रात में दूर से कहीं आ रही कोई हल्की आवाज़ सुनने की कोशिश कर रहा हो। मुझे अपने पीछे स्थित शिविर के हो–हल्ले के सिवाय कुछ भी सुनाई नहीं दिया। इसके अलावा दर्रों, खाइयों से गुजरती हवा की आवाज़ सुनाई दे रही थी। उसी पल, वह ज़मीन, वह पहाड़ और अफ़गानिस्तान ही मुझे इतना अधिक वीरान सा लगने लगा। अच्छाई और कोमलता से इतना ज़्यादा रिक्त कि लगा मानो वह हबीब के पागलपन का ही दृश्य हो। मुझे महसूस हुआ कि मैं एक अपने दिग्भ्रमित दिमाग़ की चट्टानों के बीच फंस चुका हूं।

जब मैं उसे दूसरी ओर मुंह करके कुछ सुनने की कोशिश करते हुए देख रहा

था, तो मेरा हाथ बेसाख़्ता अपनी पिस्तौल की ओर चला गया और मैंने उसे हाथ में ले लिया। लंबी सांसें लेते हुए मैंने क़ादर द्वारा सिखाए गए सबक़ के मुताबिक़ स्वचलित अंदाज़ में सेफ़्टी लॉक को खोला और घोड़े को खींचकर उसमें एक गोली डाल दी। मेरी अंगुलियां अब घोड़े पर थीं। इस आवाज़ ने हबीब को दोबारा अपना चेहरा मेरी तरफ़ करने पर मज़बूर कर दिया। उसने मेरा हाथ में मौज़ूद पिस्तौल को देखा। वह उसके सीने पर तनी हुई थी। उसने बहुत धीमे-धीमे मेरी आंख से आंख मिलाई। लंबा चाकू अब भी उसके हाथ में ही था। मैं नहीं जानता था कि पूनम के चांद की रोशनी में मेरे चेहरे पर क्या हावभाव दिखाई दे रहे थे। यह निश्चित ही अच्छा नहीं होगा। मेरा दिमाग़ तैयार हो चुका था : अगर वह एक मिलिमीटर भी हिला तो मैं घोड़ा दबाते रहूंगा जब तक कि वह मर नहीं जाता।

उसकी मुस्कान हंसी में बदल गई–कम से कम वह दिख तो हंसी जैसी ही रही थी। उसका मुंह हिला और सिर भी, लेकिन कोई आवाज़ नहीं आई। और उसने ख़ालिद को पूरी तरह से अनदेखा करते हुए आंखें मुझ पर गड़ा दीं। और फिर मैं उसकी आवाज़ को अपने दिमाग़ में सुन पा रहा था। देखा तुमने? उसकी आंखें मुझसे कह रही थीं, *तुममें से किसी पर भी विश्वास नहीं करने के मामले में मैं सही था... तुम मुझे मारना चाहते हो... तुम सभी... तुम मुझे मरा देखना चाहते हो... लेकिन यह ठीक है... मुझे कोई एतराज़ नहीं... मैं तुम्हें इसकी अनुमति देता हूं... मैं चाहता हूं तुम यह करो...*

हमने अपने पीछे क़दमों की आवाज़ सुनी। ख़ालिद और मैं कूदकर घबराए हुए से पीछे की ओर मुड़े तो हमने देखा कि क़ादर, नज़ीर और अहमद ज़ादेह तेज़ी से हमारी ओर आ रहे थे। हमने दोबारा गर्दन घुमाई तो हबीब ग़ायब हो चुका था।

'क्या गड़बड़ हो गई?' क़ादर ने पूछा।

'वही हबीब,' ख़ालिद ने यह कहते हुए अंधेरे में उसे खोजने की कोशिश की। 'वह पागल हो गया है...वह पागल है... उसने सिद्दिकी को मार डाला...उसके शव को यहां तक खींचकर लाया और उसके गले में चाकू मार दिया।'

'वह है कहां?' नज़ीर ने गुस्से में पूछा।

'मैं नहीं जानता,' ख़ालिद ने सिर हिलाते हुए कहा। 'लिन, क्या तुमने उसे जाते हुए देखा?'

'नहीं, मैं भी तुम्हारे साथ ही क़ादर की ओर मुड़ा था और जब हमने पीछे देखा तो वह... वह... जा चुका था। मुझे लगता है कि उसने खाई में छलांग लगा दी होगी।'

'उसने छलांग नहीं लगाई होगी,' ख़ालिद ने कहा। 'खाई पचास यार्ड गहरी है। वह *नहीं* कूदा होगा।'

अब्दुल क़ादर मृत व्यक्ति के पास घुटने टेककर बैठे हुए थे और आसमान की तरफ़ हथेलियां करके मृतक के लिए दुआ मांग रहे थे।

'हम उसे कल भी खोज सकते हैं,' अहमद ने ख़ालिद के कंधे पर हाथ रखते हुए कहा। उसने फिर रात के आसमान की तरफ़ देखा। 'काम के लिहाज़ से अब ज़्यादा चांदनी नहीं बची है। हमें अभी काफ़ी काम करना है। चिंता मत करो। अगर वह अब भी हमारे आस-पास होगा तो कल हम उसे खोज निकालेंगे। और अगर हम उसे नहीं खोज पाते-वह चला गया हो तो-यह भी हमारे लिए सबसे बुरी बात नहीं होगी, *है ना?'*

'मैं चाहता हूं कि प्रहरी रात को उस पर नज़र रखें,' ख़ालिद ने आदेश दिया। 'हमारे अपने बंदे-वे लोग जो हबीब को जानते हैं-यहां के लोग नहीं।'

'ठीक है,' जादेह ने सहमति जताई।

'मैं नहीं चाहता कि वे उसे गोली मारें, अगर ऐसा संभव हो तो,' ख़ालिद ने बोलना जारी रखा। 'लेकिन मैं यह भी नहीं चाहता कि वह उसे कोई मौक़ा दें। उसके सारे सामान की तलाशी लो-उसका घोड़ा और उसका झोला। पता करो कि उसके पास क्या हथियार या विस्फोटक हो सकते हैं। मैं पहले अच्छी तरह से नहीं देख पाया था, लेकिन उसने कुछ सामान अपनी जैकेट के भीतर छिपा रखा था। बहुत बुरी स्थिति है!'

'चिंता मत करो,' जादेह ने यह कहते हुए ख़ालिद के कंधे पर फिर से हाथ रखा।

'मैं कुछ नहीं कर सकता,' फ़िलीस्तीनी ने चारों ओर से घिर आए अंधेरे की तरफ़ देखते हुए कहा। 'साला यह बहुत ही ख़राब शुरुआत है। मुझे लगता है कि वह यहीं-कहीं है, अभी इस वक़्त हमें देख रहा है।'

जब क़ादर की दुआ पूरी हो गई तो हम सिद्दिकी के शव को शामियाने में ले गए और अगले दिन दफ़न के रिवाज़ तक के लिए उसको एक कपड़े में लपेटकर रख दिया। हमने कुछ और घंटे काम किया और फिर गुफा में लेट गए। खर्राटे बहुत तेज़ थे और थकान से निढाल लोग बस करवटें बदल रहे थे। लेकिन मैं अन्य कारणों से जागा हुआ था। मेरी नज़र बार-बार उस अंधेरी जगह की ओर ही जा रही थी, जहां पर हबीब अंत में ग़ायब हो गया था। ख़ालिद सही कह रहा था शुरुआत बहुत ख़राब रही है, क़ादर की जंग, और यह शब्द बस मेरे दिमाग़ में घूमते ही रहे। *एक ख़राब शुरुआत...*

मैं बार-बार अपनी आंखें सितारों से सजे आसमान पर गड़ाने की कोशिश कर रहा था, लेकिन बार-बार मेरी एकाग्रता भंग हो रही थी और हर बार मेरी निगाहें अंधकारमय पठार के सिरे पर जाकर ठहर जाती थी। और जिस तरह से बिना कुछ कहे आप समझ जाते हैं कि आपका प्यार गुम हो चुका है या अचानक आपको अहसास होता है कि यह दोस्त ग़लत है और हमको वास्तविकता में पसंद नहीं करता, ठीक वैसे ही मुझे अहसास हो गया कि क़ादर की जंग का अंत हम सबके लिए शुरुआत के लिहाज़ से बहुत बुरा होगा।

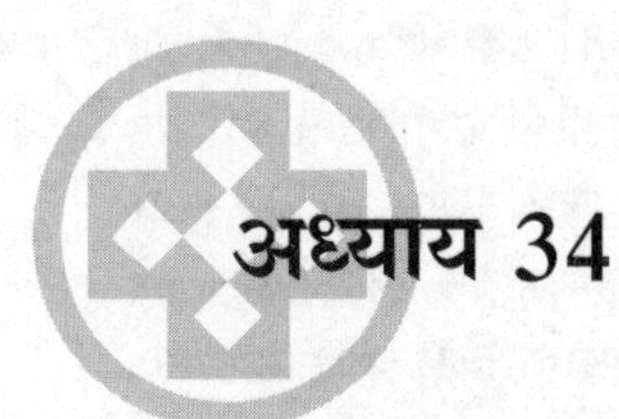

अध्याय 34

सर्दियों के दो माह और ज़्यादा सर्द दिनों में हम गुरिल्ला लड़ाकों के शर-इ-सफ़ा गुफा संकुल में रहे। यह कई लिहाज़ से मुश्किल भरे महीने रहे, लेकिन हम पहाड़ी पर जहां जमे हुए थे, वहां कहीं से भी सीधी गोलीबारी नहीं हुई और हम पूरी तरह से सुरक्षित थे। शिविर की कंधार से सीधी दूरी केवल पचास किलोमीटर थी। यह काबुल के मुख्य राजमार्ग से लगभग बीस किलोमीटर और अरग़नदाब बांध के उत्तर-पूर्व में लगभग पचास किलोमीटर दूर था। रूसियों ने कंधार पर कब्ज़ा तो कर लिया था, लेकिन दक्षिण की इस राजधानी पर उनकी पकड़ कमज़ोर थी और शहर पर कब्ज़े बदलते रहने का सिलसिला जारी रहता था। शहर के मध्य भाग पर रॉकेट्स की बारिश होती रहती थी और बाहरी इलाक़ों में गुरिल्ला युद्ध से नियमित तौर लोग मारे जाते थे। मुख्य राजमार्ग कुछ अच्छी तरह से हथियारबंद मुजाहिदीन इकाइयों के कब्ज़े में था। रूस के टैंकों और ट्रकों को काबुल से कंधार तक आपूर्ति के लिए रास्ते में जंग करते हुए आगे बढ़ना पड़ता था। वह यह काम माह-दर-माह करते थे। काबुल की कठपुतली सरकार की वफ़ादार नियमित अफ़गान सेना रणनीतिक तौर पर बेहद महत्त्वपूर्ण अरग़नदाब बांध की रक्षा करती थी। लेकिन बांध पर लगातार हमलों के कारण उनकी इस क़ीमती संसाधन पर पकड़ भी ख़तरे में रहती थी। इस तरह से हम बेहद हिंसक इलाक़ों के त्रिकोण में फंसे हुए थे और उसमें से हर क्षेत्र से लोगों और हथियारों की नियमित मांग होती रहती थी। शर-ए-सफ़ा पर्वतमाला हमारे दुश्मनों को कोई रणनीतिक लाभ नहीं देती थी, इसलिए यह जंग अच्छी तरह से छिपी हुई हमारी पहाड़ी गुफाओं तक नहीं पहुंच पाती थी।

उन सप्ताहों के दौरान मौसम ने मिज़ाज बदला और कड़ाके की सर्दी शुरू हो गई। बर्फबारी जब चाहे तब होने लगी और हमारे कई स्तर के गणवेश को भी गीला कर देती थी। जमा देने वाली धुंध पहाड़ों पर इतनी धीरे-धीरे उतरती थी कि कई मर्तबा तो यह कई घंटों क़ायम रहती थी : बेहद सफ़ेद, जिसके पार देख पाना नामुमकिन होता था। ज़मीन हमेशा कीचड़ से भरी या फिर जमी हुई होती थी। यहां तक कि हमारी गुफाओं की चट्टानी दीवारें भीं लगता था मानो मौसम की ठंडी मार से कंपकंपा रही हैं।

क़ादर के सामान का कुछ भाग हाथ के औज़ारों और मशीनों के पुर्ज़ों का था। हमारे आने के पहले ही दिनों में हमने दो वर्कशॉप्स की स्थापना कर दी थी।

सर्दियों के मौसम में यह दोनों ही पूरे वक़्त व्यस्त रहती थीं। वहीं पर एक छोटी सी कैपस्टन लेथ मशीन भी थी, जिसे हमने घर पर तैयार टेबल पर लगा दिया था। यह लेथ डीजल इंजिन से चलती थी। लड़ाकों को इस बात का विश्वास था कि हमारे आस-पास दुश्मन की कोई भी सेना नहीं थी, फिर भी हम इंजिन की आवाज़ को दबाने के लिए, केवल हवा और बाहर निकलने वाली गैस के लिए जगह छोड़कर, उसे बोरियों से ढंक देते थे। यही इंजिन एक ग्राइंडिंग व्हील और स्पीड ड्रिल को भी बिजली की आपूर्ति करता था।

इसकी मदद से हमारे लड़ाके हथियारों की मरम्मत करते थे और कुछ मर्तबा तो नए और विभिन्न उद्देश्यों के लिहाज़ से उनमें बदलाव भी कर लिया करते थे। इन हथियारों में सबसे पहले थे मोर्टार। हवाई जहाज और टैंकों के बाद अफ़गानिस्तान की जंग में सबसे अहम हथियार थी, रूस की 82 मिमी. की मोर्टार। गुरिल्ला इस मोर्टार को ख़रीदते थे, चुराते थे या फिर सीधी लड़ाई में छीन लेते थे। इसमें अक्सर किसी की जान चली जाती थी। उसके बाद इन हथियारों को उन्हीं रूसियों के ख़िलाफ़ इस्तेमाल किया जाता था, जो इन्हें इस देश पर कब्ज़ा करने के लिए लाए थे। हमारी वर्कशॉप्स में मोर्टार को पहले खोला जाता था और दोबारा तैयार किया जाता था और फिर पश्चिम में ज़ारांज और उत्तर में कुंदुज़ तक लड़ाई में इस्तेमाल के लिए भेजा जाता था।

कारतूसों के प्लायर्स और क्रिम्पिंग औज़ारों, हथियारों और विस्फोटकों के अलावा क़ादर के सामान में क्लाश्निकोव के लिए नए पुर्ज़े भी होते थे, जिन्हें पेशावर के बाज़ार से ख़रीदा गया था। रुसी एके-*एवतोमेत क्लाश्निकोव* - का डिजाइन 1940 के दशक में मिख़ाइल क्लाश्निकोव ने किया था। दरअसल ऐसा जर्मन हथियारों की नई खेप का सामना करने के लिए किया गया था। दूसरे विश्वयुद्ध की समाप्ति से पहले जर्मनी के सेना के अधिकारियों ने एडॉल्फ़ हिटलर के स्पष्ट आदेश की अवहेलना करते हुए एक स्वचलित असॉल्ट राइफ़ल तैयार की थी। इंजीनियर ह्यूगो श्मेसर ने एक पूर्व रूसी कल्पना पर काम करते हुए इस छोटे, हल्के हथियार को बनाया था जिसमें 30 गोलियों की मैगज़ीन थी और जो व्यावहारिक तौर पर प्रति मिनट 100 गोलियां दाग सकता था। पहले ख़ारिज कर दिए गए इस हथियार से हिटलर इतना ज़्यादा प्रभावित हुआ कि उसने इसका नाम स्टूरम्गेवेर यानी कि *तूफ़ानी हथियार* रख दिया और तत्काल इसके बड़े पैमाने पर उत्पादन का आदेश दे डाला। युद्ध में नाजियों के लिए यह प्रयास बहुत कम और काफ़ी देरी से आया था, लेकिन श्मेसर के इस हथियार ने बाक़ी सदी में नई असॉल्ट राइफ़लों के रुझान को जन्म दे डाला।

क्लाश्निकोव की एके-47 सबसे प्रभावशाली और सबसे ज़्यादा तैयार की जाने वाली असॉल्ट राइफ़ल बन गई। चलाई गई गोली से उत्पन्न गैस बैरल के ऊपर के सिलेंडर में पहुंचती है और यह गैस एक पिस्टन को धक्का देकर अगली गोली चलाने के लिए राइफ़ल को अपने आप तैयार कर देती है। पांच किलो की इस राइफ़ल के

मोड़दार धातु की मैगज़ीन में तीस राउंड कारतूस आते हैं। 7.62 मिमी. की गोलियां लगभग 2300 फ़ीट प्रति सेकेंड की गति से 300 मीटर की प्रभावी रेंज में अपना काम कर जाती हैं। जब यह स्वचलित प्रारूप में होती है तो प्रति मिनट 100 गोलियां दागती है और अर्ध-स्वचलित, एकल गोली प्रारूप में प्रति मिनट 40 गोलियां चलाती है।

इस राइफ़ल की अपनी कुछ सीमाएं हैं और मुजाहिदीन लड़ाकों ने मुझे जल्द समझा दिया। भारी 7.62 मिमी. की गोली की नाल से निकलते वक़्त की कम गति के कारण सीधी न जाकर कुछ घूमकर जाती है और इस वजह से तीन सौ मीटर या उससे ज़्यादा दूरी के लक्ष्य को साधना चुनौतीपूर्ण हो जाता है। साथ ही एके की नाल से जब गोलियां निकलती हैं तो इतनी चौंधिया देती हैं कि रात के वक़्त तो चलाने वाला लगभग अंधा सा महसूस करने लगता है। साथ ही नाल भी बहुत ज़्यादा गरम हो जाती है। कई बार तो गोलियां ही इतनी गर्म हो जाती हैं कि चलाने वाले के चेहरे पर ही फूट जाती हैं। इस वास्तविकता ने साफ़ कर दिया कि क्यों अधिकतर गुरिल्ला इसे इस्तेमाल करते समय इसे शरीर से दूर पकड़ते हैं या फिर लड़ाई के वक़्त सिर के ऊपर।

लेकिन ख़ास बात यह थी कि यह राइफ़ल पानी के भीतर, कीचड़, बर्फ़ में भी चलती है और अब तक तैयार सबसे भरोसेमंद और कारगर मारक हथियार है। तैयार होने के पहले चार दशक में पांच करोड़ क्लाश्निकोव तैयार की जा चुकी थीं, जो इतिहास में किसी भी हथियार से ज़्यादा थीं। और क्लाश्निकोव को हर रूप में क्रांतिकारियों, नियमित सैनिकों, भाड़े के हत्यारों और गैंगस्टर्स द्वारा पूरी दुनिया में इस्तेमाल किया जाता रहा है।

मूल एके-47 को इस्पात को कूट-पीटकर तैयार किया जाता था। 1970 के दशक में एके-47 को धातुई टुकड़ों का इस्तेमाल करके बनाया गया। कुछ पुराने अफ़गान लड़ाकों ने नए हथियार को ख़ारिज कर दिया और इसकी बज़ाय इसके छोटे 5.45 मिमी. के कारतूस और प्लास्टिक की मैगज़ीन वाले संस्करण को भारी एके-47 पर तरज़ीह दी। कुछ युवा लड़ाकों ने 1974 के संस्करण को स्वीकार लिया और भारी बंदूक को पुरानी कहकर ठुकरा दिया। उनके द्वारा इस्तेमाल किए जाने वाले संस्करण इजिप्ट, सीरिया, रूस और चीन में बनाए जाते थे। हालांकि वे मूल तौर पर बस नक़ल मात्र थे, लेकिन फिर भी लड़ाकों की अपनी-अपनी पसंद थी और इन हथियारों का कारोबार एक ही गुट में तक बेहद उत्साहजनक था।

क़ादर की वर्कशॉप हर सीरीज की एके राइफ़लों को मरम्मत करने और कल-पुर्ज़े लगाने का भी काम करती थी और जहां ज़रूरत हो उनको संशोधित भी कर देती थी। वर्कशॉप्स बेहद लोकप्रिय जगहें थीं। अफ़गान लोग हथियारों और उनके साथ नए कौशल सीखने के लिए हमेशा लालायित रहते थे। यह पागलों वाली या क्रूरता भरी उत्सुकता नहीं थी। अलेक्जेंडर महान, हूण, शक, सिथियन्स, मंगोल, मुग़ल, सफ़ाविद, ब्रिटिश और रूसियों द्वारा लगातार हमले झेलने वाली ज़मीन पर बंदूक

चलाना सीखना एक अनिवार्यता थी। उस वक़्त भी जब लोग वर्कशॉप्स में अध्ययन करने या फिर मदद करने के लिए आते थे, वे स्पिरिट स्टोव पर तैयार की जाने वाली चाय और सिगरेट पीने और अपने प्रियजनों के बारे में बात करने के लिए जमा हो जाते थे।

और दो माह तक मैंने प्रतिदिन उन लोगों के साथ काम किया। मैंने सीसे और अन्य धातुओं को एक छोटी सी भट्ठी से पिघलाया। मैंने उन्हें जलाऊ लकड़ियां बटोरने और पास की ही खाई में स्थित झरने से पानी लाने में भी मदद की। हल्की बर्फ़ में खुदाई करते हुए मैंने नए शौचालय बनाए और भर जाने पर उन्हें सावधानी के साथ ढंकने का भी काम किया। मैंने नई टरेट लेथ पर पुर्ज़े बनाए और पेंचदार धातु की छीलन को भी पिघलाया ताकि और कलपुर्ज़े बनाए जा सकें। सुबह के वक़्त मैं घोड़ों की देखभाल करता था, जो कि पहाड़ी पर नीचे स्थित गुफाओं में रखे गए थे। मैं दूध से मक्खन तैयार करता था और नान ब्रेड बनाने में भी मदद करता था। अगर किसी व्यक्ति को किसी घाव या खरोंच या मोच का सामना करना पड़ा तो मैं अपने प्राथमिक उपचार के किट से उसे मदद करने की भरसक कोशिश करता था।

मैंने कुछ गानों के सामूहिक जवाब को भी सीख लिया था और शाम के वक़्त जब आग जलाकर गर्माहट के लिए हम सब उसे घेरकर बैठते थे तो मैं भी उन लोगों के साथ कोमल आवाज़ में गाने की कोशिश करता। मैं अंधेरे में उनके द्वारा बताई जा रही कहानियों को सुनता था और फिर ख़ालिद, महमूद और नज़ीर मेरी सुविधा के लिए उनका अनुवाद करते थे। हर दिन जब लोग इबादत करते थे तो मैं भी मौन होकर उनके साथ घुटनों के बल बैठ जाता था। और रात को जब हम सब चिपककर सोते थे तो सैकड़ों गंधों का संसार मुझे अपने घर और उन प्रियजनों की याद दिला देता था जिनसे मैं मिलना चाहता था। वहां पर लकड़ी के धुएं, बंदूक के तेल, सस्ते चंदन के साबुन, पेशाब, शौच, गीलेपन, बिना नहाए लोगों, घोड़ों के बालों, मरहम, जीन को नर्म करने के तेल, जीरा और धनिया, पेपरमिंट टूथ पाउडर, चाय, तंबाखू और सैकड़ों अन्य गंध आती रहती थीं।

'घोड़े पर सामान लगभग लादा जा चुका है,' मैंने अपना सामान बटोरते हुए क़ादर से कहा। 'जब काम पूरा हो जाएगा तो ख़ालिद और नज़ीर भी यहां आ जाएंगे। उन्होंने मुझे यह बताने के लिए कहा।'

हम एक पहाड़ी के समतल शीर्ष पर थे, जहां से घाटी और पहाड़ के नीचे से क्षितिज में कंधार तक फैले पठार का अच्छा नज़ारा दिखता था। पहली बार धुंध और बर्फ़ ने रुककर हमें उस दिलकश नज़ारे का पूरा आनंद उठाने का मौक़ा दिया। हमारे पूर्व में गहरे घने बादल जमा हो चुके थे और ठंडी हवा में बारिश और बर्फ़ की नमी तैरने लगी थी, लेकिन उस पल तो हम अपनी दुनिया के अंतिम सिरे तक सबकुछ देख पा रहे थे और हमारी सर्द आंखें इस ख़ूबसूरती को अपलक निहार रही थीं।

'1878 के नवंबर, यानी उसी महीने में जब हमने अपना अभियान शुरू किया था, ब्रिटिश सेना खैबर दर्रे से घुसी थी और उनके साथ दूसरी अफ़गान लड़ाई की

शुरुआत हो गई थी।' क़ादर ने मेरी रिपोर्ट को अनसुना सा करते हुए कहा या फिर शायद अपने अंदाज़ में जवाब दिया। सुदूर कंधार से उठ रहे धुएं और आग से आसमान में बन रही परतों को वह देखते रहे। मैं जानता था कि इस क्षितिज पर हो रहे धमाकों में रॉकेटों की बारिश में निश्चित तौर पर कभी शिक्षक रहे या कारोबारी रहे लोग ही शामिल होंगे। अब वह निर्वासन में शैतान बन चुके थे। अब वे रूसी घुसपैठियों के ख़िलाफ़ जंग में अपने ही घरों, दुकानों और स्कूलों पर गोलीबारी कर रहे होंगे।

'ख़ैबर दर्रे के रास्ते से पूरे ब्रिटिश राज में सबसे खूंखार, बहादुर और क्रूर सैनिक आया उसका नाम था रॉबर्ट्स, लॉर्ड फ्रेडरिक रॉबर्ट्स। उसने काबुल पर कब्ज़ा कर लिया और कठोर मार्शल लॉ लागू कर दिया। एक ही दिन में सत्तासी अफ़गानी सैनिकों को सार्वजनिक चौक पर फांसी देकर मार डाला गया। इमारतें और बाज़ार नष्ट कर दिए गए, गांव जला दिए गए और सैकड़ों अफ़गान मारे गए। जून में अयूब खान नाम के एक राजकुमार ने अंग्रेज़ों को भगाने के लिए जिहाद की घोषणा कर दी। उसने दस हज़ार आदमियों के साथ हेरात छोड़ दिया। वह मेरा पूर्वज था, मेरे परिवार का व्यक्ति था और मेरे कई रिश्तेदार उस सेना में थे जिसे उन्होंने खड़ा किया था।'

उन्होंने एक चुप होकर मेरी तरफ़ देखा, उनकी सफ़ेद-काली भौंहों के नीचे उनकी सुनहरी आंखें चमक रही थीं। उनकी आंखें मुस्करा रही थीं, लेकिन उनके जबड़े भिंचे हुए थे। इस बात से आश्वस्त होकर कि शायद मैं उनकी बात सुन रहा हूं उन्होंने सुलगते हुए क्षितिज की तरफ़ देखकर दोबारा बोलना शुरू किया।

'उस वक़्त बरोज़ नाम का एक ब्रिटिश कंधार का प्रभारी था। वह उस वक़्त 63 वर्ष का था, जितना कि आज मैं हूं। वह कंधार से 1500 लोगों की फौज के साथ निकला था-ब्रिटिश और भारतीय सैनिक-और उनका राजकुमार अयूब से माइवांद में सामना हुआ। अगर मौसम साफ़ हो तो, जहां हम बैठे हैं, यहीं से तुम उस जगह को देख सकते हो। जंग में दोनों ही ओर से तोपें चलीं और सैकड़ों लोगों की बहुत बुरी तरह से मौत हुई। जब वे आमने-सामने आए तो वह इतनी पास से गोलियां दाग रहे थे कि गोलियां एक शरीर से निकलकर पीछे के व्यक्ति तक में जाकर लग रही थी। अफ़गानों के 2500 लोग मारे गए, लेकिन उन्होंने जंग जीत ली और ब्रिटिश सेना को कंधार तक पीछे लौटना पड़ा था। राजकुमार अयूब ने तत्काल शहर को घेर लिया और कंधार का घेरा शुरू हुआ।'

खिले हुए सूरज के बावजूद तेज़ हवाओं के बीच पहाड़ के ऊपर बहुत ज़्यादा ठंड थी। मैंने महसूस किया कि मेरे हाथ और पैर सुन्न हो चुके हैं और मैं खड़ा होकर पैरों में गर्मी लाने की सोचने लगा, लेकिन मैं उन्हें टोकना नहीं चाहता था। इसकी बज़ाय मैंने दो बीड़ियां सुलगाकर एक उन्हें थमा दी। उन्होंने आंखों से ही धन्यवाद देते हुए उसे ले लिया और आगे बोलने से पहले दो कश लगाए।

'लॉर्ड रॉबर्ट्स-क्या तुम उसके बारे में जानते हो, लिन, मेरे पहले शिक्षक, मेरे प्यारे मैकेंज़ी एस्कायर पूरे वक़्त यह कहा करते थे, *बॉब्स योर अंकल (बेहद आसानी*

से), और अब यह मेरी आदत में भी शुमार हो चुका है। फिर एक दिन उन्होंने मुझे बताया कि यह कहावत लॉर्ड फ्रेडरिक रॉबर्ट्स की देन है। क्योंकि देखो मेरे सैकड़ों लोगों को मारने वाला व्यक्ति अपने सैनिकों के प्रति इतना दयावान था कि वे उसे अंकल बॉब्स कहा करते थे। और वे कहा करते थे कि अगर वह किसी बात के प्रभारी है तो सबकुछ अच्छा ही होगा– *बेहद आसानी* से। उनके द्वारा यह बताने के बाद फिर मैंने दोबारा कभी वह शब्द नहीं बोला। और एक बेहद अज़ीब बात यह भी है कि मेरे प्रिय मैकेंज़ी एस्क्वायर के दादाजी ने लॉर्ड रॉबर्ट्स की सेनाओं के ख़िलाफ़ जंग लड़ी थी। उनके दादाजी और मेरे परिजन दूसरे अफ़गान युद्ध में ब्रिटिश सेना के ख़िलाफ़ साथ मिलकर लड़े थे। यही वजह थी कि मैकेंज़ी एस्क्वायर को मेरे देश का इतिहास इतना अधिक आकर्षक लगता था और उन्हें युद्धों के बारे में इतनी अधिक जानकारी थी। और अल्लाह का शुक्रिया, वह मेरे दोस्त भी थे और मेरे शिक्षक भी, उस वक़्त जब उनके और मेरे दादाजी की मौत की वज़ह बनने वाले युद्ध के घाव लिए लोग ज़िंदा थे।'

वह कुछ देर रुके और हमने हवा की आवाज़ को सुना और उस सर्द अहसास को महसूस किया जो यह नई बर्फ़ के साथ ला रही थी : यह कंपकंपा देने वाली हवा सुदूर बामियान से शुरू हुई थी और बर्फ़ और बर्फ़ीली हवाओं को कंधार तक के सारे पहाड़ों पर ले आई थी।

'और फिर लॉर्ड रॉबर्ट्स दस हज़ार सैनिकों की फौज लेकर काबुल से कंधार को आज़ाद कराने के लिए रवाना हुआ। उसकी सेना के दो-तिहाई लोग भारतीय थे-और वे अच्छे लड़ाके थे, वे भारतीय सिपाही। रॉबर्ट्स उन्हें काबुल से कंधार की तीन सौ मील की दूरी केवल 22 दिन में पैदल चलाकर ले आया। हमारे द्वारा तय की गई दूरी से ज़्यादा, चमन से यहां तक का सफ़र-और तुम्हें पता ही है कि हमें इसमें एक महीने का वक़्त लग गया। जबकि हमारे पास अच्छे घोड़े थे और हमें रास्ते में गांवों से मदद भी मिली थी। और वह जमा देने वाले बर्फ़ीले पहाड़ों से रेगिस्तान तक आ गए थे, नरक से गुजरते हुए और उन्होंने राजकुमार अयूब ख़ान की सेना के साथ जमकर जंग लड़ी और जीत भी हासिल की। रॉबर्ट्स ने शहर में मौज़ूद ब्रिटिश लोगों को बचा लिया और उस दिन से समूचे ब्रिटिश साम्राज्य की सेना के सभी सैनिकों का फ़ील्ड मार्शल बनने के बाद भी उसे हमेशा *कंधार वाला रॉबर्ट्स* के नाम से ही जाना जाता था।'

'क्या राजकुमार अयूब मारे गए थे?'

'नहीं। वह बच निकले थे। उसके बाद ब्रिटिश लोगों ने उनके ही नज़दीकी रिश्तेदार अब्दुल रहमान ख़ान को अफ़गानिस्तान की गद्दी पर बैठा दिया था। मेरे एक और पूर्वज अब्दुल रहमान ख़ान ने देश पर इतनी समझदारी के साथ राज किया कि ब्रिटिश लोगों के पास वास्तविक सत्ता नहीं थी। हालात ठीक पहले की ही तरह के थे-उसके बाद महान सैनिक और बड़े हत्यारे *बॉब्स योर अंकल* का ख़ैबर दर्रे से जंग

के लिए आगमन हुआ। लेकिन अब जब कि हम यहां बैठकर मेरे शहर को जलते हुए देख रहे हैं, मुख्य मुद्दा यह है कि कंधार अफ़गानिस्तान पर कब्ज़े की चाबी है। काबुल देश का दिल है, लेकिन कंधार उसकी आत्मा है और जो कंधार पर राज करता है, वही अफ़गानिस्तान पर राज करता है। जब रूसियों को मेरा शहर छोड़ने पर मज़बूर किया जाएगा, वे जंग हार जाएंगे। लेकिन तब तक नहीं।'

'मुझे इन सब बातों से नफ़रत है,' दिमाग़ में यह विचार पुख़्ता होने के साथ मैंने यह कहा कि इस जंग से हालात नहीं बदलने वाले : जंग हालात नहीं बदल सकती। *दरअसल शांति ही गहरे तक पैठ बनाती है,* मैंने सोचा और मुझे याद आया कि मैं इस बारे में सोच रहा था। सोच रहा था कि यह एक चतुराई भरा विचार है जिसे मुझे हमारी बातचीत में लाना चाहिए। मुझे आज भी उस दिन का हर एक लम्हा याद है। मुझे हर शब्द याद है और वह तमाम बेवकूफ़ी भरे, बेकार, चिंताजनक विचार, मानो क़िस्मत ने उनके साथ मेरे चेहरे पर करारा तमाचा जड़ा हो। 'मुझे इन सब बातों से नफ़रत है और मुझे इस बात की ख़ुशी है कि आज हम घर लौट रहे हैं।'

'तुम्हारे यहां कौन-कौन से दोस्त हैं?' उन्होंने मुझसे पूछा। सवाल ने मुझे चौंका दिया और मैं उनके इरादे को भांप नहीं सका। मेरे चेहरे पर असमंजस भरे विचार देखकर ख़ुश होते हुए उन्होंने मुझसे दोबारा पूछा। 'तुम यहां जिन लोगों को जानते हो, इस पहाड़ी पर, तुम्हारे दोस्त कौन हैं?'

'अच्छा, निश्चित तौर पर ख़ालिद और नज़ीर- '

'तो नज़ीर अब तुम्हारा दोस्त है?'

'हां,' मैंने ठहाका लगाते हुए कहा। 'वह मेरा दोस्त है और मुझे अहमद ज़ादेह भी अच्छा लगता है। और वह ईरानी महमूद मेलबाफ़ और सुलेमान ठीक है और जलालाद-वह एक निरंकुश बच्चा है-और वह किसान ज़ाहेर रसूल।'

क़ादर ने सिर हिलाकर सूची को जांचा, लेकिन जब उन्होंने कोई भी टिप्पणी नहीं की तो मैं ख़ुद को बोलने से रोक नहीं पाया।

'मेरी राय में वे *सब* अच्छे लोग हैं। लेकिन वे ऐसे लोग हैं... जिनके साथ मेरी सबसे ज़्यादा पटरी बैठती है। क्या आपका यही मतलब था?'

'यहां तुम्हारा सबसे पसंदीदा काम कौन-सा है?' उन्होंने अचानक अनपेक्षित रूप से विषय को बदलते हुए कहा। ठीक उनके दोस्त अब्दुल ग़नी की ही तरह।

'मेरा पसंदीदा... यह कुछ अज़ीब लग सकता है और मैंने कभी सोचा नहीं था कि मैं यह कहूंगा, लेकिन मेरे ख़याल से घोड़ों की देखभाल मेरा सबसे पसंदीदा काम है।'

वह मुस्कराए और वह हंसी में बदल गई। मुझे यक़ीन था कि वह उस रात के बारे में सोच रहे होंगे, जब मैं अपने घोड़े की गर्दन पर उल्टा लटककर शिविर में पहुंचा था।

'ठीक है,' मैं मुस्कराया। 'मैं दुनिया का सबसे अच्छा घुड़सवार नहीं हूं।'

वह और ज़ोरों से हंसे।

'लेकिन हमारे यहां पहुंचते ही मुझे उनकी कमी खलने लगी और मैंने आपको बताया कि पहाड़ के नीचे अस्तबल में मैं घोड़ों की देखभाल का काम करूंगा। यह मज़ेदार है–मुझे उनके आस–पास रहने की आदत सी पड़ गई है और मुझे ऐसी स्थिति में हमेशा ही अच्छा लगता है। नीचे जाकर उन्हें देखना, उन्हें ब्रश करना और उन्हें चारा देना।'

'मैं समझता हूं,' मेरी आंखों को पढ़ने की कोशिश करते हुए वह बुदबुदाए। 'अच्छा मुझे बताओ जब दूसरे लोग इबादत के लिए घुटने टेककर बैठते हैं तो तुम भी उनके साथ हो लेते हो–मैंने तुम्हें उनके साथ घुटने टेककर बैठते हुए देखा है, ज़्यादा क़रीब नहीं–तुम क्या शब्द कहते हो? क्या वे प्रार्थनाएं होती हैं?'

'मैं... वास्तविकता में कुछ भी नहीं कह रहा होता,' मैंने जवाब दिया। मैंने दो और बीड़ियां जलाईं, उन्हें देने के लिए नहीं, बल्कि उनके द्वारा कुछ देर ध्यान भटकाने के लिए और कुछ गर्मी हासिल करने के लिए।

'तब तुम क्या सोचते रहते हो, अगर तुम कुछ कह नहीं रहे हो तो?' पहली बीड़ी को फेंकते हुए दूसरी का इंतज़ार करते हुए उन्होंने पूछा।

'मैं उन्हें प्रार्थना नहीं कह सकता। मुझे ऐसा नहीं लगता है। अधिकांशत: मैं लोगों के बारे में सोचता हूं। मैं अपनी मां के बारे में सोचता हूं... और मेरी बेटी के। मैं अब्दुल्ला... और प्रभाकर... के बारे में सोचता हूं–मैं आपको बता चुका हूं, मेरा दोस्त जो अब मर चुका है। मैं अपने दोस्तों और उन लोगों को याद करता हूं जिनसे मैं प्यार करता हूं।'

'तुम अपनी मां के बारे में सोचते हो, पिताजी का क्या?'

'नहीं।'

मैंने तत्काल जवाब दिया, कुछ ज़्यादा ही जल्दी और मैंने देखा कि वह मुझे ध्यान से देख रहे हैं।

'लिन, क्या तुम्हारे पिताजी ज़िंदा हैं?'

'मुझे ऐसा लगता है, लेकिन... मैं निश्चित तौर पर नहीं कह सकता। और मुझे वैसे भी किसी हालत में इसकी कोई फ़िक्र भी नहीं।'

'तुम्हें अपने पिताजी की फ़िक्र करना चाहिए,' उन्होंने दूसरी ओर देखते हुए कहा। मुझे यह उस वक़्त किसी अपमानजनक चेतावनी की तरह लगा। वह मेरे पिताजी को नहीं जानते थे या मेरे उनके साथ रिश्ते के बारे में। मैं नए–पुराने आक्रोशों में इतना ज़्यादा डूबा हुआ था कि मैं उनकी आवाज़ में मौजूद वेदना नहीं समझ पाया। मैं तब यह समझ नहीं पाया कि वह भी मेरी ही तरह पिता के बारे में बात करने वाले एक निर्वासित बेटे थे।

'मेरे लिए उनसे ज़्यादा तो आप पिता समान हैं,' मैंने कहा और हालांकि मुझे यह बिलकुल सच लगा। मैं अपना दिल उनके सामने खोलकर रख रहा था और मेरे मुंह से यह शब्द उदास और लगभग द्वेषपूर्ण से लग रहे थे।

'ऐसा मत कहो,' उन्होंने मुझे घूरते हुए तत्काल जवाब दिया। मेरी मौज़ूदगी में उनके द्वारा क्रोध के प्रदर्शन का यह सबसे नज़दीकी मामला था। उनके गुस्से पर अचानक मैं सहम सा गया। अचानक उनके चेहरे के भाव नर्म हो गए और उन्होंने हाथ बढ़ाकर मेरे कंधे को थपथपाया। 'तुम्हारे सपनों का क्या? तुम यहां क्या सपना देख रहे हो?'

'सपने?'

'हां। मुझे अपने सपनों के बारे में बताओ।'

'मेरे पास बहुत ज़्यादा नहीं हैं,' मैंने याद करने की कोशिश करते हुए कहा। 'यह अज़ीब है, लेकिन जैसा कि आप जानते हैं मुझे लंबे अरसे से दुस्वप्न आते रहे हैं-जेल से पलायन करने के बाद। पकड़े जाने या पकड़े जाने से बचने के लिए लड़ने के दुस्वप्न। लेकिन जब से हम यहां आ गए हैं, पता नहीं कैसे, या तो कम हवा या थकान और सर्दी की वजह हो, लेकिन मैं जब सोता हूं या शायद जंग की ज़्यादा चिंता करता हूं, मुझे वह दुस्वप्न नहीं आते। यहां नहीं। सच तो यह है कि मुझे कुछ अच्छे सपने भी आए हैं।'

'बताते रहो।'

मैंने बात को आगे नहीं बढ़ाया, ये सपने कार्ला के बारे में थे।

'बस... अच्छे सपने किसी के प्यार में गुम।'

'अच्छी बात है,' कुछ मर्तबा सिर हिलाते हुए उन्होंने कहा और अपना हाथ मेरे कंधे से हटा लिया। वह मेरे जवाब से संतुष्ट दिखाई दे रहे थे, लेकिन उनके चेहरे के हावभाव बेहद उदासी भरे थे। 'यहां मुझे भी सपने आते हैं। पैगंबर के बारे में सपने। अगर पैगंबर सपने में आते हों, तो हम मुस्लिमों को किसी को यह बताने की इज़ाजत नहीं होती। यह एक बहुत अच्छी बात है, शानदार बात और श्रद्धालुओं के बीच बहुत आम है, लेकिन हमें अपने सपने किसी को भी बताने की इज़ाजत नहीं होती।'

'क्यों?' सर्दी में कंपकंपाते हुए मैंने पूछा।

'ऐसा इसलिए कि हमें पैगंबर के नाक-नक़्श या हुलिया बताने की इज़ाजत नहीं होती या उनके बारे में ऐसी बात करने का मानो हमने उन्हें देखा है। यह पैगंबर की ख़ुद की ख़्वाहिश थी, इसलिए कोई पुरुष या महिला उनकी पूजा नहीं करेगा या अपनी इबादत का कोई भी हिस्सा अल्लाह से दूर नहीं करेगा। यही वजह है कि पैगंबर की कोई छवि नहीं है-न रेखाचित्र या कलाकृति, कोई बुत नहीं। लेकिन मुझे उनका सपना *आया* था। और मैं बहुत अच्छा मुस्लिम नहीं हूं, है ना? क्योंकि मैं तुम्हें अपने सपने के बारे में बता रहा हूं। वह पैदल कहीं जा रहे थे और मैं उनके पीछे अपने

घोड़े पर सवार था–बिलकुल सफ़ेद सुंदर घोड़े पर–और हालांकि मैंने उनका चेहरा नहीं देखा, लेकिन मैं जानता था कि यह वही हैं। इसलिए मैं अपने घोड़े से उतरा और घोड़ा उन्हें दे दिया। और मेरा चेहरा पूरे वक़्त झुका हुआ था, उनके सम्मान में। लेकिन अंत में जब मैंने आंखें उठाईं तो देखा कि वह मेरे घोड़े पर सवार होकर डूबते हुए सूरज की रोशनी में मुझसे दूर चले जा रहे थे। मेरा यह सपना था।'

वह शांत थे, लेकिन मैं उन्हें इतना तो जानता ही था कि उनकी आंखों में छाई मायूसी को पढ़ लेता। और उनमें कुछ और भी था, कुछ बिलकुल नया और इतना अज़ीब कि मुझे यह समझने में कुछ वक़्त लगा : डर। अब्दुल क़ादर ख़ान भयभीत थे और उन्हें देखकर ख़ुद मेरी त्वचा में भय समाने लगा। उस वक़्त तक मैं यही मानता था कि क़ादरभाई को किसी भी बात से डर नहीं लगता। घबराहट और चिंता के साथ मैंने अचानक विषय को बदल दिया।

'क़ादरभाई मैं जानता हूं कि मैं विषय को बदल रहा हूं, लेकिन क्या आप मेरे सवाल का जवाब देंगे? आपने कुछ देर पहले जो कहा था, मैं उसी के बारे में सोच रहा हूं। आपने कहा था कि ज़िंदगी और चेतना और बाकी तमाम बातें प्रकाश से आती हैं, बिंग बैंग के वक़्त। तो क्या आप यह कहना चाह रहे हैं कि प्रकाश ही भगवान है?'

'नहीं,' उन्होंने कहा और अचानक उनके चेहरे से वह डर का भाव जा चुका था, एक मुस्कान के साथ। 'मैं नहीं सोचता कि प्रकाश ही भगवान है। मुझे लगता है कि यह कहना तार्किक और संभव है कि प्रकाश भगवान की *भाषा* है। प्रकाश वह माध्यम हो सकता है जिसके ज़रिये भगवान ब्रह्मांड से और हमसे संवाद साधता है।'

मैंने मन ही मन ख़ुद को विषय और माहौल को बदलने के लिए बधाई दी। खड़े होकर मैंने ख़ून का संचार बढ़ाने के लिए पैर ज़मीन पर पटका और हाथों पर थपकी दी। क़ादर भी मेरे साथ खड़े हो गए और हम हाथों को रगड़कर गर्म करते हुए शिविर के छोटे से रास्ते पर बढ़ चले।

'जहां तक प्रकाश की बात है तो *यह* अज़ीब प्रकाश है,' मैंने हांफते हुए कहा। 'सूरज चमकता तो है, लेकिन यह ठंडा सूरज है। इसमें कोई गर्माहट नहीं है और आप ख़ुद को ठंडे सूरज और ज़्यादा ठंडे साये के बीच फंसा हुआ पाते हैं।'

'और हम वहां रोशनी की झिलमिलाहट में उलझे हुए थे...' क़ादर ने कहा और मैंने इतनी तेज़ी से गर्दन घुमाई कि गर्दन में मुझे अचानक दर्द का अहसास हुआ।

'क्या कहा आपने?'

'यह किसी का उद्धरण था,' क़ादर ने यह समझते हुए कहा कि यह मेरे लिए कितना महत्त्वपूर्ण है। 'यह एक कविता की पंक्ति है।'

मैंने जेब में रखे बटुए में से एक मुड़ा हुआ काग़ज़ लिया। काग़ज़ इतना ज़्यादा मुड़ा-तुड़ा था कि वह कुछ जगह से फट भी चुका था। यह कार्ला की कविता

थी : वह कविता जो मैंने दो वर्ष पहले उसके जर्नल से उतार ली थी। जंगली कुत्तों से मुक़ाबले वाली वह रात जब मैं तारिक़ को उसके घर ले गया था। मैं तबसे इसे अपने साथ लिए घूम रहा था। आर्थर रोड जेल में वार्डन ने काग़ज़ मुझसे लेकर उसे फाड़ दिया था। जब विक्रम मुझे रिश्वत देकर बाहर ले आया तो मैंने अपनी याददाश्त के आधार पर इसे दोबारा लिख लिया। और उसके बाद मैं हर दिन हर वक़्त अपने साथ कार्ला की वह कविता लिए फिरता था।

'यह कविता,' मैंने कटे-फटे, मुड़े-तुड़े काग़ज़ को हाथ में थामकर उन्हें दिखाते हुए कहा। 'यह एक महिला द्वारा लिखी गई है। एक महिला जिसका नाम कार्ला सारानेन है। वह महिला जिसे आपने नज़ीर के साथ गुप्ताजी के यहां भेजा था...मुझे वहां से बाहर निकालने के लिए। मुझे हैरानी है कि आप इसे जानते हैं। यह अद्भुत है।'

'नहीं लिन,' उन्होंने सपाट स्वर में जवाब दिया। 'यह कविता एक सूफ़ी कवि सादिक ख़ान ने लिखी थी। मैं इस और कई अन्य कविताओं को दिल से जानता हूं। वह मेरे पसंदीदा कवि हैं और वह कार्ला के भी।'

इन शब्दों ने मेरे दिल को सर्द कर डाला।

'कार्ला के पसंदीदा कवि?'

'मुझे ऐसा ही लगता है।'

'कितनी अच्छी तरह से... आप कितनी अच्छी तरह से कार्ला को जानते हैं?'

'मैं उसे अच्छी तरह से जानता हूं।'

'मुझे लगा... मुझे लगा कि आप उससे तभी मिले, जब आपने मुझे गुप्ताजी के यहां से बाहर निकाला था। उसने कहा... मेरा मतलब है कि... मैंने *सोचा* कि यह आपसे मिलने के बाद हुआ।'

'नहीं लिन, यह सही नहीं है। मैं कार्ला को कई बरसों से जानता हूं। वह मेरे लिए काम करती है। या कम से कम वह अब्दुल ग़नी के लिए काम करती है और ग़नी मेरे लिए काम करता है। लेकिन उसने यह बात तुम्हें निश्चित तौर पर बताई होगी। क्या उसने नहीं बताया? क्या तुम यह नहीं जानते? मुझे बहुत हैरानी हो रही है। मुझे विश्वास था कि कार्ला ने इस बारे में तुमसे बात की होगी। निश्चित तौर पर मैंने तुम्हारे बारे में उसके साथ कई बार बातचीत की है।'

मेरे दिमाग में ठीक उसी तरह का शोर मचने लगा जैसा कि हमारे सिर के ऊपर से गुजरने वाले जेट्स ने मचाया था : केवल शोर और डरा देने वाला अंधेरा। जब हम हैजे से लड़ाई के दौरान सोने की कोशिश करते हुए साथ में सोए हुए थे तो कार्ला ने क्या कहा था? *मैं एक विमान पर थी और मुझे एक कारोबारी मिला। एक भारतीय कारोबारी और उसके बाद मेरी ज़िंदगी हमेशा के लिए बदल गई...* तो क्या वह अब्दुल ग़नी था? क्या उसका यही मतलब था? मैंने क्यों उससे उसके काम के

बारे में ज़्यादा पूछताछ नहीं की? उसने ख़ुद मुझे इस बारे में क्यों नहीं बताया? और वह अब्दुल ग़नी के लिए क्या करती थी?

'वह आपके लिए क्या करती थी–अब्दुल के लिए?'

'कई काम। उसके पास बहुत कौशल थे।'

'मैं उसके कौशल के बारे में जानता हूं,' मैंने गुस्से से धधकते हुए कहा। 'वह आपके लिए क्या करती थी?'

'कई अन्य बातों में से,' क़ादर ने धीरे-धीरे सटीक उत्तर दिया, 'वह उपयोगी और प्रतिभाशाली विदेशियों को खोजती थी, जैसे कि तुम। वह ऐसे लोगों को तलाशती थी जो जब हमें ज़रूरत हो तो हमारे लिए काम कर सकें।'

'क्या?' यह मेरे द्वारा पूछा गया सवाल नहीं बल्कि एक भावना थी, मानो मेरे अनेक टुकड़े–मेरे चेहरे और मेरे दिल के जम चुके टुकड़े–मेरे चारों तरफ़ गिर रहे थे।

उन्होंने दोबारा बोलना शुरू किया, लेकिन मैंने तत्काल उनकी बात काट दी।

'क्या आप यह कह रहे हैं कि कार्ला ने मुझे सेवा में लिया–*आपके* लिए?'

बाहर की ठंडक अचानक मेरे बदन में घुस चुकी थी और मेरी नस-नस में सनसनी फैला रही थी और मेरी आंखें तो बर्फ़ जैसी पथरा गई थीं। क़ादर ने चलना जारी रखा, लेकिन जब उन्होंने देखा कि मैं रुक चुका हूं तो वह भी रुक गए। उन्होंने जब चेहरा मेरी तरफ़ घुमाया तो वह मुस्करा रहे थे। उसी वक़्त ख़ालिद अंसारी हमारे पास आया और उसने ज़ोरों से ताली बजाई।

'क़ादर! लिन!' उसने उदास मुस्कान के साथ हमारा स्वागत किया और मैं उस मुस्कान से प्यार करने लगा था। 'मैंने तय कर लिया है। क़ादरजी मैंने काफ़ी सोचा, जैसा कि आपने कहा था, लेकिन मैंने यहीं पर रुकने का फ़ैसला किया है। कम से कम कुछ अरसे तक। यहां कल रात हबीब आया था। संतरियों ने उसे देखा था। वह इतनी पागलपन की हरकतें कर रहा है–वे बातें जो रूसी क़ैदियों के साथ कर चुका है और यहां तक कि पिछले कुछ सप्ताह में कंधार के रास्ते पर अफ़गानी सैनिकों के साथ–ये सब बातें बहुत ही ख़राब हैं–और इस तरह से वह मुझे प्रभावित नहीं कर सकता। यह अज़ीबोगरीब है और लोग अब इस मामले में कुछ करने वाले हैं। वे इतना चिढ़ गए हैं कि उसे देखते ही गोली मार देंगे। वे उसे जंगली जानवर की तरह शिकार करने की बातें कर रहे हैं। मुझे...मुझे किसी तरह से उसकी मदद करनी होगी। मैं यहां रुककर उसे खोजने की कोशिश करूंगा और उसे अपने साथ पाकिस्तान लौटने के लिए तैयार करने का प्रयास करूंगा। इसलिए... आज रात आप मेरे बग़ैर ही निकल जाइए और मैं... मैं कुछ सप्ताह में आ जाऊंगा, अगली बार। बस...बस इतना ही कहना है। मैं बस इतना ही कहने आया था।'

उसके इस छोटे संभाषण के बाद सर्द सन्नाटा था। मैं क़ादर की तरह देखते हुए उनके कुछ बोलने का इंतज़ार कर रहा था। मैं गुस्सा था और मैं डरा हुआ भी

था। यह एक विशेष क़िस्म का भय था-आर्कटिक में फंस जाने जैसा डर जो केवल प्यार में ही हो सकता है। क़ादर ने मेरे चेहरे की तरफ़ देखा, वह मेरे विचार पढ़ने की कोशिश कर रहे थे। ख़ालिद एक-एक कर हम दोनों की तरफ़ देखते हुए भ्रमित और चिंतित दिखाई दे रहा था।

'और उस रात का क्या जब मैं आपसे और अब्दुल्ला से मिला था?' मैंने ठंड और उससे भी ज़्यादा डर से दांत भींचते हुए सवाल दागा।

'तुम भूल गए हो,' क़ादर ख़ान ने कुछ ज़्यादा कड़ाई से जवाब दिया। उनका चेहरा मेरे जितना ही गहरा और दृढ़प्रतिज्ञ था। मुझे उस वक़्त इस बात का अहसास नहीं हुआ कि वह ख़ुद धोखे और दग़ाबाजी से पीड़ित महसूस कर रहे हैं। मैं कराची और पुलिस छापों के बारे में भूल चुका था। मैं यह भूल चुका था कि हमारे बीच ही कोई ग़द्दार था, हमारा बेहद क़रीबी। मैंने उनके गंभीरता के साथ दिख रहे अलगाव को अपनी क्रूर उपेक्षा से ज़्यादा कुछ नहीं समझा। 'तुम अब्दुल्ला से मुझसे मिलने से काफ़ी पहले मिल चुके थे। तुम उसे खड़े रहने वाले बाबाओं के मंदिर में मिले थे, यह सच नहीं है क्या? वह उस रात वहां कार्ला की हिफ़ाजत के लिए गया था। वह तुम्हें उस वक़्त अच्छी तरह से नहीं जानती थी। वह इस बात को लेकर निश्चिंत नहीं थी कि वह तुम पर विश्वास कर सकती है या नहीं। एक ऐसी जगह जिसे वह नहीं जानती थी। वह वहां किसी की मौज़ूदगी चाहती थी जो उसे मदद कर सके, अगर तुम्हारा उसके लिए अच्छा इरादा नहीं हो तो।'

'वह उसका अंगरक्षक था...' मैं बोला, *यह सोचते हुए कि वह मुझ पर विश्वास नहीं करती थी।*

'हां, लिन। वह था और एक अच्छा अंगरक्षक था। मुझे पता चला कि उस रात वहां पर कुछ हिंसा हुई थी। अब्दुल्ला ने उसे और शायद तुम्हें भी बचाने के लिए कुछ किया था। यह सच है ना? यह अब्दुल्ला का काम था, मेरे लिए लोगों की रक्षा। यही वजह है कि जब मेरा भांजा तारिक़ तुम्हारे साथ झोपड़पट्टी में रहता था, तो मैंने उसे तुम्हारे पीछे भेजा था। और पहली ही रात उसने तुम्हें हिंसक कुत्तों से बचाने में मदद की थी, क्या यह सच नहीं है? और पूरे वक़्त जब तक कि तारिक़ तुम्हारे साथ था, अब्दुल्ला तुम्हारे क़रीब था और तारिक़ के भी, जैसा कि मैंने उसे कहा था।'

मैं सुन ही नहीं रहा था। मेरा दिमाग़ तो गुज़रे हुए वक़्त और जगहों पर गुस्से के तीर चला रहा था। मैं कार्ला को तलाश रहा था-उस कार्ला के लिए जिसे मैं जानता था, प्यार करता था-लेकिन उसके साथ का हर पल अपने राज और झूठ को उजागर कर रहा था। मुझे याद है जब मैं उससे पहली बार मिला था, वह पहला पल, कैसे उसने मुझे बस के नीचे आने से बचाया था। यह आर्थर बंदर रोड की बात थी, कॉजवे के क़रीब, इंडिया गेस्ट हाउस से ज़्यादा दूर नहीं। यह पर्यटकों का केंद्र था। क्या वह वहां इंतज़ार कर रही थी, मेरे जैसे किसी विदेशी को अपना शिकार बनाने के लिए, उपयोगी लोगों की तलाश में जो क़ादर के लिए ज़रूरत के वक़्त काम कर

सकें? निश्चित तौर पर ऐसा ही था। जब मैं झोपड़पट्टी में रहता था तो मैं ख़ुद एक तरह से यह काम कर चुका था। मैं उसी जगह पर भटकता रहता था, विमान से उतरे किसी विदेशी की तलाश में जिसे मुद्रा बदलनी हो या जो कुछ चरस ख़रीदना चाहता हो।

नज़ीर भी हमसे आ मिला। अहमद ज़ादेह उससे कुछ ही पीछे था। वे दोनों क़ादर भाई और ख़ालिद के साथ मेरे सामने खड़े हो गए। नज़ीर ने आंखें टेढ़ी करके आसमान को दक्षिण से उत्तर तक देखा। वह अनुमान लगा रहा था कि बर्फ़ीला तूफ़ान हम तक पहुंचने में कितना वक़्त लेगा। वापसी की यात्रा के लिए सामान की पैकिंग पूरी हो चुकी थी और दोबारा जांच भी कर ली गई थी और वह निकलने के लिए बेताब था।

'और आपके द्वारा मुझे क्लीनिक के लिए की गई मदद?' मैंने पूछा। मैं बीमार महसूस कर रहा था और जानता था कि अगर मैंने पैरों को आराम करने दिया तो मैं गिर जाऊंगा। जब क़ादर कुछ नहीं बोले, तो मैंने प्रश्न को दोहराया। 'क्लीनिक का क्या? आपने मुझे क्लीनिक में क्यों मदद की? क्या वह आपकी योजना का ही हिस्सा था? *इस योजना* का?'

चौड़े पठार पर बर्फ़ीली हवा तेज़ से आई और हम सब कंपकंपा उठे। हमारे कपड़ों और चेहरे पर हवा के थपेड़े इतनी ज़ोरों से लगे कि हमारे पैर उखड़ से गए। आसमान अचानक काला हो गया और बादल पहाड़ों को पार करते हुए सुदूर सपाट इलाक़े की ओर बढ़ गए, जहां पर एक कांपता, मरता हुआ शहर था।

'तुमने वहां अच्छा काम किया,' उन्होंने जवाब दिया।

'मैंने आपसे इस बारे में नहीं पूछा था।'

'लिन, मुझे नहीं लगता कि यह उस बारे में बात करने के लिए सही वक़्त है।'

'हां, यह है,' मैंने ज़ोर देकर कहा।

'कई ऐसी बातें हैं जो तुम समझ नहीं पाओगे,' उन्होंने ऐसे कहा मानो वह इस जवाब को कई बार सोच चुके थे।

'बस मुझे बता दीजिए।'

'चलो ठीक है। इस शिविर के लिए सारी दवाएं, जंग के लिए तमाम एंटीबायोटिक्स और पेनिसिलिन, की आपूर्ति रंजीत के कुष्ठरोगियों ने की है। मुझे यह परख़ना था कि क्या वे यहां इस्तेमाल के लिए सुरक्षित हैं।'

'ओह भगवान...,' मैं कराहा।

'तो मैंने मौक़े का उपयोग किया, यह अजीब बात है कि तुम जैसे एक विदेशी ने जिसका कोई परिवार या दूतावास से कोई संबंध नहीं, मेरी अपनी झुग्गी में एक क्लीनिक खोला। मैंने झोपड़पट्टी में लोगों पर आपूर्ति का टेस्ट किया। तुम समझ लो कि मुझे युद्ध में दवाओं के इस्तेमाल से पहले परख़ना था कि क्या वे सुरक्षित हैं।'

'भगवान के लिए कादर!' मैं चीख़ा।

'मुझे करना ही था–'

'केवल कोई *पागल* ही ऐसा करेगा।'

'लिन जरा आराम से!' ख़ालिद ने आवाज़ चढ़ाते हुए कहा। क़ादर के दोनों ओर खड़े लोग भी तनाव में आ गए, मानो मैं उन पर हमला बोलने वाला हूं। 'तुम मुख्य धारा से बहुत अलग हो, भाई!'

'*मैं* मुख्य धारा से अलग!' मैं बोला और मेरा पूरा शरीर थरथरा रहा था। 'मैं मुख्य धारा से अलग हूं। वह झोपड़पट्टी के लोगों को गिनी पिग्स या लैब के चूहों या जो भी हो की तरह इस्तेमाल करते हैं, बस उसके एंटीबायोटिक्स को जांचने के लिए–इस काम में *मेरा* इस्तेमाल करते हुए, क्योंकि उनका मुझ पर विश्वास था–और *मैं* मुख्य धारा से अलग हूं!'

'किसी को नुक़सान नहीं पहुंचा,' क़ादर मुझ पर चिल्लाए। 'सारी दवाएं अच्छी थीं और तुमने वहां जो काम किया, वह अच्छा था। लोगों की तबीयत में सुधार हुआ।'

'हमें इस ठंडी जगह से कहीं और चलकर बात करनी चाहिए,' अहमद जादेह ने मामले को शांत करने के लिए कहा। 'क़ादर आपको रवाना होने से पहले बर्फ़बारी बंद होने का इंतज़ार करना होगा। चलिए अंदर चलिए।'

'तुम्हें समझना होगा,' क़ादर ने उसकी अनदेखी करते हुए कहा, 'हज़ारों लोगों को बचाने के लिए 20 लोगों की ज़िंदगी को ख़तरे में डालने का यह फ़ैसला जंग के लिए लिया गया था और लाखों को बचाने के लिए हज़ारों को जोख़िम में डाला गया था। और तुम्हें विश्वास करना होगा कि हमें पता था कि दवाएं अच्छी हैं। रंजीत के कुष्ठ रोगियों द्वारा अशुद्ध दवाओं की आपूर्ति की संभावना बहुत कम थी। हमने दवाइयों के सुरक्षित होने के बारे में निश्चिंत होने के बाद ही उन्हें तुम्हें दिया था।'

'मुझे सपना के बारे में बताओ,' और सारी बात खुलकर सामने आ गई थी, उन्हें लेकर मेरा सबसे बड़ा डर और मेरी उनके साथ नज़दीकी का भी। 'क्या वह भी आपका ही काम था?'

'मैं सपना नहीं था। लेकिन उसके द्वारा की गई हत्याओं की ज़िम्मेदारी मुझ पर ही आती है। ये हत्याएं सपना ने इस मक़सद के लिए की थीं। और अगर तुम मुझसे सच सुनना चाहते हो तो सपना के ख़ूनी काम ने मुझे बहुत लाभ पहुंचाया। सपना के कारण, क्योंकि उसका अस्तित्व था, और क्योंकि वह सब उससे डरते थे, और क्योंकि मैंने उसे खोजने और उसे रोकने की तैयारी दिखाई थी, राजनीतिज्ञ और पुलिसवालों ने मुझे बंदूकें और अन्य हथियार बॉम्बे से कराची और क्वेटा से यहां जंग तक लाने दिए। सपना ने जो ख़ून बिखेरा–वह हमारे काम के लिए मददगार साबित हुआ। और मैं यह दोबारा करूंगा। मैं सपना की हत्याओं का इस्तेमाल करूंगा और

अपने हाथों से और हत्याएं करूंगा, अगर यह हमारे मक़सद के काम आता है। हमारा एक मक़सद है, लिन, यहां मौज़ूद हम सबका। और हम उस मक़सद के लिए लड़ रहे हैं, जी रहे हैं और शायद मर भी जाएंगे। अगर हम यह जंग जीत जाते हैं तो हम इतिहास को हमेशा के लिए बदल डालेंगे। इस जगह से, इस वक़्त, इस जंग से। हमारा यही मक़सद है सारी दुनिया को बदलने का। तुम्हारा मक़सद क्या है? लिन, *तुम्हारा* मक़सद क्या है?'

मैं इतना सर्द हो चुका था कि बर्फ़ की पहली फुहारों के बीच दांतों को किटकिटाने से नहीं रोक सका।

'और...और मैडम झू का क्या...जब कार्ला ने मुझे एक अमेरिकी की तरह पेश किया था। क्या वह आपका ही विचार था? क्या वह *आपकी* योजना थी?'

'नहीं। कार्ला की मैडम झू के साथ निजी लड़ाई थी और उसके अपने कारण थे। लेकिन मैंने तुम्हारे इस्तेमाल की उसकी योजना पर सहमति जताई थी, ताकि वह पैलेस से अपनी सहेली को निकाल सके। मैं देखना चाहता था कि क्या तुम यह काम कर सकते हो। तब भी मेरे दिमाग़ में यह विचार था कि अफ़गानिस्तान में तुम मेरे अमेरिकी बन सकते हो। और तुमने अच्छा काम किया, लिन। झू के ख़िलाफ़ उसके ही पैलेस में अधिकांश लोग ऐसा नहीं कर पाते।'

'बस एक अंतिम सवाल क़ादर,' मैंने हकलाते हुए कहा, 'जब मैं जेल में था... क्या तुम्हारा उससे भी कोई संबंध था?'

उसके बाद अचानक सन्नाटा छा गया। बेहद घातक क़िस्म का सन्नाटा।

'नहीं,' उन्होंने अंततः जवाब दिया। 'लेकिन यह सच है कि पहले सप्ताह के बाद ही मैं चाहता तो तुम्हें वहां से बाहर निकाल सकता था। अगर मैं चाहता तो। मुझे तो तत्काल इसके बारे में पता चल चुका था। और मेरे पास तुम्हारी मदद करने की शक्ति थी, लेकिन मैंने नहीं की। नहीं, जबकि मैं कर सकता था।'

मैंने नज़ीर और अहमद जादेह की तरफ़ देखा। उन्होंने भी मेरी तरफ़ देखा। मेरी आंखें अब ख़ालिद अंसारी की तरफ़ मुड़ीं। उसने मेरी तरफ़ देखकर कुछ ऐसी मुस्कान दी कि उसके चेहरे का घाव उभरकर सामने आ गया।

वे सभी जानते थे। वे सभी जानते थे कि क़ादर ने मुझे वहां पड़े रहने दिया। लेकिन यह ठीक था। क़ादर पर मेरा कोई अहसान नहीं था। उन्होंने मुझे जेल नहीं भेजा था। उन्हें मुझे जेल से निकालने की ज़रूरत नहीं थी। और अंत में उन्होंने ऐसा किया : अंत में उन्होंने मुझे जेल से निकाला और मेरी जान बचाई। बस बात इतनी सी थी कि मैंने जेल में बहुत मार खाई और मेरी बात उन तक पहुंचाने के लिए कई अन्य ने भी बहुत मार खाई...और भले ही हम कामयाब हो जाते, भले ही हम संदेश पहुंचा देते, क़ादर ने उसकी अनदेखी करके मुझे वहीं पड़े रहने दिया होता। तब तक जब तक कि वह ख़ुद क़दम उठाना नहीं चाहते थे। बस बात इतनी सी थी कि सारी उम्मीदें खोखली थीं, बिलकुल अर्थहीन। और अगर आप किसी व्यक्ति को यह

साबित कर दें कि उसकी उम्मीदें कितनी निरर्थक हैं, कितनी बेकार, आप उसके भीतर मौज़ूद उस चमकीले, विश्वास रखने वाले हिस्से को मार देते हैं, जो प्यार चाहता है।

'आप यह सुनिश्चित करना चाहते थे कि...कि मैं...इतना अहसानमंद रहूं। इसलिए आपने...मुझे वहां छोड़ दिया। क्या यह बात है?'

'नहीं, लिन। यह केवल दुर्भाग्यजनक था, उस वक़्त की तुम्हारी क़िस्मत। मेरा मैडम झू के साथ एक अनुबंध था। वह मुझे राजनीतिज्ञों से मुलाक़ात में मदद करती थी और उसने ही पाकिस्तान के एक जनरल से हमें मदद कराई। वह उसका एक संपर्क था। वास्तविकता में वह कार्ला का विशेष ग्राहक था। वही पहली बार उस पाकिस्तानी जनरल को मैडम झू के पास लाई थी। यह एक बेहद महत्त्वपूर्ण तार था। वह मेरी योजनाएं के लिहाज़ से बेहद महत्त्वपूर्ण था। और मैडम झू तुमसे इतनी ज़्यादा नाराज़ थी कि जेल से कम उसे कुछ भी संतुष्ट नहीं कर पाता। वह तुम्हें वहां मरवा देना चाहती थी। जैसे ही मेरा काम हुआ, जल्द से जल्द, मैंने अपने दोस्त विक्रम को तुम्हारे पास भेजा। जब मैं तुम्हें बता रहा हूं कि मैं तुम्हें नुक़सान नहीं पहुंचाना चाहता था, तो तुम्हें मुझ पर विश्वास करना होगा। मैं तुम्हें चाहता हूं। मैं–'

वह अचानक चुप हो गए, क्योंकि मेरा हाथ अपने कूल्हे पर लटकी पिस्तौल की ओर बढ़ गया। ख़ालिद, अहमद और नज़ीर अचानक तनाव में आ गए और उन्होंने अपने हाथ ऊपर कर लिए, लेकिन वह मुझसे इतनी दूर थे कि एक छलांग में मुझ तक नहीं पहुंच सकते थे। वह भी इस बात को जानते थे।

'अगर आप मुड़कर अभी भागते नहीं हो, क़ादर तो मैं भगवान की क़सम खाकर कहता हूं, भगवान की क़सम खाता हूं, मैं कुछ ऐसा करूंगा जो हम दोनों को ख़त्म कर देगा। मुझे इस बात की कोई परवाह नहीं कि मेरा क्या होगा, जब तक कि मुझे आपकी तरफ़ देखना या आपसे बात करना या आपकी बात सुनना नहीं पड़े।'

नज़ीर ने एक सामान्य सा क़दम उठाया और क़ादर के शरीर को ढाल बनकर ढंक लिया।

'मैं भगवान की क़सम खाता हूं क़ादर। अभी, मुझे इस बात की कोई चिंता नहीं है कि मैं ज़िंदा रहूंगा या मर जाऊंगा।'

'लेकिन बर्फ़ साफ़ होते ही हम अभी चमन के लिए निकलने वाले हैं,' क़ादर ने जवाब दिया और पहली बार मैंने उनकी आवाज़ को लड़खड़ाते और कांपते हुए सुना।

'मेरा मतलब यही है। मैं आपके साथ नहीं जा रहा। मैं यहीं रहूंगा। मैं अपने दम पर जाऊंगा या यहीं पर रहूंगा। अब इस बात से कोई फ़र्क़ नहीं पड़ता। बस... दूर हो जाओ... मेरी नज़रों से। आपकी तरफ़ *देखकर* ही मुझे अज़ीब सा लग रहा है!'

वह कुछ देर के लिए खड़े रहे और मैंने अपने भीतर पिस्तौल निकालकर उन्हें गोली से उड़ाने की इच्छा को जागते हुए देखा, एक ऐसी इच्छा जो मुझे अफ़सोस और गुस्से की सर्द कंपकंपाने वाली लहरों में तैरा रही थी।

'तुम्हें इस बात का पता होना ही चाहिए,' अंततः उन्होंने कहा, 'मैंने जो कुछ भी ग़लत किया है, वह सही मक़सद के लिए किया है। मैंने तुम्हारे साथ कुछ भी ऐसा ज़्यादा नहीं किया जो तुम झेल नहीं सकते थे। और तुम्हें जानना चाहिए, तुम्हें निश्चित तौर पर जानना चाहिए, मैं हमेशा तुम्हारे बारे में ऐसा ही महसूस करता था, मानो तुम मेरे दोस्त हो और मेरे प्रिय बेटे।'

'और आपको यह जान लेना चाहिए,' मेरे बालों और कंधों पर बर्फ़ की चादर बिछने के दौरान मैंने कहा, 'क़ादर, मैं दिल से आपसे नफ़रत करता हूं। आपकी सारी बुद्धिमानी, क्या बस इतनी सी थी, है ना? लोगों में नफ़रत पैदा करना। आपने मुझसे पूछा था कि मेरा मक़सद क्या है। अब मेरा इकलौता बाक़ी मक़सद है मेरी अपनी आज़ादी। और इस वक़्त उसका मतलब है आपसे आज़ादी, हमेशा के लिए।'

उनका चेहरा ठंड से सर्द हो चुका था। बर्फ़ उनकी मूंछ और दाढ़ी पर जम चुकी थी, लेकिन उनकी सुनहरी आंखें अब भी दमक रही थीं और उनमें पुराना प्यार अब भी था। फिर वह मुड़े और चले गए। दूसरे भी उनके साथ चले गए और बर्फ़ीले तूफ़ान में मैं अकेला हो गया। मेरे हाथ जम चुके थे और पिस्तौल पर रखे हुए कांप रहे थे। मैंने सेफ़्टी क्लिप को निकाला और स्टेशकिन को निकालकर उनके द्वारा बताए गए तरीक़े से लोड किया। फिर मैंने उसका मुंह ज़मीन की तरफ़ कर दिया।

मिनट गुजरते गए-हत्यारी भावनाओं वाले मिनट, जब मुझे उनके पीछे जाकर उन्हें और ख़ुद को मार डालना चाहिए था। और तब मैंने पिस्तौल को हाथ से छोड़ना चाहा, लेकिन मेरी जम चुकी सुन्न अंगुलियों से वह छूटी ही नहीं। मैंने बाएं हाथ से पिस्तौल को छुड़ाना चाहा, लेकिन मेरी अंगुलियां इतनी ज़्यादा जम चुकी थीं कि मैंने कोशिश छोड़ दी। और वह अब मेरा घर बन चुके उस बर्फ़ीले माहौल में मैंने सफ़ेद बारिश में अपनी बांहें फैला दीं। ठीक उसी तरह से जैसे कि मैंने प्रभाकर के गांव में पहली बारिश में फैलाई थीं। और अब मैं एकाकी था।

जब उन वर्षों में मैंने जेल की दीवार फांदी थी तो मुझे लगा था मानो मैंने दुनिया की ही दीवार को लांघ दिया था। जब मैं फिसलते हुए आज़ाद हुआ था तो मैं जानता था कि मैंने अपनी पहचान वाली दुनिया को खो दिया है, वह दुनिया जिससे मैं प्यार करता था। बॉम्बे में मैंने बिना महसूस किए हुए ही कोशिश की कि मैं प्यार की एक नई दुनिया बनाऊं जो मेरी पिछली दुनिया की तरह हो। जहां मैं खोए हुए लोगों को जमा कर सकूं और हो सके तो अदला-बदली भी कर दूं। क़ादर मेरे पिताजी थे, प्रभाकर और अब्दुल्ला मेरे भाई। कार्ला मेरी माशूका थी। और फिर एक-एक करके मैंने वे सभी गंवा दिए। एक समूची दूसरी दुनिया गंवा दी गई थी।

और एक स्पष्ट विचार किसी कविता की तरह मेरे दिमाग़ में आया। मैं जानता था कि ख़ालिद अंसारी क्यों हबीब की मदद करने के लिए इतना संकल्पबद्ध था। मैं अचानक अच्छी तरह से समझ चुका था कि ख़ालिद क्या करने की कोशिश कर रहा

है। *वह ख़ुद को बचाने की कोशिश कर रहा है,* मैंने ख़ुद से कहा, एक बार से भी ज़्यादा। सर्द मौसम में मेरे होंठों से कोई आवाज़ नहीं निकल रही थी, लेकिन मैं उन शब्दों को अपने दिमाग़ में सुन रहा था। और जैसे ही मैंने वह शब्द कहे और दिमाग़ में उनके बारे में सोचा, मैं समझ गया कि मैं क़ादर या कार्ला से नफ़रत नहीं करता : यह कि मैं उनसे नफ़रत कर ही नहीं सकता।

मैं नहीं जानता कि मेरे दिल में अचानक यह बदलाव कैसे आ गया और पूरी तरह से। शायद इसकी वजह मेरे हाथ में मौज़ूद पिस्तौल थी–इसके द्वारा दी गई ज़िंदगी लेने की ताक़त या उसे जाने भी दो–और मेरे मूल स्वभाव का सहजबोध जिसने मुझे इसके इस्तेमाल से रोका। शायद यह क़ादरभाई को गंवाने की वजह से हो। क्योंकि जैसे ही वह मुझसे दूर होते गए, मुझे अपने भीतर अपनी रगों में अहसास हुआ–वह ख़ून जो सफ़ेद हवा में मैं सूंघ सकता था, जिसका स्वाद मेरी जीभ पर था–सबकुछ ख़त्म हो चुका है। वजह चाहे जो भी हो मेरे भीतर स्टील बाज़ार में मानसून की बारिश की तरह सब–कुछ धो गया था। कुछ पल पहले महसूस होने वाली हत्या पर आमादा नफ़रत का कहीं कोई अता–पता नहीं था।

मैं अब भी इस बात से नाराज़ था कि मैंने एक बेटे की तरह क़ादर को इतना ज़्यादा प्यार किया और मेरी आत्मा ने, मेरे चेतन के विरुद्ध जाकर उनसे प्यार की उम्मीद लगाई थी। मैं इस बात से नाराज़ था कि बस अपने मक़सद को हासिल करने के लिए उन्होंने मुझे बलि का बकरा समझ लिया था। और मेरे भीतर इस बात को लेकर भी नाराज़गी थी कि उन्होंने मेरी ज़िंदगी की एक बात छीन ली थी–झोपड़पट्टी में डॉक्टर के तौर पर किया गया कार्य। जो कहीं और नहीं तो कम से कम मेरे दिमाग़ में मुझे मोक्ष दे देता या शायद मेरे द्वारा किए गए सभी बुरे कामों के बीच कुछ संतुलन साध लेता। मेरे द्वारा किया गया वह छोटा सा अच्छा काम भी दूषित और भ्रष्ट कर दिया गया था। मेरे भीतर का गुस्सा बहुत कठोर और भारी था। मैं जानता था कि इसे कम होने में कई वर्षों का वक़्त लग जाएगा, लेकिन मैं उनसे नफ़रत नहीं कर सकता था।

उन्होंने मुझसे झूठ बोला था और मुझे दग़ा दिया था। उन जगहों पर, जहां मेरा उन पर पूरा विश्वास था और अब मेरे मन में उनके लिए कोई सम्मान या प्रशंसा का भाव बाक़ी नहीं बचा था, लेकिन फिर भी मैं उनसे प्यार करता था। मेरे पास कोई विकल्प नहीं था। सफ़ेद बर्फ़ से ढंकी उन वादियों में यह बात मेरी समझ में अच्छी तरह से आ चुकी थी। आप प्यार को नहीं मार सकते। इसे नफ़रत से भी नहीं मार सकते। आप प्यार में, प्यार करते हुए या प्यारी बातों से हत्या कर सकते हैं। आप उन सबको मार सकते हैं या उन्हें अफ़सोस के तले दबाकर मार सकते हैं, लेकिन आप प्यार को नहीं मार सकते। प्यार दरअसल आपके ख़ुद के सिवाय एक सत्य की उमंग भरी खोज होती है। एक बार आपको इसका अहसास हो जाए तो फिर ईमानदारी के साथ पूरी तरह से प्यार हमेशा बना रहता है। प्यार का हर क़दम, दिल का साझा किया

गया हर पल, सार्वभौमिक अच्छाई का हिस्सा होता है : यह भगवान का हिस्सा होता है या जिसे हम भगवान कहते हैं और यह कभी नहीं मर सकता।

बाद में जब बर्फ़बारी थम गई, तो मैं ख़ालिद से कुछ दूरी पर क़ादरभाई और नज़ीर के साथ उनके लोगों को अपने घोड़ों पर शिविर से जाते हुए देखता रहा। महान ख़ान, माफ़िया डॉन, मेरे पिताजी घोड़े पर पीठ सीधी करके बैठे हुए थे और उनके हाथ में उनकी निशानी वाला झंडा भाले पर लहरा रहा था। और उन्होंने एक बार भी मुड़कर नहीं देखा।

क़ादरभाई से ख़ुद को अलग करने और ख़ालिद और अन्य लोगों के साथ शिविर में बने रहने के मेरे फ़ैसले ने मेरे लिए ख़तरा बढ़ा दिया था। मैं ख़ान की ग़ैरमौजूदगी में उनके साथ रहने की तुलना में ज़्यादा असुरक्षित था। उन्हें जाते हुए देखते हुए यह मान लेना तार्किक ही कहा जाएगा कि मैं वापस पाकिस्तान नहीं जा पाऊंगा। मैंने ख़ुद से यह शब्द तक कह डाले... *मैं यह नहीं कर पाऊंगा... मैं यह नहीं कर पाऊंगा...*

आक़ा अब्दुल क़ादर ख़ान को जाते हुए देखते वक़्त मुझे डर का अहसास नहीं हुआ। मैंने अपनी नियति को स्वीकार लिया था और उसका स्वागत तक किया था। अंततः मैंने सोचा, *मुझे वही मिलेगा मैं जिसके लायक़ हूं।* डर की बज़ाय मैंने उम्मीद महसूस की कि वह ज़िंदा रहेंगे। बात ख़त्म हो चुकी थी और मैं दोबारा उन्हें नहीं देखना चाहता था : लेकिन जब मैं उन्हें सफ़ेद बर्फ़ की चादर के बीच से जाते हुए देख रहा था तो उम्मीद कर रहा था कि वह ज़िंदा रहेंगे। मैंने उनके सुरक्षित रहने की दुआ भी की। मैंने टूटे हुए दिल से उनके लिए दुआ की। मैं उन्हें चाहता था। मैं उन्हें चाहता था।

अध्याय 35

इंसान जंग की शुरुआत फ़ायदे और सिद्धांत के लिए करता है, लेकिन फिर वह लड़ता ज़मीन और नारी के लिए है। देर-सवेर अन्य उद्देश्य और आकर्षक कारण ख़ून की नदियों में डूब जाते हैं और अपना अर्थ गंवा देते हैं। आज नहीं तो कल मौत और बचाव हमारी सोच पर हावी हो जाते हैं। कभी न कभी फिर बचाव ही इकलौता तर्क बन जाता है और मौत इकलौती आवाज़ या दृष्टिकोण। तब जब सर्वश्रेष्ठ मित्र चीख़ते हुए मरने लगते हैं और अच्छे लोग दर्द और गुस्से से पागल होकर दिमाग़ी नियंत्रण खो देते हैं, जब भाइयों, बेटों, पिताओं के हाथ-पैर-सिर के साथ दुनिया की तमाम निष्पक्षता, न्याय और ख़ूबसूरती के परखच्चे उड़ने लगते हैं, तब इंसान के लड़ने और जीने के इरादे को साल दर साल केवल एक ही इच्छाशक्ति चलाती है और वह है अपनी ज़मीन और नारी की रक्षा।

आप जानते हैं कि युद्ध पर जाने से कुछ घंटे पहले जब आप उनकी बातों को सुनते हैं तो वे खरी होती हैं। वे घर की बातें करते हैं और वे उन महिलाओं की बातें करते हैं जिनसे वे प्यार करते हैं। और जब आप उन्हें मरते हुए देखते हैं तो आप जान जाते हैं कि वह सच कह रहे हैं। जब इंसान ज़मीन के निकट हो या ज़मीन पर हो तो वह ज़िंदगी के अंतिम लम्हों में मिट्टी को ही हाथों में लेने की कोशिश करता है। अगर संभव हो तो वह सिर उठाकर पहाड़ों, घाटी या मैदान को देखना चाहेगा। अगर वह घर से बहुत दूर है तो वह घर के बारे में सोचेगा और उसी के बारे में बात करेगा। वह अपने गांव या अपने गृहनगर या उस शहर का ज़िक्र करेगा, जहां पर वह पला-बढ़ा हो। और बिलकुल अंत में वह अपनी बहन या बेटी या प्रेमिका या मां का नाम पुकारेगा, उस वक़्त भी जब वह सीधे भगवान से संवाद साध रहा हो। अंत दरअसल शुरुआत का ही प्रतिबिंब होता है। अंत में बात केवल महिला और एक शहर तक सिमटकर रह जाती है।

क़ादरभाई के शिविर से चले जाने के तीन दिन बाद और उनको नर्म नई बर्फ़ में से जाते हुए देखने के तीन दिन बाद, शिविर के कंधार की ओर के दक्षिणी सिरे पर तैनात संतरियों ने चिल्लाकर बताया कि कुछ लोग शिविर की ओर आ रहे हैं। हम दक्षिणी कगार पर दौड़कर पहुंचे तो हमने देखा कि अज़ीब से आकार दिख रहे थे, शायद दो या तीन आकृतियां तीखी चढ़ाई को पार करने का संघर्ष कर रही थीं। हममें से कुछ ने तत्काल दूरबीन उठा ली और रुख़ उस जगह की ओर कर दिया। मैंने देखा

कि एक व्यक्ति घुटनों के बल ऊपर चढ़ने की कोशिश कर रहा है और साथ में दो साथियों को भी खींच रहा था। और कुछ पल देखने के बाद मैंने उन मज़बूत कंधों, टेढ़े पैरों और सबसे अलग धूसर नीले परिधान को पहचान लिया। मैंने दूरबीन ख़ालिद अंसारी को थमाई और ढलान की ओर दौड़ने लगा।

'यह तो नज़ीर है!' मैं चिल्लाया। 'मुझे लगता है कि यह नज़ीर है!'

उसके पास सबसे पहले मैं ही पहुंचा। उसका सिर बर्फ़ में धंसा हुआ था और वह तेज़ सांसें ले रहा था। उसके पैर बर्फ़ में आगे बढ़ने का प्रयास कर रहे थे और उसके हाथों में दो लोगों की गर्दन का कपड़ा पकड़ा हुआ था। वह दोनों लोगों को कंधे पर लादकर उस जगह तक लाया था, लेकिन लग रहा था कि उसने काफ़ी लंबा सफ़र तय किया था और वह भी पहाड़ी की चढ़ाई पर। नज़ीर के बाएं हाथ में थामा गया और मेरे नज़दीक का व्यक्ति था अहमद ज़ादेह। वह ज़िंदा था, लेकिन बुरी तरह से घायल दिख रहा था। दूसरे व्यक्ति थे अब्दुल क़ादर ख़ान, वह मर चुके थे।

नज़ीर की अंगुलियां दोनों लोगों के कपड़ों से छुड़ाने के लिए हम तीन लोगों को मशक़्क़त करनी पड़ी। वह थकान और ठंड से इतना पथरा गया था कि बोल भी नहीं पा रहा था। वह मुंह को खोल और बंद तो कर रहा था, लेकिन उसके गले से कोई आवाज़ ही नहीं निकल रही थी। दो लोग उसे कपड़ों से पकड़कर शिविर तक खींच लाए। मैंने क़ादर के सीने के पास के कपड़े इस उम्मीद में हटाए कि मैं उन्हें दोबारा उनमें प्राण फूंक सकूं। लेकिन जब मैंने अपना हाथ उनकी त्वचा पर रखा तो त्वचा बिलकुल ठंडी थी और लकड़ी की तरह अकड़ चुकी थी। उनकी काफ़ी घंटे पहले या शायद एक दिन पहले ही मौत हो चुकी थी। पूरा शरीर अकड़ चुका था। हाथ और पैर बांहों और घुटनों के वहां से मुड़ चुके थे और हाथ का पूरा पंजा भी नाख़ूनों तक अकड़ चुका था। बर्फ़ की मोटी परत के बीच उनका चेहरा शांत और बेदाग़ था। उनकी आंखें और मुंह कुछ इस तरह से बंद थे, मानो वह गहरी नींद में हों और वह इतनी शांति के साथ मर चुके थे कि मेरा दिल मानने को ही तैयार नहीं था कि वह जा चुके हैं।

जब ख़ालिद अंसारी ने मेरा कंधा हिलाया, तो मैं मानो अचानक सपने से जागकर वर्तमान में लौट आया। हालांकि मैं जानता था कि संतरी द्वारा पहली चेतावनी दिए जाने के बाद से ही मैं पूरी तरह से जागा हुआ था। मैं क़ादर के शव के पास घुटने टेककर और उनके सिर को अपनी बांहों में थामकर सीने पर सिर रखकर बैठ गया था। लेकिन मुझे इस बात को होश ही नहीं था। अहमद ज़ादेह जा चुका था। साथी उसे खींचकर शिविर में ले जा चुके थे। ख़ालिद, महमूद और मैंने मिलकर क़ादर के शव को जैसे-तैसे खींचकर, थोड़ा उठाकर बड़ी गुफा तक लाया।

अहमद जादेह की मदद करने का प्रयास कर रहे तीन लोगों में मैं भी जाकर मिल गया। उस अल्जीरियाई इंसान के कपड़े सीने के इर्द-गिर्द और नीचे जमकर सख़्त

हो चुके थे। हमने उसे परत दर परत काटा और जैसे ही हम उसकी त्वचा पर लगे घाव तक पहुंचे उसने अचानक आंखें खोलकर हमारी तरफ़ देखा।

'मैं घायल हूं...' उसने फ्रांसीसी भाषा में कहा। फिर यही बात अरबी भाषा और फिर अंग्रेज़ी में दोहराई।

'हां, दोस्त,' मैंने उससे आंखें मिलाते हुए जवाब दिया। मैंने मुस्कराने की कोशिश की, लेकिन यह इतनी अज़ीब थी कि मुझे नहीं लगता कि इससे उसे कुछ राहत मिली होगी।

उसके शरीर पर कम से कम तीन घाव थे, लेकिन निश्चित तौर पर कुछ नहीं कहा जा सकता था। उसका पेट शायद मोर्टार हमले में पूरी तरह से खुल चुका था। देखकर तो यही लग रहा था कि शायद धातु का एक टुकड़ा भीतर ही मौज़ूद था और पीछे रीढ़ की हड्डी तक को छू रहा था। उसकी जांघ और आस-पास के हिस्से में भी गहरे घाव थे। उसका इतना ख़ून बह चुका था कि घावों के आस-पास की जगह काली पड़ने लगी थी। मैं अनुमान ही नहीं लगा पा रहा था कि उसके पेट और अन्य आंतरिक अंगों को कितना नुक़सान पहुंचा होगा। पेशाब और अन्य मलयुक्त द्रव्यों की बहुत तेज़ बदबू आ रही थी। वह इतने वक़्त तक ज़िंदा बच गया, यही अपने-आप में चमत्कार था। ऐसा लग रहा था कि उसे केवल ठंडे मौसम ने ही बचा लिया था। लेकिन उसके पास वक़्त बहुत कम दिख रहा था : उसके कुछ मिनट या कुछ घंटे ही ज़िंदा रहने के आसार दिख रहे थे और मैं कुछ भी कर पाने की स्थिति में नहीं था।

'क्या यह बहुत बुरा है?'

'हां, दोस्त,' मैंने जवाब दिया और मेरे पास और कोई चारा भी नहीं था। जब मैं यह कह रहा था तो मेरी आवाज़ कांप रही थी। 'मैं कुछ भी नहीं कर पाऊंगा।'

मुझे अब लगता है कि मुझे ऐसा नहीं कहना चाहिए था। अपने सैकड़ों पापी कार्यों की लंबी सूची में, ईमानदारी की यह हल्की सी झलक, यह काफ़ी ऊपर था। यह सूची थी उन बातों की जो मैं चाहता था कि मैंने ज़िंदगी में कही ना होती या की ना होती। मुझे इस बात का अहसास नहीं था कि बचा लिए जाने के कारण उसकी उम्मीदें कितनी बढ़ चुकी थीं। और फिर मेरे उस तरह के शब्दों के साथ मैंने उसे दोबारा निराशा के अंधेरे गर्त में डूबते हुए देखा। उसके चेहरे से रंग और शरीर से इच्छाशक्ति का ज़ोर अचानक ढेर हो गए। उसके जबड़ों से लेकर घुटने तक देखा जा सकता था कि उसने उम्मीद छोड़ दी है। मैं उसके लिए मॉर्फ़िन का एक इंजेक्शन तैयार करना चाहता था, लेकिन मैं जानता था कि मैं उसे मरते हुए देख रहा था और मैं ख़ुद को उसका हाथ छोड़ने के लिए तैयार ही नहीं कर सका।

उसकी आंखें खुल गईं तो उसने पूरी गुफा को नज़रें घुमाकर इस तरह से देखा मानो पहली बार देख रहा हो। महमूद और ख़ालिद उसकी एक तरफ़ बैठे थे। दूसरी ओर मैं घुटने टेककर बैठा हुआ था। उसने हमारे चेहरों की तरफ़ देखा। उसकी आंखों

में भय की साफ़ झलक दिख रही थी। यह ऐसे व्यक्ति की हताश नज़र थी, जो जानता था कि नियति ने उसका साथ छोड़ दिया है और मौत उसके भीतर प्रवेश कर चुकी है। उसके शरीर से ज़िंदगी के एक-एक ताने-बाने को उधेड़ती हुई। यह एक ऐसी नज़र थी जिसे मैं आगामी सप्ताहों और उसके भी बाद के वर्षों में बड़ी अच्छी तरह से जान लेने वाला था। लेकिन उस दिन वह मेरे लिए नई थी और मुझे लगा कि मानो मेरी खोपड़ी भी उसकी नक़ल करते हुए सख़्त हो गई हो।

'गधे होने चाहिए थे,' उसने कहा।

'क्या?'

'क़ादर को गधे इस्तेमाल करने चाहिए थे। मैं शुरुआत से उसे यही बात बता रहा था। तुमने भी मुझे सुना था। तुम सबने मुझे सुना था।'

'हां, दोस्त।'

'गधे... इस तरह के काम के लिए। मैं इन पहाड़ों में ही बड़ा हुआ हूं। मैं पहाड़ों को जानता हूं।'

'हां, दोस्त।'

'लेकिन वह बहुत ज़्यादा अभिमानी थे, क़ादर ख़ान। वह महसूस करना चाहते थे... इस पल को... घर लौट रहा नायक... अपने लोगों के लिए। वह उनके लिए घोड़े ले जाना चाहते थे... इतने सारे बेहतरीन घोड़े।'

उसने बोलना बंद कर दिया और उसके चोटग्रस्त पेट में अचानक दर्द की सिहरन उठकर उसके सीने की ओर बढ़ने लगी। उसकी नाक और मुंह के कोने से ख़ून, एक काला सा द्रव्य और पित्त निकला। ऐसा लगा कि उसे पता ही नहीं चला।

'इसी वजह से हम पाकिस्तान की ओर ग़लत दिशा से चले गए। यह घोड़े उनके लोगों को देने के लिए हम मौत के मुंह में चले गए।

उसने दर्द से कराहते हुए आंखें बंद कीं, लेकिन फिर तत्काल उन्हें खोल दिया।

'अगर यह घोड़े नहीं होते... तो हम सीमा की ओर पूर्व में जाते, सीधे सीमा की तरफ़। यह उनका... उनका *अभिमान* था, देखा आपने?'

मैंने ऊपर नज़र उठाकर ख़ालिद और महमूद की तरफ़ देखा। ख़ालिद ने मेरी तरफ़ देखा, लेकिन फिर से नज़रें अपने दम तोड़ते दोस्त की ओर कर दीं। महमूद मेरी तरफ़ देखता रहा जब तक कि हम दोनों ने सहमति में सिर नहीं हिला दिया। यह भाव इतना गोपनीय तरह का था कि देखने वाले की समझ से परे होता, लेकिन हम दोनों जानते थे कि हमारे बीच क्या संवाद हुआ और हम सिर को हल्का सा हिलाकर किस बात पर सहमत हो चुके हैं। यह सच था। अभिमान ही उस महान व्यक्ति के अंत की वजह बना। और यह किसी और को भले ही अज़ीब लग सकता है, वहां उसी वक़्त, उनके अभिमान की पराजय मैं वास्तविकता में इस बात को मानने लगा कि क़ादरभाई जा चुके थे और मुझे उनकी मौत से उपजा रीतापन भी महसूस होने लग गया।

अहमद ने कुछ और देर बात की। उसने हमें अपने गांव का नाम बताया और नज़दीकी बड़े शहर का हवाला देते हुए बताया कि उस गांव को कैसे खोजा जा सकता है। उसने हमें अपने माता-पिता, भाई-बहनों के बारे में बताया। वह चाहता था कि हम उन तक यह बात पहुंचा दें कि मरते वक़्त उन्हें ही याद कर रहा था। और वाक़ई वह कर रहा था। वह हंसता हुआ बहादुर अल्जीरियाई जो हमेशा ऐसा लगता था मानो वह अज़नबियों की भीड़ में किसी दोस्त को तलाश रहा हो : वह जब मरा तो उसके होंठों पर मां का नाम था। और उसकी अंतिम सांस में भगवान का नाम नहीं था।

अहमद जब मर रहा था तो हम उस ठहरे हुए पल में बुरी तरह से जम चुके थे। अन्य लोगों ने मुस्लिम रिवाज़ों के मुताबिक़ दफ़नाने के लिए शरीर को साफ़ करना शुरू कर दिया था। ख़ालिद, महमूद और मैंने नज़ीर की जांच की। वह घायल तो नहीं था, लेकिन उसका शरीर इतना ज़्यादा थक चुका था कि उसे इस तरह की नींद लगी थी, मानो वह बेहोश हो। उसका मुंह खुला था और उसकी आंखें अधखुली थीं। वह गर्म था और लग रहा था कि वह इस अग्निपरीक्षा से उबर रहा था। हमने उसे छोड़कर हमारे अपने ख़ान की मृतदेह का निरीक्षण किया।

बस एक गोली क़ादर की बग़ल में पसलियों के पास से शरीर में घुसी थी और ऐसा लग रहा था कि वह सीधी जाकर दिल पर लगी थी। गोली के शरीर से बाहर निकलने का कोई निशान नहीं था, लेकिन सीने की बाईं ओर ढेर सारा ख़ून जमा होने का निशान था। यह गोली रूसी एके-47 की थी और उन दिनों में इसकी नोक खोखली हुआ करती थी। गोली के मुख्य इस्पाती हिस्से का वज़न पीछे की ओर होता था। इस वजह से यह कलाबाजी खाती थी। यह शरीर को छेदने की बज़ाय भीतर से कई जगह नुक़सान पहुंचाती थी। ऐसे हथियार अंतर्राष्ट्रीय क़ानून के तहत प्रतिबंधित थे, लेकिन जंग में मारे गए हर एक अफ़गान के शरीर पर इसी गोली के निशान पाए जाते थे। और ऐसा ही हमारे ख़ान के साथ भी हुआ था। गोली ने उनके शरीर को भीतर से छेद दिया था। बग़ल में बड़ा सा छेद करके जो गोली भीतर दिल को भेदकर गई थी, उसने दूसरी ओर नीला-काला कमल सा बना दिया था।

यह जानते हुए कि नज़ीर ख़ुद क़ादरभाई के शरीर को दफ़नाने के लिए तैयार करना चाहेगा, हमने ख़ान को कंबल में लपेटकर गुफाओं के प्रवेश द्वार के पास बर्फ़ में खोदे गए गड्ढे के बग़ल में रख दिया। हमने बस अपना काम ख़त्म ही किया था कि कोई वस्तु सीटी बजाती हुई हमारे क़दमों के पास आकर गिरी। हम सब एक दूसरे को घबराकर देख ही रहे थे कि एक हिंसक धमाका हमारे नीचे हुआ और चारों तरफ़ नारंगी-काला धुआं फैल गया। मोर्टार अहाते में हमसे तकरीबन 100 मीटर दूर गिरा था, लेकिन हमारे पास की हवा गंध और धुएं से भर चुकी थी। उसके बाद दूसरा और फिर तीसरा धमाका हुआ। हम गुफा के मुंह की ओर दौड़े और हमने ख़ुद को भीतर हमसे आगे पहुंच चुके लोगों के ऊपर झोंक दिया। बाहर जबकि मोर्टार के

धमाके पहाड़ी ज़मीन को काग़ज़ की लुगदी की तरह हवा में उड़ा रही थी, हम सब हाथ-पैरों में गुत्थमगुत्था होकर छिपे हुए थे।

यह बहुत बुरे हालात थे और यह हालात दिनोंदिन बिगड़ते चले गए। जब हमला समाप्त हुआ तो हम काले पड़ चुके गड्ढों से भरे अहाते में तलाश करने निकले। दो लोगों की मौत हो चुकी थी। उनमें से एक क़रीम था, वह व्यक्ति जिसकी एक बांह शिविर में पहुंचने से पहले ही हमने दुरुस्त की थी। दो अन्य तो इतनी बुरी तरह से घायल थे कि हमें यक़ीन था कि वे दोनों ज़िंदा नहीं बचेंगे। आपूर्ति का एक बड़ा हिस्सा नष्ट हो चुका था। उनमें से पहला तो था, उस ईंधन के ड्रम्स जिसका इस्तेमाल हम जनरेटर और स्टोव के लिए किया करते थे। गर्म करने और खाना पकाने के लिए स्टोव और लैम्प बेहद महत्त्वपूर्ण थे। अधिकांश ईंधन ख़त्म हो चुका था और हमारा पानी का भंडार भी नष्ट हो चुका था। हमने कचरा साफ़ करना शुरू किया-मेरा मेडिकल किट पूरी तरह से काला पड़ चुका था और आग से झुलस चुका था। साथ ही गुफा में बचे हुए सामान को जमा करना शुरू किया। सभी लोग चुपचाप काम कर रहे थे। वह सभी चिंतित थे और डरे हुए भी। उनके पास इसके लिए पर्याप्त वजह थी।

अन्य लोगों ने जहां ख़ुद को इन कामों में डुबो लिया, मैं घायलों की देखभाल करने लगा। एक व्यक्ति एक पैर गंवा चुका था और पैर के घुटने के नीचे का हिस्सा उड़ चुका था। उसकी गर्दन और बांह के ऊपरी हिस्से में मोर्टार के टुकड़े धंसे हुए थे। वह केवल 18 वर्ष का था। उसका भाई कंधार के निकट एक रूसी चौकी पर हमले में मारा जा चुका था। वह लड़का मर रहा था। मैंने लंबे स्टेनलेस स्टील के ट्वीजर और मैकेनिक के किट से हासिल लंबी नाक वाले प्लायर्स की मदद से उसके शरीर से धातुई टुकड़े निकाले।

बुरी तरह से तबाह पैर के लिए मैं कुछ ज़्यादा कर पाने की स्थिति में नहीं था। मैंने घाव साफ़ किया और प्लायर की मदद से हड्डी के जितने टुकड़ों को निकाल सकता था, निकाल दिया। उसकी चीख़ ने मेरे शरीर पर पसीना जमा सा दिया और हर बर्फ़ीली हवा के साथ मैं सिहर उठता था। मैंने ऐसी जगहों पर टांके लगा दिए जहां पर उसकी साफ़ और मज़बूत त्वचा मददगार साबित हो रही थी। लेकिन घाव को पूरी तरह से बंद कर पाना नामुमकिन था। उसके पैर के मांस से हड्डी का एक बड़ा टुकड़ा बाहर झांक ही रहा था। एकबारगी मुझे लगा कि आरी लेकर उस लंबी हड्डी को काट ही डालूं ताकि घाव को बंद किया जा सके। लेकिन इस तरीक़े के सही होने को लेकर मेरे भीतर विश्वास नहीं था। मुझे यह भी लग रहा था कि कहीं इससे घाव और बुरा नहीं हो जाए। मुझे यक़ीन नहीं था... और जब आपको पता नहीं हो कि आप क्या कर रहे हैं तो सिवाय चीख़ों के और कुछ भी आपके हिस्से में नहीं आता। अंत में मैंने घाव को एंटीबायोटिक पाउडर से साफ़ किया और ना चिपकने वाला कपास का एक बड़ा टुकड़ा उस पर लगा दिया।

दूसरे घायल व्यक्ति ने धमाके को सीधे चेहरे और गले पर ही झेला था। उसकी आंखें नष्ट हो चुकी तीं और उसकी नाक और मुंह का अधिकांश हिस्सा भी उड़ चुका था। कुछ हद तक वह रंजीत के कुष्ठरोगियों की ही तरह लग रहा था, लेकिन उसके ज़ख़्म ताज़े और ख़ून से भरे थे और दांत इतने चूर-चूर हो चुके थे कि वह रंजीत के कुष्ठरोगियों की स्थिति बेहतर लग रही थी। मैंने उसकी आंख, खोपड़ी और गले से धातु के टुकड़े निकाले। उसके गले के जख़्म बहुत गंभीर थे और हालांकि वह सामान्य रूप से सांस ले रहा था, मेरा अनुमान था कि उसकी हालत बिगड़ने वाली है। उसके घावों की मरहम-पट्टी के बाद मैंने दोनों व्यक्तियों को पेनिसिलिन के एक इंजेक्शन के साथ मॉर्फ़िन का भी एक डोज़ दिया।

मेरी सबसे बड़ी समस्या थी ख़ून और घायलों में हुई ख़ून की कमी को दूर करना। पिछले कुछ हफ्तों में मेरे द्वारा पूछताछ के दौरान इस बात का ख़ुलासा हो गया कि ना तो किसी मुजाहिदीन ना ही किसी अन्य को अपने या किसी अन्य ख़ून के ग्रुप का पता था। इसलिए मेरे लिए रक्तदान कराकर ब्लड बैंक तैयार करना नामुमकिन ही था। चूंकि मेरा अपना ब्लड ग्रुप ओ था, जिसे यूनिवर्सल डोनर माना जाता है, मैं वहां रक्तदान के लिए उपलब्ध इकलौता व्यक्ति था। और मैं उस लड़ाकू इकाई का इकलौता चलता-फिरता ब्लड बैंक था।

सामान्य तौर पर एक रक्तदाता एक सत्र में लगभग आधा लीटर ख़ून उपलब्ध कराता है। हमारे शरीर में लगभग छह लीटर ख़ून होता है। इस तरह से रक्तदान में हमारे शरीर से ख़ून की कमी कुल मात्रा की 10 प्रतिशत होती है। मैंने प्रत्येक घायल व्यक्ति में आधा लीटर से कुछ ज़्यादा ही ख़ून पहुंचाया था। क़ादर द्वारा तस्करी करके लाए गए सामान में इस्तेमाल इंट्रावेनस ड्रिप्स का इस्तेमाल करके। मैं इस बात को लेकर हैरान था कि क्या यह सामान रंजीत और उसके कुष्ठरोगियों की ओर से आया था, क्योंकि जब मैं अपनी और घायलों की नसों से ख़ून का लेन-देन करता था तो इस्तेमाल की जाने वाली सुइयां सीलबंद पैकेट्स की जगह खुली हुई होती थीं। रक्तदान ने मेरे 20 प्रतिशत ख़ून का इस्तेमाल कर लिया था। मुझे चक्कर से आने लगे थे और मतली सी लगने लगी थी। मुझे समझ नहीं आ रहा था कि ये ख़ून की कमी के लक्षण थे या फिर मेरा भय मुझ पर हावी होता जा रहा था। मैं जानता था कि अब मैं कुछ वक़्त तक रक्तदान नहीं कर पाऊंगा और नाउम्मीदी से भरे हालात-मेरे और दूसरों के कारण मेरे सीने में चिंताजनक घबराहट सी पैदा हो गई।

यह बहुत ही गंदा और भयावह काम था और मुझे इसके लिए प्रशिक्षण भी नहीं मिला था। जो प्राथमिक उपचार पाठ्यक्रम मैंने एक युवक के तौर पर पूरा किया था, काफ़ी विस्तृत तो था, लेकिन उसमें युद्ध क्षेत्र में उपचार का कोई प्रशिक्षण शामिल नहीं था। और मेरे द्वारा झोपड़पट्टी में किए गए काम का इन पहाड़ों में कोई उपयोग नहीं था। साथ ही मैं केवल सहजबोध से काम कर रहा था-वही बोध जिसने मुझे मानो पिछले जन्म में मेरे अपने शहर में हेरोइन की लत में फंस चुके लोगों को

उबारने में मदद की थी। यह हालांकि गोपनीय था–ख़ालिद और पागल हबीब की तरह–कि मुझे कोई मदद करे, बचाए और उबार ले। और हालांकि यह ज़्यादा नहीं थी और पर्याप्त भी नहीं, लेकिन मेरे पास बस यही था। इसलिए मैंने पूरी कोशिश की कि उल्टी, रोना और भय सबके सामने उजागर नहीं हो जाए। उसके बाद मैंने अपने हाथ बर्फ़ से धोए।

जब नज़ीर पर्याप्त रूप से ठीक हो गया तो उसने अब्दुल क़ादर ख़ान के सख़्त रीति–रिवाजों से दफ़न पर ज़ोर दिया। उसने यह काम कुछ भी खाने या पानी का एक गिलास तक पीने से पहले कर दिया। मैंने ख़ालिद, महमूद और नज़ीर को ख़ुद की सफ़ाई करते, साथ मिलकर दुआ करते और फिर क़ादरभाई के शव को दफ़न के लिए तैयार करते हुए देखा। उनका हरा–सफ़ेद परचम खो चुका था, लेकिन एक मुजाहिद ने आगे बढ़कर उन्हें ढंकने के लिए अपना परचम उपलब्ध करा दिया। बिलकुल सफ़ेद परचम पर लिखा था :

ला इल्ला हा इल्ल अल्लाह

कराची में टैक्सी की सवारी से हमारे साथ रहे ईरानी महमूद मेलबाफ़ इतना शांत और तल्लीन लग रहा था कि जब भी वह इबादत करता मेरी आंखें बार–बार उसके चेहरे की ओर ही जा रही थीं। उसके चेहरे के भाव कुछ ऐसे थे मानो अपनी संतान को ही दफ़न कर रहा हो। इतनी शालीनता कम ही देखने को मिलती है और उसी पल से मैं उसे दोस्त मानने लगा।

शव दफ़ना दिए जाने के बाद मेरी नज़रें नज़ीर से मिलीं और अचानक मेरी आंखें मेरे पैर के आस–पास जम चुकी ज़मीन की ओर चली गईं। वह बहुत उदास था और शोक में डूबा हुआ था। उसकी ज़िंदगी ही क़ादर की रक्षा और सेवा के लिए थी। लेकिन ख़ान की मौत हो चुकी थी और वह ज़िंदा था। इससे भी बुरी बात यह थी कि वह घायल तक नहीं हुआ था। उसकी अपनी ज़िंदगी और उसका मक़सद ही मानो बेमानी हो गया था। उसे हर धड़कन में विश्वासघात का अहसास हो रहा था। दर्द और थकान का उस पर कुछ ऐसा असर हुआ कि वह बुरी तरह से बीमार पड़ गया। उसके वज़न में दस किलो से भी ज़्यादा की गिरावट आ गई। उसके गाल पोपले हो चुके थे और आंखों के नीचे काले घेरे बन गए थे। उसके होंठ फट चुके थे। उसके हाथ और पैर देखकर मेरी चिंता और अधिक बढ़ रही थी। मैंने उसकी जांच की और पाया कि उनमें रंगत और गर्मी लौटी नहीं है। मुझे लगा कि बर्फ़ में रेंगने से शायद वह शीतदंश का शिकार हो चुका था।

मुझे तब यह नहीं पता था कि उस वक़्त भले ही उसकी ज़िंदगी का कोई अर्थ नहीं बचा हो, लेकिन उसे एक मक़सद मिला हुआ था। क़ादरभाई ने अभियान के दौरान अपनी मौत की स्थिति में उसे एक अंतिम निर्देश दिया था, अंतिम कर्तव्य दे

रखा था। उन्होंने एक व्यक्ति का नाम देकर नज़ीर को उसकी हत्या करने के लिए कहा था। नज़ीर तब भी वह निर्देश मान रहा था। उस हत्या को अंज़ाम देने के लिए ज़िंदा रहकर। इसी बात ने उसे बचा लिया और उसकी बची हुई ज़िंदगी का बस एक ही मक़सद था उस व्यक्ति की हत्या। इस बारे में उस वक़्त पता नहीं होने के कारण जब क़ादर को दफ़न करने के बाद के ठंडे दिन सप्ताहों में बदल गए, मुझे हमेशा उस सख़्तजान, वफ़ादार अफ़गान की दिमाग़ी हालत की चिंता रहती थी।

क़ादर की मौत ने ख़ालिद अंसारी को इस तरह से बदल दिया था, जो कम स्पष्ट होते हुए भी पर्याप्त रूप से देखा जा सकता था। हममें से अधिकांश जहां सदमे के कारण दैनंदिन ऊबाऊ काम से जुड़ चुके थे, ख़ालिद और अधिक तेज़तर्रार और ऊर्जावान हो गया था। मैं जबकि अपने प्रिय व्यक्ति को खो देने के ग़म में उदास और ध्यान में डूबा रहता था, ख़ालिद हर दिन नया काम हाथ में लेता था। उसकी एकाग्रता कभी भी कम नहीं हुई। कुछ युद्धों का अनुभवी होने के कारण उसने मुजाहिदीन कमांडर सुलेमान शाहबादी के लिए क़ादर द्वारा निभाई जाने वाली सलाहकार की भूमिका को अपना लिया। अपने सभी कामों में यह फ़िलीस्तीनी पूरी शिद्दत से बिना थके जुटा रहता था। वैसे ख़ालिद के लिहाज़ से ये नए गुण नहीं थे-वह कभी भी दब्बू क़िस्म का इंसान नहीं रहा था-लेकिन क़ादर की मौत के बाद मैंने उसके भीतर जीतने को लेकर एक नई उम्मीद नई ज़िद देखी। और वह इबादत भी करता था। जिस दिन हमने क़ादर को दफ़न किया, ख़ालिद सबको इबादत के लिए बुलाने वाला पहला व्यक्ति था और बर्फ़ीली चट्टान पर घुटनों के बल इबादत के बाद उठने वाला अंतिम व्यक्ति।

हमारे गुट में अब सबसे वरिष्ठ अफ़गानी सुलेमान शाहबादी-घायलों सहित हम बीस एक लोग थे-काबुल के रास्ते पर दो-तिहाई दूरी पर स्थित गज़नी के आस-पास के गांवों का एक पूर्व सामुदायिक नेता, या *कांदीदार* था। 52 वर्षीय सुलेमान पांच वर्ष से इस युद्ध में शामिल था। वह लड़ाई के हर तौर-तरीक़े में महारत हासिल कर चुका था, हर तरह की लड़ाई, घेराव से लेकर गुरिल्ला युद्ध तक और झड़प से लेकर जोरदार जंग तक। रूसियों को निकाल बाहर करने की राष्ट्र स्तर की लड़ाई के अघोषित नेता अहमद शाह मसूद ने ख़ुद सुलेमान को कंधार के पास दक्षिणी कमान स्थापित करने का काम सौंपा था। हमारी जातीय तौर पर विविधता भरी इकाई में हर कोई मसूद का बहुत बड़ा प्रशंसक था। और चूंकि सुलेमान की नियुक्ति सीधे मसूद, जिसे पंजशेर का सिंह कहा जाता था, ने की थी इसलिए हर कोई उसे सम्मान देता था।

बर्फ़ में हमें मिलने के तीन दिन बाद जब नज़ीर पूरी जानकारी देने के लिहाज़ से ठीक हो गया तो सुलेमान शाहबादी ने एक बैठक बुलाई। वह बड़े हाथ-पैरों वाला एक नाटा व्यक्ति था और उसके चेहरे पर मायूसी का भाव छाया रहता था। उसकी ऊंची और चौड़ी भौंह थी और गंजे सिर को वह साफ़े से ढंक लेता था। उसकी गहरी दाढ़ी उसने मुंह के पास काट ली थी और जबड़े के नीचे वह छोटी हो जाती

थी। उसके कान नुकीले थे और साफ़े के कारण और अज़ीब से लगते थे। उसका मुंह देखकर लगता था कि किसी जमाने में वह मज़ाक़िया क़िस्म का व्यक्ति रहा होगा। लेकिन उस वक़्त पहाड़ पर उसका चेहरा उसकी आंखों जैसे भाव लिए हुए था। उसकी आंखों में अनकही उदासी थी, ऐसी उदासी जिसमें अब आंसू तक नहीं बचे थे। उसके चेहरे का भाव हमारे मन में उसके लिए सांत्वना का भाव जगाता था, लेकिन हम पूछ नहीं सके। वह कुल मिलाकर एक समझदार, बहादुर और दयालु व्यक्ति था। उसके भीतर उदासी इतनी गहरी थी कि किसी की भी उसे छूने की हिम्मत तक नहीं होती थी।

शिविर में चार संतरियों की नियुक्ति और दो लोगों के घायल होने के कारण गुफा में सुलेमान की बात सुनने के लिए हम केवल 14 लोग ही बचे थे। ठंड बहुत ज़्यादा थी–शायद शून्य डिग्री या उससे नीचे–और हम सब एक–दूसरे की गर्माहट के लिए सटकर बैठे हुए थे।

मुझे लगा कि क्वेटा में रहने के दौरान मुझे दारी और पश्तो में और अधिक पकड़ बना लेनी चाहिए थी। उस बैठक में लोग दोनों भाषाओं में बात कर रहे थे और उसके बाद की हर बैठक में भी। महमूद मेलबाफ़, दारी भाषा की बात को ख़ालिद के लिए अरबी में अनुवाद कर रहा था, जो अरबी भाषा का मेरे लिए अंग्रेज़ी में अनुवाद कर रहा था। पहले वह समझने के लिए महमूद की तरफ़ झुकता था और फिर मुझे समझाने के लिए मेरी तरफ़। यह बहुत लंबी और धीमी प्रक्रिया थी और मुझे यह देखकर हैरानी हुई कि लोग हर बार अनुवाद में इतना वक़्त लग जाने के बाद भी बड़ी ही शांति और संयम के साथ प्रक्रिया को जारी रखे हुए थे। यूरोपियन और अमेरिकी लोगों द्वारा अफ़गान लोगों की छवि को जंगली, ख़ून के प्यासे के तौर पर बताया जाता है। यहां तक कि अफ़गानिस्तानियों को भी अपना इस तरह से वर्णन ख़ुशी देता था। उन लोगों के साथ हर बार के संपर्क ने मुझे बताया कि उनकी छवि कितनी ग़लत तैयार की गई है। आमने–सामने की बात की जाए तो अफ़गान लोग उदार, दोस्ताना, ईमानदार और मेरे साथ बहुत ज़्यादा विनम्र रहे। मैंने उनकी पहली बैठक और उसके बाद की बैठकों में कुछ भी नहीं कहा, लेकिन फिर भी वह अपने हर एक शब्द में मुझे शामिल करते थे।

नज़ीर की हमारे ख़ान की हमले में मौत को लेकर दी गई ख़बर चेतावनी की तरह थी। क़ादर ने 26 लोगों के साथ शिविर छोड़ा था और वह सभी उसके गांव के सुरक्षित माने जा रहे रास्ते पर घोड़ों और सामान के साथ जा रहे थे। यात्रा के दूसरे दिन, जबकि क़ादर के गांव को आने में पूरी एक दिन और रात बाक़ी थे, उन्हें रोका गया। उन्हें लगा कि यह भी स्थानीय कबीले के मुखिया के साथ तोहफ़ों के आदान–प्रदान जैसी ही सामान्य रहेगी।

बैठक में हबीब अब्दुर रहमान को लेकर भी कड़े सवाल पूछे गए। बेचारे बेहोश सिद्दिकी को मारने के बाद उसे हमें छोड़े दो महीने हो चुके थे। हबीब ने अपने नए

इलाक़े, शर-ए-सफ़ा पर्वतमाला में अकेले दम ही आतंक की एक नई जंग छेड़ दी थी। उसने एक रूसी अधिकारी को यातनाएं देकर मार डाला था। उसने ऐसा ही न्याय, हमने देखा था, अफ़गान सेना के जवानों और यहां तक कि उन मुजाहिदीन लड़ाकों को दिया था, जो उसकी नज़र में उद्देश्य के प्रति कम समर्पण भाव रखते हैं। यातनाएं जिस क्रूरता से दी गईं, वह इलाक़े में हर किसी को आतंकित कर गईं। कहा जाने लगा कि वह *शैतान* था, ख़ुद सबसे बड़ा शैतान, जो लोगों के शरीर को नोचने के लिए आता है और उनकी खोपड़ियों से इंसानी चेहरे की चमड़ी उधेड़ देता है। युद्ध के क्षेत्र में जो इलाका तुलनात्मक रूप से शांत था, अब वह क्रोधित, आतंकित सैनिकों और अन्य लड़ाकों के लिए चिंता का विषय बन गया। सबने मिलकर शपथ ली कि हबीब को खोजकर मार डाला जाए।

इस बात का अहसास होने के बाद कि वह हबीब को पकड़ने के लिए बिछाए गए जाल में फंस गए हैं और उन्हें घेरने वाले लोगों को उनके मक़सद से कोई लेना-देना नहीं था, क़ादरभाई ने वहां से शांतिपूर्वक विदा होने का फ़ैसला किया। उसने तोहफ़े के तौर पर चार घोड़े दे दिए और अपने लोगों को जमा किया। वह दुश्मन के चंगुल से लगभग आज़ाद ही हुए थे कि छोटी सी गुफा में गोलियां चलने लगीं। नज़ीर ने गिनती की कि क़ादर की कमान के 18 लोग मारे जा चुके थे। उनमें से कुछ इतनी बुरी तरह से घायल हुए थे कि उनकी उसकी वजह से मौत हो गई। उनके गले काट दिए गए। नज़ीर और अहमद ज़ादेह केवल इसलिए बच गए कि वह घोड़ों और इंसानों शरीरों के ढेर के नीचे दबे हुए थे। उन्हें मृत मान लिया गया था।

इस भिड़ंत में केवल एक घोड़ा बचा था जो गंभीर रूप से घायल था। नज़ीर ने उस घोड़े को जैसे-तैसे खड़ा किया और उस पर क़ादर की मृत देह और अहमद की मौत की ओर जाती देह को बांध दिया। घोड़ा बर्फ़ के बीच डेढ़ दिन तक संघर्ष करने के बाद हमारे शिविर से लगभग तीन किलोमीटर लड़खड़ाया, गिरा और मर गया। नज़ीर ने उसके बाद हमें मिलने तक दोनों शरीरों को खींचा। उसे नहीं पता कि क़ादर के गुट के जिन पांच लोगों की गिनती नहीं की गई थी, उनका क्या हुआ। उसने सोचा शायद वह बच गए होंगे या फिर शायद पकड़ लिए गए होंगे। एक बात तो तय थी : दुश्मनों में जो लोग मारे गए थे, नज़ीर ने उन्हें अफ़गान सेना के गणवेश में नए रूसी हथियारों के साथ देखा था।

सुलेमान और ख़ालिद अंसारी ने अनुमान लगाया कि हम पर मोर्टार का जो हमला हुआ है, उसका उस जंग से कुछ वास्ता है जिसने अब्दुल क़ादर ख़ान की जान ली थी। उनका अनुमान था कि अफ़गान सेना की इकाई दोबारा एकत्र हुई होगी और उन्होंने नज़ीर के ही रास्ते को पकड़ लिया होगा या फिर उन्हें गिरफ़्तार किए गए लोगों से कुछ जानकारी मिली होगी। उसके बाद उन्होंने मोर्टार से हमला बोला। सुलेमान को लगा कि कुछ और मोर्टार हमले होंगे, लेकिन यह नहीं लगा कि वह इस ठिकाने पर सीधा हमला बोलेंगे। ऐसे हमले में कई लोगों की जान जा सकती है और शायद

सफलता भी नहीं मिले। अगर रूसी सैनिकों ने अफ़गान सेना की इकाई को मदद की होती तो निश्चित तौर पर आसमान साफ़ होते ही हेलीकॉप्टर से हमलों की संभावना थी। दोनों ही तरह से हमारे कुछ लोग तो मारे ही जाने थे। साथ ही हमें यह अपना लाभदायक ठिकाना भी छोड़ना पड़ जाता।

हमारे पास उपलब्ध सीमित विकल्पों पर काफ़ी लंबी बातचीत के बाद सुलेमान ने हमारी मोर्टार इकाइयों से दो जवाबी हमले करने की योजना बनाई। इसके लिए हमें दुश्मन के ठिकानों और उनकी ताक़त की भरोसेमंद जानकारी की ज़रूरत थी। उसने एक तंदुरुस्त युवक और हजारबुज के ख़ानाबदोश जलालाद को जासूसी अभियान के बारे में समझाना शुरू किया और फिर अचानक सकते की स्थिति में गुफा के मुहाने की ओर देखने लगा। हम सब मुड़े और गुफा के दरवाज़े पर एक भीमकाय व्यक्ति की छाया देखकर हैरान हो गए। वह हबीब था। वह संतरियों की नज़र बचाकर शिविर में आ चुका था–यह एक बहुत ही मुश्किल काम था–और वह हमसे बस दो क़दम दूर खड़ा था। मुझे यह कहने में ख़ुशी है कि मैं अकेला नहीं था, जिसके हाथ हथियार की ओर बढ़े।

ख़ालिद इतनी खुली मुस्कान के साथ आगे की तरफ़ दौड़ा कि मैं हिचकिचा गया और इसकी वजह बनने के कारण हबीब से कुढ़ने लगा। वह पागल व्यक्ति को लेकर आया और उसे भौंचक्के सुलेमान के पास बैठा दिया। और फिर पूरी तरह से शांत होकर स्पष्टता के साथ हबीब बोलने लगा।

उसके मुताबिक़ उसने दुश्मनों के ठिकाने देखे थे और उसे उनकी ताक़त का भी अंदाज़ा था। उसने हमारे शिविर पर मोर्टार हमला देखा था और फिर वह रेंगते हुए उनके शिविर तक पहुंच गया था। वह उनके इतने क़रीब पहुंच गया था कि उनकी यहां तक बातचीत सुन सकता था कि दिन के खाने में क्या बनाना है। वह हमें ऐसी बेहतर जगह पर ले जा सकता है, जहां से हम उनके शिविर पर मोर्टार हमला बोलकर उन्हें मार सकते हैं। वह शायद हमें यह भी बता रहा था कि जो दुश्मन इस हमले से बच जाएंगे, उन पर उसका हक़ होगा। बस वह यही क़ीमत मांग रहा था।

हबीब के प्रस्ताव को लेकर बहस छिड़ गई और लोग खुलकर उसके सामने ही विचार रखने लगे। कुछ लोगों को इस बात की चिंता थी कि हम ख़ुद को उसी पागल के हाथों में सौंप रहे हैं, जिसके द्वारा की गई क्रूरतापूर्ण हत्याओं के कारण ही जंग हमारी गुफा के दरवाज़े तक पहुंची है। इन लोगों के मुताबिक़ इस दुष्ट व्यक्ति के साथ ख़ुद को जोड़ना दुर्भाग्य होगा : नैतिकता के लिहाज़ से बुरा और दुर्भाग्यपूर्ण। यह दूसरे लोगों को चिंतित कर रहा था कि हम इतने सारे नियमित अफ़गानी सैनिकों को मार देंगे।

इस युद्ध की सबसे चौंकाने वाली विडंबना यही थी कि अफ़गान व्यक्ति अफ़गान से लड़ने में हिचकिचाता था और हर अफ़गान की मौत पर उसे वास्तविकता में दुख होता था। अफ़गानिस्तान में कबीलों और जातियों में विभाजन और जंग का

इतिहास इतना लंबा था कि हबीब को छोड़कर, कोई भी रूसियों की ओर से लड़ने वाले अफ़गानियों से वास्तविकता में नफ़रत नहीं करता था। असली नफ़रत ख़ाद (*KHAD*) के लिए थी, जो रूस की केजीबी का अफ़गानी संस्करण था। अफ़गानी दग़ाबाज नजीबुल्ला, जिसने अंततः सत्ता हासिल करके ख़ुद को देश का शासक नियुक्त कर दिया, ही कई वर्षों तक उस घृणित पुलिस बल का मुखिया था और इसके द्वारा दी गई कई अकथनीय यातनाओं के लिए ज़िम्मेदार भी था। देश में एक भी ऐसा प्रतिरोधी लड़ाका नहीं था जो उसे रस्सी से बांधकर घसीटते हुए सूली पर चढ़ाने का सपना नहीं देखता हो। अफ़गान सेना के सिपाही और अधिकारियों की बात कुछ और थी : वे रिश्तेदार थे और उनमें से कई जबरन भर्ती के शिकार, जो केवल अपना अस्तित्व बचाए रखने के लिए जो कहा जाता था, करते थे। और यह अफ़गान सेना के नियमित जवान वक़्त-वक़्त पर मुजाहिदीन लड़ाकों को रूसी सेना की गतिविधियों या बमबारी के बारे में महत्त्वपूर्ण सूचना दे दिया करते थे। वास्तविकता में तो यह जंग उनकी गोपनीय सूचनाओं के बग़ैर जीती ही नहीं जा सकती थी। और हबीब द्वारा पहचाने गए अफ़गानी सेनाओं के दो ठिकानों पर मोर्टार हमले कई अफ़गानियों की मौत का सबब बनेंगे।

काफ़ी लंबी चली बातचीत का अंत जंग करने के फ़ैसले के साथ हुआ। हमारी स्थिति इतनी ज़्यादा संकटपूर्ण थी कि हमारे पास जवाबी हमला बोलकर दुश्मन को पहाड़ों से भगाने के अलावा कोई और विकल्प था ही नहीं।

योजना अच्छी थी और इसे काम भी करना था, लेकिन उस जंग की कई अन्य बातों की तरह यह प्रयास भी उथल-पुथल और मौत लाया। चार संतरी और मैं शिविर की रक्षा के लिए पीछे रह गए। मेरे पास घायलों की सेवा की अतिरिक्त ज़िम्मेदारी भी थी। हमलावर दस्ते के 14 लोगों को दो गुटों में बांट दिया गया। पहले गुट का नेतृत्व ख़ालिद और हबीब कर रहे थे, दूसरे गुट की कमान सुलेमान के हाथ में थी। हबीब के निर्देशों का पालन करते हुए उन्होंने दुश्मन के शिविर से एक किलोमीटर की दूरी पर मोर्टार को तैनात किया-यह दूरी अधिकतम प्रभावी सीमा के पर्याप्त भीतर थी। बमबारी अलसुबह शुरू हो गई और लगभग आधा घंटा चली। हमलावर दस्तों ने जब तबाह तंबुओं की तलाशी ली तो उसमें 8 अफ़गान सैनिक मिले। उनमें से कुछ ज़िंदा थे। हबीब ने बाक़ी बचे लोगों पर अपने हथकंडे आजमाने शुरू कर दिए। उसे जो काम करने की इज़ाजत दी थी, उससे उकताकर हमारे बाक़ी के लोग शिविर पर लौट आए, इस उम्मीद के साथ कि अब उस पागल का चेहरा दोबारा नहीं देखना पड़ेगा।

उनकी वापसी के एक घंटे से भी कम समय में हमारे अहाते में जवाबी बमबारी शुरू हो गई। सीटियों, बम गिरने की आवाज़ के साथ धमाके होने लगे। जैसे ही यह घातक हमला मंदा पड़ा हम सब जब छिपने के ठिकानों से निकले तो हमने एक थर्रा देने वाली गूंज सी आवाज़ सुनी। ख़ालिद मुझसे कुछ ही दूरी पर था। मैंने उसके चेहरे पर खौफ़ के निशान देखे। वह गुफा के ठीक विपरीत चट्टानों के बीच बनी दरारों में

छिपने के लिए भागा। वह चिल्लाकर और हाथ हिलाकर मुझे भी आने के लिए इशारा कर रहा था। मैंने उसकी तरफ़ कुछ क़दम ही उठाए थे कि आतंक से मेरे पैर जम से गए। अहाते के गहराई वाले सिरे से एक भीमकाय रूसी हेलीकॉप्टर ऊपर की ओर उठ रहा था। यह बता पाना नामुमकिन है कि तब ये विशाल और क़ातिल मशीनें कैसी लगती हैं, जब वे आप पर गोलियों की अनवरत बौछार कर देती हैं। यह दैत्य आपके दिलोदिमाग़ पर कब्ज़ा कर लेता है और कुछ पल के लिए तो लगता है कि पूरी दुनिया में इसके और इसके शोर के अलावा कुछ है ही नहीं।

उसी पल लगा कि उसने हमारी तरफ़ गोलियां दागना शुरू कर दिया है और फिर किसी बाज की तरह झपट्टा मारने के लिए वह नीचे आया। दो रॉकेट हवा को चीरते हुए गुफा की तरफ़ आए। उनकी गति मेरी नज़र से भी ज़्यादा तेज़ थी : मैंने घूमकर देखा कि एक रॉकेट गुफाओं के प्रवेश द्वार के ऊपर की चट्टान पर टकराया और धमाका होते ही धुएं के बीच चट्टानों के टुकड़ों की बरसात हो गई। इसके तत्काल बाद दूसरा रॉकेट गुफा के मुंह में घुसा और फूट गया।

जो झटका मुझे लगा, वह एक शारीरिक तजुर्बा था। ऐसा लगा कि मानो मैं किसी स्वीमिंग पूल के मुहाने पर खड़ा हूं और किसी ने मुझे हाथों से उसमें धकेल दिया हो। मैं पीठ के बल ज़ोरों से गिरा और सांस के लिए छटपटाने लगा। ऐसा लग रहा था मानो किसी ने मेरे प्राण निचोड़ लिए हों। मैं गुफा के मुहाने को देख सकता था। वहां घायल लोग थे। दूसरे लोग भी वहां पर छिपे हुए थे। धुएं और ज्वालाओं के बीच लोग दौड़ लगाते हुए या घिसटते हुए बाहर निकलने लगे। उनमें से एक था पश्तूनी कारोबारी अलेफ़। वह अपने चुटकुलों और दिखावटी मुल्लाओं और स्थानीय राजनेताओं पर व्यंग्य के कारण क़ादरभाई का पसंदीदा व्यक्ति था। उसकी पीठ सिर से जांघ तक पूरी उधड़ चुकी थी। उसके कपड़ों में आग लगी हुई थी। वे उसकी खुल चुकी पीठ पर जल रहे थे। उसके कूल्हे और कंधे की हड्डी साफ़ देखी जा सकती थी। उसके घिसटने के साथ ही वे भी खुले में हिलती हुई दिखाई दे रही थीं।

वह मदद के लिए चीख़ रहा था। मैंने दांत भींचकर उसकी और दौड़ लगाने की तैयारी ही की थी कि हेलीकॉप्टर फिर दहाड़ता हुआ सामने आ गया। वह बहुत तेज़ी से हमारे पास से निकला और नए कोणों से हम पर दोबारा हमला करने के लिए घूमने लगा। फिर वह बेहद बदतमीज़ी भरे अंदाज़ में उस पठार के सिरे पर उस जगह पर घूमने लगा जो हमारे लिए अब तक स्वर्ग की तरह था। जैसे ही मैं चलने को था तो उसने दो रॉकेट दागे और उसके तत्काल बाद दो और। लगातार हमले ने एक पल में पूरी गुफा के भीतरी हिस्से में आग लगा दी और बर्फ़ आग के गोलों और गर्म धातुओं के टुकड़ों के साथ पिघलने लगी। एक टुकड़ा मुझसे बस एक हाथ की दूरी पर गिरा। यह बर्फ़ में गिरा और कुछ सेकेंड तक छनछनाने की आवाज़ें आती रहीं। मैं ख़ालिद के पीछे रेंगता हुआ गया और चट्टानों की दरार में जा छिपा।

हेलीकॉप्टर ने अब गोलियों की बरसात शुरू कर दी और वहां पर मौज़ूद जो घायल दिख रहे थे, उनके परखच्चे उड़ने लगे। फिर मैंने अलग क़िस्म की आवाज़ वाली एक और बंदूक की आवाज़ सुनी और मुझे अहसास हुआ कि हमारा कोई साथी जवाबी गोलीबारी कर रहा है। यह पीके की आवाज़ थी, जो हमारी रूसी मशीनगनों में से एक थी। इसके तत्काल बाद एक और पीके से गोलियों की बारिश की *छन-छन-छन-छन* की आवाज़ आने लगी। हमारे दो लोग हेलीकॉप्टर पर गोलीबारी कर रहे थे। उस निर्मम कातिलाना मशीन की मौज़ूदगी में मेरा सहज बोध मुझे केवल उस दरार में छिपे रहने के लिए प्रेरित कर रहा था। लेकिन वे दोनों तो ना केवल ख़ुद को उस दैत्य के सामने पेश कर रहे थे बल्कि वास्तविकता में उसे चुनौती देते हुए गोलीबारी तक कर रहे थे।

मेरे पीछे से कोई चिल्लाया और एक रॉकेट, जिस दरार में मैं छिपा था, वहां से निकलकर सीधे हेलीकॉप्टर की ओर निकल गया। यह एक रॉकेट था, जो हमारे लोगों में से एक ने एके-47 से दागा था। यह निशाना चूक गया और अगले दो रॉकेट भी, लेकिन हमारे लोगों द्वारा की जा रही गोलीबारी निशाने पर लग रही थी और पायलट को तत्काल नुक़सान से बचने के लिए वहां से हेलीकॉप्टर को लेकर निकलना पड़ा।

हमारे लोगों ने मेरे पीछे ज़ोरदार नारा लगाया : *अल्ला हू अकबर! अल्ला हू अकबर! अल्ला हू अकबर!* ख़ालिद और मैंने चट्टान की दरार से बाहर निकलने के लिए पत्थर के टुकड़े से अपना रास्ता आसान कर लिया। मैंने देखा कि चार और लोग आगे आकर हेलीकॉप्टर पर निशाना साध रहे थे। अचानक हेलीकॉप्टर के एक हिस्से से धुआं निकलने लगा और ज़ोरों की आवाज़ करते हुए वह भीमकाय मशीन तेज़ी से नीचे की ओर गिरने लगी।

वह युवा जिसने हेलीकॉप्टर पर जवाबी हमला बोला था, वह हज़ारबुज का ख़ानाबदोश जलालाद था। वह अपनी भारी-भरकम पीके एक दोस्त को पकड़ाकर उससे दो मैगज़ीन वाली एके-47 छीनते हुए हेलीकॉप्टर की आड़ में छिपे और दुश्मनों की खोज में निकल पड़ा। दो अन्य युवा बर्फ़ से ढंकी ढलान पर गिरते-फिसलते हुए उसके पीछे दौड़ पड़े।

हमने बचे हुए लोगों के लिए पूरा अहाता छान मारा। हमले की शुरुआत में हम 20 लोग थे, जिसमें दो घायल भी शामिल थे। हमले के बाद हम ग्यारह लोग बचे थे : जलालाद और उसके दो युवा साथी जुमा और हनीफ़, जो उसके साथ किसी अफ़गान सैनिक या रूसी को खोजने के लिए दौड़ पड़े थे; ख़ालिद, नज़ीर, एक बहुत ही कम उम्र का लड़ाका अलाउद्दीन; तीन घायल लोग; सुलेमान और मैं। हमने नौ लोगों को गंवाया था अफ़गान सेना की तुलना में एक ज़्यादा। हमारे मोर्टार हमले में आठ अफ़गान सैनिक मारे गए थे।

हमारे घायलों की स्थिति बुरी थी। एक व्यक्ति तो उतनी बुरी तरह से जल गया था कि उसकी अंगुलियां केकड़े के पंजे जैसी हो गई थीं और उसका बचा हुआ चेहरा

इंसान की तरह नहीं था। वह अपने चेहरे की सुर्ख़ त्वचा में बस एक छेद से सांस ले रहा था। शायद उसके चेहरे पर कांपता हुआ हिस्सा उसका मुंह था, लेकिन कोई निश्चित तौर पर नहीं कह सकता था। सांस लेने में उसे दिक़्क़त हो रही थी और उसकी सांसें लगातार उखड़ रही थीं। मैंने पाया कि वे धीमी पड़ती जा रही थीं। उसे मॉर्फ़िन देकर मैं अगले व्यक्ति की तरफ़ मुड़ा। वह गज़नी का एक किसान जाहेर रसूल था। मैं जब कभी भी कोई किताब पढ़ता होता था या अपनी डायरी लिखता रहता था तो वह मेरे लिए ग्रीन टी लेकर आता था। वह एक बेहद दयालु, संकोची स्वभाव का 42 वर्षीय व्यक्ति था–उस देश के लिहाज़ से बुज़ुर्ग जहां व्यक्ति की औसत उम्र 45 वर्ष हुआ करती थी। उसका एक हाथ कंधे से नीचे पूरा ग़ायब था। उसकी बांह उखाड़ने वाले मोर्टार ने ही उसके शरीर को सीने से कूल्हे तक दाईं ओर पूरी तरह से उधेड़कर रख दिया था। यह जानने का कोई तरीक़ा ही नहीं था कि क्या उसके शरीर के भीतर धातु या पत्थर के टुकड़े धंसे हुए थे। वह लगातार दोहराई जाने वाली *ज़िकिर* बोले जा रहा था :

अल्ला महान है
अल्ला मुझे माफ़ करना
अल्ला मुझ पर दया करना
अल्ला मुझे माफ़ करना

महमूद मेलबाफ़ ने चोटिल कंधे पर ख़ून को बहने से रोकने के लिए पट्टी को ज़ोरों से दबाकर रखा था। जब उसने उसे छोड़ा तो ख़ून के गर्म फ़व्वारे हम पर उड़ गए। महमूद ने दोबारा पट्टी को ज़ोर से दबाकर पकड़ लिया। मैंने उसकी आंखों में देखा।

'रक्तवाहिनी,' अपने पर बढ़ते काम के बोझ से चिंतित होकर मैंने कहा।

'हां, उसकी बांह के नीचे। तुमने देखा?'

'हां। इसे या तो सिलना पड़ेगा या बंद करना पड़ेगा। हमें वह ख़ून रोकना होगा। वह पहले ही बहुत सारा ख़ून गंवा चुका है।'

काली पड़ गई राख़ से ढंकी मेडिकल किट को मेरे घुटने के सामने एक कपड़े पर रखा गया। मुझे उसमें टांके लगाने वाली एक सुई, एक पुराना मैकेनिक वाला प्लायर और कुछ रेशम के धागे मिल गए। बर्फ़ीले मैदान पर कड़ाके की ठंड के बीच मेरे कांपते खुले हाथों से मैं उसकी रक्तवाहिनी और त्वचा और पूरे हिस्से में टांके लगा रहा था, ताकि गर्म ख़ून के प्रवाह को रोका जा सके। धागा कुछ मर्तबा टूट गया। मेरी अकड़ चुकी अंगुलियां थरथर कांप रही थीं। वह जागा हुआ था और उसे दर्द का अहसास हो रहा था, बहुत ज़्यादा दर्द। वह लगातार बहुत ज़ोरों से चीख़ रहा था, लेकिन हर बार अपनी इबादत की ओर लौट आता था।

जब मैंने महमूद को पट्टी पर से हाथ हटाने के लिए कहा तो भीषण ठंड के बावज़ूद मेरी आंखें पसीने से तरबतर हो चुकी थीं। टांकों के बीच से भी ख़ून निकल रहा था। यह बात और है कि अब उसका प्रवाह धीमा पड़ चुका था, लेकिन मैं जानता था कि ख़ून ऐसा ही बहता रहा तो वह ज़्यादा वक़्त तक ज़िंदा नहीं रहेगा। मैंने घाव में कपास लगाना शुरू किया और फिर ज़ोर लगाकर पट्टी बांधना शुरू की, लेकिन महमूद के ख़ून से सने हाथों ने मेरी कलाई पर दमदार पकड़ बना ली। मैंने नज़र उठाकर देखा तो जाहेर रसूल ने इबादत करना बंद कर दी थी और उसका ख़ून बहना भी बंद हो चुका था। वह मर चुका था।

मैं बमुश्किल सांसें ले पा रहा था। यह इस तरह की सांस थी जिसमें नुक़सान ही ज़्यादा होता है। मुझे अचानक अहसास हुआ कि मैंने कई घंटों से कुछ भी नहीं खाया था और मुझे बहुत ज़ोरों की भूख लगी थी। उस सोच–भूख, खाना–ने ही मुझे पहली बार बीमार होने का अहसास कराया। मेरा जी अचानक मिचलाने लगा और मैंने बड़ी मुश्किल से सिर झटककर उसे टाला।

जब हमारा ध्यान लौटा, तब तक बुरी तरह से जले हुए व्यक्ति ने भी दम तोड़ दिया था। मैंने उसके शव को एक कपड़े से ढंक दिया। उसके झुलसे, पिघल चुके चेहरे की अंतिम झलक देखकर मैंने ईश्वर का शुक्रिया अदा किया। यह जंग के मैदान पर काम करने वाले चिकित्साकर्मियों का दुखद सत्य है कि यहां पर आप किसी के जीने से ज़्यादा उसकी मौत की दुआ करते हैं। तीसरा घायल व्यक्ति ख़ुद महमूद मेलबाफ़ था। उसकी पीठ, गर्दन और सिर के पीछे धातु और प्लास्टिक के पिघले हुए टुकड़े धंसे हुए थे। सौभाग्य से उस गर्म वस्तु का छिड़काव केवल त्वचा के ऊपर ही हुआ था, किरचों की तरह। फिर भी उसे इससे छुटकारा दिलाने में एक घंटे का वक़्त लग गया। मैंने घावों को धोकर उन पर जहां संभव था एंटीबायोटिक लगाकर पट्टियां बांध दीं।

इसके बाद हमने अपनी आपूर्ति और भंडार की जांच की। हमले से पहले हमारे पास दो बकरियां थीं। उनमें से एक भाग गई थी और फिर कभी नहीं देखी गई। दूसरी को चट्टानी दरारों में एक खोह में छिपा हुआ पाया गया। वह बकरी ही हमारा इकलौता खाद्य पदार्थ था। ईंधन का भंडार पूरी तरह से ख़त्म हो चुका था। स्टेनलेस स्टील के चिकित्सा उपकरणों ने हमले की सीधी मार झेली थी और उनमें से अधिकांश निरुपयोगी धातुई आकारों में बदल चुके थे। मैंने हमले से जमा कबाड़ के बीच से कुछ एंटीबायोटिक्स, संक्रमण रोधी, मलहम, पट्टियां, टांके लगाने में इस्तेमाल सुइयां, धागा, सीरिंज और मॉर्फ़िन की शीशियां खोज निकालीं। हमारे पास हथियार थे और कुछ दवाएं भीं और हम बर्फ़ को पिघलाकर पानी भी बना सकते थे, लेकिन खाने की कमी एक बहुत ही गंभीर चिंता का विषय था।

हम नौ लोग थे। सुलेमान और ख़ालिद ने फ़ैसला किया कि हमें शिविर को छोड़ देना चाहिए। एक अन्य पहाड़ पर एक गुफा थी जो कि पूर्व की तरफ़ तकरीबन

12 घंटे की पैदल दूरी पर स्थित थी। उनकी राय में दुश्मनों के हमले के लिहाज़ से वह ज्यादा सुरक्षित जगह होगी। यह तय था कि रूसी कुछ ही घंटे में हमले के लिए एक अन्य हेलीकॉप्टर भेजेंगे। मैदानी सेना भी बहुत ज़्यादा पीछे नहीं होगी।

'हर व्यक्ति दो डिब्बे बर्फ़ से भरकर रास्ते के लिए अपने कपड़ों के भीतर रख ले,' ख़ालिद ने सुलेमान के आदेश का अनुवाद करते हुए मुझे बताया। 'हम अपने साथ हथियार, गोला-बारूद, दवाएं, कंबल, कुछ ईंधन, कुछ लकड़ी और बकरी को साथ रखेंगे। इसके अलावा कुछ भी नहीं। चलो!'

हम भूखे पेट ही रवाना हो गए और नई पहाड़ी गुफा जाने के दौरान अगले चार सप्ताह तक हमारी यही स्थिति रही। जलालाद के युवा दोस्तों में से एक हनीफ़ अपने गांव का कसाई था। उसने हमारे वहां पहुंचते ही बकरी को मारकर उसकी खाल निकाली और बकरी को खाने के लिए तैयार कर दिया। हमने अपने बर्बाद शिविर से लाई गई लकड़ी और स्पिरिट के एक छिड़काव से आग तैयार की। मांस तैयार था-बकरी का एक-एक पुर्ज़ा, घुटने के जोड़ के नीचे के पैर को छोड़कर जो इस्लाम में *हराम* माना जाता है और मुस्लिमों द्वारा खाया नहीं जाता। बहुत सावधानी से तैयार मांस को फिर प्रतिदिन के लिहाज़ से छोटे-छोटे टुकड़ों में बांट दिया गया। हमने बर्फ़ को खोदकर ज़मीन में तैयार रेफ़्रीजरेटर में अधिकांश मांस को अच्छी तरह से रख दिया। और फिर चार सप्ताह तक हम सूखे मांस को खाते रहे और अपनी भूख और तलब को दबाते रहे।

यह हमारा अनुशासन और अच्छी भावना से दिया गया समर्थन ही था कि नौ लोगों को केवल एक बकरी के मांस ने चार सप्ताह तक ज़िंदा रखा। हमने कई बार शिविर से चुपचाप निकलकर पास के खेल (गांव) से कुछ अतिरिक्त खाद्य सामग्री हासिल करने की कोशिश की। लेकिन सभी स्थानीय गांवों पर दुश्मन की फौज़ का कब्ज़ा था और पूरी पर्वतमाला ही रूसी सेना के मार्गदर्शन में अफ़गानी सैनिकों के दस्तों से घिरी हुई थी। हबीब द्वारा दी गई प्रताड़ना के बाद हेलीकॉप्टर को मार गिराए जाने से रूसी और अफ़गानी सैनिकों का गुस्सा और अधिक बढ़ गया था। रूसियों ने एक सैन्य जीप पर लाउडस्पीकर लगा रखा था। एक अफ़गान पश्तो भाषा में हमें डकैत और अपराधी कहकर संबोधित कर रहा था और बता रहा था कि हमें धर-दबोचने के लिए एक विशेष बल का निर्माण किया गया है। साथ ही उन्होंने हमारे सिर पर इनाम भी रखा था। हमारा निगरानी दस्ता उस जीप पर गोलीबारी करना चाहता था, लेकिन शायद यह हमें अपने छिपने के ठिकाने से बाहर निकालने का कोई तरीक़ा भी हो सकता था। उन्होंने उसे जाने दिया और शिकारियों की घोषणाएं पहाड़ी कंदराओं में वैसी ही गूंजती रही जैसे कि शिकारी भेड़ियों की होती है।

निश्चित तौर पर ग़लत सूचना के आधार पर-या शायद हबीब द्वारा चलाए गए ख़ूनी अभियान का पीछा करते हुए-रूसियों ने आस-पास के तमाम गांवों से शुरुआत करते हुए अपना ध्यान हमारे उत्तर में स्थित एक और पहाड़ पर केंद्रित किया। जब

तक हम अपनी सुदूर गुफा में थे, हम सुरक्षित लग रहे थे। इसलिए हम वर्ष के सबसे ठंडे चार सप्ताह भी डर के मारे भूखे ही अपनी गुफा में छिपे बैठे रहे। दिन के वक़्त हम चट्टानों की परछाइयों के पीछे छिप जाते थे और रात में बिना रोशनी या गर्मी के एक-दूसरे से चिपककर सो जाते थे। और धीरे-धीरे बर्फ़ीले घंटों को एक-एक कर काटते हुए युद्ध की कटार ने चाहत और उम्मीदों सबको हमसे अलग कर दिया था। अपनी ही सख़्त बांहों के बीच सिमटकर रह गए शरीरों में अब कुछ बचा था तो वह थी ज़िंदा रहने की ज़िद।

अध्याय 36

मैं क़ादरभाई की कमी का सामना नहीं कर सका, जो मेरे पिताजी के सपने पर खरे उतरते थे। मैंने उन्हें अपने हाथों से दफ़न करने में मदद की थी। लेकिन मैंने रोया नहीं और ना ही मैंने शोक मनाया। इस तरह का दुख जताने लायक़ सत्य मेरे भीतर नहीं था, क्योंकि मेरा दिल मान ही नहीं रहा था कि वह मर चुके हैं। सर्दियों की उस जंग में मुझे लगा कि मैं उनसे इतना ज़्यादा प्यार करता था कि मैं मानने को ही तैयार नहीं था कि वह जा चुके हैं, मर चुके हैं। अगर इतना सारा प्यार धरती से ग़ायब हो सकता है। अगर वह अब और बोल नहीं सकता, मुस्करा नहीं सकता तो फिर प्यार कुछ भी नहीं है। और मैं इस बात पर यक़ीन नहीं कर सकता था, कहीं न कहीं तो कोई उचित मेहनताना होगा और मैं उसी का इंतज़ार कर रहा था। मैं उस वक़्त नहीं जानता था, जैसा कि आज जानता हूं प्यार का रास्ता एकतरफ़ा होता है। ठीक सम्मान की तरह प्यार को हासिल नहीं किया जा सकता, दिया जा सकता है। लेकिन उन कड़वाहट भरे सप्ताहों में इस बात का पता नहीं होने और इस बारे में नहीं सोचने के बीच मैं अपनी ज़िंदगी के उस गड्ढे में बैठ गया, जहां प्यार की इतनी सारी उम्मीद थी और मैंने हसरत और क्षति को महसूस करने से ही इंकार कर दिया। मैं बर्फ़ और चट्टानों की छांव की आड़ में बस दुबका रहा। मैंने हमारे लिए बाक़ी बकरी के मांस के सख़्त हो चुके टुकड़ों को चबाया। और दिल की धड़कनों से भरा हर पल और भूख मुझे शोक और सच्चाई से दूर ले जा रही थी।

अंततः हमारा मांस का भंडार समाप्त हो गया और अपने विकल्पों पर चर्चा के लिए एक बैठक बुलाई गई। जलालाद और युवा अफ़गान चाहते थे कि इसके लिए संघर्ष किया जाए : दुश्मनों के बीच से लड़ते हुए आगे बढ़ा जाए और पाकिस्तानी सीमा के क़रीब मौज़ूद जाबुल के रेगिस्तानी प्रांत तक पहुंचा जाए। सुलेमान और ख़ालिद कोई और विकल्प नहीं होने की स्थिति के कारण ही हिचकिचाहट के साथ इसके लिए तैयार हुए। लेकिन वे ज़ोरदार हमले से पहले दुश्मन के ठिकानों के बारे में पूरी जानकारी चाहते थे। इसके लिए सुलेमान ने युवा हनीफ़ को जासूसी अभियान पर भेजा जो उसे दक्षिण–पश्चिम से होते हुए उत्तर की ओर ले जाएगा। यानी कि हमारे वर्तमान ठिकाने के दक्षिण–पूर्व की ओर। उसने उस युवक को 24 घंटे में लौटकर आने का आदेश दिया। साथ ही उसे कहा कि केवल रात में ही सफ़र करे।

हनीफ़ की वापसी का इंतज़ार लंबा, सर्द और भूख से भरा हुआ था। हम पानी पीकर काम चला रहे थे, लेकिन यह केवल कुछ वक़्त तक के लिए ही भूख से हमें बचा पा रहा था और उसके बाद तो हमें और अधिक भूख लग रही थी। 24 घंटे की जगह दो दिन का वक़्त गुजर गया और तीसरा दिन भी शुरू हो गया, लेकिन उसके आने के कोई आसार नहीं दिख रहे थे। तीसरे दिन की सुबह हमने इस बात को स्वीकार लिया कि हनीफ़ या तो मारा गया या फिर पकड़ा गया है। ईरान के पास अफ़गानिस्तान के दक्षिण-पश्चिम में स्थित ताज़िक गांव के ऊंटवाले जुमा ने उसकी जगह खोज का ज़िम्मा स्वीकारने का प्रस्ताव दिया। वह काले रंग का दुबला-पतला व्यक्ति था और उसकी नाक बाज की तरह तीखी थी। उसका चेहरा बहुत भावपूर्ण था। वह हनीफ़ और जलालाद का काफ़ी क़रीबी था-वह निकटता जो लोगों में युद्ध या जेल में बनती है-उनकी हर उम्मीद के ख़िलाफ़ और यह बहुत ही कम अवसरों पर शब्दों या हावभाव से व्यक्त की जाती है।

कारोबारी सामान के यातायात से जुड़े ख़ानाबदोशों में जुमा का ताज़िक कबीला हनीफ़ और जलालाद के मोहम्मद हज़ारबुज़ लोगों का परंपरागत प्रतिद्वंद्वी था। अफ़गानिस्तान के आधुनिकीकरण के कारण दोनों कबीलों के बीच प्रतिस्पर्धा और अधिक तेज़ हो गई थी। 1920 में तो हर तीसरा अफ़गानी ख़ानाबदोश था। केवल दो पीढ़ियों के बाद, 1970 तक, केवल दो फ़ीसदी आबादी ही ख़ानाबदोश थी। परंपरागत प्रतिद्वंद्वी होने के बाद भी जंग ने तीनों युवकों को एक-दूसरे की मदद करते हुए बेहद नज़दीकी दोस्त बना दिया था। जंग के शीर्ष के बाद के सुस्त दिनों में उनकी दोस्ती और प्रगाढ़ हुई और लड़ाई में इसकी कई बार पुष्टि भी हुई। अपनी सबसे सफल जंग में उन्होंने मिलकर भूमिगत सुरंग और ग्रेनेड्स का इस्तेमाल करके एक रूसी टैंक को नष्ट कर दिया था। उनमें से हर एक गले पर चमड़े का एक पट्टा पहनता था, जिसमें टैंक से याद के तौर पर लिया गया एक धातु का छोटा टुकड़ा लगाया हुआ था।

जब जुमा ने घोषणा की कि वह हनीफ़ को खोजेगा, हम सभी जानते थे कि हम उसे ऐसा करने से रोक नहीं पाएंगे। सुलेमान ने उसे जाने की इज़ाजत दी। रात तक इंतज़ार से इंकार करते हुए जुमा ने कंधे पर हथियार लादा और तत्काल रेंगते हुए शिविर से निकल गया। उसने भी हमारी ही तरह तीन दिन से खाना नहीं खाया था, लेकिन अंतिम बार जलालाद को देखते हुए उसने जो मुस्कान फेंकी, बहुत चमकीली, दमदार और हौसले से भरी हुई थी। हमने उसके दुबले-पतले शरीर को जाते हुए देखा। उसका साया हमारे नीचे बर्फ़ीली ढलान पर गुम होता चला गया।

भूख ने ठंड को और अधिक भीषण बना दिया था। ये काफ़ी लंबी और मुश्किलों भरी सर्दियां थीं, जिसमें हर दूसरे दिन पहाड़ों पर बर्फ़बारी हो रही थी। दिन के वक़्त ही तापमान शून्य डिग्री के आस-पास रहता था और लेकिन शाम होते ही सुबह तक के लिए शून्य से भी नीचे जाकर ठहर जाता था। मेरे हाथ और पैर हमेशा

ठंडे ही रहते थे, दर्द भरी ठंडक। मेरे चेहरे की त्वचा लकड़ी की तरह सख़्त हो चुकी थी और चेहरे पर वैसी ही दरारें उभर आई थीं, जैसी कि प्रभाकर के गांव के किसानों के पैरों में थीं। हम सर्दी की मार से बचने के लिए हाथ पर ही पेशाब कर दिया करते थे। इससे कुछ देर के लिए उनमें हरकत आ जाती थी। लेकिन हम इतनी ज़्यादा ठंडक में थे कि पेशाब करना भी एक गंभीर समस्या थी। सबसे पहले तो कपड़े खोलने का आतंकित कर देने वाला भय था और पेशाब करने के बाद जो शरीर में झुरझुरी आती थी सो अलग। शरीर से उस गर्मी को गंवाने तक से शरीर का तापमान अचानक गिर जाता था और हम केवल रोक नहीं पाने की स्थिति में ही पेशाब करते थे।

जुमा उस रात लौटकर नहीं आ सका। आधी रात को जब भूख और डर ने हमें जगा रखा था, हम सब अंधेरे में हल्की सी आवाज़ से उछल गए। सातों बंदूकें उस जगह की ओर तन गईं। फिर हमने राहत की सांस ली जब एक चेहरा हमारी उम्मीद से भी ज़्यादा क़रीब आ गया। वह हबीब था।

'मेरे भाई तुम क्या कर रहे हो?' ख़ालिद ने उर्दू में पूछा। 'तुमने तो हमें डरा ही दिया था।'

'वे यहां आ चुके हैं,' उसने बेहद तर्कपूर्ण, शांत आवाज़ में कहा जो लग रहा था मानो किसी और दिमाग़ या किसी और जगह से आई हो। मानो वह हवा में बातें कर रहा हो। उसका चेहरा बहुत गंदा था। हम सब भी बिना नहाए और बढ़ी हुई दाढ़ी के साथ ही थे, लेकिन हबीब की गंदगी का स्तर कुछ और ही था। इतनी गंदी और घृणास्पद की यह धक्कादायक थी। उसकी त्वचा के छेदों से ऐसी बदबू आ रही थी मानो उसके संक्रमित जख़्मों से जहर निकल रहा हो। 'वे हर कहीं हैं। तुम्हारे चारों तरफ़। और वे यहां तुम्हें पकड़ने, तुम सबको मारने के लिए आ रहे हैं। जब उनके पास कुछ और लोग आ जाएंगे तो वह कल या परसों तुम पर हमला बोलेंगे। बहुत जल्द। वे जानते हैं कि तुम कहां हो। वे तुम सबको मार डालेंगे। यहां से निकलने का केवल एक ही रास्ता है।'

'भाई, तुमने हमें कैसे खोज निकाला?' ख़ालिद ने हबीब की ही तरह शांत आवाज़ में पूछा।

'मैं तुम्हारे साथ ही आया। मैं तुम्हारे आस-पास ही था। तुमने मुझे नहीं देखा?'

'मेरे दोस्त,' जलालाद ने पूछा, 'जुमा और हनीफ़-क्या तुमने उन्हें कहीं देखा?'

हबीब ने जवाब नहीं दिया। जलालाद ने ज़्यादा ज़ोर देकर दोबारा सवाल पूछा।

'क्या तुमने उन्हें देखा? क्या वे रूसी शिविर में थे? क्या वे पकड़ लिए गए थे?'

हम उसकी त्वचा और शरीर से आ रही असहनीय बदबू के बीच हबीब के जवाब का इंतज़ार कर रहे थे। ऐसा लग रहा था मानो वह ध्यानमग्न हो या कुछ ऐसा सुन रहा था जो किसी और को सुनाई नहीं दे रहा था।

'बताओ, *बच-ए-काका,*' सुलेमान ने भतीजे के लिए इस्तेमाल संबोधन के साथ पूछा। 'तुम्हारे कहने का क्या मतलब है कि यहां से बाहर निकलने का केवल एक ही रास्ता है?'

'वे हर जगह हैं,' हबीब ने कहा, उसके चेहरे पर पागलों की तरह के भाव थे। महमूद मेलबाफ़ मेरे कान के पास फुसफुसाकर अनुवादक की भूमिका निभा रहा था। 'उनके पास पर्याप्त लोग नहीं हैं। उन्होंने पहाड़ों से निकलने के सारे आसान रास्तों पर भूमिगत सुरंगें लगा दी हैं। उत्तर में, पूर्व में, पश्चिम में हर तरफ़ सुरंगें हैं। केवल दक्षिण-पूर्व का रास्ता साफ़ है, क्योंकि उन्हें लगता है कि भागने के लिए तुम लोग वह रास्ता नहीं अपनाओगे। उन्होंने उस रास्ते को साफ़ छोड़ रखा है, ताकि वे तुम्हें पकड़ने के लिए यहां आ सकें।'

'हम उस रास्ते से नहीं जा सकते,' हबीब के कुछ देर के लिए शांत होने पर महबूब ने कहा। 'रूसियों ने यहां से दक्षिण-पूर्व की घाटी पर कब्ज़ा जमा रखा है। यह उनका कंधार जाने का रास्ता है। जब वे हमारी खोज में आएंगे तो वे उसी दिशा से आएंगे। अगर हम उस रास्ते से जाते हैं तो हम सब मारे जाएंगे और वे इस बात को जानते हैं।'

'इस वक़्त वे दक्षिण-पूर्व में हैं, लेकिन कल एक दिन के लिए वे सब पहाड़ों की उस ओर होंगे, उत्तर-पश्चिम में,' हबीब ने बताया। उसकी आवाज़ अब भी शांत और संयत थी, लेकिन उसका चेहरा बेहद कुरूप था। आवाज़ और चेहरे में इतने ज़्यादा अंतर ने हम सबको डरा दिया था। 'कल उनमें से केवल कुछ ही यहां पर तैनात रहेंगे। केवल कुछ लोग बचेंगे, जबकि बाक़ी के लोग अलसुबह उत्तर-पश्चिम के ढलानों पर सुरंगें लगाने के लिए निकल जाएंगे। अगर दक्षिण-पूर्व में तुम कल उन पर हमला बोलते हो, उनसे लड़ते हो तो तुम्हारे सामने केवल कुछ ही लोग रहेंगे। तुम उनके बीच से रास्ता निकालकर भाग सकते हो। लेकिन केवल कल के दिन।'

'वे कुल मिलाकर कितने लोग हैं?' जलालाद ने पूछा।

'68 लोग। उनके पास मोर्टार, रॉकेट और छह बड़ी मशीनगन हैं। रात के वक़्त उनके बीच से छिपकर निकलना उनकी अधिक संख्या के कारण नामुमकिन है।'

'लेकिन तुम तो उनके बीच से बचकर निकल आए,' जलालाद ने पूछा।

'वे मुझे नहीं देख सकते,' हबीब ने जवाब दिया। 'मैं उनके लिए अदृश्य हूं। वे मुझे तब तक नहीं देख पाते, जब तक कि मैं उनके गले में चाकू नहीं मार देता।'

'बहुत बेहूदा है!' जलालाद ने उसकी ओर देखकर गुस्से में कहा। 'वे सैनिक हैं। तुम सैनिक हो। अगर तुम उनके बीच से निकल सकते हो तो हम भी निकल सकते हैं।'

'क्या तुम्हारे लोग तुम्हारे पास लौटकर आए?' हबीब ने अपनी वहशियाना नज़र पहली बार उस युवा लड़ाके की ओर करके पूछा। जलालाद ने कुछ बोलने के

लिए मुंह खोला, लेकिन उसके शब्द भीतर ही दबे रह गए। उसने अपना सिर झुकाकर हिला दिया। 'क्या तुम उनके शिविर में मेरी तरह बिना देखे या सुने घुस सकते हो? अगर तुम ऐसा करने की कोशिश करोगे तो तुम अपने दोस्तों की तरह मारे जाओगे। तुम उनके पार नहीं जा सकते। मैं यह कर सकता हूं, लेकिन तुम नहीं।'

'लेकिन तुम्हारा मानना है कि हम वहां से लड़कर निकल सकते हैं?' ख़ालिद ने बेहद संयत अंदाज़ में पूछा, लेकिन हमें आवाज़ में अत्यावश्यकता की झलक दिखाई दे रही थी।

'निकल सकते हो। यह इकलौता रास्ता है। इस पहाड़ पर मैं हर कहीं जा चुका हूं और मैं तो उनके इतने क़रीब पहुंच गया था कि उनकी खुजली की आवाज़ भी सुन सकता था। यही वजह है कि मैं यहां पर आया हूं। मैं तुम्हें बताने आया हूं कि कैसे ज़िंदगी बचा सकते हो। लेकिन इस मदद की एक क़ीमत लगेगी। तुम्हारे हाथों से कल जो लोग नहीं मारे जाएंगे, जो लोग बच जाएंगे उन पर मेरा हक़ होगा। तुम उन्हें मुझे सौंप दोगे।'

'हां, हां,' सुलेमान ने तुरंत सहमति जताई। 'आओ, *बच-ए-काका*, तुम्हें जो पता है वह हमें बताओ। हम तुम्हारी जानकारी साझा करना चाहते हैं। हमारे साथ बैठो और जो तुम्हें पता है, वह हमें बताओ। हमारे पास कोई भी खाना नहीं है, इसलिए हम तुम्हें खाना नहीं दे सकते। इसके लिए माफ़ी चाहते हैं।'

'वहां पर खाना है,' हबीब ने हमारे शिविर के सिरे की ओर इशारा करते हुए कहा। 'मुझे वहां से गंध आ रही है।'

यह सच था, वहां पर मृत बकरी के वे हिस्से बर्फ़ में फेंके हुए थे, जो हराम थे और अब सड़ चुके थे। बहुत ज़्यादा ठंड और बर्फ़ के बावज़ूद वे मांस के टुकड़े सड़ने लगे थे। इतनी दूरी से वह सड़ांध हमें महसूस नहीं होती थी, लेकिन लग रहा था कि हबीब को वह गंध आ चुकी थी।

उस पागल व्यक्ति की टिप्पणी के तत्काल बाद धार्मिक लिहाज़ से सही-ग़लत पर चर्चा छिड़ गई। लोग अपने धर्म को लेकर इतने ज़्यादा अड़ियल नहीं थे। वे हर रोज़ इबादत करते थे, लेकिन शिया इस्लाम की तरह दिन में तीन बार या सुन्नी मुस्लिमों की तरह दिन में पांच बार नहीं। वे धर्म का पालन करने वाले लोग थे, लेकिन बहुत ज़्यादा धार्मिक नहीं थे। फिर भी जंग के वक़्त में जबकि हमारे सामने बड़ी मुश्किलें थीं, वे नहीं चाहते थे कि वे अल्लाह की ताक़त को अपने ख़िलाफ़ कर लें। वे पाक लड़ाके थे, मुजाहिदीन : वे लोग जिनका यह मानना था कि जंग में मरते ही वे शहीद हो जाएंगे और उनका जन्नत जाना पक्का हो जाएगा, जहां हूरें उनकी ख़िदमत में होंगी। शहादत के ज़रिये जन्नत के इतने क़रीब होने के कारण वे हराम वस्तु को खाकर उस रास्ते से भटकना नहीं चाहते थे। यह उनके धर्म की ख़ासियत ही कही जाएगी कि एक माह भूखे रहने और पांच दिन से बिलकुल कुछ भी नहीं खाने के बाद जाकर ही हराम मांस पर केवल चर्चा हो रही थी।

जहां तक मेरी बात थी तो मैंने महमूद मेहबाफ़ के सामने स्वीकारा कि पिछले कुछ दिनों से यही ख़ारिज कर दिया गया मांस मेरे दिलोदिमाग़ में छाया हुआ है। मैं मुस्लिम नहीं था और यह मेरे लिए वर्जित नहीं था। लेकिन मैं इन लड़ाकों के साथ दर्द भरे इतने सप्ताहों से इतने नज़दीक रहा था कि मैंने अपनी क़िस्मत को उनके साथ ही बांध दिया था। जब वे सारे भूखे हों तो मैं कुछ भी नहीं खा सकता था। मैं वह मांस खाना चाहता था, लेकिन तभी जब वे सब सहमत होकर मेरे साथ वह मांस खाते।

सुलेमान ने इस मामले में निर्णायक फ़ैसला सुनाया। उसने लोगों को याद दिलाया कि मुस्लिमों के लिए हराम वस्तु खाना वाक़ई में पाप है, लेकिन हराम वस्तु उपलब्ध होने पर उसे नहीं खाकर भूखे मर जाना मुस्लिमों के लिए बड़ा पाप होगा। लोगों ने फ़ैसला किया कि पहली जंग से पहले सड़े हुए मांस को पकाकर सूप बना दिया जाएगा। फिर उससे कुछ ताक़त पाने के बाद हम हबीब द्वारा बताए गए दुश्मनों के ठिकानों पर हमला बोलकर पहाड़ों से बाहर निकल जाएंगे।

छिपने और इंतज़ार के बिना गर्मी या गर्म खाने के गुजारे लंबे सप्ताहों के बीच हमने एक-दूसरे का कहानियां सुनाकर मनोरंजन किया और साथ भी दिया। अंतिम रात जब कुछ लोग बोल चुके थे, अब मेरी बारी थी। कई सप्ताह पहले मैंने अपनी पहली कहानी में उन्हें जेल से भागने की बात सुनाई थी। मेरी बात सुनकर वह सब भौंचक्के रह गए थे, क्योंकि वह मुझे चुप रहने वाला यानी कि घुन्ना ही समझते थे। मेरे अपराधी होने, जेल में रहने की बात ने तो उनकी उत्सुकता को बढ़ा दिया और बाद में भी वे इस बारे में सवाल पूछते रहे। मेरी दूसरी कहानी हत्यारों को खोजकर मारने के बारे में थी। कैसे मैंने, अब्दुल्ला और विक्रम ने नाइजीरियाई हत्यारों को तलाशा था और कैसे लड़े थे, कैसे उन्हें हराकर देश छोड़ने पर मजबूर किया था। कैसे मैंने इस सबकी जड़ मॉरिजियो को खोजकर घूंसों से उसकी पिटाई की थी और कैसे मैं उसे मारना चाहता था, लेकिन उसे ज़िंदा छोड़ दिया। एक ऐसा फ़ैसला जिसका मुझे उस वक़्त अफ़सोस हुआ जब उसने लिसा कार्टर पर हमला किया, जिसकी वजह से उला को उसकी हत्या करनी पड़ी।

यह कहानी भी उन लोगों को बहुत पसंद आई और जैसे ही महमूद मेलबाफ़ मेरे क़रीब बैठकर मेरी तीसरी कहानी के अनुवाद के लिए तैयार हुआ, मैं सोच रहा था कि क्या यह तीसरी कहानी भी उन्हें उतनी ही पसंद आएगी। मेरे दिमाग़ में कई नायकों की सूची तैर रही थी। मेरी अपनी मां सहित ऐसे ढेर सारे लोग थे जिनके हौसले और त्याग से मुझे प्रेरणा मिली। लेकिन जब मैंने बोलना शुरू किया तो मैंने ख़ुद को प्रभाकर की कहानी बताते हुए पाया। शब्द, किसी बेक़ाबू प्रार्थना की तरह मेरे दिल से निकलने लगे।

मैंने उन्हें बताया कि कैसे प्रभाकर ने बचपन में अपना स्वर्ग जैसा गांव छोड़ दिया था। कैसे वह एक किशोर बनकर अपने गली के राजू और अन्य दोस्तों के साथ आया था और उसने डकैतों को भगाया था। कैसे राजू ने डकैतों के मुखिया को सीधे

गोली मारकर उनके हौसले पस्त कर दिए थे। कैसे प्रभाकर की मां रुखमाबाई ने गांव के लोगों की हौसला अफ़जाई की थी। कैसे उसने अपनी प्रेमिका को हैजे से बचाया था और फिर उससे शादी की थी और कैसे उसकी मौत हुई। एक अस्पताल के बिस्तर पर हमारे सबके शोकपूर्ण प्यार के बीच।

महमूद द्वारा कहानी का अनुवाद सुनाए जाने के बाद जब वे लोग कहानी पर विचार कर रहे थे, एक लंबा सन्नाटा छा गया। पहले सवाल से पहले मुझे लगा कि मेरे छोटे से प्यारे दोस्त की ज़िंदगी ने मुझे जैसे प्रभावित किया, वे भी वैसे ही प्रभावित होंगे।

'तो उस गांव में उन लोगों के पास कितनी *बकरियां* थीं?' सुलेमान ने गंभीरता के साथ पूछा।

'वह जानना चाहते हैं कि कितनी बकरियां थीं,' महमूद ने मेरे लिए अनुवाद करना शुरू कर दिया।

'मैं समझ गया, मैं समझ गया,' मैंने मुस्कराते हुए कहा। 'जहां तक मुझे याद है अस्सी थीं या शायद सौ। हर परिवार के पास कम से कम दो-तीन बकरियां थीं, लेकिन कुछ के पास छह से आठ बकरियां थीं।'

इस जानकारी ने फिर उन लोगों के बीच चर्चाओं का एक नया ही दौर शुरू कर दिया। 'वे बकरियां... *किस रंग की...* थीं?' जलालाद ने पूछा।

'रंग,' महमूद ने बताया, 'वह उन बकरियों का रंग जानना चाहता है।'

'उनमें से कुछ भूरी, कुछ सफ़ेद और कुछ काली थीं।'

'क्या वे बकरियां बड़ी थीं, जैसी की हमारे ईरान में होती हैं?' महमूद ने सुलेमान के सवाल का अनुवाद करके बताया। 'या फिर पाकिस्तान की तरह दुबली-पतली?'

'लगभग *इतनी* बड़ी,' मैंने हाथों से बताया।

'कितना दूध देती थीं,' नज़ीर ने पूछा। 'वे बकरियां प्रतिदिन कितना दूध देती थीं?'

'मैं... बकरियों के बारे में... विशेषज्ञ नहीं हूं।'

'कोशिश करो,' नज़ीर ने कहा, 'याद करने की कोशिश करो।'

मैंने असहायता की मुद्रा में हाथ ऊपर उठाते हुए कहा, 'ओह नहीं... यह तो अंधेरे में तीर चलाने जैसा होगा, लेकिन मैं कहूंगा कि शायद दिन में कुछ लीटर...'

'तुम्हारा यह दोस्त, टैक्सी ड्राइवर के तौर पर कितना कमा लेता था?' सुलेमान ने पूछा।

'क्या तुम्हारा दोस्त शादी से पहले किसी महिला के साथ अकेला बाहर जाता था?' जलालाद ने जानना चाहा और बाक़ी के सभी लोगों ने ठहाका लगा दिया। कुछ ने तो उसकी ओर कंकड़ भी फेंके।

इस तरह से यह सत्र उन तमाम विषयों के इर्द-गिर्द घूमता रहा जो उनसे जुड़े थे और मैंने अंत में उनसे विदा लेते हुए एक तुलनात्मक रूप से सायेदार स्थान को चुना, जहां से मैं सर्द आसमान को देख सकता था। मैं अपने भूखे पेट में पनपते डर को निकाल बाहर करना चाहता था। भय जो पसलियों के बीच मेरे दिल को नाख़ूनों से चीर रहा था।

कल। हम रास्ता निकालने के लिए लड़ने जा रहे हैं। किसी ने यह कहा तो नहीं, लेकिन सभी के दिलोदिमाग़ पर मौत का ही विचार मंडरा रहा था। वे बहुत ज़्यादा उत्साहित थे, बहुत ज़्यादा सामान्य। हमारे द्वारा लड़ने का फ़ैसला करने के साथ ही पिछले कुछ सप्ताहों से महसूस किया जा रहा उनका सारा तनाव सारा डर समाप्त सा हो चुका था। यह उन लोगों की उत्साह भरी राहत नहीं थी, जिन्हें लगता है कि वह बचा लिए गए हैं। यह तो कुछ और ही था-कुछ ऐसा जो मैंने जेल से भागने से पहले की रात अपनी कोठरी के आईने में देखा था। साथ ही जो मैंने अपने साथ भागने वाले व्यक्ति की भी आंखों में देखा था। एक ऐसे व्यक्ति का उत्साह जो केवल एक पांसे पर ज़िंदगी और मौत का जुआ खेलने जा रहा है। कल किसी वक़्त या तो हम आज़ाद होंगे या मारे जा चुके होंगे। जिस दृढ़संकल्प ने मुझे जेल की दीवार के उस पार भेजा था, वही आज हमें पहाड़ी की कगार पर दुश्मन की बंदूकों के सामने भेज रही थी : चूहे की तरह पिंजरे में फंसे रहने से बेहतर था लड़कर मर जाना। मैं जेल से भागा था और मैंने दुनिया का आधा सफ़र तय किया था और कई साल गुजारे थे, तब जाकर मुझे ऐसे लोगों का साथ मिला था, जिन्हें आज़ादी और मौत के बारे में ठीक मेरी ही तरह महसूस होता है।

और फिर भी मैं डरा हुआ था : घायल होने का डर, रीढ़ की हड्डी में गोली लगकर ताउम्र लक़वाग्रस्त होने का डर, ज़िंदा पकड़े जाने का डर और किसी और जेल में किसी और जेल के प्रहरी द्वारा यातनाएं दिए जाने का डर। मुझे अचानक लगा कि कार्ला और क़ादरभाई के पास डर के बारे में मुझसे कहने के लिए कुछ न कुछ तो होता। और यह सोचते ही मुझे अहसास हो गया कि इस पल इन पहाड़ों और मुझसे वह कितनी दूर हैं। मुझे अहसास हुआ कि मुझे अब उनकी प्रतिभा की और ज़रूरत नहीं है : वे मेरी मदद नहीं कर सकते थे। दुनिया की सारी चतुराई भी मिलकर मेरे पेट में डर के कारण उठ रही ऐंठन को नहीं रोक सकती थी। जब आप यह जानते हैं कि आप मरने जा रहे हैं तो चतुराई भी कोई राहत नहीं दे पाती। अंत में प्रतिभा बेमानी है और चतुराई खोखली। अगर कोई राहत आती भी है तो वक़्त, जगह और अहसास का वह मिश्रण जिसे हम आमतौर पर बुद्धिमानी कहते हैं। मेरे लिए जंग की पहली रात को यह आवाज़ मेरी मां की आवाज़ थी और मेरे दोस्त प्रभाकर की ज़िंदगी और मौत... *प्रभाकर भगवान तुम्हें शांति दे। मैं अब भी तुमसे प्यार करता हूं और जब भी तुम्हारे बारे में सोचता हूं, तुम्हारे लिए शोक मनाता हूं ... तुम मेरे दिल के क़रीब हो और मेरी आंखों के लिए दमकते तारों की तरह...*उस पहाड़ी चट्टानी

सिरे पर मेरे लिए उस रात राहत की बात थी प्रभाकर का मुस्कराता हुआ चेहरा और मेरी मां की आवाज़ : *तुम ज़िंदगी में चाहे जो भी करो, हौसले के साथ करो और तुम कभी ज़्यादा ग़लतियां नहीं करोगे...*

'लो, यह लो,' ख़ालिद ने बर्फ़ पर फिसलकर मेरे पास आते हुए मुझे दो आधी सिगरेटों में से एक थमाई।

'हे भगवान!' मैं हैरान हो गया। 'तुम्हें यह कहां मिल गई? मुझे तो लगा कि यह पिछले सप्ताह ही ख़त्म हो गई थी।'

'हो गई थी,' उसने एक छोटे से गैस लाइटर से सिगरेट के दोनों टुकड़ों को सुलगाते हुए कहा, 'बस इन्हें छोड़कर। मैंने इन्हें विशेष अवसर के लिए बचाकर रखा था। मुझे लगता है कि वह आ चुका है। लिन, मेरे मन में बुरे विचार आ रहे हैं। वास्तविकता में बहुत बुरे विचार। यह मेरे भीतर है और आज रात मुझे इससे निज़ात नहीं मिलने वाली।'

क़ादर के जाने के बाद शायद यह पहला मौक़ा था जब हमने केवल ज़रूरी या दो शब्दों से ज़्यादा कोई बातचीत की हो। हम हर दिन, रात साथ-साथ काम करते थे, सोते थे, लेकिन लगभग कभी भी हमारी आंखें नहीं मिलती थीं और मैं उसके साथ संवाद को इतनी बेरुख़ी के साथ टालता था कि वह भी मेरे साथ बात नहीं करता था।

'देखो... ख़ालिद... क़ादर और कार्ला की बात है तो... ज्यादा महसूस मत करो... मेरा मतलब है कि मैं नहीं–'

'नहीं,' उसने बात काट दी। 'तुम्हारे पास गुस्सा होने के लिए ढेर सारी वजहें हैं। मैं यह तुम्हारी तरफ़ से देख सकता हूं। मैं हमेशा ही देख सकता था। तुम्हारे साथ बहुत बुरा हुआ और मैंने क़ादर से यह बात कही भी थी। उस रात जब वह रवाना हुआ था। उसे तुम पर भरोसा करना चाहिए था। यह हास्यास्पद ही तो है-वह व्यक्ति जिस पर उसका सबसे ज़्यादा भरोसा था, दुनिया का इकलौता व्यक्ति जिस पर पूरे रास्ते उसने सबसे ज़्यादा यक़ीन किया, वह एक पागल हत्यारा निकला और उसी ने हम सबका सौदा भी किया था।'

अरबी छाप के साथ न्यू यॉर्क का उसका लहजा मुझे किसी गर्म और गंदी हवा सा लगा और मैंने लगभग उसे गले ही लगा लिया। उसकी आवाज़ में वह भरोसा और ईमानदारी की पीड़ा नहीं थी जो हमेशा रहती थी। मैं उसकी दोस्ती को दोबारा पाकर इतना ज्यादा ख़ुश था कि क़ादरभाई के बारे में उसकी कही बात से असमंजस में पड़ गया। मैंने सोचा, बिना दिमाग़ लगाए कि वह अब्दुल्ला के बारे में बात कर रहा है। ऐसा नहीं था और कई अन्य सैकड़ों अवसरों की तरह मैंने एक बातचीत में सारी सच्चाई जानने का एक और अवसर गंवा दिया।

'तुम अब्दुल्ला को कितनी अच्छी तरह से जानते थे?' मैंने उससे पूछा।

'बहुत अच्छी तरह से,' उसके चेहरे की मुस्कान में यह सवाल छिपा था : *यह बातचीत किस दिशा में जा रही है?*

'क्या तुम उसे पसंद करते थे?'

'सच कहूं तो नहीं।'

'क्यों?'

'अब्दुल्ला का किसी बात पर भरोसा नहीं था। वह बिना उद्देश्य का बाग़ी था, एक ऐसी दुनिया में जहां पर वास्तविक वजहों के लिए पर्याप्त बाग़ी नहीं हैं। मुझे वे लोग पसंद नहीं आते, मैं ऐसे लोगों पर विश्वास नहीं करता जिनका किसी भी बात पर यक़ीन नहीं हो।'

'क्या मैं भी इसमें शामिल हूं?'

'नहीं,' उसने ठहाका लगाया, 'तुम्हारा कई बातों में यक़ीन है। यही वजह है कि मैं तुम्हें पसंद करता हूं। इसी वजह से क़ादर तुम्हें प्यार करता था। तुम जानते हो कि वह तुमसे प्यार करता था। उसने कई बार मुझे यह बात बताई थी।'

'मैं किस बात पर यक़ीन करता हूं?' मैंने पूछा।

'तुम लोगों में यक़ीन करते हो,' उसने तत्काल जवाब दिया। 'झोपड़पट्टी का वह क्लीनिक और वे तमाम बातें। आज रात तुमने गांव के बारे में लोगों को जो कहानी सुनाई। अगर तुम्हारा लोगों में यक़ीन नहीं होता तो तुम वे बातें भूल चुके होते। तुम्हारे द्वारा हैजे के दौरान किया गया काम क़ादर को बहुत पसंद आया था। तुमने उस वक़्त जो किया था, वह मुझे भी पसंद आया था। मुझे तो लगता है कि कुछ वक़्त के लिए तुमने कार्ला का भी विश्वास जीत लिया था। लिन, तुम्हें इस बात को समझना होगा। अगर क़ादर के पास विकल्प होता, अगर उसने जो किया उसे करने का बेहतर मार्ग होता तो उसने वह लिया होता। यह सब वैसे ही हुआ, जैसा कि होना था। कोई भी तुम्हें धोखा नहीं देना चाहता था।'

'कार्ला भी नहीं?' मैंने सिगरेट के टुकड़े का अंतिम कश लगाकर उसे ज़मीन पर दबाते हुए पूछा।

'खैर, शायद कार्ला' उसने एक उदास हंसी के साथ कहा। 'लेकिन कार्ला ऐसी ही है। मेरे ख़याल से उसने जिस इकलौते व्यक्ति के साथ धोखा किया, वह अब्दुल्ला था।'

'क्या वे साथ थे?' मैंने हैरान होकर पूछा और चाहकर भी ईर्ष्या के भाव को छिपा नहीं सका।

'*साथ* तो नहीं कहा जा सकता,' उसने मेरी आंखों में झांकते हुए कहा, 'लेकिन मैं कभी था। मैं उसके साथ रहता था।'

'तुम *क्या?*'

'मैं उसके साथ रहा था–छह महीने।'

'क्या हुआ था?' मैंने दांत किटकिटाते हुए पूछा और बेवक़ूफ़ जैसा महसूस किया। मुझे गुस्सा या ईर्ष्यालु होने का कोई हक़ नहीं था। मैंने कार्ला से उसके प्रेमियों के बारे में नहीं पूछा था और ना ही उसने कभी मेरी प्रेमिकाओं के बारे में।

'तुम नहीं जानते, है ना?'

'अगर मैं जानता होता तो पूछता ही नहीं।'

'उसने मुझे छोड़ दिया,' उसने कहा। 'लगभग उसी वक़्त जब तुम आए थे।'

'ओह... नहीं।'

'कोई बात नहीं,' उसने मुस्कराते हुए कहा।

हम कुछ देर शांत रहकर गुज़रे हुए वर्षों के बारे में सोचते रहे। मैंने अब्दुल्ला को याद किया, जब वह मुझे हाजी अली दरगाह की समंदर की दीवार के पास क़ादरभाई के साथ मिला था। मुझे याद है उन्होंने अंग्रेज़ी की एक चतुराई भरी कहावत सुनाने के बाद कहा था कि मुझे यह एक महिला ने सिखाई है। निश्चित तौर पर वह कार्ला ही रही होगी। वह कार्ला ही थी। और मुझे याद आया कि जब ख़ालिद मुझसे पहली बार मिला था कि उसका व्यवहार कितना रूखा था और मुझे अचानक अहसास हुआ कि वह उस समय दुखी होगा और शायद इसके लिए मुझे ही दोष दे रहा होगा। मैं देख पा रहा था कि शुरुआत में इतने रूखे व्यवहार के बाद मेरे प्रति दोस्ताना और दयालु बनने के लिए उसे कितनी मेहनत करनी पड़ी होगी।

'तुम जानते हो,' उसने कुछ देर बाद कहा, 'लिन, तुम्हें कार्ला के मामले में बहुत ज़्यादा सावधानी बरतनी चाहिए। वह... *नाराज* है... तुम जानते हो ना? और वह आहत है। वह हर जगह से बुरी तरह से आहत है। वह जब बच्ची थी तो उसके साथ बहुत बड़ा धोखा हुआ था। वह इस वजह से कुछ हद तक पागल है। भारत आने से पहले उसने अमेरिका में कुछ किया था। और इस वजह से वह फिर एक बार बुरी तरह से फंस गई थी।'

'उसने किया क्या था?'

'मुझे पता नहीं। लेकिन मामला बहुत गंभीर था। उसने मुझे कभी नहीं बताया कि बात क्या थी। हम बस इस बारे में *सतही* बातचीत करते थे। मुझे लगता है कि क़ादरभाई को यह बात पता थी, क्योंकि तुम जानते हो ही कि वही उससे सबसे पहले मिले थे।'

'नहीं, मुझे यह बात पता नहीं थी,' मैंने जवाब दिया। मैं दरअसल इस बात से खिसिया रहा था कि जिस महिला से मैं इतने दिनों से प्यार करता हूं, उसके बारे में कितना कम जानता हूं। 'क्यों... तुम्हें क्यों लगता है कि उसने मुझे क़ादरभाई के बारे में कभी नहीं बताया? मैं उसे काफ़ी अरसे से जानता था–जब हम दोनों उनके लिए काम करते थे–और उसने एक भी शब्द तक नहीं कहा। मैं उनके बारे में बातें करता था, लेकिन उसने कभी एक शब्द तक नहीं कहा। उसने एक बार भी उनके नाम का उल्लेख तक नहीं किया।'

'मुझे लगता है कि वह उनके प्रति बहुत ज़्यादा वफ़ादार थी, है ना? मुझे नहीं लगता कि लिन इसमें तुम्हारे ख़िलाफ़ कोई बात है। वह बस बहुत ज़्यादा वफ़ादार है-वह उनके प्रति अद्भुत तरीक़े से वफ़ादार थी। मुझे लगता है कि वह उन्हें अपने पिता की तरह मानती थी। उसके अपने पिताजी का तभी निधन हो गया था, जब वह बच्ची थी। और उसके सौतेले पिता का उस वक़्त निधन हो गया, जब जवान थी। क़ादर ने सही वक़्त पर आकर उसे बचा लिया और इसलिए वह उसके पिता समान हो गए।'

'तुमने कहा कि उससे मिलने वाले वह पहले व्यक्ति थे?'

'हां विमान पर। उसने जिस तरह से बताया यह एक बहुत ही अज़ीब वाक़या था। उसे याद नहीं कि वह विमान पर सवार हुई थी। वह किसी बात से भाग रही थी-कुछ ऐसा जो उसने किया था-और वह परेशानी में थी। मेरे विचार से वह कुछ दिनों तक विभिन्न एयरपोर्ट्स से विभिन्न जगहों पर जा रही थी। और फिर वह कहीं से सिंगापुर जाने वाले विमान पर सवार हुई... मैं नहीं जानता कहां से... कहीं से। और मुझे लगता है कि वह अचानक नर्वस हो गई होगी, पूरी तरह से टूट गई होगी और फिर उसने ख़ुद को यहां भारत में गुफा में क़ादरभाई के साथ पाया। और फिर वह अहमद के साथ चली गई, जो उसका ख़याल रखता था।'

'उसने मुझे उसके बारे में बताया था।'

'उसने बताया था? वह बहुत ज़्यादा नहीं बोलती। उसे वह व्यक्ति पसंद आता था। उसने उसके पूरी तरह संभलने तक छह माह उसका पूरा ख़याल रखा। उसके बाद वह उसे सामान्य ज़िंदगी में ले आया। वह एक-दूसरे के काफ़ी क़रीब थे। मेरे ख़याल से वह उसके लिए भाई जितना ही क़रीबी था।'

'क्या तुम तब उसके साथ थे-मेरे कहने का मतलब है कि जब अहमद की हत्या हुई तो क्या तुम कार्ला के क़रीब थे?'

'लिन, मुझे नहीं पता था कि उसकी हत्या कर दी गई थी,' ख़ालिद ने पुरानी बातों को याद करते हुए कहा। 'मुझे लगता है कि कार्ला का मानना है कि मैडम झू ने उसकी और उस लड़की की हत्या की... '

'क्रिस्टिन।'

'हां, क्रिस्टिन। लेकिन मैं अहमद को बहुत अच्छी तरह से जानता था। वह एक बहुत ही शालीन व्यक्ति था-बहुत सादगीपूर्ण, नर्मदिल क़िस्म का व्यक्ति। वह ऐसा था जैसा कि रोमांटिक फ़िल्मों में माशूक़ा के साथ ज़िंदगी नहीं बिता पाने पर ज़हर खा लेने वाला बंदा होता है। क़ादर ने मामले को बहुत क़रीब से देखा था, क्योंकि अहमद उनके ही लोगों में से एक था और उन्हें पता था कि झू का इससे कोई लेना-देना नहीं था। उन्होंने उसे साफ़ करार दिया था।'

'लेकिन कार्ला यह स्वीकारने को तैयार नहीं थी?'

'नहीं, वह इसे मानने के लिए ही तैयार नहीं थी। और सबसे बड़ी बात तो यह थी कि इसने उसे परेशान कर दिया। क्या उसने तुम्हें कभी बताया कि वह तुमसे प्यार करती है?'

मैं हिचकिचाया। हिचकिचाने की वजह थी कि अगर उसे लगा कि उसने मुझे यह बताया था तो मुझे मिल रहा फ़ायदा अचानक कम हो जाएगा और कुछ हद तक कार्ला के प्रति वफ़ादारी के कारण क्योंकि अंततः यह उसका मामला था। मुझे जानना था कि उसने यह सवाल क्यों पूछा।

'नहीं।'

'बहुत बुरी बात है,' उसने सपाट स्वर में कहा, 'मुझे लगा कि तुम ही वह व्यक्ति होगे।'

'वह व्यक्ति?'

'जो उसको बाहर निकलने में मदद करोगे। उस लड़की के साथ कुछ बहुत बुरा हुआ। उसके साथ बहुत सारी बुरी बातें हुईं। मुझे लगता है कि क़ादर ने मामले को और बिगाड़ दिया।'

'कैसे?'

'उन्होंने उसको काम पर लगा दिया। उन्होंने उसे मिलने पर बचा लिया और उसे उस बात से संरक्षण दिया जिससे वह अमेरिका में डरती थी। लेकिन फिर उसकी मुलाक़ात इस व्यक्ति से हुई, एक राजनेता और वह उसका दीवाना हो गया। क़ादर को उस व्यक्ति की ज़रूरत थी और इसलिए उसने कार्ला को काम पर लगा दिया और मुझे नहीं लगता कि वह इस काम के लिए बनी थी।'

'किस तरह का काम?'

'तुम तो जानते ही हो कि वह कितनी ख़ूबसूरत है। वह हरी आंखें और वह गोरी त्वचा।'

'ओह नहीं,' मैंने आह भरते हुए क़ादर के उस संभाषण को याद किया जो उन्होंने मुझे एक बार पाप में अपराध की मात्रा और अपराध में पाप की मात्रा पर दिया था।

'मैं नहीं जानता की क़ादर के दिमाग़ में क्या चल रहा था,' ख़ालिद ने शंका और हैरत से सिर हिलाते हुए कहा। 'यह... कम से कम यह उनकी फ़ितरत में नहीं था। सच कहूं तो मुझे नहीं लगता कि उन्होंने इसे इस तरह से देखा कि यह उसे... *नुक़सान पहुंचा रहा है।* लेकिन वह भीतर ही भीतर टूट सी गई। यह कुछ ऐसा ही था मानो उसके पिता ख़ुद... उससे यह काम करा रहे थे। और मुझे नहीं लगता कि उसने उन्हें इसके लिए माफ़ किया होगा। लेकिन फिर भी वह उनके प्रति हद दर्जे की वफ़ादार बनी रही। मुझे यह बात कभी समझ नहीं आई। लेकिन इसी तरह से मेरी उससे मुलाक़ात हुई–मैंने यह सब होते हुए देखा और मुझे उसके लिए अफ़सोस होने

लगा, शायद तुम मेरी बात को समझ रहे हो। कुछ वक़्त बाद एक बात से दूसरी बात होती चली गई। लेकिन मैं कभी भी वास्तविकता में उसको अच्छे से नहीं समझ पाया। और ना ही तुम। मुझे नहीं लगता कि कोई भी समझ पाएगा। कभी भी।'

'कभी भी तो बहुत लंबा अंतराल होता है।'

'ठीक है, तुम्हारी बात में दम है। लेकिन मैं तो तुम्हें बस चेतावनी देना चाहता हूं। भाई, मैं तुम्हें और नहीं आहत नहीं करना चाहता। हम बहुत कुछ झेल चुके हैं, है ना? और मैं *उसे* भी आहत करना नहीं चाहता।'

वह दोबारा चुप हो गया। हम एक-दूसरे की नज़रों को टालते हुए बस चट्टानों और जम चुकी ज़मीन को बस घूरते रहे। अंत में उसने एक लंबी सांस ली और उठ खड़ा हुआ। उसने थपथपाहट से हाथ और पैरों में गर्मी लाने की कोशिश की। मैं भी खड़ा हो गया, ठंड से थरथराता हुआ और मेरे पैर सुन्न पड़ चुके थे। और फिर अचानक मानो किसी प्रेरणा के तहत ख़ालिद ने मुझे कसकर गले लगा लिया। उसके हाथों की ताक़त ज़बर्दस्त थी, लेकिन उसका सिर मेरे सिर पर कुछ ऐसा हौले से झुका मानो वह किसी सोते हुए बच्चे का सिर हो।

जब वह पीछे हटा तो उसने अपना मुंह घुमा लिया। वह चल पड़ा और मैं भी धीरे-धीरे उसके पीछे चलने लगा। मैंने अपने हाथ गर्मी के लिए अपनी बग़ल में दबा रखे थे। कुछ देर बाद अकेला होने पर ही मुझे वह बात याद आई जो उसने कही थी : *लिन, मेरे मन में बुरे विचार आ रहे हैं। वास्तविकता में बहुत बुरे विचार...*

मैंने उससे इस बारे में बात करने का फ़ैसला किया, लेकिन उतने में मेरे पीछे के अंधेरे से हबीब बाहर निकला और मैं भौंचक्का हो गया।

'क्या मज़ाक़ है!' मैंने गुस्से में कहा, 'तुमने तो मेरे *होश* ही उड़ा दिए थे! हबीब ऐसा मेरे साथ मत *करना।*'

'ठीक है, ठीक है,' उस पागल व्यक्ति के पास खड़े होते हुए महबूब मेलबाफ़ ने कहा।

हबीब कुछ बड़बड़ाया और वह इतनी तेज़ी से बोला कि मैं एक भी शब्द समझ नहीं पाया। उसकी आंखें माथे के नीचे से शुरू होती थी और उनके नीचे भारी थैलियां सी थीं जो उसकी पलकों को नीचे की ओर खींचकर उसकी पुतली को और भी वीभत्स बना देती थीं।

'क्या?'

'ठीक है,' महमूद ने दोहराया, 'वह सबके साथ बात करना चाहता है। आज रात वह हर व्यक्ति से बात करेगा। वह मेरे पास आया और मुझसे उसकी बात को तुम्हारे लिए अंग्रेज़ी में अनुवाद करने को कहा। ख़ालिद से पहले तुम अंतिम व्यक्ति हो। वह ख़ालिद से सबसे अंत में बात करना चाहता है।'

'उसने क्या कहा?'

महमूद ने उससे अपनी बात दोहराने के लिए कहा। हबीब ने दोबारा उसी तूफ़ानी गति से बहुत ज़्यादा उत्तेजित अंदाज़ में अपनी बात को दोहराया। वह मेरी आंखों को ऐसे घूर रहा था मानो वहां से कोई दुश्मन या दैत्य निकलने वाला हो। मैंने भी उसी तरह से नज़रें मिलाईं : मैं एक हिंसक और पागल व्यक्ति के साथ फंस चुका था और मैं उससे अपनी आंखें हटाने ग़लती नहीं करना चाहता था।

'वह कह रहा है कि मज़बूत इंसान ही क़िस्मत को रचता है,' महमूद ने अनुवाद करके बताया।

'क्या?'

'मज़बूत इंसान, वही अपनी क़िस्मत को रचता है।'

'क्या वह यह कहना चाहता है कि मज़बूत इंसान अपनी क़िस्मत ख़ुद रचता है?'

'हां, बिलकुल यही,' महमूद ने दोहराया, 'मज़बूत इंसान अपनी क़िस्मत ख़ुद रचता है।'

'उसका कहने का मतलब क्या है?'

'मैं नहीं जानता,' महमूद ने मुस्कराते हुए कहा, 'वह बस इसे कहता है।'

'तो क्या वह घूम-घूमकर हर किसी को यही कह रहा है?' मैंने पूछा, 'कि एक मज़बूत इंसान अपनी क़िस्मत ख़ुद रचता है?'

'नहीं मुझसे उसने कहा था कि पैगंबर साहब एक महान शिक्षक बनने से पहले एक महान सिपाही थे। जलालाद को उसने कहा सितारे चमकते हैं, क्योंकि वे रहस्यों से भरे हुए होते हैं। हर व्यक्ति के लिए बात अलग है और उसे यह बताने की बहुत ज़्यादा जल्दी हो गई है। उसके लिए यह बेहद महत्त्वपूर्ण है। लिन, मुझे तो बात समझ नहीं आई। मुझे लगता है कि ऐसा इसलिए है क्योंकि हम कल सुबह लड़ने जा रहे हैं।'

इस संवाद से अचंभित होकर मैंने पूछा,'क्या उसे कुछ और कहना है?'

महमूद ने हबीब से पूछा कि क्या वह कुछ और भी बताना चाहता है। मेरी आंखों में आंखें डालकर हबीब पश्तो और फ़ारसी में बोलने लगा।

'वह कहता है कि केवल इतनी सी बात है कि क़िस्मत जैसी कोई बात नहीं होती। वह चाहता है कि तुम उसकी बात पर यक़ीन करो। वह दोबारा कह रहा है कि एक मज़बूत इंसान–'

'अपनी क़िस्मत ख़ुद रचता है,' मैंने वाक्य को पूरा किया। 'ठीक है, उसे बताओ कि मैं उसके संदेश की प्रशंसा करता हूं।'

महबूब ने उसे बताया और हबीब कुछ देर तक मेरी आंखों में उसकी बात के लिए प्रशंसा या मेरी प्रतिक्रिया को तलाशता रहा। उसके बाद वह झुककर दौड़ता ही चला गया। उसका यह अंदाज़ उसकी आंखों में मौज़ूद पागलपन से भी ज़्यादा ख़ौफनाक और चेतावनी भरा लगा।

'*अब* वह क्या करने जा रहा है?' उसके जाने से राहत की सांस लेते हुए मैंने महमूद से पूछा।

'मुझे लगता है कि वह ख़ालिद को खोज रहा है,' महमूद ने कहा।

'बहुत ज़्यादा ठंड है!' मैंने कहा।

'हां, मुझे भी तुम्हारी तरह ठंड लग रही है। मैं तो पूरे दिन यही सपना देख रहा था कि यह ठंड चली गई है।'

'महमूद, तुम उस वक़्त बॉम्बे में थे ना जब हम क़ादरभाई के साथ नेत्रहीन गायकों का गाना सुनने के लिए गए थे, है ना?'

'हां, हम सबके लिए यह पहली मुलाक़ात थी। मैंने तुम्हें वहीं पर पहली बार देखा था।'

'माफ़ी चाहूंगा कि मैंने तुमसे उस रात बात नहीं की और तुम्हारी तरफ़ ध्यान तक नहीं दिया। मगर मैं जो जानना चाहता हूं, वह यह कि क़ादरभाई से तुम्हारी पहली मुलाक़ात कैसे हुई।'

महमूद ने ठहाका लगाया। उसे इतनी ज़ोर से हंसते हुए देखना दुर्लभ था और मेरे चेहरे पर भी मुस्कान आ गई। इस अभियान पर उसका वज़न कम हो गया था–हम सबका वज़न कम हो गया था। उसके गाल की हड्डियां उभरी हुई थीं और तीखी ठोड़ी पर मोटी काली दाढ़ी थी। उसकी आंखें उस सर्द चांदनी रात में भी किसी मंदिर के पॉलिश किए हुए कांसे के दीये की तरह लग रही थीं।

'मैं बॉम्बे में एक सड़क पर खड़ा था और अपने दोस्त के साथ पासपोर्ट का कुछ काम कर रहा था। अचानक एक हाथ मेरे कंधे पर आया। वह अब्दुल्ला का था। उसने मुझे बताया कि क़ादर तुमसे मिलना चाहता है। मैं उसकी कार में क़ादर के पास गया। हम साथ में कार में बैठे, हमने कुछ देर सफ़र किया, बातचीत की और मैं क़ादर का गुर्गा हो गया।'

'उसने तुम्हारा चयन क्यों किया? किस बात ने उसे तैयार किया और किस वजह से तुम तैयार हुए?'

महमूद की त्यौरियां चढ़ गईं और ऐसा लग रहा था कि यह सवाल उससे पहली बार पूछा गया था।

'मैं पहलवी शाह के ख़िलाफ़ था,' उसने शुरुआत की। 'शाह की गुप्तचर पुलिस, सावक, ने कई लोगों की हत्याएं कीं और कई लोगों को पीटने के लिए जेलों में बंद कर दिया था। मेरे पिताजी की मौत जेल में ही हुई थी। मेरी मां की मौत जेल में हुई। शाह के ख़िलाफ़ लड़ने की वजह से। उस वक़्त मैं छोटा बच्चा था। जब मैं बड़ा हुआ तो शाह से लड़ा। दो बार जेल गया। दो बार पिटाई हुई और मेरे शरीर पर बिजली का झटका दिया गया, बहुत ज़्यादा दर्द हुआ। मैं ईरान में क्रांति के लिए लड़ता हूं। अयातुल्ला खोमैनी ने ईरान में क्रांति ला दी और अब

वह सत्ता में है। शाह अमेरिका भाग चुका है और गुप्तचर पुलिस सावक जस की तस है और वह अब खोमैनी के लिए काम करती है। फिर वही पिटाई, फिर वही बिजली के झटके। शाह के वही लोग–जेल में भी ठीक, वही लोग–अब वह खोमैनी के लिए काम करते हैं। मेरे सारे दोस्त जेल में और इराक के ख़िलाफ़ जंग में मारे गए। मैं भागकर बॉम्बे आ गया और अन्य ईरानी लोगों के साथ काले बाज़ार से जुड़ गया। फिर अब्दुल क़ादर ख़ान ने मुझे अपना गुर्गा बना लिया। अपनी ज़िंदगी में मैं केवल एक ही महान व्यक्ति से मिला हूं और वह है क़ादर। अब, वह मर चुका है...'

उसका गला रुंध गया और उसने अपनी जैकेट से दोनों आंखों में आए आंसू पोंछे।

यह काफ़ी लंबा भाषण था और हम ठंड में जमे जा रहे थे, लेकिन फिर भी मैं उससे और सुनना चाहता था। मैं यह सब जानना चाहता था–सबकुछ जो क़ादरभाई द्वारा मुझे बताई गई बातों और ख़ालिद द्वारा साझा रहस्यों के बीच के अंतर को भरता हो। लेकिन उसी वक़्त हमने किसी की आतंकित चीख़ सुनी। आवाज़ अचानक बंद हो गई मानो किसी ने चिल्लाने वाले का गला ही काट दिया हो। हमने एक–दूसरे की तरफ़ देखा और हमारे हाथ तुरंत हथियारों की ओर बढ़ गए।

'इस तरफ़,' महमूद ने फिसलन भरी बर्फ़ पर आवाज़ की दिशा में इशारा करते हुए दौड़ना शुरू कर दिया।

अन्य लोगों की ही तरह हम सब एक ही वक़्त में आवाज़ की जगह पर पहुंचे। हमारे समूह के नज़ीर और सुलेमान ने आगे बढ़कर देखा कि हुआ क्या है। सारे के सारे ख़ालिद अंसारी को हबीब अब्दुर रहमान के शव के पास घुटने टेककर बैठे हुए देखकर स्तब्ध रह गए। वह पागल अपनी पीठ के बल गिरा हुआ था। वह मर चुका था। उसके गले में एक चाकू धंसा हुआ था, ठीक उसी जगह जहां से कुछ देर पहले हर एक के लिए संदेश आए थे। चाकू उसके गले में धंसाकर घुमा दिया गया था, ठीक उसी तरह से जैसा कि ख़ुद हबीब ने हमारे घोड़ों और सिद्दिकी के साथ किया था। लेकिन हम सब जिस चाकू को घूर रहे थे, वह हबीब का चाकू नहीं था। ख़ून की बहती नदी के बीच हर कोई उस चाकू को पहचान रहा था। वह था सबसे अलग, नक्काशीदार सींग की मूठ वाला चाकू जिसे हम सैकड़ों बार देख चुके थे। वह ख़ालिद का चाकू था।

नज़ीर और सुलेमान ने ख़ालिद की बग़ल में हाथ डालकर उसे शव से दूर किया। उसने कुछ देर मदद स्वीकारी, लेकिन फिर उन्हें झटककर वह दोबारा शव के पास घुटने टेककर बैठ गया। हबीब का पट्टू शॉल उसके सीने पर लपेटा हुआ था। ख़ालिद ने हबीब के जैकेट से कोई चीज निकाली। यह धातु थी, धातु के दो टुकड़े, चमड़े के पट्टे पर हबीब की गर्दन पर लिपटे हुए। जलालाद ने तेज़ी से आगे आते हुए उसे छीन लिया। वे उस टैंक के यादगार अवशेष थे जिसे जलालाद, हनीफ़ और जुमा

ने नष्ट किया था। वह टुकड़ा दोस्तों के लिए एक यादगार वस्तु थी, जिसे वे अपने गले पर लपेटे रहते थे।

ख़ालिद खड़ा हुआ और हत्या की जगह से धीरे-धीरे दूर जाने लगा। मैंने पास आते ही उसके कंधे पर हाथ रखा और हम दोनों साथ-साथ चलने लगे। मेरे पीछे गुस्से भरी आवाज़ें आ रही थीं, क्योंकि जलालाद क्लाश्निकोव के हत्थे से हबीब के शव पर हमला कर रहा था। मैंने पीछे मुड़कर देखा तो पाया कि उस पागल की आंखें हथियार की मार के बीच धंस चुकी थीं। और दयालु दिल के अनचाहे पलों में मुझे हबीब के लिए अफ़सोस लगने लगा। मैं ख़ुद उसे एक बार से ज़्यादा बार मारना चाहता था और मैं जानता था कि मुझे इस बात की ख़ुशी है कि वह मर चुका है, लेकिन मेरा दिल इतना भारी था कि उस पल मैं ऐसे शोकमग्न था, मानो मेरा दोस्त मर गया हो। *वह एक शिक्षक था,* मैंने दिमाग़ में यह आवाज़ सुनी। मुझे आज तक मिला सबसे हिंसक और ख़तरनाक व्यक्ति किंडरगार्टन शिक्षक था। मैं उस विचार से निज़ात ही नहीं पा सका-मानो उस पल बस यही इकलौता सत्य हो, बस वही मायने रखता हो।

और लोग जब अंततः जलालाद को खींचकर ले गए तो कुछ भी बाक़ी नहीं बचा था : कुछ नहीं केवल ख़ून, बर्फ़, बाल और बिखरी हुई चकनाचूर हड्डियां, जहां पहले ज़िंदगी और विकृत दिमाग़ था।

ख़ालिद हमारी गुफा में लौट आया। वह अरबी में कुछ बड़बड़ा रहा था। उसकी आंखें दमक रही थीं और उसके जख़्म लगे चेहरे पर लगभग डरा देने वाला संकल्प झलकर रहा था।

गुफा में उसने कमर का वह बेल्ट हटा दिया जिस पर उसका टिन का बर्तन लटका हुआ था। उसने उसे ज़मीन पर गिरने दिया। उसने सिर के ऊपर से घुमाकर गोलियों का पट्टा भी निकाला और उसे भी ज़मीन पर गिरने दिया। उसके बाद उसने अपनी जेबों को ख़ाली करना शुरू कर दिया, जब तक कि शरीर पर केवल कपड़े ही बाक़ी बचे। उसके पैरों पर उसका नक़ली पासपोर्ट, उसका पैसा, उसके ख़त, उसका बटुआ, उसके हथियार, उसके गहने और यहां तक कि उसके काफ़ी अरसे पहले मर चुके परिवार के मुड़े-तुड़े फ़ोटो तक पड़े हुए थे।

'वह क्या कह रहा है?' मैंने हताश होकर महमूद से पूछा। मैंने पिछले चार सप्ताह ख़ालिद से नज़रें मिलाना और उसकी दोस्ती को टाला था। अचानक मुझे असहनीय सा डर लगने लगा कि मैं उसे खोने जा रहा हूं, या फिर मैंने उसे पहले ही खो दिया है।

'ये कुरान के अंश हैं,' महमूद ने फुसफुसाकर कहा, 'वह कुरान के सूराओं का पाठ कर रहा है।'

ख़ालिद ने गुफा छोड़ दी और अहाते के सिरे पर जाकर खड़ा हो गया। मैंने दौड़कर उसे रोकने की कोशिश की तो उसने दोनों हाथों से मुझे पीछे धकेल दिया।

धक्का मार देने के बाद वह मेरी तरफ़ आया। मैंने उसे गले लगाकर कुछ अपनी तरफ़ खींचा। उसने मेरा विरोध नहीं किया। वह बस सामने की ओर कहीं देखे जा रहा था, कुरान के सूराओं का पाठ करते हुए मानो उसे कुछ दिख रहा हो। और जब मैंने उसे जाने दिया तो वह शिविर से बाहर चला गया।

'मेरी मदद करो!' मैं चिल्लाया, 'क्या तुम्हें दिख नहीं रहा? वह जा रहा है! वह वहां बाहर जा रहा है!'

महमूद, नज़ीर और सुलेमान आगे तो आए, लेकिन ख़ालिद को रोकने में मेरी मदद करने की बज़ाय उन्होंने मेरी बांहें पकड़कर उसे छुड़ा दिया। ख़ालिद ने तत्काल आगे की ओर बढ़ना शुरू कर दिया। मैंने ख़ुद को छुड़ाया और फिर उसे रोकने के लिए दौड़ा। मैं उस पर चिल्लाया और उसे ख़तरे से आगाह करने के लिए एक तमाचा भी जड़ दिया। उसने ना तो विरोध किया और ना ही कोई प्रतिक्रिया दी। अपने ठंडे चेहरे पर मैंने आंसू ढलकते महसूस किए, वह मेरे सर्द होंठों की दरारों में चुभने लगे। मेरे दिल में मुझे आंसुओं का ऐसा सैलाब महसूस हुआ मानो कोई नदी घिसी हुई चट्टानों पर तेज़ी से बहती जा रही हो। मैंने उसे कसकर पकड़ लिया। एक बांह उसके गले पर थी तो दूसरी उसकी कमर पर। उसकी पीठ पर मैंने हाथों को कसकर बांध लिया था।

उन सप्ताहों में कमज़ोर हो जाने के बावज़ूद नज़ीर मेरे लिहाज़ से ज़्यादा शक्तिशाली था। उसके इस्पाती हाथों ने मेरी कलाई को पकड़ा और ख़ालिद को उनसे छुड़ा दिया। महमूद और सुलेमान ने मुझे प्रतिरोध के बीच जकड़े रखा, जबकि मेरा हाथ ख़ालिद की जैकेट को पकड़ने की कोशिश कर रहा था। और फिर हम सबने उसे शिविर से बाहर उस कड़ाके की ठंड में जाते हुए देखा जिसने हम सबको बर्बाद कर दिया था या मार डाला था।

'क्या तुम्हें दिखाई नहीं दे रहा?' उसके जाने के बाद महमूद ने मुझसे पूछा। 'क्या तुमने उसका चेहरा नहीं देखा?'

'हां, मैंने देखा, मैंने देखा,' मैंने सुबकते हुए कहा। मैं अपनी त्रासदी से परेशान होकर लड़खड़ाते हुए गुफा में लौट आया था।

मैं वहां पर कई घंटों तक बिना सोए, गंदगी के बीच, भूखे, गुस्से और टूटे हुए दिल के साथ बस पड़ा रहा। और मैं शायद वहां मर भी जाता–कुछ दर्द कुछ मर्तबा आपके हाथ–पैरों की ताक़त छीन लेते हैं–लेकिन खाने की गंध ने मुझे फिर जगा सा दिया। लोगों ने निश्चय किया था कि अब वे सड़े हुए मांस को पकाने के लिए और अधिक इंतज़ार नहीं कर सकते थे। उन्होंने उस दौरान उसे एक बर्तन में उबाल लिया था और वे लगातार धुएं को हटाने की कोशिश कर रहे थे और आग को कंबलों से छिपा रहे थे।

सूप अलसुबह से काफ़ी पहले ही तैयार हो चुका था और हर व्यक्ति ने इसके लिए एक कटोरा, गिलास या मग उठा लिया था। पहले–पहल तो हमारा भूखा पेट

सड़े हुए मांस की गंध को सहन नहीं कर पाया। हम सबने दुर्गंध भरे चुस्कियां लेने के बाद उल्टियां कर दीं। लेकिन भूख अपने आप में एक इच्छाशक्ति थी, उन तमाम बातों से भी ज़्यादा पुरानी जिनका हम दिमाग़ के महल में प्रशंसा करते हैं। हम खाने को नकारने के लिहाज़ से बहुत ज़्यादा भूखे थे। और फिर तीसरे प्रयास में या कुछ लोगों के लिए पांचवें प्रयास में हमने उस बदबूदार तरल पदार्थ को गले से उतार ही लिया। हमारे ख़ाली पेटों में उस सूप से जो दर्द उठा, वह असहनीय था। ऐसा लग रहा था मानो किसी ने पेट में मछली पकड़ने का कांटा डाल दिया हो। लेकिन यह दौर भी गुज़र गया और हर व्यक्ति ने कम से कम तीन बार सूप पिया और सड़े हुए मांस के टुकड़ों को चबा लिया।

तक़रीबन दो घंटे तक हममें से हर एक पेट ख़ाली करने के लिए चट्टानों की आड़ की ओर दौड़ लगाता रहा, क्योंकि हमारा खाया हुआ पदार्थ हमारे ख़ाली पेट और उसकी आंतों से होकर गुज़र रहा था। हमारी पाचन प्रणाली अचानक जाग उठी थी।

अंत में जब हम सब इससे उबर गए और सारी इबादतें, दुआएं, प्रार्थनाएं कह दी गईं, जब सारे लोग तैयार हो गए तो हम सब हमारे अहाते के उस दक्षिणी-पूर्वी सिरे पर जमा हो गए जिसे हबीब ने हमले के लिहाज़ से सर्वश्रेष्ठ करार दिया था। उसने हमें भरोसा दिलाया था कि सीधी खड़ी ढलान ही आज़ादी की तरफ़ हमारी दौड़ का इकलौता मौक़ा है और चूंकि उसने हमारे साथ इस हमले में शामिल होने का फ़ैसला किया था, उसकी सलाह पर अविश्वास करने की हमारे पास कोई वज़ह नहीं थी।

हम छह लोग थे। मेरे अलावा पांच अन्य थे, सुलेमान, महमूद मेलबाफ़, नज़ीर, जलालाद और युवा अलाउद्दीन। वह एक शर्मीला बीस बरस का लड़का था जिसकी मुस्कान मानो किसी बूढ़े की हरी आंखों के नीचे दबी हुई हो। उसकी आंख मुझसे मिली और उसने हौसला बढ़ाने के अंदाज़ में सिर हिला दिया। मैं भी मुस्कराया तो उसका सिर सहमति में और अधिक ज़ोरों से हिलने लगा। मैं दूसरी तरफ़ देखने लगा। मुझे इस बात पर शर्म महसूस हो रही थी कि इतने मुश्किल भरे महीनों में उसके साथ रहने के बाद भी मैंने कभी उससे बात करने की कोशिश नहीं की थी। हम साथ में मरने जा रहे थे और मैं उसके बारे में कुछ भी नहीं जानता था। कुछ भी नहीं।

सुबह ने आसमान में मानो आग लगा दी थी। सुबह के सूरज ने दूर मैदानी इलाक़े में हवा से उड़ रहे बादलों को लाल सुर्ख कर दिया था। हमने एक-दूसरे से हाथ मिलाया, गले लगे और हथियारों को बार-बार जांचा और अपने सामने की ढलान पर अनवरत देखते रहे।

अंत जब आता है तो बहुत जल्द आता है। मेरे चेहरे की त्वचा सख़्त हो चुकी थी और उसे गर्दन और जबड़े की मांसपेशियां खिंच रही थीं। कंधे, बांहें और सर्दियों से झुलस चुके हाथों ने बंदूक से होने वाले दर्द को अंतिम बार थाम लिया था।

सुलेमान ने आदेश दिया। मेरा पेट मेरे पैरों के नीचे की ज़मीन की तरह जम सा गया। मैं खड़ा होकर चट्टान के सिरे पर आ गया। हमने ढलान पर उतरना शुरू

किया। यह एक शानदार दिन था। कई महीनों बाद सबसे साफ़ दिन। मैं सोच रहा था कि जेल ही की तरह कुछ सप्ताह पहले अफ़गानिस्तान की पहाड़ी गुफाओं में ना कोई दिन था ना रात। फिर भी उस दिन की सुबह मेरी याददाश्त की सबसे ख़ूबसूरत सुबहों में से एक थी। जब तीखी ढलान कुछ सामान्य ढलान में तब्दील हुई तो हमने गति पकड़ ली और गुलाब की तरह लाल दिख रही बर्फ़ पर से भूरे-हरे सख़्त मैदान की ओर दौड़ सी लगा दी।

पहला धमाका इतनी दूर हुआ कि हमें डरा नहीं सका। तो ठीक है, अब बस जंग शुरू होने वाली है। यही है... मेरे दिमाग़ में ये शब्द ऐसे घूम रहे थे मानो कोई और कह रहा था : जैसे कोई प्रशिक्षक मुझे अंतिम समय के लिए तैयार कर रहा था। फिर दुश्मन के मोर्टार के धमाके हमारे निकट आते गए।

मैंने अपने साथ के लोगों को देखा तो पाया कि वे सब मुझसे ज़्यादा तेज़ी से भाग रहे थे। केवल नज़ीर ही मेरी बग़ल में था। मैंने भी तेज़ी से दौड़ने की कोशिश की, लेकिन मेरे पैर लकड़ी की तरह सख़्त और सुन्न हो चुके थे। मैं उन्हें क़दम-दर-क़दम दौड़ते तो देख रहा था, लेकिन मुझे महसूस कुछ भी नहीं हो रहा था। अपने पैरों तक संदेश पहुंचाने के लिए काफ़ी अधिक इच्छाशक्ति की ज़रूरत पड़ी और ज़्यादा गति के लिए तो मानो उन्हें आदेश सा ही देना पड़ा। अंत में मैं भी लड़खड़ाते हुए तेज़ी से दौड़ने लगा।

दो मोर्टार मेरे बहुत पास फटे। मैंने दौड़ना जारी रखा, दर्द के इंतज़ार में, मौत के मज़ाक़ के इंतज़ार में। मेरा दिल मेरे सीने में उछल रहा था और सांस उखड़ रही थी, सर्द हवा में खांसी की तरह। मैं दुश्मन के ठिकाने नहीं देख पाया। मोर्टार की सीमा एक किलोमीटर तक थी, लेकिन मैं जानता था कि वे और ज़्यादा क़रीब हैं। और फिर पहली गोलीबारी शुरू हुई, एके-47 की *टन-टन-टन-टन* की आवाज़ आने लगी, उनकी और हमारी। मैं समझ गया कि वे काफ़ी नज़दीक हैं। वे इतने क़रीब थे कि हमें मार सकते थे और इतने क़रीब कि हम उन्हें मार सकते थे।

सुरक्षित रास्ता तलाशने के लिए मेरी आंखें सामने के उबड़-खाबड़ मैदान को छानने लगीं कि कहीं कोई गड्ढा या चट्टान दिख जाए। मेरे बग़ल का व्यक्ति ढेर हो चुका था। वह जलालाद था। वह मुझसे 100 मीटर से भी कम दूरी पर नज़ीर के पास दौड़ रहा था। एक मोर्टार ठीक उसके सामने फटा और उसके शरीर के चिथड़े उड़ गए। और चट्टानों, पत्थरों पर से छलांग लगाते हुए मैं लड़खड़ाया, लेकिन गिरा नहीं। मैंने पचास मीटर आगे सुलेमान को गला पकड़कर गिरते हुए देखा। कुछ और क़दम दौड़ने के बाद वह सिर नीचे करके ऐसा गिरा मानो कुछ खोज रहा हो। वह मुंह के बल गिरा और लुढ़क गया। उसका गला ख़ून से तर था और खुल चुका था। मैंने उसके पास से जाना चाहा, लेकिन मैदान बहुत ऊबड़-खाबड़ था और चट्टानों से पटा पड़ा था। मुझे दौड़ते हुए उसके शरीर के ऊपर से ही छलांग लगानी पड़ी।

मैंने दुश्मनों की क्लाशिनकोव को आग उगलते हुए देखा। वे लगभग 200 मीटर दूर थे, मेरे अनुमान की तुलना में ज़्यादा दूर। एक गोली मेरी बाईं ओर से एक क़दम की दूरी से गुजर गई। हम सफल नहीं हो पाएंगे। हम सफल नहीं हो पाएंगे। वे लोग बहुत ज़्यादा नहीं थे–कई बंदूकें नहीं चल रही थीं–लेकिन उनके पास हमें देखने और गोली से उड़ाने के लिहाज़ से पर्याप्त समय था। वे हम सबको मार डालेंगे। फिर अचानक दुश्मन के ठिकानों पर धमाकों की झड़ी लग गई। मैंने सोचा *बेवक़ूफ़! उन्होंने अपने ही ठिकानों को मोर्टार से उड़ा लिया था,* और अचानक हर तरफ़ से गोलियों की बौछार सी होने लगी। नज़ीर ने अपनी असॉल्ट राइफ़ल को उठाया और दौड़ते हुए गोलियां दागने लगा। मैंने महमूद मेहबाफ़ को भी अपने से आगे दाईं ओर गोलियां चलाते हुए देखा, जहां कुछ देर पहले सुलेमान था। मैंने भी अपना हथियार उठाया और ट्रिगर को दबा दिया।

पास में कहीं से बहुत ही भयावह चीख़ सुनाई दी। मुझे अचानक अहसास हुआ कि यह तो मेरी ही चीख़ है, लेकिन मैं उसे रोक नहीं सका। मैंने अपने बग़ल में खड़े बहादुर व्यक्ति को देखा, बहादुर और ख़ूबसूरत मेरे पास, बंदूकों की तरफ़ दौड़ लगाता और भगवान मुझे यह सोचने में मदद करे, भगवान यह कहने के लिए मुझे माफ़ करे, लेकिन यह बेहद गौरवशाली था और अगर गौरव उत्साह और उमंग भरा होता है तो यह गौरवशाली था। अगर प्यार करना पाप होता तो प्यार ठीक ऐसा ही होता। अगर संगीत आपको मार सकता होता तो यह संगीत की तरह था। और मैं हर क़दम के साथ जेल की दीवार पर चढ़ता चला जा रहा था।

और फिर पूरी दुनिया सबसे गहरे समंदर में बिलकुल ध्वनिहीन हो गई, मेरे पैर थम गए और गर्म, गंदगी भरी फटती हुई धरती ने मेरी आंखों और मुंह को बंद कर दिया। कोई वस्तु मेरे पैरों से टकराई थी। कुछ सख़्त और गर्म और बहुत तेज़ मेरे पैरों से टकराया था। मैं आगे की तरफ़ ऐसे गिरा मानो मैं अंधेरे में दौड़ रहा था और किसी कटे हुए पेड़ की तरह धड़ाम से गिरा। मोर्टार की एक बौछार। अंधी कर देने वाली धरती। सांस को रुकने से रोकने के लिए संघर्ष। एक गंध थी जो मेरे दिमाग़ में भर गई। यह गंध थी अपनी ही मौत की गंध–इसमें ख़ून, समंदर के पानी, नम धरती और जलती हुई लकड़ी की वह गंध थी जो आपको मरने से पहले महसूस होती है–और फिर मैं ज़मीन पर इतनी ज़ोर से गिरा कि मैं गहरे, सपनों से मुक्त अंधेरे में धराशायी हो गया। और मैं बस अनवरत गिरता ही चला गया। और वहां कोई प्रकाश नहीं था, कोई प्रकाश नहीं।

भाग पांच

अध्याय 37

अगर आप इसकी सर्द मृत आंखों में देखें तो कैमरा आपको हमेशा सच्चाई दिखा देता है। उस ब्लैक ऐंड वाइट फ़ोटो में क़ादर द्वारा तैयार मुजाहिदीन इकाई के तमाम लोग मौज़ूद थे। अफ़गानिस्तान, पाकिस्तान और भारत के लोगों के चेहरों पर कुछ इस क़िस्म की औपचारिकता थी, जो लोगों को फ़ोटो खींचे जाने के वक़्त बेवजह असहज बना देती है। उस फ़ोटो को देखकर यह बता पाना मुश्किल था कि इन लोगों को हंसना कितना अच्छा लगता था और उनके चेहरे पर कितनी ज़ल्दी मुस्कान आ जाती थी। लेकिन उनमें से कोई भी सीधे कैमरे की तरफ़ नहीं देख रहा था। मुझे छोड़कर सबकी आंखें या तो कुछ ऊपर या नीचे, कुछ बाईं और या कुछ दाईं ओर थीं। जब मैंने अपने पट्टियों से लिपटे हाथ में पकड़े फ़ोटो को देखा तो केवल मेरी आंखें ही मेरी ओर देखती ही प्रतीत हो रही थीं। मैं उस बेतरतीब कतार में खड़े लोगों को याद कर रहा था।

मज़दूर गुल, संगतराश, जिसके नाम का मतलब ही मज़दूरी करने वाला था और जिसके हाथ बरसों पत्थर का ही काम करने के कारण हमेशा के लिए सफ़ेद हो चुके थे... दाउद, जो ख़ुद को अंग्रेज़ी नाम से पुकारा जाना पसंद करता था, डेविड और जिसका सपना महान शहर न्यू यॉर्क में जाकर शानदार रेस्तरां में भोजन करना था... जमानत जिसके नाम का मतलब था विश्वास और उसके चेहरे पर खिली बहादुरी भरी मुस्कान इस शर्मिंदगी को छिपाने में कामयाब हो जाती थी कि उसका पूरा परिवार पेशावर के नज़दीक एक बड़े राहत शिविर में शरणार्थियों की तरह रहती है...हाज़ी अकबर, जिसे केवल इस वजह से इकाई में चिकित्सक नियुक्त कर दिया गया था, क्योंकि उसने काबुल के अस्पताल में बतौर मरीज दो महीने का वक़्त गुजारा था और जब मैं पहाड़ी शिविर में पहुंचा था तो उसने मुझे चिकित्सक नियुक्त किए जाने का स्वागत दुआओं और दरवेश नृत्य से किया था...अलेफ़, शरारती मज़ाक़िया पश्तून कारोबारी, जो खुली पीठ और जलते हुए कपड़ों के साथ बर्फ़ में घिसटते हुए मरा था... जुमा और हनीफ़ वे दो जोशीले बच्चे, जिन्हें पागल हबीब ने मार डाला था... उनका बहादुर दोस्त जलालाद, जो अंतिम हमले के दौरान मारा गया था... अलाउद्दीन, जिसका अंग्रेज़ी नाम छोटा करके अलादीन कर दिया गया था और जो बिना किसी नुक़सान के बच गया था... सुलेमान शाहबादी, चेहरे पर शिकन और ग़मगीन आंखों वाला व्यक्ति, जो हमले का नेतृत्व करते हुए मारा गया था।

और उस जमावड़े के बीच में अब्दुल क़ादर ख़ान के इर्द-गिर्द लोगों का एक छोटा सा जमावड़ा था : अल्जीरियाई अहमद ज़ादेह, जो जम चुकी धरती में एक हाथ की भिंची हुई मुट्ठी और दूसरा हाथ मेरे हाथ में होते हुए मारा गया था... ख़ालिद अंसारी जिसने पागल हत्यारे हबीब को मारा था और फिर बर्फ़ के कोहरे में गुम हो गया था...महमूद मेलबाफ़ जो अलाउद्दीन की तरह अंतिम हमले में बच गया था, बिना किसी जख़्म या निशान केनज़ीर, जिसने अपने जख़्मों की परवाह नहीं करते हुए मेरे बेहोश जिस्म को सुरक्षित स्थान तक घसीटा था...और मैं। क़ादरभाई की बाईं ओर कुछ पीछे की ओर खड़ा हुआ। फ़ोटो में मेरे चेहरे पर आत्मविश्वास, ज़िद और आत्ममुग्धता झलक रही थी। और कहने को तो कहा जाता है कि कैमरा कभी झूठ नहीं बोलता।

नज़ीर ने मुझे बचाया था। जब हम बंदूकों की तरफ़ दौड़ लगा रहे थे तो मोर्टार मेरे बहुत ही क़रीब गिरा था। उसके धमाके ने मेरे बाएं कान का पर्दा उड़ा दिया था। उसी बहरा कर देने वाले धमाके के बीच मोर्टार की गर्म धातु के जलते टुकड़े हम पर बरस गए। धातु को कोई भी बड़ा टुकड़ा मुझसे नहीं टकराया, लेकिन 8 छोटे टुकड़े घुटने के नीचे मेरे पैरों में घुस गए-एक पैर में पांच और तीन दूसरे में। दो छोटे टुकड़े मेरे शरीर में धंसे-एक पेट में और एक सीने में। वह मेरे शरीर पर लदे कपड़ों के मोटे आवरण को चीरते हुए निकल गए। यहां तक कि उन्होंने मेरे मोटे पैसे के बेल्ट और मेरा चिकित्सा बैग के मज़बूत चमड़े के बनी पट्टी तक को उधेड़कर मेरी त्वचा को जला दिया। एक अन्य टुकड़ा मेरे माथे पर बाईं आंख के ठीक ऊपर लगा।

वे बहुत छोटे टुकड़े थे और उनमें सबसे बड़ा टुकड़ा अमेरिकी पेनी के सिक्के पर बने अब्राहम लिंकन के चेहरे जितना बड़ा होगा। फिर भी वह इतनी अधिक गति से आए कि मेरे पैरों तले की ज़मीन खिसक गई। धमाके से निकली मिट्टी और धूल ने मुझे अंधा सा कर दिया और मुझे सांस लेने में भी तकलीफ़ होने लगी थी। मैं ज़ोर से ज़मीन पर गिरते हुए केवल अपने चेहरे को एक ओर करके बचा सका। दुर्भाग्यवश मैंने अपने फट चुके कान को ज़मीन की ओर किया और वहां का घाव और अधिक गंभीर और बड़ा हो गया। मेरी आंखों के सामने अंधेरा छा गया।

पैरों और हाथ में जख़्म झेलने वाले नज़ीर ने मेरे शरीर को गड्ढे में खींच लिया था। वह गिरा, लेकिन उसने बमबारी थमने तक मेरे शरीर को ढंककर रखा। मेरी गर्दन पर बांहें जकड़े हुए उसने अपने कंधे पर भी एक घाव झेला। यह धातु का एक टुकड़ा था, जो मुझे लगने वाला था और अगर क़ादर के उस व्यक्ति ने प्यार के साथ मुझे बचाया नहीं होता तो शायद वह मुझे मार भी देता। जब सबकुछ शांत हो गया तो वह मुझे खींचकर सुरक्षित जगह ले गया।

'यह सैय्यद था, है ना?' महमूद मेलबाफ़ ने पूछा।

'क्या कहा?'

'सैय्यद ने यह फ़ोटो लिया था, है ना?'

'हां, हां। सैय्यद ही था। वह उसे *किशमिशी* पुकारा करते थे'

उस शब्द ने हमें उस शर्मीले युवा पश्तूनी लड़ाके की यादों में डुबो दिया। वह क़ादरभाई को अपने तमाम योद्धा नायकों का मिश्रण मानता था और हर जगह पूरी श्रद्धा के साथ उनके साथ रहता था और जब भी क़ादर उसकी तरफ़ देखते थे तो उसकी निगाहें झुक जाती थीं। बचपन में वह चेचक से मरते-मरते बचा था, लेकिन उसके चेहरे पर उसके किशमिश जैसे दाग़ अब भी मौज़ूद थे। बुज़ुर्ग उसे बड़े प्यार से *किशमिशी* के नाम से पुकारते थे। वह इतना शर्मीला था कि फ़ोटो में हमारे साथ खड़ा नहीं होना चाहता था और उसी ने कैमरा इस्तेमाल करने की तैयारी दिखाई थी।

'वह क़ादर के साथ था,' मैं बड़बड़ाया।

'हां, अंतिम वक़्त में। नज़ीर ने उसका शव क़ादर के बग़ल में देखा था, बहुत क़रीब। मुझे लगता है कि अगर उसे पहले से भी पता होता कि उन पर हमला होने वाला है और वह मारा जाने वाला है तो भी वह क़ादर के साथ ही रहना पसंद करता। मुझे लगता है कि वह उसी तरह से मरने की ख़्वाहिश रखता था। और वह अकेला ऐसा व्यक्ति नहीं था।'

'तुम्हें यह कहां से मिली?'

'ख़ालिद के पास फ़िल्म का रोल था। याद है? उसके इकलौते कैमरे को क़ादर ने अनुमति दे रखी थी। जब उसने हमसे दूर जाते वक़्त सारी चीज़ें जेब से निकालकर गिरा दी थीं तो यह फ़िल्म भी उसमें थी। मैं इसे अपने साथ ले आया। पिछले सप्ताह मैंने इसे बनाने के लिए फ़ोटो स्टूडियो को दिया था। आज सुबह ही ये फ़ोटो आई हैं। मुझे लगा कि रवाना होने से पहले तुम यह फ़ोटो देखना चाहोगे।'

'रवाना? हम कहां जा रहे हैं?'

'हमें यहां से निकलना होगा। तुम्हें अब कैसा लग रहा है?'

'मैं अच्छा हूं,' मैंने झूठ बोला, 'मैं ठीक हूं।'

मैंने पलंग पर बैठकर अपना पैर बाज़ू में किया। जब मेरे पांव ज़मीन पर लगे तो इतना ज़्यादा असहनीय दर्द हुआ कि मैं ज़ोर से कराह उठा। एक और तेज़ दर्द मेरे माथे पर उठा। मैंने अपने सिर के घाव पर साफे की तरह बांधी गई पट्टी को जांचकर देखा। इस बीच मेरे कान के एक तीसरे ही दर्द ने मेरा ध्यान खींचा। मेरे हाथ दुख रहे थे और मेरे पैर तीन-चार मोजों से ढंके हुए थे। ऐसा लग रहा था जैसे मेरे पैर जल रहे हों। मेरे बाएं कूल्हे में भी दर्द हो रहा था, जहां पर कई माह पहले जेट्स के आने पर घोड़े ने मुझे दुलत्ती जमाई थी। वह घाव कभी भी पूरी तरह से ठीक नहीं हुआ था और मुझे संदेह था कि मांस के नीचे हड्डी चटख चुकी थी। मेरी बांह कोहनी के पास सुन्न थी, जहां पर मेरे घोड़े ने घबराकर मुझे काट लिया था। यह घाव भी कुछ महीने पुराना था और यह भी पूरी तरह से ठीक नहीं हुआ था।

जांघ पर दोहरा होकर बैठने के दौरान मुझे अहसास हुआ कि पहाड़ों पर भुखमरी के कारण मेरा पेट कितना सख़्त हो चुका था और मेरे पैर में मांस की कितनी कमी हो चुकी थी। कुल मिलाकर मामला बहुत ही गड़बड़ था। बहुत बुरा हाल था। फिर मेरा दिमाग़ हाथों में बंधी पट्टियों की ओर मुड़ा और अचानक हड़बड़ाहट जैसा अहसास मेरी पूरी रीढ़ की हड्डी में सिहरन बनकर दौड़ गया।

'तुम क्या कर रहे हो?'

'मुझे ये पट्टियां निकालनी हैं,' मैंने गुस्से में कहा और दांतों से उन्हें फाड़ने लगा।

'रुको, रुको,' महमूद चिल्लाया, 'मैं तुम्हारे लिए यह कर देता हूं।'

उसने धीरे-धीरे पट्टियां खोलीं और मैंने अपने माथे पर पसीने की धार लगती देखी जो ढलककर मेरे गालों पर आ रही थी। जब दोनों हाथों की पट्टियां खोल दी गईं तो मैंने विकृत पंजे बन चुके अपने हाथों की तरफ़ देखा। मैंने अंगुलियां चलाकर उन्हें हिलाया। हिमदंश के कारण मेरा हाथ अंगुलियों की पोर पर खुल चुका था और काले घाव बहुत ही भयानक थे, लेकिन सभी अंगुलियां और अंगुलियों के सिरे मौज़ूद थे।

'तुम नज़ीर को धन्यवाद दे सकते हो,' महमूद ने मेरे तड़के और छिले हुए हाथों को देखते हुए कहा। 'वे तुम्हारी अंगुलियां काटने की सोच रहे थे, लेकिन उसने उन्हें ऐसा नहीं करने दिया। और उसने उन्हें तुम्हें तब तक जाने भी नहीं दिया, जब तक कि उन्होंने तुम्हारे सारे घावों की मरहम-पट्टी कर दी। उसने हिमदंश के कारण तुम्हारे चेहरे के जख़्मों के भी इलाज के लिए उन्हें मज़बूर किया। उसके हाथों में क्लाश्निकोव और तुम्हारी स्वचलित पिस्तौल थी। यह लो-उसने कहा था कि जब तुम्हें होश आए तो मैं तुम्हें यह दे दूं।'

उसने एक कपड़े में लिपटी स्टेशकिन मुझे थमा दी। मैंने उसे पकड़ना चाहा, लेकिन मेरा हाथ उसे थाम ही नहीं सका।

'मैं तुम्हारी ख़ातिर फ़िलहाल इसे अपने पास ही रखता हूं,' महमूद ने हल्की सी मुस्कान के साथ कहा।

'वह कहां है?' अब भी दर्द से पस्त मैंने पूछा, लेकिन हर गुज़रते पल के साथ मैं बेहतर और ज़्यादा ताक़तवर महसूस कर रहा था।

'वहां पर,' महमूद ने सिर हिलाकर इशारा किया। मैंने घूमकर देखा तो नज़ीर मेरी ही तरह के बिस्तर पर सो रहा था। 'वह आराम कर रहा है, लेकिन वह चलने के लिए तैयार है। हमें यहां से जल्द रवाना होना चाहिए। हमारे लिए हमारे दोस्त किसी भी वक़्त आ सकते हैं और हमें चलने के लिए तैयार होना होगा।'

मैंने अपने चारों तरफ़ देखा तो पाया कि हम एक बड़े रेतीले रंग के तंबू में थे जिसका फ़र्श घास-फूस से बनाया हुआ था और जिसमें 15 मोड़कर रखे जा सकने वाले पलंग थे। कुछ लोगों ने अफ़गानी अंदाज़ के परिधान पहन रखे थे- ढीली पेंट, कुर्ते और लंबी बांहों वाले कोट, जो हल्के हरे रंग के थे-कुछ लोग मरीजों के इर्द-

गिर्द घूम रहे थे। वे सींकों से बने पंखों से घायल लोगों को हवा कर रहे थे, उन्हें साबुन के पानी से साफ़ कर रहे थे या फिर उनके मल-मूत्र को तंबू से बाहर ले जा रहे थे। कुछ घायल कराह रहे थे या दर्द को ऐसी विविध भाषाओं में व्यक्त कर रहे थे, जिन्हें मैं समझ नहीं पा रहा था। पाकिस्तान के उस मैदानी इलाक़े में अफ़गानिस्तान की बर्फ़ीली चोटियों में महीनों बिताने के बाद गर्म और भारी हवा चल रही थी। कई तीव्र गंध एक-दूसरे में गुत्थमगुत्था हो रही थीं कि मेरा दिमाग़ उनका विश्लेषण ही नहीं कर पा रहा था, लेकिन मेरा ध्यान एक तेज़ गंध पर ही केंद्रित होकर रह गया। यह गंध थी ख़ूशबूदार भारतीय बासमती चावल की, जो तंबू में ही पास में कहीं पक रहा था।

'मुझे बहुत ज़ोरों से भूख लगी है, यार। मैं तुम्हें बताना ही पड़ेगा।'

'हम जल्द ही अच्छा खाना खाएंगे,' महमूद ने हंसते हुए मुझे भरोसा दिलाया।

'क्या हम...? यह पाकिस्तान है?'

'हां,' वह फिर हंसा, 'तुम्हें क्या याद आ रहा है?'

'बहुत ज़्यादा नहीं। दौड़ना। वे हमारी तरफ़ गोलियां बरसा रहे थे...बहुत दूर से। हर तरफ़ मोर्टार थी। मुझे याद है... मैं उसकी ज़द में आ गया था।'

मुझे अचानक उन पट्टियों की याद आ गई जो मेरे घुटने से मेरे पैरों तक लिपटी हुई थीं।

'और फिर ज़मीन पर चित हो गया था। फिर... मुझे याद है... क्या वह एक जीप थी? या फिर एक ट्रक? क्या ऐसा हुआ था?'

'हां। वह हमें मसूद के लोगों के पास ले गए थे।'

'मसूद?'

'अहमद शाह। ख़ुद बब्बर शेर। उसके लोगों ने बांध पर और काबुल और क्वेटा के दो प्रमुख रास्तों पर हमला किया था। उन्होंने कंधार को घेर लिया था। वे अब भी वहां पर शहर के बाहर मौज़ूद हैं और मुझे लगता है कि जब तक जंग समाप्त नहीं हो जाती, वे वहां से हटने वाले नहीं हैं। मेरे दोस्त हम इस सबके बीच फंस गए थे।'

'उन्होंने हमको बचाया...'

'हां इतना कहा जा सकता है, जो हमारे लिए कर सकते थे।'

'हमारे लिए *कम से कम* इतना तो कर सकते थे?'

'हां, क्योंकि वही लोग थे जिन्होंने हमारे लोगों को मारा था।'

'क्या?'

'हां। जब हम पहाड़ों से बच निकले थे और नीचे की तरफ़ दौड़ लगा रहे थे, अफ़गान सेना ने हम पर गोलीबारी की थी। मसूद के लोगों ने हमको देखा और सोचा कि हम भी दुश्मनों में से ही एक हैं। वे हमसे काफ़ी दूर थे। उन्होंने तत्काल मोर्टार दागने शुरू कर दिए।

'हमारे अपने ही लोगों ने हम पर हमला बोला?'

'हर कोई गोलीबारी कर रहा था-मेरा मतलब है कि, हर कोई एक ही वक़्त में गोलीबारी कर रहा था। अफ़गान सेना भी हम पर गोलीबारी कर रही थी, लेकिन जो मोर्टार हम पर गिरे थे, मुझे लगता है कि वे हमारे ही लोगों ने चलाए थे। और उसने ही अफ़गान सेना और रूसी सैनिकों को भागने पर मज़बूर कर दिया था। मैंने ख़ुद उनमें से दो को भागते हुए मारा था। अहमद शाह मसूद के लोगों के पास स्टिंगर है। अमेरिकियों ने अप्रैल में उन्हें स्टिंग सौंप दी थी और तभी से रूसियों के पास कोई हेलीकॉप्टर नहीं हैं। अब मुजाहिदीन हर जगह पर ज़ोरदार विरोध कर रहे हैं। *इंशाअल्ला* अब यह जंग दो वर्ष में ख़त्म हो जाएगी या ज़्यादा से ज़्यादा तीन वर्ष में।'

'अप्रैल... अभी कौनसा महीना चल रहा है?'

'अभी तो मई चल रहा है।'

'हमें यहां आकर कितना वक़्त हो चुका है?'

'लिन, चार दिन,' उसने जवाब दिया।

'चार दिन...' मुझे लगा कि मैं केवल एक रात की लंबी नींद से उठा हूं। मैंने बग़ल में नज़ीर को सोते हुए देखकर पूछा, 'क्या वह ठीक है?'

'वह घायल हैं-यहां... और यहां-लेकिन वह दमदार है और ख़ुद चल सकता है। इंशाअल्ला, वह ज़ल्द ही ठीक हो जाएगा। वह बिलकुल *शोतोर* की तरह है। ' उसने ठहाका लगाते हुए कहा। फ़ारसी में ऊंट को शोतोर कहा जाता है। 'वह अपना विचार बना लेता है तो फिर कोई उसे नहीं बदल सकता।'

जागने के बाद मैं पहली बार उसके साथ हंसा। हंसी के बीच मेरा हाथ मेरे सिर की ओर चला गया जहां से दर्द की लहर सी उठी थी।

'मैं वह व्यक्ति कतई नहीं बनना चाहूंगा, जो नज़ीर का विचार पक्का हो जाने के बाद उसे बदलने की कोशिश करूं।'

'मैं भी नहीं,' महमूद ने सहमति जताई। 'मसूद के सैनिक तुम्हें, नज़ीर और मुझे एक अच्छी रूसी कार में लेकर निकले। कार के बाद हमने तुम्हें और नज़ीर को चमन जा रहे एक ट्रक पर चढ़ा दिया। चमन में पाकिस्तान के सीमा रक्षक नज़ीर की बंदूक लेना चाहते थे। उसने उन्हें कुछ पैसे दिए-तुम्हारे पैसे, तुम्हारी कमर पर लटके पट्टे से-और उसने अपनी बंदूक बचा ली। हमने तुम्हें दो मृत लोगों के साथ कंबल के पीछे छिपा दिया। हमने मुर्दों को तुम्हारे ऊपर रख दिया और हमने सुरक्षाकर्मियों से कहा कि हम तुम सबको अच्छी तरह से मुस्लिम धर्म के मुताबिक़ दफ़न करना चाहते हैं। फिर हम क्वेटा में यहां इस अस्पताल में आ गए और यहां फिर वे नज़ीर की बंदूक लेना चाहते थे। फिर से उसने उन्हें पैसे दे दिए। वह बदबू के कारण तुम्हारी अंगुलियां काटना चाहते हैं...'

मैंने अपना हाथ नाक से लगाया और सूंघकर देखा। उनसे अभी तक किसी मुर्दे के सड़ने जैसी बदबू आ रही थी। यह बहुत हल्की थी, लेकिन इसने मुझे बकरियों के उन सड़ चुके पैरों की याद दिला दी जो हमने पहाड़ों पर अपने अंतिम भोजन के तौर पर खाए थे। मेरा पेट किसी लड़ाई पर आमादा बिल्ली की तरह उछलकूद मचाने लगा। महमूद ने तत्काल एक धातुई कटोरा उठाया और मेरे मुंह पर लगा दिया। मैंने काली-हरी उल्टी कर दी और घुटनों पर असहाय सा गिर पड़ा।

जब मितली का यह दौर गुज़र गया तो मैं दोबारा पलंग पर पीठ पर टिककर बैठ गया और महमूद द्वारा जलाई गई सिगरेट कृतज्ञता भाव के साथ खींच ली।

'बोलते रहो,' मैंने कहा।

'क्या?'

'तुम बता रहे थे...नज़ीर के बारे में...'

'अरे हां, हां, उसने पट्टू के नीचे से अपनी क्लाश्निकोव निकाली और उन पर तान दी। उसने उनसे कहा कि अगर उन्होंने तुम्हारी अंगुलियां काटने की ज़ुर्रत की तो वह उन्हें गोलियों से भून डालेगा। वे सुरक्षाकर्मियों को बुलाना चाहते थे, शिविर की पुलिस, लेकिन नज़ीर ने बंदूक के साथ बाहर जाने का रास्ता बंद कर रखा था। वे उसके पार नहीं जा सके। और मैं उसके पीछे खड़ा था ताकि वे तुम्हें कुछ नशीला डोज़ दे सकें।'

'क्या भीषण स्वास्थ्य योजना है-एक अफ़गान क्लाश्निकोव को डॉक्टरों पर ताने हुए है।'

'हां,' उसने कहा, 'उसके बाद उन्होंने नज़ीर को नशा दिया और दो दिन का जागा नज़ीर उसके बाद गाढ़ी नींद में चला गया।'

'उसके सो जाने के बाद उन्होंने सुरक्षाकर्मियों को नहीं बुलाया?'

'नहीं। यहां सब अफ़गान हैं। डॉक्टर, घायल लोग, सुरक्षाकर्मी हर कोई अफ़गानी है। अफ़गानी पाकिस्तानी पुलिस को बिलकुल भी पसंद नहीं करते। उनकी पाकिस्तान पुलिस के साथ ठनती रहती है। हर किसी की पाकिस्तानी पुलिस के साथ ठनती है। इसलिए उन्होंने मुझे इज़ाजत दी और जब नज़ीर सो रहा था तो उसकी बंदूक मेरे पास थी। और मैं उसकी देखरेख करता हूं। और मैं तुम्हारी देखरेख करता हूं। ठहरो-लगता है हमारे दोस्त आ गए!'

जब तंबू के दरवाज़े खोले गए तो दोपहर की तेज़ धूप से हमारी आंखें चौंधिया गईं। चार लोग भीतर आए। वह अफ़गान लोग थे, पुराने लड़ाके और बहुत मज़बूत लोग। वह सब मुझे ऐसे घूर रहे थे मानो जेज़ेल राइफ़ल की सजी हुई नली को देख रहे हों। महमूद ने खड़े होकर उनका स्वागत किया और धीरे से कुछ कहा। दो लोगों ने नज़ीर को जगाया। वह गहरी नींद में था और पहले स्पर्श में तो अचानक उठकर उन लोगों के साथ लड़ने की मुद्रा में आ गया। उनके चेहरे के सौम्य भाव के कारण वह

शांत हो गया और उसने मुड़कर मेरी तरफ़ देखा। मुझे जागा और बैठा हुआ देखकर उसके चेहरे पर मुस्कान खिल गई कि हम सब चौंक गए, क्योंकि उसके चेहरे पर मुस्कान यदाकदा ही आती थी।

दो लोगों ने उसे पैर पर खड़ा होने में मदद की। उसकी दाईं जांघ में ढेर सारी पट्टियां बंधी हुई थीं। उनके कंधों का सहारा लेते हुए वह लंगड़ाते हुए सूरज की रोशनी में निकल गया। दूसरे व्यक्ति ने मुझे पैरों पर खड़े होने में मदद की। मैंने चलने की कोशिश की, लेकिन मेरी घायल पिंडलियों ने साथ देने से इंकार कर दिया और मैं बमुश्किल घिसट सका। कुछ सेकेंड तक उस शर्मिंदगी भरे प्रयास के बाद उन लोगों ने अपनी बांहों की कुर्सी बनाकर बड़ी ही आसानी से अपने हाथों में उठा लिया।

अगले छह सप्ताह तक हमारी सेहत में सुधार का यही तरीक़ा था : कुछ दिन, शायद बमुश्किल एक सप्ताह, एक जगह और फिर अचानक किसी नए तंबू या झोपड़ी या छिपे हुए कमरे में पहुंचाया जाना। पाकिस्तान की जासूसी एजेंसी आईएसआई के मन में जंग के दौरान उसकी अनुमति के बग़ैर अफ़गानिस्तान से आने वाले हर विदेशी के लिए दुर्भावना थी। इन ख़तरे से भरे सप्ताहों के दौरान महमूद मेलबाफ़ की सबसे बड़ी समस्या यही थी कि हमें मदद करने वाले शरणार्थियों और निर्वासितों के बीच हमारी कहानी को लेकर बेहद उत्सुकता थी। मैंने अपने सुनहरे बाल काले कर लिए थे और हर वक़्त गॉगल्स ही पहने रहता था। लेकिन झोपड़पट्टी और शिविरों में हम कितने भी सावधानी बरतते हों, हमेशा कोई न कोई ऐसा व्यक्ति होता ही था जो जानता था कि मैं कौन हूं। मुजाहिदीनों के साथ रूसियों से जंग में घायल अमेरिकी बंदूकधारी को लेकर उत्सुकता टाली ही नहीं जा सकती थी। उस तरह की चर्चा किसी भी जासूसी एजेंसी के एजेंट को सतर्क कर देने के लिए काफ़ी थी। और अगर गुप्तचर पुलिस ने मुझे धरदबोचा होता तो यह ख़ुलासा भी हो जाता कि जो अमेरिकी पकड़ा गया है वह दरअसल जेल से भागा ऑस्ट्रेलियाई है। उसका मतलब होता कुछ लोगों को पदोन्नति और यातना देने वालों को अलग आनंद होता जो यातनाएं देने के बाद मुझे ऑस्ट्रेलियाई अधिकारियों को सौंप देते। यही वजह थी कि हम हमेशा जगहें बदलते रहते और वह भी जल्दी-जल्दी और हम केवल कुछ भरोसेमंद लोगों के अलावा किसी से बात तक नहीं करते थे।

धीरे-धीरे विस्तृत जानकारी सामने आती गई : उस जंग की पूरी कहानी जिसमें हम कूद पड़े थे और जहां से हमें बचाया गया था। हमारी पहाड़ी को घेरने वाले रूसी और अफ़गानी सैनिक एक कंपनी के सर्वश्रेष्ठ लोग थे, जिनकी कमान एक कैप्टन के हाथों में थी। शर-ए-सफ़ा पहाड़ों में उनके काम करने का इकलौता लक्ष्य था हबीब अब्दुल रहमान को दबोचना और मार डालना। उसकी गिरफ़्तारी पर बहुत बड़ा इनाम था, लेकिन उसकी अतिरिक भरी यातनाओं के कारण उपजे आतंक के चलते उनके लिए यह खोज किसी निजी अभियान की तरह हो चुकी थी। वह उसके ख़िलाफ़ नफ़रत और उसकी गिरफ़्तारी को लेकर इतने समर्पित थे कि उन्हें अहमद

शाह मसूद की सेना के आने का पता तक नहीं चला। जब हम हबीब की जानकारी पर आज़ादी की तरफ़ दौड़ लगा रहे थे, अधिकांश रूसी और अफ़गानी सैनिक पहाड़ के दूसरी ओर बारूदी सुरंग बिछाने में व्यस्त थे। दुश्मनों के लगभग सुनसान शिविर के चौंक गए रक्षाकर्मियों ने गोलियां बरसाना शुरू कर दी थीं। उन्होंने सोचा कि शायद ख़ुद हबीब उन पर हमला बोल रहा है, क्योंकि उनका जवाबी हमला बेतरतीब और अनुशासनहीन था। इससे मसूद के मुजाहिदीन द्वारा की जा रही हमले की तैयारियां धरी रह गईं और उन्होंने इस गोलीबारी को रूसियों के हमले की तरह देखा। दुश्मन की ओर दौड़ लगाते हुए जो धमाके मैंने देखे और सुने थे – *बेवक़ूफ़ों ने अपने ही मोर्टार उड़ा लिए* – दरअसल मसूद के मोर्टार थे जो सीधे दुश्मनों के ठिकाने पर गिरे थे। मोर्टार के जिस हमले की ज़द में हम लोग आ गए थे वह महज एक दुर्घटना थी : दोस्ताना गोलीबारी, जैसा कि कहा जाता है।

और वह चरम पल था जिसे मैंने बंदूकों का मुक़ाबला करते हुए दौड़ लगाते वक़्त *गौरवशाली* कहा था : वह ज़िंदगी की बेवकूफ़ी भरी बर्बादी, वह दोस्ताना गोलीबारी। इसमें कुछ भी गौरवशाली नहीं था। कभी होता ही नहीं है। होता है तो बस हौसला, डर और प्यार। और जंग उन सबको एक-एक करके मार डालती है। गौरव तो भगवान के हिस्से में होता है, वास्तविकता में उस शब्द का असली अर्थ यही होता है। और आप भगवान की सेवा बंदूक से नहीं कर सकते।

जब हम धराशायी हो गए तो मसूद के लोगों ने भागते दुश्मन का पीछा पहाड़ों तक और बारूदी सुरंगें बिछाकर लौट रहे सैनिकों तक किया। उसके बाद जो हुआ वह नरसंहार था। हबीब अब्दुर रहमान को पकड़ने और मारने के लिए भेज गए लोगों में से एक भी व्यक्ति ज़िंदा नहीं बचा। अगर वह ज़िंदा होता, वह पागल इंसान, तो उसे यह बेहद रास आता। मुझे ठीक से पता है कि उसके चेहरे पर कैसी मुस्कान होती। उसका मुंह बिना आवाज़ के खुला होता और उसकी आंखों में आसुरी आनंद होता।

उस पूरे सर्द दिन और अचानक घिर आई शाम, नज़ीर और मैं जंग के मैदान पर ही रहे। जब हम घिरते अंधेरे के बीच कंपकंपा रहे थे, हमले के लिए गए मुजाहिदीन और हमारे अपने बचे हुए साथियों ने लौटकर हमें खोज निकाला। महमूद और अलाउद्दीन ने बंजर पहाड़ों पर से सुलेमान और जलालाद के शव लाए।

मसूद के लोगों ने आज़ाद अचकजाई लड़ाकों के साथ मिलकर दर्रे से लेकर कंधार पर पड़े रूसी घेरे तक चमन राजमार्ग पर कब्ज़ा कर लिया था। वे शहर से अब केवल पचास किलोमीटर दूर थे। चमन और पाकिस्तान तक के दर्रे को ख़ाली कराने का काम बहुत तेज़ी से, बिना किसी झड़प के हुआ। हम ट्रक में अपने दोस्तों के शव के साथ यात्रा कर रहे थे और कुछ ही घंटे में सीमा की जांच चौकियों तक पहुंच गए। वह सफ़र जो हमें क़ादर के घोड़ों पर पहाड़ी रास्ते से पूरा करने में पूरा एक महीना लग गया था।

नज़ीर की सेहत में तेज़ी से सुधार हुआ और उसका वज़न भी बढ़ने लगा। उसकी बांह और कंधे के पीछे के घाव भर चुके थे और उनसे उसे अब कोई परेशानी नहीं होती थी। लेकिन उसकी जांघ पर लगे बड़े और गहरे घावों ने शायद उसकी मांसपेशियों, हड्डियों और स्नायुओं के बीच का तालमेल गड़बड़ा दिया था। पैर का ऊपरी हिस्सा सख़्त था और अब भी उसे थोड़ा लंगड़ाकर ही चलना पड़ता था। उसका दायां पांव कूल्हे के वहां से घूमने की बज़ाय उचककर आगे जाता था।

उसके हौसले तुलनात्मक तौर पर ज़्यादा थे और वह बॉम्बे लौटने के लिए उत्सुक था–इतना अधिक उत्सुक कि मेरी तबीयत में हो रहे धीमे सुधार पर उसे चिढ़ आ रही थी। उसके *तुम ठीक हो?* तुम अब चलो? हम चलते हैं? के दोहराव पर मैं अपना धैर्य खोकर कई बार उसे फटकार भी लगा देता था। मुझे तब नहीं पता था कि उसका एक लक्ष्य है, जो उसका बॉम्बे में इंतज़ार कर रहा था। अब्दुल क़ादर के जाने के बाद बस इसी एक लक्ष्य ने उसके दुख और उसकी शर्मिंदगी को अंकुश लगा रखा था। और हर दिन हमारे स्वास्थ्य में सुधार के साथ क़ादर द्वारा दिया गया अंतिम आदेश उसका दम घोंटने लगा था। और उसकी नज़र में कर्तव्य में ग़लती और अधिक गंभीर होती जा रही थी।

मेरी व्यस्तता के कुछ अन्य कारण थे। मेरे पैरों के ज़ख़्म पर्याप्त गति से ठीक हो रहे थे और मेरे माथे की त्वचा हड्डियों के एक उभार के ऊपर आ चुकी थी, लेकिन मेरा फट चुका कान का पर्दा संक्रमित हो गया था। यह मेरे लिए निरंतर और असहनीय दर्द की वजह बन गया था। खाने के हर कौर, पानी के हर घूंट और हर शब्द और हर शोर के बाद बिच्छू के डंक की तरह का दर्द मेरे चेहरे, मेरे गले और मेरे दिमाग़ तक पहुंच जाता था। शरीर की हर हलचल या सिर घुमाना तक मुझे पसीने ला देता था। हर सांस, खांसी या छींक मेरी पीड़ा को कई गुना बढ़ा देते थे। बिस्तर में नींद के दौरान ग़लती से संक्रमित कान की तरफ़ ली गई करवट के बाद मैं कई बार इतनी ज़ोर से चिल्लाता था कि पचास मीटर इलाक़े में हर कोई चौंककर उठ बैठता था।

और फिर तीन सप्ताह के उस पागल कर देने वाले यातनापूर्ण दर्द और पेनिसिलिन के ख़ुद ही ले लिए गए डोज़, गर्म एंटीबायोटिक से धुलाई से घाव भर गया और मेरा दर्द यादों की तरह ही कम होता चला गया, मानो किसी सुदूर कोहरे में ढंके तट पर किसी निशान की तरह।

हाथ की अंगुलियों की पोरों में मृत पड़ चुके काले मांस तंतु ज़िंदा होने लगे। जो तंतु हमेशा के लिए मर चुके थे वह हालांकि ठीक नहीं हुए और मेरी त्वचा में बस से गए। आज तक मुझे हर सर्द दिन क़ादर के पहाड़ों पर मिली पीड़ा के उन दिनों की ओर ले जाता है। हाथों में वैसा ही दर्द होता है, जो वहां पर पहली बार बंदूक पकड़ने पर हुआ था। हालांकि पाकिस्तान के गर्म मौसम में मेरी अंगुलियां अब मेरा साथ देने लगी थीं। मेरे हाथ उस काम के लिए तैयार थे जिसका मुझे इंतज़ार था, बॉम्बे में बदला लेने वाला मामला। हालांकि इस अभियान के बाद मेरा शरीर दुबला-पतला

हो गया था, लेकिन क़ादर की जंग के लिए रवाना होने से पहले की तुलना में अब ज़्यादा सख़्त और दमदार हो चुका था।

नज़ीर और महमूद ने कई एक-दूसरे से जुड़ने वाली ट्रेनों से हमारी वापसी की यात्रा का इंतज़ाम किया था। उन्होंने पाकिस्तान से कुछ हथियार हासिल कर लिए थे और उनका इरादा उन्हें तस्करी करके बॉम्बे ले जाने का था। उन्होंने बंदूकों को कपड़े की गठानों में छिपा दिया और उन्हें अच्छी हिंदी बोलने वाले तीन अफ़गानों के साथ रवाना कर दिया। हम अलग-अलग डिब्बों में सवार हुए और कभी भी एक-दूसरे से पहचान नहीं जताई, लेकिन अवैध सामान हमारे दिमाग़ पर हरदम छाया रहता था। कैसी विडंबना थी-हमने अभियान की शुरुआत अफ़गानिस्तान में हथियारों की तस्करी के लिए की थी और अब हम बॉम्बे में हथियारों की तस्करी के इरादे के साथ लौट रहे हैं-मुझे हंसी आ गई। जब मुझे यह बात समझ आई तो उस वक़्त मैं पहले श्रेणी के डिब्बे में बैठा था। लेकिन यह हंसी कड़वाहट भरी थी और मेरे चेहरे पर जो भाव आया उसे देखकर मेरे सहयात्री ने अपनी नज़रें फेर लीं।

हमें बॉम्बे पहुंचने में दो दिन से कुछ ज़्यादा वक़्त लगा। मैं अपने नक़ली ब्रिटिश पासपोर्ट पर यात्रा कर रहा था, वही जिससे मैंने पाकिस्तान में प्रवेश किया था। पासपोर्ट में दर्ज़ जानकारी के मुताबिक़ मैं वीज़ा से ज़्यादा अवधि रह लिया था। चेहरे पर हल्की मुस्कान और क़ादर द्वारा दिए गए अंतिम पैसों से मैंने पाकिस्तान और भारत में अधिकारियों को रिश्वत देकर उनकी आंखों में संदेह की झलक तक नहीं उभरने दी। सुबह के एक घंटे बाद, अपने प्यारे शहर बॉम्बे को छोड़ने के आठ महीने बाद हम दोबारा उसकी गर्मी, हड़बड़ाहट भरी तेज़ी में लौट आए थे।

पर्याप्त दूरी से नज़ीर और महमूद मेलबाफ़ ने अपने सैन्य सामान को उतरवाकर रवाना कराया। नज़ीर को उस रात लियोपोल्ड्स में मिलने का वादा करके मैं उन्हें स्टेशन पर छोड़कर रवाना हो गया।

मैंने एक टैक्सी ली। उस द्वीपीय शहर की ध्वनि, रंगों और शानदार प्रवाह को मैंने जी भरकर आत्मसात किया। लेकिन मुझे एकाग्र होने की ज़रूरत थी। मेरे पास के पैसे लगभग समाप्त हो चुके थे। मैंने ड्राइवर को फ़ोर्ट इलाक़े में मुद्रा विनिमय के काले बाज़ार की ओर चलने को कहा। टैक्सी को नीचे इंतज़ार के लिए रोककर मैं दौड़ता हुआ लकड़ी की तीन सीढ़ियां चढ़ते हुए गिनती वाले कमरे में पहुंचा। ख़ालिद की यादें मेरे दिल में गूंज रही थी - *मैं इन सीढ़ियों पर ख़ालिद के साथ दौड़ लगाता था, ख़ालिद के साथ, ख़ालिद के साथ* - और मैंने दोबारा अपने जबड़ों को भींच लिया। ठीक वैसे ही जैसे मैंने अपनी पिंडलियों के दर्द को जज़्ब किया। कमरे के बाहर खड़े दो भीमकाय लोगों ने मुझे पहचान लिया। हमने हाथ मिलाए और सबके चेहरे पर मुस्कान खिल गई।

'क़ादरभाई की क्या ख़बर?' उनमें से एक ने पूछा।

मैंने उस सख़्त युवा चेहरे को देखा। उसका नाम अमीर था। मैं जानता था कि वह बहादुर और भरोसेमंद युवक था, जो क़ादर के प्रति पूरी तरह से वफ़ादार था। एक पल के लिए तो मुझे लगा कि वह क़ादर को लेकर कोई मज़ाक़ कर रहा है, लेकिन मुझमें अचानक उसे फटकारने का अहसास जागा। फिर मुझे अहसास हुआ कि उस बेचारे को वास्तविकता पता ही नहीं है। *यह कैसे संभव है? वे क्यों नहीं जानते?* सहजबोध ने मुझे उसे जवाब देने से रोक लिया। मैंने चेहरे पर बहुत फीकी सी मुस्कान दी और उसे धकेलते हुए दरवाज़े पर दस्तक दी।

एक नाटा सा गंजा व्यक्ति आया जिसने एक बनियान और धोती पहन रखी थी। उसने दरवाज़ा खोलते ही मुझसे गर्मजोशी के साथ हाथ मिलाया। वह राजूभाई था, अब्दुल क़ादर ख़ान की माफ़िया परिषद के लिए धन जमा करने के काम का नियंत्रक। उसने हाथ पकड़कर मुझे कमरे में खींचा और दरवाज़ा बंद कर दिया। गिनती का कमरा उसकी निजी और कारोबारी दुनिया का केंद्र था और वह दिन के 24 घंटों में से 20 वहीं पर बिताता था। उसके कंधे पर लटका गुलाबी-सफ़ेद धागा इस बात का प्रतीक था कि वह समर्पित हिंदू था, अब्दुल क़ादर खान के बहुसंख्यक मुस्लिम कारोबार से जुड़े कई हिंदुओं में से एक।

'लिन बाबा! आपको देखकर बहुत अच्छा लगा,' उसने मुस्कराकर कहा, *'क़ादरभाई कहां हैं?'*

मैंने बड़ी मुश्किल से चेहरे के हैरानी के भावों को छिपाया। राजूभाई एक वरिष्ठ व्यक्ति था। उसे परिषद की बैठकों में स्थान हासिल था। अगर वह नहीं जानता कि क़ादरभाई की मौत हो चुकी है तो शहर में कोई भी नहीं जानता। और अगर क़ादर की मौत अगर अब भी रहस्य है तो महमूद और नज़ीर ने ही इस ख़बर को दबाने पर ज़ोर दिया होगा। उन्होंने इस बारे में मुझसे कुछ नहीं कहा था। मैं इस बात को समझ नहीं सका। उनकी वजह चाहे जो हो, मैंने उन्हें समर्थन देने का फ़ैसला किया और इस मामले में चुप्पी साधे रहने का फ़ैसला किया।

'हम अकेला है,' मैंने मुस्कराकर जवाब दिया।

यह उसके सवाल का जवाब नहीं था और उसकी आंखें छोटी हो गईं।

'अकेला...' उसने मेरी बात को दोहराया।

'हां, राजूभाई, मुझको कुछ पैसे की ज़रूरत है। बहुत जल्दी, नीचे टैक्सी मेरा इंतज़ार कर रही है।'

'लिन, तुम्हें डॉलर चाहिए?'

'डॉलर नहीं। सिर्फ़ रुपया।'

'कितने चाहिए?'

'दो-तीन हज़ार,' मैंने जवाब दिया। आमतौर पर स्थानीय लहज़े में इसका अर्थ होता था तीन हज़ार।

'तीन हज़ार!' उसने आदत के मुताबिक़ खांसते हुए कहा। सड़क के किसी व्यक्ति या झोपड़पट्टी निवासी के लिए यह रक़म काफ़ी बड़ी थी, लेकिन काले बाज़ार के लिहाज़ से ज़्यादा नहीं थी। राजूभाई का कार्यालय इससे कई सौ गुना पैसा हर दिन एकत्रित करता था और कई मर्तबा तो वह मुझे एक ही बार में मेरे वेतन या कमीशन के तौर पर साठ हज़ार रुपये तक का भुगतान कर दिया करता था।

'अभी, भाई अभी!'

राजूभाई ने अपने एक क्लर्क की तरफ़ देखकर भौहें उचकाईं। उस व्यक्ति ने 100 रुपये के करारे नोटों वाले तीन हज़ार रुपये थमा दिए। आदत के मुताबिक़ बंडल को दोबारा जांचने के बाद राजूभाई ने वह मुझे थमा दिया। मैंने दो नोट निकालकर शर्ट की जेब में रख लिए और बाक़ी के बंडल को जैकेट के भीतर अंदर रख दिया।

'शुक्रिया चाचा,' मैंने मुस्कराकर कहा। *'मैं जाता हूं।'*

'लिन!' उसने चिल्लाकर आवाज़ लगाई और मुझे बांह पकड़कर रोक लिया, *'हमारा बेटा ख़ालिद, कैसा है?'*

'ख़ालिद हमारे साथ नहीं है,' मैंने अपनी आवाज़ और हावभाव को संयत रखने की कोशिश करते हुए कहा। 'वह यात्रा पर गया है और पता नहीं हम उसे कब देख पाएंगे।'

मैं तेज़ी से दो-दो सीढ़ियां करते हुए नीचे टैक्सी तक पहुंचा और हर छलांग पर पिंडलियों में दर्द हो रहा था। ड्राइवर ने अचानक गति पकड़ ली और मैंने उसे कोलाबा कॉजवे पर एक कपड़े की दुकान पर गाड़ी लेने को कहा। बॉम्बे की सबसे बड़ी ख़ासियतों में से एक थी कि भारतीय और विदेशी फ़ैशन के रुझान को दर्शाने वाले सस्ते और अच्छी तरह से सिले हुए कपड़े भरपूर मात्रा में मिल जाते थे। विस्थापितों के शिविर में महमूद मेलबाफ़ ने मुझे लंबे अंगरखे, एक सफ़ेद शर्ट और भूरी पतलूनें दी थीं। क्वेटा से यात्रा में वे कपड़े ठीक थे, लेकिन बॉम्बे की गर्मी में वे बेवजह सबका ध्यान मेरी तरफ़ आकर्षित कर रहे थे, जबकि मैं छिपना चाहता था। मैंने बड़े जेबों वाली एक काली जीन्स ख़रीदी और साथ में बर्बाद जूतों की जगह जॉगर्स जूते और एक ढीली सफ़ेद शर्ट। ड्रेसिंग रूम में कपड़े बदलकर मैंने अपनी जींस के बेल्ट के नीचे अपना चाकू छिपाया और फिर उसे शर्ट से ढंक लिया।

कैशियर की डेस्क पर इंतज़ार करते हुए मैंने एक आईने में अपना तीन-चौथाई हिस्सा देखा। यह चेहरा इतना सख़्त और अनजान सा था कि मुझे ख़ुद को देखकर हैरानी हो गई। मुझे शर्मीले किशमिशी द्वारा लिया गया फ़ोटो याद आया और मैंने दोबारा ख़ुद को आईने में देखा। मेरे चेहरे पर एक सर्द भावशून्यता थी-शायद एक दृढ़ निश्चय-जो शायद क़ादर के कैमरे में इतना दमकने के बाद मेरी आंखों में आना भी शुरू नहीं हुआ था। मैंने अचानक गॉगल निकालकर पहन लिया। *क्या मैं इतना बदल गया हूं?* मैंने उम्मीद की कि शायद गर्म पानी से नहाने और दाढ़ी करने के बाद शायद मेरा चेहरा कुछ नर्म लगेगा। लेकिन असली सख़्ती तो मेरे भीतर थी और मैं

निश्चित तौर पर नहीं कह सकता था कि मैं भीतर से ज़्यादा सख़्त और हठी हो गया था या फिर वहां उससे भी कहीं ज़्यादा कोई क्रूर बात थी।

टैक्सी ड्राइवर मेरे बताए रास्ते पर चलकर लियोपोल्ड्स के प्रवेश द्वार के पास रुक गया। मैंने उसे भुगतान किया और कुछ दिन व्यस्त रास्ते पर खड़ा रहा, रेस्तरां के दरवाज़े की तरफ़ देखते हुए जहां कार्ला और क़ादर के साथ मेरा क़िस्मत भरा रिश्ता शुरू हुआ था। हर दरवाज़ा समय और वक़्त की ओर ले जाता है। जो दरवाज़ा हमें कमरे से अंदर-बाहर ले जाता है, वही दरवाज़ा पीछे के कमरे और उसके अंतहीन भविष्य की ओर भी। लोग किसी वक़्त इस बात को अपने अवचेतन दिमाग़, अवचेतन सोच में जानते थे। आप आयरलैंड से लेकर जापान तक हर संस्कृति में दरवाज़ों को सजाने वाले लोगों से मिलकर उन्हें सलाम कर सकते हैं। मैंने एक क़दम उठाया, फिर दो और फिर दरवाज़े की चौखट पर पहुंचकर दिल को हाथ लगाया। मैंने नियति और अपने मर चुके दोस्तों-दुश्मनों को श्रद्धांजलि दी जो इसके पार मेरे साथ गए थे।

डिडियर लेवी अपनी नियत जगह पर बैठा हुआ था, जहां से सभी लोग और बाहर की व्यस्त सड़क से परे का भी नज़ारा दिखता था। वह कविता सिंह से बात कर रहा था। उसकी आंखें कहीं ओर थी, लेकिन उसने मुझे आता हुआ देख लिया। उसने मेरी तरफ़ देखा, हमारी नज़रें मिलीं और एक पल तक एक-दूसरे पर टिकी रहीं। हम दोनों में से हर कोई चटख चुकी हड्डियों के परे कुछ भीतर की बात को देखना चाहता था।

'लिन!' वह ज़ोर से चिल्लाया और तेज़ी से दौड़कर उसने मुझे बांहों में भरकर दोनों गालों पर चूम लिया।

'डिडियर, तुमसे मिलकर बहुत अच्छा लग रहा है।'

'उफ़,' उसने अपने होंठों को साफ़ करते हुए कहा। 'अगर पवित्र लड़ाकों के लिए दाढ़ी एक तरह का फ़ैशन है तो मैं उस ताक़त को सलाम करता हूं जो मुझे नास्तिक बनाती है और एक कायर भी!'

उसके बालों की लटों में कुछ ज़्यादा सफ़ेदी दिखने लगी थी। नीली आंखें और अधिक थकी हुई दिख रही थीं और कुछ ज़्यादा ही सुर्ख़। फिर भी उसकी भौंहों में वह कुटिल शरारत मौज़ूद थी, जिसे मैं जानता था और जिससे मुझे प्यार था। वह वही व्यक्ति था, उसी शहर में और घर लौटकर अच्छा लग रहा था।

'हैलो लिन,' कविता ने डिडियर को परे धकेलकर मुझे गले लगाते हुए कहा।

वह ख़ूबसूरत थी। उसके काले-घने भूरे बाल बिखरे हुए थे। पीठ सीधी और आंखें साफ़ थीं। और जब उसने मुझे पकड़ा तो उसका दोस्ताना स्पर्श, अफ़गानिस्तान के ख़ून और सर्दी के बाद-राहत देने वाला था। इतना कि इतने बरस गुजर जाने के बाद भी मैं उसे महसूस कर सकता हूं।

'बैठ जाओ, बैठ जाओ!' डिडियर चिल्लाया और वेटरों को और ड्रिंक्स लाने के लिए इशारा किया।

'मैंने तो सुना था कि तुम मारे गए, लेकिन मैंने उस पर यक़ीन नहीं किया। तुम्हें देखना इतना अच्छा लग रहा है। आज हमको इतनी पीनी चाहिए कि लोग याद रखें?'

'नहीं,' मैंने अपने कंधे पर उसके दबाव का विरोध करते हुए कहा। उसके चेहरे की निराशा ने मेरी आवाज़ को हल्का कर दिया, लेकिन मेरे मिज़ाज को नहीं। 'दिन की अभी तो शुरुआत हुई है और मुझे चलना होगा। मुझे...कुछ काम करना है।'

'ठीक है,' उसने आह भरते हुए कहा। 'लेकिन तुम्हें मेरे साथ एक ड्रिंक तो लेना ही होगा। तुम्हारे भीतर के पवित्र योद्धा को इतना तो करना ही होगा, वरना यह असभ्यता होगी। आख़िरकार किसी के मौत के मुंह से लौटने का मतलब ही क्या रह जाता है, अगर वह दोस्तों के साथ शराब नहीं पी सके तो?'

'ठीक है,' मैं तैयार हो गया, लेकिन खड़ा ही रहा। 'केवल एक ड्रिंक। मैं व्हिस्की लूंगा। इसे डबल कर दो, यह मेरे लिहाज से पर्याप्त तौर पर भ्रष्ट रहेगा?'

'आह, लिन,' वह मुस्कराया, 'इस बीमार प्यारी हमारी दुनिया में मेरे लिए तुमसे ज़्यादा भ्रष्ट कोई है?'

'जहां कमज़ोर चाह है वहां राह है, डिडियर। हम उम्मीद पर तो जीते हैं।'

'बिलकुल,' उसने कहा और हम दोनों ने ठहाका लगा दिया।

'चलो मैं चलती हूं,' कविता ने मेरे गालों को चूमते हुए कहा। 'मुझे भी ऑफ़िस जाना है। चलो लिन हम साथ ही चलते हैं। तुम बहुत ज़्यादा जंगली लग रहे हो। तुम तो किसी ख़बर की तरह लग रहे हो, *यार।*'

'निश्चित तौर पर,' मैंने मुस्कराते हुए कहा। 'मेरे पास एक-दो ख़बरें हैं, लेकिन अप्रकाशनीय। शायद यह हमें रात्रिभोज तक ले जाए।'

'मैं इसका इंतज़ार करूंगी,' उसने मेरी आंखों में इतनी देर देखा कि मेरे शरीर में सनसनी फैल गई। उसने अचानक डिडियर की तरफ़ देखकर मुस्कान दी। 'डिडियर, मेरी ख़ातिर किसी के साथ तो बुरे हो जाओ। मैं यह नहीं सुनना चाहती कि लिन वापस आ गया है इसलिए तुम भावुक हो गए हो।'

वह उसे ही देखती रही और जब ड्रिंक्स आया तो डिडियर इस बात पर ज़ोर देने लगा कि मैं उसके पास बैठ जाऊं।

'मेरे प्यारे दोस्त तुम खड़े होकर खाना खा सकते हो-अगर खाना ही हो तो-और तुम खड़े होकर प्यार कर सकते हो-अगर संभव हो तो-लेकिन तुम खड़े होकर व्हिस्की नहीं पी सकते। यह गंवारों वाली हरकत होगी। वह व्यक्ति जो व्हिस्की जैसी शरीफ़ शराब को खड़े होकर पीता है, वह भी किसी अच्छी बात या किसी अच्छे उद्देश्य के लिए, तो वह जानवर कहलाएगा-एक ऐसा इंसान जो किसी भी बात के लिए रुकता नहीं है।'

इसलिए हम बैठ गए और उसने तत्काल गिलास उठाकर मेरे लिए दुआ मांगी।

'ज़िंदगी के लिए!' उसने कहा।

'और मृतकों के लिए?' मैंने गिलास टेबल पर ही रखे हुए पूछा।

'और मृतकों के लिए!' उसने मुस्कान के साथ कहा।

मैंने गिलास उठाकर उसके गिलास से टकराया और गिलास ख़ाली कर दिया।

'अब,' उसने मुस्कान को छोड़कर गंभीर होते हुए पूछा, 'समस्या क्या है?'

'तुम कहां से बात को सुनना चाहते हो?' मैंने कहा।

'नहीं, मेरे दोस्त। मैं केवल जंग के बारे में बात नहीं कर रहा हूँ। कुछ और भी बात है, तुम्हारा चेहरा बता रहा है कुछ और अधिक संकल्प भरा और मैं उसकी वजह जानना चाहता है।'

मैंने चुपचाप उसकी तरफ़ देखा और मुझे इस बात की ख़ुशी हुई कि मैं फिर ऐसे व्यक्ति के संपर्क में आ गया हूं जो मेरे चेहरे को बख़ूबी पढ़ सकता था।

'बता भी दो लिन। तुम्हारी आंखों में बहुत ज़्यादा उथल-पुथल मची हुई है। समस्या क्या है? अगर तुम इसे आसान करना चाहते हो तो शुरुआत यह बताकर कर सकते हो कि अफ़गानिस्तान में क्या हुआ।'

'क़ादर की मौत हो चुकी है,' मैंने अपने हाथ के ख़ाली गिलास की ओर देखते हुए कहा।

'नहीं!' उसने तत्काल डर और ग़म से भरी आह ली।

'हां।'

'नहीं, नहीं, नहीं। मैंने कहीं कुछ सुना होता...पूरे शहर को यह पता होता।'

'मैंने उसका शव देखा। मैं उसे खींचकर पहाड़ी के ऊपर शिविर तक ले गया। मैंने उन्हें दफ़नाने में मदद की। वह मर चुके हैं। वे सब मर चुके हैं। केवल हम ही लोग बचे हैं-नज़ीर, महमूद और मैं।'

'अब्दुल क़ादर...यह नहीं हो सकता...'

डिडियर के चेहरे का रंग उड़ चुका था। इस ख़बर सुनने के बाद उसका चेहरा ऐसा हो गया था, मानो किसी ने उसे ज़ोर से तमाचा जड़ दिया हो। वह अपनी कुर्सी पर धंस गया और उसका मुंह खुला का खुला रह गया। वह कुर्सी से एक तरफ़ गिरने लगा और मुझे लगा कि वह गिर नहीं जाए या उसे दिल का दौरा नहीं पड़ जाए।

'थोड़ा आराम से,' मैंने नर्म आवाज़ में कहा, 'मेरे सामने मत बिखरो डिडियर। तुम बहुत बुरे लग रहे हो, इससे बाहर निकलो!'

उसकी पस्त आंखें मेरी आंखों से मिलीं।

'लिन, कुछ ऐसी बातें होती हैं जो हो ही नहीं सकती। मुझे बॉम्बे में 12-13 बरस हो गए और अब्दुल क़ादर ख़ान हमेशा से होते हैं...'

उसने फिर नज़रें झुका लीं और यादों में कुछ ऐसा गुम हो गया कि उसके सिर की नस फड़फड़ाने लगी और वह होंठ चबाने लगा। मुझे चिंता होने लगी। मैं लोगों को ऐसी स्थिति में जाते हुए पहले भी देख चुका था। जेल में मैंने लोगों को डर और शर्म से ख़त्म होते देखा है और फिर एकाकीपन से मरते हुए भी। लेकिन वह एक प्रक्रिया थी, जिसमें सप्ताह, महीने या वर्ष भी लग जाते थे। डिडियर तो कुछ ही पलों में ढेर हो रहा था और मैं उसे दिल की हर धड़कन के साथ धंसता हुआ देख रहा था।

मैं उठकर उसके पास बैठ गया और बांह उसके कंधे पर रखकर उसे अपने पास खींच लिया।

'डिडियर!' मैंने कुछ कड़ी आवाज़ में कहा। 'मुझे जाना होगा। क्या तुम सुन रहे हो? मैं तो यहां अपने सामान के बारे में जानने के लिए आया था–वह सामान जो मैंने तुम्हें दिया था, जब हम नज़ीर के यहां थे, नशे से उबरने के दौर में। याद है? मैंने अपनी बाइक, मेरी एनफ़ील्ड, तुम्हारे पास छोड़ी थी। मैंने अपना पासपोर्ट, कुछ पैसा और अन्य सामान तुम्हारे पास छोड़ा था। क्या तुम्हें यह याद है? वह बहुत ज़रूरी है। मुझे वह सामान चाहिए, डिडियर। क्या तुम्हें याद है?'

'हां, बिलकुल,' अचानक सामान्य होते हुए उसने कहा। 'तुम्हारा सब सामान सुरक्षित है। उसके लिए चिंता मत करो। मेरे पास सारी चीज़ें हैं।'

'क्या तुम्हारे पास तुम्हारा मेरीवेदर रोड वाला फ़्लैट अब भी है?'

'हां।'

'क्या मेरा सामान वहीं पर रखा हुआ है? क्या तुमने मेरा सामान वहां रखा है?'

'क्या?'

'अरे यार, डिडियर! इससे बाहर निकलो। चलो। हम उठकर अब साथ में तुम्हारे फ़्लैट पर चल रहे हैं। मुझे दाढ़ी बनाना और नहाना है और फिर से सब व्यवस्थित करना है। मुझे कुछ महत्त्वपूर्ण...कुछ महत्त्वपूर्ण काम करना है। *मुझे तुम्हारी ज़रूरत है।* मुझे धोखा मत देना!'

उसने मेरी तरफ़ देखा।

'इस तरह की टिप्पणी का क्या मतलब है?' उसने गुस्से में पूछा। 'डिडियर लेवी कभी *किसी को* धोखा नहीं देता। बशर्ते कि यह अलसुबह हो। तुम जानते ही हो लिन कि अलसुबह जाग जाने वाले लोगों से मुझे कितनी नफ़रत है। ठीक उतनी ही जितनी की मुझे पुलिस से है। चलो चलते हैं!'

डिडियर के फ़्लैट में मैंने दाढ़ी बनाई और नहाकर नए कपड़े पहन लिए। डिडियर ने इस बात पर ज़ोर दिया कि मैं कुछ खा लूं। उसने एक आमलेट बनाया, जबकि मैंने पैसों के बंडल वाले अपने दोनों बक्से जांचे। उसमें तक़रीबन नौ हज़ार डॉलर, मेरी बाइक की चाबी और मेरा सबसे अच्छा नक़ली पासपोर्ट था। यह एक कैनेडाई

पासपोर्ट था, जिसमें मेरा फ़ोटो और विस्तृत जानकारी लिखी हुई थी। उसके नक़ली पर्यटक वीज़ा की अवधि समाप्त हो चुकी थी। मुझे तुरंत उसका नवीनीकरण कराना था। अगर मेरी योजना में कुछ गड़बड़ हो गई तो मुझे ढेर सारे पैसे और एक अच्छे साफ़-सुथरे पासपोर्ट की ज़रूरत पड़ेगी।

'तुम अब कहां जा रहे हो?' मुझे तेज़ी से अंतिम कौर खाता हुआ देखकर डिडियर ने पूछा। तब तक मैं प्लेट को धोने के लिए बेसिन तक पहुंच चुका था।

'सबसे पहले तो मुझे अपना पासपोर्ट दुरुस्त करना होगा,' मैंने खाना चबाते हुए कहा, 'फिर मैं मैडम झ़ू से मिलने जाने वाला हूं।'

'*क्या* कहा तुमने?'

'मैं मैडम झ़ू का हिसाब करने जा रहा हूं। मैं हिसाब बराबर करना चाहता हूं। ख़ालिद ने...' मैं चुप हो गया, ख़ालिद अंसारी के नाम ने ना जाने कितनी यादों को जगा दिया। यह तूफ़ानी बर्फ़ीली आंधी से भरी याद थी, जब मैंने उसे अंतिम बार रात में बर्फ़ में अंतिम बार जाते हुए देखा था। मैंने बड़ी मुश्किल से उसे दिमाग़ से निकाला। 'ख़ालिद ने मुझे पाकिस्तान में तुम्हारी चिट्ठी दी थी। मुझे बताने के लिए धन्यवाद। मुझे अब भी समझ नहीं आ रहा। वह आख़िर इतनी पागल क्यों हो गई कि उसने मुझे जेल में भिजवा दिया। मेरी तरफ़ से तो कुछ भी निजी मामला नहीं था। लेकिन अब मामला निजी हो चुका है। आर्थर रोड जेल में गुजारे चार महीनों ने इस रंजिश को निजी बना दिया है। यही वजह है कि मुझे बाइक चाहिए। मैं टैक्सी का इस्तेमाल नहीं करना चाहता। और यही वजह है कि मैं अपने पासपोर्ट को ठीक करवा लेना चाहता हूं। अगर पुलिसकर्मियों को कुछ पता चलता है तो मेरे पास साफ़-सुथरा पासपोर्ट होना चाहिए।'

'लेकिन तुम्हें शायद *पता* नहीं? मैडम झ़ू पर पिछले सप्ताह ही हमला हुआ था-नहीं दस दिन पहले। एक भीड़, शिवसेना के लोगों ने उसके पैलेस पर हमला बोलकर उसे तहस-नहस कर डाला था। वहां बहुत बड़ी आग लगी थी। वे इमारत के अंदर घुस गए थे और उन्होंने सबकुछ तोड़कर फिर पैलेस में आग लगा दी थी। इमारत अब भी खड़ी हुई है। सीढ़ियां और ऊपर के कमरे अब भी हैं। लेकिन वह जगह बर्बाद हो चुकी है और वह दोबारा कभी नहीं खुलेगी। वह आज नहीं तो कल उसे गिरा देंगे। इमारत ख़त्म हो गई थी, लिन और साथ ही *मैडम भी।*'

'क्या वह मर चुकी है?' मैंने दांतों को भींचते हुए पूछा।

'नहीं, वह ज़िंदा है। और लोग कहते हैं कि वह अब भी वहीं है। लेकिन उसकी ताक़त नष्ट हो गई है। उसके पास कुछ भी नहीं है। उसके पास कुछ भी नहीं है। वह भिखारी है। उसके नौकर सड़कों पर उसके लिए खाना तलाशते हुए घूमते रहते हैं, जबकि वह इमारत में उनका इंतज़ार करती रहती है। वह ख़त्म हो चुकी है, लिन।'

'नहीं, अभी नहीं।'

मैं फ़्लैट के दरवाज़े की तरफ़ गया और वह दौड़कर मेरे पास आया। मैंने उसे इससे तेज़ दौड़ते हुए कभी नहीं देखा था और मैं मुस्करा दिया।

'लिन, कृपया क्या तुम अपने क़दम पर दोबारा विचार नहीं करोगे? हम यहां साथ में बैठ सकते हैं, एक या दो बोतलें पीते हैं, *नहीं?* तुम शांत हो जाओगे।'

'मैं अभी पर्याप्त रूप से शांत हूं,' मैंने उसकी चिंता देखते हुए मुस्कराकर कहा। 'मैं नहीं जानता...मैं क्या करने जा रहा हूं। लेकिन डिडियर मैं इस मामले को हमेशा के लिए बंद करना चाहता हूं। मैं बस...बस इसे यूं ही नहीं जाने दे सकता। मेरी इच्छा है कि काश! मैं ऐसा कर सकता, लेकिन इसमें बहुत कुछ है–मैं नहीं जानता–मेरे विचार में इससे काफ़ी–कुछ जुड़ा है।'

मैं उसे बता नहीं सकता था। यह केवल बदले से भी कहीं कुछ ज़्यादा था–मैं यह जानता था–लेकिन ख़ू, क़ादरभाई, कार्ला और मेरे बीच संबंधों का मकड़जाल, शर्म और रहस्यों व दग़ाबाजी से इतना उलझा हुआ था कि मैं इसको साफ़ तौर पर समझ नहीं पाया था और ना ही अपने दोस्त से इस बारे में बात कर सकता था।

'*अच्छा,*' उसने मेरे चेहरे पर निश्चय देखकर आह भरते हुए कहा, 'अगर तुम्हें उसके पास जाना ही है तो मैं भी तुम्हारे साथ आऊंगा।'

'नहीं, बिलकुल भी नहीं–' मैंने बोलना शुरू ही किया था कि उसने बहुत नाराज़गी भरे हाथ के इशारे से रोक दिया।

'लिन, मैं ही वह व्यक्ति हूं जिसने तुम्हें यह सबकुछ बताया...यह *भयानक* बात जो उसने तुम्हारे साथ की थी। अब मुझे तुम्हारे साथ जाना ही होगा या फिर जो कुछ भी होगा उसके लिए मैं ज़िम्मेदार रहूंगा। और तुम जानते हो, मेरे दोस्त, मैं ज़िम्मेदारी से पुलिस जितनी ही नफ़रत करता हूं।'

अध्याय 38

मुझे अब तक पता सभी सहयात्रियों में डिडियर लेवी सबसे बुरा निकला। उसने पीछे बैठकर मुझे इतना कसकर और खींचकर पकड़ा था कि बाइक चलाना मुश्किल साबित हो रहा था। जब कभी भी हम किसी कार के पास से गुज़रते या उससे आगे निकलते तो वह चीख़ता था। बहुत तेज़ मोड़ पर वह डर से चिल्लाने लगता था और मोड़ के लिए ज़रूरी बाइक के झुकाव के बावज़ूद उसे ताक़त लगाकर सीधा करने की कोशिश करता। जब कभी भी बाइक किसी ट्रैफ़िक सिग्नल पर रुकती तो वह तत्काल दोनों पैर ज़मीन पर टिकाकर अपनी जांघ में आ रहे खिंचाव का रोना रोने लगता था। जैसे ही मैं बाइक को आगे बढ़ाता तो वह घबराकर अपने पैर बाइक में पैर रखने की जगह पर टिकने तक हड़बड़ाया सा रहता। और जब कोई टैक्सी या कार बहुत पास आ जाती थी तो वह उसे लात मारकर दूर करने की कोशिश करता था और घूंसा दिखाकर अपने गुस्से का इज़हार करता था। जब हम अपने ठिकाने पर पहुंचे तो मेरे गणित के मुताबिक़, डिडियर के साथ तेज़ ट्रैफ़िक के बीच तीस मिनट की सवारी, अफ़गानिस्तान में एक महीने की गोलीबारी जितनी ही ख़तरनाक थी।

मैंने अपने श्रीलंकाई दोस्तों विल्लू और कृष्णा द्वारा चलाई जाने वाली फ़ैक्टरी के बाहर बाइक रोक दी। कुछ तो गड़बड़ लग रहा था। वहां पर लगे बोर्ड बदल चुके थे और सामने के दोहरे दरवाज़े खुले हुए थे। मैंने सीढ़ियों से ऊपर जाकर भीतर झांका तो वहां पासपोर्ट वर्कशॉप का कहीं कोई नामोनिशान नहीं था। उसकी जगह फूलों के हार बनाने की जगह ने ले ली थी।

'क्या कुछ गड़बड़ है?' मेरे बाइक पर बैठकर किक लगाते ही डिडियर ने पूछा।

'हां। हमें एक और जगह पर रुकना होगा। वे यहां से कहीं और चले गए हैं। नए वर्कशॉप का पता जानने के लिए मुझे अब्दुल से मिलना होगा।'

'चलो,' उसने मुझे ऐसे कसकर पकड़ा मानो हम कोई पैराशूट साझा कर रहे हों। 'दुस्वप्न, जारी है!'

कुछ मिनट बाद मैंने उसे अब्दुल ग़नी के मकान के बाहर बाइक के पास छोड़ दिया। सड़क की ओर के दरवाज़े पर खड़े चौकीदार ने मुझे पहचान लिया और उसने नाटकीय अंदाज़ में मुझे सलामी दी। मैंने उसके दूसरे हाथ में बीस रुपये का नोट रखा और उसने दरवाज़ा खोल दिया। मैं बेहद ठंडे और छायादार स्वागत कक्ष में पहुंचा,

जहां दो नौकरों ने मेरा स्वागत किया। वे मुझे अच्छी तरह से जानते थे और मुझे ऊपर की मंज़िल पर ले जाते हुए मुस्कराते रहे और मेरे बालों, मेरे कम हो चुके वज़न पर हल्की-फुल्की टिप्पणियां भी कीं। उनमें से एक ने अब्दुल ग़नी के अध्ययन कक्ष का दरवाज़ा खटखटाया और फिर कान लगाकर भीतर से आवाज़ का इंतज़ार करने लगा।

'आओ!' ग़नी ने भीतर से आवाज़ लगाई।

नौकर ने भीतर आकर दरवाज़ा बंद किया और फिर कुछ देर बाद चला गया। उसने मुझे देखकर सिर हिलाया और दरवाज़ा पूरा खोल दिया। मैं भीतर गया और दरवाज़ा बंद हो गया। बड़ी कमानीदार खिड़कियों से तेज़ धूप आ रही थी और जालियों के साये फ़र्श पर गिर रहे थे। अब्दुल खिड़की के पास कुर्सी पर बैठा था। केवल उसके मोटे हाथ दिखाई दे रहे थे।

'तो यह सच है।'

'क्या सच है?' मैंने उसकी कुर्सी के सामने आते हुए पूछा। मुझे यह देखकर हैरानी हुई कि क़ादर का पुराना मित्र नौ महीने में कितना बूढ़ा हो गया था। घने बाल कुछ काले कुछ सफ़ेद हो चुके थे और उसकी भौंहें तो चांदी की तरह चमक रही थीं। उसकी तेज़ नाक के आस-पास झुर्रियां आ चुकी थीं, जो उसके होंठों तक जा रही थीं। उसके बेहद ख़ूबसूरत होंठ बर्फ़ीले पहाड़ों के नज़ीर के होंठों जैसे फट चुके थे। उनकी आंखों के नीचे मांस लटक रहा था, जो मुझे उस पागल हबीब की याद दिला रहा था। उसकी हंसने वाली सुनहरी आंखें अब बेजान सी हो चुकी थीं।

'तुम यहां आ चुके हो,' उसने बिना मेरी तरफ़ देखे जाने-पहचाने ऑक्सफ़ोर्ड की अंग्रेज़ी के लहजे में कहा, 'और *यह* सच्चाई है। क़ादर कहां हैं?'

'अब्दुल, माफ़ी चाहूंगा-वह मर चुके हैं।' मैंने तुरंत जवाब दे डाला। 'उन्हें रूसियों ने मार डाला। चमन से वापसी के दौरान वह कुछ घोड़े देने के लिए अपने गांव जाने की कोशिश कर रहे थे।'

अब्दुल सीना थामकर छोटे बच्चों की तरह रोने लगा। उसकी बड़ी आंखों से आंसुओं की धार लग गई। कुछ देर बाद उसने संभलते हुए मेरी तरफ़ देखा।

'तुम्हारे साथ बचा कौन है?' उसने मुंह खुला रखकर पूछा।

'नज़ीर...महमूद और एक बच्चा अलाउद्दीन, बस हम चार लोग ही बचे हैं।'

'ख़ालिद नहीं? ख़ालिद कहां है?'

'वह... अंतिम रात को बर्फ़ में चला गया और कभी लौटकर ही नहीं आया। लोगों ने बताया कि बाद में दूर से कहीं से गोली चलने की आवाज़ आई थी। मुझे नहीं पता कि क्या वह ख़ालिद पर गोलियां चला रहे थे...मैं नहीं जानता उसके साथ क्या हुआ।'

'तो फिर वह नज़ीर ही होगा...' वह धीरे से बोले।

रोना दोबारा शुरू हो गया और उसने चेहरा अपनी मोटे हथेलियों में छिपा लिया। मैं अहसज होकर उसे देखता रहा। मुझे समझ ही नहीं आ रहा था कि क्या करूं या क्या कहूं। जबसे मैंने पहाड़ों के बर्फ़ीले ढलान पर क़ादर के शव को दफ़न किया था, मैं यह सच्चाई स्वीकारने को तैयार ही नहीं हो सका था कि वह मर चुके हैं। और मैं अब भी क़ादर ख़ान से नाराज़ था। जब तक वह गुस्सा मेरे सीने में था, क़ादर को प्यार करने या उसकी मौत पर रुदन करने का कोई सवाल ही नहीं उठता था। जब तक मैं गुस्सा था, मैं ग़नी की तरह अपनेपन के साथ उनके लिए शोक नहीं मना सकता था। जब तक मैं गुस्सा था, मैं अपने काम पर एकाग्र हो सकता था-कृष्णा, विल्लू और पासपोर्ट वर्कशॉप के बारे में जानकारी हासिल करना। मैं बस उससे इस बारे में पूछने ही वाला था कि वह बोल पड़ा।

'तुम जानते हो हमें इसकी, क़ादर के नायक के श्राप की, क्या क़ीमत चुकानी पड़ी-उनकी... उनकी अनमोल ज़िंदगी के अलावा? लाखों। यह जंग लड़ने की लागत लाखों में थी। हम कई बरसों से इसे किसी न किसी तरह से समर्थन दे रहे थे। तुम्हें लग सकता है कि हम इसका भार उठा सकते थे। आख़िरकार यह रक़म इतनी भी बड़ी नहीं है। लेकिन तुम ग़लत हो। कोई भी संस्थान ऐसा नहीं है जो क़ादर जैसे पागल नायक के अभिशाप को समर्थन दे। और मैं उसका दिमाग़ नहीं बदल सका। मैं क़ादर को नहीं बचा सका। क्या तुम्हें नहीं दिखता कि उनके लिए पैसे की कोई क़ीमत नहीं थी? तुम उस व्यक्ति के साथ तर्क कर ही नहीं सकते जिसकी नज़र में पैसे और उसकी क़ीमत का कोई महत्त्व ही नहीं हो। यह एक ऐसी बात है, जो सभी सभ्य लोगों में एक समान है, तुम्हें ऐसा नहीं लगता? अगर पैसे का कोई अर्थ ही नहीं है तो कोई सभ्यता ही नहीं है। कुछ भी नहीं।

वह कुछ अनजान सी बातें बड़बड़ाने लगा। उसकी आंखों से आंसू झरकर उसकी गोद में गिरते ही जा रहे थे।

'अब्दुलभाई,' मैंने कुछ देर बाद कहा।

'क्या? कब? क्या *अभी?*' मेरे पूछते ही उनकी चमकती आंखों में अचानक आतंक की झलक देखी। उनका निचला होंठ मुड़ गया और उनके चेहरे पर ऐसी दुर्भावना दिखने लगी, जो मैंने पहले कभी देखी नहीं थी।

'अब्दुलभाई मैं जानना चाहता हूं कि आपने वर्कशॉप कहां स्थानांतरित कर दी है। कृष्णा और विल्लू कहां हैं? मैं पुरानी वर्कशॉप पर गया था, लेकिन वहां कोई भी नहीं था। मुझे अपने पासपोर्ट पर कुछ काम कराना है। मुझे जानना है कि अब काम कहां पर होता है।'

भय अब एक जगह सिमट चुका था और वह अब झलकने लगा था। उसके चेहरे पर पुरानी मुस्कान आ चुकी थी और उसकी आंखें बड़े ध्यान से मुझे देख रही थीं।

'*निश्चित* तौर पर तुम जानना चाहते हो,' उसने आंसुओं को पोंछते हुए कहा। 'यह ठीक यहीं है, लिन, इसी घर में। हमने तहख़ाने को दोबारा बनाकर उसे यहां

पर शुरू कर दिया। किचन के फ़र्श में एक गुप्त दरवाज़ा है। इकबाल तुम्हें रास्ता बता देगा। लोग वहां पर अभी काम कर रहे हैं।'

कुछ पल के लिए हिचकिचाकर मैंने कहा, 'धन्यवाद। मुझे एक काम करना है, लेकिन...मैं आज रात या कल वापस लौटूंगा। मैं तब आपसे मिलूंगा।'

'इंशाअल्ला,' उसने दोबारा मुंह खिड़की की तरफ़ फेरते हुए कहा। 'इंशाअल्ला।'

मैं नीचे किचन में गया और गुप्त दरवाज़ा खोला। कुछ दर्जन सीढ़ियों के बाद मैं रोशनी से चकाचौंध तहख़ाने में पहुंच गया। कृष्णा और विल्लू ने ख़ुश होकर मेरा स्वागत किया और तत्काल मेरे पासपोर्ट पर काम शुरू कर दिया। जालसाजी की चुनौती की तुलना में उन्हें बहुत कम बातें उत्साहित कर पाती थीं और वे दोनों इस काम के लिए सर्वश्रेष्ठ तरीक़े को लेकर कुछ देर तक बहस करते रहे।

वे जब काम कर रहे थे, तो मैंने ग़नी की नई वर्कशॉप देखी। यह बड़ी जगह थी–अब्दुल ग़नी के मकान के तलमंज़िल से भी बड़ी। मैंने तक़रीबन तीस से पचास मीटर तक फैली रोशनी से जगमगाते टेबलों, प्रिंटिंग मशीन्स, फ़ोटोकॉपी मशीन्स और स्टोरेज के खानों का निरीक्षण किया। मैंने अनुमान लगाया कि तहख़ाना ग़नी के मकान की तलमंज़िल से भी ज़्यादा फैला हुआ था। ऐसा लग रहा था कि उसने पड़ोस का मकान भी ख़रीद लिया था और दो तहख़ानों को मिला दिया था। मैंने मान लिया कि वहां से बाहर निकलने का दूसरा रास्ता पड़ोस के मकान से होगा। मैं सोच ही रहा था कि कृष्णा ने आवाज़ देकर मुझे बताया कि मेरा पासपोर्ट तैयार हो चुका था। मकानों के नीचे के नए इंतज़ाम से हैरानी के बीच मैंने मन ही मन संकल्प लिया कि जैसे ही मैं लौटूंगा पूरे वर्कशॉप का अच्छी तरह से निरीक्षण करूंगा।

'तुम्हें इंतज़ार कराने के लिए माफ़ी चाहूंगा,' बाइक के पास खड़े डिडियर के पास लौटते ही मैंने कहा। 'मुझे अनुमान से कुछ ज़्यादा ही वक़्त लग गया। लेकिन मेरा पासपोर्ट तैयार हो चुका है। अब हम सीधे मैडम झू के पास जा सकते हैं।'

'जल्दबाजी मत करो, लिन,' डिडियर ने ट्रैफ़िक के बीच मुझे कसकर पकड़ते हुए कहा। 'सबसे अच्छा बदला, सबसे अच्छे सेक्स की ही तरह, बहुत धीरे-धीरे किया जाता है और आंखें खुली रखकर।'

'कार्ला?' मैंने ट्रैफ़िक के बीच गाड़ी को गति देते हुए पूछा।

'*नहीं*, मुझे लगता है कि यह मेरा है! लेकिन... लेकिन मैं पूरे विश्वास के साथ नहीं कह सकता।' उसने भी चिल्लाकर जवाब दिया और हम दोनों उसके प्रति प्यार को लेकर ठहाका लगाने लगे।

मैंने पैलेस से एक इमारत पहले की इमारत के पास बाइक को खड़ा कर दिया। हम सड़क पर दूसरी ओर चलने लगे। हम यह देखना चाह रहे थे कि क्या पैलेस में कुछ गतिविधि दिख रही है। पैलेस का बाहरी हिस्सा सुरक्षित दिखाई दे रहा था, हालांकि खिड़कियों और मुख्य दरवाज़े की सलाखें बता रही थीं कि भीड़ ने भीतर

क्या तबाही मचाई थी। हम मुड़े और दोबारा उसके सामने से गुज़रे। हम भीतर घुसने का रास्ता खोज रहे थे।

'अगर वह भीतर है तो और अगर उसके नौकर उसके लिए खाना ला रहे होंगे, तो वे *उस* दरवाज़े से तो नहीं आते-जाते होंगे।'

'बिलकुल, ठीक मेरा भी यही विचार है,' मैंने सहमति जताई। 'भीतर जाने का कोई और रास्ता होना चाहिए।'

हमने एक संकरी गली खोजी जो इमारत के पीछे की ओर थी। सामने के साफ़-सुथरे रास्ते की तुलना में पीछे की गली बहुत ही गंदी थी। हम कचरे और तेल से सने अनजान क़िस्म के कचरे के बीच से संभलकर गुजर रहे थे। मैंने डिडियर की ओर देखा और उसके चेहरे के भाव देखकर अंदाज़ा लगाने लगा कि इस बदबू से निज़ात पाने के लिए उसे कितनी ड्रिंक्स लेना पड़ेंगी। गली के दोनों ओर की दीवारें और बाड़ पत्थर, ईंट और सीमेंट से बनी हुई थी। कई जगह पर दरारें आ चुकी थीं, जिन्हें जैसे-तैसे जोड़कर रखा गया था।

कोने से इमारत दर इमारत गिनते हुए हम पैलेस के ठीक पीछे आ गए और एक छोटे से लकड़ी के दरवाज़े को धक्का दिया, जो पत्थर की एक ऊंची दीवार में बना हुआ था। दरवाज़ा छूते ही खुल गया और हम पिछले अहाते में पहुंच गए, जो भीड़ के हमले से पहले निश्चित तौर पर विलासितापूर्ण सुंदर ठिकाना रहा होगा। मिट्टी के बड़े-बड़े बर्तन गिराकर तोड़ दिए गए थे। उनकी मिट्टी और फूल ज़मीन पर मिलकर बिखरे पड़े थे। बगीचे का सामान भी तोड़ दिया गया था। कई जगह पर टाइल्स भी टूट चुकी थी, मानो उन पर हथौड़े से हमला किया गया हो।

घर में ले जाने वाला एक काला दरवाज़ा हमें दिखाई दिया। वह खुला हुआ था और चरमराने की शिकायती आवाज़ के साथ खुल गया।

'तुम यहीं ठहरो,' मेरे लहज़े ने उसके विरोध की कोई गुंजाइश ही नहीं रखी। 'मेरे लिए यहां पर नज़र रखो। अगर कोई इस दरवाज़े से आता है तो उसको कुछ देर रोककर मुझे इशारा कर देना।'

'जैसा तुम कहो,' उसने आह भरकर कहा। 'बहुत ज़्यादा वक़्त मत लेना। मुझे यहां अच्छा नहीं लग रहा। तुम्हें *कामयाबी* मिले।'

मैं भीतर घुसा। दरवाज़ा मेरे पीछे बंद हो गया और मुझे लगा कि मुझे साथ में टॉर्च लाना चाहिए था। बहुत अंधेरा था और पूरा फ़र्श टूटी हुई प्लेटों, बर्तनों, तवों और टूटे हुए फ़र्नीचर और खंभों के साथ बर्तनों से पटा पड़ा था। मैं धीरे-धीरे क़दम बढ़ाते हुए निचली मंज़िल के रसोईघर से होते हुए एक बड़े घर के भीतर ले जाने वाले गलियारे में पहुंचा। मैं जला दिए गए कुछ कमरों के सामने से गुजरा। एक कमरे में तो इतनी भीषण आग लगी होगी कि उसका फ़र्श ही ग़ायब था और सरिये किसी जले हुए जानवर की हड्डियों के कंकाल की तरह दिखाई दे रहे थे।

घर के सामने मुझे वह सीढ़ियां मिलीं जिनसे होकर बरसों पहले मैं कार्ला के साथ लिसा कार्टर को बचाने के लिए गुजरा था। किसी वक़्त बेहद आलीशान लगने वाला दीवारों का वॉलपेपर जला और कटा-फटा हो चुका था। सीढ़ियां तक काली पड़ चुकी थीं और उसका कालीन राख़ हो चुका था। मैं पूरा वज़न देने से पहले हर एक सीढ़ी को जांचते हुए आगे बढ़ रहा था। जब मैंने आधा रास्ता पार किया तो एक सीढ़ी मेरे नीचे से गिर पड़ी और मैंने जैसे-तैसे लड़खड़ाते हुए पहली मंज़िल पर पहुंच गया।

ऊपर की मंज़िल पर अंधेरे में आंखें सामान्य करने में मुझे कुछ वक़्त लगा। कुछ वक़्त के बाद मैं फ़र्श के सुराखों को पहचान पा रहा था। आग ने घर के कुछ हिस्सों को बुरी तरह से जला दिया था जबकि कुछ हिस्से पूरी तरह से सुरक्षित थे। वह अनछुए हिस्से इतने साफ़ और मेरी याददाश्त में इतने ताज़े से थे कि उन्होंने मेरे मन में इस स्थान के लिए अज़ीब क़िस्म का अहसास जगा दिया। ऐसा लग रहा था, मानो मैं आगजनी के पहले के भूतकाल और तबाह वर्तमान के बीच चल रहा थाः मानो मेरी याददाश्त ही उस मकान के आलीशान हिस्सों को साकार कर रही थी।

चौड़े गलियारे में आगे बढ़ने के दौरान मेरा पैर अचानक फ़र्श में धंस गया और घबराकर मैंने ख़ुद को पीछे धकेला तो एक दीवार से टकराया और वह दीवार भी ढेर हो गई। मैंने ख़ुद को गिरते हुए देखा और मैं कुछ पकड़कर ख़ुद को रोकने के लिए छटपटाने लगा। मैं सोच से पहले ही ज़मीन पर गिरा और अचानक मुझे अहसास हो गया कि मैं मैडम झू के गुप्त गलियारों में आ चुका था। जिस दीवार से होकर मैं गिरा था, वह अन्य की ही तरह ठोस दिखाई दे रही थी, जबकि थी खोखली। बस लकड़ी की एक दीवार जिस पर भव्य दिखने वाला कॉम्पटन पैटर्न लगा हुआ था।

मैं खड़ा हुआ और एक बेहद संकरे गलियारे से होकर आगे बढ़ने लगा। कमरों के आकार और कोने के सहारे आगे बढ़ता रहा। गुप्त गलियारे से सटे कमरों में धातु के दरवाज़े लगाए गए थे। ऊंचे धातुई दरवाज़ों के नीचे डिब्बेनुमा सीढ़ियां थीं। सबसे नीचे की सीढ़ी से मैंने धातुई दरवाज़े पर बने दिल के आकार के छेद से कमरे में झांककर देखा। मैं उसके परे के कमरे को भी देख पा रहा था : दीवार पर एक तड़का हुआ आईना, जलकर ध्वस्त हो चुका बिस्तर और उसके पास का जंग लगा धातु का नाइटस्टैंड। मैं जहां खड़ा था, उसके ऊपर भी कुछ सीढ़ियां थीं और मेरे अनुमान के मुताबिक़ सबसे ऊपर की सीढ़ी पर झुककर वह चुपचाप सब देखती थी, देखती रहती थी।

गलियारा कई मोड़ों से होकर गुजरा और मैं दिशा भूल गया। मुझे यही समझ नहीं आ रहा था कि मैं घर के सामने की ओर हूं या पीछे की ओर। गुप्त गलियारे में एक जगह सीधी चढ़ाई आ गई और मैं तब तक ऊपर की ओर बढ़ता रहा, जब तक कि धातु की जाली ख़त्म नहीं हो गई। अंधेरे में मैं सीढ़ियों पर लड़खड़ाया। ऊपर जाते हुए मुझे एक दरवाज़ा मिला। यह बहुत छोटा लकड़ी का दरवाज़ा था-इतना

छोटा कि निश्चित तौर पर यह बच्चों के खेलने के लिए तैयार किया गया होगा। मैंने दरवाज़े को खोलने की कोशिश की। दरवाज़े की घुंडी आसानी से खुल गई। मैंने धक्का देकर दरवाज़ा खोला और अचानक तेज़ रोशनी के कारण तत्काल पीछे लौट गया।

मैं अटारी में पहुंच चुका था, जहां पर कांच की चार खिड़कियां घर की बाहर की छत तक जाती दिख रही थीं। आग इस कमरे तक पहुंची थी, लेकिन इसे नष्ट नहीं कर पाई। दीवारें काली पड़ चुकी थीं और उन पर आग की लपटों के निशान थे। फ़र्श पर कई जगह छेद हो गए थे जो कि इसमें और नीचे के कमरे की छत के बीच के अंतर को बता रही थी। लंबे कमरे के हालांकि अधिकांश हिस्से आग से अप्रभावित थे। बेहद ख़ूबसूरत गलीचों और बेदाग़ दीवारों के बीच फ़र्नीचर बिलकुल अनछुआ सा रखा हुआ था। और वहां पर एक सिंहासन जैसी कुर्सी थी, जिस पर पागलों की तरह नज़रों के साथ मैडम झू बैठी हुई थी।

जैसे ही मैं उसके पास पहुंचा तो मैंने महसूस किया कि वह मुझे नहीं अपने गुज़रे हुए वक़्त की किसी बात को नफ़रत के साथ घूर रही थी। कोई स्थान या व्यक्ति या घटना जो उसके दिमाग़ को ठीक उसी तरह से जकड़े हुए थी, जैसे कोई जंज़ीर किसी भालू को बांधकर रख देती है। उसके चेहरे पर मेकअप की भारी पर्त थी। उसका पुता हुआ चेहरा उसके अपने होंठों से काफ़ी बड़ा था। उसकी भौंहें वास्तविक आकार से बड़ी थीं। गाल उसके नीचे की हड्डियों की तुलना में बहुत उठे हुए थे। जब मैं उसके बहुत पास पहुंचा तो मैंने देखा कि उसके मुंह के कोने से उसकी गोद में लार टपक रही थी, बूंद-दर-बूंद। शराब की गंध, शुद्ध जिन की गंध उसके शरीर से आ रही थी और वह अन्य बदबूओं के बीच और घिनौनी लग रही थी। उसके बाल लगभग विग ने छिपा लिए थे। विग थोड़ा सा लटक रहा था, जिसके पीछे से उसके सफ़ेद बाल दिखाई दे रहे थे। उसने एक हरा सिल्क का चीनी गाउन पहन रखा था और इसने उसके गले को लगभग ठोड़ी तक ढंक रखा था। उसके पैर मुड़े हुए थे और कुर्सी के बगल में एक छोटी कुर्सी पर रखे हुए थे। उसके पैर बच्चों के पैरों की तरह छोटे थे, जो नर्म रेशमी स्लीपरों में क़ैद थे। उसके हाथ, उसके भावहीन चेहरे की ही तरह बेजान थे और उसकी गोद में कुछ ऐसे पड़े थे, जैसे कि समंदर की लहरों से बहकर कोई वस्तु किनारे पर पड़ी होती है।

उसकी उम्र या राष्ट्रीयता बता पाना मेरे लिए नामुमकिन था। शायद वह स्पेनिश हो। वह रूसी भी हो सकती थी। वह कुछ हद तक भारतीय या चीनी या यहां तक ग्रीक भी हो सकती थी। कार्ला ठीक कहा करती थी-वह किसी जमाने में ख़ूबसूरत थी। यह इस तरह की ख़ूबसूरती थी, जो कई छोटी-छोटी बातों को मिलाकर तैयार होती है, ना किसी एक ख़ास बात की वजह से : एक ख़ूबसूरती जो दिल की बज़ाय आंखों को प्रभावित करती है। वह ख़ूबसूरती जो अगर भीतर की अच्छाई से पाली-पोसी नहीं जाए तो कड़वाहट भरी हो जाती है। और उस वक़्त वह ख़ूबसूरत नहीं थी। वह बदसूरत थी। और डिडियर भी सही कहता था : वह हारी हुई, टूट चुकी और

ख़त्म हो चुकी थी। वह एक काली झील पर तैर रही थी और जल्द ही वह काला पानी उसे भीतर खींच लेगा। उसके दिमाग़ में गहरा सन्नाटा था और जहां कभी उसकी क्रूर और ज़िंदगी से खेल करने वाली योजनाएं बनती थीं, अब बस सूनापन था।

मैं एक ऐसी जगह खड़ा था, जहां से मैं उसे दिखाई नहीं दे रहा था। उस पल मैं इस बात से हैरान था कि मुझे कोई गुस्सा या बदला लेने की इच्छा नहीं हो रही थी, हां इस बात पर शर्म महसूस हो रही थी। मेरे भीतर का वह हिस्सा जो चाहता था–*क्या? क्या मैं उसे वाक़ई मारना चाहता था?*–वही हिस्सा था जो बताता था कि मैं उसकी ही तरह था। मैंने उसकी तरफ़ देखा और मैं जान गया कि अगर मैंने अपने दिल से प्रतिशोध की भावना को नहीं निकाला तो मैं अपनी ही तरफ़ देख रहा हूं, अपने भविष्य की ओर और अपनी नियति की ओर।

और मैं जान गया कि जो बदला मैं लेना चाहता था और जिसकी मैंने पाकिस्तान में सेहत में सुधार के वक़्त योजना बनाई थी, केवल उसका नहीं था, महज़ उसका नहीं था। मैं तो ख़ुद पर और उस अपराध बोध पर ही हमला बोल रहा था, जिसका मुझे उस शर्म भरे पल में उसकी तरफ़ देखकर अहसास हो रहा था। यह एक अपराध बोध था, जो मैं क़ादर की मौत के लिए महसूस कर रहा था। मैं उनका अमेरिकी था–लड़ाकू कबीलों के मुखिया और लुटेरों के ख़िलाफ़ ज़िंदगी का रखवाला। जब वह अपने गांव में घोड़े ले जा रहे थे, अगर मैं उनके साथ होता, जैसा कि मुझे होना चाहिए था, तो शायद दुश्मनों ने उन पर गोलियां नहीं चलाई होतीं।

यह बेवकूफ़ी भरा था और अधिकांश अपराध बोधों की ही तरह यह केवल आधी हक़ीक़त को ही बयां करता था। क़ादर के इर्द-गिर्द मुर्दा पड़े कुछ लोगों के शरीर पर रूसी सेना का गणवेश और हथियार थे। नज़ीर ने मुझे यह बात बताई थी। मेरा वहां होना शायद परिस्थिति को नहीं बदल पाता। वे शायद मुझे गिरफ़्तार कर लेते या मार डालते और क़ादर के लिए तो परिणाम वही होता। लेकिन बर्फ़ के बीच उनके मृत चेहरे को देखने के बाद से ही दिल की गहराइयों में मुझे जो अपराध बोध महसूस हो रहा था, उसमें तर्क के लिए कोई जगह नहीं थी। एक बार ऐसा हो जाने के बाद मैं शर्मिंदगी से निज़ात ही नहीं पा सका था। और आरोप और असंतोष भरे दुख ने मुझे बदल डाला। मैंने अपने हाथ से बदले का वह पत्थर गिरते देखा, जो मैं मारना चाहता था। मुझे अपने भीतर रोशनी सी महसूस हुई। एक इस तरह की रोशनी जिसने मुझे ऊपर उठा दिया। और मैं आज़ाद महसूस करने लगा–इतना आज़ाद कि मैडम झू पर दया कर सकूं और उसे माफ़ तक कर सकूं। और फिर मैंने चीख़ की आवाज़ सुनी।

किसी जंगली सुअर की तरह बारीक़ दिल को चीर देने वाली चीख़। मैं वक़्त रहते घूमा और मैंने देखा कि मैडम झू का नौकर मेरी तरफ़ पूरी गति से दौड़ता चला आ रहा है। उसके हमले से मेरे पैर उखड़ गए और उसकी बांहें मेरे सीने पर लिपटी थीं और मैं पीछे की ओर लड़खड़ाया और हम दोनों पहले अटारी की खिड़की से टकराकर लटक गए। मैं खुले नीले आसमान के नीचे उस पागल नौकर और उसके

पीछे घर के छज्जे को देख रहा था। मुझे अचानक सिर के ऊपर और पीछे की ओर से ख़ून गिरने का अहसास हुआ। दरअसल वहां पर खिड़की के कांच से घाव हो गया था। मैं सिर को इधर-उधर हिलाकर अपनी आंखों को बचाने की कोशिश कर रहा था। राजन मुझे पकड़कर आगे बढ़ने की कोशिश कर रहा था, लेकिन उसे गति नहीं मिल पा रही थी। यह समझने में मुझे एक पल का वक़्त लगा कि वह मुझे खिड़की से धकेलकर नीचे गिराना चाहता है। हम दोनों को ज़ोर से नीचे गिराना चाहता था। और यह होता हुआ भी दिख रहा था। मैं उसके प्रयासों के चलते अपने पैरों को उखड़ता हुआ महसूस कर रहा था और मैं खिड़की से कुछ और बाहर व नीचे की ओर खिसक गया।

मैंने खिड़की की चौखट को पकड़ा और पूरी ताक़त झोंककर दोबारा कमरे में आ गया। राजन पीछे की ओर गिरा, लेकिन दोबारा खड़े होकर तूफ़ानी गति से मेरी तरफ़ दौड़ा। उसे रोकने का कोई रास्ता ही नहीं था और हम दोनों फिर एक बार जानलेवा कुश्ती में गुत्थमगुत्था हो गए। उसने मेरे गले को जकड़ लिया। मेरा बायां हाथ उसके चेहरे पर आंखों को तलाश रहा था। उसके लंबे नाख़ून तीखे थे और वे मेरी गर्दन की त्वचा में धंस रहे थे। दर्द से चिल्लाते हुए मेरे बाएं हाथ में उसका कान लग गया और मैंने उसे अपनी तरफ़ खींचकर सिर से ज़ोरदार टक्कर मारी। मैंने अपना घूंसा उसके चेहरे पर चलाया, छह, सात, आठ बार, जब तक कि उसने मुझे छोड़ नहीं दिया। मैंने उसका आधा कान उखाड़ दिया था।

वह पीछे की ओर गिरा और वहीं खड़ा रहा। हांफते हुए वह मुझे घूर रहा था। उसके चेहरे पर किसी भी तर्क या डर से परे नफ़रत झलक रही थी। उसका चेहरा ख़ून से सना था। उसके होंठ टूटे दांत के पास फट चुके थे और उसकी एक आंख के ऊपर बड़ा सा कट लग चुका था। जिस जगह पर वह कांच से टकराया था, वहां पर उसके सिर से ख़ून निकल रहा था। उसकी एक आंख से ख़ून निकल रहा था और मेरे ख़याल में उसकी नाक भी टूट चुकी थी। उसने मैदान छोड़ देना चाहिए था। उसे मैदान छोड़ना होगा। लेकिन उसने ऐसा नहीं किया।

वह चीख़ते हुए मेरी तरफ़ दौड़ा। मैं बाजू में हो गया और उसके सिर के बग़ल में अपना दायां हाथ दे मारा, लेकिन उसने गिरते हुए मेरी पतलून को थाम लिया। उसकी गति ने हम दोनों को नीचे गिरा दिया और फिर वह केकड़े की तरह मुझ पर चढ़कर मेरी गर्दन तक पहुंच गया। एक बार फिर उसके नाख़ून मेरे कंधे और गले में धंसने लगे।

वह दुबला-पतला लेकिन लंबा और मज़बूत था। क़ादर की जंग में मैंने इतना ज़्यादा वज़न गंवा दिया था कि हम ताक़त के मामले में बराबरी पर थे। मैं एक बार लुढ़का फिर दोबारा, लेकिन मैं उसकी पकड़ से ख़ुद को छुड़ा नहीं पाया। उसका सिर मेरे सिर के बहुत क़रीब था और मैं उसे घूंसा तक नहीं जमा सकता था। मैंने अचानक उसका मुंह और दांत अपनी गर्दन पर महसूस किए। वह आगे बढ़ते हुए मुझे काटे जा रहा था। उसके लंबे नाख़ून पहले ही मेरे गले में छेद कर रहे थे।

मैंने नीचे की ओर हाथ किया और मेरा चाकू मेरे हाथ में लग गया। मैं खींचकर उसे ऊपर लाया और उसके शरीर में घुसा दिया। चाकू कूल्हे के ऊपर उसकी जांघ में लगा। उसने दर्द में सिर उठाया और मैंने उसके गले और कंधे के निकट चाकू मार दिया। चाकू उसके कंधे में घुस गया और उसके कंधे की हड्डी को चटखा दिया। उसने अपना गला पकड़ा और लुढ़कते हुए दीवार के पास तक पहुंच गया। उसमें लड़ने की ताक़त ख़त्म हो चुकी थी। मामला ख़त्म हो चुका था। और फिर मैंने एक चीख़ सुनी।

मैंने सिर घुमाया तो देखा कि टूटी हुई फ़र्श और नीचे के कमरे की छत के बीच से राजन बाहर निकलकर आ रहा था। बिलकुल वही इंसान था या ऐसा लग रहा था, लेकिन पूरी तरह से साबूत, किसी चोट के बग़ैर : उसी तरह से घुटा हुआ सिर, भौंहें सफाचट, सजी हुई आंखें और घास के सांप की तरह हरे रंग में रंगे लंबे नाख़ून। मैंने तुरंत मुड़कर देखा तो पाया कि मेरे द्वारा घायल राजन वहीं पड़ा हुआ था। *तो ये जुड़वां हैं,* तत्काल मेरे दिमाग़ में आया। *ऐसे दो लोग हैं। मुझे क्यों किसी ने कभी यह बात नहीं बताई?* और जैसे ही मैं मुड़ा मैंने देखा कि चीख़ता हुआ जुड़वां भाई मेरी तरफ़ लपक रहा था और इसके हाथ में तो चाकू भी था।

उसने पतले मुड़े हुए चाकू को तलवार की तरह पकड़ रखा था और मेरी तरफ दौड़ते हुए वह उसे गोल-गोल घुमा रहा था। मैंने उसे पागलों की तरह अपनी तरफ़ आने दिया और फिर नज़दीक आते ही अपना चाकू चला दिया। उसकी बांह और कंधे पर घाव हो गया, लेकिन वह अब भी आसानी से चल-फिर सकता था। उसका चाकू मेरी तरफ़ आया। वह तेज़ था-पर्याप्त रूप से तेज़ और उसने मेरी बांह में घाव कर दिया। घाव से तेज़ी से ख़ून बहने लगा और मेरे भीतर गुस्से की ज्वाला धधकने लगी। मैंने उस पर दाएं हाथ से घूंसा जमाते हुए चाकू से ताबड़तोड़ वार कर दिए। और फिर अचानक एक कालिख भरा, ख़ून से सना दर्द मेरे सिर के पीछे उभरा और मैं समझ गया कि किसी ने मुझ पर पीछे से वार किया है। मैं दोनों से दूर जाकर घुमा तो मैंने देखा कि घायल राजन का शर्ट उसके ख़ून से लाल था और उसके हाथ में लकड़ी का एक डंडा था। उसके हमले से मेरा सिर भनभना रहा था। मेरे सिर, मेरी बांह, मेरे कंधे और मेरे हाथ से ख़ून बह रहा था। जुड़वां भाइयों ने दोबारा चीख़ना शुरू कर दिया और मैं समझ गया था कि वह अब हमला बोलने वाले हैं। यह भीषण लड़ाई शुरू होने के बाद पहली बार मेरे दिलोदिमाग़ में संदेह का साया छा गया था : *मैं शायद इस मुक़ाबले को नहीं जीत पाऊंगा...*

मैं उनकी तरफ़ देखकर मुस्कराया और उनके हमले का सामना करने के लिए मुट्ठी को ऊपर की ओर तान दिया और बाएं पैर को आगे कर दिया। ठीक है, मैंने सोचा, *हो ही जाने दो। मामला ख़त्म करो।* हाथ में लकड़ी का डंडा थामे रखने वाले राजन ने डंडा मुझ पर चलाया, जिसे मैंने हाथ से रोक दिया। यह मेरे कंधे पर ज़ोरों से लगा लेकिन मैंने अपना दायां घूंसा पूरी ताक़त के साथ उसके मुंह पर दे मारा। वह पीछे कटे हुए पेड़ की तरह चित्त हो गया। उसके भाई ने मेरे चेहरे की तरफ़ चाकू

चलाया। मैंने झुककर बचने का प्रयास किया, लेकिन चाकू ने मेरे सिर के पीछे गर्दन के ऊपर घाव कर दिया। मैं उसके नीचे आया और मैंने अपना चाकू उसके कंधे के आर-पार कर दिया। वैसे मैं उसके सीने को निशाना बनाना चाहता था, लेकिन यह वार भी कारगर रहा, क्योंकि उसकी बांह पूरी तरह से लटक गई और वह घबराकर मुझसे दूर भाग गया।

बरसों से दबाया गुस्सा बाहर निकल आया : जेल का सारा गुस्सा जिसे मैंने अपने अफ़सोस भरे आत्म-नियंत्रण से दबा रखा था। मेरे सिर पर लगे घावों से रिसता ख़ून मेरे गुस्से का तरल रूप था। अचानक गुस्से से भरी ताक़त मेरी बांहों, कंधों और पीठ की मांसपेशियों में दौड़ गई। मैंने राजन और उसके जुड़वां भाई से लेकर कुर्सी में पड़ी चेतनाहीन व्यक्ति को देखा, *इन सबको मार डालो*, मैंने सोचा और दांतों को भींचते हुए चिल्लाया, *मैं इन सबको मार डालूंगा।*

अचानक मैंने किसी को अपना नाम पुकारते हुए सुना। कोई मुझे उस नर्क की कगार से वापस बुला रहा था, जिससे हबीब और उसके जैसे तमाम लोग नर्क में गिर चुके थे।

'लिन! तुम कहां हो लिन?'

'मैं यहां हूं डिडियर!' मैंने चिल्लाकर जवाब दिया। 'यहां अटारी पर। तुम बहुत पास में हो। क्या तुम मुझे सुन सकते हो?'

'हां तुम्हें सुन सकता हूं,' उसने चिल्लाकर जवाब दिया। 'मैं तुरंत आ रहा हूं।'

'संभलकर,' मैंने हांफते हुए कहा। 'यहां दो लोग हैं और वे...वे... दोस्ताना नहीं हैं।'

मैंने उसके क़दमों की आवाज़ सुनी और अंधेरे में लड़खड़ाने पर गालियां देते हुए भी सुना। उसने छोटे दरवाज़े को धकेला और कमरे के भीतर आ गया। उसके हाथ में एक पिस्तौल थी और मुझे उसे देखकर ख़ुशी हुई। वह पूरे दृश्य को देख रहा था और मैं उसके चेहरे को। मेरे चेहरे, हाथ और दोनों जुड़वां लोगों के शरीर पर ख़ून को। कुर्सी में बैठी निढाल आकृति को। मैंने अचानक उसके चेहरे पर हैरत के भाव को गुस्से और नफ़रत में तब्दील होते देखा। फिर मैंने एक चीख़ सुनी।

राजन का चाकू वाला भाई ख़ून जमा देने वाली चीख़ के साथ डिडियर की ओर दौड़ा। डिडियर अचानक घूमा और उसने एक गोली उसके कूल्हे के पास मार दी। वह दर्द से दोहरा होकर छटपटाने लगा। इस बीच राजन उठ खड़ा हुआ और उसने आगे आकर मैडम झू के शरीर को ढंक लिया। वह सीना तानकर डिडियर की आंखों में आंखें डाले हुए था, मानो कह रहा हो कि उसकी जान बचाने के लिए वह जान देने के लिए भी तैयार है। डिडियर ने एक क़दम आगे बढ़ाते हुए पिस्तौल राजन के सीने पर रख दी। फ्रांसीसी डिडियर का चेहरा तमतमा रहा था और उसकी आंखों में संकल्प की शांति दिखाई दे रही थी। यह था असली इंसान, उसके भीतर छिपा इस्पाती इंसान। डिडियर लेवी : बॉम्बे में सबसे क्षमतावान और ख़तरनाक व्यक्ति।

'क्या तुम यह करना चाहोगे?' उसने कठोर चेहरे के साथ मुझसे पूछा।

'नहीं।'

'नहीं?' उसने राजन पर आंखें जमाए हुए ही पूछा। 'अपनी हालत देखो। देखो कि उन्होंने क्या किया है, लिन। तुम्हें उन्हें गोली मार देना चाहिए।'

'नहीं।'

'तुम्हें कम से कम उन्हें घायल तो कर ही देना चाहिए।'

'नहीं।'

'इन लोगों को ज़िंदा छोड़ देना ख़तरनाक है। तुम्हारा इन लोगों के साथ पुराना नाता... अच्छा नहीं रहा है।'

'कोई बात नहीं,' मैं बोला।

'तुम्हें उनमें से कम से कम *एक* को तो गोली मार देनी चाहिए, *नहीं?'*

'नहीं।'

'कोई बात नहीं। फिर मैं तुम्हारी ख़ातिर उन्हें गोली से उड़ा दूंगा।'

'नहीं,' मैंने ज़ोर देकर कहा। मैं डिडियर का अहसानमंद था कि उसने उन्हें मुझे मारने से रोका, लेकिन इस बात के लिए ज़्यादा आभारी था कि उसने सही वक़्त पर आकर मुझे उन्हें मारने से रोक दिया। मेरे ख़ून से लाल दिमाग़ में अचानक चक्कर और राहत एक साथ आ गए और मेरा गुस्सा हवा हो गया। मेरी आंखों से शर्म के अंतिम निशान मिटने के बीच मैं कांपने लगा। 'मैं उन्हें गोली नहीं मारना चाहता...और ना ही मैं चाहता हूं कि तुम उन्हें गोली मारो। पहली बात तो मैं उनके साथ लड़ना ही नहीं चाहता। अगर वे मुझ पर हमला नहीं बोलते तो मैं ऐसा करता भी नहीं। वे वही कर रहे थे, जो मैं भी करता अगर मैं उससे प्यार करता होता। वे केवल उसकी रक्षा का प्रयास कर रहे हैं। वे मेरे ख़िलाफ़ नहीं हैं। बात मेरी नहीं है। बात उसकी सुरक्षा की है। उन्हें अकेला छोड़ दो।'

'और *उसका* क्या?'

'तुम ठीक कह रहे थे,' मैंने शांतिपूर्वक कहा। 'वह ख़त्म हो चुकी है। वह मर चुकी है। माफ़ करना मैंने तुम्हारी बात नहीं सुनी। मुझे लगता है... मुझे यह खुद देखना था।'

मैं उसकी पिस्तौल को नीचे करने की कोशिश करने लगा। राजन ने हलचल की और दर्द से दोहरा उसका जुड़वां भाई खुद को हमसे दूर ले जाने की कोशिश करने लगा। फिर मैंने डिडियर का हाथ नीचे कर दिया, जब तक कि पिस्तौल की नाल नीचे की ओर नहीं हो गई। राजन ने मेरी तरफ़ देखा। मुझे उसके चेहरे पर मौजूद हैरत और डर के भावों को राहत में बदलते हुए देखा। उसने एक बार मेरी तरफ़ देखा और फिर लंगड़ाते हुए अपने भाई के पास चला गया।

डिडियर को क़रीब रखकर मैं गुप्त गलियारे से होता हुआ कालिख भरी सीढ़ियों से नीचे उतरने लगा।

'डिडियर, मैं तुम्हारा क़र्ज़दार हूं,' मैंने अंधेरे में मुस्कराते हुए स्वीकारा।

'वो तो तुम हो ही,' उसने कहा और अचानक हमारे नीचे की सीढ़ी जवाब दे गई और हम जली और टूटी लकड़ियों के बीच से तब तक गिरते रहे, जब तक कि नीचे कठोर फ़र्श नहीं आ गया।

कार्बन भरी धूल के बीच खांसते हुए मैंने खड़े होकर अपने दोस्त को खड़ा किया। मेरी गर्दन अकड़ चुकी थी और मैं कलाइयों और कंधे पर गिरा था और दोनों में ही मोच आ चुकी थी। लेकिन बाक़ी मैं पूरी तरह से सुरक्षित दिख रहा था। डिडियर मेरे ऊपर गिरा था और मैंने उसे कराहते हुए सुना।

'भाई, तुम ठीक हो? हे भगवान क्या गिरे थे। तुम ठीक तो हो ना?'

'बस इतना,' डिडियर ने गुस्से में कहा, 'मैं उस महिला को गोली से *उड़ाने* के लिए दोबारा ऊपर जा रहा हूं!'

उसके बाद पैलेस के मलबे से बाहर निकलते हुए हम ठहाके लगाते रहे। और यह हंसी हमारे नहाने और घावों की मरहम पट्टी तक बनी रही। डिडियर ने मुझे पहनने के लिए एक साफ़ शर्ट और पतलून दी। लियोपोल्ड्स में बेहद नीरस कपड़े पहनकर आने वाले डिडियर के वार्डरोब में बेहद रंगबिरंगे कपड़े थे। उसने बताया कि अधिकांश रंग-बिरंगे कपड़े उसके उन पुरुष प्रेमियों के हैं, जो दोबारा लौटकर उसके पास नहीं आए। मुझे अचानक कार्ला की याद आ गई, जिसने मुझे वे कपड़े दिए थे जो कभी उसके प्रेमी के थे। और लियोपोल्ड्स में खाना खाने के दौरान हमारी हंसी फिर एक बार उफनकर सामने आ गई, जब डिडियर ने अपने ताज़ातरीन विफल प्रेमप्रसंग का ज़िक्र छेड़ दिया। हम हंस ही रहे थे कि विक्रम बांहें फैलाए हुए सीढ़ियों से दौड़ता हुआ आया।

'लिन!'

'विक्रम!'

उसे गले लगाने के लिए मैं सही समय पर खड़ा हो गया। अपनी बांहों से मेरे कंधों को सीधा पकड़कर उसने मेरा निरीक्षण किया। मेरे सिर और चेहरे पर लगे घावों को देखा।

'बाप रे, अरे यार तुम्हें क्या हुआ?' उसने पूछा। उसके कपड़े अब भी काले रंग के ही थे और उस पर काउबॉय का नशा अब भी सवार दिख रहा था, हालांकि अब यह नशा हल्का पड़ चुका था। मैंने अनुमान लगाया कि यह लेति का असर होगा। हालांकि यह नया रंगरूप भी उसे फब रहा था। मुझे यह देखकर राहत महसूस हुई कि उसकी प्यारी टोपी अब भी उसकी पीठ पर लंबी डोरी से लटकी हुई थी।

'तुम्हें इस दूसरे व्यक्ति की तरफ़ भी देख लेना चाहिए,' मैंने डिडियर की ओर इशारा करते हुए कहा।

'तो तुमने मुझे बताया क्यों नहीं यार कि तुम वापस आ चुके हो?'

'मैं आज ही आया हूं और व्यस्त था। लेति कैसी है?'

'वह बहुत अच्छी है, *यार*' उसने पूरे उत्साह के साथ कहा और बैठ गया। 'वह क़ार्ला और उसके नए पुरुष मित्र के साथ कारोबार की दुनिया में उतर रही है। यह मल्टीमीडिया का कारोबार। यह बहुत अच्छा होने जा रहा है।'

मैंने अपना सिर घुमाकर डिडियर की तरफ़ देखा, जिसने अपने कंधे उचका दिए और फिर गुस्से में दांत दिखाते हुए विक्रम को घूरा।

'अरे यार!' विक्रम ने चौंककर माफ़ी मांगने के अंदाज़ में कहा। 'मुझे लगा तुम्हें पता होगा। *यार*, मुझे लगा कि डिडियर ने तुम्हें बता दिया होगा।'

'कार्ला बॉम्बे लौट आई है,' विक्रम को घूरकर चुप करते हुए डिडियर ने ख़ुलासा किया। 'उसके साथ एक नया व्यक्ति है, जिसे वह अपना बॉयफ्रेंड बताती है। उसका नाम रंजीत है, लेकिन उसे जीत के नाम से पुकारा जाना बेहद पसंद है।'

'वह बुरा व्यक्ति नहीं है,' विक्रम ने उम्मीद भरी मुस्कान देते हुए कहा। 'लिन, मुझे लगता है कि वह तुम्हें भी पसंद आएगा।'

'ओह, सच में विक्रम!' डिडियर अब भी गुस्से में था।

'चलो ठीक है,' मैंने दोनों की तरफ़ मुस्कराकर देखते हुए कहा।

मैंने अपने वेटर की तरफ़ देखा और आंखों से उसे और ड्रिंक्स लाने का इशारा किया। ड्रिंक्स आने तक हम शांत थे। और फिर गिलास भरे जाते ही मैंने सलामती के एक जाम का अनुरोध किया।

'एक जाम कार्ला के नाम!' मैंने कहा। 'उसे दस बेटियां हों और सबकी अच्छी जगह पर शादियां हों!'

'एक जाम कार्ला के नाम!' सभी गिलास टकराते हुए पूरे जोश से चिल्लाए और शराब को एक ही घूंट में पी गए।

हम सलामती का तीसरा जाम पी रहे थे–शायद किसी के कुत्ते के लिए–और तभी महबूब मेलबाफ़ हंसी, शोर और चर्चाओं से भरे रेस्तरां में आया और उसने मेरी आंखों में उस नज़र से देखा, जो अब भी वहां जंग के दौरान उन बर्फ़ से ढंके पहाड़ों पर ही अटकी हुई थी।

'तुम्हें क्या हो गया?' जैसे ही मैं उसका स्वागत करने के लिए उठा, उसने मेरे चेहरे और सिर पर घाव के निशान देखकर तुरंत पूछा।

'कुछ नहीं,' मैं मुस्कराया।

'किसने किया यह?' उसकी आवाज़ में उत्तेजना थी।

'मेरी मैडम झू के लोगों के साथ झड़प हो गई थी,' मैंने जवाब दिया और वह थोड़ा शांत हुआ। 'क्यों? क्या हो गया था?'

'नज़ीर ने मुझे बताया था कि तुम यहां आओगे,' मैंने फुसफुसाते हुए कहा। 'तुमसे मिलकर ख़ुशी हुई। नज़ीर ने कहा है कि कुछ दिन के लिए तुम कहीं मत जाओ, कुछ काम मत करो। यहां एक जंग छिड़ी हुई है-गुंडों के गैंग्स के बीच। वे क़ादर की सत्ता के लिए लड़ रहे हैं। अब सब सुरक्षित नहीं है। धंधे की जगहों से दूर रहो।'

बॉम्बे में क़ादर के काले बाज़ार के कारोबार को हम स्थानीय भाषा में *धंधा* कहते थे। वे अचानक निशाने पर आ गए थे।

'क्या हुआ? यह सब क्या चल रहा है?'

'गद्दार ग़नी मारा गया,' उसने जवाब दिया। उसकी आवाज़ शांत थी, लेकिन उसकी आंखों में दृढ़संकल्प दिख रहा था। 'उसके लोग, क़ादर के गैंग में उसके लोग भी मारे जाएंगे।'

'ग़नी?'

'हां। तुम्हारे पास पैसा है क्या लिन?'

'निश्चित तौर पर,' मैंने अब्दुल ग़नी के बारे में सोचते हुए कहा। *वह पाकिस्तान से था। तो यही वज़ह होगी। पाकिस्तान की गुप्तचर पुलिस, आईएसआई, के साथ उसका ही नाता होगा। निश्चित तौर पर वही गद्दार था। निश्चित तौर पर वही था जिसने हम सबको कराची में गिरफ़्तार कराना चाहा, मार डालना चाहा। जंग के पहले की रात ख़ालिद उसी के बारे में बात कर रहा था : अब्दुल्ला नहीं, ग़नी। अब्दुल ग़नी...*

'क्या तुम्हारे पास कोई जगह है? सुरक्षित जगह?'

'क्या? हां।'

'बहुत अच्छा,' उसने मेरा हाथ गर्मजोशी के साथ मिलाते हुए कहा। 'तब मैं तुमसे *इंशाअल्ला* तीन दिन बाद यहीं पर दोपहर एक बजे मिलूंगा।'

'*इंशाअल्ला*' मैंने जवाब दिया और वह उठकर बाहर निकल गया। उसका ख़ूबसूरत चेहरा तना हुआ था और वह बहादुरी भरे क़दम उठा रहा था और उसकी पीठ तनी हुई थी।

मैं दोबारा बैठकर अपने दोस्तों से आंख मिलाने से बचता रहा, जब तक कि उनसे वह ख़ौफ नहीं निकल गया, जिसे मैं जानता था कि वे पढ़ लेंगे।

'यह क्या था?' डिडियर ने पूछा।

'कुछ नहीं,' मैंने झूठ बोलते हुए सिर हिलाकर नक़ली मुस्कान दी। उनके गिलास से टकराने के लिए मैंने अपना गिलास उठाया, 'तो हम लोग कहां थे?'

'हम रंजीत के कुत्ते को भूनने जा रहे थे,' विक्रम ने मुस्कान देते हुए याद दिलाया। 'लेकिन अगर देरी नहीं हुई हो तो मैं इसमें उसके घोड़े को भी शामिल करना चाहूंगा।'

'तुम्हें पता भी नहीं है कि उसके पास घोड़ा है या नहीं!' डिडियर ने आपत्ति उठाई।

'हमें यह भी कहां पता है कि उसके पास कुत्ता है या नहीं,' विक्रम ने कहा। 'लेकिन यह हमें रोक नहीं सकता। तो एक जाम रंजीत के कुत्ते के नाम!'

'रंजीत के कुत्ते के नाम!' हम सब चिल्लाए।

'और उसके घोड़े के नाम!' विक्रम बोला, 'और उसके पड़ोसी के घोड़े के नाम!'

'रंजीत के घोड़े के नाम!'

'और ...सभी घोड़ों के... नाम!'

'और हर कहीं पर मौज़ूद प्रेमियों के नाम,' डिडियर ने प्रस्ताव दिया।

'और हर कहीं पर मौज़ूद ...प्रेमियों के नाम...' मैंने जवाब दिया।

किसी तरह से, एक तरह से, किसी कारणवश मेरे भीतर का प्यार मर चुका था और मुझे अचानक इस बात का अहसास हुआ और मुझे अचानक इस पर यक़ीन भी हो गया। कार्ला के लिए मेरी भावनाएं पूरी तरह से ख़त्म नहीं हुई थीं। यह कभी ख़त्म नहीं होती। लेकिन अब उसमें ईर्ष्या का कोई भाव नहीं था, जो गुज़रे वक़्त जैसे हालात में मुझे रंजीत से हुई होती। उसके ख़िलाफ़ कोई गुस्सा नहीं था और कार्ला द्वारा आहत किए जाने का कोई भाव भी नहीं। मैं वहां बैठा हुआ ख़ुद को सुन्न और ख़ाली महसूस कर रहा था। मानो उस जंग, क़ादरभाई और ख़ालिद की मौत, मैडम झू और उसके दो जुड़वां नौकरों से मुक़ाबले ने मेरे दिल को बेहोशी की दवा दे दी हो।

और अब्दुल ग़नी की गद्दारी पर दिल में दर्द की बजाय हैरत की अनुभूति थी। मैं इसका वर्णन और किसी तरीक़े से कर ही नहीं सकता। और उस लगभग आध्यात्मिक विस्मय के पीछे सुस्त, कंपकंपाता हुआ घातक डर था। तब भी उसकी ग़द्दारी द्वारा हम पर थोपे गए ख़ूनी भविष्य का हमारी ज़िंदगियों में ख़ुलासा हो रहा था। मानो किसी सूखी बंजर ज़मीन पर अचानक अकाल के बीच गुलाब खिल आया हो।

अध्याय 39

मेरे अब्दुल ग़नी के घर से मैडम झू का सामना करने के लिए निकलने के एक घंटे बाद नज़ीर और उसके तीन अन्य बेहद वफ़ादार लोग ग़नी के घर के अगले दरवाज़े से ज़बर्दस्ती भीतर घुसे। उसके बाद वे सीधे उस तहख़ाने में स्थित वर्कशॉप में पहुंचे, जो दोनों घरों को जोड़ती थी। जिस वक़्त मैं मैडम झू के तबाह पैलेस में मलबे से गुज़र रहा था, काले नक़ाब पहनकर नज़ीर और उसके लोगों ने ग़नी के किचन के गुप्त दरवाज़े को खोला और उसके घर में प्रवेश कर लिया था। उन्होंने रसोइए, सहायकों, अब्दुल के दो नौकरों और श्रीलंकाई जालसाजों विल्लू और कृष्णा को कब्ज़े में ले लिया। उन सबको तहख़ाने के एक छोटे से कमरे में बंद कर दिया गया। जब मैंने पैलेस की अटारी की कालिख़ भरी सीढ़ियां चढ़कर मैडम झू को खोज निकाला था, नज़ीर ऊपर अब्दुल के भव्य अध्ययन कक्ष में घुसा और उसने उसे कुर्सी पर बैठकर रोते हुए देखा। जिस वक़्त मैंने अपने टूट चुके दुश्मन के लिए बंधी हुई मुट्ठियों को बदले की बजाय क्षमा करने के लिए खोल दिया था, नज़ीर ने हम सबको पाकिस्तान में दगा देने वाले ग़द्दार की हत्या करके क़ादर और अपना हिसाब बराबर कर लिया।

दो लोगों ने कुर्सी पर अब्दुल के हाथों को पकड़ लिया। तीसरे व्यक्ति ने उसका सिर पीछे की ओर झुकाया और उसकी आंखें खुली थीं। नज़ीर ने अपने चेहरे का नक़ाब हटाया और अब्दुल की आंखों में झांकते हुए उसके सीने में चाकू घोंप दिया। अब्दुल यह जान ही गया होगा कि उसे मरना ही होगा। वह वहां अकेला बैठकर हत्यारों का ही इंतज़ार कर रहा था। लेकिन उसकी चीख़, सुनने वालों के मुताबिक़ ऐसी लग रही थी, मानो उसे ले जाने के लिए सीधे नर्क से आई हो।

उन्होंने उसके शरीर को कुर्सी से चमकीले फ़र्श पर लुढ़का दिया। फिर जब मैं अटारी पर राजन और उसके जुड़वां भाई के साथ संघर्ष कर रहा था, नज़ीर और उसके लोगों ने मांस काटने के चाकू से अब्दुल के हाथ, पैर और सिर काट डाला। उन्होंने उसके शव के टुकड़े पूरे घर में फैला दिए, ठीक वैसे ही जैसे सपना के नाम पर हत्या करने वालों ने अब्दुल ग़नी के इशारे पर माज़िद के साथ किया था। बदले से भरे हुए दिल में कई महीनों बाद आज़ाद और हल्का महसूस करते हुए जब मैं बर्बाद पैलेस से निकल रहा था, नज़ीर और उसके लोगों ने कृष्णा, विल्लू और उसके नौकरों को छोड़ दिया–यह मानते हुए कि इन सबकी ग़नी की गद्दारी में कोई हिस्सेदारी नहीं

थी–और फिर वह ग़नी के धड़े के लोगों के शिकार पर निकल पड़े। उन्हें खोजकर मार डालने के लिए।

'ग़नी का मिज़ाज काफ़ी अरसे से बिगड़ रहा था, *यार*,' संजय कुमार ने नज़ीर की उर्दू को मेरे लिए अंग्रेज़ी में धाराप्रवाह अनुवाद करते हुए बताया। 'उसे लगा कि क़ादर पगला गया है। उसे लगता था मानो उसके सिर पर जुनून सवार हो गया है, समझे? उसके दिमाग़ में यह विचार आया कि क़ादर सारा कारोबार, सारा पैसा और परिषद में सारी ताक़त गंवाने जा रहा है। उसे लगता था कि क़ादर अफ़गानिस्तान, वहां की ज़ंग और उससे जुड़ी बातों पर बहुत ज़्यादा खर्च कर रहा था। और सभी जानते थे कि क़ादर ने अन्य अभियानों की योजनाएं भी तैयार कर रखी थीं–श्रीलंका और नाइजीरिया और वैसे ही कुछ अन्य। तो जब वह क़ादर को बातचीत के ज़रिये इस रास्ते से विचलित नहीं कर सका और वह उसे बदल नहीं सका तो उसने सपना का नया फ़ितूर खोज निकाला। सपना का पूरा मामला शुरुआत से ही ग़नी के अभियान का हिस्सा था।'

'पूरा का पूरा?' मैंने पूछा।

'निश्चित तौर पर,' संजय ने कहा। 'क़ादर और ग़नी दोनों का, लेकिन ग़नी उसका प्रभारी था। वे सपना के ख़ौफ का इस्तेमाल करके पुलिस और सरकार से अपना काम निकलवाना चाहते थे।'

'कैसे?'

'ग़नी की योजना थी कि सबको–पुलिसकर्मी और राजनीतिज्ञ व परिषद के अन्य सदस्य–एक आम दुश्मन के मामले में उलझा दो। यानी कि सपना। जब सपना के नाम का इस्तेमाल करने वालों ने पूरे शहर में लोगों की हत्याएं करना शुरू कर दिया और क्रांति की बातें करने लगे और सपना चोरों का राजा था और ऐसी ही बातें, तो हर कोई चिंतित हो गया। कोई भी नहीं जानता था कि इसके पीछे कौन है। और इस वजह से उस हरामख़ोर को पकड़ने में हमारी मदद के बदले में वह हमारे साथ काम करने के लिए तैयार हो गए। लेकिन ग़नी, उसका तो इरादा सीधे क़ादर पर ही हमला बोलने का था।'

'मैं शर्तिया तौर पर नहीं कह सकता कि वह शुरुआत से ही ऐसा चाहता था,' सलमान मस्तान ने अपने दोस्त की बात पर सिर हिलाते हुए ज़ोर देकर कहा। 'मुझे लगता है कि उसने शुरुआत हमेशा की तरह ही कि यानी कि क़ादर को पूर्ण समर्थन। लेकिन वह सपना वाला मामला–वह एक बहुत ही अज़ीबोगरीब बात थी और मुझे लगता है कि उसके कारण उसका दिमाग़ घूम गया।'

'कारण जो भी हो,' संजय ने बात को जारी रखते हुए उसकी बात को अनदेखा कर दिया। 'परिणाम समान ही है। ग़नी के पास यह गैंग था–सपना वाले लोग–उसका अपना गैंग जिसे केवल उसे ही जवाब देना था। और वे बस हत्याओं की झड़ी लगाए जा रहे थे। उनमें से अधिकांश लोग तो वही थे, जिनसे कारोबारी कारणों के चलते

वह निज़ात पाना चाहता था, जिससे मुझे कोई दिक्कत नहीं है। *यार*, तो सबकुछ ठीक चल रहा था। पूरा शहर उस पागल कातिल सपना के पीछे पागल हुए जा रहा था और क़ादर के सारे परंपरागत दुश्मनों में उसे बंदूकें और विस्फोटक बॉम्बे से बाहर ले जाने के लिए मदद करने की होड़ सी लग गई थी। क्योंकि वे सब उसे यह जानने में मदद करना चाहते थे कि यह सपना है कौन और फिर उसे ख़त्म करना चाहते थे। यह बहुत ही अज़ीबोगरीब योजना थी, लेकिन *यार* यह काम कर रही थी। फिर एक दिन एक पुलिसवाला उससे मिलने आया। यह वही पाटिल था-लिन, तुम इस व्यक्ति को जानते हो-सब इंस्पेक्टर सुरेश पाटिल। वह कोलाबा में काम किया करता था। वह इतना अधिक गंदा आदमी है, *यार*।'

'लेकिन होशियार,' सलमान ने सम्मान देते हुए कहा।

'ओह, हां, वह होशियार तो है। वह बहुत होशियार गंदा आदमी है। और उसने ग़नी को बताया कि सपना के नाम से हत्या करने वालों ने अपने ताजातरीन हत्या के मामले में घटनास्थल पर कुछ सुराग़ छोड़ दिए हैं और इसके तार क़ादर ख़ान की परिषद तक जा रहे हैं। ग़नी घबरा गया। वह अपने किए गए सारे गंदे कामों के कूड़े को अपने ही घर के दरवाज़े पर ही लौटते देख रहा था। इसलिए उसने बलि देने का फ़ैसला किया। क़ादर ख़ान की परिषद से ही कोई व्यक्ति। सीधे उसके केंद्रबिंदु पर ही हमला। ताकि सपना के नाम पर हत्या करने वाले पुलिस को दोबारा भटका सकें। उन्होंने यह निष्कर्ष निकाला कि अगर पुलिस को हमारे अपने समूह में किसी का पूरी तरह से काटा हुआ शव मिलता है तो वे यह सोचने पर मज़बूर हो जाएंगे कि सपना हमारा दुश्मन है।'

'और उसने इसके लिए माज़िद का चयन किया,' सलमान ने उसकी बात को पूरा किया। 'और यह काम कर गया। वह मामला पाटिल के ही पास था और वह उस वक़्त पर वहीं था, जब वे माज़िद के शव के टुकड़े थैली में बटोर रहे थे। वह जानता था कि माज़िद, क़ादर का कितना क़रीबी था। पाटिल के पिताजी का-वह एक बहुत ही कड़क पुलिसवाले थे *यार*- क़ादरभाई से पुराना हिसाब था। उसने उन्हें एक बार जेल में डाला था।'

'क़ादरभाई सज़ा काट चुके हैं?' मैंने कुछ निराशा के स्वर में पूछा। मुझे इस बात का अफ़सोस था कि जब हम जेल के बारे में लंबी बातचीत कर रहे थे तो मैंने यह बात कभी क़ादर से क्यों नहीं पूछी।

'निश्चित तौर पर,' सलमान ने ठहाका लगाते हुए कहा। 'वह तो जेल से भाग भी चुके हैं, आर्थर रोड जेल से।'

'तुम मेरे साथ मज़ाक़ कर रहे हो ना?'

'लिन, तुम्हें यह बात पता नहीं थी?'

'नहीं।'

'यह तो बहुत दिलचस्प कहानी है *यार,*' सलमान ने पूरे उत्साह के साथ सिर हिलाते हुए कहा। 'तुम्हें कभी यह नज़ीर से सुनना चाहिए। वह जेल से क़ादर के भागने के दौरान जेल के बाहर ही खड़ा था। ये लोग बहुत ही दीवाने क़िस्म के लोग थे। उन दिनों में नज़ीर और क़ादर, *यार।*'

संजय ने सहमति जताते हुए नज़ीर की पीठ पर धौल जमा दी। यह ठीक वही जगह थी, जहां पर नज़ीर को चोट लगी हुई थी और मैं जानता था कि इस धौल से उसे दर्द तो हुआ होगा, लेकिन उसने दर्द का कोई संकेत नहीं दिया। इसकी बजाय वह मेरा चेहरा पढ़ने की कोशिश कर रहा था। अब्दुल ग़नी की मौत और गुंडों के गैंग्स के बीच दो सप्ताह तक चली ख़ूनी जंग के बाद यह मेरे लिए पहली औपचारिक जानकारी का दौर था और माफ़िया परिषद की कमान फिर एक बार नज़ीर और क़ादर धड़े के हाथों में आ चुकी थी। गैंगवॉर में छह लोगों की जानें गई थीं। मैंने उसकी तरफ़ देखा और धीमे से सिर हिला दिया। उसका सख़्त और मुस्कान रहित चेहरा कुछ पल के लिए सौम्य हुआ और चेहरे पर फिर वही हमेशा रहने वाली कठोरता आ गई।

'बेचारा माज़िद,' संजय ने ज़ोर से आह भरते हुए कहा। 'वह बस-वह तो बस वह था क्या कहते हैं उस लाल वस्तु को? वे मछलियां?'

'रेड हेरिंग,' मैंने कहा।

'हां, वह रेड हेरिंग। पुलिस-वह पाटिल साला और उसके लोग-ने तय किया कि सपना के नाम पर हत्या करने वालों और क़ादर की परिषद के बीच कोई संबंध नहीं था। वह जानते थे कि क़ादर का माज़िद पर कितना प्यार था और उन्होंने अन्य जगहों पर तलाश शुरू कर दी। ग़नी को राहत मिल गई और कुछ अंतराल के बाद उसके लोगों ने फिर हत्या का दौर शुरू कर दिया। सब पहले जैसा हो गया।'

'क़ादर इस बारे में क्या महसूस करते थे?'

'किस बारे में?' संजय ने पूछा।

'उसका मतलब है कि माज़िद की हत्या के बारे में,' सलमान ने टोकते हुए कहा। 'है ना, लिन?'

'हां।'

अचानक मुझे तीनों लोगों के चेहरे पर कुछ हिचकिचाहट दिखी। उनके चेहरे अचानक उदास और अफ़सोस में डूब गए, मानो मैंने उनसे कोई बदतमीज़ी भरा या शर्मसार करने वाला सवाल पूछ लिया हो। लेकिन उनकी झूठ और रहस्य से दमक रही आंखें अचानक निस्तेज हो गईं।

'क़ादर इस मामले में शांत थे,' सलमान ने जवाब दिया। मुझे लगा मेरा दिल दर्द से कांप रहा है।

हम फ़ोर्ट इलाक़े के एक कॉफ़ी बार मोकेम्बो में बैठे हुए थे। यह साफ़-सुथरा था और यहां अच्छी सेवा मिलती थी और पर्याप्त रूप से आधुनिक था। यहां पर फ़ोर्ट

इलाक़े के अमीर कारोबारियों के साथ गैंगस्टर, वकील और फ़िल्मों व तेज़ी से पनपते टीवी जगत की हस्तियों को भी देखा जा सकता था। मुझे यह जगह अच्छी लगती थी और इस बात की ख़ुशी थी कि संजय ने इस जगह का चयन किया। हमने काफ़ी ज़्यादा लेकिन पौष्टिक भोजन के साथ कुल्फ़ी का आनंद ले लिया था और अब हमारे दूसरी कॉफ़ी चल रही थी। नज़ीर मेरे बग़ल में कोने में पीठ टिकाकर बैठा हुआ था और उसका चेहरा मुख्य द्वार की तरफ़ था। उसके बग़ल में बांद्रा का युवा दमदार हिंदू गैंगस्टर संजय कुमार था, जो कभी मेरा ट्रेनिंग पार्टनर हुआ करता था। उसने क़ादर की शेष माफ़िया परिषद में स्थायी जगह हासिल कर ली थी। वह तीस बरस का था और बहुत ही ज़्यादा चुस्त और गठीला था। उसके चेहरे पर मुस्कान आसानी से आ जाती थी और हमेशा अच्छी हंसी उसकी पहचान थी। और वह बहुत ही उदार था : उसकी मौज़ूदगी में बिल का भुगतान लगभग नामुमकिन था। केवल इसलिए नहीं कि वह बिल चुकाने का नाटक करता था बल्कि इसलिए उसमें ख़र्च करने और साझा करने का मूलभूत गुण था। वह किसी भी हिंसक स्थिति में बेहद बहादुर और भरोसेमंद था। वह पसंद करने लायक़ व्यक्ति था और मैं उसे पसंद करता था और मुझे ख़ुद को यह याद दिलाते रहना पड़ता था कि इसी व्यक्ति ने कसाई के चाकू से अब्दुल ग़नी के हाथ, पैर और सिर काटे थे।

टेबल पर बैठा चौथा व्यक्ति हमेशा की तरह संजय की बग़ल में बैठा था। उसका सबसे ख़ास दोस्त सलमान। सलमान मस्तान और संजय का जन्मवर्ष एक ही था। वह दोनों बेहद व्यस्त हलचल से भरे बांद्रा में साथ-साथ बड़े हुए थे। वह एक बहुत ही जल्द परिपक्व हो चुका था और जूनियर स्कूल के दिनों में हर कक्षा में हर विषय में शीर्ष पर रहकर अपने ग़रीब अभिभावकों को चौंका दिया करता था। उसकी सफलता इस बात के कारण और अधिक महत्त्वपूर्ण हो जाती थी कि पांचवें जन्मदिन के दिन से ही वह अपने पिता के साथ पूरे सप्ताह पूरे दिन पोल्ट्री यार्ड में ही काम करता था।

अब्दुल्ला के जिम में उसके द्वारा बताए गए कुछ किस्सों और गुप्त तौर पर साझा बातों के चलते मैं उसका इतिहास जानता था। जब सलमान ने घोषणा की कि अपने परिवार को ज़्यादा मदद करने के लिए उसे स्कूल छोड़ना पड़ेगा तो अब्दुल क़ादर ख़ान को जानने वाले उसके शिक्षक ने डॉन से कहा कि वह मामले में हस्तक्षेप करे। क़ादरभाई की छात्रवृत्ति पाने वालों में सलमान भी एक हो गया। मेरे झोपड़पट्टी के क्लीनिक के सलाहकार डॉ. हमीद की तरह। फ़ैसला किया गया कि उसे वकील बनने के लिहाज से निखारा जाएगा। क़ादर ने सलमान को ईसाई पादरियों द्वारा चलाए जाने वाले एक कैथोलिक कॉलेज में प्रवेश दिला दिया और हर दिन झोपड़पट्टी का वह बच्चा साफ़-सुथरे यूनिफ़ॉर्म में रईसों के बच्चों के साथ बैठा करता था। अच्छी शिक्षा की ही वजह से सलमान अंग्रेज़ी में वाकपटु था और उसका सामान्य ज्ञान भी इतिहास, भूगोल, साहित्य से लेकर विज्ञान और कला तक फैला हुआ था। लेकिन उस बच्चे

में एक तुनकमिजाजी थी और रोमांच के लिए एक अंतहीन भूख, जिसे दमदार हाथ और ईसाई शिक्षकों की सख़्त छड़ियां भी कम नहीं कर सकीं।

सलमान जबकि कैथोलिक समाज के शिक्षकों के साथ संघर्षरत था, संजय को क़ादरभाई के गैंग में नया काम मिल गया। वह एक हरकारे का काम करता था, संदेशों और प्रतिबंधित सामान को पूरे शहर में एक माफ़िया ठिकाने से दूसरे ठिकाने तक। काम के पहले ही सप्ताह में संजय को विरोधी गैंग के सदस्य ने लूटने की कोशिश में चाकू मार दिया। संजय ने ज़ोरदार प्रतिकार किया और प्रतिबंधित सामान क़ादर के तय ठिकाने तक पहुंचा दिया। लेकिन उसके घाव बहुत गंभीर थे और उसे पूरी तरह से ठीक होने में दो महीने का वक़्त लग गया। उसका बचपन का यार सलमान उस वक़्त संजय के साथ नहीं होने के कारण ख़ुद को दोष देता रहा और उसने तत्काल स्कूल छोड़ दिया। वह ख़ान के सामने अपने दोस्त के साथ काम पर आने के लिए गिड़गिड़ाया और उसके साथ हरकारे का काम करने की तैयारी दिखाई। क़ादर मान गए और उस दिन से उनकी जोड़ी परिषद की कार्यसूची में मौज़ूद हर एक अपराध को अंज़ाम देने लगी।

शुरुआत के वक़्त उनकी उम्र केवल 16 वर्ष थी। मोकेम्बो में हमारी मुलाक़ात से पहले के सप्ताह में ही दोनों ने उम्र का तीसवां पड़ाव पार कर लिया था। वह उन्मुक्त बच्चे अब मज़बूत व्यक्ति बन चुके थे, जो अपने परिवारों पर क़ीमती तोहफ़ों की बारिश किया करते थे और बहुत ही दिखाऊ क़िस्म की आक्रामकता के साथ रहते थे। अपनी बहनों की शादियां बेहद प्रतिष्ठापूर्ण तरीक़े से करने के बावज़ूद दोनों अभी कुंआरे थे। एक ऐसे देश में जहां वह देशद्रोह की तरह था और सबसे बुरी स्थिति में पवित्रता को भंग करने वाला था। सलमान ने मुझे बताया कि दोनों ने शादी करने से मना कर दिया था, क्योंकि दोनों को ही यह लगता था कि उन दोनों की मौत कम उम्र में बेहद हिंसक तरीक़े से होगी। यह आशंका उन्हें डराती या चिंतित नहीं करती थी। वे तो इसे पर्याप्त रूप से फ़ायदे का सौदा ही मानते थे : उत्साह के साथ इतनी ताक़त और धन कि वह अपने परिवार को अच्छी तरह से देखभाल कर सकते थे, जबकि नकारात्मक पक्ष यह था कि वह कभी भी किसी चाकू या बंदूक से ख़त्म किए जा सकते थे। और जब नज़ीर के धड़े ने ग़नी के धड़े के ख़िलाफ़ गैंगवॉर जीत लिया तो इन दोनों मित्रों ने ख़ुद को परिषद में पाया। अपने बूते पर युवा माफ़िया डॉन।

'मुझे लगता है कि ग़नी ने क़ादरभाई को अपनी दिल की भावना को लेकर आगाह किया था,' सलमान ने सोचते हुए कहा। उसकी आवाज़ स्पष्ट थी और अंग्रेज़ी बिलकुल सटीक। 'सपना को साकार करने से लगभग एक साल पहले या उससे भी पहले उसने नायक के श्राप का ज़िक्र किया था।'

'*यार*, भाड़ में गया वह,' संजय ने तममकर कहा। 'क़ादरभाई को चेतावनी देने वाला वह कौन सूरमां था? वह था कौन जिसने हम सबको पाटिल के साथ इस मुसीबत में उलझाया, ताकि बूढ़े माज़िद को काट देना पड़े? और बाद में सबके

बाद उसने जाकर हम सबकी जान साले पाकिस्तानी पुलिसकर्मियों के हाथों में बेच दी, *यार।* भाड़ में जाने दो उसे। काश! मैं उसे क़ब्र से दोबारा निकालकर मार पाता। मैं आज भी वह कर सकता था। मैं यह हर दिन करता। एक तरह से यह मेरा शौक होता।'

'असली सपना कौन था?' मैंने पूछा। 'अब्दुल के लिए वास्तविकता में हत्याएं की किसने? मुझे याद है कि क़ादर ने अब्दुल्ला के मारे जाने के बाद एक बार मुझे बताया था कि उसे असली सपना मिल गया है। उसने कहा कि उसने उसे मार दिया है। वह कौन था? और उसने उसे क्यों मारा, जबकि वह तो उसी के लिए काम कर रहा था?'

दोनों युवक नज़ीर की ओर मुड़ गए। संजय ने उससे उर्दू में कुछ सवाल पूछे। यह दरअसल उस बुज़ुर्ग को सम्मान देने का एक तरीक़ा था : वे हक़ीक़त को नज़ीर की ही तरह अच्छी तरह से जानते थे, लेकिन वह उसे भी इस चर्चा में शामिल होने का मौक़ा देना चाहते थे। मैं नज़ीर के जवाब का अधिकांश हिस्सा तो समझ गया, लेकिन फिर भी मैंने संजय के अनुवाद का इंतज़ार किया।

'उसका नाम जितेंद्र था। वह उसे जीतू दादा पुकारा करते थे। वह दिल्ली के पास रहने वाला एक बंदूक और छुरे वाला व्यक्ति था। ग़नी उसे और चार लोगों को यहां लाया। उसने उनको फ़ाइव स्टार होटलों में रखा, पूरे दो साल पूरे वक़्त। *हरामख़ोर!* इधर क़ादर के मुजाहिदीन और जंग और तमाम ख़र्चों की शिकायत करता रहता था और दूसरी ओर इन पागल हत्यारों को पूरे दो साल फ़ाइव स्टार होटलों में रखा था!'

'जब अब्दुल्ला की हत्या हुई तो जीतूदादा नशे में धुत्त था,' सलमान ने बताया। 'उसके दिल को यह बात लग गई, जब हर कोई कहने लगा कि सपना मर गया। वह दो साल से सपना बनकर यह काम कर रहा था और इसने उसके दिमाग़ को भी बिगाड़ना शुरू कर दिया था। वह अपनी–या ग़नी की–फ़ालतू बात को सच्चाई मानने लगा था।'

'क्या बेवकूफ़ी भरा नाम है *यार,*' संजय बीच में बोला। 'यह एक लड़की का नाम है, सपना। यह साला लड़की का नाम है। यह साला कुछ ऐसा ही है कि मैं ख़ुद को लूसी कहकर पुकारूं या ऐसा ही कुछ नाम। किस तरह का बेवकूफ़ साला ख़ुद को लड़की के नाम से पुकारेगा, *यार?'*

'उस तरह का जिसने 11 लोगों की हत्या कर दी हो,' सलमान ने जवाब दिया। 'और बच भी निकला हो। ख़ैर, जिस रात अब्दुल्ला की हत्या हुई जीतू दादा बुरी तरह से नशे में धुत्त था और हर कोई कहे जा रहा था कि सपना मर चुका है। और उसने ज़ोर-ज़ोर से चिल्लाना शुरू कर दिया। वह हर किसी को बताने लगा कि *वही* असली सपना है। वे उस वक़्त प्रेसीडेंट होटल के एक बार में थे। फिर उसने चिल्लाना शुरू किया कि वह यह बात हर किसी को बताने के लिए तैयार है–कि सपना की हत्या के पीछे कौन, ठीक है, और किसने यह योजना बनाई और उसे इस सबके लिए पैसे दिए।'

'साला *गुंडा*,' संजय गुस्से में गुर्राया। 'मैं आज तक इस तरह के विकृत दिमाग़ के लोगों से नहीं मिला *यार*, जो साला गपोड़ा नहीं हो।'

'हमारी क़िस्मत अच्छी थी। उस दिन वहां पर ज़्यादातर विदेशी ही मौज़ूद थे और इसलिए वे समझ नहीं पाए कि वह क्या बड़बड़ा रहा है। हमारा एक व्यक्ति वहां बार में था और उसने जीतू से मुंह बंद करने के लिए कहा। जीतू दादा ने कहा कि वह अब्दुल क़ादर से डरता नहीं, क्योंकि उसके पास क़ादर के लिए भी एक योजना है। उसने कहा कि क़ादर भी अंत में माज़िद की तरह टुकड़े-टुकड़े होकर मरेगा। फिर उसने अपनी पिस्तौल घुमानी शुरू कर दी। हमारे व्यक्ति ने तुरंत क़ादर को फ़ोन लगाया। और ख़ान खुद वहां गया और उसने खुद उसका काम तमाम किया। उसके साथ नज़ीर, ख़ालिद, फ़रीद और अहमद जादेह थे। कुछ अन्य लोगों में एंड्रयू फ़रेरा भी शामिल था।'

'मैं वह नहीं देख पाया,' संजय ने अफ़सोस जताया। 'मैं तो पहले ही दिन उस हरामखोर का हिसाब चुकता कर देना चाहता था और ख़ासतौर पर माज़िद के मारे जाने के बाद। लेकिन मैं उस वक़्त गोवा में काम पर था। ख़ैर क़ादर ने उसका काम तमाम कर दिया।'

'उन्हें वह प्रेसीडेंट होटल की कार पार्किंग में मिल गया। जीतू दादा और उसके लोगों ने उनका सामना किया। वहां बहुत जमकर गोलीबारी हुई। हमारे दो लोगों को गोली लगी। उनमें से एक हुसैन था-तुम जानते ही हो कि वह अब बलार्ड पियर में आंकड़े का खेल चलाता है। वहीं पर उसका एक हाथ उड़ गया था। एक शॉटगन के दोनों बैरल की गोलियां उसकी बांह को शरीर से अलग करके चली गईं। अगर अहमद जादेह ने तत्काल उसे लपेटकर अस्पताल नहीं पहुंचाया होता तो उसकी वहीं कार पार्क में ज़्यादा ख़ून बह जाने से मौत हो चुकी होती। वहां मौज़ूद चारों-जीतू दादा और उसके तीन साथी-वहीं पर मारे गए। क़ादर भाई ने अंतिम गोलियां ख़ुद उनकी खोपड़ी में उतारी। लेकिन सपना के नाम पर हत्या करने वालों में से एक साथी कार पार्क में नहीं था और वह भाग निकला। हम उसे कभी खोज ही नहीं पाए। वह वापस दिल्ली लौट गया और फिर वह वहां से भी ग़ायब हो गया। तब से हमने उसके बारे में कोई ख़बर नहीं सुनी है।'

'मुझे वह अहमद ज़ादेह पसंद था,' संजय ने कहा, जो कि उसके लिहाज़ से पर्याप्त प्रशंसा थी।

'हां,' मैंने सहमति जताई। मुझे वह व्यक्ति याद आ गया जिसके चेहरे पर हमेशा ऐसे भाव रहते थे, मानो वह भीड़ में किसी दोस्त को खोज रहा हो। वह व्यक्ति जिसने मेरा हाथ थामकर दम तोड़ दिया था। 'वह एक बहुत अच्छा इंसान था।'

नज़ीर ने दोबारा बोलना शुरू किया और शब्दों को वह अपने अंदाज़ में कुछ ऐसे चबा रहा था मानो कोई चेतावनी दे रहा हो।

'जब पाकिस्तान के पुलिसकर्मियों को क़ादरभाई के बारे में जानकारी दी गई,' संजय ने अनुवाद किया, 'तो यह ज़ाहिर सी बात थी कि यह काम अब्दुल ग़नी का ही होगा।'

मैंने सहमति में सिर हिलाया। यह स्वाभाविक सा *था।* अब्दुल ग़नी पाकिस्तान का रहने वाला था। वहां उसके ऊपर के लोगों के साथ अंतरंग संबंध थे। जब मैं उसके साथ काम करता था तो उसने यह बात मुझे कई बार बताई थी। मुझे हैरानी हुई कि यह बात मुझे उसी वक़्त क्यों नहीं समझ आई, जब पुलिसकर्मियों ने पाकिस्तान में हमारे होटल में छापा मारा था। मेरा पहला विचार यही था कि मैं उसे इतना ज़्यादा पसंद करता था कि मैं उस पर संदेह नहीं कर सकता था और यह बात सच है। मुद्दे की बात तो यह है कि उसके द्वारा मुझ पर ध्यान दिए जाने के कारण मैं अभिभूत था : ख़ुद क़ादर के बाद परिषद में ग़नी मेरा संरक्षक था और उसने हमारी दोस्ती को फलने-फूलने के लिए वक़्त, ऊर्जा और स्नेह दिया था। और शायद कुछ और भी बात थी जिसने कराची में मेरा ध्यान भटका दिया था : मेरा दिमाग़ शर्म और बदले से भरा हुआ था-मुझे याद आया कि जब मैं नेत्रहीन गायकों को सुनने के लिए मस्जिद में क़ादर और ख़ालिद के पास बैठा था। मुझे याद आया कि डिडियर का ख़त पीली रोशनी में पढ़ते हुए ही मैंने फ़ैसला कर लिया था कि मैं मैडम झू का क़त्ल कर दूंगा। मैंने उसी वक़्त यह बात सोचते हुए जब गर्दन घुमाई थी तो क़ादर की सुनहरी आंखों में बस प्यार देखा था। क्या उस प्यार और गुस्से ने किसी ऐसी महत्त्वपूर्ण स्वाभाविक सी बात को शांत कर दिया था, ग़नी की गद्दारी? और अगर मैंने वह नहीं देखा तो मैंने क्या-क्या नहीं देखा?

'क़ादर को पाकिस्तान से बाहर ही नहीं निकलने देने की योजना थी,' सलमान ने बताया। 'क़ादरभाई, नज़ीर, ख़ालिद और यहां तक कि तुम। अब्दुल ग़नी को लगा कि पूरी परिषद को एक ही बार में ढेर करने का उसके पास यह इकलौता मौक़ा है-परिषद के वे तमाम लोग जो उसके साथ नहीं थे। लेकिन पाकिस्तान में क़ादरभाई के अपने भी दोस्त थे और उन्होंने उन्हें चेतावनी दी और इसीलिए तुम सब उस जाल से बाहर निकल सके। मुझे लगता है कि अब्दुल को उसी दिन समझ आ गया होगा कि अब उसका खेल ख़त्म है। लेकिन वह शांत बैठा रहा, उसने कोई भी क़दम नहीं उठाया। मुझे लगता है कि वह उम्मीद कर रहा था कि क़ादर और तुम सब लोग, उस जंग में शायद मारे जाओगे-'

नज़ीर ने उसे रोक दिया। दरअसल उसे उस अंग्रेज़ी से नफ़रत थी। मुझे लगा कि मैं उसके कहे को समझ गया और मैंने पुष्टि के लिए संजय की तरफ़ देखकर उसकी बात का अनुवाद कर डाला।

'क़ादर ने नज़ीर से अब्दुल ग़नी की सच्चाई को गुप्त रखने के लिए कहा था। उन्होंने कहा था कि अगर जंग में उन्हें कुछ हो गया तो नज़ीर को बॉम्बे वापस लौटकर बदला लेना होगा। है ना?'

'हां,' संजय ने सहमति में सिर हिलाया। 'तुम सही समझे। और यह कर लेने के बाद हमें बाक़ी के लोगों को भी ठिकाने लगाना था, जो ग़नी की ओर थे। अब उनमें से कोई भी नहीं बचा है। वे सारे या तो मारे जा चुके हैं या बॉम्बे छोड़कर भाग चुके हैं।'

'और यह हमें इस बिंदु पर ले आया है,' सलमान मुस्कराया। यह बेहद दुर्लभ मुस्कान थी, लेकिन अच्छी थी : एक थके हुए व्यक्ति मुस्कान, एक नाख़ुश व्यक्ति की मुस्कान, एक सख़्त व्यक्ति की मुस्कान। उसके लंबे चेहरे पर एक आंख दूसरी आंख से कुछ नीचे थी। नाक टेढ़ी थी और मुंह पर एक घूंसे के कारण लगे घाव पर टांकों के निशान थे। 'हम चाहते हैं कि तुम कुछ वक़्त के लिए पासपोर्ट का कारोबार संभालो। कृष्णा और विल्लू इस बात पर ज़ोर दे रहे हैं। वह थोड़ा...'

'उनका दिमाग़ काम करना बंद कर चुका है,' संजय ने हस्तक्षेप किया। 'पूरे बॉम्बे में कई लोगों को काटकर मार दिए जाने के कारण उनके होश फाख़्ता हो गए हैं। ग़नी को तो उसी वक़्त मारा गया था, जब वह वहां पर तहख़ाने में मौज़ूद थे। अब जंग ख़त्म हो चुकी है और हम जीत गए हैं, लेकिन वह सब अब भी डरे हुए हैं। लिन, हम उन्हें गंवा नहीं सकते। हम चाहते हैं कि तुम उनके साथ काम करके उनको थोड़ा व्यवस्थित तरीक़े से स्थापित कर दो। वे पूरे वक़्त तुम्हारे बारे में ही पूछते रहते हैं और वे तुम्हारे साथ काम करना चाहते हैं। वे तुम्हें चाहते हैं, भाई।'

मैंने बारी-बारी से उनकी तरफ़ देखा और फिर मेरी आंखें नज़ीर पर गड़ा दीं। अगर मैं सही समझ रहा था तो यह एक बहुत ही लुभावनी पेशकश थी। विजयी रहे क़ादर के धड़े ने बुज़ुर्ग शोभन महमूद के नेतृत्व में स्थानीय माफ़िया परिषद का पुनर्गठन कर दिया था। नज़ीर अब परिषद का पूर्णकालिक सदस्य बन चुका था और उसी तरह से महमूद मेलबाफ़ भी। अन्य लोगों में संजय, सलमान, फ़रीद के अलावा बॉम्बे के तीन अन्य डॉन शामिल थे। अंतिम छह लोग मराठी भी उतनी ही धाराप्रवाह बोलते थे, जितनी कि हिंदी या अंग्रेज़ी। यह मुझे उनके साथ संपर्क के लिए एक नया ही आयाम दे डालता था, क्योंकि उनकी जानकारी में मैं अकेला इकलौता ऐसा गोरा था जो उनके साथ मराठी में संवाद साध सकता था। उनकी पहचान वाला मैं इकलौता गोरा था, जिसने आर्थर रोड जेल में यातनाएं सही थीं। और मैं उन चंद लोगों में से था, अश्वेत या श्वेत, जो क़ादर की जंग में बचकर लौटा था। वे मुझे पसंद करते थे। वे मुझ पर विश्वास करते थे। वे मुझे मूल्यवान संपत्ति की तरह देखते थे। गुंडों के बीच की लड़ाई ख़त्म हो चुकी थी। शांत हो चुके और एक-दूसरे के इलाक़े में अड़ंगा नहीं डालने वाला माफ़िया अब शहर के इस इलाक़े में राज करता था, जहां पर क़िस्मत बदली जा सकती थी। और मुझे पैसों की ज़रूरत थी। मैं तो बस अपनी बचत पर ही ज़िंदा था और मैं लगभग दिवालिया हो चुका था।

'तुम्हारा स्पष्ट विचार क्या है?' मैंने नज़ीर से यह जानते हुए पूछा कि जवाब संजय देगा।

'तुम पासपोर्ट, स्टाम्प और पासपोर्ट से जुड़ा सारा काम, लाइसेंस, परमिट और क्रेडिट कार्ड्स का काम संभाल लो।' उसने तुरंत जवाब दिया। 'तुम्हें पूरा नियंत्रण हासिल होगा। जैसा कि ग़नी को था। कोई समस्या ही नहीं होगी। तुम्हें जो भी चाहिए होगा, मिल जाएगा। तुम्हें इस काम का एक हिस्सा भी मिलेगा-मेरी राय में पांच फ़ीसदी, लेकिन *यार* अगर तुमको लगता है कि यह पर्याप्त नहीं है तो हम इस बारे में चर्चा कर सकते हैं।'

'और तुम जब चाहो परिषद में आ सकते हो,' सलमान ने जोड़ा। 'अगर तुम मेरी बात को समझ रहे हो तो एक तरह से निरीक्षक का दर्जा। तुम्हारा क्या कहना है?'

'कामकाज ग़नी के तहख़ाने से कहीं और ले जाना होगा,' मैंने शांतिपूर्वक कहा। 'मुझे कभी भी वहां काम करते हुए अच्छा महसूस नहीं हुआ और मुझे इस बात से हैरानी नहीं है कि इस जगह ने विल्लू और कृष्णा को भी परेशान कर दिया।'

'कोई समस्या नहीं,' संजय ने टेबल पर हाथ मारकर ठहाका लगाया। 'हम वैसे भी उस जगह को बेचने ही वाले हैं। तुम्हें पता है, लिन भाई, वह साले उस मोटे ग़नी ने-अपना ख़ुद का और अगले दरवाज़े का घर-अपने साले के नाम कर रखा था। इसमें कोई भी ग़लत बात नहीं है-साला हम *सब* भी तो यही करते हैं। लेकिन लिन ये मकान *करोड़ों* रुपये के हैं। बाबा, वह आलीशान कोठियां हैं। और उसके बाद जब हमने उस मोटे के टुकड़े-टुकड़े कर दिए, उसका साला फ़ैसला करता है कि वह कोठियां हमारे नाम नहीं करेगा। फिर वह कुछ ज़्यादा ही कड़ा रुख़ अपनाता है और वकील व पुलिस से बात करना शुरू कर देता है। तो *यार* फिर हमें उसके ऊपर तेज़ाब का एक बड़ा डिब्बा ही बांध देना पड़ा। फिर उसकी हवा निकल गई। फिर तो वह उस जगह को हमारे नाम करने के लिए इंतज़ार तक करने के लिए तैयार नहीं था। हमने यह काम करने के लिए फ़रीद को भेजा था। उसने मामला निपटा दिया। लेकिन वह ग़नी के साले द्वारा किए गए हमारे अपमान से बावला हो गया और वह वाक़ई उससे बहुत नाराज़ हो गया कि हमें उसे तेज़ाब तक की धमकी देनी पड़ गई। हमारा भाई फ़रीद बातों को सीधा रखना चाहता है। उसके सिर पर तेज़ाब से भरा डिब्बा लटकाना, यह सब—क्या कहते हैं सलमान उसे? उसके लिए शब्द क्या है?'

'चवन्नी छाप,' सलमान ने बताया।

'हां, साला चवन्नी छाप। फ़रीद का क्या है कि वह सम्मान चाहता है या फिर सामने वाले का पीछा करके उसे गोली से उड़ा देना चाहता है। वह इतना ज़्यादा नाराज़ हो गया कि उसने उस ग़नी के साले का मकान भी हथिया लिया। उसने उसे उसका ख़ुद का और ग़नी के, तीनों ही मकान हमारे नाम करने पर मज़बूर कर दिया। तो अब उसके हाथ में कुछ भी नहीं है और हमारे पास अब बाज़ार में एक की बज़ाय *तीन* कोठियां हैं।'

'संपत्ति का कारोबार कुटिल और ख़ून से भरा है।' सलमान ने मुस्कान के साथ कहा, 'हम लोग जल्द से जल्द इस पर कब्ज़ा जमाने जा रहे हैं। हम बड़ी एजेंसियों

में से एक को ख़रीद रहे हैं। मैंने फ़रीद को इस काम पर लगा दिया है। ठीक है, लिन, अगर तुम्हें ग़नी की जगह पर काम नहीं करना है तो तुम कहां पर सारा इंतज़ाम चाहते हो?'

'मुझे ताड़देव पसंद है,' मैंने सुझाव दिया। 'हाजी अली के पास कहीं।'

'ताड़देव ही क्यों?' संजय ने पूछा।

'मुझे ताड़देव अच्छा लगता है। यह साफ़-सुथरा... और शांत है। और यह हाजी अली के पास है। मुझे हाजी अली पसंद है। मेरा उस जगह से एक तरह का भावनात्मक संबंध है।'

'*ठीक है*, लिन,' सलमान ने सहमति जताई। 'तो फिर ताड़देव ही सही। हम फ़रीद को तत्काल तलाश शुरू करने के लिए कहेंगे। कुछ और?'

'मुझे कुछ हरकारों की दरकार होगी-बंदे जिन पर मैं भरोसा कर सकूं। मैं ख़ुद अपने लोगों को चुनना चाहूंगा।'

'तुम्हारे दिमाग़ में कौन लोग हैं?' संजय ने पूछा।

'तुम उन्हें नहीं जानते। वे बाहरी लोग हैं। लेकिन वे दोनों बहुत अच्छे लोग हैं। जॉनी सिगार और किशोर। मैं उन पर विश्वास करता हूं और मैं जानता हूं कि मैं उन पर पूरी तरह से भरोसा कर सकता हूं।'

संजय और सलमान ने एक-दूसरे की तरफ़ देखने के बाद नज़ीर की तरफ़ देखा और उसने सिर हिला दिया।

'कोई समस्या नहीं,' सलमान ने कहा। 'बस इतना ही?'

'एक और बात,' मैंने नज़ीर की ओर मुड़कर कहा। 'मैं नज़ीर को परिषद से संपर्क साधने के लिए अपना सूत्र चाहता हूं। अगर कोई भी समस्या हुई, किसी भी वजह से तो मैं पहले नज़ीर से मिलना चाहूंगा।'

नज़ीर ने फिर सहमति में सिर हिलाया और हल्की सी मुस्कान दी।

मैंने समझौते को पक्का करने के लिए हर एक व्यक्ति से हाथ मिलाया। यह चर्चा मेरी उम्मीद से कहीं ज़्यादा औपचारिक और गंभीर थी और मुझे हंसने के लिए अपने जबड़ों को भींचना पड़ा। और उनका वह अंदाज़, उनकी संजीदगी और मेरी हंसने की सहज प्रवृत्ति ने हमारे बीच के अंतर को ज़ाहिर कर दिया। इन सब बातों के लिए मैं सलमान, संजय और अन्य लोगों को पसंद करता था और सच्चाई यह थी कि नज़ीर को चाहता था, मेरी ज़िंदगी उस पर उधार थी-माफ़िया मेरे लिए अंत तक पहुंचने का एक साधन था, लेकिन अंत नहीं था। उनके लिए माफ़िया एक परिवार की तरह था, अटूट नाता जो उन्हें हर पल बांधे रहता था और अंतिम सांस तक। उनकी हर एक हरकत में परिजनों की तरह गंभीरता थी, लेकिन मुझे पता था कि उन्हें कभी नहीं लगा कि मेरे लिए भी सब इसी तरह से है। उन्होंने मुझे लिया और मेरे साथ काम किया-गोरा व्यक्ति, वह सनकी गोरा जो अब्दुल क़ादर ख़ान के साथ जंग पर गया-लेकिन

उन्हें पता था कि आज नहीं तो कल मैं चला जाऊंगा और अपनी यादों अपने रिश्तों की दूसरी दुनिया में लौट जाऊंगा।

मैंने यह नहीं सोचा और मुझे ऐसी उम्मीद भी नहीं थी, क्योंकि मैंने वे सारे रिश्ते–नाते फूंक डाले थे जो शायद मेरी घर वापसी की वजह बनते। और हालांकि हाथ मिलाने के छोटे सी औपचारिकता पर मुझे हंसी आ रही थी, लेकिन हाथ मिलाने के कारण मेरा पेशेवर मुजरिमों की दुनिया में प्रवेश हो चुका था। उस वक़्त तक मैंने जो भी अपराध किए थे वह क़ादर ख़ान की ख़ातिर किए थे। बाहरी दुनिया के लोगों को यह समझ पाना मुश्किल ही होगा कि एक तरह से मैं पूरी ईमानदारी के साथ कह सकता था कि मैंने वह अपराध उनके प्यार की ख़ातिर किए : निश्चित तौर पर अपनी सुरक्षा के लिए लेकिन किसी भी अन्य कारण से परे उनके प्रति दिल में पिता की तरह प्यार के कारण। क़ादर के जाने के बाद मैं पूरी तरह से नाता तोड़ सकता था। मैं तो... कहीं भी जा सकता था। मैंने कुछ... और किया होता। लेकिन मैंने नहीं किया। मैंने अपनी नियति को उनके साथ बांध दिया और केवल पैसे और ताक़त और उनके भाईचारे से मिलने वाले संरक्षण के वादे की ख़ातिर अपराधी बन गया।

और जीवनयापन के लिए क़ानून तोड़ने ने मुझे व्यस्त रखा : इतना व्यस्त कि मैं दिल से जो महसूस कर रहा था, उससे भी छिपने में सफल हो गया। मोकेम्बो की उस बैठक के बाद हर काम तेज़ी से हुआ। फ़रीद ने एक सप्ताह में नई जगह खोज निकाली। यह दो मंज़िला इमारत तैरती दरगाह हाजी अली से पैदल जा सकने लायक़ दूरी पर थी। यह पहले बृहन्मुंबई महानगर पालिका (बीएमसी) की एक शाखा का दस्तावेज़ रखने का कार्यालय था। जब बीएमसी बड़े और ज़्यादा आधुनिक इमारत में चली गई तो वह पीछे पुरानी बेंच, टेबल, स्टोरेज कपबोर्ड्स, सामान रखने के शेल्फ़ भी छोड़ गई। वे हमारी ज़रूरत के लिहाज़ से बिलकुल सही थे और मैंने एक सप्ताह सफ़ाईकर्मियों और मजदूरों की टीम का मार्गदर्शन करके हर जगह की धूल झाड़कर उसे पूरी तरह से चमका दिया। ग़नी के तहख़ाने से लाई गई मशीनरी और रोशनी वाले टेबलों के लिए वहां से फ़र्नीचर को हटा दिया गया।

हमारे लोगों ने इन विशेष उपकरणों को बड़े ढंके हुए ट्रकों में लादा और रात के वक़्त उन्हें यहां उतार दिया। भारी ट्रक जब हमारी नई फ़ैक्टरी के दरवाज़े पर सामान उतारने के लिए पीछे आ रहा था तो गली असामान्य तौर पर शांत थी। लेकिन दूर कहीं से फ़ायर ब्रिगेड की घंटियां और मशीनों की आवाज़ें आ रही थीं। हमारे ट्रक के पास खड़ा होकर मैं आवाज़ की दिशा में देख रहा था।

'बहुत बड़ी आग दिख रही है,' मैंने संजय से कहा तो उसने ठहाका लगा दिया।

'फ़रीद ने यह आग लगाई है,' सलमान ने जवाब दिया। 'हमने उससे कहा कि हम नहीं चाहते कि यह सारा नया सामान यहां आते हुए कोई देखे, इसलिए उसने ध्यान बंटाने के लिए वहां आग लगा दी। यही वजह है कि यह गली इतनी सुनसान है। हर कोई जागकर उस आग की ओर चला गया है।'

'उसने हमारी विरोधी कंपनी का कार्यालय फूंक डाला है,' संजय ने हंसते हुए कहा। 'अब हम वाक़ई आधिकारिक रूप से ज़मीन जायदाद के कारोबार में उतर गए हैं, क्योंकि हमारे सबसे बड़े प्रतिद्वंद्वी का कार्यालय हाल ही में आगजनी के कारण बंद हो गया है। कल हम यहां से कुछ ही दूरी पर अपना ज़मीन जायदाद का कार्यालय शुरू करने वाले हैं। और आज कोई भी बेवक़ूफ़ अतिउत्साहित व्यक्ति हमारे सामान को नई वर्कशॉप में आता हुआ नहीं देख पाएगा। फ़रीद ने एक ही तीर से दो शिकार कर दिए, है *ना?*'

तो जबकि दूसरी ओर आसमान में आग का धुंआं उठता रहा और एक किलोमीटर दूरी से घंटियों और सायरन की आवाज़ें आती रहीं, हमने अपने लोगों को सारे उपकरण नई फ़ैक्टरी में उतारकर रखने के लिए कहा। कृष्णा और विल्लू ने तुरंत काम भी शुरू कर डाला।

एक माह जब मैं बाहर था, ग़नी ने मेरे सुझाव पर अमल करते हुए परमिट, प्रमाणपत्रों, डिप्लोमा, लाइसेंस, उधार पत्र, सुरक्षा पास और अन्य दस्तावेज़ों पर ध्यान केंद्रित कर दिया था। बॉम्बे की उछाल मारती अर्थव्यवस्था में यह सबसे तेज़ी से पनपता कारोबार था और हमें मांग को पूरा करने के लिए तड़के तक काम करना पड़ता था। और यह धंधा वक़्त के साथ चलता रहा : जैसे ही लाइसेंस देने वाले संस्थानों और अन्य इकाइयों ने हमारी जालसाजी के जवाब में दस्तावेज़ों में फेरबदल किए हमने भी तुरंत उसकी नक़ल करके अतिरिक्त लागत पर दोबारा उनकी नक़ली प्रतियां तैयार कर दीं।

'यह एक तरह की लाल रानी की प्रतिस्पर्धा है,' नई पासपोर्ट फ़ैक्टरी को शुरू होकर छह महीने होने के बाद मैंने सलमान से कहा।

'*लाल रानी?*' उसने पूछा।

'हां, यह जीव विज्ञान का मामला है। यह मेजबान जैसे हमारा शरीर और वायरस जैसे परजीवियों का मामला है। झोपड़पट्टी में क्लीनिक चलाने के दौरान मैंने इसका अध्ययन किया था। मेजबान-हमारा शरीर-और वायरस-कोई भी कीड़ा जो हमें बीमार कर दे-एक दूसरे के साथ प्रतिस्पर्धा में उलझ जाते हैं। जब परजीवी हमला बोलते हैं तो शरीर बचाव प्रणाली विकसित करता है। फिर वायरस इस बचाव प्रणाली को भेदने के लिए अपने में परिवर्तन लाता है और शरीर दोबारा नई बचाव प्रणाली विकसित करता है। और यह बस चलते ही रहता है। इसे लाल रानी की प्रतिस्पर्धा कहा जाता है। यह उस कहानी से लिया गया है, तुम जानते हो ना, एलिस इन वंडरलैंड।'

'हां जानता हूं,' सलमान ने जवाब दिया। 'हमने इसे स्कूल में पढ़ा था, लेकिन मैं इसे कभी नहीं समझ सका।'

'कोई बात नहीं-कोई नहीं समझ पाता। ख़ैर, वह छोटी सी लड़की, एलिस, वह इस लाल रानी से मिलती है, जो दौड़ती तो ग़ज़ब का तेज़ है, लेकिन पहुंचती

कहीं भी नहीं है। वह एलिस को बताती है कि उसके देश में आपको एक ही जगह पर बने रहने के लिए काफ़ी दौड़ना पड़ता है। और हमारे पासपोर्ट विभाग और लाइसेंस देने वाले बोर्ड्स के साथ भी यही हाल है और दुनियाभर के तमाम बैंकों का भी। वह पासपोर्ट और अन्य दस्तावेज़ों को लेकर हमारी मुश्किलें बढ़ाने के लिए उन्हें बदलते रहते हैं। और हम उनकी नक़ल बनाने के नए-नए तरीक़े खोजते रहते हैं। और वे उनको बनाने का तरीक़ा बदल देते हैं और हम उन्हें नक़ली बनाने, जालसाजी करने और अपनाने के लिए नए तरीक़े इज़ाद कर लेते हैं। यह एक लाल रानी की प्रतिस्पर्धा है। और हम सबको एक ही जगह पर बने रहने के लिए वास्तव में बहुत तेज़ दौड़ते रहना पड़ता है।'

'मुझे तो लगता है कि तुम केवल खड़े रहने से भी बेहतर काम कर रहे हो,' उसने ज़ोर देकर कहा। उसकी आवाज़ शांत लेकिन दृढ़ थी। 'लिन, तुमने बहुत ही अच्छा काम किया है। पहचान पत्र का मामला बहुत घातक है-यह वास्तविक बड़ा बाज़ार है। इसकी मांग हमेशा ही क़ायम रहेगी। और यह काम अच्छा है। अब तक तो जितने भी लोगों ने तुम्हारे द्वारा तैयार पासपोर्ट इस्तेमाल किया है, *यार* उनमें से एक को भी परेशानी का सामना नहीं करना पड़ा है। वास्तविकता में तो इसी वजह से मैंने तुम्हें आज दोपहर के भोजन का न्यौता दिया है। मेरे पास तुम्हारे लिए एक चौंकाने वाली वस्तु है-एक तरह का तोहफ़ा और मुझे यक़ीन है कि तुम इसे पसंद करोगे। तुमने जो ज़बर्दस्त काम किया है ना *यार*, यह उसके लिए धन्यवाद कहने का एक तरीक़ा है।'

मैंने उसकी तरफ़ नहीं देखा। हम महात्मा गांधी मार्ग पर रीगल सर्कल की ओर क़दमताल सी करते हुए तेज़ी से चले जा रहे थे। दोपहर गर्म थी और बादलों का कहीं कोई अता-पता नहीं था। जहां सड़क किनारे टेबल लगाकर दुकानें सजा दी गईं थी, वहां पर हमारी गति धीमी पड़ जाती थी। हमारे पीछे और आस-पास ट्रैफ़िक चल रहा था। मैंने सलमान की तरफ़ नहीं देखा, क्योंकि उन छह महीने में यह जान गया था कि भावनाओं में बहकर मेरी तारीफ़ करने के बाद वह कुछ असहज महसूस कर रहा था। सलमान एक कुदरती नेतृत्वकर्ता था, लेकिन आदेश देने और शासन करने के मूल बोध वाले लोगों की ही तरह वह नेतृत्व की कला के हर प्रदर्शन पर बहुत परेशान हो जाता था। वह दिल से एक बेहद ज़मीन से जुड़ा इंसान था और यही बात उसे सम्मानजनक बना देती थी।

लेति ने एक बार कहा था कि मेरे द्वारा अपराधियों, हत्यारों और माफ़िया गुट के सदस्यों को सम्मानजनक कहना उसे अज़ीब और बेतुका लगता है। मेरे विचार में असमंजस उसके दिमाग़ में था, मेरे नहीं। वह सम्मान को सदाचार समझ बैठी थी। सदाचार का नाता इस बात से होता है कि हम क्या करते हैं, जबकि सम्मान का संबंध इस बात से कि हम इसे कैसे अंज़ाम देते हैं। आप जंग भी एक सम्मानजनक तरीक़े से लड़ सकते हैं-जिनेवा सम्मेलन उसी वजह से ज़िंदा है-और आप शांति को बिना किसी सम्मान के भी साकार कर सकते हैं। मूल रूप से सम्मान का मतलब होता है

विनम्रता की कला। और अपराधी, ठीक पुलिसकर्मियों, राजनीतिज्ञों और पवित्र लोगों की तरह अपने काम में अच्छे ही होंगे, अगर वह विनम्र बने रहे तो।

'तुम्हें पता है,' विश्वविद्यालय की इमारत के सामने के चौड़े फ़ुटपाथ पर आते ही उसने कहा। 'मुझे ख़ुशी है कि इसने तुम्हारे दोस्तों के साथ ठीक से काम नहीं किया-वह दोस्त जिन्हें शुरुआत में पासपोर्ट के मामले में मदद करना चाहते थे।'

मैं खिसिया तो गया, लेकिन चुप रहा और उसकी तेज़ गति से क़दमताल करता रहा। जॉनी सिगार और किशोर ने पासपोर्ट फ़ैक्टरी में जुड़ने से मुझे इंकार कर दिया था और यह मेरे लिए धक्कादायक और निराशाजनक रहा। मुझे लगा था कि पैसा बनाने के नाम पर वह उछलकर मेरे साथ शामिल हो जाएंगे-ताकि वे इतना ज़्यादा पैसा बना सकें जिसकी उन्होंने कभी कल्पना तक नहीं की होगी। जब उन्हें यह बात समझ आई कि मैं उन्हें मेरे साथ अपराधों में शामिल होने का सुनहरा अवसर दे रहा हूं तो उनके चेहरे पर जो उदासी और अपमान का भाव आया, मैंने कभी उसकी कल्पना तक नहीं की थी। मुझे कभी लगा ही नहीं कि वह यह काम नहीं करना चाहेंगे। मुझे कभी यह लगा ही नहीं कि वह अपराधियों के साथ और अपराधियों के लिए काम करने से इंकार कर देंगे।

मुझे याद है, जब मैं उनकी जड़, शर्मिंदगी भरी मुस्कान के बाद चल दिया था। मुझे अपने दिमाग़ में उठ रहा यह सवाल भी याद है कि *क्या मैं अच्छे इंसानों के विचारों और भावनाओं की वास्तविकताओं से इतना अनजान हूं?* यह सवाल आज छह माह बाद भी मेरे दिमाग़ में तैरता रहता है। जवाब अब भी हमारे चलने के दौरान बग़ल से गुजरती दुकानों की कांच लगी दीवारों से टकराकर मेरी तरफ़ लौटकर आ रहा था।

'अगर तुम्हारे उन लोगों के साथ कामकाज चल पड़ता,' सलमान ने बोलना जारी रखा, 'तो मैंने फ़रीद को तुम्हारे साथ नहीं रखा होता। और मैं बहुत ख़ुश हूं कि मैंने उसे तुम्हारे साथ रखा। वह अब ज़्यादा ख़ुश रहने लगा है। अब वह ज़्यादा शांत हो गया है। लिन, वह तुम्हें पसंद करता है।'

'मैं भी उसे पसंद करता हूं,' मैंने मुस्कराते हुए कहा। और यह सच था। मुझे फ़रीद पसंद था और इस बात की भी ख़ुशी थी कि हम क़रीबी दोस्त बन चुके थे।

तीन वर्ष पहले क़ादर की माफ़िया परिषद में पहली बार जाने के बाद मैं जिस शर्मीले युवा फ़रीद से मिला था, अब वह काफ़ी मज़बूत हो चुका था। अब वह एक सख़्तदिल, निडर और गुस्सैल युवा बन चुका था, जिसकी वफ़ादारी की भावना उसकी युवा ज़िंदगी पर पूरी तरह से हावी हो चुकी थी। जब जॉनी सिगार और किशोर ने मेरा काम करने का प्रस्ताव ठुकरा दिया था तो सलमान ने फ़रीद और गोवा निवासी एंड्रयू फ़रेरा को मेरे साथ कर दिया था। एंड्रयू मिलनसार और बड़बोला था, लेकिन वह बहुत हिचकिचाहट के साथ अपने युवा दोस्तों का साथ छोड़ सका था और हम अब तक नज़दीक नहीं आ सके थे। फ़रीद ने हालांकि अधिकांश

दिन और कई रातें मेरे साथ गुजारीं और हम एक-दूसरे को पसंद करते थे और समझते थे।

'जब क़ादर की मौत हुई तो वह बिलकुल बिखरने की कगार पर था और हमें ग़नी के लोगों का सफाया करना पड़ा,' सलमान ने स्वीकारा। 'मामला बहुत ज़्यादा हिंसक हो चुका था-तुम जानते ही हो-हम सबने कुछ...*असामान्य* काम किए। लेकिन फ़रीद बौरा गया था। वह मुझे चिंतित करने लगा था। हमारे कारोबार में कभी-कभी आपको कठोर होना पड़ता है। यह ऐसा ही है। लेकिन तब आप समस्या में फंस जाते हैं, जब आप उसका आनंद लेने लगते हैं, है *ना?* मुझे उससे बात करना पड़ी। मैंने उससे कहा फ़रीद, लोगों को काट डालना ही पहला विकल्प नहीं होना चाहिए। यह तुम्हारी सूची में बहुत नीचे होना चाहिए। मुझे तो लगता है कि यह विकल्पों के पहले पन्ने तक पर नहीं होना चाहिए। लेकिन उसने अपनी हरकतें जारी ही रखीं। फिर मैंने उसे तुम्हारे साथ काम में लगा दिया। और अब, छह माह के बाद, वह ज़्यादा शांत बंदा बन चुका है। *यार*, यह अच्छी तरह से काम कर गया। लिन, मुझे तो लगता है कि मुझे सारे बुरे, बिगड़ैल बंदों को तुम्हारे साथ ही रख देना चाहिए, ताकि तुम उन सबको दुरुस्त कर सको।'

'जब क़ादर की मौत हुई तो वहां नहीं होने के कारण वह ख़ुद को दोषी मानता है,' जहांगीर आर्ट गैलरी के मोड़ पर आते ही मैंने कहा। ट्रैफ़िक में जरा सी दरार दिखते ही हम दौड़ लगाते हुए कारों को चकमा देते हुए रीगल सर्कल पर पहुंच गए।

'हम *सब* मानते हैं,' सलमान ने कहा। हम अब रीगल सिनेमा के बाहर खड़े थे।

यह एक बहुत ही छोटा सा वाक्य था, केवल चंद शब्द और मेरी जानकारी में सच्चाई वाली कोई नई बात नहीं थी। फिर भी वह छोटा सा वाक्य मेरे दिल को चीरता चला गया। शोक का बर्फ़ीला तूफ़ान आया और मुझे झकझोर कर चला गया। तक़रीबन एक साल से और उस लम्हे तक मेरा गुस्सा मुझे क़ादरभाई का शोक मनाने से रोकता रहा था। उनकी मौत पर दूसरे लड़खड़ाकर ढेर तक हो चुके थे। मैं उनसे इतना नाराज़ था कि मेरा शोक अब भी वहीं ऊपर बर्फ़ में, उन पहाड़ों में था, जहां पर उनकी मौत हुई थी। मुझे कुछ गंवाने का अहसास हुआ। मैं शुरुआत से ही पीड़ा महसूस कर रहा था, लेकिन मैंने उनके लिए वास्तविक शोक नहीं मनाया था-उस तरह से नहीं जैसा कि मैंने प्रभाकर या यहां तक कि अब्दुल्ला के लिए मनाया था। पता नहीं कैसे सलमान के सामान्य सी टिप्पणी ने कि हम सब क़ादर की मौत के वक़्त उनके पास नहीं होने के लिए ख़ुद को दोषी मानते हैं, ने मेरे सर्द हो चुके शोक का सैलाब सा ला दिया। उसी वक़्त वहीं पर मुझे दिल में भीषण पीड़ा का अहसास होने लगा।

'लगता है कि हम कुछ पहले ही आ गए हैं,' सलमान ने उत्साह के साथ कहा और उसके साथ मौज़ूदा पल में लौटने के प्रयास में मैं कुछ हिचकिचा सा गया।

'हां।'

'वे कार से आ रहे हैं और हम पैदल चल रहे थे, *फिर भी* हमने यहां पहुंचने में उन्हें हरा दिया।'

'यह टहलना अच्छा रहा। रात के वक़्त तो यह और भी बेहतर हो जाती है। मैं ऐसा कई मर्तबा करता हूं। कॉज़वे से वीटी और वापस। पूरे शहर में यह मेरा टहलने का सबसे पसंदीदा रास्ता है।'

सलमान ने मेरी तरफ़ देखा और उसके चेहरे पर मुस्कान तैर आई। 'तुम्हें यह जगह वाक़ई पसंद आती है, है ना?'

'निश्चित तौर पर,' मैंने बचाव के अंदाज़ में कहा। 'इसका यह मतलब नहीं है कि मुझे इसकी हर बात पसंद आती है। कई ऐसी बातें हैं जो मुझे पसंद नहीं आतीं। लेकिन मुझे इस जगह से प्यार है। मैं बॉम्बे से प्यार करता हूं और मुझे लगता है कि हमेशा करता रहूंगा।'

वह मुस्कराकर सड़क पर दूसरी ओर देखने लगा। मैंने चेहरे के हावभाव को नियंत्रित करने का भरसक प्रयास किया। मैंने शांत दिखने की कोशिश की, लेकिन अब बहुत देर हो चुकी थी। मेरे दिल का रुदन शुरू हो चुका था।

मैं अब जानता हूं कि मुझे क्या हो रहा था, क्या बात मुझ पर हावी हो रही थी, क्या मुझे भीतर से कुरेदकर लगभग ख़त्म करने वाला था। डिडियर ने तो मुझे इसका नाम तक बता दिया था–हत्यारे का दुख, एक बार उसने बताया था : एक इस तरह का दुख जो छिपकर बैठा रहता है और मौक़ा मिलते ही बिना किसी चेतावनी या दया के हमला बोल देता है। मैं अब जानता हूं कि हत्यारे का दुख बरसों तक छिपकर रह सकता है और फिर आपके सबसे ख़ुशियों भरे दिन भी हमला बोल सकता है, बिना किसी प्रत्यक्ष कारण या बिना किसी विवरण के। लेकिन उस दिन, पासपोर्ट फ़ैक्टरी में काम शुरू करने के छह माह बाद और क़ादर की मौत के लगभग एक साल बाद, मैं उस गहरे और थरथराते भाव को समझ नहीं पाया जो मेरे भीतर दुख का पहाड़ तैयार कर रहा था, जिसे मैंने काफ़ी लंबे अरसे तक नकारा था। मैं इसे समझ नहीं पाया, इसलिए मैंने इससे वैसे ही लड़ना चाहा जैसे कोई पुरुष दर्द या हताशा से लड़ता है। लेकिन आप हत्यारे के दुख को यूं ही नहीं ख़त्म कर दूर नहीं भगा सकते। दुश्मन आपका पीछा करता रहता है, क़दम–दर–क़दम और उसे आपके हर कदम की पहले से ही जानकारी होती है। और यह दुश्मन है आपका दुखभरा दिल और जब यह हमला बोलता है तो इसका निशाना नहीं चूकता।

सलमान जब मेरी तरफ़ मुड़ा तो उसकी आंखें उसके विचारों के कारण दमक रही थीं।

'उस वक़्त जब हम ग़नी के बंदों को हटाने के लिए जंग लड़ रहे थे, फ़रीद नया अब्दुल्ला बनने की कोशिश कर रहा था। तुम जानते ही हो कि वह उसे चाहता था। वह उसे भाई की तरह चाहता था। और वह अब्दुल्ला बनने की कोशिश कर रहा था। मुझे लगता है कि उसके मन में विचार आया कि यह जंग जीतने के लिए हमें

एक नए अब्दुल्ला की ज़रूरत है। लेकिन यह काम नहीं करता, क्या करता है? मैंने उसे यह बात बताने की कोशिश की। मैं सभी युवाओं को यह बताता हूं-ख़ास तौर पर उन्हें जो *मुझे* पसंद करते हैं। आप केवल ख़ुद हो सकते हैं। आप जितना ज़्यादा किसी और की नक़ल करने की कोशिश करेंगे, तो आप उसमें ख़ुद को ही बाधा पाएंगे। अरे, वे लोग आ गए!'

एक सफ़ेद एम्बेसडर हमारे सामने आकर रुकी। उसमें से निकलकर फ़रीद, संजय, एंड्र्यू फ़रेरा और एक 40 वर्ष का गठीला मुस्लिम आमिर हमारे साथ चल पड़े। कार चली गई और हम हाथ मिलाने लगे।

'फ़ैजल के कार पार्क करके आने तक एक मिनट रुको साथियों,' संजय ने कहा।

आमिर के साथ सुरक्षा प्रदान करने का धंधा चलाने वाला फ़ैजल कार को पार्क कर रहा था। यह भी सच था कि उस गर्म दोपहरी में हमारे साथ खड़ा संजय माहौल का मज़ा ले रहा था और व्यस्त रास्ते से गुज़रती लड़कियों को बहुत ही तीखी निगाहों से घूर रहा था। हम गुंडे थे, अपराधी थे और तक़रीबन सभी लोगों को यह बात पता थी। हमारे कपड़े महंगे, नए और ताज़ातरीन फ़ैशन के मुताबिक़ थे। हम सभी चुस्त-दुरुस्त थे। हम सब आत्मविश्वास से लबरेज़ थे। हम सब हथियारों से लैस और ख़तरनाक थे।

फ़ैजल कोने पर ग़ायब हो गया और फिर उसने इशारा किया कि कार सुरक्षित तरीक़े से पार्क की जा चुकी है। हम उसके साथ एक कतार में तीन ब्लॉक दूर ताज महल होटल की ओर बढ़े। रीगल सर्कल से ताज होटल का रास्ता चौड़े, खुले चौराहों से होकर गुजरता था। हम लोगों के आगे बढ़ने के साथ लोग जगह देते गए और हम कतारबद्ध तरीक़े से आगे बढ़ते चले गए। हमें लोग बड़े ध्यान से देखते थे और उनके बीच फुसफुसाहट भरी कुछ बातें भी होती थीं।

हम ताज की सफ़ेद संगमरमर की सीढ़ियों से होते हुए नीचे की मंज़िल पर स्थित शामियाना रेस्तरां में घुसे। दो वेटरों ने बड़ी सी खिड़की से अहाते का नज़ारा दिखाने वाला एक लंबा सा टेबल हमारे लिए आरक्षित कर रखा था। मैं दरवाज़े के पास टेबल के एक सिरे पर बैठा था। सलमान के छोटे से वाक्य से उपजे अवसाद के गहरे बादल मेरे भीतर उथल-पुथल मचा रहे थे। मैं उस जगह इसीलिए बैठा था ताकि समूह को बिना किसी तरह से परेशान किए जब चाहूं उठकर बस निकल जाऊं। वेटरों ने चौड़ी सी मुस्कान के साथ मेरा स्वागत किया। वे मुझे गांव वाला कह रहे थे, जो कि इटालियन शब्द *पेसानो* का भारतीय समतुल्य था। वे मुझे अच्छी तरह से जानते थे-गोरा जो मराठी बोलता है-और हमने कुछ देर गांव की बोली में बातचीत की, जिसे मैंने चार वर्ष पहले सुंदर गांव में सीखा था।

खाना आया और सबने भरपेट खाया। मैं भी भूखा था, लेकिन ज़्यादा खा नहीं पाया और केवल विनम्रता के दिखावे के लिए खाना अपने भीतर धकेलता रहा। मैंने

दो कप ब्लैक कॉफ़ी पीकर ख़ुद को वहां पर चल रही चर्चा की मुख्य धारा में लाने का प्रयास किया। आमिर एक रात पहले देखी गई अपराधियों पर बनी फ़िल्म का वर्णन कर रहा था। वह बता रहा था कि फ़िल्म में हीरो ने तमाम अपराधियों और गुंडों को बिना किसी हथियार के कैसे ठिकाने लगा दिया। उसने लड़ाई के हर पहलू का बारीकी से विश्लेषण किया और हंसी के साथ उसका मज़ाक़ उड़ा रहे थे। आमिर चोटों से भरा एक सनकी दिमाग़ वाला था। उसे हंसने और कहानियां सुनाना बहुत अच्छा लगता था। उसकी आत्मविश्वास से भरी मीठी आवाज़ सबका ध्यान खींच लेती थी।

हमेशा आमिर के साथ ही रहने वाला फैज़ल युवा लीग का चैंपियन मुक्केबाज था। कई मुश्किल पेशेवर मुक़ाबलों के एक साल बाद अपने 19वें जन्मदिन पर उसे पता चला कि उसके प्रबंधक ने उसके मुक्केबाजी मुक़ाबलों से की गई कमाई को हड़प लिया। फ़ैजल ने प्रबंधक को खोज निकाला। उसने उसे तब तक पीटा, जब तक कि वह मर नहीं गया। इस अपराध के लिए उसे आठ साल जेल में काटने पड़े और मुक्केबाजी से प्रतिबंध का भी सामना करना पड़ा। जेल में यह एक बहुत गुस्सैल युवा बहुत सोच-समझकर क़दम उठाने वाला शांत व्यक्ति बन गया। जेल में क़ादरभाई के लिए काम के लोगों को खोजने वाले एक व्यक्ति ने उसे खोज निकाला। सज़ा के अंतिम तीन वर्ष वह अपराध की दुनिया में प्रशिक्षु की तरह था। रिहाई के चार साल से वह आमिर के लिए सुरक्षा प्रदान करने के धंधे में दमदार संरक्षक के तौर पर काम करता था। वह तेज़, बेरहम और अपने को मिले हर काम में सफल होने के लिए प्रेरित रहता था। उसकी टूटी हुई नाक और बाईं भौंह के ऊपर घाव के निशान के कारण उसका चेहरा बहुत डरावना लगता था। वरना तो उसका चेहरा बहुत आकर्षक होता।

वे सब नए ख़ून वाले थे, नए माफ़िया डॉन, शहर के नए बादशाह : संजय, फ़िल्मी हीरो जैसी शक्ल वाला कुशल हत्यारा; एंड्र्यू, गोवा का निवासी जो माफ़िया परिषद में स्थान पाने के सपने बुनता था; आमिर, सफ़ेद बालों वाला अनुभवी जो कहानियां सुनाने में रुचि रखता था; फ़ैजल, बहुत ही सख़्त दिल वाला बंदा जो काम सौंपे जाने पर केवल इतना पूछता था- *अंगुली, बांह, पैर या गर्दन?*- फ़रीद तो किसी भी मामले को सुलझाने वाला माना जाता था, चाहे आग से या डर से; जिसने झोपड़पट्टी में फैले हैजे में पिता के मारे जाने के बाद छह भाई-बहनों को पाल-पोसकर बड़ा किया था; सलमान, शांत और विनम्र व्यक्ति, कुदरती नेतृत्वकर्ता जो विरासत में मिले छोटे से साम्राज्य में सैकड़ों की ज़िंदगी का रहनुमा था और उसे वह ताक़त के बूते अपने पास रखे हुए था।

और वे सब मेरे दोस्त थे। दोस्त से भी कहीं ज़्यादा। वे अपराधों के भाईचारे में मेरे भाई थे। हम सब ख़ून के रिश्ते में बंधे थे-पूरा अन्य लोगों का नहीं-और असीमित दायित्व के साथ भी। अगर मुझे उनकी ज़रूरत होती तो मैंने चाहे जो किया है, मैं चाहे उनसे कोई भी काम कराना चाहूं, वे लोग आ जाएंगे। अगर उन्हें मेरी ज़रूरत होगी तो मैं भी बिना किसी शर्त, नानुकुर के वहां पर रहूंगा। वे जानते थे कि वे मुझ

पर भरोसा कर सकते हैं। वे जानते थे कि जब क़ादर ने मुझसे जंग पर चलने के लिए कहा था तो मैंने जान दांव पर लगाकर उनका साथ दिया था। मैं भी जानता था कि उन पर भरोसा कर सकता हूं। अब्दुल्ला ने मुझे मॉरिजियो का शव ठिकाने लगाने में मदद की थी, जो कि एक बहुत बड़ी परीक्षा थी, किसी से किसी मारे गए व्यक्ति के शव को ठिकाने लगाने के लिए कहना। वहां उस वक़्त उस टेबल पर मौज़ूद हर व्यक्ति इस तरह की परीक्षा में उत्तीर्ण हो चुका था, उनमें से कई तो एक से ज़्यादा बार। अगर ऑस्ट्रेलियाई जेल की भाषा में बात की जाए तो वह दमदार टीम थी। वह मेरे लिए बिलकुल सटीक टीम थी, एक ऐसे व्यक्ति के लिए जिसके सिर पर इनाम घोषित हो। मुझे इतना सुरक्षित कभी महसूस नहीं हुआ था-यहां तक कि क़ादरभाई के साथ भी नहीं-और मुझे कभी एकाकी महसूस नहीं होना चाहिए था।

लेकिन मैं दो वजहों से एकाकी महसूस कर रहा था। माफ़िया उनका था, मेरा नहीं। उनके लिए माफ़िया हमेशा शीर्ष प्राथमिकता थी। लेकिन मैं उन लोगों के प्रति वफ़ादार था, माफ़िया के प्रति नहीं। भाइयों के लिए भाईचारे के लिए नहीं। मैं माफ़िया के लिए काम करता था, लेकिन उसमें शामिल नहीं हुआ था। मैं कभी भी किसी के साथ जुड़ने में यक़ीन नहीं करता था। मुझे कभी भी कोई क्लब या कबीला या विचार इतना महत्त्वपूर्ण नहीं लगा, जितना कि उस पर यक़ीन करने वाले पुरुष और महिलाएं।

और उस समूह के लोगों और मेरे बीच एक और अंतर था-एक अंतर इतना स्पष्ट कि केवल दोस्ती ही उसे नहीं पाट सकती। उस टेबल पर मैं इकलौता ऐसा इंसान था, जिसने गुस्से में या ठंडे दिमाग़ से कभी किसी इंसान का क़त्ल नहीं किया था। एंड्रयू, मिलनसार और बातूनी एंड्रयू तक एक बार अपने घिर चुके दुश्मन पर बैरेटा तान चुका था-सपना के नाम पर हत्या करने वालों में से एक-उसने पिस्तौल की सातों गोलियां उसके सीने में उतार दीं थीं। संजय के शब्दों में तो वह दो-तीन बार मर गया होगा।

अचानक उस पल यह अंतर बहुत बड़े और ख़ुद पर हावी हो जाने वाले लगे-हमारे बीच मौज़ूद समानता भरी सैकड़ों प्रतिभाओं, आकांक्षाओं और प्रवृत्तियों से भी उल्लेखनीय तौर पर ज़्यादा बड़े। ताज होटल की लंबी टेबल पर उसी पल मैं उनसे दूर, बहुत दूर होता जा रहा था। आमिर जबकि अपनी कहानियां सुना रहा था और मैं अन्य लोगों के साथ हंसकर और सिर हिलाकर मौज़ूदगी दर्ज करा रहा था, मैं शोक में डूबता चला जा रहा था। जिस दिन की शुरुआत अच्छी तरह से हुई थी और उसे अच्छी तरह से ही गुजर जाना था, वह सलमान के एक छोटे से वाक्य के कारण गड़बड़ा गया। कमरा गर्म था, लेकिन मैं सर्द हो चुका था। मेरे पेट में चूहे कूद रहे थे, लेकिन मैं खा नहीं पा रहा था। मैं एक भीड़ भरे बड़े से रेस्तरां में दोस्तों से घिरा हुआ था, लेकिन मैं तो जंग की रात से पहले के मुजाहिदीन संतरियों से भी ज़्यादा अकेला था।

और फिर मुझे लिसा कार्टर रेस्तरां में आती दिखी। उसके लंबे सुनहरे बाल छोटे काटे हुए थे। उसके ईमानदार, सुंदर चेहरे पर वह फब रहे थे। उसने अपने पसंदीदा हल्के नीले रंग की ढीली शर्ट और पतलून पहन रखी थी, जो कि उसके नीले गॉगल्स से मेल खा रहे थे। वह ऐसी लग रही थी मानो प्रकाश से ही पैदा हुई हो। आसमान की साफ़ और सफ़ेद रोशनी से।

बिना सोचे कि मैं क्या कर रहा हूं, मैं खड़ा हो गया और दोस्तों से माफ़ी मांगते हुए चल दिया। उसने मुझे आते हुए देखा। उसके चेहरे पर मुस्कान खिल गई और उसने मुझे गले लगाने के लिए बांहें फैला दीं। और फिर वह जान गई। उसका एक हाथ मेरे चेहरे को छूने के लिए बढ़ा। उसकी अंगुलियों ने मेरे घावों की भाषा को पढ़ लिया था, जबकि दूसरे हाथ से वह मुझे थामकर रेस्तरां के बाहरी हिस्से में ले गई।

'मैंने तुम्हें कई हफ़्तों से नहीं देखा था,' एक शांत कोने में बैठते ही उसने कहा। 'क्या कुछ गड़बड़ है?'

'नहीं,' मैंने झूठ बोला। 'क्या तुम कुछ खाने जा रही थीं?'

'नहीं, बस कॉफ़ी। मेरे पास यहां एक कमरा है, पुराने इलाक़े में, जहां से गेटवे बहुत बढ़िया दिखता है। ऐसा दृश्य जिसके लिए कोई भी लाखों खर्च करने के लिए तैयार हो जाएगा। और कमरा भी बहुत अच्छा है। लेति जबकि एक बड़े निर्माता के साथ सौदा कर रही है, यह कमरा मेरे पास पूरे तीन दिन है। उसने यह अतिरिक्त लाभ निकालने में सफलता पाई है। फ़िल्मी कारोबार-क्या कह सकती हूं मैं?'

'यह कैसा चल रहा है?'

'बहुत बढ़िया,' उसने मुस्कराते हुए कहा। 'लेति को हर एक पल पसंद आ रहा है। वह अब तमाम स्टूडियोज़ और बुकिंग एजेंट्स के साथ काम करती है। इस मामले में वह मुझसे बेहतर है। वह हर बार हमारे लिए एक बेहतर सौदा हासिल करती है। और मैं पर्यटकों वाला हिस्सा देखती हूं। मुझे वह हिस्सा ज़्यादा अच्छा लगता है। मेरा मतलब है उनसे मिलना और उनके साथ काम करना।'

'और तुम्हें यह पसंद है कि, वह चाहे कितने भी अच्छे क्यों ना हों, वह हमेशा चले जाते हैं?'

'हां। यह बात भी है।'

'विक्रम कैसा है? मैंने उसे तबसे नहीं देखा है-जब मैंने तुम्हें और लेति को आख़िरी बार देखा था।'

'वह बहुत शांत बंदा है। तुम विक्रम को जानते ही हो। अब उसके पास ज़्यादा वक़्त रहता है। उसे करतबों के पुराने दिनों की कमी महसूस होती है। उस पर वाक़ई उसकी ज़बर्दस्त पकड़ थी और वह इसे बहुत अच्छी तरह से करता था। लेकिन यह लेति को पागल कर देता था। वह हमेशा चलते ट्रकों से कूदता रहता, खिड़कियों को तोड़कर उनमें से निकलता था और इसी तरह की तमाम बातें। और वह बहुत ज़्यादा चिंता करती थी। इसलिए उसने उसे यह काम छोड़ने के लिए मजबूर कर दिया।'

'वह अब क्या कर रहा है?'

'वह तो अब बॉस की तरह है, समझे? कंपनी के कार्यकारी उपाध्यक्ष की तरह–वह कंपनी जिसे लेति ने कविता, कार्ला और जीत और मेरे साथ शुरू किया था,' वह कुछ कहने की कगार पर जाने के बाद अचानक रुकी और फिर उसने मुझे बताया, 'वह तुम्हारे बारे में पूछ रही थी।'

मैंने उसे घूरकर देखा, लेकिन बोला कुछ भी नहीं।

'कार्ला,' उसने ख़ुलासा किया। 'मुझे लगता है कि वह तुमसे मिलना चाहती है।'

मैं चुप्पी साधे रहा। मुझे इसमें मजा आ रहा था कि कितने ढेर सारी भावनाएं उसके बेदाग़ चेहरे पर आ–जा रही थीं।

'क्या तुमने उसका कोई करतब देखा है?' उसने पूछा।

'विक्रम का?'

'हां। लेति द्वारा उसे रोके जाने से पहले उसने ढेर सारे करतब किए थे।'

'मैं व्यस्त था, लेकिन मैं वाक़ई विक्रम से मिलना चाहता हूं।'

'क्यों नहीं?'

'मैं उससे मिलूंगा। मैंने सुना है कि वह हर रोज़ कोलाबा बाज़ार का चक्कर मारता है और मैं उसे देखना चाहता हूं। मैं रात को कुछ ज़्यादा ही काम कर रहा हूं, इसलिए काफ़ी दिनों से लियोपोल्ड्स भी नहीं गया हूं। बस इतना कि मैं व्यस्त हूं।'

'मैं जानती हूं,' उसने कहा। 'लिन, शायद *बहुत* ज़्यादा व्यस्त। तुम्हारी हालत ठीक नहीं दिख रही।'

'मुझे थोड़ा समय दो,' मैंने हंसने की कोशिश करते हुए आह भरी। 'मैं हर रोज़ कसरत करता हूं। हर दूसरे दिन मुक्केबाजी या कराटे करता हूं। मैं इससे ज़्यादा चुस्त–दुरुस्त नहीं हो सकता।'

'तुम जानते हो कि मेरे कहने का क्या मतलब है?' उसने ज़ोर देकर कहा।

'हां, मैं जानता हूं कि तुम्हारा क्या मतलब है। सुनो, मुझे लगता है कि मुझे अब तुम्हें जाने देना चाहिए'

'नहीं, तुम्हें ऐसा नहीं करना चाहिए।'

'क्यों नहीं?' मैंने झूठी मुस्कान के साथ पूछा।

'नहीं। तुम्हें मेरे साथ आना चाहिए। अभी मेरे कमरे में। हम वहां पर कॉफ़ी पी लेंगे। चलो चलते हैं।'

और वह सही कह रही थी : वहां से नज़ारा बहुत ही ख़ूबसूरत था। एलिफ़ेंटा की गुफाओं को जाने वाली नौकाएं या लौटने वाली नौकाएं, समंदर में लहरों की अद्भुत छटा बिखेर रही थीं। दूर खड़े लंगर डाले जहाज जहां बिलकुल स्थिर थे, वहीं किनारे की छोटी सी नौकाएं डूब–उतरा रही थीं। नीचे की सड़क पर पर्यटकों के कपड़े किसी रंगबिरंगे हारों की तरह गेटवे स्मारक से अंदर–बाहर हो रहे थे।

उसने जूते उतारे और पालथी मारकर बिस्तर पर बैठ गई। मैं उसके पास बिस्तर के किनारे पर बैठ गया। मैं दरवाज़े के पास के फ़र्श को देखता रहा। हम कुछ देर चुपचाप बैठे रहे। कमरे से गुज़रती हवा की आवाज़ को सुनते हुए।

'मुझे लगता है,' उसने एक लंबी सांस लेकर बोलने की शुरुआत की। 'तुम्हें यहां आकर मेरे साथ ही रहना चाहिए।'

'वैसे यह तो–'

'पहले मेरी बात सुन लो,' उसने दोनों हथेलियां उठाकर मुझे चुप कराते हुए कहा, 'कृपया।'

'मुझे नहीं लगता–'

'कृपया।'

'ठीक है,' मैं मुस्कराकर बिस्तर पर कुछ और खिसका और सिरहाने पर सिर टिकाकर बैठ गया।

'मुझे एक नई जगह मिली है, ताड़देव में। मुझे पता है कि तुम्हें ताड़देव पसंद है। मुझे भी और मुझे पूरा यक़ीन है कि तुम्हें वह फ़्लैट पसंद आएगा, क्योंकि यह ठीक उसी तरह की जगह है जो हम दोनों को पसंद है। और मुझे लगता है कि मैं यही कहने की कोशिश कर रही हूं कि हम दोनों की पसंद एक जैसी है, लिन। और हममें बहुत सारी समानताएं भी हैं। हम दोनों ने नशे को मात दी है। यह एक बहुत ही मुश्किल काम है और तुम भी इस बात को जानते हो। और बहुत सारे लोग ऐसा नहीं कर पाते। लेकिन हमने यह किया है–हम दोनों ने किया है–और मुझे लगता है कि ऐसा इसलिए है कि हम एक समान हैं, मैं और तुम। लिन, हम अच्छे हैं... हम वास्तव में अच्छे हैं।'

'मैं नहीं कह सकता... निश्चित तौर पर... लिसा, कि मैंने नशे को मात दे दी है।'

'तुमने ऐसा किया है, लिन।'

'नहीं। मैं ऐसा नहीं कह सकता कि मैं दोबारा उसे हाथ नहीं लगाऊंगा, इसीलिए मैं नहीं कह सकता कि मैंने उसे मात दी है।'

'लेकिन यह तो साथ रहने के लिए और भी बड़ा कारण है, क्या तुम्हें दिखता नहीं?' वह गुज़ारिश करते हुए रोने की कगार पर आ चुकी थी। 'मैं तुम्हें बिगड़ने नहीं दूंगी। मैं कह सकती हूं कि मैं उसे कभी हाथ नहीं लगाऊंगी, क्योंकि मुझे उससे नफ़रत है। अगर हम दोनों साथ होंगे तो हम दोनों फ़िल्मों के कारोबार में साथ मिलकर काम कर सकते हैं और एक-दूसरे का ख़याल रखने में मज़ा आएगा।'

'इसमें बहुत ज़्यादा...'

'सुनो, अगर तुम्हें ऑस्ट्रेलिया और जेल की चिंता है तो हम कहीं और चले जाएंगे–किसी ऐसी जगह जहां पर वह हमें खोज नहीं पाएंगे।'

'इस बारे में तुम्हें किसने बताया?' मैंने चेहरे को सपाट रखने की कोशिश करते हुए पूछा।

'कार्ला ने बताया,' उसने कहा। 'यह हमारी इकलौती छोटी बातचीत के दौरान हुआ, जब उसने मुझे तुम्हारा ख़याल रखने के लिए कहा।'

'कार्ला ने ऐसा कहा?'

'हां।'

'कब?'

'काफ़ी अरसा पहले। मैंने उससे तुम्हारे बारे में पूछा–कि उसके मन में तुम्हारे लिए क्या भावनाएं हैं और वह क्या करना चाहती है।'

'क्यों?'

'क्या मतलब, क्यों?'

'मेरा मतलब है कि,' मैंने उसके हाथ पर हाथ रखते हुए पूछा, 'तुमने कार्ला से उसकी भावनाओं के बारे में क्यों पूछा?'

'क्योंकि बेवक़ूफ़ मैं तुम्हारे पीछे दीवानी थी!' उसने एक पल के लिए मेरी आंखों में झांकने के बाद नज़रें हटाते हुए कहा। 'इसीलिए मैं अब्दुल्ला के साथ गई थी–कि तुम्हारे भीतर ईर्ष्या या दिलचस्पी जगा सकूं और बस तुम्हारे पास रह सकूं, उसके ज़रिये, क्योंकि वह तुम्हारा दोस्त था।'

'हे भगवान,' मैंने कहा, 'मुझे माफ़ करना।'

'क्या अब भी भीतर कार्ला ही है?' उसने हवा से हिलते पर्दों को देखते हुए पूछा, 'क्या तुम अब भी उसके प्यार में हो?'

'नहीं।'

'लेकिन तुम अब भी उससे *प्यार* करते हो।'

'हां।'

'और... मेरे बारे में क्या?' उसने पूछा।

मैंने जवाब नहीं दिया, क्योंकि मैं नहीं चाहता था कि वह सच्चाई को जाने। मैं ख़ुद सच्चाई को जानना नहीं चाहता था। और उसकी चुप्पी गहरी होती चली गई और इतनी बड़ी हो गई कि मुझे अपनी त्वचा पर दबाव महसूस होने लगा।

'मेरा यह एक दोस्त है,' उसने अंततः कहा। 'वह एक कलाकार है। एक शिल्पकार। उसका नाम जेसन है। क्या तुम कभी उससे मिले हो?'

'नहीं। मुझे नहीं लगता।'

'वह अंग्रेज़ है और वह वाक़ई बातों को एक अंग्रेज़ की ही तरह देखता है। उसका यह अंदाज़ हमसे अलग है, अमेरिकी अंदाज़ से। उसका जुहू समुद्र तट के पास एक बड़ा स्टूडियो है। मैं वहां कभी-कभार जाती रहती हूं।'

वह फिर चुप हो गई। हम कुछ देर वहां बैठकर कमरे से गुजरती गर्म-ठंडी हवा को महसूस करते रहे। मैं उसकी आंखों को अपने ऊपर गड़ा हुआ महसूस कर रहा था। मैंने देखा हमारे हाथ बिस्तर पर जुड़े हुए थे।

'अंतिम बार जब मैं वहां गई थी तो वह अपने नए विचार पर काम कर रहा था। वह ख़ाली डिब्बों को खिलौने रखने वाले बबल पैक्स में प्लास्टर रखकर भर रहा था। नए टीवी की पैकिंग में इस्तेमाल सामग्री। वह उन्हें ढांचे की तरह इस्तेमाल करके नई कलाकृति बनाता है। उसके पास वहां सैकड़ों वस्तुएं थीं। अंडे के बक्से, नए टूथपेस्ट के पैकेट्स, हैडफ़ोन का ख़ाली डिब्बा।'

मैंने उसकी तरफ़ देखा। उसकी नीली आंखों में हलचल मची हुई थी। उसके होंठ उस सच्चाई से फूल चुके थे जो वह अब मुझे बताने जा रही थी।

'मैं वहां उसके स्टूडियो में घूमती रही, उन तमाम सफ़ेद शिल्पों की तरफ़ देखते हुए और मैंने सोचा कि मैं भी तो ऐसी ही हूं। मैं हमेशा से ऐसी ही रही हूं। पूरी ज़िंदगी। नकारात्मक जगह। हमेशा किसी व्यक्ति, किसी बात या किसी कारण का इंतज़ार करते हुए जो मेरे ज़िंदगी के ख़ाली स्थानों को भर सके...'

जब मैंने उसे चूमा तो उसकी नीली आंखों का तूफ़ान हमारे मुंह में आ गया और उसके ढलकते आंसू मुंबादेवी के बेला के बाग की पवित्र मधुमक्खियों के शहद से भी ज़्यादा मीठे थे। मैंने उसे हम दोनों के लिए रोने दिया। मैंने हमारे शरीर द्वारा बताई गई लंबी और छोटी कहानियों में जीने-मरने दिया। फिर जब आंसू थम गए, तो उसने हमें अपनी सधी हुई ख़ूबसूरती के आगोश में ले लिया-ख़ूबसूरती जो अकेली उसकी थी, जिसने उसके बहादुर दिल में जन्म लिया था और जो उसके प्यार और उसके शरीर की सच्चाई में रच-बस गया था। और यह लगभग काम कर गया।

उसका कमरा छोड़ने से पहले हमने अच्छे दोस्तों, प्रेमियों की तरह दोबारा एक-दूसरे को चूमा। हमारे शरीर एक जान हो गए थे, लेकिन अब भी घाव भरे नहीं थे, पूरी तरह से ठीक नहीं हुए थे। अभी नहीं।

'वह अब भी वहां मौज़ूद है। है ना?' लिसा ने खिड़की के पास बहती हवा के बीच टॉवेल लपेटते हुए कहा।

'मैं आज बहुत उदास हूं, लिसा। मैं नहीं जानता क्यों। यह एक लंबा दिन रहा है। लेकिन यह हमारी वजह से नहीं है। तुम और मैं... यह बहुत अच्छा रहा-मेरे लिए, ख़ैर।'

'मेरे लिए भी, लेकिन लिन मुझे लगता है कि वह अब भी भीतर कहीं है।'

'नहीं। मैं पहले झूठ नहीं बोल रहा था। मैं अब उसके प्यार में नहीं हूं। जब मैं अफ़गानिस्तान से लौटा तो कुछ बातें हुईं। या शायद अफ़गानिस्तान में हुईं। यह बस... थम सा गया।'

'मैं तुम्हें कुछ बताना चाहती हूं,' उसने धीरे से कहा और फिर मेरा रुख़ करते हुए ज़्यादा साफ़ और दमदार आवाज़ में बोली, 'यह उससे ही संबंधित है। तुमने जो कहा, उस पर मैं यक़ीन करती हूं, लेकिन मुझे लगता है कि तुम्हें यह कहने से पहले कि तुम्हारा उसके साथ संबंध समाप्त हो चुका है, इस बात को समझना होगा।'

'मुझे ज़रूरत नहीं है–'

'कृपया सुनो लिन। यह मामला लड़कियों वाला है। मुझे तुम्हें यह बताना पड़ रहा है, क्योंकि तुम तब तक उसके साथ रिश्ते को समाप्त नहीं कह सकते, जब तक कि तुम उसके बारे में सच्चाई को जान नहीं लेते–बशर्ते तुम्हें पता हो कि उसका बर्ताव इस तरह का क्यों है। अगर मैं तुम्हें बताती हूं और अगर यह किसी बात को नहीं बदलता या फिर तुम्हें अभी की स्थिति से कोई फ़र्क़ महसूस नहीं होता तो फिर मैं जान जाऊंगी कि तुम आज़ाद हो।'

'और अगर यह फ़र्क़ महसूस *कराता* है तो?'

'तो शायद वह दूसरा मौक़ा पाने के क़ाबिल है। मैं नहीं जानती। मैं तुम्हें केवल इतना बता सकती हूं कि मैं कार्ला को तब तक नहीं समझ सकी, जब तक कि उसने पूरी बात मुझे बता नहीं दी। उसके बाद उसका बर्ताव समझ आ रहा था। इसलिए... मुझे लगता है कि तुम्हें जानना चाहिए। ख़ैर अगर हम दोनों के बीच कुछ होना है, तो मैं पुरानी बातों को साफ़ कर लेना चाहती हूं।'

'ठीक है,' मैंने हार स्वीकारते हुए कहा और दरवाज़े के पास की कुर्सी पर बैठते हुए कहा, 'चलो बताओ।'

वह दोबारा बिस्तर पर बैठ गई और उसने अपने घुटने मोड़कर शरीर पर लपेटे हुए टॉवेल पर ठुड्डी टिका दी। उसमें परिवर्तन दिख रहे थे और मैं उन्हें अनदेखा नहीं कर सका–एक तरह की ईमानदारी, शायद जिस तरह से उसका शरीर हरकत कर रहा था, एक नया मुरझाया हुआ रूप, जिसने उसकी आंखों को कुछ शांत कर दिया। यह प्यार के कारण आए परिवर्तन थे और एक लिहाज़ से ख़ूबसूरत। मैं इस बात को लेकर हैरान था कि क्या उसने भी दरवाज़े के पास चुपचाप स्थिर बैठे हुए मेरे भीतर इस तरह के कुछ परिवर्तन देखे होंगे।

'क्या तुम्हें कार्ला ने बताया कि उसने अमेरिका क्यों छोड़ा?' उत्तर को जानते हुए उसने पूछा।

'नहीं,' मैंने जवाब दिया, ख़ालिद द्वारा बर्फ़ीली रात में गुम होने से पहले मुझे जो बताया था, उसे दबाते हुए।

'मैंने ऐसा नहीं सोचा था। उसने मुझसे कहा था कि वह तुम्हें इस बारे में नहीं बताने वाली। मैंने कहा कि वह पागल है। मैंने उससे कहा कि उसे तुम्हारे साथ तालमेल बिठा लेना चाहिए, लेकिन उसने ऐसा नहीं किया, क्योंकि मुझे लगता है कि इससे तुम्हारी उसमें दिलचस्पी समाप्त हो जाती। अब, मैं तुम्हें बता रही हूं, ताकि तुम उसे एक और मौक़ा दे सको–अगर तुम चाहो तो। ख़ैर बात यह है। कार्ला ने

अमेरिका छोड़ा, क्योंकि उसे छोड़ना पड़ा। वह भाग रही थी... क्योंकि उसने एक व्यक्ति की हत्या की थी।'

मैं हंसा। शुरुआत हौले-हौले हुई, लेकिन बाद में तो मैं ठहाके मारते हुए लोटपोट होने लगा।

'यह इतनी भी मज़ाक़िया बात नहीं है, लिन' लिसा ने कुछ गुस्से में कहा।

'नहीं,' मैंने हंसना जारी रखते हुए कहा। हंसी पर क़ाबू का प्रयास करते हुए मैंने कहा, 'बात यह... नहीं है। बात यह है कि... *उफ़!* अगर तुम जान पाती कि कितनी बार *अपनी* सनक भरी बर्बाद ज़िंदगी की कहानी *उसको* बताने को लेकर मैं चिंतित रहा करता था! मैं तो बस ख़ुद से यह कहता फिरता था कि मुझे उसके साथ प्यार करने का कोई अधिकार नहीं है, क्योंकि मैं एक भगोड़ा हूं। तुम्हें मानना पड़ेगा कि यह बहुत मज़ाक़िया बात है।'

उसने मुझे घूरकर देखा। मैंने उसके घुटनों को हिलाया तो भी उसके चेहरे पर मुस्कान नहीं आई।

'ठीक है,' मैंने लंबी सांस छोड़कर ख़ुद पर क़ाबू पाते हुए कहा, 'ठीक है। और बताओ।'

'मामला एक पुरुष का है,' उसकी आवाज़ से बात की गंभीरता झलक रही थी। 'वह उन बच्चों में से एक का पिता था जिनकी वह ख़ुद बचपन में देखभाल किया करती थी।'

'उसने मुझे इस बारे में बताया था।'

'उसने बताया था? ठीक है तो तुम जानते हो। लेकिन किसी ने भी इस बारे में कुछ भी नहीं किया। और इसने उसकी पूरी ज़िंदगी को ही बर्बाद कर डाला। और फिर एक दिन उसने एक बंदूक हासिल की और वह उस मकान में उस वक़्त गई ,जब वह अकेला था। उसने उसे गोली मार दी। छह बार। उसने बताया दो सीने में और चार जांघों के बीच।'

'क्या उन्हें पता चल गया कि यह काम उसका था?'

'उसे पूरा यक़ीन नहीं था। उसे इतना पता है कि उसने उस घर में अपना कोई निशान नहीं छोड़ा था और किसी ने भी उसे वहां से जाते हुए नहीं देखा था। उसके बाद उसने उस बंदूक से छुटकारा पा लिया। और वह वहां से तेज़ी से निकल गई, उस देश से ही, बहुत तेज़ी के साथ। उसके बाद वह वहां कभी नहीं लौटी, इसलिए उसे तो यह भी नहीं पता कि वहां पर वह पुलिस रिकॉर्ड में है भी या नहीं।'

मैं कुर्सी पर पीछे टिककर बैठ गया और मैंने लंबी सांस ली। लिसा मुझे ध्यान से देख रही थी। उसकी आंखें दोबारा सिकुड़ चुकी थीं और मुझे उस दिन की याद रही थी, जब कई बरस पहले उसने कार्ला के फ़्लैट में मुझे ऐसी ही नज़रों से देखा था।

'और भी कुछ है?'

'नहीं,' उसने सिर हिलाते हुए जवाब दिया और मेरे पर नज़रें गड़ाई रखीं। 'बस इतना ही।'

'ठीक है,' मैंने अपने चेहरे पर हाथ घुमाकर जाने के लिए उठते हुए कहा। मैं उसके पास गया और बिस्तर पर उसके पास झुका और अपना चेहरा उसके पास लाकर कहा, 'मुझे इस बात की ख़ुशी है लिसा कि तुमने मुझे बताया। यह कई सारी बातों को... स्पष्ट ... कर देता है... मुझे लगता है। लेकिन मुझे जो महसूस होता है उसमें इससे कोई फ़र्क़ नहीं पड़ा है। अगर कर सका तो मैं उसकी मदद करना चाहूंगा, लेकिन मैं भुला नहीं सकता... जो हुआ था... और मैं उसे माफ़ भी नहीं कर सकता। लगता है कि काश! कर सकता। इससे कई बातें आसान हो जातीं। यह बहुत बुरा है, किसी से प्यार करना और फिर उसे माफ़ नहीं कर पाना।'

'यह किसी को प्यार करके नहीं पा सकने से ज़्यादा बुरा नहीं है,' उसने जवाब दिया और मैंने उसे चूम लिया।

शीशे में अपने ही प्रतिबिंबों की भीड़ के साथ मैं लिफ़्ट से नीचे स्वागत कक्ष में आ गया : मेरे बग़ल में, मेरे पीछे, स्थिर और शांत, उनमें से एक भी मुझसे आंख नहीं मिला पा रहा था। एक बार कांच के दरवाज़े से बाहर आने के बाद मैं संगमरमर की सीढ़ियों से उतरते हुए समंदर के पास गेटवे ऑफ़ इंडिया स्मारक के बड़े से अहाते की ओर बढ़ चला। कमानों के साये में मैं समंदर से सटी दीवार पर झुककर पर्यटकों को लेकर आती-जाती नौकाओं को देखने लगा। *उनमें से कितनी ज़िंदगियां*, पर्यटकों को एक-दूसरे के कैमरों के सामने खड़े होते देखकर मैंने सोचा, *ख़ुश हैं या चिंताहीन हैं और... बस आज़ाद हैं? उनमें से कितनों को दर्द महसूस हो रहा होगा? कितने... हैं।*

और फिर काफ़ी अरसे से जिस शोक-विलाप को मैं टाल रहा था, उसने मुझे अचानक घेर लिया। मैंने महसूस किया कि कुछ अरसे से मैं अपने दांतों को चबाता रहता हूं और मेरे जबड़े भींच गए हैं, लेकिन मैं मांसपेशियों को ढीला नहीं कर पा रहा हूं। मैंने सिर घुमाकर अपने सड़क पर काम करने वाले लोगों में से एक को युवा पर्यटक के साथ कारोबार करते देखा। उस बच्चे मुकुल ने छिपकली की तरह इधर-उधर देखा और धीरे से एक छोटी सी पुड़िया पर्यटक के हाथ में खिसका दी। यह पर्यटक लगभग बीस बरस का ऊंचे क़द का स्वस्थ युवक था। मैंने अनुमान लगाया कि वह एक जर्मन विद्यार्थी था और मेरी नज़र अच्छी थी। उसे इस शहर में ज़्यादा वक़्त नहीं हुआ था। मैं इस बात के लक्षण देख रहा था। वह नए ख़ून वाला युवक था जिसके पास ख़र्च करने के लिए पर्याप्त धन था और पूरी दुनिया के अनुभव उसके आगे हाथ पसारे खड़े थे। और अपने दोस्तों की ओर जाते हुए उसके पैरों में एक क़िस्म की उमंग थी। लेकिन उसके हाथ में जो पैकेट था, उसमें ज़हर था। अगर होटल में कहीं किसी कमरे में इस ज़हर से उसकी मौत नहीं हुई तो यह उसके जीवन में गहरी पैठ बना लेगा, जैसा कि मेरे मामले में हुआ था, जब तक कि इसने मेरी हर सांस को ज़हर से भर नहीं दिया था।

मुझे चिंता नहीं थी–ना उसकी, ना मेरी या किसी भी अन्य की। मुझे यह चाहिए था। मुझे उस वक़्त दुनिया में किसी भी वस्तु से ज़्यादा उस ड्रग की ज़रूरत थी। मेरी त्वचा को चरम आनंद के वह पल याद थे और वह बेहाल कर देने वाला दर्द और डर। उसकी गंध और स्वाद इतना तेज़ था कि मुझे उबकाई सी आने लगी। मेरे भीतर विस्मृति, दर्दहीनता, अपराध बोध और किसी भी तरह का अफ़सोस नहीं होने की भावना ने मुझे घेर लिया। मेरा शरीर रीढ़ की हड्डी से लेकर मेरी बांहों तक थरथर कांपने लगा। और मुझे यह चाहिए था : हेरोइन की लंबी भारी रात का वह सुनहरा पल।

मुकुल ने मेरी तरफ़ देखा और आदत के मुताबिक़ वह मुस्करा दिया, लेकिन उसकी मुस्कान में अनिश्चितता थी। और फिर वह जान गया। उसकी नज़र भी बहुत तेज़ थी। वह सड़कों पर ही रहता था और नज़र का अर्थ समझता था। इसलिए उसके चेहरे पर मुस्कान लौट आई, लेकिन इस बार यह अलग तरह की थी। अब इसमें रिझाने का भाव था–यह बिलकुल यहीं है...मेरे पास यह यहीं पर है... *यह बहुत अच्छा माल है... आओ और ले जाओ* – और विक्रेता की हल्की, कुटिल जीत की मुस्कान। *तुम मुझसे बेहतर नहीं हो... तुम कुछ भी नहीं हो...और बहुत जल्द तुम इसके लिए मेरे पास गिड़गिड़ाओगे...*

दिन ख़त्म हो रहा था। खाड़ी की हर लहर की चमक सफ़ेद से गुलाबी होकर कमज़ोर लाल सुर्ख रंग की ओर बढ़ रही थी। मेरी आंखों में पसीना आ गया और मैंने मुकुल की तरह देखा। मेरे जबड़े भिंच चुके थे और होंठ कांप रहे थे : जवाब नहीं देने, नहीं बोलने और सिर नहीं हिलाने के कारण यह हो रहा था। मुझे एक आवाज़ सुनाई दी या याद आई : *तुम्हें बस इतना करना है कि अपना सिर हिलाना है, बस तुम्हें इतना ही करना है और उसके बाद सबकुछ ख़त्म हो जाएगा...* और शोक के आंसू मेरे भीतर उबलने लगे, समंदर की दीवार से टकराने वाली ज्वार की अनवरत लहरों की तरह। लेकिन मैं रो नहीं पा रहा था, उन आंसुओं को बहा नहीं पा रहा था और मुझे महसूस हुआ कि मैं एक ऐसे शोक में डूबता जा रहा हूं, जो उसे रोकने की कोशिश कर रहे मेरे दिल की क्षमता से बहुत ज़्यादा है। मैंने हाथों से समंदर की दीवार के ऊपर बने नीले पत्थरों को दबाना चाहा, मानो मैं शहर में ही अपनी अंगुलियों को धंसाकर उसे पकड़कर ख़ुद को बचा रहा हूं।

लेकिन मुकुल... मुकुल मुस्कराया, चेहरे पर वादा करने वाली शांति के साथ। और मैं जानता था कि शांति को पाने के ढेर सारे तरीक़े हैं–मैं इसे सिगरेट के ज़रिये पी सकता था या किसी काग़ज़ पर रखकर सूंघ सकता था या किसी चिलम में भरकर दम लगा सकता था या इसे सीधे अपनी नसों में उतार सकता था या इसे खा सकता था या निगल सकता था और फिर ब्रह्मांड के सारे दर्दों को ख़त्म कर देने वाली संवेदनशून्यता का इंतज़ार करता। और मुकुल मेरे चेहरे की बैचेनी को किसी अश्लील किताब के अश्लीलता से भरे पन्ने की तरह पढ़ते हुए मेरे कुछ और पास आ गया।

अब वह मेरे पास पत्थर की दीवार पर बैठा था। और वह समझ गया था। वह सबकुछ जानता था।

अचानक एक हाथ ने मेरे कंधे को छुआ। मुकुल अचानक ऐसे पीछे हुआ माने किसी ने उसे लात जमा दी हो और मुझसे दूर हो गया। उसकी आंखों से चमक जा चुकी थी। मैंने मुड़कर एक भूत का चेहरा देखा। यह अब्दुल्ला था, मेरा अब्दुल्ला, मेरा प्यारा दोस्त, जो कई पीड़ा भरे महीनों पहले पुलिस के साथ झड़प में मारा जा चुका था। उसके लंबे बाल छोटे हो गए थे, किसी फ़िल्म स्टार की तरह घने। उसके काले कपड़े जा चुके थे। उसने फ़ैशन से मेल खाता सफ़ेद कुर्ता और धूसर रंग की पतलून पहन रखी थी। और ये अलग कपड़े बड़े ही अज़ीब लग रहे थे–उसे अपने सामने खड़ा देखने जितना ही अज़ीब। लेकिन यह अब्दुल्ला ताहेरी ही था, उसका भूत, तीसवें जन्मदिन पर उमर शरीफ़ जितने आकर्षक दिखते थे, उतना ही आकर्षक। किसी बड़े काले तेंदुए की तरह पीछा करके मारने वाला घातक इंसान। सूर्यास्त से आधे घंटे पहले हाथ की रेत के रंग वाली आंखों वाला, अब्दुल्ला।

'लिन भाई, तुमसे मिलकर इतना अच्छा लग रहा है। क्या हम भीतर जाकर कुछ चाय पी सकते हैं?'

बस इतना ही। बस इतना ही।

'ठीक है, मैं... मैं यह नहीं कर सकता।'

'क्यों नहीं?' भूत ने भृकुटियां तानते हुए पूछा।

'क्योंकि अगर इस बारे में बात की जाए तो,' मैंने ढलते सूरज से नज़रें हटाते हुए उसकी तरफ़ देखते हुए कहा, 'क्योंकि तुम मर चुके हो।'

'लिन भाई, मैं मरा नहीं हूं।'

'हां'

'नहीं। क्या तुमने सलमान से बात की?'

'सलमान?'

'हां, उसने ही तुम्हारे साथ रेस्तरां में मेरी यह मुलाक़ात तय कराई है। यह चौंकाने का प्रयास था।'

'सलमान ने मुझे बताया था तुम्हें चौंकाने वाली एक बात है।'

'और लिन भाई, *मैं* ही वह चौंकाने वाली बात हूं,' भूत मुस्कराया। 'तुम *मुझसे* ही मिलने के लिए आ रहे थे। वह इसे तुम्हारे लिए चौंकाने वाला पल बनाना चाहता था। लेकिन तुम रेस्तरां से चले गए। और अन्य, वे तुम्हारा इंतज़ार कर रहे हैं। लेकिन तुम वापस ही नहीं आए और इसलिए मैं तुम्हें खोजने के लिए निकला। लगता है चौंकाने की बज़ाय हमने तुम्हें धक्का ही दे डाला है।'

'ऐसा बिलकुल मत कहो,' मैंने कहा, जैसा कि प्रभाकर ने एक बार मुझसे कहा था। मैं अब भी हैरानी के बीच झूल रहा था।

'क्यों नहीं?'

'इसका कोई मतलब नहीं है। ओह, अब्दुल्ला...यह तो...यह तो बहुत ही अज़ीबोगरीब सपना है भाई।'

'मैं वापस आ चुका हूं,' उसने बेहद शांत तरीक़े से कहा। 'मैं यहां दोबारा आ चुका हूं। मुझे गोली मारी गई थी। पुलिस ने, यह तो तुम जानते ही हो।'

बातचीत का लहजा वास्तविक था। उसके पीछे धुंधला पड़ता आसमान और लोगों की सड़क से गुजरती कतारें सब कुछ मामूली सा हो चुका था। कोई भी उस सपने के धुंधलेपन की बराबरी नहीं कर पा रहा था। लेकिन फिर भी यह सपना ही होगा। फिर भूत ने अपना सफ़ेद शर्ट उठाकर शरीर के घाव दिखाए जो अब भर चुके थे, लेकिन जहां पर घाव के निशान अब भी मौज़ूद थे।

'देखो, लिन भाई,' उस मुर्दे ने कहा, 'हां मुझे कई बार गोली मारी गई थी, लेकिन मैं ज़िंदा बच गया। वह मेरे शरीर को क्राफ़ोर्ड बाज़ार पुलिस थाने से ले गए। वे पहले दो महीने के लिए मुझे ठाणे ले गए। उसके बाद वह मुझे दिल्ली ले गए। मैं एक साल अस्पताल में रहा। वह एक निजी अस्पताल था, जो दिल्ली से ज़्यादा दूर नहीं था। वह वर्ष कई ऑपरेशन का वर्ष रहा। लिन भाई, एक अच्छा साल नहीं था। उसके बाद मुझे पूरी तरह से ठीक होने के लिए और एक पूरा वर्ष लग गया। *अल्लाह का शुक्रिया।*'

'अब्दुल्ला,' मैंने उसे गले लगाने के लिए आगे बढ़ते हुए कहा। शरीर अब भी मज़बूत था और गर्म, ज़िंदा। मैंने उसकी पीठ पर हाथ बांधकर उसे ज़ोर से गले लगाया। मैंने उसका कान अपने चेहरे से चिपका पाया और उसके शरीर से साबुन की ख़ूशबू आ रही थी। मैंने उसकी आवाज़ को समंदर की रात को गर्म रेत से होकर उठने-गिरने वाली लहरों की तरह अपने सीने के भीतर सुना। आंखें बंद करके उस पर झूमते हुए मैं उस शोक के दरिया में डूबता-उतराता रहा, जो मैंने उसके लिए मनाया था। हम दोनों के लिए मनाया था। मेरा दिल यह सोचकर थर्रा गया कि कहीं मैं पागल तो नहीं हो गया। यह सपना है या हक़ीक़त। मैंने उसे तब तक पकड़े रखा जब तक कि उसके मज़बूत हाथों ने मुझे कुछ धकेल नहीं दिया।

'कोई बात नहीं, लिन,' उसने मुस्कराते हुए कहा। उसकी मुस्कान स्नेह से लेकर उदासी तक के भाव समेटे हुए थी। उसमें हैरत का भी कुछ भाव था, जो उसे शायद मेरा चेहरा देखकर हुई होगी। 'सब ठीक है।'

'सब ठीक *नहीं* है,' मैंने उससे ख़ुद को छुड़ाते हुए कुछ नाराज़गी भरे स्वर में कहा। 'साला, हुआ क्या था? तुम कहां चले गए थे? और तुमने मुझे यह बात क्यों नहीं *बताई?*'

'नहीं, मैं तुमको नहीं बता सकता था।'

'सब फ़ालतू की बातें हैं। निश्चित तौर पर तुम बता सकते थे। इतने बेवकूफ़ मत बनो!'

'नहीं,' उसने ज़ोर देकर कहा। फिर सिर में हाथ घुमाते हुए उसने नज़रें मुझ पर गड़ा दीं। 'क्या तुम्हें याद है, एक बार हम मोटरसाइकल पर जा रहे थे और हमने कुछ लोगों को देखा था? वे ईरान से थे। मैंने तुम्हें मोटरसाइकल के पास रुकने के लिए कहा था, लेकिन तुम नहीं रुके। तुम मेरे पीछे आए और हमने मिलकर उन लोगों का सामना किया। याद है ना?'

'हां।'

'वह मेरे दुश्मन थे। और वह क़ादर ख़ान के भी दुश्मन थे। उनका ईरान की गुप्तचर पुलिस सावक से नाता था।'

'क्या हम–एक मिनट ठहरना,' मैंने उसे टोका और ख़ुद को समंदर से चिपकी दीवार पर सहारा देते हुए कहा, 'मुझे एक सिगरेट चाहिए।'

मैंने उसके लिए सिगरेट का डिब्बा खोल दिया।

'क्या तुम भूल गए?' उसने मुस्कराते हुए पूछा। 'मैं सिगरेट नहीं पीता। और लिन भाई तुम्हें भी नहीं पीनी चाहिए। मैं केवल हशीश लेता हूं। अगर तुम्हें चाहिए हो तो मेरे पास कुछ है?'

'भूल जाओ उसे,' मैंने ठहाका लगाते हुए कहा, 'मैं किसी भूत के साथ नशे में धुत्त नहीं होना चाहता।'

'वे लोग–जिनसे हम लड़े थे–उन्होंने यहां पर कुछ कारोबार किया था। अधिकांशत: ड्रग्स का कारोबार, लेकिन कुछ मर्तबा बंदूकों और कुछ बार पासपोर्ट का भी कारोबार। और वह हमारे ख़िलाफ़ जासूसी भी कर रहे थे। ईरान के उन तमाम लोगों के बारे में सूचनाएं भेज रहे थे, जो इराक के ख़िलाफ़ जंग से भागकर आए हों। मैं भी एक ऐसा व्यक्ति था जो इराक के ख़िलाफ़ जंग से भागकर आया था। कई हज़ार भागकर भारत आ गए थे और कई हज़ार अयातुल्ला खोमैनी से नफ़रत करते थे। ईरान के यह जासूस हमारी जानकारी ईरान के नए सावक को भेजा करते थे। और वे क़ादर से नफ़रत करते थे, क्योंकि वह अफ़गानिस्तान में मुजाहिदीन की मदद करना चाहता था और क्योंकि हम जैसे ईरान से आए सैकड़ों लोगों की मदद की थी। लिन भाई, यह बात तुम्हारी समझ में आई?'

मैं समझ गया। बॉम्बे में मौज़ूद ईरानी मूल के निर्वासितों की संख्या बहुत बड़ी थी और मेरे कई ऐसे दोस्त थे जो अपनी मातृभूमि और अपने परिजनों को खो चुके थे और अपना अस्तित्व बचाए रखने के लिए संघर्षरत थे। उनमें से कुछ क़ादर की परिषद जैसे माफ़िया गैंग्स में काम करते थे। अन्य लोगों ने अपना एक अलग गैंग बना लिया था। हर रोज़ किसी भी कारोबार में पेंच फंस जाने पर वह उसे सुलझाने का ठेका लिया करते थे। मैं जानता था कि ईरानी गुप्तचर पुलिस के जासूस निर्वासितों के बीच मौज़ूद रहते हैं और उनके बारे में सूचनाएं भेजते रहते हैं और कुछ मर्तबा तो ख़ुद अपने हाथ गंदे कर लिया करते थे।

'बताते रहो,' मैंने सिगरेट का एक कश लगाकर कहा।

'जब वे लोग, वह जासूस, अपनी रिपोर्ट तैयार करते थे तो ईरान में मौज़ूद हमारे परिवारों को बहुत बुरे हालात का सामना करना पड़ता था। कुछ माताओं, भाइयों, पिताओं को वह गुप्तचर पुलिस की जेल में डाल दिया करते थे। उस जगह वे लोगों को यातनाएं देते हैं। उनमें से कुछ लोग मर जाते हैं। मेरे ख़िलाफ़ रिपोर्ट को आधार बनाकर उन्होंने मेरी अपनी बहन को यातनाएं दीं, उसके साथ बलात्कार किया। मेरा परिवार जब गुप्तचर पुलिस को तुरंत भुगतान नहीं कर सका तो मेरे चाचा को मार डाला गया। जब मुझे यह पता चला तो मैंने क़ादर ख़ान से कहा कि मैं जाना चाहता हूं ताकि उन लोगों के लिए लड़ सकूं। वे लोग जो ईरान के लिए जासूसी कर रहे हैं। उन्होंने मुझे नहीं जाने के लिए कहा। उन्होंने कहा कि हम मिलकर उनका मुक़ाबला करेंगे। उन्होंने कहा कि हम उन्हें एक-एक करके खोज लेंगे और उन्होंने वादा किया था कि वह उन सभी को मार डालने में मेरी मदद करेंगे।'

'क़ादरभाई...' मैंने धुआं निगलते हुए कहा।

'और हमने उनमें से कुछ को मैंने और फ़रीद ने क़ादर की मदद से खोज निकाला। शुरुआत में नौ लोग थे। हमें छह लोग मिले। उन लोगों को हमने मार डाला। उनमें से अन्य तीन ज़िंदा रहे। तीन लोग। और वह हमारे बारे में कुछ जानते थे-वह जानते थे कि परिषद में एक जासूस है जो क़ादर ख़ान का बेहद क़रीबी है।'

'अब्दुल ग़नी।'

'हां,' उसने कहा और ग़द्दार के नाम के उच्चारण के साथ ही नफ़रत से थूक दिया। 'ग़नी पाकिस्तान से आया था। उसके पाकिस्तानी गुप्तचर पुलिस आईएसआई में कई दोस्त थे। वह ईरान की गुप्तचर पुलिस नए सावक के साथ मिलकर काम करते थे। सीआईए और मोसाद के साथ भी।'

उसकी बात सुनते हुए मैंने सिर हिलाया और फिर अब्दुल क़ादर ख़ान की बताई एक बात को याद करने लगा। उन्होंने एक बार मुझसे कहा था : *दुनिया की तमाम गुप्तचर पुलिस साथ मिलकर काम करती है, लिन और यही उनका सबसे बड़ा राज है।*

'तो पाकिस्तानी आईएसआई ने ईरान की गुप्तचर पुलिस को क़ादर की परिषद में अपने व्यक्ति की मौज़ूदगी की जानकारी दी।'

'अब्दुल गनी, हां,' उसने जवाब दिया। 'ईरान में वे लोग बेहद चिंतित थे। छह मंजे हुए ग़द्दार जा चुके थे। उन ग़द्दारों के शव कभी भी किसी को नहीं मिल सकेंगे। केवल तीन बाकी बचे थे। ईरान से केवल तीन लोग, सो उन्होंने फिर अब्दुल ग़नी के साथ काम करना शुरू कर दिया। उसने उन्हें बताया कि मेरे लिए कैसे जाल बिछाना है। उस वक़्त तुम्हें याद है कि हम नहीं जानते थे कि सपना, वह ग़नी के लिए काम कर रहा था और हमारे ख़िलाफ़ उसकी हमले की योजना थी। क़ादर को पता नहीं था। मुझे पता था। जब मैं क्राफ़ोर्ड बाज़ार के पास उनके जाल में फंसा तो ईरान के एक व्यक्ति ने मुझे पास से गोली मारी। पुलिस को लगा कि मैं पिस्तौल चला रहा

हूं, सो उन्होंने मुझ पर गोली चला दी। मैं जानता था कि मैं मरने जा रहा था तो मैंने भी पिस्तौल उठाकर पुलिस पर गोलियां बरसाना शुरू कर दीं। बाक़ी की बातें तो तुम्हें पता ही हैं।'

'नहीं सारी बातें नहीं,' मैंने कहा। 'पर्याप्त नहीं। मैं वहां पर उस रात था, जिस रात तुम्हें गोली मारी गई थी। मैं क्राफ़ोर्ड बाज़ार पुलिस थाने के पास जमा भीड़ में था। वह बेक़ाबू हो रही थी। हर कोई कह रहा था कि तुम्हें इतनी गोलियां मारी गई हैं कि तुम पहचान में नहीं आ रहे।'

'वहां बहुत ख़ून बहा था। लेकिन क़ादर के लोग, मुझे जानते थे। उन्होंने दंगा भड़काया और क़दम-दर-क़दम बढ़ते हुए पुलिस थाने में घुस गए और वे मेरे शरीर को वहां से निकालकर अस्पातल ले गए। क़ादर ने वहां पास में ही एक ट्रक खड़ा कर रखा था जिसमें एक डॉक्टर था, जिसे तुम जानते हो, डॉक्टर हमीद। क्या तुम्हें वह याद है?-और उन्होंने मुझे बचा लिया।'

'ख़ालिद उस रात वहां था। क्या वह उन लोगों में था जिन्होंने तुम्हें बचाया?'

'नहीं। ख़ालिद उन लोगों में था जिन्होंने दंगे भड़काए। फ़रीद मेरे शरीर को लेकर गया था।'

'फ़िक्सर फ़रीद तुमको वहां से बाहर लाया था?' मैं इस बात से हैरान था कि इतने महीने साथ में काम करके भी उसने इस बारे में एक भी शब्द नहीं कहा था। 'और उसे यह बात पूरे वक़्त पता थी?'

'हां। लिन अगर तुम्हारे पास कोई राज हो तो उसे बस फ़रीद के सीने में दफ़न कर दो। मेरे भाई अब अब्दुल क़ादर के चले जाने के बाद वही सर्वश्रेष्ठ है। नज़ीर के बाद फ़रीद सबसे अच्छा है। यह बात कभी मत भूलना।'

'बाक़ी के तीन लोगों का क्या हुआ? वे तीन ईरानी बंदे? तुम्हें गोलियां लगने के बाद उनका क्या हुआ? क्या क़ादर ने उन्हें दबोचा?'

'नहीं, जब अब्दुल क़ादर ने सपना और उसके आदमियों को मार दिया, तो वे दिल्ली भाग गए।'

'सपना के नाम पर हत्या करने वालों में से एक भाग निकला। क्या तुम्हें यह पता है?'

'हां वह दिल्ली भी गया। जब मैं दोबारा ताक़तवर बन गया-उसे ठिकाने लगाने के लिहाज़ से पूरी तरह नहीं, लेकिन लड़ने के लिहाज़ से तंदुरुस्त-केवल दो माह पहले, मैं उन चार लोगों और उनके दोस्तों की तलाश में निकला। मुझे उनमें से एक मिल गया। ईरान से एक। मैंने उसे ख़त्म कर दिया। अब उस वक़्त के केवल तीन लोग बचे हैं-ईरान के दो जासूस और ग़नी का वह सपना वाला हत्यारा।

'क्या तुम्हें पता है कि वे कहां हैं?'

'यहां। इसी शहर में।'

'तुम्हें पूरा यक़ीन है?'

'बिलकुल मुझे पक्का यक़ीन है। यही वजह है कि मैं बॉम्बे लौटकर आ गया हूं। लेकिन अब लिन भाई, हमें होटल को लौट जाना चाहिए। सलमान और अन्य लोग, वे ऊपर की मंज़िल पर हमारा इंतज़ार कर रहे हैं। वे एक पार्टी चाहते हैं। वे इस बात से ख़ुश होंगे कि मैंने तुम्हें खोज निकाला-उन्होंने कई घंटे पहले तुम्हें जाते हुए तो देखा था। एक ख़ूबसूरत लड़की के साथ और उन्होंने कहा था कि मैं तुम्हें खोज नहीं पाऊंगा।'

'वह लिसा थी,' मैंने ताज होटल की पहली मंज़िल के कमरे के बेडरूम की खिड़की को कनखियों से देखते हुए कहा। 'क्या तुम उससे...मिलना चाहोगे?'

'नहीं,' वह मुस्कराया। 'मैं किसी और से मिल चुका हूं-फ़रीद की बहन, अमीना। वह पिछले एक वर्ष से मेरी देखरेख कर रही है। वह एक अच्छी लड़की है। हम शादी करना चाहते हैं।'

'यहां से भाग जाओ!' गोलीबारी में बच निकलने से भी ज़्यादा हैरानी मुझे उसके शादी करने के इरादे से हुई थी।

'हां,' उसने मुस्कराते हुए मुझे गले लगाने की कोशिश की। 'लेकिन *चलो*, दूसरे लोग हमारा इंतज़ार कर रहे होंगे।'

'तुम आगे जाओ,' मैंने उसकी मुस्कान जितनी ही मुस्कान फेंकते हुए कहा। 'मैं जल्द ही तुम्हारे साथ रहूंगा।'

'नहीं, लिन चलो,' उसने गुज़ारिश की। 'अभी चलो।'

'मुझे बस एक मिनट चाहिए,' मैंने ज़ोर देकर कहा। 'मैं वहां पर... एक मिनट में पहुंच जाऊंगा।'

वह एक पल के लिए हिचकिचाया, लेकिन फिर मुस्कराकर सिर हिलाते हुए वह ताज होटल के कमानीदार दरवाज़े से भीतर चला गया।

शाम ने दोपहर की तेज़ धूप को हल्का कर दिया था। धूल भरे धुआं और नमी ने दूर आसमान में ऐसा माहौल बना दिया था, मानो दुनिया समंदर के पानी में घुलती जा रही है। अधिकांश नावें और छोटी नौकाएं मेरे नीचे स्थित बंदरगाह में बांधी जा चुकी थीं। कुछ अन्य समंदर में डले लंगरों के सहारे डूब-उतरा रही थीं। ज्वार ने एक ऊंची लहर को उसी जगह भेजा जहां पर मैं दीवार के पास खड़ा था। समंदर की लहरों का सफ़ेद झाग सड़कों पर आ जा रहा था। घुमक्कड़ लोग फ़व्वारों के चारों ओर रुक-रुक घूम रहे थे या अचानक आती उछाल और फुहार के बीच हंसकर दौड़ लगा रहे थे। मेरी आंखों के छोटे से समंदर में आंसुओं की लहरें मेरी इच्छा की दीवार को ज़ोर से धक्का दे रही थीं।

क्या तुमने उसे भेजा था? मैंने अपने पिता मृत ख़ान से फुसफुसाकर पूछा। हत्यारे के शोक ने मुझे उसी दीवार तक धकेल दिया था, जहां पर कम उम्र के सड़क

के बच्चे हेरोइन बेच रहे थे। और तब जबकि लगभग बहुत देरी हो चुकी थी। अब्दुल्ला प्रकट हो गया था। *क्या तुमने उसे मुझे बचाने के लिए भेज दिया था?*

सूरज डूब रहा था और मैं आसमान में रंगों का खेल देख रहा था। खाड़ी में मची हलचल के बीच मैं अपनी भावनाओं को विचारों और तथ्यों के खाके में बैठाने की कोशिश कर रहा था। अज़ीब तरह से, ऊटपटांग अंदाज़ में। मैंने एक ही दिन, एक ही घंटे में अब्दुल्ला को दोबारा पा लिया था और क़ादरभाई को दोबारा गंवा दिया था। और इस अनुभव ने, इस तथ्य ने मुझे नियति द्वारा तय अनिवार्यता से भी रूबरू कराकर मुझे इसे समझने में मदद की। जिस शोक को मैं टाल रहा था,उसे मुझ तक पहुंचने में इतना वक़्त इसलिए लगा, क्योंकि मैं उसे जाने ही नहीं दे रहा था। अपने दिल में मैंने उसे उतना ही कसकर पकड़ रखा था, जितना कि कुछ पल पहले अब्दुल्ला को पकड़ा था। मैं अब भी उसी पहाड़ पर था, बर्फ़ में घुटने टेके हुए और उस ख़ूबसूरत चेहरे को हाथों में थामे हुए।

आकाश के अंतहीन मौन पर जबकि सितारे दोबारा प्रकट होने लगे, मैंने लंगर डाले बैठे शोक की अंतिम रस्सी को भी काट दिया और नियति के अनवरत ज्वार के आगे घुटने टेकते हुए, उन्हें भी विदा कर दिया। मैंने वे शब्द कहे, वे पवित्र शब्द.. *मैंने आपको माफ़ किया...*

और यह अच्छा साबित हुआ। और यह सही भी था। मैंने आंसुओं को बहने दिया। मैंने अपने पिता के प्यार में दिल को टूटने दिया, ठीक उन ऊंची लहरों की तरह जिन्होंने मुझे घेर रखा था। जो दीवार से टकराकर पूरी सड़क पर बिखर रही थीं।

अध्याय 40

माफ़िया शब्द एक सिसिलियन शब्द से बना है, जिसका मतलब होता है शेख़ी बघारना। और अगर आप किसी भी ऐसे गंभीर क़िस्म के इंसान से पूछेंगे जो कि जीवनयापन के लिए गंभीर अपराध करता है, वह आपको बताएगा कि बात केवल इतनी सी है–यह बस घमंड और अभिमान है–जो अंत में हममें से अधिकांश के हाथ आता है। शायद किसी के सामने शेख़ी बघारे बग़ैर क़ानून को तोड़ना संभव नहीं है। शायद बिना गर्व या अभिमान महसूस किए तड़ीपार होना संभव नहीं है। निश्चित तौर पर उस पुराने माफ़िया के अंतिम दिनों में, जिसे क़ादरभाई ने तैयार, संचालित किया और जिस पर राज किया, वहां पर ढेर सारे घमंड और अभिमान की कोई कमी नहीं थी। लेकिन उस वक़्त बॉम्बे की अपराधों की दुनिया के उस कोने में यह अंतिम मौक़ा ही था, जब हममें से कोई पूरी ईमानदारी से यह कह सके कि उसे अपराधी होने पर गर्व है।

क़ादर ख़ान की मौत को दो साल हो चुके थे, लेकिन उनका दिया गया ज्ञान और सिद्धांत, उनके द्वारा स्थापित माफ़िया परिषद में दैनंदिन गतिविधियों के संचालन पर हावी थे। क़ादर को हेरोइन से नफ़रत थी और उन्होंने अपने नियंत्रण वाले इलाक़े में, सड़क पर घूमने वाले नशे की लत के शिकार हो चुके लोगों के अलावा किसी को भी ड्रग या शराब के कारोबार की अनुमति नहीं दी थी। उन्हें वेश्यावृत्ति पर भी आपत्ति थी। उनकी राय में यह एक ऐसा धंधा है जो महिलाओं को नुक़सान पहुंचाता है, पुरुषों को नैतिक तौर पर गिराता है और अंततः समाज को खोखला कर देता है। उनका प्रभाव क्षेत्र कुछ वर्ग किलोमीटर इलाक़े की सभी गलियों, रास्तों, बगीचों और इमारतों तक फैला हुआ था। उनके इस छोटे से राज में कोई भी पुरुष या महिला, जिसने वेश्यावृत्ति या अश्लीलता में अपनी भागीदारी को बहुत गुप्त या छुपा हुआ नहीं रखा था, उचित दंड का भागीदार होता था। और यही स्थिति सलमान मस्तान के नेतृत्व में बनी नई परिषद में भी कायम थी।

बुज़ुर्ग शोभन महमूद, जो अब भी परिषद के नाममात्र के मुखिया थे, बहुत गंभीर रूप से बीमार थे। क़ादर की मौत के बाद के एक वर्ष में उन्हें दो बार आघात का सामना करना पड़ा, जिसके कारण उनकी बोलने और हलचल की क्षमता बहुत बुरी तरह से प्रभावित हो गई थी। परिषद ने उन्हें वर्सोवा के समुद्र तट के पास क़ादर के बंगले में स्थानांतरित कर दिया था–वही जहां पर मैंने नज़ीर के साथ नशे से उबरने

के लिए लंबी लड़ाई लड़ी थी। यह सुनिश्चित कर दिया गया था कि बुज़ुर्ग डॉन को सर्वश्रेष्ठ चिकित्सा सहायता मिल सके और उनके परिवार और नौकरों को भी उनकी सेवा की आज़ादी दे रखी थी।

नज़ीर ने इस बीच क़ादर के भतीजे तारिक़ को धीरे-धीरे निखारा। अधिकांश को यह अहसास हुआ कि शायद उसे परिषद में प्रमुख भूमिका के लिए तैयार किया जा रहा है। इस बालक के खानदान, परिपक्वता और असामान्य गंभीर व्यवहार के बावज़ूद-ऐसा कोई और पुरुष या बालक नहीं था जो मुझे उसे देखकर ख़ालिद की याद दिलाता था-तारिक़ परिषद में स्थान या यहां तक कि परिषद की बैठक में शिरकत के लिहाज़ से काफ़ी छोटा था। फिर भी नज़ीर ने उसे इस तरह के काम और ज़िम्मेदारियां दीं जो धीरे-धीरे उसे एक दिन नेतृत्व थामने में मददगार साबित होंगी। व्यावहारिक तौर पर सलमान मस्तान ही डॉन था, नया ख़ान, परिषद का मुखिया और क़ादरभाई के माफ़िया का मुखिया। और सलमान, जैसा कि उसे जानने वाले सभी लोग मानेंगे, क़ादरभाई का ही व्यक्तित्व, शरीर और आत्मा था। वह पूरे गुट का संचालन इस तरह से करता था, मानो सफ़ेद बालों वाले आक़ा ख़ुद सब कर रहे हों। मानो हर रात निजी मुलाक़ात में वह ख़ुद उसे सलाह दे रहे हों और सावधान भी कर रहे हों।

अधिकांश लोग बिना किसी हिचक के सलमान को समर्थन देते थे। वह इसके पीछे के सिद्धांतों को समझते थे और मानते थे कि इन्हें स्वीकारना कितना ज़रूरी है। शहर के हमारे वाले इलाक़े में शब्द गुंडा या अपराधी अपमानजनक नहीं था। स्थानीय लोग जानते थे कि हमारे माफ़िया की शाखा सड़कों पर हेरोइन और अश्लीलता से जुड़े अपराधों पर नियंत्रण का काम पुलिस से बेहतर तरीक़े से कर रही है। पुलिस आख़िरकार रिश्वत की बलि चढ़ सकती थी। वाक़ई सलमान का माफ़िया धड़ा इस स्थिति में आ चुका था कि वह पुलिस को रिश्वत दे सकता था-वही पुलिस जिन्हें हाल ही में दलालों और नशा बेचने वालों ने रिश्वत दी हो-ताकि जब किसी हेरोइन विक्रेता को दीवार पर सिर पटककर मारा जाए या किसी अश्लील धंधे से जुड़े व्यक्ति के हाथ हथौड़े से कुचल दिए जाएं, तो वह उसे साफ़ तौर पर नज़रअंदाज कर दें।

इलाके के बुज़ुर्ग सिर हिलाकर अपने इलाक़े की सड़कों पर शांति पर सहमति जताते थे, जबकि अन्य इलाक़ों की सड़कों पर तो कोहराम मचा होता था। बच्चों के आदर्श युवा अपराधी होते थे, जो कई बार स्थानीय नायक की तरह भी हो जाते थे। रेस्तरां, बार और अन्य कारोबार सलमान के लोगों का शांति के रख़वालों और ऊंचे नैतिक आदर्शों वालों के तौर पर स्वागत करते थे। और उसके नियंत्रण वाले इलाक़े से ख़बरों की दर, पुलिस को दी जाने वाली निराधार सूचना-जो कि लोकप्रियता या नाराज़गी की प्रतीक होती है-पूरे बॉम्बे के किसी भी इलाक़े की तुलना में कम थी। हमें गर्व था और हमारे सिद्धांत थे और हम लगभग उस सम्मान के हक़दार थे, जो हमारे मुताबिक़ हमें मिलना चाहिए था।

फिर भी हमारे धड़े के भीतर शिकायत के कुछ स्वर सुनने को मिलते थे और परिषद की कुछ बैठकों में हमारे धड़े के भविष्य को लेकर गर्मागर्म, अनसुलझी बहस हो जाया करती थी। दरअसल हेरोइन के धंधे के कारण दूसरे माफ़िया अमीर होते जा रहे थे। स्मैक से हुई कमाई उनकी दमकती विदेशी कारों, डिज़ाइनर कपड़ों और ताज़ातरीन इलेक्ट्रॉनिक सामान में दिखाई देने लगी थी। साथ ही वे अपने मादक द्रव्यों के कारोबार से मिलने वाली अनवरत, अक्षत कमाई से लोगों की भर्ती भी कर रहे थे : भाड़े के हत्यारे जिन्हें पूरे दमखम से लड़ने के लिए भुगतान किया जाता था। धीरे-धीरे वे गैंग्स अपने इलाक़े में इज़ाफ़ा करते जा रहे थे और झड़पों में हमें अपने कुछ बहुत ही दमदार लोग गंवाने पड़े। कई अन्य घायल हो चुके थे और पुलिस अपनी क़िस्मत का शुक्रिया अदा करने के लिए पूरे शहर में बस अगरबत्तियां जलाते फिर रही थी।

ठीक इसी तरह विदेशी, बेहद अश्लील वीडियो की बिक्री से होने वाली कमाई भी नई थी और इस बाज़ार का भी दायरा बहुत-बहुत बड़ा था। कुछ विरोधी परिषदों ने पर्याप्त धन कमाकर वह चीज़ बड़ी मात्रा में एकत्रित कर ली थी, जो अंततः किसी भी अपराधी गिरोह की प्रतिष्ठा का सबसे बड़ा प्रतीक होती हैं-ढेर सारी बंदूकें। ऐसे गिरोहों द्वारा जमा किए गए धन से ईर्ष्या, उनके इलाक़े में इज़ाफ़े से नाराज़ और विरोधी गिरोहों की बढ़ती ताक़त से चिंतित होकर सलमान मस्तान के गिरोह के कुछ लोगों ने नीति बदलने का आग्रह किया। इन लोगों में आलोचना की पहली आवाज़ थी संजय की, सलमान का सबसे पुराना और सबसे क़रीबी दोस्त।

'तुम्हें चूहा से मिलना चाहिए,' संजय ने बेहद गंभीरता के साथ कहा। उस वक़्त वह, फ़रीद, सलमान और मैं महालक्ष्मी रेसकोर्स की चमकीली हरी दूब के पास मौलाना आज़ाद रोड पर चाय पी रहे थे। वह अशोक चंद्रशेखर की बात कर रहा था, जो वालिदलाला गैंग का प्रभावशाली गुर्गा था। उसने दरअसल अशोक के उपनाम *चूहा* का इस्तेमाल किया था।

'मैं उस साले से मिल चुका हूं, यार,' सलमान ने कहा। 'मैं उससे हर वक़्त मिलता रहता हूं। हर बार जब उसके लोग हमारे इलाक़े का कोई कोना छीनने की कोशिश करते हैं तो मैं मामले को निपटाने के लिए चूहा से मिलता हूं। हर मर्तबा जब हमारे लोग उसके लोगों को बुरी तरह से धुन डालते हैं तो मैं चूहा से मिलता हूं। हर मर्तबा जब वह हमारी परिषद को उसकी परिषद से जुड़वाने का न्यौता देता है, मैं चूहा से मिलता हूं। समस्या यह है कि मैं उस साले को *बहुत ही* अच्छी तरह से जानता हूं।'

वालिदलाला परिषद के इलाक़े की सीमा हमारी सीमा से सटी हुई है। दोनों गिरोहों के बीच संबंध सौहार्द पूर्ण भले ही नहीं हों, लेकिन सम्मानजनक थे। विरोधी गिरोह का मुखिया वालिद दरअसल क़ादरभाई का क़रीबी दोस्त रह चुका था और उनके साथ परिषद व्यवस्था के मूल संस्थापकों में से एक था। हालांकि वालिद ने अपनी परिषद को हेरोइन और अश्लील साहित्य के कारोबार में उतार दिया था,

जबकि एक जमाने में वह भी क़ादरभाई की तरह इससे नफ़रत करता था। उसका भी इसी बात पर ज़ोर रहा करता था कि क़ादरभाई के गिरोह के साथ कोई झगड़ा नहीं किया जाएगा। उसके बाद परिषद में दूसरी पंक्ति का नेता चूहा बहुत महत्त्वाकांक्षी था, जिसने वालिद के नियंत्रण को चुनौती सी दे डाली। उसकी महत्त्वाकांक्षा के कारण गिरोहों के बीच विवाद और यहां तक कि झगड़े बढ़ने लगे और इस वजह से सलमान को मज़बूरन एक फ़ाइव स्टार होटल जैसी निष्पक्ष जगह पर चूहा के साथ नियमित तौर पर रात्रिभोज में शामिल होना पड़ता था।

'नहीं, लेकिन तुमने उसके साथ वास्तविकता में *बातचीत* नहीं की है, सीधे आमने-सामने, जैसे हम मिलकर कितना पैसा बना सकते हैं। अगर तुम ऐसा करते सलमान भाई, तो तुम्हें पता चलता कि वह कितनी काम की बात करता है। वह गर्द के धंधे से ही करोड़ों कमा रहा है। नशेड़ियों की ज़रूरत तो पूरी ही नहीं हो पा रही। उसे इसे *ट्रेन* से लाने की नौबत आ चुकी है। और अश्लील फ़िल्मों का कारोबार-यह पागलों की तरह फैल रहा है। मैं क़सम खाकर कहता हूं कि यह बहुत ही ज़बर्दस्त धंधा है। वह हर फ़िल्म की पांच सौ प्रतियां बना रहा है और हर एक प्रति को पांच सौ रुपये में बेच रहा है। सलमान भाई यानी कि हर अश्लील फ़िल्म पर ढाई लाख रुपये की कमाई। अगर तुम लोगों की हत्या करके उस तरह की कमाई कर सकते सलमान भाई, भारत की आबादी की समस्या एक महीने में हल हो जाती। सलमान भाई, तुम्हें उससे बात करनी चाहिए।'

'मुझे वह पसंद नहीं है,' सलमान ने साफ़ कहा। 'और मुझे उस पर विश्वास भी नहीं है। इन दिनों तो मुझे लगने लगा कि मुझे उस साले को हमेशा के लिए ख़त्म ही कर देना चाहिए। किसी कारोबार को शुरू करने का यह उत्साह जगाने वाला तरीक़ा नहीं है, है *ना?*'

'अगर ऐसी नौबत आई तो मैं ख़ुद उस साले को गोली से उड़ा दूंगा और यह हंसी-ख़ुशी कर दूंगा। लेकिन तब तक, जब तक उसे मारने की नौबत नहीं आ जाती, हम उसके साथ बहुत सारा पैसा बना सकते हैं।'

'मुझे ऐसा नहीं लगता।'

संजय ने समर्थन के लिए टेबल पर मौज़ूद अन्य लोगों की तरफ़ देखा और अंत में मुझसे गुज़ारिश की।

'बताओ तो जरा लिन, तुम्हें क्या लगता है?'

'संजू, यह परिषद का मामला है,' मैंने मुस्कराते हुए उसकी बात काट दी। 'इसका मेरे साथ कोई संबंध नहीं है।'

'इसीलिए तो मैं तुमसे पूछ रहा हूं, लिन बाबा। तुम हमें निष्पक्ष नज़रिया दे सकते हो। तुम चूहा को जानते हो। और तुम यह भी जानते हो कि हेरोइन के धंधे में कितना पैसा है। तुम्हें नहीं लगता कि उसके पास पैसे कमाने के बेहतर विचार हैं?'

'*अरे*, उससे मत पूछा,' फ़रीद ने हस्तक्षेप करते हुए कहा। 'तब तक नहीं जब तक आप सच्चाई नहीं जानना चाहते हों।'

'नहीं, बताओ,' संजय अड़ा रहा और उसकी आंखों की चमक और बढ़ गई। वह मुझे पसंद करता था और यह भी जानता था कि मैं भी उसे पसंद करता हूं। 'मुझे सच्चाई बताओ। तुम उसके बारे में क्या सोचते हो?'

मैंने सलमान की तरफ़ देखा और उसने सिर हिला दिया, ठीक क़ादर की तरह।

'मुझे लगता है कि चूहा हिंसक अपराध करने वाला जिस तरह का व्यक्ति है, वह उसे बदनाम बना देता है।' मैंने कहा।

सलमान और फ़रीद इतनी ज़ोर से हंसे की उनकी चाय छलक गई और उन्होंने रूमाल के साथ अपना मुंह पोंछा।

'ठीक है,' संजय ने खिसियाते हुए कहा। उसकी आंखें अब भी चमक रही थीं। 'तो क्या...*बिलकुल यही बात*...उसके बारे में तुम्हें पसंद नहीं है ना?'

मैंने दोबारा सलमान की तरफ़ देखा। उसने भौंहें और हाथ कुछ इस अंदाज़ में उठा दिए मानो कह रहा हो, *मेरी तरफ़ मत देखो।*

'चूहा एक वसूलीबाज है,' मैंने कहा। 'मुझे वसूलीबाज लोग पसंद नहीं आते।'

'क्या है वह?'

'संजय, एक वसूलीबाज। वह प्रतिरोध नहीं कर सकने वाले लोगों की पिटाई करके उनसे जो चाहे वसूल लेता है। हमारे देश में उन्हें *स्टेंड ओवर मैन* कहा जाता है, क्योंकि वे वाक़ई में उन छोटे लोगों पर चढ़कर ही वसूली कर लिया करते हैं।'

संजय ने फ़रीद और सलमान की तरफ़ असमंजस के साथ देखा।

'मुझे तो समस्या नहीं दिखती,' उसने कहा।

'नहीं। मैं जानता हूं कि *तुम्हें* इससे कोई समस्या नहीं है। और यह ठीक भी है। मैं किसी से मेरी तरह से सोचने की उम्मीद नहीं कर सकता। सच तो यह है कि अधिकांश लोगों का भी यही मानना होता है। और मैं इस बात को समझता हूं। मुझे समझ आता है कि अधिकांश लोग इसी तरह से बड़े होते हैं। लेकिन अगर मैं किसी बात को समझता हूं तो इसका मतलब यह नहीं है कि मैं उसे पसंद करता हूं। मैं उनमें से कुछ से जेल में मिला था। उनमें से कुछ ने मुझ पर दादागीरी करना चाही थी। मैंने उन्हें चाकू मार दिया था। उसके बाद किसी भी व्यक्ति ने मेरे साथ ऐसा करने की जुर्रत नहीं की। और यह बात पूरी जेल में फैल गई। तुम इस बंदे से पंगा लोगे तो वह तुम्हारे शरीर में छेद कर देगा। और उन्होंने मुझे अकेला छोड़ दिया। बस बात इतनी सी है। अगर उन्होंने मुझ पर दोबारा दादागीरी की कोशिश की होती तो मेरे मन में उनके लिए ज़्यादा सम्मान होता। मैंने उनसे लड़ना बंद नहीं किया होता–और मैं उन्हें अब भी काट डालता, लेकिन ऐसा करते वक़्त मेरे मन में उनके लिए ज़्यादा सम्मान होता। यहां के वेटर संतोष से पूछो वह चूहा के बारे में क्या सोचता है। चूहा और

उसके लोग पिछले हफ़्ते ही यहां पर आए थे और केवल पचास रुपये के लिए उसे तमाचा जड़ दिया था।'

मुझे पता था कि संजय वेटरों और औसत टैक्सी ड्राइवरों को इतनी ही टिप दिया करता था।

'और यह तब जबकि वह साला लखपति है,' मैंने कहा। 'और वह संतोष जैसे अच्छे काम करने वाले व्यक्ति पर केवल पचास रुपये के लिए दादागीरी कर रहा है। मैं ऐसे व्यक्ति का सम्मान नहीं कर सकता। और संजय मुझे लगता है कि तुम भी ऐसी बात को पसंद नहीं करोगे। मैं इस बारे में कुछ करने नहीं वाला हूं। यह मेरा काम नहीं है। चूहा लोगों को तमाचे जड़कर रिश्वत वसूलता है। मैं इसे समझ सकता हूं, लेकिन अगर उसने कभी मुझ पर दादागीरी करने की कोशिश की तो मैं उसके टुकड़े कर दूंगा। और बता दूं कि मुझे इसमें बहुत ज़्यादा मजा आएगा।'

कुछ देर चुप रहने के दौरान संजय होंठ चबाता रहा और उसने हाथ ऊपर की उठा दिए। उसके बाद सलमान और फ़रीद की तरफ़ देखते ही तीनों ने ज़ोर से ठहाका लगा दिया।

'तुमने भी किससे पूछा!' फ़रीद ने हंसते हुए कहा।

'ठीक है, ठीक है,' संजय ने हार मान ली। 'मैंने ग़लत व्यक्ति से पूछ लिया। लिन एक बहुत ही सनकी क़िस्म का व्यक्ति है *यार।* उसमें अचानक सनक जन्म लेती है। वह क़ादर के साथ अफ़गानिस्तान चला गया। मैंने ऐसा काम तक करने के लिए तैयार हो जाने वाले इस सनकी व्यक्ति से सवाल क्यों पूछा? तुम उस झोपड़पट्टी में क्लीनिक चलाते थे, लेकिन तुमने उससे एक कौड़ी तक की कमाई नहीं की थी। लिन भाई, अब अगर मैंने कभी तुमसे कारोबार को लेकर सलाह मांगी तो मुझे यह बात याद दिला देना।'

'और एक और बात,' मैंने कहा, चेहरे को सपाट रखते हुए।

'हे *भगवान!*' संजय चिल्लाया, 'उसके पास अब भी एक और बात है!'

'और अगर तुम घोष वाक्य के बारे में सोचो, तो तुम समझ जाओगे कि मैं इस निष्कर्ष पर कैसे पहुंचा।'

'*घोष* वाक्य?' संजय के सवाल पर उसके साथी और ज़ोरों से ठहाके मारकर हंस दिए। '*यार,* कौनसे स्लोगन?'

'तुम जानते हो मेरे कहने का क्या मतलब है। वालिदलाला घोष वाक्य या आदर्श वाक्य है, *पहले शहद तब ज़ुल्म।* अगर मेरा अनुवाद सही है तो पहले शहद और फिर अपमान या क्रूरता। सही है ना? क्या वे लोग मिलते हैं तो यही नहीं कहते?'

'हां, हां। यह उनका ही वाक्य है।'

'और हमारा घोष वाक्य क्या है? क़ादर का घोष वाक्य?'

उन्होंने एक-दूसरे की तरफ़ देखा और मुस्करा दिए।

'सच और हिम्मत,' मैंने ज़ोरों से कहा। 'मैं जानता हूं कि कई लोगों को चूहा का घोष वाक्य पसंद आता है। वे सोचते हैं कि यह चतुराई भरा और मज़ाकिया है। और इससे निर्ममता की बू आती है, इसलिए वे मानते हैं कि यह ज़्यादा दमदार है। लेकिन मुझे यह पसंद नहीं है। मुझे क़ादरभाई का घोष वाक्य पसंद आता है।'

इतने में एनफ़ील्ड की आवाज़ आई और मैंने देखा कि अब्दुल्ला चाय की दुकान के बाहर बाइक को पार्क कर रहा था। उसने मुझे देखकर हाथ हिलाया। यह मेरे जाने का वक़्त था।

मैंने अपने हिसाब से सच ही बयां किया था और मैंने हर शब्द दिल से कहा था, लेकिन मुझे इस बात का अहसास था कि वक़्त गुजरते जाने के साथ संजय की दलील ज़्यादा मज़बूत होती जाएगी। हम सब जानते थे कि चूहा के नेतृत्व में वालिदलाला का गिरोह ही एक तरह से सभी माफ़िया परिषदों का भविष्य था। वालिद अब भी उसके नाम के गिरोह का मुखिया था, लेकिन अब वह बूढ़ा हो चुका था और बीमार रहता था। उसने चूहा को इतने ज़्यादा अधिकार दे रखे थे कि गिरोह का संचालन अब चूहा ही करता था। चूहा आक्रामक और कामयाब था और हर कुछ महीनों में वह जीत या दादागीरी से ताक़त बढ़ाता ही चला जा रहा था। आज नहीं तो कल, अगर सलमान चूहा के साथ विलय के लिए तैयार नहीं हुआ तो विस्तार खुले विवाद में तब्दील हो जाएगा और फिर जंग होगी।

मैं हालांकि उम्मीद कर रहा था कि सलमान के नेतृत्व में क़ादर की परिषद ही विजयी रहेगी। लेकिन मैं यह भी जानता था कि अगर हम जीत भी गए तो बिना हेरोइन, वेश्यावृत्ति, अश्लील साहित्य के कारोबार में उसकी ही तरह से क़दम रखे बग़ैर चूहा के इलाक़े पर कब्ज़ा मुश्किल होगा। यही भविष्य था और यह अपरिहार्य था। इसमें दरअसल ढेर सारा पैसा था। और पैसे का ढेर अगर बड़ा होता जाता है तो यह किसी बड़े राजनीतिक दल की तरह होता है : यह जितना लाभ देता है, उतना ही नुक़सान पहुंचाता है, यह चंद लोगों के हाथ में बहुत ज़्यादा ताक़त दे देता है और आप इसके जितने क़रीब आते जाते हैं, उतने ही गंदे होते जाते हैं। लंबी अवधि में सलमान शायद चूहा के साथ लड़ाई के रास्ते से हट जाए या वह उसे हराकर ठीक वही बन जाए। *नियति हमेशा आपको दो विकल्प देती है,* स्कॉर्पियो जॉर्ज ने एक बार कहा था, *एक जो आपको स्वीकारना चाहिए और एक जो आप करते हैं।*

'लेकिन सुनो,' मैंने चलते हुए कहा, 'इसका मेरे साथ कोई संबंध नहीं है। और सच कहूं तो मुझे इसकी कोई फ़िक्र भी नहीं है। मेरा वाहन आ चुका है। मैं तुम सबसे बाद में मिलता हूं।'

मैं संजय की गुज़ारिश और दोस्तों के ठहाकों के बीच उठकर चल दिया।

'अबे साले,' संजय चिल्लाया। 'तुम मुझे यूं मझधार में छोड़कर नहीं जा सकते, *यार!* यहां वापस आओ।'

मैं जैसे ही पहुंचा अब्दुल्ला ने किक लगाकर रवाना होने के लिए बाइक का स्टैंड हटा दिया।

'तुम वर्जिश के लिए जल्दी में हो,' मैंने सीट पर बैठते हुए कहा। 'शांत हो जाओ। तुम वहां कितनी भी तेज़ी से पहुंच जाओ, लेकिन भाई मैं तुम्हें फिर भी हरा ही दूंगा।'

पिछले नौ माह से हम बलार्ड पियर के एलिफ़ेंट गेट इलाक़े में एक छोटे, अंधेरे से भरे गंभीर क़िस्म के जिम में मेहनत कर रहे थे। यह एक गुंडे का जिम था, जिसे सपना के हत्यारों में एक हाथ गंवाने वाले क़ादरभाई के गुर्गे हुसैन ने बनाया था। वहां वज़न थे, बेंचेस थीं, एक जूडो की मैट थी और एक बॉक्सिंग रिंग। वहां पर लोगों के पसीने की ताज़ा-बासी गंध इतनी ज़्यादा घुल-मिल गई थी कि शायद उस इलाक़े में केवल उसी इमारत में घुसने से शायद चूहे और काक्रोच तक घबराते होंगे। वहां की दीवारों और लकड़ी के फ़र्श पर ख़ून के दाग लगे हुए थे। वहां पर शायद शनिवार रात को किसी अस्पताल के आपातकालीन वार्ड से भी ज़्यादा ख़ून तो युवा अपराधी वर्कआउट के दौरान ही गंवा देते थे।

'आज नहीं,' अब्दुल्ला ने ट्रैफ़िक की तेज़ लेन में बाइक को घुसाते हुए कहा। 'लिन, आज कोई लड़ाई नहीं। मैं तुम्हें चकित करने के लिए ले जा रहा हूं। बहुत चौंकाने वाली बात!'

'अब मैं चिंतित हूं,' मैंने कहा। 'किस तरह का आश्चर्य?'

'तुम्हें याद है जब मैं तुम्हें डॉक्टर हमीद के पास ले गया था? तुम्हें वह चौंकाने वाली बात याद है?'

'हां, मुझे याद है।'

'तो यह उससे भी अच्छा है। बहुत ज़्यादा अच्छा।'

'ओह, ठीक है। मुझे अब भी सहज महसूस नहीं हो रहा है। मुझे कुछ और संकेत दो।'

'तुम्हें याद है जब मैंने तुम्हें गले लगाने के लिए भालू भेजा था?'

'कानो ना, मुझे अच्छी तरह से याद है।'

'यह उससे भी *ज़्यादा* बेहतर है।'

'एक डॉक्टर और एक भालू' मैंने इंजिन की आवाज़ से ऊंची आवाज़ में कहा। 'भाई, इन दोनों के बीच बहुत अंतर है। कुछ और संकेत दो।'

'हा, हा!' उसने ठहाका लगाया। वह एक ट्रैफ़िक लाइट के पास रुक गया। 'मैं तुम्हें बस इतना ही कहूंगा कि-जब तुम इसे देखोगे तो तुम इतने दिन अपने ज़िंदा होने की बात छिपाने के लिए भी मुझे माफ़ कर दोगे।'

'अब्दुल्ला, मैं तुम्हें माफ़ कर चुका हूं।'

'नहीं लिन भाई। मैं जानता हूं कि तुमने मुझे माफ़ नहीं किया है। मैंने कई चोटें झेली हैं, हमारे बीच बॉक्सिंग और कराटे में तुमने मुझे कई ज़ख्म दिए हैं।'

यह सच नहीं था : मैंने कभी उसे उतनी ज़ोर से नहीं मारा था, जितनी ज़ोर से वह मारता था। हालांकि वह तेज़ी से ठीक हो रहा था और वह बहुत चुस्त-दुरुस्त हो चुका था, लेकिन उसे वह असीमित ताक़त और क़रिश्माई उत्साह हासिल नहीं हो सका था, जो उसके पास पुलिस की गोलीबारी से पहले था। और जब वह मुझसे बॉक्सिंग मुक़ाबले के लिए अपनी शर्ट उतारता था, तो उसके शरीर पर इतने घावों के निशान होते थे, मानो किसी जंगली जानवर ने उसे नाख़ून मारे हों और उसके शरीर को किसी ने गर्म लोहे से दागा हो। ऐसे में हर बार मुझे अपने मुक्के रोक देना पड़ते थे। मैंने अब तक *उसके* सामने यह बात नहीं स्वीकारी थी।

'ठीक है,' मैंने हंसते हुए कहा। 'अगर तुम इसी तरह से मुझे लटकाए रखना चाहते हो तो मैं तुम्हें माफ़ नहीं करूंगा!'

'लेकिन जब तुम इस चौंकाने वाली बात को देखोगे,' उसने मेरे साथ हंसते हुए कहा। 'तुम मुझे पूरी तरह से माफ़ कर दोगे, दिल से। चलो, अब इस बारे में मुझसे पूछना बंद करो। बताओ सलमान ने उस सुअर चूहा के बारे में संजय को क्या कहा?'

'तुम्हें कैसे पता चला कि हम उस बारे में बात कर रहे थे?'

'मैं सलमान के चेहरे के भाव देख सकता था,' उसने चिल्लाकर कहा। 'और संजय, उसने मुझे आज सुबह ही कहा था कि वह चूहा के साथ कारोबार करने के लिए सलमान से दोबारा पूछना चाहता है। तो सलमान ने क्या कहा?'

'तुम इस बात का जवाब जानते हो,' बाइक ट्रैफ़िक में रुकते ही मैंने सामान्य आवाज़ में कहा।

'बहुत अच्छी बात! अल्लाह का शुक्रिया।'

'तुम्हें वाक़ई चूहा से नफ़रत है, है ना?'

'मैं उससे नफ़रत नहीं करता,' उसने बाइक को कारों के साथ आगे बढ़ाते हुए कहा। 'मैं तो बस उसे मार डालना चाहता हूं।'

हम कुछ देर शांत रहे और सड़क पर काले कारोबार को शुरू होते देख रहे थे। हमारे चारों ओर हर मिनट सैकड़ों छोटे-बड़े घोटाले, सौदे हो रहे थे और हम उन सभी को जानते थे।

जब हम ट्रैफ़िक पर एक बस के पीछे रुके तो मैंने फुटपाथ पर ताज राज को देखा, एक जेबकतरा जो आमतौर पर ताज महल होटल के पास गेटवे इलाक़े में काम करता था। वह पिछले साल ही कसाई के चाकू से किए गए एक हमले में बचा था, जिसमें उसकी गर्दन धड़ से अलग होते-होते बची थी। इस घाव के कारण अब उसकी आवाज़ लड़खड़ाती थी और उसकी गर्दन इतनी तिरछी लगाई गई कि जब वह किसी से सहमति के लिए सिर हिलाता तो लगभग गिर सा जाता था। वह अपने दोस्त इंद्रा के साथ स्टम्बल फ़ॉल पिल्फ़र गेम खेल रहा था। उसका मित्र इंद्रा बाधा के तौर पर साथ दे रहा था। इंद्रा को कवि के नाम से ही जाना जाता था, क्योंकि वह

हर वाक्य लय में ही बोलता था। शुरुआत में तो यह अच्छा रहता था, लेकिन आगे चलकर अश्लीलता की हदें पार करते हुए इतनी ज़्यादा गहराइयों की ओर बढ़ जाता था कि ख़ुद को इस मामले में बहुत चालू समझने वाला भी कन्नी काट ले। कहा जाता है कि एक बार इंद्रा ने जब अपनी यही शब्दों की अश्लीलता कोलाबा बाज़ार में लाउडस्पीकर के ज़रिये प्रसारित की थी तो दुकानदार और ग्राहक दोनों ही भाग खड़े हुए थे और पूरी सड़क सुनसान हो गई थी। कहा जाता है कि पुलिस तक उससे दूर हो गई थी और जब वह थकान से कुछ देर के लिए रुका तो उसे धर दबोचा था। मैं दोनों लोगों को जानता था और चाहता भी था, लेकिन मैं उन्हें कभी भी अपनी जेब के नज़दीक नहीं आने देता था। और जैसे ही बस और ट्रैफ़िक में हलचल हुई, इंद्रा ने नेत्रहीन की तरह अभिनय करना शुरू कर दिया–हालांकि यह बहुत अच्छा नहीं था–और एक विदेशी से टकरा गया। और उसके साथी ताज राज ने दोनों को उठने में मदद की और विदेशी के बटुए पर हाथ साफ़ कर दिया गया था।

'क्यों?' जब बाइक ने दोबारा गति पकड़ ली तो मैंने पूछा।

'क्या क्यों?'

'तुम चूहा को क्यों मारना चाहते हो?'

'मैं जानता हूं कि उसने एक बैठक की थी...ईरान से आए लोगों के साथ।' अब्दुल्ला ने ज़ोर से कहा। 'लोग कहते हैं कि यह केवल कारोबारी बातचीत थी–संजय, वह कहता है कि केवल कारोबार की बात हुई थी। लेकिन मुझे लगता है कि वहां कारोबार से कुछ ज़्यादा बात थी। मुझे लगता है कि वह उन लोगों के साथ काम करता है, क़ादर ख़ान के ख़िलाफ़। हमारे ख़िलाफ़। इसी वजह से लिन।'

'ठीक है,' मैंने कहा। मुझे यह जानकर ख़ुशी हो रही थी कि चूहा के प्रति मेरी सोच की पुष्टि हो गई थी, लेकिन मुझे अपने सनकी ईरानी दोस्त की चिंता हो रही थी। 'लेकिन कुछ भी मेरे बग़ैर मत करना, ठीक है?'

उसने ठहाका लगाया और मेरी तरफ़ मुंह मोड़कर सफ़ेद दांत दिखाए।

'मैं गंभीर हूं अब्दुल्ला। मुझसे वादा करो!'

'ठीक है, लिन भाई!' उसने चिल्लाकर जवाब दिया। 'जब सही समय होगा तो मैं तुम्हें बुला लूंगा!'

उसने अपनी बाइक स्ट्रेंड कॉफ़ी हाउस के बाहर रोकी। कोलाबा के बाज़ार में यह नाश्ते के लिए मेरी पसंदीदा जगह थी।

'आख़िर चल क्या रहा है?' हम बाज़ार की तरफ़ चलने लगे तो मैंने जानना चाहा। 'किस क़िस्म का हैरान करने वाला मामला है–मैं तो यहां हर रोज़ ही आता हूं।'

'मैं जानता हूं,' उसने रहस्यमय तरीक़े से मुस्कराते हुए कहा। 'और अब मैं अकेला नहीं हूं जो इस बात को जानता है।'

'*इस* बात का क्या मतलब है?'

'लिन भाई, तुम्हें पता चल ही जाएगा। तो यहां पर यह रहे तुम्हारे दोस्त।'

मैंने देखा कि दाल के एक स्टॉल के पास रखी बोरियों के पास मेरे दोस्त विक्रम पटेल, जोडियेक जॉर्जेस, स्कॉर्पियो और जेमिनी बैठकर गिलास में चाय पी रहे थे।

'क्या हाल हैं?' विक्रम ने कहा, 'एक बोरी खींचो और आराम से बैठ जाओ।'

अब्दुल्ला और मैंने सबसे हाथ मिलाए और जैसे ही हम बोरियों पर बैठे स्कॉर्पियो जॉर्ज ने चायवाले को दो और चाय लाने के लिए कहा। पासपोर्ट का काम मुझे अक्सर रात को व्यस्त रखता था, क्योंकि कृष्णा और विल्लू-दोनों के ही बढ़ते परिवार में छोटे-छोटे बच्चे थे-ने अपनी शिफ़्ट में बदलाव कर लिया था, ताकि वे घर पर बहुमूल्य समय बिता सकें। सलमान की परिषद के लिए पासपोर्ट और अन्य कामों के चलते मुझे पहले की तुलना में लियोपोल्ड्स जाने का कम ही मौक़ा मिल पाता था। जब कभी भी मैं जाता था तो कोलाबा बाज़ार के मुहाने पर विक्रम के फ़्लैट पर उससे और जॉर्जेस से मिल लिया करता था। विक्रम अधिकांश दिनों में लेति के साथ दोपहर के भोजन के बाद वहीं पर होता था। वह मुझे लियोपोल्ड्स की ख़बरों की ताज़ा जानकारी देता रहता था-डिडियर दोबारा प्यार में पड़ गया है और रंजीत, कार्ला का नया बॉयफ्रेंड लोकप्रिय होता जा रहा है-और जॉर्जेस मुझे बताता था कि सड़कों पर क्या कुछ चल रहा है।

'हमने सोचा कि तुम आज आओगे ही नहीं,' चाय के आते ही विक्रम ने कहा।

'अब्दुल्ला ने मुझे लिफ़्ट दी,' अपने दोस्त की रहस्यमयी मुस्कान पर त्यौरियां चढ़ाते हुए मैंने कहा। 'और हम ट्रैफ़िक में फंस गए। हालांकि यह वसूल हो गया। मुझे ताज राज और इंद्रा की करतूतों को एमजी रोड पर देखने का मौक़ा मिला। क्या बात है।'

'अब वो पहले की तरह नहीं रहा, अपना ताज राज,' जेमिनी ने दक्षिणी लंदन के लहजे में अंतिम दो शब्द फेंकते हुए कहा, 'अब उसमें वह सफ़ाई नहीं रही। जबसे उसका हादसा हुआ है, उसकी चपलता कुछ ख़त्म हो गई है। अब यह बस ठीकठाक है। उसका ख़ून के रिसाव वाला सिर लगभग अलग ही हो गया था। इसलिए उसकी चपलता कम होना कोई हैरानी की बात नहीं है।'

'इस मौक़े पर,' स्कॉर्पियो जॉर्ज सिर झुकाते हुए वह पवित्र धर्मपरायणता का चोला पहन लिया, जिससे हम सब डरते थे, 'मुझे लगता है कि हम सबको उसके लिए प्रार्थना करनी चाहिए।'

हमने एक-दूसरे की तरफ़ देखा, हमारी आंखें चेतावनी की मुद्रा में चौड़ी हो चुकी थीं। बचने का कोई रास्ता नहीं था। हम हिलने की स्थिति में नहीं थे और स्कॉर्पियो इस बात को जानता था। हम फंस चुके थे।

'हे भगवान,' स्कॉर्पियो ने शुरुआत की।

'हे भगवान,' जेमिनी बोला।

'और देवी,' स्कॉर्पियो ने बोलना जारी रखा, 'आसमान में मौजूद अनंत यिंग-यांग हम आज आपसे हमारी प्रार्थना सुनने की विनम्र विनती करते हैं, हमारी पांच आत्माएं जिन्हें आपने धरती पर भेजा है, और जिसे आपने स्कॉर्पियो, जेमिनी, अब्दुल्ला, विक्रम और लिन की अस्थायी सुरक्षा में छोड़ा है।'

'*अस्थायी* से उसका क्या मतलब है?' विक्रम ने मुझसे फुसफुसाकर पूछा और मैंने कंधे उचका दिए।

'भगवान, कृपया हमारी मदद करो,' स्कॉर्पियो ने कहा। उसने आंखें बंद करके चेहरे को स्वर्ग की तरफ़ ऊपर कर दिया, जो कि लग रहा था मानो बालों को रंगने वाली और कान साफ़ करने वाली तीसरी मंज़िल की वीजे प्रेमनाथ अकादमी की बाल्कनी के बीच में था। 'कृपया हमारा मार्गदर्शन करें कि क्या सही है और हम सही काम करें। और भगवान आप आज रात बेल्जियम से आए दंपत्ति के साथ हमारे सौदे के साथ इस काम की शुरुआत कर सकते हैं। भगवान और देवी मुझे आपको यह बताने की कोई ज़रूरत नहीं है कि बॉम्बे में ग्राहकों को अच्छे दर्जे की कोकीन की आपूर्ति कितनी मुश्किल है। लेकिन आपका करम है कि हम ए-ग्रेड स्नो के 10 ग्राम हासिल करने में कामयाब रहे। अगर आप मेरी पेशेवर प्रशंसा को स्वीकार करें भगवान तो यह आपका चमत्कार ही था। ख़ैर मुझे और जेमिनी को यक़ीन है कि हम उस सौदे से मिलने वाले कमीशन का इस्तेमाल कर सकेंगे और उड़ाए जाने या पीटे जाने या मारे जाने से बचना हमें अच्छा लगेगा-बशर्ते कि आपकी कोई और योजना नहीं हो। इसलिए कृपया हमारे मार्ग पर रोशनी डालिए और हमारे दिलों को प्यार से भर दीजिए। अच्छा चलते हैं, लेकिन संपर्क का रास्ता हमेशा की तरह खुला रहेगा। अब मैं विदा लूंगा, आमीन।'

'आमीन!' जेमिनी ने प्रतिक्रिया दी, जिसमें प्रार्थना स्कॉर्पियो की आम प्रार्थना की लंबाई से कम होने की राहत भी झलक रही थी।

'आमीन,' विक्रम ने सुबकते हुए अपनी आंखों से एक आंसू पोंछा।

'*अस्तगफ़िरुल्लाह,*' अब्दुल्ला बोला। *अल्लाह, मुझे माफ़ करना।*

'तो फिर कुछ खाना कैसा रहेगा?' जेमिनी ने पूरे उत्साह के साथ कहा। 'भुक्कड़ों की तरह खाने के लिए थोड़े से धर्म से बेहतर कुछ भी नहीं है, कुछ है?'

उसी वक़्त अब्दुल्ला मेरे कान के पास आकर फुसफुसाया।

'आराम से देखना-नहीं धीरे-धीरे। वहां देखो, कोने के पास मूंगफली की दुकान के पीछे। क्या तुम उसे देख पा रहे हो? तुम्हारे लिए चौंकाने वाली बात, लिन। क्या तुम उसे देख पा रहे हो?'

और फिर मुस्कराते हुए ही मेरी निगाह एक शामियाने की छांव में खड़े होकर मुझे देख रहे एक झुके हुए व्यक्ति पर पड़ी।

'वह यहां हर रोज़ आता है,' अब्दुल्ला ने कहा। 'और केवल यहीं पर नहीं, कई उन ठिकानों पर भी जहां तुम जाते हो। वह तुम पर नज़र रखता है। वह इंतज़ार करता है और तुम पर नज़र रखता है।'

'विक्रम!' मैं धीरे से बोला। दरअसल मैं जो देख रहा था, उसकी पुष्टि करना चाहता था। 'देखो! वहां कोने पर!'

'कहां *क्या* देखना है यार।'

मेरा ध्यान अपने पर देखकर वह व्यक्ति थोड़ा और छांव में पीछे हो गया और फिर मुड़कर भाग निकला। वह लंगड़ा रहा था, मानो उसके शरीर का पूरा बायां हिस्सा क्षतिग्रस्त हो चुका हो।

'तुमने उसे नहीं देखा?'

'नहीं भाई। किसे देखा?' विक्रम मेरे पास खड़े होकर मेरी नज़र की दिशा में देखते हुए खिसियाकर बोला।

'यह मोडेना है!' मैंने लंगड़ाते हुए स्पेनिश की तरफ़ दौड़ लगाते हुए चिल्लाकर कहा। मैंने मुड़कर विक्रम, अब्दुल्ला और जोडियेक्स की तरफ़ देखा तक नहीं। मैंने विक्रम के सवाल का भी जवाब नहीं दिया। मैंने नहीं सोचा कि मैं क्या कर रहा हूं या मैं उसका पीछा क्यों कर रहा हूं। मेरे दिमाग़ में तो बस एक ही विचार, एक छवि और एक ही शब्द था... *मोडेना...*

वह बहुत तेज़ था और गलियों को अच्छी तरह से जानता था। जब वह छिपे दरवाज़ों और इमारतों के बीच की अदृश्य सी दरारों से छिपकर आगे बढ़ रहा था तो मुझे अहसास हुआ कि इन गलियों को इतनी अच्छी तरह से जानने वाला वह मेरे अलावा दूसरा विदेशी है। वैसे कुछ भारतीय भी इन गलियों को जानते थे–केवल दलाल, चोर और नशेड़ी–जो उसका पीछा कर लेते। वह एक छेद से गुजरा जिसे किसी ने एक गली से दूसरी गली में जाने के लिए किया था। वह एक आड़ का चक्कर लगाकर आगे निकला, जो कपड़े पर पेंटिंग के साथ पत्थरों की दीवार लगती थी। उसने गलियारों में बनी दुकानों से होते हुए सुखाने के लिए टांगी गई रंगबिरंगी साड़ियों के बीच से रास्ता निकाल लिया।

और फिर उसने एक ग़लती कर दी। वह एक ऐसी संकरी गली में घुस गया, जिस पर फुटपाथ पर रहने वाले बेघरों और उनके परिवारों का कब्ज़ा था। यह वे लोग थे जिन्हें घरों से निकाल दिया गया था। मैं यह बात अच्छी तरह से जानता था। उस आवास में परिवर्तित गली में लगभग 100 पुरुष, महिलाएं और बच्चे रहते थे। गली में दो इमारतों के बीच ऊपर बनाए गए आलों में बारी–बारी से सोने के लिए उन्होंने जगह बना रखी थी। बाक़ी के काम वह उस संकरी अंधेरी गली में ही किया करते थे। मोडेना बैठे और खड़े हुए समूहों को छकाता हुआ, खाना पका रहे स्टोव्स, नहाने की जगह और पत्ते खेल रहे लोगों के बीच से निकल रहा था। फिर गली के अंत में वह दाएं की जगह बाईं तरफ़ मुड़ गया। यह एक गतिरोध था, जो बहुत ऊंची दीवारों

से घिरा था। यहां पर घनघोर अंधेरा था और यहां पर एक बहुत ही तीखा मोड़ था, जो अंधेरे में डूबी दूसरी इमारत की तरफ़ से निकलता था। हम इसे इस्तेमाल कर चुके थे। दरअसल जिन ड्रग कारोबारियों पर हमें विश्वास नहीं होता था, उनके साथ सौदा यहीं पर किया जाता था, क्योंकि यहां बच निकलने का केवल एक ही रास्ता था। मैं उससे कुछ क़दम पीछे ही वहां पर पहुंच गया। हांफते हुए मैं अपनी आंखों पर ज़ोर डालकर अंधेरे में देखने की कोशिश कर रहा था। मैं उसे देख नहीं पा रहा था, लेकिन मुझे यक़ीन था कि वह वहीं पर कहीं है।

'मोडेना,' मैंने बहुत धीमी आवाज़ में कहा, 'मैं लिन हूं। मैं बस तुम्हारे साथ बात करना चाहता हूं। मैं तुम्हें... कोशिश नहीं कर रहा... मैं जानता हूं कि तुम यहां पर हो। मैं अपना बैग नीचे रख रहा हूं और एक बीड़ी जलाने जा रहा हूं। ठीक है? एक तुम्हारे लिए, एक मेरे लिए।'

मैंने उसके क़रीब से तेज़ी से भागने की संभावना के साथ बैग को धीरे से नीचे रख दिया। मैंने जेब से बीड़ी का बंडल निकाला और उसमें से दो बीड़ियां निकालीं। उनके मोटे हिस्से को अपनी ओर रखते हुए मैंने उन्हें तीसरी और चौथी अंगुली में थाम लिया। शहर का हर ग़रीब व्यक्ति ठीक ऐसा ही करता था। फिर मैंने माचिस खोलकर एक तीली सुलगाई। माचिस की लौ बीड़ी पर लगाने के दौरान मैंने ऊपर की तरफ़ देखा और वह सामने ही था। माचिस की तीली की रोशनी से छिपने की कोशिश करता हुआ। जैसे ही माचिस बुझी मैंने उसकी ओर बीड़ी लेकर एक हाथ बढ़ाया और फिर मैंने उसकी अंगुलियां महसूस कीं। मेरी उम्मीद से कहीं ज़्यादा नर्म और नाज़ुक और उसने बीड़ी स्वीकार ली।

जब उसने बीड़ी का पहला कश लगाया तो मैंने पहली बार उसका चेहरा साफ़ तौर पर देखा। यह बहुत ही विकृत था। मॉरिजियो ने उसे इतनी यातनाएं और घाव दिए थे कि उसकी कोमल त्वचा को देखते हुए भी डर लग रहा था। उस हल्की नारंगी रोशनी में मैंने उसकी आंखों में मुस्कान देखी, क्योंकि उसे मेरे चेहरे का ख़ौफ दिख चुका था। कितनी मर्तबा, मैं हैरान होकर सोच रहा था, उसने यह दूसरे लोगों की आंखों में देखा होगा–वह चौड़ा सफ़ेदी लिए हुए भय जब वह उसके चेहरे पर लगे घाव और उसकी तबाह हौसले को देखते होंगे? कितनी बार उसने लोगों को अपने घावों को देखकर पीछे हटते हुए देखा होगा, और मैं भी पीछे हट गया था, मानो वह किसी बीमारी के नासूर हों? कितनी बार उसने लोगों को ख़ुद से यह सवाल करते देखा होगा : *उसने क्या किया था? उसने ऐसा क्या किया था, जो उसका ऐसा हाल हुआ?*

मॉरिजियो के चाकू ने उसकी गहरी भूरी आंखों के नीचे के दोनों गाल चीर दिए थे। ये घाव अब अंग्रेज़ी के शब्द वाय के आकार में लंबे खिंच चुके थे। ये आंखों के नीचे ऐसे दिखते थे मानो आंसू टपक रहे हों। नीचे की पलक तो कुछ इस तरह से उधड़ चुकी थी कि उसकी आंखें बाहर निकलती हुई दिख रही थीं। उसकी नाक

को हड्डी तक काट दिया गया था। त्वचा बगल में तो आ चुकी थी, लेकिन बीच में नहीं जहां घाव बहुत गहरा था। उसके नथुनों की जगह दो छेद थे और वे सुअर के नथुनों की तरह लग रहे थे। उसकी आंखों के आस-पास, जबड़े और बालों के नीचे पूरी भौंह पर कई घाव के निशान थे।

ऐसा लग रहा था कि मॉरिजियो ने मोडेना के पूरे चेहरे की ही खाल खींच लेनी चाही थी और उसके चेहरे पर सैकड़ों घाव ऐसे दिख रहे थे और मांस ऐसे लटक रहा था, मानो किसी व्यक्ति के हाथ की खींची हुई अंगुलियां हों। मैं जानता था कि उसके कपड़ों के भीतर भी बहुत सारे घाव होंगे : उसके शरीर के बाईं ओर के हाथ और पैर की हलचल बहुत ही अज़ीबोगरीब हो चुकी थी। ऐसा लगता था मानो उसकी कोहनी, कंधा और घुटना पूरी तरह से ठीक ही नहीं हो सके थे।

यह राक्षसी क़िस्म की विकृति थी : क्रूरता के लिहाज़ से इतनी सधी हुई विरूपता कि मैं सुन्न पड़ गया और कोई प्रतिक्रिया ही नहीं दे पाया। मैंने देखा कि उसके मुंह के आस-पास कोई घाव नहीं था। मुझे उसकी क़िस्मत पर हैरानी हो रही थी। उसके ख़ूबसूरत होंठ जस के तस थे। फिर मुझे याद आया कि मॉरिजियो ने उसे बिस्तर से बांधते वक़्त उसका मुंह बांध दिया था जिसे वह सवाल पूछने के लिए ही खोलता था। और जब मोडेना बीड़ी पी रहा था तो मुझे अचानक ऐसा अहसास हुआ कि उसका नर्म, बेदाग़ मुंह ही सारे घावों में सबके ख़राब और सबसे भीषण है।

हमने चुपचाप पूरी बीड़ी फूंक डाली और तब तक मेरी आंखें अंधेरे में देखने के लिहाज से आदी हो चुकी थीं। मुझे धीरे-धीरे इस बात का अहसास हुआ कि वह कितना छोटा था, शरीर के बाएं हिस्से पर किए गए घावों ने उसे कितना छोटा सा बना दिया था। मुझे ऐसा लगा कि मैं उस पर हावी हो चुका हूं। मैं रोशनी में एक क़दम पीछे हटा और अपना बैग उठाते हुए उत्साह बढ़ाने वाले अंदाज़ में सिर हिलाया।

'*गरम चाय पिएं?*' मैंने पूछा।

'*ठीक है,*' उसने जवाब दिया।

मैं उसे गली से निकालकर एक चाय की दुकान पर ले गया, जहां पर स्थानीय आटा मिल और बेकरी के कर्मचारी ख़ाली समय में बैठा करते थे। उनमें से कुछ लोग हमें जगह देने के लिए बेंच पर कुछ खिसक गए। उनका पूरा शरीर आटे से ढंका हुआ था। उन्हें देखकर ऐसा लग रहा था कि फ़ेंटम या पत्थर के कई बुत जीवंत हो गए हों। आटे के कारण उनकी आंखें लाल सुर्ख हो चुकी थीं। जब वे चाय पी रहे थे तो उनके गीले होंठों पर दरारें दिखने लगीं। उन्होंने भारतीयों की सामान्य उत्सुकता के साथ हमारी तरफ़ देखा और जब मोडेना ने आंखें उठाईं तो तुरंत दूसरी ओर देखने लगे।

'भाग जाने के लिए मैं माफ़ी चाहूंगा,' गोद में रखे हुए अपने हाथों को देखते हुए उसने कहा।

मैं उसके कुछ और बोलने का इंतज़ार करता रहा, लेकिन उसने मुंह कसकर बंद कर लिया और ज़ोर-जोर से सांस लेने लगा।

'तुम... तुम ठीक तो हो?' जब चाय आई तो मैंने पूछा।

'जरूर,' उसने हल्की सी मुस्कान के साथ कहा।

मुझे लगा वह ठिठोली कर रहा है और मैंने अपनी खीज को नहीं छिपाया।

'मैं तुम्हारा मज़ाक़ नहीं उड़ाना चाहता था,' उसने दोबारा मुस्कराते हुए कहा. यह एक अज़ीब क़िस्म की मुस्कान थी। 'मैं तो तुम्हें बस मदद करना चाहता हूं, अगर तुम्हें ज़रूरत हो तो। मेरे पास कुछ पैसा है। मैं हमेशा अपने साथ दस हज़ार डॉलर लेकर चलता हूं।'

'क्या?'

'मैं हमेशा अपने साथ'

'हां, हां। मैंने सुन लिया।' वह बहुत हौले बोल रहा था, लेकिन फिर भी मैंने बेकरी के लोगों की तरफ़ देखा कि क्या उन्होंने उसकी बात अच्छी तरह से सुन ली है। 'तुम आज बाज़ार में मुझ पर नज़र क्यों रख रहे थे।'

'मैं अक्सर तुमको देखता रहता हूं। लगभग हर दिन, मैं तुम्हें और कार्ला और लिसा और विक्रम को देखता रहता हूं।'

'क्यों?'

'मुझे तुम पर नज़र रखनी ही होगी। यह उसे खोज निकालने का एक तरीक़ा है।'

'किसे खोजने का?'

'उला। जब वह लौटकर वापस आएगी। वह नहीं जान पाएगी कि मैं कहां हूं। मैं नहीं जाता...मैं लियोपोल्ड्स नहीं जाता और ना ही अन्य उन ठिकानों पर जहां हम साथ हुआ करते थे। जब वह मुझे खोजने के लिए आएगी तो वह तुम्हारे या अन्य लोगों के पास जाएगी। और मैं उसे देख लूंगा और हम दोनों फिर साथ हो जाएंगे।'

उसने यह बात इतने शांत तरीक़े से कही और फिर इतने निष्क्रिय भाव से चाय की चुस्की ली कि उसके मोह भरी दुनिया और अज़ीब लगने लगी। वह यह कैसे सोच सकता है कि उला, जिसने उसे मरने के लिए ख़ून से सने बिस्तर पर छोड़ दिया था, जर्मनी से आएगी ताकि उसके साथ रह सके? और अगर वह वापस भी आई तो वह उसके चेहरे को देखकर कैसी प्रतिक्रिया देगी, किसी शोकमग्न व्यक्ति की तरह विकृत, जिस पर कुछ नहीं बस भयावहता ही बची है?

'उला... जर्मनी चली गई, मोडेना।'

'मैं जानता हूं,' वह मुस्कराया। 'मुझे उसके लिए ख़ुशी है।'

'वह लौटकर वापस नहीं आएगी।'

'ओह, हां,' उसने सपाट स्वर में कहा। 'वह वापस आएगी। वह मुझसे प्यार करती है। वह वापस मेरे पास आएगी।'

'क्यों-' मैं बोलने वाला था, फिर उस विचार को छोड़ दिया। 'तुम कैसे रहते हो?'

'मेरे पास एक नौकरी है। एक अच्छी नौकरी। इसमें अच्छा वेतन मिलता है। मैं एक दोस्त रमेश के साथ काम करता हूं। मैं उससे घायल होने के बाद मिला था। उसने मेरी देखभाल की। किसी व्यक्ति के घर जब बच्चा पैदा होता है तो हम वहां जाते हैं और मैं ख़ास कपड़े पहनकर जाता हूं। मैं अपना परिधान पहनता हूं।'

उसने परिधान शब्द पर इतना ज़ोर दिया कि उसके साथ की टूटी-फूटी मुस्कान ने उसे और अधिक रहस्यमयी बना दिया। मुझे अचानक असहज महसूस होने लगा।

'परिधान?'

'हां। इसमें लंबी सी पूंछ और तीखे कान होते हैं और गले में खोपड़ियों की एक माला। मैं ऐसा दिखाता हूं मानो मैं कोई शैतान हूं। और रमेश एक पवित्र साधु बन जाता है और वह मुझे घर से पीट-पीटकर बाहर निकाल देता है। और मैं वापस आता हूं और ऐसे दिखाता हूं कि मैं बच्चे को चुरा ले जाऊंगा। फिर से वह लौट आता है और मुझे पीटता है और इतना पीटता है कि लगने लगता है कि मैं मर जाऊंगा। उसके बाद मैं भाग जाता हूं। लोग इस पूरे नाटक के लिए भरपूर पैसा देते हैं।'

'मैंने पहले इसके बारे में कभी नहीं सुना।'

'नहीं यह हमारी अपनी कल्पना है। रमेश और मेरी। लेकिन पहले धनी परिवार द्वारा हमें भुगतान कर दिए जाने के बाद बाक़ी के अन्य लोग भी यही चाहते थे कि हम उनके नवजात बेटे पर से बुरी आत्माओं का साया हटा दें। और उन सभी ने हमें बहुत अच्छा भुगतान किया। मेरे पास एक फ़्लैट है। हालांकि मैं उसका मालिक नहीं हूं, लेकिन मैं पूरे एक साल के किराये का अग्रिम भुगतान कर चुका हूं। यह छोटा लेकिन आरामदेह है। उला और मेरे रहने के लिए यह अच्छी जगह रहेगी। मुख्य खिड़की से समंदर की लहरों को देखा जा सकता है। उला को समंदर बहुत ज़्यादा पसंद है। वह हमेशा से ही समंदर के किनारे मकान चाहती थी...'

मैं उसे देखता रहा और मैं उसकी आवाज़ जितना ही उसके विचारों से प्रभावित हो गया था। मोडेना मुझे मिले लोगों में सबसे ज़्यादा कम बोलने वाला था। जब हम लियोपोल्ड्स में नियमित तौर पर जाते थे तो कई बार वह मुझसे एक शब्द कहे बग़ैर कुछ सप्ताह या एक महीने तक का वक़्त निकाल देता था। लेकिन नया मोडेना, घबराया हुआ बच निकला हुआ व्यक्ति, बातूनी था। मुझे उसे बोलने पर मज़बूर करने के लिए एक अंधियारी गली में दौड़ाना पड़ा था और यह सच भी था, लेकिन उसने शुरुआत की तो वह परेशान कर देने वाली हद तक बातूनी हो चुका था। मैं उसे ध्यान से सुनते हुए जबकि उस व्यक्ति की विकृत हो चुकी आकृति से मेल बैठा रहा था, हिंदी और अंग्रेज़ी के बीच झूलते हुए उसका स्पेनिश लहज़ा किसी संगीत की धुन की तरह लग रहा था। वह दोनों भाषाओं को बहुत ही सफ़ाई से गूंथते हुए अपने ईज़ाद शब्दों का भी खुलकर इस्तेमाल कर रहा था। उसकी मुलायम आवाज़ पर तैरते हुए मैंने ख़ुद से पूछा कि कहीं यही तो उसके और उला के बीच के रहस्यमयी नाते का

मूल नहीं है : अगर वह अकेले रहते हुए एक-दूसरे से घंटों बतियाते रहते थे और मुलायम मिश्री भरी आवाज़ ने उन्हें जोड़कर रखा था।

और फिर अचानक मुझे चौंकाते हुए मोडेना के साथ मुलाक़ात ख़त्म हो गई। वह बिल का भुगतान करके बाहर सड़क पर निकलकर मेरा इंतज़ार करने लगा।

'मुझे जाना ही होगा,' उसने इधर-उधर देखने के बाद अपनी चोटग्रस्त आंखें मुझ पर गड़ाते हुए कहा। 'रमेश अब तक वहां पहुंच चुका होगा, प्रेसीडेंट होटल के बाहर। जब वह वापस आएगी तो उला वहां होगी, वह वहां रुकेगी। उसे वह होटल बहुत पसंद है। यह उसका पसंदीदा है। उसे बैक बे का इलाक़ा बहुत पसंद आता है। और आज सुबह जर्मनी से एक विमान आने वाला है। लुफ़्थांसा का विमान। शायद वहां होगी।'

'तुम हर फ़्लाइट के बाद... जांचते हो?'

'हां। मैं वहां भीतर नहीं जाता।' चेहरे की ओर ले जाने के बाद बालों में हाथ घुमाते हुए उसने कहा। 'रमेश मेरे लिए होटल में जाता है। वह उसका नाम खोजता है-उला वोल्कनबर्ग़-ताकि पता चल सके कि क्या वह वहां पर है। एक दिन वह वहां पर आएगी। वह वहां पर होगी।'

वह मुझसे दूर जाने लगा, लेकिन मैंने उसके कंधे पर हाथ रखकर उसे रोक लिया।

'सुनो, मोडेना, अगली बार मुझे देखकर भागना मत। ठीक है? अगर तुम्हें किसी बात की ज़रूरत हो, अगर मैं तुम्हारे लिए कुछ कर सकूं तो बस मुझसे पूछ लेना। तो बात पक्की?'

'मैं अगली बार नहीं भागूंगा,' उसने गंभीर स्वर में कहा। 'दरअसल भागना मेरी आदत बन चुकी है। और तुमसे जब मैं भागा था तो वह केवल मेरी आदत की वजह से था। भाग मैं नहीं रहा था, मेरी आदत भाग रही थी। मुझे तुमसे डर नहीं लगता। तुम मेरे दोस्त हो।'

वह जाने के लिए मुड़ा, लेकिन मैंने उसे दोबारा रोक लिया और उसे कान में कुछ कहने के लिए अपने क़रीब खींच लिया।

'मोडेना किसी और को ग़लती से भी मत बताना कि तुम अपने पास इतना पैसा रखते हो। मुझसे वादा करो।'

'लिन, कोई और इस बात को नहीं जानता,' उसने मुस्कराकर मुझे विश्वास दिलाते हुए कहा। 'केवल तुम। मैं यह बात किसी से भी नहीं कहूंगा। यहां तक कि रमेश को भी नहीं पता कि मेरे पास पैसे होते हैं। उसे नहीं पता कि मैं पैसे बचाता हूं। उसे तो यह तक नहीं पता कि मेरे पास एक फ़्लैट है। उसे लगता है कि हम मिलकर ड्रग्स से जो कमाई करते हैं, उसमें से मैं अपना हिस्सा ड्रग्स पर ख़र्च कर देता हूं। और लिन, मैं ड्रग्स नहीं लेता। तुम जानते हो कि मैंने कभी ड्रग्स को हाथ तक नहीं

लगाया। मैं तो बस उसे इस ग़लतफ़हमी में रखता हूं कि मैं ड्रग्स लेता हूं। लेकिन लिन, तुम अलग क़िस्म के व्यक्ति हो। तुम मेरे दोस्त हो। मैं तुम्हें सच्चाई बता सकता हूं। मैं तुम पर विश्वास कर सकता हूं। मैं आख़िर उस व्यक्ति पर क्यों ना विश्वास करूं जिसने कि राक्षस को मार डाला हो?'

'क्या मतलब?'

'मैं मॉरिजियो की बात कर रहा हूं, जो मेरे ख़ून का प्यासा था।'

'मैंने मॉरिजियो को नहीं मारा,' मैंने उसकी आंखों में झांकते हुए कहा।

उसके चेहरे के भाव बदल गए और उसकी आंखों के इर्द-गिर्द का खोखलापन इतना भयावह था कि जब उसने मेरे सीने पर हाथ रखा तो मुझे ख़ुद को डरकर पीछे हटने से रोकने में मेहनत करनी पड़ी।

'चिंता मत करो, लिन। राज मेरे पास सुरक्षित है। मुझे *ख़ुशी* है कि तुमने उसकी हत्या कर दी। केवल मेरे लिए नहीं। मैं उसे जानता था। मैं उसका सबसे अच्छा दोस्त था-इकलौता दोस्त। अगर मेरे साथ यह करने के बाद भी वह ज़िंदा रहता तो उसकी बुराई की फिर कोई सीमा नहीं रहती। एक व्यक्ति अपनी आत्मा की इसी तरह से हत्या कर देता है-वह अपनी बुराई की सीमा को भी पार कर जाता है। और मैं उसे देख रहा था, जब वह अपने चाकू से मुझे काट रहा था और जब वह अंतिम बार मेरे सामने से गया और मैं समझ गया कि उसकी आत्मा मर चुकी है। उसने मेरे साथ जो किया उसकी क़ीमत उसे... आत्मा गंवाकर चुकानी पड़ी।'

'तुम्हें इस बारे में बात करने की ज़रूरत नहीं है।'

'नहीं। अब उसके बारे में बात करने में कोई दिक्क़त नहीं है। मॉरिजियो डरा हुआ था। वह हमेशा ही डरा हुआ रहता था। उसने अपनी पूरी ज़िंदगी ही हर बात के डर में... गुजार दी। और वह क्रूर था। यही बात उसे ताक़त देती थी। अपनी ज़िंदगी में मैंने कई शक्तिशाली लोगों को देखा है और इतना तो मैं जानता ही हूं-सभी शक्तिशाली लोग डरे होते हैं और क्रूर भी। यह... *मिश्रण*... ही उन्हें अन्य लोगों पर हावी होने में मदद करता है। मैं डरा हुआ नहीं था। मैं क्रूर नहीं था। मेरे पास कोई ताक़त नहीं थी। मैं तो... तुम जानते हो, यह ठीक मेरी उला के लिए मौज़ूद भावना की तरह थी-मैं मॉरिजियो की ताक़त से *प्यार* करता था। और फिर जब वह मुझे बिस्तर पर छोड़कर चला गया तो उला कमरे में आई और मैंने उसकी आंखों में डर देखा। उसने अपना डर उला में उतार दिया था। उसने उसे इतना ज़्यादा डरा दिया कि उसने जब देखा कि उसने मेरे साथ क्या किया है तो वह मुझे वहां छोड़कर भाग गई। और जब मैंने उसे जाते हुए और दरवाज़ा बंद करते हुए देखा...'

वह हिचकिचाया और उसने थूक गटका और उसके होंठ शब्दों के लिए कांपने लगे। मैं उसे रोकना चाहता था, उन बुरी यादों से बचाना चाहता था और शायद ख़ुद को भी। लेकिन जब उसने बोलना शुरू किया तो मेरे सीने पर रखी हथेली पर और ज़्यादा ज़ोर दिया और मुझे चुप कराकर मेरी आंखों में देखने लगा।

'तब मुझे पहली बार मॉरिजियो से नफ़रत हुई। मेरे लोग, मेरे ख़ून के रिश्ते-नाते, हम नफ़रत करना नहीं चाहते, क्योंकि जब हम नफ़रत करते हैं तो यह पूरी तरह से होती है और नफ़रत किए जाने वाले व्यक्ति को कभी माफ़ नहीं करती। लेकिन मैं मॉरिजियो से नफ़रत करता था और मैं उसे मरा हुआ देखना चाहता था और मैंने उसे यह श्राप दे दिया था। *मेरे* साथ जो किया उसके लिए नहीं बल्कि मेरी उला के लिए उसने जो किया और भविष्य में वह जो बिना आत्मा के करने वाला था। इसलिए लिन, चिंता मत करो। तुमने जो किया, मैंने किसी को भी नहीं बताया है। और मैं खुश हूं, मैं तुम्हारा शुक्रगुजार हूं कि तुमने उसकी हत्या कर दी।'

मेरे भीतर एक स्पष्ट आवाज़ ने मुझसे कहा कि मैं उसे वास्तविक बात बता दूं। उसे सच्चाई जानने का हक़ था। और मैं उसे बताना चाहता था। एक भावना जिसे मैं पूरी तरह से नहीं समझ पाया-उला के प्रति गुस्से का अंतिम क़तरा या फिर उला में उसके विश्वास से जलन-मुझे उसे हिला डालने के लिए उकसा रही थी और चीख़कर सच्चाई बताकर उसे आहत करना चाह रही थी। लेकिन मैं बोल नहीं सका। मैं हिल तक नहीं सका। और जबकि मैं उसे देख रहा था उसकी आंखों से आंसुओं की धार लग गई और मैंने बिना कुछ कहे बस सिर हिला दिया। उसने भी जवाब में धीरे से सिर हिलाया। मैंने उसे ग़लत समझ लिया, मुझे लगा या फिर मैंने उसे। मैं कभी नहीं जान सकूंगा।

चुप्पी, चाबुक की ही तरह घाव कर सकती है, शायर सादिक ख़ान ने एक मर्तबा लिखा था। लेकिन कई मर्तबा चुप रहना ही सच्चाई बताने का इकलौता तरीक़ा होता है। मैंने मोडेना को मुड़कर लंगड़ाकर जाते हुए देखा। मैं जान गया था कि उसका हाथ मेरे सीने पर रखने के बाद जो एक मौन पल हमने साझा किया था और मेरी आंखों के पास उसकी मोहभंग के बाद रोती हुई आंखें, उसकी एकाकी सर्द प्रेम नहीं करने वाली दुनिया में या फिर मेरी दुनिया में, हम दोनों के लिए ज़्यादा मूल्यवान और यहां तक कि ईमानदारी भरी रहेंगी, फिर भले ही वह कितनी ही ग़लत या ग़लतफ़हमी भरी क्यों ना हो।

मैंने सोचा, *और शायद वह सच ही कह रहा था।* शायद मॉरिजियो और उला को इस तरह से याद करने का तरीक़ा सही था। निश्चित तौर पर उसने मेरी तुलना दर्द का बेहतर तरीक़े से सामना किया है। जब मेरी शादी दग़ाबाजी और कड़वाहट के साथ समाप्त हुई थी, तो मैं एक नशेड़ी बन गया था। मैं इस बात को सहन ही नहीं कर पा रहा था कि मेरा प्यार टूट चुका है और ख़ुशी इतनी जल्दी ग़म में बदल गई है। इसलिए मैंने अपनी ज़िंदगी बर्बाद कर ली और साथ ही कई लोगों का दिल भी दुखाया। मोडेना ने इसकी बज़ाय इस पर काम किया, इसे बचाया और अपने प्यार के लौटने का इंतज़ार किया। और इस बारे में सोचता रहा-उसके साथ जो हुआ था उसके बावज़ूद वह कैसे जिया-और अब्दुल्ला और अन्य लोगों की तरफ़ वापसी के लंबे रास्ते पर इसी बारे में सोचता रहा। मैंने किसी ऐसी बात को जान लिया था, जैसा

कि मोडेना ने किया, और मुझे यह बात शुरुआत में ही समझ लेनी चाहिए थी। यह बहुत साधारण सी बात थी : इतनी साधारण कि मुझे इस हक़ीकत से रूबरू कराने के लिए मोडेना को इतना दर्द सहना पड़ा। वह दर्द का सामना करने में कामयाब रहा, क्योंकि उसने इसकी वजह में अपनी हिस्सेदारी को स्वीकार लिया था। जिस तरह से मेरी शादी टूटी और मेरा दिल भी, मैंने कभी भी अपने हिस्से की ज़िम्मेदारी नहीं स्वीकारी थी–इस पल तक। यही वजह है कि मैं कभी इससे निपट ही नहीं पाया।

और फिर मैंने बाज़ार की चमकीली व्यस्तता में प्रवेश करते हुए, स्वीकारा, मैंने आलोचना को स्वीकारा और डर, अफ़सोस और आत्मशंका जैसी भावनाओं के बाहर हो जाने के कारण मुझे लगा मानो मेरा दिल बड़ा हो गया है। मैं व्यस्त स्टॉल्स से रास्ता निकालते हुए जब तक अब्दुल्ला, विक्रम और जॉर्जेस से मिला तो मेरे चेहरे पर मुस्कान आ चुकी थी। मैंने मोडेना के बारे में उनके सवालों के जवाब दिए और अब्दुल्ला को इस चौंकाने वाले तोहफ़े के लिए शुक्रिया कहा। वह सही था–मैंने उसके बाद उसे हर बात के लिए माफ़ कर दिया। और हालांकि मैं अपने भीतर के परिवर्तन को शब्दों में बयां नहीं कर सका, मुझे लगता है कि उसने इसे महसूस कर लिया था। मेरे चेहरे पर उस दिन जन्मी सुकून भरी मुस्कान से जो धीरे-धीरे बढ़ती ही चली गई।

बीते हुए वक़्त का लबादा अहसासों के पैबंद से तैयार होता है और फिर उसे जटिल धागों से सिला जाता है। अधिकांशत: हम केवल इतना ही कर सकते हैं कि या तो इसे सुकून के लिए ओढ़ लें या फिर संघर्ष करते हुए आगे बढ़ने के दौरान उसे अपने साथ घसीटते रहें। लेकिन हर बात की वजह और अर्थ होता है। हर ज़िंदगी, हर प्यार, हर क़दम, भावना या विचार की एक वजह और महत्त्व होता है : इसकी शुरुआत और अंत में इसकी भूमिका। कुछ मर्तबा हम इसे देख लेते हैं। कुछ मर्तबा हम भूतकाल को इतनी साफ़ तरह से देखते हैं और इसमें मौज़ूद मुख्य अंशों को इतनी सटीकता से पढ़ते हैं कि वक्त की हर सिलाई अपना उद्देश्य बताती है और इसमें एक तरह का संदेश होता है। किसी भी ज़िंदगी में कुछ भी, भले ही वह कितनी ही अच्छी या बुरी हो, नाकामी से ज़्यादा समझदार या दुख से ज़्यादा स्पष्ट नहीं होता। और वह जो सूक्ष्म, मूल्यवान समझदारी हम देते हैं, यहां तक कि डरावने और नफ़रत वाले दुश्मन, पीड़ा और नाकामी की अपनी वजह और अस्तित्व की हक़दार होती हैं।

अध्याय 41

पैसे से बदबू आती है। नए नोटों के ढेर से स्याही, तेज़ाब और ब्लीच की बदबू आती है, ठीक शहर पुलिस थाने के अंगुलियों के निशान लेने वाले कमरे की तरह। पुराने नोट उम्मीद और लालसा से लिप्त होने के कारण किसी सस्ते नॉवेल के किसी पन्ने पर रखे गए पुराने फूल की तरह गंध देते हैं। जब आप ढेर सारा पैसा एक कमरे में रखते हैं–नए और पुराने नोट–लाखों रुपये जो दो बार गिने गए हों और रबर बैंड्स से बंडल बनाकर रखे गए हों–तो उससे भी बदबू आती है। मुझे पैसे से प्यार है, डिडियर ने एक मर्तबा मुझसे कहा था, *लेकिन मुझे इसकी गंध से नफ़रत है। इससे मुझे जितनी ज़्यादा ख़ुशी मिलती है, बाद में मुझे उतनी ही अच्छी तरह से अपने हाथ धोने पड़ते हैं।* मुझे ठीक से पता था कि उसके कहने का क्या मायने है। माफ़िया के मुद्रा विनिमय के गोरखधंधे के लिए नोटों की गिनती वाला जो कमरा था, वह बिना हवा वाली गुफा की तरह था। फ़ोर्ट इलाक़े में स्थित इस जगह पर बहुत तेज़ रोशनी की व्यवस्था थी, ताकि जाली नोटों को तुरंत पहचाना जा सके और सिर पर लगे पंखों ने तो नोट गिनने के टेबल पर से एक अदद नोट तक को उड़ाना नहीं सीखा था। पैसे और पसीने की बदबू ठीक वैसी थी, जैसे कि किसी क़ब्र खोदने वाले के जूतों से आती है।

मोडेना के साथ मुलाक़ात के कुछ सप्ताह बाद, मैं राजूभाई के नोट गिनने वाले कमरे से निकलते हुए रास्ते में खड़े गुंडों को बच्चे के खेल की तरह मज़ा लेते हुए हटाते जा रहा था ताकि बाहर आते ही मैंने खुली हवा के लिए ज़ोर से सांस भरी। किसी ने मेरा नाम पुकारा और मैं तीसरी सीढ़ी पर ही रुक गया। मैंने मुड़कर देखा तो राजूभाई दरवाज़े से झांककर देख रहा था। क़ादर–नहीं *सलमान* –के लिए मुद्रा पर नियंत्रण रखने वाले ठिगने, मोटे और गंजे राजूभाई ने हमेशा की ही तरह एक धोती और सफ़ेद बनियान पहन रखी थी। वह दरवाज़े से झांक रहा था, क्योंकि मुझे पता था कि वह उस कमरे को हर रात आधी रात को सीलबंद करने से पहले कभी भी नहीं छोड़ता था। जब उसे पेशाब जाना होता था तो उसने एक कमरे में एक तरफ़ से देख सकने वाला शीशा लगा रखा था, ताकि वह वहां से भी कामकाज पर नज़र रख सके। वह एक समर्पित लेखापाल था–माफ़िया में सर्वश्रेष्ठ–लेकिन मुद्रा गिनने के टेबल से राजूभाई के चिपके रहने की वजह केवल पेशे का कर्तव्य नहीं था। व्यस्त कमरे से इतर वह एक बहुत ही गुस्सैल, शक्कीमिज़ाज और अज़ीब तरह से मंजा

हुआ था। नोट गिनने के कमरे में वह बिना किसी लागलपेट के आत्मविश्वास से भरा रहता था। ऐसा लगता था कि मानो कोई शरीर किसी अलौकिक ताक़त से जुड़ा हो : जब तक कि उसका शरीर उस कमरे में रहता था, वह उस ऊर्जा, ताक़त और पैसे से जुड़ा रहता था।

'लिन बाबा!' उसने चिल्लाकर आवाज़ दी। उसके शरीर का निचला हिस्सा दरवाज़े के पीछे छिपा हुआ था। 'शादी मत भूलना। तुम आ रहे हो, है ना?'

'निश्चित तौर पर,' मैंने मुस्कराकर जवाब दिया। 'मैं वहां पहुंच जाऊंगा!'

मैं सीढ़ी पर खड़े गुंडों को धकियाता हुआ सड़क पर निकल आया। सड़क के सिरे पर मैंने दो और लोगों की दरवाज़े को देखते हुए मुस्कान देखी। कुछ अपवादों को छोड़ दिया जाए तो अधिकांश युवा माफ़िया सदस्य मुझे पसंद करते थे। बॉम्बे माफ़िया के साथ काम करने वाला मैं इकलौता विदेशी नहीं था-बांद्रा परिषद में आयरलैंड का एक अपराधी काम करता था, एक अमेरिकी स्वतंत्र व्यक्ति ड्रग के बड़े सौदों में नाम कमा रहा था और शहर भर में कुछ और भी थे-लेकिन सलमान की परिषद में मैं इकलौता गोरा था। मैं उनका विदेशी था। और उन वर्षों में जबकि भारतीय अभिमान उपनिवेशवाद से हरे, सफ़ेद और नारंगी लताओं की तरह फैल रहा था, यह वह अंतिम वर्ष थे जब विदेशी, ख़ासतौर पर ब्रिटिश या ब्रिटिश की तरह दिखने वाले लोग दिल जीतने और कौतूहल से भरे दिमाग़ों को प्रभावित करने की क्षमता रखते थे।

राजूभाई का बेटी की शादी के लिए न्यौता महत्त्वपूर्ण था : इसका मतलब था, मुझे उनके बीच से ही एक व्यक्ति के तौर पर मान्यता मिल चुकी थी। कई महीनों तक मैंने परिषद में सलमान, संजय, फ़रीद, राजूभाई और अन्य के साथ कंधे से कंधा मिलाकर काम किया था। मेरा पासपोर्ट का विभाग अकेला ही पूरे मुद्रा विनिमय कारोबार जितनी कमाई करके दे रहा था। सड़कों, गलियों में मेरे संपर्कों के ज़रिये सोने, सामान और मटके में ढेर सारा पैसा आ रहा था। मैं हर दूसरे दिन सलमान मस्तान और अब्दुल्ला ताहेरी के साथ बॉक्सिंग जिम में हाथ आजमा लिया करता था। हसन ओबिक्वा के साथ दोस्ती का इस्तेमाल करते हुए मैंने अश्वेतों की बस्ती में भी अपने नए संपर्क विकसित कर लिए थे। इसके कारण हमें नए लोग, पैसा और नए बाज़ार मिले थे। नज़ीर की गुज़ारिश पर मैंने उस दल का नेतृत्व किया था, जिसने शहर में मौज़ूद अफ़गान निर्वासितों के साथ एक सौदा पक्का किया था-एक सौदा जिसके ज़रिये सलमान की परिषद से पाकिस्तान-अफ़गानिस्तान सीमा के कबीलाई इलाक़ों में हथियारों की अनवरत आपूर्ति होती रहे। मेरे पास दोस्ताना संबंध, सम्मान और इतना पैसा था कि मैं ख़र्च तक नहीं कर सकता था, लेकिन राजूभाई द्वारा अपनी बेटी की शादी में शामिल होने का न्यौता मिलने पर ही मुझे यक़ीन हो गया कि मुझे वाक़ई स्वीकार लिया गया है। वह सलमान की परिषद का एक वरिष्ठ सदस्य था। उसका न्यौता इस बात की पुष्टि थी कि मेरा आंतरिक समूह में विश्वास और स्नेह के साथ स्वागत किया गया है। आप माफ़िया के साथ काम कर सकते हैं, माफ़िया के

लिए काम कर सकते हैं और ऐसे काम कर सकते हैं जिनसे आपको प्रतिष्ठा हासिल हो, लेकिन जब तक वह आपको अपने घर पर बच्चों से मिलने नहीं बुलाते, आप उनमें से एक नहीं कहला सकते।

मैं फ़ोर्ट इलाक़े की अदृश्य सीमा से बाहर आकर फ़्लोरा फ़ाउंटेन की ओर बढ़ा। एक टैक्सी मेरे पास आई और उसका ड्राइवर काफ़ी आक्रामक अंदाज़ में मुझसे उसमें बैठने को कहने लगा। मैंने हाथ हिलाकर मना कर दिया। मुझे उस वक़्त यह अहसास नहीं हुआ कि मैं हिंदी बोल सकता हूं। वह फिर धीमी गति से मेरे पास आया और खिड़की से सिर बाहर निकालकर मुझसे बात करने लगा।

'ओए, गोरे साले, क्या तुम्हें दिखाई नहीं देता कि टैक्सी ख़ाली है? तुम कर क्या रहे हो? भरी दुपहरी में तुम ऐसे घूम रहे हो मानो किसी की सफ़ेद बकरी गुम हो गई हो?'

'काय पाहिजे तुम्हाला?' मैंने अक्खड़ मराठी में उससे पूछा।

'काय पाहिजे?' मराठी वाक्य सुनकर वह हैरत में पड़ गया था।

'तुम्हारी समस्या क्या है?' मैंने बॉम्बे की गलियों में बोली जाने वाली मराठी बोली में उससे पूछा। 'तुमको मराठी नहीं समझता? यह अपुन का बॉम्बे है, बॉम्बे अपुन का है। अगर तुमको मराठी बोलना नहीं आता तो बॉम्बे में क्या कर रेला है? क्या तुम्हारे गोबर भरे सिर में बकरी का दिमाग़ है।'

'अरे!' उसने मुस्कराते हुए कहा। फिर अचानक अंग्रेज़ी में बोलने लगा, *'बाबा,* तुम मराठी बोलते हो?'

'गोरा चेहरा, काला मन,' अपने चेहरे और दिल पर हाथ घुमाते हुए मैंने कहा। फिर मैं हिंदी में बोलने लगा, बेहद विनम्र तरीक़े से ताकि वह शांत हो जाए, 'मैं बाहर से गोरा हूं भाई, लेकिन अंदर से पूरा हिंदुस्तानी। मैं तो बस वक़्त गुजारने के लिए पैदल चल रहा हूं। मेरे जैसे किसी ग़रीब हिंदुस्तानी को अकेला छोड़कर तुम किसी असली पर्यटक को क्यों *नहीं* तलाशते।'

उसने ठहाका लगाया और फिर टैक्सी की खिड़की से हाथ निकालकर मुझसे मिलाया और फिर चला गया।

मैं भीड़ भरे फुटपाथों को छोड़कर सड़क के किनारे गुजरती कारों के पास चलने लगा। शहर की गंध में लंबी सांस ने आख़िरकार मेरी नाक से मुद्रा के कमरे की दुर्गंध को निकाल फेंका। मैं कोलाबा की तरफ़ जा रहा था। लियोपोल्ड्स में डिडियर से मिलने। मैं पैदल चलना चाहता था, क्योंकि मैं उस इलाक़े में था जो मुझे सबसे ज़्यादा पसंद था। सलमान के माफ़िया के लिए काम ने मुझे इस महान शहर के तक़रीबन हर एक उपनगर की सैर करा दी थी। मेरे कई पसंदीदा स्थान थे : महालक्ष्मी से मलाड, कॉटन ग्रीन से ठाणे और सांताक्रूज से अंधेरी से लेकर फ़िल्म सिटी रोड का झील वाला इलाक़ा। लेकिन उसकी परिषद की असली ताक़त इस लंबे प्रायद्वीप में थी, जो मरीन ड्राइव के घुमाव से होते हुए वर्ल्ड ट्रेड सेंटर तक के किनारे पर फैला था। और

वहां उन जीवंत गलियों में, समंदर से सटे कुछ बस स्टॉप्स के क़रीब, मैंने इस शहर को अपना दिल दे डाला था और उसे प्यार करना सीखा था।

सड़क पर बहुत गर्मी थी। इतनी ज़्यादा गर्मी कि दिमाग़ काम करना बंद कर दे। हर मुंबईकर की तरह मैंने फ़्लोरा फ़ाउंटेन से कॉज़वे का रास्ता हज़ारों बार तय किया था। और उनकी ही तरह मुझे पता था कि शीतल बयार और ताज़ादम करने वाली छांव कहां हासिल की जा सकती है। मेरी खोपड़ी, मेरा चेहरा और मेरा शर्ट खुली धूप में कुछ ही देर में पसीने से तरबतर हो चुके थे-यह दिन में चलने की दीक्षा थी-और फिर ठंडी छांव में एक मिनट में सूख जाने वाली।

ट्रैफ़िक और गुजरते ख़रीददारों के बीच मेरे विचार भविष्य पर अटके हुए थे। विडंबना यहां तक कि अज़ीब रूप से जबकि मुझे बॉम्बे के गुप्त दिल में स्वीकारा जा रहा था, मेरे भीतर शहर को छोड़ देने की भारी ललक अंगड़ाई ले रही थी। मैं दोनों ताक़तों को महसूस कर रहा था, हालांकि वे विरोधाभासी थीं। बॉम्बे को मैंने जितना प्यार किया था वह इंसानों के दिल, दिमाग़ और शब्दों में था-कार्ला, प्रभाकर, क़ादरभाई और ख़ालिद अंसारी। वह सब जा चुके थे, किसी न किसी तरह से, फिर भी मेरी पसंद की हर गली, हर दरगाह और समंदर के तट के हर कोने में उनका उदासी भरा अहसास मौज़ूद रहता था। वैसे प्यार और प्रेरणा के नए स्रोत भी थे-नुक़सान और मोहभंग से समकक्ष क्षेत्रों से नई शुरुआत। सलमान की माफ़िया परिषद के साथ मेरा स्थान सुरक्षित था। बॉलीवुड फ़िल्म इंडस्ट्री और टीवी व मल्टीमीडिया में नए अवसर उभर रहे थेः हर दूसरे सप्ताह मुझे काम करने के प्रस्ताव मिल रहे थे। मेरे पास एक अच्छा फ़्लैट था, जहां से हाजी अली की दरगाह बहुत अच्छी तरह से दिखाई देती थी। बहुत सारा पैसा था। और रात-दर-रात मैं लिसा कार्टर के प्यार भरे स्नेह में डूबता जा रहा था।

मेरे तमाम पसंदीदा स्थानों पर छाई हुई उदासी मुझे शहर छोड़ने के लिए उकसा रही थी, ठीक वैसे ही जैसे नया प्यार और स्वीकार्यता मुझे उसकी ओर खींच रही थी। और फ़्लोरा फ़ाउंटेन से कॉज़वे के उस आजमाए हुए रास्ते पर मैं यह तय नहीं कर पा रहा था कि मैं किस तरफ़ जाऊं। अपने संघर्षपूर्ण अतीत या दुख और वर्तमान संभावनाओं पर मैं भले ही कितनी ही मर्तबा विचार कर लूं, लेकिन मैं भविष्य को लेकर आत्मविश्वास या विश्वास या उम्मीद भरी छलांग नहीं लगा पा रहा था। कुछ बात थी जिसकी कमी थीः कुछ आकलन, सबूतों के कुछ टुकड़े या मेरी ज़िंदगी का गहन विश्लेषण, जो मेरे लिए हर बात को स्पष्ट कर देगा। मुझे इतना तो पता था कि मुझे नहीं पता कि यह क्या था। इसलिए मैं तेज़ी से चलती कारों, बाइक्स, बसों, ट्रक्स और ठेलों और पर्यटकों व दुकानदारों की धीमी गति के बीच आगे बढ़ता रहा और मैंने अपने विचारों को उस गर्मी और उस सड़क पर भटकने दिया।

'लिन!' जैसे ही मैं चौड़ी कमानी से होते हुए जुड़े हुए टेबलों की लंबी कतार से गुजरा, डिडियर ने मुझे आवाज़ लगाई। 'सीधे अपने प्रशिक्षण से आ रहे हो, है *ना?*'

'नहीं, मैं सोचते हुए चला जा रहा था। दिमाग़ की वर्जिश की तरह–और शायद आत्मा की भी।'

'डरो मत!' उसने आदेशात्मक स्वर में कहकर, वेटर को इशारा किया। 'मैं हर सप्ताह के हर दिन इस बीमारी का इलाज करता हूं। या कम से कम हर रात। आर्तुरो इनके लिए एक जगह बनाओ। थोड़ा सा हटकर उसे मेरे पास बैठने दो।'

नेपल्स की पुलिस से किसी अघोषित समस्या के कारण भागकर बॉम्बे में छिपा इतालवी युवक आर्तुरो, डिडियर की आंख का नया तारा था। वह नाटा सा हल्का–फुल्का युवक था जिसका चेहरा किसी गुड़िया की तरह था, जिससे शायद कई लड़कियों तक को ईर्ष्या होती। वह बहुत कम अंग्रेज़ी बोलता था और व्यक्ति कितना भी दोस्ताना हो संपर्क की कोशिश पर हिचकिचा जाता था। परिणाम यह हुआ कि डिडियर के प्रमुख दोस्त उसकी अनदेखी करते थे और उन्होंने इस रिश्ते के टूटने से पहले कुछ महीने या ज़्यादा से ज़्यादा कुछ सप्ताह का समय दिमाग़ में निर्धारित सा कर रखा था।

'तुम कार्ला से मिलने से जरा से चूक गए,' जैसे ही मैंने हाथ मिलाया, डिडियर ने तत्काल मुझे यह जानकारी दे दी। 'वह बहुत नाराज़ होगी। वह चाहती थी–'

'मैं जानता हूं,' मैं मुस्करा दिया। 'वह मुझसे मिलना चाहती थी।'

इतने में ड्रिंक्स आ गए और डिडियर ने अपना गिलास मेरे गिलास से टकराया। मैंने इससे एक घूंट लेकर गिलास को उसके सामने टेबल पर रख दिया।

लिसा कार्टर के साथ काम करने वाले फ़िल्मी लोगों की भीड़ लंबे टेबल पर थी और कविता सिंह के प्रेस ग्रुप के साथ किसी पार्टी में शामिल हो रहे थे। मेरे बगल में डिडियर के बाद विक्रम और लेति बैठे हुए थे। वे दोनों पहले की तुलना में ज़्यादा ख़ुश और ज़्यादा स्वस्थ दिखाई दे रहे थे। उन्होंने कुछ ही महीने पहले कोलाबा के बीचोंबीच बाज़ार के पास एक नया फ़्लैट ख़रीदा था। हालांकि इसके कारण उनकी जेबें ख़ाली हो गईं और उन्हें विक्रम के अभिभावकों से कुछ उधार लेना पड़ा, यह उनके एक–दूसरे में विश्वास का सबूत था और उनके फ़िल्मी कारोबार के भविष्य का भी। और वे दोनों इस परिवर्तन को लेकर अब भी उत्साहित थे।

विक्रम ने मेरा गर्मजोशी के साथ स्वागत किया। उसने सीट से खड़े होकर मुझे गले लगा लिया। उसके बंदूकधारी वाले कपड़े लेति के ज़ोर देने और उसके ख़ुद के परिपक्व होते अंदाज़ के चलते विदा होते चले गए थे। क्लिंट ईस्टवुड के परिधान की यादों के तौर पर बस अब एक चांदी का बेल्ट काले काउबॉय जूते ही बचे थे। बड़ी कंपनियों के बोर्डरूम में नियमित मौज़ूदगी के चलते उसे अपना बेहद पसंदीदा काउबॉय हैट भी भारी हिचकिचाहट के बाद छोड़ देना पड़ा था। उस करतबबाज का फंदा अब भी मेरे फ़्लैट में एक हुक पर लगा हुआ था। वह मेरी सबसे क़ीमती वस्तुओं में से एक था।

जब मैं लेति को चूमने के लिए झुका तो उसने मेरी शर्ट पकड़कर कान में धीरे से कुछ कहने के लिए मुझे खींच लिया।

'थोड़ा शांत रहो, दोस्त,' उसने हौले से कहा, 'गुस्से पर क़ाबू रखो।'

लेतिन के पास फ़िल्मों के निर्माता क्लिफ़ डिसूजा और चंद्रा मेहता बैठे हुए थे। जैसा कि कुछ मर्तबा क़रीबी दोस्तों के साथ होता है, क्लिफ़ और चंद्रा ने शरीर की ख़ासियतें एक-दूसरे से अदला-बदली कर ली थीं। क्लिफ़ जहां थोड़ा सा दुबला हो चुका था, वहीं चंद्रा का वज़न ठीक उतना ही बढ़ चुका था। शारीरिक तौर पर वे जितने अलग दिखते थे, कई अन्य मामलों में वे काफ़ी समान थे। लगातार चालीस घंटे तक काम करने और खेलने वाले ये मित्र कई बार तो इशारे, चेहरे के हाव-भाव और वाक्य तक एक-दूसरे की ही तरह दिया करते थे। उनके द्वारा तैयार फ़िल्मों के सेट पर तो वह मोटू चाचा और पतलू चाचा के नाम से ही जाने जाते थे।

जब मैं उनके पास पहुंचा तो दोनों ने ही एक ही अंदाज़ में हाथ उठा दिए, हालांकि मेरे वहां पहुंचने पर ख़ुशी के इज़हार के दोनों के अपने अलहदा कारण थे। क्लिफ़ डिसूजा के मन में मेरे द्वारा मिलाए जाने के बाद से कविता सिंह के लिए कुछ ख़ास प्यार उमड़ रहा था और उसे लगता था कि कविता के साथ उसके संबंधों को बेहतर बनाने में शायद मैं मददगार बन सकता हूं। कविता के साथ काफ़ी वक़्त बिताने के कारण मुझे पता था कि उसे उसकी इच्छाशक्ति और उसकी इच्छा के बग़ैर कोई भी उसे किसी बात की ओर झुका नहीं सकता था। हालांकि वह उसे पर्याप्त रूप से चाहती थी और उन दोनों के बीच काफ़ी समानताएं भी थीं। दोनों ही उम्र के तीसवें दशक में थे और दोनों ही अविवाहित थे-यह स्थिति इतनी असामान्य थी कि उन वर्षों में भारत के उच्च मध्यम वर्ग में तो परिवार हर भोज, हर त्यौहार पर इसी के बारे में बातें करते रहते थे। दोनों ही मीडिया से जुड़े पेशेवर थे और अपनी स्वायत्तता और कलात्मक स्वभाव के कारण ख्याति हासिल कर चुके थे। दोनों में ही किसी भी असमंजस की स्थिति में निष्पक्ष भाव से पूरे धैर्य के साथ स्थिति का विश्लेषण करने की क्षमता थी। दोनों ही आकर्षक व्यक्तित्व के धनी थे। कविता का सुडौल शरीर और मादक आंखें, क्लिफ़ की मुस्कान और छरहरा शरीर एक-दूसरे के पूरक साबित होते थे।

जहां तक मेरी बात थी, तो दोनों को ही पसंद करने के कारण मैं दोनों की जोड़ी बनाने की ललक को रोकने का कोई कारण देख नहीं पा रहा था। सार्वजनिक तौर पर मैंने साफ़ कर दिया कि मैं क्लिफ़ डिसूजा को पसंद करता हूं और निजी तौर पर जब कभी भी मौक़ा मिलता था मैं कविता के सामने उसकी चतुराई से तारीफ़ कर दिया करता था। उनके बीच संभावना थी-बहुत अच्छी संभावना थी, मुझे तो यही लगता था-और मेरे दिल ने मेरी आंखों में उनके लिए एक दुआ की।

दूसरी ओर, चंद्रा मेहता मुझे देखकर ख़ुश था, क्योंकि सलमान की माफ़िया परिषद के काले धन के साथ मैं उसकी सबसे नज़दीकी कड़ी था। और यही इकलौती ऐसी कड़ी थी जिसे वह मैत्रीपूर्ण करार दे सकता था। अपने से पहले के क़ादर की

तरह सलमान मस्तान को बॉम्बे की फ़िल्मी दुनिया तक पहुंच का बहुत फ़ायदा दिखाई देता था, जो कि मेहता के ज़रिये उपलब्ध था। संघीय और राज्य स्तर पर नए नियमों ने पूंजी के प्रवाह पर ज़्यादा कड़े प्रतिबंध लाद दिए थे, जिनके चलते काले धन को ठिकाने लगाना और अधिक मुश्किल काम हो चुका था। कई वजहों से-केवल इस उद्योग के साथ जुड़ी चकाचौंध के कारण ही नहीं-राजनीतिज्ञों ने फ़िल्मी कारोबार की दुनिया को इन कई वित्तीय और निवेश के नियंत्रणों से मुक्त रखा था। वह अर्थव्यवस्था में भारी उछाल के वर्ष थे और बॉलीवुड की फ़िल्में अपने अंदाज़ और आत्मविश्वास के लिहाज़ से पुनरुत्थान के दौर से गुज़र रही थीं। फ़िल्में बड़ी और बेहतर हो रही थीं और विश्वस्तर पर दर्शकों तक पहुंच बना रही थीं। कामयाब फ़िल्मों के बजट में बढ़ोत्तरी के साथ, फिर भी, निर्माता आय के परंपरागत स्रोतों का ही इस्तेमाल कर रहे थे। हितों के इस मिलन ने कुछ निर्माताओं और निर्माता कंपनियों को अपराधियों के साथ अज़ीब से नाते के लिए तैयार कर दिया : माफ़िया अपराधियों पर आधारित फ़िल्मों को माफ़िया द्वारा ही वित्तीय आपूर्ति की जाने लगी और शूटरों पर बनी सुपरहिट फ़िल्मों की कमाई नए अपराधों में निवेश की जाने लगीं और वास्तविक लोगों पर वास्तविक हमलों में भी। जो कि आगे चलकर और नई फ़िल्मों की और माफ़िया द्वारा वित्तीय मदद के लिए कहानी का विषय बनते चले गए।

और कहा जाए तो चंद्रा मेहता और सलमान मस्तान के बीच संपर्क सूत्र के तौर पर मैंने भी इसमें अपनी भूमिका निभाई। यह रिश्ता बहुत ही फ़ायदे वाला था। सलमान की परिषद ने मेहता-डिसूजा निर्माता कंपनी के ज़रिये कई करोड़ रुपये का निवेश किया और साफ़-सुथरा, बेदाग़ मुनाफ़ा कमाया। चंद्रा मेहता द्वारा काले बाज़ार से मुझसे जो कुछ हज़ार अमेरिकी डॉलर जुटाने के लिए पहली बार कहा गया था, वह अब एक ऐसे गठजोड़ में तब्दील हो चुका था जिससे वह थुलथुल निर्माता अब ना तो पीछे हट सकता था और ना ही इंकार कर सकता था। वह अमीर था और साथ ही और अमीर होता जा रहा था। लेकिन उसकी कंपनी में धन का प्रवाह बनाए रखने वाले लोग उसे धमकाते थे और उनके साथ हर संपर्क अविश्वास से भरा होता था। इसलिए चंद्रा मेहता मेरी तरफ़ देखकर मुस्कराया और वह मुझे देखकर ख़ुश था। जब कभी भी हम मिलते थे, वह हमारी दोस्ती के रिश्ते में उलझाकर इसे और अधिक मज़बूत करने का प्रयास करता था।

मुझे भी कोई आपत्ति नहीं थी। मुझे चंद्रा मेहता पसंद था और मुझे बॉलीवुड की फ़िल्में पसंद थीं। मैं उसे अपनी दोस्ती के चिंता भरी अमीर दुनिया में खींच लेने की अनुमति देता था।

टेबल में उसके बाद लिसा कार्टर बैठी हुई थी। बाल छोटे कटाने के बाद अब उसके सुनहरे बाल दोबारा बड़े, घने होकर उसके चेहरे पर लहरा रहे थे। उसकी नीली आंखें साफ़ थीं और जोशीले इरादे से भरपूर थीं। उसका रंग धूप में थोड़ा पक्का हो चुका था और वह ज़्यादा स्वस्थ दिखाई दे रही थी। उसने थोड़ा बहुत वज़न भी बढ़ा

लिया था–जिससे उसे चिढ़ थी, लेकिन जिसे मैं और उसके संपर्क में आने वाला हर व्यक्ति पसंद करता था। और उसके अंदाज़ में कुछ नया और बहुत अलग था : एक गर्मजोशी भरी मुस्कान में मृदुता आ चुकी थी; एक जान-बूझकर दी गई हंसी जो आस-पास के दूसरों को भी हंसने को मज़बूर कर देती थी और उसमें वह रूहानी हल्कापन आ चुका था, जिसे वह हमेशा दूसरों का सर्वश्रेष्ठ हासिल करने में इस्तेमाल कर लेती थी। हालांकि कोई औपचारिक रिश्ता घोषित नहीं किया गया था–वह अपने फ़्लैट में ही रह रही थी और मैं अपने–हम प्रेमी थे और हम दोस्त से कहीं कुछ ज़्यादा थे। कुछ वक़्त बाद मैंने महसूस किया कि परिवर्तन मेरे नहीं, बल्कि उसके अपने थे। कुछ वक़्त के बाद मैंने देखना शुरू किया कि उसका प्यार कितना गहरा था और उसकी ख़ुशी और आत्मविश्वास उस प्यार को सार्वजनिक करने और साझा करने पर कितना अधिक निर्भर रहता था। और उसके भीतर प्यार बेहद ख़ूबसूरती भरा था। उन आंखों के साथ उसने हमें साफ़ आसमान दे रखा था और अपनी मुस्कान से गर्मियों की एक सुबह।

जब मैंने उसे अभिवादन किया तो उसने मेरा गाल चूम लिया। मैंने भी ऐसा ही किया, लेकिन पीछे हटते वक़्त मैं इस बात पर हैरान था कि उसकी नीली आंखों में कुछ चिंता क्यों झलक रही थी।

लंबे टेबल पर अख़बारी पत्रकार दिलीप और अनवर भी बैठे हुए थे। वे बहुत कम उम्र थे, कॉलेज से निकले उन्हें चंद ही वर्ष हुए थे और वे बॉम्बे के दैनिक *द नूनडे* में अनजान कोनों में बैठकर कारोबार की बारीकियां सीख रहे थे। रात को डिडियर और उसके छोटे से जमावड़े के बीच वे दिनभर की बड़ी ख़बरों को साझा किया करते थे। कुछ इस तरह मानो उनमें उनकी प्रमुख भूमिका रही हो या अपने सहजबोध के चलते ही कोई जांच पूरी हुई हो। उनका उत्साह, उत्तेजना, महत्त्वाकांक्षा और भविष्य को लेकर अंतहीन उम्मीद लियोपोल्ड्स में जमा भीड़ में हर किसी को इतनी पसंद आती थी कि कविता और डिडियर को भी कभी-कभी व्यंग्यात्मक कटाक्षों के साथ अपनी उपस्थिति दर्ज़ करना पड़ती थी। दिलीप और अनवर की प्रतिक्रिया ज़ोरदार होती थी और जब तक सारा टेबल चीख़ता-चिल्लाता रहता हो वह अपनी बात जारी रखते थे।

दिलीप अच्छे क़द का गोरे रंग का बादामी आंखों वाला पंजाबी था। अनवर बॉम्बे मूल की तीसरी पीढ़ी का था। वह ठिगना, अश्वेत था और दोनों में ज़्यादा गंभीर था। उस दोपहर के कुछ दिनों के बाद लेति ने मुस्कराकर मुझसे कहा था, *नया ख़ून।* यही शब्द उसने एक बार मेरे लिए भी इस्तेमाल किए थे, मेरे बॉम्बे आने के ठीक बाद। और जबकि मैं टेबल का चक्कर लगा रहा था, मैंने देखा कि वह दोनों युवक जोश और किसी उद्देश्य से बातें किए जा रहे थे, और मुझे अचानक लगा, कि हेरोइन और अपराध से पहले मेरी ज़िंदगी भी ठीक ऐसी ही थी। किसी जमाने में मैं भी इतना ही ख़ुश, इतना ही स्वस्थ और भविष्य को लेकर इतना ही उम्मीदों से भरा

था। और मुझे उनके बारे में जानकर ख़ुशी हुई और यह जानकर कि वह लियोपोल्ड्स की भीड़ की ख़ुशी और यह सही ही था कि वे वहां पर थे, ठीक वैसे ही जैसे कि मॉरिजियो जा चुका था, और उला और मोडेना जा चुके थे, और यह कि मैं, भी, एक दिन नहीं रहूंगा।

उनके गर्मजोशी भरे हाथ मिलाने का जवाब देते हुए मैं उनके पास बैठी कविता सिंह की ओर बढ़ा। कविता मुझसे गले मिलने के लिए उठकर खड़ी हो गई। यह एक महिला द्वारा ऐसे पुरुष को दिया गया आलिंगन था, जिस पर वह विश्वास कर सकती थी या फिर तब जब उसे पता हो कि यह किसी और से प्यार करता है। यह विदेशियों के बीच बहुत ही दुर्लभ तरह का आलिंगन था। मेरे अनुभव में तो एक भारतीय महिला का ऐसा करना काफ़ी अंतरंग था। और यह महत्त्वपूर्ण था। मुझे इस शहर में काफ़ी वर्ष हो चुके थे; मैं मराठी, हिंदी और उर्दू समझ सकता था; मैं अपराधियों, झोपड़पट्टीवासियों या बॉलीवुड के कलाकारों के साथ बैठ सकता था, इस दावे के साथ कि उनके बीच मेरी साख है और कुछ मर्तबा तो वह मेरा सम्मान भी करते हैं। लेकिन बॉम्बे के तमाम भारतीय विश्वों में कुछ बातें थीं जो ख़ुद मुझे स्वीकारा हुआ महसूस कराती थीं, जैसे कि कविता सिंह का प्यार से गले लगना।

मैंने उसे कभी नहीं बताया-कि उसके स्नेह और बिना किसी अपेक्षा के इस तरह से मुझे गले लगाना मेरे लिए कितने मायने रखता है। इतना ज़्यादा, बहुत ज़्यादा अच्छी बातें, इतनी अच्छाई मेरे दिल की काल कोठरी में बंद थी। उन ऊंची, डरावनी दीवारों के पीछे उन निर्वासन के वर्षों में भी मैंने उन्हें महसूस किया। छोटी उम्मीद भरी खिड़कियां, शर्म से भरा सख़्त बिस्तर पर। मैं अब बोलकर दिखाता हूं। मैं अब जानता हूं कि जब प्यार और ईमानदारी भरे लम्हे आते हैं तो उन्हें सहेज लेना चाहिए, बोलना चाहिए, क्योंकि यह दोबारा कभी नहीं आते। और उन बातों में बेआवाज़, बेजान रहती हैं जिन्हें हम दिल से दिल को बताते हैं। धीरे-धीरे वे सच और वे वास्तविक भावनाएं बिखरकर टूट चुकी होती हैं, फिर उन्हें पाने के लिहाज़ से बहुत देर हो चुकी होती है।

उस दिन जबकि शाम ढल रही थी, मैंने कविता से कुछ भी नहीं कहा। मैंने अपनी मुस्कान को किसी टूटे हुए पत्थर की तरह उसके स्नेह के चरम से उसके क़दमों तक गिर जाने दिया। उसने मेरी बांह पकड़ी और अपने पास बैठे हुए व्यक्ति का परिचय कराने लगी।

'लिन, मुझे नहीं लगता कि तुम रंजीत से मिल चुके हो,' उसके कहते ही वह खड़ा हो गया और हम दोनों ने हाथ मिलाए। 'रंजीत... कार्ला का दोस्त है। रंजीत चौधरी यह है लिन।'

मुझे अचानक अहसास हुआ कि लेति की उस फुसफुसाकर की गई टिप्पणी का क्या मतलब था, *अपने गुस्से पर क़ाबू रखो दोस्त,* और क्यों लिसा अपने चेहरे पर चढ़ी त्यौरियां नहीं हटा पाईं।

'तुम मुझे जीत बुला सकते हो,' उसने कहा। उसकी मुस्कान खिली हुई, स्वाभाविक और आत्मविश्वास से भरी थी।

'ठीक है,' मैंने कहा, बिना मुस्कराए। 'जीत, तुमसे मिलकर ख़ुशी हुई।'

'और मुझे तुमसे मिलकर,' उसने बॉम्बे की सर्वश्रेष्ठ निजी स्कूलों और विश्वविद्यालयों में प्रचलित अंग्रेज़ी भाषा के लहजे का बख़ूबी इस्तेमाल करते हुए कहा। 'मैंने तुम्हारे बारे में काफ़ी-कुछ सुना है।'

'अच्छा?' मैंने अपनी उम्र के किसी भारतीय की तरह बिना सोचे प्रतिक्रिया दे दी।

'हां,' उसने हंसते हुए मेरा हाथ छोड़ दिया। 'कार्ला अक्सर तुम्हारे बारे में बातें करती रहती है। तुम उसके लिए किसी नायक की तरह हो, मुझे विश्वास है कि तुम्हें यह बात पता होगी।'

'यह तो बहुत ही मज़ाक़िया बात है,' दरअसल मुझे विश्वास नहीं था कि वह जितना दिख रहा है, उतना ही निष्कपट था या नहीं। 'उसने एक मर्तबा कहा था कि उसके नायक केवल तीन ही तरह के होते हैं : मुर्दा, क्षतिग्रस्त या संदिग्ध।'

उसने सिर पीछे की ओर झुकाकर ज़ोर का ठहाका लगाया। उसका मुंह इतना खुला कि उसके सारे दांत दिख गए। हंसते हुए उसने मेरी तरफ़ देखकर हैरत में सिर हिलाया।

तो मामला यह है, मैंने सोचा। उसे उसके चुटकुले पसंद है। उसे उसका शब्दों से खेलना पसंद है। वह उनके प्रति उसके प्यार को समझता है और उसकी चतुराई को भी। तो यह कई वजहों में से एक है जिसके कारण वह उसे पसंद करती है। ठीक है।

इसके बाद जो हुआ स्वाभाविक था। उसका शरीर बहुत फुर्तीला था और उसका क़द मेरे जितना ही था। उसका चेहरा बहुत आकर्षक था। ऊंचे गाल, ऊंचा चौड़ा माथा, चमकदार आंखें, मज़बूत नाक, मुस्कराता हुआ चेहरा, सख़्त ठोड़ी-वह कुल मिलाकर किसी अकेले नाविक, पर्वतारोही या जंगल में घूमने वाले व्यक्ति की तरह दिखता था। वह छोटी सी शर्ट पहनता था। उसके बाल कम होते जा रहे थे, लेकिन वह भी उस पर फब रहे थे, मानो यह किसी स्वस्थ और चपल व्यक्ति के पसंदीदा विकल्प हों। और कपड़े- मैं उन्हें संजय, एड्रयूज, फैज़ल और माफ़िया के अन्य साथियों के साथ ख़रीददारी के लिए सबसे महंगी दुकानों में जाने के कारण जानता था। बॉम्बे में शायद ही कोई स्वाभिमानी अपराधी होगा, जो रंजीत के कपड़ों को देखकर स्वीकृति में सिर नहीं हिलाए।

'ठीक है,' मैं उसके आगे निकलकर कल्पना से मिलने बढ़ा, जो उस टेबल पर बैठी मेरी अंतिम दोस्त थी। वह मेहता-डिसूजा प्रॉडक्शंस में पहली सहायक निदेशक के तौर पर काम कर रही थी और अपने बूते पूर्ण निदेशक बनने का प्रशिक्षण हासिल कर रही थी। उसने मेरी तरफ़ देखा और आंख मार दी।

'ठहरो,' रंजीत ने गुज़ारिश की, धीमे लेकिन तेज़ी से, 'मैं तुम्हें बताना चाहता था तुम्हारी कहानियों के बारे में...तुम्हारी छोटी कहानियां...'

मैंने मुड़कर कविता सिंह की तरफ़ देखा और उसने कंधे और हाथ उचकाकर नज़रें घुमा लीं।

'कविता ने उन्हें मुझे पढ़ने के लिए दिया था और मैं तुम्हें बताना चाहता हूं कि वे कितनी अच्छी हैं। मेरा मतलब है कि मेरी राय में वे कितनी अच्छी हैं।'

'खैर, धन्यवाद,' मैंने फिर एक बार उससे आगे बढ़ने की कोशिश करते हुए कहा।

'वाक़ई। मैंने सभी को पढ़ा और मुझे लगता है कि वे वाक़ई बहुत अच्छी हैं।'

बिना वजह नापसंद किए जाने वाले व्यक्ति से अचानक और लगातार तारीफ़ की बाढ़ आ जाना आपको असहज कर देने वाली वस्तुओं में से एक है। मुझे अचानक लगने लगा मानो मेरे गाल शर्म से लाल होते जा रहे हैं।

'धन्यवाद,' पहली बार अपनी आंखों और अपनी आवाज़ में सच्चाई का पुट लाते हुए मैंने कहा। 'यह सुनना बहुत ही अच्छा लग रहा है, फिर भले ही कविता को यह किसी को भी नहीं दिखाना थीं। '

'मैं जानता हूं, वह नहीं दिखाती,' उसने तत्काल कहा, 'लेकिन मुझे *लगता* है कि तुम्हें बताना चाहिए किसी को। वे मेरे अख़बार के लिहाज़ से सही नहीं हैं। वह उसके लिए सही मंच नहीं होगा। लेकिन द *नूनडे*, वह उसके लिए बिलकुल सही मंच साबित हो सकता है। और मैं जानता हूं कि वह इसके लिए अच्छी क़ीमत भी अदा कर देंगे। द *नूनडे* का संपादक अनिल मेरा दोस्त है। मैं जानता हूं कि वह क्या चाहता है और मुझे विश्वास है कि उसे तुम्हारी कहानियां पसंद आएंगी। निश्चित ही मैंने तुम्हारा काम उसे बताया नहीं है। बिना तुम्हारी इज़ाजत नहीं। लेकिन मैंने उसे बताया है कि मैंने उन्हें पढ़ा है और वह बहुत अच्छी हैं। वह तुमसे मिलना चाहता है। अगर तुम अपनी कहानियां उसके पास ले जाओगे तो मुझे पूरा विश्वास है कि तुम्हारी उसके साथ अच्छी जमेगी। ख़ैर बात को मैं यहीं समाप्त करता हूं। वह तुमसे मिलने की उम्मीद लगाए बैठा है। लेकिन यह तुम पर निर्भर है। तुम जो भी फ़ैसला करो, मेरी शुभकामनाएं तुम्हारे साथ हैं।'

वह बैठ गया और मैं आगे बढ़कर कल्पना को अभिवादन करते हुए डिडियर के पास जाकर बैठ गया। मैं रंजीत के साथ बातचीत से इतना विचलित हो गया था–*जीत*–चौधरी कि मैंने डिडियर की आर्तुरो के साथ इटली की यात्रा की योजना को अनमने भाव से सुना। *तीन माह,* मैंने उसे कहते हुए सुना और ख़ुद को सोचते हुए पाया कि मैं सोच रहा था कि यह तीन साल में बदल जाएंगे और मैं उसे गंवा दूंगा। यह विचार ही इतना अज़ीब था कि मैंने इस पर विचार तक करना ठीक नहीं समझा। बिना डिडियर के बॉम्बे ऐसा था... मानो लियोपोल्ड्स के बग़ैर बॉम्बे या हाजी अली दरगाह के या गेटवे ऑफ़ इंडिया स्मारक के। इसकी कल्पना ही नहीं की जा सकती थी।

उस विचार को झटकते हुए मैंने चारों ओर दोस्तों के हंसते, पीते, बातें करते हुए टेबलों को देखा और अपने भीतर के ख़ाली गिलास को उससे भर लिया, उनकी कामयाबियों और उनकी उम्मीदों को अपनी आंखों में उतार लिया। फिर मेरा ध्यान दोबारा रंजीत की ओर गया, कार्ला का बॉयफ्रेंड। मैंने हाल के वक़्त में उस पर काफ़ी जानकारी जुटा ली थी। मैं जानता था कि वह एक ट्रक ड्राइवर रामप्रकाश चौधरी का दूसरे क्रम का और कुछ के मुताबिक़ सबसे पसंदीदा बेटा था। उसके पिता ने चक्रवात से प्रभावित बांग्लादेश के तटीय कस्बों में सामान की आपूर्ति से ख़ूब पैसा बनाया। पहली सरकारी निविदाएं बड़े अनुबंधों में तब्दील हो गईं। जिसके लिए ट्रकों के बड़े दस्ते और फिर चार्टर्ड विमानों और जहाजों तक की ज़रूरत आन पड़ी। चौधरी ने साथ ही परिवहन और संचार क्षेत्र से जुड़ी कंपनी के साथ विलय के बीच बॉम्बे से प्रसारित एक छोटे अख़बार में भी हिस्सेदारी हासिल कर ली थी। उसने अख़बार रंजीत के हवाले कर दिया था, जिसने हाल ही में एक बिज़नेस डिग्री हासिल की थी। वह परिवार के दोनों ही पक्षों में हाईस्कूल की शिक्षा पूरी करके आगे की पढ़ाई करने वाला पहला ही बच्चा था। रंजीत 8 साल से नए नामकरण वाले अख़बार *द डेली पोस्ट* की कमान संभालता था। इसे बोलचाल की भाषा में *द पोस्ट* कहा जाता था। इसकी कामयाबी के कारण रंजीत को स्वायत्त टीवी उत्पादन के क्षेत्र में उतरने का भी मौक़ा मिल गया।

वह रईस, प्रभावशाली, लोकप्रिय था और अख़बार, फ़िल्म और टीवी के क्षेत्र में उसके पास उद्यमी का कौशल था : मीडिया की निर्माणाधीन बड़ी हस्ती। रंजीत के बड़े भाई राहुल के मन में असंतोष पनपने की अफ़वाहों का बाज़ार गर्म था, जो किशोरावस्था में ही पिता के साथ परिवहन कारोबार में जुड़ गया था। उसने कभी भी रंजीत और अन्य छोटे भाइयों की तरह निजी स्कूल की शिक्षा का आनंद नहीं लिया था। चर्चाएं तो ये भी थीं कि वह दोनों छोटे भाइयों द्वारा दी जाने वाली आलीशान और बेलगाम पार्टियों और उसके लिए रिश्वत के दिए जाने से भी नाराज़ था। वैसे इसमें से किसी भी मामले में रंजीत की आलोचना नहीं की जा रही थी और उन धधकती चंद चिंताओं के अलावा उसकी ज़िंदगी वैभवपूर्ण ही लगती थी।

वह, लेति के शब्दों में, एक मोटा-ताज़ा बकरा था। और जब मैंने उसे दोस्तों के साथ देखा-बोलने से ज़्यादा सुनने वाला, त्यौरियां चढ़ाने वाले से ज़्यादा मुस्कराने वाला, ख़ुद की आलोचना करने वाला और विचारशील, व्यवहारकुशल और ध्यान देने वाला-मुझे यह ख़ुद से यह स्वीकारना ही पड़ा कि वह एक बहुत प्यारा इंसान है। और अज़ीब तौर पर मुझे उसके लिए अफ़सोस भी हुआ। कुछ वर्ष या कुछ माह पहले तक भी मुझे उसके सबका पसंदीदा होने पर ईर्ष्या महसूस होती-कितना अच्छा इंसान है, उसके बारे में पूछने पर कई लोगों ने यही बात कही थी। मुझे उससे नफ़रत हो जाती। लेकिन रंजीत चौधरी के लिए मुझे उस तरह की किसी भी भावना का अहसास नहीं हुआ। इसकी बज़ाय जब मैं उसका निरीक्षण कर रहा था, यह याद करते हुए कि

मैं कार्ला के लिए क्या महसूस करता था और उसके बारे में पहली बार साफ़ तौर पर सोचते हुए... एक लंबे अरसे बाद, मुझे इस अमीर, आकर्षक मीडिया मालिक के लिए अफ़सोस महसूस हुआ। मैंने उसे शुभकामनाएं भी दीं।

तक़रीबन आधे घंटे तक मैंने लिसा और कई अन्य लोगों से बातचीत की और फिर सिर उठाकर देखा तो पाया कि जॉनी सिगार दरवाज़े पर खड़ा होकर मुझे आंखों से इशारा कर रहा था। वहां से निकलने का बहाना मिलने से ख़ुश होकर मैं डिडियर की तरफ़ मुड़ा और उसका चेहरा अपनी तरफ़ घुमाया।

'सुनो अगर तुम सचमुच तीन महीने के लिए इटली जाने को लेकर गंभीर हो तो–'

'निश्चित तौर पर मैं हूं–' उसने कहना शुरू किया, लेकिन मैंने उसकी बात काट दी।

'और अगर तुम वाक़ई कोई ऐसा व्यक्ति चाहते हो जो तुम्हारी अनुपस्थिति में तुम्हारी जगह का ख़याल रखे तो मुझे लगता है कि इस काम के लिए व्यक्ति मेरे पास उपलब्ध है।'

'ओह हां? और वे कौन हैं?'

'द जॉर्जेस,' मैंने जवाब दिया। 'जोडियेक जॉर्जेस, जेमिनी और स्कॉर्पियो।'

डिडियर डर गया।

'लेकिन यह... यह जॉर्ज... वे तो, मैं कैसे कहूं?'

'भरोसेमंद?' मैंने सुझाव दिया। 'ईमानदार, बेदाग़, वफ़ादार, बहादुर और ऐसी परिस्थिति के लिए सबसे अहम पात्रता की बात की जाए तो तुम्हारे फ़्लैट में तुम्हारी इच्छा के बग़ैर एक भी मिनट ज़्यादा नहीं ठहरने के लिए तैयार। वास्तविकता में तो मेरे लिए ही उन्हें तुम्हारे फ़्लैट में रहने के लिए मनाना मुश्किल काम होगा। उन्हें सड़क ही *पसंद* आती है। वे यह नहीं करना चाहेंगे। लेकिन अगर मैं उन्हें यह बताऊं कि यह करके वे मुझ पर अहसान कर रहे हैं तो शायद वे तैयार हो जाएंगे। वे तुम्हारे फ़्लैट का बहुत ही अच्छी तरह से ख़याल रखेंगे और उन्हें भी तीन माह रहने के लिए एक अच्छी सुरक्षित जगह मिल जाएगी।'

'अच्छी?' डिडियर ने मज़ाक़ में कहा। '*अच्छी* से तुम्हारा क्या मतलब है? मेरा फ़्लैट की टक्कर का कोई फ़्लैट पूरे बॉम्बे में नहीं है, लिन। तुम इस बात को जानते हो। शानदार, तो मेरी समझ में आता है। बेहतरीन को मैं स्वीकार सकता हूं, लेकिन अच्छी–नहीं। यह ऐसा कहने जैसा है कि मैं एक मछली बाज़ार में रहता हूं और वह तुम हर रोज़ पानी के बहाव के साथ क्या शब्द इस्तेमाल करते हो–हुश!'

'तो तुम क्या सोचते हो? मुझे अब जाना है।'

'अच्छा!'

'छोड़ो भी यार, क्या तुम इसे भूल नहीं सकते!'

'खैर, हां, वैसे शायद तुम ठीक कह रहे हो। मेरे मन में उनके ख़िलाफ़ कोई भावना नहीं है। कैनेडा का जॉर्ज और फ्रेंच नहीं बोलने वाला स्कॉर्पियो। यह सच है। हां, हां। उनसे कह दो कि मुझे लगता है कि यह एक अच्छा विचार है। उनसे मुझसे मिलने को कहो और मैं उनसे बात करूंगा-अपने सावधानी भरे निर्देशों के साथ।'

हंसते हुए विदा लेने के साथ मैं रेस्तरां के दरवाज़े पर खड़े जॉनी सिगार के साथ हो लिया। उसने मुझे अपने क़रीब खींचा।

'क्या तुम मेरे साथ आ सकते हो? अभी?' उसने पूछा।

'निश्चित तौर पर। पैदल या टैक्सी से?'

'लिन, मुझे लगता है टैक्सी।'

हमने सड़क पर लोगों की भीड़ से गुजरते हुए एक टैक्सी पकड़ ली। जब हम टैक्सी को रोककर उसमें बैठ रहे थे तो मैं मुस्करा रहा था। कई महीने से मैं किसी ऐसी बात की तलाश में था, जो जेमिनी और स्कॉर्पियो जॉर्ज के लिए मेरे द्वारा वक़्त-वक़्त पर दिए जाने वाले पैसे से ज़्यादा महत्त्वपूर्ण हो। आर्तुरो के साथ डिडियर की छुट्टियों ने एक सही अवसर उपलब्ध करा दिया था। मैं जानता था कि डिडियर के फ़्लैट में तीन माह उनकी ज़िंदगी के अनेक वर्षों में इजाफ़ा कर देंगे : तीन महीने बिना सड़क पर रहने के तनाव से मुक्ति और घर द्वारा और घर के खाने द्वारा दिए जाने वाले भोजन से मिलने वाला स्वास्थ्य। और मैं यह भी जानता था कि अपने फ़्लैट में जोडियेक जॉर्जेस की मौज़ूदगी के चलते डिडियर कुछ ज़्यादा ही जल्दी अपने घर बॉम्बे लौटने के लिए चिंतित हो जाएगा।

'कहां जाना है?' मैंने जॉनी से पूछा।

'वर्ल्ड ट्रेड सेंटर,' उसने ड्राइवर से कहा और मेरी तरफ़ देखकर मुस्कराया, लेकिन उसके चेहरे पर निश्चित ही किसी बात को लेकर चिंता थी।

'क्या बात है?'

'झोपड़पट्टी में एक समस्या हो गई है,' उसने जवाब दिया।

'ठीक है,' मैंने कहा। मैं जानता था कि वह समस्या के बारे में तब तक कुछ नहीं कहेगा जब तक कि उसको लगेगा नहीं कि समय सही है। 'बच्चा कैसा है?'

'अच्छा, बहुत अच्छा,' उसका चेहरा अचानक खिल उठा। 'मेरी अंगुलियों पर उसकी पकड़ इतनी ज़्यादा मज़बूत है। वह एक बड़ा और दमदार-निश्चित तौर पर अपने पिता से भी बड़ा बनेगा। और प्रभाकर का बेटा, मेरी सीता की बहन पार्वती का बेटा भी बहुत सुंदर है। वह बहुत कुछ प्रभाकर जैसा दिखता है...उसके चेहरे से, उसकी मुस्कान से।'

मैं अपने मृत प्यारे दोस्त के बारे में सोचना नहीं चाहता था।

'और सीता कैसी है? लड़कियां कैसी हैं?' मैंने पूछा।

'वह मज़े में हैं, लिन। सब मज़े में।'

'तुम्हें ध्यान रखना पड़ेगा जॉनी,' मैंने चेतावनी के स्वर में कहा। 'तीन वर्ष से कम समय में तीन बच्चे-तुम्हें पता चलने से पहले तुम एक मोटे, बूढ़े इंसान हो चुके होगे, जिसमें नौ बच्चे तुम पर झूलते दिखेंगे।'

'यह एक अच्छा सपना है,' उसने मुस्कराते हुए कहा।

'कामकाज कैसा चल रहा है? तुम कैसे हो...तुम्हारी कमाई के लिए क्या कर रहे हो?'

'यह भी बढ़िया है, बहुत बढ़िया, लिन। हर कोई कर चुकाता है और किसी को भी यह पसंद नहीं है। मेरा धंधा अच्छा चल रहा है। सीता और मैंने, हमने अपने घर के बग़ल का घर भी ख़रीदने का फ़ैसला किया है और अपने परिवार के लिए बड़ा मकान बनाने का सोचा है।'

'यह तो बहुत ही अच्छा विचार है! मुझे इसका बेसब्री से इंतज़ार रहेगा।'

कुछ देर के लिए चुप्पी के बाद जॉनी ने चेहरे पर चिंता और लगभग पीड़ा के भाव के साथ मेरी तरफ़ देखा।

'लिन, पिछली बार जब तुमने मुझे तुम्हारे लिए काम करने को कहा था, तुम्हारे लिए और मैंने इंकार कर दिया था'

'कोई बात नहीं, जॉनी।'

'नहीं, यह ठीक नहीं है। मैं तुम्हें बताना चाहता हूं, मुझे हां कह देना चाहिए था और मुझे तुम्हारे साथ रहकर काम करना चाहिए था।'

'क्या तुम परेशानी में हो?' उसकी बात समझ में नहीं आने के कारण मैंने पूछा। 'क्या तुम्हारा धंधा उतना अच्छा नहीं चल रहा, जितना तुमने कहा था? क्या तुम्हें पैसों की ज़रूरत है?'

'नहीं, नहीं। मेरा सबकुछ ठीक है। लेकिन अगर उस वक़्त मैं तुम्हारे साथ होता, तुम्हें देखता रहता, तो शायद तुम आज भी उन गुंडों के साथ काले कारोबार में लिप्त नहीं होते।'

'नहीं, जॉनी।'

'लिन, मैं इसके लिए हर रोज़ ख़ुद को ही दोष देता हूं,' उसने होंठों को चबाते हुए कहा। 'मुझे लगा कि तुमने मुझे अपने साथ काम करने को कहा ताकि मैं तुम्हारा दोस्त बन सकूं, क्योंकि उस वक़्त तुम्हें एक दोस्त की ज़रूरत थी। मैं एक बुरा दोस्त निकला, लिन और मैं ख़ुद को दोष देता हूं। हर दिन मुझे इस बात का बुरा लगता है। मैं इस बात के लिए इतना शर्मिंदा हूं कि मैंने तुम्हें इंकार कर दिया।'

मैंने उसके कंधे पर हाथ रखा, लेकिन वह मुझसे आंखें नहीं मिला पा रहा था।

'देखो, जॉनी, तुम्हें बात को समझना होगा। मैं जो करता हूं, मुझे वह करना अच्छा नहीं लगता, लेकिन मुझे इसके बारे में बुरा भी नहीं लगता। तुम्हें इसके बारे

में बुरा लगता है। और मैं इस बात का सम्मान करता हूं, प्रशंसा करता हूं। और तुम मेरे एक अच्छे दोस्त हो।'

'नहीं,' वह फिर नीचे ही देखते हुए बड़बड़ाया।

'हां,' मैंने ज़ोर देकर कहा। 'मैं तुमसे प्यार करता हूं यार।'

'लिन!' उसने कहा और अचानक चिंतित होकर मेरी बांह पकड़ ली। 'कृपया, कृपया इन गुंडों से संभलकर ही रहना।'

मैं उसे शांत करने के लिए मुस्कराया।

'क्या तुम मुझे बताने वाले भी हो कि हुआ क्या है?' मैंने सवाल पूछा।

'भालू!' उसने कहा।

'भालू?'

'हां, वास्तविकता में कहूं तो केवल *एक* भालू ही हमारी समस्या है। तुम कानो को जानते हो? कानो भालू?'

'निश्चित तौर पर मैं जानता हूं,' मैंने कहा। 'साला भालू-क्या हुआ? क्या वह दोबारा जेल में चला गया है?'

'नहीं, नहीं, लिन। वह जेल में नहीं है।'

'अच्छी बात है। कम से कम वह बार-बार अपराध करने वाला तो नहीं है।'

'सच कहूं तो तुम्हें पता है वह जेल से *भाग* गया।'

'ओह नहीं...'

'और अब वह भगोड़ा भालू है, जिसके सिर या पंजे या शरीर के किसी भी हिस्से को लाने पर इनाम घोषित है।'

'कानो फरार है?'

'हां। यहां तक कि वह एक वांछित पोस्टर पर भी है।'

'*क्या* है?'

'एक वांछित पोस्टर पर,' उसने धैर्य से समझाया। ' उन्होंने उसके, कानो और उसके मदारियों के फ़ोटो लिए थे, जब उन्होंने उन्हें दोबारा गिरफ़्तार किया था। अब वे लोग उस फ़ोटो को ही जगह-जगह पर चस्पां वांछित पोस्टरों में उसके ख़िलाफ़ इस्तेमाल कर रहे हैं।'

'यह *वे* लोग कौन हैं?'

'राज्य सरकार, महाराष्ट्र पुलिस, सीमा सुरक्षा बल और वन्यजीव संरक्षण अधिकारी।'

'हे भगवान, कानो ने किया क्या है? उसने किसकी हत्या की है?'

'लिन, किसी की हत्या नहीं की है। दरअसल वन्यजीव अधिकारियों ने मदारी का नाच दिखाने वाले भालुओं के संरक्षण के लिए एक नई नीति बनाई है। वे यह

नहीं जानते कि कानो के मदारी उससे कितना ज़्यादा प्यार करते हैं। किसी बड़े भाई की तरह और वह भी उनसे प्यार करता है और वे लोग उसे कभी नुक़सान नहीं पहुंचाएंगे। लेकिन नीति तो नीति है। और वन विभाग वालों ने कानो को पकड़ लिया और उसे पशु कारावास में ले गए। और वह रो रहा था, अपने मदारियों के लिए। और वह मदारी जेल के बाहर थे और वह वहां रो रहे थे, रोए जा रहे थे। इस रोने-धोने से वन विभाग के दो संरक्षक बिगड़ गए और उन्होंने बाहर जाकर मदारियों की लाठियों से पिटाई शुरू कर दी। उन्होंने उनकी जमकर कुटाई की। कानो ने जब अपने लोगों की पिटाई देखी तो वह आपा खो बैठा। उसने पिंजरे को तोड़ दिया और भाग निकला। इससे मदारियों का हौसला बढ़ गया और उन्होंने संरक्षकों की पिटाई कर दी और कानो के साथ भाग गए। अब वह हमारी झोपड़पट्टी में छिपे हुए हैं, ठीक उसी झोपड़ी में जहां तुम रहा करते थे। और हम उन्हें बिना पकड़ में आए शहर से बाहर निकालना चाहते हैं। हमारी समस्या है कि कानो को झोपड़पट्टी से नरीमन पॉइंट तक कैसे ले जाया जाए। वहां एक ट्रक इंतज़ार कर रहा है और ड्राइवर कानो को मदारियों के साथ ले जाने के लिए तैयार हो गया है।'

'आसान नहीं है,' मैंने धीमे से कहा। 'और सब जगह पर मदारियों और भालू के पोस्टर लगे होने के बाद। हे *भगवान!*'

'क्या तुम हमारी मदद करोगे, लिन? हमें भालू के लिए बहुत बुरा लग रहा है। इस दुनिया में प्यार एक बहुत ही ख़ास बात है। जब दो लोगों के दिलों में हो तो, लेकिन यह तो भालू के लिए भी सच है, उसे बचाया जाना चाहिए, है ना?'

'देखो...'

'है कि नहीं?'

'निश्चित तौर पर है,' मैंने मुस्कराते हुए कहा। 'निश्चित तौर पर है। मदद कर सका तो मुझे ख़ुशी ही होगी। और तुम भी मेरी मदद कर सकते हो।'

'जो कहो वह।'

'मुझे वह भालू और मदारियों के फ़ोटो वाला वांछित पोस्टर ला दो। मुझे वैसा एक पोस्टर चाहिए।'

'पोस्टर?'

'हां। यह बहुत लंबी कहानी है। इसके बारे में चिंता मत करो। बस, अगर तुम्हें एक दिखाई दे तो बस उसे मेरे लिए फाड़ लाओ। क्या तुम्हारे पास कोई योजना है?'

शाम को टैक्सी झोपड़पट्टी के पास जाकर रुकी। बच्चे खेल-कूदकर घरों को लौट रहे थे और ठंडी हवा में घरों से खाना पकने का धुआं उठने लगा था।

'योजना,' रास्ते में पहचान के लोगों, परिवारों की ओर देखकर मुस्कराते हुए आगे बढ़ते हुए जॉनी ने कहा, 'योजना यह है कि भालू को छद्म वेश में तैयार करना।'

'नहीं,' मैंने संदेह जताते हुए साथ कहा। 'वह वाक़ई बहुत लंबा है। मुझे याद है कि बहुत बड़ा।'

'पहले हमने उस पर टोपी और कोट लादकर देखा और यहां तक कि एक छत्री भी उसके कोट से लटका दी, किसी कार्यालय में काम करने वाले व्यक्ति की तरह।'

'वह कैसा दिख रहा था?'

'बहुत अच्छा नहीं,' जॉनी ने कहा। 'वह फिर भी काफ़ी हद तक भालू की तरह ही लग रहा था, बस इतना था कि भालू ने कपड़े पहन रखे थे।'

'क्या बात कर रहे हो?'

'हां। इसलिए अब हमारी योजना उसे एक बड़ा मुस्लिम परिधान पहनाने की है, तुम वह जानते हो ना? अफ़गानिस्तान से? पूरे शरीर को ढंके हुए, बस देखने के लिए कुछ छेद।'

'एक बुर्का।'

'बिलकुल वही। छोरे मोहम्मद अली रोड गए हैं ताकि सबसे बड़ा बुर्का ख़रीद सकें। उनको अब तक--देखो वे आ चुके और अब हम इसे आजमाकर देख सकते हैं कि यह कैसा लगता है।'

हमने देखा कि झोपड़ी के पास दर्जन भर पुरुष, महिलाओं का एक समूह और इतने ही अन्य तमाशबीन खड़े थे। उस झोपड़ी के आस-पास जिसमें मैं दो साल रहा था। मुझे उस छोटी सी झोपड़ी को देखकर हमेशा नम्रता और रोमांच का अहसास होता था। कुछ विदेशी जिन्हें मैं झोपड़पट्टी में ले गया हूं-और यहां तक कि कविता सिंह और विक्रम जैसे भारतीय मेरे साथ वहां आए हैं-जगह को देखकर घबरा गए थे और उनके लिए यह विचार ही काफ़ी चिंतित कर देने वाला था कि मैंने उस जगह का चयन अपनी इच्छा से किया था। उन्हें यह बात समझ नहीं आती थी कि जब भी मैं झोपड़पट्टी में घुसता था तो मेरे भीतर क्यों सबकुछ छोड़कर वह सादा और ग़रीब जीवन जीने की इच्छा जाग उठती थी, जो कि प्यार और अपने आस-पास के इंसानी दिलों के समंदर में पड़ोसियों के बीच जीवंत संबंधों से भरा हुआ था। जब मैं झोपड़पट्टी की पवित्रता के बारे में बात करता था तो यह उनके पल्ले नहीं पड़ता था : वे वहां जा चुके हैं और ख़ुद वहां की दयनीय हालत और गंदगी देख चुके थे। उन्हें कोई पवित्रता दिखाई नहीं देती थी। लेकिन दरअसल उस चमत्कारिक इलाक़े में *जिए* नहीं थे और उन्हें यह समझ नहीं आया कि उम्मीद और दुख की कसमसाहट के बीच अस्तित्व को बनाए रखने के लिए लोगों को निष्ठापूर्वक और बेहद ईमानदार होना पड़ता है। यही उनकी पवित्रता का स्रोत था : सभी बातों से ऊपर वे सब ख़ुद के प्रति सच्चे थे।

इसलिए मेरे बेइमान दिल के अपने गुज़रे जमाने के पसंदीदा मकान के पास होने से उत्साहित होने के बीच, मैं लोगों के बीच पहुंचा ही था कि अचानक एक बड़ा सा ढंका हुआ आकार झोपड़ी के बगल से निकला और हमारे पास आकर खड़ा हो गया।

'ओह नहीं!' मैं उस कद्दावर आकार की तरफ़ देखकर बोला। नीले-काले बुर्के ने भालू को सिर से पैर तक ढंक लिया था। मैं तो उस औरत के बारे में सोचकर हैरान हो रहा था जिसके लिए यह परिधान मूल रूप से तैयार किया गया था, क्योंकि खड़ा भालू हमारे समूह के सबसे ऊंचे व्यक्ति से भी एक हाथ ऊंचा था। 'बाप रे!'

हम देख रहे थे कि वह बेडौल भालू कुछ क़दम चलकर लड़खड़ाया और उसने एक स्टूल और मटके को गिरा दिया।

'शायद,' जितेंद्र ने सुझाव दिया। 'वह बहुत ऊंची, मोटी... गुर्राने वाली... एक आलसी क़िस्म की महिला है।'

भालू अचानक झुका और फिर चारों पंजों पर आगे की ओर गिरा। हम उसे बस देखते रहे। नीले-काले बुरके से ढंकी आकृति ने गुर्राते हुए आगे क़दम बढ़ाए।

'शायद,' जितेंद्र ने सुधार करते हुए कहा, 'वह बहुत छोटी, मोटी...*गुर्राने वाली* महिला है।'

'एक *गुर्राने वाली* महिला?' जितेंद्र ने विरोध किया, '*गुर्राने वाली* महिला, यह क्या मुसीबत है?'

'मैं नहीं जानता,' जितेंद्र ने कहा। 'मैं तो केवल मदद करने की कोशिश कर रहा हूं।'

'तुम इस भालू को वापस जेल तक भिजवाने में महत्त्वपूर्ण भूमिका निभाने वाले हो,' मैंने कहा। 'अगर तुमने इस तरह से बाहर जाने दिया तो।'

'हम टोपी और कोट को दोबारा आजमा सकते हैं,' जोसेफ़ ने कहा। 'शायद एक और बड़ा हैट... और... और अधिक फ़ैशनेबल कोट।'

'मुझे नहीं लगता कि तुम्हारी समस्या फैशन है,' मैंने आह भरते हुए कहा। 'जॉनी जो बात मुझे बता रहा है उसके मुताबिक़ तुम्हें यहां से कानो को नरीमन पॉइंट तक ले जाना और वह भी पुलिसवालों की नज़रों से बचाकर, है ना?'

'हां, लिन बाबा,' जोसेफ़ ने जवाब दिया। छह माह के लिए अपने परिवार के साथ मौज-मस्ती करने के लिए गांव गए क़ासिम अली हुसैन की जगह जोसेफ़ झोपड़पट्टी का मुखिया था। वह व्यक्ति जिसे उसके पड़ोसियों ने पत्नी पर शराब के नशे में नृशंस हमले के लिए पीट-पीटकर अनुशासित किया गया था। उस पिटाई के बाद जोसेफ़ ने शराब छोड़कर दोबारा अपने अच्छे व्यवहार से पत्नी का प्यार और पड़ोसियों का सम्मान जीत लिया था। वह हर महत्त्वपूर्ण परिषद या समिति से जुड़ा और उसने समूह के हर व्यक्ति से ज़्यादा कड़ी मेहनत की। उसमें सुधार और परिवार व समुदाय के प्रति शालीनता भरे समर्पण का ऐसा समावेश हो चुका था कि क़ासिम अली ने जब जोसेफ़ की अपनी जगह अस्थायी नियुक्ति का ऐलान किया तो किसी अन्य नाम पर विचार ही नहीं किया गया। 'नरीमन पॉइंट के पास एक ट्रक खड़ा है। ड्राइवर का कहना है कि वह कानो को मनपा के इलाक़े से, राज्य से ही बाहर निकाल

देगा। वह मदारियों और उनके भालू को उनके मूल गांव तक पहुंचा देगा। उत्तरप्रदेश में नेपाल के पास गोरखपुर तक। लेकिन वह ट्रक ड्राइवर यहां आकर कानो को साथ ले जाने से घबरा रहा है। वह चाहता है कि हम ही भालू को *उसके* पास ले जाएं। लेकिन लिन बाबा यह कैसे किया जाए? इतने बड़े भालू को उस जगह तक कैसे ले जाया जाए? निश्चित तौर पर पुलिस का गश्ती दल कानो को देख लेगा और गिरफ़्तार कर लेगा। और वे हमें भी गिरफ़्तार कर लेंगे, क्योंकि हमने भालू को भागने में मदद की। और फिर? और फिर क्या? यह कैसे करना है, लिन बाबा? यह एक समस्या है। इसीलिए हम छद्म वेश के बारे में सोच रहे थे।'

'कानो वाले कहां हैं?' मैंने पूछा।

'यहां हैं बाबा!' जितेंद्र ने जवाब दिया और दो मदारियों को खींचकर आगे कर दिया।

उन लोगों ने ख़ुद को नीले रंग से पूरी तरह से पोत रखा था। उन्होंने अपने सारे चांदी के जेवर उतार दिए थे। उनके लंबे बाल और सजी हुई लटें साफों के पीछे छिपा दी गई थीं और उन्होंने सफ़ेद शर्ट और पतलून पहन रखी थी। बिना सजे-धजे और रंगहीन वह बेज़ान से नीले लोग और मेरी पहली मुलाक़ात की भव्यता की तुलना में छोटे और हल्के लग रहे थे।

'मुझे बताओ क्या कानो प्लेटफ़ॉर्म पर बैठ लेगा?'

'हां बाबा!' उनमें से एक ने गर्व के साथ कहा।

'वह कितनी देर तक बैठ लेगा?'

'अगर हम उसके साथ, उसके पास और उससे बातचीत कर रहे हों तो एक घंटे। बाबा, शायद एक घंटे से भी ज़्यादा-अगर उसे पेशाब नहीं आई हो तो। और ऐसा होता है तो सबसे पहले वही बताता है।'

'ठीक है। क्या वह छोटे से चलते प्लेटफ़ॉर्म-पहियों वाले-बैठ जाएगा, अगर उसे धकेला जाए?' मैंने उनसे पूछा।

मैं जबकि उन्हें समझा रहा था कि यह प्लेटफ़ॉर्म या टेबल कैसा होगा, उनके बीच काफ़ी गंभीर बहस छिड़ गई। मेरे दिमाग़ में इस तरह का प्लेटफ़ॉर्म था, जिसमें पहिये लगे होते हैं और जिसके ज़रिये पूरी झोपड़पट्टी में फल, सब्ज़ी व अन्य सामान घुमाया जाता है और बेचने के लिए दिखाया जाता है। जब यह स्पष्ट हो गया तो एक विक्रेता का ठेला खोज निकाला गया और उसे वहां लाकर रख दिया गया। उसे देखकर मदारियों ने स्वीकृति में उत्साहपूर्वक हामी भरी, हां, हां, कानो ऐसे चलते टेबल पर बैठ जाएगा। उन्होंने बताया कि रस्सियों की मदद से उसे टेबल पर स्थिर भी किया जा सकता है और अगर उसे यह पहले ही समझा दिया गया कि उसके लिए यह ज़रूरी है तो वह उस तेज़ चलते वाहन का किसी तरह से कोई विरोध भी नहीं करेगा। लेकिन क्या, वह जानना चाहते थे, मेरे दिमाग़ में क्या है?

'जॉनी के साथ रास्ते में मैं राकेश बाबा की पुरानी वर्कशॉप के पास से गुजरा था,' मैंने तेज़ी से बताना शुरू किया। 'वहां रोशनी थी और मैंने वहां उसकी गणेशजी की मूर्तियों में से अनेक वहां देखीं। उनमें से कुछ बहुत बड़ी थीं। वे काग़ज़ की लुगदी और चटाइयों से बनाई जाती हैं। इसलिए वे भारी नहीं होतीं और भीतर से खोखली होती हैं। मेरे ख़याल से वह इतनी बड़ी होती हैं कि कानो के सिर से होकर उसके पूरें शरीर पर सही तरीक़े से बैठ जाएंगी। कुछ रेशम और सजावट के लिए कुछ फूलों के हारों के साथ...'

'तो... तुम सोच रहे हो...' जितेंद्र हकलाया।

'हमें कानो को गणेशजी की तरह तैयार करना चाहिए,' जॉनी सिगार ने बात को पूरा किया। 'और उसे ठेले पर गणपतिजी की यात्रा की तरह नरीमन पॉइंट तक ले जाना चाहिए। सड़क के बीच से होते हुए। लिन, यह तो बहुत ही अच्छी कल्पना है!'

'लेकिन गणेशजी का त्यौहार तो पिछले सप्ताह ही समाप्त हो गया,' जोसेफ़ ने गणपति उत्सव का हवाला देते हुए कहा, जिसमें सैकड़ों गणेश प्रतिमाओं–हाथ में पकड़े जाने तक के आकार से लेकर दस मीटर क़द की मूर्तियों तक–चौपाटी तट पर लाखों लोगों की भीड़ के बीच समंदर में विसर्जन के लिए ले जाई जाती हैं। 'मैं ख़ुद चौपाटी के उस *मेले* में शामिल था। लिन बाबा इसका वक़्त अब निकल चुका है।'

'मैं जानता हूं, मैं भी वहीं पर था। इसी बात ने मुझे यह विचार दिया है। मुझे नहीं लगता कि इस बात से कोई फ़र्क़ पड़ेगा कि त्यौहार समाप्त हो गया है। गणपतिजी तो मुझे वर्ष भर में *कभी भी* दिख जाएं मैं दोबारा सोचने का कष्ट ही नहीं करूंगा। अगर गणेशजी को ठेले पर विसर्जन के लिए ले जाया जाता देखा तो क्या तुममें से कोई आपत्ति करेगा?'

हाथी के चेहरे वाले गणेशजी हिंदू देवताओं में सबसे ज़्यादा लोकप्रिय हैं और मुझे यक़ीन था कि कोई भी एक छोटी सी विसर्जन यात्रा को जांच के लिए नहीं रोकेगा, जिसमें एक ठेले पर एक बड़ी प्रतिमा को ले जाया जा रहा हो।

'मुझे लगता है कि वह सही कह रहा है,' जितेंद्र ने सहमति जताई। 'गणेशजी के बारे में कोई कुछ नहीं बोलेगा। आख़िरकार भगवान गणेश विघ्नहर्ता जो हैं, है *ना?'*

गणेशजी को विघ्नहर्ता और सभी समस्याओं के निवारण के लिए जाना जाता है। मुसीबत के वक़्त लोग उनके सामने उसी तरह से प्रार्थना करते हैं, जैसे कि ईसाई अपने संतों के सामने करते हैं। साथ ही वह लेखकों के दिव्य देव हैं।

'गणेशजी को नरीमन पॉइंट तक ले जाना कोई समस्या नहीं होगी,' जोसेफ़ की पत्नी मारिया ने कहा। 'लेकिन उस भालू कानो को गणेशजी के वेश में तैयार कैसे करना है। उसे तो कपड़े पहनाने में ही पसीना आ गया था।'

'उसे कपड़े पसंद नहीं आए थे,' मदारियों में से एक ने कहा। 'भाई, वह भालू है, तुम जानते ही हो और ऐसी बातों को लेकर बेहद संवेदनशील है।'

'लेकिन गणेशजी के वेश में उसे कोई परेशानी नहीं होगी,' उसके साथी ने कहा। 'मुझे पता है उसे लगेगा कि इसमें बहुत मज़ा है। वह ध्यान आकर्षित करने को लेकर बहुत लालची है। मुझे कहना ही पड़ेगा। यह उसकी दो बुरी आदतों में से है, दूसरी आदत है : लड़कियों के साथ इश्कबाज़ी।'

हम हिंदी में बात कर रहे थे और अंतिम बातचीत तेज़ थी जो मेरी समझ में नहीं आई।

'उसने क्या कहा?' मैंने जॉनी से पूछा। 'कानो की बुरी आदत क्या थी?'

'चुहलबाज़ी,' जॉनी ने जवाब दिया। 'लड़कियों के साथ।'

'चुहलबाज़ी? तुम्हारे कहने का क्या मतलब है?'

'खैर, मैं शर्तिया तो नहीं कह सकता, लेकिन मुझे लगता है–'

'नहीं, बिलकुल नहीं!' मैंने सवाल को ही ख़ारिज करते हुए चिल्लाकर कहा। 'कृपया...मुझे मत बताओ कि इसका क्या मायने है।'

मैंने अपने इर्द-गिर्द उत्सुक लोगों के चेहरे देखे। एक पल के लिए मुझे रोमांच लगा तो दूसरे पल ईर्ष्या हुई कि पड़ोसियों और दोस्तों का यह छोटा सा समुदाय दो मदारियों और एक भालू की समस्याओं को लेकर इतने अधिक चिंतित है। उनकी एक-दूसरे के साथ बिना शर्त उसमें शिरकत, सहयोग-प्रभाकर के गांव में देखे गए सहयोग से भी अधिक मज़बूत और तेज़ था। यह एक ऐसी बात थी जिसे मैंने झोपड़पट्टी छोड़कर आरामदेह अमीरों की दुनिया में जाते ही गंवा दिया था। मैं अपनी मां के प्यार की ऊंचाइयों को छोड़कर इसे कहीं और पा ही नहीं सका था। और चूंकि मैं उनके साथ झोपड़पट्टियों में रहने के कारण इस बारे में जानता था, मेरे भीतर इसकी चाहत, इसकी खोज कभी समाप्त नहीं हुई थी।

'मुझे तो कोई और रास्ता नहीं सूझता,' मैंने आह भरकर कहा। 'अगर हम उसे बस बोरियों या फलों या किसी और बात से ढंककर उसे धकेलकर वहां तक ले जाने की कोशिश करेंगे तो वह हिलेगा-डुलेगा और आवाज़ भी करेगा। और अगर उन्होंने यह देख लिया तो हमें रोक दिया जाएगा। लेकिन हम उसे बिलकुल गणेशजी की तरह बना दें, भजन गाकर उसे घेरते हुए शोर मचाते हुए आगे बढ़ें-जितना चाहे शोर मचाते हुए। मुझे नहीं लगता कि पुलिस हमें कभी भी रोकने वाली है। *तुम्हें* क्या लगता है, जॉनी?'

'मुझे यह *पसंद* आया,' जॉनी ने योजना की तारीफ़ में कहा। 'मुझे लगता है कि यह एक बेहतरीन योजना है और मुझे लगता है कि हमें कोशिश करना चाहिए।'

'हां, *मुझे* भी पसंद आई है,' जितेंद्र ने चेहरे पर उत्साह के भावों के साथ कहा। 'लेकिन, देखो हमें जल्दबाजी करना चाहिए-मुझे लगता है कि ट्रक बस एक-दो घंटे और इंतज़ार करेगा।'

सबने सहमति में सिर हिलाया : सतीश, जितेंद्र का बेटा; फ़ारुख़ और रघुरमन, वह दो दोस्त जिनको झगड़ने पर क़ासिम अली ने पैरों से बांधकर सज़ा दी थी; और अयूब और सिद्धार्थ, दो युवक जो मेरे झोपड़पट्टी छोड़ देने के बाद क्लीनिक को चला रहे थे। अंत में जोसेफ़ ने भी मुस्कराकर सहमति दे डाली। कानो के अपने चारों पैरों पर खड़ा होने के कारण हम बग़ल से रास्ता बनाते हुए उस बड़ी झोपड़ी की ओर बढ़े जिसमें राकेश बाबा का वर्कशॉप था।

जब हम उसकी झोपड़ी में घुसे तो बुज़ुर्ग मूर्तिकार ने हैरत में भौहें चढ़ा लीं। लेकिन उसके बाद वह हमारी अनदेखी करते हुए दो मीटर क़द के एक फ़ाइबर कांच से बने धार्मिक कलाकृति तो तराशने, चमकाने के काम में जुट गए। वह मोटे तख़्तों से तैयार लंबे टेबल पर काम कर रहे थे, जिन्हें जोड़कर दो बढ़इयों की घोड़ियों पर रखा गया था। लकड़ी और फ़ाइबर कांच की छीलन ने टेबल को ढंक रखा था और उनके पैरों के पास पुट्टी के साथ टुकड़े बिखरे पड़े थे। झोपड़ी के फ़र्श पर सिर, हाथ-पैर और शरीर के कई तैयार शिल्प और ढांचे बिखरे पड़े थे। इसके अलावा वहां पर कई फलक, प्रतिमाएं और अन्य टुकड़े पड़े हुए थे।

उन्हें मनाने में कुछ वक़्त लगा। यह कलाकार अपने बिगड़ैल स्वभाव के लिए जाना जाता था। पहले प्रयास में तो उन्होंने यही समझा कि हम शरारत या धोखे से भगवान और उनका मज़ाक़ उड़ाना चाहते हैं। अंत में उन्हें मनाने में तीन बातें निर्णायक साबित हुईं। पहली तो मदारियों की विघ्नहर्ता गणेशजी से लगाई गई गुहार। यह पता चला कि हाथी के सिर वाले भगवान गणेशजी बुज़ुर्ग राकेश बाबा के भी सबसे पसंदीदा भगवान थे। दूसरा, जॉनी का यह उल्लेख भी निर्णायक रहा कि यह काम उस बुज़ुर्ग कलाकार की रचनात्मक क्षमता से बाहर की बात है। राकेश बाबा ने चिल्लाकर कहा कि वह चाहें तो गणेशजी की मूर्ति में पूरा ताजमहल छिपा सकते हैं और एक भालू को छिपाना तो उस कलाकार के लिए बाएं हाथ का खेल है जिसे पूरी दुनिया उनके बेहतरीन काम के लिए जानती है। तीसरा और शायद सबसे ज़्यादा प्रभावशाली रहा ख़ुद कानो। बाहर की गली में बैचेनी से परेशान कानो ख़ुद झोपड़ी के भीतर चला आया और चारों पंजे उठाकर राकेश बाबा के बग़ल में आकर लेट गया था। वह चिड़चिड़ा मूर्तिकार अचानक छोटे से खिलखिलाते बच्चे में बदल गया और उसने झुककर कानो के पेट में गुदगुदी की और उसके पंजों से खेला भी।

उसके बाद उन्होंने खड़े होते हुए मदारियों और भालू को छोड़कर सभी को वर्कशॉप से बाहर चले जाने के लिए कहा। लकड़ी का ठेला चलाकर भीतर लाया गया और दुबले-पतले मूर्तिकार ने प्रवेश द्वार पर पर्दा डाल दिया।

चिंतित लेकिन उत्साहित हम सभी बाहर बैठकर कहानियां और ख़बरें साझा करते हुए इंतज़ार करते रहे। सिद्धार्थ ने मुझे बताया कि पिछले मानसून में झोपड़पट्टी को बहुत ज़्यादा वास्तविक नुक़सान नहीं झेलना पड़ा। साथ ही कोई बड़ी बीमारी भी नहीं फैली। अपने चौथे पोते का जन्मदिन मना रहा क़ासिम अली हुसैन अपने परिवार

को कर्नाटक में अपने जन्मस्थान पर ले गया है। सभी ने इस बात की पुष्टि कर दी कि वह स्वस्थ है और उत्साह से भरपूर भी। जितेंद्र भी पत्नी की हैजे से मौत के बाद जितना संभव था, उबर चुका है। हालांकि उसने दोबारा शादी नहीं करने का फ़ैसला किया है, लेकिन वह काम करके, प्रार्थना करके और सबके साथ हंस-मिलकर अपनी आंखों की चमक को क़ायम रखने में कामयाब हो रहा है। मां की मौत के बाद कुछ वक़्त तक दुखी और झगड़ालू बन चुका उसका बेटा सतीश भी शोक से उपजे एकाकीपन से उबरकर एक लड़की के नज़दीक आ चुका था, जिसे वह बचपन से जानता था। दोनों नाबालिग होने के कारण उनकी शादी तो नहीं हुई, लेकिन मंगनी ने दोनों को ख़ुशी और भविष्य के वादे से जोड़ दिया, जिसने जितेंद्र को ख़ुशियों से भर दिया। और एक-एक करके, हर एक ने अपने अंदाज़ में, उस रात जोसेफ़ की तारीफ़ की। प्रायश्चित करके उबरा व्यक्ति, नया मुखिया जो नज़रें झुकाकर शर्मीले अंदाज़ में बातें करता था और मारिया के बग़ल में खड़े होने पर ही आंख उठाकर सकुचाते हुए मुस्कराता था।

अंत में राकेश बाबा ने पर्दा हटा दिया और हम सबको अपनी वर्कशॉप के भीतर बुलाया। हम सब सुनहरी रोशनी में दौड़ गए। जब हमने तैयार मूर्ति की तरफ़ देखा तो हममें से अधिकांश के मुंह से हैरत भरी आह निकल गई। कानो ना केवल छिपा दिया गया था-बल्कि उसे तो हाथी के सिर वाले भगवान में ही तब्दील कर दिया गया था। भालू के सिर पर एक बड़ा सा सिर लगा दिया गया था और उसे गोल तोंद वाले शरीर पर फैली हुई बांहें लगाकर स्थिर कर दिया गया था। आकृति का पेंदा जहां पर ठेले से लग रहा था, वहां पर हल्का नीला कपड़ा बांध दिया गया था। सपाट टेबल पर फूलों के हारों के ढेर लगा दिए गए थे और गर्दन पर भी हार थे, जो सिर के जोड़ को ढंक ले रहे थे।

'क्या इसके भीतर सचमुच में कानो है?' जितेंद्र ने पूछा।

अपना नाम लिए जाने पर भालू ने अपना सिर घुमाया। हमने जो देखा वह यह कि भगवान गणेशजी ने अपनी गर्दन घुमाई और अपनी रंगी हुई आंखों से हमें देखा। यह निश्चित तौर पर एक पशु की हलचल थी और इंसान के हाव-भाव से अलग थी। मेरे समेत पूरा समूह हैरत और डर से पीछे हट गया। बच्चे भी चीख़ते हुए अपने माता-पिता के पैरों के पीछे दुबक गए।

'*भगवान...*' जितेंद्र ने कहा।

'बहुत ख़ूब,' सिगार ने माना। 'लिन, तुम्हें क्या लगता है?'

'मैं...मैं ख़ुश हूं कि नशे में धुत्त नहीं हूं,' मैंने कहा और देखा कि भगवान का सिर घुमा और उसमें से हल्की सी आवाज़ आई, जिसने मुझे जगा दिया। 'चलो, अब करते हैं!'

हम समर्थकों के एक झुंड के साथ झोपड़पट्टी से निकले। वर्ल्ड ट्रेड सेंटर के पास से गुजर जाने के बाद बैक बे इलाक़े को जाने वाली रिहाइशी बस्ती में पहुंचने

के बाद, हमने लगातार भजन शुरू कर दिए। जो ठेले के पास थे, उन्होंने उस पर हाथ रख दिए थे और हमें उसे खींचने, ठेलने में मदद कर रहे थे। जॉनी और मेरे जैसे लोग दूसरों को थामे हुए थे और उनकी आवाज़ में आवाज़ मिला रहे थे। हमारी गति बढ़ने के साथ भजन में भी जोश बढ़ता चला गया। कुछ ही देर में मददगार शायद यह भूलने लगे थे कि हम तस्कर हैं और उन्होंने विशुद्ध श्रद्धालुओं की तरह ऊंचा सुर लगा दिया। मुझे यक़ीन था कि उनका उत्साह एक सप्ताह पहले गुज़रे त्यौहार से कुछ भी कम नहीं था।

जब हम आगे बढ़ रहे थे तो मुझे महसूस हुआ कि झोपड़पट्टी में आवारा कुत्ते नहीं थे। मैंने देखा कि सड़क पर भी कोई दिखाई नहीं दे रहा था। मुझे याद था कि कानो जब पहली बार झोपड़पट्टी आया था तो कुत्तों की प्रतिक्रिया कितनी हिंसक थी और ख़ुद को यह बात जॉनी के साथ साझा करने से रोक नहीं पाया।

'अरे कुत्ता नहीं,' मैंने जॉनी से कहा।

जॉनी, नारायण, अली और कुछ अन्य लोगों ने मेरी टिप्पणी सुनी और मेरी तरफ़ देखकर घूरने लगे। उनके चेहरे पर हैरत के साथ-साथ चिंता के भी भाव थे। और फिर कुछ ही पल बाद, हमारे बाएं तरफ़ के फुटपाथ से गुर्राने की तीखी आवाज़ सुनाई देने लगी। आड़ में बैठा एक कुत्ता भौंकते हुए हम पर लपका। यह बहुत छोटा था, बॉम्बे के चूहे जितना, लेकिन उसका भौंकना बहुत तेज़ था और हमारे भजनों की आवाज़ को भी चीरकर ऊपर जा रहा था।

गली के अन्य कुत्तों को उसके साथ भौंकना शुरू करने में चंद पलों का ही वक़्त लगा। वह बाएं, दाएं से, अकेले, समूह में आने लगे और उन्होंने जमकर भौंकना शुरू कर दिया। उनकी आवाज़ को दबाने के लिए हमने अपने भजन की आवाज़ को और अधिक बुलंद कर दिया। साथ ही हम कुत्तों के लपकते जबड़ों पर भी नज़र रख रहे थे।

बैक बे इलाक़े के पास पहुंचते ही हम एक *मैदान* से गुज़रे, जहां पर एक शादी की बैंड पार्टी चमकीले लाल-पीले यूनिफ़ॉर्म में लंबी टोपियों समेत अभ्यास कर रहे थे। हमारे छोटे से जुलूस को अभ्यास का एक अच्छा मौक़ा जानकर वे भी हमारे पीछे हो लिए और उन्होंने एक लोकप्रिय भक्तिगीत को पूरे ज़ोर-शोर से बजाना शुरू कर दिया। हमारे तस्करी अभियान में यह नया रंग आने से ख़ुश बच्चे और जवान भी सड़क से उतरकर हमारे साथ हो लिए। वे भी हमारी आवाज़ में आवाज़ मिलाने लगे और सैकड़ों लोगों ने मिलकर माहौल ही बदल दिया।

कुत्तों के अनवरत भौंकने से विचलित कानो ठेले पर इधर-उधर होने लगा। आवाज़ को सुनने के लिए वह सिर घुमा रहा था। एक जगह तो मैंने देखा कि जब हमारा जुलूस निकला तो पुलिसवाले अवाक होकर मुंह खोले जोकरों की तरह खड़े होकर बस देखते रह गए।

कई मिनट लंबे संघर्ष के बाद हम नरीमन पॉइंट के इतना पास पहुंच चुके थे कि ओबेरॉय होटल का टॉवर दिखने लगा था। इस बात से चिंतित होकर कि हम

इस शादी के बैंड से पीछा नहीं छुड़ा पाएंगे, मैं दौड़कर पीछे गया और बैंड मास्टर के हाथों में नोटों का बंडल थमाकर कहा कि वे हमसे दूर दाईं ओर मुड़कर मरीन ड्राइव की तरफ़ निकल जाएं। समंदर के किनारे जब हम बाईं ओर मुड़े तो वह अपने लोगों को लेकर दाईं ओर मुड़ चुका था। हमारे साथ छोटे से दौरे में मिली कामयाबी से उत्साहित बैंड वाले वापसी में डांस के हिट गानों को लगातार बजाते हुए चले गए। भीड़ का बड़ा हिस्सा उन्हीं के साथ नाचते-गाते निकल गया। यहां तक कि अपने इलाक़े से बाहर आ चुके कुत्तों ने भी वापसी का रास्ता पकड़ा।

हम ठेले को धकेलते हुए समंदर के पास उस जगह पर ले आए, जहां पर ट्रक पहले से ही खड़ा था। इसी दौरान मैंने अपने पास से कार का हॉर्न सुना और मेरा दिल बैठने लगा। मुझे लगा कि पुलिस आ गई। मैंने धीरे से मुड़कर देखा तो पाया कि सलमान की कार के पास अब्दुल्ला, सलमान, संजय और फ़रीद खड़े थे। वे एक चौड़े इलाक़े में कार पार्क करके खड़े थे।

'तुम ठीक तो हो ना जॉनी?' मैंने पूछा। 'यहां से आगे तुम संभाल लोगे क्या?'

'निश्चित तौर पर लिन,' उसने कहा। 'ट्रक देखो वहां खड़ा है हमारे आगे, दिखा? हम कर लेंगे।'

'ठीक है तो प्यारों मैं चलता हूं। मुझे बताना सब कैसा रहा। मैं तुमसे कल मिलूंगा और देखना अगर तुम्हें वह वांछित वाला पोस्टर मिल जाए तो।'

'कोई समस्या नहीं,' मेरे विदा लेने पर उसने हंसते हुए कहा।

मैं सड़क पार करके सलमान, अब्दुल्ला और अन्य लोगों के पास पहुंच गया। वह समंदर की दीवार के पास मौज़ूद नरीमन पॉइंट्स पर खड़ी रहने वाली गाड़ियों से लाया खाने का सामान खा रहे थे। जैसे ही मैंने उनका अभिवादन किया, फ़रीद ने कार की छत से बचे हुए खाने के डिब्बे और पेपर टॉवेल्स बग़ल में गिरा दिए। इसने मुझे याद दिला दिया कि सड़कों पर गिरा यह खाना उन लोगों के काम आ जाएगा जो इसी तरह से फेंके हुए खाने पर ही ज़िंदा रहते हैं।

जब अभिवादन का आदान-प्रदान हो चुका तो संजय ने पूछा, 'साले तुम उस जुलूस में क्या कर रहे थे?'

'यह एक बहुत लंबी कहानी है,' मैंने मुस्कराते हुए कहा।

'तुम्हारा गणपति तो बहुत ग़ज़ब का है,' उसने कहा। 'मैंने ऐसा तो कभी नहीं देखा। यह इतना वास्तविक लग रहा था। ऐसा लग रहा था मानो वह हिल-डुल रहा हो। मुझे बहुत धार्मिकता का अहसास हुआ। मैं बता रहा हूं *यार*, जब मैं घर जाऊंगा तो ना तो किसी को अगरबत्ती लगाने के लिए पैसे दूंगा।'

'बता भी दो लिन,' सलमान ने पूछा। 'आखिर *यार* यह क्या माज़रा है?'

'बताता हूं,' मैंने यह सोचकर गुर्राया कि कुछ भी बताना अर्थपूर्ण नहीं लगेगा। 'हमें झोपड़पट्टी से एक भालू की तस्करी करके उसे इस जगह तक लाना पड़ा। ठीक

यहां। क्योंकि पुलिसवालों ने उसके ख़िलाफ़ वारंट निकाल रखा था और वह उसे गिरफ़्तार करना चाहते थे।'

'किस बात की तस्करी?' फ़रीद ने पूछा।

'एक भालू।'

'क्या... किस तरह का भालू?'

'एक नाचने वाला भालू, और क्या,' मैंने कहा।

'तुम जानते हो, लिन' माचिस की तीली से दांत साफ़ करते हुए संजय ने ख़ुश होते हुए कहा। 'तुम हमेशा कुछ ऊटपटांग काम ही करते हो।'

'क्या तुम मेरे भालू के बारे में बात कर रहे हो?' अब्दुल्ला ने अचानक दिलचस्पी दिखाते हुए पूछा।

'हां, बिलकुल वही। अगर बहुत पुरानी बात करें तो यह सब तुम्हारी ही ग़लती है।'

'तुम क्यों कह रहे हो कि यह तुम्हारा भालू है?' सलमान ने पूछा।

'क्योंकि मैंने ही इस भालू का इंतज़ाम कराया था,' अब्दुल्ला ने जवाब दिया। 'मैंने काफ़ी पहले इसे लिन भाई के पास भेजा था।'

'क्यों?'

'दरअसल यह मामला गले लगाने का था,' अब्दुल्ला ने हंसना शुरू कर दिया।

'अब दोबारा शुरू मत कर देना,' मैंने कहा और आंख के इशारे से चेतावनी दी।

'यह साला *भालुओं* का क्या मामला है?' संजय ने पूछा। 'क्या हम अब भी भालुओं के बारे में बातें कर रहे हैं?'

'ओह, नहीं!' सलमान ने अचानक बात को काटते हुए कहा। संजय के पीछे देखते हुए उसने कहा, 'फैज़ल बहुत जल्दी में दिख रहा है। और उसके साथ नज़ीर भी है। लगता है कुछ लफड़ा हुआ है।'

एक और एम्बेसडर आकर हमारे पास रुक गई। दो सेकेंड बाद एक और कार आ गई। पहली कार से फैज़ल और आमिर कूदे और दूसरी से नज़ीर और एंड्रयूज। मैंने देखा कि फैज़ल की कार से एक और व्यक्ति निकलकर वहीं इंतज़ार करते हुए रास्ते पर नज़र रखने लगा। मैंने अपने दोस्त महबूब मेलबाफ़ को दूर से ही पहचान लिया था। दूसरी कार में तारिक़ के साथ एक और गठीले शरीर वाला अपराधी राज बैठा हुआ था।

'वे यहां हैं!' फ़रीद ने हांफते हुए कहा। 'मैं जानता हूं कि उन्हें कल आना था, लेकिन वह यहां आ चुके हैं। वे चूहा और उसके लोगों के साथ पहले ही मिल गए।'

'पहले ही? कितने लोग हैं?' सलमान ने पूछा।

'बस वही,' फ़ैज़ल ने जवाब दिया। 'अगर हम अभी चलते हैं तो हम सबका काम तमाम कर सकते हैं। गैंग के बाक़ी के लोग ठाणे में एक शादी में गए हुए हैं। यह तो ऊपरवाले की मेहरबानी जैसा ही कुछ है। यह हमें मिलने वाला सबसे अच्छा मौका है। लेकिन हमें जल्द निकलना होगा!'

'मैं यक़ीन नहीं कर पा रहा हूं,' सलमान ने मानो ख़ुद से ही कहा।

मेरे पेट में अचानक गड्ढा सा महसूस हुआ और फिर सबकुछ सामान्य हो गया। मैं जानता था कि वह किस बारे में बात कर रहे थे और हमारे लिए इसका क्या मतलब था। कई दिनों से ये ख़बरें चल रही थीं कि वालिदलाला परिषद के चूहा और उसके गैंग ने सपना गैंग के बचे व्यक्ति और उसके परिवार के दो सदस्यों, भाई और साले, से संपर्क साधा है। वे हमारे गैंग के ख़िलाफ़ हमले की योजना बना रहे थे। गिरोह की नई सीमाओं के लिए जंग छिड़ चुकी थी और हमारी परिषद का मुक़ाबला चूहा की माफ़िया परिषद के साथ था। चूहा बहुत भूखा था।

सपना-ईरान संबंध, अब्दुल ग़नी के ग़द्दारी भरे षड्यंत्र से बचे तमाम लोग, दोनों परिषदों के बीच की तल्ख़ी को जान चुके थे और ऐसा लगता है कि उन्हें चूहा की लालसा और महत्त्वाकांक्षा को भुनाने का सही मौक़ा मिल गया है। उन्होंने हथियार-नई बंदूकें-और पाकिस्तान के हेरोइन के धन उगलने वाले कारोबार में नए संपर्क दिलाने का भी वादा किया है। वे पाखंडी थे : सपना के नाम पर हत्या करने वाले अब बिना अब्दुल ग़नी के काम कर रहे थे और ईरानी बिना सावक के आधिकारिक समर्थन के। नफ़रत उन दोनों को साथ ले आई थी। वे दोस्तों की मौत का बदला चाहते थे और चूहा के साथ मिलकर उनकी नफ़रत ने उनके दिमाग़ों में हत्या का रूप ले लिया है।

परिस्थिति इतने लंबे समय से तनावपूर्ण थी कि सलमान ने अपने आदमी लिटिल टोनी के साथ चुहा गैंग में घुसपैठ की थी, जो गोवा का एक गैंगस्टर था, और बोम्बे में अज्ञात था। उसने अंदर से जानकारी दी थी। उसकी ही जानकारी ने सलमान को सपना-ईरान संबंध और उनकी ओर से होने वाले तय हमले के बारे में बताया था। चूहा के घर पर उनके आने की फैज़ल से पुष्टि हो जाने के बाद, हम सब जानते थे कि सलमान केवल एक ही विकल्प पर विचार करेगा। लड़ाई। हमला बोल दो। सपना हत्यारों और ईरानी जासूसों का एक ही बार में पूरा ख़ात्मा। उसके इलाक़े पर कब्ज़ा जमा लो और उसके कारोबार पर भी।

'अरे यार! हम और कितने ख़ुशक़िस्मत हो सकते हैं?' चमकती आंखों के साथ संजय चीख़ा।

अपने कुछ ज़्यादा उम्र के दोस्त आमिर की तरफ़ देखते हुए सलमान ने कहा, 'क्या तुम्हें यह सही लगता है?''

अपने सिर के बालों पर हाथ फेरते हुए आमिर ने कहा, 'बिलकुल सही लगता है?' उसने उसी हाथ से अपनी मूंछों पर ताव भी दे डाला। 'मैंने ख़ुद उन्हें देखा है।

अब्दुल्ला के लोग, ईरानी, आधे घंटे पहले आए हैं। सपना के नाम पर हत्या करने वाले साले तो दिनभर से ही वहां जमे बैठे हैं। वे सुबह ही आ गए थे। छोटे टोनी ने जब भी संभव हुआ, हमें जल्द से जल्द इसकी जानकारी दे दी। हम उन्हें दो घंटे से चूहा के ठिकाने पर ही देख रहे हैं। अंतिम बार जब मेरी छोटे टोनी से बात हुई तो उसने कहा था कि वे सब जमा हो रहे हैं-चूहा और उसके क़रीबी लोग, सपना और ईरानी लोग। वे ईरानी लोगों के ही आने का इंतज़ार कर रहे थे और उसके बाद हम पर हमला बोलना चाहते हैं। जल्द। शायद कल रात। या ज़्यादा से ज़्यादा परसों। चूहा ने कुछ और लोगों को बुला भेजा है। वे दिल्ली और कलकत्ता से भी आ रहे हैं। वे कुछ इस तरह की योजना बना रहे हैं कि हम पर एक साथ दस से ज़्यादा ठिकानों पर हमला बोलेंगे, ताकि हम उनका मुक़ाबला ही नहीं कर सकें। मैंने टोनी को कहा कि वह वापस जाकर ईरानियों के आते ही हमें सूचना दे दे। हम हमेशा की तरह उस ठिकाने पर नज़र रखे हुए थे। फिर अचानक हमने एक दिन पहले उन्हें आते देखा। कुछ ही देर छोटे टोनी ने सिगरेट सुलगाकर इशारा दिया। यही वे लोग हैं-जो अब्दुल्ला के पीछे हैं। अब वह सब लोग मिल चुके हैं और हम उनसे केवल दो मिनट की दूरी पर हैं। मैं जानता हूं कि यह जल्दी होगा, लेकिन हमें जाना ही होगा। सलमान हमें यह काम करना होगा, अगले पांच मिनट में।'

'कुल मिलाकर कितने हैं?' सलमान ने सवाल पूछा।

'चूहा और उसके लोग,' आमिर ने बहुत ही सुस्त अंदाज़ में जवाब दिया। मुझे लगता है कि वह हममें से किसी के भी जितना घबराया हुआ नहीं था या नहीं लग रहा था। उसका यही अंदाज़ अन्य लोगों का हौसला बढ़ाने के लिए पर्याप्त था। 'यानी कि छह लोग। उनमें से एक मनु दमदार आदमी है। तुम उसे जानते हो। उसने तीनों हर्षन बंधुओं को अकेले ही ढेर कर दिया था। उसका भाई बिच्छू भी अच्छा लड़ाका है-उसे वह लोग बिच्छू ऐसे ही नहीं बुलाते। बाक़ी के लोग, चूहा समेत, कुछ ख़ास नहीं हैं। फिर सपना के लोग यानी तीन और। और ईरान से दो और। यानी ग्यारह। अधिक से अधिक एकाध दो और। हुसैन उस जगह पर नज़र रखे हुए है। अगर कुछ और लोग आते हैं तो वह हमें बताएगा।'

'ग्यारह,' सलमान बुदबुदाया। विचार के दौरान वह किसी से आंख नहीं मिला रहा था। 'और हम भी ग्यारह हैं, बारह, अगर छोटे टोनी को भी मिला लिया जाए तो। लेकिन हमें दो लोगों को चूहा के ठिकाने के बाहर गली में रखने होंगे-दोनों तरफ़ एक-एक, अगर हमारे भीतर रहने के दौरान पुलिस आ गई तो उन्हें रोकने के लिए। चूहा के कुछ और लोग भी आते ही होंगे, इसलिए हमें बाहर कम से कम दो लोग तो रखना ही होंगे। मैं लड़ते हुए अंदर जाना चाहता हूं, लेकिन बाहर आते वक़्त भी लड़ना नहीं पड़े तो बेहतर होगा। हुसैन पहले से ही वहां है। फैज़ल बाहर गली में रहने वाले तुम दूसरे व्यक्ति रहोगे। ठीक है? हमारे अलावा कोई भी अंदर या बाहर नहीं जाएगा।'

'कोई समस्या नहीं,' युवा लड़ाके ने कहा।

'राज के साथ बंदूकों की जांच कर लो। उन्हें तैयार कर लो।'

'मैं यह करता हूं,' उसने कहा और सबकी बंदूकें लेकर कार की ओर चला गया, जहां राज और महमूद इंतज़ार कर रहे थे।

'और दो लोगों को तारिक़ के साथ वापस क़ादर के घर जाना होगा,' सलमान ने कहा।

'उसे यहां लाने का विचार नज़ीर का था,' एंड्रयू ने कहा। 'जब फैज़ल और आमिर ने हमें ख़बर दी तो वह उसे पीछे वहां नहीं छोड़ना चाहता था। मैंने उससे बच्चे को नहीं लाने के लिए कहा, लेकिन आप तो जानते ही हैं कि जब नज़ीर के दिमाग़ में कोई ख़याल आता है तो वह कैसा होता है।'

'नज़ीर बच्चे को लेकर सोभन महमूद के वर्सोवा के घर जा सकता है और वहां उस पर नज़र रख सकता है,' सलमान ने कहा। 'और तुम उसके साथ जाओगे।'

'ये क्या बात हुई यार!' एंड्रयू ने कहा। '*मुझे* यह काम करने के लिए क्यों कहा जा रहा है? आख़िर *मुझे* सारी मारामारी से दूर क्यों रखा जा रहा है?'

'सोभन और बच्चे पर नज़र रखने के लिए मुझे दो लोगों की ज़रूरत है। ख़ासतौर पर बच्चा–नज़ीर ने उसे वहां नहीं छोड़कर ठीक ही किया। तारिक़ ही निशाना है। जब तक वह ज़िंदा है, यह परिषद क़ादर की परिषद है। अगर वह उसे मार देते हैं तो इससे चूहा को बहुत ताक़त मिल जाएगी। यही बात बुज़ुर्ग सोभन पर भी लागू होती है। बच्चे को शहर से बाहर ले जाओ और उसे और सोभन महमूद को सुरक्षित रखो।'

'लेकिन यार *मुझे* क्यों मारामारी से दूर रखा जा रहा है? आख़िर यह मेरे साथ ही क्यों किया जा रहा है? सलमान, किसी और को भेज दो। मुझे तुम्हारे साथ चूहा के पास चलने दो।'

'तुम मेरे साथ बहस करने वाले हो?' सलमान ने गुस्से में होंठ चबाते हुए कहा।

'नहीं,' एंड्रयू ने तत्काल बात काटते हुए कहा, 'मैं यह करूंगा। मैं बच्चे को लेकर जाऊंगा।'

'इस तरह अब हम आठ लोग बचे,' सलमान ने कहा। 'संजय और मैं, अब्दुल्ला और आमिर, राज और छोटा टोनी, फ़रीद और महमूद–'

'नौ,' मैंने बात को काटते हुए कहा, 'हम नौ लोग हैं।'

'तुम यहां से चले जाओ, लिन,' सलमान ने मेरी तरफ़ देखते हुए कहा। 'मैं बस तुमसे टैक्सी लेकर जाकर यह बात राजूभाई और तुम्हारे पासपोर्ट की दुकान के लोगों को बताने के लिए कहने ही वाला था।'

'मैं अब्दुल्ला को छोड़कर नहीं जाऊंगा,' मैंने साफ़ तौर पर कहा।

'शायद तुम नज़ीर के साथ वापस जा सकते हो,' एंड्रयू के नज़दीकी दोस्त आमिर ने सुझाव दिया।

'मैंने एक बार अब्दुल्ला को अकेला छोड़ा था,' मैंने कहा। 'मैं दोबारा यह नहीं करने वाला। यह एक तरह की नियति या कुछ और है। मुझे यह लग रहा है सलमान कि मैं अब्दुल्ला को अकेला नहीं छोड़ूं। मैं तुम्हारे साथ हूं। मैं महबूब मेलबाफ़ को भी नहीं छोड़ने वाला। मैं उनके साथ हूं। मैं तुम्हारे साथ हूं।'

सलमान कुछ देर तक मुझे घूरता रहा। मुझे उसी वक़्त अहसास हुआ कि जब सलमान त्यौरियां चढ़ाता है तो उसकी एक आंख जो नीची है और उसकी टूटी हुई नाक के साथ मुंह का कटा हुआ कोना एक ग़ज़ब का संतुलन साध लेते हैं।

'ठीक है,' अंत में वह मान गया।

'चल क्या रहा है!' एंड्रयू भुनभुनाया। 'उसे भी जाने को मिल रहा है, लेकिन मुझे *बच्चे संभालने का काम* दिया जा रहा है?'

'शांत हो जाओ एंड्रयू,' फ़रीद ने सांत्वना देते हुए कहा।

'नहीं, मुझे इस गोरे इंसान से कोफ़्त होने लगी है। क़ादर उसे चाहता था, वह अफ़गानिस्तान गया था, तो क्या? क़ादर मर चुका है *यार।* क़ादर के दिन जा चुके हैं।'

'शांत हो जाओ भाई,' आमिर ने कहा।

'*क्या शांत हो जाओ?* भाड़ में जाए क़ादर और भाड़ में जाए यह गोरा!'

'अपनी ज़बान को लगाम दो,' मैंने दांतों को भींचते हुए कहा।

'वाकई?' मुझे घूरते हुए उसने कहा, 'मैं तुम्हारी बहन के साथ बलात्कार करूंगा! अब मेरा मुंह कैसा लग रहा है? तुम्हें पसंद आया?'

मैंने सपाट स्वर में हिंदी में कहा, 'मेरी कोई बहन नहीं है।' इस पर कुछ लोग हंसने लगे।

'कोई बात नहीं, मां तो होगी।' उसने कहा, 'तो मैं तुम्हारे लिए एक नई बहन पैदा कर दूंगा!'

'अब बहुत हो चुका,' मैंने गुर्राकर लड़ने की तैयारी करते हुए कहा। 'आ जाओ दो-दो हाथ कर लेते हैं।'

स्थिति बहुत बिगड़ जाती, क्योंकि मैं एक अच्छा लड़ाका नहीं था, लेकिन मैं लड़ना जानता था। मैं ज़ोरों से वार कर सकता था। और उन वर्षों के दौरान मैं अगर वाक़ई मुश्किल में फंस जाता था तो सामने वाले के आर-पार चाकू उतारने में भी मुझे कोई डर नहीं लगता था। एंड्रयू भी सक्षम था। बंदूक हाथ में होने पर वह बहुत घातक था। आमिर जैसे ही उसकी मदद के लिए उसके पीछे हुआ, इधर अब्दुल्ला मेरे पास आकर खड़ा हो गया। हम सब जानते थे कि लड़ाई शुरू हुई तो बवाल में बदल जाएगी। लेकिन गोवा के युवक ने हाथ नहीं उठाया और जैसे-जैसे वक़्त गुज़रता गया, पांच, दस, पंद्रह मिनट, लगने लगा कि वह हाथ चलाने में उतनी दिलचस्पी नहीं रखता था जितनी की मुंह चलाने में।

नज़ीर ने स्थिति को संभाला। हम दोनों को धकेलते हुए उसने एंड्रयू की कलाई और शर्ट की आस्तीन से पकड़ लिया। मैं उस पकड़ को अच्छी तरह से जानता था। मैं जानता था कि अगर वह उस पकड़ को छुड़ाना चाहता हो तो एंड्रयू को पहले भारी-भरकम अफ़गानी को मारना होगा। नज़ीर ने मेरी तरफ़ एक झलक देखा। उसकी आंखों में कुछ पल के लिए गर्व, कुछ पल के लिए हैरत, कुछ पल के लिए नाराज़गी, कुछ पल के लिए स्नेह दिखा। वह एंड्रयू को पीछे धकेल ले गया। कार में उसने एंड्रयू को ड्राइवर की सीट पर धकेल दिया और फिर तारिक़ के साथ पीछे बैठ गया। एंड्रयू ने कार शुरू की और तेज़ी से मिट्टी-धूल उड़ाते हुए मरीन ड्राइव की तरफ़ निकल गया। कार के बग़ल से गुज़रते ही मैंने तारिक़ के चेहरे की तरफ़ देखा। वह पीला पड़ चुका था और उसकी आंखें बर्फ़ में पंजों के निशान की तरह उसके दिमाग़ या भीतर के विचारों की कोई झलक नहीं दे रहे थे।

'मैं जाता हूं,' जब कार पास से गुजरी तो मैंने कहा। हर कोई हंसने लगा। मुझे समझ नहीं आया कि ऐसा मेरे लहज़े के कारण हुआ या फिर उस वाक्य के कारण।

'मुझे लगता है कि हम समझ गए हैं, लिन,' सलमान ने कहा। 'मुझे लगता है कि सबकुछ साफ़ है, है ना? मैं तुम्हें अब्दुल्ला के साथ पीछे की ओर रखूंगा। अब्दुल्ला तुम जानते हो कि चूहा के घर के पीछे एक गली है। यह दो रास्तों को जोड़ती है, एक मुख्य रास्ते को और एक कोने के दूसरी ओर के मकानों को। चूहा के घर के पीछे एक अहाता भी है। मैं उसे देख चुका हूं। वहां पर दो खिड़कियां हैं, जिनमें भारी जालियां लगी हुई हैं और घर में जाने के लिए केवल एक दरवाज़ा। यह दो सीढ़ी नीचे है। तुम इसी जगह को संभालोगे। जब हम शुरुआत करेंगे तो वहां से कोई भी अंदर नहीं जाना चाहिए। अगर हम सही चले तो कुछ लोग वहां से भागने की कोशिश करेंगे। उन्हें तुम्हारे आगे मत जाने देना। उन्हें वहीं अहाते में ही रोक देना। बाक़ी के हम लोग आगे से जाएंगे। बंदूकों का क्या हुआ फैज़ल?'

'सात,' उसने जवाब दिया। 'दो शॉर्ट शॉटगन, दो स्वचलित, तीन रिवॉल्वर।'

'एक स्वचलित मुझे दो,' सलमान ने आदेश दिया। 'अब्दुल्ला, दूसरी तुम लो। तुम्हें इसे लिन के साथ साझा करना होगा। शॉटगन भीतर के लिए अच्छी नहीं होंगी, क्योंकि वहां पर बहुत कम जगह होगी और हम इस बात को लेकर निश्चिंत हो जाना चाहते हैं कि हम किस पर गोलियां दाग रहे हैं। मैं चाहता हूं उन्हें बाहर सड़क पर दे दो। ताकि ज़रूरत पड़ने पर ज़्यादा से ज़्यादा इलाक़े पर नियंत्रण रखा जा सके। फैज़ल तुम शॉटगन्स ले जाओ और एक हुसैन को दे देना। जब हमारा काम ख़त्म हो जाएगा तो हम पीछे की ओर से अब्दुल्ला और लिन के पास से होते हुए निकलेंगे। हम दोबारा सामने से बाहर नहीं निकलेंगे, इसलिए भीतर जाते ही वे सारे रास्ते बंद कर देना जिनसे कोई भी आ-जा सके। तीन अन्य बंदूकें फ़रीद, आमिर और महमूद के लिए है। राज तुम्हें हमारे साथ हथियार साझा करके ही काम चलाना पड़ेगा। ठीक है?'

सबने सिर हिलाकर सहमति जताई।

'सुनो अगर हम कुछ और इंतज़ार करते हैं तो हमें तीस और लोग और तीस और बंदूकें मिल जाएंगी। तुम लोग यह बात जानते हो, लेकिन हम शायद फिर यह मौक़ा गंवा देंगे। हाल की स्थिति में हमने पहले ही दस मिनट गंवा दिए हैं। अगर हम उनके जानने से पहले ही उन पर तेज़ी से ज़ोरदार हमला बोलते हैं तो हम उनका काम तमाम कर सकते हैं। उनमें से कोई भी नहीं बच पाएगा। मैं उन्हें ख़त्म करना चाहता हूं और यह सारा मामला आज की ही रात को ख़त्म कर देना चाहता हूं। लेकिन मैं यह फ़ैसला तुम पर छोड़ता हूं। मैं नहीं चाहता कि तुममें से अगर किसी की इच्छा नहीं हो तो वह अंदर जाए। तुम और लोगों का इंतज़ार करना चाहोगे या फिर अभी चलें?'

एक-एक करके सभी लोगों ने केवल एक शब्द अभी के साथ अपना जवाब दर्ज करा दिया। सलमान ने सिर हिलाया फिर कुछ पल के लिए आंखें मूंदकर अरबी भाषा में प्रार्थना कही। जब उसने दोबारा ऊपर देखा तो उसकी आंखों में प्रतिबद्धता दिख रही थी, पहली बार पूरी तरह से प्रतिबद्ध। उसकी आंखें नफ़रत थी और अब तक छिपाकर रखे गए कातिलाना रुख़ से दमक रही थीं।

'*सच... और हिम्मत,*' उसने हर व्यक्ति की आंखों में झांकते हुए कहा।

'*सच और हिम्मत,*' हर किसी ने जवाब दिया।

कुछ और बोले बगैर सभी लोगों ने अपने हथियार उठा लिए और दो कारों में सवार हो गए। कुछ ही मिनटों में वे सरदार पटेल रोड पर चूहा के घर पहुंच गए। मैं अपने विचारों को जमा पाता या विचार तक कर पाता, उससे पहले ही मैंने ख़ुद को अब्दुल्ला के साथ अंधेरे में आंखें चौड़ी करके देखने की कोशिश करता हुआ पाया। फिर हमने एक लकड़ी की बाड़ लांघी और दुश्मन के घर के अहाते में कूद गए।

हम अंधेरे में कुछ देर के लिए खड़े रहे। अपने हाथों की चमकदार घड़ियों को जांचते हुए और आंखों के अंधेरे से मेल बैठाने के दौरान ध्यान से सुनने की कोशिश करते हुए। अब्दुल्ला मेरे बग़ल में फुसफुसाया तो मैं उस आवाज़ से भी उछल पड़ा।

'कुछ नहीं,' अब्दुल्ला ने कहा। उसकी आवाज़ ऊनी कंबल की रगड़ जैसी थी। 'यहां कोई नहीं है, पास कोई नहीं है।'

'सब ठीक दिख रहा है,' मैंने जवाब दिया, यह जानते हुए कि मेरी आवाज़ में डर का पुट था। मकान के पीछे के नीले दरवाज़े या खिड़कियों के पास कोई रोशनी नहीं थी।

'देखो, मैंने तो अपना वादा निभाया,' अब्दुल्ला ने रहस्यमय तरीक़े से कहा।

'क्या?'

'तुमने मुझसे वादा लिया था कि जब मैं चूहा को मारने जाऊंगा तो तुम्हें साथ रखूंगा। याद आया?'

'हां,' मैंने जवाब दिया। मेरा दिल एक स्वस्थ दिल की तुलना में ज़्यादा तेज़ी से धड़क रहा था।'मुझे लगता है कि तुम्हें ज़्यादा सावधानी बरतनी चाहिए।'

'लिन भाई, मैं सावधानी बरतूंगा।'

'नहीं, मेरा मतलब है कि ज़िंदगी से मांगते वक़्त तुम्हें ज़्यादा सावधान रहना चाहिए। ठीक है?'

'मैं उस दरवाज़े को खोलने की कोशिश करूंगा,' अब्दुल्ला ने धीरे से मेरे कानों में कहा। 'अगर यह खुला तो मैं अंदर जाऊंगा।'

'*क्या?*'

'तुम यहां रुको, दरवाज़े के पास रहना।'

'*क्या?*'

'तुम यहां रुको और– '

'हम *दोनों* से यहां रुकने की अपेक्षा की जा रही है!' मैंने कहा।

'मैं जानता हूं,' तेंदुए की दबी चाल से दरवाज़े की ओर बढ़ते हुए उसने जवाब दिया।

अपने बेढब तरीक़े से मैं उसके पीछे ऐसे रेंग रहा था जैसे कोई तेंदुआ लंबी नींद से उठा हो। जब मैं नीले दरवाज़े तक ले जाने वाली दो सीढ़ियों तक पहुंचा तो मैंने उसे दरवाज़ा खोलकर घर के भीतर जाते हुए देखा। मानो किसी झपट्टा मारते पंछी का साया हो। उसने भीतर जाकर दरवाज़ा अपने पीछे बिना आवाज़ बंद कर लिया।

अंधेरे में एकाकी होते ही मैंने अपनी पीठ के पास छिपाकर रखा चाकू निकाल लिया और उसकी मूठ को दाईं मुट्ठी में जकड़ लिया। चाकू की नोक नीचे की ओर थी। अंधेरे में आंखें गड़ाए हुए मेरा पूरा ध्यान अपनी दिल की तेज़ धड़कनों पर था। मैं उनकी गति को कम करने की कोशिश कर रहा था। मैंने धड़कन कम होते देखी और शांत होकर अब मैं ज़्यादा अच्छी तरह से बस एक विचार पर ध्यान केंद्रित कर पा रहा था। यह क़ादरभाई की कल्पना थी और उन्हीं का बनाया फ़ॉर्मूला जो उन्होंने कई बार मुझे दोहराने के लिए कहा था : *ग़लत काम, सही वजह के लिए।* और मैं जानता था, जब मैं उस डरा देने वाले अंधेरे में वह शब्द दोहरा रहा था, चूहा के साथ लड़ाई, जंग, सत्ता के लिए संघर्ष, हमेशा हर जगह एक सा ही होता है और हमेशा ग़लत होता है।

सलमान और अन्य, किसी भी लिहाज़ से चूहा व सपना हत्यारों और अन्य लोगों की तुलना में यह मानकर ही चल रहे थे कि उनके छोटे से राज्यों ने उन्हें राजा बना दिया है; यह कि सत्ता के लिए उनकी लड़ाई से वह और मज़बूत हो जाते हैं। और ऐसा नहीं होता था। वे नहीं हो सकते थे। मैंने उस वक़्त सबकुछ इतने साफ़ तौर पर देखा था तो ऐसा लग रहा था जैसे कि मैं किसी गणित के प्रमेय को पहली बार समझ रहा हूं। इकलौता राज्य जो किसी व्यक्ति को राजा बनाता है तो वह है उसकी आत्मा का राज्य। इकलौती ताक़त जिसका कोई मायने है तो वह है दुनिया

को बेहतर बनाने की ताक़त। और क़ासिम अली हुसैन और जॉनी सिगार जैसे लोग ही वास्तविकता में ऐसे राजा थे और उनके पास ही ऐसी ताक़त थी।

बिना हौसला गंवाए और डरे मैंने दरवाज़े पर कान गड़ाकर भीतर से अब्दुल्ला या किसी की भी आवाज़ सुनने का प्रयास किया। मेरे भीतर जो डर उमड़ रहा था वह मरने का डर नहीं था। मैं मरने से नहीं डरता था। मुझे डर इतना घायल या चोटिल हो जाने का था कि मैं चल नहीं पाऊंगा या मैं देख नहीं पाऊंगा या फिर किसी अन्य वज़ह किसी के कब्ज़े से भाग नहीं पाऊंगा। सबसे ज़्यादा मुझे डर था पकड़े जाने और दोबारा पिंजरे में बंद कर दिए जाने का। और मैंने कान को दरवाज़े पर और दबाते हुए प्रार्थना की कि कोई भी घाव मुझे दोबारा कमज़ोर नहीं कर सकेगा। इसे यहीं हो जाने दो। मैंने प्रार्थना की, *मुझे इससे गुज़ार दो या फिर मुझे यहीं पर मर जाने दो...*

मुझे नहीं पता कि कहां से आई, लेकिन कोई भी आवाज़ सुनाई देने से पहले दो लोगों ने मुझे दबोचकर दरवाज़े पर ज़ोर से मार दिया। तुरंत मैंने दाएं हाथ से हमला बोला।

'चाकू! चाकू!' उनमें से एक व्यक्ति चिल्लाया।

मैं उन्हें रोकने के लिहाज़ से चाकू को तेज़ी से घुमा नहीं सका। एक व्यक्ति ने मुझे गला पकड़कर दरवाज़े पर दबा दिया था। वह बड़ा व्यक्ति था, बहुत शक्तिशाली। दूसरा व्यक्ति दोनों हाथों से मेरे हाथ का चाकू छुड़ाने की कोशिश कर रहा था। वह इतना ताक़तवर नहीं था और वह चाकू छुड़ा नहीं पा रहा था। फिर अंधेरे से एक तीसरा व्यक्ति आया और उन अतिरिक्त हाथों के साथ उन्होंने मेरे हाथ को कसकर मरोड़ा और मेरे हाथ का चाकू गिरा दिया।

'गोरा कौन है?' नए व्यक्ति ने पूछा।

'साले... मालूम नहीं।' शक्तिशाली व्यक्ति ने जवाब दिया।

उसने मुझे घूरा। दरअसल वह चाकू हाथ में लिए एक व्यक्ति को दरवाज़े पर कान लगाकर सुनते हुए देखकर हैरान था।

'कौन है तुम?' उसने दोस्ताना आवाज़ में पूछा।

मैंने जवाब नहीं दिया। मैं बस यह सोच पा रहा था कि मुझे अब्दुल्ला को चेतावनी देना है। मैं समझ नहीं पा रहा था कि बिना आवाज़ किए वह वहां तक कैसे आ गए थे। पीछे का दरवाज़ा निश्चित तौर पर बिना आवाज़ के खोला होगा। शायद उनके जूतों या चप्पलों में मुलायम रबर के तलवे होंगे। जो भी हो। मैंने उन्हें अपने पीछे आने दिया और मुझे अब्दुल्ला को चेतावनी देनी थी।

मैंने अचानक ऐसा जताया मानो मैं ख़ुद को छुड़ाने की कोशिश कर रहा हूं। इस नाटक का असर हुआ। वह सब लोग एकसाथ मुझ पर चिल्लाए और तीन जोड़ी हाथों ने मिलकर मुझे दरवाज़े पर दे मारा। छोटे लोगों में से एक ने बाईं ओर से मेरा बायां हाथ दरवाज़े पर दबाकर पकड़े रखा। दूसरे छोटे व्यक्ति ने मेरा दायां हाथ पकड़

रखा था। हाथापाई के दौरान मैं अपने जूते तीन बार दरवाज़े पर मारने में सफल रहा था। *अब्दुल्ला ने यह सुन ही लिया होगा, मैंने सोचा। ठीक है...मैंने उसे चेतावनी दे दी है...उसको समझ जाना चाहिए कि कुछ तो भी लफड़ा है...*

'कौन है तुम?' शक्तिशाली व्यक्ति ने फिर एक बार मुझसे पूछा। उसने मेरे गले से एक हाथ हटाकर उसकी मुट्ठी मेरे सिर की ओर तान दी। मेरी आंखों की सीध में।

मैंने उसे घूरते हुए दोबारा जवाब देने से इंकार कर दिया। उनके हाथों ने बेड़ियों की तरह मुझे दरवाज़े से सटाकर रखा था।

उसने मेरे मुंह पर मुक्का जड़ दिया। मैं अपना सिर थोड़ा सा हिलाने में कामयाब रहा, लेकिन मुक्के की मार मैंने जबड़े और गाल पर महसूस की। उसकी अंगुलियों में अंगूठियां थीं और उसने पोरों में नकलडस्टर भी पहन रखा था। मैं इसे देख तो नहीं पा रहा था, लेकिन मैंने कड़ी धातु को अपनी हड्डियों को तोड़ते हुए सुना।

'तुम यहां क्या कर रहे हो?' उसने इस बार अंग्रेज़ी में पूछा। 'तुम हो कौन?'

मैं चुप रहा और उसने फिर मुझ पर वार किया। पहले तीन बार मेरे चेहरे पर मारा... *मैं यह जानता हूं...मैंने सोचा। मैं यह जानता हूं...* मैं दोबारा जेल की दुनिया में पहुंच चुका था। ऑस्ट्रेलिया में दंड देने वाली इकाई में–घूंसे, जूते और डंडे... *मैं यह जानता हूं।*

वह मेरे बोलने के इंतज़ार में कुछ देर रुका। दोनों छोटे व्यक्ति पहले उसकी फिर मेरी तरफ़ देखकर मुस्कराए। और उनमें से एक बोला, *इसे दोबारा मारो।* शक्तिशाली व्यक्ति पीछे हुआ और उसने मेरे शरीर पर घूंसा जड़ दिया। ये धीमे, जानबूझकर मारे गए पेशेवर मुक्के थे। मैंने अपने शरीर से हवा निकलते हुए महसूस की और ऐसा लग रहा था मानो ज़िंदगी ही मेरे शरीर से बाहर जा रही है। उसने फिर मेरे सीने, गले और चेहरे पर वार किए। मैं हारकर निढाल हो चुके मुक्केबाजों की काले पानी की दुनिया में पहुंच गया। मेरा काम तमाम हो चुका था। खेल ख़त्म।

मैं उनसे नाराज़ नहीं था। मैंने ही मामला गड़बड़ कर दिया था। मैंने उन्हें चुपचाप मेरे पास तक आने दिया था–आसानी से चलकर शायद। मैं वहां लड़ने के लिए गया था और मुझे सावधान रहना चाहिए था। यह मेरी ग़लती थी। किसी तरह से मैं उन्हें देख नहीं पाया और सारा मामला गड़बड़ हो गया। और यह मेरी अपनी ग़लती थी। मैं तो बस अब्दुल्ला को चेतावनी देना चाहता था। मैंने फिर कमज़ोर तरीक़े से दरवाज़े को लात मारी, इस उम्मीद में कि वह सुन लेगा और भाग निकलेगा, भाग निकलेगा...

अचानक मैं घुप्प अंधेरे में गिरा और लगा पूरी दुनिया का भार ही मेरे साथ ढेर हो गया। जब मैं फ़र्श पर टकराया तो मुझे चिल्लाने की आवाज़ें सुनाई दीं और मुझे अहसास हुआ कि अब्दुल्ला ने दरवाज़े को तोड़ दिया था और इस वज़ह से हम गिर गए थे। मेरी आंखें ख़ून से सनी थीं और सूजी हुई थीं। अंधेरे में मैंने दो बार गोलियों की आवाज़ सुनी और चमक देखी। फिर दुनिया भर का उजाला वहां फैल गया। मैंने

आंख मिचकाते हुए देखा तो कहीं एक और दरवाज़ा खुल चुका था और मैंने लोगों को हमारी तरफ़ दौड़कर आते हुए देखा। बंदूक फिर दो बार चली। तीन बार चली और शक्तिशाली व्यक्ति के नीचे लुढ़कते हुए मुझे अपना चाकू दिख गया। मेरी आंखों के पास, खुले नीले दरवाज़े के बाहर चमकता हुआ।

एक छोटा सा व्यक्ति मेरे ऊपर रेंगने की कोशिश कर ही रहा था कि चाकू मेरे हाथ लग गया और बिना एक पल भी सोचे मैंने उसे उसके कूल्हे में दे मारा। वह चीख़ा और मैंने उसके चेहरे पर आंखों के पास चाकू से ताबड़तोड़ कई वार कर दिए।

यह वाक़ई चमत्कारिक है कि कैसे अगर आप किसी दूसरे के ख़ून के कुछ क़तरे या ढेर सारा ख़ून निकालते हैं तो आपकी बांहों में ताक़त आ जाती है। घावों का दर्द तो ऐसे हवा हो जाता है मानो किसी ने आपको दर्दनिवारक एड्रेनेलिन का इंजेक्शन लगा दिया हो। गुस्से से पागल होकर मैंने देखा कि अब्दुल्ला दो लोगों के साथ गुत्थमगुत्था हो रहा था। कमरे में कई शव पड़े हुए थे। बता नहीं सकता था कि कितने। इमारत के अन्य कमरों से हमारे चारों तरफ़ और ऊपर की ओर एक साथ कई जगह गोलियां चलने की आवाज़ें ही आ रही थीं। बीच-बीच में चीख़ने-चिल्लाने की आवाज़ें आ रही थीं। मैं कमरे में पेशाब, टट्टी और ख़ून की गंध महसूस कर सकता था। किसी के पेट में घाव हो गया था। मैं उम्मीद कर रहा था कि वह मैं नहीं था। मैंने बाएं हाथ से पेट को टटोला कि कहीं कोई घाव तो नहीं हुआ।

अब्दुल्ला दो लोगों से जूझ रहा था। उनमें कुश्ती चल रही थी और वे एक-दूसरे को काट भी रहे थे। मैंने उनकी तरफ़ खिसकना शुरू किया, लेकिन मुझे लगा कि कोई मेरा पैर खींच रहा है। यह एक मज़बूत हाथ था। यह उसी शक्तिशाली व्यक्ति का हाथ था।

यह तो साफ़ था कि उसे गोली लगी है, लेकिन मुझे उसके शर्ट या पतलून पर ख़ून नहीं दिख रहा था। वह मुझे ऐसे खींच रहा था मानो मैं जाल में फंसा कोई कछुआ हूं। जब मैं उसके पास पहुंचा तो मैंने उसे मारने के लिए चाकू उठाया, लेकिन उसने मुझे मात दे दी। उसने अपना घूंसा मेरे पेट के नीचे दाईं ओर मारा। उसका निशाना वैसे तो चूक गया था, लेकिन मैं फिर भी दर्द से दोहरा हो गया। मैंने उसे अपने से आगे बढ़ते देखा, शायद वह मेरे शरीर को उठने के लिए इस्तेमाल कर रहा था। मैंने दर्द से कराहते हुए देखा कि वह खड़ा हो गया और उसने अब्दुल्ला की तरफ़ एक क़दम बढ़ाया।

मैं यह कतई नहीं होने दे सकता था। कई बार मेरा दिल अब्दुल्ला की मौत के बारे में सोचकर रोया है : एकाकी, बंदूकों के बीच घिरा हुआ। मैं दर्द को भुलाकर लड़खड़ाते, फिसलते उठा और अपना चाकू शक्तिशाली व्यक्ति की पीठ में घोंप दिया। यह काफ़ी ऊंचा था, ठीक कंधे की हड्डी के नीचे। मैंने हड्डी को टूटकर कंधे की तरफ़ जाते हुए महसूस किया। वह शक्तिशाली था। उसने दो क़दम और बढ़ाए, अपने साथ मेरे शरीर को भी खींचते हुए, जबकि उसका शरीर मेरे चाकू पर अटका

हुआ था, और फिर वह अचानक लड़खड़ाकर ढेर हो गया। मैं उसके ऊपर गिरा और ऊपर अब्दुल्ला की तरफ़ देखा। उसकी अंगुलियों एक व्यक्ति की आंखों में धंस चुकी थीं। उस व्यक्ति का चेहरा अब्दुल्ला के घुटनों पर पीछे की ओर मुड़ा हुआ था। उसका जबड़ा टूट चुका था और उसकी गर्दन तिनके की तरह टूट गई।

हाथों ने मुझे खींचा और पीछे के दरवाज़े की ओर ले गए। मैं ढेर हो चुका था, लेकिन बेहद नर्म हाथों से किसी ने मेरे हाथ से चाकू छुड़ाया। फिर मैंने आवाज़ सुनी, महमूद मेलबाफ़ की आवाज़ और मैं समझ गया कि हम सुरक्षित हैं।

'चलो लिन,' उस ईरानी ने कहा। लगा जैसे बहुत ज़ल्दी कही। हमारे चारों तरफ कुछ देर पहले मची ख़ूनी हिंसा के कारण ऐसा लगा मानो उसने बहुत शांति के साथ यह बात कही हो।

'मुझे एक बंदूक की ज़रूरत है,' मैं बुदबुदाया।

'नहीं, लिन। मामला निपट चुका है।'

'अब्दुल्ला?' महमूद जबकि मुझे खींचकर अहाते में ले जा रहा था, मैंने पूछा।

'वह काम कर रहा है,' मैंने घर के भीतर से एक के बाद एक चीख़ ख़त्म होते सुनी, ठीक वैसे ही जैसे झील की शांति में रात होते ही पक्षी शांत हो जाते हैं। 'क्या तुम खड़े हो सकते हो? क्या तुम चल सकते हो? हमें अब चलना होगा!'

'ओह, हां। मैं यह कर सकता हूं।'

जब हम पिछले दरवाज़े तक पहुंचे तो हमारे लोगों का एक दस्ता हमारे पास से तेज़ी से गुजरा। फैज़ल और हुसैन एक व्यक्ति को उठाकर ले जा रहे थे। फ़रीद और छोटे टोनी के हाथ में एक और व्यक्ति था। संजय ने एक व्यक्ति के शरीर को कंधे पर उठा रखा था। वह उस शरीर को सीने और कंधे पर कसकर पकड़े हुए रोता चला जा रहा था।

'हमने सलमान को गंवा दिया,' मेरे चेहरे के भाव देखते हुए महमूद ने बताया। 'और राज। आमिर की हालत ख़राब है–ज़िंदा है, लेकिन बुरी तरह से घायल।'

सलमान। क़ादर की परिषद में अंतिम तर्कपूर्ण आवाज़। क़ादर का आख़िरी व्यक्ति। मैं तेजी से इंतज़ार करती हुई कारों की तरफ़ बढ़ा और मुझे लगा कि ज़िंदगी मेरा साथ छोड़ रही है, ठीक वैसे ही जब उस शक्तिशाली व्यक्ति ने मुझे नीले दरवाज़े पर दे मारा था। सब ख़त्म हो चुका था। सलमान के साथ ही पुरानी माफ़िया परिषद भी ख़त्म हो चुकी थी। सबकुछ बदल चुका है। मैंने कार में मौज़ूद अन्य लोगों की तरफ देखा : महमूद, फ़रीद और घायल आमिर। उन्होंने अपनी जंग जीत ली है। सपना के नाम पर हत्या करने वालों का अंततः ख़ात्मा हो चुका था। एक अध्याय, ज़िंदगी और मौत की एक किताब, जो सपना के नाम से खुली थी, हमेशा के लिए बंद हो चुके थे। क़ादर का बदला ले लिया गया था। अब्दुल ग़नी की बग़ावत भरी ग़द्दारी को आख़िरकार कुचल दिया गया था। और ईरानी, अब्दुल्ला के दुश्मन, अब बचे ही नहीं

थेः ठीक उसी घर की तरह शांत जहां पर अब्दुल्ला...काम कर रहा था। और चूहा का गिरोह तबाह कर दिया गया था। सीमा की जंग समाप्त हो चुकी थी। यह ख़त्म हो चुकी थी। वक़्त के पहिये ने एक पूरा चक्र पूरा कर लिया था और अब कुछ भी पहले जैसा नहीं होगा। वे जीत चुके थे, लेकिन वह सब रो रहे थे। सबके सब। रो रहे थे।

मैंने अपना सिर कार की सीट पर पीछे ढलक जाने दिया। रात, वादों को प्रार्थनाओं से जोड़ने वाली वह सुरंग, हमारे साथ खिड़की से बही चली जा रही थी। धीरे-धीरे हमारे द्वारा किया गया काम बता रहा था कि हम क्या बन चुके हैं। और एक घंटे पहले हम जो कुछ भी चाहते थे, वह किसी भी लिहाज़ से एक आंसू की तुलना में उम्मीद या मतलब के लिहाज़ से उतना मूल्यवान नहीं था।

'क्या?' महमूद ने मेरे चेहरे के पास चेहरा लाकर कहा। 'तुमने क्या कहा?'

'मुझे उम्मीद है कि वह भालू बच निकला होगा,' मैंने ख़ून बहते होंठों से कहा। इस बीच मेरे घायल शरीर में चेतना आने लगी। सुबह के जंगल में रहने वाले कोहरे की तरह नींद मेरे दिमाग़ पर हावी होने लगी। 'मुझे उम्मीद है कि वह भालू बच निकला होगा।'

अध्याय 42

सूरज की किरणें खाड़ी की लहरों पर अपनी आभा बिखेर रही थीं। डूबते सूरज के साथ पंछी भी अपने आशियानों को लौट रहे थे। हाजी अली दरगाह के कम ऊंची दीवार वाले अहाते से मैं तीर्थयात्रियों और शहर के स्थानीय श्रद्धालुओं को समतल पथरीले रास्ते से किनारे की ओर जाते हुए देख रहा था। सभी जानते थे कि अगला ज्वार इस रास्ते को डुबो देगा और फिर उन्हें घर लौटने के लिए नावों की मदद लेनी पड़ेगी। पिछले दिनों में अन्य लोगों की तरह शोक में डूबे या प्रायश्चित कर रहे लोगों ने समंदर में हार बहा दिए थे। ज्वार की हर लौटती लहर अपने साथ दोबारा इन फूलों को पथरीले रास्ते पर बिखेर देती थी। लहरों के साथ लोगों का प्यार, नुक़सान और अपनापन दोबारा लौटकर आ जाता था।

और हम, भाइयों का एक समूह, यहां पर अपने दोस्त सलमान मस्तान की आत्मा की शांति के लिए दुआ करने आए थे। उसे अंतिम श्रद्धांजलि देने आए थे। उस रात उसके मारे जाने के बाद हम सब पहली बार एकत्रित हुए थे। चूहा और उसके गिरोह के साथ लड़ाई के बाद कई हफ़्तों तक हम लोग अलग होकर छिप गए और अपने घावों को सहला रहे थे। इस दौरान प्रेस में हालांकि हंगामा मचा हुआ था। बॉम्बे के दैनिक अख़बारों के पन्ने नरसंहार, मारकाट जैसे शब्दों से पटे पड़े थे। अपरिभाषित न्याय और अनवरत सज़ा की मांग उठ रही थी। और इस बात में कोई संदेह नहीं है कि बॉम्बे पुलिस गिरफ़्तारियां कर सकती थी। वह निश्चित तौर पर जानती थी कि चूहा के घर में शवों के ढेर के लिए कौनसा गिरोह ज़िम्मेदार है। लेकिन उनके कोई क़दम नहीं उठाने के चार अच्छे कारण थे : कारण जो प्रेस के आक्रोश के मुक़ाबले शहर के पुलिसवालों के लिए ज़्यादा दमदार थे।

पहला घर के भीतर या बाहर की सड़कों पर या समूचे बॉम्बे में ही कोई भी ऐसा नहीं था जो हमारे ख़िलाफ़ गवाही देने के लिए तैयार हो। अनौपचारिक रूप से तक नहीं। दूसरा इस जंग ने सपना के नाम पर हत्या करने वालों पर लगाम कस दी थी, जिसे पुलिसवाले निजी तौर पर करके भी बहुत ख़ुश होते। तीसरा चूहा के नेतृत्व में पिछले ही महीने वालिदलाला गिरोह ने एक पुलिसवाले की हत्या कर दी थी। इस पुलिसवाले ने फ़्लोरा फ़ाउंटेन के पास उनके एक बड़े ड्रग्स सौदे पर हाथ मारा था। वह मामला आधिकारिक तौर पर अनसुलझा ही रह गया था, क्योंकि पुलिसवालों के पास अदालत में पेश करने के लिए कुछ भी नहीं था। लेकिन यह हत्या होने के दिन

से ही पुलिस जानती थी कि यह चूहा के लोगों का काम है। चूहा और उसके लोगों के साथ उसके घर पर जो हुआ, अगर सलमान ने पहले नहीं कर दिया होता तो कभी न कभी तो पुलिस को वह काम अंज़ाम देना ही था। और चौथा, चूहा के कामकाज से मिला लगभग एक करोड़ रुपये का भुगतान जब पुलिसवालों की हथेलियों पर मला गया तो उन्होंने अपने चिर-परिचित अंदाज़ में असहायता का नाटक करते हुए कंधे उचका दिए थे।

क़ादर ख़ान परिषद के नए मुखिया संजय को पुलिसवालों ने निजी तौर पर बताया कि उसका भी वक़्त पूरा होने को है। वह ज़िंदगी के जुए की हर चाल चल चुका है। वे शांति-और निश्चित ही अनवरत संपन्नता चाहते थे-और अगर उसने अपने लोगों को क़ाबू नहीं किया तो उसके लिए वे यह काम कर देंगे। *और वैसे भी, उन्होंने उससे एक करोड़ रुपये की रिश्वत लेने के बाद उसे दोबारा सड़क पर फेंकने से पहले कहा, वह बंदा, तुम्हारे गिरोह का अब्दुल्ला, हम उसे दोबारा नहीं देखना चाहते। कभी भी। वह एक बार बॉम्बे में मर चुका था। अगर वह हमें दिखा तो वह दोबारा मारा जाएगा, इस बार सचमुच में...*

कई सप्ताह तक छिपे और शांत रहने के बाद एक-एक करके हम शहर में लौट आए और संजय के गिरोह में लौट आए। अब उसे इसी नाम से जाना जाता था। मैं गोवा में छिपा था और लौटकर मैंने विल्लू और कृष्णा के साथ पासपोर्ट का धंधा संभाल लिया। जब हम सबको हाजी अली पर एकत्रित होने की सूचना मिली तो मैं अपनी एनफ़ील्ड बाइक पर वहां पहुंचकर फिर खाड़ी की लहरों के बीच अब्दुल्ला और महमूद मेलबाफ़ के साथ आगे गया।

महमूद ने हमारे समूह के आगे घुटनों पर टिककर प्रार्थना की। द्वीप पर स्थित दरगाह का छोटा सा छज्जा हमारा अपना था। मक्का की तरफ़ मुंह करके, हवा के बीच लहराता सफ़ेद शर्ट पहने महमूद ने अपने पीछे घुटने टेके या खड़े तमाम लोगों की तरफ़ से कहा :

अल्ला मेरे मौला तेरा लाख-लाख शुक्र है
तू बड़ा दयावान है
कयामत के दिन फ़ैसला तू ही करेगा!
हम बस तेरे बंदे हैं
और तेरी ही मदद चाहते हैं।
हमें नेक राह दिखा...

फ़रीद, अब्दुल्ला, आमिर, फैज़ल और नज़ीर-परिषद के मुस्लिम भागीदार-महमूद के पीछे घुटने टेककर बैठ गए। संजय हिंदू था और एंड्रयू ईसाई। वे उस समूह के पीछे मेरे साथ घुटने टेककर बैठ गए। मैं सिर झुकाकर हाथ आगे की ओर बांधे हुए खड़ा

था। मैं प्रार्थना के शब्द जानता था और सारी परंपराएं भीं। मैं उनके साथ भी यह सब कर सकता था। मैं यह भी जानता था कि महमूद और अन्य लोगों को इससे ख़ुशी ही होती। लेकिन मैं उनके साथ घुटनों के बल झुक नहीं सका। जिस अंतर को वह इतनी आसानी और सहज बोध से स्वीकारते थे–यह मेरी आपराधिक ज़िंदगी है और यह मेरी आध्यात्मिक ज़िंदगी है–मेरे लिए असंभव थी। मैंने सलमान से मन ही मन बात की और उम्मीद जताई कि उसकी रूह को सुकून मिले। फिर भी मैं अपने दिल के भीतर की कालिख के बारे में इतना जानता था कि मैं छोटी सी दुआ से ज़्यादा कुछ नहीं कह सका। इसलिए मैं चुपचाप खड़ा रहा, किसी पाखंडी की तरह, श्रद्धा के द्वीप पर एक जासूस, जबकि शाम उस छज्जे पर दुआएं मांग रहे लोगों को सूरज की धूप से नहला रही थी। और महमूद की प्रार्थना के शब्द मेरे आहत ईमान और मेरे घटते अभिमान पर ठीक निशाने पर लगे : *वे जिन्होंने आपके क्रोध का सामना किया है... जो राह से भटक गए हैं...*

प्रार्थना की समाप्ति पर हमने परंपरा के मुताबिक़ एक-दूसरे को गले लगाया और समुद्र तट की ओर चल दिए। महमूद सबसे आगे चल रहा था। हम सभी ने अपने तरीक़े से दुआ मांगी थी और हम सब सलमान के लिए रोए थे, लेकिन हम उस पवित्र दरगाह के श्रद्धालुओं का हिस्सा नहीं लग रहे थे। हम सबने धूप के चश्मे पहन रखे थे। हम सबने नए कपड़े पहन रखे थे। मुझे छोड़कर सभी ने तस्करों की शान समझे जाने वाली सोने की चेन्स, महंगी घड़ियां, अंगूठियां, ब्रेसलेट्स पहन रखे थे। हम सब अलग ही अंदाज़ में चल रहे थे : चाल में एक नाच जैसी लचक जब हम पूरी तरह से हथियारों से लैस हों। यह एक बहुत ही भयावह प्रदर्शन था और इतना ख़तरनाक लग रहा था कि हमें वहां बैठे भिखारियों को दान में देने के लिए लाए गए नोटों के बंडल लेने के लिए मनाना पड़ा।

हमने समंदर से सटी दीवार के पास तीन कारें लगा रखी थीं। अब्दुल्ला के साथ मैं ठीक उसी जगह पर खड़ा था, जहां पर उस रात मेरी क़ादरभाई से मुलाक़ात हुई थी। मेरी बाइक उनसे दूर पार्क थी और कार के पास मैं उनसे विदा लेने के लिए रुका।

'आओ हमारे साथ खाना खाओ, लिन,' संजय ने बड़े ही स्नेह के साथ न्यौता देते हुए कहा।

मैं जानता था कि दरगाह पर उदासी के प्रदर्शन के बाद भोजन मस्ती से भरा होगा। संभव है कि वहां कुछ पसंदीदा ड्रग्स और पसंदीदा लड़कियां भी मौज़ूद रहें। मैं उस न्यौते के लिए आभारी था, लेकिन मैंने मना कर दिया।

'धन्यवाद, लेकिन मैं किसी से मिलने जा रहा हूं।'

'*अरे यार* तो उसको भी यहीं ले आओ,' संजय ने कहा। 'लड़की ही है ना वह?'

'हां, एक लड़की है। लेकिन...हमें बात करनी है। मैं तुम लोगों से बाद में मिलता हूं।'

अब्दुल्ला और नज़ीर मेरे साथ मेरी बाइक तक आना चाहते थे। हमने कुछ ही क़दम लिए थे कि एंड्रयू पीछे से भागते हुए आया और उसने मुझे रुकने के लिए कहा।

'लिन,' उसने कुछ घबराते हुए तेज़ी से कहा। 'हमारे बीच कार पार्क में जो कुछ भी हुआ मैं...मैं बस माफ़ी मांगना चाहता हूं यार। मैं काफ़ी वक़्त से माफ़ी मांगने की कोशिश कर रहा था। तुम जानते हो ना?'

'कोई बात नहीं, ठीक है यार।'

'नहीं– ठीक नहीं है।'

वह मुझे बांह पकड़कर नज़ीर से कुछ दूर ले गया ताकि वह हमारी बात ना सुन सके। उसके बाद मेरे पास झुककर उसने धीमी आवाज़ में कहा, 'मैंने क़ादरभाई के लिए जो कहा, उसके लिए मुझे कोई अफ़सोस नहीं है। मैं जानता हूं कि वह हमारा मुखिया था और काफ़ी–कुछ। और मैं जानता हूं... तुम उससे प्यार करते थे...'

'हां, मुझे वह अच्छे लगते थे।'

'लेकिन फिर भी, मैंने उनके बारे में जो कहा, उसका मुझे अफ़सोस नहीं है। तुम जानते हो, यह सब इबादत और पवित्रता का ढोंग, यह भी उन्हें अपनी ज़रूरत के वक़्त पुलिसवालों को अपने से दूर रखने के लिए बूढ़े माज़िद को ग़नी और सपना के नाम पर हत्या करने वालों के हवाले करने से नहीं रोक सके। यार, माज़िद उसका दोस्त था। लेकिन उसने बस पुलिसवालों को चकमा देने के लिए उसके टुकड़े करवा दिए।'

'देखो...'

'और वे तमाम नियम, इस बारे में, उस बारे में और वह सब, तुम जानते हो, उनका कुछ भी मतलब नहीं निकला–संजय ने मुझे चूहा की लड़कियों और वीडियो का ज़िम्मा सौंपा है। फैज़ल और आमिर गर्द का धंधा संभाल रहे हैं। हम इससे करोड़ों कमाने वाले हैं। मुझे परिषद में जगह भी मिलने वाली है और उन्हें भी। तो, क़ादरभाई के दिन गए, जैसा कि मैंने कहा था।'

मैंने एंड्रयू की ऊंट जैसी भूरी आंखों में दोबारा देखा और लंबी सांस छोड़ी। कार पार्क की रात से ही मेरे दिलोदिमाग़ में उसके लिए नापसंदगी उबल रही थी। उसने जो कहा था, उसे मैं भूला नहीं था और मुझे यह भी याद था कि हम भिड़ने के कितने क़रीब आ गए थे। उसके हालिया छोटे भाषण ने मेरा गुस्सा और बढ़ा दिया। अगर हम दोनों अपने पसंदीदा दोस्त की मौत का शोक मनाने के लिए नहीं गए होते तो शायद मैं उसे घूंसा मार चुका होता।

'तुम जानते हो एंड्रयू,' मैंने बिना मुस्कराए हुए कहा। 'मैं तुम्हें बताना चाहता हूं कि मुझे तुम्हारी इस छोटी सी माफ़ी से कोई भी राहत नहीं मिल रही है।'

'लिन यह माफ़ी उस बारे में नहीं है,' उसने हैरत के भाव के साथ कहा। 'माफ़ी तो मैं तुम्हारी मां के लिए और उनके बारे में कही गई बातों के लिए मांग रहा हूं। मुझे माफ़ कर दो यार। मैंने जो कहा उसके लिए मैं बहुत–बहुत शर्मिंदा हूं। यह बहुत

ही बेहूदा बात थी–तुम्हारी मां के बारे में या किसी की भी मां के बारे में। किसी को भी किसी की मां के बारे में ऐसी गंदी बात नहीं करना चाहिए। तुम्हें मुझे उस बात के लिए मारने का हक़ था यार। और मैं...मुझे ख़ुशी है कि तुमने ऐसा नहीं किया। मां तो पवित्र होती है *यार* और मुझे पूरा यक़ीन है कि तुम्हारी मां भी बहुत अच्छी महिला होंगी। इसलिए कृपया, मेरी माफ़ी को स्वीकार लो।'

'ठीक है,' मैंने अपना हाथ आगे बढ़ाते हुए कहा। उसने दोनों हाथों से मेरा हाथ पकड़कर ज़ोरों से हिलाया।

अब्दुल्ला, नज़ीर और मैं मुड़कर मेरी बाइक की ओर बढ़ गए। अब्दुल्ला कुछ ज़्यादा ही शांत था। उसकी चुप्पी ज़ाहिर सी और परेशान कर देने वाली थी।

'क्या तुम आज रात दिल्ली वापस जा रहे हो?' मैंने पूछा।

'हां,' उसने कहा। 'आधी रात को।'

'क्या तुम चाहते हो कि मैं तुम्हारे साथ एयरपोर्ट तक चलूं?'

'नहीं। धन्यवाद। बेहतर होगा कि नहीं। मुझ पर पुलिस की नज़र नहीं होनी चाहिए। तुम मेरे साथ होगे तो पुलिस की नज़र हम पर पड़ ही जाएगी। लेकिन शायद मैं तुमसे दिल्ली में मिलूंगा। श्रीलंका में एक काम है–तुम्हें वह मेरे साथ करना चाहिए।'

'मैं नहीं जानता, भाई,' मैंने कहा। उसकी उत्सुकता पर हैरान होते हुए मैंने कहा, 'श्रीलंका में इन दिनों जंग चल रही है।'

'जंग के बिना तो कोई भी जगह या इंसान नहीं है,' उसने जवाब दिया। मुझे अचानक लगा कि मेरे सामने कही गई यह उसकी सबसे उल्लेखनीय बात थी। 'हम केवल इतना कर सकते हैं कि किसी का पक्ष लेकर लड़ सकते हैं। हमारे पास बस यही एक विकल्प होता है–हम किसके लिए लड़ रहे हैं, हम किसके ख़िलाफ़ लड़ रहे हैं। यही ज़िंदगी है।'

'मुझे...मुझे लगता है कि बात इससे भी कहीं कुछ ज़्यादा है, भाई। लेकिन शायद तुम सही कह रहे हो।'

'मुझे लगता है कि तुम यह काम मेरे साथ कर सकते हो,' उसने ज़ोर देते हुए कहा। निश्चित तौर पर वह जो काम मुझसे कराना चाहता था, उसे लेकर परेशान था। 'यह क़ादरभाई के लिए अंतिम काम होगा।'

'क्या मतलब है तुम्हारा?'

'क़ादर ख़ान ने मुझसे उनके लिए यह काम करने के लिए कहा था, जब...क्या होता है, *संकेत* या मुझे लगता है संदेश–जब वह श्रीलंका से आ जाएगा तब। अब वह संदेश आ चुका है।'

'माफ़ करना भाई। मैं नहीं जानता तुम किस बारे में बात कर रहे हो,' मैंने उसके लिए बात को मुश्किल नहीं बनाते हुए कहा। 'बस थोड़ा सुकून के साथ मुझे बताओ, कौनसा संदेश?'

उसने नज़ीर के साथ तेज़ी से उर्दू में बात की। बुज़ुर्ग व्यक्ति ने कुछ मर्तबा सिर हिलाया और फिर कुछ नामों के बारे में कहा या उनका उल्लेख किया। नज़ीर ने फिर मुंह मेरी तरफ़ करके एक गर्मजोशी भरी मुस्कान दी।

'श्रीलंका की जंग में,' अब्दुल्ला ने ख़ुलासा किया, 'वहां पर तमिल टाइगर्स और श्रीलंका सेना के बीच लड़ाई चल रही है। टाइगर्स हिंदू हैं। सिंहली बौद्ध हैं, लेकिन उनके बीच में भी कुछ लोग हैं-तमिल मुस्लिम-जिनके पास ना तो बंदूकें हैं और ना ही सेना। हर कोई उन्हें मार देता है और कोई भी उनकी ओर से नहीं लड़ता। उन्हें पासपोर्ट और पैसे-सोने के रूप में-की ज़रूरत है। हम उनकी मदद करने के लिए जाएंगे।'

'क़ादरभाई,' नज़ीर ने उसी जानकारी में इज़ाफ़ा करते हुए कहा, 'केवल तीन लोग-अब्दुल्ला, मैं और एक गोरा-तुम। तीन लोग। हम जाएंगे।'

मैं उनका अहसानमंद था। मैं जानता था नज़ीर इस बात का कभी भी ज़िक्र नहीं करेगा और अगर मैं उनके साथ नहीं गया तो वह इस बात को मेरे ख़िलाफ़ मन में भी नहीं रखेगा। लेकिन मैं उसकी ही *बदौलत* ज़िंदा बचा था। उसे इंकार कर पाना बहुत मुश्किल होगा। और शायद कुछ और बात भी थी-कुछ समझदारी भरी, शायद और बहुत ही उदार-जो उनकी दुर्लभ, खिली हुई मुस्कान में थी। ऐसा लग रहा था कि वह मुझे अपने साथ काम करने से भी ज़्यादा बड़ा कोई मौक़ा दे रहा था, ताकि मैं अपना क़र्ज़ उतार सकूं। वह क़ादर की मौत के लिए ख़ुद को ज़िम्मेदार मानता था, लेकिन वह जानता था कि मैं भी इस बात से ग्लानि और शर्मिंदगी महसूस करता हूं कि जब क़ादर मारे गए तो मैं उस वक़्त वहां उसके साथ नहीं था, तथाकथित अमेरिकी। उसकी ओर फिर अब्दुल्ला और फिर दोबारा उसकी ओर देखते हुए मैंने सोचा कि *वह मुझे एक मौक़ा दे रहा है। वह मुझे इस मामले पर बात को ख़त्म करने का एक अवसर* दे रहा था।

'तो अंदाज़न हम कब इस यात्रा पर जाएंगे?'

'जल्द,' अब्दुल्ला ने हंसते हुए कहा। 'बस कुछ महीने से ज़्यादा नहीं। मैं दिल्ली जा रहा हूं। जब वक़्त आ जाएगा तो मैं तुम्हें लाने के लिए किसी को भेजूंगा। दो, तीन महीने लिन भाई।'

अचानक मैंने अपने दिमाग़ में एक आवाज़ सुनी-या आवाज़ नहीं बल्कि किसी झील की सतह पर चट्टानों के रगड़ने जैसी आवाज़ की फुसफुसाहट भरी प्रतिध्वनि-*हत्यारा.. वह हत्यारा है... यह मत करो... अभी निकल जाओ...* और वे शब्द सही भी थे। बिलकुल सही। और मुझे लगा कि काश मैं यह कह सकता कि अपने दिमाग़ को उसके साथ जुड़ने के लिए तैयार करने में मुझे कुछ ही वक़्त लगा।

'दो, तीन महीने,' मैंने जवाब देते हुए अपना हाथ आगे बढ़ाया। उसने हाथ मिलाकर अपने दोनों हाथ मेरे हाथों पर रख दिए। मैं नज़ीर की तरफ़ देखकर मुस्कराते हुए बोला, 'हम क़ादर का यह काम करेंगे। हम इस काम को पूरा करेंगे।'

नज़ीर के जबड़े भिंच चुके थे, जिससे उसके गालों की मांसपेशियां नीचे की तरफ़ लटक गई थीं। वह सैंडल वाले अपने पैरों की तरह देखकर ऐसे मुंह बना रहा था मानो वह आज्ञा नहीं मानने वाले हों। और फिर वह मेरी तरफ़ तेज़ी से लपका और उसने मुझे कसकर गले लगा लिया। यह एक पहलवान का ऐसा हिंसा भरा आलिंगन था, जिसने कभी दिल की बात करना नहीं जाना–बस नाचने के अलावा–और यह उतनी ही तेज़ी के साथ पूरा हो गया, जितनी तेज़ी से साकार हुआ था। उसने अपनी मोटी बांहें पीछे कीं और सिर हिलाते हुए मुझे अपने सीने से अलग कर दिया। उसने नज़रें उठाकर देखा और अपनेपन से उसकी आंखें लाल हो चुकी थीं। मैं जानता था कि भविष्य में अगर मैंने कभी भी इस लम्हे का ज़िक्र उसके साथ किया तो हमारी दोस्ती हमेशा के लिए समाप्त हो जाएगी।

मैंने बाइक पर किक लगाई और पैरों से ज़मीन को धकियाते हुए नाना चौक और कोलाबा की तरफ़ निकल गया।

मुझे जाता देखकर अब्दुल्ला ज़ोर से चिल्लाया, *'सच और हिम्मत।'*

मैंने भी हाथ और सिर हिला दिया, लेकिन मैं उसके नारे का जवाब नहीं दे पाया। मैं नहीं जानता था कि उनके श्रीलंका के अभियान में जुड़ने को लेकर मेरे भीतर कितनी सच्चाई और हिम्मत थी। उनसे दूर जाते हुए ख़ुद को गर्म रात और ट्रैफ़िक के हवाले करते हुए ही मुझे लगा–बहुत ज़्यादा नहीं।

जब मैं नरीमन पॉइंट को ले जाने वाले बैक बे के रास्ते पर पहुंचा तो समंदर से लाल सुर्ख चांद बाहर निकल रहा था। मैंने अपनी बाइक एक कोल्ड ड्रिंक स्टॉल के पास खड़ी कर दी और चाबियां मैंनेजर की तरफ़ फेंक दी। वह झोपड़पट्टी का मेरा दोस्त था। चांद की ओर पीठ करके मैं रेतीले तट के पास फुटपाथ पर बैठ गया, जहां पर मछुआरे अक्सर अपने जालों और नावों की मरम्मत किया करते थे। ससून बंदरगाह इलाक़े में उस रात उत्सव था। इस उत्सव के कारण अधिकांश लोग झोपड़ियों और अपने आसरों से बाहर आ गए थे। जिस रास्ते पर मैं चल रहा था वह बिलकुल सुनसान था।

और फिर मैंने उसे देखा। वह तट पर आधी धंसी मछुआरों की एक पुरानी नाव पर बैठी हुई थी। रेत में केवल नाव के कोने का तख़्ता ही दिखाई दे रहा था। उसने एक ढीली पतलून पर लंबा कुर्ता पहन रखा था। वह घुटने ऊपर उठाकर ठोड़ी को बांहों पर जमाकर काले पानी को देख रही थी।

'तुम्हें पता है, इसीलिए मैं तुम्हें पसंद करता हूं।' मैंने उसके पास बैठते हुए कहा।

'हैलो लिन,' उसने मुस्कराते हुए जवाब दिया। उसकी हरी आंखें पानी की तरह ही गहरी थीं। 'तुम्हें देखकर मुझे ख़ुशी हुई। मुझे लगा तुम नहीं आ रहे हो।'

'तुम्हारा संदेश मुझे... ज़रा त्वरित बुलावे जैसा लगा। मुझे यह वास्तविकता में समझ ही नहीं आया। ख़ुशक़िस्मती ही रही कि मुझे एयरपोर्ट जा रहा डिडियर मिला और उसने मुझे बताया।'

'जब नियति इंतज़ार करते हुए उकता जाती है तो क़िस्मत अपना काम करती है,' उसने कहा।

'और नहीं, कार्ला,' मैंने ठहाका लगाते हुए कहा।

'पुरानी आदतें,' उसने मुस्कराते हुए कहा, 'बड़ी मुश्किल से जाती हैं और झूठ तो और अधिक मुश्किल से।'

उसकी आंखों ने एक बार मेरे चेहरे को अच्छी तरह से निहारा, मानो वह किसी पहचान के बिंदु को तलाश रही हो। उसकी मुस्कान धीरे-धीरे ग़ायब हो गई।

'मुझे डिडियर की बहुत याद आएगी।'

'मुझे भी,' मैंने कहा। मैं सोच रहा था कि इस वक़्त वह शायद विमान पर इटली के रास्ते पर होगा। 'लेकिन मुझे लगता है कि वह बहुत जल्द ही वापस आ जाएगा।'

'क्यों?'

'मैंने उसके फ़्लैट की देखभाल के लिए जोडियेक जॉर्जेस को वहां पर रखा है।'

'ऊहहह!' उसने होंठों को गोल करते हुए कहा।

'हां। अगर यह बात उसे जल्द वापस नहीं ला सकी तो फिर कोई भी बात नहीं ला सकेगी। तुम जानती ही हो कि वह अपने फ़्लैट से कितना प्यार करता है।'

उसने जवाब नहीं दिया, लेकिन उसकी नज़रें उसकी एकाग्रता की तीव्रता को बता रही थीं।

'ख़ालिद, यहां भारत में है,' उसने मेरी आंखों की तरफ देखते हुए सपाट स्वर में कहा।

'कहां?'

'दिल्ली में, वैसे वास्तविकता में दिल्ली के क़रीब।'

'कब?'

'रिपोर्ट दो दिन पहले ही आई है। मैंने इसे जांच लिया है। मुझे लगता है कि वही है।'

'कौनसी रिपोर्ट?'

उसने समंदर की तरफ़ देखते हुए नज़रें फेर लीं और लंबी आह भरी।

'जीत के पास सभी सूचनाएं होती हैं। उनमें से एक ने रिपोर्ट भेजी है कि एक नया आध्यात्मिक गुरु ख़ालिद अंसारी, जो अफ़गानिस्तान से यहां तक पैदल आया है, जहां भी जाता है समर्थकों की भारी भीड़ खींच रहा है। जब मैंने इसे देखा, तो जीत से जांचने के लिए कहा। उसके लोगों ने मुझे पूरा हुलिया भेजा जो बिलकुल मेल खाता है।'

'वाह... शुक्रिया भगवान... शुक्रिया भगवान।'

'हां, शायद' वह बोली। उसकी आंखों में पुरानी शरारत और रहस्य दोबारा उभर आए।

'क्या तुम उसके बारे में पूरी तरह से निश्चिंत नहीं हो?'

'इतनी निश्चिंत कि वहां ख़ुद जा सकती हूं,' उसने फिर मेरी तरफ़ देखते हुए कहा।

'क्या तुम जानती हो वह कहां है–मेरा मतलब था कि?'

'बिलकुल अच्छी तरह से तो नहीं, लेकिन शायद मैं जानती हूं कि वह कहां जा रहा है।'

'कहां?'

'वाराणसी। क़ादरभाई के शिक्षक इदरिस वहां रहते हैं। वह बहुत बूढ़े हो चुके हैं, लेकिन अब भी वहां पढ़ाते हैं।'

'क़ादरभाई के *शिक्षक?*' मैंने हैरान होकर कहा। मैं इस बात से स्तब्ध था कि क़ादरभाई के दर्शनशास्त्र के व्याख्यान सुनते हुए मैंने सैकड़ों घंटे का वक़्त बिताया था, लेकिन उन्होंने कभी इस नाम का ज़िक्र नहीं किया था।

'हां। मैं एक बार उनसे क़ादर के साथ मिली हूं, बिलकुल शुरुआती दिनों में, जब मैं पहली बार भारत आई थी। मैं... मैं नहीं जानती...मुझे लगता है कि तुम इसे नर्वस ब्रेकडाउन कहोगे। एक विमान था जिसमें मैं सिंगापुर जा रही थी। मुझे तो यहां तक नहीं पता कि मैं उस विमान पर कैसे सवार हुई। और मैं रोने लगी–एक तरह से टूट गई। और क़ादर वहीं उसी विमान पर सवार थे। और उन्होंने मुझे थाम लिया। मैंने उन्हें सबकुछ बता दिया...बिलकुल... सबकुछ। और उसके बाद मैं एक बड़ी सी गुफा में थी, जहां पर बुद्ध की भीमकाय प्रतिमा थी और यह शिक्षक इदरिस–क़ादर के शिक्षक।'

अपने गुज़रे दिनों को याद करते हुए वह कुछ देर के लिए चुप हो गई, लेकिन फिर वह सिर झटककर वर्तमान में लौट आई।

'मुझे लगता है कि ख़ालिद भी वहीं जा रहा है–इदरिस से मिलने। वह बुज़ुर्ग गुरु उसे बहुत आकर्षित करता था। वह उससे मिलने को लेकर बहुत उत्साहित था। मैं नहीं जानती कि यह काम उसने पहले ही क्यों नहीं कर लिया, लेकिन अब मुझे लगता है कि वह वहीं जा रहा है। या शायद वह वहां पहले ही पहुंच चुका होगा। वह मुझसे हरदम उसके बारे में पूछता रहता था। इदरिस ने क़ादर को संकल्प सिद्धांत को लेकर अपने पास उपलब्ध सारा ज्ञान दे दिया था और–'

'किस बारे में?'

'संकल्प सिद्धांत। क़ादर इसे यह कहकर बुलाते थे, लेकिन उनका कहना था कि यह नाम इदरिस का ही दिया हुआ था। यह ज़िंदगी का फ़लसफा था, क़ादर का फ़लसफा, कि ब्रह्मांड कैसे हमेशा गतिशील रहता है।'

'जटिलता,' मैंने ख़ुलासा किया, 'मैं जानता हूं। मैंने इस बारे में उनके साथ काफ़ी बातचीत की है। लेकिन उन्होंने कभी इसे संकल्प सिद्धांत कहकर नहीं बुलाया। और उन्होंने कभी इदरिस के बारे में भी बात नहीं की।'

'बड़ी मज़ेदार बात है, क्योंकि वह इदरिस से प्यार करते थे, किसी पिता की तरह। एक बार तो उन्होंने उन्हें शिक्षकों का शिक्षक करार दिया था। और मैं जानता था कि वह वहीं सेवानिवृत्त होना चाहते थे, वाराणसी के क़रीब इदरिस के साथ। ख़ैर, मैं ख़ालिद को खोजने की शुरुआत वहीं से करूंगी।'

'कब?'

'कल।'

'*ठीक है,*' मैंने उसकी आंखें टालते हुए कहा। 'क्या इसका...क्या इसका किसी बात से...तुम्हारे और ख़ालिद के बीच पहले की किसी बात से ताल्लुक है?'

'कई मर्तबा तुम इतनी फ़ालतू बात करते हो ना लिन, यह तुम भी जानते हो ना?'

मैंने तीखी निगाहों से उसकी तरफ़ देखा, लेकिन कोई प्रतिक्रिया नहीं दी।

'तुम्हें पता है उला शहर में आ चुकी है?' उसने कुछ देर बाद मुझसे पूछा।

'नहीं। वह कब आई? क्या तुमने उसे देखा?'

'बस देखा ही है। मुझे उसका संदेश मिला। वह प्रेसीडेंट में थी और वह तत्काल मुझसे मिलना चाहती थी।'

'क्या तुम गई थीं?'

'मैं नहीं जाना चाहती थी,' उसने कहा। 'अगर तुम्हें संदेश मिलता तो क्या तुम जाते?'

'मुझे लगता है,' मैंने खाड़ी में देखा जहां चांदनी समंदर की सर्पीली लहरों पर टिका हुआ था। 'लेकिन *उसके* लिए नहीं। मोडेना के लिए। मैंने कुछ अरसा पहले उसे देखा था। वह अब भी उस पर फ़िदा है।'

'मैंने उसे आज रात ही देखा है,' उसने शांत भाव से कहा।

'आज रात?'

'हां। कुछ देर पहले। उसके साथ। इसने मेरा दिमाग़ घुमा दिया। मैं होटल में उसके कमरे तक गई। उसके कमरे में एक और बंदा था, उसका नाम रमेश था–'

'मोडेना ने मुझे उसके बारे में बताया था। वे दोस्त हैं।'

'तो उसने दरवाज़ा खोला और मैं भीतर गई और मैंने उला को देखा। वह बिस्तर पर बैठी हुई थी और पीठ के बल दीवार से टिकी हुई थी। और मोडेना, वह उसके पैरों पर पसरा पड़ा था। उसका सिर उला के कंधों पर था। वह चेहरा...'

'मैं जानता हूं। उसकी हालत बहुत ही ख़राब है।'

'यह अजीब सा था। पूरा दृश्य ही मुझे पागल किए जा रहा था। मैं नहीं जानती कि क्यों। और उला, उसने मुझे बताया कि उसे पिता से विरासत में ढेर सारा धन मिला है–वह बहुत अमीर हैं, तुम जानते हो, उला का परिवार बहुत अमीर है। उसका जन्म जिस कस्बे में हुआ था, वे उस पूरे कस्बे के ही मालिक हैं। जब वह ड्रग्स में

लिप्त हो गई तो उसके घरवालों ने उससे नाता तोड़ लिया था। कई बरसों तक उसे परिवार से एक फूटी कौड़ी तक नहीं मिली–पिता की मौत होने तक। इसलिए जब उसे विरासत में ढेर सारा धन मिला, तो उसे वापस लौटकर मोडेना को खोजने का विचार आया। उसने कहा कि उसे शर्मिंदगी का अहसास हो रहा था और वह अकेली ठीक से रह नहीं पा रही थी। और उसने उसे खोज निकाला। वह उसका इंतज़ार कर रहा था। और जब मैं उससे मिलने गई तो वह दोनों मिलकर एक हो चुके थे, जैसे कि...किसी प्रेम कहानी की तरह।'

'ओह, उसका अनुमान बिलकुल सही था,' मैंने धीरे से कहा। 'उसने मुझसे कहा था–वह जानता है कि वह उसके लिए वापस आएगी और वह वाक़ई आ गई। मुझे तो उसकी बात पर एक पल के लिए भी विश्वास नहीं हुआ था। मुझे लगता था कि वह पगला गया है।'

'वे जिस तरह से उसकी पैरों की कैंची बनाकर बैठे हुए थे। तुम्हें पीटा याद है? माइकलएंजलो? वह बिलकुल वैसा ही लग रहा था। यह इतना अज़ीब सा था। इसने मुझे पूरी तरह से हिला डाला। कुछ बातें होती ही इतनी अज़ीब हैं कि वे आपको नाराज़ कर देती हैं, है ना?'

'वह क्या चाहती है?'

'क्या मतलब है तुम्हारा?'

'उसने तुम्हें होटल में क्यों बुलाया था?'

'ओह, अब समझ में आया,' उसने मुस्कराते हुए कहा। 'उला को हमेशा कुछ न कुछ चाहिए होता है।'

मैंने उसकी ओर देखकर भौंहें उचकाईं, लेकिन बोला कुछ भी नहीं।

'वह चाहती थी कि मैं मोडेना के लिए पासपोर्ट का इंतज़ाम करूं। वह यहां कई बरसों से है। वह निर्धारित से बहुत ज़्यादा समय तक रह चुका है। और उसका स्पेनिश पुलिस के साथ कुछ लफड़ा भी है। यूरोप वापस जाने के लिए उसे एक नए पासपोर्ट की ज़रूरत है। वह इटालियन जैसा दिख सकता है या शायद पुर्तगाली।'

'यह काम मुझ पर छोड़ दो,' मैंने इस बात को समझते हुए कहा कि इसलिए वह मुझसे मिलना चाहती थी। 'मैं कल तक इंतज़ाम कर दूंगा। मैं जानता हूं कि फ़ोटो के लिए उससे कैसे संपर्क साधा जाए और जो और कुछ भी है–हालांकि कस्टम्स पर उसका चेहरा बचाना बड़ी चुनौती होगी। मैं यह भी कर दूंगा।'

'धन्यवाद,' उसने मेरी तरफ़ इस नज़र से देखा कि मेरे सीने में दोबारा हलचलें उठने लगीं। *यह हमेशा एक बेवक़ूफ़ की ग़लती ही होती है, डिडियर कहा करता था, कि वह एक ऐसे व्यक्ति के साथ अकेला होता है जिसे प्यार नहीं करना चाहिए।* 'तुम क्या कर रहे हो लिन?'

'यहां तुम्हारे साथ बैठा हूं,' मैंने मुस्कराते हुए जवाब दिया।

'नहीं, मेरा मतलब है कि तुम क्या करने जा रहे हो? क्या तुम बॉम्बे में ठहरने वाले हो?'

'क्यों?'

'मैं तुमसे पूछना चाहती थी... अगर तुम मेरे साथ ख़ालिद को खोजने के लिए आना चाहो तो।'

मैंने ठहाका लगाया, लेकिन वह मेरे साथ नहीं हंसी।

'मुझे आज मिला यह दूसरा सबसे बेहतरीन न्यौता था।'

'दूसरा बेहतरीन?' उसने कहा, 'पहला क्या था?'

'किसी ने मुझे श्रीलंका में जंग में चलने के लिए कहा था।'

उसने अपने गुस्से को दबाने के लिए होंठ चबा लिए, लेकिन मैंने तेज़ी से बोलते हुए हाथ खड़े कर दिए।

'मैं तो बस मज़ाक़ कर रहा हूं कार्ला। बस मज़ाक़। शांत हो जाओ। मेरा मतलब है कि श्रीलंका जाने का न्यौता सही है, लेकिन मैं बस... तुम जानती हो।'

वह फिर से मुस्कराने लगी।

'मेरी आदत छूट गई थी, लिन। काफ़ी अरसा हो गया।'

'तो... अब न्यौता क्यों?'

'क्यों नहीं?'

'यह पर्याप्त नहीं है, कार्ला और तुम इस बात को जानती हो।'

'ठीक है,' उसने आह भरी और मेरी तरफ़ देखने के बाद लहरों से रेत पर बने निशानों को देखते हुए बोलने लगी, 'मुझे लगा कि मैं कुछ पाने की उम्मीद कर रही थी...जैसा कि हमारे पास गोवा में था।'

'और... *जीत* का क्या?' मैंने उसके द्वारा की गई बातचीत की शुरुआत को अनदेखा करते हुए कहा। 'उसे तुम्हारा ख़ालिद को खोजने के लिए जाना कैसा लगता है?'

'हमारी ज़िंदगियां अलग-अलग हैं। हम जो चाहते हैं करते हैं। हम जहां चाहे जाते हैं।'

'*उत्साहजनक*... लगता है,' मैं ऐसा शब्द तलाश रहा था, जो झूठा नहीं हो और ज़ख़्म भी नहीं कुरेदे। 'डिडियर ने तो मामले को ज़्यादा गंभीर करार दिया था- उसने मुझे बताया कि इस व्यक्ति ने तुम्हें शादी करने का प्रस्ताव दिया था।'

'उसने दिया था,' उसने सपाट स्वर में कहा।

'और?'

'और क्या?'

'और क्या तुम-मेरा मतलब है कि क्या तुम उससे शादी करोगी?'

'हां, मुझे लगता है करूंगी।'

'क्यों?'

'क्यों नहीं?'

'अब दोबारा शुरू मत करो।'

'माफ़ करना,' उसने एक थकी हुई मुस्कान के साथ आह भरते हुए कहा। 'मैं कुछ अलग ही क़िस्म की भीड़ का हिस्सा हूं। जीत से शादी क्यों करूंगी? वह एक अच्छा बंदा है, स्वस्थ है और वह अमीर है। और हां, मुझे लगता है कि मैं उसके पैसे उसकी तुलना में ज़्यादा बेहतर तरीक़े से ख़र्च करूंगी।'

'तो तुम मुझे बता रही हो कि तुम उसके प्यार में मरने के लिए बेताब हो।'

उसने ठहाका लगाया और फिर गंभीर होकर मेरी तरफ़ देखा। उसकी चांदनी में मुरझाई आंखें; बारिश के बाद कुमुद के फूलों की तरह उसकी हरी आंखें; उसके लंबे बाल किसी जंगल की नदी के पत्थरों की तरह काले; उसके बाल मानो मेरे हाथों की अंगुलियों में पूरी रात को ही थामे हुए हों; उसके दमकते हुए होंठ, गुप्त फुसफुसाहटों से लबरेज़ फूलों की पंखुड़ियों की तरह। सुंदर। और मैं उससे प्यार करता था। मैं अब भी उससे इतना ज़्यादा प्यार करता था, इतनी शिद्दत से, लेकिन बिना किसी तीव्रता या दिल के। वह पागल कर देने वाला प्यार, वह असहाय, सपने देखने वाला उफान लेता प्यार, ख़त्म हो चुका था। और अचानक उन पलों में मुझे अहसास हुआ तो बस... सर्द चाहत का। मुझे लगता है...किसी वक़्त उसका मुझ पर जो असर था, वह भी जा चुका था। या उससे भी ज़्यादा, उसकी ताक़त अब मुझमें समाकर मेरी ताक़त हो चुकी थी। सारे पत्ते अब मेरे पास थे। और फिर मैं जानना चाहता था। हमारे बीच जो कुछ भी हुआ उसे बस स्वीकार लेना ही पर्याप्त नहीं था। मैं सबकुछ जानना चाहता था।

'कार्ला, तुमने मुझे क्यों नहीं बताया?'

उसने अफ़सोस भरी आह ली और अपने पैरों को रेत में गाड़ दिया। पैरों पर से नर्म रेत को ढलकता देखते हुए उसने बहुत ही सपाट भावहीन आवाज़ में बोलना शुरू किया-मानो वह कोई ख़त लिख रही हो या कोई ख़त याद कर रही हो, शायद, वह ख़त जो उसने एक बार लिखा था, लेकिन मुझे भेजा कभी नहीं।

'मैं जानती थी कि तुम मुझसे पूछोगे ही और यही वजह है कि मैंने तुमसे मिलने के लिए इतना लंबा इंतज़ार किया। मैंने लोगों को बताया कि मैं यहीं पर हूं और मैंने तुम्हारे बारे में पूछताछ की, लेकिन मैंने आज तक कुछ भी नहीं किया, क्यों... मैं जानती थी कि तुम मुझसे पूछोगे।'

'और अगर बात को और आसान करना हो तो,' मैंने ज़रूरत से ज़्यादा कठोर स्वर में कहा, 'मैं जानता हूं कि तुमने ही मैडम झू के पैलेस को जलाकर राख़ किया-'

'क्या ग़नी ने तुम्हें यह बताया?'

'ग़नी? नहीं। मैंने यह ख़ुद ही जान लिया।'

'ग़नी ने यह मेरे लिए किया-उसने इसका इंतज़ाम किया। मेरी उससे तभी अंतिम बार बात हुई थी।'

'मेरी उससे अंतिम बात उसके मरने के एक घंटे पहले हुई थी।'

'क्या उसने तुम्हें उसके बारे में कुछ बताया था?' उसने मुझसे पूछा। शायद वह यह उम्मीद लगा रही थी कि इसका कुछ हिस्सा उसे मुझे बताना नहीं पड़े।

'मैडम झू के बारे में? नहीं। उसने एक शब्द भी नहीं कहा।'

'उसने मुझे...बहुत कुछ बताया,' उसने आह भरते हुए कहा। 'उसने कुछ अतिरिक्त जानकारियां दीं। मुझे लगता है कि ग़नी ने उसके प्रति मेरी नाराज़गी को बढ़ाया। उसने मुझे बताया कि उसने राजन को तुम्हारे पीछे लगा रखा है और उसने तभी पुलिसवालों को तुम्हें गिरफ़्तार करने के लिए कहा, जब राजन ने उसे बताया कि तुमने मेरे साथ संबंध बनाए हैं। मुझे उससे हमेशा से नफ़रत थी, लेकिन उस बात ने तो हद कर दी। मैं बस...यह कुछ ज़्यादा ही हो गया था। उसने उस वक़्त मुझे तुम्हारे साथ रहने ही नहीं दिया। वह मुझे ऐसा करने ही नहीं देती। इसलिए मैंने ग़नी के साथ पुराने संबंधों को भुनाया और उसने इसका इंतज़ाम कर दिया। दंगा। यह बहुत भीषण आग थी। इसमें से कुछ तो मैंने ख़ुद लगाई थी।'

वह रेत में गड़े पैरों को देखते हुए फूटकर रोने लगी और उसने अपना मुंह बंद कर लिया। उसकी आंखें चमक रही थीं। मैं सोच रहा था कि पैलेस को जलता हुआ देखते वक़्त उसकी हरी आंखों में आग कैसी दिख रही होगी।

'मैं अमेरिका के बारे में भी जानता हूं,' कुछ देर बाद मैंने कहा, 'मैं जानता हूं वहां क्या हुआ।'

उसने मेरी आंखों को पढ़ने की कोशिश की।

'लिसा,' उसने कहा, मैंने जवाब नहीं दिया। और फिर अचानक बात को समझते हुए, जो केवल महिलाएं ही समझ सकती हैं, वह मुस्कराई, 'अंच्छी बात है-लिसा और तुम। तुम और लिसा। यह...बहुत अच्छा है।'

मेरे चेहरे के भाव नहीं बदले। उसके चेहरे की मुस्कान बिखर गई और वह दोबारा रेत की तरफ़ देखने लगी।

'लिन, क्या तुमने किसी की हत्या की?'

'कब?' मैंने पूछा। मुझे समझ नहीं आ रहा था कि वह अफ़गानिस्तान की बात कर रही है या फिर चूहा गिरोह के साथ हुई हमारी छोटी सी जंग की।

'कभी भी।'

'नहीं।'

'मुझे ख़ुशी है,' उसने आह भरते हुए कहा। 'मुझे लगता है...'

वह दोबारा कुछ देर के लिए चुप हो गई। सुनसान तट पर कहीं दूर से हमें उत्सव की आवाज़ें आ रही थीं : ख़ुशी भरे ठहाके जो बैंड की आवाज़ से भी ऊपर

सुनाई दे रहे थे। हमारे नज़दीक समंदर तट से टकरा रहा था और ठंडी हवा में हमारे ऊपर खड़े ताड़ के पेड़ झूम रहे थे।

'जब मैं वहां गई... जब मैं उसके घर में गई, उसके कमरे में जहां पर वह खड़ा था, वह मुझे देखकर मुस्कराया। वह...वास्तविकता में...मुझे देखकर ख़ुश था। और एक पल के लिए मैंने अपना विचार बदला और मैंने सोचा कि...बात ख़त्म हो चुकी है। फिर मैंने कुछ और देखा, उसकी मुस्कान में...कुछ बहुत ही गंदा और... उसने कहा... *मैं जानता था कि तुम बहुत जल्द ही वापस आओगी...* या ऐसा ही कुछ और। और वह... उसने अचानक सब तरफ़ देखना शुरू कर दिया कि कोई हमें देख तो नहीं रहा है ना...'

'ठीक है, कार्ला।'

'जब उसने पिस्तौल देखी, तो मामला और भी बिगड़ गया, क्योंकि उसने शुरू कर दिया... गिड़गिड़ाना नहीं... माफ़ी मांगना...और यह साफ़ था, बिलकुल स्पष्ट कि वह जानता था कि उसने मेरे साथ क्या किया...वह जानता था...इस बात के हर एक बिंदु को और यह भी कि यह कितना बुरा था। और बात और भी बिगड़ गई। और फिर वह मर गया। बहुत ज़्यादा ख़ून नहीं बहा। मुझे लगा था कि बहेगा। शायद बाद में बहा होगा। और मुझे बाक़ी का याद नहीं, जब तक कि क़ादर ने मुझे विमान में बांहों में थाम नहीं लिया।'

वह चुप हो गई। मैंने झुककर एक शंखनुमा सीपी उठाई। मैंने उसे हथेली में तब तक दबाया, जब तक कि उसने मेरी त्वचा को चीर नहीं दिया, उसके बाद मैंने उसे उठाकर दूर फेंक दिया। जब मैंने उसकी तरफ़ दोबारा देखा तो मैंने पाया कि वह भौंचक्की होकर मेरी तरफ़ देख रही थी।

'तुम चाहते क्या हो?' उसने सीधा सवाल पूछा।

'मैं जानना चाहता हूं कि तुमने मुझे क़ादरभाई के बारे में क्यों नहीं बताया।'

'क्या तुम सीधी बात सुनना चाहते हो?'

'हां, बिलकुल चाहता हूं।'

'मैं तुम पर विश्वास नहीं कर सकी,' उसने दोबारा दूसरी तरफ़ देखते हुए कहा। 'यह बिलकुल सही नहीं है-मेरा मतलब है कि मुझे पता नहीं था कि मैं तुम पर विश्वास कर सकती हूं या नहीं। मुझे लगता है... अब-मैं जानती हूं-मुझे तुम पर पहले से ही विश्वास रखना चाहिए था।'

'ठीक है,' मेरे दांत किटकिटा रहे थे।

'मैंने तुम्हें बताने की कोशिश की। मैंने चाहा था कि तुम कुछ दिन मेरे साथ गोवा में रहते। तुम जानते ही हो।'

'तो इससे फ़र्क़ पड़ जाता,' मैंने चिढ़कर कहा, लेकिन फिर उसकी तरह ही आह भरते हुए आवाज़ को थोड़ा शांत करते हुए कहा, '*शायद* इस बात से फ़र्क़ पड़

जाता अगर तुम मुझे बता देती कि तुम उसके लिए काम करती हो–कि तुमने उसके लिए मुझे भर्ती किया था।'

'जब मैं भाग गई थी... जब मैं गोवा गई थी। यह बहुत बुरी स्थिति थी। दरअसल सपना का पूरा मामला मेरा ही विचार था। क्या तुम्हें यह बात पता थी?'

'हे *भगवान* नहीं, कार्ला?'

मेरे चेहरे पर गुस्से और निराशा के भाव देखते हुए उसने आंखें सिकोड़ लीं।

'हत्या वाला भाग नहीं,' उसने ख़ुलासा किया और उसके चेहरे पर भी हैरानी के भाव थे। मुझे लगता है कि यह भाव उसके इस विचार से आए कि मैंने उसकी बात को ग़लत समझ लिया था। यह कि उसे लगा कि मैंने उसे सपना जैसी हत्याओं को साकार करने की क्षमता वाला समझ लिया। 'यह सब ग़नी का किया-धरा था : उसे नया मोड़ देना। वे बॉम्बे से माल लाना-ले जाना चाहते थे और वे ऐसे लोगों से मदद चाहते थे जो मदद नहीं देना चाहते थे। मेरा विचार एक आम दुश्मन–सपना–तैयार करना था और फिर उसे हराने के लिए सबको साथ लेने का था। यह काम पोस्टर्स, दीवार पर लिखने और कुछ हानिरहित बम की अफ़वाहों के ज़रिये किया जाना था–ताकि बताया जा सके कि वहां पर एक ख़तरनाक, क़रिश्माई नेतृत्वकर्ता है। लेकिन ग़नी को लगा कि यह डराने के लिहाज़ से पर्याप्त नहीं होगा। इसीलिए उसने हत्याएं शुरू कर दीं...'

'और तुम... गोवा चली गईं।'

'हां। तुम उस पहली जगह को जानते हो, जहां पर मैंने हत्याओं के बारे में सुना था–ग़नी मेरे विचार के साथ क्या कर रहा था? यह बात उस आसमान में स्थित गांव की है... उस भोज की जहां तुम मुझे ले गए थे। तुम्हारे दोस्त इस बारे में बात कर रहे थे। और उस दिन मैं बुरी तरह से हिल गई। मैंने कुछ वक़्त इसे किसी तरह से रोकने का प्रयास किया। लेकिन यह निराशाजनक रहा। और फिर क़ादर ने मुझे बताया कि तुम जेल में हो – लेकिन तुम्हें वहां तब तक रुकना पड़ा, जब तक कि मैडम झू ने वह नहीं कर दिया, जो वह उससे चाहते थे। और फिर उन्होंने मुझे पाकिस्तानी, युवा जनरल वाले काम में लगा दिया। वह मेरा संपर्क था और वह मुझे पसंद करता था। इसलिए मैंने... मैंने वह काम किया। जब तुम वहां थे, मैंने उसे उल्लू बनाया, जब तक कि क़ादर को वह नहीं मिल लिया, जो वह चाहते थे। और फिर मैंने बस...काम छोड़ दिया। बहुत हो चुका था।'

'लेकिन तुम दोबारा उसके पास गई।'

'मैंने तुम्हें अपने साथ ही रखने का प्रयास किया।'

'क्यों?'

'तुम्हारा क्या मतलब है?'

वह नाराज़ थी और लगता है इस सवाल ने उसे उकसा दिया था।

'तुम क्यों चाहती थी कि मैं तुम्हारे पास ही ठहर जाऊं?'

'क्या यह तो स्वाभाविक बात नहीं है?'

'नहीं। मुझे माफ़ करना। यह नहीं है। क्या तुम मुझसे प्यार करती थी कार्ला? मैं तुमसे यह नहीं पूछ रहा कि क्या तुम मेरे तुम्हारे लिए प्यार की तरह मुझसे प्यार करती थी। मेरा मतलब है कि... क्या तुम मुझसे जरा भी प्यार करती थी? कार्ला क्या तुम मुझसे जरा सा भी प्यार करती थी?'

'मैं तुम्हें पसंद करती थी...'

'हां...'

'नहीं, यह सच है। मैं तुम्हें अपनी पहचान के किसी भी व्यक्ति से ज़्यादा पसंद करती थी। लिन, यह मेरे लिए काफ़ी है।'

मेरे जबड़े भिंच चुके थे और मैंने अपना सिर घुमा लिया। वह कुछ पल इंतज़ार करने के बाद बोली।

'मैं तुम्हें क़ादर के बारे में नहीं बता सकी। नहीं बता सकी। दरअसल यह ऐसा लगता कि मैं उनके साथ ग़द्दारी कर रही हूं।'

'मेरे ख़याल में मुझसे ग़द्दारी कुछ अलग थी...'

'अरे, लिन, ऐसी बात नहीं है, अगर तुम मेरे साथ रुक जाते तो हम दोनों इस दुनिया से परे चले जाते, लेकिन शायद तब भी मैं तुम्हें नहीं बता पाती। ख़ैर, इससे फ़र्क़ नहीं पड़ता। तुम मेरे साथ नहीं रुकने वाले थे, इसलिए मुझे नहीं लगा कि मैं तुम्हें दोबारा देख सकूंगी। फिर मुझे क़ादर का संदेश आया कि तुम गुप्ता के ठिकाने पर ख़ुद को स्मैक से मार डाल रहे हो और वह तुम्हें इस सबसे बाहर निकालने में मेरी मदद चाहते थे। इस तरह से मैं फिर इस मामले में उलझ गई। इस तरह मैं दोबारा उनके पास गई।'

'मुझे कुछ समझ नहीं आ रहा है, कार्ला।'

'तुम्हें समझ *क्या* नहीं आ रहा?'

'तुम उसके और ग़नी के लिए कितने वक़्त से काम कर रही थी–सपना वाले मामले से पहले?'

'लगभग चार साल।'

'तो तुमने तो बहुत सारी बातें देखी होंगी–कम से कम तुमने उसके बारे में सुना तो होगा ही। तुम बॉम्बे माफ़िया के लिए काम कर रहे हो या फिर उसकी एक शाखा के लिए। तुम बॉम्बे के सबसे बड़े अपराधी के साथ काम कर रही हो, मेरी तरह। तुम जानती थी कि ग़नी के सपना गैंग मामले में पगला जाने से पहले भी उन्होंने लोगों की हत्याएं की हैं। क्यों...यह सब जानने के बाद भी तुम अचानक सपना मामले में बौखला गईं? मुझे समझ नहीं आ रहा।'

वह मुझे काफ़ी ध्यान से देख रही थी। मैं जानता था कि वह इतनी होशियार तो थी ही कि समझ रही थी कि मैं सवालों के ज़रिये उसे घेरने की कोशिश कर रहा हूं, लेकिन उसकी आंखें बता रही थीं कि वह उससे भी ज़्यादा कुछ देख रही थी। हालांकि मैंने उसे छिपाने की कोशिश की थी। मैं समझ गया कि उसने मेरी आवाज़ में छिपे व्यंग्य के पीछे की आलोचना को जान लिया है। जब मैंने बात ख़त्म की तो उसने लंबी सांस ली और लगा कि वह बोलने वाली है, लेकिन फिर वह कुछ देर चुप हो गई, मानो अपने जवाब पर दोबारा विचार कर रही हो।

'तुम्हें लगता है कि मैंने उन्हें छोड़ दिया,' उसने हैरानी के भाव के साथ अंततः कहा, 'और गोवा चली गई, क्योंकि मैं चाहती थी... क्या... माफ़ी, जो कुछ मैंने किया था उसके लिए? या जिस बात का मैं हिस्सा थी, उसके लिए? क्या यही बात है?'

'क्या तुम इसीलिए गई थीं?'

'नहीं। मैं माफ़ी चाहती थी और अब भी चाहती हूं, लेकिन उसके लिए नहीं। मैंने उन्हें छोड़ दिया, क्योंकि मुझे सपना हत्याओं के बारे में कुछ भी नहीं लगा। मैं भौंचक्की थी... और... एक तरह से बिदक गई, पहले इसलिए कि ग़नी ने मेरे विचार को इतना भीषण मोड़ दे दिया था। मुझे लगा यह बेवकूफ़ी भरी बात है। मुझे लगा कि यह ग़ैरज़रूरी था और यह हम सबको उस परेशानी में डाल देगा, जो हम नहीं चाहते। और मैंने इस बाबत क़ादरभाई से बात करने की भी कोशिश की। मैंने उन्हें रोकने की कोशिश की। लेकिन मुझे इसके बारे में कुछ भी *महसूस* नहीं हुआ, यहां तक कि जब उन्होंने माज़िद की भी हत्या कर दी। और... तुम जानते हो, मुझे... मुझे वह अच्छा लगता था? मुझे बूढ़ा माज़िद अच्छा लगता था। एक तरह से वह उनमें सर्वश्रेष्ठ था। लेकिन जब वह मरा तो मुझे कुछ भी नहीं लगा। और मुझे उस वक़्त भी कुछ भी नहीं लगा, जब क़ादर ने मुझे बताया कि उसे तुम्हें जेल में भेजना पड़ा और तुम्हारी पिटाई भी करवानी पड़ी। मैं तुम्हें पसंद करती थी–किसी भी अन्य व्यक्ति की तुलना में–लेकिन मुझे बुरा या अफ़सोस जैसा कुछ भी नहीं लगा। मैं एक तरह से इसे समझ रही थी–जैसे कि यह तो होना ही चाहिए था और यह केवल बदक़िस्मती ही थी कि यह तुम्हारे साथ हो रहा था। मुझे कुछ भी महसूस नहीं हुआ। और उस वक़्त मुझे अचानक अहसास हुआ–तब मैं जान गई कि अब मुझे इससे छुटकारा पाना चाहिए।'

'और गोवा का क्या? तुम मुझे नहीं कह सकती कि वह कुछ भी नहीं था।'

'नहीं। तुम जब गोवा आए और तुमने मुझे खोज लिया, जैसा कि मैं जानती थी, तो यह... बहुत अच्छा था। मैंने सोचना शुरू कर दिया था... *यह कुछ ऐसा ही होता है... लोग इसी बारे में बातें करते हैं...* लेकिन फिर तुम नहीं रुके। तुम्हें वापस जाना पड़ा–उसके पास–और मैं जान गई कि उसे तुमसे काम है, यहां तक कि उसे तुम्हारी ज़रूरत है। और मैं तुम्हें वह सब नहीं बता सकी जो मैं उसके बारे में जानती थी, क्योंकि मैं उसकी अहसानमंद थी और मैं नहीं जानती थी कि क्या मैं तुम पर

विश्वास कर सकती हूं। इसलिए मैंने तुम्हें जाने दिया। और जब तुम चले गए तो मुझे कुछ भी महसूस नहीं हुआ। कुछ भी नहीं। मैंने जो किया उसके लिए मैं माफ़ी नहीं पाना चाहती। मैं माफ़ी चाहती हूं-और अब भी चाहती हूं और इसीलिए मैं ख़ालिद और इदरिस के पास जा रही हूं-क्योंकि मुझे इस किसी भी बात के लिए कुछ नहीं लगा और मुझे किसी भी बात का अफ़सोस नहीं है। लिन, मैं भीतर से पत्थर हो चुकी हूं। मुझे लोग अच्छे लगते हैं, मुझे बातें अच्छी लगती हैं, लेकिन मैं उनमें से किसी से भी प्यार नहीं करती-यहां तक कि ख़ुद से भी नहीं-और मुझे उनकी कोई चिंता नहीं है। और तुम जानते हो, यह बहुत अज़ीब बात है, मैं वास्तविकता में नहीं चाहती कि मैं परवाह *करूं।*'

और यही सबकुछ था। मुझे सबकुछ पता चल चुका था-सारी सच्चाई विस्तार से, जो मैं पहाड़ के, विध्वंसकारी बर्फ़ के बीच उस दिन से ही जानना चाहता था, जब क़ादर ने मुझे उसके बारे में बताया था। मुझे लगा था कि... मैं शायद उसे यह बात बताने के लिए मज़बूर करके बेहतर और ग्लानिमुक्त महसूस करूंगा कि उसने क्या किया है और क्यों किया है। मैंने सोचा था कि शायद उसके मुझे सब बता देने से मैं इससे आज़ाद हो जाऊंगा और मुझे शांति मिलेगी। लेकिन ऐसा कुछ भी नहीं हुआ। मुझे अचानक खोखलेपन का अहसास हुआ : इस तरह का रीतापन जो उदास तो है, लेकिन व्यथित, दया कर रहा है लेकिन दिल टूटने और क्षतिग्रस्त होने की तरह नहीं। किसी तरह से ज़्यादा स्पष्ट ज़्यादा स्वच्छ। और फिर मैं जान गया कि यह क्या था, यह रीतापन : इसके लिए एक नाम होता है, जिसका हम अक्सर इस्तेमाल करते हैं, बिना यह जाने कि इसमें शांति का समूचा ब्रह्मांड ही समाया हुआ है। शब्द है - *आज़ाद।*

'इसकी चाहे जो भी क़ीमत हो,' मैंने उसके गालों पर हाथ रखते हुए कहा, 'कार्ला, मैं तुम्हें माफ़ करता हूं और मैं तुम्हें प्यार करता हूं और हमेशा करता रहूंगा।'

हमारे होंठ समंदर की उठती-गिरती लहरों के बीच मिले। मुझे लगा मानो मैं गिर रहा हूं : उस प्यार से दूर जो मेरे दिल के भीतर कमल की पंखुड़ियों की तरह परतों में खिला था। और हम साथ में उसके काले घने बालों से होते हुए डूबी हुई नाव के खोखले हिस्से में गर्म रेत पर गिरे।

जब हमारे होंठ अलग हुए तो उस चुंबन के ज़रिये सितारे उसकी समंदर जैसी हरी आंखों में समा गए। हसरत की एक उम्र मेरी भूरी आंखों से उसकी आंखों में समा गई। सारी भूख, सारी प्यास आंखों से आंखों में बह रही थी : जिस पल हम मिले; लियोपोल्ड्स का मज़ाकिया माहौल, खड़े बाबा; आसमान में गांव; हैजा; चूहों की बाढ़; वह रहस्य जो उसने मेरी थकी हुई नींद में मेरे कानों में कहे थे; गेटवे के नीचे वह संगीत से भरपूर नाव; तूफ़ान जब हमने पहली बार प्यार किया था; गोवा का आनंद और एकाकीपन; और जंग से पहले कांच में दिखता हमारे प्यार का साया।

और शब्द ख़त्म हो गए थे। जब मैं उसे पास ही खड़ी टैक्सी की ओर ले जा रहा था तो सारा शातिरपन ख़त्म हो चुका था। मैंने उसे दोबारा चूमा। यह एक लंबा

और अलविदा का चुंबन था। वह मुझे देखकर मुस्कराई। यह एक अच्छी मुस्कान थी, ख़ूबसूरत मुस्कान और लगभग उसकी सर्वश्रेष्ठ मुस्कान। मैंने टैक्सी की लाल बत्तियों को दूर जाकर धुंधला होते हुए फिर रात में गुम होते देखा।

बहुत ही अज़ीब तरह से शांत सड़क पर मैंने अकेले प्रभाकर की झोपड़पट्टी की तरफ़ चलना शुरू कर दिया–मैं इसे हमेशा से प्रभाकर की झोपड़पट्टी ही मानता था और अब भी मानता हूं–अपनी बाइक वापस लेने के लिए। सड़क की हर बत्ती के साथ मेरा साया नाचता था और मेरे पीछे-पीछे चला आता था और फिर आगे निकल जाता था। समंदर का संगीत मंदा पड़ चुका था। सड़क तट के आगे समंदर से निकाली गई ज़मीन पर पेड़ों की कतारों से सजी थी। द्वीपों का शहर का अनवरत फैलाव जारी था।

मेरे आस-पास की सड़कों से उल्लास भरा शोर सुनाई दे रहा था। उत्सव समाप्त हो चुका था और लोग घरों को लौट रहे थे। दुस्साहसी बच्चे भीड़ के बीच से तेज़ गति से बाइक लहराकर निकल रहे थे, लेकिन उन्होंने किसी की आस्तीन तक को नहीं छुआ था। अपने शर्टों और त्वचा पर चंदन का इत्र लगाए युवकों के सामने से बहुत ही सुंदर सज-धजकर लड़कियां गुज़र रही थीं। बच्चे अपने माता-पिता के कंधों पर सो चुके थे और उनके हाथ-पैर ऐसे लटक रहे थे जैसे धोकर तार पर कपड़े सुखाए गए हों। किसी ने एक प्रेमगीत गाया और दर्जनों आवाज़ें उसके साथ जुड़ गईं। झोपड़पट्टी या अच्छे फ़्लैट की तरफ़ लौटता हर पुरुष और महिला मुस्कराते हुए दीवानगी भरे रोमांटिक शब्दों को सुन रहे थे।

मेरे पास गाना गा रहे तीन युवकों ने मुझे मुस्कराते देखा और सवाल के अंदाज़ में हथेलियां उठा दीं। मैंने भी हाथ उठाकर गाने में उनका साथ दिया और जो मैं जानता था, उससे उन्हें ख़ुश भी कर दिया और हैरान भी। उन्होंने बाहें फैला दीं और मुझे झोपड़पट्टी की ओर लेकर चल दिए। *दुनिया का हर एक व्यक्ति,* कार्ला ने एक बार कहा था, *पिछली ज़िंदगी में कभी न कभी भारतीय रहा होगा।* और मैं उसके बारे में सोचते ही हंसने लगा।

मैं नहीं जानता था कि मैं क्या करूंगा। इसका पहला हिस्सा पूरी तरह से स्पष्ट था–कद्दावर अफ़गान नज़ीर का मैं अहसानमंद था। जब मैंने उससे क़ादर की मौत के बारे में ग्लानि महसूस होते रहने पर एक बार बात की थी तो उसने कहा था : *अच्छी बंदूक, अच्छा घोड़ा, अच्छा दोस्त, अच्छी जंग–तुम बेहतर तरीक़े जानते हो, महान ख़ान जिससे मर सकता था?* और उस विचार और अनुभूति का हल्का सा अंश तो मुझ पर भी लागू होता था। यह किसी तरह से सही था–हालांकि मैं इसे समझा नहीं पाऊंगा, ख़ुद को तक नहीं–और मेरे लिए सटीक था कि अच्छे दोस्तों की संगत में मैं ज़िंदगी दांव पर लगाने के लिए तैयार रहता था और किसी महत्त्वपूर्ण अभियान के लिए।

और मेरे सीखने के लिए इतना कुछ था, बहुत कुछ जो क़ादरभाई मुझे सिखाना चाहते थे। मैं जानता था कि उनका भौतिक शास्त्र का अध्यापक, जिसके बारे में

उन्होंने मुझे अफ़गानिस्तान में बताया था, बॉम्बे में ही था। और दूसरा शिक्षक इदरिस वाराणसी में था। अगर मैं नज़ीर के श्रीलंका अभियान से वापस बॉम्बे लौटने में कामयाब रहा तो सीखने और आनंद उठाने के लिए सीखने के लिए एक पूरी दुनिया मेरे सामने थी।

इस बीच, शहर में, संजय की परिषद में मेरा स्थान तय हो चुका था। वहां पर काम था, पैसा था और कुछ ताक़त। भाईचारे में ऑस्ट्रेलियाई क़ानून की लंबी पहुंच से कुछ वक़्त के लिए सुरक्षा भी थी। परिषद में, लियोपोल्ड्स में और झोपड़पट्टी में दोस्त थे। और हां, शायद प्यार-मोहब्बत के लिए भी अवसर उपलब्ध था।

जब मैं बाइक के पास पहुंचा तो मैंने झोपड़पट्टी की ओर चलना जारी रखा। मुझे पक्का नहीं पता था कि क्यों। मैं तो बस मन की बात मान रहा था, शायद पूरी तरह से फूले हुए चांद के कारण। संकरी गलियां, संघर्ष और सपनों के दर्दभरे रास्ते मेरे लिए इतने जाने-पहचाने और सुरक्षित थे कि मैंने वहां मुझे किसी वक़्त लगने वाले डर पर भी जीत हासिल कर ली थी। मैं बिना किसी उद्देश्य या योजना के बस भटकता रहा और अपने मरीज़ रहे पुरुषों, महिलाओं और बच्चों की मुस्कान का जवाब देता जा रहा था। खाना पकाने की ख़ूशबू और शॉवर के साबुन, पशुओं की लीद, केरोसिन लैम्प और हज़ारों घरों में बने हज़ारों मंदिरों से अगरबत्ती की गंध को महसूस कर रहा था।

एक गली के कोने पर मैं एक व्यक्ति से टकरा गया और जब हमने माफ़ी मांगने के लिए सिर उठाया तो एक ही पल में दोनों ने एक-दूसरे को पहचान लिया। वह मुकेश था, युवा चोर जिसने मुझे कोलाबा के लॉकअप और आर्थर रोड जेल में मदद की थी : वह व्यक्ति जिसकी आज़ादी मैंने मांगी थी, जब विक्रम ने मुझे जेल से निकालने के लिए रिश्वत दी थी।

'लिन बाबा!' वह मेरा हाथ पकड़कर ख़ुशी से चिल्लाया, 'अरे! आपको देखकर इतना अच्छा लगा। क्या हो गया?'

'मैं तो बस यूं ही आया था,' मैंने उसके साथ हंसते हुए कहा। 'तुम यहां क्या कर रहे हो? तुम अच्छे लग रहे हो। तुम हो कैसे?'

'कोई समस्या नहीं बाबा! *बिलकुल फ़िट हैं।*'

'क्या तुमने कुछ खाया? क्या तुम चाय लोगे?'

'नहीं बाबा, धन्यवाद। मुझे एक बैठक के लिए देरी हो रही है।'

'अच्छा,' मैंने कहा।

वह कान में फुसफुसाने के लिए मेरे पास आया।

'यह एक गुप्त बात है, लेकिन मैं जानता हूं लिन बाबा मैं आप पर भरोसा कर सकता हूं। हम सपना, चोरों के राजा, के साथ रहने वाले कुछ लोगों से मिलने जा रहे हैं।'

'क्या?'

'हां,' उसने धीरे से कहा। 'यह लोग, ये लोग वास्तव में सपना को जानते हैं। वे उससे लगभग हर रोज़ ही बात करते हैं।'

'यह संभव नहीं है,' मैंने कहा।

'अरे हां, लिन बाबा। वे उसके दोस्त हैं। और हम लोग सेना तैयार कर रहे हैं–ग़रीब लोगों की सेना। हम उन मुस्लिमों को बताएंगे कि महाराष्ट्र का असली बॉस कौन है। वह सपना उसने माफ़िया बॉस अब्दुल ग़नी को उसके ही घर में क़त्ल कर दिया था और उसके शरीर के टुकड़े पूरे घर में फैला दिए थे। और मुस्लिम, उसके बाद से हमसे घबराना सीख रहे हैं। मुझे अब जाना ही होगा। हम जल्द ही मिलेंगे, है ना? अच्छा चलता हूं, लिन बाबा!'

वह गलियों से होता हुआ भाग गया। मैं मुड़कर ऐसी मनोदशा में चल पड़ा, जिसमें बैचेनी, गुस्सा और लाचारी थी। और फिर जैसा कि हमेशा होता था, बॉम्बे ने, मेरे मुंबई ने मुझे उत्साहित स्थिति से मिला दिया। मैं ब्ल्यू सिस्टर्स की नई झोपड़ी के बाहर खड़ी श्रद्धालुओं की फौज के क़रीब था। पुरुष और महिलाएं सबसे पीछे खड़ी थीं, जबकि कुछ लोग उनकी झोपड़ी की हद में अर्धवृत्ताकार आकार में बैठे या घुटनों के बल झुके हुए थे। और वहां दरवाज़े में रोशनियों, अगरबत्ती के नीले धुएं से घिरीं ब्ल्यू सिस्टर्स ख़ुद खड़ी थीं। दमकती हुई, पवित्र। करुणा और उदात्त भाव से इतनी भरपूर कि अपने टूटे हुए निर्वासित दिल में मैंने वहां मौज़ूद हर व्यक्ति की तरह उनसे प्यार करने की शपथ ली।

उसी वक़्त मुझे लगा कि किसी ने मेरी आस्तीन खींची और मैंने सिर घुमाया तो मैंने जो देखा वह एक बहुत बड़ी मुस्कान थी, जो एक बहुत ही छोटे से व्यक्ति के साथ हमेशा के लिए जुड़ी हुई थी। उस व्यक्ति ने मुझे हिलाया, ख़ुशी से मुस्कराते हुए और मैंने उन्हें गले लगाया और उनके पैर छू लिए, ठीक वैसे ही जैसे कि माता या पिता के छुए जाते हैं। यह किशन थे, प्रभाकर के पिताजी। उन्होंने बताया कि वह प्रभाकर की मां रुखमाबाई और उसकी विधवा पार्वती के साथ कुछ दिन के लिए शहर में आए हुए थे।

'शांताराम!' जब मैंने हिंदी में बोलना शुरू किया तो उन्होंने मुझे नम्रता से झिड़का, 'तू हमारी सारी सुंदर मराठी को भूल गया क्या रे?'

'माफ़ करना पिताजी,' मैंने अचानक मराठी बोलते हुए कहा। 'मुझे आपको देखकर इतनी ज़्यादा ख़ुशी हुई है। रुखमाबाई कहां हैं?'

'आओ!' उन्होंने मेरा हाथ ऐसे पकड़ा मानो मैं कोई बच्चा हूं और मुझे झोपड़पट्टी से होते हुए ले जाने लगे।

हम झोपड़ियों के एक छोटे से समूह के पास पहुंचे, मेरी झोपड़ी समेत, जो समंदर के किनारे कुमार की चाय की दुकान को घेरे हुई थी। वहां पर जॉनी सिगार के साथ जितेंद्र, क़ासिम अली हुसैन और जोसेफ़ की पत्नी मारिया भी थे।

'हम तुम्हारे बारे में ही बात कर रहे थे!' जॉनी मुझे देखकर चिल्लाया, हमने हाथ मिलाए। 'हम बस कह ही रहे थे कि तुम्हारी झोपड़ी फिर से ख़ाली हो चुकी है और हम उस पहले दिन की आग को याद कर रहे थे। वह बहुत बड़ी थी, है *ना?*'

'हां थी,' मैंने कहा। मैं उस आग में मरने वाले राजू और अन्य लोगों के बारे में सोच रहा था।

'तो शांताराम,' एक आवाज़ ने मराठी में मुझे झिड़की लगाई। 'अब तू इतना बड़ा हो गया है कि अपनी गांव की सीधी-साधी मां से बात भी नहीं करेगा?'

मैंने मुड़कर देखा तो रुखमाबाई हमारे पास खड़ी थीं। मैं झुककर उसके पैर छूने लगा तो उसने रोक दिया और हाथ जोड़कर अभिवादन किया। वह अपनी मुस्कान के बावज़ूद उदास और बूढ़ी लग रही थी और ग़म ने उसके काले घने बालों में सफ़ेदी ला दी थी। लेकिन उनके बाल लंबे ही थे। वह लंबे बाल दोबारा जी उठे थे और उन्हें झटकने के उनके अंदाज़ में उम्मीद भी ज़िंदा थी।

उसके बाद उसने साये में सफ़ेद साड़ी में खड़ी महिला की तरफ़ नज़र घुमाई। वह पार्वती थी। एक बच्चा, उसका बेटा उसके पास खड़ा था। वह उसकी साड़ी को पकड़कर खड़ा था। मैंने पार्वती को नमस्ते कहा और जब अपना ध्यान बच्चे की ओर किया तो उसका चेहरा देखकर मेरा मुंह खुला का खुला ही रह गया। मैंने वहां मौज़ूद बड़े लोगों की तरफ़ देखा और सारे मुस्करा दिए। सबके चेहरों पर वही हैरानी थी, क्योंकि बच्चे का चेहरा बिलकुल प्रभाकर की तरह था। वह केवल उसके जैसा दिखता ही नहीं था, वह तो उस व्यक्ति की हूबहू नक़ल थी जिसे हम सब किसी भी अन्य व्यक्ति से ज़्यादा प्यार किया करते थे। प्रभाकर की बड़ी, दुनिया को समेट लेने वाली मुस्कान मैंने उस छोटे, बिलकुल गोल चेहरे में देखी।

'बेबी दीजिए?' मैंने बच्चे को देने के लिए कहा।

पार्वती ने सिर हिला दिया। मैंने हाथ आगे किए और वह बिना किसी विरोध के मेरे पास आ गया।

'इसका नाम क्या है?' बच्चे को उछालकर फिर उसे मुस्कराते हुए देखकर मैंने पूछा।

'प्रभु,' पार्वती ने कहा, 'हम उसको प्रभाकर ही बुलाते हैं।'

'ओह प्रभु,' रुखमाबाई ने कहा, 'शांताराम काका को एक पप्पी तो दे दे।'

बच्चे ने झट से मेरा गाल चूम लिया और पूरी ताक़त से मुझे गले लगाते हुए भींच लिया। मैंने भी उसे भींचते हुए दिल से लगा लिया।

'तुम्हें पता है शंटू,' किशन ने अपनी तोंद पर थपकी देते हुए मुस्कराते हुए कहा, 'तुम्हारा घर ख़ाली है। हम सब भी यहां हैं। तुम आज रात हमारे साथ यहां रुक सकते हो। तुम यहां सो सकते हो।'

'संभलकर, लिन,' जॉनी सिगार ने मज़े लेते हुए कहा। पूनम का चांद उसकी आंखों में उतर आया था और उसके सफ़ेद झक दांत चमक रहे थे। 'अगर तुम यहां रुके तो बात फैल जाएगी। पहले तो यहां रात को पार्टी होगी और फिर जब तुम सोकर उठोगे तो *यार* बाहर मरीजों की कतार होगी। तुम्हारे लिए।'

मैंने बच्चे को पार्वती को थमाकर फिर हाथों से गाल पोंछते हुए बालों पर हाथ घुमाया। मैं वहां खड़ा होकर लोगों को देखते हुए झोपड़पट्टी की आवाज़, सांस, हंसी, संघर्ष को अपने चारों ओर सुन रहा था। मुझे क़ादरभाई का एक पसंदीदा वाक्य याद आ गया, *इंसान की हर धड़कन,* वह कई बार कह चुके थे, *संभावनाओं का एक ब्रह्मांड है।* और मुझे लगा कि मैं अंततः समझ चुका था कि उसका क्या मतलब था। वह मुझे बताना चाह रहे थे कि हर इंसानी इच्छाशक्ति में अपनी नियति को बदलने की ताक़त होती है। मैं हमेशा से सोचता आया था कि नियति अपरिवर्तनीय है : जन्म के वक़्त हममें से हर एक के लिए तय और तारों के चक्र की तरह स्थायी। लेकिन मैंने अचानक महसूस किया कि ज़िंदगी उससे भी कहीं ज़्यादा अज़नबी और ज़्यादा ख़ूबसूरत है। सच्चाई यह है कि भले ही आप ख़ुद को किसी भी तरह के खेल में पाएं, भले ही आपकी क़िस्मत कितनी ही अच्छी या बुरी हो, आप केवल एक विचार या उम्मीद भरे एक क़दम के साथ उसे पूरी तरह से बदल सकते हैं।

'मेरी ज़मीन पर सोने की आदत छूट चुकी है,' मैंने रुखमाबाई की तरफ़ देखकर मुस्कराते हुए कहा।

'तुम *मेरे* पलंग पर सो सकते हो,' किशन ने पेशकश की।

'ओह नहीं, आप नहीं,' मैंने विरोध किया।

'ओह हां, बिलकुल मैं ऐसा ही करूंगा!' उन्होंने अपना पलंग अपनी झोपड़ी से मेरी झोपड़ी की तरफ़ खींचते हुए कहा। जॉनी, जितेंद्र और अन्य ने मुझे गले लगाकर और मान-मनुहार करके हार मानने पर मज़बूर कर दिया। हमारा शोर और हंसी समंदर की अनंतता तक पहुंच गया।

और हम यही तो करते हैं। एक क़दम आगे रखते हैं और फिर दूसरा। अपनी आंखें दुनिया की गुर्राहट और मुस्कान से मिलाते हैं। सोचते हैं। काम करते हैं। महसूस करते हैं। दुनिया को डुबोने वाले और रीता कर देने वाली अच्छाई और बुराई के ज्वार-भाटा को महत्त्वपूर्ण बनाते हैं। अपनी सायेदार सलीबों को एक और रात की उम्मीद में ढोते हैं। अपने बहादुर दिलों को एक और दिन के वादे के साथ प्रोत्साहित करते हैं। प्यार के साथ : अपने इतर दूसरों के सच को जानने की जोशभरी तलाश। अपनेपन के साथ : बचा लिए जाने की विशुद्ध अकथनीय लालसा के साथ। जब तक नियति इंतज़ार करती है हम जिए जाते हैं। भगवान हमारी मदद करे। भगवान हमें माफ़ करे। हम जीते रहें।

आभार

मैंने *शांताराम* की पहली पंक्तियां, अंतिम पंक्तियां लिखे जाने से तेरह बरस पहले लिखी थीं। इन वर्षों के दौरान अनेक लोग इस परियोजना से जुड़े रहे हैं और उन्होंने मुझे कई बड़े और छोटे तरीक़ों से मदद की है। इस आभार प्रदर्शन के दौरान भी मुझे पता है कि कुछ नामों का उल्लेख रह ही जाएगा। मैं उन दोस्तों और साथियों से मुझे माफ़ करने की गुज़ारिश करता हूं।

मैं हैनरी रोजनब्लूम का शुक्रगुजार हूं, जिन्होंने इस किताब को प्यार किया और जब हालात ख़राब थे, तो हौसला क़ायम रखा–आप किसी भी संदर्भ में इससे ज़्यादा की उम्मीद नहीं कर सकते; मारगोट रोजनब्लूम को दिल और दिमाग़ के सम्माननीय इस्तेमाल के साथ ही हिम्मत रखने के लिए धन्यवाद। इस परियोजना के एजेंट जेनी डार्लिंग का शुक्रिया, जिसके बेहद समझदारी भरे सुझावों के बग़ैर *शांताराम* इतनी अच्छी किताब बन ही नहीं पाती। इस परियोजना को कल्पनाशक्ति के साथ साकार करने के लिए किताब की डिज़ाइनर मिरियम रोजनब्लूम; पैन मैकमिलन की प्रेरक टीम का उत्साह और लगातार प्रोत्साहन के लिए; किताब की दिल से स्थानीय प्रचार का ज़िम्मा संभालने वाली डेबी मैकइन्स, एओटियरोआ न्यूज़ीलैंड में किताब को कामयाब बनाने के लिए आयशा रो और जेनी नेगल; हौसले और आनंद के लिए जेसिका और निक; अपने अनुपस्थित दोस्त में विश्वास रखने के लिए निक, मैरी, पेरिस और ब्लेज़ और मुझे बेहिचक नैतिक, आध्यात्मिक और वित्तीय मदद करने वाली मेरी मां और सौतेले पिताजी का मैं शुक्रगुजार हूं। इन सबकी बदौलत मैंने वह सब हासिल कर लिया, जो मेरी हैसियत या क्षमता से बाहर था। और मेरी हमसफ़र शुला, जो मेरे लिए पहले सकारात्मक शब्द और किसी भी परिस्थिति में मेरी अंतिम बचाव पंक्ति रही।

और इन तेरह वर्षों के सफ़र में मैं अपने इन साथियों और प्रियजनों का भी शुक्रिया अदा करना चाहता हूं : एलन और मारिया अलमेडा, क्लोरिस और क्रिस बाथ, क्रिस्टिन बॉयल, केरी बॉक्साल, बकले बुलक, ग्रांट कैरी, विलियम कैरी, साराह केरोल, ट्रेसी केरोल, अल्फ्रेडो सेरडा, पॉल चैम्बरलेन, नारायण चंद्रशेखर, जूलिया चैनल्स, ग्लेन और बिंडी चॉयस, सू कले, सेलिया कोनर, टॉम कूपर, ग्रीम कोरकोरान, डेनियला क्रिपा, मैल्कम क्रुक, एलिसन डेविडसन, मार्क डेविस, जेम्स

दोराबजी, पॉल डॉर्नबुश, कैमरोन ड्रेक, लिंसडे फ़ॉर्ब्स, केट गेलवे, कॉन गेंटिनास, रिचर्ज गेलेमेनोविक, क्लॉडिया ग्लेनविंकल, लिनेट गुड, निकोलस गुडविन, शेरिडान ग्रीन, इंग्रिड ग्रोबेल, लुत्ज़ ग्रोसमैन, एना हैम्पसन, जस्टिन हैम्पसन, जेसन और विक्टोरिया हार्टकप, वेंडी हेटफ़ील्ड, रॉबी हीजलवुड, पिएत्रो द कर्नल आयोडिस, बेशका जैकब्स, सू जेमिसन, सैंडी जेरेट, जूली जोर्डानू, यूसुफ़ मोहम्मद ख़ान, डेनियल कीज़, वाल कियोग, रेनयाना खोटारी, डॉ. सू नाइट, क्ले लेफ़र्ती, डॉ. जॉन लेतेनजियो, मार्क लॉरेंस, केविन लेटन, लिसेट, मिरियम लियो, पॉल लिनाक्रे, गुंटर लुक, डॉ. मोहम्मद अल महदी, अमद माकलौन, बिग मिक मेंतजारिस, पैट मार्टिन, निक व क्रिस्टिन मैथ्यू, मैक्सिमिलन, जॉन मैकआसलेन, मार्टिन और क्लॉडिया म्यूरर, मारजोरी माइकल, मार्क मिशेल, मिरियम, किम अल्बर्ट एनजी, ब्लेज़ ओर्समैन, डॉना पामा, कायल पेरिश, लिंडन पार्कर, विक्रम पटेल, जेन पॉल, सैली पैक्सटन, सूज़न रोकिच, मैक्स रोजनब्लूम, फ़ैबियन सालामोन, क्रिस्टिना शेलडोर्फ़र, स्वेन शिमट, डेविड व मिशेल शिपवर्थ, कैथी सिमोता, बैरी व स्टीवन स्टॉकले, आनंद सुब्रह्मण्यम, गिलियन उपटन, चंद्रकांत विश्वनाथ, वॉयड, वर्नर व लिंडा वेबर, शेरिल वेनस्टीन, क्रिस विल्सन, जॉन वूलर और ली जियोशिन।